国家古籍工作规划项目

全国少数民族古籍工作"十四五"规划重点项目

国家民委铸牢中华民族共同体意识

古籍整理出版书系

广西高甲壮语瑶歌译注

广西壮族自治区少数民族古籍保护研究中心 编

主编 韦体吉 蓝长龙 岑学贵

副主编 蓝永红 蓝盛 陆霞 王江苗

第一册

GEP

广西教育出版社

南宁

图书在版编目（CIP）数据

广西高甲壮语瑶歌译注 / 广西壮族自治区少数民族古籍保护研究中心编 ；韦体吉，蓝长龙，岑学贵主编. -- 南宁 : 广西教育出版社，2022.11

（国家民委铸牢中华民族共同体意识古籍整理出版书系）

ISBN 978-7-5435-9096-0

Ⅰ. ①广… Ⅱ. ①广… ②韦… ③蓝… ④岑… Ⅲ.①瑶族-民歌-作品集-中国 Ⅳ. ①I277.295.1

中国版本图书馆CIP数据核字(2021)第 269419 号

策　　　划：施伟文　吴春霞　熊奥奔
责任编辑：熊奥奔　韦胜辉　陈逸飞
特约编辑：黄　明　韦林池
封面设计：刘　丽
版式设计：鲍　翰　杨　阳
封面剪纸：初春枝
封底篆刻：李苏先
责任校对：谢桂清　陆媱澄
责任技编：蒋　媛

　广西高甲壮语瑶歌译注
　GUANGXI GAOJIA ZHUANGYU YAOGE YIZHU

出　版　人：石立民
出版发行：广西教育出版社
地　　　址：广西南宁市鲤湾路8号　邮政编码：530022
电　　　话：0771-5865797
本社网址：http://www.gxeph.com
电子信箱：gxeph@vip.163.com
印　　　刷：广西民族印刷包装集团有限公司
开　　　本：889mm×1194mm　1/16
印　　　张：145.75
字　　　数：1996 千字
版　　　次：2022 年 11 月第 1 版
印　　　次：2022 年 11 月第 1 次印刷
书　　　号：ISBN 978-7-5435-9096-0
全套定价：680.00 元（全四册）

《广西高甲壮语瑶歌译注》编委会名单

编委会主任：韦如柱
编委会副主任：方维荣
编委会成员：（按姓氏笔画顺序排列）
　　　　　　韦如柱　方维荣　卢子斌　李珊珊
　　　　　　李燕玲　陈　战　钟　奕

主　　编：韦体吉　蓝长龙　岑学贵
副 主 编：蓝永红　蓝　盛　陆　霞　王江苗
编纂成员：（按姓氏笔画顺序排列）
　　　　　　王江苗　韦　超　韦凤兵　韦如柱　韦体吉
　　　　　　韦孟伶　韦爱华　方维荣　卢子斌　卢奋长
　　　　　　卢柳爱　李珊珊　李香莲　李燕玲　岑学贵
　　　　　　陆　霞　陈　战　钟　奕　袁宝贤　袁朝信
　　　　　　黄青霞　黄俊霖　曹　昆　覃　健　覃宝亮
　　　　　　蓝　盛　蓝长龙　蓝永红　蓝誉国　蒙启英

《广西高甲壮语瑶歌译注》搜集整理人员名单

瑶歌搜集：袁朝信
汉文直译：韦体吉
汉文意译：韦体吉
壮文转写：韦体吉　陆　霞
国际音标：陆　霞　蓝　盛　卢奋长
瑶歌传唱：袁朝信　袁宝贤　韦凤兵　卢柳爱
曲谱整理：曹　昆　马鹏翔　张静佳　吴雄军
注　　释：蓝长龙　岑学贵
统　　纂：岑学贵　蓝长龙　韦如柱

国家民委铸牢中华民族共同体意识古籍整理出版书系（总序）

党的十八大以来，习近平总书记立足于中国统一多民族国家的基本国情，在深刻把握中华民族伟大复兴战略全局和世界百年未有之大变局的基础上，提出了铸牢中华民族共同体意识的重大原创性论断，为我们做好新时代党的民族工作指明了方向。铸牢中华民族共同体意识，是习近平总书记关于加强和改进民族工作的重要思想的核心要义。习近平总书记在 2021 年 8 月召开的中央民族工作会议上强调，做好新时代党的民族工作，要把铸牢中华民族共同体意识作为党的民族工作的主线，引导各族人民牢固树立休戚与共、荣辱与共、生死与共、命运与共的共同体理念。铸牢中华民族共同体意识是新时代党的民族工作的"纲"，所有工作要向此聚焦。

一部中国史，就是一部各民族交融汇聚成多元一体中华民族的历史，就是各民族共同缔造、发展、巩固统一的伟大祖国的历史。中华文明上下五千年，各民族你中有我、我中有你，共同创造和积累了丰富多彩的历史文化，留下了卷帙浩繁的古籍文献。自 1984 年全面启动以来，少数民族古籍工作伴随着改革开放的伟大征程，走过了近 40 年的风风雨雨，在抢救、保护、普查、整理、翻译、出版、研究、利用等方面取得了一系列显著成就，有效服务了民族团结进步事业和中国特色社会主义文化建设。

在国家民委党组的正确领导下，我们坚持以习近平总书记关于加强和改进民族工作的重要思想为行动指南，充分发挥"组织、协调、联络、指导"职能，召集全国各地的少数民族古籍工作部门和相关领域的专家学者进行认真谋划、充分论证。大家一致认为，面向新时代，必须在铸牢中华民族共同体意识的视野下，为全国少数民族古籍整理研究工作的升级转型搭建平台，探索新路。由此，我们在《中国少数民族古籍集成》《中国少数民族古籍总目提要》等以往重大项目的成功经验基础上，策划了"国家民委铸牢中华民族共同体意识古籍整理出版书系"重点出版项目（以下简称"书系"），计划整理出版一批蕴含丰富民族团结进步思想内涵的古籍精品，为中华民族史研究、构筑中华民族共有精神家园提供更多的一手资料和历史见证，激励各族人民共同团结奋斗、共同繁荣发展。"书系"的建设得到了全国同仁的响应和支持，内蒙古、广西、云南等地少数民族古籍工作部门积极投入第一批试点。

古籍是中国传统文化的结晶。只有坚持创造性转化、创新性发展，才能"以古人之规矩，开自己之生面"，使其融入社会主义文化强国建设。为此，"书系"在内容上，着重体现了以下三点。一是记录各族人民共同缔造伟大祖国的历史进程。如体现民族地区自古以来就是我国领土不可分割的一部分的有力证据；体现中央对民族地区治理的文献档案等；体现各族群众心向中央，维护祖国统一和领土完整的人物事迹、传说故事等。二是展现各民族交往交流交融的生动事实。如生动体现"汉族离不开少数民族，少数民族离不开汉族，各少数民族之间也相互离不开"的具体事例等。三是丰富中华优秀传统文化的璀璨宝库。如收录在相关领域具有重大、特殊价值，符合历史文物性、学术资料性、艺术代表性标准，能有效提高我国文化软实力、增强文化自信、扩大国际专业领域话语权的珍贵古籍文献等。

"书系"收录的书目，在类型上以少数民族古籍为主，兼顾汉文古籍。整理民族文字古籍时，兼顾其原生性、学术性、时代性，在采取影印、校勘、辑佚、注释、标点、编目等传统模式的基础上，贯彻落实关于学习使用好国家通用语言文字的相关精神，附上现代汉语注释或译文。具备条件的，采用"四行对译"（民族古文字、国际音标、直译、意译）的国际通行标准，以便于在各族群众中推广普及。"书系"除以实体书形式出版外，还将紧跟信息化建设步伐，把相关资料和音视频等加以归纳汇总，逐步开发制作成数据库，实现更深层次的研究利用和开放共享。

　　胸怀千秋伟业，恰是百年风华。"书系"启动之时，正值中国共产党百年华诞。作为铸牢中华民族共同体意识的生动实践，"书系"将陆续出版，与大家见面。让我们团结携手，共同进步，汇聚起实现中华民族伟大复兴的磅礴力量！

国家民委全国少数民族古籍整理研究室

2021 年 11 月 15 日

目
Contents 录

民族交往交流交融的民间叙写与图景再现（代序）

瑶族是一个历史悠久且支系众多的山地游耕农业民族。作为中华民族大家庭中的重要成员，瑶族不但与其他民族一起共同缔造、发展、巩固统一伟大的祖国，而且还通过勤劳的双手和聪明才智创造出丰富多彩的民族文化，为我国文化宝库增添了许多珍贵的遗产，其中就包括广西河池市都安瑶族自治县高甲一带瑶族世代传承的壮语瑶歌。"高甲"是都安当地民众对九渡、拉仁、永安、板岭四个乡镇交界山区的传统称谓，此地世代流传的壮语山歌，当地习惯称为"高甲山歌"，又因主要由瑶族歌手用壮语演唱，故称"高甲壮语瑶歌"。2013 年，瑶族歌师袁朝信用汉字和土俗字记录下高甲壮语瑶歌，编为 10 辑，名为《广西高甲壮语瑶歌》。根据歌中唱到的"康熙""道光""安定""永顺"和"都安"等词语可推测出高甲壮语瑶歌可能成形于清末民初，其内容包罗万象，主要涉及族群分布、民间信仰、人生礼仪、族际交往、土司制度、生产生活和集市贸易等方面，形象生动地再现了桂西北地区壮族、汉族、瑶族等民族"你中有我，我中有你"的历史图景，并多维度反映出中华民族多元一体格局的形成、发展历程。

一、桂西北壮族、汉族、瑶族的族称、族源及分布特征

国内外的专家学者对于壮侗语族族群来源的看法较为一致，认为他们主要来源于百越中的西瓯、骆越两大部

分，世代繁衍生息于岭南地区。自汉武帝平南越之后，西瓯、骆越虽较少复见于史书，但并不意味着其后裔就此消失，而是在社会的发展中继续分化与融合，其后裔的族称乌浒、俚、僚等依次或者同时出现在史籍中。中华人民共和国成立前，史籍中记载的壮族族称包括"撞""僮"等，如南宋李曾伯的《可斋杂稿》卷十七载："在宜州，则有土丁、民丁、保丁、义丁、义效、撞丁共九千余人。"《元史》卷五十一载："至正十一年，广西庆远府有异禽双飞，见于述昆乡，飞鸟千百随之，盖凤凰云。其一飞去，其一留止者，为僮人射死。"中华人民共和国成立后，经过协商，因称"僮"的地方较广，遂统一为僮族。由于"僮"是多音字，1965 年经周恩来总理建议改为壮族。桂西北地区的壮族自称"布蛮""布壮""布雅""布浓""布土""布衣"等，所以在《广西高甲壮语瑶歌》第七篇中把壮语称为"土语"或"蛮话"。地名是各个历史时期人们为了便于生产生活和开展社会交往而为地物或空间地域命名的名称。在《广西高甲壮语瑶歌》中，以壮语命名的地名比比皆是，如 na² kjau³ tan⁶（九顿田）、həɯ¹ ɕaːi²（才圩）、həɯ¹ θaːn¹ vaŋ²（三王圩）、həɯ¹ la³ li⁶（拉利圩）、həɯ¹ kaːu¹ liŋ⁴（高岭圩）等。《广西高甲壮语瑶歌》中出现众多的壮语地名，说明壮族及其先民从古至今均广泛分布在桂西北地区繁衍生息，并把自然环境恶劣的喀斯特地区改造成适合人类生存的空间，为壮族文化与其他民族文化在桂西北进一步接触、互鉴和融合提供保障。

对于瑶族的族称，学术界普遍认为瑶族始称"莫徭"，据《梁书》载："零陵、衡阳等郡，有莫徭蛮者，依山险为居。"《隋书》仍沿用此族称，称莫徭。唐宋之后，书面文献多以"徭"或"猺"等来称呼瑶族。中华人民共和国成立后，正式统称为瑶族。居住在桂西北地区的瑶族主要有两大支系，即勉瑶支系和布努瑶支系。操汉藏语系苗瑶语族苗语支的瑶族自称"布努""东努""努努"等，而在《广西高甲壮语瑶歌》中有"布峝"和"瑶"等称谓。

《瑶族通史》（民族出版社，2007 年）结合人种、语言、考古、文献和习俗等学科研究成果，指出瑶族是从古代九黎部落和三苗部落的一个分支发展而来的，与苗族、畲族同源。瑶族先民先到湖南

湘江、资江和洞庭湖一带，之后于隋唐时期分别向两广和贵州一带
迁徙。到了宋代，瑶族先民已遍布广西各地，包括桂西北地区，《宋
史》载："广西所部二十五郡，三方邻溪峒，与蛮瑶、黎、疍杂处。"
又《桂海虞衡志》载："广西经略使所领二十五郡，其外则西南诸蛮。
蛮之区落，不可殚记；姑记其声问相接，帅司常有事于其地者数种，
曰羁縻州峒，曰瑶，曰僚，曰蛮，曰黎，曰疍，通谓之蛮。"到了元代，
桂西北地区的部分瑶族先民成为屯田的"屯兵"，如《元史》载："成
宗大德二年，黄圣许叛，逃之交趾，遗弃水田五百四十五顷七亩。
部民有吕瑛者，言募牧兰等处及融、庆溪洞瑶、僮民丁，于上浪、
忠州诸处开屯耕种。"明清以降，广西已成为瑶族人口较多的地区，
与壮侗语族先民交错杂居，并形成了大杂居小聚居的分布格局，如
《明史》载："广西瑶、僮居多，盘万岭之中，当三江之险，六十三
山倚为巢穴，三十六源踞其腹心，其散布于桂林、柳州、庆远、平
乐诸郡县者，所在蔓衍。"（雍正）《广西通志》载："庆远府……地
尽瑶。"（嘉庆）《广西通志》载："思恩（治今环江）瑶，居五十二
峒及仪凤、茆滩上中下疃之间。"《清史稿》载："瑶、僮多于汉人十
倍。"（道光）《天河县志》载："瑶僮杂居。"根据都安部分瑶族口述
家谱资料显示，其先民有一部分从邻近的东兰、环江、河池（现金
城江区）、宜州等地陆续迁入，最早定居下来的有蓝、蒙、罗等姓，
之后有一部分瑶族迁往马山、大化和平果等地定居。史料记载的瑶
族分布情况与口述家谱内容大致可互相印证。

明代中叶始，都安一带分别由都阳土巡检司、安定土巡检司、
永顺长官司和永定长官司分治。安定土巡检司于明嘉靖七年（1528
年）设置，属思恩府，安定土巡检司分别与忻城、永顺、兴隆和白
山等土司辖地接壤，其辖地大致包括今都安瑶族自治县大兴、安阳、
高岭、地苏、拉烈、保安等乡镇及大化瑶族自治县雅龙乡一带，司
治初设于吞洲（今都安瑶族自治县地苏镇），后迁至才圩（今都安
瑶族自治县安阳镇）。永顺长官司于明弘治五年（1492 年）设置，
隶属于庆远府，《广西高甲壮语瑶歌》中屡次提到的"邓治仁"即
清代晚期土司，第三篇文本中提到"不久来文告，土司不管民。皇
帝下诏书，剥夺土司权"可能指的是清宣统二年（1910 年）裁撤永

顺长官司一事。永顺长官司辖地大致包括今金城江区白土乡，宜州区龙头乡和拉利乡，都安瑶族自治县三只羊、板岭、永安、拉仁、九渡等五个乡镇全部地域及加贵乡一部分地域，司治初设于古磕，后迁入交椅山麓，继迁古腊，再迁司街（今板岭乡永顺圩）。目前都安的瑶族主要集中于拉烈、九渡、大兴、永安、下坳、三只羊等乡镇的部分山峁，所以瑶族也与山区壮族一样自称为"布峁"，即居住在山峁里的人。《广西高甲壮语瑶歌》中分别出现"柳州""思恩""庆远""安定友到访""我来自东兰""友来自南州""我想永顺人""你家在都安"等内容，说明瑶族散居在桂西北各地且时有迁徙，族内交往仍然密切。

　　进入桂西北地区定居的汉族自称"客边人"，在《广西高甲壮语瑶歌》中，对汉族的称谓有"坤"和"客"等。早在春秋战国时期，就有一部分楚国人进入桂东北与壮侗语族先民杂居，而汉族先民大规模进入广西始于秦始皇统一岭南之后谪徙五十万人到桂林郡、南海郡和象郡戍守。《史记》载："三十三年，发诸尝逋亡人、赘婿、贾人，略取陆梁地，为桂林、象郡、南海，以适遣戍。"就地屯垦的戍卒以及因战乱、经商、贬谪而陆续南下的落籍者可以说是史料记载最早迁来广西的汉族。都安九渡乡九茹东汉墓群位于刁江之滨，出土器物主要有陶屋和陶罐等，从器物风格上可判断出墓主人可能是汉族或汉化较深的壮侗语族先民，说明早在东汉时期汉族或汉文化就已通过刁江传入高甲一带。秦汉之后，历朝历代的史籍中均有汉族进入桂西北的记载，直至清末，从别的省份迁入桂西北地区的汉族有增无减，如《天河县志》（民国）中记载光绪三十年（1904年）统计的人口数量比康熙年间多出数十倍。就都安汉族而言，据各姓家谱、族谱记载，多数是清朝年间从四川、贵州、湖南、广东等地迁来，生活在都安西北部的七百弄、板升、隆福、下坳、板岭、三只羊等地的汉族操西南官话为主。因汉族进入都安定居者颇多，所以在《广西高甲壮语瑶歌》第七篇提到"你家在都安，天天讲汉话"，这里的汉话指的是西南官话。此外，在《广西高甲壮语瑶歌》第一篇中还提到"汉人住德胜"，德胜今属河池市宜州区管辖，在唐、宋时为羁縻琳州地，明洪武二十八年（1395年）设德胜巡检司，永乐六年（1408 年）河池守御千户所迁至德胜，清康熙年间设为宜山县丞署，雍正七年（1729 年）设为庆远府同知署，光绪年间划为古阳乡上青里。民国时设德胜民团局，因有汉族官兵在德胜屯田驻守，或退役后定居下来，所以此地有不少汉族。

　　桂西北壮族、汉族、瑶族的分布特征主要表现为族内小聚居和族际大杂居两种类型。壮族是稻作农业民族，依水而居，其村寨大多坐落在丘陵平坝和河谷平原；瑶族依山而居，以耕山为主，形成了"无山不有瑶"的分布格局，自称为"布努"；汉族则主要聚居在商业比较发达的圩场或者朝廷设置的军事重镇。总体来说，"壮族住水头，汉族住街头，瑶族占山头"。随着人口的流动以及族际交往的日益密切，部分有圩场的村落遂成为壮族、汉族、瑶族的杂居之地。多民族互嵌式社会结构是民族交往交流交融的重要载体。汉族与瑶族依次迁入广西的历史与中原王朝建立统一的多民族国家的历史是互有联系的。长久以来，桂西北各民族和睦相处，亲密无间的民族关系为边疆的稳定与发展奠定了基础。

二、桂西北壮族、汉族、瑶族交往交流交融的经纬空间

　　桂西北地形多样，结构复杂，溶岩遍布，群山连亘，地势西北高东南低，九万大山、凤凰山、东风岭、都阳山、青龙山等山脉多分布于边缘地带。经济与文化交往的动力驱使着桂西北各民族在崇山峻岭之中开辟出羊肠小道，把山弄、水田、畲地、平峒与河道连接起来，从而构成交通网络。在《广西高甲壮语瑶歌》中就提到壮族、瑶族等少数民族"磨利刀开路，去开通小路。任凭路险恶，妹陪哥同行"，或是"请师傅砌石，请汉人修路"，各族人民齐心协力"修路到红渡""修条高山路""修路到九渡""修路通南宁""修路通庆远""修筑都安街，像庆远平坦""前面有条河，过河去思恩"。文本中多次提到的"庆远街""州城"乃庆远府府治宜山县（今河池市宜州区），辖内驿道四通八达，与流经此地的龙江、中洲河一道成为联结滇、黔、桂、粤的水陆交通要道。南宋初在宜山设立

马市,马贩从贵州、大理等地把马匹转运到宜山之后东向柳州,折而北上桂林,经湘桂走廊进入岭北。明代在高甲及其周边设置的安定、永定和永顺等土司辖域内,都有通达府、县、里、堡、哨、甲及圩场之间的道路,以此巩固中央朝廷和土司对桂西北少数民族的政治统治。到了清代,朝廷在桂西北各水陆交通要道汛地分设若干陆塘、水塘和水陆塘,在派兵驻守的同时传递官府文书。

《广西高甲壮语瑶歌》第十篇中提到农历三月北京出新皇的说法有可能指清代光绪帝即位(1875 年 2 月 25 日,即农历正月二十日),待新帝即位的诏书通过驿道及山间小路传至桂西北少数民族聚居区时估计已到了农历三月。清末民初时期,都安高甲地区的壮族、瑶族等少数民族通往外界的水陆交通线大致有四条:一是往东北方向经龙头圩抵达庆远街,之后沿着驿道东向柳州;二是经龙头圩进入德胜,再西向金城江直至"南州"(南丹土州),或经德胜抵达思恩后进入贵州;三是借助横穿都安南北的山间小道北上金城江,或经高岭南下直抵南宁,此道属于平坦的人行便道,其间有短途路段可驶牛马车;四是通过红水河、刁江和澄江等内河到达柳州、梧州、百色和广东各地。特殊的地理环境对道路通行有很大的制约,但交织如网的水陆交通线对桂西北各民族人口流动、商贸交往和文化融合起到积极的作用。

道路的交叉点、河谷、平坝及河流码头往往会成为商品交流的集散地,壮族、布依族和毛南族等壮侗语族民族把贸易点称为 haw,汉译为"圩场"。因居住环境、生产方式和经济结构等各有特点,所以桂西北各民族在商贸交往上形成了互通有无的关系。分布在高甲周边地区的圩场主要有庆远圩、龙头圩、高岭圩、丁峒圩、下坳圩等,其圩期为三天一圩。《广西高甲壮语瑶歌》中提到的上市农副土特产品主要有:猪、牛、羊、桐油、水果、米酒、烟草、芸香竹、洋纱、土布和绸缎等。龙头圩在明清时期属永顺长官司,宣统二年(1910 年)为宜山县第十二区,民国十二年(1923 年)为民团局,民国二十二年(1933 年)为龙头区,民国三十一年(1942 年)撤区,改为龙头乡。《广西高甲壮语瑶歌》中提到的 ko¹ kjau⁵ 即桐树,在桂西北各民族传统经济作物中,常见的桐树有千年桐和光桐。都安榨油业始于清代光绪中叶，当地瑶族用桐树籽榨成桐油之后运往宜山县龙头圩出售。与此同时，洋纱也经龙头圩输入到都安瑶族聚居区。最好的牛市在高岭圩和下坳圩。高岭圩是黔桂陆路交通线上一个重要起落点，周边地区人烟稠密，澄江从圩侧蜿蜒而过，该圩场成圩年代早于才圩，迄今已有四百多年的历史，有数座圩亭，来此赶圩的人大多是来自附近村庄或山�的壮族和瑶族，交际时操壮语为主，瑶语次之，外来客商则操西南官话。下坳圩是都安北部的重要圩场，民国前属庆远路河池土州，为古仁里地。丁峒圩为瑶族、毛南族、壮族和水族群众进行商品交易的重要圩场，相传其圩名由各族寨老议定，因临近金城江及宜山龙头圩，汉族也常来此赶圩，各族群众围摊畅饮或对唱山歌，颇为热闹。不少圩场有汉人开办的店铺，如《广西高甲壮语瑶歌》中就提到"汉人站店铺"。

在中华人民共和国成立前数十年间，有一些汉族商贩进入高甲地区进行小规模的贸易活动，族际贸易交往方式主要有以物易物和货币交换两种形式，瑶族使用的生产工具和生活必需品多由汉族商贩运来，而汉族商贩会把收购到的瑶族土特产运到各圩场售卖。汉族商贩对于沟通城乡物资交流起到一定的作用。桂西北壮族、瑶族等少数民族聚居区自古以来商品经济不发达，但在汉族的影响下，也有一部分地区逐渐开始了专业的经商活动，如《广西高甲壮语瑶歌》第七篇文本中提到"养猪一栏栏，卖到各县去"，"赶圩卖猪肉，赶圩卖羊肉"等。为了促进民族之间的商贸交往，有一部分人还学习汉语西南官话。在《广西高甲壮语瑶歌》第七篇文本中就有数百句歌行与学习汉语有关，如唱词中唱道："关门是'关土'，喂猪是'公母'；狐狸是'能苗'，野鸡是'鸟给'。"群际接触增强了桂西北各民族成员对相似性和共同性的感知，圩场可以说是族际交往、文化交流及民族融合的重要场所。

三、桂西北壮族、汉族、瑶族交往交流交融的社会表征

汉族与岭南少数民族在文化上的交流由来已久。从已发掘出

土的文物上看，早在先秦时期，中原文化就已浸润壮族先民聚居区，武鸣马头安等秧坡战国墓群出土的部分铜矛、夹砂陶器、装饰品等有中原及西南其他地区的文化因素。安等秧坡及平乐银山岭等战国墓葬群还出土了大量的铁器，其形制多与楚国同类工具相似，说明当时壮族先民的冶炼技术已受到楚国冶铁业的影响。汉文化大规模南传始于秦汉时期。公元前214年，秦始皇统一岭南，并"置桂林、南海、象郡，以谪徙民，与越杂处"。秦朝灭亡之后，赵佗建南越国，采取了"和辑百越"的政策，并提倡汉越通婚。徙民与越杂处及通婚，为汉文化在壮族先民中传播创造了条件。汉武帝平定南越国后，把秦时在岭南设置的三郡又分置为九郡，并委派中原官吏管理各郡郡务，对中央王朝政令的施行以及汉文化在岭南的传播起了促进作用。

到了东汉时期，朝廷委派的中原官吏不仅在岭南地区推行中原先进的生产技术，还以儒家礼教思想来引导壮侗语族先民移风易俗，《后汉书》载："九真俗以射猎为业，不知牛耕，民常告籴交阯，每致困乏。延乃令铸作田器，教之垦辟。田畴岁岁开广，百姓充给。又骆越之民无嫁娶礼法，各因淫好，无适对匹，不识父子之姓，夫妇之道。延乃移书属县，各使男年二十至五十，女年十五至四十，皆以年齿相配……平帝时，汉中锡光为交阯太守，教道民夷，渐以礼义，化声侔于延……岭南华风，始于二守焉。"汉朝时在岭南建立了许多学校，以向壮侗语族先民传播汉字文化和儒家经典。三国时代到魏晋南北朝时期，中原地区群雄逐鹿，刀兵四起，有许多避乱或被流放的文人学士不断南迁，并在岭南地区开坛讲学，推动了少数民族聚居区汉文化教育的发展。不仅有文人学士迁入壮族地区，还有大批难民涌入广西。隋大业五年（609年），广西人口比南朝刘宋大明八年（464年）增加10倍，形成客家人的基础。

进入唐代以后，中央封建王朝不断加强对岭南的统治与开发，以发展岭南的经济和文化，巩固其统治地位，使岭南成为捍卫中原的屏障，因而在少数民族地区推行羁縻制度，采取移民实边和军民屯田等政策。到了宋元时期，朝廷仍然沿袭唐代的羁縻制和移民屯田制等。征调或移民而来的官兵及外来流民不仅可以守边御敌，还带来了先进的农业技术，有的落籍桂西北地区，并与当地少数民族通婚和繁衍后代。迁入广西的汉族先民大部分为从事农业生产的平民百姓，因汉族与岭南少数民族都是农业民族，均以农业经济生活为主，所以各族先民杂居或彼此通婚时，双方文化易于互动和交流。影响比较明显的如语言，宋人周去非的《岭外代答》载："北人，语言平易，而杂以南音。本西北流民，自五代之乱，占籍于钦者也。"壮族除了说本民族的语言之外，母语中还混杂着不少汉借词，如《广西高甲壮语瑶歌》第十篇中的春分（$çun^1\ fan^1$）、清明（$çiŋ^1\ miŋ^2$）、谷雨（$kok^7\ həu^4$）、芒种（$mu:ŋ^2\ çuŋ^5$）、大暑（$ta:i^6\ θəu^5$）、白露（$pe:k^8\ lo^6$）、北京（$pak^7\ kiŋ^1$）、结（$ki:t^7$）等词汇均为汉语借词。都安一带的瑶族在学习壮语的同时也学会了壮语中的汉语借词读音以及古壮字。壮族的"古壮字"（sawndip）又被称为"方块壮字"，这是壮族利用汉字并模仿汉字六书的构字方法创制而成的未成熟文字。古壮字最早见于唐代的《六合坚固大宅颂碑》和《智城碑》，宋时已得到广泛应用，《桂海虞衡志》载："边远俗陋，牒诉券约专用土俗书。"《广西高甲壮语瑶歌》中的古壮字大部分是借汉字的音来表壮意，如用"后"表 haeuj（进）、"土"表 dou（我）、"特"表 dawz（拿）等，部分自造字是借汉语西南官话来表壮意，如《广西高甲壮语瑶歌》第七篇中的方块壮字"狧"，其读音为 $çi^5$，意思是"猪"。

　　从流传于桂西北少数民族地区的道教属于正一派来看，道教应当是在元代时传入高甲及周边地区的壮族、瑶族等民族村寨。道公一般被称为"布道"，其职责主要是替人修斋、打醮及超度亡灵。壮族把道公的"法术"和"符咒"分别叫作 $fa:p^7$、fu^2，巫师和道公都是桂西北民间信仰的仪式人员，因道教对当地少数民族的影响较大，所以当地少数民族也把巫师的巫术叫作 $fa:p^7$，使之语用范围扩大，如《广西高甲壮语瑶歌》第八篇中唱道："麽公和道公，才懂符懂法。""壮瑶化"的道教主要表现在崇奉的神祇除了"三清"还增添了壮族、瑶族等民族信仰的神祇，如花神婆婆，在《广西高甲壮语瑶歌》中称为"妤王""三妤""妤王三"等。在壮族和仫佬族道公的经文里面，三位花神婆婆的名字分别为云霄、瑶霄和凌霄，或者为上楼太白仙婆、中楼月殿仙婆、下楼感应仙婆，其相关神迹当是《封神演义》在壮族聚居区广泛流传后才被吸收进入经文里面的。花神婆婆从原先的一位神祇演变成三位神灵可能是受到道教学说的影响，即"道生一，一生二，二生三，三生万物"，这与壮族、瑶族等民族认为花神婆婆是生育之神和妇幼保护神的说法不谋而合，但略有不同之处在于瑶族还认为花神婆婆是婚姻之神和主管降雨的神灵，如《广西高甲壮语瑶歌》第五篇中唱道："去问三婆王，得结婚就值。"第八篇唱道："求天上三婆，要雨不要晴。"桂西北的汉族、仫佬族、毛南族，以及贵州的水族与布依族也信仰花神婆婆，如布依族民间认为花神婆婆在花园里培育的花朵是仍在娘胎里的婴儿的灵魂，花神婆婆送花下凡附在娘胎里的婴儿身上，婴儿出生之后才能健康成长。在桂西北壮族、瑶族等民族的转世观念中，他们认为人从花中来，死后有一魂又转往花神婆婆的花园去还原为花，永远以"花—人—花"的形式循环，这与佛教的六道轮回说法不同。

在都安地区以宣传儒家思想为核心的学塾兴办于明代。思恩府地于明嘉靖七年（1528 年）分设土司之后，王守仁推行良知良能之训，饬谕九土司各设学塾于司街，劝导本司土人送子入塾读书。安定、永顺、永定等司流官多系汉族文士充任，故对邑内教育发展起到一定的推进作用。清道光年间，安定司和永定长官司分别于司域内创办孔孟私塾。而后，地苏、高岭、都阳等地陆续自行聘请先生开馆设塾施教，各塾馆有大馆、中馆、小馆三等之分。清光绪三十年（1904 年）永定长官司增办宜州、京口、川花、四甲等学堂，之后安定、高岭、地苏等地也陆续创办小学堂，至宣统二年（1910 年），都安地区共计有两等小学堂 6 所，初等小学堂 14 所。汉语西南官话于明朝时期进入广西，桂西北各民族在进行族际交往的过程中主要操汉语西南官话，而汉族文人在书院、私塾、府学和义学等场所授课时也以汉语西南官话为主，受语言环境的多重影响，壮族、瑶族等少数民族歌师在编创民歌的过程中也融入不少西南官话词汇，如《广西高甲壮语瑶歌》中的"去"读作 $kə^4$，"什么"读作 $çɯ^5 ma^5$，"扇子"读作 $çe:n^4 θɯ^3$ 等。

在壮族民居建筑文化和地理环境的影响之下，桂西北的部分瑶族也居于干栏建筑中，《广西高甲壮语瑶歌》唱词也多次提到瑶族民居主要是 ɹaːn² kjaːn¹（干栏），部分住房为 ɹaːn² ŋwa⁴（瓦房）和 ɹaːn² ha²（茅屋）等。值得一提的是，唱词证明都安瑶族开始住上瓦房，说明汉族制瓦技术已于清末民初传入瑶族聚居区。明清时期，风水术及风水观念在壮族地区广泛传播与运用，并逐渐影响与壮族毗邻而居或交错杂居的瑶族。从《广西高甲壮语瑶歌》唱词中可知瑶族在建房之前会请风水师帮看地以及择吉上梁，如第九篇唱词"在此处建屋，正对龙脉地"，"建第五座屋，请来择字匠。请匠择吉时，吉时竖屋架"，以及"龙脉地""择字匠""择吉时"等均可反映出部分瑶族已受汉族风水观念的影响，人们认为阳宅和阴宅所处环境的好坏决定着宅主或葬者一家的祸福，所以需要运用风水术的相关理论来选择阳宅或阴宅的地形、朝向、布局等要素。综上可见，汉文化对桂西北各少数民族的辐射效应是多层面的，也表明了桂西北各少数民族认同作为中国主流文化的汉文化。

四、《广西高甲壮语瑶歌》整理出版的多重价值

民族文化典籍是铸牢中华民族共同体意识的重要资源以及研究民族语言文化的重要资料。习近平总书记在 2021 年 8 月召开的中央民族工作会议上强调，铸牢中华民族共同体意识是新时代党的民族工作的"纲"，所有工作要向此聚焦。这一重要论断为新时代党的民族工作指明了前进方向，提供了根本遵循。内容繁复的《广西高甲壮语瑶歌》是桂西北瑶族社会历史文化的投影，也是壮族、汉族、瑶族等民族文化互鉴融通的结晶，因此，《广西高甲壮语瑶歌》的整理、译注与出版具有如下重要价值：

（一）铸牢中华民族共同体意识的价值

1. 树立和突出各民族共享的中华文化符号和中华民族形象

符号是人们内部心理活动与外界社会交往的媒介，所以社会群体的凝聚需依靠各成员之间通过共享的符号互动来实现。符号既可以让人们认知客观世界，又有助于唤起人们的情感。当民族群体成员的情感凝聚在共享的文化符号之中，各成员就对这一文化符号持

有普遍的情感认同，遂形成民族共同体意识。也就是说，共享的文化符号是构建民族共同体的思想根基，二者具有内在的逻辑关系。中华文化符号是各民族在长期的交往交流交融过程中所形成的各种具有中国特色的象征符号，诸如自然物象、语言文字、民俗节日、神话传说和历史记忆等中华文化符号元素。从符号的物质载体上来看，《广西高甲壮语瑶歌》唱词中蕴含的中华文化符号多属于艺术意义符号，其中最具有代表性的当属后羿射日故事、盘古开天辟地故事、梁祝传说、土司史话、诗歌韵律、方块壮字、汉语中古音等，这些壮族、汉族、瑶族等民族共享的中华文化符号，不仅承载了各民族的共同历史、共同记忆、共同情感、共同精神及共同价值理念，还以其特定的形式展现出自强不息、勤劳奋进、开放包容、团结统一和修身崇德的中华民族形象。共享的中华文化符号是凝聚各民族情感认同的纽带，树立和突出《广西高甲壮语瑶歌》中各民族共享的中华文化符号和中华民族形象，有助于让各族群众能够从中找到归属感，进而唤起各族群众对中华民族身份的认同，进一步铸牢中华民族共同体意识。

2. 增强各族群众对中华文化的认同和构筑民族共有精神家园

文化认同是群体中社会成员在心理层面上对所属群体文化的肯定和认可，以及由此产生的一种自我归属感。中华文化是我国各民族文化的集大成者，是整个中华民族的灵魂和精神标识。中华文化与各民族优秀传统文化是一体与多元的关系，所以各民族自我认同本民族文化的同时，也必然在认同中华文化的过程中获得归属感和满足感。增强各族群众对中华文化的认同、构筑民族共有精神家园是实现铸牢中华民族共同体意识的基础和途径。伏羲与女娲是中华上古文化之中非常重要的神话人物，被视为中华民族的人文始祖，与之有关的神话传说在广西红水河流域广泛流传，如壮族师公经书有《伏羲子妹》和《伏依女娲句》，水族有神话传说《女娲伏羲兄妹》，仫佬族有《伏羲兄妹》的唱本，瑶族有《伏羲小娘唱》等。在《广西高甲壮语瑶歌》唱词中，瑶族与壮族分别把伏羲、女娲称作 koŋ¹ hi³ 和 ȵi⁶ moːi⁶，他们认为伏羲与女娲是兄妹关系，两人在洪水之后成婚再造人类，因出于对生命之源的敬重，民间也把伏羲与女娲视为婚姻之神。除了伏羲女娲传说之外，《广西高甲壮语瑶歌》中出现的"额"崇拜、帮工习俗和"补粮添寿"习俗等文化符号也兼具民族文化特性与中华文化共性，均是桂西北各民族文化融通交汇的结晶，凝聚了各民族文化的精华。从传统文化场域上看，民间艺人、听众、文本、演唱地点、仪式规范和相关礼俗等因素融合共生，构成一个有机整体，因此，《广西高甲壮语瑶歌》的整理出版有助于各民族歌手以歌为媒传播文本中共享的中华文化符号，在增强各族群众认同中华文化的基础上构筑中华民族共有精神家园，让各族群众心有所归，永远像石榴籽一样紧紧抱在一起，为铸牢中华民族共同体意识提供实践路径。

3. 推进乡村振兴与铸牢中华民族共同体意识的积极同构

乡村振兴战略的实施在一定程度上保护了民族文化的文化场域及其生存土壤，对增强桂西北各民族的文化自信与文化自觉有积极作用，而整理、保护和传承民族文化是乡村文化振兴的题中要义之一，两者之间存在相互依托和相互影响的关系。产业兴旺是实施乡村振兴战略的主要目标，其宗旨是充分利用乡村的有效资源来发展经济，满足农村居民的物质需求与精神需求，促进农村的可持续发展。乡村文化资源是产业振兴的动力基础，而具有经济开发价值的民族文化资源则是乡村特色文化产业发展的重要资源。作为少数民族优秀传统文化的代表，《广西高甲壮语瑶歌》的整理出版虽不具有直接的经济价值，但若合理转化其呈现的方式，并应用于特定的文化场域之中，同样也可以产生一些经济价值，实现强化中华文化的普惠性。因此，可深入挖掘文本的特色文化符号来丰富民族地区的文旅品牌内涵，再利用现代经济理念和产业经营模式来盘活这些乡村特色文化资源，使之成为走特色化、差异化发展之路的源泉，从而推进民族文化资源与现代消费需求的有效对接，实现民族优秀文化产品的精准供给。伴随着民族地区乡村振兴的深入推进以及各阶段目标的实现，桂西北各民族也将在优秀传统文化系统性保护与创造性转化、创新性发展的过程中获得幸福感、自豪感和光荣感，进而激励各族群众肩负起铸牢中华民族共同体意识的历史使命和时代责任。

（二）道德教育价值

孝道观念作为儒家传统伦理道德观念之一，对壮族、瑶族等民族的影响非常深远。《广西高甲壮语瑶歌》第二篇唱词中唱道："pi¹ ni⁴ miŋ⁶ muɯŋ² θi:u³, he:u⁶ kɯi² fu⁴ pu³ li:ŋ². （今年你命背，要别人补粮）。"pu³ li:ŋ² 是汉借词，本义是补粮，但在壮语里面词义范围扩大，其义多引申为"补粮添寿"习俗，该习俗是壮族、瑶族等民族为祈祷家中老人延年益寿而延请民间道公来操持相关法事，把"米"补给老人魂魄，以"补粮"的形式教化晚辈既要履行供养和照料老年人的义务，又要多加关心老年人的精神需求。

儒家提倡"慎终追远"和"丧事主哀"，即要重视守丧和祭祀故去的亲人，这是行孝的另一种外化和延伸。若家中有亲人去世，壮族、瑶族等民族均延请道公来主持法事，唱词中称为"做道"（ku⁴ ta:u⁶），ku⁴ 的意思是"做"，所以 ku⁴ ta:u⁶ 的意思可以理解为"做道场"。唱词中与做道场有关的汉借词还有 liŋ² vei⁶（灵位）、θi:u³ ha:u⁵（守孝）、θi:u³ ça:i¹（吃斋）等。按照都安瑶族的习俗，逝者子女在做道场期间要吃斋，通常只吃黄豆和黑豆，出殡之后要守孝，时间为三年；而都安壮族的孝期长短不一，一般父孝 32 天，母孝 42 天，这与第二篇唱词所提到的孝期是基本一致的，如唱词中唱道："父孝三十二，母孝四十天。"由此可见，《广西高甲壮语瑶歌》中蕴含的儒家孝道观念，在壮族、瑶族等民族聚居区仍保持比较古朴的面貌，并通过传统礼俗来推动尽孝规范的现实运行，从而实现习染化育的社会功能。

（三）语言价值

语言是一种文化的载体，频繁的族际交往使不同民族的文化发生接触与交流，并推动各自语言的变迁和发展。《广西高甲壮语瑶歌》的唱词主要由壮语民族词和壮语汉借词组成。借词是语言接触中最重要的社会语言现象。

根据语音特点可以分为上古汉语借词、中古汉语借词和近代汉语借词，如属于上古汉语借词的有 do³（躲）、tan³（穿）等，属于中古汉语借词的有 mu:ŋ⁶（望）、ni:m⁶（念）、to:k⁸（独）、ho³（苦）、θu:n⁵（算）、çi:ŋ⁵（唱）、po:i²（赔）、fu:ŋ¹（方）等，属于近代汉语

借词的有 kin^6（斤）、$pə^2$（百）、$θa{:}n^6$（三）、lu^2（六）、mi^3（米）等。《广西高甲壮语瑶歌》中出现的汉语借词主要以中古汉语借词为主，其次是近代的西南官话。中古汉语借词主要来源于"古平话"，其语音特点与现代平话的语音特点有相似之处，如古浊塞音、塞擦音一般读不送气清音，如"平""桃""朝""钱"等字，在《广西高甲壮语瑶歌》中分别读 $piŋ^2$、$ta{:}u^2$、$ɕi{:}u^2$、$ɕi{:}n^2$，这些词在现代平话中大多也为不送气音，如邕宁马村平话分别读 $pəŋ^2$、$ta{:}u^2$、$tsiu^2$、$tsin^2$，但在白话中却多为送气音，如南宁白话分别读 $phiŋ^2$、$thou^2$、$tshiu^2$、$tshin^2$。平话是广西四大主要汉语方言之一，语言学家张均如在《民族语文》（1988 年第 3 期）发表的《广西平话对当地壮侗语族语言的影响》一文中提到："平话主要来自于中原，是自秦汉至唐宋等历代南迁的汉人所说的汉语在湖南南部和广西等地长期交融演变（当然包括少数民族语言的影响）而形成的一种内部基本一致的汉语方言。"平话对壮语的影响十分深刻，是壮语重要的词汇来源之一，这种现象在《广西高甲壮语瑶歌》中也有所体现。

汉语对壮语的影响是持续和深远的，这也使得壮语能够源源不断地从汉语中吸收新的词汇来丰富自身的表达，甚至出现了不同层次语音特点同时存在的情况，如"铜"在《广西高甲壮语瑶歌》中有 $lu{:}ŋ^2$、$toŋ^2$ 两种语音形式，两者都属上古音层次，但 $toŋ^2$ 的出现当晚于 $lu{:}ŋ^2$；再如"唱"有 $ɕi{:}ŋ^5$、$ɕa{:}ŋ^4$ 两种读音，"生"有 $θe{:}ŋ^1$、$θɯn^6$ 两种读音，其中 $ɕi{:}ŋ^5$ 和 $θe{:}ŋ^1$ 属于中古汉语借词，而 $ɕa{:}ŋ^4$ 和 $θɯn^6$ 则属近代汉语借词。有甚者民族固有词与汉借词共存的情况，如"米"有 hau^4、mi^3 两种语音形式，其中 hau^4 为民族固有词，而 mi^3 为汉借词，来源西南官话。语言是一种重要的文化基因，透过语言可以了解不同民族的接触和交往。无论是关系词还是汉语借词，都是民族交往、交流、交融的重要体现，这对研究和阐释各民族的历史关系具有重要意义。

（四）艺术价值

民歌是由劳动人民根据自己的生活经历、体验进行创作，是人民通过长期的积累衍变而成。因此，任何一首民歌都蕴含着其自身的民族文化特征。从我国的多声部音乐的发展来看，广西是我国多声部民歌研究的重要源头之一，尤其是壮族、侗族、瑶族等少数民族的民歌对我国多声部音乐的研究有着不可替代的作用。其中，"高甲山歌"由于极具个性，已列入第三批河池市非物质文化遗产代表性项目名录。

高甲壮语瑶歌的表现形式主要为男女歌师的合唱，男歌师占据主导地位，女歌师为辅，由男歌师先唱，女歌师在特定的位置切入，形成二声部合唱。演唱速度为庄板。其调式感偏向"羽"调式，有较大的游离性，这与其歌唱中大量使用滑音等装饰音以及中立音的情况有密切联系。高甲壮语瑶歌在民间多采用混合节拍，常见 $\frac{3}{4}$、$\frac{4}{4}$、$\frac{5}{4}$、$\frac{7}{4}$ 拍。不同于散板，其节拍节奏有时候较为明显，最为明显的是每段的第一、第二个乐句，往往是 $\frac{3}{4}$ 或 $\frac{4}{4}$ 拍开始，而细节之处则多受歌手个体演唱因素影响而变化。高甲壮语瑶歌演唱时，长音往往出现在乐句或乐段的结尾处，节奏较为自由，一般以歌师自然流露的气息用尽而结束。旋律发展以级进为主，少见跳进，女歌师的演唱声部几乎不出现跳进。高甲壮语瑶歌的结构形式从唱词来看，基本上是每首四句，每句五个字，完整地表达一个意思、一种情感、一种情景。从山歌的曲调旋律来看，则是由上下两个长句构成，每个长句又由前后两个短句组成，后句是在前句的基础上，叠加另外一个歌手的演唱衍生发展而成，但是在结束时则通过长音的持续形成结构的扩展。

另外，从多声部结构来看，尽管全国有很多少数民族有多声部的结构形态，但是高甲壮语瑶歌的男女双声部结构在国内外都具有极其特殊的形态，就是小二度纵向和声音响的特征。这在国内少数民族多声部音乐中是极其罕见的。这种小二度碰撞产生的音响并不是在音乐行进过程中偶尔发生的情况，而是在乐句终止与半终止时，必然要产生的一种固定的音乐形态（见第 2274 页《〈广西高甲壮语瑶歌〉曲谱》）。

从乐谱分析来看，这种小二度碰撞的现象在歌曲中频繁出现，与该音乐曲调的音列结构有着密切的关系。高声部（男声）是以 A 为中心音，在此基础上形成 A、B、C、D 的四音列为核心音列，而低声部（女声）则以 A 为中心音，形成的 #G、A、#A、B、C 的变化音列，从而与男声声部互为补充，并由此形成终止前围绕主音的上下小二度特色音程的音效。从目前国内民族音乐形态研究的情况来看，在传统歌谣中，以如此鲜明的小二度持续音效作为歌曲的结束是极为罕见的。可以说，高甲壮语瑶歌的多声音乐形态是我国少数民族多声音乐研究中不可多得的瑰宝，对于我国传统民族歌谣的音乐形态研究有着极其重要的意义。

总而言之，《广西高甲壮语瑶歌》作为多个民族优秀文化交往交流交融的结晶，对社会学、民族学、民俗学、文学、语言学和音乐等学科都有很高的研究价值，其内容不仅是对中华民族团结一家亲的歌颂，还展现了桂西北各族群众在"你中有我、我中有你"的人文环境中相互融合交汇的历史图景。深入挖掘和阐发其蕴含的中华民族共同体思想内涵和时代价值，有助于丰富开展民族团结进步教育的载体，构筑中华民族共有精神家园，增强各民族群众对伟大祖国、中华民族、中华文化的认同，促进各民族和睦相处、和衷共济、和谐发展，像石榴籽一样紧紧抱在一起。

凡例

一、歌本来源

《广西高甲壮语瑶歌》主要流传于广西都安瑶族自治县东北部九渡乡、拉仁镇、永安镇、板岭乡交界处的"高甲"山区。歌本搜集、整理及传承人为袁朝信，瑶族，退休矿工，民间歌师。《广西高甲壮语瑶歌》主要反映瑶族生产生活和情感体验等内容，以壮语传唱，用土俗字记录传抄，传唱者为瑶族人民，反映各民族交往交流交融的情况。

二、内容编排

本书分序、凡例、正文、后记四个部分。正文共10篇，每篇都是相对独立的内容，每篇歌词以"五对照"体例进行翻译编排：第一行为土俗字，用于记录歌本传抄的原貌；第二行为拼音壮文，根据标准壮文进行转写；第三行为国际音标，记录发音人的实际语音；第四行为汉文直译，是歌词逐个字、词的原义；第五行为汉文意译，表达整句歌词的意思。

三、音系特点

本书语音以袁朝信为发音人进行记录，因其受母语（瑶语）的影响较大，同一字、词的发音多不稳定。现结合壮语方言调查词表，对记录语音的音系做规范处理，具体如下：

（一）声母

<table>
<tr><td rowspan="2">发音方法</td><td colspan="6">发音部位</td></tr>
<tr><td>双唇</td><td>唇齿</td><td>舌尖</td><td>舌面</td><td>舌根</td><td>喉门</td></tr>
<tr><td rowspan="2">塞音</td><td>清音</td><td>p</td><td></td><td>t</td><td></td><td>k</td><td>ʔ</td></tr>
<tr><td>浊音</td><td>b</td><td></td><td>d</td><td></td><td></td><td></td></tr>
<tr><td rowspan="2">擦音</td><td>清音</td><td></td><td>f</td><td>θ</td><td>ç</td><td></td><td>h</td></tr>
<tr><td>浊音</td><td></td><td>v</td><td>ɹ</td><td>j</td><td></td><td></td></tr>
<tr><td colspan="2">边音</td><td></td><td></td><td>l</td><td></td><td></td><td></td></tr>
<tr><td colspan="2">鼻音</td><td>m</td><td></td><td>n</td><td>ȵ</td><td>ŋ</td><td></td></tr>
<tr><td>腭化音</td><td>塞音</td><td>pj</td><td></td><td></td><td></td><td>kj</td><td></td></tr>
<tr><td>唇化音</td><td>塞音</td><td></td><td></td><td></td><td></td><td>kw</td><td></td></tr>
</table>

声母说明：

1. 双唇音 b 的实际读音为带先喉塞的 ʔb，舌尖音 d 的实际读音为带先喉塞的 ʔd。

2. 舌尖音 θ 有时读成 s，统一处理为 θ。

3. 腭化音 kj 有时读成舌面擦音 tç，统一处理为 kj。

4. b 有时读 m，d 有时读 n，f 有时读 v，均为自由变读。

（二）韵母

<table>
<tr><td rowspan="2">舒声韵</td><td>单韵母</td><td>i</td><td></td><td>e</td><td></td><td>a</td><td></td><td>ə</td><td>o</td><td></td><td>u</td><td></td><td>ɯ</td><td></td></tr>
<tr><td rowspan="3">复合韵母</td><td></td><td></td><td></td><td>ei</td><td>ai</td><td>aːi</td><td></td><td>oːi</td><td></td><td></td><td></td><td>ɯːi</td><td></td></tr>
<tr><td></td><td></td><td>iːu</td><td></td><td>eːu</td><td>au</td><td>aːu</td><td>ou</td><td></td><td></td><td></td><td></td><td></td><td></td></tr>
<tr><td></td><td></td><td></td><td></td><td></td><td>aɯ</td><td></td><td>əɯ</td><td></td><td></td><td></td><td></td><td></td><td></td></tr>
</table>

<table>
<tr><td rowspan="3">舒声韵</td><td rowspan="3">鼻音尾韵母</td><td>im</td><td>iːm</td><td></td><td></td><td>am</td><td>aːm</td><td></td><td>om</td><td></td><td>um</td><td></td><td></td><td></td></tr>
<tr><td>in</td><td>iːn</td><td>eːn</td><td>an</td><td>aːn</td><td>ən</td><td>on</td><td>oːn</td><td>un</td><td>uːn</td><td>ɯn</td><td>ɯːn</td></tr>
<tr><td>iŋ</td><td></td><td>eːŋ</td><td>aŋ</td><td>aːŋ</td><td></td><td>oŋ</td><td>oːŋ</td><td>uŋ</td><td>uːŋ</td><td>ɯŋ</td><td>ɯːŋ</td></tr>
<tr><td rowspan="3">塞声韵</td><td rowspan="3">塞音尾韵母</td><td>ip</td><td>iːp</td><td></td><td></td><td>ap</td><td>aːp</td><td></td><td>op</td><td>oːp</td><td>up</td><td></td><td></td><td></td></tr>
<tr><td>it</td><td>iːt</td><td>et</td><td></td><td>at</td><td>aːt</td><td></td><td>ot</td><td>oːt</td><td>ut</td><td>uːt</td><td></td><td></td></tr>
<tr><td></td><td></td><td></td><td></td><td>ak</td><td>aːk</td><td></td><td>ok</td><td>oːk</td><td>uk</td><td>uːk</td><td>ɯk</td><td>ɯːk</td></tr>
</table>

韵母说明：

1. 韵母 i、ei 部分出现自由变读，如"兄"读 pi[4] 或 pei[4]，"有"读 mi[2] 或 mei[2]，统一处理为 i。

2. 韵母 u、ou 部分出现自由变读，如"友"读 ju⁴ 或 jou⁴，统一处理为 u。

3. 韵尾 eːn、iːn 部分出现自由变读，如"年"读 neːn² 或 niːn²，"变"读 peːn⁵ 或 piːn⁵。

4. 鼻音韵尾 m 部分读成 n，如 θaːn¹（三）、ɹan⁴（水）、θin¹（心）、kin¹（金）等。

5. 塞音韵尾 p 部分读成 t，如 ɕit⁸（十）、ɹaːt⁸（担）等。

6. 部分借词的鼻音韵尾 ŋ 读 n，如 min²（明）、θan⁵（生）。

7. 韵母 iːŋ、ɯːŋ、eːŋ 在部分词语中可自由变读，如"想"有 θiːŋ³、θɯːŋ³、θeːŋ³ 三读，"地方"有 piːŋ²、pɯːŋ²、peːŋ² 三读，统一处理为 iːŋ。

（三）声调

调类	第1调	第2调	第3调	第4调	第5调	第6调	第7调		第8调	
							长音	短音	长音	短音
调值	53	31	55	24	33	42	33	55	24	31
例词	来	你	给	马	鸡	河	嘴	菜	外	重
	ma¹	mɯŋ²	həɯ³	ma⁴	kai⁵	ta⁶	paːk⁷	pjak⁷	ɹoːk⁸	nak⁷

四、壮文转写

本书壮文转写以《壮文方案》为依据，根据方案的相关规定并结合语音对应规律进行转写。如声母 ɹ 对应拼音壮文的 r，ɯːŋ 对应拼音壮文 ieng 等。歌本部分词语的调类与标准壮语的调类不一致，也以标准壮文为准，如"做"在歌本中为第 4 调 ku⁴，但武鸣壮语为第 6 调，故壮文转写取标准壮文第 6 调的 guh。歌本出现很多现代西南官话借词，其壮文转写主要遵守新借词的转写规则。

第一篇 序歌

　　《序歌》唱述瑶族女青年在农闲时期渴望与情友相会对歌的心境，待男方收到邀约前来探访女方之后，双方分别用富有幽默感的唱词将心中的真挚情感表达出来，并通过部分对唱内容来展现当地及其周边地区的民族分布、地方风俗和乡村经济发展等情况。歌中唱到的德胜位于河池市宜州区，主要为汉族聚居地。都安的汉族大多数是清代从贵州、四川、湖南和广东的嘉应州（今梅州市）等地迁徙而来，与瑶族毗邻而居，故瑶歌唱词中有客人住广东一说。唱词中出现的安定、永顺和永安均为壮族、瑶族等民族的聚居地。瑶族男女均喜好抽生烟，故而唱词中有以烟待客之俗。

合唱

1-1

造　句　比　内　观

Caux　coenz　beij　neix　gonq

ça:u⁴　kjon²　pi³　ni⁴　ko:n⁵

造　句　歌　这　先

造几首山歌，

1-2

不　知　早　说　很

Mbouj　rox　romh　naeuz　hwnz

bou⁵　ɬo⁴　ɬo:n⁶　nau²　hun²

不　知　早　或　夜

不知早或夜。

1-3

早　是　说　句　更

Romh　cix　naeuz　coenz　gwnz

ɬo:n⁶　çi⁴　nau²　kjon²　kɯn²

早　就　说　句　上

早就唱上句，

1-4

很　是　说　句　内

Hwnz　cix　naeuz　coenz　neix

hun²　çi⁴　nau²　kjon²　ni⁴

夜　就　说　句　这

夜就唱这句。

1-5

在　样　内　牙　乃

Ywq　yiengh　neix　yax　naiq

ju⁵　jɯ:ŋ⁶　ni⁴　ja⁵　na:i⁵

在　样　这　也　累

闲着人疲倦，

1-6

爱　讲　满　古　存

Ngaiq　gangj　monh　guh　caemz

ŋa:i⁵　ka:ŋ³　mo:n⁶　ku⁴　çan²

爱　讲　情　做　玩

谈情来消遣。

1-7

在　牙　拜　一　宁

Ywq　yax　baiq　ndeu　ninz

ju⁵　ja⁵　ba:i⁵　de:u¹　nin²

在　也　打瞌睡　一　睡

闲着打瞌睡，

1-8

说　句　欢　改　伏

Naeuz　coenz　fwen　gaij　mbwq

nau²　kjon²　vɯ:n¹　ka:i³　bɯ⁵

说　句　歌　解　闷

唱首歌解闷。

1-9

在　样　内　牙　乃

Ywq　yiengh　neix　yax　naiq

ju⁵　jɯ:ŋ⁶　ni⁴　ja⁵　na:i⁵

在　样　这　也　累

闲着人疲倦，

1-10

爱	讲	满	宗	荣
Ngaiq	gangj	monh	soeng	yungz
ŋa:i⁵	ka:ŋ³	mo:n⁶	θoŋ¹	joŋ²
爱	讲	情	从	容

谈情精神爽。

1-11

在	样	内	不	宗
Ywq	yiengh	neix	mbouj	soeng
jɯ⁵	jɯ:ŋ⁶	ni⁴	bou⁵	θoŋ¹
在	样	这	不	舒服

这样不舒心，

1-12

九	包	同	讲	满
Iu	mbauq	doengz	gangj	monh
i:u¹	ba:u⁵	toŋ²	ka:ŋ³	mo:n⁶
邀	小伙	同	讲	情

邀小伙谈情。

1-13

在	样	内	牙	伏
Ywq	yiengh	neix	yax	mbwq
jɯ⁵	jɯ:ŋ⁶	ni⁴	ja⁵	bɯ⁵
在	样	这	也	闷

这样太烦闷，

1-14

貝	秋	额①	江	王
Bae	ciuq	ngieg	gyang	vaengz
pai¹	çi:u⁵	ŋe:k⁸	kja:ŋ¹	van²
去	看	蛟龙	中	潭

去瞅渊中龙。

1-15

在	灯	说	在	尚
Ywq	daemq	naeuz	ywq	sang
jɯ⁵	tan⁵	nau²	jɯ⁵	θa:ŋ¹
在	低	或	在	高

看它住多高，

1-16

在	王	说	在	类
Ywq	vang	naeuz	ywq	raeh
jɯ⁵	va:ŋ¹	nau²	jɯ⁵	ɹai⁶
在	横	或	在	竖

身姿横或竖。

1-17

在	样	内	牙	伏
Ywq	yiengh	neix	yax	mbwq
jɯ⁵	jɯ:ŋ⁶	ni⁴	ja⁵	bɯ⁵
在	样	这	也	闷

闲着心烦闷，

1-18

特	先	马	打	鱼
Dawz	set	ma	dwk	bya
təɯ²	θe:t⁷	ma¹	tak⁷	pja¹
拿	鱼竿	来	钓	鱼

不如去钓鱼。

1-19

得	蛟	是	特	马
Ndaej	nyauh	cix	dawz	ma
dai³	ɲa:u⁶	çi⁴	təɯ²	ma¹
得	虾	就	拿	来

得虾就带来，

① 额 [ŋe:k⁸]：蛟龙，都安壮族、瑶族等民族崇拜的水神，其力能翻江倒海，也能变身男青年上岸对歌。

①友共姓当韦［ju⁴ kuŋ⁶ θiŋ⁵ ta:ŋ⁵ vai¹］：意为友是否同姓。都安当地瑶族以前流行舅表婚，后来禁止近亲结婚，因此对歌的时候要互相问清对方是否属于近亲，若是近亲，则不能以歌择偶。

1-20

得	魚	是	特	斗
Ndaej	bya	cix	dawz	daeuj
dai³	pja¹	çi⁴	təɯ²	tau³
得	鱼	就	拿	来

得鱼也拿来。

1-21

在	样	内	牙	伏
Ywq	yiengh	neix	yax	mbwq
jɯ⁵	jɯːŋ⁶	ni⁴	ja⁵	bɯ⁵
在	样	这	也	闷

闲着心烦闷，

1-22

特	德	马	配	堂
Dawz	dawh	ma	boiq	dangz
təɯ²	təɯ⁶	ma¹	poːi⁵	taːŋ²
拿	筷	来	配	堂

拿筷来配对。

1-23

变	友	而	在	行
Bienq	youx	lawz	caih	hangz
piːn⁵	ju⁴	laɯ²	çaːi⁶	haːŋ²
辨	友	哪	在	行

看友谁在行，

1-24

特	布	马	裁	布
Dawz	baengz	ma	caiz	buh
təɯ²	paŋ²	ma¹	çaːi²	pu⁶
拿	布	来	裁	衣服

用布裁成衣。

1-25

在	样	内	牙	伏
Ywq	yiengh	neix	yax	mbwq
jɯ⁵	jɯːŋ⁶	ni⁴	ja⁵	bɯ⁵
在	样	这	也	闷

闲着心烦闷，

1-26

特	德	马	同	岁
Dawz	dawh	ma	doengz	caez
təɯ²	təɯ⁶	ma¹	toŋ²	çai²
拿	筷	来	同	齐

请好友相聚。

1-27

友	共	姓	当	韦①
Youx	gungh	singq	dangq	vae
ju⁴	kuŋ⁶	θiŋ⁵	taːŋ⁵	vai¹
友	共	姓	另	姓

友是否同姓，

1-28

不	乱	岁	很	内
Mbouj	luenh	caez	hwnz	neix
bou⁵	luːn⁶	çai²	hɯn²	ni⁴
不	乱	齐	夜	这

难得聚一夜。

1-29

在	样	内	牙	伏
Ywq	yiengh	neix	yax	mbwq
jɯ⁵	jɯːŋ⁶	ni⁴	ja⁵	bɯ⁵
在	样	这	也	闷

闲着心烦闷，

1-30

特　德　马　同　岁

Dawz　dawh　ma　doengz　caez

$təɯ^2$　$təɯ^6$　ma^1　$toŋ^2$　$çai^2$

拿　筷　来　同　齐

邀好友相聚。

1-31

友　共　姓　当　韦

Youx　gungh　singq　dangq　vae

ju^4　$kuŋ^6$　$θiŋ^5$　$ta:ŋ^5$　vai^1

友　共　姓　另　姓

友是否同姓,

1-32

同　岁　是　讲　满

Doengz　caez　cix　gangj　monh

$toŋ^2$　$çai^2$　$çi^4$　$ka:ŋ^3$　$mo:n^6$

同　齐　就　讲　情

相聚就谈情。

1-33

在　样　内　牙　伏

Ywq　yiengh　neix　yax　mbwq

$jɯ^5$　$jɯ:ŋ^6$　ni^4　ja^5　$bɯ^5$

在　样　这　也　闷

闲着心烦闷,

1-34

特　德　马　同　岁

Dawz　dawh　ma　doengz　caez

$təɯ^2$　$təɯ^6$　ma^1　$toŋ^2$　$çai^2$

拿　筷　来　同　齐

邀好友相聚。

1-35

友　共　姓　当　韦

Youx　gungh　singq　dangq　vae

ju^4　$kuŋ^6$　$θiŋ^5$　$ta:ŋ^5$　vai^1

友　共　姓　另　姓

友是否同姓,

1-36

斗　满　美　然　农

Daeuj　monh　maez　ranz　nuengx

tau^3　$mo:n^6$　mai^2　$ɽa:n^2$　$nu:ŋ^4$

来　谈情　说爱　家　妹

来妹家谈情。

1-37

很　斗　牙　包　宁

Hwnj　daeuj　yah　mbauq　ningq

$hɯn^3$　tau^3　ja^6　$ba:u^5$　$niŋ^5$

上　来　呀　小伙　小

上来呀小哥,

1-38

长　丁　能　邦　祘

Cang　dingq　naengh　bangx　suen

$ça:ŋ^1$　$tiŋ^5$　$naŋ^6$　$pa:ŋ^4$　$θu:n^1$

说　定　坐　旁　园

说定坐园边。

1-39

很　斗　牙　勒　龙

Hwnj　daeuj　yah　lwg　lungz

$hɯn^3$　tau^3　ja^6　luk^8　$luŋ^2$

上　来　呀　子　龙

上来呀小哥,

1-40

下	斗	牙	备	姓
Roengz	daeuj	yah	beix	singq
$.ıoŋ^2$	tau^3	ja^6	pi^4	$\theta iŋ^5$
下	来	呀	兄	姓

下来呀仁兄。

1-41

很	斗	牙	勒	龙
Hwnj	daeuj	yah	lwg	lungz
$huɯn^3$	tau^3	ja^6	luk^8	$luŋ^2$
上	来	呀	子	龙

上来呀小哥，

1-42

下	斗	牙	备	姓
Roengz	daeuj	yah	beix	singq
$.ıoŋ^2$	tau^3	ja^6	pi^4	$\theta iŋ^5$
下	来	呀	兄	姓

下来呀仁兄。

1-43

说	句	欢	土	听
Naeuz	coenz	fwen	dou	dingq
nau^2	$kjon^2$	$vuːn^1$	tu^1	$tiŋ^5$
说	句	歌	我	听

唱歌我们听，

1-44

共	姓	说	当	韦
Gungh	singq	naeuz	dangq	vae
$kuŋ^6$	$\theta iŋ^5$	nau^2	$taːŋ^5$	vai^1
共	姓	或	另	姓

是否是同姓。

1-45

很	斗	牙	勒	龙
Hwnj	daeuj	yah	lwg	lungz
$huɯn^3$	tau^3	ja^6	luk^8	$luŋ^2$
上	来	呀	子	龙

上来呀小哥，

1-46

下	斗	牙	备	姓
Roengz	daeuj	yah	beix	singq
$.ıoŋ^2$	tau^3	ja^6	pi^4	$\theta iŋ^5$
下	来	呀	兄	姓

下来呀仁兄。

1-47

说	句	欢	土	听
Naeuz	coenz	fwen	dou	dingq
nau^2	$kjon^2$	$vuːn^1$	tu^1	$tiŋ^5$
说	句	歌	我	听

唱歌给我听，

1-48

累	声	邦	办	而
Laeq	sing	baengz	baenz	lawz
lai^5	$\theta iŋ^1$	$paŋ^2$	pan^2	lau^2
看	声	朋	成	哪样

看喉音如何。

1-49

很	斗	牙	勒	龙
Hwnj	daeuj	yah	lwg	lungz
$huɯn^3$	tau^3	ja^6	luk^8	$luŋ^2$
上	来	呀	子	龙

上来呀小哥，

1-50

下	斗	牙	勒	丰
Roengz	daeuj	yah	lwg	fungh
$ɹoŋ^2$	tau^3	ja^6	$luɯk^8$	$fuŋ^6$
下	来	呀	子	凤

下来呀小妹。

1-51

斗	偻	沙	桥	公
Daeuj	raeuz	nda	giuz	gungj
tau^3	$ɹau^2$	da^1	$ki:u^2$	$kuŋ^3$
来	我们	摆	桥	拱

我们做拱桥,

1-52

马	偻	中	相	长
Ma	raeuz	cuengq	sieng	raez
ma^1	$ɹau^2$	$ɕu:ŋ^5$	$θe:ŋ^1$	$ɹai^2$
来	我们	中	状	元

我们中状元。

1-53

很	斗	牙	勒	龙
Hwnj	daeuj	yah	lwg	lungz
$huɯn^3$	tau^3	ja^6	$luɯk^8$	$luŋ^2$
上	来	呀	子	龙

上来呀小哥,

1-54

下	斗	牙	勒	丰
Roengz	daeuj	yah	lwg	fungh
$ɹoŋ^2$	tau^3	ja^6	$luɯk^8$	$fuŋ^6$
下	来	呀	子	凤

下来呀小妹。

1-55

斗	偻	沙	桥	公
Daeuj	raeuz	nda	giuz	gungj
tau^3	$ɹau^2$	da^1	$ki:u^2$	$kuŋ^3$
来	我们	摆	桥	拱

我们做拱桥,

1-56

马	偻	中	相	长
Ma	raeuz	cuengq	sieng	raez
ma^1	$ɹau^2$	$ɕu:ŋ^5$	$θe:ŋ^1$	$ɹai^2$
来	我们	中	状	元

我们中状元。

1-57

很	斗	牙	勒	龙
Hwnj	daeuj	yah	lwg	lungz
$huɯn^3$	tau^3	ja^6	$luɯk^8$	$luŋ^2$
上	来	呀	子	龙

上来呀小哥,

1-58

下	斗	牙	对	邦
Roengz	daeuj	yah	doih	baengz
$ɹoŋ^2$	tau^3	ja^6	$to:i^6$	$paŋ^2$
下	来	呀	伙伴	朋

下来呀朋友。

1-59

斗	偻	沙	桥	党
Daeuj	raeuz	nda	giuz	daengq
tau^3	$ɹau^2$	da^1	$ki:u^2$	$taŋ^5$
来	我们	摆	桥	凳

我们摆凳子,

1-60

马 偻 能 同 排

Ma raeuz naengh doengz baiz

ma^1 $\textrm{ɹau}^2$ $naŋ^6$ $toŋ^2$ $pa{:}i^2$

来 我们 坐 同 排

我们并排坐。

1-61

很 斗 牙 勒 龙

Hwnj daeuj yah lwg lungz

hun^3 tau^3 ja^6 luk^8 $luŋ^2$

上 来 呀 子 龙

上来呀小哥，

1-62

下 斗 牙 对 邦

Roengz daeuj yah doih baengz

$\textrm{ɹoŋ}^2$ tau^3 ja^6 $to{:}i^6$ $paŋ^2$

下 来 呀 伙伴 朋

下来呀朋友。

1-63

斗 偻 沙 桥 党

Daeuj raeuz nda giuz daengq

tau^3 $\textrm{ɹau}^2$ da^1 $ki{:}u^2$ $taŋ^5$

来 我们 摆 桥 凳

我们摆凳子，

1-64

马 偻 狼 声 欢

Ma raeuz langh sing fwen

ma^1 $\textrm{ɹau}^2$ $la{:}ŋ^6$ $θiŋ^1$ $vu{:}n^1$

来 我们 放 声 歌

我们放声唱。

1-65

很 斗 牙 勒 龙

Hwnj daeuj yah lwg lungz

hun^3 tau^3 ja^6 luk^8 $luŋ^2$

上 来 呀 子 龙

上来呀小哥，

1-66

下 斗 牙 贵 伏

Roengz daeuj yah gwiz fwx

$\textrm{ɹoŋ}^2$ tau^3 ja^6 kui^2 $fə^4$

下 来 呀 丈夫 别人

下来呀夫君。

1-67

说 句 欢 改 伏

Naeuz coenz fwen gaij mbwq

nau^2 $kjon^2$ $vu{:}n^1$ $ka{:}i^3$ $bɯ^5$

说 句 歌 解 闷

唱山歌解闷，

1-68

空 勒 备 千 年

Ndwi lawh beix cien nienz

$du{:}i^1$ $ləu^6$ pi^4 $ɕi{:}n^1$ $ni{:}n^2$

不 换 兄 千 年

这机会难逢。

1-69

很 斗 牙 勒 龙

Hwnj daeuj yah lwg lungz

hun^3 tau^3 ja^6 luk^8 $luŋ^2$

上 来 呀 子 龙

上来呀小哥，

1-70

下	斗	牙	龙	女
Roengz	daeuj	yah	lungz	nawx
$ɹoŋ^2$	tau^3	ja^6	$luŋ^2$	nu^4
下	来	呀	龙	女

下来呀小妹。

1-71

你	米	方	你	在
Mwngz	miz	fueng	mwngz	ywq
$muɯŋ^2$	mi^2	$fuːŋ^1$	$muɯŋ^2$	ju^5
你	有	方	你	住

你有地方住，

1-72

农	不	勒	小	正
Nuengx	mbouj	lawh	siuj	cingz
$nuːŋ^4$	bou^5	$lɯu^6$	$θiːu^3$	$ɕiŋ^2$
妹	不	换	小	情

妹不强留你。

1-73

很	斗	牙	王	怀
Hwnj	daeuj	yah	vangz	vaiq
$hɯn^3$	tau^3	ja^6	$vaːŋ^2$	$vaːi^5$
上	来	呀	空	荡

上来抽空聊，

1-74

斗	偻	裁	美	支
Daeuj	raeuz	caiz	mae	sei
tau^3	$ɹauɯ^2$	$ɕaːi^2$	mai^1	$θi^1$
来	我们	裁	纱	丝

我们裁丝绸。

1-75

很	斗	牙	包	好
Hwnj	daeuj	yah	mbauq	ndei
hun^3	tau^3	ja^6	$baːu^5$	dei^1
上	来	呀	小伙	好

上来呀小哥，

1-76

斗	偻	吹	正	义
Daeuj	raeuz	ci	cingz	ngeih
tau^3	$ɹauɯ^2$	$ɕi^1$	$ɕiŋ^2$	$n̠i^6$
来	我们	吹	情	义

我们谈情义。

1-77

很	斗	牙	王	怀
Hwnj	daeuj	yah	vangz	vaiq
hun^3	tau^3	ja^6	$vaːŋ^2$	$vaːi^5$
上	来	呀	空	荡

上来抽空聊，

1-78

斗	偻	裁	美	团
Daeuj	raeuz	caiz	mae	duenh
tau^3	$ɹauɯ^2$	$ɕaːi^2$	mai^1	$tuːn^6$
来	我们	裁	纱	缎

我们裁绸缎。

1-79

很	斗	牙	乜	月
Hwnj	daeuj	yah	meh	ndwen
hun^3	tau^3	ja^6	me^6	$duːn^1$
上	来	呀	母	月

月亮快上来，

1–80

斗	**偻**	**全**	**天**	**下**
Daeuz	raeuz	cienz	denh	ya
tau^{3}	ɹau^{2}	ɕu:n^{2}	ti:n^{1}	ja^{6}
来	**我们**	**传**	**天**	**下**

来聊天下事。

1–81

很	**斗**	**牙**	**王**	**怀**
Hwnj	daeuj	yah	vangz	vaiq
hɯn^{3}	tau^{3}	ja^{6}	va:ŋ^{2}	va:i^{5}
上	**来**	**呀**	**空**	**荡**

上来抽空聊，

1–82

斗	**偻**	**裁**	**美**	**团**
Daeuj	raeuz	caiz	mae	duenh
tau^{3}	ɹau^{2}	ɕa:i^{2}	mai^{1}	tu:n^{6}
来	**我们**	**裁**	**纱**	**缎**

来裁缎制衣。

1–83

很	**斗**	**牙**	**乜**	**月**
Hwnj	daeuj	yah	meh	ndwen
hɯn^{3}	tau^{3}	ja^{6}	me^{6}	du:n^{1}
上	**来**	**呀**	**母**	**月**

上来呀月亮，

1–84

全	**四**	**方**	**拉**	**里**
Cienz	seiq	fueng	ndau	ndeiq
ɕu:n^{2}	θei^{5}	fu:ŋ^{1}	dau^{1}	di^{5}
传	**四**	**方**	**星**	**斗**

叫上满天星。

1–85

⿸广且	**内**	**论**	**立**	**立**
Haemh	neix	laep	li	li
han^{6}	ni^{4}	lap^{7}	li^{1}	li^{1}
夜	**这**	**黑**	**漆**	**漆**

今晚黑漆漆，

1–86

党	**骑**	**样**	**而**	**排**
Daengq	eij	yiengh	lawz	baiz
taŋ^{5}	i^{3}	jɯ:ŋ^{6}	laɯ^{2}	pa:i^{2}
凳	**椅**	**样**	**哪**	**排**

座次怎样排。

1–87

⿸广且	**内**	**论**	**来**	**来**
Haemh	neix	laep	lai	lai
han^{6}	ni^{4}	lap^{7}	la:i^{1}	la:i^{1}
夜	**这**	**黑**	**多**	**多**

今夜黑漆漆，

1–88

包	**乖**	**出**	**而**	**斗**
Mbauq	gvai	ok	lawz	daeuj
ba:u^{5}	kwa:i^{1}	o:k^{7}	laɯ^{2}	tau^{3}
小伙	**乖**	**出**	**哪**	**来**

靓仔何处来。

1–89

很	**内**	**论**	**立**	**立**
Hwnz	neix	laep	li	li
hɯn^{2}	ni^{4}	lap^{7}	li^{1}	li^{1}
夜	**这**	**黑**	**漆**	**漆**

今夜黑漆漆，

1-90

党	骑	样	而	排
Daengq	eij	yiengh	lawz	baiz
taŋ⁵	i³	juːŋ⁶	lauˉ²	paːi²
凳	椅	样	哪	排

座次怎样排。

1-91

亩	内	论	来	来
Haemh	neix	laep	lai	lai
han⁶	ni⁴	lap⁷	laːi¹	laːi¹
夜	这	黑	多	多

今夜黑漆漆，

1-92

样	而	排	后	生
Yiengh	lawz	baiz	haux	seng
juːŋ⁶	lauˉ²	paːi²	hou⁴	θeːŋ¹
样	哪	排	后	生

如何排后生。

1-93

亩	内	论	立	立
Haemh	neix	laep	li	li
han⁶	ni⁴	lap⁷	li¹	li¹
夜	这	黑	漆	漆

今夜黑漆漆，

1-94

党	骑	样	而	站
Daengq	eij	yiengh	lawz	soengz
taŋ⁵	i³	juːŋ⁶	lauˉ²	θoŋ²
凳	椅	样	哪	站

座位怎样摆。

1-95

备	斗	内	巡	同
Beix	daeuj	neix	cunz	doengz
pi⁴	tau³	ni⁴	ɕun²	toŋ²
兄	来	这	巡	同

兄来探老友，

1-96

勒	龙	开	么	姓
Lwg	lungz	gij	maz	singq
luk⁸	luŋ²	kaːi²	ma²	θiŋ⁵
子	龙	什	么	姓

小哥你贵姓。

1-97

亩	内	论	立	立
Haemh	neix	laep	li	li
han⁶	ni⁴	lap⁷	li¹	li¹
夜	这	黑	漆	漆

今夜黑漆漆，

1-98

党	骑	样	而	站
Daengq	eij	yiengh	lawz	soengz
taŋ⁵	i³	juːŋ⁶	lauˉ²	θoŋ²
凳	椅	样	哪	站

座位怎样摆。

1-99

真	同	不	真	同
Caen	doengz	mbouj	caen	doengz
ɕin¹	toŋ²	bou⁵	ɕin¹	toŋ²
真	同	不	真	同

是否真老友，

1-100

老	是	龙	变	化
Lau	cix	lungz	bienq	vaq
la:u¹	çi⁴	luŋ²	pi:n⁵	va⁵
怕	就	龙	变	化

只怕兄变化。

1-101

厘	内	论	立	立
Haemh	neix	laep	li	li
han⁶	ni⁴	lap⁷	li¹	li¹
夜	这	黑	漆	漆

今夜黑漆漆，

1-102

党	骑	样	而	说
Daengq	eij	yiengh	lawz	naeuz
taŋ⁵	i³	juɯŋ⁶	lau²	nau²
凳	椅	样	哪	说

座位怎样摆。

1-103

备	斗	内	巡	偻
Beix	daeuj	neix	cunz	raeuz
pi⁴	tau³	ni⁴	çun²	ɹau²
兄	来	这	巡	我们

兄来看我们，

1-104

说	句	欢	土	听
Naeuz	coenz	fwen	dou	dingq
nau²	kjon²	vɯn¹	tu¹	tiŋ⁵
说	句	歌	我	听

唱句歌来听。

1-105

很	内	论	十	分
Hwnz	neix	laep	cib	faen
huɯn²	ni⁴	lap⁷	çit⁸	fan¹
夜	这	黑	十	分

今夜十分黑，

1-106

金	跟	银	同	配
Gim	riengz	ngaenz	doengz	boiq
kin¹	ɹi:ŋ²	ŋan²	toŋ²	po:i⁵
金	和	银	同	配

金和银相配。

1-107

少	跟	龙	相	会
Sau	riengz	lungz	siengh	hoih
θa:u¹	ɹi:ŋ²	luŋ²	θe:ŋ⁶	ho:i⁶
姑娘	和	龙	相	会

男女来相会，

1-108

可	当	对	金	秋
Goj	dangq	doiq	gim	ciuz
ko⁵	taŋ⁵	to:i⁵	kin¹	çi:u²
也	当	对	金	珠

如同对金珠。

1-109

厘	内	论	十	分
Haemh	neix	laep	cib	faen
han⁶	ni⁴	lap⁷	çit⁸	fan¹
夜	这	黑	十	分

今夜十分黑，

1-110

金　跟　银　岁　克

Gim　riengz　ngaenz　caez　gwz

kin^1　$ʝiːŋ^2$　$ŋan^2$　$çai^2$　$kə^4$

金　和　银　齐　去

金和银合璧。

1-111

夜　来　黑　又　黑

Ye　laiz　hwz　youh　hwz

je^4　$laːi^2$　$hə^2$　jou^4　$hə^2$

夜　来　黑　又　黑

夜色黑又黑，

1-112

什　么　客　斗　巡

Cwq　maq　gwz　daeuj　cunz

$çɯ^5$　ma^5　$kə^2$　tau^3　$çun^2$

什　么　客　来　巡

何方客来访。

1-113

甴　内　本　论　了

Haemh　neix　mbwn　laep　liux

han^6　ni^4　$ɓun^1$　lap^7　$liːu^4$

夜　这　天　黑　完

今晚天黑黑，

1-114

真　定　牙　下　文

Cinj　dingh　yaek　roengz　fwn

$çin^3$　$tiŋ^6$　jak^7　$ɻoŋ^2$　vun^1

准　定　欲　下　雨

必定要下雨。

1-115

甴　内　论　疼　疼

Haemh　neix　laep　dwn　dwn

han^6　ni^4　lap^7　tun^1　tun^1

夜　这　黑　煞　煞

今夜天很黑，

1-116

老　米　文　斗　么

Lau　miz　fwn　daeuj　moq

$laːu^1$　mi^2　vun^1　tau^3　mo^5

怕　有　雨　来　新

恐新雨来临。

男唱

1-117

是　想　不　很　河

Cix　siengj　mbouj　hwnj　haw

$çi^4$　$θiːŋ^3$　bou^5　hun^3　$həɯ^1$

就　想　不　上　圩

本不想赶圩，

1-118

手　又　特　贝　银

Fwngz　youh　dawz　mbaw　ngaenz

$fuŋ^2$　jou^4　$tɯu^2$　bau^1　$ŋan^2$

手　又　拿　张　钱

手已拿好钱。

① 忠很〔fa:ŋ²
huun²〕：做梦。

1-119

想	不	斗	巡	伴
Siengj	mbouj	daeuj	cunz	buenx
θi:ŋ³	bou⁵	tau³	ɕun²	pu:n⁴
想	不	来	巡	伴

想不来访友，

1-120

为	觇	偻	米	正
Vih	gonq	raeuz	miz	cingz
vei⁶	ko:n⁵	ɹau²	mi²	ɕiŋ²
为	先	我们	有	情

前又有交情。

女唱

1-121

甴	内	甴	开	么
Haemh	neix	haemh	gij	maz
han⁶	ni⁴	han⁶	ka:i²	ma²
夜	这	夜	什	么

今夜为何因，

1-122

土	鸦	马	告	事
Duz	a	ma	gauj	saeh
tu²	a¹	ma¹	ka:u³	θei⁶
只	鸦	来	搞	事

乌鸦来闹事。

1-123

甴	乱	忠	很①	哭
Haemh	lwenz	fangz	hwnz	daej
han⁶	luɯ:n²	fa:ŋ²	huun²	tai³
夜	昨	做	梦	哭

昨晚梦里哭，

1-124

见	邦	美	堂	然
Raen	baengz	maez	daengz	ranz
ɹan¹	paŋ²	mai²	taŋ²	ɹa:n²
见	朋	爱	到	家

见好友到家。

男唱

1-125

是	想	不	很	河
Cix	siengj	mbouj	hwnj	haw
ɕi⁴	θi:ŋ³	bou⁵	huun³	həɯ¹
就	想	不	上	圩

本不想赶圩，

1-126

手	又	特	贝	团
Fwngz	youh	dawz	mbaw	duenh
fuɯŋ²	jou⁴	tǝɯ²	baɯ¹	tu:n⁶
手	又	拿	张	纸币

手中已拿钱。

1-127

想	不	斗	巡	伴
Siengj	mbouj	daeuj	cunz	buenx
$\theta i{:}\eta^3$	bou^5	tau^3	ςun^2	$pu{:}n^4$
想	不	来	巡	伴

本不想访友,

1-128

满	堂	农	声	欢
Muengh	daengz	nuengx	sing	fwen
$mu{:}\eta^6$	$ta\eta^2$	$nu{:}\eta^4$	$\theta i\eta^1$	$vu{:}n^1$
望	到	妹	声	歌

想听妹歌喉。

女唱

1-129

庢	内	庢	开	么
Haemh	neix	haemh	gij	maz
han^6	ni^4	han^6	$ka{:}i^2$	ma^2
夜	这	夜	什	么

今夜为何因,

1-130

土	鸦	马	沙	对
Duz	a	ma	ra	doih
tu^2	a^1	ma^1	$\mathfrak{r}a^1$	$to{:}i^6$
只	鸦	来	找	伙伴

乌鸦找伴侣。

1-131

庢	乱	患	很	凶
Haemh	lwenz	fangz	hwnz	rwix
han^6	$lu{:}n^2$	$fa{:}\eta^2$	hun^2	$\mathfrak{r}u{:}i^4$
夜	昨	做	梦	孬

昨夜做恶梦,

1-132

包	青	斗	巡	同
Mbauq	oiq	daeuj	cunz	doengz
$ba{:}u^5$	$o{:}i^5$	tau^3	ςun^2	$to\eta^2$
小伙	嫩	来	巡	同

后生来访友。

男唱

1-133

是	想	不	很	河
Cix	siengj	mbouj	hwnj	haw
ςi^4	$\theta i{:}\eta^3$	bou^5	hun^3	$h\partial u^1$
就	想	不	上	圩

本不想赶圩,

1-134

手	又	特	贝	王
Fwngz	youh	dawz	mbaw	vangh
$fu\eta^2$	jou^4	$t\mathbf{u}^2$	bau^1	$va{:}\eta^6$
手	又	拿	张	纸票

手又拿好钱。

1-135

想 不 斗 巡 邦

Siengj mbouj daeuj cunz baengz

θiːŋ^{3} bou^{5} tau^{3} ɕun^{2} paŋ^{2}

想 不 来 巡 朋

若不来访友，

1-136

忙 堂 秀 方 卢

Moengh daengz couh fueng louz

maːŋ^{4} taŋ^{2} ɕiːu^{6} fuːŋ^{1} lu^{2}

梦 到 就 风 流

梦到风流世。

女唱

1-137

[广+旦] 内 [广+旦] 开 么

Haemh neix haemh gij maz

han^{6} ni^{4} han^{6} kaːi^{2} ma^{2}

夜 这 夜 什 么

今夜是何因，

1-138

土 鸦 斗 沙 仪

Duz a daeuj ra saenq

tu^{2} a^{1} tau^{3} ɹa^{1} θin^{5}

只 鸦 来 找 信

乌鸦来要信。

1-139

文 来 下 斗 听

Vunz lai roengz daeuj dingq

vun^{2} laːi^{1} ɹoŋ^{2} tau^{3} tiŋ^{5}

人 多 下 来 听

大伙来听听，

1-140

包 宁 斗 巡 偻

Mbauq ningq daeuj cunz raeuz

baːu^{5} niŋ^{5} tau^{3} ɕun^{2} ɹau^{2}

小伙 小 来 巡 我们

小哥哥来访。

男唱

1-141

是 想 不 很 河

Cix siengj mbouj hwnj haw

ɕi^{4} θiːŋ^{3} bou^{5} hɯn^{3} həɯ^{1}

就 想 不 上 圩

本想不赶圩，

1-142

手 又 特 贝 王

Fwngz youh dawz mbaw vangh

fɯŋ^{2} jou^{4} təɯ^{2} baɯ^{1} vaːŋ^{6}

手 又 拿 张 纸票

手中已拿钱。

1-143

想	不	斗	巡	邦
Siengj	mbouj	daeuj	cunz	baengz
θi:ŋ³	bou⁵	tau³	ɕun²	paŋ²
想	不	来	巡	朋

想不来访友，

1-144

伏	说	当	良	心
Fwx	naeuz	dangq	liengz	sim
fə⁴	nau²	ta:ŋ⁵	li:ŋ²	θin¹
别人	说	当	良	心

良心何以安。

女唱

1-145

亘	内	亘	开	么
Haemh	neix	haemh	gij	maz
han⁶	ni⁴	han⁶	ka:i²	ma²
夜	这	夜	什	么

今夜是何因，

1-146

土	鸦	斗	沙	仅
Duz	a	daeuj	ra	saenq
tu²	a¹	tau³	ɹa¹	θin⁵
只	鸦	来	找	信

乌鸦来找信。

1-147

文	来	下	斗	听
Vunz	lai	roengz	daeuj	dingq
vun²	la:i¹	ɹoŋ²	tau³	tiŋ⁵
人	多	下	来	听

大伙来听听，

1-148

友	安	定	斗	巡
Youx	an	dingh	daeuj	cunz
ju⁴	a:n¹	tiŋ⁶	tau³	ɕun²
友	安	定	来	巡

安定友到访。

男唱

1-149

是	想	不	很	河
Cix	siengj	mbouj	hwnj	haw
ɕi⁴	θi:ŋ³	bou⁵	huɯn³	həɯ¹
就	想	不	上	圩

本不想赶圩，

1-150

手	又	特	贝	九①
Fwngz	youh	dawz	mbaw	geux
fuɯŋ²	jou⁴	təɯ²	bau¹	ke:u⁴
手	又	拿	张	皱

无奈手拿钱。

① 九 [ke:u⁴]: 皱。指带褶皱的纸票。

1-151

想	不	巡	老	表

Siengj mbouj cunz laux biuj

$\theta i{:}u^3$　bou^5　cun^2　$la{:}u^4$　$pi{:}u^3$

想　不　巡　老　表

若不来走亲，

1-152

伏	说	了	小	正

Fwx naeuz liux siuj cingz

$f\vartheta^4$　nau^2　$li{:}u^4$　$\theta i{:}u^3$　$\varphi i\eta^2$

别人　说　完　小　情

恐人说绝情。

女唱

1-153

眶	内	眶	开	么

Haemh neix haemh gij maz

han^6　ni^4　han^6　$ka{:}i^2$　ma^2

夜　这　夜　什　么

今夜是何因，

1-154

土	鸦	斗	沙	仪

Duz a daeuj ra saenq

tu^2　a^1　tau^3　ιa^1　θin^5

只　鸦　来　找　信

乌鸦找书信。

1-155

知	你	斗	包	宁

Rox mwngz daeuj mbauq ningq

ιo^4　$mu\eta^2$　tau^3　$ba{:}u^5$　$ni\eta^5$

知　你　来　小伙　小

知你后生来，

1-156

办	从	良	加	你

Banh congz lingh caj mwngz

$pa{:}n^6$　$\varphi o{:}\eta^2$　$le{:}\eta^6$　kja^3　$mu\eta^2$

办　桌　另　等　你

办家宴等你。

男唱

1-157

友	安	定	的	文

Youx an dingh diq vunz

ju^4　$a{:}n^1$　$ti\eta^6$　ti^5　vun^2

友　安　定　的　人

友来自安定，

1-158

它	是	办	从	良

De cix banh congz lingh

te^1　φi^4　$pa{:}n^6$　$\varphi o{:}\eta^2$　$le{:}\eta^6$

他　就　办　桌　另

办家宴招待。

1-159
偻	爱	文	永	顺
Raeuz	gyaez	vunz	yungj	sun
ɹau^2	kjai^2	vun^2	jin^3	çin^4
我们	爱	人	永	顺

我想永顺人，

1-160
办	从	良	古	而
Banh	congz	lingh	guh	rawz
pa:n^6	ço:ŋ^2	le:ŋ^6	ku^4	ɹuaɹ^2
办	桌	另	做	什么

不必办家宴。

女唱

1-161
庘	内	庘	开	么
Haemh	neix	haemh	gij	maz
han^6	ni^4	han^6	ka:i^2	ma^2
夜	这	夜	什	么

今晚是何因，

1-162
土	鸦	马	沙	仪
Duz	a	ma	ra	saenq
tu^2	a^1	ma^1	ɹa^1	θin^5
只	鸦	来	找	信

乌鸦来找信。

1-163
想	不	办	从	良
Siengj	mbouj	banh	congz	lingh
θi:ŋ^3	bou^5	pa:n^6	ço:ŋ^2	le:ŋ^6
想	不	办	桌	另

若不办家宴，

1-164
包	宁	又	斗	巡
Mbauq	ningq	youh	daeuj	cunz
ba:u^5	niŋ^5	jou^4	tau^3	çun^2
小伙	小	又	来	巡

小哥已来访。

男唱

1-165
斗	堂	尝	得	能
Daeuj	daengz	caengz	ndaej	naengh
tau^3	taŋ^2	çaŋ^2	dai^3	naŋ^6
来	到	未	得	坐

客来未坐定，

1-166
先	特	比	马	团
Senq	dawz	beij	ma	duenz
θe:ŋ^5	tɯ^2	pi^3	ma^1	tu:n^2
先	拿	歌	来	猜

先比试歌喉。

1-167

四	方	土	全	全
Seiq	fangh	dou	gyonj	cienz
θei^5	$fa:\eta^5$	tu^1	$kjo:n^3$	$\varphi u:n^2$
四	方	我	都	传

聚四方歌友，

1-168

欢	么	团	样	内
Fwen	moq	duenz	yiengh	neix
$vu:n^1$	mo^5	$tu:n^2$	$ju\text{w}\eta^6$	ni^4
歌	新	猜	样	这

用新歌猜谜。

1-171

包	乖	才	斗	么
Mbauq	gvai	nda	daeuj	moq
$ba:u^5$	$kwa:i^1$	da^1	tau^3	mo^5
小伙	乖	刚	来	新

小哥头次来，

1-172

真	定	牙	说	欢
Cinj	dingh	yaek	naeuz	fwen
φin^3	$ti\eta^6$	jak^7	nau^2	$vu:n^1$
准	定	欲	说	歌

想必擅唱歌。

女唱

1-169

然	米	十	斤	油
Ranz	miz	cib	gaen	youz
$\text{\textturnr}a:n^2$	mi^2	φit^8	kan^1	jou^2
家	有	十	斤	油

家有十斤油，

1-170

点	江	然	亮	托
Diemj	gyang	ranz	rongh	doh
$ti:n^3$	$kja:\eta^1$	$\text{\textturnr}a:n^2$	$\text{\textturnr}o:\eta^6$	to^6
点	中	家	亮	遍

点亮整间屋。

男唱

1-173

斗	堂	尝	得	能
Daeuj	daengz	caengz	ndaej	naengh
tau^3	$ta\eta^2$	$\varphi a\eta^2$	dai^3	$na\eta^6$
来	到	未	得	坐

客来未落座，

1-174

先	特	比	马	团
Senq	dawz	beij	ma	duenz
$\theta e:n^5$	$t\text{\textturnw}^2$	pi^3	ma^1	$tu:n^2$
先	拿	歌	来	猜

先拿歌来考。

1-175

备	是	空	知	欢
Beix	cix	ndwi	rox	fwen
pi^4	$çi^4$	$ndu:i^1$	$ɹo.^4$	$vu:n^1$
兄	就	不	懂	歌

兄本不懂歌，

1-176

团	开	么	唱	歌
Dwen	gij	maz	cang	go
$tu:n^1$	$ka:i^2$	ma^2	$ça:ŋ^4$	ko^5
提	什	么	唱	歌

谈什么唱歌。

女唱

1-177

然	米	十	斤	油
Ranz	miz	cib	gaen	youz
$ɹa:n^2$	mi^2	$çit^8$	kan^1	jou^2
家	有	十	斤	油

家有十斤油，

1-178

点	江	然	亮	托
Diemj	gyang	ranz	rongh	doh
$ti:n^3$	$kja:ŋ^1$	$ɹa:n^2$	$ɹo.ŋ^6$	to^6
点	中	家	亮	遍

点亮整间屋。

1-179

是	想	不	唱	歌
Cix	siengj	mbouj	cang	go
$çi^4$	$θi:ŋ^3$	bou^5	$ça:ŋ^4$	ko^5
就	想	不	唱	歌

本想不唱歌，

1-180

邦	么	又	堂	然
Baengz	moq	youh	daengz	ranz
$paŋ^2$	mo^5	jou^4	$taŋ^2$	$ɹa:n^2$
朋	新	又	到	家

新朋又莅临。

男唱

1-181

斗	堂	尝	得	能
Daeuj	daengz	caengz	ndaej	naengh
tau^3	$taŋ^2$	$çaŋ^2$	dai^3	$naŋ^6$
来	到	未	得	坐

客来未落座，

1-182

先	特	比	马	说
Senq	dawz	beij	ma	naeuz
$θe:n^5$	$tɯ^2$	pi^3	ma^1	nau^2
先	拿	歌	来	说

先把歌来聊。

1-183

能　党　尝　吃　寿

Naengh daengq caengz gwn caeuz

naŋ⁶　taŋ⁵　çaŋ²　kun¹　çau²

坐　凳　未　吃　晚饭

坐下未吃饭，

1-184

少　先　说　欢　比

Sau senq naeuz fwen beij

θaːu¹　θeːn⁵　nau²　vuːn¹　pi³

姑娘　先　说　山　歌

妹先论山歌。

女唱

1-185

是　想　不　说　欢

Cix siengj mbouj naeuz fwen

çi⁴　θiːŋ³　bou⁵　nau²　vuːn¹

就　想　不　说　歌

本不想唱歌，

1-186

龙　又　巡　堂　内

Lungz youh cunz daengz neix

luŋ²　jou⁴　çun²　taŋ²　ni⁴

龙　又　巡　到　这

哥哥又来临。

1-187

是　想　不　说　比

Cix siengj mbouj naeuz beij

çi⁴　θiːŋ³　bou⁵　nau²　pi³

就　想　不　说　歌

本不想唱歌，

1-188

友　良　立　堂　然

Youx lingz leih daengz ranz

ju⁴　leːŋ⁶　lei⁶　taŋ²　ɣaːn²

友　伶　俐　到　家

伶俐友来临。

男唱

1-189

斗　堂　尝　得　能

Daeuj daengz caengz ndaej naengh

tau³　taŋ²　çaŋ²　dai³　naŋ⁶

来　到　未　得　坐

板凳未坐稳，

1-190

先　特　比　马　乃

Senq dawz beij ma nai

θeːn⁵　tɯ²　pi³　ma¹　naːi¹

先　拿　歌　来　招呼

先用歌招呼。

1-191

能	党	是	尝	岁
Naengh	daengq	cix	caengz	caez
$na{:}\eta^6$	$ta\eta^5$	$\text{ç}i^4$	$\text{ç}a\eta^2$	$\text{ç}ai^2$
坐	凳	就	未	齐

人还未到齐，

1-192

欢	先	乃	先	满
Fwen	senq	nai	senq	monh
$vu{:}n^1$	$\theta e{:}n^5$	$na{:}i^1$	$\theta e{:}n^5$	$mo{:}n^6$
歌	先	招呼	先	谈情

就要先唱歌。

女唱

1-193

想	不	笑	不	洋
Siengj	mbouj	riu	mbouj	angq
$\theta i{:}\eta^3$	bou^5	$\text{ɹ}i{:}u^1$	bou^5	$a{:}\eta^5$
想	不	笑	不	高兴

心中不欢快，

1-194

对	邦	又	斗	长
Doih	baengz	youh	daeuj	raez
$to{:}i^6$	$pa\eta^2$	jou^4	tau^3	$\text{ɹ}ai^2$
伙伴	朋	又	来	遇

嘉宾又临门。

1-195

不	讲	满	跟	乃
Mbouj	gangj	monh	riengz	nai
bou^5	$ka{:}\eta^3$	$mo{:}n^6$	$\text{ɹ}i{:}\eta^2$	$na{:}i^1$
不	讲	情	和	招呼

不招呼不行，

1-196

龙	在	远	斗	托
Lungz	ywq	gyae	daeuj	doh
$lu\eta^2$	$ju\mui^5$	$kjai^1$	tau^3	to^6
龙	在	远	来	向

友从远方来。

男唱

1-197

斗	堂	尝	得	能
Daeuj	daengz	caengz	ndaej	naengh
tau^3	$ta\eta^2$	$\text{ç}a\eta^2$	dai^3	$na\eta^6$
来	到	未	得	坐

进门未坐定，

1-198

先	特	比	马	念
Senq	dawz	beij	ma	niemh
$\theta e{:}n^5$	$t\mui^2$	pi^3	ma^1	$ni{:}m^6$
先	拿	歌	来	念

先把歌来唱。

1-199

能	党	尝	吃	炕
Naengh	daengq	caengz	gwn	ien
naŋ^6	taŋ^5	çaŋ^2	kun^1	i:n^1
坐	凳	未	吃	烟

坐下未抽烟，

1-200

少	先	年	间	布
Sau	senq	nem	gen	buh
θa:u^1	θe:n^5	ne:m^1	ke:n^1	pu^6
姑娘	先	贴	衣	袖

妹先牵衣袖。

女唱

1-201

想	不	笑	不	洋
Siengj	mbouj	riu	mbouj	angq
θi:ŋ^3	bou^5	ɹi:u^1	bou^5	a:ŋ^5
想	不	笑	不	高兴

心中不欢快，

1-202

对	邦	又	斗	秀
Doih	baengz	youh	daeuj	ciuz
to:i^6	paŋ^2	jou^4	tau^3	çi:u^2
伙伴	朋	又	来	邀

朋友又来访。

1-203

想	不	洋	不	笑
Siengj	mbouj	angq	mbouj	riu
θi:ŋ^3	bou^5	a:ŋ^5	bou^5	ɹi:u^1
想	不	高兴	不	笑

若不带笑脸，

1-204

文	说	偻	不	兰
Vunz	naeuz	raeuz	mbouj	lanh
vun^2	nau^2	ɹau^2	bou^5	lan^6
人	说	我们	不	大方

显得不大方。

男唱

1-205

土	斗	堂	巴	土
Dou	daeuj	daengz	bak	dou
tu^1	tau^3	taŋ^2	pa:k^7	tou^1
我	来	到	口	门

我刚到大门，

1-206

乜	仙	茶	邦	党
Meh	cienq	caz	bangx	daengq
me^6	çe:n^1	ça^2	pa:ŋ^4	taŋ^5
母	煎	茶	旁	凳

母已沏好茶。

1-207

斗	是	尝	得	能
Daeuj	cix	caengz	ndaej	naengh
tau^3	çi^4	çaŋ^2	dai^3	naŋ^6
来	就	未	得	坐

进门未落座，

1-208

邦	先	狼	声	欢
Baengz	senq	langh	sing	fwen
paŋ^2	θe:n^5	la:ŋ^6	θiŋ^1	vu:n^1
朋	先	放	声	歌

友放声高歌。

女唱

1-209

想	不	笑	不	洋
Siengj	mbouj	riu	mbouj	angq
θi:ŋ^3	bou^5	ɹi:u^1	bou^5	a:ŋ^5
想	不	笑	不	高兴

本来不欢悦，

1-210

对	邦	又	斗	巡
Doih	baengz	youh	daeuj	cunz
to:i^6	paŋ^2	jou^4	tau^3	çun^2
伙伴	朋	又	来	巡

嘉宾又临门。

1-211

想	不	结	声	欢
Siengj	mbouj	giet	sing	fwen
θi:ŋ^3	bou^5	ki:t^7	θiŋ^1	vu:n^1
想	不	结	声	歌

若不放声唱，

1-212

偻	又	元	少	包
Raeuz	youh	yiemz	sau	mbauq
ɹau^2	jou^4	ji:n^2	θa:u^1	ba:u^5
我们	又	嫌	姑娘	小伙

对不住后生。

男唱

1-213

土	斗	堂	巴	土
Dou	daeuj	daengz	bak	dou
tu^1	tau^3	taŋ^2	pa:k^7	tou^1
我	来	到	口	门

我刚到门口，

1-214

乜	仙	茶	邦	党
Meh	cienq	caz	bangx	daengq
me^6	çe:n^1	ça^2	pa:ŋ^4	taŋ^5
母	煎	茶	旁	凳

母就备好茶。

1-215

斗	是	尝	得	能

Daeuj cix caengz ndaej naengh

tau³ çi⁴ çaŋ² dai³ naŋ⁶

来	就	未	得	坐

进门未落座，

1-216

欢	对	邦	先	岁

Fwen doih baengz senq caez

vu:n¹ to:i⁶ paŋ² θe:n⁵ çai²

歌	伙伴	朋	早	齐

歌友已到齐。

女唱

1-217

是	想	不	说	欢

Cix siengj mbouj naeuz fwen

çi⁴ θi:ŋ³ bou⁵ nau² vu:n¹

是	想	不	说	歌

本不想唱歌，

1-218

龙	又	巡	堂	板

Lungz youh cunz daengz mbanj

luŋ² jou⁴ çun² taŋ² ba:n³

龙	又	巡	到	村

情友又到访。

1-219

是	想	不	告	然

Cix siengj mbouj gauq ranz

çi⁴ θi:ŋ³ bou⁵ ka:u⁵ ɹa:n²

就	想	不	靠	家

本想不在家，

1-220

邦	斗	板	偻	站

Baengz daeuj mbanj raeuz soengz

paŋ² tau³ ba:n³ ɹau² θoŋ²

朋	来	村	我们	站

友已到村上。

男唱

1-221

斗	堂	尝	得	能

Daeuj daengz caengz ndaej naengh

tau³ taŋ² çaŋ² dai³ naŋ⁶

来	到	未	得	坐

进门未落座，

1-222

先	特	比	马	说

Senq dawz beij ma naeuz

θe:n⁵ təɯ² pi³ ma¹ nau²

早	拿	歌	来	说

先把歌来唱。

1-223

八	列①	友	巴	轻
Bah	leh	youx	bak	mbaeu
pa⁶	le⁶	ju⁴	pa:k⁷	bau¹
唉	唷	友	嘴	轻

吾友口舌巧,

1-224

说	开	么	欢	比
Naeuz	gij	maz	fwen	beij
nau²	ka:i²	ma²	vu:n¹	pi³
说	什	么	山	歌

聊什么山歌。

女唱

1-225

是	想	不	说	欢
Cix	siengj	mbouj	naeuz	fwen
çi⁴	θi:ŋ³	bou⁵	nau²	vu:n¹
就	想	不	说	歌

正待不唱歌,

1-226

龙	又	巡	斗	欠
Lungz	youh	cunz	daeuj	genx
luŋ²	jou⁴	çun²	tau³	ke:n⁴
龙	又	巡	来	紧挨

后生又来临。

1-227

不	唱	歌	小	面
Mbouj	cang	go	siuj	mienh
bou⁵	ça:ŋ⁴	ko⁵	θi:u³	me:n⁶
不	唱	歌	小	事

不唱是小事,

1-228

伏	报	田	偻	凉
Fwx	bauq	denz	raeuz	liengz
fə⁴	pa:u⁵	te:n²	ɹau²	li:ŋ²
别人	报	地	我们	凉

传我村冷漠。

男唱

1-229

土	斗	堂	巴	土
Dou	daeuj	daengz	bak	dou
tu¹	tau³	taŋ²	pa:k⁷	tou¹
我	来	到	口	门

我来到门口,

1-230

乜	仙	茶	邦	党
Meh	cienq	caz	bangx	daengq
me⁶	çe:n¹	ça²	pa:ŋ⁴	taŋ⁵
母	煎	茶	旁	凳

母已沏好茶。

① 八列 [pa⁶ le⁶]: 唉唷。句首语气词,无实义。

1-231

斗　　是　　尝　　得　　能

Daeuj　cix　caengz　ndaej　naengh

tau³　çi⁴　çaŋ²　dai³　naŋ⁶

来　　就　　未　　得　　坐

进门未落座，

1-232

邦　　先　　叫　　吃　　茶

Baengz　senq　heuh　gwn　caz

paŋ²　θe:n⁵　he:u⁶　kɯn¹　ça²

朋　　早　　叫　　吃　　茶

我友请喝茶。

女唱

1-233

友　　安　　定　　斗　　巡

Youx　an　dingh　daeuj　cunz

ju⁴　a:n¹　tiŋ⁶　tau³　çun²

友　　安　　定　　来　　巡

安定友来访，

1-234

玩　　茶　　乃　　它　　观

Vanj　caz　nai　de　gonq

va:n³　ça²　na:i¹　te¹　ko:n⁵

碗　　茶　　招呼　　他　　先

好茶招待他。

1-235

官　　足　　观　　了　　伴

Guen　coux　gonq　liux　buenx

ko:n¹　çou⁴　ko:n⁵　li:u⁴　pu:n⁴

歇　　脚　　先　　啰　　伴

我友先休息，

1-236

洋　　面　　面　　小　　凉

Yaeng　menh　menh　siu　liengz

ja:ŋ¹　me:n⁶　me:n⁶　θi:u¹　li:ŋ²

再　　慢　　慢　　消　　凉

请慢慢歇凉。

男唱

1-237

土　　斗　　堂　　巴　　土

Dou　daeuj　daengz　bak　dou

tu¹　tau³　taŋ²　pa:k⁷　tou¹

我　　来　　到　　口　　门

我到家门口，

1-238

乜　　在　　然　　打　　歪

Meh　ywq　ranz　daz　faiq

me⁶　ju⁵　ɣa:n²　ta²　va:i⁵

母　　在　　家　　纺　　棉

看见母纺纱。

1-239

土	是	想	不	代
Dou	cix	siengj	mbouj	daiz
tu^1	$çi^4$	$θi:ŋ^3$	bou^5	$ta:i^4$
我	就	想	不	夸

我若不夸奖，

1-240

老	知	坏	墓	份①
Lau	rox	vaih	moh	faenz
$la:u^1$	$ro.^4$	$va:i^6$	mo^6	fan^2
怕	知	坏	墓	坟

对祖宗不恭。

女唱

1-241

友	安	定	斗	巡
Youx	an	dingh	daeuj	cunz
ju^4	$a:n^1$	$tiŋ^6$	tau^3	$çun^2$
友	安	定	来	巡

安定友来访，

1-242

玩	茶	乃	它	觋
Vanj	caz	nai	de	gonq
$va:n^3$	$ça^2$	$na:i^1$	te^1	$ko:n^5$
碗	茶	招呼	他	先

先敬一碗茶。

1-243

官	足	觋	了	伴
Guen	coux	gonq	liux	buenx
$ko:n^1$	$çou^4$	$ko:n^5$	$li:u^4$	$pu:n^4$
歇	脚	先	啰	伴

我友先歇脚，

1-244

洋	面	面	开	正
Yaeng	menh	menh	hai	cingz
$ja:ŋ^1$	$me:n^6$	$me:n^6$	$ha:i^1$	$çiŋ^2$
再	慢	慢	开	情

再慢慢谈情。

男唱

1-245

阝	客	在	广	东
Boux	hek	ywq	gvangj	doeng
pu^4	$he:k^7$	ju^5	$kwa:ŋ^3$	$toŋ^1$
个	客	在	广	东

客从广东来，

1-246

它	是	米	茶	炕②
De	cix	miz	caz	ien
te^1	$çi^4$	mi^2	$ça^2$	$i:n^1$
他	就	有	茶	烟

他会有茶烟。

① 墓份［mo^6 fan^2］：坟墓。此处代指祖宗。女方母亲热情招待，男方害羞不敢回应，但又怕坏了祖宗或宗族的声誉，被人指责不懂礼数。

② 炕［$i:n^1$］：烟。瑶族成年男女均喜好抽生烟，故而有以烟待客之俗。

1-247

然　少　开　炕　天
Ranz　sau　hai　ien　den
ɹaːn^2　$\theta\text{aːu}^1$　haːi^1　iːn^1　teːn^5
家　姑娘　开　烟　店
女友家开店，

1-248

米　茶　炕　知　空
Miz　caz　ien　rox　ndwi
mi^2　ɕa^2　iːn^1　ɹo^4　nduːi^1
有　茶　烟　或　不
有没有烟茶。

女唱

1-249

得　义　备　斗　巡
Ndaej　nyi　beix　daeuj　cunz
dai^3　ɳi^1　pi^4　tau^3　ɕun^2
得　听　兄　来　巡
得知兄造访，

1-250

土　沙　米　茶　炕
Dou　nda　miz　caz　ien
tu^1　da^1　mi^2　ɕa^2　iːn^1
我　摆　有　茶　烟
我备有茶烟。

1-251

卜　土　开　炕　天
Boh　dou　hai　ien　den
po^6　tu^1　haːi^1　iːn^1　teːn^5
父　我　开　烟　店
父亲开烟店，

1-252

样　样　是　米　岁
Yiengh　yiengh　cix　miz　caez
juːŋ^6　juːŋ^6　ɕi^4　mi^2　ɕai^2
样　样　是　有　齐
样样都齐全。

男唱

1-253

阝　客　在　广　东
Boux　hek　ywq　gvangj　doeng
pu^4　heːk^7　juɯ^5　kwaːŋ^3　toŋ^1
个　客　在　广　东
客从广东来，

1-254

它　是　要　钱　元
De　cix　aeu　cienz　yienh
te^1　ɕi^4　au^1　ɕiːn^2　jiːn^6
他　就　要　钱　现
就要收现钱。

1-255

然	少	开	炕	天
Ranz	sau	hai	ien	den
ɹaːn²	θaːu¹	haːi¹	iːn¹	teːn⁵
家	姑娘	开	烟	店

女友开烟店，

1-256

要	钱	元	知	空
Aeu	cienz	yienh	rox	ndwi
au¹	ɕiːn²	jiːn⁶	ɹoɪ⁴	duːi¹
要	钱	现	或	不

是否收现钱。

女唱

1-257

友	长	判	外	元
Youx	cangh	buenq	vaij	roen
ju⁴	ɕaːŋ⁶	puːn⁵	vaːi³	joːn¹
友	匠	贩	过	路

若过路商贩，

1-258

買	全	给	钱	元
Cawx	gyonj	hawj	cienz	yienh
ɕɐuɯ⁴	kjoːn³	hɯɯ³	ɕiːn²	jiːn⁶
买	都	给	钱	现

全现金交易。

1-259

龙	斗	巡	炕	天
Lungz	daeuj	cunz	ien	den
luŋ²	tau³	ɕun²	iːn¹	teːn⁵
龙	来	巡	烟	店

后生访烟店，

1-260

米	钱	元	是	要
Miz	cienz	yienh	cix	aeu
mi²	ɕiːn²	jiːn⁶	ɕi⁴	au¹
有	钱	现	就	要

有现钱就收。

男唱

1-261

友	安	定	斗	巡
Youx	an	dingh	daeuj	cunz
ju⁴	aːn¹	tiŋ⁶	tau³	ɕun²
友	安	定	来	巡

安定友来访，

1-262

它	全	给	钱	元
De	gyonj	hawj	cienz	yienh
te¹	kjoːn³	hɯɯ³	ɕiːn²	jiːn⁶
他	都	给	钱	现

他都给现钱。

① 德 胜 [tak⁷ θiŋ⁵]：即德胜镇，位于河池市宜州区，是汉族主要聚居区之一。

1-263

龙	斗	巡	炕	天
Lungz	daeuj	cunz	ien	den
luŋ²	tau³	ɕun²	i:n¹	te:n⁵
龙	来	巡	烟	店

哥造访烟店，

1-264

钱	元	不	钱	支
Cienz	yienh	mbouj	cienz	si
ɕi:n²	ji:n⁶	bou⁵	ɕi:n²	θi¹
钱	现	不	钱	赊

现钱不赊帐。

女唱

1-265

卩	客	在	广	东
Boux	hek	ywq	gvangj	doeng
pu⁴	he:k⁷	juɯ⁵	kwa:ŋ³	toŋ¹
个	客	在	广	东

客从广东来，

1-266

卩	坤	在	德	胜①
Boux	gun	ywq	daek	swng
pu⁴	kun¹	juɯ⁵	tak⁷	θiŋ⁵
个	官	在	德	胜

汉人住德胜。

1-267

八	列	龙	安	定
Bah	leh	lungz	an	dingh
pa⁶	le⁶	luŋ²	a:n¹	tiŋ⁶
唤	唷	龙	安	定

安定的情哥，

1-268

不	乱	斗	巡	偻
Mbouj	luenh	daeuj	cunz	raeuz
bou⁵	lu:n⁶	tau³	ɕun²	ɹau²
不	乱	来	巡	我们

很少来光临。

男唱

1-269

土	斗	堂	大	罗
Dou	daeuj	daengz	daih	loh
tu¹	tau³	taŋ²	ta:i⁶	lo⁶
我	来	到	大	路

我还在半路，

1-270

是	叫	农	仙	茶
Cix	heuh	nuengx	cienq	caz
ɕi⁴	he:u⁶	nu:ŋ⁴	ɕe:n¹	ɕa²
就	叫	妹	煎	茶

妹就备好茶。

1-271

氿	肉	开	八	沙
Laeuj	noh	gaej	bah	nda
lau³	no⁶	ka:i⁵	pa⁶	da¹
酒	肉	莫	急	摆

酒肉先别备，

1-272

仙	茶	加	土	观
Cienq	caz	caj	dou	gonq
çe:n¹	ça²	kja³	tu¹	ko:n⁵
煎	茶	等	我	先

先沏茶等我。

1-275

土	空	知	你	马
Dou	ndwi	rox	mwngz	ma
tu¹	du:i¹	ɹo⁴	muɯŋ²	ma¹
我	不	知	你	来

我不知你来，

1-276

论	茶	空	认	仙
Lumz	caz	ndwi	nyinh	cienq
lun²	ça²	du:i¹	ɲin⁶	çe:n¹
忘	茶	不	记得	煎

茶也忘了沏。

女唱

1-273

土	空	知	你	斗
Dou	ndwi	rox	mwngz	daeuj
tu¹	du:i¹	ɹo⁴	muɯŋ²	tau³
我	不	知	你	来

我不知你来，

1-274

肉	氿	是	空	沙
Noh	laeuj	cix	ndwi	nda
no⁶	lau³	çi⁴	du:i¹	da¹
肉	酒	就	不	摆

不备有酒肉。

男唱

1-277

中	当	备	外	斗
Cuengq	daengq	beix	vaij	daeuj
çu:ŋ⁵	taŋ⁵	pi⁴	va:i³	tau³
特意	叮嘱	兄	过	来

特邀兄过来，

1-278

肉	氿	是	空	沙
Noh	laeuj	cix	ndwi	nda
no⁶	lau³	çi⁴	du:i¹	da¹
肉	酒	是	不	摆

何不备酒肉。

1-279

中　　当　　备　　外　　马

Cuengq　daengq　beix　vaij　ma

çuːŋ⁵　taŋ⁵　pi⁴　vaːi³　ma¹

特意　叮嘱　兄　过　来

有意请兄来，

1-280

应　　么　　茶　　不　　仙

Yinh　maz　caz　mbouj　cienq

iŋ¹　ma²　ça²　bou⁵　çeːn¹

因　何　茶　不　煎

为何不沏茶？

女唱

1-281

牙　　斗　　你　　不　　说

Yaek　daeuj　mwngz　mbouj　naeuz

jak⁷　tau³　muŋ²　bou⁵　nau²

欲　来　你　不　说

要来你不说，

1-282

牙　　马　　你　　不　　讲

Yaek　ma　mwngz　mbouj　gangj

jak⁷　ma¹　muŋ²　bou⁵　kaːŋ³

欲　来　你　不　讲

要来你不讲。

1-283

几　　日　　内　　红　　仰

Geij　ngoenz　neix　hong　nyaengq

ki³　ŋon²　ni⁴　hoːŋ¹　ȵaŋ⁵

几　日　这　工　忙

这几天繁忙，

1-284

农　　不　　往　　仙　　茶

Nuengx　mbouj　vangq　cienq　caz

nuːŋ⁴　bou⁵　vaːŋ⁵　çeːn¹　ça²

妹　不　空　煎　茶

妹没空沏茶。

男唱

1-285

土　　斗　　堂　　土　　外

Dou　daeuj　daengz　dou　rog

tu¹　tau³　taŋ²　tou¹　ɣoːk⁸

我　来　到　门　外

我来到大门，

1-286

农　　才　　出　　土　　里

Nuengx　nda　ok　dou　ndaw

nuːŋ⁴　da¹　oːk⁷　tou¹　dau¹

妹　刚　出　门　里

妹才出小门。

1-287

是	笨	你	貝	而
Cwq	baenh	mwngz	bae	lawz
çu⁵	pan⁶	muŋ²	pai¹	lau²
刚	刚	你	去	哪

刚刚你去哪,

1-288

不	仙	茶	加	备
Mbouj	cienq	caz	caj	beix
bou⁵	çe:n¹	ça²	kja³	pi⁴
不	煎	茶	等	兄

不沏茶等我。

女唱

1-289

少	乖	可	在	家
Sau	gvai	goj	cai	gya
θa:u¹	kwa:i¹	ko⁵	ça:i⁴	kja¹
姑娘	乖	也	在	家

妹也在家等,

1-290

空	知	备	外	马
Ndwi	rox	beix	vaij	ma
du:i¹	ɣo⁴	pi⁴	va:i³	ma¹
不	知	兄	过	来

不知兄到来。

1-291

年	年	可	仙	茶
Nienz	nienz	goj	cienq	caz
ni:n²	ni:n²	ko⁵	çe:n¹	ça²
年	年	也	煎	茶

年年都沏茶,

1-292

龙	马	对	日	初
Lungz	ma	doiq	ngoenz	byouq
luŋ²	ma¹	to:i⁵	ŋon²	pjou⁵
龙	来	对	日	空

你来不逢时。

男唱

1-293

土	斗	堂	土	外
Dou	daeuj	daengz	dou	rog
tu¹	tau³	taŋ²	tou¹	ɣo:k⁸
我	来	到	门	外

我到大门外,

1-294

农	才	红	关	土
Nuengx	nda	hoengq	gven	dou
nu:ŋ⁴	da¹	hoŋ⁶	kwe:n¹	tou¹
妹	刚	空	关	门

妹才关上门。

1-295

土　斗　堂　柳　州
Dou　daeuj　daengz　louj　couh
tu^1　tau^3　tan^2　lou^4　$çou^1$
我　来　到　柳　州
我来到柳州，

1-296

才　关　士　么　农
Nda　gven　dou　maq　nuengx
da^1　$kwe:n^1$　tou^1　ma^5　$nu:ŋ^4$
刚　关　门　嘛　妹
妹才刚关门。

女唱

1-297

夜　来　到
Ye　laiz　dau
je^4　$la:i^2$　$ta:u^4$
夜　来　到
夜深了，

1-298

乜　追　农　关　士
Meh　coi　nuengx　gven　dou
me^6　$ço:i^1$　$nu:ŋ^4$　$kwe:n^1$　tou^1
母　催　妹　关　门
母叫妹关门。

1-299

空　知　备　斗　楼
Ndwi　rox　beix　daeuj　louz
$du:i^1$　$ɣo^4$　pi^4　tau^3　lou^2
不　知　兄　来　玩
不知兄造访，

1-300

少　办　文　良　立
Sau　baenz　vunz　lingz　leih
$θa:u^1$　pan^2　vun^2　$le:ŋ^6$　lei^6
姑　娘　成　人　伶　俐
妹才要关门。

男唱

1-301

土　斗　堂　大　罗
Dou　daeuj　daengz　daih　loh
tu^1　tau^3　tan^2　$ta:i^6$　lo^6
我　来　到　大　路
我来到半路，

1-302

封　作　农　贝　而
Fungq　coz　nuengx　bae　lawz
$fuŋ^5$　$ço^2$　$nu:ŋ^4$　pai^1　$laɯ^2$
逢　年　轻　妹　去　哪
妹关门去哪。

1-303

小	然	农	牙	伏
Souj	ranz	nuengx	yax	fwz
θi:u³	ɹa:n²	nu:ŋ⁴	ja⁵	fu²
守	家	妹	也	荒

在家妹也闷，

1-304

少	贝	而	安	玉
Sau	bae	lawz	anh	yiz
θa:u¹	pai¹	lau²	a:n¹	ji⁴
姑娘	去	哪	安	逸

妹去哪休闲。

女唱

1-305

几	比	内	邦	乱
Geij	bi	neix	biengz	luenh
ki³	pi¹	ni⁴	pi:ŋ²	lu:n⁶
几	年	这	地方	乱

近年不太平，

1-306

农	牙	三	然	伏
Nuengx	yaek	sanq	ranz	fwz
nu:ŋ⁴	jak⁷	θa:n⁵	ɹa:n²	fu²
妹	欲	散	家	荒

妹欲离家园。

1-307

义	备	刀	很	河
Nyi	beix	dauq	hwnj	haw
ɲi¹	pi⁴	ta:u⁵	hɯn³	hɘu¹
听	兄	又	上	圩

闻兄来赶圩，

1-308

少	采	元	贝	节
Sau	byaij	roen	bae	ciep
θa:u¹	pja:i³	jo:n¹	pai¹	ɕe:t⁷
姑娘	走	路	去	接

妹徒步去接。

男唱

1-309

土	斗	堂	拉	占
Dou	daeuj	daengz	laj	canz
tu¹	tau³	taŋ²	la³	ɕa:n²
我	来	到	下	晒台

我到晒台下，

1-310

得	义	双	句	好
Ndaej	nyi	song	coenz	hauq
dai³	ɲi¹	θo:ŋ¹	kjon²	ha:u⁵
得	听	两	句	话

听到两句话。

1-311

笨	阝	而	貝	报
Baenh	boux	lawz	bae	bauq
pan⁶	pu⁴	lau²	pai¹	pa:u⁵
刚	个	哪	去	报

刚才谁报信，

1-312

农	斗	节	备	银
Nuengx	daeuj	ciep	beix	ngaenz
nu:ŋ⁴	tau³	ҫe:t⁷	pi⁴	ŋan²
妹	来	接	兄	银

妹亲自来接。

女唱

1-313

义	备	牙	外	斗
Nyi	beix	yaek	vaij	daeuj
ȵi¹	pi⁴	jak⁷	va:i³	tau³
听	兄	欲	过	来

听说兄要来，

1-314

板	土	又	几	来
Mbanj	dou	youh	geij	lai
ba:n³	tu¹	jou⁴	ki³	la:i¹
村	我	又	几	多

我村离不远。

1-315

义	备	刀	很	开
Nyi	beix	dauq	hwnj	gai
ȵi¹	pi⁴	ta:u⁵	hɯn³	ka:i¹
听	兄	又	上	街

闻兄来赶街，

1-316

少	划	船	貝	节
Sau	vaij	ruz	bae	ciep
θa:u¹	va:i³	ɹu²	pai¹	ҫe:t⁷
姑娘	划	船	去	接

妹划船去接。

男唱

1-317

备	是	尝	外	斗
Beix	cix	caengz	vaij	daeuj
pi⁴	ҫi⁴	ҫaŋ²	va:i³	tau³
兄	就	末	过	来

兄还未动身，

1-318

农	米	良	几	来
Nuengx	miz	liengh	geij	lai
nu:ŋ⁴	mi²	le:ŋ⁶	ki³	la:i¹
妹	有	肚量	几	多

妹情意多深。

1-319

备 是 尝 斗 才

Beix cix caengz daeuj yai

pi^4 $çi^4$ $çaŋ^2$ tau^3 $ja:i^1$

兄 就 未 来 说

兄还未来到，

1-320

先 划 船 贝 节

Senq vaij ruz bae ciep

$θe:n^5$ $va:i^3$ $ɹu^2$ pai^1 $çe:t^7$

早 划 船 去 接

早划船去接。

女唱

1-321

土 贝 河 才 刀

Dou bae haw nda dauq

tu^1 pai^1 $həu^1$ da^1 $ta:u^5$

我 去 圩 刚 回

我赶圩刚回，

1-322

伏 报 堂 浪 你

Fwx bauq daengz laeng mwngz

$fə^4$ $pa:u^5$ $taŋ^2$ $laŋ^1$ $muŋ^2$

别人 报 到 家 你

忽闻兄来了。

1-323

义 火 又 义 供

Ngeix hoj youh ngeix gungz

$ɲi^4$ ho^3 jou^4 $ɲi^4$ $kuŋ^2$

想 苦 又 想 穷

无论多辛苦，

1-324

贝 节 龙 土 观

Bae ciep lungz dou gonq

pai^1 $çe:t^7$ $luŋ^2$ tu^1 $ko:n^5$

去 接 龙 我 先

都要去接兄。

男唱

1-325

土 斗 堂 大 罗

Dou daeuj daengz daih loh

tu^1 tau^3 $taŋ^2$ $ta:i^6$ lo^6

我 来 到 大 路

我来到半路，

1-326

见 双 阝 相 歪

Raen song boux ciengx vaiz

$ɹan^1$ $θo:ŋ^1$ pu^4 $çiŋ^4$ $va:i^2$

见 两 个 养 水牛

见两个牧人。

① 古邦说古道[ku⁴
pa:ŋ¹ nau² ku⁴
ta:u⁶]：指做道场，
壮族和瑶族等民
族的习俗之一，
即家中有人去世，
则邀请道公到家
中主持道场并安
放灵位。此处喻
指对歌场面热闹，
人员众多。

1-327

板　农　欢　来　来

Mbanj　nuengx　ndwek　lai　lai

ba:n³　nu:ŋ⁴　du:k⁷　la:i¹　la:i¹

村　妹　热闹　多　多

你村多热闹，

1-328

古　邦　说　古　道①

Guh　bang　naeuz　guh　dauh

ku⁴　pa:ŋ¹　nau²　ku⁴　ta:u⁶

做　仪式　或　做　道

谁家做道场。

女唱

1-329

垌　土　牙　空　芬

Doengh　dou　yax　ndwi　fwnz

toŋ⁶　tu¹　ja⁵　du:i¹　fun²

垌　我　也　不　柴

我林无大柴，

1-330

山　土　牙　空　吵

Bya　dou　yax　ndwi　nyaux

pja¹　tu¹　ja⁵　du:i¹　ɲa:u⁴

山　我　也　不　小柴

我山无小柴。

1-331

空　古　邦　古　道

Ndwi　guh　bang　guh　dauh

du:i¹　ku⁴　pa:ŋ¹　ku⁴　ta:u⁶

不　做　仪式　做　道

不做斋做道，

1-332

邦　斗　板　古　而

Baengz　daeuj　mbanj　guh　rawz

paŋ²　tau³　ba:n³　ku⁴　ɹauɹ²

朋　来　村　做　什么

客进村干啥。

男唱

1-333

土　斗　堂　大　罗

Dou　daeuj　daengz　daih　loh

tu¹　tau³　taŋ²　ta:i⁶　lo⁶

我　来　到　大　路

我来到半路，

1-334

见　双　阝　相　牛

Raen　song　boux　ciengx　cwz

ɹan¹　θo:ŋ¹　pu⁴　çi:ŋ⁴　çɯ²

见　两　个　养　黄牛

见两个牧人。

1-335

板	农	欢	样	河
Mbanj	nuengx	ndwek	yiengh	haw
ba:n³	nu:ŋ⁴	du:k⁷	ju:ŋ⁶	həɯ¹
村	妹	热闹	样	圩

村热闹如圩，

1-336

龙	斗	特	炕	天
Lungz	daeuj	dawz	ien	den
luŋ²	tau³	təɯ²	i:n¹	te:n⁵
龙	来	守	烟	店

兄来守烟店。

1-339

日	日	土	可	先
Ngoenz	ngoenz	dou	goj	senq
ŋon²	ŋon²	tu¹	ko⁵	θe:n⁵
天	天	我	也	早

每天都早来，

1-340

炕	天	不	阝	特
Ien	den	mbouj	boux	dawz
i:n¹	te:n⁵	bou⁵	pu⁴	təɯ²
烟	店	不	个	守

烟店无人守。

女唱

1-337

双	手	双	朵	花
Song	fwngz	song	duj	va
θo:ŋ¹	fuŋ²	θo:ŋ¹	tu³	va¹
两	手	两	朵	花

手捧两朵花，

1-338

出	而	马	秋	面
Ok	lawz	ma	ciuq	mienh
o:k⁷	lau²	ma¹	ɕi:u⁵	me:n⁶
出	哪	来	照	面

到哪来见面。

男唱

1-341

土	斗	堂	大	罗
Dou	daeuj	daengz	daih	loh
tu¹	tau³	taŋ²	ta:i⁶	lo⁶
我	来	到	大	路

我来到半路，

1-342

见	双	阝	相	牛
Raen	song	boux	ciengx	cwz
ɣan¹	θo:ŋ¹	pu⁴	ɕi:ŋ⁴	ɕɯ²
见	两	个	养	黄牛

遇两个牧人。

1-343

板	农	欢	样	河
Mbanj	nuengx	ndwek	yiengh	haw
baːn³	nuːŋ⁴	duːk⁷	juːŋ⁶	həu¹
村	妹	热闹	样	圩

村热闹如圩,

1-344

斗	三	时	讲	满
Daeuj	sam	seiz	gangj	monh
tau³	θaːn¹	θi²	kaːŋ³	moːn⁶
来	三	时	讲	情

时刻来谈情。

女唱

1-345

卜	土	当	华	老
Boh	dou	dang	hak	laux
po⁶	tu¹	taːŋ¹	haːk⁷	laːu⁴
父	我	当	官	大

我父当大官,

1-346

斗	是	满	三	时
Daeuj	cix	monh	sam	seiz
tau³	çi⁴	moːn⁶	θaːn¹	θi²
来	就	谈情	三	时

既来就长聊。

1-347

哥	土	当	长	字
Go	dou	dang	cangh	saw
ko¹	tu¹	taːŋ¹	çaːŋ⁶	θau¹
哥	我	当	匠	书

哥是读书人,

1-348

时	而	时	不	欢
Seiz	lawz	seiz	mbouj	ndwek
θi²	lau²	θi²	bou⁵	duːk⁷
时	哪	时	不	热闹

何时不热闹?

男唱

1-349

土	斗	堂	大	罗
Dou	daeuj	daengz	daih	loh
tu¹	tau³	taŋ²	taːi⁶	lo⁶
我	来	到	大	路

我来到半路,

1-350

见	双	邝	相	歪
Raen	song	boux	ciengx	vaiz
ɹan¹	θoːŋ¹	pu⁴	çiːŋ⁴	vaːi²
见	两	个	养	水牛

遇两个牧人。

1-351

田　内　米　少　乖

Dieg　neix　miz　sau　gvai

ti:k⁸　ni⁴　mi²　θa:u¹　kwa:i¹

地　这　有　姑娘　乖

此地有美女，

1-352

龙　斗　才　讲　满

Lungz　daeuj　yai　gangj　monh

luŋ²　tau³　ja:i¹　ka:ŋ³　mo:n⁶

龙　来　说　讲　情

我来找她聊。

女唱

1-353

卜　土　当　华　老

Boh　dou　dang　hak　laux

po⁶　tu¹　ta:ŋ¹　ha:k⁷　la:u⁴

父　我　当　官　大

我父当大官，

1-354

你　斗　你　牙　说

Mwngz　daeuj　mwngz　yax　naeuz

muɯŋ²　tau³　muɯŋ²　ja⁵　nau²

你　来　你　也　说

你来提前说。

1-355

哥　土　当　华　头

Go　dou　dang　hak　daeuz

ko¹　tu¹　ta:ŋ¹　ha:k⁷　tau²

哥　我　当　官　大

我哥当大官，

1-356

你　牙　说　它　知

Mwngz　yax　naeuz　de　rox

muɯŋ²　ja⁵　nau²　te¹　ɣo⁴

你　也　说　他　知

你讲给他听。

男唱

1-357

土　斗　堂　大　罗

Dou　daeuj　daengz　daih　loh

tu¹　tau³　taŋ²　ta:i⁶　lo⁶

我　来　到　大　路

我来到大路，

1-358

见　双　卜　相　歪

Raen　song　boux　ciengx　vaiz

ɣan¹　θo:ŋ¹　pu⁴　ɕi:ŋ⁴　va:i²

见　两　个　养　水牛

见两个牧人。

1-359

板	内	欢	来	来
Mbanj	neix	ndwek	lai	lai
$ba:n^3$	ni^4	$du:k^7$	$la:i^1$	$la:i^1$
村	这	热闹	多	多

这村真热闹，

1-360

龙	很	开	斗	观
Lungz	hwnj	gai	daeuj	gonq
$lu\eta^2$	hun^3	$ka:i^1$	tau^3	$ko:n^5$
龙	上	街	来	先

兄先上街去。

女唱

1-361

卜	土	当	华	老
Boh	dou	dang	hak	laux
po^6	tu^1	$ta:\eta^1$	$ha:k^7$	$la:u^4$
父	我	当	官	大

我父当大官，

1-362

你	斗	你	牙	些
Mwngz	daeuj	mwngz	yax	re
$mu\eta^2$	tau^3	$mu\eta^2$	ja^5	$\textipa{*r}e^1$
你	来	你	也	提防

你来要提防。

1-363

哥	土	当	大	爷
Go	dou	dang	daih	yez
ko^1	tu^1	$ta:\eta^1$	$ta:i^6$	je^2
哥	我	当	大	爷

我哥当老爷，

1-364

你	牙	些	斗	观
Mwngz	yax	re	daeuj	gonq
$mu\eta^2$	ja^5	$\textipa{*r}e^1$	tau^3	$ko:n^5$
你	也	提防	来	先

你也要提防。

男唱

1-365

板	你	出	华	老
Mbanj	mwngz	ok	hak	laux
$ba:n^3$	$mu\eta^2$	$o:k^7$	$ha:k^7$	$la:u^4$
村	你	出	官	大

你村出大官，

1-366

土	斗	土	是	些
Dou	daeuj	dou	cix	re
tu^1	tau^3	tu^1	$\c{c}i^4$	$\textipa{*r}e^1$
我	来	我	就	提防

我来就提防。

1-367

你	来	土	勒	业
Mwngz	laih	dou	lwg	nyez
muɯŋ²	la:i⁶	tu¹	luuk⁸	ȵe²
你	以为	我	子	小孩

把我当小孩，

1-368

土	是	些	斗	观
Dou	cix	re	daeuj	gonq
tu¹	çi⁴	ɹe¹	tau³	ko:n⁵
我	就	提防	来	先

我早有准备。

女唱

1-369

双	手	双	朵	花
Song	fwngz	song	duj	va
θo:ŋ¹	fuɯŋ²	θo:ŋ¹	tu³	va¹
两	手	两	朵	花

手捧两朵花，

1-370

出	而	马	韦	机
Ok	lawz	ma	vae	giq
o:k⁷	lau²	ma¹	vai¹	ki⁵
出	哪	来	姓	支

异姓友何来。

1-371

问	江	龙	板	内
Cam	gyangz	lungz	mbanj	neix
ça:m¹	kja:ŋ²	luŋ²	ba:n³	ni⁴
问	诸	龙	村	这

问村中诸君，

1-372

友	土	说	贵	文
Youx	dou	naeuz	gwiz	vunz
ju⁴	tu¹	nau²	kui²	vun²
友	我	或	丈夫	人

来客是何人。

男唱

1-373

在	十	三	日	罗
Ywq	cib	sam	ngoenz	loh
juɯ⁵	çit⁸	θa:n¹	ŋon²	lo⁶
走	十	三	天	路

走十三天路，

1-374

斗	托	友	少	论
Daeuj	doh	youx	sau	lwnz
tau³	to⁶	ju⁴	θa:u¹	lun²
来	向	友	姑娘	最小

来看小女友。

1-375

牙	空	是	贵	文
Yax	ndwi	cix	gwiz	vunz
ja⁵	du:i¹	çi⁴	kui²	vun²
也	不	是	丈	夫 人

非别人夫君，

1-376

包	论	斗	巡	农
Mbauq	lwnz	daeuj	cunz	nuengx
ba:u⁵	lun²	tau³	çun²	nu:ŋ⁴
小伙	最小	来	巡	妹

小哥来看妹。

女唱

1-377

夜	来	到
Ye	laiz	dau
je⁴	la:i²	ta:u⁴
夜	来	到

夜晚已降临，

1-378

包	不	乱	堂	然
Mbauq	mbouj	luenh	daengz	ranz
ba:u⁵	bou⁵	lu:n⁶	taŋ²	ɣa:n²
小伙	不	乱	到	家

难得来一次。

1-379

伏	狼	占
Fwx	langh	canz
fə⁴	la:ŋ⁶	ça:n²
别人	放	晒台

晒台上消遣，

1 380

兰	卜	而	斗	内
Lan	boux	lawz	daeuj	neix
la:n¹	pu⁴	lau²	tau³	ni⁴
孙	个	哪	来	这

谁家孙子来。

男唱

1-381

在	十	三	日	罗
Ywq	cib	sam	ngoenz	loh
ju⁵	çit⁸	θa:n¹	ŋon²	lo⁶
走	十	三	天	路

走十三天路，

1-382

斗	巡	友	少	然
Daeuj	cunz	youx	sau	ranz
tau³	çun²	ju⁴	θa:u¹	ɣa:n²
来	巡	友	姑娘	家

来访女友家。

1-383

牙	空	特	那	兰
Yax	ndwi	dwg	naj	lan
ja⁵	duːi¹	tɯk⁸	na³	laːn¹
也	不	是	脸	孙

并不是孙辈,

1-384

平	班	龙	牙	斗
Bingz	ban	lungz	yax	daeuj
piŋ²	paːn¹	luŋ²	ja⁵	tau³
平	班	龙	才	来

同龄人才来。

女唱

1-385

夜	来	到
Ye	laiz	dau
je⁴	laːi²	taːu⁴
夜	来	到

夜晚已来到,

1-386

包	不	乱	斗	巡
Mbauq	mbouj	luenh	daeuj	cunz
baːu⁵	bou⁵	luːn⁶	tau³	çun²
小伙	不	乱	来	巡

小哥难得来。

1-387

飞	很	斗	了	论①
Mbin	hwnj	daeuj	liux	lwnz
bin¹	hɯn³	tau³	liːu⁴	lun²
飞	上	来	啰	情哥

小哥快上来,

1-388

巡	土	说	巡	伏
Cunz	dou	naeuz	cunz	fwx
çun²	tu¹	nau²	çun²	fə⁴
巡	我	或	巡	别人

是否来访我?

男唱

1-389

特	条	罗	王	连
Dwg	diuz	loh	vuengz	lienz
tɯk⁸	tiːu²	lo⁶	vaːŋ²	liːn²
是	条	路	黄	连

这条路难走,

1-390

千	年	土	不	瓜
Cien	nienz	dou	mbouj	gvaq
çiːn¹	niːn²	tu¹	bou⁵	kwa⁵
千	年	我	不	过

荒凉无人走。

① 论〔lun²〕:情哥、情妹,男女对歌时对彼此的爱称。

1-391

客	来	斗	你	家
Gwz	laiz	daeuj	nij	gya
kə²	la:i²	tau³	ni³	kja¹
客	来	到	你	家

客人到你家，

1-392

不	太	瓜	貝	而
Mbouj	daih	gvaq	bae	lawz
bou⁵	ta:i⁶	kwa⁵	pai¹	lau²
不	太	过	去	哪

不轻易离开。

女唱

1-393

飞	很	斗	了	论
Mbin	hwnj	daeuj	liux	lwnz
bin¹	hun³	tau³	li:u⁴	lun²
飞	上	来	啰	情哥

小哥快上来，

1-394

巡	土	说	巡	伏
Cunz	dou	naeuz	cunz	fwx
çun²	tu¹	nau²	çun²	fə⁴
巡	我	或	巡	别人

是否来访我？

1-395

巡	土	龙	是	在
Cunz	dou	lungz	cix	ywq
çun²	tu¹	luŋ²	çi⁴	ju⁵
巡	我	龙	就	在

看我就住下，

1-396

巡	伏	备	是	貝
Cunz	fwx	beix	cix	bae
çun²	fə⁴	pi⁴	çi⁴	pai¹
巡	别人	兄	就	去

来别家便走。

男唱

1-397

在	十	三	日	罗
Ywq	cib	sam	ngoenz	loh
ju⁵	çit⁸	θa:n¹	ŋon²	lo⁶
走	十	三	天	路

走十三天路，

1-398

斗	巡	友	少	金
Daeuj	cunz	youx	sau	gim
tau³	çun²	ju⁴	θa:u¹	kin¹
来	巡	友	姑娘	金

探金贵女友。

1-399

沙　饭　端　不　吃

Saj　souh　donq　mbouj　gwn

θa^3　θou^6　$to{:}n^5$　bou^5　kun^1

舍（得）饭　顿　不　吃

即便不吃饭，

1-400

牙　飞　堂　然　农

Yax　mbin　daengz　ranz　nuengx

ja^5　bin^1　$ta\eta^2$　$ra{:}n^2$　$nu{:}\eta^4$

也　飞　到　家　妹

也要来妹家。

1-403

沙　饭　端　不　吃

Saj　souh　donq　mbouj　gwn

θa^3　θou^6　$to{:}n^5$　bou^5　kun^1

舍（得）饭　顿　不　吃

连饭都不吃，

1-404

老　斗　巡　是　错

Lau　daeuj　cunz　cix　loek

$la{:}u^1$　tau^3　ςun^2　ςi^4　lok^7

怕　来　巡　是　错

只怕找错人。

女唱

1-401

我　在　我　地　方

Ngoj　cai　ngoj　di　fangh

ηo^3　$\varsigma a{:}i^4$　ηo^3　ti^4　$fa{:}\eta^5$

我　在　我　地　方

我在我家乡，

1-402

克　哪　来　包　金

Gwz　naj　laiz　mbauq　gim

$k\vartheta^4$　na^3　$la{:}i^2$　$ba{:}u^5$　kin^1

去　哪　来　小伙　金

哪来贵公子。

男唱

1-405

在　十　三　日　罗

Ywq　cib　sam　ngoenz　loh

ju^5　ςit^8　$\theta a{:}n^1$　ηon^2　lo^6

走　十　三　天　路

走十三天路，

1-406

斗　巡　友　少　金

Daeuj　cunz　youx　sau　gim

tau^3　ςun^2　ju^4　$\theta a{:}u^1$　kin^1

来　巡　友　姑娘　金

探金贵情友。

1-407

但	得	农	岁	心
Danh	ndaej	nuengx	caez	sim
taːn^6	dai^3	nuːŋ^4	ɕai^2	θin^1
但	得	妹	齐	心

但与妹同心，

1-408

不	吃	牙	可	印
Mbouj	gwn	yax	goj	imq
bou^5	kɯn^1	ja^5	ko^5	im^5
不	吃	也	可	饱

有情饮水饱。

女唱

1-409

我	在	我	地	方
Ngoj	cai	ngoj	di	fangh
ŋo^3	ɕaːi^4	ŋo^3	ti^4	faːŋ^5
我	在	我	地	方

我在我家乡，

1-410

克	哪	友	巴	轻
Gwz	naj	youx	bak	mbaeu
kə^4	na^3	ju^4	paːk^7	bau^1
去	哪	友	嘴	轻

何方贵客来？

1-411

你	备	斗	巡	偻
Mwngz	beix	daeuj	cunz	raeuz
muŋ^2	pi^4	tau^3	ɕun^2	ʐau^2
你	兄	来	巡	我们

兄来看望我，

1-412

吃	寿	不	办	端
Gwn	caeuz	mbouj	baenz	donq
kɯn^1	ɕau^2	bou^5	pan^2	toːn^5
吃	晚饭	不	成	顿

食不知其味。

男唱

1-413

在	十	三	日	罗
Ywq	cib	sam	ngoenz	loh
jɯ^5	ɕit^8	θaːn^1	ŋon^2	lo^6
走	十	三	天	路

走十三天路，

1-414

斗	巡	友	巴	轻
Daeuj	cunz	youx	bak	mbaeu
tau^3	ɕun^2	ju^4	paːk^7	bau^1
来	巡	友	嘴	轻

访伶俐女友。

1-415

十	庿	不	吃	寿
Cib	haemh	mbouj	gwn	caeuz
çit^8	han^6	bou^5	kun^1	çau^2
十	夜	不	吃	晚饭

十晚不吃饭，

1-416

团	堂	少	自	印
Dwen	daengz	sau	gag	imq
tuːn^1	taŋ^2	θaːu^1	kaːk^8	im^5
提	到	姑娘	自	饱

想到妹就饱。

女唱

1-417

我	在	我	地	方
Ngoj	cai	ngoj	di	fangh
ŋo^3	çaːi^4	ŋo^3	ti^4	faːŋ^5
我	在	我	地	方

我在我家乡，

1-418

在	哪	来	巴	丢
Cai	naj	laiz	bak	diu
çaːi^4	na^3	laːi^2	paːk^7	tiːu^1
在	哪	来	嘴	刁

何方客临门？

1-419

义	备	吃	茶	绿
Ngeix	beix	gwn	caz	heu
ȵi^4	pi^4	kun^1	ça^2	heːu^1
想	兄	吃	茶	清

兄以茶代饭，

1-420

日	采	千	里	罗
Ngoenz	byaij	cien	leix	loh
ŋon^2	pjaːi^3	çin^1	li^4	lo^6
日	走	千	里	路

日行千里路。

男唱

1-421

土	是	想	不	马
Dou	cix	siengj	mbouj	ma
tu^1	çi^4	θiːŋ^3	bou^5	ma^1
我	是	想	不	来

我本不想来，

1-422

仙	茶	沙	堂	后
Cienq	caz	ra	daengz	haeux
çeːn^1	ça^2	ɹa^1	taŋ^2	hau^4
煎	茶	找	到	米

你已备茶饭。

1-423

土	是	想	不	斗
Dou	cix	siengj	mbouj	daeuj

tu^1 $çi^4$ $\theta i{:}\eta^3$ bou^5 tau^3

我	是	想	不	来

我本不想来，

1-424

友	口	不	阝	巡
Youx	gaeuq	mbouj	boux	cunz

ju^4 kau^5 bou^5 pu^4 $çun^2$

友	旧	不	个	巡

故交无人访。

女唱

1-425

牙	斗	是	自	斗
Yaek	daeuj	cix	gag	daeuj

jak^7 tau^3 $çi^4$ $ka{:}k^8$ tau^3

欲	来	就	自	来

想来你便来，

1-426

空	米	友	貝	沙
Ndwi	miz	youx	bae	ra

$du{:}i^1$ mi^2 ju^4 pai^1 a^1

不	有	友	去	找

我不会去找。

1-427

牙	马	是	自	马
Yaek	ma	cix	gag	ma

jak^7 ma^1 $çi^4$ $ka{:}k^8$ ma^1

欲	来	就	自	来

想来你就来，

1-428

空	米	文	貝	当
Ndwi	miz	vunz	bae	daengq

$du{:}i^1$ mi^2 vun^2 pai^1 $ta\eta^5$

不	有	人	去	叮嘱

无人去邀约。

男唱

1-429

你	说	你	空	当
Mwngz	naeuz	mwngz	ndwi	daengq

$mu\eta^2$ nau^2 $mu\eta^2$ $du{:}i^1$ $ta\eta^5$

你	说	你	不	叮嘱

你说没邀约，

1-430

利	米	话	外	江
Lij	miz	vah	vaij	gyang

li^4 mi^2 va^6 $va{:}i^3$ $kja{:}\eta^1$

还	有	话	过	中

还有邀约语。

1-431

你 空 当 包 娘

Mwngz ndwi daengq mbauq nangz

mɯŋ^{2} du:i^{1} taŋ^{5} ba:u^{5} na:ŋ^{2}

你 不 叮嘱 俊 姑娘

你未提前说，

1-432

自 马 堂 庙 内

Gag ma daengz haemh neix

ka:k^{8} ma^{1} taŋ^{2} han^{6} ni^{4}

自 来 到 夜 这

今夜我自来。

女唱

1-433

当 备 斗 月 义

Daengq beix daeuj ndwen ngeih

taŋ^{5} pi^{4} tau^{3} du:n^{1} ȵi^{6}

叮嘱 兄 来 月 二

约兄二月来，

1-434

月 内 备 先 堂

Ndwen neix beix senq daengz

du:n^{1} ni^{4} pi^{4} θe:n^{5} taŋ^{2}

月 这 兄 早 到

兄提前来到。

1-435

当 你 斗 月 浪

Daengq mwngz daeuj ndwen laeng

taŋ^{5} mɯŋ^{2} tau^{3} du:n^{1} laŋ^{1}

叮嘱 你 来 月 后

邀你下月来，

1-436

应 么 斗 月 内

Yinh maz daeuj ndwen neix

iŋ^{1} ma^{2} tau^{3} du:n^{1} ni^{4}

因 何 来 月 这

为何本月到？

男唱

1-437

在 十 三 日 罗

Ywq cib sam ngoenz loh

jɯ^{5} ɕit^{8} θa:n^{1} ŋon^{2} lo^{6}

走 十 三 天 路

走十三天路，

1-438

斗 巡 友 在 行

Daeuj cunz youx caih hangz

tau^{3} ɕun^{2} ju^{4} ɕa:i^{6} ha:ŋ^{2}

来 巡 友 在 行

访远方女友。

1-439

月	内	备	空	堂
Ndwen	neix	beix	ndwi	daengz
$du:n^1$	ni^4	pi^4	$du:i^1$	tan^2
月	这	兄	不	到

本月兄不来，

1-440

月	浪	少	火	满
Ndwen	laeng	sau	hoj	muengh
$du:n^1$	lan^1	$\theta a:u^1$	ho^3	$mu:n^6$
月	后	姑娘	难	望

怕妹会惦念。

女唱

1-441

夜	来	到
Ye	laiz	dau
je^4	$la:i^2$	$ta:u^4$
夜	来	到

夜晚已来到，

1-442

备	出	田	而	马
Beix	ok	denz	lawz	ma
pi^4	$o:k^7$	$te:n^2$	lau^2	ma^1
兄	出	地	哪	来

兄从何处来。

1-443

伏	内	伏	开	么
Fawh	neix	fawh	gij	maz
$fəɯ^6$	ni^4	$fəɯ^6$	$ka:i^2$	ma^2
时	这	时	什	么

这什么时节，

1-444

斗	巡	花	龙	女
Daeuj	cunz	va	lungz	nawx
tau^3	$ɕun^2$	va^1	lun^2	$nɯ^4$
来	巡	花	龙	女

来探访姑娘。

男唱

1-445

伏	内	空	斗	巡
Fawh	neix	ndwi	daeuj	cunz
$fəɯ^6$	ni^4	$du:i^1$	tau^3	$ɕun^2$
时	这	不	来	巡

这时不来访，

1-446

堂	伏	春	不	往
Daengz	fawh	cin	mbouj	vangq
tan^2	$fəɯ^6$	$ɕun^1$	bou^5	$va:n^5$
到	时	春	不	空

入春便无暇。

1-447

伏　种　那　红　仰

Fawh　ndaem　naz　hong　nyaengq

fəɯ⁶　dan¹　na²　hoːŋ¹　ȵaːŋ⁵

时　种　田　工　忙

种田时忙碌，

1-448

备　不　往　斗　巡

Beix　mbouj　vangq　daeuj　cunz

pi⁴　bou⁵　vaːŋ⁵　tau³　ɕun²

兄　不　空　来　巡

兄无暇来访。

女唱

1-449

夜　来　到

Ye　laiz　dau

je⁴　laːi²　taːu⁴

夜　来　到

夜晚已来到，

1-450

备　出　板　而　马

Beix　ok　mbanj　lawz　ma

pi⁴　oːk⁷　baːn³　laɯ²　ma¹

兄　出　村　哪　来

兄从哪村来？

1-451

早　刀　瓜　马　查

Romh　dauq　gvaq　ma　caz

roːm⁶　taːu⁵　kwa⁵　ma¹　ɕa²

早　回　过　来　查问

早早来打听，

1-452

鸦　贝　架　而　读

A　bae　gyaz　lawz　douh

a¹　pai¹　kja²　laɯ²　tou⁶

鸦　去　草丛　哪　栖息

乌鸦去哪方。

男唱

1-453

在　十　三　日　罗

Ywq　cib　sam　ngoenz　loh

juɯ⁵　ɕit⁸　θaːn¹　ŋon²　lo⁶

走　十　三　天　路

走十三天路，

1-454

斗　巡　友　少　而

Daeuj　cunz　youx　sau　lawz

tau³　ɕun²　ju⁴　θaːu¹　laɯ²

来　巡　友　姑娘　哪

访谁家姑娘。

1-455

早	刀	瓜	马	查
Romh	dauq	gvaq	ma	caz
ɹo:n^6	ta:u^5	kwa^5	ma^1	ça^2
早	回	过	来	查问

早早过来问，

1-456

鸦	可	站	尾	会
A	goj	soengz	byai	faex
a^1	ko^5	θoŋ^2	pja:i^1	fai^4
鸦	也	站	尾	树

乌鸦站树梢。

女唱

1-457

你	备	斗	巡	土
Mwngz	beix	daeuj	cunz	dou
muŋ^2	pi^4	tau^3	çun^2	tu^1
你	兄	来	巡	我

仁兄来看我，

1-458

九	名	貝	堂	府
Riuz	mingz	bae	daengz	fuj
ɹi:u^2	miŋ^2	pai^1	taŋ^2	fu^3
传	名	去	到	府

名声广流传。

1-459

你	斗	内	巡	友
Mwngz	daeuj	neix	cunz	youx
muŋ^2	tau^3	ni^4	çun^2	ju^4
你	来	这	巡	友

你来此访友，

1-460

付	母	当	样	而
Fuj	muj	daengq	yiengh	lawz
fu^4	mu^4	taŋ^5	ju:ŋ^6	lau^2
父	母	叮嘱	样	哪

父母怎吩咐？

男唱

1-461

土	斗	堂	巴	土
Dou	daeuj	daengz	bak	dou
tu^1	tau^3	taŋ^2	pa:k^7	tou^1
我	来	到	口	门

我出到门口，

1-462

利	论	点	点	毛
Lij	lumz	gyaep	dem	mauh
li^4	lun^2	kjot^7	te:n^1	ma:u^6
还	忘	雨帽	与	帽

忘记带竹帽。

1-463

乜	当	貝	当	刀
Meh	daengq	bae	daengq	dauq
me⁶	taŋ⁵	pai¹	taŋ⁵	ta:u⁵
母	叮嘱	去	叮嘱	回

母反复交待，

1-464

开	吵	闹	然	文
Gaej	cauj	nyaux	ranz	vunz
ka:i⁵	ça:u³	ɳa:u⁴	ra:n²	vun²
莫	吵	闹	家	人

莫打搅人家。

女唱

1-465

日	貝	垌	马	论
Ngoenz	bae	doengh	ma	laep
ŋon²	pai¹	toŋ⁶	ma¹	lap⁷
日	去	垌	来	黑

地里待到夜，

1-466

点	邝	而	吊	勾
Gyaep	boux	lawz	venj	ngaeu
kjot⁷	pu⁴	lau²	ve:n³	ŋau¹
雨帽	个	哪	挂	钩

竹帽挂钩上。

1-467

三	才	吊	良	罗
San	sai	venj	liengz	loh
θa:n¹	θa:i¹	ve:n³	le:ŋ²	lo⁶
编	带	挂	边	路

带子挂路边，

1-468

包	作	而	斗	内
Mbauq	coz	lawz	daeuj	neix
ba:u⁵	ço²	lau²	tau³	ni⁴
小伙	年轻	哪	来	这

谁家后生来。

男唱

1-469

在	十	三	日	罗
Ywq	cib	sam	ngoenz	loh
ju⁵	çit⁸	θa:n¹	ŋon²	lo⁶
走	十	三	天	路

走十三天路，

1-470

斗	巡	友	少	而
Daeuj	cunz	youx	sau	lawz
tau³	çun²	ju⁴	θa:u¹	lau²
来	巡	友	姑娘	哪

来看谁家妹。

1-471

说	农	不	用	查
Naeuz	nuengx	mbouj	yungh	caz
nau²	nu:ŋ⁴	bou⁵	juŋ⁶	ça²
说	妹	不	用	查问

姑娘不必问，

1-472

包	乖	斗	巡	农
Mbauq	gvai	daeuj	cunz	nuengx
ba:u⁵	kwa:i¹	tau³	çun²	nu:ŋ⁴
小伙	乖	来	巡	妹

后生来看你。

女唱

1-473

日	贝	峒	马	论
Ngoenz	bae	doengh	ma	laep
ŋon²	pai¹	toŋ⁶	ma¹	lap⁷
日	去	峒	来	黑

去田峒晚归，

1-474

点	阝	而	吊	周
Gyaep	boux	lawz	venj	saeu
kjot⁷	pu⁴	lau²	ve:n³	θau¹
雨帽	个	哪	挂	柱

见雨帽挂柱。

1-475

三	才	吊	良	楼
San	sai	venj	liengz	laeuz
θa:n¹	θa:i¹	ve:n³	le:ŋ²	lau²
编	带	挂	边	楼

带子挂楼旁，

1-476

友	而	斗	巡	农
Youx	lawz	daeuj	cunz	nuengx
ju⁴	lau²	tau³	çun²	nu:ŋ⁴
友	哪	来	巡	妹

谁来看姑娘。

男唱

1-477

土	在	田	广	东
Dou	ywq	denz	gvangj	doeng
tu¹	juɯ⁵	te:n²	kwa:ŋ³	toŋ¹
我	在	地	广	东

我来自广东，

1-478

下	斗	巡	少	口
Roengz	daeuj	cunz	sau	gaeuq
ɹoŋ²	tau³	çun²	θa:u¹	kau⁵
下	来	巡	姑娘	旧

来看老相识。

1-479

说	卜	你	煮	氿
Naeuz	boh	mwngz	cawj	laeuj

nau² po⁶ muɯŋ² çəɯ³ lau³

说	父	你	煮	酒

叫你父酿酒，

1-480

备	牙	斗	古	亲
Beix	yaek	daeuj	guh	cin

pi⁴ jak⁷ tau³ ku⁴ çin¹

兄	欲	来	做	亲

我要来提亲。

1-483

你	当	你	不	斗
Mwngz	daengq	mwngz	mbouj	daeuj

muɯŋ² taŋ⁵ muɯŋ² bou⁵ tau³

你	叮嘱	你	不	来

若你还不来，

1-484

坏	后	备	是	赔
Vaih	haeux	beix	cix	boiz

va:i⁶ hau⁴ pi⁴ çi⁴ po:i²

坏	米	兄	就	赔

你要赔酒粮。

女唱

1-481

你	当	你	是	马
Mwngz	daengq	mwngz	cix	ma

muɯŋ² taŋ⁵ muɯŋ² çi⁴ ma¹

你	叮嘱	你	就	来

你说你要来，

1-482

后	三	比	煮	氿
Haeux	sam	bi	cawj	laeuj

hau⁴ θa:n¹ pi¹ çəɯ³ lau³

米	三	年	煮	酒

家有陈粮酒。

男唱

1-485

写	后	口	古	么
Ce	haeux	gaeuq	guh	maz

çe¹ hau⁴ kau⁵ ku⁴ ma²

留	米	旧	做	什么

留旧米干啥，

1-486

特	马	甲	煮	氿
Dawz	ma	gyanx	cawj	laeuj

təɯ² ma¹ kja:n⁴ çəɯ³ lau³

拿	来	碾	煮	酒

拿来酿米酒。

1-487

少	口	点	包	口
Sau	gaeuq	dem	mbauq	gaeuq
θa:u¹	kau⁵	te:n¹	ba:u⁵	kau⁵
姑娘	旧	与	小伙	旧

我俩旧相识，

1-488

不	斗	又	貝	而
Mbouj	daeuj	youh	bae	lawz
bou⁵	tau³	jou⁴	pai¹	lau²
不	来	又	去	哪

怎能不来往。

女唱

1-489

知	乖	是	斗	托
Rox	gvai	cix	daeuj	doh
ɣo⁴	kwa:i¹	ɕi⁴	tau³	to⁶
知	乖	就	来	向

聪明常走动，

1-490

知	九	是	斗	巡
Rox	yiuj	cix	daeuj	cunz
ɣo⁴	ji:u³	ɕi⁴	tau³	ɕun²
知	礼	就	来	巡

懂礼常来往。

1-491

山	四	欢	冬	冬
Byaj	cwx	ndot	doen	doen
pja³	ɕɯ⁴	do:t⁷	ton¹	ton¹
雷	鸣	闹	咚	咚

春雷响咚咚，

1-492

巡	是	巡	比	内
Cunz	cix	cunz	bi	neix
ɕun²	ɕi⁴	ɕun²	pi¹	ni⁴
巡	就	巡	年	这

聚就选今年。

男唱

1-493

土	在	田	广	东
Dou	ywq	dieg	gvangj	doeng
tu¹	jɯ⁵	ti:k⁸	kwa:ŋ³	toŋ¹
我	在	地	广	东

我来自广东，

1-494

下	斗	巡	韦	机
Roengz	daeuj	cunz	vae	giq
ɣoŋ²	tau³	ɕun²	vai¹	ki⁵
下	来	巡	姓	支

来看异姓友。

1-495

想	斗	巡	比	内
Siengj	daeuj	cunz	bi	neix
θiːŋ³	tau³	çun²	pi¹	ni⁴
想	来	巡	年	这

想今年造访，

1-496

命	尝	立	农	银
Mingh	caengz	leih	nuengx	ngaenz
miŋ⁶	çaŋ²	li⁶	nuːŋ⁴	ŋan²
命	未	利	妹	银

妹流年不利。

女唱

1-497

双	手	双	朵	花
Song	fwngz	song	duj	va
θoːŋ¹	fuŋ²	θoːŋ¹	tu³	va¹
两	手	两	朵	花

手捧两朵花，

1-498

出	而	马	韦	机
Ok	lawz	ma	vae	giq
oːk⁷	lau²	ma¹	vai¹	ki⁵
出	哪	来	姓	支

异姓友何来。

1-499

加	你	备	命	立
Caj	mwngz	beix	mingh	leih
kja³	muŋ²	pi⁴	miŋ⁶	li⁶
等	你	兄	命	利

等兄吉利时，

1-500

卜	装	马	下	邦
Boh	cang	max	roengz	biengz
po⁶	çaŋ¹	ma⁴	ɹoŋ²	piːŋ²
父	装	马	下	地方

父骑马送嫁。

男唱

1-501

土	在	田	南	州
Dou	ywq	dieg	nanz	couh
tu¹	juɯ⁵	tiːk⁸	naːn²	çou⁵
我	在	地	南	州

我住在南州，

1-502

斗	巡	友	牙	门
Daeuj	cunz	youx	yax	monz
tau³	çun²	ju⁴	ja⁶	mun²
来	巡	友	衙	门

来访贵女友。

1-503

农	银	牙	农	银
Nuengx	ngaenz	yah	nuengx	ngaenz
nuːŋ⁴	ŋan²	ja⁶	nuːŋ⁴	ŋan²
妹	银	呀	妹	银

高贵女友啊，

1-504

古	存	加	土	观
Guh	caemz	caj	dou	gonq
ku⁴	ɕan²	kja³	tu¹	koːn⁵
做	玩	等	我	先

请耐心等待。

女唱

1-505

我	在	我	地	方
Ngoj	cai	ngoj	di	fangh
ŋo³	ɕaːi⁴	ŋo³	ti⁴	faːŋ⁵
我	在	我	地	方

我在我家乡，

1-506

来	么	友	四	方
Laiz	maq	youx	seiq	fueng
laːi²	ma⁵	ju⁴	θei⁵	fuːŋ¹
来	吗	友	四	方

何来远方客。

1-507

当	阝	当	米	同
Dangq	boux	dangq	miz	doengz
taːŋ⁵	pu⁴	taːŋ⁵	mi²	toŋ²
另	个	另	有	同

各有各的伴，

1-508

友	而	站	加	备
Youx	lawz	soengz	caj	beix
ju⁴	lau²	θoŋ²	kja³	pi⁴
友	哪	站	等	兄

谁会等仁兄。

男唱

1-509

土	斗	堂	拉	占
Dou	daeuj	daengz	laj	canz
tu¹	tau³	taŋ²	la³	ɕaːn²
我	来	到	下	晒台

我来到楼下，

1-510

文	江	然	又	轩
Vunz	gyang	ranz	youh	hemq
vun²	kjaːŋ¹	ɣaːn²	jou⁴	heːn⁵
人	中	家	又	喊

听屋中喧闹。

1-511

阝	坤	斗	炕	天
Boux	gun	daeuj	ien	den
pu⁴	kun¹	tau³	i:n¹	te:n⁵
个	官	来	烟	店

客人来住店，

1-512

然	农	轩	开	么
Ranz	nuengx	hemq	gij	maz
ɹa:n²	nu:ŋ⁴	he:n⁵	ka:i²	ma²
家	妹	喊	什	么

妹家喧闹啥。

女唱

1-513

友	内	在	方	而
Youx	neix	ywq	fueng	lawz
ju⁴	ni⁴	jɯ⁵	fu:ŋ¹	lau²
友	这	在	方	哪

此友何处来，

1-514

两	吊	作	拉	司
Liengj	venj	coq	laj	swj
li:ŋ³	ve:n³	ço⁵	la³	θɯ³
伞	挂	放	下	偏屋

伞挂在廊下。

1-515

友	土	说	贵	伏
Youx	dou	naeuz	gwiz	fwx
ju⁴	tu¹	nau²	kɯi²	fə⁴
友	我	或	丈夫	别人

是不是我友，

1-516

外	罗	空	后	然
Vaij	loh	ndwi	haeuj	ranz
va:i³	lo⁶	du:i¹	hau³	ɹa:n²
过	路	不	进	家

过路不进家。

男唱

1-517

土	斗	堂	拉	占
Dou	daeuj	daengz	laj	canz
tu¹	tau³	taŋ²	la³	ça:n²
我	来	到	下	晒台

我来到楼下，

1-518

文	江	然	又	讲
Vunz	gyang	ranz	youh	gangj
vun²	kja:ŋ¹	ɹa:n²	jou⁴	ka:ŋ³
人	中	家	又	讲

家中人又讲。

① 知买[ɹo⁴ maːi¹]:
意指认识。

1-519

想　后　然　你　邦

Siengj　haeuj　ranz　mwngz　baengz

θiːŋ³　hau³　ɹaːn²　muŋ²　paŋ²

想　进　家　你　朋

想进你家去，

1-520

老　农　空　知　买①

Lau　nuengx　ndwi　rox　mai

laːu¹　nuːŋ⁴　duːi¹　ɹo⁴　maːi¹

怕　妹　不　知　面

怕妹不认识。

女唱

1-521

后　然　斗　了　龙

Haeuj　ranz　daeuj　liux　lungz

hau³　ɹaːn²　tau³　liːu⁴　luŋ²

进　家　来　啰　龙

小哥进家来，

1-522

应　么　少　不　知

Yinh　maz　sau　mbouj　rox

iŋ¹　ma²　θaːu¹　bou⁵　ɹo⁴

因　何　姑娘　不　知

情妹怎不知。

1-523

后　然　斗　了　哥

Haeuj　ranz　daeuj　liux　go

hau³　ɹaːn²　tau³　liːu⁴　ko¹

进　家　来　啰　哥

情哥进家来，

1-524

么　农　不　知　买

Maz　nuengx　mbouj　rox　mai

ma²　nuːŋ⁴　bou⁵　ɹo⁴　maːi¹

怎么　妹　不　知　面

妹怎不认识。

男唱

1-525

土　斗　堂　拉　占

Dou　daeuj　daengz　laj　canz

tu¹　tau³　taŋ²　la³　ɕaːn²

我　来　到　下　晒台

我来到楼下，

1-526

文　江　然　又　讲

Vunz　gyang　ranz　youh　gangj

vun²　kjaːŋ¹　ɹaːn²　jou⁴　kaːŋ³

人　中　家　又　讲

屋中人又讲。

1-527

想	后	然	你	邦
Siengj	haeuj	ranz	mwngz	baengz
θi:ŋ³	hau³	ɹa:n²	muɯŋ²	paŋ²
想	进	家	你	朋

想进情妹家，

1-528

农	利	忙	知	空
Nuengx	leix	mangx	rox	ndwi
nu:ŋ⁴	li⁴	ma:ŋ⁴	ɹo⁴	du:i¹
妹	还	喜欢	或	不

妹还喜欢否？

女唱

1-529

后	然	斗	了	龙
Haeuj	ranz	daeuj	liux	lungz
hau³	ɹa:n²	tau³	li:u⁴	luŋ²
进	家	来	啰	龙

小哥进家来，

1-530

应	么	少	不	忙
Yinh	maz	sau	mbouj	mangx
iŋ¹	ma²	θa:u¹	bou⁵	ma:ŋ⁴
因	何	姑娘	不	喜欢

如何不喜欢。

1-531

对	邦	见	对	邦
Doih	baengz	gen	doih	baengz
to:i⁶	paŋ²	ke:n⁴	to:i⁶	paŋ²
伙伴	朋	见	伙伴	朋

情侣见情侣，

1-532

不	忙	又	貝	而
Mbouj	mangx	youh	bae	lawz
bou⁵	ma:ŋ⁴	jou⁴	pai¹	lau²
不	喜欢	又	去	哪

怎能不欢喜。

男唱

1-533

土	斗	堂	拉	占
Dou	daeuj	daengz	laj	canz
tu¹	tau³	taŋ²	la³	ɕa:n²
我	来	到	下	晒台

我来到楼下，

1-534

两	可	吊	拉	罗
Liengj	goj	venj	laj	roq
li:ŋ³	ko⁵	ve:n³	la³	ɹo⁵
伞	可	挂	下	屋檐

雨伞挂廊下。

1-535

外	元	少	空	可
Vaij	roen	sau	ndwi	goq
vaːi³	joːn¹	θaːu¹	duːi¹	ko⁶
过	路	姑娘	不	顾

过路妹不顾，

1-536

㵀	罗	貝	邦	文
Ndi	loh	bae	biengz	vunz
di¹	lo⁶	pai¹	piːŋ²	vun²
沿	路	去	地方	人

各自去他方。

女唱

1-537

后	然	斗	了	龙
Haeuj	ranz	daeuj	liux	lungz
hau³	ɹaːn²	tau³	liːu⁴	luŋ²
进	家	来	啰	龙

小哥进家来，

1-538

应	么	少	不	知
Yinh	maz	sau	mbouj	rox
iŋ¹	ma²	θaːu¹	bou⁵	ɹo⁴
因	何	姑娘	不	知

为何我不识。

1-539

外	元	少	想	可
Vaij	roen	sau	siengj	goq
vaːi³	joːn¹	θaːu¹	θiːŋ³	ko⁶
过	路	姑娘	想	顾

路上看见哥，

1-540

空	知	友	阝	而
Ndwi	rox	youx	boux	lawz
duːi¹	ɹo⁴	ju⁴	pu⁴	lau²
不	知	友	个	哪

不知谁伴侣。

男唱

1-541

土	斗	堂	拉	占
Dou	daeuj	daengz	laj	canz
tu¹	tau³	taŋ²	la³	ɕaːn²
我	来	到	下	晒台

我来到楼下，

1-542

两	可	吊	拉	罗
Liengj	goj	venj	laj	roq
liːŋ³	ko⁵	veːn³	la³	ɹo⁵
伞	也	挂	下	屋檐

雨伞挂廊下。

1-543

外	元	少	空	可
Vaij	roen	sau	ndwi	goq
va:i³	jo:n¹	θa:u¹	du:i¹	ko⁶
过	路	姑娘	不	顾

路过妹不理,

1-544

后	然	伏	小	凉
Haeuj	ranz	fwx	siu	liengz
hau³	ɹa:n²	fə⁴	θi:u¹	li:ŋ²
进	家	别人	消	凉

进别家歇凉。

女唱

1-545

氿	三	比	不	吃
Laeuj	sam	bi	mbouj	gwn
lau³	θa:n¹	pi¹	bou⁵	kɯn¹
酒	三	年	不	喝

陈酒你不喝,

1-546

刀	贝	吃	氿	师
Dauq	bae	gwn	laeuj	ndwq
ta:u⁵	pai¹	kɯn¹	lau³	dɯ⁵
倒	去	喝	酒	酒糟

硬要喝糟酒。

1-547

然	三	楼	不	在
Ranz	sam	laeuz	mbouj	ywq
ɹa:n²	θa:n¹	lau²	bou⁵	ju⁵
家	三	楼	不	住

楼房你不住,

1-548

贝	拉	司	伏	站
Bae	laj	swj	fwx	soengz
pai¹	la³	θɯ⁴	fə⁴	θoŋ²
去	下	偏屋	别人	站

愿站屋檐下。

男唱

1-549

土	在	田	广	东
Dou	ywq	denz	gvangj	doeng
tu¹	ju⁵	te:n²	kwa:ŋ³	toŋ¹
我	在	地	广	东

我来自广东,

1-550

下	斗	巡	少	口
Roengz	daeuj	cunz	sau	gaeuq
ɹoŋ²	tau³	çun²	θa:u¹	kau⁵
下	来	巡	姑娘	旧

来看旧情友。

① 吉然空得后 [ki⁶ ɹaːn² duːi¹ dai³ hau³]：入屋怕忌讳。瑶族人认为外人不宜拜访刚举办白事的主家。

1-551

吉	然	空	得	后①
Gih	ranz	ndwi	ndaej	haeuj
ki⁶	ɹaːn²	duːi¹	dai³	hau³
忌	家	不	得	进

入屋怕忌讳，

1-552

斗	被	能	江	官
Daeuj	deng	naengh	gyang	gonz
tau³	teːŋ¹	naŋ⁶	kjaːŋ¹	koːn²
来	被	坐	中	村巷

挨去坐村口。

女唱

1-553

果	我	四	丈	尚
Go	ngox	seiq	ciengh	sang
ko¹	ŋo⁴	θei⁵	ɕɯːŋ⁶	θaːŋ¹
棵	芦苇	四	丈	高

白事早结束，

1-554

又	说	然	土	吉
Youh	naeuz	ranz	dou	gih
jou⁴	nau²	ɹaːn²	tu¹	ki⁶
又	说	家	我	忌

说我家忌讳。

1-555

巴	士	三	良	为
Bak	dou	san	lingz	veih
paːk⁷	tou¹	θaːn¹	lin²	vei⁶
口	门	编	灵	位

门口编灵位，

1-556

又	利	吉	开	么
Youh	lij	gih	gij	maz
jou⁴	li⁴	ki⁶	kaːi²	ma²
又	还	忌	什	么

还忌讳什么。

男唱

1-557

土	在	田	广	东
Dou	ywq	dieg	gvangj	doeng
tu¹	ju⁵	tiːk⁸	kwaːŋ³	toŋ¹
我	在	地	广	东

我来自广东，

1-558

下	斗	巡	少	口
Roengz	daeuj	cunz	sau	gaeuq
ɹoŋ²	tau³	ɕun²	θaːu¹	kau⁵
下	来	巡	姑娘	旧

来看旧相识。

1-559

吉	然	空	得	后
Gih	ranz	ndwi	ndaej	haeuj
ki^6	$ɣaːn^2$	$du:i^1$	dai^3	hau^3
忌	家	不	得	进

忌讳不能进，

1-560

斗	被	贵	大	堂
Daeuj	deng	gvih	daih	dangz
tau^3	$te:ŋ^1$	$kwei^6$	$ta:i^6$	$ta:ŋ^2$
来	被	跪	大	堂

挨去大堂跪。

女唱

1-561

卩	客	在	广	东
Boux	hek	ywq	gvangj	doeng
pu^4	$he:k^7$	ju^5	$kwa:ŋ^3$	$toŋ^1$
个	客	在	广	东

客人在广东，

1-562

出	土	它	是	贵
Ok	dou	de	cix	gvih
$o:k^7$	tou^1	te^1	$çi^4$	$kwei^6$
出	门	他	就	跪

出门就吃亏。

1-563

江	然	三	良	为
Gyang	ranz	san	lingz	veih
$kja:ŋ^1$	$ɣaːn^2$	$θa:n^1$	$liŋ^2$	vei^6
中	家	编	灵	位

家中设灵位，

1-564

又	利	贵	卩	而
Youh	lij	gvih	boux	lawz
jou^4	li^4	$kwei^6$	pu^4	lau^2
又	还	跪	个	哪

还要给谁跪。

男唱

1-565

斗	堂	田	对	邦
Daeuj	daengz	denz	doih	baengz
tau^3	$taŋ^2$	$te:n^2$	$to:i^6$	$paŋ^2$
来	到	地	伙伴	朋

来到女友家，

1-566

利	光	外	江	开
Lij	gvangq	vaij	gyang	gai
li^4	$kwa:ŋ^5$	$va:i^3$	$kja:ŋ^1$	$ka:i^1$
还	宽	过	中	街

家比街道宽。

1-567

斗　堂　田　少　乖

Daeuj　daengz　denz　sau　gvai

tau³　taŋ²　teːn²　θaːu¹　kwaːi¹

来　到　地　姑娘　乖

到女友家乡，

1-568

利　来　外　德　胜

Lij　lai　vaij　daek　swng

li⁴　laːi¹　vaːi³　tak⁷　θiŋ⁵

还　多　过　德　胜

比德胜还宽。

女唱

1-569

永　顺　不　利　光

Yungj　sun　mbouj　lij　gvangq

jin³　ɕin⁴　bou⁵　li⁴　kwaːŋ⁵

永　顺　不　还　宽

永顺更加宽，

1-570

永　安　不　利　来

Yungj　anh　mbouj　lij　lai

jin³　ŋaːn⁵　bou⁵　li⁴　laːi¹

永　安　不　还　多

永安更加大。

1-571

你　备　斗　堂　尾

Mwngz　beix　daeuj　daengz　byai

muŋ²　pi⁴　tau³　taŋ²　pjaːi¹

你　兄　来　到　尾

兄最后才来，

1-572

又　来　开　么　由

Youh　lai　gij　maz　raeuh

jou⁴　laːi¹　kaːi²　ma²　ɹau⁶

又　多　什　么　多

多想也无用。

男唱

1-573

伏　九　州　安　定

Fawh　riuz　cou　an　dingh

fəu⁶　ɹiːu²　ɕou¹　aːn¹　tiŋ⁶

时　传　州　安　定

传到安定州，

1-574

伏　内　备　才　堂

Fawh　neix　beix　nda　daengz

fəu⁶　ni⁴　pi⁴　da¹　taŋ²

时　这　兄　刚　到

这时兄才到。

1-575

伏	九	安	河	江①
Fawh	riuz	aen	haw	gyang
fəɯ⁶	ɹi:u²	an¹	həɯ¹	kja:ŋ¹
时	传	个	圩	江

传到那江圩，

1-576

龙	斗	堂	庿	内
Lungz	daeuj	daengz	haemh	neix
luŋ²	tau³	taŋ²	han⁶	ni⁴
龙	来	到	夜	这

今晚兄才到。

女唱

1-577

义	你	备	牙	马
Nyi	mwngz	beix	yaek	ma
ȵi¹	muɯŋ²	pi⁴	jak⁷	ma¹
听	你	兄	欲	来

想你兄要来，

1-578

贝	从	山②	買	氿
Bae	congh	bya	cawx	laeuj
pai¹	ço:ŋ⁶	pja¹	çəɯ⁴	lau³
去	洞	山	买	酒

去永安买酒。

1-579

义	你	龙	牙	斗
Nyi	mwngz	lungz	yaek	daeuj
ȵi¹	muɯŋ²	luŋ²	jak⁷	tau³
听	你	龙	欲	来

听闻兄要来，

1-580

贝	下	坳	買	歪
Bae	laj	au	cawx	vaiz
pai¹	la³	au⁵	çəɯ⁴	va:i²
去	下	坳	买	水牛

去下坳买牛。

男唱

1-581

备	是	尝	外	斗
Beix	cix	caengz	vaij	daeuj
pi⁴	çi⁴	çaŋ²	va:i³	tau³
兄	就	未	过	来

我还未曾来，

1-582

刀	米	良	能	来
Dauq	miz	liengh	nyaenx	lai
ta:u⁵	mi²	le:ŋ⁶	ȵan⁴	la:i¹
倒	有	肚量	那么	多

你想真周全。

① 河江〔həu¹ kja:ŋ¹〕：江圩，永顺土司管理的一个小集市。今址不详。
② 从山〔ço:ŋ⁶ pja¹〕：山洞，永安旧称。

1-583

备	是	尝	斗	采
Beix	cix	caengz	daeuj	byaij
pi^4	φi^4	$\varphi a\eta^2$	tau^3	$pja{:}i^3$
兄	就	未	来	走

我尚未启程，

1-584

先	買	歪	在	加
Senq	cawx	vaiz	ywq	caj
$\theta e{:}n^5$	$\varphi\mathrm{ɯ}^4$	$va{:}i^2$	ju^5	kja^3
早	买	水牛	在	等

早买牛来等。

女唱

1-585

义	你	备	牙	斗
Nyi	mwngz	beix	yaek	daeuj
$\textipa{ȵ}i^1$	$mu\eta^2$	pi^4	jak^7	tau^3
听	你	兄	欲	来

听闻兄要来，

1-586

板	土	忧	几	来
Mbanj	dou	you	geij	lai
$ba{:}n^3$	tu^1	jou^1	ki^5	$la{:}i^1$
村	我	忧	几	多

全村都在想。

1-587

义	备	牙	斗	采
Nyi	beix	yaek	daeuj	byaij
$\textipa{ȵ}i^1$	pi^4	jak^7	tau^3	$pja{:}i^3$
听	兄	欲	来	走

听闻兄要来，

1-588

少	買	歪	在	加
Sau	cawx	vaiz	ywq	caj
$\theta a{:}u^1$	$\varphi\mathrm{ɯ}^4$	$va{:}i^2$	ju^5	kja^3
姑娘	买	水牛	在	等

妹买牛来等。

男唱

1-589

貝	下	坳	買	歪
Bae	laj	au	cawx	vaiz
pai^1	la^3	au^5	$\varphi\mathrm{ɯ}^4$	$va{:}i^2$
去	下	坳	买	水牛

去下坳买牛，

1-590

得	土	歪	勾	定
Ndaej	duz	vaiz	gaeu	dinj
dai^3	tu^2	$va{:}i^2$	kau^1	tin^3
得	只	水牛	角	短

得短角水牛。

1-591

报	贝	堂	安	定
Bauq	bae	daengz	an	dingh
pa:u⁵	pai¹	taŋ²	a:n¹	tiŋ⁶
报	去	到	安	定

报到安定去，

1-592

正	土	内	九	名
Cingq	duz	neix	riuz	mingz
çiŋ⁵	tu²	ni⁴	ɹi:u²	miŋ²
正	只	这	传	名

就此牛有名。

女唱

1-593

贝	高	岭	買	歪
Bae	gauh	lingj	cawx	vaiz
pai¹	ka:u¹	liŋ⁴	çəu⁴	va:i²
去	高	岭	买	水牛

去高岭买牛，

1-594

勾	米	三	寸	班
Gaeu	miz	sam	saen	mbanq
kau¹	mi²	θa:n¹	θan¹	ba:n⁵
角	有	三	处	疤痕

角有三处疤。

1-595

正	马	堂	丢	万
Cing	ma	daengz	deu	fanh
çiŋ¹	ma¹	taŋ²	te:u¹	fa:n⁶
拉	来	到	坳	万

牵牛到万坳，

1-596

利	锯	班	一	写
Lij	gawq	mbanq	ndeu	ce
li⁴	kɯ⁵	ba:n⁵	de:u¹	çe¹
还	锯	疤痕	一	留

锯除一处疤。

1-597

你	备	斗	巡	土
Mwngz	beix	daeuj	cunz	dou
mɯŋ²	pi⁴	tau³	çun²	tu¹
你	兄	来	巡	我

兄来这看我，

1-598

采	定	说	骑	马
Byaij	din	naeuz	gwih	max
pja:i³	tin¹	nau²	kɯ:i⁶	ma⁴
走	脚	或	骑	马

步行或骑马。

1-599

采	定	是	讲	话
Byaij	din	cix	gangj	vah
pja:i³	tin¹	çi⁴	ka:ŋ³	va⁶
走	脚	就	讲	话

步行就算了，

1-600

骑	马	是	装	安
Gwih	max	cix	cang	an

$kuːi^6$　ma^4　$ɕi^4$　$ɕaːŋ^1$　$aːn^1$

骑	马	就	装	鞍

骑马就装鞍。

男唱

1-601

阝	客	在	广	东
Boux	hek	ywq	gvangj	doeng

pu^4　$heːk^7$　$jɯ^5$　$kwaːŋ^3$　$toŋ^1$

个	客	在	广	东

客是广东人,

1-602

出	土	是	骑	马
Ok	dou	cix	gwih	max

$oːk^7$　tou^1　$ɕi^4$　$kuːi^6$　ma^4

出	门	就	骑	马

出门就骑马。

1-603

偻	岁	文	拉	达
Raeuz	caez	vunz	laj	dah

$ɹau^2$　$ɕai^2$　vun^2　la^3　ta^6

我们	齐	人	下	河

同是河边人,

1-604

可	采	拉	另	偻
Goj	byaij	laj	lumj	raeuz

ko^5　$pjaːi^3$　la^3　lun^3　$ɹau^2$

也	走	下	像	我们

都一样步行。

女唱

1-605

你	备	斗	巡	土
Mwngz	beix	daeuj	cunz	dou

$mɯn^2$　pi^4　tau^3　$ɕun^2$　tu^1

你	兄	来	巡	我

兄来看望我,

1-606

采	定	说	能	轿
Byaij	din	naeuz	naengh	giuh

$pjaːi^3$　tin^1　nau^2　$naŋ^6$　$kiːu^6$

走	脚	或	坐	轿

步行或坐轿。

1-607

采	定	是	峝	小
Byaij	din	cix	rungh	sauq

$pjaːi^3$　tin^1　$ɕi^4$　$ɹuŋ^6$　$θaːu^5$

走	脚	就	峝	小

步行平常事,

1-608

能	轿	是	九	名
Naengh	giuh	cix	riuz	mingz
naŋ⁶	kiːu⁶	çi⁴	ɹiːu²	miŋ²
坐	轿	就	传	名

坐轿名望大。

1-612

不	能	轿	古	而
Mbouj	naengh	giuh	guh	rawz
bou⁵	naŋ⁶	kiːu⁶	ku⁴	ɹauɯ²
不	坐	轿	做	什么

不坐轿咋办。

男唱

1-609

阝	客	在	广	东
Boux	hek	ywq	gvangj	doeng
pu⁴	heːk⁷	jɯ⁵	kwaːŋ³	toŋ¹
个	客	在	广	东

来者广东客,

1-610

出	土	是	能	轿
Ok	dou	cix	naengh	giuh
oːk⁷	tou¹	çi⁴	naŋ⁶	kiːu⁶
出	门	就	坐	轿

出门就坐轿。

1-611

文	三	少	牙	了
Vunz	sanq	sau	yaek	liux
vun²	θaːn⁵	θaːu¹	jak⁷	liːu⁴
人	散	姑娘	欲	完

姑娘要走完,

女唱

1-613

斗	么	龙	外	开
Daeuj	maq	lungz	vaih	gyaiq
tau³	ma⁵	luŋ²	vaːi⁶	kaːi⁵
来	嘛	龙	外	界

来啦外地哥,

1-614

来	么	友	长	欢
Laiz	maq	youx	cangh	fwen
laːi²	ma⁵	ju⁴	çaːŋ⁶	vɯn¹
来	嘛	友	匠	歌

来啦山歌手。

1-615

九	你	备	知	权
Riuz	mwngz	beix	rox	gienz
ɹiːu²	mɯŋ²	pi⁴	ɹo⁴	kjiːn²
传	你	兄	知	拳术

传兄会拳术,

1-616

节	双	盘	土	累
Cek	song	buenz	dou	laeq
çe:t^7	θo:ŋ^1	pu:n^2	tu^1	lai^5
劈	两	盘	我	看

比划给我看。

男唱

1-617

土	在	田	广	东
Dou	ywq	dieg	gvangj	doeng
tu^1	jɯ^5	ti:k^8	kwa:ŋ^3	toŋ^1
我	在	地	广	东

我来自广东，

1-618

斗	巡	友	长	团
Daeuj	cunz	youx	cangh	duenz
tau^3	çun^2	ju^4	ça:ŋ^6	tu:n^2
来	巡	友	匠	猜

来看友唱歌。

1-619

不	外	是	说	欢
Mbouj	vaij	cix	naeuz	fwen
bou^5	va:i^3	çi^4	nau^2	vu:n^1
不	过	就	说	歌

不走就对歌，

1-620

长	权	不	得	节
Cangh	gienz	mbouj	ndaej	cek
ça:ŋ^6	kju:n^2	bou^5	dai^3	çe:t^7
匠	拳术	不	得	劈

拳不可卖弄。

女唱

1-621

斗	么	龙	外	开
Daeuj	maq	lungz	vaih	gyaiq
tau^3	ma^5	luŋ^2	va:i^6	ka:i^5
来	嘛	龙	外	界

来啦外地哥，

1-622

来	么	友	长	欢
Laiz	maq	youx	cangh	fwen
la:i^2	ma^5	ju^4	ça:ŋ^6	vu:n^1
来	嘛	友	匠	歌

来啦山歌手。

1-623

斗	空	节	长	权
Daeuj	ndwi	cek	cangh	gienz
tau^3	du:i^1	çe:t^7	ça:ŋ^6	kju:n^2
来	不	劈	匠	拳术

不表演拳术，

1-624

龙　尝　办　师　付

Lungz caengz baenz sae fouh

luŋ²　çaŋ²　pan²　θei¹　fou⁶

龙　未　成　师　傅

兄未成师傅。

1-628

斗　空　全　邦　农

Daeuj ndwi cienz biengz nuengx

tau³　du:i¹　çu:n²　pi:ŋ²　nu:ŋ⁴

来　不　传　地　方　妹

难以到妹乡。

男唱

女唱

1-625

土　在　田　广　东

Dou ywq dieg gvangj doeng

tu¹　ju⁵　ti:k⁸　kwa:ŋ³　toŋ¹

我　在　地　广　东

我来自广东,

1-629

你　斗　刀　可　斗

Mwngz daeuj dauq goj daeuj

muŋ²　tau³　ta:u⁵　ko⁵　tau³

你　来　倒　可　来

你来则来之,

1-626

斗　巡　友　大　团

Daeuj cunz youx daih duenz

tau³　çun²　ju⁴　ta:i⁶　tu:n²

来　巡　友　大　猜

来看妹赛歌。

1-630

得　几　样　送　而

Ndaej geij yiengh soengq lawz

dai³　ki³　ju:ŋ⁶　θoŋ⁵　lau²

得　几　样　送　哪

送我何礼品。

1-627

空　知　双　甫　权

Ndwi rox song bouh gienz

du:i¹　ɣo⁴　θo:ŋ¹　pou⁶　kju:n²

不　知　两　步　拳　术

不会点拳术,

1-631

你　马　刀　可　马

Mwngz ma dauq goj ma

muŋ²　ma¹　ta:u⁵　ko⁵　ma¹

你　来　倒　可　来

你来是来了,

1-632

特	正	么	送	农
Dawz	cingz	maz	soengq	nuengx

$təɯ^2$ $ɕiŋ^2$ ma^2 $θoŋ^5$ $nuːŋ^4$

拿	情	什么	送	妹

送我何信物。

男唱

1-633

在	然	土	可	祘
Ywq	ranz	dou	goj	suenq

ju^5 $ɹaːn^2$ tu^1 ko^5 $θuːn^5$

在	家	我	可	算

在家策划好，

1-634

装	古	担	一	马
Cang	guh	rap	ndeu	ma

$ɕaːŋ^1$ ku^4 $ɹaːt^7$ $deːu^1$ ma^1

装	做	担	一	来

合做一担来。

1-635

堂	大	罗	相	差
Daengz	daih	loh	ceng	ca

$taŋ^2$ $taːi^6$ lo^6 $ɕeːŋ^1$ $ɕa^1$

到	大	路	相	差

路上出差错，

1-636

马	堂	然	你	初
Ma	daengz	ranz	mwngz	byouq

ma^1 $taŋ^2$ $ɹaːn^2$ $mɯŋ^2$ $pjou^5$

来	到	家	你	空

空手到你家。

女唱

1-637

米	开	么	元	古
Miz	gij	maz	yuenz	gouq

mi^2 $kaːi^2$ ma^2 $juːn^2$ kou^5

有	什么	缘	故

究竟是何故，

1-638

堂	大	罗	相	差
Daengz	daih	loh	ceng	ca

$taŋ^2$ $taːi^6$ lo^6 $ɕeːŋ^1$ $ɕa^1$

到	大	路	相	差

大路出差错。

1-639

托	卟	而	元	加
Doh	boux	lawz	ien	gya

to^6 pu^4 lau^2 $juːn^1$ kja^1

同	个	哪	冤	家

跟谁闹矛盾，

1-640

斗	相	差	大	罗
Daeuj	ceng	ca	daih	loh
tau³	ɕe:ŋ¹	ɕa¹	ta:i⁶	lo⁶
来	相	差	大	路

路上出差错。

1-644

堂	然	农	空	米
Daengz	ranz	nuengx	ndwi	miz
taŋ²	ɹa:n²	nu:ŋ⁴	du:i¹	mi²
到	家	妹	不	有

到妹家已无。

男唱

1-641

在	然	土	可	长
Ywq	ranz	dou	goj	caengh
juɯ⁵	ɹa:n²	tu¹	ko⁵	ɕaŋ⁶
在	家	我	可	称

在家我已称，

1-642

一	斤	来	双	两
It	gaen	lai	song	liengx
it⁷	kan¹	la:i¹	θo:ŋ¹	li:ŋ⁴
一	斤	多	二	两

一斤二两多。

1-643

划	船	空	认	相
Vaij	ruz	ndwi	nyinh	siengq
va:i³	ɹu²	du:i¹	ɲin⁶	θi:ŋ⁵
划	船	不	记得	看

坐船不留意，

女唱

1-645

斗	么	龙	外	开
Daeuj	maq	lungz	vaih	gyaiq
tau³	ma⁵	luŋ²	va:i⁶	ka:i⁵
来	嘛	龙	外	界

来啦外地哥，

1-646

来	么	友	长	欢
Laiz	maq	youx	cangh	fwen
la:i²	ma⁵	ju⁴	ɕa:ŋ⁶	vu:n¹
来	嘛	友	匠	歌

来啦好歌友。

1-647

被	打	结	江	元
Deng	daj	giep	gyang	roen
te:ŋ¹	ta³	ki:t⁷	kja:ŋ¹	jo:n¹
被	打	劫	中	路

途中被打劫，

1-648

论	开	么	的	合
Lwnh	gij	maz	diq	huq
lun⁶	ka:i²	ma⁵	ti⁵	ho⁵
告诉	什么		的	货

告诉我啥货。

1-652

外	达	论	更	船
Vaij	dah	lumz	gwnz	ruz
va:i³	ta⁶	lun²	kɯn²	ɹu²
过	河	忘	上	船

遗忘在船上。

男唱

1-649

土	在	田	元	远
Dou	ywq	dieg	roen	gyae
tu¹	ju⁵	ti:k⁸	jo:n¹	kjai¹
我	在	地	路	远

我来自远方，

1-650

下	斗	巡	对	达
Roengz	daeuj	cunz	doih	dah
ɹoŋ²	tau³	ɕun²	to:i⁶	ta⁶
下	来	巡	伙伴	女孩

来看女朋友。

1-651

特	美	支	洋	沙
Dawz	mae	sei	yangz	ca
tɐɯ²	mai¹	θi¹	ja:ŋ²	ɕa⁵
拿	纱	丝	洋	纱

带蚕丝洋纱，

女唱

1-653

斗	么	龙	外	开
Daeuj	maq	lungz	vaih	gyaiq
tau³	ma⁵	luŋ²	va:i⁶	ka:i⁵
来	嘛	龙	外	界

来啦外地哥，

1-654

来	么	友	长	欢
Laiz	maq	youx	cangh	fwen
la:i²	ma⁵	ju⁴	ɕa:ŋ⁶	vu:n¹
来	嘛	友	匠	歌

来啦好歌手。

1-655

被	打	结	江	元
Deng	daj	giep	gyang	roen
te:ŋ¹	ta³	ki:t⁷	kja:ŋ¹	jo:n¹
被	打	劫	中	路

半路被打劫，

1-656

应	么	团①	不	报
Yinh	maz	donz	mbouj	bauq
iŋ¹	ma²	to:n²	bou⁵	pa:u⁵
因	何	团	不	报

为何不报团。

1-660

报	团	少	空	出
Bauq	donz	sau	ndwi	ok
pa:u⁵	to:n²	θa:u¹	du:i¹	o:k⁷
报	团	姑娘	不	出

报团妹不出。

① 团 [to:n²]：清末民初的地方武装，其职责是辅助军警维持地方治安。

男唱

1-657

土	在	田	江	西
Dou	ywq	dieg	gyangh	sih
tu¹	jɯ⁵	ti:k⁸	kja:ŋ⁵	θi⁵
我	在	地	江	西

我来自江西，

1-658

斗	巡	友	满	美
Daeuj	cunz	youx	monh	maez
tau³	ɕun²	ju⁴	mo:n⁶	mai²
来	巡	友	谈情	说爱

来看望女友。

1-659

元	远	罗	又	远
Roen	gyae	loh	youh	gyae
jo:n¹	kjai¹	lo⁶	jou⁴	kjai¹
路	远	路	又	远

路途太遥远，

女唱

1-661

斗	么	龙	外	开
Daeuj	maq	lungz	vaih	gyaiq
tau³	ma⁵	luŋ²	va:i⁶	ka:i⁵
来	嘛	龙	外	界

来啦外地哥，

1-662

来	么	友	长	欢
Laiz	maq	youx	cangh	fwen
la:i²	ma⁵	ju⁴	ɕa:ŋ⁶	vu:n¹
来	嘛	友	匠	歌

来啦好歌友。

1-663

被	打	结	江	元
Deng	daj	giep	gyang	roen
te:ŋ¹	ta³	ki:t⁷	kja:ŋ¹	jo:n¹
被	打	劫	中	路

路上被打劫，

1-664

知	权	是	同	代
Rox	gienz	cix	doengh	daix
ɹo^4	kjuːn^2	çi^4	toŋ^2	taːi^4
知	拳术	就	相	接

懂拳就反击。

1-668

知	权	空	认	代
Rox	gienz	ndwi	nyinh	daix
ɹo^4	kjuːn^2	duːi^1	n̠in^6	taːi^4
知	拳术	不	记得	接

不记得抵抗。

男唱

1-665

土	在	田	江	西
Dou	ywq	dieg	gyangh	sih
tu^1	ju^5	tiːk^8	kjaːŋ^5	θi^5
我	在	地	江	西

我来自江西，

1-666

斗	巡	友	巴	丢
Daeuj	cunz	youx	bak	diu
tau^3	çun^2	ju^4	paːk^7	tiːu^1
来	巡	友	嘴	刁

来看伶俐友。

1-667

外	达	又	外	桥
Vaij	dah	youh	vaij	giuz
vaːi^3	ta^6	jou^4	vaːi^3	kiːu^2
过	河	又	过	桥

过河又过桥，

女唱

1-669

双	土	鸟	羽	坤
Song	duz	roeg	fwed	goenq
θoːŋ^1	tu^2	ɹok^8	fuːt^8	kon^5
两	只	鸟	翅	断

两只断翼鸟，

1-670

飞	出	板	而	马
Mbin	ok	mbanj	lawz	ma
bin^1	oːk^7	baːn^3	lau^2	ma^1
飞	出	村	哪	来

从何处飞来。

1-671

双	土	鸟	羽	花
Song	duz	roeg	fwed	va
θoːŋ^1	tu^2	ɹok^8	fuːt^8	va^1
两	只	鸟	翅	花

两只花翅鸟，

1-672

飞	出	山	而	斗
Mbin	ok	bya	lawz	daeuj
bin¹	oːk⁷	pja¹	lauɯ²	tau³
飞	出	山	哪	来

来自哪座山。

1-676

土	出	山	土	斗
Dou	ok	bya	dou	daeuj
tu¹	oːk⁷	pja¹	tu¹	tau³
我	出	山	我	来

我从山中来。

男唱

女唱

1-673

生	土	鸟	羽	坤
Seng	duz	roeg	fwed	goenq
θeːŋ¹	tu²	ɹok⁸	fuːt⁸	kon⁵
生	只	鸟	翅	断

一只断翼鸟，

1-677

双	土	鸟	飞	邦
Song	duz	roeg	mbin	mbangq
θoːŋ¹	tu²	ɹok⁸	bin¹	baːŋ⁵
两	只	鸟	飞	扬

两只鸟惊飞，

1-674

可	专	拉	很	那
Goj	conq	laj	haenz	naz
ko⁵	çoːn⁵	la³	han²	na²
可	钻	下	边	田

出入田埂下。

1-678

飞	出	板	而	马
Mbin	ok	mbanj	lawz	ma
bin¹	oːk⁷	baːn³	lauɯ²	ma¹
飞	出	村	哪	来

从何处飞来。

1-675

你	空	知	少	而
Mwngz	ndwi	rox	sau	lawz
muɯŋ²	duːi¹	ɹo⁴	θaːu¹	lauɯ²
你	不	知	姑娘	哪

你不认识我，

1-679

伏	内	伏	开	么
Fawh	neix	fawh	gij	maz
fəɯ⁶	ni⁴	fəɯ⁶	kaːi²	ma²
时	这	时	什	么

这什么时令，

1-680

斗	巡	花	对	么
Daeuj	cunz	va	doih	moq
tau³	ɕun²	va¹	to:i⁶	mo⁵
来	巡	花	伙伴	新

来寻新女友。

1-684

飞	马	堂	然	农
Mbin	ma	daengz	ranz	nuengx
bin¹	ma¹	taŋ²	ɹa:n²	nu:ŋ⁴
飞	来	到	家	妹

才能到妹家。

男唱

1-681

在	然	是	飞	灯
Ywq	ranz	cix	mbin	daemq
ju⁵	ɹa:n²	ɕi⁴	bin¹	tan⁵
在	家	就	飞	低

在家就低飞，

1-682

出	外	是	飞	尚
Ok	rog	cix	mbin	sang
o:k⁷	ɹo:k⁸	ɕi⁴	bin¹	θa:ŋ¹
出	外	就	飞	高

外出就高飞。

1-683

告	得	羽	三	层
Gauq	ndaej	fwed	sam	caengz
ka:u⁵	dai³	fɯ:t⁸	θa:n¹	ɕaŋ²
靠	得	翅	三	层

全靠翅膀硬，

女唱

1-685

双	土	鸟	飞	邦
Song	duz	roeg	mbin	mbangq
θo:ŋ¹	tu²	ɹok⁸	bin¹	ba:ŋ⁵
两	只	鸟	飞	扬

两只鸟惊飞，

1-686

飞	出	板	而	马
Mbin	ok	mbanj	lawz	ma
bin¹	o:k⁷	ba:n³	lau²	ma¹
飞	出	村	哪	来

从何处飞来。

1-687

伏	内	伏	开	么
Fawh	neix	fawh	gij	maz
fɯ:ɯ⁶	ni⁴	fɯ:ɯ⁶	ka:i²	ma²
时	这	时	什	么

这什么时令，

1-688

斗	巡	花	义	月
Daeuj	cunz	va	ngeih	nyied
tau^3	$çun^2$	va^1	$n̠i^6$	$n̠u:t^8$
来	巡	花	二	月

来探二月花。

男唱

1-689

见	十	义	公	山
Raen	cib	ngeih	goeng	bya
$ɹan^1$	$çit^8$	$n̠i^6$	$koŋ^1$	pja^1
见	十	二	座	山

翻十二座山，

1-690

却	土	鸦	引	罗
Gyo	duz	a	yinx	loh
kjo^1	tu^2	a^1	jin^4	lo^6
幸亏	只	鸦	引	路

得乌鸦引路。

1-691

土	鸦	特	心	作
Duz	a	dawz	sim	soh
tu^2	a^1	$təɯ^2$	$θin^1$	$θo^6$
只	鸦	拿	心	直

靠乌鸦诚实，

1-692

引	罗	马	巡	你
Yinx	loh	ma	cunz	mwngz
jin^4	lo^6	ma^1	$çun^2$	$muɯŋ^2$
引	路	来	巡	你

带路来看你。

女唱

1-693

双	土	鸟	代	内
Song	duz	roeg	dai	neix
$θo:ŋ^1$	tu^2	$ɹok^8$	$ta:i^1$	ni^4
两	只	鸟	死	这

两只比翼鸟，

1-694

很	雷	马	古	对
Hwnj	ndoi	ma	guh	doih
hun^3	$do:i^1$	ma^1	ku^4	$to:i^6$
上	坡	来	做	伙伴

到岭上结伴。

1-695

出	而	马	包	青
Ok	lawz	ma	mbauq	oiq
$o:k^7$	lau^2	ma^1	$ba:u^5$	$o:i^5$
出	哪	来	小伙	嫩

后生哥哪来，

1-696

斗	古	对	很	河
Daeuj	guh	doih	hwnj	haw
tau³	ku⁴	to:i⁶	hun³	hɜu¹
来	做	伙伴	上	圩

来做伴赶圩。

男唱

1-697

双	土	鸟	代	内
Song	duz	roeg	dai	neix
θo:ŋ¹	tu²	ɹok⁸	ta:i¹	ni⁴
两	只	鸟	死	这

两只比翼鸟，

1-698

很	雷	斗	古	穷
Hwnj	ndoi	daeuj	guh	gyoengq
hun³	do:i¹	tau³	ku⁴	kjoŋ⁵
上	坡	来	做	群

到岭上结群。

1-699

刀	马	代	江	垌
Dauq	ma	dai	gyang	doengh
ta:u⁵	ma¹	ta:i¹	kja:ŋ¹	toŋ⁶
回	来	死	中	垌

飞来平地死，

1-700

农	得	送	知	空
Nuengx	ndaej	soengq	rox	ndwi
nu:ŋ⁴	dai³	θoŋ⁵	ɹo⁴	du:i¹
妹	得	送	或	不

妹能送葬否？

女唱

1-701

飞	马	读	果	才
Mbin	ma	douh	go	ndaij
bin¹	ma¹	tou⁶	ko¹	da:i³
飞	来	栖息	棵	苎麻

苎麻丛栖息，

1-702

才	马	读	桥	开
Raih	ma	douh	giuz	gai
ɹa:i⁶	ma¹	tou⁶	kiu²	ka:i¹
爬	来	栖息	桥	街

漫步到街头。

1-703

三	八	利	得	代
Sanh	bek	lij	ndaej	dai
θa:n¹	pe:k⁷	li⁴	dai³	ta:i¹
山	伯	还	得	死

山伯舍得死，

1-704

英　台　么　不　送

Yingh　daiz　maz　mbouj　soengq

iŋ¹　ta:i²　ma²　bou⁵　θoŋ⁵

英　台　怎么　不　送

英台何不送。

1-708

备　古　穷　斗　巡

Beix　guh　gyoengq　daeuj　cunz

pi⁴　ku⁴　kjoŋ⁵　tau³　ςun²

兄　做　群　来　巡

兄结队来访。

男唱

1-705

双　土　鸟　代　内

Song　duz　roeg　dai　neix

θo:ŋ¹　tu²　ɹok⁸　ta:i¹　ni⁴

两　只　鸟　死　这

两只比翼鸟，

1-706

很　雷　斗　古　穷

Hwnj　ndoi　daeuj　guh　gyoengq

hun³　do:i¹　tau³　ku⁴　kjoŋ⁵

上　坡　来　做　群

到岭上结群。

1-707

英　台　狼　得　送

Yingh　daiz　langh　ndaej　soengq

iŋ¹　ta:i²　la:ŋ⁶　dai³　θoŋ⁵

英　台　若　得　送

英台若得送，

女唱

1-709

双　土　鸟　羽　才

Song　duz　roeg　fwed　raiz

θo:ŋ¹　tu²　ɹok⁸　fu:t⁸　ɹa:i²

两　只　鸟　翅　花纹

两只花翅鸟，

1-710

同　排　吃　果　后

Doengz　baiz　gwn　go　haeux

toŋ²　pa:i²　kɯn¹　ko¹　hau⁴

同　排　吃　棵　谷

并排捡谷吃。

1-711

秋　样　刀　好　口

Ciuq　yiengh　dauq　ndei　gaeuj

ςiu⁵　juːŋ⁶　ta:u⁵　dei¹　kau³

看　样　倒　好　看

模样倒俊俏，

1-712

不	乱	斗	巡	偻
Mbouj	luenh	daeuj	cunz	raeuz
bou⁵	luːn⁶	tau³	ɕun²	ɹau²
不	乱	来	巡	我们

难得来看我。

男唱

1-713

土	是	想	牙	马
Dou	cix	siengj	yaek	ma
tu¹	ɕi⁴	θiːŋ³	jak⁷	ma¹
我	是	想	欲	来

我是想要来，

1-714

又	卡	双	卡	达
Youh	gaz	song	ga	dah
jou⁴	ka²	θoːŋ¹	ka¹	ta⁶
又	卡	两	条	河

两条河阻拦。

1-715

想	斗	巡	龙	那
Siengj	daeuj	cunz	lungz	nax
θiːŋ³	tau³	ɕun²	luŋ²	na⁴
想	来	巡	大舅	小舅

想来走亲戚，

1-716

外	达	又	用	钱
Vaij	dah	youh	yungh	cienz
vaːi³	ta⁶	jou⁴	juŋ⁶	ɕiːn²
过	河	又	用	钱

过河要花钱。

1-717

外	卡	达	甲	门
Vaij	ga	dah	gap	monz
vaːi³	ka¹	taː⁶	kaːt⁷	muun²
过	条	河	甲	门

单过甲门河，

1-718

用	贝	七	块	钱
Yungh	bae	caet	gvai	cienz
juŋ⁶	pai¹	ɕat⁷	kwaːi⁴	ɕiːn²
用	去	七	块	钱

就花七元钱。

女唱

1-719

外	卡	达	义	元
Vaij	ga	dah	ngeih	yenz
vaːi³	ka¹	taː⁶	ȵi⁶	jeːn²
过	条	河	二	元

要过二元河，

1-720

贝　钱　偻　岁　作
Bae　cienz　raeuz　caez　coq
pai^1　$çi:n^2$　$ɹau^2$　$çai^2$　$ço^5$
去　钱　我们　齐　放
路费同分摊。

1-721

双　士　鸟　羽　才
Song　duz　roeg　fwed　raiz
$θo:ŋ^1$　tu^2　$ɹok^8$　$fu:t^8$　$ɹa:i^2$
两　只　鸟　翅　花纹
两只花翅鸟，

1-722

同　排　吃　果　机
Doengz　baiz　gwn　go　giq
$toŋ^2$　$pa:i^2$　kun^1　ko^1　ki^5
同　排　吃　棵　这
同吃一树果。

1-723

吨　务　鞋　高　底
Daenj　gouh　haiz　gauh　dij
tan^3　kou^6　$ha:i^2$　$ka:u^5$　ti^3
穿　双　鞋　高　底
脚穿高跟鞋，

1-724

斗　内　说　贝　而
Daeuj　neix　naeuz　bae　lawz
tau^3　ni^4　nau^2　pai^1　lau^2
来　这　或　去　哪
不知去何方。

男唱

1-725

邦　更　是　果　金
Biengz　gwnz　cix　go　gim
$pi:ŋ^2$　kun^2　$çi^4$　ko^1　kin^1
地方　上　是　果　金
上方是果金，

1-726

邦　拉　是　果　机
Biengz　laj　cix　go　giq
$pi:ŋ^2$　la^3　$çi^4$　ko^1　ki^5
地方　下　是　果　机
下方是果机。

1-727

吨　务　鞋　高　底
Daenj　gouh　haiz　gauh　dij
tan^3　kou^6　$ha:i^2$　$ka:u^5$　ti^3
穿　双　鞋　高　底
脚穿高跟鞋，

1-728

中　斗　内　巡　你
Cuengq　daeuj　neix　cunz　mwngz
$çu:ŋ^5$　tau^3　ni^4　$çun^2$　$muŋ^2$
特意　来　这　巡　你
特意来看你。

女唱

1-729

双	土	鸟	羽	才
Song	duz	roeg	fwed	raiz

θo:ŋ^1　tu^2　ɹok^8　fu:t^8　ɹa:i^2

| 两 | 只 | 鸟 | 翅 | 花纹 |

两只花翅鸟，

1-730

同	排	吃	后	节
Doengz	baiz	gwn	haeux	ceh

toŋ^2　pa:i^2　kun^1　hau^4　çe^6

| 同 | 排 | 吃 | 谷 | 种 |

并排吃谷种。

1-731

元	牙	了	些	些
Yuenz	yaq	liux	ndeq	ndeq

ju:n^2　ja^5　li:u^4　de^5　de^5

| 缘 | 也 | 完 | 绝 | 绝 |

我俩将缘尽，

1-732

刀	出	些	而	马
Dauq	ok	seiq	lawz	ma

ta:u^5　o:k^7　θe^5　lau^2　ma^1

| 倒 | 出 | 处 | 哪 | 来 |

又从哪冒出。

男唱

1-733

秀	可	利	双	偻
Ciuh	goj	lix	song	raeuz

çi:u^6　ko^5　li^4　θo:ŋ^1　ɹau^2

| 世 | 也 | 剩 | 两 | 我们 |

就剩我们俩，

1-734

忧	开	么	老	表
You	gij	maz	laux	biuj

jou^1　ka:i^2　ma^2　la:u^4　pi:u^3

| 忧 | 什 | 么 | 老 | 表 |

老表你莫愁。

1-735

元	了	正	不	了
Yuenz	liux	cingz	mbouj	liux

ju:n^2　li:u^4　çiŋ^2　bou^5　li:u^4

| 缘 | 完 | 情 | 不 | 完 |

缘了情未了，

1-736

秀	好	秀	同	巡
Ciuh	ndij	ciuh	doengz	cunz

çi:u^6　di^1　çi:u^6　toŋ^2　çun^2

| 世 | 与 | 世 | 同 | 巡 |

世代来相聚。

女唱

1-737

当　日　乱　你　马

Daengq ngoenz lwenz mwngz ma

taŋ⁵　ŋon²　luːn²　muŋ²　ma¹

叮嘱　日　昨　你　来

叫你昨天来，

1-738

日　文　你　才　斗

Ngoenz fwn mwngz caiz daeuj

ŋon²　vun¹　muŋ²　ça:i⁶　tau³

日　雨　你　才　来

雨天你才到。

1-739

当　日　乱　文　友

Daengq ngoenz lwenz vunz youx

taŋ⁵　ŋon²　luːn²　vun²　ju⁴

叮嘱　日　昨　人　友

嘱昨日会友，

1-740

刀　斗　对　日　内

Dauq daeuj doiq ngoenz neix

ta:u⁵　tau³　to:i⁵　ŋon²　ni⁴

倒　来　对　日　这

你今天才来。

男唱

1-741

日　乱　想　牙　马

Ngoenz lwenz siengj yaek ma

ŋon²　luːn²　θiːŋ³　jak⁷　ma¹

日　昨　想　欲　来

本想昨日来，

1-742

老　不　对　伴　口

Lau mbouj doiq buenx gaeuq

la:u¹　bou⁵　to:i⁵　puːn⁴　kau⁵

怕　不　对　伴　旧

怕错过老友。

1-743

日　内　刀　外　斗

Ngoenz neix dauq vaij daeuj

ŋon²　ni⁴　ta:u⁵　va:i³　tau³

日　这　倒　过　来

改到今日来，

1-744

对　伴　口　在　然

Doiq buenx gaeuq ywq ranz

to:i⁵　puːn⁴　kau⁵　ju⁵　ɹa:n²

对　伴　旧　在　家

逢老友在家。

女唱

1-745

当　日　乱　你　马

Daengq　ngoenz　lwenz　mwngz　ma

taŋ^5　ŋon^2　luːn^2　muɯŋ^2　ma^1

叮嘱　日　昨　你　来

嘱咐昨天来，

1-746

日　文　你　才　走

Ngoenz　fwn　mwngz　caiz　yamq

ŋon^2　vun^1　muɯŋ^2　ɕaːi^6　jaːm^5

日　雨　你　才　走

雨天才启步。

1-747

内　斗　山　好　汉

Neix　daeuj　bya　hau　hanq

ni^4　tau^3　pja^1　haːu^1　haːn^5

这　来　山　白　灿灿

青山已枯尽，

1-748

伴　斗　板　古　而

Buenx　daeuj　mbanj　guh　rawz

puːn^4　tau^3　baːn^3　ku^4　ɹaɯ^2

伴　来　村　做　什么

友来有何用？

男唱

1-749

日　乱　想　牙　马

Ngoenz　lwenz　siengj　yaek　ma

ŋon^2　luːn^2　θiːŋ^3　jak^7　ma^1

日　昨　想　欲　来

本想昨日来，

1-750

老　不　对　你　伴

Lau　mbouj　doiq　mwngz　buenx

laːu^1　bou^5　toːi^5　muɯŋ^2　puːn^4

怕　不　对　你　伴

生怕错过你。

1-751

内　斗　山　好　汉

Neix　daeuj　bya　hau　hanq

ni^4　tau^3　pja^1　haːu^1　haːn^5

这　来　山　白　灿灿

青山已枯尽，

1-752

牙　对　伴　在　行

Yax　doiq　buenx　caih　hangz

ja^5　toːi^5　puːn^4　ɕaːi^6　haːŋ^2

才　对　伴　在　行

才来会情友。

第二篇　久别歌

《久别歌》主要唱述男方来到女方家之后，双方一边喝茶，一边以对歌的方式来倾诉久别相思之情。男方道出自己因连续卧病在床三年而未能经常来访。为了探知病因，女方提议让男方去求神问卜，并告知本瑶寨风景优美、民风淳朴，久病初愈的男方可尽情对歌，无须多虑。接着女方在感叹双方久别重逢时，也向男方吐露心中的怨气，并巧借京城里树木成双以及伏羲兄妹成对来暗示男方应该早点来谈情，还戏称要用符咒来囚禁情人。对唱中双方还谈论了许多话题，如守孝制度、互换信物和"补粮添寿"习俗等。

女唱

2-1

寿	把	洋	又	拜
Caeux	baj	yieng	youh	baiq
çou⁴	pa³	juːŋ¹	jou⁴	paːi⁵
握	把	香	又	拜

手握香敬拜,

2-2

同	乃	造	写	南
Doengz	nai	caux	ce	nanz
toŋ²	naːi¹	çaːu⁴	çe¹	naːn²
同	招呼	造	留	久

伤感为阔别。

2-3

对	邦	马	堂	然
Doih	baengz	ma	daengz	ranz
toːi⁶	paŋ²	ma¹	taŋ²	ɹaːn²
伙伴	朋	来	到	家

挚友今来临,

2-4

结	写	南	偻	观
Giet	ce	nanz	raeuz	gonq
kiːt⁷	çe¹	naːn²	ɹaːu²	koːn⁵
结	留	久	我们	先

先忆久别情。

2-5

想	不	结	欢	造
Siengj	mbouj	giet	fwen	caux
θiːŋ³	bou⁵	kiːt⁷	vuːn¹	çaːu⁴
想	不	结	歌	造

不唱久别歌,

2-6

阝	老	骂	偻	办
Boux	laux	ndaq	raeuz	bamz
pu⁴	laːu⁴	da⁵	ɹaːu²	paːn²
个	老	骂	我们	笨

老人斥嘴笨。

2-7

想	不	造	写	南
Siengj	mbouj	caux	ce	nanz
θiːŋ³	bou⁵	çaːu⁴	çe¹	naːn²
想	不	造	留	久

不唱久别歌,

2-8

邦	堂	然	贝	了
Baengz	daengz	ranz	bae	liux
paŋ²	taŋ²	ɹaːn²	pai¹	liːu⁴
朋	到	家	去	完

朋友全离去。

2-9

对	邦	马	堂	然
Doih	baengz	ma	daengz	ranz
toːi⁶	paŋ²	ma¹	taŋ²	ɹaːn²
伙伴	朋	来	到	家

挚友今来临,

2-10

爱	玩	双	句	话
Ngaiq	vanz	song	coenz	vah
ŋa:i⁵	va:n²	θo:ŋ¹	kjon²	va⁶
爱	还	两	句	话

爱聊几句话。

2-11

后	生	来	到	家
Haux	seng	laiz	dau	gya
hou⁴	θe:ŋ¹	la:i²	ta:u⁴	kja¹
后	生	来	到	家

小伙今临门,

2-12

爱	讲	话	写	南
Ngaiq	gangj	vah	ce	nanz
ŋa:i⁵	ka:ŋ³	va⁶	çe¹	na:n²
爱	讲	话	留	久

爱聊久别情。

2-13

对	邦	马	堂	然
Doih	baengz	ma	daengz	ranz
to:i⁶	paŋ²	ma¹	taŋ²	ɹa:n²
伙伴	朋	来	到	家

好友到我家,

2-14

爱	玩	双	句	比
Ngaiq	vanz	song	coenz	beij
ŋa:i⁵	va:n²	θo:ŋ¹	kjon²	pi³
爱	还	两	句	歌

来对几首歌。

2-15

后	生	来	到	内
Haux	seng	laiz	dau	neix
hou⁴	θe:ŋ¹	la:i²	ta:u⁴	ni⁴
后	生	来	到	这

小伙来到此,

2-16

合	理	比	写	南
Hwz	leix	beij	ce	nanz
ho²	li⁴	pi³	çe¹	na:n²
合	理	歌	留	久

该唱久别歌。

2-17

对	邦	马	堂	然
Doih	baengz	ma	daengz	ranz
to:i⁶	paŋ²	ma¹	taŋ²	ɹa:n²
伙伴	朋	来	到	家

好朋友到家,

2-18

爱	玩	双	句	比
Ngaiq	vanz	song	coenz	beij
ŋa:i⁵	va:n²	θo:ŋ¹	kjon²	pi³
爱	还	两	句	歌

来对几首歌。

2-19

后	生	来	到	内
Haux	seng	laiz	dau	neix
hou⁴	θe:ŋ¹	la:i²	ta:u⁴	ni⁴
后	生	来	到	这

小伙来到此,

2-20

造	句	比	土	跟
Caux	coenz	beij	dou	riengz
ɕa:u⁴	kjon²	pi³	tu¹	ɹiŋ²
造	句	歌	我	跟

来和我对歌。

2-21

当	阝	在	当	然
Dangq	boux	ywq	dangq	ranz
ta:ŋ⁵	pu⁴	juɯ⁵	ta:ŋ⁵	ɹa:n²
另	个	在	另	家

你我各一方,

2-22

土	牙	尝	知	定
Dou	yax	caengz	rox	dingh
tu¹	ja⁵	ɕaŋ²	ɹo⁴	tiŋ⁶
我	也	未	知	定

我还未知情。

2-23

说	句	欢	土	听
Naeuz	coenz	fwen	dou	dingq
nau²	kjon²	vu:n¹	tu¹	tiŋ⁵
说	句	歌	我	听

唱句歌我听,

2-24

共	姓	说	当	韦
Gungh	singq	naeuz	dangq	vae
kuŋ⁶	θiŋ⁵	nau²	ta:ŋ⁵	vai¹
共	姓	或	另	姓

同姓或异姓。

2-25

当	阝	在	当	然
Dangq	boux	ywq	dangq	ranz
ta:ŋ⁵	pu⁴	juɯ⁵	ta:ŋ⁵	ɹa:n²
另	个	在	另	家

你我各一方,

2-26

土	牙	尝	知	定
Dou	yax	caengz	rox	dingh
tu¹	ja⁵	ɕaŋ²	ɹo⁴	tiŋ⁶
我	也	未	知	定

我还未知晓。

2-27

说	句	欢	土	听
Naeuz	coenz	fwen	dou	dingq
nau²	kjon²	vu:n¹	tu¹	tiŋ⁵
说	句	歌	我	听

唱歌给我听,

2-28

累	声	邦	办	而
Laeq	sing	baengz	baenz	lawz
lai⁵	θiŋ¹	paŋ²	pan²	lau²
看	声	朋	成	哪样

看歌喉如何。

2-29

当	阝	在	当	然
Dangq	boux	ywq	dangq	ranz
ta:ŋ⁵	pu⁴	juɯ⁵	ta:ŋ⁵	ɹa:n²
另	个	在	另	家

你我各一方,

2-30

土	牙	尝	知	作
Dou	yax	caengz	rox	coh
tu^1	ja^5	$çaŋ^2$	$ɹo^4$	$ço^6$
我	也	未	知	名字

不知你大名。

2-31

很	斗	偻	讲	果
Hwnj	daeuj	raeuz	gangj	goj
$hɯn^3$	tau^3	$ɹau^2$	$ka:ŋ^3$	ko^3
上	来	我们	讲	故事

咱们来聊天，

2-32

讲	后	罗	写	南
Gangj	haeuj	loh	ce	nanz
$ka:ŋ^3$	hau^3	lo^6	$çe^1$	$na:n^2$
讲	进	路	留	久

聊阔别之情。

2-33

当	阝	在	当	然
Dangq	boux	ywq	dangq	ranz
$ta:ŋ^5$	pu^4	ju^5	$ta:ŋ^5$	$ɹa:n^2$
另	个	在	另	家

你我各一方，

2-34

土	牙	尝	知	作
Dou	yax	caengz	rox	coh
tu^1	ja^5	$çaŋ^2$	$ɹo^4$	$ço^6$
我	也	未	知	名字

不知你大名。

2-35

包	乖	才	斗	么
Mbauq	gvai	nda	daeuj	moq
$ba:u^5$	$kwa:i^5$	da^1	tau^3	mo^5
小伙	乖	刚	来	新

后生你刚到，

2-36

唱	歌	给	邦	九
Cang	go	hawj	biengz	riuz
$ça:ŋ^4$	ko^5	$hɯ^3$	$piŋ^2$	$ɹi:u^2$
唱	歌	给	地方	传

唱歌传世人。

2-37

当	阝	在	当	然
Dangq	boux	ywq	dangq	ranz
$ta:ŋ^5$	pu^4	ju^5	$ta:ŋ^5$	$ɹa:n^2$
另	个	在	另	家

你我各一方，

2-38

土	牙	尝	知	了
Dou	yax	caengz	rox	liux
tu^1	ja^5	$çaŋ^2$	$ɹo^4$	$li:u^4$
我	也	未	知	完

我非样样懂。

2-39

很	斗	牙	老	表
Hwnj	daeuj	yah	laux	biuj
$hɯn^3$	tau^3	ja^6	$la:u^4$	$pi:u^3$
上	来	呀	老	表

快来呀老表，

2-40

本	亮	不	几	南
Mbwn	rongh	mbouj	geij	nanz

buun¹ ɣoːŋ⁶ bou⁵ ki³ naːn²

天 亮 不 几 久

不久天要亮。

2-41

当	阝	在	当	然
Dangq	boux	ywq	dangq	ranz

taːŋ⁵ pu⁴ juɯ⁵ taːŋ⁵ ɣaːn²

另 个 在 另 家

你我各一方，

2-42

土	牙	尝	知	了
Dou	yax	caengz	rox	liux

tu¹ ja⁵ ɕaŋ² ɣo⁴ liːu⁴

我 也 未 知 完

我非样样懂。

2-43

很	斗	牙	老	表
Hwnj	daeuj	yah	laux	biuj

hun³ tau³ ja⁶ laːu⁴ piːu³

起 来 呀 老 表

过来呀老表，

2-44

讲	不	了	秀	正
Gangj	mbouj	liux	ciuh	cingz

kaːŋ³ bou⁵ liːu⁴ ɕiːu⁶ ɕiŋ²

讲 不 完 世 情

谈不完的情。

2-45

说	欢	牙	对	生
Naeuz	fwen	yah	doiq	saemq

nau² vuːn¹ ja⁶ toːi⁵ θan⁵

说 歌 呀 对 庚

唱歌吧朋友，

2-46

一	宦	不	几	来
It	haemh	mdouj	geij	lai

it⁷ han⁶ bou⁵ ki³ laːi¹

一 夜 不 几 多

一夜值千金。

2-47

唱	歌	牙	包	乖
Cang	go	yah	mbauq	gvai

ɕaːŋ⁴ ko⁵ ja⁶ baːu⁵ kwaːi¹

唱 歌 呀 小伙 乖

小伙快唱歌，

2-48

用	很	来	贝	了
Byongh	hwnz	lai	bae	liux

pjoːŋ⁶ hun² laːi¹ pai¹ liːu⁴

半 夜 多 去 完

今夜已过半。

2-49

说	欢	牙	对	生
Naeuz	fwen	yah	doiq	saemq

nau² vuːn¹ ja⁶ toːi⁵ θan⁵

说 歌 呀 对 庚

唱歌吧朋友，

2-50

一	**⿸广旦**	**不**	**几**	**来**
It	haemh	mbouj	geij	lai
it^{7}	han^{6}	bou^{5}	ki^{3}	la:i^{1}
一	夜	不	几	多

一夜值千金。

2-51

唱	**歌**	**不**	**老**	**代**
Cang	go	mbouj	lau	dai
ça:ŋ^{4}	ko^{5}	bou^{5}	la:u^{1}	ta:i^{1}
唱	歌	不	怕	死

唱歌可壮胆，

2-52

祘	**话**	**乖**	**给**	**备**
Son	vah	gvai	hawj	beix
θo:n^{1}	va^{6}	kwa:i^{1}	həɯ^{3}	pi^{4}
教	话	乖	给	兄

教兄说甜言。

2-53

说	**欢**	**牙**	**对**	**生**
Naeuz	fwen	yah	doiq	saemq
nau^{2}	vɯ:n^{1}	ja^{6}	to:i^{5}	θan^{5}
说	歌	呀	对	庚

唱歌吧朋友，

2-54

一	**⿸广旦**	**不**	**几**	**时**
It	haemh	mbouj	geij	seiz
it^{7}	han^{6}	bou^{5}	ki^{3}	θi^{2}
一	夜	不	几	时

一夜值千金。

2-55

唱	**歌**	**牙**	**包**	**好**
Cang	go	yah	mbauq	ndei
ça:ŋ^{4}	ko^{5}	ja^{6}	ba:u^{5}	dei^{1}
唱	歌	呀	小伙	好

唱歌吧小伙，

2-56

本	**三**	**时**	**是**	**亮**
Mbwn	sam	seiz	cix	rongh
bɯn^{1}	θa:n^{1}	θi^{2}	çi^{4}	ɹo:ŋ^{6}
天	三	时	就	亮

不久天就亮。

2-57

说	**欢**	**牙**	**对**	**生**
Naeuz	fwen	yah	doiq	saemq
nau^{2}	vɯ:n^{1}	ja^{6}	to:i^{5}	θan^{5}
说	歌	呀	对	庚

唱歌吧朋友，

2-58

一	**⿸广旦**	**不**	**几**	**时**
It	haemh	mbouj	geij	seiz
it^{7}	han^{6}	bou^{5}	ki^{3}	θi^{2}
一	夜	不	几	时

一夜值千金。

2-59

唱	**歌**	**唱**	**平**	**占**
Cang	go	cang	bingz	canz
ça:ŋ^{4}	ko^{5}	ça:ŋ^{4}	piŋ^{2}	ça:n^{2}
唱	歌	唱	平	晒台

上晒台唱歌，

2-60

板	然	牙	好	听
Mbanj	ranz	yax	ndij	dingq
ba:n³	ɹa:n²	ja⁵	di¹	tiŋ⁵
村	家	也	与	听

村民也来听。

2-61

在	方	而	了	邦
Ywq	fueng	lawz	liux	baengz
ju⁵	fu:ŋ¹	lau²	li:u⁴	paŋ²
在	方	哪	啰	朋

友今在何处,

2-62

卢	浪	刀	方	而
Louz	langh	dauq	fueng	lawz
lu²	la:ŋ⁶	ta:u⁵	fu:ŋ¹	lau²
流	浪	回	方	哪

流浪到何方。

2-63

三	六	九	又	河
Sam	roek	gouj	youh	haw
θa:n¹	ɹok⁷	kjou³	jou⁴	hɯu¹
三	六	九	又	圩

三六九逢圩,

2-64

貝	而	南	堂	内
Bae	lawz	nanz	daengz	neix
pai¹	lau²	na:n²	taŋ²	ni⁴
去	哪	久	到	这

何故不相逢。

2-65

在	方	而	了	邦
Ywq	fueng	lawz	liux	baengz
ju⁵	fu:ŋ¹	lau²	li:u⁴	paŋ²
在	方	哪	啰	朋

友今在何处,

2-66

卢	浪	刀	方	而
Louz	langh	dauq	fueng	lawz
lu²	la:ŋ⁶	ta:u⁵	fu:ŋ¹	lau²
流	浪	回	方	哪

流浪到何方。

2-67

在	方	而	长	字
Youq	fueng	lawz	cangh	saw
ju⁵	fu:ŋ¹	lau²	ɕa:ŋ⁶	θau¹
在	方	哪	匠	书

教书匠何在,

2-68

马	偻	平	罗	格
Ma	raeuz	bingz	loh	gek
ma¹	ɹau²	piŋ²	lo⁶	ke:k⁷
来	我们	平	罗	盘

一起看风水。

2-69

在	方	而	了	邦
Ywq	fueng	lawz	liux	baengz
ju⁵	fu:ŋ¹	lau²	li:u⁴	paŋ²
在	方	哪	啰	朋

友今在何处,

2-70

卢　浪　马　同　巡

Louz　langh　ma　doengz　cunz

lu^2　$la:\eta^6$　ma^1　$to\eta^2$　ςun^2

流　浪　来　同　巡

一起来相聚。

2-71

在　方　而　包　论

Ywq　fueng　lawz　mbauq　lwnz

$j\m111^5$　$fu:\eta^1$　lau^2　$ba:u^5$　lun^2

在　方　哪　小伙　最小

小哥在何方，

2-72

马　巡　花　义　月

Ma　cunz　va　ngeih　nyied

ma^1　ςun^2　va^1　ηi^6　$\eta u:t^8$

来　巡　花　二　月

来探二月花。

2-73

在　方　而　了　邦

Ywq　fueng　lawz　liux　baengz

$j\m111^5$　$fu:\eta^1$　lau^2　$li:u^4$　$pa\eta^2$

在　方　哪　完　朋

我友今何在，

2-74

卢　浪　马　同　沙

Louz　langh　ma　doengz　ra

lu^2　$la:\eta^6$　ma^1　$to\eta^2$　ιa^1

流　浪　来　相　找

流浪来相寻。

2-75

邦　口　农　刀　马

Baengz　gaeuq　nuengx　dauq　ma

$pa\eta^2$　kau^5　$nu:\eta^4$　$ta:u^5$　ma^1

朋　旧　妹　倒　来

旧友回故地，

2-76

沙　马　偻　讲　满

Ra　ma　raeuz　gangj　monh

ιa^1　ma^1　ιau^2　$ka:\eta^3$　$mo:n^6$

找　来　我们　讲　情

我们来谈情。

男唱

2-77

峒　光　六　金　城

Doengh　gvangq　lueg　gim　singz

$to\eta^6$　$kwa:\eta^5$　$lu:k^8$　kin^5　$\theta i\eta^2$

峒　宽　谷　金　城

金城江地广，

2-78

是　空　认　说　欢

Cix　ndwi　nyinh　naeuz　fwen

ςi^4　$du:i^1$　ηin^6　nau^2　$vu:n^1$

是　不　记得　说　歌

却忘了唱歌。

2-79

伏	内	农	刀	团
Fawh	neix	nuengx	dauq	dwen
fəu⁶	ni⁴	nu:ŋ⁴	ta:u⁵	tu:n¹
时	这	妹	倒	提

若非妹提醒，

2-80

欢	写	南	论	了
Fwen	ce	nanz	lumz	liux
vu:n¹	çe¹	na:n²	lun²	li:u⁴
歌	留	久	忘	完

忘了久别歌。

女唱

2-81

峒	光	六	金	城
Doengh	gvangq	lueg	gim	singz
toŋ⁶	kwa:ŋ⁵	lu:k⁸	kin⁵	θiŋ²
峒	宽	谷	金	城

金城江地广，

2-82

不	认	开	桥	仙
Mbouj	nyinh	gaiq	giuz	sien
bou⁵	ɲin⁶	ka:i⁵	ki:u²	θi:n¹
不	记得	架	桥	仙

忘记架仙桥。

2-83

公	喜	六	千	年
Goeng	hij	roek	cien	nienz
koŋ¹	hi³	ɣok⁷	çi:n¹	ni:n²
公	羲	六	千	年

伏羲六千年，

2-84

欢	写	南	不	了
Fwen	ce	nanz	mbouj	liux
vu:n¹	çe¹	na:n²	bou⁵	li:u⁴
歌	留	久	不	完

不忘久别歌。

男唱

2-85

果	往	查	果	杈
Go	vaeng	cab	go	veq
ko¹	vaŋ¹	ça:t⁸	ko¹	ve⁵
棵	稗	插	棵	蓼草

树纵横交错，

2-86

秀	些	在	拉	单
Ciuh	seiq	ywq	laj	dan
çi:u⁶	θe⁵	ju⁵	la³	ta:n¹
世	世	在	下	滩

世世在平地。

2-87

不	加	农	写	南
Mbouj	caj	nuengx	ce	nanz
bou⁵	kja³	nu:ŋ⁴	çe¹	na:n²
不	等	妹	留	久

不待妹说久，

2-88

备	银	可	写	乃
Beix	ngaenz	goj	ce	naih
pi⁴	ŋan²	ko⁵	çe¹	na:i⁶
兄	银	也	留	久

兄也感觉久。

女唱

2-89

果	往	查	果	权
Go	vaeng	cab	go	veq
ko¹	vaŋ¹	ça:t⁸	ko¹	ve⁵
棵	稗	插	棵	蓼草

树纵横交错，

2-90

秀	些	在	拉	单
Ciuh	seiq	ywq	laj	dan
çi:u⁶	θe⁵	juu⁵	la³	ta:n¹
世	世	在	下	滩

世世在平地。

2-91

备	写	乃	说	南
Beix	ce	naih	naeuz	nanz
pi⁴	çe¹	na:i⁶	nau²	na:n²
兄	留	久	说	久

兄停久不久，

2-92

少	写	三	月	团
Sau	ce	sam	ndwen	donh
θa:u¹	çe¹	θa:n¹	du:n¹	to:n⁶
姑娘	留	三	月	半

妹停三月半。

男唱

2-93

少	写	三	月	团
Sau	ce	sam	ndwen	donh
θa:u¹	çe¹	θa:n¹	du:n¹	to:n⁶
姑娘	留	三	月	半

妹停三月半，

2-94

又	米	几	来	南
Youh	miz	geij	lai	nanz
jou⁴	mi²	ki³	la:i¹	na:n²
又	有	几	多	久

也没有多久。

2-95

备	写	四	月	三
Beix	ce	seiq	ndwen	sam
pi⁴	çe¹	θei⁵	du:n¹	θa:n¹
兄	留	四	月	三

兄停四月多，

2-96

不	利	南	外	农
Mbouj	lij	nanz	vaij	nuengx
bou⁵	li⁴	na:n²	va:i³	nu:ŋ⁴
不	还	久	过	妹

比妹还要久。

女唱

2-97

义	月	对	花	六
Ngeih	nyied	doiq	va	loux
ɲi⁶	ɲu:t⁸	to:i⁵	va¹	lou⁴
二	月	对	花	石榴

二月石榴花，

2-98

粒	歪	铁	好	占
Ngveih	faiq	dek	hau	canz
ŋwei⁶	va:i⁵	te:k⁷	ha:u¹	ça:n²
粒	棉	裂	白	灿灿

棉桃爆白絮。

2-99

狼	对	生	偻	南
Langh	doiq	saemq	raeuz	nanz
la:ŋ⁶	to:i⁵	θan⁵	ɹau²	na:n²
放	对	庚	我们	久

离朋友太久，

2-100

中	很	然	斗	问
Cuengq	hwnj	ranz	daeuj	haemq
çu:ŋ⁵	hun³	ɹa:n²	tau³	han⁵
特意	上	家	来	问

特上门探望。

男唱

2-101

田	土	在	三	力
Denz	dou	ywq	sam	leih
te:n²	tu¹	ju⁵	θa:n¹	li⁴
地	我	在	三	力

我来自三力，

2-102

空	知	比	写	南
Ndwi	rox	beij	ce	nanz
du:i¹	ɹo⁴	pi³	çe¹	na:n²
不	知	歌	留	久

不识久别歌。

2-103

田	土	在	东	兰
Denz	dou	ywq	doeng	lanz
teːn²	tu¹	ju⁵	toŋ¹	laːn²
地	我	在	东	兰

我来自东兰，

2-104

欢	写	南	空	知
Fwen	ce	nanz	ndwi	rox
vuːn¹	çe¹	naːn²	duːi¹	ɹo⁴
歌	留	久	不	知

不懂久别歌。

2-107

欢	写	南	空	知
Fwen	ce	nanz	ndwi	rox
vuːn¹	çe¹	naːn²	duːi¹	ɹo⁴
歌	留	久	不	知

不懂久别歌，

2-108

又	出	罗	古	而
Youh	ok	loh	guh	rawz
jou⁴	oːk⁷	lo⁶	ku⁴	ɹaɯ²
又	出	路	做	什么

还出来干嘛！

女唱

2-105

观	土	贝	南	宁
Gonq	dou	bae	nanz	ningz
koːn⁵	tu¹	pai¹	naːn²	niŋ²
先	我	去	南	宁

先前到南宁，

2-106

真	九	你	唱	歌
Cingq	riuz	mwngz	cang	go
çiŋ⁵	ɹiːu²	mɯŋ²	çaːŋ⁴	ko⁵
正	传	你	唱	歌

曾邀你唱歌。

男唱

2-109

田	土	在	三	力
Denz	dou	ywq	sam	leih
teːn²	tu¹	ju⁵	θaːn¹	li⁴
地	我	在	三	力

我来自三力，

2-110

空	知	比	山	尚
Ndwi	rox	beij	bya	sang
duːi¹	ɹo⁴	pi³	pja¹	θaːŋ¹
不	知	歌	山	高

不识高山歌。

① 英刚 [iŋ¹ kaːŋ¹]:
地名，今址不详。

2-111

田	土	在	英	刚①
Denz	dou	ywq	ing	gang
teːn²	tu¹	juɯ⁵	iŋ¹	kaːŋ¹
地	我	在	英	刚

我家在英刚，

2-112

龙	空	当	罗	内
Lungz	ndwi	dang	loh	neix
luŋ²	duːi¹	taŋ¹	lo⁶	ni⁴
龙	不	当	路	这

不识这一带。

女唱

2-113

观	土	贝	南	宁
Gonq	dou	bae	nanz	ningz
koːn⁵	tu¹	pai¹	naːn²	niŋ²
先	我	去	南	宁

我去南宁时，

2-114

伕	九	你	知	比
Fwx	riuz	mwngz	rox	beij
fə⁴	ɣiːu²	mɯŋ²	ɣo⁴	pi³
别人	传	你	知	歌

听说你懂歌。

2-115

龙	空	当	罗	内
Lungz	ndwi	dang	loh	neix
luŋ²	duːi¹	taŋ¹	lo⁶	ni⁴
龙	不	当	路	这

兄未来这带，

2-116

荣	玉	友	采	邦
Yungz	yi	youx	caij	biengz
juŋ²	ji⁴	ju⁴	ɕaːi³	piːŋ²
容易	友	走	地方

我熟你不熟。

男唱

2-117

义	少	乖	办	病
Nyi	sau	gvai	baenz	bingh
ȵi¹	θaːu¹	kwaːi¹	pan²	piŋ⁶
听	姑娘	乖	成	病

听闻妹生病，

2-118

备	扛	两	马	才
Beix	gwed	liengj	ma	yai
pi⁴	kɯt⁸	liːŋ³	ma¹	jaːi¹
兄	扛	伞	来	看

兄撑伞来看。

2-119

伏	报	说	你	代
Fwx	bauq	naeuz	mwngz	dai
fə⁴	pa:u⁵	nau²	muɯ²	ta:i¹
别人	报	说	你	死

传言你过世，

2-120

忠	开	么	唱	歌
Fangz	gij	maz	cang	go
fa:ŋ²	ka:i²	ma²	ça:ŋ⁴	ko⁵
鬼	什么	唱	歌	

那是谁唱歌？

女唱

2-121

写	南	由	了	乖
Ce	nanz	raeuh	liux	gvai
çe¹	na:n²	ɹau⁶	li:u⁴	kwa:i¹
留	久	很	完	乖

久别了朋友，

2-122

写	南	来	韦	机
Ce	nanz	lai	vae	giq
çe¹	na:n²	la:i¹	vai¹	ki⁵
留	久	多	姓	支

久违异姓友。

2-123

牙	尝	代	时	内
Yax	caengz	dai	seiz	neix
ja⁵	çaŋ²	ta:i¹	θi²	ni⁴
也	未	死	时	这

眼下未曾死，

2-124

但	备	外	斗	巡
Danh	beix	vaij	daeuj	cunz
ta:n⁶	pi⁴	va:i³	tau³	çun²
但	兄	过来	巡	

谢兄来看望。

男唱

2-125

病	三	比	更	床
Bingh	sam	bi	gwnz	mbonq
piŋ⁶	θa:n¹	pi¹	kun²	bo:n⁵
病	三	年	上	床

卧病床三年，

2-126

空	得	走	很	下
Ndwi	ndaej	yamq	hwnj	roengz
du:i¹	dai³	ja:m⁵	hun³	ɹoŋ²
不	得	走	上	下

都不得走动。

2-127

病	三	比	更	从
Bingh	sam	bi	gwnz	congz
piŋ⁶	θaːn¹	pi¹	kuun²	çoːŋ²
病	三	年	上	床

卧病躺三年，

2-128

写	少	同	南	由
Ce	sau	doengz	nanz	raeuh
çe¹	θaːu¹	toŋ²	naːn²	ɹau⁶
留	姑娘	同	久	很

与女友久别。

女唱

2-129

备	办	病	开	么
Beix	baenz	bingh	gij	maz
pi⁴	pan²	piŋ⁶	kaːi²	ma²
兄	成	病	什	么

兄得什么病，

2-130

是	不	沙	文	干
Cix	mbouj	ra	vunz	ganq
çi⁴	bou⁵	ɹa¹	vun²	kaːn⁵
是	不	找	人	照料

不找人照顾。

2-131

被	开	么	的	难
Deng	gij	maz	diq	nanz
teːŋ¹	kaːi²	ma²	ti⁵	naːn²
换	什	么	的	难

遇什么灾难，

2-132

是	不	走	邦	偻
Cix	mbouj	yamq	biengz	raeuz
çi⁴	bou⁵	jaːm⁵	piŋ²	ɹau²
是	不	走	地方	我们

久不来这边。

男唱

2-133

病	三	比	同	长
Bingh	sam	bi	doengz	raez
piŋ⁶	θaːn¹	pi¹	toŋ²	ɹai²
病	三	年	同	长

连续病三年，

2-134

空	同	岁	韦	阿
Ndwi	doengz	caez	vae	oq
duːi¹	toŋ²	çai²	vai¹	o⁵
不	同	齐	姓	别

久违异姓友。

2-135

病	三	比	斗	作
Bingh	sam	bi	daeuj	coq
piŋ⁶	θaːn¹	pi¹	tau³	ço⁵
病	三	年	来	放

连续病三年，

2-136

狼	韦	阿	偻	南
Langh	vae	oq	raeuz	nanz
laːŋ⁶	vai¹	o⁵	ɹau²	naːn²
放	姓	别	我们	久

久违异姓友。

女唱

2-137

备	办	病	开	么
Beix	baenz	bingh	gij	maz
pi⁴	pan²	piŋ⁶	kaːi²	ma²
兄	成	病	什	么

兄得什么病，

2-138

是	不	沙	文	祘
Cix	mbouj	ra	vunz	suenq
çi⁴	bou⁵	ɹa¹	vun²	θuːn⁵
是	不	找	人	算

何不去占卜。

2-139

老	包	乖	牙	断
Lau	mbauq	gvai	yaek	duenx
laːu¹	baːu⁵	kwaːi¹	jak⁷	tuːn⁴
怕	小伙	乖	要	断

恐兄要断情，

2-140

报	说	病	作	身
Bauq	naeuz	bingh	coq	ndang
paːu⁵	nau²	piŋ⁶	ço⁵	daːŋ¹
报	说	病	放	身

原是病缠身。

男唱

2-141

病	三	比	同	长
Bingh	sam	bi	doengz	raez
piŋ⁶	θaːn¹	pi¹	toŋ²	ɹai²
病	三	年	同	长

连续病三年，

2-142

空	同	岁	小	面
Ndwi	doengz	caez	ciuq	mienh
duːi¹	toŋ²	çai²	çiːu⁵	meːn⁶
不	同	齐	照	面

不能相会面。

2-143

几	比	红	斗	连
Geij	bi	hong	daeuj	lenz

ki^3 pi^1 $ho{:}\eta^1$ tau^3 $li{:}n^2$

几 年 工 来 连

几年不干活，

2-144

汜	开	田	内	凉
Saet	gaiq	denz	neix	liengz

θat^7 $ka{:}i^5$ $te{:}n^2$ ni^4 $li{:}\eta^2$

留 块 地 这 凉

田地变荒芜。

2-145

写	南	由	了	乖
Ce	nanz	raeuh	liux	gvai

$çe^1$ $na{:}n^2$ ɹau^6 $li{:}u^4$ $kwa{:}i^1$

留 久 很 啰 乖

久别了朋友，

2-146

写	南	来	韦	机
Ce	nanz	lai	vae	giq

$çe^1$ $na{:}n^2$ $la{:}i^1$ vai^1 ki^5

留 久 多 姓 支

久别异姓友。

2-147

病	三	比	样	内
Bingh	sam	bi	yiengh	neix

$pi\eta^6$ $\theta a{:}n^1$ pi^1 $j\mɯ{:}\eta^6$ ni^4

病 三 年 样 这

如此病三年，

2-148

问	你	农	说	而
Haemq	mwngz	nuengx	naeuz	rawz

han^5 $m\mɯ\eta^2$ $nu{:}\eta^4$ nau^2 ɹau^2

问 你 妹 说 什么

妹说怎么办。

2-149

病	三	比	同	长
Bingh	sam	bi	doengz	raez

$pi\eta^6$ $\theta a{:}n^1$ pi^1 $to\eta^2$ ɹai^2

病 三 年 同 长

连续病三年，

2-150

空	同	岁	韦	机
Ndwi	doengz	caez	vae	giq

$du{:}i^1$ $to\eta^2$ $çai^2$ vai^1 ki^5

不 同 齐 姓 支

不能陪我友。

2-151

病	三	比	样	内
Bingh	sam	bi	yiengh	neix

$pi\eta^6$ $\theta a{:}n^1$ pi^1 $j\mɯ{:}\eta^6$ ni^4

病 三 年 样 这

如此病三年，

2-152

农	不	知	说	而
Nuengx	mbouj	rox	naeuz	rawz

$nu{:}\eta^4$ bou^5 ɹo^4 nau^2 ɹau^2

妹 不 知 说 什么

不知妹如何。

女唱

男唱

2-153

板	内	板	ß	好
Mbanj	neix	mbanj	boux	ndei
ba:n³	ni⁴	ba:n³	pu⁴	dei¹
村	这	村	个	好

全村人都好，

2-154

种	果	支	会	王
Ndaem	go	sei		faex	vangh
dan¹	ko¹	θi¹		fai⁴	va:ŋ⁶
种	棵	吊丝竹	树	苹婆

种竹又种树。

2-155

板	内	老	又	光
Mbanj	neix	laux	youh	gvangq
ba:n³	ni⁴	la:u⁴	jou⁴	kwa:ŋ⁵
村	这	大	又	宽

此村大又宽，

2-156

邦	南	狼	声	欢
Baengz	nanz	langh	sing	fwen
paŋ²	na:n²	la:ŋ⁶	θiŋ¹	vu:n¹
朋	久	放	声	歌

友可放声唱。

2-157

板	内	板	ß	好
Mbanj	neix	mbanj	boux	ndei
ba:n³	ni⁴	ba:n³	pu⁴	dei¹
村	这	村	个	好

此村好人多，

2-158

种	果	支	会	王
Ndaem	go	sei		faex	vangh
dan¹	ko¹	θi¹		fai⁴	va:ŋ⁶
种	棵	吊丝竹	树	苹婆

种竹又种树。

2-159

米	声	欢	是	狼
Miz	sing	fwen	cix	langh
mi²	θiŋ¹	vu:n¹	çi⁴	la:ŋ⁶
有	声	歌	就	放

有歌尽管唱，

2-160

邦	开	义	样	而
Baengz	gaej	ngeix	yiengh	lawz
paŋ²	ka:i⁵	ȵi⁴	ju:ŋ⁶	lau²
朋	莫	想	样	哪

友勿需多虑。

女唱

2-161

板　内　板　阝　好
Mbanj neix mbanj boux ndei
baːn³　ni⁴　baːn³　pu⁴　dei¹
村　这　村　个　好
此村好人多，

2-162

种　果　支　会　王
Ndaem go sei faex vangh
dan¹　ko¹　θi¹　fai⁴　vaːŋ⁶
种　棵　吊丝竹　树　苹婆
种竹又种树。

2-163

声　欢　想　牙　狼
Sing fwen siengj yaek langh
θiŋ¹　vuːn¹　θiːŋ³　jak⁷　laːŋ⁶
声　歌　想　要　放
待要纵声唱，

2-164

当　得　农　知　空
Daengh ndaej nuengx rox ndwi
taŋ⁶　dai³　nuːŋ⁴　ɣo⁴　duːi¹
配　得　妹　知　不
怕你比不过。

男唱

2-165

板　内　板　阝　好
Mbanj neix mbanj boux ndei
baːn³　ni⁴　baːn³　pu⁴　dei¹
村　这　村　个　好
此村人真好，

2-166

种　果　支　会　王
Ndaem go sei faex vangh
dan¹　ko¹　θi¹　fai⁴　vaːŋ⁶
种　棵　吊丝竹　树　苹婆
种竹又种树。

2-167

米　声　欢　是　狼
Miz sing fwen cix langh
mi²　θiŋ¹　vuːn¹　çi⁴　laːŋ⁶
有　声　歌　就　放
有歌纵声唱，

2-168

金　当　可　得　银
Gim daengh goj ndaej ngaenz
kin¹　taŋ⁶　ko⁵　dai³　ŋan²
金　配　也　得　银
金和银相配。

女唱

2-169

板	内	板	阝	好
Mbanj	neix	mbanj	boux	ndei
baːn³	ni⁴	baːn³	pu⁴	dei¹
村	这	村	个	好

该村人真好，

2-170

种	果	支	会	王
Ndaem	go	sei	faex	vangh
dan¹	ko¹	θi¹	fai⁴	vaːŋ⁶
种	棵	吊丝竹	树	苹婆

种竹又种树。

2-171

伏	九	你	老	行
Fwx	riuz	mwngz	laux	hangz
fə⁴	ɹiu²	mɯŋ²	laːu⁴	haːŋ²
别人	传	你	老	行

听说你在行，

2-172

农	爱	问	几	句
Nuengx	ngaiq	haemq	geij	coenz
nuːŋ⁴	ŋaːi⁵	haːn⁵	ki³	kjon²
妹	爱	问	几	句

妹想问几句。

男唱

2-173

板	内	板	阝	好
Mbanj	neix	mbanj	boux	ndei
baːn³	ni⁴	baːn³	pu⁴	dei¹
村	这	村	个	好

此村人真好，

2-174

种	果	支	会	王
Ndaem	go	sei	faex	vangh
dan¹	ko¹	θi¹	fai⁴	vaːŋ⁶
种	棵	吊丝竹	树	苹婆

种竹又种树。

2-175

老	行	点	老	行
Laux	hangz	dem	laux	hangz
laːu⁴	haːŋ²	teːn¹	laːu⁴	haːŋ²
老	行	与	老	行

都是老行家，

2-176

又	同	问	古	而
Youh	doengz	haemq	guh	rawz
jou⁴	toŋ²	haːn⁵	ku⁴	ɹaːu²
又	同	问	做	什么

还对问做甚。

女唱

2-177

板	内	板	阝	好
Mbanj	neix	mbanj	boux	ndei
ba:n³	ni⁴	ba:n³	pu⁴	dei¹
村	这	村	个	好

这村人真好,

2-178

种	果	支	会	我
Ndaem	go	sei	faex	ngox
dan¹	ko¹	θi¹	fai⁴	ŋo⁴
种	棵	吊丝竹	树	无花果

栽竹又种果。

2-179

很	斗	偻	讲	果
Hwnj	daeuj	raeuz	gangj	goj
hun³	tau³	ɹau²	ka:ŋ³	ko³
起	来	我们	讲	故事

我们来聊天,

2-180

讲	后	罗	写	南
Gangj	haeuj	loh	ce	nanz
ka:ŋ³	hau³	lo⁶	çe¹	na:n²
讲	进	路	留	久

聊到久别歌。

男唱

2-181

板	内	板	阝	好
Mbanj	neix	mbanj	boux	ndei
ba:n³	ni⁴	ba:n³	pu⁴	dei¹
村	这	村	个	好

这村人真好,

2-182

种	果	支	会	我
Ndaem	go	sei	faex	ngox
dan¹	ko¹	θi¹	fai⁴	ŋo⁴
种	棵	吊丝竹	树	无花果

种竹又栽果。

2-183

但	说	欢	对	罗
Danh	naeuz	fwen	doiq	loh
ta:n⁶	nau²	vu:n¹	to:i⁵	lo⁶
但	说	歌	对	路

唱歌要对路,

2-184

秀	阝	老	交	代
Ciuh	boux	laux	gyau	daiq
çi:u⁶	pu⁴	la:u⁴	kja:u¹	tai⁵
世	个	老	交	代

前辈已吩咐。

女唱

2-185

板	内	板	⺊	好
Mbanj	neix	mbanj	boux	ndei
ba:n³	ni⁴	ba:n³	pu⁴	dei¹
村	这	村	个	好

此村多好人，

2-186

种	果	支	中	先
Ndaem	go	sei	cuengq	sienq
dan¹	ko¹	θi¹	ɕuːŋ⁵	θiːn⁵
种	棵	吊丝竹	放	线

栽竹竹长高。

2-187

尝	斗	板	内	惯
Caengz	daeuj	mbanj	neix	gvenq
ɕaŋ²	tau³	ba:n³	ni⁴	kweːn⁵
未	来	村	这	惯

来这未习惯，

2-188

空	知	念	写	南
Ndwi	rox	niemh	ce	nanz
duːi¹	ɹo⁴	niːm⁶	ɕe¹	na:n²
不	知	念	留	久

不记久别歌。

男唱

2-189

板	内	板	⺊	好
Mbanj	neix	mbanj	boux	ndei
ba:n³	ni⁴	ba:n³	pu⁴	dei¹
村	这	村	个	好

这个村人好，

2-190

种	果	支	中	先
Ndaem	go	sei	cuengq	sienq
dan¹	ko¹	θi¹	ɕuːŋ⁵	θiːn⁵
种	棵	吊丝竹	放	线

栽竹竹长高。

2-191

伴	你	可	斗	惯
Buenx	mwngz	goj	daeuj	gvenq
puːn⁴	mɯŋ²	ko⁵	tau³	kweːn⁵
伴	你	也	来	惯

友你已来惯，

2-192

么	不	念	写	南
Maz	mbouj	niemh	ce	nanz
ma²	bou⁵	niːm⁶	ɕe¹	na:n²
何	不	念	留	久

何不记久别。

女唱

2-193

写	南	空	出	外
Ce	nanz	ndwi	ok	rog

$çe^1$　$na:n^2$　$du:i^1$　$o:k^7$　$\text{ɹo:}k^8$

| 留 | 久 | 不 | 出 | 外 |

许久不出门，

2-194

六	莫	才	桥	兰
Loeg	mok	raih	giuz	lanz

lok^8　$mo:k^7$　ɹa:i^6　$ki:u^2$　$la:n^2$

| 偶 | 尔 | 爬 | 桥 | 栏 |

偶尔跨门栏。

2-195

空	知	念	写	南
Ndwi	rox	niemh	ce	nanz

$du:i^1$　ɹo^4　$ni:m^6$　$çe^1$　$na:n^2$

| 不 | 知 | 念 | 留 | 久 |

不记久别歌，

2-196

是	开	汉	了	备
Cix	gaej	han	liux	beix

$çi^4$　$ka:i^5$　$ha:n^1$　$li:u^4$　pi^4

| 就 | 别 | 应 | 啰 | 兄 |

你就别出声。

男唱

2-197

写	南	空	出	外
Ce	nanz	ndwi	ok	rog

$çe^1$　$na:n^2$　$du:i^1$　$o:k^7$　$\text{ɹo:}k^8$

| 留 | 久 | 不 | 出 | 外 |

许久不出门，

2-198

六	莫	才	桥	兰
Loeg	mok	raih	giuz	lanz

lok^8　$mo:k^7$　ɹa:i^6　$ki:u^2$　$la:n^2$

| 偶 | 尔 | 爬 | 桥 | 栏 |

偶尔跨栏杆。

2-199

知	汉	刀	知	汉
Rox	han	dauq	rox	han

ɹo^4　$ha:n^1$　$ta:u^5$　ɹo^4　$ha:n^1$

| 知 | 应 | 倒 | 知 | 应 |

倒是会对歌，

2-200

欢	写	南	牙	了
Fwen	ce	nanz	yax	liux

$vu:n^1$　$çe^1$　$na:n^2$　ja^5　$li:u^4$

| 歌 | 留 | 久 | 也 | 完 |

久别歌已完。

女唱

2-201

写	南	空	出	外
Ce	nanz	ndwi	ok	rog
$çe^1$	$na:n^2$	$du:i^1$	$o:k^7$	$ɹo:k^8$
留	久	不	出	外

许久不出门，

2-202

六	莫	才	桥	兰
Loeg	mok	raih	giuz	lanz
lok^8	$mo:k^7$	$ɹa:i^6$	$ki:u^2$	$la:n^2$
偶	尔	爬	桥	栏

偶尔跨门栏。

2-203

十	义	罗	写	南
Cib	ngeih	loh	ce	nanz
$çit^8$	$ȵi^6$	lo^6	$çe^1$	$na:n^2$
十	二	路	留	久

十二路久别，

2-204

老	龙	汉	不	对
Lau	lungz	han	mbouj	doiq
$la:u^1$	lun^2	$ha:n^1$	bou^5	$to:i^5$
怕	龙	应	不	对

怕兄答不对。

男唱

2-205

写	南	由	了	乖
Ce	nanz	raeuh	liux	gvai
$çe^1$	$na:n^2$	$ɹau^6$	$li:u^4$	$kwa:i^1$
留	久	很	啰	乖

久别了朋友，

2-206

写	南	来	少	青
Ce	nanz	lai	sau	oiq
$çe^1$	$na:n^2$	$la:i^1$	$θa:u^1$	$o:i^5$
留	久	多	姑娘	嫩

久别了小妹。

2-207

变	土	汉	不	对
Bienh	dou	han	mbouj	doiq
$pi:n^6$	tu^1	$ha:n^1$	bou^5	$to:i^5$
即便	我	应	不	对

即便我答错，

2-208

良	米	罗	一	说
Lingh	miz	loh	ndeu	naeuz
len^6	mi^2	lo^6	$de:u^1$	nau^2
另	有	路	一	说

也说得过去。

女唱

2-209

才	斗	庙	第	一
Nda	daeuj	haemh	daih	it
da^1	tau^3	han^6	ti^5	it^7
刚	来	夜	第	一

才来第一夜，

2-210

是	唱	歌	写	南
Cix	cang	go	ce	nanz
çi^4	ça:ŋ^4	ko^5	çe^1	na:n^2
就	唱	歌	留	久

就唱久别歌。

2-211

庙	第	义	第	三
Haemh	daih	ngeih	daih	sam
han^6	ti^5	ȵi^6	ti^5	θa:n^1
夜	第	二	第	三

第二第三夜，

2-212

说	欢	么	了	农
Naeuz	fwen	maz	liux	nuengx
nau^2	vu:n^1	ma^2	li:u^4	nu:ŋ^4
说	歌	什么	啰	妹

又唱什么歌。

男唱

2-213

才	斗	庙	第	一
Nda	daeuj	haemh	daih	it
da^1	tau^3	han^6	ti^5	it^7
刚	来	夜	第	一

才来第一夜，

2-214

是	唱	歌	写	南
Cix	cang	go	ce	nanz
çi^4	ça:ŋ^4	ko^5	çe^1	na:n^2
就	唱	歌	留	久

就唱久别歌。

2-215

庙	第	义	第	三
Haemh	daih	ngeih	daih	sam
han^6	ti^5	ȵi^6	ti^5	θa:n^1
夜	第	二	第	三

第二第三夜，

2-216

应	当	说	欢	斗
Wng	dang	naeuz	fwen	daeuj
iŋ^1	ta:ŋ^1	nau^2	vu:n^1	tau^3
应	当	说	歌	来

应唱欢迎歌。

女唱

2-217

才	斗	厬	第	一
Nda	daeuj	haemh	daih	it
da^1	tau^3	han^6	ti^5	it^7
刚	来	夜	第	一

才来第一夜，

2-218

是	唱	歌	写	南
Cix	cang	go	ce	nanz
çi^4	ça:ŋ^4	ko^5	çe^1	na:n^2
就	唱	歌	留	久

就唱久别歌。

2-219

厬	第	义	第	三
Haemh	daih	ngeih	daih	sam
han^6	ti^5	ŋi^6	ti^5	θa:n^1
夜	第	二	第	三

第二第三夜，

2-220

欢	写	南	米	由
Fwen	ce	nanz	miz	raeuh
vu:n^1	çe^1	na:n^2	mi^2	ɹau^6
歌	留	久	有	多

再唱久别歌。

男唱

2-221

阝	采	垌	采	邦
Boux	caij	doengh	caij	biengz
pu^4	ça:i^3	toŋ^6	ça:i^3	pi:ŋ^2
个	踩	垌	踩	地方

走江湖的人，

2-222

它	是	知	欢	斗
De	cix	rox	fwen	daeuj
te^1	çi^4	ɹo^4	vu:n^1	tau^3
他	就	知	歌	来

会唱迎宾歌。

2-223

少	口	点	包	口
Sau	gaeuq	dem	mbauq	gaeuq
θa:u^1	kau^5	te:n^1	ba:u^5	kau^5
姑娘	旧	与	小伙	旧

男女老朋友，

2-224

不	可	比	写	南
Mbouj	goj	beij	ce	nanz
bou^5	ko^5	pi^3	çe^1	na:n^2
不	也	歌	留	久

只会久别歌。

女唱

2-225

你	狼	说	欢	斗
Mwngz	langh	naeuz	fwen	daeuj
$\text{muɯ}\eta^2$	$\text{la:}\eta^6$	nau^2	vu:n^1	tau^3
你	若	说	歌	来

若说迎宾歌，

2-226

表	备	是	知	汉
Biuj	beix	cix	rox	han
pi:u^3	pi^4	çi^4	ɹo^4	ha:n^1
表	兄	是	知	应

表兄会应对。

2-227

刀	唱	歌	写	南
Dauq	cang	go	ce	nanz
ta:u^5	$\text{ça:}\eta^4$	ko^5	çe^1	na:n^2
倒	唱	歌	留	久

要唱久别歌，

2-228

空	知	汉	了	农
Ndwi	rox	han	liux	nuengx
du:i^1	ɹo^4	ha:n^1	li:u^4	$\text{nu:}\eta^4$
不	知	应	啰	妹

妹不会应对。

男唱

2-229

板	你	米	知	唱
Mbanj	mwngz	miz	rox	ciengq
ba:n^3	$\text{muɯ}\eta^2$	mi^2	ɹo^4	$\text{çi:}\eta^5$
村	你	有	知	唱

村里人会唱，

2-230

好	文	邦	古	对
Ndij	vunz	biengz	guh	doih
di^1	vun^2	$\text{pi:}\eta^2$	ku^4	to:i^6
与	人	地方	做	伙伴

与路人为伍。

2-231

板	你	米	少	青
Mbanj	mwngz	miz	sau	oiq
ba:n^3	$\text{muɯ}\eta^2$	mi^2	$\theta\text{a:u}^1$	o:i^5
村	你	有	姑娘	嫩

你村有少女，

2-232

对	不	太	立	南
Doih	mbouj	daih	liz	nanz
to:i^6	bou^5	ta:i^6	li^2	na:n^2
伙伴	不	太	离	久

情友会常来。

女唱

2-233

月	相	斗	讲	满
Ndwen	cieng	daeuj	gangj	monh
du:n¹	çi:ŋ¹	tau³	ka:ŋ³	mo:n⁶
月	正	来	讲	情

正月来谈情,

2-234

同	断	板	内	难
Doengh	duenx	mbanj	neix	nanz
toŋ²	tu:n⁴	ba:n³	ni⁴	na:n²
相	断	村	这	难

脱离此村难。

2-235

表	农	样	平	班
Biuj	nuengx	yiengh	bingz	ban
pi:u³	nu:ŋ⁴	jɯ:ŋ⁶	piŋ²	pan¹
表	妹	样	平	班

表妹是同辈,

2-236

貝	而	南	堂	内
Bae	lawz	nanz	dangq	neix
pai¹	lɯ²	na:n²	ta:ŋ⁵	ni⁴
去	哪	久	趟	这

你莫要久别。

男唱

2-237

月	相	斗	讲	满
Ndwen	cieng	daeuj	gangj	monh
du:n¹	çi:ŋ¹	tau³	ka:ŋ³	mo:n⁶
月	正	来	讲	情

正月来谈情,

2-238

农	又	讲	说	南
Nuengx	youh	gangj	naeuz	nanz
nu:ŋ⁴	jou⁴	ka:ŋ³	nau²	na:n²
妹	又	讲	说	久

妹何言太久。

2-239

月	义	后	月	三
Ndwen	ngeih	haeuj	ndwen	sam
du:n¹	ɲi⁶	hau³	du:n¹	θa:n¹
月	二	进	月	三

二月到三月,

2-240

几	来	南	了	农
Geij	lai	nanz	liux	nuengx
ki³	la:i¹	na:n²	liu⁴	nu:ŋ⁴
几	多	久	啰	妹

没多久呀妹。

女唱

2-241

几　来　乃　你　马

Geij lai naih mwngz ma

ki³ la:i¹ na:i⁶ muɯŋ² ma¹

几　多　久　你　来

多久你没来，

2-242

几　来　南　你　义

Geij lai nanz mwngz ngeix

ki³ la:i¹ na:n² muɯŋ² ȵi⁴

几　多　久　你　想

你自己想想。

2-243

合　相　貝　十　四

Hop cieng bae cib seiq

ho:p⁷ ɕi:ŋ¹ pai¹ ɕit⁸ θei⁵

周　正　去　十　四

正月到七月，

2-244

又　利　不　尝　南

Youh lij mbouj caengz nanz

jou⁴ li⁴ bou⁵ ɕaŋ² na:n²

又　还　不　未　久

你还说不久。

男唱

2-245

可　说　南　说　南

Goj naeuz nanz naeuz nanz

ko⁵ nau² na:n² nau² na:n²

也　说　久　说　久

总说久又久，

2-246

南　几　来　韦　机

Nanz geij lai vae giq

na:n² ki³ la:i¹ vai¹ ki⁵

久　几　多　姓　支

友看有多久。

2-247

土　才　南　的　内

Dou nda nanz diq neix

tu¹ da¹ na:n² ti⁵ ni⁴

我　刚　久　点　这

我才离久点，

2-248

米　卟　利　南　来

Miz boux lij nanz lai

mi² pu⁴ li⁴ na:n² la:i¹

有　个　还　久　多

有人离更久。

女唱

2-249

几　来　乃　你　马

Geij　lai　naih　mwngz　ma

ki^3　$la:i^1$　$na:i^6$　$muuŋ^2$　ma^1

几　多　久　你　来

你多久没来，

2-250

几　来　南　你　知

Geij　lai　nanz　mwngz　rox

ki^3　$la:i^1$　$na:n^2$　$muuŋ^2$　$ɹo^4$

几　多　久　你　知

你心里有数。

2-251

廷　刀　变　办　多

Dinz　dauq　bienq　baenz　doq

tin^2　$ta:u^5$　$pi:n^5$　pan^2　to^5

黄蜂　倒　变　成　马蜂

黄蜂变马蜂，

2-252

备　才　知　说　南

Beix　nda　rox　naeuz　nanz

pi^4　da^1　$ɹo^4$　nau^2　$na:n^2$

兄　刚　知　说　久

兄才觉得久。

男唱

2-253

可　说　南　说　南

Goj　naeuz　nanz　naeuz　nanz

ko^5　nau^2　$na:n^2$　nau^2　$na:n^2$

总　说　久　说　久

总说久又久，

2-254

南　几　来　妻　伏

Nanz　geij　lai　maex　fawh

$na:n^2$　ki^3　$la:i^1$　mai^4　$fəɯ^6$

久　几　多　没　时

也不知多久。

2-255

秀　卜　作　同　勒

Ciuh　boux　coz　doengz　lawh

$çi:u^6$　pu^4　$ço^2$　$toŋ^2$　$ləɯ^6$

世　个　年轻　同　换

青年谈交情，

2-256

可　米　伏　一　南

Goj　miz　fawh　ndeu　nanz

ko^5　mi^2　$fəɯ^6$　$de:u^1$　$na:n^2$

总　有　时　一　久

总会觉得久。

第二篇 久别歌 127

女唱

2-257

几　来　乃　你　马

Geij lai naih mwngz ma

ki³ laːi¹ naːi⁶ muɯŋ² ma¹

几　多　久　你　来

多久你没来，

2-258

几　来　南　你　知

Geij lai nanz mwngz rox

ki³ laːi¹ naːn² muɯŋ² ɣo⁴

几　多　久　你　知

多久你自知。

2-259

四　方　九　巡　托

Seiq fueng gou cunz doh

θei⁵ fuːŋ¹ kou¹ ɕun² to⁶

四　方　我　巡　遍

四方我走遍，

2-260

备　又　利　说　而

Beix youh lij naeuz rawz

pi⁴ jou⁴ li⁴ nau² ɣau²

兄　又　还　说　什么

兄还说什么。

男唱

2-261

可　说　南　说　南

Goj naeuz nanz naeuz nanz

ko⁵ nau² naːn² nau² naːn²

总　说　久　说　久

总说久又久，

2-262

南　几　来　对　朝

Nanz geij lai doiq sauh

naːn² ki³ laːi¹ toːi⁵ θaːu⁶

久　几　多　对　辈

请问有多久。

2-263

水　叶　巴　利　刀

Raemx mbaw byaz lij dauq

ɣan⁴ baːu¹ pja² li⁴ taːu⁵

水　叶　芋　还　回

露珠会回流，

2-264

少　跟　包　不　南

Sau riengz mbauq mbouj nanz

θaːu¹ ɹiːn² baːu⁵ bou⁵ naːn²

姑娘　和　小伙　不　久

妹等哥不久。

女唱

2-265

写　土　南　堂　内
Ce　dou　nanz　daengz　neix
çe¹　tu¹　na:n²　taŋ²　ni⁴
留　我　久　到　这
离我那么久,

2-266

办　病　不　吃　炕
Baenz　bingh　mbouj　gwn　ien
pan²　piŋ⁶　bou⁵　kɯn¹　i:n¹
成　病　不　吃　烟
生病不抽烟。

2-267

八　列　友　同　年
Bah　leh　youx　doengz　nienz
pa⁶　le⁶　ju⁴　toŋ²　ni:n²
唉　唷　友　同　年
咿呀同年友,

2-268

么　写　南　堂　内
Maz　ce　nanz　daengz　neix
ma²　çe¹　na:n²　taŋ²　ni⁴
怎么　留　久　到　这
分别何太久。

男唱

2-269

可　说　南　说　南
Goj　naeuz　nanz　naeuz　nanz
ko⁵　nau²　na:n²　nau²　na:n²
总　说　久　说　久
总说太久远,

2-270

南　儿　来　对　生
Nanz　geij　lai　doiq　saemq
na:n²　ki³　la:i¹　to:i⁵　θan⁵
久　几　多　对　庚
友说有多久。

2-271

元　远　是　办　能
Roen　gyae　cix　baenz　nyaenx
jo:n¹　kjai¹　çi⁴　pan²　ȵan⁴
路　远　就　成　这样
只因路途远,

2-272

不　特　备　写　南
Mbouj　dwg　beix　ce　nanz
bou⁵　tuk⁸　pi⁴　çe¹　na:n²
不　是　兄　留　久
非兄久不来。

女唱

2-273

写　　土　　南　　堂　　内

Ce　dou　nanz　daengz　neix

çe¹　tu¹　naːn²　taŋ²　ni⁴

留　我　久　到　这

别我那么久，

2-274

知　　正　　义　　是　　立

Rox　cingz　ngeih　cix　liz

ɣo⁴　çiŋ²　ȵiː⁶　çi⁴　li²

或　情　义　是　离

是否情已断。

2-275

写　　乃　　得　　几　　比

Ce　naih　ndaej　geij　bi

çe¹　naːi⁶　dai³　ki³　pi¹

留　久　得　几　年

分别已多年，

2-276

老　　牙　　立　　后　　生

Lau　yax　liz　haux　seng

laːu¹　ja⁵　li²　hou⁴　θeːŋ¹

怕　也　离　后　生

恐青春已过。

男唱

2-277

可　　说　　南　　说　　南

Goj　naeuz　nanz　naeuz　nanz

ko⁵　nau²　naːn²　nau²　naːn²

总　说　久　说　久

总说过太久，

2-278

南　　几　　来　　对　　伴

Nanz　geij　lai　doih　buenx

naːn²　ki³　laːi¹　toːi⁶　puːn⁴

久　几　多　伙伴　伴

友说有多久。

2-279

元　　远　　是　　同　　断

Roen　gyae　cix　doengh　duenx

ɣoːn¹　kjaːi¹　çi⁴　toŋ²　tuːn⁴

路　远　就　相　断

路遥不来往，

2-280

不　　特　　伴　　立　　南

Mbouj　dwg　buenx　liz　nanz

bou⁵　tuk⁸　puːn⁴　li²　naːn²

不　是　伴　离　久

非同伴久别。

女唱

2-281

写　土　南　堂　内
Ce　dou　nanz　daengz　neix
çe¹　tu¹　na:n²　taŋ²　ni⁴
留　我　久　到　这
离别那么久，

2-282

知　正　义　是　论
Rox　cingz　ngeih　cix　lumz
ɹo⁴　çiŋ²　ni⁶　çi⁴　lun²
或　情　义　是　忘
是否已忘情。

2-283

甲　写　正　邦　文
Gyah　ce　cingz　biengz　vunz
kja⁶　çe¹　çiŋ²　pi:ŋ²　vun²
宁可　留　情　地方　人
宁弃远方情，

2-284

开　论　正　韦　机
Gaej　lumz　cingz　vae　giq
ka:i⁵　lun²　çiŋ²　vai¹　ki⁵
莫　忘　情　姓　支
勿忘挚友心。

男唱

2-285

可　说　南　说　南
Goj　naeuz　nanz　naeuz　nanz
ko⁵　nau²　na:n²　nau²　na:n²
总　说　久　说　久
总说久又久，

2-286

南　几　来　老　表
Nanz　geij　lai　laux　biuj
na:n²　ki³　la:i¹　la:u⁴　pi:u³
久　几　多　老　表
老表说多久。

2-287

元　了　正　不　了
Yuenz　liux　cingz　mbouj　liux
ju:n²　li:u⁴　çiŋ²　bou⁵　li:u⁴
缘　完　情　不　完
缘了情未了，

2-288

秀　好　秀　同　巡
Ciuh　ndij　ciuh　doengh　cunz
çi:u⁶　di¹　çi:u⁶　toŋ²　çun²
世　与　世　相　巡
世代总来往。

女唱

2-289

写	土	南	堂	内
Ce	dou	nanz	daengz	neix
çe¹	tu¹	na:n²	taŋ²	ni⁴
留	我	久	到	这

离我那么久，

2-290

土	刀	提	你	忧
Dou	dauq	diq	mwngz	you
tu¹	ta:u⁵	ti⁵	muɯŋ²	jou¹
我	倒	替	你	忧

我为你忧愁。

2-291

岁	单	秀	方	卢
Caez	danq	ciuh	fueng	louz
çai²	ta:n⁵	çi:u⁶	fu:ŋ¹	lu²
齐	顾及	世	风	流

叹世间风流，

2-292

开	写	南	论	伏
Gaej	ce	nanz	lumj	fwx
ka:i⁵	çe¹	na:n²	lun³	fə⁴
莫	留	久	像	别人

别冷漠待人。

男唱

2-293

可	说	南	说	南
Goj	naeuz	nanz	naeuz	nanz
ko⁵	nau²	na:n²	nau²	na:n²
总	说	久	说	久

总说离别久，

2-294

南	几	来	对	伴
Nanz	geij	lai	doih	buenx
na:n²	ki³	la:i¹	to:i⁶	pu:n⁴
久	几	多	伙伴	伴

友说有多久。

2-295

元	远	是	办	能
Roen	gyae	cix	baenz	nyaenx
jo:n¹	kjai¹	çi⁴	pan²	ȵan⁴
路	远	就	成	这样

只因路途远，

2-296

在	近	不	立	南
Ywq	gyawj	mbouj	liz	nanz
ju⁵	kjaɯ³	bou⁵	li²	na:n²
在	近	不	离	久

若近不久别。

女唱

2-297

写	土	南	堂	内
Ce	dou	nanz	daengz	neix
çe¹	tu¹	na:n²	taŋ²	ni⁴
留	我	久	到	这

离我那么久，

2-298

土	刀	提	你	忧
Dou	dauq	diq	mwngz	you
tu¹	ta:u⁵	ti⁵	muɯŋ²	jou¹
我	倒	替	你	忧

我为你忧愁。

2-299

备	写	乃	邦	土
Beix	ce	naih	biengz	dou
pi⁴	çe¹	na:i⁶	pi:ŋ²	tu¹
兄	留	久	地方	我

久别我家乡，

2-300

老	得	元	邦	伏
Lau	ndaej	yuenz	biengz	fwx
la:u¹	dai³	ju:n²	pi:ŋ²	fə⁴
怕	得	缘	地方	别人

是否另有缘。

男唱

2-301

可	说	南	说	南
Goj	naeuz	nanz	naeuz	nanz
ko⁵	nau²	na:n²	nau²	na:n²
总	说	久	说	久

总说分别久，

2-302

南	几	来	龙	女
Nanz	geij	lai	lungz	nawx
na:n²	ki³	la:i¹	luŋ²	nu⁴
久	几	多	龙	女

情友你说呢？

2-303

狼	得	元	邦	伏
Langh	ndaej	yuenz	biengz	fwx
la:ŋ⁶	dai³	ju:n²	pi:ŋ²	fə⁴
若	得	缘	地方	别人

若另有姻缘，

2-304

不	斗	勒	农	银
Mbouj	daeuj	lawh	nuengx	ngaenz
bou⁵	tau³	ləu⁶	nu:ŋ⁴	ŋan²
不	来	换	妹	银

不同妹交往。

女唱

2-305

写	韦	机	偻	南
Ce	vae	giq	raeuz	nanz
çe¹	vai¹	ki⁵	ɻau²	na:n²
留	姓	支	我们	久

离我友太久，

2-306

狼	声	叫	偻	元
Langh	sing	heuh	raeuz	yuenz
la:ŋ⁶	θiŋ¹	he:u⁶	ɻau²	ju:n²
放	声	叫	我们	缘

纵声唱交情。

2-307

特	正	义	马	团
Dawz	cingz	ngeih	ma	duenz
təɯ²	çiŋ²	ɳi⁶	ma¹	tu:n²
拿	情	义	来	猜

拿信物作证，

2-308

利	合	元	知	不
Lij	hob	yuenz	rox	mbouj
li⁴	ho:p⁸	ju:n²	ɻo⁴	bou⁵
还	合	缘	或	不

情缘是否在。

男唱

2-309

以	样	内	贝	那
Ei	yiengh	neix	bae	naj
i¹	juɯŋ⁶	ni⁴	pai¹	na³
依	样	这	去	前

从今天往后，

2-310

备	不	太	立	南
Beix	mbouj	daih	liz	nanz
pi⁴	bou⁵	ta:i⁶	li²	na:n²
兄	不	太	离	久

兄不会久别。

2-311

但	米	仗	同	玩
Danh	miz	saenq	doengh	vanz
ta:n⁶	mi²	θin⁵	toŋ²	va:n²
但	有	信	相	还

但有信来往，

2-312

不	立	南	了	农
Mbouj	liz	nanz	liux	nuengx
bou⁵	li²	na:n²	li:u⁴	nu:ŋ⁴
不	离	久	啰	妹

妹莫愁久别。

女唱

2-313

小　女　可　在　加
Siuj　nawx　goj　cai　gya
θi:u³　nu⁴　ko⁵　ça:i⁴　kja¹
小　女　也　在　家
小女在等待，

2-314

空　米　卟　貝　南
Ndwi　miz　boux　bae　nanz
du:i¹　mi²　pu⁴　pai¹　na:n²
不　有　个　去　久
不会走他乡。

2-315

小　女　可　造　然
Siuj　nawx　goj　caux　ranz
θi:u³　nu⁴　ko⁵　ça:u⁴　ɹa:n²
小　女　也　造　家
小女要成家，

2-316

空　貝　南　论　备
Ndwi　bae　nanz　lumj　beix
du:i¹　pai¹　na:n²　lun³　pi⁴
不　去　久　像　兄
不像兄久别。

男唱

2-317

秀　乜　女　造　然
Ciuh　meh　mbwk　caux　ranz
çi:u⁶　me⁶　buk⁷　ça:u⁴　ɹa:n²
世　女　人　造　家
若女人成家，

2-318

写　南　是　不　可
Ce　nanz　cix　mbouj　goj
çe¹　na:n²　çi⁴　bou⁵　ko⁵
留　久　是　不　可
就不会久别。

2-319

包　乖　空　马　托
Mbauq　gvai　ndwi　ma　doh
ba:u⁵　kwa:i¹　du:i¹　ma¹　to⁶
小伙　乖　不　来　向
小伙不来找，

2-320

卟　而　合　英　元
Boux　lawz　hob　in　yuenz
pu⁴　lau²　ho:p⁸　in¹　ju:n²
个　哪　合　姻　缘
跟谁去联姻。

女唱

2-321

写	南	空	出	外
Ce	nanz	ndwi	ok	rog
çe¹	na:n²	du:i¹	o:k⁷	ɹo:k⁸
留	久	不	出	外

好久不出门,

2-322

六	莫	才	桥	兰
Loeg	mok	raih	giuz	lanz
lok⁸	mo:k⁷	ɹa:i⁶	ki:u²	la:n²
偶	尔	爬	桥	栏

偶尔会张望。

2-323

写	乃	空	马	玩
Ce	naih	ndwi	ma	vanz
çe¹	na:i⁶	du:i¹	ma¹	va:n²
留	久	不	来	还

好久未来往,

2-324

口	代	三	得	田
Gaeuj	daih	san	ndaej	denz
kau³	ta:i⁶	θa:n¹	dai³	te:n²
看	大	山	得	地

看风水宝地。

男唱

2-325

写	南	空	出	外
Ce	nanz	ndwi	ok	rog
çe¹	na:n²	du:i¹	o:k⁷	ɹo:k⁸
留	久	不	出	外

许久未出门,

2-326

六	莫	才	桥	兰
Loeg	mok	raih	giuz	lanz
lok⁸	mo:k⁷	ɹa:i⁶	ki:u²	la:n²
偶	尔	爬	桥	栏

偶尔会张望。

2-327

正	义	想	牙	玩
Cingz	ngeih	siengj	yaek	vanz
çiŋ²	ɲi⁶	si:ŋ³	jak⁷	va:n²
情	义	想	要	还

想交换礼品,

2-328

少	然	说	妻	伏
Sau	ranz	naeuz	maex	fwx
θa:u¹	ɹa:n²	nau²	mai⁴	fə⁴
姑	娘	家	或	妻	别人
姑娘	家	或	妻	别人

恐是别人妻。

女唱

2-329

写　南　空　出　外
Ce　nanz　ndwi　ok　rog
$çe^1$　$na:n^2$　$du:i^1$　$o:k^7$　$ɹo:k^8$
留　久　不　出　外
许久没出门，

2-330

六　莫　才　桥　兰
Loeg　mok　raih　giuz　lanz
lok^8　$mo:k^7$　$ɹa:i^6$　$ki:u^2$　$la:n^2$
偶　尔　爬　桥　栏
偶尔会张望。

2-331

米　正　义　是　玩
Miz　cingz　ngeih　cix　vanz
mi^2　$çiŋ^2$　$n̦i^6$　$çi^4$　$va:n^2$
有　情　义　就　还
有礼品就换，

2-332

少　然　空　了　备
Sau　ranz　ndwi　liux　beix
$θa:u^1$　$ɹa:n^2$　$du:i^1$　$li:u^4$　pi^4
姑　娘　家　不　完　兄
我还是少女。

男唱

2-333

写　南　空　出　外
Ce　nanz　ndwi　ok　rog
$çe^1$　$na:n^2$　$du:i^1$　$o:k^7$　$ɹo:k^8$
留　久　不　出　外
许久没出门，

2-334

六　莫　才　桥　兰
Loeg　mok　raih　giuz　lanz
lok^8　$mo:k^7$　$ɹa:i^6$　$ki:u^2$　$la:n^2$
偶　尔　爬　桥　栏
偶尔会张望。

2-335

妻　伏　土　不　玩
Maex　fwx　dou　mbouj　vanz
mai^4　$fə^4$　tu^1　bou^5　$va:n^2$
妻　别人　我　不　还
人妻我不换，

2-336

少　然　土　是　勒
Sau　ranz　dou　cix　lawh
$θa:u^1$　$ɹa:n^2$　tu^1　$çi^4$　$ləu^6$
姑　娘　家　我　就　换
少女我才换。

女唱

2-337

写	乃	空	很	京
Ce	naih	ndwi	hwnj	ging
çe¹	na:i⁶	duːi¹	huɯn³	kiŋ¹
留	久	不	上	京

许久不上京，

2-338

会	更	城	对	务
Faex	gwnz	singz	doiq	huj
fai⁴	kɯn²	θiŋ²	toːi⁵	hu³
树	上	城	对	云

城里树参天。

2-339

写	南	空	巡	友
Ce	nanz	ndwi	cunz	youx
çe¹	na:n²	duːi¹	çun²	ju⁴
留	久	不	巡	友

久不来访友，

2-340

备	办	阝	付	正
Beix	baenz	boux	fuz	cingz
pi⁴	pan²	pu⁴	fu²	çiŋ²
兄	成	个	负	情

兄成负情郎。

男唱

2-341

写	乃	空	很	京
Ce	naih	ndwi	hwnj	ging
çe¹	na:i⁶	duːi¹	huɯn³	kiŋ¹
留	久	不	上	京

许久不上京，

2-342

会	更	城	对	务
Faex	gwnz	singz	doiq	huj
fai⁴	kɯn²	θiŋ²	toːi⁵	hu³
树	上	城	对	云

城里树参天。

2-343

友	自	古	给	友
Youx	gag	guh	hawj	youx
ju⁴	ka:k⁸	ku⁴	həɯ³	ju⁴
友	自	做	给	友

友自作自受，

2-344

氿	邦	友	不	办
Saet	baengz	youx	mbouj	baenz
θat⁷	paŋ²	ju⁴	bou⁵	pan²
留	朋	友	不	成

做不成朋友。

女唱

2-345

写	乃	空	很	京
Ce	naih	ndwi	hwnj	ging
çe¹	na:i⁶	du:i¹	huun³	kiŋ¹
留	久	不	上	京

许久不上京，

2-346

会	更	城	好	占
Faex	gwnz	singz	hau	canz
fai⁴	kuun²	θiŋ²	ha:u¹	ça:n²
树	上	城	白	灿灿

树木变荒凉。

2-347

写	南	空	马	干
Ce	nanz	ndwi	ma	ganq
çe¹	na:n²	du:i¹	ma¹	ka:n⁵
留	久	不	来	照料

久没来打理，

2-348

正	三	说	可	圆
Cingz	sanq	naeuz	goj	nduen
çiŋ²	θa:n⁵	nau²	ko⁵	do:n¹
情	散	或	也	圆

情谊还在否？

男唱

2-349

写	乃	空	很	京
Ce	naih	ndwi	hwnj	ging
çe¹	na:i⁶	du:i¹	huun³	kiŋ¹
留	久	不	上	京

许久不上京，

2-350

会	更	城	好	占
Faex	gwnz	singz	hau	canz
fai⁴	kuun²	θiŋ²	ha:u¹	ça:n²
树	上	城	白	灿灿

树木变荒凉。

2-351

知	乖	是	马	干
Rox	gvai	cix	ma	ganq
ɹo⁴	kwa:i¹	çi⁴	ma¹	ka:n⁵
知	乖	就	来	照料

聪明来管顾，

2-352

正	牙	三	下	王
Cingz	yaek	sanq	roengz	vaengz
çiŋ²	jak⁷	θa:n⁵	ɹoŋ²	vaŋ²
情	要	散	下	潭

情义要终结。

女唱	男唱

2-353

写	乃	空	很	京
Ce	naih	ndwi	hwnj	ging

$ɕe^1$　$naːi^6$　$duːi^1$　$huɯn^3$　$kiŋ^1$

留　久　不　上　京

许久不上京，

2-357

写	乃	空	很	京
Ce	naih	ndwi	hwnj	ging

$ɕe^1$　$naːi^6$　$duːi$　$huɯn^3$　$kiŋ^1$

留　久　不　上　京

好久不上京，

2-354

会	更	城	中	先
Faex	gwnz	singz	cuengq	sienq

fai^4　$kɯn^2$　$θiŋ^2$　$ɕuːŋ^5$　$θiːn^5$

树　上　城　放　线

城里树参天。

2-358

会	更	城	中	先
Faex	gwnz	singz	cuengq	sienq

fai^4　$kɯn^2$　$θiŋ^2$　$ɕuːŋ^5$　$θiːn^5$

树　上　城　放　线

城里树参天。

2-355

写	乃	空	马	玩
Ce	naih	ndwi	ma	vanz

$ɕe^1$　$naːi^6$　$duːi^1$　ma^1　$vaːn^2$

留　久　不　来　还

许久未交往，

2-359

变	土	刀	不	变
Bienq	dou	dauq	mbouj	bienq

$piːn^5$　tu^1　$taːu^5$　bou^5　$piːn^5$

变　我　倒　不　变

我仍然不变，

2-356

知	是	变	良	心
Rox	cix	bienq	liengz	sim

$ɹo^4$　$ɕi^4$　$piːn^5$　$liːŋ^2$　$θin^1$

或　是　变　良　心

是否变了心？

2-360

优	良	面	给	龙
Yaeuq	lenj	mienh	hawj	lungz

jau^5　$leːn^2$　$meːn^6$　hau^3　$luŋ^2$

藏　脸　面　给　龙

留脸面给兄。

女唱

2-361

写	乃	空	很	京
Ce	naih	ndwi	hwnj	ging
çe^1	na:i^6	du:i^1	hun^3	kiŋ^1
留	久	不	上	京

许久不上京，

2-361

会	更	城	中	先
Faex	gwnz	singz	cuengq	sienq
fai^4	kun^2	θiŋ^2	çu:ŋ^5	θi:n^5
树	上	城	放	线

城里树参天。

2-363

变	少	乖	不	变
Bienh	sau	gvai	mbouj	bienq
pi:n^6	θa:u^1	kwa:i^1	bou^5	pi:n^5
即便	姑娘	乖	不	变

若我心不变，

2-364

干	田	偻	岁	站
Ganq	denz	raeuz	caez	soengz
ka:n^5	te:n^2	ɹau^2	çai^2	θoŋ^2
照料	地	我们	齐	站

一起管田地。

男唱

2-365

写	乃	空	很	京
Ce	naih	ndwi	hwnj	ging
çe^1	na:i^6	du:i^1	hun^3	kiŋ^1
留	久	不	上	京

许久不上京，

2-366

会	更	城	中	先
Faex	gwnz	singz	cuengq	sienq
fai^4	kun^2	θiŋ^2	çu:ŋ^5	θi:n^5
树	上	城	放	线

城里树参天。

2-367

想	牙	干	十	田
Siengj	yaek	ganq	cix	denz
θi:ŋ^3	jak^7	ka:n^5	çi^4	te:n^2
想	要	照料	此	地

想管庄稼地，

2-368

老	鸟	炕	不	从
Lau	roeg	enq	mbouj	coengz
la:u^1	ɹok^8	e:n^5	bou^5	çoŋ^2
怕	鸟	燕	不	从

恐阿妹不愿。

① 义莫[n̠i⁶ mo:i⁶]：二妹。壮族与瑶族认为伏羲与女娲是兄妹关系，两人在洪水之后成婚再造人类，因敬重生命之源，民间把二者视为婚姻之神，并把女娲叫作"二妹"。

女唱

2-369

写	乃	空	很	京
Ce	naih	ndwi	hwnj	ging
çe¹	na:i⁶	du:i¹	huɯn³	kiŋ¹
留	久	不	上	京

许久不上京，

2-370

会	更	城	中	先
Faex	gwnz	singz	cuengq	sienq
fai⁴	kɯn²	θiŋ²	çu:ŋ³	θi:n⁵
树	上	城	放	线

城里树参天。

2-371

知	乖	是	干	田
Rox	gvai	cix	ganq	denz
ɹo⁴	kwa:i¹	çi⁴	ka:n⁵	te:n²
知	乖	就	照料	地

聪明就种地，

2-372

鸟	炕	牙	勒	正
Roeg	enq	yax	lawh	cingz
ɹok⁸	e:n⁵	ja⁵	ləɯ⁶	çiŋ²
鸟	燕	也	换	情

姑娘也交心。

男唱

2-373

写	乃	空	很	京
Ce	naih	ndwi	hwnj	ging
çe¹	na:i⁶	du:i¹	huɯn³	kiŋ¹
留	久	不	上	京

许久不上京，

2-374

会	更	城	米	对
Faex	gwnz	singz	miz	doih
fai⁴	kɯn²	θiŋ²	mi²	to:i⁶
树	上	城	有	伙伴

城里树参天。

2-375

公	喜	点	义	莫①
Goeng	hij	dem	ngeih	moih
koŋ¹	hi³	te:n¹	n̠i⁶	mo:i⁶
公	義	与	二	妹

伏羲与女娲，

2-376

不	乱	对	双	偻
Mbouj	luenh	doiq	song	raeuz
bou⁵	lu:n⁶	to:i⁵	θo:ŋ¹	ɹau²
不	乱	对	两	我们

比不上我俩。

女唱

2-377

写　乃　空　很　京

Ce　naih　ndwi　hwnj　ging

$çe^1$　$na\text{ː}i^6$　$du\text{ː}i^1$　$hɯn^3$　$kiŋ^1$

留　久　不　上　京

许久不上京，

2-378

会　更　城　米　对

Faex　gwnz　singz　miz　doih

fai^4　kun^2　$θiŋ^2$　mi^2　$to\text{ː}i^6$

树　上　城　有　伙伴

城里树成双。

2-379

公　喜　点　义　莫

Goeng　hij　dem　ngeih　moih

$koŋ^1$　hi^3　$te\text{ː}n^1$　$n̠i^6$　$mo\text{ː}i^6$

公　羲　与　二　妹

伏羲与女娲，

2-380

同　对　是　勒　正

Doengz　doih　cix　lawh　cingz

$toŋ^2$　$to\text{ː}i^6$　$çi^4$　$lɯ^6$　$çiŋ^2$

同　伙伴　就　换　情

他俩成双对。

男唱

2-381

写　乃　空　很　京

Ce　naih　ndwi　hwnj　ging

$çe^1$　$na\text{ː}i^6$　$du\text{ː}i^1$　$hɯn^3$　$kiŋ^1$

留　久　不　上　京

许久不上京，

2-381

会　更　城　米　对

Faex　gwnz　singz　miz　doih

fai^4　kun^2　$θiŋ^2$　mi^2　$to\text{ː}i^6$

树　上　城　有　伙伴

城里树成双。

2-383

写　南　空　马　配

Ce　nanz　ndwi　ma　boiq

$çe^1$　$na\text{ː}n^2$　$du\text{ː}i^1$　ma^1　$po\text{ː}i^5$

留　久　不　来　配

久不来相配，

2-384

老　托　罪　农　银

Lau　doek　coih　nuengx　ngaenz

$la\text{ː}u^1$　tok^7　$ço\text{ː}i^6$　$nu\text{ː}ŋ^4$　$ŋan^2$

怕　落　罪　妹　银

恐得罪情妹。

女唱

2-385

写	乃	空	很	京
Ce	naih	ndwi	hwnj	ging

$çe^1$　$na:i^6$　$du:i^1$　$hɯn^3$　$kiŋ^1$

留　久　不　上　京

许久不上京，

2-386

会	更	城	米	对
Faex	gwnz	singz	miz	doih

fai^4　kun^2　$θiŋ^2$　mi^2　$to:i^6$

树　上　城　有　对

城里树成双。

2-387

知	乖	是	斗	配
Rox	gvai	cix	daeuj	boiq

$ɹo^4$　$kwa:i^1$　$çi^4$　tau^3　$po:i^5$

知　乖　就　来　配

聪明就来配，

2-388

不	托	罪	卜	而
Mbouj	doek	coih	boux	lawz

bou^5　tok^7　$ço:i^6$　pu^4　lau^2

不　落　罪　个　哪

不会得罪人。

男唱

2-389

好	罗	贝	改	韦
Ndij	loh	bae	gaij	vae

di^1　lo^6　pai^1　$ka:i^3$　vai^1

沿　路　去　改　姓

一路找情友，

2-390

元	远	不	办	友
Roen	gyae	mbouj	baenz	youx

$jo:n^1$　$kjai^1$　bou^5　pan^2　ju^4

路　远　不　成　友

路遥不成友。

2-391

更	本	三	层	务
Gwnz	mbwn	sam	caengz	huj

kun^2　bun^1　$θa:n^1$　$çaŋ^2$　hu^3

上　天　三　层　云

天上三层云，

2-392

沱	邦	友	偻	南
Saet	baengz	youx	raeuz	nanz

$θat^7$　$paŋ^2$　ju^6　$ɹauɯ^2$　$na:n^2$

留　朋　友　我们　久

别我友太久。

女唱

男唱

2-393

写	南	土	不	讲
Ce	nanz	dou	mbouj	gangj
çe^1	na:n^2	tu^1	bou^5	ka:ŋ^3
留	久	我	不	讲

久别我不讲,

2-397

写	南	空	出	外
Ce	nanz	ndwi	ok	rog
çe^1	na:n^2	du:i^1	o:k^7	ɹo:k^8
留	久	不	出	外

许久没出门,

2-394

立	南	土	不	说
Liz	nanz	dou	mbouj	naeuz
li^2	na:n^2	tu^1	bou^5	nau^2
离	久	我	不	说

久别我不说。

2-398

六	莫	才	桥	界
Loeg	mok	raih	giuz	gaiq
lok^8	mo:k^7	ɹa:i^6	ki:u^2	ka:i^1
偶	尔	爬	桥	界

偶尔越界栏。

2-395

牙	断	心	邦	偻
Yaek	duenx	sim	biengz	raeuz
jak^7	tu:n^4	θin^5	pi:ŋ^2	ɹau^2
要	断	心	地方	我们

欲同我断绝,

2-399

写	南	由	南	来
Ce	nanz	raeuh	nanz	lai
çe^1	na:n^2	ɹau^6	na:n^2	la:i^1
留	久	多	久	多

分别久又久,

2-396

土	牙	说	句	内
Dou	yax	naeuz	coenz	neix
tu^1	ja^5	nau^2	kjon^2	ni^4
我	才	说	句	这

我才说这话。

2-400

利	知	买	知	不
Lij	rox	mai	rox	mbouj
li^4	ɹo^4	ma:i^1	ɹo^4	bou^5
还	知	面	或	不

还认识我否?

女唱

2-401

写	南	空	出	外
Ce	nanz	ndwi	ok	rog

$çe^1$　　$na:n^2$　　$du:i^1$　　$o:k^7$　　$.o:k^8$

留	久	不	出	外

许久没出门，

2-402

六	莫	才	桥	界
Loeg	mok	raih	giuz	gaiq

lok^8　　$mo:k^7$　　$.a:i^6$　　$ki:u^2$　　$ka:i^1$

偶	尔	爬	桥	界

偶尔越界栏。

2-403

要	间	布	同	拜
Aeu	gen	buh	doengh	baiq

au^1　　$ke:n^1$　　pu^6　　ton^2　　$pa:i^5$

要	衣	袖	相	拜

曾作揖对拜，

2-404

土	知	买	你	由
Dou	rox	mai	mwngz	raeuh

tu^1　　$.o^4$　　$ma:i^1$　　$mɯŋ^2$　　$.au^6$

我	知	面	你	多

我太了解你。

男唱

2-405

写	南	空	出	外
Ce	nanz	ndwi	ok	rog

$çe^1$　　$na:n^2$　　$du:i^1$　　$o:k^7$　　$.o:k^8$

留	久	不	出	外

许久没出门，

2-406

六	莫	才	桥	界
Loeg	mok	raih	giuz	gaiq

lok^8　　$mo:k^7$　　$.a:i^6$　　$ki:u^2$　　$ka:i^1$

偶	尔	爬	桥	界

偶尔越界栏。

2-407

阝	阝	你	知	买
Boux	boux	mwngz	rox	mai

pu^4　　pu^4　　$mɯŋ^2$　　$.o^4$　　$ma:i^1$

个	个	你	知	面

个个你认识，

2-408

你	拜	马	土	累
Mwngz	baiq	ma	dou	laeq

$mɯŋ^2$　　$pa:i^5$　　ma^1　　tu^1　　lai^5

你	拜	来	我	看

你介绍给我。

女唱

男唱

2-409

写　南　由　了　乖
Ce　nanz　raeuh　liux　gvai
$çe^1$　$na:n^2$　$ɹau^6$　$li:u^4$　$kwa:i^1$
留　久　多　啰　乖
久违了我友，

2-410

写　南　来　对　爱
Ce　nanz　lai　doih　gyaiz
$çe^1$　$na:n^2$　$la:i^1$　$to:i^6$　$kjai^2$
留　久　多　伙伴　爱
久别了情友。

2-411

土　拜　刀　可　得
Dou　baiq　dauq　goj　ndaej
tu^1　$pa:i^5$　$ta:u^5$　ko^5　dai^3
我　拜　倒　可　得
我拜是可以，

2-412

为　定　利　空　米
Vih　dingh　laex　ndwi　miz
vei^6　$tiŋ^6$　li^4　$du:i^1$　mi^2
为　定　礼　不　有
可惜无定礼。

2-413

写　南　空　出　外
Ce　nanz　ndwi　ok　rog
$çe^1$　$na:n^2$　$du:i^1$　$o:k^7$　$ɹo:k^8$
留　久　不　出　外
许久没出门，

2-414

六　莫　才　桥　界
Loeg　mok　raih　giuz　gaiq
lok^8　$mo:k^7$　$ɹa:i^6$　$ki:u^2$　$ka:i^1$
偶　尔　爬　桥　界
偶尔越界栏。

2-415

全　邦　友　同　拜
Gyonj　baengz　youx　doengz　baiq
$kjo:n^1$　$paŋ^2$　ju^6　$toŋ^2$　$pa:i^5$
聚　朋　友　同　拜
邀好友相聚，

2-416

你　知　买　几　卜
Mwngz　rox　mai　geij　boux
$muɯŋ^2$　$ɹo^4$　$ma:i^1$　ki^3　pu^4
你　知　面　几　个
你认识几人？

① 王些 [vaːŋ⁶ ve⁵]：对情友的称呼。

女唱

2-417
写　南　由　了　乖
Ce　nanz　raeuh　liux　gvai
çe¹　naːn²　ʑau⁶　liːu⁴　kwaːi¹
留　久　多　啰　乖
久违了我友，

2-418
写　南　来　王　些①
Ce　nanz　lai　vangh　veq
çe¹　naːn²　laːi¹　vaːŋ⁶　ve⁵
留　久　多　王　世
久别了情友。

2-419
知　买　空　知　列
Rox　mai　ndwi　rox　leq
ʑo⁴　maːi¹　du:i¹　ʑo⁴　le⁵
知　面　不　知　咧
认识不认识，

2-420
万　些　不　重　心
Fanh　seiq　mbouj　naek　sim
faːn⁶　θe⁵　bou⁵　nak⁷　θin¹
万　世　不　重　心
永远不上心。

女唱

2-421
写　南　由　了　乖
Ce　nanz　raeuh　liux　gvai
çe¹　naːn²　ʑau⁶　liːu⁴　kwaːi¹
留　久　很　啰　乖
久违了我友，

2-422
写　南　来　王　些
Ce　nanz　lai　vangh　veq
çe¹　naːn²　laːi¹　vaːŋ⁶　ve⁵
留　久　多　王　世
久别了情友。

2-423
些　内　空　知　列
Seiq　neix　ndwi　rox　leq
θe⁵　ni⁴　du:i¹　ʑo⁴　le⁵
世　这　不　知　咧
今世不认识，

2-424
些　第　义　知　买
Seiq　daih　ngeih　rox　mai
θe⁵　ti⁵　ŋi⁶　ʑo⁴　maːi¹
世　第　二　知　面
来世会相识。

① 合义［ho² ɲi⁴］：
心想，表示思念。
壮族、瑶族等少
数民族认为脖子、
喉咙、肚子、心
脏等都是可以思
考的器官。

男唱

2-425

写	南	来	韦	机
Ce	nanz	lai	vae	giq
çe¹	na:n²	la:i¹	vai¹	ki⁵
留	久	多	姓	支

久违了情友，

2-426

合	义①	由	了	乖
Hoz	ngeix	raeuh	liux	gvai
ho²	ɲi⁴	ɹau⁶	li:u⁴	kwa:i¹
喉	想	多	啰	乖

昼思夜又想。

2-427

些	第	义	知	买
Seiq	daih	ngeih	rox	mai
θe⁵	ti⁵	ɲi⁶	ɹo⁴	ma:i¹
世	第	二	知	面

来世再相识，

2-428

秀	少	乖	牙	了
Ciuh	sau	gvai	yax	liux
çi:u⁶	θa:u¹	kwa:i¹	ja⁵	li:u⁴
世	姑娘	乖	也	完

妹今生已过。

女唱

2-429

水	拉	达	同	反
Raemx	laj	dah	doengz	fan
ɹan⁴	la³	ta⁶	toŋ²	fa:n¹
水	下	河	同	翻

河水翻波浪，

2-430

船	拉	单	同	分
Ruz	laj	dan	doengz	mbek
ɹu²	la³	ta:n¹	toŋ²	be:k⁷
船	下	滩	同	分别

滩前船分航。

2-431

贝	方	而	得	田
Bae	fueng	lawz	ndaej	denz
pai¹	fu:ŋ¹	lau²	dai³	te:n²
去	方	哪	得	地

何处得新友，

2-432

狼	农	板	内	南
Langh	nuengx	ban	neix	nanz
la:ŋ⁶	nu:ŋ⁴	pa:n¹	ni⁴	na:n²
放	妹	这	么	久

离我这么久。

男唱

2-433

水	拉	达	同	反
Raemx	laj	dah	doengz	fan
ɹan⁴	la³	ta⁶	toŋ²	fa:n¹
水	下	河	同	翻

河水翻波浪，

2-434

船	拉	单	全	刀
Ruz	laj	dan	cienj	dauq
ɹu²	la³	ta:n¹	ɕu:n³	ta:u⁵
船	下	滩	转	回

滩前船返航。

2-435

貝	广	东	小	豪
Bae	gvangj	doeng	souj	hauq
pai¹	kwa:ŋ³	toŋ¹	θi:u³	ha:u⁵
去	广	东	守	孝

去广东守孝,

2-436

狼	少	包	偻	南
Langh	sau	mbauq	raeuz	nanz
la:ŋ⁶	θa:u¹	ba:u⁵	ɹau²	na:n²
放	姑娘	小伙	我们	久

别友这么久。

女唱

2-437

水	拉	达	同	反
Raemx	laj	dah	doengz	fan
ɹan⁴	la³	ta⁶	toŋ²	fa:n¹
水	下	河	同	翻

河水翻波浪，

2-438

船	拉	单	全	刀
Ruz	laj	dan	cienj	dauq
ɹu²	la³	ta:n¹	ɕu:n³	ta:u⁵
船	下	滩	转	回

滩前船掉头。

2-439

卜	乜	是	先	老
Boh	meh	cix	senq	laux
po⁶	me⁶	ɕi⁴	θe:n⁵	la:u⁴
父	母	是	早	老

父母早过世,

2-440

利	小	豪	卟	而
Lij	souj	hauq	boux	lawz
li⁴	θi:u³	ha:u⁵	pu⁴	lauɯ²
还	守	孝	个	哪

还为谁守孝?

男唱

2-441

水	拉	达	同	反
Raemx	laj	dah	doengz	fan
ɹan⁴	la³	ta⁶	toŋ²	faːn¹
水	下	河	同	翻

河水翻波浪，

2-442

船	拉	单	全	刀
Ruz	laj	dan	cienj	dauq
ɹu²	la³	taːn¹	çuːn³	taːu⁵
船	下	滩	转	回

滩前船掉头。

2-443

比	瓜	乜	土	老
Bi	gvaq	meh	dou	laux
pi¹	kwa⁵	me⁶	tu¹	laːu⁴
年	过	母	我	老

去年母过世，

2-444

小	豪	了	牙	马
Souj	hauq	liux	yax	ma
θiːu³	haːu⁵	liːu⁴	ja⁵	ma¹
守	孝	完	才	来

守完孝才来。

女唱

2-445

写	南	来	韦	机
Ce	nanz	lai	vae	giq
çe¹	naːn²	laːi¹	vai¹	ki⁵
留	久	多	姓	支

久违了情友，

2-446

合	义	由	了	乖
Hoz	ngeix	raeuh	liux	gvai
ho²	n̩i⁴	ɹau⁶	liːu⁴	kwaːi¹
喉	想	多	啰	乖

昼思夜又想。

2-447

备	贝	那	小	帅
Beix	bae	naj	siu	cai
pi⁴	pai¹	na³	θiːu¹	çaːi¹
兄	去	前	吃	斋

兄开始吃斋，

2-448

帅	几	来	声	叫
Cai	geij	lai	sing	heuh
çaːi¹	ki³	laːi¹	θiŋ⁵	heːu⁶
斋	几	多	声	叫

吃斋要多久？

男唱	女唱

男唱

2-449

卜　小　三　十　义

Boh souj sam cib ngeih

po^6　θi:u^3　θa:n^1　çit^8　ŋi^6

父　守　三　十　二

父孝三十二，

2-450

乜　小　四　十　岁

Meh souj seiq cib caez

me^6　θi:u^3　θei^5　çit^8　çai^2

母　守　四　十　齐

母孝四十天。

2-451

八　列　友　当　韦

Bah leh youx dangq vae

pa^6　le^6　ju^4　ta:ŋ^5　vai^1

唉　唒　友　另　姓

异姓女朋友，

2-452

问　古　而　了　农

Cam guh rawz liux nuengx

ça:m^1　ku^4　ɹua^2　li:u^4　nu:ŋ^4

问　做　什么　啰　妹

问来做什么？

女唱

2-453

写　南　空　出　外

Ce nanz ndwi ok rog

çe^1　na:n^2　du:i^1　o:k^7　ɹo:k^8

留　久　不　出　外

许久没出门，

2-454

六　莫　才　桥　兰

Loeg mok raih giuz lanz

lok^8　mo:k^7　ɹa:i^6　ki:u^2　la:n^2

偶　尔　爬　桥　栏

偶尔爬栏杆。

2-455

土　是　想　不　问

Dou cix siengj mbouj cam

tu^1　çi^4　θi:ŋ^3　bou^5　ça:m^1

我　是　想　不　问

我本不想问，

2-456

真　包　乖　小　豪

Caen mbauq gvai souj hauq

çin^1　ba:u^5　kwa:i^1　θi:u^3　ha:u^5

真　小　伙　乖　守　孝

是小哥守孝。

男唱

2-457

写	南	来	韦	机
Ce	nanz	lai	vae	giq
çe¹	na:n²	la:i¹	vai¹	ki⁵
留	久	多	姓	支

久违了情友，

2-458

合	义	由	了	乖
Hoz	ngeix	raeuh	liux	gvai
ho²	ŋi⁴	ɣau⁶	li:u⁴	kwa:i¹
喉	想	多	啰	乖

昼思夜又想。

2-459

天	乱	备	狼	代
Ngoenz	lwenz	beix	langh	dai
ŋon²	luɯ:n²	pi⁴	la:ŋ⁶	ta:i¹
天	昨	兄	若	死

将来若我死，

2-460

叫	少	乖	小	豪
Heuh	sau	gvai	souj	hauq
he:u⁶	θa:u¹	kwa:i¹	θi:u³	ha:u⁵
叫	姑娘	乖	守	孝

请你来守孝。

女唱

2-461

写	南	来	韦	机
Ce	nanz	lai	vae	giq
çe¹	na:n²	la:i¹	vai¹	ki⁵
留	久	多	姓	支

久别异姓友，

2-462

合	义	由	了	乖
Hoz	ngeix	raeuh	liux	gvai
ho²	ŋi⁴	ɣau⁶	li:u⁴	kwa:i¹
喉	想	多	啰	乖

昼思夜又想。

2-463

阝	利	当	阝	代
Boux	lix	dangq	boux	dai
pu⁴	li⁴	ta:ŋ⁵	pu⁴	ta:i¹
个	活	当	个	死

活人当死人，

2-464

帅	几	来	了	备
Cai	geij	lai	liux	beix
ça:i¹	ki³	la:i¹	li:u⁴	pi⁴
斋	几	多	啰	兄

要吃斋多久。

男唱

2-465

写	南	来	韦	机
Ce	nanz	lai	vae	giq
çe¹	naːn²	laːi¹	vai¹	ki⁵
留	久	多	姓	支

久别心上人，

2-466

合	义	由	了	乖
Hoz	ngeix	raeuh	liux	gvai
ho²	n̩i⁴	ɣau⁶	liːu⁴	kwaːi¹
喉	想	多	啰	乖

昼思夜又想。

2-467

伏	小	豪	文	代
Fwx	souj	hauq	vunz	dai
fə⁴	θiːu³	haːu⁵	vun²	taːi¹
别人	守	孝	人	死

为死人守孝，

2-468

少	小	帅	文	利
Sau	siu	cai	vunz	lix
θaːu¹	θiːu¹	çaːi¹	vun²	li⁴
姑娘	吃	斋	人	活

为活人吃斋。

女唱

2-469

写	南	来	韦	机
Ce	nanz	lai	vae	giq
çe¹	naːn²	laːi¹	vai¹	ki⁵
留	久	多	姓	支

久别心上人，

2-470

合	义	由	了	乖
Hoz	ngeix	raeuh	liux	gvai
ho²	n̩i⁵	ɣau⁶	liːu⁴	kwaːi¹
喉	想	多	啰	乖

昼思夜又想。

2-471

文	利	土	牙	帅
Vunz	lix	dou	yax	cai
vun²	li⁴	tu¹	ja⁵	çaːi¹
人	活	我	也	斋

为活人吃斋，

2-472

文	死	土	牙	豪
Vunz	dai	dou	yax	hauq
vun²	taːi¹	tu¹	ja⁵	haːu⁵
人	死	我	也	孝

为死人守孝。

男唱

2-473

水	拉	达	同	反
Raemx	laj	dah	doengz	fan
ɹan^4	la^3	ta^6	toŋ^2	fa:n^1
水	下	河	同	翻

河水翻波浪，

2-474

船	拉	单	全	刀
Ruz	laj	dan	cienj	dauq
ɹu^2	la^3	ta:n^1	ɕu:n^3	ta:u^5
船	下	滩	转	回

滩前船掉头。

2-475

卜	乜	是	代	了
Boh	meh	cix	dai	liux
po^6	me^6	ɕi^4	ta:i^1	li:u^4
父	母	是	死	完

父母都过世，

2-476

农	利	小	邝	而
Nuengx	lij	souj	boux	lawz
nu:ŋ^4	li^4	θi:u^3	pu^4	lau^2
妹	还	守	个	哪

妹还厮守谁？

女唱

2-477

水	拉	达	同	反
Raemx	laj	dah	doengz	fan
ɹan^4	la^3	ta^6	toŋ^2	fa:n^1
水	下	河	同	翻

河水翻波浪，

2-478

船	拉	单	全	刀
Ruz	laj	dan	cienj	dauq
ɹu^2	la^3	ta:n^1	ɕu:n^3	ta:u^5
船	下	滩	转	回

滩前船掉头。

2-479

正	圆	办	安	笕
Cingq	nduen	baenz	aen	yiuj
ɕiŋ^5	do:n^1	pan^2	an^1	ji:u^3
正	圆	成	个	仓

情意那么深，

2-480

表	贝	自	不	马
Biuj	bae	gag	mbouj	ma
pi:u^3	pai^1	ka:k^8	bou^5	ma^1
表	去	自	不	回

友何去不回？

男唱

2-481

水	拉	达	同	反
Raemx	laj	dah	doengz	fan
ɹan⁴	la³	ta⁶	toŋ²	faːn¹
水	下	河	同	翻

河水翻波浪,

2-482

船	拉	单	全	刀
Ruz	laj	dan	cienj	dauq
ɹu²	la³	taːn¹	ɕuːn³	taːu⁵
船	下	滩	转	回

滩前船返航。

2-483

貝	广	东	小	豪
Bae	gvangj	doeng	souj	hauq
pai¹	kwaːŋ³	toŋ¹	θiːu³	haːu⁵
去	广	东	守	孝

去广东守孝,

2-484

利	刀	田	知	空
Lij	dauq	denz	rox	ndwi
li⁴	taːu⁵	teːn²	ɹo⁴	duːi¹
还	回	地	或	不

还回不回来?

女唱

2-485

水	拉	达	同	反
Raemx	laj	dah	doengz	fan
ɹan⁴	la³	ta⁶	toŋ²	faːn¹
水	下	河	同	翻

河水翻波浪,

2-486

船	相	下	王	老
Ruz	cengq	roengz	vaengz	laux
ɹu²	ɕeːŋ⁵	ɹoŋ²	vaŋ²	laːu⁴
船	撑	下	潭	大

船漂向深渊。

2-487

份	广	英	可	毫
Faenh	gvangj	in	goj	hauh
fan⁶	kwaːŋ³	in¹	ko⁵	haːu⁶
份	广	姻	可	绕

缘分还未了,

2-488

不	刀	又	貝	而
Mbouj	dauq	youh	bae	lawz
bou⁵	taːu⁵	jou⁴	pai¹	lau²
不	回	又	去	哪

不回能去哪?

男唱

2-489

水	拉	达	同	反
Raemx	laj	dah	doengz	fan
ɹan^4	la^3	ta^6	toŋ^2	fa:n^1
水	下	河	同	翻

河水翻波浪，

2-490

船	相	下	王	老
Ruz	cengq	roengz	vaengz	laux
ɹu^2	ɕe:ŋ^5	ɹoŋ^2	vaŋ^2	la:u^4
船	撑	下	潭	大

船漂向深渊。

2-491

知	你	刀	空	刀
Rox	mwngz	dauq	ndwi	dauq
ɹo^4	muŋ^2	ta:u^5	du:i^1	ta:u^5
知	你	回	不	回

不知你回否？

2-492

开	罗	伴	召	心
Gaej	lox	buenx	cau	sim
ka:i^5	lo^4	pu:n^4	ɕa:u^5	θin^1
莫	骗	伴	操	心

别让我操心。

女唱

2-493

水	拉	达	同	反
Raemx	laj	dah	doengz	fan
ɹan^4	la^3	ta^6	toŋ^2	fa:n^1
水	下	河	同	翻

河水翻波浪，

2-494

船	相	下	王	老
Ruz	cengq	roengz	vaengz	laux
ɹu^2	ɕe:ŋ^5	ɹoŋ^2	vaŋ^2	la:u^4
船	撑	下	潭	大

船漂向深渊。

2-495

土	说	刀	是	刀
Dou	naeuz	dauq	cix	dauq
tu^1	nau^2	ta:u^5	ɕi^4	ta:u^5
我	说	回	就	回

我说回就回，

2-496

伴	不	良	论	文
Buenx	mbouj	lingh	lumj	vunz
pu:n^4	bou^5	le:ŋ^6	lun^3	vun^2
伴	不	另	像	人

不像其他人。

男唱

2-497

水	拉	达	同	反
Raemx	laj	dah	doengz	fan
ɹan⁴	la³	ta⁶	toŋ²	faːn¹
水	下	河	同	翻

河水翻波浪，

2-498

船	相	下	王	老
Ruz	cengq	roengz	vaengz	laux
ɹu²	çeːŋ⁵	ɹoŋ²	vaŋ²	laːu⁴
船	撑	下	潭	大

船漂向深渊。

2-499

汉	日	而	你	刀
Hanh	ngoenz	lawz	mwngz	dauq
haːn⁶	ŋon²	lau²	muɯŋ²	taːu⁵
限	天	哪	你	回

限你哪天回，

2-500

貝	罗	老	加	你
Bae	loh	laux	caj	mwngz
pai¹	lo⁶	laːu⁴	kja³	muɯŋ²
去	路	大	等	你

去路上接你。

女唱

2-501

水	拉	达	同	反
Raemx	laj	dah	doengz	fan
ɹan⁴	la³	ta⁶	toŋ²	faːn¹
水	下	河	同	翻

河水翻波浪，

2-502

船	相	下	王	老
Ruz	cengq	roengz	vaengz	laux
ɹu²	çeːŋ⁵	ɹoŋ²	vaŋ²	laːu⁴
船	撑	下	潭	大

船漂向深渊。

2-503

日	寅	点	日	卯
Ngoenz	yinz	dem	ngoenz	maux
ŋon²	jin²	teːn¹	ŋon²	maːu⁴
日	寅	与	日	卯

寅日或卯日，

2-504

才	备	刀	日	而
Caih	beix	dauq	ngoenz	lawz
çaːi⁶	pi⁴	taːu⁵	ŋon²	lau²
随	兄	回	日	哪

随兄哪天回。

男唱

2-505

水	拉	达	同	反
Raemx	laj	dah	doengz	fan

$ɹan^4$ la^3 ta^6 $toŋ^2$ $faːn^1$

水　下　河　同　翻

河水翻波浪，

2-506

船	相	下	王	老
Ruz	cengq	roengz	vaengz	laux

$ɹu^2$ $ɕeːŋ^5$ $ɹoŋ^2$ van^2 $laːu^4$

船　撑　下　潭　大

船漂向深渊。

2-507

日	寅	对	土	初
Ngoenz	yinz	doiq	duz	cauq

$ŋon^2$ jin^2 $toːi^5$ tu^2 $ɕaːu^5$

日　寅　对　只　灶

寅日犯灶王，

2-508

刀	日	卯	来	好
Dauq	ngoenz	maux	lai	ndei

$taːu^5$ $ŋon^2$ $maːu^4$ $laːi^1$ dei^1

回　日　卯　多　好

卯日回最好。

女唱

2-509

润	吹	拉	果	求
Rumz	ci	laj	go	gyaeuq

$ɹun^2$ $ɕi^1$ la^3 ko^1 $kjau^5$

风　吹　下　棵　桐

风吹桐树下，

2-510

优	堂	拉	果	力
Yaeuq	daengz	laj	go	leiz

jau^5 $taŋ^2$ la^3 ko^1 li^2

收　到　下　棵　梨

收到梨树下。

2-511

备	贝	那	玩	支
Beix	bae	naj	vanz	sei

pi^4 pai^1 na^3 $vaːn^2$ $θi^1$

兄　去　前　还　丝

兄去买丝线，

2-512

正	好	马	土	累
Cingz	ndei	ma	dou	laeq

$ɕiŋ^2$ dei^1 ma^1 tu^1 lai^5

情　好　来　我　看

礼品让我看。

男唱

2-513

润	吹	拉	果	求
Rumz	ci	laj	go	gyaeuq
ɹun^2	çi^1	la^3	ko^1	kjau^5
风	吹	下	棵	桐

风吹桐树下，

2-514

优	堂	拉	果	力
Yaeuq	daengz	laj	go	leiz
jau^5	taŋ^2	la^3	ko^1	li^2
收	到	下	棵	梨

收到梨树下。

2-515

农	牙	要	正	好
Nuengx	yaek	aeu	cingz	ndei
nuːŋ^4	jak	au^1	çiŋ^2	dei^1
妹	欲	要	情	好

妹要好礼品，

2-516

站	儿	比	在	加
Soengz	geij	bi	ywq	caj
θoŋ^2	ki^3	pi^1	juˤ	kja^3
站	几	年	在	等

还得等几年。

女唱

2-517

润	吹	拉	果	求
Rumz	ci	laj	go	gyaeuq
ɹun^2	çi^1	la^3	ko^1	kjau^5
风	吹	下	棵	桐

风吹桐树下，

2-518

优	堂	拉	桥	祘
Yaeuq	daengz	laj	giuz	suen
jau^5	taŋ^2	la^3	kiːu^2	θuːn^1
收	到	下	桥	园

收到园栏边。

2-519

听	三	义	九	月
Dingz	sam	ngeih	gouj	ndwen
tiŋ^2	θaːn^1	ȵi^6	kjou^3	duːn^1
停	三	二	九	月

过了多少月，

2-520

正	不	论	土	闹
Cingz	mbouj	lumz	dou	nauq
çiŋ^2	bou^5	lun^2	tu^1	naːu^5
情	不	忘	我	一点

礼不到我手。

男唱

2-521

润	吹	拉	果	求
Rumz	ci	laj	go	gyaeuq
ɹun²	çi¹	la³	ko¹	kjau⁵
风	吹	下	棵	桐

风吹桐树下，

2-522

优	堂	拉	桥	祢
Yaeuq	daengz	laj	giuz	suen
jau⁵	taŋ²	la³	ki:u²	θu:n¹
收	到	下	桥	园

收到园栏边。

2-523

听	三	义	九	月
Dingz	sam	ngeih	gouj	ndwen
tiŋ²	θa:n¹	ɲi⁶	kjou³	du:n¹
停	三	二	九	月

等它几个月，

2-524

正	不	很	洋	祢
Cingz	mbouj	hwnj	yaeng	suenq
çiŋ²	bou⁵	hun³	jaŋ¹	θu:n⁵
情	不	让	再	算

礼不齐再说。

女唱

2-525

润	吹	拉	果	求
Rumz	ci	laj	go	gyaeuq
ɹun²	çi¹	la³	ko¹	kjau⁵
风	吹	下	棵	桐

风吹桐树下，

2-526

优	堂	拉	果	力
Yaeuq	daengz	laj	go	leiz
jau⁵	taŋ²	la³	ko¹	li²
收	到	下	棵	梨

收到梨树下。

2-527

听	三	义	九	比
Dingz	sam	ngeih	gouj	bi
tiŋ²	θa:n¹	ɲi⁶	kjou³	pi¹
停	三	二	九	年

等那么多年，

2-528

正	好	貝	厄	伏
Cingz	ndei	bae	nyienh	fwx
çiŋ²	dei¹	pai¹	ɲu:n⁶	fə⁴
情	好	去	愿	别人

礼好也厌倦。

女唱

2-529

润	吹	拉	果	求
Rumz	ci	laj	go	gyaeuq
ɹun^2	çi^1	la^3	ko^1	kjau^5
风	吹	下	棵	桐

风吹桐树下，

2-530

优	堂	拉	果	江
Yaeuq	dangz	laj	go	gyang
jau^5	taŋ^2	la^3	ko^1	kja:ŋ^1
收	到	下	棵	桃榔

吹到桃榔下。

2-531

备	贝	那	玩	洋
Beix	bae	naj	vanz	angq
pi^4	pai^1	na^3	va:n^2	a:ŋ^5
兄	去	前	还	高兴

兄外出寻欢，

2-532

正	不	堂	土	秀
Cingz	mbouj	daengz	dou	souh
çiŋ^2	bou^5	taŋ^2	tu^1	θi:u^6
情	不	到	我	受

礼轮不到我。

男唱

2-533

润	吹	拉	果	求
Rumz	ci	laj	go	gyaeuq
ɹun^2	çi^1	la^3	ko^1	kjau^5
风	吹	下	棵	桐

风吹桐树下，

2-534

优	堂	拉	果	江
Yaeuq	daengz	laj	go	gyang
jau^5	taŋ^2	la^3	ko^1	kja:ŋ^1
收	到	下	棵	桃榔

吹到桃榔下。

2-535

备	贝	那	玩	洋
Beix	bae	naj	vanz	angq
pi^4	pai^1	na^3	va:n^2	a:ŋ^5
兄	去	前	还	高兴

兄外出寻欢，

2-536

刀	浪	洋	玩	农
Dauq	laeng	yaeng	vanz	nuengx
ta:u^5	laŋ^1	jaŋ^1	va:n^2	nu:ŋ^4
回	后	再	还	妹

回头再陪妹。

女唱

2-537

润	吹	拉	果	求
Rumz	ci	laj	go	gyaeuq
ɹun^2	çi^1	la^3	ko^1	kjau^5
风	吹	下	棵	桐

风吹桐树林，

2-538

优	堂	拉	果	江
Yaeuq	daengz	laj	go	gyang
jau^5	taŋ^2	la^3	ko^1	kjaːŋ^1
收	到	下	棵	桄榔

吹到桄榔下。

2-539

丰	可	初	江	王
Fungh	goj	coengh	gyang	vaengz
fuŋ^6	ko^5	çoŋ^6	kjaːŋ^1	van^2
凤	也	朝	中	潭

凤绕潭边飞，

2-540

几	时	堂	然	农
Geij	seiz	daengz	ranz	nuengx
ki^3	θi^2	taŋ^2	ɹaːn^2	nuŋ^4
几	时	到	家	妹

何时到妹家。

男唱

2-541

润	吹	拉	果	求
Rumz	ci	laj	go	gyauq
ɹun^2	çi^1	la^3	ko^1	kjau^5
风	吹	下	棵	桐

风吹桐树林，

2-542

优	堂	拉	果	江
Yaeuq	daengz	laj	go	gyang
jau^5	taŋ^2	la^3	ko^1	kjaːŋ^1
收	到	下	棵	桄榔

吹到桄榔下。

2-543

丰	打	羽	飞	尚
Fungh	daj	fwed	mbin	sang
fuŋ^6	ta^3	fuːt^8	bin^1	θaːŋ^1
凤	打	翅	飞	高

凤展翅高飞，

2-544

米	日	堂	然	农
Miz	ngoenz	daengz	ranz	nuengx
mi^2	ŋon^2	taŋ^2	ɹaːn^2	nuːŋ^4
有	日	堂	家	妹

总会到妹家。

女唱

2-545

比	瓜	貝	而	代
Bi	gvaq	bae	lawz	dai
pi¹	kwa⁵	pai¹	lau²	ta:i¹
年	过	去	哪	死

去年哪逍遥，

2-546

比	才	貝	而	利
Bi	gyai	bae	lawz	lix
pi¹	kja:i¹	pai¹	lau²	li⁴
年	前	去	哪	活

前年哪快活。

2-547

貝	而	南	堂	内
Bae	lawz	nanz	daengz	neix
pai¹	lau²	na:n²	taŋ²	ni⁴
去	哪	久	到	这

去哪这么久，

2-548

相	初	义	才	马
Cieng	co	ngeih	nda	ma
çi:ŋ¹	ço¹	ɲi⁶	da¹	ma¹
正	初	二	刚	来

年初二才来。

男唱

2-549

巡	它	说	巡	代
Cunz	da	naeuz	cunz	daiq
çun²	ta¹	nau²	çun²	ta:i⁵
巡	岳父	或	巡	岳母

探岳父岳母，

2-550

相	初	义	是	马
Cieng	co	ngeih	cix	ma
çi:ŋ¹	ço¹	ɲi⁶	çi⁴	ma¹
正	初	二	就	回

年初二就回。

2-551

由	方	空	了	而
Youz	fangh	ndwi	liux	lawz
jou²	fa:ŋ⁵	du:i¹	li:u⁴	lau²
游	方	不	完	哪

出去走一走，

2-552

马	日	而	土	得
Ma	ngoenz	lawz	doq	ndaej
ma¹	ŋon²	lau²	to⁵	dai³
回	日	哪	都	得

何时回都行。

女唱

2-553

比	瓜	贝	而	代
Bi	gvaq	bae	lawz	dai
pi¹	kwa⁵	pai¹	lau²	ta:i¹
年	过	去	哪	死

去年哪逍遥，

2-554

比	才	贝	而	利
Bi	gyai	bae	lawz	lix
pi¹	kja:i¹	pai¹	lau²	li⁴
年	前	去	哪	活

前年哪快活。

2-555

乜	土	吃	生	日
Meh	dou	gwn	swngh	yiz
me⁶	tu¹	kɯn¹	θɯn⁶	ji²
母	我	吃	生	日

我母过生日，

2-556

当	初	义	你	马
Daengq	co	ngeih	mwngz	ma
taŋ⁵	ço¹	ŋi⁶	mɯŋ²	ma¹
叮嘱	初	二	你	来

叫你初二来。

男唱

2-557

写	南	空	马	托
Ce	nanz	ndwi	ma	doh
çe¹	na:n²	dɯ:i¹	ma¹	to⁶
留	久	不	来	向

久别不来往，

2-558

大	罗	很	叶	哈
Daih	loh	hwnj	mbaw	haz
ta:i⁶	lo⁶	hɯn³	bau¹	ha²
大	路	起	叶	茅草

大路长野草。

2-559

农	米	干	开	么
Nuengx	miz	ganq	gij	maz
nu:ŋ⁴	mi²	ka:n⁵	ka:i²	ma²
妹	有	事	什	么

妹有何大事，

2-560

当	龙	马	初	义
Daengq	lungz	ma	co	ngeih
taŋ⁵	luŋ²	ma¹	ço¹	ŋi⁶
叮嘱	龙	来	初	二

要兄初二来。

女唱

2-561

写　南　来　韦　机
Ce　nanz　lai　vae　giq
çe¹　na:n²　la:i¹　vai¹　ki⁵
留　久　多　姓　支
久别了我友，

2-562

合　义　由　了　而
Hoz　ngeix　raeuh　liux　lawz
ho²　ȵi⁴　rau⁶　li:u⁴　lau²
喉　想　多　啰　哪
心中多思念。

2-563

空　米　干　开　么
Ndwi　miz　ganq　gij　maz
du:i¹　mi²　ka:n⁵　ka:i²　ma²
不　有　事　什　么
没有什么事，

2-564

当　龙　马　讲　满
Daengq　lungz　ma　gangj　monh
taŋ⁵　luŋ²　ma¹　ka:ŋ³　mo:n⁶
叮嘱　龙　来　讲　情
叫兄来谈情。

男唱

2-565

写　南　来　韦　机
Ce　nanz　lai　vae　giq
çe¹　na:n²　la:i¹　vai¹　ki⁵
留　久　多　姓　支
久别心上人，

2-566

合　义　由　了　而
Hoz　ngeix　raeuh　liux　lawz
ho²　ȵi⁴　rau⁶　li:u⁴　lau²
喉　想　多　啰　哪
有太多挂念。

2-567

米　干　备　是　马
Miz　ganq　beix　cix　ma
mi²　ka:n⁵　pi⁴　çi⁴　ma¹
有　事　兄　就　来
有事兄才来，

2-568

当　空　龙　不　斗
Daengq　ndwi　lungz　mbouj　daeuj
taŋ⁵　du:i¹　luŋ²　bou³　tau³
叮嘱　空　龙　不　来
无事兄不来。

女唱	男唱

女唱

2-569

写	南	空	马	托
Ce	nanz	ndwi	ma	doh
$çe^1$	$na:n^2$	$du:i^1$	ma^1	to^6
留	久	不	来	向

久别不来往，

2-570

大	罗	很	叶	哈
Daih	loh	hwnj	mbaw	haz
$ta:i^6$	lo^6	hun^3	bau^1	ha^2
大	路	起	叶	茅草

大路长野草。

2-571

友	峒	光	外	马
Youx	doengh	gvangq	vaij	ma
ju^4	$toŋ^6$	$kwa:ŋ^5$	$va:i^3$	ma^1
友	峒	宽	过	来

外地友过来，

2-572

真	少	而	知	不
Cim	sau	rawz	rox	mbouj
$çin^1$	$θa:u^1$	$ɣau^2$	$ɣo^4$	bou^5
相	姑娘	什么	或	不

相上小妹否？

男唱

2-573

写	南	空	马	托
Ce	nanz	ndwi	ma	doh
$çe^1$	$na:n^2$	$du:i^1$	ma^1	to^6
留	久	不	来	向

久别不往来，

2-574

大	罗	很	叶	哈
Daih	loh	hwnj	mbaw	haz
$ta:i^6$	lo^6	hun^3	bau^1	ha^2
大	路	起	叶	茅草

大路长杂草。

2-575

真	友	口	你	马
Cin	youx	gaeuq	mwngz	ma
$çin^1$	ju^4	kau^5	$muŋ^2$	ma^1
亲	友	旧	你	来

你老情友来，

2-576

查	古	而	了	农
Caz	guh	rawz	liux	nuengx
$ça^2$	ku^4	$ɣau^2$	$li:u^4$	$nu:ŋ^4$
查问	做	什么	啰	妹

妹查问什么？

女唱

2-577

写　南　空　马　托
Ce　nanz　ndwi　ma　doh
$çe^1$　$na:n^2$　$du:i^1$　ma^1　to^6
留　久　不　来　向
久别不来往，

2-578

大　罗　很　叶　哈
Daih　loh　hwnj　mbaw　haz
$ta:i^6$　lo^6　hun^3　bau^1　ha^2
大　路　起　叶　茅草
路面长杂草。

2-579

土　是　想　不　查
Dou　cix　siengj　mbouj　caz
tu^1　$çi^4$　$θi:ŋ^3$　bou^5　$ça^2$
我　是　想　不　查问
我本不想问，

2-580

老　韦　偻　备　农
Lau　vae　raeuz　beix　nuengx
$la:u^1$　vai^1　$ɹau^2$　pi^4　$nu:ŋ^4$
怕　姓　我们　兄　妹
怕与我同姓。

男唱

2-581

写　南　空　马　托
Ce　nanz　ndwi　ma　doh
$çe^1$　$na:n^2$　$du:i^1$　ma^1　to^6
留　久　不　来　向
久别不往来，

2-582

大　罗　很　叶　哈
Daih　loh　hwnj　mbaw　haz
$ta:i^6$　lo^6　hun^3　bau^1　ha^2
大　路　起　叶　茅草
大路长杂草。

2-583

共　姓　备　不　马
Gungh　singq　beix　mbouj　ma
$kuŋ^6$　$θiŋ^5$　pi^4　bou^5　ma^1
共　姓　兄　不　来
同姓兄不来，

2-584

当　韦　龙　牙　斗
Dangq　vae　lungz　yax　daeuj
$ta:ŋ^5$　vai^1　$luŋ^2$　ja^5　tau^3
另　姓　龙　才　来
异姓兄才来。

女唱

2-585

写	南	空	马	托
Ce	nanz	ndwi	ma	doh
çe¹	na:n²	du:i¹	ma¹	to⁶
留	久	不	来	向

久别不往来,

2-586

大	罗	很	叶	哈
Daih	loh	hwnj	mbaw	haz
ta:i⁶	lo⁶	hun³	bau¹	ha²
大	路	起	叶	茅草

路面长茅草。

2-587

真	友	口	土	马
Cin	youx	gaeuq	dou	ma
çin¹	ju⁴	kau⁵	tu¹	ma¹
亲	友	旧	我	来

我老情友来,

2-588

查	古	正	点	义
Caz	guh	cingz	dem	ngeih
ça²	ku⁴	çiŋ²	te:n¹	ɲi⁶
查问	做	情	与	义

来问情和义。

男唱

2-589

写	南	由	了	乖
Ce	nanz	raeuh	liux	gvai
çe¹	na:n²	ɹau⁶	li:u⁴	kwa:i¹
留	久	多	啰	乖

久别了我友,

2-590

写	南	来	对	伴
Ce	nanz	lai	doih	buenx
çe¹	na:n²	la:i¹	to:i⁶	pu:n⁴
留	久	多	伙伴	伴

久别了伴侣。

2-591

但	说	欢	刚	观
Danh	naeuz	fwen	gangq	gonq
ta:n⁶	nau²	vu:n¹	ka:ŋ⁵	ko:n⁵
但	谈	歌	先	前

且先来唱歌,

2-592

天	明	亮	洋	查
Ngoenz	cog	rongh	yaeng	caz
ŋon²	ço:k⁸	ɹo:ŋ⁶	jaŋ¹	ça²
天	明	亮	再	查问

明天再来问。

女唱

2-593

写	南	由	了	乖
Ce	nanz	raeuh	liux	gvai
$çe^1$	$na:n^2$	$ɹau^6$	$li:u^4$	$kwa:i^1$
留	久	多	啰	乖

久别了亲朋，

2-594

写	南	来	韦	机
Ce	nanz	lai	vae	giq
$çe^1$	$na:n^2$	$la:i^1$	vai^1	ki^5
留	久	多	姓	支

久别异姓友。

2-595

想	不	查	眉	内
Siengj	mbouj	caz	haemh	neix
$θi:ŋ^3$	bou^5	$ça^2$	han^6	ni^4
想	不	查问	夜	这

今晚若不问，

2-596

亮	了	备	又	貝
Rongh	liux	beix	youh	bae
$ɹo:ŋ^6$	$li:u^4$	pi^4	jou^4	pai^1
亮	完	兄	又	去

天亮兄又走。

男唱

2-597

写	南	空	马	托
Ce	nanz	ndwi	ma	doh
$çe^1$	$na:n^2$	$du:i^1$	ma^1	to^6
留	久	不	来	向

久别不往来，

2-598

大	罗	很	叶	哈
Daih	loh	hwnj	mbaw	haz
$ta:i^6$	lo^6	$hɯn^3$	$baɯ^1$	ha^2
大	路	起	叶	茅草

大路长杂草。

2-599

土	特	你	开	么
Dou	dwg	mwngz	gij	maz
tu^1	tuk^8	$mɯŋ^2$	$ka:i^2$	ma^2
我	是	你	什	么

我是你何人，

2-600

查	要	韦	要	姓
Caz	aeu	vae	aeu	singq
$ça^2$	au^1	vai^1	au^1	$θiŋ^5$
查问	要	姓	要	姓

查问姓和氏。

女唱

2-601

写	南	由	了	乖
Ce	nanz	raeuh	liux	gvai
çe¹	na:n²	ɹau⁶	li:u⁴	kwa:i¹
留	久	多	啰	乖

久别了我友，

2-602

写	南	来	备	宁
Ce	nanz	lai	beix	ningq
çe¹	na:n²	la:i¹	pi⁴	niŋ⁵
留	久	多	兄	小

久别了小哥。

2-603

查	要	韦	要	姓
Caz	aeu	vae	aeu	singq
ça²	au¹	vai¹	au¹	θi:ŋ⁵
查问	要	姓	要	姓

问清楚姓氏，

2-604

农	知	定	开	正
Nuengx	rox	dingh	hai	cingz
nu:ŋ⁴	ɹo⁴	tiŋ⁶	ha:i¹	çiŋ²
妹	知	定	开	情

好准备礼品。

男唱

2-605

写	南	空	马	托
Ce	nanz	ndwi	ma	doh
çe¹	na:n²	du:i¹	ma¹	to⁶
留	久	不	来	向

久别不往来，

2-606

大	罗	很	叶	哈
Daih	loh	hwnj	mbaw	haz
ta:i⁶	lo⁶	hun³	bauɯ¹	ha²
大	路	起	叶	茅草

大路长杂草。

2-607

真	友	你	是	查
Cin	youx	mwngz	cix	caz
çin¹	ju⁴	muɯŋ²	çi⁴	ça²
亲	友	你	就	查问

是友你就问，

2-608

开	沙	堂	贵	伏
Gaej	ra	daengz	gwiz	fwx
ka:i⁵	ɹa¹	taŋ²	kui²	fə⁴
别	找	到	丈夫	别人

莫找别人夫。

女唱	男唱

2-609

写　南　空　马　托

Ce　nanz　ndwi　ma　doh

$çe^1$　$na:n^2$　$du:i^1$　ma^1　to^6

留　久　不　来　向

久别不往来，

2-610

大　罗　很　叶　哈

Daih　loh　hwnj　mbaw　haz

$ta:i^6$　lo^6　$huɯn^3$　$baɯ^1$　ha^2

大　路　起　叶　茅草

大路长杂草。

2-611

贵　伏　土　牙　查

Gwiz　fwx　dou　yax　caz

kui^2　$fə^4$　tu^1　ja^5　$ça^1$

丈夫　别人　我　也　查问

别人夫也查，

2-612

包　而　土　牙　勒

Mbauq　lawz　dou　yax　lawh

$ba:u^5$　lau^2　tu^1　ja^5　$ɯɯ^6$

小伙　哪　我　也　换

后生哥也交。

2-613

写　南　空　马　托

Ce　nanz　ndwi　ma　doh

$çe^1$　$na:n^2$　$du:i^1$　ma^1　to^6

留　久　不　来　向

久别不往来，

2-614

大　罗　很　叶　哈

Daih　loh　hwnj　mbaw　haz

$ta:i^6$　lo^6　$huɯn^3$　$baɯ^1$　ha^2

大　路　起　叶　茅草

大路长杂草。

2-615

米　茶　是　仙　茶

Miz　caz　cix　cienq　caz

mi^2　$ça^2$　$çi^4$　$çe:n^1$　$ça^2$

有　茶　就　煎　茶

有茶快沏茶，

2-616

而　你　堂　贝　了

Rawz　mwngz　daengz　baeh　liux

$ɣau^2$　$muŋ^2$　$taŋ^2$　pai^6　$li:u^4$

什么　你　到　去　完

你友全到来。

女唱	男唱

女唱

2-617

写	南	空	马	托
Ce	nanz	ndwi	ma	doh
çe¹	na:n²	du:i¹	ma¹	to⁶
留	久	不	来	向

久别不往来，

2-618

大	罗	很	叶	哈
Daih	loh	hwnj	mbaw	haz
ta:i⁶	lo⁶	hɯn³	bau¹	ha²
大	路	起	叶	茅草

大路长杂草。

2-619

尝	封	变	仙	茶
Caengz	fueng	bienh	cienq	caz
çaŋ²	fuŋ¹	pi:n⁶	çe:n¹	ça²
未	方	便	煎	茶

未得空沏茶，

2-620

而	马	是	在	观
Raz	ma	cix	ywq	gonq
ɹa²	ma¹	çi⁴	ju⁵	ko:n⁵
一会	来	就	在	先

友来先住下。

男唱

2-621

写	南	空	马	托
Ce	nanz	ndwi	ma	doh
çe¹	na:n²	du:i¹	ma¹	to⁶
留	久	不	来	向

久别不往来，

2-622

大	罗	很	叶	哈
Daih	loh	hwnj	mbaw	haz
ta:i⁶	lo⁶	hɯn³	bau¹	ha²
大	路	起	叶	茅草

大路长杂草。

2-623

米	茶	是	仙	茶
Miz	caz	cix	cienq	caz
mi²	ça²	çi⁴	çe:n¹	ça²
有	茶	就	煎	茶

有茶就沏茶，

2-624

而	马	空	变	初
Raz	ma	ndwi	bienh	coq
ɹa²	ma¹	du:i¹	pe:n⁶	ço⁵
一会	来	不	便	放

晚就来不及。

女唱

2-625

写　　南　　空　　马　　托

Ce　nanz　ndwi　ma　doh

$çe^1$　$na:n^2$　$du:i^1$　ma^1　to^6

留　　久　　不　　来　　向

久别不往来，

2-626

大　　罗　　很　　叶　　哈

Daih　loh　hwnj　mbaw　haz

$ta:i^6$　lo^6　hun^3　bau^1　ha^2

大　　路　　起　　叶　　茅草

大路长杂草。

2-627

忙　　什　　么　　包　　而

Mangz　cwq　maq　mbauq　lawz

$ma:ŋ^2$　$çɯ^5$　ma^5　$ba:u^5$　lau^2

忙　　什　　么　　小伙　　哪

后生急什么，

2-628

站　　时　　一　　可　　得

Soengz　seiz　ndeu　goj　ndaej

$θoŋ^2$　$θi^2$　$de:u^1$　ko^5　dai^3

站　　时　　一　　也　　得

站一下再说。

男唱

2-629

写　　南　　空　　马　　托

Ce　nanz　ndwi　ma　doh

$çe^1$　$na:n^2$　$du:i^1$　ma^1　to^6

留　　久　　不　　来　　向

久别不往来，

2-630

大　　罗　　很　　叶　　哈

Daih　loh　hwmj　mbaw　haz

$ta:i^6$　lo^6　hun^3　bau^1　ha^2

大　　路　　起　　叶　　茅草

大路长杂草。

2-631

土　　真　　客　　从　　山

Dou　caen　hek　congh　bya

tu^1　$çin^1$　$he:k^7$　$ço:ŋ^6$　pja^1

我　　真　　客　　洞　　山

我来自永安，

2-632

不　　得　　站　　更　　补

Mbouj　ndaej　soengz　gwnz　bouq

bou^5　dai^3　$θoŋ^2$　$kɯn^2$　pu^5

不　　得　　站　　上　　铺

不可住商铺。

女唱

───

2-633

写	南	空	马	托
Ce	nanz	ndwi	ma	doh
$çe^1$	$na:n^2$	$du:i^1$	ma^1	to^6
留	久	不	来	向

久别不往来，

2-634

大	罗	很	叶	哈
Daih	loh	hwnj	mbaw	haz
$ta:i^6$	lo^6	hwn^3	baw^1	ha^2
大	路	起	叶	茅草

大路长杂草。

2-635

空	知	备	外	马
Ndwi	rox	beix	vaij	ma
$du:i^1$	ro^4	pi^4	$va:i^3$	ma^1
不	知	兄	过	来

不知道兄来，

2-636

论	茶	空	认	仙
Lumz	caz	ndwi	nyinh	cienq
lun^2	$ça^2$	$du:i^1$	$ȵin^6$	$çe:n^1$
忘	茶	不	记得	煎

忘记把茶沏。

男唱

───

2-637

写	南	空	马	托
Ce	nanz	ndwi	ma	doh
$çe^1$	$na:n^2$	$du:i^1$	ma^1	to^6
留	久	不	来	向

久别不往来，

2-638

大	罗	很	叶	哈
Daih	loh	hwnj	mbaw	haz
$ta:i^6$	lo^6	hwn^3	baw^1	ha^2
大	路	起	叶	茅草

大路长杂草。

2-639

中	当	备	外	马
Cuengq	daengq	beix	vaij	ma
$çu:ŋ^5$	$taŋ^5$	pi^4	$va:i^3$	ma^1
特意	叮嘱	兄	过	来

特意叫兄来，

2-640

应	么	茶	不	仙
Yinh	maz	caz	mbouj	cienq
$iŋ^1$	ma^2	$ça^2$	bou^5	$çe:n^1$
因	何	茶	不	煎

为何不沏茶。

女唱

2-641

写	南	空	马	托
Ce	nanz	ndwi	ma	doh
çe^1	na:n^2	du:i^1	ma^1	to^6
留	久	不	来	向

久别不往来，

2-642

大	罗	很	叶	哈
Daih	loh	hwnj	mbaw	haz
ta:i^6	lo^6	hɯn^3	bau^1	ha^2
大	路	起	叶	茅草

道路长野草。

2-643

年	年	可	仙	茶
Nenz	nenz	goj	cienq	caz
ni:n^2	ni:n^2	ko^5	çe:n^1	ça^2
年	年	也	煎	茶

年年都沏茶，

2-644

龙	马	对	日	初
Lungz	ma	doiq	ngoenz	byouq
luŋ^2	ma^1	to:i^5	ŋon^2	pjou^5
龙	来	对	日	空

兄来不逢时。

男唱

2-645

写	南	空	马	托
Ce	nanz	ndwi	ma	doh
çe^1	na:n^2	du:i^1	ma^1	to^6
留	久	不	来	向

久别不往来，

2-646

大	罗	很	叶	哈
Daih	loh	hwnj	mbaw	haz
ta:i^6	lo^6	hɯn^3	bau^1	ha^2
大	路	起	叶	茅草

道路长杂草。

2-647

土	不	文	吃	茶
Dou	mbouj	vunz	gwn	caz
tu^1	bou^5	vun^2	kɯn^1	ça^2
我	不	人	吃	茶

不奢望喝茶，

2-648

但	少	而	在	加
Danh	sau	lawz	cai	gya
ta:n^6	θa:u^1	lau^2	ça:i^4	kja^1
但	姑娘	哪	在	家

但求妹在家。

女唱

2-649

写	南	空	马	托
Ce	nanz	ndwi	ma	doh
çe¹	na:n²	du:i¹	ma¹	to⁶
留	久	不	来	向

久别不往来，

2-650

大	罗	很	叶	哈
Daih	loh	hwnj	mbaw	haz
ta:i⁶	lo⁶	hɯn³	baɯ¹	ha²
大	路	起	叶	茅草

道路长杂草。

2-651

你	备	空	吃	茶
Mwngz	beix	ndwi	gwn	caz
mɯŋ²	pi⁴	du:i¹	kɯn¹	ça²
你	兄	不	吃	茶

兄你不喝茶，

2-652

不	真	勒	田	内
Mbouj	caen	lwg	denz	neix
bou⁵	çin¹	luk⁸	te:n²	ni⁴
不	真	儿	地	这

非本地小伙。

男唱

2-653

写	南	空	马	托
Ce	nanz	ndwi	ma	doh
çe¹	na:n²	du:i¹	ma¹	to⁶
留	久	不	来	向

久别不往来，

2-654

大	罗	很	叶	哈
Daih	loh	hwnj	mbaw	haz
ta:i⁶	lo⁶	hɯn³	baɯ¹	ha²
大	路	起	叶	茅草

道路长杂草。

2-655

土	真	客	从	山
Dou	caen	hek	congh	bya
tu¹	çin¹	he:k⁷	ço:ŋ⁶	pja¹
我	真	客	洞	山

我是永安人，

2-656

不	吃	茶	垌	光
Mbouj	gwn	caz	doengh	gvangq
bou⁵	kɯn¹	ça²	toŋ⁶	kwa:ŋ⁵
不	吃	茶	垌	宽

不喝外地茶。

女唱

2-657

写	南	空	马	托
Ce	nanz	ndwi	ma	doh
çe¹	na:n²	du:i¹	ma¹	to⁶
留	久	不	来	向

久别不往来，

2-658

大	罗	很	叶	哈
Daih	loh	hwnj	mbaw	haz
ta:i⁶	lo⁶	hun³	bau¹	ha²
大	路	起	叶	茅草

道路长杂草。

2-659

你	备	空	吃	茶
Mwngz	beix	ndwi	gwn	caz
mun²	pi⁴	du:i¹	kun¹	ça²
你	兄	不	吃	茶

兄你不喝茶，

2-660

好	土	貝	高	岭
Ndij	dou	bae	gauh	lingj
di¹	tu¹	pai¹	ka:u¹	lin⁴
与	我	去	高	岭

跟我去高岭。

男唱

2-661

写	南	不	马	托
Ce	nanz	mbouj	ma	doh
çe¹	na:n²	bou⁵	ma¹	to⁶
留	久	不	来	向

久别不往来，

2-662

大	罗	很	叶	哈
Daih	loh	hwnj	mbaw	haz
ta:i⁶	lo⁶	hun³	bau¹	ha²
大	路	起	叶	茅草

道路长杂草。

2-663

告	告	是	吃	茶
Gau	gau	cix	gwn	caz
ka:u¹	ka:u¹	çi⁴	kun¹	ça²
次	次	是	吃	茶

每次都喝茶，

2-664

米	几	来	钱	買
Miz	geij	lai	cienz	cawx
mi²	ki³	la:i¹	çi:n²	çəu⁴
有	几	多	钱	买

有多少钱买。

女唱

2-665

写	南	不	马	托
Ce	nanz	mbouj	ma	doh
çe¹	na:n²	bou⁵	ma¹	to⁶
留	久	不	来	向

久别不往来，

2-666

大	罗	很	叶	哈
Daih	loh	hwnj	mbaw	haz
ta:i⁶	lo⁶	huɯn³	baɯ¹	ha²
大	路	起	叶	茅草

道路长杂草。

2-667

吃	的	水	点	茶
Gwn	diq	raemx	dem	caz
kuɯn¹	ti⁵	ɹaɯ⁴	te:n¹	ça²
吃	点	水	与	茶

喝一点茶水，

2-668

貝	钱	开	么	备
Bae	cienz	gij	maz	beix
pai¹	çi:n²	ka:i²	ma²	pi⁴
去	钱	什	么	兄

不花什么钱。

男唱

2-669

写	南	不	马	托
Ce	nanz	mbouj	ma	doh
çe¹	na:n²	bou⁵	ma¹	to⁶
留	久	不	来	向

久别不往来，

2-670

大	罗	很	叶	哈
Daih	loh	hwnj	mbaw	haz
ta:i⁶	lo⁶	huɯn³	baɯ¹	ha²
大	路	起	叶	茅草

道路长杂草。

2-671

告	告	是	吃	茶
Gau	gau	cix	gwn	caz
ka:u¹	ka:u¹	çi⁴	kuɯn¹	ça²
次	次	是	吃	茶

每次都喝茶，

2-672

不	坏	家	你	农
Mbouj	vaih	gya	mwngz	nuengx
bou⁵	va:i⁶	kja¹	muɯŋ²	nu:ŋ⁴
不	坏	家	你	妹

妹你败家不?

女唱

2-673

写 南 空 马 托
Ce nanz ndwi ma doh
çe^1 naːn^2 duːi^1 ma^1 to^6
留 久 不 来 向
久别不往来，

2-674

大 罗 很 叶 哈
Daih loh hwnj mbaw haz
taːi^6 lo^6 huɯn^3 bauɯ^1 ha^2
大 路 起 叶 茅草
道路长杂草。

2-675

吃 的 水 点 茶
Gwn diq raemx dem caz
kɯn^1 ti^5 ɹaɯ^4 teːn^1 ça^2
吃 点 水 与 茶
喝点茶和水，

2-676

坏 加 开 么 备
Vaih gya gij maz beix
vaːi^6 kja^1 kaːi^2 ma^2 pi^4
坏 家 什 么 兄
怎么会败家？

男唱

2-677

写 南 空 马 托
Ce nanz ndwi ma doh
çe^1 naːn^2 duːi^1 ma^1 to^6
留 久 不 来 向
久别不往来，

2-678

大 罗 很 叶 哈
Daih loh hwnj mbaw haz
taːi^6 lo^6 huɯn^3 bauɯ^1 ha^2
大 路 起 叶 茅草
道路长杂草。

2-679

你 农 空 仙 茶
Mwngz nuengx ndwi cienq caz
muɯŋ^2 nuːŋ^4 duːi^1 çeːn^1 ça^2
你 妹 不 煎 茶
妹你不沏茶，

2-680

龙 可 马 告 内
Lungz goj ma gau neix
luŋ^2 ko^5 ma^1 kaːu^1 ni^4
龙 就 来 次 这
我只来这次。

女唱

2-681

写　南　空　马　托

Ce　nanz　ndwi　ma　doh

$çe^1$　$na:n^2$　$du:i^1$　ma^1　to^6

留　久　不　来　向

久别不往来，

2-682

大　罗　很　叶　哈

Daih　loh　hwnj　mbaw　haz

$ta:i^6$　lo^6　$huɯn^3$　bau^1　ha^2

大　路　起　叶　茅草

道路长杂草。

2-683

但　你　备　外　马

Danh　mwngz　beix　vaij　ma

$ta:n^6$　$muɯŋ^2$　pi^4　$va:i^3$　ma^1

但　你　兄　过　来

吾兄只管来，

2-684

兴　邦　山　米　由

Hing　bangx　bya　miz　raeuh

$hiŋ^1$　$pa:ŋ^4$　pja^1　mi^2　$ɹauɯ^6$

姜　旁　山　有　多

山茶有的是。

男唱

2-685

写　南　空　马　托

Ce　nanz　ndwi　ma　doh

$çe^1$　$na:n^2$　$du:i^1$　ma^1　to^6

留　久　不　来　向

久别不往来，

2-686

大　罗　很　叶　哈

Daih　loh　hwnj　mbaw　haz

$ta:i^6$　lo^6　$huɯn^3$　bau^1　ha^2

大　路　起　叶　茅草

道路长杂草。

2-687

吃　是　吃　茶　那

Gwn　cix　gwn　caz　naz

kun^1　$çi^4$　kun^1　$ça^2$　na^2

吃　是　吃　茶　田

喝就喝田茶，

2-688

讲　茶　山　么　农

Gangj　caz　bya　maz　nuengx

$ka:ŋ^3$　$ça^2$　pja^1　ma^2　$nuɯŋ^4$

讲　茶　山　嘛　妹

不要喝山茶。

女唱

2-689

写　南　空　马　托
Ce　nanz　ndwi　ma　doh
çe¹　na:n²　du:i¹　ma¹　to⁶
留　久　不　来　向
久别不往来，

2-690

大　罗　很　叶　哈
Daih　loh　hwnj　mbaw　haz
ta:i⁶　lo⁶　huɯn³　baɯ¹　ha²
大　路　起　叶　茅草
道路长杂草。

2-691

要　水　绿　古　茶
Aeu　raemx　heu　guh　caz
au¹　ɹaɯ⁴　he:u¹　ku⁴　ça²
要　水　清　做　茶
以清水为茶，

2-692

而　不　吃　良　仙
Lawz　mbouj　gwn　lingh　cienq
laɯ²　bou⁵　kɯn¹　le:ŋ⁶　çe:n¹
哪　不　吃　另　煎
不喝我再沏。

男唱

2-693

写　南　空　马　托
Ce　nanz　ndwi　ma　doh
çe¹　na:n²　du:i¹　ma¹　to⁶
留　久　不　来　向
久别不往来，

2-694

大　罗　很　叶　哈
Daih　loh　hwnj　mbaw　haz
ta:i⁶　lo⁶　huɯn³　baɯ¹　ha²
大　路　起　叶　茅草
道路长杂草。

2-695

要　水　绿　古　茶
Aeu　raemx　heu　guh　caz
au¹　ɹaɯ⁴　he:u¹　ku⁴　ça²
要　水　清　做　茶
以清水为茶，

2-696

不　真　然　当　客
Mbouj　caen　ranz　dang　hek
bou⁵　çin¹　ɹa:n²　ta:ŋ¹　he:k⁷
不　真　家　当　客
非待客之道。

女唱

2-697

写	南	空	马	托
Ce	nanz	ndwi	ma	doh
çe¹	na:n²	du:i¹	ma¹	to⁶
留	久	不	来	向

久别不往来，

2-698

大	罗	很	叶	哈
Daih	loh	hwnj	mbaw	haz
ta:i⁶	lo⁶	huɯn³	bauɯ¹	ha²
大	路	起	叶	茅草

道路长杂草。

2-699

听	你	备	空	马
Dingq	mwngz	beix	ndwi	ma
tiŋ⁵	muɯŋ²	pi⁴	du:i¹	ma¹
听	你	兄	不	来

等久你不来，

2-700

仙	茶	全	办	水
Cienq	caz	cienz	baenz	raemx
çe:n¹	ça²	çe:n²	pan²	ɹan⁴
煎	茶	全	成	水

茶水全褪色。

男唱

2-701

写	南	由	了	乖
Ce	nanz	raeuh	liux	gvai
çe¹	na:n²	ɹau⁶	li:u⁴	kwa:i¹
留	久	多	啰	乖

久别了朋友，

2-702

写	南	来	对	生
Ce	nanz	lai	doiq	saenq
çe¹	na:n²	la:i¹	to:i⁵	θan⁵
留	久	多	对	庚

久别同龄友。

2-703

仙	茶	全	办	水
Cienq	caz	cienz	baenz	raemx
çe:n¹	ça²	çe:n²	pan²	ɹan⁴
煎	茶	全	成	水

茶水全褪色，

2-704

么	不	优	加	龙
Maz	mbouj	yaeuq	caj	lungz
ma²	bou⁵	jau⁵	kja³	luŋ²
何	不	收	等	龙

何不留等兄。

女唱

2-705

写	南	由	了	乖
Ce	nanz	raeuh	liux	gvai
çe¹	naːn²	ɹau⁶	liːu⁴	kwaːi¹
留	久	多	啰	乖

久别了朋友，

2-706

写	南	来	韦	求
Ce	nanz	lai	vae	gyaeuq
çe¹	naːn²	laːi¹	vai¹	kjau⁵
留	久	多	姓	别

久别异姓友。

2-707

土	是	想	牙	优
Dou	cix	siengj	yaek	yaeuq
tu¹	çi⁴	θiːŋ³	jak⁷	jau⁵
我	是	想	要	收

本想留等你，

2-708

特	友	口	知	空
Dwg	youx	gaeuq	rox	ndwi
tɯk⁸	ju⁴	kau⁵	ɹo⁴	duːi¹
是	友	旧	或	不

是否老情友？

男唱

2-709

写	南	由	了	乖
Ce	nanz	raeuh	liux	gvai
çe¹	naːn²	ɹau⁶	liːu⁴	kwaːi¹
留	久	多	啰	乖

久别了朋友，

2-710

写	南	来	韦	求
Ce	nanz	lai	vae	gyaeuq
çe¹	naːn²	laːi¹	vai¹	kjau⁵
留	久	多	姓	别

久别异姓友。

2-711

米	茶	少	管	优
Miz	caz	sau	guenj	yaeuq
mi²	ça²	θaːu¹	kuːn³	jau⁵
有	茶	姑娘	管	收

有茶只管收，

2-712

真	友	口	农	银
Caen	youx	gaeuq	nuengx	ngaenz
çin¹	ju⁴	kau⁵	nuːŋ⁴	ŋan²
真	友	旧	妹	银

正是老情友。

女唱

2-713

写	南	由	了	乖
Ce	nanz	raeuh	liux	gvai
çe¹	na:n²	ɿau⁶	li:u⁴	kwa:i¹
留	久	多	啰	乖

久别了朋友，

2-714

写	南	来	韦	求
Ce	nanz	lai	vae	gyaeuq
çe¹	na:n²	la:i¹	vai¹	kjau⁵
留	久	多	姓	别

久别异姓友。

2-715

土	是	想	牙	优
Dou	cix	siengj	yaek	yaeuq
tu¹	çi⁴	θi:ŋ³	jak⁷	jau⁵
我	是	想	要	收

我是想要留，

2-716

备	空	后	然	偻
Beix	ndwi	haeuj	ranz	raeuz
pi⁴	du:i¹	hau³	ɿa:n²	ɿau²
兄	不	进	家	我们

兄不进我家。

男唱

2-717

写	南	由	了	乖
Ce	nanz	raeuh	liux	gvai
çe¹	na:n²	ɿau⁶	li:u⁴	kwa:i¹
留	久	多	啰	乖

久别了朋友，

2-718

写	南	来	韦	求
Ce	nanz	lai	vae	gyaeuq
çe¹	na:n²	la:i¹	vai¹	kjau⁵
留	久	多	姓	别

久别异姓友。

2-719

米	茶	少	管	优
Miz	caz	sau	guenj	yaeuq
mi²	ça²	θa:u¹	ku:n³	jau⁵
有	茶	姑娘	管	收

有茶只管收，

2-720

告	内	后	然	你
Gau	neix	haeuj	ranz	mwngz
ka:u¹	ni⁴	hau³	ɿa:n²	mɯŋ²
次	这	进	家	你

这次进你家。

① 呀〔ja²〕：巫。壮族、瑶族民间专司算卜的人，多为中老年妇女。

女唱

2-721

写　南　空　马　托
Ce　nanz　ndwi　ma　doh
çe¹　na:n²　du:i¹　ma¹　to⁶
留　久　不　来　向
久不相往来，

2-722

大　罗　很　叶　哈
Daih　loh　hwnj　mbaw　haz
ta:i⁶　lo⁶　huɯn³　baɯ¹　ha²
大　路　起　叶　茅草
道路长杂草。

2-723

听　你　备　空　马
Dingq　mwngz　beix　ndwi　ma
tiŋ⁵　muɯŋ²　pi⁴　du:i¹　ma¹
听　你　兄　不　来
等你久不来，

2-724

问　邦　呀①　一　累
Cam　bang　yaz　ndeu　laeq
ça:m¹　pa:ŋ¹　ja²　de:u¹　lai⁵
问　帮　巫　一　看
去找人看看。

男唱

2-725

写　南　空　马　托
Ce　nanz　ndwi　ma　doh
çe¹　na:n²　du:i¹　ma¹　to⁶
留　久　不　来　向
久不相往来，

2-726

大　罗　很　叶　哈
Daih　loh　hwnj　mbaw　haz
ta:i⁶　lo⁶　huɯn³　baɯ¹　ha²
大　路　起　叶　茅草
道路长杂草。

2-727

南　不　乃　可　马
Nanz　mbouj　naih　goj　ma
na:n²　bou⁵　na:i⁶　ko⁵　ma¹
久　不　久　也　来
久不久都来，

2-728

问　呀　古　样　而
Cam　yaz　guh　yiengh　lawz
ça:m¹　ja²　ku⁴　jɯŋ⁶　lau²
问　巫　做　样　哪
找人干什么？

女唱

2-729

写	南	空	马	托
Ce	nanz	ndwi	ma	doh
çe[1]	na:n[2]	du:i[1]	ma[1]	to[6]
留	久	不	来	向

久不相往来，

2-730

大	罗	很	叶	哈
Daih	loh	hwnj	mbaw	haz
ta:i[6]	lo[6]	hɯn[3]	baɯ[1]	ha[2]
大	路	起	叶	茅草

道路长杂草。

2-731

是	想	不	问	呀
Cix	siengj	mbouj	cam	yaz
çi[4]	θi:ŋ[3]	bou[5]	ça:m[1]	ja[2]
是	想	不	问	巫

本不想找人，

2-732

而	空	马	田	内
Lawz	ndwi	ma	denz	neix
laɯ[2]	du:i[1]	ma[1]	te:n[2]	ni[4]
哪	不	来	地	这

他又总不来。

男唱

2-733

写	南	空	马	托
Ce	nanz	ndwi	ma	doh
çe[1]	na:n[2]	du:i[1]	ma[1]	to[6]
留	久	不	来	向

久不相往来，

2-734

大	罗	很	叶	哈
Daih	loh	hwnj	mbaw	haz
ta:i[6]	lo[6]	hɯn[3]	baɯ[1]	ha[2]
大	路	起	叶	茅草

道路长杂草。

2-735

加	罗	贝	问	呀
Gyaj	lox	bae	cam	yaz
kja[3]	lo[4]	pai[1]	ça:m[1]	ja[2]
假	骗	去	问	巫

假装去找人，

2-736

堂	拉	山	它	刀
Daengz	laj	bya	de	dauq
taŋ[2]	la[3]	pja[1]	te[1]	ta:u[5]
到	下	山	那	回

到山脚返回。

女唱

2-737

写　南　空　马　托

Ce　nanz　ndwi　ma　doh

çe¹　naːn²　duːi¹　ma¹　to⁶

留　久　不　来　向

久不相往来，

2-738

大　罗　很　叶　哈

Daih　loh　hwnj　mbaw　haz

taːi⁶　lo⁶　hun³　bau¹　ha²

大　路　起　叶　茅草

道路长杂草。

2-739

不　特　罗　包　而

Mbouj　dwg　lox　mbauq　lawz

bou⁵　tuk⁸　lo⁴　baːu⁵　lau²

不　是　骗　小伙　哪

并非骗男友，

2-740

真　问　呀　大　才

Caen　cam　yaz　dah　raix

çin¹　çaːm¹　ja²　ta⁶　ɣaːi⁴

真　问　巫　实在

确实去找人。

男唱

2-741

写　南　空　马　托

Ce　nanz　ndwi　ma　doh

çe¹　naːn²　duːi¹　ma¹　to⁶

留　久　不　来　向

久不相往来，

2-742

大　罗　很　叶　哈

Daih　loh　hwnj　mbaw　haz

taːi⁶　lo⁶　hun³　bau¹　ha²

大　路　起　叶　茅草

道路长杂草。

2-743

特　后　贝　问　呀

Dawz　haeux　bae　cam　yaz

təw²　hau⁴　pai¹　çaːm¹　ja²

拿　米　去　问　巫

拿米去找人，

2-744

出　忠　么　了　农

Ok　fangz　maz　liux　nuengx

oːk⁷　faːŋ²　ma²　liːu⁴　nuːŋ⁴

出　鬼　什么　啰　妹

问出什么来。

女唱

2-745

写	南	空	马	托
Ce	nanz	ndwi	ma	doh
çe¹	na:n²	du:i¹	ma¹	to⁶
留	久	不	来	向

久不相往来，

2-746

大	罗	很	叶	哈
Daih	loh	hwnj	mbaw	haz
ta:i⁶	lo⁶	hun³	baɯ¹	ha²
大	路	起	叶	茅草

道路长杂草。

2-747

特	后	贝	问	呀
Dawz	haeux	bae	cam	yaz
təɯ²	hau⁴	pai¹	ça:m¹	ja²
拿	米	去	问	巫

拿米去找人，

2-748

出	土	患	少	包
Ok	duz	fangz	sau	mbauq
o:k⁷	tu²	fa:ŋ²	θa:u¹	ba:u⁵
出	只	鬼	姑娘	小伙

查到有私情。

男唱

2-749

写	南	由	了	乖
Ce	nanz	raeuh	liux	gvai
çe¹	na:n²	ɹau⁶	li:u⁴	kwa:i¹
留	久	多	啰	乖

久别心上人，

2-750

写	南	来	对	朝
Ce	nanz	lai	doih	sauh
çe¹	na:n²	la:i¹	to:i⁶	θa:u⁶
留	久	多	伙伴	辈

久别同龄友。

2-751

邦	你	刀	米	交
Biengz	mwngz	dauq	miz	gyauq
pi:ŋ²	muɯŋ²	ta:u⁵	mi²	kja:u⁵
地方	你	倒	有	家教

你那重家教，

2-752

少	跟	包	米	患
Sau	riengz	mbauq	miz	fangz
θa:u¹	ɹi:ŋ²	ba:u⁵	mi²	fa:ŋ²
姑娘	和	小伙	有	鬼

男女有私情。

女唱

2-753

写	南	来	韦	机
Ce	nanz	lai	vae	giq
çe¹	na:n²	la:i¹	vai¹	ki⁵
留	久	多	姓	支

久别异姓友，

2-754

合	义	由	了	娘
Hoz	ngeix	raeuh	liux	nangz
ho²	ȵi⁴	ɣaɯ⁶	li:u⁴	na:ŋ²
喉	想	很	啰	姑娘

心中思念妹。

2-755

小	纳	站	拜	浪
Siuj	nix	soengz	baih	laeng
θi:u³	ni⁴	θoŋ²	pa:i⁶	laŋ¹
小	影	站	边	后

影子随身后，

2-756

不	是	患	少	包
Mbouj	cix	fangz	sau	mbauq
bou⁵	çi⁴	fa:ŋ²	θa:u¹	ba:u⁵
不	是	鬼	姑娘	小伙

不知是何人。

男唱

2-757

写	南	空	马	托
Ce	nanz	ndwi	ma	doh
çe¹	na:n²	du:i¹	ma¹	to⁶
留	久	不	来	向

久不相往来，

2-758

大	罗	很	叶	哈
Daih	loh	hwnj	mbaw	haz
ta:i⁶	lo⁶	huɯn³	bau¹	ha²
大	路	起	叶	茅草

道路长野草。

2-759

特	后	贝	问	呀
Dawz	haeux	bae	cam	yaz
təɯ²	hau⁴	pai¹	ça:m¹	ja²
拿	米	去	问	巫

若还去找人，

2-760

出	患	你	是	领
Ok	fangz	mwngz	cix	lingx
o:k⁷	fa:ŋ²	muɯŋ²	çi⁴	liŋ⁴
出	鬼	你	就	领

出事你承担。

女唱

2–761

写	**南**	**空**	**马**	**托**
Ce	nanz	ndwi	ma	doh
çe^{1}	na:n^{2}	du:i^{1}	ma^{1}	to^{6}
留	**久**	**不**	**来**	**向**

久不相往来，

2–762

大	**罗**	**很**	**叶**	**哈**
Daih	loh	hwnj	mbaw	haz
ta:i^{6}	lo^{6}	hɯn^{3}	baɯ^{1}	ha^{2}
大	**路**	**起**	**叶**	**茅**

道路长杂草。

2–763

领	**铁**	**作**	**邦**	**法**
Lingx	diep	coq	bangx	faz
liŋ^{4}	ti:p^{7}	ço^{5}	pa:ŋ^{4}	fa^{2}
领	**贴**	**放**	**旁**	**竹墙**

鬼符贴墙壁，

2–764

忠	**利**	**托**	**你**	**由**
Fangz	lij	doz	mwngz	raeuh
fa:ŋ^{2}	li^{4}	to^{2}	mɯŋ^{2}	ɹau^{1}
鬼	**还**	**作祟**	**你**	**多**

招鬼来闹你。

男唱

2–765

写	**南**	**空**	**马**	**托**
Ce	nanz	ndwi	ma	doh
çe^{1}	na:n^{2}	du:i^{1}	ma^{1}	to^{6}
留	**久**	**不**	**来**	**向**

久不相往来，

2–766

大	**罗**	**很**	**叶**	**哈**
Daih	loh	hwnj	mbaw	haz
ta:i^{6}	lo^{6}	hɯn^{3}	baɯ^{1}	ha^{2}
大	**路**	**起**	**叶**	**茅草**

道路长杂草。

2–767

领	**三**	**娅**①	**拉**	**花**
Lingx	sam	yah	laj	va
liŋ^{4}	θa:n^{1}	ja^{6}	la^{3}	va^{1}
领	**三**	**婆**	**下**	**花**

请三婆就位，

2–768

忠	**么**	**托**	**少**	**包**
Fangz	maz	doz	sau	mbauq
fa:ŋ^{2}	ma^{2}	to^{2}	θa:u^{1}	ba:u^{5}
鬼	**什么**	**作祟**	**姑娘**	**小伙**

无鬼闹男女。

① 三娅[θa:n^{1} ja^{6}]：三位花婆娘娘。民间尊为妇女和儿童的保护神。

女唱

2-769

写	南	空	马	托
Ce	nanz	ndwi	ma	doh
çe¹	na:n²	du:i¹	ma¹	to⁶
留	久	不	来	向

久不相往来，

2-770

大	罗	很	叶	哈
Daih	loh	hwnj	mbaw	haz
ta:i⁶	lo⁶	huɯn³	baɯ¹	ha²
大	路	起	叶	茅草

道路长杂草。

2-771

领	铁	作	邦	法
Lingx	diep	coq	bangx	faz
liŋ⁴	ti:p⁷	ço⁵	pa:ŋ⁴	fa²
领	贴	放	旁	竹墙

鬼符贴墙壁，

2-772

忠	托	你	牙	知
Fangz	doz	mwngz	yax	rox
fa:ŋ²	to²	muɯŋ²	ja⁵	ɣo⁴
鬼	作祟	你	也	知

便知谁作祟。

男唱

2-773

写	南	空	马	托
Ce	nanz	ndwi	ma	doh
çe¹	na:n²	du:i¹	ma¹	to⁶
留	久	不	来	向

久不相往来，

2-774

大	罗	很	叶	哈
Daih	loh	hwnj	mbaw	haz
ta:i⁶	lo⁶	huɯn³	baɯ¹	ha²
大	路	起	叶	茅草

道路长杂草。

2-775

领	铁	作	邦	法
Lingx	diep	coq	bangx	faz
liŋ⁴	ti:p⁷	ço⁵	pa:ŋ⁴	fa²
领	贴	放	旁	竹墙

鬼符贴墙壁，

2-776

而	马	是	环	卮
Raz	ma	cix	vanz	nyienh
ɣa²	ma¹	çi⁴	va:n²	ȵɯːn⁶
一会	来	就	还	愿

适时来还愿。

女唱

2-777

写	南	空	马	托
Ce	nanz	ndwi	ma	doh
çe¹	na:n²	du:i¹	ma¹	to⁶
留	久	不	来	向

久不相往来，

2-778

大	罗	很	叶	哈
Daih	loh	hwnj	mbaw	haz
ta:i⁶	lo⁶	hun³	bau¹	ha²
大	路	起	叶	茅草

道路长杂草。

2-779

特	后	贝	问	呀
Dawz	haeux	bae	cam	yaz
təɯ²	hau⁴	pai¹	ça:m¹	ja²
拿	米	去	问	巫

拿米去找人，

2-780

得	文	龙	贝	金
Ndaej	vwnz	lungz	bae	gimq
dai³	vun¹	luŋ²	pai¹	kin⁵
得	魂	龙	去	禁

试图抓住你。

男唱

2-781

写	南	空	马	托
Ce	nanz	ndwi	ma	doh
çe¹	na:n²	du:i¹	ma¹	to⁶
留	久	不	来	向

久不相往来，

2-782

大	罗	很	叶	哈
Daih	loh	hwnj	mbaw	haz
ta:i⁶	lo⁶	hun³	bau¹	ha²
大	路	起	叶	茅草

道路长杂草。

2-783

文	备	托	江	那
Vwnz	beix	doek	gyang	naz
vun¹	pi⁴	tok⁷	kja:ŋ¹	na²
魂	兄	落	中	田

兄魂落田中，

2-784

忠	贝	沙	不	对
Fangz	bae	ra	mbouj	doiq
fa:ŋ²	pai¹	ɹa¹	bou⁵	to:i⁵
鬼	去	找	不	对

谁也找不见。

女唱

2-785

写	南	空	马	托
Ce	nanz	ndwi	ma	doh
çe¹	na:n²	du:i¹	ma¹	to⁶
留	久	不	来	向

久不相往来，

2-786

大	罗	很	叶	哈
Daih	loh	hwnj	mbaw	haz
ta:i⁶	lo⁶	huɯn³	bauɯ¹	ha²
大	路	起	叶	茅草

道路长杂草。

2-787

卜	土	知	问	呀
Boh	dou	rox	cam	yaz
po⁶	tu¹	ɹoɯ⁴	ça:m¹	ja²
父	我	知	问	巫

我父会找人，

2-788

连	时	沙	是	对
Lienz	seiz	ra	cix	doiq
li:n²	θi²	ɹaɯ¹	çi⁴	to:i⁵
连	时	找	就	对

马上能找见。

男唱

2-789

写	南	空	马	托
Ce	nanz	ndwi	ma	doh
çe¹	na:n²	du:i¹	ma¹	to⁶
留	久	不	来	向

久不相往来，

2-790

大	罗	很	叶	哈
Daih	loh	hwnj	mbaw	haz
ta:i⁶	lo⁶	huɯn³	bauɯ¹	ha²
大	路	起	叶	茅草

道路长杂草。

2-791

特	后	贝	问	呀
Dawz	haeux	bae	cam	yaz
təɯ²	hau⁴	pai¹	ça:m¹	ja²
拿	米	去	问	巫

拿米去找人，

2-792

得	文	你	是	金
Ndaej	vwnz	mwngz	cix	gimq
dai³	vun¹	muɯŋ²	çi⁴	kin⁵
得	魂	你	就	禁

把心交给你。

女唱

2-793

写	南	空	马	托
Ce	nanz	ndwi	ma	doh
çe^1	naːn^2	duːi^1	ma^1	to^6
留	久	不	来	向

久不相往来，

2-794

大	罗	很	叶	哈
Daih	loh	hwnj	mbaw	haz
taːi^6	lo^6	hun^3	bau^1	ha^2
大	路	起	叶	茅草

道路长杂草。

2-795

卜	土	知	问	呀
Boh	dou	rox	cam	yaz
po^6	tu^1	ɣoː^4	çaːm^1	ja^2
父	我	知	问	巫

我父会找人，

2-796

特	文	龙	貝	金
Dawz	vwnz	lungz	bae	gimq
təɯ^2	vun^1	luŋ^2	pai^1	kin^5
拿	魂	龙	去	禁

试图抓住你。

男唱

2-797

你	金	土	狼	得
Mwngz	gimq	dou	langh	ndaej
muŋ^2	kin^5	tu^1	laːŋ^6	dai^3
你	禁	我	若	得

你若能抓我，

2-798

四	处	给	你	站
Seiq	cih	hawj	mwngz	soengz
θei^5	çi^6	həɯ^3	muŋ^2	θoŋ^2
四	处	给	你	站

天下由你霸。

2-799

你	金	土	狼	下
Mwngz	gimq	dou	langh	roengz
muŋ^2	kin^5	tu^1	laːŋ^6	ɣoŋ^2
你	禁	我	若	下

你抓得了我，

2-800

四	方	写	你	在
Seiq	fueng	ce	mwngz	ywq
θei^5	fuːŋ^1	çe^1	muŋ^2	ju^5
四	方	留	你	住

天下由你住。

女唱

2-801

写	南	空	马	托
Ce	nanz	ndwi	ma	doh
çe¹	na:n²	du:i¹	ma¹	to⁶
留	久	不	来	向

久不相往来，

2-802

大	罗	很	叶	哈
Daih	loh	hwnj	mbaw	haz
ta:i⁶	lo⁶	hɯn³	bau¹	ha²
大	路	起	叶	茅草

道路长野草。

2-803

金	你	后	三	妼
Gimq	mwngz	haeuj	sam	yah
kin⁵	mɯŋ²	hau³	θa:n¹	ja⁶
禁	你	进	三	婆

囚进三婆狱，

2-804

牛	歪	打	不	刀
Cwz	vaiz	daz	mbouj	dauq
çɯ²	va:i²	ta²	bou⁵	ta:u⁵
黄牛	水牛	拉	不	回

牛都拉不回。

男唱

2-805

金	是	金
Gimq	cix	gimq
kin⁵	çi⁴	kin⁵
禁	就	禁

囚就囚，

2-806

良	备	牙	不	老
Liengh	beix	yax	mbouj	lau
le:ŋ⁶	pi⁴	ja⁵	bou⁵	la:u¹
谅	兄	也	不	怕

谅我也不怕。

2-807

符	三	么	斗	包
Fouz	san	moq	daeuj	bau
fu²	θa:n¹	mo⁵	tau³	pa:u¹
符	编	新	来	包

用新符来包，

2-808

土	不	老	你	金
Dou	mbouj	lau	mwngz	gimq
tu¹	bou⁵	la:u¹	mɯŋ²	kin⁵
我	不	怕	你	禁

我也不怕因。

女唱

2-809

土	金	你	了	备
Dou	gimq	mwngz	liux	beix
tu¹	kin⁵	muŋ²	li:u⁴	pi⁴
我	禁	你	啰	兄

我囚你老兄，

2-810

金	作	合	会	坤
Gimq	coq	hoh	faex	goen
kin⁵	ço⁵	ho⁶	fai⁴	kon¹
禁	放	节	树	粉单竹

放竹盒囚禁。

2-811

土	金	你	备	银
Dou	gimq	mwngz	beix	ngaenz
tu¹	kin⁵	muŋ²	pi⁴	ŋan²
我	禁	你	兄	银

我囚你老兄，

2-812

了	坤	又	了	命
Liux	hoenz	youh	liux	mingh
li:u⁴	hon¹	jou⁴	li:u⁴	miŋ⁶
完	魂	又	完	命

魂完命也丢。

男唱

2-813

金	是	金
Gimq	cix	gimq
kin⁵	çi⁴	kin⁵
禁	就	禁

囚就囚，

2-814

良	备	牙	不	代
Liengh	beix	yax	mbouj	dai
le:ŋ⁶	pi⁴	ja⁵	bou⁵	ta:i¹
谅	兄	也	不	死

谅我死不了。

2-815

刀	反	金	少	乖
Dauq	fan	gimq	sau	gvai
ta:u⁵	fa:n¹	kin⁵	θa:u¹	kwa:i¹
倒	反	禁	姑娘	乖

反过来囚妹，

2-816

要	你	代	时	内
Aeu	mwngz	dai	seiz	neix
au¹	muŋ²	ta:i¹	θi²	ni⁴
要	你	死	时	这

要你马上死。

女唱　　　　　　　　　　　　男唱

2-817

土	金	你	了	备
Dou	gimq	mwngz	liux	beix
tu^1	kin^5	$mu\eta^2$	$li{:}u^4$	pi^4
我	禁	你	啰	兒

老兄我因你，

2-818

金	作	合	会	丰
Gimq	coq	hoh	faex	fung
kin^5	ςo^5	ho^6	fai^4	$fu\eta^1$
禁	放	节	树	枫

因在枫树盒。

2-819

土	金	你	包	同
Dou	gimq	mwngz	mbauq	doengz
tu^1	kin^5	$mu\eta^2$	$ba{:}u^5$	$to\eta^2$
我	禁	你	俊	同

小哥我因你，

2-820

你	论	方	告	内
Mwngz	lumz	fueng	gau	neix
$mu\eta^2$	lun^2	$fu{:}\eta^1$	$ka{:}u^1$	ni^4
你	忘	方	次	这

轮到你迷路。

2-821

金	是	金
Gimq	cix	gimq
kin^5	ςi^4	kin^5
禁	就	禁

囚就囚，

2-822

良	备	牙	不	忧
Liengh	beix	yax	mbouj	you
$le{:}\eta^6$	pi^4	ja^5	bou^5	jou^1
谅	兄	也	不	忧

谅我也不忧。

2-823

岁	单	秀	方	卢
Caez	danq	ciuh	fueng	louz
ςai^2	$ta{:}n^5$	$\varsigma i{:}u^6$	$fu{:}\eta^1$	lu^2
齐	承担	世	风	流

同为风流事，

2-824

土	不	忧	你	金
Dou	mbouj	you	mwngz	gimq
tu^1	bou^5	jou^1	$mu\eta^2$	kin^5
我	不	忧	你	禁

你因我不愁。

女唱

2-825

土	金	你	了	备
Dou	gimq	mwngz	liux	beix
tu^1	kin^5	muɯŋ^2	li:u^4	pi^4
我	禁	你	啰	兄

老兄我因你，

2-826

金	作	合	会	相
Gimq	coq	hoh	faex	yiengz
kin^5	ço^5	ho^6	fai^4	je:ŋ^2
禁	放	节	树	柠

因在树盒里。

2-827

土	金	你	包	良
Dou	gimq	mwngz	mbauq	lengj
tu^1	kin^5	muɯŋ^2	ba:u^5	le:ŋ^6
我	禁	你	俊	靓

情友我因你，

2-828

金	作	箱	作	龙
Gimq	coq	sieng	coq	loengx
kin^5	ço^5	θe:ŋ^1	ço^5	loŋ^4
禁	放	箱	放	箱

因在笼箱里。

男唱

2-829

写	南	由	了	乖
Ce	nanz	raeuh	liux	gvai
çe^1	na:n^2	ɹau^6	li:u^4	kwa:i^1
留	久	多	啰	乖

久别了心肝，

2-830

写	南	来	告	从
Ce	nanz	lai	gauq	coengh
çe^1	na:n^2	la:i^1	ka:u^5	çoŋ^6
留	久	多	靠	帮

久别相思苦。

2-831

金	作	箱	作	龙
Gimq	coq	sieng	coq	loengx
kin^5	ço^5	θe:ŋ^1	ço^5	loŋ^4
禁	放	箱	放	箱

因在笼箱里，

2-832

金	不	动	备	银
Gimq	mbouj	doengh	beix	ngaenz
kin^5	bou^5	toŋ^4	pi^4	ŋan^2
禁	不	动	兄	银

因不住小哥。

女唱

2-833

土　金　你　了　备
Dou　gimq　mwngz　liux　beix
tu¹　kin⁵　muɯŋ²　li:u⁴　pi⁴
我　禁　你　啰　兄
小哥我因你,

2-834

金　作　合　会　支
Gimq　coq　hoh　faex　sei
kin⁵　ço⁵　ho⁶　fai⁴　θi¹
禁　放　节　树　吊丝
囚在竹盒中。

2-835

土　金　你　包　好
Dou　gimq　mwngz　mbauq　ndei
tu¹　kin⁵　muɯŋ²　ba:u⁵　dei¹
我　禁　你　小伙　好
小哥我因你,

2-836

金　作　吉　患　凶
Gimq　coq　giz　fangz　rwix
kin⁵　ço⁵　ki²　fa:ŋ²　ɣɯ:i⁴
禁　放　处　鬼　孬
囚在恶鬼处。

男唱

2-837

金　是　金
Gimq　cix　gimq
kin⁵　çi⁴　kin⁵
禁　就　禁
囚就囚,

2-838

良　备　牙　不　忧
Liengh　beix　yax　mbouj　you
le:ŋ⁶　pi⁴　ja⁵　bou⁵　jou¹
谅　兄　也　不　忧
谅兄我不愁。

2-839

说　农　八　金　土
Naeuz　nuengx　bah　gimq　dou
nau²　nu:ŋ⁴　pa⁶　kin⁵　tu¹
说　妹　莫急　禁　我
劝妹莫因我,

2-840

贝　金　贵　你　观
Bae　gimq　gwiz　mwngz　gonq
pai¹　kin⁵　kui²　muɯŋ²　ko:n⁵
去　禁　丈夫　你　先
先因你丈夫。

女唱

2-841

土	金	你	了	备
Dou	gimq	mwngz	liux	beix
tu^1	kin^5	muuŋ^2	li:u^4	pi^4
我	禁	你	啰	兄

小哥我囚你,

2-842

金	作	拉	罗	河
Gimq	coq	laj	loh	haw
kin^5	ço^5	la^3	lo^6	huu^1
禁	放	下	路	圩

囚在大路旁。

2-843

观	你	勒	阝卜	而
Gonq	mwngz	lawh	boux	lawz
ko:n^5	muuŋ^2	luui^6	pu^4	lau^2
先	你	换	个	哪

你看上哪个,

2-844

九	全	特	马	金
Gou	cienz	dawz	ma	gimq
kou^1	çe:n^2	tuu^2	ma^1	kin^5
我	全	拿	来	禁

我都拿来囚。

男唱

2-845

金	是	金
Gimq	cix	gimq
kin^5	çi^4	kin^5
禁	就	禁

囚就囚,

2-846

良	备	牙	不	忧
Liengh	beix	yax	mbouj	you
le:ŋ^6	pi^4	ja^5	bou^5	jou^1
谅	兄	也	不	忧

谅兄我不愁。

2-847

土	知	法	知	符
Dou	rox	fap	rox	fouz
tu^1	ɹo$_{\cdot}$^{4}	fa:p^7	ɹo$_{\cdot}$^{4}	fu^2
我	知	法	知	符

我懂符和法,

2-848

土	不	忧	你	金
Dou	mbouj	you	mwngz	gimq
tu^1	bou^5	jou^1	muuŋ^2	kin^5
我	不	忧	你	禁

不怕你囚禁。

女唱

2-849

土　金　你　了　备

Dou　gimq　mwngz　liux　beix

tu[1]　kin[5]　muɯŋ[2]　li:u[4]　pi[4]

我　禁　你　啰　兄

小哥我因你，

2-850

金　作　拉　床　宁

Gimq　coq　laj　mbonq　ninz

kin[5]　ço[5]　la[3]　bo:n[5]　nin[2]

禁　放　下　床　睡

因在床铺下。

2-851

补　兰　三　把　针

Bouj　lanh　sam　fag　cim

pu[3]　la:n[6]　θa:n[1]　fa:k[8]　çim[1]

补　溢　三　把　针

加上三颗针，

2-852

要　你　辰　时　内

Aeu　mwngz　sinz　seiz　neix

au[1]　muɯŋ[2]　θin[2]　θi[2]　ni[4]

要　你　飞　时　这

要你立即死。

男唱

2-853

金　是　金

Gimq　cix　gimq

kin[5]　çi[4]　kin[5]

禁　就　禁

囚就因，

2-854

良　备　牙　不　老

Liengh　beix　yax　mbouj　lau

le:ŋ[6]　pi[4]　ja[5]　bou[5]　la:u[1]

谅　兄　也　不　怕

谅我也不怕。

2-855

土　米　卜　米　叔

Dou　miz　boh　miz　au

tu[1]　mi[2]　po[6]　mi[2]　a:u[1]

我　有　父　有　叔

我有父有叔，

2-856

土　不　老　你　金

Dou　mbouj　lau　mwngz　gimq

tu[1]　bou[5]　la:u[1]　muɯŋ[2]　kin[5]

我　不　怕　你　禁

我不怕你因。

女唱

2-857

土	金	你	了	备
Dou	gimq	mwngz	liux	beix
tu^1	kin^5	$muŋ^2$	$li:u^4$	pi^4
我	禁	你	啰	兄

小哥我因你，

2-858

金	作	合	会	怀
Gimq	coq	hoh	faex	faiz
kin^5	$ço^5$	ho^6	fai^4	$fa:i^2$
禁	放	节	树	麻竹

因在竹节中。

2-859

土	金	你	包	乖
Dou	gimq	mwngz	mbauq	gvai
tu^1	kin^5	$muŋ^2$	$ba:u^5$	$kwa:i^1$
我	禁	你	小伙	乖

小伙我因你，

2-860

金	作	尾	会	坤
Gimq	coq	byai	faex	goenq
kin^5	$ço^5$	$pja:i^1$	fai^4	kon^5
禁	放	尾	树	断

因在断尾树。

男唱

2-861

金	是	金
Gimq	cix	gimq
kin^5	$çi^4$	kin^5
禁	就	禁

囚就囚，

2-862

良	备	牙	不	代
Liengh	beix	yax	mbouj	dai
$le:ŋ^6$	pi^4	ja^5	bou^5	$ta:i^1$
谅	兄	也	不	死

谅囚不死我。

2-863

刀	反	金	少	乖
Dauq	fan	gimq	sau	gvai
$ta:u^5$	$fa:n^1$	kin^5	$θau^1$	$kwa:i^1$
倒	反	禁	姑娘	乖

反过来囚妹，

2-864

老	知	代	写	命
Lau	rox	dai	ce	mingh
$la:u^1$	$ɹo^4$	$ta:i^1$	$çe^1$	$miŋ^6$
怕	知	死	留	命

恐死于非命。

女唱

2-865

写　南　空　马　托

Ce　nanz　ndwi　ma　doh

$çe^1$　$na:n^2$　$du:i^1$　ma^1　to^6

留　久　不　来　向

久不相往来，

2-866

大　罗　很　叶　月

Daih　loh　hwnj　mbaw　ndwen

$ta:i^6$　lo^6　hun^3　bau^1　$do:n^1$

大　路　起　叶　月亮柴

道路长野树。

2-867

备　空　采　空　巡

Beix　ndwi　caij　ndwi　cunz

pi^4　$du:i^1$　$ça:i^3$　$du:i^1$　$çun^2$

兄　不　踩　不　巡

兄都不来往，

2-868

老　得　元　贝　了

Lau　ndaej　yuenz　bae　liux

$la:u^1$　dai^3　$ju:n^2$　pai^1　$li:u^4$

怕　得　缘　去　完

恐另有所爱。

男唱

2-869

写　南　空　马　托

Ce　nanz　ndwi　ma　doh

$çe^1$　$na:n^2$　$du:i^1$　ma^1　to^6

留　久　不　来　向

久不相往来，

2-870

大　罗　很　叶　月

Daih　loh　hwnj　mbaw　ndwen

$ta:i^6$　lo^6　hun^3　bau^1　$do:n^1$

大　路　起　叶　月亮柴

道路长野树。

2-871

早　盾　外　江　官

Haet　haemh　vaij　gyang　gonz

hat^7　han^6　$va:i^3$　$kja:ŋ^1$　$ko:n^2$

早　晚　过　中　村巷

早晚过你屋，

2-872

得　元　少　不　知

Ndaej　yuenz　sau　mbouj　rox

dai^3　$ju:n^2$　$θa:u^1$　bou^5　$ɹo^4$

得　缘　姑娘　不　知

有缘你不知。

女唱

2–873

写 南 空 马 托

Ce nanz ndwi ma doh

çe^{1} na:n^{2} du:i^{1} ma^{1} to^{6}

留 久 不 来 向

久不相往来，

2–874

大 罗 很 叶 月

Daih loh hwnj mbaw ndwen

ta:i^{6} lo^{6} hɯn^{3} baɯ^{1} do:n^{1}

大 路 起 叶 月亮柴

道路长野树。

2–875

加 罗 外 江 官

Gyaj lox vaij gyang gonz

kja^{3} lo^{4} va:i^{3} kja:ŋ^{1} ko:n^{2}

假 骗 过 中 村巷

假意过门前，

2–876

老 得 元 不 定

Lau ndaej yuenz mbouj dingh

la:u^{1} dai^{3} ju:n^{2} bou^{5} tiŋ^{6}

怕 得 缘 不 定

说不定有缘。

男唱

2–877

写 南 空 马 托

Ce nanz ndwi ma doh

çe^{1} na:n^{2} du:i^{1} ma^{1} to^{6}

留 久 不 来 向

久不相往来，

2–878

大 罗 很 叶 月

Daih loh hwnj mbaw ndwen

ta:i^{6} lo^{6} hɯn^{3} baɯ^{1} do:n^{1}

大 路 起 叶 月亮柴

道路长野树。

2–879

十 分 狼 得 元

Cib faen langh ndaej yuenz

çit^{8} fan^{1} la:ŋ^{6} dai^{3} ju:n^{2}

十 分 若 得 缘

若另有所爱，

2–880

不 马 堂 亱 内

Mbouj ma daengz haemh neix

bou^{5} ma^{1} taŋ^{2} han^{6} ni^{4}

不 来 到 夜 这

今晚定不来。

女唱

2-881

写　　南　　空　　马　　托
Ce　nanz　ndwi　ma　doh
çe¹　na:n²　du:i¹　ma¹　to⁶
留　　久　　不　　来　　向
久不相往来，

2-882

大　　罗　　很　　叶　　月
Daih　loh　hwnj　mbaw　ndwen
ta:i⁶　lo⁶　hɯn³　bau¹　do:n¹
大　　路　　起　　叶　　月亮柴
道路长野树。

2-883

得　　元　　是　　得　　元
Ndaej　yuenz　cix　ndaej　yuenz
dai³　ju:n²　çi⁴　dai³　ju:n²
得　　缘　　就　　得　　缘
另有心上人，

2-884

满　　古　　而　　了　　备
Muenz　guh　rawz　liux　beix
mu:n²　ku⁴　ɹau²　li:u⁴　pi⁴
瞒　　做　　什么　　啰　　兄
何必要相瞒。

男唱

2-885

写　　南　　空　　马　　托
Ce　nanz　ndwi　ma　doh
çe¹　na:n²　du:i¹　ma¹　to⁶
留　　久　　不　　来　　向
久不相往来，

2-886

大　　罗　　很　　叶　　月
Daih　loh　hwnj　mbaw　ndwen
ta:i⁶　lo⁶　hɯn²　bau¹　do:n¹
大　　路　　起　　叶　　月亮柴
道路长野树。

2-887

十　　分　　备　　得　　元
Cib　faen　beix　ndaej　yuenz
çit⁸　fan¹　pi⁴　dai³　ju:n²
十　　分　　兄　　得　　缘
若真得新友，

2-888

不　　满　　你　　师　　付
Mbouj　muenz　mwngz　sae　fouh
bou⁵　mu:n²　muŋ²　θei¹　fou⁶
不　　瞒　　你　　师　　傅
不会瞒过你。

女唱

2-889

写	甬	空	马	托
Ce	nanz	ndwi	ma	doh
çe¹	na:n²	du:i¹	ma¹	to⁶
留	久	不	来	向

久不相往来，

2-890

大	罗	很	叶	月
Daih	loh	hwnj	mbaw	ndwen
ta:i⁶	lo⁶	hɯn²	bau¹	do:n¹
大	路	起	叶	月亮柴

道路长野树。

2-891

墓	不	汃	良	盘①
Moh	mbouj	saed	lingh	buenz
mo⁶	bou⁵	θat⁸	le:ŋ⁶	pu:n²
墓	不	实	另	盘

墓不实再修，

2-892

祢	不	好	良	围
Suen	mbouj	ndei	lingh	humx
θu:n¹	bou⁵	dei¹	le:ŋ⁶	hun⁴
园	不	好	另	围

园不好再围。

男唱

2-893

写	甬	空	马	托
Ce	nanz	ndwi	ma	doh
çe¹	na:n²	du:i¹	ma¹	to⁶
留	久	不	来	向

久不相往来，

2-894

大	罗	很	叶	月
Daih	loh	hwnj	mbaw	ndwen
ta:i⁶	lo⁶	hɯn³	bau¹	do:n¹
大	路	起	叶	月亮柴

道路长野树。

2-895

墓	口	是	空	盘
Moh	gaeuq	cix	ndwi	buenz
mo⁶	kau⁵	çi⁴	du:i¹	pu:n²
墓	旧	就	不	盘

旧墓不修葺，

2-896

花	齐	吉	而	斗
Va	ruenz	giz	rawz	daeuj
va¹	ɹu:n²	ki²	lau²	tau³
花	盛开	处	哪	来

子孙从何来。

① 墓不汃良盘 [mo⁶ bou⁵ θat⁸ le:ŋ⁶ pu:n²]：墓不实再修。壮族二次葬习俗，此指亡人以棺材下葬；此为第一次葬；三年后捡骨骸装至坛中再次安葬，此为二次葬。

女唱

2-897

写	南	空	马	托
Ce	nanz	ndwi	ma	doh
$çe^1$	$na:n^2$	$du:i^1$	ma^1	to^6
留	久	不	来	向

久不相往来，

2-898

大	罗	很	叶	月
Daih	loh	hwnj	mbaw	ndwen
$ta:i^6$	lo^6	hun^3	bau^1	$do:n^1$
大	路	起	叶	月亮柴

道路长野树。

2-899

沏	墓	口	空	盘
Saet	moh	gaeuq	ndwi	buenz
$θat^7$	mo^6	kau^5	$du:i^1$	$pu:n^2$
留	墓	旧	不	盘

祖坟不修整，

2-900

沏	花	齐	更	南
Saet	va	ruenz	gwnz	namh
$θat^7$	va^1	$ɹu:n^2$	kun^2	$na:n^6$
留	花	盛开	上	土

任杂草丛生。

男唱

2-901

写	南	空	马	托
Ce	nanz	ndwi	ma	doh
$çe^1$	$na:n^2$	$du:i^1$	ma^1	to^6
留	久	不	来	向

久不相往来，

2-902

大	罗	很	叶	月
Daih	loh	hwnj	mbaw	ndwen
$ta:i^6$	lo^6	hun^3	bau^1	$do:n^1$
大	路	起	叶	月亮柴

道路长野树。

2-903

墓	口	偻	岁	盘
Moh	gaeuq	raeuz	caez	buenz
mo^6	kau^5	$ɹau^2$	$çai^2$	$pu:n^2$
墓	旧	我们	齐	盘

祖坟共同修，

2-904

花	齐	偻	岁	优
Va	ruenz	raeuz	caez	yaeuq
va^1	$ɹu:n^2$	$ɹau^2$	$çai^2$	jau^5
花	盛开	我们	齐	收

开花共同采。

女唱	男唱

2-905

写	南	空	马	托
Ce	nanz	ndwi	ma	doh
ςe^1	$na{:}n^2$	$du{:}i^1$	ma^1	to^6
留	久	不	来	向

久不相往来，

2-906

大	罗	很	叶	月
Daih	loh	hwnj	mbaw	ndwen
$ta{:}i^6$	lo^6	hun^3	bau^1	$do{:}n^1$
大	路	起	叶	月亮柴

道路长野树。

2-907

四	方	你	全	全
Seiq	fangh	mwngz	gyonj	cienj
θei^5	$fa{:}\eta^5$	$mu\eta^2$	$kjo{:}n^3$	$\varsigma u{:}n^3$
四	方	你	都	转

四方你游尽，

2-908

秋	团	而	来	良
Ciuq	gyoenz	lawz	lai	lengj
$\varsigma i{:}u^5$	$kjo{:}n^2$	lau^2	$la{:}i^1$	$le{:}\eta^6$
看	朵	哪	多	靓

看哪朵花靓。

2-909

写	南	空	马	托
Ce	nanz	ndwi	ma	doh
ςe^1	$na{:}n^2$	$du{:}i^1$	ma^1	to^6
留	久	不	来	向

久不相往来，

2-910

大	罗	很	叶	月
Daih	loh	hwnj	mbaw	nduen
$ta{:}i^6$	lo^6	hun^3	bau^1	$do{:}n^1$
大	路	起	叶	月亮柴

道路长野树。

2-911

四	方	土	全	全
Seiq	fangh	dou	gyonj	cienj
θei^5	$fa{:}\eta^5$	tu^1	$kjo{:}n^3$	$\varsigma u{:}n^3$
四	方	我	都	转

四周我都转，

2-912

朵	朵	可	一	样
Duj	duj	goj	it	yiengh
tu^3	tu^3	ko^5	it^7	$ju{:}\eta^6$
朵	朵	也	一	样

朵朵一样靓。

女唱

2-913

写　南　空　马　托
Ce　nanz　ndwi　ma　doh
$çe^1$　$na:n^2$　$du:i^1$　ma^1　to^6
留　久　不　来　向
久不相往来，

2-914

大　罗　很　叶　月
Daih　loh　hwnj　mbaw　ndwen
$ta:i^6$　lo^6　hun^3　bau^1　$do:n^1$
大　路　起　叶　月亮柴
道路长野树。

2-915

四　方　写　你　全
Seiq　fangh　ce　mwngz　cienj
$θei^5$　$fa:ŋ^5$　$çe^1$　$muŋ^2$　$çu:n^3$
四　方　留　你　转
四周让你转，

2-916

小　正　写　你　开
Siuj　cingz　ce　mwngz　hai
$θi:u^3$　$çiŋ^2$　$çe^1$　$muŋ^2$　$ha:i^1$
小　情　留　你　开
薄礼让你给。

男唱

2-917

写　南　由　了　乖
Ce　nanz　raeuh　liux　gvai
$çe^1$　$na:n^2$　$ɹa:u^6$　$li:u^4$　$kwa:i^1$
留　久　多　啰　乖
久别了我友，

2-918

写　南　来　王　怀
Ce　nanz　lai　vangz　vaiq
$çe^1$　$na:n^2$　$la:i^1$　$va:ŋ^2$　$va:i^5$
留　久　多　空　荡
久别心空荡。

2-919

小　正　写　土　开
Siuj　cingz　ce　dou　hai
$θi:u^3$　$çiŋ^2$　$çe^1$　tu^1　$ha:i^1$
小　情　留　我　开
薄礼由我给，

2-920

备　贝　拜　而　站
Beix　bae　baih　lawz　soengz
pi^4　pai^1　$pa:i^6$　lau^2　$θoŋ^2$
兄　去　边　哪　站
我去哪里站?

女唱

2-921

写	南	由	了	乖
Ce	nanz	raeuh	liux	gvai
çe^1	na:n^2	ıau^6	li:u^4	kwa:i^1
留	久	多	啰	乖

久别了我友，

2-922

写	南	来	王	怀
Ce	nanz	lai	vangz	vaiq
çe^1	na:n^2	la:i^1	va:ŋ^2	va:i^5
留	久	多	空	荡

久别心空荡。

2-923

小	正	写	你	开
Siuj	cingz	ce	mwngz	hai
θi:u^3	çiŋ^2	çe^1	muŋ^2	ha:i^1
小	情	留	你	开

薄礼由你给，

2-924

王	怀	写	你	跟
Vangz	vaiq	ce	mwngz	riengz
va:ŋ^2	va:i^5	çe^1	muŋ^2	ıi:ŋ^2
绕	棺	留	你	跟

绕棺让你跟。

男唱

2-925

写	南	来	韦	机
Ce	nanz	lai	vae	giq
çe^1	na:n^2	la:i^1	vai^1	ki^5
留	久	多	姓	支

久别异姓友，

2-926

合	义	由	了	娘
Hoz	ngeix	raeuh	liux	nangz
ho^2	ɲi^4	ıau^6	li:u^4	na:ŋ^2
喉	想	很	啰	姑娘

思念你姑娘。

2-927

王	怀	写	土	跟
Vangz	vaiq	ce	dou	riengz
va:ŋ^2	va:i^5	çe^1	tu^1	ıi:ŋ^2
绕	棺	留	我	跟

让我跟绕棺，

2-928

少	贝	邦	而	在
Sau	bae	biengz	lawz	ywq
θa:u^1	pai^1	pi:ŋ^2	lau^2	ju^5
姑娘	去	地方	哪	在

妹去哪偷闲？

女唱

2-929

写	南	来	韦	机
Ce	nanz	lai	vae	giq
$çe^1$	$na:n^2$	$la:i^1$	vai^1	ki^5
留	久	多	姓	支

久别异姓友，

2-930

合	义	由	了	娘
Hoz	ngeix	raeuh	liux	nangz
ho^2	ni^4	$ɹau^6$	$li:u^4$	$na:ŋ^2$
喉	想	很	啰	姑娘

姑娘想念你。

2-931

王	怀	写	你	跟
Vangz	vaiq	ce	mwngz	riengz
$va:ŋ^2$	$va:i^5$	$çe^1$	$mɯŋ^2$	$ɹi:ŋ^2$
绕	棺	留	你	跟

让你同绕棺，

2-932

当	邦	偻	当	在
Dangq	biengz	raeuz	dangq	ywq
$ta:ŋ^5$	$pi:ŋ^2$	$ɹau^2$	$ta:ŋ^5$	$jɯ^5$
另	地方	我们	另	在

各自在一边。

男唱

2-933

写	南	来	韦	机
Ce	nanz	lai	vae	giq
$çe^1$	$na:n^2$	$la:i^1$	vai^1	ki^5
留	久	多	姓	支

久别异姓友，

2-934

合	义	由	了	娘
Hoz	ngeix	raeuh	liux	nangz
ho^2	ni^4	$ɹau^6$	$li:u^4$	$na:ŋ^2$
喉	想	很	啰	姑娘

心中想情妹。

2-935

王	怀	写	土	跟
Vangz	vaiq	ce	dou	riengz
$va:ŋ^2$	$va:i^5$	$çe^1$	tu^1	$ɹi:ŋ^2$
绕	棺	留	我	跟

让我同绕棺，

2-936

心	凉	不	了	农
Sim	liengz	mbouj	liux	nuengx
$θin^1$	$li:ŋ^2$	bou^5	$li:u^6$	$nu:ŋ^4$
心	凉	不	啰	妹

问你心寒不。

女唱

2-937

写	南	来	韦	机
Ce	nanz	lai	vae	giq
$çe^1$	$na:n^2$	$la:i^1$	vai^1	ki^5
留	久	多	姓	支

久别异姓友，

2-938

合	义	由	了	娘
Hoz	ngeix	raeuh	liux	nangz
ho^2	$ŋi^4$	$ɹau^6$	$li:u^4$	$na:ŋ^2$
喉	想	多	啰	姑娘

姑娘思念你。

2-939

王	怀	写	你	跟
Vangz	vaiq	ce	mwngz	riengz
$va:ŋ^2$	$va:i^5$	$çe^1$	$mɯŋ^2$	$ɹi:ŋ^2$
绕	棺	留	你	跟

让你同绕棺，

2-940

心	凉	是	开	怨
Sim	liengz	cix	gaej	yonq
$θin^1$	$li:ŋ^2$	$çi^4$	$ka:i^5$	$jo:n^5$
心	凉	就	莫	怨

心寒你莫怨。

女唱

2-941

写	南	空	马	托
Ce	nanz	ndwi	ma	doh
$çe^1$	$na:n^2$	$du:i^1$	ma^1	to^6
留	久	不	来	向

久不相往来，

2-942

大	罗	很	叶	月
Daih	loh	hwnj	mbaw	ndwen
$ta:i^6$	lo^6	$hɯn^3$	bau^1	$do:n^1$
大	路	起	叶	月亮柴

道路长野树。

2-943

邓	志	仁①	古	官
Dwng	cix	yinz	guh	guen
$tɯŋ^4$	$çi^4$	jin^2	ku^4	$ku:n^1$
邓	治	仁	做	官

邓治仁做官，

2-944

归	团	而	了	备
Gvei	donz	lawz	liux	beix
$kwei^1$	$to:n^2$	lau^2	$li:u^4$	pi^4
归	团	哪	啰	兄

兄归哪个团。

① 邓志仁〔$tɯŋ^4$ $çi^4$ jin^2〕：邓治仁，清光绪年间庆远府永顺土司。

男唱

2-945

写	南	空	马	托
Ce	nanz	ndwi	ma	doh
çe¹	na:n²	du:i¹	ma¹	to⁶
留	久	不	来	向

久不相往来，

2-946

大	罗	很	叶	月
Daih	loh	hwnj	mbaw	ndwen
ta:i⁶	lo⁶	hun³	bau¹	do:n¹
大	路	起	叶	月亮柴

道路长野树。

2-947

邓	志	仁	古	官
Dwng	cix	yinz	guh	guen
tuŋ⁴	çi⁴	jin²	ku⁴	ku:n¹
邓	治	仁	做	官

邓治仁做官，

2-948

尝	归	团	而	闹
Caengz	gvei	donz	lawz	nauq
çaŋ²	kwei¹	to:n²	lau²	na:u⁵
未	归	团	哪	不

未定归哪团。

女唱

2-949

写	南	空	马	托
Ce	nanz	ndwi	ma	doh
çe¹	na:n²	du:i¹	ma¹	to⁶
留	久	不	来	向

久不相往来，

2-950

大	罗	很	叶	月
Daih	loh	hwnj	mbaw	ndwen
ta:i⁶	lo⁶	hun³	bau¹	do:n¹
大	路	起	叶	月亮柴

道路长野树。

2-951

表	备	尝	归	团
Biuj	beix	caengz	gvei	donz
pi:u³	pi⁴	çaŋ²	kwei¹	to:n²
表	兄	未	归	团

表兄未归团，

2-952

么	不	全	天	下
Maz	mbouj	cienj	denh	ya
ma²	bou⁵	çu:n³	ti:n¹	ja⁶
何	不	转	天	下

何不游天下。

男唱	女唱

男唱

2-953

写	南	空	马	托
Ce	nanz	ndwi	ma	doh
çe¹	na:n²	du:i¹	ma¹	to⁶
留	久	不	来	向

久不相往来，

2-954

大	罗	很	叶	月
Daih	loh	hwnj	mbaw	ndwen
ta:i⁶	lo⁶	huun³	bauu¹	do:n¹
大	路	起	叶	月亮柴

道路长野树。

2-955

天	下	想	牙	全
Denh	ya	siengj	yaek	cienj
ti:n¹	ja⁶	θi:ŋ³	jak⁷	çu:n³
天	下	想	要	转

想游转天下，

2-956

乜	月	空	出	光
Meh	ndwen	ndwi	ok	gvengq
me⁶	du:n¹	du:i¹	o:k⁷	kwe:ŋ⁵
母	月	不	出	光

月亮不露光。

女唱

2-957

写	南	空	马	托
Ce	nanz	ndwi	ma	doh
çe¹	na:n²	du:i¹	ma¹	to⁶
留	久	不	来	向

久不相往来，

2-958

大	罗	很	叶	月
Daih	loh	hwnj	mbaw	ndwen
ta:i⁶	lo⁶	bun³	bauu¹	do:n¹
大	路	起	叶	月亮柴

道路长野树。

2-959

想	托	农	共	团
Siengj	doh	nuengx	gungh	donz
θi:ŋ³	to⁶	nu:ŋ⁴	kuŋ⁶	to:n²
想	同	妹	共	团

想同我共团，

2-960

老	英	元	不	合
Lau	in	yuenz	mbouj	hob
la:u¹	in¹	ju:n²	bou⁵	ho:p⁸
怕	姻	缘	不	合

怕姻缘不合。

男唱	女唱

男唱

2-961

写　南　空　马　托
Ce　nanz　ndwi　ma　doh
çe^1　naːn^2　duːi^1　ma^1　to^6
留　久　不　来　向
久不相往来，

2-962

大　罗　很　叶　月
Daih　loh　hwnj　mbaw　nduen
taːi^6　lo^6　huɯn^3　baɯ^1　doːn^1
大　路　起　叶　月亮柴
道路长野树。

2-963

观　托　农　共　团
Gonq　doh　nuengx　gungh　donz
koːn^5　to^6　nuːŋ^4　kuŋ^6　toːn^2
先　同　妹　共　团
先前咱共团，

2-964

英　元　偻　少　包
In　yuenz　raeuz　sau　mbauq
in^1　juːn^2　ʐaɯ^2　θaːu^1　baːu^5
姻　缘　我们　姑娘　小伙
成这段姻缘。

女唱

2-965

写　南　不　马　托
Ce　nanz　ndwi　ma　doh
çe^1　naːn^2　duːi^1　ma^1　to^6
留　久　不　来　向
久不相往来，

2-966

大　罗　很　叶　仁
Daih　loh　hwnj　mbaw　nyungz
taːi^6　lo^6　huɯn^3　baɯ^1　ȵuŋ^2
大　路　起　叶　绒
道路长野草。

2-967

备　空　采　空　巡
Beix　ndwi　caij　ndwi　cunz
pi^4　duːi^1　çaːi^3　duːi^1　çun^2
兄　不　踩　不　巡
兄久不来往，

2-968

老　是　论　贝　了
Lau　cix　lumz　bae　liux
laːu^1　çi^4　lun^2　pai^1　liːu^4
怕　是　忘　去　完
是否已忘情。

男唱
—

2-969

写	南	空	马	托
Ce	nanz	ndwi	ma	doh

$çe^1$ $na:n^2$ $du:i^1$ ma^1 to^6

留	久	不	来	向

久不相往来，

2-970

大	罗	很	叶	仁
Daih	loh	hwnj	mbaw	nyungz

$ta:i^6$ lo^6 hun^3 bau^1 $ȵuŋ^2$

大	路	起	叶	绒

道路长野草。

2-971

论	土	刀	不	论
Lumz	dou	dauq	mbouj	lumz

lun^2 tu^1 $ta:u^5$ bou^5 lun^2

忘	我	倒	不	忘

不致于忘情，

2-972

比	九	月	可	认
Bi	gouj	ndwen	goj	nyinh

pi^1 $kjou^3$ $du:n^1$ ko^5 $ȵin^6$

年	九	月	还	记得

经年记更清。

女唱
—

2-973

写	南	空	马	托
Ce	nanz	ndwi	ma	doh

$çe^1$ $na:n^2$ $du:i^1$ ma^1 to^6

留	久	不	来	向

久不相往来，

2-974

大	罗	很	叶	仁
Daih	loh	hwnj	mbaw	nyungz

$ta:i^6$ lo^6 hun^3 bau^1 $ȵuŋ^2$

大	路	起	叶	绒

道路长野草。

2-975

全	表	备	不	论
Cienz	biuj	beix	mbouj	lumz

$çun^2$ $pi:u^3$ pi^4 bou^5 lun^2

传	表	兄	不	忘

若表兄不忘，

2-976

是	马	巡	讲	满
Cix	ma	cunz	gangj	monh

$çi^4$ ma^1 $çun^2$ $ka:ŋ^3$ $mo:n^6$

就	来	巡	讲	情

就过来谈情。

男唱

2-977

写　南　空　马　托

Ce　nanz　ndwi　ma　doh

ςe^1　$na{:}n^2$　$du{:}i^1$　ma^1　to^6

留　久　不　来　向

久不相往来，

2-978

大　罗　很　叶　仁

Daih　loh　hwnj　mbaw　nyungz

$ta{:}i^6$　lo^6　$hu\operatorname{\ɯ}n^3$　$ba\operatorname{ɯ}^1$　$\operatorname{ȵ}u\eta^2$

大　路　起　叶　绒

道路长野草。

2-979

想　干　罗　斗　巡

Siengj　ganj　loh　daeuj　cunz

$\theta i{:}\eta^3$　$ka{:}n^3$　lo^6　tau^3　ςun^2

想　赶　路　来　巡

想过路来访，

2-980

米　文　封　罗　机

Miz　vunz　fung　loh　giq

mi^2　vun^2　$fu\eta^1$　lo^6　ki^5

有　人　封　路　岔

有人封岔路。

女唱

2-981

写　南　空　马　托

Ce　nanz　ndwi　ma　doh

ςe^1　$na{:}n^2$　$du{:}i^1$　ma^1　to^6

留　久　不　来　向

久不相往来，

2-982

大　罗　很　叶　仁

Daih　loh　hwnj　mbaw　nyungz

$ta{:}i^6$　lo^6　$hu\operatorname{ɯ}n^3$　$ba\operatorname{ɯ}^1$　$\operatorname{ȵ}u\eta^2$

大　路　起　叶　绒

道路长野草。

2-983

管　干　罗　马　巡

Guenj　ganj　loh　ma　cunz

$ku{:}n^3$　$ka{:}n^3$　lo^6　ma^1　ςun^2

管　赶　路　来　巡

扫清路来访，

2-984

友　而　封　洋　祘

Youx　lawz　fung　yaeng　suenq

ju^4　lau^2　$fu\eta^1$　$ja\eta^1$　$\theta u{:}n^5$

友　哪　封　再　算

谁封路再说。

男唱

2-985

写	南	空	马	托
Ce	nanz	ndwi	ma	doh
$çe^1$	$na{:}n^2$	$du{:}i^1$	ma^1	to^6
留	久	不	来	向

久不相往来，

2-986

大	罗	很	叶	仁
Daih	loh	hwnj	mbaw	nyungz
$ta{:}i^6$	lo^6	hun^3	bau^1	$ȵuŋ^2$
大	路	起	叶	绒

道路长野草。

2-987

观	几	卩	斗	巡
Gonq	geij	boux	daeuj	cunz
$ko{:}n^5$	ki^3	pu^4	tau^3	$ɕun^2$
先	几	个	来	巡

以前有人来，

2-988

米	文	封	它	瓜
Miz	vunz	fung	de	gvaq
mi^2	vun^2	$fuŋ^1$	te^1	kwa^5
有	人	封	他	过

曾经被封过。

女唱

2-989

写	南	由	了	乖
Ce	nanz	raeuh	liux	gvai
$çe^1$	$na{:}n^2$	$ȵau^6$	$li{:}u^4$	$kwa{:}i^1$
留	久	多	啰	乖

久别了我友，

2-990

写	南	来	对	达
Ce	nanz	lai	doih	dah
$çe^1$	$na{:}n^2$	$la{:}i^1$	$to{:}i^6$	ta^6
留	久	多	伙伴	女

久违了情友。

2-991

友	而	封	你	瓜
Youx	lawz	fung	mwngz	gvaq
ju^4	lau^2	$fuŋ^1$	$muŋ^2$	kwa^5
友	哪	封	你	过

谁人封过你，

2-992

你	念	那	它	写
Mwngz	niemh	naj	de	ce
$muŋ^2$	$ni{:}m^6$	na^3	te^1	$çe^1$
你	记	脸	他	留

把他记起来。

女唱

2-993

写　南　由　了　乖

Ce　nanz　raeuh　liux　gvai

$çe^1$　$na:n^2$　$ɹau^6$　$li:u^4$　$kwa:i^1$

留　久　多　啰　乖

久别了我友，

2-994

写　南　来　对　达

Ce　nanz　lai　doih　dah

$çe^1$　$na:n^2$　$la:i^1$　$to:i^6$　ta^6

留　久　多　伙伴　女

久违了女伴。

2-995

土　是　想　念　那

Dou　cix　siengj　niemh　naj

tu^1　$çi^4$　$θi:ŋ^3$　$ni:m^6$　na^3

我　是　想　记　脸

我本想记住，

2-996

备　空　瓜　邦　偻

Beix　ndwi　gvaq　biengz　raeuz

pi^4　$du:i^1$　kwa^5　$pi:ŋ^2$　$ɹau^2$

兄　不　过　地方　我们

兄不走我方。

男唱

2-997

写　南　由　了　乖

Ce　nanz　raeuh　liux　gvai

$çe^1$　$na:n^2$　$ɹau^6$　$li:u^4$　$kwa:i^1$

留　久　多　啰　乖

久别了心肝，

2-998

写　南　来　对　达

Ce　nanz　lai　doih　dah

$çe^1$　$na:n^2$　$la:i^1$　$to:i^6$　ta^6

留　久　多　伙伴　女

久违了情友。

2-999

说　少　乖　念　那

Naeuz　sau　gvai　niemh　naj

nau^2　$θa:u^1$　$kwa:i^1$　$ni:m^6$　na^3

说　姑娘　乖　记　脸

叫女友记住，

2-1000

告　内　瓜　邦　你

Gau　neix　gvaq　biengz　mwngz

$ka:u^1$　ni^4　kwa^5　$pi:ŋ^2$　$muŋ^2$

次　这　过　地方　你

这回走你方。

220 广西高甲壮语瑶歌译注

女唱

2-1001

写	南	由	了	乖
Ce	nanz	raeuh	liux	gvai
çe¹	na:n²	ɹau⁶	li:u⁴	kwa:i¹
留	久	多	啰	乖

久别了心肝,

2-1002

写	南	来	对	达
Ce	nanz	lai	doih	dah
çe¹	na:n²	la:i¹	to:i⁶	ta⁶
留	久	多	伙伴	女

久别了情友。

2-1003

知	你	瓜	空	瓜
Rox	mwngz	gvaq	ndwi	gvaq
ɹo⁴	muɯŋ²	kwa⁵	du:i¹	kwa⁵
知	你	过	不	过

谁知你过否,

2-1004

开	罗	伴	召	心
Gaej	lox	buenx	cau	sim
ka:i⁵	lo⁴	pu:n⁴	ça:u⁵	θin¹
别	哄	伴	操	心

别哄我操心。

男唱

2-1005

写	南	由	了	乖
Ce	nanz	raeuh	liux	gvai
çe¹	na:n²	ɹau⁶	li:u⁴	kwa:i¹
留	久	多	啰	乖

久别了心肝,

2-1006

写	南	来	对	达
Ce	nanz	lai	doih	dah
çe¹	na:n²	la:i¹	to:i⁶	ta⁶
留	久	多	伙伴	女

久别了情友。

2-1007

土	讲	瓜	是	瓜
Dou	gangj	gvaq	cix	gvaq
tu¹	ka:ŋ³	kwa⁵	çi⁴	kwa⁵
我	讲	过	就	过

我说过就过,

2-1008

伴	不	良	论	文
Buenx	mbouj	lingh	lumj	vunz
pu:n⁴	bou⁵	leŋ⁶	lun³	vun²
伴	不	另	像	人

不轻易骗人。

女唱

2-1009

写	南	空	马	托
Ce	nanz	ndwi	ma	doh
çe¹	na:n²	du:i¹	ma¹	to⁶
留	久	不	来	向

久不相往来，

2-1010

大	罗	很	叶	仁
Daih	loh	hwnj	mbaw	nyungz
ta:i⁶	lo⁶	hɯn³	baɯ¹	ȵuŋ²
大	路	起	叶	绒

道路长野草。

2-1011

备	空	采	空	巡
Beix	ndwi	caij	ndwi	cunz
pi⁴	du:i¹	ça:i³	du:i¹	çun²
兄	不	踩	不	巡

兄总不来往，

2-1012

少	牙	说	句	内
Sau	yax	naeuz	coenz	neix
θa:u¹	ja⁵	nau²	kjon²	ni⁴
姑娘	才	说	句	这

我才这么说。

男唱

2-1013

写	南	空	马	托
Ce	nanz	ndwi	ma	doh
çe¹	na:n²	du:i¹	ma¹	to⁶
留	久	不	来	向

久不相往来，

2-1014

大	罗	很	叶	仁
Daih	loh	hwnj	mbaw	nyungz
ta:i⁶	lo⁶	hɯn³	baɯ¹	ȵuŋ²
大	路	起	叶	绒

道路长野草。

2-1015

阝	阝	是	妻	文
Boux	boux	cix	maex	vunz
pu⁴	pu⁴	çi⁴	mai⁴	vun²
个	个	是	妻	人

都是别人妻，

2-1016

巡	阝	而	了	农
Cunz	boux	lawz	liux	nuengx
çun²	pu⁴	lau²	li:u⁴	nu:ŋ⁴
巡	个	哪	啰	妹

我敢访哪个。

女唱

男唱

2-1017

写　南　空　马　托
Ce　nanz　ndwi　ma　doh
çe¹　naːn²　duːi¹　ma¹　to⁶
留　久　不　来　向

久不相往来，

2-1018

大　罗　很　叶　仁
Daih　loh　hwnj　mbaw　nyungz
taːi⁶　lo⁶　huɯn³　baɯ¹　ȵuŋ²
大　路　起　叶　绒

道路长野草。

2-1019

妻　文　是　妻　文
Maex　vunz　cix　maex　vunz
mai⁴　vun²　çi⁴　mai⁴　vun²
妻　人　是　妻　人

人妻是人妻，

2-1020

巡　可　米　正　重
Cunz　goj　miz　cingz　naek
çun²　ko⁵　mi¹　çiŋ²　nak⁷
巡　也　有　情　重

走访情义重。

2-1021

写　南　空　马　托
Ce　nanz　ndwi　ma　doh
çe¹　naːn²　duːi¹　ma¹　to⁶
留　久　不　来　向

久不相往来，

2-1022

大　罗　很　叶　仁
Daih　loh　hwnj　mbaw　nyungz
taːi⁶　lo⁶　huɯn³　baɯ¹　ȵuŋ²
大　路　起　叶　绒

道路长野草。

2-1023

妻　文　写　给　文
Maex　vunz　ce　hawj　vunz
mai⁴　vun²　çe¹　həɯ³　vun²
妻　人　留　给　人

人家的妻室，

2-1024

土　不　巡　是　八
Dou　mbouj　cunz　cix　bah
tu¹　bou⁵　çun²　çi⁴　pa⁶
我　不　巡　就　罢

我宁愿不访。

女唱

2-1025

写	南	空	马	托
Ce	nanz	ndwi	ma	doh
çe¹	na:n²	du:i¹	ma¹	to⁶
留	久	不	来	向

久不相往来，

2-1026

大	罗	很	叶	仁
Daih	loh	hwnj	mbaw	nyungz
ta:i⁶	lo⁶	hun³	bau¹	ȵuŋ²
大	路	起	叶	绒

道路长野草。

2-1027

知	九	备	是	巡
Rox	yiuj	beix	cix	cunz
ɹo⁴	ji:u³	pi⁴	çi⁴	çun²
知	礼	兄	就	巡

兄要访就访，

2-1028

牙	贝	文	贝	了
Yaek	bae	vunz	bae	liux
jak⁷	pai¹	vun²	pai¹	li:u⁴
欲	去	人	去	完

我要嫁人了。

男唱

2-1029

写	南	空	马	托
Ce	nanz	ndwi	ma	doh
çe¹	na:n²	du:i¹	ma¹	to⁶
留	久	不	来	向

久不相往来，

2-1030

大	罗	很	叶	仁
Daih	loh	hwnj	mbaw	nyungz
ta:i⁶	lo⁶	hun³	bau¹	ȵuŋ²
大	路	起	叶	绒

道路长野草。

2-1031

阝	阝	是	贝	文
Boux	boux	cix	bae	vunz
pu⁴	pu⁴	çi⁴	pai¹	vun²
个	个	是	去	人

个个都嫁人，

2-1032

样	而	巡	了	农
Yiengh	lawz	cunz	liux	nuengx
juːŋ⁶	lau²	çun²	li:u⁴	nuːŋ⁴
样	哪	巡	啰	妹

我能恋哪个。

女唱

2-1033

写　南　空　马　托
Ce　nanz　ndwi　ma　doh
$ɕe^1$　$naːn^2$　$duːi^1$　ma^1　to^6
留　久　不　来　向
久不相往来，

2-1034

大　罗　很　叶　仁
Daih　loh　hwnj　mbaw　nyungz
$taːi^6$　lo^6　$hɯn^3$　$baɯ^1$　$ȵuŋ^2$
大　路　起　叶　绒
道路长野草。

2-1035

贝　文　是　贝　文
Bae　vunz　cix　bae　vunz
pai^1　vun^2　$ɕi^4$　pai^1　vun^2
去　人　就　去　人
嫁人归嫁人，

2-1036

秀　同　巡　可　在
Ciuh　doengh　cunz　goj　ywq
$ɕiːu^6$　$toŋ^2$　$ɕun^2$　ko^5　$jɯ^5$
世　相　巡　也　在
友情永远在。

男唱

2-1037

写　南　空　马　托
Ce　nanz　ndwi　ma　doh
$ɕe^1$　$naːn^2$　$duːi^1$　ma^1　to^6
留　久　不　来　向
久不相往来，

2-1038

大　罗　很　叶　仁
Daih　loh　hwnj　mbaw　nyungz
$taːi^6$　lo^6　$hɯn^3$　$baɯ^1$　$ȵuŋ^2$
大　路　起　叶　绒
道路长野草。

2-1039

农　在　加　几　春
Nuengx　cai　gya　geij　cin
$nuːŋ^4$　$ɕaːi^4$　kja^1　ki^3　$ɕun^1$
妹　在　家　几　春
妹在家几年，

2-1040

龙　利　巡　几　年
Lungz　lij　cunz　geij　nenz
$luŋ^2$　li^4　$ɕun^2$　ki^3　$neːn^2$
龙　还　巡　几　年
兄就访几年。

女唱

2-1041

写	南	空	马	托
Ce	nanz	ndwi	ma	doh
$çe^1$	$na:n^2$	$du:i^1$	ma^1	to^6
留	久	不	来	向

久不相往来，

2-1042

大	罗	很	叶	仁
Daih	loh	hwnj	mbaw	nyungz
$ta:i^6$	lo^6	hun^3	bau^1	$ȵuŋ^2$
大	路	起	叶	绒

道路长野草。

2-1043

在	加	备	是	巡
Cai	gya	beix	cix	cunz
$ça:i^4$	kja^1	pi^4	$çi^4$	$çun^2$
在	家	兄	就	巡

妹在家就访，

2-1044

后	邦	文	是	了
Haeuj	biengz	vunz	cix	liux
hau^3	$piŋ^2$	vun^2	$çi^4$	$li:u^4$
进	地方	人	就	完

妹嫁人就罢。

男唱

2-1045

写	南	空	马	托
Ce	nanz	ndwi	ma	doh
$çe^1$	$na:n^2$	$du:i^1$	ma^1	to^6
留	久	不	来	向

久不相往来，

2-1046

大	罗	很	叶	仁
Daih	loh	hwnj	mbaw	nyungz
$ta:i^6$	lo^6	hun^3	bau^1	$ȵuŋ^2$
大	路	起	叶	绒

道路长野草。

2-1047

农	狼	后	邦	文
Nuengx	langh	haeuj	biengz	vunz
$nu:ŋ^4$	$la:ŋ^6$	hau^3	$piŋ^2$	vun^2
妹	若	进	地方	人

妹若嫁他方，

2-1048

龙	是	巡	然	乜
Lungz	cix	cunz	ranz	meh
$luŋ^2$	$çi^4$	$çun^2$	$ɻa:n^2$	me^6
龙	就	巡	家	母

我访你娘家。

女唱

2-1049

写　南　空　马　托

Ce　nanz　ndwi　ma　doh

$çe^1$　$na:n^2$　$du:i^1$　ma^1　to^6

留　久　不　来　向

久不相往来，

2-1050

大　罗　很　叶　仁

Daih　loh　hwnj　mbaw　nyungz

$ta:i^6$　lo^6　hun^3　bau^1　$ȵuŋ^2$

大　路　起　叶　绒

道路长野草。

2-1051

洋　面　面　同　巡

Yaeng　menh　menh　doengh　cunz

$jaŋ^1$　$me:n^6$　$me:n^6$　$toŋ^2$　$çun^2$

再　慢　慢　相　巡

若总是来访，

2-1052

秀　文　貝　了　备

Ciuh　vunz　bae　liux　beix

$çi:u^6$　vun^2　pai^1　$li:u^4$　pi^4

世　人　去　完　兄

误一辈青春。

男唱

2-1053

写　南　空　马　托

Ce　nanz　ndwi　ma　doh

$çe^1$　$na:n^2$　$du:i^1$　ma^1　to^6

留　久　不　来　向

久不相往来，

2-1054

大　罗　很　叶　仁

Daih　loh　hwnj　mbaw　nyungz

$ta:i^6$　lo^6　hun^3　bau^1　$ȵuŋ^2$

大　路　起　叶　绒

道路长野草。

2-1055

知　九　是　同　巡

Rox　yiuj　cix　doengh　cunz

$ɹo^4$　$ji:u^3$　$çi^4$　$toŋ^2$　$çun^2$

知　礼　就　相　巡

聪明就互访，

2-1056

秀　文　不　几　乃

Ciuh　vunz　mbouj　geij　naih

$çi:u^6$　vun^2　bou^5　ki^3　$na:i^6$

世　人　不　几　久

人生没多长。

女唱

2-1057

写	南	由	了	金
Ce	nanz	raeuh	liux	gim

çe¹　na:n²　ʌau⁶　li:u⁴　kin¹

留　久　多　啰　金

久别了好友，

2-1058

特	心	平	样	水
Dawz	sim	bingz	yiengh	raemx

təɯ²　θin¹　piŋ²　jɯ:ŋ⁶　ʌan⁴

拿　心　平　样　水

心平静如水。

2-1059

出	而	马	对	生
Ok	lawz	ma	doiq	saemq

o:k⁷　lau²　ma¹　to:i⁵　θan⁵

出　哪　来　对　庚

同龄友何来，

2-1060

马	讲	满	然	偻
Ma	gangj	monh	ranz	raeuz

ma¹　ka:ŋ³　mo:n⁶　ʌa:n²　ʌau²

来　讲　情　家　我们

到我家谈情。

男唱

2-1061

写	南	由	了	金
Ce	nanz	raeuh	liux	gim

çe¹　na:n²　ʌau⁶　li:u⁴　kin¹

留　久　多　啰　金

久别了好友，

2-1062

特	心	平	样	水
Dawz	sim	bingz	yiengh	raemx

təɯ²　θin¹　piŋ²　jɯ:ŋ⁶　ʌan⁴

拿　心　平　样　水

心平静如水。

2-1063

日	采	尚	采	灯
Ngoenz	byaij	sang	byaij	daemq

ŋon²　pja:i³　θa:ŋ¹　pja:i³　tan⁵

日　走　高　走　低

常走上走下，

2-1064

它	对	亶	写	南
Dauq	doiq	haemh	ce	nanz

ta:u⁵　to:i⁵　han⁶　çe¹　na:n²

倒　对　夜　留　久

偏对久别夜。

女唱

男唱

2-1065

写	南	由	了	金
Ce	nanz	raeuh	liux	gim
φe^1	$na{:}n^2$	$\textipa{rau}^6$	$li{:}u^4$	kin^1
留	久	多	啰	金

久别了好友，

2-1069

写	南	由	了	金
Ce	nanz	raeuh	liux	gim
φe^1	$na{:}n^2$	$\textipa{rau}^6$	$li{:}u^4$	kin^1
留	久	多	啰	金

久别了好友，

2-1066

特	心	平	样	水
Dawz	sim	bingz	yiengh	raemx
$t\textipa{@W}^2$	θin^1	$pi\eta^2$	$j\textipa{W:\eta}^6$	$\textipa{ran}^4$
拿	心	平	样	水

心平静如水。

2-1070

特	心	平	样	水
Dawz	sim	bingz	yiengh	raemx
$t\textipa{@W}^2$	θin^1	$pi\eta^2$	$j\textipa{W:\eta}^6$	$\textipa{ran}^4$
拿	心	平	样	水

心平静如水。

2-1067

出	而	马	对	生
Ok	lawz	ma	doiq	saemq
$o{:}k^7$	lau^2	ma^1	$to{:}i^5$	θan^5
出	哪	来	对	庚

同龄友何来，

2-1071

元	远	来	对	先
Roen	gyae	lai	doiq	saemq
$jo{:}n^1$	$kjai^1$	$la{:}i^1$	$to{:}i^5$	θan^5
路	远	多	对	庚

路途太遥远，

2-1068

么	是	盲	能	来
Maz	cix	haemh	nyaenx	lai
ma^2	φi^4	han^6	$\textipa{\textltailn}an^4$	$la{:}i^1$
何	是	夜	那么	多

怎来那么晚。

2-1072

盲	黑	才	马	堂
Haemh	laep	nda	ma	daengz
han^6	lat^7	da^1	ma^1	$ta\eta^2$
夜	黑	刚	来	到

天黑才来到。

女唱

2-1073

写	南	来	韦	机
Ce	nanz	lai	vae	giq

$çe^1$　$na{:}n^2$　$la{:}i^1$　vai^1　ki^5

留	久	多	姓	支

久别异姓友，

2-1074

合	义	由	了	少
Hoz	ngeix	raeuh	liux	sau

ho^2　$ȵi^4$　$ɣau^6$　$li{:}u^4$　$θa{:}u^1$

喉	想	很	啰	姑娘

心中想女伴。

2-1075

亘	论	才	马	堂
Haemh	laep	nda	ma	daengz

han^6　lat^7　da^1　ma^1　$taŋ^2$

夜	黑	刚	来	到

夜深才来到，

2-1076

老	年	忠	古	对
Lau	nem	fangz	guh	doih

$la{:}u^1$　$ne{:}m^1$　$fa{:}ŋ^2$　ku^4　$to{:}i^6$

怕	贴	鬼	做	伙伴

恐同鬼做伴。

男唱

2-1077

写	南	来	韦	机
Ce	nanz	lai	vae	giq

$çe^1$　$na{:}n^2$　$la{:}i^1$　vai^1　ki^5

留	久	多	姓	支

久别异姓友，

2-1078

合	义	由	了	娘
Hoz	ngeix	raeuh	liux	nangz

ho^2　$ȵi^4$　$ɣau^6$　$li{:}u^4$　$na{:}ŋ^2$

喉	想	很	啰	姑娘

心中想女伴。

2-1079

十	分	狼	年	患
Cib	faen	langh	nem	fangz

$çit^8$　fan^1　$la{:}ŋ^6$　$ne{:}m^1$　$fa{:}ŋ^2$

十	分	若	贴	鬼

方才若随鬼，

2-1080

不	马	堂	亘	内
Mbouj	ma	daengz	haemh	neix

bou^5　ma^1　$taŋ^2$　han^6　ni^4

不	来	到	夜	这

今晚来不了。

女唱

2-1081

写	南	由	了	金
Ce	nanz	raeuh	liux	gim
çe¹	na:n²	ɹau⁶	li:u⁴	kin¹
留	久	多	啰	金

久别了好友，

2-1082

特	心	平	样	水
Dawz	sim	bingz	yiengh	raemx
təɯ²	θin¹	piŋ²	jɯ:ŋ⁶	ɹan⁴
拿	心	平	样	水

心平静如水。

2-1083

交	能	来	对	生
Gyau	nyaenx	lai	doiq	saemq
kja:u¹	ȵan⁴	la:i¹	to:i⁵	θan⁵
交	那么	多	对	庚

那么多好友，

2-1084

友	而	狼	你	马
Youx	lawz	langh	mwngz	ma
ju⁴	lau²	la:ŋ⁶	muŋ²	ma¹
友	哪	放	你	来

谁肯放你来。

男唱

2-1085

写	南	由	了	金
Ce	nanz	raeuh	liux	gim
çe¹	na:n²	ɹau⁶	li:u⁴	kin¹
留	久	多	啰	金

久别了好友，

2-1086

特	心	平	样	水
Dawz	sim	bingz	yiengh	raemx
təɯ²	θin¹	piŋ²	jɯ:ŋ⁶	ɹan⁴
拿	心	平	样	水

心平静如水。

2-1087

日	古	红	堂	頃
Ngoenz	guh	hong	daengz	haemh
ŋon²	ku⁴	ho:ŋ¹	taŋ²	han⁶
日	做	工	到	夜

每天忙到晚，

2-1088

卜	乜	狼	土	马
Boh	meh	langh	dou	ma
po⁶	me⁶	la:ŋ⁶	tu¹	ma¹
父	母	放	我	来

父母才让来。

女唱

2-1089

写	南	来	韦	机
Ce	nanz	lai	vae	giq
çe¹	na:n²	la:i¹	vai¹	ki⁵
留	久	多	姓	支

久别异姓友，

2-1090

合	义	由	了	而
Hoz	ngeix	raeuh	liux	lawz
ho²	ȵi⁴	ȵau⁶	li:u⁴	law²
喉	想	很	啰	哪

太多的思念。

2-1091

卜	乜	狼	你	马
Boh	meh	langh	mwngz	ma
po⁶	me⁶	la:ŋ⁶	mɯŋ²	ma¹
父	母	放	你	来

父母让你来，

2-1092

米	开	么	正	重
Miz	gij	maz	cingz	naek
mi²	ka:i²	ma²	çiŋ²	nak⁷
有	什	么	情	重

带什么大礼。

男唱

2-1093

写	南	来	韦	机
Ce	nanz	lai	vae	giq
çe¹	na:n²	la:i¹	vai¹	ki⁵
留	久	多	姓	支

久别异姓友，

2-1094

合	义	由	了	娘
Hoz	ngeix	raeuh	liux	nangz
ho²	ȵi⁴	ȵau⁶	li:u⁴	na:ŋ²
喉	想	多	啰	娘

心中想女伴。

2-1095

卜	乜	狼	土	马
Boh	meh	langh	dou	ma
po⁶	me⁶	la:ŋ⁶	tu¹	ma¹
父	母	放	我	来

父母让我来，

2-1096

马	年	少	勒	仪
Ma	nem	sau	lawh	saenq
ma¹	ne:m¹	θa:u¹	lɯ⁶	θin⁵
来	贴	姑	娘	换	信

同情友交心。

① 付防水叶巴
［fu² vaːŋ⁶ ɹan⁴ ɹoːŋ¹ pja²］：像芋叶上的水珠晃动，比喻男方四处游走，没有固定居所。

女唱

2-1097

写	南	来	韦	机
Ce	nanz	lai	vae	giq
çe¹	naːn²	laːi¹	vai¹	ki⁵

留	久	多	姓	支

久别异姓友，

2-1098

合	义	由	了	而
Hoz	ngeix	raeuh	liux	lawz
ho²	ŋi⁴	ɹau⁶	liːu⁴	lau²

喉	想	很	啰	哪

心中多思念。

2-1099

卜	乜	狼	你	马
Boh	meh	langh	mwngz	ma
po⁶	me⁶	laːŋ⁶	muɯŋ²	ma¹

父	母	放	你	来

父母让你来，

2-1100

安	加	尝	了	备
An	gya	caengz	liux	beix
aːn¹	kja¹	çaŋ²	liːu⁴	pi⁴

安	家	未	完	兄

你结婚没有？

男唱

2-1101

写	南	来	韦	机
Ce	nanz	lai	vae	giq
çe¹	naːn²	laːi¹	vai¹	ki⁵

留	久	多	姓	支

久别异姓友，

2-1102

合	义	由	了	而
Hoz	ngeix	raeuh	liux	lawz
ho²	ŋi⁴	ɹau⁶	liːu⁴	lau²

喉	想	很	啰	哪

心中多想念。

2-1103

付	防	水	叶	巴①
Fouz	vangh	raemx	rong	byaz
fu²	vaːŋ⁶	ɹan⁴	ɹoːŋ¹	pja²

浮	摇晃	水	叶	芋

像水珠晃动，

2-1104

加	在	而	了	农
Gya	ywq	lawz	liux	nuengx
kja¹	jɯ⁵	lau²	liːu⁴	nuːŋ⁴

家	在	哪	啰	妹

哪有什么家。

女唱

2-1105

写	南	来	韦	机
Ce	nanz	lai	vae	giq
çe¹	na:n²	la:i¹	vai¹	ki⁵
留	久	多	姓	支

久别异姓友，

2-1106

合	义	由	了	而
Hoz	ngeix	raeuh	liux	lawz
ho²	ɲi⁴	ʐau⁶	li:u⁴	lɯ²
喉	想	很	啰	哪

心中多思念。

2-1107

表	备	尝	当	加
Biuj	beix	caengz	dang	gya
pi:u³	pi⁴	çaŋ²	ta:ŋ¹	kja¹
表	兄	未	当	家

兄还未成家，

2-1108

沙	正	马	土	勒
Nda	cingz	ma	dou	lawh
da¹	çiŋ²	ma¹	tu¹	lɯ⁶
摆	情	来	我	换

拿礼品来换。

男唱

2-1109

写	南	来	韦	机
Ce	nanz	lai	vae	giq
çe¹	na:n²	la:i¹	vai¹	ki⁵
留	久	多	姓	支

久别异姓友，

2-1110

合	义	由	了	而
Hoz	ngeix	raeuh	liux	lawz
ho²	ɲi⁴	ʐau⁶	li:u⁴	lɯ²
喉	想	很	啰	哪

心中多思念。

2-1111

表	农	先	当	加
Biuj	nuengx	senq	dang	gya
pi:u³	nu:ŋ⁴	θe:n⁵	ta:ŋ¹	kja¹
表	妹	早	当	家

妹你早成家，

2-1112

沙	正	牙	不	满
Nda	cingz	yax	mbouj	monh
da¹	çiŋ²	ja⁵	bou⁵	mo:n⁶
摆	情	也	不	谈情

送礼勿言情。

女唱

2-1113

写	南	来	韦	机
Ce	nanz	lai	vae	giq
çe¹	naːn²	laːi¹	vai¹	ki⁵
留	久	多	姓	支

久别异姓友，

2-1114

合	义	由	了	而
Hoz	ngeix	raeuh	liux	lawz
ho²	ŋi⁴	ɹau⁶	liːu⁴	ɭau²
喉	想	很	啰	哪

心中多思念。

2-1115

表	备	尝	当	加
Biuj	beix	caengz	dang	gya
piːu³	pi⁴	çaŋ²	taːŋ¹	kja¹
表	兄	未	当	家

兄还未成家，

2-1116

么	不	马	利	早
Maz	mbouj	ma	lij	romh
ma²	bou⁵	ma¹	li⁴	ɹoːn⁶
何	不	来	还	早

何不早点来。

男唱

2-1117

写	南	由	了	乖
Ce	nanz	raeuh	liux	gvai
çe¹	naːn²	ɹau⁶	liːu⁴	kwaːi¹
留	久	多	啰	乖

久别了心肝，

2-1118

写	南	来	对	伴
Ce	nanz	lai	doih	buenx
çe¹	naːn²	laːi¹	toːi⁶	puːn⁴
留	久	多	伙伴	伴

久别了情友。

2-1119

想	牙	马	利	早
Siengj	yaek	ma	lij	romh
θiːŋ³	jak⁷	ma¹	li⁴	ɹoːn⁶
想	要	来	还	早

本想早点来，

2-1120

知	对	伴	知	空
Rox	doih	buenx	rox	ndwi
ɹo⁴	toːi⁶	puːn⁴	ɹo⁴	duːi¹
知	伙伴	伴	知	不

怕友不知道。

女唱

2-1121

写	南	由	了	乖
Ce	nanz	raeuh	liux	gvai
çe¹	naːn²	ɹau⁶	liːu⁴	kwaːi¹
留	久	多	啰	乖

久别了心肝，

2-1122

写	南	来	对	伴
Ce	nanz	lai	doih	buenx
çe¹	naːn²	laːi¹	toːi⁶	puːn⁴
留	久	多	伙伴	伴

久违了情友。

2-1123

龙	管	马	利	早
Lungx	guenj	ma	lij	romh
luŋ²	kuːn³	ma¹	li⁴	ɹoːn⁶
龙	管	来	还	早

兄只管早来，

2-1124

不	对	又	貝	而
Mbouj	doiq	youh	bae	lawz
bou⁵	toːi⁵	jou⁴	pai¹	lau²
不	对	又	去	哪

我无处可去。

男唱

2-1125

写	南	由	了	乖
Ce	nanz	raeuh	liux	gvai
çe¹	naːn²	ɹau⁶	liːu⁴	kwaːi¹
留	久	多	啰	乖

久别了心肝，

2-1126

写	南	来	对	伴
Ce	nanz	lai	doih	buenx
çe¹	naːn²	laːi¹	toːi⁶	puːn⁴
留	久	多	伙伴	伴

久别了情友。

2-1127

想	牙	利	马	早
Siengj	yaek	lij	ma	romh
θiːŋ³	jak⁷	li⁴	ma¹	ɹoːn⁶
想	要	还	来	早

本想早点来，

2-1128

为	观	空	米	正
Vih	gonq	ndwi	miz	cingz
vei⁶	koːn⁵	duːi¹	mi²	çiŋ²
为	先	不	有	情

只因无礼品。

女唱

2-1129

写	南	由	了	乖
Ce	nanz	raeuh	liux	gvai
çe¹	na:n²	ɹau⁶	li:u⁴	kwa:i¹
留	久	多	啰	乖

久别了心肝，

2-1130

写	南	来	对	伴
Ce	nanz	lai	doih	buenx
çe¹	na:n²	la:i¹	to:i⁶	pu:n⁴
留	久	多	伙伴	伴

久违了情友。

2-1131

龙	贝	州	古	判
Lungz	bae	cou	guh	buenq
luŋ²	pai¹	çou¹	ku⁴	pu:n⁵
龙	去	州	做	贩

兄去做生意，

2-1132

得	团	说	得	绸
Ndaej	duenh	naeuz	ndaej	couz
dai³	tu:n⁶	nau²	dai³	çu²
得	缎	或	得	绸

得绸或得缎。

男唱

2-1133

写	南	由	了	乖
Ce	nanz	raeuh	liux	gvai
çe¹	na:n²	ɹau⁶	li:u⁴	kwa:i¹
留	久	多	啰	乖

久别心上人，

2-1134

写	南	来	对	伴
Ce	nanz	lai	doih	buenx
çe¹	na:n²	la:i¹	to:i⁶	pu:n⁴
留	久	多	伙伴	伴

久别了情友。

2-1135

想	牙	马	利	早
Siengj	yaek	ma	lij	romh
θi:ŋ³	jak⁷	ma¹	li⁴	ɹo:n⁶
想	要	来	还	早

本想早点来，

2-1136

农	古	判	邦	文
Nuengx	guh	buenq	biengz	vunz
nu:ŋ⁴	ku⁴	pu:n⁵	pi:ŋ²	vun²
妹	做	贩	地方	人

妹外出经商。

女唱

男唱

2-1137

写　南　由　了　乖

Ce　nanz　raeuh　liux　gvai

$çe^1$　$naːn^2$　$ɹau^6$　$liːu^4$　$kwaːi^1$

留　久　多　啰　乖

久别了心肝，

2-1138

写　南　来　对　伴

Ce　nanz　lai　doih　buenx

$çe^1$　$naːn^2$　$laːi^1$　$toːi^6$　$puːn^4$

留　久　多　伙伴　伴

久违了情友。

2-1139

不　自　土　古　判

Mbouj　gag　dou　guh　buenq

bou^5　$kaːk^8$　tu^1　ku^4　$puːn^5$

不　自　我　做　贩

并非我买卖，

2-1140

备　可　满　来　吉

Beix　goj　monh　lai　giz

pi^4　ko^5　$moːn^6$　$laːi^1$　ki^2

兄　也　谈情　多　处

因兄多留情。

2-1141

写　南　由　了　金

Ce　nanz　raeuh　liux　gim

$çe^1$　$naːn^2$　$ɹau^6$　$liːu^4$　kin^1

留　久　多　啰　金

久别了好友，

2-1142

特　心　平　样　水

Dawz　sim　bingz　yiengh　raemx

$təɯ^2$　$θin^1$　$piŋ^2$　$juːŋ^6$　$ɹan^4$

拿　心　平　样　水

心平静如水。

2-1143

比　内　务　外　灯

Bi　neix　huj　vaij　daemq

pi^1　ni^4　hu^3　$vaːi^3$　tan^5

年　这　云　过　低

今年云层矮，

2-1144

说　对　生　特　平

Naeuz　doiq　saemq　dawz　bingz

nau^2　$toːi^5$　$θan^5$　$təɯ^2$　$piŋ^2$

说　对　庚　拿　平

情友心要平。

女唱

———

2-1145

写	南	由	了	金
Ce	nanz	raeuh	liux	gim
çe¹	na:n²	ɹau⁶	li:u⁴	kin¹
留	久	多	啰	金

久别了好友，

2-1146

特	心	平	样	水
Dawz	sim	bingz	yiengh	raemx
təɯ²	θin¹	piŋ²	jɯ:ŋ⁶	ɹan⁴
拿	心	平	样	水

心平静如水。

2-1147

全	特	平	样	水
Gyonj	dawz	bingz	yiengh	raemx
kjo:n³	təɯ²	piŋ²	jɯ:ŋ⁶	ɹan⁴
都	拿	平	样	水

时时心平静，

2-1148

秋	样	能	不	米
Ciuq	yiengh	nyaenx	mbouj	miz
çi:u⁵	jɯ:ŋ⁶	ɲan⁴	bou⁵	mi²
看	样	那么	不	有

没人能做到。

男唱

———

2-1149

写	南	由	了	金
Ce	nanz	raeuh	liux	gim
çe¹	na:n²	ɹau⁶	li:u⁴	kin¹
留	久	多	啰	金

久别了好友，

2-1150

特	心	平	样	水
Dawz	sim	bingz	yiengh	raemx
təɯ²	θin¹	piŋ²	jɯ:ŋ⁶	ɹan⁴
拿	心	平	样	水

心平静如水。

2-1151

空	特	平	样	水
Ndwi	dawz	bingz	yiengh	raemx
du:i¹	təɯ²	piŋ²	jɯ:ŋ⁶	ɹan⁴
不	拿	平	样	水

不心平气和，

2-1152

务	外	灯	邦	你
Huj	vaij	daemq	biengz	mwngz
hu³	va:i³	tan⁵	pi:ŋ²	mɯŋ²
云	过	低	地方	你

乌云会压顶。

女唱

2-1153

写	南	来	韦	机
Ce	nanz	lai	vae	giq
çe¹	na:n²	la:i¹	vai¹	ki⁵
留	久	多	姓	支

久别异姓友，

2-1154

义	又	坤	心	头
Ngeix	youh	goenq	sim	daeuz
ȵi⁴	jou⁴	kon⁵	θin¹	tau²
想	又	断	心	脏

想起断肝肠。

2-1155

务	外	灯	邦	偻
Huj	vaij	daemq	biengz	raeuz
hu³	va:i³	tan⁵	pi:ŋ²	ɹau²
云	过	低	地方	我们

我处云层低，

2-1156

是	坤	勾	邦	伏
Cix	goenq	gaeu	biengz	fwx
çi⁴	kon⁵	kau¹	pi:ŋ²	fə⁴
就	断	藤	地方	别人

就回绝他人。

男唱

2-1157

写	南	由	了	乖
Ce	nanz	raeuh	liux	gvai
çe¹	na:n²	ɹau⁶	li:u⁴	kwa:i¹
留	久	多	啰	乖

久别了好友，

2-1158

写	南	来	龙	女
Ce	nanz	lai	lungz	nawx
çe¹	na:n²	la:i¹	luŋ²	nɯ⁴
留	久	多	龙	女

久别了姑娘。

2-1159

少	坤	勾	邦	伏
Sau	goenq	gaeu	biengz	fwx
θa:u¹	kon⁵	kau¹	pi:ŋ²	fə⁴
姑娘	断	藤	地方	别人

妹回绝别人，

2-1160

备	得	勒	知	空
Beix	ndaej	lawh	rox	ndwi
pi⁴	dai³	ləɯ⁶	ɹo⁴	du:i¹
兄	得	换	知	不

兄可替换否？

① 山师[pja¹θɯ¹]：山名。今址不详。

女唱

2-1161

写　南　由　了　乖
Ce　nanz　raeuh　liux　gvai
çe¹　naːn²　ɣau⁶　liːu⁴　kwaːi¹
留　久　多　啰　乖
久别了心肝，

2-1162

写　南　来　龙　女
Ce　nanz　lai　lungz　nawx
çe¹　naːn²　laːi¹　luŋ²　nu⁴
留　久　多　龙　女
久别了朋友。

2-1163

少　坤　勾　邦　伏
Sau　goenq　gaeu　biengz　fwx
θaːu¹　kon⁵　kau¹　piːŋ²　fə⁴
姑娘　断　藤　地方　别人
妹回绝别人，

2-1164

备　是　勒　要　正
Beix　cix　lawh　aeu　cingz
pi⁴　çi⁴　ləɯ⁶　au¹　çiŋ²
兄　就　换　要　情
兄就同妹恋。

男唱

2-1165

写　南　由　了　金
Ce　nanz　raeuh　liux　gim
çe¹　naːn²　ɣau⁶　liːu⁴　kin¹
留　久　多　啰　金
久别了好友，

2-1166

特　心　平　样　水
Dawz　sim　bingz　yiengh　raemx
təɯ²　θin¹　piŋ²　juːŋ⁶　ɣan⁴
拿　心　平　样　水
心平静如水。

2-1167

比　内　务　外　灯
Bi　neix　huj　vaij　daemq
pi¹　ni⁴　hu³　vai³　tan⁵
年　这　云　过　低
今年云层低，

2-1168

更　山　师①　下　王
Gwnz　bya　saw　roengz　vaengz
kɯn²　pja¹　θɯ¹　ɣoŋ²　vaŋ²
上　山　师　下　潭
高山沉入潭。

女唱

2-1169

写	南	由	了	金
Ce	nanz	raeuh	liux	gim
çe¹	na:n²	ɹau⁶	li:u⁴	kin¹
留	久	多	啰	金

久别了好友，

2-1170

特	心	平	样	水
Dawz	sim	bingz	yiengh	raemx
təɯ²	θin¹	piŋ²	jɯːŋ⁶	ɹan⁴
拿	心	平	样	水

心平静如水。

2-1171

务	外	尚	样	能
Huj	vaij	sang	yiengh	nyaenx
hu³	va:i³	θa:ŋ¹	jɯːŋ⁶	ȵan⁴
云	过	高	样	那么

云层那么高，

2-1172

样	而	更	得	偻
Yiengh	lawz	goemq	ndaej	raeuz
jɯːŋ⁶	laɯ²	kon⁵	dai³	ɹau²
样	哪	盖	得	我们

怎盖得我们。

男唱

2-1173

写	南	由	了	金
Ce	nanz	raeuh	liux	gim
çe¹	na:n²	ɹau⁶	li:u⁴	kin¹
留	久	多	啰	金

久别了好友，

2-1174

特	心	平	样	水
Dawz	sim	bingz	yiengh	raemx
təɯ²	θin¹	piŋ²	jɯːŋ⁶	ɹan⁴
拿	心	平	样	水

心平静如水。

2-1175

务	外	尚	外	灯
Huj	vaij	sang	vaij	daemq
hu³	va:i³	θa:ŋ¹	va:i³	tan⁵
云	过	高	过	低

云层高或低，

2-1176

更	备	空	知	利
Goemq	beix	ndwi	rox	lix
kon⁵	pi⁴	du:i¹	ɹo⁴	li⁴
盖	兄	不	知	活

盖你也不知。

女唱

2-1177

写	南	由	了	金
Ce	nanz	raeuh	liux	gim
çe¹	na:n²	ɹau⁶	li:u⁴	kin¹
留	久	多	啰	金

久别了好友，

2-1178

特	心	平	样	水
Dawz	sim	bingz	yiengh	raemx
təɯ²	θin¹	piŋ²	juːŋ⁶	ɹan⁴
拿	心	平	样	水

心静平如水。

2-1179

务	外	尚	外	灯
Huj	vaij	sang	vaij	daemq
hu³	va:i³	θa:ŋ¹	va:i³	tan⁵
云	过	高	过	低

云层高或低，

2-1180

吹	要	水	反	平
Ci	aeu	raemx	fan	bingz
çi¹	au¹	ɹan⁴	fa:n¹	piŋ²
吹	要	水	翻	平

水面总要平。

女唱

2-1181

写	南	由	了	金
Ce	nanz	raeuh	liux	gim
çe¹	na:n²	ɹau⁶	li:u⁴	kin¹
留	久	多	啰	金

久别了好友，

2-1182

特	心	平	样	水
Dawz	sim	bingz	yiengh	raemx
təɯ²	θin¹	piŋ²	juːŋ⁶	ɹan⁴
拿	心	平	样	水

心平静如水。

2-1183

贝	秋	那	九	顿①
Bae	ciuq	naz	gouj	daenh
pai¹	çi:u⁵	na²	kjau³	tan⁶
去	看	田	九	顿

去看九顿田，

2-1184

平	样	水	知	空
Bingz	yiengh	raemx	rox	ndwi
piŋ²	juːŋ⁶	ɹan⁴	ɹo⁴	du:i¹
平	样	水	知	不

是否平如水。

① 九顿〔kjau³ tan⁶〕：九顿，地名。即今都安瑶族自治县大兴镇政府所在地。

男唱

2-1185

写	南	由	了	金
Ce	nanz	raeuh	liux	gim
$çe^1$	$na:n^2$	$ɹau^6$	$li:u^4$	kin^1
留	久	多	啰	金

久别了好友，

2-1186

特	心	平	样	水
Dawz	sim	bingz	yiengh	raemx
$təɯ^2$	$θin^1$	$piŋ^2$	$juɯŋ^6$	$ɹan^4$
拿	心	平	样	水

心平静如水。

2-1187

貝	秋	那	九	顿
Bae	ciuq	naz	gouj	daenh
pai^1	$çi:u^5$	na^2	$kjau^3$	tan^6
去	看	田	九	顿

去看九顿田，

2-1188

不	办	份	土	偻
Mbouj	baenz	faenh	duz	raeuz
bou^5	pan^2	fan^6	tu^2	$ɹau^2$
不	成	份	的	我们

不属于我们。

女唱

2-1189

写	南	由	了	金
Ce	nanz	raeuh	liux	gim
$çe^1$	$na:n^2$	$ɹau^6$	$li:u^4$	kin^1
留	久	多	啰	金

久别了好友，

2-1190

特	心	平	样	水
Dawz	sim	bingz	yiengh	raemx
$təɯ^2$	$θin^1$	$piŋ^2$	$juɯŋ^6$	$ɹan^4$
拿	心	平	样	水

心平静如水。

2-1191

重	心	吨	拉	芬
Naek	sim	daemx	laj	faenh
nak^7	$θin^1$	tan^4	la^3	fan^6
重	心	顶	下	树梢

只要你用心，

2-1192

却	分	份	可	堂
Gyog	baen	faenh	goj	daengz
$kjo:k^8$	pan^1	fan^6	ko^5	$taŋ^2$
将来	分	份	可	到

会分到一份。

男唱

2-1193

写	南	由	了	金
Ce	nanz	raeuh	liux	gim
çe¹	naːn²	ɹau⁶	liːu⁴	kin¹
留	久	多	啰	金

久别了好友，

2-1194

特	心	平	样	水
Dawz	sim	bingz	yiengh	raemx
təɯ²	θin¹	piŋ²	jɯːŋ⁶	ɹan⁴
拿	心	平	样	水

心平静如水。

2-1195

唱	歌	堂	又	能
Cang	go	daengz	youh	naengh
çaːŋ⁴	ko⁵	taŋ²	jou⁴	naŋ⁶
唱	歌	到	又	坐

唱歌时落座，

2-1196

份	土	备	在	而
Faenh	duz	beix	ywq	lawz
fan⁶	tu²	pi⁴	jɯ⁵	lauɯ²
份	的	兄	在	哪

兄哪还有份。

女唱

2-1197

写	南	由	了	金
Ce	nanz	raeuh	liux	gim
çe¹	naːn²	ɹau⁶	liːu⁴	kin¹
留	久	多	啰	金

久别了好友，

2-1198

特	心	平	样	水
Dawz	sim	bingz	yiengh	raemx
təɯ²	θin¹	piŋ²	jɯːŋ⁶	ɹan⁴
拿	心	平	样	水

心平静如水。

2-1199

包	乖	牙	要	份
Mbauq	gvai	yaek	aeu	faenh
baːu⁵	kwaːi¹	jak⁷	au¹	fan⁶
小伙	乖	欲	要	份

兄想要名分，

2-1200

是	开	见	灯	日
Cix	gaej	raen	daeng	ngoenz
çi⁴	kaːi⁵	ɹan¹	taŋ¹	ŋon²
就	别	见	灯	天

不得见天日。

男唱

2-1201

写	南	由	了	金
Ce	nanz	raeuh	liux	gim
çe¹	naːn²	ɹau⁶	liːu⁴	kin¹
留	久	多	啰	金

久别了好友，

2-1202

特	心	平	样	水
Dawz	sim	bingz	yiengh	raemx
təɯ²	θin¹	piŋ²	juːŋ⁶	ɹan⁴
拿	心	平	样	水

心平静如水。

2-1203

土	不	文	要	份
Dou	mbouj	vun	aeu	faenh
tu¹	bou⁵	vun¹	au¹	fan⁶
我	不	奢求	要	名份

不奢望名分，

2-1204

但	对	生	办	然
Danh	doiq	saemq	baenz	ranz
taːn⁶	toːi⁵	θan⁵	pan²	ɹaːn²
但	对	庚	成	家

但愿友成家。

女唱

2-1205

写	南	由	了	金
Ce	nanz	raeuh	liux	gim
çe¹	naːn²	ɹau⁶	liːu⁴	kin¹
留	久	多	啰	金

久别了好友，

2-1206

特	心	平	样	水
Dawz	sim	bingz	yiengh	raemx
təɯ²	θin¹	piŋ²	juːŋ⁶	ɹan⁴
拿	心	平	样	水

心平静如水。

2-1207

包	乖	空	要	份
Mbauq	gvai	ndwi	aeu	faenh
baːu⁵	kwaːi⁵	duːi¹	au¹	fan⁶
小伙	乖	不	要	份

兄不要名分，

2-1208

老	牙	坤	正	偻
Lau	yaek	goenq	cingz	raeuz
laːu¹	jak⁷	kon⁵	çiŋ²	ɹau²
怕	要	断	情	我们

是否要绝情。

男唱

2-1209

写	南	由	了	金
Ce	nanz	raeuh	liux	gim
çe¹	na:n²	ɹau⁶	li:u⁴	kin¹
留	久	多	啰	金

久别了好友，

2-1210

特	心	平	样	水
Dawz	sim	bingz	yiengh	raemx
təu²	θin¹	piŋ²	jɯ:ŋ⁶	ɹan⁴
拿	心	平	样	水

心平静如水。

2-1211

元	坤	正	不	坤
Yuenz	goenq	cingz	mbouj	goenq
ju:n²	kon⁵	çiŋ²	bou⁵	kon⁵
缘	断	情	不	断

缘断情不断，

2-1212

门	办	绳	灯	龙
Maenh	baenz	cag	daeng	loengz
man⁶	pan²	ça:k⁸	taŋ¹	loŋ²
稳固	成	绳	灯	笼

稳如灯笼绳。

女唱

2-1213

写	南	由	了	金
Ce	nanz	raeuh	liux	gim
çe¹	na:n²	ɹau⁶	li:u⁴	kin¹
留	久	多	啰	金

久别了好友，

2-1214

特	心	平	样	水
Dawz	sim	bingz	yiengh	raemx
təu²	θin¹	piŋ²	jɯ:ŋ⁶	ɹan⁴
拿	心	平	样	水

心平静如水。

2-1215

送	花	堂	九	顿
Soengq	va	daengz	gouj	daenh
θoŋ⁵	va¹	taŋ²	kjau³	tan⁶
送	花	到	九	顿

送花到九顿，

2-1216

正	不	门	牙	难
Cingz	mbouj	maenh	yax	nanz
çiŋ²	bou⁵	man⁶	ja⁵	na:n²
情	不	稳固	也	难

情不定都难。

男唱

2-1217

写	南	由	了	金
Ce	nanz	raeuh	liux	gim
çe¹	na:n²	ɹau⁶	li:u⁴	ki:n¹
留	久	多	啰	金

久别了好友，

2-1218

特	心	平	样	水
Dawz	sim	bingz	yiengh	raemx
təɯ²	θin¹	piŋ²	juːŋ⁶	ɹan⁴
拿	心	平	样	水

心平静如水。

2-1219

送	花	堂	九	顿
Soengq	va	daengz	gouj	daenh
θoŋ⁵	va¹	taŋ²	kjau³	tan⁶
送	花	到	九	顿

送花到九顿，

2-1220

能	外	友	阝而	而
Naengh	vaij	youx	boux	lawz
naŋ⁶	va:i³	ju⁴	pu⁴	lau²
坐	过	友	个	哪

错过哪位友。

女唱

2-1221

写	南	由	了	金
Ce	nanz	raeuh	liux	gim
çe¹	na:n²	ɹau⁶	li:u⁴	kin¹
留	久	多	啰	金

久别了好友，

2-1222

特	心	平	样	水
Dawz	sim	bingz	yiengh	raemx
təɯ²	θin¹	piŋ²	juːŋ⁶	ɹan⁴
拿	心	平	样	水

心平静如水。

2-1223

送	花	堂	九	顿
Soengq	va	daengz	gouj	daenh
θoŋ⁵	va¹	taŋ²	kjau³	tan⁶
送	花	到	九	顿

送花到九顿，

2-1224

能	外	友	邦	你
Naengh	vaij	youx	biengz	mwngz
naŋ⁶	va:i³	ju⁴	pi:ŋ²	mɯŋ²
坐	过	友	地方	你

错失你好友。

男唱

2-1225

写	南	来	韦	机
Ce	nanz	lai	vae	giq
çe^1	na:n^2	la:i^1	vai^1	ki^5
留	久	多	姓	支

久别异姓友，

2-1226

义	又	坤	心	头
Ngeix	youh	goenq	sim	daeuz
ȵi^4	jou^4	kon^5	θin^1	tau^2
想	又	断	心	脏

想起断肝肠。

2-1227

能	外	友	邦	偻
Naengh	vaij	youx	biengz	raeuz
naŋ^6	va:i^3	ju^4	pi:ŋ^2	ɹau^2
坐	过	友	地方	我们

错失我方友，

2-1228

要	阝	而	特	仪
Aeu	boux	lawz	dawz	saenq
au^1	pu^4	lau^2	təɯ^2	θin^5
要	个	哪	拿	信

谁来收情书。

女唱

2-1229

写	南	来	韦	机
Ce	nanz	lai	vae	giq
çe^1	na:n^2	la:i^1	vai^1	ki^5
留	久	多	姓	支

久别异姓友，

2-1230

义	又	坤	心	头
Ngeix	youh	goenq	sim	daeuz
ȵi^4	jou^4	kon^5	θin^1	tau^2
想	又	断	心	脏

想来肝肠断。

2-1231

能	外	友	邦	偻
Naengh	vaij	youx	biengz	raeuz
naŋ^6	va:i^3	ju^4	pi:ŋ^2	ɹau^2
坐	过	友	地方	我们

错过我方友，

2-1232

要	备	银	特	仪
Aeu	beix	ngaenz	dawz	saenq
au^1	pi^4	ŋan^2	təɯ^2	θin^5
要	兄	银	拿	信

要兄接情书。

男唱

2-1233

写　南　由　了　金
Ce　nanz　raeuh　liux　gim
çe¹　naːn²　ɹau⁶　liːu⁴　kin¹
留　久　多　啰　金
久别了好友，

2-1234

特　心　平　样　水
Dawz　sim　bingz　yiengh　raemx
təɯ²　θin¹　piŋ²　juːŋ⁶　ɹan⁴
拿　心　平　样　水
心平静如水。

2-1235

勾　邦　会　古　门
Gaeu　baengh　faex　guh　maenh
kau¹　paŋ⁶　fai⁴　ku⁴　man⁶
藤　靠　树　做　稳固
藤缠树才稳，

2-1236

备　邦　农　古　文
Beix　baengh　nuengx　guh　vunz
pi⁴　paŋ⁶　nuːŋ⁴　ku⁴　vun²
兄　靠　妹　做　人
兄靠妹成家。

女唱

2-1237

写　南　由　了　金
Ce　nanz　raeuh　liux　gim
çe¹　naːn²　ɹau⁶　liːu⁴　kin¹
留　久　多　啰　金
久别了好友，

2-1238

特　心　平　样　水
Dawz　sim　bingz　yiengh　raemx
təɯ²　θin¹　piŋ²　juːŋ⁶　ɹan⁴
拿　心　平　样　水
心平静如水。

2-1239

问　你　友　对　生
Cam　mwngz　youx　doiq　saemq
çaːm¹　mɯŋ²　ju⁴　toːi⁵　θan⁵
问　你　友　对　庚
我问同龄友，

2-1240

邦　样　能　古　而
Baengh　yiengh　nyaenx　guh　rawz
paŋ⁶　juːŋ⁶　ɲan⁴　ku⁴　ɹau²
靠　样　那么　做　什么
为何要靠人？

男唱

2-1241

写	南	由	了	金
Ce	nanz	raeuh	liux	gim
çe¹	na:n²	ɹau⁶	li:u⁴	kin¹
留	久	多	啰	金

久别了好友，

2-1242

特	心	平	样	水
Dawz	sim	bingz	yiengh	raemx
təɯ²	θin¹	piŋ²	jɯ:ŋ⁶	ɹam⁴
拿	心	平	样	水

心平静如水。

2-1243

想	不	邦	样	能
Siengj	mbouj	baengh	yiengh	nyaenx
θi:ŋ³	bou⁵	paŋ⁶	jɯ:ŋ⁶	ȵan⁴
想	不	靠	样	那么

想不那样靠，

2-1244

对	生	不	重	心
Doiq	saemq	mbouj	naek	sim
to:i⁵	θan⁵	bou⁵	nak⁷	θin¹
对	庚	不	重	心

发小不重视。

男唱

2-1245

写	南	由	了	金
Ce	nanz	raeuh	liux	gim
çe¹	na:n²	ɹau⁶	li:u⁴	kin¹
留	久	多	啰	金

久别了好友，

2-1246

特	心	平	样	良
Dawz	sim	bingz	yiengh	liengz
təɯ²	θin¹	piŋ²	jɯ:ŋ⁶	le:ŋ²
拿	心	平	样	梁

心平静如梁。

2-1247

能	更	桥	比	仿
Naengh	gwnz	giuz	bi	buengz
naŋ⁶	kɯn²	ki:u²	pi¹	pe:ŋ⁵
坐	上	桥	摇	晃

坐桥上闲荡，

2-1248

米	良	是	中	正
Miz	liengh	cix	cuengq	cingz
mi²	le:ŋ⁶	çi⁴	çu:ŋ⁵	çiŋ²
有	肚量	就	放	情

有意就谈情。

女唱						男唱				

2-1249

写	南	由	了	金
Ce	nanz	raeuh	liux	gim
$çe^1$	$na:n^2$	$ɹau^6$	$li:u^4$	kin^1
留	久	多	啰	金

久别了好友，

2-1250

特	心	平	样	良
Dawz	sim	bingz	yiengh	liengz
$təɯ^2$	$θin^1$	$piŋ^2$	$jɯ:ŋ^6$	$le:ŋ^2$
拿	心	平	样	梁

心平静如梁。

2-1251

正	可	在	更	防
Cingz	goj	ywq	gwnz	vengh
$çiŋ^2$	ko^5	$jɯ^5$	$kɯn^2$	$ve:ŋ^6$
情	也	在	上	横梁

信物在梁上，

2-1252

洋	面	面	小	凉
Yaeng	menh	menh	siu	liengz
$jaŋ^1$	$me:n^6$	$me:n^6$	$θi:u^1$	$li:ŋ^2$
再	慢	慢	消	凉

再悠闲乘凉。

2-1253

写	南	由	了	金
Ce	nanz	raeuh	liux	gim
$çe^1$	$na:n^2$	$ɹau^6$	$li:u^4$	kin^1
留	久	多	啰	金

久别了好友，

2-1254

特	心	平	样	良
Dawz	sim	bingz	yiengh	liengz
$təɯ^2$	$θin^1$	$piŋ^2$	$jɯ:ŋ^6$	$le:ŋ^2$
拿	心	平	样	梁

心平静如梁。

2-1255

正	土	在	更	防
Cingz	dou	ywq	gwnz	vengh
$çiŋ^2$	tu^1	$jɯ^5$	$kɯn^2$	$ve:ŋ^6$
情	我	在	上	横梁

信物在梁上，

2-1256

田	农	在	方	而
Dieg	nuengx	ywq	fueng	lawz
$di:k^8$	$nu:ŋ^4$	$jɯ^5$	$fu:ŋ^1$	lau^2
地	妹	在	方	哪

妹你住何方？

① 相［θeːŋ³］：此指广东下辖的行政区划。

女唱

2-1257

写	南	由	了	金
Ce	nanz	raeuh	liux	gim
çe¹	naːn²	ɹau⁶	liːu⁴	kin¹
留	久	多	啰	金

久别了好友，

2-1258

特	心	平	样	良
Dawz	sim	bingz	yiengh	liengz
təɯ²	θin¹	piŋ²	juːŋ⁶	leːŋ²
拿	心	平	样	梁

心平静如梁。

2-1259

广	东	十	三	相①
Gvangj	doeng	cib	sam	siengj
kwaːŋ³	toŋ¹	çit⁸	θaːn¹	θeːŋ³
广	东	十	三	省

广东十三司，

2-1260

不	真	田	农	银
Mbouj	caen	denz	nuengx	ngaenz
bou⁵	çin¹	teːn²	nuːŋ⁴	ŋan²
不	真	地	妹	银

不是妹家乡。

男唱

2-1261

写	南	由	了	金
Ce	nanz	raeuh	liux	gim
çe²	naːn²	ɹau⁶	liːu⁴	kin¹
留	久	多	啰	金

久别了好友，

2-1262

特	心	平	样	良
Dawz	sim	bingz	yiengh	liengz
təɯ²	θin¹	piŋ²	juːŋ⁶	leːŋ²
拿	心	平	样	梁

心平静如梁。

2-1263

广	东	十	三	相
Gvangj	doeng	cib	sam	siengj
kwaːŋ³	toŋ¹	çit⁸	θaːn¹	θeːŋ³
广	东	十	三	省

广东十三司，

2-1264

田	伏	不	田	偻
Denz	fwx	mbouj	denz	raeuz
teːn²	fə⁴	bou⁵	teːn²	ɹau²
地	别人	不	地	我们

不是我家园。

① 认相可下王 [ȵin⁶ θiːŋ⁵ ko⁵ ɹoŋ² vaŋ²]：会看也落水。比喻男女之间有缘无分。

女唱

2-1265

写　　南　　由　　了　　金

Ce　　nanz　　raeuh　　liux　　gim

çe¹　　naːn²　　ɹau⁶　　liːu⁴　　kin¹

留　　久　　多　　啰　　金

久别了好友，

2-1266

特　　心　　平　　样　　良

Dawz　　sim　　bingz　　yiengh　　liengz

təɯ²　　θin¹　　piŋ²　　jɯːŋ⁶　　leːŋ²

拿　　心　　平　　样　　梁

心平静如梁。

2-1267

广　　东　　十　　三　　相

Gvangj　　doeng　　cib　　sam　　siengj

kwaːŋ³　　toŋ¹　　çit⁸　　θaːn¹　　θeːŋ³

广　　东　　十　　三　　省

广东十三司，

2-1268

不　　得　　相　　罗　　元

Mbouj　　ndaej　　ceng　　loh　　yuenz

bou⁵　　dai³　　çeːŋ¹　　lo⁶　　juːn²

不　　得　　争　　路　　缘

寻不到缘份。

男唱

2-1269

写　　南　　由　　了　　金

Ce　　nanz　　raeuh　　liux　　gim

çe¹　　naːn²　　ɹau⁶　　liːu⁴　　kin¹

留　　久　　多　　啰　　金

久别了好友，

2-1270

特　　心　　平　　样　　良

Dawz　　sim　　bingz　　yiengh　　liengz

təɯ²　　θin¹　　piŋ²　　jɯːŋ⁶　　leːŋ²

拿　　心　　平　　样　　梁

心平静如梁。

2-1271

阝　　相　　阝　　不　　相

Boux　　siengq　　boux　　mbouj　　siengq

pu⁴　　θiːŋ⁵　　pu⁴　　bou⁵　　θiːŋ⁵

个　　相　　个　　不　　相

没人会看相，

2-1272

认　　相　　可　　下　　王①

Nyinh　　siengq　　goj　　roengz　　vaengz

ȵin⁶　　θiːŋ⁵　　ko⁵　　ɹoŋ²　　vaŋ²

仍　　相　　也　　下　　潭

会看也落水。

女唱

2-1273

写	难	由	了	金
Ce	nanz	raeuh	liux	gim
çe¹	na:n²	ɹau⁶	li:u⁴	kin¹
留	久	多	啰	金

久别了好友，

2-1274

特	心	平	样	良
Dawz	sim	bingz	yiengh	liengz
təɯ²	θin¹	piŋ²	jɯ:ŋ⁶	le:ŋ²
拿	心	平	样	梁

心平静如梁。

2-1275

身	土	生	貝	边
Ndang	dou	ceng	bae	mbiengq
da:ŋ¹	tu¹	çe:ŋ¹	pai¹	bi:ŋ⁵
身	我	差	去	边

我身不匀称，

2-1276

从	土	相	农	银
Coengh	dou	siengq	nuengx	ngaenz
çoŋ⁶	tu¹	θi:ŋ⁵	nu:ŋ⁴	ŋan²
帮	我	相	妹	银

来帮我看相。

男唱

2-1277

写	南	由	了	金
Ce	nanz	raeuh	liux	gim
çe¹	na:n²	ɹau⁶	li:u⁴	kin¹
留	久	多	啰	金

久别了好友，

2-1278

特	心	平	样	良
Dawz	sim	bingz	yiengh	liengz
təɯ²	θin¹	piŋ²	jɯ:ŋ⁶	le:ŋ²
拿	心	平	样	梁

心平静如梁。

2-1279

身	龙	生	貝	边
Ndang	lungz	ceng	bae	mbiengq
da:ŋ¹	luŋ²	çe:ŋ¹	pai¹	bi:ŋ⁵
身	龙	差	去	边

我身不匀称，

2-1280

良	相	不	很	桥
Liengh	siengq	mbouj	hwnj	giuz
le:ŋ⁶	θi:ŋ⁵	bou⁵	hɯn³	ki:u²
谅	相	不	上	桥

并非富贵相。

女唱

2　1281

写	南	由	了	金
Ce	nanz	raeuh	liux	gim
çe¹	na:n²	ɹau⁶	li:u⁴	kin¹
留	久	多	啰	金

久别了好友，

2-1282

特	心	平	样	良
Dawz	sim	bingz	yiengh	liengz
təɯ²	θin¹	piŋ²	juɯ:ŋ⁶	le:ŋ²
拿	心	平	样	梁

心平静如梁。

2-1283

生	边	可	利	边
Ceng	vengh	goj	lix	vengh
çe:ŋ¹	ve:ŋ⁶	ko⁵	li⁴	ve:ŋ⁶
差	边	可	剩	边

身材不匀称，

2-1284

相	大	才	农	银
Cengq	dah	raix	nuengx	ngaenz
çe:ŋ⁵	ta⁶	ɹa:i⁴	nu:ŋ⁴	ŋan²
撑	实	在	妹	银

定要撑起来。

男唱

2-1285

写	南	由	了	金
Ce	nanz	raeuh	liux	gim
çe¹	na:n²	ɹau⁶	li:u⁴	kin¹
留	久	多	啰	金

久别了好友，

2-1286

特	心	平	样	良
Dawz	sim	bingz	yiengh	liengz
təɯ²	θin¹	piŋ²	juɯ:ŋ⁶	le:ŋ²
拿	心	平	样	梁

心平静如梁。

2-1287

身	你	生	貝	边
Ndang	mwngz	ceng	bae	rengh
da:ŋ¹	mɯŋ²	çe:ŋ¹	pai¹	ɹe:ŋ⁶
身	你	差	去	跟

身材不匀称，

2-1288

可	好	强	下	王
Goj	ndei	giengh	roengz	vaengz
ko⁵	dei¹	ki:ŋ⁶	ɹoŋ²	van²
也	好	跳	下	潭

想沉潭自尽。

女唱

男唱

2-1289

写	南	由	了	金
Ce	nanz	raeuh	liux	gim
çe¹	naːn²	ɹau⁶	liːu⁴	kin¹
留	久	多	啰	金

久别了好友，

2-1290

特	心	平	样	良
Dawz	sim	bingz	yiengh	liengz
təɯ²	θin¹	piŋ²	juːŋ⁶	leŋ²
拿	心	平	样	梁

心平静如梁。

2-1291

土	可	站	吉	光
Dou	goj	soengz	giz	gvengq
tu¹	ko⁵	θoŋ²	ki²	kweːŋ⁵
我	也	站	处	空旷

我在明处看，

2-1292

大	你	强	得	下
Dax	mwngz	giengh	ndaej	roengz
ta⁴	muŋ²	kiːŋ⁶	dai³	ɹoŋ²
赌	你	跳	得	下

赌你敢跳潭。

2-1293

写	南	由	了	金
Ce	nanz	raeuh	liux	gim
çe¹	naːn²	ɹau⁶	liːu⁴	kin¹
留	久	多	啰	金

久别了好友，

2-1294

特	心	平	样	良
Dawz	sim	bingz	yiengh	liengz
təɯ²	θin¹	piŋ²	juːŋ⁶	leŋ²
拿	心	平	样	梁

心平静如梁。

2-1295

你	大	九	是	强
Mwngz	dax	gou	cix	giengh
muŋ²	ta⁴	kou¹	çi⁴	kiːŋ⁶
你	赌	我	就	跳

你赌我便跳，

2-1296

又	貝	爱	开	么
Youh	bae	ngaih	gij	maz
jou⁴	pai¹	ŋaːi⁶	kaːi²	ma²
又	去	妨碍	什	么

我还怕什么。

① 鸟相[ɹok⁸ çiːŋ⁴]: 养鸟。指爱人，此处女方试探男方是否已有家室。

女唱

2-1297

写　南　由　了　金
Ce　nanz　raeuh　liux　gim
çe¹　naːn²　ɹau⁶　liːu⁴　kin¹
留　久　多　啰　金
久别了好友，

2-1298

特　心　平　样　良
Dawz　sim　bingz　yiengh　liengz
təɯ²　θin¹　piŋ²　juːŋ⁶　leːŋ²
拿　心　平　样　梁
心平静如梁。

2-1299

然　你　米　鸟　相①
Ranz　mwngz　miz　roeg　ciengx
ɹaːn²　mɯŋ²　mi²　ɹok⁸　çiːŋ⁴
家　你　有　鸟　养
你已有家室，

2-1300

不　相　友　元　远
Mbouj　siengq　youx　roen　gyae
bou⁵　θiːŋ⁵　ju⁴　joːn¹　kjai¹
不　相　友　路　远
不理远方友。

男唱

2-1301

写　南　由　了　金
Ce　nanz　raeuh　liux　gim
çe¹　naːn²　ɹau⁶　liːu⁴　kin¹
留　久　多　啰　金
久别了好友，

2-1302

特　心　平　样　良
Dawz　sim　bingz　yiengh　liengz
təɯ²　θin¹　piŋ²　juːŋ⁶　leːŋ²
拿　心　平　样　梁
心平静如梁。

2-1303

你　貝　然　土　相
Mwngz　bae　ranz　dou　siengq
mɯŋ²　pai¹　ɹaːn²　tu¹　θiːŋ⁵
你　去　家　我　相
你去我家看，

2-1304

米　鸟　相　在　而
Miz　roeg　ciengx　ywq　lawz
mi²　ɹok⁸　çiːŋ⁴　jɯ⁵　laɯ²
有　鸟　养　在　哪
我哪有家室。

女唱

2-1305

写	南	由	了	金
Ce	nanz	raeuh	liux	gim
çe¹	na:n²	ɹau⁶	li:u⁴	kin¹

留	久	多	啰	金

久别了好友，

2-1306

特	心	平	样	良
Dawz	sim	bingz	yiengh	liengz
təɯ²	θin¹	piŋ²	juːŋ⁶	leːŋ²

拿	心	平	样	梁

心平静如梁。

2-1307

天	乱	土	貝	相
Ngoenz	lwenz	dou	bae	siengq
ŋon²	luːn²	tu¹	pai¹	θiːŋ⁵

日	昨	我	去	相

昨天我去看，

2-1308

备	相	鸟	良	然
Beix	ciengx	roeg	lingh	ranz
pi⁴	çiːŋ⁴	ɹok⁸	leːŋ⁶	ɹaːn²

兄	养	鸟	另	家

兄已有家室。

男唱

2-1309

写	南	由	了	金
Ce	nanz	raeuh	liux	gim
çe¹	na:n²	ɹau⁶	li:u⁴	kin¹

留	久	多	啰	金

久别了好友，

2-1310

特	心	平	样	良
Dawz	sim	bingz	yiengh	liengz
təɯ²	θin¹	piŋ²	juːŋ⁶	leːŋ²

拿	心	平	样	梁

心平静如梁。

2-1311

得	九	义	是	相
Ndaej	giuj	ngeih	cix	ciengx
dai³	ki:u³	ȵi⁶	çi⁴	çiːŋ⁴

得	情	义	就	养

有人就结婚，

2-1312

又	收	命	古	而
Youh	caeuq	mingh	guh	rawz
jou⁴	çau⁵	miŋ⁶	ku⁴	ɹaːu²

又	收	命	做	什么

何故要沾花。

女唱

2-1313

写	南	由	了	金
Ce	nanz	raeuh	liux	gim
ςe^1	$na{:}n^2$	$\textstyle{\unicode{633}au^6}$	$li{:}u^4$	kin^1
留	久	多	啰	金

久别了好友，

2-1314

特	心	平	样	良
Dawz	sim	bingz	yiengh	liengz
$təɯ^2$	$θin^1$	$piŋ^2$	$jɯ{:}ŋ^6$	$le{:}ŋ^2$
拿	心	平	样	梁

心平静如梁。

2-1315

得	九	空	合	相
Ndaej	gou	ndwi	hob	ciengx
dai^3	kou^1	$du{:}i^1$	$ho{:}p^8$	$\varsigma i{:}ŋ^4$
得	我	不	合	养

婚姻不合意，

2-1316

爱	先	友	邦	你
Ngaiq	senj	youx	biengz	mwngz
$ŋa{:}i^5$	$θe{:}n^3$	ju^4	$pi{:}ŋ^2$	$mɯɯŋ^2$
爱	选	友	地方	你

可选你乡友。

男唱

2-1317

写	南	由	了	乖
Ce	nanz	raeuh	liux	gvai
ςe^1	$na{:}n^2$	$\textstyle{\unicode{633}au^6}$	$li{:}u^4$	$kwa{:}i^1$
留	久	多	啰	乖

久别了我友，

2-1318

写	南	来	韦	求
Ce	nanz	lai	vae	gyaeuq
ςe^1	$na{:}n^2$	$la{:}i^1$	vai^1	$kjau^5$
留	久	多	姓	别

久违了情友。

2-1319

九	义	少	牙	有
Giuj	ngeih	sau	yax	youj
$ki{:}u^3$	$ŋi^6$	$θa{:}u^1$	ja^5	jou^3
情	义	姑娘	也	有

妹也有情友，

2-1320

鸟	相	农	牙	米
Roeg	ciengx	nuengx	yax	miz
$\textstyle{\unicode{633}ok^8}$	$\varsigma i{:}ŋ^4$	$nu{:}ŋ^4$	ja^5	mi^2
鸟	养	妹	也	有

妹也有爱人。

女唱

2-1321

写　南　由　了　乖

Ce　nanz　raeuh　liux　gvai

çe¹　na:n²　ɹau⁶　li:u⁴　kwa:i¹

留　久　多　啰　乖

久别了我友，

2-1322

写　南　来　韦　求

Ce　nanz　lai　vae　gyaeuq

çe¹　na:n²　la:i¹　vai¹　kjau⁵

留　久　多　姓　别

久违了情友。

2-1323

九　义　是　没　有

Giuj　ngeih　cix　meij　youj

ki:u³　ŋi⁶　çi⁴　mei³　jou³

情　义　是　没　有

情友都没有，

2-1324

讲　鸟　相　古　而

Gangj　roeg　ciengx　guh　rawz

ka:ŋ³　ɹok⁸　çi:ŋ⁴　ku⁴　ɹaɯ²

讲　鸟　养　做　什么

上哪要爱人。

男唱

2-1325

写　南　由　了　金

Ce　nanz　raeuh　liux　gim

çe¹　na:n²　ɹau⁶　li:u⁴　kin¹

留　久　多　啰　金

久别了好友，

2-1326

特　心　平　样　良

Dawz　sim　bingz　yiengh　liengz

təɯ²　θin¹　piŋ²　jɯ:ŋ⁶　le:ŋ²

拿　心　平　样　梁

心平静如梁。

2-1327

得　巴　空　办　样

Ndaej　baz　ndwi　baenz　yiengh

dai³　pa²　du:i¹　pan²　jɯ:ŋ⁶

得　妻　不　成　样

妻子不漂亮，

2-1328

坏　相　备　贝　空

Vaih　siengq　beix　bae　ndwi

va:i⁶　θi:ŋ⁵　pi⁴　pai¹　du:i¹

坏　相　兄　去　空

浪费兄美貌。

女唱

2-1329

写	南	由	了	金
Ce	nanz	raeuh	liux	gim
çe¹	naːn²	ɹau⁶	liːu⁴	kin¹
留	久	多	啰	金

久别了好友，

2-1330

特	心	平	样	良
Dawz	sim	bingz	yiengh	liengz
tɯu²	θin¹	piŋ²	jɯːŋ⁶	leːŋ²
拿	心	平	样	梁

心平静如梁。

2-1331

要	干	然	干	祥
Aeu	ganq	ranz	ganq	riengh
au¹	kaːn⁵	ɹaːn²	kaːn⁵	ɹiːŋ⁶
要	照料	家	照料	栏

娶来管家事，

2-1332

要	办	样	古	而
Aeu	baenz	yiengh	guh	rawz
au¹	pan²	jɯːŋ⁶	ku⁴	ɹau²
要	成	样	做	什么

无须相貌好。

男唱

2-1333

写	南	由	了	金
Ce	nanz	raeuh	liux	gim
çe¹	naːn²	ɹau⁶	liːu⁴	kin¹
留	久	多	啰	金

久别了好友，

2-1334

特	心	平	样	良
Dawz	sim	bingz	yiengh	liengz
tɯu²	θin¹	piŋ²	jɯːŋ⁶	leːŋ²
拿	心	平	样	梁

心平静如梁。

2-1335

得	巴	空	办	样
Ndaej	baz	ndwi	baenz	yiengh
dai³	pa²	duːi¹	pan²	jɯːŋ⁶
得	妻	不	成	样

妻相貌不好，

2-1336

下	祥	伏	又	笑
Roengz	riengh	fwx	youh	riu
ɹoŋ²	ɹiːŋ⁶	fə⁴	jou⁴	ɹiːu¹
下	栏	别人	又	笑

出门人见笑。

① 三〔θaːn¹〕：房屋的封山。

女唱

2-1337
写　南　由　了　金
Ce　nanz　raeuh　liux　gim
çe¹　naːn²　ɿau⁶　liːu⁴　kin¹
留　久　多　啰　金
久别了好友，

2-1338
特　心　平　样　良
Dawz　sim　bingz　yiengh　liengz
təɯ²　θin¹　piŋ²　juːŋ⁶　leːŋ²
拿　心　平　样　梁
心平静如梁。

2-1339
你　说　空　办　样
Mwngz　naeuz　ndwi　baenz　yiengh
mɯŋ²　nau²　duːi¹　pan²　juːŋ⁶
你　说　不　成　样
你嫌相貌差，

2-1340
几　卩　恋　牙　要
Geij　boux　lienh　yaek　aeu
ki³　pu⁴　liːn⁶　jak⁷　au¹
几　个　恋　要　娶
别人等着娶。

女唱

2-1341
写　南　由　了　金
Ce　nanz　raeuh　liux　gim
çe¹　naːn²　ɿau⁶　liːu⁴　kin¹
留　久　多　啰　金
久别了好友，

2-1342
特　心　平　样　马
Dawz　sim　bingz　yiengh　max
təɯ²　θin¹　piŋ²　juːŋ⁶　ma⁴
拿　心　平　样　马
心平如木马。

2-1343
丰　飞　外　三①　瓜
Fungh　mbin　vaij　san　gvaq
fuŋ⁶　bin¹　vaːi³　θaːn¹　kwa⁵
凤　飞　过　封山　过
凤飞过屋角，

2-1344
炇　托　拉　你　米
Ien　doek　laj　mwngz　miz
iːn¹　tok⁷　la³　mɯŋ²　mi²
烟　落　下　你　有
见你有好烟。

男唱

2-1345

写　南　由　了　金
Ce　nanz　raeuh　liux　gim
çe¹　na:n²　ɹau⁶　li:u⁴　kin¹
留　久　多　啰　金
久别了好友，

2-1346

特　心　平　样　马
Dawz　sim　bingz　yiengh　max
təɯ²　θin¹　piŋ²　jɯ:ŋ⁶　ma⁴
拿　心　平　样　马
心平如木马。

2-1347

日　乱　土　貝　瓜
Ngoenz　lwenz　dou　bae　gvaq
ŋon²　lɯ:n²　tu¹　pai¹　kwa⁵
日　昨　我　去　过
昨天我到过，

2-1348

炫　托　拉　在　而
Ien　doek　laj　ywq　lawz
i:n¹　tok⁷　la³　jɯ⁵　lau²
烟　落　下　在　哪
不见有好烟。

女唱

2-1349

写　南　由　了　金
Ce　nanz　raeuh　liux　gim
çe¹　na:n²　ɹau⁶　li:u⁴　kin¹
留　久　多　啰　金
久别了好友，

2-1350

特　心　平　样　马
Dawz　sim　bingz　yiengh　max
təɯ²　θin¹　piŋ²　jɯ:ŋ⁶　ma⁴
拿　心　平　样　马
心平如木马。

2-1351

土　可　站　拉　架
Dou　goj　soengz　laj　gyaz
tu¹　ko⁵　θoŋ²　la³　kja²
我　可　站　下　草丛
我站草蓬下，

2-1352

备　古　杀　外　元
Beix　guh　cax　vaij　roen
pi⁴　ku⁴　θa⁴　va:i³　jo:n¹
兄　做　煞　过　路
兄过路做法。

男唱

2-1353

写	南	由	了	金
Ce	nanz	raeuh	liux	gim
çe¹	na:n²	ɹau⁶	li:u⁴	kin¹
留	久	多	啰	金

久别了好友，

2-1354

特	心	平	样	马
Dawz	sim	bingz	yiengh	max
təɯ²	θin¹	piŋ²	jɯ:ŋ⁶	ma⁴
拿	心	平	样	马

心平如木马。

2-1355

重	心	吨	拉	架
Naek	sim	daemx	laj	gyaz
nak⁷	θin¹	tan⁴	la³	kja²
重	心	顶	下	草丛

心落入草蓬，

2-1356

却	备	外	邦	你
Gyo	beix	vaij	biengz	mwngz
kjo¹	pi⁴	va:i³	pi:ŋ²	mɯŋ²
幸亏	兄	过	地方	你

幸兄过你方。

女唱

2-1357

写	南	由	了	金
Ce	nanz	raeuh	liux	gim
çe¹	na:n²	ɹau⁶	li:u⁴	kin¹
留	久	多	啰	金

久别了好友，

2-1358

特	心	平	样	马
Dawz	sim	bingz	yiengh	max
təɯ²	θin¹	piŋ²	jɯ:ŋ⁶	ma⁴
拿	心	平	样	马

心平如木马。

2-1359

想	牙	吨	拉	架
Siengj	yaek	daemx	laj	gyaz
θi:ŋ³	jak⁷	tan⁴	la³	kja²
想	要	顶	下	草丛

真想撞草蓬，

2-1360

备	空	瓜	邦	偻
Beix	ndwi	gvaq	biengz	raeuz
pi⁴	du:i¹	kwa⁵	pi:ŋ²	ɹau²
兄	不	过	地方	我们

兄不过我乡。

男唱

2-1361

写	南	由	了	金
Ce	nanz	raeuh	liux	gim
çe¹	na:n²	ɹau⁶	li:u⁴	kin¹
留	久	多	啰	金

久别了好友，

2-1362

特	心	平	样	马
Dawz	sim	bingz	yiengh	max
təɯ²	θin¹	piŋ²	ju:ŋ⁶	ma⁴
拿	心	平	样	马

心平如木马。

2-1363

元	同	拉
Yuenz	doengz	laq
ju:n²	toŋ²	la⁵
缘	同	牵

缘相牵，

2-1364

重	不	外	双	偻
Naek	mbouj	vaij	song	raeuz
nak⁷	bou⁵	va:i³	θo:ŋ¹	ɹau²
重	不	过	两	我们

情重不过咱。

女唱

2-1365

写	南	由	了	金
Ce	nanz	raeuh	liux	gim
çe¹	na:n²	ɹau⁶	li:u⁴	kin¹
留	久	多	啰	金

久别了好友，

2-1366

特	心	平	样	马
Dawz	sim	bingz	yiengh	max
təɯ²	θin¹	piŋ²	ju:ŋ⁶	ma⁴
拿	心	平	样	马

心平如木马。

2-1367

江	邦	十	义	加
Gyang	biengz	cib	ngeih	gya
kja:ŋ¹	pi:ŋ²	çit⁸	ɲi⁶	kja¹
中	地方	十	二	家

此处十二家，

2-1368

知	备	重	方	而
Rox	beix	naek	fueng	lawz
ɹo⁴	pi⁴	nak⁷	fu:ŋ¹	lau²
知	兄	重	方	哪

兄看重哪边。

男唱

2-1369

写	南	来	韦	机
Ce	nanz	lai	vae	giq
ςe^1	$na:n^2$	$la:i^1$	vai^1	ki^5
留	久	多	姓	支

久别异姓友，

2-1370

合	义	由	了	乖
Hoz	ngeix	raeuh	liux	gvai
ho^2	ni^4	$1au^6$	$li:u^4$	$kwa:i^1$
喉	想	很	啰	乖

心中多思念。

2-1371

七	十	义	条	开
Caet	cib	ngeih	diuz	gai
ςat^7	ςit^8	ni^6	$ti:u^2$	$ka:i^1$
七	十	二	条	街

七十二条街，

2-1372

重	你	来	了	农
Naek	mwngz	lai	liux	nuengx
nak^7	$muuŋ^2$	$la:i^1$	$li:u^4$	$nu:ŋ^4$
重	你	多	啰	妹

最看重是你。

女唱

2-1373

写	南	由	了	金
Ce	nanz	raeuh	liux	gim
ςe^1	$na:n^2$	$1au^6$	$li:u^4$	kin^1
留	久	多	啰	金

久别了好友，

2-1374

特	心	平	样	马
Dawz	sim	bingz	yiengh	max
$təu^2$	$θin^1$	$piŋ^2$	$ju:ŋ^6$	ma^4
拿	心	平	样	马

心平如木马。

2-1375

全	包	乖	可	重
Cienz	mbauq	gvai	goj	naek
$\varsigma u:n^2$	$ba:u^5$	$kwa:i^1$	ko^5	nak^7
传	小伙	乖	也	重

传情哥义重，

2-1376

下	卡	巴	土	特
Roengz	gaq	bak	dou	dawz
$1oŋ^2$	ka^5	$pa:k^7$	tou^1	$təu^2$
下	这	口	门	等

在门口恭候。

男唱

2-1377

写	南	由	了	金
Ce	nanz	raeuh	liux	gim
çe¹	naːn²	ɹau⁶	liːu⁴	kin¹
留	久	多	啰	金

久别了好友，

2-1378

特	心	平	样	马
Dawz	sim	bingz	yiengh	max
təɯ²	θin¹	piŋ²	jɯːŋ⁶	ma⁴
拿	心	平	样	马

心平如木马。

2-1379

要	良	心	同	重
Aeu	liengz	sim	doengz	naek
au¹	liːŋ²	θin¹	toŋ²	nak⁵
要	良	心	同	重

良心情义重，

2-1380

要	卡	巴	古	而
Aeu	gaz	bak	guh	rawz
au¹	ka²	paːk⁷	ku⁴	ɹau²
要	阻碍	口	做	什么

不必做承诺。

女唱

2-1381

写	南	由	了	金
Ce	nanz	raeuh	liux	gim
çe¹	naːn²	ɹau⁶	liːu⁴	kin¹
留	久	多	啰	金

久别了好友，

2-1382

特	心	平	样	马
Dawz	sim	bingz	yiengh	max
təɯ²	θin¹	piŋ²	jɯːŋ⁶	ma⁴
拿	心	平	样	马

心平如木马。

2-1383

想	不	要	卡	巴
Siengj	mbouj	aeu	gaz	bak
θiːŋ³	bou⁵	au¹	ka²	paːk⁷
想	不	要	阻碍	口

想不做承诺，

2-1384

郤	备	兵	正	偻
Cog	beix	binq	cingz	raeuz
çoːk⁸	pi⁴	pin⁵	çiŋ²	ɹau²
将来	兄	赖	情	我们

恐兄赖信物。

男唱

2-1385

写　南　由　了　乖

Ce　nanz　raeuh　liux　gvai

çe¹　na:n²　ɹau⁶　li:u⁴　kwa:i¹

留　久　多　啰　乖

久别了好友，

2-1386

要　条　才　古　仪

Aeu　diuz　sai　guh　saenq

au¹　ti:u²　θa:i¹　ku⁴　θin⁵

要　条　带　做　信

要带子作信。

2-1387

你　全　老　土　兵

Mwngz　gyonj　lau　dou　binq

mɯŋ²　kjo:n³　la:u¹　tu¹　pin⁵

你　都　怕　我　赖

别怕我变卦，

2-1388

要　墨　马　写　字

Aeu　maeg　ma　sij　saw

au¹　mak⁸　ma¹　θi³　θaɯ¹

要　墨　来　写　字

写字来作证。

女唱

2-1389

写　南　来　韦　机

Ce　nanz　lai　vae　giq

çe¹　na:n²　la:i¹　vai¹　ki⁵

留　久　多　姓　支

久别异姓友，

2-1390

义　又　动　心　师

Ngeix　youh　doengh　sim　sei

ɳi⁴　jou⁴　toŋ⁴　θin¹　çɯ¹

想　又　动　心　思

心中多思念。

2-1391

要　墨　马　写　字

Aeu　maeg　ma　sij　saw

au¹　mak⁸　ma¹　θi³　θaɯ¹

要　墨　来　写　字

若以书为证，

2-1392

在　而　办　备　农

Ywq　lawz　baenz　beix　nuengx

ju⁵　lau²　pan²　pi⁴　nu:ŋ⁴

在　哪　成　兄　妹

哪还成兄妹。

男唱

2-1393

写	南	来	韦	机
Ce	nanz	lai	vae	giq
çe¹	na:n²	la:i¹	vai¹	ki⁵
留	久	多	姓	支

久别异姓友，

2-1394

义	又	动	心	师
Ngeix	youh	doengh	sim	sei
ŋi⁴	jou⁴	toŋ⁴	θin¹	çɯ¹
想	又	动	心	思

多少的思念。

2-1395

要	墨	马	写	字
Aeu	maeg	ma	sij	saw
au¹	mak⁸	ma¹	θi³	θaɯ¹
要	墨	来	写	字

若以书为证，

2-1396

当	河	偻	当	很
Dangq	haw	raeuz	dangq	hwnj
ta:ŋ⁵	həɯ¹	ɣau²	ta:ŋ⁵	hɯn³
另	圩	我们	另	上

各赶各的圩。

女唱

2-1397

写	南	由	了	金
Ce	nanz	raeuh	liux	gim
çe¹	na:n²	ɣau⁶	li:u⁴	kin¹
留	久	多	啰	金

久别了好友，

2-1398

特	心	平	样	马
Dawz	sim	bingz	yiengh	max
təɯ²	θin¹	piŋ²	jɯ:ŋ⁶	ma⁴
拿	心	平	样	马

心平如木马。

2-1399

全	包	乖	可	重
Cienz	mbauq	gvai	goj	naek
çu:n²	ba:u⁵	kwa:i¹	ko⁵	nak⁷
传	小伙	乖	也	重

传情哥稳重，

2-1400

采	罗	老	同	跟
Byaij	loh	laux	doengh	riengz
pja:i³	lo⁶	la:u⁴	toŋ²	ɣi:ŋ²
走	路	大	相	跟

同心走大路。

男唱

2-1401

写	南	由	了	金
Ce	nanz	raeuh	liux	gim
çe¹	na:n²	ɹau⁶	li:u⁴	kin¹
留	久	多	啰	金

久别了好友，

2-1402

特	心	平	样	马
Dawz	sim	bingz	yiengh	max
təɯ²	θin¹	piŋ²	juɯ:ŋ⁶	ma⁴
拿	心	平	样	马

心平如木马。

2-1403

重	古	而	不	重
Naek	guh	rawz	mbouj	naek
nak⁷	ku⁴	ɹau²	bou⁵	nak⁷
重	做	什么	不	重

情义怎不重，

2-1404

为	备	采	尝	堂
Vih	beix	byaij	caengz	daengz
vei⁶	pi⁴	pja:i³	çaŋ²	taŋ²
为	兄	走	未	到

只因兄未到。

女唱

2-1405

写	南	由	了	金
Ce	nanz	raeuh	liux	gim
çe¹	na:n²	ɹau⁶	li:u⁴	kin¹
留	久	多	啰	金

久别了好友，

2-1406

特	心	平	样	马
Dawz	sim	bingz	yiengh	max
təɯ²	θin¹	piŋ²	juɯ:ŋ⁶	ma⁴
拿	心	平	样	马

心平如木马。

2-1407

全	包	乖	可	重
Cienz	mbauq	gvai	goj	naek
çu:n²	ba:u⁵	kwa:i¹	ko⁵	nak⁷
传	小伙	乖	也	重

兄情义也重，

2-1408

采	罗	打	衣	定
Byaij	loh	daz	iet	din
pja:i³	lo⁶	ta²	ji:t⁷	tin¹
走	路	拉	伸	脚

路上大步走。

男唱

2-1409

写	南	来	韦	机
Ce	nanz	lai	vae	giq
çe¹	na:n²	la:i¹	vai¹	ki⁵
留	久	多	姓	支

久别异姓友，

2-1410

义	又	动	本	心
Ngeix	youh	doengh	bonj	sim
ȵi⁴	jou⁴	toŋ⁴	po:n³	θin¹
想	又	动	本	心

想起就伤心。

2-1411

采	罗	打	衣	定
Byaij	loh	daz	iet	din
pja:i³	lo⁶	ta²	ji:t⁷	tin¹
走	路	拉	伸	脚

途中大步走，

2-1412

一	里	几	来	走
Yiz	leix	geij	lai	yamq
i²	li⁴	ki³	la:i¹	ja:m⁵
一	里	几	多	步

一里多少步?

女唱

2-1413

写	南	来	韦	机
Ce	nanz	lai	vae	giq
çe¹	na:n²	la:i¹	vai¹	ki⁵
留	久	多	姓	支

久别异姓友，

2-1414

义	又	动	本	心
Ngeix	youh	doengh	bonj	sim
ȵi⁴	jou⁴	toŋ⁴	po:n³	θin¹
想	又	动	本	心

想起就伤感。

2-1415

采	罗	打	衣	定
Byaij	loh	daz	iet	din
pja:i³	lo⁶	ta²	ji:t⁷	tin¹
走	路	拉	伸	脚

路上大步走，

2-1416

一	里	百	义	走
Yiz	leix	bak	ngeih	yamq
i²	li⁴	pa:k⁷	ȵi⁶	ja:m⁵
一	里	百	二	步

一里百二步。

男唱

2-1417

采	罗	打	衣	定
Byaij	loh	daz	iet	din
pja:i³	lo⁶	ta²	ji:t⁷	tin¹
走	路	拉	伸	脚

若是大步走，

2-1418

一	里	百	义	走
Yiz	leix	bak	ngeih	yamq
i²	li⁴	pa:k⁷	ȵi⁶	ja:m⁵
一	里	百	二	步

一里百二步。

2-1419

龙	采	元	峒	光
Lungz	byaij	roen	doengh	gvangq
luŋ²	pja:i³	ɣo:n¹	toŋ⁶	kwa:ŋ⁵
龙	走	路	峒	宽

兄常走平地，

2-1420

一	万	几	来	里
Yiz	fanh	geij	lai	leix
i²	fa:n⁶	ki³	la:i¹	li⁴
一	万	几	多	里

一万有几里。

女唱

2-1421

采	罗	打	衣	定
Byaij	loh	daz	iet	din
pja:i³	lo⁶	ta²	ji:t⁷	tin¹
走	路	拉	伸	脚

途中大步走，

2-1422

一	里	百	义	走
Yiz	leix	bak	ngeih	yamq
i²	li⁴	pa:k⁷	ȵi⁶	ja:m⁵
一	里	百	二	步

一里百二步。

2-1423

龙	采	元	峒	光
Lungz	byaij	roen	doengh	gvangq
luŋ²	pja:i³	ɣo:n¹	toŋ⁶	kwa:ŋ⁵
龙	走	路	峒	宽

兄走平原路，

2-1424

一	万	百	义	里
Yiz	fanh	bak	ngeih	leix
i²	fa:n⁶	pa:k⁷	ȵi⁶	li⁴
一	万	百	二	里

一万百二里。

男唱

2-1425

写	南	来	韦	机
Ce	nanz	lai	vae	giq

çe[1]　na:n[2]　la:i[1]　vai[1]　ki[5]

留	久	多	姓	支

久别异姓友，

2-1426

义	又	动	本	心
Ngeix	youh	doengh	bonj	sim

ȵi[4]　jou[4]　toŋ[4]　po:n[3]　θin[1]

想	又	动	本	心

想起就伤心。

2-1427

采	罗	打	衣	定
Byaij	loh	daz	iet	din

pja:i[3]　lo[6]　ta[2]　ji:t[7]　tin[1]

走	路	拉	伸	脚

路上大步走，

2-1428

牙	飞	下	田	务
Yaek	mbin	roengz	denz	huj

jak[7]　bin[1]　ɣoŋ[2]　te:n[2]　hu[3]

欲	飞	下	地	云

想腾云驾雾。

女唱

2-1429

写	南	来	韦	机
Ce	nanz	lai	vae	giq

çe[1]　na:n[2]　la:i[1]　vai[1]　ki[5]

留	久	多	姓	支

久别异姓友，

2-1430

义	又	动	本	心
Ngeix	youh	doengh	bonj	sim

ȵi[4]　jou[4]　toŋ[4]　po:n[3]　θin[1]

想	又	动	本	心

思念又伤心。

2-1431

在	是	打	衣	定
Ywq	cix	daz	iet	din

ju[5]　çi[4]　ta[2]　ji:t[7]　tin[1]

在	就	拉	伸	脚

我要迈大步，

2-1432

丰	飞	贝	是	了
Fungh	mbin	bae	cix	liux

fuŋ[6]　bin[1]　pai[1]　çi[4]　li:u[4]

凤	飞	去	就	完

如凤展翅飞。

① 峑［ɹɯŋ⁶］：南方山区习惯上称峡谷的小片平地为"峑"或"山峑"。

男唱

2-1433

写	南	由	了	金
Ce	nanz	raeuh	liux	gim
çe¹	na:n²	ɹau⁶	li:u⁴	kin¹
留	久	多	啰	金

久别了好友，

2-1434

特	心	平	样	中
Dawz	sim	bingz	yiengh	cungq
təɯ²	θin¹	piŋ²	jɯ:ŋ⁶	çuŋ⁵
拿	心	平	样	枪

心要平如枪。

2-1435

想	开	桥	外	峑①
Siengj	gaiq	giuz	vaij	rungh
θi:ŋ³	ka:i⁵	ki:u²	va:i³	ɹuŋ⁶
想	架	桥	过	峑

想架桥过村，

2-1436

知	命	中	知	空
Rox	mingh	cungq	rox	ndwi
ɹo⁴	miŋ⁶	çoŋ⁵	ɹo⁴	du:i¹
知	命	中	知	不

不知成功否。

女唱

2-1437

写	南	由	了	金
Ce	nanz	raeuh	liux	gim
çe¹	na:n²	ɹau⁶	li:u⁴	kin¹
留	久	多	啰	金

久别了好友，

2-1438

特	心	平	样	中
Dawz	sim	bingz	yiengh	cungq
təɯ²	θin¹	piŋ²	jɯ:ŋ⁶	çuŋ⁵
拿	心	平	样	枪

心要平如枪。

2-1439

勒	鸦	配	勒	丰
Lwg	a	boiq	lwg	fungh
luk⁸	a¹	po:i⁵	luk⁸	fuŋ⁶
子	鸦	配	子	凤

鸦仔配凤仔，

2-1440

命	中	是	同	说
Mingh	cungq	cix	doengz	naeuz
miŋ⁶	çoŋ⁵	çi⁴	toŋ²	nau²
命	中	就	同	说

命定就和谐。

男唱

2-1441

写	南	由	了	金
Ce	nanz	raeuh	liux	gim
çe¹	na:n²	ɹau⁶	li:u⁴	kin¹
留	久	多	啰	金

久别了好友，

2-1442

特	心	平	样	中
Dawz	sim	bingz	yiengh	cungq
təɯ²	θin¹	piŋ²	ju:ŋ⁶	çuŋ⁵
拿	心	平	样	枪

心要平如枪。

2-1443

勒	鸦	配	勒	丰
Lwg	a	boiq	lwg	fungh
luuk⁸	a¹	po:i⁵	luuk⁸	fuŋ⁶
子	鸦	配	子	凤

乌鸦配凤凰，

2-1444

命	不	中	牙	难
Mingh	mbouj	cungq	yax	nanz
miŋ⁶	bou⁵	çoŋ⁵	ja⁵	na:n²
命	不	中	也	难

无运实在难。

女唱

2-1445

写	南	由	了	金
Ce	nanz	raeuh	liux	gim
çe¹	na:n²	ɹau⁶	li:u⁴	kin¹
留	久	多	啰	金

久别了好友，

2-1446

特	心	平	样	中
Dawz	sim	bingz	yiengh	cungq
təɯ²	θin¹	piŋ²	ju:ŋ⁶	çuŋ⁵
拿	心	平	样	枪

心要平如枪。

2-1447

得	开	桥	外	峯
Ndaej	gaiq	giuz	vaij	rungh
dai³	ka:i⁵	ki:u²	va:i³	ɹuŋ⁶
得	架	桥	过	峯

架桥过山村，

2-1448

祘	子	丰	米	心
Suenq	lwq	fungh	miz	sim
θu:n⁵	luuk⁸	fuŋ⁶	mi²	θin¹
算	子	凤	有	心

你算有心人。

男唱

女唱

2-1449

写	甫	由	了	金
Ce	nanz	raeuh	liux	gim
çe¹	na:n²	ɹau⁶	li:u⁴	kin¹

留	久	多	啰	金

久别了好友，

2-1450

特	心	平	样	中
Dawz	sim	bingz	yiengh	cungq
təɯ²	θin¹	piŋ²	juːŋ⁶	çuŋ⁵

拿	心	平	样	枪

心要平如枪。

2-1451

我	问	你	勒	丰
Ngoj	vwn	nij	lwg	fungh
ŋo³	vuɯn⁴	ni³	luɯk⁸	fuŋ⁶

我	问	你	子	凤

情妹我问你，

2-1452

备	在	嵩	开	么
Beix	ywq	rungh	gij	maz
pi⁴	juɯ⁵	ɹuŋ⁶	ka:i²	ma²

兄	住	嵩	什	么

兄住哪个村？

2-1453

写	甫	由	了	金
Ce	nanz	raeuh	liux	gim
çe¹	na:n²	ɹau⁶	li:u⁴	kin¹

留	久	多	啰	金

久别了好友，

2-1454

特	心	平	样	中
Dawz	sim	bingz	yiengh	cungq
təɯ²	θin¹	piŋ²	juːŋ⁶	çuŋ⁵

拿	心	平	样	枪

心要平如枪。

2-1455

灯	日	偻	岁	共
Daeng	ngoenz	raeuz	caez	gungh
taŋ¹	ŋon²	ɹau²	çai²	kuŋ⁶

灯	天	我们	齐	共

我俩共天下，

2-1456

又	问	嵩	古	而
Youh	haemq	rungh	guh	rawz
jou⁴	han⁵	ɹuŋ⁶	ku⁴	ɹau²

又	问	嵩	做	什么

何须问住址。

男唱

2-1457

写	南	由	了	金
Ce	nanz	raeuh	liux	gim
çe¹	na:n²	ɹau⁶	li:u⁴	kin¹
留	久	多	啰	金

久别了好友，

2-1458

特	心	平	样	中
Dawz	sim	bingz	yiengh	cungq
təɯ²	θin¹	piŋ²	ju:ŋ⁶	çuŋ⁵
拿	心	平	样	枪

心要平如枪。

2-1459

灯	日	刀	岁	共
Daeng	ngoenz	dauq	caez	gungh
taŋ¹	ŋon²	ta:u⁵	çai²	kuŋ⁶
灯	天	倒	齐	共

虽然共天下，

2-1460

为	峑	空	岁	站
Vih	rungh	ndwi	caez	soengz
vei⁶	ɹuŋ⁶	du:i¹	çai²	θoŋ²
为	峑	不	齐	站

却不住一村。

女唱

2-1461

写	南	由	了	金
Ce	nanz	raeuh	liux	gim
çe¹	na:n²	ɹau⁶	li:u⁴	kin¹
留	久	多	啰	金

久别了好友，

2-1462

特	心	平	样	中
Dawz	sim	bingz	yiengh	cungq
təɯ²	θin¹	piŋ²	ju:ŋ⁶	çuŋ⁵
拿	心	平	样	枪

心要平如枪。

2-1463

为	公	山	斗	碰
Vih	goeng	bya	daeuj	bungq
vei⁶	koŋ¹	pja¹	tau³	puŋ⁵
为	座	山	来	碰

只一山相隔，

2-1464

不	可	峑	一	办
Mbouj	goj	rungh	ndeu	baenz
bou⁵	ko⁵	ɹuŋ⁶	de:u¹	pan²
不	也	峑	一	成

否则是一村。

男唱

2-1465

写	南	由	了	金
Ce	nanz	raeuh	liux	gim
çe¹	na:n²	ɹau⁶	li:u⁴	kin¹
留	久	多	啰	金

久别了好友，

2-1466

特	心	平	样	中
Dawz	sim	bingz	yiengh	cungq
təɯ²	θin¹	piŋ²	juːŋ⁶	çuŋ⁵
拿	心	平	样	枪

心要平如枪。

2-1467

灯	日	刀	岁	共
Daeng	ngoenz	dauq	caez	gungh
taŋ¹	ŋon²	ta:u⁵	çai²	kuŋ⁶
灯	天	倒	齐	共

太阳共一个，

2-1468

拉	韦	偻	同	分
Laj	vae	raeuz	doengz	faen
la³	vai¹	ɹau²	toŋ²	fan¹
下	姓	我们	同	分

姓氏又分开。

女唱

2-1469

写	南	由	了	金
Ce	nanz	raeuh	liux	gim
çe¹	na:n²	ɹau⁶	li:u⁴	kin¹
留	久	多	啰	金

久别了好友，

2-1470

特	心	平	样	中
Dawz	sim	bingz	yiengh	cungq
təɯ²	θin¹	piŋ²	juːŋ⁶	çuŋ⁵
拿	心	平	样	枪

心要平如枪。

2-1471

当	阝	在	当	峚
Dangq	boux	ywq	dangq	rungh
ta:ŋ⁵	pu⁴	juɯ⁵	ta:ŋ⁵	ɹuŋ⁶
另	个	在	另	峚

各人住各村，

2-1472

偻	岁	共	灯	日
Raeuz	caez	gungh	daeng	ngoenz
ɹau²	çai²	kuŋ⁶	taŋ¹	ŋon²
我们	齐	共	灯	天

共一个太阳。

男唱

2-1473

写	南	由	了	金
Ce	nanz	raeuh	liux	gim
çe¹	naːn²	ɹau⁶	liːu⁴	kin¹
留	久	多	啰	金

久别了好友，

2-1474

特	心	平	样	中
Dawz	sim	bingz	yiengh	cungq
təɯ²	θin¹	piŋ²	juːŋ⁶	ɕuŋ⁵
拿	心	平	样	枪

心要平如枪。

2-1475

元	远	百	义	崐
Roen	gyae	bak	ngeih	rungh
joːn¹	kjai¹	paːk⁷	ȵi⁶	ɹuŋ⁶
路	远	百	二	崐

百二村之遥，

2-1476

话	在	动	双	偻
Vah	ywq	dungx	song	raeuz
va⁶	juɯ⁵	tuŋ⁴	θoːŋ¹	ɹau²
话	在	肚	两	我们

话埋在心里。

女唱

2-1477

写	南	由	了	金
Ce	nanz	raeuh	liux	gim
çe¹	naːn²	ɹau⁶	liːu⁴	kin¹
留	久	多	啰	金

久别了好友，

2-1478

特	心	平	样	中
Dawz	sim	bingz	yiengh	cungq
təɯ²	θin¹	piŋ²	juːŋ⁶	ɕuŋ⁵
拿	心	平	样	枪

心要平如枪。

2-1479

要	银	子	马	碰
Aeu	yinz	swj	ma	bungq
au¹	jin²	θɯ³	ma¹	puŋ⁵
要	银	子	来	碰

拿银子来换，

2-1480

分	团	崐	给	你
Mbek	donh	rungh	hawj	mwngz
ɓeːk⁷	toːn⁶	ɹuŋ⁶	həɯ³	muŋ²
分	半	崐	给	你

半个村给你。

男唱

2-1481

写	南	由	了	金
Ce	nanz	raeuh	liux	gim
çe¹	naːn²	ɹau⁶	liːu⁴	kin¹
留	久	多	啰	金

久别了好友，

2-1482

特	心	平	样	中
Dawz	sim	bingz	yiengh	cungq
təɯ²	θin¹	piŋ²	juːŋ⁶	çuŋ⁵
拿	心	平	样	枪

心要平如枪。

2-1483

要	是	要	全	峒
Aeu	cix	aeu	cienz	doengh
au¹	çi⁴	au¹	çuːn²	toŋ⁶
要	就	要	全	峒

要就要全村，

2-1484

讲	团	嵩	古	而
Gangj	donh	rungh	guh	rawz
kaːŋ³	toːn⁶	ɹuŋ⁶	ku⁴	ɹau²
讲	半	嵩	做	什么

要半村何用。

女唱

2-1485

写	南	由	了	金
Ce	nanz	raeuh	liux	gim
çe¹	naːn²	ɹau⁶	liːu⁴	kin¹
留	久	多	啰	金

久别了好友，

2-1486

特	心	平	样	中
Dawz	sim	bingz	yiengh	cungq
təɯ²	θin¹	piŋ²	juːŋ⁶	çuŋ⁵
拿	心	平	样	枪

心要平如枪。

2-1487

你	但	得	团	嵩
Mwngz	danh	ndaej	donh	rungh
muŋ²	taːn⁶	dai³	toːn⁶	ɹuŋ⁶
你	但	得	半	嵩

你能得半村，

2-1488

是	祘	命	你	好
Cix	suenq	mingh	mwngz	ndei
çi⁴	θuːn⁵	miŋ⁶	muŋ²	dei¹
就	算	命	你	好

就算你命好。

男唱

2-1489

写	南	由	了	金
Ce	nanz	raeuh	liux	gim
çe¹	na:n²	ɹau⁶	li:u⁴	kin¹
留	久	多	啰	金

久别了好友,

2-1490

特	心	平	样	中
Dawz	sim	bingz	yiengh	cungq
təɯ²	θin¹	piŋ²	juːŋ⁶	çuŋ⁵
拿	心	平	样	枪

心要平如枪。

2-1491

讲	不	得	全	垌
Gangj	mbouj	ndaej	cienz	doengh
kaːŋ³	bou⁵	dai³	ce:n²	toŋ⁶
讲	不	得	全	垌

要不得全村,

2-1492

是	利	闹	堂	洋
Cix	lij	nyaux	daengz	yangz
çi⁴	li⁴	ɲaːu⁴	taŋ²	jaːŋ²
就	还	闹	到	皇

就告到朝廷。

女唱

2-1493

写	南	由	了	金
Ce	nanz	raeuh	liux	gim
çe¹	na:n²	ɹau⁶	li:u⁴	kin¹
留	久	多	啰	金

久别了好友,

2-1494

特	心	平	样	中
Dawz	sim	bingz	yiengh	cungq
təɯ²	θin¹	piŋ²	juːŋ⁶	çuŋ⁵
拿	心	平	样	枪

心要平如枪。

2-1495

你	牙	要	全	垌
Mwngz	yaek	aeu	cienz	doengh
muŋ²	jak⁷	au¹	çe:n²	toŋ⁶
你	欲	要	全	垌

你想要全村,

2-1496

叫	团	中	你	马
Heuh	donz	cungj	mwngz	ma
he:u⁶	to:n²	çoŋ⁵	muŋ²	ma¹
叫	团	总	你	来

叫你团总来。

男唱	女唱

男唱

2-1497

写	南	来	韦	机
Ce	nanz	lai	vae	giq
çe¹	naːn²	laːi¹	vaːi¹	ki⁵
留	久	多	姓	支

久别异姓友，

2-1498

合	义	由	了	而
Hoz	ngeix	raeuh	liux	lawz
ho²	ŋi⁴	ɹau⁶	liːu⁴	lau²
喉	想	很	啰	哪

心中多思念。

2-1499

叫	团	中	土	马
Heuh	donz	cungj	dou	ma
heːu⁶	toːn²	çoŋ⁵	tu¹	ma¹
叫	团	总	我	来

叫我团总来，

2-1500

你	相	差	告	内
Mwngz	ceng	ca	gau	neix
muɯŋ²	çeːŋ¹	ça¹	kaːu¹	ni⁴
你	相	差	次	这

这回你就输。

女唱

2-1501

写	南	来	韦	机
Ce	nanz	lai	vae	giq
çe¹	naːn²	laːi¹	vaːi¹	ki⁵
留	久	多	姓	支

久别异姓友，

2-1502

合	义	由	了	而
Hoz	ngeix	raeuh	liux	lawz
ho²	ŋi⁴	ɹau⁶	liːu⁴	lau²
喉	想	很	啰	哪

心中多思念。

2-1503

不	瓜	是	分	加
Mbouj	gvaq	cix	baen	gya
bou⁵	kwa⁵	çi⁴	pan¹	kja¹
不	过	是	分	家

不过是分家，

2-1504

相	差	开	么	备
Ceng	ca	gij	maz	beix
çeːŋ¹	ça¹	kaːi²	ma²	pi⁴
相	差	什	么	兄

我有什么错。

男唱

2-1505

写	南	来	韦	机
Ce	nanz	lai	vae	giq
çe[1]	na:n[2]	la:i[1]	vai[1]	ki[5]
留	久	多	姓	支

久别异姓友，

2-1506

合	义	由	了	而
Hoz	ngeix	raeuh	liux	lawz
ho[2]	ȵi[4]	ɹau[6]	li:u[4]	lau[2]
喉	想	很	啰	哪

心中多想念。

2-1507

叫	团	中	土	马
Heuh	donz	cungj	dou	ma
he:u[6]	to:n[2]	çoŋ[5]	tu[1]	ma[1]
叫	团	总	我	来

叫我团总来，

2-1508

丢	加	一	你	勒
Ndek	gya	ndeu	mwngz	lawh
de:k[7]	kja[1]	de:u[1]	muɯŋ[2]	ləɯ[6]
丢	家	一	你	换

拿一家来换。

女唱

2-1509

写	南	来	韦	机
Ce	nanz	lai	vae	giq
çe[1]	na:n[2]	la:i[1]	vai[1]	ki[5]
留	久	多	姓	支

久别异姓友，

2-1510

合	义	由	了	而
Hoz	ngeix	raeuh	liux	lawz
ho[2]	ȵi[4]	ɹau[6]	li:u[4]	lau[2]
喉	想	很	啰	哪

心中多想念。

2-1511

叫	团	中	你	马
Heuh	donz	cungj	mwngz	ma
he:u[6]	to:n[2]	çoŋ[5]	muɯŋ[2]	ma[1]
叫	团	总	你	来

叫你团总来，

2-1512

丢	加	牙	不	得
Ndek	gya	yax	mbouj	ndaej
de:k[7]	kja[1]	ja[5]	bou[5]	dai[3]
丢	家	也	不	得

也不得分家。

女唱

2-1513

写　南　由　了　金
Ce　nanz　raeuh　liux　gim
çe¹　na:n²　ɹau⁶　li:u⁴　kin¹
留　久　多　啰　金
久别了好友，

2-1514

特　心　平　样　中
Dawz　sim　bingz　yiengh　cungq
təɯ²　θin¹　piŋ²　juːŋ⁶　çuŋ⁵
拿　心　平　样　枪
心要平如枪。

2-1515

狼　少　下　广　东
Langh　sau　roengz　gvangj　doeng
laːŋ⁶　θaːu¹　ɹoŋ²　kwaːŋ³　toŋ¹
若　姑娘　下　广　东
若妹去广东，

2-1516

动　备　乱　知　空
Dungx　beix　luenh　rox　ndwi
tuŋ⁴　pi⁴　luːn⁶　ɹo⁴　du:i¹
肚　兄　乱　或　不
兄你伤感否？

男唱

2-1517

写　南　由　了　金
Ce　nanz　raeuh　liux　gim
çe¹　na:n²　ɹau⁶　li:u⁴　kin¹
留　久　多　啰　金
久别了好友，

2-1518

特　心　平　样　中
Dawz　sim　bingz　yiengh　cungq
təɯ²　θin¹　piŋ²　juːŋ⁶　çuŋ⁵
拿　心　平　样　枪
心要平如枪。

2-1519

狼　少　下　广　东
Langh　sau　roengz　gvangj　doeng
laːŋ⁶　θaːu¹　ɹoŋ²　kwaːŋ³　toŋ¹
若　姑娘　下　广　东
若妹去广东，

2-1520

动　备　乱　跟　你
Dungx　beix　luenh　riengz　mwngz
tuŋ⁴　pi⁴　luːn⁶　ɹiːŋ²　muɯŋ²
肚　兄　乱　跟　你
兄伤感心慌。

女唱

2-1521

写	南	由	了	金
Ce	nanz	raeuh	liux	gim
çe[1]	na:n[2]	ɹau[6]	li:u[4]	kin[1]
留	久	多	啰	金

久别了好友，

2-1522

特	心	平	样	中
Dawz	sim	bingz	yiengh	cungq
təɯ[2]	θin[1]	piŋ[2]	jɯ:ŋ[6]	çuŋ[5]
拿	心	平	样	枪

心要平如枪。

2-1523

得	金	条	才	手
Ndaej	gim	diuz	raez	fwngz
dai[3]	kin[1]	ti:u[2]	ɹai[2]	fuŋ[2]
得	金	条	塞	手

送金条到手，

2-1524

当	盆	动	江	然
Daengx	buenz	dungh	gyang	ranz
taŋ[4]	pu:n[2]	toŋ[6]	kja:ŋ[1]	ɹa:n[2]
全	盘	晒	席	中家

放屋中竹席。

男唱

2-1525

写	南	由	了	金
Ce	nanz	raeuh	liux	gim
çe[1]	na:n[2]	ɹau[6]	li:u[4]	kin[1]
留	久	多	啰	金

久别了好友，

2-1526

特	心	平	样	中
Dawz	sim	bingz	yiengh	cungq
təɯ[2]	θin[1]	piŋ[2]	jɯ:ŋ[6]	çuŋ[5]
拿	心	平	样	枪

心要平如枪。

2-1527

得	金	条	才	手
Ndaej	gim	diuz	raez	fwngz
dai[3]	kin[1]	ti:u[2]	ɹa:i[2]	fuŋ[2]
得	金	条	塞	手

送金条到手，

2-1528

牙	可	用	本	钱
Yax	goj	yungh	bonj	cienz
ja[5]	ko[5]	juŋ[6]	po:n[3]	çi:n[2]
也	也	用	本	钱

也要付本钱。

女唱

2-1529

借	乃	是	立	南
Ciq	naih	cix	leih	nanz
$çi^5$	$na:i^6$	$çi^4$	lei^6	$na:n^2$
借	久	就	利	久

借久利息多，

2-1530

代	三	年	不	借
Dai	sam	nienz	mbouj	ciq
$ta:i^1$	$\theta a:n^1$	$ni:n^2$	bou^5	$çi^5$
死	三	年	不	借

宁死也不借。

2-1531

中	芬	作	罗	机
Cuengq	fwnz	coq	loh	giq
$çu:ŋ^5$	fun^2	$ço^5$	lo^6	ki^5
放	柴	放	路	岔

薪柴搁岔路，

2-1532

邦	不	为	是	跟
Baengz	mbouj	vei	cix	riengz
$paŋ^2$	bou^5	vei^1	$çi^4$	$ɣi:n^2$
朋	不	亏	就	跟

友不弃就来。

男唱

2-1533

借	乃	是	立	南
Ciq	naih	cix	leih	nanz
$çi^5$	$na:i^6$	$çi^4$	lei^6	$na:n^2$
借	久	就	利	久

借久利息多，

2-1534

代	三	年	不	借
Dai	sam	nienz	mbouj	ciq
$ta:i^1$	$\theta a:n^1$	$ni:n^2$	bou^5	$çi^5$
死	三	年	不	借

宁死也不借。

2-1535

为	土	刀	不	为
Vei	dou	dauq	mbouj	vei
vei^1	tu^1	$ta:u^5$	bou^5	vei^1
亏	我	倒	不	亏

我倒是愿意，

2-1536

一	义	牙	跟	元
It	ngeih	yaek	riengz	yuenz
it^7	$ŋi^6$	jak^7	$ɣi:ŋ^2$	$ju:n^2$
一	二	要	跟	缘

一切都随缘。

女唱

2-1537

借	乃	是	立	南
Ciq	naih	cix	leih	nanz
çi^5	na:i^6	çi^4	lei^6	na:n^2
借	久	就	利	久

借久利息多，

2-1538

代	三	年	不	借
Dai	sam	nienz	mbouj	ciq
ta:i^1	θa:n^1	ni:n^2	bou^5	çi^5
死	三	年	不	借

宁死也不借。

2-1539

全	包	乖	不	为
Cienz	mbauq	gvai	mbouj	vei
çu:n^2	ba:u^5	kwa:i^1	bou^5	vei^1
传	小伙	乖	不	亏

若兄不怕亏，

2-1540

是	采	地	邦	偻
Cix	caij	di	biengz	raeuz
çi^4	ça:i^3	ti^4	pi:ŋ^2	ɤau^2
就	踩	地	地方	我们

多来我家乡。

男唱

2-1541

借	乃	是	立	南
Ciq	naih	cix	leih	nanz
çi^5	na:i^6	çi^4	lei^6	na:n^2
借	久	就	利	久

借久利息多，

2-1542

代	三	年	不	借
Dai	sam	nienz	mbouj	ciq
ta:i^1	θa:n^1	ni:n^2	bou^5	çi^5
死	三	年	不	借

宁死也不借。

2-1543

想	牙	跟	元	内
Siengj	yaek	riengz	yuenz	neix
θi:ŋ^3	jak^7	ɤi:ŋ^2	ju:n^2	ni^4
想	要	跟	缘	这

想要结姻缘，

2-1544

办	字	命	知	空
Baenz	sw	mingh	rox	ndwi
pan^2	θɯ^1	miŋ^6	ɤo^4	du:i^1
成	字	命	或	不

八字合不合？

女唱

2-1545

借	乃	是	立	南
Ciq	naih	cix	leih	nanz
çi⁵	na:i⁶	çi⁴	lei⁶	na:n²
借	久	就	利	久

借久利息多，

2-1546

代	三	年	不	借
Dai	sam	nienz	mbouj	ciq
ta:i¹	θa:n¹	ni:n²	bou⁵	çi⁵
死	三	年	不	借

宁死也不借。

2-1547

友	而	跟	元	内
Youx	lawz	riengz	yuenz	neix
ju⁴	lau²	ɹi:ŋ²	ju:n²	ni⁴
友	哪	跟	缘	这

谁结这个缘，

2-1548

义	百	四	千	粮
Ngeih	bak	seiq	cien	liengz
ŋi⁶	pa:k⁷	θei⁵	çi:n¹	li:ŋ²
二	百	四	千	粮

二百四千钱。

男唱

2-1549

义	百	四	千	粮
Ngeih	bak	seiq	cien	liengz
ŋi⁶	pa:k⁷	θei⁵	çi:n¹	li:ŋ²
二	百	四	千	粮

二百四千钱，

2-1550

中	江	邦	要	立
Cuengq	gyang	biengz	aeu	leih
çu:ŋ⁵	kja:ŋ¹	pi:ŋ²	au¹	lei⁶
放	中	地方	要	利

贷出去取利。

2-1551

我	不	跟	元	内
Ngoj	mbouj	riengz	yuenz	neix
ŋo³	bou⁵	ɹi:ŋ²	ju:n²	ni⁴
我	不	跟	缘	这

我不结此缘，

2-1552

累	你	农	说	而
Laeq	mwngz	nuengx	naeuz	rawz
lai⁵	mɯ:ŋ²	nu:ŋ⁴	nau²	ɹau²
看	你	妹	说	什么

看妹怎么说。

女唱

男唱

2-1553

义	百	四	千	粮
Ngeih	bak	seiq	cien	liengz
ȵi⁶	pa:k⁷	θei⁵	ɕi:n¹	li:ŋ²
二	百	四	千	粮

二百四千钱,

2-1554

中	江	邦	要	立
Cuengq	gyang	biengz	aeu	leih
ɕuŋ⁵	kja:ŋ¹	pi:ŋ²	au¹	lei⁶
放	中	地方	要	利

贷出去要利。

2-1555

龙	不	跟	元	内
Lungz	mbouj	riengz	yuenz	neix
luŋ²	bou⁵	ȵi:n²	ju:n²	ni⁴
龙	不	跟	缘	这

兄不结此缘,

2-1556

邦	地	可	米	文
Biengz	deih	goj	miz	vunz
pi:ŋ²	tei⁶	ko⁵	mi²	vun²
地方	地	也	有	人

自有他人结。

2-1557

写	南	来	韦	机
Ce	nanz	lai	vae	giq
ɕe¹	na:n²	la:i¹	vai¹	ki⁵
留	久	多	姓	支

久别了情侣,

2-1558

义	牙	不	相	能
Ngeix	yax	mbouj	siengj	nyaenx
ȵi⁴	ja⁵	bou⁵	θe:ŋ³	ȵan⁴
想	也	不	想	那样

本不想那样。

2-1559

邦	地	刀	米	文
Biengz	deih	dauq	miz	vunz
pi:ŋ²	tei⁶	ta:u⁵	mi²	vun²
地方	地	倒	有	人

地方是有人,

2-1560

几	时	少	得	勒
Geij	seiz	sau	ndaej	lawh
ki³	θi²	θa:u¹	dai³	ləɯ⁶
几	时	姑娘	得	换

妹何时结交。

女唱

2-1561

借　南　来　韦　机

Ciq　nanz　lai　vae　giq

çi⁵　na:n²　la:i¹　vai¹　ki⁵

借　久　多　姓　支

久别了情侣，

2-1562

义　牙　不　相　能

Ngeix　yax　mbouj　siengj　nyaenx

ȵi⁴　ja⁵　bou⁵　θe:ŋ³　ȵan⁴

想　也　不　想　那样

本不想这样。

2-1563

邦　地　刀　米　文

Biengz　deih　dauq　miz　vunz

pi:ŋ²　tei⁶　ta:u⁵　mi²　vun²

地方　地　倒　有　人

地方是有人，

2-1564

不　比　你　了　备

Mbouj　beij　mwngz　liux　beix

bou⁵　pi³　mɯŋ²　li:u⁴　pi⁴

不　比　你　啰　兄

不比你老兄。

女唱

2-1565

借　乃　是　立　南

Ciq　naih　cix　leih　nanz

çi⁵　na:i⁶　çi⁴　lei⁶　na:n²

借　久　就　利　久

借久利息多，

2-1566

代　三　年　不　借

Dai　sam　nienz　mbouj　ciq

ta:i¹　θa:n¹　ni:n²　bou⁵　çi⁵

死　三　年　不　借

宁死也不借。

2-1567

中　钱　堂　伏　内

Cuengq　cienz　daengz　fawh　neix

çu:ŋ⁵　çi:n²　taŋ²　fəɯ⁶　ni⁴

放　钱　到　时　这

放贷到如今，

2-1568

得　几　卜　堂　然

Ndaej　geij　boux　daengz　ranz

dai³　ki³　pu⁴　taŋ²　ɹa:n²

得　几　个　到　家

得几个情友。

男唱

2-1569

借	乃	是	立	南
Ciq	naih	cix	leih	nanz
çi⁵	na:i⁶	çi⁴	lei⁶	na:n²
借	久	就	利	久

借久利息多,

2-1570

代	三	年	不	借
Dai	sam	nienz	mbouj	ciq
ta:i¹	θa:n¹	ni:n²	bou⁵	çi⁵
死	三	年	不	借

宁死也不借。

2-1571

中	钱	堂	伏	内
Cuengq	cienz	daengz	fawh	neix
çu:ŋ⁵	çi:n²	taŋ²	fəɯ⁶	ni⁴
放	钱	到	时	这

放贷到今天,

2-1572

真	得	农	岁	心
Caen	ndaej	nuengx	caez	sim
çin¹	dai³	nu:ŋ⁴	çai²	θin¹
真	得	妹	齐	心

就得妹齐心。

女唱

2-1573

借	乃	是	立	南
Ciq	naih	cix	leih	nanz
çi⁵	na:i⁶	çi⁴	lei⁶	na:n²
借	久	就	利	久

借久利息多,

2-1574

代	三	年	不	借
Dai	sam	nienz	mbouj	ciq
ta:i¹	θa:n¹	ni:n²	bou⁵	çi⁵
死	三	年	不	借

宁死也不借。

2-1575

伏	中	钱	要	立
Fwx	cuengq	cienz	aeu	leih
fə⁴	çu:ŋ⁵	çi:n²	au¹	lei⁶
别人	放	钱	要	利

人放钱取利,

2-1576

备	中	地	要	巴
Beix	cuengq	reih	aeu	baz
pi⁴	çu:ŋ⁵	ɹei⁶	au¹	pa²
兄	放	地	要	妻

兄租地娶妻。

男唱

2-1577

借	乃	是	立	南
Ciq	naih	cix	leih	nanz
çi⁵	na:i⁶	çi⁴	lei⁶	na:n²
借	久	就	利	久

借久利息多,

2-1578

代	三	年	不	借
Dai	sam	nienz	mbouj	ciq
ta:i¹	θa:n¹	ni:n²	bou⁵	çi⁵
死	三	年	不	借

宁死也不借。

2-1579

心	火	来	韦	机
Sim	hoj	lai	vae	giq
θin¹	ho³	la:i¹	vai¹	ki⁵
辛	苦	多	姓	支

实在太穷困,

2-1580

满	田	地	要	巴
Muengh	dieg	deih	aeu	baz
mu:ŋ⁶	ti:k⁸	tei⁶	au¹	pa²
望	地	地	娶	妻

靠土地娶妻。

女唱

2-1581

借	乃	是	立	南
Ciq	naih	cix	leih	nanz
çi⁵	na:i⁶	çi⁴	lei⁶	na:n²
借	久	就	利	久

借久利息多,

2-1582

代	三	年	不	借
Dai	sam	nienz	mbouj	ciq
ta:i¹	θa:n¹	ni:n²	bou⁵	çi⁵
死	三	年	不	借

宁死也不借。

2-1583

中	钱	堂	伏	内
Cuengq	cienz	daengz	fawh	neix
çu:ŋ⁵	çi:n²	taŋ²	fɯ⁶	ni⁴
放	钱	到	时	这

放贷到如今,

2-1584

得	几	贵	银	收
Ndaej	geij	gvih	ngaenz	caeu
dai³	ki³	kwei⁶	ŋan²	çau¹
得	几	柜	银	收

得几柜利银。

男唱

2-1585

借	乃	是	立	南
Ciq	naih	cix	leih	nanz
çi⁵	na:i⁶	çi⁴	lei⁶	na:n²
借	久	就	利	久

借久利息多，

2-1586

代	三	年	不	借
Dai	sam	nienz	mbouj	ciq
ta:i¹	θa:n¹	ni:n²	bou⁵	çi⁵
死	三	年	不	借

宁死也不借。

2-1587

十	分	得	银	贵
Cib	faen	ndaej	ngaenz	gvih
çit⁸	fan¹	dai³	ŋan²	kwei⁶
十	分	得	银	柜

真有那么多，

2-1588

立	可	托	你	收
Leih	goj	doh	mwngz	siu
lei⁶	ko⁵	to⁶	mɯŋ²	θi:u¹
利	也	同	你	收

你也同分利。

女唱

2-1589

借	乃	是	立	南
Ciq	naih	cix	leih	nanz
çi⁵	na:i⁶	çi⁴	lei⁶	na:n²
借	久	就	利	久

借久利息多，

2-1590

代	三	年	不	借
Dai	sam	nienz	mbouj	ciq
ta:i¹	θa:n¹	ni:n²	bou⁵	çi⁵
死	三	年	不	借

宁死也不借。

2-1591

门	钱	三	分	立
Maenz	cienz	sam	faen	leih
man²	çi:n²	θa:n¹	fan¹	lei⁶
元	钱	三	分	利

一元三分利，

2-1592

友	而	提	你	收
Youx	rawz	diq	mwngz	siu
ju⁴	ɣau²	ti⁵	mɯŋ²	θi:u¹
友	什么	替	你	收

谁愿帮你收。

男唱

2-1593

借	乃	是	立	南
Ciq	naih	cix	leih	nanz
çi⁵	na:i⁶	çi⁴	lei⁶	na:n²
借	久	就	利	久

借久利息多，

2-1594

代	三	年	不	借
Dai	sam	nienz	mbouj	ciq
ta:i¹	θa:n¹	ni:n²	bou⁵	çi⁵
死	三	年	不	借

宁死也不借。

2-1595

后	本	楼	岁	为
Haeuj	bonj	raeuz	caez	vei
hau³	po:n³	ɹau²	çai²	vei¹
进	本	我们	齐	亏

亏本大家担，

2-1596

后	立	楼	岁	收
Haeuj	leih	raeuz	caez	siu
hau³	lei⁶	ɹau²	çai²	θi:u¹
进	利	我们	齐	收

盈利大家分。

男唱

2-1597

借	乃	是	立	南
Ciq	naih	cix	leih	nanz
çi⁵	na:i⁶	çi⁴	lei⁶	na:n²
借	久	就	利	久

借久利息多，

2-1598

代	三	年	不	借
Dai	sam	nienz	mbouj	ciq
ta:i¹	θa:n¹	ni:n²	bou⁵	çi⁵
死	三	年	不	借

宁死也不借。

2-1599

中	钱	空	要	立
Cuengq	cienz	ndwi	aeu	leih
çu:ŋ⁵	çi:n²	du:i¹	au¹	lei⁶
放	钱	不	要	利

放贷不要利，

2-1600

些	第	义	得	你
Seiq	daih	ngeih	ndaej	mwngz
θe⁵	ti⁵	ŋi⁶	dai³	mɯŋ²
世	第	二	得	你

下辈子娶你。

女唱

男唱

2-1601

写	南	来	韦	机
Ce	nanz	lai	vae	giq
çe¹	naːn²	laːi¹	vai¹	ki⁵
留	久	多	姓	支

久别了情侣，

2-1602

义	又	坤	心	头
Ngeix	youh	goenq	sim	daeuz
ȵi⁴	jou⁴	kon⁵	θin¹	tau²
想	又	断	心	脏

想起断肝肠。

2-1603

些	第	义	得	偻
Seiq	daih	ngeih	ndaej	raeuz
θe⁵	ti⁵	ȵi⁶	dai³	ʐau²
世	第	二	得	我们

下辈子娶我，

2-1604

利	说	么	了	农
Lij	naeuz	maz	liux	nuengx
li⁴	nau²	ma²	liːu⁴	nuːŋ⁴
还	说	什么	啰	妹

我还说什么。

2-1605

借	乃	是	立	南
Ciq	naih	cix	leih	nanz
çi⁵	naːi⁶	çi⁴	lei⁶	naːn²
借	久	就	利	久

借久利息多，

2-1606

代	三	年	不	借
Dai	sam	nienz	mbouj	ciq
taːi¹	θaːn¹	niːn²	bou⁵	çi⁵
死	三	年	不	借

宁死也不借。

2-1607

贵	农	站	罗	机
Gwiz	nuengx	soengz	loh	giq
kui²	nuːŋ⁴	θoŋ²	lo⁶	ki⁵
丈夫	妹	站	路	岔

妹夫在路口，

2-1608

讲	大	玉	双	偻
Gangj	dax	yix	song	raeuz
kaːŋ³	ta⁴	ji⁴	θoːŋ¹	ʐau²
讲	大	意	两	我们

说我俩闲话。

女唱

2-1609

借	乃	是	立	南
Ciq	naih	cix	leih	nanz
ςi^5	$na{:}i^6$	ςi^4	lei^6	$na{:}n^2$
借	久	就	利	久

借久利息多，

2-1610

代	三	年	不	借
Dai	sam	nienz	mbouj	ciq
$ta{:}i^1$	$\theta a{:}n^1$	$ni{:}n^2$	bou^5	ςi^5
死	三	年	不	借

宁死也不借。

2-1611

在	而	米	邝	内
Ywq	lawz	miz	boux	neix
ju^5	lau^2	mi^2	pu^4	ni^4
在	哪	有	人	这

哪有这种人，

2-1612

才	旦	事	你	说
Caih	danh	saeh	mwngz	naeuz
$\varsigma a{:}i^6$	$ta{:}n^1$	θei^6	$mu\eta^2$	nau^2
随	谈	事	你	说

是你自己说。

男唱

2-1613

借	乃	是	立	南
Ciq	naih	cix	leih	nanz
ςi^5	$na{:}i^6$	ςi^4	lei^6	$na{:}n^2$
借	久	就	利	久

借久利息多，

2-1614

代	三	年	不	借
Dai	sam	nienz	mbouj	ciq
$ta{:}i^1$	$\theta a{:}n^1$	$ni{:}n^2$	bou^5	ςi^5
死	三	年	不	借

宁死也不借。

2-1615

你	全	收	好	里
Mwngz	gyonj	caeu	ndei	ndiq
$mu\eta^2$	$kjo{:}n^3$	ςau^1	dei^1	di^5
你	都	收	好	好

你收得再好，

2-1616

底	十	土	知	来
Dij	cih	dou	rox	lai
ti^3	ςi^6	tu^1	$\textrm{ı}o^4$	$la{:}i^1$
底	细	我	知	多

底细我早知。

女唱

2-1617

写	南	由	了	乖
Ce	nanz	raeuh	liux	gvai

$çe^1$ $na:n^2$ $ɹau^6$ $li:u^4$ $kwa:i^1$

| 留 | 久 | 多 | 啰 | 乖 |

久别了好友，

2-1618

写	南	来	对	邦
Ce	nanz	lai	doih	baengz

$çe^1$ $na:n^2$ $la:i^1$ $to:i^6$ pan^2

| 留 | 久 | 多 | 伙伴 | 朋 |

久违了情友。

2-1619

米	真	你	是	讲
Miz	caen	mwngz	cix	gangj

mi^2 $çin^1$ $muɰ^2$ $çi^4$ $ka:ŋ^3$

| 有 | 真 | 你 | 就 | 讲 |

真有你就说，

2-1620

开	乱	往	作	偻
Gaej	luenh	uengj	coq	raeuz

$ka:i^5$ $lu:n^6$ $va:ŋ^3$ $ço^5$ $ɹau^3$

| 莫 | 乱 | 枉 | 放 | 我们 |

莫来冤枉我。

男唱

2-1621

写	南	由	了	乖
Ce	nanz	raeuh	liux	gvai

$çe^1$ $na:n^2$ $ɹau^6$ $li:u^4$ $kwa:i^1$

| 留 | 久 | 多 | 啰 | 乖 |

久别了好友，

2-1622

写	南	来	韦	阿
Ce	nanz	lai	vae	oq

$çe^1$ $na:n^2$ $la:i^1$ vai^1 o^5

| 留 | 久 | 多 | 姓 | 友 |

久违了情友。

2-1623

年	土	牙	可	知
Nienz	dou	yah	goj	rox

$ni:n^2$ tu^1 ja^5 ko^5 $ɹo^4$

| 反正 | 我 | 也 | 可 | 知 |

反正我懂了，

2-1624

甲	认	作	来	好
Gyah	nyinh	soh	lai	ndei

kja^6 $ɲin^6$ $θo^6$ $la:i^1$ dei^1

| 自 | 认 | 直 | 多 | 好 |

不如你直说。

女唱	男唱

女唱

2-1625

借	乃	是	立	南
Ciq	naih	cix	leih	nanz
çi^5	na:i^6	çi^4	lei^6	na:n^2
借	久	就	利	久

借久利息多，

2-1626

代	三	年	不	借
Dai	sam	nienz	mbouj	ciq
ta:i^1	θa:n^1	ni:n^2	bou^5	çi^5
死	三	年	不	借

宁死也不借。

2-1627

忠	而	古	金	归
Fangz	rawz	guh	gim	gvi
fa:ŋ^2	ɹau^2	ku^4	kin^1	kwei^5
鬼	什么	做	金	龟

哪个做小人，

2-1628

楼	句	内	给	你
Laeuh	coenz	neix	hawj	mwngz
lau^6	kjon^2	ni^4	hɯ^3	mɯŋ^2
漏	句	这	给	你

漏机密给你？

男唱

2-1629

借	乃	是	立	南
Ciq	naih	cix	leih	nanz
çi^5	na:i^6	çi^4	lei^6	na:n^2
借	久	就	利	久

借久利息多，

2-1630

代	三	年	不	借
Dai	sam	nienz	mbouj	ciq
ta:i^1	θa:n^1	ni:n^2	bou^5	çi^5
死	三	年	不	借

宁死也不借。

2-1631

昨	天	克	干	衣
Coz	denh	gwz	ganj	hih
ço^2	ti:n^1	kə^4	ka:n^3	ji^5
昨	天	去	赶	圩

昨天去赶圩，

2-1632

贵	农	楼	给	偻
Gwiz	nuengx	laeuh	hawj	raeuz
kui^2	nu:ŋ^4	lau^6	hɯ^3	ɹau^2
丈夫	妹	漏	给	我们

妹夫漏给我。

女唱

2-1633

借	乃	是	立	南
Ciq	naih	cix	leih	nanz
$çi^5$	$na:i^6$	$çi^4$	lei^6	$na:n^2$
借	久	就	利	久

借久利息多,

2-1634

代	三	年	不	借
Dai	sam	nienz	mbouj	ciq
$ta:i^1$	$θa:n^1$	$ni:n^2$	bou^5	$çi^5$
死	三	年	不	借

宁死也不借。

2-1635

它	刀	楼	样	内
De	dauq	laeuh	yiengh	neix
te^1	$ta:u^5$	lau^6	$juɯ:ŋ^6$	ni^4
他	倒	漏	样	这

他说漏这句,

2-1636

利	记	话	样	而
Lij	geiq	vah	yiengh	rawz
li^4	ki^5	va^6	$juɯ:ŋ^6$	$ɣaɯ^2$
还	记	话	样	什么

还说了什么?

男唱

2-1637

借	乃	是	立	南
Ciq	naih	cix	leih	nanz
$çi^5$	$na:i^6$	$çi^4$	lei^6	$na:n^2$
借	久	就	利	久

借久利息多,

2-1638

代	三	年	不	借
Dai	sam	nienz	mbouj	ciq
$ta:i^1$	$θa:n^1$	$ni:n^2$	bou^5	$çi^5$
死	三	年	不	借

宁死也不借。

2-1639

楼	双	句	样	内
Laeuh	song	coenz	yiengh	neix
lau^6	$θo:ŋ^1$	$kjon^2$	$juɯ:ŋ^6$	ni^4
漏	两	句	样	这

说漏这两句,

2-1640

说	农	八	造	然
Naeuz	nuengx	bah	caux	ranz
nau^2	$nu:ŋ^4$	pa^6	$ça:u^4$	$ɣa:n^2$
说	妹	别	急	造 家

妹莫急嫁人。

女唱

2-1641

借	乃	是	立	南
Ciq	naih	cix	leih	nanz
çi⁵	na:i⁶	çi⁴	lei⁶	na:n²
借	久	就	利	久

借久利息多，

2-1642

代	三	年	不	借
Dai	sam	nienz	mbouj	ciq
ta:i¹	θa:n¹	ni:n²	bou⁵	çi⁵
死	三	年	不	借

宁死也不借。

2-1643

什	么	人	说	你
Gwq	maq	yinz	coz	nij
çɯ⁵	ma⁵	jin²	ço²	ni³
什	么	人	说	你

什么人说你，

2-1644

要	它	马	对	相
Aeu	de	ma	doiq	ciengq
au¹	te¹	ma¹	to:i⁵	çi:ŋ⁵
要	他	来	对	证

叫他来对证。

男唱

2-1645

写	南	来	韦	机
Ce	nanz	lai	vae	giq
çe¹	na:n²	la:i¹	vai¹	ki⁵
留	久	多	姓	支

久违了情侣，

2-1646

火	义	由	了	娘
Hoj	ngeix	raeuh	liux	nangz
ho³	ŋi⁴	ʐau⁶	li:u⁴	na:ŋ²
苦	想	很	啰	姑娘

思念你姑娘。

2-1647

要	它	马	对	相
Aeu	de	ma	doiq	ciengq
au¹	te¹	ma¹	to:i⁵	çi:ŋ⁵
要	他	来	对	证

叫他来对证，

2-1648

少	娘	不	干	对
Sau	nangz	mbouj	gamj	doiq
θa:u¹	na:ŋ²	bou⁵	ka:n³	to:i⁵
姑娘	姑娘	不	敢	对

姑娘敢不敢？

女唱
========

男唱
========

<table>
<tr><td>

2-1649

借	乃	是	立	南
Ciq	naih	cix	leih	nanz
$çi^5$	$na:i^6$	$çi^4$	lei^6	$na:n^2$
借	久	就	利	久

借久利息多，

2-1650

代	三	年	不	借
Dai	sam	nienz	mbouj	ciq
$ta:i^1$	$θa:n^1$	$ni:n^2$	bou^5	$çi^5$
死	三	年	不	借

宁死也不借。

2-1651

写	字	作	更	贵
Sij	saw	coq	gwnz	gvih
$θi^3$	$θau^1$	$ço^5$	$kɯn^2$	$kwei^6$
写	字	放	上	柜

写字搁柜上，

2-1652

农	团	十	开	么
Nuengx	duenz	cih	gaiq	maz
$nuːŋ^4$	$tuːn^2$	$çi^6$	$ka:i^2$	ma^2
妹	猜	个	什	么

猜我写什么。

</td><td>

2-1653

借	乃	是	立	南
Ciq	naih	cix	leih	nanz
$çi^5$	$na:i^6$	$çi^4$	lei^6	$na:n^2$
借	久	就	利	久

借久利息多，

2-1654

代	三	年	不	借
Dai	sam	nienz	mbouj	ciq
$ta:i^1$	$θa:n^1$	$ni:n^2$	bou^5	$çi^5$
死	三	年	不	借

宁死也不借。

2-1655

写	字	作	更	贵
Sij	saw	coq	gwnz	gvih
$θi^3$	$θau^1$	$ço^5$	$kɯn^2$	$kwei^6$
写	字	放	上	柜

写字搁柜上，

2-1656

备	团	十	写	南
Beix	duenz	cih	ce	nanz
pi^4	$tuːn^2$	$çi^6$	$çe^1$	$na:n^2$
兄	猜	个	留	久

兄猜是"久别"。

</td></tr>
</table>

女唱

2-1657

借	乃	是	立	南
Ciq	naih	cix	leih	nanz
çi⁵	na:i⁶	çi⁴	lei⁶	na:n²
借	久	就	利	久

借久利息多，

2-1658

代	三	年	不	借
Dai	sam	nienz	mbouj	ciq
ta:i¹	θa:n¹	ni:n²	bou⁵	çi⁵
死	三	年	不	借

宁死也不借。

2-1659

包	乖	真	知	理
Mbauq	gvai	caen	rox	leix
ba:u⁵	kwa:i¹	çin¹	ɹo⁴	li⁴
小伙	乖	真	知	理

情哥真聪明，

2-1660

团	后	十	写	南
Duenz	haeuj	cih	ce	nanz
tu:n²	hau³	çi⁶	çe¹	na:n²
猜	进	个	留	久

猜出个"久别"。

男唱

2-1661

借	乃	是	立	南
Ciq	naih	cix	leih	nanz
çi⁵	na:i⁶	çi⁴	lei⁶	na:n²
借	久	就	利	久

借久利息多，

2-1662

代	三	年	不	借
Dai	sam	nienz	mbouj	ciq
ta:i¹	θa:n¹	ni:n²	bou⁵	çi⁵
死	三	年	不	借

宁死也不借。

2-1663

想	不	团	十	内
Siengj	mbouj	duenz	cih	neix
θi:ŋ³	bou⁵	tu:n²	çi⁶	ni⁴
想	不	猜	个	这

想不猜这字，

2-1664

义	句	比	你	贵
Ngeix	coenz	beij	mwngz	bengz
ŋi⁴	kjon²	pi³	muŋ²	pe:ŋ²
想	句	歌	你	贵

你歌声可贵。

男唱

2-1665

借	乃	是	立	南
Ciq	naih	cix	leih	nanz
$çi^5$	$na:i^6$	$çi^4$	lei^6	$na:n^2$
借	久	就	利	久

借久利息多，

2-1666

代	三	年	不	借
Dai	sam	nienz	mbouj	ciq
$ta:i^1$	$θa:n^1$	$ni:n^2$	bou^5	$çi^5$
死	三	年	不	借

宁死也不借。

2-1667

写	字	作	张	纸
Sij	saw	coq	mbaw	ceij
$θi^3$	$θaɯ^1$	$ço^5$	$baɯ^1$	$çi^3$
写	字	放	张	纸

用纸来写信，

2-1668

记	给	伏	送	你
Geiq	hawj	fwx	soengq	mwngz
ki^5	$həɯ^3$	$fə^4$	$θoŋ^5$	$mɯŋ^2$
寄	给	别人	送	你

托人送给你。

女唱

2-1669

借	乃	是	立	南
Ciq	naih	cix	leih	nanz
$çi^5$	$na:i^6$	$çi^4$	lei^6	$na:n^2$
借	久	就	利	久

借久利息多，

2-1670

代	三	年	不	借
Dai	sam	nienz	mbouj	ciq
$ta:i^1$	$θa:n^1$	$ni:n^2$	bou^5	$çi^5$
死	三	年	不	借

宁死也不借。

2-1671

写	字	空	办	十
Sij	saw	ndwi	baenz	cih
$θi^3$	$θaɯ^1$	$du:i^1$	pan^2	$çi^6$
写	字	不	成	个

写字不成字，

2-1672

记	伏	空	全	偻
Geiq	fwx	ndwi	ronz	raeuz
ki^5	$fə^4$	$du:i^1$	$ɤo:n^2$	$ɤaɯ^2$
寄	别人	不	转达	我们

托人送不到。

男唱

2-1673

写	南	来	韦	机
Ce	nanz	lai	vae	giq

$çe^1$　$na:n^2$　$la:i^1$　vai^1　ki^5

留　久　多　姓　支

久别了情侣，

2-1674

义	牙	不	相	全
Ngeix	yax	mbouj	siengq	cienz

$ȵi^4$　ja^5　bou^5　$θe:ŋ^5$　$çe:n^2$

想　也　不　相　全

想来心不安。

2-1675

土	记	仪	可	全
Dou	geiq	saenq	goj	ronz

tu^1　ki^5　$θin^5$　ko^5　$ɹo:n^2$

我　寄　信　可　转达

我寄信已通，

2-1676

你	满	贝	么	农
Mwngz	muenz	bae	maz	nuengx

$muŋ^2$　$mu:n^2$　pai^1　ma^2　$nu:ŋ^4$

你　瞒　去　嘛　妹

妹为何瞒兄。

女唱

2-1677

写	南	来	韦	机
Ce	nanz	lai	vae	giq

$çe^1$　$na:n^2$　$la:i^1$　vai^1　ki^5

留　久　多　姓　支

久别了情侣，

2-1678

义	牙	不	相	全
Ngeix	yax	mbouj	siengq	cienz

$ȵi^4$　ja^5　bou^5　$θe:ŋ^5$　$çe:n^2$

想　也　不　相　全

想来心不安。

2-1679

记	仪	作	江	元
Geiq	saenq	coq	gyang	roen

ki^5　$θin^5$　$ço^5$　$kja:ŋ^1$　$jo:n^1$

寄　信　放　中　路

信丢在路上，

2-1680

满	贝	牙	真	对
Muenz	bae	yax	caen	doiq

$mu:n^2$　pai^1　ja^5　$çin^1$　$to:i^5$

瞒　去　也　真　对

瞒你也活该。

男唱

2-1681

写	南	来	韦	机
Ce	nanz	lai	vae	giq
çe¹	na:n²	la:i¹	vai¹	ki⁵
留	久	多	姓	支

久别了情侣，

2-1682

义	牙	不	相	全
Ngeix	yax	mbouj	siengq	cienz
ȵi⁴	ja⁵	bou⁵	θe:ŋ⁵	çe:n²
想	也	不	相	全

想来心不安。

2-1683

记	仗	空	同	全
Geiq	saenq	ndwi	doengz	ronz
ki⁵	θin⁵	du:i¹	toŋ²	ɣo:n²
寄	信	不	同	转达

寄信不相通，

2-1684

难	办	元	了	农
Nanz	baenz	yuenz	liux	nuengx
na:n²	pan²	ju:n²	li:u⁴	nu:ŋ⁴
难	成	缘	啰	妹

我俩难结缘。

女唱

2-1685

写	南	来	韦	机
Ce	nanz	lai	vae	giq
çe¹	na:n²	la:i¹	vai¹	ki⁵
留	久	多	姓	支

久违了情侣，

2-1686

义	牙	不	相	全
Ngeix	yax	mbouj	siengq	cienz
ȵi⁴	ja⁵	bou⁵	θe:ŋ⁵	çe:n²
想	也	不	相	全

想来心不安。

2-1687

记	仗	伏	全	满
Geiq	saenq	fwx	gyonj	muenz
ki⁵	θin⁵	fə⁴	kjo:n³	mu:n²
寄	信	别人	都	瞒

信被别人瞒，

2-1688

龙	尝	办	师	付
Lungz	caengz	baenz	sae	fouh
luŋ²	çaŋ²	pan²	θei¹	fou⁶
龙	未	成	师	傅

兄未成师傅。

男唱	女唱

男唱

2-1689

写	南	来	韦	机
Ce	nanz	lai	vae	giq
çe¹	na:n²	la:i¹	vai¹	ki⁵
留	久	多	姓	支

久违了情侣,

2-1690

义	牙	不	相	全
Ngeix	yax	mbouj	siengq	cienz
ɲi⁴	ja⁵	bou⁵	θe:ŋ⁵	çe:n²
想	也	不	相	全

想来心不安。

2-1691

记	仪	空	同	全
Geiq	saenq	ndwi	doengz	ronz
ki⁵	θin⁵	dɯ:i¹	toŋ²	ro:n²
寄	信	不	同	转达

寄信不畅通,

2-1692

月	跟	日	吃	希
Ndwen	riengz	ngoenz	gwn	heiq
dɯ:n¹	ɹiŋ²	ŋon²	kɯn¹	hi⁵
月	跟	日	吃	气

日夜都怄气。

女唱

2-1693

借	乃	是	立	甫
Ciq	naih	cix	leih	nanz
çi⁵	na:i⁶	çi⁴	lei⁶	na:n²
借	久	就	利	久

借久利息多,

2-1694

代	三	年	不	借
Dai	sam	nienz	mbouj	ciq
ta:i¹	θa:n¹	ni:n²	bou⁵	çi⁵
死	三	年	不	借

宁死也不借。

2-1695

写	字	封	天	地
Sij	saw	fung	denh	deih
θi³	θɯ¹	fuŋ¹	ti:n¹	tei⁶
写	字	封	天	地

写字封天地,

2-1696

满	告	内	要	正
Muengh	gau	neix	aeu	cingz
mu:ŋ⁶	ka:u¹	ni⁴	au¹	çiŋ²
望	次	这	要	情

祈盼得礼品。

男唱

2-1697

借	乃	是	立	南
Ciq	naih	cix	leih	nanz
çi⁵	na:i⁶	çi⁴	lei⁶	na:n²
借	久	就	利	久

借久利息多，

2-1698

代	三	年	不	借
Dai	sam	nienz	mbouj	ciq
ta:i¹	θa:n¹	ni:n²	bou⁵	çi⁵
死	三	年	不	借

宁死也不借。

2-1699

写	字	封	天	地
Sij	saw	fung	denh	deih
θi³	θaɯ¹	fuŋ¹	ti:n¹	tei⁶
写	字	封	天	地

写字封天地，

2-1700

正	义	出	而	马
Cingz	ngeih	ok	lawz	ma
çiŋ²	ŋi⁶	o:k⁷	lau²	ma¹
情	义	出	哪	来

情义从哪来？

女唱

2-1701

借	乃	是	立	南
Ciq	naih	cix	leih	nanz
çi⁵	na:i⁶	çi⁴	lei⁶	na:n²
借	久	就	利	久

借久利息多，

2-1702

代	三	年	不	借
Dai	sam	nienz	mbouj	ciq
ta:i¹	θa:n¹	ni:n²	bou⁵	çi⁵
死	三	年	不	借

宁死也不借。

2-1703

写	字	封	天	地
Sij	saw	fung	denh	deih
θi³	θaɯ¹	fuŋ¹	ti:n¹	tei⁶
写	字	封	天	地

写字封天地，

2-1704

正	义	刀	马	岁
Cingz	ngeih	dauq	ma	caez
çiŋ²	ŋi⁶	ta:u⁵	ma¹	çai²
情	义	回	来	齐

情义又回来。

男唱

2-1705

借	乃	是	立	南
Ciq	naih	cix	leih	nanz
$çi^5$	$na{:}i^6$	$çi^4$	lei^6	$na{:}n^2$
借	久	就	利	久

借久利息多，

2-1706

代	三	年	不	借
Dai	sam	nienz	mbouj	ciq
$ta{:}i^1$	$θa{:}n^1$	$ni{:}n^2$	bou^5	$çi^5$
死	三	年	不	借

宁死也不借。

2-1707

写	字	封	天	地
Sij	saw	fung	denh	deih
$θi^3$	$θau^1$	$fuŋ^1$	$ti{:}n^1$	tei^6
写	字	封	天	地

对天地发誓，

2-1708

正	义	玩	托	邦
Cingz	ngeih	vanq	doh	biengz
$çiŋ^2$	$ŋi^6$	$va{:}n^6$	to^6	$pi{:}ŋ^2$
情	义	撒	遍	地方

情义却不专。

女唱

2-1709

借	乃	是	立	南
Ciq	naih	cix	leih	nanz
$çi^5$	$na{:}i^6$	$çi^4$	lei^6	$na{:}n^2$
借	久	就	利	久

借久利息多，

2-1710

代	三	年	不	借
Dai	sam	nienz	mbouj	ciq
$ta{:}i^1$	$θa{:}n^1$	$ni{:}n^2$	bou^5	$çi^5$
死	三	年	不	借

宁死也不借。

2-1711

空	米	么	采	地
Ndwi	miz	moq	byaij	deih
$du{:}i^1$	mi^2	mo^5	$pja{:}i^3$	ti^6
不	有	新	走	频

不能常来往，

2-1712

说	备	记	月	日
Naeuz	beix	geiq	ndwen	ngoenz
nau^2	pi^4	ki^5	$du{:}n^1$	$ŋon^2$
说	兄	记	月	日

请兄记时间。

男唱

2-1713

借	乃	是	立	南
Ciq	naih	cix	leih	nanz
çi^5	na:i^6	çi^4	lei^6	na:n^2
借	久	就	利	久

借久利息多，

2-1714

代	三	年	不	借
Dai	sam	nienz	mbouj	ciq
ta:i^1	θa:n^1	ni:n^2	bou^5	çi^5
死	三	年	不	借

宁死也不借。

2-1715

月	日	贝	样	内
Ndwen	ngoenz	bae	yiengh	neix
dɯn^1	ŋon^2	pai^1	juːŋ^6	ni^4
月	日	去	样	这

光阴在荏苒，

2-1716

给	备	记	样	而
Hawj	beix	geiq	yiengh	lawz
həɯ^3	pi^4	ki^5	juːŋ^6	lau^2
给	兄	记	样	哪

兄哪记得清。

女唱

2-1717

写	南	由	了	乖
Ce	nanz	raeuh	liux	gvai
çe^1	na:n^2	ʐau^6	liːu^4	kwa:i^1
留	久	多	啰	乖

久别了情友，

2-1718

写	南	来	对	爱
Ce	nanz	lai	doih	gyaez
çe^1	na:n^2	la:i^1	to:i^6	kjai^2
留	久	多	伙伴	爱

久违了情友。

2-1719

记	月	日	空	得
Geiq	ndwen	ngoenz	ndwi	ndaej
ki^5	dɯn^1	ŋon^2	dui^1	dai^3
记	月	日	不	得

日期记不住，

2-1720

加	来	不	中	官
Gyaj	lai	mbouj	cungq	guen
kja^3	la:i^1	bou^5	çoŋ^5	kuːn^1
假	多	不	中	官

假义无官当。

男唱

2-1721

写	南	来	韦	机
Ce	nanz	lai	vae	giq
çe¹	na:n²	la:i¹	vai¹	ki⁵
留	久	多	姓	支

久别了情友，

2-1722

义	不	福	不	份
Ngeix	mbouj	fuk	mbouj	faenh
ȵi⁴	bou⁵	fuk⁷	bou⁵	fanh
想	不	福	不	份

想也无福分。

2-1723

乱	真	华	牙	门
Luenh	cingq	hak	yax	monz
lu:n⁶	çiŋ⁵	ha:k⁷	ja⁶	mun²
乱	正	官	衙	门

如同进衙门，

2-1724

记	月	日	满	秀
Geiq	ndwen	ngoenz	mued	ciuh
ki⁵	du:n¹	ŋon²	mu:t⁸	çi:u⁶
记	月	日	没	世

记住一辈子。

女唱

2-1725

写	南	来	韦	机
Ce	nanz	lai	vae	giq
çe¹	na:n²	la:i¹	vai¹	ki⁵
留	久	多	姓	支

久别了情友，

2-1726

义	作	动	是	付
Ngeix	coq	dungx	cix	fouz
ȵi⁴	ço⁵	tuŋ⁴	çi⁴	fu²
想	放	肚	就	浮

思念断肝肠。

2-1727

华	利	记	柳	州
Hak	lij	geiq	louj	couh
ha:k⁷	li⁴	ki⁵	lou⁴	çou¹
官	还	记	柳	州

柳州还记得，

2-1728

少	土	记	不	得
Sau	dou	geiq	mbouj	ndaej
θa:u¹	tu¹	ki⁵	bou⁵	dai³
姑	娘	我	记	不	得

就我记不得。

男唱

2-1729

写	南	来	韦	机
Ce	nanz	lai	vae	giq
çe¹	naːn²	laːi¹	vai¹	ki⁵
留	久	多	姓	支

久别了情友，

2-1730

义	作	动	是	付
Ngeix	coq	dungx	cix	fouz
ȵi⁴	ço⁵	tuŋ⁴	çi⁴	fu²
想	放	肚	就	浮

思念肝肠断。

2-1731

乱	是	哈	柳	州
Luenh	cix	haq	louj	couh
luːn⁶	çi⁴	ha⁵	lou⁴	çou¹
乱	是	嫁	柳	州

胡乱嫁柳州，

2-1732

记	方	卢	满	秀
Geiq	fueng	louz	mued	ciuh
ki⁵	fuːŋ¹	lu²	muːt⁸	çiːu⁶
记	风	流	没	世

青春永不忘。

女唱

2-1733

借	乃	是	立	南
Ciq	naih	cix	leih	nanz
çi⁵	naːi⁶	çi⁴	lei⁶	naːn²
借	久	就	利	久

借久利息多，

2-1734

代	三	年	不	借
Dai	sam	nienz	mbouj	ciq
taːi¹	θaːn¹	niːn²	bou⁵	çi⁵
死	三	年	不	借

宁死也不借。

2-1735

记	的	欢	跟	比
Geiq	diq	fwen	riengz	beij
ki⁵	ti⁵	vuːn¹	ȵiːŋ²	pi³
记	些	歌	跟	歌

要记住山歌，

2-1736

记	道	理	阝	作
Geiq	dauh	leix	boux	coz
ki⁵	taːu⁶	li⁴	pu⁴	ço²
记	道	理	个	年轻

青年要知理。

男唱

2-1737

借	乃	是	立	南
Ciq	naih	cix	leih	nanz
$çi^5$	$na:i^6$	$çi^4$	lei^6	$na:n^2$
借	久	就	利	久

借久利息多，

2-1738

代	三	年	不	借
Dai	sam	nienz	mbouj	ciq
$ta:i^1$	$θa:n^1$	$ni:n^2$	bou^5	$çi^5$
死	三	年	不	借

宁死也不借。

2-1739

句	欢	当	道	理
Coenz	fwen	daengq	dauh	leix
$kjon^2$	$vu:n^1$	$taŋ^5$	$ta:u^6$	lei^4
句	歌	叮嘱	道	理

用山歌说理，

2-1740

义	了	样	而	赔
Ngeix	liux	yiengh	lawz	boiz
$ɲi^4$	$li:u^4$	$juɯ:ŋ^6$	lau^2	$po:i^2$
想	完	样	哪	还

如何对得上。

女唱

2-1741

借	乃	是	立	南
Ciq	naih	cix	leih	nanz
$çi^5$	$na:i^6$	$çi^4$	lei^6	$na:n^2$
借	久	就	利	久

借久利息多，

2-1742

代	三	年	不	借
Dai	sam	nienz	mbouj	ciq
$ta:i^1$	$θa:n^1$	$ni:n^2$	bou^5	$çi^5$
死	三	年	不	借

宁死也不借。

2-1743

句	欢	当	道	理
Goenz	fwen	daengq	dauh	leix
$kjon^2$	$vu:n^1$	$taŋ^5$	$ta:u^6$	li^4
句	歌	叮嘱	道	理

用山歌说理，

2-1744

乃	义	了	洋	赔
Naih	ngeix	liux	yaeng	boiz
$na:i^6$	$ɲi^4$	$li:u^4$	$jaŋ^1$	$po:i^2$
慢	想	完	再	还

想好了再和。

男唱

2-1745

借	乃	是	立	南
Ciq	naih	cix	leih	nanz
çi⁵	na:i⁶	çi⁴	lei⁶	na:n²
借	久	就	利	久

借久利息多，

2-1746

代	三	年	不	借
Dai	sam	nienz	mbouj	ciq
ta:i¹	θa:n¹	ni:n²	bou⁵	çi⁵
死	三	年	不	借

宁死也不借。

2-1747

本	反	元	拉	里
Mbwn	fan	yaep	ndau	ndeiq
bun¹	fa:n¹	jat⁷	dau¹	di⁵
天	翻	闪	星	星

夜晚星星闪，

2-1748

亮	给	备	采	邦
Rongh	hawj	beix	caij	biengz
ɣo:ŋ⁶	həɯ³	pi⁴	ça:i³	piːŋ²
亮	给	兄	踩	地方

照我走天下。

女唱

2-1749

借	乃	是	立	南
Ciq	naih	cix	leih	nanz
çi⁵	na:i⁶	çi⁴	lei⁶	na:n²
借	久	就	利	久

借久利息多，

2-1750

代	三	年	不	借
Dai	sam	nienz	mbouj	ciq
ta:i¹	θa:n¹	ni:n²	bou⁵	çi⁵
死	三	年	不	借

宁死也不借。

2-1751

包	乖	利	说	比
Mbauq	gvai	lij	naeuz	beij
ba:u⁵	kwa:i¹	li⁴	nau²	pi³
小伙	乖	还	说	歌

情哥还唱歌，

2-1752

开	八	亮	了	本
Gaej	bah	rongh	liux	mbwn
ka:i⁵	pa⁶	ɣo:ŋ⁶	li:u⁴	bwn¹
莫	急	亮	啰	天

天莫亮太早。

男唱	女唱

2-1753

借	乃	是	立	南
Ciq	naih	cix	leih	nanz
çi⁵	na:i⁶	çi⁴	lei⁶	na:n²
借	久	就	利	久

借久利息多，

2-1754

代	三	年	不	借
Dai	sam	nienz	mbouj	ciq
ta:i¹	θa:n¹	ni:n²	bou⁵	çi⁵
死	三	年	不	借

宁死也不借。

2-1755

更	本	七	拉	里
Gwnz	mbwn	caet	ndau	ndeiq
kɯn²	bun¹	çat⁷	dau¹	di⁵
上	天	跳	星	星

天上星星闪，

2-1756

告	内	良	贝	南
Gau	neix	rengx	bae	nanz
ka:u¹	ni⁴	ɹe:ŋ⁴	pai¹	na:n²
次	这	旱	去	久

这下旱得久。

2-1757

借	乃	是	立	南
Ciq	naih	cix	leih	nanz
çi⁵	na:i⁶	çi⁴	lei⁶	na:n²
借	久	就	利	久

借久利息多，

2-1758

代	三	年	不	借
Dai	sam	nienz	mbouj	ciq
ta:i¹	θa:n¹	ni:n²	bou⁵	çi⁵
死	三	年	不	借

宁死也不借。

2-1759

不	可	良	月	内
Mbouj	goj	rengx	ndwen	neix
bou⁵	ko⁵	ɹe:ŋ⁴	du:n¹	ni⁴
不	也	旱	月	这

这个月天旱，

2-1760

月	义	不	可	文
Ndwen	ngeih	mbouj	goj	fwn
du:n¹	ŋi⁶	bou⁵	ko⁵	vun¹
月	二	不	也	雨

二月不落雨。

女唱

2-1761

写　南　来　韦　机
Ce　nanz　lai　vae　giq
$çe^1$　$na:n^2$　$la:i^1$　vai^1　ki^5
留　久　多　姓　支
久别了情友，

2-1762

义　牙　不　相　仁
Ngeix　yax　mbouj　siengh　yunz
$ȵi^4$　ja^5　bou^5　$θe:ŋ^5$　jun^2
想　也　不　相　回应
相思无回应。

2-1763

满　月　义　斗　文
Muengh　ndwen　ngeih　daeuj　fwn
$mu:ŋ^6$　$du:n^1$　$ȵi^6$　tau^3　vun^1
望　月　二　来　雨
望二月下雨，

2-1764

老　犯　春　了　备
Lau　famh　cin　liux　beix
$la:u^1$　$fa:n^6$　$çun^1$　$li:u^4$　pi^4
怕　犯　春　啰　兄
只怕犯立春。

男唱

2-1765

写　南　来　韦　机
Ce　nanz　lai　vae　giq
$çe^1$　$na:n^2$　$la:i^1$　vai^1　ki^5
留　久　多　姓　支
久违了情友，

2-1766

义　牙　不　相　仁
Ngeix　yax　mbouj　siengh　yunz
$ȵi^4$　ja^5　bou^5　$θe:ŋ^5$　jun^2
想　也　不　相　回应
相思无回应。

2-1767

本　论　是　斗　文
Mbwn　laep　cix　daeuj　fwn
$bɯn^1$　lap^7　$çi^4$　tau^3　vun^1
天　黑　就　来　雨
天黑就下雨，

2-1768

犯　春　开　么　农
Famh　cin　gij　maz　nuengx
$fa:n^6$　$çun^1$　$ka:i^2$　ma^2　$nu:ŋ^4$
犯　春　什　么　妹
妹犯什么春？

女唱

男唱

2-1769

写	南	来	韦	机
Ce	nanz	lai	vae	giq
çe¹	na:n²	la:i¹	vai¹	ki⁵
留	久	多	姓	支

久违了情友，

2-1770

义	牙	不	相	仁
Ngeix	yax	mbouj	siengh	yunz
n̠i⁴	ja⁵	bou⁵	θe:ŋ⁵	jun²
想	也	不	相	回应

相思无回应。

2-1771

月	义	牙	斗	文
Ndwen	ngeih	yax	daeuj	fwn
du:n¹	n̠i⁶	ja⁵	tau³	vun¹
月	二	也	来	雨

二月也下雨，

2-1772

更	本	很	代	六
Gwnz	mbwn	hwnj	daih	loeg
kun²	bun¹	hun³	ta:i⁶	lok⁸
上	天	起	苔	绿

天宫长青苔。

2-1773

月	义	牙	斗	文
Ndwen	ngeih	yax	daeuj	fwn
du:n¹	n̠i⁶	ja⁵	tau³	vun¹
月	二	也	来	雨

二月份下雨，

2-1774

更	本	很	代	六
Gwnz	mbwn	hwnj	daih	loeg
kun²	bun¹	hun³	ta:i⁶	lok⁸
上	天	起	苔	绿

天宫长青苔。

2-1775

结	三	层	拉	蒙
Giet	sam	caengz	laj	mok
ki:t⁷	θa:n¹	çaŋ²	la³	mo:k⁷
结	三	层	下	雾

云下结三层，

2-1776

文	不	托	牙	难
Fwn	mbouj	doek	yax	nanz
vun¹	bou⁵	tok⁷	ja⁵	na:n²
雨	不	落	也	难

雨不落都难。

女唱

2-1777

借	乃	是	立	南
Ciq	naih	cix	leih	nanz
çi⁵	na:i⁶	çi⁴	lei⁶	na:n²
借	久	就	利	久

借久利息多,

2-1778

代	三	年	不	借
Dai	sam	nienz	mbouj	ciq
ta:i¹	θa:n¹	ni:n²	bou⁵	çi⁵
死	三	年	不	借

宁死也不借。

2-1779

明	天	大	落	雨
Mingz	denh	da	loz	hij
min²	ti:n¹	ta⁴	lo²	hi³
明	天	大	落	雨

明天大落雨,

2-1780

到	底	样	而	说
Dau	dij	yiengh	lawz	naeuz
ta:u⁴	ti³	jɯ:ŋ⁶	lau²	nau²
到	底	样	哪	说

到底怎么说?

男唱

2-1781

借	乃	是	立	南
Ciq	naih	cix	leih	nanz
çi⁵	na:i⁶	çi⁴	lei⁶	na:n²
借	久	就	利	久

借久利息多,

2-1782

代	三	年	不	借
Dai	sam	nienz	mbouj	ciq
ta:i¹	θa:n¹	ni:n²	bou⁵	çi⁵
死	三	年	不	借

宁死也不借。

2-1783

明	天	落	大	雨
Mingz	denh	loz	da	hij
min²	ti:n¹	lo²	ta⁴	hi³
明	天	落	大	雨

明天下大雨,

2-1784

邦	地	是	文	荣
Biengz	deih	cix	vuen	yungz
pi:ŋ²	tei⁶	çi⁴	vu:n¹	juŋ²
地方	地	就	欢	乐

大地就繁荣。

女唱

2-1785

借	乃	是	立	南
Ciq	naih	cix	leih	nanz
$çi^5$	$na:i^6$	$çi^4$	lei^6	$na:n^2$
借	久	就	利	久

借久利息多，

2-1786

代	三	年	不	借
Dai	sam	nienz	mbouj	ciq
$ta:i^1$	$θa:n^1$	$ni:n^2$	bou^5	$çi^5$
死	三	年	不	借

宁死也不借。

2-1787

巴	少	丢	样	内
Bak	sau	diu	yiengh	neix
$pa:k^7$	$θa:u^1$	$ti:u^1$	$juɯ:ŋ^6$	ni^4
嘴	姑娘	刁	样	这

妹如此灵巧，

2-1788

友	良	立	牙	要
Youx	lingz	leih	yax	aeu
ju^4	$le:ŋ^6$	lei^6	ja^5	au^1
友	伶	俐	才	要

聪明友才娶。

男唱

2-1789

借	乃	是	立	南
Ciq	naih	cix	leih	nanz
$çi^5$	$na:i^6$	$çi^4$	lei^6	$na:n^2$
借	久	就	利	久

借久利息多，

2-1790

代	三	年	不	借
Dai	sam	nienz	mbouj	ciq
$ta:i^1$	$θa:n^1$	$ni:n^2$	bou^5	$çi^5$
死	三	年	不	借

宁死也不借。

2-1791

不	文	得	良	立
Mbouj	vun	ndaej	lingz	leih
bou^5	vun^1	dai^3	$le:ŋ^6$	lei^6
不	求	得	伶	俐

不求友聪慧，

2-1792

但	知	理	哈	你
Danh	rox	leix	ha	mwngz
$ta:n^6$	$ɤ.^4$	li^4	ha^1	$muɯŋ^2$
但	知	理	配	你

但像你达理。

女唱

2-1793

借	乃	是	立	南
Ciq	naih	cix	leih	nanz
ςi^5	$na{:}i^6$	ςi^4	lei^6	$na{:}n^2$
借	久	就	利	久

借久利息多，

2-1794

代	三	年	不	借
Dai	sam	nienz	mbouj	ciq
$ta{:}i^1$	$\theta a{:}n^1$	$ni{:}n^2$	bou^5	ςi^5
死	三	年	不	借

宁死也不借。

2-1795

不	得	友	良	立
Mbouj	ndaej	youx	lingz	leih
bou^5	dai^3	ju^4	$le{:}\eta^6$	lei^6
不	得	友	伶	俐

不得聪慧友，

2-1796

可	为	秀	你	空
Goj	vei	ciuh	mwngz	ndwi
ko^5	vei^1	$\varsigma i{:}u^6$	$mɯŋ^2$	$dɯ{:}i^1$
也	亏	世	你	空

枉你这一生。

男唱

2-1797

借	乃	是	立	南
Ciq	naih	cix	leih	nanz
ςi^5	$na{:}i^6$	ςi^4	lei^6	$na{:}n^2$
借	久	就	利	久

借久利息多，

2-1798

代	三	年	不	借
Dai	sam	nienz	mbouj	ciq
$ta{:}i^1$	$\theta a{:}n^1$	$ni{:}n^2$	bou^5	ςi^5
死	三	年	不	借

宁死也不借。

2-1799

巴	丢	刀	丢	的
Bak	diu	dauq	diu	diq
$pa{:}k^7$	$ti{:}u^1$	$ta{:}u^5$	$ti{:}u^1$	ti^5
嘴	刁	倒	刁	点

有点小聪明，

2-1800

长	记	罗	贵	文
Cang	giq	lox	gwiz	vunz
$\varsigma a{:}\eta^1$	ki^5	lo^4	$kɯi^2$	vun^2
假	装	哄	丈	夫	人

骗别人丈夫。

女唱

2-1801

借	乃	是	立	南
Ciq	naih	cix	leih	nanz
$çi^5$	$na{:}i^6$	$çi^4$	lei^6	$na{:}n^2$
借	久	就	利	久

借久利息多，

2-1802

代	三	年	不	借
Dai	sam	nienz	mbouj	ciq
$ta{:}i^1$	$θa{:}n^1$	$ni{:}n^2$	bou^5	$çi^5$
死	三	年	不	借

宁死也不借。

2-1803

不	自	土	丢	的
Mbouj	gag	dou	diu	diq
bou^5	$ka{:}k^8$	tu^1	$ti{:}u^1$	ti^5
不	自	我	刁	点

不只我伶俐，

2-1804

备	牙	可	丢	仁
Beix	yax	goj	diu	viz
pi^4	ja^5	ko^5	$ti{:}u^1$	vi^2
兄	也	可	刁	滑

兄也很滑头。

男唱

2-1805

借	乃	是	立	南
Ciq	naih	cix	leih	nanz
$çi^5$	$na{:}i^6$	$çi^4$	lei^6	$na{:}n^2$
借	久	就	利	久

借久利息多，

2-1806

代	三	年	不	借
Dai	sam	nienz	mbouj	ciq
$ta{:}i^1$	$θa{:}n^1$	$ni{:}n^2$	bou^5	$çi^5$
死	三	年	不	借

宁死也不借。

2-1807

巴	少	丢	样	内
Bak	sau	diu	yiengh	neix
$pa{:}k^7$	$θa{:}u^1$	$ti{:}u^1$	$jɯ{:}ŋ^6$	ni^4
嘴	姑娘	刁	样	这

妹如此灵巧，

2-1808

动	利	义	知	空
Dungx	lij	ngeix	rox	ndwi
$tuŋ^4$	li^4	$ŋi^4$	$ɣo^4$	$du{:}i^1$
肚	还	想	或	不

心中思念否？

女唱

2-1809

借	乃	是	立	南
Ciq	naih	cix	leih	nanz
$çi^5$	$na{:}i^6$	$çi^4$	lei^6	$na{:}n^2$
借	久	就	利	久

借久利息多，

2-1810

代	三	年	不	借
Dai	sam	nienz	mbouj	ciq
$ta{:}i^1$	$θa{:}n^1$	$ni{:}n^2$	bou^5	$çi^5$
死	三	年	不	借

宁死也不借。

2-1811

勒	独	代	利	衣
Lwg	dog	dai	lij	iq
$luuk^8$	$to{:}k^8$	$ta{:}i^1$	li^4	i^5
子	独	死	还	小

独子死得早，

2-1812

是	利	义	堂	你
Cix	lij	ngeix	daengz	mwngz
$çi^4$	li^4	$ɲi^4$	$taŋ^2$	$muuŋ^2$
是	还	想	到	你

还在想念你。

男唱

2-1813

借	乃	是	立	南
Ciq	naih	cix	leih	nanz
$çi^5$	$na{:}i^6$	$çi^4$	lei^6	$na{:}n^2$
借	久	就	利	久

借久利息多，

2-1814

代	三	年	不	借
Dai	sam	nienz	mbouj	ciq
$ta{:}i^1$	$θa{:}n^1$	$ni{:}n^2$	bou^5	$çi^5$
死	三	年	不	借

宁死也不借。

2-1815

对	那	可	说	义
Doiq	naj	goj	naeuz	ngeix
$to{:}i^5$	na^3	ko^5	nau^2	$ɲi^4$
对	脸	可	说	想

当面说相思，

2-1816

背	那	为	土	写
Boih	naj	viq	dou	ce
$po{:}i^6$	na^3	vi^5	tu^1	$çe^1$
背	脸	忘	我	留

转脸就忘光。

女唱

2-1817

借	乃	是	立	南
Ciq	naih	cix	leih	nanz
$çi^5$	$na:i^6$	$çi^4$	lei^6	$na:n^2$
借	久	就	利	久

借久利息多，

2-1818

代	三	年	不	借
Dai	sam	nienz	mbouj	ciq
$ta:i^1$	$θa:n^1$	$ni:n^2$	bou^5	$çi^5$
死	三	年	不	借

宁死也不借。

2-1819

为	土	刀	不	为
Viq	dou	dauq	mbouj	viq
vi^5	tu^1	$ta:u^5$	bou^5	vi^5
忘	我	倒	不	忘

我不会忘你，

2-1820

动	可	义	千	年
Dungx	goj	ngeix	cien	nienz
$tuŋ^4$	ko^5	$ɳi^4$	$çi:n^1$	$ni:n^2$
肚	可	想	千	年

念你一千年。

男唱

2-1821

借	乃	是	立	南
Ciq	naih	cix	leih	nanz
$çi^5$	$na:i^6$	$çi^4$	lei^6	$na:n^2$
借	久	就	利	久

借久利息多，

2-1822

代	三	年	不	借
Dai	sam	nienz	mbouj	ciq
$ta:i^1$	$θa:n^1$	$ni:n^2$	bou^5	$çi^5$
死	三	年	不	借

宁死也不借。

2-1823

知	你	义	空	义
Rox	mwngz	ngeix	ndwi	ngeix
$ɹo^4$	$muŋ^2$	$ɳi^4$	$du:i^1$	$ɳi^4$
知	你	想	不	想

不知想不想，

2-1824

老	特	备	古	论
Lau	dawz	beix	guh	lumz
$la:u^1$	$təu^2$	pi^4	ku^4	lun^2
怕	拿	兄	做	忘

只怕忘了兄。

女唱

2-1825

借	乃	是	立	南
Ciq	naih	cix	leih	nanz
$çi^5$	$na:i^6$	$çi^4$	lei^6	$na:n^2$
借	久	就	利	久

借久利息多，

2-1826

代	三	年	不	外
Dai	sam	nienz	mbouj	vaij
$ta:i^1$	$θa:n^1$	$ni:n^2$	bou^5	$va:i^3$
死	三	年	不	过

宁死也不借。

2-1827

办	钱	買	红	开
Banh	cienz	cawx	hong	gaiq
$pa:n^6$	$çi:n^2$	$çəuɯ^4$	$ho:ŋ^1$	$ka:i^5$
办	钱	买	东	西

备钱买东西，

2-1828

偻	同	祘	很	河
Raeuz	doengz	suenq	hwnj	haw
$ɤau^2$	$toŋ^2$	$θu:n^5$	hun^3	$həɯ^1$
我们	同	算	上	圩

我俩同赶圩。

男唱

2-1829

借	乃	是	立	南
Ciq	naih	cix	leih	nanz
$çi^5$	$na:i^6$	$çi^4$	lei^6	$na:n^2$
借	久	就	利	久

借久利息多，

2-1830

代	三	年	不	外
Dai	sam	nienz	mbouj	vaij
$ta:i^1$	$θa:n^1$	$ni:n^2$	bou^5	$va:i^3$
死	三	年	不	过

宁死也不借。

2-1831

很	河	刀	可	爱
Hwnj	haw	dauq	goj	ngaih
hun^3	$həɯ^1$	$ta:u^5$	ko^5	$ŋa:i^6$
上	圩	倒	也	易

上街倒容易，

2-1832

老	红	开	不	岁
Lau	hong	gaiq	mbouj	caez
$la:u^1$	$ho:ŋ^1$	$ka:i^5$	bou^5	$çai^2$
怕	东	西	不	齐

怕货品不齐。

女唱	男唱

2-1833

借　乃　是　立　南

Ciq　naih　cix　leih　nanz

$çi^5$　$na:i^6$　$çi^4$　lei^6　$na:n^2$

借　久　就　利　久

借久利息多，

2-1834

代　三　年　不　外

Dai　sam　nienz　mbouj　vaij

$ta:i^1$　$θa:n^1$　$ni:n^2$　bou^5　$va:i^3$

死　三　年　不　过

死也不去借。

2-1835

中　很　河　大　才

Cuengq　hwnj　haw　dah　raix

$çu:ŋ^5$　hun^3　$həu^1$　ta^6　$ɹa:i^4$

特意　上　圩　实　在

特意去赶圩，

2-1836

样　而　样　不　岁

Yiengh　lawz　yiengh　mbouj　caez

$ju:ŋ^6$　lau^2　$ju:ŋ^6$　bou^5　$çai^2$

样　哪　样　不　齐

哪样货没有。

2-1837

借　乃　是　立　南

Ciq　naih　cix　leih　nanz

$çi^5$　$na:i^6$　$çi^4$　lei^6　$na:n^2$

借　久　就　利　久

借久利息多，

2-1838

代　三　年　不　外

Dai　sam　nienz　mbouj　vaij

$ta:i^1$　$θan^1$　$ni:n^2$　bou^5　$va:i^3$

死　三　年　不　过

死也不去借。

2-1839

很　河　刀　可　爱

Hwnj　haw　dauq　goj　ngaih

hun^3　$həu^1$　$ta:u^5$　ko^5　$ŋa:i^6$

上　圩　倒　也　易

上街倒容易，

2-1840

邦　贩　邝　而　当

Biengz　baih　boux　laez　dang

$pi:ŋ^2$　$pa:i^6$　pu^4　lau^2　$ta:ŋ^1$

地方　败　个　哪　当

迷路怎么办。

女唱

2-1841

借　乃　是　立　南
Ciq　naih　cix　leih　nanz
çi^5　na:i^6　çi^4　lei^6　na:n^2
借　久　就　利　久
借久利息多，

2-1842

代　三　年　不　外
Dai　sam　nienz　mbouj　vaij
ta:i^1　θa:n^1　ni:n^2　bou^5　va:i^3
死　三　年　不　过
宁死也不借。

2-1843

少　全　忧　邦　贩
Sau　gyonj　you　biengz　baih
θa:u^1　kjo:n^3　jou^1　pi:ŋ^2　pa:i^6
姑娘　都　忧　地方　败
妹总怕迷路，

2-1844

老　不　太　很　河
Lau　mbouj　daih　hwnj　haw
la:u^1　bou^5　ta:i^6　hun^3　həɯ^1
怕　不　太　上　圩
怕很少赶圩。

男唱

2-1845

借　乃　是　立　南
Ciq　naih　cix　leih　nanz
çi^5　na:i^6　çi^4　lei^6　na:n^2
借　久　就　利　久
借久利息多，

2-1846

代　三　年　不　外
Dai　sam　nienz　mbouj　vaij
ta:i^1　θa:n^1　ni:n^2　bou^5　va:i^3
死　三　年　不　过
宁死也不借。

2-1847

几　卜　讲　利　害
Geij　boux　gangj　leih　haih
ki^3　pu^4　ka:ŋ^3　lei^6　ha:i^6
几　个　讲　利　害
几个聪明人，

2-1848

是　利　贩　托　邦
Cix　lij　baih　doh　biengz
çi^4　li^4　pa:i^6　to^6　pi:ŋ^2
是　还　败　遍　地方
都还走错路。

女唱

2-1849

借	乃	是	立	南
Ciq	naih	cix	leih	nanz
$çi^5$	$na:i^6$	$çi^4$	lei^6	$na:n^2$
借	久	就	利	久

借久利息多，

2-1850

代	三	年	不	外
Dai	sam	nienz	mbouj	vaij
$ta:i^1$	$θa:n^1$	$ni:n^2$	bou^5	$va:i^3$
死	三	年	不	过

宁死也不借。

2-1851

不	外	貝	钱	开
Mbouj	vaij	bae	cienz	hai
bou^5	$va:i^3$	pai^1	$çi:n^2$	$ha:i^1$
不	过	去	钱	开

大不了花钱，

2-1852

又	利	贩	样	而
Youh	lij	baih	yiengh	lawz
jou^4	li^4	$pa:i^6$	$ju:ŋ^6$	lau^2
又	还	败	样	哪

怕什么迷路。

男唱

2-1853

借	乃	是	立	南
Ciq	naih	cix	leih	nanz
$çi^5$	$na:i^6$	$çi^4$	lei^6	$na:n^2$
借	久	就	利	久

借久利息多，

2-1854

代	三	年	不	外
Dai	sam	nienz	mbouj	vaij
$ta:i^1$	$θa:n^1$	$ni:n^2$	bou^5	$va:i^3$
死	三	年	不	过

宁死也不借。

2-1855

貝	钱	偻	岁	开
Bae	cienz	raeuz	caez	hai
pai^1	$çi:n^2$	$ɣau^2$	$çai^2$	$ha:i^1$
去	钱	我们	齐	开

花钱大家付，

2-1856

邦	贩	偻	岁	当
Biengz	baih	raeuz	caez	dang
$pi:ŋ^2$	$pa:i^6$	$ɣau^2$	$çai^2$	$ta:ŋ^1$
地方	败	我们	齐	当

迷路同担当。

女唱

2-1857

借	乃	是	立	南
Ciq	naih	cix	leih	nanz
çi⁵	naːi⁶	çi⁴	lei⁶	naːn²
借	久	就	利	久

借久利息多,

2-1858

代	三	年	不	外
Dai	sam	nienz	mbouj	vaij
taːi¹	θaːn¹	niːn²	bou⁵	vaːi³
死	三	年	不	过

宁死也不借。

2-1859

十	分	邦	狼	贩
Cib	faen	biengz	langh	baih
çit⁸	fan¹	piːŋ²	laːŋ⁶	paːi⁶
十	分	地方	若	败

若真的迷路,

2-1860

备	贝	拜	而	站
Beix	bae	baih	lawz	soengz
pi⁴	pai¹	paːi⁶	lau²	θoŋ²
兄	去	边	哪	站

兄去哪里住?

男唱

2-1861

借	乃	是	立	南
Ciq	naih	cix	leih	nanz
çi⁵	naːi⁶	çi⁴	lei⁶	naːn²
借	久	就	利	久

借久利息多,

2-1862

代	三	年	不	外
Dai	sam	nienz	mbouj	vaij
taːi¹	θaːn¹	niːn²	bou⁵	vaːi³
死	三	年	不	过

宁死也不借。

2-1863

十	分	邦	狼	贩
Cib	faen	biengz	langh	baih
çit⁸	fan¹	piːŋ²	laːŋ⁶	paːi⁶
十	分	地方	若	败

若真的迷路,

2-1864

当	田	偻	当	站
Dangq	denz	raeuz	dangq	soengz
taːŋ⁵	teːn²	ɣau²	taːŋ⁵	θoŋ²
另	地	我们	另	站

各自走他方。

女唱

2-1865

借	乃	是	立	南
Ciq	naih	cix	leih	nanz
çi⁵	na:i⁶	çi⁴	lei⁶	na:n²
借	久	就	利	久

借久利息多，

2-1866

代	三	年	不	外
Dai	sam	nienz	mbouj	vaij
ta:i¹	θa:n¹	ni:n²	bou⁵	va:i³
死	三	年	不	过

宁死也不借。

2-1867

十	分	邦	狼	贩
Cib	faen	biengz	langh	baih
çit⁸	fan¹	pi:ŋ²	la:ŋ⁶	pa:i⁶
十	分	地方	若	败

若真的迷路，

2-1868

代	农	很	方	而
Daiq	nuengx	hwnj	fueng	lawz
ta:i⁵	nu:ŋ⁴	hun³	fu:ŋ¹	lau²
带	妹	上	方	哪

带我去何方。

男唱

2-1869

借	乃	是	立	南
Ciq	naih	cix	leih	nanz
çi⁵	na:i⁶	çi⁴	lei⁶	na:n²
借	久	就	利	久

借久利息多，

2-1870

代	三	年	不	外
Dai	sam	nienz	mbouj	vaij
ta:i¹	θa:n¹	ni:n²	bou⁵	va:i³
死	三	年	不	过

宁死也不借。

2-1871

十	分	邦	狼	贩
Cib	faen	biengz	langh	baiq
çit⁸	fan¹	pi:ŋ²	la:ŋ⁶	pa:i⁵
十	分	地方	若	败

若真的迷路，

2-1872

代	农	很	元	城
Daiq	nuengx	hwnj	roen	singz
ta:i⁵	nu:ŋ⁴	hun³	jo:n¹	θiŋ²
带	妹	上	路	城

带妹去城里。

男唱

2-1873

借	乃	是	立	南
Ciq	naih	cix	leih	nanz
ςi^5	$na{:}i^6$	ςi^4	lei^6	$na{:}n^2$
借	久	就	利	久

借久难负息，

2-1874

代	三	年	不	外
Dai	sam	nienz	mbouj	vaij
$ta{:}i^1$	$\theta a{:}n^1$	$ni{:}n^2$	bou^5	$va{:}i^3$
死	三	年	不	过

死也不去借。

2-1875

想	特	正	马	开
Siengj	dawz	cingz	ma	gai
$\theta i{:}\eta^3$	$t\mathrm{\partial}w^2$	$\varsigma i\eta^2$	ma^1	$ka{:}i^1$
想	拿	情	来	卖

真想卖信物，

2-1876

农	空	爱	堂	偻
Nuengx	ndwi	ngaiq	daengz	raeuz
$nu\eta^4$	$du{:}i^1$	$\eta a{:}i^5$	$ta\eta^2$	$\mathrm{J}au^2$
妹	不	爱	到	我们

妹已不爱我。

女唱

2-1877

借	乃	是	立	南
Ciq	naih	cix	leih	nanz
ςi^5	$na{:}i^6$	ςi^4	lei^6	$na{:}n^2$
借	久	就	利	久

借久难负息，

2-1878

代	三	年	不	外
Dai	sam	nienz	mbouj	vaij
$ta{:}i^1$	$\theta a{:}n^1$	$ni{:}n^2$	bou^5	$va{:}i^3$
死	三	年	不	过

死也不去借。

2-1879

爱	古	而	不	爱
Ngaiq	guh	rawz	mbouj	ngaiq
$\eta a{:}i^5$	ku^4	$\mathrm{J}au^2$	bou^5	$\eta a{:}i^5$
爱	做	什么	不	爱

怎么说不爱，

2-1880

为	备	采	尝	堂
Vih	beix	byaij	caengz	daengz
vei^6	pi^4	$pja{:}i^3$	$\varsigma a\eta^2$	$ta\eta^2$
为	兄	走	未	到

只因兄未到。

男唱

2-1881

借	乃	是	立	南
Ciq	naih	cix	leih	nanz
çi⁵	na:i⁶	çi⁴	lei⁶	na:n²
借	久	就	利	久

借久利息多,

2-1882

代	三	年	不	外
Dai	sam	nienz	mbouj	vaij
ta:i¹	θa:n¹	ni:n²	bou⁵	va:i³
死	三	年	不	过

宁死也不借。

2-1883

全	少	乖	可	爱
Cienz	sau	gvai	goh	ngaiq
çu:n²	θa:u¹	kwa:i¹	ko⁵	ŋa:i⁵
传	姑娘	乖	也	爱

若妹还爱哥,

2-1884

优	双	才	共	船
Yaeuq	song	sai	gungh	ruz
jau⁵	θo:ŋ¹	θa:i¹	kuŋ⁶	.ıu²
藏	两	带	共	船

我俩齐上船。

女唱

2-1885

借	乃	是	立	南
Ciq	naih	cix	leih	nanz
çi⁵	na:i⁶	çi⁴	lei⁶	na:n²
借	久	就	利	久

借久利息多,

2-1886

代	三	年	不	外
Dai	sam	nienz	mbouj	vaij
ta:i¹	θa:n¹	ni:n²	bou⁵	va:i³
死	三	年	不	过

宁死也不借。

2-1887

阝	爱	阝	不	爱
Boux	ngaiq	boux	mbouj	ngaiq
pu⁴	ŋa:i⁵	pu⁴	bou⁵	ŋa:i⁵
个	爱	个	不	爱

不知爱不爱,

2-1888

才	内	不	想	特
Sai	neix	mbouj	siengj	dawz
θa:i¹	ni⁴	bou⁵	θi:ŋ³	təɯ²
带	这	不	想	拿

信物不想带。

女唱

2-1889

借	乃	是	立	南
Ciq	naih	cix	leih	nanz
çi⁵	naːi⁶	çi⁴	lei⁶	naːn²
借	久	就	利	久

借久利息多,

2-1890

代	三	年	不	外
Dai	sam	nienz	mbouj	vaij
taːi¹	θaːn¹	niːn²	bou⁵	vaːi³
死	三	年	不	过

宁死也不借。

2-1891

小	正	想	牙	开
Siuj	cingz	siengj	yaek	hai
θiːu³	çiŋ²	θiːŋ³	jak⁷	haːi¹
小	情	想	要	开

真想开信物,

2-1892

备	空	采	邦	偻
Beix	ndwi	byaij	biengz	raeuz
pi⁴	duːi¹	pjaːi³	piːŋ²	ɣau²
兄	不	走	地方	我们

兄不见来访。

男唱

2-1893

借	乃	是	立	南
Ciq	naih	cix	leih	nanz
çi⁵	naːi⁶	çi⁴	lei⁶	naːn²
借	久	就	利	久

借久利息多,

2-1894

代	三	年	不	外
Dai	sam	nienz	mbouj	vaij
taːi¹	θaːn¹	niːn²	bou⁵	vaːi³
死	三	年	不	过

宁死也不借。

2-1895

米	正	少	空	开
Miz	cingz	sau	ndwi	hai
mi²	çiŋ²	θaːu¹	duːi¹	haːi¹
有	情	姑娘	不	开

有礼妹不开,

2-1896

当	果	爱	强	元
Dangq	go	ngaih	gyang	roen
taːŋ⁵	ko¹	ŋaːi⁶	kjaːŋ¹	joːn¹
当	棵	艾	中	路

当作路边草。

女唱

2-1897

借	乃	是	立	南
Ciq	naih	cix	leih	nanz
$çi^5$	$na:i^6$	$çi^4$	lei^6	$na:n^2$
借	久	就	利	久

借久利息多，

2-1898

代	三	年	不	外
Dai	sam	nienz	mbouj	vaij
$ta:i^1$	$θa:n^1$	$ni:n^2$	bou^5	$va:i^3$
死	三	年	不	过

宁死也不借。

2-1899

正	刀	变	办	才
Cingz	dauq	bienq	baenz	sai
$çiŋ^2$	$ta:u^5$	$pi:n^5$	pan^2	$θa:i^1$
情	倒	变	成	带

礼品成绸带，

2-1900

又	利	开	样	而
Youh	lij	hai	yiengh	lawz
jou^4	li^4	$ha:i^1$	$juɯŋ^6$	lau^2
又	还	开	样	哪

还用开什么。

男唱

2-1901

借	乃	是	立	南
Ciq	naih	cix	leih	nanz
$çi^5$	$na:i^6$	$çi^4$	lei^6	$na:n^2$
借	久	就	利	久

借久利息多，

2-1902

代	三	年	不	外
Dai	sam	nienz	mbouj	vaij
$ta:i^1$	$θa:n^1$	$ni:n^2$	bou^5	$va:i^3$
死	三	年	不	过

宁死也不借。

2-1903

义	桥	金	你	坏
Nyi	giuz	gim	mwngz	vaih
$ɲi^1$	$ki:u^2$	kin^1	$muɯŋ^2$	$va:i^6$
听	桥	金	你	坏

听说金桥坏，

2-1904

农	修	正	知	尝
Nuengx	coih	cingz	rox	caengz
$nu:ŋ^4$	$ço:i^6$	$çiŋ^2$	$ɹo^4$	$çaŋ^2$
妹	修	正	或	未

妹修好没有？

女唱

2-1905

借	乃	是	立	南
Ciq	naih	cix	leih	nanz
$çi^5$	$na{:}i^6$	$çi^4$	lei^6	$na{:}n^2$
借	久	就	利	久

借久利息多，

2-1906

代	三	年	不	外
Dai	sam	nienz	mbouj	vaij
$ta{:}i^1$	$θa{:}n^1$	$ni{:}n^2$	bou^5	$va{:}i^3$
死	三	年	不	过

宁死也不借。

2-1907

桥	么	桥	不	坏
Giuz	maz	giuz	mbouj	vaih
$ki{:}u^2$	ma^2	$ki{:}u^2$	bou^5	$va{:}i^6$
桥	什么	桥	不	坏

是桥都会坏，

2-1908

代	代	开	字	份
Daih	daih	hai	saw	faenz
$ta{:}i^6$	$ta{:}i^6$	$ha{:}i^1$	$θau^1$	fan^2
代	代	开	字	文

故需合八字。

男唱

2-1909

借	乃	是	立	南
Ciq	naih	cix	leih	nanz
$çi^5$	$na{:}i^6$	$çi^4$	lei^6	$na{:}n^2$
借	久	就	利	久

借久利息多，

2-1910

代	三	年	不	外
Dai	sam	nienz	mbouj	vaij
$ta{:}i^1$	$θa{:}n^1$	$ni{:}n^2$	bou^5	$va{:}i^3$
死	三	年	不	过

宁死也不借。

2-1911

桥	好	伏	是	才
Giuz	ndei	fwx	cix	raih
$ki{:}u^2$	dei^1	$fə^4$	$çi^4$	$ɹa{:}i^6$
桥	好	别人	就	爬

桥好别人走，

2-1912

写	桥	买	给	你
Ce	giuz	maiq	hawj	mwngz
$çe^1$	$ki{:}u^2$	$ma{:}i^5$	$həu^3$	$muŋ^2$
留	桥	寡	给	你

荒桥留给你。

女唱

2-1913

借	乃	是	立	南
Ciq	naih	cix	leih	nanz
$çi^5$	$na:i^6$	$çi^4$	lei^6	$na:n^2$
借	久	就	利	久

借久利息多，

2-1914

代	三	年	不	外
Dai	sam	nienz	mbouj	vaij
$ta:i^1$	$θa:n^1$	$ni:n^2$	bou^5	$va:i^3$
死	三	年	不	过

宁死也不借。

2-1915

桥	好	土	是	才
Giuz	ndei	dou	cix	raih
$ki:u^2$	dei^1	tu^1	$çi^4$	$ɹa:i^6$
桥	好	我	就	爬

好桥我便走，

2-1916

桥	买	扔	下	王
Giuz	maiq	gingx	roengz	vaengz
$ki:u^2$	$ma:i^5$	$kiŋ^4$	$ɹoŋ^2$	$vaŋ^2$
桥	寡	扔	下	潭

荒桥丢下潭。

男唱

2-1917

借	乃	是	立	南
Ciq	naih	cix	leih	nanz
$çi^5$	$na:i^6$	$çi^4$	lei^6	$na:n^2$
借	久	就	利	久

借久利息多，

2-1918

代	三	年	不	外
Dai	sam	nienz	mbouj	vaij
$ta:i^1$	$θa:n^1$	$ni:n^2$	bou^5	$va:i^3$
死	三	年	不	过

宁死也不借。

2-1919

友	而	元	桥	买
Youx	lawz	yiemz	giuz	maiq
ju^4	lau^2	$ji:n^2$	$ki:u^2$	$ma:i^5$
友	哪	嫌	桥	寡

哪个嫌桥荒，

2-1920

万	代	它	不	求
Fanh	daih	de	mbouj	gyaeu
$fa:n^6$	$ta:i^6$	te^1	bou^5	$kjau^1$
万	代	他	不	寿

寿命不会长。

女唱

2-1921

借	乃	是	立	南
Ciq	naih	cix	leih	nanz
çi^5	na:i^6	çi^4	lei^6	na:n^2
借	久	就	利	久

借久利息多，

2-1922

代	三	年	不	外
Dai	sam	nienz	mbouj	vaij
ta:i^1	θa:n^1	ni:n^2	bou^5	va:i^3
死	三	年	不	过

宁死也不借。

2-1923

古	条	布	马	开
Guh	diuz	baengz	ma	gaiq
ku^4	ti:u^2	paŋ^2	ma^1	ka:i^5
做	条	布	来	架

用布来架桥，

2-1924

大	你	才	外	贝
Dax	mwngz	raih	vaij	bae
ta^4	muŋ^2	ɹa:i^6	va:i^3	pai^1
赌	你	爬	过	去

你敢走过否？

男唱

2-1925

借	乃	是	立	南
Ciq	naih	cix	leih	nanz
çi^5	na:i^6	çi^4	lei^6	na:n^2
借	久	就	利	久

借久利息多，

2-1926

代	三	年	不	外
Dai	sam	nienz	mbouj	vaij
ta:i^1	θa:n^1	ni:n^2	bou^5	va:i^3
死	三	年	不	过

宁死也不借。

2-1927

你	大	土	是	才
Mwngz	dax	dou	cix	raih
muŋ^2	ta^4	tu^1	çi^4	ɹa:i^6
你	赌	我	就	爬

你赌我便走，

2-1928

又	贝	爱	开	么
Youh	bae	ngaih	gij	maz
jou^4	pai^1	ŋa:i^6	ka:i^2	ma^2
又	去	妨碍	什	么

不碍什么事。

女唱

2-1929

借　乃　是　立　南
Ciq　naih　cix　leih　nanz
$çi^5$　$na:i^6$　$çi^4$　lei^6　$na:n^2$
借　久　就　利　久
借久利息多，

2-1930

代　三　年　不　外
Dai　sam　nienz　mbouj　vaij
$ta:i^1$　$θa:n^1$　$ni:n^1$　bou^5　$va:i^3$
死　三　年　不　过
宁死也不借。

2-1931

桥　代　三　牙　坏
Giuz　daih　san　yaek　vaih
$ki:u^2$　$ta:i^6$　$θa:n^1$　jak^7　$va:i^6$
桥　大　山　要　坏
大山桥将坏，

2-1932

满　大　才　备　银
Muenz　dah　raix　beix　ngaenz
$mu:n^2$　ta^6　$ɹa:i^4$　pi^4　$ŋan^2$
瞒　实　在　兄　银
瞒着你情哥。

男唱

2-1933

借　乃　是　立　南
Ciq　naih　cix　leih　nanz
$çi^5$　$na:i^6$　$çi^4$　lei^6　$na:n^2$
借　久　就　利　久
借久利息多，

2-1934

代　三　年　不　外
Dai　sam　nienz　mbouj　vaij
$ta:i^1$　$θa:n^1$　$ni:n^2$　bou^5　$va:i^3$
死　三　年　不　过
宁死也不借。

2-1935

桥　代　三　狼　坏
Giuz　daih　san　langh　vaih
$ki:u^2$　$ta:i^6$　$θa:n^1$　$la:ŋ^1$　$va:i^6$
桥　大　山　若　坏
大山桥若坏，

2-1936

偻　良　开　桥　仙
Raeuz　lingh　gaiq　giuz　sien
$ɹau^2$　$le:ŋ^6$　$ka:i^5$　$ki:u^2$　$θi:n^1$
我们　另　架　桥　仙
我俩建仙桥。

女唱

2-1937

借	乃	是	立	南
Ciq	naih	cix	leih	nanz

çi^5　naːi^6　çi^4　lei^6　naːn^2

借 久 就 利 久

借久利息多，

2-1938

代	三	年	不	外
Dai	sam	nienz	mbouj	vaij

taːi^1　θaːn^1　niːn^2　bou^5　vaːi^3

死 三 年 不 过

死也不去借。

2-1939

开	桥	下	东	海
Gaiq	giuz	roengz	doeng	haij

kaːi^5　kiːu^2　ɹoŋ^2　toŋ^1　haːi^3

架 桥 下 东 海

架桥入东海，

2-1940

才	不	得	是	付
Raih	mbouj	ndaej	cix	fuz

ɹaːi^6　bou^5　dai^3　çi^4　fu^2

爬 不 得 就 扶

走不了就扶。

男唱

2-1941

开	桥	下	东	海
Gaiq	giuz	roengz	doeng	haij

kaːi^5　kiːu^2　ɹoŋ^2　toŋ^1　haːi^3

架 桥 下 东 海

架桥下东海，

2-1942

才	不	得	是	付
Raih	mbouj	ndaej	cix	fuz

ɹaːi^6　bou^5　dai^3　çi^4　fu^2

爬 不 得 就 扶

走不了就扶。

2-1943

开	桥	下	柳	州
Gaiq	giuz	roengz	louj	couh

kaːi^5　kiːu^2　ɹoŋ^2　lou^4　çou^1

架 桥 下 柳 州

架桥往柳州，

2-1944

付	不	得	是	优
Fuz	mbouj	ndaej	cix	yaeuq

fu^2　bou^5　dai^3　çi^4　jau^5

扶 不 得 就 藏

浮不起就收。

女唱

男唱

2-1945

开	桥	下	柳	州
Gaiq	giuz	roengz	louj	couh
ka:i⁵	ki:u²	ɹoŋ²	lou⁴	çou¹
架	桥	下	柳	州

架桥往柳州,

2-1946

付	不	得	是	优
Fuz	mbouj	ndaej	cix	yaeuq
fu²	bou⁵	dai³	çi⁴	jau⁵
扶	不	得	就	藏

浮不起就收。

2-1947

开	桥	很	南	州
Gaiq	giuz	hwnj	nanz	couh
ka:i⁵	ki:u²	hun³	na:n²	çou¹
架	桥	上	南	州

架桥往南州,

2-1948

邦	口	田	而	好
Baengz	gaeuj	denz	lawz	ndei
paŋ²	kau³	te:n²	lau²	dei¹
朋	看	地	哪	好

友找好去处。

2-1949

开	桥	下	柳	州
Gaiq	giuz	roengz	louj	couh
ka:i⁵	ki:u²	ɹoŋ²	lou⁴	çou¹
架	桥	下	柳	州

架桥往柳州,

2-1950

付	不	得	是	优
Fuz	mbouj	ndaej	cix	yaeuq
fu²	bou⁵	dai³	çi⁴	jau⁵
扶	不	得	就	藏

浮不了就收。

2-1951

开	桥	很	南	州
Gaiq	giuz	hwnj	nanz	couh
ka:i⁵	ki:u²	hun³	na:n²	çou¹
架	桥	上	南	州

架桥通南州,

2-1952

邦	口	厬	是	跟
Baengz	gaeuj	nyienh	cix	riengz
paŋ²	kau³	ɲu:n⁶	çi⁴	ɹi:ŋ²
朋	看	愿	就	跟

友愿就跟上。

女唱

2-1953

借	乃	是	立	南
Ciq	naih	cix	leih	nanz
$çi^5$	$na:i^6$	$çi^4$	lei^6	$na:n^2$
借	久	就	利	久

借久利息多,

2-1954

代	三	年	不	外
Dai	sam	nienz	mbouj	vaij
$ta:i^1$	$θa:n^1$	$ni:n^2$	bou^5	$va:i^3$
死	三	年	不	过

宁死也不借。

2-1955

代	好	叶	炕	代
Dai	ndij	mbaw	ien	dai
$ta:i^1$	di^1	bau^1	$i:n^1$	$ta:i^1$
死	与	叶	烟	死

死为烂烟叶,

2-1956

十	在	心	不	干
Siz	caih	sim	mbouj	gam
$θi^2$	$ça:i^4$	$θin^1$	bou^5	$ka:n^1$
实	在	心	不	甘

实在心不甘。

男唱

2-1957

借	乃	是	立	南
Ciq	naih	cix	leih	nanz
$çi^5$	$na:i^6$	$çi^4$	lei^6	$na:n^2$
借	久	就	利	久

借久利息多,

2-1958

代	三	年	不	外
Dai	sam	nienz	mbouj	vaij
$ta:i^1$	$θa:n^1$	$ni:n^2$	bou^5	$va:i^3$
死	三	年	不	过

宁死也不借。

2-1959

你	自	吃	炕	代
Mwngz	gag	gwn	ien	dai
$muɯ^2$	$ka:k^8$	kun^1	$i:n^1$	$ta:i^1$
你	自	吃	烟	死

你自抽烂烟,

2-1960

友	而	害	命	你
Youx	lawz	haih	mingh	mwngz
ju^4	lau^2	$ha:i^6$	min^6	$muɯ^2$
友	哪	害	命	你

谁害你性命。

女唱

2-1961

代	好	叶	第	一
Dai	ndij	mbaw	daih	it
ta:i¹	di¹	bauɯ¹	ti⁵	it⁷
死	与	叶	第	一

为第一叶死，

2-1962

十	在	心	不	干
Siz	caih	sim	mbouj	gam
θi²	ça:i⁴	θin¹	bou⁵	ka:n¹
实	在	心	不	甘

实在心不甘。

2-1963

叶	第	义	第	三
Mbaw	daih	ngeih	daih	sam
bauɯ¹	ti⁵	ɲi⁶	ti⁵	θa:n¹
叶	第	二	第	三

第二第三叶，

2-1964

心	不	干	大	才
Sim	mbouj	gam	dah	raix
θin¹	bou⁵	ka:n¹	ta⁶	ɹa:i⁴
心	不	甘	实	在

心实在不甘。

男唱

2-1965

代	好	叶	第	一
Dai	ndij	mbaw	daih	it
ta:i¹	di¹	bauɯ¹	ti⁵	it⁷
死	与	叶	第	一

为第一叶死，

2-1966

十	在	心	不	干
Siz	caih	sim	mbouj	gam
θi²	ça:i⁴	θin¹	bou⁵	ka:n¹
实	在	心	不	甘

实在心不甘。

2-1967

叶	第	四	第	三
Mbaw	daih	seiq	daih	sam
bauɯ¹	ti⁵	θei⁵	ti⁵	θa:n¹
叶	第	四	第	三

第三第四叶，

2-1968

心	不	干	是	勒
Sim	mbouj	gam	cix	lawh
θin¹	bou⁵	ka:n¹	çi⁴	ləɯ⁶
心	不	甘	就	换

不甘就互换。

女唱

2-1969

借	乃	是	立	南
Ciq	naih	cix	leih	nanz
$çi^5$	$na:i^6$	$çi^4$	lei^6	$na:n^2$
借	久	就	利	久

借久利息多，

2-1970

代	三	年	不	外
Dai	sam	nienz	mbouj	vaij
$ta:i^1$	$θa:n^1$	$ni:n^2$	bou^5	$va:i^3$
死	三	年	不	过

宁死也不借。

2-1971

鸟	鸠	吃	叶	才
Roeg	raeu	gwn	mbaw	ndaij
$ɹok^8$	$ɹau^1$	$kɯn^1$	bau^1	$da:i^3$
鸟	斑鸠	吃	叶	苎麻

斑鸠吃麻叶，

2-1972

老	不	满	貝	南
Lau	mbouj	monh	bae	nanz
$la:u^1$	bou^5	$mo:n^6$	pai^1	$na:n^2$
怕	不	谈情	去	久

怕爱情不久。

男唱

2-1973

借	乃	是	立	南
Ciq	naih	cix	leih	nanz
$çi^5$	$na:i^6$	$çi^4$	lei^6	$na:n^2$
借	久	就	利	久

借久利息多，

2-1974

代	三	年	不	外
Dai	sam	nienz	mbouj	vaij
$ta:i^1$	$θa:n^1$	$ni:n^2$	bou^5	$va:i^3$
死	三	年	不	过

宁死也不借。

2-1975

鸟	鸠	吃	叶	才
Roeg	raeu	gwn	mbaw	ndaij
$ɹok^8$	$ɹau^1$	$kɯn^1$	bau^1	$da:i^3$
鸟	斑鸠	吃	叶	苎麻

斑鸠吃麻叶，

2-1976

老	古	怪	给	你
Lau	guh	gvaiq	hawj	mwngz
$la:u^1$	ku^4	$kwa:i^5$	$hɯ^3$	$muŋ^2$
怕	做	怪	给	你

怕给你使坏。

女唱

2-1977

借	乃	是	立	南
Ciq	naih	cix	leih	nanz
çi⁵	na:i⁶	çi⁴	lei⁶	na:n²
借	久	就	利	久

借久利息多，

2-1978

代	三	年	不	外
Dai	sam	nienz	mbouj	vaij
ta:i¹	θa:n¹	ni:n²	bou⁵	va:i³
死	三	年	不	过

宁死也不借。

2-1979

厄	它	吃	叶	才
Nyienh	de	gwn	mbaw	ndaij
ȵu:n⁶	te¹	kun¹	bau¹	da:i³
愿	它	吃	叶	苎麻

愿它吃麻叶，

2-1980

又	古	怪	开	么
Youh	guh	gvaiq	gij	maz
jou⁴	ku⁴	kwa:i⁵	ka:i²	ma²
又	做	怪	什	么

不怕它使坏。

男唱

2-1981

借	乃	是	立	南
Ciq	naih	cix	leih	nanz
çi⁵	na:i⁶	çi⁴	lei⁶	na:n²
借	久	就	利	久

借久利息多，

2-1982

代	三	年	不	外
Dai	sam	nienz	mbouj	vaij
ta:i¹	θa:n¹	ni:n²	bou⁵	va:i³
死	三	年	不	过

宁死也不借。

2-1983

鸟	鸠	吃	叶	才
Roeg	raeu	gwn	mbaw	ndaij
ɹok⁸	ɹau¹	kun¹	bau¹	da:i³
鸟	斑鸠	吃	叶	苎麻

斑鸠吃麻叶，

2-1984

怪	备	八	造	然
Gvaiq	beix	bah	caux	ranz
kwa:i⁵	pi⁴	pa⁶	ça:u⁴	ɹa:n²
怪	兄	莫急	造	家

怪兄不结婚。

女唱

2-1985

借	乃	是	立	南
Ciq	naih	cix	leih	nanz
çi^5	na:i^6	çi^4	lei^6	na:n^2
借	久	就	利	久

借久利息多,

2-1986

代	三	年	不	外
Dai	sam	nienz	mbouj	vaij
ta:i^1	θa:n^1	ni:n^2	bou^5	va:i^3
死	三	年	不	过

宁死也不借。

2-1987

鸟	鸠	吃	叶	才
Roeg	raeu	gwn	mbaw	ndaij
ɹok^8	ɹau^1	kun^1	baɯ^1	da:i^3
鸟	斑鸠	吃	叶	苎麻

斑鸠吃麻叶,

2-1988

怪	伏	不	怪	偻
Gvaiq	fwx	mbouj	gvaiq	raeuz
kwa:i^5	fə^4	bou^5	kwa:i^5	ɹau^2
怪	别人	不	怪	我们

怪人不怪我。

男唱

2-1989

借	乃	是	立	南
Ciq	naih	cix	leih	nanz
çi^5	na:i^6	çi^4	lei^6	na:n^2
借	久	就	利	久

借久利息多,

2-1990

代	三	年	不	外
Dai	sam	nienz	mbouj	vaij
ta:i^1	θa:n^1	ni:n^2	bou^5	va:i^3
死	三	年	不	过

宁死也不借。

2-1991

鸟	鸠	吃	叶	才
Roeg	raeu	gwn	mbaw	ndaij
ɹok^8	ɹau^1	kun^1	baɯ^1	da:i^3
鸟	斑鸠	吃	叶	苎麻

斑鸠吃麻叶,

2-1992

怪	伏	是	堂	你
Gvaiq	fwx	cix	daengz	mwngz
kwa:i^5	fə^4	çi^4	taŋ^2	muŋ^2
怪	别人	就	到	你

怪人又怪你。

女唱

2-1993

借	乃	是	立	南
Ciq	naih	cix	leih	nanz
çi⁵	na:i⁶	çi⁴	lei⁶	na:n²
借	久	就	利	久

借久利息多，

2-1994

代	三	年	不	外
Dai	sam	nienz	mbouj	vaij
ta:i	θa:n¹	ni:n²	bou⁵	va:i³
死	三	年	不	过

宁死也不借。

2-1995

九	义	马	古	怪
Giuj	nyij	ma	guh	gvaiq
ki:u³	ɳi³	ma¹	ku⁴	kwa:i⁵
九	义	来	做	怪

九义鸟作怪，

2-1996

土	内	不	太	求
Duz	neix	mbouj	daih	gyaeu
tu²	ni⁴	bou⁵	ta:i⁶	kjau¹
只	这	不	太	寿

此物不吉利。

男唱

2-1997

借	乃	是	立	南
Ciq	naih	cix	leih	nanz
çi⁵	na:i⁶	çi⁴	lei⁶	na:n²
借	久	就	利	久

借久利息多，

2-1998

代	三	年	不	求
Dai	sam	nienz	mbouj	giuz
ta:i¹	θa:n¹	ni:n²	bou⁵	ki:u²
死	三	年	不	求

宁死也不借。

2-1999

下	符	元	贝	了
Roengz	fouz	yuenz	bae	liux
ɹoŋ²	fu²	ju:n²	pai¹	li:u⁴
下	符	缘	去	完

缘分已过去，

2-2000

当	卟	刘	当	邦
Dangq	boux	liuh	dangq	biengz
ta:ŋ⁵	pu⁴	li:u⁶	ta:ŋ⁵	pi:ŋ²
另	个	游	另	地方

各自走天涯。

女唱

男唱

2-2001

借	乃	是	立	南
Ciq	naih	cix	leih	nanz
çi^5	na:i^6	çi^4	lei^6	na:n^2
借	久	就	利	久

借久利息多，

2-2002

代	三	年	不	求
Dai	sam	nienz	mbouj	giuz
ta:i^1	$\theta\text{a:n}^1$	ni:n^2	bou^5	ki:u^2
死	三	年	不	求

宁死也不借。

2-2003

交	心	是	尝	了
Gyau	sim	cix	caengz	liux
kjau^1	θin^1	çi^4	çaŋ^2	li:u^4
交	心	是	未	完

交心尚未了，

2-2004

先	求	下	符	元
Senq	giuz	roengz	fouz	yienz
$\theta\text{e:n}^5$	ki:u^2	ɹoŋ^2	fu^2	ju:n^2
先	求	下	符	缘

缘分竟到头。

2-2005

借	乃	是	立	南
Ciq	naih	cix	leih	nanz
çi^5	na:i^6	çi^4	lei^6	na:n^2
借	久	就	利	久

借久利息多，

2-2006

代	三	年	不	求
Dai	sam	nienz	mbouj	giuz
ta:i^1	$\theta\text{a:n}^1$	ni:n^2	bou^5	ki:u^2
死	三	年	不	求

宁死也不借。

2-2007

汉	欢	秋	牙	秋
Han	fwen	ciux	yah	ciux
ha:n^1	vu:n^1	çi:u^4	ja^6	çi:u^4
应	歌	啾	呀	啾

对歌呼呼响，

2-2008

得	贵	了	知	尝
Ndaej	gwiz	liux	rox	caengz
dai^3	kui^2	li:u^4	ɹo^4	çaŋ^2
得	丈夫	完	或	未

有没有丈夫？

女唱

2-2009
借　乃　是　立　南
Ciq　naih　cix　leih　nanz
çi⁵　na:i⁶　çi⁴　lei⁶　na:n²
借　久　就　利　久
借久利息多，

2-2010
代　三　年　不　求
Dai　sam　nienz　mbouj　giuz
ta:i¹　θa:n¹　ni:n²　bou⁵　ki:u²
死　三　年　不　求
宁死也不借。

2-2011
文　邦　刀　得　了
Vunz　biengz　dauq　ndaej　liux
vun²　pi:ŋ²　ta:u⁵　dai³　li:u⁴
人　地方　倒　得　完
能得到世人，

2-2012
利　小　尝　得　你
Lij　siuj　caengz　ndaej　mwngz
li⁴　θi:u³　çaŋ²　dai³　muŋ²
还　少　未　得　你
唯独未得你。

男唱

2-2013
借　乃　是　立　南
Ciq　naih　cix　leih　nanz
çi⁵　na:i⁶　çi⁴　lei⁶　na:n²
借　久　就　利　久
借久利息多，

2-2014
代　三　年　不　求
Dai　sam　nienz　mbouj　giuz
ta:i¹　θa:n¹　ni:n²　bou⁵　ki:u²
死　三　年　不　求
宁死也不借。

2-2015
加　文　邦　得　了
Caj　vunz　biengz　ndaej　liux
kja³　vun²　pi:ŋ²　dai³　li:u⁴
等　人　地方　得　完
交结所有人，

2-2016
真　祘　农　米　心
Caen　suenq　nuengx　miz　sim
çin　θu:n⁵　nu:ŋ⁴　mi²　θin¹
真　算　妹　有　心
妹真有心机。

女唱

2-2017

借	乃	是	立	南

Ciq naih cix leih nanz

$çi^5$　$na:i^6$　$çi^4$　lei^6　$na:n^2$

借　久　就　利　久

借久利息多，

2-2018

代	三	年	不	求

Dai sam nienz mbouj giuz

$ta:i^1$　$θa:n^1$　$ni:n^2$　bou^5　$ki:u^2$

死　三　年　不　求

宁死也不借。

2-2019

土	加	狼	得	了

Dou caj langh ndaej liux

tu^1　kja^3　$la:ŋ^6$　dai^3　$li:u^4$

我　等　若　得　完

若我真得完，

2-2020

你	备	样	而	说

Mwngz beix yiengh lawz naeuz

$muɯŋ^2$　pi^4　$jɯ:ŋ^6$　lau^2　nau^2

你　兄　样　哪　说

看你怎么说。

男唱

2-2021

借	乃	是	立	南

Ciq naih cix leih nanz

$çi^5$　$na:i^6$　$çi^4$　lei^6　$na:n^2$

借　久　就　利　久

借久利息多，

2-2022

代	三	年	不	求

Dai sam nienz mbouj giuz

$ta:i^1$　$θa:n^1$　$ni:n^2$　bou^5　$ki:u^2$

死　三　年　不　求

宁死也不借。

2-2023

得	贵	是	造	秀

Ndaej gwiz cix caux ciuh

dai^3　kui^2　$çi^4$　$ça:u^4$　$çi:u^6$

得　丈夫　就　造　世

有夫就结婚，

2-2024

开	乱	丢	来	文

Gaej luenh diu lai vunz

$ka:i^5$　$lu:n^6$　$ti:u^1$　$la:i^1$　vun^2

莫　乱　挑　多　人

莫交太多人。

348 广西高甲壮语瑶歌译注

女唱

2-2025

借	乃	是	立	南
Ciq	naih	cix	leih	nanz
$çi^5$	$na\text{:}i^6$	$çi^4$	lei^6	$na\text{:}n^2$
借	久	就	利	久

借久利息多，

2-2026

代	三	年	不	求
Dai	sam	nienz	mbouj	giuz
$ta\text{:}i^1$	$θa\text{:}n^1$	$ni\text{:}n^2$	bou^5	$ki\text{:}u^2$
死	三	年	不	求

宁死也不借。

2-2027

土	波	不	造	秀
Dou	boq	mbouj	caux	ciuh
tu^1	po^5	bou^5	$ça\text{:}u^4$	$çi\text{:}u^6$
我	吹牛	不	造	世

骗说不结婚，

2-2028

同	刘	观	备	银
Doengz	liuh	gonq	beix	ngaenz
ton^2	$li\text{:}u^6$	$ko\text{:}n^5$	pi^4	$ŋan^2$
同	游	先	兄	银

先同哥游荡。

男唱

2-2029

借	乃	是	立	南
Ciq	naih	cix	leih	nanz
$çi^5$	$na\text{:}i^6$	$çi^4$	lei^6	$na\text{:}n^2$
借	久	就	利	久

借久利息多，

2-2030

代	三	年	不	求
Dai	sam	nienz	mbouj	giuz
$ta\text{:}i^1$	$θa\text{:}n^1$	$ni\text{:}n^2$	bou^5	$ki\text{:}u^2$
死	三	年	不	求

宁死也不借。

2-2031

你	好	土	同	刘
Mwngz	ndij	dou	doengz	liuh
$muŋ^2$	di^1	tu^1	$toŋ^2$	$li\text{:}u^6$
你	与	我	同	游

你同我游玩，

2-2032

老	秀	农	开	说
Lauq	ciuh	nuengx	gaej	naeuz
$la\text{:}u^5$	$çi\text{:}u^6$	$nu\text{:}ŋ^4$	$ka\text{:}i^5$	nau^2
误	世	妹	莫	说

误青春莫怪。

女唱

2-2033

借	乃	是	立	南
Ciq	naih	cix	leih	nanz
$çi^5$	$na:i^6$	$çi^4$	lei^6	$na:n^2$
借	久	就	利	久

借久利息多，

2-2034

代	三	年	不	求
Dai	sam	nienz	mbouj	giuz
$ta:i^1$	$θa:n^1$	$ni:n^2$	bou^5	$ki:u^2$
死	三	年	不	求

宁死也不借。

2-2035

少	跟	包	同	刘
Sau	riengz	mbauq	doengz	liuh
$θa:u^1$	$ɹi:ŋ^2$	$ba:u^5$	$toŋ^2$	$li:u^6$
姑娘	跟	小伙	同	游

情兄妹同游，

2-2036

又	老	秋	开	么
Youh	lauq	ciuh	gij	maz
jou^4	$la:u^5$	$çi:u^6$	$ka:i^2$	ma^2
又	误	世	什	么

误什么青春?

男唱

2-2037

借	乃	是	立	南
Ciq	naih	cix	leih	nanz
$çi^5$	$na:i^6$	$çi^4$	lei^6	$na:n^2$
借	久	就	利	久

借久利息多，

2-2038

代	三	年	不	求
Dai	sam	nienz	mbouj	giuz
$ta:i^1$	$θa:i^1$	$ni:n^2$	bou^5	$ki:u^2$
死	三	年	不	求

宁死也不借。

2-2039

你	好	土	同	刘
Mwngz	ndij	dou	doengz	liuh
$muŋ^2$	di^1	tu^1	$toŋ^2$	$li:u^6$
你	与	我	同	游

你同我游玩，

2-2040

却	可	了	定	手
Gyog	goj	liux	din	fwngz
$kjo:k^8$	ko^5	$li:u^4$	tin^1	$fuŋ^2$
将	可	完	脚	手

耽误你技艺。

女唱

2-2041

借	乃	是	立	南
Ciq	naih	cix	leih	nanz
çi⁵	na:i⁶	çi⁴	lei⁶	na:n²
借	久	就	利	久

借久利息多，

2-2042

代	三	年	不	求
Dai	sam	nienz	mbouj	giuz
ta:i¹	θa:n¹	ni:n²	bou⁵	ki:u²
死	三	年	不	求

宁死也不借。

2-2043

元	了	正	不	了
Yuenz	liux	cingz	mbouj	liux
ju:n²	li:u⁴	çiŋ²	bou⁵	li:u⁴
缘	完	情	不	完

缘了情未了，

2-2044

秀	可	在	江	邦
Ciuh	goj	ywq	gyang	biengz
çi:u⁶	ko⁵	jɯ⁵	kja:ŋ¹	pi:ŋ²
世	可	在	中	地方

青春总还在。

男唱

2-2045

借	乃	是	立	南
Ciq	naih	cix	leih	nanz
çi⁵	na:i⁶	çi⁴	li⁴	na:n²
借	久	就	利	久

借久利息多，

2-2046

代	三	年	不	求
Dai	sam	nienz	mbouj	giuz
ta:i¹	θa:n¹	ni:n²	bou⁵	ki:u²
死	三	年	不	求

宁死也不借。

2-2047

开	好	土	同	刘
Gaej	ndij	dou	doengz	liuh
ka:i⁵	di¹	tu¹	toŋ²	li:u⁶
莫	与	我	同	游

莫陪我游玩，

2-2048

造	秀	是	造	快
Caux	ciuh	cix	caux	riuz
ça:u⁴	çi:u⁶	çi⁴	ça:u⁴	ɹi:u²
造	世	就	造	快

快快去结婚。

女唱

2-2049

借	乃	是	立	南
Ciq	naih	cix	leih	nanz
çi⁵	na:i⁶	çi⁴	lei⁶	na:n²
借	久	就	利	久

借久利息多，

2-2050

代	三	年	不	求
Dai	sam	nienz	mbouj	giuz
ta:i¹	θa:n¹	ni:n²	bou⁵	ki:u²
死	三	年	不	求

宁死也不借。

2-2051

在	古	鸦	跟	朽
Ywq	guh	a	riengz	yiuh
ju⁵	ku⁴	a¹	ʑi:ŋ²	ji:u⁶
在	做	鸦	跟	鹞

像鸟一样活，

2-2052

当	秀	内	空	米
Dangq	ciuh	neix	ndwi	miz
ta:ŋ⁵	çi:u⁶	ni⁴	du:i¹	mi²
当	世	这	不	有

算是没此生。

男唱

2-2053

借	乃	是	立	南
Ciq	naih	cix	leih	nanz
çi⁵	na:i⁶	çi⁴	lei⁶	na:n²
借	久	就	利	久

借久利息多，

2-2054

代	三	年	不	求
Dai	sam	nienz	mbouj	giuz
ta:i¹	θa:i¹	ni:n²	bou⁵	ki:u²
死	三	年	不	求

宁死也不借。

2-2055

土	鸦	利	造	秀
Duz	a	lij	caux	ciuh
tu²	a¹	li⁴	ça:u⁴	çi:u⁶
只	鸦	还	造	世

鸦还要筑窠，

2-2056

么	农	不	造	然
Maz	nuengx	mbouj	caux	ranz
ma²	nu:ŋ⁴	bou⁵	ça:u⁴	ʑa:n²
何	妹	不	造	家

妹何不成家？

女唱

2-2057
借　乃　是　立　南
Ciq　naih　cix　leih　nanz
$çi^5$　$na{:}i^6$　$çi^4$　lei^6　$na{:}n^2$
借　久　就　利　久
借久利息多，

2-2058
代　三　年　不　求
Dai　sam　nienz　mbouj　giuz
$ta{:}i^1$　$θa{:}n^1$　$ni{:}n^2$　bou^5　$ki{:}u^2$
死　三　年　不　求
宁死也不借。

2-2059
友　而　不　造　秀
Youx　lawz　mbouj　caux　ciuh
ju^4　lau^2　bou^5　$ça{:}u^4$　$çi{:}u^6$
友　哪　不　造　世
哪个不成家，

2-2060
外　拉　庙　忠　特
Vaij　laj　miuh　fangz　dawz
$va{:}i^3$　la^3　$mi{:}u^6$　$fa{:}ŋ^2$　$təu^2$
过　下　庙　鬼　拿
出门遭鬼打。

男唱

2-2061
借　乃　是　立　南
Ciq　naih　cix　leih　na:nz
$çi^5$　$na{:}i^6$　$çi^4$　lei^6　$na{:}n^2$
借　久　就　利　久
借久利息多，

2-2062
代　三　年　不　求
Dai　sam　nienz　mbouj　giuz
$ta{:}i^1$　$θa{:}n^1$　$ni{:}n^2$　bou^5　$ki{:}u^2$
死　三　年　不　求
宁死也不借。

2-2063
土　忠　可　知　九
Duz　fangz　goj　rox　yiuj
tu^2　$fa{:}ŋ^2$　ko^5　$ɣo^4$　$ji{:}u^3$
只　鬼　可　知　礼
鬼也通人意，

2-2064
不　折　秀　阝　作
Mbouj　euj　ciuh　boux　coz
bou^5　$e{:}u^3$　$çi{:}u^6$　pu^4　$ço^2$
不　折　世　个　年轻
不伤害青年。

女唱

2-2065

借	乃	是	立	南
Ciq	naih	cix	leih	nanz
$çi^5$	$na{:}i^6$	$çi^4$	lei^6	$na{:}n^2$
借	久	就	利	久

借久利息多，

2-2066

代	三	年	不	求
Dai	sam	nienz	mbouj	giuz
$ta{:}i^1$	$θa{:}n^1$	$ni{:}n^2$	bou^5	$ki{:}u^2$
死	三	年	不	求

宁死也不借。

2-2067

友	而	空	造	秀
Youx	lawz	ndwi	caux	ciuh
ju^4	$laɯ^2$	$du{:}i^1$	$ça{:}u^4$	$çi{:}u^6$
友	哪	不	造	世

哪个不成家，

2-2068

貝	小	庙	义	凉
Bae	souj	miuh	ngeix	liengz
pai^1	$θi{:}u^3$	$mi{:}u^6$	$ŋi^4$	$li{:}ŋ^2$
去	守	庙	想	凉

凄凉去守庙。

男唱

2-2069

借	乃	是	立	南
Ciq	naih	cix	leih	nanz
$çi^5$	$na{:}i^6$	$çi^4$	lei^6	$na{:}n^2$
借	久	就	利	久

借久利息多，

2-2070

代	三	年	不	求
Dai	sam	nienz	mbouj	giuz
$ta{:}i^1$	$θa{:}n^1$	$ni{:}n^2$	bou^5	$ki{:}u^2$
死	三	年	不	求

宁死也不借。

2-2071

给	农	貝	小	庙
Hawj	nuengx	bae	souj	miuh
$həɯ^3$	$nu{:}ŋ^4$	pai^1	$θi{:}u^3$	$mi{:}u^6$
给	妹	去	守	庙

让妹去守庙，

2-2072

备	造	秀	不	办
Beix	caux	ciuh	mbouj	baenz
pi^4	$ça{:}u^4$	$çi{:}u^6$	bou^5	pan^2
兄	造	世	不	成

兄成不了家。

女唱

2-2073

借	乃	是	立	南
Ciq	naih	cix	leih	nanz
çi⁵	na:i⁶	çi⁴	lei⁶	na:n²
借	久	就	利	久

借久利息多，

2-2074

代	三	年	不	求
Dai	sam	nienz	mbouj	giuz
ta:i¹	θa:n¹	ni:n²	bou⁵	ki:u²
死	三	年	不	求

宁死也不借。

2-2075

小	把	洋	古	了
Siu	baj	yieng	guh	liux
θi:u¹	pa³	juɯ:ŋ¹	ku⁴	li:u⁴
烧	把	香	做	完

一把香烧完，

2-2076

庙	内	空	米	患
Miuh	neix	ndwi	miz	fangz
mi:u⁶	ni⁴	du:i¹	mi²	fa:ŋ²
庙	这	不	有	鬼

不见庙中鬼。

男唱

2-2077

借	乃	是	立	南
Ciq	naih	cix	leih	nanz
çi⁵	na:i⁶	çi⁴	lei⁶	na:n²
借	久	就	利	久

借久利息多，

2-2078

代	三	年	不	求
Dai	sam	nienz	mbouj	giuz
ta:i¹	θa:n¹	ni:n²	bou⁵	ki:u²
死	三	年	不	求

宁死也不借。

2-2079

米	洋	是	管	小
Miz	yieng	cix	guenj	siu
mi²	juɯ:ŋ¹	çi⁴	ku:n³	θi:u¹
有	香	就	管	烧

有香尽管烧，

2-2080

庙	而	庙	不	患
Miuh	lawz	miuh	mbouj	fangz
mi:u⁶	lau²	mi:u⁶	bou⁵	fa:ŋ²
庙	哪	庙	不	鬼

是庙都有鬼。

女唱

2-2081

借	乃	是	立	南
Ciq	naih	cix	leih	nanz
çi⁵	na:i⁶	çi⁴	lei⁶	na:n²
借	久	就	利	久

借久利息多，

2-2082

代	三	年	不	求
Dai	sam	nienz	mbouj	giuz
ta:i¹	θa:n¹	ni:n²	bou⁵	ki:u²
死	三	年	不	求

宁死也不借。

2-2083

把	洋	三	十	九
Baj	yieng	sam	cib	gouj
pa³	jɯ:ŋ¹	θa:n¹	çit⁸	kjou³
把	香	三	十	九

三十九支香，

2-2084

乃	小	份	广	英
Naih	souj	faenh	gvangj	in
na:i⁶	θi:u³	fan⁶	kwa:ŋ³	in¹
慢	守	份	广	姻

守那份姻缘。

男唱

2-2085

借	乃	是	立	南
Ciq	naih	cix	leih	nanz
çi⁵	na:i⁶	çi⁴	lei⁶	na:n²
借	久	就	利	久

借久利息多，

2-2086

代	三	年	不	求
Dai	sam	nienz	mbouj	giuz
ta:i¹	θa:n¹	ni:n²	bou⁵	ki:u²
死	三	年	不	求

宁死也不借。

2-2087

把	洋	三	十	九
Baj	yieng	sam	cib	gouj
pa³	jɯ:ŋ¹	θa:n¹	çit⁸	kjou³
把	香	三	十	九

三十九支香，

2-2088

乃	小	份	牙	马
Naih	souj	faenh	yax	ma
na:i⁶	θi:u³	fan⁶	ja⁵	ma¹
久	守	份	才	来

静候缘分来。

女唱
————

2-2089

借	乃	是	立	南
Ciq	naih	cix	leih	nanz
çi⁵	na:i⁶	çi⁴	lei⁶	na:n²
借	久	就	利	久

借久利息多，

2-2090

代	三	年	不	求
Dai	sam	nienz	mbouj	giuz
ta:i¹	θa:n¹	ni:n²	bou⁵	ki:u²
死	三	年	不	求

宁死也不借。

2-2091

文	江	邦	代	了
Vunz	gyang	biengz	dai	liux
vun²	kja:ŋ¹	pi:ŋ²	ta:i¹	li:u⁴
人	中	地方	死	完

世人全死光，

2-2092

农	利	小	卩	而
Nuengx	lij	souj	boux	lawz
nu:ŋ⁴	li⁴	θi:u³	pu⁴	lau²
妹	还	守	个	哪

妹还指望谁？

男唱
————

2-2093

借	乃	是	立	南
Ciq	naih	cix	leih	nanz
çi⁵	na:i⁶	çi⁴	lei⁶	na:n²
借	久	就	利	久

借久利息多，

2-2094

代	三	年	不	求
Dai	sam	nienz	mbouj	giuz
ta:i¹	θa:n¹	ni:n²	bou⁵	ki:u²
死	三	年	不	求

宁死也不借。

2-2095

小	洋	庙	它	庙
Siu	yieng	miuh	daz	miuh
θi:u¹	ju:ŋ¹	mi:u⁶	ta²	mi:u⁶
烧	香	庙	又	庙

逐个庙烧香，

2-2096

特	贝	庙	而	排
Dawz	bae	miuh	lawz	baiz
tɯɯ²	pai¹	mi:u⁶	lau²	pa:i²
拿	去	庙	哪	排

哪个庙才对。

女唱

2-2097

借	乃	是	利	南
Ciq	naih	cix	leih	nanz
çi^5	na:i^6	çi^4	lei^6	na:n^2
借	久	就	利	久

借久利息多，

2-2098

代	三	年	不	求
Dai	sam	nienz	mbouj	giuz
ta:i^1	θa:n^1	ni:n^2	bou^5	ki:u^2
死	三	年	不	求

宁死也不借。

2-2099

代	后	京	洋	庙
Dai	haeuj	ging	yangz	miuh
ta:i^1	hau^3	kiŋ^1	ja:ŋ^2	mi:u^6
死	进	京	皇	庙

死后入皇庙，

2-2100

九	坤	备	贝	跟
Giuh	hoenz	beix	bae	riengz
ki:u^6	hoen^1	pi^4	pai^1	ɹi:ŋ^2
握	魂	兄	去	跟

要兄魂同行。

男唱

2-2101

借	乃	是	立	南
Ciq	naih	cix	leih	nanz
çi^5	na:i^6	çi^4	lei^6	na:n^2
借	久	就	利	久

借久利息多，

2-2102

代	三	年	不	求
Dai	sam	nienz	mbouj	giuz
ta:i^1	θa:n^1	ni:n^2	bou^5	ki:u^2
死	三	年	不	求

宁死也不借。

2-2103

你	代	你	是	了
Mwngz	dai	mwngz	cix	liux
muŋ^2	ta:i^1	muŋ^2	çi^4	li:u^4
你	死	你	就	完

你死就算了，

2-2104

九	坤	备	古	而
Giuh	hoenz	beix	guh	rawz
ki:u^6	hoen^1	pi^4	ku^4	ɹau^2
握	魂	兄	做	什么

为何勾我魂？

女唱

2-2105

借	乃	是	立	南
Ciq	naih	cix	leih	nanz
$çi^5$	$na:i^6$	$çi^4$	lei^6	$na:n^2$
借	久	就	利	久

借久利息多，

2-2106

代	三	年	不	求
Dai	sam	nienz	mbouj	giuz
$ta:i^1$	$θa:n^1$	$ni:n^2$	bou^5	$ki:u^2$
死	三	年	不	求

宁死也不借。

2-2107

代	后	京	皇	庙
Dai	haeuj	ging	yangz	miuh
$ta:i^1$	hau^3	$kiŋ^1$	$ja:ŋ^2$	$mi:u^6$
死	进	京	皇	庙

死后入皇庙，

2-2108

九	要	坤	岁	全
Giuh	aeu	hoenz	caez	cienz
$ki:u^6$	au^1	$hoen^1$	$çai^2$	$çe:n^2$
握	要	魂	齐	全

魂魄要齐全。

男唱

2-2109

借	乃	是	立	南
Ciq	naih	cix	leih	nanz
$çi^5$	$na:i^6$	$çi^4$	lei^6	$na:n^2$
借	久	就	利	久

借久利息多，

2-2110

代	三	年	不	求
Dai	sam	nienz	mbouj	giuz
$ta:i^1$	$θa:n^1$	$ni:n^2$	bou^5	$ki:u^2$
死	三	年	不	求

宁死也不借。

2-2111

代	后	京	洋	庙
Dai	haeuj	ging	yangz	miuh
$ta:i^1$	hau^3	$kiŋ^1$	$ja:ŋ^2$	$mi:u^6$
死	进	京	皇	庙

死后入皇庙，

2-2112

知	坤	农	刀	而
Rox	hoenz	nuengx	dauq	lawz
$ɹo^4$	$hoen^1$	$nu:ŋ^2$	$ta:u^5$	$laɯ^2$
知	魂	妹	回	哪

妹魂归何处？

① 补粮〔pu³ liŋ²〕：补粮添寿。壮族、瑶族地区民间传统习俗。部分老年人在床腿边放个小米缸，每逢农历九月初九或缸里的稻米准备吃完，儿孙都要为老人举行"补粮"仪式，有时还会延请道公或师公来主持仪式，预示着人延年益寿。在此喻指让对方及时补救，避免运势不佳时大祸临头。

女唱

2-2113

借　乃　是　立　南
Ciq　naih　cix　leih　nanz
çi⁵　na:i⁶　çi⁴　lei⁶　na:n²
借　久　就　利　久
借久利息多，

2-2114

代　三　年　不　求
Dai　sam　nienz　mbouj　giuz
ta:i¹　θa:n¹　ni:n²　bou⁵　ki:u²
死　三　年　不　求
宁死也不借。

2-2115

代　后　京　洋　庙
Dai　haeuj　ging　yangz　miuh
ta:i¹　hau³　kiŋ¹　ja:ŋ²　mi:u⁶
死　进　京　皇　庙
死后进皇庙，

2-2116

坤　可　足　洋　油
Hoenz　goj　couh　yieng　youz
hon¹　ko⁵　çou⁶　ju:ŋ¹　jou²
魂　可　吸收　香　油
魂留新牌位。

男唱

2-2117

借　乃　是　立　南
Ciq　naih　cix　leih　nanz
çi⁵　na:i⁶　çi⁴　lei⁶　na:n²
借　久　就　利　久
借久利息多，

2-2118

代　三　年　不　求
Dai　sam　nienz　mbouj　giuz
ta:i¹　θa:n¹　ni:n²　bou⁵　ki:u²
死　三　年　不　求
宁死也不借。

2-2119

比　内　命　你　小
Bi　neix　mingh　mwngz　siuj
pi¹　ni⁴　min⁶　muŋ²　θi:u³
年　这　命　你　少
今年你命背，

2-2120

叫　贵　伏　补　粮①
Heuh　gwiz　fwx　bouj　liengz
he:u⁶　kui²　fu⁴　pu³　li:ŋ²
叫　丈夫　别人　补　粮
要别人补粮。

女唱

2-2121

写	南	来	了	友
Ce	nanz	lai	liux	youx
çe¹	na:n²	la:i¹	li:u⁴	ju⁴
留	久	多	啰	友

久别了情友，

2-2122

小	卡	豆	拉	相
Souj	gaq	duh	laj	ciengz
θi:u³	ka⁵	tu⁶	la³	çi:ŋ²
守	孤	独	下	墙

孤身院墙下。

2-2123

命	农	可	利	强
Mingh	nuengx	goj	lij	giengz
miŋ⁶	nu:ŋ⁴	ko⁵	li⁴	ki:ŋ²
命	妹	也	还	强

妹命脉正旺，

2-2124

不	补	粮	可	得
Mbouj	bouj	liengz	goj	ndaej
bou⁵	pu³	li:ŋ²	ko⁵	dai³
不	补	粮	可	得

无须再补粮。

男唱

2-2125

写	南	来	了	友
Ce	nanz	lai	liux	youx
çe¹	na:n²	la:i¹	li:u⁴	ju⁴
留	久	多	啰	友

久别了情友，

2-2126

小	卡	豆	拉	相
Souj	gaq	duh	laj	ciengz
θi:u³	ka⁵	tu⁶	la³	çi:ŋ²
守	孤	独	下	墙

孤身院墙下。

2-2127

你	农	空	补	粮
Mwngz	nuengx	ndwi	bouj	liengz
muŋ²	nu:ŋ⁴	du:i¹	pu³	li:ŋ²
你	妹	不	补	粮

妹若不补粮，

2-2128

不	外	相	比	内
Mbouj	vaij	cieng	bi	neix
bou⁵	va:i³	çi:ŋ¹	pi¹	ni⁴
不	过	正	年	这

年内会死去。

女唱

2-2129

写	南	来	了	友
Ce	nanz	lai	liux	youx
çe¹	na:n²	la:i¹	li:u⁴	ju⁴

留	久	多	啰	友

久别了情友，

2-2130

小	卡	豆	拉	歪
Souj	gaq	duh	laj	fai
θi:u³	ka⁵	tu⁶	la³	va:i¹

守	孤	独	下	水坝

孤身坝子下。

2-2131

相	比	么	空	代
Cieng	bi	moq	ndwi	dai
çi:ŋ¹	pi¹	mo⁵	du:i¹	ta:i¹

正	年	新	不	死

明年我不死，

2-2132

包	乖	古	而	祘
Mbauq	gvai	guh	rawz	suenq
ba:u⁵	kwa:i¹	ku⁴	ɹau²	θu:n⁵

小伙	乖	做	什么	算

兄作何打算？

男唱

2-2133

写	南	来	了	友
Ce	nanz	lai	liux	youx
çe¹	na:n²	la:i¹	li:u⁴	ju⁴

留	久	多	啰	友

久别了情友，

2-2134

小	卡	豆	拉	歪
Souj	gaq	duh	laj	fai
θi:u³	ka⁵	tu⁶	la³	va:i¹

守	孤	独	下	水坝

孤身坝子下。

2-2135

相	比	么	空	代
Cieng	bi	moq	ndwi	dai
çi:ŋ¹	pi¹	mo⁵	du:i¹	ta:i¹

正	年	新	不	死

若明年不死，

2-2136

岁	古	开	一	在
Caez	guh	gai	ndeu	ywq
çai²	ku⁴	ka:i¹	de:u¹	ju⁵

齐	做	街	一	住

同住一条街。

女唱

2-2137

写	南	来	了	友
Ce	nanz	lai	liux	youx
çe¹	na:n²	la:i¹	li:u⁴	ju⁴
留	久	多	啰	友

久别了情友,

2-2138

小	卡	豆	拉	歪
Souj	gaq	duh	laj	fai
θi:u³	ka⁵	tu⁶	la³	va:i¹
守	孤	独	下	水坝

孤身坝子下。

2-2139

想	衣	备	空	乖
Siengj	eiq	beix	ndwi	gvai
θi:ŋ³	ei⁵	pi⁴	du:i¹	kwa:i¹
想	同意	兄	不	乖

看来兄不乖,

2-2140

偻	共	开	不	得
Raeuz	gungh	gai	mbouj	ndaej
ɹau²	kuŋ⁶	ka:i¹	bou⁵	dai³
我们	共	街	不	得

不能同一街。

男唱

2-2141

写	南	来	了	友
Ce	nanz	lai	liux	youx
çe¹	na:n²	la:i¹	li:u⁴	ju⁴
留	久	多	啰	友

久别了情友,

2-2142

小	卡	豆	拉	歪
Souj	gaq	duh	laj	fai
θi:u³	ka⁵	tu⁶	la³	va:i¹
守	孤	独	下	水坝

孤身坝子下。

2-2143

打	想	衣	狼	乖
Daj	siengj	eiq	langh	gvai
ta³	θi:ŋ³	ei⁵	la:ŋ⁶	kwa:i¹
打	想	同意	若	乖

若志趣相投,

2-2144

岁	共	开	少	包
Caez	gungh	gai	sau	mbauq
çai²	kuŋ⁶	ka:i¹	θa:u¹	ba:u⁵
齐	共	街	姑娘	小伙

兄妹共一街。

女唱

2-2145

写	南	来	了	友
Ce	nanz	lai	liux	youx
çe[1]	na:n[2]	la:i[1]	li:u[4]	ju[4]

留 久 多 啰 友

久别了情友，

2-2146

小	卡	豆	拉	歪
Souj	gaq	duh	laj	fai
θi:u[3]	ka[5]	tu[6]	la[3]	va:i[1]

守 孤 独 下 水坝

孤身坝子下。

2-2147

想	托	备	共	开
Siengj	doh	beix	gungh	gai
θi:ŋ[3]	to[6]	pi[4]	kuŋ[6]	ka:i[1]

想 同 兄 共 街

想和兄同街，

2-2148

老	钱	财	不	当
Lau	cienz	caiz	mbouj	dang
la:u[1]	çi:n[2]	ça:i[2]	bou[5]	ta:ŋ[1]

怕 钱 财 不 当

又怕手头紧。

男唱

2-2149

写	南	来	了	友
Ce	nanz	lai	liux	youx
çe[1]	na:n[2]	la:i[1]	li:u[4]	ju[4]

留 久 多 啰 友

久别了情友，

2-2150

小	卡	豆	拉	歪
Souj	gaq	duh	laj	fai
θi:u[3]	ka[5]	tu[6]	la[3]	va:i[1]

守 孤 独 下 水坝

孤身坝子下。

2-2151

但	偻	得	共	开
Danh	raeuz	ndaej	gungh	gai
ta:n[6]	ɹau[2]	dai[3]	kuŋ[6]	ka:i[1]

但 我们 得 共 街

只要能同街，

2-2152

钱	财	全	不	讲
Cienz	caiz	gyonj	mbouj	gangj
çi:n[2]	ça:i[2]	kjo:n[3]	bou[5]	ka:ŋ[3]

钱 财 都 不 讲

钱财不用论。

第三篇 重逢歌

　　《重逢歌》主要围绕瑶族青年男女之间的情缘展开，双方在对歌时均认为只要情投意合就可以谈婚论嫁，如果双方没有缘分，也不要过多强求，一切随缘而定。唱词中反映了婚姻自由观念，说明当地瑶族青年受父母包办婚姻的影响有限，他们在择偶方面有一定的自主权。情感上需要相互爱慕，人格上需要互相尊重。男方在以歌表达爱意时，曾试探性地询问女方是否嫌弃其相貌。女方则认为双方都是由生育女神花婆娘娘送花给父母而生的，因缘结合与相貌无关。在不偏离情缘这一条主线的情况下，男女双方对歌时分别以服装裁剪、佳肴烹饪、纸伞涂油、水稻种植等常识性问题来考察对方的生产生活技能，精神、爱情也需要物质作为最基本的保障。因是久别重逢，男女之间对歌时涉及的话题还包括民间信仰、族群关系、清代货币重量、土司历史等，内容丰富，题材广泛，说明瑶族青年善于学习知识，敏于观察周围事物的发展。

女唱

3-1

写	南	来	了	友
Ce	nanz	lai	liux	youx
çe^1	na:n^2	la:i^1	li:u^4	ju^4
留	久	多	啰	友

久违了我友，

3-2

小	卡	豆	拉	相
Souj	gaq	duh	laj	ciengz
θi:u^3	ka^5	tu^6	la^3	çi:ŋ^2
守	孤	独	下	墙

孤身院墙下。

3-3

封	仪	贝	堂	相
Fung	saenq	bae	daengz	ciengz
fuŋ^1	θin^5	pai^1	taŋ^2	çi:ŋ^2
封	信	去	到	场

信是送到了，

3-4

龙	利	跟	知	不
Lungz	lij	riengz	rox	mbouj
luŋ^2	li^4	ɹi:ŋ^2	ɹo^4	bou^5
龙	还	跟	或	不

小哥还跟不？

男唱

3-5

写	南	来	了	友
Ce	nanz	lai	liux	youx
çe^1	na:n^2	la:i^1	li:u^4	ju^4
留	久	多	啰	友

久违了我友，

3-6

小	卡	豆	拉	相
Souj	gaq	duh	laj	ciengz
θi:u^3	ka^5	tu^6	la^3	çi:ŋ^2
守	孤	独	下	墙

孤身院墙下。

3-7

平	牙	跟	不	跟
Bingz	yaek	riengz	mbouj	riengz
piŋ^2	jak^7	ɹi:ŋ^2	bou^5	ɹi:ŋ^2
凭	要	跟	不	跟

管他跟与否，

3-8

初	元	可	米	份
Co	yuenz	goj	miz	faenh
ço^1	ju:n^2	ko^5	mi^2	fan^6
初	缘	可	有	份

初始有缘分。

女唱

3-9

写　南　来　了　友
Ce　nanz　lai　liux　youx
çe¹　na:n²　la:i¹　li:u⁴　ju⁴
留　久　多　啰　友
久违了我友，

3-10

小　卡　豆　拉　相
Souj　gaq　duh　laj　ciengz
θi:u³　ka⁵　tu⁶　la³　çi:ŋ²
守　孤　独　下　墙
孤身院墙下。

3-11

知　九　备　是　跟
Rox　yiuj　beix　cix　riengz
ɹo⁴　ji:u³　pi⁴　çi⁴　ɹi:ŋ²
知　礼　兄　就　跟
知礼兄就跟，

3-12

好　文　邦　古　对
Ndij　vunz　biengz　guh　doih
di¹　vun²　pi:ŋ²　ku⁴　to:i⁶
与　人　地方　做　伙伴
与路人做伴。

男唱

3-13

写　南　来　了　友
Ce　nanz　lai　liux　youx
çe¹　na:n²　la:i¹　li:u⁴　ju⁴
留　久　多　啰　友
久违了我友，

3-14

小　卡　豆　拉　相
Souj　gaq　duh　laj　ciengz
θi:u³　ka⁵　tu⁶　la³　çi:ŋ²
守　孤　独　下　墙
孤身院墙下。

3-15

空　特　土　危　相
Ndwi　dwg　dou　ngviz　ciengz
du:i¹　tuk⁸　tu¹　ŋwei²　çi:ŋ²
不　是　我　锥　墙
不以我为重，

3-16

平　爱　跟　爱　不
Bingz　ngaiq　riengz　ngaiq　mbouj
piŋ²　ŋa:i⁵　ɹi:ŋ²　ŋa:i⁵　bou⁵
凭　爱　跟　爱　不
可跟可不跟。

女唱

3-17

写　南　来　了　友

Ce　nanz　lai　liux　youx

$çe^1$　$na:n^2$　$la:i^1$　$li:u^4$　ju^4

留　久　多　啰　友

久违了我友，

3-18

小　卡　豆　拉　相

Souj　gaq　duh　laj　ciengz

$θi:u^3$　ka^5　tu^6　la^3　$çi:ŋ^2$

守　孤　独　下　墙

独立院墙边。

3-19

空　特　你　危　相

Ndwi　dwg　mwngz　ngviz　ciengz

$du:i^1$　tuk^8　$muŋ^2$　$ŋwei^2$　$çi:ŋ^2$

不　是　你　锥　墙

若不看重你，

3-20

跟　卩　而　讲　满

Riengz　boux　lawz　gangj　monh

$ɾi:ŋ^2$　pu^4　lau^2　$ka:ŋ^3$　$mo:n^6$

跟　个　哪　讲　情

跟哪个谈情。

男唱

3-21

写　南　来　了　友

Ce　nanz　lai　liux　youx

$çe^1$　$na:n^2$　$la:i^1$　$li:u^4$　ju^4

留　久　多　啰　友

久违了我友，

3-22

小　卡　豆　拉　相

Souj　gaq　duh　laj　ciengz

$θi:u^3$　ka^5　tu^6　la^3　$çi:ŋ^2$

守　孤　独　下　墙

孤身院墙下。

3-23

不　特　土　危　相

Ndwi　dwg　dou　ngviz　ciengz

$du:i^1$　tuk^8　tu^1　$ŋwei^2$　$çi:ŋ^2$

不　是　我　锥　墙

不以我为重，

3-24

爱　马　相　要　份

Ngaiq　ma　ceng　aeu　faenh

$ŋa:i^5$　ma^1　$çe:ŋ^5$　au^1　fan^6

爱　来　争　要　份

爱来争名分。

女唱

3-25

写	南	来	了	友
Ce	nanz	lai	liux	youx
çe¹	na:n²	la:i¹	li:u⁴	ju⁴
留	久	多	啰	友

久违了我友，

3-26

小	卡	豆	拉	相
Souj	gaq	doh	laj	ciengz
θi:u³	ka⁵	tu⁶	la³	çi:ŋ²
守	孤	独	下	墙

孤身院墙下。

3-27

元	罗	你	是	跟
Yuenz	loh	mwngz	cix	riengz
ju:n²	lo⁶	muŋ²	çi⁴	ɹi:ŋ²
缘	路	你	就	跟

你随你的缘，

3-28

开	贝	相	元	农
Gaej	bae	ceng	yuenz	nuengx
ka:i⁵	pai¹	çe:ŋ⁵	ju:n²	nu:ŋ⁴
莫	去	争	缘	妹

莫争妹的缘。

男唱

3-29

写	南	来	了	友
Ce	nanz	lai	liux	youx
çe¹	na:n²	la:i¹	li:u⁴	ju⁴
留	久	多	啰	友

久违了我友，

3-30

小	卡	豆	拉	相
Souj	gaq	duh	laj	ciengz
θi:u³	ka⁵	tu⁶	la³	çi:ŋ²
守	孤	独	下	墙

孤身院墙下。

3-31

元	罗	土	是	跟
Yuenz	loh	dou	cix	riengz
ju:n²	lo⁶	tu¹	çi⁴	ɹi:ŋ²
缘	路	我	就	跟

我随我的缘，

3-32

土	不	相	元	伏
Dou	mbouj	ceng	yuenz	fwx
tu¹	bou⁵	çe:ŋ⁵	ju:n²	fə⁴
我	不	争	缘	别人

不争别人缘。

女唱

3-33

写　南　来　了　友

Ce　nanz　lai　liux　youx

$çe^1$　$na:n^2$　$la:i^1$　$li:u^4$　ju^4

留　久　多　啰　友

久违了我友，

3-34

小　卡　豆　拉　相

Souj　gaq　duh　laj　ciengz

$θi:u^3$　ka^5　tu^6　la^3　$çi:ŋ^2$

守　孤　独　下　墙

孤身院墙下。

3-35

往　你　备　巴　强

Uengj　mwngz　beix　bak　giengz

$va:ŋ^3$　$muŋ^2$　pi^4　$pa:k^7$　$ki:ŋ^2$

枉　你　兄　嘴　犟

兄为男子汉，

3-36

跟　不　得　元　农

Riengz　mbouj　ndaej　roen　nuengx

$ɹi:ŋ^2$　bou^5　dai^3　$ɹo:n^1$　$nu:ŋ^4$

跟　不　得　路　妹

跟不上情妹。

男唱

3-37

写　南　来　了　友

Ce　nanz　lai　liux　youx

$çe^1$　$na:n^2$　$la:i^1$　$li:u^4$　ju^4

留　久　多　啰　友

久违了我友，

3-38

小　卡　豆　拉　相

Souj　gaq　duh　laj　ciengz

$θi:u^3$　ka^5　tu^6　la^3　$çi:ŋ^2$

守　孤　独　下　墙

孤身院墙下。

3-39

元　罗　想　牙　跟

Yuenz　loh　siengj　yaek　riengz

$ju:n^2$　lo^6　$θi:ŋ^3$　jak^7　$ɹi:ŋ^2$

缘　路　想　要　跟

想要随缘走，

3-40

巴　空　强　哈　对

Bak　ndwi　giengz　ha　doih

$pa:k^7$　$du:i^1$　$ki:ŋ^2$　ha^1　$to:i^6$

嘴　不　犟　配　伙伴

嘴斗不过人。

女唱

3-41

写　南　来　了　友

Ce　nanz　lai　liux　youx

çe¹　na:n²　la:i¹　li:u⁴　ju⁴

留　久　多　啰　友

久违了我友，

3-42

小　卡　豆　拉　相

Souj　gaq　duh　laj　ciengz

θi:u³　ka⁵　tu⁶　la³　çi:ŋ²

守　孤　独　下　墙

孤身院墙下。

3-43

往　你　备　巴　强

Uengj　mwngz　beix　bak　giengz

va:ŋ³　muŋ²　pi⁴　pa:k⁷　ki:ŋ²

枉　你　兄　嘴　犟

兄为男子汉，

3-44

刀　写　邦　给　伏

Dauq　ce　biengz　hawj　fwx

ta:u⁵　çe¹　pi:ŋ²　həɯ³　fə⁴

倒　留　地方　给　别人

江山让给人。

男唱

3-45

写　南　来　了　友

Ce　nanz　lai　liux　youx

çe¹　na:n²　la:i¹　li:u⁴　ju⁴

留　久　多　啰　友

久违了我友，

3-46

小　卡　豆　拉　相

Souj　gaq　duh　laj　ciengz

θi:u³　ka⁵　tu⁶　la³　çi:ŋ²

守　孤　独　下　墙

孤身院墙下。

3-47

巴　强　命　不　强

Bak　giengz　mingh　mbouj　giengz

pa:k⁷　ki:ŋ²　min⁶　bou⁵　ki:ŋ²

嘴　犟　命　不　犟

嘴硬命不硬，

3-48

写　文　邦　是　八

Ce　vunz　biengz　cix　bah

çe¹　vun²　pi:ŋ²　çi⁴　pa⁶

留　人　地方　就　罢

愿让给别人。

女唱

3-49

写	南	来	了	友
Ce	nanz	lai	liux	youx

çe¹　na:n²　la:i¹　li:u⁴　ju⁴

| 留 | 久 | 多 | 啰 | 友 |

久违了我友，

3-50

小	卡	豆	拉	相
Souj	gaq	duh	laj	ciengz

θi:u³　ka⁵　tu⁶　la³　çi:ŋ²

| 守 | 孤 | 独 | 下 | 墙 |

孤身院墙下。

3-51

同	算	纳	千	粮
Doengz	suenq	nab	cien	liengz

toŋ²　θu:n⁵　na:p⁸　çi:n¹　li:ŋ²

| 同 | 算 | 交纳 | 千 | 粮 |

清算土地账，

3-52

为	要	邦	土	刀
Vih	aeu	biengz	dou	dauq

vei⁶　au¹　pi:ŋ²　tu¹　ta:u⁵

| 为 | 要 | 地方 | 我 | 回 |

讨还我江山。

男唱

3-53

写	南	来	了	友
Ce	nanz	lai	liux	youx

çe¹　na:n²　la:i¹　li:u⁴　ju⁴

| 留 | 久 | 多 | 啰 | 友 |

久违了我友，

3-54

小	卡	豆	拉	相
Souj	gaq	duh	laj	ciengz

θi:u³　ka⁵　tu⁶　la³　çi:ŋ²

| 守 | 孤 | 独 | 下 | 墙 |

孤身院墙下。

3-55

巴	强	命	不	强
Bak	giengz	mingh	mbouj	giengz

pa:k⁷　ki:ŋ²　miŋ⁶　bou⁵　ki:ŋ²

| 嘴 | 犟 | 命 | 不 | 犟 |

嘴硬命不硬，

3-56

纳	千	粮	付	荣
Nab	cien	liengz	fouz	yungh

na:p⁸　çi:n¹　li:ŋ²　fu²　juŋ⁶

| 交纳 | 千 | 粮 | 无 | 用 |

交千粮无用。

女唱

3-57

写	南	来	了	友
Ce	nanz	lai	liux	youx
ςe^1	$na:n^2$	$la:i^1$	$li:u^4$	ju^4
留	久	多	啰	友

久违了我友，

3-58

小	卡	豆	拉	相
Souj	gaq	duh	laj	ciengz
$\theta i:u^3$	ka^5	tu^6	la^3	$\varsigma i:\eta^2$
守	孤	独	下	墙

孤身院墙下。

3-59

甲	土	纳	千	粮
Gyah	dou	nab	cien	liengz
kja^6	tu^1	$na:p^8$	$\varsigma i:n^1$	$li:\eta^2$
宁可	我	交纳	千	粮

愿交纳千粮，

3-60

不	写	邦	给	伏
Mbouj	ce	biengz	hawj	fwx
bou^5	ςe^1	$pi:\eta^2$	$h\partial u^3$	$f\partial^4$
不	留	地方	给	别人

寸土不让人。

男唱

3-61

写	南	来	了	友
Ce	nanz	lai	liux	youx
ςe^1	$na:n^2$	$la:i^1$	$li:u^4$	ju^4
留	久	多	啰	友

久违了我友，

3-62

小	卡	豆	拉	相
Souj	gaq	duh	laj	ciengz
$\theta i:u^3$	ka^5	tu^6	la^3	$\varsigma i:\eta^2$
守	孤	独	下	墙

孤身院墙下。

3-63

往	你	备	巴	强
Uengj	mwngz	beix	bak	giengz
$va:\eta^3$	$mu\eta^2$	pi^4	$pa:k^7$	$ki:\eta^2$
枉	你	兄	嘴	犟

枉你兄强势，

3-64

纳	千	粮	阝	岁
Nab	cien	liengz	boux	saeq
$na:p^8$	$\varsigma i:n^1$	$li:\eta^2$	pu^4	θai^5
交纳	千	粮	人	官吏

要交纳千粮。

女唱

3-65

写	南	来	了	友
Ce	nanz	lai	liux	youx
çe¹	na:n²	la:i¹	li:u⁴	ju⁴
留	久	多	啰	友

久违了我友，

3-66

小	卡	豆	拉	相
Souj	gaq	duh	laj	ciengz
θi:u³	ka⁵	tu⁶	la³	çi:ŋ²
守	孤	独	下	墙

孤身院墙下。

3-67

千	粮	纳	红	良
Cien	liengz	nab	hong	liengz
çi:n¹	li:ŋ²	na:p⁸	ho:ŋ¹	li:ŋ²
千	粮	交纳	工	忙

交粮农活忙，

3-68

良	想	牙	不	得
Liengh	siengj	yax	mbouj	ndaej
le:ŋ⁶	θi:ŋ³	ja⁵	bou⁵	dai³
谅	想	也	不	得

想要也不得。

男唱

3-69

千	粮	纳	红	良
Cien	liengz	nab	hong	liengz
çi:n¹	li:ŋ²	na:p⁸	ho:ŋ¹	li:ŋ²
千	粮	交纳	工	忙

交粮农活忙，

3-70

良	想	牙	不	得
Liengh	siengj	yax	mbouj	ndaej
le:ŋ⁶	θi:ŋ³	ja⁵	bou⁵	dai³
谅	想	也	不	得

想要也不得。

3-71

千	粮	纳	后	岁
Cien	liengz	nab	haeux	saeq
çi:n¹	li:ŋ²	na:p⁸	hau⁴	θai⁵
千	粮	交纳	米	小

要交纳小米，

3-72

良	事	不	安	名
Liengh	saeh	mbouj	an	ningz
le:ŋ⁶	θei⁶	bou⁵	a:n¹	niŋ²
谅	事	不	安	宁

以求得安宁。

女唱

3-73

写	南	来	了	友
Ce	nanz	lai	liux	youx
çe¹	na:n²	la:i¹	li:u⁴	ju⁴
留	久	多	啰	友

久违了我友，

3-74

小	卡	豆	拉	相
Souj	gaq	duh	laj	ciengz
θi:u³	ka⁵	tu⁶	la³	çi:ŋ²
守	孤	独	下	墙

孤身院墙下。

3-75

千	粮	纳	红	良
Cien	liengz	nab	hong	liengz
çi:n¹	li:ŋ²	na:p⁸	ho:ŋ¹	li:ŋ²
千	粮	交纳	工	忙

交粮农活忙，

3-76

良	想	牙	不	刀
Liengh	siengj	yax	mbouj	dauq
le:ŋ⁶	θi:ŋ³	ja⁵	bou⁵	ta:u⁵
谅	想	也	不	回

料想回不来。

男唱

3-77

千	粮	纳	红	良
Cien	liengz	nab	hong	liengz
çi:n¹	li:ŋ²	na:p⁸	ho:ŋ¹	li:ŋ²
千	粮	交纳	工	忙

交粮农活忙，

3-78

良	想	牙	不	刀
Liengh	siengj	yax	mbouj	dauq
le:ŋ⁶	θi:ŋ³	ja⁵	bou⁵	ta:u⁵
谅	想	也	不	回

料想回不来。

3-79

千	粮	纳	后	包
Cien	liengz	nab	haeux	mbauq
çi:n¹	li:ŋ²	na:p⁸	hau⁴	ba:u⁵
千	粮	交纳	米	俊

要交纳好米，

3-80

良	不	刀	而	马
Liengh	mbouj	dauq	lawz	ma
le:ŋ⁶	bou⁵	ta:u⁵	lau²	ma¹
谅	不	回	哪	来

料想回不来。

男唱

3-81

千	粮	纳	后	良
Cien	liengz	nab	haeux	liengz
ςi:n^1	li:ŋ^2	na:p^8	hau^4	li:ŋ^2
千	粮	交纳	米	忙

交粮农事忙,

3-82

良	想	牙	不	刀
Liengh	siengj	yax	mbouj	dauq
le:ŋ^6	θi:ŋ^3	ja^5	bou^5	ta:u^5
谅	想	也	不	回

料想回不来。

3-83

千	粮	纳	后	包
Cien	liengz	nab	haeux	mbauq
ςi:n^1	li:ŋ^2	na:p^8	hau^4	ba:u^5
千	粮	交纳	米	俊

要交纳好米,

3-84

刀	是	合	英	元
Dauq	cix	hob	in	yuenz
ta:u^5	ςi^4	ho:p^8	in^1	ju:n^2
回	就	合	姻	缘

回来就提亲。

女唱

3-85

写	南	来	了	友
Ce	nanz	lai	liux	youx
ςe^1	na:n^2	la:i^1	li:u^4	ju^4
留	久	多	啰	友

久违了我友,

3-86

小	卡	豆	拉	相
Souj	gaq	duh	laj	ciengz
θi:u^3	ka^5	tu^6	la^3	ςi:ŋ^2
守	孤	独	下	墙

孤身院墙下。

3-87

农	得	纳	千	粮
Nuengx	ndaej	nab	cien	liengz
nu:ŋ^4	dai^3	na:p^8	ςi:n^1	li:ŋ^2
妹	得	交纳	千	粮

妹交纳千粮,

3-88

龙	得	跟	知	不
Lungz	ndaej	riengz	rox	mbouj
luŋ^2	dai^3	ɹi:ŋ^2	ɹo^4	bou^5
龙	得	跟	或	不

兄攀得上否?

男唱

3-89

写	南	来	了	友
Cen	nanz	lai	liux	youx
çe¹	na:n²	la:i¹	li:u⁴	ju⁴
留	久	多	啰	友

久违了我友，

3-90

小	卡	豆	拉	相
Souj	gaq	duh	laj	ciengz
θi:u³	ka⁵	tu⁶	la³	çi:ŋ²
守	孤	独	下	墙

孤身院墙下。

3-91

农	得	纳	千	粮
Nuengx	ndaej	nab	cien	liengz
nu:ŋ⁴	dai³	na:p⁸	çi:n¹	li:ŋ²
妹	得	交	纳	千	粮

妹交纳千粮，

3-92

龙	是	跟	元	罗
Lungz	cix	riengz	yuenz	loh
luŋ²	çi⁴	ɹi:ŋ²	ju:n²	lo⁶
龙	就	跟	缘	路

兄追随妹走。

女唱

3-93

写	南	来	了	友
Ce	nanz	lai	liux	youx
çe¹	na:n²	la:i¹	li:u⁴	ju⁴
留	久	多	啰	友

久违了我友，

3-94

小	卡	豆	拉	相
Souj	gaq	duh	laj	ciengz
θi:u³	ka⁵	tu⁶	la³	çi:ŋ²
守	孤	独	下	墙

孤身院墙下。

3-95

元	罗	不	阝跟
Yuenz	loh	mbouj	boux	riengz
ju:n²	lo⁶	bou⁵	pu⁴	ɹi:ŋ²
缘	路	不	个	跟

走路无人跟，

3-96

邦	牙	凉	贝	了
Biengz	yaek	liengz	bae	liux
pi:ŋ²	jak⁷	li:ŋ²	pai⁶	li:u⁴
地方	要	凉	去	完

世上要萧条。

女唱

3-97

写	南	来	了	友
Ce	nanz	lai	liux	youx
çe¹	na:n²	la:i¹	li:u⁴	ju⁴
留	久	多	啰	友

久违了我友，

3-98

小	卡	豆	拉	相
Souj	gaq	duh	laj	ciengz
θi:u³	ka⁵	tu⁶	la³	çi:ŋ²
守	孤	独	下	墙

孤身院墙下。

3-99

老	田	农	是	凉
Lau	denz	nuengx	cix	liengz
la:u¹	te:n²	nu:ŋ⁴	çi⁴	li:ŋ²
怕	地	妹	就	凉

妹家乡荒凉，

3-100

邦	龙	不	可	欢
Biengz	lungz	mbouj	goj	ndwek
pi:ŋ²	luŋ²	bou⁵	ko⁵	du:k⁷
地方	龙	不	可	热闹

兄家乡热闹。

男唱

3-101

写	南	来	了	友
Ce	nanz	lai	liux	youx
çe¹	na:n²	la:i¹	li:u⁴	ju⁴
留	久	多	啰	友

久违了我友，

3-102

小	卡	豆	拉	相
Souj	gaq	duh	laj	ciengz
θi:u³	ka⁵	tu⁶	la³	çi:ŋ²
守	孤	独	下	墙

孤身院墙下。

3-103

伏	报	田	偻	凉
Fwx	bauq	denz	raeuz	liengz
fu⁴	pa:u⁵	te:n²	ɹau²	li:ŋ²
别人	报	地	我们	凉

谣传地荒凉，

3-104

貝	而	米	邦	内
Bae	lawz	miz	biengz	neix
pai¹	lau²	mi²	pi:ŋ²	ni⁴
去	哪	有	地方	这

哪有这种事。

女唱

3-105

写	南	来	了	友
Ce	nanz	lai	liux	youx
çe¹	naːn²	laːi¹	liːu⁴	ju⁴
留	久	多	啰	友

久违了我友,

3-106

小	卡	豆	拉	相
Souj	gaq	duh	laj	ciengz
θiːu³	ka⁵	tu⁶	la³	çiːŋ²
守	孤	独	下	墙

孤身院墙下。

3-107

可	在	拜	内	相
Goj	ywq	baih	neix	cieng
ko⁵	ju⁵	paːi⁶	ni⁴	çiːŋ¹
可	在	边	这	正

春节到来前,

3-108

可	米	相	一	欢
Goj	miz	ciengz	ndeu	ndwek
ko⁵	mi²	çiːŋ²	deːu¹	duːk⁷
可	有	场	一	热闹

会非常欢乐。

男唱

3-109

写	南	来	了	友
Ce	nanz	lai	liux	youx
çe¹	naːn²	laːi¹	liːu⁴	ju⁴
留	久	多	啰	友

久违了我友,

3-110

小	卡	豆	拉	相
Souj	gaq	duh	laj	ciengz
θiːu³	ka⁵	tu⁶	la³	çiːŋ²
守	孤	独	下	墙

孤身院墙下。

3-111

可	满	的	月	相
Goj	muengh	diq	ndwen	cieng
ko⁵	muːŋ⁶	ti⁵	duːn¹	çiːŋ¹
可	望	点	月	正

就指望春节,

3-112

外	相	不	可	了
Vaij	cieng	mbouj	goj	liux
vaːi³	çiːŋ¹	bou⁵	ko⁵	liːu⁴
过	正	不	可	完

春节会过去。

女唱

3-113

写	南	来	了	友
Ce	nanz	lai	liux	youx
çe¹	na:n²	la:i¹	li:u⁴	ju⁴

| 留 | 久 | 多 | 啰 | 友 |

久违了我友，

3-114

小	卡	豆	拉	相
Souj	gaq	duh	laj	ciengz
θi:u³	ka⁵	tu⁶	la³	çi:ŋ²

| 守 | 孤 | 独 | 下 | 墙 |

孤身院墙下。

3-115

满	相	是	算	相
Muengh	cieng	cix	suenq	cieng
mu:ŋ⁶	çi:ŋ¹	çi⁴	θu:n⁵	çi:ŋ¹

| 望 | 正 | 就 | 算 | 正 |

春节要准备，

3-116

知	相	而	同	瓜
Rox	cieng	lawz	doengh	gvaq
ɣo⁴	çi:ŋ¹	lau²	toŋ²	kwa⁵

| 或 | 正 | 哪 | 相 | 过 |

找机会聚首。

男唱

3-117

写	南	来	了	友
Ce	nanz	lai	liux	youx
çe¹	na:n²	la:i¹	li:u⁴	ju⁴

| 留 | 久 | 多 | 啰 | 友 |

久违了我友，

3-118

小	卡	豆	拉	相
Souj	gaq	duh	laj	ciengz
θi:u³	ka⁵	tu⁶	la³	çi:ŋ²

| 守 | 孤 | 独 | 下 | 墙 |

孤身院墙下。

3-119

伏	报	田	偻	凉
Fwx	bauq	denz	raeuz	liengz
fə⁴	pa:u⁵	te:n²	ɣau²	li:ŋ²

| 别人 | 报 | 地 | 我们 | 凉 |

谣传地荒凉，

3-120

龙	贝	邦	而	在
Lungz	bae	biengz	lawz	ywq
luŋ²	pai¹	pi:ŋ²	lau²	ju⁵

| 龙 | 去 | 地方 | 哪 | 住 |

兄去向何方？

女唱

3-121

写	南	来	了	友
Ce	nanz	lai	liux	youx
$çe^1$	$na{:}n^2$	$la{:}i^1$	$li{:}u^4$	ju^4
留	久	多	啰	友

久违了我友，

3-122

小	卡	豆	拉	相
Souj	gaq	duh	laj	ciengz
$θi{:}u^3$	ka^5	tu^6	la^3	$çi{:}ŋ^2$
守	孤	独	下	墙

孤身院墙下。

3-123

伏	报	田	偻	凉
Fwx	bauq	denz	raeuz	liengz
$fə^4$	$pa{:}u^5$	$te{:}n^2$	$ɹau^2$	$li{:}ŋ^2$
别人	报	地	我们	凉

谣传地荒凉，

3-124

当	邦	偻	当	在
Dangq	biengz	raeuz	dangq	ywq
$ta{:}ŋ^5$	$pi{:}ŋ^2$	$ɹau^2$	$ta{:}ŋ^5$	ju^5
另	地方	我们	另	住

各自找住处。

男唱

3-125

写	南	来	了	友
Ce	nanz	lai	liux	youx
$çe^1$	$na{:}n^2$	$la{:}i^1$	$li{:}u^4$	ju^4
留	久	多	啰	友

久违了我友，

3-126

小	卡	豆	拉	相
Souj	gaq	duh	laj	ciengz
$θi{:}u^3$	ka^5	tu^6	la^3	$çi{:}ŋ^2$
守	孤	独	下	墙

孤身院墙下。

3-127

元	罗	不	阝	跟
Yuenz	loh	mbouj	boux	riengz
$ju{:}n^2$	lo^6	bou^5	pu^4	$ɹi{:}ŋ^2$
缘	路	不	个	跟

走路无人伴，

3-128

凉	办	相	月	腊
Liengz	baenz	cieng	ndwen	lab
$li{:}ŋ^2$	pan^2	$çi{:}ŋ^1$	$du{:}n^1$	$la{:}t^8$
凉	成	正	月	腊

孤寒似腊月。

女唱

3-129

写	南	来	了	友
Ce	nanz	lai	liux	youx

çe¹　na:n²　la:i¹　li:u⁴　ju⁴

| 留 | 久 | 多 | 啰 | 友 |

久违了我友，

3-130

小	卡	豆	拉	相
Souj	gaq	duh	laj	ciengz

θi:u³　ka⁵　tu⁶　la³　çi:ŋ²

| 守 | 孤 | 独 | 下 | 墙 |

孤身院墙下。

3-131

月	内	不	可	凉
Ndwen	neix	mbouj	goj	liengz

du:n¹　ni⁴　bou⁵　ko⁵　li:ŋ²

| 月 | 这 | 不 | 可 | 凉 |

这个月还冷，

3-132

外	相	不	可	友
Vaij	cieng	mbouj	goj	raeuj

va:i³　çi:ŋ¹　bou⁵　ko⁵　ɹau³

| 过 | 正 | 不 | 可 | 暖 |

过年不会暖。

男唱

3-133

月	内	不	可	凉
Ndwen	neix	mbouj	goj	liengz

du:n¹　ni⁴　bou⁵　ko⁵　li:ŋ²

| 月 | 这 | 不 | 可 | 凉 |

这个月还冷，

3-134

外	相	不	可	友
Vaij	cieng	mbouj	goj	raeuj

va:i³　çi:ŋ¹　bou⁵　ko⁵　ɹau³

| 过 | 正 | 不 | 可 | 暖 |

过年不会暖。

3-135

出	瓜	比	内	斗
Ok	gvaq	bi	neix	daeuj

o:k⁷　kwa⁵　pi¹　ni⁴　tau³

| 出 | 过 | 年 | 这 | 来 |

自今年以来，

3-136

友	口	变	良	心
Youx	gaeuq	bienq	liengz	sim

ju⁴　kau⁵　pi:n⁵　li:ŋ²　θin¹

| 友 | 旧 | 变 | 良 | 心 |

旧友变良心。

女唱

3-137

月	内	不	可	凉
Ndwen	neix	mbouj	goj	liengz
duːn¹	ni⁴	bou⁵	ko⁵	liːŋ²
月	这	不	可	凉

这个月还冷，

3-138

外	相	不	可	友
Vaij	cieng	mbouj	goj	raeuj
vaːi³	çiːŋ¹	bou⁵	ko⁵	ɹau³
过	正	不	可	暖

过年不会暖。

3-139

出	瓜	比	内	斗
Ok	gvaq	bi	neix	daeuj
oːk⁷	kwa⁵	pi¹	ni⁴	tau³
出	过	年	这	来

今年多怪异，

3-140

友	口	良	造	然
Youx	gaeuq	lingh	caux	ranz
ju⁴	kau⁵	leːŋ⁶	çaːu⁴	ɹaːn²
友	旧	另	造	家

旧友另结婚。

男唱

3-141

写	南	来	了	友
Ce	nanz	lai	liux	youx
çe¹	naːn²	laːi¹	liːu⁴	ju⁴
留	久	多	啰	友

久违了我友，

3-142

小	卡	豆	拉	相
Souj	gaq	duh	laj	ciengz
θiːu³	ka⁵	tu⁶	la³	çiːŋ²
守	孤	独	下	墙

孤身院墙下。

3-143

月	内	不	可	凉
Ndwen	neix	mbouj	goj	liengz
duːn¹	ni⁴	bou⁵	ko⁵	liːŋ²
月	这	不	可	凉

这个月冷清，

3-144

外	相	不	可	欢
Vaij	cieng	mbouj	goj	ndwek
vaːi³	çiːŋ¹	bou⁵	ko⁵	duːk⁷
过	正	不	可	热闹

过年就热闹。

女唱

3-145

月	内	不	可	凉
Ndwen	neix	mbouj	goj	liengz
duːn¹	ni⁴	bou⁵	ko⁵	liːŋ²
月	这	不	可	凉

这个月冷清，

3-146

外	相	不	可	欢
Vaij	cieng	mbouj	goj	ndwek
vaːi³	çiːŋ¹	bou⁵	ko⁵	duːk⁷
过	正	不	可	热闹

过年就热闹。

3-147

外	九	冬	十	月
Vaij	gouj	doeng	cib	nyied
vaːi³	kjou³	toŋ¹	çit⁸	ɲuːt⁸
过	九	冬	十	月

到寒冬时节，

3-148

欢	样	内	知	空
Ndwek	yiengh	neix	rox	ndwi
duːk⁷	juːŋ⁶	ni⁴	ɣo⁴	duːi¹
热闹	样	这	或	不

如此热闹否？

男唱

3-149

月	内	不	可	凉
Ndwen	neix	mbouj	goj	liengz
duːn¹	ni⁴	bou⁵	ko⁵	liːŋ²
月	这	不	可	凉

这个月冷清，

3-150

外	相	不	可	欢
Vaij	cieng	mbouj	goj	ndwek
vaːi³	çiːŋ¹	bou⁵	ko⁵	duːk⁷
过	正	不	可	热闹

过年就热闹。

3-151

外	九	冬	十	月
Vaij	gouj	doeng	cib	nyied
vaːi³	kjou³	toŋ¹	çit⁸	ɲuːt⁸
过	九	冬	十	月

过寒冬时节，

3-152

不	可	欢	样	河
Mbouj	goj	ndwek	yiengh	haw
bou⁵	ko⁵	duːk⁷	juːŋ⁶	həɯ¹
不	可	热闹	样	圩

如赶圩热闹。

女唱

3-153

月	内	不	可	凉
Ndwen	neix	mbouj	goj	liengz
$du:n^1$	ni^4	bou^5	ko^5	$li:ŋ^2$
月	这	不	可	凉

这个月冷清，

3-154

外	相	不	可	欢
Vaij	cieng	mbouj	goj	ndwek
$va:i^3$	$çi:ŋ^1$	bou^5	ko^5	$duɯ:k^7$
过	正	不	可	热闹

过年就热闹。

3-155

外	九	冬	十	月
Vaij	gouj	doeng	cib	nyied
$va:i^3$	$kjou^3$	$toŋ^1$	$çit^8$	$ȵu:t^8$
过	九	冬	十	月

过寒冬时节，

3-156

欢	样	内	不	说
Ndwek	yiengh	neix	mbouj	naeuz
$duɯ:k^7$	$juɯ:ŋ^6$	ni^4	bou^5	nau^2
热闹	样	这	不	说

不会再热闹。

男唱

3-157

月	内	不	可	凉
Ndwen	neix	mbouj	goj	liengz
$du:n^1$	ni^4	bou^5	ko^5	$li:ŋ^2$
月	这	不	可	凉

这个月冷清，

3-158

外	相	不	可	欢
Vaij	cieng	mbouj	goj	ndwek
$va:i^3$	$çi:ŋ^1$	bou^5	ko^5	$duɯ:k^7$
过	正	不	可	热闹

过年就热闹。

3-159

外	九	冬	十	月
Vaij	gouj	doeng	cib	nyied
$va:i^3$	$kjou^3$	$toŋ^1$	$çit^8$	$ȵu:t^8$
过	九	冬	十	月

过寒冬时节，

3-160

欢	办	多	跟	廷
Ndwek	baenz	doq	riengz	dinz
$duɯ:k^7$	pan^2	to^5	$ȵi:ŋ^2$	tin^2
热闹	成	马蜂	跟	黄蜂

热闹如蜂群。

女唱

3-161

月	内	不	可	凉
Ndwen	neix	mbouj	goj	liengz
duːn¹	ni⁴	bou⁵	ko⁵	liːŋ²
月	这	不	可	凉

这个月冷清，

3-162

外	相	不	可	欢
Vaij	cieng	mbouj	goj	ndwek
vaːi³	ɕiːŋ¹	bou⁵	ko⁵	duːk⁷
过	正	不	可	热闹

过年就热闹。

3-163

外	九	冬	十	月
Vaij	gouj	doeng	cib	nyied
vaːi³	kjou³	toŋ¹	ɕit⁸	ȵuːt⁸
过	九	冬	十	月

过寒冬时节，

3-164

欢	伏	不	堂	偻
Ndwek	fwx	mbouj	daengz	raeuz
duːk⁷	fə⁴	bou⁵	taŋ²	ɣau²
热闹	别人	不	到	我们

热闹不到我。

男唱

3-165

月	内	不	可	凉
Ndwen	neix	mbouj	goj	liengz
duːn¹	ni⁴	bou⁵	ko⁵	liːŋ²
月	这	不	可	凉

这个月冷清，

3-166

外	相	不	可	欢
Vaij	cieng	mbouj	goj	ndwek
vaːi³	ɕiːŋ¹	bou⁵	ko⁵	duːk⁷
过	正	不	可	热闹

过年就热闹。

3-167

外	九	冬	十	月
Vaij	gouj	doeng	cib	nyied
vaːi³	kjou³	toŋ¹	ɕit⁸	ȵuːt⁸
过	九	冬	十	月

过寒冬时节，

3-168

欢	伏	是	堂	你
Ndwek	fwx	cix	daengz	mwngz
duːk⁷	fə⁴	ɕi⁴	taŋ²	muŋ²
热闹	别人	就	到	你

大家都热闹。

女唱

3-169

写　南　来　了　友
Ce　nanz　lai　liux　youx
çe¹　naːn²　laːi¹　liːu⁴　ju⁴
留　久　多　啰　友
久违了我友，

3-170

小　卡　豆　拉　相
Souj　gaq　duh　laj　ciengz
θiːu³　ka⁵　tu⁶　la³　çiːŋ²
守　孤　独　下　墙
孤身院墙下。

3-171

平　日　阳　日　凉
Bingz　ngoenz　ndit　ngoenz　liengz
piŋ²　ŋon²　dit⁷　ŋon²　liːŋ²
凭　日　阳光　日　凉
不论晴或阴，

3-172

诱　土　娘　很　早
Yaeuh　duz　nengz　hwnj　romh
jau⁴　tu²　niːŋ²　hun³　ɹoːn⁶
诱　只　虫　起　早
叫姊妹起早。

男唱

3-173

写　南　来　了　友
Ce　nanz　lai　liux　youx
çe¹　naːn²　laːi¹　liːu⁴　ju⁴
留　久　多　啰　友
久违了我友，

3-174

小　卡　豆　拉　相
Souj　gaq　duh　laj　ciengz
θiːu³　ka⁵　tu⁶　la³　çiːŋ²
守　孤　独　下　墙
孤身院墙下。

3-175

日　阳　土　牙　跟
Ngoenz　ndit　dou　yax　riengz
ŋon²　dit⁷　tu¹　ja⁵　ɹiːŋ²
日　阳光　我　也　跟
晴天追随你，

3-176

日　凉　土　牙　优
Ngoenz　liengz　dou　yax　yaeuq
ŋon²　liːŋ²　tu¹　ja⁵　jau⁵
日　凉　我　也　收
阴天也不离。

女唱

3-177

写	南	来	了	友
Ce	nanz	lai	liux	youx
çe¹	na:n²	la:i¹	li:u⁴	ju⁴
留	久	多	啰	友

久违了我友，

3-178

小	卡	豆	拉	相
Souj	gaq	duh	laj	ciengz
θi:u³	ka⁵	tu⁶	la³	çi:ŋ²
守	孤	独	下	墙

孤身院墙下。

3-179

平	日	阳	日	凉
Bingz	ngoenz	ndit	ngoenz	liengz
piŋ²	ŋon²	dit⁷	ŋon²	li:ŋ²
凭	日	阳光	日	凉

别论晴或阴，

3-180

特	很	相	了	备
Dawz	hwnj	ciengz	liux	beix
təɯ²	hun³	çi:ŋ²	li:u⁴	pi⁴
拿	上	场	啰	兄

都拿出来看。

男唱

3-181

写	南	来	了	友
Ce	nanz	lai	liux	youx
çe¹	na:n²	la:i¹	li:u⁴	ju⁴
留	久	多	啰	友

久违了我友，

3-182

小	卡	豆	拉	相
Souj	gaq	duh	laj	ciengz
θi:u³	ka⁵	tu⁶	la³	çi:ŋ²
守	孤	独	下	墙

孤身院墙下。

3-183

平	日	阳	日	凉
Bingz	ngoenz	ndit	ngoenz	liengz
piŋ²	ŋon²	dit⁷	ŋon²	li:ŋ²
凭	日	阳光	日	凉

别论晴或阴，

3-184

少	跟	娘	岁	古
Sau	riengz	nangz	caez	guh
θa:u¹	ɣi:ŋ²	na:ŋ²	çai²	ku⁴
姑娘	跟	姑娘	齐	做

姊妹一起干。

女唱

3-185

写	南	来	了	友
Ce	nanz	lai	liux	youx
çe¹	na:n²	la:i¹	li:u⁴	ju⁴
留	久	多	啰	友

久违了我友，

3-186

小	卡	豆	拉	相
Souj	gaq	duh	laj	ciengz
θi:u³	ka⁵	tu⁶	la³	çi:ŋ²
守	孤	独	下	墙

孤身院墙下。

3-187

友	你	玩	托	邦
Youx	mwngz	vanq	doh	biengz
ju⁴	muɯŋ²	va:n⁶	to⁶	pi:ŋ²
友	你	撒	遍	地方

你到处结交，

3-188

跟	阝	而	同	重
Riengz	boux	lawz	doengz	naek
li:ŋ²	pu⁴	lau²	toŋ²	nak⁷
跟	个	哪	相	重

跟谁情最深？

男唱

3-189

写	南	来	了	友
Ce	nanz	lai	liux	youx
çe¹	na:n²	la:i¹	li:u⁴	ju⁴
留	久	多	啰	友

久违了我友，

3-190

小	卡	豆	拉	歪
Souj	gaq	duh	laj	fai
θi:u³	ka⁵	tu⁶	la³	va:i¹
守	孤	独	下	水坝

独自在坝下。

3-191

友	土	玩	托	开
Youx	dou	vanq	doh	gai
ju⁴	tu¹	va:n⁶	to⁶	ka:i¹
友	我	撒	遍	街

我满街交友，

3-192

重	你	来	了	农
Naek	mwngz	lai	liux	nuengx
nak⁷	muɯŋ²	la:i¹	li:u⁴	nu:ŋ⁴
重	你	多	啰	妹

就对你情深。

女唱

3-193

写　南　来　了　友

Ce　nanz　lai　liux　youx

$çe^1$　$naːn^2$　$laːi^1$　$liːu^4$　ju^4

留　久　多　啰　友

久违了我友，

3-194

小　卡　豆　拉　歪

Souj　gaq　duh　laj　fai

$θiːu^3$　ka^5　tu^6　la^3　$vaːi^1$

守　孤　独　下　水坝

独自在坝下。

3-195

特　正　义　马　排

Dawz　cingz　ngeih　ma　baiz

$təɯ^2$　$çiŋ^2$　$ɲi^6$　ma^1　$paːi^2$

拿　情　义　来　排

拿信物来排，

3-196

重　来　说　重　小

Naek　lai　naeuz　naek　siuj

nak^7　$laːi^1$　nau^2　nak^7　$θiːu^3$

重　多　或　重　少

看情有多重。

男唱

3-197

写　南　来　了　友

Ce　nanz　lai　liux　youx

$çe^1$　$naːn^2$　$laːi^1$　$liːu^4$　ju^4

留　久　多　啰　友

久违了我友，

3-198

小　卡　豆　拉　歪

Souj　gaq　duh　laj　fai

$θiːu^3$　ka^5　tu^6　la^3　$vaːi^1$

守　孤　独　下　水坝

独自在坝下。

3-199

平　重　小　重　来

Bingz　naek　siuj　naek　lai

$piŋ^2$　nak^7　$θiːu^3$　nak^7　$laːi^1$

凭　重　少　重　多

任情有多深，

3-200

堂　尾　你　可　知

Daengz　byai　mwngz　goj　rox

$taŋ^2$　$pjaːi^1$　$mɯŋ^2$　ko^5　$ɣo^4$

到　尾　你　可　知

以后你会懂。

女唱

3-201

写	南	来	了	友
Ce	nanz	lai	liux	youx
çe¹	naːn²	laːi¹	liːu⁴	ju⁴
留	久	多	啰	友

久违了我友,

3-202

小	卡	豆	拉	歪
Souj	gaq	duh	laj	fai
θiːu³	ka⁵	tu⁶	la³	vaːi¹
守	孤	独	下	水坝

孤身在坝下。

3-203

正	义	重	堂	尾
Cingz	ngeih	naek	daengz	byai
çiŋ²	ȵi⁶	nak⁷	taŋ²	pjaːi¹
情	义	重	到	尾

情义到最后,

3-204

不	办	财	了	备
Mbouj	baenz	caiz	liux	beix
bou⁵	pan²	çaːi²	liːu⁴	pi⁴
不	成	财	啰	兄

再也不值钱。

男唱

3-205

写	南	来	了	友
Ce	nanz	lai	liux	youx
çe¹	naːn²	laːi¹	liːu⁴	ju⁴
留	久	多	啰	友

久违了我友,

3-206

小	卡	豆	拉	歪
Souj	gaq	duh	laj	fai
θiːu³	ka⁵	tu⁶	la³	vaːi¹
守	孤	独	下	水坝

孤身在坝下。

3-207

正	义	重	堂	尾
Cingz	ngeih	naek	daengz	byai
çiŋ²	ȵi⁶	nak⁷	taŋ²	pjaːi¹
情	义	重	到	尾

情义到最后,

3-208

重	办	开	后	生
Naek	baenz	gai	haux	seng
nak⁷	pan²	kaːi¹	hou⁴	θeːŋ¹
重	成	街	后	生

重成众后生。

女唱

3-209

写	南	来	了	友
Ce	nanz	lai	liux	youx
çe^1	na:n^2	la:i^1	li:u^4	ju^4
留	久	多	啰	友

久违了我友，

3-210

小	卡	豆	拉	歪
Souj	gaq	duh	laj	fai
θi:u^3	ka^5	tu^6	la^3	va:i^1
守	孤	独	下	水坝

孤身在坝下。

3-211

正	义	重	堂	尾
Cingz	ngeih	naek	daengz	byai
çiŋ^2	ȵi^6	nak^7	taŋ^2	pja:i^1
情	义	重	到	尾

情义到最后，

3-212

办	开	牙	不	满
Baenz	gai	yax	mbouj	monh
pan^2	ka:i^1	ja^5	bou^5	mo:n^6
成	街	也	不	谈情

再重也淡泊。

男唱

3-213

写	南	来	了	友
Ce	nanz	lai	liux	youx
çe^1	na:n^2	la:i^1	li:u^4	ju^4
留	久	多	啰	友

久违了我友，

3-214

小	卡	豆	拉	歪
Souj	gaq	duh	laj	fai
θi:u^3	ka^5	tu^6	la^3	va:i^1
守	孤	独	下	水坝

孤身在坝下。

3-215

正	义	重	堂	尾
Cingz	ngeih	naek	daengz	byai
çiŋ^2	ȵi^6	nak^7	taŋ^2	pja:i^1
情	义	重	到	尾

情义到最后，

3-216

重	办	开	少	包
Naek	baenz	gai	sau	mbauq
nak^7	pan^2	ka:i^1	θa:u^1	ba:u^5
重	成	街	姑娘	小伙

重成众兄妹。

女唱

3-217

写　南　来　了　友
Ce　nanz　lai　liux　youx
çe¹　na:n²　la:i¹　li:u⁴　ju⁴
留　久　多　啰　友
久违了我友，

3-218

小　卡　豆　拉　歪
Souj　gaq　duh　laj　fai
θi:u³　ka⁵　tu⁶　la³　va:i¹
守　孤　独　下　水坝
孤身在坝下。

3-219

正　义　重　堂　尾
Cingz　ngeih　naek　daengz　byai
çiŋ²　ŋi⁶　nak⁷　taŋ²　pja:i¹
情　义　重　到　尾
情义到最后，

3-220

开　可　写　给　伏
Gai　goj　ce　hawj　fwx
ka:i¹　ko⁵　çe¹　həɯ³　fə⁴
街　可　留　给　别人
皆是别人的。

男唱

3-221

写　南　来　了　友
Ce　nanz　lai　liux　youx
çe¹　na:n²　la:i¹　li:u⁴　ju⁴
留　久　多　啰　友
久违了我友，

3-222

小　卡　豆　拉　歪
Souj　gaq　duh　laj　fai
θi:u³　ka⁵　tu⁶　la³　va:i¹
守　孤　独　下　水坝
孤身在坝下。

3-223

间　布　不　卜　裁
Gen　buh　mbouj　boux　caiz
ke:n¹　pu⁶　bou⁵　pu⁴　ça:i²
衣　袖　不　个　裁
衣衫无人裁，

3-224

说　少　帮　土　修
Naeuz　sau　bangh　dou　coih
nau²　θa:u¹　pa:ŋ¹　tu¹　ço:i⁶
说　姑娘　帮　我　修补
妹可肯帮我。

女唱

3-225

写	南	来	了	友
Ce	nanz	lai	liux	youx
çe¹	naːn²	laːi¹	liːu⁴	ju⁴
留	久	多	啰	友

久违了我友，

3-226

小	卡	豆	拉	歪
Souj	gaq	duh	laj	fai
θiːu³	ka⁵	tu⁶	la³	vaːi¹
守	孤	独	下	水坝

孤身在坝下。

3-227

友	土	在	更	开
Youx	dou	ywq	gwnz	gai
ju⁴	tu¹	jɯ⁵	kɯn²	kaːi¹
友	我	在	上	街

我住在街上，

3-228

定	手	不	哈	备
Din	fwngz	mbouj	ha	beix
tin¹	fuɯ²	bou⁵	ha¹	pi⁴
脚	手	不	配	兄

技艺不如兄。

男唱

3-229

写	南	来	了	友
Ce	nanz	lai	liux	youx
çe¹	naːn²	laːi¹	liːu⁴	ju⁴
留	久	多	啰	友

久违了我友，

3-230

小	卡	豆	拉	歪
Souj	gaq	duh	laj	fai
θiːu³	ka⁵	tu⁶	la³	vaːi¹
守	孤	独	下	水坝

孤身在坝下。

3-231

友	你	在	更	开
Youx	mwngz	ywq	gwnz	gai
ju⁴	muɯŋ²	jɯ⁵	kɯn²	kaːi¹
友	你	在	上	街

你住在街上，

3-232

手	更	乔	知	剪
Fwngz	gaem	geuz	rox	raed
fuɯ²	kan¹	keːu²	ɣo⁴	ɣat⁸
手	握	剪	知	剪

手巧会裁缝。

① 小 面〔θi:u³
me:n⁶〕：此 指 情
友。

女唱

3-233

写	南	来	了	友
Ce	nanz	lai	liux	youx
çe¹	na:n²	la:i¹	li:u⁴	ju⁴
留	久	多	啰	友

久违了我友，

3-234

小	卡	豆	拉	歪
Souj	gaq	duh	laj	fai
θi:u³	ka⁵	tu⁶	la³	va:i¹
守	孤	独	下	水坝

孤身在坝下。

3-235

友	土	在	更	开
Youx	dou	ywq	gwnz	gai
ju⁴	tu¹	ju⁵	kɯn²	ka:i¹
友	我	在	上	街

我在街上住，

3-236

手	特	乔	空	变
Fwngz	dawz	geuz	ndwi	bienz
fuŋ²	tɯ²	ke:u²	du:i¹	pe:n²
手	拿	剪	不	熟练

不会用剪刀。

男唱

3-237

写	南	由	了	乖
Ce	nanz	raeuh	liux	gvai
çe¹	na:n²	ɣau⁶	li:u⁴	kwa:i¹
留	久	多	啰	乖

久别了情友，

3-238

写	南	来	小	面①
Ce	nanz	lai	siuj	mienh
çe¹	na:n²	la:i¹	θi:u³	me:n⁶
留	久	多	小	面

久违了好友。

3-239

手	特	乔	空	变
Fwngz	dawz	geuz	ndwi	bienz
fuŋ²	tɯ²	ke:u²	du:i¹	pe:n²
手	拿	剪	不	熟练

不会用剪刀，

3-240

样	而	古	长	封
Yiengh	lawz	guh	cangh	fong
ju:ŋ⁶	lau²	ku⁴	ça:ŋ⁶	foŋ²
样	哪	做	匠	缝

如何当裁缝？

女唱

3-241

写	南	由	了	乖
Ce	nanz	raeuh	liux	gvai
çe¹	na:n²	ɹau⁶	li:u⁴	kwa:i¹
留	久	很	啰	乖

久违了我友，

3-242

写	南	来	小	面
Ce	nanz	lai	siuj	mienh
çe¹	na:n²	la:i¹	θi:u³	me:n⁶
留	久	多	小	面

久别了伴侣。

3-243

手	特	乔	空	变
Fwngz	dawz	geuz	ndwi	bienz
fuŋ²	təu²	ke:u²	du:i¹	pe:n²
手	拿	剪	不	熟练

不会用剪刀，

3-244

见	不	得	怛	布
Gen	mbouj	ndaej	dan	baengz
ke:n⁴	bou⁵	dai³	ta:n¹	paŋ²
见	不	得	摊	布

从不去布市。

男唱

3-245

写	南	来	了	友
Ce	nanz	lai	liux	youx
çe¹	na:n²	la:i¹	li:u⁴	ju⁴
留	久	多	啰	友

久违了我友，

3-246

小	卡	豆	拉	歪
Souj	gaq	duh	laj	fai
θi:u³	ka⁵	tu⁶	la³	va:i¹
守	孤	独	下	水坝

孤身在坝下。

3-247

农	不	乱	很	开
Nuengx	mbouj	luenh	hwnj	gai
nu:ŋ⁴	bou⁵	lu:n⁶	hun³	ka:i¹
妹	不	乱	上	街

妹很少上街，

3-248

裁	务	鞋	分	备
Caiz	gouh	haiz	baen	beix
ça:i²	kou⁶	ha:i²	pan¹	pi⁴
裁	双	鞋	分	兄

做对鞋送兄。

<table>
<tr><td>

女唱

3–249

写	南	来	了	友
Ce	nanz	lai	liux	youx
çe¹	na:n²	la:i¹	li:u⁴	ju⁴
留	久	多	啰	友

久违了我友，

3–250

小	卡	豆	拉	歪
Souj	gaq	duh	laj	fai
θi:u³	ka⁵	tu⁶	la³	va:i¹
守	孤	独	下	水坝

孤身在坝下。

3–251

布	对	刀	知	裁
Buh	doiq	dauq	rox	caiz
pu⁶	to:i⁵	ta:u⁵	ɹo⁴	ça:i²
衣服	对	倒	知	裁

衣服会剪裁，

3–252

花	鞋	空	知	剪
Va	haiz	ndwi	rox	raed
va¹	ha:i²	du:i¹	ɹo⁴	ɹat⁸
花	鞋	不	知	剪

花鞋不会做。

</td><td>

男唱

3–253

写	南	来	了	友
Ce	nanz	lai	liux	youx
çe¹	na:n²	la:i¹	li:u⁴	ju⁴
留	久	多	啰	友

久违了我友，

3–254

小	卡	豆	拉	歪
Souj	gaq	duh	laj	fai
θi:u³	ka⁵	tu⁶	la³	va:i¹
守	孤	独	下	水坝

孤身在坝下。

3–255

空	知	剪	花	鞋
Ndwi	rox	raed	va	haiz
du:i¹	ɹo⁴	ɹat⁸	va¹	ha:i²
不	会	剪	花	鞋

不会做花鞋，

3–256

很	开	古	而	样
Hwnj	gai	guh	lawz	yiengh
hɯn³	ka:i¹	ku⁴	laɯ²	ju:ŋ⁶
上	街	做	哪	样

上街做什么？

</td></tr>
</table>

女唱

3-257

写	南	来	了	友
Ce	nanz	lai	liux	youx
çe^1	na:n^2	la:i^1	li:u^4	ju^4
留	久	多	啰	友

久违了我友，

3-258

小	卡	豆	拉	歪
Souj	gaq	duh	laj	fai
θi:u^3	ka^5	tu^6	la^3	va:i^1
守	孤	独	下	水坝

孤身住坝下。

3-259

空	知	剪	花	鞋
Ndwi	rox	raed	va	haiz
du:i^1	ɹo^4	tat^8	va^1	ha:i^2
不	知	剪	花	鞋

不会做花鞋，

3-260

很	开	摆	怛	补
Hwnj	gai	baij	dan	bouq
huɯn^3	ka:i^1	pa:i^3	ta:n^1	pu^5
上	街	摆	摊	铺

上街做生意。

男唱

3-261

写	南	来	了	友
Ce	nanz	lai	liux	youx
çe^1	na:n^2	la:i^1	li:u^4	ju^4
留	久	多	啰	友

久违了我友，

3-262

小	卡	豆	拉	歪
Souj	gaq	duh	laj	fai
θi:u^3	ka^5	tu^6	la^3	va:i^1
守	孤	独	下	水坝

孤身住坝下。

3-263

知	裁	是	帮	裁
Rox	caiz	cix	bangh	caiz
ɹo^4	ça:i^2	çi^4	pa:ŋ^1	ça:i^2
知	裁	就	帮	裁

会裁就帮裁，

3-264

讲	来	古	而	样
Gangj	lai	guh	lawz	yiengh
ka:ŋ^3	la:i^1	ku^4	lau^2	juːŋ^6
讲	多	做	哪	样

多说也无用。

女唱

3-265

写	南	来	了	友
Ce	nanz	lai	liux	youx
çe¹	na:n²	la:i¹	li:u⁴	ju⁴
留	久	多	啰	友

久违了我友，

3-266

小	卡	豆	拉	歪
Souj	gaq	duh	laj	fai
θi:u³	ka⁵	tu⁶	la³	va:i¹
守	孤	独	下	水坝

孤身住坝下。

3-267

空	知	六	知	才
Ndwi	rox	loek	rox	sai
du:i¹	ɹo⁴	lok⁷	ɹo⁴	θa:i¹
不	知	线轴	知	带

不识线和带，

3-268

空	知	裁	了	备
Ndwi	rox	caiz	liux	beix
du:i¹	ɹo⁴	ça:i²	li:u⁴	pi⁴
不	知	裁	啰	兄

不会做花鞋。

男唱

3-269

写	南	来	了	友
Ce	nanz	lai	liux	youx
çe¹	na:n²	la:i¹	li:u⁴	ju⁴
留	久	多	啰	友

久违了我友，

3-270

小	卡	豆	拉	歪
Souj	gaq	duh	laj	fai
θi:u³	ka⁵	tu⁶	la³	va:i¹
守	孤	独	下	水坝

孤身住坝下。

3-271

农	你	空	知	裁
Nuengx	mwngz	ndwi	rox	caiz
nu:ŋ⁴	mɯŋ²	du:i¹	ɹo⁴	ça:i²
妹	你	不	知	裁

妹你不会裁，

3-272

贝	河	裁	要	样
Bae	haw	caiz	aeu	yiengh
pai¹	hɯɯ¹	ça:i²	au¹	jɯ:ŋ⁶
去	圩	裁	要	样

上街取鞋样。

女唱

3-273

写	南	来	了	友
Ce	nanz	lai	liux	youx
çe[1]	na:n[2]	la:i[1]	li:u[4]	ju[4]

留　久　多　啰　友

久违了我友，

3-274

小	卡	豆	拉	歪
Souj	gaq	duh	laj	fai
θi:u[3]	ka[5]	tu[6]	la[3]	va:i[1]

守　孤　独　下　水坝

孤身住坝下。

3-275

想	牙	贝	河	裁
Siengj	yaek	bae	haw	caiz
θi:ŋ[3]	jak[7]	pai[1]	həɯ[1]	ça:i[2]

想　要　去　圩　裁

想去街上裁，

3-276

空	米	鞋	采	罗
Ndwi	miz	haiz	byaij	loh
du:i[1]	mi[2]	ha:i[2]	pja:i[3]	lo[6]

不　有　鞋　走　路

无鞋不能走。

男唱

3-277

写	南	来	了	友
Ce	nanz	lai	liux	youx
çe[1]	na:n[2]	la:i[1]	li:u[4]	ju[4]

留　久　多　啰　友

久违了我友，

3-278

小	卡	豆	拉	歪
Souj	gaq	duh	laj	fai
θi:u[3]	ka[5]	tu[6]	la[3]	va:i[1]

守　孤　独　下　水坝

孤身住坝下。

3-279

农	你	帮	土	裁
Nuengx	mwngz	bangh	dou	caiz
nu:ŋ[4]	mɯŋ[2]	pa:ŋ[1]	tu[1]	ça:i[2]

妹　你　帮　我　裁

你来帮我裁，

3-280

要	几	来	钱	可
Aeu	gij	lai	cienz	goq
au[1]	ki[3]	la:i[1]	çi:n[2]	ko[5]

要　几　多　钱　雇

收多少工钱？

女唱

3-281

写	南	来	了	友
Ce	nanz	lai	liux	youx
çe¹	na:n²	la:i¹	li:u⁴	ju⁴
留	久	多	啰	友

久违了我友，

3-282

小	卡	豆	拉	歪
Souj	gaq	duh	laj	fai
θi:u³	ka⁵	tu⁶	la³	va:i¹
守	孤	独	下	水坝

孤身住坝下。

3-283

告	内	帮	你	裁
Gau	neix	bangh	mwngz	caiz
ka:u¹	ni⁴	pa:ŋ¹	muɯŋ²	ça:i²
次	这	帮	你	裁

这次白帮你，

3-284

告	浪	洋	要	可
Gau	laeng	yaeng	aeu	goq
ka:u¹	laŋ¹	ja:ŋ¹	au¹	ko⁵
次	后	再	要	雇

下次再要钱。

男唱

3-285

写	南	来	了	友
Ce	nanz	lai	liux	youx
çe¹	na:n²	la:i¹	li:u⁴	ju⁴
留	久	多	啰	友

久违了我友，

3-286

小	卡	豆	拉	歪
Souj	gaq	duh	laj	fai
θi:u³	ka⁵	tu⁶	la³	va:i¹
守	孤	独	下	水坝

孤身住坝下。

3-287

刀	米	力	能	来
Dauq	miz	rengz	nyaenx	lai
ta:u⁵	mi²	ɹe:ŋ²	ɳan⁴	la:i¹
倒	有	力	那么	多

有那么多力，

3-288

裁	布	不	要	可
Caiz	baengz	mbouj	aeu	goq
ça:i²	paŋ²	bou⁵	au¹	ko⁵
裁	布	不	要	雇

裁布不收钱。

女唱

3-289

写	南	来	了	友
Ce	nanz	lai	liux	youx
çe¹	na:n²	la:i¹	li:u⁴	ju⁴

留	久	多	啰	友

久违了我友，

3-290

小	卡	豆	拉	歪
Souj	gaq	duh	laj	fai
θi:u³	ka⁵	tu⁶	la³	va:i¹

守	孤	独	下	水坝

孤身住坝下。

3-291

小	面	才	很	开
Siuj	mienh	nda	hwnj	gai
θi:u³	me:n⁶	da¹	hun³	ka:i¹

小	面	刚	上	街

小妹刚上街，

3-292

帮	裁	空	可	得
Bangh	caiz	ndwi	goj	ndaej
pa:ŋ¹	ça:i²	du:i¹	ko⁵	dai³

帮	裁	不	可	得

免费帮你裁。

男唱

3-293

写	南	来	了	友
Ce	nanz	lai	liux	youx
çe¹	na:n²	la:i¹	li:u⁴	ju⁴

留	久	多	啰	友

久违了我友，

3-294

小	卡	豆	拉	歪
Souj	gaq	duh	laj	fai
θi:u³	ka⁵	tu⁶	la³	va:i¹

守	孤	独	下	水坝

孤身住坝下。

3-295

你	农	帮	土	裁
Mwngz	nuengx	bangh	dou	caiz
muŋ²	nu:ŋ⁴	pa:ŋ¹	tu¹	ça:i²

你	妹	帮	我	裁

小妹帮我裁，

3-296

几	来	是	办	对
Gij	lai	cix	baenz	doiq
ki³	la:i¹	çi⁴	pan²	to:i⁵

几	多	就	成	对

多少钱一套?

女唱

3-297

写	南	来	了	友
Ce	nanz	lai	liux	youx
çe¹	na:n²	la:i¹	li:u⁴	ju⁴
留	久	多	啰	友

久违了我友，

3-298

小	卡	豆	拉	歪
Souj	gaq	duh	laj	fai
θi:u³	ka⁵	tu⁶	la³	va:i¹
守	孤	独	下	水坝

孤身住坝下。

3-299

问	长	六	长	裁
Cam	cangh	loek	cangh	caiz
ça:m¹	ça:ŋ⁶	lok⁷	ça:ŋ⁶	ça:i²
问	匠	线轴	匠	裁

问裁缝师傅，

3-300

几	来	它	牙	知
Gij	lai	de	yax	rox
ki³	la:i¹	te¹	ja⁵	ɹo⁴
几	多	他	也	知

多少他知道。

男唱

3-301

写	南	来	了	友
Ce	nanz	lai	liux	youx
çe¹	na:n²	la:i¹	li:u⁴	ju⁴
留	久	多	啰	友

久违了我友，

3-302

小	卡	豆	拉	歪
Souj	gaq	duh	laj	fai
θi:u³	ka⁵	tu⁶	la³	va:i¹
守	孤	独	下	水坝

孤身住坝下。

3-303

乜	农	真	长	裁
Meh	nuengx	caen	cangh	caiz
me⁶	nu:ŋ⁴	çin¹	ça:ŋ⁶	ça:i²
母	妹	真	匠	裁

你母是裁缝，

3-304

么	刀	问	勒	伏
Maz	dauq	cam	lwg	fwx
ma²	ta:u⁵	ça:m¹	luk⁸	fə⁴
何	倒	问	子	别人

何必请教人。

女唱

3-305

写	南	来	了	友
Ce	nanz	lai	liux	youx
çe¹	na:n²	la:i¹	li:u⁴	ju⁴

留	久	多	啰	友

久违了我友，

3-306

小	卡	豆	拉	歪
Souj	gaq	duh	laj	fai
θi:u³	ka⁵	tu⁶	la³	va:i¹

守	孤	独	下	水坝

孤身住坝下。

3-307

长	裁	刀	长	裁
Cangh	caiz	dauq	cangh	caiz
ça:ŋ⁶	ça:i²	ta:u⁵	ça:ŋ⁶	ça:i²

匠	裁	倒	匠	裁

裁缝是裁缝，

3-308

爱	问	龙	要	样
Ngaiq	cam	lungz	aeu	yiengh
ŋa:i⁵	ça:m¹	luŋ²	au¹	ju:ŋ⁶

爱	问	龙	要	样

问兄要裁样。

男唱

3-309

写	南	来	了	友
Ce	nanz	lai	liux	youx
çe¹	na:n²	la:i¹	li:u⁴	ju⁴

留	久	多	啰	友

久违了我友，

3-310

小	卡	豆	拉	歪
Souj	gaq	duh	laj	fai
θi:u³	ka⁵	tu⁶	la³	va:i¹

守	孤	独	下	水坝

孤身住坝下。

3-311

传	书	记	更	开
Cuenh	cih	geiq	gwnz	gai
çu:n⁶	çi⁶	ki⁵	kun²	ka:i¹

传	书	寄	上	街

资料在街上，

3-312

长	刘	裁	布	对
Ciengz	liuz	caiz	buh	doiq
çi:ŋ²	li:u²	ça:i²	pu⁶	to:i⁵

常	常	裁	衣服	对

经常裁套服。

女唱

3-313

写	南	来	了	友
Ce	nanz	lai	liux	youx
çe¹	na:n²	la:i¹	li:u⁴	ju⁴

留 久 多 啰 友

久违了我友，

3-314

小	卡	豆	拉	歪
Souj	gaq	duh	laj	fai
θi:u³	ka⁵	tu⁶	la³	va:i¹

守 孤 独 下 水坝

孤身住坝下。

3-315

告	内	帮	你	裁
Gau	neix	bangh	mwngz	caiz
ka:u¹	ni⁴	pa:ŋ¹	mɯŋ²	ça:i²

次 这 帮 你 裁

这次帮你裁，

3-316

给	包	乖	要	样
Hawj	mbauq	gvai	aeu	yiengh
həɯ³	ba:u⁵	kwa:i¹	au¹	juːŋ⁶

给 小伙 乖 要 样

给你学式样。

男唱

3-317

写	南	来	了	友
Ce	nanz	lai	liux	youx
çe¹	na:n²	la:i¹	li:u⁴	ju⁴

留 久 多 啰 友

久违了我友，

3-318

小	卡	豆	拉	歪
Souj	gaq	duh	laj	fai
θi:u³	ka⁵	tu⁶	la³	va:i¹

守 孤 独 下 水坝

孤身住坝下。

3-319

特	绸	团	马	排
Dawz	couz	duenh	ma	baiz
təɯ²	çu²	tu:n⁶	ma¹	pa:i²

拿 绸 缎 来 排

把绸缎摊开，

3-320

裁	拜	而	斗	觋
Caiz	baih	lawz	daeuj	gonq
ça:i²	pa:i⁶	lau²	tau³	ko:n⁵

裁 边 哪 来 先

从哪头剪起？

女唱

3-321

写	南	来	了	友
Ce	nanz	lai	liux	youx
çe¹	na:n²	la:i¹	li:u⁴	ju⁴

留	久	多	啰	友

久违了我友，

3-322

小	卡	豆	拉	架
Souj	gaq	duh	laj	gyaz
θi:u³	ka⁵	tu⁶	la³	kja²

守	孤	独	下	草丛

孤身草丛中。

3-323

平	拜	左	拜	右
Bingz	baih	swix	baih	gvaz
piŋ²	pa:i⁶	θɯ:i⁴	pa:i⁶	kwa²

凭	边	左	边	右

任左边右边，

3-324

裁	拜	而	土	得
Caiz	baih	lawz	doq	ndaej
ça:i²	pa:i⁶	lau²	to⁵	dai³

裁	边	哪	都	得

剪哪边都行。

男唱

3-325

写	南	来	了	友
Ce	nanz	lai	liux	youx
çe¹	na:n²	la:i¹	li:u⁴	ju⁴

留	久	多	啰	友

久违了我友，

3-326

小	卡	豆	拉	架
Souj	gaq	duh	laj	gyaz
θi:u³	ka⁵	tu⁶	la³	kja²

守	孤	独	下	草丛

孤身草丛中。

3-327

农	刀	裁	拜	右
Nuengx	dauq	caiz	baih	gvaz
nu:ŋ⁴	ta:u⁵	ça:i²	pa:i⁶	kwa²

妹	倒	裁	边	右

妹先剪右边，

3-328

可	老	不	对	处
Goq	lau	mbouj	doiq	cih
ko⁵	la:u¹	bou⁵	to:i⁵	çi⁶

也	怕	不	对	处

只怕不对头。

女唱

男唱

3-329

写	南	来	了	友
Ce	nanz	lai	liux	youx
çe¹	na:n²	la:i¹	li:u⁴	ju⁴
留	久	多	啰	友

久违了我友，

3-330

小	卡	豆	拉	架
Souj	gaq	duh	laj	gyaz
θi:u³	ka⁵	tu⁶	la³	kja²
守	孤	独	下	草丛

孤身草丛中。

3-331

手	左	是	裁	花
Fwngz	swix	cix	caiz	va
fuŋ²	θɯ:i⁴	çi⁴	ca:i²	va¹
手	左	就	裁	花

左手专剪花，

3-332

手	右	是	裁	布
Fwngz	gvaz	cix	caiz	buh
fuŋ²	kwa²	çi⁴	ca:i²	pu⁶
手	右	是	裁	衣服

右手裁衣服。

3-333

写	南	来	了	友
Ce	nanz	lai	liux	youx
çe¹	na:n²	la:i¹	li:u⁴	ju⁴
留	久	多	啰	友

久违了我友，

3-334

小	卡	豆	拉	架
Souj	gaq	duh	laj	gyaz
θi:u³	ka⁵	tu⁶	la³	kja²
守	孤	独	下	草丛

孤身草丛中。

3-335

要	手	左	裁	花
Aeu	fwngz	swix	caiz	va
au¹	fuŋ²	θɯ:i⁴	ca:i²	va¹
要	手	左	裁	花

用左手剪花，

3-336

老	应	当	不	合
Lau	wng	dang	mbouj	hob
la:u¹	iŋ¹	ta:ŋ¹	bou⁵	ho:p⁸
怕	应	当	不	合

怕不合常理。

女唱

3-337

写	南	来	了	友
Ce	nanz	lai	liux	youx

$çe^1$　$na:n^2$　$la:i^1$　$li:u^4$　ju^4

留	久	多	啰	友

久违了我友，

3-338

小	卡	豆	拉	歪
Souj	gaq	duh	laj	fai

$θi:u^3$　ka^5　tu^6　la^3　$va:i^1$

守	孤	独	下	水坝

孤身在坝下。

3-339

手	左	写	土	裁
Fwngz	swix	ce	dou	caiz

$fuŋ^2$　$θɯ:i^4$　$çe^1$　tu^1　$ça:i^2$

手	左	留	我	裁

让我左手剪，

3-340

龙	貝	开	而	在
Lungz	bae	gai	lawz	ywq

$luŋ^2$　pai^1　$ka:i^1$　lau^2　$jɯ^5$

龙	去	街	哪	住

兄去哪街住？

男唱

3-341

写	南	来	了	友
Ce	nanz	lai	liux	youx

$çe^1$　$na:n^2$　$la:i^1$　$li:u^4$　ju^4

留	久	多	啰	友

久违了我友，

3-342

小	卡	豆	拉	歪
Souj	gaq	duh	laj	fai

$θi:u^3$　ka^5　tu^6　la^3　$va:i^1$

守	孤	独	下	水坝

孤身在坝下。

3-343

手	左	写	你	裁
Fwngz	swix	ce	mwngz	caiz

$fuŋ^2$　$θɯ:i^4$　$çe^1$　$muŋ^2$　$ça:i^2$

手	左	留	你	裁

让你左手剪，

3-344

当	开	偻	当	很
Dangq	gai	raeuz	dangq	hwnj

$ta:ŋ^5$　$ka:i^1$　$ɪau^2$　$ta:ŋ^5$　hun^3

另	街	我们	另	上

各上各的街。

男唱

3-345

写	南	来	了	友
Ce	nanz	lai	liux	youx
çe¹	na:n²	la:i¹	li:u⁴	ju⁴

留	久	多	啰	友

久违了我友，

3-346

小	卡	豆	支	支
Souj	gaq	duh	ngeiq	sei
θi:u³	ka⁵	tu⁶	ņi⁵	θi¹

守	孤	独	枝	吊丝竹

孤身竹林下。

3-347

帮	土	裁	对	衣
Bangh	dou	caiz	doiq	ei
pa:ŋ¹	tu¹	ça:i²	to:i⁵	i¹

帮	我	裁	对	纸衣

帮我裁纸衣，

3-348

开	支	贵	你	知
Gaej	sei	gwiz	mwngz	rox
ka:i⁵	θi¹	kui²	muɯŋ²	ɹo⁴

别	私	丈夫	你	知

莫让他人知。

女唱

3-349

写	南	来	了	友
Ce	nanz	lai	liux	youx
çe¹	na:n²	la:i¹	li:u⁴	ju⁴

留	久	多	啰	友

久违了我友，

3-350

小	卡	豆	拉	歪
Souj	gaq	duh	laj	fai
θi:u³	ka⁵	tu⁶	la³	va:i¹

守	孤	独	下	水坝

孤身坝子下。

3-351

尝	米	邝	而	代
Caengz	miz	boux	lawz	dai
çaŋ²	mi²	pu⁴	lau²	ta:i¹

未	有	人	哪	死

没有人辞世，

3-352

裁	衣	古	而	样
Caiz	ei	guh	lawz	yiengh
ça:i²	i¹	ku⁴	lau²	juːŋ⁶

裁	纸衣	做	哪	样

裁纸衣何用？

男唱

3-353

写	南	来	了	友
Ce	nanz	lai	liux	youx
çe¹	na:n²	la:i¹	li:u⁴	ju⁴
留	久	多	啰	友

久违了我友,

3-354

小	卡	豆	拉	歪
Souj	gaq	duh	laj	fai
θi:u³	ka⁵	tu⁶	la³	va:i¹
守	孤	独	下	水坝

孤身坝子下。

3-355

义	贵	口	你	代
Ngeix	gwiz	gaeuq	mwngz	dai
ɳi⁴	kui²	kau⁵	muŋ²	ta:i¹
想	丈夫	旧	你	死

若你前夫死,

3-356

裁	对	衣	贝	送
Caiz	doiq	ei	bae	soengq
ça:i²	to:i⁵	i¹	pai¹	θoŋ⁵
裁	对	纸衣	去	送

裁纸衣祭送。

女唱

3-357

写	南	来	了	友
Ce	nanz	lai	liux	youx
çe¹	na:n²	la:i¹	li:u⁴	ju⁴
留	久	多	啰	友

久违了我友,

3-358

小	卡	豆	拉	歪
Souj	gaq	duh	laj	fai
θi:u³	ka⁵	tu⁶	la³	va:i¹
守	孤	独	下	水坝

孤身坝子下。

3-359

刀	米	良	能	来
Dauq	miz	liengh	nyaenx	lai
ta:u⁵	mi²	le:ŋ⁶	ɳan⁴	la:i¹
倒	有	量	那么	多

肚量那么大,

3-360

裁	衣	送	贵	伏
Caiz	ei	soengq	gwiz	fwx
ça:i²	i¹	θoŋ⁵	kui²	fə⁴
裁	纸衣	送	丈夫	别人

给人送纸衣。

男唱

3-361

写　南　来　了　友
Ce　nanz　lai　liux　youx
ɕe¹　naːn²　laːi¹　liːu⁴　ju⁴
留　久　多　啰　友
久违了我友，

3-362

小　卡　豆　拉　歪
Souj　gaq　duh　laj　fai
θiːu³　ka⁵　tu⁶　la³　vaːi¹
守　孤　独　下　水坝
孤身坝子下。

3-363

土　是　想　不　裁
Dou　cix　siengj　mbouj　caiz
tu¹　ɕi⁴　θiːŋ³　bou⁵　ɕaːi²
我　是　想　不　裁
我本不想裁，

3-364

秀　英　台　同　元
Ciuh　yingh　daiz　doengz　yuenz
ɕiːu⁶　iŋ¹　taːi²　toŋ²　juːn²
世　英　台　同　缘
前世曾有缘。

女唱

3-365

写　南　来　了　友
Ce　nanz　lai　liux　youx
ɕe¹　naːn²　laːi¹　liːu⁴　ju⁴
留　久　多　啰　友
久违了我友，

3-366

小　卡　豆　拉　歪
Souj　gaq　duh　laj　fai
θiːu³　ka⁵　tu⁶　la³　vaːi¹
守　孤　独　下　水坝
孤身坝子下。

3-367

伏　裁　布　文　代
Fwx　caiz　buh　vunz　dai
fu⁴　ɕaːi²　pu⁶　vun²　taːi¹
别人　裁　衣服　人　死
人裁死人衣，

3-368

龙　裁　衣　文　利
Lungz　caiz　ei　vunz　lix
luŋ²　ɕaːi²　i¹　vun²　li⁴
龙　裁　纸衣　人　活
兄为活人裁。

男唱

3-369

写	南	来	了	友
Ce	nanz	lai	liux	youx
çe¹	na:n²	la:i¹	li:u⁴	ju⁴
留	久	多	啰	友

久违了我友，

3-370

小	卡	豆	拉	歪
Souj	gaq	duh	laj	fai
θi:u³	ka⁵	tu⁶	la³	va:i¹
守	孤	独	下	水坝

孤身坝子下。

3-371

阝	利	土	牙	裁
Boux	lix	dou	yax	caiz
pu⁴	li⁴	tu¹	ja⁵	ça:i²
个	活	我	也	裁

活人我也裁，

3-372

阝	代	土	牙	剪
Boux	dai	dou	yax	raed
pu⁴	ta:i¹	tu¹	ja⁵	ʔta:⁸
个	死	我	也	剪

死人我也剪。

女唱

3-373

写	南	来	了	友
Ce	nanz	lai	liux	youx
çe¹	na:n²	la:i¹	li:u⁴	ju⁴
留	久	多	啰	友

久违了我友，

3-374

小	卡	豆	义	支
Souj	gaq	duh	ngeiq	sei
θi:u³	ka⁵	tu⁶	ŋi⁵	θi¹
守	孤	独	枝	吊丝竹

孤身竹林下。

3-375

义	你	备	裁	衣
Nyi	mwngz	beix	caiz	ei
ȵi¹	muŋ²	pi⁴	ça:i²	i¹
听	你	兄	裁	纸衣

兄裁死人衣，

3-376

老	牙	立	后	生
Lau	yaek	liz	haux	seng
la:u¹	jak⁷	li²	hou⁴	θe:ŋ¹
怕	要	离	后	生

怕要离人世。

① 衣甲 [i¹ kja²]：纸衣。都安当地人把烧给逝者的纸衣叫作"衣甲"。

男唱

3-377

写　南　来　了　友
Ce　nanz　lai　liux　youx
çe¹　na:n²　la:i¹　li:u⁴　ju⁴
留　久　多　啰　友
久违了我友，

3-378

小　卡　豆　义　支
Souj　gaq　duh　ngeiq　sei
θi:u³　ka⁵　tu⁶　ȵi⁵　θi¹
守　孤　独　枝　吊丝竹
孤身竹林下。

3-379

备　才　红　裁　衣
Beix　nda　hoengq　caiz　ei
pi⁴　da¹　hoŋ⁶　ça:i²　i¹
兄　刚　空　裁　纸衣
兄才爱裁衣，

3-380

讲　立　贝　么　农
Gangj　liz　bae　maq　nuengx
ka:ŋ³　li²　pai¹　ma⁵　nu:ŋ⁴
讲　离　去　嘛　妹
讲什么辞世。

女唱

3-381

写　南　来　了　友
Ce　nanz　lai　liux　youx
çe¹　na:n²　la:i¹　li:u⁴　ju⁴
留　久　多　啰　友
久违了我友，

3-382

小　卡　豆　更　桥
Souj　gaq　duh　gwnz　giuz
θi:u³　ka⁵　tu⁶　kɯn²　ki:u²
守　孤　独　上　桥
孤身在桥上。

3-383

衣　甲①　问　布　绿
Ei　gyaz　cam　baengz　heu
i¹　kja²　ça:m¹　paŋ²　he:u¹
纸衣　甲　问　布　青
纸衣问青衣，

3-384

条　而　来　广　合
Diuz　lawz　lai　gvangh　hoz
ti:u²　lau²　la:i¹　kwa:ŋ⁶　ho²
条　哪　多　合　脖
哪条最中意？

男唱

3-385

写　南　来　了　友
Ce　nanz　lai　liux　youx
çe¹　na:n²　la:i¹　li:u⁴　ju⁴
留　久　多　啰　友
久违了我友，

3-386

小　卡　豆　更　桥
Souj　gaq　duh　gwnz　giuz
θi:u³　ka⁵　tu⁶　kɯn²　ki:u²
守　孤　独　上　桥
孤身在桥上。

3-387

衣　甲　问　布　绿
Ei　gyaz　cam　baengz　heu
i¹　kja²　ça:m¹　paŋ²　he:u¹
纸　衣　甲　问　布　青
纸衣应青衣，

3-388

条　条　可　一　样
Diuz　diuz　goj　it　yiengh
ti:u²　ti:u²　ko⁵　it⁷　ju:ŋ⁶
条　条　可　一　样
条条都一样。

女唱

3-389

写　南　来　了　友
Ce　nanz　lai　liux　youx
çe¹　na:n²　la:i¹　li:u⁴　ju⁴
留　久　多　啰　友
久违了我友，

3-390

小　卡　豆　更　桥
Souj　gaq　duh　gwnz　giuz
θi:u³　ka⁵　tu⁶　kɯn²　ki:u²
守　孤　独　上　桥
孤身在桥上。

3-391

衣　甲　问　布　绿
Ei　gyaz　cam　baengz　heu
i¹　kja²　ça:m¹　paŋ²　he:u¹
纸　衣　甲　问　衣　青
纸衣问青衣，

3-392

条　而　送　后　生
Diuz　lawz　soengq　haux　seng
ti:u²　lau²　θoŋ⁵　hou⁴　θe:ŋ¹
条　哪　送　后　生
哪条送后生？

男唱

3-393

写	南	来	了	友
Ce	nanz	lai	liux	youx

$çe^1$　$na:n^2$　$la:i^1$　$li:u^4$　ju^4

留	久	多	啰	友

久违了我友，

3-394

小	卡	豆	更	桥
Souj	gaq	duh	gwnz	kiuz

$θi:u^3$　ka^5　tu^6　$kɯn^2$　$ki:u^2$

守	孤	独	上	桥

孤身在桥上。

3-395

衣	甲	问	布	绿
Ei	gyaz	cam	baengz	heu

i^1　kja^2　$ça:m^1$　$paŋ^2$　$he:u^1$

纸衣	甲	问	布	青

纸衣应青衣，

3-396

条	而	送	土	得
Diuz	lawz	soengq	dog	ndaej

$ti:u^2$　lau^2　$θoŋ^5$　to^5　dai^3

条	哪	送	都	得

哪条送都得。

女唱

3-397

写	南	来	了	友
Ce	nanz	lai	liux	youx

$çe^1$　$na:n^2$　$la:i^1$　$li:u^4$　ju^4

留	久	多	啰	友

久违了我友，

3-398

小	卡	豆	更	桥
Souj	gaq	duh	gwnz	giuz

$θi:u^3$　ka^5　tu^6　$kɯn^2$　$ki:u^2$

守	孤	独	上	桥

孤身在桥上。

3-399

衣	甲	问	布	绿
Ei	gyaz	cam	baengz	heu

i^1　kja^2　$ça:m^1$　$paŋ^2$　$he:u^1$

纸衣	甲	问	布	青

纸衣问青衣，

3-400

条	而	布	良	立
Diuz	lawz	baengz	lingz	leih

$ti:u^2$　lau^2　$paŋ^2$　$le:ŋ^6$　lei^6

条	哪	布	伶	俐

哪条最靓丽？

男唱

3-401

写	南	来	了	友
Ce	nanz	lai	liux	youx
çe¹	na:n²	la:i¹	li:u⁴	ju⁴

留	久	多	啰	友

久违了我友，

3-402

小	卡	豆	更	桥
Souj	gaq	duh	gwnz	giuz
θi:u³	ka⁵	tu⁶	kɯn²	ki:u²

守	孤	独	上	桥

孤身在桥上。

3-403

布	兵	可	来	绿
Baengz	bit	goj	lai	heu
paŋ²	pik⁷	ko⁵	la:i¹	he:u¹

布	匹	可	多	青

布匹最合意，

3-404

布	条	可	来	满
Baengz	diuz	goj	lai	muenx
paŋ²	ti:u²	ko⁵	la:i¹	mo:n⁶

布	条	可	多	满意

布条最满足。

女唱

3-405

写	南	来	了	友
Ce	nanz	lai	liux	youx
çe¹	na:n²	la:i¹	li:u⁴	ju⁴

留	久	多	啰	友

久违了我友，

3-406

小	卡	豆	门	全
Souj	gaq	duh	monz	cenz
θi:u³	ka⁵	tu⁶	muun²	çi:n²

守	孤	独	门	前

只身在家门。

3-407

九	经	开	么	年
Gouj	gingh	gij	maz	nienz
kjau³	kiŋ⁵	ka:i²	ma²	ni:n²

九	京	什	么	年

今夕是何年，

3-408

邦	小	仙	当	内
Baengz	siuh	sien	daengz	neix
paŋ²	θi:u³	θi:n¹	taŋ²	ni⁴

朋	修	仙	到	这

友修仙至今。

男唱	女唱

男唱

3-409

写	南	来	了	友
Ce	nanz	lai	liux	youx
çe¹	na:n²	la:i¹	li:u⁴	ju⁴

留	久	多	啰	友

久违了我友，

3-410

小	卡	豆	门	全
Souj	gaq	duh	monz	cenz
θi:u³	ka⁵	tu⁶	mun²	çi:n²

守	孤	独	门	前

孤身在家门。

3-411

芬	是	利	吃	炕
Fwd	cix	lij	gwn	ien
fut⁸	çi⁴	li⁴	kɯn¹	i:n¹

人	是	还	吃	烟

人家抽香烟，

3-412

偻	小	仙	不	爱
Raeuz	siuh	sien	mbouj	ngaih
ɣau²	θi:u³	θi:n¹	bou⁵	ŋa:i⁶

我	修	仙	不	妨碍

我修仙无碍。

女唱

3-413

写	南	来	了	友
Ce	nanz	lai	liux	youx
çe¹	na:n²	la:i¹	li:u⁴	ju⁴

留	久	多	啰	友

久违了我友，

3-414

小	卡	豆	门	全
Souj	gaq	duh	monz	cenz
θi:u³	ka⁵	tu⁶	mun²	çi:n²

守	孤	独	门	前

孤身在门前。

3-415

观	几	邝	小	仙
Gonq	geij	boux	siuh	sien
ko:n⁵	ki³	pu⁴	θi:u³	θi:n¹

先	几	个	修	仙

曾有人修仙，

3-416

浪	空	办	么	古
Laeng	ndwi	baenz	maz	guh
laŋ¹	du:i¹	pan²	ma²	ku⁴

后	不	成	什么	做

后一事无成。

男唱

3-417

写	南	来	了	友
Ce	nanz	lai	liux	youx
çe¹	naːn²	laːi¹	liːu⁴	ju⁴
留	久	多	啰	友

久违了我友,

3-418

小	卡	豆	门	全
Souj	gaq	duh	monz	cenz
θiːu³	ka⁵	tu⁶	muun²	çiːn²
守	孤	独	门	前

孤身在门前。

3-419

观	几	阝	小	仙
Gonq	geij	boux	siuh	sien
koːn⁵	ki³	pu⁴	θiːu³	θiːn¹
先	几	个	修	仙

曾有人修仙,

3-420

浪	得	更	天	下
Laeng	ndaej	gaem	denh	ya
laŋ¹	dai³	kan¹	tiːn¹	ja⁶
后	得	握	天	下

后夺得天下。

女唱

3-421

写	南	来	了	友
Ce	nanz	lai	liux	youx
çe¹	naːn²	laːi¹	liːu⁴	ju⁴
留	久	多	啰	友

久违了我友,

3-422

小	卡	豆	门	全
Souj	gaq	duh	monz	cenz
θiːu³	ka⁵	tu⁶	muun²	çiːn²
守	孤	独	门	前

孤身在门前。

3-423

想	托	备	古	仙
Siengj	doh	beix	guh	sien
θiːŋ³	to⁶	pi⁴	ku⁴	θiːn¹
想	同	兄	做	仙

想和兄成仙,

3-424

本	开	怜	知	不
Mbwn	hai	lienz	rox	mbouj
bun¹	haːi¹	liːn²	ɣo⁴	bou⁵
天	可	怜	或	不

天是否可怜?

男唱

3-425

写	南	来	了	友
Ce	nanz	lai	liux	youx
çe¹	na:n²	la:i¹	li:u⁴	ju⁴
留	久	多	啰	友

久违了我友，

3-426

小	卡	豆	门	全
Souj	gaq	duh	monz	cenz
θi:u³	ka⁵	tu⁶	muɯn²	çi:n²
守	孤	独	门	前

孤身在门前。

3-427

管	托	备	古	仙
Guenj	doh	beix	guh	sien
ku:n³	to⁶	pi⁴	ku⁴	θi:n¹
管	同	兄	做	仙

和兄同为仙，

3-428

本	开	怜	你	勒
Mbwn	hai	lienz	mwngz	lawh
bun¹	ha:i¹	li:n²	muɯŋ²	ləɯ⁶
天	可	怜	你	换

天让你结交。

女唱

3-429

写	南	来	了	友
Ce	nanz	lai	liux	youx
çe¹	na:n²	la:i¹	li:u⁴	ju⁴
留	久	多	啰	友

久违了我友，

3-430

小	卡	豆	门	全
Souj	gaq	duh	monz	cenz
θi:u³	ka⁵	tu⁶	muɯn²	çi:n²
守	孤	独	门	前

孤身在门前。

3-431

天	下	刀	开	怜
Denh	ya	dauq	hai	lienz
ti:n¹	ja⁶	ta:u⁵	ha:i¹	li:n²
天	下	倒	可	怜

天下是可怜，

3-432

更	本	空	开	怜
Gwnz	mbwn	ndwi	hai	lienz
kun²	bun¹	du:i¹	ha:i¹	li:n²
上	天	不	可	怜

天上不可怜。

男唱

3-433

写	南	来	了	友
Ce	nanz	lai	liux	youx

çe^1　na:n^2　la:i^1　li:u^4　ju^4

留	久	多	啰	友

久违了我友，

3-434

小	卡	豆	门	全
Souj	gaq	duh	monz	cenz

θi:u^3　ka^5　tu^6　mɯɯn^2　çi:n^2

守	孤	独	门	前

孤身在门前。

3-435

加	天	下	开	怜
Caj	denh	ya	hai	lienz

kja^3　ti:n^1　ja^6　ha:i^1　li:n^2

等	天	下	可	怜

等天下可怜，

3-436

老	应	当	不	合
Lau	wng	dang	mbouj	hob

la:u^1　iŋ^1　ta:ŋ^1　bou^5　ho:p^8

怕	应	当	不	合

这不合情理。

女唱

3-437

写	南	来	了	友
Ce	nanz	lai	liux	youx

çe^1　na:n^2　la:i^1　li:u^4　ju^4

留	久	多	啰	友

久违了我友，

3-438

小	卡	豆	门	全
Souj	gaq	duh	monz	cenz

θi:u^3　ka^5　tu^6　mɯɯn^2　çi:n^2

守	孤	独	门	前

孤身在门前。

3-439

想	托	备	古	仙
Siengj	doh	beix	guh	sien

θi:ŋ^3　to^6　pi^4　ku^4　θi:n^1

想	同	兄	做	仙

和兄同做仙，

3-440

牙	方	怜	空	傲
Yaek	fueng	lienz	ndwi	euq

jak^7　fu:ŋ^1　li:n^2　du:i^1　e:u^5

要	方	怜	不	拒绝

要天下同情。

女唱

3-441

想	托	备	古	仙
Siengj	doh	beix	guh	sien
θiːŋ³	to⁶	piː⁴	ku⁴	θiːn¹
想	同	兄	做	仙

与兄共为仙，

3-442

牙	方	怜	空	傲
Yaek	fueng	lienz	ndwi	euq
jak⁷	fuːŋ¹	liːn²	duːi¹	eːu⁵
要	方	怜	不	拒绝

要天下怜悯。

3-443

想	好	龙	同	好
Siengj	ndij	lungz	doengz	hauq
θiːŋ³	di¹	luŋ²	toŋ²	haːu⁵
想	与	龙	同	好

想和兄交好，

3-444

本	空	毫	双	偻
Mbwn	ndwi	hauh	song	raeuz
bun¹	duːi¹	haːu⁶	θoːŋ¹	ɹau²
天	不	成全	两	我们

天下为难我。

男唱

3-445

写	南	来	了	友
Ce	nanz	lai	liux	youx
çe¹	naːn²	laːi¹	liːu⁴	ju⁴
留	久	多	啰	友

久违了我友，

3-446

小	卡	豆	门	全
Souj	gaq	duh	monz	cenz
θiːu³	ka⁵	tu⁶	muun²	çiːn²
守	孤	独	门	前

孤身家门前。

3-447

比	才	更	果	间
Bi	raih	gwnz	go	genj
pi¹	ɹaːi⁶	kɯn²	ko¹	keːn³
年	爬	上	棵	简

常在树上玩，

3-448

办	同	年	知	不
Baenz	doengz	nienz	rox	mbouj
pan²	toŋ²	niːn²	ɹo⁴	bou⁵
成	同	年	或	不

结成伴侣否？

女唱

3-449

写	南	来	了	友
Ce	nanz	lai	liux	youx
çe¹	na:n²	la:i¹	li:u⁴	ju⁴

留	久	多	啰	友

久违了我友,

3-450

小	卡	豆	门	全
Souj	gaq	duh	monz	cenz
θi:u³	ka⁵	tu⁶	muɯn²	çi:n²

守	孤	独	门	前

孤身家门外。

3-451

比	才	更	果	间
Bi	raih	gwnz	go	genj
pi¹	ɣa:i⁶	kɯn²	ko¹	ke:n³

年	爬	上	棵	简

常在树上玩,

3-452

办	同	年	可	爱
Baenz	doengz	nienz	goj	ngaih
pan²	toŋ²	ni:n²	ko⁵	ŋa:i⁶

成	同	年	也	易

成伴侣容易。

男唱

3-453

写	南	来	了	友
Ce	nanz	lai	liux	youx
çe¹	na:n²	la:i¹	li:u⁴	ju⁴

留	久	多	啰	友

久违了我友,

3-454

小	卡	豆	门	全
Souj	gaq	duh	monz	cenz
θi:u³	ka⁵	tu⁶	muɯn²	çi:n²

守	孤	独	门	前

孤身家门外。

3-455

友	而	牙	古	仙
Youx	lawz	yaek	guh	sien
ju⁴	lau²	jak⁷	ku⁴	θi:n¹

友	哪	欲	做	仙

谁想做神仙,

3-456

是	开	变	罗	机
Cix	gaej	bienq	loh	giq
çi⁴	ka:i⁵	pi:n⁵	lo⁶	ki⁵

就	莫	变	路	岔

就别骗朋友。

男唱

3-457

写	南	来	了	友
Ce	nanz	lai	liux	youx
çe¹	na:n²	la:i¹	li:u⁴	ju⁴
留	久	多	啰	友

久违了我友，

3-458

小	卡	豆	门	全
Souj	gaq	duh	monz	cenz
θi:u³	ka⁵	tu⁶	mu:n²	çi:n²
守	孤	独	门	前

孤身家门外。

3-459

不	文	得	古	仙
Mbouj	vun	ndaej	guh	sien
bou⁵	vun¹	dai³	ku⁴	θi:n¹
不	奢求	得	做	仙

不苟求成仙，

3-460

但	得	年	间	布
Danh	ndaej	nem	gen	buh
ta:n⁶	dai³	ne:m¹	ke:n¹	pu⁶
但	得	贴	衣	袖

但得伴左右。

女唱

3-461

写	南	来	了	友
Ce	nanz	lai	liux	youx
çe¹	na:n²	la:i¹	li:u⁴	ju⁴
留	久	多	啰	友

久违了我友，

3-462

小	卡	豆	门	全
Souj	gaq	duh	monz	cenz
θi:u³	ka⁵	tu⁶	mu:n²	çi:n²
守	孤	独	门	前

孤身家门外。

3-463

下	祥	贵	又	间
Roengz	riengh	gwiz	youh	gem
ɹoŋ²	ɹi:ŋ⁶	kwi²	jou⁴	ke:m¹
下	栏	丈夫	又	监管

出门丈夫管，

3-464

龙	年	土	不	得
Lungz	nem	dou	mbouj	ndaej
luŋ²	ne:m¹	tu¹	bou⁵	dai³
龙	贴	我	不	得

哥恋我不行。

女唱

3-465

写	南	来	了	友
Ce	nanz	lai	liux	youx
çe¹	na:n²	la:i¹	li:u⁴	ju⁴

| 留 | 久 | 多 | 啰 | 友 |

久违了我友，

3-466

小	卡	豆	门	全
Souj	gaq	duh	monz	cenz
θi:u³	ka¹	tu⁶	muɯn²	çi:n²

| 守 | 孤 | 独 | 门 | 前 |

孤身家门外。

3-467

贵	牙	间	是	间
Gwiz	yaek	gem	cix	gem
kui²	jak⁷	ke:m¹	çi⁴	ke:m¹

| 丈夫 | 欲 | 监管 | 就 | 监管 |

若无人管束，

3-468

外	边	马	勒	仪
Vaij	nden	ma	lawh	saenq
va:i³	de:n¹	ma¹	ləɯ⁶	θin⁵

| 过 | 边 | 来 | 换 | 信 |

悄悄来幽会。

男唱

3-469

写	南	来	了	友
Ce	nanz	lai	liux	youx
çe¹	na:n²	la:i¹	li:u⁴	ju⁴

| 留 | 久 | 多 | 啰 | 友 |

久违了我友，

3-470

小	卡	豆	门	全
Souj	gaq	duh	monz	cenz
θi:u³	ka⁵	tu⁶	muɯn²	çi:n²

| 守 | 孤 | 独 | 门 | 前 |

孤身家门外。

3-471

罗	老	是	空	变
Loh	laux	cix	ndwi	bienz
lo⁶	la:u⁴	çi⁴	du:i¹	pe:n²

| 路 | 大 | 是 | 不 | 熟练 |

大路走不好，

3-472

讲	罗	边	么	农
Gangj	loh	nden	maz	nuengx
ka:ŋ³	lo⁶	de:n¹	ma²	nu:ŋ⁴

| 讲 | 路 | 边 | 什么 | 妹 |

更别说小路。

女唱

3-473

写	南	来	了	友
Ce	nanz	lai	liux	youx
çe¹	na:n²	la:i¹	li:u⁴	ju⁴
留	久	多	啰	友

久违了我友，

3-474

小	卡	豆	门	全
Souj	gaq	duh	monz	cenz
θi:u³	ka⁵	tu⁶	mu:n²	çi:n²
守	孤	独	门	前

孤身家门外。

3-475

罗	老	土	牙	变
Loh	laux	dou	yax	bienz
lo⁶	la:u⁴	tu¹	ja⁵	pe:n²
路	大	我	也	熟练

大路我也走，

3-476

罗	边	土	牙	才
Loh	nden	dou	yax	raih
lo⁶	de:n¹	tu¹	ja⁵	ɹa:i⁶
路	边	我	也	爬

小径我也行。

男唱

3-477

写	南	来	了	友
Ce	nanz	lai	liux	youx
çe¹	na:n²	la:i¹	li:u⁴	ju⁴
留	久	多	啰	友

久违了我友，

3-478

小	卡	豆	门	全
Souj	gaq	duh	monz	cenz
θi:u³	ka⁵	tu⁶	mu:n²	çi:n²
守	孤	独	门	前

孤身家门外。

3-479

想	托	农	古	仙
Siengj	doh	nuengx	guh	sien
θi:ŋ³	to⁶	nu:ŋ⁴	ku⁴	θi:n¹
想	同	妹	做	仙

想同妹为仙，

3-480

老	少	元	坤	凶
Lau	sau	yiemz	goet	rwix
la:u¹	θa:u¹	ji:n²	kot⁷	ɹu:i⁴
怕	姑娘	嫌	骨	孬

怕妹嫌我贱。

女唱

3-481

写	南	来	了	友
Ce	nanz	lai	liux	youx
çe¹	na:n²	la:i¹	li:u⁴	ju⁴
留	久	多	啰	友

久违了我友，

3-482

小	卡	豆	门	全
Souj	gaq	duh	monz	cenz
θi:u³	ka⁵	tu⁶	mu:n²	çi:n²
守	孤	独	门	前

孤身家门外。

3-483

同	对	勒	王	连
Doengz	doih	lwg	vuengz	lienz
toŋ²	to:i⁶	luuk⁸	va:ŋ²	li:n²
同	伙伴	子	王	连

同是婆王子，

3-484

友	而	元	你	备
Youx	lawz	yiemz	mwngz	beix
ju⁴	lau²	ji:n²	muuŋ²	pi⁴
友	哪	嫌	你	兄

谁会嫌弃兄？

男唱

3-485

写	南	来	了	友
Ce	nanz	lai	liux	youx
çe¹	na:n²	la:i¹	li:u⁴	ju⁴
留	久	多	啰	友

久违了我友，

3-486

小	卡	豆	门	全
Souj	gaq	duh	monz	cenz
θi:u³	ka¹	tu⁶	mu:n²	çi:n²
守	孤	独	门	前

孤身家门外。

3-487

古	对	外	山	仙
Guh	doih	vaij	bya	sien
ku⁴	to:i⁶	va:i³	pja¹	θi:n¹
做	伙伴	过	山	仙

做伴过仙山，

3-488

观	你	元	土	瓜
Gonq	mwngz	yiemz	dou	gvaq
ko:n⁵	muuŋ²	ji:n²	tu¹	kwa⁵
先	你	嫌	我	过

你曾嫌弃我。

女唱

3-489

写	南	由	了	乖
Ce	nanz	raeuh	liux	gvai
çe¹	na:n²	ɹau⁶	li:u⁴	kwa:i¹
留	久	多	啰	乖

久违了我友，

3-490

写	南	来	对	达
Ce	nanz	lai	doih	dah
çe¹	na:n²	la:i¹	to:i⁶	ta⁶
留	久	多	伙伴	女孩

久违了情妹。

3-491

友	而	元	你	瓜
Youx	lawz	yiemz	mwngz	gvaq
ju⁴	lau²	ji:n²	muŋ²	kwa⁵
友	哪	嫌	你	过

哪个嫌过你，

3-492

你	念	那	它	写
Mwngz	nenq	naj	de	ce
muŋ²	ne:n⁵	na³	te¹	çe¹
你	记	脸	他	留

记住他的脸。

男唱

3-493

写	南	由	了	乖
Ce	nanz	raeuh	liux	gvai
çe¹	na:n²	ɹau⁶	li:u⁴	kwa:i¹
留	久	多	啰	乖

久违了我友，

3-494

写	南	来	对	达
Ce	nanz	lai	doih	dah
çe¹	na:n²	la:i¹	to:i⁶	ta⁶
留	久	多	伙伴	女孩

久违了情妹。

3-495

土	是	想	念	那
Dou	cix	siengj	nenq	naj
tu¹	çi⁴	θi:ŋ³	ne:n⁵	na³
我	是	想	记	脸

本想记脸面，

3-496

文	空	瓜	邦	偻
Vunz	ndwi	gvaq	biengz	raeuz
vun²	du:i¹	kwa⁵	pi:ŋ²	ɹau²
人	不	过	地方	我们

人不来我乡。

男唱

3-497

写	南	由	了	乖
Ce	nanz	raeuh	liux	gvai
$çe^1$	$na:n^2$	$ıau^6$	$li:u^4$	$kwa:i^1$
留	久	多	啰	乖

久违了我友，

3-498

写	南	来	对	达
Ce	nanz	lai	doih	dah
$çe^1$	$na:n^2$	$la:i^1$	$to:i^6$	ta^6
留	久	多	伙伴	女孩

久违了情妹。

3-499

说	少	乖	念	那
Naeuz	sau	gvai	nenq	naj
nau^2	$θa:u^1$	$kwa:i^1$	$ne:n^5$	na^3
说	姑娘	乖	记	脸

叫姑娘记脸，

3-500

告	内	瓜	邦	你
Gau	neix	gvaq	biengz	mwngz
$ka:u^1$	ni^4	kwa^5	$pi:ŋ^2$	$muŋ^2$
次	这	过	地方	你

这次走你乡。

女唱

3-501

写	南	由	了	乖
Ce	nanz	raeuh	liux	gvai
$çe^1$	$na:n^2$	$ıau^6$	$li:u^4$	$kwa:i^1$
留	久	多	啰	乖

久违了我友，

3-502

写	南	来	对	达
Ce	nanz	lai	doih	dah
$çe^1$	$na:n^2$	$la:i^1$	$to:i^6$	ta^6
留	久	多	伙伴	女孩

久违了情妹。

3-503

知	你	瓜	空	瓜
Rox	mwngz	gvaq	ndwi	gvaq
$ıo^4$	$muŋ^2$	kwa^5	$du:i^1$	kwa^5
知	你	过	不	过

懂你过不过，

3-504

开	罗	伴	召	心
Gaej	lox	buenx	cau	sim
$ka:i^5$	lo^4	$pu:n^4$	$ça:u^5$	$θin^1$
莫	哄	伴	操	心

莫哄我操心。

男唱

3-505

写	南	由	了	乖
Ce	nanz	raeuh	liux	gvai
çe¹	na:n²	ʐau⁶	li:u⁴	kwa:i¹
留	久	多	啰	乖

久违了我友，

3-506

写	南	来	对	达
Ce	nanz	lai	doih	dah
çe¹	na:n²	la:i¹	to:i⁶	ta⁶
留	久	多	伙伴	女孩

久违了情妹。

3-507

土	讲	瓜	是	瓜
Dou	gangj	gvaq	cix	gvaq
tu¹	ka:ŋ³	kwa⁵	çi⁴	kwa⁵
我	讲	过	就	过

我说过就过，

3-508

伴	不	乱	勒	文
Buenx	mbouj	luenh	lawh	vunz
pu:n⁴	bou⁵	lu:n⁶	ləɯ⁶	vun²
伴	不	乱	换	人

你莫交别人。

女唱

3-509

写	南	由	了	乖
Ce	nanz	raeuh	liux	gvai
çe¹	na:n²	ʐau⁶	li:u⁴	kwa:i¹
留	久	多	啰	乖

久违了我友，

3-510

写	南	来	对	达
Ce	nanz	lai	doih	dah
çe¹	na:n²	la:i¹	to:i⁶	ta⁶
留	久	多	伙伴	女孩

久违了情妹。

3-511

利	宁	空	念	那
Lij	ningq	ndwi	nenq	naj
li⁴	niŋ⁵	du:i¹	ne:n⁵	na³
还	小	不	记	脸

小时不认识，

3-512

瓜	了	农	牙	说
Gvaq	liux	nuengx	yax	naeuz
kwa⁵	li:u⁴	nu:ŋ⁴	ja⁵	nau²
过	完	妹	才	说

过后我才讲。

男唱

3-513

写	南	来	了	友
Ce	nanz	lai	liux	youx
çe¹	na:n²	la:i¹	li:u⁴	ju⁴
留	久	多	啰	友

久违了我友，

3-514

小	卡	豆	门	全
Souj	gaq	duh	monz	cenz
θi:u³	ka⁵	tu⁶	mɯn²	çi:n²
守	孤	独	门	前

孤身家门外。

3-515

友	而	牙	古	仙
Youx	lawz	yaek	guh	sien
ju⁴	laɯ²	jak⁷	ku⁴	θi:n¹
友	哪	欲	做	仙

谁想做神仙，

3-516

勾	门	全	宝	满
Gaeu	maenz	cienz	bauj	monh
kau¹	man²	çe:n²	pa:u³	mo:n⁶
藤	薯	全	饱	情

藤蔓也深情。

女唱

3-517

写	南	由	了	乖
Ce	nanz	raeuh	liux	gvai
çe¹	na:n²	ɹau⁶	li:u⁴	kwa:i¹
留	久	多	啰	乖

久违了我友，

3-518

写	南	来	对	伴
Ce	nanz	lai	doih	buenx
çe¹	na:n²	la:i¹	to:i⁶	pu:n⁴
留	久	多	伙伴	伴

久违了情友。

3-519

勾	门	全	宝	满
Gaeu	maenz	cienz	bauj	monh
kau¹	man²	çe:n²	pa:u³	mo:n⁶
藤	薯	全	饱	情

藤蔓也深情，

3-520

厄	好	备	共	然
Nyienh	ndij	beix	gungh	ranz
ȵi:n⁶	di¹	pi⁴	kuŋ⁶	ɹa:n²
愿	与	兄	共	家

愿和兄成家。

男唱

3-521

写	南	由	了	乖
Ce	nanz	raeuh	liux	gvai
çe^1	naːn^2	ɣau^6	liːu^4	kwaːi^1
留	久	多	啰	乖

久违了我友，

3-522

写	南	来	对	伴
Ce	nanz	lai	doih	buenx
çe^1	naːn^2	laːi^1	toːi^6	puːn^4
留	久	多	伙伴	伴

久违了情友。

3-523

知	你	厄	空	厄
Rox	mwngz	nyienh	ndwi	nyienh
ɣo^4	muŋ^2	ȵuːn^6	duːi^1	ȵuːn^6
知	你	愿	不	愿

不知你愿否，

3-524

开	罗	伴	召	心
Gaej	lox	buenx	cau	sim
kaːi^5	lo^4	puːn^4	çaːu^5	θin^1
莫	哄	伴	操	心

莫哄我揪心。

女唱

3-525

写	南	由	了	乖
Ce	nanz	raeuh	liux	gvai
çe^1	naːn^2	ɣau^6	liːu^4	kwaːi^1
留	久	多	啰	乖

久违了我友，

3-526

写	南	来	对	伴
Ce	nanz	lai	doih	buenx
çe^1	naːn^2	laːi^1	toːi^6	puːn^4
留	久	多	伙伴	伴

久违了情友。

3-527

土	讲	厄	就	厄
Dou	gangj	nyienh	cix	nyienh
tu^1	kaːŋ^3	ȵuːn^6	çi^4	ȵuːn^6
我	讲	愿	就	愿

我说愿就愿，

3-528

伴	不	乱	另	文
Buenx	mbouj	luenh	lumj	vunz
puːn^4	bou^5	luːn^6	lun^3	vun^2
伴	不	乱	像	人

不像人善变。

男唱

3-529

写	南	由	了	乖
Ce	nanz	raeuh	liux	gvai
ce^1	$na:n^2$	$.au^6$	$li:u^4$	$kwa:i^1$
留	久	多	啰	乖

久违了我友，

3-530

写	南	来	对	伴
Ce	nanz	lai	doih	buenx
ce^1	$na:n^2$	$la:i^1$	$to:i^6$	$pu:n^4$
留	久	多	伙伴	伴

久违了情友。

3-531

条	心	少	狼	厄
Diuz	sim	sau	langh	nyienh
$ti:u^2$	θin^1	$\theta a:u^1$	$la:\eta^6$	$\eta.u:n^6$
条	心	姑娘	若	愿

若妹心愿意，

3-532

偻	良	完	代	堂
Raeuz	lingh	vuenh	daih	dangz
$.au^2$	$le:\eta^6$	$vu:n^6$	$ta:i^6$	$ta:\eta^2$
我们	另	换	大	堂

我俩换新房。

女唱

3-533

写	南	来	了	友
Ce	nanz	lai	liux	youx
ce^1	$na:n^2$	$la:i^1$	$li:u^4$	ju^4
留	久	多	啰	友

久违了我友，

3-534

小	卡	豆	门	全
Souj	gaq	duh	monz	cenz
$\theta i:u^3$	ka^5	tu^6	$mu:n^2$	$çi:n^2$
守	孤	独	门	前

孤身家门外。

3-535

友	而	牙	古	仙
Youx	lawz	yaek	guh	sien
ju^4	lau^2	jak^7	ku^4	$\theta i:n^1$
友	哪	欲	做	仙

谁想做神仙，

3-536

钱	好	是	开	用
Cienz	hau	cix	gaej	yungh
$çi:n^2$	$ha:u^1$	$çi^4$	$ka:i^5$	$ju\eta^6$
钱	白	就	别	用

就不用花钱。

男唱

女唱

3-537

写	南	来	了	友
Ce	nanz	lai	liux	youx
çe¹	na:n²	la:i¹	li:u⁴	ju⁴
留	久	多	啰	友

久违了我友，

3-538

小	卡	豆	同	交
Souj	gaq	duh	doengh	gyau
θi:u³	ka⁵	tu⁶	toŋ²	kja:u¹
守	孤	独	相	交

孤身等结交。

3-539

空	得	用	钱	好
Ndwi	ndaej	yungh	cienz	hau
du:i¹	dai³	juŋ⁶	çi:n²	ha:u¹
不	得	用	钱	白

不用做买卖，

3-540

秀	包	少	牙	了
Ciuh	mbauq	sau	yax	liux
çi:u⁶	ba:u⁵	θa:u¹	ja⁵	li:u⁴
世	小伙	姑娘	也	完

青春期误过。

3-541

写	南	来	了	友
Ce	nanz	lai	liux	youx
çe¹	na:n²	la:i¹	li:u⁴	ju⁴
留	久	多	啰	友

久违了我友，

3-542

小	卡	豆	同	交
Souj	gaq	duh	doengh	gyau
θi:u³	ka⁵	tu⁶	toŋ²	kja:u¹
守	孤	独	相	交

孤身等结交。

3-543

秀	包	三	秀	少
Ciuh	mbauq	sam	ciuh	sau
çi:u⁶	ba:u⁵	θa:n¹	çi:u⁶	θa:u¹
世	小伙	三	世	姑娘

青春不易过，

3-544

老	开	么	了	备
Lau	gij	maz	liux	beix
la:u¹	ka:i²	ma²	li:u⁴	pi⁴
怕	什	么	啰	兄

兄还怕什么。

男唱

3-545

写	南	来	了	友
Ce	nanz	lai	liux	youx
çe¹	naːn²	laːi¹	liːu⁴	ju⁴
留	久	多	啰	友

久违了我友，

3-546

小	卡	豆	同	交
Souj	gaq	duh	doengh	gyau
θiːu³	ka⁵	tu⁶	toŋ²	kjaːu¹
守	孤	独	相	交

孤身等结交。

3-547

秀	包	三	秀	少
Ciuh	mbauq	sam	ciuh	sau
çiːu⁶	baːu⁵	θaːn¹	çiːu⁶	θaːu¹
世	小伙	三	世	姑娘

青春不易过，

3-548

可	老	不	外	秀
Goj	lau	mbouj	vaij	ciuh
ko⁵	laːu¹	bou⁵	vaːi³	çiːu⁶
也	怕	不	过	世

就怕无结果。

女唱

3-549

写	南	来	了	友
Ce	nanz	lai	liux	youx
çe¹	naːn²	laːi¹	liːu⁴	ju⁴
留	久	多	啰	友

久违了我友，

3-550

小	卡	豆	同	交
Souj	gaq	duh	doengh	gyau
θiːu³	ka⁵	tu⁶	toŋ²	kjaːu¹
守	孤	独	相	交

孤身等结交。

3-551

备	牙	用	钱	白
Beix	yaek	yungh	cienz	hau
pi⁴	jak⁷	juŋ⁶	çiːn²	haːu¹
兄	欲	用	钱	白

兄想花大钱，

3-552

贝	交	少	峒	光
Bae	gyau	sau	doengh	gvangq
paːi¹	kjaːu¹	θaːu¹	toŋ⁶	kwaːŋ⁵
去	交	姑娘	峒	宽

去交外乡妹。

男唱

女唱

3-553

写	南	由	了	乖
Ce	nanz	raeuh	liux	gvai
çe¹	na:n²	ɹau⁶	li:u⁴	kwa:i¹
留	久	多	啰	乖

久违了我友，

3-554

写	南	来	对	邦
Ce	nanz	lai	doih	baengz
çe¹	na:n²	la:i¹	to:i⁶	paŋ²
留	久	多	伙伴	朋

久违了情友。

3-555

貝	交	少	峒	光
Bae	gyau	sau	doengh	gvangq
pai¹	kja:u¹	θa:u¹	toŋ⁶	kwa:ŋ⁵
去	交	姑娘	峒	宽

去交外乡妹，

3-556

得	银	刚	马	然
Ndaej	ngaenz	gang	ma	ranz
dai³	ŋan²	ka:ŋ¹	ma¹	ɹa:n²
得	银	缸	来	家

得大钱回家。

3-557

写	南	由	了	乖
Ce	nanz	raeuh	liux	gvai
çe¹	na:n²	ɹau⁶	li:u⁴	kwa:i¹
留	久	多	啰	乖

久违了我友，

3-558

写	南	来	对	邦
Ce	nanz	lai	doiq	baengz
çe¹	na:n²	la:i¹	to:i⁶	paŋ²
留	久	多	伙伴	朋

久违了情友。

3-559

不	文	得	银	刚
Mbouj	vun	ndaej	ngaenz	gang
bou⁵	vun¹	dai³	ŋan²	ka:ŋ¹
不	奢求	得	银	缸

不苟求大钱，

3-560

但	得	备	岁	心
Danh	ndaej	beix	caez	sim
ta:n⁶	dai³	pi⁴	çai²	θin¹
但	得	兄	齐	心

但求兄齐心。

男唱

3-561

写　南　来　了　友

Ce　nanz　lai　liux　youx

çe¹　na:n²　la:i¹　li:u⁴　ju⁴

留　久　多　啰　友

久违了我友，

3-562

小　卡　豆　门　全

Souj　gaq　duh　monz　cenz

θi:u³　ka⁵　tu⁶　mɯn²　çi:n²

守　孤　独　门　前

孤身家门外。

3-563

道　光　开　么　年

Dau　gvangh　gij　maz　nienz

ta:u⁴　kwa:ŋ⁶　ka:i²　ma²　ni:n²

道　光　什　么　年

道光什么年，

3-564

门　钱　开　么　毫

Maenz　cienz　gij　maz　hauz

man²　çi:n²　ka:i²　ma²　ha:u⁶

元　钱　什　么　毫

一元多少毫?

女唱

3-565

写　南　来　了　友

Ce　nanz　lai　liux　youx

çe¹　na:n²　la:i¹　li:u⁴　ju⁴

留　久　多　啰　友

久违了我友，

3-566

小　卡　豆　门　全

Souj　gaq　duh　monz　cenz

θi:u³　ka⁵　tu⁶　mɯn²　çi:n²

守　孤　独　门　前

孤身家门外。

3-567

道　光　义　十　年

Dau　gvangh　ngeih　cib　nienz

ta:u⁴　kwa:ŋ⁶　ɲi⁶　çit⁸　ni:n²

道　光　二　十　年

道光二十年，

3-568

门　钱　义　十　毫

Maenz　cienz　ngeih　cib　hauz

man²　çi:n²　ɲi⁶　çit⁶　ha:u⁶

元　钱　二　十　毫

一元二十毫。

男唱

3-569

写	南	来	了	友
Ce	nanz	lai	liux	youx
çe:^{1}	na:n^2	la:i^1	li:u^4	ju^4
留	久	多	啰	友

久违了我友，

3-570

小	卡	豆	门	全
Souj	gaq	duh	monz	cenz
θi:u^3	ka^5	tu^6	muun^2	çi:n^2
守	孤	独	门	前

孤身家门外。

3-571

道	光	开	么	年
Dau	gvangh	gij	maz	nienz
ta:u^4	kwa:ŋ^6	ka:i^2	ma^2	ni:n^2
道	光	什	么	年

是道光哪年，

3-572

用	门	钱	康	熙
Yungh	maenz	cienz	gangh	hih
juŋ^6	man^2	çi:n^2	ka:ŋ^5	hi^5
用	元	钱	康	熙

用康熙铜钱。

女唱

3-573

写	南	来	了	友
Ce	nanz	lai	liux	youx
çe:^{1}	na:n^2	la:i^1	li:u^4	ju^4
留	久	多	啰	友

久违了我友，

3-574

小	卡	豆	门	全
Souj	gaq	duh	monz	cenz
θi:u^3	ka^5	tu^6	muun^2	çi:n^2
守	孤	独	门	前

孤身家门外。

3-575

道	光	义	十	年
Dau	gvangh	ngeih	cib	nienz
ta:u^4	kwa:ŋ^6	ŋi^6	çit^8	ni:n^2
道	光	二	十	年

道光二十年，

3-576

造	钱	交	备	姓
Caux	cienz	gyau	beix	singq
ça:u^4	çi:n^2	kja:u^1	pi^4	θiŋ^5
造	钱	交	兄	姓

造钱给兄花。

男唱

女唱

3-577

写	南	来	了	友
Ce	nanz	lai	liux	youx
çe¹	na:n²	la:i¹	li:u⁴	ju⁴

留	久	多	啰	友

久违了我友，

3-578

小	卡	豆	拉	单
Souj	gaq	duh	laj	dan
θi:u³	ka⁵	tu⁶	la³	ta:n¹

守	孤	独	下	滩

孤身沙滩上。

3-579

求	作	菜	不	玩
Gyu	coq	byaek	mbouj	van
kju¹	ço⁵	pjak⁷	bou⁵	va:n¹

盐	放	菜	不	甜

盐少菜无味，

3-580

偻	牙	难	了	农
Raeuz	yax	nanz	liux	nuengx
ɹau²	ja⁵	na:n²	li:u⁴	nu:ŋ⁴

我们	也	难	啰	妹

我俩难结交。

3-581

写	南	来	了	友
Ce	nanz	lai	liux	youx
çe¹	na:n²	la:i¹	li:u⁴	ju⁴

留	久	多	啰	友

久违了我友，

3-582

小	卡	豆	拉	单
Souj	gaq	duh	laj	dan
θi:u³	ka⁵	tu⁶	la³	ta:n¹

守	孤	独	下	滩

孤身沙滩上。

3-583

空	知	生	知	玩
Ndwi	rox	soemj	rox	van
du:i¹	ɹo⁴	θon³	ɹo⁴	va:n¹

不	知	酸	或	甜

是酸还是甜，

3-584

土	牙	尝	知	定
Dou	yax	caengz	rox	dingh
tu¹	ja⁵	çaŋ²	ɹo⁴	tiŋ⁶

我	也	未	知	定

我也不知道。

男唱

3-585

写	南	来	了	友
Ce	nanz	lai	liux	youx
çe¹	na:n²	la:i¹	li:u⁴	ju⁴
留	久	多	啰	友

久违了我友，

3-586

小	卡	豆	拉	单
Souj	gaq	duh	laj	dan
θi:u³	ka⁵	tu⁶	la³	ta:n¹
守	孤	独	下	滩

孤身沙滩上。

3-587

长	判	外	拉	占
Cangh	buenq	vaij	laj	canz
ça:ŋ⁶	pu:n⁵	va:i³	la³	ça:n²
匠	贩	过	下	晒台

商贩正路过，

3-588

不	玩	是	良	買
Mbouj	van	cix	lingh	cawx
bou⁵	va:n¹	çi⁴	le:ŋ⁶	çɯ⁴
不	甜	就	另	买

不甜再另买。

女唱

3-589

写	南	来	了	友
Ce	nanz	lai	liux	youx
çe¹	na:n²	la:i¹	li:u⁴	ju⁴
留	久	多	啰	友

久违了我友，

3-590

小	卡	豆	拉	单
Souj	gaq	duh	laj	dan
θi:u³	ka⁵	tu⁶	la³	ta:n¹
守	孤	独	下	滩

孤身沙滩上。

3-591

长	判	外	拉	占
Cangh	buenq	vaij	laj	canz
ça:ŋ⁶	pu:n⁵	va:i³	la³	ça:n²
匠	贩	过	下	晒台

商贩过路问，

3-592

少	空	米	钱	元
Sau	ndwi	miz	cienz	yienh
θa:u¹	du:i¹	mi²	çi:n²	ji:n⁶
姑娘	不	有	钱	现

妹不带现钱。

男唱

3-593

写	南	由	了	乖
Ce	nanz	raeuh	liux	gvai
çe¹	na:n²	ɹau⁶	li:u⁴	kwa:i¹
留	久	多	啰	乖

久违了我友，

3-594

写	南	来	小	面
Ce	nanz	lai	siuj	mienh
çe¹	na:n²	la:i¹	θi:u³	me:n⁶
留	久	多	小	面

久违了小妹。

3-595

然	少	开	炕	天
Ranz	sau	hai	ien	den
ɹa:n²	θa:u¹	ha:i¹	i:n¹	te:n⁵
家	姑娘	开	烟	店

妹家开商店，

3-596

么	钱	元	不	米
Maz	cienz	yienh	mbouj	miz
ma²	çi:n⁶	ji:n⁶	bou⁵	mi²
何	钱	现	不	有

为何无现钱？

女唱

3-597

写	南	由	了	乖
Ce	nanz	raeuh	liux	gvai
çe¹	na:n²	ɹau⁶	li:u⁴	kwa:i¹
留	久	多	啰	乖

久违了我友，

3-598

写	南	来	小	面
Ce	nanz	lai	siuj	mienh
çe¹	na:n²	la:i¹	θi:u³	me:n⁶
留	久	多	小	面

久违了小妹。

3-599

炕	天	它	炕	天
Ien	den	daq	ien	den
i:n¹	te:n⁵	ta⁵	i:n¹	te:n⁵
烟	店	连	烟	店

商店是商店，

3-600

空	封	变	在	然
Ndwi	fueng	bienh	ywq	ranz
du:i¹	fu:ŋ¹	pi:n⁶	ju⁵	ɹa:n²
不	方	便	在	家

不如家方便。

男唱	女唱

3-601

写	南	由	了	乖
Ce	nanz	raeuh	liux	gvai
çe¹	naːn²	ɹau⁶	liːu⁴	kwaːi¹
留	久	多	啰	乖

久违了我友，

3-602

写	南	来	小	面
Ce	nanz	lai	siuj	mienh
çe¹	naːn²	laːi¹	θiːu³	meːn⁶
留	久	多	小	面

久别了小妹。

3-603

然	少	开	炕	天
Ranz	sau	hai	ien	den
ɹaːn²	θaːu¹	haːi¹	iːn¹	teːn⁵
家	姑娘	开	烟	店

妹家开商店，

3-604

買	元	不	買	支
Cawx	yienh	mbouj	cawx	si
çau⁴	jiːn⁶	bou⁵	çau⁴	θi¹
买	现	不	买	赊

现金不赊账。

3-605

写	南	由	了	乖
Ce	nanz	raeuh	liux	gvai
çe¹	naːn²	ɹau⁶	liːu⁴	kwaːi¹
留	久	多	啰	乖

久违了我友，

3-606

写	南	来	韦	阿
Ce	nanz	lai	vae	oq
çe¹	naːn²	laːi¹	vai¹	o⁵
留	久	多	姓	别

久违了情友。

3-607

写	字	作	邦	托
Sij	saw	coq	bangx	doh
θi³	θau¹	ço⁵	paːŋ⁴	to⁶
写	字	放	旁	渡口

挂牌在渡口，

3-608

长	判	外	连	连
Cangh	buenq	vaij	lienz	lienz
çaːŋ⁶	puːn⁵	vaːi³	liːn²	liːn²
匠	贩	过	连	连

商贩来不停。

男唱

3-609

写　南　由　了　乖

Ce　nanz　raeuh　liux　gvai

$çe^1$　$na:n^2$　$.au^6$　$li:u^4$　$kwa:i^1$

留　久　多　啰　乖

久违了我友，

3-610

写　南　来　韦　阿

Ce　nanz　lai　vae　oq

$çe^1$　$na:n^2$　$la:i^1$　vai^1　o^5

留　久　多　姓　别

久违了情友。

3-611

写　字　作　拉　罗

Sij　saw　coq　laj　roq

$θi^3$　$θau^1$　$ço^5$　la^3　$.o^5$

写　字　放　下　屋檐

挂牌在路边，

3-612

长　判　自　不　马

Cangh　buenq　gag　mbouj　ma

$ça:ŋ^6$　$pu:n^5$　$ka:k^8$　bou^5　ma^1

匠　贩　自　不　来

商贩也不来。

女唱

3-613

写　南　来　了　友

Ce　nanz　lai　liux　youx

$çe^1$　$na:n^2$　$la:i^1$　$li:u^4$　ju^4

留　久　多　啰　友

久违了我友，

3-614

小　卡　豆　拉　单

Souj　gaq　duh　laj　dan

$θi:u^3$　ka^5　tu^6　la^3　$ta:n^1$

守　孤　独　下　滩

孤身沙滩上。

3-615

两　作　油　贝　南

Liengj　coq　youz　bae　nanz

$li:ŋ^3$　$ço^5$　jou^2　pai^1　$na:n^2$

伞　放　油　去　久

纸伞早涂油，

3-616

应　利　香　知　不

Wng　lij　byeng　rox　mbouj

$iŋ^1$　li^4　$pje:ŋ^1$　$.o^4$　bou^5

仍　还　香　或　不

仍然还香否？

男唱

3-617

写	南	来	了	友
Ce	nanz	lai	liux	youx
çe¹	na:n²	la:i¹	li:u⁴	ju⁴
留	久	多	啰	友

久违了我友，

3-618

小	卡	豆	拉	单
Souj	gaq	duh	laj	dan
θi:u³	ka⁵	tu⁶	la³	ta:n¹
守	孤	独	下	滩

孤身沙滩上。

3-619

香	古	而	不	香
Byeng	guh	rawz	mbouj	byeng
pje:ŋ¹	ku⁴	ɹau²	bou⁵	pje:ŋ¹
香	做	什么	不	香

香如何不香，

3-620

在	山	尚	卢	元
Ywq	bya	sang	louz	yienh
jɯ⁵	pja¹	θa:ŋ¹	lu²	jo:n⁶
在	山	高	流	连

流连高山上。

女唱

3-621

香	古	而	不	香
Byeng	guh	rawz	mbouj	byeng
pje:ŋ¹	ku⁴	ɹau²	bou⁵	pje:ŋ¹
香	做	什么	不	香

香如何不香，

3-622

在	山	尚	卢	元
Ywq	bya	sang	louz	yienh
jɯ⁵	pja¹	θa:ŋ¹	lu²	jo:n⁶
在	山	高	流	连

流连高山上。

3-623

满	古	而	不	满
Monh	guh	rawz	mbouj	monh
mo:n⁶	ku⁴	ɹau²	bou⁵	mo:n⁶
谈情	做	什么	不	谈情

谈情谁不想，

3-624

阝	在	团	里	元
Boux	ywq	donh	leix	roen
pu⁴	jɯ⁵	to:n⁶	li²	jo:n¹
个	在	半	里	路

相距太遥远。

男唱

3-625

写	南	来	了	友
Ce	nanz	lai	liux	youx
$çe^1$	$na:n^2$	$la:i^1$	$li:u^4$	ju^4
留	久	多	啰	友

久违了我友，

3-626

小	卡	豆	拉	单
Souj	gaq	duh	laj	dan
$θi:u^3$	ka^5	tu^6	la^3	$ta:n^1$
守	孤	独	下	滩

独立河滩上。

3-627

山	江	在	山	尚
Can	gyangh	ywq	bya	sang
$ça:n^4$	$kja:ŋ^5$	ju^5	pja^1	$θa:ŋ^1$
山	姜	在	山	高

山姜在高山，

3-628

香	堂	少	知	不
Byeng	daengz	sau	rox	mbouj
$pje:ŋ^1$	$taŋ^2$	$θa:u^1$	$ɣo^4$	bou^5
香	到	姑娘	或	不

妹嗅到香否？

女唱

3-629

写	南	来	了	友
Ce	nanz	lai	liux	youx
$çe^1$	$na:n^2$	$la:i^1$	$li:u^4$	ju^4
留	久	多	啰	友

久违了我友，

3-630

小	卡	豆	拉	单
Souj	gaq	duh	laj	dan
$θi:u^3$	ka^5	tu^6	la^3	$ta:n^1$
守	孤	独	下	滩

独立河滩上。

3-631

山	江	在	山	尚
Can	gyangh	ywq	bya	sang
$ça:n^4$	$kja:ŋ^5$	ju^5	pja^1	$θa:ŋ^1$
山	姜	在	山	高

山姜在高山，

3-632

香	堂	龙	是	勒
Byeng	daengz	lungz	cix	lawh
$pje:ŋ^1$	$taŋ^2$	$luŋ^2$	$çi^4$	$lɯ^6$
香	到	龙	就	换

兄可以争取。

男唱	**女唱**

3-633

写	南	来	了	友
Ce	nanz	lai	liux	youx
çe¹	na:n²	la:i¹	li:u⁴	ju⁴
留	久	多	啰	友

久违了我友，

3-634

小	卡	豆	拉	单
Souj	gaq	duh	laj	dan
θi:u³	ka⁵	tu⁶	la³	ta:n¹
守	孤	独	下	滩

孤身河滩上。

3-635

芬	说	香	忠	香
Fwt	naeuz	byeng	fangz	byeng
fut⁸	nau²	pje:ŋ¹	fa:ŋ²	pje:ŋ¹
忽然	说	香	鬼	香

据说十分香，

3-636

香	马	堂	田	内
Byeng	ma	daengz	denz	neix
pje:ŋ¹	ma¹	taŋ²	te:n²	ni⁴
香	来	到	地	这

香熏到此地。

3-637

写	南	来	了	友
Ce	nanz	lai	liux	youx
çe¹	na:n²	la:i¹	li:u⁴	ju⁴
留	久	多	啰	友

久违了我友，

3-638

小	卡	豆	拉	单
Souj	gaq	duh	laj	dan
θi:u³	ka⁵	tu⁶	la³	ta:n¹
守	孤	独	下	滩

孤身河滩上。

3-639

山	江	在	山	尚
Can	gyangh	ywq	bya	sang
ça:n⁴	kja:ŋ⁵	ju⁵	pja¹	θa:ŋ¹
山	姜	在	山	高

山姜在高山，

3-640

讲	坤	开	么	姓
Gangj	gun	gij	maz	singq
ka:ŋ³	kun¹	ka:i²	ma²	θiŋ⁵
讲	官话	什么	么	姓

汉语怎么讲？

男唱	女唱

3-641

写	南	来	了	友
Ce	nanz	lai	liux	youx
çe¹	na:n²	la:i¹	li:u⁴	ju⁴
留	久	多	啰	友

久违了我友，

3-642

小	卡	豆	拉	单
Souj	gaq	duh	laj	dan
θi:u³	ka⁵	tu⁶	la³	ta:n¹
守	孤	独	下	滩

孤身河滩上。

3-643

山	江	在	山	尚
Can	gyangh	ywq	bya	sang
ça:n⁴	kja:ŋ⁵	ju⁵	pja¹	θa:ŋ¹
山	姜	在	山	高

山姜在高山，

3-644

讲	坤	美	成	见
Gangj	gun	meij	cingz	gen
ka:ŋ³	kun¹	mai³	çiŋ²	ke:n⁴
讲	官话	美	成	见

美如君所见。

3-645

山	江	在	山	尚
Can	gyangh	ywq	bya	sang
ça:n⁴	kja:ŋ⁵	ju⁵	pja¹	θa:ŋ¹
山	姜	在	山	高

山姜在高山，

3-646

讲	坤	美	成	见
Gangj	gun	meij	cingz	gen
ka:ŋ³	kun¹	mai³	çiŋ²	ke:n⁴
讲	官话	美	成	见

美如君所见。

3-647

出	花	又	中	先
Ok	va	youh	cuengq	sienq
o:k⁷	va¹	jou⁴	çu:ŋ⁵	θe:n⁵
出	花	又	放	线

开花特漂亮，

3-648

见	美	成	农	银
Gen	meij	cingz	nuengx	ngaenz
ke:n⁴	mei³	çiŋ²	nu:ŋ⁴	ŋan²
见	美	成	妹	银

像情妹一样。

男唱

3-649

写	南	来	了	友
Ce	nanz	lai	liux	youx
çe¹	na:n²	la:i	li:u⁴	ju⁴
留	久	多	啰	友

久违了我友,

3-650

小	卡	豆	全	岁
Souj	gaq	duh	cienz	caez
θi:u³	ka⁵	tu⁶	çe:n²	çai²
守	孤	独	全	齐

时时在孤独。

3-651

哥	山	江	在	远
Go	can	gyangh	ywq	gyae
ko¹	ça:n⁴	kja:ŋ⁵	ju⁵	kjai¹
哥	山	姜	在	远

哥离山姜远,

3-652

空	知	韦	它	了
Ndwi	rox	vae	de	liux
du:i¹	ɹo⁴	vai¹	te¹	li:u⁴
不	知	姓	他	完

不知姓什么。

女唱

3-653

写	南	来	了	友
Ce	nanz	lai	liux	youx
çe¹	na:n²	la:i	li:u⁴	ju⁴
留	久	多	啰	友

久违了我友,

3-654

小	卡	豆	全	岁
Souj	gaq	duh	cienz	caez
θi:u³	ka⁵	tu⁶	çe:n²	çai²
守	孤	独	全	齐

时时在孤独。

3-655

代	姓	儿	来	远
Daih	singq	geij	lai	gyae
ta:i⁶	θiŋ⁵	ki³	la:i¹	kjai¹
代	姓	几	多	远

每代有多久,

3-656

么	韦	少	不	知
Maz	vae	sau	mbouj	rox
ma²	vai¹	θa:u¹	bou⁵	ɹo⁴
什么	姓	姑娘	不	知

姓甚妹不知。

男唱

3-657

写	南	来	了	友
Ce	nanz	lai	liux	youx
çe¹	na:n²	la:i¹	li:u⁴	ju⁴
留	久	多	啰	友

久违了我友,

3-658

小	卡	豆	满	美
Souj	gaq	duh	monh	maez
θi:u³	ka⁵	tu⁶	mo:n⁶	mai²
守	孤	独	谈情	说爱

孤独不言情。

3-659

空	知	作	它	岁
Ndwi	rox	coh	de	caez
du:i¹	ɹo⁴	ço⁶	te¹	çai²
不	知	名字	她	齐

未知朋友名,

3-660

空	知	韦	备	农
Ndwi	rox	vae	beix	nuengx
du:i¹	ɹo⁴	vai¹	pi⁴	nu:ŋ⁴
不	知	姓	兄	妹

不识兄妹姓。

女唱

3-661

写	南	来	了	友
Ce	nanz	lai	liux	youx
çe¹	na:n²	la:i¹	li:u⁴	ju⁴
留	久	多	啰	友

久违了我友,

3-662

小	卡	豆	全	岁
Souj	gaq	duh	cienz	caez
θi:u³	ka⁵	tu⁶	çe:n²	çai²
守	孤	独	全	齐

时时在孤独。

3-663

空	知	姓	知	韦
Ndwi	rox	singq	rox	vae
du:i¹	ɹo⁴	θiŋ⁵	ɹo⁴	vai¹
不	知	姓	知	姓

姓氏都不知,

3-664

元	远	是	开	采
Roen	gyae	cix	gaej	byaij
jo:n¹	kjai¹	çi⁴	ka:i⁵	pja:i³
路	远	就	别	走

不如不来往。

男唱

3-665

写	南	来	了	友
Ce	nanz	lai	liux	youx
çe¹	naːn²	laːi¹	liːu⁴	ju⁴

留	久	多	啰	友

久违了我友，

3-666

小	卡	豆	全	岁
Souj	gaq	duh	cienz	caez
θiːu³	ka⁵	tu⁶	çeːn²	çai²

守	孤	独	全	齐

时时在孤独。

3-667

当	阝	当	在	远
Dangq	boux	dangq	ywq	gyae
taːŋ⁵	pu⁴	taːŋ⁵	juɯ⁵	kjaːi¹

另	个	另	在	远

各住各家乡，

3-668

问	韦	古	而	样
Cam	vae	guh	lawz	yiengh
çaːm¹	vaːi¹	ku⁴	laɯ²	juːŋ⁶

问	姓	做	哪	样

何需问姓氏？

女唱

3-669

写	南	来	了	友
Ce	nanz	lai	liux	youx
çe¹	naːn²	laːi¹	liːu⁴	ju⁴

留	久	多	啰	友

久违了我友，

3-670

小	卡	豆	全	岁
Souj	gaq	duh	cienz	caez
θiːu³	ka⁵	tu⁶	çeːn²	çai²

守	孤	独	全	齐

时时在孤独。

3-671

当	阝	当	在	远
Dangq	boux	dangq	ywq	gyae
taːŋ⁵	pu⁴	taːŋ⁵	juɯ⁵	kjaːi¹

另	个	另	在	远

各住各家乡，

3-672

当	韦	龙	牙	勒
Dangq	vae	lungz	yax	lawh
taːŋ⁵	vaːi¹	luŋ²	ja⁵	ləɯ⁶

另	姓	龙	才	换

异姓兄才交。

男唱	女唱

男唱

3–673

写　　南　　来　　了　　友

Ce　nanz　lai　liux　youx

çe¹　na:n²　la:i¹　li:u⁴　ju⁴

留　　久　　多　　啰　　友

久违了我友，

3–674

小　　卡　　豆　　拉　　单

Souj　gaq　duh　laj　dan

θi:u³　ka⁵　tu⁶　la³　ta:n¹

守　　孤　　独　　下　　滩

孤身河滩上。

3–675

贝　　得　　田　　代　　三

Bae　ndaej　denz　daih　san

pai¹　dai³　te:n²　ta:i⁶　θa:n¹

去　　得　　地　　大　　山

得风水好地，

3–676

利　　玩　　正　　知　　不

Lij　vanz　cingz　rox　mbouj

li⁴　va:n²　çiŋ²　ɹo⁴　bou⁵

还　　还　　情　　或　　不

还念旧情否？

女唱

3–677

写　　南　　来　　了　　友

Ce　nanz　lai　liux　youx

çe¹　na:n²　la:i¹　li:u⁴　ju⁴

留　　久　　多　　啰　　友

久违了我友，

3–678

小　　卡　　豆　　拉　　单

Souj　gaq　duh　laj　dan

θi:u³　ka⁵　tu⁶　la³　ta:n¹

守　　孤　　独　　下　　滩

孤身河滩上。

3–679

贝　　得　　田　　代　　三

Bae　ndaej　denz　daih　san

pai¹　dai³　te:n²　ta:i⁶　θa:n¹

去　　得　　地　　大　　山

找到好地方，

3–680

玩　　正　　牙　　不　　满

Vanz　cingz　yax　mbouj　monh

va:n²　çiŋ²　ja⁵　bou⁵　mo:n⁶

还　　情　　也　　不　　谈情

念情不谈情。

男唱

3-681

写	南	来	了	友
Ce	nanz	lai	liux	youx
çe¹	na:n²	la:i¹	li:u⁴	ju⁴
留	久	多	啰	友

久违了我友，

3-682

小	卡	豆	拉	单
Souj	gaq	duh	laj	dan
θi:u³	ka⁵	tu⁶	la³	ta:n¹
守	孤	独	下	滩

孤身河滩上。

3-683

贝	得	田	代	三
Bae	ndaej	denz	daih	san
pai¹	dai³	te:n²	ta:i⁶	θa:n¹
去	得	地	大	山

找到好地方，

3-684

玩	正	写	给	伏
Vanz	cingz	ce	hawj	fwx
va:n²	çiŋ²	çe¹	həu³	fə⁴
还	情	留	给	别人

旧情让给人。

女唱

3-685

写	南	来	了	友
Ce	nanz	lai	liux	youx
çe¹	na:n²	la:i¹	li:u⁴	ju⁴
留	久	多	啰	友

久违了我友，

3-686

小	卡	豆	拉	单
Souj	gaq	duh	laj	dan
θi:u³	ka⁵	tu⁶	la³	ta:n¹
守	孤	独	下	滩

孤身河滩上。

3-687

贝	得	田	代	三
Bae	ndaej	denz	daih	san
pai¹	dai³	te:n²	ta:i⁶	θa:n¹
去	得	地	大	山

找到好地方，

3-688

不	阝	玩	九	果
Mbouj	boux	vanz	giuz	goj
bou⁵	pu⁴	va:n²	ki:u²	ko³
不	个	还	头	故事

旧友无人交。

男唱

3-689

写	南	来	了	友
Ce	nanz	lai	liux	youx
çe¹	naːn²	laːi¹	liːu⁴	ju⁴
留	久	多	啰	友

久违了我友，

3-690

小	卡	豆	拉	单
Souj	gaq	duh	laj	dan
θiːu³	ka⁵	tu⁶	la³	taːn¹
守	孤	独	下	滩

孤身河滩上。

3-691

貝	得	田	代	三
Bae	ndaej	denz	daih	san
pai¹	dai³	teːn²	taːi⁶	θaːn¹
去	得	地	大	山

找得好地方，

3-692

偻	牙	难	送	仪
Raeuz	yax	nanz	soengq	saenq
ɹau²	ja⁵	naːn²	θoŋ⁵	θin⁵
我们	也	难	送	信

彼此难通信。

女唱

3-693

貝	得	田	代	三
Bae	ndaej	denz	daih	san
pai¹	dai³	teːn²	taːi⁶	θaːn¹
去	得	地	大	山

去那好地方，

3-694

偻	牙	难	送	仪
Raeuz	yax	nanz	soengq	saenq
ɹau²	ja⁵	naːn²	θoŋ⁵	θin⁵
我们	也	难	送	信

彼此难通信。

3-695

元	远	罗	又	远
Roen	gyae	loh	youh	gyae
joːn¹	kjai¹	lo⁶	jou⁴	kjai¹
路	远	路	又	远

路途遥又远，

3-696

代	封	仪	难	全
Daiq	fung	saenq	nanz	cienz
taːi⁵	fuŋ¹	θin⁵	naːn²	ɕuːn²
带	封	信	难	传

寄信难收到。

男唱

3-697

写	南	来	了	友
Ce	nanz	lai	liux	youx
çe¹	naːn²	laːi¹	liːu⁴	ju⁴
留	久	多	啰	友

久违了我友,

3-698

小	卡	豆	拉	单
Souj	gaq	duh	laj	dan
θiːu³	ka⁵	tu⁶	la³	taːn¹
守	孤	独	下	滩

孤身河滩上。

3-699

正	义	想	牙	玩
Cingz	ngeih	siengj	yaek	vanz
çiŋ²	ɲi⁶	θiːŋ³	jak⁷	vaːn²
情	义	想	要	还

正想去还情,

3-700

少	然	说	妻	伏
Sau	ranz	naeuz	maex	fwx
θaːu¹	ɹaːn²	nau²	mai⁴	fə⁴
姑娘	家	或	妻	别人

是否已嫁人?

女唱

3-701

写	南	来	了	友
Ce	nanz	lai	liux	youx
çe¹	naːn²	laːi¹	liːu⁴	ju⁴
留	久	多	啰	友

久违了我友,

3-702

小	卡	豆	拉	单
Souj	gaq	duh	laj	dan
θiːu³	ka⁵	tu⁶	la³	taːn¹
守	孤	独	下	滩

孤身河滩上。

3-703

米	正	义	是	玩
Miz	cingz	ngeih	cix	vanz
mi²	çiŋ²	ɲi⁶	çi⁴	vaːn²
有	情	义	就	还

想还情就还,

3-704

少	然	空	了	备
Sau	ranz	ndwi	liux	beix
θaːu¹	ɹaːn²	duːi¹	liːu⁴	pi⁴
姑娘	家	不	啰	兄

终究是闺女。

男唱

3-705

写	南	来	了	友
Ce	nanz	lai	liux	youx
çe¹	na:n²	la:i¹	li:u⁴	ju⁴
留	久	多	啰	友

久违了我友，

3-706

小	卡	豆	拉	单
Souj	gaq	duh	laj	dan
θi:u³	ka⁵	tu⁶	la³	ta:n¹
守	孤	独	下	滩

孤身河滩上。

3-707

妻	伏	土	不	玩
Maex	fwx	dou	mbouj	vanz
mai⁴	fə⁴	tu¹	bou⁵	va:n²
妻	别人	我	不	还

别人妻不交，

3-708

少	然	土	是	勒
Sau	ranz	dou	cix	lawh
θa:u¹	ɹa:n²	tu¹	çi⁴	ləu⁶
姑娘	家	我	就	换

闺女我才交。

女唱

3-709

写	南	来	了	友
Ce	nanz	lai	liux	youx
çe¹	na:n²	la:i¹	li:u⁴	ju⁴
留	久	多	啰	友

久违了我友，

3-710

小	卡	豆	拉	单
Souj	gaq	duh	laj	dan
θi:u³	ka⁵	tu⁶	la³	ta:n¹
守	孤	独	下	滩

孤身河滩上。

3-711

义	然	瓦	你	反
Nyi	ranz	ngvax	mwngz	fan
ni¹	ɹa:n²	ŋwa⁴	mɯŋ²	fa:n¹
听	家	瓦	你	翻

听说瓦房倒，

3-712

后	然	单	贝	在
Haeuj	ranz	gyan	bae	ywq
hau³	ɹa:n²	kja:n¹	pai¹	ju⁵
进	家	干栏	去	住

住进干栏屋。

男唱

3-713

写	南	来	了	友
Ce	nanz	lai	liux	youx
çe¹	naːn²	laːi¹	liːu⁴	ju⁴
留	久	多	啰	友

久违了我友，

3-714

小	卡	豆	拉	单
Souj	gaq	duh	laj	dan
θiːu³	ka⁵	tu⁶	laː³	taːn¹
守	孤	独	下	滩

孤身河滩上。

3-715

然	瓦	是	利	反
Ranz	ngvax	cix	lij	fan
ɹaːn²	ŋwa⁴	çi⁴	li⁴	faːn¹
家	瓦	是	还	翻

瓦房还重建，

3-716

讲	然	单	么	农
Gangj	ranz	gyan	maq	nuengx
kaːŋ³	ɹaːn²	kjaːn¹	ma⁵	nuːŋ⁴
讲	家	干栏	嘛	妹

讲什么干栏？

女唱

3-717

写	南	来	了	友
Ce	nanz	lai	liux	youx
çe¹	naːn²	laːi¹	liːu⁴	ju⁴
留	久	多	啰	友

久违了我友，

3-718

小	卡	豆	拉	单
Souj	gaq	duh	laj	dan
θiːu³	ka⁵	tu⁶	laː³	taːn¹
守	孤	独	下	滩

孤身河滩上。

3-719

然	瓦	片	三	层
Ranz	ngvax	bienh	sam	caengz
ɹaːn²	ŋwa⁴	piːn⁶	θaːn¹	çaŋ²
家	瓦	编	三	层

瓦房连年修，

3-720

讲	反	贝	么	备
Gangj	fan	bae	maq	beix
kaːŋ³	faːn¹	paːi¹	ma⁵	pi⁴
讲	翻	去	嘛	兄

谈何去重建？

男唱

3-721

写　南　来　了　友
Ce　nanz　lai　liux　youx
çe¹　na:n²　la:i¹　li:u⁴　ju⁴
留　久　多　啰　友
久违了我友，

3-722

小　卡　豆　拉　单
Souj　gaq　duh　laj　dan
θi:u³　ka⁵　tu⁶　la³　ta:n¹
守　孤　独　下　滩
孤身河滩上。

3-723

然　瓦　是　利　反
Ranz　ngvax　cix　lij　fan
ɹa:n²　ŋwa⁴　çi⁴　li⁴　fa:n¹
家　瓦　是　还　翻
瓦房还重建，

3-724

讲　卡　单　拉　司
Gangj　gaq　gyan　laj　swj
ka:ŋ³　ka⁵　kja:n¹　la³　θɯ³
讲　孤　单　下　偏屋
谈何住社庙。

女唱

3-725

写　南　来　了　友
Ce　nanz　lai　liux　youx
çe¹　na:n²　la:i¹　li:u⁴　ju⁴
留　久　多　啰　友
久违了我友，

3-726

小　卡　豆　拉　单
Souj　gaq　duh　laj　dan
θi:u³　ka⁵　tu⁶　la³　ta:n¹
守　孤　独　下　滩
孤身河滩上。

3-727

粒　后　八　是　三
Ngveih　haeux　bet　cix　sanq
ŋwei⁶　hau⁴　pe:t⁷　çi⁴　θa:n⁵
粒　米　剥　就　散
米粒剥会散，

3-728

龙　反　得　知　不
Lungz　fan　ndaej　rox　mbouj
luŋ²　fa:n¹　dai³　ɹo⁴　bou⁵
龙　翻　得　或　不
兄能挽回否？

男唱

女唱

3-729

写	南	来	了	友
Ce	nanz	lai	liux	youx
çe¹	na:n²	la:i¹	li:u⁴	ju⁴
留	久	多	啰	友

久违了我友，

3-730

小	卡	豆	拉	单
Souj	gaq	duh	laj	dan
θi:u³	ka⁵	tu⁶	la³	ta:n¹
守	孤	独	下	滩

孤身河滩上。

3-731

粒	后	八	是	三
Ngveih	haeux	bet	cix	sanq
ŋwei⁶	hau⁴	pe:t⁷	çi⁴	θa:n⁵
粒	米	剥	就	散

米粒剥会散，

3-732

良	反	牙	不	得
Lingh	fan	yax	mbouj	ndaej
le:ŋ⁶	fa:n¹	ja⁵	bou⁵	dai³
另	翻	也	不	得

反悔也不得。

3-733

写	南	来	了	友
Ce	nanz	lai	liux	youx
çe¹	na:n²	la:i¹	li:u⁴	ju⁴
留	久	多	啰	友

久违了吾友，

3-734

小	卡	豆	拉	单
Souj	gaq	duh	laj	dan
θi:u³	ka⁵	tu⁶	la³	ta:n¹
守	孤	独	下	滩

孤身河滩上。

3-735

粒	后	八	是	三
Ngveih	haeux	bet	cix	sanq
ŋwei⁶	hau⁴	pe:t⁷	çi⁴	θa:n⁵
粒	米	剥	就	散

米粒剥会散，

3-736

土	反	给	你	累
Dou	fan	hawj	mwngz	laeq
tu¹	fan¹	həu³	muŋ²	lai⁵
我	翻	给	你	看

我翻给你看。

男唱

3-737

写	南	来	了	友
Ce	nanz	lai	liux	youx
$çe^1$	$na:n^2$	$la:i^1$	$li:u^4$	ju^4
留	久	多	啰	友

久违了我友，

3-738

小	卡	豆	拉	单
Souj	gaq	duh	laj	dan
$θi:u^3$	ka^5	tu^6	la^3	$ta:n^1$
守	孤	独	下	滩

孤身河滩上。

3-739

粒	后	八	是	三
Ngveih	haeux	bet	cix	sanq
$ŋwei^6$	hau^4	$pe:t^5$	$çi^4$	$θa:n^5$
粒	米	剥	就	散

米粒剥会散，

3-740

反	得	少	是	节
Fan	ndaej	sau	cix	ciep
$fa:n^1$	dai^1	$θa:u^1$	$çi^4$	$çe:t^7$
翻	得	姑娘	就	接

反得妹承接。

女唱

3-741

粒	后	八	是	三
Ngveih	haeux	bet	cix	sanq
$ŋwei^6$	hau^4	$pe:t^7$	$çi^4$	$θa:n^5$
粒	米	剥	就	散

米粒剥会散，

3-742

反	得	少	是	节
Fan	ndaej	sau	cix	ciep
$fa:n^1$	dai^1	$θa:u^1$	$çi^4$	$çe:t^7$
翻	得	姑娘	就	接

反得妹来接。

3-743

粒	后	八	是	八
Ngveih	haeux	bet	cix	bet
$ŋwei^6$	hau^4	$pe:t^7$	$çi^4$	$pe:t^7$
粒	米	剥	就	剥

米粒剥就散，

3-744

节	得	农	是	要
Ciep	ndaej	nuengx	cix	aeu
$çe:t^7$	dai^3	$nu:ŋ^4$	$çi^4$	au^1
接	得	妹	就	要

接得妹就嫁。

男唱

3-745

粒	后	八	是	三
Ngveih	haeux	bet	cix	sanq
ŋwei^6	hau^4	pe:t^7	çi^4	θa:n^5
粒	米	剥	就	散

米粒剥会散，

3-746

反	得	你	是	节
Fan	ndaej	mwngz	cix	ciep
fa:n^1	dai^3	muŋ^2	çi^4	çe:t^7
翻	得	你	就	接

反得妹来接。

3-747

粒	后	八	十	八
Ngveih	haeux	bet	cix	bet
ŋwei^6	hau^4	pe:t^7	çi^4	pe:t^7
粒	米	剥	就	剥

米粒剥就碎，

3-748

不	节	伏	英	元
Mbouj	ciep	fwx	in	yuenz
bou^5	çe:t^7	fə^4	in^1	ju:n^2
不	接	别人	姻	缘

姻缘不可坏。

女唱

3-749

粒	后	八	是	三
Ngveih	haeux	bet	cix	sanq
ŋwei^6	hau^4	pe:t^7	çi^4	θa:n^5
粒	米	剥	就	散

米粒剥会散，

3-750

反	得	少	是	节
Fan	ndaej	sau	cix	ciep
fa:n^1	dai^3	θa:u^1	çi^4	çe:t^7
翻	得	姑娘	就	接

反得妹来接。

3-751

粒	后	八	是	八
Ngveih	haeux	bet	cix	bet
ŋwei^6	hau^4	pe:t^7	çi^4	pe:t^7
粒	米	剥	就	剥

米粒剥就碎，

3-752

良	节	不	得	偻
Lingh	ciep	mbouj	ndaej	raeuz
le:ŋ^6	çe:t^7	bou^5	dai^3	ɹau^2
另	接	不	得	我们

前缘难续上。

女唱

3-753

写	南	来	了	友
Ce	nanz	lai	liux	youx
çe¹	na:n²	la:i¹	li:u⁴	ju⁴

留　久　多　啰　友

久违了我友，

3-754

小	卡	豆	拉	单
Souj	gaq	duh	laj	dan
θi:u³	ka⁵	tu⁶	la³	ta:n¹

守　孤　独　下　滩

孤身河滩上。

3-755

伏	收	后	很	板
Fwx	siu	haeux	hwnj	bam
fə⁴	θi:u¹	hau⁴	hun³	pa:n¹

别人　收　米　上　阁楼

看别人收米，

3-756

心	龙	反	知	不
Sim	lungz	fan	rox	mbouj
θin¹	luŋ²	fa:n¹	ʐo⁴	bou⁵

心　龙　翻　或　不

兄是否变心？

男唱

3-757

写	南	来	了	友
Ce	nanz	lai	liux	youx
çe¹	na:n²	la:i¹	li:u⁴	ju⁴

留　久　多　啰　友

久违了我友，

3-758

小	卡	豆	更	桥
Souj	gaq	duh	gwnz	giuz
θi:u³	ka⁵	tu⁶	kun²	ki:u²

守　孤　独　上　桥

独立孤桥上。

3-759

后	黄	伏	是	收
Haeux	henj	fwx	cix	siu
hau⁴	he:n³	fə⁴	çi⁴	θi:u¹

米　黄　别人　就　收

稻熟别人收，

3-760

后	绿	不	可	在
Haeux	heu	mbouj	goj	ywq
hau⁴	he:u¹	bou⁵	ko⁵	ju⁵

米　青　不　可　在

稻青禾还在。

女唱

3-761

写	南	来	了	友
Ce	nanz	lai	liux	youx
çe¹	na:n²	la:i¹	li:u⁴	ju⁴

| 留 | 久 | 多 | 啰 | 友 |

久违了我友，

3-762

小	卡	豆	更	桥
Souj	gaq	duh	gwnz	giuz
θi:u³	ka⁵	tu⁶	kɯn²	ki:u²

| 守 | 孤 | 独 | 上 | 桥 |

独立孤桥上。

3-763

后	黄	刀	伏	收
Haeux	henj	dauq	fwx	siu
hau⁴	he:n³	ta:u⁵	fə⁴	θi:u¹

| 米 | 黄 | 倒 | 别人 | 收 |

谷熟别人收，

3-764

付	苗	你	了	备
Fouz	miuz	mwngz	liux	beix
fu²	mi:u²	mɯŋ²	li:u⁴	pi⁴

| 浮 | 禾苗 | 你 | 啰 | 兄 |

兄徒收禾秆。

男唱

3-765

写	南	来	了	友
Ce	nanz	lai	liux	youx
çe¹	na:n²	la:i¹	li:u⁴	ju⁴

| 留 | 久 | 多 | 啰 | 友 |

久违了我友，

3-766

小	卡	豆	更	桥
Souj	gaq	duh	gwnz	giuz
θi:u³	ka⁵	tu⁶	kɯn²	ki:u²

| 守 | 孤 | 独 | 上 | 桥 |

独立孤桥上。

3-767

后	黄	查	后	绿
Haeux	henj	cab	haeux	heu
hau⁴	he:n³	ça:p⁸	hau⁴	he:u¹

| 米 | 黄 | 掺 | 米 | 青 |

黄青稻杂乱，

3-768

样	而	收	了	农
Yiengh	lawz	siu	liux	nuengx
jɯ:ŋ⁶	lau²	θi:u¹	li:u⁴	nu:ŋ⁴

| 样 | 哪 | 收 | 啰 | 妹 |

叫我怎么收？

女唱

3-769

写	南	来	了	友
Ce	nanz	lai	liux	youx
çe¹	na:n²	la:i¹	li:u⁴	ju⁴
留	久	多	啰	友

久违了吾友，

3-770

小	卡	豆	更	桥
Souj	gaq	duh	gwnz	giuz
θi:u³	ka⁵	tu⁶	kun²	ki:u²
守	孤	独	上	桥

独立孤桥上。

3-771

后	黄	查	后	绿
Haeux	henj	cab	haeux	heu
hau⁴	he:n³	ça:p⁸	hau⁴	he:u¹
米	黄	掺	米	青

生熟苗杂乱，

3-772

得	二	苗	了	备
Ndaej	song	miuz	liux	beix
dai³	θo:ŋ¹	mi:u²	li:u⁴	pi⁴
得	两	糙	啰	兄

我收得两苗。

男唱

3-773

后	千	点	后	纳
Haeux	ciem	dem	haeux	nah
hau⁴	çi:n¹	te:n¹	hau⁴	na⁶
米	籼	与	米	糯

籼米和糯米，

3-774

岁	托	加	天	一
Caez	doek	gyaj	ngoenz	ndeu
çai²	tok⁷	kja³	ŋon²	de:u¹
齐	落	秧	天	一

同一天播种。

3-775

后	纳	可	利	绿
Haeux	nah	goj	lij	heu
hau⁴	na⁶	ko⁵	li⁴	he:u¹
米	糯	可	还	青

糯米苗还青，

3-776

后	千	苗	先	害
Haeux	ciem	miuz	senq	haih
hau⁴	çi:n¹	mi:u²	θe:n⁵	ha:i⁶
米	籼	禾苗	早	枯

籼米早成熟。

女唱

3-777

写	南	来	了	友
Ce	nanz	lai	liux	youx
çe¹	na:n²	la:i¹	li:u⁴	ju⁴
留	久	多	啰	友

久违了我友，

3-778

小	卡	豆	更	楼
Souj	gaq	duh	gwnz	laeuz
θi:u³	ka⁵	tu⁶	kɯn²	lau²
守	孤	独	上	楼

孤身寒楼上。

3-779

后	黄	你	是	说
Haeux	henj	mwngz	cix	naeuz
hau⁴	he:n³	mɯŋ²	çi⁴	nau²
米	黄	你	就	说

稻熟告诉我，

3-780

土	帮	你	三	筊
Dou	bangh	mwngz	san	yiuj
tu¹	pa:ŋ¹	mɯŋ²	θa:n¹	ji:u³
我	帮	你	编	仓

帮你做粮仓。

男唱

3-781

写	南	来	了	友
Ce	nanz	lai	liux	youx
çe¹	na:n²	la:i¹	li:u⁴	ju⁴
留	久	多	啰	友

久违了我友，

3-782

小	卡	豆	相	仁
Souj	gaq	duh	ciengz	yinz
θi:u³	ka⁵	tu⁶	çi:ŋ²	jun²
守	孤	独	像	茅草人

孤独像茅人。

3-783

后	黄	后	邦	文
Haeux	henj	haeuj	biengz	vunz
hau⁴	he:n³	hau³	pi:ŋ²	vun²
米	黄	进	地方	人

稻熟走他乡，

3-784

你	召	心	么	农
Mwngz	cau	sim	maz	nuengx
mɯŋ²	ça:u⁵	θin¹	ma²	nu:ŋ⁴
你	操	心	什么	妹

妹操什么心？

男唱

女唱

3-785

写	南	来	了	友
Ce	nanz	lai	liux	youx
çe¹	naːn²	laːi¹	liːu⁴	ju⁴

留　久　多　啰　友

久违了我友，

3-786

小	卡	豆	相	仁
Souj	gaq	duh	ciengz	yinz
θiːu³	ka⁵	tu⁶	çiːŋ²	jun²

守　孤　独　像　茅草人

孤独似茅人。

3-787

后	黄	后	邦	文
Haeux	henj	haeuj	biengz	vunz
hau⁴	heːn³	hau³	piːŋ²	vun²

米　黄　进　地方　人

稻熟走他乡，

3-788

偻	岁	刚	手	初
Raeuz	caez	gang	fwngz	byouq
ɹau²	çai²	kaːŋ¹	fuŋ²	pjou⁵

我们　齐　打开　手　空

我俩空手回。

3-789

写	南	来	了	友
Ce	nanz	lai	liux	youx
çe¹	naːn²	laːi¹	liːu⁴	ju⁴

留　久　多　啰　友

久违了我友，

3-790

小	卡	豆	相	仁
Souj	gaq	duh	ciengz	yinz
θiːu³	ka⁵	tu⁶	çiːŋ²	jun²

守　孤　独　像　茅草人

孤独似茅人。

3-791

后	黄	后	邦	文
Haeux	henj	haeuj	biengz	vunz
hau⁴	heːn³	hau³	piːŋ²	vun²

米　黄　进　地方　人

稻熟走他乡，

3-792

月	跟	日	吃	希
Ndwen	riengz	ngoenz	gwn	heiq
duːn¹	ɹiːn²	ŋon²	kɯn¹	hi⁵

月　跟　日　吃　气

天天在着急。

男唱

3-793

写	南	来	了	友
Ce	nanz	lai	liux	youx
çe¹	naːn²	laːi¹	liːu⁴	ju⁴

留	久	多	啰	友

久违了我友，

3-794

小	卡	豆	义	罗
Souj	gaq	duh	ngeiq	loh
θiːu³	ka⁵	tu⁶	ȵi⁵	lo⁶

守	孤	独	枝	路

独立岔路旁。

3-795

伏	收	后	更	果
Fwx	siu	haeux	gwnz	go
fə⁴	θiːu¹	hau⁴	kɯn²	ko¹

别人	收	谷	上	棵

别人忙收割，

3-796

偻	岁	却	讲	满
Raeuz	caez	gyo	gangj	monh
ɣau²	çai²	kjo¹	kaːŋ³	moːn⁶

我们	齐	幸亏	讲	情

我们在谈情。

女唱

3-797

写	南	来	了	友
Ce	nanz	lai	liux	youx
çe¹	naːn²	laːi¹	liːu⁴	ju⁴

留	久	多	啰	友

久违了我友，

3-798

小	卡	豆	义	罗
Souj	gaq	duh	ngeiq	loh
θiːu³	ka⁵	tu⁶	ȵi⁵	lo⁶

守	孤	独	枝	路

独立岔路旁。

3-799

会	邦	山	牙	偌
Faex	bangx	bya	yax	roz
fai⁴	paːŋ⁴	pja¹	ja⁵	ɣo²

树	旁	山	也	枯

山边树会枯，

3-800

秀	阝	作	牙	了
Ciuh	boux	coz	yax	liux
çiːu⁶	pu⁴	ço²	ja⁵	liːu⁴

世	个	年轻	也	完

盛年也会衰。

男唱

3-801

写	南	来	了	友
Ce	nanz	lai	liux	youx
çe¹	na:n²	la:i¹	li:u⁴	ju⁴

留　久　多　啰　友

久违了我友，

3-802

小	卡	豆	义	罗
Souj	gaq	duh	ngeiq	loh
θi:u³	ka⁵	tu⁶	ȵi⁵	lo⁶

守　孤　独　枝　路

独立岔路旁。

3-803

会	王	百	义	果
Faex	vangh	bak	ngeih	go
fai⁴	va:ŋ⁶	pa:k⁷	ȵi⁶	ko¹

树　苹婆　百　二　棵

杂树百二蔸，

3-804

代	偻	不	得	了
Dai	roz	mbouj	ndaej	liux
ta:i¹	ɣo²	bou⁵	dai³	li:u⁴

死　枯　不　得　完

不会全枯死。

女唱

3-805

写	南	来	了	友
Ce	nanz	lai	liux	youx
çe¹	na:n²	la:i¹	li:u⁴	ju⁴

留　久　多　啰　友

久违了我友，

3-806

小	卡	豆	义	罗
Souj	gaq	duh	ngeiq	loh
θi:u³	ka⁵	tu⁶	ȵi⁵	lo⁶

守　孤　独　枝　路

独立岔路旁。

3-807

不	仗	果	仟	破
Mbouj	saenq	go	sen	boz
bou⁵	θin⁵	ko¹	θe:n¹	po²

不　信　棵　大　芦

不信大山芦，

3-808

代	偻	更	令	兰
Dai	roz	gwnz	rin	ndat
ta:i¹	ɣo²	kɯn²	ȵin¹	da:t⁷

死　枯　上　石　热

热石上枯死。

男唱

3-809

写	南	来	了	友
Ce	nanz	lai	liux	youx
çe¹	naːn²	laːi¹	liːu⁴	ju⁴

留	久	多	啰	友

久违了我友，

3-810

小	卡	豆	义	罗
Souj	gaq	duh	ngeiq	loh
θiːu³	ka⁵	tu⁶	ȵi⁵	lo⁶

守	孤	独	枝	路

独立岔路旁。

3-811

不	仪	果	仟	破
Mbouj	saenq	go	sen	boz
bou⁵	θin⁵	ko¹	θeːn¹	po²

不	信	棵	大	芦

不见大山芦，

3-812

果	偻	果	又	很
Go	roz	go	youh	hwnj
ko¹	ɹo²	ko¹	jou⁴	hun³

棵	枯	棵	又	起

有枯又有荣。

女唱

3-813

写	南	来	了	友
Ce	nanz	lai	liux	youx
çe¹	naːn²	laːi¹	liːu⁴	ju⁴

留	久	多	啰	友

久违了我友，

3-814

小	卡	豆	义	罗
Souj	gaq	duh	ngeiq	loh
θiːu³	ka⁵	tu⁶	ȵi⁵	lo⁶

守	孤	独	枝	路

独立岔路旁。

3-815

歪	铁	貝	写	果
Faiq	dek	bae	ce	go
vaːi⁵	teːk⁷	pai¹	çe¹	ko¹

棉	裂	去	留	棵

棉熟离树去，

3-816

叶	偻	貝	写	干
Mbaw	roz	bae	ce	ganj
bauɯ¹	ɹo²	pai¹	çe¹	kaːn⁵

叶	枯	去	留	秆

叶落树枝秃。

男唱

歪	铁	貝	写	果
Faiq	dek	bae	ce	go
va:i⁵	te:k⁷	pai¹	çe¹	ko¹
棉	裂	去	留	棵

棉熟离树去，

叶	偻	貝	写	干
Mbaw	roz	bae	ce	ganj
bau¹	ɹo²	pai¹	çe¹	ka:n⁵
叶	枯	去	留	秆

叶落树枝秃。

交	春	堂	好	汉
Gyau	cin	daengz	hau	hanq
kja:u¹	çun¹	ta:ŋ²	ha:u¹	ha:n⁵
交	春	到	白	灿灿

马上要立春，

农	赔	三	跟	偻
Nuengx	boiq	sanq	riengz	raeuz
nu:ŋ⁴	po:i⁵	θa:n⁵	ɹi:ŋ²	ɹau²
妹	险	散	跟	我们

妹差点走散。

女唱

写	南	来	了	友
Ce	nanz	lai	liux	youx
çe¹	na:n²	la:i¹	li:u⁴	ju⁴
留	久	多	啰	友

久违了我友，

小	卡	豆	邦	吨
Souj	gaq	duh	bangx	daemz
θi:u³	ka⁵	tu⁶	pa:ŋ⁴	tan²
守	孤	独	旁	塘

独立池塘边。

伏	玩	金	玩	银
Fwx	vanz	gim	vanz	ngaenz
fə⁴	va:n²	kin¹	va:n²	ŋan²
别人	还	金	还	银

别人送金银，

偻	玩	更	了	备
Raeuz	vanz	gaen	liux	beix
ɹau²	va:n²	kan¹	li:u⁴	pi⁴
我们	还	巾	啰	兄

我俩送毛巾。

男唱

3-825

写	南	来	了	友
Ce	nanz	lai	liux	youx
çe¹	naːn²	laːi¹	liːu⁴	ju⁴

留 久 多 啰 友

久违了我友，

3-826

小	卡	豆	邦	吨
Souj	gaq	duh	bangx	daemz
θiːu³	ka⁵	tu⁶	paːŋ⁴	tan²

守 孤 独 旁 塘

孤身池塘边。

3-827

九	父	你	米	银
Riuz	boh	mwngz	miz	ngaenz
ɹiːu²	po⁶	mɯŋ²	mi²	ŋan²

传 父 你 有 银

传你父有钱，

3-828

它	要	更	古	仪
Dauq	aeu	gaen	guh	saenq
taːu⁵	au¹	kan¹	ku⁴	θin⁵

倒 要 巾 做 信

却用巾为信。

女唱

3-829

写	南	来	了	友
Ce	nanz	lai	liux	youx
çe¹	naːn²	laːi¹	liːu⁴	ju⁴

留 久 多 啰 友

久违了我友，

3-830

小	卡	豆	邦	吨
Souj	gaq	duh	bangx	daemz
θiːu³	ka⁵	tu⁶	paːŋ⁴	tan²

守 孤 独 旁 塘

只身池塘边。

3-831

银	子	不	真	银
Yinz	swj	mbouj	caen	ngaenz
jin²	θɯ³	bou⁵	çin¹	ŋan²

银 子 不 真 银

并非真有钱，

3-832

贝	更	不	真	仪
Mbaw	gaen	mbouj	caen	saenq
baɯ¹	kan¹	bou⁵	çin¹	θin⁵

张 巾 不 真 信

巾也非信物。

男唱

3-833

写	南	来	了	友
Ce	nanz	lai	liux	youx
çe¹	na:n²	la:i¹	li:u⁴	ju⁴

留	久	多	啰	友

久违了我友，

3-834

小	卡	豆	邦	吨
Souj	gaq	duh	bangx	daemz
θi:u³	ka⁵	tu⁶	pa:ŋ⁴	tan²

守	孤	独	旁	塘

孤身池塘边。

3-835

心	火	来	农	银
Sin	hoj	lai	nuengx	ngaenz
θin¹	ho³	la:i¹	nu:ŋ⁴	ŋan²

辛	苦	多	妹	银

家里太贫穷，

3-836

要	更	古	桥	才
Aeu	gaen	guh	giuz	raih
au¹	kan¹	ku⁴	ki:u²	ɣa:i⁶

要	巾	做	桥	爬

用毛巾当桥。

女唱

3-837

写	南	来	了	友
Ce	nanz	lai	liux	youx
çe¹	na:n²	la:i¹	li:u⁴	ju⁴

留	久	多	啰	友

久违了我友，

3-838

小	卡	豆	邦	吨
Souj	gaq	duh	bangx	daemz
θi:u³	ka⁵	tu⁶	pa:ŋ⁴	tan²

守	孤	独	旁	塘

孤身池塘边。

3-839

九	父	你	米	银
Riuz	boh	mwngz	miz	ngaenz
ɹi:u²	po⁶	muɯ²	mi²	ŋan²

传	父	你	有	银

传你父富裕，

3-840

搭	条	元	偻	采
Dap	diuz	roen	raeuz	byaij
ta:t⁷	ti:u²	ɟo:n¹	ɹau²	pja:i³

搭	条	路	我们	走

为我俩牵线。

男唱

3-841

写	南	来	了	友
Ce	nanz	lai	liux	youx
çe¹	na:n²	la:i¹	li:u⁴	ju⁴
留	久	多	啰	友

久违了我友，

3-842

小	卡	豆	邦	吨
Souj	gaq	duh	bangx	daemz
θi:u³	ka⁵	tu⁶	pa:ŋ⁴	tan²
守	孤	独	旁	塘

孤身池塘边。

3-843

伏	讲	火	讲	很
Fwx	gangj	hoj	gangj	haemz
fə⁴	ka:ŋ³	ho³	ka:ŋ³	han²
别人	讲	穷	讲	苦

我家真的穷，

3-844

银	在	而	了	农
Ngaenz	ywq	lawz	liux	nuengx
ŋan²	ju⁵	lau²	li:u⁴	nu:ŋ⁴
银	在	哪	啰	妹

哪里有银子。

女唱

3-845

写	南	来	了	友
Ce	nanz	lai	liux	youx
çe¹	na:n²	la:i¹	li:u⁴	ju⁴
留	久	多	啰	友

久违了我友，

3-846

小	卡	豆	邦	吨
Souj	gaq	duh	bangx	daemz
θi:u³	ka⁵	tu⁶	pa:ŋ⁴	tan²
守	孤	独	旁	塘

孤身池塘边。

3-847

空	特	讲	古	存
Ndwi	dwg	gangj	guh	caemz
du:i¹	tuk⁸	ka:ŋ³	ku⁴	çan²
不	是	讲	做	玩

不是开玩笑，

3-848

真	米	银	大	才
Caen	miz	ngaenz	dah	raix
çin¹	mi²	ŋan²	ta⁶	ɹa:i⁴
真	有	银	实	在

确实银子多。

男唱

3-849

写	南	来	了	友
Ce	nanz	lai	liux	youx
çe¹	na:n²	la:i¹	li:u⁴	ju⁴

留	久	多	啰	友

久违了我友，

3-850

小	卡	豆	邦	吨
Souj	gaq	duh	bangx	daemz
θi:u³	ka⁵	tu⁶	pa:ŋ⁴	tan²

守	孤	独	旁	塘

孤身池塘边。

3-851

听	勒	伏	讲	很
Dingq	lwg	fwx	gangj	haemz
tiŋ⁵	luk⁸	fə⁴	ka:ŋ³	han²

听	子	别人	讲	苦

听信人传言，

3-852

偻	难	办	备	农
Raeuz	nanz	baenz	beix	nuengx
ɹau²	na:n²	pan²	pi⁴	nu:ŋ⁴

我们	难	成	兄	妹

我俩难结交。

女唱

3-853

写	南	来	了	友
Ce	nanz	lai	liux	youx
çe¹	na:n²	la:i¹	li:u⁴	ju⁴

留	久	多	啰	友

久违了我友，

3-854

小	卡	豆	邦	吨
Souj	gaq	duh	bangx	daemz
θi:u³	ka⁵	tu⁶	pa:ŋ⁴	tan²

守	孤	独	旁	塘

孤身池塘边。

3-855

才	勒	伏	讲	很
Caih	lwg	fwx	gangj	haemz
ça:i⁶	luk⁸	fə⁴	ka:ŋ³	han²

随	子	别人	讲	苦

任凭人传言，

3-856

偻	定	心	偻	在
Raeuz	dingh	sim	raeuz	ywq
ɹau²	tiŋ⁶	θin¹	ɹau²	ju⁵

我们	定	心	我们	在

我岿然不动。

男唱

3-857

写　南　来　了　友

Ce　nanz　lai　liux　youx

çe¹　naːn²　laːi¹　liːu⁴　ju⁴

留　久　多　啰　友

久违了我友，

3-858

小　卡　豆　邦　吨

Souj　gaq　duh　bangx　daemz

θiːu³　ka⁵　tu⁶　paːŋ⁴　tan²

守　孤　独　旁　塘

孤身池塘边。

3-859

占　石　砂　古　银

Camx　rin　req　guh　ngaenz

çaːn⁶　ɽin¹　ɽe⁵　ku⁴　ŋan²

凿　石　沙　做　银

铲沙子为银，

3-860

少　秋　办　知　不

Sau　ciuq　baenz　rox　mbouj

θaːu¹　çiːu⁵　pan²　ɽo⁴　bou⁵

姑娘　看　成　或　不

妹看能成吗？

女唱

3-861

写　南　来　了　友

Ce　nanz　lai　liux　youx

çe¹　naːn²　laːi¹　liːu⁴　ju⁴

留　久　多　啰　友

久违了我友，

3-862

小　卡　豆　邦　吨

Souj　gaq　duh　bangx　daemz

θiːu³　ka⁵　tu⁶　paːŋ⁴　tan²

守　孤　独　旁　塘

孤身池塘边。

3-863

南　古　瓦　刀　办

Namh　guh　ngvax　dauq　baenz

naːn⁶　ku⁴　ŋwa⁴　taːu⁵　pan²

泥　做　瓦　倒　成

泥巴可制瓦，

3-864

石　古　银　不　变

Rin　guh　ngaenz　mbouj　bienq

ɽin¹　ku⁴　ŋan²　bou⁵　piːn⁵

石　做　银　不　变

石不可变银。

男唱

3-865

写　　南　　来　　了　　友

Ce　nanz　lai　liux　youx

çe¹　na:n²　la:i¹　li:u⁴　ju⁴

留　　久　　多　　啰　　友

久违了我友，

3-866

小　　卡　　豆　　邦　　吨

Souj　gaq　duh　bangx　daemz

θi:u³　ka⁵　tu⁶　pa:ŋ⁴　tan²

守　　孤　　独　　旁　　塘

孤身池塘边。

3-867

占　　石　　砂　　古　　银

Camx　rin　req　guh　ngaenz

ça:n⁶　ɹin¹　ɹe⁵　ku⁴　ŋan²

凿　　石　　沙　　做　　银

铲沙子为银，

3-868

同　　分　　忧　　然　　瓦

Doengz　baen　yaeuq　ranz　ngvax

toŋ²　pan¹　jau⁵　ɹa:n²　ŋwa⁴

同　　分　　藏　　家　　瓦

分好藏瓦房。

女唱

3-869

写　　南　　来　　了　　友

Ce　nanz　lai　liux　youx

çe¹　na:n²　la:i¹　li:u⁴　ju⁴

留　　久　　多　　啰　　友

久违了我友，

3-870

小　　卡　　豆　　邦　　吨

Souj　gaq　duh　bangx　daemz

θi:u³　ka⁵　tu⁶　pa:ŋ⁴　tan²

守　　孤　　独　　旁　　塘

孤身池塘边。

3-871

石　　砂　　变　　办　　银

Rin　req　bienq　baenz　ngaenz

ɹin¹　ɹe⁵　pi:n⁵　pan²　ŋan²

石　　沙　　变　　成　　银

沙子变成银，

3-872

老　　莫　　芬　　牙　　中

Lau　moh　faenz　yaek　cungq

la:u¹　mo⁶　fan²　jak⁷　çoŋ⁵

怕　　墓　　坟　　要　　中

怕祖坟发迹。

男唱

3-873

写　　南　　来　　了　　友
Ce　　nanz　　lai　　liux　　youx
çe¹　　na:n²　　la:i¹　　li:u⁴　　ju⁴
留　　久　　多　　啰　　友
久违了我友，

3-874

小　　卡　　豆　　邦　　吨
Souj　　gaq　　duh　　bangx　　daemz
θi:u³　　ka⁵　　tu⁶　　pa:ŋ⁴　　tan²
守　　孤　　独　　旁　　塘
孤身池塘边。

3-875

空　　却　　土　　莫　　芬
Ndwi　　gyo　　dou　　moh　　faenz
du:i¹　　kjo¹　　tu¹　　mo⁶　　fan²
不　　幸亏　　我　　墓　　坟
若非我祖坟，

3-876

巴　　农　　银　　自　　尖
Bak　　nuengx　　ngaenz　　gag　　raeh
pa:k⁷　　nu:ŋ⁴　　ŋan²　　ka:k⁸　　ɹai⁶
嘴　　妹　　银　　自　　利
情妹嘴厉害。

女唱

3-877

空　　却　　土　　莫　　芬
Ndwi　　gyo　　dou　　moh　　faenz
du:i¹　　kjo¹　　tu¹　　mo⁶　　fan²
不　　幸亏　　我　　墓　　坟
若非我祖坟，

3-878

巴　　农　　银　　自　　尖
Bak　　nuengx　　ngaenz　　gag　　raeh
pa:k⁷　　nu:ŋ⁴　　ŋan²　　ka:k⁸　　ɹai⁶
嘴　　妹　　银　　自　　利
情妹嘴厉害。

3-879

空　　却　　你　　了　　岁
Ndwi　　gyo　　mwngz　　liux　　caez
du:i¹　　kjo¹　　muŋ²　　li:u⁴　　çai²
不　　幸亏　　你　　完　　齐
若不全靠你，

3-880

巴　　农　　尖　　办　　钢
Bak　　nuengx　　raeh　　baenz　　gang
pa:k⁷　　nu:ŋ⁴　　ɹai⁶　　pan²　　ka:ŋ¹
嘴　　妹　　利　　成　　钢
妹本事哪来？

男唱

3-881

写	南	来	了	友
Ce	nanz	lai	liux	youx
çe¹	naːn²	laːi¹	liːu⁴	ju⁴

留	久	多	啰	友

久违了我友，

3-882

小	卡	豆	邦	吨
Souj	gaq	duh	bangx	daemz
θiːu³	ka⁵	tu⁶	paːŋ⁴	tan²

守	孤	独	旁	塘

孤身池塘边。

3-883

加	结	六	十	日
Gyaj	geq	roek	cib	ngoenz
kja³	ke⁵	ɹok⁷	çit⁸	ŋon²

秧	老	六	十	天

秧龄六十天，

3-884

种	利	办	知	不
Ndaem	lij	baenz	rox	mbouj
dan¹	li⁴	pan²	ɹo⁴	bou⁵

种	还	成	知	不

能栽成稻否？

女唱

3-885

写	南	来	了	友
Ce	nanz	lai	liux	youx
çe¹	naːn²	laːi¹	liːu⁴	ju⁴

留	久	多	啰	友

久违了我友，

3-886

小	卡	豆	邦	吨
Souj	gaq	duh	bangx	daemz
θiːu³	ka⁵	tu⁶	paːŋ⁴	tan²

守	孤	独	旁	塘

孤身池塘边。

3-887

加	结	种	空	办
Gyaj	geq	ndaem	ndwi	baenz
kja³	ke⁵	dan¹	duːi¹	pan²

秧	老	种	不	成

老秧不可插，

3-888

良	特	芬	贝	告
Lingh	dawz	faenz	bae	gauq
leːŋ⁶	təɯ²	fan²	pai¹	kaːu⁵

另	拿	种	子	去	育

要重新播种。

男唱

3-889

写	南	来	了	友
Ce	nanz	lai	liux	youx
çe¹	na:n²	la:i¹	li:u⁴	ju⁴
留	久	多	啰	友

久违了我友，

3-890

小	卡	豆	邦	吨
Souj	gaq	duh	bangx	daemz
θi:u³	ka⁵	tu⁶	pa:ŋ⁴	tan²
守	孤	独	旁	塘

孤身池塘边。

3-891

伏	特	加	你	种
Fwx	dawz	gyaj	mwngz	ndaem
fɯ⁴	tɯɯ²	kja³	mɯŋ²	dan¹
别人	拿	秧	你	种

别人用你秧，

3-892

好	恨	不	了	农
Ndei	haemz	mbouj	liux	nuengx
dei¹	han²	bou⁵	li:u⁴	nu:ŋ⁴
好	恨	不	啰	妹

可恨不可恨？

女唱

3-893

写	南	来	了	友
Ce	nanz	lai	liux	youx
çe¹	na:n²	la:i¹	li:u⁴	ju⁴
留	久	多	啰	友

久违了我友，

3-894

小	卡	豆	邦	吨
Souj	gaq	duh	bangx	daemz
θi:u³	ka⁵	tu⁶	pa:ŋ⁴	tan²
守	孤	独	旁	塘

孤身池塘边。

3-895

米	加	伏	是	种
Miz	gyaj	fwx	cix	ndaem
mi²	kja³	fɯ⁴	çi⁴	dan¹
有	秧	别人	就	种

有秧她就插，

3-896

土	不	恨	那	良
Dou	mbouj	haemz	naz	rengx
tu¹	bou⁵	han²	na²	ɹe:ŋ⁴
我	不	恨	田	旱

这与我无干。

男唱

3-897

写	南	来	了	友
Ce	nanz	lai	liux	youx
çe¹	na:n²	la:i¹	li:u⁴	ju⁴
留	久	多	啰	友

久违了我友，

3-898

小	卡	豆	邦	吨
Souj	gaq	duh	bangx	daemz
θi:u³	ka⁵	tu⁶	pa:ŋ⁴	tan²
守	孤	独	旁	塘

孤身池塘边。

3-899

伏	特	加	贝	种
Fwx	dawz	gyaj	bae	ndaem
fə⁴	təɯ²	kja³	pai¹	dan¹
别人	拿	秧	去	种

别人有秧插，

3-900

少	外	很	贝	满
Sau	vaij	haenz	bae	muengh
θa:u²	va:i³	han²	pai¹	mu:ŋ⁶
姑娘	过	边	去	望

妹在旁观望。

女唱

3-901

写	南	来	了	友
Ce	nanz	lai	liux	youx
çe¹	na:n²	la:i¹	li:u⁴	ju⁴
留	久	多	啰	友

久违了我友，

3-902

小	卡	豆	邦	吨
Souj	gaq	duh	bangx	daemz
θi:u³	ka⁵	tu⁶	pa:ŋ⁴	tan²
守	孤	独	旁	塘

孤身池塘边。

3-903

你	特	加	贝	种
Mwngz	dawz	gyaj	bae	ndaem
muɯ²	təɯ²	kja³	pai¹	dan¹
你	拿	秧	去	种

你拿秧去插，

3-904

土	古	仟	贝	先
Dou	guh	en	bae	senq
tu¹	ku⁴	e:n¹	pai¹	θe:n⁵
我	做	签	去	插

我拿签去扎。

男唱	女唱

3-905

写　南　由　了　乖
Ce　nanz　raeuh　liux　gvai
$çe^1$　$na:n^2$　$ɭau^6$　$li:u^4$　$kwa:i^1$
留　久　多　啰　乖

久违了我友，

3-906

写　南　来　小　面
Ce　nanz　lai　siuj　mienh
$çe^1$　$na:n^2$　$la:i^1$　$θi:u^3$　$me:n^6$
留　久　多　小　面

久违了情友。

3-907

你　古　仟　貝　先
Mwngz　guh　en　bae　senq
$muɯŋ^2$　ku^4　$e:n^1$　pai^1　$θe:n^5$
你　做　签　去　插

你用签去扎，

3-908

土　特　架　貝　芬
Dou　dawz　cax　bae　faenz
tu^1　$təɯ^2$　kja^4　pai^1　fan^2
我　拿　刀　去　伐

我用刀去砍。

3-909

写　南　来　了　友
Ce　nanz　lai　liux　youx
$çe^1$　$na:n^2$　$la:i^1$　$li:u^4$　ju^4
留　久　多　啰　友

久违了我友，

3-910

小　卡　豆　邦　吨
Souj　gaq　duh　bangx　daemz
$θi:u^3$　ka^5　tu^6　$pa:ŋ^4$　tan^2
守　孤　独　旁　塘

孤身池塘边。

3-911

你　特　架　貝　芬
Mwngz　dawz　cax　bae　faenz
$muɯŋ^2$　$təɯ^2$　kja^3　pai^1　fan^2
你　拿　刀　去　伐

你拿刀去砍，

3-912

土　古　润　貝　考
Dou　guh　rumz　bae　gauj
tu^1　ku^4　$ɭun^2$　pai^1　$ka:u^3$
我　做　风　去　绞

我招风去吹。

男唱

3-913

写	南	来	了	友
Ce	nanz	lai	liux	youx
çe¹	naːn²	laːi¹	liːu⁴	ju⁴
留	久	多	啰	友

久违了我友，

3-914

写	南	来	对	朝
Ce	nanz	lai	doiq	sauh
çe¹	naːn²	laːi¹	toːi⁵	θaːu⁶
留	久	多	对	辈

久违了伴侣。

3-915

你	古	润	贝	考
Mwngz	guh	rumz	bae	gauj
muɯŋ²	ku⁴	ɻun²	pai¹	kaːu³
你	做	风	去	绞

你用风去吹，

3-916

土	贝	邦	它	特
Dou	bae	bangx	de	dawz
tu¹	pai¹	paːŋ⁴	te¹	təɯ²
我	去	旁	那	守

我去旁边守。

女唱

3-917

写	南	来	韦	机
Ce	nanz	lai	vae	giq
çe¹	naːn²	laːi¹	vai¹	ki⁵
留	久	多	姓	支

久违了情友，

3-918

义	又	动	心	师
Ngeix	youh	doengh	sim	sei
ɲi⁴	jou⁴	toŋ⁴	θin¹	çɯ¹
想	又	动	心	思

思念又心痛。

3-919

你	贝	邦	它	特
Mwngz	bae	bangx	de	dawz
muɯŋ²	pai¹	paːŋ⁴	te¹	təɯ²
你	去	旁	那	守

你去旁边守，

3-920

在	而	给	土	知
Ywq	lawz	hawj	dou	rox
jɯ⁵	lau²	həɯ³	tu¹	ɻo⁴
在	哪	给	我	知

告诉我住址。

男唱

3-921

写	南	来	韦	机
Ce	nanz	lai	vae	giq
çe¹	na:n²	la:i¹	vai¹	ki⁵
留	久	多	姓	支

久违了情友，

3-922

义	又	动	心	师
Ngeix	youh	doengh	sim	sei
ȵi⁴	jou⁴	toŋ⁴	θin¹	çɯ¹
想	又	动	心	思

思念断肝肠。

3-923

你	貝	邦	它	特
Mwngz	bae	bangx	de	dawz
muŋ²	pai¹	pa:ŋ⁴	te¹	tɯ²
你	去	旁	那	守

你去旁边守，

3-924

临	时	是	见	那
Lienz	seiz	cix	raen	naj
li:n²	θi²	çi⁴	ȵan¹	na³
临	时	就	见	脸

立马就见面。

女唱

3-925

写	南	来	韦	机
Ce	nanz	lai	vae	giq
çe¹	na:n²	la:i¹	vai¹	ki⁵
留	久	多	姓	支

久违了情友，

3-926

义	又	动	心	师
Ngeix	youh	doengh	sim	sei
ȵi⁴	jou⁴	toŋ⁴	θin¹	çɯ¹
想	又	动	心	思

思念断肝肠。

3-927

你	貝	邦	它	特
Mwngz	bae	bangx	de	dawz
muŋ²	pai¹	pa:ŋ⁴	te¹	tɯ²
你	去	旁	那	守

你去旁边守，

3-928

托	几	叶	下	斗
Doek	geij	mbaw	roengz	daeuj
tok⁷	ki³	bau¹	ʐoŋ²	tau³
落	几	叶	下	来

树叶落下来。

男唱

3-929

写	南	来	韦	机
Ce	nanz	lai	vae	giq

çe¹　naːn²　laːi¹　vai¹　ki⁵

留　久　多　姓　支

久违了情友，

3-930

义	又	动	心	师
Ngeix	youh	doengh	sim	sei

n̠i⁴　jou⁴　toŋ⁴　θin¹　ɕɯ¹

想　又　动　心　思

思念断肝肠。

3-931

你	贝	邦	它	特
Mwngz	bae	bangx	de	dawz

muɯŋ²　pai¹　paːŋ⁴　te¹　tɯu²

你　去　旁　那　守

你去旁边守，

3-932

几	时	托	叶	么
Geij	seiz	doek	mbaw	moq

ki³　θi²　tok⁷　bau¹　mo⁵

几　时　落　叶　新

何时嫩叶落？

女唱

3-933

写	南	来	韦	机
Ce	nanz	lai	vae	giq

çe¹　naːn²　laːi¹　vai¹　ki⁵

留　久　多　姓　支

久违了情友，

3-934

义	又	动	心	师
Ngeix	youh	doengh	sim	sei

n̠i⁴　jou⁴　toŋ⁴　θin¹　ɕɯ¹

想　又　动　心　思

思念断肝肠。

3-935

土	贝	邦	它	特
Dou	bae	bangx	de	dawz

tu¹　pai¹　paːŋ⁴　te¹　tɯu²

我　去　旁　那　守

我去旁边守，

3-936

托	叶	偻	岁	捡
Doek	mbaw	raeuz	caez	gip

tok⁷　bau¹　ɣau²　ɕai²　kip⁷

落　叶　我们　齐　捡

落叶大家捡。

男唱

3-937

写	南	来	了	友
Ce	nanz	lai	liux	youx
çe¹	na:n²	la:i¹	li:u⁴	ju⁴
留	久	多	啰	友

久违了我友，

3-938

小	卡	豆	邦	吨
Souj	gaq	duh	bangx	daemz
θi:u³	ka⁵	tu⁶	pa:ŋ⁴	tan²
守	孤	独	旁	塘

孤身池塘边。

3-939

然	瓦	在	思	恩
Ranz	ngvax	ywq	swh	wnh
ʑa:n²	ŋwa⁴	ju⁵	θɯ¹	an¹
家	瓦	在	思	恩

瓦房在思恩，

3-940

分	安	而	给	备
Baen	aen	lawz	hawj	beix
pan¹	an¹	lau²	həɯ³	pi⁴
分	个	哪	给	兄

送哪座给兄？

女唱

3-941

写	南	来	了	友
Ce	nanz	lai	liux	youx
çe¹	na:n²	la:i¹	li:u⁴	ju⁴
留	久	多	啰	友

久违了我友，

3-942

小	卡	豆	邦	吨
Souj	gaq	duh	bangx	daemz
θi:u³	ka⁵	tu⁶	pa:ŋ⁴	tan²
守	孤	独	旁	塘

孤身池塘边。

3-943

然	瓦	想	牙	分
Ranz	ngvax	siengj	yaek	baen
ʑa:n²	ŋwa⁴	θi:ŋ³	jak⁷	pan¹
家	瓦	想	要	分

想送你瓦房，

3-944

老	芬	龙	不	秀
Lau	faenz	lungz	mbouj	souh
la:u¹	fan²	luŋ²	bou⁵	θi:u⁶
怕	坟	龙	不	受

怕祖宗不要。

男唱

3-945

写　南　来　了　友

Ce　nanz　lai　liux　youx

çe¹　naːn²　laːi¹　liːu⁴　ju⁴

留　久　多　啰　友

久违了我友，

3-946

小　卡　豆　邦　吨

Souj　gaq　duh　bangx　daemz

θiːu³　ka⁵　tu⁶　paːŋ⁴　tan²

守　孤　独　旁　塘

孤身池塘边。

3-947

不　分　玩　不　分

Mbouj　baen　vanz　mbouj　baen

bou⁵　pan¹　vaːn²　bou⁵　pan¹

不　分　还　不　分

不给就不给，

3-948

又　说　芬　不　秀

Youh　naeuz　faenz　mbouj　souh

jou⁴　nau²　fan²　bou⁵　θiːu⁶

又　说　坟　不　受

莫说祖宗拒。

女唱

3-949

写　南　来　了　友

Ce　nanz　lai　liux　youx

çe¹　naːn²　laːi¹　liːu⁴　ju⁴

留　久　多　啰　友

久违了我友，

3-950

小　卡　豆　邦　吨

Souj　gaq　duh　bangx　daemz

θiːu³　ka⁵　tu⁶　paːŋ⁴　tan²

守　孤　独　旁　塘

孤身池塘边。

3-951

然　瓦　在　思　恩

Ranz　ngvax　ywq　swh　wnh

ɹaːn²　ŋwa⁴　ju⁵　θɯ¹　an¹

屋　瓦　在　思　恩

瓦房在思恩，

3-952

子　芬　分　牙　得

Swj　faenz　baen　yax　ndaej

θɯ³　fan²　pan¹　ja⁵　dai³

祖　坟　分　才　得

祖坟旺才得。

男唱

3-953

写	南	来	了	友
Ce	nanz	lai	liux	youx
çe¹	na:n²	la:i¹	li:u⁴	ju⁴

留	久	多	啰	友

久违了我友,

3-954

小	卡	豆	邦	吨
Souj	gaq	duh	bangx	daemz
θi:u³	ka⁵	tu⁶	pa:ŋ⁴	tan²

守	孤	独	旁	塘

孤身池塘边。

3-955

然	瓦	利	阝	安
Ranz	ngvax	lix	boux	aen
ɹa:n²	ŋwa⁴	li⁴	pu⁴	an¹

家	瓦	剩	人	个

每人一间屋,

3-956

才	农	银	土	列
Caih	nuengx	ngaenz	dou	leh
ça:i⁶	nu:ŋ⁴	ŋan²	tu¹	le⁶

随	妹	银	我	选

任小妹你选。

女唱

3-957

写	南	来	了	友
Ce	nanz	lai	liux	youx
çe¹	na:n²	la:i¹	li:u⁴	ju⁴

留	久	多	啰	友

久违了我友,

3-958

小	卡	豆	邦	吨
Souj	gaq	duh	bangx	daemz
θi:u³	ka⁵	tu⁶	pa:ŋ⁴	tan²

守	孤	独	旁	塘

孤身池塘边。

3-959

然	瓦	利	阝	安
Ranz	ngvax	lix	boux	aen
ɹa:n²	ŋwa⁴	li⁴	pu⁴	an¹

家	瓦	剩	人	个

每人一间屋,

3-960

古	存	几	比	观
Guh	caemz	geij	bi	gonq
ku⁴	çan²	ki³	pi¹	ko:n⁵

做	玩	几	年	先

先游玩几年。

男唱

女唱

3-961

写	南	来	了	友
Ce	nanz	lai	liux	youx
çe¹	naːn²	laːi¹	liːu⁴	ju⁴

留　久　多　啰　友

久违了我友，

3-962

小	卡	豆	邦	吨
Souj	gaq	duh	bangx	daemz
θiːu³	ka⁵	tu⁶	paːŋ⁴	tan²

守　孤　独　旁　塘

孤身池塘边。

3-963

加	你	农	古	存
Caj	mwngz	nuengx	guh	caemz
kja³	muɯŋ²	nuːŋ⁴	ku⁴	çan²

等　你　妹　做　玩

等你玩几年，

3-964

然	思	恩	牙	了
Ranz	swh	wnh	yax	liux
ɣaːn²	θuɯ¹	an¹	ja⁵	liːu⁴

家　思　恩　也　完

思恩屋分完。

3-965

写	南	来	了	友
Ce	nanz	lai	liux	youx
çe¹	naːn²	laːi¹	liːu⁴	ju⁴

留　久　多　啰　友

久违了我友，

3-966

小	卡	豆	邦	吨
Souj	gaq	duh	bangx	daemz
θiːu³	ka⁵	tu⁶	paːŋ⁴	tan²

守　孤　独　旁　塘

孤身池塘边。

3-967

然	瓦	占	金	伦
Ranz	ngvax	canh	gim	laenz
ɣaːn²	ŋwa⁴	çaːn⁶	kin¹	lan²

家　瓦　赚　金　伦

瓦屋能赚钱，

3-968

刀	给	坤	马	在
Dauq	hawj	gun	ma	ywq
taːu⁵	həɯ³	kun¹	ma¹	juɯ⁵

倒　给　官　来　住

白让汉人住。

男唱

3-969

写	南	来	韦	机
Ce	nanz	lai	vae	giq
çe¹	naːn²	laːi¹	vai¹	ki⁵
留	久	多	姓	支

久违了情友，

3-970

合	义	由	了	少
Hoz	ngeix	raeuh	liux	sau
ho²	ŋi⁴	ɣau⁶	liːu⁴	θaːu¹
脖	想	多	啰	姑娘

思念妹良多。

3-971

邦	扛	中	马	堂
Baengz	gwed	cungq	ma	daengz
paŋ²	kɯːt⁸	çuŋ⁵	ma¹	taŋ²
朋	扛	枪	来	到

我友扛枪来，

3-972

坤	洋	丢	不	变
Gun	yaeng	deuz	mbouj	bienh
kun¹	jaŋ¹	tiːu²	bou⁵	piːn⁶
官	再	逃	不	便

人来不及跑。

女唱

3-973

写	南	来	了	友
Ce	nanz	lai	liux	youx
çe¹	naːn²	laːi¹	liːu⁴	ju⁴
留	久	多	啰	友

久违了我友，

3-974

小	卡	豆	更	桥
Souj	gaq	duh	gwnz	giuz
θiːu³	ka⁵	tu⁶	kɯn²	kiːu²
守	孤	独	上	桥

孤身在桥上。

3-975

坤	怕	坤	是	丢
Gun	ba	gun	cix	deuz
kun¹	pa⁴	kun¹	çi⁴	tiːu²
官	怕	官	就	逃

汉人怕才跑，

3-976

文	偻	不	可	在
Vunz	raeuz	mbouj	goj	ywq
vun²	ɣau²	bou⁵	ko⁵	ju⁵
人	我们	不	可	住

我们依然住。

男唱

3-977

写　南　来　了　友

Ce　nanz　lai　liux　youx

çe¹　na:n²　la:i¹　li:u⁴　ju⁴

留　久　多　啰　友

久违了我友，

3-978

小　卡　豆　更　楼

Souj　gaq　duh　gwnz　laeuz

θi:u³　ka⁵　tu⁶　kuun²　lau²

守　孤　独　上　楼

孤身住楼上。

3-979

阝　坤　丢　然　偻

Boux　gun　deuz　ranz　raeuz

pu⁴　kun¹　ti:u²　ɹa:n²　ɹau²

个　官　逃　家　我们

汉人逃离去，

3-980

偻　是　却　讲　满

Raeuz　cix　gyo　gangj　monh

ɹau²　çi⁴　kjo¹　ka:ŋ³　mo:n⁶

我们　就　幸亏　讲　情

我两便谈情。

女唱

3-981

写　南　来　了　友

Ce　nanz　lai　liux　youx

çe¹　na:n²　la:i¹　li:u⁴　ju⁴

留　久　多　啰　友

久违了我友，

3-982

小　卡　豆　更　桥

Souj　gaq　duh　gwnz　giuz

θi:u³　ka⁵　tu⁶　kuun²　ki:u²

守　孤　独　上　桥

孤身石桥上。

3-983

阝　坤　是　利　丢

Boux　gun　cix　lij　deuz

pu⁴　kun¹　çi⁴　li⁴　ti:u²

个　官　就　还　逃

汉人都离去，

3-984

讲　文　偻　么　备

Gangj　vunz　raeuz　maq　beix

ka:ŋ³　vun²　ɹau²　ma⁵　pi⁴

讲　人　我们　嘛　兄

何况是我们。

男唱

3-985

写	南	来	了	友
Ce	nanz	lai	liux	youx
çe¹	naːn²	laːi¹	liːu⁴	ju⁴
留	久	多	啰	友

久违了我友，

3-986

小	卡	豆	更	楼
Souj	gaq	duh	gwnz	laeuz
θiːu³	ka⁵	tu⁶	kun²	lau²
守	孤	独	上	楼

孤身在楼上，

3-987

阝	坤	丢	然	偻
Boux	gun	deuz	ranz	raeuz
pu⁴	kun¹	tiːu²	ɹaːn²	ɹau²
人	官	逃	家	我们

汉人逃离去，

3-988

偻	岁	却	得	在
Raeuz	caez	gyo	ndaej	ywq
ɹau²	çai²	kjo¹	dai³	ju⁵
我们	齐	幸亏	得	住

我俩赖着住。

女唱

3-989

写	南	来	了	友
Ce	nanz	lai	liux	youx
çe¹	naːn²	laːi¹	liːu⁴	ju⁴
留	久	多	啰	友

久违了我友，

3-990

小	卡	豆	邦	吨
Souj	gaq	duh	bangx	daemz
θiːu³	ka⁵	tu⁶	paːŋ⁴	tan²
守	孤	独	旁	塘

孤身池塘边。

3-991

勒	独	乜	金	银
Lwg	dog	meh	gim	ngaenz
luk⁸	toːk⁸	me⁶	kin¹	ŋan²
子	独	母	金	银

独子有金银，

3-992

爱	造	然	知	不
Ngaiq	caux	ranz	rox	mbouj
ŋaːi⁵	çaːu⁴	ɹaːn²	ɹo⁴	bou⁵
爱	造	家	或	不

想不想结婚？

男唱

3-993

写	南	来	了	友
Ce	nanz	lai	liux	youx
$çe^1$	$naːn^2$	$laːi^1$	$liːu^4$	ju^4
留	久	多	啰	友

久违了我友，

3-994

小	卡	豆	邦	吨
Souj	gaq	duh	bangx	daemz
$θiːu^3$	ka^5	tu^6	$paːŋ^4$	tan^2
守	孤	独	旁	塘

孤身池塘边。

3-995

勒	独	乜	金	银
Lwg	dog	meh	gim	ngaenz
luk^8	tok^8	me^6	kin^1	$ŋan^2$
子	独	母	金	银

独子有金银，

3-996

爱	龙	芬	龙	符
Ngaiq	loengh	faed	loengh	fouz
$ŋaːi^5$	$loŋ^6$	fat^8	$loŋ^6$	fu^2
爱	弄	佛	弄	符

爱玩弄符法。

女唱

3-997

写	南	来	了	友
Ce	nanz	lai	liux	youx
$çe^1$	$naːn^2$	$laːi^1$	$liːu^4$	ju^4
留	久	多	啰	友

久违了我友，

3-998

小	卡	豆	邦	吨
Souj	gaq	duh	bangx	daemz
$θiːu^3$	ka^5	tu^6	$paːŋ^4$	tan^2
守	孤	独	旁	塘

孤身池塘边。

3-999

龙	符	牙	不	办
Loengh	fouz	yax	mbouj	baenz
$loŋ^6$	fu^2	ja^5	bou^5	pan^2
弄	符	也	不	成

弄符也不成，

3-1000

龙	芬	牙	不	中
Loengh	faed	yax	mbouj	cungq
$loŋ^6$	fat^8	ja^5	bou^5	$çoŋ^5$
弄	佛	也	不	中

拜神也无用。

男唱	女唱

3-1001

写	南	来	了	友
Ce	nanz	lai	liux	youx
$çe^1$	$na:n^2$	$la:i^1$	$li:u^4$	ju^4

留 久 多 啰 友

久违了我友，

3-1002

小	卡	豆	邦	吨
Souj	gaq	duh	bangx	daemz
$θi:u^3$	ka^5	tu^6	$pa:ŋ^4$	tan^2

守 孤 独 旁 塘

孤身池塘边。

3-1003

农	龙	符	空	办
Nuengx	loengh	fouz	ndwi	baenz
$nu:ŋ^4$	$loŋ^6$	fu^2	$du:i^1$	pan^2

妹 弄 符 不 成

妹弄符不成，

3-1004

土	龙	芬	你	累
Dou	loengh	faed	mwngz	laeq
tu^1	$loŋ^6$	fat^8	$mɯŋ^2$	lai^5

我 弄 佛 你 看

我弄神你看。

3-1005

写	南	来	了	友
Ce	nanz	lai	liux	youx
$çe^1$	$na:n^2$	$la:i^1$	$li:u^4$	ju^4

留 久 多 啰 友

久违了我友，

3-1006

小	卡	豆	邦	吨
Souj	gaq	duh	bangx	daemz
$θi:u^3$	ka^5	tu^6	$pa:ŋ^4$	tan^2

守 孤 独 旁 塘

孤身池塘边。

3-1007

观	儿	卩	龙	芬
Gonq	geij	boux	loengh	faed
$ko:n^5$	ki^3	pu^4	$loŋ^6$	fat^8

先 几 个 弄 佛

曾有人弄神，

3-1008

浪	空	办	么	古
Laeng	ndwi	baenz	maz	guh
$laŋ^1$	$du:i^1$	pan^2	ma^2	ku^4

后 不 成 什么 做

后一事无成。

男唱

3-1009

写　南　来　了　友
Ce　nanz　lai　liux　youx
çe¹　na:n²　la:i¹　li:u⁴　ju⁴
留　久　多　啰　友
久违了我友，

3-1010

小　卡　豆　邦　吨
Souj　gaq　duh　bangx　daemz
θi:u³　ka⁵　tu⁶　pa:ŋ⁴　tan²
守　孤　独　旁　塘
孤身池塘边。

3-1011

观　几　卟　龙　芬
Gonq　geij　boux　loengh　faed
ko:n⁵　ki³　pu⁴　loŋ⁶　fat⁸
先　几　个　弄　佛
曾有人弄神，

3-1012

浪　得　更　天　下
Laeng　ndaej　gaem　denh　yah
laŋ¹　dai³　kan¹　ti:n¹　ja⁶
后　得　握　天　下
后得坐天下。

男唱

3-1013

写　南　来　了　友
Ce　nanz　lai　liux　youx
çe¹　na:n²　la:i¹　li:u⁴　ju⁴
留　久　多　啰　友
久违了我友，

3-1014

小　卡　豆　邦　吨
Souj　gaq　duh　bangx　daemz
θi:u³　ka⁵　tu⁶　pa:ŋ⁴　tan²
守　孤　独　旁　塘
孤身池塘边，

3-1015

玩　金　完　玩　银
Vanj　gim　vuenh　vanj　ngaenz
va:n³　kin¹　vu:n⁶　va:n³　ŋan²
碗　金　换　碗　银
金碗换银碗，

3-1016

乜　你　从　知　不
Meh　mwngz　coengz　rox　mbouj
me⁶　muŋ²　çoŋ²　ʐo⁴　bou⁵
母　你　从　或　不
你母愿意不？

女唱

3-1017

写	南	来	了	友
Ce	nanz	lai	liux	youx
çe¹	na:n²	la:i¹	li:u⁴	ju⁴

留	久	多	啰	友

久违了我友，

3-1018

小	卡	豆	桥	朋
Souj	gaq	duh	giuz	bungz
θi:u³	ka⁵	tu⁶	ki:u²	puŋ²

守	孤	独	桥	篷

孤身桥篷下。

3-1019

乜	土	刀	可	从
Meh	dou	dauq	goj	coengz
me⁶	tu¹	ta:u⁵	ko⁵	çoŋ²

母	我	倒	可	从

我母会愿意，

3-1020

老	备	银	不	爱
Lau	beix	ngaenz	mbouj	ngaiq
la:u¹	pi⁴	ŋan²	bou⁵	ŋa:i⁵

怕	兄	银	不	爱

怕兄不愿意。

男唱

3-1021

写	南	来	了	友
Ce	nanz	lai	liux	youx
çe¹	na:n²	la:i¹	li:u⁴	ju⁴

留	久	多	啰	友

久违了我友，

3-1022

小	卡	豆	桥	朋
Souj	gaq	duh	giuz	bungz
θi:u³	ka⁵	tu⁶	ki:u²	puŋ²

守	孤	独	桥	篷

孤身桥篷下。

3-1023

乜	农	狼	可	从
Meh	nuengx	langh	goj	coengz
me⁶	nu:ŋ⁴	la:ŋ⁶	ko⁵	çoŋ²

母	妹	若	可	从

妹母若愿意，

3-1024

龙	是	下	字	定
Lungz	cix	roengz	saw	dingh
luŋ²	çi⁴	ɣoŋ²	θaɯ¹	tiŋ⁶

龙	就	下	书	订

兄就下聘礼。

女唱

3-1025

写	南	来	了	友
Ce	nanz	lai	liux	youx
çe¹	na:n²	la:i¹	li:u⁴	ju⁴

留　久　多　啰　友

久违了我友，

3-1026

小	卡	豆	桥	朋
Souj	gaq	duh	giuz	bungz
θi:u³	ka⁵	tu⁶	ki:u²	puŋ²

守　孤　独　桥　篷

孤身桥篷下。

3-1027

阝	从	阝	不	从
Boux	coengz	boux	mbouj	coengz
pu⁴	çoŋ²	pu⁴	bou⁵	çoŋ²

个　从　个　不　从

若非都愿意，

3-1028

心	岁	下	牙	得
Sim	caez	roengz	yax	ndaej
θin¹	çai²	ɣoŋ²	ja⁵	dai³

心　齐　下　才　得

心齐才成事。

女唱

3-1029

写	南	来	了	友
Ce	nanz	lai	liux	youx
çe¹	na:n²	la:i¹	li:u⁴	ju⁴

留　久　多　啰　友

久违了我友，

3-1030

小	卡	豆	桥	朋
Souj	gaq	duh	giuz	bungz
θi:u³	ka⁵	tu⁶	ki:u²	puŋ²

守　孤　独　桥　篷

孤身桥篷下。

3-1031

本	叫	你	古	皇
Mbwn	heuh	mwngz	guh	vuengz
bun¹	he:u⁶	muŋ²	ku⁴	vu:ŋ²

天　叫　你　做　皇

天要你为皇，

3-1032

管	几	来	长	丁
Guenj	gij	lai	cangq	dingh
ku:n³	ki³	la:i¹	ça:ŋ²	tiŋ⁵

管　几　多　壮　丁

管多少人口。

男唱	女唱

3-1033

写	南	来	了	友
Ce	nanz	lai	liux	youx
çe¹	na:n²	la:i¹	li:u⁴	ju⁴
留	久	多	啰	友

久违了我友，

3-1034

小	卡	豆	桥	朋
Souj	gaq	duh	giuz	bungz
θi:u³	ka⁵	tu⁶	ki:u²	puŋ²
守	孤	独	桥	篷

孤身桥篷下。

3-1035

本	叫	你	古	皇
Mbwn	heuh	mwngz	guh	vuengz
bɯn¹	he:u⁶	mɯŋ²	ku⁴	vu:ŋ²
天	叫	你	做	皇

天任我为皇，

3-1036

拉	本	土	管	了
Laj	mbwn	dou	guenj	liux
la³	bɯn¹	tu¹	ku:n³	li:u⁴
下	天	我	管	完

黎民我全管。

3-1037

写	南	来	了	友
Ce	nanz	lai	liux	youx
çe¹	na:n²	la:i¹	li:u⁴	ju⁴
留	久	多	啰	友

久违了我友，

3-1038

小	卡	豆	桥	朋
Souj	gaq	duh	giuz	bungz
θi:u³	ka⁵	tu⁶	ki:u²	puŋ²
守	孤	独	桥	篷

孤身桥篷下。

3-1039

邦	达	论	蒙	蒙
Bangx	dah	laep	moengz	moengz
pa:ŋ⁴	ta⁶	lap⁷	moŋ²	moŋ²
旁	河	黑	蒙	蒙

河畔灰蒙蒙，

3-1040

站	方	而	了	备
Soengz	fueng	lawz	liux	beix
θoŋ²	fu:ŋ¹	lau²	li:u⁴	pi⁴
站	方	哪	啰	兄

兄今在何方。

男唱

3-1041

写	南	来	了	友
Ce	nanz	lai	liux	youx
çe¹	na:n²	la:i¹	li:u⁴	ju⁴
留	久	多	啰	友

久违了我友，

3-1042

小	卡	豆	桥	朋
Souj	gaq	duh	giuz	bungz
θi:u³	ka⁵	tu⁶	ki:u²	puŋ²
守	孤	独	桥	篷

孤身桥篷下。

3-1043

爱	采	南	古	荣
Ngaiq	caij	namh	guh	yungz
ŋa:i⁵	ça:i³	na:n⁶	ku⁴	juŋ²
爱	踩	土	做	溶

脚踏天下土，

3-1044

方	而	方	不	在
Fueng	lawz	fueng	mbouj	ywq
fu:ŋ¹	lau²	fu:ŋ¹	bou⁵	ju⁵
方	哪	方	不	在

何处无足迹。

女唱

3-1045

写	南	来	了	友
Ce	nanz	lai	liux	youx
çe¹	na:n²	la:i¹	li:u⁴	ju⁴
留	久	多	啰	友

久违了我友，

3-1046

小	卡	豆	桥	朋
Souj	gaq	duh	giuz	bungz
θi:u³	ka⁵	tu⁶	ki:u²	puŋ²
守	孤	独	桥	篷

孤身桥篷下。

3-1047

邦	达	论	蒙	蒙
Bangx	dah	laep	moengz	moengz
pa:ŋ⁴	ta⁶	lap⁷	moŋ²	moŋ²
傍	河	黑	蒙	蒙

河畔灰蒙蒙，

3-1048

站	方	而	中	先
Soengz	fueng	lawz	cuengq	sienq
θoŋ²	fu:ŋ¹	lau²	çu:ŋ⁵	θi:n⁵
站	方	哪	放	线

何处能下钓？

男唱

3-1049

写	南	来	了	友
Ce	nanz	lai	liux	youx
çe¹	naːn²	laːi¹	liːu⁴	ju⁴

| 留 | 久 | 多 | 啰 | 友 |

久违了我友,

3-1050

小	卡	豆	桥	朋
Souj	gaq	duh	giuz	bungz
θiːu³	ka⁵	tu⁶	kiːu²	puŋ²

| 守 | 孤 | 独 | 桥 | 篷 |

孤身桥篷下。

3-1051

爱	采	南	古	荣
Ngaiq	caij	namh	guh	yungz
ŋaːi⁵	çaːi³	naːn⁶	ku⁴	juŋ²

| 爱 | 踩 | 土 | 做 | 溶 |

足迹遍天下,

3-1052

站	方	而	土	得
Soengz	fueng	lawz	doq	ndaej
θoŋ²	fuːŋ¹	lauu²	to⁵	dai³

| 站 | 方 | 哪 | 都 | 得 |

可四海为家。

女唱

3-1053

写	南	来	了	友
Ce	nanz	lai	liux	youx
çe¹	naːn²	laːi¹	liːu⁴	ju⁴

| 留 | 久 | 多 | 啰 | 友 |

久违了我友,

3-1054

小	卡	豆	桥	朋
Souj	gaq	duh	giuz	bungz
θiːu³	ka⁵	tu⁶	kiːu²	puŋ²

| 守 | 孤 | 独 | 桥 | 篷 |

孤身桥篷下。

3-1055

邦	达	论	蒙	蒙
Bangx	dah	laep	moengz	moengz
paːŋ⁴	ta⁶	lap⁷	moŋ²	moŋ²

| 傍 | 河 | 黑 | 蒙 | 蒙 |

河畔灰蒙蒙,

3-1056

老	是	龙	反	少
Lau	cix	lungz	fan	sau
laːu¹	çi⁴	luŋ²	faːn¹	θaːu¹

| 怕 | 是 | 龙 | 翻 | 姑娘 |

怕是兄叛妹。

男唱

3-1057

写	南	来	了	友
Ce	nanz	lai	liux	youx
çe¹	na:n²	la:i¹	li:u⁴	ju⁴

留　久　多　啰　友

久违了我友，

3-1058

小	卡	豆	桥	朋
Souj	gaq	duh	giuz	bungz
θi:u³	ka⁵	tu⁶	ki:u²	puŋ²

守　孤　独　桥　篷

孤身桥篷下。

3-1059

邦	达	论	蒙	蒙
Bangx	dah	laep	moengz	moengz
pa:ŋ⁴	ta⁶	lap⁷	moŋ²	moŋ²

傍　河　黑　蒙　蒙

河畔黑蒙蒙，

3-1060

点	灯	龙	牙	亮
Diemj	daeng	loengz	yax	rongh
ti:n³	taŋ¹	loŋ²	ja⁵	ɹo:ŋ⁶

点　灯　笼　才　亮

点灯笼照明。

女唱

3-1061

写	南	来	了	友
Ce	nanz	lai	liux	youx
çe¹	na:n²	la:i¹	li:u⁴	ju⁴

留　久　多　啰　友

久违了我友，

3-1062

小	卡	豆	桥	朋
Souj	gaq	duh	giuz	bungz
θi:u³	ka⁵	tu⁶	ki:u²	puŋ²

守　孤　独　桥　篷

孤身桥篷下。

3-1063

贝	得	田	四	方
Bae	ndaej	denz	seiq	fueng
pai¹	dai³	te:n²	θei⁵	fu:ŋ¹

去　得　地　四　方

远方得好地，

3-1064

那	翁	说	那	良
Naz	ong	naeuz	naz	rengx
na²	o:ŋ¹	nau²	na²	ɹe:ŋ⁴

田　肥沃　或　田　旱

肥田或旱田。

男唱

3-1065

写	南	来	了	友
Ce	nanz	lai	liux	youx
çe¹	naːn²	laːi¹	liːu⁴	ju⁴
留	久	多	啰	友

久违了我友,

3-1066

小	卡	豆	桥	朋
Souj	gaq	duh	giuz	bungz
θiːu³	ka⁵	tu⁶	kiːu²	puŋ²
守	孤	独	桥	篷

孤身桥篷下。

3-1067

貝	得	田	四	方
Bae	ndaej	denz	seiq	fueng
pai¹	dai³	teːn²	θei⁵	fuːŋ¹
去	得	地	四	方

远方得好地,

3-1068

那	翁	办	地	歪
Naz	ong	baenz	reih	faiq
na²	oːŋ¹	pan²	ɣei⁶	vaːi⁵
田	肥沃	成	地	棉

水田变棉地。

女唱

3-1069

写	南	来	了	友
Ce	nanz	lai	liux	youx
çe¹	naːn²	laːi¹	liːu⁴	ju⁴
留	久	多	啰	友

久违了我友,

3-1070

小	卡	豆	桥	朋
Souj	gaq	duh	giuz	bungz
θiːu³	ka⁵	tu⁶	kiːu²	puŋ²
守	孤	独	桥	篷

孤身桥篷下。

3-1071

貝	得	田	四	方
Bae	ndaej	denz	seiq	fueng
pai¹	dai³	teːn²	θei⁵	fuːŋ¹
去	得	地	四	方

远方得好地,

3-1072

种	果	中	果	补
Ndaem	go	coeng	go	mbuq
dan¹	ko¹	çoŋ¹	ko¹	bu⁵
种	棵	葱	棵	蓖麻

只能种麻类。

男唱

3-1073

写	南	来	了	罗
Ce	nanz	lai	liux	loh
çe¹	naːn²	laːi¹	liːu⁴	lo⁶

留	久	多	啰	路

久不走老路,

3-1074

吨	莫	贝	秋	王
Daeb	mboq	bae	ciuz	vaengz
tat⁸	bo⁵	paːi¹	çiːu²	vaŋ²

砌	泉	去	朝	潭

修泉入大潭。

3-1075

观	贝	堂	它	堂
Gonq	bae	dangq	daq	dangq
koːn⁵	paːi¹	taːŋ⁵	ta⁵	taːŋ⁵

先	去	趟	连	趟

曾经走几趟,

3-1076

得	王	尝	了	农
Ndaej	vaengz	caengz	liux	nuengx
dai³	vaŋ²	çaŋ²	liːu⁴	nuːŋ⁴

得	潭	未	咧	妹

到不到潭边?

女唱

3-1077

写	南	来	了	罗
Ce	nanz	lai	liux	loh
çe¹	naːn²	laːi¹	liːu⁴	lo⁶

留	久	多	啰	路

久不走老路,

3-1078

吨	莫	贝	秋	王
Daeb	mboq	bae	ciuz	vaengz
tat⁸	bo⁵	paːi¹	çiːu²	vaŋ²

砌	泉	去	朝	潭

修泉入大潭。

3-1079

额	可	足	江	堂
Ngieg	goj	cug	gyang	dangz
ŋeːk⁸	ko⁵	çuk⁸	kjaːŋ¹	taːŋ²

蛟	龙	可	绑	中	堂

蛟龙在大堂,

3-1080

得	王	少	不	知
Ndaej	vaengz	sau	mbouj	rox
dai³	vaŋ²	θaːu¹	bou⁵	ɹo⁴

得	潭	姑 娘	不	知

哪里见大潭。

男唱

3-1081

写	南	来	了	罗
Ce	nanz	lai	liux	loh
çe¹	na:n²	la:i¹	li:u⁴	lo⁶

留	久	多	啰	路

久不走老路，

3-1082

吨	莫	貝	秋	王
Daeb	mboq	bae	ciuz	vaengz
tat⁸	bo⁵	pai¹	çi:u²	van²

砌	泉	去	朝	潭

引泉水通潭。

3-1083

伏	报	堂	英	刚
Fwx	bauq	daengz	ing	gang
fə⁴	pa:u⁵	taŋ²	iŋ¹	ka:ŋ¹

别人	报	到	英	刚

传言到英刚，

3-1084

龙	得	王	貝	了
Lungz	ndaej	vaengz	bae	liux
luŋ²	dai³	van²	pai¹	li:u⁴

龙	得	潭	去	完

兄已到达潭。

女唱

3-1085

写	南	来	了	罗
Ce	nanz	lai	liux	loh
çe¹	na:n²	la:i¹	li:u⁴	lo⁶

留	久	多	啰	路

久不走老路，

3-1086

吨	莫	貝	秋	王
Daeb	mboq	bae	ciuz	vaengz
tat⁸	bo⁵	pai¹	çi:u²	van²

砌	泉	去	朝	潭

引泉水入潭。

3-1087

义	勒	伏	古	诱
Nyi	lwg	fwx	guh	byaengz
ȵi¹	luk⁸	fə⁴	ku⁴	pjaŋ²

听	子	别人	做	骗

你受别人骗，

3-1088

王	在	而	了	备
Vaengz	ywq	lawz	liux	beix
va:ŋ²	ju⁵	lau²	li:u⁴	pi⁴

潭	在	哪	啰	兄

哪里到大潭。

男唱

3-1089

写	南	来	了	罗
Ce	nanz	lai	liux	loh
çe^1	na:n^2	la:i^1	li:u^4	lo^6

留	久	多	啰	路

久不走此路，

3-1090

吨	莫	贝	秋	王
Daeb	mboq	bae	ciuz	vaengz
tat^8	bo^5	pai^1	çi:u^2	vaŋ^2

砌	泉	去	朝	潭

引泉入大潭。

3-1091

不	特	讲	古	诱
Mbouj	dwg	gangj	guh	byaengz
bou^5	tuk^8	ka:ŋ^3	ku^4	pjaŋ^2

不	是	讲	做	骗

不是在骗你，

3-1092

真	得	王	大	才
Caen	ndaej	vaengz	dah	raix
çin^1	dai^3	vaŋ^2	ta^6	ɹa:i^4

真	得	潭	实	在

真的到大潭。

女唱

3-1093

写	南	来	了	罗
Ce	nanz	lai	liux	loh
çe^1	na:n^2	la:i^1	li:u^4	lo^6

留	久	多	啰	路

久不走此路，

3-1094

吨	莫	贝	秋	王
Daeb	mboq	bae	ciuz	vaengz
tat^8	bo^5	pai^1	çi:u^2	vaŋ^2

砌	泉	去	朝	潭

引泉水入潭。

3-1095

额	牙	尝	得	王
Ngieg	yax	caengz	ndaej	vaengz
ŋe:k^8	ja^5	çaŋ^2	dai^3	vaŋ^2

蛟	龙	也	未	得	潭

蛟龙未归潭，

3-1096

娘	牙	尝	得	主
Nangz	yax	caengz	ndaej	cawj
na:n^2	ja^5	çaŋ^2	dai^3	çəu^3

姑	娘	也	未	得	主

妹未有夫君。

男唱

女唱

3-1097

写	南	来	了	罗
Ce	nanz	lai	liux	loh
çe¹	naːn²	laːi¹	liːu⁴	lo⁶

留	久	多	啰	路

久不走此路，

3-1098

吨	莫	貝	秋	王
Daeb	mboq	bae	ciuz	vaengz
tat⁸	bo⁵	paːi¹	çiːu²	vaŋ²

砌	泉	去	朝	潭

引泉入大潭。

3-1099

挖	莫	是	挖	尚
Vat	mboq	cix	vat	sang
vaːt⁷	bo⁵	çi⁴	vaːt⁷	θaːŋ¹

挖	泉	就	挖	高

泉要挖深点，

3-1100

兰	要	鱼	跟	蛟
Lanz	aeu	bya	riengz	nyauh
laːn²	au¹	pjaː¹	ʑiːr²	ɲaːu⁶

拦	要	鱼	跟	虾

要拦鱼和虾。

3-1101

写	南	来	了	罗
Ce	nanz	lai	liux	loh
çe¹	naːn²	laːi¹	liːu⁴	lo⁶

留	久	多	啰	路

久不走此路，

3-1102

吨	莫	貝	秋	王
Daeb	mboq	bae	ciuz	vaengz
tat⁸	bo⁵	paːi¹	çiːu²	vaŋ²

砌	泉	去	朝	潭

引泉入大潭。

3-1103

挖	莫	是	尝	堂
Vat	mboq	cix	caengz	daengz
vaːt⁷	bo⁵	çi⁴	çaŋ²	taŋ²

挖	泉	就	未	到

泉还未修通，

3-1104

样	而	兰	得	刀
Yiengh	lawz	lanz	ndaej	dauq
juːŋ⁶	lau²	laːn²	dai³	taːu⁵

样	哪	拦	得	回

哪拦得鱼虾?

男唱

3-1105

写	南	来	了	罗
Ce	nanz	lai	liux	loh
ce^1	$na:n^2$	$la:i^1$	$li:u^4$	lo^6

留	久	多	啰	路

久不走此路，

3-1106

吨	莫	贝	秋	王
Daeb	mboq	bae	ciuz	vaengz
tat^8	bo^5	pai^1	$ci:u^2$	van^2

砌	泉	去	朝	潭

引泉入大潭。

3-1107

挖	莫	是	挖	尚
Vat	mboq	cix	vat	sang
$va:t^7$	bo^5	ci^4	$va:t^7$	$\theta a:\eta^1$

挖	泉	就	挖	高

泉要挖深点，

3-1108

魚	在	王	达	老
Bya	ywq	vaengz	dah	laux
pja^1	ju^5	van^2	ta^6	$la:u^4$

鱼	在	潭	河	大

引来大河鱼。

女唱

3-1109

写	南	来	了	罗
Ce	nanz	lai	liux	loh
ce^1	$na:n^2$	$la:i^1$	$li:u^4$	lo^6

留	久	多	啰	路

久不走此路，

3-1110

吨	莫	贝	秋	王
Daeb	mboq	bae	ciuz	vaengz
tat^8	bo^5	pai^1	$ci:u^2$	van^2

砌	泉	去	朝	潭

引泉入大潭。

3-1111

挖	莫	是	尝	堂
Vat	mboq	cix	caengz	daengz
$va:t^7$	bo^5	ci^4	can^2	tan^2

挖	泉	就	未	到

泉眼未挖通，

3-1112

魚	在	王	先	丢
Bya	ywq	vaengz	senq	deuz
pja^1	ju^5	van^2	$\theta e:n^5$	$ti:u^2$

鱼	在	潭	早	逃

渊中鱼逃走。

男唱

3-1113

写	南	来	了	罗
Ce	nanz	lai	liux	loh
çe¹	naːn²	laːi¹	liːu⁴	lo⁶
留	久	多	啰	路

久不走此路，

3-1114

吨	莫	貝	秋	吨
Daeb	mboq	bae	ciuz	daemz
tat⁸	bo⁵	paːi¹	çiːu²	tan²
砌	泉	去	朝	塘

引泉水入塘。

3-1115

挖	莫	是	尝	真
Vat	mboq	cix	caengz	caen
vaːt⁷	bo⁵	çi⁴	çaŋ²	çin¹
挖	泉	就	未	真

泉眼未修好，

3-1116

魚	先	付	更	水
Bya	senq	fouz	gwnz	raemx
pja¹	θeːn⁵	fu²	kɯn²	ɹan⁴
鱼	早	浮	上	水

鱼儿早死光。

女唱

3-1117

写	南	来	了	罗
Ce	nanz	lai	liux	loh
çe¹	naːn²	laːi¹	liːu⁴	lo⁶
留	久	多	啰	路

久不走此路，

3-1118

吨	莫	貝	秋	桥
Daeb	mboq	bae	ciuz	giuz
tat⁸	bo⁵	paːi¹	çiːu⁶	kiːu²
砌	泉	去	朝	桥

引泉往桥下。

3-1119

挖	莫	是	挖	快
Vat	mboq	cix	vat	riuz
vaːt⁷	bo⁵	çi⁴	vaːt⁷	ɹiːu²
挖	泉	就	挖	快

挖泉要快速，

3-1120

魚	拉	桥	貝	了
Bya	laj	giuz	bae	liux
pja¹	la³	kiːu²	paːi¹	liːu⁴
鱼	下	桥	去	完

否则鱼跑光。

男唱

3-1121

写　南　来　了　罗
Ce　nanz　lai　liux　loh
çe¹　naːn²　laːi¹　liːu⁴　lo⁶
留　久　多　啰　路
久不走此路，

3-1122

吨　莫　貝　秋　桥
Daeb　mboq　bae　ciuz　giuz
tat⁸　bo⁵　paːi¹　çiːu²　kiːu²
砌　泉　去　朝　桥
引泉通桥下。

3-1123

邦　挖　莫　空　快
Baengz　vat　mboq　ndwi　riuz
paŋ²　vaːt⁷　bo⁵　duːi¹　ɹiːu²
朋　挖　泉　不　快
你挖泉不快，

3-1124

魚　下　桥　正　对
Bya　roengz　giuz　cingq　doiq
pja¹　ɹoŋ²　kiːu²　çiŋ⁵　toːi⁵
鱼　下　桥　正　对
活该鱼逃走。

女唱

3-1125

写　南　来　了　罗
Ce　nanz　lai　liux　loh
çe¹　naːn²　laːi¹　liːu⁴　lo⁶
留　久　多　啰　路
久不走此路，

3-1126

吨　莫　貝　秋　依
Daeb　mboq　bae　ciuz　rij
tat⁸　bo⁵　paːi¹　çiːu²　ɹi³
砌　泉　去　朝　溪
引泉水入溪。

3-1127

邦　挖　莫　空　好
Baengz　vat　mboq　ndwi　ndei
paŋ²　vaːt⁷　bo⁵　duːi¹　dei¹
朋　挖　泉　不　好
你泉未挖好，

3-1128

蛟　更　吉　貝　了
Nyauh　gwnz　giz　bae　liux
ŋaːu⁶　kun²　ki²　paːi¹　liːu⁴
虾　上　处　去　完
虾儿全跑光。

男唱

3-1129

写	南	来	了	罗
Ce	nanz	lai	liux	loh
çe¹	na:n²	la:i¹	li:u⁴	lo⁶

留 久 多 啰 路
久不走此路，

3-1130

吨	莫	貝	秋	依
Daeb	mboq	bae	ciuz	rij
tat⁸	bo⁵	pai¹	çi:u²	ɹi³

砌 泉 去 朝 溪
引泉水入溪。

3-1131

邦	挖	莫	空	好
Baengz	vat	mboq	ndwi	ndei
paŋ²	va:t⁷	bo⁵	du:i¹	dei¹

朋 挖 泉 不 好
你挖泉不通，

3-1132

蛟	更	吉	正	对
Nyauh	gwnz	giz	cingq	doiq
ȵa:u⁶	kɯn²	ki²	çiŋ⁵	to:i⁵

虾 上 处 正 对
虾儿已退走。

女唱

3-1133

写	南	来	了	罗
Ce	nanz	lai	liux	loh
çe¹	na:n²	la:i¹	li:u⁴	lo⁶

留 久 多 啰 路
久不走此路，

3-1134

吨	莫	貝	秋	依
Daeb	mboq	bae	ciuz	rij
tat⁸	bo⁵	pai¹	çi:u²	ɹi³

砌 泉 去 朝 溪
引泉水入溪。

3-1135

邦	挖	莫	空	好
Baengz	vat	mboq	ndwi	ndei
paŋ²	va:t⁷	bo⁵	du:i¹	dei¹

朋 挖 泉 不 好
你泉未挖好，

3-1136

龙	飞	貝	王	老
Lungz	fi	bae	vaengz	laux
luŋ²	fi¹	pai¹	vaŋ²	la:u⁴

龙 飞 去 潭 大
龙已下大潭。

男唱

3-1137

写	南	来	了	罗
Ce	nanz	lai	liux	loh
çe¹	naːn²	laːi¹	liːu⁴	lo⁶

留	久	多	啰	路

久不走此路，

3-1138

吨	莫	贝	秋	依
Daeb	mboq	bae	ciuz	rij
tat⁸	bo⁵	paːi¹	çiːu²	ȵi³

砌	泉	去	朝	溪

引泉水入溪。

3-1139

友	在	拜	皮	义
Youx	ywq	baih	bienz	nyiz
ju⁴	juŋ⁵	paːi⁶	piːn²	ȵi²

友	在	边	便	宜

友在占便宜，

3-1140

难	为	土	卢	元
Nanz	vih	dou	louz	yienh
naːn²	vei⁶	tu¹	lu²	joːn⁶

难	为	我	流	连

难为我游荡。

女唱

3-1141

写	南	来	了	罗
Ce	nanz	lai	liux	loh
çe¹	naːn²	laːi¹	liːu⁴	lo⁶

留	久	多	啰	路

久不走此路，

3-1142

吨	莫	贝	秋	依
Dacb	mboq	bae	ciuz	rij
tat⁸	bo⁵	paːi¹	çiu²	ȵi³

砌	泉	去	朝	溪

引泉水入溪。

3-1143

平	罗	近	罗	远
Bingz	loh	gyawj	loh	gyae
piŋ²	lo⁶	kjaɯ³	lo⁶	kjaːi¹

凭	路	近	路	远

无论你远近，

3-1144

皮	义	可	来	良
Bienz	nyiz	goj	lai	lingh
piːn²	ȵi²	ko⁵	laːi¹	leːŋ⁶

便	宜	可	多	另

便宜占优势。

男唱

3-1145

写　南　来　了　罗
Ce　nanz　lai　liux　loh
çe¹　naːn²　laːi¹　liːu⁴　lo⁶

留　久　多　啰　路
久不走此路，

3-1146

吨　莫　贝　秋　依
Daeb　mboq　bae　ciuz　rij
tat⁸　bo⁵　paːi¹　çiːu²　ɹi³

砌　泉　去　朝　溪
引泉水入溪。

3-1147

田　而　作　告　火
Denz　lawz　coq　gau　feiz
teːn²　lauɯ²　ço⁵　kaːu¹　fi²

地　哪　放　次　火
故地放把火，

3-1148

同　立　板　内　乃
Doengh　liz　mbanj　neix　naih
toŋ²　li²　baːn³　ni⁴　naːi⁶

相　离　村　这　久
离别这么久。

女唱

3-1149

写　南　来　了　罗
Ce　nanz　lai　liux　loh
çe¹　naːn²　laːi¹　liːu⁴　lo⁶

留　久　多　啰　路
久不走此路，

3-1150

吨　莫　贝　秋　依
Daeb　mboq　bae　ciuz　rij
tat⁸　bo⁵　paːi¹　çiːu²　ɹi³

砌　泉　去　朝　溪
引泉水入溪。

3-1151

正　义　牙　空　米
Cingz　ngeih　yax　ndwi　miz
çiŋ²　ṇi⁶　ja⁵　duːi¹　mi²

情　义　也　不　有
信物不见有，

3-1152

立　贝　牙　正　对
Liz　bae　yax　cingq　doiq
li²　paːi¹　ja⁵　çiŋ⁵　toːi⁵

离　去　也　正　对
分别正合适。

男唱

3-1153

写	南	来	了	罗
Ce	nanz	lai	liux	loh

$çe^1$　$na:n^2$　$la:i^1$　$li:u^4$　lo^6

留	久	多	啰	路

久不走此路，

3-1154

吨	莫	貝	秋	依
Daeb	mboq	bae	ciuz	rij

tat^8　bo^5　pai^1　$çi:u^2$　$ɹi^3$

砌	泉	去	朝	溪

引泉水入溪。

3-1155

正	义	备	厉	米
Cingz	ngeih	beix	nyienh	miz

$çiŋ^2$　$ɲi^6$　pi^4　$ɳu:n^6$　mi^2

情	义	兄	愿	有

信物兄本有，

3-1156

不	干	写	给	伏
Mbouj	gam	ce	hawj	fwx

bou^5　$ka:n^1$　$çe^1$　$həw^3$　$fə^4$

不	甘	留	给	别人

不甘赠别人。

女唱

3-1157

写	南	来	了	罗
Ce	nanz	lai	liux	loh

$çe^1$　$na:n^2$　$la:i^1$　$li:u^4$　lo^6

留	久	多	啰	路

久不走此路，

3-1158

吨	莫	貝	秋	依
Daeb	mboq	bae	ciuz	rij

tat^8　bo^5　pai^1　$çi:u^2$　$ɹi^3$

砌	泉	去	朝	溪

引泉水入溪。

3-1159

要	钢	连	马	提
Aeu	gang	lienh	ma	diz

au^1　$ka:ŋ^1$　$li:n^6$　ma^1　ti^2

要	钢	炼	来	锻造

用精钢打造，

3-1160

你	支	给	土	累
Mwngz	si	hawj	dou	laeq

$muŋ^2$　$θi^1$　$həw^3$　tu^1　lai^5

你	赊	给	我	看

你借给我看。

男唱	女唱

3-1161

写	南	来	了	罗
Ce	nanz	lai	liux	loh
çe¹	naːn²	laːi¹	liːu⁴	lo⁶
留	久	多	啰	路

久不走此路，

3-1162

吨	莫	贝	秋	依
Daeb	mboq	bae	ciuz	rij
tat⁸	bo⁵	pai¹	çiːu²	ɹi³
砌	泉	去	朝	溪

引泉水入溪。

3-1163

土	是	想	牙	支
Dou	cix	siengj	yaek	si
tu¹	çi⁴	θiːŋ³	jak⁷	θi¹
我	是	想	要	赊

我想借给你，

3-1164

老	贵	你	不	中
Lau	gwiz	mwngz	mbouj	cuengq
laːu¹	kui²	muɯŋ²	bou⁵	çuːŋ⁵
怕	丈夫	你	不	放

怕你夫不放。

3-1165

写	南	来	了	罗
Ce	nanz	lai	liux	loh
çe¹	naːn²	laːi¹	liːu⁴	lo⁶
留	久	多	啰	路

久不走此路，

3-1166

吨	莫	贝	秋	依
Daeb	mboq	bae	ciuz	rij
tat⁸	bo⁵	pai¹	çiːu²	ɹi³
砌	泉	去	朝	溪

引泉水入溪。

3-1167

不	支	玩	不	支
Mbouj	si	vanz	mbouj	si
bou⁵	θi¹	vaːn²	bou⁵	θi¹
不	赊	还	不	赊

不借就不借，

3-1168

又	说	贵	不	中
Youh	naeuz	gwiz	mbouj	cuengq
jou⁴	nau²	kui²	bou⁵	çuːŋ⁵
又	说	丈夫	不	放

莫说夫不放。

男唱

3-1169

写	南	来	了	罗
Ce	nanz	lai	liux	loh
$çe^1$	$na:n^2$	$la:i^1$	$li:u^4$	lo^6
留	久	多	啰	路

久不走此路，

3-1170

吨	莫	貝	秋	依
Daeb	mboq	bae	ciuz	rij
tat^8	bo^5	pai^1	$çi:u^2$	$ɹi^3$
砌	泉	去	朝	溪

引泉水入溪。

3-1171

九	卡	田	你	好
Riuz	gaq	denz	mwngz	ndei
$ɹi:u^2$	ka^5	$te:n^2$	$mɯŋ^2$	dei
传	这	地	你	好

传你地方好，

3-1172

支	土	貝	托	不
Si	dou	bae	doh	mbouj
$θi^1$	tu^1	pai^1	to^6	bou^5
赊	我	去	向	不

我能过去否？

女唱

3-1173

写	南	来	了	罗
Ce	nanz	lai	liux	loh
$çe^1$	$na:n^2$	$la:i^1$	$li:u^4$	lo^6
留	久	多	啰	路

久不走此路，

3-1174

吨	莫	貝	秋	依
Daeb	mboq	bac	ciuz	rij
tat^8	bo^5	pai^1	$çi:u^2$	$ɹi^3$
砌	泉	去	朝	溪

引泉水入溪。

3-1175

巡	貝	九	三	支
Cunz	bae	giuj	sam	si
$çun^2$	pai^1	$ki:u^3$	$θa:n^1$	$θi^1$
巡	去	跟	三	细

不辞天涯苦，

3-1176

邦	而	好	了	备
Biengz	lawz	ndei	liux	beix
$pi:ŋ^2$	lau^2	dei^1	$li:u^4$	pi^4
地方	哪	好	啰	兄

何方兄称心？

男唱

3-1177

写	南	来	了	罗
Ce	nanz	lai	liux	loh
çe¹	naːn²	laːi¹	liːu⁴	lo⁶
留	久	多	啰	路

久不走此路，

3-1178

吨	莫	贝	秋	依
Daeb	mboq	bae	ciuz	rij
tat⁸	bo⁵	paːi¹	çiːu²	ȵi³
砌	泉	去	朝	溪

引泉水入溪。

3-1179

巡	贝	吉	它	吉
Cunz	bae	giz	daq	giz
çun²	paːi¹	ki²	ta⁵	ki²
巡	去	处	连	处

到处都去看，

3-1180

好	不	哈	邦	农
Ndei	mbouj	ha	biengz	nuengx
dei¹	bou⁵	ha¹	piːŋ²	nuːŋ⁴
好	不	配	地方	妹

妹家乡最好。

女唱

3-1181

写	南	来	了	罗
Ce	nanz	lai	liux	loh
çe¹	naːn²	laːi¹	liːu⁴	lo⁶
留	久	多	啰	路

久不走此路，

3-1182

吨	莫	贝	秋	依
Daeb	mboq	bae	ciuz	rij
tat⁸	bo⁵	paːi¹	çiːu²	ȵi³
砌	泉	去	朝	溪

引泉水入溪。

3-1183

巡	贝	吉	它	吉
Cunz	bae	giz	daq	giz
çun²	paːi¹	ki²	ta⁵	ki²
巡	去	处	连	处

到处去探索，

3-1184

邦	而	好	洋	在
Biengz	lawz	ndei	yaeng	ywq
piːŋ²	lau²	dei¹	jaŋ¹	juɯ⁵
地方	哪	好	再	住

哪里好再住。

男唱

3-1185

写	南	来	了	罗
Ce	nanz	lai	liux	loh
çe¹	na:n²	la:i¹	li:u⁴	lo⁶

留　久　多　啰　路

久不走此路，

3-1186

吨	莫	贝	秋	依
Daeb	mboq	bae	ciuz	rij
tat⁸	bo⁵	pai¹	çi:u²	ɹi³

砌　泉　去　朝　溪

引泉水入溪。

3-1187

巡	贝	吉	它	吉
Cunz	bae	giz	daq	giz
çun²	pai¹	ki²	ta⁵	ki²

巡　去　处　连　处

到处都去看，

3-1188

空	米	吉	相	会
Ndwi	miz	giz	siengh	hoih
du:i¹	mi²	ki²	θe:ŋ⁶	ho:i⁶

不　有　处　相　会

无处能见面。

女唱

3-1189

写	南	来	了	罗
Ce	nanz	lai	liux	loh
çe¹	na:n²	la:i¹	li:u⁴	lo⁶

留　久　多　啰　路

久不走此路，

3-1190

吨	莫	贝	秋	依
Daeb	mboq	bae	ciuz	rij
tat⁸	bo⁵	pai¹	çi:u²	ɹi³

砌　泉　去　朝　溪

引泉水入溪。

3-1191

可	利	几	节	布
Goj	lix	geij	cik	baengz
ko⁵	li⁴	ki³	çik⁷	paŋ²

可　剩　几　尺　布

还有几尺布，

3-1192

兰	得	土	知	不
Lanz	ndaej	dou	rox	mbouj
la:n²	dai³	tu¹	ɹo⁴	bou⁵

拦　得　我　或　不

怎能拦住我？

男唱

3-1193

写	南	来	了	罗
Ce	nanz	lai	liux	loh
çe¹	na:n²	la:i¹	li:u⁴	lo⁶
留	久	多	啰	路

久不走此路,

3-1194

吨	莫	貝	秋	依
Daeb	mboq	bae	ciuz	rij
tat⁸	bo⁵	pai¹	çi:u²	ɹi³
砌	泉	去	朝	溪

引泉水入溪。

3-1195

可	利	几	节	布
Goj	lix	geij	cik	baengz
ko⁵	li⁴	ki³	çik⁷	paŋ²
可	剩	几	尺	布

还有几尺布,

3-1196

写	装	身	土	观
Ce	cang	ndang	dou	gonq
çe¹	ça:ŋ¹	da:ŋ¹	tu¹	ko:n⁵
留	装	身	我	先

留装扮自身。

女唱

3-1197

写	南	来	了	罗
Ce	nanz	lai	liux	loh
çe¹	na:n²	la:i¹	li:u⁴	lo⁶
留	久	多	啰	路

久不走此路,

3-1198

吨	莫	貝	秋	依
Daeb	mboq	bae	ciuz	rij
tat⁸	bo⁵	pai¹	çi:u²	ɹi³
砌	泉	去	朝	溪

引泉水入溪。

3-1199

米	布	自	装	身
Miz	baengz	gag	cang	ndang
mi²	paŋ²	ka:k⁸	ça:ŋ¹	da:ŋ¹
有	布	自	装	身

有布来打扮,

3-1200

又	貝	几	来	田
Youh	bae	geij	lai	dieg
jou⁴	pai¹	ki³	la:i¹	ti:k⁸
又	去	几	多	地

又去哪游荡?

男唱

3-1201

写	南	来	了	罗
Ce	nanz	lai	liux	loh
$çe^1$	$na:n^2$	$la:i^1$	$li:u^4$	lo^6

留	久	多	啰	路

久不走此路，

3-1202

吨	莫	贝	秋	王
Daeb	mboq	bae	ciuz	vaengz
tat^8	bo^5	pai^1	$çi:u^2$	van^2

砌	泉	去	朝	潭

引泉水入潭。

3-1203

土	米	土	是	装
Dou	miz	dou	cix	cang
tu^1	mi^2	tu^1	$çi^4$	$ca:ŋ^1$

我	有	我	就	装

有布我打扮，

3-1204

空	却	患	而	得
Ndwi	gyo	fangz	lawz	ndaej
$du:i^1$	kjo^1	$fa:ŋ^2$	lau^2	dai^3

不	幸亏	鬼	哪	得

不求谁施舍。

女唱

3-1205

写	南	来	了	罗
Ce	nanz	lai	liux	loh
$çe^1$	$na:n^2$	$la:i^1$	$li:u^4$	lo^6

留	久	多	啰	路

久不走此路，

3-1206

吨	莫	贝	秋	王
Daeb	mboq	bae	ciuz	vaengz
tat^8	bo^5	pai^1	$çi:u^2$	van^2

砌	泉	去	朝	潭

引泉水入潭。

3-1207

卜	装	说	乜	装
Boh	cang	naeuz	meh	cang
po^6	$ça:ŋ^1$	nau^2	me^6	$ça:ŋ^1$

父	装	或	母	装

父母谁装扮，

3-1208

论	勒	洋	一	样
Lumj	lwg	yangz	it	yiengh
lun^3	luk^8	$ja:ŋ^2$	it^7	$ju:ŋ^6$

像	子	王	一	样

俨然如王子。

男唱	女唱

3-1209

写	南	来	了	罗
Ce	nanz	lai	liux	loh
çe¹	na:n²	la:i¹	li:u⁴	lo⁶
留	久	多	啰	路

久不走此路，

3-1210

吨	莫	贝	秋	王
Daeb	mboq	bae	ciuz	vaengz
tat⁸	bo⁵	pai¹	çi:u²	van²
砌	泉	去	朝	潭

引泉入大潭。

3-1211

真	卜	乜	土	装
Caen	boh	meh	dou	cang
çin¹	po⁶	me⁶	tu¹	ça:ŋ¹
真	父	母	我	装

父母装扮我，

3-1212

勒	洋	是	利	岁
Lwg	yangz	cix	lij	saeq
luk⁸	ja:ŋ²	çi⁴	li⁴	θai⁵
王	子	是	还	小

王子还年幼。

3-1213

写	南	来	了	罗
Ce	nanz	lai	liux	loh
çe¹	na:n²	la:i¹	li:u⁴	lo⁶
留	久	多	啰	路

久不走此路，

3-1214

吨	莫	贝	秋	王
Daeb	mboq	bae	ciuz	vaengz
tat⁸	bo⁵	pai¹	çi:u²	van²
砌	泉	去	朝	潭

引泉入大潭。

3-1215

米	布	自	装	身
Miz	baengz	gag	cang	ndang
mi²	paŋ²	ka:k⁸	ça:ŋ¹	da:ŋ¹
有	布	自	装	身

自家布装扮，

3-1216

明	代	忠	不	领
Cog	dai	fangz	mbouj	lingx
ço:k⁸	ta:i¹	fa:ŋ²	bou⁵	liŋ⁴
将	来	死	鬼	不	领

死了鬼不认。

男唱

3-1217

平	乜	女	阝	才
Bingz	meh	mbwk	boux	sai
piŋ²	me⁶	buk⁷	pu⁴	θa:i¹
凭	女	人	男	人

无论男或女，

3-1218

条	罗	代	不	瓜
Diuz	loh	dai	mbouj	gvaq
ti:u²	lo⁶	ta:i¹	bou⁵	kwa⁵
条	路	死	不	过

终究都要死。

3-1219

恖	不	领	是	八
Fangz	mbouj	lingx	cix	bah
fa:ŋ²	bou⁵	liŋ⁴	çi⁴	pa⁶
鬼	不	领	就	罢

鬼不认拉倒，

3-1220

在	阝	万	千	年
Ywq	boux	fanh	cien	nienz
juɯ⁵	pu⁴	fa:n⁶	çi:n¹	ni:n²
住	个	万	千	年

活到千万岁。

女唱

3-1221

写	南	来	了	罗
Ce	nanz	lai	liux	loh
çe¹	na:n²	la:i¹	li:u⁴	lo⁶
留	久	多	啰	路

久不走此路，

3-1222

吨	莫	貝	秋	王
Daeb	mboq	bae	ciuz	vaengz
tat⁸	bo⁵	pai¹	çi:u²	vaŋ²
砌	泉	去	朝	潭

引泉入深渊。

3-1223

农	貝	那	被	江
Nuengx	bae	naj	deng	gyaeng
nu:ŋ⁴	pai¹	na³	te:ŋ¹	kja:ŋ¹
妹	去	前	被	囚

妹死后被囚，

3-1224

被	三	层	拉	龙
Deng	sam	caengz	laj	loengx
te:ŋ¹	θa:m¹	çaŋ¹	la³	loŋ⁴
被	三	层	下	箱

下三层地狱。

男唱

3-1225

农	贝	那	被	江
Nuengx	bae	naj	deng	gyaeng
nu:ŋ⁴	pai¹	na³	te:ŋ¹	kjaŋ¹
妹	去	前	被	囚

妹死后被囚，

3-1226

被	三	层	拉	龙
Deng	sam	caengz	laj	loengx
te:ŋ¹	θa:n¹	çaŋ¹	la³	loŋ⁴
被	三	层	下	箱

下三层地狱。

3-1227

拜	定	三	拜	碰
Baez	din	sam	baez	bungq
pai²	tin¹	θa:n¹	pai²	puŋ⁵
次	脚	三	次	碰

一步三碰壁，

3-1228

拉	龙	铁	好	占
Laj	loengx	diet	hau	canz
la³	loŋ⁴	ti:t⁷	ha:u¹	ça:n²
下	箱	铁	白	灿灿

铁牢笼阴森。

女唱

3-1229

写	南	来	了	罗
Ce	nanz	lai	liux	loh
çe¹	na:n²	la:i¹	li:u⁴	lo⁶
留	久	多	啰	路

久不走此路，

3-1230

吨	莫	贝	秋	王
Daeb	mboq	bae	ciuz	vaengz
tat⁸	bo⁵	pai¹	çi:u²	vaŋ²
砌	泉	去	朝	潭

引泉水入潭。

3-1231

农	贝	那	被	江
Nuengx	bae	naj	deng	gyaeng
nu:ŋ⁴	pai¹	na³	te:ŋ¹	kjaŋ¹
妹	去	前	被	囚

妹死后被囚，

3-1232

银	堂	是	不	出
Ngaenz	daengz	cix	mbouj	ok
ŋan²	taŋ²	çi⁴	bou⁵	o:k⁷
银	到	是	不	出

钱都赎不回。

男唱

3-1233

农	贝	那	被	江
Nuengx	bae	naj	deng	gyaeng
nu:ŋ⁴	pai¹	na³	te:ŋ¹	kjaŋ¹
妹	去	前	被	囚

妹死后被囚，

3-1234

银	堂	是	不	出
Ngaenz	daengz	cix	mbouj	ok
ŋan²	taŋ²	çi⁴	bou⁵	o:k⁷
银	到	是	不	出

钱都赎不回。

3-1235

少	乖	被	后	作
Sau	gvai	deng	haeuj	coek
θa:u¹	kwa:i¹	te:ŋ¹	hau³	çok⁷
姑娘	乖	被	进	牢笼

妹魂进牢笼，

3-1236

万	代	不	见	身
Fanh	daih	mbouj	gen	ndang
fa:n⁶	ta:i⁶	bou⁵	ke:n⁴	da:ŋ¹
万	代	不	见	身

永不得见面。

女唱

3-1237

写	南	来	了	罗
Ce	nanz	lai	liux	loh
çe¹	na:n²	la:i¹	li:u⁴	lo⁶
留	久	多	啰	路

久不走此路，

3-1238

吨	莫	贝	秋	王
Daeb	mboq	bae	ciuz	vaengz
tat⁸	bo⁵	pai¹	çi:u²	vaŋ²
砌	泉	去	朝	潭

引泉入深渊。

3-1239

农	自	古	那	尚
Nuengx	gag	guh	naj	sang
nu:ŋ⁴	ka:k⁸	ku⁴	na³	θa:ŋ¹
妹	自	做	脸	高

妹秉性高傲，

3-1240

被	江	牙	正	对
Deng	gyaeng	yax	cingq	doiq
te:ŋ¹	kjaŋ¹	ja⁵	çiŋ⁵	to:i⁵
被	囚	也	正	对

被囚也活该。

男唱

女唱

3-1241

写	南	来	了	罗
Ce	nanz	lai	liux	loh
çe¹	naːn²	laːi¹	liːu⁴	lo⁶
留	久	多	啰	路

久不走此路，

3-1245

写	南	来	了	罗
Ce	nanz	lai	liux	loh
çe¹	naːn²	laːi¹	liːu⁴	lo⁶
留	久	多	啰	路

久不走此路，

3-1242

吨	莫	贝	秋	王
Daeb	mboq	bae	ciuz	vaengz
tat⁸	bo⁵	paːi¹	çiːu²	vaŋ²
砌	泉	去	朝	潭

引泉水入渊。

3-1246

吨	莫	贝	秋	王
Daeb	mboq	bae	ciuz	vaengz
tat⁸	bo⁵	paːi¹	çiːu²	vaŋ²
砌	泉	去	朝	潭

引泉水入渊。

3-1243

农	贝	那	被	江
Nuengx	bae	naj	deng	gyaeng
nuːŋ⁴	paːi¹	na³	teːŋ¹	kjaŋ¹
妹	去	前	被	囚

妹死后被囚，

3-1247

农	贝	那	被	江
Nuengx	bae	naj	deng	gyaeng
nuːŋ⁴	paːi¹	na³	teːŋ¹	kjaŋ¹
妹	去	前	被	囚

妹死后被囚，

3-1244

全	那	尚	么	农
Cienz	naj	sang	maq	nuengx
çeːn²	na³	θaːŋ¹	ma⁵	nuːŋ⁴
全	脸	高	嘛	妹

兄也不高兴。

3-1248

开	身	龙	贝	求
Gai	ndang	lungz	bae	rouh
kaːi¹	daːŋ¹	luŋ²	paːi¹	ɹou⁶
卖	身	龙	去	赎

兄卖身去赎。

男唱

3-1249

写	南	来	了	罗
Ce	nanz	lai	liux	loh
çe¹	na:n²	la:i¹	li:u⁴	lo⁶
留	久	多	啰	路

久不走此路，

3-1250

吨	莫	贝	秋	王
Daeb	mboq	bae	ciuz	vaengz
tat⁸	bo⁵	pai¹	çi:u²	van²
砌	泉	去	朝	潭

引泉水入潭。

3-1251

老	是	开	身	患
Lau	cix	gai	ndang	fangz
la:u¹	çi⁴	ka:i¹	da:ŋ¹	fa:ŋ²
怕	是	卖	身	鬼

你可卖鬼身，

3-1252

开	身	土	不	得
Gai	ndang	dou	mbouj	ndaej
ka:i¹	da:ŋ¹	tu¹	bou⁵	dai³
卖	身	我	不	得

不可卖我身。

女唱

3-1253

厄	堂	秀	广	英
Nyienh	daengz	ciuh	gvangj	in
ȵu:n⁶	taŋ²	çi:u⁶	kwa:ŋ³	in¹
愿	到	世	广	姻

若是已成亲，

3-1254

是	开	身	贝	求
Cix	gai	ndang	bae	rouh
çi⁴	ka:i¹	da:ŋ¹	pai¹	ɻou⁶
就	卖	身	去	赎

愿卖身去赎。

3-1255

厄	堂	秀	邦	友
Nyienh	daengz	ciuh	baengz	youx
ȵu:n⁶	taŋ²	çi:u⁶	paŋ²	ju⁴
愿	到	世	朋	友

我俩成伴侣，

3-1256

求	农	马	岁	站
Rouh	nuengx	ma	caez	soengz
ɻou⁶	nu:ŋ⁴	ma¹	çai²	θoŋ²
赎	妹	来	齐	站

赎妹来成亲。

男唱

3-1257

应	乱	办	巴	土
Wng	luenh	baenz	baz	dou
$iŋ^1$	$luːn^6$	pan^2	pa^2	tu^1
应	乱	成	妻	我

若还成我妻，

3-1258

是	开	身	贝	求
Cix	gai	ndang	bae	rouh
$ɕi^4$	$kaːi^1$	$daːŋ^1$	pai^1	$ɹou^6$
就	卖	身	去	赎

我卖身去赎。

3-1259

办	巴	文	了	友
Baenz	baz	vunz	liux	youx
pan^2	pa^2	vun^2	$liːu^4$	ju^4
成	妻	人	啰	友

已成别人妻，

3-1260

不	足	农	古	而
Mbouj	rouh	nuengx	guh	rawz
bou^5	$ɹou^6$	$nuŋ^4$	ku^4	$ɹaːu^2$
不	赎	妹	做	什么

赎你有何用。

女唱

3-1261

厃	堂	秀	广	英
Nyienh	daengz	ciuh	gvangj	in
$ȵuːn^6$	$taŋ^2$	$ɕiːu^6$	$kwaːŋ^3$	in^1
愿	到	世	广	姻

若是已成亲，

3-1262

是	开	身	贝	节
Cix	gai	ndang	bae	ciep
$ɕi^4$	$kaːi^1$	$daːŋ^1$	pai^1	$ɕeːt^7$
就	卖	身	去	接

卖身去赎回。

3-1263

厃	堂	秀	三	八
Nyienh	daengz	ciuh	sanh	bek
$ȵuːn^6$	$taŋ^2$	$ɕiːu^6$	$θaːn^1$	$peːk^7$
愿	到	世	山	伯

若是梁山伯，

3-1264

是	贝	节	英	台
Cix	bae	ciep	yingh	daiz
$ɕi^4$	pai^1	$ɕeːt^7$	$iŋ^1$	$taːi^2$
就	去	接	英	台

就去接英台。

男唱

3-1265

应　乱　办　友　士
Wng　luenh　baenz　youx　dou
iŋ^1　luːn^6　pan^2　juː^4　tuː^1
应　乱　成　友　我
若还是我友，

3-1266

是　开　身　贝　求
Cix　gai　ndang　bae　rouh
çi^4　kaːi^1　daːŋ^1　pai^1　ɣou^6
就　卖　身　去　赎
我卖身去赎。

3-1267

交　空　得　你　友
Gyau　ndwi　ndaej　mwngz　youx
kjaːu^1　duːi^1　dai^3　muŋ^2　juː^4
交　不　得　你　友
交不上你友，

3-1268

求　不　得　你　同
Rouh　mbouj　ndaej　mwngz　doengz
ɣou^6　bou^5　dai^3　muŋ^2　toŋ^2
赎　不　得　你　同
赎不了你身。

女唱

3-1269

厃　堂　秀　广　英
Nyienh　daengz　ciuh　gvangj　in
ȵuːn^6　taŋ^2　çiːu^6　kwaːŋ^3　in^1
愿　到　世　广　姻
若是已成亲，

3-1270

是　开　身　贝　累
Cix　gai　ndang　bae　laeq
çi^4　kaːi^1　daːŋ^1　pai^1　lai^5
就　卖　身　去　看
卖身去探望。

3-1271

认　堂　秀　邦　美
Nyinh　daengz　ciuh　baengz　maez
ȵin^6　taŋ^2　çiːu^6　paŋ^2　mai^2
记　到　世　朋　说爱
想到恋爱事，

3-1272

强　下　海　贝　跟
Giengh　roengz　haij　bae　riengz
kjiːŋ^6　ɣoŋ^2　haːi^3　pai^1　ɣiːŋ^2
跳　下　海　去　跟
愿跳海跟随。

男唱

3-1273

应	乱	办	友	土
Wng	luenh	baenz	youx	dou
iŋ¹	luːn⁶	pan²	ju⁴	tu¹
应	乱	成	友	我

若还是我友，

3-1274

是	开	身	貝	秋
Cix	gai	ndang	bae	ciuq
çi⁴	kaːi¹	daːŋ¹	pai¹	çiːu⁵
就	卖	身	去	看

卖身去探望。

3-1275

办	巴	文	貝	了
Baenz	baz	vunz	bae	liux
pan²	pa²	vun²	pai¹	liːu⁴
成	妻	人	去	完

你是别人妻，

3-1276

备	秋	不	得	你
Beix	ciuq	mbouj	ndaej	mwngz
pi⁴	çiːu⁵	bou⁵	dai³	muɯŋ²
兄	看	不	得	你

兄不可看望。

女唱

3-1277

写	南	又	写	乃
Ce	nanz	youh	ce	naih
çe¹	naːn²	jou⁴	çe¹	naːi⁶
留	久	又	留	久

分别久又久，

3-1278

坤	貝	拜	土	楼
Gun	bae	baih	dou	louz
kun¹	pai¹	paːi⁶	tu¹	lou²
官	去	边	我	玩

汉人来求婚。

3-1279

伏	吨	安	作	偻
Fwx	daenh	an	coq	raeuz
fə⁴	tan⁶	aːn¹	ço⁵	ɹau²
别人	堵	鞍	放	我们

人用鞍压我，

3-1280

备	银	古	而	祘
Beix	ngaenz	guh	rawz	suenq
pi⁴	ŋan²	ku⁴	ɹau²	θuːn⁵
兄	银	做	什么	算

兄说怎么办？

男唱

3-1281

写	南	又	写	乃
Ce	nanz	youh	ce	naih

$çe^1$　$na:n^2$　jou^4　$çe^1$　$na:i^6$

留　久　又　留　久

分别久又久，

3-1282

坤	贝	拜	土	楼
Gun	bae	baih	dou	louz

kun^1　pai^1　$pa:i^6$　tu^1　lou^2

官　去　边　我　玩

汉人去求婚。

3-1283

安	重	说	安	轻
An	naek	naeuz	an	mbaeu

$a:n^1$　nak^7　nau^2　$a:n^1$　bau^1

鞍　重　或　鞍　轻

那鞍重不重，

3-1284

说	土	帮	你	优
Naeuz	dou	bangh	mwngz	yaeuq

nau^2　tu^1　$pa:ŋ^1$　$muŋ^2$　jau^5

说　我　帮　你　藏

交我帮你扛。

女唱

3-1285

写	南	又	写	乃
Ce	nanz	youh	ce	naih

$çe^1$　$na:n^2$　jou^4　$çe^1$　$na:i^6$

留　久　又　留　久

分别久又久，

3-1286

坤	贝	拜	土	楼
Gun	bae	baih	dou	louz

kun^1　pai^1　$pa:i^6$　tu^1　lou^2

官　去　边　我　玩

汉人来求婚。

3-1287

牙	不	重	不	轻
Yax	mbouj	naek	mbouj	mbaeu

ja^5　bou^5　nak^7　bou^5　bau^1

也　不　重　不　轻

不重也不轻，

3-1288

在	心	头	你	义
Ywq	sim	daeuz	mwngz	ngeix

ju^5　$θin^1$　tau^2　$muŋ^2$　$ŋi^4$

在　心　脏　你　想

你用心掂量。

① 王三[vaːŋ² θaːn¹]: 王三, 指婆王, 旧时人认为, 万民皆婆王送花而生, 死了也要到婆王处报到轮回。

男唱

3-1289

写	南	又	写	乃
Ce	nanz	youh	ce	naih
çe¹	naːn²	jou⁴	çe¹	naːi⁶
留	久	又	留	久

分别久又久,

3-1290

坤	貝	拜	土	楼
Gun	bae	baih	dou	louz
kun¹	pai¹	paːi⁶	tu¹	lou²
官	去	边	我	玩

汉人去求婚。

3-1291

安	重	是	同	说
An	naek	cix	doengh	naeuz
aːn¹	nak⁷	çi⁴	toŋ²	nau²
鞍	重	就	相	说

重担两相商,

3-1292

安	轻	是	同	勒
An	mbaeu	cix	doengh	lawh
aːn¹	bau¹	çi⁴	toŋ²	ləɯ⁶
鞍	轻	就	相	换

不重可互换。

女唱

3-1293

写	南	又	写	乃
Ce	nanz	youh	ce	naih
çe¹	naːn²	jou⁴	çe¹	naːi⁶
留	久	又	留	久

分别久又久,

3-1294

坤	貝	拜	土	三
Gun	bae	baih	dou	sanq
kun¹	pai¹	paːi⁶	tu¹	θaːn⁵
官	去	边	我	散

汉人来求婚。

3-1295

重	不	得	是	班
Naek	mbouj	ndaej	cix	ban
nak⁷	bou⁵	dai³	çi⁴	paːn¹
重	不	得	就	摊

太重就分摊,

3-1296

貝	王	三①	共	罗
Bae	vangz	san	gungh	loh
pai¹	vaːŋ²	θaːn¹	kuŋ⁶	lo⁶
去	王	三	共	路

去阴间同行。

男唱

3-1297

写	南	又	写	乃
Ce	nanz	youh	ce	naih
çe¹	na:n²	jou⁴	çe¹	na:i⁶
留	久	又	留	久

分别久又久，

3-1298

坤	貝	拜	土	楼
Gun	bae	baih	dou	louz
kun¹	pai¹	pa:i⁶	tu¹	lou²
官	去	边	我	玩

汉人去求婚。

3-1299

马	你	坤	龙	头
Max	mwngz	goenq	lungz	daeuz
ma⁴	muŋ²	kon⁵	luŋ²	tau²
马	你	断	龙	头

把马拴龙头，

3-1300

要	利	得	知	不
Aeu	lij	ndaej	rox	mbouj
au¹	li⁴	dai³	ro⁴	bou⁵
要	还	得	或	不

可取不可取？

女唱

3-1301

写	南	又	写	乃
Ce	nanz	youh	ce	naih
çe¹	na:n²	jou⁴	çe¹	na:i⁶
留	久	又	留	久

分别久又久，

3-1302

坤	貝	拜	土	楼
Gun	bae	baih	dou	louz
kun¹	pai¹	pa:i⁶	tu¹	lou²
官	去	边	我	玩

汉人来求婚。

3-1303

马	可	足	拉	周
Max	goj	cug	laj	saeu
ma⁴	ko⁵	çuk⁸	la³	θau¹
马	可	绑	下	柱

马拴柱子上，

3-1304

牙	要	是	自	决
Yaek	aeu	cix	gag	gej
jak⁷	au¹	çi⁴	ka:k⁸	ke³
欲	要	就	自	解

想要自己解。

男唱	女唱

3-1305

写	南	又	写	乃
Ce	nanz	youh	ce	naih
çe¹	na:n²	jou⁴	çe¹	na:i⁶
留	久	又	留	久

分别久又久，

3-1306

坤	貝	拜	土	楼
Gun	bae	baih	dou	louz
kun¹	pai¹	pa:i⁶	tu¹	lou²
官	去	边	我	玩

汉人去求婚。

3-1307

土	自	决	自	要
Dou	gag	gej	gag	aeu
tu¹	ka:k⁸	ke³	ka:k⁸	au¹
我	自	解	自	要

我擅自拉走，

3-1308

文	说	偻	犯	罪
Vunz	naeuz	raeuz	famh	coih
vun²	nau²	.au²	fa:n⁶	ço:i⁶
人	说	我们	犯	罪

人说我犯罪。

3-1309

写	南	又	写	乃
Ce	nanz	youh	ce	naih
çe¹	na:n²	jou⁴	çe¹	na:i⁶
留	久	又	留	久

分别久又久，

3-1310

坤	貝	拜	土	楼
Gun	bae	baih	dou	louz
kun¹	pai¹	pa:i⁶	tu¹	lou²
官	去	边	我	玩

汉人来求婚。

3-1311

你	自	决	自	要
Mwngz	gag	gej	gag	aeu
muŋ²	ka:k⁸	ke³	ka:k⁸	au¹
你	自	解	自	要

你擅自拉走，

3-1312

友	而	说	洋	祘
Youx	lawz	naeuz	yaeng	suenq
ju⁴	lau²	nau²	ja:ŋ¹	θu:n⁵
友	哪	说	再	算

谁讲了再说。

男唱

3-1313

写	南	又	写	乃
Ce	nanz	youh	ce	naih
çe¹	na:n²	jou⁴	çe¹	na:i⁶
留	久	又	留	久

分别久又久，

3-1314

坤	貝	拜	土	楼
Gun	bae	baih	dou	louz
kun¹	pai¹	pa:i⁶	tu¹	lou²
官	去	边	我	玩

汉人去求婚。

3-1315

土	自	决	自	要
Dou	gag	gej	gag	aeu
tu¹	ka:k⁸	ke³	ka:k⁸	au¹
我	自	解	自	要

我擅自拉走，

3-1316

文	说	偻	卜	兰
Vunz	naeuz	raeuz	boux	lanh
vun²	nau²	ɹau²	pu⁴	la:n⁶
人	说	我们	人	烂

人说我坏蛋。

女唱

3-1317

写	南	又	写	乃
Ce	nanz	youh	ce	naih
çe¹	na:n²	jou⁴	çe¹	na:i⁶
留	久	又	留	久

分别久又久，

3-1318

坤	貝	拜	土	楼
Gun	bae	baih	dou	louz
kun¹	pai¹	pa:i⁶	tu¹	lou²
官	去	边	我	玩

汉人来求婚。

3-1319

马	你	坤	南	宁
Max	mwngz	gun	nanz	ningz
ma⁴	muɯ²	kun¹	na:n²	niŋ²
马	你	官	南	宁

此乃南宁马，

3-1320

貝	提	正	牙	得
Bae	diz	cingz	yaek	ndaej
pai¹	ti²	çiŋ²	jak⁷	dai³
去	拿	情	欲	得

你驾驭不得。

男唱

3-1321

写	南	又	写	乃
Ce	nanz	youh	ce	naih
çe¹	na:n²	jou⁴	çe¹	na:i⁶
留	久	又	留	久

分别久又久，

3-1322

坤	貝	拜	土	城
Gun	bae	baih	dou	singz
kun¹	pai¹	pa:i⁶	tou¹	θiŋ²
官	去	边	门	城

汉人去求婚。

3-1323

给	农	貝	提	正
Hawj	nuengx	bae	diz	cingz
həɯ³	nu:ŋ⁴	pai¹	ti²	çiŋ²
给	妹	去	拿	情

让妹接礼品，

3-1324

患	不	要	土	内
Fangz	mbouj	aeu	duz	neix
fa:ŋ²	bou⁵	au¹	tu²	ni⁴
鬼	不	要	个	这

鬼都不接受。

女唱

3-1325

写	南	又	写	乃
Ce	nanz	youh	ce	naih
çe¹	na:n²	jou⁴	çe¹	na:i⁶
留	久	又	留	久

分别久又久，

3-1326

坤	貝	拜	土	城
Gun	bae	baih	dou	singz
kun¹	pai¹	pa:i⁶	tou¹	θiŋ²
官	去	边	门	城

汉人来求婚。

3-1327

土	内	患	不	要
Duz	neix	fangz	mbouj	aeu
tu²	ni⁴	fa:ŋ²	bou⁵	au¹
个	这	鬼	不	要

送去鬼不收，

3-1328

写	字	回	它	刀
Sij	saw	hoiz	de	dauq
θi³	θau¹	ho:i²	te¹	ta:u⁵
写	字	回	他	回

写字退回来。

男唱

3-1329

写	南	又	写	乃
Ce	nanz	youh	ce	naih

$çe^1$　$na:n^2$　jou^4　$çe^1$　$na:i^6$

留　久　又　留　久

分别久又久，

3-1330

坤	貝	拜	土	城
Gun	bae	baih	dou	singz

kun^1　pai^1　$pa:i^6$　tou^1　$\theta i\eta^2$

官　去　边　门　城

汉人去求婚。

3-1331

鸟	炕	叫	里	仁
Roeg	enq	heuh	ndaw	vingz

$\textit{ɹ}ok^8$　$e:n^5$　$he:u^6$　dau^1　$vi\eta^2$

鸟　燕　叫　里　草窝

蓬雀草中叫，

3-1332

叫	要	正	了	农
Heuh	aeu	cingz	liux	nuengx

$he:u^6$　au^1　$çi\eta^2$　$li:u^4$　$nu:\eta^4$

叫　要　情　啰　妹

想讨要礼品。

女唱

3-1333

写	南	又	写	乃
Ce	nanz	youh	ce	naih

$çe^1$　$na:n^2$　jou^4　$çe^1$　$na:i^6$

留　久　又　留　久

分别久又久，

3-1334

坤	貝	拜	土	城
Gun	bae	baiq	dou	singz

kun^1　pai^1　$pa:i^6$　tou^1　$\theta i\eta^2$

官　去　边　门　城

汉人来求婚。

3-1335

鸟	炕	叫	里	仁
Roeg	enq	heuh	ndaw	vingz

$\textit{ɹ}ok^8$　$e:n^5$　$he:u^6$　dau^1　$vi\eta^2$

鸟　燕　叫　里　草窝

蓬雀草中叫，

3-1336

正	开	么	伏	内
Cingz	gij	maz	fawh	neix

$çi\eta^2$　$ka:i^2$　ma^2　$fɯ^6$　ni^4

情　什　么　时　这

要什么礼品？

男唱

3-1337

写　南　又　写　乃

Ce　nanz　youh　ce　naih

çe¹　na:n²　jou⁴　çe¹　na:i⁶

留　久　又　留　久

分别久又久，

3-1338

坤　貝　拜　土　城

Gun　bae　baih　dou　singz

kun¹　pai¹　pa:i⁶　tou¹　θiŋ²

官　去　边　门　城

汉人去求婚。

3-1339

鸟　烷　叫　里　仁

Roeg　enq　heuh　ndaw　vingz

ɹok⁸　e:n⁵　he:u⁶　dɯ¹　viŋ²

鸟　燕　叫　里　草窝

蓬雀草中叫，

3-1340

米　小　正　是　开

Miz　siuj　cingz　cix　hai

mi²　θi:u⁵　çiŋ²　çi⁴　ha:i¹

有　小　情　就　开

礼品快拿来。

女唱

3-1341

写　南　又　写　乃

Ce　nanz　youh　ce　naih

çe¹　na:n²　jou⁴　çe¹　na:i⁶

留　久　又　留　久

分别久又久，

3-1342

坤　貝　拜　土　城

Gun　bae　baih　dou　singz

kun¹　pai¹　pa:i⁶　tou¹　θiŋ²

官　去　边　门　城

汉人来求婚。

3-1343

鸟　烷　叫　里　仁

Roeg　enq　heuh　ndaw　vingz

ɹok⁸　e:n⁵　he:u⁶　dɯ¹　viŋ²

鸟　燕　叫　里　草窝

蓬雀草中叫，

3-1344

友　变　心　良　样

Youx　bienq　sim　lingh　yiengh

ju⁴　pi:n⁵　θin¹　le:ŋ⁶　ju:ŋ⁶

友　变　心　另　样

友变另条心。

男唱

3-1345

写　南　又　写　乃

Ce　nanz　youh　ce　naih

çe¹　na:n²　jou⁴　çe¹　na:i⁶

留　久　又　留　久

分别久又久，

3-1346

坤　貝　拜　土　城

Gun　bae　baih　dou　singz

kun¹　pai¹　pa:i⁶　tou¹　θiŋ²

官　去　边　门　城

汉人去求婚。

3-1347

鸟　炕　叫　里　仁

Roeg　enq　heuh　ndaw　vingz

ɹok⁸　e:n⁵　he:u⁶　dau¹　viŋ²

鸟　燕　叫　里　草窝

蓬雀草中叫，

3-1348

阝　通　正　牙　知

Boux　doeng　cingz　yaek　rox

pu⁴　toŋ¹　çiŋ²　jak⁷　ɹo⁴

个　通　情　欲　知

通情人要懂。

女唱

3-1349

写　南　由　了　娘

Ce　nanz　raeuh　liux　nangz

çe¹　na:n²　ɹau⁶　li:u⁴　na:ŋ²

留　久　多　啰　姑娘

久违了小妹，

3-1350

下　王　狼　叶　蕉

Roengz　vaengz　laengz　mbaw　gyoij

ɹoŋ²　vaŋ²　laŋ²　bau¹　kjo:i³

下　潭　勾　叶　芭蕉

下潭捡蕉叶。

3-1351

龙　秋　更　山　背

Lungz　ciuq　gwnz　bya　boih

luŋ²　çi:u⁵　kɯn²　pja¹　po:i⁶

龙　看　上　山　背

兄看阴山上，

3-1352

对　伏　说　对　偻

Doih　fwx　naeuz　doih　raeuz

to:i⁶　fə⁴　nau²　to:i⁶　ɹau²

伙伴　别人　或　伙伴　我们

是谁的好友。

男唱

——

3-1353

写	南	由	了	娘
Ce	nanz	raeuh	liux	nangz
çe¹	na:n²	ɹau⁶	li:u⁴	na:ŋ²
留	久	多	啰	姑娘

久违了小妹,

3-1354

下	王	狼	叶	蕉
Roengz	vaengz	laengz	mbaw	gyoij
ɹoŋ²	vaŋ²	laŋ²	bau¹	kjo:i³
下	潭	勾	叶	芭蕉

下潭捡蕉叶。

3-1355

羊	吃	草	山	背
Yiengz	gwn	nywj	bya	boih
jɯ:ŋ²	kɯn¹	ȵɯ³	pja¹	po:i⁶
羊	吃	草	山	背

阴山上是羊,

3-1356

不	真	对	二	倭
Mbouj	caen	doih	song	raeuz
bou⁵	çin¹	to:i⁶	θo:ŋ¹	ɹau²
不	真	伙伴	两	我们

非我俩密友。

女唱

——

3-1357

写	南	由	了	娘
Ce	nanz	raeuh	liux	nangz
çe¹	na:n²	ɹau⁶	li:u⁴	na:ŋ²
留	久	多	啰	姑娘

久违了小妹,

3-1358

下	王	狼	叶	蕉
Roengz	vaengz	laengz	mbaw	gyoij
ɹoŋ²	vaŋ²	laŋ²	bau¹	kjo:i³
下	潭	勾	叶	芭蕉

下潭捡蕉叶。

3-1359

羊	吃	草	山	背
Yiengz	gwn	nywj	bya	boih
jɯ:ŋ²	kɯn¹	ȵɯ³	pja¹	po:i⁶
羊	吃	草	山	背

阴山上是羊,

3-1360

回	贝	刀	板	而
Hoiz	bae	dauq	mbanj	lawz
ho:i²	pai¹	ta:u⁵	ba:n³	lau²
回	去	回	村	哪

回头去哪村?

男唱

3-1361

写 南 由 了 娘

Ce nanz raeuh liux nangz

çe¹ na:n² ɹau⁶ li:u⁴ na:ŋ²

留 久 多 啰 姑娘

久违了小妹，

3-1362

下 王 狼 叶 蕉

Roengz vaengz laengz mbaw gyoij

ɹoŋ² vaŋ² laŋ² bau¹ kjo:i³

下 潭 勾 叶 芭蕉

下潭捡蕉叶。

3-1363

羊 吃 草 山 背

Yiengz gwn nywj bya boih

ju:ŋ² kun¹ ɲɯ³ pja¹ po:i⁶

羊 吃 草 山 背

阴山上是羊，

3-1364

回 贝 堂 板 偻

Hoiz bae daengz mbanj raeuz

ho:i² pai¹ taŋ² ba:n³ ɹau²

回 去 到 村 我们

回头是我村。

女唱

3-1365

写 南 由 了 娘

Ce nanz raeuh liux nangz

çe¹ na:n² ɹau⁶ li:u⁴ na:ŋ²

留 久 多 啰 姑娘

久违了小妹，

3-1366

下 王 狼 叶 蕉

Roengz vaengz laengz mbaw gyoij

ɹoŋ² vaŋ² laŋ² bau¹ kjo:i³

下 潭 勾 叶 芭蕉

下潭捡蕉叶。

3-1367

羊 吃 草 山 背

Yiengz gwn nywj bya boih

ju:ŋ² kun¹ ɲɯ³ pja¹ po:i⁶

羊 吃 草 山 背

阴山上是羊，

3-1368

回 利 刀 知 空

Hoiz lij dauq rox ndwi

ho:i² li⁴ ta:u⁵ ɹo⁴ du:i¹

回 还 回 或 不

尚可回头否？

男唱

3-1369

写	甫	由	了	娘
Ce	nanz	raeuh	liux	nangz
çe¹	na:n²	ʑau⁶	li:u⁴	na:ŋ²
留	久	多	啰	姑娘

久违了小妹,

3-1370

下	王	狼	叶	蕉
Roengz	vaengz	laengz	mbaw	gyoij
ʑoŋ²	vaŋ²	laŋ²	baɯ¹	kjo:i³
下	潭	勾	叶	芭蕉

下潭捡蕉叶。

3-1371

羊	吃	草	山	背
Yiengz	gwn	nywj	bya	boih
jɯ:ŋ²	kun¹	nɯ³	pja¹	po:i⁶
羊	吃	草	山	背

阴山上是羊,

3-1372

回	不	刀	牙	难
Hoiz	mbouj	dauq	yax	nanz
ho:i²	bou⁵	ta:u⁵	ja⁵	na:n²
回	不	回	也	难

回不来难办。

女唱

3-1373

写	甫	由	了	娘
Ce	nanz	raeuh	liux	nangz
çe¹	na:n²	ʑau⁶	li:u⁴	na:ŋ²
留	久	多	啰	姑娘

久违了小妹,

3-1374

下	王	狼	叶	蕉
Roengz	vaengz	laengz	mbaw	gyoij
ʑoŋ²	vaŋ²	laŋ²	baɯ¹	kjo:i³
下	潭	勾	叶	芭蕉

下潭捡蕉叶。

3-1375

开	相	狼	同	对
Hai	cieng	langh	doengz	doih
ha:i¹	çi:ŋ¹	la:ŋ⁶	toŋ²	to:i⁶
开	正	若	同	伙伴

一同过春节,

3-1376

同	祘	修	条	元
Doengz	suenq	coih	diuz	roen
toŋ²	θu:n⁵	ço:i⁶	ti:u²	ʑo:n¹
同	算	修补	条	路

联合筑条路。

女唱

3-1377

写	南	由	了	娘
Ce	nanz	raeuh	liux	nangz
çe¹	na:n²	ɹau⁶	li:u⁴	na:ŋ²
留	久	多	啰	姑娘

久违了小妹，

3-1378

下	王	狼	叶	蕉
Roengz	vaengz	laengz	mbaw	gyoij
ɹoŋ²	vaŋ²	laŋ²	baɯ¹	kjo:i³
下	潭	勾	叶	芭蕉

下潭捡蕉叶。

3-1379

开	相	它	同	对
Hai	cieng	daq	doengz	doih
ha:i¹	çi:ŋ¹	ta⁵	toŋ²	to:i⁶
开	正	连	同	伙伴

开春同过年，

3-1380

命	凶	不	同	跟
Mingh	rwix	mbouj	doengh	riengz
miŋ⁶	ɹɯi⁴	bou⁵	toŋ²	ɹi:ŋ²
命	孬	不	相	跟

命孬不同住。

男唱

3-1381

写	南	由	了	娘
Ce	nanz	raeuh	liux	nangz
çe¹	na:n²	ɹau⁶	li:u⁴	na:ŋ²
留	久	多	啰	姑娘

久违了小妹，

3-1382

下	王	狼	叶	蕉
Roengz	vaengz	laengz	mbaw	gyoij
ɹoŋ²	vaŋ²	laŋ²	baɯ¹	kjo:i³
下	潭	勾	叶	芭蕉

下潭捡蕉叶。

3-1383

年	纪	少	利	青
Nienz	geij	sau	lij	oiq
ni:n²	ki³	θa:u¹	li⁴	o:i⁵
年	纪	姑娘	还	嫩

妹年纪轻轻，

3-1384

怨	命	凶	古	而
Yonq	mingh	rwix	guh	rawz
jo:n⁵	miŋ⁶	ɹɯi⁴	ku⁴	ɹaɯ²
怨	命	孬	做	什么

为何要怨命？

女唱

3-1385

写	南	由	了	娘
Ce	nanz	raeuh	liux	nangz
çe¹	na:n²	ɹau⁶	li:u⁴	na:ŋ²
留	久	多	啰	姑娘

久违了小妹，

3-1386

下	王	狼	叶	蕉
Roengz	vaengz	laengz	mbaw	gyoij
ɹoŋ²	vaŋ²	laŋ²	bau¹	kjo:i³
下	潭	勾	叶	芭蕉

下潭捡蕉叶。

3-1387

想	不	怨	命	凶
Siengj	mbouj	yonq	mingh	rwix
θi:ŋ³	bou⁵	jo:n⁵	miŋ⁶	ɹɯ:i⁴
想	不	怨	命	孬

本不想怨命，

3-1388

配	不	得	备	银
Boiq	mbouj	ndaej	beix	ngaenz
po:i⁵	bou⁵	dai³	pi⁴	ŋan²
配	不	得	兄	银

又配不上兄。

男唱

3-1389

写	南	由	了	娘
Ce	nanz	raeuh	liux	nangz
çe¹	na:n²	ɹau⁶	li:u⁴	na:ŋ²
留	久	多	啰	姑娘

久违了小妹，

3-1390

下	王	狼	叶	蕉
Roengz	vaengz	laengz	mbaw	gyoij
ɹoŋ²	vaŋ²	laŋ²	bau¹	kjo:i³
下	潭	勾	叶	芭蕉

下潭捡蕉叶。

3-1391

年	纪	少	利	青
Nienz	geij	sau	lij	oiq
ni:n²	ki³	θa:u¹	li⁴	o:i⁵
年	纪	姑娘	还	嫩

妹年纪轻轻，

3-1392

八	领	罪	邦	文
Bah	lingx	coih	biengz	vunz
pa⁶	liŋ⁴	ço:i⁶	pi:ŋ²	vun²
莫急	领	罪	地方	人

别走远受罪。

女唱	男唱

女唱

3-1393

写　南　由　了　娘

Ce　nanz　raeuh　liux　nangz

çe¹　na:n²　ɣau⁶　li:u⁴　na:ŋ²

留　久　多　啰　姑娘

久违了小妹，

3-1394

下　王　狼　叶　蕉

Roengz　vaengz　laengz　mbaw　gyoij

ɣoŋ²　vaŋ²　laŋ²　baɯ¹　kjo:i³

下　潭　勾　叶　芭蕉

下潭捡蕉叶。

3-1395

少　牙　尝　领　罪

Sau　yax　caengz　lingx　coih

θa:u¹　ja⁵　çaŋ²　liŋ⁴　ço:i⁶

姑娘　也　未　领　罪

妹未许配人，

3-1396

利　加　对　邦　你

Lij　caj　doih　biengz　mwngz

li⁴　kja³　to:i⁶　pi:ŋ²　muɯŋ²

还　等　伙伴　地方　你

正在等待你。

男唱

3-1397

写　南　由　了　娘

Ce　nanz　raeuh　liux　nangz

çe¹　na:n²　ɣau⁶　li:u⁴　na:ŋ²

留　久　多　啰　姑娘

久违了小妹，

3-1398

下　王　狼　叶　蕉

Roengz　vaengz　laengz　mbaw　gyoij

ɣoŋ²　vaŋ²　laŋ²　baɯ¹　kjo:i³

下　潭　勾　叶　芭蕉

下潭捡蕉叶。

3-1399

自　忧　不　得　田

Gag　you　mbouj　ndaej　dieg

ka:k⁸　jou¹　bou⁵　dai³　ti:k⁸

自　忧　不　得　地

怕没有对象，

3-1400

自　打　羽　自　飞

Gag　daj　fwed　gag　mbin

ka:k⁸　ta³　fu:t⁸　ka:k⁸　bin¹

自　打　翅　自　飞

靠自己奔波。

女唱

3-1401

写	南	由	了	娘
Ce	nanz	raeuh	liux	nangz
çe¹	na:n²	ɹau⁶	li:u⁴	na:ŋ²
留	久	多	啰	姑娘

久违了小妹，

3-1402

下	王	狼	叶	节
Roengz	vaengz	laengz	mbaw	cieg
ɹoŋ²	vaŋ²	laŋ²	bau¹	çɯ:k⁸
下	潭	勾	叶	野蕉

下潭捡蕉叶。

3-1403

丰	飞	贝	堂	田
Fungh	mbin	bae	daengz	dieg
fuŋ⁶	bin¹	pai¹	taŋ²	ti:k⁸
凤	飞	去	到	地

凤已得其所，

3-1404

利	打	羽	古	而
Lij	daj	fwed	guh	rawz
li⁴	ta³	fu:t⁸	ku⁴	ɹau²
还	打	翅	做	什么

何故要起飞？

男唱

3-1405

写	南	由	了	娘
Ce	nanz	raeuh	liux	nangz
çe¹	na:n²	ɹau⁶	li:u⁴	na:ŋ²
留	久	多	啰	姑娘

久违了小妹，

3-1406

下	王	狼	叶	节
Roengz	vaengz	laengz	mbaw	cieg
ɹoŋ²	vaŋ²	laŋ²	bau¹	çɯ:k⁸
下	潭	勾	叶	野蕉

下潭捡蕉叶。

3-1407

丰	飞	贝	堂	田
Fungh	mbin	bae	daengz	dieg
fuŋ⁶	bin¹	pai¹	taŋ²	ti:k⁸
凤	飞	去	到	地

凤已得其所，

3-1408

利	打	羽	加	你
Lij	daj	fwed	caj	mwngz
li⁴	ta³	fu:t⁸	kja³	mɯŋ²
还	打	翅	等	你

拍翅膀等你。

男唱

3-1409

写	南	由	了	娘
Ce	nanz	raeuh	liux	nangz
çe¹	na:n²	ʐau⁶	li:u⁴	na:ŋ²
留	久	多	啰	姑娘

久违了小妹，

3-1410

下	王	狼	叶	节
Roengz	vaengz	laengz	mbaw	cieg
ʐoŋ²	vaŋ²	laŋ²	bau¹	çɯ:k⁸
下	潭	勾	叶	野蕉

下潭捡蕉叶。

3-1411

少	米	九	布	换
Sau	miz	geu	buh	rieg
θa:u¹	mi²	ke:u¹	pu⁶	ʐɯ:k⁸
姑娘	有	件	衣服	换

妹有新衣穿，

3-1412

备	沙	田	尝	米
Beix	ra	dieg	caengz	miz
pi⁴	ʐa¹	ti:k⁸	çaŋ²	mi²
兄	找	地	未	有

兄未得其所。

女唱

3-1413

写	南	由	了	娘
Ce	nanz	raeuh	liux	nangz
çe¹	na:n²	ʐau⁶	li:u⁴	na:ŋ²
留	久	多	啰	姑娘

久违了小妹，

3-1414

下	王	狼	叶	节
Roengz	vaengz	laengz	mbaw	cieg
ʐoŋ²	vaŋ²	laŋ²	bau¹	çɯ:k⁸
下	潭	勾	叶	野蕉

下潭捡蕉叶。

3-1415

少	办	果	菜	面
Sau	baenz	go	byaek	miek
θa:u¹	pan²	ko¹	pjak⁷	me:k⁷
姑娘	成	棵	菜	苦麦

妹如野麦菜，

3-1416

尝	知	田	在	而
Caengz	rox	dieg	ywq	lawz
çaŋ²	ʐo⁴	ti:k⁸	jɯ⁵	lau²
未	知	地	在	哪

无处可安家。

男唱	女唱

男唱

3-1417

写	南	由	了	娘
Ce	nanz	raeuh	liux	nangz
çe¹	na:n²	ɹau⁶	li:u⁴	na:ŋ²
留	久	多	啰	姑娘

久违了小妹,

3-1418

下	王	狼	叶	节
Roengz	vaengz	laengz	mbaw	cieg
ɹoŋ²	vaŋ²	laŋ²	baɯ¹	çɯ:k⁸
下	潭	勾	叶	野蕉

下潭捡蕉叶。

3-1419

九	吨	三	九	换
Geu	daenj	sam	geu	rieg
ke:u¹	tan³	θa:n¹	ke:u¹	ɹɯ:k⁸
件	穿	三	件	换

要好多新衣,

3-1420

友	而	厄	另	你
Youx	lawz	nyienh	lumj	mwngz
ju⁴	lau²	ȵu:n⁶	lun³	mɯŋ²
友	哪	愿	像	你

有谁愿娶你?

女唱

3-1421

写	南	由	了	娘
Ce	nanz	raeuh	liux	nangz
çe¹	na:n²	ɹau⁶	li:u⁴	na:ŋ²
留	久	多	啰	姑娘

久违了小妹,

3-1422

下	王	狼	叶	节
Roengz	vaengz	laengz	mbaw	cieg
ɹoŋ²	vaŋ²	laŋ²	baɯ¹	çɯ:k⁸
下	潭	勾	叶	野蕉

下潭捡蕉叶。

3-1423

九	吨	三	九	换
Geu	daenj	sam	geu	rieg
ke:u¹	tan³	θa:n¹	ke:u¹	ɹɯ:k⁸
件	穿	三	件	换

要好多新衣,

3-1424

友	玩	田	你	米
Youx	vanz	dieg	mwngz	miz
ju⁴	va:n²	ti:k⁸	mɯŋ²	mi²
友	还	地	你	有

有人愿结交。

男唱

3-1425

写	南	由	了	娘
Ce	nanz	raeuh	liux	nangz

çe¹　na:n²　ɹau⁶　li:u⁴　na:ŋ²

留　久　多　啰　姑娘

久违了小妹，

3-1426

下	王	狼	叶	节
Roengz	vaengz	laengz	mbaw	cieg

ɹoŋ²　vaŋ²　laŋ²　bau¹　çɯ:k⁸

下　潭　勾　叶　野蕉

下潭捡蕉叶。

3-1427

貝	方	而	得	田
Bae	fueng	lawz	ndaej	dieg

pai¹　fu:ŋ¹　lau²　dai³　ti:k⁸

去　方　哪　得　地

何处得对象，

3-1428

狼	额	外	邦	偻
Langh	ngieg	vaij	biengz	raeuz

la:ŋ⁶　ŋe:k⁸　va:i³　pi:ŋ²　ɹau²

放　蛟龙　过　地方　我们

蛟龙到我乡。

女唱

3-1429

写	南	由	了	娘
Ce	nanz	raeuh	liux	nangz

çe¹　na:n²　ɹau⁶　li:u⁴　na:ŋ²

留　久　多　啰　姑娘

久违了小妹，

3-1430

下	王	狼	叶	节
Roengz	vaengz	laengz	mbaw	cieg

ɹoŋ²　vaŋ²　laŋ²　bau¹　çɯ:k⁸

下　潭　勾　叶　野蕉

下潭捡蕉叶。

3-1431

很	代	三	得	田
Hwnj	daih	san	ndaej	denz

hɯn³　ta:i⁶　θa:n¹　dai³　te:n²

上　大　山　得　地

上山得其所，

3-1432

浪	额	外	邦	你
Langh	ngieg	vaij	biengz	mwngz

la:ŋ⁶　ŋe:k⁸　va:i³　pi:ŋ²　mɯŋ²

放　蛟龙　过　地方　你

蛟龙到你乡。

男唱

3-1433

写	南	由	了	娘
Ce	nanz	raeuh	liux	nangz
çe¹	na:n²	ɹau⁶	li:u⁴	na:ŋ²
留	久	多	啰	姑娘

久违了小妹，

3-1434

下	王	狼	叶	节
Roengz	vaengz	laengz	mbaw	cieg
ɹoŋ²	van²	laŋ²	bau¹	çɯ:k⁸
下	潭	勾	叶	野蕉

下潭捡蕉叶。

3-1435

龙	牙	尝	得	田
Lungz	yax	caengz	ndaej	dieg
luŋ²	ja⁵	çaŋ²	dai³	ti:k⁸
龙	也	未	得	地

兄尚无对象，

3-1436

说	农	八	召	心
Naeuz	nuengx	bah	cau	sim
nau²	nu:ŋ⁴	pa⁶	ça:u⁵	θin¹
说	妹	莫急	操	心

妹别急操心。

女唱

3-1437

写	南	由	了	娘
Ce	nanz	raeuh	liux	nangz
çe¹	na:n²	ɹau⁶	li:u⁴	na:ŋ²
留	久	多	啰	姑娘

久违了小妹，

3-1438

下	王	狼	叶	节
Roengz	vaengz	laengz	mbaw	cieg
ɹoŋ²	van²	laŋ²	bau¹	çɯ:k⁸
下	潭	勾	叶	野蕉

下潭捡蕉叶。

3-1439

讲	句	句	堂	田
Gangj	coenz	coenz	daengz	dieg
ka:ŋ³	kjon²	kjon²	taŋ²	ti:k⁸
讲	句	句	到	地

话说得在理，

3-1440

偻	良	完	小	正
Raeuz	lingh	vuenh	siuj	cingz
ɹau²	le:ŋ⁶	vu:n⁶	θi:u³	çiŋ²
我们	另	换	小	情

我俩来结交。

男唱

3-1441

写	南	由	了	娘
Ce	nanz	raeuh	liux	nangz
$çe^1$	$na:n^2$	$ɹau^2$	$li:u^4$	$na:ŋ^2$
留	久	多	啰	姑娘

久违了小妹，

3-1442

下	王	狼	叶	节
Roengz	vaengz	laengz	mbaw	cieg
$ɹoŋ^2$	$vaŋ^2$	$laŋ^2$	bau^1	$çɯ:k^8$
下	潭	勾	叶	野蕉

下潭采蕉叶。

3-1443

变	你	讲	堂	田
Bienh	mwngz	gangj	daengz	dieg
$pi:n^6$	$mɯŋ^2$	$ka:ŋ^3$	$taŋ^2$	$ti:k^8$
即便	你	讲	到	地

既然聊到这，

3-1444

良	换	布	三	层
Lingh	rieg	buh	sam	caengz
$le:ŋ^6$	$ɹɯ:k^8$	pu^6	$θa:n^1$	$çaŋ^2$
另	换	衣服	三	层

先换三套衣。

女唱

3-1445

写	南	由	了	娘
Ce	nanz	raeuh	liux	nangz
$çe^1$	$na:n^2$	$ɹau^6$	$li:u^4$	$na:ŋ^2$
留	久	多	啰	姑娘

久违了小妹，

3-1446

下	王	貝	打	瓜
Roengz	vaengz	bae	daj	gva
$ɹoŋ^2$	$vaŋ^2$	pai^1	ta^3	kwa^1
下	潭	去	打	锅

潭边铸锅头。

3-1447

罗	平	办	罗	马
Loh	bingz	baenz	loh	max
lo^6	$piŋ^2$	pan^2	lo^6	ma^4
路	平	成	路	马

平坦如马路，

3-1448

瓜	是	瓜	快	快
Gvaq	cix	gvaq	riuz	riuz
kwa^5	$çi^4$	kwa^5	$ɹi:u^2$	$ɹi:u^2$
过	就	过	快	快

想走快点走。

男唱

3-1449

写　南　由　了　娘

Ce　nanz　raeuh　liux　nangz

$çe^1$　$na:n^2$　$ıau^6$　$li:u^4$　$na:ŋ^2$

留　久　多　啰　姑娘

久违了小妹，

3-1450

下　王　贝　打　瓜

Roengz vaengz bae　daj　gva

$ıoŋ^2$　$vaŋ^2$　pai^1　ta^3　kwa^1

下　潭　去　打　锅

潭边铸锅头。

3-1451

日　论　土　贝　瓜

Ngoenz lwenz dou　bae　gvaq

$ŋon^2$　$luɯn^2$　tu^1　pai^1　kwa^5

日　昨　我　去　过

昨天我走过，

3-1452

办　罗　马　在　而

Baenz loh　max　ywq　lawz

pan^2　lo^6　ma^4　$jɯ^5$　lau^2

成　路　马　在　哪

哪里有马路？

女唱

3-1453

写　南　贝　是　八

Ce　nanz　bae　cix　bah

$çe^1$　$na:n^2$　pai^1　$çi^4$　pa^6

留　久　去　就　罢

不见面则罢，

3-1454

水　拉　达　背　全

Raemx laj　dah　boiq　cienj

$ıan^4$　la^3　ta^6　$po:i^5$　$çu:n^3$

水　下　河　背　转

河水起漩涡。

3-1455

农　尝　堂　罗　边

Nuengx caengz daengz loh　nden

$nu:ŋ^4$　$çaŋ^2$　$taŋ^2$　lo^6　$de:n^1$

妹　未　到　路　边

妹未到小路，

3-1456

几　时　堂　罗　马

Geij　seiz　daengz loh　max

ki^3　$θi^2$　$taŋ^2$　lo^6　ma^4

几　时　到　路　马

何时到马路？

男唱

3-1457

写	南	貝	是	八
Ce	nanz	bae	cix	bah
çe¹	na:n²	pai¹	çi⁴	pa⁶
留	久	去	就	罢

不见面则罢，

3-1458

水	拉	达	背	全
Raemx	laj	dah	boiq	cienj
ɹan⁴	la³	ta⁶	po:i⁵	çu:n³
水	下	河	背	转

河水起漩涡。

3-1459

农	牙	火	本	钱
Nuengx	yax	hoj	bonj	cienz
nu:ŋ⁴	ja⁵	ho³	po:n³	çi:n²
妹	也	穷	本	钱

你没有本钱，

3-1460

外	罗	边	是	八
Vaij	loh	nden	cix	bah
va:i³	lo⁶	de:n¹	çi⁴	pa⁶
过	路	边	就	罢

走小路算了。

女唱

3-1461

写	南	由	了	娘
Ce	nanz	raeuh	liux	nangz
çe¹	na:n²	ɹau⁶	li:u⁴	na:ŋ²
留	久	多	啰	姑娘

久违了小妹，

3-1462

下	王	貝	小	些
Roengz	vaengz	bae	siuj	seiq
ɹoŋ²	vaŋ²	pai¹	θi:u³	θe⁵
下	潭	去	小	事

到潭边休闲。

3-1463

正	卜	说	正	乜
Cingz	boh	naeuz	cingz	meh
çiŋ²	po⁶	nau²	çiŋ²	me⁶
情	父	或	情	母

父母备礼品，

3-1464

重	正	义	能	来
Naek	cingz	ngeih	nyaenx	lai
nak⁷	çiŋ²	ɲi⁶	ȵan⁴	la:i¹
重	情	义	那么	多

情义太深重。

男唱	女唱
——	——

3-1465

写	南	由	了	娘
Ce	nanz	raeuh	liux	nangz
çe¹	na:n²	ɹau⁶	li:u⁴	na:ŋ²
留	久	多	啰	姑娘

久违了小妹,

3-1469

写	南	由	了	娘
Ce	nanz	raeuh	liux	nangz
çe¹	na:n²	ɹau⁶	li:u⁴	na:ŋ²
留	久	多	啰	姑娘

久违了小妹,

3-1466

下	王	貝	小	些
Roengz	vaengz	bae	siuj	seiq
ɹoŋ²	vaŋ²	pai¹	θi:u³	θe⁵
下	潭	去	小	事

到潭边休闲。

3-1470

下	王	貝	小	些
Roengz	vaengz	bae	siuj	seiq
ɹoŋ²	vaŋ²	pai¹	θi:u³	θe⁵
下	潭	去	小	事

到潭边休闲。

3-1467

牙	空	特	正	乜
Yax	ndwi	dwg	cingz	meh
ja⁵	du:i¹	tuk⁸	çiŋ²	me⁶
也	不	是	情	母

非母重情义,

3-1471

元	牙	了	些	些
Yuenz	yaek	liux	ndeq	ndeq
ju:n²	jak⁷	li:u⁴	de⁵	de⁵
缘	要	完	急	急

缘分快到头,

3-1468

些	内	些	包	少
Seq	neix	seq	mbauq	sau
θe⁵	ni⁴	θe⁵	ba:u⁵	θa:u¹
点	这	点	小伙	姑娘

送兄妹礼品。

3-1472

刀	出	些	而	马
Dauq	ok	seiq	lawz	ma
ta:u⁵	o:k⁷	θe⁵	lau²	ma¹
又	出	世	哪	来

缘从何而来。

男唱

3-1473

写	南	由	了	娘
Ce	nanz	raeuh	liux	nangz
çe¹	na:n²	ɹau⁶	li:u⁴	na:ŋ²
留	久	多	啰	姑娘

久违了小妹，

3-1474

下	王	貝	小	些
Roengz	vaengz	bae	siuj	seiq
ɹoŋ²	vaŋ²	pai¹	θi:u³	θe⁵
下	潭	去	小	事

到潭边消遣。

3-1475

些	观	偻	米	义
Seiq	gonq	raeuz	miz	ngeih
θe⁵	ko:n⁵	ɹau²	mi²	ɲi⁶
世	先	我们	有	义

前世有情义，

3-1476

些	内	刀	马	还
Seiq	neix	dauq	ma	vanz
θe⁵	ni⁴	ta:u⁵	ma¹	va:n²
世	这	又	来	还

今世来还情。

女唱

3-1477

写	南	由	了	娘
Ce	nanz	raeuh	liux	nangz
çe¹	na:n²	ɹau⁶	li:u⁴	na:ŋ²
留	久	多	啰	姑娘

久违了小妹，

3-1478

难	冲	相	尾	会
Nanz	gyoep	ciengz	byai	faex
na:n²	kjop⁷	çi:ŋ²	pja:i¹	fai⁴
难	春	墙	尾	树

树梢不闪光。

3-1479

装	身	美	又	美
Cang	ndang	meij	youh	meij
ça:ŋ¹	da:ŋ¹	mai³	jou⁴	mai³
装	身	美	又	美

打扮实在美，

3-1480

古	秀	哭	跟	你
Guh	ciuh	daej	riengz	mwngz
ku⁴	çi:u⁶	tai³	ɹi:ŋ²	muɯŋ²
做	世	哭	跟	你

终为你流泪。

男唱

3-1481

阝 乖 可 阝 乖

Boux gvai goj boux gvai

pu^4 kwa:i^1 ko^5 pu^4 kwa:i^1

个 乖 可 个 乖

乖巧真乖巧，

3-1482

比 才 罗 说 哭

Biq myaiz lox naeuz daej

pi^3 mja:i^2 lo^4 nau^2 tai^3

吐 口水 骗 说 哭

吐口水装哭。

3-1483

水 才 吊 尾 会

Raemx raiz venj byai faex

ɹan^4 ɹa:i^2 ve:n^3 pja:i^1 fai^4

水 露 挂 尾 树

露水挂树梢，

3-1484

罗 说 哭 跟 偻

Lox naeuz daej riengz raeuz

lo^4 nau^2 tai^3 ɹi:ŋ^2 ɹau^2

骗 说 哭 跟 我们

说为我流泪。

女唱

3-1485

写 南 由 了 娘

Ce nanz raeuh liux nangz

çe^1 na:n^2 ɹau^6 li:u^4 na:ŋ^2

留 久 多 啰 姑娘

久违了小妹，

3-1486

南 冲 相 是 小

Namh gyoep ciengz cix siuj

na:n^6 kjop^7 çi:ŋ^2 çi^4 θi:u^3

泥 春 墙 是 少

墙泥都变少。

3-1487

写 南 秀 少 包

Ce nanz ciuh sau mbauq

çe^1 na:n^2 çi:u^6 θa:u^1 ba:u^5

留 久 世 姑娘 小伙

久别兄妹情，

3-1488

外 十 权 牙 跟

Vaij cib gemh yax riengz

va:i^3 çit^8 ke:n^6 ja^5 ɹi:ŋ^2

过 十 山坳 也 跟

相见不容易。

① 妍王 [ja⁶ va:ŋ²]：婆王。也称娅王，是壮族民间传说中的创世神、生育神和稻神。在广西百色市的右江、西林、那坡等县区和云南省文山壮族苗族自治州的富宁、广南、砚山等县，每年农历七月十七至二十日举办"唱娅王"活动，形成了以追忆和唱诵娅王功绩为主的民俗节日。

男唱

3-1489

写	南	由	了	娘
Ce	nanz	raeuh	liux	nangz
çe¹	na:n²	ɹau⁶	li:u⁴	na:ŋ²
留	久	多	啰	姑娘

久违了小妹，

3-1490

南	冲	相	是	小
Namh	gyoep	ciengz	cix	siuj
na:n⁶	kjop⁷	çi:ŋ²	çi⁴	θi:u³
泥	春	墙	是	少

墙泥都变少。

3-1491

写	南	秀	少	包
Ce	nanz	ciuh	sau	mbauq
çe¹	na:n²	çi:u⁶	θa:u¹	ba:u⁵
留	久	世	姑娘	小伙

耽误兄妹情，

3-1492

回	利	刀	知	空
Hoiz	lij	dauq	rox	ndwi
ho:i²	li⁴	ta:u⁵	ɹo⁴	du:i¹
回	还	回	或	不

能否再挽回？

女唱

3-1493

写	南	由	了	娘
Ce	nanz	raeuh	liux	nangz
çe¹	na:n²	ɹau⁶	li:u⁴	na:ŋ²
留	久	多	啰	姑娘

久违了小妹，

3-1494

南	冲	相	是	小
Namh	gyoep	ciengz	cix	siuj
na:n⁶	kjop⁷	çi:ŋ²	çi⁴	θi:u³
泥	春	墙	是	少

墙泥都变少。

3-1495

妍	王①	连	可	叫
Yah	vangz	lienz	goj	heuh
ja⁶	va:ŋ²	li:n²	ko⁵	he:u⁶
婆	王	连	可	叫

若婆王召唤，

3-1496

不	刀	又	貝	而
Mbouj	dauq	youh	bae	lawz
bou⁵	ta:u⁵	jou⁴	pai¹	laɯ²
不	回	又	去	哪

注定要轮回。

男唱

3-1497

写　南　由　了　娘

Ce　nanz　raeuh　liux　nangz

$çe^1$　$naːn^2$　$ɹau^6$　$liːu^4$　$naːŋ^2$

留　久　多　啰　姑娘

久违了小妹，

3-1498

南　冲　相　是　小

Namh　gyoep　ciengz　cix　siuj

$naːn^6$　$kjop^7$　$çiːŋ^2$　$çi^4$　$θiːu^3$

泥　春　墙　是　少

墙泥都变少。

3-1499

往　秀　少　秀　包

Uengj　ciuh　sau　ciuh　mbauq

$vaːŋ^3$　$çiːu^6$　$θaːu^6$　$çiːu^6$　$baːu^5$

枉　世　姑娘　世　小伙

愿兄妹情深，

3-1500

刀　是　合　英　元

Dauq　cix　hob　in　yuenz

$taːu^5$　$çi^4$　$hoːp^8$　in^1　$juːn^2$

回　就　合　姻　缘

能合成婚姻。

女唱

3-1501

写　南　由　了　娘

Ce　nanz　raeuh　liux　nangz

$çe^1$　$naːn^2$　$ɹau^6$　$liːu^4$　$naːŋ^2$

留　久　多　啰　姑娘

久违了小妹，

3-1502

会　洋　头　长　合

Faex　yieng　gyaeuj　cangz　hoz

fai^4　$juːŋ^1$　$kjau^3$　$çaŋ^2$　ho^2

树　香樟　头　钉　脖

思念断肝肠。

3-1503

不　南　伏　封　托

Mbouj　nanz　fwx　fung　doh

bou^5　$naːn^2$　$fə^4$　$fuŋ^1$　to^6

不　久　别人　封　渡口

别人要封路，

3-1504

备　论　罗　邦　偻

Beix　lumz　loh　biengz　raeuz

pi^4　lun^2　lo^6　$piːŋ^2$　$ɹau^2$

兄　忘　路　地方　我们

兄不走我乡。

男唱

3-1505

写	南	由	了	娘
Ce	nanz	raeuh	liux	nangz
çe¹	na:n²	ɹau⁶	li:u⁴	na:ŋ²
留	久	多	啰	姑娘

久违了小妹，

3-1506

会	洋	头	长	合
Faex	yieng	gyaeuj	cangz	hoz
fai⁴	ju:ŋ¹	kjau³	çaŋ²	ho²
树	香樟	头	钉	脖

思念断肝肠。

3-1507

不	自	土	论	罗
Mbouj	gag	dou	lumz	loh
bou⁵	ka:k⁸	tu¹	lun²	lo⁶
不	只	我	忘	路

不仅我不走，

3-1508

农	牙	可	论	元
Nuengx	yax	goj	lumz	roen
nu:ŋ⁴	ja⁵	ko⁵	lun²	jo:n¹
妹	也	可	忘	路

妹也不会走。

女唱

3-1509

写	南	由	了	娘
Ce	nanz	raeuh	liux	nangz
çe¹	na:n²	ɹau⁶	li:u⁴	na:ŋ²
留	久	多	啰	姑娘

久违了小妹，

3-1510

会	洋	头	长	合
Faex	yieng	gyaeuj	cangz	hoz
fai⁴	ju:ŋ¹	kjau³	çaŋ²	ho²
树	香樟	头	钉	脖

思念断肝肠。

3-1511

论	元	利	小	可
Lumz	roen	lij	siuj	goj
lun²	jo:n¹	li⁴	θi:u³	ko³
忘	路	还	小	事

忘途是小事，

3-1512

论	罗	祘	不	通
Lumz	loh	suenq	mbouj	doeng
lun²	lo⁶	θu:n⁵	bou⁵	toŋ¹
忘	路	算	不	通

忘路更麻烦。

男唱

3-1513

写	南	由	了	娘
Ce	nanz	raeuh	liux	nangz
$çe^1$	$na{:}n^2$	$ɿau^6$	$li{:}u^4$	$na{:}ŋ^2$
留	久	多	啰	姑娘

久违了姑娘，

3-1514

会	洋	头	长	合
Faex	yieng	gyaeuj	cangz	hoz
fai^4	$ju{:}ŋ^1$	$kjau^3$	$ça{:}ŋ^2$	ho^2
树	香樟	头	钉	脖

思念断肝肠。

3-1515

春	内	春	比	么
Cin	neix	cin	bi	moq
$çun^1$	ni^4	$çun^1$	pi^1	mo^5
春	这	春	年	新

该春是新春，

3-1516

话	讲	火	农	银
Vah	gangj	hoj	nuengx	ngaenz
va^6	$ka{:}ŋ^3$	ho^3	$nu{:}ŋ^4$	$ŋan^2$
话	讲	苦	妹	银

总讲妹家穷。

女唱

3-1517

写	南	由	了	娘
Ce	nanz	raeuh	liux	nangz
$çe^1$	$na{:}n^2$	$ɿau^6$	$li{:}u^4$	$na{:}ŋ^2$
留	久	多	啰	姑娘

久违了姑娘，

3-1518

会	更	城	扛	两
Faex	gwnz	singz	gang	liengj
fai^4	kun^2	$θiŋ^2$	$ka{:}ŋ^1$	$li{:}ŋ^3$
树	上	城	撑	伞

城里树长大。

3-1519

封	变	不	封	变
Fung	bienh	mbouj	fung	bienh
$fuŋ^1$	$pi{:}n^6$	bou^5	$fuŋ^1$	$pi{:}n^6$
结	辫	不	结	辫

结辫不结辫，

3-1520

丰	头	先	牙	全
Fung	gyaeuj	semq	yaek	ronz
$fuŋ^1$	$kjou^3$	$θe{:}n^5$	jak^7	$ɿo{:}n^2$
结	头	簪	欲	穿

用头簪扎稳。

男唱

3-1521

写	南	由	了	娘
Ce	nanz	raeuh	liux	nangz
çe¹	na:n²	ɹau⁶	li:u⁴	na:ŋ²
留	久	多	啰	姑娘

久违了姑娘，

3-1522

会	更	城	扛	两
Faex	gwnz	singz	gang	liengj
fai⁴	kɯn²	θiŋ²	ka:ŋ¹	li:ŋ³
树	上	城	撑	伞

城里树长大。

3-1523

在	家	得	几	年
Cai	gya	ndaej	gij	nienz
ça:i⁴	kja¹	dai³	ki³	ni:n²
在	家	得	几	年

在家住几年，

3-1524

先	封	变	加	龙
Senq	fung	bienh	caj	lungz
θe:n⁵	fuŋ¹	pi:n⁶	kja³	luŋ²
先	结	辫	等	龙

结辫等老兄。

女唱

3-1525

写	南	由	了	娘
Ce	nanz	raeuh	liux	nangz
çe¹	na:n²	ɹau⁶	li:u⁴	na:ŋ²
留	久	多	啰	姑娘

久违了姑娘，

3-1526

会	更	城	扛	两
Faex	gwnz	singz	gang	liengj
fai⁴	kɯn²	θiŋ²	ka:ŋ¹	li:ŋ³
树	上	城	撑	伞

城里树长大。

3-1527

在	家	得	几	年
Cai	gya	ndaej	gij	nienz
ça:i⁴	kja¹	dai³	ki³	ni:n²
在	家	得	几	年

居家这么久，

3-1528

田	农	在	方	而
Denz	nuengx	ywq	fueng	lawz
te:n²	nu:ŋ⁴	jɯ⁵	fu:ŋ¹	lau²
地	妹	在	方	哪

妹嫁至何方？

男唱	女唱

3-1529

写	南	由	了	娘
Ce	nanz	raeuh	liux	nangz
çe¹	na:n²	ɣau⁶	li:u⁴	na:ŋ²
留	久	多	啰	姑娘

久违了姑娘，

3-1530

会	更	城	扛	两
Faex	gwnz	singz	gang	liengj
fai⁴	kun²	θiŋ²	ka:ŋ¹	li:ŋ³
树	上	城	撑	伞

城里树长大。

3-1531

在	家	得	几	年
Cai	gya	ndaej	gij	nienz
ça:i⁴	kja¹	dai³	ki³	ni:n²
在	家	得	几	年

在家待几年，

3-1532

洋	面	面	小	凉
Yaeng	menh	menh	siu	liengz
jaŋ¹	me:n⁶	me:n⁶	θi:u¹	li:ŋ²
再	慢	慢	消	凉

可慢慢休闲。

3-1533

写	南	牙	不	为
Ce	nanz	yax	mbouj	vei
çe¹	na:n²	ja⁵	bou⁵	vei¹
留	久	也	不	亏

居家也不亏，

3-1534

良	要	纸	配	绸
Lingh	aeu	ceij	boiq	couz
le:ŋ⁶	au¹	çi³	po:i⁵	çu²
另	要	纸	配	绸

乐得学女红。

3-1535

了	卡	秀	方	卢
Liux	gaq	ciuh	fueng	louz
li:u⁴	ka⁵	çi:u⁶	fu:ŋ¹	lu²
完	这	世	风	流

过了风流时，

3-1536

平	办	王	办	类
Bingz	baenz	vang	baenz	raeh
piŋ²	pan²	va:ŋ¹	pan²	ɣai⁶
凭	成	横	成	竖

管它成哪样。

男唱

3-1537

写	南	牙	不	为
Ce	nanz	yax	mbouj	vei
çe¹	na:n²	ja⁵	bou⁵	vei¹
留	久	也	不	亏

久别也不亏，

3-1538

良	要	纸	配	绸
Lingh	aeu	ceij	boiq	couz
le:ŋ⁶	au¹	çi³	po:i⁵	çu²
另	要	纸	配	绸

乐得学女红。

3-1539

了	是	了	邦	初
Liux	cix	liux	biengz	sou
li:u⁴	çi⁴	li:u⁴	pi:ŋ²	θu¹
完	就	完	地方	你们

你家乡完蛋，

3-1540

邦	土	可	在	不
Biengz	dou	goj	ywq	mbouj
pi:ŋ²	tu¹	ko⁵	ju⁵	bou⁵
地方	我	可	在	不

我家乡尚存。

女唱

3-1541

写	南	牙	不	为
Ce	nanz	yax	mbouj	vei
çe¹	na:n²	ja⁵	bou⁵	vei¹
留	久	也	不	亏

久别也不亏，

3-1542

良	要	纸	配	绸
Lingh	aeu	ceij	boiq	couz
le:ŋ⁶	au¹	çi³	po:i⁵	çu²
另	要	纸	配	绸

乐得学女红。

3-1543

了	韦	机	邦	土
Liux	vae	giq	biengz	dou
li:u⁴	vai¹	ki⁵	pi:ŋ²	tu¹
完	姓	支	地方	我

我家乡要完，

3-1544

心	龙	付	知	不
Sim	lungz	fouz	rox	mbouj
θin¹	luŋ²	fu²	ɣo⁴	bou⁵
心	龙	浮	或	不

兄你心慌否？

男唱

3-1545

写	南	牙	不	为
Ce	nanz	yax	mbouj	vei
çe¹	naːn²	ja⁵	bou⁵	vei¹
留	久	也	不	亏

久别也不亏,

3-1546

良	要	纸	配	绸
Lingh	aeu	ceij	boiq	couz
leːŋ⁶	au¹	çi³	poːi⁵	çu²
另	要	纸	配	绸

乐得学女红。

3-1547

了	韦	机	邦	土
Liux	vae	giq	biengz	dou
liːu⁴	vai¹	ki⁵	piːŋ²	tu¹
完	姓	支	地方	我

密友我要完,

3-1548

邦	少	是	良	要
Biengz	sau	cix	lingh	aeu
piːŋ²	θaːu¹	çi⁴	leːŋ⁶	au¹
地方	姑娘	就	另	要

妹另选对象。

女唱

3-1549

写	南	牙	不	为
Ce	nanz	yax	mbouj	vei
çe¹	naːn²	ja⁵	bou⁵	vei¹
留	久	也	不	亏

久别也不亏,

3-1550

良	要	纸	配	绸
Lingh	aeu	ceij	boiq	couz
leːŋ⁶	au¹	çi³	poːi⁵	çu²
另	要	纸	配	绸

乐得学女红。

3-1551

牙	了	秀	乜	月
Yaek	liux	ciuh	meh	ndwen
jak⁷	liːu⁴	çiːu⁶	me⁶	duːn¹
欲	完	世	母	月

月亮快落山,

3-1552

不	卟	全	讲	满
Mbouj	boux	cienz	gangj	monh
bou⁵	pu⁴	çuːn²	kaːŋ³	moːn⁶
不	个	传	讲	情

无人找谈情。

男唱

3-1553

写　南　牙　不　为

Ce　nanz　yax　mbouj　vei

çe¹　na:n²　ja⁵　bou⁵　vei¹

留　久　也　不　亏

久别也不亏，

3-1554

良　要　纸　配　绸

Lingh　aeu　ceij　boiq　couz

le:ŋ⁶　au¹　çi³　po:i⁵　çu²

另　要　纸　配　绸

乐得学女红。

3-1555

牙　了　秀　乜　月

Yaek　liux　ciuh　meh　ndwen

jak⁷　li:u⁴　çi:u⁶　me⁶　du:n¹

欲　完　世　母　月

月亮快落山，

3-1556

元　可　办　同　骂

Roen　goj　baenz　doengh　ndaq

jo:n¹　ko⁵　pan²　toŋ²　da⁵

路　可　成　相　骂

我俩相寻找。

女唱

3-1557

写　南　牙　不　为

Ce　nanz　yax　mbouj　vei

çe¹　na:n²　ja⁵　bou⁵　vei¹

留　久　也　不　亏

久别也不亏，

3-1558

可　利　条　美　好

Goj　lix　diuz　mae　hau

ko⁵　li⁴　ti:u²　mai¹　ha:u¹

可　剩　条　纱　白

还有条白线。

3-1559

了　秀　包　秀　少

Liux　ciuh　mbauq　ciuh　sau

li:u⁴　çi:u⁶　ba:u⁵　çi:u⁶　θa:u¹

完　世　小伙　世　姑娘

恋爱期过了，

3-1560

不　卜　交　韦　机

Mbouj　boux　gyau　vae　giq

bou⁵　pu⁴　kja:u¹　vai¹　ki⁵

不　个　交　姓　支

无人成伴侣。

男唱

3-1561

写	南	牙	不	为
Ce	nanz	yax	mbouj	vei
$çe^1$	$na:n^2$	ja^5	bou^5	vei^1
留	久	也	不	亏

久别也不亏，

3-1562

可	利	条	美	好
Goj	lix	diuz	mae	hau
ko^5	li^4	$ti:u^2$	mai^1	$ha:u^1$
可	剩	条	纱	白

还有条白线。

3-1563

了	秀	包	秀	少
Liux	ciuh	mbauq	ciuh	sau
$li:u^4$	$çi:u^6$	$ba:u^5$	$çi:u^6$	$θa:u^1$
完	世	小伙	世	姑娘

过了青春期，

3-1564

不	交	正	牙	了
Mbouj	gyau	cingz	yax	liux
bou^5	$kja:u^1$	$çiŋ^2$	ja^5	$li:u^4$
不	交	情	也	完

不交情也淡。

女唱

3-1565

写	南	牙	不	为
Ce	nanz	yax	mbouj	vei
$çe^1$	$na:n^2$	ja^5	bou^5	vei^1
留	久	也	不	亏

久别也不亏，

3-1566

可	利	条	美	黑
Goj	lix	diuz	mae	ndaem
ko^5	li^4	$ti:u^2$	mai^1	nan^1
可	剩	条	纱	黑

还有条黑线。

3-1567

牙	了	秀	农	银
Yaek	liux	ciuh	nuengx	ngaenz
jak^7	$li:u^4$	$çi:u^6$	$nu:ŋ^4$	$ŋan^2$
欲	完	世	妹	银

青春期将过，

3-1568

美	黑	不	卜	省
Mae	ndaem	mbouj	boux	swnj
mai^1	nan^1	bou^5	pu^4	$θɯn^3$
纱	黑	不	个	接

黑线无人接。

男唱

3-1569

写	南	牙	不	为
Ce	nanz	yax	mbouj	vei
çe¹	na:n²	ja⁵	bou⁵	vei¹
留	久	也	不	亏

久别也不亏，

3-1570

可	利	条	美	黑
Goj	lix	diuz	mae	ndaem
ko⁵	li⁴	ti:u²	mai¹	nan¹
可	剩	条	纱	黑

还有条黑线。

3-1571

了	卡	秀	农	银
Liux	gaq	ciuh	nuengx	ngaenz
li:u⁴	ka⁵	çi:u⁶	nu:ŋ⁴	ŋan²
完	这	世	妹	银

青春期将过，

3-1572

牙	难	见	备	农
Yax	nanz	raen	beix	nuengx
ja⁵	na:n²	ɣan¹	pi⁴	nu:ŋ⁴
也	难	见	兄	妹

兄妹难见面。

女唱

3-1573

写	南	牙	不	为
Ce	nanz	yax	mbouj	vei
çe¹	na:n²	ja⁵	bou⁵	vei¹
留	久	也	不	亏

久别也不亏，

3-1574

可	利	条	美	红
Goj	lix	diuz	mae	hoengz
ko⁵	li⁴	ti:u²	mai¹	hoŋ²
可	剩	条	纱	红

还有条红线。

3-1575

了	秀	内	了	同
Liux	ciuh	neix	liux	doengz
li:u⁴	çi:u⁶	ni⁴	li:u⁴	toŋ²
完	世	这	啰	同

青春期将过，

3-1576

桥	龙	不	卜	采
Giuz	lungz	mbouj	boux	byaij
ki:u²	luŋ²	bou⁵	pu⁴	pja:i³
桥	龙	不	个	走

兄家无人走。

男唱

3-1577

写	南	牙	不	为
Ce	nanz	yax	mbouj	vei

çe¹　naːn²　ja⁵　bou⁵　vei¹

留	久	也	不	亏

久别也不亏，

3-1578

可	利	条	美	红
Goj	lix	diuz	mae	hoengz

ko⁵　li⁴　tiːu²　mai¹　hoŋ²

可	剩	条	纱	红

还有条红线。

3-1579

了	是	了	四	方
Liux	cix	liux	seiq	fueng

liːu⁴　çi⁴　liːu⁴　θei⁵　fuːŋ¹

完	是	完	四	方

周边都走过，

3-1580

同	偻	不	可	在
Doengz	raeuz	mbouj	goj	ywq

toŋ²　ɹau²　bou⁵　ko⁵　juɯ⁵

同	我们	不	可	在

兄妹深情在。

女唱

3-1581

写	南	牙	不	为
Ce	nanz	yax	mbouj	vei

çe¹　naːn²　ja⁵　bou⁵　vei¹

留	久	也	不	亏

久别也不亏，

3-1582

可	利	条	美	绿
Goj	lix	diuz	mae	heu

ko⁵　li⁴　tiːu²　mai¹　heːu¹

可	剩	条	纱	青

还有条青线。

3-1583

了	交	友	巴	丢
Liux	gyau	youx	bak	diu

liːu⁴　kjaːu¹　ju⁴　paːk⁷　tiːu¹

完	交	友	嘴	刁

情友不在了，

3-1584

不	阝	九	讲	满
Mbouj	boux	iu	gangj	monh

bou⁵　pu⁴　iːu¹　kaːŋ³　moːn⁶

不	个	邀	讲	情

无人邀谈情。

男唱

3-1585

写　南　牙　不　为

Ce　nanz　yax　mbouj　vei

çe¹　na:n²　ja⁵　bou⁵　vei¹

留　久　也　不　亏

久别也不亏，

3-1586

可　利　条　美　绿

Goj　lix　diuz　mae　heu

ko⁵　li⁴　ti:u²　mai¹　he:u¹

可　剩　条　纱　青

还有条青线。

3-1587

了　交　友　巴　丢

Liux　gyau　youx　bak　diu

li:u⁴　kja:u¹　ju⁴　pa:k⁷　ti:u¹

完　交　友　嘴　刁

情侣已不在，

3-1588

长　刘　开　正　初

Ciengz　liuz　hai　cingz　byouq

çi:ŋ²　li:u²　ha:i¹　çiŋ²　pjou⁵

常　常　开　情　空

思念睹信物。

女唱

3-1589

堂　吉　内　了　老

Daengz　giz　neix　liux　laux

taŋ²　ki²　ni⁴　li:u⁴　la:u⁴

到　处　这　啰　老

情到此了断，

3-1590

刀　吉　内　了　乖

Dauq　giz　neix　liux　gvai

ta:u⁵　ki²　ni⁴　li:u⁴　kwa:i¹

回　处　这　啰　乖

情到此为止。

3-1591

伏　讲　满　好　来

Fwx　gangj　monh　ndei　lai

fə⁴　ka:ŋ³　mo:n⁶　dei¹　la:i¹

别　人　讲　情　好　多

别人会谈情，

3-1592

你　貝　说　你　在

Mwngz　bae　naeuz　mwngz　ywq

muŋ²　pai¹　nau²　muŋ²　ju⁵

你　去　或　你　在

你走还是留？

男唱	女唱

3-1593

土	说	贝	三	走
Dou	naeuz	bae	sam	yamq
tu^1	nau^2	pai^1	$\theta a{:}n^1$	$ja{:}m^5$
我	说	去	三	步

我说走三步，

3-1594

你	说	刀	四	寸
Mwngz	naeuz	dauq	seiq	conq
$mu\eta^2$	nau^2	$ta{:}u^5$	θei^5	θon^1
你	说	回	四	寸

你说回四寸。

3-1595

土	说	贝	邦	文
Dou	naeuz	bae	biengz	vunz
tu^1	nau^2	pai^1	$pi{:}\eta^2$	vun^2
我	说	去	地方	人

我说走他乡，

3-1596

你	说	在	田	内
Mwngz	naeuz	ywq	dieg	neix
$mu\eta^2$	nau^2	ju^5	$ti{:}k^8$	ni^4
你	说	在	地	这

你说守故土。

3-1597

条	绳	四	丈	长
Diuz	cag	seiq	ciengh	raez
$ti{:}u^2$	$\varphi a{:}k^8$	θei^5	$\varphi \mathrm{\scriptstyle\mu}{:}\eta^6$	$\mathrm{\mskip1mu\iota}ai^2$
条	绳	四	丈	长

大绳四丈长，

3-1598

狼	定	牙	不	在
Laengz	din	yax	mbouj	ywq
$la\eta^2$	tin^1	ja^5	bou^5	ju^5
拦	脚	也	不	在

拦不住手脚。

3-1599

龙	牙	贝	玩	师
Lungz	yaek	bae	vanz	swz
$lu\eta^2$	jak^7	pai^1	$va{:}n^2$	$\theta \mathrm{\scriptstyle\mu}^2$
龙	欲	去	还	辞

兄告别离去，

3-1600

九	山	四	元	远
Riuz	bya	cwx	roen	gyae
$\mathrm{\scriptstyle\iota}i{:}\mathrm{\scriptstyle\mu}^2$	pja^1	$\varphi \mathrm{\scriptstyle\mu}^4$	$jo{:}n^1$	$kjai^1$
传	山	社	路	远

社山路也遥。

男唱	女唱

男唱

3-1601

条	绳	四	寸	长
Diuz	cag	seiq	conq	raez
ti:u²	ça:k⁸	θei⁵	θon¹	ɹai²
条	绳	四	寸	长

绳子四寸长，

3-1602

狠	定	牙	不	刀
Laengz	din	yax	mbouj	dauq
laŋ²	tin¹	ja⁵	bou⁵	ta:u⁵
拦	脚	也	不	回

缚不住手脚。

3-1603

少	牙	贝	王	老
Sau	yax	bae	vaengz	laux
θa:u¹	ja⁵	pai¹	vaŋ²	la:u⁴
姑娘	也	去	潭	大

妹朝大潭走，

3-1604

备	牙	刀	王	三
Beix	yax	dauq	vaengz	san
pi⁴	ja⁵	ta:u⁵	vaŋ²	θa:n¹
兄	也	回	潭	山

兄回小潭去。

女唱

3-1605

歪	老	不	吨	觉
Vaiz	laux	mbouj	daenj	gyoi
va:i²	la:u⁴	bou⁵	tan³	kjo:i¹
水牛	老	不	穿	竹箩筐

老牛不用鞭，

3-1606

但	得	义	句	白
Danh	ndaej	nyi	coenz	bawh
ta:n⁶	dai³	ȵi¹	kjon²	pəɯ⁶
但	得	听	句	往右

听令自己走。

3-1607

六	月	后	大	师
Roek	nyied	haeuj	daih	sawq
ɹok⁷	ȵɯ:t⁸	hau³	ta:i⁶	θəɯ⁵
六	月	进	大	暑

六月值大暑，

3-1608

不	在	几	来	南
Mbouj	ywq	geij	lai	nanz
bou⁵	ju⁵	ki³	la:i¹	na:n²
不	住	几	多	久

也不会久住。

男唱

3-1609

歪	老	不	吨	觉
Vaiz	laux	mbouj	daenj	gyoi
va:i²	la:u⁴	bou⁵	tan³	kjo:i¹
水牛	老	不	穿	竹萝筐

老牛停不下，

3-1610

但	得	义	句	白
Danh	ndaej	nyi	coenz	bawh
ta:n⁶	dai³	ɲi¹	kjon²	pɯ⁶
但	得	听	句	往右

总听口令走。

3-1611

站	拉	果	心	师
Soengz	laj	go	sim	sei
θoŋ²	la³	ko¹	θin¹	ɕɯ¹
站	下	棵	心	思

天天在相思，

3-1612

厄	克	拉	清	明
Nyienh	gwz	laj	cing	mingz
ȵɯn⁶	kə⁴	la³	ɕiŋ¹	min²
愿	去	下	清	明

情愿入坟墓。

女唱

3-1613

不	在	几	来	南
Mbouj	ywq	geij	lai	nanz
bou⁵	ju⁵	ki³	la:i¹	na:n²
不	住	几	多	久

也不会久住，

3-1614

不	吃	几	来	光
Mbouj	gwn	geij	lai	gvangq
bou⁵	kun¹	ki³	la:i¹	kwa:ŋ⁵
不	吃	几	多	宽

吃不了多少。

3-1615

很	代	三	古	洋
Hwnj	daih	san	guh	angq
hun³	ta:i⁶	θa:n¹	ku⁴	a:ŋ⁵
上	大	山	做	高兴

上高山作乐，

3-1616

牙	狼	秀	方	卢
Yaek	langh	ciuh	fueng	louz
jak⁷	la:ŋ⁶	ɕiu⁶	fu:ŋ¹	lu²
欲	放	世	风	流

追忆风流时。

男唱

3-1617

不	在	几	来	南
Mbouj	ywq	geij	lai	nanz
bou⁵	juɯ⁵	ki³	la:i¹	na:n²
不	住	几	多	久

也不会久住，

3-1618

不	吃	几	来	光
Mbouj	gwn	geij	lai	gvangq
bou⁵	kɯn¹	ki³	la:i¹	kwa:ŋ⁵
不	吃	几	多	宽

吃不了多少。

3-1619

很	代	三	古	洋
Hwnj	daih	san	guh	angq
huɯn³	ta:i⁶	θa:n¹	ku⁴	a:ŋ⁵
上	大	山	做	高兴

上高山作乐，

3-1620

可	办	狼	你	写
Goj	baenz	langh	mwngz	ce
ko⁵	pan²	la:ŋ⁶	muɯŋ²	çe¹
可	成	放	你	留

如同离别你。

女唱

3-1621

不	在	几	来	南
Mbouj	ywq	geij	lai	nanz
bou⁵	juɯ⁵	ki³	la:i¹	na:n²
不	住	几	多	久

也不会久住，

3-1622

不	吃	几	来	光
Mbouj	gwn	geij	lai	gvangq
bou⁵	kɯn¹	ki³	la:i¹	kwa:ŋ⁵
不	吃	几	多	宽

吃不了多少。

3-1623

很	代	三	古	洋
Hwnj	daih	san	guh	angq
huɯn³	ta:i⁶	θa:n¹	ku⁴	a:ŋ⁵
上	大	山	做	高兴

上高山作乐，

3-1624

不	卜	兰	正	双
Mbouj	boux	lanh	cingz	sueng
bou⁵	pu⁴	la:n⁶	çiŋ²	θu:ŋ¹
不	个	大方	情	双

谁送双份礼？

男唱

3-1625

不	在	几	来	南
Mbouj	ywq	geij	lai	nanz
bou⁵	juɯ⁵	ki³	la:i¹	na:n²
不	住	几	多	久

也不会久住，

3-1626

不	吃	几	来	光
Mbouj	gwn	geij	lai	gvangq
bou⁵	kɯn¹	ki³	la:i¹	kwa:ŋ⁵
不	吃	几	多	宽

吃不了多少。

3-1627

貝	三	比	马	往
Bae	sam	bi	ma	vangq
pai¹	θa:n¹	pi¹	ma¹	va:ŋ⁵
去	三	年	来	空

三年不见面，

3-1628

刀	付	王	马	巡
Dauq	fouz	vangh	ma	cunz
ta:u⁵	fu²	va:ŋ⁶	ma¹	ɕun²
又	焦	躁	来	巡

急急来探望。

女唱

3-1629

不	在	几	来	南
Mbouj	ywq	geij	lai	nanz
bou⁵	juɯ⁵	ki³	la:i¹	na:n²
不	住	几	多	久

也不会久住，

3-1630

不	吃	几	来	光
Mbouj	gwn	geij	lai	gvangq
bou⁵	kɯn¹	ki³	la:i¹	kwa:ŋ⁵
不	吃	几	多	宽

吃不了多少。

3-1631

貝	代	三	古	洋
Bae	daih	san	guh	angq
pai¹	ta:i⁶	θa:n¹	ku⁴	a:ŋ⁵
去	大	山	做	高兴

去高山作乐，

3-1632

伏	不	狼	你	马
Fwx	mbouj	langh	mwngz	ma
fə⁴	bou⁵	la:ŋ⁶	muŋ²	ma¹
别人	不	放	你	来

只怕回不来。

男唱

3-1633

不	在	几	来	南
Mbouj	ywq	geij	lai	nanz
bou⁵	jɯ⁵	ki³	la:i¹	na:n²
不	住	几	多	久

也不会久住，

3-1634

不	吃	几	来	光
Mbouj	gwn	geij	lai	gvangq
bou⁵	kɯn¹	ki³	la:i¹	kwa:ŋ⁵
不	吃	几	多	宽

吃不了多少。

3-1635

很	代	三	古	洋
Hwnj	daih	san	guh	angq
huɯn³	ta:i⁶	θa:n¹	ku⁴	a:ŋ⁵
上	大	山	做	高兴

上高山作乐，

3-1636

峝	光	偻	岁	全
Doengh	gvangq	raeuz	caez	cienj
toŋ⁶	kwa:ŋ⁵	ɣau²	ɕai²	ɕɯ:n³
峝	宽	我们	齐	转

同玩转天下。

女唱

3-1637

很	代	三	古	洋
Hwnj	daih	san	guh	angq
huɯn³	ta:i⁶	θa:n¹	ku⁴	a:ŋ⁵
上	大	山	做	高兴

上高山作乐，

3-1638

峝	光	偻	岁	全
Doengh	gvangq	raeuz	caez	cienj
toŋ⁶	kwa:ŋ⁵	ɣau²	ɕai²	ɕɯ:n³
峝	宽	我们	齐	转

同去外地游。

3-1639

扛	两	强	乜	月
Gang	liengj	giengz	meh	ndwen
ka:ŋ¹	li:ŋ³	ki:ŋ²	me⁶	du:n¹
撑	伞	像	母	月

打伞像月亮，

3-1640

偻	岁	全	天	下
Raeuz	caez	cienj	denh	ya
ɣau²	ɕai²	ɕɯ:n³	ti:n¹	ja⁶
我们	齐	转	天	下

同玩转天下。

男唱

3-1641

不	在	几	来	南
Mbouj	ywq	geij	lai	nanz
bou⁵	juɯ⁵	ki³	la:i¹	na:n²
不	住	几	多	久

也不会久住，

3-1642

不	貝	几	来	罗
Mbouj	bae	geij	lai	loh
bou⁵	pai¹	ki³	la:i¹	lo⁶
不	去	几	多	路

走不了几处。

3-1643

貝	三	比	被	火
Bae	sam	bi	deng	hoj
pai¹	θa:n¹	pi¹	te:ŋ¹	ho³
去	三	年	挨	穷

去受三年苦，

3-1644

刀	厄	却	刀	浪
Dauq	nyienh	gyoh	dauq	laeng
ta:u⁵	ȵ̊u:n⁶	kjo⁶	ta:u⁵	laŋ¹
回	愿	同情	回	后

后悔又回乡。

女唱

3-1645

不	在	几	来	南
Mbouj	ywq	geij	lai	nanz
bou⁵	juɯ⁵	ki³	la:i¹	na:n²
不	住	几	多	久

也不会久住，

3-1646

不	貝	几	来	罗
Mbouj	bae	geij	lai	loh
bou⁵	pai¹	ki³	la:i¹	lo⁶
不	去	几	多	路

走不了几处。

3-1647

加	阝	浪	马	跟
Caj	boux	laeng	ma	riengz
kja³	pu⁴	laŋ¹	ma¹	ɹi:ŋ²
等	个	后	来	跟

别人来结交，

3-1648

牙	分	秀	二	偻
Yax	mbek	ciuh	song	raeuz
ja⁵	be:k⁷	çi:u⁶	θo:ŋ¹	ɹau²
也	分别	世	两	我们

我俩便永别。

男唱

3-1649

不	在	几	来	南
Mbouj	ywq	geij	lai	nanz
bou⁵	ɯ⁵	ki³	laːi¹	naːn²
不	住	几	多	久

也不会久住,

3-1650

不	貝	几	来	罗
Mbouj	bae	geij	lai	loh
bou⁵	pai¹	ki³	laːi¹	lo⁶
不	去	几	多	路

走不了几处。

3-1651

友	而	讲	说	分
Youx	lawz	gangj	naeuz	mbek
ju⁴	lau²	kaːŋ³	nau²	beːk⁷
友	哪	讲	说	分别

谁说要离别,

3-1652

务	是	格	它	貝
Huj	cix	gek	de	bae
hu³	ɕi⁴	keːk⁷	te¹	pai¹
云	就	隔	他	去

云彩隔离他。

女唱

3-1653

不	在	几	来	南
Mbouj	ywq	geij	lai	nanz
bou⁵	ɯ⁵	ki³	laːi¹	naːn²
不	住	几	多	久

也不会久住,

3-1654

不	貝	几	来	田
Mbouj	bae	geij	lai	dieg
bou⁵	pai¹	ki³	laːi¹	tiːk⁸
不	去	几	多	地

走不了几处。

3-1655

偻	同	分	布	节
Raeuz	doengh	baen	baengz	cik
ɣau²	toŋ²	pan¹	paŋ²	ɕik⁷
我们	相	分	布	尺

我俩分土布,

3-1656

偻	同	分	布	绸
Raeuz	doengh	baen	baengz	couz
ɣau²	toŋ²	pan¹	paŋ²	ɕu²
我们	相	分	布	绸

我俩分绸缎。

男唱

3-1657

不	乃	偻	同	分
Mbouj	naih	raeuz	doengh	baen
bou⁵	na:i⁶	ɣau²	toŋ²	pan¹
不	久	我们	相	分

不久两相分，

3-1658

不	南	偻	同	分
Mbouj	nanz	raeuz	doengh	mbek
bou⁵	na:n²	ɣau²	toŋ²	be:k⁷
不	久	我们	相	分别

不久两相别。

3-1659

利	贝	巾	三	节
Lix	mbaw	gaen	sam	cik
li⁴	bau¹	kan¹	θa:n¹	çik⁷
剩	张	巾	三	尺

还有条毛巾，

3-1660

分	了	是	同	分
Mbek	liux	cix	doengh	baen
be:k⁷	li:u⁴	çi⁴	toŋ²	pan¹
分别	完	就	相	分

分完便离别。

女唱

3-1661

不	南	偻	同	分
Mbouj	nanz	raeuz	doengh	mbek
bou⁵	na:n²	ɣau²	toŋ²	be:k⁷
不	久	我们	相	分别

不久两相别，

3-1662

不	乃	偻	同	分
Mbouj	naih	raeuz	doengh	baen
bou⁵	na:i⁶	ɣau²	toŋ²	pan¹
不	久	我们	相	分

不久两相分。

3-1663

你	讲	它	可	办
Mwngz	gangj	dauq	goj	baenz
muɯŋ²	ka:ŋ³	ta:u⁵	ko⁵	pan²
你	讲	倒	可	成

你想得真美，

3-1664

友	而	分	你	农
Youx	lawz	baen	mwngz	nuengx
ju⁴	lauɯ²	pan¹	muɯŋ²	nu:ŋ⁴
友	哪	分	你	妹

谁会分给你。

男唱

3-1665

不　南　偻　同　分

Mbouj　nanz　raeuz　doengh　mbek

bou⁵　na:n²　ɹau²　toŋ²　be:k⁷

不　久　我们　相　分别

不久两相别，

3-1666

不　乃　偻　同　分

Mbouj　naih　raeuz　doengh　baen

bou⁵　na:i⁶　ɹau²　toŋ²　pan¹

不　久　我们　相　分

不久两相分。

3-1667

偻　同　分　太　日

Raeuz　doengh　mbek　daeng　ngoenz

ɹau²　toŋ²　be:k⁷　taŋ¹　ŋon²

我们　相　分别　灯　日

我俩分太阳，

3-1668

偻　同　分　天　下

Raeuz　doengh　baen　denh　ya

ɹau²　toŋ²　pan¹　ti:n¹　ja⁶

我们　相　分　天　下

我俩分天下。

女唱

3-1669

不　南　偻　同　分

Mbouj　nanz　raeuz　doengh　mbek

bou⁵　na:n²　ɹau²　toŋ²　be:k⁷

不　久　我们　相　分别

不久两相别，

3-1670

不　乃　偻　同　分

Mbouj　naih　raeuz　doengh　baen

bou⁵　na:i⁶　ɹau²　toŋ²　pan¹

不　久　我们　相　分

不久两相分。

3-1671

偻　同　分　太　日

Raeuz　doengh　mbek　daeng　ngoenz

ɹau²　toŋ²　be:k⁷　taŋ¹　ŋon²

我们　相　分别　灯　日

我俩分太阳，

3-1672

偻　同　分　然　在

Raeuz　doengh　baen　ranz　ywq

ɹau²　toŋ²　pan¹　ɹa:n²　ju⁵

我们　相　分　家　住

我俩分家财。

男唱	女唱

3-1673

不	南	偻	同	分
Mbouj	nanz	raeuz	doengh	mbek
bou⁵	na:n²	ɹau²	toŋ²	be:k⁷
不	久	我们	相	分别

不久两相别,

3-1674

不	乃	偻	同	分
Mbouj	naih	raeuz	doengh	baen
bou⁵	na:i⁶	ɹau²	toŋ²	pan¹
不	久	我们	相	分

不久两相分。

3-1675

你	讲	它	可	办
Mwngz	gangj	dauq	goj	baenz
muɯŋ²	ka:ŋ³	ta:u⁵	ko⁵	pan²
你	讲	倒	可	成

你讲得好听,

3-1676

你	分	马	土	累
Mwngz	baen	ma	dou	laeq
muɯŋ²	pan¹	ma¹	tu¹	lai⁵
你	分	来	我	看

不久将分手。

3-1677

不	南	偻	同	分
Mbouj	nanz	raeuz	doengh	mbek
bou⁵	na:n²	ɹau²	toŋ²	be:k⁷
不	久	我们	相	分别

不久两相别,

3-1678

不	乃	偻	同	分
Mbouj	naih	raeuz	doengh	baen
bou⁵	na:i⁶	ɹau²	toŋ²	pan¹
不	久	我们	相	分

不久两相分。

3-1679

分	备	很	思	恩
Mbek	beix	hwnj	swh	wnh
be:k⁷	pi⁴	huɯn³	θɯ¹	an¹
分别	兄	上	思	恩

兄归属思恩,

3-1680

分	少	下	安	定
Baen	sau	roengz	an	dingh
pan¹	θa:u¹	ɹoŋ²	a:n¹	tiŋ⁶
分	姑娘	下	安	定

妹归属安定。

男唱

3-1681

不　　南　　偻　　同　　分

Mbouj　nanz　raeuz　doengh　mbek

bou⁵　na:n²　ɹau²　toŋ²　be:k⁷

不　　久　　我们　相　　分别

不久两相别，

3-1682

不　　乃　　偻　　同　　师

Mbouj　naih　raeuz　doengh　swz

bou⁵　na:i⁶　ɹau²　toŋ²　θɯ²

不　　久　　我们　相　　辞

不久将告辞。

3-1683

偻　　同　　分　　罗　　河

Raeuz　doengh　mbek　loh　haw

ɹau²　toŋ⁶　be:k⁷　lo⁶　həɯ¹

我们　相　　分别　路　　圩

在路上离别，

3-1684

偻　　同　　师　　炕　　天

Raeuz　doengh　swz　ien　den

ɹau²　toŋ²　θɯ²　i:n¹　te:n⁵

我们　相　　辞　　烟　　店

在商店告辞。

女唱

3-1685

不　　南　　偻　　同　　分

Mbouj　nanz　raeuz　doengh　mbek

bou⁵　na:n²　ɹau²　toŋ²　be:k⁷

不　　久　　我们　相　　分别

不久两相别，

3-1686

不　　乃　　偻　　同　　师

Mbouj　naih　raeuz　doengh　swz

bou⁵　na:i⁶　ɹau²　toŋ²　θɯ²

不　　久　　我们　相　　辞

不久将告辞。

3-1687

偻　　同　　分　　罗　　河

Raeuz　doengh　mbek　loh　haw

ɹau²　toŋ²　be:k⁷　lo⁶　həɯ¹

我们　相　　分别　路　　圩

在路上离别，

3-1688

偻　　同　　师　　炕　　天

Raeuz　doengh　swz　ien　den

ɹau²　toŋ²　θɯ²　i:n¹　te:n⁵

我们　相　　辞　　烟　　店

在商店告辞。

男唱

女唱

3-1689

不	南	写	字	送
Mbouj	nanz	sij	saw	soengq
bou⁵	na:n²	θi³	θau¹	θoŋ⁵
不	久	写	书	送

不久立休书，

3-1690

千	条	罗	难	通
Cien	diuz	loh	nanz	doeng
ɕi:n¹	ti:u²	lo⁶	na:n²	toŋ¹
千	条	路	难	通

从此不见面。

3-1691

秀	阝	作	龙	蒙
Ciuh	boux	coz	loeng	moengz
ɕi:u⁶	pu⁴	ço²	loŋ¹	moŋ²
世	个	年轻	胧	朦

少年时糊涂，

3-1692

干	难	通	天	下
Gan	nanz	doeng	denh	ya
ka:n¹	na:n²	toŋ¹	ti:n¹	ja⁶
干	难	通	天	下

落得无路走。

3-1693

不	南	写	字	十
Mbouj	nanz	sij	saw	cih
bou⁵	na:n²	θi³	θau¹	ɕi⁶
不	久	写	书	字

不久来文告，

3-1694

不	给	爷	管	民
Mbouj	hawj	yez	guenj	minz
bou⁵	həɯ³	je²	ku:n³	min²
不	给	爷	管	民

土司不管民。

3-1695

皇	帝	更	皮	红
Vuengz	daeq	gaem	bit	nding
vu:ŋ²	tai⁵	kan¹	pit⁷	diŋ¹
皇	帝	握	笔	红

皇帝下诏书，

3-1696

不	给	爷	更	印
Mbouj	hawj	yez	gaem	yinq
bou⁵	həɯ³	je²	kan¹	in⁵
不	给	爷	握	印

剥夺土司权。

男唱

3-1697

不　　在　　儿　　来　　乃

Mbouj　ywq　geij　lai　naih

bou⁵　juɯ⁵　ki³　la:i¹　na:i⁶

不　　住　　几　　多　　久

过不了多久，

3-1698

它　　刀　　下　　王　　三

De　dauq　roengz　vaengz　san

te¹　ta:u⁵　ɣoŋ²　van²　θa:n¹

他　　回　　下　　潭　　山

回到山潭边。

3-1699

不　　初　　儿　　来　　南

Mbouj　cu　geij　lai　nanz

bou⁵　çu⁶　ki³　la:i¹　na:n²

不　　住　　几　　多　　久

过不了多久，

3-1700

具　　王　　三　　共　　罗

Bae　vaengz　san　gungh　loh

pai¹　van²　θa:n¹　kuŋ⁶　lo⁶

去　　潭　　山　　共　　路

外出又同路。

女唱

3-1701

不　　在　　儿　　来　　乃

Mbouj　ywq　geij　lai　naih

bou⁵　juɯ⁵　ki³　la:i¹　na:i⁶

不　　住　　几　　多　　久

过不了多久，

3-1702

它　　刀　　下　　王　　三

De　dauq　roengz　vaengz　san

te¹　ta:u⁵　ɣoŋ²　van²　θa:n¹

他　　回　　下　　潭　　山

回到山潭边。

3-1703

不　　初　　儿　　来　　南

Mbouj　cu　geij　lai　nanz

bou⁵　çu⁶　ki³　la:i¹　na:n²

不　　住　　几　　多　　久

过不了多久，

3-1704

写　　代　　三　　良　　要

Ce　daih　san　lingh　aeu

çe¹　ta:i⁶　θa:n¹　leŋ⁶　au¹

留　　大　　山　　另　　要

重新选对象。

男唱	女唱

3-1705

不	在	几	来	乃
Mbouj	ywq	geij	lai	naih
bou⁵	juɯ⁵	ki³	laːi¹	naːi⁶
不	住	几	多	久

过不了多久，

3-1706

它	刀	下	王	三
De	dauq	roengz	vaengz	san
te¹	taːu⁵	ɹoŋ²	vaŋ²	θaːn¹
他	回	下	潭	山

他又去山潭。

3-1707

不	初	几	来	比
Mbouj	cu	geij	lai	bi
bou⁵	ɕu⁶	ki³	laːi¹	pi¹
不	住	几	多	年

不用多少年，

3-1708

邦	牙	立	后	生
Biengz	yax	liz	haux	seng
piːŋ²	ja⁵	li²	hou⁴	θeːŋ¹
地方	也	离	后	生

青春已不再。

3-1709

不	在	几	来	乃
Mbouj	ywq	geij	lai	naih
bou⁵	juɯ⁵	ki³	laːi¹	naːi⁶
不	住	几	多	久

过不了多久，

3-1710

它	刀	下	王	三
De	dauq	roengz	vaengz	san
te¹	taːu⁵	ɹoŋ²	vaŋ²	θaːn¹
他	回	下	潭	山

他又去山潭。

3-1711

不	初	几	来	月
Mbouj	cu	geij	lai	ndwen
bou⁵	ɕu⁶	ki³	laːi¹	duːn¹
不	住	几	多	月

没有多少月，

3-1712

良	牙	齐	贝	了
Liengh	yaek	caez	bae	liux
leːŋ⁶	jak⁷	ɕai²	pai¹	liːu⁴
谅	欲	齐	去	完

将要分别去。

男唱

女唱

3-1713

不 在 几 来 乃

Mbouj ywq geij lai naih

bou⁵ ɰ⁵ ki³ la:i¹ na:i⁶

不 住 几 多 久

过不了多久，

3-1717

不 在 几 来 乃

Mbouj ywq geij lai naih

bou⁵ ɰ⁵ ki³ la:i¹ na:i⁶

不 住 几 多 久

过不了多久，

3-1714

它 刀 下 付 元

De dauq roengz fouz roen

te¹ ta:u⁵ ɹoŋ² fu² jo:n¹

他 倒 下 浮 路

他又走小路。

3-1718

它 刀 下 付 元

De dauq roengz fouz roen

te¹ ta:u⁵ ɹoŋ² fu² jo:n¹

他 倒 下 浮 路

他又走小路。

3-1715

土 听 月 它 月

Dou dingq ndwen daq ndwen

tu¹ tiŋ⁵ du:n¹ ta⁵ du:n¹

我 听 月 连 月

我等了又等，

3-1719

听 三 义 九 月

Dingq sam ngeih gouj ndwen

tiŋ⁵ θa:n¹ ɲi⁶ kjou³ du:n¹

听 三 二 九 月

再等几个月，

3-1716

良 空 齐 土 闹

Liengh ndwi ruenz dou nauq

le:ŋ⁶ du:i¹ ɹu:n² tu¹ na:u⁵

谅 不 爱 我 一点

不见表深情。

3-1720

良 不 齐 洋 祘

Liengh mbouj ruenz yaeng suenq

le:ŋ⁶ bou⁵ ɹu:n² jaŋ¹ θu:n⁵

谅 不 爱 再 算

真不爱再说。

男唱

3-1721

不	在	几	来	乃
Mbouj	ywq	geij	lai	naih
bou⁵	juɯ⁵	ki³	la:i¹	na:i⁶
不	住	几	多	久

过不了多久，

3-1722

它	刀	下	付	元
De	dauq	roengz	fouz	roen
te¹	ta:u⁵	ɻoŋ²	fu²	jo:n¹
他	倒	下	浮	路

他又走小路。

3-1723

听	三	义	九	月
Dingq	sam	ngeih	gouj	ndwen
tiŋ⁵	θa:n¹	ɲi⁶	kjou³	du:n¹
听	三	二	九	月

等待几个月，

3-1724

良	齐	贝	邦	伏
Liengh	ruenz	bae	biengz	fwx
le:ŋ⁶	ɻu:n²	pai¹	pi:ŋ²	fə⁴
另	爬	去	地方	别人

外出找对象。

女唱

3-1725

不	在	几	来	乃
Mbouj	ywq	geij	lai	naih
bou⁵	juɯ⁵	ki³	la:i¹	na:i⁶
不	住	几	多	久

过不了多久，

3-1726

它	刀	下	柳	州
De	dauq	roengz	louj	couh
te¹	ta:u⁵	ɻoŋ²	lou⁴	çou¹
他	倒	下	柳	州

他又去柳州。

3-1727

良	不	齐	邦	土
Liengh	mbouj	ruenz	biengz	dou
le:ŋ⁶	bou⁵	ɻu:n²	pi:ŋ²	tu¹
谅	不	爬	地方	我们

不来我家乡，

3-1728

牙	可	齐	邦	农
Yax	goj	ruenz	biengz	nuengx
ja⁵	ko⁵	ɻu:n²	pi:ŋ²	nu:ŋ⁴
也	可	爬	地方	妹

也爱妹家乡。

男唱

女唱

3-1729

不	在	几	来	南
Mbouj	ywq	geij	lai	nanz
bou⁵	ju⁵	ki³	la:i¹	na:n²
不	住	几	多	久

不会住多久，

3-1733

不	在	几	来	南
Mbouj	ywq	geij	lai	nanz
bou⁵	ju⁵	ki³	la:i¹	na:n²
不	住	几	多	久

不会住多久，

3-1730

在	义	三	月	内
Ywq	ngeih	sam	ndwen	neix
ju⁵	ȵi⁶	θa:n¹	du:n¹	ni⁴
在	二	三	月	这

就两三个月。

3-1734

在	义	三	月	内
Ywq	ngeih	sam	ndwen	neix
ju⁵	ȵi⁶	θa:n¹	du:n¹	ni⁴
在	二	三	月	这

就两三个月。

3-1731

刀	后	月	第	四
Dauq	haeuj	ndwen	daih	seiq
ta:u⁵	hau³	du:n¹	ti⁵	θei⁵
回	进	月	第	四

到第四个月，

3-1735

刀	后	月	第	四
Dauq	haeuj	ndwen	daih	seiq
ta:u⁵	hau³	du:n¹	ti⁵	θei⁵
回	进	月	第	四

到第四个月，

3-1732

好	邦	地	讲	笑
Ndij	biengz	deih	gangj	riu
di¹	pi:ŋ²	ti⁶	ka:ŋ³	ȵiu¹
与	地方	地	讲	笑

同乡友说笑。

3-1736

备	农	牙	同	师
Beix	nuengx	yax	doengh	swz
pi⁴	nu:ŋ⁴	ja⁵	toŋ²	θɯ²
兄	妹	也	相	辞

兄妹要分手。

男唱

3-1737

不	在	几	来	南
Mbouj	ywq	geij	lai	nanz
bou⁵	jɯ⁵	ki³	la:i¹	na:n²
不	住	几	多	久

不会住多久，

3-1738

在	义	三	月	内
Ywq	ngeih	sam	ndwen	neix
jɯ⁵	ŋi⁶	θa:n¹	duːn¹	ni⁴
在	二	三	月	这

就两三个月。

3-1739

不	几	南	了	伴
Mbouj	geij	nanz	liux	buenx
bou⁵	ki³	na:n²	li:u⁴	puːn⁴
不	几	久	啰	伴

过不了多久，

3-1740

分	秀	满	偻	貝
Mbek	ciuh	monh	raeuz	bae
beːk⁷	ɕi:u⁶	mo:n⁶	ɣau²	pai¹
分别	世	情	我们	去

离别兄妹情。

女唱

3-1741

不	在	几	来	南
Mbouj	ywq	geij	lai	nanz
bou⁵	jɯ⁵	ki³	la:i¹	na:n²
不	住	几	多	久

不会住多久，

3-1742

在	义	三	月	团
Ywq	ngeih	sam	ndwen	donh
jɯ⁵	ŋi⁶	θa:n¹	duːn¹	to:n⁶
在	二	三	月	半

两三个月内。

3-1743

不	几	南	了	伴
Mbouj	geij	nanz	liux	buenx
bou⁵	ki³	na:n²	li:u⁴	puːn⁴
不	几	久	啰	伴

过不了多久，

3-1744

务	刀	全	马	江
Huj	dauq	cienj	ma	gyang
hu³	ta:u⁵	ɕuːn³	ma¹	kja:ŋ¹
云	又	转	来	中

风云会变幻。

男唱

3-1745

不	在	儿	来	南
Mbouj	ywq	geij	lai	nanz

bou⁵ juɯ⁵ ki³ laːi¹ naːn²

不	住	几	多	久

不会住多久，

3-1746

在	义	三	月	团
Ywq	ngeih	sam	ndwen	donh

juɯ⁵ ȵi⁶ θaːn¹ duːn¹ toːn⁶

在	二	三	月	半

两三个月内。

3-1747

不	儿	南	了	伴
Mbouj	geij	nanz	liux	buenx

bou⁵ ki³ naːn² liːu⁴ puːn⁴

不	几	久	啰	伴

过不了多久，

3-1748

分	秀	满	秀	美
Mbek	ciuh	monh	ciuh	maez

beːk⁷ ɕiːu⁶ moːn⁶ ɕiːu⁶ mai²

分别	世	情	世	爱

我俩要分离。

女唱

3-1749

不	在	儿	来	南
Mbouj	ywq	geij	lai	nanz

bou⁵ juɯ⁵ ki³ laːi¹ naːn²

不	住	几	多	久

不会住多久，

3-1750

在	义	三	月	团
Ywq	ngeih	sam	ndwen	donh

juɯ⁵ ȵi⁶ θaːn¹ duːn¹ toːn⁶

在	二	三	月	半

两三个月内。

3-1751

不	儿	南	了	伴
Mbouj	geij	nanz	liux	buenx

bou⁵ ki³ naːn² liːu⁴ puːn⁴

不	几	久	啰	伴

过不了多久，

3-1752

当	元	偻	当	站
Dangq	yienh	raeuz	dangq	soengz

taːŋ⁵ jeːn⁶ ɣau² taːŋ⁵ θoŋ²

另	县	我们	另	站

各住各的县。

男唱

3-1753

不 南 牙 月 内

Mbouj nanz yax ndwen neix

bou^5 $na:n^2$ ja^5 $du:n^1$ ni^4

不 久 也 月 这

不久或本月，

3-1754

不 乃 牙 月 更

Mbouj naih yax ndwen gwnz

bou^5 $na:i^6$ ja^5 $du:n^1$ $kɯn^2$

不 久 也 月 上

不久或上月。

3-1755

给 备 贝 听 春

Hawj beix bae dingq cin

$hɯɯ^3$ pi^4 pai^1 $tiŋ^5$ $ɕun^1$

给 兄 去 听 春

让兄去探春，

3-1756

定 文 说 定 良

Dingh fwn naeuz dingh rengx

$tiŋ^6$ vun^1 nau^2 $tiŋ^6$ $ɣe:ŋ^4$

定 雨 或 定 旱

是晴还是雨。

女唱

3-1757

不 南 牙 月 内

Mbouj nanz yax ndwen neix

bou^5 $na:n^2$ ja^5 $du:n^1$ ni^4

不 久 也 月 这

不久或本月，

3-1758

不 乃 牙 月 更

Mbouj naih yax ndwen gwnz

bou^5 $na:i^6$ ja^5 $du:n^1$ $kɯn^2$

不 久 也 月 上

不久或上月。

3-1759

不 自 备 听 春

Mbouj gag beix dingq cin

bou^5 $ka:k^8$ pi^4 $tiŋ^5$ $ɕun^1$

不 自 兄 听 春

不只你探春，

3-1760

农 银 可 听 安

Nuengx ngaenz goj dingq an

$nu:ŋ^4$ $ŋan^2$ ko^5 $tiŋ^5$ $a:n^5$

妹 银 可 听 安

妹也探安危。

男唱

3-1761

不　南　牙　月　内

Mbouj nanz yax ndwen neix

bou⁵　na:n²　ja⁵　du:n¹　ni⁴

不　久　也　月　这

不久或本月，

3-1762

不　乃　牙　月　更

Mbouj naih yax ndwen gwnz

bou⁵　na:i⁶　ja⁵　du:n¹　kun²

不　久　也　月　上

不久或上月。

3-1763

古　伴　后　邦　文

Guh buenx haeuj biengz vunz

ku⁴　pu:n⁴　hau³　pi:ŋ²　vun²

做　伴　进　地方　人

做伴走他乡，

3-1764

米　日　论　土　由

Miz ngoenz lumz dou raeuh

mi²　ŋon²　lun²　tu¹　ʔau⁶

有　日　忘　我　多

我将被遗忘。

女唱

3-1765

不　南　牙　月　内

Mbouj nanz yax ndwen neix

bou⁵　na:n²　ja⁵　du:n¹　ni⁴

不　久　也　月　这

不久或本月，

3-1766

不　乃　牙　月　更

Mbouj naih yax ndwen gwnz

bou⁵　na:i⁶　ja⁵　du:n¹　kun²

不　久　也　月　上

不久或上月。

3-1767

古　伴　后　邦　文

Guh buenx haeuj biengz vunz

ku⁴　pu:n⁴　hau³　pi:ŋ²　vun²

做　伴　进　地方　人

做伴走他乡，

3-1768

千　年　论　备　农

Cien nienz lumz beix nuengx

ɕi:n¹　ni:n²　lun²　pi⁴　nu:ŋ⁴

千　年　忘　兄　妹

永忘兄妹情。

男唱

3-1769

不	南	牙	月	内
Mbouj	nanz	yax	ndwen	neix
bou⁵	na:n²	ja⁵	du:n¹	ni⁴
不	久	也	月	这

不久或本月，

3-1770

不	乃	牙	月	更
Mbouj	naih	yax	ndwen	gwnz
bou⁵	na:i⁶	ja⁵	du:n¹	kun²
不	久	也	月	上

不久或上月。

3-1771

一	江	义	又	江
It	gyangz	ngeih	youh	gyangz
it⁷	kja:ŋ¹	ŋi⁶	jou⁴	kja:ŋ¹
一	叹	二	又	叹

叹气声不断，

3-1772

阝	浪	堂	洋	勒
Boux	laeng	daengz	yaeng	lawh
pu⁴	laŋ¹	taŋ²	jaŋ¹	ləɯ⁶
个	后	到	再	换

等新人结交。

女唱

3-1773

不	南	牙	月	内
Mbouj	nanz	yax	ndwen	neix
bou⁵	na:n²	ja⁵	du:n¹	ni⁴
不	久	也	月	这

不久或本月，

3-1774

不	乃	牙	月	浪
Mbouj	naih	yax	ndwen	laeng
bou⁵	na:i⁶	ja⁵	du:n¹	laŋ¹
不	久	也	月	后

不久到下月。

3-1775

文	九	友	在	行
Vunz	riuz	youx	caih	hangz
vun²	ȵi:u²	ju⁴	ça:i⁶	haŋ²
人	传	友	在	行

传说你懂事，

3-1776

空	齐	邦	土	闹
Ndwi	ruenz	biengz	dou	nauq
du:i¹	ȵu:n²	pi:ŋ²	tu¹	na:u⁵
不	爬	地方	我	一点

却不来我乡。

男唱

3-1777

不	南	牙	月	内
Mbouj	nanz	yax	ndwen	neix
bou^5	na:n^2	ja^5	du:n^1	ni^4
不	久	也	月	这

不久或本月，

3-1778

不	乃	牙	月	浪
Mbouj	naih	yax	ndwen	laeng
bou^5	na:i^6	ja^5	du:n^1	lan^1
不	久	也	月	后

或许是下月。

3-1779

秋	田	内	牙	凉
Ciuq	denz	neix	yax	liengz
çi:u^5	te:n^2	ni^4	ja^5	li:ŋ^2
看	地	这	也	凉

此地将荒芜，

3-1780

少	江	邦	牙	了
Sau	gyang	biengz	yax	liux
θa:u^1	kja:ŋ^1	pi:ŋ^2	ja^5	li:u^4
姑娘	中	地方	也	完

姑娘剩无几。

女唱

3-1781

不	南	牙	月	内
Mbouj	nanz	yax	ndwen	neix
bou^5	na:n^2	ja^5	du:n^1	ni^4
不	久	也	月	这

不久或本月，

3-1782

不	乃	牙	月	相
Mbouj	naih	yax	ndwen	cieng
bou^5	na:i^6	ja^5	du:n^1	çi:ŋ^1
不	久	也	月	正

或许到正月。

3-1783

老	田	备	是	凉
Lau	denz	beix	cix	liengz
la:u^1	te:n^2	pi^4	çi^4	li:ŋ^2
怕	地	兄	是	凉

兄家乡荒芜，

3-1784

邦	土	不	可	欢
Biengz	dou	mbouj	goj	ndwek
pi:ŋ^2	tu^1	bou^5	ko^5	du:k^7
地方	我	不	也	热闹

我家乡热闹。

男唱	女唱

3-1785

相	比	内	牙	瓜
Cieng	bi	neix	yax	gvaq
çi:ŋ¹	pi¹	ni⁴	ja⁵	kwa⁵
正	年	这	也	过

今年春节过，

3-1786

了	比	么	牙	堂
Liux	bi	moq	yax	daengz
li:u⁴	pi¹	mo⁵	ja⁵	taŋ²
完	年	新	也	到

新一年就到，

3-1787

种	蕉	不	很	笋
Ndaem	gyoij	mbouj	hwnj	rangz
dan¹	kjo:i³	bou⁵	hun³	ʐa:ŋ²
种	芭蕉	不	起	笋

种蕉不长笋，

3-1788

阝	而	当	秀	友
Boux	lawz	dang	ciuh	youx
pu⁴	lau²	ta:ŋ¹	çi:u⁶	ju⁴
个	哪	当	世	友

兄妹情难当。

3-1789

相	比	内	牙	瓜
Cieng	bi	neix	yax	gvaq
çi:ŋ¹	pi¹	ni⁴	ja⁵	kwa⁵
正	年	这	也	过

今年春节过，

3-1790

了	比	么	牙	堂
Liux	bi	moq	yax	daengz
li:u⁴	pi¹	mo⁵	ja⁵	taŋ²
完	年	新	也	到

新一年就到。

3-1791

秀	土	是	土	当
Ciuh	dou	cix	dou	dang
çi:u⁶	tu¹	çi⁴	tu¹	ta:ŋ¹
世	我	是	我	当

我的事由我，

3-1792

空	给	龙	貝	勒
Ndwi	hawj	lungz	bae	lawh
du:i¹	hɯ³	luŋ²	pai¹	lɯ⁶
不	给	龙	去	换

不要兄操心。

① 庆远 [kiŋ³ juːn⁶]: 庆远，宋置庆远府，元时先改安抚司，后改庆远路，大德元年改庆远南州安抚司，明代时复为府。治所在今广西河池市宜州区。

男唱

3-1793

庆　远①　出　贝　排

Ging yenj ok mbaw baiz

kiŋ³ juːn⁶ oːk⁷ bau¹ paːi²

庆　远　出　张　牌

庆远出通告，

3-1794

江　开　出　贝　标

Gyang gai ok mbaw beuq

kjaːŋ¹ kaːi¹ oːk⁷ bau¹ peːu⁵

中　街　出　张　榜

街上贴告示。

3-1795

不　南　三　十　九

Mbouj nanz sam cib gouj

bou⁵ naːn² θaːn¹ ɕit⁸ kjou³

不　久　三　十　九

快到三十九，

3-1796

貝　秋　乜　太　日

Bae ciuq meh daeng ngoenz

pai¹ ɕiːu⁵ me⁶ taŋ¹ ŋon²

去　看　母　灯　日

太阳走得急。

女唱

3-1797

庆　远　出　贝　排

Ging yenj ok mbaw baiz

kiŋ³ juːn⁶ oːk⁷ bau¹ paːi²

庆　远　出　张　牌

庆远出通告，

3-1798

江　开　出　贝　标

Gyang gai ok mbaw beuq

kjaːŋ¹ kaːi¹ oːk⁷ bau¹ peːu⁵

中　街　出　张　榜

街上贴告示。

3-1799

不　南　三　十　九

Mbouj nanz sam cib gouj

bou⁵ naːn² θaːn¹ ɕit⁸ kjou³

不　久　三　十　九

快到三十九，

3-1800

了　秋　你　农　银

Liux ciuh mwngz nuengx ngaenz

liːu⁴ ɕiːu⁶ muŋ² nuːŋ⁴ ŋan²

完　世　你　妹　银

妹青春到头。

男唱	女唱

3-1801

庆　远　出　贝　排
Ging　yenj　ok　mbaw　baiz
kiŋ³　ju:n⁶　o:k⁷　bauɯ¹　pa:i²
庆　远　出　张　牌
庆远贴通告，

3-1802

江　开　出　贝　十
Gyang　gai　ok　mbaw　cih
kja:ŋ¹　ka:i¹　o:k⁷　bauɯ¹　çi⁶
中　街　出　张　字
街上贴告示。

3-1803

不　南　三　十　九
Mbouj　nanz　sam　cib　gouj
bou⁵　na:n²　θa:n¹　çit⁸　kjou³
不　久　三　十　九
快到三十九，

3-1804

外　拉　地　是　采
Vaij　laj　deih　cix　caij
va:i³　la³　ti⁶　çi⁴　ça:i³
过　下　地　就　踩
走路地都凹。

3-1805

庆　远　出　贝　排
Ging　yenj　ok　mbaw　baiz
kiŋ³　ju:n⁶　o:k⁷　bauɯ¹　pa:i²
庆　远　出　张　牌
庆远贴通告，

3-1806

江　开　出　贝　十
Gyang　gai　ok　mbaw　cih
kja:ŋ¹　ka:i¹　o:k⁷　bauɯ¹　çi⁶
中　街　出　张　字
街上贴告示。

3-1807

不　南　三　十　几
Mbouj　nanz　sam　cib　geij
bou⁵　na:n²　θa:n¹　çit⁸　ki³
不　久　三　十　几
快到三十几，

3-1808

邦　地　牙　付　苗
Biengz　deih　yax　fouz　miuz
piŋ²　ti⁶　ja⁵　fu²　mi:u²
地　方　地　也　无　禾苗
禾苗长不出。

男唱

3-1809

外	相	貝	初	九
Vaij	cieng	bac	co	gouj
va:i³	çi:ŋ¹	pai¹	ço¹	kjou³
过	正	去	初	九

过正月初九，

3-1810

下	府	貝	打	排
Roengz	fuj	bae	daj	baiz
ɹoŋ²	fu³	pai¹	ta³	pa:i²
下	府	去	打	牌

去府城打牌。

3-1811

庆	远	欢	来	来
Ging	yenj	ndwek	lai	lai
kiŋ³	ju:n⁶	duɯk⁷	la:i¹	la:i¹
庆	远	热闹	多	多

庆远真热闹，

3-1812

乖	是	乖	时	内
Gvai	cix	gvai	seiz	neix
kwa:i¹	çi⁴	kwa:i¹	θi²	ni⁴
乖	就	乖	时	这

玩就及时玩。

女唱

3-1813

外	相	貝	初	九
Vaij	cieng	bae	co	gouj
va:i³	çi:ŋ¹	pai¹	ço¹	kjou³
过	正	去	初	九

过正月初九，

3-1814

下	府	貝	打	排
Roengz	fuj	bae	daj	baiz
ɹoŋ²	fu³	pai¹	ta³	pa:i²
下	府	去	打	牌

去府城打牌。

3-1815

庆	远	欢	来	来
Ging	yenj	ndwek	lai	lai
kiŋ³	ju:n⁶	duɯk⁷	la:i¹	la:i¹
庆	远	热闹	多	多

庆远真热闹，

3-1816

不	南	可	同	沙
Mbouj	nanz	goj	doengh	ra
bou⁵	na:n²	ko⁵	toŋ²	ɹa¹
不	久	可	相	找

我俩互追寻。

男唱	女唱

3-1817

外 相 貝 初 九

Vaij cieng bae co gouj

va:i³ çi:ŋ¹ pai¹ ço¹ kjou³

过 正 去 初 九

过正月初九，

3-1818

下 府 貝 打 啰

Roengz fuj bae daj laz

ɹoŋ² fu³ pai¹ ta³ la²

下 府 去 打 锣

去府城击锣。

3-1819

才 记 仪 外 马

Nda geiq saenq vaij ma

da¹ ki⁵ θin⁵ va:i³ ma¹

刚 寄 信 过 来

刚刚收到信，

3-1820

说 少 沙 生 衣

Naeuz sau ra seng eiq

nau² θa:u¹ ɹa¹ θe:ŋ¹ i⁵

说 姑娘 找 相 依

说妹找对象。

3-1821

外 相 貝 初 九

Vaij cieng bae co gouj

va:i³ çi:ŋ¹ pai¹ ço¹ kjou³

过 正 去 初 九

过正月初九，

3-1822

下 府 貝 打 排

Roengz fuj bae daj baiz

ɹoŋ² fu³ pai¹ ta³ pa:i²

下 府 去 打 牌

去府城打牌。

3-1823

皇 帝 在 北 京

Vuengz daeq ywq baek ging

vu:ŋ² tai⁵ ju⁵ pak⁷ kiŋ¹

皇 帝 在 北 京

皇帝在北京，

3-1824

是 利 飞 马 跟

Cix lij mbin ma riengz

çi⁴ li⁴ bin¹ ma¹ ɹi:ŋ²

是 还 飞 来 跟

还特意来看。

男唱

3-1825

外	相	貝	初	十
Vaij	cieng	bae	co	cib
va:i³	çi:ŋ¹	pai¹	ço¹	çit⁸
过	正	去	初	十

过了年初十，

3-1826

几	土	皮	几	长
Geij	duz	bid	giz	raez
ki³	tu²	pit⁸	ki²	ɹai²
几	只	蝉	几	长

蝉儿叫声长。

3-1827

话	内	用	貝	远
Vah	neix	yungh	bae	gyae
va⁶	ni⁴	juŋ⁴	pai¹	kjai¹
话	这	用	去	远

声音传太远，

3-1828

不	想	长	邦	农
Mbouj	siengj	raez	biengz	nuengx
bou⁵	θi:ŋ³	ɹai²	pi:ŋ²	nu:ŋ⁴
不	想	长	地方	妹

不想吵妹家。

女唱

3-1829

外	相	貝	初	十
Vaij	cieng	bae	co	cib
va:i³	çi:ŋ¹	pai¹	ço¹	çit⁸
过	正	去	初	十

过正月初十，

3-1830

几	土	皮	几	长
Geij	duz	bid	giz	raez
ki³	tu²	pit⁸	ki²	ɹai²
几	只	蝉	几	长

蝉儿叫声长。

3-1831

外	相	貝	初	三
Vaij	cieng	bae	co	sam
va:i³	çi:ŋ¹	pai¹	ço¹	θa:n¹
过	正	去	初	三

过了年初三，

3-1832

不	南	是	回	克
Mbouj	nanz	cix	veiz	gwz
bou⁵	na:n²	çi⁴	vei²	kə⁴
不	久	就	回	去

不久就回家。

男唱

3-1833

外	相	貝	初	十
Vaij	cieng	bae	co	cib
va:i^3	¢i:ŋ^1	pai^1	¢o^1	¢it^8
过	正	去	初	十

过了年初十,

3-1834

几	土	皮	几	兰
Geij	duz	bid	giz	lanh
ki^3	tu^2	pit^8	ki^2	la:n^6
几	只	蝉	几	滥

蝉儿叫得欢。

3-1835

金	交	飞	外	尚
Gim	gyau	mbin	vaij	sang
kin^1	kja:u^1	bin^4	vai^3	θa:ŋ^1
金	鸟	飞	过	高

翠鸟空中飞,

3-1836

南	不	南	又	叫
Nanz	mbouj	nanz	youh	heuh
na:n^2	bou^5	na:n^2	jou^4	he:u^6
久	不	久	又	叫

不时鸣几声。

女唱

3-1837

外	相	貝	初	十
Vaij	cieng	bae	co	cib
va:i^3	¢i:ŋ^1	pai^1	¢o^1	¢it^8
过	正	去	初	十

过了年初十,

3-1838

几	土	皮	几	兰
Geij	duz	bid	giz	lanh
ki^3	tu^2	pit^8	ki^2	la:n^6
几	只	蝉	几	滥

蝉儿叫得欢。

3-1839

金	交	飞	外	尚
Gim	gyau	mbin	vaij	sang
kin^1	kja:u^1	bin^4	vai^3	θa:ŋ^1
金	鸟	飞	过	高

翠鸟空中飞,

3-1840

不	南	可	赔	三
Mbouj	nanz	goj	boiq	sanq
bou^5	na:n^2	ko^5	po:i^5	θa:n^5
不	久	也	险	散

不久要分开。

男唱

3-1841

欢	写	南
Fwen	cc	nanz
vu:n¹	çe¹	na:n²
歌	留	久

久别歌，

3-1842

南	来	不	好	口
Nanz	lai	mbouj	ndei	gaeuj
na:n²	la:i¹	bou⁵	dei¹	kau³
久	多	不	好	看

太久难见面。

3-1843

欢	写	南	内	烂
Fwen	ce	nanz	neix	lanh
vu:n¹	çe¹	na:n²	ni⁴	la:n⁶
歌	留	久	这	滥

久别歌太多，

3-1844

丢	仿	头	内	写
Ndek	fiengh	gyaeuj	neix	ce
de:k⁷	fi:ŋ⁶	kjau³	ni⁴	çe¹
丢	边	头	这	留

忘掉这一头。

女唱

3-1845

欢	写	南
Fwen	ce	nanz
vu:n¹	çe¹	na:n²
歌	留	久

久别歌，

3-1846

南	来	不	好	听
Nanz	lai	mbouj	ndei	dingq
na:n²	la:i¹	bou⁵	dei¹	tiŋ⁵
久	多	不	好	听

太久不好听。

3-1847

米	罗	贝	米	兴
Miz	loh	bae	miz	hingq
mi²	lo⁶	pai¹	mi²	hiŋ⁵
有	路	去	有	兴趣

对歌有乐趣，

3-1848

牙	好	听	贝	南
Yax	ndei	dingq	bae	nanz
ja⁵	dei¹	tiŋ⁵	pai¹	na:n²
才	好	听	去	久

歌才传得久。

男唱

3-1849

欢	写	南
Fwen	ce	nanz
vu:n¹	ɕe¹	na:n²
歌	留	久

久别歌，

3-1850

南	来	不	好	累
Nanz	lai	mbouj	ndei	laeq
na:n²	la:i¹	bou⁵	dei¹	lai⁵
久	多	不	好	看

久别不易见。

3-1851

欢	写	南	内	小
Fwen	ce	nanz	neix	siuj
vu:n¹	ɕe¹	na:n²	ni⁴	θi:u³
歌	留	久	这	少

久别歌太少，

3-1852

良	干	罗	一	貝
Lingh	ganq	loh	ndeu	bae
le:ŋ⁶	ka:n⁵	lo⁶	de:u¹	pai¹
另	照料	路	一	去

要开辟新路。

女唱

3-1853

特	罗	内	貝	丢
Dawz	loh	neix	bae	ndek
təɯ²	lo⁶	ni⁴	pai¹	de:k⁷
拿	路	这	去	丢

把旧的抛弃，

3-1854

良	干	罗	一	貝
Lingh	ganq	loh	ndeu	bae
le:ŋ⁶	ka:n⁵	lo⁶	de:u¹	pai¹
另	照料	路	一	去

开辟新路子。

3-1855

特	罗	内	貝	远
Dawz	loh	neix	bae	gyae
təɯ²	lo⁶	ni⁴	pai¹	kjai¹
拿	路	这	去	远

远离旧路子，

3-1856

偻	良	开	罗	么
Raeuz	lingh	hai	loh	moq
ɹau²	le:ŋ⁶	ha:i¹	lo⁶	mo⁵
我们	另	开	路	新

开辟新路径。

男唱	女唱

3-1857

十	义	罗	欢	美
Cib	ngeih	loh	fwen	maez
çit^8	ŋi^6	lo^6	vu:n^1	mai^2
十	二	路	歌	说爱

十二路情歌，

3-1858

开	罗	而	贝	观
Hai	loh	lawz	bae	gonq
ha:i^1	lo^6	lau^2	pai^1	ko:n^5
开	路	哪	去	先

先唱哪一路。

3-1859

十	三	罗	欢	满
Cib	sam	loh	fwen	monh
çit^8	θa:n^1	lo^6	vu:n^1	mo:n^6
十	三	路	歌	情

十三路情歌，

3-1860

才	农	祘	罗	而
Caih	nuengx	suenq	loh	lawz
ça:i^6	nu:ŋ^4	θu:n^5	lo^6	lau^2
随	妹	算	路	哪

任由妹选择。

3-1861

欢	写	南	牙	了
Fwen	ce	nanz	yax	liux
vu:n^1	çe^1	na:n^2	ja^5	li:u^4
歌	留	久	也	完

久别歌唱完，

3-1862

良	开	罗	贝	沙
Lingh	hai	loh	bae	ra
le:ŋ^6	ha:i^1	lo^6	pai^1	ɹa^1
另	开	路	去	找

另开辟蹊径。

3-1863

平	欢	么	欢	么
Bingz	fwen	moq	fwen	moq
piŋ^2	vu:n^1	mo^5	vu:n^1	mo^5
凭	歌	新	歌	新

任哪种新歌，

3-1864

可	沙	堂	欢	三
Goj	ra	daengz	fwen	sanq
ko^5	ɹa^1	taŋ^2	vu:n^1	θa:n^5
可	找	到	歌	散

离不开散歌。

男唱	女唱

3-1865

欢	写	南	牙	了
Fwen	ce	nanz	yax	liux
vu:n¹	çe¹	na:n²	ja⁵	li:u⁴
歌	留	久	也	完

久别歌唱完，

3-1866

偻	打	祘	偻	貝
Raeuz	daj	suenq	raeuz	bae
ɹau²	ta³	θu:n⁵	ɹau²	pai¹
我们	打	算	我们	去

我俩重起头。

3-1867

后	欢	满	欢	美
Haeuj	fwen	monh	fwen	maez
hau³	vu:n¹	mo:n⁶	vu:n¹	mai²
进	歌	谈情	歌	说爱

进恋爱歌场，

3-1868

你	貝	不	列	农
Mwngz	bae	mbouj	leq	nuengx
muɯ²	pai¹	bou⁵	le⁵	nu:ŋ⁴
你	去	不	咧	妹

妹愿不愿去？

3-1869

欢	写	南	牙	了
Fwen	ce	nanz	yax	liux
vu:n¹	çe¹	na:n²	ja⁵	li:u⁴
歌	留	久	也	完

久别歌唱完，

3-1870

偻	打	祘	偻	貝
Raeuz	daj	suenq	raeuz	bae
ɹau²	ta³	θu:n⁵	ɹau²	pai¹
我们	打	算	我们	去

我俩重起头。

3-1871

后	欢	满	欢	美
Haeuj	fwen	monh	fwen	maez
hau³	vu:n¹	mo:n⁶	vu:n¹	mai²
进	歌	谈情	歌	说爱

进恋爱歌场，

3-1872

偻	岁	貝	欢	三
Raeuz	caez	bae	fwen	sanq
ɹau²	çai²	pai¹	vu:n¹	θa:n⁵
我	齐	去	歌	散

我俩一道去。

男唱

3-1873

欢	写	南	牙	了
Fwen	ce	nanz	yax	liux
vuːn¹	çe¹	naːn²	ja⁵	liːu⁴
歌	留	久	也	完

久别歌唱完，

3-1874

偻	打	祘	偻	貝
Raeuz	daj	suenq	raeuz	bae
ɹau²	ta³	θuːn⁵	ɹau²	pai¹
我们	打	算	我们	去

我俩重起头。

3-1875

我	问	你	少	金
Ngoj	vwn	nij	sau	gim
ŋo³	vɯn⁴	ni³	θaːu¹	kin¹
我	问	你	姑娘	金

我问你情妹，

3-1876

你	飞	说	你	在
Mwngz	mbin	naeuz	mwngz	ywq
mɯŋ²	bin¹	nau²	mɯŋ²	jɯ⁵
你	飞	或	你	在

是走还是留？

女唱

3-1877

欢	写	南	牙	了
Fwen	ce	nanz	yax	liux
vuːn¹	çe¹	naːn²	ja⁵	liːu⁴
歌	留	久	也	完

久别歌唱完，

3-1878

当	田	偻	当	宁
Dang	dieg	raeuz	dang	ninz
taːŋ¹	tiːk⁸	ɹau²	taːŋ¹	nin²
另	地	我们	另	睡

唯各奔东西。

3-1879

米	羽	偻	岁	飞
Miz	fwed	raeuz	caez	mbin
mi²	fuːt⁸	ɹau²	çai²	bin¹
有	翅	我们	齐	飞

有翅比翼飞，

3-1880

米	定	偻	岁	采
Miz	din	raeuz	caez	byaij
mi²	tin¹	ɹau²	çai²	pjaːi²
有	脚	我们	齐	走

有脚并肩走。

男唱

3-1881

华	老	出	贝	字
Hak	laux	ok	mbaw	saw
ha:k⁷	la:u⁴	o:k⁷	bau¹	θɯ¹
官	大	出	张	字

大官出告示，

3-1882

给	土	贝	回	峒
Hawj	dou	bae	hoiz	doengh
hɯ³	tu¹	pai¹	ho:i²	toŋ⁶
给	我	去	回	峒

要我去外地。

3-1883

不	南	偻	古	穷
Mbouj	nanz	raeuz	guh	gyoengq
bou⁵	na:n²	ɹau²	ku⁴	kjoŋ⁵
不	久	我们	做	群

将来再聚首，

3-1884

狼	峒	光	内	伏
Langh	doengh	gvangq	neix	fwz
la:ŋ⁶	toŋ⁶	kwa:ŋ⁵	ni⁴	fɯ²
放	峒	宽	这	荒

此地成荒野。

女唱

3-1885

今	天	亮	样	内
Ginh	denh	rongh	yiengh	neix
kin⁵	ti:n¹	ɹo:ŋ⁶	juːŋ⁶	ni⁴
今	天	亮	样	这

今天这样亮，

3-1886

明	天	亮	样	而
Mingz	denh	rongh	yiengh	lawz
min²	ti:n¹	ɹo:ŋ⁶	juːŋ⁶	lau²
明	天	亮	样	哪

明天将如何？

3-1887

狼	峒	光	内	伏
Langh	doengh	gvangq	neix	fwz
la:ŋ⁶	toŋ⁶	kwa:ŋ⁵	ni⁴	fɯ²
放	峒	宽	这	荒

此地成荒野，

3-1888

牙	贝	而	了	备
Yaek	bae	lawz	liux	beix
jak⁷	pai¹	lau²	li:u⁴	pi⁴
要	去	哪	啰	兄

兄去向何方？

男唱	女唱

男唱

3-1889

今　天　亮　样　内

Ginh　denh　rongh　yiengh　neix

kin⁵　tiːn¹　ɾoːŋ⁶　jɯːŋ⁶　ni⁴

今　天　亮　样　这

今天这样亮，

3-1890

明　天　亮　样　而

Mingz　denh　rongh　yiengh　lawz

min²　tiːn¹　ɾoːŋ⁶　jɯːŋ⁶　lau²

明　天　亮　样　哪

明天将如何？

3-1891

平　具　而　具　而

Bingz　bae　lawz　bae　lawz

piŋ²　pai¹　lau²　pai¹　lau²

凭　去　哪　去　哪

任我去哪里，

3-1892

问　古　而　了　农

Haemq　guh　rawz　liux　nuengx

han⁵　ku⁴　ɾau²　liːu⁴　nuːŋ⁴

问　做　什么　啰　妹

妹问我做啥？

女唱

3-1893

今　天　亮　样　内

Ginh　denh　rongh　yiengh　neix

kin⁵　tiːn¹　ɾoːŋ⁶　jɯːŋ⁶　ni⁴

今　天　亮　样　这

今天这样亮，

3-1894

明　天　亮　样　而

Mingz　denh　rongh　yiengh　lawz

min²　tiːn¹　ɾoːŋ⁶　jɯːŋ⁶　lau²

明　天　亮　样　哪

明天将如何？

3-1895

问　你　备　具　而

Haemq　mwngz　beix　bae　lawz

han⁵　mɯŋ²　pi⁴　pai¹　lau²

问　你　兄　去　哪

问兄要去哪，

3-1896

牙　年　你　一　罗

Yaek　nem　mwngz　it　loh

jak⁷　neːm¹　mɯŋ²　it⁷　lo⁶

欲　贴　你　一　路

欲与你同行。

男唱

3-1897

今	天	亮	样	内
Ginh	denh	rongh	yiengh	neix
kin⁵	ti:n¹	ɹo:ŋ⁶	juɯ:ŋ⁶	ni⁴
今	天	亮	样	这

今天这样亮，

3-1898

明	天	亮	样	而
Mingz	denh	rongh	yiengh	lawz
min²	ti:n¹	ɹo:ŋ⁶	juɯ:ŋ⁶	lau²
明	天	亮	样	哪

明天将如何？

3-1899

平	贝	板	贝	河
Bingz	bae	mbanj	bae	haw
piŋ²	pai¹	ba:n³	pai¹	həɯ¹
凭	去	村	去	圩

任我去哪里，

3-1900

龙	年	土	不	得
Lungz	nem	doq	mbouj	ndaej
luŋ²	ne:m¹	to⁵	bou⁵	dai³
龙	贴	都	不	得

难与妹同行。

女唱

3-1901

十	卜	十	条	定
Cib	boux	cib	diuz	dwngx
ɕit⁸	pu⁴	ɕit⁸	ti:u²	tuɯ⁴
十	个	十	条	棍

十人十根棍，

3-1902

特	贝	丢	下	官
Dawz	bae	ndek	roengz	gumz
təɯ²	pai¹	de:k⁷	ɹoŋ²	kun²
拿	去	丢	下	坑

拿去丢下坑。

3-1903

十	卜	十	句	欢
Cib	boux	cib	coenz	fwen
ɕit⁸	pu⁴	ɕit⁸	kjon²	vu:n¹
十	个	十	句	歌

十人十首歌，

3-1904

特	贝	伴	少	口
Dawz	bae	buenx	sau	gaeuq
təɯ²	pai¹	pu:n⁶	θa:u¹	kau⁵
拿	去	伴	姑娘	旧

去伴老情妹。

男唱

女唱

3-1905

十	阝	十	条	定
Cib	boux	cib	diuz	dwngx
çit^8	pu^4	çit^8	ti:u^2	tuɯŋ^4
十	个	十	条	棍

十人十根棍，

3-1906

特	貝	丢	下	官
Dawz	bae	ndek	roengz	gumz
təɯ^2	pai^1	de:k^7	ɹoŋ^2	kun^2
拿	去	丢	下	坑

拿去丢下坑。

3-1907

十	阝	十	开	团
Cib	boux	cib	gaiq	duenh
çit^8	pu^4	çit^8	ka:i^5	tu:n^6
十	个	十	块	缎

十人十块缎，

3-1908

开	欢	貝	跟	比
Hai	fwen	bae	riengz	beij
ha:i^1	vu:n^1	pai^1	ɹi:ŋ^2	pi^3
开	歌	去	跟	比

比赛唱山歌。

3-1909

十	阝	十	条	定
Cib	boux	cib	diuz	dwngx
çit^8	pu^4	çit^8	ti:u^2	tuɯŋ^4
十	个	十	条	棍

十人十根棍，

3-1910

特	貝	丢	下	那
Dawz	bae	ndek	roengz	naz
təɯ^2	pai^1	de:k^7	ɹoŋ^2	na^2
拿	去	丢	下	田

拿去丢下田。

3-1911

十	阝	十	开	差
Cib	boux	cib	gaiq	ca
çit^8	pu^4	çit^8	ka:i^5	ça^1
十	个	十	块	叉

十人十把叉，

3-1912

貝	挖	那	古	墓
Bae	vat	naz	guh	moh
pai^1	va:t^7	na^2	ku^4	mo^6
去	挖	田	做	墓

挖田做坟墓。

男唱

3-1913

十	卩	十	条	定
Cib	boux	cib	diuz	dwngx
çit^8	pu^4	çit^8	ti:u^2	tɯŋ^4
十	个	十	条	棍

十人十根棍,

3-1914

特	貝	丢	下	开
Dawz	bae	ndek	roengz	gai
təɯ^2	pai^1	de:k^7	ɹoŋ^2	ka:i^1
拿	去	丢	下	街

拿去街上丢。

3-1915

十	卩	十	条	才
Cib	boux	cib	diuz	sai
çit^8	pu^4	çit^8	ti:u^2	θa:i^1
十	个	十	条	带

十人十条带,

3-1916

要	尾	马	同	省
Aeu	rieng	max	doengz	swnj
au^1	ɯ:ŋ^1	ma^4	toŋ^2	θɯn^3
要	尾	马	同	接

拿马尾来接。

女唱

3-1917

少	牙	貝	干	罗
Sau	yaek	bae	ganj	loh
θa:u^1	jak^7	pai^1	ka:n^3	lo^6
姑娘	欲	去	赶	路

妹急于赶路,

3-1918

备	牙	貝	干	元
Beix	yaek	bae	ganj	roen
pi^4	jak^7	pai^1	ka:n^3	jo:n^1
兄	欲	去	赶	路

兄急于赶程。

3-1919

貝	干	那	四	方
Bae	ganq	naz	seiq	fueng
pai^1	ka:n^5	na^2	θei^5	fu:ŋ^1
去	照料	田	四	方

料理四方田,

3-1920

貝	干	元	龙	那
Bae	ganq	roen	lungz	nax
pai^1	ka:n^5	jo:n^1	luŋ^2	na^4
去	照料	路	大舅	小舅

修好亲戚路。

国家古籍工作规划项目

全国少数民族古籍工作"十四五"规划重点项目

国家民委铸牢中华民族共同体意识
古籍整理出版书系

广西高甲壮语瑶歌译注

广西壮族自治区少数民族古籍保护研究中心 编

主编　韦体吉　蓝长龙　岑学贵

副主编　蓝永红　蓝盛陆霞　王江苗

第二册

第四篇　求缘歌
第五篇　爱恋歌

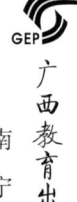

广西教育出版社

南宁

目
Contents 录

第四篇 求缘歌

《求缘歌》主要唱述男女双方到庙里烧香燃烛祭拜神灵，在半路被雨淋湿，男方因双方八字不合而生闷气，女方为安慰男方，劝导男方不要游走他乡，而与女方长相厮守，好好培养感情，并借庙中修仙千年得福缘的说法来鼓励男方淡化八字影响姻缘的观念。从唱词中可知男女双方的母亲为表亲关系，双方仍可以歌传情，说明瑶族有姑舅表婚之习。迁入都安的汉族以经商、躲避战乱及遭遇自然灾荒者居多，因壮族、瑶族等少数民族与汉族均是农业民族，情感上容易沟通交流，唱词中提到河边学汉语，说明瑶族性格包容，与汉族交往普遍。瑶族歌师在对唱中常采用隐喻修辞手法，通过燕子、画眉、黄鹂、蝴蝶、天鹅、槟榔、柿子树等动植物来传达瑶族的审美感受和情感认知。

女唱

4-1

后	庙	贝	烧	纸
Haeuj	miuh	bae	byaeu	ceij
hau³	mi:u⁶	pai¹	pjau¹	çi³
进	庙	去	烧	纸

进庙去烧纸，

4-2

堂	大	罗	被	文
Daengz	daih	loh	deng	fwn
taŋ²	ta:i⁶	lo⁶	te:ŋ¹	vun¹
到	大	路	挨	雨

半路被雨淋。

4-3

命	不	合	广	英
Mingh	mbouj	hob	gvangj	in
miŋ⁶	bou⁵	ho:p⁸	kwa:ŋ³	in¹
命	不	合	广	姻

命不合婚姻，

4-4

说	庙	辰	开	怪
Naeuz	miuh	sinz	gaej	gvaiq
nau²	mi:u⁶	θin²	ka:i⁵	kwa:i⁵
说	庙	神	莫	怪

请庙神别怪。

男唱

4-5

后	庙	贝	烧	纸
Haeuj	miuh	bae	byaeu	ceij
hau³	mi:u⁶	pai¹	pjau¹	çi³
进	庙	去	烧	纸

进庙去烧纸，

4-6

堂	大	罗	被	文
Daengz	daih	loh	deng	fwn
taŋ²	ta:i⁶	lo⁶	te:ŋ¹	vun¹
到	大	路	挨	雨

半路被雨淋。

4-7

空	得	合	广	英
Ndwi	ndaej	hob	gvangj	in
du:i¹	dai³	ho:p⁸	kwa:ŋ³	in¹
不	得	合	广	姻

不得合婚姻，

4-8

九	良	心	不	付
Gou	liengz	sim	mbouj	fug
kou¹	li:ŋ²	θin¹	bou⁵	fuk⁸
我	良	心	不	服

我内心不服。

女唱

4-9

后	庙	贝	烧	纸
Haeuj	miuh	bae	byaeu	ceij
hau³	mi:u⁶	pai¹	pjau¹	çi³
进	庙	去	烧	纸

进庙去烧纸，

4-10

堂	大	罗	被	文
Daengz	daih	loh	deng	fwn
taŋ²	ta:i⁶	lo⁶	te:ŋ¹	vun¹
到	大	路	挨	雨

半路被雨淋。

4-11

备	牙	合	广	英
Beix	yaek	hob	gvangj	in
pi⁴	jak⁷	ho:p⁸	kwa:ŋ³	in¹
兄	要	合	广	姻

兄要合婚姻，

4-12

是	特	正	出	光
Cix	dawz	cingz	ok	gvengq
çi⁴	tɯ²	çiŋ²	o:k⁷	kwe:ŋ⁵
就	拿	情	出	光

亮出信物来。

男唱

4-13

后	庙	贝	烧	纸
Haeuj	miuh	bae	byaeu	ceij
hau³	mi:u⁶	pai¹	pjau¹	çi³
进	庙	去	烧	纸

进庙去烧纸，

4-14

堂	大	罗	被	文
Daengz	daih	loh	deng	fwn
taŋ²	ta:i⁶	lo⁶	te:ŋ¹	vun¹
到	大	路	挨	雨

半路被雨淋。

4-15

命	空	合	广	英
Mingh	ndwi	hob	gvangj	in
miŋ⁶	du:i¹	ho:p⁸	kwa:ŋ³	in¹
命	不	合	广	姻

命不合婚姻，

4-16

代	条	心	不	念
Dai	diuz	sim	mbouj	net
ta:i¹	ti:u²	θin¹	bou⁵	ne:t⁷
死	条	心	不	实

死也不服气。

女唱

4—17

后	庙	贝	烧	纸
Haeuj	miuh	bae	byaeu	ceij
hau^3	$mi{:}u^6$	pai^1	$pjau^1$	$çi^3$
进	庙	去	烧	纸

进庙去烧纸，

4—18

堂	大	罗	被	文
Daengz	daih	loh	deng	fwn
tan^2	$ta{:}i^6$	lo^6	$te{:}ŋ^1$	vun^1
到	大	路	挨	雨

半路被雨淋。

4—19

备	牙	合	广	英
Beix	yaek	hob	gvangj	in
pi^4	jak^7	$ho{:}p^8$	$kwa{:}ŋ^3$	in^1
兄	要	合	广	姻

兄要合婚姻，

4—20

是	开	飞	邦	伏
Cix	gaej	mbin	biengz	fwx
$çi^4$	$ka{:}i^5$	bin^1	$pi{:}ŋ^2$	$fə^4$
就	莫	飞	地方	别人

就别跑他乡。

男唱

4—21

后	庙	贝	烧	纸
Haeuj	miuh	bae	byaeu	ceij
hau^3	$mi{:}u^6$	pai^1	$pjau^1$	$çi^3$
进	庙	去	烧	纸

进庙去烧纸，

4—22

堂	大	罗	被	文
Daengz	daih	loh	deng	fwn
tan^2	$ta{:}i^6$	lo^6	$te{:}ŋ^1$	vun^1
到	大	路	挨	雨

半路被雨淋。

4—23

在	是	合	广	英
Ywq	cix	hob	gvangj	in
$juɯ^5$	$çi^4$	$ho{:}p^8$	$kwa{:}ŋ^3$	in^1
在	就	合	婚	姻

在就合婚姻，

4—24

丰	飞	贝	是	了
Fungh	mbin	bae	cix	liux
$fuŋ^6$	bin^1	pai^1	$çi^4$	$li{:}u^4$
凤	飞	去	就	算

妹不在就算。

女唱

4-25

后　庙　贝　烧　纸

Haeuj　miuh　bae　byaeu　ceij

hau^3　$mi:u^6$　pai^1　$pjau^1$　$çi^3$

进　庙　去　烧　纸

进庙去烧纸，

4-26

开　小　古　坏　身

Gaej　souj　guh　vaih　ndang

$ka:i^5$　$θi:u^3$　ku^4　$va:i^6$　$da:ŋ^1$

莫　守　做　坏　身

别误了自身。

4-27

小　些　勒　代　汉

Souj　seiq　lwg　dai　hat

$θi:u^3$　$θe^5$　$luuk^8$　$ta:i^1$　$ha:t^7$

守　世　子　死　渴

久等会渴死，

4-28

邦　土　从　不　得

Biengz　dou　coengh　mbouj　ndaej

$pi:ŋ^2$　tu^1　$çoŋ^6$　bou^5　dai^3

地方　我　帮　不　得

我可帮不了。

男唱

4-29

后　庙　贝　烧　纸

Haeuj　miuh　bae　byaeu　ceij

hau^3　$mi:u^6$　pai^1　$pjau^1$　$çi^3$

进　庙　去　烧　纸

进庙去烧纸，

4-30

开　小　古　坏　同

Gaej　souj　guh　vaih　doengz

$ka:i^5$　$θi:u^3$　ku^4　$va:i^6$　$toŋ^2$

莫　守　做　坏　同

别误了好友。

4-31

坤　芬　知　坤　龙

Goet　fauh　rox　goet　lungz

kot^7　$fa:u^6$　to^4　kot^7　$luŋ^2$

骨　凡　或　骨　龙

凡人或龙种，

4-32

应　么　从　不　得

Yinh　maz　coengh　mbouj　ndaej

$iŋ^1$　ma^2　$çoŋ^6$　bou^5　dai^3

因　何　帮　不　得

为何帮不得？

女唱

4-33

田	农	小	地	方
Dieg	nuengx	siuj	di	fangh
ti:k^8	nu:ŋ^4	θi:u^3	ti^4	fa:ŋ^5
地	妹	小	地	方

我处小地方,

4-34

装	不	得	坤	龙
Cang	mbouj	ndaej	goet	lungz
ça:ŋ^1	bou^5	dai^3	kot^7	luŋ^2
装	不	得	骨	龙

容不下情哥。

4-35

田	农	秋	四	方
Dieg	nuengx	ciuq	seiq	fueng
ti:k^8	nu:ŋ^4	çi:u^5	θei^5	fu:ŋ^1
地	妹	看	四	方

我处通四方,

4-36

从	不	得	备	姓
Coengh	mbouj	ndaej	beix	singq
çoŋ^6	bou^5	dai^3	pi^4	θiŋ^5
帮	不	得	兄	姓

哪帮得了兄。

男唱

4-37

十	义	果	菜	韦
Cib	ngeih	go	byaek	vaeh
çit^8	n̩i^6	ko^1	pjak^7	vai^6
十	二	棵	菜	鱼腥草

十二棵香菜,

4-38

果	一	贝	单	姓
Go	ndeu	bae	dan	singq
ko^1	de:u^1	pai^1	ta:n^1	θiŋ^5
棵	一	去	单	姓

一棵变孤单。

4-39

老	变	详	不	定
Lau	bienq	yangz	mbouj	dingh
la:u^1	pi:n^5	ja:ŋ^2	bou^5	tiŋ^6
怕	变	欢	不	定

怕另有新欢,

4-40

田	农	不	得	装
Dieg	nuengx	mbouj	ndaej	cang
ti:k^8	nu:ŋ^4	bou^5	dai^3	ça:ŋ^1
地	妹	不	得	装

你那容不下。

女唱

4-41

三	十	八	卢	垌
Sam	cib	bah	louz	doengh
θa:n^1	φit^8	pa^6	lu^2	ton^6
三	十	莫急	玩	垌

三十别乱游，

4-42

说	龙	八	祘	弄
Naeuz	lungz	bah	suenq	loeng
nau^2	lun^2	pa^6	θu:n^5	lon^1
说	龙	莫急	算	错

兄别乱谋划。

4-43

额	利	很	利	下
Ngieg	lij	hwnj	lij	roengz
ne:k^8	li^4	hun^3	li^4	ron^2
蛟龙	还	上	还	下

蛟龙知进退，

4-44

八	祘	弄	了	龙
Bah	suenq	loeng	liux	lungz
pa^6	θu:n^5	lon^1	li:u^4	lun^2
莫急	算	错	啰	龙

兄莫乱谋划。

男唱

4-45

三	十	八	卢	果
Sam	cib	bah	louz	gox
θa:n^1	φit^8	pa^6	lu^2	ko^4
三	十	莫急	玩	角落

三十别乱逛，

4-46

贵	伏	罗	土	空
Gwiz	fwx	lox	dou	ndwi
kui^2	fϑ^4	lo^4	tu^1	du:i^1
丈夫	别人	骗	我	空

人夫哄骗我。

4-47

良	要	给	马	赔
Lingh	aeu	gaeq	ma	boiz
le:n^6	au^1	kai^5	ma^1	po:i^2
另	要	鸡	来	还

另用鸡赔礼，

4-48

狼	可	米	文	勒
Langh	goj	miz	vunz	lawh
la:n^6	ko^3	mi^2	vun^2	lu^6
若	可	有	人	换

若有人提议。

女唱

4-49

良　　特　　给　　马　　赔

Lingh　dawz　gaeq　ma　boiz

$le{:}ŋ^6$　$təu^2$　kai^5　ma^1　$po{:}i^2$

另　　拿　　鸡　　来　　还

另用鸡赔礼，

4-50

良　　要　　更　　马　　节

Lingh　aeu　gaen　ma　ciet

$le{:}ŋ^6$　au^1　kan^1　ma^1　$ɕi{:}t^7$

另　　要　　巾　　来　　裹

另用巾来包。

4-51

少　　得　　良　　完　　田

Sau　ndaej　lingh　vuenh　dieg

$θa{:}u^1$　dai^3　$le{:}ŋ^6$　$vu{:}n^6$　$ti{:}k^8$

姑　娘　得　另　换　地

我若到别处，

4-52

备　　利　　厄　　知　　空

Beix　lij　nyienh　rox　ndwi

pi^4　li^4　$ȵu{:}n^6$　$ɣo^4$　$du{:}i^1$

兄　　还　　愿　　或　　不

兄愿意跟否？

男唱

4-53

良　　特　　给　　马　　赔

Lingh　dawz　gaeq　ma　boiz

$le{:}ŋ^6$　$təu^2$　kai^5　ma^1　$po{:}i^2$

另　　拿　　鸡　　来　　还

另用鸡赔礼，

4-54

良　　要　　更　　马　　节

Lingh　aeu　gaen　ma　ciet

$le{:}ŋ^6$　au^1　kan^1　ma^1　$ɕi{:}t^7$

另　　要　　巾　　来　　裹

另用巾来包。

4-55

少　　得　　良　　完　　田

Sau　ndaej　lingh　vuenh　dieg

$θa{:}u^1$　dai^3　$le{:}ŋ^6$　$vu{:}n^6$　$ti{:}k^8$

姑　娘　得　另　换　地

妹若到别处，

4-56

备　　是　　换　　小　　正

Beix　cix　rieg　siuj　cingz

pi^4　$ɕi^4$　$ɣɯ{:}k^8$　$θi{:}u^3$　$ɕiŋ^2$

兄　　就　　换　　小　　情

我再送礼物。

女唱

4-57

三	十	八	卢	兴
Sam	cib	bah	louz	hingq
θaːn¹	ɕit⁸	pa⁶	lu²	hiŋ⁵
三	十	莫急	玩	兴趣

三十莫游荡，

4-58

贝	听	长	我	皇
Bae	dingq	cangh	ngox	vuengz
pai¹	tiŋ⁵	ɕaːŋ⁶	ŋo⁴	vuːŋ²
去	听	匠	念	喃

去听人念经。

4-59

牙	托	农	结	双
Yaek	doh	nuengx	giet	sueng
jak⁷	to⁶	nuːŋ⁴	kiːt⁷	θuːŋ¹
要	同	妹	结	双

要同妹成双，

4-60

来	方	是	开	想
Lai	fueng	cix	gaej	siengj
laːi¹	fuːŋ¹	ɕi⁴	kaːi⁵	θiːŋ³
多	方	就	莫	想

就别想多心。

男唱

4-61

少	开	想	来	罗
Sau	gaej	siengj	lai	loh
θaːu¹	kaːi⁵	θiːŋ³	laːi¹	lo⁶
姑娘	莫	想	多	路

妹你别多心，

4-62

伴	开	想	来	吉
Buenx	gaej	siengj	lai	giz
puːn⁴	kaːi⁵	θiːŋ³	laːi¹	ki²
伴	莫	想	多	处

友别想太多。

4-63

想	来	罗	同	立
Siengj	lai	loh	doengz	liz
θiːŋ³	laːi¹	lo⁶	toŋ²	li²
想	多	路	同	离

想多会分离，

4-64

想	来	吉	心	三
Siengj	lai	giz	sim	sanq
θiːŋ³	laːi¹	ki²	θin¹	θaːn⁵
想	多	处	心	散

想多心会散。

女唱

4-65

龙　开　想　来　罗

Lungz　gaej　siengj　lai　loh

$luŋ^2$　$ka{:}i^5$　$θi{:}ŋ^3$　$la{:}i^1$　lo^6

龙　莫　想　多　路

兄别太多心，

4-66

伴　开　想　来　方

Buenx　gaej　siengj　lai　fueng

$pu{:}n^4$　$ka{:}i^5$　$θi{:}ŋ^3$　$la{:}i^1$　$fu{:}ŋ^1$

伴　莫　想　多　方

友莫想他方。

4-67

想　来　罗　六　莫

Siengj　lai　loh　loeg　mok

$θi{:}ŋ^3$　$la{:}i^1$　lo^6　lok^8　$mo{:}k^7$

想　多　路　梦　游

多心易走神，

4-68

想　来　方　老　秀

Siengj　lai　fueng　lauq　ciuh

$θi{:}ŋ^3$　$la{:}i^1$　$fu{:}ŋ^1$　$la{:}u^5$　$çi{:}u^6$

想　多　方　误　世

多思误青春。

男唱

4-69

少　开　想　来　罗

Sau　gaej　siengj　lai　loh

$θa{:}u^1$　$ka{:}i^5$　$θi{:}ŋ^3$　$la{:}i^1$　lo^6

姑娘　莫　想　多　路

妹别太多心，

4-70

伴　开　想　来　方

Buenx　gaej　siengj　lai　fueng

$pu{:}n^4$　$ka{:}i^5$　$θi{:}ŋ^3$　$la{:}i^1$　$fu{:}ŋ^1$

伴　莫　想　多　方

友莫想他方。

4-71

来　罗　是　开　满

Lai　loh　cix　gaej　muengh

$la{:}i^1$　lo^6　$çi^4$　$ka{:}i^5$　$mu{:}ŋ^6$

多　路　是　莫　望

多心易失望，

4-72

来　方　是　开　想

Lai　fueng　cix　gaej　siengj

$la{:}i^1$　$fu{:}ŋ^1$　$çi^4$　$ka{:}i^5$　$θi{:}ŋ^3$

多　方　是　莫　想

多想也白想。

女唱

4-73

龙	开	想	来	罗
Lungz	gaej	siengj	lai	loh
$luŋ^2$	$ka:i^5$	$\theta i:ŋ^3$	$la:i^1$	lo^6
龙	莫	想	多	路

兄别想太多,

4-74

伴	友	很	庙	辰
Buenx	youx	hwnj	miuh	sinz
$pu:n^4$	ju^4	$huun^3$	$mi:u^6$	θin^2
伴	友	上	庙	神

伴友去上供。

4-75

友	口	八	变	心
Youx	gaeuq	bah	bienq	sim
ju^4	kau^5	pa^6	$pi:n^5$	θin^1
友	旧	莫急	变	心

老友莫变心,

4-76

打	羽	飞	跟	对
Daj	fwed	mbin	riengz	doih
ta^3	$fu:t^8$	bin^1	$ɹi:ŋ^2$	$to:i^6$
打	翅	飞	跟	伙伴

展翅结伴飞。

男唱

4-77

少	开	想	来	罗
Sau	gaej	siengj	lai	loh
$\theta a:u^1$	$ka:i^5$	$\theta i:ŋ^3$	$la:i^1$	lo^6
姑娘	莫	想	多	路

妹别想太多,

4-78

伴	友	很	庙	辰
Buenx	youx	hwnj	miuh	sinz
$pu:n^4$	ju^4	$huun^3$	$mi:u^6$	θin^2
伴	友	上	庙	神

伴友去上供。

4-79

农	米	羽	是	飞
Nuengx	miz	fwed	cix	mbin
$nu:ŋ^4$	mi^2	$fu:t^8$	$çi^4$	bin^1
妹	有	翅	就	飞

妹展翅飞行,

4-80

龙	小	定	尝	飞
Lungz	souj	dingh	caengz	mbin
$luŋ^2$	$\theta i:u^3$	$tiŋ^1$	$çaŋ^2$	bin^1
龙	守	定	未	飞

兄原地未动。

女唱

4-81

龙　开　想　来　罗

Lungz　gaej　siengj　lai　loh

luŋ² ka:i⁵ θiŋ³ la:i¹ lo⁶

龙　莫　想　多　路

兄你别多想，

4-82

伴　友　很　庙　辰

Buenx　youx　hwnj　miuh　sinz

pu:n⁴ ju⁴ hɯn³ mi:u⁶ θin²

伴　友　上　庙　神

伴友拜庙神。

4-83

打　金　交　狼　飞

Daj　gim　gyau　langh　mbin

ta³ kin¹ kja:u¹ la:ŋ⁶ bin¹

打　金　蜘蛛　若　飞

打得金蛛飞，

4-84

特　广　英　马　合

Dawz　gvangj　in　ma　hob

təɯ² kwa:ŋ³ in¹ ma¹ ho:p⁸

拿　婚　姻　来　合

就能合婚姻。

男唱

4-85

少　开　想　来　罗

Sau　gaej　siengj　lai　loh

θa:u¹ ka:i⁵ θiŋ³ la:i¹ lo⁶

姑娘　莫　想　多　路

妹你别多想，

4-86

伴　友　很　庙　辰

Buenx　youx　hwnj　miuh　sinz

pu:n⁴ ju⁴ hɯn³ mi:u⁶ θin²

伴　友　上　庙　神

伴友拜庙神。

4-87

农　米　羽　是　飞

Nuengx　miz　fwed　cix　mbin

nu:ŋ⁴ mi² fu:t⁸ ɕi⁴ bin¹

妹　有　翅　就　飞

妹有翅就飞，

4-88

定　龙　是　不　走

Din　lungz　cix　mbouj　yamq

tin¹ luŋ² ɕi⁴ bou⁵ ja:m⁵

脚　龙　是　不　走

兄痴心不改。

女唱

4-89

备	开	想	来	罗
Beix	gaej	siengj	lai	loh
pi⁴	ka:i⁵	θi:ŋ³	la:i¹	lo⁶
兄	莫	想	多	路

兄别想太多，

4-90

伴	友	很	大	堂
Buenx	youx	hwnj	daih	dangz
pu:n⁴	ju⁴	hɯɯn³	ta:i⁶	ta:ŋ²
伴	友	上	大	堂

随我上厅堂。

4-91

三	七	利	在	浪
Sam	caet	lij	ywq	laeng
θa:n¹	ɕat⁷	li⁴	ju⁵	laŋ¹
三	七	还	在	后

三七日未到，

4-92

不	尝	堂	时	内
Mbouj	caengz	daengz	seiz	neix
bou⁵	ɕaŋ²	taŋ²	θi²	ni⁴
不	未	到	时	这

并未到此时。

男唱

4-93

少	开	想	来	罗
Sau	gaej	siengj	lai	loh
θa:u¹	ka:i⁵	θi:ŋ³	la:i¹	lo⁶
姑娘	莫	想	多	路

妹别想太多，

4-94

伴	友	很	大	堂
Buenx	youx	hwnj	daih	dangz
pu:n⁴	ju⁴	hɯɯn³	ta:i⁶	ta:ŋ²
伴	友	上	大	堂

陪我上厅堂。

4-95

三	七	利	在	浪
Sam	caet	lij	ywq	laeng
θa:n¹	ɕat⁷	li⁴	ju⁵	laŋ¹
三	七	还	在	后

三七日未到，

4-96

洋	开	正	同	送
Yaeng	gaij	cingz	doengh	soengq
jaŋ¹	ka:i⁵	ɕiŋ²	toŋ²	θoŋ⁵
再	开	情	相	送

那时再送礼。

女唱

4-97

后	庙	贝	烧	纸
Haeuj	miuh	bae	byaeu	ceij
hau³	mi:u⁶	pai¹	pjau¹	çi³
进	庙	去	烧	纸

进庙去烧纸，

4-98

堂	罗	机	吃	炕
Daengz	loh	giq	gwn	ien
taŋ²	lo⁶	ki⁵	kɯn¹	i:n¹
到	路	岔	吃	烟

到岔路吸烟。

4-99

岁	后	庙	小	仙
Caez	haeuj	miuh	siuh	sien
çai²	hau³	mi:u⁶	θi:u³	θi:n¹
齐	进	庙	修	仙

同进庙修炼，

4-100

得	千	年	知	不
Ndaej	cien	nienz	rox	mbouj
dai³	çi:n¹	ni:n²	ʴoɤ⁴	bou⁵
得	千	年	或	不

能否活千年？

男唱

4-101

后	庙	贝	烧	纸
Haeuj	miuh	bae	byaeu	ceij
hau³	mi:u⁶	pai¹	pjau¹	çi³
进	庙	去	烧	纸

进庙去烧纸，

4-102

堂	罗	机	吃	炕
Daengz	loh	giq	gwn	ien
taŋ²	lo⁶	ki⁵	kɯn¹	i:n¹
到	路	岔	吃	烟

到岔路吸烟。

4-103

岁	后	庙	小	仙
Caez	haeuj	miuh	siuh	sien
çai²	hau³	mi:u⁶	θi:u³	θi:n¹
齐	进	庙	修	仙

同进庙修炼，

4-104

得	千	年	牙	祘
Ndaej	cien	nienz	yax	suenq
dai³	çi:n¹	ni:n²	ja⁵	θu:n⁵
得	千	年	才	算

活千年才算。

女唱

4-105

后	庙	贝	烧	纸
Haeuj	miuh	bae	byaeu	ceij
hau³	mi:u⁶	pai¹	pjau¹	çi³
进	庙	去	烧	纸

进庙去烧纸,

4-106

堂	罗	机	吃	炕
Daengz	loh	giq	gwn	ien
taŋ²	lo⁶	ki⁵	kɯn¹	i:n¹
到	路	岔	吃	烟

到岔路吸烟。

4-107

岁	后	庙	小	仙
Caez	haeuj	miuh	siuh	sien
çai²	hau³	mi:u⁶	θi:u³	θi:n¹
齐	进	庙	修	仙

同进庙修炼,

4-108

友	而	变	罗	机
Youx	lawz	bienq	loh	giq
ju⁴	lɯu²	pi:n⁵	lo⁶	ki⁵
友	哪	变	路	岔

谁突然变心?

男唱

4-109

后	庙	贝	烧	纸
Haeuj	miuh	bae	byaeu	ceij
hau³	mi:u⁶	pai¹	pjau¹	çi³
进	庙	去	烧	纸

进庙去烧纸,

4-110

堂	罗	机	吃	炕
Daengz	loh	giq	gwn	ien
taŋ²	lo⁶	ki⁵	kɯn¹	i:n¹
到	路	支	吃	烟

到岔路吸烟。

4-111

岁	后	庙	小	仙
Caez	haeuj	miuh	siuh	sien
çai²	hau³	mi:u⁶	θi:u³	θi:n¹
齐	进	庙	修	仙

同进庙修炼,

4-112

友	而	变	是	才
Youx	lawz	bienq	cix	raih
ju⁴	lɯu²	pi:n⁵	çi⁴	ɹa:i⁶
友	哪	变	就	爬

变心就被踩。

女唱

4-113

岁	后	庙	小	仙
Caez	haeuj	miuh	siuh	sien
çai²	hau³	mi:u⁶	θi:u³	θi:n¹
齐	进	庙	修	仙

同进庙修炼，

4-114

友	而	变	是	才
Youx	lawz	bienq	cix	raih
ju⁴	lau²	pi:n⁵	çi⁴	ɹa:i⁶
友	哪	变	就	爬

谁变就被踩。

4-115

勒	龙	在	江	海
Lwg	lungz	ywq	gyang	haij
luɯk⁸	luŋ²	ju⁵	kja:ŋ¹	ha:i³
子	龙	在	中	海

龙仔在海中，

4-116

才	得	农	是	要
Raih	ndaej	nuengx	cix	aeu
ɹa:i⁶	dai³	nu:ŋ⁴	çi⁴	au¹
爬	得	妹	就	要

踩得妹就要。

男唱

4-117

岁	后	庙	小	仙
Caez	haeuj	miuh	siuh	sien
çai²	hau³	mi:u⁶	θi:u³	θi:n¹
齐	进	庙	修	仙

同进庙修炼，

4-118

友	而	变	是	才
Youx	lawz	bienq	cix	raih
ju⁴	lau²	pi:n⁵	çi⁴	ɹa:i⁶
友	哪	变	就	爬

谁变就被踩。

4-119

勒	龙	在	江	海
Lwg	lungz	ywq	gyang	haij
luɯk⁸	luŋ²	ju⁵	kja:ŋ¹	ha:i³
子	龙	在	中	海

龙仔在海中，

4-120

才	不	得	长	刘
Raih	mbouj	ndaej	ciengz	liuz
ɹa:i⁶	bou⁵	dai³	çi:ŋ²	li:u²
爬	不	得	常	常

永远踩不得。

女唱

男唱

4-121

后	庙	贝	烧	纸
Haeuj	miuh	bae	byaeu	ceij
hau³	mi:u⁶	pai¹	pjau¹	çi³
进	庙	去	烧	纸

进庙去烧纸,

4-122

堂	罗	机	吃	炕
Daengz	loh	giq	gwn	ien
taŋ²	lo⁶	ki⁵	kɯn¹	i:n¹
到	路	岔	吃	烟

到岔路吸烟。

4-123

岁	后	庙	小	仙
Caez	haeuj	miuh	siuh	sien
çai²	hau³	mi:u⁶	θi:u³	θi:n¹
齐	进	庙	修	仙

同进庙修炼,

4-124

点	洋	不	老	三
Diemj	yieng	mbouj	lau	sanq
ti:n³	jɯ:ŋ¹	bou⁵	la:u¹	θa:n⁵
点	香	不	怕	散

燃香不会散。

4-125

岁	后	庙	小	仙
Caez	haeuj	miuh	siuh	sien
çai²	hau³	mi:u⁶	θi:u³	θi:n¹
齐	进	庙	修	仙

同进庙修炼,

4-126

点	洋	不	老	三
Diemj	yieng	mbouj	lau	sanq
ti:n³	jɯ:ŋ¹	bou⁵	la:u¹	θa:n⁵
点	香	不	怕	散

燃香不会散。

4-127

土	皮	在	江	南
Duz	bid	ywq	gyang	namh
tu²	pit⁸	jɯ⁵	kja:ŋ¹	na:n⁶
只	蝉	在	中	土

蝉儿在土中,

4-128

叫	邦	贝	纳	凉
Heuh	baengz	bae	nab	liengz
he:u⁶	paŋ²	pai¹	na:p⁸	li:ŋ²
叫	朋	去	纳	凉

叫友去乘凉。

女唱

4-129

岁	后	庙	小	仙
Caez	haeuj	miuh	siuh	sien
çai²	hau³	mi:u⁶	θi:u³	θi:n¹
齐	进	庙	修	仙

同进庙修炼，

4-130

点	洋	不	老	三
Diemj	yieng	mbouj	lau	sanq
ti:n³	juɯ:ŋ¹	bou⁵	la:u¹	θa:n⁵
点	香	不	怕	散

燃香不会散。

4-131

土	皮	在	江	南
Duz	bid	ywq	gyang	namh
tu²	pit⁸	juɯ⁵	kja:ŋ¹	na:n⁶
只	蝉	在	中	土

蝉儿在土中，

4-132

土	叫	声	它	声
Duz	heuh	sing	daz	sing
tu²	he:u⁶	θiŋ¹	ta²	θiŋ¹
只	叫	声	又	声

蝉鸣声不断。

男唱

4-133

土	皮	在	江	南
Duz	bid	ywq	gyang	namh
tu²	pit⁸	juɯ⁵	kja:ŋ¹	na:n⁶
只	蝉	在	中	土

蝉儿在土中，

4-134

土	叫	声	它	声
Duz	heuh	sing	daz	sing
tu²	he:u⁶	θiŋ¹	ta²	θiŋ¹
只	叫	声	又	声

蝉鸣声不断。

4-135

义	月	后	清	明
Ngeih	nyied	haeuj	cing	mingz
ȵi⁶	ȵuːt⁸	hau³	çiŋ¹	miŋ²
二	月	进	清	明

二月到清明，

4-136

叫	要	正	了	农
Heuh	aeu	cingz	liux	nuengx
he:u⁶	au¹	çiŋ²	li:u⁴	nu:ŋ⁴
叫	要	情	啰	妹

唤妹来换礼。

女唱

4-137

土	皮	在	江	南
Duz	bid	ywq	gyang	namh
tu²	pit⁸	juɯ⁵	kja:ŋ¹	na:n⁶
只	蝉	在	中	土

蝉儿在土中，

4-138

土	叫	声	它	声
Duz	heuh	sing	daz	sing
tu²	he:u⁶	θiŋ¹	ta²	θiŋ¹
只	叫	声	又	声

蝉鸣声不断。

4-139

义	月	后	清	明
Ngeih	nyied	haeuj	cing	mingz
ȵi⁶	ȵɯt⁸	hau³	ɕiŋ¹	miŋ²
二	月	进	清	明

二月到清明，

4-140

正	开	么	伏	内
Cingz	gij	maz	fawh	neix
ɕiŋ²	ka:i²	ma²	fəɯ⁶	ni⁴
情	什	么	时	这

此时送何礼？

男唱

4-141

土	皮	在	江	南
Duz	bid	ywq	gyang	namh
tu²	pit⁸	juɯ⁵	kja:ŋ¹	na:n⁶
只	蝉	在	中	土

蝉儿在土中，

4-142

土	叫	声	它	声
Duz	heuh	sing	daz	sing
tu²	he:u⁶	θiŋ¹	ta²	θiŋ¹
只	叫	声	又	声

蝉鸣声不断。

4-143

义	月	空	送	正
Ngeih	nyied	ndwi	soengq	cingz
ȵi⁶	ȵɯt⁸	du:i¹	θoŋ⁵	ɕiŋ²
二	月	不	送	情

二月不送礼，

4-144

外	清	明	牙	了
Vaij	cing	mingz	yax	liux
va:i³	ɕiŋ¹	miŋ²	ja⁵	li:u⁴
过	清	明	也	完

清明后已晚。

女唱

4-145

土	皮	在	江	南
Duz	bid	ywq	gyang	namh
tu²	pit⁸	jɯ⁵	kjaːŋ¹	naːn⁶
只	蝉	在	中	土

蝉儿在土中，

4-146

土	叫	声	它	声
Duz	heuh	sing	daz	sing
tu²	heːu⁶	θiŋ¹	ta²	θiŋ¹
只	叫	声	又	声

蝉鸣声不断。

4-147

义	月	后	清	明
Ngeih	nyied	haeuj	cing	mingz
ȵi⁶	ȵuːt⁸	hau³	ɕiŋ¹	miŋ²
二	月	进	清	明

二月到清明，

4-148

回	要	正	土	刀
Hoiz	aeu	cingz	dou	dauq
hoːi²	au¹	ɕiŋ²	tu¹	taːu⁵
回	要	情	我	回

还我信物来。

男唱

4-149

土	皮	在	江	南
Duz	bid	ywq	gyang	namh
tu²	pit⁸	jɯ⁵	kjaːŋ¹	naːn⁶
只	蝉	在	中	土

蝉儿在土中，

4-150

土	叫	声	它	声
Duz	heuh	sing	daz	sing
tu²	heːu⁶	θiŋ¹	ta²	θiŋ¹
只	叫	声	又	声

蝉鸣声不断。

4-151

义	月	后	清	明
Ngeih	nyied	haeuj	cing	mingz
ȵi⁶	ȵuːt⁸	hau³	ɕiŋ¹	miŋ²
二	月	进	清	明

二月到清明，

4-152

米	正	好	是	送
Miz	cingz	ndei	cix	soengq
mi²	ɕiŋ²	dei¹	ɕi⁴	θoŋ⁵
有	情	好	就	送

有好礼就送。

女唱

4-153

土	皮	在	江	南
Duz	bid	ywq	gyang	namh
tu²	pit⁸	ju⁵	kja:ŋ¹	na:n⁶
只	蝉	在	中	土

蝉在泥土中,

4-154

土	叫	声	它	声
Duz	heuh	sing	daz	sing
tu²	he:u⁶	θiŋ¹	ta²	θiŋ¹
只	叫	声	又	声

蝉鸣声不断。

4-155

想	牙	开	小	正
Siengj	yaek	hai	siuj	cingz
θi:ŋ³	jak⁷	ha:i¹	θi:u³	çiŋ²
想	要	开	小	情

想送小礼品,

4-156

邦	少	平	说	乱
Biengz	sau	bingz	naeuz	luenh
pi:ŋ²	θa:u¹	piŋ²	nau²	lu:n⁶
地方	姑娘	平	或	乱

地方平安否?

男唱

4-157

土	皮	在	江	南
Duz	bid	ywq	gyang	namh
tu²	pit⁸	ju⁵	kja:ŋ¹	na:n⁶
只	蝉	在	中	土

蝉在泥土中,

4-158

土	叫	声	它	声
Duz	heuh	sing	daz	sing
tu²	he:u⁶	θiŋ¹	ta²	θiŋ¹
只	叫	声	又	声

蝉鸣声不断。

4-159

米	正	是	开	正
Miz	cingz	cix	hai	cingz
mi²	çiŋ²	çi⁴	ha:i¹	çiŋ²
有	情	就	开	情

有礼品就送,

4-160

邦	少	平	办	水
Biengz	sau	bingz	baenz	raemx
pi:ŋ²	θa:u¹	piŋ²	pan²	ɹan⁴
地方	姑娘	平	成	水

地方平如水。

女唱

男唱

4-161

土	皮	在	江	南
Duz	bid	ywq	gyang	namh
tu²	pit⁸	ju⁵	kjaːŋ¹	naːn⁶
只	蝉	在	中	土

蝉在泥土中，

4-162

土	叫	声	它	声
Duz	heuh	sing	daz	sing
tu²	heːu⁶	θiŋ¹	ta²	θiŋ¹
只	叫	声	又	声

蝉鸣声不断。

4-163

田	龙	狼	可	平
Dieg	lungz	langh	goj	bingz
tiːk⁸	luŋ²	laːŋ⁶	ko³	piŋ²
地	龙	若	可	平

兄处若平安，

4-164

龙	特	正	马	开
Lungz	dawz	cingz	ma	hai
luŋ²	tɯ²	ɕiŋ²	ma¹	haːi¹
龙	拿	情	来	开

我就开礼盒。

4-165

土	皮	在	江	南
Duz	bid	ywq	gyang	namh
tu²	pit⁸	ju⁵	kjaːŋ¹	naːn⁶
只	蝉	在	中	土

蝉在泥土中，

4-166

土	叫	声	它	声
Duz	heuh	sing	daz	sing
tu²	heːu⁶	θiŋ¹	ta²	θiŋ¹
只	叫	声	又	声

蝉鸣声不断。

4-167

想	牙	开	小	正
Siengj	yaek	hai	siuj	cingz
θiːŋ³	jak⁷	haːi¹	θiːu³	ɕiŋ²
想	要	开	小	情

想送小礼品，

4-168

少	安	仁	贝	了
Sau	an	yingz	bae	liux
θaːu¹	aːn¹	jiŋ²	pai¹	liːu⁴
姑娘	安	营	去	完

妹又成家了。

女唱

4-169

土	皮	在	江	南
Duz	bid	ywq	gyang	namh
tu²	pit⁸	juɯ⁵	kjaːŋ¹	naːn⁶
只	蝉	在	中	土

蝉儿在土中，

4-170

土	叫	声	它	声
Duz	heuh	sing	daz	sing
tu²	heːu⁶	θiŋ¹	ta²	θiŋ¹
只	叫	声	又	声

蝉鸣声不断。

4-171

米	正	是	开	正
Miz	cingz	cix	hai	cingz
mi²	ɕiŋ²	ɕi⁴	haːi¹	ɕiŋ²
有	情	就	开	情

有礼就拿来，

4-172

仁	在	而	了	备
Yingz	ywq	lawz	liux	beix
jiŋ²	juɯ⁵	lau²	liːu⁴	pi⁴
营	在	哪	啰	兄

哪里有家安？

男唱

4-173

几	贵	叫	崉	拉
Gin	gveiq	heuh	rungh	laj
kin¹	kwei⁵	heːu⁶	ɹuŋ⁶	la³
子	规	叫	崉	下

子规这村叫，

4-174

告	华	叫	崉	令
Gauq	vax	heuh	rungh	lingq
kaːu⁵	va⁴	heːu⁶	ɹuŋ⁶	liŋ⁵
秧	鸡	叫	崉	陡

秧鸡那叫村。

4-175

乜	土	点	乜	你
Meh	dou	dem	meh	mwngz
me⁶	tu¹	teːn¹	me⁶	muɯŋ²
母	我	与	母	你

双方的长辈，

4-176

利	米	正	知	不①
Lij	miz	cingz	rox	mbouj
li⁴	mi²	ɕiŋ²	ɹo⁴	bou⁵
还	有	情	或	不

还有交情否？

① 乜土点乜你，利米正知不〔me⁶ tu¹ teːn¹ me⁶ muɯŋ², li⁴ mi² ɕiŋ² ɹo⁴ bou⁵〕：双方的长辈，还有交情否。当地人认为子规与秧鸡都是杜鹃，同种同族，而今分道而鸣，故有此语。

女唱

4-177

几	贵	叫	崀	拉
Gin	gveiq	heuh	rungh	laj
kin¹	kwei⁵	heːu⁶	ɹuŋ⁶	la³
子	规	叫	崀	下

子规屯前啼，

4-178

告	华	叫	崀	浪
Gauq	vax	heuh	rungh	laeng
kaːu⁵	va⁴	heːu⁶	ɹuŋ⁶	laŋ¹
秧	鸡	叫	崀	后

秧鸡屯后叫。

4-179

乜	土	点	乜	你
Meh	dou	dem	meh	mwngz
me⁶	tu¹	teːn¹	me⁶	mɯŋ²
母	我	与	母	你

双方的长辈，

4-180

米	正	牙	告	内
Miz	cingz	yax	gau	neix
mi²	ɕiŋ²	ja⁵	kaːu¹	ni⁴
有	情	也	次	这

此次有交情。

男唱

4-181

几	贵	叫	崀	拉
Gin	gveiq	heuh	rungh	laj
kin¹	kwei⁵	heːu⁶	ɹuŋ⁶	la³
子	规	叫	崀	下

子规屯前啼，

4-182

告	华	叫	崀	浪
Gauq	vax	heuh	rungh	laeng
kaːu⁵	va⁴	heːu⁶	ɹuŋ⁶	laŋ¹
秧	鸡	叫	崀	后

秧鸡屯后叫。

4-183

乜	土	点	乜	你
Meh	dou	dem	meh	mwngz
me⁶	tu¹	teːn¹	me⁶	mɯŋ²
母	我	与	母	你

双方的长辈，

4-184

米	正	少	不	知
Miz	cingz	sau	mbouj	rox
mi²	ɕiŋ²	θaːu¹	bou⁵	ɹo⁴
有	情	姑娘	不	知

有情妹不知。

女唱

4-185

几	贵	叫	峣	拉
Gin	gveiq	heuh	rungh	laj
kin¹	kwei⁵	he:u⁶	ɹuŋ⁶	la³
子	规	叫	峣	下

子规屯前啼，

4-186

告	华	叫	峣	浪
Gauq	vax	heuh	rungh	laeng
ka:u⁵	va⁴	he:u⁶	ɹuŋ⁶	laŋ¹
秧	鸡	叫	峣	后

秧鸡屯后叫。

4-187

乜	土	点	乜	你
Meh	dou	dem	meh	mwngz
me⁶	tu¹	te:n¹	me⁶	muɯŋ²
母	我	与	母	你

双方的长辈，

4-188

长	刘	正	同	送
Ciengz	liuz	cingz	doengh	soengq
çi:ŋ²	li:u²	çiŋ²	toŋ²	θoŋ⁵
常	常	情	相	送

常互送礼物。

男唱

4-189

几	贵	叫	峣	拉
Gin	gveiq	heuh	rungh	laj
kin¹	kwei⁵	he:u⁶	ɹuŋ⁶	la³
子	规	叫	峣	下

子规屯前啼，

4-190

告	华	叫	峣	浪
Gauq	vax	heuh	rungh	laeng
ka:u⁵	va⁴	he:u⁶	ɹuŋ⁶	laŋ²
秧	鸡	叫	峣	后

秧鸡屯后叫。

4-191

乜	土	点	乜	你
Meh	dou	dem	meh	mwngz
me⁶	tu¹	te:n¹	me⁶	muɯŋ²
母	我	与	母	你

双方的长辈，

4-192

米	正	牙	不	满
Miz	cingz	yax	mbouj	monh
mi²	çiŋ²	ja⁵	bou⁵	mo:n⁶
有	情	也	不	谈情

有礼不谈情。

女唱

4-193

几	贵	叫	峏	拉
Gin	gveiq	heuh	rungh	laj
kin^1	$kwei^5$	$he{:}u^6$	$\textrm{ɹuŋ}^6$	la^3
子	规	叫	峏	下

子规屯前啼，

4-194

告	华	叫	峏	浪
Gauq	vax	heuh	rungh	laeng
$ka{:}u^5$	va^4	$he{:}u^6$	$\textrm{ɹuŋ}^6$	$laŋ^1$
秧	鸡	叫	峏	后

秧鸡屯后叫。

4-195

乜	土	点	乜	你
Meh	dou	dem	meh	mwngz
me^6	tu^1	$te{:}n^1$	me^6	$\textrm{muɯŋ}^2$
母	我	与	母	你

双方的母亲，

4-196

它	正	真	达	农
De	cingq	caen	dah	nuengx
te^1	$\textrm{ɕiŋ}^5$	$\textrm{ɕin}^1$	ta^6	$nu{:}ŋ^4$
她们	正	真	女孩	妹

她们亲姊妹。

男唱

4-197

乜	土	点	乜	你
Meh	dou	dem	meh	mwngz
me^6	tu^1	$te{:}n^1$	me^6	$\textrm{muɯŋ}^2$
母	我	与	母	你

双方的母亲，

4-198

它	正	真	达	农
De	cingq	caen	dah	nuengx
te^1	$\textrm{ɕiŋ}^5$	$\textrm{ɕin}^1$	ta^6	$nu{:}ŋ^4$
她们	正	真	女孩	妹

她们亲姊妹。

4-199

坤	勾	偻	岁	动
Goenq	gaeu	raeuz	caez	doengh
kon^5	kau^1	$\textrm{ɹau}^2$	$\textrm{ɕai}^2$	$toŋ^6$
断	藤	我们	齐	痛

绝情两边痛，

4-200

农	开	想	来	吉
Nuengx	gaej	siengj	lai	giz
$nu{:}ŋ^4$	$ka{:}i^5$	$θi{:}ŋ^3$	$la{:}i^1$	ki^2
妹	莫	想	多	处

劝妹莫多心。

女唱

4-201

乜	土	点	乜	你
Meh	dou	dem	meh	mwngz
me⁶	tu¹	te:n¹	me⁶	muɯŋ²
母	我	与	母	你

双方的母亲，

4-202

它	正	真	达	农
De	cingq	caen	dah	nuengx
te¹	çiŋ⁵	çin¹	ta⁶	nu:ŋ⁴
她们	正	真	女孩	妹

她们亲姊妹。

4-203

坤	勾	偻	岁	动
Goenq	gaeu	raeuz	caez	doengh
kon⁵	kau¹	ɣau²	çai²	toŋ⁶
断	藤	我们	齐	痛

绝情两边痛，

4-204

阝	开	中	阝	贝
Boux	gaej	cuengq	boux	bae
pu⁴	ka:i⁵	çu:ŋ⁵	pu⁴	pai¹
个	莫	放	个	去

别相互放弃。

男唱

4-205

乜	土	点	乜	你
Meh	dou	dem	meh	mwngz
me⁶	tu¹	te:n¹	me⁶	muɯŋ²
母	我	与	母	你

双方的母亲，

4-206

它	正	真	老	表
De	cingq	caen	laux	biuj
te¹	çiŋ⁵	çin¹	la:u⁴	pi:u³
她们	是	真	老	表

她们真老表。

4-207

特	马	祘	古	了
Dawz	ma	suenq	guh	liux
təɯ²	ma¹	θu:n⁵	ku⁴	li:u⁴
拿	来	算	做	完

以此来推算，

4-208

真	老	表	双	偻
Caen	laux	biuj	song	raeuz
çin¹	la:u⁴	pi:u³	θɔ:ŋ¹	ɣau²
真	老	表	两	我们

我俩是老表。

女唱

4-209

乜　土　点　乜　你

Meh　dou　dem　meh　mwngz

me[6]　tu[1]　te:n[1]　me[6]　mɯɯŋ[2]

母　我　与　母　你

双方的母亲，

4-210

它　正　真　老　表

De　cingq　caen　laux　biuj

te[1]　ɕiŋ[5]　ɕin[1]　la:u[4]　pi:u[3]

她们　是　真　老　表

她们是老表。

4-211

特　马　祘　古　了

Dawz　ma　suenq　guh　liux

təɯ[2]　ma[1]　θu:n[5]　ku[4]　li:u[4]

拿　来　算　做　完

以此来推算，

4-212

真　表　农　当　韦

Caen　biuj　nuengx　dangq　vae

ɕin[1]　pi:u[3]　nu:ŋ[4]　ta:ŋ[5]　vai[1]

真　表　妹　另　姓

是异姓表亲。

男唱

4-213

乜　土　点　乜　你

Meh　dou　dem　meh　mwngz

me[6]　tu[1]　te:n[1]　me[6]　mɯɯŋ[2]

母　我　与　母　你

双方的母亲，

4-214

它　正　真　老　表

De　cingq　caen　laux　biuj

te[1]　ɕiŋ[5]　ɕin[1]　la:u[4]　pi:u[3]

她们　正　真　老　表

她们亲老表。

4-215

贝　了　不　可　了

Bae　liux　mbouj　goj　liux

pai[1]　li:u[4]　bou[5]　ko[5]　li:u[4]

去　了　不　也　了

过了就过了，

4-216

田　农　不　可　凉

Dieg　nuengx　mbouj　goj　liengz

ti:k[8]　nu:ŋ[4]　bou[5]　ko[5]　li:ŋ[2]

地　妹　不　也　凉

亲情已渐淡。

女唱

4-217

几	贵	叫	峇	拉
Gin	gveiq	heuh	rungh	laj
kin¹	kwei⁵	heːu⁶	ɹuŋ⁶	laː³
子	规	叫	峇	下

屯下子规啼，

4-218

告	华	叫	峇	更
Gauq	vax	heuh	rungh	gwnz
kaːu⁵	va⁴	heːu⁶	ɹuŋ⁶	kɯn²
秧	鸡	叫	峇	上

屯上秧鸡叫。

4-219

文	土	叫	备	银
Vunz	dou	heuh	beix	ngaenz
vun¹	tu¹	heːu⁶	pi⁴	ŋan²
人	我	叫	兄	银

我的人叫你，

4-220

龙	得	义	知	不
Lungz	ndaej	nyi	rox	mbouj
luŋ²	dai³	ȵi¹	ɹo⁴	bou⁵
龙	得	听	或	不

兄可听到否？

男唱

4-221

几	贵	叫	峇	拉
Gin	gveiq	heuh	rungh	laj
kin¹	kwei⁵	heːu⁶	ɹuŋ⁶	laː³
子	规	叫	峇	下

屯下子规啼，

4-222

告	华	叫	更	河
Gauq	vax	heuh	gwnz	haw
kaːu⁵	va⁴	heːu⁶	kɯn²	həu¹
秧	鸡	叫	上	圩

圩上秧鸡叫。

4-223

老	是	叫	卜	而
Lau	cix	heuh	boux	lawz
laːu¹	çi⁴	heːu⁶	pu⁴	lau²
怕	是	叫	个	哪

怕是叫他人，

4-224

在	而	马	叫	备
Ywq	lawz	ma	heuh	beix
ju⁵	lau²	ma¹	heːu⁶	pi⁴
在	哪	来	叫	兄

哪里是叫我。

女唱

4-225

几	贵	叫	峛	拉
Gin	gveiq	heuh	rungh	laj
kin¹	kwei⁵	heːu⁶	ɻuŋ⁶	la³
子	规	叫	峛	下

屯下子规啼，

4-226

告	华	叫	更	河
Gauq	vax	heuh	gwnz	haw
kaːu⁵	va⁴	heːu⁶	kɯn²	həɯ¹
秧	鸡	叫	上	圩

圩上秧鸡叫。

4-227

不	特	叫	阝	而
Mbouj	dwg	heuh	boux	lawz
bou⁵	tuk⁸	heːu⁶	pu⁴	lau²
不	是	叫	个	哪

不是叫别人，

4-228

真	叫	你	了	备
Caen	heuh	mwngz	liux	beix
çin¹	heːu⁶	mɯŋ²	liːu⁴	pi⁴
真	叫	你	啰	兄

正是叫情哥。

男唱

4-229

几	贵	叫	峛	拉
Gin	gveiq	heuh	rungh	laj
kin¹	kwei⁵	heːu⁶	ɻuŋ⁶	la³
子	规	叫	峛	下

屯下子规啼，

4-230

告	华	叫	柳	州
Gauq	vax	heuh	louj	couh
kaːu⁵	va⁴	heːu⁶	lou⁴	çou¹
秧	鸡	叫	柳	州

柳州秧鸡叫。

4-231

狼	真	叫	文	土
Langh	caen	heuh	vunz	dou
laːŋ⁶	çin¹	heːu⁶	vun¹	tu¹
若	真	叫	人	我

若真是叫我，

4-232

是	划	船	贝	节
Cix	vaij	ruz	bae	ciep
çi⁴	vaːi³	ɻu²	pai¹	çeːt⁷
就	划	船	去	接

就划船去接。

女唱

4-233

几	贵	叫	崀	拉
Gin	gveiq	heuh	rungh	laj
kin¹	kwei⁵	he:u⁶	ɹuŋ⁶	la³
子	规	叫	崀	下

屯下子规啼，

4-234

告	华	叫	柳	州
Gauq	vax	heuh	louj	couh
ka:u⁵	va⁴	he:u⁶	lou⁴	çou¹
秧	鸡	叫	柳	州

柳州秧鸡叫。

4-235

狼	真	叫	文	土
Langh	caen	heuh	vunz	dou
la:ŋ⁶	çin¹	he:u⁶	vun¹	tu¹
若	真	叫	人	我

若真是叫我，

4-236

貝	州	偻	古	对
Bae	cou	raeuz	guh	doih
pai¹	çou¹	ɹau²	ku⁴	to:i⁶
去	州	我们	做	伙伴

结伴去州城。

男唱

4-237

几	贵	叫	崀	拉
Gin	gveiq	heuh	rungh	laj
kin¹	kwei⁵	he:u⁶	ɹuŋ⁶	la³
子	规	叫	崀	下

屯下子规啼，

4-238

告	华	叫	柳	州
Gauq	vax	heuh	louj	couh
ka:u⁵	va⁴	he:u⁶	lou⁴	çou¹
秧	鸡	叫	柳	州

柳州秧鸡叫。

4-239

天	下	叫	文	土
Denh	yah	heuh	vunz	dou
ti:n¹	ja⁶	he:u⁶	vun¹	tu¹
天	下	叫	人	我

全天下叫我，

4-240

老	牙	付	生	衣
Lau	yax	fouz	seng	eiq
la:u¹	ja⁵	fu²	θe:ŋ¹	ei⁵
怕	也	无	生	意

怕也难应付。

女唱

4-241

儿	贵	叫	峃	拉
Gin	gveiq	heuh	rungh	laj
kin¹	kwei⁵	he:u⁶	ɹuŋ⁶	la³
子	规	叫	峃	下

屯下子规啼，

4-242

告	华	叫	更	河
Gauq	vax	heuh	gwnz	haw
ka:u⁵	va⁴	he:u⁶	kɯn²	həɯ¹
秧	鸡	叫	上	圩

圩上秧鸡叫。

4-243

全	面	刀	方	而
Gyonj	menh	dauq	fueng	lawz
kjo:n³	me:n⁶	ta:u⁵	fu:ŋ¹	laɯ²
都	慢	回	方	哪

走散到何方，

4-244

利	玩	正	知	不
Lij	vanz	cingz	rox	mbouj
li⁴	va:n²	ɕiŋ²	ɹo⁴	bou⁵
还	还	情	或	不

还要送礼不？

男唱

4-245

儿	贵	叫	峃	拉
Gin	gveiq	heuh	rungh	laj
kin¹	kwei⁵	he:u⁶	ɹuŋ⁶	la³
子	规	叫	峃	下

屯下子规啼，

4-246

告	华	叫	更	河
Gauq	vax	heuh	gwnz	haw
ka:u⁵	va⁴	he:u⁶	kɯn²	həɯ¹
秧	鸡	叫	上	圩

圩上秧鸡叫。

4-247

农	狼	尝	贝	而
Nuengx	langh	caengz	bae	lawz
nu:ŋ⁴	la:ŋ⁶	ɕaŋ²	pai¹	laɯ²
妹	若	未	去	哪

妹若没去处，

4-248

米	正	龙	是	送
Miz	cingz	lungz	cix	soengq
mi²	ɕiŋ²	luŋ²	ɕi⁴	θoŋ⁵
有	情	龙	就	送

兄有礼就送。

女唱

4-249

几	贵	叫	峚	拉
Gin	gveiq	heuh	rungh	laj
kin¹	kwei⁵	heːu⁶	ɹuŋ⁶	la³
子	规	叫	峚	下

屯下子规啼，

4-250

告	华	叫	峚	龙
Gauq	vax	heuh	rungh	lungz
kaːu⁵	va⁴	heːu⁶	ɹuŋ⁶	luŋ²
秧	鸡	叫	峚	龙

兄屯秧鸡叫。

4-251

间	布	班	同	下
Gen	buh	banq	doengz	roengz
keːn¹	pu⁶	paːn⁵	toŋ²	ɹoŋ²
衣	袖	搭	同	下

衣袖向下垂，

4-252

利	认	同	知	不
Lij	nyinh	doengz	rox	mbouj
li⁴	ɲin⁶	toŋ²	ɹo⁴	bou⁵
还	认	同	或	不

记得同伴否？

男唱

4-253

几	贵	叫	峚	拉
Gin	gveiq	heuh	rungh	laj
kin¹	kwei⁵	heːu⁶	ɹuŋ⁶	la³
子	规	叫	峚	下

屯下子规啼，

4-254

告	华	叫	峚	龙
Gauq	vax	heuh	rungh	lungz
kaːu⁵	va⁴	heːu⁶	ɹuŋ⁶	luŋ²
秧	鸡	叫	峚	龙

我屯秧鸡叫。

4-255

间	布	班	同	下
Gen	buh	banq	doengz	roengz
keːn¹	pu⁶	paːn⁵	toŋ²	ɹoŋ²
衣	袖	搭	同	下

衣袖向下垂，

4-256

了	同	偻	告	内
Liux	doengz	raeuz	gau	neix
liːu⁴	toŋ²	ɹau²	kaːu¹	ni⁴
完	同	我们	次	这

友情到此断。

女唱

4-257

几	贵	叫	峜	拉
Gin	gveiq	heuh	rungh	laj
kin¹	kwei⁵	he:u⁶	ɹuŋ⁶	la³
子	规	叫	峜	下

屯下子规啼，

4-258

告	华	叫	峜	龙
Gauq	vax	heuh	rungh	lungz
ka:u⁵	va⁴	he:u⁶	ɹuŋ⁶	luŋ²
秧	鸡	叫	峜	龙

兄屯秧鸡叫。

4-259

了	是	了	四	方
Liux	cix	liux	seiq	fueng
li:u⁴	çi⁴	li:u⁴	θei⁵	fu:ŋ¹
完	就	完	四	方

四周全消亡，

4-260

同	偻	不	可	在
Doengz	raeuz	mbouj	goj	ywq
toŋ²	ɹau²	bou⁵	ko⁵	ju⁵
同	我们	不	也	在

我俩情犹在。

男唱

4-261

几	贵	叫	峜	拉
Gin	gveiq	heuh	rungh	laj
kin¹	kwei⁵	he:u⁶	ɹuŋ⁶	la³
子	规	叫	峜	下

屯下子规啼，

4-262

告	华	叫	三	宗
Gauq	vax	heuh	san	coeng
ka:u⁵	va⁴	he:u⁶	θa:n¹	çoŋ¹
秧	鸡	叫	山	松

松山秧鸡叫。

4-263

土	叫	土	了	龙
Duz	heuh	duz	liux	lungz
tu²	he:u⁶	tu²	li:u⁴	luŋ²
只	叫	只	啰	龙

它们相呼唤，

4-264

叫	千	同	万	友
Heuh	cien	doengz	fanh	youx
he:u⁶	çi:n¹	toŋ²	fa:n⁶	ju⁴
叫	千	同	万	友

呼朋又引伴。

女唱

4-265

几　贵　叫　崇　拉
Gin　gveiq　heuh　rungh　laj
kin^1　$kwei^5$　$he{:}u^6$　$\textipa{J}uŋ^6$　la^3
子　规　叫　崇　下
屯下子规啼，

4-266

告　华　叫　三　宗
Gauq　vax　heuh　san　coeng
$ka{:}u^5$　va^4　$he{:}u^6$　$θa{:}n^1$　$çoŋ^1$
秧　鸡　叫　山　松
松山秧鸡叫。

4-267

土　叫　土　了　龙
Duz　heuh　duz　liux　lungz
tu^2　$he{:}u^6$　tu^2　$li{:}u^4$　$luŋ^2$
只　叫　只　啰　龙
它们相呼唤，

4-268

土　站　土　能　田
Duz　soengz　duz　naengh　dieg
tu^2　$θoŋ^2$　tu^2　$naŋ^6$　$ti{:}k^8$
只　站　只　坐　地
有站又有坐。

男唱

4-269

几　贵　叫　崇　拉
Gin　gveiq　heuh　rungh　laj
kin^1　$kwei^5$　$he{:}u^6$　$\textipa{J}uŋ^6$　la^3
子　规　叫　崇　下
屯下子规啼，

4-270

告　华　叫　三　宗
Gauq　vax　heuh　san　coeng
$ka{:}u^5$　va^4　$he{:}u^6$　$θa{:}n^1$　$çoŋ^1$
秧　鸡　叫　山　松
松山秧鸡叫。

4-271

说　农　八　古　蒙
Naeuz　nuengx　bah　guh　muengz
nau^2　$nu{:}ŋ^4$　pa^6　ku^4　$mu{:}ŋ^2$
说　妹　莫　急　做　忙
妹不要着急，

4-272

乃　站　加　土　观
Naih　soengz　caj　dou　gonq
$na{:}i^6$　$θoŋ^2$　kja^3　tu^1　$ko{:}n^5$
慢　站　等　我　先
耐心等待我。

女唱

4-273

儿	贵	叫	峑	拉
Gin	gveiq	heuh	rungh	laj
ki^7	$kwei^5$	$he{:}u^6$	$ɹuŋ^6$	la^3
子	规	叫	峑	下

屯下子规啼，

4-274

告	华	叫	三	宗
Gauq	vax	heuh	san	coeng
$ka{:}u^5$	va^4	$he{:}u^6$	$θa{:}n^1$	$çoŋ^1$
秧	鸡	叫	山	松

松山秧鸡叫。

4-275

当	阝	当	米	同
Dangq	boux	dangq	miz	doengz
$ta{:}ŋ^5$	pu^4	$ta{:}ŋ^5$	mi^2	$toŋ^2$
另	个	另	有	同

各有各的伴，

4-276

阝	而	站	加	备
Boux	lawz	soengz	caj	beix
pu^4	lau^2	$θoŋ^2$	kja^3	pi^4
个	哪	站	等	兄

谁愿意等你?

男唱

4-277

儿	贵	叫	峑	拉
Gin	gveiq	heuh	rungh	laj
kin^1	$kwei^5$	$he{:}u^6$	$ɹuŋ^6$	la^3
子	规	叫	峑	下

屯下子规啼，

4-278

告	华	叫	峑	长
Gauq	vax	heuh	rungh	raez
$ka{:}u^5$	va^4	$he{:}u^6$	$ɹuŋ^6$	$ɹai^2$
秧	鸡	叫	峑	长

村中秧鸡叫。

4-279

土	叫	土	又	貝
Duz	heuh	duz	youh	bae
tu^2	$he{:}u^6$	tu^2	jou^4	pai^1
只	叫	只	又	去

相呼唤而去，

4-280

利	满	美	知	不
Lij	monh	maez	rox	mbouj
li^4	$mo{:}n^6$	mai^2	$ɹo^4$	bou^5
还	谈	情	说 爱	或 不

谈情说爱否?

女唱

4-281

几	贵	叫	嵩	拉
Gin	gveiq	heuh	rungh	laj

kin^1 $kwei^5$ $he:u^6$ ɹuŋ^6 la^3

子 规 叫 嵩 下

屯下子规啼，

4-282

告	华	叫	嵩	长
Gauq	vax	heuh	rungh	raez

$ka:u^5$ va^4 $he:u^6$ ɹuŋ^6 ɹai^2

秧 鸡 叫 嵩 长

村中秧鸡叫。

4-283

土	叫	土	又	貝
Duz	heuh	duz	youh	bae

tu^2 $he:u^6$ tu^2 jou^4 pai^1

只 叫 只 又 去

相呼唤而去，

4-284

满	美	偻	牙	了
Monh	maez	raeuz	yax	liux

$mo:n^6$ mai^2 ɹau^2 ja^5 $li:u^4$

谈情 说爱 我们 也 完

已过谈爱时。

男唱

4-285

几	贵	叫	嵩	拉
Gin	gveiq	heuh	rungh	laj

kin^1 $kwei^5$ $he:u^6$ ɹuŋ^6 la^3

子 规 叫 嵩 下

屯下子规啼，

4-286

告	华	叫	嵩	长
Gauq	vax	heuh	rungh	raez

$ka:u^5$ va^4 $he:u^6$ ɹuŋ^6 ɹai^2

秧 鸡 叫 嵩 长

村中秧鸡叫。

4-287

土	叫	土	又	貝
Duz	heuh	duz	youh	bae

tu^2 $he:u^6$ tu^2 jou^4 pai^1

只 叫 只 又 去

相呼唤而去，

4-288

土	元	远	刀	乃
Duz	roen	gyae	dauq	naiq

tu^2 $jo:n^1$ $kjai^1$ $ta:u^5$ $na:i^5$

只 路 远 倒 累

路遥者受累。

女唱

4-289

几	贵	叫	崀	拉
Gin	gveiq	heuh	rungh	laj
kin¹	kwei⁵	he:u⁶	ɹuŋ⁶	la³
子	规	叫	崀	下

屯下子规啼，

4-290

告	华	叫	崀	长
Gauq	vax	heuh	rungh	raez
ka:u⁵	va⁴	he:u⁶	ɹuŋ⁶	ɹai²
秧	鸡	叫	崀	长

村中秧鸡叫。

4-291

额	跟	达	是	贝
Ngieg	riengz	Dah	cix	bae
ŋe:k⁸	ɹi:ŋ²	ta⁶	çi⁴	pai¹
蛟龙	跟	河	就	去

蛟龙随河走，

4-292

鱼	跟	王	可	在
Bya	riengz	vaengz	goj	ywq
pja¹	ɹi:ŋ²	vaŋ²	ko⁵	ju⁵
鱼	跟	潭	也	在

潭中鱼尚在。

男唱

4-293

几	贵	叫	崀	拉
Gin	gveiq	heuh	rungh	laj
kin¹	kwei⁵	he:u⁶	ɹuŋ⁶	la³
子	规	叫	崀	下

屯下子规啼，

4-294

告	华	叫	崀	长
Gauq	vax	heuh	rungh	raez
ka:u⁵	va⁴	he:u⁶	ɹuŋ⁶	ɹai²
秧	鸡	叫	崀	长

村中秧鸡叫。

4-295

友	而	刀	元	远
Youx	lawz	dauq	roen	gyae
ju⁴	lau²	ta:u⁵	jo:n¹	kjai¹
友	哪	回	路	远

友返程路遥，

4-296

备	斗	长	又	哭
Beix	daeuj	raez	youh	daej
pi⁴	tau³	ɹai²	jou⁴	tai³
兄	来	鸣	又	哭

兄兴叹泪下。

女唱

4-297

儿	贵	叫	嵩	拉
Gin	gveiq	heuh	rungh	laj
kin¹	kwei⁵	he:u⁶	ɹuŋ⁶	la³
子	规	叫	嵩	下

屯下子规啼，

4-298

告	华	叫	嵩	长
Gauq	vax	heuh	rungh	raez
ka:u⁵	va⁴	he:u⁶	ɹuŋ⁶	ɹai²
秧	鸡	叫	嵩	长

村中秧鸡叫。

4-299

友	而	刀	元	远
Youx	lawz	dauq	roen	gyae
ju⁴	lauɯ²	ta:u⁵	jo:n¹	kjai¹
友	哪	回	路	远

友返程路遥，

4-300

可	来	美	来	满
Goj	lai	maez	lai	monh
ko⁵	la:i¹	mai²	la:i¹	mo:n⁶
也	多	说爱	多	谈情

不如多谈情。

男唱

4-301

儿	贵	叫	嵩	拉
Gin	gveiq	heuh	rungh	laj
kin¹	kwei⁵	he:u⁶	ɹuŋ⁶	la³
子	规	叫	嵩	下

屯下子规啼，

4-302

告	华	叫	山	尚
Gauq	vax	heuh	bya	sang
ka:u⁵	va⁴	he:u⁶	pja¹	θa:ŋ¹
秧	鸡	叫	山	高

村中秧鸡叫。

4-303

土	叫	土	又	汉
Duz	heuh	duz	youh	han
tu²	he:u⁶	tu²	jou⁴	ha:n¹
只	叫	只	又	应

它们在对话，

4-304

心	农	反	知	不
Sim	nuengx	fanz	rox	mbouj
θin¹	nu:ŋ⁴	fa:n²	ɹo⁴	bou⁵
心	妹	烦	或	不

妹心烦不烦？

女唱

4-305

几	贵	叫	峁	拉
Gin	gveiq	heuh	rungh	laj
kin¹	kwei⁵	heːu⁶	ɹuŋ⁶	la³
子	规	叫	峁	下

屯下子规啼，

4-306

告	华	叫	山	尚
Gauq	vax	heuh	bya	sang
kaːu⁵	va⁴	heːu⁶	pja¹	θaːŋ¹
秧	鸡	叫	山	高

高山秧鸡叫。

4-307

土	叫	四	叫	三
Duz	heuh	seiq	heuh	sam
tu²	heːu⁶	θei⁵	heːu⁶	θaːn¹
只	叫	四	叫	三

它叽叽喳喳，

4-308

心	农	反	来	六
Sim	nuengx	fanz	lai	loh
θin¹	nuːŋ⁴	faːn²	laːi¹	lo⁶
心	妹	烦	多	咯

我实在心烦。

男唱

4-309

几	贵	叫	峁	拉
Gin	gveiq	heuh	rungh	laj
kin¹	kwei⁵	heːu⁶	ɹuŋ⁶	la³
子	规	叫	峁	下

屯下子规啼，

4-310

告	华	叫	山	尚
Gauq	vax	heuh	bya	sang
kaːu⁵	va⁴	heːu⁶	pja¹	θaːŋ¹
秧	鸡	叫	山	高

高山秧鸡叫。

4-311

几	贵	叫	元	干
Gin	gveiq	heuh	roen	ganq
kin¹	kwei⁵	heːu⁶	joːn¹	kaːn⁵
子	规	叫	路	照料

子规叫扫路，

4-312

不	南	是	回	克
Mbouj	nanz	cix	veiz	gwz
bou⁵	naːn²	ɕi⁴	vei²	kə⁴
不	久	就	回	去

要踏上返程。

女唱

4-313

几	贵	叫	峑	拉
Gin	gveiq	heuh	rungh	laj
kin¹	kwei⁵	heːu⁶	ɹuŋ⁶	la³
子	规	叫	峑	下

屯下子规啼，

4-314

告	华	叫	山	尚
Gauq	vax	heuh	bya	sang
kaːu⁵	va⁴	heːu⁶	pja¹	θaːŋ¹
秧	鸡	叫	山	高

高山秧鸡叫。

4-315

土	叫	四	叫	三
Duz	heuh	seiq	heuh	sam
tu²	heːu⁶	θei⁵	heːu⁶	θaːn¹
只	叫	四	叫	三

它叽叽喳喳，

4-316

土	山	三	托	乃
Duz	bya	sanq	doek	naiq
tu²	pja¹	θaːn⁵	tok⁷	naːi⁵
只	山	散	落	累

散去徒伤感。

男唱

4-317

几	贵	叫	峑	拉
Gin	gveiq	heuh	rungh	laj
kin¹	kwei⁵	heːu⁶	ɹuŋ⁶	la³
子	规	叫	峑	下

屯下子规啼，

4-318

告	华	叫	山	尚
Gauq	vax	heuh	bya	sang
kaːu⁵	va⁴	heːu⁶	pja¹	θaːŋ¹
秧	鸡	叫	山	高

高山秧鸡叫。

4-319

叫	山	灯	是	荒
Heuh	bya	daemq	cix	byangz
heːu⁶	pja¹	tan⁵	çi⁴	pjaːŋ²
叫	山	低	就	空

矮山上空鸣，

4-320

叫	山	尚	是	勒
Heuh	bya	sang	cix	lawh
heːu⁶	pja¹	θaːŋ¹	çi⁴	lɯ⁶
叫	山	高	就	换

高山上谈情。

女唱

4-321

几	贵	叫	崇	拉
Gin	gveiq	heuh	rungh	laj
kin¹	kwei⁵	he:u⁶	ɹuŋ⁶	la³
子	规	叫	崇	下

屯下子规啼，

4-322

告	华	叫	山	尚
Gauq	vax	heuh	bya	sang
ka:u⁵	va⁴	he:u⁶	pja¹	θa:ŋ¹
秧	鸡	叫	山	高

高山秧鸡叫。

4-323

山	灯	是	少	然
Bya	daemq	cix	sau	ranz
pja¹	tan⁵	çi⁴	θa:u¹	ɹa:n²
山	低	是	姑	娘	家

矮山是姑娘，

4-324

山	尚	是	妻	伏
Bya	sang	cix	maex	fwx
pja¹	θa:ŋ¹	çi⁴	mai⁴	fə⁴
山	高	是	妻	别人

高山是人妻。

男唱

4-325

几	贵	叫	令	令
Gin	gveiq	heuh	lin	lin
kin¹	kwei⁵	he:u⁶	lin¹	lin¹
子	规	叫	连	连

子规啼连连，

4-326

得	义	声	龙	女
Ndaej	nyi	sing	lungz	nawx
dai³	ɲi¹	θiŋ¹	luŋ²	nu⁴
得	听	声	龙	女

宛若妹细语。

4-327

少	可	贝	卮	伏
Sau	goj	bae	nyienh	fwx
θa:u¹	ko³	pai¹	ɲ:n⁶	fə⁴
姑	娘	可	去	愿	别人

妹许配别人，

4-328

备	可	在	千	年
Beix	goj	ywq	cien	nienz
pi⁴	ko³	ju⁵	çi:n¹	ni:n²
兄	可	在	千	年

兄永世孤单。

女唱

4-329

几	贵	叫	令	令
Gin	gveiq	heuh	lin	lin
kin¹	kwei⁵	he:u⁶	lin¹	lin¹
子	规	叫	连	连

子规啼连连，

4-330

得	义	声	韦	阿
Ndaej	nyi	sing	vae	oq
dai³	ȵi¹	θiŋ¹	vai¹	o⁵
得	听	声	姓	别

如闻友歌声。

4-331

少	贝	千	里	罗
Sau	bae	cien	leix	loh
θa:u¹	pai¹	ɕi:n¹	li⁴	lo⁶
姑	娘	去	千	里	路

妹去到远方，

4-332

备	可	克	桥	伏
Beix	goj	gwz	giuz	fwz
pi⁴	ko³	kə⁴	ki:u²	fu²
兄	可	去	桥	荒

兄独走荒桥。

男唱

4-333

几	贵	叫	令	令
Gin	gveiq	heuh	lin	lin
kin¹	kwei⁵	he:u⁶	lin¹	lin¹
子	规	叫	连	连

子规啼连连，

4-334

得	义	声	韦	阿
Ndaej	nyi	sing	vae	oq
dai³	ȵi¹	θiŋ¹	vai¹	o⁵
得	听	声	姓	别

如闻异姓友。

4-335

少	刀	马	然	卜
Sau	dauq	ma	ranz	boh
θa:u¹	ta:u⁵	ma¹	ɣa:n²	po⁶
姑	娘	回	来	家	父

妹回到父家，

4-336

备	厄	火	是	巡
Beix	nyienh	hoj	cix	cunz
pi⁴	ȵu:n⁶	ho³	ɕi⁴	ɕun²
兄	愿	苦	就	巡

兄愿就来往。

女唱

4-337

几	贵	叫	令	令
Gin	gveiq	heuh	lin	lin
kin¹	kwei⁵	he:u⁶	lin¹	lin¹
子	规	叫	连	连

子规啼连连，

4-338

得	义	声	韦	阿
Ndaej	nyi	sing	vae	oq
dai³	n̩i¹	θiŋ¹	vai¹	o⁵
得	听	声	姓	别

如闻异姓友。

4-339

少	刀	马	然	卜
Sau	dauq	ma	ranz	boh
θa:u¹	ta:u⁵	ma¹	ɹa:n²	po⁶
姑	娘	回	来	家 父

妹回到父家，

4-340

备	又	火	本	钱
Beix	youh	hoj	bonj	cienz
pi⁴	jou⁴	ho³	po:n³	ɕin²
兄	又	穷	本	钱

兄又缺本钱。

男唱

4-341

几	贵	叫	令	令
Gin	gveiq	heuh	lin	lin
kin¹	kwei⁵	he:u⁶	lin¹	lin¹
子	规	叫	连	连

子规啼连连，

4-342

得	义	声	对	生
Ndaej	nyi	sing	doiq	saemq
dai³	n̩i¹	θiŋ¹	to:i⁵	θan⁵
得	听	声	对	庚

如闻同龄友。

4-343

士	叫	尚	叫	灯
Duz	heuh	sang	heuh	daemq
tu²	he:u⁶	θa:ŋ¹	he:u⁶	tan⁵
只	叫	高	叫	低

声时高时低，

4-344

对	生	在	方	而
Doiq	saemq	ywq	fueng	lawz
to:i⁵	θan⁵	ju⁵	fu:ŋ¹	lau²
对	庚	在	方	哪

同龄友何在？

女唱

4-345

几	贵	叫	令	令
Gin	gveiq	heuh	lin	lin
kin¹	kwei⁵	he:u⁶	lin¹	lin¹
子	规	叫	连	连

子规啼连连,

4-346

得	义	声	对	生
Ndaej	nyi	sing	doiq	saemq
dai³	ȵi¹	θiŋ¹	to:i⁵	θan⁵
得	听	声	对	庚

如闻同龄友。

4-347

土	叫	尚	叫	灯
Duz	heuh	sang	heuh	daemq
tu²	he:u⁶	θa:ŋ¹	he:u⁶	tan⁵
只	叫	高	叫	低

声时高时低,

4-348

对	生	真	友	偻
Doiq	saemq	caen	youx	raeuz
to:i⁵	θan⁵	ɕin¹	ju⁴	ȵau²
对	庚	真	友	我们

同龄是我友。

男唱

4-349

几	贵	叫	令	令
Gin	gveiq	heuh	lin	lin
kin¹	kwei⁵	he:u⁶	lin¹	lin¹
子	规	叫	连	连

子规啼连连,

4-350

得	义	声	对	爱
Ndaej	nyi	sing	doih	gyaez
dai³	ȵi¹	θiŋ¹	to:i⁶	kjai²
得	听	声	伙伴	爱

如闻情友声。

4-351

鸟	沙	叫	尾	会
Roeg	ra	heuh	byai	faex
ɹok⁸	ɹa¹	he:u⁶	pja:i¹	fai⁴
鸟	白鹇	叫	尾	树

白雉树梢叫,

4-352

知	得	农	知	空
Rox	ndaej	nuengx	rox	ndwi
ɹo⁴	dai³	nu:ŋ⁴	ɹo⁴	du:i¹
知	得	妹	或	不

知能娶妹否?

女唱

4-353

几	贵	叫	令	令
Gin	gveiq	heuh	lin	lin
kin[1]	kwei[5]	heːu[6]	lin[1]	lin[1]
子	规	叫	连	连

子规啼连连，

4-354

得	义	声	对	爱
Ndaej	nyi	sing	doih	gyaez
dai[3]	ȵi[1]	θiŋ[1]	toːi[6]	kjai[2]
得	听	声	伙	伴	爱

如闻情友声。

4-355

土	叫	土	又	哭
Duz	heuh	duz	youh	daej
tu[2]	heːu[6]	tu[2]	jou[4]	tai[3]
只	叫	只	又	哭

有叫又有哭，

4-356

文	土	得	文	你
Vunz	dou	ndaej	vunz	mwngz
vun[2]	tu[1]	dai[3]	vun[2]	mɯŋ[2]
人	我	得	人	你

愿得嫁情哥。

男唱

4-357

几	贵	叫	令	令
Gin	gveiq	heuh	lin	lin
kin[1]	kwei[5]	heːu[6]	lin[1]	lin[1]
子	规	叫	连	连

子规啼连连，

4-358

得	义	声	付	母
Ndaej	nyi	sing	fux	mux
dai[3]	ȵi[1]	θiŋ[1]	fu[4]	mu[4]
得	听	声	父	母

如闻父母声。

4-359

华	打	啰	下	府
Hak	daj	laz	roengz	fuj
haːk[7]	ta[3]	la[2]	ɔŋ[2]	fu[3]
官	打	锣	下	府

如敲锣打鼓，

4-360

付	母	强	心	头
Fux	mux	giengz	sim	daeuz
fu[4]	fu[4]	kiːŋ[2]	θin[1]	tau[2]
父	母	搁	心	脏

父母最揪心。

女唱

4-361

几	贵	叫	令	令
Gin	gveiq	heuh	lin	lin
kin¹	kwei⁵	he:u⁶	lin¹	lin¹
子	规	叫	连	连

子规啼连连，

4-362

得	义	声	对	达
Ndaej	nyi	sing	doih	dah
dai³	ȵi¹	θiŋ¹	to:i⁶	ta⁶
得	听	声	伙伴	女孩

如闻情友声。

4-363

出	追	你	开	骂
Ok	cei	mwngz	gaej	ndaq
o:k⁷	çei¹	muuŋ²	ka:i⁵	da⁵
出	追	你	莫	骂

跟随你别骂，

4-364

文	变	化	跟	你
Vunz	bienq	vaq	riengz	mwngz
vun²	pi:n⁵	va⁵	ȵi:ŋ²	muuŋ²
人	变	化	跟	你

人变心跟你。

男唱

4-365

几	贵	叫	令	令
Gin	gveiq	heuh	lin	lin
kin¹	kwei⁵	he:u⁶	lin¹	lin¹
子	规	叫	连	连

子规啼连连，

4-366

得	义	声	对	达
Ndaej	nyi	sing	doih	dah
dai³	ȵi¹	θiŋ¹	to:i⁶	ta⁶
得	听	声	伙伴	女孩

如闻情友声。

4-367

文	龙	可	在	家
Vunz	lungz	goj	cai	gya
vun²	luŋ²	ko³	ça:i⁴	kja¹
人	龙	可	在	家

情哥人尚在，

4-368

几	时	化	年	偻
Geij	seiz	vaq	nem	raeuz
ki³	θi²	va⁵	ne:m¹	ɣau²
几	时	化	贴	我们

几时与我好？

女唱

4-369

几	贵	叫	令	令
Gin	gveiq	heuh	lin	lin
kin¹	kwei⁵	he:u⁶	lin¹	lin¹
子	规	叫	连	连

kin^1 $kwei^5$ $he{:}u^6$ lin^1 lin^1

子规啼连连，

4-370

得	义	声	对	达
Ndaej	nyi	sing	doih	dah
dai³	ȵi¹	θiŋ¹	to:i⁶	ta⁶
得	听	声	伙伴	女孩

如闻情友声。

4-371

土	临	时	变	化
Dou	lienz	seiz	bienq	vaq
tu¹	li:n²	θi²	pi:n⁵	va⁵
我	临	时	变	化

我应时变化，

4-372

贝	拜	那	你	站
Bae	baih	naj	mwngz	soengz
pai¹	pa:i⁶	na³	muŋ²	θoŋ²
去	边	脸	你	站

去到你面前。

男唱

4-373

几	贵	叫	令	令
Gin	gveiq	heuh	lin	lin
kin¹	kwei⁵	he:u⁶	lin¹	lin¹
子	规	叫	连	连

子规啼连连，

4-374

得	义	声	对	达
Ndaej	nyi	sing	doih	dah
dai³	ȵi¹	θiŋ¹	to:i⁶	ta⁶
得	听	声	伙伴	女孩

如闻情友声。

4-375

少	变	心	贝	瓜
Sau	bienq	sim	bae	gvaq
θa:u¹	pi:n⁵	θin¹	pai¹	kwa⁵
姑娘	变	心	去	过

情友已变心，

4-376

备	变	化	不	办
Beix	bienq	vaq	mbouj	baenz
pi⁴	pi:n⁵	va⁵	bou⁵	pan²
兄	变	化	不	成

兄永恒不变。

女唱

4-377

几	贵	叫	令	令
Gin	gveiq	heuh	lin	lin
kin^1	$kwei^5$	$he:u^6$	lin^1	lin^1
子	规	叫	连	连

子规啼连连，

4-378

得	义	声	对	达
Ndaej	nyi	sing	doih	dah
dai^3	ni^1	θin^1	$to:i^6$	ta^6
得	听	声	伙伴	女孩

如闻情友声。

4-379

少	变	心	貝	那
Sau	bienq	sim	bae	naj
$\theta a:u^1$	$pi:n^5$	θin^1	pai^1	na^3
姑娘	变	心	去	前

妹变心在前，

4-380

备	变	化	貝	跟
Beix	bienq	vaq	bae	riengz
pi^4	$pi:n^5$	va^5	pai^1	$ɹi:ŋ^2$
兄	变	化	去	跟

哥变心在后。

男唱

4-381

几	贵	叫	令	令
Gin	gveiq	heuh	lin	lin
kin^1	$kwei^5$	$he:u^6$	lin^1	lin^1
子	规	叫	连	连

子规啼连连，

4-382

得	义	声	对	伴
Ndaej	nyi	sing	doih	buenx
dai^3	ni^1	θin^1	$to:i^6$	$pu:n^4$
得	听	声	对	伴

如闻情友声。

4-383

土	叫	啰	叫	乱
Duz	heuh	laz	heuh	luenh
tu^2	$he:u^6$	la^2	$he:u^6$	$lu:n^6$
只	叫	锣	叫	乱

它啼声凄凉，

4-384

动	心	伴	知	空
Doengh	sim	buenx	rox	ndwi
$toŋ^5$	θin^1	$pu:n^4$	$ɹo^4$	$du:i^1$
痛	心	伴	或	不

友你痛心否？

女唱

4-385

几	贵	叫	令	令
Gin	gveiq	heuh	lin	lin
kin¹	kwei⁵	he:u⁶	lin¹	lin¹
子	规	叫	连	连

子规啼连连，

4-386

得	义	声	对	伴
Ndaej	nyi	sing	doih	buenx
dai³	ȵi¹	θiŋ¹	to:i⁶	pu:n⁴
得	听	声	伙伴	伴

如闻伴侣声。

4-387

土	叫	啰	叫	乱
Duz	heuh	laz	heuh	luenh
tu²	he:u⁶	la²	he:u⁶	lu:n⁶
只	叫	锣	叫	乱

它啼声凄凉，

4-388

动	秀	满	包	少
Doengh	ciuh	monh	mbauq	sau
toŋ⁵	ɕi:u⁶	mo:n⁶	ba:u⁵	θa:u¹
痛	世	情	小伙	姑娘

痛彻儿女情。

男唱

4-389

几	贵	叫	令	令
Gin	gveiq	heuh	lin	lin
kin¹	kwei⁵	he:u⁶	lin¹	lin¹
子	规	叫	连	连

子规啼连连，

4-390

得	义	声	对	邦
Ndaej	nyi	sing	doih	baengz
dai³	ȵi¹	θiŋ¹	to:i⁶	paŋ²
得	听	声	伙伴	朋

如闻密友声。

4-391

几	贵	叫	方	光
Gin	gveiq	heuh	fung	gvangq
kin¹	kwei⁵	he:u⁶	fu:ŋ¹	kwa:ŋ⁵
子	规	叫	方	宽

子规平地啼，

4-392

叫	对	邦	开	正
Heuh	doih	baengz	hai	cingz
he:u⁶	to:i⁶	paŋ²	ha:i¹	ɕiŋ²
叫	伙伴	朋	开	情

叫友送礼品。

女唱

4-393

几	贵	叫	令	令
Gin	gveiq	heuh	lin	lin
kin¹	kwei⁵	heːu⁶	lin¹	lin¹
子	规	叫	连	连

子规啼连连，

4-394

得	义	声	对	邦
Ndaej	nyi	sing	doih	baengz
dai³	ȵi¹	θiŋ¹	toːi⁶	paŋ²
得	听	声	伙伴	朋

如闻情友声。

4-395

几	贵	叫	方	光
Gin	gveiq	heuh	fung	gvangq
kin¹	kwei⁵	heːu⁶	fuːŋ¹	kwaːŋ⁵
子	规	叫	方	宽

子规平地啼，

4-396

说	对	邦	造	然
Naeuz	doih	baengz	caux	ranz
nau²	toːi⁶	paŋ²	ça:u⁴	ȥaːn²
说	伙伴	朋	造	家

叫我友结婚。

男唱

4-397

几	贵	叫	令	令
Gin	gveiq	heuh	lin	lin
kin¹	kwei⁵	heːu⁶	lin¹	lin¹
子	规	叫	连	连

子规啼连连，

4-398

得	义	声	对	邦
Ndaej	nyi	sing	doih	baengz
dai³	ȵi¹	θiŋ¹	toːi⁶	paŋ²
得	听	声	伙伴	朋

如闻情友声。

4-399

龙	采	元	垌	光
Lungz	byaij	roen	doengh	gvangq
luŋ²	pja:i³	jo:n¹	toŋ⁶	kwa:ŋ⁵
龙	走	路	垌	宽

兄走大平地，

4-400

备	口	田	而	好
Beix	gaeuj	dieg	lawz	ndei
pi⁴	kau³	tiːk⁸	lau²	dei¹
兄	看	地	哪	好

选择好地方。

女唱

4-401

几	贵	叫	令	令
Gin	gveiq	heuh	lin	lin
kin^1	$kwei^5$	$he:u^6$	lin^1	lin^1
子	规	叫	连	连

子规啼连连，

4-402

得	义	声	老	表
Ndaej	nyi	sing	laux	biuj
dai^3	$ȵi^1$	$θiŋ^1$	$la:u^4$	$pi:u^3$
得	听	声	老	表

如闻老表声。

4-403

少	得	元	貝	了
Sau	ndaej	yuenz	bae	liux
$θa:u^1$	dai^3	$ju:n^2$	pai^1	$li:u^4$
姑娘	得	缘	去	完

妹另有姻缘，

4-404

当	庙	偻	当	站
Dangq	miuh	raeuz	dangq	soengz
$ta:ŋ^5$	$mi:u^6$	$ɹau^2$	$ta:ŋ^5$	$θoŋ^2$
另	庙	我们	另	站

各进各的庙。

男唱

4-405

几	贵	叫	令	令
Gin	gveiq	heuh	lin	lin
kin^1	$kwei^5$	$he:u^6$	lin^1	lin^1
子	规	叫	连	连

子规啼连连，

4-406

叫	拉	定	地	面
Heuh	laj	din	reih	meg
$he:u^6$	la^3	tin^1	$ɹei^6$	$me:k^8$
叫	下	脚	地	麦

麦地边鸣叫。

4-407

双	偻	牙	同	分
Song	raeuz	yaek	doengh	mbek
$θo:ŋ^1$	$ɹau^2$	jak^7	$toŋ^2$	$be:k^7$
两	我们	要	相	分别

我俩要分手，

4-408

不	卟	节	定	手
Mbouj	boux	ciep	din	fwngz
bou^5	pu^4	$ɕe:t^7$	tin^1	$fuɯ^2$
无	人	接	脚	手

无人承手艺。

女唱

4-409

几	贵	叫	令	令
Gin	gveiq	heuh	lin	lin
kin¹	kwei⁵	heːu⁶	lin¹	lin¹
子	规	叫	连	连

子规啼连连，

4-410

叫	拉	定	地	面
Heuh	laj	din	reih	meg
heːu⁶	la³	tin¹	ɣei⁶	meːk⁸
叫	下	脚	地	麦

麦地边啼叫。

4-411

定	手	不	阝	节
Din	fwngz	mbouj	boux	ciep
tin¹	fuŋ²	bou⁵	pu⁴	çeːt⁷
脚	手	无	人	接

手艺无人承，

4-412

当	花	偻	花	害
Dangq	va	roz	va	haih
taːŋ⁵	va¹	ɣoʔ²	va¹	haːi⁶
像	花	枯	花	谢

如鲜花凋谢。

男唱

4-413

几	贵	叫	令	令
Gin	gveiq	heuh	lin	lin
kin¹	kwei⁵	heːu⁶	lin¹	lin¹
子	规	叫	连	连

子规啼连连，

4-414

叫	拉	定	田	楼
Heuh	laj	din	dieg	raeu
heːu⁶	la³	tin¹	tiːk⁸	ɣau¹
叫	下	脚	地	枫

枫林边啼叫。

4-415

比	么	后	春	寿
Bi	moq	haeuj	cin	caeux
pi¹	mo⁵	hau³	çun¹	çau⁴
年	新	进	春	早

明年春来早，

4-416

农	可	后	邦	文
Nuengx	goj	haeuj	biengz	vunz
nuːŋ⁴	ko³	hau³	piːŋ²	vun²
妹	可	进	地	方	人

妹嫁入他乡。

女唱

4-417

几	贵	叫	令	令
Gin	gveiq	heuh	lin	lin
kin¹	kwei⁵	heːu⁶	lin¹	lin¹
子	规	叫	连	连

子规啼连连，

4-418

叫	拉	定	地	歪
Heuh	laj	din	reih	faiq
heːu⁶	la³	tin¹	ɹei⁶	vaːi⁵
叫	下	脚	地	棉

棉花地啼叫。

4-419

红	良	堂	大	才
Hong	liengz	daengz	dah	raix
hoːŋ¹	liːŋ²	taŋ²	ta⁶	ɹaːi⁴
工	忙	到	实	在

农忙就要来，

4-420

农	托	乃	跟	你
Nuengx	doek	naiq	riengz	mwngz
nuːŋ⁴	tok⁷	naːi⁵	ɹiːŋ²	mɯŋ²
妹	落	累	跟	你

妹为你伤感。

男唱

4-421

几	贵	叫	令	令
Gin	gveiq	heuh	lin	lin
kin¹	kwei⁵	heːu⁶	lin¹	lin¹
子	规	叫	连	连

子规啼连连，

4-422

叫	拉	定	地	歪
Heuh	laj	din	reih	faiq
heːu⁶	la³	tin¹	ɹei⁶	vaːi⁵
叫	下	脚	地	棉

棉花地啼叫。

4-423

可	利	土	在	才
Goj	lix	dou	ywq	caih
ko³	li⁴	tu¹	jɯ⁵	ɕaːi⁶
可	剩	我	在	随

我依然在这，

4-424

八	托	乃	农	银
Bah	doek	naiq	nuengx	ngaenz
pa⁶	tok⁷	naːi⁵	nuːŋ⁴	ŋan²
莫	急	落	累	妹	银

妹莫忙泄气。

女唱

4-425

几	贵	叫	令	令
Gin	gveiq	heuh	lin	lin
kin¹	kwei⁵	he:u⁶	lin¹	lin¹
子	规	叫	连	连

子规啼连连，

4-426

叫	拉	定	地	歪
Heuh	laj	din	reih	faiq
he:u⁶	la³	tin¹	ɹei⁶	va:i⁵
叫	下	脚	地	棉

棉花地啼叫。

4-427

红	良	堂	大	才
Hong	liengz	daengz	dah	raix
ho:ŋ¹	li:ŋ²	taŋ²	ta⁶	ɹa:i⁴
工	忙	到	实	在

农忙就要来，

4-428

不	阝	采	很	下
Mbouj	boux	byaij	hwnj	roengz
bou⁵	pu⁴	pja:i³	hun³	ɹoŋ²
无	人	走	上	下

无一个来往。

男唱

4-429

几	贵	叫	令	令
Gin	gveiq	heuh	lin	lin
kin¹	kwei⁵	he:u⁶	lin¹	lin¹
子	规	叫	连	连

子规啼连连，

4-430

叫	拉	定	地	歪
Heuh	laj	din	reih	faiq
he:u⁶	la³	tin¹	ɹei⁶	va:i⁵
叫	下	脚	地	棉

棉花地啼叫。

4-431

红	良	堂	大	才
Hong	liengz	daengz	dah	raix
ho:ŋ¹	li:ŋ²	taŋ²	ta⁶	ɹa:i⁴
工	忙	到	实	在

农忙就要来，

4-432

不	大	干	方	卢
Mbouj	daih	ganq	fueng	louz
bou⁵	ta:i⁶	ka:n⁵	fu:ŋ¹	lu²
不	大	顾	风	流

顾不上风流。

女唱

4-433

几	贵	吃	勒	宁
Gin	gveiq	gwn	lwg	nim
kin^1	kwei^5	kɯn^1	luk^8	nim^1
子	规	吃	子	稔子

子规吃稔子，

4-434

牙	它	红	办	血
Heuj	de	nding	baenz	lwed
heːu^3	te^1	diŋ^1	pan^2	luːt^8
牙	它	红	成	血

其嘴红似血。

4-435

金	银	果	它	果
Gim	ngaenz	gox	daz	gox
kin^1	ŋan^2	ko^4	ta^2	ko^4
金	银	角落	又	角落

金银堆满屋，

4-436

是	利	变	办	龙
Cix	lij	bienq	baenz	lungz
çi^4	li^4	piːn^5	pan^2	luŋ^2
是	还	变	成	龙

就会变成龙。

男唱

4-437

几	贵	吃	勒	吨
Gin	gveiq	gwn	lwg	dumh
kin^1	kwei^5	kɯn^1	luk^8	tum^6
子	规	吃	子	莓

子规吃草莓，

4-438

特	贝	巴	而	收
Dawz	bae	baq	lawz	caeu
təu^2	pai^1	pa^5	lau^2	çau^1
拿	去	坡	哪	藏

藏进哪边山？

4-439

米	话	是	同	说
Miz	vah	cix	doengh	naeuz
mi^2	va^6	çi^4	toŋ^2	nau^2
有	话	就	相	说

有话当面说，

4-440

收	古	而	了	农
Caeu	guh	rawz	liux	nuengx
çau^1	ku^4	ɹau^2	liːu^4	nuːŋ^4
藏	做	什么	啰	妹

躲藏做什么？

女唱

男唱

4-441

儿	贵	吃	勒	吨
Gin	gveiq	gwn	lwg	dumh
kin¹	kwei⁵	kun¹	luuk⁸	tum⁶
子	规	吃	子	莓

子规吃草莓，

4-442

特	贝	巴	而	收
Dawz	bae	baq	lawz	caeu
təɯ²	pai¹	pa⁵	lauɯ²	çau¹
拿	去	坡	哪	藏

藏进哪边山？

4-443

米	话	备	是	说
Miz	vah	beix	cix	naeuz
mi²	va⁶	pi⁴	çi⁴	nau²
有	话	兄	就	说

有话兄直说，

4-444

偻	点	偻	不	爱
Raeuz	dem	raeuz	mbouj	ngaih
ɾau²	teːn¹	ɾau²	bou⁵	ŋaːi⁶
我们	与	我们	不	妨碍

你我间不妨。

4-445

儿	贵	师
Gin	gveiq	swz
kin¹	kwei⁵	θɯ²
子	规	辞

子规辞，

4-446

谷	雨	堂	又	文
Goek	hawx	daengz	youh	fwn
kok⁷	həɯ⁴	taŋ²	jou⁴	vun¹
谷	雨	到	又	雨

谷雨时多雨。

4-447

儿	贵	春
Gin	gveiq	cin
kin¹	kwei⁵	çun¹
子	规	春

子规春，

4-448

清	明	堂	又	叫
Cing	mingz	daengz	youh	heuh
çiŋ¹	miŋ²	taŋ²	jou⁴	heːu⁶
清	明	到	又	叫

清明节又啼。

女唱

4-449

几	贵	春
Gin	gveiq	cin
kin[1]	kwei[5]	çun[1]
子	规	春

子规春，

4-450

清	明	堂	又	叫
Cing	mingz	daengz	youh	heuh
çiŋ[1]	miŋ[2]	taŋ[2]	jou[4]	he:u[6]
清	明	到	又	叫

清明来又叫。

4-451

古	巡	是	尝	了
Guh	cunz	cix	caengz	liux
ku[4]	çun[2]	çi[4]	çaŋ[2]	li:u[4]
做	巡	是	未	完

互访尚未了，

4-452

先	马	报	红	良
Senq	ma	bauq	hong	liengz
θe:n[5]	ma[1]	pa:u[5]	ho:ŋ[1]	li:ŋ[2]
先	来	报	工	忙

先来报农忙。

男唱

4-453

几	贵	春
Gin	gveiq	cin
kin[1]	kwei[5]	çun[1]
子	规	春

子规春，

4-454

清	明	堂	又	报
Cing	mingz	daengz	youh	bauq
çiŋ[1]	miŋ[2]	taŋ[2]	jou[4]	pa:u[5]
清	明	到	又	报

清明来又报。

4-455

鸟	九	马	从	好
Roeg	geuq	ma	coengh	hauh
ɹok[8]	kje:u[3]	ma[1]	çoŋ[6]	ha:u[5]
鸟	画眉	来	帮	记

画眉来帮衬，

4-456

不	知	报	罗	而
Mbouj	rox	bauq	loh	lawz
bou[5]	ɹo[4]	pa:u[5]	lo[6]	lau[2]
不	知	报	路	哪

不知往哪报。

女唱

4-457

几	贵	春
Gin	gveiq	cin
kin^1	kwei^5	ȿun^1
子	规	春

子规春，

4-458

清	明	堂	又	报
Cing	mingz	daengz	youh	bauq
ȿiŋ^1	miŋ^2	taŋ^2	jou^4	pa:u^5
清	明	到	又	报

清明来又报。

4-459

鸟	九	马	从	好
Roeg	geuq	ma	coengh	hauh
ɹok^8	kje:u^3	ma^1	ȿoŋ^6	ha:u^5
鸟	画眉	来	帮	记

画眉来帮衬，

4-460

报	备	姓	造	苗
Bauq	beix	singq	caux	miuz
pa:u^5	pi^4	θiŋ^5	ȿa:u^4	mi:u^2
报	兄	姓	造	禾苗

叫小哥播种。

男唱

4-461

几	贵	春
Gin	gveiq	cin
kin^1	kwei^5	ȿun^1
子	规	春

子规春，

4-462

清	明	堂	又	报
Cing	mingz	daengz	youh	bauq
ȿiŋ^1	miŋ^2	taŋ^2	jou^4	pa:u^5
清	明	到	又	报

清明节又报。

4-463

鸟	九	马	从	好
Roeg	geuq	ma	coengh	hauh
ɹok^8	kje:u^3	ma^1	ȿoŋ^6	ha:u^5
鸟	画眉	来	帮	记

画眉鸟来帮，

4-464

报	表	农	付	正
Bauq	biuj	nuengx	fouz	cingz
pa:u^5	pi:u^3	nu:ŋ^4	fu^2	ȿiŋ^2
报	表	妹	无	情

说表妹无情。

女唱

4-465

千	土	鸟	邦	山
Cien	duz	roeg	bangx	bya
çi:n¹	tu²	ɹok⁸	pa:ŋ⁴	pja¹
千	只	鸟	旁	山

山边千只鸟，

4-466

不	哈	土	黄	连
Mbouj	ha	duz	vangz	lenx
bou⁵	ha¹	tu²	va:ŋ²	le:n⁴
不	配	只	黄	鹂

比不上黄鹂。

4-467

三	月	皮	斗	轩
Sam	nyied	bid	daeuj	hemq
θa:n¹	ȵu:t⁸	pit⁸	tau³	he:n⁵
三	月	蝉	来	喊

三月份到来，

4-468

后	黄	了	是	贝
Haeux	henj	liux	cix	bae
hau⁴	he:n³	li:u⁴	çi⁴	pai¹
米	黄	完	就	去

谷子黄才走。

男唱

4-469

千	土	鸟	邦	山
Cien	duz	roeg	bangx	bya
çi:n¹	tu²	ɹok⁸	pa:ŋ⁴	pja¹
千	只	鸟	旁	山

山边千只鸟，

4-470

不	哈	土	黄	连
Mbouj	ha	duz	vangz	lenx
bou⁵	ha¹	tu²	va:ŋ²	le:n⁴
不	配	只	黄	鹂

比不上黄鹂。

4-471

三	月	皮	斗	轩
Sam	nyied	bid	daeuj	hemq
θa:n¹	ȵu:t⁸	pit⁸	tau³	he:n⁵
三	月	蝉	来	喊

三月份到来，

4-472

坤	阝	边	岁	合
Goenq	boux	vengh	saej	hoz
kon⁵	pu⁴	ve:ŋ⁶	θai³	ho²
断	人	边	肠	脖

两边断肝肠。

女唱

4-473

千	土	鸟	邦	山
Cien	duz	roeg	bangx	bya
$çi:n^1$	tu^2	ɹok^8	$pa:ŋ^4$	pja^1
千	只	鸟	旁	山

山边千只鸟，

4-474

不	哈	土	黄	连
Mbouj	ha	duz	vangz	lenx
bou^5	ha^1	tu^2	$va:ŋ^2$	$le:n^4$
不	配	只	黄	鹂

比不上黄鹂。

4-475

三	月	皮	斗	轩
Sam	nyied	bid	daeuj	hemq
$θa:n^1$	$ȵu:t^8$	pit^8	tau^3	$he:n^5$
三	月	蝉	来	喊

三月份到此，

4-476

马	报	节	清	明
Ma	bauq	ciet	cing	mingz
ma^1	$pa:u^5$	$çi:t^7$	$çiŋ^1$	$miŋ^2$
来	报	节	清	明

来报清明节。

男唱

4-477

千	土	鸟	邦	山
Cien	duz	roeg	bangx	bya
$çi:n^1$	tu^2	ɹok^8	$pa:ŋ^4$	pja^1
千	只	鸟	旁	山

山边千只鸟，

4-478

不	哈	土	黄	连
Mbouj	ha	duz	vangz	lenx
bou^5	ha^1	tu^2	$va:ŋ^2$	$le:n^4$
不	配	只	黄	鹂

比不上黄鹂。

4-479

三	月	皮	斗	轩
Sam	nyied	bid	daeuj	hemq
$θa:n^1$	$ȵu:t^8$	pit^8	tau^3	$he:n^5$
三	月	蝉	来	喊

三月份到此，

4-480

马	干	田	包	少
Ma	ganq	dieg	mbauq	sau
ma^1	$ka:n^5$	$ti:k^8$	$ba:u^5$	$θa:u^1$
来	照料	地	小伙	姑娘

替你护庄稼。

女唱

4-481

变　办　对　甲　盆

Bienq　baenz　doiq　gyaj　buenz

pi:n^5　pan^2　to:i^5　kja^3　pun^2

变　成　对　狐　灵

变一对狐灵,

4-482

好　润　马　唱　歌

Ndij　rumz　ma　cang　go

di^1　ɹun^2　ma^1　ça:ŋ^4　ko^5

与　风　来　唱　歌

随风来唱歌。

4-483

变　办　对　花　偻

Bienq　baenz　doiq　va　roz

pi:n^5　pan^2　to:i^5　va^1　ɹo^2

变　成　对　花　枯

变成枯萎花,

4-484

马　唱　歌　然　偻

Ma　cang　go　ranz　raeuz

ma^1　ça:ŋ^4　ko^5　ɹa:n^2　ɹau^2

来　唱　歌　家　我们

来我家唱歌。

男唱

4-485

变　办　对　甲　盆

Bienq　baenz　doiq　gyaj　buenz

pi:n^5　pan^2　to:i^5　kja^3　pun^2

变　成　对　狐　灵

变一对狐灵,

4-486

好　润　马　唱　歌

Ndij　rumz　ma　cang　go

di^1　ɹun^2　ma^1　ça:ŋ^4　ko^5

与　风　来　唱　歌

随风来唱歌。

4-487

变　办　对　花　偻

Bienq　baenz　doiq　va　roz

pi:n^5　pan^2　to:i^5　va^1　ɹo^2

变　成　对　花　枯

变成枯萎花,

4-488

巴　唱　歌　能　空

Bak　cang　go　nyaenx　ndwi

pa:k^7　ça:ŋ^4　ko^5　ȵan^4　du:i^1

嘴　唱　歌　那么　空

像开口唱歌。

女唱

4-489

变	办	对	甲	盆
Bienq	baenz	doiq	gyaj	buenz
piːn⁵	pan²	toːi⁵	kja³	pun²
变	成	对	狐	灵

变一对狐灵,

4-490

好	润	马	唱	歌
Ndij	rumz	ma	cang	go
di¹	ɹun²	ma¹	ɕaːŋ⁴	ko⁵
与	风	来	唱	歌

随风来唱歌。

4-491

变	成	对	花	偻
Bienq	baenz	doiq	va	roz
piːn⁵	pan²	toːi⁵	va¹	ɹoɔ²
变	成	对	花	枯

变成枯萎花,

4-492

唱	歌	不	米	正
Cang	go	mbouj	miz	cingz
ɕaːŋ⁴	ko⁵	bou⁵	mi²	ɕiŋ²
唱	歌	不	有	情

唱歌没有情。

男唱

4-493

变	办	对	甲	盆
Bienq	baenz	doiq	gyaj	buenz
piːn⁵	pan²	toːi⁵	kja³	pun²
变	成	对	狐	灵

变一对狐灵,

4-494

好	润	马	唱	歌
Ndij	rumz	ma	cang	go
di¹	ɹun²	ma¹	ɕaːŋ⁴	ko⁵
与	风	来	唱	歌

随风来唱歌。

4-495

变	办	对	花	罗
Bienq	baenz	doiq	va	roz
piːn⁵	pan²	toːi⁵	va¹	ɹoɔ²
变	成	对	花	枯

变成枯萎花,

4-496

唱	歌	给	邦	笑
Cang	go	hawj	biengz	riu
ɕaːŋ⁴	ko⁵	həw³	piːŋ²	ɹiːu¹
唱	歌	给	地	方	笑

唱歌闹笑话。

女唱

4-497

变	办	对	甲	盆
Bienq	baenz	doiq	gyaj	buenz

$pi:n^5$　pan^2　$to:i^5$　kja^3　pun^2

变　成　对　狐　灵

变一对狐灵，

4-498

好	润	马	讲	满
Ndij	rumz	ma	gangj	monh

di^1　$ɹun^2$　ma^1　$ka:ŋ^3$　$mo:n^6$

与　风　来　讲　情

随风来谈情。

4-499

变	办	鸦	跟	旱
Bienq	baenz	a	riengz	romh

$pi:n^5$　pan^2　a^1　$ɹi:ŋ^2$　$ɹo:n^6$

变　成　鸦　跟　鹰

变乌鸦老鹰，

4-500

马	满	农	三	时
Ma	monh	nuengx	sanq	ceiz

ma^1　$mo:n^6$　$nu:ŋ^4$　$θa:n^5$　$çi^2$

来　谈　情　妹　散　时

来找妹谈情。

男唱

4-501

变	办	对	甲	盆
Bienq	baenz	doiq	gyaj	buenz

$pi:n^5$　pan^2　$to:i^5$　kja^3　pun^2

变　成　对　狐　灵

变一对狐灵，

4-502

好	润	马	讲	满
Ndij	rumz	ma	gangj	monh

di^1　$ɹun^2$　ma^1　$ka:ŋ^3$　$mo:n^6$

与　风　来　讲　情

随风来谈情。

4-503

鸦	跟	旱
A	riengz	romh

a^1　$ɹi:ŋ^2$　$ɹo:n^6$

鸦　跟　鹰

乌鸦和老鹰，

4-504

阝	巴	满	阝	空
Boux	bak	monh	boux	ndwi

pu^4　$pa:k^8$　$mo:n^6$　pu^4　$du:i^1$

人　嘴　谈　情　人　不

并非都谈情。

女唱

4-505

变	办	对	甲	盆
Bienq	baenz	doiq	gyaj	buenz
$pi:n^5$	pan^2	$to:i^5$	kja^3	pun^2
变	成	对	狐	灵

变一对狐灵,

4-506

好	润	马	讲	满
Ndij	rumz	ma	gangj	monh
di^1	$ɹun^2$	ma^1	$ka:ŋ^3$	$mo:n^6$
与	风	来	讲	情

随风来谈情。

4-507

鸦	跟	早
A	riengz	romh
a^1	$ɹi:ŋ^2$	$ɹo:n^6$
鸦	跟	鹰

乌鸦和老鹰,

4-508

满	了	是	岁	论
Monh	liux	cix	caez	lumz
$mo:n^6$	liu^4	$çi^4$	$çai^2$	lun^2
情	完	就	齐	忘

谈情后相忘。

男唱

4-509

变	办	对	甲	盆
Bienq	baenz	doiq	gyaj	buenz
$pi:n^5$	pan^2	$to:i^5$	kja^3	pun^2
变	成	对	狐	灵

变一对狐灵,

4-510

好	润	马	讲	满
Ndij	rumz	ma	gangj	monh
di^1	$ɹun^2$	ma^1	$ka:ŋ^3$	$mo:n^6$
与	风	来	讲	情

随风来谈情。

4-511

鸦	跟	早
A	riengz	romh
a^1	$ɹi:ŋ^2$	$ɹo:n^6$
鸦	跟	鹰

乌鸦和老鹰,

4-512

讲	满	了	洋	贝
Gangj	monh	liux	yaeng	bae
$ka:ŋ^3$	$mo:n^6$	$li:u^4$	$jaŋ^1$	pai^1
讲	情	完	再	去

聊完情再走。

女唱

4-513

变	办	对	甲	盆
Bienq	baenz	doiq	gyaj	buenz
pi:n⁵	pan²	to:i⁵	kja³	pun²
变	成	对	狐	灵

变一对狐灵,

4-514

好	润	马	讲	理
Ndij	rumz	ma	gangj	leix
di¹	ɹun²	ma¹	ka:ŋ³	li⁴
与	风	来	讲	理

随风来讲理。

4-515

飞	马	堂	田	内
Mbin	ma	daengz	dieg	neix
bin¹	ma¹	taŋ²	ti:k⁸	ni⁴
飞	来	到	地	这

飞到此地来,

4-516

合	理	开	小	正
Hwz	leix	hai	siuj	cingz
ho²	li⁴	hai¹	θi:u³	çiŋ²
合	理	开	小	情

理应送礼品。

男唱

4-517

变	办	对	甲	盆
Bienq	baenz	doiq	gyaj	buenz
pi:n⁵	pan²	to:i⁵	kja³	pun²
变	成	对	狐	灵

变一对狐灵,

4-518

好	润	马	讲	理
Ndij	rumz	ma	gangj	leix
di¹	ɹun²	ma¹	ka:ŋ³	li⁴
与	风	来	讲	理

随风来讲理。

4-519

飞	马	堂	田	内
Mbin	ma	daengz	dieg	neix
bin¹	ma¹	taŋ²	ti:k⁸	ni⁴
飞	来	到	地	这

飞到此地来,

4-520

欠	正	义	阝	而
Gen	cingz	ngeih	boux	lawz
ke:n⁴	çiŋ²	ȵi⁶	pu⁴	lau²
欠	情	义	个	哪

欠谁的情义。

女唱

4-521

变	办	对	甲	盆
Bienq	baenz	doiq	gyaj	buenz
pi:n⁵	pan²	to:i⁵	kja³	pun²
变	成	对	狐	灵

变一对狐灵,

4-522

好	润	马	讲	理
Ndij	rumz	ma	gangj	leix
di¹	ɹun²	ma¹	ka:ŋ³	li⁴
与	风	来	讲	理

随风来讲理。

4-523

飞	马	堂	田	内
Mbin	ma	daengz	dieg	neix
bin¹	ma¹	taŋ²	ti:k⁸	ni⁴
飞	来	到	地	这

飞到此地来,

4-524

欠	正	义	双	偻
Gen	cingz	ngeih	song	raeuz
ke:n⁴	ɕiŋ²	ȵi⁶	θo:ŋ¹	ɹau²
欠	情	义	两	我们

欠我俩情义。

男唱

4-525

变	办	对	甲	盆
Bienq	baenz	doiq	gyaj	buenz
pi:n⁵	pan²	to:i⁵	kja³	pun²
变	成	对	狐	灵

变一对狐灵,

4-526

好	润	马	讲	理
Ndij	rumz	ma	gangj	leix
di¹	ɹun²	ma¹	ka:ŋ³	li⁴
与	风	来	讲	理

随风来讲理。

4-527

空	米	正	跟	义
Ndwi	miz	cingz	riengz	ngeih
du:i¹	mi²	ɕiŋ²	ɹi:ŋ²	ȵi⁶
不	有	情	跟	义

无情又无义,

4-528

道	理	三	下	王
Dauh	leix	sanq	roengz	vaengz
ta:u⁶	li⁴	θa:n⁵	ɹoŋ²	van²
道	理	散	下	潭

道理沉潭底。

女唱

4-529

变　办　对　甲　盆
Bienq　baenz　doiq　gyaj　buenz
piːn⁵　pan²　toːi⁵　kja³　pun²
变　成　对　狐　灵
变一对狐灵，

4-530

好　润　马　讲　洋
Ndij　rumz　ma　gangj　angq
di¹　ɹun²　ma¹　kaːŋ³　aːŋ⁵
与　风　来　讲　高兴
随风凑热闹。

4-531

飞　马　堂　邦　邦
Mbin　ma　daengz　biengz　baengz
bin¹　ma¹　taŋ²　piːŋ²　paŋ²
飞　来　到　地方　朋
飞到友家乡，

4-532

可　当　对　金　秀
Goj　dangq　doiq　gim　ciuz
ko⁵　taŋ⁵　toːi⁵　kin¹　ɕiu²
可　当　对　金　耳环
像对金耳环。

男唱

4-533

变　办　对　甲　盆
Bienq　baenz　doiq　gyaj　buenz
piːn⁵　pan²　toːi⁵　kja³　pun²
变　成　对　狐　灵
变一对狐灵，

4-534

好　润　马　讲　洋
Ndij　rumz　ma　gangj　angq
di¹　ɹun²　ma¹　kaːŋ³　aːŋ⁵
与　风　来　讲　高兴
随风凑热闹。

4-535

飞　马　堂　邦　邦
Mbin　ma　daengz　biengz　baengz
bin¹　ma¹　taŋ²　piːŋ²　paŋ²
飞　来　到　地方　朋
飞到友家乡，

4-536

可　当　空　米　正
Goj　dangq　ndwi　miz　cingz
ko⁵　taŋ⁵　duːi¹　mi²　ɕiŋ²
可　当　不　有　情
还两手空空。

女唱

4-537

变	办	对	甲	盆
Bienq	baenz	doiq	gyaj	buenz
pi:n⁵	pan²	to:i⁵	kja³	pun²
变	成	对	狐	灵

变一对狐灵,

4-538

好	润	马	讲	洋
Ndij	rumz	ma	gangj	angq
di¹	ɹun²	ma¹	ka:ŋ³	a:ŋ⁵
与	风	来	讲	高兴

随风凑热闹。

4-539

龙	办	文	由	方
Iungz	baenz	vunz	youz	fangh
luŋ²	pan²	vun²	jou²	fa:ŋ⁵
龙	成	人	游	方

兄浪迹天涯,

4-540

友	而	忙	是	却
Youx	lawz	maengx	cix	gyo
ju⁴	lau²	ma:ŋ⁴	çi⁴	kjo¹
友	哪	喜欢	就	幸亏

或幸有人爱。

男唱

4-541

变	办	对	甲	盆
Bienq	baenz	doiq	gyaj	buenz
pi:n⁵	pan²	to:i⁵	kja³	pun²
变	成	对	狐	灵

变一对狐灵,

4-542

好	润	马	讲	洋
Ndij	rumz	ma	gangj	angq
di¹	ɹun²	ma¹	ka:ŋ³	a:ŋ⁵
与	风	来	讲	高兴

随风凑热闹。

4-543

飞	马	堂	邦	邦
Mbin	ma	daengz	biengz	baengz
bin¹	ma¹	taŋ²	pi:ŋ²	paŋ²
飞	来	到	地方	朋

飞到友家乡,

4-544

忙	自	秀	方	卢
Maengx	gag	ciuh	fueng	louz
ma:ŋ⁴	ka:k⁸	çi:u⁶	fu:ŋ¹	lu²
喜欢	自	世	风	流

望各自安好。

女唱

男唱

4-545

变	办	对	甲	盆
Bienq	baenz	doiq	gyaj	buenz
pi:n⁵	pan²	to:i⁵	kja³	pun²
变	成	对	狐	灵

变一对狐灵，

4-546

好	润	马	讲	洋
Ndij	rumz	ma	gangj	angq
di¹	ɹun²	ma¹	ka:ŋ³	a:ŋ⁵
与	风	来	讲	高兴

随风凑热闹。

4-547

巴	轻	土	是	讲
Bak	mbaeu	dou	cix	gangj
pa:k⁷	bau¹	tu¹	çi⁴	ka:ŋ³
嘴	轻	我	就	讲

我心直口快，

4-548

当	阝	当	良	心
Dangq	boux	dangq	liengz	sim
ta:ŋ⁵	pu⁴	ta:ŋ⁵	li:ŋ²	θin¹
另	人	另	良	心

咱各怀异心。

4-549

变	办	对	甲	盆
Bienq	baenz	doiq	gyaj	buenz
pi:n⁵	pan²	to:i⁵	kja³	pun²
变	成	对	狐	灵

变一对狐灵，

4-550

好	润	马	讲	洋
Ndij	rumz	ma	gangj	angq
di¹	ɹun²	ma¹	ka:ŋ³	a:ŋ⁵
与	风	来	讲	高兴

随风凑热闹。

4-551

知	少	乖	空	忙
Rox	sau	gvai	ndwi	maengx
ɹo⁴	θa:u¹	kwa:i¹	du:i¹	ma:ŋ⁴
知	姑娘	乖	不	喜欢

我知妹无意，

4-552

银	当	是	不	马
Ngaenz	daengq	cix	mbouj	ma
ŋan²	taŋ⁵	çi⁴	bou⁵	ma¹
银	叮嘱	是	不	来

当我未曾来。

女唱

4-553

变	办	对	甲	盆
Bienq	baenz	doiq	gyaj	buenz
pi:n⁵	pan²	to:i⁵	kja³	pun²
变	成	对	狐	灵

变一对狐灵，

4-554

好	润	马	波	小
Ndij	rumz	ma	boq	seuq
di¹	ɹun²	ma¹	po⁵	θe:u⁵
与	风	来	吹	哨

随风吹口哨。

4-555

变	办	鸦	跟	九
Bienq	baenz	a	riengz	yiuh
pi:n⁵	pan²	a¹	ɹi:ŋ²	ji:u⁶
变	成	鸦	跟	鹞

变乌鸦和鹞，

4-556

马	刘	农	三	时
Ma	liuz	nuengx	sanq	seiz
ma¹	li:u²	nu:ŋ⁴	θa:n⁵	θi²
来	看	妹	散	时

来与我消遣。

男唱

4-557

变	办	对	甲	盆
Bienq	baenz	doiq	gyaj	buenz
pi:n⁵	pan²	to:i⁵	kja³	pun²
变	成	对	狐	灵

变一对狐灵，

4-558

好	润	马	波	小
Ndij	rumz	ma	boq	seuq
di¹	ɹun²	ma¹	po⁵	θe:u⁵
与	风	来	吹	哨

随风吹口哨。

4-559

鸦	跟	九
A	riengz	yiuh
a¹	ɹi:ŋ²	ji:u⁶
鸦	跟	鹞

乌鸦和鹞鹰，

4-560

阝	巴	快	阝	空
Boux	bak	riuz	boux	ndwi
pu⁴	pa:k⁸	ɹi:u²	pu⁴	du:i¹
人	嘴	快	人	不

我不如你快。

女唱

4-561

变	办	对	甲	盆
Bienq	baenz	doiq	gyaj	buenz
pi:n⁵	pan²	to:i⁵	kja³	pun²
变	成	对	狐	灵

变一对狐灵，

4-562

好	润	马	秋	田
Ndij	rumz	ma	ciuq	dieg
di¹	ɹun²	ma¹	çi:u⁵	ti:k⁸
与	风	来	看	地

随风来看地。

4-563

变	办	对	鸟	炕
Bienq	baenz	doiq	roeg	enq
pi:n⁵	pan²	to:i⁵	ɹok⁸	e:n⁵
变	成	对	鸟	燕

变一对燕子，

4-564

马	秋	田	包	少
Ma	ciuq	dieg	mbauq	sau
ma¹	çi:u⁵	ti:k⁸	ba:u⁵	θa:u¹
来	看	地	小伙	姑娘

来情妹家乡。

男唱

4-565

变	办	对	甲	盆
Bienq	baenz	doiq	gyaj	buenz
pi:n⁵	pan²	to:i⁵	kja³	pun²
变	成	对	狐	灵

变一对狐灵，

4-566

好	润	马	秋	田
Ndij	rumz	ma	ciuq	dieg
di¹	ɹun²	ma¹	çi:u⁵	ti:k⁸
与	风	来	看	地

随风来看地。

4-567

变	办	对	鸟	炕
Bienq	baenz	doiq	roeg	enq
pi:n⁵	pan²	to:i⁵	ɹok⁸	e:n⁵
变	成	对	鸟	燕

变一对燕子，

4-568

马	秋	田	内	空
Ma	ciuq	dieg	neix	ndwi
ma¹	çi:u⁵	ti:k⁸	ni⁴	du:i¹
来	看	地	这	空

白到此处来。

男唱

4-569

变	办	对	甲	盆
Bienq	baenz	doiq	gyaj	buenz
pi:n⁵	pan²	to:i⁵	kja³	pun²
变	成	对	狐	灵

变一对狐灵，

4-570

好	润	马	秋	田
Ndij	rumz	ma	ciuq	dieg
di¹	ɹun²	ma¹	ɕi:u⁵	ti:k⁸
与	风	来	看	地

随风来看地。

4-571

变	办	对	鸟	炕
Bienq	baenz	doiq	roeg	enq
pi:n⁵	pan²	to:i⁵	ɹok⁸	e:n⁵
变	成	对	鸟	燕

变一对燕子，

4-572

马	秋	田	内	银
Ma	ciuq	dieg	neix	ngaenz
ma¹	ɕi:u⁵	ti:k⁸	ni⁴	ŋan²
来	看	地	这	银

来看妹家园。

女唱

4-573

变	办	对	甲	盆
Bienq	baenz	doiq	gyaj	buenz
pi:n⁵	pan²	to:i⁵	kja³	pun²
变	成	对	狐	灵

变一对狐灵，

4-574

好	润	马	秋	田
Ndij	rumz	ma	ciuq	dieg
di¹	ɹun²	ma¹	ɕi:u⁵	ti:k⁸
与	风	来	看	地

随风来看地。

4-575

变	办	对	鸟	炕
Bienq	baenz	doiq	roeg	enq
pi:n⁵	pan²	to:i⁵	ɹok⁸	e:n⁵
变	成	对	鸟	燕

变一对燕子，

4-576

得	田	是	论	偻
Ndaej	dieg	cix	lumz	raeuz
dai³	ti:k⁸	ɕi⁴	lun²	ɹau²
得	地	就	忘	我们

到此便忘我。

男唱

4-577

变	办	对	甲	盆
Bienq	baenz	doiq	gyaj	buenz

$pi{:}n^5$ pan^2 $to{:}i^5$ kja^3 pun^2

变	成	对	狐	灵

变一对狐灵,

4-578

好	润	马	秋	田
Ndij	rumz	ma	ciuq	dieg

di^1 $ɹun^2$ ma^1 $çi{:}u^5$ $ti{:}k^8$

与	风	来	看	地

随风来看地。

4-579

变	办	对	鸟	炕
Bienq	baenz	doiq	roeg	enq

$pi{:}n^5$ pan^2 $to{:}i^5$ $ɹok^8$ $e{:}n^5$

变	成	对	鸟	燕

变一对燕子,

4-580

貝	邦	权	小	凉
Bae	bangx	gemh	siu	liengz

pai^1 $paŋ^4$ $ke{:}n^6$ $θi{:}u^1$ $li{:}ŋ^2$

去	傍	山	坳	消	凉

去坳口乘凉。

女唱

4-581

变	办	对	鸟	炕
Bienq	baenz	doiq	roeg	enq

$pi{:}n^5$ pan^2 $to{:}i^5$ $ɹok^8$ $e{:}n^5$

变	成	对	鸟	燕

变一对燕子,

4-582

貝	邦	权	小	凉
Bae	bangx	gemh	siu	liengz

pai^1 $paŋ^4$ $ke{:}n^6$ $θi{:}u^1$ $li{:}ŋ^2$

去	旁	山	坳	消	凉

去坳口乘凉。

4-583

日	古	红	它	力
Ngoenz	guh	hong	dwk	rengz

$ŋon^2$ ku^4 $ho{:}ŋ^1$ tuk^7 $ɹe{:}ŋ^2$

天	做	工	费	力

做工太辛苦,

4-584

团	堂	你	又	怨
Dwen	daengz	mwngz	youh	yonq

$tu{:}n^1$ $taŋ^2$ $muŋ^2$ jou^4 $jo{:}n^5$

提	到	你	又	怨

忍不住怨你。

男唱

4-585

变	办	对	鸟	炕
Bienq	baenz	doiq	roeg	enq
pi:n⁵	pan²	to:i⁵	ɹok⁸	e:n⁵
变	成	对	鸟	燕

变一对燕子，

4-586

贝	邦	权	小	凉
Bae	bangx	gemh	siu	liengz
pai¹	pa:ŋ⁴	ke:n⁶	θi:u¹	li:ŋ²
去	旁	山坳	消	凉

去坳口乘凉。

4-587

自	古	红	它	力
Gag	guh	hong	dwk	rengz
ka:k⁸	ku⁴	ho:ŋ¹	tuk⁷	ɹe:ŋ²
自	做	工	费	力

你做工辛苦，

4-588

怨	作	土	不	得
Yonq	coq	dou	mbouj	ndaej
jo:n⁵	ço⁵	tu¹	bou⁵	dai³
怨	放	我	不	得

也不该怨我。

女唱

4-589

变	办	对	鸟	炕
Bienq	baenz	doiq	roeg	enq
pi:n⁵	pan²	to:i⁵	ɹok⁸	e:n⁵
变	成	对	鸟	燕

变一对燕子，

4-590

贝	邦	权	它	站
Bae	bangx	gemh	de	soengz
pai¹	pa:ŋ⁴	ke:n⁶	te¹	θoŋ²
去	旁	山坳	那	站

站在坳口处。

4-591

日	下	峒	古	红
Ngoenz	roengz	doengh	guh	hong
ŋon²	ɹoŋ²	toŋ⁶	ku⁴	ho:ŋ¹
天	下	峒	做	工

每日要劳作，

4-592

厊	米	双	对	幺
Nyienh	miz	song	doiq	moq
ɳu:n⁶	mi²	θo:ŋ¹	to:i⁵	mo⁵
愿	有	两	对	新

愿嫁作人妻。

男唱

4-593

变	办	对	鸟	炕
Bienq	baenz	doiq	roeg	enq
pi:n⁵	pan²	to:i⁵	ɹok⁸	e:n⁵
变	成	对	鸟	燕

变一对燕子，

4-594

貝	邦	权	它	站
Bae	bangx	gemh	de	soengz
pai¹	pa:ŋ⁴	ke:n⁶	te¹	θoŋ²
去	旁	山坳	那	站

站在坳口处。

4-595

自	土	自	古	红
Gag	dou	gag	guh	hong
ka:k⁸	tu¹	ka:k⁸	ku⁴	ho:ŋ¹
自	我	自	做	工

我独自劳作，

4-596

不	要	双	对	么
Mbouj	aeu	song	doiq	moq
bou⁵	au¹	θo:ŋ¹	to:i⁵	mo⁵
不	要	两	对	新

不要成双对。

女唱

4-597

变	办	对	鸟	炕
Bienq	baenz	doiq	roeg	enq
pi:n⁵	pan²	to:i⁵	ɹok⁸	e:n⁵
变	成	对	鸟	燕

变一对燕子，

4-598

貝	邦	权	它	站
Bae	bangx	gemh	de	soengz
pai¹	pa:ŋ⁴	ke:n⁶	te¹	θoŋ²
去	旁	山坳	那	站

站在坳口处。

4-599

狼	农	自	古	红
Langh	nuengx	gag	guh	hong
la:ŋ⁶	nu:ŋ⁴	ka:k⁸	ku⁴	ho:ŋ¹
若	妹	自	做	工

妹独自劳作，

4-600

强	文	空	米	对
Giengz	vunz	ndwi	miz	doih
ki:ŋ²	vun²	du:i¹	mi²	to:i⁶
强	人	不	有	伙伴

强过成双对。

男唱

4-601

变　办　对　鸟　炕

Bienq　baenz　doiq　roeg　enq

piːn⁵　pan²　toːi⁵　ɹok⁸　eːn⁵

变　成　对　鸟　燕

变一对燕子，

4-602

贝　邦　权　它　站

Bae　bangx　gemh　de　soengz

pai¹　paːŋ⁴　keːn⁶　te¹　θoŋ²

去　旁　山坳　那　站

站在坳口处。

4-603

自　土　自　古　红

Gag　dou　gag　guh　hong

kaːk⁸　tu¹　kaːk⁸　ku⁴　hoːŋ¹

自　我　自　做　工

我独自劳作，

4-604

不　要　文　伴　罗

Mbouj　aeu　vunz　buenx　loh

bou⁵　au¹　vun²　puːn⁴　lo⁶

不　要　人　伴　路

无须人相伴。

女唱

4-605

变　办　对　鸟　炕

Bienq　baenz　doiq　roeg　enq

piːn⁵　pan²　toːi⁵　ɹok⁸　eːn⁵

变　成　对　鸟　燕

变一对燕子，

4-606

贝　邦　权　它　站

Bae　bangx　gemh　de　soengz

pai¹　paːŋ⁴　keːn⁶　te¹　θoŋ²

去　旁　山坳　那　站

站在坳口处。

4-607

伏　蒙　九　良　森

Fawh　muengz　iu　lingh　ndoeng

fəɯ⁶　muːŋ²　iːu¹　leːŋ⁶　doŋ¹

时　忙　邀　另　山林

农忙约他人，

4-608

同　写　红　满　友

Doengz　ce　hong　muengh　youx

toŋ²　ɕeɯ¹　hoːŋ¹　muːŋ⁶　ju⁴

同　留　工　望　友

留活盼友来。

男唱

4-609

变	办	对	鸟	炕
Bienq	baenz	doiq	roeg	enq
piːn⁵	pan²	toːi⁵	ɹok⁸	eːn⁵
变	成	对	鸟	燕

变一对燕子，

4-610

貝	邦	权	它	站
Bae	bangx	gemh	de	soengz
pai¹	paːŋ⁴	keːn⁶	te¹	θoŋ²
去	旁	山坳	那	站

站在坳口处。

4-611

伏	满	是	办	同
Fwx	muengh	cix	baenz	doengz
fɯ⁴	muːŋ⁶	ɕi⁴	pan²	toŋ²
别人	望	就	成	同

人守望成友，

4-612

偻	满	空	满	初
Raeuz	muengh	ndwi	muengh	byouq
ɹau²	muːŋ⁶	duːi¹	muːŋ⁶	pjou⁵
我们	望	空	望	空

我守望落空。

女唱

4-613

变	办	对	鸟	炕
Bienq	baenz	doiq	roeg	enq
piːn⁵	pan²	toːi⁵	ɹok⁸	eːn⁵
变	成	对	鸟	燕

变一对燕子，

4-614

貝	邦	权	它	站
Bae	bangx	gemh	de	soengz
pai¹	paːŋ⁴	keːn⁶	te¹	θoŋ²
去	旁	山坳	那	站

站在坳口处。

4-615

比	古	三	日	红
Bi	guh	sam	ngoenz	hong
pi¹	ku⁴	θaːn¹	ŋon²	hoːŋ¹
年	做	三	天	工

年做三天工，

4-616

日	在	三	告	乃
Ngoenz	ywq	sam	gau	naiq
ŋon²	juɯ⁵	θaːn¹	kaːu¹	naːi⁵
天	在	三	次	累

每天歇三次。

男唱

4-617

变	办	对	鸟	炕
Bienq	baenz	doiq	roeg	enq
piːn⁵	pan²	toːi⁵	ɹok⁸	eːn⁵
变	成	对	鸟	燕

变一对燕子，

4-618

貝	邦	权	它	站
Bae	bangx	gemh	de	soengz
pai¹	paːŋ⁴	keːn⁶	te¹	θoŋ²
去	旁	山坳	那	站

站在坳口处。

4-619

日	满	三	告	同
Ngoenz	muengh	sam	gau	doengz
ŋon²	muːŋ⁶	θaːn¹	kaːu¹	toŋ²
日	望	三	次	同

日望三回友，

4-620

写	红	你	是	八
Ce	hong	mwngz	cix	bah
çe¹	hoːŋ¹	muɯŋ²	çi⁴	pa⁶
留	工	你	就	罢

停工又如何？

女唱

4-621

变	办	对	鸟	炕
Bienq	baenz	doiq	roeg	enq
piːn⁵	pan²	toːi⁵	ɹok⁸	eːn⁵
变	成	对	鸟	燕

变一对燕子，

4-622

貝	邦	权	它	站
Bae	bangx	gemh	de	soengz
pai¹	paːŋ⁴	keːn⁶	te¹	θoŋ²
去	旁	山坳	那	站

站在坳口处。

4-623

满	同	不	见	同
Muengh	doengz	mbouj	raen	doengz
muːŋ⁶	toŋ²	bou⁵	ɹan¹	toŋ²
望	同	不	见	同

望友不见友，

4-624

同	貝	方	而	在
Doengz	bae	fueng	lawz	ywq
toŋ²	pai¹	fuːŋ¹	lau²	jɯ⁵
同	去	方	哪	在

友住在何方？

男唱

4-625

月	内	八	满	炕
Ndwen	neix	bah	muengh	enq
duːn¹	ni⁴	pa⁶	muːŋ⁶	eːn⁵
月	这	莫急	望	燕

本月莫望燕，

4-626

炕	的	南	古	弄
Enq	dih	namh	guh	rongz
eːn⁵	ti⁶	naːn⁶	ku⁴	ʐoŋ²
燕	搬	土	做	窝

燕搬泥筑巢。

4-627

月	内	八	满	同
Ndwen	neix	bah	muengh	doengz
duːn¹	ni⁴	pa⁶	muːŋ⁶	toŋ²
月	这	莫急	望	同

本月别望友，

4-628

同	古	红	尝	变
Doengz	guh	hong	caengz	bienh
toŋ²	ku⁴	hoːŋ¹	ɕaŋ²	piːn⁶
同	做	工	未	便

友忙于做工。

女唱

4-629

变	办	对	鸟	炕
Bienq	baenz	doiq	roeg	enq
piːn⁵	pan²	toːi⁵	ʐok⁸	eːn⁵
变	成	对	鸟	燕

变一对燕子，

4-630

贝	邦	权	小	凉
Bae	bangx	gamh	souh	liengz
pai¹	paːŋ⁴	keːn⁶	θiːu⁶	liːŋ²
去	傍	山坳	受	凉

站在坳口处。

4-631

刘	见	友	元	远
Liuz	raen	youx	roen	gyae
liːu²	ʐan¹	ju⁴	joːn¹	kjai¹
看	见	友	路	远

望见远方友，

4-632

好	米	不	了	备
Ndei	miz	mbouj	liux	beix
dei¹	mi²	bou⁵	liːu⁴	pi⁴
好	有	不	啰	兄

能否成好友？

男唱

4-633

变	办	对	鸟	炕
Bienq	baenz	doiq	roeg	enq
pi:n^5	pan^2	to:i^5	ɹok^8	e:n^5
变	成	对	鸟	燕

变一对燕子，

4-634

贝	邦	权	小	美
Bae	bangx	gemh	souj	meiz
pai^1	pa:ŋ^4	ke:n^6	θi:u^3	mei^2
去	旁	山坳	守	妹

去坳口等友。

4-635

刘	见	友	元	远
Liuz	raen	youx	roen	gyae
li:u^2	ɹan^1	ju^4	jo:n^1	kjai^1
看	见	友	路	远

望见远方友，

4-636

好	米	又	好	满
Ndei	miz	youh	ndei	monh
di^1	mi^2	jou^4	di^1	mo:n^6
好	有	又	好	谈情

人好可谈情。

女唱

4-637

变	办	对	鸟	炕
Bienq	baenz	doiq	roeg	enq
pi:n^5	pan^2	to:i^5	ɹok^8	e:n^5
变	成	对	鸟	燕

变一对燕子，

4-638

贝	邦	权	小	美
Bae	bangx	gemh	souj	meiz
pai^1	pa:ŋ^4	ke:n^6	θi:u^3	mei^2
去	旁	山坳	守	妹

去坳口等友。

4-639

刘	见	满	是	贝
Liuz	raen	monh	cix	bae
li:u^2	ɹan^1	mo:n^6	çi^4	pai^1
看	见	情	就	去

见情友就走，

4-640

刘	见	米	是	刀
Liuz	raen	miz	cix	dauq
li:u^2	ɹan^1	mi^2	çi^4	ta:u^5
看	见	有	就	回

见朋友就回。

男唱

4-641

变	办	对	鸟	炕
Bienq	baenz	doiq	roeg	enq
piːn⁵	pan²	toːi⁵	ɹok⁸	eːn⁵
变	成	对	鸟	燕

变一对燕子，

4-642

贝	邦	权	小	美
Bae	bangx	gemh	souj	meiz
pai¹	paːŋ⁴	keːn⁶	θiːu³	mei²
去	旁	山坳	守	妹

去坳口等友。

4-643

刘	见	友	元	远
Liuz	raen	youx	roen	gyae
liːu²	ɹan¹	ju⁴	joːn¹	kjai¹
看	见	友	路	远

望见远方友，

4-644

想	贝	不	想	刀
Siengj	bae	mbouj	siengj	dauq
θiːŋ³	pai¹	bou⁵	θiːŋ³	taːu⁵
想	去	不	想	回

想去不想回。

女唱

4-645

变	办	对	鸟	炕
Bienq	baenz	doiq	roeg	enq
piːn⁵	pan²	toːi⁵	ɹok⁸	eːn⁵
变	成	对	鸟	燕

变一对燕子，

4-646

贝	邦	权	小	美
Bae	bangx	gemh	souj	meiz
pai¹	paːŋ⁴	keːn⁶	θiːu³	mei²
去	旁	山坳	守	妹

去坳口等友。

4-647

刘	見	友	元	远
Liuz	raen	youx	roen	gyae
liːu²	ɹan¹	ju⁴	joːn¹	kjai¹
看	见	友	路	远

望见远方友，

4-648

想	改	韦	贝	勒
Siengj	gaij	vae	bae	lawh
θiːŋ³	kaːi³	vai¹	pai¹	ləɯ⁶
想	改	姓	去	换

想改姓相交。

男唱

4-649

变	办	对	鸟	炕
Bienq	baenz	doiq	roeg	enq
piːn⁵	pan²	toːi⁵	ɹok⁸	eːn⁵
变	成	对	鸟	燕

变一对燕子,

4-650

贝	邦	权	小	美
Bae	bangx	gemh	souj	meiz
pai¹	paːŋ⁴	keːn⁶	θiːu³	mei²
去	旁	山坳	守	妹

去坳口等友。

4-651

改	作	牙	不	贝
Gaij	coh	yax	mbouj	bae
kaːi³	ço⁶	ja⁵	bou⁵	pai¹
改	名字	也	不	去

改名也不去,

4-652

改	韦	牙	不	刀
Gaij	vae	yax	mbouj	dauq
kaːi³	vai¹	ja⁵	bou⁵	taːu⁵
改	姓	也	不	回

改姓也不回。

女唱

4-653

变	办	对	鸟	炕
Bienq	baenz	doiq	roeg	enq
piːn⁵	pan²	toːi⁵	ɹok⁸	eːn⁵
变	成	对	鸟	燕

变一对燕子,

4-654

田	它	在	告	峎
Dieg	de	ywq	gau	rungh
tiːk⁸	te¹	jɯ⁵	kaːu¹	ɹuŋ⁶
地	他	在	山	峎

他家在山里。

4-655

农	得	田	文	荣
Nuengx	ndaej	dieg	vuen	yungz
nuːŋ⁴	dai³	tiːk⁸	vuːn¹	juŋ²
妹	得	地	欢	乐

妹得富足地,

4-656

好	办	龙	小	女
Ndei	baenz	lungz	siuj	nawx
dei¹	pan²	luŋ²	θiːu³	nu⁴
好	成	龙	小	女

好似女神仙。

女唱

4-657

变	办	对	鸟	烷
Bienq	baenz	doiq	roeg	enq
piːn⁵	pan²	toːi⁵	ɹok⁸	eːn⁵
变	成	对	鸟	燕

变一对燕子，

4-658

田	它	在	告	峷
Dieg	de	ywq	gau	rungh
tiːk⁸	te¹	juɯ⁵	kaːu¹	ɹuŋ⁶
地	他	在	山	峷

他家在山里。

4-659

心	火	又	心	供
Sin	hoj	youh	sin	gungz
θin¹	ho³	jou⁴	θin¹	kuŋ²
辛	苦	又	辛	穷

艰苦又贫穷，

4-660

文	荣	开	么	备
Vuen	yungz	gij	maz	beix
vuːn¹	juŋ²	kaːi²	ma⁵	pi⁴
欢	乐	什	么	兄

谈不上富足。

男唱

4-661

变	办	对	鸟	烷
Bienq	baenz	doiq	roeg	enq
piːn⁵	pan²	toːi⁵	ɹok⁸	eːn⁵
变	成	对	鸟	燕

变一对燕子，

4-662

田	它	在	告	峷
Dieg	de	ywq	gau	rungh
tiːk⁸	te¹	juɯ⁵	kaːu¹	ɹuŋ⁶
地	他	在	山	峷

他家在山里。

4-663

秀	内	不	文	荣
Ciuh	neix	mbouj	vuen	yungz
ɕiːu⁶	ni⁴	bou⁵	vuːn¹	juŋ²
世	这	不	欢	乐

今世不富足，

4-664

堂	秀	浪	洋	祘
Daengz	ciuh	laeng	yaeng	suenq
taŋ²	ɕiːu⁶	laŋ¹	jaŋ¹	θuːn⁵
到	世	后	再	算

下辈子另算。

女唱

4-665

变	办	对	鸟	炕
Bienq	baenz	doiq	roeg	enq
pi:n⁵	pan²	to:i⁵	ɹok⁸	e:n⁵
变	成	对	鸟	燕

变一对燕子，

4-666

田	它	在	告	崟
Dieg	de	ywq	gau	rungh
ti:k⁸	te¹	jɯ⁵	ka:u¹	ɹuŋ⁶
地	他	在	山	崟

他家在山里。

4-667

加	秀	浪	文	荣
Caj	ciuh	laeng	vuen	yungz
kja³	ɕi:u⁶	laŋ¹	vu:n¹	juŋ²
等	世	后	欢	乐

等下辈富足，

4-668

秀	少	论	牙	了
Ciuh	sau	lumz	yax	liux
ɕi:u⁶	θa:u¹	lun²	ja⁵	li:u⁴
世	姑娘	忘	也	完

哪还记得我。

男唱

4-669

变	办	对	鸟	炕
Bienq	baenz	doiq	roeg	enq
pi:n⁵	pan²	to:i⁵	ɹok⁸	e:n⁵
变	成	对	鸟	燕

变一对燕子，

4-670

田	它	在	告	崟
Dieg	de	ywq	gauh	rungh
ti:k⁸	te¹	jɯ⁵	ka:u¹	ɹuŋ⁶
地	他	在	山	崟

他家在山里。

4-671

秀	秀	是	文	荣
Ciuh	ciuh	cix	vuen	yungz
ɕi:u⁶	ɕi:u⁶	ɕi⁴	vu:n¹	juŋ²
世	世	就	欢	乐

代代都富足，

4-672

利	说	么	了	农
Lij	naeuz	maz	liux	nuengx
li⁴	nau²	ma²	li:u⁴	nu:ŋ⁴
还	说	什么	啰	妹

妹还挑什么？

男唱

4-673

变　办　对　鸟　炕

Bienq　baenz　doiq　roeg　enq

$piːn^5$　pan^2　$toːi^5$　$ɹok^8$　$eːn^5$

变　成　对　鸟　燕

变一对燕子，

4-674

田　它　在　方　立

Dieg　de　ywq　fueng　leih

$tiːk^8$　te^1　$juɯ^5$　$fuːŋ^1$　li^6

地　他　在　方　利

他家方位好。

4-675

你　得　田　你　好

Mwngz　ndaej　dieg　mwngz　ndei

$muɯŋ^2$　dai^3　$tiːk^8$　$muɯŋ^2$　dei^1

你　得　地　你　好

你有好去处，

4-676

古　九　义　马　罗

Guh　giuj　ngeih　ma　loh

ku^4　$kiːu^3$　$ŋi^6$　ma^1　lo^6

做　情　义　来　路

做什么都得。

女唱

4-677

变　办　对　鸟　炕

Bienq　baenz　doiq　roeg　enq

$piːn^5$　pan^2　$toːi^5$　$ɹok^8$　$eːn^5$

变　成　对　鸟　燕

变一对燕子，

4-678

田　它　在　方　立

Dieg　de　ywq　fueng　leih

$tiːk^8$　te^1　$juɯ^5$　$fuːŋ^1$　li^6

地　他　在　方　利

他家方位好。

4-679

得　开　田　背　时

Ndaej　gaiq　dieg　boih　seiz

dai^3　$kaːi^5$　$tiːk^8$　$poːi^6$　$θi^2$

得　块　地　背　时

得块贫瘠地，

4-680

又　好　开　么　由

Youh　ndei　gij　maz　raeuh

jou^4　dei^1　$kaːi^2$　ma^2　$ɹau^6$

又　好　什　么　多

算什么好地？

男唱

4-681

变	办	对	鸟	炕
Bienq	baenz	doiq	roeg	enq
pi:n⁵	pan²	to:i⁵	ɹok⁸	e:n⁵
变	成	对	鸟	燕

变一对燕子，

4-682

田	它	在	方	好
Dieg	de	ywq	fueng	hau
ti:k⁸	te¹	juɯ⁵	fu:ŋ¹	ha:u¹
地	他	在	方	白

他方在平川。

4-683

貝	得	田	金	交
Bae	ndaej	dieg	gim	gyau
pai¹	dai³	ti:k⁸	kin¹	kja:u¹
去	得	地	金	鸟

得风水好地，

4-684

古	阝	好	罗	备
Guh	boux	hau	lox	beix
ku⁴	pu⁴	ha:u¹	lo⁴	pi⁴
做	人	白	骗	兄

还来骗老兄。

女唱

4-685

变	办	对	鸟	炕
Bienq	baenz	doiq	roeg	enq
pi:n⁵	pan²	to:i⁵	ɹok⁸	e:n⁵
变	成	对	鸟	燕

变一对燕子，

4-686

田	它	在	方	黑
Dieg	de	ywq	fueng	naem
ti:k⁸	te¹	juɯ⁵	fu:ŋ¹	nan¹
地	他	在	方	黑

他方在暗处。

4-687

往	元	空	备	银
Uengj	ien	ndwi	beix	ngaenz
va:ŋ³	ju:n¹	du:i¹	pi⁴	ŋan²
枉	冤	空	兄	银

情哥冤枉我，

4-688

偻	空	办	么	古
Raeuz	ndwi	baenz	maz	guh
ɹau²	du:i¹	pan²	ma²	ku⁴
我们	不	成	什么	做

我做不成事。

男唱

4-689

变	办	对	鸟	炕
Bienq	baenz	doiq	roeg	enq
piːn⁵	pan²	toːi⁵	ɹok⁸	eːn⁵
变	成	对	鸟	燕

变一对燕子，

4-690

田	它	在	方	黑
Dieg	de	ywq	fueng	naem
tiːk⁸	te¹	juɯ⁵	fuːŋ¹	nan¹
地	他	在	方	黑

他方在暗处。

4-691

家	财	在	思	恩
Gya	caiz	ywq	swh	wnh
kja¹	ɕaːi²	juɯ⁵	θɯ¹	an¹
家	财	在	思	恩

财产在思恩，

4-692

不	真	少	家	当
Mbouj	caen	sau	gya	dangq
bou⁵	ɕin¹	θaːu¹	kja¹	taːŋ⁵
不	真	姑娘	家	当

不是妹家产。

女唱

4-693

变	办	对	鸟	炕
Bienq	baenz	doiq	roeg	enq
piːn⁵	pan²	toːi⁵	ɹok⁸	eːn⁵
变	成	对	鸟	燕

变一对燕子，

4-694

田	它	在	方	黑
Dieg	de	ywq	fueng	naem
tiːk⁸	te¹	juɯ⁵	fuːŋ¹	nan¹
地	他	在	方	黑

他方在暗处。

4-695

结	卜	妻	不	办
Giet	boh	maex	mbouj	baenz
kiːt⁷	po⁶	mai⁴	bou⁵	pan²
结	夫	妻	不	成

结不成夫妻，

4-696

古	灯	日	同	秋
Guh	daeng	ngoenz	doengh	ciuq
ku⁴	taŋ¹	ŋon²	toŋ²	ɕiːu⁵
做	灯	天	相	照

阳光下相伴。

男唱

4-697

变	办	对	鸟	炕
Bienq	baenz	doiq	roeg	enq
piːn⁵	pan²	toːi⁵	ɹok⁸	eːn⁵
变	成	对	鸟	燕

变一对燕子，

4-698

田	它	在	方	黑
Dieg	de	ywq	fueng	naem
tiːk⁸	te¹	jɯ⁵	fuːŋ¹	nan¹
地	他	在	方	黑

他方在暗处。

4-699

备	才	红	古	巡
Beix	nda	hoengq	guh	cunz
pi⁴	da¹	hoŋ⁶	ku⁴	ɕun²
兄	刚	空	做	巡

兄晚来一步，

4-700

少	先	办	妻	伏
Sau	senq	baenz	maex	fwx
θaːu¹	θeːn⁵	pan²	mai⁴	fə⁴
姑娘	早	成	妻	别人

妹早已嫁人。

女唱

4-701

变	办	对	鸟	炕
Bienq	baenz	doiq	roeg	enq
piːn⁵	pan²	toːi⁵	ɹok⁸	eːn⁵
变	成	对	鸟	燕

变一对燕子，

4-702

田	它	在	方	三
Dieg	de	ywq	fueng	san
tiːk⁸	te¹	jɯ⁵	fuːŋ¹	θaːn¹
地	他	在	方	山

他方在山上。

4-703

小	女	空	米	然
Siuj	nawx	ndwi	miz	ranz
θiːu³	nu⁴	du:i¹	mi²	ɹaːn²
小	女	不	有	家

小女没有家，

4-704

马	元	干	内	在
Ma	yiemh	gamj	neix	ywq
ma¹	juːn⁵	kaːn³	ni⁴	jɯ⁵
来	檐	洞	这	住

到岩洞来住。

男唱

4-705

变	办	对	鸟	炕
Bienq	baenz	doiq	roeg	enq

$piːn^5$　pan^2　$toːi^5$　$ɹok^8$　$eːn^5$

变　成　对　鸟　燕

变一对燕子，

4-706

可	全	拉	定	山
Goj	cienj	laj	din	bya

ko^5　$ɕuːn^3$　la^3　tin^1　pja^1

可　转　下　脚　山

常在山边飞。

4-707

中	中	牙	不	马
Cuengq	cungq	yax	mbouj	ma

$ɕuːŋ^5$　$ɕuŋ^5$　ja^5　bou^5　ma^1

放　枪　也　不　来

打枪也不走，

4-708

不	比	日	同	当
Mbouj	beij	ngoenz	doengh	daengq

bou^5　pi^3　$ŋon^2$　$toŋ^2$　$taŋ^5$

不　比　天　相　叮嘱

因与友相约。

女唱

4-709

卜	你	相	九	义
Boh	mwngz	ciengx	giuj	nyij

po^6　$mɯŋ^2$　$ɕiːŋ^4$　$kiːu^3$　$ɲi^3$

父　你　养　九　义

你父获新生，

4-710

可	为	土	鸟	炕
Goj	vei	duz	roeg	enq

ko^5　vei^1　tu^2　$ɹok^8$　$eːn^5$

可　亏　只　鸟　燕

幸亏有燕子。

4-711

九	义	刀	米	田
Giuj	nyij	dauq	miz	dieg

$kiːu^3$　$ɲi^3$　$taːu^5$　mi^2　$tiːk^8$

九　义　又　有　地

再生还有地，

4-712

可	鸟	炕	召	心
Goj	roeg	enq	cau	sim

ko^5　$ɹok^8$　$eːn^5$　$ɕaːu^5$　$θin^1$

可　鸟　燕　操　心

靠燕子帮衬。

男唱

4-713

卜	你	相	九	义
Boh	mwngz	ciengx	giuj	nyij
po⁶	muŋ²	ɕiːŋ⁴	kiːu³	ȵi³
父	你	养	九	义

你父获新生，

4-714

可	为	土	鸟	炕
Goj	vei	duz	roeg	enq
ko⁵	vei¹	tu²	ɣok⁸	eːn⁵
可	亏	只	鸟	燕

幸亏有燕子。

4-715

飞	贝	伏	又	轩
Mbin	bae	fwx	youh	hemq
bin¹	pai¹	fə⁴	jou⁴	heːn⁵
飞	去	别人	又	喊

飞走人又喊，

4-716

中	先	伏	又	笑
Cuengq	sienq	fwx	youh	riu
ɕuːŋ⁵	θiːn⁵	fə⁴	jou⁴	ɣiːu¹
放	线	别人	又	笑

不走别人笑。

女唱

4-717

变	办	对	鸟	炕
Bienq	baenz	doiq	roeg	enq
piːn⁵	pan²	toːi⁵	ɣok⁸	eːn⁵
变	成	对	鸟	燕

变一对燕子，

4-718

可	全	拉	定	森
Goj	cienj	laj	din	ndoeng
ko⁵	ɕuːn³	la³	tin¹	doŋ¹
可	转	下	脚	山林

常在林中飞。

4-719

丰	打	羽	唉	彭①
Fungh	daj	fwed	bing	bang
fuŋ⁶	ta³	fuːt⁸	piŋ¹	poŋ¹
凤	打	翅	乒	乓

凤展翅高飞，

4-720

采	南	峒	邦	光
Caij	namh	doengh	biengz	gvangq
ɕaːi³	naːn⁶	toŋ⁶	piːŋ²	kwaːŋ⁵
踩	土	峒	地方	宽

大地方落脚。

男唱

4-721

变	办	对	鸟	炕
Bienq	baenz	doiq	roeg	enq
pi:n⁵	pan²	to:i⁵	ɹok⁸	e:n⁵
变	成	对	鸟	燕

变一对燕子，

4-722

下	垌	变	办	鸦
Roengz	doengh	bienq	baenz	a
ɹoŋ²	toŋ⁶	pi:n⁵	pan²	a¹
下	垌	变	成	鸦

出门变乌鸦。

4-723

计	后	罗	不	马
Gyiq	haeuj	loh	mbouj	ma
kji⁵	hau³	lo⁶	bou⁵	ma¹
故意	进	路	不	来

故意不回家，

4-724

很	山	贝	古	九
Hwnj	bya	bae	guh	yiuh
hɯn³	pja¹	pai¹	ku⁴	ji:u⁶
上	山	去	做	鹞

上山当鹞鹰。

女唱

4-725

变	办	对	鸟	沙
Bienq	baenz	doiq	roeg	ra
pi:n⁵	pan²	to:i⁵	ɹok⁸	ɹa¹
变	成	对	鸟	白鹇

变一对白鹇，

4-726

飞	贝	它	又	叫
Mbin	bae	de	youh	heuh
bin¹	pai	te¹	jou⁴	he:u⁶
飞	去	它	又	叫

飞翔又鸣叫。

4-727

很	山	贝	古	九
Hwnj	bya	bae	guh	yiuh
hɯn³	pja¹	pai¹	ku⁴	ji:u⁶
上	山	去	做	鹞

上山当鹞鹰，

4-728

又	办	秀	开	么
Youh	baenz	ciuh	gij	maz
jou⁴	pan²	ɕi:u⁶	ka:i²	ma²
又	成	世	什	么

活着有何用。

男唱

4-729

变	办	对	鸟	沙
Bienq	baenz	doiq	roeg	ra
pi:n⁵	pan²	to:i⁵	ɹok⁸	ɹa¹
变	成	对	鸟	白鹇

变一对白鹇，

4-730

飞	貝	它	又	叫
Mbin	bae	de	youh	heuh
bin¹	pai	te¹	jou⁴	he:u⁶
飞	去	它	又	叫

飞翔又鸣叫。

4-731

划	手	又	波	小
Vad	fwngz	youh	boq	seuq
va:t⁸	fuŋ²	jou⁴	po⁵	θe:u⁵
招	手	又	吹	哨

摇手又吹哨，

4-732

叫	办	鸟	王	美
Heuh	baenz	roeg	vangz	meiz
he:u⁶	pan²	ɹok⁸	va:ŋ²	mei²
叫	成	鸟	画	眉

如同画眉鸟。

女唱

4-733

变	办	对	鸟	沙
Bienq	baenz	doiq	roeg	ra
pi:n⁵	pan²	to:i⁵	ɹok⁸	ɹa¹
变	成	对	鸟	白鹇

变一对白鹇，

4-734

飞	貝	它	又	叫
Mbin	bae	de	youh	heuh
bin¹	pai	te¹	jou⁴	he:u⁶
飞	去	它	又	叫

飞翔又鸣叫。

4-735

划	手	又	波	小
Vad	fwngz	youh	boq	seuq
va:t⁸	fuŋ²	jou⁴	po⁵	θe:u⁵
招	手	又	吹	哨

摇手又吹哨，

4-736

白	老	秀	双	偻
Beg	lauq	ciuh	song	raeuz
pe:k⁸	la:u⁵	ɕi:u⁶	θo:ŋ¹	ɹau²
白	误	世	两	我们

误我俩青春。

男唱

4-737

变	办	对	鸟	沙
Bienq	baenz	doiq	roeg	ra
piːn⁵	pan²	toːi⁵	ɹok⁸	ɹaː¹
变	成	对	鸟	白鹇

变一对白鹇，

4-738

飞	貝	它	又	叫
Mbin	bae	de	youh	heuh
bin¹	pai	teˀ¹	jou⁴	heːu⁶
飞	去	它	又	叫

飞翔又鸣叫。

4-739

在	古	鸦	跟	九
Ywq	guh	a	riengz	yiuh
juɯ⁵	ku⁴	aˀ¹	ɹiːŋ²	jiːu⁶
在	做	鸦	跟	鹞

做乌鸦鹞鹰，

4-740

当	秀	内	空	米
Dangq	ciuh	neix	ndwi	miz
taːŋ⁵	ɕiːu⁶	ni⁴	duːi¹	mi²
当	世	这	不	有

当没有此生。

女唱

4-741

变	办	对	鸟	炕
Bienq	baenz	doiq	roeg	enq
piːn⁵	pan²	toːi⁵	ɹok⁸	eːn⁵
变	成	对	鸟	燕

变一对燕子，

4-742

吃	貝	千	后	三
Gwn	bae	cien	haeux	san
kɯn¹	pai¹	ɕin¹	hau⁴	θaːn¹
吃	去	千	米	白

吃了许多米。

4-743

丰	飞	外	司	然
Fungh	mbin	vaij	swj	ranz
fuŋ⁶	bin¹	vaːi³	θɯ³	ɹaːn²
凤	飞	过	偏屋	家

凤飞过屋头，

4-744

油	点	灯	空	良
Youz	diemj	daeng	ndwi	liengh
jou²	tiːn³	taŋ¹	duːi¹	liːŋ⁶
油	点	灯	不	亮

油灯点不亮。

男唱

4-745

油　点　灯　空　良
Youz diemj daeng ndwi liengh
jou² ti:n³ taŋ¹ du:i¹ li:ŋ⁶
油　点　灯　不　亮
油灯点不亮，

4-746

偻　同　祘　很　圩
Raeuz doengz suenq hwnj hawj
ɹau² toŋ² θu:n⁵ hɯn³ həɯ³
我们　同　算　上　圩
我俩谋相遇。

4-747

水　点　是　利　特
Raemx diemj cix lij dwz
ɹam⁴ ti:n³ çi⁴ li⁴ tɯ²
水　点　就　还　燃
水都可点燃，

4-748

么　油　点　不　良
Maz youz diemj mbouj liengh
ma² jou² ti:n³ bou⁵ li:ŋ⁶
何　油　点　不　亮
油点却不亮？

女唱

4-749

不　仅　果　勒　求
Mbouj saenq go lwg gyaeuq
bou⁵ θin⁵ ko¹ luk⁸ kjau⁵
不　信　棵　子　桐
看那棵桐树，

4-750

纠　了　又　结　安
Gyaeuh liux youh giet aen
kjau⁶ li:u⁴ jou⁴ ki:t⁷ an¹
落　完　又　结　个
来年又结果。

4-751

托　拉　果　内　办
Doek laj go neix baenz
tok⁷ la³ ko¹ ni⁴ pan²
落　下　棵　这　成
熟果用做油，

4-752

油　点　灯　又　良
Youz diemj daeng youh liengh
jou² ti:n³ taŋ¹ jou⁴ li:ŋ⁶
油　点　灯　又　亮
点灯也能亮。

男唱

4-753

十	义	安	灯	龙
Cib	ngeih	aen	daeng	loengz
çit^8	n̯i^6	an^1	taŋ^1	loŋ^2
十	二	个	灯	笼

十二盏灯笼，

4-754

全	特	下	斗	点
Gyonj	dawz	roengz	daeuj	diemj
kjo:n^3	təɯ^2	ɹoŋ^2	tau^3	ti:n^3
都	拿	下	来	点

全部都点上。

4-755

油	点	灯	空	良
Youz	diemj	daeng	ndwi	liengh
jou^2	ti:n^3	taŋ^1	du:i^1	li:ŋ^6
油	点	灯	不	亮

油灯点不亮，

4-756

坏	灯	照	你	贝
Vaih	dwngh	cau	mwngz	bae
va:i^6	tuŋ^5	ça:u^4	muŋ^2	pai^1
坏	灯	罩	你	去

白浪费灯罩。

女唱

4-757

贝	河	買	灯	罩
Bae	haw	cawx	dwngh	cau
pai^1	həɯ^1	çəɯ^4	tuŋ^5	ça:u^4
去	圩	买	灯	罩

上街买灯罩，

4-758

堂	大	罗	被	文
Daengz	daih	loh	deng	fwn
taŋ^2	ta:i^6	lo^6	te:ŋ^1	vun^1
到	大	路	挨	雨

半路被雨淋。

4-759

备	自	古	被	吨
Beix	gag	guh	deng	dumx
pi^4	ka:k^8	ku^4	te:ŋ^1	tun^4
兄	自	做	挨	淹

兄身上被淋，

4-760

怨	作	土	不	得
Yonq	coq	dou	mbouj	ndaej
jo:n^5	ço^5	tu^1	bou^5	dai^3
怨	放	我	不	得

你怨不得我。

男唱

女唱

4-761

十	义	安	灯	龙
Cib	ngeih	aen	daeng	loengz
çit⁸	n̠i⁶	an¹	taŋ¹	loŋ²
十	二	个	灯	笼

十二盏灯笼,

4-765

貝	河	買	门	灯
Bae	haw	cawx	mwnz	daeng
pai¹	həu¹	çɯu⁴	muun²	taŋ¹
去	圩	买	芯	灯

上街买灯芯,

4-762

全	特	下	斗	点
Gyonj	dawz	roengz	daeuj	diemj
kjo:n³	tɯ²	ɹoŋ²	tau³	ti:n³
都	拿	下	来	点

全部都点上。

4-766

特	马	作	安	强
Dawz	ma	coq	aen	giengz
tɯ²	ma¹	ço⁵	an¹	ki:ŋ²
拿	来	放	个	三脚灶

回来搁灶上。

4-763

油	点	灯	不	良
Youz	diemj	daeng	mbouj	liengh
jou²	ti:n³	taŋ¹	bou⁵	li:ŋ⁶
油	点	灯	不	亮

油灯点不亮,

4-767

油	点	灯	空	良
Youz	diemj	daeng	ndwi	liengh
jou²	ti:n³	taŋ¹	du:i¹	li:ŋ⁶
油	点	灯	不	亮

油灯点不亮,

4-764

农	自	变	良	心
Nuengx	gag	bienq	liengz	sim
nu:ŋ⁴	ka:k⁸	pi:n⁵	li:ŋ²	θin¹
妹	自	变	良	心

妹你已变心。

4-768

坏	卜	乜	本	钱
Vaih	boh	meh	bonj	cienz
va:i⁶	po⁶	me⁶	po:n³	çi:n²
坏	父	母	本	钱

白浪费本钱。

男唱

4-769

十	义	安	灯	龙
Cib	ngeih	aen	daeng	loengz
çit⁸	n̠i⁶	an¹	taŋ¹	loŋ²
十	二	个	灯	笼

十二盏灯笼，

4-770

全	特	下	斗	点
Gyonj	dawz	roengz	daeuj	diemj
kjoːn³	tɯ²	ɹoŋ²	tau³	tiːn³
都	拿	下	来	点

全部都点上。

4-771

油	点	灯	空	良
Youz	diemj	daeng	ndwi	liengh
jou²	tiːn³	taŋ¹	duːi¹	liːŋ⁶
油	点	灯	不	亮

油灯点不亮，

4-772

是	利	强	得	忠
Cix	lij	giengz	ndaej	fangz
çi⁴	li⁴	kiːŋ²	dai³	faːŋ²
是	还	强	得	鬼

也比摸黑强。

女唱

4-773

十	义	安	灯	龙
Cib	ngeih	aen	daeng	loengz
çit⁸	n̠i⁶	an¹	taŋ¹	loŋ²
十	二	个	灯	笼

十二盏灯笼，

4-774

点	安	安	是	良
Diemj	aen	aen	cix	liengh
tiːn³	an¹	an¹	çi⁴	liːŋ⁶
点	个	个	是	亮

盏盏都明亮。

4-775

点	灯	作	吉	光
Diemj	daeng	coq	giz	gvengq
tiːn³	taŋ¹	ço⁵	ki²	kweːŋ⁵
点	灯	放	处	空旷

点灯搁高处，

4-776

良	堂	备	知	空
Liengh	daengz	beix	rox	ndwi
liːŋ⁶	taŋ²	pi⁴	ɹo⁴	duːi¹
亮	到	兄	或	不

能否照亮你？

男唱

4-777

十	义	安	灯	龙
Cib	ngeih	aen	daeng	loengz
çit^8	ȵi^6	an^1	taŋ^1	loŋ^2
十	二	个	灯	笼

十二盏灯笼，

4-778

点	安	安	是	良
Diemj	aen	aen	cix	liengh
tiːn^3	an^1	an^1	çi^4	liːŋ^6
点	个	个	是	亮

盏盏都明亮。

4-779

点	灯	作	吉	光
Diemj	daeng	coq	giz	gvengq
tiːn^3	taŋ^1	ço^5	ki^2	kweːŋ^5
点	灯	放	处	空旷

点灯搁高处，

4-780

良	伏	不	堂	偻
Liengh	fwx	mbouj	daengz	raeuz
liːŋ^6	fɤ^4	bou^5	taŋ^2	ȵau^2
亮	别人	不	到	我们

光照不到我。

女唱

4-781

十	义	安	灯	龙
Cib	ngeih	aen	daeng	loengz
çit^8	ȵi^6	an^1	taŋ^1	loŋ^2
十	二	个	灯	笼

十二盏灯笼，

4-782

点	安	安	是	亮
Diemj	aen	aen	cix	rongh
tiːn^3	an^1	an^1	çi^4	ɣoːŋ^6
点	个	个	是	亮

盏盏都明亮。

4-783

点	灯	龙	古	穷
Diemj	daeng	loengz	guh	gyoengq
tiːn^3	taŋ^1	loŋ^2	ku^4	kjoŋ^5
点	灯	笼	做	群

灯笼点成串，

4-784

备	秋	亮	知	空
Beix	ciuq	rongh	rox	ndwi
pi^4	çiːu^5	ɣoːŋ^6	ɣo^4	duːi^1
兄	看	亮	或	不

你看亮不亮？

男唱

4-785

十	义	安	灯	龙
Cib	ngeih	aen	daeng	loengz
$çit^8$	$ŋi^6$	an^1	$taŋ^1$	$loŋ^2$
十	二	个	灯	笼

十二盏灯笼，

4-786

点	安	安	是	亮
Diemj	aen	aen	cix	rongh
$tiːn^3$	an^1	an^1	$çi^4$	$ɹoːŋ^6$
点	个	个	是	亮

盏盏都明亮。

4-787

点	灯	龙	古	群
Diemj	daeng	loengz	guh	gyoengq
$tiːn^3$	$taŋ^1$	$loŋ^2$	ku^4	$kjoŋ^5$
点	灯	笼	做	群

灯笼点成串，

4-788

亮	办	乜	灯	日
Rongh	baenz	meh	daeng	ngoenz
$ɹoːŋ^6$	pan^2	me^6	$taŋ^1$	$ŋon^2$
亮	成	母	灯	天

比太阳还亮。

女唱

4-789

点	灯	作	央	华
Diemj	daeng	coq	yangq	vaj
$tiːn^3$	$taŋ^1$	$ço^5$	$jaːŋ^5$	va^3
点	灯	放	香	火

点灯搁神龛，

4-790

良	贝	五	安	京
Rongh	bae	haj	aen	ging
$ɹoːŋ^6$	pai^1	ha^3	an^1	$kiŋ^1$
亮	去	五	个	经

亮五个宗支。

4-791

问	付	母	广	英
Haemq	fux	mux	gvangj	in
han^5	fu^4	mu^4	$kwaːŋ^3$	in^1
问	父	母	广	姻

问月下老人，

4-792

利	米	正	知	不
Lij	miz	cingz	rox	mbouj
li^4	mi^2	$çiŋ^2$	$ɹo^4$	bou^5
还	有	情	或	不

姻缘还在否？

男唱

4-793

点	灯	作	央	华
Diemj	daeng	coq	yangq	vaj
ti:n³	taŋ¹	ço⁵	ja:ŋ⁵	va³
点	灯	放	香	火

点灯搁神龛，

4-794

亮	貝	五	安	京
Rongh	bae	haj	aen	ging
ɹo:ŋ⁶	pai¹	ha³	an¹	kiŋ¹
亮	去	五	个	经

亮五个宗支。

4-795

问	付	母	广	英
Haemq	fux	mux	gvangj	in
han⁵	fu⁴	mu⁴	kwa:ŋ³	in¹
问	父	母	广	姻

问月下老人，

4-796

米	正	牙	告	内
Miz	cingz	yax	gau	neix
mi²	çiŋ²	ja⁵	ka:u¹	ni⁴
有	情	也	次	这

盼能结姻缘。

女唱

4-797

点	灯	作	央	华
Diemj	daeng	coq	yangq	vaj
ti:n³	taŋ¹	ço⁵	ja:ŋ⁵	va³
点	灯	放	香	火

点灯搁神龛，

4-798

亮	貝	五	安	京
Rongh	bae	haj	aen	ging
ɹo:ŋ⁶	pai¹	ha³	an¹	kiŋ¹
亮	去	五	个	经

亮五个宗支。

4-799

点	灯	作	罗	令
Diemj	daeng	coq	loh	rin
ti:n³	taŋ¹	ço⁵	lo⁶	ɹin¹
点	灯	放	路	石

点灯搁路边，

4-800

亮	堂	城	皇	帝
Rongh	daengz	singz	vuengz	daeq
ɹo:ŋ⁶	taŋ²	θiŋ²	vu:ŋ²	tai⁵
亮	到	城	皇	帝

照亮到皇城。

男唱

4-801

点	灯	作	央	华
Diemj	daeng	coq	yangq	vaj
ti:n³	taŋ¹	ço⁵	ja:ŋ⁵	va³
点	灯	放	香	火

点灯搁神龛，

4-802

亮	贝	五	安	京
Rongh	bae	haj	aen	ging
ɹo:ŋ⁶	pai¹	ha³	an¹	kiŋ¹
亮	去	五	个	经

亮五个宗支。

4-803

点	灯	作	罗	令
Diemj	daeng	coq	loh	rin
ti:n³	taŋ¹	ço⁵	lo⁶	ɹin¹
点	灯	放	路	石

点灯搁路边，

4-804

北	京	城	亮	了
Baek	ging	singz	rongh	liux
pak⁷	kiŋ¹	θiŋ²	ɹo:ŋ⁶	li:u⁴
北	京	城	亮	完

照亮北京城。

女唱

4-805

点	灯	作	央	华
Diemj	daeng	coq	yangq	vaj
ti:n³	taŋ¹	ço⁵	ja:ŋ⁵	va³
点	灯	放	香	火

点灯搁神龛，

4-806

亮	贝	五	安	楼
Rongh	bae	haj	aen	laeuz
ɹo:ŋ⁶	pai¹	ha³	an¹	lau²
亮	去	五	个	楼

照亮五座楼。

4-807

点	灯	作	龙	头
Diemj	daeng	coq	lungz	daeuz
ti:n³	taŋ¹	ço⁵	luŋ²	tau²
点	灯	放	龙	头

点灯搁龙头，

4-808

亮	堂	偻	知	不
Rongh	daengz	raeuz	rox	mbouj
ɹo:ŋ⁶	taŋ²	ɹau²	ɹo⁴	bou⁵
亮	到	我们	或	不

照到我乡否？

男唱

4-809

点	灯	作	央	华
Diemj	daeng	coq	yangq	vaj

$tiːn^3$ $taŋ^1$ $ço^5$ $jaːŋ^5$ va^3

点 灯 放 香 火

点灯搁神龛，

4-810

亮	貝	五	安	楼
Rongh	bae	haj	aen	laeuz

$ɣoːŋ^6$ pai^1 ha^3 an^1 lau^2

亮 去 五 个 楼

照亮五座楼。

4-811

点	灯	作	龙	头
Diemj	daeng	coq	lungz	daeuz

$tiːn^3$ $taŋ^1$ $ço^5$ $luŋ^2$ tau^2

点 灯 放 龙 头

点灯搁龙头，

4-812

亮	堂	偻	是	勒
Rongh	daengz	raeuz	cix	lawh

$ɣoːŋ^6$ $taŋ^2$ $ɣau^2$ $çi^4$ $ləu^6$

亮 到 我们 就 换

照到就结交。

女唱

4-813

点	灯	作	央	华
Diemj	daeng	coq	yangq	vaj

$tiːn^3$ $taŋ^1$ $ço^5$ $jaːŋ^5$ va^3

点 灯 放 香 火

点灯搁神龛，

4-814

亮	貝	五	安	楼
Rongh	bae	haj	aen	laeuz

$ɣoːŋ^6$ pai^1 ha^3 an^1 lau^2

亮 去 五 个 楼

照亮五座楼。

4-815

米	话	是	同	说
Miz	vah	cix	doengh	naeuz

mi^2 va^6 $çi^4$ $toŋ^2$ nau^2

有 话 就 相 说

有话公开说，

4-816

收	古	而	了	备
Caeu	guh	rawz	liux	beix

$çau^1$ ku^4 $ɣau^2$ $liːu^4$ pi^4

藏 做 什么 啰 兄

兄藏着做甚？

男唱

4-817

点	灯	作	央	华
Diemj	daeng	coq	yangq	vaj
ti:n³	taŋ¹	ço⁵	ja:ŋ⁵	va³
点	灯	放	香	火

点灯搁神龛,

4-818

亮	貝	五	安	楼
Rongh	bae	haj	aen	laeuz
ɣo:ŋ⁶	pai¹	ha³	an¹	lau²
亮	去	五	个	楼

照亮五座楼。

4-819

利	宁	空	同	说
Lij	ningq	ndwi	doengh	naeuz
li⁴	niŋ⁵	du:i¹	toŋ²	nau²
还	小	不	相	说

小时不相商,

4-820

内	正	偻	牙	坤
Neix	cingz	raeuz	yaek	goenq
ni⁴	çiŋ²	ɣau²	jak⁷	kon⁵
这	情	我们	要	断

而今情快断。

女唱

4-821

点	灯	作	央	华
Diemj	daeng	coq	yangq	vaj
ti:n³	taŋ¹	ço⁵	ja:ŋ⁵	va³
点	灯	放	香	火

点灯搁神龛,

4-822

亮	貝	五	安	开
Rongh	bae	haj	aen	gai
ɣo:ŋ⁶	pai¹	ha³	an¹	ka:i¹
亮	去	五	个	街

照亮五条街。

4-823

点	灯	排	它	排
Diemj	daeng	baiz	daz	baiz
ti:n³	taŋ¹	pa:i²	ta²	pa:i²
点	灯	排	又	排

成排的灯火,

4-824

特	貝	开	而	良
Dawz	bae	gai	lawz	liengh
təɯ²	pai¹	ka:i¹	laɯ²	li:ŋ⁶
拿	去	街	哪	亮

要照哪条街?

男唱

女唱

4-825

点	灯	作	央	毕
Diemj	daeng	coq	yangq	vaj
ti:n³	taŋ¹	ço⁵	ja:ŋ⁵	va³
点	灯	放	香	火

点灯搁神龛，

4-826

亮	贝	五	安	开
Rongh	bae	haj	aen	gai
ɹo:ŋ⁶	pai¹	ha³	an¹	ka:i¹
亮	去	五	个	街

照亮五条街。

4-827

点	灯	排	它	排
Diemj	daeng	baiz	daz	baiz
ti:n³	taŋ¹	pa:i²	ta²	pa:i²
点	灯	排	又	排

成排的灯火，

4-828

亮	堂	开	少	包
Rongh	daengz	gai	sau	mbauq
ɹo:ŋ⁶	taŋ²	ka:i¹	θa:u¹	ba:u⁵
亮	到	街	姑娘	小伙

照亮情友街。

4-829

点	灯	作	央	毕
Diemj	daeng	coq	yangq	vaj
ti:n³	taŋ¹	ço⁵	ja:ŋ⁵	va³
点	灯	放	香	火

点灯搁神龛，

4-830

亮	贝	五	安	板
Rongh	bae	haj	aen	mbanj
ɹo:ŋ⁶	pai¹	ha³	an¹	ba:n³
亮	去	五	个	村

照亮五个村。

4-831

点	灯	作	罗	汉
Diemj	daeng	coq	loh	hanz
ti:n³	taŋ¹	ço⁵	lo⁶	ha:n²
点	灯	放	路	担

扁担头点灯，

4-832

亮	贝	三	丈	四
Rongh	bae	sam	ciengh	seiq
ɹo:ŋ⁶	pai¹	θa:n¹	çɯ:ŋ⁶	θei⁵
亮	去	三	丈	四

照亮一大片。

男唱

4-833

点	灯	作	央	华
Diemj	daeng	coq	yangq	vaj
ti:n³	taŋ¹	ço⁵	ja:ŋ⁵	va³
点	灯	放	香	火

点灯搁神龛，

4-834

亮	贝	五	安	板
Rongh	bae	haj	aen	mbanj
ɹo:ŋ⁶	pai¹	ha³	an¹	ba:n³
亮	去	五	个	村

照亮五个村。

4-835

点	灯	作	罗	汉
Diemj	daeng	coq	loh	hanz
ti:n³	taŋ¹	ço⁵	lo⁶	ha:n²
点	灯	放	路	担

扁担头点灯，

4-836

亮	贝	堂	然	农
Rongh	bae	daengz	ranz	nuengx
ɹo:ŋ⁶	pai¹	taŋ²	ɹa:n²	nu:ŋ⁴
亮	去	到	家	妹

照到小妹家。

女唱

4-837

点	灯	作	更	开
Diemj	daeng	coq	gwnz	gai
ti:n³	taŋ¹	ço⁵	kɯn²	ka:i¹
点	灯	放	上	街

点灯放街上，

4-838

文	来	堂	又	贵
Vunz	lai	daengz	youh	gvih
vun²	la:i¹	taŋ²	jou⁴	kwei⁶
人	多	到	又	跪

大家又下跪。

4-839

点	灯	作	良	为
Diemj	daeng	coq	liengz	veih
ti:n³	taŋ¹	ço⁵	le:ŋ²	vei⁶
点	灯	放	梁	帏

点灯挂梁上，

4-840

亮	四	处	古	岁
Rongh	seiq	cih	guh	caez
ɹo:ŋ⁶	θei⁵	çi⁶	ku⁴	çai²
亮	四	处	做	齐

周边全照亮。

男唱

女唱

4-841

点	灯	作	更	开
Diemj	daeng	coq	gwnz	gai
ti:n³	taŋ¹	ço⁵	kun²	ka:i¹
点	灯	放	上	街

点灯放街上，

4-842

文	来	堂	又	贵
Vunz	lai	daengz	youh	gvih
vun²	la:i¹	taŋ²	jou⁴	kwei⁶
人	多	到	又	跪

大家又下跪。

4-843

点	灯	作	良	为
Diemj	daeng	coq	liengz	veih
ti:n³	taŋ¹	ço⁵	le:ŋ⁶	vei⁶
点	灯	放	梁	帏

点灯挂梁上，

4-844

四	处	亮	吨	本
Seiq	cih	rongh	daemx	mbwn
θei⁵	çi⁶	ɣo:ŋ⁶	tan⁴	bun¹
四	处	亮	顶	天

天亮如白昼。

4-845

点	灯	作	更	开
Diemj	daeng	coq	gwnz	gai
ti:n³	taŋ¹	ço⁵	kun²	ka:i¹
点	灯	放	上	街

点灯放街上，

4-846

文	来	堂	又	满
Vunz	lai	daengz	youh	muengh
vun²	la:i¹	taŋ²	jou⁴	mu:ŋ⁶
人	多	到	又	望

路人来围观。

4-847

点	灯	作	吉	降
Diemj	daeng	coq	gix	gyangq
ti:n³	taŋ¹	ço⁵	ki⁴	kja:ŋ⁵
点	灯	放	这	搁

点灯放这里，

4-848

刘	对	邦	开	正
Liuz	doih	baengz	hai	cingz
liu²	to:i⁶	paŋ²	ha:i¹	çiŋ²
看	伙伴	朋	开	情

看友分礼品。

男唱

4-849

点	灯	作	更	开
Diemj	daeng	coq	gwnz	gai
ti:n³	taŋ¹	ço⁵	kun²	ka:i¹
点	灯	放	上	街

点灯放街上，

4-850

文	来	堂	又	满
Vunz	lai	daengz	youh	muengh
vun²	la:i¹	taŋ²	jou⁴	mu:ŋ⁶
人	多	到	又	望

路人来围观。

4-851

点	灯	作	吉	降
Diemj	daeng	coq	gix	gyangq
ti:n³	taŋ¹	ço⁵	ki⁴	kja:ŋ⁵
点	灯	放	这	搁

点灯放这里，

4-852

秀	对	邦	米	元
Ciuh	doih	baengz	miz	yuenz
çi:u⁶	to:i⁶	paŋ²	mi²	ju:n²
世	伙伴	朋	有	缘

情侣有缘分。

女唱

4-853

点	灯	作	更	开
Diemj	daeng	coq	gwn	gai
ti:n³	taŋ¹	ço⁵	kun²	ka:i¹
点	灯	放	上	街

点灯放街上，

4-854

文	来	堂	又	相
Vunz	lai	daengz	youh	siengq
vun²	la:i¹	taŋ²	jou⁴	θi:ŋ⁵
人	多	到	又	看

路人来围观。

4-855

点	太	作	吉	光
Diemj	daeng	coq	giz	gvengq
ti:n³	taŋ¹	ço⁵	ki²	kwe:ŋ⁵
点	灯	放	处	空旷

点灯搁高处，

4-856

相	要	友	在	行
Siengq	aeu	youx	caih	hangz
θi:ŋ⁵	au¹	ju⁴	ça:i⁶	ha:ŋ²
相	要	友	在	行

选个伶俐友。

男唱

4-857

点	灯	作	更	开
Diemj	daeng	coq	gwnz	gai
ti:n³	taŋ¹	ço⁵	kun²	ka:i¹
点	灯	放	上	街

点灯放街上，

4-858

文	来	堂	又	相
Vunz	lai	daengz	youh	siengq
vun²	la:i¹	taŋ²	jou⁴	θi:ŋ⁵
人	多	到	又	看

路人来围观。

4-859

阝	相	阝	不	相
Boux	siengq	boux	mbouj	siengq
pu⁴	θi:ŋ⁵	pu⁴	bou⁵	θi:ŋ⁵
人	相	人	不	相

有看有不看，

4-860

英	相	可	下	王
Yingz	siengq	goj	roengz	vaengz
iŋ¹	θi:ŋ⁵	ko⁵	ɣoŋ²	vaŋ²
仍	相	可	下	潭

到潭边相亲。

女唱

4-861

点	灯	作	更	开
Diemj	daeng	coq	gwnz	gai
ti:n³	taŋ¹	ço⁵	kun²	ka:i¹
点	灯	放	上	街

点灯放街上，

4-862

文	来	堂	又	满
Vunz	lai	daengz	youh	monh
vun²	la:i¹	taŋ²	jou⁴	mo:n⁶
人	多	到	又	谈情

朋友来谈情。

4-863

点	灯	作	庆	远
Diemj	daeng	coq	ging	yenj
ti:n³	taŋ¹	ço⁵	kiŋ³	ju:n⁶
点	灯	放	庆	远

点灯搁庆远，

4-864

农	秋	满	知	空
Nuengx	ciuq	monh	rox	ndwi
nu:ŋ⁴	çi:u⁵	mo:n⁶	ɣo⁴	du:i¹
妹	看	谈情	或	不

我未必谈情。

男唱

4-865

点	灯	作	更	开
Diemj	daeng	coq	gwnz	gai
ti:n³	taŋ¹	ço⁵	kɯn²	ka:i¹
点	灯	放	上	街

点灯放街上，

4-866

文	来	堂	又	满
Vunz	lai	daengz	youh	monh
vun²	la:i¹	taŋ²	jou⁴	mo:n⁶
人	多	到	又	谈情

朋友来谈情。

4-867

点	灯	作	庆	远
Diemj	daeng	coq	ging	yenj
ti:n³	taŋ¹	ço⁵	kiŋ³	ju:n⁶
点	灯	放	庆	远

点灯搁庆远，

4-868

农	秋	满	是	贝
Nuengx	ciuq	monh	cix	bae
nu:ŋ⁴	çi:u⁵	mo:n⁶	çi⁴	pai¹
妹	看	谈情	就	去

妹谈情就去。

女唱

4-869

点	灯	作	更	开
Diemj	daeng	coq	gwnz	gai
ti:n³	taŋ¹	ço⁵	kɯn²	ka:i¹
点	灯	放	上	街

点灯放街上，

4-870

文	来	堂	又	口
Vunz	lai	daengz	youh	gaeuj
vun²	la:i¹	taŋ²	jou⁴	kau³
人	多	到	又	看

路人来围观。

4-871

点	灯	作	南	州
Diemj	daeng	coq	nanz	couh
ti:n³	taŋ¹	ço⁵	na:n²	çou⁵
点	灯	放	南	州

点灯放南州，

4-872

邦	口	田	而	好
Baengz	gaeuj	dieg	lawz	ndei
paŋ²	kau³	ti:k⁸	lau²	dei¹
朋	看	地	哪	好

友看何处好？

男唱

4-873

点	灯	作	更	开
Diemj	daeng	coq	gwnz	gai
ti:n³	taŋ¹	ço⁵	kun²	ka:i¹
点	灯	放	上	街

点灯放街上，

4-874

文	来	堂	又	口
Vunz	lai	daengz	youh	gaeuj
vun²	la:i¹	taŋ²	jou⁴	kau³
人	多	到	又	看

路人来围观。

4-875

点	灯	作	南	州
Diemj	daeng	coq	nanz	couh
ti:n³	taŋ¹	ço⁵	na:n²	çou⁵
点	灯	放	南	州

点灯放南州，

4-876

邦	口	厡	是	跟
Baengz	gaeuj	nyienh	cix	riengz
paŋ²	kau³	ȵu:n⁶	çi⁴	ɹi:ŋ²
朋	看	愿	就	跟

友愿意就来。

女唱

4-877

知	安	灯	内	罗
Rox	aen	daeng	neix	roh
ɹo⁴	an¹	taŋ¹	ni⁴	ɹo⁶
知	个	灯	这	漏

明知灯漏油，

4-878

是	不	作	油	令
Cix	mbouj	coq	youz	rim
çi⁴	bou⁵	ço⁵	jou²	ɹin¹
就	不	放	油	满

就别放满油。

4-879

知	农	变	良	心
Rox	nuengx	bienq	liengz	sim
ɹo⁴	nu:ŋ⁴	pi:n⁵	li:ŋ²	θin¹
知	妹	变	良	心

明知妹变心，

4-880

千	金	是	不	勒
Cien	gim	cix	mbouj	lawh
çi:n¹	kin¹	çi⁴	bou⁵	lɯ⁶
千	金	就	不	换

别花重金谈。

男唱

4-881

知	安	灯	内	罗
Rox	aen	daeng	neix	roh
$\textup{ɹo}^4$	$\textup{an}^1$	$\textup{taŋ}^1$	$\textup{ni}^4$	$\textup{ɹo}^6$
知	个	灯	这	漏

明知灯漏油，

4-882

是	不	作	油	令
Cix	mbouj	coq	youz	rim
$\textup{çi}^4$	$\textup{bou}^5$	$\textup{ço}^5$	$\textup{jou}^2$	$\textup{ɹin}^1$
就	不	放	油	满

就不放满油。

4-883

知	农	变	良	心
Rox	nuengx	bienq	liengz	sim
$\textup{ɹo}^4$	$\textup{nuːŋ}^4$	$\textup{piːn}^5$	$\textup{liːŋ}^2$	$\textup{θin}^1$
知	妹	变	良	心

若知妹变心，

4-884

先	特	正	土	刀
Senq	dawz	cingz	dou	dauq
$\textup{θeːn}^5$	$\textup{təɯ}^2$	$\textup{çiŋ}^1$	$\textup{tu}^1$	$\textup{taːu}^5$
早	拿	情	我	回

早追回信物。

女唱

4-885

知	安	灯	内	罗
Rox	aen	daeng	neix	roh
$\textup{ɹo}^4$	$\textup{an}^1$	$\textup{taŋ}^1$	$\textup{ni}^4$	$\textup{ɹo}^6$
知	个	灯	这	漏

明知灯漏油，

4-886

是	不	作	油	桐
Cix	mbouj	coq	youz	doengz
$\textup{çi}^4$	$\textup{bou}^5$	$\textup{ço}^5$	$\textup{jou}^2$	$\textup{toŋ}^2$
就	不	放	油	桐

就不加桐油。

4-887

知	农	你	空	从
Rox	nuengx	mwngz	ndwi	coengz
$\textup{ɹo}^4$	$\textup{nuːŋ}^4$	$\textup{muɯŋ}^2$	$\textup{duːi}^1$	$\textup{çoŋ}^2$
知	妹	你	不	从

若知妹不从，

4-888

采	很	下	付	荣
Byaij	hwnj	roengz	fouz	yungh
$\textup{pjaːi}^3$	$\textup{hun}^3$	$\textup{ɹoŋ}^2$	$\textup{fu}^2$	$\textup{juŋ}^6$
走	上	下	无	用

努力也白费。

男唱

女唱

4-889

知	安	灯	内	罗
Rox	aen	daeng	neix	roh
ɹo⁴	an¹	taŋ¹	ni⁴	ɹo⁶
知	个	灯	这	漏

明知灯漏油，

4-890

是	空	作	油	桐
Cix	ndwi	coq	youz	doengz
çi⁴	du:i¹	ço⁵	jou²	toŋ²
就	不	放	油	桐

就不加桐油。

4-891

知	农	你	空	从
Rox	nuengx	mwngz	ndwi	coengz
ɹo⁴	nu:ŋ⁴	muɯ²	du:i¹	çoŋ²
知	妹	你	不	从

若知妹不从，

4-892

桥	龙	是	空	采
Giuz	lungz	cix	ndwi	byaij
ki:u²	luŋ²	çi⁴	du:i¹	pja:i³
桥	龙	就	不	走

不走冤枉路。

4-893

知	安	灯	内	罗
Rox	aen	daeng	neix	roh
ɹo⁴	an¹	taŋ¹	ni⁴	ɹo⁶
知	个	灯	这	漏

明知灯漏油，

4-894

是	空	作	油	来
Cix	ndwi	coq	youz	lai
çi⁴	du:i¹	ço⁵	jou²	la:i¹
就	不	放	油	多

不加太多油。

4-895

知	能	空	办	才
Rox	nyaenx	ndwi	baenz	caiz
ɹo⁴	ȵan⁴	du:i¹	pan²	ça:i²
知	那么	不	成	才

若知要落空，

4-896

土	先	乖	利	早
Dou	senq	gvai	lij	romh
tu¹	θe:n⁵	kwa:i¹	li⁴	ɹo:m⁶
我	早	乖	还	早

我早该悔悟。

男唱

4-897

乖　不　乖　利　早

Gvai　mbouj　gvai　lij　romh

$kwaːi^1$　bou^5　$kwaːi^1$　li^4　$ɹoːn^6$

乖　不　乖　还　早

不早点悔悟，

4-898

祘　不　祘　可　比

Suenq　mbouj　suenq　goek　bi

$θuːn^5$　bou^5　$θuːn^5$　kok^7　pi^1

算　不　算　根　年

年初也不说。

4-899

伏　内　刀　同　立

Fawh　neix　dauq　doengh　liz

$fɯ^6$　ni^4　$taːu^5$　ton^2　li^2

时　这　倒　相　离

而今要分手，

4-900

话　好　龙　才　出

Vah　ndei　lungz　nda　ok

va^6　dei^1　lun^2　da^1　$oːk^7$

话　好　龙　刚　出

兄才说好话。

女唱

4-901

尝　得　义　十　比

Caengz　ndaej　ngeih　cib　bi

$ɕaŋ^2$　dai^3　$ɲi^6$　$ɕit^8$　pi^1

未　得　二　十　年

不满二十岁，

4-902

是　好　你　打　祘

Cix　ndij　mwngz　daj　suenq

$ɕi^4$　di^1　$mɯn^2$　ta^3　$θuːn^5$

就　与　你　打　算

就同你商议。

4-903

想　牙　乖　利　早

Siengj　yaek　gvai　lij　romh

$θiːn^3$　jak^7　$kwaːi^1$　li^4　$ɹoːn^6$

想　要　乖　还　早

想早点悔悟，

4-904

为　观　空　米　正

Vih　gonq　ndwi　miz　cingz

vei^6　kon^5　$duːi^1$　mi^2　$ɕin^2$

为　先　不　有　情

只因没彩礼。

男唱

4-905

想	牙	乖	利	早
Siengj	yaek	gvai	lij	romh
$\theta i{:}\eta^3$	jak^7	kwa:i^1	li^4	ɹo:n^6
想	要	乖	还	早

想早点悔悟，

4-906

为	观	空	米	正
Vih	gonq	ndwi	miz	cingz
vei^6	ko:n^5	du:i^1	mi^2	ɕiŋ^2
为	先	不	有	情

只因没彩礼。

4-907

想	托	农	中	声
Siengj	doh	nuengx	cuengq	sing
$\theta i{:}\eta^3$	to^6	nu:ŋ^4	ɕu:ŋ^5	$\theta i\eta^1$
想	同	妹	放	声

想同妹唱歌，

4-908

知	哈	文	知	不
Rox	ha	vunz	rox	mbouj
ɹo^4	ha^1	vun^2	ɹo^4	bou^5
知	配	人	或	不

又怕不如人。

女唱

4-909

想	牙	乖	利	早
Siengj	yaek	gvai	lij	romh
$\theta i{:}\eta^3$	jak^7	kwa:i^1	li^4	ɹo:n^6
想	要	乖	还	早

想早点悔悟，

4-910

为	观	空	米	正
Vih	gonq	ndwi	miz	cingz
vei^6	ko:n^5	du:i^1	mi^2	ɕiŋ^2
为	先	不	有	情

只因没彩礼。

4-911

管	托	备	中	声
Guenj	doh	beix	cuengq	sing
ku:n^3	to^6	pi^4	ɕu:ŋ^5	$\theta i\eta^1$
管	同	兄	放	声

尽管放声唱，

4-912

不	哈	文	洋	祘
Mbouj	ha	vunz	yaeng	suenq
bou^5	ha^1	vun^2	jaŋ^1	$\theta u{:}n^5$
不	配	人	再	算

不如人再说。

① 笊笊 [ji:u² ji:u²]：
九九，指用算盘算
账。

男唱

4-913

乖　不　乖　利　早

Gvai　mbouj　gvai　lij　romh

kwa:i¹　bou⁵　kwa:i¹　li⁴　ɹo:n⁶

乖　不　乖　还　早

来得及反悔，

4-914

祘　不　祘　笊　笊①

Suenq　mbouj　suenq　yiuz　yiuz

θu:n⁵　bou⁵　θu:n⁵　ji:u²　ji:u²

算　不　算　九　九

要不要算账？

4-915

鸟　炕　牙　断　桥

Roeg　enq　yaek　duenx　giuz

ɹok⁸　e:n⁵　jak⁷　tu:n⁴　ki:u²

鸟　燕　欲　断　桥

燕子要飞走，

4-916

龙　才　九　玩　仅

Lungz　nda　iu　vanz　saenq

luŋ²　da¹　i:u¹　va:n²　θin⁵

龙　刚　邀　还　信

老兄要结交。

女唱

4-917

想　牙　乖　利　早

Siengj　yaek　gvai　lij　romh

θi:ŋ³　jak⁷　kwa:i¹　li⁴　ɹo:n⁶

想　要　乖　还　早

想早点反悔，

4-918

为　观　空　同　说

Vih　gonq　ndwi　doengh　naeuz

vei⁶　ko:n⁵　du:i¹　toŋ²　nau²

为　先　不　相　说

但未曾商议。

4-919

往　双　偻　巴　轻

Uengj　song　raeuz　bak　mbaeu

va:ŋ³　θo:ŋ¹　ɹau²　pa:k⁷　bau¹

枉　两　我们　嘴　轻

我俩虽巧舌，

4-920

空　同　说　利　早

Ndwi　doengh　naeuz　lij　romh

du:i¹　toŋ²　nau²　li⁴　ɹo:n⁶

不　相　说　还　早

先前不商议。

男唱

4-921

乖	不	乖	利	早
Gvai	mbouj	gvai	lij	romh
kwa:i¹	bou⁵	kwa:i¹	li⁴	ɹo:n⁶
乖	不	乖	还	早

来得及反悔，

4-922

祘	不	祘	可	比
Suenq	mbouj	suenq	goek	bi
θuːn⁵	bou⁵	θuːn⁵	kok⁷	pi¹
算	不	算	根	年

年初也承诺。

4-923

备	农	牙	同	立
Beix	nuengx	yaek	doengh	liz
pei⁴	nuːŋ⁴	jak⁷	toŋ²	li²
兄	妹	欲	相	离

兄妹将分手，

4-924

讲	句	好	句	凶
Gangj	coenz	ndei	coenz	rwix
kaːŋ³	kjon²	dei¹	kjon²	ɹɯ:i⁴
讲	句	好	句	孬

好坏都要讲。

女唱

4-925

油	了	门	又	了
Youz	liux	mwnz	youh	liux
jou²	liːu⁴	muun²	jou⁴	liːu⁴
油	完	芯	又	完

油尽灯也枯，

4-926

优	强	贝	吊	法
Yaeuq	gyongh	bae	venj	faz
jau⁵	kjoːŋ⁶	pai¹	veːn³	fa²
藏	架	去	挂	竹墙

灯架已无用。

4-927

了	告	内	了	而
Liux	gau	neix	liux	roih
liːu⁴	kaːu¹	ni⁴	liːu⁴	ɹoːi⁶
完	次	这	完	他

我俩到头了，

4-928

面	元	家	双	边
Mienx	ien	gya	song	mbiengj
miːn⁴	juːn¹	kja¹	θoːŋ¹	bɯːŋ³
免	冤	家	两	边

免得造冤家。

男唱

4-929

油	了	门	又	了
Youz	liux	mwnz	youh	liux
jou²	li:u⁴	mun²	jou⁴	li:u⁴
油	完	芯	又	完

油尽灯也枯，

4-930

优	强	贝	吊	法
Yaeuq	gyongh	bae	venj	faz
jau⁵	kjo:ŋ⁶	pai¹	ve:n³	fa²
藏	架	去	挂	竹墙

灯架已无用。

4-931

讲	了	贝	包	而
Gangj	liux	bae	mbauq	lawz
ka:ŋ³	li:u⁴	pai¹	ba:u⁵	lau²
讲	完	去	小伙	哪

有话就说完，

4-932

文	利	加	你	由
Vunz	lij	caj	mwngz	raeuh
vun¹	li⁴	kja³	mun²	ʌau⁶
人	还	等	你	多

没人能等你。

女唱

4-933

油	了	门	又	了
Youz	liux	mwnz	youh	liux
jou²	li:u⁴	mun²	jou⁴	li:u⁴
油	完	芯	又	完

油尽灯也枯，

4-934

优	强	贝	吊	从
Yaeuq	gyongh	bae	venj	congh
jau⁵	kjo:ŋ⁶	pai¹	ve:n³	ɕo:ŋ⁶
藏	架	去	挂	洞

灯架也无用。

4-935

了	告	内	了	同
Liux	gau	neix	liux	doengz
li:u⁴	ka:u¹	ni⁴	li:u⁴	toŋ²
完	次	这	完	同

情分已到头，

4-936

桥	龙	不	阝	采
Giuz	lungz	mbouj	boux	byaij
ki:u²	luŋ²	bou⁵	pu⁴	pja:i³
桥	龙	无	人	走

以后不来往。

男唱

4-937

油	了	门	又	了
Youz	liux	mwnz	youh	liux
jou²	li:u⁴	mɯn²	jou⁴	li:u⁴
油	完	芯	又	完

油尽灯也枯，

4-938

优	强	贝	吊	从
Yaeuq	gyongh	bae	venj	congh
jau⁵	kjo:ŋ⁶	pai¹	ve:n³	ço:ŋ⁶
藏	架	去	挂	洞

灯架也无用。

4-939

了	是	了	四	方
Liux	cix	liux	seiq	fueng
li:u⁴	çi⁴	li:u⁴	θei⁵	fu:ŋ¹
完	是	完	四	方

做不成情友，

4-940

同	偻	不	可	在
Doengz	raeuz	mbouj	goj	ywq
toŋ²	ɣau²	bou⁵	ko⁵	ju⁵
同	我们	不	也	在

我俩情义在。

女唱

4-941

油	了	门	又	了
Youz	liux	mwnz	youh	liux
jou²	li:u⁴	mɯn²	jou⁴	li:u⁴
油	完	芯	又	完

油尽灯也枯，

4-942

优	强	贝	吊	从
Yaeuq	gyongh	bae	venj	congh
jau⁵	kjo:ŋ⁶	pai¹	ve:n³	ço:ŋ⁶
藏	架	去	挂	洞

灯架也无用。

4-943

了	告	内	了	同
Liux	gau	neix	liux	doengz
li:u⁴	ka:u¹	ni⁴	li:u⁴	toŋ²
完	次	这	完	同

情分已到头，

4-944

了	四	方	少	包
Liux	seiq	fueng	sau	mbauq
li:u⁴	θei⁵	fu:ŋ¹	θa:u¹	ba:u⁵
完	四	方	姑娘	小伙

兄妹情义断。

男唱

4-945

油	了	门	又	了
Youz	liux	mwnz	youh	liux
jou²	li:u⁴	mun²	jou⁴	li:u⁴
油	完	芯	又	完

油尽灯也枯，

4-946

优	强	贝	吊	从
Yaeuq	gyongh	bae	venj	congh
jau⁵	kjo:ŋ⁶	pai¹	ve:n³	ço:ŋ⁶
藏	架	去	挂	洞

灯架也无用。

4-947

以	样	内	同	下
Ei	yiengh	neix	doengh	roengz
i¹	jɯ:ŋ⁶	ni⁴	toŋ²	ɹoŋ²
依	样	这	相	下

从今天开始，

4-948

不	阝	从	后	生
Mbouj	boux	coengh	haux	seng
bou⁵	pu⁴	çoŋ⁶	hou⁴	θe:ŋ¹
无	人	帮	后	生

无处可求助。

女唱

4-949

油	了	门	又	了
Youz	liux	mwnz	youh	liux
jou²	li:u⁴	mun²	jou⁴	li:u⁴
油	完	芯	又	完

油尽灯也枯，

4-950

优	强	贝	吊	令
Yaeuq	gyongh	bae	venj	rin
jau⁵	kjo:ŋ⁶	pai¹	ve:n³	ɹin¹
藏	架	去	挂	石

灯架也无用。

4-951

牙	了	秀	友	金
Yaek	liux	ciuh	youx	gim
jak⁷	li:u⁴	çi:u⁶	ju⁴	kin¹
欲	完	世	友	金

我俩情缘尽，

4-952

当	阝	飞	当	边
Dangq	boux	mbin	dangq	mbiengj
ta:ŋ⁵	pu⁴	bin¹	ta:ŋ⁵	bɯ:ŋ³
另	人	飞	另	边

就各奔东西。

男唱

4-953

油	了	门	又	了
Youz	liux	mwnz	youh	liux

jou^2 $li:u^4$ mum^2 jou^4 $li:u^4$

油 完 芯 又 完

油尽灯也枯，

4-954

优	强	贝	吊	令
Yaeuq	gyongh	bae	venj	rin

jau^5 $kjo:ŋ^6$ pai^1 $ve:n^3$ $ɹin^1$

藏 架 去 挂 石

灯架也无用。

4-955

初	是	初	三	辰
Couh	cix	couh	san	sinz

$çou^6$ $çi^4$ $çou^6$ $θa:n^1$ $θin^2$

宿 就 宿 山 神

留宿大石山，

4-956

开	飞	来	了	农
Gaej	mbin	lai	liux	nuengx

$ka:i^5$ bin^1 $la:i^1$ $li:u^4$ $nu:ŋ^4$

莫 飞 多 啰 妹

妹别走太远。

女唱

4-957

油	了	门	又	了
Youz	liux	mwnz	youh	liux

jou^2 $li:u^4$ mum^2 jou^4 $li:u^4$

油 完 芯 又 完

油尽灯也枯，

4-958

优	强	贝	吊	令
Yaeuq	gyongh	bae	venj	rin

jau^5 $kjo:ŋ^6$ pai^1 $ve:n^3$ $ɹin^1$

藏 架 去 挂 石

灯架也无用。

4-959

老	表	备	是	飞
Laux	biuj	beix	cix	mbin

$la:u^4$ $pi:u^3$ pi^4 $çi^4$ bin^1

老 表 兄 是 飞

表兄走就走，

4-960

定	土	是	不	走
Din	dou	cix	mbouj	yamq

tin^1 tu^1 $çi^4$ bou^5 $ja:m^5$

脚 我 是 不 走

我定不会走。

男唱

女唱

4-961

油	了	门	又	了
Youz	liux	mwnz	youh	liux
jou²	liːu⁴	mun²	jou⁴	liːu⁴
油	完	芯	又	完

油尽灯也枯，

4-965

油	了	门	又	了
Youz	liux	mwnz	youh	liux
jou²	liːu⁴	mun²	jou⁴	liːu⁴
油	完	芯	又	完

油尽灯也枯，

4-962

优	强	贝	吊	周
Yaeuq	gyongh	bae	venj	saeu
jau⁵	kjoːŋ⁶	pai¹	veːn³	θau¹
藏	架	去	挂	柱

灯架也无用。

4-966

优	强	贝	吊	周
Yaeuq	gyongh	bae	venj	saeu
jau⁵	kjoːŋ⁶	pai¹	veːn³	θau¹
藏	架	去	挂	柱

灯架也无用。

4-963

牙	了	秀	巴	轻
Yaek	liux	ciuh	bak	mbaeu
jak⁷	liːu⁴	çiːu⁶	paːk⁷	bau¹
欲	完	世	嘴	轻

青春留不住，

4-967

了	穷	友	巴	轻
Liux	gyoengq	youx	bak	mbaeu
liːu⁴	kjoŋ⁵	ju⁴	paːk⁷	bau¹
完	群	友	嘴	轻

伴侣情缘尽，

4-964

你	说	而	了	农
Mwngz	naeuz	rawz	liux	nuengx
muŋ²	nau²	ɹauɹ²	liːu⁴	nuŋ⁴
你	说	什么	啰	妹

妹说怎么办？

4-968

牙	说	而	牙	由
Yaek	naeuz	rawz	yax	raeuh
jak⁷	nau²	ɹauɹ²	ja⁵	ɹau⁶
欲	说	什么	也	多

也无话可说。

男唱	女唱

男唱

4-969

油	了	门	又	了
Youz	liux	mwnz	youh	liux
jou²	li:u⁴	mun²	jou⁴	li:u⁴
油	完	芯	又	完

油尽灯也枯，

4-970

优	强	贝	吊	周
Yaeuq	gyongh	bae	venj	saeu
jau⁵	kjo:ŋ⁶	pai¹	ve:n³	θau¹
藏	架	去	挂	柱

灯架也无用。

4-971

牙	了	秀	巴	轻
Yaek	liux	ciuh	bak	mbaeu
jak⁷	li:u⁴	çi:u⁶	pa:k⁷	bau¹
欲	完	世	嘴	轻

青春留不住，

4-972

双	偻	古	而	祘
Song	raeuz	guh	rawz	suenq
θo:ŋ¹	ɹau²	ku⁴	ɹau²	θu:n⁵
两	我们	做	什么	算

如何度余生？

女唱

4-973

油	了	门	又	了
Youz	liux	mwnz	youh	liux
jou²	li:u⁴	mun²	jou⁴	li:u⁴
油	完	芯	又	完

油尽灯也枯，

4-974

优	强	贝	吊	周
Yaeuq	gyongh	bae	venj	saeu
jau⁵	kjo:ŋ⁶	pai¹	ve:n³	θau¹
藏	架	去	挂	柱

灯架也无用。

4-975

牙	了	秀	巴	轻
Yaek	liux	ciuh	bak	mbaeu
jak⁷	li:u⁴	çi:u⁶	pa:k⁷	bau¹
欲	完	世	嘴	轻

青春留不住，

4-976

双	偻	更	天	下
Song	raeuz	gwnz	denh	yah
θo:ŋ¹	ɹau²	kɯn²	ti:n¹	ja⁶
两	我们	上	天	下

我俩走天下。

男唱

4-977

油	了	门	又	了
Youz	liux	mwnz	youh	liux
jou²	liːu⁴	mun²	jou⁴	liːu⁴
油	完	芯	又	完

油尽灯也枯，

4-978

优	强	贝	吊	周
Yaeuq	gyongh	bae	venj	saeu
jau⁵	kjoːŋ⁶	pai¹	veːn³	θau¹
藏	架	去	挂	柱

灯架也无用。

4-979

牙	了	秀	巴	轻
Yaek	liux	ciuh	bak	mbaeu
jak⁷	liːu⁴	çiːu⁶	paːk⁷	bau¹
欲	完	世	嘴	轻

青春留不住，

4-980

坤	勾	偻	岁	动
Goenq	gaeu	raeuz	caez	doengh
kon⁵	kau¹	ɣuar²	çai²	toŋ⁶
断	藤	我们	齐	痛

我俩都心痛。

女唱

4-981

油	了	门	又	了
Youz	liux	mwnz	youh	liux
jou²	liːu⁴	mun²	jou⁴	liːu⁴
油	完	芯	又	完

油尽灯也枯，

4-982

优	强	贝	吊	周
Yaeuq	gyongh	bae	venj	saeu
jau⁵	kjoːŋ⁶	pai¹	veːn³	θau¹
藏	架	去	挂	柱

灯架也无用。

4-983

了	穷	友	巴	轻
Liux	gyoengq	youx	bak	mbaeu
liːu⁴	kjoŋ⁵	ju⁴	paːk⁷	bau¹
完	群	友	嘴	轻

伴侣情缘尽，

4-984

同	说	写	给	伏
Doengz	naeuz	ce	hawj	fwx
toŋ²	nau²	çe¹	həɯ³	fə⁴
同	说	留	给	别人

要提醒后人。

男唱

4-985

变	办	鸟	告	架
Bienq	baenz	roeg	gauq	gyax
piːn⁵	pan²	ɹok⁸	kaːu⁵	kja⁴
变	成	鸟	秧	鸡

变成杜鹃鸟，

4-986

下	拉	达	讲	坤
Roengz	laj	dah	gangj	gun
ɹoŋ²	la³	ta⁶	kaːŋ³	kun¹
下	下	河	讲	官话

河畔学汉语。

4-987

同	对	马	拉	本
Doengz	doih	ma	laj	mbwn
toŋ²	toːi⁶	ma¹	la³	bɯn¹
同	伙伴	来	下	天

同为天下人，

4-988

么	办	文	样	内
Maz	baenz	vunz	yiengh	neix
ma²	pan²	vun²	juːŋ⁶	ni⁴
何	成	人	样	这

为何成这样？

女唱

4-989

变	办	鸟	告	架
Bienq	baenz	roeg	gauq	gyax
piːn⁵	pan²	ɹok⁸	kaːu⁵	kja⁴
变	成	鸟	秧	鸡

变成杜鹃鸟，

4-990

下	拉	达	讲	坤
Roengz	laj	dah	gangj	gun
ɹoŋ²	la³	ta⁶	kaːŋ³	kun¹
下	下	河	讲	官话

河畔学汉语。

4-991

阝	而	阝	不	文
Boux	lawz	boux	mbouj	vunz
pu⁴	lau²	pu⁴	bou⁵	vun²
人	哪	人	不	人

个个皆凡人，

4-992

阝	而	龙	小	女
Boux	lawz	lungz	siuj	nawx
pu⁴	lau²	luŋ²	θiu³	nɯ⁴
人	哪	龙	小	女

谁是小龙女？

男唱

4-993

变	办	鸟	告	架
Bienq	baenz	roeg	gauq	gyax
pi:n⁵	pan²	ɹok⁸	ka:u⁵	kja⁴
变	成	鸟	秧	鸡

变成杜鹃鸟，

4-994

下	拉	达	讲	坤
Roengz	laj	dah	gangj	gun
ɹoŋ²	la³	ta⁶	ka:ŋ³	kun¹
下	下	河	讲	官话

河畔学汉语。

4-995

早	可	全	外	更
Romh	goj	cienj	vaij	gwnz
ɹo:n⁶	ko⁵	ɕu:n³	va:i³	guun²
鹰	可	转	过	上

鹰在高空飞，

4-996

知	哈	文	知	不
Rox	ha	vunz	rox	mbouj
ɹo⁴	ha¹	vun²	ɹo⁴	bou⁵
知	配	人	或	不

是否配得上？

女唱

4-997

变	办	鸟	告	架
Bienq	baenz	roeg	gauq	gyax
pi:n⁵	pan²	ɹok⁸	ka:u⁵	kja⁴
变	成	鸟	秧	鸡

变成杜鹃鸟，

4-998

下	拉	达	讲	坤
Roengz	laj	dah	gangj	gun
ɹoŋ²	la³	ta⁶	ka:ŋ³	kun¹
下	下	河	讲	官话

河畔学汉语。

4-999

早	可	全	外	更
Romh	goj	cienj	vaij	gwnz
ɹo:n⁶	ko⁵	ɕu:n³	va:i³	kuun²
鹰	可	旋	过	上

鹰在高空飞，

4-1000

不	哈	文	洋	祘
Mbouj	ha	vunz	yaeng	suenq
bou⁵	ha¹	vun²	jaŋ¹	θu:n⁵
不	配	人	再	算

配不上再说。

男唱	女唱

男唱

4-1001

变	办	鸟	告	架
Bienq	baenz	roeg	gauq	gyax
piːn⁵	pan²	ɹok⁸	kaːu⁵	kja⁴
变	成	鸟	秧	鸡

变成杜鹃鸟，

4-1002

下	拉	达	讲	坤
Roengz	laj	dah	gangj	gun
ɹoŋ²	la³	ta⁶	kaːŋ³	kun¹
下	下	河	讲	官话

河畔学汉语。

4-1003

友	文	可	友	文
Youx	vunz	goj	youx	vunz
ju⁴	vun²	ko³	ju⁴	vun²
友	人	可	友	人

密友归密友，

4-1004

几	时	真	备	农
Geij	seiz	caen	beix	nuengx
ki³	θi²	ɕin¹	pei⁴	nuːŋ⁴
几	时	真	兄	妹

并非亲兄妹。

女唱

4-1005

变	办	鸟	告	架
Bienq	baenz	roeg	gauq	gyax
piːn⁵	pan²	ɹok⁸	kaːu⁵	kja⁴
变	成	鸟	秧	鸡

变成杜鹃鸟，

4-1006

下	拉	达	讲	坤
Roengz	laj	dah	gangj	gun
ɹoŋ²	la³	ta⁶	kaːŋ³	kun¹
下	下	河	讲	官话

河畔学汉语。

4-1007

些	第	义	办	文
Seiq	daih	ngeih	baenz	vunz
θe⁵	ti⁵	ȵi⁶	pan²	vun²
世	第	二	成	人

轮回变风光，

4-1008

洋	赔	正	你	备
Yaeng	boiz	cingz	mwngz	beix
jaŋ¹	poːi²	ɕiŋ²	muŋ²	pi⁴
再	赔	情	你	兄

再还你深情。

男唱

4-1009

变	办	鸟	告	架
Bianq	baenz	roeg	gauq	gyax

piːn^5　pan^2　ɹok^8　kaːu^5　kja^4

变　成　鸟　秧　鸡

变成杜鹃鸟，

4-1010

下	拉	达	告	朋
Roengz	laj	dah	gauj	boengz

ɹoŋ^2　la^3　taː^6　kaːu^3　poŋ^2

下　下　河　搞　泥

下河玩泥浆。

4-1011

身	农	生	下	朋
Ndang	nuengx	caem	roengz	boengz

daːŋ^1　nuːŋ^4　çan^1　ɹoŋ^2　poŋ^2

身　妹　沉　下　泥

小妹沉泥潭，

4-1012

累	同	而	得	优
Laeq	doengz	lawz	ndaej	yaeuq

lai^5　toŋ^2　lauɯ^2　dai^3　jau^5

看　同　哪　得　藏

哪位扛得动？

女唱

4-1013

变	办	鸟	告	架
Bienq	baenz	roeg	gauq	gyax

piːn^5　pan^2　ɹok^8　kaːu^5　kja^4

变　成　鸟　秧　鸡

变成杜鹃鸟，

4-1014

下	拉	达	告	朋
Roengz	laj	dah	gauj	boengz

ɹoŋ^2　la^3　taː^6　kaːu^3　poŋ^2

下　下　河　搞　泥

下河玩泥浆。

4-1015

身	农	生	下	朋
Ndang	nuengx	caem	roengz	boengz

daːŋ^1　nuːŋ^4　çan^1　ɹoŋ^2　poŋ^2

身　妹　沉　下　泥

小妹沉泥潭，

4-1016

偻	是	付	生	衣
Raeuz	cix	fouz	seng	eiq

ɹau^2　çi^4　fu^2　θeːŋ^1　i^5

我们　就　浮　相　依

我俩难结交。

男唱

4-1017

不	仅	果	后	梁
Mbouj	saenq	go	haeux	liengx
bou⁵	θin⁵	ko¹	hau⁴	li:ŋ⁴
不	信	棵	稻	粱

看那狗尾粟，

4-1018

在	四	处	拉	本
Ywq	seiq	cih	laj	mbwn
ju⁵	θei⁵	çi⁶	la³	bun¹
在	四	处	下	天

它长遍天下。

4-1019

变	办	达	农	银
Bienq	baenz	dah	nuengx	ngaenz
pi:n⁵	pan²	ta⁶	nu:ŋ⁴	ŋan²
变	成	女孩	妹	银

化为靓妹子，

4-1020

付	拉	本	内	在
Fouz	laj	mbwn	neix	ywq
fu²	la³	bun¹	ni⁴	ju⁵
浮	下	天	这	在

永活在天下。

女唱

4-1021

不	仅	果	后	梁
Mbouj	saenq	go	haeux	liengx
bou⁵	θin⁵	ko¹	hau⁴	li:ŋ⁴
不	信	棵	稻	粱

看那狗尾粟，

4-1022

日	换	几	告	绸
Ngoenz	rieg	geij	gau	couz
ŋon²	ɯ:k⁸	ki³	ka:u¹	çu²
天	换	几	次	绸

经常换新叶。

4-1023

不	论	秀	友	土
Mbouj	lumz	ciuh	youx	dou
bou⁵	lun²	çi:u⁶	ju⁴	tu¹
不	忘	世	友	我

你看我好友，

4-1024

日	换	几	告	阝
Ngoenz	rieg	geij	gau	boux
ŋon²	ɯ:k⁸	ki³	ka:u¹	pu⁴
天	换	几	次	人

一日换几人。

男唱

4-1025

不	仅	粒	后	面
Mbouj	saenq	ngveih	haeux	meg
bou⁵	θin⁵	ŋwei⁶	hau⁴	meːk⁸
不	信	粒	米	麦

你看那荞麦，

4-1026

米	借	刀	米	吉
Miz	ciq	dauq	miz	giz
mi²	ɕi⁵	taːu⁵	mi²	ki²
有	借	又	有	处

也有地方借。

4-1027

命	农	正	可	好
Mingh	nuengx	cingq	goj	ndei
miŋ⁶	nuːŋ⁴	ɕiŋ⁵	ko³	dei¹
命	妹	正	可	好

小妹命真好，

4-1028

一	比	交	一	阝
It	bi	gyau	it	boux
it⁷	pi¹	kjaːu¹	it⁷	pu⁴
一	年	交	一	个

每年交一人。

女唱

4-1029

不	仅	粒	后	面
Mbouj	saenq	ngveih	haeux	meg
bou⁵	θin⁵	ŋwei⁶	hau⁴	meːk⁸
不	信	粒	米	麦

你看那荞麦，

4-1030

米	借	刀	米	开
Miz	ciq	dauq	miz	gai
mi²	ɕi⁵	taːu⁵	mi²	kaːi¹
有	借	又	有	街

街上有买卖。

4-1031

变	办	勒	阝	才
Bienq	baenz	lwg	boux	sai
piːn⁵	pan²	luk⁸	pu⁴	θaːi¹
变	成	子	男	人

若是男娃子，

4-1032

代	可	站	然	乜
Dai	goj	soengz	ranz	meh
taːi¹	ko³	θoŋ²	ɹaːn²	me⁶
死	可	站	家	母

终生住娘家。

男唱

4-1033

变	办	勒	阝	才
Bienq	baenz	lwg	boux	sai
pi:n⁵	pan²	luk⁸	pu⁴	θa:i¹
变	成	子	男	人

若是男娃子，

4-1034

是	采	更	采	拉
Cix	byaij	gwnz	byaij	laj
çi⁴	pja:i³	kɯn²	pja:i³	la³
就	走	上	走	下

便可到处走。

4-1035

勒	乜	女	变	化
Lwg	meh	mbwk	bienq	vaq
luk⁵	me⁶	buk⁷	pi:n⁵	va⁵
子	女	人	变	化

成女妹仔家，

4-1036

可	在	家	加	龙
Goj	cai	gya	caj	lungz
ko⁵	ça:i⁴	kja¹	kja³	luŋ²
可	在	家	等	龙

只好在家等。

女唱

4-1037

变	办	勒	阝	才
Bienq	baenz	lwg	boux	sai
pi:n⁵	pan²	luk⁸	pu⁴	θa:i¹
变	成	子	男	人

若是男娃子，

4-1038

更	绳	歪	跟	卜
Gaem	cag	vaiz	riengz	boh
kan¹	ça:k⁸	va:i²	ɹi:ŋ²	po⁶
握	绳	水牛	跟	父

可继承父业。

4-1039

勒	乜	女	心	火
Lwg	meh	mbwk	sin	hoj
luk⁸	me⁶	buk⁷	θin¹	ho³
子	女	人	辛	苦

女妹仔辛苦，

4-1040

十	日	罗	被	貝
Cib	ngoenz	loh	deng	bae
çit⁸	ŋon²	lo⁶	te:ŋ¹	pai¹
十	天	路	换	去

嫁远也得去。

① 兴兴 [n.iŋ⁵ n.iŋ⁵]:
灵灵，拟声词。

男唱

4-1041

变	办	鸟	告	兴
Bienq	baenz	roeg	gauq	lingq
pi:n⁵	pan²	ɹok⁸	ka:u⁵	iiŋ⁵
变	成	鸟	加	灵

化为加灵鸟，

4-1042

叫	兴	兴①	江	那
Heuh	nyingq	nyingq	gyang	naz
he:u⁶	n.iŋ⁵	n.iŋ⁵	kja:ŋ¹	na²
叫	灵	灵	中	田

在田间欢唱。

4-1043

说	农	八	造	家
Naeuz	nuengx	bah	caux	gya
nau²	nu:ŋ⁴	pa⁶	ça:u⁴	kja¹
说	妹	莫急	造	家

劝妹缓结婚，

4-1044

站	好	龙	讲	满
Soengz	ndij	lungz	gangj	monh
θoŋ²	di¹	luŋ²	ka:ŋ³	mo:n⁶
站	与	龙	讲	情

先陪兄谈情。

女唱

4-1045

变	办	鸟	告	兴
Bienq	baez	roeg	gauq	lingq
pi:n⁵	pan²	ɹok⁸	ka:u⁵	iiŋ⁵
变	成	鸟	加	灵

化为加灵鸟，

4-1046

叫	兴	兴	江	那
Heuh	nyingq	nyingq	gyang	naz
he:u⁶	n.iŋ⁵	n.iŋ⁵	kja:ŋ¹	na²
叫	灵	灵	中	田

在田间欢唱。

4-1047

备	是	先	当	家
Beix	cix	senq	dang	gya
pi⁴	çi⁴	θe:n⁵	ta:ŋ¹	kja¹
兄	是	早	当	家

兄你早成家，

4-1048

几	时	少	得	包
Geij	seiz	sau	ndaej	mbauq
ki³	θi²	θa:u¹	dai³	ba:u⁵
几	时	姑娘	得	小伙

我怎得到你？

男唱

4-1049

变　办　鸟　告　兴
Bienq　baenz　roeg　gauq　lingq
pi:n⁵　pan²　ɹok⁸　ka:u⁵　iiŋ⁵
变　成　鸟　加　灵
化为加灵鸟，

4-1050

叫　兴　兴　江　那
Heuh　nyingq　nyingq　gyang　naz
he:u⁶　n̠iŋ⁵　n̠iŋ⁵　kja:ŋ¹　na²
叫　灵　灵　中　田
在田间欢唱。

4-1051

变　办　早　跟　鸦
Bienq　baenz　romh　riengz　a
pi:n⁵　pan²　ɹo:m⁶　ɹi:ŋ²　a¹
变　成　鹰　跟　鸦
为老鹰乌鸦，

4-1052

马　拉　本　内　秋
Ma　laj　mbwn　neix　ciuz
ma¹　la³　bun¹　ni⁴　çi:u²
来　下　天　这　盘旋
活在这世上。

女唱

4-1053

变　办　鸟　告　兴
Bienq　baenz　roeg　gauq　lingq
pi:n⁵　pan²　ɹok⁸　ka:u⁵　iiŋ⁵
变　成　鸟　加　灵
化为加灵鸟，

4-1054

叫　兴　兴　江　那
Heuh　nyingq　nyingq　gyang　naz
he:u⁶　n̠iŋ⁵　n̠iŋ⁵　kja:ŋ¹　na²
叫　灵　灵　中　田
在田间欢唱。

4-1055

农　是　造　办　家
Nuengx　cix　caux　baenz　gya
nu:ŋ⁴　çi⁴　ça:u⁴　pan²　kja¹
妹　是　造　成　家
妹已建成家，

4-1056

龙　空　办　么　古
Lungz　ndwi　baenz　maz　guh
luŋ²　du:i¹　pan²　ma²　ku⁴
龙　不　成　什么　做
兄一事无成。

男唱

4-1057

变　办　鸟　告　兴

Bienq　baenz　roeg　gauq　lingq

$piːn^5$　pan^2　$ɹok^8$　$kaːu^5$　$iiŋ^5$

变　成　鸟　加　灵

化为加灵鸟，

4-1058

叫　兴　兴　江　仁

Heuh　nyingq　nyingq　gyang　vingz

$heːu^6$　$n̪iŋ^5$　$n̪iŋ^5$　$kjaːŋ^1$　$viŋ^2$

叫　灵　灵　中　草窝

草丛中欢叫。

4-1059

罗　土　强　小　正

Lox　dou　giengz　siuj　cingz

lo^4　tu^1　$kiːŋ^2$　$θiːu^3$　$ɕiŋ^2$

骗　我　搁　小　情

骗我押礼品，

4-1060

少　又　飞　邦　伏

Sau　youh　mbin　biengz　fwx

$θaːu^1$　jou^4　bin^1　$piːŋ^2$　$fə^4$

姑娘　又　飞　地方　别人

妹又走他乡。

女唱

4-1061

变　办　鸟　告　兴

Bienq　baenz　roeg　gauq　lingq

$piːn^5$　pan^2　$ɹok^8$　$kaːu^5$　$iiŋ^5$

变　成　鸟　加　灵

化为加灵鸟，

4-1062

叫　兴　兴　江　仁

Heuh　nyingq　nyingq　gyang　vingz

$heːu^6$　$n̪iŋ^5$　$n̪iŋ^5$　$kjaːŋ^1$　$viŋ^2$

叫　灵　灵　中　草窝

草丛中欢叫。

4-1063

罗　备　强　小　正

Lox　beix　giengz　siuj　cingz

lo^4　pi^4　$kiːŋ^2$　$θiːu^3$　$ɕiŋ^2$

骗　兄　搁　小　情

骗兄押礼品，

4-1064

貝　真　定　不　刀

Bae　caen　dingh　mbouj　dauq

pai^1　$ɕin^1$　$tiŋ^6$　bou^5　$taːu^5$

去　真　定　不　回

远去不回来。

男唱

4-1065

变	办	鸟	告	兴
Bienq	baenz	roeg	gauq	lingq
$pi:n^5$	pan^2	$ɹok^8$	$ka:u^5$	$iiŋ^5$
变	成	鸟	加	灵

化为加灵鸟，

4-1066

叫	兴	兴	江	仁
Heuh	nyingq	nyingq	gyang	vingz
$he:u^6$	$ȵiŋ^5$	$ȵiŋ^5$	$kja:ŋ^1$	$viŋ^2$
叫	灵	灵	中	草窝

草丛中欢叫。

4-1067

可	利	土	点	你
Goj	lix	dou	dem	mwngz
ko^5	li^4	tu^1	$te:m^1$	$muŋ^2$
可	剩	我	与	你

只有我和你，

4-1068

重	小	正	了	农
Naek	siuj	cingz	liux	nuengx
nak^7	$θi:u^3$	$ɕiŋ^2$	$li:u^4$	$nu:ŋ^4$
重	小	情	啰	妹

更器重礼物。

女唱

4-1069

变	办	鸟	告	兴
Bienq	baenz	roeg	gauq	lingq
$pi:n^5$	pan^2	$ɹok^8$	$ka:u^5$	$iiŋ^5$
变	成	鸟	加	灵

化为加灵鸟，

4-1070

叫	兴	兴	江	那
Heuh	nyingq	nyingq	gyang	naz
$he:u^6$	$ȵiŋ^5$	$ȵiŋ^5$	$kja:ŋ^1$	na^2
叫	灵	灵	中	田

在田间欢叫。

4-1071

变	办	粒	后	千
Bienq	baenz	ngveih	haeux	ciem
$pi:n^5$	pan^2	$ŋwei^6$	hau^4	$ɕi:n^1$
变	成	粒	米	籼

变成一粒米，

4-1072

牙	年	花	对	生
Yaek	nem	va	doiq	saemq
jak^7	$ne:m^1$	va^1	$to:i^5$	$θan^5$
要	贴	花	对	庚

跟定同龄友。

男唱

4-1073

变	办	鸟	告	兴
Bienq	baenz	roeg	gauq	lingq
piːn⁵	pan²	ɹok⁸	kaːu⁵	ɹiŋ⁵
变	成	鸟	加	灵

化为加灵鸟，

4-1074

叫	兴	兴	江	那
Heuh	nyingq	nyingq	gyang	naz
heːu⁶	n̠iŋ⁵	n̠iŋ⁵	kjaːŋ¹	na²
叫	灵	灵	中	田

在田间欢叫。

4-1075

下	祥	贵	又	间
Roengz	riengh	gwiz	youh	gem
ɹoŋ²	ɹiːŋ⁶	kui²	jou⁴	keːm¹
下	栏	丈夫	又	监管

出门丈夫管，

4-1076

少	年	土	不	得
Sau	nem	dou	mbouj	ndaej
θaːu¹	neːm¹	tu¹	bou⁵	dai³
姑娘	跟	我	不	得

妹跟我不行。

女唱

4-1077

变	办	对	鸟	沙
Bienq	baenz	doiq	roeg	ra
piːn⁵	pan²	toːi⁵	ɹok⁸	ɹa¹
变	成	对	鸟	白鹇

变一对白鹇，

4-1078

很	山	吃	叶	会
Hwnj	bya	gwn	mbaw	faex
huɯn³	pja¹	kuɯn¹	bau¹	fai⁴
上	山	吃	叶	树

上山吃树叶。

4-1079

变	办	对	卜	妻
Bienq	baenz	doiq	boh	maex
piːn⁵	pan²	toːi⁵	po⁶	mai⁴
变	成	对	夫	妻

变一对夫妻，

4-1080

下	祥	偻	岁	贝
Roengz	riengh	raeuz	caez	bae
ɹoŋ²	ɹiːŋ⁶	ɹau²	ɕai²	pai¹
下	栏	我们	齐	去

外出做伴行。

男唱
———

女唱
———

4-1081

变	办	对	鸟	沙
Bienq	baenz	doiq	roeg	ra
piːn⁵	pan²	toːi⁵	ɹok⁸	ɹa¹
变	成	对	鸟	白鹇

变一对白鹇，

4-1082

很	山	吃	叶	会
Hwnj	bya	gwn	mbaw	faex
huːn³	pja¹	kuːn¹	bauˈ	fai⁴
上	山	吃	叶	树

上山吃树叶。

4-1083

变	办	对	卜	妻
Bienq	baenz	doiq	boh	maex
piːn⁵	pan²	toːi⁵	po⁶	mai⁴
变	成	对	夫	妻

变一对夫妻，

4-1084

下	祥	干	包	少
Roengz	riengh	ganq	mbauq	sau
ɹoŋ²	ɹiːŋ⁶	kaːn⁵	baːu⁵	θaːu¹
下	栏	顾	小伙	姑娘

外出先打扮。

4-1085

变	办	对	鸟	沙
Bienq	baenz	doiq	roeg	ra
piːn⁵	pan²	toːi⁵	ɹok⁸	ɹa¹
变	成	对	鸟	白鹇

变一对白鹇，

4-1086

很	山	吃	叶	亚
Hwnj	bya	gwn	mbaw	yaq
huːn³	pja¹	kuːn¹	bauˈ	ja⁵
上	山	吃	叶	母猪藤

上山吃树叶。

4-1087

变	办	对	给	沙
Bienq	baenz	doiq	gaeq	ra
piːn⁵	pan²	toːi⁵	kai⁵	ɹa¹
变	成	对	鸡	白鹇

变一对白鹇，

4-1088

才	巴	吃	水	才
Raih	baq	gwn	raemx	raiz
ɹaːi⁶	pa⁵	kuːn¹	ɹan⁴	ɹaːi²
爬	坡	吃	水	露水

山边吃露水。

男唱

4-1089

变	办	对	鸟	沙
Bienq	baenz	doiq	roeg	ra
piːn⁵	pan²	toːi⁵	ɹok⁸	ɹa¹
变	成	对	鸟	白鹇

变一对白鹇，

4-1090

很	山	吃	叶	亚
Hwnj	bya	gwn	mbaw	yaq
huɯn³	pja¹	kɯn¹	baɯ¹	ja⁵
上	山	吃	叶	母猪藤

上山吃树叶。

4-1091

变	办	对	给	沙
Bienq	baenz	doiq	gaeq	ra
piːn⁵	pan²	toːi⁵	kai⁵	ɹa¹
变	成	对	鸡	白鹇

变一对白鹇，

4-1092

才	好	巴	内	贝
Raih	ndij	baq	neix	bae
ɹaːi⁶	di¹	pa⁵	ni⁴	pai¹
爬	沿	坡	这	去

逐坡走过去。

女唱

4-1093

变	办	对	给	沙
Bienq	baenz	doiq	gaeq	ra
piːn⁵	pan²	toːi⁵	kai⁵	ɹa¹
变	成	对	鸡	白鹇

变一对白鹇，

4-1094

才	好	巴	内	贝
Raih	ndij	baq	neix	bae
ɹaːi⁶	di¹	pa⁵	ni⁴	pai¹
爬	沿	坡	这	去

逐坡走过去。

4-1095

变	办	对	鸟	给
Bienq	baenz	doiq	roeg	gaeq
piːn⁵	pan²	toːi⁵	ɹok⁸	kai⁵
变	成	对	鸟	鸡

变一对野鸡，

4-1096

飞	贝	说	可	在
Mbin	bae	naeuz	goj	ywq
bin¹	pai¹	nau²	ko⁵	juɯ⁵
飞	去	或	可	在

飞走或留下？

男唱

4-1097

变	办	对	给	沙
Bienq	baenz	doiq	gaeq	ra
piːn⁵	pan²	toːi⁵	kai⁵	ɹa¹
变	成	对	鸡	白鹇

变一对白鹇，

4-1098

才	好	巴	内	貝
Raih	ndij	baq	neix	bae
ɹaːi⁶	di¹	pa⁵	ni⁴	pai¹
爬	沿	坡	这	去

逐坡走过去。

4-1099

变	办	对	鸟	给
Bienq	baenz	doiq	roeg	gaeq
piːn⁵	pan²	toːi⁵	ɹok⁸	kai⁵
变	成	对	鸟	鸡

变一对野鸡，

4-1100

飞	貝	偻	一	罗
Mbin	bae	raeuz	yiz	loh
bin¹	pai¹	ɹau²	i²	lo⁶
飞	去	我们	一	路

在一起飞翔。

女唱

4-1101

变	办	鸟	九	钱
Bienq	baenz	roeg	giuj	cienz
piːn⁵	pan²	ɹok⁸	kiːu³	ɕiːn²
变	成	鸟	纸	钱

变成纸钱鸟，

4-1102

乜	特	娘	马	可
Meh	dawz	nangz	ma	goq
me⁶	təɯ²	naːŋ²	ma¹	ko⁵
母	拿	姑娘	来	顾

母当女儿养。

4-1103

自	在	自	飞	付
Gag	ywq	gag	mbin	fouz
kaːk⁸	ju⁵	kaːk⁸	bin¹	fu²
自	在	自	飞	浮

整日飞不停，

4-1104

老	了	是	飞	貝
Laux	liux	cix	mbin	bae
laːu⁴	liːu⁴	ɕi⁴	bin¹	pai¹
老	完	就	飞	去

老了就飞走。

男唱

4-1105

变	办	鸟	九	钱
Bienq	baenz	roeg	giuj	cienz
piːn⁵	pan²	ɹokⁿ⁸	kiːu³	çiːn²
变	成	鸟	纸	钱

变成纸钱鸟，

4-1106

乜	特	娘	马	相
Meh	dawz	nangz	ma	ciengx
me⁶	təɯ²	naːŋ²	maː¹	çiːŋ⁴
母	拿	姑娘	来	养

母当女儿养。

4-1107

老	了	又	刀	良
Laux	liux	youh	dauq	lingh
laːu⁴	liːu⁴	jou⁴	taːu⁵	leːŋ⁶
老	完	又	倒	另

老了它变坏，

4-1108

往	乜	相	它	力
Uengj	meh	ciengx	dwk	rengz
vaːŋ³	me⁶	çiːŋ⁴	tuk⁷	ɹeːŋ²
枉	母	养	费	力

枉费母心机。

女唱

4-1109

变	办	鸟	九	钱
Bienq	baenz	roeg	giuj	cienz
piːn⁵	pan²	ɹokⁿ⁸	kiːu³	çiːn²
变	成	鸟	纸	钱

变成纸钱鸟，

4-1110

乜	特	娘	马	干
Meh	dawz	nangz	ma	ganq
me⁶	təɯ²	naːŋ²	maː¹	kaːn⁵
母	拿	姑娘	来	照料

母当女儿养。

4-1111

它	知	吃	知	讲
De	rox	gwn	rox	gangj
te¹	ɹo⁴	kɯn¹	ɹo⁴	kaːŋ³
他	知	吃	知	讲

她样样能干，

4-1112

刀	贝	干	然	文
Dauq	bae	ganq	ranz	vunz
taːu⁵	pai¹	kaːn⁵	ɹaːn²	vun²
倒	去	照料	家	人

却嫁给别人。

男唱

4-1113

变	办	鸟	九	钱
Bienq	baenz	roeg	giuj	cienz
$pi:n^5$	pan^2	$ɹok^8$	$ki:u^3$	$çi:n^2$
变	成	鸟	纸	钱

变成纸钱鸟，

4-1114

飞	貝	三	条	先
Mbin	bae	sam	diuz	sienq
bin^1	pai^1	$θa:n^1$	$ti:u^2$	$θi:n^5$
飞	去	三	条	线

飞在不远处。

4-1115

往	卜	生	乜	相
Uengj	boh	seng	meh	ciengx
$va:ŋ^3$	po^6	$θe:ŋ^1$	me^6	$çi:ŋ^4$
枉	父	生	母	养

虽父母生养，

4-1116

空	知	邦	在	而
Ndwi	rox	biengz	ywq	lawz
$du:i^1$	$ɹo^4$	$pi:ŋ^2$	ju^5	lau^2
不	知	地方	在	哪

却不知去向。

女唱

4-1117

变	办	鸟	九	钱
Bienq	baenz	roeg	giuj	cienz
$pi:n^5$	pan^2	$ɹok^8$	$ki:u^3$	$çi:n^2$
变	成	鸟	纸	钱

变成纸钱鸟，

4-1118

乜	特	娘	马	可
Meh	dawz	nangz	ma	goq
me^6	$təu^2$	$na:ŋ^2$	ma^1	ko^5
母	拿	姑娘	来	顾

母捡来抚养。

4-1119

管	造	安	然	古
Guenj	caux	aen	ranz	gouq
$ku:n^3$	$ça:u^4$	an^1	$ɹa:n^2$	kou^5
管	造	个	家	救

为之造间房，

4-1120

知	办	在	知	空
Rox	baenz	ywq	rox	ndwi
$ɹo^4$	pan^2	ju^5	$ɹo^4$	$du:i^1$
知	成	住	或	不

未知舒适否？

男唱

4-1121

变	办	鸟	九	钱
Bienq	baenz	roeg	giuj	cienz
pi:n⁵	pan²	ɹok⁸	ki:u³	çi:n²
变	成	鸟	纸	钱

变成纸钱鸟，

4-1122

千	年	站	罗	老
Cien	nienz	soengz	loh	laux
çi:n¹	ni:n²	θoŋ²	lo⁶	la:u⁴
千	年	站	路	大

常在大路旁。

4-1123

家	然	是	利	造
Gya	ranz	cix	lij	caux
kja¹	ɹa:n²	çi⁴	li⁴	ça:u⁴
家	家	就	还	造

肯为我造屋，

4-1124

不	在	又	贝	而
Mbouj	ywq	youh	bae	lawz
bou⁵	ju⁵	jou⁴	pai¹	lau²
不	住	又	去	哪

不住说不通。

女唱

4-1125

变	办	鸟	九	钱
Bienq	baenz	roeg	giuj	cienz
pi:n⁵	pan²	ɹok⁸	ki:u³	çi:n²
变	成	鸟	纸	钱

变成纸钱鸟，

4-1126

千	年	站	罗	老
Cien	nienz	soengz	loh	laux
çi:n¹	ni:n²	θoŋ²	lo⁶	la:u⁴
千	年	站	路	大

常在大路旁。

4-1127

家	然	造	是	造
Gya	ranz	caux	cix	caux
kja¹	ɹa:n²	ça:u⁴	çi⁴	ça:u⁴
家	家	造	就	造

结婚归结婚，

4-1128

秀	少	包	开	论
Ciuh	sau	mbauq	gaej	lumz
çi:u⁶	θa:u¹	ba:u⁵	ka:i⁵	lun²
世	姑娘	小伙	莫	忘

莫忘我俩情。

<table>
<tr><td>

男唱

</td><td>

女唱

</td></tr>
</table>

男唱		女唱	

4-1129

变	办	鸟	九	钱
Bienq	baenz	roeg	giuj	cienz
pi:n^5	pan^2	ɹok^8	ki:u^3	çi:n^2
变	成	鸟	纸	钱

变成纸钱鸟，

4-1130

千	年	站	罗	老
Cien	nienz	soengz	loh	laux
çi:n^1	ni:n^2	θoŋ^2	lo^6	la:u^4
千	年	站	路	大

常在大路旁。

4-1131

家	然	不	想	造
Gya	ranz	mbouj	siengj	caux
kja^1	ɹa:n^2	bou^5	θi:ŋ^3	ça:u^4
家	家	不	想	造

本不想成家，

4-1132

为	句	好	农	银
Vih	coenz	hauq	nuengx	ngaenz
vei^6	kjon^2	ha:u^5	nu:ŋ^4	ŋan^2
为	句	话	妹	银

因妹一句话。

4-1133

变	办	鸟	九	钱
Bienq	baenz	roeg	giuj	cienz
pi:n^5	pan^2	ɹok^8	ki:u^3	çi:n^2
变	成	鸟	纸	钱

变成纸钱鸟，

4-1134

堂	果	仟	又	读
Daengz	go	em	youh	douh
taŋ^2	ko^1	e:m^1	jou^4	tou^6
到	棵	芭芒	又	栖息

常泊芭芒梢。

4-1135

可	飞	六	牙	六
Goj	mbin	lueg	yax	lueg
ko^5	bin^1	lu:k^8	ja^5	lu:k^8
可	飞	谷	也	谷

飞无数山谷，

4-1136

田	读	在	方	而
Dieg	douh	ywq	fueng	lawz
ti:k^8	tou^6	ju^5	fu:ŋ^1	lau^2
地	栖息	在	方	哪

何处可落脚？

男唱

4-1137

变	办	鸟	九	钱
Bienq	baenz	roeg	giuj	cienz

$pi:n^5$　pan^2　$\text{ı}ok^8$　$ki:u^3$　$çi:n^2$

变	成	鸟	纸	钱

变成纸钱鸟，

4-1138

堂	果	仟	又	读
Daengz	go	em	youh	douh

$tang^2$　ko^1　$e:m^1$　jou^4　tou^6

到	棵	芭芒	又	栖息

常泊芭芒梢。

4-1139

可	飞	六	牙	六
Goj	mbin	lueg	yax	lueg

ko^3　bin^1　$lu:k^8$　ja^5　$lu:k^8$

可	飞	谷	也	谷

飞无数山谷，

4-1140

田	读	不	田	站
Dieg	douh	mbouj	dieg	soengz

$ti:k^8$　tou^6　bou^5　$ti:k^8$　$θong^2$

地	栖息	不	地	站

却无处安身。

女唱

4-1141

变	办	鸟	九	钱
Bienq	baenz	roeg	giuj	cienz

$pi:n^5$　pan^2　$\text{ı}ok^8$　$ki:u^3$　$çi:n^2$

变	成	鸟	纸	钱

变成纸钱鸟，

4-1142

堂	果	仟	又	朵
Daengz	go	em	youh	ndoj

$tang^2$　ko^1　$e:m^1$　jou^4　do^3

到	棵	芭芒	又	躲

藏身芭芒丛。

4-1143

变	办	鸟	九	果
Bienq	baenz	roeg	giuj	goj

$pi:n^5$　pan^2　$\text{ı}ok^8$　$ki:u^3$　ko^3

变	成	鸟	九	果

变成九果鸟，

4-1144

田	朵	在	方	而
Dieg	ndoj	ywq	fueng	lawz

$ti:k^8$　do^3　ju^5　$fu:ng^1$　lau^2

地	躲	在	方	哪

藏身在何处？

男唱

4-1145

变	办	鸟	九	钱
Bienq	baenz	roeg	giuj	cienz
piːn⁵	pan²	ɹok⁸	kiːu³	çiːn²
变	成	鸟	纸	钱

变成纸钱鸟，

4-1146

堂	果	仟	又	朵
Daengz	go	em	youh	ndoj
taŋ²	ko¹	eːm¹	jou⁴	do³
到	棵	芭芒	又	躲

藏身芭芒丛。

4-1147

变	办	鸟	九	果
Bienq	baenz	roeg	giuj	goj
piːn⁵	pan²	ɹok⁸	kiːu³	ko³
变	成	鸟	九	果

变成九果鸟，

4-1148

田	朵	在	浪	你
Dieg	ndoj	ywq	laeng	mwngz
tiːk⁸	do³	ju⁵	laŋ¹	mɯŋ²
地	躲	在	后	你

藏身在你家。

女唱

4-1149

变	办	鸟	九	钱
Bienq	baenz	roeg	giuj	cienz
piːn⁵	pan²	ɹok⁸	kiːu³	çiːn²
变	成	鸟	纸	钱

变成纸钱鸟，

4-1150

被	江	作	安	仓
Deng	gyaeng	coq	aen	sangq
teːŋ¹	kjaŋ¹	ço⁵	an¹	θaːŋ⁵
挨	囚	放	个	木桶

被囚禁笼中。

4-1151

江	三	比	了	邦
Gyaeng	sam	bi	liux	baengz
kjaŋ¹	θaːn¹	pi¹	liːu⁴	paŋ²
囚	三	年	啰	朋

被囚禁三年，

4-1152

狼	牙	不	知	飞
Langh	yax	mbouj	rox	mbin
laːŋ⁶	ja⁵	bou⁵	ɹo⁴	bin¹
放	也	不	知	飞

从此不会飞。

男唱

4-1153

江	三	比	了	邦
Gyaeng	sam	bi	liux	baengz
kjaŋ[1]	θaːn[1]	pi[1]	liːu[4]	paŋ[2]
囚	三	年	啰	朋

被囚禁三年，

4-1154

狼	牙	不	知	飞
Langh	yax	mbouj	rox	mbin
laːŋ[6]	ja[5]	bou[5]	ʐo[4]	bin[1]
放	也	不	知	飞

从此不会飞。

4-1155

连	三	果	桃	定
Lienh	sam	guj	dauz	din
liːn[6]	θaːn[1]	ku[3]	taːu[2]	tin[1]
链	三	股	绑	脚

用链条绑稳，

4-1156

飞	牙	不	跟	对
Mbin	yax	mbouj	riengz	doih
bin[1]	ja[5]	bou[5]	ȵiːŋ[2]	toːi[6]
飞	也	不	跟	伙伴

跟不上同伴。

女唱

4-1157

开	大	土	了	金
Gaej	dax	dou	liux	gim
kaːi[5]	ta[4]	tu[1]	liːu[4]	kin[1]
莫	赌	我	啰	金

友和我打赌，

4-1158

连	桃	定	不	门
Lienh	dauz	din	mbouj	maenh
liːn[6]	taːu[2]	tin[1]	bou[5]	man[6]
链	绑	脚	不	稳固

链条锁不住。

4-1159

采	日	元	堂	论
Byaij	ngoenz	roen	daengz	laep
pjaːi[3]	ŋon[2]	ʐoːn[1]	taŋ	lap[7]
走	天	路	到	黑

同走一天路，

4-1160

大	你	邦	贝	跟
Dax	mwngz	baengz	bae	riengz
ta[4]	mɯŋ[2]	paŋ[2]	pai[1]	ȵiːŋ[2]
赌	你	朋	去	跟

谅你跟不上。

男唱

4-1161

变	办	鸟	九	钱
Bienq	baenz	roeg	giuj	cienz
piːn⁵	pan²	ɹok⁸	kiːu³	çiːn²
变	成	鸟	纸	钱

变成纸钱鸟，

4-1162

被	江	作	安	元
Deng	gyaeng	coq	aen	yuenq
teːŋ¹	kjaŋ¹	ço⁵	an¹	juːn⁵
挨	囚	放	个	院

囚在院子中。

4-1163

江	三	比	了	伴
Gyaeng	sam	bi	liux	buenx
kjaŋ¹	θaːn¹	piˀ	liːu⁴	puːn⁴
囚	三	年	啰	伴

被囚三年整，

4-1164

下	元	贝	告	芬
Roengz	yuenq	bae	gauj	fwnz
ɹoŋ²	juːn⁵	pai¹	kau³	fun²
下	院	去	搞	柴

出门扛柴火。

女唱

4-1165

变	办	鸟	九	钱
Bienq	baenz	roeg	giuj	cienz
piːn⁵	pan²	ɹok⁸	kiːu³	çiːn²
变	成	鸟	纸	钱

变成纸钱鸟，

4-1166

被	江	作	安	元
Deng	gyaeng	coq	aen	yuenq
teːŋ¹	kjaŋ¹	ço⁵	an¹	juːn⁵
挨	囚	放	个	院

囚在院子中。

4-1167

江	三	比	了	伴
Gyaeng	sam	bi	liux	buenx
kjaŋ¹	θaːn¹	piˀ	liːu⁴	puːn⁴
囚	三	年	啰	伴

被囚三年整，

4-1168

厄	好	备	共	然
Nyienh	ndij	beix	gungh	ranz
ȵuːn⁶	di¹	pi⁴	kuŋ⁶	ɹaːn²
愿	与	兄	共	家

愿同兄成亲。

男唱

4-1169

变	办	鸟	九	钱
Bienq	baenz	roeg	giuj	cienz
piːn⁵	pan²	ɹok⁸	kiːu³	ɕiːn²
变	成	鸟	纸	钱

变成纸钱鸟，

4-1170

被	江	作	安	筊
Deng	gyaeng	coq	aen	yiuj
teːŋ¹	kjaŋ¹	ɕo⁵	an¹	jiːu³
挨	囚	放	个	仓

囚在米仓中。

4-1171

江	三	比	古	了
Gyaeng	sam	bi	guh	liux
kjaŋ¹	θaːn¹	pi¹	ku⁴	liːu⁴
囚	三	年	做	完

被囚三年整，

4-1172

汉	表	农	造	然
Han	biuj	nuengx	caux	ranz
haːn¹	piːu³	nuːŋ⁴	ɕaːu⁴	ɹaːn²
应	表	妹	造	家

答应结婚姻。

女唱

4-1173

变	办	鸟	九	钱
Bienq	baenz	roeg	giuj	cienz
piːn⁵	pan²	ɹok⁸	kiːu³	ɕiːn²
变	成	鸟	纸	钱

变成纸钱鸟，

4-1174

被	江	作	安	筊
Deng	gyaeng	coq	aen	yiuj
teːŋ¹	kjaŋ¹	ɕo⁵	an¹	jiːu³
挨	囚	放	个	仓

囚在米仓中。

4-1175

江	三	比	古	了
Gyaeng	sam	bi	guh	liux
kjaŋ¹	θaːn¹	pi¹	ku⁴	liːu⁴
囚	三	年	做	完

被囚三年整，

4-1176

农	造	秀	不	办
Nuengx	caux	ciuh	mbouj	baenz
nuːŋ⁴	ɕaːu⁴	ɕiːu⁶	bou⁵	pan²
妹	造	世	不	成

妹成不了家。

男唱

4-1177

变	办	鸟	九	钱
Bienq	baenz	roeg	giuj	cienz

$pi:n^5$ pan^2 $ɹok^8$ $ki:u^3$ $çi:n^2$

变 成 鸟 纸 钱

变成纸钱鸟，

4-1178

被	江	作	安	贵
Deng	gyaeng	coq	aen	gvih

$te:ŋ^1$ $kjaŋ^1$ $ço^5$ an^1 $kwei^6$

挨 囚 放 个 柜

囚在柜子中。

4-1179

江	三	比	不	比
Gyaeng	sam	bi	mbouj	biq

$kjaŋ^1$ $θa:n^1$ pi^1 bou^5 pi^5

囚 三 年 不 逃

三年不逃脱，

4-1180

在	安	贵	千	年
Ywq	aen	gvih	cien	nienz

$juɯ^5$ an^1 $kwei^6$ $çi:n^1$ $ni:n^2$

在 个 柜 千 年

永远在柜中。

女唱

4-1181

变	办	鸟	九	钱
Bienq	baenz	roeg	giuj	cienz

$pi:n^5$ pan^2 $ɹok^8$ $ki:u^3$ $çi:n^2$

变 成 鸟 纸 钱

变成纸钱鸟，

4-1182

被	江	作	安	贵
Deng	gyaeng	coq	aen	gvih

$te:ŋ^1$ $kjaŋ^1$ $ço^5$ an^1 $kwei^6$

挨 囚 放 个 柜

囚在柜子中。

4-1183

江	三	比	不	比
Gyaeng	sam	bi	mbouj	biq

$kjaŋ^1$ $θa:n^1$ pi^1 bou^5 pi^5

囚 三 年 不 逃

三年不逃脱，

4-1184

告	内	为	小	正
Gau	neix	vei	siuj	cingz

$ka:u^1$ ni^4 vei^1 $θi:u^3$ $çiŋ^2$

次 这 亏 小 情

亏贴小礼品。

男唱

4-1185

变	办	鸟	九	钱
Bienq	baenz	roeg	giuj	cienz
piːn⁵	pan²	ɹok⁸	kiːu³	ɕiːn²
变	成	鸟	纸	钱

变成纸钱鸟,

4-1186

被	江	作	安	贵
Deng	gyaeng	coq	aen	gvih
teːŋ¹	kjaŋ¹	ɕo⁵	an¹	kwei⁶
揆	囚	放	个	柜

囚在柜子中。

4-1187

江	三	比	不	比
Gyaeng	sam	bi	mbouj	biq
kjaŋ¹	θaːn¹	pi¹	bou⁵	pi⁵
囚	三	年	不	逃

三年不逃脱,

4-1188

为	牙	采	合	你
Vih	yaek	caij	hoz	mwngz
vei⁶	jak⁸	ɕaːi³	ho²	muɯŋ²
为	要	踩	脖	你

为了报复你。

女唱

4-1189

变	办	鸟	九	钱
Bienq	baenz	roeg	giuj	cienz
piːn⁵	pan²	ɹok⁸	kiːu³	ɕiːn²
变	成	鸟	纸	钱

变成纸钱鸟,

4-1190

被	江	作	安	贵
Deng	gyaeng	coq	aen	gvih
teːŋ¹	kjaŋ¹	ɕo⁵	an¹	kwei⁶
揆	囚	放	个	柜

囚在柜子中。

4-1191

江	三	比	不	比
Gyaeng	sam	bi	mbouj	biq
kjaŋ¹	θaːn¹	pi¹	bou⁵	pi⁵
囚	三	年	不	逃

三年不逃脱,

4-1192

刘	四	处	吨	本
Liuz	seiq	cih	daemx	mbwn
liːu²	θei⁵	ɕi⁶	tan⁴	bun¹
看	四	处	顶	天

四处是铁壁。

男唱

4-1193

变	办	鸟	九	钱
Bienq	baenz	roeg	giuj	cienz
pi:n⁵	pan²	ɹok⁸	ki:u³	çi:n²
变	成	鸟	纸	钱

变成纸钱鸟,

4-1194

被	江	作	安	侨
Deng	gyaeng	coq	aen	rug
te:ŋ¹	kjaŋ¹	ço⁵	an¹	ɹuk⁸
挨	囚	放	个	卧房

囚在笼箱中。

4-1195

被	打	又	被	足
Deng	daj	youh	deng	dub
te:ŋ¹	ta³	jou⁴	te:ŋ¹	tup⁸
挨	打	又	挨	捶

时常被殴打,

4-1196

在	安	侨	千	年
Ywq	aen	rug	cien	nienz
juɯ⁵	an¹	ɹuk⁸	çi:n¹	ni:n²
在	个	卧房	千	年

永囚笼箱中。

女唱

4-1197

变	办	鸟	九	钱
Bienq	baenz	roeg	giuj	cienz
pi:n⁵	pan²	ɹok⁸	ki:u³	çi:n²
变	成	鸟	纸	钱

变成纸钱鸟,

4-1198

被	江	作	安	侨
Deng	gyaeng	coq	aen	rug
te:ŋ¹	kjaŋ¹	ço⁵	an¹	ɹuk⁸
挨	囚	放	个	卧房

囚在笼箱中。

4-1199

被	打	又	被	足
Deng	daj	youh	deng	dub
te:ŋ¹	ta³	jou⁴	te:ŋ¹	tup⁸
挨	打	又	挨	捶

时常被殴打,

4-1200

在	安	侨	古	洋
Ywq	aen	rug	guh	angq
juɯ⁵	an¹	ɹuk⁸	ku⁴	a:ŋ⁵
在	个	卧房	做	高兴

惯了无所谓。

男唱

4-1201

变	办	果	勒	雷
Bienq	baenz	go	lwg	ndae
pi:n⁵	pan²	ko¹	lɯk⁸	dai¹
变	成	棵	子	柿

化作柿子树，

4-1202

在	远	秋	好	口
Ywq	gyae	ciuq	ndei	gaeuj
jɯ⁵	kjai¹	ɕi:u⁵	dei¹	kau³
在	远	看	好	看

远观尤好看。

4-1203

汜	办	花	勒	求
Ndaet	baenz	va	lwg	gyaeuq
dat⁷	pan²	va¹	lɯk⁸	kjau⁵
密	成	花	子	桐

胜过桐子花，

4-1204

往	九	满	你	空
Uengj	gou	muengh	mwngz	ndwi
va:ŋ³	kou¹	mu:ŋ⁶	mɯn²	dɯ:i¹
枉	我	望	你	不

可惜空入目。

女唱

4-1205

变	办	果	勒	雷
Bienq	baenz	go	lwg	ndae
pi:n⁵	pan²	ko¹	lɯk⁸	dai¹
变	成	棵	子	柿

化作柿子树，

4-1206

在	远	秋	好	口
Ywq	gyae	ciuq	ndei	gaeuj
jɯ⁵	kjai¹	ɕi:u⁵	dei¹	kau³
在	远	看	好	看

远眺太美观。

4-1207

汜	办	花	勒	求
Ndaet	baenz	va	lwg	gyaeuq
dat⁷	pan²	va¹	lɯk⁸	kjau⁵
密	成	花	子	桐

胜过桐子花，

4-1208

手	寿	不	办	财
Fwngz	caeux	mbouj	baenz	caiz
fɯn²	ɕau⁴	bou⁵	pan²	ɕa:i²
手	抓	不	成	财

手抓不值钱。

男唱

4-1209

变	办	果	勒	雷
Bienq	baenz	go	lwg	ndae
pi:n⁵	pan²	ko¹	luuk⁸	dai¹
变	成	棵	子	柿

化作柿子树，

4-1210

在	远	秋	不	伏
Ywq	gyae	ciuq	mbouj	mbwq
juɯ⁵	kjai¹	çi:u⁵	bou⁵	buɯ⁵
在	远	看	不	闷

远观尤耐看。

4-1211

好	办	龙	小	女
Ndei	baenz	lungz	siuj	nawx
dei¹	pan²	luŋ²	θi:u³	nuɯ⁴
好	成	龙	小	女

美如小龙女，

4-1212

办	妻	伏	贝	空
Baenz	maex	fwx	bae	ndwi
pan²	mai⁴	fə⁴	pai¹	du:i¹
成	妻	别人	去	不

可惜嫁别人。

女唱

4-1213

变	办	果	勒	雷
Bienq	baenz	go	lwg	ndae
pi:n⁵	pan²	ko¹	luuk⁸	dai¹
变	成	棵	子	柿

化作柿子树，

4-1214

在	远	秋	不	伏
Ywq	gyae	ciuq	mbouj	mbwq
juɯ⁵	kjai¹	çi:u⁵	bou⁵	buɯ⁵
在	远	看	不	闷

远看也不厌。

4-1215

好	办	龙	小	女
Ndei	baenz	lungz	siuj	nawx
dei¹	pan²	luŋ²	θi:u³	nuɯ⁴
好	成	龙	小	女

美如小龙女，

4-1216

备	是	勒	要	正
Beix	cix	lawh	aeu	cingz
pi⁴	çi⁴	ləɯ⁶	au¹	çiŋ²
兄	就	换	要	情

兄就送彩礼。

男唱

4-1217

变	办	果	勒	雷
Bienq	baenz	go	lwg	ndae
piːn⁵	pan²	ko¹	luk⁸	dai¹
变	成	棵	子	柿

化作柿子树，

4-1218

在	远	秋	好	相
Ywq	gyae	ciuq	ndei	siengq
juɯ⁵	kjai¹	ɕiːu⁵	dei¹	θiːŋ⁵
在	远	看	好	看

雪白又美丽。

4-1219

好	办	支	安	强
Hau	baenz	sei	aen	giengz
haːu¹	pan²	θi¹	an¹	kiːŋ²
白	成	丝	个	三脚灶

白如三脚灶，

4-1220

阝	牙	相	阝	空
Boux	yax	siengq	boux	ndwi
pu⁴	ja⁵	θiːŋ⁵	pu⁴	duːi¹
人	也	看	人	空

相对视无语。

女唱

4-1221

变	办	果	勒	雷
Bienq	baenz	go	lwg	ndae
piːn⁵	pan²	ko¹	luk⁸	dai¹
变	成	棵	子	柿

化作柿子树，

4-1222

在	远	秋	好	相
Ywq	gyae	ciuq	ndei	siengq
juɯ⁵	kjai¹	ɕiːu⁵	dei¹	θiːŋ⁵
在	远	看	好	看

雪白又美丽。

4-1223

好	办	支	安	强
Hau	baenz	sei	aen	giengz
haːu¹	pan²	θi¹	an¹	kiːŋ²
白	成	丝	个	三脚灶

白如三脚灶，

4-1224

认	相	可	下	王
Nyinh	siengq	goj	roengz	vaengz
ȵin⁶	θiːŋ⁵	ko³	ɣoŋ²	vaŋ²
仍	看	可	下	潭

须入潭受洗。

男唱	女唱

4-1225

变	办	果	勒	雷
Bienq	baenz	go	lwg	ndae
pi:n⁵	pan²	ko¹	luk⁸	dai¹
变	成	棵	子	柿

化作柿子树，

4-1226

在	远	秋	好	相
Ywq	gyae	ciuq	ndei	siengq
ju⁵	kjai¹	çi:u⁵	dei¹	θi:ŋ⁵
在	远	看	好	看

雪白又美丽。

4-1227

好	办	支	安	强
Hau	baenz	sei	aen	giengz
ha:u¹	pan²	θi¹	an¹	ki:ŋ²
白	成	丝	个	三脚灶

白如三脚灶，

4-1228

画	要	相	你	写
Vah	aeu	siengq	mwngz	ce
va⁶	au¹	θi:ŋ⁵	muŋ²	çe¹
画	要	相	你	留

收藏你画像。

4-1229

变	办	果	勒	雷
Bienq	baenz	go	lwg	ndae
pi:n⁵	pan²	ko¹	luk⁸	dai¹
变	成	棵	子	柿

化作柿子树，

4-1230

在	远	秋	好	满
Ywq	gyae	ciuq	ndei	muengh
ju⁵	kjai¹	çi:u⁵	dei¹	mu:ŋ⁶
在	远	看	好	望

洁白又美丽。

4-1231

好	办	绸	跟	团
Ndei	baenz	couz	riengz	duenh
dei¹	pan²	çu²	ɹi:r²	tu:n⁶
好	成	绸	跟	缎

美丽如绸缎，

4-1232

往	土	满	你	空
Uengj	dou	monh	mwngz	ndwi
va:ŋ³	tu¹	mo:n⁶	muŋ²	du:i¹
枉	我	谈情	你	空

枉我一段情。

① 美狼[mai¹ laːŋ²]：槟榔。桂西北地区的壮族、瑶族等民族常以槟榔作为待客礼品或婚俗信礼。

男唱

4-1233

变	办	果	勒	雷
Bienq	baenz	go	lwg	ndae
piːn⁵	pan²	ko¹	luːk⁸	dai¹
变	成	棵	子	柿

化作柿子树，

4-1234

在	远	秋	好	满
Ywq	gyae	ciuq	ndei	muengh
juɯ⁵	kjai¹	ɕiːu⁵	dei¹	muːŋ⁶
在	远	看	好	望

洁白又美丽。

4-1235

好	办	绸	跟	团
Ndei	baenz	couz	riengz	duenh
dei¹	pan²	ɕu²	ɹiːŋ²	tuːn⁶
好	成	绸	跟	缎

美丽如绸缎，

4-1236

牙	满	农	要	正
Yaek	monh	nuengx	aeu	cingz
jak⁷	moːn⁶	nuːŋ⁴	au¹	ɕiŋ²
要	谈	情	妹	要	情

谈情要礼品。

女唱

4-1237

变	办	果	美	狼①
Bienq	baenz	go	mak	langz
piːn⁵	pan²	ko¹	mai¹	laːŋ²
变	成	棵	槟	榔

变成槟榔树，

4-1238

在	更	堂	卢	连
Ywq	gwnz	dangz	luz	lienz
juɯ⁵	kun²	taːŋ²	lu²	liːn²
在	上	堂	游	荡

客来少不得。

4-1239

正	双	偻	牙	断
Cingz	song	raeuz	yaek	duenx
ɕiŋ²	θoːŋ¹	ɹau²	jak⁷	tuːn⁴
情	两	我们	欲	断

若我俩情断，

4-1240

然	卜	乜	牙	伏
Ranz	boh	meh	yaek	fwz
ɹaːn²	po⁶	me⁶	jak⁷	fu²
家	父	母	欲	荒

娘家客渐疏。

<table>
<tr><td>

男唱

4-1241

变	办	果	美	狼
Bienq	baenz	go	mak	langz
pi:n⁵	pan²	ko¹	mai¹	la:ŋ²
变	成	棵	槟	榔

变成槟榔树，

4-1242

在	更	堂	卢	连
Ywq	gwnz	dangz	luz	lienz
juɯ⁵	kɯn²	ta:ŋ²	lu²	li:n²
在	上	堂	游	荡

客来少不得。

4-1243

老	少	怪	是	断
Lau	sau	gvaiq	cix	duenx
la:u¹	θa:u¹	kwa:i⁵	çi⁴	tu:n⁴
怕	姑娘	怪	就	断

妹怨则情断，

4-1244

备	可	满	千	年
Beix	goj	monh	cien	nienz
pi⁴	ko⁵	mo:n⁶	çi:n¹	ni:n²
兄	可	谈情	千	年

兄终生思念。

</td><td>

女唱

4-1245

变	办	果	美	狼
Bienq	baenz	go	mak	langz
pi:n⁵	pan²	ko¹	mai¹	la:ŋ²
变	成	棵	槟	榔

变成槟榔树，

4-1246

在	更	堂	良	要
Ywq	gwnz	dangz	lingh	yau
juɯ⁵	kɯn²	ta:ŋ²	le:ŋ⁶	ja:u⁴
在	上	堂	另	要

另寻新机会。

4-1247

水	叶	巴	利	刀
Raemx	rong	byaz	lij	dauq
ɹan⁴	ɹo:ŋ¹	pja²	li⁴	ta:u⁵
水	叶	芋	还	回

芋叶水会变，

4-1248

知	办	友	⻏	而
Rox	baenz	youx	boux	lawz
ɹo⁴	pan²	ju⁴	pu⁴	lau²
知	成	友	人	哪

情友易新欢。

</td></tr>
</table>

男唱

4-1249

变	办	果	美	狼
Bienq	baenz	go	mak	langz
pi:n^5	pan^2	ko^1	mai^1	la:ŋ^2
变	成	棵	槟	榔

变成槟榔树，

4-1250

在	更	堂	反	夫
Ywq	gwnz	dangz	fanz	foek
ju^5	kuun^2	ta:ŋ^2	fa:n^2	fu^5
在	上	堂	翻	覆

随宾客更换。

4-1251

一	斤	三	百	六
Yiz	ginh	sanh	bwz	luz
i^2	kin^6	θa:n^6	pə^2	lu^2
一	斤	三	百	六

每斤三百六，

4-1252

定	古	友	给	你
Dingh	guh	youx	hawj	mwngz
tiŋ^6	ku^4	ju^4	həɯ^3	muɯŋ^2
定	做	友	给	你

只交妹一人。

女唱

4-1253

变	办	果	美	狼
Bienq	baenz	go	mak	langz
pi:n^5	pan^2	ko^1	mai^1	la:ŋ^2
变	成	棵	槟	榔

变成槟榔树，

4-1254

在	更	堂	反	夫
Ywq	gwnz	dangz	fanz	foek
ju^5	kuun^2	ta:ŋ^2	fa:n^2	fu^5
在	上	堂	翻	覆

随宾客更换。

4-1255

一	斤	三	百	六
Yiz	ginh	sanh	bwz	luz
i^2	kin^6	θa:n^6	pə^2	lu^2
一	斤	三	百	六

每斤三百六，

4-1256

古	友	不	米	正
Guh	youx	mbouj	miz	cingz
ku^4	ju^4	bou^5	mi^2	çiŋ^2
做	友	不	有	情

交友情不深。

男唱

4-1257

变	办	果	美	狼
Bienq	baenz	go	mak	langz
pi:n⁵	pan²	ko¹	mai¹	la:ŋ²
变	成	棵	槟	榔

变成槟榔树，

4-1258

在	更	堂	反	夫
Ywq	gwnz	dangz	fanz	foek
ju⁵	kɯn²	ta:ŋ²	fa:n²	fu⁵
在	上	堂	翻	覆

当众可变换。

4-1259

一	斤	三	百	六
Yiz	ginh	sanh	bwz	luz
i²	kin⁶	θa:n⁶	pə²	lu²
一	斤	三	百	六

每斤三百六，

4-1260

厖	古	友	米	正
Nyienh	guh	youx	miz	cingz
ɲu:n⁶	ku⁴	ju⁴	mi²	ɕiŋ²
愿	做	友	有	情

结交要重情。

女唱

4-1261

变	办	果	美	狼
Bienq	baenz	go	mak	langz
pi:n⁵	pan²	ko¹	mai¹	la:ŋ²
变	成	棵	槟	榔

变成槟榔树，

4-1262

在	更	堂	大	师
Ywq	gwnz	dangz	daih	sawq
ju⁵	kɯn²	ta:ŋ²	ta:i⁶	θəɯ⁵
在	上	堂	大	显

在客厅风光。

4-1263

定	生	先	定	死
Dingh	seng	senq	dingh	swj
tiŋ⁶	θe:ŋ¹	θe:n⁵	tiŋ⁶	θɯ³
定	生	先	定	死

生死由命定，

4-1264

空	知	友	阝	而
Ndwi	rox	youx	boux	lawz
du:i¹	ʳo⁴	ju⁴	pu⁴	laɯ²
不	知	友	人	哪

不知交何友。

男唱

4-1265

变	办	果	美	狼
Bienq	baenz	go	mak	langz
piːn⁵	pan²	koː¹	maːi¹	laːŋ²
变	成	棵	槟	榔

变成槟榔树，

4-1266

在	更	堂	反	夫
Ywq	gwnz	dangz	fanz	foek
juɯ⁵	kɯn²	taːŋ²	faːn²	fu⁵
在	上	堂	翻	覆

当众可变换。

4-1267

名	堂	开	清	楚
Mingz	dangz	hai	cing	cuj
miŋ²	taːŋ²	haːi¹	θiŋ⁵	θu⁵
名	堂	开	清	楚

信物归信物，

4-1268

本	狼	付	是	却
Mbwn	langh	fuz	cix	gyo
bun¹	laːŋ⁶	fu²	çi⁴	kjo¹
天	若	扶	就	幸亏

上天助事成。

女唱

4-1269

变	办	果	美	狼
Bienq	baenz	go	mak	langz
piːn⁵	pan²	koː¹	maːi¹	laːŋ²
变	成	棵	槟	榔

变成槟榔树，

4-1270

在	更	堂	好	汉
Ywq	gwnz	dangz	hau	hanq
juɯ⁵	kɯn²	taːŋ²	haːu¹	haːn⁵
在	上	堂	白	灿灿

迎客最风光。

4-1271

一	斤	三	百	三
Yiz	ginh	sanh	bwz	sanh
i²	kin⁶	θaːn⁶	pə²	θaːn⁶
一	斤	三	百	三

每斤三百三，

4-1272

吃	占	不	备	银
Gwn	canh	mbouj	beix	ngaenz
kɯn¹	çaːn⁶	bou⁵	pi⁴	ŋan²
吃	赚	不	兄	银

兄台情愿否？

男唱
——

4-1273

变	办	果	美	狼
Bienq	baenz	go	mak	langz
pi:n⁵	pan²	ko¹	mai¹	la:ŋ²
变	成	棵	槟	榔

变成槟榔树,

4-1274

在	更	堂	好	汉
Ywq	gwnz	dangz	hau	hanq
ju⁵	kun²	ta:ŋ²	ha:u¹	ha:n⁵
在	上	堂	白	灿 灿

堂上放光芒。

4-1275

一	斤	三	百	三
Yiz	ginh	sanh	bwz	sanh
i²	kin⁶	θa:n⁶	pə²	θa:n⁶
一	斤	三	百	三

每斤三百三,

4-1276

吃	占	为	罗	而
Gwn	canh	vih	loh	lawz
kun¹	ça:n⁶	vei⁶	lo⁶	lau²
吃	赚	为	路	哪

为何要去赚?

女唱
——

4-1277

变	办	果	美	狼
Bienq	baenz	go	mak	langz
pi:n⁵	pan²	ko¹	mai¹	la:ŋ²
变	成	棵	槟	榔

变成槟榔树,

4-1278

在	更	堂	好	汉
Ywq	gwnz	dangz	hau	hanq
ju⁵	kun²	ta:ŋ²	ha:u¹	ha:n⁵
在	上	堂	白	灿 灿

堂上放光芒。

4-1279

一	斤	三	百	三
Yiz	ginh	sanh	bwz	sanh
i²	kan⁶	θa:n⁶	pə²	θa:n⁶
一	斤	三	百	三

每斤三百三,

4-1280

吃	占	可	说	你
Gwn	canh	goj	naeuz	mwngz
kun¹	ça:n⁶	ko³	nau²	muŋ²
吃	赚	可	说	你

赚钱要告知。

男唱

4-1281

变	办	果	美	狼
Bienq	baenz	go	mak	langz
pi:n⁵	pan²	ko¹	mai¹	la:ŋ²
变	成	棵	槟	榔

变成槟榔树，

4-1282

在	更	堂	大	师
Ywq	gwnz	dangz	daih	sawq
ju⁵	kun²	ta:ŋ²	ta:i⁶	θəɯ⁵
在	上	堂	大	显

堂上显荣光。

4-1283

付	母	给	你	克
Fuj	muj	geij	nij	gwz
fu⁴	mu⁴	kei³	ni³	kə⁴
父	母	给	你	去

父母让你嫁，

4-1284

龙	女	八	封	桥
Lungz	nawx	bah	fung	giuz
luŋ²	nɯ⁴	pa⁶	fuŋ¹	ki:u²
龙	女	莫	急	封

你先别封口。

女唱

4-1285

变	办	果	美	狼
Bienq	baenz	go	mak	langz
pi:n⁵	pan²	ko¹	mai¹	la:ŋ²
变	成	棵	槟	榔

变成槟榔树，

4-1286

在	更	堂	大	师
Ywq	gwnz	dangz	daih	sawq
ju⁵	kun²	ta:ŋ²	ta:i⁶	θəɯ⁵
在	上	堂	大	显

堂上显荣光。

4-1287

华	仔	同	你	克
Vaz	caij	doengz	nij	gwz
va²	ça:i³	toŋ²	ni³	kə⁴
娃	仔	同	你	去

带仔去出嫁，

4-1288

么	不	勒	要	正
Maz	mbouj	lawh	aeu	cingz
ma²	bou⁵	lau⁶	au¹	çiŋ²
何	不	换	要	情

何乐而不为。

男唱

4-1289

变	办	果	美	狼
Bienq	baenz	go	mak	langz
pi:n⁵	pan²	ko¹	mai¹	la:ŋ²
变	成	棵	槟	榔

变成槟榔树,

4-1290

在	更	堂	定	收
Ywq	gwnz	dangz	dingh	caeu
juɯ⁵	kɯn²	ta:ŋ²	tiŋ⁶	çau¹
在	上	堂	定	藏

细心收藏好。

4-1291

少	狼	特	句	口
Sau	langh	dawz	coenz	gaeuq
θa:u¹	la:ŋ⁶	tɯɯ²	kjon²	kau⁵
姑娘	若	拿	句	旧

妹若守诺言,

4-1292

伏	内	先	办	然
Fawh	neix	senq	baenz	ranz
fɯɯ⁶	ni⁴	θe:n⁵	pan²	ɯa:n²
时	这	早	成	家

如今早成家。

女唱

4-1293

变	办	果	美	狼
Bienq	baenz	go	mak	langz
pi:n⁵	pan²	ko¹	mai¹	la:ŋ²
变	成	棵	槟	榔

变成槟榔树,

4-1294

在	更	堂	定	收
Ywq	gwnz	dangz	dingh	caeu
juɯ⁵	kɯn²	ta:ŋ²	tiŋ⁶	çau¹
在	上	堂	定	藏

细心收藏好。

4-1295

少	可	特	句	口
Sau	goj	dawz	coenz	gaeuq
θa:u¹	ko⁵	tɯɯ²	kjon²	kau⁵
姑娘	也	拿	句	旧

妹信守诺言,

4-1296

备	自	不	特	平
Beix	gag	mbouj	dawz	bingz
pi⁴	ka:k⁸	bou⁵	tɯɯ²	piŋ²
兄	自	不	拿	平

兄自己负心。

男唱

4-1297

少	可	特	句	口
Sau	goj	dawz	coenz	gaeuq
θaːu¹	ko⁵	təɯ²	kjon²	kau⁵
姑娘	也	拿	句	旧

妹信守诺言，

4-1298

备	自	不	特	平
Beix	gag	mbouj	dawz	bingz
pi⁴	kaːk⁸	bou⁵	təɯ²	piŋ²
兄	自	不	拿	平

兄自己负心。

4-1299

农	可	特	句	真
Nuengx	goj	dawz	coenz	caen
nuːŋ⁴	ko⁵	təɯ²	kjon²	ɕin¹
妹	也	拿	句	真

妹坚守真情，

4-1300

心	备	银	自	良
Sim	beix	ngaenz	gag	lingh
θin¹	pi⁴	ŋan²	kaːk⁸	leːŋ⁶
心	兄	银	自	另

兄自己变心。

女唱

4-1301

变	办	果	美	狼
Bienq	baenz	go	mak	langz
piːn⁵	pan²	ko¹	mai¹	laːŋ²
变	成	棵	槟	榔

变成槟榔树，

4-1302

在	更	堂	定	收
Ywq	gwnz	dangz	dingh	caeu
juɯ⁵	kun²	taːŋ²	tiŋ⁶	ɕau¹
在	上	堂	定	藏

在堂上收好。

4-1303

几	邝	特	句	口
Geij	boux	dawz	coenz	gaeuq
ki³	pu⁴	təɯ²	kjon²	kau⁵
几	人	拿	句	旧

坚守诺言者，

4-1304

伏	内	利	在	而
Fawh	neix	lij	ywq	lawz
fəɯ⁶	ni⁴	li⁴	juɯ⁵	lau²
时	这	还	在	哪

如今人何在？

男唱

4-1305

变	办	果	美	狼
Bienq	baenz	go	mak	langz
piːn⁵	pan²	ko¹	mai¹	laːŋ²
变	成	棵	槟	榔

变成槟榔树,

4-1306

在	更	堂	好	当
Ywq	gwnz	dangz	hau	dangx
juɯ⁵	kɯn²	taːŋ²	haːu¹	taːŋ⁴
在	上	堂	白	亮

堂上放光芒。

4-1307

句	讲	三	句	满
Coenz	gangj	sam	coenz	muengh
kjon²	kaːŋ³	θaːn¹	kjon²	muːŋ⁶
句	讲	三	句	望

时时在期望,

4-1308

样	而	跟	你	貝
Yiengh	lawz	riengz	mwngz	bae
juːŋ⁶	lau²	riːŋ²	mɯŋ²	pai¹
样	哪	跟	你	去

何时能同行?

女唱

4-1309

变	办	果	美	狼
Bienq	baenz	go	mak	langz
piːn⁵	pan²	ko¹	mai¹	laːŋ²
变	成	棵	槟	榔

变成槟榔树,

4-1310

在	更	堂	好	当
Ywq	gwnz	dangz	hau	dangx
juɯ⁵	kɯn²	taːŋ²	haːu¹	taːŋ⁴
在	上	堂	白	亮

堂上放光芒。

4-1311

包	少	牙	同	狼
Mbauq	sau	yaek	doengh	langh
baːu⁵	θaːu¹	jak⁷	toŋ²	laːŋ⁶
小伙	姑娘	欲	相	放

兄妹要约会,

4-1312

话	当	农	样	而
Vah	daengq	nuengx	yiengh	lawz
va⁶	taŋ⁵	nuːŋ⁴	juːŋ⁶	lau²
话	叮嘱	妹	样	哪

嘱咐妹何知?

男唱

4-1313

变	办	果	美	狼
Bienq	baenz	go	mak	langz
piːn⁵	pan²	ko¹	mai¹	laːŋ²
变	成	棵	槟	榔

变成槟榔树，

4-1314

在	更	堂	好	占
Ywq	gwnz	dangz	hau	canz
juɯ⁵	kɯn²	taːŋ²	haːu¹	ɕaːn²
在	上	堂	白	灿灿

堂上放光芒。

4-1315

包	少	牙	同	狼
Mbauq	sau	yaek	doengh	langh
baːu⁵	θaːu¹	jak⁷	toŋ²	laːŋ⁶
小伙	姑娘	欲	相	放

兄妹要聚首，

4-1316

话	当	农	造	然
Vah	daengq	nuengx	caux	ranz
va⁶	taŋ⁵	nuːŋ⁴	ɕaːu⁴	ɣaːn²
话	叮嘱	妹	造	家

嘱咐妹先知。

女唱

4-1317

变	办	果	美	狼
Bienq	baenz	go	mak	langz
piːn⁵	pan²	ko¹	mai¹	laːŋ²
变	成	棵	槟	榔

变成槟榔树，

4-1318

在	更	堂	好	当
Ywq	gwnz	dangz	hau	dangx
juɯ⁵	kɯn²	taːŋ²	haːu¹	taːŋ⁴
在	上	堂	白	亮

堂上放光芒。

4-1319

空	米	正	了	邦
Ndwi	miz	cingz	liux	baengz
duːi¹	mi²	ɕiŋ²	liu⁴	paŋ²
不	有	情	啰	朋

手中无礼品，

4-1320

空	知	当	样	而
Ndwi	rox	daengq	yiengh	lawz
duːi¹	ɣo⁴	taŋ⁵	juːŋ⁶	lau²
不	知	叮嘱	样	哪

话不好出口。

男唱

4-1321

变	办	果	美	狼
Bienq	baenz	go	mak	langz
pi:n⁵	pan²	ko¹	mai¹	la:ŋ²
变	成	棵	槟	榔

变成槟榔树,

4-1322

在	更	堂	好	当
Ywq	gwnz	dangz	hau	dangx
juɯ⁵	kɯn²	ta:ŋ²	ha:u¹	ta:ŋ⁴
在	上	堂	白	亮

堂上放光芒。

4-1323

知	少	乖	空	忙
Rox	sau	gvai	ndwi	maengx
ɹo⁴	θa:u¹	kwa:i¹	du:i¹	ma:ŋ⁴
知	姑娘	乖	不	喜欢

若知妹不爱,

4-1324

银	当	是	不	马
Ngaenz	dangq	cix	mbouj	ma
ŋan²	ta:ŋ⁵	çi⁴	bou⁵	ma¹
银	叮嘱	就	不	来

钱都买不来。

女唱

4-1325

变	办	果	美	狼
Bienq	baenz	go	mak	langz
pi:n⁵	pan²	ko¹	mai¹	la:ŋ²
变	成	棵	槟	榔

变成槟榔树,

4-1326

在	更	堂	好	当
Ywq	gwnz	dangz	hau	dangx
juɯ⁵	kɯn²	ta:ŋ²	ha:u¹	ta:ŋ⁴
在	上	堂	白	亮

堂上放光芒。

4-1327

正	可	在	好	汉
Cingz	goj	ywq	hau	hanq
çiŋ²	ko⁵	juɯ⁵	ha:u¹	ha:n⁵
情	也	在	白	灿灿

礼品依然在,

4-1328

备	自	走	不	堂
Beix	gag	yamq	mbouj	daengz
pi⁴	ka:k⁸	ja:m⁵	bou⁵	taŋ²
兄	自	走	不	到

兄不来而已。

男唱

4-1329

变　办　果　美　狼

Bienq　baenz　go　mak　langz

piːn⁵　pan²　koː¹　mai¹　laːŋ²

变　成　棵　槟　榔

变成槟榔树，

4-1330

在　更　堂　出　歪

Ywq　gwnz　dangz　ok　faiq

juɯ⁵　kɯn²　taːŋ²　oːk⁷　vaːi⁵

在　上　堂　出　棉

在堂上发光。

4-1331

八　列　金　银　哥

Bah　leh　gim　ngaenz　go

pa⁶　le⁶　kin¹　ŋan²　koː¹

唉　唷　金　银　哥

啊哈好情哥，

4-1332

命　貝　合　阝　而

Mingh　bae　hob　boux　lawz

miŋ⁶　pai¹　hoːp⁸　pu⁴　lau²

命　去　合　人　哪

同谁结姻缘？

女唱

4-1333

变　办　果　美　狼

Bienq　baenz　go　mak　langz

piːn⁵　pan²　koː¹　mai¹　laːŋ²

变　成　棵　槟　榔

变成槟榔树，

4-1334

在　更　堂　好　歪

Ywq　gwnz　dangz　hau　faiq

juɯ⁵　kɯn²　taːŋ²　haːu¹　vaːi⁵

在　上　堂　白　棉

在堂上发光。

4-1335

八　列　金　银　哥

Bah　leh　gim　ngaenz　go

pa⁶　le⁶　kin¹　ŋan²　koː¹

唉　唷　金　银　哥

啊哈好情哥，

4-1336

命　土　合　命　你

Mingh　dou　hob　mingh　mwngz

miŋ⁶　tu¹　hoːp⁸　miŋ⁶　muŋ²

命　我　合　命　你

我俩八字合。

男唱

4-1337

八	列	金	银	哥
Bah	leh	gim	ngaenz	go
pa⁶	le⁶	kin¹	ŋan²	ko¹
唉	唷	金	银	哥

啊哈好情哥，

4-1338

命	土	合	命	你
Mingh	dou	hob	mingh	mwngz
miŋ⁶	tu¹	ho:p⁸	miŋ⁶	muɯŋ²
命	我	合	命	你

我俩八字合。

4-1339

应	当	合	广	英
Wng	dang	hob	gvangj	in
iŋ¹	ta:ŋ¹	ho:p⁸	kwa:ŋ³	in¹
应	当	合	广	姻

应当有姻缘，

4-1340

不	古	而	同	沙
Mbouj	guh	rawz	doengh	ra
bou⁵	ku⁴	ɣaɯ²	toŋ²	ɣa¹
不	做	什么	相	找

何不相寻求？

女唱

4-1341

变	办	果	花	买
Bienq	baenz	go	va	mai
pi:n⁵	pan²	ko¹	va¹	ma:i¹
变	成	棵	花	密蒙

变成姊妹花，

4-1342

在	江	开	大	罗
Ywq	gyang	gai	daih	loh
jɯ⁵	kja:ŋ¹	ka:i¹	ta:i⁶	lo⁶
在	中	街	大	路

到处都可见。

4-1343

变	办	果	韦	阿
Bienq	baenz	go	vae	oq
pi:n⁵	pan²	ko¹	vai¹	o⁵
变	成	棵	姓	别

变成情侣树，

4-1344

在	更	墓	英	台
Ywq	gwnz	moh	yingh	daiz
jɯ⁵	kɯn²	mo⁶	iŋ¹	ta:i²
在	上	墓	英	台

在英台墓上。

男唱

4-1345

变　办　果　韦　阿

Bienq　baenz　go　vae　oq

piːn⁵　pan²　koː¹　vai¹　oː⁵

变　成　棵　姓　别

变成情侣树，

4-1346

在　更　墓　英　台

Ywq　gwnz　moh　yingh　daiz

juː⁵　kɯn²　moː⁶　iŋ¹　taːi²

在　上　墓　英　台

在英台墓上。

4-1347

偻　同　软　好　来

Raeuz　doengz　nyied　ndei　lai

ɹau²　toŋ²　n̥iːt⁸　dei¹　laːi¹

我们　同　甘心　好　多

我俩情意深，

4-1348

代　同　得　知　不

Dai　doengh　ndaej　rox　mbouj

taːi¹　toŋ²　dai³　ɹoʔ⁴　bou⁵

死　相　得　或　不

死能成亲否？

女唱

4-1349

变　办　果　韦　阿

Bienq　baenz　go　vae　oq

piːn⁵　pan²　koː¹　vai¹　oː⁵

变　成　棵　姓　别

变成情侣树，

4-1350

在　更　墓　英　台

Ywq　gwnz　moh　yingh　daiz

juː⁵　kɯn²　moː⁶　iŋ¹　taːi²

在　上　墓　英　台

在英台墓上。

4-1351

偻　同　软　好　来

Raeuz　doengz　nyied　ndei　lai

ɹau²　toŋ²　n̥iːt⁸　dei¹　laːi¹

我们　同　甘心　好　多

我俩情意深，

4-1352

代　是　不　同　从

Dai　cix　mbouj　doengz　congh

taːi¹　çi⁴　bou⁵　toŋ²　çoːŋ⁶

死　就　不　同　洞

死也不同坟。

男唱

女唱

4-1353

变	办	果	花	买
Bienq	baenz	go	va	mai
pi:n⁵	pan²	ko¹	va¹	ma:i¹
变	成	棵	花	密蒙

变成姊妹花,

4-1354

在	江	开	大	罗
Ywq	gyang	gai	daih	loh
jɯ⁵	kja:ŋ¹	ka:i¹	ta:i⁶	lo⁶
在	中	街	大	路

到处都可见。

4-1355

变	办	果	韦	阿
Bienq	baenz	go	vae	oq
pi:n⁵	pan²	ko¹	vai¹	o⁵
变	成	棵	姓	别

变成情侣树,

4-1356

托	拉	罗	你	办
Doek	laj	roq	mwngz	baenz
tok⁷	la³	ɹo⁵	mɯŋ²	pan²
落	下	屋檐	你	成

长在屋檐下。

4-1357

变	办	果	韦	阿
Bienq	baenz	go	vae	oq
pi:n⁵	pan²	ko¹	vai¹	o⁵
变	成	棵	姓	别

变成情侣树,

4-1358

托	拉	罗	你	办
Doek	laj	roq	mwngz	baenz
tok⁷	la³	ɹo⁵	mɯŋ²	pan²
落	下	屋檐	你	成

长在屋檐下。

4-1359

代	下	地	貝	生
Dai	roengz	deih	bae	caem
ta:i¹	ɹoŋ²	tei⁶	pai¹	çan¹
死	下	地	去	埋

死去万事空,

4-1360

坤	刀	生	然	农
Hoen	dauq	seng	ranz	nuengx
hon¹	ta:u⁵	θe:ŋ¹	ɹa:n²	nu:ŋ⁴
魂	回	生	家	妹

投胎到妹家。

男唱

4-1361

乜	月	玩	乜	月
Meh	ndwen	vanz	meh	ndwen

me⁶ duːn¹ vaːn² me⁶ duːn¹

母　月　还　母　月

月亮归月亮，

4-1362

几	时	年	拉	里
Geij	seiz	nem	ndau	ndeiq

ki³ θi² neːm¹ daːu¹ di⁵

几　时　贴　星　星

不混同星星。

4-1363

几	卜	代	下	地
Geij	boux	dai	roengz	deih

ki³ pu⁴ taːi¹ ɣoŋ² tei⁶

几　人　死　下　地

有谁死去了，

4-1364

托	然	农	在	而
Doek	ranz	nuengx	ywq	lawz

tok⁷ ɣaːn² nuːŋ⁴ juɯ⁵ lau²

落　家　妹　在　哪

还同妹共家。

女唱

4-1365

尝	得	义	十	比
Caengz	ndaej	ngeih	cib	bi

ɕaŋ² dai³ ɲi⁶ ɕit⁸ pi¹

未　得　二　十　年

不满二十岁，

4-1366

是	交	你	考	从
Cix	gyau	mwngz	gauq	coux

ɕi⁴ kjaːu¹ muɯŋ² kaːu⁵ ɕou⁴

就　交　你　好　友

就同你结交。

4-1367

义	加	然	你	动
Ngeix	caj	ranz	mwngz	doengh

ɲi⁴ kja³ ɣaːn² muɯŋ² toŋ⁶

想　等　家　你　动

等你家同意，

4-1368

正	见	备	马	堂
Cingq	raen	beix	ma	daengz

ɕiŋ⁵ ɣan¹ pi⁴ ma¹ taŋ²

正　见　兄　来　到

便是你家人。

男唱

4-1369

尝	得	义	十	比
Caengz	ndaej	ngeih	cib	bi
çaŋ²	dai³	n̪i⁶	çit⁸	pi¹
未	得	二	十	年

不到二十岁,

4-1370

是	交	你	老	表
Cix	gyau	mwngz	laux	biuj
çi⁴	kja:u¹	muŋ²	la:u⁴	pi:u³
就	交	你	老	表

就同你结交。

4-1371

文	龙	真	知	九
Vunz	lungz	caen	rox	yiuj
vun²	luŋ²	çin¹	ʔo:⁴	ji:u³
人	龙	真	知	礼

我友真懂理,

4-1372

巡	老	表	当	韦
Cunz	laux	biuj	dangq	vae
çun²	la:u⁴	pi:u³	ta:ŋ⁵	vai¹
巡	老	表	另	姓

会找外姓友。

女唱

4-1373

尝	得	义	十	比
Caengz	ndaej	ngeih	cib	bi
çaŋ²	dai³	n̪i⁶	çit⁸	pi¹
未	得	二	十	年

不满二十岁,

4-1374

是	好	你	龙	小
Cix	ndij	mwngz	lungz	siuj
çi⁴	di¹	muŋ²	luŋ²	θi:u³
就	与	你	龙	小

就和你结交。

4-1375

想	不	巡	老	表
Siengj	mbouj	cunz	laux	biuj
θi:ŋ³	bou⁵	çun²	la:u⁴	pi:u³
想	不	巡	老	表

若还不来往,

4-1376

牙	了	秀	备	银
Yaek	liux	ciuh	beix	ngaenz
jak⁷	li:u⁴	çi:u⁶	pi⁴	ŋan²
欲	完	世	兄	银

兄青春又过。

男唱

4-1377

变	办	果	花	生
Bienq	baenz	go	va	saemq
pi:n⁵	pan²	ko¹	va¹	θan⁵
变	成	棵	花	庚

变枝同龄花，

4-1378

友	对	生	牙	要
Youx	doiq	saemq	yaek	aeu
ju⁴	to:i⁵	θan⁵	jak⁷	au¹
友	对	庚	欲	要

同龄友想要。

4-1379

友	而	初	论	偻
Youx	lawz	couj	lumj	raeuz
ju⁴	lau²	çou³	lum³	ɣau²
友	哪	丑	像	我们

没人丑过我，

4-1380

你	开	要	了	农
Mwngz	gaej	aeu	liux	nuengx
muɯŋ²	ka:i⁵	au¹	li:u⁴	nu:ŋ⁴
你	莫	要	啰	妹

妹你莫牵挂。

男唱

4-1381

友	土	初	是	初
Youx	dou	couj	cix	couj
ju⁴	tu¹	çou³	çi⁴	çou³
友	我	丑	是	丑

我友虽丑人，

4-1382

它	可	听	土	说
De	goj	dingq	dou	naeuz
te¹	ko³	tiŋ⁵	tu¹	nau²
她	可	听	我	说

她听我的话。

4-1383

友	土	初	土	要
Youx	dou	couj	dou	aeu
ju⁴	tu¹	çou³	tu¹	au¹
友	我	丑	我	要

丑友我愿要，

4-1384

阝	而	说	不	得
Boux	lawz	naeuz	mbouj	ndaej
pu⁴	lau²	nau²	bou⁵	dai³
人	哪	说	不	得

别人管不着。

女唱

男唱

4-1385

友	初	牙	友	初
Youx	couj	yah	youx	couj
ju⁴	çou³	ja⁶	ju⁴	çou³
友	丑	呀	友	丑

丑友呀丑友，

4-1389

广	英	点	付	母
Gvangj	in	dem	fuj	muj
kwa:ŋ³	in¹	te:n¹	fu⁴	mu⁴
广	姻	与	父	母

姻缘父母命，

4-1386

你	牙	听	土	说
Mwngz	yaek	dingq	dou	naeuz
muŋ²	jak⁷	tiŋ⁵	tu¹	nau²
你	要	听	我	说

你可要听话。

4-1390

不	太	初	几	来
Mbouj	daih	couj	geij	lai
bou⁵	ta:i⁶	çou³	ki³	la:i¹
不	太	丑	几	多

就不能嫌丑。

4-1387

友	初	你	开	要
Youx	couj	mwngz	gaej	aeu
ju⁴	çou³	muŋ²	ka:i⁵	au¹
友	丑	你	莫	要

丑友你莫娶，

4-1391

三	八	托	英	台
Sanh	bek	doh	yingh	daiz
θa:n¹	pe:k⁷	to⁶	iŋ¹	ta:i²
山	伯	同	英	台

山伯和英台，

4-1388

文	说	不	好	听
Vunz	naeuz	mbouj	ndei	dingq
vun²	nau²	bou⁵	dei¹	tiŋ⁵
人	说	不	好	听

人言不好听。

4-1392

同	排	可	一	样
Doengz	baiz	goj	it	yiengh
toŋ²	pa:i²	ko⁵	it⁷	ju:ŋ⁶
同	排	也	一	样

并排一样美。

女唱

4-1393

友	土	初	是	初
Youx	dou	couj	cix	couj
ju⁴	tu¹	çou³	çi⁴	çou³
友	我	丑	是	丑

我友丑是丑，

4-1394

生	衣	它	可	怪
Seng	eiq	de	goq	gvai
θeːŋ¹	ei⁵	te¹	ko⁵	kwaːi¹
生	意	他	也	精

他精通生计。

4-1395

拉	定	不	断	鞋
Laj	din	mbouj	duenx	haiz
la³	tin¹	bou⁵	tuːn⁴	haːi²
下	脚	不	断	鞋

脚上穿新鞋，

4-1396

排	可	得	你	备
Baiz	goj	ndaej	mwngz	beix
paːi²	ko⁵	dai³	muɯŋ²	pi⁴
排	也	得	你	兄

配得上老兄。

男唱

4-1397

好	牙	可	妻	伏
Ndei	yax	goj	maex	fwx
dei¹	ja⁵	ko⁵	mai⁴	fə⁴
好	也	也	妻	别人

美也别人妻，

4-1398

初	牙	可	友	文
Couj	yax	goj	youx	vunz
çou³	ja⁵	ko⁵	ju⁴	vun²
丑	也	也	友	人

丑也是我友。

4-1399

同	伴	在	拉	本
Doengh	buenx	ywq	laj	mbwn
toŋ²	puːn⁴	juɯ⁵	la³	buɯn¹
相	伴	在	下	天

同活在世上，

4-1400

知	日	而	同	沙
Rox	ngoenz	lawz	doengh	ra
ɹo⁴	ŋon²	lauɯ²	toŋ²	ɹaː¹
知	天	哪	相	找

总有见面时。

女唱

男唱

4-1401

贵	好	妻	又	好
Gwiz	ndei	maex	youh	ndei
kui²	dei¹	mai⁴	jou⁴	dei¹
丈夫	好	妻	又	好

夫帅妻又美，

4-1402

打	九	支	求	刀
Daz	geu	sei	gyaeuj	dauq
ta²	keːu¹	θi¹	kjau³	taːu⁵
拉	件	丝	头	回

同打扮更靓。

4-1403

苗	拜	浪	凉	孝
Miuq	baih	laeng	liengz	yauj
miːu⁵	paːi⁶	laŋ¹	liːŋ²	jaːu³
瞄	边	后	凉	飕飕

脊背无遮挡，

4-1404

巴	备	罗	土	空
Baz	beix	lox	dou	ndwi
pa²	pi⁴	lo⁴	tu¹	duːi¹
妻	兄	骗	我	空

老兄在骗人。

4-1405

贵	好	妻	又	好
Gwiz	ndei	maex	youh	ndei
kui²	dei¹	mai⁴	jou⁴	dei¹
丈夫	好	妻	又	好

夫帅妻又美，

4-1406

要	美	支	裁	布
Aeu	mae	sei	caiz	buh
au¹	mai¹	θi¹	çaːi²	pu⁶
要	纱	丝	裁	衣服

穿绸缎衣衫。

4-1407

贵	好	妻	又	初
Gwiz	ndei	maex	youh	couj
kui²	dei¹	mai⁴	jou⁴	çou³
丈夫	好	妻	又	丑

夫好而妻丑，

4-1408

同	九	古	关	巴
Doengz	gou	guh	gvan	baz
toŋ²	kou¹	ku⁴	kwaːn¹	pa²
同	我	做	夫	妻

齐心做夫妻。

女唱

4-1409

布	你	坏	更	巴
Buh	mwngz	vaih	gwnz	mbaq
pu[6]	muɯŋ[2]	vaːi[6]	kun[2]	ba[5]
衣服	你	坏	上	肩

上身衣也烂，

4-1410

华	你	坏	拉	定
Vaq	mwngz	vaih	laj	din
va[5]	muɯŋ[2]	vaːi[6]	la[3]	tin[1]
裤	你	坏	下	脚

下身裤也烂。

4-1411

空	米	阝	特	针
Ndwi	miz	boux	dawz	cim
duːi[1]	mi[2]	pu[4]	təɯ[2]	çim[1]
不	有	个	拿	针

没人做女红，

4-1412

召	心	不	了	备
Cau	sim	mbouj	liux	beix
çaːu[5]	θin[1]	bou[5]	liːu[4]	pi[4]
操	心	不	完	兄

兄操心不完。

男唱

4-1413

布	坏	是	古	华
Buh	vaih	cix	guh	vaq
pu[6]	vaːi[6]	çi[4]	ku[4]	va[5]
衣服	坏	就	做	裤

衣烂改成裤，

4-1414

华	坏	是	古	鞋
Vaq	vaih	cix	guh	haiz
va[5]	vaːi[6]	çi[4]	ku[4]	haːi[2]
裤	坏	就	做	鞋

烂裤改成鞋。

4-1415

知	认	又	知	裁
Rox	nyib	youh	rox	caiz
ɣo[4]	ȵip[8]	jou[4]	ɣo[4]	çaːi[2]
会	缝	又	会	裁

会缝又会裁，

4-1416

忧	开	么	了	农
You	gij	maz	liux	nuengx
jou[1]	kaːi[2]	ma[2]	liːu[4]	nuːŋ[4]
忧	什	么	啰	妹

妹还愁什么？

男唱

4-1417

点	你	坏	了	农
Gyaep	mwngz	vaih	liux	nuengx
kjot⁷	muŋ²	va:i⁶	li:u⁴	nu:ŋ⁴
雨帽	你	坏	完	妹

妹竹帽坏了，

4-1418

沙	托	马	土	三
Ra	duk	ma	dou	san
ɹa¹	tuk⁷	ma¹	tu¹	θa:n¹
找	篾	来	我	编

拿篾帮你编。

4-1419

贵	你	初	了	农
Gwiz	mwngz	couj	liux	nuengx
kwi²	muŋ²	çou³	li:u⁴	nu:ŋ⁴
丈夫	你	丑	完	妹

妹丈夫丑陋，

4-1420

装	身	马	土	勒
Cang	ndang	ma	dou	lawh
ça:ŋ¹	da:ŋ¹	ma¹	tu¹	ləu⁶
装	身	来	我	换

打扮来换礼。

女唱

4-1421

点	坏	可	利	纸①
Gyaep	vaih	goj	lix	ceij
kjot⁷	va:i⁶	ko⁵	li⁴	çi³
雨帽	坏	也	剩	纸

帽坏还有纸，

4-1422

两	坏	可	利	绸
Liengj	vaih	goj	lix	couz
li:ŋ³	va:i⁶	ko⁵	li⁴	çu²
伞	坏	也	剩	绸

伞坏还有绸。

4-1423

可	利	土	点	你
Goj	lix	dou	dem	mwngz
ko⁵	li⁴	tu¹	te:n¹	muŋ²
也	剩	我	与	你

今只有我俩，

4-1424

重	小	正	了	备
Naek	siuj	cingz	liux	beix
nak⁷	θi:u³	çiŋ²	li:u⁴	pi⁴
重	小	情	啰	兄

礼品快拿来。

① 点坏可利纸 [kjot⁷ va:i⁶ ko⁵ li⁴ çi³]：帽坏还有纸。过去习惯用桐子浸泡纱纸做雨帽。

男唱

4-1425

点	坏	可	利	纸
Gyaep	vaih	goj	lix	ceij

kjot[7]　va:i[6]　ko[5]　li[4]　çi[3]

雨帽　坏　也　剩　纸

帽坏还有纸，

4-1426

两	坏	可	利	绸
Liengj	vaih	goj	lix	couz

li:ŋ[3]　va:i[6]　ko[5]　li[4]　çu[2]

伞　坏　也　剩　绸

伞坏还有绸。

4-1427

农	爱	干	方	卢
Nuengx	ngaiq	ganq	fueng	louz

nu:ŋ[4]　ŋa:i[5]　ka:n[5]　fu:ŋ[1]　lu[2]

妹　爱　顾　风　流

妹到处游荡，

4-1428

明	可	付	吉	祘
Cog	goj	fouz	giz	suenq

ço:k[8]　ko[5]　fu[2]　ki[2]　θu:n[5]

将来　也　无　处　算

将无所安身。

女唱

4-1429

点	坏	可	利	纸
Gyaep	vaih	goj	lix	ceij

kjot[7]　va:i[6]　ko[5]　li[4]　çi[3]

雨帽　坏　也　剩　纸

帽坏帽纸在，

4-1430

两	坏	可	利	绸
Liengj	vaih	goj	lix	couz

li:ŋ[3]　va:i[6]　ko[5]　li[4]　çu[2]

伞　坏　也　剩　绸

伞坏有伞绸。

4-1431

友	而	干	方	卢
Youx	lawz	ganq	fueng	louz

ju[4]　lau[2]　ka:n[5]　fu:ŋ[1]　lu[2]

友　哪　顾　风　流

谁只顾游荡，

4-1432

是	特	符	三	美
Cix	dawz	fouz	sanq	maez

çi[4]　təu[2]　fu[2]　θa:n[1]　mai[2]

就　拿　符　散　爱

情侣会分手。

男唱

4-1433

乜	你	老	了	金
Meh	mwngz	laux	liux	gim
me⁶	muŋ²	laːu⁴	liːu⁴	kin¹
母	你	老	啰	金

你母已变老，

4-1434

手	更	针	认	布
Fwngz	gaem	cim	nyib	buh
fuŋ²	kan¹	ɕim¹	ɲip⁸	pu⁶
手	握	针	缝	衣服

还在做女红。

4-1435

得	贵	马	小	古
Ndaej	Gwiz	ma	ciuq	goq
dai³	kui²	ma¹	θiːu¹	ku⁵
得	丈夫	来	照	顾

得丈夫帮助，

4-1436

乜	农	是	文	荣
Meh	nuengx	cix	vuen	yungz
me⁶	nuːŋ⁴	ɕi⁴	vuːn¹	juŋ²
母	妹	就	欢	乐

你母得从容。

女唱

4-1437

乜	你	老	了	金
Meh	mwngz	laux	liux	gim
me⁶	muŋ²	laːu⁴	liːu⁴	kin¹
母	你	老	啰	金

你母已变老，

4-1438

手	更	针	认	布
Fwngz	gaem	cim	nyib	buh
fuŋ²	kan¹	ɕim¹	ɲip⁸	pu⁶
手	握	针	缝	衣服

还在做女红。

4-1439

尝	米	元	小	哥
Caengz	miz	yuenz	siuj	go
ɕaŋ²	mi²	juːn²	θiːu³	ko¹
未	有	缘	小	哥

无缘遇情哥，

4-1440

想	采	路	邦	你
Siengj	byaij	loh	biengz	mwngz
θiːŋ³	pjaːi³	lo⁶	piːŋ²	muŋ²
想	走	路	地方	你

想到你乡去。

男唱

4-1441

乜	你	老	了	金
Meh	mwngz	laux	liux	gim
me⁶	muŋ²	laːu⁴	liːu⁴	kin¹
母	你	老	啰	金

你母已变老，

4-1442

手	特	针	认	布
Fwngz	dawz	cim	nyib	buh
fuŋ²	təɯ²	ɕim¹	n̟ip⁸	pu⁶
手	拿	针	缝	衣服

还要做女红。

4-1443

米	元	你	是	古
Miz	yuenz	mwngz	cix	guh
mi²	juːn²	muŋ²	ɕi⁴	ku⁴
有	缘	你	就	做

有缘你随缘，

4-1444

开	满	阝	论	偻
Gaej	monh	boux	lumj	raeuz
kaːi⁵	moːn⁶	pu⁴	lum³	ɣau²
莫	谈	情人	像	我们

不一定找我。

女唱

4-1445

乜	你	老	了	金
Meh	mwngz	laux	liux	gim
me⁶	muŋ²	laːu⁴	liːu⁴	kin¹
母	你	老	啰	金

你母已变老，

4-1446

手	特	针	认	布
Fwngz	dawz	cim	nyib	buh
fuŋ²	təɯ²	ɕim¹	n̟ip⁸	pu⁶
手	拿	针	缝	衣服

还要做女红。

4-1447

尝	米	元	小	哥
Caengz	miz	yuenz	siuj	go
ɕaŋ²	mi²	juːn²	θiːu³	ko¹
未	有	缘	小	哥

无缘遇情哥，

4-1448

正	满	阝	论	偻
Cingq	monh	boux	lumj	raeuz
ɕiŋ⁵	moːn⁶	pu⁴	lum³	ɣau²
正	谈	情人	像	我们

能与我谈情。

① 变牛说变歪 [piːn⁵ ɕɯ² nau² piːn⁵ vaːi²]：黄牛或水牛。此指人不能等同于畜牲。

男唱

4-1449

变	办	双	务	特
Bienq	baenz	song	gouh	dawh
piːn⁵	pan²	θoːŋ¹	kou⁶	təɯ⁶
变	成	两	双	筷

变两副筷条，

4-1450

偻	同	勒	吃	爱
Raeuz	doengh	lawh	gwn	ngaiz
.ɯau²	toŋ²	ləɯ⁶	kɯn¹	ŋaːi²
我们	相	换	吃	饭

我俩交换用。

4-1451

变	办	板	同	排
Bienq	baenz	mbanj	doengz	baiz
piːn⁵	pan²	baːn³	toŋ²	paːi²
变	成	村	同	排

同住邻近村，

4-1452

贵	你	代	土	勒
Gwiz	mwngz	dai	dou	lawh
kɯi²	mɯŋ²	taːi¹	tu¹	ləɯ⁶
丈夫	你	死	我	换

你夫死我替。

女唱

4-1453

变	牛	说	变	歪①
Bienq	cwz	naeuz	bienq	vaiz
piːn⁵	ɕɯ²	nau²	piːn⁵	vaːi²
变	黄牛	或	变	水牛

黄牛或水牛，

4-1454

土	代	土	是	勒
Duz	dai	duz	cix	lawh
tu²	taːi¹	tu²	ɕi⁴	ləɯ⁶
只	死	只	就	换

死了可替换。

4-1455

贵	农	是	利	在
Gwiz	nuengx	cix	lij	ywq
kɯi²	nuːŋ⁴	ɕi⁴	li⁴	ju⁵
丈夫	妹	就	还	在

妹丈夫还在，

4-1456

样	而	勒	得	你
Yiengh	lawz	lawh	ndaej	mwngz
juːŋ⁶	lau²	ləɯ⁶	dai³	mɯŋ²
样	哪	换	得	你

如何换成你？

男唱

4-1457

请	长	马	祘	命
Cingj	cangh	ma	suenq	mingh
çiŋ³	ça:ŋ⁶	ma¹	θu:n⁵	miŋ⁶
请	匠	来	算	命

问过算命师，

4-1458

汉	比	么	它	代
Hanh	bi	moq	de	dai
ha:n⁶	pi¹	mo⁵	te¹	ta:i¹
限	年	新	他	死

你夫难长久。

4-1459

说	备	办	钱	财
Naeuz	beix	banh	cienz	caiz
nau²	pei⁴	pa:n⁶	çin²	ça:i²
说	兄	办	钱	财

兄备好彩礼，

4-1460

它	代	你	是	勒
De	dai	mwngz	cix	lawh
te¹	ta:i¹	muŋ²	çi⁴	lɯ⁶
他	死	你	就	换

他死你就换。

女唱

4-1461

变	办	双	务	特
Bienq	baenz	song	gouh	dawh
pi:n⁵	pan²	θo:ŋ¹	kou⁶	təu⁶
变	成	两	双	筷

变两副筷条，

4-1462

偻	同	勒	吃	爱
Raeuz	doengh	lawh	gwn	ngaiz
ɹau²	toŋ²	lɯ⁶	kɯn¹	ŋa:i²
我们	相	换	吃	饭

我俩交换用。

4-1463

加	贵	口	土	代
Gaj	gwiz	gaeuq	dou	dai
kja³	kɯi²	kau⁵	tu¹	ta:i¹
等	丈夫	旧	我	死

等我前夫死，

4-1464

包	乖	牙	老	秀
Mbauq	gvai	yax	lauq	ciuh
ba:u⁵	kwa:i¹	ja⁴	la:u⁵	çi:u⁶
小伙	乖	也	误	世

你青春也过。

男唱	女唱

男唱

4-1465

变	办	双	务	特
Bienq	baenz	song	gouh	dawh
pi:n⁵	pan²	θo:ŋ¹	kou⁶	təɯ⁶
变	成	两	双	筷

变成两副筷，

4-1466

偻	同	勒	吃	爱
Raeuz	doengh	lawh	gwn	ngaiz
ɹau²	toŋ²	ləɯ⁶	kɯn¹	ŋa:i²
我们	相	换	吃	饭

我俩交换用。

4-1467

变	办	板	九	兴
Bienq	baenz	mbanj	gouj	hing
pi:n⁵	pan²	ba:n³	kjau³	ɹiŋ¹
变	成	村	九	兴

变成九兴村，

4-1468

阝	通	正	阝	勒
Boux	doeng	cingz	boux	lawh
pu⁴	toŋ¹	ɕiŋ²	pu⁴	ləɯ⁶
人	通	情	人	换

相互换礼品。

女唱

4-1469

变	办	双	务	特
Bienq	baenz	song	gouh	dawh
pi:n⁵	pan²	θo:ŋ¹	kou⁶	təɯ⁶
变	成	两	双	筷

变成两双筷，

4-1470

偻	同	勒	吃	令
Raeuz	doengh	lawh	gwn	ringz
ɹau²	toŋ²	ləɯ⁶	kɯn¹	ɹiŋ²
我们	相	换	吃	晌午

我俩交换用。

4-1471

变	办	板	九	兴
Bienq	baenz	mbanj	gouj	hing
pi:n⁵	pan²	ba:n³	kjau³	ɹiŋ¹
变	成	村	九	兴

变成九兴村，

4-1472

阝	通	正	牙	知
Boux	doeng	cingz	yax	rox
pu⁴	toŋ¹	ɕiŋ²	ja⁵	ɹo⁴
人	通	情	也	知

或可去谈情。

男唱

4-1473

变	办	双	务	特
Bienq	baenz	song	gouh	dawh
pi:n⁵	pan²	θo:ŋ¹	kou⁶	təɯ⁶
变	成	两	双	筷

变成两双筷，

4-1474

偻	同	勒	吃	寿
Raeuz	doengh	lawh	gwn	caeuz
ɹau²	toŋ²	ləɯ⁶	kun¹	çau²
我们	相	换	吃	晚饭

我俩轮着用。

4-1475

变	办	友	巴	轻
Bienq	baenz	youx	bak	mbaeu
pi:n⁵	pan²	ju⁴	pa:k⁷	bau¹
变	成	友	嘴	轻

变成巧舌友，

4-1476

马	年	土	勒	仪
Ma	nem	dou	lawh	saenq
ma¹	ne:m¹	tu¹	ləɯ⁶	θin⁵
来	贴	我	换	信

和我来结交。

女唱

4-1477

变	办	双	务	特
Bienq	baenz	song	gouh	dawh
pi:n⁵	pan²	θo:ŋ¹	kou⁶	təɯ⁶
变	成	两	双	筷

变两副筷条，

4-1478

偻	同	勒	吃	寿
Raeuz	doengh	lawh	gwn	caeuz
ɹau²	toŋ²	ləɯ⁶	kun¹	çau²
我们	相	换	吃	晚饭

我俩共进餐。

4-1479

偻	刀	可	爱	偻
Raeuz	dauq	goj	ngaiq	raeuz
ɹau²	ta:u⁵	ko⁵	ŋa:i⁵	ɹau²
我们	倒	可	爱	我们

我俩是相爱，

4-1480

不	阝	帮	土	祘
Mbouj	boux	bang	dou	suenq
bou⁵	pu⁴	pa:ŋ¹	tu¹	θu:n⁵
无	人	帮	我	算

谁为我主张？

女唱

4-1481

变	办	双	乜	巴
Bienq	baenz	song	meh	mbaj
piːn⁵	pan²	θoːŋ¹	me⁶	ba³
变	成	两	母	蝴蝶

变两只蝴蝶，

4-1482

才	外	拉	很	布
Raih	vaij	laj	hwnj	baengz
ɹaːi⁶	vaːi³	la³	huɯn³	paŋ²
爬	过	下	上	布

爬过布架下。

4-1483

英	乱	变	办	患
Wng	luenh	bienq	baenz	fangz
iŋ¹	luːn⁶	piːn⁵	pan²	faːŋ²
应	乱	变	成	鬼

抑或变成鬼，

4-1484

下	王	要	小	女
Roengz	vaengz	aeu	siuj	nawx
ɹoŋ²	vaŋ²	au¹	θiːu³	nu⁴
下	潭	要	小	女

入潭来娶我。

男唱

4-1485

变	办	对	乜	巴
Bienq	baenz	doiq	meh	mbaj
piːn⁵	pan²	toːi⁵	me⁶	ba³
变	成	对	母	蝴蝶

变成对蝴蝶，

4-1486

才	外	拉	很	布
Raih	vaij	laj	hwnj	baengz
ɹaːi⁶	vaːi³	la³	huɯn³	paŋ²
爬	过	下	上	布

爬过晾布架。

4-1487

英	乱	变	办	患
Wng	luenh	bienq	baenz	fangz
iŋ¹	luːn⁶	piːn⁵	pan²	faːŋ²
应	乱	变	成	鬼

若还变成鬼，

4-1488

双	偻	先	同	得
Song	raeuz	senq	doengh	ndaej
θoŋ¹	ɹau²	θeːn⁵	toŋ²	dai³
两	我们	早	相	得

我俩早成亲。

女唱

4-1489

变	办	对	乜	巴
Bienq	baenz	doiq	meh	mbaj
pi:n⁵	pan²	to:i⁵	me⁶	ba³
变	成	对	母	蝴蝶

变一对蝴蝶，

4-1490

才	外	拉	桥	令
Raih	vaij	laj	giuz	rin
ɹa:i⁶	va:i³	la³	ki:u²	ɹin¹
爬	过	下	桥	石

爬过石桥下。

4-1491

变	办	对	乜	延
Bienq	baenz	doiq	meh	dinz
pi:n⁵	pan²	to:i⁵	me⁶	tin²
变	成	对	母	黄蜂

变一对黄蜂，

4-1492

牙	玲	要	少	口
Yaek	ginz	aeu	sau	gaeuq
jak⁷	kin²	au¹	θa:u¹	kau⁵
欲	擒	要	姑娘	旧

定要娶情妹。

男唱

4-1493

变	办	对	乜	巴
Bienq	baenz	doiq	meh	mbaj
pi:n⁵	pan²	to:i⁵	me⁶	ba³
变	成	对	母	蝴蝶

变一对蝴蝶，

4-1494

才	外	拉	桥	令
Raih	vaij	laj	giuz	rin
ɹa:i⁶	va:i³	la³	ki:u²	ɹin¹
爬	过	下	桥	石

爬过石桥下。

4-1495

土	米	羽	米	定
Duz	miz	fwed	miz	din
tu²	mi²	fu:t⁸	mi²	tin¹
我	有	翅	有	脚

我会飞会走，

4-1496

你	玲	土	不	得
Mwngz	ginz	dou	mbouj	ndaej
muŋ²	kin²	tu¹	bou⁵	dai³
你	擒	我	不	得

你捉不到我。

女唱

4-1497

很	不	外	土	多
Haen	mbouj	vaij	duz	doq
han¹	bou⁵	vaːi³	tu²	to⁵
狠	不	过	只	马蜂

马蜂最厉害，

4-1498

是	利	朵	拉	令
Cix	lij	ndoj	laj	ringq
çi⁴	li⁴	do³	laː³	ɹiŋ⁵
是	还	躲	下	碗架

还会躲碗架。

4-1499

很	不	外	土	延
Haen	mbouj	vaij	duz	dinz
han¹	bou⁵	vaːi³	tu²	tin²
狠	不	过	只	黄蜂

黄蜂也厉害，

4-1500

土	玲	是	利	得
Dou	ginz	cix	lij	ndaej
tu¹	kin²	çi⁴	li⁴	dai³
我	擒	就	还	得

我还捉得它。

男唱

4-1501

你	玲	它	狼	得
Mwngz	ginz	de	langh	ndaej
muɯŋ²	kin²	te¹	laːŋ⁶	dai³
你	擒	它	若	得

你能捉得它，

4-1502

四	处	写	你	站
Seiq	cih	ce	mwngz	soengz
θei⁵	çi⁶	çe¹	muɯŋ²	θoŋ²
四	处	留	你	站

天下全归你。

4-1503

你	玲	它	狼	下
Mwngz	ginz	de	langh	roengz
muɯŋ²	kin²	te¹	laːŋ⁶	ɹoŋ²
你	擒	它	若	下

你制得了它，

4-1504

四	方	写	你	在
Seiq	fueng	ce	mwngz	ywq
θei⁵	fuːŋ¹	çe¹	muɯŋ²	jɯ⁵
四	方	留	你	住

天下全归你。

女唱

4-1505

变	办	对	乜	巴
Bienq	baenz	doiq	meh	mbaj
pi:n⁵	pan²	to:i⁵	me⁶	ba³
变	成	对	母	蝴蝶

变一对蝴蝶，

4-1506

才	外	拉	桥	令
Raih	vaij	laj	giuz	rin
ɹa:i⁶	va:i³	la³	ki:u²	ɹin¹
爬	过	下	桥	石

爬过石桥下。

4-1507

卜	托	扶	古	亲
Boh	doh	fwx	guh	cin
po⁶	to⁶	fə⁴	ku⁴	çin¹
父	同	别人	做	亲

父和人攀亲，

4-1508

不	给	少	间	对
Mbouj	hawj	sau	gem	doih
bou⁵	həɯ³	θa:u¹	ke:m¹	to:i⁶
不	给	姑娘	监管	伙伴

不让妹管人。

男唱

4-1509

变	办	对	乜	巴
Bienq	baenz	doiq	meh	mbaj
pi:n⁵	pan²	to:i⁵	me⁶	ba³
变	成	对	母	蝴蝶

变一对蝴蝶，

4-1510

才	外	拉	桥	令
Raih	vaij	laj	giuz	rin
ɹa:i⁶	va:i³	la³	ki:u²	ɹin¹
爬	过	下	桥	石

爬过石桥下。

4-1511

南	是	利	见	本
Namh	cix	lij	gen	mbwn
na:n⁶	çi⁴	li⁴	ke:n⁴	bɯn¹
土	是	还	见	天

地还会管天，

4-1512

文	么	不	间	对
Vunz	maz	mbouj	gem	doih
vun²	ma²	bou⁵	ke:m¹	to:i⁶
人	什么	不	监管	伙伴

人也会管人。

女唱

4-1513

变	办	对	乜	巴
Bienq	baenz	doiq	meh	mbaj
pi:n⁵	pan²	to:i⁵	me⁶	ba³
变	成	对	母	蝴蝶

变一对蝴蝶，

4-1514

才	外	拉	桥	祘
Raih	vaij	laj	giuz	suen
ɹa:i⁶	va:i³	la³	ki:u²	θu:n¹
爬	过	下	桥	园

爬过园子边。

4-1515

变	办	对	乜	月
Bienq	baenz	doiq	meh	ndwen
pi:n⁵	pan²	to:i⁵	me⁶	do:n¹
变	成	对	母	蚯蚓

变一对蚯蚓，

4-1516

堂	江	官	又	良
Daengz	gyang	guenz	youh	liengh
taŋ²	kja:ŋ¹	ku:n²	jou⁴	li:ŋ⁶
到	中	坪	又	亮

到晒坪闪光。

男唱

4-1517

变	办	对	乜	巴
Bienq	baenz	doiq	meh	mbaj
pi:n⁵	pan²	to:i⁵	me⁶	ba³
变	成	对	母	蝴蝶

变一对蝴蝶，

4-1518

才	外	拉	桥	祘
Raih	vaij	laj	giuz	suen
ɹa:i⁶	va:i³	la³	ki:u²	θu:n¹
爬	过	下	桥	园

爬过园子边。

4-1519

变	办	对	乜	月
Bienq	baenz	doiq	meh	ndwen
pi:n⁵	pan²	to:i⁵	me⁶	do:n¹
变	成	对	母	蚯蚓

变一对蚯蚓，

4-1520

全	四	方	内	在
Cienj	seiq	fueng	neix	ywq
çu:n³	θei⁵	fu:ŋ¹	ni⁴	ju⁵
转	四	方	这	在

在此间徘徊。

女唱

4-1521

变	办	对	乜	月
Bienq	baenz	doiq	meh	ndwen
piːn⁵	pan²	toːi⁵	me⁶	doːn¹
变	成	对	母	蚯蚓

变一对蚯蚓，

4-1522

全	四	方	内	在
Cienj	seiq	fueng	neix	ywq
ɕuːn³	θei⁵	fuːŋ¹	ni⁴	juɯ⁵
转	四	方	这	在

在四周转悠。

4-1523

秀	不	玲	妻	伏
Ciuh	mbouj	ginz	maex	fwx
ɕiːu⁶	bou⁵	kin²	mai⁴	fə⁴
世	不	擒	妻	别人

不夺别人妻，

4-1524

厄	在	满	秀	文
Nyienh	ywq	monh	ciuh	vunz
ȵuːn⁶	juɯ⁵	moːn⁶	ɕiːu⁶	vun²
愿	在	谈情	世	人

谈情一辈子。

男唱

4-1525

变	办	对	乜	月
Bienq	baenz	doiq	meh	ndwen
piːn⁵	pan²	toːi⁵	me⁶	doːn¹
变	成	对	母	蚯蚓

变一对蚯蚓，

4-1526

全	四	方	内	在
Cienj	seiq	fueng	neix	ywq
ɕuːn³	θei⁵	fuːŋ¹	ni⁴	juɯ⁵
转	四	方	这	在

在四周盘旋。

4-1527

秀	不	玲	妻	伏
Ciuh	mbouj	ginz	maex	fwx
ɕiːu⁶	bou⁵	kin²	mai⁴	fə⁴
世	不	擒	妻	别人

不夺别人妻，

4-1528

真	祘	勒	邝	乖
Caen	suenq	lwg	boux	gvai
ɕin¹	θuːn⁵	luɯk⁸	pu⁴	kwaːi¹
真	算	子	人	乖

才是聪明人。

女唱

4-1529

秀	不	玲	妻	伏
Ciuh	mbouj	ginz	maex	fwx
çiːu⁶	bou⁵	kin²	mai⁴	fə⁴
世	不	擒	妻	别人

从不夺人妻，

4-1530

正	祘	勒	阝	乖
Cingq	suenq	lwg	boux	gvai
çiŋ⁵	θuːn⁵	luk⁸	pu⁴	kwaːi¹
正	算	子	人	乖

才是真君子。

4-1531

提	头	古	阝	才
Daeq	gyaeuj	guh	boux	sai
ti⁵	kjau³	ku⁴	pu⁴	θaːi¹
剃	头	做	人	男

落发装男人，

4-1532

要	巴	马	土	累
Aeu	baz	ma	dou	laeq
au¹	pa²	ma¹	tu¹	lai⁵
要	妻	来	我	看

你妻今何在?

男唱

4-1533

秀	不	玲	妻	伏
Ciuh	mbouj	ginz	maex	fwx
çiːu⁶	bou⁵	kin²	mai⁴	fə⁴
世	不	擒	妻	别人

不夺别人妻，

4-1534

真	祘	勒	阝	乖
Caen	suenq	lwg	boux	gvai
çin¹	θuːn⁵	luk⁸	pu⁴	kwaːi¹
真	算	子	人	乖

才是真君子。

4-1535

农	刀	变	阝	才
Nuengx	dauq	bienq	boux	sai
nuːŋ⁴	taːu⁵	piːn⁵	pu⁴	θaːi¹
妹	又	变	人	男

妹若变男子，

4-1536

包	乖	貝	而	在
Mbauq	gvai	bae	lawz	ywq
baːu⁵	kwaːi¹	pai¹	lau²	ju⁵
小伙	乖	去	哪	住

哥往何处摆?

女唱

4-1537

秀	不	玲	妻	伏
Ciuh	mbouj	ginz	maex	fwx
ɕiːu⁶	bou⁵	kin²	mai⁴	fə⁴
世	不	擒	妻	别人

从不夺人妻，

4-1538

真	祘	勒	阝	乖
Caen	suenq	lwg	boux	gvai
ɕin¹	θuːn⁵	luk⁸	pu⁴	kwaːi¹
真	算	子	人	乖

才是真君子。

4-1539

给	农	变	阝	才
Hawj	nuengx	bienq	boux	sai
həɯ³	nuːŋ⁴	piːn⁵	pu⁴	θaːi¹
给	妹	变	人	男

让妹变男子，

4-1540

龙	小	帅	你	勒
Lungz	siu	caiz	mwngz	lawh
luŋ²	θiːu¹	ɕaːi²	muŋ²	ləɯ⁶
龙	秀	才	你	换

兄等我结交。

男唱

4-1541

秀	不	玲	妻	伏
Ciuh	mbouj	ginz	maex	fwx
ɕiːu⁶	bou⁵	kin²	mai⁴	fə⁴
世	不	擒	妻	别人

从不夺人妻，

4-1542

真	祘	勒	阝	乖
Caen	suenq	lwg	boux	gvai
ɕin¹	θuːn⁵	luk⁸	pu⁴	kwaːi¹
真	算	子	人	乖

才是真君子。

4-1543

加	你	备	小	帅
Caj	mwngz	beix	siu	caiz
kja³	muŋ²	pi⁴	θiːu¹	ɕaːi²
等	你		兄	秀	才

等兄成秀才，

4-1544

秀	少	乖	牙	了
Ciuh	sau	gvai	yax	liux
ɕiːu⁶	θaːu¹	kwaːi¹	ja⁵	liːu⁴
世	姑娘	乖	也	完

你青春也过。

女唱

4-1545

变	办	双	土	交
Bienq	baenz	song	duz	gyau

$piːn^5$ pan^2 $θoːŋ^1$ tu^2 $kjaːu^1$

变	成	两	只	蜘蛛

变一对蜘蛛，

4-1546

打	支	细	又	细
Daz	sei	saeq	youh	saeq

ta^2 $θi^1$ $θai^5$ jou^4 $θai^5$

纺	丝	细	又	细

吐丝细又细。

4-1547

鸦	刀	变	办	给
A	dauq	bienq	baenz	gaeq

a^1 $taːu^5$ $piːn^5$ pan^2 kai^5

鸦	倒	变	成	鸡

乌鸦变成鸡，

4-1548

不	师	岁	办	文
Mbouj	swz	caez	baenz	vunz

bou^5 $θɯ^2$ $çai^2$ pan^2 vun^2

不	辞	齐	成	人

万物变成人。

男唱

4-1549

变	办	双	土	交
Bienq	baenz	song	duz	gyau

$piːn^5$ pan^2 $θoːŋ^1$ tu^2 $kjaːu^1$

变	成	两	只	蜘蛛

变两只蜘蛛，

4-1550

打	支	门	又	门
Daz	sei	maenh	youh	maenh

ta^2 $θi^1$ man^6 jou^4 man^6

纺	丝	稳固	又	稳固

结网牢又牢。

4-1551

小	正	生	下	水
Siuj	cingz	caem	roengz	raemx

$θiːu^3$ $çiŋ^2$ $çaŋ^1$ $ɹoŋ^2$ $ɹaŋ^4$

小	情	沉	下	水

礼品置水中，

4-1552

能	作	备	不	堂
Nyaenx	coq	beix	mbouj	daengz

$ȵan^4$ $ço^5$ pi^4 bou^5 $taŋ^2$

那么	放	兄	不	到

可见不可得。

女唱

4-1553

变	办	双	土	交
Bienq	baenz	song	duz	gyau
pi:n⁵	pan²	θo:ŋ¹	tu²	kja:u¹
变	成	两	只	蜘蛛

变两只蜘蛛，

4-1554

打	支	细	又	细
Daz	sei	saeq	youh	saeq
ta²	θi¹	θai⁵	jou⁴	θai⁵
纺	丝	细	又	细

吐丝细又细。

4-1555

往	偻	交	正	义
Uengj	raeuz	gyau	cingz	ngeih
va:ŋ³	ɹau²	kja:u¹	ɕiŋ²	ȵi⁶
枉	我们	交	情	义

我俩情意深，

4-1556

阝	团	秀	牙	论
Boux	donh	ciuh	yax	lumz
pu⁴	to:n⁶	ɕi:u⁶	ja⁵	lun²
人	半	世	也	忘

半辈子难忘。

男唱

4-1557

变	办	双	土	交
Bienq	baenz	song	duz	gyaeu
pi:n⁵	pan²	θo:ŋ¹	tu²	kja:u¹
变	成	两	只	蜘蛛

变两只蜘蛛，

4-1558

打	支	细	又	细
Daz	sei	saeq	youh	saeq
ta²	θi¹	θai⁵	jou⁴	θai⁵
纺	丝	细	又	细

吐丝细又细。

4-1559

空	得	交	正	义
Ndwi	ndaej	gyau	cingz	ngeih
du:i¹	dai³	kja:u¹	ɕiŋ²	ȵi⁶
不	得	交	情	义

不能送礼品，

4-1560

可	为	秀	你	空
Goj	vei	ciuh	mwngz	ndwi
ko⁵	vei¹	ɕi:u⁶	mɯŋ²	du:i¹
可	亏	世	你	空

亏欠你终生。

女唱

4-1561

变	办	双	土	交
Bienq	baenz	song	duz	gyau
pi:n⁵	pan²	θo:ŋ¹	tu²	kja:u¹
变	成	两	只	蜘蛛

变成对蜘蛛，

4-1562

很	它	好	结	蒙
Hwnj	dat	hau	giet	muengx
hun³	ta:t⁷	ha:u¹	ki:t⁷	mu:ŋ⁴
上	山崖	白	结	网

它夜晚结网。

4-1563

坤	勾	偻	岁	动
Goenq	gaeu	raeuz	caez	doengh
kon⁵	kau¹	ɹau²	çai²	toŋ⁶
断	藤	我们	齐	痛

绝情都心痛，

4-1564

阝	开	狼	阝	貝
Boux	gaej	langh	boux	bae
pu⁴	ka:i⁵	la:ŋ⁶	pu⁴	pai¹
人	莫	放	人	去

我俩不离去。

男唱

4-1565

变	办	双	土	交
Bienq	baenz	song	duz	gyau
pi:n⁵	pan²	θo:ŋ¹	tu²	kja:u¹
变	成	两	只	蜘蛛

变成对蜘蛛，

4-1566

很	它	好	结	蒙
Hwnj	dat	hau	giet	muengx
hun³	ta:t⁷	ha:u¹	ki:t⁷	mu:ŋ⁴
上	山崖	白	结	网

它夜晚结网。

4-1567

坤	勾	偻	岁	动
Goenq	gaeu	raeuz	caez	doengh
kon⁵	kau¹	ɹau²	çai²	toŋ⁶
断	藤	我们	齐	痛

绝情都心痛，

4-1568

农	开	想	来	吉
Nuengx	gaej	siengj	lai	giz
nu:ŋ⁴	ka:i⁵	θi:ŋ³	la:i¹	ki²
妹	莫	想	多	处

妹莫想他人。

女唱

4-1569

变	办	双	土	交
Bienq	baenz	song	duz	gyau
pi:n⁵	pan²	θo:ŋ¹	tu²	kja:u¹
变	成	两	只	蜘蛛

变两只蜘蛛，

4-1570

很	它	好	结	网
Hwnj	dat	hau	giet	vangj
hɯn³	ta:t⁷	ha:u¹	ki:t⁷	va:ŋ³
上	山崖	白	结	网

它夜晚结网。

4-1571

往	双	偻	同	满
Uengj	song	raeuz	doengh	muengh
va:ŋ³	θo:ŋ¹	ɹau²	toŋ²	mu:ŋ⁶
枉	两	我们	相	望

枉两相守望，

4-1572

阝	狼	阝	下	王
Boux	langh	boux	roengz	vaengz
pu⁴	la:ŋ⁶	pu⁴	ɹoŋ²	vaŋ²
人	放	人	下	潭

情断水潭中。

男唱

4-1573

变	办	双	土	交
Bienq	baenz	song	duz	gyau
pi:n⁵	pan²	θo:ŋ¹	tu²	kja:u¹
变	成	两	只	蜘蛛

变两只蜘蛛，

4-1574

很	它	好	结	网
Hwnj	dat	hau	giet	vangj
hɯn³	ta:t⁷	ha:u¹	ki:t⁷	va:ŋ³
上	山崖	白	结	网

夜晚它织网。

4-1575

交	空	得	你	邦
gyau	ndwi	ndaej	mwngz	baengz
kja:u¹	du:i¹	dai³	mɯɯŋ²	paŋ²
交	不	得	你	朋

若交不上你，

4-1576

元	往	秀	阝	作
Ien	uengj	ciuh	boux	coz
ju:n¹	va:ŋ³	ɕi:u⁶	pu⁴	ço²
冤	枉	世	人	年轻

枉度这一生。

男唱

4-1577

变	办	对	汉	本
Bienq	baenz	doiq	hanq	mbwn
piːn⁵	pan²	toːi⁵	haːn⁵	buːn¹
变	成	对	鹅	天

变成对天鹅，

4-1578

飞	三	比	不	乃
Mbin	sam	bi	mbouj	naiq
bin¹	θaːn¹	pi¹	bou⁵	naːi⁵
飞	三	年	不	馁

翱翔不觉累。

4-1579

变	办	龙	江	海
Bienq	baenz	lungz	gyang	haij
piːn⁵	pan²	luŋ²	kjaːŋ¹	haːi³
变	成	龙	中	海

变成海中龙，

4-1580

伴	农	采	罗	王
Buenx	nuengx	byaij	loh	vang
puːn⁴	nuːŋ⁴	pjaːi³	lo⁶	vaːŋ¹
伴	妹	走	路	横

伴妹走远路。

女唱

4-1581

变	办	对	汉	本
Bienq	baenz	doiq	hanq	mbwn
piːn⁵	pan²	toːi⁵	haːn⁵	buːn¹
变	成	对	鹅	天

变成对天鹅，

4-1582

飞	外	更	外	拉
Mbin	vaij	gwnz	vaij	laj
bin¹	vaːi³	kun²	vaːi³	la³
飞	过	上	过	下

天空任你飞。

4-1583

变	办	对	魚	达
Bienq	baenz	doiq	bya	dah
piːn⁵	pan²	toːi⁵	pja¹	ta⁶
变	成	对	鱼	河

变成对河鱼，

4-1584

华	开	田	内	空
Hah	gaiq	dieg	neix	ndwi
ha⁶	kaːi⁵	tiːk⁸	ni⁴	duːi¹
占	块	地	这	不

徒占一块地。

男唱

4-1585

变	办	对	魚	达
Bienq	baenz	doiq	bya	dah
pi:n⁵	pan²	to:i⁵	pja¹	ta⁶
变	成	对	鱼	河

变一对河鱼，

4-1586

才	好	水	托	下
Raih	ndij	raemx	doh	roengz
ɹa:i⁶	di¹	ɹan⁴	to⁶	ɹoŋ²
爬	沿	水	向	下

在水中游弋。

4-1587

卡	达	内	空	从
Ga	dah	neix	ndwi	coengz
ka¹	ta⁶	ni⁴	du:i¹	çoŋ²
条	河	这	不	从

此河它不爱，

4-1588

牙	下	貝	王	老
Yaek	roengz	bae	vaengz	laux
jak⁷	ɹoŋ²	pai¹	vaŋ²	la:u⁴
欲	下	去	潭	大

想游入深渊。

女唱

4-1589

变	办	对	魚	达
Bienq	baenz	doiq	bya	dah
pi:n⁵	pan²	to:i⁵	pja¹	ta⁶
变	成	对	鱼	河

变一对河鱼，

4-1590

才	好	水	同	貝
Raih	ndij	raemx	doengz	bae
ɹa:i⁶	di¹	ɹan⁴	toŋ²	pai¹
爬	沿	水	同	去

在水中游弋。

4-1591

变	办	对	鸟	给
Bienq	baenz	doiq	roeg	gaeq
pi:n⁵	pan²	to:i⁵	ɹok⁸	kai⁵
变	成	对	鸟	鸡

变一对野鸡，

4-1592

飞	貝	说	可	在
Mbin	bae	naeuz	goj	ywq
bin¹	pai¹	nau²	ko⁵	ju⁵
飞	去	或	也	在

或许飞走了。

男唱

女唱

4-1593

变	办	对	魚	达
Bienq	baenz	doiq	bya	dah
pi:n⁵	pan²	to:i⁵	pja¹	ta⁶
变	成	对	鱼	河

变一对河鱼，

4-1594

才	好	水	同	貝
Raih	ndij	raemx	doengz	bae
ɹa:i⁶	di¹	ɹam⁴	toŋ²	pai¹
爬	沿	水	同	去

在水中游弋。

4-1595

变	办	对	鸟	给
Bienq	baenz	doiq	roeg	gaeq
pi:n⁵	pan²	to:i⁵	ɹok⁸	kai⁵
变	成	对	鸟	鸡

变一对野鸡，

4-1596

飞	貝	偻	一	罗
Mbin	bae	raeuz	yiz	loh
bin¹	pai¹	ɹau²	i²	lo⁶
飞	去	我们	一	路

空中比翼飞。

4-1597

变	办	对	汉	本
Bienq	baenz	doiq	hanq	mbwn
pi:n⁵	pan²	to:i⁵	ha:n⁵	bɯn¹
变	成	对	鹅	天

变一对天鹅，

4-1598

飞	外	更	务	全
Mbin	vaij	gwnz	huj	cienj
bin¹	va:i³	kɯn²	hu³	ɕu:n³
飞	过	上	云	转

飞在流云上。

4-1599

八	要	友	九	团①
Bah	aeu	youx	gouj	duenz
pa⁶	au¹	ju⁴	kjau³	to:n⁵
莫急	要	友	九	团

莫娶九团人，

4-1600

伴	土	观	备	银
Buenx	dou	gonq	beix	ngaenz
pu:n⁴	tu¹	ko:n⁵	pi⁴	ŋan²
伴	我	先	兄	银

先陪我游玩。

男唱

4-1601

变	办	对	汉	本
Bienq	baenz	doiq	hanq	mbwn
pi:n⁵	pan²	to:i⁵	ha:n⁵	buun¹
变	成	对	鹅	天

变一对天鹅，

4-1602

飞	外	更	务	全
Mbin	vaij	gwnz	huj	cienj
bin¹	va:i³	kwn²	hu³	ɕu:n³
飞	过	上	云	转

在天上翱翔。

4-1603

打	银	子	不	祘
Daj	yinz	swj	mbouj	suenq
ta³	jin²	θɯ³	bou⁵	θu:n⁵
打	银	子	不	算

舍礼品不算，

4-1604

才	农	伴	阝	而
Caih	nuengx	buenx	boux	lawz
ɕa:i⁶	nu:ŋ⁴	pu:n⁴	pu⁴	lau²
随	妹	伴	人	哪

任妹嫁给谁。

女唱

4-1605

变	办	对	汉	本
Bienq	baenz	doiq	hanq	mbwn
pi:n⁵	pan²	to:i⁵	ha:n⁵	buun¹
变	成	对	鹅	天

变一对天鹅，

4-1606

飞	外	更	务	全
Mbin	vaij	gwnz	huj	cienj
bin¹	va:i³	kwn²	hu³	ɕu:n³
飞	过	上	云	转

在天上翱翔。

4-1607

八	要	友	九	团
Bah	aeu	youx	gouj	duenz
pa⁶	au¹	ju⁴	kjau³	to:n⁵
莫急	要	友	九	团

不嫁九团人，

4-1608

秀	土	伴	秀	你
Ciuh	dou	buenx	ciuh	mwngz
ɕi:u⁶	tu¹	pu:n⁴	ɕi:u⁶	muŋ²
世	我	伴	世	你

我陪你终生。

男唱

4-1609

变	办	对	汉	本
Bienq	baenz	doiq	hanq	mbwn
pi:n⁵	pan²	to:i⁵	ha:n⁵	buun¹
变	成	对	鹅	天

变成对天鹅,

4-1610

飞	三	比	不	乃
Mbin	sam	bi	mbouj	naiq
bin¹	θa:n¹	pi¹	bou⁵	na:i⁵
飞	三	年	不	累

常飞不觉累。

4-1611

伴	秀	土	狼	外
Buenx	ciuh	dou	langh	vaij
pu:n⁴	çi:u⁶	tu¹	la:ŋ⁶	va:i³
伴	世	我	若	过

陪我一辈子,

4-1612

真	祘	农	米	心
Cingq	suenq	nuengx	miz	sim
çiŋ⁵	θu:n⁵	nu:ŋ⁴	mi²	θin¹
正	算	妹	有	心

足见妹情深。

女唱

4-1613

变	办	对	汉	本
Bienq	baenz	doiq	hanq	mbwn
pi:n⁵	pan²	to:i⁵	ha:n⁵	buun¹
变	成	对	鹅	天

变成对天鹅,

4-1614

飞	三	比	不	乃
Mbin	sam	bi	mbouj	naiq
bin¹	θa:n¹	pi¹	bou⁵	na:i⁵
飞	三	年	不	累

常飞不觉累。

4-1615

伴	秀	你	不	外
Buenx	ciuh	mwngz	mbouj	vaij
pu:n⁴	çi:u⁶	muɯŋ²	bou⁵	va:i³
伴	世	你	不	过

伴你不到头,

4-1616

秀	不	采	拉	本
Ciuh	mbouj	byaij	laj	mbwn
çi:u⁶	bou⁵	pja:i³	la³	buun¹
世	不	走	下	天

无颜在天下。

男唱

4-1617

变	办	对	汉	本
Bienq	baenz	doiq	hanq	mbwn
pi:n⁵	pan²	to:i⁵	ha:n⁵	buɯn¹
变	成	对	鹅	天

变一对天鹅，

4-1618

飞	外	更	务	全
Mbin	vaij	gwnz	huj	cienj
bin¹	va:i³	kɯn²	hu³	ɕu:n³
飞	过	上	云	转

翱翔云天外。

4-1619

打	银	子	狼	团
Daj	yinz	swj	langh	donh
ta³	jin²	θɯ³	la:ŋ⁶	to:n⁶
打	银	子	若	半

不愿送礼品，

4-1620

备	贝	元	而	站
Beix	bae	yienh	lawz	soengz
pi⁴	pai¹	je:n⁶	lau²	θoŋ²
兄	去	县	哪	站

兄何地栖身？

女唱

4-1621

变	办	对	汉	本
Bienq	baenz	doiq	hanq	mbwn
pi:n⁵	pan²	to:i⁵	ha:n⁵	buɯn¹
变	成	对	鹅	天

变一对天鹅，

4-1622

飞	外	更	千	万
Mbin	vaij	gwnz	cien	fanh
bin¹	va:i³	kɯn²	ɕi:n¹	fa:n⁶
飞	过	上	千	万

飞过万重天。

4-1623

变	办	鸟	羊	干
Bienq	baenz	roeg	yangh	ganq
pi:n⁵	pan²	ɹok⁸	ja:ŋ⁶	ka:n⁵
变	成	鸟	苍	鹭

变成苍鹭鸟，

4-1624

赔	三	秀	方	卢
Boiq	sam	ciuh	fueng	louz
po:i⁵	θa:n¹	ɕi:u⁶	fu:ŋ¹	lu²
险	三	世	风	流

三代陪你玩。

男唱

4-1625

变	办	对	汉	本
Bienq	baenz	doiq	hanq	mbwn
pi:n⁵	pan²	to:i⁵	ha:n⁵	buun¹
变	成	对	鹅	天

变一对天鹅，

4-1626

飞	外	更	千	万
Mbin	vaij	gwnz	cien	fanh
bin¹	va:i³	kuun²	çi:n¹	fa:n⁶
飞	过	上	千	万

飞过万重天。

4-1627

更	本	三	层	难
Gwnz	mbwn	sam	caengz	nanz
kuun²	buun¹	θa:n¹	çaŋ²	na:n²
上	天	三	层	难

天堂也多难，

4-1628

邦	干	不	堂	偻
Baengz	ganq	mbouj	daengz	raeuz
paŋ²	ka:n⁵	bou⁵	taŋ²	ɹau²
朋	照料	不	到	我们

管不及我们。

女唱

4-1629

权	权	伏	作	令
Gemh	gemh	fwx	coq	rin
ke:m⁶	ke:m⁶	fə⁴	ço⁵	ɹin¹
山坳	山坳	别人	放	石

山山石墙挡，

4-1630

吉	吉	伏	作	梛
Giz	giz	fwx	coq	bangq
ki²	ki²	fə⁴	ço⁵	pa:ŋ⁵
处	处	别人	放	栅栏

处处放栏杆。

4-1631

心	凉	来	了	邦
Sim	liengz	lai	liux	baengz
θin¹	li:ŋ²	la:i¹	li:u⁴	paŋ²
心	凉	多	啰	朋

实在太寒心，

4-1632

知	干	堂	不	堂
Rox	ganq	daengz	mbouj	daengz
ɹo⁴	ka:n⁵	taŋ²	bou⁵	taŋ²
知	照料	到	不	到

管得到没有？

男唱

4-1633

邦	达	三	层	城
Bangx	dah	sam	caengz	singz
pa:ŋ⁴	ta⁶	θa:n¹	çaŋ²	θiŋ²
旁	河	三	层	城

河边三道城，

4-1634

北	京	九	层	安
Baek	ging	gouj	caengz	anh
pak⁷	kiŋ¹	kjou³	çaŋ²	a:n¹
北	京	九	层	安

北京九道关。

4-1635

鸟	龙	是	八	汉
Neuj	loengz	cix	bah	hanh
ne:u³	loŋ²	çi⁴	pa⁶	ha:n⁶
鸟	笼	就	莫	急 焊

鸟笼别封死，

4-1636

乃	乃	干	可	堂
Naih	naih	ganq	goj	daengz
na:i⁶	na:i⁶	ka:n⁵	ko³	taŋ²
久	久	照料	可	到

久久望一回。

女唱

4-1637

鸟	龙	是	八	汉
Neuj	loengz	cix	bah	hanh
ne:u³	loŋ²	çi⁴	pa⁶	ha:n⁶
鸟	笼	就	别 急	焊

鸟笼别封死，

4-1638

乃	乃	干	可	堂
Naih	naih	ganq	goj	daengz
na:i⁶	na:i⁶	ka:n⁵	ko³	taŋ²
久	久	照料	可	到

久久望一回。

4-1639

日	完	三	告	长
Ngoenz	vuenh	sam	gau	caengh
ŋon²	vu:n⁶	θa:n¹	ka:u¹	çaŋ⁶
天	换	三	次	秤

日换三杆秤，

4-1640

干	堂	龙	牙	知
Ganq	daengz	lungz	yax	rox
ka:n⁵	taŋ²	luŋ²	ja⁵	ɹo⁴
照料	到	龙	才	知

顾到你再说。

男唱

4-1641

心	凉	来	了	邦
Sim	liengz	lai	liux	baengz
θin¹	li:ŋ²	la:i¹	li:u⁴	paŋ²
心	凉	多	啰	朋

实在太心寒,

4-1642

知	干	堂	不	堂
Rox	ganq	daengz	mbouj	daengz
ɹo⁴	ka:n⁵	taŋ²	bou⁵	taŋ²
知	照料	到	不	到

天地管不管。

4-1643

果	我	四	丈	尚
Go	ngox	seiq	ciengh	sang
ko¹	ŋo⁴	θei⁵	ɕɯ:ŋ⁶	θa:ŋ¹
棵	芦苇	四	丈	高

芦苇四丈高,

4-1644

干	不	堂	土	了
Ganq	mbouj	daengz	dou	liux
ka:n⁵	bou⁵	taŋ²	tu¹	li:u⁴
照料	不	到	我	完

管不到我了。

女唱

4-1645

心	凉	来	了	邦
Sim	liengz	lai	liux	baengz
θin¹	li:ŋ²	la:i¹	li:u⁴	paŋ²
心	凉	多	啰	朋

实在太心寒,

4-1646

知	干	堂	不	堂
Rox	ganq	daengz	mbouj	daengz
ɹo⁴	ka:n⁵	taŋ²	bou⁵	taŋ²
知	照料	到	不	到

天地管不管。

4-1647

果	我	四	丈	尚
Go	ngox	seiq	ciengh	sang
ko¹	ŋo⁴	θei⁵	ɕɯ:ŋ⁶	θa:ŋ¹
棵	芦苇	四	丈	高

芦苇四丈高,

4-1648

干	堂	龙	牙	祘
Ganq	daengz	lungz	yax	suenq
ka:n⁵	taŋ²	luŋ²	ja⁵	θu:n⁵
照料	到	龙	才	算

哪顾到老兄。

男唱

4-1649

邦	达	三	层	城
Bangx	dah	sam	caengz	singz
paːŋ⁴	ta⁶	θaːn¹	çaŋ²	θiŋ²
旁	河	三	层	城

河边三重城,

4-1650

北	京	九	层	安
Baek	ging	gouj	caengz	anh
pak⁷	kiŋ¹	kjou³	çaŋ²	aːn¹
北	京	九	层	安

北京九道关。

4-1651

几	阝	代	下	难
Geij	boux	dai	roengz	namh
ki³	pu⁴	taːi¹	ɹoŋ²	naːn⁶
几	人	死	下	土

一心忙白事,

4-1652

干	堂	农	在	而
Ganq	daengz	nuengx	ywq	lawz
kaːn⁵	taŋ²	nuːŋ⁴	ju⁵	lau²
照料	到	妹	在	哪

无心照顾妹。

女唱

4-1653

知	邦	山	米	莫
Rox	bangx	bya	miz	mboq
ɹo⁴	paːŋ⁴	pja¹	mi²	bo⁵
知	旁	山	有	泉

山边有泉水,

4-1654

先	修	罗	贝	通
Senq	coih	loh	bae	doeng
θeːn⁵	coːi⁶	lo⁶	pai¹	ton¹
早	修	路	去	通

先把路修通。

4-1655

知	东	海	米	龙
Rox	doeng	haij	miz	lungz
ɹo⁴	toŋ¹	haːi³	mi²	luŋ²
知	东	海	有	龙

知东海有龙,

4-1656

土	先	下	贝	干
Dou	senq	roengz	bae	ganq
tu¹	θeːn⁵	ɹoŋ²	pai¹	kaːn⁵
我	早	下	去	照料

我先去打理。

男唱

4-1657

心	农	真	桥	付
Sim	nuengx	caen	giuz	fouz
θin¹	nuːŋ⁴	ɕin¹	kiːu²	fu²
心	妹	真	桥	浮

妹心像浮桥，

4-1658

罗	土	空	了	邦
Lox	dou	ndwi	liux	baengz
lo⁴	tu¹	duːi¹	liːu⁴	paŋ²
骗	我	不	啰	朋

只会哄骗我。

4-1659

手	少	更	皮	墨
Fwngz	sau	gaem	bit	maeg
fuŋ²	θaːu¹	kan¹	pit⁷	mak⁸
手	姑娘	握	笔	墨

妹是读书人，

4-1660

罗	备	干	坏	力
Lox	beix	ganq	vaih	rengz
lo⁴	pi⁴	kaːn⁵	vaːi⁶	ɹeːŋ²
骗	兄	照料	坏	力

哄我白费力。

女唱

4-1661

龙	牙	龙
Lungz	hah	lungz
luŋ²	ha⁵	luŋ²
龙	呀	龙

兄啊兄，

4-1662

那	翁	牙	米	水
Naz	oeng	yax	miz	raemx
na²	oŋ¹	ja⁵	mi²	ɹan⁴
田	肥沃	才	有	水

烂泥田有水。

4-1663

伏	要	贝	古	份
Fwx	aeu	bae	guh	faenh
fə⁴	au¹	pai¹	ku⁴	fan⁶
别人	要	去	做	份

别人占去了，

4-1664

了	对	生	邦	偻
Liux	doiq	saemq	biengz	raeuz
liːu⁴	toːi⁵	θan⁵	piŋ²	ɹau²
完	对	庚	地方	我们

此地无伴侣。

男唱

4-1665

龙	牙	龙
Lungz	yah	lungz
luŋ²	ja⁵	luŋ²
龙	呀	龙

兄啊兄，

4-1666

那	翁	牙	米	水
Naz	oeng	yax	miz	raemx
na²	oŋ¹	ja⁵	mi²	ɹan⁴
田	肥沃	才	有	水

烂泥田有水。

4-1667

伕	要	貝	古	份
Fwx	aeu	bae	guh	faenh
fə⁴	au¹	pai¹	ku⁴	fan⁶
别人	要	去	做	份

别人娶了去，

4-1668

对	生	良	开	正
Doiq	saemq	lingh	hai	cingz
to:i⁵	θan⁵	le:ŋ⁶	ha:i¹	çiŋ²
对	庚	另	开	情

哥另找他人。

女唱

4-1669

龙	牙	龙
Lungz	yah	lungz
luŋ²	ja⁵	luŋ²
龙	呀	龙

兄啊兄，

4-1670

那	翁	米	水	相
Naz	oeng	miz	raemx	ciengx
na²	oŋ¹	mi²	ɹan⁴	çi:ŋ⁴
田	肥沃	有	水	养

泥田有水养。

4-1671

秀	卩	作	心	良
Ciuh	boux	coz	sim	liengh
çi:u⁶	pu⁴	ço²	θin¹	li:ŋ⁶
世	人	年轻	心	亮

后生心敞亮，

4-1672

不	干	秀	方	卢
Mbouj	ganq	ciuh	fueng	louz
bou⁵	ka:n⁵	çi:u⁶	fu:ŋ¹	lu²
不	照料	世	风	流

无意去风流。

男唱

4-1673

岁	骑	马	外	桥
Caez	gwih	max	vaij	giuz
çai²	kuːi⁶	ma⁴	vaːi³	kiːu²
齐	骑	马	过	桥

同策马过桥，

4-1674

土	一	生	下	水
Duz	ndeu	saen	roengz	raemx
tu²	deːu¹	θan¹	ɹoɳ²	ɹan⁴
我	一	惧怕	下	水

不小心落水。

4-1675

狼	土	作	桥	灯
Langh	dou	coq	giuz	daenq
laːŋ⁶	tu¹	ço⁵	kiːu²	tan⁵
放	我	放	桥	墩

丢我坐桥墩，

4-1676

才	对	生	土	说
Caih	doiq	saemq	dou	naeuz
çaːi⁶	toːi⁵	θan⁵	tu¹	nau²
随	对	庚	我们	说

任朋友戏我。

女唱

4-1677

岁	骑	马	外	桥
Caez	gwih	max	vaij	giuz
çai²	kuːi⁶	ma⁴	vaːi³	kiːu²
齐	骑	马	过	桥

同策马过桥，

4-1678

土	一	生	下	南
Dou	ndeu	saen	roengz	namh
tu¹	deːu¹	θan¹	ɹoɳ²	naːn⁶
我	一	惧怕	下	土

不小心落地。

4-1679

秋	牙	穷	对	邦
Ciuq	yah	gyoengq	doih	baengz
çiːu⁵	ja⁶	kjoŋ⁵	toːi⁶	paŋ²
看	呀	群	伙伴	朋

看呀众好友，

4-1680

备	牙	狼	土	写
Beix	yaek	langh	dou	ce
pi⁴	jak⁷	laːŋ⁶	tu¹	çe¹
兄	欲	放	我	留

兄要抛弃我。

男唱	女唱

男唱

4-1681

岁	骑	马	外	桥
Caez	gwih	max	vaij	giuz

$çai^2$ $kuːi^6$ ma^4 $vaːi^3$ $kiːu^2$

齐 骑 马 过 桥

同策马过桥，

4-1682

土	一	生	下	南
Dou	ndeu	saen	roengz	namh

tu^1 $deːu^1$ $θan^1$ $ɹoŋ^2$ $naːn^6$

我 一 惧怕 下 土

不小心落地。

4-1683

秋	牙	穷	对	邦
Ciuq	yah	gyoengq	doih	baengz

$çiːu^5$ ja^6 $kjoŋ^5$ $toːi^6$ $paŋ^2$

看 呀 群 伙伴 朋

看呀众好友，

4-1684

备	累	农	下	王
Beix	laeq	nuengx	roengz	vaengz

pi^4 lai^5 $nuːŋ^4$ $ɹoŋ^2$ $vaŋ^2$

兄 推 妹 下 潭

兄推妹下水。

女唱

4-1685

重	心	干	水	吨
Naek	sim	ganq	raemx	daemz

nak^7 $θin^1$ $kaːn^5$ $ɹan^4$ tan^2

重 心 照料 水 塘

同心护塘水，

4-1686

浪	可	通	水	莫
Laeng	goj	doeng	raemx	mboq

$laŋ^1$ ko^3 $toŋ^1$ $ɹan^4$ bo^5

后 可 通 水 泉

它会通泉水。

4-1687

重	心	干	元	罗
Naek	sim	ganq	roen	loh

nak^7 $θin^1$ $kaːn^5$ $joːn^1$ lo^6

重 心 照料 路 路

同心修好路，

4-1688

明	办	合	土	你
Cog	baenz	huq	duz	mwngz

$çoːk^8$ pan^2 ho^5 tu^2 $mɯŋ^2$

将来 成 货 的 你

或谋得财富。

男唱

4-1689

重	心	干	水	吨
Naek	sim	ganq	raemx	daemz
nak⁷	θin¹	ka:n⁵	ɹan⁴	tan²
重	心	照料	水	塘

用心护塘水,

4-1690

浪	可	通	水	依
Laeng	goj	doeng	raemx	rij
laŋ¹	ko³	toŋ¹	ɹan⁴	ɹi³
后	可	通	水	溪

它会通溪水。

4-1691

重	心	干	田	内
Naek	sim	ganq	denz	neix
nak⁷	θin¹	ka:n⁵	te:n²	ni⁴
重	心	照料	地	这

用心管此地,

4-1692

明	办	农	家	财
Cog	baenz	nuengx	gya	caiz
ço:k⁸	pan²	nu:ŋ⁴	kja¹	ça:i²
将来	成	妹	家	财

将成妹家财。

女唱

4-1693

重	心	干	水	吨
Naek	sim	ganq	raemx	daemz
nak⁷	θin¹	ka:n⁵	ɹan⁴	tan²
重	心	照料	水	塘

用心顾塘水,

4-1694

浪	可	通	水	达
Laeng	goj	doeng	raemx	dah
laŋ¹	ko³	toŋ¹	ɹan⁴	ta⁶
后	可	通	水	河

它会通河水。

4-1695

重	心	干	头	牙
Naek	sim	ganq	gyaeuj	yah
nak⁷	θin¹	ka:n⁵	kjau³	ja⁶
重	心	照料	头	芽

用心护幼苗,

4-1696

八	沙	秀	方	卢
Bah	ra	ciuh	fueng	louz
pa⁶	ɹa¹	çi:u⁶	fu:ŋ¹	lu²
莫急	找	世	风	流

先别顾风流。

女唱

4-1697

重	心	干	水	吨
Naek	sim	ganq	raemx	daemz

nak[7]　θin[1]　ka:n[5]　ɹan[4]　tan[2]

| 重 | 心 | 照料 | 水 | 塘 |

用心顾塘水，

4-1698

浪	可	通	水	达
Laeng	goj	doeng	raemx	dah

laŋ[1]　ko[3]　toŋ[1]　ɹan[4]　ta[6]

| 后 | 可 | 通 | 水 | 河 |

它会通河水。

4-1699

比	对	三	告	话
Bi	doiq	sam	gau	vah

pi[1]　to:i[5]　θa:n[1]　ka:u[1]　va[6]

| 年 | 对 | 三 | 次 | 话 |

一年三见面，

4-1700

对	伏	沙	苗	春
Doiq	fwx	ra	miuz	cin

to:i[5]　fə[4]　ɹa[1]　mi:u[2]　çun[1]

| 对 | 别人 | 找 | 禾苗 | 春 |

别人寻恋友。

男唱

4-1701

重	心	干	水	吨
Naek	sim	ganq	raemx	daemz

nak[7]　θin[1]　ka:n[5]　ɹan[4]　tan[2]

| 重 | 心 | 照顾 | 水 | 塘 |

用心管塘水，

4-1702

浪	可	通	水	王
Laeng	goj	doeng	raemx	vaengz

laŋ[1]　ko[3]　toŋ[1]　ɹan[4]　van[2]

| 后 | 可 | 通 | 水 | 潭 |

会通到深渊。

4-1703

采	罗	定	是	慢
Byaij	loh	din	cix	manh

pja:i[3]　lo[6]　tin[1]　çi[4]　ma:n[6]

| 走 | 路 | 脚 | 就 | 辣 |

我俩常来往，

4-1704

干	农	古	妻	文
Ganq	nuengx	guh	maex	vunz

ka:n[3]　nu:ŋ[4]　ku[4]　mai[4]　vun[2]

| 照顾 | 妹 | 做 | 妻 | 人 |

妹却嫁别人。

女唱

4-1705

知	你	干	空	干
Rox	mwngz	ganq	ndwi	ganq
ɹo⁴	muŋ²	ka:n⁵	du:i¹	ka:n⁵
知	你	照料	不	照料

管你照顾否，

4-1706

农	牙	走	罗	河
Nuengx	yaek	yamq	loh	haw
nu:ŋ⁴	jak⁷	ja:m⁵	lo⁶	həu¹
妹	欲	走	路	圩

妹要广交友。

4-1707

不	干	你	是	师
Mbouj	ganq	mwngz	cix	swz
bou⁵	ka:n⁵	muŋ²	çi⁴	θɯ²
不	照料	你	就	辞

不要你辞退，

4-1708

土	米	河	土	采
Dou	miz	haw	dou	byaij
tu¹	mi²	həu¹	tu¹	pja:i³
我	有	圩	我	走

我另找路走。

男唱

4-1709

土	是	想	牙	干
Dou	cix	siengj	yaek	ganq
tu¹	çi⁴	θi:ŋ³	jak⁷	ka:n⁵
我	是	想	要	照料

我是想管顾，

4-1710

农	又	走	邦	文
Nuengx	youh	yamq	biengz	vunz
nu:ŋ⁴	jou⁴	ja:m⁵	pi:ŋ²	vun²
妹	又	走	地方	人

妹又走他乡。

4-1711

想	干	秀	少	论
Siengj	ganq	ciuh	sau	lwnz
θi:ŋ³	ka:n⁵	çi:u⁶	θa:u¹	lun²
想	照料	世	姑娘	最小

想管顾小妹，

4-1712

办	巴	文	贝	了
Baenz	baz	vunz	bae	liux
pan²	pa²	vun²	pai¹	li:u⁴
成	妻	人	去	啰

又已成人妻。

女唱

4-1713

知	你	干	空	干
Rox	mwngz	ganq	ndwi	ganq
ɹo⁴	muɯŋ²	kaːn⁵	duːi¹	kaːn⁵
知	你	照料	不	照料

管你顾不顾，

4-1714

农	牙	走	罗	远
Nuengx	yaek	yamq	loh	gyae
nuːŋ⁴	jak⁷	jaːm⁵	lo⁶	kjai¹
妹	欲	走	路	远

妹要走远路。

4-1715

不	干	秀	满	美
Mbouj	ganq	ciuh	monh	maez
bou⁵	kaːn⁵	çiːu⁶	moːn⁶	mai²
不	照料	世	情	爱

不顾及恋情，

4-1716

少	贝	远	古	伴
Sau	bae	gyae	guh	buenx
θaːu¹	pai¹	kjai¹	ku⁴	puːn⁴
姑娘	去	远	做	伴

妹远走结交。

男唱

4-1717

土	是	想	牙	干
Dou	cix	siengj	yaek	ganq
tu¹	çi⁴	θiːŋ³	jak⁷	kaːn⁵
我	是	想	要	照料

我心想管顾，

4-1718

农	又	走	罗	远
Nuengx	youh	yamq	loh	gyae
nuːŋ⁴	jou⁴	jaːm⁵	lo⁶	kjai¹
妹	又	走	路	远

妹又走他乡。

4-1719

想	干	秀	满	美
Siengj	ganq	ciuh	monh	maez
θiːŋ³	kaːn⁵	çiːu⁶	moːn⁶	mai²
想	照料	世	情	爱

心想顾恋情，

4-1720

少	又	贝	邦	伏
Sau	youh	bae	biengz	fwx
θaːu¹	jou⁴	pai¹	piːŋ²	fə⁴
姑娘	又	去	地方	别人

妹又走远方。

女唱

4-1721

龙	在	浪	管	干
Lungz	ywq	laeng	guenj	ganq
$luŋ^2$	ju^5	$laŋ^1$	$ku:ŋ^3$	$ka:n^5$
龙	在	后	管	照料

兄依旧管顾，

4-1722

农	贝	那	不	论
Nuengx	bae	naj	mbouj	lumz
$nu:ŋ^4$	pai^1	na^3	bou^5	lun^2
妹	去	前	不	忘

妹虽走不忘。

4-1723

干	秀	内	办	文
Ganq	ciuh	neix	baenz	vunz
$ka:n^5$	$çi:u^6$	ni^4	pan^2	vun^2
照料	世	这	成	人

今生若出息，

4-1724

不	论	正	你	备
Mbouj	lumz	cingz	mwngz	beix
bou^5	lun^2	$çiŋ^2$	$muŋ^2$	pi^4
不	忘	情	你	兄

不忘兄恩情。

男唱

4-1725

土	是	想	牙	干
Dou	cix	siengj	yaek	ganq
tu^1	$çi^4$	$θi:ŋ^3$	jak^7	$ka:n^5$
我	是	想	将要	照料

我本想管顾，

4-1726

空	知	水	达	尚
Ndwi	rox	raemx	dah	sang
$du:i^1$	$ɹo^4$	$ɹan^4$	ta^6	$θa:ŋ^1$
不	知	水	河	高

岂料河水涨。

4-1727

想	干	额	江	王
Siengj	ganq	ngieg	gyang	vaengz
$θi:ŋ^3$	$ka:n^5$	$ŋe:k^8$	$kja:ŋ^1$	$vaŋ^2$
想	照料	蛟龙	中	潭

顾深渊蛟龙，

4-1728

正	不	堂	土	秀
Cingz	mbouj	daengz	dou	souh
$çiŋ^2$	bou^5	$taŋ^2$	tu^1	$θi:u^6$
情	不	到	我	受

情不容我受。

女唱

4-1729

知　你　干　空　干

Rox　mwngz　ganq　ndwi　ganq

ɹoː⁴　mɯːŋ²　kaːn⁵　duːi¹　kaːn⁵

知　你　照料　不　照料

你爱顾不顾，

4-1730

农　牙　走　罗　河

Nuengx　yaek　yamq　loh　haw

nuːŋ⁴　jak⁷　jaːm⁵　lo⁶　hɯu¹

妹　欲　走　路　圩

妹我要走远。

4-1731

干　农　伏　古　而

Ganq　nuengx　fwx　guh　rawz

kaːn⁵　nuːŋ⁴　fə⁴　ku⁴　ɹaur²

照料　妹　别人　做　什么

顾别人何益，

4-1732

千　年　它　可　变

Cien　nienz　de　goj　bienq

ɕiːn¹　niːn²　te¹　ko³　piːn⁵

千　年　他　可　变

日久她会变。

男唱

4-1733

土　是　想　牙　干

Dou　cix　siengj　yaek　ganq

tu¹　ɕi⁴　θiːŋ³　jak⁷　kaːn⁵

我　是　想　要　照料

我本想管顾，

4-1734

为　备　走　尝　堂

Vih　beix　yamq　caengz　daengz

vei⁶　pi⁴　jaːm⁵　ɕaŋ²　taŋ²

为　兄　走　未　到

只因兄未到。

4-1735

利　阝　那　阝　浪

Lix　boux　naj　boux　laeng

li⁴　pu⁴　na³　pu⁴　laŋ¹

剩　人　前　人　后

还有其他人，

4-1736

它　牙　帮　你　干

De　yaek　bang　mwngz　ganq

te¹　jak⁷　paːŋ¹　mɯːŋ²　kaːn⁵

他　欲　帮　你　照料

他们想管顾。

女唱

4-1737

重	心	你	是	干
Naek	sim	mwngz	cix	ganq
nak⁷	θin¹	muŋ²	çi⁴	kaːn⁵
重	心	你	就	照料

情深你就顾,

4-1738

开	古	三	头	桥
Gaej	guh	sanq	gyaeuj	giuz
kaːi⁵	ku⁴	θaːn⁵	kjau³	kiːu²
莫	做	散	头	桥

莫在此分手。

4-1739

干	得	对	鸟	九
Ganq	ndaej	doiq	roeg	geuq
kaːn⁵	dai³	toːi⁵	ɹok⁸	kjeːu⁵
照料	得	对	鸟	画眉

顾对画眉鸟,

4-1740

长	刘	偻	讲	满
Ciengz	liuz	raeuz	gangj	monh
çiːŋ²	liːu²	ɹau²	kaːŋ³	moːn⁶
常	常	我们	讲	情

时时可谈情。

男唱

4-1741

土	可	干	可	干
Dou	goj	ganq	goj	ganq
tu¹	ko⁵	kaːn⁵	ko⁵	kaːn⁵
我	也	照料	也	照料

我总在管顾,

4-1742

不	给	三	头	桥
Mbouj	hawj	sanq	gyaeuj	giuz
bou⁵	həu³	θaːn⁵	kjau³	kiːu²
不	给	散	头	桥

桥头不分手。

4-1743

土	可	干	鸟	九
Dou	goj	ganq	roeg	geuq
tu¹	ko⁵	kaːn⁵	ɹok⁸	kjeːu⁵
我	也	照料	鸟	画眉

我顾画眉鸟,

4-1744

不	给	刘	邦	伏
Mbouj	hawj	liuh	biengz	fwx
bou⁵	həu³	liːu⁶	piːŋ²	fə⁴
不	给	游	地方	别人

不让走他乡。

女唱

4-1745

重	心	你	是	干
Naek	sim	mwngz	cix	ganq

nak[7]　θin[1]　muŋ[2]　çi[4]　kaːn[5]

重　心　你　就　照料

情深你就顾，

4-1746

开	给	三	下	船
Gaej	hawj	sanq	roengz	ruz

kaːi[5]　həɯ[3]　θaːn[5]　ɹoŋ[2]　ɹu[2]

莫　给　散　下　船

莫在船上散。

4-1747

干	得	少	友	土
Ganq	ndaej	sau	youx	dou

kaːn[5]　dai[3]　θaːu[5]　ju[4]　tu[1]

照料　得　姑娘　友　我

顾得本姑娘，

4-1748

祘	定	手	你	尖
Suenq	din	fwngz	mwngz	raeh

θuːn[5]　tin[1]　fuŋ[2]　muŋ[2]　ɹai[6]

算　脚　手　你　利

算你有本事。

男唱

4-1749

土	可	干	可	干
Dou	goj	ganq	goj	ganq

tu[1]　ko[5]　kaːn[5]　ko[5]　kaːn[5]

我　也　照料　也　照料

我精心管顾，

4-1750

不	给	三	下	船
Mbouj	hawj	sanq	roengz	ruz

bou[5]　həɯ[3]　θaːn[5]　ɹoŋ[2]　ɹu[2]

不　给　散　下　船

船上不许散。

4-1751

土	可	干	可	补
Dou	goj	ganq	goj	bouj

tu[1]　ko[5]　kaːn[5]　ko[5]　pu[3]

我　也　照料　也　补

我用心管顾，

4-1752

不	给	少	连	全
Mbouj	hawj	sau	lienh	cienh

bou[5]　həɯ[3]　θaːu[1]　liːn[6]　çiːn[6]

不　给　姑娘　滥　贱

不让妹委屈。

女唱

4-1753

重	心	你	是	干
Naek	sim	mwngz	cix	ganq
nak⁷	θin¹	muŋ²	çi⁴	ka:n⁵
重	心	你	就	照料

有心你就顾，

4-1754

不	给	三	下	官
Mbouj	hawj	sanq	roengz	guenz
bou⁵	həɯ³	θa:n⁵	ɹoŋ²	ku:n²
不	给	散	下	坪

不散晒坪上。

4-1755

干	得	对	乜	月
Ganq	ndaej	doiq	meh	ndwen
ka:n⁵	dai³	to:i⁵	me⁶	du:n¹
照料	得	对	母	月

顾一对伴侣，

4-1756

偻	岁	全	天	下
Raeuz	caez	cienj	denh	yah
ɹau²	çai²	çu:n³	ti:n¹	ja⁶
我们	齐	转	天	下

天地间畅游。

男唱

4-1757

土	可	干	可	干
Dou	goj	ganq	goj	ganq
tu¹	ko⁵	ka:n⁵	ko⁵	ka:n⁵
我	也	照料	也	照料

我用心管顾，

4-1758

不	给	三	邦	伏
Mbouj	hawj	sanq	biengz	fwx
bou⁵	həɯ³	θa:n⁵	pi:ŋ²	fə⁴
不	给	散	地方	别人

不散在远方。

4-1759

同	伴	在	拉	本
Doengh	buenx	ywq	laj	mbwn
toŋ²	pu:n⁴	juɯ⁵	la³	buɯn¹
相	伴	在	下	天

相依天地间，

4-1760

办	文	偻	一	罗
Baenz	vunz	raeuz	yiz	loh
pan²	vun²	ɹau²	i²	lo⁶
成	人	我们	一	路

相伴在人世。

女唱

4-1761

重	心	你	是	干
Naek	sim	mwngz	cix	ganq
nak⁷	θin¹	muŋ²	çi⁴	ka:n⁵
重	心	你	就	照料

情深你就顾，

4-1762

开	给	水	后	那
Gaej	hawj	raemx	haeuj	naz
ka:i⁵	həɯ³	ɣan⁴	hau³	na²
莫	给	水	进	田

莫让水浸田。

4-1763

干	十	罗	不	差
Ganq	cib	loh	mbouj	ca
ka:n⁵	çit⁸	lo⁶	bou⁵	ça¹
照料	十	路	不	差

管顾得周全，

4-1764

貝	古	巴	给	备
Bae	guh	baz	hawj	beix
pai¹	ku⁴	pa²	həɯ³	pi⁴
去	做	妻	给	兄

嫁兄当老婆。

男唱

4-1765

土	可	干	可	干
Dou	goj	ganq	goj	ganq
tu¹	ko⁵	ka:n⁵	ko⁵	ka:n⁵
我	也	照料	也	照料

我精心管顾，

4-1766

不	给	水	后	那
Mbouj	hawj	raemx	haeuj	naz
bou⁵	həɯ³	ɣan⁴	hau³	na²
不	给	水	进	田

不让水浸田。

4-1767

干	秀	内	古	么
Ganq	ciuh	neix	guh	maz
ka:n⁵	çi:u⁶	ni⁴	ku⁴	ma²
照料	世	这	做	什么

管顾有何用，

4-1768

干	少	而	跟	对
Ganq	sau	lawz	riengz	doih
ka:n⁵	θa:u¹	lau²	ɣiəŋ²	to:i⁶
照料	姑娘	哪	跟	伙伴

到头一场空。

男唱

4-1769

重	心	你	是	干
Naek	sim	mwngz	cix	ganq
nak⁷	θin¹	muŋ²	çi⁴	ka:n⁵
重	心	你	就	照料

你精心管顾，

4-1770

开	给	水	后	歪
Gaej	hawj	raemx	haeuj	fai
ka:i⁵	həw³	ɹan⁴	hau³	va:i¹
莫	给	水	进	坝

别让水进坝。

4-1771

干	得	秀	少	乖
Ganq	ndaej	ciuh	sau	gvai
ka:n⁵	dai³	çi:u⁶	θa:u¹	kwa:i¹
照料	得	世	姑娘	乖

恋得好情妹，

4-1772

堂	日	代	利	认
Daengz	ngoenz	dai	lij	nyinh
taŋ²	ŋon²	ta:i¹	li⁴	ɲin⁶
到	天	死	还	记得

到死不忘怀。

女唱

4-1773

土	可	干	可	干
Dou	goj	ganq	goj	ganq
tu¹	ko⁵	ka:n⁵	ko⁵	ka:n⁵
我	也	照料	也	照料

我精心管顾，

4-1774

不	给	水	后	歪
Mbouj	hawj	raemx	haeuj	fai
bou⁵	həw³	ɹan⁴	hau³	va:i¹
不	给	水	进	坝

不让水进坝。

4-1775

想	干	秀	少	乖
Siengj	ganq	ciuh	sau	gvai
θi:ŋ³	ga:n⁵	çi:u⁶	θa:u¹	kwa:i¹
想	照料	世	姑娘	乖

管顾好情妹，

4-1776

老	堂	尾	贝	了
Lau	daengz	byai	bae	liux
la:u¹	taŋ²	pja:i¹	pai¹	li:u⁴
怕	到	尾	去	完

就怕来不及。

男唱

4-1777

干	元	不	办	罗
Ganq	roen	mbouj	baenz	loh
ka:n⁵	jo:n¹	bou⁵	pan²	lo⁶
照料	路	不	成	路

修路不成路，

4-1778

坏	巴	名	灯	龙
Vaih	bak	mid	daeng	lungz
va:i⁶	pa:k⁷	mit⁸	taŋ¹	luŋ²
坏	嘴	匕首	荡	龙

弄坏兄利刀。

4-1779

干	田	空	得	站
Ganq	dieg	ndwi	ndaej	soengz
ka:n⁵	ti:k⁸	du:i¹	dai³	θoŋ²
照料	地	不	得	站

有地不安居，

4-1780

为	好	龙	山	四
Vih	ndij	lungz	bya	cwx
vei⁶	di¹	luŋ²	pja¹	ɕɯ⁴
为	与	龙	山	社

因祖宗有言。

女唱

4-1781

干	元	不	办	罗
Ganq	roen	mbouj	baenz	loh
ka:n⁵	jo:n¹	bou⁵	pan²	lo⁶
照料	路	不	成	路

修路不成路，

4-1782

坏	巴	名	灯	龙
Vaih	bak	mid	daeng	lungz
va:i⁶	pa:k⁷	mit⁸	taŋ¹	luŋ²
坏	嘴	匕首	荡	龙

弄坏兄利刀。

4-1783

干	田	空	得	站
Ganq	dieg	ndwi	ndaej	soengz
ka:n⁵	ti:k⁸	du:i¹	dai³	θoŋ²
照料	地	不	得	站

有地不安居，

4-1784

忠	皇	心	不	念
Fangz	vuengz	sim	mbouj	net
fa:ŋ²	vu:ŋ²	θin¹	bou⁵	ne:t⁷
鬼	皇	心	不	实

皇帝心不安。

男唱

4-1785

干　元　不　办　罗
Ganq　roen　mbouj　baenz　loh
kaːn^5　joːn^1　bou^5　pan^2　lo^6
照料　路　不　成　路
修路不成路，

4-1786

坏　巴　名　灯　金
Vaih　bak　mid　daeng　gim
vaːi^6　paːk^7　mit^8　taŋ^1　kin^1
坏　嘴　匕首　荡　金
弄坏兄利刀。

4-1787

干　田　空　得　领
Ganq　dieg　ndwi　ndaej　lingx
kaːn^5　tiːk^8　duːi^1　dai^3　liŋ^4
照料　地　不　得　领
有地不得住，

4-1788

召　心　不　了　农
Cau　sim　mbouj　liux　nuengx
ɕaːu^5　θin^1　bou^5　liːu^4　nuːŋ^4
操　心　不　完　妹
妹可操心否？

女唱

4-1789

干　元　不　办　罗
Ganq　roen　mbouj　baenz　loh
kaːn^5　joːn^1　bou^5　pan^2　lo^6
照料　路　不　成　路
修路不成路，

4-1790

坏　巴　名　灯　金
Vaih　bak　mid　daeng　gim
vaːi^6　paːk^7　mit^8　taŋ^1　kin^1
坏　嘴　匕首　荡　金
弄坏兄利刀。

4-1791

干　田　空　得　领
Ganq　dieg　ndwi　ndaej　lingx
kaːn^5　tiːk^8　duːi^1　dai^3　liŋ^4
照料　地　不　得　领
有地不得住，

4-1792

八　召　心　咬　气
Bah　cau　sim　ngauh　giq
pa^6　ɕaːu^5　θin^1　ŋaːu^5　ki^5
莫急　操　心　怄　气
别心焦怄气。

男唱

4-1793

干	元	不	办	罗
Ganq	roen	mbouj	baenz	loh
ka:n⁵	jo:n¹	bou⁵	pan²	lo⁶
照料	路	不	成	路

修路不成路，

4-1794

坏	巴	名	灯	好
Vaih	bak	mid	daeng	hau
va:i⁶	pa:k⁷	mit⁸	taŋ¹	ha:u¹
坏	嘴	匕首	荡	白

弄坏把利刀。

4-1795

干	包	空	得	少
Ganq	mbauq	ndwi	ndaej	sau
ka:n⁵	ba:u⁵	du:i¹	dai³	θa:u¹
照料	小伙	不	得	姑娘

恋情不如意，

4-1796

全	交	给	邦	累
Gyonj	gyau	hawj	biengz	laeq
kjo:n³	kja:u¹	həɯ³	pi:ŋ²	lai⁵
都	交	给	地方	看

交给路人评。

女唱

4-1797

干	元	不	办	罗
Ganq	roen	mbouj	baenz	loh
ka:n⁵	jo:n¹	bou⁵	pan²	lo⁶
照料	路	不	成	路

修路不成路，

4-1798

坏	巴	名	灯	好
Vaih	bak	mid	daeng	hau
va:i⁶	pa:k⁷	mit⁸	taŋ¹	ha:u¹
坏	嘴	匕首	荡	白

弄坏把利刀。

4-1799

干	包	空	得	少
Ganq	mbauq	ndwi	ndaej	sau
ka:n⁵	ba:u⁵	du:i¹	dai³	θa:u¹
照料	小伙	不	得	姑娘

恋情不遂意，

4-1800

金	交	牙	付	荣
Gim	gyau	yax	fouz	yungh
kin¹	kja:u¹	ja⁵	fu²	juŋ⁶
金	蜘蛛	也	无	用

金钱也不济。

男唱

——

4-1801

干	元	不	办	罗
Ganq	roen	mbouj	baenz	loh
ka:n⁵	jo:n¹	bou⁵	pan²	lo⁶
照料	路	不	成	路

修路不成路，

4-1802

坏	巴	名	灯	油
Vaih	bak	mid	daeng	youz
va:i⁶	pa:k⁸	mit⁸	taŋ¹	jou²
坏	嘴	匕首	荡	油

搞坏利刀刃。

4-1803

干	元	不	办	州
Ganq	yienh	mbouj	baenz	cou
ka:n⁵	ju:n⁶	bou⁵	pan²	çou¹
照料	县	不	成	州

顾县不成州，

4-1804

心	付	不	了	农
Sim	fouz	mbouj	liux	nuengx
θin¹	fu²	bou⁵	li:u⁴	nu:ŋ⁴
心	浮	不	啰	妹

妹你失意否？

女唱

——

4-1805

干	元	不	办	罗
Ganq	roen	mbouj	baenz	loh
ka:n⁵	jo:n¹	bou⁵	pan²	lo⁶
照料	路	不	成	路

修路不成路，

4-1806

坏	巴	名	灯	油
Vaih	bak	mid	daeng	youz
va:i⁶	pa:k⁷	mit⁸	taŋ¹	jou²
坏	嘴	匕首	荡	油

搞坏利刀刃。

4-1807

干	元	不	办	州
Ganq	yienh	mbouj	baenz	cou
ka:n⁵	ju:n⁶	bou⁵	pan²	çou¹
照料	县	不	成	州

顾县不成州，

4-1808

心	付	是	开	怨
Sim	fouz	cix	gaej	yonq
θin¹	fu²	çi⁴	ka:i⁵	jo:n⁵
心	浮	就	莫	怨

扫兴莫怨恨。

男唱

4-1809

干	元	不	办	罗
Ganq	roen	mbouj	baenz	loh

ka:n⁵　jo:n¹　bou⁵　pan²　lo⁶

照料　路　不　成　路

修路不成路，

4-1810

坏	巴	名	灯	油
Vaih	bak	mid	daeng	youz

va:i⁶　pa:k⁷　mit⁸　taŋ¹　jou²

坏　嘴　匕首　荡　油

搞坏利刀刃。

4-1811

干	元	不	办	州
Ganq	yienh	mbouj	baenz	cou

ka:n⁵　ju:n⁶　bou⁵　pan²　çou¹

照料　县　不　成　州

顾县不成州，

4-1812

开	罗	土	心	三
Gaej	lox	dou	sim	sanq

ka:i⁵　lo⁴　tu¹　θin¹　θa:n⁵

莫　骗　我　心　散

莫骗我灰心。

女唱

4-1813

重	心	干	果	后
Naek	sim	ganq	go	haeux

nak⁷　θin¹　ka:n⁵　ko¹　hau⁴

重　心　照料　棵　米

专心理禾苗，

4-1814

南	不	诱	文	空
Namh	mbouj	yaeuh	vunz	ndwi

na:n⁶　bou⁵　jau⁴　vun²　du:i¹

土　不　诱　人　空

地不会哄人。

4-1815

重	心	干	果	赔
Naek	sim	ganq	go	bui

nak⁷　θin¹　ka:n⁵　ko¹　pu:i¹

重　心　照料　棵　脱皮木

勤护理林木，

4-1816

浪	可	米	文	勒
Laeng	goj	miz	vunz	lawh

laŋ¹　ko⁵　mi²　vun²　ləɯ⁶

后　也　有　人　换

会有人结交。

男唱

4-1817

重	心	干	果	后
Naek	sim	ganq	go	haeux
nak⁷	θin¹	ka:n⁵	ko¹	hau⁴
重	心	照料	棵	米

专心理禾苗，

4-1818

怨	代	寿	开	跟
Yonq	dai	caeux	gaej	riengz
jo:n⁵	ta:i¹	çau⁴	ka:i⁵	ɹi:ŋ²
怨	死	早	莫	跟

才能有饭吃。

4-1819

狼	农	作	江	邦
Langh	nuengx	coq	gyang	biengz
la:ŋ⁶	nu:ŋ⁴	ço⁵	kja:ŋ¹	pi:ŋ²
放	妹	放	中	地方

丢妹在荒原，

4-1820

累	娘	而	得	优
Laeq	nangz	lawz	ndaej	yaeuq
lai⁵	na:ŋ²	lau²	dai³	jau⁵
看	姑娘	哪	得	藏

看谁能收留。

女唱

4-1821

土	是	想	牙	优
Dou	cix	siengj	yaek	yaeuq
tu¹	çi⁴	θi:ŋ³	jak⁷	jau⁵
我	是	想	要	藏

我本想收留，

4-1822

不	知	吨	说	布
Mbouj	rox	doenh	naeuz	baengz
bou⁵	ɹo⁴	ton⁶	nau²	paŋ²
不	知	蓝靛	或	布

又素昧平生。

4-1823

优	农	堂	江	王
Yaeuq	nuengx	daengz	gyang	vaengz
jau⁵	nu:ŋ⁴	taŋ²	kja:ŋ¹	vaŋ²
藏	妹	到	中	潭

带妹到潭边，

4-1824

忠	同	清	贝	了
Fangz	doengh	sing	bae	liux
fa:ŋ²	ton²	θin¹	pai¹	liu⁴
鬼	相	抢	去	完

被鬼抢了去。

男唱

4-1825

优	卡	鞋	很	党
Yaeuq	ga	haiz	hwnj	daengq
jau⁵	ka¹	ha:i²	hun³	taŋ⁵
藏	只	鞋	上	凳

搁鞋板凳上，

4-1826

本	又	更	同	下
Mbwn	youh	goemq	doengz	roengz
bun¹	jou⁴	kon⁵	toŋ²	ɹoŋ²
天	又	盖	同	下

天又往下压。

4-1827

想	优	农	很	站
Siengj	yaeuq	nuengx	hwnj	soengz
θi:ŋ³	jau⁵	nu:ŋ⁴	hun³	θoŋ²
想	扶	妹	起	站

想让妹站立，

4-1828

本	又	下	斗	更
Mbwn	youh	roengz	daeuj	goemq
bun¹	jou⁴	ɹoŋ²	tau³	kon⁵
天	又	下	来	盖

天又压下来。

女唱

4-1829

应	乱	办	友	土
Wng	luenh	baenz	youx	dou
iŋ¹	lu:n⁶	pan²	ju⁴	tu¹
几	乱	成	友	我

若真成我友，

4-1830

土	是	邦	你	优
Dou	cix	baengh	mwngz	yaeuq
tu¹	çi⁴	paŋ⁶	muŋ²	jau⁵
我	就	靠	你	藏

我就收留你。

4-1831

少	归	田	南	州
Sau	gvi	dieg	nanz	couh
θa:u¹	kwei¹	ti:k⁸	na:n²	çou⁵
姑娘	归	地	南	州

妹归属南州，

4-1832

不	优	农	古	而
Mbouj	yaeuq	nuengx	guh	rawz
bou⁵	jau⁵	nu:ŋ⁴	ku⁴	ɹau²
不	扶	妹	做	什么

扶妹没有用。

男唱	女唱

4-1833

条	元	对	伏	华
Diuz	roen	doiq	fwx	hah
ti:u^2	ɹo:n^1	to:i^5	fə^4	ha^6
条	路	对	别人	滑

这条陌路滑，

4-1834

备	优	不	很	你
Beix	yaeuq	mbouj	hwnj	mwngz
pi^4	jau^5	bou^5	hun^3	muŋ^2
兄	扶	不	起	你

兄扶不起你。

4-1835

明	令	朵	狼	付
Cog	rin	doj	langh	fouz
ço:k^8	ɹin^1	to^3	la:ŋ^6	fu^2
将来	石	土	若	浮

若石头翻身，

4-1836

办	论	土	不	定
Baenz	lumj	dou	mbouj	dingh
pan^2	lum^3	tu^1	bou^5	tiŋ^6
成	像	我	不	定

我也会变样。

4-1837

重	心	你	是	优
Naek	sim	mwngz	cix	yaeuq
nak^7	θin^1	muŋ^2	çi^4	jau^5
重	心	你	就	扶

有心你就扶，

4-1838

开	古	托	江	邦
Gaej	guh	doek	gyang	biengz
ka:i^5	ku^4	tok^7	kja:ŋ^1	pi:ŋ^2
莫	做	落	中	地方

莫中途摔倒。

4-1839

优	得	对	乜	月
Yaeuq	ndaej	doiq	meh	ndwen
jau^5	dai^3	to:i^5	me^6	du:n^1
藏	得	对	母	月

把月亮藏好，

4-1840

偻	全	安	拉	里
Raeuz	cienj	aen	ndau	ndeiq
ɹau^2	çu:n^3	an^1	da:u^1	di^5
我们	转	个	星	星

如同得天星。

男唱

4-1841

办	绸	说	办	团
Baenz	couz	naeuz	baenz	duenh
pan²	ɕu²	nau²	pan²	tuːn⁶
成	绸	或	成	缎

若是绸或缎，

4-1842

土	是	帮	你	裁
Dou	cix	bang	mwngz	caiz
tu¹	ɕi⁴	paːŋ¹	muɯŋ²	ɕaːi²
我	就	帮	你	裁

我就帮你裁。

4-1843

办	牛	说	办	歪
Baenz	cwz	naeuz	baenz	vaiz
pan²	ɕɯ²	nau²	pan²	vaːi²
成	黄牛	或	成	水牛

若还变成牛，

4-1844

土	是	帮	你	优
Dou	cix	bang	mwngz	yaeuq
tu¹	ɕi⁴	paːŋ¹	muɯŋ²	jau⁵
我	就	帮	你	藏

我就帮你收。

女唱

4-1845

重	心	你	是	优
Naek	sim	mwngz	cix	yaeuq
nak⁷	θin¹	muɯŋ²	ɕi⁴	jau⁵
重	心	你	就	藏

有心你就收，

4-1846

开	古	三	江	手
Gaej	guh	sanq	gyang	fwngz
kaːi⁵	ku⁴	θaːn⁵	kjaːŋ¹	fuɯŋ²
莫	做	散	中	手

莫松手丢失。

4-1847

备	优	农	堂	更
Beix	yaeuq	nuengx	daengz	gwnz
pi⁴	jau⁵	nuːŋ⁴	taŋ²	kuɯn²
兄	扶	妹	到	上

兄拉妹一把，

4-1848

强	本	优	得	南
Giengz	mbwn	yaeuq	ndaej	namh
kiːŋ²	bun¹	jau⁵	dai³	naːn⁶
像	天	藏	得	土

如同天扶地。

男唱

4-1849

办	金	说	办	玉
Baenz	gim	naeuz	baenz	nyawh
pan^2	kin^1	nau^2	pan^2	ŋəɯ^6
成	金	或	成	玉

若是金或玉,

4-1850

全	后	龙	贝	收
gyonj	haeuj	loengx	bae	caeu
kjoːn^3	hau^3	loŋ^4	pai^1	çau^1
都	进	箱	去	收

全给兄收起。

4-1851

友	贵	口	牙	要
Youx	gwiz	gaeuq	yaek	aeu
ju^4	kui^2	kau^5	jak^7	au^1
友	丈夫	旧	欲	要

那前夫想要,

4-1852

龙	优	你	不	得
Lungz	yaeuq	mwngz	mbouj	ndaej
luŋ^2	jau^5	muŋ^2	bou^5	dai^3
龙	扶	你	不	得

兄扶不得你。

女唱

4-1853

重	心	你	是	优
Naek	sim	mwngz	cix	yaeuq
nak^7	θin^1	muŋ^2	çi^4	jau^5
重	心	你	就	扶

情深你就扶,

4-1854

开	古	三	江	手
Gaej	guh	sanq	gyang	fwngz
kaːi^5	ku^4	θaːn^5	kjaːŋ^1	fuŋ^2
莫	做	散	中	手

不然会分手。

4-1855

优	秀	内	办	文
Yaeuq	ciuh	neix	baenz	vunz
jau^5	çiːu^6	ni^4	pan^2	vun^2
扶	世	这	成	人

今生我好过,

4-1856

真	正	龙	满	秀
Caen	cingz	lungz	mued	ciuh
çin^1	çiŋ^2	luŋ^2	muːt^8	çiːu^6
真	情	龙	没	世

感恩一世人。

男唱

4-1857

土	是	想	牙	优
Dou	cix	siengj	yaek	yaeuq
tu^1	çi^4	θi:ŋ^3	jak^7	jau^5
我	是	想	要	扶

我有心帮助,

4-1858

农	又	采	邦	文
Nuengx	youh	byaij	biengz	vunz
nu:ŋ^4	jou^4	pja:i^3	pi:ŋ^2	vun^2
妹	又	走	地方	人

妹又走他乡。

4-1859

想	优	秀	少	论
Siengj	yaeuq	ciuh	sau	lwnz
θi:ŋ^3	jau^5	çi:u^6	θa:u^1	lun^2
想	扶	世	姑娘	最小

想扶持小妹,

4-1860

办	巴	文	貝	了
Baenz	baz	vunz	bae	liux
pan^2	pa^2	vun^2	pai^1	li:u^4
成	妻	人	去	完

她却嫁别人。

女唱

4-1861

水	吨	田	办	笊
Raemx	daemz	dieg	baenz	yiuj
ɹan^4	tan^2	ti:k^8	pan^2	ji:u^3
水	塘	地	成	仓

大地被水淹,

4-1862

良	包	牙	不	师
Liengh	mbauq	yax	mbouj	swz
le:ŋ^6	ba:u^5	ja^5	bou^5	θu^2
谅	小伙	也	不	辞

兄也不动摇。

4-1863

优	妻	伏	古	而
Yaeuq	maex	fwx	guh	rawz
jau^5	mai^4	fə^4	ku^4	ɹau^2
扶	妻	别人	做	什么

恋人妻何益,

4-1864

千	年	它	可	变
Cien	nienz	de	goj	bienq
çi:n^1	ni:n^2	te^1	ko^3	pi:n^5
千	年	她	可	变

日久她会变。

男唱

4-1865

变	友	而	知	乖
Bienh	youx	lawz	rox	gvai
pi:n⁶	ju⁴	lau²	ɹo⁴	kwa:i¹
即便	友	哪	知	乖

谁会动脑子，

4-1866

优	卡	鞋	很	党
Yaeuq	ga	haiz	hwnj	daengq
jau⁵	ka¹	ha:i²	huɯn³	taŋ⁵
藏	只	鞋	上	凳

收她一只鞋。

4-1867

变	友	而	知	讲
Bienh	youx	lawz	rox	gangj
pi:n⁶	ju⁴	lau²	ɹo⁴	ka:ŋ³
即便	友	哪	会	讲

谁人口才好，

4-1868

优	对	邦	很	桥
Yaeuq	doih	baengz	hwnj	giuz
jau⁵	to:i⁶	paŋ²	huɯn³	ki:u²
扶	伙伴	朋	上	桥

扶密友上桥。

女唱

4-1869

重	心	你	是	优
Naek	sim	mwngz	cix	yaeuq
nak⁷	θin¹	muɯŋ²	ɕi⁴	jau⁵
重	心	你	就	扶

情深你就扶，

4-1870

开	古	三	头	船
Gaej	guh	sanq	gyaeuj	ruz
ka:i⁵	ku⁴	θa:n⁵	kjau³	ɹu²
莫	做	散	头	船

船头莫分手。

4-1871

优	得	秀	友	土
Yaeuq	ndaej	ciuh	youx	dou
jau⁵	dai³	ɕi:u⁶	ju⁴	tu¹
扶	得	世	友	我

扶持今世情，

4-1872

贝	头	船	同	节
Bae	gyaeuj	ruz	doengh	ciep
pai¹	kjau³	ɹu²	toŋ²	ɕe:t⁷
去	头	船	相	接

到船头相会。

男唱

4-1873

额	狼	优	得	龙
Ngieg	langh	yaeuq	ndaej	lungz
ŋe:k⁸	la:ŋ⁶	jau⁵	dai³	luŋ²
蛟龙	若	扶	得	龙

蛟龙扶起龙，

4-1874

土	貝	邦	你	在
Dou	bae	biengz	mwngz	ywq
tu¹	pai¹	pi:ŋ²	muɯ²	ju⁵
我	去	地方	你	住

我到你家住。

4-1875

金	狼	优	得	玉
Gim	langh	yaeuq	ndaej	nyawh
kin¹	la:ŋ⁶	jau⁵	dai³	ŋəɯ⁶
金	若	扶	得	玉

金若扶得玉，

4-1876

备	是	克	邦	你
Beix	cix	gwz	biengz	mwngz
pi⁴	çi⁴	kə⁴	pi:ŋ²	muɯ²
兄	就	去	地方	你

兄去你家乡。

女唱

4-1877

重	心	你	是	优
Naek	sim	mwngz	cix	yaeuq
nak⁷	θin¹	muɯ²	çi⁴	jau⁵
重	心	你	就	扶

有心你就扶，

4-1878

开	古	三	头	占
Gaej	guh	sanq	gyaeuj	canz
ka:i⁵	ku⁴	θa:n⁵	kjau³	ça:n²
莫	做	散	头	晒台

屋头莫分手。

4-1879

优	得	友	平	班
Yaeuq	ndaej	youx	bingz	ban
jau⁵	dai³	ju⁴	piŋ²	pa:n¹
扶	得	友	平	班

扶得真情友，

4-1880

全	古	然	一	在
Gyonj	guh	ranz	ndeu	ywq
kjo:n³	ku⁴	ɹa:n²	de:u¹	ju⁵
都	做	家	一	住

我俩便成亲。

男唱

4-1881

土	是	想	牙	优
Dou	cix	siengj	yaek	yaeuq
tu¹	çi⁴	θi:ŋ³	jak⁷	jau⁵
我	是	想	要	扶

我本想扶助，

4-1882

表	农	先	造	然
Biuj	nuengx	senq	caux	ranz
pi:u³	nu:ŋ⁴	θe:n⁵	ça:u⁴	ɹa:n²
表	妹	先	造	家

妹却先嫁人。

4-1883

想	优	秀	平	班
Siengj	yaeuq	ciuh	bingz	ban
θi:ŋ³	jau⁵	çi:u⁶	piŋ²	pa:n¹
想	扶	世	平	班

想扶同龄友，

4-1884

少	造	然	贝	了
Sau	caux	ranz	bae	liux
θa:u¹	ça:u⁴	ɹa:n²	pai¹	li:u⁴
姑娘	造	家	去	完

妹却已嫁人。

女唱

4-1885

变	友	而	知	乖
Bienh	youx	lawz	rox	gvai
pi:n⁶	ju⁴	lau²	ɹo⁴	kwa:i¹
即便	友	哪	知	乖

若谁会想到，

4-1886

优	卡	鞋	很	九
Yaeuq	ga	haiz	hwnj	giuj
jau⁵	ka¹	ha:i²	hun³	ki:u³
藏	只	鞋	上	跟

私藏一只鞋。

4-1887

变	友	而	知	九
Bienh	youx	lawz	rox	yiuj
pi:n⁶	ju⁴	lau²	ɹo⁴	ji:u³
即便	友	哪	知	礼

谁会多心眼，

4-1888

良	造	秀	一	点
Lingh	caux	ciuh	ndeu	dem
le:ŋ⁶	ça:u⁴	çi:u⁶	de:u¹	te:n¹
另	造	世	一	还

再交位情友。

男唱

4-1889

厄	古	会	双	春
Nyienh	guh	faex	song	cin
ȵu:n⁶	ku⁴	fai⁴	θo:ŋ¹	ҫun¹
愿	做	树	两	春

愿做再生树，

4-1890

不	古	文	双	秀
Mbouj	guh	vunz	song	ciuh
bou⁵	ku⁴	vun²	θo:ŋ¹	ҫi:u⁶
不	做	人	两	世

不做两世人。

4-1891

会	双	春	利	拆
Faex	song	cin	lij	euj
fai⁴	θo:ŋ¹	ҫun¹	li⁴	e:u³
树	两	春	还	折

再生树会折，

4-1892

文	双	秀	代	作
Vunz	song	ciuh	dai	coz
vun²	θo:ŋ¹	ҫi:u⁶	ta:i¹	ҫo²
人	两	世	死	年轻

两世人短命。

女唱

4-1893

阝	坤	要	双	妻
Boux	gun	aeu	song	maex
pu⁴	kun¹	au¹	θo:ŋ¹	mai⁴
人	官	要	两	妻

汉人娶两妻，

4-1894

不	是	会	双	春
Mbouj	cix	faex	song	cin
bou⁵	ҫi⁴	fai⁴	θo:ŋ¹	ҫun¹
不	是	树	两	春

如同双春树。

4-1895

阝	么	刀	马	巡
Boux	moq	dauq	ma	cunz
pu⁴	mo⁵	ta:u⁵	ma¹	ҫun²
人	新	回	来	巡

新人来续婚，

4-1896

不	是	文	双	秀
Mbouj	cix	vunz	song	ciuh
bou⁵	ҫi⁴	vun²	θo:ŋ¹	ҫi:u⁶
不	是	人	两	世

便是两世人。

男唱

4-1897

往	土	种	果	中
Vangj	dou	ndaem	go	coeng
va:ŋ³	tu¹	dan¹	ko¹	çoŋ¹
曾经	我	种	棵	葱

我下地种葱，

4-1898

果	而	翁	是	干
go	lawz	oeng	cix	ganq
ko¹	lau²ɯ	oŋ¹	çi⁴	ka:n⁵
棵	哪	肥沃	就	照料

哪株肥就管。

4-1899

拉	可	空	米	南
Laj	goek	ndwi	miz	namh
la³	kok⁷	du:i¹	mi²	na:n⁶
下	根	不	有	土

根部没有土，

4-1900

大	你	干	它	办
Dax	mwngz	ganq	de	baenz
ta⁴	muɯŋ²	ka:n⁵	te¹	pan²
赌	你	照料	它	成

赌你种不成。

女唱

4-1901

往	土	种	果	中
Vangj	dou	ndaem	go	coeng
va:ŋ³	tu¹	dan¹	ko¹	çoŋ¹
曾经	我	种	棵	葱

我曾种过葱，

4-1902

果	而	翁	是	干
go	lawz	oeng	cix	ganq
ko¹	lau²ɯ	oŋ¹	çi⁴	ka:n⁵
棵	哪	肥沃	就	照料

哪株肥就管。

4-1903

拉	可	空	米	南
Laj	goek	ndwi	miz	namh
la³	kok⁷	du:i¹	mi²	na:n⁶
下	根	不	有	土

根部没有土，

4-1904

不	干	古	坏	力
Mbouj	ganq	guh	vaih	rengz
bou⁵	ka:n⁵	ku⁴	va:i⁶	ɹɯaŋ²
不	照料	做	坏	力

种了也白搭。

男唱

4-1905

往	土	种	果	中
Vangj	dou	ndaem	go	coeng
vaːŋ³	tu¹	dan¹	ko¹	çoŋ¹
曾经	我	种	棵	葱

我曾种过葱，

4-1906

果	而	翁	是	干
Go	lawz	oeng	cix	ganq
ko¹	lauɯ²	oŋ¹	çi⁴	kaːn⁵
棵	哪	肥沃	就	照料

哪株肥就管。

4-1907

方	卢	牙	赔	三
Fueng	louz	yaek	boiq	sanq
fuːŋ¹	lu²	jak⁷	poːi⁵	θaːn⁵
风流	流	要	险	散

恋情快要散，

4-1908

不	干	才	合	你
Mbouj	ganq	caih	hoz	mwngz
bou⁵	kaːn⁵	çaːi⁶	ho²	muɯŋ²
不	照料	随	喉	你

顾不顾由你。

女唱

4-1909

种	果	中	果	补
Ndaem	go	coeng	go	mbuq
dan¹	ko¹	çoŋ¹	ko¹	bu⁵
种	棵	葱	棵	葱

种下了大葱，

4-1910

拉	贝	读	邦	城
Rag	bae	duj	bangx	singz
ɹaːk⁸	pai¹	tu³	paːŋ⁴	θiŋ²
根	去	包	旁	城

其根贴城墙。

4-1911

吨	绸	团	布	红
Daemj	couz	duenh	baengz	nding
tan³	çu²	tuːn⁶	paŋ²	diŋ¹
织	绸	缎	布	红

织红布绸缎，

4-1912

堂	京	洋	开	补
Daengz	ging	yangz	hai	bouq
taŋ²	kiŋ¹	jaːŋ²	haːi¹	pu⁵
到	京	皇	开	铺

去京都摆卖。

男唱	女唱

4-1913

种	果	中	果	补
Ndaem	go	coeng	go	mbuq
dan^1	ko^1	çoŋ^1	ko^1	bu^5
种	棵	葱	棵	葱

种下了大葱，

4-1914

拉	贝	读	邦	城
Rag	bae	duj	bangx	singz
ɹa:k^8	pai^1	tu^3	pa:ŋ^4	θiŋ^2
根	去	包	旁	城

其根贴城墙。

4-1915

农	得	义	十	令
Nuengx	ndaej	ngeih	cib	lingz
nu:ŋ^4	dai^3	ȵi^6	çit^8	liŋ^2
妹	得	二	十	零

妹今二十几，

4-1916

种	果	正	对	么
Ndaem	go	cingz	doiq	moq
dan^1	ko^1	çiŋ^2	to:i^5	mo^5
种	棵	情	对	新

再寻新情友。

4-1917

种	中	九	不	办
Ndaem	coeng	giux	mbouj	baenz
dan^1	çoŋ^1	ki:u^4	bou^5	pan^2
种	葱	藠	不	成

藠头种不成，

4-1918

偻	良	种	中	补
Raeuz	lingh	ndaem	coeng	mbuq
ɹau^2	le:ŋ^6	dan^1	çoŋ^1	bu^5
我们	另	种	葱	葱

便改种大葱。

4-1919

秀	内	不	办	古
Ciuh	neix	mbouj	baenz	guh
çi:u^6	ni^4	bou^5	pan^2	ku^4
世	这	不	成	做

今生不成事，

4-1920

偻	良	祘	秀	浪
Raeuz	lingh	suenq	ciuh	laeng
ɹau^2	le:ŋ^6	θu:n^5	çi:u^6	laŋ^1
我们	另	算	世	后

下辈子再来。

男唱

4-1921

秀	内	是	不	祢
Ciuh	neix	cix	mbouj	suenq
çi:u⁶	ni⁴	çi⁴	bou⁵	θu:n⁵
世	这	是	不	算

今世不作为，

4-1922

刀	贝	祢	秀	浪
Dauq	bae	suenq	ciuh	laeng
ta:u⁵	pai¹	θu:n⁵	çi:u⁶	laŋ¹
倒	去	算	世	后

谈何下辈子？

4-1923

秀	内	是	利	诱
Ciuh	neix	cix	lij	yaeuh
çi:u⁶	ni⁴	çi⁴	li⁴	jau⁴
世	这	是	还	诱

今生还在骗，

4-1924

祢	秀	浪	么	农
Suenq	ciuh	laeng	maq	nuengx
θu:n⁵	çi:u⁶	laŋ¹	ma⁵	nu:ŋ⁴
算	世	后	嘛	妹

下辈又如何？

女唱

4-1925

种	中	补	不	成
Ndaem	coeng	mbuq	mbouj	baenz
dan¹	çoŋ¹	bu⁵	bu⁵	pan²
种	葱	葱	不	成

大葱种不成，

4-1926

偻	良	种	中	九
Raeuz	lingh	ndaem	coeng	giux
ɹau²	le:ŋ⁶	dan¹	çoŋ¹	ki:u⁴
我们	另	种	葱	藠

再改种藠头。

4-1927

重	心	是	尝	了
Naek	sim	cix	caengz	liux
nak⁷	θin¹	çi⁴	çaŋ²	li:u⁴
重	心	还	未	完

旧情还未了，

4-1928

备	先	沙	土	写
Beix	senq	ra	dou	ce
pi⁴	θe:n⁵	ɹa¹	tu¹	çe¹
兄	先	找	我	留

兄就来找我。

男唱

4-1929

种	中	补	不	办
Ndaem	coeng	mbuq	mbouj	baenz
dan¹	çoŋ¹	bu⁵	bou⁵	pan²
种	葱	葱	不	成

种葱种不成，

4-1930

偻	良	种	中	九
Raeuz	lingh	ndaem	coeng	giux
ɣau²	le:ŋ⁶	dan¹	çoŋ¹	ki:u⁴
我们	另	种	葱	藠

我们种藠头。

4-1931

不	重	心	是	了
Mbouj	naek	sim	cix	liux
bou⁵	nak⁷	θin¹	çi⁴	li:u⁴
不	重	心	就	算

不重情就算，

4-1932

友	垌	光	可	米
Youx	doengh	gvangq	goj	miz
ju⁴	toŋ⁶	kwa:ŋ⁵	ko³	mi²
友	垌	宽	可	有

外地友多着。

女唱

4-1933

会	邦	山	元	作
Faex	bangx	bya	yiemz	soh
fai⁴	pa:ŋ⁴	pja¹	ji:n²	θo⁶
树	旁	山	嫌	直

山边树太直，

4-1934

不	乱	办	卡	力
Mbouj	luenh	baenz	gaq	liz
bou⁵	lu:n⁶	pan²	ka⁵	li²
不	乱	成	架	犁

做不成犁架。

4-1935

友	垌	光	刀	米
Youx	doengh	gvangq	dauq	miz
ju⁴	toŋ⁶	kwa:ŋ⁵	ta:u⁵	mi²
友	垌	宽	倒	有

外地友不乏，

4-1936

不	比	你	了	备
Mbouj	beij	mwngz	liux	beix
bou⁵	pi³	mɯŋ²	li:u⁴	pi⁴
不	比	你	啰	兄

都比不上兄。

男唱

4-1937

种	中	补	空	办
Ndaem	coeng	mbuq	ndwi	baenz
dan¹	ɕoŋ¹	bu⁵	duːi¹	pan²
种	葱	葱	不	成

种葱种不成，

4-1938

偻	良	种	中	九
Raeuz	lingh	ndaem	coeng	giux
ɾau²	leːŋ⁶	dan¹	ɕoŋ¹	kiːu⁴
我们	另	种	葱	蒜

就改种蒜头。

4-1939

贵	不	好	是	了
Gwiz	mbouj	ndei	cix	liux
kʷi²	bou⁵	dei¹	ɕi⁴	liːu⁴
丈夫	不	好	就	算

夫不好则罢，

4-1940

友	而	安	你	要
Youx	lawz	at	mwngz	aeu
ju⁴	lau²	aːt⁷	muŋ²	au¹
友	哪	压	你	要

谁强迫你要。

女唱

4-1941

往	土	种	果	慢
Vangj	dou	ndaem	go	manh
vaːŋ³	tu¹	dan¹	ko¹	maːn⁶
往	我	种	棵	辣椒

我种过辣椒，

4-1942

千	万	在	里	祢
Cien	fanh	ywq	ndaw	suen
ɕiːn¹	faːn⁶	jɯ⁵	dau¹	θuːn¹
千	万	在	里	园

种在菜园中，

4-1943

知	干	空	知	盘
Rox	ganq	ndwi	rox	buenz
ɾo⁴	kaːn⁵	duːi¹	ɾo⁴	puːn²
知	照料	不	知	盘

会种不会收，

4-1944

刀	文	邦	贝	了
Dauq	vunz	biengz	bae	liux
taːu⁵	vun²	piːŋ²	pai¹	liːu⁴
倒	人	地方	去	完

旁人拿走了。

<table>
<tr><td>

男唱

4-1945

往	土	种	果	慢
Vangj	dou	ndaem	go	manh
va:ŋ³	tu¹	dan¹	ko¹	ma:n⁶
曾经	我	种	棵	辣椒

我种过辣椒，

4-1946

干	给	伏	吃	安
Ganq	hawj	fwx	gwn	aen
ka:n⁵	həɯ³	fə⁴	kɯn¹	an¹
照料	给	别人	吃	个

给别人吃果。

4-1947

不	得	秀	话	恨
Mbouj	ndaej	souh	vah	haemz
bou⁵	dai³	θi:u⁶	va⁶	han²
不	得	受	话	恨

受不了恶语，

4-1948

写	文	邦	是	八
Ce	vunz	biengz	cix	bah
çe¹	vun²	pi:ŋ²	çi⁴	pa⁶
留	人	地方	就	罢

让给人算了。

</td><td>

女唱

4-1949

往	土	种	果	慢
Vangj	dou	ndaem	go	manh
va:ŋ³	tu¹	dan¹	ko¹	ma:n⁶
曾经	我	种	棵	辣椒

我种过辣椒，

4-1950

千	万	在	里	祘
Cien	fanh	ywq	ndaw	suen
çi:n¹	fa:n⁶	ju⁵	dauɯ¹	θu:n¹
千	万	在	里	园

种在菜园里。

4-1951

花	慢	铁	好	全
Va	manh	dek	hau	romz
va¹	ma:n⁶	te:k⁷	ha:u¹	ʐo:m²
花	辣椒	裂	白	闪

辣椒花盛开，

4-1952

文	邦	全	斗	乃
Vunz	biengz	gyonj	daeuj	nai
vun²	pi:ŋ²	kjo:n³	tau³	na:i¹
人	地方	都	来	赞

路人都称赞。

</td></tr>
</table>

男唱

4-1953

往	土	种	果	慢
Vangj	dou	ndaem	go	manh
vaːŋ³	tu¹	dan¹	ko¹	maːn⁶
曾经	我	种	棵	辣椒

我曾种辣椒，

4-1954

千	万	在	里	祘
Cien	fanh	ywq	ndaw	suen
çiːn¹	faːn⁶	juɯ⁵	dauɯ¹	θuːn¹
千	万	在	里	园

种在菜园里。

4-1955

十	义	罗	同	盘
Cib	ngeih	loh	doengz	buenz
çit⁸	ȵi⁶	lo⁶	toŋ²	puːn²
十	二	路	同	盘

一片尽椒苗，

4-1956

出	花	又	中	先
Ok	va	youh	cuengq	sienq
oːk⁷	va¹	jou⁴	çuːŋ⁵	θiːn⁵
出	花	又	放	线

开花好漂亮。

女唱

4-1957

往	土	种	果	慢
Vangj	dou	ndaem	go	manh
vaːŋ¹	tu¹	dan¹	ko¹	maːn⁶
曾经	我	种	棵	辣椒

我种过辣椒，

4-1958

千	万	在	里	祘
Cien	fanh	ywq	ndaw	suen
çiːn¹	faːn⁶	juɯ⁵	dauɯ¹	θuːn¹
千	万	在	里	园

种在菜园里。

4-1959

十	义	罗	同	盘
Cib	ngeih	loh	doengz	buenz
çit⁸	ȵi⁶	lo⁶	toŋ²	puːn²
十	二	路	同	盘

一大片椒苗，

4-1960

千	年	不	下	垌
Cien	nienz	mbouj	roengz	doengh
çiːn¹	niːn²	bou⁵	ɹoŋ²	toŋ⁶
千	年	不	下	垌

常年离不开。

男唱

4-1961

果	中	点	果	九
go	coeng	dem	go	giux
ko^1	$\varsigma o\eta^1$	$te{:}m^1$	ko^1	$ki{:}u^4$
棵	葱	与	棵	韮

若论葱和韮,

4-1962

可	当	乜	一	生
Goj	dangq	meh	ndeu	seng
ko^5	$ta\eta^5$	me^6	$de{:}u^1$	$\theta e{:}\eta^1$
可	当	母	一	生

恰似同母生。

4-1963

华	元	利	下	邦
Hak	yienh	lij	roengz	biengz
$ha{:}k^7$	$je{:}n^6$	li^4	$\iota o\eta^2$	$pi{:}\eta^2$
官	县	还	下	地方

县官还下乡,

4-1964

文	么	不	下	垌
Vunz	maz	mbouj	roengz	doengh
vun^2	ma^2	bou^5	$\iota o\eta^2$	$to\eta^6$
人	什么	不	下	垌

何人不下地?

女唱

4-1965

围	祘	是	围	光
Humx	suen	cix	humx	gvangq
hum^4	$\theta u{:}n^1$	ςi^4	hum^4	$kwa{:}\eta^5$
围	园	就	围	宽

菜园要宽大,

4-1966

种	勒	慢	外	边
Ndaem	lwg	manh	vaij	nden
dan^1	$lɯk^8$	$ma{:}n^6$	$va{:}i^3$	$de{:}n^1$
种	子	辣椒	过	边

周围种辣椒。

4-1967

板	米	十	卜	权
Mbanj	miz	cib	boux	gien
$ba{:}n^3$	mi^3	ςit^8	pu^4	$ki{:}n^1$
村	有	十	个	小气

村里小气鬼,

4-1968

勒	丰	不	被	爱
Lwg	fwngh	mbouj	deng	gyaez
$lɯk^8$	$fu\eta^6$	bou^5	$te{:}\eta^1$	$kjai^2$
葱	然	不	被	爱

或不受欢迎。

男唱

4-1969

围	祢	是	围	光
Humx	suen	cix	humx	gvangq
hum⁴	θuːn¹	çi⁴	hum⁴	kwaːŋ⁵
围	园	就	围	宽

菜园要宽大，

4-1970

种	勒	慢	外	边
Ndaem	lwg	manh	vaij	nden
dan¹	luk⁸	maːn⁶	vaːi³	deːn¹
种	子	辣椒	过	边

周边种辣椒。

4-1971

对	伏	捡	贝	吃
Doiq	fwx	gip	bae	gwn
toːi⁵	fə⁴	kip⁷	pai¹	kun¹
对	别人	捡	去	吃

别人捡去吃，

4-1972

好	恨	不	了	农
Ndei	haemz	mbouj	liux	nuengx
dei¹	huɯn²	bou⁵	liːu⁴	nuːŋ⁴
好	恨	不	啰	妹

妹说苦恼不?

女唱

4-1973

围	祢	是	围	光
Humx	suen	cix	humx	gvangq
hum⁴	θuːn¹	çi⁴	hum⁴	kwaːŋ⁵
围	园	就	围	宽

菜园要宽敞，

4-1974

种	勒	慢	外	边
Ndaem	lwg	manh	vaij	nden
dan¹	luk⁸	maːn⁶	vaːi³	deːn¹
种	子	辣椒	过	边

周边种辣椒。

4-1975

对	伏	捡	贝	吃
Doiq	fwx	gip	bae	gwn
toːi⁵	fə⁴	kip⁷	pai¹	kun¹
对	别人	捡	去	吃

别人捡去吃，

4-1976

龙	外	很	贝	满
Lungz	vaij	haenz	bae	muengh
luŋ²	vaːi³	han²	pai¹	muːŋ⁶
龙	过	边	去	望

兄过那边看。

男唱

4-1977

往	土	种	果	力
Vangj	dou	ndaem	go	leiz
va:ŋ³	tu¹	dan¹	ko¹	li²
曾经	我	种	棵	梨

我种过梨子，

4-1978

空	知	粒	它	很
Ndwi	rox	ngveih	de	hwnj
du:i¹	ɹo⁴	ŋwei⁶	te¹	hun³
不	知	粒	它	起

种粒会发芽。

4-1979

知	能	是	开	种
Rox	nyaenx	cix	gaej	ndaem
ɹo⁴	ȵan⁴	ɕi⁴	ka:i⁵	dan¹
知	这样	就	莫	种

晓得不用种，

4-1980

写	它	很	满	秀
Ce	de	hwnj	mued	ciuh
ɕe¹	te¹	hun³	mu:t⁸	ɕi:u⁶
留	它	起	没	世

让其籽自繁。

女唱

4-1981

知	果	果	内	很
Rox	go	mak	neix	haemz
ɹo⁴	ko¹	ma:k⁷	ni⁴	han²
知	棵	果	这	苦

得知此果苦，

4-1982

不	种	古	坏	田
Mbouj	ndaem	guh	vaih	dieg
bou⁵	dan¹	ku⁴	va:i⁶	ti:k⁸
不	种	做	坏	地

无须刻意种。

4-1983

快	快	特	贝	丢
Riuz	riuz	dawz	bae	ndek
ɹi:u²	ɹi:u²	təɯ²	pai¹	de:k⁷
快	快	拿	去	丢

快快丢了去，

4-1984

完	田	作	板	立
Vuenh	dieg	coq	banj	liz
vu:n⁶	ti:k⁸	ɕo⁵	pa:n³	li²
换	地	放	板	栗

腾地种板栗。

男唱

4-1985

知	果	果	内	玩
Rox	go	mak	neix	van
ɹo⁴	ko¹	maːk⁷	ni⁴	vaːn¹
知	棵	果	这	甜

得知此果甜，

4-1986

刀	貝	问	要	粒
Dauq	bae	cam	aeu	ngveih
taːu⁵	pai¹	ɕaːm¹	au¹	ŋweih
又	去	问	要	粒

又去讨种子。

4-1987

果	果	伏	是	记
Go	go	fwx	cix	geiq
ko¹	ko¹	fə⁴	ɕi⁴	ki⁵
棵	棵	别人	就	记

别人记清楚，

4-1988

份	土	备	在	而
Faenh	duz	beix	ywq	lawz
fan⁶	tu²	pi⁴	ju⁵	lau²
份	的	兄	在	哪

兄名分何在?

女唱

4-1989

知	果	果	内	玩
Rox	go	mak	neix	van
ɹo⁴	ko¹	maːk⁷	ni⁴	vaːn¹
知	棵	果	这	甜

知此果味甜，

4-1990

刀	貝	问	要	粒
Dauq	bae	cam	aeu	ngveih
taːu⁵	pai¹	ɕaːm¹	au¹	ŋwei⁶
又	去	问	要	粒

又去讨种子。

4-1991

果	果	伏	是	记
Go	go	fwx	cix	geiq
ko¹	ko¹	fə⁴	ɕi⁴	ki⁵
棵	棵	别人	就	记

别人记清楚，

4-1992

份	内	不	堂	偻
Faenh	neix	mbouj	daengz	raeuz
fan⁶	ni⁴	bou⁵	taŋ²	ɹau²
份	这	不	到	我们

我们没名分。

男唱

4-1993

知	果	果	内	玩
Rox	go	mak	neix	van
ɹo⁴	ko¹	ma:k⁷	ni⁴	va:n¹
知	棵	果	这	甜

知此果味甜，

4-1994

刀	贝	问	要	节
Dauq	bae	cam	aeu	ceh
ta:u⁵	pai¹	ça:m¹	au¹	çe⁶
又	去	问	要	种

又去讨种子。

4-1995

些	观	伏	先	列
Seiq	gonq	fwx	senq	leh
θe⁵	ko:n⁵	fə⁴	θe:n⁵	le⁶
世	先	别人	先	选

前世别人选，

4-1996

瓜	了	牙	堂	偻
Gvaq	liux	yax	daengz	raeuz
kwa⁵	li:u⁴	ja⁵	taŋ²	ɹau²
过	了	才	到	我们

剩下才到我。

女唱

4-1997

种	果	作	江	开
Ndaem	mak	coq	gyang	gai
dan¹	ma:k⁷	ço⁵	kja:ŋ¹	ka:i¹
种	果	放	中	街

街上种水果，

4-1998

文	来	堂	又	动
Vunz	lai	daengz	youh	dongx
vun²	la:i¹	taŋ²	jou⁴	to:ŋ⁴
人	多	到	又	打招呼

路人来评说。

4-1999

口	千	峒	万	峒
Gaeuj	cien	doengh	fanh	doengh
kau³	çi:n¹	toŋ⁶	fa:n⁶	toŋ⁶
看	千	峒	万	峒

走许多地方，

4-2000

满	果	果	内	空
Muengh	go	mak	neix	ndwi
mu:ŋ⁶	ko¹	ma:k⁷	ni⁴	du:i¹
望	棵	果	这	空

就见这株果。

第五篇　爱恋歌

　　《爱恋歌》主要唱述男方来女方家做客，主客双方在以歌抒情的过程中谈论各种话题。瑶族的家中事务一般由妇女负责打理，织布裁衣是妇女日常家务活动之一。男方歌师以织布裁衣为主题，主要是为了考察女方的手工织布技艺，并以此来判断女方是否心灵手巧和善良贤惠。瑶族聚居区地少人多，所以需要在村边平地、山坳或低洼地等处开荒种粮。唱词中提到男方来帮助女方干农活，说明瑶族存在帮工习俗。壮族、瑶族等少数民族熟稔梁山伯与祝英台的传说，表明中华文化深入桂西地区，得到各少数民族的高度认同，影响深远。瑶歌中以梁山伯和祝英台至死相守候来表达瑶族青年对爱情的坚贞，以及对有情人终成眷属的期望。

女唱

5—1

是	想	不	说	欢
Cix	siengj	mbouj	naeuz	fwen
çi⁴	θiːŋ³	bou⁵	nau²	vuːn¹
是	想	不	说	歌

本不想唱歌，

5—2

龙	又	巡	斗	托
Lungz	youh	cunz	daeuj	doh
luŋ²	jou⁴	çun²	tau³	to⁶
龙	又	巡	来	向

怎奈兄来访。

5—3

是	想	不	唱	歌
Cix	siengj	mbouj	cang	go
çi⁴	θiːŋ³	bou⁵	çaːŋ⁴	ko⁵
是	想	不	唱	歌

本不想唱歌，

5—4

邦	么	又	堂	然
Baengz	moq	youh	daengz	ranz
paŋ²	mo⁵	jou⁴	taŋ²	ɣaːn²
朋	新	又	到	家

新朋又临门。

男唱

5—5

是	想	不	说	欢
Cix	siengj	mbouj	naeuz	fwen
çi⁴	θiːŋ³	bou⁵	nau²	vuːn¹
是	想	不	说	歌

本不想唱歌，

5—6

偻	又	元	少	包
Raeuz	youh	yiemz	sau	mbauq
ɣau²	jou⁴	jiːn²	θaːu¹	baːu⁵
我们	又	嫌	姑娘	小伙

对不住情友。

5—7

是	想	不	中	好
Cix	siengj	mbouj	cuengq	hauq
çi⁴	θiːŋ³	bou⁵	çuːŋ⁵	haːu⁵
是	想	不	放	话

不想放声唱，

5—8

秀	卜	老	九	提
Ciuh	boh	laux	gou	diz
çiːu⁶	po⁶	laːu⁴	kou¹	ti²
世	父	老	我	提

长辈又催唱。

女唱

5-9

是　　想　　不　　说　　欢

Cix　siengj　mbouj　naeuz　fwen

$çi^4$　$θi:ŋ^3$　bou^5　nau^2　$vu:n^1$

是　　想　　不　　说　　歌

本不想唱歌，

5-10

龙　　又　　巡　　堂　　内

Lungz　youh　cunz　daeng　neix

$luŋ^2$　jou^4　$çun^2$　$taŋ^2$　nei^4

龙　　又　　巡　　到　　这

情哥又来访。

5-11

是　　想　　不　　讲　　满

Cix　siengj　mbouj　gangj　monh

$çi^4$　$θi:ŋ^3$　bou^5　$ka:ŋ^3$　$mo:n^6$

是　　想　　不　　讲　　情

本不想谈情，

5-12

友　　良　　立　　斗　　巡

Youx　lingz　leih　daeuj　cunz

ju^4　$le:ŋ^6$　lei^6　tau^3　$çun^2$

友　　伶　　俐　　来　　巡

朋友又临门。

男唱

5-13

是　　想　　不　　说　　欢

Cix　siengj　mbouj　naeuz　fwen

$çi^4$　$θi:ŋ^3$　bou^5　nau^2　$vu:n^1$

是　　想　　不　　说　　歌

本不想唱歌，

5-14

偻　　又　　元　　韦　　机

Raeuz　youh　yiemz　vae　giq

$ɹau^2$　jou^4　$ji:n^2$　vai^1　ki^5

我们　又　嫌　姓　支

怕对友不敬。

5-15

是　　想　　不　　讲　　满

Cix　Sieng　mbouj　gangj　monh

$çi^4$　$θi:ŋ^3$　bou^5　$ka:ŋ^3$　$mo:n^6$

是　　想　　不　　讲　　情

本不想谈情，

5-16

正　　义　　偻　　重　　来

Cingz　ngeih　raeuz　naek　lai

$çiŋ^2$　$ŋi^6$　$ɹau^2$　nak^7　$la:i^1$

情　　义　　我们　重　　多

我俩情义重。

女唱

5-17

是	想	不	说	欢
Cix	siengj	mbouj	naeuz	fwen
φi^4	$\theta i{:}\eta^3$	bou^5	nau^2	$vu{:}n^1$
是	想	不	说	歌

本不想唱歌，

5-18

龙	斗	堂	邦	伴
Lungz	daeuj	daengz	biengz	buenx
$lu\eta^2$	tau^3	$ta\eta^2$	$pi{:}\eta^2$	$pu{:}n^4$
龙	来	到	地方	伴

兄来我家园。

5-19

是	想	不	讲	满
Cix	siengj	mbouj	gangj	monh
φi^4	$\theta i{:}\eta^3$	bou^5	$ka{:}\eta^3$	$mo{:}n^6$
是	想	不	讲	情

本不想谈情，

5-20

田	庆	远	牙	凉
Dieg	ging	yenj	yax	liengz
$ti{:}k^8$	$ki\eta^3$	$ju{:}n^6$	ja^5	$li{:}\eta^2$
地	庆	远	也	凉

庆远也荒凉。

男唱

5-21

是	想	不	说	欢
Cix	siengj	mbouj	naeuz	fwen
φi^4	$\theta i{:}\eta^3$	bou^5	nau^2	$vu{:}n^1$
是	想	不	说	歌

本不想唱歌，

5-22

偻	又	元	对	伴
Raeuz	youh	yiemz	doiq	buenx
ɹau^2	jou^4	$ji{:}n^2$	$to{:}i^5$	$pu{:}n^4$
我们	又	嫌	对	伴

怕对友不敬。

5-23

是	想	不	讲	满
Cix	siengj	mbouj	gangj	monh
φi^4	$\theta i{:}\eta^3$	bou^5	$ka{:}\eta^3$	$mo{:}n^6$
是	想	不	讲	情

本不想谈情，

5-24

为	观	偻	米	正
Vih	gonq	raeuz	miz	cingz
vei^6	$ko{:}n^5$	ɹau^2	mi^2	φin^2
为	先	我们	有	情

因咱有旧情。

女唱

5-25

是	想	不	说	欢
Cix	siengj	mbouj	naeuz	fwen
çi⁴	θi:ŋ³	bou⁵	nau²	vu:n¹
是	想	不	说	歌

本不想唱歌，

5-26

十	义	月	牙	瓜
Cib	ngeih	ndwen	yaek	gvaq
çit⁸	ȵi⁶	du:n¹	jak⁷	kwa⁵
十	二	月	要	过

十二月将过。

5-27

水	吨	配	水	达
Raemx	daemz	boiq	raemx	dah
ɹan⁴	tan²	po:i⁵	ɹan⁴	ta⁶
水	塘	配	水	河

塘水配河水，

5-28

样	而	瓜	秀	偻
Yiengh	lawz	gvaq	ciuh	raeuz
ju:ŋ⁶	lau²	kwa⁵	çi:u⁶	ɹau²
样	哪	过	世	我们

今世怎么过？

男唱

5-29

是	想	不	说	欢
Cix	siengj	mbouj	naeuz	fwen
çi⁴	θi:ŋ³	bou⁵	nau²	vu:n¹
是	想	不	说	歌

本不想唱歌，

5-30

十	义	月	牙	瓜
Cib	ngeih	ndwen	yaek	gvaq
çit⁸	ȵi⁶	du:n¹	jak⁷	kwa⁵
十	二	月	要	过

十二月将过。

5-31

水	吨	配	水	达
Raemx	daemz	boiq	raemx	dah
ɹan⁴	tan²	po:i⁵	ɹan⁴	ta⁶
水	塘	配	水	河

塘水配河水，

5-32

瓜	了	是	论	王
Gvaq	liux	cix	lumz	vaengz
kwa⁵	li:u⁴	çi⁴	lun²	van²
过	完	就	忘	潭

过了忘水潭。

女唱

5-33

是	想	不	说	欢
Cix	siengj	mbouj	naeuz	fwen
çi^4	θi:ŋ^3	bou^5	nau^2	vu:n^1
是	想	不	说	歌

本不想唱歌，

5-34

十	义	月	牙	瓜
Cib	ngeih	ndwen	yaek	gvaq
çit^8	ɳi^6	du:n^1	jak^7	kwa^5
十	二	月	要	过

十二月将过。

5-35

以	样	内	贝	那
Ei	yiengh	neix	bae	naj
i^1	juɯ:ŋ^6	ni^4	pai^1	na^3
依	样	这	去	前

愿从今以后，

5-36

变	化	马	同	跟
Bienq	vaq	ma	doengh	riengz
pi:n^5	va^5	ma^1	toŋ^2	ɹi:ŋ^2
变	化	来	相	跟

相聚在一起。

男唱

5-37

是	想	不	说	欢
Cix	siengj	mbouj	naeuz	fwen
çi^4	θi:ŋ^3	bou^5	nau^2	vu:n^1
是	想	不	说	歌

本不想唱歌，

5-38

十	义	月	牙	瓜
Cib	ngeih	ndwen	yaek	gvaq
çit^8	ɳi^6	du:n^1	jak^7	kwa^5
十	二	月	要	过

十二月将过。

5-39

全	利	邦	外	瓦
Cienj	lix	bangx	rog	gvah
çu:n^3	li^4	ba:ŋ^4	ɹo:k^8	kwa^6
转	圈圈	旁	外	磨子

整日围磨转，

5-40

坏	开	田	内	空
Vaih	gaiq	dieg	neix	ndwi
va:i^6	ka:i^5	ti:k^8	ni^4	du:i^1
坏	块	地	这	空

白开垦此地。

女唱

男唱

5-41

是	想	不	说	欢
Cix	siengj	mbouj	naeuz	fwen
çi⁴	θiːŋ³	bou⁵	nau²	vuːn¹
是	想	不	说	歌

本不想唱歌,

5-42

十	义	月	牙	了
Cib	ngeih	ndwen	yaek	liux
çit⁸	ȵi⁶	duːn¹	jak⁷	liːu⁴
十	二	月	要	完

十二月将过。

5-43

不	说	欢	老	表
Mbouj	naeuz	fwen	laux	biuj
bou⁵	nau²	vuːn¹	laːu⁴	piːu³
不	说	歌	老	表

情友不唱歌,

5-44

马	几	秀	拉	本
Ma	geij	ciuh	laj	mbwn
ma¹	ki³	çiːu⁶	la³	buɯn¹
来	几	世	下	天

人能活几世。

5-45

是	想	不	说	欢
Cix	siengj	mbouj	naeuz	fwen
çi⁴	θiːŋ³	bou⁵	nau²	vuːn¹
是	想	不	说	歌

本不想唱歌,

5-46

十	义	月	牙	了
Cib	ngeih	ndwen	yaek	liux
çit⁸	ȵi⁶	duːn¹	jak⁷	liːu⁴
十	二	月	要	完

十二月将过。

5-47

知	乖	是	波	小
Rox	gvai	cix	boq	seuq
ɹo⁴	kwaːi¹	çi⁴	po⁵	θeːu⁵
知	乖	就	吹	哨

聪明便吹哨,

5-48

秀	不	利	几	南
Ciuh	mbouj	lix	geij	nanz
çiːu⁶	bou⁵	li⁴	ki³	naːn²
世	不	剩	几	久

人生太短暂。

女唱

5-49

是	想	不	说	欢
Cix	siengj	mbouj	naeuz	fwen
çi⁴	θi:ŋ³	bou⁵	nau²	vu:n¹
是	想	不	说	歌

本不想唱歌，

5-50

十	义	月	牙	了
Cib	ngeih	ndwen	yaek	liux
çit⁸	ŋi⁶	du:n¹	jak⁷	li:u⁴
十	二	月	要	完

十二月将过。

5-51

干	鸦	不	办	九
Ganq	a	mbouj	baenz	yiuh
ka:n⁵	a¹	bou⁵	pan²	ji:u⁶
照料	鸦	不	成	鹞

乌鸦不成鹞，

5-52

白	老	秀	内	空
Beg	lauq	ciuh	neix	ndwi
pe:k⁸	la:u⁵	çi:u⁶	ni⁴	du:i¹
白	误	世	这	空

枉过这一生。

男唱

5-53

是	想	不	说	欢
Cix	siengj	mbouj	naeuz	fwen
çi⁴	θi:ŋ³	bou⁵	nau²	vu:n¹
是	想	不	说	歌

本不想唱歌，

5-54

十	义	月	牙	了
Cib	ngeih	ndwen	yaek	liux
çit⁸	ŋi⁶	du:n¹	jak⁷	li:u⁴
十	二	月	要	完

十二月将过。

5-55

在	古	鸦	跟	九
Ywq	guh	a	riengz	yiuh
ju⁵	ku⁴	a¹	ɹi:ŋ²	ji:u⁶
在	做	鸦	跟	鹞

人生如鸟兽，

5-56

当	秀	内	空	米
Dangq	ciuh	neix	ndwi	miz
ta:ŋ⁵	çi:u⁶	ni⁴	du:i¹	mi²
当	世	这	不	有

枉度这一生。

女唱

男唱

5-57

是	想	不	说	欢
Cix	siengj	mbouj	naeuz	fwen
$çi^4$	$\theta i{:}\eta^3$	bou^5	nau^2	$vu{:}n^1$
是	想	不	说	歌

本不想唱歌，

5-58

十	义	月	牙	断
Cib	ngeih	ndwen	yaek	duenx
$çit^8$	$\underset{.}{n}i^6$	$du{:}n^1$	jak^7	$tu{:}n^4$
十	二	月	要	断

十二月将过。

5-59

讲	笑	牙	对	伴
Gangj	riu	yah	doiq	buenx
$ka{:}\eta^3$	$\underset{.}{r}i{:}u^1$	ja^6	$to{:}i^5$	$pu{:}n^4$
讲	笑	呀	对	伴

伴侣来作乐，

5-60

讲	满	牙	友	偻
Gangj	monh	yah	youx	raeuz
$ka{:}\eta^3$	$mo{:}n^6$	ja^6	ju^4	$\underset{.}{r}au^2$
讲	情	呀	友	我们

情友来谈情。

5-61

是	想	不	说	欢
Cix	siengj	mbouj	naeuz	fwen
$çi^4$	$\theta i{:}\eta^3$	bou^5	nau^2	$vu{:}n^1$
是	想	不	说	歌

本不想唱歌，

5-62

十	义	月	牙	断
Cib	ngeih	ndwen	yaek	duenx
$çit^8$	$\underset{.}{n}i^6$	$du{:}n^1$	jak^7	$tu{:}n^4$
十	二	月	要	断

十二月将过。

5-63

不	几	难	了	伴
Mbouj	geij	nanz	liux	buenx
bou^5	ki^3	$na{:}n^2$	$li{:}u^4$	$pu{:}n^4$
不	几	久	啰	伴

人生太短暂，

5-64

分	秀	满	秀	美
Mbek	ciuh	monh	ciuh	maez
$be{:}k^7$	$çi{:}u^6$	$mo{:}n^6$	$çi{:}u^6$	mai^2
分	世	情	世	爱

咱缘分将尽。

女唱

5-65

是	想	不	说	欢
Cix	siengj	mbouj	naeuz	fwen
$çi^4$	$\theta i{:}\eta^3$	bou^5	nau^2	$vu{:}n^1$
是	想	不	说	歌

本不想唱歌，

5-66

十	义	月	牙	断
Cib	ngeih	ndwen	yaek	duenx
$çit^8$	ηi^6	$du{:}n^1$	jak^7	$tu{:}n^4$
十	二	月	要	断

十二月将过。

5-67

友	而	不	讲	满
Youx	lawz	mbouj	gangj	monh
ju^4	lau^2	bou^5	$ka{:}\eta^3$	$mo{:}n^6$
友	哪	不	讲	情

哪个不谈情，

5-68

老	牙	断	小	正
Lau	yaek	duenx	siuj	cingz
$la{:}u^1$	jak^7	$tu{:}n^4$	$\theta i{:}u^3$	$çi\eta^2$
怕	要	断	小	情

情义要断绝。

男唱

5-69

是	想	不	说	欢
Cix	siengj	mbouj	naeuz	fwen
$çi^4$	$\theta i{:}\eta^3$	bou^5	nau^2	$vu{:}n^1$
是	想	不	说	歌

本不想唱歌，

5-70

十	义	月	牙	断
Cib	ngeih	ndwen	yaek	duenx
$çit^8$	ηi^6	$du{:}n^1$	jak^7	$tu{:}n^4$
十	二	月	要	断

十二月将过。

5-71

秀	美	三	秀	满
Ciuh	maez	sam	ciuh	monh
$çi{:}u^6$	mai^2	$\theta a{:}n^1$	$çi{:}u^6$	$mo{:}n^6$
世	爱	三	世	情

一世三段情，

5-72

断	牙	才	合	你
Duenx	yax	caih	hoz	mwngz
$tu{:}n^4$	ja^5	$ça{:}i^6$	ho^2	$mu\eta^2$
断	也	随	脖	你

断绝由你定。

女唱

5-73

讲	笑	牙	对	邦
Gangj	riu	yah	doih	baengz
ka:ŋ³	ɹi:u¹	ja⁶	to:i⁶	pa:ŋ²
讲	笑	呀	伙伴	朋

伴侣来寻欢，

5-74

讲	洋	牙	文	偻
Gangj	angq	yah	vunz	raeuz
ka:ŋ³	a:ŋ⁵	ja⁵	vun²	ɹau²
讲	高兴	呀	人	我们

情友来作乐。

5-75

水	吨	外	桥	头
Raemx	daemz	vaij	giuz	daeuz
ɹan⁴	tan⁴	va:i³	ki:u²	tau²
水	塘	过	桥	头

水从桥头过，

5-76

文	不	求	百	岁
Vunz	mbouj	gyaeu	bak	suiq
vun²	bou⁵	kjau¹	pa:k⁷	θu:i⁵
人	不	寿	百	岁

人无百年寿。

男唱

5-77

讲	笑	牙	对	邦
Gangj	riu	yah	doih	baengz
ka:ŋ³	ɹi:u¹	ja⁶	to:i⁶	pa:ŋ²
讲	笑	呀	伙伴	朋

伴侣来寻欢，

5-78

讲	洋	牙	文	来
Gangj	angq	yah	vunz	lai
ka:ŋ³	a:ŋ⁵	ja⁶	vun²	la:i¹
讲	高兴	呀	人	多

情友来作乐。

5-79

不	讲	满	包	乖
Mbouj	gangj	monh	mbauq	gvai
bou⁵	ka:ŋ³	mo:n⁶	ba:u⁵	kwa:i¹
不	讲	情	小伙	乖

年少不谈情，

5-80

堂	时	代	不	知
Daengz	seiz	dai	mbouj	rox
taŋ²	θi²	ta:i¹	bou⁵	ɹo⁴
到	时	死	不	知

老来莫追悔。

女唱

5-81

讲	笑	牙	对	邦
Gangj	riu	yah	doih	baengz
ka:ŋ³	ɹi:u¹	ja⁶	to:i⁶	paŋ²
讲	笑	呀	伙伴	朋

伴侣来寻欢，

5-82

讲	洋	牙	文	来
Gangj	angq	yah	vunz	lai
ka:ŋ³	a:ŋ⁵	ja⁶	vun²	la:i¹
讲	高兴	呀	人	多

情友来作乐。

5-83

阝	义	十	牙	代
Boux	ngeih	cib	yax	dai
pu⁴	ȵi⁶	çit⁸	ja⁵	ta:i¹
个	二	十	也	死

二十也会死，

5-84

阝	三	十	牙	老
Boux	sam	cib	yax	laux
pu⁴	θa:n¹	çit⁸	ja⁵	la:u⁴
个	三	十	也	老

三十也会老。

男唱

5-85

阝	义	十	牙	代
Boux	ngeih	cib	yax	dai
pu⁴	ȵi⁶	çit⁸	ja⁵	ta:i¹
个	二	十	也	死

二十也会死，

5-86

阝	三	十	牙	老
Boux	sam	cib	yax	laux
pu⁴	θa:n¹	çit⁸	ja⁵	la:u⁴
个	三	十	也	老

三十也会老。

5-87

不	干	少	跟	包
Mbouj	ganq	sau	riengz	mbauq
bou⁵	ka:n⁵	θa:u¹	ɹiəŋ²	ba:u⁵
不	照料	姑娘	跟	小伙

年少不风流，

5-88

秀	元	老	贝	空
Ciuh	yuenz	lauq	bae	ndwi
çi:u⁶	ju:n²	la:u⁵	pai¹	du:i¹
世	缘	误	去	空

枉度这一世。

女唱

5-89

见 鸟 炕 不 笑
Gen roeg enq mbouj riu
$ke:n^4$ $ɹok^8$ $e:n^5$ bou^5 $ɹi:u^1$
见 鸟 燕 不 笑
见燕子不笑，

5-90

见 鸟 九 不 讲
Gen roeg geuq mbouj gangj
$ke:n^4$ $ɹok^8$ $kje:u^5$ bou^5 $ka:ŋ^3$
见 鸟 画眉 不 讲
见画眉不讲。

5-91

见 邦 友 不 忙
Gen baengz youx mbouj maengx
$ke:n^4$ $paŋ^2$ ju^4 bou^5 $ma:ŋ^4$
见 朋 友 不 喜欢
不爱见朋友，

5-92

可 当 空 米 正
Goj dangq ndwi miz cingz
ko^3 $ta:ŋ^5$ $du:i^1$ mi^2 $çiŋ^2$
可 当 不 有 情
和绝情无异。

男唱

5-93

见 鸟 炕 不 笑
Gen roeg enq mbouj riu
$ke:n^4$ $ɹok^8$ $e:n^5$ bou^5 $ɹi:u^1$
见 鸟 燕 不 笑
见燕子不笑，

5-94

见 鸟 九 不 忙
Gen roeg geuq mbouj maengx
$ke:n^4$ $ɹok^8$ $kje:u^5$ bou^5 $ma:ŋ^4$
见 鸟 画眉 不 喜欢
见画眉不爱。

5-95

见 邦 友 不 讲
Gen baengz youx mbouj gangj
$ke:n^4$ $paŋ^2$ ju^4 bou^5 $ka:ŋ^3$
见 朋 友 不 讲
见友不出声，

5-96

往 土 忙 你 空
Uengj dou maengx mwngz ndwi
$va:ŋ^3$ tu^1 $ma:ŋ^4$ $muŋ^2$ $du:i^1$
枉 我 喜欢 你 空
枉我喜欢你。

女唱

5-97

满	是	满	义	十
Monh	cix	monh	ngeih	cib
moːn⁶	çi⁴	moːn⁶	ɲi⁶	çit⁸
谈情	就	谈情	二	十

二十岁谈情，

5-98

外	义	一	牙	难
Vaij	ngeih	it	yax	nanz
vaːi³	ɲi⁶	it⁷	ja⁵	naːn²
过	二	一	也	难

往后更困难。

5-99

汉	义	四	义	三
Hamj	ngeih	seiq	ngeih	sam
haːn³	ɲi⁶	θei⁵	ɲi⁶	θaːn¹
跨	二	四	二	三

过二十几岁，

5-100

装	身	牙	付	用
Cang	ndang	yax	fouz	yungh
çaːŋ¹	daŋ¹	ja⁵	fu⁴	juŋ⁶
装	身	也	无	用

打扮也徒劳。

男唱

5-101

满	是	满	义	十
Monh	cix	monh	ngeih	cib
moːn⁶	çi⁴	moːn⁶	ɲi⁶	çit⁸
谈情	就	谈情	二	十

二十岁谈情，

5-102

外	义	一	牙	才
Vaij	ngeih	it	yax	raij
vaːi³	ɲi⁶	it⁷	ja⁵	ɹaːi³
过	二	一	也	枯萎

往后更困难。

5-103

阝	满	义	十	来
Boux	monh	ngeih	cib	lai
pu⁴	moːn⁶	ɲi⁶	çit⁸	laːi¹
个	谈情	二	十	多

二十多谈情，

5-104

不	代	牙	老	秀
Mbouj	dai	yax	lauq	ciuh
bou⁵	taːi¹	ja⁵	laːu⁵	çiːu⁶
不	死	也	误	世

不死也枉费。

女唱

5-105

满	是	满	义	十
Monh	cix	monh	ngeih	cib
mo:n⁶	çi⁴	mo:n⁶	ȵi⁶	çit⁸
谈情	就	谈情	二	十

二十岁谈情，

5-106

外	义	一	牙	才
Vaij	ngeih	it	yax	raij
va:i³	ȵi⁶	it⁷	ja⁵	ɹa:i³
过	二	一	也	枯萎

往后更困难。

5-107

阝	义	十	牙	代
Boux	ngeih	cib	yax	dai
pu⁴	ȵi⁶	çit⁸	ja⁵	ta:i¹
人	二	十	也	死

若二十岁死，

5-108

造	钱	财	付	用
Caux	cienz	caiz	fouz	yungh
ça:u⁴	çi:n²	ça:i²	fu⁴	juŋ⁶
造	钱	财	无	用

有钱也无用。

男唱

5-109

满	是	满	义	十
Monh	cix	monh	ngeih	cib
mo:n⁶	çi⁴	mo:n⁶	ȵi⁶	çit⁸
谈情	就	谈情	二	十

二十岁谈情，

5-110

外	义	一	牙	才
Vaij	ngeih	it	yax	raij
va:i³	ȵi⁶	it⁷	ja⁵	ɹa:i³
过	二	一	也	枯萎

往后更困难。

5-111

外	义	五	不	代
Vaij	ngeih	haj	mbouj	dai
va:i³	ȵi⁶	ha³	bou⁵	ta:i¹
过	二	五	不	死

活过二十五，

5-112

偻	洋	祘	造	秀
Raeuz	yaeng	suenq	caux	ciuh
ɹau²	jaŋ¹	θu:n⁵	ça:u⁴	çi:u⁶
我们	再	算	造	世

我们再成家。

女唱

5-113

满	是	满	义	十
Monh	cix	monh	ngeih	cib
moːn⁶	çi⁴	moːn⁶	ȵi⁶	çit⁸
谈情	就	谈情	二	十

二十岁谈情，

5-114

外	义	一	同	下
Vaij	ngeih	it	doengz	roengz
vaːi³	ȵi⁶	it⁷	toŋ²	ɹoŋ²
过	二	一	同	下

二十一衰老。

5-115

满	公	衣	义	宗
Muengh	goeng	yez	ngeix	soeng
muːŋ⁶	kuŋ⁵	je²	ȵi⁴	θoŋ¹
望	公	爷	想	舒服

一心盼情友，

5-116

不	办	同	土	了
Mbouj	baenz	doengz	dou	liux
bou⁵	pan²	toŋ²	tu¹	liːu⁴
不	成	同	我	啰

却不成情友。

男唱

5-117

满	是	满	义	十
Monh	cix	monh	ngeih	cib
moːn⁶	çi⁴	moːn⁶	ȵi⁶	çit⁸
谈情	就	谈情	二	十

二十岁谈情，

5-118

外	义	一	同	下
Vaij	ngeih	it	doengz	roengz
vaːi³	ȵi⁶	it⁷	toŋ²	ɹoŋ²
过	二	一	同	下

二十一衰老。

5-119

满	公	衣	义	宗
Muengh	goeng	yez	ngeix	soeng
muːŋ⁶	kuŋ⁵	je²	ȵi⁴	θoŋ¹
望	公	爷	想	舒服

一心盼情友，

5-120

浪	办	同	少	包
Laeng	baenz	doengz	sau	mbauq
laŋ¹	pan²	toŋ²	θaːu¹	baːu⁵
后	成	同	姑娘	小伙

最终成情侣。

女唱

5-121

满　是　满　义　十

Monh　cix　monh　ngeih　cib

moːn⁶　ɕi⁴　moːn⁶　ɲi⁶　ɕit⁸

谈情　就　谈情　二　十

二十岁谈情，

5-122

外　义　一　同　下

Vaij　ngeih　it　doengz　roengz

vaːi³　ɲi⁶　it⁷　toŋ²　ɹoŋ²

过　二　一　同　下

二十一衰老。

5-123

讲　满　观　包　同

Gangj　monh　gonq　mbauq　doengz

kaːŋ³　moːn⁶　koːn⁵　baːu⁵　toŋ²

讲　情　先　小伙　同

和男友谈情，

5-124

蒙　开　么　造　秀

Muengz　gij　maz　caux　ciuh

muːŋ²　kaːi²　ma²　ɕaːu⁴　ɕiːu⁶

忙　什么　造　世

不着急成家。

男唱

5-125

想　不　笑　不　洋

Siengj　mbouj　riu　mbouj　angq

θiːŋ³　bou⁵　ɹiːu¹　bou⁵　aːŋ⁵

想　不　笑　不　高兴

不寻欢作乐，

5-126

阴　山　四　牙　下

Raemh　bya　cwx　yax　roengz

ɹan⁶　pja¹　ɕɯ⁴　ja⁵　ɹoŋ²

阴　山　社　也　下

太阳快下山。

5-127

是　想　不　古　蒙

Cix　siengj　mbouj　guh　muengz

ɕi⁴　θiːŋ³　bou⁵　ku⁴　muːŋ²

是　想　不　做　忙

原本不着急，

5-128

秀　才　同　牙　了

Ciuh　caiz　doengz　yaek　liux

ɕiːu⁶　ɕaːi⁶　toŋ²　jak⁷　liːu⁴

世　才　同　要　完

此生即将过。

女唱

5-129

想	好	龙	讲	满
Siengj	ndij	lungz	gangj	monh

$θiːŋ^3$　di^1　$luŋ^2$　$kaːŋ^3$　$moːn^6$

想　与　龙　讲　情

想和兄谈情，

5-130

老	知	断	桥	宗
Lau	rox	duenx	giuz	coeng

$laːu^1$　$ɤo^4$　$tuːn^4$　$kiːu^2$　$çoŋ^1$

怕　知　断　桥　宗

怕断送缘分。

5-131

想	托	备	古	同
Siengj	doh	beix	guh	doengz

$θiːŋ^3$　to^6　pi^4　ku^4　$toŋ^2$

想　同　兄　做　同

想和兄结缘，

5-132

老	桥	龙	不	欢
Lau	giuz	lungz	mbouj	ndwek

$laːu^1$　$kiːu^2$　$luŋ^2$　bou^5　$dɯːk^7$

怕　桥　龙　不　热闹

怕咱无缘分。

男唱

5-133

管	好	土	讲	满
Guenj	ndij	dou	gangj	monh

$kuːn^3$　di^1　tu^1　$kaːŋ^3$　$moːn^6$

管　与　我　讲　情

尽管来谈情，

5-134

不	老	断	桥	宗
Mbouj	lau	duenx	giuz	coeng

bou^5　$laːu^1$　$tuːn^4$　$kiːu^2$　$çoŋ^1$

不　怕　断　桥　宗

不怕缘分断。

5-135

农	托	备	古	同
Nuengx	doh	beix	guh	doengz

$nuːŋ^4$　to^6　pi^4　ku^4　$toŋ^2$

妹　同　兄　做　同

你同我结友，

5-136

桥	龙	偻	岁	采
Giuz	lungz	raeuz	caez	byaij

$kiːu^2$　$luŋ^2$　$ɹau^2$　$çai^2$　$pjaːi^3$

桥　龙　我们　齐　走

咱共度良缘。

女唱

5-137

想	好	龙	讲	满
Siengj	ndij	lungz	gangj	monh
θi:ŋ³	di¹	luŋ²	ka:ŋ³	mo:n⁶
想	与	龙	讲	情

想同兄谈情，

5-138

老	知	断	小	正
Lau	rox	duenx	siuj	cingz
la:u¹	ɪo⁴	tu:n⁴	θi:u³	çiŋ²
怕	知	断	小	情

怕断送交情。

5-139

想	好	备	中	声
Siengj	ndij	beix	cuengq	sing
θi:ŋ³	di¹	pi⁴	çu:ŋ⁵	θiŋ¹
想	与	兄	放	声

想放声高唱，

5-140

老	小	正	不	当
Lau	siuj	cingz	mbouj	dangq
la:u¹	θi:u³	çiŋ²	bou⁵	ta:ŋ⁵
怕	小	情	不	当

怕情分不合。

男唱

5-141

管	好	土	讲	满
Guenj	ndij	dou	gangj	monh
ku:n³	di¹	tu¹	ka:ŋ³	mo:n⁶
管	与	我	讲	情

尽管来谈情，

5-142

不	老	断	小	正
Mbouj	lau	duenx	siuj	cingz
bou⁵	la:u¹	tu:n⁴	θi:u³	çiŋ²
不	怕	断	小	情

不怕断情缘。

5-143

但	得	中	句	声
Danh	ndaej	cuengq	coenz	sing
ta:n⁶	dai³	çu:ŋ⁵	kjon²	θiŋ¹
但	得	放	句	声

但得放声唱，

5-144

小	正	全	不	讲
Siuj	cingz	gyonj	mbouj	gangj
θi:u³	çiŋ²	kjo:n³	bou⁵	ka:ŋ³
小	情	都	不	讲

礼品自会有。

女唱

5-145

友	而	不	讲	满
Youx	lawz	mbouj	gangj	monh
ju⁴	lau²	bou⁵	ka:ŋ³	mo:n⁶
友	哪	不	讲	情

友若不谈情，

5-146

听	鸟	炕	邦	吨
Dingq	roeg	enq	bangx	daemz
tiŋ⁵	ɹok⁸	e:n⁵	pa:ŋ⁴	tan²
听	鸟	燕	旁	塘

看池边飞燕。

5-147

不	讲	满	农	银
Mbouj	gangj	monh	nuengx	ngaenz
bou⁵	ka:ŋ³	mo:n⁶	nu:ŋ⁴	ŋan²
不	讲	情	妹	银

若还不谈情，

5-148

米	儿	日	样	内
Miz	geij	ngoenz	yiengh	neix
mi²	ki³	ŋon²	juɯ:ŋ⁶	ni⁴
有	几	天	样	这

怕错失良机。

男唱

5-149

是	想	不	古	洋
Cix	siengj	mbouj	guh	angq
çi⁴	θi:ŋ³	bou⁵	ku⁴	a:ŋ⁵
是	想	不	做	高兴

本想不作乐，

5-150

水	达	牙	满	很
Raemx	dah	yaek	mued	haenz
ɹan⁴	ta⁶	jak⁷	mu:t⁸	han²
水	河	要	没	边

河水涨满堤。

5-151

爱	讲	满	古	存
Ngaiq	gangj	monh	guh	caemz
ŋa:i⁵	ka:ŋ³	mo:n⁶	ku⁴	çan²
爱	讲	情	做	玩

爱谈情说爱，

5-152

外	月	日	是	了
Vaij	ndwen	ngoenz	cix	liux
va:i³	du:n¹	ŋon²	çi⁴	li:u⁴
过	月	天	就	算

好打发时光。

女唱

5-153

想	好	龙	讲	满
Siengj	ndij	lungz	gangj	monh
θi:ŋ³	di¹	luŋ²	ka:ŋ³	mo:n⁶
想	与	龙	讲	情

想和兄谈情，

5-154

老	不	太	外	春
Lau	mbouj	daih	vaij	cin
la:u¹	bou⁵	ta:i⁶	va:i³	çun¹
怕	不	太	过	春

怕不能善终。

5-155

想	讲	满	欢	吨
Siengj	gangj	monh	ndwek	dumx
θi:ŋ³	ka:ŋ³	mo:n⁶	dɯ:k⁷	tun⁴
想	讲	情	热闹	淹

想热烈谈情，

5-156

后	邦	文	貝	了
Haeuj	biengz	vunz	bae	liux
hau³	pi:ŋ²	vun²	pai¹	li:u⁴
进	地方	人	去	完

兄远走他乡。

男唱

5-157

友	而	不	讲	满
Youx	lawz	mbouj	gangj	monh
ju⁴	lau²	bou⁵	ka:ŋ³	mo:n⁶
友	哪	不	讲	情

友若不谈情，

5-158

听	鸟	炕	邦	吨
Dingq	roeg	enq	bangx	daemz
tiŋ⁵	ɹok⁸	e:n⁵	pa:ŋ⁴	tan²
听	鸟	燕	旁	塘

看池边飞燕。

5-159

讲	满	不	外	你
Gangj	monh	mbouj	vaij	mwngz
ka:ŋ³	mo:n⁶	bou⁵	va:i³	mɯŋ²
讲	情	不	过	你

谈情输给你，

5-160

秀	文	土	可	元
Ciuh	vunz	dou	goj	nyienh
çi:u⁶	vun²	tu¹	ko³	ȵu:n⁶
世	人	我	可	愿

我心甘情愿。

女唱

5-161

友	而	不	讲	满
Youx	lawz	mbouj	gangj	monh
ju⁴	lau²	bou⁵	ka:ŋ³	mo:n⁶
友	哪	不	讲	情

友若不谈情，

5-162

听	鸟	炕	桥	付
Dingq	roeg	enq	giuz	fouz
tiŋ⁵	ɣok⁸	e:n⁵	ki:u²	fu²
听	鸟	燕	桥	浮

看桥边飞燕。

5-163

讲	满	外	秀	土
Gangj	monh	vaij	ciuh	dou
ka:ŋ³	mo:n⁶	va:i³	çi:u⁶	tu¹
讲	情	过	世	我

谈情度此生，

5-164

忧	开	么	了	备
You	gij	maz	liux	beix
jou¹	ka:i²	ma²	li:u⁴	pi⁴
忧	什么	么	啰	兄

兄忧愁什么？

男唱

5-165

想	好	少	讲	满
Siengj	ndij	sau	gangj	monh
θi:ŋ³	di¹	θa:u¹	ka:ŋ³	mo:n⁶
想	与	姑娘	讲	情

想和妹谈情，

5-166

老	不	太	同	哈
Lau	mbouj	daih	doengz	ha
la:u¹	bou⁵	ta:i⁶	toŋ²	ha¹
怕	不	太	同	配

又怕不般配。

5-167

阳	是	牙	外	山
Ndit	cix	yaek	vaij	bya
dit⁷	çi⁴	jak⁷	va:i³	pja¹
阳光	就	要	过	山

太阳快落山，

5-168

才	碰	花	对	生
Nda	bungz	va	doiq	saemq
da¹	puŋ²	va¹	to:i⁵	θan⁵
刚	逢	花	对	庚

才遇同龄友。

女唱

5-169

友	而	不	讲	满
Youx	lawz	mbouj	gangj	monh
ju⁴	lau²	bou⁵	ka:ŋ³	mo:n⁶
友	哪	不	讲	情

友若不谈情,

5-170

听	鸟	炕	很	那
Dingq	roeg	enq	haenz	naz
tiŋ⁵	ɣok⁸	e:n⁵	han²	na²
听	鸟	燕	边	田

看田边飞燕。

5-171

外	山	是	外	山
Vaij	bya	cix	vaij	bya
va:i³	pja¹	çi⁴	va:i³	pja¹
过	山	就	过	山

太阳已下山,

5-172

秀	同	哈	可	在
Ciuh	doengz	ha	goj	ywq
çi:u⁶	toŋ²	ha¹	ko⁵	jɯ⁵
世	同	配	也	在

同龄友尚在。

男唱

5-173

想	好	少	讲	满
Siengj	ndij	sau	gangj	monh
θiəŋ³	di¹	θa:u¹	ka:ŋ³	mo:n⁶
想	与	姑娘	讲	情

想与妹谈情,

5-174

老	不	太	相	差
Lau	mbouj	daih	ceng	ca
la:u¹	bou⁵	ta:i⁶	çe:ŋ¹	ça¹
怕	不	太	相	差

怕不太般配。

5-175

才	碰	友	元	家
Nda	bungz	youx	ien	gya
da¹	puŋ²	ju⁴	ju:n¹	kja¹
刚	逢	友	冤	家

才遇上好友,

5-176

阳	外	山	具	了
Ndit	vaij	bya	bae	liux
dit⁷	va:i³	pja¹	pai¹	li:u⁴
阳光	过	山	去	完

太阳已落山。

女唱

5-177

友	而	不	讲	满
Youx	lawz	mbouj	gangj	monh
ju^4	lau^2	bou^5	$ka{:}\eta^3$	$mo{:}n^6$
友	哪	不	讲	情

友若不谈情，

5-178

听	鸟	炕	很	那
Dingq	roeg	enq	haenz	naz
$ti\eta^5$	$\textipa{r}ok^8$	$e{:}n^5$	han^2	na^2
听	鸟	燕	边	田

看田边飞燕。

5-179

外	山	是	外	山
Vaij	bya	cix	vaij	bya
$va{:}i^3$	pja^1	$\textctc i^4$	$va{:}i^3$	pja^1
过	山	就	过	山

太阳已下山，

5-180

元	家	偻	可	在
Ien	gya	raeuz	goj	ywq
$ju{:}n^1$	kja^1	$\textipa{r}au^2$	ko^5	$\textturnm{u}^5$
冤	家	我们	也	在

同龄友尚在。

男唱

5-181

友	而	不	讲	满
Youx	lawz	mbouj	gangj	monh
ju^4	lau^2	bou^5	$ka{:}\eta^3$	$mo{:}n^6$
友	哪	不	讲	情

友若不谈情，

5-182

听	鸟	炕	认	罗
Dingq	roeg	enq	nyinh	loh
$ti\eta^5$	$\textipa{r}ok^8$	$e{:}n^5$	$\textltailn in^6$	lo^6
听	鸟	燕	记得	路

看飞燕识途。

5-183

满	的	巴	跟	合
Monh	diq	bak	riengz	hoz
$mo{:}n^6$	ti^5	$pa{:}k^7$	$\textipa{r}i{:}\eta^2$	ho^2
情	点	嘴	跟	脖

谈情来消遣，

5-184

元	可	写	给	伏
Yuenz	goj	ce	hawj	fwx
$ju{:}n^2$	ko^5	$\textctc e^1$	$h\textschwa u^3$	$f\textschwa^4$
缘	可	留	给	别人

咱有缘无分。

女唱

5-185

友	而	不	讲	满
Youx	lawz	mbouj	gangj	monh
ju⁴	lau²	bou⁵	ka:ŋ³	mo:n⁶
友	哪	不	讲	情

友若不谈情，

5-186

听	鸟	炕	很	那
Dingq	roeg	enq	haenz	naz
tiŋ⁵	ɹok⁸	e:n⁵	han²	na²
听	鸟	燕	边	田

看田边飞燕。

5-187

骨	跟	南	同	华
Ndok	riengz	namh	doengh	vaz
dok⁷	ɹiəŋ²	na:n⁶	toŋ²	va²
骨	跟	土	相	混

死后化为泥，

5-188

出	而	马	讲	满
Ok	lawz	ma	gangj	monh
o:k⁷	lau²	ma¹	ka:ŋ³	mo:n⁶
出	哪	来	讲	情

还谈什么情？

男唱

5-189

友	而	不	造	秀
Youx	lawz	mbouj	caux	ciuh
ju⁴	lau²	bou⁵	ça:u⁴	çi:u⁶
友	哪	不	造	世

友若不成家，

5-190

听	鸟	炕	更	桥
Dingq	roeg	enq	gwnz	giuz
tiŋ⁵	ɹok⁸	e:n⁵	kɯn²	ki:u²
听	鸟	燕	上	桥

看桥上飞燕。

5-191

友	而	不	讲	笑
Youx	lawz	mbouj	gangj	riu
ju⁴	lau²	bou⁵	ka:ŋ³	ɹi:u¹
友	哪	不	讲	笑

友若不寻欢，

5-192

听	鸟	九	江	巴
Dingq	roeg	geuq	gyang	baq
tiŋ⁵	ɹok⁸	kje:u⁵	kja:ŋ¹	pa⁵
听	鸟	画眉	中	坡

看坡上画眉。

女唱

5-193

土	波	不	造	秀
Dou	boj	mbouj	caux	ciuh
tu¹	po³	bou⁵	ça:u⁴	çi:u⁶
我	吹牛	不	造	世

我偏不成家，

5-194

牙	刘	友	巴	丢
Yaek	liuz	youx	bak	diu
jak⁷	li:u²	ju⁴	pa:k⁷	ti:u¹
欲	看	友	嘴	刁

你油嘴滑舌。

5-195

土	波	不	讲	笑
Dou	boj	mbouj	gangj	riu
tu¹	po³	bou⁵	ka:ŋ³	ɹi:u¹
我	吹牛	不	讲	笑

我就不寻欢，

5-196

听	鸟	九	讲	理
Dingq	roeg	geuq	gangj	leix
tiŋ⁵	ɹok⁸	kje:u⁵	ka:ŋ³	li⁴
听	鸟	画眉	讲	理

听画眉讲理。

男唱

5-197

友	而	不	造	秀
Youx	lawz	mbouj	caux	ciuh
ju⁴	lau²	bou⁵	ça:u⁴	çi:u⁶
友	哪	不	造	世

友若不成家，

5-198

听	土	九	邦	山
Dingq	duz	geuq	bangx	bya
tiŋ⁵	tu²	kje:u⁵	pa:ŋ⁴	pja¹
听	只	画眉	旁	山

看山上画眉。

5-199

友	而	不	造	家
Youx	lawz	mbouj	caux	gya
ju⁴	lau²	bou⁵	ça:u⁴	kja¹
友	哪	不	造	家

友若不成家，

5-200

听	润	吹	尾	会
Dingq	rumz	ci	byai	faex
tiŋ⁵	ɹun²	çi¹	pja:i¹	fai⁴
听	风	吹	尾	树

听风吹树梢。

女唱

5-201

牙	叫	土	造	秀
Yaek	heuh	dou	caux	ciuh
jak[7]	he:u[6]	tu[1]	ça:u[4]	çi:u[6]
要	叫	我	造	世

若要我成家,

5-202

是	加	友	同	哈
Cix	caj	youx	doengz	ha
çi[4]	kja[3]	ju[4]	toŋ[2]	ha[1]
就	等	友	同	配

须等有缘人。

5-203

牙	叫	土	造	家
Yaek	heuh	dou	caux	gya
jak[7]	he:u[6]	tu[1]	ça:u[4]	kja[1]
要	叫	我	造	家

若要我成家,

5-204

是	年	花	对	生
Cix	nem	va	doiq	saemq
çi[4]	ne:m[1]	va[1]	to:i[5]	θan[5]
就	贴	花	对	庚

要找同龄友。

男唱

5-205

友	而	不	造	家
Youx	lawz	mbouj	caux	gya
ju[4]	lau[2]	bou[5]	ça:u[4]	kja[1]
友	哪	不	造	家

友不想成家,

5-206

贝	听	九	邦	山
Bae	dingq	yiuh	bangx	bya
pai[1]	tiŋ[5]	ji:u[6]	pa:ŋ[4]	pja[1]
去	听	鹞	旁	山

看山边鹞鹰。

5-207

友	而	不	造	家
Youx	lawz	mbouj	caux	gya
ju[4]	lau[2]	bou[5]	ça:u[4]	kja[1]
友	哪	不	造	家

友若不成家,

5-208

听	鸟	鸦	尾	会
Dingq	roeg	a	byai	faex
tiŋ[5]	ɣok[8]	a[1]	pja:i[1]	fai[4]
听	鸟	鸦	尾	树

看树梢乌鸦。

女唱

5-209

土	波	不	造	秀
Dou	boj	mbouj	caux	ciuh
tu¹	po³	bou⁵	ça:u⁴	çi:u⁶
我	吹牛	不	造	世

我就不成家，

5-210

在	古	九	跟	鸦
Ywq	guh	yiuh	riengz	a
ju⁵	ku⁴	ji:u⁶	ɹi:ŋ²	a¹
住	做	鹞	跟	鸦

像鹞鹰乌鸦。

5-211

土	波	不	造	家
Dou	boj	mbouj	caux	gya
tu¹	po³	bou⁵	ça:u⁴	kja¹
我	吹牛	不	造	家

我就不成家，

5-212

在	古	鸦	赔	三
Ywq	guh	a	boiq	sanq
ju⁵	ku⁴	a¹	po:i⁵	θa:n⁵
在	做	鸦	险	散

像离群乌鸦。

男唱

5-213

友	而	不	造	秀
Youx	lawz	mbouj	caux	ciuh
ju⁴	lau²	bou⁵	ça:u⁴	çi:u⁶
友	哪	不	造	世

友若不成家，

5-214

听	土	九	邦	山
Dingq	duz	yiuh	bangx	bya
tiŋ⁵	tu²	ji:u⁶	pa:ŋ⁴	pja¹
听	只	鹞	旁	山

看山边鹞鹰。

5-215

土	早	利	造	家
Duz	romh	lij	caux	gya
tu²	ɹo:n⁶	li⁴	ça:u⁴	kja¹
只	鹰	还	造	家

老鹰还造窝，

5-216

么	少	不	造	秀
Maz	sau	mbouj	caux	ciuh
ma²	θa:u¹	bou⁵	ça:u⁴	çi:u⁶
何	姑娘	不	造	世

妹怎不成家？

女唱

5-217

土	波	不	造	秀
Dou	boj	mbouj	caux	ciuh
tu^1	po^3	bou^5	$ça:u^4$	$çi:u^6$
我	吹牛	不	造	世

我就不成家，

5-218

在	古	九	跟	鸦
Ywq	guh	yiuh	riengz	a
ju^5	ku^4	$ji:u^6$	$ɹi:ŋ^2$	a^1
在	做	鹞	跟	鸦

像鹞鹰乌鸦。

5-219

土	波	不	造	家
Dou	boj	mbouj	caux	gya
tu^1	po^3	bou^5	$ça:u^4$	kja^1
我	吹牛	不	造	家

我就不成家，

5-220

牙	年	龙	唱	歌
Yaek	nem	lungz	cang	go
jak^7	$ne:m^1$	$luŋ^2$	$ça:ŋ^4$	ko^5
要	贴	龙	唱	歌

要和兄唱歌。

男唱

5-221

你	农	空	造	家
Mwngz	nuengx	ndwi	caux	gya
$muɯŋ^2$	$nu:ŋ^4$	$du:i^1$	$ça:u^4$	kja^1
你	妹	不	造	家

妹你不成家，

5-222

狼	办	鸦	跟	九
Langh	baenz	a	riengz	yiuh
$la:ŋ^6$	pan^2	a^1	$ɹi:ŋ^2$	$ji:u^6$
若	成	鸦	跟	鹞

如乌鸦鹞鹰。

5-223

你	农	空	造	秀
Mwngz	nuengx	ndwi	caux	ciuh
$muɯŋ^2$	$nu:ŋ^4$	$du:i^1$	$ça:u^4$	$çi:u^6$
你	妹	不	造	世

妹你不成家，

5-224

却	可	了	定	手
Cog	goj	liux	din	fwngz
$ço:k^8$	ko^5	$li:u^4$	tin^1	$fuŋ^2$
将来	可	完	脚	手

枉度这一生。

女唱

5-225

土	波	不	造	家
Dou	boj	mbouj	caux	gya
tu¹	po³	bou⁵	ça:u⁴	kja¹
我	吹牛	不	造	家

我就不成家，

5-226

在	古	鸦	跟	九
Ywq	guh	a	riengz	yiuh
ju⁵	ku⁴	a¹	ɹi:ŋ²	ji:u⁶
在	做	鸦	跟	鹞

如乌鸦鹞鹰。

5-227

土	波	不	造	秀
Dou	boj	mbouj	caux	ciuh
tu¹	po³	bou⁵	ça:u⁴	çi:u⁶
我	吹牛	不	造	世

我就不成家，

5-228

同	刘	观	备	银
Doengz	liuh	gonq	beix	ngaenz
toŋ²	li:u⁶	ko:n⁵	pi⁴	ŋan²
同	游	先	兄	银

先同兄游玩。

男唱

5-229

你	农	空	造	家
Mwngz	nuengx	ndwi	caux	gya
muŋ²	nu:ŋ⁴	du:i¹	ça:u⁴	kja¹
你	妹	不	造	家

妹你不成家，

5-230

狼	办	鸦	跟	九
Langh	baenz	a	riengz	yiuh
la:ŋ⁶	pan²	a¹	ɹi:ŋ²	ji:u⁶
若	成	鸦	跟	鹞

像乌鸦鹞鹰。

5-231

你	好	土	同	刘
Mwngz	ndij	dou	doengz	liuh
muŋ²	di¹	tu¹	toŋ²	li:u⁶
你	与	我	同	游

你和我游玩，

5-232

却	老	秀	你	贝
Cog	lauq	ciuh	mwngz	bae
ço:k⁸	la:u⁵	çi:u⁶	muŋ²	pai¹
将来	误	世	你	去

怕误你一生。

女唱

5-233

岁	补	不	造	家
Caez	boj	mbouj	caux	gya
çai²	po³	bou⁵	ça:u⁴	kja¹
齐	吹牛	不	造	家

咱们不成家，

5-234

岁	古	鸦	跟	九
Caez	guh	a	riengz	yiuh
çai²	ku⁴	a¹	ɹi:ŋ²	ji:u⁶
齐	做	鸦	跟	鹞

做乌鸦鹞鹰。

5-235

少	跟	包	同	刘
Sau	riengz	mbauq	doengz	liuh
θa:u¹	ɹi:ŋ²	ba:u⁵	toŋ²	li:u⁶
姑娘	跟	小伙	同	游

妹和哥玩耍，

5-236

又	老	秀	开	么
Youh	lauq	ciuh	gij	maz
jou⁴	la:u⁵	çi:u⁶	ka:i²	ma²
又	误	世	什	么

算什么耽误？

男唱

5-237

好	不	外	绸	团
Ndei	mbouj	vaij	couz	duenh
dei¹	bou⁵	va:i³	çu²	tu:n⁶
好	不	过	绸	缎

好不过绸缎，

5-238

满	不	外	支	绸
Monh	mbouj	vaij	sei	couz
mo:n⁶	bou⁵	va:i³	θi¹	çu²
情	不	过	丝	绸

美不如丝绸。

5-239

八	列	勒	方	卢
Bah	leh	lwg	fueng	louz
pa⁶	le²	luɯk⁸	fu:ŋ¹	lu²
唉	唷	子	风	流

哎呀风流人，

5-240

可	开	正	来	满
Goj	hai	cingz	lai	monh
ko⁵	ha:i¹	çiŋ²	la:i¹	mo:n⁶
可	开	情	多	谈情

愿破费谈情。

女唱

5-241

好	不	外	绸	团
Ndei	mbouj	vaij	couz	duenh

dei^1 bou^5 va:i^3 ¢u^2 tu:n^6

好 不 过 绸 缎

好不过绸缎，

5-242

满	不	外	绸	支
Monh	mbouj	vaij	couz	sei

mo:n^6 bou^5 va:i^3 ¢u^2 θi^1

情 不 过 绸 丝

美不如丝绸。

5-243

东	不	外	龙	飞
Ndongq	mbouj	vaij	luengz	feiz

do:ŋ^5 bou^5 va:i^3 lu:ŋ^2 fi^2

明亮 不 过 铜 火

不如红铜亮，

5-244

好	不	外	少	包
Ndei	mbouj	vaij	sau	mbauq

dei^1 bou^5 va:i^3 θa:u^1 ba:u^5

好 不 过 姑娘 小伙

不如恋人好。

男唱

5-245

好	不	外	绸	团
Ndei	mbouj	vaij	couz	duenh

dei^1 bou^5 va:i^3 ¢u^2 tu:n^6

好 不 过 绸 缎

好不过绸缎，

5-246

满	不	外	绸	支
monh	mbouj	vaij	couz	sei

mo:n^6 bou^5 va:i^3 ¢u^2 θi^1

情 不 过 绸 丝

美不如丝绸。

5-247

伏	九	好	九	好
Fwx	riuz	ndei	riuz	ndei

fə^4 ɹi:u^2 dei^1 ɹi:u^2 dei^1

别人 传 好 传 好

大家都说好，

5-248

不	貝	吉	而	对
Mbouj	bae	giz	lawz	doiq

bou^5 pai^1 ki^2 lau^2 to:i^5

不 去 处 哪 对

无处去查证。

女唱

男唱

5-249

伏	九	好	九	好
Fwx	riuz	ndei	riuz	ndei
fə⁴	ɹiːu²	dei¹	ɹiːu²	dei¹
别人	传	好	传	好

大家都说好，

5-250

又	好	开	么	由
Youh	ndei	gij	maz	raeuh
jou⁴	dei¹	kaːi²	ma²	ɹau⁶
又	好	什	么	多

哪有那么好？

5-251

南	砂	绞	南	头
Namh	req	gyaux	namh	daeuh
naːn⁶	ɹe⁵	kjaːu⁴	naːn⁶	tau⁶
土	沙	混和	土	灰

沙土混灰土，

5-252

不	可	后	邦	偻
Mbouj	goj	haeuj	biengz	raeuz
bou⁵	ko⁵	hau³	piːŋ²	ɹau²
不	可	进	地方	我们

配不上咱们。

5-253

伏	九	好	九	好
Fwx	riuz	ndei	riuz	ndei
fə⁴	ɹiːu²	dei¹	ɹiːu²	dei¹
别人	传	好	传	好

大家都说好，

5-254

强	美	支	尾	朝
Giengz	mae	sei	byai	saux
kiːŋ²	mai¹	θi¹	pjaːi¹	θaːu⁴
像	纱	丝	尾	竿

如竿上丝绸。

5-255

苗	拜	浪	凉	孝
Miuq	baih	laeng	liengz	yauj
miːu⁵	paːi⁶	laŋ¹	liːŋ²	jaːu³
瞄	边	后	凉	飕飕

望背后寒凉，

5-256

贵	农	罗	土	空
Gwiz	nuengx	lox	dou	ndwi
kɯi²	nuːŋ⁴	lo⁴	tu¹	duːi¹
丈夫	妹	骗	我	空

你夫诬骗我。

女唱

5-257

好	不	外	绸	支
Ndei	mbouj	vaij	couz	sei
dei¹	bou⁵	va:i³	çu²	θi¹
好	不	过	绸	丝

好不过丝绸,

5-258

美	不	外	支	岁
Meij	mbouj	vaij	sei	saeq
mei³	bou⁵	va:i³	θi¹	θai⁵
美	不	过	丝	小

美不如丝线。

5-259

才	不	外	叶	会
Yaiq	mbouj	vaij	mbaw	faex
ja:i⁵	bou⁵	va:i³	bau¹	fai⁴
青	不	过	叶	树

不如树叶青,

5-260

美	不	外	双	偻
Maez	mbouj	vaij	song	raeuz
mai²	bou⁵	va:i³	θo:ŋ¹	ʐau²
爱	不	过	两	我们

不如咱情深。

男唱

5-261

好	不	外	绸	团
Ndei	mbouj	vaij	couz	duenh
dei¹	bou⁵	va:i³	çu²	tu:n⁶
好	不	过	绸	缎

好不过绸缎,

5-262

满	不	外	绸	好
Monh	mbouj	vaij	couz	ndei
mo:n⁶	bou⁵	va:i³	çu²	dei¹
情	不	过	绸	好

美不如丝绸。

5-263

色	不	外	花	桃
Saek	mbouj	vaij	va	dauz
θak⁷	bou⁵	va:i³	va¹	ta:u²
色	不	过	花	桃

不如桃花红,

5-264

好	不	外	美	歪
Hau	mbouj	vaij	mae	faiq
ha:u¹	bou⁵	va:i³	mai¹	va:i⁵
白	不	过	纱	棉

不如棉纱白。

女唱

5-265

好	不	外	绸	团
Ndei	mbouj	vaij	couz	duenh
dei¹	bou⁵	va:i³	çu²	tu:n⁶
好	不	过	绸	缎

不如绸缎好,

5-266

满	不	外	双	偻
Monh	mbouj	vaij	song	raeuz
mo:n⁶	bou⁵	va:i³	θo:ŋ¹	ɹau²
情	不	过	两	我们

不如咱情深。

5-267

伏	牙	说	是	说
Fwx	yaek	naeuz	cix	naeuz
fə⁴	jak⁷	nau²	çi⁴	nau²
别人	欲	说	就	说

无论怎么说,

5-268

正	双	偻	来	重
Cingz	song	raeuz	lai	naek
çiŋ²	θo:ŋ¹	ɹau²	la:i¹	nak⁷
情	两	我们	多	重

我俩情最深。

男唱

5-269

好	不	外	绸	团
Ndei	mbouj	vaij	couz	duenh
dei¹	bou⁵	va:i³	çu²	tu:n⁶
好	不	过	绸	缎

不如绸缎好,

5-270

满	不	外	双	偻
Monh	mbouj	vaij	song	raeuz
mo:n⁶	bou⁵	va:i³	θo:ŋ¹	ɹau²
情	不	过	两	我们

不如咱情深。

5-271

侠	会	六	更	楼
Fwx	hoij	rok	gwnz	laeuz
fə⁴	ho:i³	ɹo:k⁷	kun²	lau²
别人	挂	梭	上	楼

楼上人纺织,

5-272

应	么	少	不	知
Yinh	maz	sau	mbouj	rox
iŋ¹	ma²	θa:u¹	bou⁵	ɹo⁴
因	何	姑娘	不	知

妹怎不知道?

女唱

5-273

貝	河	買	美	支
Bae	haw	cawx	mae	sei
pai¹	həuɯ¹	ɕɯɐ⁴	mai¹	θi¹
去	圩	买	线	丝

上街买丝线，

5-274

结	勾	作	大	罗
Giet	ngaeu	coq	daih	loh
kiːt⁷	ŋau¹	ɕo⁵	taːi⁶	lo⁶
结	钩	放	大	路

结索放道路。

5-275

知	古	而	不	知
Rox	guh	rawz	mbouj	rox
ɹoː⁴	ku⁴	ɹauɯ²	bou⁵	ɹoː⁴
知	做	哪	不	知

怎可能不会，

5-276

农	不	爱	吨	布
Nuengx	mbouj	ngaiq	daemj	baengz
nuːŋ⁴	bou⁵	ŋaːi⁵	tan³	paŋ²
妹	不	爱	织	布

我不爱织布。

男唱

5-277

会	六	作	更	楼
Hoij	rok	coq	gwnz	laeuz
hoːi³	ɹoːk⁷	ɕo⁵	kɯn²	lau²
挂	梭	放	上	楼

在楼上纺织，

5-278

要	美	支	马	绞
Aeu	mae	sei	ma	heux
au¹	mai¹	θi¹	ma¹	heːu⁴
要	线	丝	来	绕

用丝线来纺。

5-279

会	六	是	尝	了
Hoij	rok	cix	caengz	liux
hoːi³	ɹoːk⁷	ɕi⁴	ɕaŋ²	liːu⁴
挂	梭	是	未	完

未曾纺织完，

5-280

伏	先	叫	特	貝
Fwx	senq	heuh	dawz	bae
fə⁴	θeːn⁵	heːu⁶	təu²	pai¹
别人	早	叫	拿	去

别人催着要。

女唱

5-281

会	六	作	更	楼
Hoij	rok	coq	gwnz	laeuz
ho:i³	ɹo:k⁷	ço⁵	kun²	lau²
挂	梭	放	上	楼

在楼上纺织，

5-282

要	美	支	马	绞
Aeu	mae	sei	ma	heux
au¹	mai¹	θi¹	ma¹	he:u⁴
要	线	丝	来	绕

用丝线来纺。

5-283

会	六	是	尝	了
Hoij	rok	cix	caengz	liux
ho:i³	ɹo:k⁷	çi⁴	çaŋ²	li:u⁴
挂	梭	是	未	完

未曾纺织完，

5-284

伏	先	叫	要	布
Fwx	senq	heuh	aeu	baengz
fə⁴	θe:n⁵	he:u⁶	au¹	paŋ²
别	人	早	叫	要	布

人催着取布。

男唱

5-285

会	六	作	更	楼
Hoij	rok	coq	gwnz	laeuz
ho:i³	ɹo:k⁷	ço⁵	kun²	lau²
挂	梭	放	上	楼

在楼上纺织，

5-286

贝	而	要	美	歪
Bae	lawz	aeu	mae	faiq
pai¹	lau²	au¹	mai¹	va:i⁵
去	哪	要	纱	棉

去哪要棉纱？

5-287

讲	克	又	讲	来
Gangj	gwz	youh	gangj	laiz
ka:ŋ³	kə⁴	jou⁴	ka:ŋ³	la:i²
讲	去	又	讲	来

说来又说去，

5-288

老	不	太	办	布
Lau	mbouj	daih	baenz	baengz
la:u¹	bou⁵	ta:i⁶	pan²	paŋ²
怕	不	太	成	布

怕织不成布。

女唱

5-289

会	六	作	更	楼
Hoij	rok	coq	gwnz	laeuz
ho:i³	ɹo:k⁷	ço⁵	kɯn²	lau²
挂	梭	放	上	楼

在楼上纺织，

5-290

贝	而	要	美	歪
Bae	lawz	aeu	mae	faiq
pai¹	laɯ²	au¹	mai¹	va:i⁵
去	哪	要	纱	棉

去哪要棉纱？

5-291

管	重	心	大	才
Guenj	naek	sim	daih	raix
ku:n³	nak⁷	θin¹	ta:i⁶	ɹa:i⁴
管	重	心	实	在

只管用心纺，

5-292

明	歪	可	办	布
Cog	faiq	goj	baenz	baengz
ço:k⁸	va:i⁵	ko⁵	pan²	paŋ²
将来	棉	可	成	布

棉花会成布。

男唱

5-293

会	六	作	更	楼
Hoij	rok	coq	gwnz	laeuz
ho:i³	ɹo:k⁷	ço⁵	kɯn²	lau²
挂	梭	放	上	楼

在楼上纺织，

5-294

贝	而	要	洋	沙
Bae	lawz	aeu	yangz	sa
pai¹	lau²	au²	ja:ŋ²	θa¹
去	哪	要	洋	纱

去哪要洋纱？

5-295

美	支	刀	办	加
Mae	sei	dauq	baenz	gyaq
mai¹	θi¹	ta:u⁵	pan²	kja⁵
线	丝	倒	成	价

丝线价格高，

5-296

洋	沙	刀	皮	义
Yangz	sa	dauq	bienz	ngeih
ja:ŋ²	θa¹	ta:u⁵	pi:n²	ɲi²
洋	纱	倒	便	宜

洋纱倒便宜。

① 皮机［pi^4 ki^5］：
哗叽。用羊毛来
织的一种布料。

女唱

5-297

会	六	作	更	楼
Hoij	rok	coq	gwnz	laeuz
ho:i³	ɹo:k⁷	ço⁵	kun²	lau²
挂	梭	放	上	楼

在楼上纺织，

5-298

贝	而	要	洋	沙
Bae	lawz	aeu	yangz	sa
pai¹	lau²	au¹	ja:ŋ²	θa¹
去	哪	要	洋	纱

去哪要洋纱？

5-299

美	支	刀	很	加
Mae	sei	dauq	hwnj	gyaq
mai¹	θi¹	ta:u⁵	hun³	kja⁵
线	丝	倒	起	价

丝线涨了价，

5-300

洋	沙	刀	办	钱
Yangz	sa	dauq	baenz	cienz
ja:ŋ²	θa¹	ta:u⁵	pan²	çi:n²
洋	纱	倒	成	钱

洋纱倒值钱。

男唱

5-301

会	六	作	更	楼
Hoij	rok	coq	gwnz	laeuz
ho:i³	ɹo:k⁷	ço⁵	kun²	lau²
挂	梭	放	上	楼

在楼上纺织，

5-302

贝	而	要	皮	机①
Bae	lawz	aeu	biz	giq
pai¹	lau²	au¹	pi⁴	ki⁵
去	哪	要	哗	叽

哪里有哗叽？

5-303

会	六	作	拉	累
Hoij	rok	coq	laj	lae
ho:i³	ɹo:k⁷	ço⁵	la³	lai¹
挂	梭	放	下	梯

在梯下纺织，

5-304

伏	作	四	尝	银
Fwx	coq	seiq	cangz	ngaenz
fə⁴	ço⁵	θei⁵	ça:ŋ²	ŋan²
人	放	四	两	银

人给四两银。

女唱

5-305

会	六	作	更	楼
Hoij	rok	coq	gwnz	laeuz
ho:i³	ɣo:k⁷	ço⁵	kɯn²	lau²
挂	梭	放	上	楼

在楼上纺织,

5-306

贝	而	要	皮	机
Bae	lawz	aeu	biz	giq
pai¹	lau²	au¹	pi²	ki⁵
去	哪	要	哔	叽

哪里有哔叽?

5-307

会	六	作	拉	累
Hoij	rok	coq	laj	lae
ho:i³	ɣo:k⁷	ço⁵	la³	lai¹
挂	纺	放	下	梯

在梯下纺织,

5-308

占	色	作	广	西
Canh	saek	coq	gvangj	sih
ça:n⁶	θak⁷	ço⁵	kwa:ŋ³	θei¹
赚	色	放	广	西

闻名全广西。

男唱

5-309

会	六	作	更	楼
Hoij	rok	coq	gwnz	laeuz
ho:i³	ɣo:k⁷	ço⁵	kɯn²	lau²
挂	梭	放	上	楼

在楼上纺织,

5-310

贝	而	要	绸	团
Bae	lawz	aeu	couz	duenh
pai¹	lau¹	au¹	çu²	tu:n⁶
去	哪	要	绸	缎

哪里有绸缎?

5-311

会	六	作	庆	远
Hoij	rok	coq	ging	yenj
ho:i³	ɣo:k⁷	ço⁵	kiŋ³	ju:n⁶
挂	梭	放	庆	远

在庆远纺织,

5-312

农	秋	满	知	空
Nuengx	ciuq	monh	rox	ndwi
nu:ŋ⁴	çi:u⁵	mo:n⁶	ɣo⁴	du:i¹
妹	看	谈	情	或	不

够情意不够?

| 女唱 | 男唱 |

女唱

5-313

会	六	作	更	楼
Hoij	rok	coq	gwnz	laeuz
ho:i³	ɹo:k⁷	ço⁵	kɯn²	lau²
挂	梭	放	上	楼

在楼上纺织，

5-314

贝	而	要	绸	团
Bae	lawz	aeu	couz	duenh
pai¹	lau²	au¹	çu²	tu:n⁶
去	哪	要	绸	缎

哪里有绸缎?

5-315

会	六	作	庆	远
Hoij	rok	coq	ging	yenj
ho:i³	ɹo:k⁷	ço⁵	kiŋ³	ju:n⁶
挂	梭	放	庆	远

在庆远纺织，

5-316

好	满	又	好	美
Ndei	monh	youh	ndei	maez
dei¹	mo:n⁶	jou⁴	dei¹	mai²
好	谈情	又	好	说爱

好尽意谈情。

男唱

5-317

会	六	作	更	楼
Hoij	rok	coq	gwnz	laeuz
ho:i³	ɹo:k⁷	ço⁵	kɯn²	lau²
挂	梭	放	上	楼

在楼上纺织，

5-318

贝	而	要	布	补
Bae	lawz	aeu	baengz	bouq
pai¹	lau²	au¹	paŋ²	pu⁵
去	哪	要	布	铺

哪里有市布?

5-319

兰	本	钱	了	友
Lanh	bonj	cienz	liux	youx
la:n⁶	po:n³	çi:n²	li:u⁴	ju⁴
烂	本	钱	啰	友

好友丢本钱，

5-320

一	罗	吨	布	河
Yiz	loh	daemj	baengz	haw
i²	lo⁶	tan³	paŋ²	həu¹
一	路	织	布	圩

一同织市布。

女唱

5-321

乜	你	知	会	六
Meh	mwngz	rox	hoij	rok
me⁶	mɯŋ²	ɹo⁴	ho:i³	ɹo:k⁷
母	你	会	挂	梭

你母会挂梭，

5-322

长	刘	能	从	尚
Ciengz	liuz	naengh	congz	sang
ɕi:ŋ²	li:u²	naŋ⁶	ɕo:ŋ²	θa:ŋ¹
常	常	坐	桌	高

时常坐高凳。

5-323

乜	你	知	吨	布
Meh	mwngz	rox	daemj	baengz
me⁶	mɯŋ²	ɹo⁴	tan³	paŋ²
母	你	会	织	布

你母会织布，

5-324

能	从	尚	当	客
Naengh	congz	sang	dang	hek
naŋ⁶	ɕo:ŋ²	θa:ŋ¹	ta:ŋ¹	he:k⁷
坐	桌	高	当	客

坐高凳待客。

男唱

5-325

乜	土	知	会	六
Meh	dou	rox	hoij	rok
me⁶	tu¹	ɹo⁴	ho:i³	ɹo:k⁷
母	我	会	挂	梭

我母会挂梭，

5-326

牙	空	能	从	尚
Yax	ndwi	naengh	congz	sang
ja⁵	du:i¹	naŋ⁶	ɕo:ŋ²	θa:ŋ¹
也	不	坐	桌	高

也不坐高凳。

5-327

乜	土	知	吨	布
Meh	dou	rox	daemj	baengz
me⁶	tu¹	ɹo⁴	tan³	paŋ²
母	我	会	织	布

我母会织布，

5-328

能	从	尚	不	得
Naengh	congz	sang	mbouj	ndaej
naŋ⁶	ɕo:ŋ²	θa:ŋ¹	bou⁵	dai³
坐	桌	高	不	得

高凳坐不了。

女唱

5-329

乜	你	知	会	六
Meh	mwngz	rox	hoij	rok
me⁶	muɯŋ²	ɹo⁴	ho:i³	ɹo:k⁷
母	你	会	挂	梭

你母会挂梭，

5-330

长	刘	能	从	尚
Ciengz	liuz	naengh	congz	sang
çi:ŋ²	li:u²	naŋ⁶	ço:ŋ²	θa:ŋ¹
常	常	坐	桌	高

时常坐高凳。

5-331

乜	你	知	吨	布
Meh	mwngz	rox	daemj	baengz
me⁶	muɯŋ²	ɹo⁴	tan³	paŋ²
母	你	会	织	布

你母会织布，

5-332

能	从	尚	裁	布
Naengh	congz	sang	caiz	buh
naŋ⁶	ço:ŋ²	θa:ŋ¹	ça:i²	pu⁶
坐	桌	高	裁	衣服

坐高凳裁衣。

女唱

5-333

乜	你	知	会	六
Meh	mwngz	rox	hoij	rok
me⁶	muɯŋ²	ɹo⁴	ho:i³	ɹo:k⁷
母	你	会	挂	梭

你母会挂梭，

5-334

牙	空	能	从	尚
Yax	ndwi	naengh	congz	sang
ja⁵	du:i¹	naŋ⁶	ço:ŋ²	θa:ŋ¹
也	不	坐	桌	高

也不坐高凳。

5-335

乜	土	知	吨	布
Meh	dou	rox	daemj	baengz
me⁶	tu¹	ɹo⁴	tan³	paŋ²
母	我	会	织	布

我母会织布，

5-336

定	手	不	哈	备
Din	fwngz	mbouj	ha	beix
tin¹	fuɯŋ²	bou⁵	ha¹	pi⁴
脚	手	不	配	兄

技艺不如兄。

男唱

5-337

乜　你　知　吨　布
Meh　mwngz　rox　daemj　baengz
me⁶　mɯŋ²　ɹo⁴　tan³　paŋ²
母　你　会　织　布
你母会织布，

5-338

娘　你　知　吨　格
Nangz　mwngz　rox　daemj　gek
na:ŋ²　mɯŋ²　ɹo⁴　tan³　ke:k⁷
姑娘　你　会　织　格
妹你会织棉。

5-339

定　手　好　节　节
Din　fwngz　hau　cet　cet
tin¹　fuŋ²　ha:u¹　ɕe:t⁷　ɕe:t⁷
脚　手　好　棒　棒
妹手艺一流，

5-340

论　卜　客　江　开
Lumj　boux　hek　gyang　gai
lun³　pu⁴　he:k⁷　kjaŋ¹　ka:i¹
像　人　客　中　街
像个街上客。

女唱

5-341

乜　士　知　吨　布
Meh　dou　rox　daemj　baengz
me⁶　tu¹　ɹo⁴　tan³　paŋ²
母　我　会　织　布
我母会织布，

5-342

娘　士　知　吨　格
Nangz　dou　rox　daemj　gek
na:ŋ²　tu¹　ɹo⁴　tan³　ke:k⁷
姑娘　我　会　织　格
本人会织棉。

5-343

布　你　好　又　换
Baengz　mwngz　ndei　youh　rieg
paŋ²　mɯŋ²　dei¹　jou⁴　ɹɯ:k⁷
布　你　好　又　换
你布好就换，

5-344

尺　不　太　令　周
Cik　mbouj　daih　rim　caeuz
ɕik⁷　bou⁵　ta:i⁶　ɹin¹　ɕau²
尺　不　太　满　数
怕尺寸不足。

男唱

5-345

貝	河	買	美	歪
Bae	haw	cawx	mae	faiq
pai[1]	həu[1]	cəɯ[4]	mai[1]	va:i[5]
去	圩	买	纱	棉

赶圩买棉线，

5-346

特	马	然	结	勾
Dawz	ma	ranz	giet	ngaeu
təɯ[2]	ma[1]	ɹa:n[2]	ki:t[7]	ŋau[1]
拿	来	家	结	钩

拿回家结带。

5-347

但	你	农	巴	轻
Danh	mwngz	nuengx	bak	mbaeu
ta:n[6]	muɯŋ[2]	nu:ŋ[4]	pa:k[7]	bau[1]
但	你	妹	嘴	轻

但妹口舌巧，

5-348

尺	令	周	可	爱
Cik	rim	caeuz	goj	ngaih
çik[7]	ɹin[1]	çau[2]	ko[5]	ŋa:i[6]
尺	满	数	也	易

保证尺寸足。

男唱

5-349

乜	你	知	吨	布
Meh	mwngz	rox	daemj	baengz
me[6]	muɯŋ[2]	ɹo[4]	tan[3]	paŋ[2]
母	你	会	织	布

你母会织布，

5-350

娘	土	知	吨	布
Nangz	dou	rox	daemj	buh
na:ŋ[2]	tu[1]	ɹo[4]	tan[3]	pu[6]
姑娘	我	会	织	衣服

妹你会织衣。

5-351

知	裁	布	更	补
Rox	caiz	baengz	gwnz	bouq
ɹo[4]	ça:i[2]	paŋ[2]	kun[2]	pu[5]
会	裁	布	上	铺

店铺里裁衣，

5-352

知	认	布	更	河
Rox	nyib	buh	gwnz	haw
ɹo[4]	ɲip[8]	pu[6]	kun[2]	həu[1]
会	缝	衣服	上	圩

在街上缝衣。

女唱

5-353

乜	土	知	吨	布
Meh	dou	rox	daemj	baengz
me⁶	tu¹	ɹo⁴	tan³	paŋ²
母	我	会	织	布

我母会织布，

5-354

娘	土	知	吨	布
Nangz	dou	rox	daemj	buh
naːŋ²	tu¹	ɹo⁴	tan³	pu⁶
姑娘	我	会	织	衣服

妹会织衣服。

5-355

知	裁	布	更	补
Rox	caiz	buh	gwnz	bouq
ɹo⁴	ɕaːi²	pu⁶	kɯn²	pu⁵
会	裁	衣服	上	铺

会开店裁衣，

5-356

知	裁	布	南	宁
Rox	caiz	buh	nanz	ningz
ɹo⁴	ɕaːi²	pu⁶	naːn²	niŋ²
会	裁	衣服	南	宁

会裁南宁装。

女唱

5-357

乜	你	知	吨	布
Meh	mwngz	rox	daemj	baengz
me⁶	muŋ²	ɹo⁴	tan³	paŋ²
母	你	会	织	布

你母会织布，

5-358

娘	土	知	吨	团
Nangz	dou	rox	daemj	duenh
naːŋ²	tu¹	ɹo⁴	tan³	tuːn⁶
姑娘	我	会	织	缎

妹会织缎子。

5-359

备	吨	绸	庆	远
Beix	daenj	couz	ging	yenj
pi⁴	tan³	ɕu²	kiŋ³	juːn⁶
兄	穿	绸	庆	远

兄穿庆远绸，

5-360

农	吨	团	方	而
Nuengx	daenj	duenh	fueng	lawz
nuːŋ⁴	tan³	tuːn⁶	fuŋ¹	lau²
妹	穿	缎	方	哪

妹穿何方缎？

男唱

5-361

乜	土	知	吨	布
Meh	dou	rox	daemj	baengz
me⁶	tu¹	ɹo⁴	tan³	paŋ²
母	我	会	织	布

我母会织布，

5-362

娘	你	知	吨	格
Nangz	mwngz	rox	daemj	gek
na:ŋ²	muɯŋ²	ɹo⁴	tan³	ke:k⁷
姑娘	你	会	织	格

妹你会织棉。

5-363

备	吨	绸	庆	远
Beix	daenj	couz	ging	yenj
pi⁴	tan³	ɕu²	kiŋ³	ju:n⁶
兄	穿	绸	庆	远

兄穿庆远绸，

5-364

农	吨	团	南	宁
Nuengx	daenj	duenh	nanz	ningz
nu:ŋ⁴	tan³	tu:n⁶	na:n²	niŋ²
妹	穿	缎	南	宁

妹穿南宁缎。

女唱

5-365

乜	你	知	吨	布
Meh	mwngz	rox	daemj	baengz
me⁶	muɯŋ²	ɹo⁴	tan³	paŋ²
母	你	会	织	布

你母会织布，

5-366

娘	土	知	吨	团
Nangz	dou	rox	daemj	duenh
na:ŋ²	tu¹	ɹo⁴	tan³	to:n⁶
姑娘	我	会	织	缎

妹织南宁缎。

5-367

吨	三	九	四	祘
Daemj	sam	geu	seiq	sonx
tan³	θa:n¹	ke:u¹	θei⁵	θo:n⁴
织	三	件	四	套

织个三四套，

5-368

友	长	判	而	分
Youx	cangh	buenq	lawz	baen
ju⁴	ɕa:ŋ⁶	pu:n⁵	lau²	pan¹
友	匠	贩	哪	分

由布商分类。

男唱

5-369

乜	土	知	吨	布
Meh	dou	rox	daemj	baengz
me[6]	tu[1]	ɹo[4]	tan[3]	paŋ[2]
母	我	会	织	布

我母会织布，

5-370

娘	你	知	吨	团
Nangz	mwngz	rox	daemj	duenh
naːŋ[2]	muɯŋ[2]	ɹo[4]	tan[3]	tuːn[6]
姑娘	你	会	织	缎

妹你会织缎。

5-371

吨	三	九	四	祘
Daemj	sam	geu	seiq	sonx
tan[3]	θaːn[1]	keːu[1]	θei[5]	θoːn[4]
织	三	件	四	套

织个三四套，

5-372

友	长	判	土	米
Youx	cangh	buenq	dou	miz
ju[4]	ɕaːŋ[6]	puːn[5]	tu[1]	mi[2]
友	匠	贩	我	有

我有贩布友。

女唱

5-373

乜	你	知	吨	布
Meh	mwngz	rox	daemj	baengz
me[6]	muɯŋ[2]	ɹo[4]	tan[3]	paŋ[2]
母	你	会	织	布

你母会织布，

5-374

娘	土	知	吨	斗
Nangz	dou	rox	daemj	daeuq
naːŋ[2]	tu[1]	ɹo[4]	tan[3]	tau[5]
姑娘	我	会	织	斗

妹我会织巾。

5-375

更	支	少	牙	有
Gaen	sei	sau	yax	youj
kan[1]	θi[1]	θaːu[1]	ja[5]	jou[3]
巾	丝	姑娘	也	有

丝巾妹也有，

5-376

布	对	农	牙	米
Buh	doiq	nuengx	yax	miz
pu[6]	toːi[5]	nuːŋ[4]	ja[5]	mi[2]
衣服	对	妹	也	有

套装妹也有。

男唱

5-377

乜	土	知	吨	布
Meh	dou	rox	daemj	baengz
me⁶	tu¹	ɹo⁴	tan³	paŋ²
母	我	会	织	布

我母会织布,

5-378

娘	你	知	吨	斗
Nangz	mwngz	rox	daemj	daeuq
naːŋ²	muŋ²	ɹo⁴	tan³	tau⁵
姑娘	你	会	织	斗

妹会织头帕。

5-379

更	支	是	没	有
Gaen	sei	cix	meij	youj
kan¹	θi¹	çi⁴	mei³	jou³
巾	丝	是	没	有

丝巾都没有,

5-380

讲	布	对	古	而
Gangj	buh	doiq	guh	rawz
kaːŋ³	pu⁶	toːi⁵	ku⁴	ɹaɯ²
讲	衣服	对	做	什么

何况讲套装?

女唱

5-381

乜	你	知	特	乔
Meh	mwngz	rox	dawz	geuz
me⁶	muŋ²	ɹo⁴	təɯ²	keːu²
母	你	会	拿	剪

你母会剪裁,

5-382

乔	乔	一	十	一
Geuz	geuz	it	cib	it
keːu²	keːu²	it⁷	çit⁸	it⁷
剪	剪	一	十	一

剪工很了得。

5-383

平	日	文	日	阳
Bingz	ngoenz	fwn	ngoenz	ndit
piŋ²	ŋon²	vun¹	ŋon²	dit⁷
凭	天	雨	天	阳光

任晴天雨天,

5-384

牙	古	认	装	身
Yax	guh	nyib	cang	ndang
ja⁵	ku⁴	ɲip⁸	çaːŋ¹	daːŋ¹
也	做	缝	装	身

都缝衣打扮。

男唱

5-385

乜	土	知	特	乔
Meh	dou	rox	dawz	geuz
me⁶	tu¹	ɹo⁴	təu²	ke:u²
母	我	会	拿	剪

我母会剪裁，

5-386

乔	乔	一	十	义
Geuz	geuz	it	cib	ngeih
ke:u²	ke:u²	it⁷	ɕit⁸	n̠i⁶
剪	剪	一	十	二

一剪当两剪。

5-387

吨	乜	布	九	玉
Daenj	meh	buh	giuj	yi
tan³	me⁶	pu⁶	ki:u³	ji⁴
穿	母	衣服	九	玉

穿件九玉衣，

5-388

田	内	不	乱	米
Dieg	neix	mbouj	luenh	miz
ti:k⁸	ni⁴	bou⁵	lu:n⁶	mi²
地	这	不	乱	有

本地很少见。

女唱

5-389

乜	你	知	特	乔
Meh	mwngz	rox	dawz	geuz
me⁶	muɯŋ²	ɹo⁴	təu²	ke:u²
母	你	会	拿	剪

你母会用剪，

5-390

乔	乔	乂	十	三
Geuz	geuz	ngeih	cib	sam
ke:u²	ke:u²	n̠i⁶	ɕit⁸	θa:n¹
剪	剪	二	十	三

两剪当三剪。

5-391

吨	布	么	好	占
Daenj	buh	moq	hau	canz
tan³	pu⁶	mo⁵	ha:u¹	ɕa:n²
穿	衣服	新	白	灿灿

穿上新衣服，

5-392

装	身	玩	勒	伏
Cang	ndang	vanz	lwg	fwx
ɕa:ŋ¹	da:ŋ¹	va:n²	luɯk⁸	fə⁴
装	身	还	子	别人

同别人交友。

男唱

5-393

乜	土	知	特	乔
Meh	dou	rox	dawz	geuz
me⁶	tu¹	ɹo⁴	təɯ²	keːu²
母	我	会	拿	剪

我母会用剪，

5-394

乔	乔	三	十	四
Geuz	geuz	sam	cib	seiq
keːu²	keːu²	θaːn¹	ɕit⁸	θei⁵
剪	剪	三	十	四

三剪顶四剪。

5-395

吨	九	布	良	立
Daenj	geu	buh	lengj	lih
tan³	keːu¹	pu⁶	leːŋ⁶	li⁶
穿	件	衣服	靓	丽

穿上靓丽衣，

5-396

友	而	帮	你	裁
Youx	lawz	bang	mwngz	caiz
ju⁴	lau²	paːŋ¹	muɯ²	ɕaːi²
友	哪	帮	你	裁

谁人帮你裁?

女唱

5-397

乜	你	知	特	乔
Meh	mwngz	rox	dawz	geuz
me⁶	muɯ²	ɹo⁴	təɯ²	keːu²
母	你	会	拿	剪

你母会用剪，

5-398

乔	乔	四	十	五
Geuz	geuz	seiq	cib	haj
keːu²	keːu²	θei⁵	ɕit⁸	ha³
剪	剪	四	十	五

四剪顶五剪。

5-399

以	样	内	贝	那
Ei	yiengh	neix	bae	naj
i¹	jɯːŋ⁶	ni⁴	pai¹	na³
依	样	这	去	前

从今天往后，

5-400

外	达	贝	古	裁
Vaij	dah	bae	guh	caiz
vaːi³	ta⁶	pai¹	ku⁴	ɕaːi²
过	河	去	做	裁

过河去裁缝。

男唱

5-401

乜	你	知	特	乔
Meh	mwngz	rox	dawz	geuz
me⁶	muɯŋ²	ɹo⁴	təɯ²	ke:u²
母	你	会	拿	剪

你母会用剪，

5-402

乔	乔	五	十	六
Geuz	geuz	haj	cib	roek
ke:u²	ke:u²	ha³	ɕit⁸	ɹok⁷
剪	剪	五	十	六

五剪顶六剪。

5-403

十	在	心	不	付
Siz	caih	sim	mbouj	fug
θi²	ɕa:i⁴	θin¹	bou⁵	fuk⁸
实	在	心	不	服

实在心不服，

5-404

出	外	贝	古	裁
Ok	rog	bae	guh	caiz
o:k⁷	ɹo:k⁸	pai¹	ku⁴	ɕa:i²
出	外	去	做	裁

外出当裁缝。

女唱

5-405

乜	你	知	特	乔
Meh	mwngz	rox	dawz	geuz
me⁶	muɯŋ²	ɹo⁴	təɯ²	ke:u²
母	你	会	拿	剪

你母会用剪，

5-406

乔	乔	六	十	七
Geuz	geuz	roek	cib	caet
ke:u²	ke:u²	ɹok⁷	ɕit⁸	ɕat⁷
剪	剪	六	十	七

六剪当七剪。

5-407

布	你	好	又	沘
Baengz	mwngz	ndei	youh	aet
paŋ²	muɯŋ²	dei¹	jou⁴	at⁷
布	你	好	又	靓

你的布好美，

5-408

请	阝	长	马	裁
Cingj	boux	cangh	ma	caiz
ɕiŋ³	pu⁴	ɕa:ŋ⁶	ma¹	ɕa:i²
请	人	匠	来	裁

请师傅来裁。

男唱

5-409

乜	你	知	特	乔
Meh	mwngz	rox	dawz	geuz
me⁶	muɯŋ²	ɹo⁴	təɯ²	ke:u²
母	你	会	拿	剪

你母会用剪，

5-410

乔	乔	七	十	八
Geuz	geuz	caet	cib	bet
ke:u²	ke:u²	çat⁷	çit⁸	pe:t⁷
剪	剪	七	十	八

七剪顶八剪。

5-411

十	在	心	不	念
Siz	caih	sim	mbouj	net
θi²	ça:i⁴	θin¹	bou⁵	ne:t⁷
实	在	心	不	实

心中不踏实，

5-412

莫	和	先	岁	裁
Moz	dem	set	caez	caiz
mo²	te:n¹	θe:t⁷	çai²	ça:i²
磨	与	鱼竿	齐	裁

一同做裁缝。

女唱

5-413

乜	你	知	特	乔
Meh	mwngz	rox	dawz	geuz
me⁶	muɯŋ²	ɹo⁴	təɯ²	ke:u²
母	你	会	拿	剪

你母会用剪，

5-414

乔	乔	八	十	九
Geuz	geuz	bet	cib	gouj
ke:u²	ke:u²	pe:t⁷	çit⁸	kjou³
剪	剪	八	十	九

八剪当九剪。

5-415

装	身	办	老	表
Cang	ndang	baenz	laux	biuj
ça:ŋ¹	da:ŋ¹	pan²	la:u⁴	pi:u³
装	身	成	老	表

打扮成老表，

5-416

贝	小	乜	灯	日
Bae	souj	meh	daeng	ngoenz
pai¹	θi:u³	me⁶	taŋ¹	ŋon²
去	守	母	灯	天

去守那太阳。

男唱

5-417

乜	土	知	特	乔
Meh	dou	rox	dawz	geuz
me⁶	tu¹	ɹo⁴	təɯ²	ke:u²
母	我	会	拿	剪

我母会用剪,

5-418

乔	乔	九	义	十
Geuz	geuz	gouj	ngeih	cib
ke:u²	ke:u²	kjou³	ȵi⁶	çit⁸
剪	剪	九	二	十

九剪当二十。

5-419

日	不	想	古	认
Ngoenz	mbouj	siengj	guh	nyib
ŋon²	bou⁵	θi:ŋ³	ku⁴	ȵip⁸
天	不	想	做	缝

不想做裁缝,

5-420

想	托	农	古	裁
Siengj	doh	nuengx	guh	caiz
θi:ŋ³	to⁶	nu:ŋ⁴	ku⁴	ça:i²
想	同	妹	做	裁

想和妹剪裁。

女唱

5-421

乜	你	知	特	乔
Meh	mwngz	rox	dawz	geuz
me⁶	mɯŋ²	ɹo⁴	təɯ²	ke:u²
母	你	会	拿	剪

你母会用剪,

5-422

乔	乔	九	义	一
Geuz	geuz	gouj	ngeih	it
ke:u²	ke:u²	kjou³	ȵi⁶	it⁷
剪	剪	九	二	一

九剪顶二一。

5-423

九	乜	你	知	认
Riuz	meh	mwngz	rox	nyib
ɹi:u²	me⁶	mɯŋ²	ɹo⁴	ȵip⁸
传	母	你	会	缝

你母会缝衣,

5-424

刀	另	布	更	河
Dauq	rib	buh	gwnz	haw
ta:u⁵	ɹip⁸	pu⁶	kɯn²	həɯ¹
又	捡	衣服	上	圩

到圩上领工。

男唱
——

5-425

裁	条	布	第	一
Caiz	diuz	baengz	daih	it
ça:i²	ti:u²	paŋ²	ti⁵	it⁷
裁	条	布	第	一

裁第一条布，

5-426

一	节	办	几	九
It	cik	baenz	geij	geu
it⁷	çik⁷	pan²	ki³	ke:u¹
一	尺	成	几	件

一尺成几件。

5-427

农	裁	布	长	刘
Nuengx	caiz	buh	ciengz	liuz
nu:ŋ⁴	ça:i²	pu⁶	çi:ŋ²	li:u²
妹	裁	衣服	常	常

妹经常裁衣，

5-428

一	条	办	几	对
It	diuz	baenz	geij	doiq
it⁷	ti:u²	pan²	ki³	to:i⁵
一	条	成	几	对

一条裁几套。

女唱
——

5-429

裁	条	布	第	义
Caiz	diuz	baengz	daih	ngeih
ça:i²	ti:u²	paŋ²	ti⁵	ȵi⁶
裁	条	布	第	二

裁第二条布，

5-430

友	良	立	马	裁
Youx	lingz	leih	ma	caiz
ju⁴	le:ŋ⁶	lei⁶	ma¹	ça:i²
友	伶	俐	来	裁

伶俐友来裁。

5-431

农	不	乱	很	开
Nuengx	mbouj	luenh	hwnj	gai
nu:ŋ⁴	bou⁵	lu:n⁶	hɯn³	ka:i¹
妹	不	乱	上	街

妹很少上街，

5-432

偻	裁	布	伏	八
Raeuz	caiz	baengz	fuz	bet
ɹau²	ça:i²	paŋ²	fu²	pe:t⁷
我们	裁	布	幅	八

我裁八幅布。

男唱

5-433

裁	条	布	第	三
Caiz	diuz	baengz	daih	sam
ça:i²	ti:u²	paŋ²	ti⁵	θa:n¹
裁	条	布	第	三

裁第三条布，

5-434

伏	问	你	要	样
Fwx	cam	mwngz	aeu	yiengh
fə⁴	ça:m¹	muɯŋ²	au¹	ju:ŋ⁶
别人	问	你	要	样

人问你取样。

5-435

开	特	乔	出	光
Hai	dawz	geuz	ok	gvengq
ha:i¹	təɯ²	ke:u²	o:k⁷	kwe:ŋ⁵
开	拿	剪	出	空旷

开剪亮技艺，

5-436

伏	要	样	你	贝
Fwx	aeu	yiengh	mwngz	bae
fə⁴	au¹	ju:ŋ⁶	muɯŋ²	pai¹
别人	要	样	你	去

人问你取样。

女唱

5-437

裁	条	布	第	四
Caiz	diuz	baengz	daih	seiq
ça:i²	ti:u²	paŋ²	ti⁵	θei⁵
裁	条	布	第	四

裁第四条布，

5-438

要	四	处	同	哈
Aeu	seiq	cih	doengz	ha
au¹	θei⁵	çi⁶	toŋ²	ha¹
要	四	处	同	配

要四角对齐。

5-439

特	乔	不	相	差
Dawz	geuz	mbouj	ceng	ca
təɯ²	ke:u²	bou⁵	çe:ŋ¹	ça¹
拿	剪	不	相	差

裁工无差错，

5-440

祘	定	手	你	尖
Suenq	din	fwngz	mwngz	raeh
θu:n⁵	tin¹	fuɯŋ²	muɯŋ²	ɹai⁶
算	脚	手	你	利

算你技艺好。

男唱

女唱

5-441

裁	条	布	第	五
Caiz	diuz	baengz	daih	haj
ça:i²	ti:u²	paŋ²	ti⁵	ha³
裁	条	布	第	五

裁第五条布,

5-442

貝	拉	达	古	裁
Bae	laj	dah	guh	caiz
pai¹	la³	ta⁶	ku⁴	ça:i²
去	下	河	做	裁

去河边摆摊。

5-443

农	裁	布	好	来
Nuengx	caiz	buh	ndei	lai
nu:ŋ⁴	ça:i²	pu⁶	dei¹	la:i¹
妹	裁	衣服	好	多

妹裁艺真好,

5-444

很	开	摆	单	补
Hwnj	gai	baij	dan	bouq
hun³	ka:i¹	pa:i³	ta:n¹	pu⁵
上	街	摆	摊	铺

可上街摆摊。

5-445

裁	条	布	第	六
Caiz	diuz	baengz	daih	roek
ça:i²	ti:u²	paŋ²	ti⁵	ɹok⁷
裁	条	布	第	六

裁第六条布,

5-446

心	不	付	农	银
Sim	mbouj	fug	nuengx	ngaenz
θin¹	bou⁵	fuk⁸	nu:ŋ⁴	ŋan²
心	不	服	妹	银

妹心不服你。

5-447

想	裁	布	分	你
Siengj	caiz	buh	baen	mwngz
θi:ŋ³	ça:i²	pu⁶	pan¹	muɪŋ²
想	裁	衣服	分	你

想裁衣送你,

5-448

老	应	当	不	合
Lau	wng	dang	mbouj	hob
la:u¹	iŋ¹	ta:ŋ¹	bou⁵	ho:p⁸
怕	应	当	不	合

怕于理不合。

男唱

5-449

裁	条	布	第	七
Caiz	diuz	baengz	daih	caet
ça:i²	ti:u²	paŋ²	ti⁵	çat⁷
裁	条	布	第	七

裁第七条布，

5-450

沏	办	朵	花	力
Aet	baenz	duj	va	leiz
at⁷	pan²	tu³	va¹	li²
靓	成	朵	花	梨

靓丽过梨花。

5-451

伏	裁	布	分	飞
Fwx	caiz	buh	faen	fi
fə⁴	ça:i²	pu⁶	fan¹	fi¹
别人	裁	衣服	纷	飞

人人都裁衣，

5-452

难	为	土	阝	兰
Nanz	vih	dou	boux	lanh
na:n²	vei¹	tu¹	pu⁴	la:n⁶
难	为	我	人	大方

难为我常人。

女唱

5-453

裁	条	布	第	八
Caiz	diuz	baengz	daih	bet
ça:i²	ti:u²	paŋ²	ti⁵	pe:t⁷
裁	条	布	第	八

裁第八条布，

5-454

心	不	念	几	来
Sim	mbouj	net	geij	lai
θin¹	bou⁵	ne:t⁷	ki³	la:i¹
心	不	实	几	多

心中不踏实。

5-455

想	裁	布	很	开
Siengj	caiz	buh	hwnj	gai
θi:ŋ³	ça:i²	pu⁶	hum³	ka:i¹
想	裁	衣服	上	街

想裁衣去卖，

5-456

排	不	得	勒	伏
Baiz	mbouj	ndaej	lwg	fwx
pa:i²	bou⁵	dai³	luk⁸	fə⁴
排	不	得	子	别人

又怕不如人。

男唱

5-457

裁	条	布	第	九
Caiz	diuz	baengz	daih	gouj
ça:i²	ti:u²	paŋ²	ti⁵	kjou³
裁	条	布	第	九

裁第九条布，

5-458

乃	小	作	更	楼
Naih	souj	coq	gwnz	laeuz
na:i⁶	θi:u³	ço⁵	kɯn²	lau²
慢	守	放	上	楼

小心放楼上。

5-459

往	你	农	巴	轻
Uengj	mwngz	nuengx	bak	mbaeu
va:ŋ³	muŋ²	nu:ŋ⁴	pa:k⁷	bau¹
枉	你	妹	嘴	轻

幸得妹伶俐，

5-460

帮	土	裁	布	对
Bang	dou	caiz	buh	doiq
pa:ŋ¹	tu¹	ça:i²	pu⁶	to:i⁵
帮	我	裁	衣服	对

裁套服给我。

男唱

5-461

裁	条	布	第	十
Caiz	diuz	baengz	daih	cib
ça:i²	ti:u²	paŋ²	ti⁵	çit⁸
裁	条	布	第	十

裁第十条布，

5-462

另	贝	头	桥	开
Rib	bae	daeuz	giuz	gai
ȵip⁸	pai¹	tau²	ki:u²	ka:i¹
捡	去	大	桥	卖

领去桥头卖。

5-463

农	裁	布	好	来
Nuengx	caiz	buh	ndei	lai
nu:ŋ⁴	ça:i²	pu⁶	dei¹	la:i¹
妹	裁	衣服	好	多

妹裁功真好，

5-464

贝	摆	开	庆	远
Bae	baij	gai	ging	yenj
pai¹	pa:i³	ka:i¹	kiŋ³	ju:n⁶
去	摆	卖	庆	远

去庆远摆摊。

女唱

5-465

裁	九	布	第	一
Caiz	geu	buh	daih	it
ɕaːi²	keːu¹	pu⁶	ti⁵	it⁷
裁	件	衣服	第	一

裁第一件衣，

5-466

沙	阝	认	空	米
Ra	boux	nyib	ndwi	miz
ɹa¹	pu⁴	ȵip⁸	duːi¹	mi²
找	人	缝	不	有

找不到人缝。

5-467

想	裁	对	布	好
Siengj	caiz	doiq	buh	ndei
θiːŋ³	ɕaːi²	toːi⁵	pu⁶	dei¹
想	裁	对	衣服	好

想裁套好衣，

5-468

不	阝	帮	土	祘
Mbouj	boux	bang	dou	suenq
bou⁵	pu⁴	paːŋ¹	tu¹	θuːn⁵
无	人	帮	我	算

没人出主意。

男唱

5-469

裁	九	布	第	义
Caiz	geu	buh	daih	ngeih
ɕaːi²	keːu¹	pu⁶	ti⁵	ȵi⁶
裁	件	衣服	第	二

裁第二件衣，

5-470

请	长	手	马	裁
Cingj	cangh	fwngz	ma	caiz
ɕiŋ³	ɕaːŋ⁶	fuŋ²	ma¹	ɕaːi²
请	匠	手	来	裁

请高手来裁。

5-471

农	不	乱	很	开
Nuengx	mbouj	luenh	hwnj	gai
nuːŋ⁴	bou⁵	luːn⁶	hɯn³	kaːi¹
妹	不	乱	上	街

妹很少上街，

5-472

偻	裁	布	长	刘
Raeuz	caiz	baengz	ciengz	liuz
ɹau²	ɕaːi²	paŋ²	ɕiŋ²	liːu²
我们	裁	布	常	常

我经常裁衣。

女唱

男唱

5-473

裁	九	布	第	三
Caiz	geu	buh	daih	sam
ça:i²	ke:u¹	pu⁶	ti⁵	θa:n¹
裁	件	衣服	第	三

裁第三件衣，

5-474

要	花	单	马	碰
Aeu	va	dan	ma	bungq
au¹	va¹	ta:n¹	ma¹	puŋ⁵
要	花	丹	来	碰

带牡丹图案。

5-475

布	你	好	办	丰
Baengz	mwngz	ndei	baenz	fungh
paŋ²	mɯŋ²	dei¹	pan²	fuŋ⁶
布	你	好	成	凤

你布美如凤，

5-476

请	阝	长	马	裁
Cingj	boux	cangh	ma	caiz
çiŋ³	pu⁴	ça:ŋ⁶	ma¹	ça:i²
请	人	匠	来	裁

请高手来裁。

5-477

裁	九	布	第	四
Caiz	geu	buh	daih	seiq
ça:i²	ke:u¹	pu⁶	ti⁵	θei⁵
裁	件	衣服	第	四

裁第四件衣，

5-478

是	自	查	布	绿
Cix	gag	cab	baengz	heu
çi⁴	ka:k⁸	ça:p⁸	paŋ²	he:u¹
是	自	掺	布	青

想用青色料。

5-479

往	你	农	巴	丢
Uengj	mwngz	nuengx	bak	diu
va:ŋ³	mɯŋ²	nu:ŋ⁴	pa:k⁷	ti:u¹
枉	你	妹	嘴	刁

幸得伶俐妹，

5-480

长	刘	裁	布	对
Ciengz	liuz	caiz	buh	doiq
çi:ŋ²	li:u²	ça:i²	pu⁶	to:i⁵
常	常	裁	衣服	对

时常裁套衣。

女唱

5-481

裁	九	布	第	五
Caiz	geu	buh	daih	haj
ça:i²	ke:u¹	pu⁶	ti⁵	ha³
裁	件	衣服	第	五

裁第五件衣，

5-482

下	拉	达	裁	布
Roengz	laj	dah	caiz	baengz
ɹoŋ²	la³	ta⁶	ça:i²	paŋ²
下	下	河	裁	布

到河边剪布。

5-483

利	小	条	骨	浪
Lij	siuj	diuz	ndok	laeng
li⁴	θi:u³	ti:u²	dok⁷	laŋ¹
还	小	条	骨	后

布料差少许，

5-484

说	龙	帮	土	祘
Naeuz	lungz	bang	dou	suenq
nau²	luŋ²	pa:ŋ¹	tu¹	θu:n⁵
说	龙	帮	我	算

兄帮我补上。

男唱

5-485

裁	九	布	第	六
Caiz	geu	buh	daih	roek
ça:i²	ke:u¹	pu⁶	ti⁵	ɹok⁷
裁	件	衣服	第	六

裁第六件衣，

5-486

心	不	付	是	说
Sim	mbouj	fug	cix	naeuz
θin¹	bou⁵	fuk⁸	çi⁴	nau²
心	不		服	就	说

不满意就说。

5-487

农	裁	布	很	勾
Nuengx	caiz	buh	hwnj	ngaeu
nu:ŋ⁴	ça:i²	pu⁶	hun³	ŋau¹
妹	裁	衣服	起	钩

妹裁衣笔挺，

5-488

龙	马	秋	要	样
Lungz	ma	ciuq	aeu	yiengh
luŋ²	ma¹	çi:u⁵	au¹	ju:ŋ⁶
龙	来	看	要	样

兄来学方法。

女唱

5-489

裁	九	布	第	七
Caiz	geu	buh	daih	caet
ça:i²	ke:u¹	pu⁶	ti⁵	çat⁷
裁	件	衣服	第	七

裁第七件衣，

5-490

勒	扣	作	同	排
Lwg	gaet	coq	doengz	baiz
luk⁸	kat⁷	ço⁵	toŋ²	pa:i²
子	扣	放	同	排

扣子放一排。

5-491

吨	贝	堂	江	开
Daenj	bae	daengz	gyang	gai
tan³	pai¹	taŋ²	kja:ŋ¹	ka:i¹
穿	去	到	中	街

穿着去逛街，

5-492

文	来	全	斗	秋
Vunz	lai	gyonj	daeuj	ciuq
vun²	la:i¹	kjo:n³	tau³	çi:u⁵
人	多	都	来	看

大伙都来看。

男唱

5-493

裁	九	布	第	八
Caiz	geu	buh	daih	bet
ça:i²	ke:u¹	pu⁶	ti⁵	pe:t⁷
裁	件	衣服	第	八

裁第八件衣，

5-494

心	不	念	牙	难
Sim	mbouj	net	yax	nanz
θin¹	bou⁵	ne:t⁷	ja⁵	na:n²
心	不	实	也	难

不满意都难。

5-495

空	米	卜	古	三
Ndwi	miz	boux	guh	san
du:i¹	mi²	pu⁴	ku⁴	θa:n¹
不	有	个	人	编

若无人织布，

5-496

偻	牙	难	裁	布
Raeuz	yax	nanz	caiz	buh
ɹau²	ja⁵	na:n²	ça:i²	pu⁶
我们	也	难	裁	衣服

用什么裁衣？

女唱

5-497

裁	九	布	第	九
Caiz	geu	buh	daih	gouj
ça:i^2	ke:u^1	pu^6	ti^5	kjou^3
裁	件	衣服	第	九

裁第九件衣，

5-498

刘	穷	友	更	楼
Liuz	gyoengq	youx	gwnz	laeuz
li:u^2	kjoŋ^5	ju^4	kɯn^2	lau^2
看	群	友	上	楼

瞅楼上好友。

5-499

阝	阝	巴	是	轻
Boux	boux	bak	cix	mbaeu
pu^4	pu^4	pa:k^7	çi^4	bau^1
人	人	嘴	是	轻

个个都巧舌，

5-500

要	阝	而	讲	满
Aeu	boux	lawz	gangj	monh
au^1	pu^4	lau^2	ka:ŋ^3	mo:n^6
要	人	哪	讲	情

同哪个谈情？

男唱

5-501

裁	九	布	第	十
Caiz	geu	buh	daih	cib
ça:i^2	ke:u^1	pu^6	ti^5	çit^8
裁	件	衣服	第	十

裁第十件衣，

5-502

貝	节	友	然	千
Bae	ciep	youx	ranz	cien
pai^1	çe:t^7	ju^4	ɹa:n^2	çi:n^1
去	接	友	家	砖

接砖屋好友。

5-503

说	备	兰	本	钱
Naeuz	beix	lanh	bonj	cienz
nau^2	pi^4	la:n^6	po:n^3	çi:n^2
说	兄	大方	本	钱

兄不惜本钱，

5-504

千	年	偻	裁	布
Cien	nienz	raeuz	caiz	buh
çi:n^1	ni:n^2	ɹau^2	ça:i^2	pu^6
千	年	我们	裁	衣服

我们同裁衣。

女唱

5-505

吨	乜	布	年	身
Daenj	meh	buh	nem	ndang
tan³	me⁶	pu⁶	ne:m¹	da:ŋ¹
穿	母	衣服	贴	身

穿件贴身衣，

5-506

果	绿	样	叶	会
Go	heu	yiengh	mbaw	faex
ko¹	he:u¹	jɯ:ŋ⁶	baɯ¹	fai⁴
棵	青	样	叶	树

青绿像树叶。

5-507

很	河	马	土	累
Hwnj	haw	ma	dou	laeq
hɯn³	hɤɯ¹	ma¹	tu¹	lai⁵
上	圩	来	我	看

赶圩让我看，

5-508

定	手	尖	能	来
Din	fwngz	raeh	nyaenx	lai
tin¹	fɯŋ²	ɹai⁶	ɲan⁴	la:i¹
脚	手	利	那么	多

技艺那么好。

男唱

5-509

吨	乜	布	年	身
Daenj	meh	buh	nem	ndang
tan³	me⁶	pu⁶	ne:m¹	da:ŋ¹
穿	母	衣服	贴	身

穿件贴身衣，

5-510

果	绿	样	叶	会
Go	heu	yiengh	mbaw	faex
ko¹	he:u¹	jɯ:ŋ⁶	baɯ¹	fai⁴
棵	青	样	叶	树

新鲜像树叶。

5-511

定	手	刀	可	尖
Din	fwngz	dauq	goj	raeh
tin¹	fɯŋ²	ta:u⁵	ko³	ɹai⁶
脚	手	倒	可	利

技艺实在好，

5-512

不	得	阝	论	你
Mbouj	ndaej	boux	lumj	mwngz
bou⁵	dai³	pu⁴	lun³	mɯŋ²
不	得	个	像	你

难得人像你。

女唱

5-513

吨	乜	布	年	身
Daenj	meh	buh	nem	ndang
tan³	me⁶	pu⁶	ne:m¹	da:ŋ¹
穿	母	衣服	贴	身

穿件贴身衣，

5-514

果	绿	样	叶	会
Go	heu	yiengh	mbaw	faex
ko¹	he:u¹	juːŋ⁶	bau¹	fai⁴
棵	青	样	叶	树

青绿像树叶。

5-515

装	身	美	又	美
Cang	ndang	meij	youh	meij
ça:ŋ¹	da:ŋ¹	mai³	jou⁴	mai³
装	身	美	又	美

打扮真漂亮，

5-516

备	可	累	写	空
Beix	goj	laeq	ce	ndwi
pi⁴	ko³	lai⁵	çe¹	duːi¹
兄	可	看	留	空

兄也是白看。

男唱

5-517

吨	乜	布	年	身
Daenj	meh	buh	nem	ndang
tan³	me⁶	pu⁶	ne:m¹	da:ŋ¹
穿	母	衣服	贴	身

穿件贴身衣，

5-518

果	绿	样	叶	会
Go	heu	yiengh	mbaw	faex
ko¹	he:u¹	juːŋ⁶	bau¹	fai⁴
棵	青	样	叶	树

清新像树叶。

5-519

但	定	手	你	尖
Danh	din	fwngz	mwngz	raeh
ta:n⁶	tin¹	fuŋ²	muɯ²	ɹai⁶
但	脚	手	你	利

但你技艺好，

5-520

却	可	得	堂	手
Cog	goj	ndaej	daengz	fwngz
ço:k⁸	ko⁵	dai³	tan²	fuŋ²
将来	可	得	到	手

将会得到你。

女唱

5-521

吨	乜	布	年	身
Daenj	meh	buh	nem	ndang
tan^3	me^6	pu^6	$ne:m^1$	$da:ŋ^1$
穿	母	衣服	贴	身

穿件贴身衣，

5-522

果	绿	样	叶	芬
Go	heu	yiengh	mbaw	foed
ko^1	$he:u^1$	$juɯ:ŋ^6$	$bauɯ^1$	fot^8
棵	青	样	叶	嫩枝

清新像嫩枝。

5-523

要	银	古	勒	扣
Aeu	ngaenz	guh	lwg	gaet
au^1	$ŋan^2$	ku^4	$luɯk^8$	kat^7
要	银	做	子	扣

用银做扣子，

5-524

友	而	沘	给	你
Youx	lawz	saet	hawj	mwngz
ju^4	$lauɯ^2$	$θat^7$	$həuɯ^3$	$muɯŋ^2$
友	哪	留	给	你

哪位友给你?

男唱

5-525

吨	乜	布	年	身
Daenj	meh	buh	nem	ndang
tan^3	me^6	pu^6	$ne:m^1$	$da:ŋ^1$
穿	母	衣服	贴	身

穿件贴身衣，

5-526

果	绿	样	叶	芬
Go	heu	yiengh	mbaw	foed
ko^1	$he:u^1$	$juɯ:ŋ^6$	$bauɯ^1$	fot^8
棵	青	样	叶	嫩枝

清新如嫩枝。

5-527

要	银	古	勒	扣
Aeu	ngaenz	guh	lwg	gaet
au^1	$ŋan^2$	ku^4	$luɯk^8$	kat^7
要	银	做	子	扣

用银做扣子，

5-528

友	对	生	土	米
Youx	doiq	saemq	dou	miz
ju^4	$to:i^5$	$θan^5$	tu^1	mi^2
友	对	庚	我	有

我有同龄友。

女唱	男唱

5-529

吨 乜 布 年 身

Daenj meh buh nem ndang

tan³ me⁶ pu⁶ ne:m¹ da:ŋ¹

穿 母 衣服 贴 身

穿件贴身衣，

5-530

果 绿 样 叶 弄

Go heu yiengh mbaw rungz

ko¹ he:u¹ jɯ:ŋ⁶ baɯ¹ ɹuŋ²

棵 青 样 叶 榕

青如榕树叶。

5-531

出 外 贝 古 穷

Ok rog bae guh gyoengq

o:k⁷ ɹo:k⁸ pai¹ ku⁴ kjoŋ⁵

出 外 去 做 群

外出去会友，

5-532

备 秋 同 知 空

Beix ciuq doengz rox ndwi

pi⁴ çi:u⁵ toŋ² ɹo⁴ du:i¹

兄 看 同 或 不

兄与众同否？

5-533

吨 乜 布 年 身

Daenj meh buh nem ndang

tan³ me⁶ pu⁶ ne:m¹ da:ŋ¹

穿 母 衣服 贴 身

穿件贴身衣，

5-534

可 绿 样 叶 弄

Goj heu yiengh mbaw rungz

ko⁵ he:u¹ jɯ:ŋ⁶ baɯ¹ ɹuŋ²

可 青 样 叶 榕

青如榕树叶。

5-535

出 外 贝 古 穷

Ok rog bae guh gyoengq

o:k⁷ ɹo:k⁸ pai¹ ku⁴ kjoŋ⁵

出 外 去 做 群

外出去会友，

5-536

同 秀 满 秀 美

Doengz ciuh monh ciuh maez

toŋ² çi:u⁶ mo:n⁶ çi:u⁶ mai²

同 世 情 世 爱

全是谈情友。

女唱

5-537

吨	乜	布	年	身
Daenj	meh	buh	nem	ndang

tan^3　me^6　pu^6　$ne:m^1$　$da:ŋ^1$

穿　母　衣服　贴　身

穿件贴身衣，

5-538

可	绿	样	叶	团
Goj	heu	yiengh	mbaw	donh

ko^5　$he:u^1$　$juɯŋ^6$　$bauu^1$　$to:n^6$

可　青　样　叶　端草

青新像草叶。

5-539

吨	三	九	四	祘
Daenj	sam	geu	seiq	sonx

tan^3　$θa:n^1$　$ke:u^1$　$θei^5$　$θo:n^4$

穿　三　件　四　套

穿上一套套，

5-540

农	贝	元	而	要
Nuengx	bae	yienh	lawz	aeu

$nu:ŋ^4$　pai^1　$je:n^6$　lau^2　au^1

妹　去　县　哪　要

我去哪里要？

男唱

5-541

吨	乜	布	年	身
Daenj	meh	buh	nem	ndang

tan^3　me^6　pu^6　$ne:m^1$　$da:ŋ^1$

穿　母　衣服　贴　身

穿件贴身衣，

5-542

果	绿	样	叶	团
Go	heu	yiengh	mbaw	donh

ko^1　$he:u^1$　$juɯŋ^6$　$bauu^1$　$to:n^6$

棵　青　样　叶　端草

青新如草叶。

5-543

吨	三	九	四	祘
Daenj	sam	geu	seiq	sonx

tan^3　$θa:n^1$　$ke:u^1$　$θei^5$　$θo:n^4$

穿　三　件　四　套

穿上一套套，

5-544

田	庆	远	土	米
Dieg	ging	yenj	dou	miz

$ti:k^8$　$kiŋ^3$　$ju:n^6$　tu^1　mi^2

地　庆　远　我　有

我们庆远有。

女唱

5-545

吨	乜	布	年	身
Daenj	meh	buh	nem	ndang
tan³	me⁶	pu⁶	ne:m¹	da:ŋ¹
穿	母	衣服	贴	身

穿件贴身衣，

5-546

果	绿	样	叶	丰
Go	heu	yiengh	mbaw	fung
ko¹	he:u¹	jɯ:ŋ⁶	bau¹	fuŋ¹
棵	青	样	叶	枫

青如枫树叶。

5-547

吨	九	布	生	荣
Daenj	geu	buh	sinh	yungz
tan³	ke:u¹	pu⁶	θin⁶	juŋ²
穿	件	衣服	芯	绒

穿件芯绒衣，

5-548

阝	峏	说	阝	坤
Boux	rungh	naeuz	boux	gun
pu⁴	ɣuŋ⁶	nau²	pu⁴	kun¹
人	峏	或	人	官

瑶族或汉族。

男唱

5-549

吨	乜	布	年	身
Daenj	meh	buh	nem	ndang
tan³	me⁶	pu⁶	ne:m¹	da:ŋ¹
穿	母	衣服	贴	身

穿件贴身衣，

5-550

果	绿	样	叶	丰
Go	heu	yiengh	mbaw	fung
ko¹	he:u¹	jɯ:ŋ⁶	bau¹	fuŋ¹
棵	青	样	叶	枫

青如枫树叶。

5-551

吨	九	布	生	荣
Daenj	geu	buh	sinh	yungz
tan³	ke:u¹	pu⁶	θin⁶	juŋ²
穿	件	衣服	芯	绒

穿件芯绒衣，

5-552

阝	峏	不	乱	米
Boux	rungh	mbouj	luenh	miz
pu⁴	ɣuŋ⁶	bou⁵	lu:n⁶	mi²
人	峏	不	乱	有

瑶族很少穿。

女唱

男唱

5-553

吨	布	对	它	对
Daenj	buh	doiq	daz	doiq
tan^3	pu^6	$to:i^5$	ta^2	$to:i^5$
穿	衣服	对	又	对

穿衣一套套，

5-554

勒	扣	作	好	占
Lwg	gaet	coq	hau	canz
$luuk^8$	kat^7	$ço^5$	$ha:u^1$	$ça:n^2$
子	扣	放	白	灿灿

扣子亮闪闪。

5-555

卜	装	说	乜	装
Boh	cang	naeuz	meh	cang
po^6	$ça:ŋ^1$	nau^2	me^6	$ça:ŋ^1$
父	装	或	母	装

谁父母打扮，

5-556

论	勒	洋	一	样
Lumj	lwg	yangz	it	yiengh
lun^3	$luuk^8$	$ja:ŋ^2$	it^7	$juːŋ^6$
像	子	皇	一	样

像皇子一般。

5-557

吨	布	对	它	对
Daenj	buh	doiq	daz	doiq
tan^3	pu^6	$to:i^5$	ta^2	$to:i^5$
穿	衣服	对	又	对

穿衣一套套，

5-558

勒	扣	作	好	占
Lwg	gaet	coq	hau	canz
$luuk^8$	kat^7	$ço^5$	$ha:u^1$	$ça:n^2$
子	扣	放	白	灿灿

扣子白闪闪。

5-559

真	卜	乜	土	装
Caen	boh	meh	dou	cang
$çin^1$	po^6	me^6	tu^1	$ça:ŋ^1$
真	父	母	我	装

亲父母打扮，

5-560

勒	洋	是	利	岁
Lwg	yangz	cix	lij	saeq
$luuk^8$	$ja:ŋ^2$	$çi^4$	li^4	$θai^5$
子	皇	是	还	小

比皇子还靓。

女唱

男唱

5-561

吨	布	对	它	对
Daenj	buh	doiq	daz	doiq
tan³	pu⁶	to:i⁵	ta²	to:i⁵
穿	衣服	对	又	对

穿衣一套套，

5-562

勒	扣	作	同	排
Lwg	gaet	coq	doengz	baiz
luuk⁸	kat⁷	ço⁵	toŋ²	pa:i²
子	扣	放	同	排

扣子放一排。

5-563

吨	绸	团	布	裁
Daenj	couz	duenh	buh	caiz
tan³	çu²	tu:n⁶	pu⁶	ça:i²
穿	绸	缎	衣服	裁

穿绸缎衣衫，

5-564

很	开	摆	怛	补
Hwnj	gai	baij	dan	bouq
hun³	ka:i¹	pa:i³	ta:n¹	pu⁵
上	街	摆	摊	铺

上街做生意。

5-565

吨	布	对	它	对
Daenj	buh	doiq	daz	doiq
tan³	pu⁶	to:i⁵	ta²	to:i⁵
穿	衣服	对	又	对

穿衣一套套，

5-566

勒	扣	作	同	排
Lwg	gaet	coq	doengz	baiz
luuk⁸	kat⁷	ço⁵	toŋ²	pa:i²
子	扣	放	同	排

扣子一排排。

5-567

吨	绸	团	布	裁
Daenj	couz	duenh	buh	caiz
tan³	çu²	tu:n⁶	pu⁶	ça:i²
穿	绸	缎	衣服	裁

穿绸缎衣衫，

5-568

贝	摆	开	庆	远
Bae	baij	gai	ging	yenj
pai¹	pa:i³	ka:i¹	kiŋ³	ju:n⁶
去	摆	街	庆	远

去庆远摆摊。

女唱
———

5-569

吨	布	对	它	对
Daenj	buh	doiq	daz	doiq
tan³	pu⁶	to:i⁵	ta²	to:i⁵
穿	衣服	对	又	对

穿衣一套套，

5-570

勒	扣	作	同	平
Lwg	gaet	coq	doengz	bingz
luk⁸	kat⁷	ço⁵	toŋ²	piŋ²
子	扣	放	同	平

扣子一排排。

5-571

吨	绸	团	布	红
Daenj	couz	duenh	baengz	nding
tan³	çu²	tu:n⁶	paŋ²	diŋ¹
穿	绸	缎	布	红

穿红色绸缎，

5-572

貝	城	而	开	补
Bae	singz	lawz	hai	bouq
pai¹	θiŋ²	lau²	ha:i¹	pu⁵
去	城	哪	开	铺

去哪里摆摊?

男唱
———

5-573

吨	布	对	它	对
Daenj	buh	doiq	daz	doiq
tan³	pu⁶	to:i⁵	ta²	to:i⁵
穿	衣服	对	又	对

穿衣一套套，

5-574

勒	扣	作	同	平
Lwg	gaet	coq	doengz	bingz
luk⁸	kat⁷	ço⁵	toŋ²	piŋ²
子	扣	放	同	平

扣子一排排。

5-575

吨	绸	团	布	红
Daenj	couz	duenh	baengz	nding
tan³	çu²	tu:n⁶	paŋ²	diŋ¹
穿	绸	缎	布	红

穿红色绸缎，

5-576

堂	南	宁	开	补
Daengz	nanz	ningz	hai	bouq
taŋ²	na:n²	niŋ²	ha:i¹	pu⁵
到	南	宁	开	铺

到南宁开店。

女唱

5-577

更	河	开	勒	七
Gwnz	haw	gai	lwg	caw
kɯn²	həu¹	ka:i¹	lɯk⁸	çəu¹
上	圩	卖	子	珠

圩上卖珠子,

5-578

一	两	七	十	钱
It	liengx	caet	cib	cienz
it⁷	li:ŋ⁴	çat⁷	çit⁸	çi:n²
一	两	七	十	钱

每两七十元。

5-579

峒	光	中	长	元
Doengh	gvangq	cungq	cangh	yenz
toŋ⁶	kwa:ŋ⁵	çoŋ⁵	ça:ŋ⁵	je:n²
峒	广	中	状	元

最后中状元,

5-580

强	乜	月	交	代
Giengz	meh	ndwen	gyau	daiq
ki:ŋ²	me⁶	du:n¹	kja:u¹	ta:i⁵
像	母	月	交	蚀

风光赛月亮。

男唱

5-581

更	河	开	勒	七
Gwnz	haw	gai	lwg	caw
kɯn²	həu¹	ka:i¹	luk⁸	çəu¹
上	圩	卖	子	珠

圩上卖珠子,

5-582

一	两	七	十	钱
It	liengx	caet	cib	cienz
it⁷	li:ŋ⁴	çat⁷	çit⁸	çi:n²
一	两	七	十	钱

每两七十元。

5-583

长	判	外	卢	连
Cangh	buenq	vaij	luz	lienz
ça:ŋ⁶	pu:n⁵	va:i³	lu²	li:n²
匠	贩	过	连	连

商贩走不停,

5-584

米	钱	少	是	買
Miz	cienz	sau	cix	cawx
mi²	çi:n²	θa:u¹	çi⁴	çəu⁴
有	钱	姑	娘	买

有钱妹就买。

女唱

5-585

更	河	开	勒	七
Gwnz	haw	gai	lwg	caw
kɯn²	həɯ¹	ka:i¹	luk⁸	çəɯ¹
上	圩	卖	子	珠

圩上卖珠子，

5-586

一	两	七	十	钱
It	liengx	caet	cib	cienz
it⁷	li:ŋ⁴	çat⁷	çit⁸	çi:n²
一	两	七	十	钱

每两七十元。

5-587

长	判	外	卢	连
Cangh	buenq	vaij	luz	lienz
ça:ŋ⁶	pu:n⁵	va:i³	lu²	li:n²
匠	贩	过	连	连

商贩走不断，

5-588

少	坚	钱	不	買
Sau	gien	cienz	mbouj	cawx
θa:u¹	ki:n¹	çi:n²	bou⁵	çəɯ⁴
姑娘	吝啬	钱	不	买

妹舍不得买。

男唱

5-589

更	河	开	绸	团
Gwnz	haw	gai	couz	duenh
kɯn²	həɯ¹	ka:i¹	çu²	tu:n⁶
上	圩	卖	绸	缎

圩上卖绸缎，

5-590

庆	远	判	绸	红
Ging	yenj	buenq	couz	hoengz
kiŋ³	ju:n⁶	pu:n⁵	çu²	hoŋ²
庆	远	贩	绸	红

庆远卖红绸。

5-591

伏	判	很	判	下
Fwx	buenq	hwnj	buenq	roengz
fɯ⁴	pu:n⁵	hɯn³	pu:n⁵	ɣoŋ²
别人	贩	上	贩	下

商贩到处走，

5-592

空	齐	邦	土	闹
Ndwi	ruenz	biengz	dou	nauq
dɯi¹	ɣu:n²	pi:ŋ²	tu¹	na:u⁵
不	爱	地方	我	一点

不走我家乡。

女唱

5-593

更	河	开	绸	团
Gwnz	haw	gai	couz	duenh
kuɯn²	həu¹	ka:i¹	ɕu²	tu:n⁶
上	圩	卖	绸	缎

圩上卖绸缎，

5-594

庆	远	判	绸	红
Ging	yenj	buenq	couz	hoengz
kiŋ³	ju:n⁶	pu:n⁵	ɕu²	hoŋ²
庆	远	贩	绸	红

庆远卖红绸。

5-595

利	判	下	广	东
Lij	buenq	roengz	gvangj	doeng
li⁴	pu:n⁵	ɹoŋ²	kwa:ŋ³	toŋ¹
还	贩	下	广	东

还贩到广东，

5-596

米	日	齐	邦	农
Miz	ngoenz	ruenz	biengz	nuengx
mi²	ŋon²	ɹu:n²	pi:ŋ²	nu:ŋ⁴
有	天	爱	地方	妹

哪天到我家？

男唱

5-597

更	河	开	绸	团
Gwnz	haw	gai	couz	duenh
kuɯn²	həu¹	ka:i¹	ɕu²	tu:n⁶
上	圩	卖	绸	缎

圩上卖绸缎，

5-598

庆	远	判	绸	好
Ging	yenj	buenq	couz	hau
kiŋ³	ju:n⁶	pu:n⁵	ɕu²	ha:u¹
庆	远	贩	绸	白

庆远卖白绸。

5-599

伏	九	哈	花	桃
Fwx	riuz	ha	va	dauz
fə⁴	ɹi:u²	ha¹	va¹	ta:u²
别人	传	配	花	桃

据传像桃花，

5-600

不	知	好	说	美
Mbouj	rox	hau	naeuz	meiq
bou⁵	ɹo⁴	ha:u¹	nau²	mei⁵
不	知	白	或	灰

是白还是灰？

女唱	男唱

5-601

更	河	判	绸	团
Gwnz	haw	buenq	couz	duenh
kɯn²	həɯ¹	puːn⁵	ɕu²	tuːn⁶
上	圩	贩	绸	缎

圩上贩绸缎，

5-602

庆	远	判	绸	好
Ging	yenj	buenq	couz	hau
kiŋ³	juːn⁶	puːn⁵	ɕu²	haːu¹
庆	远	贩	绸	白

庆远贩白绸。

5-603

伏	九	哈	花	桃
Fwx	riuz	ha	va	dauz
fə⁴	ɹiːu²	ha¹	va¹	taːu²
别人	传	配	花	桃

说绸如桃花，

5-604

不	好	牙	可	美
Mbouj	hau	yah	goj	meiq
bou⁵	haːu¹	ja⁵	ko⁵	mei⁵
不	白	也	可	灰

不白也是灰。

5-605

更	河	开	绸	团
Gwnz	haw	gai	couz	duenh
kɯn²	həɯ¹	kaːi¹	ɕu²	tuːn⁶
上	圩	卖	绸	缎

圩上卖绸缎，

5-606

庆	远	判	绸	好
Ging	yenj	buenq	couz	hau
kiŋ³	juːn⁶	puːn⁵	ɕu²	haːu¹
庆	远	贩	绸	白

庆远卖白绸。

5-607

汜	办	哈	花	桃
Aet	baenz	ha	va	dauz
at⁷	pan²	ha¹	va¹	taːu²
靓	成	配	花	桃

美色如桃花，

5-608

得	交	心	是	念
Ndaej	gyau	sim	cix	net
dai³	kjaːu¹	θin¹	ɕi⁴	neːt⁷
得	交	心	就	实

得交心欢悦。

女唱

5-609

更　河　开　绸　团
Gwnz　haw　gai　couz　duenh
kuɯn^2　həɯ^1　ka:i^1　ɕu^2　tu:n^6
上　圩　卖　绸　缎
圩上卖绸缎,

5-610

庆　远　判　绸　好
Ging　yenj　buenq　couz　hau
kiŋ^3　ju:n^6　pu:n^5　ɕu^2　ha:u^1
庆　远　贩　绸　白
庆远卖白绸。

5-611

往　秀　包　秀　少
Uengj　ciuh　mbauq　ciuh　sau
va:ŋ^3　ɕi:u^6　ba:u^5　ɕi:u^6　θa:u^1
枉　世　小伙　世　姑娘
枉一代情友,

5-612

同　交　不　同　得
Doengz　gyau　mbouj　doengz　ndaej
toŋ^2　kja:u^1　bou^5　toŋ^2　dai^3
同　交　不　同　得
终不成眷属。

男唱

5-613

更　河　开　绸　团
Gwnz　hawj　gai　couz　duenh
kuɯn^2　həɯ^1　ka:i^1　ɕu^2　tu:n^6
上　圩　卖　绸　缎
圩上卖绸缎,

5-614

庆　远　判　绸　好
Ging　yenj　buenq　couz　hau
kiŋ^3　ju:n^6　pu:n^5　ɕu^2　ha:u^1
庆　远　贩　绸　白
庆远卖白绸。

5-615

勒　仪　古　包　少
Lawh　saenq　guh　mbauq　sau
ləɯ^6　θin^5　ku^4　ba:u^5　θa:u^1
换　信　做　小伙　姑娘
换信成情侣,

5-616

老　开　么　了　农
Lau　gij　maz　liux　nuengx
la:u^1　ka:i^2　ma^2　li:u^4　nu:ŋ^4
怕　什　么　啰　妹
小妹怕什么?

女唱

5-617

更	河	开	绸	团
Gwnz	haw	gai	couz	duenh
kɯn²	həu¹	ka:i¹	ɕu²	tu:n⁶
上	圩	卖	绸	缎

圩上卖绸缎，

5-618

庆	远	判	绸	好
Ging	yenj	buenq	couz	hau
kiŋ³	ju:n⁶	pu:n⁵	ɕu²	ha:u¹
庆	远	贩	绸	白

庆远卖白绸。

5-619

勒	仪	古	包	少
Lawh	saenq	guh	mbauq	sau
ləɯ⁶	θin⁵	ku⁴	ba:u⁵	θa:u¹
换	信	做	小伙	姑娘

换信做情侣，

5-620

可	老	不	外	秀
Goj	lau	mbouj	vaij	ciuh
ko⁵	la:u¹	bou⁵	va:i³	ɕi:u⁶
可	怕	不	过	世

怕不得善终。

男唱

5-621

更	河	开	绸	团
Gwnz	haw	gai	couz	duenh
kɯn²	həu¹	ka:i¹	ɕu²	tu:n⁶
上	圩	卖	绸	缎

圩上卖绸缎，

5-622

庆	远	判	绸	支
Ging	yenj	buenq	couz	sei
kiŋ³	ju:n⁶	pu:n²	ɕu²	θi¹
庆	远	贩	绸	丝

庆远卖丝绸。

5-623

伏	九	好	九	好
Fwx	riuz	ndei	riuz	ndei
fə⁴	ɹi:u²	dei¹	ɹi:u²	dei¹
别人	传	好	传	好

据说丝绸好，

5-624

不	贝	吉	而	得
Mbouj	bae	giz	lawz	ndaej
bou⁵	pai¹	ki²	ləɯ²	dai³
不	去	处	哪	得

但又无所得。

女唱

5-625

更	河	开	绸	团
Gwnz	haw	gai	couz	duenh

kun^2　$həw^1$　$ka:i^1$　$çu^2$　$tu:n^6$

上	圩	卖	绸	锻

圩上卖绸锻，

5-626

庆	远	判	绸	支
Ging	yenj	buenq	couz	sei

$kiŋ^3$　$ju:n^6$　$pu:n^5$　$çu^2$　$θi^1$

庆	远	贩	绸	丝

庆远卖丝绸。

5-627

阝	好	人	刀	米
Boux	hauq	yinz	dauq	miz

pu^4　$ha:u^5$　jin^2　tau^5　mi^2

人	好	人	倒	有

好人有是有，

5-628

友	千	金	难	有
Youx	cien	gim	nanz	youj

ju^4　$çi:n^1$　kin^1　$na:n^2$　jou^3

友	千	金	难	有

千金友难得。

男唱

5-629

更	河	开	绸	团
Gwnz	haw	gai	couz	duenh

kun^2　$həw^1$　$ka:i^1$　$çu^2$　$tu:n^6$

上	圩	卖	绸	锻

圩上卖绸锻，

5-630

庆	远	判	绸	支
Ging	yenj	buenq	couz	sei

$kiŋ^3$　$ju:n^6$　$pu:n^5$　$çu^2$　$θi^1$

庆	远	贩	绸	丝

庆远卖丝绸。

5-631

阝	好	人	刀	米
Boux	hauq	yinz	dauq	miz

pu^4　$ha:u^5$　jin^2　tau^5　mi^2

人	好	人	倒	有

好人有是有，

5-632

不	比	你	了	农
Mbouj	beij	mwngz	liux	nuengx

bou^5　pi^3　$muɯŋ^2$　$li:u^4$　$nu:ŋ^4$

不	比	你	啰	妹

不比情妹你。

女唱

5-633

更	河	开	绸	团
Gwnz	haw	gai	couz	duenh
kɯn²	həɯ¹	ka:i⁵	çu²	tu:n⁶
上	圩	卖	绸	锻

圩上卖绸锻，

5-634

庆	远	判	绸	支
Ging	yenj	buenq	couz	sei
kiŋ³	ju:n⁶	pu:n⁵	çu²	θi¹
庆	远	贩	绸	丝

庆远卖丝绸。

5-635

阝	好	人	刀	米
Boux	hauq	yinz	dauq	miz
pu⁴	hau⁵	jin²	ta⁵	mi²
人	好	人	倒	有

好人有是有，

5-636

几	时	龙	得	勒
Geij	seiz	lungz	ndaej	lawh
ki³	θi²	luŋ²	dai³	ləɯ⁶
几	时	龙	得	换

兄何时得交？

男唱

5-637

更	河	开	绸	团
Gwnz	haw	gai	couz	duenh
kɯn²	həɯ¹	ka:i¹	çu²	tu:n⁶
上	圩	卖	绸	锻

圩上卖绸锻，

5-638

知	祘	是	装	身
Rox	suenq	cix	cang	ndang
ɹo⁴	θu:n⁵	çi⁴	ça:ŋ¹	da:ŋ¹
知	算	就	装	身

有意就置衣。

5-639

知	九	是	裁	布
Rox	yiuj	cix	caiz	baengz
ɹo⁴	ji:u³	çi⁴	ça:i²	paŋ²
知	礼	就	裁	布

有心就裁衣，

5-640

正	牙	堂	貝	了
Cingz	yaek	daengz	bae	liux
çiŋ²	jak⁷	taŋ²	pai¹	li:u⁴
情	要	到	去	啰

情友快到了。

女唱

5-641

更	河	开	绸	团
Gwnz	haw	gai	couz	duenh

$kuɯn^2$　$hɯu^1$　$kaːi^1$　$ɕu^2$　$tuːn^6$

上　圩　卖　绸　锻

圩上卖绸锻,

5-642

知	祘	是	装	身
Rox	suenq	cix	cang	ndang

$ɹo^4$　$θuːn^5$　$ɕi^4$　$ɕaːŋ^1$　$daːŋ^1$

知　算　就　装　身

有心就置衣。

5-643

知	正	堂	不	堂
Rox	cing	daengz	mbouj	daengz

$ɹo^4$　$ɕiŋ^2$　$taŋ^2$　bou^5　$taŋ^2$

知　情　到　不　到

情友未必来,

5-644

先	装	身	在	加
Senq	cang	ndang	ywq	caj

$θeːn^5$　$ɕaːŋ^1$　$daːŋ^1$　$jɯ^5$　kja^3

先　装　身　在　等

买新衣来等。

男唱

5-645

更	河	开	美	支
Gwnz	haw	gai	mae	sei

$kuɯn^2$　$hɯu^1$　$kaːi^1$　mai^1　$θi^1$

上　圩　卖　纱　丝

圩上卖丝线,

5-646

阝	米	钱	是	加
Boux	miz	cienz	cix	gyaq

pu^4　mi^2　$ɕiːn^2$　$ɕi^4$　kja^5

人　有　钱　就　讲价

有钱就讲价。

5-647

更	河	开	洋	沙
Gwnz	haw	gai	yangz	sa

$kuɯn^2$　$hɯu^1$　$kaːi^1$　$jaːŋ^2$　$θa^1$

上　圩　卖　洋　纱

圩上卖洋纱,

5-648

一	马	几	来	钱
It	max	geij	lai	cienz

it^7　ma^4　ki^3　$laːi^1$　$ɕiːn^2$

一　码　几　多　钱

一码多少钱?

女唱

5-649

更	河	开	美	支
Gwnz	haw	gai	mae	sei
kɯn²	həɯ¹	ka:i¹	mai¹	θi¹
上	圩	卖	纱	丝

圩上卖丝线，

5-650

阝	米	钱	是	加
Boux	miz	cienz	cix	gyaq
pu⁴	mi²	çi:n²	çi⁴	kja⁵
人	有	钱	就	讲价

有钱就问价。

5-651

一	马	三	关	五
It	max	sam	gvanq	haj
it⁷	ma⁴	θa:n¹	kwa:n⁵	ha³
一	码	三	贯	五

每码三贯五，

5-652

又	问	加	古	而
Youh	haemq	gyaq	guh	rawz
jou⁴	han⁵	kja⁵	ku⁴	ɣaɯ²
又	问	价	做	什么

问价干什么？

男唱

5-653

更	河	开	美	支
Gwnz	haw	gai	mae	sei
kɯn²	həɯ¹	ka:i¹	mai¹	θi¹
上	圩	卖	纱	丝

圩上卖丝线，

5-654

阝	米	钱	是	加
Boux	miz	cienz	cix	gyaq
pu⁴	mi²	çi:n²	çi⁴	kja⁵
人	有	钱	就	讲价

有钱就问价。

5-655

美	支	点	洋	沙
Mae	sei	dem	yangz	sa
mai¹	θi¹	te:n¹	ja:ŋ²	θa¹
纱	丝	与	洋	纱

丝线与洋纱，

5-656

讲	加	不	对	同
Gangj	gyaq	mbouj	doiq	doengz
ka:ŋ³	kja⁵	bou⁵	to:i⁵	toŋ²
讲	价	不	对	同

价钱不对等。

女唱

5-657

更	河	开	美	支
Gwnz	haw	gai	mae	sei
kuɯn²	həɯ¹	ka:i¹	mai¹	θi¹
上	圩	卖	纱	丝

圩上卖丝线,

5-658

阝	米	钱	是	加
Boux	miz	cienz	cix	gyaq
pu⁴	mi²	ɕi:n²	ɕi⁴	kja⁵
人	有	钱	就	讲价

有钱就问价。

5-659

美	支	点	洋	沙
Mae	sei	dem	yangz	sa
mai¹	θi¹	te:n¹	ja:ŋ²	θa¹
纱	丝	与	洋	纱

丝线与洋纱,

5-660

备	加	瓜	知	空
Beix	gyaq	gvaq	rox	ndwi
pi⁴	kja⁵	kwa⁵	ɣo⁴	du:i¹
兄	讲价	过	或	不

兄曾问价否?

男唱

5-661

更	河	开	美	支
Gwnz	haw	gai	mae	sei
kuɯn²	həɯ¹	ka:i¹	mai¹	θi¹
上	圩	卖	纱	丝

圩上卖丝线,

5-662

米	钱	龙	是	加
Miz	cienz	lungz	cix	gyaq
mi²	ɕi:n²	luŋ²	ɕi⁴	kja⁵
有	钱	龙	就	讲价

兄有钱就问。

5-663

伏	作	空	堂	加
Fwx	coq	ndwi	daengz	gyaq
fə⁴	ɕo⁵	du:i¹	taŋ²	kja⁵
别人	放	不	到	价

人给钱不够,

5-664

乜	可	华	加	龙
Meh	goj	hah	caj	lungz
me⁶	ko⁵	ha⁶	kja³	luŋ²
母	可	占	等	龙

母会留给我。

女唱

5-665

更	河	开	美	支
Gwnz	haw	gai	mae	sei
kuun²	həu¹	ka:i¹	mai¹	θi¹
上	圩	卖	纱	丝

圩上卖丝线，

5-666

邝	米	钱	是	加
Boux	miz	cienz	cix	gyaq
pu⁴	mi²	çi:n²	çi⁴	kja⁵
人	有	钱	就	讲价

有钱就问价。

5-667

些	观	伏	先	华
Seiq	gonq	fwx	senq	hah
θe⁵	ko:n⁵	fə⁴	θe:n⁵	ha⁶
世	先	别人	早	占

前世别人订，

5-668

瓜	了	牙	堂	偻
Gvaq	liux	yax	daengz	raeuz
kwa⁵	li:u⁴	ja⁵	taŋ²	ɣau²
过	完	才	到	我们

过后我才来。

男唱

5-669

更	河	开	美	支
Gwnz	haw	gai	mae	sei
kuun²	həu¹	ka:i¹	mai¹	θi¹
上	圩	卖	纱	丝

圩上卖丝线，

5-670

米	钱	龙	是	兰
Miz	cienz	lungz	cix	lanh
mi²	çi:n²	luŋ²	çi⁴	la:n⁶
有	钱	龙	就	大方

兄有钱就买。

5-671

更	河	开	兰	干
Gwnz	haw	gai	lanz	ganh
kuun²	həu¹	ka:i¹	la:n²	ka:n⁵
上	圩	卖	栏	杆

圩上卖栏杆，

5-672

波	兰	買	邝	条
Boj	lanh	cawx	boux	diuz
po³	la:n⁶	çəu⁴	pu⁴	ti:u²
吹牛	大方	买	人	条

每人买一条。

女唱

男唱

5-673

更	河	开	美	支
Gwnz	haw	gai	mae	sei
$kɯn^2$	$hɘɯ^1$	$kaːi^1$	mai^1	$θi^1$
上	圩	卖	纱	丝

圩上卖丝线，

5-674

阝	米	钱	是	兰
Boux	miz	cienz	cix	lanh
pu^4	mi^2	$çiːn^2$	$çi^4$	$laːn^6$
人	有	钱	就	大方

有钱随意买。

5-675

更	河	开	兰	干
Gwnz	haw	gai	lanz	ganh
$kɯn^2$	$hɘɯ^1$	$kaːi^1$	$laːn^2$	$kaːn^5$
上	圩	卖	栏	杆

圩上卖栏杆，

5-676

友	而	兰	是	要
Youx	lawz	lanh	cix	aeu
ju^4	lau^2	$laːn^6$	$çi^4$	au^1
友	哪	大方	就	要

舍得钱就买。

5-677

更	河	开	美	支
Gwnz	haw	gai	mae	sei
$kɯn^2$	$hɘɯ^1$	$kaːi^1$	mai^1	$θi^1$
上	圩	卖	纱	丝

圩上卖丝线，

5-678

米	钱	龙	管	兰
Miz	cienz	lungz	guenj	lanh
mi^2	$çiːn^2$	$luŋ^2$	$kuːn^3$	$laːn^6$
有	钱	龙	管	大方

兄有钱就买。

5-679

阝	坤	米	银	万
Boux	gun	miz	ngaenz	fanh
pu^4	kun^1	mi^2	$ŋan^2$	$faːn^6$
人	官	有	银	万

汉人较有钱，

5-680

它	可	兰	可	贝
De	goj	lanh	goj	bae
te^1	ko^5	$laːn^6$	ko^5	pai^1
他	可	大方	可	去

可边走边买。

女唱

5-681

更	河	开	美	支
Gwnz	haw	gai	mae	sei
kun²	həu¹	kaːi¹	mai¹	θi¹
上	圩	卖	纱	丝

圩上卖丝线，

5-682

米	钱	偻	岁	兰
Miz	cienz	raeuz	caez	lanh
mi²	çiːn²	ɹau²	çai²	laːn⁶
有	钱	我们	齐	大方

我们同去买。

5-683

阝	坤	米	银	万
Boux	gun	miz	ngaenz	fanh
pu⁴	kun¹	mi²	ŋan²	faːn⁶
人	官	有	银	万

汉人再有钱，

5-684

兰	不	瓜	双	偻
Lanh	mbouj	gvaq	song	raeuz
laːn⁶	bou⁵	kwa⁵	θoːŋ¹	ɹau²
大方	不	过	两	我们

比不过我俩。

男唱

5-685

更	河	开	美	支
Gwnz	haw	gai	mae	sei
kun²	həu¹	kaːi¹	mai¹	θi¹
上	圩	卖	纱	丝

圩上卖丝线，

5-686

米	钱	你	是	要
Miz	cienz	mwngz	cix	aeu
mi²	çiːn²	muŋ²	çi⁴	au⁷
有	钱	你	就	要

有钱随便买。

5-687

更	河	开	布	照
Gwnz	haw	gai	baengz	caeux
kun²	həu¹	kaːi¹	paŋ²	çau⁴
上	圩	卖	布	条

圩上卖布条，

5-688

要	牙	加	农	银
Aeu	yax	caj	nuengx	ngaenz
au¹	ja⁵	kja³	nuːŋ⁴	ŋan²
要	也	等	妹	银

等妹来再买。

女唱

5-689

更　河　开　美　支
Gwnz　haw　gai　mae　sei
kɯn²　həɯ¹　kaːi¹　mai¹　θi¹
上　圩　卖　纱　丝
圩上卖丝线，

5-690

阝　米　钱　是　要
Boux　miz　cienz　cix　aeu
pu⁴　mi²　çiːn²　çi⁴　au¹
人　有　钱　就　要
有钱就去买。

5-691

更　河　卖　布　照
Gwnz　haw　gai　baengz　caeux
kɯn²　həɯ¹　kaːi¹　paŋ²　çau⁴
上　圩　卖　布　条
圩上卖布条，

5-692

不　要　古　坏　钱
Mbouj　aeu　guh　vaih　cienz
bou⁵　au¹　ku⁴　vaːi⁶　çiːn²
不　要　做　坏　钱
不值得去买。

男唱

5-693

更　河　开　美　支
Gwnz　haw　gai　mae　sei
kɯn²　həɯ¹　kaːi¹　mai¹　si¹
上　圩　卖　纱　丝
圩上卖丝线，

5-694

米　线　你　是　買
Miz　cienz　mwngz　cix　cawx
mi²　çiːn²　mɯŋ²　çi⁴　çəɯ⁴
有　钱　你　就　买
有钱你就买。

5-695

更　河　开　心　事
Gwnz　haw　gai　sim　saeh
kɯn²　həɯ¹　kaːi¹　θin¹　θei⁶
上　圩　卖　心　事
圩上卖心事，

5-696

買　牙　加　农　银
Cawx　yax　caj　nuengx　ngaenz
çəɯ⁴　ja⁵　kja³　nuːŋ³　ŋan²
买　也　等　妹　银
等妹再来买。

女唱

5-697

更	河	开	美	支
Gwnz	haw	gai	mae	sei
kun²	həu¹	kaːi¹	mai¹	θi¹
上	圩	卖	纱	丝

圩上卖丝线，

5-698

阝	米	钱	是	買
Boux	miz	cienz	cix	cawx
pu⁴	mi²	çiːn²	çi⁴	çəɯ⁴
人	有	钱	就	买

谁有钱就买。

5-699

更	河	开	心	事
Gwnz	haw	gai	sim	saeh
kun²	həu¹	kaːi¹	θin¹	θei⁶
上	圩	卖	心	事

圩上卖心事，

5-700

不	買	古	坏	钱
Mbouj	cawx	guh	vaih	cienz
bou⁵	çəɯ⁴	ku⁴	vaːi⁶	çiːn²
不	买	做	坏	钱

买了费钱财。

男唱

5-701

貝	河	買	洋	沙
Bae	haw	cawx	yangz	sa
pai¹	həu¹	çəɯ⁴	jaːŋ²	θa¹
去	圩	买	洋	纱

赶圩买洋纱，

5-702

利	買	得	把	针
Lij	cawx	ndaej	fag	cim
li⁴	çəɯ⁴	dai³	faːk⁸	çim¹
还	买	得	把	针

还买一把针。

5-703

说	对	邦	用	心
Naeuz	doih	baengz	yungh	sim
nau²	toːi⁶	paŋ²	juŋ⁶	θin¹
说	伙伴	朋	用	心

情友要用心，

5-704

特	心	平	了	农
Dawz	sim	bingz	liux	nuengx
təɯ²	θin¹	piŋ²	liːu⁴	nuːŋ⁴
拿	心	平	啰	妹

妹心要真诚。

女唱

5-705

貝	河	買	把	针
Bae	haw	cawx	fag	cim
pai¹	həɯ¹	çəɯ⁴	fa:k⁸	çim¹
去	圩	买	把	针

赶圩买把针，

5-706

特	马	丁	会	骨
Dawz	ma	ding	faex	ndoek
təɯ²	ma¹	tiŋ¹	fai⁴	dok⁷
拿	来	钉	树	刺竹

拿来钉刺竹。

5-707

少	丁	贵	狼	出
Sau	ding	gwiz	langh	ok
θa:u¹	tiŋ¹	kɯi²	la:ŋ⁶	o:k⁷
姑娘	钉	丈夫	若	出

妹离得丈夫，

5-708

务	是	更	灯	日
Huj	cix	goemq	daeng	ngoenz
hu³	çi⁴	kon⁵	taŋ¹	ŋan²
云	就	盖	灯	天

云雾盖太阳。

男唱

5-709

貝	河	買	把	针
Bae	haw	cawx	fag	cim
pai¹	həɯ¹	çəɯ⁴	fa:k⁸	çim¹
去	圩	买	把	针

赶圩买把针，

5-710

特	马	丁	会	累
Dawz	ma	ding	faex	reiq
təɯ²	ma¹	tiŋ¹	fai⁴	ɹei⁵
拿	来	钉	树	椎木

拿来钉椎木。

5-711

少	丁	贵	刀	得
Sau	ding	gwiz	dauq	ndaej
θa:u¹	tiŋ¹	kɯi²	ta:u⁵	dai³
姑娘	钉	丈夫	倒	得

妹可离丈夫，

5-712

妻	伏	不	中	土
Maex	fwx	mbouj	cuengq	dou
mai⁴	fə⁴	bou⁵	çu:ŋ⁵	tu¹
妻	别人	不	放	我

我离妻不得。

女唱

5-713

貝	河	買	把	针
Bae	haw	cawx	fag	cim
pai¹	həɯ¹	çəɯ⁴	fa:k⁸	çim¹
去	圩	买	把	针

赶圩买把针，

5-714

特	马	丁	会	累
Dawz	ma	ding	faex	reiq
təɯ²	ma¹	tiŋ¹	fai⁴	ɹei⁵
拿	来	钉	树	椎木

拿来钉椎木。

5-715

少	丁	贵	狼	得
Sau	ding	gwiz	langh	ndaej
θa:u¹	tiŋ¹	kui²	la:ŋ⁶	dai³
姑娘	钉	丈夫	若	得

妹若变单身，

5-716

备	氾	妻	不	要
Beix	saet	maex	mbouj	aeu
pi⁴	θat⁷	mai⁴	bou⁵	au¹
兄	留	妻	不	要

兄也要弃妻。

男唱

5-717

貝	河	買	把	针
Bae	haw	cawx	fag	cim
pai¹	həɯ¹	çəɯ⁴	fa:k⁸	çim¹
去	圩	买	把	针

赶圩买把针，

5-718

特	马	丁	会	古
Dawz	ma	ding	faex	goux
təɯ²	ma¹	tiŋ¹	fai⁴	ku⁴
拿	来	钉	树	乌桕

拿来钉柏木。

5-719

少	丁	贵	要	友
Sau	ding	gwiz	aeu	youx
θa:u¹	tiŋ¹	kui²	au¹	ju⁴
姑娘	钉	丈夫	要	友

妹弃夫交友，

5-720

良	祘	甫	一	点
Lingh	suenq	bouh	ndeu	dem
le:ŋ⁶	θu:n⁵	pou⁶	de:u¹	te:n¹
另	算	步	一	还

还要走一步。

女唱

5-721

貝	河	買	把	针
Bae	haw	cawx	fag	cim
pai¹	həɯ¹	çəɯ⁴	fa:k⁸	çim¹
去	圩	买	把	针

赶圩买把针，

5-722

特	马	丁	会	老
Dawz	ma	ding	faex	laux
təɯ²	ma¹	tiŋ¹	fai⁴	la:u⁴
拿	来	钉	树	大

拿来钉大树。

5-723

少	丁	贵	要	包
Sau	ding	gwiz	aeu	mbauq
θa:u¹	tiŋ¹	kui²	au¹	ba:u⁵
姑娘	钉	丈夫	要	小伙

妹弃夫交友，

5-724

偻	良	造	家	然
Raeuz	lingh	caux	gya	ranz
ɹau²	le:ŋ⁶	ça:u⁴	kja¹	ɹa:n²
我们	另	造	家	家

我俩结婚姻。

男唱

5-725

貝	河	買	把	针
Bae	haw	cawx	fag	cim
pai¹	həɯ¹	çəɯ⁴	fa:k⁸	çim¹
去	圩	买	把	针

赶圩买把针，

5-726

特	马	丁	会	坚
Dawz	ma	ding	faex	genq
təɯ²	ma¹	tiŋ¹	fai⁴	ke:n⁵
拿	来	钉	树	坚

拿来钉坚木。

5-727

少	丁	贵	连	连
Sau	ding	gwiz	lienz	lienz
θa:u¹	tiŋ¹	kui²	le:n²	le:n²
姑娘	钉	丈夫	连	连

妹急忙弃夫，

5-728

明	田	农	可	凉
Cog	dieg	muengx	goj	liengz
ço:k⁸	ti:k⁸	nu:ŋ⁴	ko⁵	li:ŋ²
将来	地	妹	可	凉

家园会荒凉。

女唱

5-729

架	左	不	好	特
Cax	swix	mbouj	ndei	dawz
kja⁴	θɯːi⁴	bou⁵	dei¹	təu²
刀	左	不	好	拿

左刀不好使，

5-730

特	马	芬	果	蕉
Dawz	ma	faenz	go	gyoij
təu²	ma¹	fan²	ko¹	kjoːi³
拿	来	伐	棵	芭蕉

用来砍芭蕉。

5-731

贵	土	好	又	青
Gwiz	dou	ndei	youh	oiq
kɯi²	tu¹	dei¹	jou⁴	oːi⁵
丈夫	我	好	又	嫩

我夫少又帅，

5-732

样	而	对	它	貝
Yiengh	lawz	doiq	de	bae
jɯːŋ⁶	lau²	toːi⁵	te¹	pai¹
样	哪	退	他	去

为何抛弃他？

男唱

5-733

架	右	不	好	特
Cax	gvaz	mbouj	ndei	dawz
kja⁴	kwa²	bou⁵	dei¹	təu²
刀	右	不	好	拿

右刀不好使，

5-734

特	马	芬	果	杭
Dawz	ma	faenz	go	gangx
təu²	ma¹	fan²	ko¹	kaːŋ⁴
拿	来	伐	棵	毛竹

用来砍毛竹。

5-735

贵	不	好	是	狼
Gwiz	mbouj	ndei	cix	langh
kɯi²	bou⁵	dei¹	çi⁴	laːŋ⁶
丈夫	不	好	就	放

夫不好就离，

5-736

友	而	安	你	要
Youx	lawz	at	mwngz	aeu
ju⁴	lau²	aːt⁷	muŋ²	au¹
友	哪	压	你	要

谁强迫你要？

女唱

5-737

架	左	不	好	特
Cax	swix	mbouj	ndei	dawz
kja⁴	θɯːi⁴	bou⁵	dei¹	tɐɯ²
刀	左	不	好	拿

左刀不好使，

5-738

特	马	芬	会	骨
Dawz	ma	faenz	faex	ndoek
tɐɯ²	ma¹	fan²	fai⁴	dok⁷
拿	来	伐	树	刺竹

用来砍刺竹。

5-739

少	丁	贵	狼	出
Sau	ding	gwiz	langh	ok
θaːu¹	tiŋ¹	kui²	laːŋ⁶	oːk⁷
姑娘	钉	丈夫	若	出

妹若变单身，

5-740

备	波	兰	银	千
Beix	boj	lanh	ngaenz	cien
pi⁴	po³	laːn⁶	ŋan²	çiːn¹
兄	吹牛	大方	银	千

兄出千两银。

男唱

5-741

架	左	不	好	特
Cax	swix	mbouj	ndei	dawz
kja⁴	θɯːi⁴	bou⁵	dei¹	tɐɯ²
刀	左	不	好	拿

左刀不好使，

5-742

特	马	芬	果	蕉
Dawz	ma	faenz	go	gyoij
tɐɯ²	ma¹	fan²	ko¹	kjoːi³
拿	来	伐	棵	芭蕉

用来砍芭蕉。

5-743

份	广	英	真	背
Faenh	gvangj	in	caen	boih
fan⁶	kwaːŋ³	in¹	çin¹	poːi⁶
份	广	姻	真	背

姻缘真倒霉，

5-744

空	知	会	小	正
Ndwi	rox	hoih	siuj	cingz
du:i¹	ɣo⁴	hoːi⁶	θiːu³	çiŋ²
不	知	会	小	情

相会何不顺。

女唱

5-745

能	党	空	米	卡
Naengh	daengq	ndwi	miz	ga
naŋ⁶	taŋ⁵	duːi¹	mi²	ka¹
坐	凳	不	有	腿

板凳没有腿，

5-746

英	拜	右	拜	左
Ing	baih	gvaz	baih	swix
iŋ¹	paːi⁶	kwa²	paːi⁶	θɯːi⁴
靠	边	右	边	左

倾右又倾左。

5-747

广	英	空	知	会
Gvangj	in	ndwi	rox	hoih
kwaːŋ³	in¹	duːi¹	ɹoɹ⁴	hoːi⁶
广	姻	不	知	会

姻缘不相投，

5-748

命	土	凶	办	么
Mingh	dou	rwix	baenz	maz
miŋ⁶	tu¹	ɹɯːi⁴	pan²	ma²
命	我	孬	成	什么

我命真不好。

男唱

5-749

能	党	空	米	卡
Naengh	daengq	ndwi	miz	ga
naŋ⁶	taŋ⁵	duːi¹	mi²	ka¹
坐	凳	不	有	腿

板凳没有腿，

5-750

英	拜	右	拜	左
Ing	baih	gvaz	baih	swix
iŋ¹	paːi⁶	kwa²	paːi⁶	θɯːi⁴
靠	边	右	边	左

倾右又倾左。

5-751

年	纪	你	利	青
Nienz	geij	mwngz	lij	oiq
niːn²	ki³	mɯŋ²	li⁴	oːi⁵
年	纪	你	还	嫩

你年纪轻轻，

5-752

怨	命	凶	古	么
Yonq	mingh	rwix	guh	maz
joːn⁵	miŋ⁶	ɹɯːi⁴	ku⁴	ma²
怨	命	孬	做	什么

何怨命不好？

女唱

5-753

能	党	空	米	卡
Naengh	daengq	ndwi	miz	ga
naŋ⁶	taŋ⁵	duːi¹	mi²	ka¹
坐	凳	不	有	腿

板凳没有腿，

5-754

英	拜	右	拜	左
Ing	baih	gvaz	baih	swix
iŋ¹	paːi⁶	kwa²	paːi⁶	θɯːi⁴
靠	边	右	边	左

倾右又倾左。

5-755

想	不	怨	命	凶
Siengj	mbouj	yonq	mingh	rwix
θiːŋ³	bou⁵	joːn³	miŋ⁶	ɹuːi⁴
想	不	怨	命	孬

不怨命不好，

5-756

配	不	得	备	银
Boiq	mbouj	ndaej	beix	ngaenz
poːi⁵	bou⁵	dai³	pi⁴	ŋan²
配	不	得	兄	银

配不上情哥。

男唱

5-757

能	党	空	米	卡
Naengh	daengq	ndwi	miz	ga
naŋ⁶	taŋ⁵	duːi¹	mi²	ka¹
坐	凳	不	有	腿

板凳没有腿，

5-758

英	拜	右	拜	左
Ing	baih	gvaz	baih	swix
iŋ¹	paːi⁶	kwa²	paːi⁶	θɯːi⁴
靠	边	右	边	左

倾右又倾左。

5-759

年	纪	少	利	青
Nienz	geij	sau	lij	oiq
niːn²	ki³	θaːu¹	li⁴	oːi⁵
年	纪	姑娘	还	嫩

妹年纪还小，

5-760

八	领	罪	邦	文
Bah	lingx	coih	biengz	vunz
pa⁶	liŋ⁴	ɕoːi⁶	piːŋ²	vun²
莫急	领	罪	地方	人

别急许配人。

女唱

5-761

能	党	空	米	卡
Naengh	daengq	ndwi	miz	ga
naŋ⁶	taŋ⁵	duːi¹	mi²	ka¹
坐	凳	不	有	腿

板凳没有腿，

5-762

英	拜	右	排	左
Ing	baih	gvaz	baih	swix
iŋ¹	paːi⁶	kwa²	paːi⁶	θɯːi⁴
靠	边	右	边	左

倾右又倾左。

5-763

少	牙	尝	领	罪
Sau	yax	caengz	lingx	coih
θaːu¹	ja⁵	çaŋ²	liŋ⁴	çoːi⁶
姑娘	也	未	领	罪

妹不曾许人，

5-764

利	加	对	邦	你
Lij	caj	doiq	biengz	mwngz
li⁴	kja³	toːi⁵	piːŋ²	mɯŋ²
还	等	对	地方	你

还在等待你。

男唱

5-765

能	党	空	米	卡
Naengh	daengq	ndwi	miz	ga
naŋ⁶	taŋ⁵	duːi¹	mi²	ka¹
坐	凳	不	有	腿

板凳没有腿，

5-766

英	拜	而	牙	论
Ing	baih	lawz	yax	laemx
iŋ¹	paːi⁶	lau²	ja⁵	lan⁴
靠	边	哪	也	倒

左右两边倒。

5-767

年	土	空	米	份
Nem	dou	ndwi	miz	faenh
neːm¹	tu¹	duːi¹	mi²	fan⁶
贴	我	不	有	份

你我没缘分，

5-768

牙	不	恨	友	文
Yax	mbouj	haemz	youx	vun
ja⁵	bou⁵	han²	ju⁴	vun²
也	不	恨	友	人

不去怨别人。

女唱

5-769

能	党	空	米	卡
Naengh	daengq	ndwi	miz	ga
naŋ⁶	taŋ⁵	dɯːi¹	mi²	ka¹
坐	凳	不	有	腿

板凳没有腿，

5-770

英	吉	而	牙	论
Ing	giz	lawz	yax	laemx
iŋ¹	ki²	lauɯ²	ja⁵	lan⁴
靠	处	哪	也	倒

放哪里都倒。

5-771

少	乖	牙	要	份
Sau	gvai	yaek	aeu	faenh
θaːu¹	kwaːi¹	jak⁷	au¹	fan⁶
姑娘	乖	欲	要	份

妹想要缘分，

5-772

是	马	能	排	龙
Cix	ma	naengh	baiz	lungz
çi⁴	ma¹	naŋ⁶	paːi²	luŋ²
就	来	坐	排	龙

跟哥并排坐。

男唱

5-773

能	党	空	米	卡
Naengh	daengq	ndwi	miz	ga
naŋ⁶	taŋ⁵	dɯːi¹	mi²	ka¹
坐	凳	不	有	腿

板凳没有腿，

5-774

英	拜	而	牙	论
Ing	baih	lawz	yax	laemx
iŋ¹	paːi⁶	lauɯ²	ja⁵	lan⁴
靠	边	哪	也	倒

靠哪边都倒。

5-775

土	不	文	要	份
Dou	mbouj	vun	aeu	faenh
tu¹	bou⁵	vun¹	au¹	fan⁶
我	不	奢求	要	份

不求我有份，

5-776

但	对	生	办	然
Danh	doiq	saemz	baenz	ranz
taːn⁶	toːi⁵	θan⁵	pan²	ɣaːn²
但	对	庚	成	家

但我友成家。

女唱

5-777

能	党	空	米	卡
Naengh	daengq	ndwi	miz	ga
naŋ⁶	taŋ⁵	duːi¹	mi²	ka¹
坐	凳	不	有	腿

板凳没有腿,

5-778

英	吉	而	牙	论
Ing	giz	lawz	yax	laemx
iŋ¹	ki²	lauɯ²	ja⁵	lan⁴
靠	处	哪	也	倒

靠哪边都倒。

5-779

少	乖	不	要	份
Sau	gvai	mbouj	aeu	faenh
θaːu¹	kwaːi¹	bou⁵	au¹	fan⁶
姑娘	乖	不	要	份

妹不图名分,

5-780

老	牙	坤	正	偻
Lau	yaek	goenq	cingz	raeuz
laːu¹	jak⁷	kon⁵	çiŋ²	ɻauɯ²
怕	欲	断	情	我们

怕是要绝情。

男唱

5-781

能	党	空	米	卡
Naengh	daengq	ndwi	miz	ga
naŋ⁶	taŋ⁵	duːi¹	mi²	ka¹
坐	凳	不	有	腿

板凳没有腿,

5-782

英	拜	而	牙	论
Ing	baih	lawz	yax	laemx
iŋ¹	paːi⁶	lauɯ²	ja⁵	lan⁴
靠	边	哪	也	倒

靠哪边都倒。

5-783

元	坤	正	不	坤
Yuenz	goenq	cingz	mbouj	goenq
juːn²	kon⁵	çiŋ²	bou⁵	kon⁵
缘	断	情	不	断

缘断情不断,

5-784

生	好	生	同	巡
Saemq	ndij	saemq	doengz	cunz
θan⁵	di¹	θan⁵	toŋ²	çun²
庚	与	庚	同	巡

友常来常往。

女唱

5-785

偻	岁	能	安	党
Raeuz	caez	naengh	aen	daengq
ɹau²	çai²	naŋ⁶	an¹	taŋ⁵
我们	齐	坐	个	凳

我俩一张凳，

5-786

开	给	论	刀	浪
Gaej	hawj	laemx	dauq	laeng
ka:i⁵	hauɯ³	lan⁴	ta:u⁵	laŋ¹
莫	给	倒	回	后

莫给向后倒。

5-787

偻	岁	强	下	王
Raeuz	caez	giengh	roengz	vaengz
ɹau²	çai²	ki:ŋ⁶	ɹoŋ²	vaŋ²
我们	齐	跳	下	潭

我俩跳水潭，

5-788

开	相	浪	了	备
Gaej	siengq	laeng	liux	beix
ka:i⁵	θi:ŋ⁵	laŋ¹	li:u⁴	pi⁴
莫	相	后	啰	兄

莫瞻前顾后。

男唱

5-789

偻	岁	能	安	党
Raeuz	caez	naengh	aen	daengq
ɹau²	çai²	naŋ⁶	an¹	taŋ⁵
我们	齐	坐	个	凳

我俩一张凳，

5-790

开	给	论	刀	浪
Gaej	hawj	laemx	dauq	laeng
ka:i⁵	həɯ³	lan⁴	ta:u⁵	laŋ¹
莫	给	倒	回	后

莫给向后倒。

5-791

阝	强	阝	下	王
Boux	giengh	boux	roengz	vaengz
pu⁴	ki:ŋ⁶	pu⁴	ɹoŋ²	vaŋ²
人	跳	人	下	潭

牵手跳水潭，

5-792

相	秀	文	不	了
Siengj	ciuh	vunz	mbouj	liux
θi:ŋ³	çi:u⁶	vun²	bou⁵	li:u⁴
想	世	人	不	完

此生情未了。

女唱

5-793

能	党	空	米	卡
Naengh	daengq	ndwi	miz	ga
naŋ⁶	taŋ⁵	duːi¹	mi²	ka¹
坐	凳	不	有	腿

板凳没有腿，

5-794

沙	不	米	田	邦
Ra	mbouj	miz	dieg	baengh
ɹa¹	bou⁵	mi²	tiːk⁸	paŋ⁶
找	不	有	地	靠

无处可依靠。

5-795

往	双	偻	岁	能
Uengj	song	raeuz	caez	naengh
vaːŋ³	θoːŋ¹	ɹauɯ²	çai²	naŋ⁶
枉	两	我们	齐	坐

我俩一张凳，

5-796

阝	开	狼	阝	贝
Boux	gaej	langh	boux	bae
pu⁴	kaːi⁵	laŋ⁶	pu⁴	pai¹
人	莫	放	人	去

别单独离去。

男唱

5-797

能	党	空	米	卡
Naengh	daengq	ndwi	miz	ga
naŋ⁶	taŋ⁵	duːi¹	mi²	ka¹
坐	凳	不	有	腿

板凳没有腿，

5-798

空	米	吉	而	邦
Ndwi	miz	giz	lawz	baengh
duːi¹	mi²	ki²	lauɯ²	paŋ⁶
不	有	处	哪	靠

无地方可靠。

5-799

得	年	少	岁	能
Ndaej	nem	sau	ceaz	naengh
dai³	neːm¹	θaːu¹	cai²	naŋ⁶
得	贴	姑娘	齐	坐

得与妹同坐，

5-800

备	不	当	良	心
Beix	mbouj	dangq	liengz	sim
pi⁴	bou⁵	taːŋ⁵	liːŋ²	θin¹
兄	不	当	良	心

兄不负良心。

女唱

5-801

党	尚	偻	岁	能
Daengq	sang	raeuz	caez	naengh
$taŋ^5$	$\theta a:ŋ^1$	$ɹau^2$	$ɕai^2$	$naŋ^6$
凳	高	我们	齐	坐

高凳一起坐，

5-802

党	灯	偻	岁	站
Daengq	daemq	raeuz	caez	soengz
$taŋ^5$	tan^5	$ɹau^2$	$ɕai^2$	$\theta oŋ^2$
凳	低	我们	齐	站

矮凳一起站。

5-803

偻	岁	能	了	同
Raeuz	caez	naengh	liux	doengz
$ɹau^2$	$ɕai^2$	$naŋ^6$	$li:u^4$	$toŋ^2$
我们	齐	坐	啰	同

同坐一辈子，

5-804

偻	岁	站	满	秀
Raeuz	caez	soengz	mued	ciuh
$ɹau^2$	$ɕai^2$	$\theta oŋ^2$	$mu:t^8$	$ɕi:u^6$
我们	齐	站	没	世

同站这一世。

男唱

5-805

党	尚	偻	岁	能
Daengq	sang	raeuz	caez	naengh
$taŋ^5$	$\theta a:ŋ^1$	$ɹau^2$	$ɕai^2$	$naŋ^6$
凳	高	我们	齐	坐

高凳一起坐，

5-806

党	灯	偻	岁	英
Daengq	daemq	raeuz	caez	ing
$taŋ^5$	tan^5	$ɹau^2$	$ɕai^2$	$iŋ^1$
凳	低	我们	齐	靠

矮凳相依靠。

5-807

得	你	农	岁	心
Ndaej	mwngz	nuengx	caez	sim
dai^3	$mɯŋ^2$	$nu:ŋ^4$	$ɕai^2$	θin^1
得	你	妹	齐	心

兄妹俩齐心，

5-808

米	千	金	难	買
Miz	cien	gim	nanz	cawx
mi^2	$ɕi:n^1$	kin^1	$na:n^2$	$ɕəu^4$
有	千	金	难	买

千金也难买。

女唱

5-809

党　尚　偻　岁　能

Daengq　sang　raeuz　caez　naengh

taŋ⁵　θaːŋ¹　ɹau²　ɕai²　naŋ⁶

凳　高　我们　齐　坐

高凳一起坐，

5-810

党　灯　偻　岁　站

Daengq　daemq　raeuz　caez　soengz

taŋ⁵　tan⁵　ɹau²　ɕai²　θoŋ²

凳　低　我们　齐　站

矮凳一起站。

5-811

得　托　备　古　同

Ndaej　doh　beix　guh　doengz

dai³　to⁶　pi⁴　ku⁴　toŋ²

得　同　兄　做　同

能和兄结友，

5-812

来　方　少　不　想

Lai　fueng　sau　mbouj　siengj

laːi¹　fuːŋ¹　θaːu¹　bou⁵　θiːŋ³

多　方　姑娘　不　想

妹不想别处。

男唱

5-813

党　尚　偻　岁　能

Daengq　sang　raeuz　caez　naengh

taŋ⁵　θaːŋ¹　ɹau²　ɕai²　naŋ⁶

凳　高　我们　齐　坐

高凳一起坐，

5-814

党　灯　偻　岁　站

Daengq　daemq　raeuz　caez　soengz

taŋ⁵　tan⁵　ɹau²　ɕai²　θoŋ²

凳　低　我们　齐　站

矮凳一起站。

5-815

狼　得　共　地　方

Langh　ndaej　gungh　deih　fueng

laːŋ⁶　dai³　kuŋ⁶　tei⁶　fuːŋ¹

若　得　共　地　方

若能在一起，

5-816

文　下　岁　共　两

Fwn　roengz　caez　gungh　liengj

vun¹　ɹoŋ²　ɕai²　kuŋ⁶　liːŋ³

雨　下　齐　共　伞

雨天共把伞。

女唱

5-817

能	党	条
Naengh	daengq	diuz
naŋ⁶	taŋ⁵	tiːu²
坐	凳	条

坐长凳，

5-818

汈	小	配	汈	师
Laeuj	siu	boiq	laeuj	ndwq
lau³	θiːu¹	poːi⁵	lau³	dɯ⁵
酒	烧	配	酒	酒糟

烧酒配糟酒。

5-819

不	能	又	不	瓜
Mbouj	naengh	youh	mbouj	gvaq
bou⁵	naŋ⁶	jou⁴	bou⁵	kwa⁵
不	坐	又	不	过

不停又不走，

5-820

贵	伏	骂	好	恨
Gwiz	fwx	ndaq	ndei	haemz
kwi²	fə⁴	da⁵	dei¹	han²
丈夫	别人	骂	好	恨

被人骂可恶。

男唱

5-821

能	党	条
Naengh	daengq	diuz
naŋ⁶	taŋ⁵	tiːu²
坐	凳	条

坐长凳，

5-822

汈	小	配	汈	师
Laeuj	siu	boiq	laeuj	ndwq
lau³	θiːu¹	poːi⁵	lau³	dɯ⁵
酒	烧	配	酒	酒糟

烧酒配糟酒。

5-823

十	分	贵	狼	骂
Cib	faen	gwiz	langh	ndaq
ɕit⁸	fan¹	kwi²	laːŋ⁶	da⁵
十	分	丈夫	若	骂

若被丈夫骂，

5-824

能	不	瓜	三	时
Naengh	mbouj	gvaq	sam	seiz
naŋ⁶	bou⁵	kwa⁵	θaːn¹	θi²
坐	不	过	三	时

绝不可久留。

① 刘牙 [liːu² jaⁱ]：
流霞，即民间认
为的扫帚星，不
吉祥。

女唱

5-825

能　党　条

Naengh　daengq　diuz

naŋ⁶　　taŋ⁵　　tiːu²

坐　凳　条

坐长凳，

5-826

氿　小　配　氿　师

Laeuj　siu　boiq　laeuj　ndwq

lau³　θiːu¹　poːi⁵　lau³　dɯ⁵

酒　烧　配　酒　酒糟

烧酒配糟酒。

5-827

命　农　代　刘　牙①

Mingh　nuengx　daiq　liuz　yaq

miŋ⁶　nuːŋ⁴　taːi⁵　liːu²　ja⁵

命　妹　带　流　霞

命如扫帚星，

5-828

能　党　加　土　说

Naengh　daengq　caj　dou　naeuz

naŋ⁶　taŋ⁵　kja³　tu¹　nau²

坐　凳　等　我　说

等我慢慢说。

男唱

5-829

能　党　条

Naengh　daengq　diuz

naŋ⁶　　taŋ⁵　　tiːu²

坐　凳　条

坐长凳，

5-830

氿　小　配　氿　师

Laeuj　siu　boiq　laeuj　ndwq

lau³　θiːu¹　poːi⁵　lau³　dɯ⁵

酒　烧　配　酒　酒糟

烧酒配糟酒。

5-831

十　分　代　刘　牙

Cib　faen　daiq　liuz　yaq

çit⁸　fan¹　taːi⁵　liːu²　ja⁵

十　分　带　流　霞

真如扫帚星，

5-832

不　能　党　加　龙

Mbouj　naengh　daengq　caj　lungz

bou⁵　naŋ⁶　taŋ⁵　kja³　luŋ²

不　坐　凳　等　龙

也不坐等兄。

女唱

5-833

能	党	条
Naengh	daengq	diuz
naŋ⁶	taŋ⁵	tiːu²
坐	凳	条

坐长凳，

5-834

汍	小	配	汍	师
Laeuj	siu	boiq	laeuj	ndwq
lau³	θiːu¹	poːi⁵	lau³	dɯ⁵
酒	烧	配	酒	酒糟

烧酒配糟酒。

5-835

金	秋	牙	配	玉
Gim	ciuz	yaek	boiq	nyawh
kin¹	ɕiːu²	jak⁷	poːi⁵	ȵɯ⁶
金	珠	欲	配	玉

金要想配玉，

5-836

问	你	备	说	而
Haemq	mwngz	beix	naeuz	rawz
han⁵	mɯŋ²	pi⁴	nau²	ɹau²
问	你	兄	说	哪

兄你怎么说?

男唱

5-837

能	党	条
Naengh	daengq	diuz
naŋ⁶	taŋ⁵	tiːu²
坐	凳	条

坐长凳，

5-838

汍	小	配	汍	师
Laeuj	siu	boiq	laeuj	ndwq
lau³	θiːu¹	poːi⁵	lau³	dɯ⁵
酒	烧	配	酒	酒糟

烧酒配糟酒。

5-839

双	金	十	双	玉
Song	gim	cib	song	nyawh
θoŋ¹	kin¹	ɕit⁸	θoːŋ¹	ȵɯ⁶
两	金	十	两	玉

两金十两玉，

5-840

农	不	知	说	而
Nuengx	mbouj	rox	naeuz	rawz
nuːŋ⁴	bou⁵	ɹoⁱ⁴	nau²	ɹau²
妹	不	知	说	什么

不知怎样说。

女唱

5-841

能	党	条
Naengh	daengq	diuz
naŋ⁶	taŋ⁵	tiːu²
坐	凳	条

坐长凳，

5-842

氿	小	配	氿	师
Laeuj	siu	boiq	laeuj	ndwq
lau³	θiːu¹	poːi⁵	lau³	dɯ⁵
酒	烧	配	酒	酒糟

烧酒配糟酒。

5-843

些	观	乱	五	师
Seiq	gonq	luenh	ngux	cawj
θe⁵	koːn⁵	luːn⁶	ŋo⁴	çɯ³
世	先	乱	舞	狮

前世乱舞狮，

5-844

备	立	记	知	空
Beix	lij	geiq	rox	ndwi
pi⁴	li⁴	ki⁵	ɹo.	duːi¹
兄	还	记	或	不

兄还记得否？

男唱

5-845

能	党	条
Naengh	daengq	diuz
naŋ⁶	taŋ⁵	tiːu²
坐	凳	条

坐长凳，

5-846

氿	小	配	氿	师
Laeuj	siu	boiq	laeuj	ndwq
lau³	θiːu¹	poːi⁵	lau³	dɯ⁵
酒	烧	配	酒	酒糟

烧酒配糟酒。

5-847

邦	少	乱	五	师
Biengz	sau	luenh	ngux	cawj
piːŋ²	θaːu¹	luːn⁶	ŋo⁴	çɯ³
地方	姑娘	乱	舞	狮

妹地乱舞狮，

5-848

田	备	不	可	平
Dieg	beix	mbouj	goj	bingz
tiːk⁸	pi⁴	bou⁵	ko⁵	piŋ²
地	兄	不	可	平

兄地依旧平。

女唱

5-849

能	党	条
Naengh	daengq	diuz
naŋ⁶	taŋ⁵	ti:u²
坐	凳	条

坐长凳，

5-850

氿	小	配	氿	师
Laeuj	siu	boiq	laeuj	ndwq
lau³	θi:u¹	po:i⁵	lau³	dɯ⁵
酒	烧	配	酒	酒糟

烧酒配糟酒。

5-851

乱	几	比	五	师
Luenh	geij	bi	ngux	cawj
lu:n⁶	ki³	pi¹	ŋo⁴	çəɯ³
乱	几	年	舞	狮

舞狮乱几年，

5-852

备	贝	田	而	站
Beix	bae	dieg	lawz	soengz
pi⁴	pai¹	ti:k⁸	lɯɯ²	θoŋ²
兄	去	地	哪	站

兄到哪里躲？

男唱

5-853

能	党	条
Naengh	daengq	diuz
naŋ⁶	taŋ⁵	ti:u²
坐	凳	条

坐长凳，

5-854

氿	小	配	氿	师
Laeuj	siu	boiq	laeuj	ndwq
lau³	θi:u¹	po:i⁵	lau³	dɯ⁵
酒	烧	配	酒	酒糟

烧酒配糟酒。

5-855

龙	貝	邦	五	师
Lungz	bae	bang	ngux	cawj
luŋ²	pai¹	pa:ŋ¹	ŋo⁴	çəɯ³
龙	去	仪式	舞	狮

兄云游舞狮，

5-856

得	坤	玉	刀	然
Ndaej	goenh	nywh	dauq	ranz
dai³	kon⁶	ȵɯ⁶	ta:u⁵	ɣa:n²
得	手镯	玉	回	家

得玉镯回家。

女唱

5-857

能	邦	党
Naengh	bangx	daengq
naŋ⁶	pa:ŋ⁴	taŋ⁵
坐	旁	凳

坐凳旁,

5-858

古	洋	外	桥	头
Guh	angq	vaij	giuz	daeuz
ku⁴	a:ŋ⁵	va:i³	ki:u²	tau²
做	高兴	过	桥	头

欢乐过桥头。

5-859

时	内	能	排	偻
Seiz	neix	naengh	baih	raeuz
θi²	ni⁴	naŋ⁶	pa:i²	ɹau²
时	这	坐	排	我们

现在同排坐,

5-860

开	说	贵	土	知
Gaej	naeuz	gwiz	dou	rox
ka:i⁵	nau²	kui²	tu¹	ɹo⁴
莫	说	丈夫	我	知

别告诉我夫。

男唱

5-861

岁	能	田	柳	州
Caez	naengh	dieg	louj	couh
ça:i²	naŋ⁶	ti:k⁸	lou⁴	çou¹
齐	坐	地	柳	州

一同在柳州,

5-862

忧	你	来	韦	阿
You	mwngz	lai	vae	oq
jou¹	muɯŋ²	la:i¹	va:i¹	o⁵
忧	你	多	姓	别

忧心情妹你。

5-863

十	分	贵	狼	知
Cib	faen	gwiz	langh	rox
çit⁸	fan¹	kui²	la:ŋ⁶	ɹo⁴
十	分	丈夫	若	知

倘若丈夫懂,

5-864

加	罗	不	能	党
Gyaj	lox	mbouj	naengh	daengq
kja³	lo⁴	bou⁵	naŋ⁶	taŋ⁵
假	骗	不	坐	凳

假装不坐凳。

女唱

5-865

能	邦	党
Naengh	bangx	daengq
naŋ⁶	paːŋ⁴	taŋ⁵
坐	旁	凳

坐凳旁，

5-866

古	洋	外	更	城
Guh	angq	vaij	gwnz	singz
ku⁴	aːŋ⁵	vaːi³	kɯn²	θiŋ²
做	高兴	过	上	城

欢乐过城头。

5-867

皇	帝	在	北	京
Vuengz	daeq	ywq	baek	ging
vuːŋ²	tai⁵	jɯ⁵	pak⁷	kiŋ¹
皇	帝	在	北	京

皇帝在北京，

5-868

是	立	飞	斗	相
Cix	lij	mbin	daeuj	siengq
çi⁴	li⁴	bin¹	tau³	θiːŋ⁵
尽	还	飞	来	相

还跑来观看。

男唱

5-869

能	邦	党
Naengh	bangx	daengq
naŋ⁶	paːŋ⁴	taŋ⁵
坐	旁	凳

坐凳旁，

5-870

古	洋	外	桥	祘
Guh	angq	vaij	giuz	suen
ku⁴	aːŋ⁵	vaːi³	kiːu²	θuːn¹
做	高兴	过	桥	园

欢乐过桥畔。

5-871

能	田	得	九	月
Naengh	dieg	ndaej	gouj	ndwen
naŋ⁶	tiːk⁸	dai³	kjou³	duːn¹
坐	地	得	九	月

坐等九个月，

5-872

备	尝	了	中	官
Beix	caengz	liux	cungq	guen
pi⁴	çaŋ²	liːu⁴	çoŋ⁵	kuːn¹
兄	未	啰	中	官

兄可曾中官？

女唱

5-873

能　邦　党

Naengh　bangx　daengq

naŋ⁶　pa:ŋ⁴　ta:ŋ⁵

坐　旁　凳

坐凳旁，

5-874

古　洋　外　桥　祘

Guh　angq　vaij　giuz　suen

ku⁴　a:ŋ⁵　va:i³　ki:u²　θu:n¹

做　高兴　过　桥　园

欢乐过桥畔。

5-875

能　田　不　中　官

Naengh　dieg　mbouj　cungq　guen

naŋ⁶　ti:k⁸　bou⁵　çoŋ⁵　ku:n¹

坐　地　不　中　官

坐等不中官，

5-876

九　月　是　利　党

Gouj　ndwen　cix　leih　daengq

kjou³　du:n¹　çi⁴　lei⁶　taŋ⁵

九　月　是　利　凳

白付九月息。

男唱

5-877

能　邦　党

Naengh　bangx　daengq

naŋ⁶　pa:ŋ⁴　ta:ŋ⁵

坐　旁　凳

坐凳旁，

5-878

古　洋　外　桥　祘

Guh　angq　vaij　giuz　suen

ku⁴　a:ŋ⁵　va:i³　ki:u²　θu:n¹

做　高兴　过　桥　园

欢乐过桥畔。

5-879

邓　志　仁①　古　官

Dwng　ci　yinz　guh　guen

tuŋ⁴　çi⁴　jin²　ku⁸　ku:n¹

邓　治　仁　做　官

邓治仁做官，

5-880

归　团　而　了　农

Gvei　donz　lawz　liux　nuengx

kwei¹　to:n²　lau²　li:u⁴　nu:ŋ⁴

归　团　哪　啰　妹

妹归哪个团？

① 邓志仁［tuŋ⁴ çi⁴ jin²］：邓志仁，又名邓治仁，清代晚期永顺土司，籍贯及生卒年均不详。

女唱

5-881

能	邦	党
Naengh	bangx	daengq
naŋ⁶	pa:ŋ⁴	taŋ⁵
坐	旁	凳

坐凳旁，

5-882

古	洋	外	桥	祘
Guh	angq	vaij	giuz	suen
ku⁴	a:ŋ⁵	va:i³	ki:u²	θu:n¹
做	高兴	过	桥	园

欢乐过桥畔。

5-883

邓	志	仁	古	官
Dwng	ci	yinz	guh	guen
tuŋ⁴	çi⁴	jin²	ku⁴	ku:n¹
邓	治	仁	做	官

邓治仁做官，

5-884

尝	归	团	而	闹
Caengz	gvei	donz	lawz	nauq
çaŋ²	kwei¹	to:n²	lau²	na:u⁵
未	归	团	哪	不

归属还未定。

男唱

5-885

能	邦	党
Naengh	bangx	daengq
naŋ⁶	pa:ŋ⁴	taŋ⁵
坐	旁	凳

坐凳旁，

5-886

古	洋	外	桥	祘
Guh	angq	vaij	giuz	suen
ku⁴	a:ŋ⁵	va:i³	ki:u²	θu:n¹
做	高兴	过	桥	园

欢乐过桥畔。

5-887

表	农	尝	归	团
Biuj	nuengx	caengz	gvei	donz
pi:u³	nu:ŋ⁴	çaŋ²	kwei¹	to:n²
表	妹	未	归	团

表妹未归团，

5-888

么	不	全	天	牙
Maz	mbouj	cienz	denh	ya
ma²	bou⁵	çu:n²	ti:n¹	ja⁶
何	不	传	天	下

我怎么不懂？

女唱

5-889

能	邦	党
Naengh	bangx	daengq
naŋ⁶	pa:ŋ⁴	taŋ⁵
坐	旁	凳

坐凳旁，

5-890

古	洋	外	桥	祘
Guh	angq	vaij	giuz	suen
ku⁴	a:ŋ⁵	va:i³	ki:u²	θu:n¹
做	高兴	过	桥	园

欢乐过桥畔。

5-891

天	牙	想	牙	全
Denh	ya	siengj	yaek	cienz
ti:n¹	ja⁶	θi:ŋ³	jak⁷	ɕu:n²
天	下	想	要	传

想要传天下，

5-892

乜	月	空	出	光
Meh	ndwen	ndwi	ok	gvengq
me⁶	du:n¹	du:i¹	o:k⁷	kwe:ŋ⁵
母	月	不	出	空旷

月亮不露光。

男唱

5-893

偻	岁	能	安	党
Raeuz	caez	naengh	aen	daengq
ɹau²	ɕai²	naŋ⁶	an¹	taŋ⁵
我们	齐	坐	个	凳

我俩一起坐，

5-894

不	给	拜	而	祘
Mbouj	hawj	baih	lawz	suenq
bou⁵	həɯ³	pa:i⁶	lau²	θu:n⁵
不	给	边	哪	算

不让谁算计。

5-895

能	月	是	祘	月
Naengh	ndwen	cix	suenq	ndwen
naŋ⁶	du:n¹	ɕi⁴	θu:n⁵	du:n¹
坐	月	是	算	月

珍惜相处时，

5-896

阝	官	问	要	罪
Boux	guen	cam	aeu	coih
pu⁴	ku:n¹	ɕa:m¹	au¹	ɕo:i⁶
人	官	问	要	罪

官爷将问罪。

女唱

5-897

偻	岁	能	安	党
Raeuz	caez	naengh	aen	daengq

$ɹau^2$　εai^2　$naŋ^6$　an^1　$taŋ^5$

我们	齐	坐	个	凳

我俩一起坐，

5-898

不	给	拜	而	祘
Mbouj	hawj	baih	lawz	suenq

bou^5　$həɯ^3$　$pa:i^6$　lau^2　$\theta u:n^5$

不	给	边	哪	算

不给谁算计。

5-899

卜	土	当	大	团
Boh	dou	dang	daih	donz

po^6　tu^1　$ta:ŋ^1$　$ta:i^6$　$to:n^2$

父	我	当	大	团

我父当团总，

5-900

不	老	官	了	备
Mbouj	lau	guen	liux	beix

bou^5　$la:u^1$　$ku:n^1$　$li:u^4$　pi^4

不	怕	官	啰	兄

兄不用怕官。

男唱

5-901

偻	岁	能	安	党
Raeuz	caez	naengh	aen	daengq

$ɹau^2$　εai^2　$naŋ^6$　an^1　$taŋ^5$

我们	齐	坐	个	凳

同坐一张凳，

5-902

不	给	拜	而	立
Mbouj	hawj	baih	lawz	liz

bou^5　$həɯ^3$　$pa:i^6$　lau^2　li^2

不	给	边	哪	离

不能相分离。

5-903

能	比	是	祘	比
Naengh	bi	cix	suenq	bi

$naŋ^6$　pi^1　εi^4　$\theta u:n^5$　pi^1

坐	年	是	算	年

珍惜相处时，

5-904

知	比	而	同	沙
Rox	bi	lawz	doengz	ra

$ɹo^4$　pi^1　lau^2　$toŋ^2$　$ɹa^1$

知	年	哪	同	找

聚散终有期。

女唱

5-905

偻	岁	能	安	党
Raeuz	caez	naengh	aen	daengq
ɹau²	çai²	naŋ⁶	an¹	taŋ⁵
我们	齐	坐	个	凳

我俩一起坐，

5-906

不	给	拜	而	立
Mbouj	hawj	baih	lawz	liz
bou⁵	həɯ³	pa:i⁶	lau²	li²
不	给	边	哪	离

不能相分离。

5-907

岁	能	田	义	支
Caez	naengh	dieg	ngeix	si
çai²	naŋ⁶	ti:k⁸	ɳi⁴	θi¹
齐	坐	地	想	想

同坐同思念，

5-908

开	同	立	论	伏
Gaej	doengz	liz	lumj	fwx
ka:i⁵	toŋ²	li²	lun³	fə⁴
莫	相	离	像	别人

别互相离去。

男唱

5-909

能	党	条	然	瓦
Naengh	daengq	diuz	ranz	ngvax
naŋ⁶	taŋ⁵	ti:u²	ɹa:n²	ŋwa⁴
坐	凳	条	家	瓦

瓦屋坐长凳，

5-910

能	党	骑	然	楼
Naengh	daengq	eij	ranz	laeuz
naŋ⁶	taŋ⁵	i³	ɹa:n²	lau²
坐	凳	椅	家	楼

楼房坐板凳。

5-911

时	内	能	排	偻
Seiz	neix	naengh	baiz	raeuz
θi²	ni⁴	naŋ⁶	pa:i²	ɹau²
时	这	坐	排	我们

此时并排坐，

5-912

知	得	要	知	不
Rox	ndaej	aeu	rox	mbouj
ɹo⁴	dai³	au¹	ɹo⁴	bou⁵
知	得	要	或	不

何时得成家。

女唱

5-913

能	党	条	然	瓦
Naengh	daengq	diuz	ranz	ngvax
naŋ⁶	taŋ⁵	tiːu²	ɹaːn²	ŋwa⁴
坐	凳	条	家	瓦

瓦屋坐长凳，

5-914

能	党	骑	然	楼
Naengh	daengq	eij	ranz	laeuz
naŋ⁶	taŋ⁵	i³	ɹaːn²	lau²
坐	凳	椅	家	楼

楼房坐板凳。

5-915

得	能	满	秀	偻
Ndaej	naengh	mued	ciuh	raeuz
dai³	naŋ⁶	muːt⁸	ɕiːu⁶	ɹau²
得	坐	没	世	我们

同坐一世人，

5-916

不	得	要	洋	祘
Mbouj	ndaej	aeu	yaeng	suenq
bou⁵	dai³	au¹	jaŋ¹	θuːn⁵
不	得	要	再	算

不成又何憾。

男唱

5-917

能	党	条	然	瓦
Naengh	daengq	diuz	ranz	ngvax
naŋ⁶	taŋ⁵	tiːu²	ɹaːn²	ŋwa⁴
坐	凳	条	家	瓦

瓦屋坐长凳，

5-918

能	党	骑	然	楼
Naengh	daengq	eij	ranz	laeuz
naŋ⁶	taŋ⁵	i³	ɹaːn²	lau²
坐	凳	椅	家	楼

楼房坐板凳。

5-919

些	内	不	得	要
Seiq	neix	mbouj	ndaej	aeu
θe⁵	ni⁴	bou⁵	dai³	au¹
世	这	不	得	要

今世不成亲，

5-920

巴	轻	就	空	抵
Bak	mbaeu	cix	ndwi	dij
paːk⁷	bau¹	ɕi⁴	duːi¹	ti³
嘴	轻	就	不	值

不值得谈情。

女唱

5-921

能	党	条	然	瓦
Naengh	daengq	diuz	ranz	ngvax
naŋ⁶	taŋ⁵	ti:u²	ɹa:n²	ŋwa⁴
坐	凳	条	家	瓦

瓦屋坐长凳，

5-922

能	党	骑	然	楼
Naengh	daengq	eij	ranz	laeuz
naŋ⁶	taŋ⁵	i³	ɹa:n²	lau²
坐	凳	椅	家	楼

楼房坐板凳。

5-923

勒	仪	空	得	要
Lawh	saenq	ndwi	ndaej	aeu
ləɯ⁶	θin⁵	du:i¹	dai³	au¹
换	信	不	得	要

相交不成亲，

5-924

坤	心	头	备	农
Goenq	sim	daeuz	beix	nuengx
kon⁵	θin¹	tau²	pi⁴	nu:ŋ⁴
断	心	脏	兄	妹

令兄妹伤感。

男唱

5-925

能	党	条	然	瓦
Naengh	daengq	diuz	ranz	ngvax
naŋ⁶	taŋ⁵	ti:u²	ɹa:n²	ŋwa⁴
坐	凳	条	家	瓦

瓦屋坐长凳，

5-926

能	党	骑	然	单
Naengh	daengq	eij	ranz	gyan
naŋ⁶	taŋ⁵	i³	ɹa:n²	kja:n¹
坐	凳	椅	家	干栏

家中坐板凳。

5-927

贝	问	患	卢	汉
Bae	haemq	fangz	louz	han
pai¹	han⁵	fa:ŋ²	lu²	ha:n¹
去	问	鬼	游	荡

去询问野鬼，

5-928

得	共	然	知	不
Ndaej	gungh	ranz	rox	mbouj
dai³	kuŋ⁶	ɹa:n²	ɹo⁴	bou⁵
得	共	家	或	不

是否能成亲?

女唱

5–929

能 党 条 然 瓦

Naengh daengq diuz ranz ngvax

naŋ^{6} taŋ^{5} tiːu^{2} ɹaːn^{2} ŋwa^{4}

坐 凳 条 家 瓦

瓦屋坐长凳，

5–930

能 党 骑 然 单

Naengh daengq eij ranz gyan

naŋ^{6} taŋ^{5} i^{3} ɹaːn^{2} kjaːn^{1}

坐 凳 椅 家 干栏

家中坐板凳。

5–931

貝 问 姢 王 三

Bae haemq yah vangz san

pai^{1} han^{5} ja^{6} vaːŋ^{2} θaːn^{1}

去 问 婆 王 三

去问三婆王，

5–932

得 共 然 是 抵

Ndaej gungh ranz cix dij

dai^{3} kuŋ^{6} ɹaːn^{2} ɕi^{4} ti^{3}

得 共 家 就 值

得结婚就值。

男唱

5–933

润 反 务 又 全

Rumz fan huj youh cienj

ɹun^{2} faːn^{1} hu^{3} jou^{4} ɕuːn^{3}

风 翻 云 又 转

任风云变幻，

5–934

农 能 田 不 忧

Nuengx naengh dieg mbouj you

nuːŋ^{4} naŋ^{6} tiːk^{8} bou^{5} jou^{1}

妹 坐 地 不 忧

妹坐稳勿忧。

5–935

得 备 能 排 你

Ndaej beix naengh baiz mwngz

dai^{3} pi^{4} naŋ^{6} paːi^{2} mɯŋ^{2}

得 兄 坐 排 你

兄与你同坐，

5–936

是 不 忧 邦 乱

Cix mbouj you biengz luenh

ɕi^{4} bou^{5} jou^{1} piːŋ^{2} luːn^{6}

就 不 忧 地方 乱

便不愁变故。

女唱

5-937

润	反	务	又	全
Rumz	fan	huj	youh	cienj
ɹun²	faːn¹	hu³	jou⁴	ɕuːn³
风	翻	云	又	转

任风云变幻，

5-938

备	能	田	不	安
Beix	naengh	dieg	mbouj	an
pi⁴	naŋ⁶	tiːk⁸	bou⁵	aːn¹
兄	坐	地	不	安

兄坐卧不安。

5-939

本	论	地	又	反
Mbwn	laep	deih	youh	fan
bun¹	lap⁷	tei⁶	jou⁴	faːn¹
天	黑	地	又	翻

天昏地翻覆，

5-940

皇	北	京	能	田
Vuengz	baek	ging	naengh	dienh
vuːŋ²	pak⁷	kiŋ¹	naŋ⁶	teːn⁶
皇	北	京	坐	殿

北京皇坐殿。

男唱

5-941

本	论	地	又	反
Mbwn	laep	deih	youh	fan
bun¹	lap⁷	tei⁶	jou⁴	faːn¹
天	黑	地	又	翻

天昏地翻覆，

5-942

皇	北	京	能	田
Vuengz	baek	ging	naengh	dienh
vuːŋ²	pak⁷	kiŋ¹	naŋ⁶	teːn⁶
皇	北	京	坐	殿

北京皇坐殿。

5-943

洋	点	皇	同	全
Yangz	dem	vuengz	doengz	cienj
jaːŋ²	teːn¹	vuːŋ²	toŋ²	ɕuːn³
皇	与	皇	同	转

皇位在更替，

5-944

能	田	不	安	民
Naengh	dienh	mbouj	an	minz
naŋ⁶	teːn⁶	bou⁵	aːn¹	min²
坐	殿	不	安	民

占位不安民。

女唱

5-945

党　米　由　米　来

Daengq　miz　raeuh　miz　lai

taŋ⁵　mi²　ʑau⁶　mi²　laːi¹

凳　有　多　有　多

板凳到处有，

5-946

知　乖　少　是　能

Rox　gvai　sau　cix　naengh

ʑo⁴　kwaːi¹　θaːu¹　çi⁴　naŋ⁶

知　乖　姑娘　就　坐

聪明妹就坐。

5-947

外　时　一　了　邦

Vaij　seiz　ndeu　liux　biengz

vaːi³　θi²　deːu¹　liːu⁴　piːŋ²

过　时　一　完　地方

过了天下乱，

5-948

沙　田　能　不　米

Ra　dieg　naengh　mbouj　miz

ʑaː⁷　tiːk⁸　naŋ⁶　bou⁵　mi²

找　地　坐　不　有

想坐都不行。

男唱

5-949

党　内　党　会　支

Daengq　neix　daengq　faex　sei

taŋ⁵　ni⁴　taŋ⁵　fai⁴　θi¹

凳　这　凳　树　吊丝竹

此是竹子凳，

5-950

好　土　牙　不　能

Ndei　dou　yax　mbouj　naengh

dei¹　tu¹　ja⁵　bou⁵　naŋ⁶

好　我　也　不　坐

再好也不坐。

5-951

自　土　贝　邦　光

Gag　dou　bae　biengz　gvangq

kaːk⁸　tu¹　pai¹　piːŋ²　kwaːŋ⁵

自　我　去　地方　宽

我去大地方，

5-952

能　党　老　古　官

Naengh　daengq　laux　guh　guen

naŋ⁶　taŋ⁵　laːu⁴　ku⁴　kuːn¹

坐　凳　大　做　官

当官坐高凳。

女唱	男唱

5-953

几	阝	能	党	老
Geij	boux	naengh	daengq	laux
ki³	pu⁴	naŋ⁶	taŋ⁵	la:u⁴
几	人	坐	凳	大

几人坐高凳，

5-954

是	利	闹	堂	洋
Cix	lij	nyaux	daengz	yangz
çi⁴	li⁴	ȵa:u⁴	taŋ²	ja:ŋ²
是	还	闹	到	皇

被告到朝廷？

5-955

几	阝	能	党	尚
Geij	boux	naengh	daengq	sang
ki³	pu⁴	naŋ⁶	taŋ⁵	θa:ŋ¹
几	人	坐	凳	高

几人坐高凳，

5-956

浪	空	办	么	古
Laeng	ndwi	baenz	maz	guh
laŋ¹	du:i¹	pan²	ma²	ku⁴
后	不	成	什么	做

也一事无成？

5-957

几	阝	能	党	老
Geij	boux	naengh	daengq	laux
ki³	pu⁴	naŋ⁶	taŋ⁵	la:u⁴
几	人	坐	凳	大

几人坐高凳，

5-958

是	利	闹	堂	洋
Cix	lij	nyaux	daengz	yangz
çi⁴	li⁴	ȵa:u⁴	taŋ²	ja:ŋ²
是	还	闹	到	皇

被告到朝廷？

5-959

几	阝	能	党	尚
Geij	boux	naengh	daengq	sang
ki³	pu⁴	naŋ⁶	taŋ⁵	θa:ŋ¹
几	人	坐	凳	高

几人坐高凳，

5-960

浪	得	更	天	牙
Laeng	ndaej	gaem	denh	ya
laŋ¹	dai³	kan¹	ti:n¹	ja⁶
后	得	握	天	下

得管过天下？

女唱

5-961

能	江	开
Naengh	gyang	gai
naŋ⁶	kjaːŋ¹	kaːi¹
坐	中	街

坐街上，

5-962

吨	鞋	貝	会	华
Daenj	haiz	bae	hoih	hak
tan³	haːi²	pai¹	hoːi⁶	haːk⁷
穿	鞋	去	会	官

穿鞋会汉人。

5-963

分	子	下	几	甲
Faen	swj	roengz	geij	gyak
fan¹	θɯ³	ɹoŋ²	ki³	kjaːk⁷
分	子	下	几	甲

子女归哪甲，

5-964

为	好	巴	文	偻
Vih	ndij	bak	vunz	raeuz
vei⁶	di¹	paːk⁷	vun²	ɹau²
为	与	嘴	人	我们

皆因乱开口？

男唱

5-965

能	江	开
Naengh	gyang	gai
naŋ⁶	kjaːŋ¹	kaːi¹
坐	中	街

坐街上，

5-966

吨	鞋	貝	会	华
Daenj	haiz	bae	hoih	hak
tan³	haːi²	pai¹	hoːi⁶	haːk⁷
穿	鞋	去	会	官

穿鞋会汉人。

5-967

分	子	下	几	甲
Faen	swj	roengz	geij	gyak
fan¹	θɯ³	ɹoŋ²	ki³	kjaːk⁷
分	子	下	几	甲

子女归哪甲，

5-968

分	秀	满	偻	貝
Mbek	ciuh	monh	raeuz	bae
meːk⁷	çiːu⁶	moːn⁶	ɹau²	pai¹
分	世	情	我们	去

拆散我恋情？

女唱

5-969

能	江	开
Naengh	gyang	gai
naŋ⁶	kjaːŋ¹	kaːi¹
坐	中	街

坐街上，

5-970

吨	鞋	贝	会	田
Daenj	haiz	bae	hoih	dieg
tan³	haːi²	pai¹	hoːi⁶	tiːk⁸
穿	鞋	去	会	地

穿鞋去故地。

5-971

鸟	九	点	鸟	炕
Roeg	geuq	dem	roeg	enq
ɹok⁸	kjeːu⁵	teːn¹	ɹok⁸	eːn⁵
鸟	画眉	与	鸟	燕

画眉与燕子，

5-972

得	能	田	方	而
Ndaej	naengh	dieg	fueng	lawz
dai³	naŋ⁶	tiːk⁸	fuːŋ¹	lau²
得	坐	地	方	哪

得管哪边天？

男唱

5-973

能	江	开
Naengh	gyang	gai
naŋ⁶	kjaːŋ¹	kaːi¹
坐	中	街

坐街上，

5-974

吨	鞋	贝	会	田
Daenj	haiz	bae	hoih	dieg
tan³	haːi²	pai¹	hoːi⁶	tiːk⁸
穿	鞋	去	会	地

穿鞋去故地。

5-975

鸟	九	点	鸟	炕
Roeg	geuq	dem	roeg	enq
ɹok⁸	kjeːu⁵	teːn¹	ɹok⁸	eːn⁵
鸟	画眉	与	鸟	燕

画眉与燕子，

5-976

岁	能	田	方	卢
Caez	naengh	dieg	fueng	louz
çai²	naŋ⁶	tiːk⁸	fuːŋ¹	lu²
齐	坐	地	风	流

到处去游荡。

女唱

5-977

能	轿	金
Naengh	giuh	gim
naŋ⁶	kiːu⁶	kin¹
坐	轿	金

坐金轿，

5-978

令	不	平	良	权
Rin	mbouj	bingz	lingh	gemh
ȵin¹	bou⁵	piŋ²	leːŋ⁶	keːn⁶
石	不	平	另	垫

石不平再垫。

5-979

往	土	周	能	田
Uengj	duz	baeu	naengh	dieg
vaːŋ³	tu²	pau¹	naŋ⁶	tiːk⁸
枉	只	螃蟹	坐	地

我邀约同坐，

5-980

代	是	连	条	心
Dai	cix	lienz	diuz	sim
taːi¹	ɕi⁴	liːn²	tiːu²	θin¹
死	就	连	条	心

死去心相连。

男唱

5-981

能	轿	金
Naengh	giuh	gim
naŋ⁶	kiːu⁶	kin¹
坐	轿	金

坐金轿，

5-982

令	不	平	良	权
Rin	mbouj	bingz	lingh	gemh
ȵin¹	bou⁵	piŋ²	leːŋ⁶	keːn⁶
石	不	平	另	垫

石不平再垫。

5-983

变	代	贝	是	面
Bienq	dai	bae	cix	mied
piːn⁵	taːi¹	pai¹	ɕi⁴	miːt⁸
变	死	去	就	灭

死去就泯灭，

5-984

在	牙	恋	同	要
Ywq	yaek	lienh	doengz	aeu
jɯ⁵	jak⁷	liːn⁶	toŋ²	au¹
在	要	恋	同	要

活着恋结交。

女唱

5-985

能	轿	金
Naengh	giuh	gim
naŋ⁶	kiːu⁶	kin¹
坐	轿	金

坐金轿，

5-986

令	不	平	良	占
Rin	mbouj	bingz	lingh	camx
ɹin¹	bou⁵	piŋ²	leːŋ⁶	ça:n⁶
石	不	平	另	凿

石不平再凿。

5-987

能	拉	果	令	板
Naengh	laj	go	rin	banj
naŋ⁶	la³	ko¹	ɹin¹	pa:n³
坐	下	棵	石	板

坐在石板上，

5-988

兰	条	命	你	空
Lanh	diuz	mingh	mwngz	ndwi
la:n⁶	tiːu²	miŋ⁶	muɯŋ²	duːi¹
滥	条	命	你	不

枉过这一生。

男唱

5-989

能	轿	金
Naengh	giuh	gim
naŋ⁶	kiːu⁶	kin¹
坐	轿	金

坐金轿，

5-990

要	令	古	代	芬
Aeu	rin	guh	daix	faenx
au¹	ɹin¹	ku⁴	ta:i⁴	fan⁴
要	石	做	接	尘

用石挡尘埃。

5-991

管	能	又	管	芬
Guenj	naengh	youh	guenj	baet
kuːn³	naŋ⁶	jou⁴	kuːn³	pat⁷
管	坐	又	管	轻拍

坐着拍一拍，

5-992

不	给	芬	見	身
Mbouj	hawj	faenx	gen	ndang
bou⁵	həɯ³	fan⁴	keːn⁴	da:ŋ¹
不	给	尘	见	身

不让尘沾身。

女唱

5-993

能　　轿　　金

Naengh　giuh　gim

naŋ⁶　ki:u⁶　gin¹

坐　　轿　　金

坐金轿，

5-994

要　　令　　古　　代　　芬

Aeu　rin　guh　daix　faenx

au¹　ɹin¹　ku⁴　ta:i⁴　fan⁴

要　　石　　做　　接　　尘

用石挡尘埃。

5-995

要　　间　　布　　贝　　芬

Aeu　gen　buh　bae　baet

au¹　ke:n¹　pu⁶　pai¹　pat⁷

要　　衣　　袖　　去　　轻拍

用衣袖去扫，

5-996

芬　　真　　大　　年　　身

Baed　caen　daih　nem　ndang

pat⁸　ɕin¹　ta:i⁶　ne:m¹　da:ŋ¹

轻拍　真　　大　　贴　　身

越拍越沾身。

男唱

5-997

偻　　岁　　能　　轿　　金

Raeuz　caez　naengh　giuh　gim

ɹau²　ɕai²　naŋ⁶　ki:u⁶　kin¹

我们　齐　　坐　　轿　　金

我俩坐金轿，

5-998

偻　　岁　　飞　　桥　　党

Raeuz　caez　mbin　giuh　daengq

ɹau²　ɕai²　bin¹　ki:u⁶　taŋ⁵

我们　齐　　飞　　轿　　凳

我俩登轿凳。

5-999

农　　贝　　方　　而　　能

Nuengx　bae　fueng　lawz　naengh

nu:ŋ⁴　pai¹　fu:ŋ¹　lau²　naŋ⁶

妹　　去　　方　　哪　　坐

妹去何方坐，

5-1000

不　　当　　备　　句　　一

Mbouj　daengq　beix　coenz　ndeu

bou⁵　taŋ⁵　pi⁴　kjon²　de:u¹

不　　叮嘱　兄　　句　　一

不告知一声？

女唱

5-1001

偻	岁	能	轿	金
Raeuz	caez	naengh	giuh	gim
ɹau²	ɕai²	naŋ⁶	kiːu⁶	kin¹
我们	齐	坐	轿	金

我俩坐金轿，

5-1002

偻	岁	飞	桥	党
Raeuz	caez	mbin	giuz	daengq
ɹau²	ɕai²	bin¹	kiːu²	taŋ⁵
我们	齐	飞	桥	凳

我俩爬桥凳。

5-1003

十	分	米	田	能
Cib	faen	miz	dieg	naengh
ɕit⁸	fan¹	mi²	tiːk⁸	naŋ⁶
十	分	有	地	坐

真有地方坐，

5-1004

话	可	当	堂	龙
Vah	goj	daengq	daengz	lungz
va⁶	ko³	taŋ⁵	taŋ²	luŋ²
话	可	叮嘱	到	龙

会通知到兄。

男唱

5-1005

偻	岁	能	轿	金
Raeuz	caez	naengh	giuh	gim
ɹau²	ɕai²	naŋ⁶	kiːu⁶	kin¹
我们	齐	坐	轿	金

我俩坐金轿，

5-1006

偻	岁	飞	九	渡
Raeuz	caez	mbin	gouj	duh
ɹau²	ɕai²	bin¹	kjau³	tu⁶
我们	齐	飞	九	渡

我俩去九渡。

5-1007

重	心	牙	邦	友
Naek	sim	yah	baengz	youx
nak⁷	θin¹	ja⁶	paŋ²	ju⁴
重	心	呀	朋	友

重情呀朋友，

5-1008

干	十	卢	满	美
Gan	cib	louz	monh	maez
kaːn¹	ɕit⁸	lu²	moːn⁶	mai²
干	十	玩	情	爱

游玩聊真情。

女唱

5-1009

偻	岁	能	轿	金
Raeuz	caez	naengh	giuh	gim
ɹau²	ɕai²	naŋ⁶	kiːu⁶	kin¹
我们	齐	坐	轿	金

我俩坐金轿，

5-1010

偻	岁	飞	九	渡
Raeuz	caez	mbin	gouj	duh
ɹau²	ɕai²	bin¹	kjau³	tu⁶
我们	齐	飞	九	渡

一起去九渡。

5-1011

不	重	心	了	友
Mbouj	naek	sim	liux	youx
bou⁵	nak⁷	θin¹	liːu⁴	ju⁴
不	重	心	啰	友

友若不重情，

5-1012

交	邦	友	古	而
Gyau	baengz	youx	guh	rawz
kjaːu¹	paŋ²	ju⁴	ku⁴	ɹaɯ²
交	朋	友	做	什么

何苦要交友？

男唱

5-1013

得	能	田	土	周
Ndaej	naengh	dieg	duz	baeu
dai³	naŋ⁶	tiːk⁸	tu²	pau¹
得	坐	地	只	螃蟹

坐进螃蟹地，

5-1014

是	不	说	土	知
Cix	mbouj	naeuz	dou	rox
ɕi⁴	bou⁵	nau²	tu¹	ɹo⁴
是	不	说	我	知

何不告我知？

5-1015

得	能	田	土	多
Ndaej	naengh	dieg	duz	doq
dai³	naŋ⁶	tiːk⁸	tu²	to⁵
得	坐	地	只	马蜂

得坐马蜂地，

5-1016

说	你	知	农	银
Naeuz	mwngz	rox	nuengx	ngaenz
nau²	muɯŋ²	ɹo⁴	nuːŋ⁴	ŋan²
说	你	知	妹	银

兄要告诉你。

女唱

5-1017

得	能	田	土	多
Ndaej	naengh	dieg	duz	doq
dai³	naŋ⁶	ti:k⁸	tu²	to⁵
得	坐	地	只	马蜂

得坐马蜂地,

5-1018

办	办	莫	跟	娘
Banh	baenz	moed	riengz	nengz
pa:n⁶	pan²	mot⁸	ɹi:ŋ²	ne:ŋ²
爬	成	蚂蚁	跟	虫

蜂爬如蚁蝇。

5-1019

得	能	田	土	象
Ndaej	naengh	dieg	duz	ciengh
dai³	naŋ⁶	ti:k⁸	tu²	θe:ŋ⁶
得	坐	地	只	象

得坐大象地,

5-1020

乖	办	龙	小	女
Gvai	baenz	lungz	siuj	nawx
kwa:i¹	pan²	luŋ²	θi:u³	nɯ⁴
乖	成	龙	小	女

乖如小龙女。

5-1021

能	拉	果	会	支
Naengh	laj	go	faex	sei
naŋ⁶	la³	ko¹	fai⁴	θi¹
坐	下	棵	树	吊丝竹

坐在丝竹下,

5-1022

润	吹	尾	专	刀
Rumz	ci	byai	cienj	dauq
ɹun²	çi¹	pja:i¹	çu:n³	ta:u⁵
风	吹	尾	转	回

风吹竹梢摆。

5-1023

能	拉	果	会	老
Naengh	laj	go	faex	laux
naŋ⁶	la³	ko¹	fai⁴	la:u⁴
坐	下	棵	树	大

坐在大树下,

5-1024

润	吹	刀	又	凉
Rumz	ci	dauq	youh	liengz
ɹun²	çi¹	ta:u⁵	jou⁴	li:ŋ²
风	吹	回	又	凉

风吹好乘凉。

男唱

5-1025

能	拉	果	会	支
Naengh	laj	go	faex	sei
naŋ⁶	la³	ko¹	fai⁴	θi¹
坐	下	棵	树	吊丝竹

坐在丝竹下，

5-1026

润	吹	尾	吨	南
Rumz	ci	byai	daemx	namh
ɹun²	çi¹	pjaːi¹	tan⁴	naːn⁶
风	吹	尾	顶	土

风吹梢触地。

5-1027

偻	岁	能	了	邦
Raeuz	caez	naengh	liux	baengz
ɹau²	çai²	naŋ⁶	liːu⁴	paŋ²
我们	齐	坐	啰	朋

我俩一起坐，

5-1028

讲	洋	满	秀	文
Gangj	angq	mued	ciuh	vunz
kaːŋ³	aːŋ⁵	muːt⁸	çiːu⁶	vun²
讲	高兴	没	世	人

欢乐过一世。

女唱

5-1029

能	拉	果	会	老
Naengh	laj	go	faex	laux
naŋ⁶	la³	ko¹	fai⁴	laːu⁴
坐	下	棵	树	大

坐在大树下，

5-1030

不	乱	对	银	支
Mbouj	luenh	doiq	ngaenz	sei
bou⁵	luːn⁶	toːi⁵	ŋan²	θi¹
不	乱	对	银	丝

不乱私藏银。

5-1031

润	吹	吉	它	吉
Rumz	ci	giz	daz	giz
ɹun²	çi¹	ki²	ta²	ki²
风	吹	处	又	处

风儿到处吹，

5-1032

对	银	支	洋	能
Doiq	ngaenz	sei	yaeng	naengh
toːi⁵	ŋan²	θi¹	jaŋ¹	naŋ⁶
对	银	私	再	坐

密友你安坐。

男唱

5-1033

岁	能	拉	山	四
Caez	naengh	laj	bya	cwx
ɕai^2	naŋ^6	la^3	pja^1	ɕu^4
齐	坐	下	山	社

同坐社山下，

5-1034

厄	克	拉	山	仙
Nyienh	gwz	laj	bya	sien
ȵuːn^6	kə^4	la^3	pja^1	θiːn^1
愿	去	下	山	仙

同去仙山下。

5-1035

山	四	光	卢	连
Bya	cwx	gvangq	luz	lienz
pja^1	ɕu^4	kwaːŋ^5	lu^2	liːn^2
山	社	宽	连	连

社山宽又广，

5-1036

更	米	千	土	丰
Gwnz	miz	cien	duz	fungh
kɯn^2	mi^2	ɕiːn^1	tu^2	fuŋ^6
上	有	千	只	凤

上有千只凤。

女唱

5-1037

岁	能	拉	山	四
Caez	naengh	laj	bya	cwx
ɕai^2	naŋ^6	la^3	pja^1	ɕu^4
齐	坐	下	山	社

同坐社山下，

5-1038

厄	克	拉	山	好
Nyienh	gwz	laj	bya	hau
ȵuːn^6	kə^4	la^3	pja^1	haːu^1
愿	去	下	山	白

同去白山下。

5-1039

卜	乜	骂	开	老
Boh	meh	ndaq	gaej	lau
po^6	me^6	da^5	kaːi^5	laːu^1
父	母	骂	莫	怕

别怕父母骂，

5-1040

岁	古	交	才	水
Caez	guh	gyau	raih	raemx
ɕai^2	ku^4	kjaːu^1	ɹaːi^6	ɹan^4
齐	做	蜘蛛	爬	水

同为水上蛛。

男唱

5-1041

能	拉	果	会	支
Naengh	laj	go	faex	sei
naŋ⁶	la³	ko¹	fai⁴	θi¹
坐	下	棵	树	吊丝竹

坐在丝竹下，

5-1042

条	好	是	纳	特
Diuz	ndei	cix	nod	dawh
tiːu²	dei¹	ɕi⁴	noːt⁸	təɯ⁶
条	好	是	削	筷

好竹做箭支。

5-1043

能	下	拉	山	四
Naengh	roengz	laj	bya	cwx
naŋ⁶	ɹoŋ²	la³	pja¹	ɕɯ⁴
坐	下	下	山	社

坐在社山下，

5-1044

小	女	当	勒	龙
Siuj	nawx	dangq	lwg	lungz
θiːu³	nɯ⁴	taːŋ⁵	luk⁸	luŋ²
小	女	当	子	龙

小女如龙子。

女唱

5-1045

能	拉	果	会	支
Naengh	laj	go	faex	sei
naŋ⁶	la³	ko¹	fai⁴	θi¹
坐	下	棵	树	吊丝竹

坐在丝竹下，

5-1046

条	好	是	纳	特
Diuz	ndei	cix	nod	dawh
tiːu²	dei¹	ɕi⁴	noːt⁸	təɯ⁶
条	好	是	削	筷

好竹做箭支。

5-1047

能	下	拉	山	四
Naengh	roengz	laj	bya	cwx
naŋ⁶	ɹoŋ²	la³	pja¹	ɕɯ⁴
坐	下	下	山	社

坐在社山下，

5-1048

强	务	特	江	手
Giengz	huj	dawz	gyang	fwngz
kiːŋ²	hu³	təɯ²	kjaːŋ¹	fuŋ²
像	云	拿	中	手

如云落手中。

男唱

5-1049

能	拉	果	会	支
Naengh	laj	go	faex	sei
naŋ⁶	la³	ko¹	fai⁴	θi¹
坐	下	棵	树	吊丝竹

坐在丝竹下，

5-1050

条	好	是	纳	那
Diuz	ndei	cix	nod	naq
ti:u²	dei¹	çi⁴	no:t⁸	na⁵
条	好	是	削	箭

好竹做箭支。

5-1051

你	能	吉	内	加
Mwngz	naengh	giz	neix	caj
muɯŋ²	naŋ⁶	ki²	ni⁴	kja³
你	坐	处	这	等

你坐这里等，

5-1052

备	贝	那	要	正
Beix	bae	naj	aeu	cingz
pi⁴	pai¹	na³	au¹	çiŋ²
兄	去	前	要	情

兄去要信物。

女唱

5-1053

能	拉	果	会	支
Naengh	laj	go	faex	sei
naŋ⁶	la³	ko¹	fai⁴	θi¹
坐	下	棵	树	吊丝竹

坐在丝竹下，

5-1054

条	好	是	纳	那
Diuz	ndei	cix	nod	naq
ti:u²	dei¹	çi⁴	no:t⁸	na⁵
条	好	就	削	箭

好竹制成箭。

5-1055

你	来	土	真	怕
Mwngz	laih	dou	caen	ba
muɯŋ²	la:i⁶	tu¹	çin¹	pa⁴
你	以为	我	真	怕

别以为我怕，

5-1056

能	田	加	备	银
Naengh	dieg	caj	beix	ngaenz
naŋ⁶	ti:k⁸	kja³	pi⁴	ŋan²
坐	地	等	兄	银

就地等仁兄。

男唱

5-1057

能	拉	果	会	支
Naengh	laj	go	faex	sei
naŋ⁶	la³	ko¹	fai⁴	θi¹
坐	下	棵	树	吊丝竹

坐在丝竹下，

5-1058

条	好	是	纳	那
Diuz	ndei	cix	nod	naq
tiːu²	dei¹	çi⁴	noːt⁸	na⁵
条	好	就	削	箭

好竹制成箭。

5-1059

牙	要	正	是	加
Yaek	aeu	cingz	cix	caj
jak⁷	au¹	çiŋ²	çi⁴	kja³
欲	要	情	就	等

要信物就等，

5-1060

怕	什	么	农	银
Ba	cwq	maq	nuengx	ngaenz
pa⁴	çɯ⁵	ma⁵	nuːŋ⁴	ŋan²
怕	什	么	妹	银

妹你怕什么？

女唱

5-1061

能	拉	果	会	支
Naengh	laj	go	faex	sei
naŋ⁶	la³	ko¹	fai⁴	θi¹
坐	下	棵	树	吊丝竹

坐在丝竹下，

5-1062

润	吹	尾	同	乂
Rumz	ci	byai	doengz	vet
ɣun²	çi¹	pjaːi¹	toŋ²	veːt⁷
风	吹	尾	同	擦

竹梢相摩擦。

5-1063

得	能	八	十	八
Ndaej	naengh	bet	cib	bet
dai³	naŋ⁶	peːt⁷	çit⁸	peːt⁷
得	坐	八	十	八

坐到八十八，

5-1064

心	是	念	备	银
Sim	cix	net	beix	ngaenz
θin¹	çi⁴	neːt⁷	pi⁴	ŋan²
心	就	实	兄	银

就对兄心安。

男唱

5-1065

能　　拉　果　会　支

Naengh　laj　go　faex　sei

naŋ⁶　la³　ko¹　fai⁴　θi¹

坐　下　棵　树　吊丝竹

坐在丝竹下，

5-1066

润　吹　尾　同　义

Rumz　ci　byai　doengz　vet

ɹun²　çi¹　pja:i¹　toŋ²　ve:t⁷

风　吹　尾　同　擦

竹梢相摩擦。

5-1067

牙　能　八　十　八

Yaek　naengh　bet　cib　bet

jak⁷　naŋ⁶　pe:t⁷　çit⁸　pe:t⁷

欲　坐　八　十　八

想坐八十八，

5-1068

良　马　节　英　元

Lingh　ma　ciep　in　yuenz

le:ŋ⁶　ma¹　çe:t⁷　in¹　ju:n²

另　来　接　姻　缘

再来接姻缘。

女唱

5-1069

能　　拉　果　会　支

Naengh　laj　go　faex　sei

naŋ⁶　la³　ko¹　fai⁴　θi¹

坐　下　棵　树　吊丝竹

坐在丝竹下，

5-1070

润　吹　尾　中　先

Rumz　ci　byai　cuengq　sienq

ɹun²　çi¹　pja:i¹　çu:ŋ⁵　θi:n⁵

风　吹　尾　放　线

竹梢向下垂。

5-1071

能　　拉　果　会　坚

Naengh　laj　go　faex　genq

naŋ⁶　la³　ko¹　fai⁴　ke:n⁵

坐　下　棵　树　坚

坐在坚树下，

5-1072

听　鸟　杬　讲　坤

Dingq　roeg　enq　gangj　gun

tiŋ⁵　ɹok⁸　e:n⁵　ka:ŋ³　kun¹

听　鸟　燕　讲　官话

听鸟讲汉话。

男唱

5-1073

能	拉	果	会	支
Naengh	laj	go	faex	sei
naŋ⁶	la³	ko¹	fai⁴	θi¹
坐	下	棵	树	吊丝竹

坐在丝竹下，

5-1074

润	吹	尾	打	绞
Rumz	ci	byai	daj	nyeux
ɹun²	ɕi¹	pja:i¹	ta³	ȵe:u⁴
风	吹	尾	打	绞

风吹梢交叉。

5-1075

能	拉	果	会	老
Naengh	laj	go	faex	laux
naŋ⁶	la³	ko¹	fai⁴	la:u⁴
坐	下	棵	树	大

坐在大树下，

5-1076

阝	中	好	阝	跟
Boux	cuengq	hauq	boux	riengz
pu⁴	ɕu:ŋ⁵	ha:u⁵	pu⁴	ɹi:ŋ²
人	放	话	人	跟

叫声相呼应。

女唱

5-1077

能	拉	果	会	骨
Naengh	laj	go	faex	ndoek
naŋ⁶	la³	ko¹	fai⁴	dok⁷
坐	下	棵	树	刺竹

坐在刺竹下，

5-1078

听	土	鸟	九	全
Dingq	duz	roeg	giuj	cienz
tiŋ⁵	tu²	ɹok⁸	ki:u³	ɕi:n²
听	只	鸟	九	全

听九全鸟叫。

5-1079

能	拉	果	秋	元
Naengh	laj	go	ciu	yienz
naŋ⁶	la³	ko¹	ɕi:u¹	ji:n²
坐	下	棵	秋	元

坐在大树下，

5-1080

听	九	全	改	姓
Dingq	giuj	cienz	gaij	singq
tiŋ⁵	ki:u³	ɕi:n²	ka:i³	θiŋ⁵
听	九	全	改	姓

九全鸟绝情。

男唱

5-1081

能	拉	果	会	骨
Naengh	laj	go	faex	ndoek
nan^6	la^3	ko^1	fai^4	dok^7
坐	下	棵	树	刺竹

坐在刺竹下，

5-1082

听	土	鸟	羽	才
Dingq	duz	roeg	fwed	raiz
tin^5	tu^2	$\textipa{Jok}^8$	$fu:t^8$	$\textipa{Ja:i}^2$
听	只	鸟	翅	花纹

听花翅鸟鸣。

5-1083

能	拉	果	会	怀
Naengh	laj	go	faex	faiz
nan^6	la^3	ko^1	fai^4	$fa:i^2$
坐	下	棵	树	麻竹

坐在麻竹下，

5-1084

听	少	乖	反	团
Dingq	sau	gvai	fan	duenh
tin^5	$\theta a:u^1$	$kwa:i^1$	$fa:n^1$	$tu:n^6$
听	姑娘	乖	翻	缎

看情侣织缎。

女唱

5-1085

能	拉	果	会	骨
Naengh	laj	go	faex	ndoek
nan^6	la^3	ko^1	fai^4	dok^7
坐	下	棵	树	刺竹

坐在刺竹下，

5-1086

听	土	鸟	王	美
Dingq	duz	roeg	vangz	meiz
tin^5	tu^2	$\textipa{Jok}^8$	$va:n^2$	mei^2
听	只	鸟	画	眉

听画眉鸟唱。

5-1087

能	拉	果	会	支
Naengh	laj	go	faex	sei
nan^6	la^3	ko^1	jai^4	θi^1
坐	下	棵	树	吊丝竹

坐吊丝竹下，

5-1088

听	包	好	讲	话
Dingq	mbauq	ndei	gangj	vah
tin^5	$ba:u^5$	dei^1	$ka:n^3$	va^6
听	小伙	好	讲	话

听情友讲话。

男唱

5-1089

能	拉	果	会	骨
Naengh	laj	go	faex	ndoek
naŋ⁶	la³	ko¹	fai⁴	dok⁷
坐	下	棵	树	刺竹

坐在刺竹下，

5-1090

老	知	托	把	叶
Lau	rox	doek	baj	mbaw
laːu¹	ɣo⁴	tok⁷	pa³	baɯ¹
怕	知	落	把	叶

怕会落张叶。

5-1091

能	拉	果	内	特
Naengh	laj	go	neix	dawz
naŋ⁶	la³	ko¹	ni⁴	təɯ²
坐	下	棵	这	拿

守候此树下，

5-1092

托	儿	叶	下	斗
Doek	geij	mbaw	roengz	daeuj
tok⁷	ki³	baɯ¹	ɣoŋ²	tau³
落	几	叶	下	来

等几张落叶。

女唱

5-1093

能	拉	果	会	骨
Naengh	laj	go	faex	ndoek
naŋ⁶	la³	ko¹	fai⁴	dok⁷
坐	下	棵	树	刺竹

坐在刺竹下，

5-1094

老	知	托	把	叶
Lau	rox	doek	baj	mbaw
laːu¹	ɣo⁴	tok⁷	pa³	baɯ¹
怕	知	落	把	叶

怕会落叶片。

5-1095

能	拉	果	内	特
Naengh	laj	go	neix	dawz
naŋ⁶	la³	ko¹	ni⁴	təɯ²
坐	下	棵	这	拿

守候此树下，

5-1096

几	时	托	叶	么
Geij	seiz	doek	mbaw	moq
ki³	θi²	tok⁷	baɯ¹	mo⁵
几	时	落	叶	新

何时再落叶？

男唱

5-1097

能	拉	果	会	骨
Naengh	laj	go	faex	ndoek
naŋ⁶	la³	ko¹	fai⁴	dok⁷
坐	下	棵	树	刺竹

坐在刺竹下，

5-1098

老	知	托	把	叶
Lau	rox	doek	baj	mbaw
laːu¹	ɹo⁴	tok⁷	pa³	bauɯ¹
怕	知	落	把	叶

怕它落片叶。

5-1099

能	拉	果	内	特
Naengh	laj	go	neix	dawz
naŋ⁶	la³	ko¹	ni⁴	təɯ²
坐	下	棵	这	拿

守候此树下，

5-1100

托	叶	偻	岁	捡
Doek	mbaw	raeuz	caez	gip
tok⁷	bauɯ¹	ɹau²	çai²	kitp⁷
落	叶	我们	齐	捡

落叶一同捡。

女唱

5-1101

能	拉	果	会	骨
Naengh	laj	go	faex	ndoek
naŋ⁶	la³	ko¹	fai⁴	dok⁷
坐	下	棵	树	刺竹

坐在刺竹下，

5-1102

老	知	托	把	叶
Lau	rox	doek	baj	mbaw
laːu¹	ɹo⁴	tok⁷	pa³	bauɯ¹
怕	知	落	把	叶

怕它落片叶。

5-1103

能	拉	果	内	特
Naengh	laj	go	neix	dawz
naŋ⁶	la³	ko¹	ni⁴	təɯ²
坐	下	棵	这	拿

守候此树下，

5-1104

几	时	给	你	知
Geij	seiz	hawj	mwngz	rox
ki³	θi²	həɯ³	muŋ²	ɹo⁴
几	时	给	你	知

何时才落叶？

男唱

5-1105

能	下	拉	果	干
Naengh	roengz	laj	go	gam
$naŋ^6$	$roŋ^2$	la^3	ko^1	$kaːn^1$
坐	下	下	棵	柑

坐柑果树下，

5-1106

玩	是	吃	阝团	团
Van	cix	gwn	boux	donh
$vaːn^1$	$çi^4$	$kɯn^1$	pu^4	$toːn^6$
甜	就	吃	人	半

果甜同分享。

5-1107

吃	果	内	了	伴
Gwn	go	neix	liux	buenx
$kɯn^1$	ko^1	ni^4	$liːu^4$	$puːn^4$
吃	棵	这	啰	伴

同吃此树果，

5-1108

开	贝	满	来	果
Gaej	bae	muengh	lai	go
$kaːi^5$	pai^1	$muːŋ^6$	$laːi^1$	ko^1
莫	去	望	多	棵

莫去望他株。

女唱

5-1109

能	下	拉	果	干
Naengh	roengz	laj	go	gam
$naŋ^6$	$ɹoŋ^2$	la^3	ko^1	$kaːn^1$
坐	下	下	棵	柑

坐柑果树下，

5-1110

玩	是	吃	阝团	团
Van	cix	gwn	boux	donh
$vaːn^1$	$çi^4$	$kɯn^1$	pu^4	$toːn^6$
甜	就	吃	人	半

果甜同分享。

5-1111

能	好	美	好	满
Naengh	ndei	maez	ndei	monh
$naŋ^6$	dei^1	mai^2	dei^1	$moːn^6$
坐	好	说爱	好	谈情

坐着谈情爱，

5-1112

阝	开	中	阝	贝
Boux	gaej	cuengq	boux	bae
pu^4	$kaːi^5$	$çuːŋ^5$	pu^4	pai^1
人	莫	放	人	去

莫放弃对方。

男唱

女唱

5-1113

能	下	拉	果	干
Naengh	roengz	laj	go	gam

nan^6　$ɹoŋ^2$　la^3　ko^1　$kaːn^1$

坐	下	下	棵	柑

坐柑果树下,

5-1117

能	下	拉	果	干
Naengh	roengz	laj	go	gam

nan^6　$ɹoŋ^2$　la^3　ko^1　$kaːn^1$

坐	下	下	棵	柑

坐柑果树下,

5-1114

玩	是	吃	阝	的
Van	cix	gwn	boux	diq

$vaːn^1$　$ɕi^4$　$kɯn^1$　pu^4　ti^5

甜	就	吃	人	点

果甜同分享。

5-1118

玩	是	吃	阝	的
Van	cix	gwn	boux	diq

$vaːn^1$　$ɕi^4$　$kɯn^1$　pu^4　ti^5

甜	就	吃	人	点

果甜共分享。

5-1115

偻	岁	能	些	内
Raeuz	caez	naengh	seiq	neix

$ɹau^2$　$ɕai^2$　nan^6　$θe^5$　ni^4

我们	齐	坐	世	这

我俩恋今世,

5-1119

偻	岁	能	些	内
Raeuz	caez	naengh	seiq	neix

$ɹau^2$　$ɕai^2$　nan^6　$θe^5$　ni^4

我们	齐	坐	世	这

今世在一起,

5-1116

些	第	义	办	而
Seiq	daih	ngeih	baenz	rawz

$θe^5$　ti^5　$ȵi^6$　pan^2　$ɹɯɯ^2$

世	第	二	成	什么

不管下辈子。

5-1120

一	义	是	开	论
It	ngeih	cix	gaej	lumz

it^7　$ȵi^6$　$ɕi^4$　$kaːi^5$　lun^2

一	二	就	莫	忘

一切莫相忘。

男唱

5-1121

能	下	拉	果	干
Naengh	roengz	laj	go	gam
naŋ⁶	ɣoŋ²	la³	ko¹	kaːn¹
坐	下	下	棵	柑

同坐柑果下，

5-1122

玩	是	吃	阝	的
Van	cix	gwn	boux	diq
vaːn¹	çi⁴	kɯn¹	pu⁴	ti⁵
甜	就	吃	人	点

果甜共分享。

5-1123

岁	能	满	秀	内
Caez	naengh	mued	ciuh	neix
çai²	naŋ⁶	muːt⁸	çiːu⁶	ni⁴
齐	坐	没	世	这

今生恋白头，

5-1124

正	祘	农	米	心
Cingq	suenq	nuengx	miz	sim
çiŋ⁵	θuːn⁵	nuːŋ⁴	mi²	θin¹
正	算	妹	有	心

足见妹真心。

女唱

5-1125

能	下	拉	果	干
Naengh	roengz	laj	go	gam
naŋ⁶	ɣoŋ²	la³	ko¹	kaːn¹
坐	下	下	棵	柑

同坐柑果下，

5-1126

玩	是	吃	阝	的
Van	cix	gwn	boux	diq
vaːn¹	çi⁴	kɯn¹	pu⁴	ti⁵
甜	就	吃	人	点

果甜共分享。

5-1127

岁	能	满	秀	内
Caez	naengh	mued	ciuh	neix
çai²	naŋ⁶	muːt⁸	çiːu⁶	ni⁴
齐	坐	没	世	这

今世恋白头，

5-1128

些	第	义	共	然
Seiq	daih	ngeih	gungh	ranz
θe⁵	ti⁵	ŋi⁶	kuŋ⁶	ɣaːn²
世	第	二	共	家

来世要成亲。

男唱

女唱

5-1129

能	下	拉	果	沙
Naengh	roengz	la	go	sa
naŋ⁶	ɹoŋ²	la³	ko¹	θa¹
坐	下	下	棵	构树

坐纱皮树下，

5-1130

空	知	沙	办	纸
Ndwi	rox	sa	baenz	ceij
duːi¹	ɹo⁴	θa¹	pan²	çi³
不	知	纱	成	纸

不知纱成纸。

5-1131

能	下	拉	果	玉
Naengh	roengz	laj	go	yix
naŋ⁶	ɹoŋ²	la³	ko¹	ji⁴
坐	下	下	棵	喜树

坐在喜树下，

5-1132

空	知	纸	办	钱
Ndwi	rox	ceij	baenz	cienz
duːi¹	ɹo⁴	çi³	pan²	çiːn²
不	知	纸	成	钱

不知纸值钱。

5-1133

能	下	拉	果	歪
Naengh	roengz	laj	go	faiq
naŋ⁶	ɹoŋ²	la³	ko¹	vaːi⁵
坐	下	下	棵	棉

坐在棉花下，

5-1134

空	知	歪	办	布
Ndwi	rox	faiq	baenz	baengz
duːi¹	ɹo⁴	vaːi⁵	pan²	paŋ²
不	知	棉	成	布

不知棉成布。

5-1135

能	下	拉	果	江
Naengh	roengz	laj	go	gyang
naŋ⁶	ɹoŋ²	la³	ko¹	kjaːŋ¹
坐	下	下	棵	桄榔

坐桄榔树下，

5-1136

空	知	布	办	布
Ndwi	rox	baengz	baenz	buh
duːi¹	ɹo⁴	paŋ²	pan²	pu⁶
不	知	布	成	衣服

不知布成衣。

男唱

5-1137

能	下	拉	果	歪
Naengh	roengz	laj	go	faiq

nan⁶　ɹoŋ²　la:³　ko¹　va:i⁵

坐	下	下	棵	棉

坐在棉花下，

5-1138

空	知	歪	办	布
Ndwi	rox	faiq	baenz	baengz

du:i¹　ɹo⁴　va:i⁵　pan²　paŋ²

不	知	棉	成	布

不知棉成布。

5-1139

偻	岁	能	江	王
Raeuz	caez	naengh	gyang	vaengz

ɹau²　ɕai²　naŋ⁶　kja:ŋ¹　vaŋ²

我们	齐	坐	中	潭

同坐水潭中，

5-1140

先	刚	偻	岁	在
Sienq	gang	raeuz	caez	ywq

θi:n⁵　ka:ŋ¹　ɹau²　ɕai²　ju⁵

线	挡	我们	齐	在

网护我俩在。

女唱

5-1141

能	下	拉	果	歪
Naengh	roengz	laj	go	faiq

nan⁶　ɹoŋ²　la:³　ko¹　va:i⁵

坐	下	下	棵	棉

坐在棉花下，

5-1142

空	知	歪	办	布
Ndwi	rox	faiq	baenz	baengz

du:i¹　ɹo⁴　va:i⁵　pan²　paŋ²

不	知	棉	成	布

不知棉成布。

5-1143

偻	岁	能	江	王
Raeuz	caez	naengh	gyang	vaengz

ɹau²　ɕai²　naŋ⁶　kja:ŋ¹　vaŋ²

我们	齐	坐	中	潭

同坐水潭中，

5-1144

开	给	患	兰	罗
Gaej	hawj	fangz	lanz	loh

ka:i⁵　hɯw³　fa:ŋ²　la:n²　lo⁶

莫	给	鬼	拦	路

莫让鬼拦路。

男唱

5-1145

能	吉	内	吃	炕
Naengh	giz	neix	gwn	ien
naŋ⁶	ki²	ni⁴	kɯn¹	i:n¹
坐	处	这	吃	烟

坐这里吸烟，

5-1146

小	仙	加	韦	机
Siuh	sien	caj	vae	giq
θi:u³	θi:n¹	kja³	vai¹	ki⁵
修	仙	等	姓	支

修炼等密友。

5-1147

代	贝	些	第	义
Dai	Bae	seiq	daih	ngeih
ta:i¹	pai¹	θe⁵	ti⁵	ȵi⁶
死	去	世	第	二

轮回第二世，

5-1148

利	对	农	知	空
Leix	doiq	nuengx	rox	ndwi
li⁴	to:i⁵	nu:ŋ⁴	ɣo⁴	du:i¹
理	对	妹	或	不

还理情妹不？

女唱

5-1149

能	吉	内	吃	炕
Naengh	giz	neix	gwn	ien
naŋ⁶	ki²	ni⁴	kɯn¹	i:n¹
坐	处	这	吃	烟

坐这里吸烟，

5-1150

小	仙	加	韦	机
Siuh	sien	gyaj	vae	giq
θi:u³	θi:n¹	kja³	vai¹	ki⁵
修	仙	等	姓	支

修炼等密友。

5-1151

代	贝	些	第	义
Dai	Bae	seiq	daih	ngeih
ta:i¹	pai¹	θe⁵	ti⁵	ȵi⁶
死	去	世	第	二

轮回第二世，

5-1152

牙	托	备	共	然
Yaek	doh	beix	gungh	ranz
jak⁷	to⁶	pi⁴	kuŋ⁶	ɣa:n²
欲	同	兄	共	家

要同兄成亲。

男唱

5-1153

能	吉	内	吃	炕
Naengh	giz	neix	gwn	ien
naŋ⁶	ki²	ni⁴	kɯn¹	i:n¹
坐	处	这	吃	烟

坐这里吸烟,

5-1154

小	仙	加	韦	阿
Siuh	sien	caj	vae	oq
θi:u³	θi:n¹	kja³	vai¹	o⁵
修	仙	等	姓	别

修炼等情友。

5-1155

岁	能	田	盘	古
Caez	naengh	dieg	buenz	guj
ɕai²	naŋ⁶	ti:k⁸	pu:n²	ku³
齐	坐	地	盘	古

同在盘古地,

5-1156

开	论	罗	满	美
Gaej	lumz	loh	monh	maez
ka:i⁵	lun²	lo⁶	mo:n⁶	mai²
莫	忘	路	情	爱

切莫忘恋情。

女唱

5-1157

能	吉	内	吃	炕
Naengh	giz	neix	gwn	ien
naŋ⁶	ki²	ni⁴	kɯn¹	i:n¹
坐	处	这	吃	烟

坐这里吸烟,

5-1158

小	仙	加	韦	阿
Siuh	sien	caj	vae	oq
θi:u³	θi:n¹	kja³	vai¹	o⁵
修	仙	等	姓	别

修炼等情友。

5-1159

往	双	偻	唱	歌
Uengj	song	raeuz	cang	go
va:ŋ³	θo:ŋ¹	ɹau²	ɕa:ŋ⁴	ko⁵
枉	两	我们	唱	歌

我俩曾对歌,

5-1160

知	办	合	阝而	而
Rox	baenz	huq	boux	lawz
ɹo⁴	pan²	ho⁵	pu⁴	lau²
知	成	货	人	哪

知成谁配偶。

男唱

5-1161

能	吉	内	吃	炕
Naengh	giz	neix	gwn	ien
naŋ⁶	ki²	ni⁴	kuın¹	i:n¹
坐	处	这	吃	烟

坐这里吸烟，

5-1162

小	仙	加	韦	阿
Siuh	sien	caj	vae	oq
θi:u³	θi:n¹	kja³	vai¹	o⁵
修	仙	等	姓	别

修炼等情友。

5-1163

往	双	偻	唱	歌
Uengj	song	raeuz	cang	go
va:ŋ³	θo:ŋ¹	ɹau²	ça:ŋ⁴	ko⁵
枉	两	我们	唱	歌

我俩曾对歌，

5-1164

广	合	不	农	银
Gvangj	hoz	mbouj	nuengx	ngaenz
kwa:ŋ³	ho²	bou⁵	nu:ŋ⁴	ŋan²
广	脖	不	妹	银

妹你相思否？

女唱

5-1165

能	吉	内	吃	炕
Naengh	giz	neix	gwn	ien
naŋ⁶	ki²	ni⁴	kuın¹	i:n¹
坐	处	这	吃	烟

坐这里吸烟，

5-1166

小	仙	加	韦	阿
Siuh	sien	caj	vae	oq
θi:u³	θi:n¹	kja³	vai¹	o⁵
修	仙	等	姓	别

修炼等情友。

5-1167

得	年	龙	唱	歌
Ndaej	nem	lungz	cang	go
dai³	ne:m¹	luŋ²	ça:ŋ⁴	ko⁵
得	贴	龙	唱	歌

能同兄唱歌，

5-1168

广	合	又	文	荣
Gvangj	hoz	youh	vuen	yungz
kwa:ŋ³	ho²	jou⁴	vun¹	juŋ²
广	脖	又	欢	乐

惬意又温馨。

男唱

5-1169

说	的	欢	跟	比
Naeuz	diq	fwen	riengz	beij
nau²	ti⁵	vu:n¹	ɹi:ŋ²	pi³
说	点	歌	跟	歌

讲到歌的事,

5-1170

义	不	付	不	分
Ngeix	mbouj	fouz	mbouj	faen
ŋi⁴	bou⁵	fu²	bou⁵	fan¹
想	不	浮	不	分

牵挂不愿分。

5-1171

米	仪	是	同	分
Miz	saenq	cix	doengz	baen
mi²	θin⁵	çi⁴	toŋ²	pan¹
有	信	就	同	分

有信就互送,

5-1172

米	更	是	同	完
Miz	gaen	cix	doengz	vuenh
mi²	kan¹	çi⁴	toŋ²	vu:n⁶
有	巾	就	同	换

有巾就互换。

女唱

5-1173

农	米	仪	是	分
Nuengx	miz	saenq	cix	baen
nu:ŋ⁴	mi²	θin⁵	çi⁴	pan¹
妹	有	信	就	分

妹有信就给,

5-1174

龙	米	更	是	完
Lungz	miz	gaen	cix	vuenh
luŋ²	mi²	kan¹	çi⁴	vu:n⁶
龙	有	巾	就	换

兄有巾就送。

5-1175

同	分	特	好	占
Doengz	baen	dawz	hau	canz
toŋ²	pan¹	təu²	ha:u¹	ça:n²
同	分	拿	白	灿灿

手上东西多,

5-1176

伏	九	板	偻	米
Fwx	riuz	mbanj	raeuz	miz
fə⁴	ɹi:u²	ba:n³	ɹau²	mi²
别人	传	村	我们	有

人传本村富。

男唱

女唱

5-1177

备	米	仪	是	分
Beix	miz	saenq	cix	baen
pi⁴	mi²	θin⁵	çi⁴	pan¹
兄	有	信	就	分

兄有信就送，

5-1178

少	米	更	是	罗
Sau	miz	gaen	cix	lok
θaːu¹	mi²	kan¹	çi⁴	loːk⁷
姑娘	有	巾	就	赠

妹有巾就赠。

5-1179

要	的	内	古	可
Aeu	diq	neix	guh	goek
au¹	ti⁵	ni⁴	ku⁴	kok⁷
要	点	这	做	根

以这些为由，

5-1180

古	元	罗	同	巡
Guh	roen	loh	doengz	cunz
ku⁴	joːn¹	lo⁶	toŋ²	çun²
做	路	路	同	巡

好相互往来。

5-1181

米	仪	是	同	分
Miz	saenq	cix	doengz	baen
mi²	θin⁵	çi⁴	toŋ²	pan¹
有	信	就	同	分

有信就互送，

5-1182

米	更	是	同	勒
Miz	gaen	cix	doengz	lawh
mi²	kan¹	çi⁴	toŋ²	ləɯ⁶
有	巾	就	同	换

有巾就互换。

5-1183

同	分	特	改	伏
Doengz	baen	dawz	gaij	mbwq
toŋ²	pan¹	təɯ²	kaːi³	bɯ⁵
同	分	拿	解	闷

交换可解闷，

5-1184

空	勒	农	千	年
Ndwi	lawh	nuengx	cien	nienz
duːi¹	ləɯ⁶	nuːŋ⁴	çiːn¹	niːn²
不	换	妹	千	年

不求恋长远。

男唱

5-1185

备	斗	堂	邦	你
Beix	daeuj	daengz	biengz	mwngz
pi⁴	tau³	taŋ²	pi:ŋ²	muɯŋ²
兄	来	到	地方	你

兄到你家乡,

5-1186

米	仪	分	土	观
Miz	saenq	baen	dou	gonq
mi²	θin⁵	pan¹	tu¹	ko:n⁵
有	信	分	我	先

你应给我信。

5-1187

却	它	堂	邦	伴
Gyo	de	daengz	biengz	buenx
kjo¹	te¹	taŋ²	pi:ŋ²	pu:n⁴
幸亏	它	到	地方	伴

赖它才访友,

5-1188

备	洋	祘	洋	赔
Beix	yaeng	suenq	yaeng	boiz
pi⁴	jaŋ¹	θu:n⁵	jaŋ¹	po:i²
兄	慢	算	慢	赔

兄慢慢还情。

女唱

5-1189

米	仪	想	牙	分
Miz	saenq	siengj	yaek	baen
mi²	θin⁵	θi:ŋ³	jak⁷	pan¹
有	信	想	要	分

本想送你信,

5-1190

老	你	特	贝	废
Lau	mwngz	dawz	bae	feiq
la:u¹	muɯŋ²	təɯ²	pai¹	fei⁵
怕	你	拿	去	废

怕你拿去废。

5-1191

明	土	贝	空	得
Gog	dou	bae	ndwi	ndaej
ço:k⁸	tu¹	pai¹	du:i¹	dai³
将来	我	去	不	得

到老走不动,

5-1192

贝	问	安	而	要
Bae	haemq	aen	lawz	aeu
pai¹	han⁵	an¹	laɯ²	au¹
去	问	个	哪	要

去问谁讨回?

男唱

5-1193

米	仅	农	管	分
Miz	saenq	nuengx	guenj	baen
mi²	θin⁵	nuːŋ⁴	kuːn³	pan¹
有	信	妹	管	分

有信尽管给，

5-1194

土	不	特	贝	废
Dou	mbouj	dawz	bae	feiq
tu¹	bou⁵	təɯ²	pai¹	fei⁵
我	不	拿	去	废

我不会废弃。

5-1195

明	你	贝	空	得
Gog	mwngz	bae	ndwi	ndaej
ɕoːk⁸	mɯŋ²	pai¹	duːi¹	dai³
将来	你	去	不	得

等你走不动，

5-1196

贝	问	岁	板	偻
Bae	haemq	caez	mbanj	raeuz
pai¹	han⁵	ɕai²	baːn³	ʐau²
去	问	齐	村	我们

去我村讨回。

女唱

5-1197

你	农	牙	要	仅
Mwngz	nuengx	yaek	aeu	saenq
muɯŋ²	nuːŋ⁴	jak⁵	au¹	θin⁵
你	妹	要	要	信

妹妹想要信，

5-1198

仅	板	内	尝	米
Saenq	ban	neix	caengz	miz
θin⁵	paːn¹	ni⁴	ɕaŋ²	mi²
信	时	这	未	有

现如今没有。

5-1199

请	卩	长	马	提
Cingj	boux	cangh	ma	diz
ɕiŋ³	pu⁴	ɕaːŋ⁶	ma¹	ti²
请	人	匠	来	锻造

请工匠打造，

5-1200

日	好	特	贝	送
Ngoenz	ndei	dawz	bae	soengq
ŋon²	dei¹	təɯ²	pai¹	θoŋ⁵
天	好	拿	去	送

择日拿去送。

男唱

5-1201

你	备	牙	要	仪
Mwngz	beix	yaek	aeu	saenq
$muɯŋ^2$	pi^4	jak^7	au^1	θin^5
你	兄	想	要	信

哥哥想要信，

5-1202

送	农	贝	堂	然
Soengq	nuengx	bae	daengz	ranz
$\theta oŋ^5$	$nuːŋ^4$	pai^1	$taŋ^2$	$ɹaːn^2$
送	妹	去	到	家

送妹回到家。

5-1203

仪	在	龙	更	板
Saenq	ywq	loengx	gwnz	mbanj
θin^5	$jɯ^5$	$loŋ^4$	$kɯn^2$	$baːn^3$
信	在	箱	上	村

信在兄村上，

5-1204

贝	堂	然	牙	得
Bae	daengz	ranz	yax	ndaej
pai^1	$taŋ^2$	$ɹaːn^2$	ja^5	dai^3
去	到	家	才	得

回到家才得。

女唱

5-1205

你	来	土	真	怕
Mwngz	laih	dou	caen	ba
$muɯŋ^2$	$laːi^6$	tu^1	$ɕin^1$	pa^4
你	以为	我	真	怕

你以为我怕，

5-1206

送	农	贝	堂	然
Soengq	nuengx	bae	daengz	ranz
$\theta oŋ^5$	$nuːŋ^4$	pai^1	$taŋ^2$	$ɹaːn^2$
送	妹	去	到	家

送情妹回家。

5-1207

你	来	土	正	办
Mwngz	laih	dou	cingq	bamz
$muɯŋ^2$	$laːi^6$	tu^1	$ɕiŋ^5$	$paːn^2$
你	以为	我	正	笨

你以为我笨，

5-1208

贝	堂	然	要	仪
Bae	daengz	ranz	aeu	saenq
pai^1	$taŋ^2$	$ɹaːn^2$	au^1	θin^5
去	到	家	要	信

到家去要信。

男唱

5-1209

求	农	得	贝	更
Giuz	nuengx	ndaej	mbaw	gaen
ki:u²	nu:ŋ⁴	dai³	bau¹	kan¹
求	妹	得	张	巾

求妹得条巾，

5-1210

双	头	才	栏	干
Song	gyaeuj	raiz	lanz	ganh
θo:ŋ¹	kjau³	ɹa:i²	la:n²	ka:n⁵
两	头	花纹	栏	杆

两头镶图案。

5-1211

平	贝	河	贝	板
Bingz	bae	haw	bae	mbanj
piŋ²	pai¹	həɯ¹	pai¹	ba:n³
凭	去	圩	去	村

任上街走村，

5-1212

办	相	是	却	你
Baenz	siengq	cix	gyo	mwngz
pan²	θi:ŋ⁵	çi⁴	kjo¹	mɯŋ²
成	相	就	幸亏	你

风光全靠你。

女唱

5-1213

农	分	要	给	你
Nuengx	baen	gaen	hawj	mwngz
nu:ŋ⁴	pan¹	kan¹	həɯ³	mɯŋ²
妹	分	巾	给	你

妹送巾给你，

5-1214

贝	而	你	牙	班
Bae	lawz	mwngz	yaek	banq
pai¹	lau²	mɯŋ²	jak⁷	pa:n⁵
去	哪	你	要	搭

外出你要挂。

5-1215

在	是	求	抹	汉
Ywq	cix	giuz	vuet	hanh
jɯ⁵	çi⁴	ki:u²	vu:t⁷	ha:n⁶
在	就	求	擦	汗

活着可擦汗，

5-1216

代	是	班	从	良
Dai	cix	banq	congz	lingz
ta:i¹	çi⁴	pa:n⁵	ço:ŋ²	liŋ²
死	就	搭	桌	灵

死去挂灵台。

男唱

女唱

5-1217

求	农	得	贝	更
Giuz	nuengx	ndaej	mbaw	gaen
ki:u²	nu:ŋ⁴	dai³	baɯ¹	kan¹
求	妹	得	张	巾

妹送条毛巾,

5-1218

双	头	才	勒	丰
Song	gyaeuj	raiz	lwg	fungh
θo:ŋ¹	kjau³	ɹa:i²	luk⁸	fuŋ⁶
两	头	花纹	子	凤

两头绣凤凰。

5-1219

很	河	土	牙	用
Hwnj	haw	dou	yax	yungh
hɯn³	həɯ¹	tu¹	ja⁵	juŋ⁶
上	圩	我	也	用

赶圩我也用,

5-1220

下	岽	土	牙	特
Roengz	rungh	dou	yax	dawz
ɹoŋ²	ɹuŋ⁶	tu¹	ja⁵	təɯ²
下	岽	我	也	拿

进村我也带。

5-1221

农	分	更	给	你
Nuengx	baen	gaen	hawj	mwngz
nu:ŋ⁴	pan¹	kan¹	həɯ³	mɯŋ²
妹	分	巾	给	你

妹送巾给你,

5-1222

贝	板	你	牙	配
Bae	mbanj	mwngz	yaek	boiq
pai¹	ba:n³	mɯŋ²	jak⁷	po:i⁵
去	村	你	要	配

走村你要带。

5-1223

贝	吃	氿	吃	岁
Bae	gwn	laeuj	gwn	coih
pai¹	kɯn¹	lau³	kɯn¹	ço:i⁶
去	吃	酒	吃	席

去吃酒赴宴,

5-1224

开	论	对	双	偻
Gaej	lumz	doiq	song	raeuz
ka:i⁵	lun²	to:i⁵	θo:ŋ¹	ɹau²
莫	忘	对	两	我们

莫忘我俩情。

男唱	女唱

5-1225

求	农	得	贝	更
Giuz	nuengx	ndaej	mbaw	gaen
ki:u²	nu:ŋ⁴	dai³	bau¹	kan¹
求	妹	得	张	巾

靠妹得条巾，

5-1226

双	头	裁	韦	机
Song	gyaeuj	caiz	vae	giq
θo:ŋ¹	kjau³	ça:i²	vai¹	ki⁵
两	头	裁	姓	支

两头绣情侣。

5-1227

特	贝	堂	拉	利
Dawz	bae	daengz	laj	leih
tɯ²	pai¹	taŋ²	la³	li⁶
拿	去	到	拉	利

拿到拉利街，

5-1228

伏	作	四	尝	银
Fwx	coq	seiq	cangz	ngaenz
fə⁴	ço⁵	θei⁵	ça:ŋ²	ŋan²
别人	放	四	两	银

值得四两银。

5-1229

农	分	更	给	你
Nuengx	baen	gaen	hawj	mwngz
nu:ŋ⁴	pan¹	kan¹	həu³	mɯŋ²
妹	分	巾	给	你

妹送巾给你，

5-1230

才	办	花	韦	生
Raiz	baenz	va	vae	saemq
ɹa:i²	pan²	va¹	vai¹	θan⁵
花纹	成	花	姓	庚

绣上同龄友。

5-1231

贝	然	卜	乜	问
Bae	ranz	boh	meh	haemq
pai¹	ɹa:n²	po⁶	me⁶	han⁵
去	家	父	母	问

回家父母问，

5-1232

备	古	样	而	说
Beix	guh	yiengh	lawz	naeuz
pi⁴	ku⁴	jɯ:ŋ⁶	lau²	nau²
兄	做	样	哪	说

兄做何解释？

男唱

5-1233

求	农	得	贝	更
Giuz	nuengx	ndaej	mbaw	gaen
ki:u²	nu:ŋ⁴	dai³	bau¹	kan¹
求	妹	得	张	巾

求妹送条巾，

5-1234

双	头	长	韦	生
Song	gyaeuj	raez	vae	saemq
θo:n¹	kjau³	ɹai²	vai¹	θan⁵
两	头	长	姓	庚

绣上同龄友。

5-1235

貝	然	卜	乜	问
Bae	ranz	boh	meh	haemq
pai¹	ɹa:n²	po⁶	me⁶	han⁵
去	家	父	母	问

回家父母问，

5-1236

说	对	生	土	分
Naeuz	doiq	saemq	dou	baen
nau²	to:i⁵	θan⁵	tu¹	pan¹
说	对	庚	我	分

说同龄友送。

女唱

5-1237

送	封	仪	第	一
Soengq	fung	saenq	daih	it
θoŋ⁵	fuŋ¹	θin⁵	ti⁵	it⁷
送	封	信	第	一

送第一封信，

5-1238

记	作	拉	床	宁
Geiq	coq	laj	mbonq	ninz
ki⁵	ço⁵	la³	bo:n⁵	nin²
寄	放	下	床	睡

寄放床铺下。

5-1239

送	贝	内	古	正
Soengq	mbaw	neix	guh	cingz
θoŋ⁵	bau¹	ni⁴	ku⁴	çiŋ²
送	张	这	做	情

信做定情物，

5-1240

特	很	心	了	备
Dawz	hwnj	sim	liux	beix
təɯ²	hun³	θin¹	li:u⁴	pi⁴
拿	上	心	啰	兄

兄认真收好。

男唱

5-1241

送	封	仪	第	义
Soengq	fung	saenq	daih	ngeih
θoŋ⁵	fuŋ¹	θin⁵	ti⁵	n̠i⁶
送	封	信	第	二

送第二封信，

5-1242

韦	机	特	贝	收
Vae	giq	dawz	bae	caeu
vai¹	ki⁵	tɯ²	pai¹	çau¹
姓	支	拿	去	收

情友拿去收。

5-1243

变	农	不	沙	偻
Bienh	nuengx	mbouj	ra	raeuz
pi:n⁶	nu:ŋ⁴	bou⁵	a̠¹	a̠u²
即便	妹	不	找	我们

即使妹不找，

5-1244

米	仪	好	是	勒
Miz	saenq	ndei	cix	lawh
mi²	θin⁵	dei¹	çi⁴	lɯ⁶
有	信	好	就	换

也可以通信。

女唱

5-1245

送	封	仪	第	三
Soengq	fung	saenq	daih	sam
θoŋ⁵	fuŋ¹	θin⁵	ti⁵	θa:n¹
送	封	信	第	三

送第三封信，

5-1246

伏	问	你	开	认
Fwx	cam	mwngz	gaej	nyinh
fə⁴	ça:m¹	muɯŋ²	ka:i⁵	n̠in⁶
别人	问	你	莫	记得

别告诉别人。

5-1247

八	十	四	完	仪
Baz	cib	seiq	vuenh	saenq
pa²	çit⁸	θei⁵	vu:n⁶	θin⁵
八	十	四	换	信

老了还通信，

5-1248

农	开	认	给	文
Nuengx	gaej	nyinh	hawj	vunz
nu:ŋ⁴	ka:i⁵	n̠in⁶	hɯ³	vun²
妹	莫	记得	给	人

妹莫告诉人。

男唱

5-1249

送	封	仪	第	四
Soengq	fung	saenq	daih	seiq
θoŋ⁵	fuŋ¹	θin⁵	ti⁵	θei⁵
送	封	信	第	四

送第四封信，

5-1250

你	牙	记	了	同
Mwngz	yaek	geiq	liux	doengz
muɯŋ²	jak⁷	ki⁵	li:u⁴	toŋ²
你	要	记	啰	同

密友要记好。

5-1251

日	贝	峒	古	红
Ngoenz	bae	doengh	guh	hong
ŋon²	pai¹	toŋ⁶	ku⁴	ho:ŋ¹
天	去	峒	做	工

下地去劳作，

5-1252

开	论	正	韦	机
Gaej	lumz	cingz	vae	giq
ka:i⁵	lun²	çiŋ²	vai¹	ki⁵
莫	忘	情	姓	支

莫忘恋人情。

女唱

5-1253

送	封	仪	第	五
Soengq	fung	saenq	daih	haj
θoŋ⁵	fuŋ¹	θin⁵	ti⁵	ha³
送	封	信	第	五

送第五封信，

5-1254

话	记	作	心	头
Vah	geiq	coq	sim	daeuz
va⁶	ki⁵	ço⁵	θin¹	tau²
话	记	放	心	脏

牢记知心话。

5-1255

爱	伏	贝	写	偻
Gyaez	fwx	bae	ce	raeuz
kjai²	fə⁴	pai¹	çe¹	ɹau²
爱	别人	去	留	我们

舍我爱别人，

5-1256

正	龙	你	牙	记
Cingz	lungz	mwngz	yaek	geiq
çiŋ²	luŋ²	muɯŋ²	jak⁷	ki⁵
情	龙	你	要	记

要记我俩情。

男唱

女唱

5-1257

送	封	仗	第	六
Soengq	fung	saenq	daih	roek
θoŋ⁵	fuŋ¹	θin⁵	ti⁵	ɹok⁷
送	封	信	第	六

送第六封信，

5-1258

乃	优	作	江	手
Naih	yaeuq	coq	gyangq	fwngz
na:i⁶	jau⁵	ço⁵	kja:ŋ¹	fuŋ²
慢	藏	放	中	手

常放在手中。

5-1259

勒	穷	友	用	日
Lawh	gyoengq	youx	byongh	ngoenz
ləɯ⁶	kjoŋ⁵	ju⁴	pjo:ŋ⁶	ŋon²
换	群	友	半	天

盼情友半天，

5-1260

老	貝	文	不	刀
Lau	bae	vunz	mbouj	dauq
la:u¹	pai¹	vun²	bou⁵	ta:u⁵
怕	去	人	不	回

怕远走不归。

5-1261

送	封	仗	第	七
Soengq	fung	saenq	daih	caet
θoŋ⁵	fuŋ¹	θin⁵	ti⁵	çat⁷
送	封	信	第	七

送第七封信，

5-1262

说	农	开	八	貝
Naeuz	nuengx	gaej	bah	bae
nau²	nu:ŋ⁴	ka:i⁵	pa⁶	pai¹
说	妹	莫	莫急	去

劝妹别急走。

5-1263

秀	满	点	秀	美
Ciuh	monh	dem	ciuh	maez
çi:u⁶	mo:n⁶	te:n¹	çi:u⁶	mai²
世	情	与	世	爱

这一段恋情，

5-1264

龙	利	爱	知	不
Lungz	lij	gyaez	rox	mbouj
luŋ²	li⁴	kjai²	ɹo⁴	bou⁵
龙	还	爱	或	不

兄可曾记否？

男唱

女唱

5-1265

送	封	仪	第	八
Soengq	fung	saenq	daih	bet
$\theta o\eta^5$	$fu\eta^1$	θin^5	ti^5	$pe:t^7$
送	封	信	第	八

送第八封信，

5-1269

送	封	仪	第	九
Soengq	fung	saenq	daih	gouj
$\theta o\eta^5$	$fu\eta^1$	θin^5	ti^5	$kjou^3$
送	封	信	第	九

送第九封信，

5-1266

心	不	念	了	论
Sim	mbouj	net	liux	lwnz
θin^1	bou^5	$ne:t^7$	$li:u^4$	lun^2
心	不	实	啰	情友

心中放不下。

5-1270

说	老	表	开	立
Naeuz	laux	biuj	gaej	liz
nau^2	$la:u^4$	$pi:u^3$	$ka:i^5$	li^2
说	老	表	莫	离

情友别远走。

5-1267

说	农	八	貝	文
Naeuz	nuengx	bah	bae	vunz
nau^2	$nu:\eta^4$	pa^6	pai^1	vun^2
说	妹	莫	急	去	人

叫妹别急嫁，

5-1271

貝	完	团	点	支
Bae	vuenh	duenh	dem	sei
pai^1	$vu:n^6$	$tu:n^6$	$te:n^1$	θi^1
去	换	缎	与	丝

送去缎和丝，

5-1268

加	土	巡	你	观
Gaj	dou	cunz	mwngz	gonq
kja^3	tu^1	$\wc un^2$	$mw\eta^2$	$ko:n^5$
等	我	巡	你	先

等哥去寻妹。

5-1272

正	好	貝	厄	伏
Cingz	ndei	bae	nyienh	fwx
$\wc i\eta^2$	dei^1	pai^1	$\textnrleg u:n^6$	$f\partial^4$
情	好	去	愿	别人

体面交别人。

男唱

5-1273

送	封	仪	第	十
Soengq	fung	saenq	daih	cib
θoŋ⁵	fuŋ¹	θin⁵	ti⁵	çit⁸
送	封	信	第	十

送第十封信，

5-1274

说	韦	机	开	忧
Naeuz	vae	giq	gaej	you
nau²	vai¹	ki⁵	ka:i⁵	jou¹
说	姓	支	莫	忧

我友别担忧。

5-1275

岁	单	秀	方	卢
Caez	danq	ciuh	fueng	louz
çai²	ta:n⁵	çi:u⁶	fu:ŋ¹	lu²
齐	承担	世	风	流

同游同欢乐，

5-1276

忧	开	么	了	农
You	gij	maz	liux	nuengx
jou¹	ka:i²	ma²	li:u⁴	nu:ŋ⁴
忧	什么	啰	妹

妹发什么愁？

女唱

5-1277

开	当	农	月	相
Gaej	daengq	nuengx	ndwen	cieng
ka:i⁵	taŋ⁵	nu:ŋ⁴	du:n¹	çi:ŋ¹
莫	叮嘱	妹	月	正

正月莫相邀，

5-1278

红	良	堂	卢	乱
Hong	liengz	daengz	louz	luenh
ho:ŋ¹	li:ŋ²	taŋ²	lu²	lu:n⁶
工	忙	到	玩	乱

农忙不当玩。

5-1279

开	当	土	了	伴
Gaej	daengq	dou	liux	buenx
ka:i⁵	taŋ⁵	tu¹	li:u⁴	pu:n⁴
莫	叮嘱	我	啰	伴

友莫邀约我，

5-1280

农	利	祘	造	苗
Nuengx	lij	suenq	caux	miuz
nu:ŋ⁴	li⁴	θu:n⁵	ça:u⁴	mi:u²
妹	还	算	造	禾苗

妹正忙播种。

男唱

5-1281

开	当	备	月	义
Gaej	daengq	beix	ndwen	ngeih
ka:i⁵	taŋ⁵	pi⁴	du:n¹	ȵi⁶
莫	叮嘱	兄	月	二

二月莫邀兄，

5-1282

四	处	祘	古	红
Seiq	cih	suenq	guh	hong
θei⁵	çi⁶	θu:n⁵	ku⁴	ho:ŋ¹
四	处	算	做	工

正忙做农活。

5-1283

话	些	列	好	祘
Vah	ceq	leq	hauq	suenq
va⁶	çe⁵	le⁵	ha:u⁵	θu:n⁵
话	多	余	好	算

聊天事好说，

5-1284

洋	古	红	相	命
Yaeng	guh	hong	ciengx	mingh
jaŋ¹	ku⁴	ho:ŋ¹	çi:ŋ⁴	miŋ⁶
慢	做	工	养	命

要干活养命。

女唱

5-1285

开	当	农	月	三
Gaej	daengq	nuengx	ndwen	sam
ka:i⁵	taŋ⁵	nu:ŋ⁴	du:n¹	θa:n¹
莫	叮嘱	妹	月	三

三月莫约妹，

5-1286

分	身	牙	不	托
Baen	ndang	yax	mbouj	doh
pan¹	da:ŋ¹	ja⁵	bou⁵	to⁶
分	身	也	不	遍

活路顾不及。

5-1287

声	叫	利	小	可
Sing	heuh	lij	siuj	goj
θiŋ¹	he:u⁶	li⁴	θi:u³	ko³
声	叫	还	小	事

相约是小事，

5-1288

贝	割	墓	清	明
Bae	vuet	moh	cing	mingz
pai¹	vu:t⁷	mo⁶	çiŋ¹	miŋ²
去	割	墓	清	明

清明要扫墓。

男唱

5-1289

开	当	备	月	四
Gaej	daengq	beix	ndwen	seiq
ka:i⁵	ta:ŋ⁵	pi⁴	du:n¹	θei⁵
莫	叮嘱	兄	月	四

四月别约兄，

5-1290

利	巴	地	尝	种
Lix	mba	reih	caengz	ndaem
li⁴	ba¹	ɹei⁶	çaŋ²	dan¹
剩	块	地	未	种

播种还未完。

5-1291

土	是	想	贝	巡
Dou	cix	siengj	bae	cunz
tu¹	çi⁴	θi:ŋ³	pai¹	çun²
我	是	想	去	巡

我想去看你，

5-1292

红	良	堂	卢	乱
Hong	liengz	daengz	louz	luenh
ho:ŋ¹	li:ŋ²	taŋ²	lu²	lu:n⁶
工	忙	到	玩	乱

农事忙又乱。

女唱

5-1293

开	当	农	月	五
Gaej	daengq	nuengx	ndwen	ngux
ka:i⁵	ta:ŋ⁵	nu:ŋ⁴	du:n¹	ŋu⁴
莫	叮嘱	妹	月	五

五月莫约妹，

5-1294

土	米	罗	土	贝
Dou	miz	loh	dou	bae
tu¹	mi²	lo⁶	tu¹	pai¹
我	有	路	我	去

我有事要做。

5-1295

想	巡	友	当	韦
Siengj	cunz	youx	dangq	vae
θi:ŋ³	çun²	ju⁴	ta:ŋ⁵	vai¹
想	巡	友	另	姓

想访异姓友，

5-1296

老	少	贝	不	刀
Lau	sau	bae	mbouj	dauq
la:u¹	θa:u¹	pai¹	bou⁵	ta:u⁵
怕	姑娘	去	不	回

怕妹不在家。

男唱

女唱

5-1297

开	当	备	月	六
Gaej	daengq	beix	ndwen	loeg
ka:i⁵	ta:ŋ⁵	pi⁴	du:n¹	lok⁸
莫	叮嘱	兄	月	六

六月莫约兄，

5-1298

说	农	八	变	心
Naeuz	nuengx	bah	bienq	sim
nau²	nu:ŋ⁴	pa⁶	pi:n⁵	θin¹
说	妹	莫急	变	心

妹莫忙变心。

5-1299

打	金	交	浪	飞
Daj	gim	gyau	langh	mbin
ta³	kin¹	kja:u¹	la:ŋ⁶	bin¹
打	金	蜘蛛	若	飞

金蛛若会飞，

5-1300

马	巡	土	讲	满
Ma	cunz	dou	gangj	monh
ma¹	ɕun²	tu¹	ka:ŋ³	mo:n⁶
来	巡	我	讲	情

来找我谈情。

5-1301

开	当	农	月	七
Gaej	daengq	nuengx	ndwen	caet
ka:i⁵	taŋ⁵	nu:ŋ⁴	du:n¹	ɕat⁷
莫	叮嘱	妹	月	七

七月莫约妹，

5-1302

说	对	生	特	平
Naeuz	doiq	saemq	dawz	bingz
nau²	to:i⁵	θan⁵	təɯ²	piŋ²
说	对	庚	拿	平

对挚友公平。

5-1303

唱	歌	定	开	正
Cang	go	ndwi	hai	cingz
ɕa:ŋ⁴	ko⁵	du:i¹	ha:i¹	ɕiŋ²
唱	歌	不	开	情

对歌不送礼，

5-1304

偻	中	声	不	抵
Raeuz	cuengq	sing	mbouj	dij
ɹau²	ɕu:ŋ⁵	θiŋ¹	bou⁵	ti³
我们	放	声	不	值

纵声唱不值。

男唱

5-1305

开	当	备	月	八
Gaej	daengq	beix	ndwen	bet
ka:i⁵	taŋ⁵	pi⁴	du:n¹	pe:t⁷
莫	叮嘱	兄	月	八

八月莫约兄，

5-1306

心	不	念	了	而
Sim	mbouj	net	liux	lawz
θin¹	bou⁵	ne:t⁷	li:u⁴	lau²
心	不	实	完	哪

心中不踏实。

5-1307

貝	托	伏	造	家
Bae	doh	fwx	caux	gya
pai¹	to⁶	fə⁴	ça:u⁴	kja¹
去	同	别人	造	家

同别人结婚，

5-1308

不	马	正	牙	了
Mbouj	ma	cingz	yax	liux
bou⁵	ma¹	çiŋ²	ja⁵	li:u⁴
不	来	情	也	完

不来情也绝。

女唱

5-1309

开	当	农	月	九
Gaej	daengq	nuengx	ndwen	gouj
ka:i⁵	taŋ⁵	nu:ŋ⁴	du:n¹	kjou³
莫	叮嘱	妹	月	九

九月莫约妹，

5-1310

伏	收	后	更	果
Fawh	siu	haeux	gwnz	go
fəɯ⁴	θi:u¹	hau⁴	kɯn²	ko¹
时	收	谷	上	棵

正在收苞谷。

5-1311

满	些	巴	跟	合
Monh	seq	bak	riengz	hoz
mo:n⁶	θe⁵	pa:k⁷	ɹi:ŋ²	ho²
谈情	点	嘴	跟	脖

嘴巴上谈情，

5-1312

元	可	写	给	伏
Yuenz	goj	ce	hawj	fwx
ju:n²	ko⁵	çe¹	həɯ³	fə⁴
缘	可	留	给	别人

缘分归别人。

男唱

5-1313

开	当	备	月	十
Gaej	daengq	beix	ndwen	cib
ka:i⁵	taŋ⁵	pi⁴	du:n¹	ɕit⁸

莫 叮嘱 兄 月 十

十月莫约兄，

5-1314

你	牙	义	了	江
Mwngz	yaek	ngeix	liux	gyang
muŋ²	jak⁷	n̠i⁴	li:u⁴	kja:ŋ¹

你 要 想 啰 友

妹心里明白。

5-1315

秋	白	罗	内	往
Ciuq	beg	loh	neix	vangq
ɕi:u⁵	pe:k⁸	lo⁶	ni⁴	va:ŋ⁵

看 白 露 这 空

白露来闲空，

5-1316

不	满	堂	土	了
Mbouj	monh	daengx	dou	liux
bou⁵	mo:n⁶	taŋ²	tu¹	li:u⁴

不 谈 情 到 我 完

不找我谈情。

女唱

5-1317

一	当	义
It	daengq	ngeih
it⁷	taŋ⁵	n̠i⁶

一 叮嘱 二

一嘱二，

5-1318

当	韦	机	牙	特
Daengq	vae	giq	yaek	dawz
taŋ⁵	vai¹	ki⁵	jak⁷	təu²

叮嘱 姓 支 要 拿

异姓友要听。

5-1319

土	当	你
Dou	daengq	mwngz
tu¹	taŋ⁵	muŋ²

我 叮嘱 你

我嘱你，

5-1320

说	小	正	开	断
Naeuz	siuj	cingz	gaej	duenx
nau²	θi:u³	ɕiŋ²	ka:i⁵	tu:n⁴

说 小 情 莫 断

莫让情义断。

男唱

5-1321

义	当	三
Ngeih	daengq	sam
ȵi⁶	taŋ⁵	θaːn¹
二	叮嘱	三

二嘱三,

5-1322

当	花	单	花	祘
Daengq	va	dan	va	sonx
taŋ⁵	va¹	taːn¹	va¹	θoːn⁴
叮嘱	花	单	花	套

嘱单花重花。

5-1323

土	当	你	对	生
Dou	daengq	mwngz	doiq	saemq
tu¹	taŋ⁵	muɯ²	toːi⁵	θan⁵
我	叮嘱	你	对	庚

我嘱同龄友,

5-1324

开	八	坤	正	偻
Gaej	bah	goenq	cingz	raeuz
kaːi⁵	pa⁶	kon⁵	çiŋ²	ɣau²
莫	莫急	断	情	我们

莫断我俩情。

女唱

5-1325

三	当	四
Sam	daengq	seiq
θaːn¹	taŋ⁵	θei⁵
三	叮嘱	四

三嘱四,

5-1326

当	韦	机	邦	山
Daengq	vae	giq	bangx	bya
taŋ⁵	vai¹	ki⁵	paːŋ⁴	pja¹
叮嘱	姓	支	旁	山

嘱山边我友。

5-1327

秀	早	当	秀	鸦
Ciuh	romh	daengq	ciuh	a
ɕiːu⁶	ɣoːn⁶	taŋ⁵	ɕiːu⁶	a¹
世	鹰	叮嘱	世	鸦

老鹰嘱乌鸦,

5-1328

当	几	句	道	理
Daengq	geij	coenz	dauh	leix
taŋ⁵	ki³	kjon²	taːu⁶	li⁴
叮嘱	几	句	道	理

为的是道理。

男唱

5-1329

四	当	五
Seiq	daengq	haj
θei^5	tan^5	ha^3
四	叮嘱	五

四嘱五，

5-1330

说	农	八	贝	辰
Naeuz	nuengx	bah	bae	finz
nau^2	$nu:n^4$	pa^6	pai^1	fin^2
说	妹	莫急去		出走

妹别走他乡。

5-1331

洋	面	面	同	巡
Yaeng	menh	menh	doengh	cunz
jan^1	$me:n^6$	$me:n^6$	ton^2	εun^2
再	慢	慢	相	巡

互相常往来，

5-1332

外	月	日	是	了
Vaij	ndwen	ngoenz	cix	liux
$va:i^3$	$du:n^1$	non^2	εi^4	$li:u^4$
过	月	天	就	算

过日子就好。

女唱

5-1333

五	当	六
Haj	daengq	roek
ha^3	tan^5	$\text{.}ok^7$
五	叮嘱	六

五嘱六，

5-1334

勒	独	八	古	忙
Lwg	dog	bah	guh	mangz
lwk^8	tok^8	pa^6	ku^4	man^2
子	独	莫急	做	忙

独子别着急。

5-1335

小	女	祘	尝	通
Siuj	nawx	suenq	caengz	doeng
$\theta i:u^3$	nw^4	$\theta u:n^5$	εan^2	ton^1
小	女	算	未	通

小女未想好，

5-1336

乃	站	加	土	观
Naih	soengz	caj	dou	gonq
$na:i^6$	θon^2	kja^3	tu^1	$ko:n^5$
慢	站	等	我	先

暂时等待我。

男唱

5-1337

六	当	七
Roek	daengq	caet
ɹok⁷	taŋ⁵	ɕat⁷
六	叮嘱	七

$\text{ɹok}^7 \quad \text{taŋ}^5 \quad \text{ɕat}^7$

六 叮嘱 七
六嘱七，

5-1338

沚 办 朵 花 买
Aet baenz duj va mai
$\text{at}^7 \quad \text{pan}^2 \quad \text{tu}^3 \quad \text{va}^1 \quad \text{ma:i}^1$
靓 成 朵 花 密蒙
比黄花漂亮。

5-1339

三 八 托 英 台
Sanh bek doh yingh daiz
$\text{θa:n}^1 \quad \text{pe:k}^7 \quad \text{to}^6 \quad \text{iŋ}^1 \quad \text{ta:i}^2$
山 伯 同 英 台
山伯与英台，

5-1340

代 是 利 同 当
Dai cix lij doengh daengq
$\text{ta:i}^1 \quad \text{ɕi}^4 \quad \text{li}^4 \quad \text{toŋ}^2 \quad \text{ta:ŋ}^5$
死 是 还 相 叮嘱
到死还相约。

女唱

5-1341

七 当 八
Caet daengq bet
$\text{ɕat}^7 \quad \text{taŋ}^5 \quad \text{pe:t}^7$
七 叮嘱 八
七嘱八，

5-1342

心 不 念 几 来
Sim mbouj net geij lai
$\text{θin}^1 \quad \text{bou}^5 \quad \text{ne:t}^7 \quad \text{ki}^3 \quad \text{la:i}^1$
心 不 实 几 多
心中不踏实。

5-1343

花 偻 当 花 才
Va roz daengq va yaij
$\text{va}^1 \quad \text{ɹo}^2 \quad \text{taŋ}^5 \quad \text{va}^1 \quad \text{ja:i}^3$
花 枯 叮嘱 花 枯
枯花嘱枯花，

5-1344

得 共 开 是 抵
Ndaej gungh hai cix dij
$\text{dai}^3 \quad \text{kuŋ}^6 \quad \text{ha:i}^1 \quad \text{ɕi}^4 \quad \text{ti}^3$
得 共 开 就 值
同盛开就值。

男唱

5-1345

八　　当　　九

Bet　daengq　gouj

pe:t[7]　taŋ[5]　kjou[3]

八　　叮嘱　九

八嘱九，

5-1346

说　老　表　开　师

Naeuz　laux　biuj　gaej　swz

nau[2]　la:u[4]　pi:u[3]　ka:i[5]　θɯ[2]

说　老　表　莫　辞

老表你莫辞。

5-1347

务　全　刀　日　而

Huj　cienj　dauq　ngoenz　lawz

hu[3]　çu:n[3]　ta:u[5]　ŋon[2]　lau[2]

云　转　回　天　哪

有朝云翻转，

5-1348

包　少　偻　一　罗

Mbauq　sau　raeuz　it　loh

ba:u[5]　θa:u[1]　ɹau[2]　it[7]　lo[6]

小伙　姑娘　我们　一　路

我俩又同路。

女唱

5-1349

九　　当　　十

Gouj　daengq　cib

kjou[3]　taŋ[5]　çit[8]

九　　叮嘱　十

九嘱十，

5-1350

六　令　斗　轿　金

Ruh　rib　doh　giuh　gim

ɹu[6]　ɹip[8]　to[6]　ki:u[6]　kin[1]

忽　然　斗　轿　金

意外碰金轿。

5-1351

说　农　八　变　心

Naeuz　nuengx　bah　bienq　sim

nau[2]　nu:ŋ[4]　pa[6]　pi:n[5]　θin[1]

说　妹　莫急　变　心

妹别急变心，

5-1352

加　玩　正　阝　口

Caj　vanz　cingz　boux　gaeuq

kja[3]　va:n[2]　çiŋ[2]　pu[4]　kau[5]

等　还　情　人　旧

先还故人情。

男唱

5-1353

当	卡	秀	韦	机
Daengq	gaq	ciuh	vae	giq
taŋ⁵	ka⁵	çi:u⁶	vai¹	ki⁵
叮嘱	这	世	姓	支

嘱我心上人，

5-1354

开	八	祘	造	家
Gaej	bah	suenq	caux	gya
ka:i⁵	pa⁶	θu:n⁵	ça:u⁴	kja¹
莫	莫急	算	造	家

莫忙去嫁人。

5-1355

当	卡	秀	少	而
Daengq	gaq	ciuh	sau	lawz
taŋ⁵	ka⁵	çi:u⁶	θa:u¹	lau²
叮嘱	这	世	姑娘	哪

嘱心中小妹，

5-1356

当	家	开	论	备
Daengq	gya	gaej	lumz	beix
taŋ⁵	kja¹	ka:i³	lun²	pi⁴
叮嘱	家	莫	忘	兄

成家别忘我。

女唱

5-1357

土	当	你	牙	要
Dou	daengq	mwngz	yaek	aeu
tu¹	taŋ⁵	muŋ²	jak⁷	au¹
我	叮嘱	你	欲	要

我嘱你要听，

5-1358

土	说	你	牙	记
Dou	naeuz	mwngz	yaek	geiq
tu¹	nau²	muŋ²	jak⁷	ki⁵
我	说	你	要	记

我讲你要记。

5-1359

贝	方	而	得	田
Bae	fueng	lawz	ndaej	dieg
pai¹	fu:ŋ¹	lau²	dai³	ti:k⁸
去	方	哪	得	地

去哪里落脚，

5-1360

空	见	面	农	银
Ndwi	gen	mienh	nuengx	ngaenz
du:i¹	ke:n⁴	me:n⁶	nu:ŋ⁴	ŋan²
不	见	面	妹	银

不同妹相见？

男唱

5-1361

你	当	土	可	要
Mwngz	daengq	dou	goj	aeu
muɯŋ²	taŋ²	tu¹	ko³	au¹
你	叮嘱	我	可	要

你的话我听，

5-1362

你	说	土	可	记
Mwngz	naeuz	dou	goj	geiq
muɯŋ²	nau²	tu¹	ko³	ki⁵
你	说	我	可	记

你说的我记。

5-1363

开	当	土	了	农
Gaej	daengq	dou	liux	nuengx
kaːi⁵	taŋ⁵	tu¹	liːu⁴	nuːŋ⁴
莫	叮嘱	我	啰	妹

妹你别说了，

5-1364

可	义	作	里	合
Goj	ngeix	coq	ndaw	hoz
ko⁵	ȵi⁴	ço⁵	daɯ¹	ho²
可	想	放	里	脖

我常记心间。

女唱

5-1365

土	当	你	样	内
Dou	daengq	mwngz	yiengh	neix
tu¹	taŋ⁵	muɯŋ²	juːŋ⁶	ni⁴
我	叮嘱	你	样	这

我说的这些，

5-1366

你	牙	记	了	同
Mwngz	yaek	geiq	liux	doengz
muɯŋ²	jak⁷	ki⁵	liːu⁴	toŋ²
你	要	记	啰	同

友你要记住。

5-1367

当	阝	贝	当	方
Dangq	boux	bae	dangq	fueng
taːŋ⁵	pu⁴	pai¹	taːŋ⁵	fuːŋ¹
另	人	去	另	方

各奔走各方，

5-1368

知	日	而	同	对
Rox	ngoenz	lawz	doengh	doiq
ɹo⁴	ŋon²	laɯ²	toŋ²	toːi⁵
知	天	哪	相	对

何日再相逢？

男唱

5-1369

当	卡	秀	花	罗
Daengq	gaq	ciuh	va	loh
taŋ⁵	ka⁵	çi:u⁶	va¹	lo⁶
叮嘱	这	世	花	路

嘱心中情妹，

5-1370

开	八	祘	造	家
Gaej	bah	suenq	caux	gya
ka:i⁵	pa⁶	θu:n⁵	ça:u⁴	kja¹
莫	莫急	算	造	家

莫急嫁别人。

5-1371

当	卡	秀	少	而
Daengq	gaq	ciuh	sau	lawz
taŋ⁵	ka⁵	çi:u⁶	θa:u¹	lau²
叮嘱	这	世	姑娘	哪

嘱心中妹子，

5-1372

八	造	家	了	农
Bah	caux	gya	liux	nuengx
pa⁶	ça:u⁴	kja¹	li:u⁴	nu:ŋ⁴
莫急	造	家	啰	妹

先别急嫁人。

女唱

5-1373

当	卡	秀	包	同
Daengq	gaq	ciuh	mbauq	doengz
taŋ⁵	ka⁵	çi:u⁶	ba:u⁵	toŋ²
叮嘱	这	世	小伙	同

嘱心中情哥，

5-1374

站	四	方	讲	满
Soengz	seiq	fueng	gangj	monh
θoŋ²	θei⁵	fu:ŋ¹	ka:ŋ³	mo:n⁶
站	四	方	讲	情

到处可谈情。

5-1375

当	卡	勒	长	判
Daengq	gaq	lwg	cangh	buenq
taŋ⁵	ka⁵	luk⁸	ça:ŋ⁶	pu:n⁵
叮嘱	这	子	匠	贩

嘱各位商贩，

5-1376

开	八	断	罗	河
Gaej	bah	duenx	loh	haw
ka:i⁵	pa⁶	tu:n⁴	lo⁶	hɯ¹
莫	莫急	断	路	圩

莫关闭圩场。

男唱

5-1377

当	卡	秀	少	同
Daengq	gaq	ciuh	sau	doengz
taŋ⁵	ka⁵	ɕiːu⁶	θaːu¹	toŋ²
叮嘱	这世		姑娘	同

嘱心中情友，

5-1378

站	四	方	加	备
Soengz	seiq	fueng	caj	beix
θoŋ²	θei⁵	fuːŋ¹	kja³	pi⁴
站	四	方	等	兄

要耐心等兄。

5-1379

当	卡	秀	韦	机
Daengq	gaq	ciuh	vae	giq
taŋ⁵	ka⁵	ɕiːu⁶	vai¹	ki⁵
叮嘱	这世		姓	支

嘱心上情友，

5-1380

开	八	为	小	正
Gaej	bah	vei	siuj	cingz
kaːi⁵	pa⁶	vei¹	θiːu³	ɕiŋ²
莫	莫急	亏	小	情

别亏欠情义。

女唱

5-1381

一	当	果	会	洋
It	daengq	go	faex	yieng
it⁷	taŋ⁵	ko¹	fai⁴	juɯ:ŋ¹
一	叮嘱	棵	树	香

一嘱香樟树，

5-1382

千	年	不	下	拉
Cien	nienz	mbouj	roengz	rag
ɕiːn¹	niːn²	bou⁵	ɣoŋ²	ɣaːk⁸
千	年	不	下	根

千年不生根。

5-1383

义	当	果	会	华
Ngeih	daengq	go	faex	vak
ȵi⁶	taŋ⁵	ko¹	fai⁴	vaːk⁷
二	叮嘱	棵	树	秋枫

二嘱那秋枫，

5-1384

万	代	不	托	叶
Fanh	daih	mbouj	doek	mbaw
faːn⁶	taːi⁶	bou⁵	tok⁷	bau¹
万	代	不	落	叶

万代不落叶。

男唱

5-1385

当	果	会	拉	占
Daengq	go	faex	laj	canz
taŋ⁵	ko¹	fai⁴	la³	ça:n²
叮嘱	棵	树	下	晒台

嘱晒台边树，

5-1386

当	果	干	拉	庙
Daengq	go	gam	laj	miuh
taŋ⁵	ko¹	ka:n¹	la³	mi:u⁶
叮嘱	棵	柑	下	庙

嘱庙堂边树。

5-1387

土	当	你	老	表
Dou	daengq	mwngz	laux	biuj
tu¹	taŋ⁵	muŋ²	la:u⁴	pi:u³
我	叮嘱	你	老	表

我嘱心上人，

5-1388

造	秀	开	论	偻
Caux	ciuh	gaej	lumz	raeuz
ça:u⁴	çi:u⁶	ka:i⁵	lun²	ɣau²
造	世	莫	忘	我们

结婚莫忘我。

女唱

5-1389

当	果	十	果	寿
Daengq	go	cwd	go	caeuz
taŋ⁵	ko¹	çwt⁸	ko¹	çau²
叮嘱	棵	榕	棵	楸

嘱榕树楸树，

5-1390

当	果	丰	邦	达
Daengq	go	fung	bangx	dah
taŋ⁵	ko¹	fuŋ¹	pa:ŋ⁴	ta⁶
叮嘱	棵	枫	旁	河

嘱河边枫树。

5-1391

一	当	义	又	话
It	daengq	ngeih	youh	vah
it⁷	taŋ⁵	ŋi⁶	jou⁴	va⁶
一	叮嘱	二	又	话

一嘱二再嘱，

5-1392

当	备	八	造	然
Daengq	beix	bah	caux	ranz
taŋ⁵	pi⁴	pa⁶	ça:u⁴	ɣa:n²
叮嘱	兄	莫急	造	家

兄莫急成家。

女唱

5-1393

当	果	十	果	寿
Daengq	go	cwd	go	caeuz
taŋ⁵	ko¹	ɕwt⁸	ko¹	ɕau²
叮嘱	棵榕	棵楸		

嘱榕树楸树，

5-1394

当	果	丰	邦	达
Daengq	go	fung	bangx	dah
taŋ⁵	ko¹	fuŋ¹	pa:ŋ⁴	ta⁶
叮嘱	棵枫	旁	河	

嘱河边枫树。

5-1395

以	样	内	贝	那
Ei	yiengh	neix	bae	naj
i¹	juːŋ⁶	ni⁴	pai¹	na³
依样	这	去	前	

从这时候起，

5-1396

外	达	开	论	船
Vaij	dah	gaej	lumz	ruz
vaːi³	ta⁶	kaːi⁵	lun²	ɣu²
过	河	莫	忘	船

过河莫忘船。

男唱

5-1397

当	果	十	果	寿
Daengq	go	cwd	go	caeuz
taŋ⁵	ko¹	ɕwt⁸	ko¹	ɕau²
叮嘱	棵榕	棵楸		

嘱榕树楸树，

5-1398

当	果	丰	邦	令
Daengq	go	fung	bangx	lingq
taŋ⁵	ko¹	fuŋ¹	pa:ŋ⁴	liŋ⁵
叮嘱	树枫	旁	陡	

嘱岭边枫树。

5-1399

土	当	你	农	宁
Dou	daengq	mwngz	nuengx	ningq
tu¹	taŋ⁵	muŋ²	nu:ŋ⁴	niŋ⁵
我	叮嘱	你	妹	小

我嘱小妹你，

5-1400

真	定	在	加	龙
Cinj	dingh	ywq	caj	lungz
ɕin³	tiŋ⁶	juŋ⁵	kja³	luŋ²
准	定	在	等	龙

定要等待兄。

女唱

5-1401

当	果	十	果	寿
Daengq	go	cwd	go	caeuz
taŋ⁵	ko¹	ɕwt⁸	ko¹	ɕau²
叮嘱	棵榕	棵楸		

嘱榕树楸树,

5-1402

当	果	丰	邦	达
Daengq	go	fung	bangx	dah
taŋ⁵	ko¹	fuŋ¹	pa:ŋ⁴	ta⁶
叮嘱	棵枫	旁	河	

嘱河边枫树。

5-1403

古	巡	空	是	八
Guh	cunz	ndwi	cix	bah
ku⁴	ɕun²	du:i¹	ɕi⁴	pa⁶
做	巡	空	就	罢

想来往便来,

5-1404

话	当	农	古	而
Vah	daengq	nuengx	guh	rawz
va⁶	taŋ⁵	nu:ŋ⁴	ku⁴	ɣuaɪ²
话	叮嘱	妹	做	什么

叮嘱妹干吗?

男唱

5-1405

当	果	十	果	寿
Daengq	go	cwd	go	caeuz
taŋ⁵	ko¹	ɕwt⁸	ko¹	ɕau²
叮嘱	棵榕	棵楸		

嘱榕树楸树,

5-1406

当	果	丰	邦	桼
Daengq	go	fung	bangx	gyaek
taŋ⁵	ko¹	fuŋ¹	pa:ŋ⁴	kjak⁷
叮嘱	棵枫	旁	坎	

嘱坎边枫树。

5-1407

想	不	当	样	内
Siengj	mbouj	daengq	yiengh	neix
θi:ŋ³	bou⁵	ta:ŋ⁵	ju:ŋ⁶	ni⁴
想	不	叮嘱	样	这

本想不叮嘱,

5-1408

老	农	变	良	心
Lau	nuengx	bienq	liengz	sim
la:u¹	nu:ŋ⁴	pi:n⁵	li:ŋ²	θin¹
怕	妹	变	良	心

怕妹变了心。

女唱

5-1409

当	果	十	果	寿
Daengq	go	cwd	go	caeuz
taŋ⁵	ko¹	çwt⁸	ko¹	çau²
叮嘱	棵	榕	棵	楸

嘱榕树楸树，

5-1410

当	果	丰	邦	桼
Daengq	go	fung	bangx	gyaek
taŋ⁵	ko¹	fuŋ¹	pa:ŋ⁴	kjak⁷
叮嘱	棵	枫	旁	坎

嘱坎边枫树。

5-1411

话	可	当	样	内
Vah	goj	daengq	yiengh	neix
va⁶	ko⁵	taŋ⁵	jɯ:ŋ⁶	ni⁴
话	可	叮嘱	样	这

话是这么说，

5-1412

才	备	刀	方	而
Caih	beix	dauq	fueng	lawz
ça:i⁶	pi⁴	ta:u⁵	fu:ŋ¹	lau²
随	兄	回	方	哪

由兄去何方。

男唱

5-1413

额	牙	不	得	站
Ngieg	yax	mbouj	ndaej	soengz
ŋe:k⁸	ja⁵	bou⁵	dai³	θoŋ²
蛟龙	也	不	得	站

蛟龙不可待，

5-1414

龙	牙	不	得	加
Lungz	yax	mbouj	ndaej	caj
luŋ²	ja⁵	bou⁵	dai³	kja³
龙	也	不	得	等

兄也不可等。

5-1415

同	说	邝	句	话
Doengz	naeuz	boux	coenz	vah
toŋ²	nau²	pu⁴	kjon²	va⁶
同	说	人	句	话

互相道个别，

5-1416

当	罗	偻	当	贝
Dangq	loh	raeuz	dangq	bae
ta:ŋ⁵	lo⁶	ɹau²	ta:ŋ⁵	pai¹
另	路	我们	另	去

再各奔东西。

女唱

5-1417

不　文　额　得　站

Mbouj　vun　ngieg　ndaej　soengz

bou⁵　vun¹　ŋe:k⁸　dai³　θoŋ²

不　奢求　蛟龙　得　站

不求蛟龙等，

5-1418

不　文　龙　得　加

Mbouj　vun　lungz　ndaej　caj

bou⁵　vun¹　luŋ²　dai³　kja³

不　奢求　龙　得　等

不求兄能等。

5-1419

反　秋　贝　是　八

Fan　ciuz　bae　cix　bah

fa:n¹　çi:u²　pai¹　çi⁴　pa⁶

反　朝　去　就　罢

管它朝代变，

5-1420

天　牙　利　双　偻

Denh　ya　lix　song　raeuz

ti:n¹　ja⁶　li⁴　θo:ŋ¹　rau²

天　下　剩　两　我们

天下有我俩。

男唱

5-1421

额　牙　不　得　站

Ngieg　yax　mbouj　ndaej　soengz

ŋe:k⁸　ja⁵　bou⁵　dai³　θoŋ²

蛟龙　也　不　得　站

蛟龙不可待，

5-1422

龙　牙　不　得　加

Lungz　yax　mbouj　ndaej　caj

luŋ²　ja⁵　bou⁵　dai³　kja³

龙　也　不　得　等

兄也不可等。

5-1423

外　相　贝　十　五

Vaij　cieng　bae　cib　haj

va:i³　çi:ŋ¹　pai¹　çit⁸　ha³

过　正　去　十　五

过正月十五，

5-1424

不　得　加　几　来

Mbouj　ndaej　caj　geij　lai

bou⁵　dai³　kja³　ki³　la:i¹

不　得　等　几　多

还能等多久？

女唱

5-1425

一	加	义	又	加
It	caj	ngeih	youh	caj
it⁷	kja³	n̩i⁶	jou⁴	kja³
一	等	二	又	等

一再地等待，

5-1426

不	得	加	几	来
Mbouj	ndaej	caj	geij	lai
bou⁵	dai³	kja³	ki³	la:i¹
不	得	等	几	多

不能等太久。

5-1427

三	八	加	英	台
Sanh	bek	caj	yingh	daiz
θa:n¹	pe:k⁷	kja³	iŋ¹	ta:i²
山	伯	等	英	台

山伯等英台，

5-1428

加	来	不	合	祘
Caj	lai	mbouj	hob	suenq
kja³	la:i¹	bou⁵	ho:p⁸	θu:n⁵
等	多	不	合	算

等久也不行。

男唱

5-1429

一	加	义	又	加
It	caj	ngeih	youh	caj
it⁷	kja³	n̩i⁶	jou⁴	kja³
一	等	二	又	等

一再地等待，

5-1430

不	得	加	几	来
Mbouj	ndaej	caj	geij	lai
bou⁵	dai³	kja³	ki³	la:i¹
不	得	等	几	多

不能等太久。

5-1431

三	八	利	得	代
Sanh	bek	lij	ndaej	dai
θa:n¹	pe:k⁷	li⁴	dai³	ta:i¹
山	伯	还	得	死

山伯可以死，

5-1432

英	台	不	得	加
Yingh	daiz	mbouj	ndaej	caj
iŋ¹	ta:i²	bou⁵	dai³	kja³
英	台	不	得	等

英台不可等。

女唱

5-1433

变	友	而	知	乖
Bienh	youx	lawz	rox	gvai
piːn^6	ju^4	lauɯ^2	ɤoɻ^4	kwaːi^1
即便	友	哪	和	乖

哪位友精巧?

5-1434

加	花	才	共	罗
Caj	va	raiz	gungh	loh
kja^3	va^1	ɻaːi^2	kuŋ^6	lo^6
等	花	花纹	共	路

等花开同路。

5-1435

变	友	而	知	火
Bienh	youx	lawz	rox	hoj
piːn^6	ju^4	lauɯ^2	ɤoɻ^4	ho^3
即便	友	哪	知	苦

友若耐得苦,

5-1436

加	花	罗	要	正
Caj	va	loh	aeu	cingz
kja^3	va^1	lo^6	au^1	ɕiŋ^2
等	花	路	要	情

等花开谈情。

男唱

5-1437

一	加	义	又	加
It	caj	ngeih	youh	caj
it^7	kja^3	n̠i^6	jou^4	kja^3
一	等	二	又	等

一再地等待,

5-1438

不	得	加	几	来
Mbouj	ndaej	caj	geij	lai
bou^5	dai^3	kja^3	ki^3	laːi^1
不	得	等	几	多

不能等太久。

5-1439

三	八	加	英	台
Sanh	bek	caj	yingh	daiz
θaːn^1	peːk^7	kja^3	iŋ^1	taːi^2
山	伯	等	英	台

山伯等英台,

5-1440

加	少	乖	老	秀
Caj	sau	gvai	lauq	ciuh
kja^3	θaːu^1	kwaːi^1	laːu^5	ɕiːu^6
等	姑娘	乖	误	世

等妹误年华。

女唱

5-1441

三	加	你	了	论
Sam	caj	mwngz	liux	lwnz
θaːn¹	kja³	muŋ²	liːu⁴	lun²
三	等	你	啰	情友

三等你情友，

5-1442

加	要	文	共	罗
Caj	aeu	vunz	gungh	loh
kja³	au¹	vun²	kuŋ⁶	lo⁶
等	要	人	共	路

等你同路走。

5-1443

加	少	乖	小	可
Caj	sau	gvai	siuj	goj
kja³	θaːu¹	kwaːi¹	θiːu³	ko³
等	姑娘	乖	小	事

等妹是小事，

5-1444

加	花	罗	花	才
Caj	va	loh	va	raiz
kja³	va¹	lo⁶	va¹	ɹaːi²
等	花	路	花	花纹

等一路繁花。

男唱

5-1445

四	加	你	了	同
Seiq	caj	mwngz	liux	doengz
θei⁵	kja³	muŋ²	liːu⁴	toŋ²
四	等	你	啰	同

四等好友你，

5-1446

开	八	飞	邦	伏
Gaej	bah	mbin	biengz	fwx
kaːi⁵	pa⁶	bin¹	piːŋ²	fə⁴
莫	莫急飞	地方	别人

别急走他乡。

5-1447

加	要	金	跟	玉
Caj	aeu	gim	riengz	nyawh
kja³	au¹	kin¹	ɹiːŋ²	ȵəu⁶
等	要	金	跟	玉

等要金要玉，

5-1448

加	备	勒	要	正
Caj	beix	lawh	aeu	cingz
kja³	pi⁴	ləu⁶	au¹	çiŋ²
等	兄	换	要	情

等兄换信物。

女唱

5-1449

五	加	你	了	江
Ngux	caj	mwngz	liux	gyang
ŋu⁴	kja³	muɯ²	li:u⁴	kjaŋ¹
五	等	你	啰	友

五等情友你，

5-1450

开	八	飞	邦	光
Gaej	bah	mbin	biengz	gvangq
ka:i⁵	pa⁶	bin¹	pi:ŋ²	kwa:ŋ⁵
莫	莫急	飞	地方	宽

别急走他乡。

5-1451

加	少	乖	古	洋
Caj	sau	gvai	guh	angq
kja³	θa:u¹	kwa:i¹	ku⁴	a:ŋ⁵
等	姑娘	乖	做	高兴

等妹同欢乐，

5-1452

八	吉	忙	造	然
Bah	giz	mangz	caux	ranz
pa⁶	ki²	ma:ŋ²	ça:u⁴	ɹa:n²
莫	急	忙	造	家

别急着成家。

男唱

5-1453

六	加	你	了	金
Loeg	caj	mwngz	liux	gim
lok⁸	kja³	muɯ²	li:u⁴	kin¹
六	等	你	啰	金

六等好友你，

5-1454

开	八	飞	变	相
Gaej	bah	mbin	bienq	siengq
ka:i⁵	pa⁶	bin¹	pi:n⁵	θi:ŋ⁵
莫	急	飞	变	相

别急着翻脸。

5-1455

加	包	乖	心	凉
Caj	mbauq	gvai	sim	liengz
kja³	ba:u⁵	kwa:i¹	θin¹	li:ŋ²
等	小伙	乖	心	凉

等情友心凉，

5-1456

开	八	强	下	王
Gaej	bah	giengh	roengz	vaengz
ka:i⁵	pa⁶	kji:ŋ⁶	ɹoŋ²	vaŋ²
莫	急	跳	下	潭

莫忙跳水潭。

女唱

5-1457

七	加	朵	花	买
Caet	caj	duj	va	mai
çat⁷	kja³	tu³	va¹	ma:i¹
七	等	朵	花	密蒙

等密蒙花开，

5-1458

在	江	开	大	罗
Ywq	gyang	gai	daih	loh
ju⁵	kja:ŋ¹	ka:i¹	ta:i⁶	lo⁶
在	中	街	大	路

在街上大路。

5-1459

加	卡	秀	花	罗
Caj	gaq	ciuh	va	loh
kja³	ka⁵	çi:u⁶	va¹	lo⁶
等	这	世	花	路

等花季同路，

5-1460

得	罗	是	论	偻
Ndaej	loh	cix	lumz	raeuz
dai³	lo⁶	çi⁴	lun²	ʐau²
得	路	就	忘	我们

新欢却忘我。

男唱

5-1461

八	加	朵	花	罗
Bet	caj	duj	va	loh
pe:t⁷	kja³	tu³	va¹	lo⁶
八	等	朵	花	路

八等鲜花绽，

5-1462

包	同	罗	米	来
Mbauq	doengz	loh	miz	lai
ba:u⁵	toŋ²	lo⁶	mi²	la:i¹
小伙	同	路	有	多

情友多的是。

5-1463

利	宁	加	少	乖
Lij	ningq	caj	sau	gvai
li⁴	niŋ⁵	kja³	θa:u¹	kwa:i¹
还	小	等	姑娘	乖

从小恋情妹，

5-1464

强	文	代	大	罗
Giengz	vunz	dai	daih	loh
ki:ŋ²	vun²	ta:i¹	ta:i⁶	lo⁶
像	人	死	大	路

却如路边尸。

女唱

5-1465

九	加	朵	花	棉
Gouj	caj	duj	va	mienz
kjou³	kja³	tu³	va¹	mi:n²
九	等	朵	花	棉

九等木棉花,

5-1466

空	米	钱	貝	買
Ndwi	miz	cienz	bae	cawx
du:i¹	mi²	çi:n²	pai¹	çɐɯ⁴
不	有	钱	去	买

没有钱去买。

5-1467

秀	阝	作	同	勒
Ciuh	boux	coz	doengz	lawh
çi:u⁶	pu⁴	ço²	toŋ²	lɐɯ⁶
世	人	年轻	同	换

从小就相恋,

5-1468

开	好	伏	造	然
Gaej	ndij	fwx	caux	ranz
ka:i⁵	di¹	fə⁴	ça:u⁴	ɹa:n²
莫	与	别人	造	家

不要寻新欢。

男唱

5-1469

十	加	你	了	农
Cib	caj	mwngz	liux	nuengx
çit⁸	kja³	muŋ²	li:u⁴	nu:ŋ⁴
十	等	你	啰	妹

十等情妹你,

5-1470

开	八	祘	造	然
Gaej	bah	suenq	caux	ranz
ka:i⁵	pa⁶	θu:n⁵	ça:u⁴	ɹa:n²
莫	急	算	造	家

你莫忙成家。

5-1471

叫	天	牙	狼	汉
Heuh	denh	ya	langh	han
he:u⁶	ti:n¹	ja⁶	la:ŋ⁶	ha:n¹
叫	天	下	若	应

若还合天意,

5-1472

岁	共	然	一	在
Caez	gungh	ranz	ndeu	ywq
çai²	kuŋ⁶	ɹa:n²	de:u¹	juɯ⁵
齐	共	家	一	住

我俩共一家。

女唱	男唱

5-1473

加	备	比	第	一
Caj	beix	bi	daih	it
kja³	pi⁴	pi¹	ti⁵	it⁷
等	兄	年	第	一

等兄第一年，

5-1474

你	不	乱	很	开
Mwngz	mbouj	luenh	hwnj	gai
muɯŋ²	bou⁵	luːn⁶	huɯn³	kaːi¹
你	不	乱	上	街

你很少上街。

5-1475

加	卡	秀	包	乖
Caj	gaq	ciuh	mbauq	gvai
kja³	ka⁵	ɕiːu⁶	baːu⁵	kwaːi¹
等	卡	世	小伙	乖

等兄一辈子，

5-1476

得	共	开	知	不
Ndaej	gungh	gai	rox	mbouj
dai³	kuŋ⁶	kaːi¹	ʐo⁴	bou⁵
得	共	街	或	不

未同赶过街。

5-1477

加	农	比	第	一
Caj	nuengx	bi	daih	it
kja³	nuːŋ⁴	pi¹	ti⁵	it⁷
等	妹	年	第	一

等妹第一年，

5-1478

说	表	农	用	心
Naeuz	biuj	nuengx	yungh	sim
nau²	piːu³	nuːŋ⁴	juŋ⁶	θin¹
说	表	妹	用	心

妹要记在心。

5-1479

得	正	开	八	飞
Ndaej	cingz	gaej	bah	mbin
dai³	ɕiŋ²	kaːi⁵	pa⁶	bin¹
得	情	莫	急	飞

得新欢别走，

5-1480

在	加	土	讲	满
Ywq	caj	dou	gangj	monh
juɯ⁵	kja³	tu¹	kaːŋ³	moːn⁶
在	等	我	讲	情

我俩先谈情。

女唱

5-1481

加	备	比	第	义
Caj	beix	bi	daih	ngeih
kja³	pi⁴	pi¹	ti⁵	n̠i⁶
等	兄	年	第	二

等兄第二年,

5-1482

难	不	乃	古	巡
Nanz	mbouj	naih	guh	cunz
na:n²	bou⁵	na:i⁶	ku⁴	çun²
久	不	久	做	巡

久不久互访。

5-1483

乃	加	观	备	银
Naih	caj	gonq	beix	ngaenz
na:i⁶	kja³	ko:n⁵	pi⁴	ŋan²
慢	等	先	兄	银

兄耐心等待,

5-1484

浪	可	办	备	农
Laeng	goj	baenz	beix	nuengx
laŋ¹	ko³	pan²	pi⁴	nu:ŋ⁴
后	可	成	兄	妹

我俩会成亲。

男唱

5-1485

加	农	比	第	义
Caj	nuengx	bi	daih	ngeih
kja³	nu:ŋ⁴	pi¹	ti⁵	n̠i⁶
等	妹	年	第	二

等妹第二年,

5-1486

说	韦	机	开	还
Naeuz	vae	giq	gaej	vanz
nau²	vai¹	ki⁵	ka:i⁵	va:n²
说	姓	支	莫	还

你莫交别人。

5-1487

加	卡	秀	平	班
Caj	gaq	ciuh	bingz	ban
kja³	ka⁵	çi:u⁶	piŋ²	pa:n¹
等	卡	世	平	班

等我平辈友,

5-1488

得	共	然	是	抵
Ndaej	gungh	ranz	cix	dij
dai³	kuŋ⁶	ɹa:n²	çi⁴	ti³
得	共	家	就	值

得成亲就值。

女唱

5-1489

加	备	比	第	三
Caj	beix	bi	daih	sam
kja³	pi⁴	pi¹	ti⁵	θa:n¹
等	兄	年	第	三

等兄第三年，

5-1490

话	貝	问	卜	乜
Vah	bae	cam	boh	meh
va⁶	pai¹	ɕa:m¹	po⁶	me⁶
话	去	问	父	母

便征求父母。

5-1491

往	双	偻	外	些
Uengj	song	raeuz	vaij	seiq
va:ŋ³	θo:ŋ¹	ɹau²	va:i³	θe⁵
枉	两	我们	过	世

枉我俩至死，

5-1492

空	办	十	开	么
Ndwi	baenz	cih	gij	maz
du:i¹	pan²	ɕi⁶	ka:i²	ma²
不	成	个	什	么

任何事无成。

男唱

5-1493

加	农	比	第	三
Caj	nuengx	bi	daih	sam
kja³	nu:ŋ⁴	pi¹	ti⁵	θa:n¹
等	妹	年	第	三

等妹第三年，

5-1494

秀	平	班	牙	了
Ciuh	bingz	ban	yaek	liux
ɕi:u⁶	piŋ²	pa:n¹	jak⁷	li:u⁴
世	平	班	要	完

难寻同龄友。

5-1495

想	加	秀	老	表
Siengj	caj	ciuh	laux	biuj
θi:ŋ³	kja³	ɕi:u⁶	la:u⁴	pi:u³
想	等	世	老	表

厮守妹一生，

5-1496

农	造	秀	写	偻
Nuengx	caux	ciuh	ce	raeuz
nu:ŋ⁴	ɕa:u⁴	ɕi:u⁶	ɕe¹	ɹau²
妹	造	世	留	我们

妹给我个家。

女唱

5-1497

加	备	比	第	四
Caj	beix	bi	daih	seiq
kja³	pi⁴	pi¹	ti⁵	θei⁵
等	兄	年	第	四

等兄第四年，

5-1498

空	办	十	开	么
Ndwi	baenz	cih	gij	maz
du:i¹	pan²	çi⁶	ka:i²	ma²
不	成	个	什	么

却一事无成。

5-1499

加	秀	早	秀	鸦
Caj	ciuh	romh	ciuh	a
kja³	çi:u⁶	ɟo:n⁶	çi:u⁶	a¹
等	世	鹰	世	鸦

如老鹰乌鸦，

5-1500

空	办	开	么	古
Ndwi	baenz	gij	maz	guh
du:i¹	pan²	ka:i²	ma²	ku⁴
不	成	什	么	做

什么也不做。

男唱

5-1501

加	农	比	第	四
Caj	nuengx	bi	daih	seiq
kja³	nu:ŋ⁴	pi¹	ti⁵	θei⁵
等	妹	年	第	四

等妹第四年，

5-1502

义	又	坤	心	头
Ngeix	youh	goenq	sim	daeuz
ȵi⁴	jou⁴	kon⁵	θin¹	tau²
想	又	断	心	脏

想来肝肠断。

5-1503

往	你	农	巴	轻
Uengj	mwngz	nuengx	bak	mbaeu
va:ŋ³	muɯŋ²	nu:ŋ⁴	pa:k⁷	bau¹
枉	你	妹	嘴	轻

枉你乖巧妹，

5-1504

不	办	土	天	份
Mbouj	baenz	dou	denh	faenh
bou⁵	pan²	tu¹	ti:n¹	fan⁶
不	成	我	天	分

与我没缘分。

女唱

—

5-1505

加	备	比	第	五
Caj	beix	bi	daih	haj
kja³	pi⁴	pi¹	ti⁵	ha³
等	兄	年	第	五

等兄第五年，

5-1506

不	得	加	几	来
Mbouj	ndaej	caj	geij	lai
bou⁵	dai³	kja³	ki³	laːi¹
不	得	等	几	多

不能等太久。

5-1507

花	罗	加	花	才
Va	loh	caj	va	raiz
va¹	lo⁶	kja³	va¹	ɹaːi²
花	路	等	花	花纹

花期相等待，

5-1508

得	共	开	牙	祘
Ndaej	gungh	hai	yax	suenq
dai³	kuŋ⁶	haːi¹	ja⁵	θuːn⁵
得	共	开	才	算

同绽放才好。

男唱

—

5-1509

加	农	比	第	五
Caj	nuengx	bi	daih	haj
kja³	nuːŋ⁴	pi¹	ti⁵	ha³
等	妹	年	第	五

等妹第五年，

5-1510

利	加	比	它	比
Lij	caj	bi	daz	bi
li⁴	kja³	pi¹	ta²	pi¹
还	等	年	又	年

一年又一年。

5-1511

变	办	鸟	九	义
Bienq	baenz	roeg	giuj	nyij
piːn⁵	pan²	ɹok⁸	kiːu³	ɲi³
变	成	鸟	九	义

变成九义鸟，

5-1512

少	好	牙	回	克
Sau	ndei	yaek	veiz	gwz
θaːu¹	dei¹	jak⁷	vei²	kə⁴
姑娘	好	要	回	去

情妹要回家。

女唱

男唱

5-1513

加	备	比	第	六
Caj	beix	bi	daih	roek
kja³	pi⁴	pi¹	ti⁵	ɹok⁷
等	兄	年	第	六

等兄第六年，

5-1514

义	作	动	是	付
Ngeix	coq	dungx	cix	fouz
ȵi⁴	ço⁵	tuŋ⁴	çi⁴	fu²
想	放	肚	就	浮

想到肝肠断。

5-1515

得	备	在	加	土
Ndaej	beix	ywq	caj	dou
dai³	pi⁴	jɯ⁵	kja³	tu¹
得	兄	在	等	我

兄在守候我，

5-1516

是	不	忧	老	秀
Cix	mbouj	you	lauq	ciuh
çi⁴	bou⁵	jou¹	la:u⁵	çi:u⁶
就	不	忧	误	世

就不愁婚事。

5-1517

加	农	比	第	六
Caj	nuengx	bi	daih	roek
kja³	nu:ŋ⁴	pi¹	ti⁵	ɹok⁷
等	妹	年	第	六

等妹第六年，

5-1518

出	外	伏	又	问
Ok	rog	fwx	youh	cam
o:k⁷	ɹo:k⁸	fə⁴	jou⁴	ça:m¹
出	外	别人	又	问

出门人探问。

5-1519

在	古	妷	黄	连
Ywq	guh	yah	vangz	lenx
jɯ⁵	ku⁴	ja⁶	va:ŋ²	le:n⁴
在	做	婆	黄	鹂

如那黄鹂鸟，

5-1520

千	年	偻	古	对
Cien	nienz	raeuz	guh	doiq
çi:n¹	ni:n²	ɹau²	ku⁴	to:i⁵
千	年	我们	做	对

永久成双对。

女唱

5-1521

加	备	比	第	七
Caj	beix	bi	daih	caet
kja³	pi⁴	pi¹	ti⁵	ɕat⁷
等	兄	年	第	七

等兄第七年，

5-1522

沘	办	朵	花	力
Aet	baenz	duj	va	leiz
at⁷	pan²	tu³	va¹	li²
靓	成	朵	花	梨

像梨花美丽。

5-1523

加	备	比	它	比
Caj	beix	bi	daz	bi
kja³	pi⁴	pi¹	ta²	pi¹
等	兄	年	又	年

年复年厮守，

5-1524

牙	同	立	贝	了
Yaek	doengz	liz	bae	liux
jak⁷	toŋ²	li²	pai¹	liːu⁴
要	同	离	去	完

将要分手了。

男唱

5-1525

加	农	比	第	七
Caj	nuengx	bi	daih	caet
kja³	nuːŋ⁴	pi¹	ti⁵	ɕat⁷
等	妹	年	第	七

等妹第七年，

5-1526

花	好	样	花	力
Va	ndei	yiengh	va	leiz
va¹	dei¹	juːŋ⁶	va¹	li²
花	好	样	花	梨

美得像梨花。

5-1527

玩	仗	比	它	比
Vanz	saenq	bi	daz	bi
vaːn²	θin⁵	pi¹	ta²	pi¹
还	信	年	又	年

年年都寄信，

5-1528

米	正	好	是	送
Miz	cingz	ndei	cix	soengq
mi²	ɕiŋ²	dei¹	ɕi⁴	θoŋ⁵
有	情	好	就	送

有好礼快送。

女唱

男唱

5-1529

加	备	比	第	八
Caj	beix	bi	daih	bet
kja³	pi⁴	pi¹	ti⁵	pe:t⁷
等	兄	年	第	八

等兄第八年，

5-1530

心	不	念	牙	难
Sim	mbouj	net	yax	nanz
θin¹	bou⁵	ne:t⁷	ja⁵	na:n²
心	不	实	也	难

不放心也难。

5-1531

加	得	秀	平	班
Caj	ndaej	ciuh	bingz	ban
kja³	dai³	çi:u⁶	piŋ²	pa:n¹
等	得	世	平	班

得到同龄友，

5-1532

造	然	心	是	念
Caux	ranz	sim	cix	net
ça:u⁴	ɹa:n²	θin¹	çi⁴	ne:t⁷
造	家	心	就	实

成家心踏实。

5-1533

加	农	比	第	八
Caj	nuengx	bi	daih	bet
kja³	nu:ŋ⁴	pi¹	ti⁵	pe:t⁷
等	妹	年	第	八

等妹第八年，

5-1534

节	邦	友	马	岁
Ciep	baengz	youx	ma	caez
çe:t⁷	paŋ²	ju⁴	ma¹	çai²
接	朋	友	来	齐

朋友都来齐。

5-1535

在	加	友	元	远
Ywq	caj	youx	roen	gyae
ju⁵	kja³	ju⁴	jo:n¹	kjai¹
在	等	友	路	远

坐等远方友，

5-1536

明	少	可	老	秀
Cog	sau	goj	lauq	ciuh
ço:k⁸	θa:u¹	ko³	la:u⁵	çi:u⁶
将来	姑娘	可	误	世

妹会误青春。

女唱

5-1537

加　备　比　第　九

Caj　beix　bi　daih　gouj

kja³　pi⁴　pi¹　ti⁵　kjou³

等　兄　年　第　九

等兄第九年，

5-1538

不　得　加　儿　来

Mbouj　ndaej　caj　geij　lai

bou⁵　dai³　kja³　ki³　la:i¹

不　得　等　几　多

不能再久等。

5-1539

想　加　秀　包　乖

Siengj　caj　ciuh　mbauq　gvai

θi:ŋ³　kja³　ɕi:u⁶　ba:u⁵　kwa:i¹

想　等　世　小伙　乖

想守候情哥，

5-1540

老　堂　尾　貝　了

Lau　daengz　byai　bae　liux

la:u¹　taŋ²　pja:i¹　pai¹　li:u⁴

怕　到　尾　去　完

恐年纪要过。

男唱

5-1541

加　农　比　第　九

Caj　nuengx　bi　daih　gouj

kja³　nu:ŋ⁴　pi¹　ti⁵　kjou³

等　妹　年　第　九

等妹第九年，

5-1542

罗　老　表　心　付

Lox　laux　biuj　sim　fouz

lo⁴　la:u⁴　pi:u³　θin¹　fu²

哄　老表　心　浮

哄情友开心。

5-1543

巴　可　罗　加　士

Bak　goj　lox　caj　dou

pa:k⁷　ko³　lo⁴　kja³　tu¹

嘴　可　骗　等　我

嘴上说等我，

5-1544

干　方　卢　邦　伏

Ganq　fueng　louz　biengz　fwx

ka:n⁵　fu:ŋ¹　lu²　pi:ŋ²　fə⁴

顾　风　流　地方　别人

只顾找别人。

女唱

男唱

5-1545

加	备	比	第	十
Caj	beix	bi	daih	cib
kja³	pi⁴	pi¹	ti⁵	çit⁸
等	兄	年	第	十

等兄第十年，

5-1546

四	处	农	全	当
Seiq	cih	nuengx	gyonj	dang
θei⁵	çi⁶	nu:ŋ⁴	kjo:n³	ta:ŋ¹
四	处	妹	都	当

妹到处游荡。

5-1547

伕	利	加	秀	浪
Fwx	lij	caj	ciuh	laeng
fə⁴	li⁴	kja³	çi:u⁶	laŋ¹
别人	还	等	世	后

人家等下辈，

5-1548

龙	加	土	不	得
Lungz	caj	dou	mbouj	ndaej
luŋ²	kja³	tu¹	bou⁵	dai³
龙	等	我	不	得

你等我无果。

5-1549

加	农	比	第	十
Caj	nuengx	bi	daih	cib
kja³	nu:ŋ⁴	pi¹	ti⁵	çit⁸
等	妹	年	第	十

等妹第十年，

5-1550

备	可	在	加	你
Beix	goj	ywq	caj	mwngz
pi⁴	ko³	ju⁵	kja³	muɯŋ²
兄	可	在	等	你

兄还在等你。

5-1551

秀	些	马	拉	本
Ciuh	seiq	ma	laj	mbwn
çi:u⁶	θe⁵	ma¹	la³	bun¹
世	世	来	下	天

轮回天地间，

5-1552

可	双	偻	同	加
Goj	song	raeuz	doengz	caj
ko⁵	θo:ŋ¹	ɹau²	toŋ²	kja³
可	两	我们	同	等

我俩相守候。

女唱

5-1553

备	点	农	同	加
Beix	dem	nuengx	doengz	caj
pi⁴	teːn¹	nuːŋ⁴	toŋ²	kja³
兄	与	妹	同	等

兄妹相厮守,

5-1554

特	后	崇	贝	优
Dawz	haeuj	rungh	bae	yaeuq
təɯ²	hau³	ɹuŋ⁶	pai¹	jau⁵
拿	进	崇	去	收

进山崇幽居。

5-1555

加	农	不	得	要
Caj	nuengx	mbouj	ndaej	aeu
kja³	nuːŋ⁴	bou⁵	dai³	au¹
等	妹	不	得	娶

等妹娶不得,

5-1556

秀	巴	轻	牙	了
Ciuh	bak	mbaeu	yax	liux
ɕiːu⁶	paːk⁷	bau¹	ja⁵	liːu⁴
世	嘴	轻	也	完

青春期也过。

男唱

5-1557

往	双	偻	同	加
Uengj	song	raeuz	doengz	caj
vaːŋ³	θoːŋ¹	ɹau²	toŋ²	kja³
枉	两	我们	同	等

我俩相守候,

5-1558

空	办	十	开	么
Ndwi	baenz	cih	gij	maz
duːi¹	pan²	ɕi⁶	kaːi²	ma²
不	成	个	什	么

却一事无成。

5-1559

加	备	不	办	家
Caj	beix	mbouj	baenz	gya
kja³	pi⁴	bou⁵	pan²	kja¹
等	兄	不	成	家

厮守不成家,

5-1560

偻	同	哈	不	抵
Raeuz	doengz	ha	mbouj	dij
ɹau²	toŋ²	ha¹	bou⁵	ti³
我们	同	配	不	值

相耽误不值。

女唱

男唱

5-1561

土	加	你	了	备
Dou	caj	mwngz	liux	beix
tu¹	kja³	muɯŋ²	liːu⁴	pi⁴
我	等	你	啰	兄

情哥我等你,

5-1565

你	加	土	了	农
Mwngz	caj	dou	liux	nuengx
muɯŋ²	kja³	tu¹	liːu⁴	nuːŋ⁴
你	等	我	啰	妹

情妹你等我,

5-1562

话	貝	问	付	母
Vah	bae	cam	fuj	muj
va⁶	pai¹	ça:m¹	fu⁴	mu⁴
话	去	问	父	母

去征求父母。

5-1566

话	貝	问	卜	乜
Vah	bae	cam	boh	meh
va⁶	pai¹	ça:m¹	po⁶	me⁶
话	去	问	父	母

去征求父母。

5-1563

土	加	你	了	友
Dou	caj	mwngz	liux	youx
tu¹	kja³	muɯŋ²	liːu⁴	ju⁴
我	等	你	啰	友

情友我等你,

5-1567

巴	讲	坤	小	些
Bak	gangj	goenq	siuj	seiq
pa:k⁷	ka:ŋ³	kon⁵	θiːu³	θe⁵
嘴	讲	断	小	事

空谈没有用,

5-1564

空	办	罗	开	么
Ndwi	baenz	loh	gij	maz
duːi¹	pan²	lo⁶	ka:i²	ma²
不	成	路	什	么

等了也无用。

5-1568

几	时	合	英	元
Geij	seiz	hwz	in	yuenz
ki³	θi²	ho²	in¹	juːn²
几	时	合	姻	缘

何时才成亲?

女唱

5-1569

土	加	你	了	备
Dou	caj	mwngz	liux	beix
tu¹	kja³	muɯŋ²	liːu⁴	pi⁴
我	等	你	啰	兄

情哥我等你，

5-1570

后	地	查	后	那
Haeux	reih	cab	haeux	naz
hau⁴	ɹei⁶	çaːp⁸	hau⁴	na²
米	地	掺	米	田

苞谷掺稻谷。

5-1571

同	加	结	关	巴
Doengz	caj	giet	gvan	baz
toŋ²	kja³	kiːt⁷	kwaːi¹	pa²
同	等	结	夫	妻

守候结夫妻，

5-1572

蒙	开	么	了	备
Muengz	gij	maz	liux	beix
muːŋ²	kaːi²	ma²	liːu⁴	pi⁴
忙	什	么	啰	兄

情哥急什么？

男唱

5-1573

土	加	你	了	农
Dou	caj	mwngz	liux	nuengx
tu¹	kja³	muɯŋ²	liːu⁴	nuːŋ⁴
我	等	你	啰	妹

情妹我等你，

5-1574

后	地	查	后	那
Haeux	reih	cab	haeux	naz
hau⁴	ɹei⁶	çaːp⁸	hau⁴	na²
米	地	掺	米	田

苞谷掺稻谷。

5-1575

结	空	办	关	巴
Giet	ndwi	baenz	gvan	baz
kiːt⁷	duːi¹	pan²	kwaːi¹	pa²
结	不	成	夫	妻

若不成夫妻，

5-1576

抹	水	山	同	分
Vuet	raemx	bya	doengz	mbek
vuːt⁷	ɹan⁴	pja¹	toŋ²	beːk⁷
擦	水	眼	同	分

就挥泪告别。

女唱

5-1577

备	点	农	同	加
Beix	dem	nuengx	doengz	caj
pi^1	te:n^1	nu:ŋ^4	toŋ^2	kja^3
兄	与	妹	同	等

兄妹相守候，

5-1578

不	得	加	几	来
Mbouj	ndaej	caj	geij	lai
bou^5	dai^3	kja^3	ki^3	la:i^1
不	得	等	几	多

守候不长久。

5-1579

三	八	托	英	台
Sanh	bek	doh	yingh	daiz
θa:n^1	pe:k^7	to^6	iŋ^1	ta:i^2
山	伯	同	英	台

山伯与英台，

5-1580

代	是	利	同	加
Dai	cix	lij	doengz	caj
ta:i^1	çi^4	li^4	toŋ^2	kja^3
死	就	还	同	等

至死还相守。

男唱

5-1581

往	双	偻	同	加
Uengj	song	raeuz	doengz	caj
va:ŋ^3	θo:ŋ^1	ɹau^2	toŋ^2	kja^3
枉	两	我们	同	等

我俩相守候，

5-1582

心	不	念	牙	难
Sim	mbouj	net	yax	nanz
θin^1	bou^5	ne:t^7	ja^5	na:n^2
心	不	实	也	难

心不定难受。

5-1583

加	农	不	平	班
Caj	nuengx	mbouj	bingz	ban
kja^3	nu:ŋ^4	bou^5	piŋ^2	pa:n^1
等	妹	不	平	班

等妹不能娶，

5-1584

心	龙	反	下	水
Sim	lungz	fan	roengz	raemx
θin^1	luŋ^2	fa:n^1	ɹoŋ^2	ɹan^4
心	龙	翻	下	水

兄心痛欲绝。

女唱

5-1585

往	双	偻	同	加
Uengj	song	raeuz	doengz	caj
va:ŋ³	θo:ŋ¹	ɹau²	toŋ²	kja³
枉	两	我们	同	等

我俩相守候，

5-1586

可	开	样	花	力
Goj	hai	yiengh	va	leiz
ko⁵	ha:i¹	juɯ:ŋ⁶	va¹	li²
可	开	样	花	梨

如同梨花开。

5-1587

汉	农	貝	三	比
Han	nuengx	bae	sam	bi
ha:n¹	nu:ŋ⁴	pai¹	θa:n¹	pi¹
应	妹	去	三	年

承诺去三年，

5-1588

正	好	牙	同	送
Cingz	ndei	yaek	doengz	soengq
çiŋ²	dei¹	jak⁷	toŋ²	θoŋ⁵
情	好	要	同	送

互送好信物。

男唱

5-1589

往	双	偻	同	加
Uengj	song	raeuz	doengz	caj
va:ŋ³	θo:ŋ¹	ɹau²	toŋ²	kja³
枉	两	我们	同	等

我俩相守候，

5-1590

加	三	八	反	身
Caj	sanh	bek	fan	ndang
kja³	θa:n¹	pe:k⁷	fa:n¹	da:ŋ¹
等	山	伯	翻	身

等山伯再世。

5-1591

加	阝	那	阝	浪
Caj	boux	naj	boux	laeng
kja³	pu⁴	na³	pu⁴	laŋ¹
等	人	前	人	后

比前又比后，

5-1592

不	哈	文	洋	祘
Mbouj	ha	vunz	yaeng	suenq
bou⁵	ha¹	vun²	jaŋ¹	θuɯ:n⁵
不	配	人	再	算

不如人再说。

女唱

5-1593

往	双	偻	同	加
Uengj	song	raeuz	doengz	caj
vaːŋ³	θoːŋ¹	ɣau²	toŋ²	kja³
枉	两	我们	同	等

我俩相守候，

5-1594

不	得	加	几	来
Mbouj	ndaej	caj	geij	lai
bou⁵	dai³	kja³	ki³	laːi¹
不	得	等	几	多

不可能长久。

5-1595

三	八	利	得	代
Sanh	bek	lij	ndaej	dai
θaːn¹	peːk⁷	li⁴	dai³	taːi¹
山	伯	还	得	死

山伯舍得死，

5-1596

么	少	不	得	加
Maz	sau	mbouj	ndaej	caj
ma²	θaːu¹	bou⁵	dai³	kja³
何	姑娘	不	得	等

妹怎等不得？

男唱

5-1597

往	双	偻	同	加
Uengj	song	raeuz	doengz	caj
vaːŋ³	θoːŋ¹	ɣau²	toŋ²	kja³
枉	两	我们	同	等

我俩相守候，

5-1598

义	作	动	是	反
Ngeix	coq	dungx	cix	fan
ŋi⁴	ço⁵	tuŋ⁴	çi⁴	faːn¹
想	放	肚	就	翻

想起就烦恼。

5-1599

加	得	农	共	家
Caj	ndaej	nuengx	gungh	gya
kja³	dai³	nuːŋ⁴	kuŋ⁶	kja¹
等	得	妹	共	家

若得妹结亲，

5-1600

心	是	干	满	秀
Sim	cix	gan	mued	ciuh
θin¹	çi⁴	kaːn¹	muːt⁸	çiːu⁶
心	就	甘	没	世

今生心满足。

女唱

5-1601

三	八	托	英	台
Sanh	bek	doh	yingh	daiz
θaːn¹	peːk⁷	to⁶	iŋ¹	taːi²
山	伯	同	英	台

山伯和英台，

5-1602

代	是	利	同	加
Dai	cix	lij	doengz	caj
taːi¹	çi⁴	li⁴	toŋ²	kja³
死	就	还	同	等

至死相守候。

5-1603

三	八	代	贝	那
Sanh	bek	dai	bae	naj
θaːn¹	peːk⁷	taːi¹	pai¹	na³
山	伯	死	去	前

山伯先死去，

5-1604

是	利	加	英	台
Cix	lij	caj	yingh	daiz
çi⁴	li⁴	kja³	iŋ¹	taːi²
就	还	等	英	台

还等祝英台。

男唱

5-1605

三	八	托	英	台
Sanh	bek	doh	yingh	daiz
θaːn¹	peːk⁷	to⁶	iŋ¹	taːi²
山	伯	同	英	台

山伯与英台，

5-1606

代	是	利	同	加
Dai	cix	lij	doengz	caj
taːi¹	çi⁴	li⁴	toŋ²	kja³
死	就	还	同	等

至死相守候。

5-1607

变	办	双	土	巴
Bienq	baenz	song	duz	mbaj
peːn⁵	pan²	θoːŋ¹	tu²	ba³
变	成	两	只	蝴蝶

变成一双蝶，

5-1608

变	化	很	更	本
Bienq	vaq	hwnj	gwnz	mbwn
piːn⁵	va⁵	hun³	kun²	bun¹
变	化	上	上	天

变化飞上天。

女唱	男唱

5-1609

三　八　托　英　台
Sanh　bek　doh　yingh　daiz
θaːn¹　peːk⁷　to⁶　iŋ¹　taːi²
山　伯　同　英　台
山伯与英台，

5-1610

代　是　利　同　加
Dai　cix　lij　doengz　caj
taːi¹　çi⁴　li⁴　toŋ²　kja³
死　就　还　同　等
至死相守候。

5-1611

明　龙　代　贝　那
Cog　lungz　dai　bae　naj
çoːk⁸　luŋ²　taːi¹　pai¹　na³
将来　龙　死　去　前
日后兄死去，

5-1612

利　加　备　知　空
Lij　caj　beix　rox　ndwi
li⁴　kja³　pi⁴　ʐoⁱ⁴　duːi¹
还　等　兄　或　不
还等不等兄？

5-1613

三　八　托　英　台
Sanh　bek　doh　yingh　daiz
θaːn¹　peːk⁷　to⁶　iŋ¹　taːi²
山　伯　同　英　台
山伯与英台，

5-1614

代　是　利　同　加
Dai　cix　lij　doengz　caj
taːi¹　çi⁴　li⁴　toŋ²　kja³
死　就　还　同　等
至死相守候。

5-1615

龙　浪　代　贝　那
Lungz　langh　dai　bae　naj
luŋ²　laːŋ⁶　taːi¹　pai¹　na³
龙　若　死　去　前
兄若先死去，

5-1616

利　加　农　共　然
Lij　caj　nuengx　gungh　ranz
li⁴　kja³　nuːŋ⁴　kuŋ⁶　ʐaːn²
还　等　妹　共　家
等妹做一家。

女唱

5-1617

三	八	托	英	台
Sanh	bek	doh	yingh	daiz
θaːn¹	peːk⁷	to⁶	iŋ¹	taːi²
山	伯	同	英	台

山伯与英台，

5-1618

代	是	利	共	墓
Dai	cix	lij	gungh	moh
taːi¹	ɕi⁴	li⁴	kuŋ⁶	mo⁶
死	就	还	共	墓

死还共坟墓。

5-1619

往	双	偻	了	哥
Uengj	song	raeuz	liux	go
vaːŋ³	θoːŋ¹	ɹau²	liːu⁴	ko¹
枉	两	我们	啰	哥

说到我们俩，

5-1620

得	共	墓	知	空
Ndaej	gungh	moh	rox	ndwi
dai³	kuŋ⁶	mo⁶	ɹoɹ⁴	duːi¹
得	共	墓	或	不

将得共墓否？

男唱

5-1621

三	八	托	英	台
Sanh	bek	doh	yingh	daiz
θaːn¹	peːk⁷	to⁶	iŋ¹	taːi²
山	伯	同	英	台

山伯与英台，

5-1622

代	是	利	共	墓
Dai	cix	lij	gungh	moh
taːi¹	ɕi⁴	li⁴	kuŋ⁶	mo⁶
死	就	还	共	墓

死还共坟墓。

5-1623

往	双	偻	唱	歌
Uengj	song	raeuz	cang	go
vaːŋ³	θoːŋ¹	ɹau²	ɕaːŋ⁴	ko⁵
枉	两	我们	唱	歌

我俩同唱歌，

5-1624

共	墓	心	是	甘
Gungh	moh	sim	cix	gan
kuŋ⁶	mo⁶	θin¹	ɕi⁴	kaːn¹
共	墓	心	就	甘

共墓心才甘。

女唱	男唱

5-1625

三	八	托	英	台
Sanh	bek	doh	yingh	daiz
θa:n¹	pe:k⁷	to⁶	iŋ¹	ta:i²
山	伯	同	英	台

山伯与英台，

5-1626

代	是	利	共	墓
Dai	cix	lij	gungh	moh
ta:i¹	çi⁴	li⁴	kuŋ⁶	mo⁶
死	就	还	共	墓

死还共坟墓。

5-1627

特	很	雷	貝	作
Dawz	hwnj	ndoi	bae	coq
təɯ²	hun³	do:i¹	pai¹	ço⁵
拿	上	坡	去	放

拿到坡上葬，

5-1628

伏	报	托	拉	本
Fwx	bauq	doh	laj	mbwn
fə⁴	pa:u⁵	to⁶	la³	bɯn¹
别人	报	遍	下	天

相传遍天下。

5-1629

三	八	托	英	台
Sanh	bek	doh	yingh	daiz
θa:n¹	pe:k⁷	to⁶	iŋ¹	ta:i²
山	伯	同	英	台

山伯与英台，

5-1630

代	是	利	共	墓
Dai	cix	lij	gungh	moh
ta:i¹	çi⁴	li⁴	kuŋ⁶	mo⁶
死	就	还	共	墓

死还共坟墓。

5-1631

貝	埋	作	大	罗
Bae	moek	coq	daih	loh
pai¹	mok⁷	ço⁵	ta:i⁶	lo⁶
去	埋	放	大	路

埋葬在路边，

5-1632

伏	说	墓	包	少
Fwx	naeuz	moh	mbauq	sau
fə⁴	nau²	mo⁶	ba:u⁵	θa:u¹
别人	说	墓	小伙	姑娘

人传夫妻坟。

①烧纸 [pjau¹ çi³]：烧纸。当地丧葬习俗，即烧纸钱。
②分鞋 [pan¹ ha:i²]：分鞋，指烧纸鞋，当地丧葬习俗之一。

女唱

5-1633

三	八	托	英	台
Sanh	bek	doh	yingh	daiz
θa:n¹	pe:k⁷	to⁶	iŋ¹	ta:i²
山	伯	同	英	台

山伯与英台，

5-1634

代	是	利	共	墓
Dai	cix	lij	gungh	moh
ta:i¹	çi⁴	li⁴	kuŋ⁶	mo⁶
死	就	还	共	墓

死还共坟墓。

5-1635

伏	外	元	外	罗
Fwx	vaij	roen	vaij	loh
fə⁴	va:i³	jo:n¹	va:i³	lo⁶
别人	过	路	过	路

陌路人走过，

5-1636

利	烧	纸①	小	洋
Lij	byaeu	ceij	siu	yieng
li⁴	pjau¹	çi³	θi:u¹	ju:ŋ¹
还	烧	纸	烧	香

还烧纸焚香。

男唱

5-1637

三	八	托	英	台
Sanh	bek	doh	yingh	daiz
θa:n¹	pe:k⁷	to⁶	iŋ¹	ta:i²
山	伯	同	英	台

山伯与英台，

5-1638

代	是	利	共	田
Dai	cix	lij	gungh	dieg
ta:i¹	çi⁴	li⁴	kuŋ⁶	ti:k⁸
死	就	还	共	地

死还共坟地。

5-1639

阝	才	外	烧	纸①
Boux	sai	vaij	byaeu	ceij
pu⁴	θa:i¹	va:i³	pjau¹	çi³
男	人	过	烧	纸

男子死烧纸，

5-1640

乜	女	外	分	鞋②
Meh	mbwk	vaij	baen	haiz
me⁶	buk⁷	va:i³	pan¹	ha:i²
女	人	过	分	鞋

妇女死送鞋。

女唱	男唱

5-1641

三	八	托	英	台
Sanh	bek	doh	yingh	daiz
θaːn¹	peːk⁷	to⁶	iŋ¹	taːi²
山	伯	同	英	台

山伯与英台,

5-1642

代	是	利	同	得
Dai	cix	lij	doengz	ndaej
taːi¹	çi⁴	li⁴	toŋ²	dai³
死	就	还	同	得

死了还成亲。

5-1643

往	双	偻	了	岁
Uengj	song	raeuz	liux	caez
vaːŋ²	θoːŋ¹	ɣau²	liːu⁴	çai²
枉	两	我们	啰	齐

我们俩相爱,

5-1644

利	同	得	知	空
Lij	doengz	ndaej	rox	ndwi
li⁴	toŋ²	dai³	ɣo⁴	duːi¹
还	同	得	或	不

还能成亲否?

5-1645

三	八	托	英	台
Sanh	bek	doh	yingh	daiz
θaːn¹	peːk⁷	to⁶	iŋ¹	taːi²
山	伯	同	英	台

山伯与英台,

5-1646

代	是	利	同	得
Dai	cix	lij	doengz	ndaej
taːi¹	çi⁴	li⁴	toŋ²	dai³
死	都	还	同	得

死了还成亲。

5-1647

但	定	手	你	尖
Danh	din	fwngz	mwngz	raeh
taːn⁶	tin¹	fɯŋ²	mɯŋ²	ɣai⁶
但	脚	手	你	利

说你手艺好,

5-1648

不	得	又	貝	而
Mbouj	ndaej	youh	bae	lawz
bou⁵	dai³	jou⁶	pai¹	lau²
不	得	又	去	哪

不会得不到。

女唱

5-1649

后	千	查	后	纳
Haeux	ciem	cab	haeux	nah
hau⁴	çi:n¹	ça:p⁸	hau⁴	na⁶
米	籼	掺	米	糯

籼米掺糯米,

5-1650

讲	加	不	同	跟
Gangj	gyaq	mbouj	doengz	riengz
ka:ŋ³	kja⁵	bou⁵	toŋ²	ȵi:ŋ²
讲	价	不	同	跟

价钱不相同。

5-1651

想	古	友	采	邦
Siengj	guh	youx	byaij	biengz
θi:ŋ³	ku⁴	ju⁴	pja:i³	pi:ŋ²
想	做	友	走	地方

想做游方友,

5-1652

巴	不	强	哈	对
Bak	mbouj	giengz	ha	doih
pa:k⁷	bou⁵	ki:ŋ²	ha¹	to:i⁶
嘴	不	强	配	伙伴

嘴笨不如人。

男唱

5-1653

后	千	查	后	纳
Haeux	ciem	cab	haeux	nah
hau⁴	çi:n¹	ça:p⁸	hau⁴	na⁶
米	籼	掺	米	糯

籼米掺糯米,

5-1654

讲	加	不	同	跟
Gangj	gyaq	mbouj	doengz	riengz
ka:ŋ³	kja⁵	bou⁵	toŋ²	ȵi:ŋ²
讲	价	不	同	跟

价钱不相同。

5-1655

当	卜	当	红	良
Dangq	boux	dangq	hong	liengz
ta:ŋ⁵	pu⁴	ta:ŋ⁵	ho:ŋ¹	li:ŋ²
另	人	另	工	忙

各忙各的事,

5-1656

当	邦	当	元	罗
Dangq	biengz	dangq	roen	loh
ta:ŋ⁵	pi:ŋ²	ta:ŋ⁵	jo:n¹	lo⁶
另	地方	另	路	路

各地有各路。

女唱

5-1657

后　千　查　后　纳

Haeux　ciem　cab　haeux　nah

hau⁴　çi:n¹　ça:p⁸　hau⁴　na⁶

米　籼　掺　米　糯

籼米掺糯米，

5-1658

讲　加　不　同　跟

Gangj　gyaq　mbouj　doengz　riengz

ka:ŋ³　kja⁵　bou⁵　toŋ²　ɹi:ŋ²

讲　价　不　同　跟

价钱不相同。

5-1659

想　古　友　管　邦

Siengj　guh　youx　guenj　biengz

θi:ŋ³　ku⁴　ju⁴　ku:n³　pi:ŋ²

想　做　友　管　地方

想做霸王友，

5-1660

文　说　偻　犯　罪

Vunz　naeuz　raeuz　famh　coih

vun²　nau²　ɹau²　fa:n⁶　ço:i⁶

人　说　我们　犯　罪

怕人骂犯罪。

男唱

5-1661

后　千　查　后　纳

Haeux　ciem　cab　haeux　nah

hau⁴　çi:n¹　ça:p⁸　hau⁴　na⁶

米　籼　掺　米　糯

籼米掺糯米，

5-1662

讲　加　不　同　跟

Gangj　gyaq　mbouj　doengz　riengz

ka:ŋ³　kja⁵　bou⁵　toŋ²　ɹi:ŋ²

讲　价　不　同　跟

价钱不相同。

5-1663

当　卜　当　红　良

Dangq　boux　dangq　hong　liengz

ta:ŋ⁵　pu⁴　ta:ŋ⁵　ho:ŋ¹　li:ŋ²

另　人　另　工　忙

各忙各的事，

5-1664

当　邦　当　元　采

Dangq　biengz　dangq　roen　byaij

ta:ŋ⁵　pi:ŋ²　ta:ŋ⁵　jo:n¹　pja:i³

另　地方　另　路　走

各地走各路。

女唱

5-1665

后	千	查	后	纳
Haeux	ciem	cab	haeux	nah
hau⁴	çi:n¹	ça:p⁸	hau⁴	na⁶
米	籼	掺	米	糯

籼米掺糯米,

5-1666

讲	加	不	同	吃
Gangj	gyaq	mbouj	doengz	gwn
ka:ŋ³	kja⁵	bou⁵	toŋ²	kɯn¹
讲	价	不	同	吃

价格不相等。

5-1667

南	利	尚	外	本
Namh	lij	sang	vaij	mbwn
na:n⁶	li⁴	θa:ŋ¹	va:i³	bɯn¹
土	还	高	过	天

地比天还高,

5-1668

样	而	平	得	瓜
Yiengh	lawz	bingz	ndaej	gvaq
jɯ:ŋ⁶	lau²	piŋ²	dai³	kwa⁵
样	哪	平	得	过

公平在哪里?

男唱

5-1669

后	千	查	后	纳
Haeux	ciem	cab	haeux	nah
hau⁴	çi:n¹	ça:p⁸	hau⁴	na⁶
米	籼	掺	米	糯

籼米掺糯米,

5-1670

讲	加	不	同	吃
Gangj	gyaq	mbouj	doengz	gwn
ka:ŋ³	kja⁵	bou⁵	toŋ²	kɯn¹
讲	价	不	同	吃

价格不等同。

5-1671

南	利	尚	外	本
Namh	lij	sang	vaij	mbwn
na:n⁶	li⁴	θa:ŋ¹	va:i³	bɯn¹
土	还	高	过	天

地比天还高,

5-1672

开	好	土	同	洋
Gaej	ndij	dou	doengz	angq
ka:i⁵	di¹	tu¹	toŋ²	a:ŋ⁵
莫	与	我	同	高兴

别与我同乐。

女唱

5-1673

后	千	查	后	纳
Haeux	ciem	cab	haeux	nah
hau⁴	çiːn¹	çaːp⁸	hau⁴	na⁶
米	籼	掺	米	糯

籼米掺糯米，

5-1674

讲	加	不	对	同
Gangj	gyaq	mbouj	doiq	doengz
kaːŋ³	kja⁵	bou⁵	toːi⁵	toŋ²
讲	价	不	对	同

价格不对等。

5-1675

歪	些	考	不	彭
Faiq	reh	gauj	mbouj	mboeng
vaːi⁵	ɤe⁶	kaːu³	bou⁵	boŋ¹
棉	条	轧	不	松

棉絮轧不松，

5-1676

老	土	站	不	党
Lauq	dou	soengz	mbouj	daengq
laːu⁵	tu¹	θoŋ²	bou⁵	taŋ⁵
误	我	站	不	凳

害我无凳坐。

男唱

5-1677

后	千	查	后	纳
Haeux	ciem	cab	haeux	nah
hau⁴	çiːn¹	çaːp⁸	hau⁴	na⁶
米	籼	掺	米	糯

籼米掺糯米，

5-1678

讲	加	不	对	同
Gangj	gyaq	mbouj	doiq	doengz
kaːŋ³	kja⁵	bou⁵	toːi⁵	toŋ²
讲	价	不	对	同

价格不对等。

5-1679

歪	些	考	不	彭
Faiq	reh	gauj	mbouj	mboeng
vaːi⁵	ɤe⁶	kaːu³	bou⁵	boŋ¹
棉	条	轧	不	松

棉絮轧不松，

5-1680

难	办	同	少	包
Nanz	baenz	doengz	sau	mbauq
naːn²	pan²	toŋ²	θaːu¹	baːu⁵
难	成	同	姑娘	小伙

我俩难结交。

女唱

5-1681

板　米　十　仓　后

Mbanj　miz　cib　sangq　haeux

baːn³　mi²　çit⁸　θaːŋ⁵　hau⁴

村　有　十　仓　米

村有十仓米，

5-1682

造　牙　得　邦　亲

Caux　yax　ndaej　baengz　cin

çaːu⁴　ja⁵　dai³　paŋ²　çin¹

造　才　得　朋　亲

才能结亲家。

5-1683

板　米　十　两　金

Mbanj　miz　cib　liengx　gim

baːn³　mi²　çit⁸　liːŋ⁴　kin¹

村　有　十　两　金

村有十两金，

5-1684

恋　牙　得　妻　伏

Lienh　yax　ndaej　maex　fwx

liːn²　ja⁵　dai³　mai⁴　fə⁴

恋　才　得　妻　别人

恋得别人妻。

男唱

5-1685

卜　土　火　来　来

Boh　dou　hoj　lai　lai

po⁶　tu¹　ho³　laːi¹　laːi¹

父　我　苦　多　多

我父实在穷，

5-1686

开　土　貝　古　奴

Gai　dou　bae　guh　hoiq

kaːi¹　tu¹　pai¹　ku⁴　hoːi⁵

卖　我　去　做　奴隶

卖我当奴隶，

5-1687

卜　米　钱　是　对

Boux　miz　cienz　cix　doiq

pu⁴　mi²　çin²　çi⁴　toːi⁵

人　有　钱　就　退

有钱可退订，

5-1688

优　命　农　古　文

Yaeuq　mingh　nuengx　guh　vunz

jau⁵　miŋ⁶　nuːŋ⁴　ku⁴　vun²

藏　命　妹　做　人

留得命不死。

女唱

5-1689

勒	阝	才	古	奴
Lwg	boux	sai	guh	hoiq
luk⁸	pu⁴	θaːi¹	ku⁴	hoːi⁵
子	男	人	做	奴隶

男孩当奴隶,

5-1690

钱	对	它	是	马
Cienz	doiq	de	cix	ma
çiːn²	toːi⁵	te¹	çi⁴	ma¹
钱	退	他	就	来

钱赎便可回。

5-1691

勒	乜	女	造	家
Lwg	meh	mbwk	caux	gya
luk⁸	me⁶	buk⁷	çaːu⁴	kja¹
子	女	人	造	家

女孩子当家,

5-1692

出	而	马	了	备
Ok	lawz	ma	liux	beix
oːk⁷	lau²	ma¹	liːu⁴	pi⁴
出	哪	来	啰	兄

怎么脱得身?

男唱

5-1693

办	要	尼	要	那
Banh	aeu	nwj	aeu	naq
paːn⁶	au¹	nɯ³	au¹	na⁵
办	要	弩	要	箭

备办弩和箭,

5-1694

贝	卡	乜	灯	日
Bae	gaj	meh	daeng	ngoenz
pai¹	ka³	me⁶	taŋ¹	ŋon²
去	杀	母	灯	天

去射杀太阳。

5-1695

办	要	金	跟	银
Banh	aeu	gim	riengz	ngaenz
paːn⁶	au¹	kin¹	ɹiːŋ²	ŋan²
办	要	金	跟	银

备办金和银,

5-1696

贝	求	身	土	刀
Bae	rouh	ndang	dou	dauq
pai¹	ɹou⁶	daːŋ¹	tu¹	taːu⁵
去	赎	身	我	回

去赎回我身。

女唱

5-1697

米	中	空	米	秋
Miz	cungq	ndwi	miz	siu
mi^2	$\varsigma u \eta^5$	$du:i^1$	mi^2	$\theta i:u^1$
有	枪	不	有	硝

有枪无枪药，

5-1698

口	鸟	九	外	达
Gaeuj	roeg	geuq	vaij	dah
kau^3	rok^8	$kje:u^5$	$va:i^3$	ta^6
看	鸟	画眉	过	河

空望鸟飞走。

5-1699

米	尼	空	米	那
Miz	nwj	ndwi	miz	naq
mi^2	nu^3	$du:i^1$	mi^2	na^5
有	弩	不	有	箭

有弓没有箭，

5-1700

口	友	瓜	贝	空
Gaeuj	youx	gvaq	bae	ndwi
kau^3	ju^4	kwa^5	pai^1	$du:i^1$
看	友	过	去	空

看友擦肩过。

男唱

5-1701

米	尼	空	米	那
Miz	nwj	ndwi	miz	naq
mi^2	nu^3	$du:i^1$	mi^2	na^5
有	弩	不	有	箭

有弓没有箭，

5-1702

口	友	瓜	贝	空
Gaeuj	youx	gvaq	bae	ndwi
kau^3	ju^4	kwa^5	pai^1	$du:i^1$
看	友	过	去	空

看友擦肩过。

5-1703

米	仗	不	米	莫
Miz	saenq	mbouj	miz	muiz
mi^2	θin^5	bou^5	mi^2	$mu:i^2$
有	信	不	有	机会

有信无机会，

5-1704

元	可	办	同	沙
Yuenz	goj	baenz	doengz	ra
$ju:n^2$	ko^5	pan^2	$to\eta^2$	ra^1
缘	可	成	同	找

缘分不可找。

女唱

5-1705

米	中	空	米	秋
Miz	cungq	ndwi	miz	siu
mi^2	$\varsigma u\eta^5$	$du:i^1$	mi^2	$\theta i:u^1$
有	枪	不	有	硝

有枪无枪药，

5-1706

口	鸟	九	外	达
Gaeuj	roeg	geuq	vaij	dah
kau^3	$\text{.}ok^8$	$kje:u^5$	$va:i^3$	ta^6
看	鸟	画眉	过	河

白望鸟飞走。

5-1707

米	尼	空	米	那
Miz	nwj	ndwi	miz	naq
mi^2	$nu:^3$	$du:i^1$	mi^2	na^5
有	弩	不	有	箭

有弓没有箭，

5-1708

口	友	瓜	月	日
Gaeuj	youh	gvaq	ndwen	ngoenz
kau^3	ju^4	kwa^5	$du:n^1$	ηon^2
看	友	过	月	天

看友度日月。

男唱

5-1709

后	江	峒
Haeux	gyang	doengh
hau^4	$kja:\eta^1$	$to\eta^6$
米	中	峒

苞谷米，

5-1710

不	比	后	江	那
Mbouj	beij	haeux	gyang	naz
bou^5	pi^3	hau^4	$kja:\eta^1$	na^2
不	比	米	中	田

不比稻谷米。

5-1711

后	江	峒	裁	花
Haeux	gyang	doengh	caiz	va
hau^4	$kja:\eta^1$	$to\eta^6$	$\varsigma a:i^2$	va^1
米	中	峒	裁	花

苞谷顶开花，

5-1712

后	江	那	裁	丰
Haeux	gyang	naz	caiz	fungh
hau^4	$kja:\eta^1$	na^2	$\varsigma a:i^2$	$fu\eta^6$
米	中	田	裁	凤

稻谷吊凤尾。

女唱

5-1713

后　江　峒

Haeux　gyang　doengh

hau⁴　kja:ŋ¹　toŋ⁶

米　中　峒

苞谷米，

5-1714

不　比　后　江　那

Mbouj　beij　haeux　gyang　naz

bou⁵　pi³　hau⁴　kja:ŋ¹　na²

不　比　米　中　田

不如稻谷米。

5-1715

后　江　峒　裁　花

Haeux　gyang　doengh　caiz　va

hau⁴　kja:ŋ¹　toŋ⁶　ça:i²　va¹

米　中　峒　裁　花

玉米顶开花，

5-1716

后　江　那　中　先

Haeux　gyang　naz　cuengq　sienq

hau⁴　kja:ŋ¹　na²　çu:ŋ⁵　θi:n⁵

米　中　田　放　线

稻谷吊禾线。

男唱

5-1717

后　江　峒

Haeux　gyang　doengh

hau⁴　kja:ŋ¹　toŋ⁶

米　中　峒

苞谷米，

5-1718

不　比　后　江　开

Mbouj　beij　haeux　gyang　gai

bou⁵　pi³　hau⁴　kja:ŋ¹　ka:i¹

不　比　米　中　街

不如街上米。

5-1719

后　江　峒　好　来

Haeux　gyang　doengh　ndei　lai

hau⁴　kja:ŋ¹　toŋ⁶　dei¹　la:i¹

米　中　峒　好　多

苞谷米真好，

5-1720

米　团　开　团　買

Miz　donh　gai　donh　cawx

mi²　to:n⁶　ka:i¹　to:n⁶　çəɯ⁴

有　半　卖　半　买

有卖也有买。

女唱

5-1721

后	江	峒	米	来
Haeux	gyang	doengh	miz	lai
hau⁴	kja:ŋ¹	toŋ⁶	mi²	la:i¹
米	中	峒	有	多

峒场有米多,

5-1722

米	团	开	团	買
Miz	donh	gai	donh	cawx
mi²	to:n⁶	ka:i¹	to:n⁶	çəɯ⁴
有	半	卖	半	买

有卖也有买。

5-1723

出	加	比	银	子
Ok	gyaq	beij	yinz	swj
o:k⁷	kja⁵	pi³	jin²	θɯ³
出	价	比	银	子

用银子比价,

5-1724

钱	買	不	强	开
Cienz	cawx	mbouj	giengz	gai
çi:n²	çəɯ⁴	bou⁵	ki:ŋ²	ka:i¹
钱	买	不	强	卖

不强买强卖。

男唱

5-1725

米	钱	買	那	近
Miz	cienz	cawx	naz	gyawj
mi²	çi:n²	çəɯ⁴	na⁷	kjaɯ³
有	钱	买	田	近

有钱买近地,

5-1726

开	貝	買	那	远
Gaej	bae	cawx	naz	gyae
ka:i⁵	pai¹	çəɯ⁴	na²	kjai¹
莫	去	买	田	远

莫去买远地。

5-1727

文	斗	不	好	貝
Fwn	daeuj	mbouj	ndei	bae
vun¹	tau³	bou⁵	dei¹	pai¹
雨	来	不	好	去

雨来少管顾,

5-1728

那	远	不	办	后
Naz	gyae	mbouj	baenz	haeux
na²	kjai¹	bou⁵	pan²	hau⁴
田	远	不	成	米

庄稼长不好。

女唱

5-1729

米	钱	買	那	近
Miz	cienz	cawx	naz	gyawj
mi²	çiːn²	çəɯ⁴	na²	kjaɯ³
有	钱	买	田	近

有钱买近地，

5-1730

开	貝	買	那	远
Gaej	bae	cawx	naz	gyae
kaːi⁵	pai¹	çəɯ⁴	na²	kjai¹
莫	去	买	田	远

莫去买远地。

5-1731

文	斗	山	又	长
Fwn	daeuj	byaj	youh	raez
vun¹	tau³	pja¹	jou⁴	ɹai²
雨	来	雷	又	鸣

下雨又打雷，

5-1732

貝	不	得	又	怨
Bae	mbouj	ndaej	youh	yonq
pai¹	bou⁵	dai³	jou⁴	joːn⁵
去	不	得	又	怨

去不了又怨。

男唱

5-1733

古	巴	地	元	远
Guh	mba	reih	roen	gyae
ku⁴	ba¹	ɹei⁶	joːn¹	kjai¹
做	块	地	路	远

种块偏远地，

5-1734

沙	不	米	阝	干
Ra	mbouj	miz	boux	ganq
ɹa¹	bou⁵	mi²	pu⁴	kaːn⁵
找	不	有	人	照料

没人愿管顾。

5-1735

古	巴	地	江	板
Guh	mba	reih	gyang	mbanj
ku⁴	ba¹	ɹei⁶	kjaːŋ¹	baːn³
做	块	地	中	村

种块村边地，

5-1736

干	牙	得	长	刘
Ganq	yax	ndaej	ciengz	liuz
kaːn⁵	ja⁵	dai³	çiːn²	liːu²
照料	才	得	常	常

经常得管理。

女唱

5-1737

古	巴	地	元	远
Guh	mba	reih	roen	gyae
ku⁴	ɓa¹	ɹei⁶	jo:n¹	kjai¹
做	块	地	路	远

种块边远地，

5-1738

沙	不	米	阝	干
Ra	mbouj	miz	boux	ganq
ɹa¹	ɓou⁵	mi²	pu⁴	ka:n⁵
找	不	有	人	照料

无人愿管理。

5-1739

古	巴	那	好	汉
Guh	mba	naz	hauq	hanx
ku⁴	ɓa¹	na²	ha:u⁵	ha:n⁴
做	块	田	好	汉

种块好汉地，

5-1740

干	给	伏	九	名
Ganq	hawj	fwx	riuz	mingz
ka:n⁵	hɯ³	fə⁴	ɹi:u²	miŋ²
照料	给	别人	传	名

让路人传扬。

男唱

5-1741

古	巴	地	元	远
Guh	mba	reih	roen	gyae
ku⁴	ɓa¹	ɹei⁶	jo:n¹	kjai¹
做	块	地	路	远

种块边远地，

5-1742

沙	不	来	阝	伴
Ra	mbouj	miz	boux	buenx
ɹa¹	ɓou⁵	mi²	pu⁴	pu:n⁴
找	不	有	人	伴

没有人做伴。

5-1743

古	巴	田	庆	远
Guh	mba	dieg	ging	yenj
ku⁴	ɓa¹	ti:k⁸	kiŋ³	ju:n⁶
做	块	地	庆	远

到庆远种地，

5-1744

不	阝	伴	双	偻
Mbouj	boux	buenx	song	raeuz
ɓou⁵	pu⁴	pu:n⁴	θo:ŋ¹	ɹau²
不	人	伴	两	我们

无人伴我俩。

女唱

5-1745

友	狼	牙	说	欢
Youx	langh	yaek	naeuz	fwen
ju^4	$la:\eta^6$	jak^5	nau^2	$vu:n^1$
友	若	要	说	歌

友要想唱歌，

5-1746

是	贝	站	罗	机
Cix	bae	soengz	loh	giq
ςi^4	pai^1	$\theta o\eta^2$	lo^6	ki^5
就	去	站	路	岔

就到岔路唱。

5-1747

友	而	牙	说	比
Youx	lawz	yaek	naeuz	beij
ju^4	lau^2	jak^7	nau^2	pi^3
友	哪	要	说	歌

友真要唱歌，

5-1748

是	古	地	江	元
Cix	guh	reih	gyang	roen
ςi^4	ku^4	$\text{ɹ}ei^6$	$kja:\eta^1$	$jo:n^1$
就	做	地	中	路

就去路边地。

男唱

5-1749

古	巴	地	邦	山
Guh	mba	reih	bangx	bya
ku^4	ba^1	$\text{ɹ}ei^6$	$pa:\eta^4$	pja^1
做	块	地	旁	山

种块山边地，

5-1750

沙	不	米	邝	从
Ra	mbouj	miz	boux	coengh
$\text{ɹ}a^1$	bou^5	mi^2	pu^4	$\varsigma o\eta^6$
找	不	有	人	帮

无人肯相帮。

5-1751

变	友	而	在	红
Bengh	ywx	lawz	youq	hoengq
$pe:\eta^6$	ju^4	lau^2	ju^5	$ho\eta^6$
若	友	哪	在	空

我友若空闲，

5-1752

马	从	备	几	日
Ma	coengh	beix	geij	ngoenz
ma^1	$\varsigma o\eta^6$	pi^4	ki^3	ηon^2
来	帮	兄	几	天

来帮几天忙。

女唱

5-1753

古	巴	地	邦	山
Guh	mba	reih	bangx	bya
ku⁴	ba¹	ɹei⁶	paːŋ⁴	pja¹
做	块	地	旁	山

种块山边地，

5-1754

沙	不	来	阝	变
Ra	mbouj	miz	boux	bienh
ɹa¹	bou⁵	mi²	pu⁴	piːn⁶
找	不	有	人	便

没人得空帮。

5-1755

问	你	同	小	面
Cam	mwngz	doengz	siuj	mienh
ça:m¹	muɯŋ²	toŋ²	θiːu³	meːn⁶
问	你	同	小	面

问你俏情友，

5-1756

古	红	变	知	尝
Guh	hong	bienh	rox	caengz
ku⁴	hoːŋ¹	piːn⁶	ɹo⁴	çaŋ²
做	工	便	或	未

忙完了没有？

男唱

5-1757

古	巴	地	邦	山
Guh	mba	reih	bangx	bya
ku⁴	ba¹	ɹei⁶	paːŋ⁴	pja¹
做	块	地	旁	山

种块山边地，

5-1758

沙	不	米	拉	笊
Ra	mbouj	miz	laj	yiuj
ɹa¹	bou⁵	mi²	la³	jiːu³
找	不	有	下	仓

没有米进仓。

5-1759

比	内	古	地	小
Bi	neix	guh	reih	siuj
pi¹	ni⁴	ku⁴	ɹei⁶	θiːu³
年	这	做	地	少

今年种地少，

5-1760

先	了	得	几	日
Senq	liux	ndaej	geij	ngoenz
θeːn⁵	liːu⁴	dai³	ki³	ŋon²
早	完	得	几	天

几天前已完。

女唱	男唱

5-1761

古	巴	地	邦	山
Guh	mba	reih	bangx	bya
ku^4	ba^1	$ɹei^6$	$pa:ŋ^4$	pja^1
做	块	地	旁	山

种块山边地，

5-1762

古	巴	田	江	峒
Guh	mba	dieg	gyang	doengh
ku^4	ba^1	$ti:k^8$	$kja:ŋ^1$	$toŋ^6$
做	块	地	中	峒

种块峒场地，

5-1763

写	巴	一	土	从
Ce	mba	ndeu	dou	coengh
$çe^1$	ba^1	$de:u^1$	tu^1	$çoŋ^6$
留	块	一	我	帮

留一块我种，

5-1764

累	田	峒	办	而
Laeq	dieg	doengh	baenz	rawz
lai^5	$ti:k^8$	$toŋ^6$	pan^2	$ɹau^2$
看	地	峒	成	什么

看平地如何。

5-1765

古	巴	地	邦	山
Guh	mba	reih	bangx	bya
ku^4	ba^1	$ɹei^6$	$pa:ŋ^4$	pja^1
做	块	地	旁	山

种块山边地，

5-1766

古	巴	那	江	峒
Guh	mba	naz	gyang	doengh
ku^4	ba^1	na^2	$kja:ŋ^1$	$toŋ^6$
做	块	田	中	峒

种块峒场地。

5-1767

红	良	不	卜	从
Hong	liengz	mbouj	boux	coengh
$ho:ŋ^1$	$li:ŋ^2$	bou^5	pu^4	$çoŋ^6$
工	忙	不	人	帮

农忙无人帮，

5-1768

正	满	卜	论	你
Cingq	muengh	boux	lumj	mwngz
$çiŋ^5$	$muːŋ^6$	pu^4	lun^3	$muɯŋ^2$
正	望	人	像	你

正在盼着你。

女唱

5-1769

古	巴	地	邦	山
Guh	mba	reih	bangx	bya
ku⁴	ba¹	ɹei⁶	pa:ŋ⁴	pja¹
做	块	地	旁	山

种块山边地，

5-1770

古	巴	田	江	权
Guh	mba	dieg	gyang	gemh
ku⁴	ba¹	ti:k⁸	kja:ŋ¹	ke:n⁶
做	块	地	中	山坳

种块坳口地。

5-1771

种	后	不	中	先
Ndaem	haeux	mbouj	cuengq	sienq
dan¹	hau⁴	bou⁵	ɕu:ŋ⁵	θi:n⁵
种	米	不	放	线

禾苗不旺盛，

5-1772

阳	斗	连	又	代
Ndit	daeuj	lenh	youh	dai
dit⁷	tau³	le:n⁶	jou⁴	ta:i¹
阳光	来	枯	又	死

太阳晒枯死。

男唱

5-1773

挖	卡	达	古	王
Vat	ga	dah	guh	vaengz
va:t⁷	ka¹	ta⁶	ku⁴	vaŋ²
挖	条	河	做	潭

挖河成水潭，

5-1774

土	不	忧	它	良
Dou	mbouj	you	de	rengx
tu¹	bou⁵	jou¹	te¹	ɹe:ŋ⁴
我	不	忧	它	旱

不愁它天旱。

5-1775

阳	斗	良	牙	良
Ndit	daeuj	rengx	yah	rengx
dit⁷	tau³	ɹe:ŋ⁴	ja⁶	ɹe:ŋ⁴
阳光	来	旱	呀	旱

太阳烈又烈，

5-1776

后	代	良	江	那
Haeux	dai	rengx	gyang	naz
hau⁴	ta:i¹	ɹe:ŋ⁴	kja:ŋ¹	na²
米	死	旱	中	田

禾苗被晒死。

女唱	男唱

5-1777

古	巴	地	邦	山
Guh	mba	reih	bangx	bya
ku^4	ba^1	ɹei^6	pa:ŋ^4	pja^1
做	块	地	旁	山

种块山边地，

5-1778

古	巴	那	江	困
Guh	mba	naz	gyang	gumh
ku^4	ba^1	na^2	kja:ŋ^1	kun^6
做	块	田	中	洼

种块低洼田。

5-1779

比	而	被	水	吨
Bi	lawz	deng	raemx	dumx
pi^1	lau^2	te:ŋ^1	ɹan^4	tun^4
年	哪	被	水	淹

哪年被水淹，

5-1780

农	是	大	付	苗
Nuengx	cix	daih	fouz	miuz
nu:ŋ^4	çi^4	ta:i^6	fu^2	mi:u^2
妹	就	大	无	禾苗

失望又心烦。

5-1781

古	巴	地	江	权
Guh	mba	reih	gyang	gemh
ku^4	ba^1	ɹei^6	kja:ŋ^1	ke:n^6
做	块	地	中	山坳

种块山坳地，

5-1782

良	贝	秋	水	才
Rengx	bae	ciuq	raemx	raiz
ɹe:ŋ^4	pai^1	çi:u^5	ɹan^4	ɹa:i^2
旱	去	看	水	露水

靠露水抗旱。

5-1783

阳	斗	连	又	代
Ndit	daeuj	lenh	youh	dai
dit^7	tau^3	le:n^6	jou^4	ta:i^1
阳光	来	枯	又	死

太阳晒枯死，

5-1784

罗	土	把	那	初
Lox	dou	ndai	naz	byouq
lo^4	tu^1	da:i^1	na^2	pjou^5
哄	我	耙	田	空

害我白耙田。

女唱

5-1785

古	巴	地	邦	山
Guh	mba	reih	bangx	bya
ku^4	ba^1	ɹei^6	paːŋ^4	pja^1
做	块	地	旁	山

种块山边地，

5-1786

古	巴	那	江	权
Guh	mba	naz	gyang	gemh
ku^4	ba^1	na^2	kjaːŋ^1	keːn^6
做	块	田	中	山坳

种块山坳地。

5-1787

土	鸦	又	马	恋
Duz	a	youh	ma	lienh
tu^2	a^1	jou^4	ma^1	liːn^6
只	鸦	又	来	恋

乌鸦来侵害，

5-1788

卡	边	又	斗	吃
Ga	biengq	youh	daeuj	gwn
ka^1	peːŋ^5	jou^4	tau^3	kɯn^1
松	鼠	又	来	吃

松鼠又来吃。

男唱

5-1789

古	巴	地	江	权
Guh	mba	reih	gyang	gemh
ku^4	ba^1	ɹei^6	kjaːŋ^1	keːn^6
做	块	地	中	山坳

种块山坳地，

5-1790

卡	边	又	斗	托
Ga	biengq	youh	daeuj	doh
ka^1	peːŋ^5	jou^4	tau^3	to^6
松	鼠	又	来	向

松鼠来侵害。

5-1791

汉	地	又	汉	作
Han	reih	youh	han	coz
haːn^6	ɹei^6	jou^4	haːn^6	ço^2
旱	地	又	旱	作

旱地又旱作，

5-1792

好	卡	边	分	团
Ndij	ga	biengq	baen	donh
di^1	ka^1	peːŋ^5	pan^1	toːn^6
与	松	鼠	分	半

鼠害分一半。

女唱	男唱

女唱

5-1793

古	地	开	古	来
Guh	reih	gaej	guh	lai
ku⁴	ɣei⁶	ka:i⁵	ku⁴	la:i¹
做	地	莫	做	多

种地莫种多，

5-1794

堂	尾	干	不	变
Daengz	byai	ganq	mbouj	bienh
taŋ²	pja:i¹	ka:n⁵	bou⁵	pi:n⁶
到	尾	照料	不	便

管理跟不上。

5-1795

义	月	皮	斗	轩
Ngeih	nyied	bid	daeuj	hemq
ȵi⁶	ȵɯ:t⁸	pit⁸	tau³	he:n⁵
二	月	蝉	来	喊

二月份蝉鸣，

5-1796

动	农	乱	知	空
Dungx	nuengx	luenh	rox	ndwi
tuŋ⁴	nu:ŋ⁴	lu:n⁶	ɣo⁴	du:i¹
肚	妹	乱	或	不

妹心乱不已。

男唱

5-1797

古	地	开	古	来
Guh	reih	gaej	guh	lai
ku⁴	ɣei⁶	ka:i⁵	ku⁴	la:i¹
做	地	莫	做	多

种地莫种多，

5-1798

堂	尾	干	不	变
Daengz	byai	ganq	mbouj	bienh
taŋ²	pja:i¹	ka:n⁵	bou⁵	pi:n⁶
到	尾	照料	不	便

管理跟不上。

5-1799

义	月	皮	斗	轩
Ngeih	nyied	bid	daeuj	hemq
ȵi⁶	ȵɯ:t⁸	pit⁸	tau³	he:n⁵
二	月	蝉	来	喊

二月份蝉鸣，

5-1800

坤	阝	边	才	合
Goenq	boux	mbiengj	sai	hoz
kon⁵	pu⁴	bɯ:ŋ³	θa:i¹	ho²
断	人	边	带	脖

愿死不愿活。

女唱	男唱

5-1801

古	巴	地	峏	长
Guh	mba	reih	rungh	raez
ku⁴	ba¹	ɹei⁶	ɹuŋ⁶	ɹai²
做	块	地	峏	长

种块长垌地，

5-1802

力	追	不	堂	头
Liz	cae	mbouj	daengz	gyaeuj
li²	ɕei¹	bou⁵	taŋ²	kjau³
犁	犁	不	到	头

犁耙不到头。

5-1803

后	黄	又	刀	烂
Haeux	henj	youh	dauq	naeuh
hau⁴	he:n³	jou⁴	ta:u⁵	nau⁶
米	黄	又	倒	烂

苗变黄变烂，

5-1804

老	不	太	办	苗
Lau	mbouj	daih	baenz	miuz
la:u¹	bou⁵	ta:i⁶	pan²	mi:u²
怕	不	太	成	禾苗

庄稼长不好。

5-1805

古	巴	地	峏	长
Guh	mba	reih	rungh	raez
ku⁴	ba¹	ɹei⁶	ɹuŋ⁶	ɹai²
做	块	地	峏	长

种块长垌地，

5-1806

力	追	不	堂	头
Liz	cae	mbouj	daengz	gyaeuj
li²	ɕei¹	bou⁵	taŋ²	kjau³
犁	犁	不	到	头

犁耙不到头。

5-1807

果	往	变	办	后
Go	vaeng	bienq	baenz	haeux
ko¹	vaŋ¹	pi:n⁵	pan²	hau⁴
棵	稗	变	成	米

稗草变成米，

5-1808

农	不	火	造	苗
Nuengx	mbouj	hoj	caux	miuz
nu:ŋ⁴	bou⁵	ho³	ɕa:u⁴	mi:u²
妹	不	苦	造	苗

可以不种禾。

女唱

5-1809

古	巴	地	邦	令
Guh	mba	reih	bangx	lingq
ku⁴	ba¹	ɹei⁶	paːŋ⁴	liŋ⁵
做	块	地	旁	陡

种块岭边地，

5-1810

真	定	作	后	往
Cinj	dingh	coq	haeux	vaeng
ɕin³	tiŋ⁶	ɕo⁵	hau⁴	van¹
准	定	放	米	稗

只好种小米。

5-1811

古	巴	地	刀	浪
Guh	mba	reih	dauq	laeng
ku⁴	ba¹	ɹei⁶	taːu⁵	laŋ¹
做	块	地	回	后

回头再种地，

5-1812

作	后	往	相	命
Coq	haeux	vaeng	ciengx	mingh
ɕo⁵	hau⁴	van¹	ɕiːŋ⁴	miŋ⁶
放	米	稗	养	命

种小米过活。

男唱

5-1813

古	巴	地	邦	令
Guh	mba	reih	bangx	lingq
ku⁴	ba¹	ɹei⁶	paːŋ⁴	liŋ⁵
做	块	地	旁	陡

种块岭边地，

5-1814

真	定	作	后	才
Cinj	dingh	coq	haeux	raiz
ɕin³	tiŋ⁶	ɕo⁵	hau⁴	ɹaːi²
准	定	放	米	花纹

只好种花米。

5-1815

古	巴	地	堂	尾
Guh	mba	reih	daengz	byai
ku⁴	ba¹	ɹei⁶	taŋ²	pjaːi¹
做	块	地	到	尾

种完这片地，

5-1816

不	代	牙	老	秀
Mbouj	dai	yax	lauq	ciuh
bou⁵	taːi¹	ja⁵	laːu⁵	ɕiːu⁶
不	死	也	误	世

不死也误时。

女唱

男唱

5-1817

自	种	后	不	办
Gag	ndaem	haeux	mbouj	baenz
ka:k⁸	dan¹	hau⁴	bou⁵	pan²
自	种	米	不	成

庄稼种不好，

5-1818

开	古	恨	作	南
Gaej	guh	haemz	coq	namh
ka:i⁵	ku⁴	han²	ço⁵	na:n⁶
莫	做	恨	放	土

莫埋怨土地。

5-1819

貝	古	判	空	占
Bae	guh	buenq	ndwi	canh
pai¹	ku⁴	pu:n⁵	du:i¹	ça:n⁶
去	做	贩	不	赚

买卖不赚钱，

5-1820

汉	不	得	田	文
Hanh	mbouj	ndaej	dieg	vunz
ha:n⁶	bou⁵	dai³	ti:k⁸	vun²
限	不	得	地	人

怨不得商铺。

5-1821

古	巴	地	邦	山
Guh	mba	reih	bangx	bya
ku⁴	ba¹	ɹei⁶	pa:ŋ⁴	pja¹
做	片	地	旁	山

种块山边地，

5-1822

古	巴	那	邦	令
Guh	mba	naz	bangx	lingq
ku⁴	ba¹	na²	pa:ŋ⁴	liŋ⁵
做	块	田	旁	陡

种块岭边田。

5-1823

得	华	后	满	丁
Ndaej	vaek	haeux	muenx	dingj
dai³	vak⁷	hau⁴	mo:n⁶	tiŋ³
得	苞	米	满	顶

得满筐苞米，

5-1824

才	可	命	农	银
Yah	goj	mingh	nuengx	ngaenz
ja⁵	ko³	miŋ⁶	nu:ŋ⁶	ŋan²
也	可	命	妹	银

妹命好纳财。

女唱

5-1825

古	巴	地	邦	山
Guh	mba	reih	bangx	bya
ku⁴	ba¹	ɹei⁶	pa:ŋ⁴	pja¹
做	块	地	旁	山

种块山边地，

5-1826

古	巴	那	邦	令
Guh	mba	naz	bangx	lingq
ku⁴	ba¹	na²	pa:ŋ⁴	liŋ⁵
做	块	田	旁	陡

种块岭边田。

5-1827

自	怨	卩	条	命
Gag	yonq	boux	diuz	mingh
ka:k⁸	jo:n⁵	pu⁴	ti:u²	miŋ⁶
自	怨	人	条	命

莫怨自个命，

5-1828

本	可	定	双	偻
Mbwn	goj	dingh	song	raeuz
bɯn¹	ko⁵	tiŋ⁶	θo:ŋ¹	ɹau²
天	可	定	两	我们

我俩从天命。

男唱

5-1829

古	巴	地	崉	拉
Guh	mba	reih	rungh	laeg
ku⁴	ba¹	ɹei⁶	ɹuŋ⁶	lak⁸
做	块	地	崉	深

种块下峒地，

5-1830

托	甲	又	托	令
Doek	gyaek	youh	doek	rin
tok⁷	kjak⁷	jou⁴	tok⁷	ɹin¹
落	级	又	落	石

尽碰到碎石。

5-1831

种	后	不	得	吃
Ndaem	haeux	mbouj	ndaej	gwn
dan¹	hau⁴	bou⁵	dai³	kun¹
种	米	不	得	吃

种米不得吃，

5-1832

马	拉	本	老	秀
Ma	laj	mbwn	lauq	ciuh
ma¹	la³	bɯn¹	la:u⁵	çi:u⁶
来	下	天	误	世

枉度这一生。

女唱

5-1833

难	不	见	你	备
Nanz	mbouj	raen	mwngz	beix
na:n²	bou⁵	ɹan¹	muɯŋ²	pi⁴
久	不	见	你	兄

久违了情哥,

5-1834

伏	内	古	么	红
Fawh	neix	guh	maz	hong
fəɯ⁶	ni⁴	ku⁴	ma²	ho:ŋ¹
时	这	做	什么	工

近段忙什么?

5-1835

写	乃	空	同	通
Ce	naih	ndwi	doengh	doeng
çe¹	na:i⁶	du:i¹	toŋ²	toŋ¹
留	久	不	相	通

久不相往来,

5-1836

古	么	红	当	内
Guh	maz	hong	dangq	neix
ku⁴	ma²	ho:ŋ¹	taŋ⁵	ni⁴
做	什么	工	当	这

近段做什么?

男唱

5-1837

月	三	是	红	地
Ndwen	sam	cix	hong	reih
du:n¹	θa:n¹	çi⁴	ho:ŋ¹	ɹei⁶
月	三	是	工	地

三月忙旱地,

5-1838

月	四	是	红	那
Ndwen	seiq	cix	hong	naz
du:n¹	θei⁵	çi⁴	ho:ŋ¹	na²
月	四	是	工	田

四月忙下田。

5-1839

当	内	空	古	么
Dangq	neix	ndwi	guh	maz
taŋ⁵	ni⁴	du:i¹	ku⁴	ma²
当	这	不	做	什么

近段不干活,

5-1840

可	在	空	了	农
Goj	ywq	ndwi	liux	nuengx
ko⁵	ju⁵	du:i¹	li:u⁴	nu:ŋ⁴
可	在	空	啰	妹

在家空闲着。

女唱

5-1841

日	日	是	古	地
Ngoenz	ngoenz	cix	guh	reih
ŋon²	ŋon²	çi⁴	ku⁴	ɹei⁶
天	天	就	做	地

天天都种地，

5-1842

然	米	几	卟	吃
Ranz	miz	geij	boux	gwn
ɹaːn²	mi²	ki³	pu⁴	kɯn¹
家	有	几	人	吃

多少人吃饭？

5-1843

自	卜	乜	点	你
Gag	boh	meh	dem	mwngz
kaːk⁸	po⁶	me⁶	teːn¹	mɯŋ²
自	父	母	与	你

就父母和你，

5-1844

吃	几	来	了	备
Gwn	geij	lai	liux	beix
kɯn¹	ki³	laːi¹	liːu⁴	pi⁴
吃	几	多	啰	兄

吃得多少饭？

男唱

5-1845

是	想	不	古	地
Cix	siengj	mbouj	guh	reih
çi⁴	θiːŋ³	bou⁵	ku⁴	ɹei⁶
是	想	不	做	地

本不想种地，

5-1846

韦	机	斗	牙	吃
Vae	giq	daeuj	yaek	gwn
vai¹	ki⁵	tau³	jak⁷	kɯn¹
姓	支	来	要	吃

情友来要吃。

5-1847

不	古	地	备	银
Mbouj	guh	reih	beix	ngaenz
bou⁵	ku⁴	ɹei⁶	pi⁴	ŋan²
不	做	地	兄	银

若是不种地，

5-1848

要	开	么	当	客
Aeu	gij	maz	dang	hek
au¹	kaːi²	ma²	taːŋ¹	heːk⁷
要	什	么	当	客

用什么待客？

女唱

5-1849

是	想	不	古	红
Cix	siengj	mbouj	guh	hong
çi⁴	θi:ŋ³	bou⁵	ku⁴	ho:ŋ¹
是	想	不	做	工

本想不干活，

5-1850

卡	同	堂	牙	代
Gak	doengz	daengz	yaek	daix
ka:k⁷	toŋ²	taŋ²	jak⁷	ta:i⁴
各	同	到	要	接

要招待朋友。

5-1851

是	想	不	种	歪
Cix	siengj	mbouj	ndaem	faiq
çi⁴	θi:ŋ³	bou⁵	dan¹	va:i⁵
是	想	不	种	棉

原不想种棉，

5-1852

间	布	坏	牙	封
Gen	buh	vaih	yaek	fong
ke:n¹	pu⁶	va:i⁶	jak⁷	fo:ŋ²
衣	袖	坏	要	缝

衣服坏要补。

男唱

5-1853

日	可	乃	可	乃
Ngoenz	goj	naiq	goj	naiq
ŋon²	ko³	na:i⁵	ko³	na:i⁵
天	可	累	可	累

每天都困倦，

5-1854

歪	是	不	想	特
Vaiz	cix	mbouj	siengj	dawz
va:i²	çi⁴	bou⁵	θi:ŋ³	təɯ²
水牛	是	不	想	拿

牛都不想看。

5-1855

日	不	想	红	么
Ngoenz	mbouj	siengj	hong	maz
ŋon²	bou⁵	θi:ŋ³	ho:ŋ¹	ma²
天	不	想	工	什么

都不想干活，

5-1856

想	好	少	古	对
Siengj	ndij	sau	guh	doih
θi:ŋ³	di¹	θa:u¹	ku⁴	to:i⁶
想	与	姑娘	做	伙伴

想与妹同处。

女唱

5-1857

卜	老	乃	好	红
Boh	laux	naiq	ndij	hong
po⁶	la:u⁴	na:i⁵	di¹	ho:ŋ¹
父	老	累	与	工

大人做工累，

5-1858

阝	作	乃	好	对
Boux	coz	naiq	ndij	doih
po⁴	ço²	na:i⁵	di¹	to:i⁶
人	年轻	累	与	伙伴

年青交友累。

5-1859

乃	好	少	利	青
Naiq	ndij	sau	lij	oiq
na:i⁵	di¹	θa:u¹	li⁴	o:i⁵
累	与	姑娘	还	嫩

累因妹稚嫩，

5-1860

乃	好	对	利	作
Naiq	ndij	doih	lij	coz
na:i⁵	di¹	to:i⁶	li⁴	ço²
累	与	伙伴	还	年轻

累因友年青。

男唱

5-1861

日	可	乃	可	乃
Ngoenz	goj	naiq	goj	naiq
ŋon²	ko⁵	na:i⁵	ko⁵	na:i⁵
天	可	累	可	累

天天在犯病，

5-1862

老	不	太	外	比
Lau	mbouj	daih	vaij	bi
la:u¹	bou⁵	ta:i⁶	va:i³	pi¹
怕	不	太	过	年

怕过不得年。

5-1863

不	办	秀	刀	好
Mbouj	baenz	ciuh	dauq	ndei
bou⁵	pan²	çi:u⁶	ta:u⁵	dei¹
不	成	世	倒	好

过不了一世，

5-1864

但	外	比	内	观
Danh	vaij	bi	neix	gonq
ta:n⁶	va:i³	pi¹	ni⁴	ko:n⁵
但	过	年	这	先

但过得今年。

女唱

———

5-1865

卜	老	乃	好	红
Boh	laux	naiq	ndij	hong
po⁶	la:u⁴	na:i⁵	di¹	ho:ŋ¹
父	老	累	与	工

大人为工病，

5-1866

阝	作	乃	好	友
Boux	coz	naiq	ndij	youx
pu⁴	ço²	na:i⁵	di¹	ju⁴
人	年轻	累	与	友

青年交友累。

5-1867

乃	好	花	良	六
Naiq	ndij	va	liengz	loux
na:i⁵	di¹	va¹	li:ŋ²	lou⁴
累	与	花	石	榴

为石榴花病，

5-1868

乃	好	友	金	银
Naiq	ndij	youx	gim	ngaenz
na:i⁵	di¹	ju⁴	kin¹	ŋan²
累	与	友	金	银

为心上友病。

男唱

———

5-1869

在	然	罗	说	乃
Ywq	ranz	lox	naeuz	naiq
juɯ⁵	ɽa:n²	lo⁴	nau²	na:i⁵
在	家	骗	说	累

你在家装病，

5-1870

外	杈	飞	办	涧
Vaij	gemh	mbin	baenz	rumz
va:i³	ke:n⁶	bin¹	pan²	ɽun²
过	山坳	飞	成	风

外出快如风。

5-1871

友	而	古	论	你
Youx	lawz	guh	lumj	mwngz
ju⁴	lau²	ku⁴	lun³	muɯŋ²
友	哪	做	像	你

有谁能像你，

5-1872

采	定	不	立	甫
Byaij	din	mbouj	liz	namh
pja:i³	tin¹	bou⁵	li²	na:n⁶
走	脚	不	离	土

走路快如风。

女唱

5-1873

卜	老	乃	好	红
Boh	laux	naiq	ndij	hong
po[6]	la:u[4]	na:i[5]	di[1]	ho:ŋ[1]
父	老	累	与	工

大人做工病，

5-1874

阝	作	乃	好	谁
Boux	coz	naiq	ndij	caeh
pu[4]	ço[2]	na:i[5]	di[1]	çai[6]
人	年轻	累	与	友

青年交友累。

5-1875

乃	好	少	巴	尖
Naiq	ndij	sau	bak	raeh
na:i[5]	di[1]	θa:u[1]	pa:k[7]	ɹai[6]
累	与	姑娘	嘴	利

病为乖巧妹，

5-1876

乃	好	谁	英	台
Naiq	ndij	caeh	yingh	daiz
na:i[5]	di[1]	çai[6]	iŋ[1]	ta:i[2]
累	与	友	英	台

病为英台友。

男唱

5-1877

日	可	乃	可	乃
Ngoenz	goj	naiq	goj	naiq
ŋon[2]	ko[5]	na:i[5]	ko[5]	na:i[5]
天	可	累	可	累

每天都患病，

5-1878

空	米	的	公	力
Ndwi	miz	diq	goeng	rengz
du:i[1]	mi[2]	ti[5]	koŋ[1]	ɹe:ŋ[2]
不	有	点	工	力

没一点力气。

5-1879

团	堂	作	少	娘
Dwen	daengz	coh	sau	nangz
tu:n[1]	taŋ[2]	ço[6]	θa:u[1]	na:ŋ[2]
提	到	名字	姑娘	姑娘

想到情友名，

5-1880

力	刀	马	样	口
Rengz	dauq	ma	yiengh	gaeuq
ɹe:ŋ[2]	ta:u[5]	ma[1]	ju:ŋ[6]	kau[5]
力	又	来	样	旧

依旧有力气。

女唱

5-1881

日	可	乃	样	内
Ngoenz	goj	naiq	yiengh	neix
ηon^2	ko^5	$na:i^5$	$juu:\eta^6$	ni^4
天	可	累	样	这

每天病如此，

5-1882

乃	病	说	乃	空
Naiq	bingh	naeuz	naiq	ndwi
$na:i^5$	$pi\eta^6$	nau^2	$na:i^5$	$du:i^1$
累	病	说	累	空

是否真有病。

5-1883

乃	病	农	是	赔
Naiq	bingh	nuengx	cix	beiz
$na:i^5$	$pi\eta^6$	$nu:\eta^4$	ςi^4	$po:i^2$
累	病	妹	就	陪

若真病就陪，

5-1884

变	乃	空	是	了
Bienq	naiq	ndwi	cix	liux
$pi:n^5$	$na:i^5$	$du:i^1$	ςi^4	$li:u^4$
变	累	不	就	算

无病就算了。

男唱

5-1885

日	可	乃	可	乃
Ngoenz	goj	naiq	goj	naiq
ηon^2	ko^5	$na:i^5$	ko^5	$na:i^5$
天	可	累	可	累

每天都犯困，

5-1886

不	太	得	同	巡
Mbouj	daih	ndaej	doengz	cunz
bou^5	$ta:i^6$	dai^3	$to\eta^2$	ςun^2
不	太	得	同	巡

很少得来往。

5-1887

给	农	贝	定	春
Hawj	nuengx	bae	dingh	cin
$h \partial u^3$	$nu:\eta^4$	pai^1	$ti\eta^6$	ςun^1
给	妹	去	定	春

给妹去问巫，

5-1888

听	文	说	听	良
Dingq	fwn	naeuz	dingq	rengx
$ti\eta^5$	vun^1	nau^2	$ti\eta^5$	γar^4
听	雨	说	听	旱

犯雨或犯晴。

女唱

5-1889

日	可	乃	样	内
Ngoenz	goj	naiq	yiengh	neix
ŋon²	ko⁵	na:i⁵	juːŋ⁶	ni⁴
天	可	累	样	这

每天如此累，

5-1890

不	太	得	同	巡
Mbouj	daih	ndaej	doengz	cunz
bou⁵	ta:i⁶	dai³	toŋ²	ɕun²
不	太	得	同	巡

很少得来往。

5-1891

不	自	农	丁	春
Mbouj	gag	nuengx	dingj	cin
bou⁵	ka:k⁸	nuːŋ⁴	tiŋ³	ɕun¹
不	自	妹	顶	春

不只妹犯春，

5-1892

备	银	可	听	安
Beix	ngaenz	goj	dingq	anq
pi⁴	ŋan²	ko⁵	tiŋ³	a:n⁵
兄	银	可	听	案

情哥也犯错。

男唱

5-1893

友	十	一	十	一
Youx	cib	it	cib	it
ju⁴	ɕit⁸	it⁷	ɕit⁸	it⁷
友	十	一	十	一

大伙十一岁，

5-1894

备	农	不	岁	心
Beix	nuengx	mbouj	caez	sim
pi⁴	nuːŋ⁴	bou⁵	ɕai²	θin¹
兄	妹	不	齐	心

兄妹不同心。

5-1895

友	垌	光	牙	飞
Youx	doengh	gvangq	yaek	mbin
ju⁴	toŋ⁶	kwaːŋ⁵	jak⁷	bin¹
友	垌	宽	要	飞

外地友要走，

5-1896

召	心	不	了	农
Cau	sim	mbouj	liux	nuengx
ɕaːu⁵	θin¹	bou⁵	liːu⁴	nuːŋ⁴
操	心	不	啰	妹

妹你揪心否？

女唱

5-1897

友	十	一	十	义
Youx	cib	it	cib	ngeih
ju^4	ςit^8	it^7	ςit^8	ηi^6
友	十	一	十	二

友十一二岁，

5-1898

欢	比	不	好	团
Fwen	beij	mbouj	ndei	dwen
$vu:n^1$	pi^3	bou^5	dei^1	$tu:n^1$
歌	比	不	好	提

对歌不用说。

5-1899

貝	托	伏	合	元
Bae	doh	fwx	hob	yuenz
pai^1	to^6	$f\vartheta^4$	$ho:p^8$	$ju:n^2$
去	同	别人	合	缘

同别人联姻，

5-1900

不	团	堂	土	了
Mbouj	dwen	daengz	dou	liux
bou^5	$tu:n^1$	$ta\eta^2$	tu^1	$li:u^4$
不	提	到	我	啰

不提到我了。

男唱

5-1901

友	十	义	十	三
Youx	cib	ngeih	cib	sam
ju^4	ςit^8	ηi^6	ςit^8	$\theta a:n^1$
友	十	二	十	三

友十二三岁，

5-1902

想	造	然	时	内
Siengj	caux	ranz	seiz	neix
$\theta i:\eta^3$	$\varsigma a:u^4$	$\text{\textscript{z}}a:n^2$	θi^5	ni^4
想	造	家	时	这

就要成家业。

5-1903

好	伏	合	九	英
Ndij	fwx	hob	giuj	in
di^1	$f\vartheta^4$	$ho:p^8$	$ki:u^3$	in^1
与	别人	合	九	姻

同别人结婚，

5-1904

话	良	义	罗	偻
Vah	lingh	ngeih	lox	raeuz
va^6	$le:\eta^6$	ηi^6	lo^4	$\text{\textscript{z}}au^2$
话	另	二	骗	我们

编假话骗我。

女唱

5-1905

友	十	三	十	四
Youx	cib	sam	cib	seiq
ju⁴	çit⁸	θaːn¹	çit⁸	θei⁵
友	十	三	十	四

友十三四岁，

5-1906

牙	不	希	了	而
Yax	mbouj	heiq	liux	lawz
ja⁵	bou⁵	hi⁵	liːu⁴	lau²
也	不	气	啰	哪

也不愁什么。

5-1907

貝	托	伏	造	家
Bae	doh	fwx	caux	gya
pai¹	to⁶	fə⁴	çaːu⁴	kja¹
去	同	别人	造	家

跟别人成家，

5-1908

不	沙	堂	土	了
Mbouj	ra	daengz	dou	liux
bou⁵	aː¹	taŋ²	tu¹	liːu⁴
不	找	到	我	啰

不再理我了。

男唱

5-1909

友	十	四	十	五
Youx	cib	seiq	cib	haj
ju⁴	çit⁸	θei⁵	çit⁸	ha³
友	十	四	十	五

友十四五岁，

5-1910

话	可	在	心	头
Vah	goj	ywq	sim	daeuz
va⁶	ko⁵	juɯ⁵	θin¹	tau²
话	可	在	心	脏

思念在心中。

5-1911

爱	伏	貝	写	偻
Gyaez	fwx	bae	ce	raeuz
kjai²	fə⁴	pai¹	çe¹	ɣau²
爱	别人	去	留	我们

有新欢甩我，

5-1912

正	你	土	不	记
Cingz	mwngz	dou	mbouj	geiq
çiŋ²	muɯŋ²	tu¹	bou⁵	ki⁵
情	你	我	不	记

旧情我不记。

女唱

5-1913

友	十	五	十	六
Youx	cib	haj	cib	roek
ju⁴	çit⁸	ha³	çit⁸	ɹok⁷
友	十	五	十	六

友十五六岁，

5-1914

不	太	错	几	来
Mbouj	daih	loek	geij	lai
bou⁵	ta:i⁶	lok⁷	ki³	la:i¹
不	太	错	几	多

长得很不错。

5-1915

八	断	仗	包	乖
Bah	duenx	saenq	mbauq	gvai
pa⁶	tu:n⁴	θin⁵	ba:u⁵	kwa:i¹
莫急	断	信	小伙	乖

情哥莫断情，

5-1916

堂	尾	你	可	知
Daengz	byai	mwngz	goj	rox
taŋ²	pja:i¹	mɯŋ²	ko⁵	ɹo⁴
到	尾	你	可	知

将来你会懂。

男唱

5-1917

友	十	六	十	七
Youx	cib	roek	cib	caet
ju⁴	çit⁸	ɹok⁷	çit⁸	çat⁷
友	十	六	十	七

友十六七岁，

5-1918

沁	办	安	灯	龙
Aet	baenz	aen	daeng	loengz
at⁷	pan²	an¹	taŋ¹	loŋ²
靓	成	个	灯	笼

红润如灯笼。

5-1919

农	利	作	四	方
Nuengx	lij	coh	seiq	fueng
nu:ŋ⁴	li⁴	ço⁶	θei⁵	fu:ŋ¹
妹	还	名字	四	方

妹还在观望，

5-1920

忙	开	么	了	备
Mangz	gij	maz	liux	beix
ma:ŋ²	ka:i²	ma²	li:u⁴	pi⁴
忙	什	么	啰	兄

兄我也不急。

女唱

5-1921

友	十	七	十	八
Youx	cib	caet	cib	bet
ju⁴	çit⁸	çat⁷	çit⁸	pe:t⁷
友	十	七	十	八

友十七八岁，

5-1922

马	当	客	然	偻
Ma	dang	hek	ranz	raeuz
ma¹	ta:ŋ¹	he:k⁷	ɹa:n²	ɹau²
来	当	客	家	我们

来我家做主。

5-1923

知	讲	又	知	说
Rox	gangj	youh	rox	naeuz
ɹo⁴	ka:ŋ³	jou⁴	ɹo⁴	nau²
会	讲	又	会	说

会讲又会说，

5-1924

马	然	偻	是	八
Ma	ranz	raeuz	cix	bah
ma¹	ɹa:n²	ɹau²	çi⁴	pa⁶
来	家	我们	就	罢

来我家做主。

男唱

5-1925

友	十	八	十	九
Youx	cib	bet	cib	gouj
ju⁴	çit⁸	pe:t⁷	çit⁸	kjou³
友	十	八	十	九

友十八九岁，

5-1926

秋	办	安	灯	龙
Ciuq	baenz	aen	daeng	loengz
çi:u⁵	pan²	an¹	taŋ¹	loŋ²
看	成	个	灯	笼

红润像灯笼。

5-1927

农	利	刘	四	方
nuengx	lij	liuh	seiq	fueng
nu:ŋ⁴	li⁴	liu⁶	θei⁵	fu:ŋ¹
妹	还	游	四	方

妹还在游荡，

5-1928

八	古	蒙	了	备
Bah	guh	muengz	liux	beix
pa⁶	ku⁴	mu:ŋ²	li:u⁴	pi⁴
莫	急	做	忙	啰 兄

兄我不着急。

女唱

5-1929

友	十	九	义	十
Youx	cib	gouj	ngeih	cib

ju^4　$çit^8$　$kjou^3$　$ṇi^6$　$çit^8$

| 友 | 十 | 九 | 二 | 十 |

友十九二十，

5-1930

另	备	农	同	排
Rib	beix	nuengx	doengz	baiz

$ṇip^8$　pi^4　$nuːŋ^4$　$toŋ^2$　$paːi^2$

| 捡 | 兄 | 妹 | 同 | 排 |

我俩并排坐。

5-1931

邦	友	开	它	开
Baengz	youx	gai	daz	gai

$paŋ^2$　ju^4　$kaːi^1$　ta^2　$kaːi^1$

| 朋 | 友 | 街 | 又 | 街 |

朋友多又多，

5-1932

知	乖	龙	是	勒
Rox	gvai	lungz	cix	lawh

$ɹo^4$　$kwaːi^1$　$luŋ^2$　$çi^4$　$ləɯ^6$

| 知 | 乖 | 龙 | 就 | 换 |

快择友结交。

男唱

5-1933

友	义	十	义	一
Youx	ngeih	cib	ngeih	it

ju^4　$ṇi^6$　$çit^8$　$ṇi^6$　it^7

| 友 | 二 | 十 | 二 | 一 |

友二十廿一，

5-1934

想	勒	仪	少	乖
Siengj	lawh	saenq	sau	gvai

$θiːŋ^3$　$ləɯ^6$　$θin^5$　$θaːu^1$　$kwaːi^1$

| 想 | 换 | 信 | 姑娘 | 乖 |

想和妹结交。

5-1935

农	得	义	十	来
Nuengx	ndaej	ngeih	cib	lai

$nuːŋ^4$　dai^3　$ṇi^6$　$çit^8$　$laːi^1$

| 妹 | 得 | 二 | 十 | 多 |

妹二十多岁，

5-1936

貝	开	而	中	先
Bae	gai	lawz	cuengq	sienq

pai^1　$kaːi^1$　$laɯ^2$　$çuːŋ^5$　$θiːn^5$

| 去 | 街 | 哪 | 放 | 线 |

去哪里亮相？

女唱

5-1937

友	义	一	义	义
Youx	ngeih	it	ngeih	ngeih
ju⁴	n̠i⁶	it⁷	n̠i⁶	n̠i⁶
友	二	一	二	二

友廿一廿二，

5-1938

可	抵	万	千	金
Goj	dij	fanh	cien	gim
ko⁵	ti³	fa:n⁶	çi:n¹	kin¹
可	抵	万	千	金

抵得万两金。

5-1939

友	十	八	贝	辰
Youx	cib	bet	bae	finz
ju⁴	çit⁸	pe:t⁷	pai¹	fin²
友	十	八	去	出走

友十八走远，

5-1940

采	定	不	立	南
Byaij	din	mbouj	liz	namh
pja:i³	tin¹	bou⁵	li²	na:n⁶
走	脚	不	离	土

脚步快如飞。

男唱

5-1941

友	义	义	义	三
Youx	ngeih	ngeih	ngeih	sam
ju⁴	n̠i⁶	n̠i⁶	n̠i⁶	θa:n¹
友	二	二	二	三

友廿二廿三，

5-1942

想	造	家	时	内
Siengj	caux	gya	seiz	neix
θi:ŋ³	ça:u⁴	kja¹	θi²	ni⁴
想	造	家	时	这

想立即成家。

5-1943

友	十	八	同	为
Youx	cib	bet	doengz	vih
ju⁴	çit⁸	pe:t⁷	toŋ²	vei⁶
友	十	八	同	为

十八岁好友，

5-1944

良	贝	田	而	站
Lingh	bae	dieg	lawz	soengz
le:ŋ⁶	pai¹	ti:k⁸	lau²	θoŋ²
另	去	地	哪	站

另到别处去。

女唱

5-1945

友	义	三	义	四
Youx	ngeih	sam	ngeih	seiq
ju^4	$ȵi^6$	$θaːn^1$	$ȵi^6$	$θei^5$
友	二	三	二	四

友廿三廿四，

5-1946

牙	不	希	了	而
Yax	mbouj	heiq	liux	lawz
ja^5	bou^5	hi^5	$liːu^4$	lau^2
也	不	气	啰	哪

什么都不愁。

5-1947

友	十	八	当	家
Youx	cib	bet	dang	gya
ju^4	$ɕit^8$	$peːt^7$	$taːŋ^1$	kja^1
友	十	八	当	家

友十八成家，

5-1948

不	马	正	牙	了
Mbouj	ma	cingz	yax	liux
bou^5	ma^1	$ɕiŋ^2$	ja^5	$liːu^4$
不	来	情	也	完

不来情就断。

男唱

5-1949

友	义	四	义	五
Youx	ngeih	seiq	ngeih	haj
ju^4	$ȵi^6$	$θei^5$	$ȵi^6$	ha^3
友	二	四	二	五

友廿四廿五，

5-1950

华	记	作	心	头
Vah	geiq	coq	sim	daeuz
va^6	ki^5	$ço^5$	$θin^1$	tau^2
话	记	放	心	脏

情义记心间。

5-1951

友	十	八	巴	轻
Youx	cib	bet	bak	mbaeu
ju^4	$ɕit^8$	$peːt^7$	$paːk^7$	bau^1
友	十	八	嘴	轻

友十八乖巧，

5-1952

不	难	可	赔	三
Mbouj	nanz	goj	boiq	sanq
bou^5	$naːn^2$	ko^5	$poːi^5$	$θaːn^5$
不	久	可	险	散

不久会落单。

女唱

5-1953

友	义	五	义	六
Youx	ngeih	haj	ngeih	roek
ju⁴	ȵi⁶	ha³	ȵi⁶	ɹok⁷
友	二	五	二	六

友廿五廿六，

5-1954

不	太	付	几	来
Mbouj	daih	fug	geij	lai
bou⁵	ta:i⁶	fuk⁸	ki³	la:i¹
不	太	服	几	多

心中不服气。

5-1955

勒	仪	得	少	乖
Lawh	saenq	ndaej	sau	gvai
ləɯ⁶	θin⁵	dai³	θa:u¹	kwa:i¹
换	信	得	姑娘	乖

结交好女友，

5-1956

代	是	不	同	从
Dai	cix	mbouj	doengz	congh
ta:i¹	ɕi⁴	bou⁵	toŋ²	ɕo:ŋ⁶
死	就	不	同	洞

死却不共坟。

男唱

5-1957

友	义	六	义	七
Youx	ngeih	roek	ngeih	caet
ju⁴	ȵi⁶	ɹok⁷	ȵi⁶	ɕat⁷
友	二	六	二	七

友廿六廿七，

5-1958

沘	办	朵	花	支
Aet	baenz	duj	va	sei
at⁷	pan²	tu³	va¹	θi¹
靓	成	朵	花	丝

漂亮如丝花。

5-1959

友	十	八	同	立
Youx	cib	bet	doengz	liz
ju⁴	ɕit⁸	pe:t⁷	toŋ²	li²
友	十	八	同	离

友十八离去，

5-1960

少	贝	吉	而	在
Sau	bae	giz	lawz	ywq
θa:u¹	pai¹	ki²	lau²	juɯ⁵
姑娘	去	处	哪	住

妹何处安身？

女唱

5-1961

友	义	七	义	八
Youx	ngeih	caet	ngeih	bet
ju⁴	n̠i⁶	ɕat⁷	n̠i⁶	pe:t⁷
友	二	七	二	八

友廿七廿八，

5-1962

可	当	对	金	秋
Goj	dangq	doiq	gim	ciuz
ko⁵	ta:ŋ¹	to:i⁵	kin¹	ɕi:u²
可	当	对	金	耳环

美如金耳环。

5-1963

往	双	偻	讲	笑
Uengj	song	raeuz	gangj	riu
va:ŋ³	θo:ŋ¹	ɹau²	ka:ŋ³	ɹi:u¹
枉	两	我们	讲	笑

我俩曾谈情，

5-1964

得	长	刘	知	不
Ndaej	ciengz	liuz	rox	mbouj
dai³	ɕi:ŋ²	li:u²	ɹo⁴	bou⁵
得	常	常	或	不

而今不长久。

男唱

5-1965

友	义	八	义	九
Youx	ngeih	bet	ngeih	gouj
ju⁴	n̠i⁶	pe:t⁷	n̠i⁶	kjou³
友	二	八	二	九

友廿八廿九，

5-1966

乃	小	古	友	文
Naih	souj	guh	youx	vunz
na:i⁶	θi:u³	ku⁴	ju⁴	vun²
慢	守	做	友	人

等别人结友。

5-1967

秋	白	罗	更	本
Ciuq	beg	loh	gwnz	mbwn
ɕi:u⁵	pe:k⁸	lo⁶	kɯn²	bun¹
看	白	露	上	天

是苍天过错，

5-1968

米	日	可	同	得
Miz	ngoenz	goj	doengz	ndaej
mi²	ŋon²	ko⁵	toŋ²	dai³
有	天	可	同	得

日后会成亲。

女唱

5-1969

友	义	九	三	十
Youx	ngeih	gouj	sam	cib
ju⁴	ȵi⁶	kjou³	θaːn¹	çit⁸
友	二	九	三	十

友廿九三十，

5-1970

六	令	读	桥	龙
Ruh	rib	douh	giuz	lung
ɹu⁶	ɹip⁸	tou⁶	kiːu²	luŋ²
忽	然	栖息	桥	龙

喜得上龙桥。

5-1971

干	十	田	岁	站
Ganq	cib	dieg	caez	soengz
kaːn⁵	çit⁸	tiːk⁸	çai²	θoŋ²
照料	十	地	齐	站

管此地共处，

5-1972

干	四	方	岁	在
Ganq	seiq	fueng	caez	ywq
kaːn⁵	θei⁵	fuːŋ¹	çai²	ju⁵
照料	四	方	齐	住

管四方同住。

国家古籍工作规划项目

全国少数民族古籍工作"十四五"规划重点项目

国家民委铸牢中华民族共同体意识

古籍整理出版书系

广西高甲壮语瑶歌译注

广西壮族自治区少数民族古籍保护研究中心 编

主编 韦体吉 蓝长龙 岑学贵

副主编 蓝永红 蓝盛陆霞 王江苗

第 三 册

第六篇 访友歌

第七篇 交往歌

GEP

广西教育出版社

南宁

目 录
Contents

第六篇 访友歌

　　《访友歌》主要唱述男女双方互相交往的过程。从唱词中可知男方曾经与汉族人住在一个村，而女方会说汉话和壮话，说明瑶族与壮、汉等民族和睦相处，并互相学习对方语言以促进族际交往交流交融。都安的圩场早在明清时期便在河谷、平坝及河流码头等地方逐步形成，至民国年间逐渐发展至部分山区，从而成为各族人民商品交易的集散地。唱词中描述有汉族人在圩场上经营绸缎生意，有汉族人身穿绸缎连赶九个圩场，且边走边交易货物，瑶族人则在圩场上以歌会友。唱词中提到各族人民可以到二十八个圩场赶集，各个圩场每隔三天为市，比较有名的圩场有高岭圩、永安圩、永顺圩、庆远街、拉利圩等。这些圩场构成了各民族感情交流、经济贸易往来的固定网络，极大推动了当地经济社会的发展，为各民族交往交流交融提供了必要条件。

①勒论 [luɯk⁸ lun²]: 最小的儿子，也称满仔。

男唱

6-1

观	偻	造	对	邦
Gonq	raeuz	caux	doih	baengz
koːn⁵	ɣau²	ɕaːu⁴	toːi⁶	paŋ²
先	我们	造	伙伴	朋

我两曾结交，

6-2

米	两	是	当	文
Miz	liengj	cix	dangj	fwn
mi²	liːŋ³	ɕi⁴	taːŋ³	vun¹
有	伞	就	挡	雨

共撑伞挡雨。

6-3

它	同	分	了	论
Daj	doengz	mbek	liux	lwnz
taː³	toŋ²	meːk⁷	liːu⁴	lun²
自从	同	分别	了	情友

自从分别后，

6-4

份	小	正	牙	了
Faenh	siuj	cingz	yax	liux
fan⁶	θiːu³	ɕiŋ²	jaː⁵	liːu⁴
份	小	情	也	完

情分已无存。

女唱

6-5

观	偻	造	对	邦
Gonq	raeuz	caux	doih	baengz
koːn⁵	ɣau²	ɕaːu⁴	toːi⁶	paŋ²
先	我们	造	伙伴	朋

我两曾结交，

6-6

米	两	是	当	文
Miz	liengj	cix	dangj	fwn
mi²	liːŋ³	ɕi⁴	taːŋ³	vun¹
有	伞	就	挡	雨

共撑伞挡雨。

6-7

乜	利	分	勒	论①
Meh	lij	mbek	lwg	lwnz
me⁶	li⁴	meːk⁷	luɯk⁸	lun²
母	还	分别	子	最小

母还别满仔，

6-8

偻	分	偻	不	爱
Raeuz	mbek	raeuz	mbouj	ngaih
ɣau²	meːk⁷	ɣau²	bou⁵	ŋaːi⁶
我们	分别	我们	不	妨碍

我俩别无妨。

男唱

6-9

观	偻	造	对	邦
Gonq	raeuz	caux	doih	baengz
ko:n⁵	ɹau²	ça:u⁴	to:i⁶	paŋ²
先	我们	造	伙伴	朋

我俩曾结交，

6-10

米	两	是	当	文
Miz	liengj	cix	dangj	fwn
mi²	li:ŋ³	çi⁴	ta:ŋ³	vun¹
有	伞	就	挡	雨

共把伞挡雨。

6-11

甲	乜	分	勒	论
Gyah	meh	mbek	lwg	lwnz
kja⁶	me⁶	me:k⁷	luk⁸	lun²
宁可	母	分别	子	最小

宁可母别子，

6-12

偻	分	偻	不	得
Raeuz	mbek	raeuz	mbouj	ndaej
ɹau²	me:k⁷	ɹau²	bou⁵	dai³
我们	分别	我们	不	得

我俩不可分。

女唱

6-13

观	偻	造	对	邦
Gonq	raeuz	caux	doih	baengz
ko:n⁵	ɹau²	ça:u⁴	to:i⁶	paŋ²
先	我们	造	伙伴	朋

我俩曾结交，

6-14

米	两	是	当	文
Miz	liengj	cix	dangj	fwn
mi²	li:ŋ³	çi⁴	ta:ŋ³	vun¹
有	伞	就	挡	雨

有伞同挡雨。

6-15

乜	利	分	勒	论
Meh	lij	mbek	lwg	lwnz
me⁶	li⁴	me:k⁷	luk⁸	lun²
母	还	分别	子	最小

母子尚分离，

6-16

难	为	偻	备	农
Nanz	vei	raeuz	beix	nuengx
na:n²	vi¹	ɹau²	pi⁴	nu:ŋ⁴
难	为	我们	兄	妹

何况我们俩。

男唱

6-17

观	偻	造	对	邦
Gonq	raeuz	caux	doih	baengz
$ko:n^5$	$ıau^2$	$ça:u^4$	$to:i^6$	$paŋ^2$
先	我们	造	伙伴	朋

我俩曾结交，

6-18

米	两	是	当	文
Miz	liengj	cix	dangj	fwn
mi^2	$li:ŋ^3$	$çi^4$	$ta:ŋ^3$	vun^1
有	伞	就	挡	雨

共撑一把伞。

6-19

分	农	后	邦	文
Mbek	nuengx	haeuj	biengz	vunz
$me:k^7$	$nu:ŋ^4$	hau^3	$pi:ŋ^2$	vun^2
分别	妹	进	地方	人

妹远走他乡，

6-20

平	论	土	知	不
Bingz	lumj	dou	rox	mbouj
$piŋ^2$	lun^3	tu^1	$ıo^4$	bou^5
安宁	像	我	或	否

那里安定否？

女唱

6-21

观	偻	造	对	邦
Gonq	raeuz	caux	doih	baengz
$ko:n^5$	$ıau^2$	$ça:u^4$	$to:i^6$	$paŋ^2$
先	我们	造	伙伴	朋

我俩曾结交，

6-22

米	两	是	当	文
Miz	liengj	cix	dangj	fwn
mi^2	$li:ŋ^3$	$çi^4$	$ta:ŋ^3$	vun^1
有	伞	就	挡	雨

两人同把伞。

6-23

农	自	后	邦	文
Nuengx	gag	haeuj	biengz	vunz
$nu:ŋ^4$	$ka:k^8$	hau^3	$pi:ŋ^2$	vun^2
妹	自	进	地方	人

妹独走他乡，

6-24

怨	作	土	不	得
Yonq	coq	dou	mbouj	ndaej
$jo:n^5$	$ço^5$	tu^1	bou^5	dai^3
怨	放	我	不	得

怨不得别人。

男唱

6-25

观	偻	造	对	邦
Gonq	raeuz	caux	doih	baengz
ko:n⁵	ɹau²	ça:u⁴	to:i⁶	paŋ²
先	我们	造	伙伴	朋

我俩曾结交，

6-26

米	两	是	当	文
Miz	liengj	cix	dangj	fwn
mi²	li:ŋ³	çi⁴	ta:ŋ³	vun¹
有	伞	就	挡	雨

共用一把伞。

6-27

农	自	后	邦	文
Nuengx	gag	haeuj	biengz	vunz
nu:ŋ⁴	ka:k⁸	hau³	pi:ŋ²	vun²
妹	自	进	地方	人

妹独走他乡，

6-28

平	办	王	办	类
Bingz	baenz	vang	baenz	raeh
piŋ²	pan²	va:ŋ¹	pan²	ɹai⁶
凭	成	横	成	竖

管它怎么样。

女唱

6-29

观	偻	造	对	邦
Gonq	raeuz	caux	doih	baengz
ko:n⁵	ɹau²	ça:u⁴	to:i⁶	paŋ²
先	我们	造	伙伴	朋

我俩曾结交，

6-30

米	两	是	当	文
Miz	liengj	cix	dangj	fwn
mi²	li:ŋ³	çi⁴	ta:ŋ³	vun¹
有	伞	就	挡	雨

共用一把伞。

6-31

分	农	后	邦	文
Mbek	nuengx	haeuj	biengz	vunz
me:k⁷	nu:ŋ⁴	hau³	pi:ŋ²	vun²
分别	妹	进	地方	人

送妹去他乡，

6-32

才	合	你	了	备
Caih	hoz	mwngz	liux	beix
ça:i⁶	ho²	muŋ²	li:u⁴	pi⁴
随	喉	你	了	兄

遂了兄心愿。

男唱

6-33

观　　佬　　造　　对　　邦
Gonq　raeuz　caux　doih　baengz
ko:n⁵　ɹau²　ɕa:u⁴　to:i⁶　paŋ²
先　　我们　造　　伙伴　朋

我俩曾结交，

6-34

米　　两　　是　　当　　文
Miz　liengj　cix　dangj　fwn
mi²　li:ŋ³　ɕi⁴　ta:ŋ³　vun¹
有　　伞　　就　　挡　　雨

共撑一把伞。

6-35

分　　农　　后　　邦　　文
Mbek　nuengx　haeuj　biengz　vunz
me:k⁷　nu:ŋ⁴　hau³　pi:ŋ²　vun²
分别　妹　　进　　地方　人

让妹走他乡，

6-36

对　　良　　心　　不　　瓜
Doiq　liengz　sim　mbouj　gvaq
to:i⁵　li:ŋ²　θin¹　bou⁵　kwa⁵
对　　良　　心　　不　　过

良心过不去。

女唱

6-37

尝　　得　　义　　十　　比
Caengz　ndaej　ngcih　cib　bi
ɕaŋ²　dai³　ȵi⁶　ɕit⁸　pi¹
未　　得　　二　　十　　年

未满二十岁，

6-38

是　　交　　你　　对　　邦
Cix　gyau　mwngz　doih　baengz
ɕi⁴　kja:u¹　muŋ²　to:i⁶　paŋ²
就　　交　　你　　伙伴　朋

就结交情哥。

6-39

对　　良　　心　　不　　瓜
Doiq　liengz　sim　mbouj　gvaq
to:i⁵　li:ŋ²　θin¹　bou⁵　kwa⁵
对　　良　　心　　不　　过

对不住良心，

6-40

又　　利　　勒　　古　　而
Youh　lij　lawh　guh　rawz
jou⁴　li⁴　ləɯ⁶　ku⁶　ɹau²
又　　还　　换　　做　　什么

结交做什么？

男唱

6-41

尝	得	义	十	比
Caengz	ndaej	ngeih	cib	bi
can^2	dai^3	ni^6	cit^8	pi^1
未	得	二	十	年

未满二十岁，

6-42

是	交	你	对	达
Cix	gyau	mwngz	doih	dah
ci^4	$kja:u^1$	$mu\eta^2$	$to:i^6$	ta^6
就	交	你	伙伴	女孩

就结交情妹。

6-43

对	良	心	不	瓜
Doiq	liengz	sim	mbouj	gvaq
$to:i^5$	$li:\eta^2$	θin^1	bou^5	kwa^5
对	良	心	不	过

对不住良心，

6-44

勒	古	开	年	正
Lawh	guh	gaej	nem	cingz
$l\vartheta u^6$	ku^4	$ka:i^5$	$ne:m^1$	$ci\eta^2$
换	做	莫	贴	情

结交不沾情。

女唱

6-45

尝	得	义	十	比
Caengz	ndaej	ngeih	cib	bi
can^2	dai^3	ni^6	cit^8	pi^1
未	得	二	十	年

未满二十岁，

6-46

是	交	你	对	邦
Cix	gyau	mwngz	doih	baengz
ci^4	$kja:u^1$	$mu\eta^2$	$to:i^6$	$pa\eta^6$
就	交	你	伙伴	朋

就结交情哥。

6-47

对	良	心	不	瓜
Doiq	liengz	sim	mbouj	gvaq
$to:i^5$	$li:\eta^2$	θin^1	bou^5	kwa^5
对	良	心	不	过

对不住良心，

6-48

是	对	那	土	说
Cix	doiq	naj	dou	naeuz
ci^4	$to:i^5$	na^3	tu^1	nau^2
就	对	脸	我	说

当面对我说。

男唱

6-49

观	偻	造	对	邦
Gonq	raeuz	caux	doih	baengz
$ko:n^5$	$ɹau^2$	$ça:u^4$	$to:i^6$	$paŋ^2$
先	我们	造	伙伴	朋

我俩曾结交，

6-50

米	两	是	当	文
Miz	liengj	cix	dangj	fwn
mi^2	$li:ŋ^3$	$çi^4$	$ta:ŋ^3$	vun^1
有	伞	就	挡	雨

共用一把伞。

6-51

分	农	后	邦	文
Mbek	nuengx	haeuj	biengz	vunz
$me:k^7$	$nu:ŋ^4$	hau^3	$pi:ŋ^2$	vun^2
分别	妹	进	地方	人

别妹走他乡，

6-52

貝	年	坤	共	板
Bae	nem	gun	gungh	mbanj
pai^1	$ne:m^1$	kun^1	$kuŋ^6$	$ba:n^3$
去	贴	官	共	村

同汉族共村。

女唱

6-53

观	偻	造	对	邦
Gonq	raeuz	caux	doih	baengz
$ko:n^5$	$ɹau^2$	$ça:u^4$	$to:i^6$	$paŋ^2$
先	我们	造	伙伴	朋

我俩曾结交，

6-54

米	两	是	当	文
Miz	liengj	cix	dangj	fwn
mi^2	$li:ŋ^3$	$çi^4$	$ta:ŋ^3$	vun^1
有	伞	就	挡	雨

雨中共把伞。

6-55

分	农	后	邦	文
Mbek	nuengx	haeuj	biengz	vunz
$me:k^7$	$nu:ŋ^4$	hau^3	$pi:ŋ^2$	vun^2
分别	妹	进	地方	人

别妹走他乡，

6-56

不	坤	牙	可	客
Mbouj	gun	yax	goj	hek
bou^5	kun^1	ja^5	ko^5	$he:k^7$
不	官	也	也	客

同汉族共处。

男唱	女唱

6-57

观	偻	造	对	邦
Gonq	raeuz	caux	doih	baengz
ko:n⁵	ɾau²	ça:u⁴	to:i⁶	paŋ²
先	我们	造	伙伴	朋

我俩曾结交，

6-58

米	两	是	当	文
Miz	liengj	cix	dangj	fwn
mi²	li:ŋ³	çi⁴	ta:ŋ³	vun¹
有	伞	就	挡	雨

雨中共把伞。

6-59

分	农	后	邦	文
Mbek	nuengx	haeuj	biengz	vunz
me:k⁷	nu:ŋ⁴	hau³	pi:ŋ²	vun²
分别	妹	进	地方	人

别妹走他乡，

6-60

罗	草	堂	拉	罗
Loh	rum	daengz	laj	roq
lo⁶	ɾum¹	taŋ²	la³	ɾo⁵
路	草	到	下	屋檐

草长到屋檐。

6-61

观	偻	造	对	邦
Gonq	raeuz	caux	doih	baengz
ko:n⁵	ɾau²	ça:u⁴	to:i⁶	paŋ²
先	我们	造	伙伴	朋

我俩曾结交，

6-62

米	两	是	当	文
Miz	liengj	cix	dangj	fwn
mi²	li:ŋ³	çi⁴	ta:ŋ³	vun¹
有	伞	就	挡	雨

雨中共把伞。

6-63

罗	牙	草	是	草
Loh	yax	rum	cix	rum
lo⁶	ja⁵	ɾum¹	çi⁴	ɾum¹
路	也	草	就	草

任它路长草，

6-64

外	交	春	牙	割
Vaij	gyau	cin	yax	vuet
va:i³	kja:u¹	çun¹	ja⁴	vu:t⁷
过	交	春	也	割

立春后再割。

男唱

6-65

观 偻 造 对 邦

Gonq raeuz caux doih baengz

$ko:n^5$ $ɹau^2$ $ça:u^4$ $to:i^6$ $paŋ^2$

先 我们 造 伙伴 朋

我俩曾结交，

6-66

米 两 是 当 文

Miz liengj cix dangj fwn

mi^2 $li:ŋ^3$ $çi^4$ $ta:ŋ^3$ vun^1

有 伞 就 挡 雨

雨中共把伞。

6-67

加 备 割 罗 草

Caj beix vuet loh rum

kja^3 pi^4 $vu:t^7$ lo^6 $ɹum^1$

等 兄 割 路 草

等兄割完草，

6-68

少 论 牙 回 貝

Sau lwnz yax hoiz bae

$θa:u^1$ lun^2 ja^5 $ho:i^2$ pai^1

姑娘 最小 也 回 去

情妹早还家。

女唱

6-69

观 偻 造 对 邦

Gonq raeuz caux doih baengz

$ko:n^5$ $ɹau^2$ $ça:u^4$ $to:i^6$ $paŋ^2$

先 我们 造 伙伴 朋

我俩曾结交，

6-70

米 两 是 当 文

Miz liengj cix dangj fwn

mi^2 $li:ŋ^3$ $çi^4$ $ta:ŋ^3$ vun^1

有 伞 就 挡 雨

雨中共把伞。

6-71

峒 光 偻 岁 巡

Doengh gvangq raeuz caez cunz

$toŋ^6$ $kwa:ŋ^5$ $ɹau^2$ $çai^2$ $çun^2$

峒 宽 我们 齐 巡

峒宽共畅游，

6-72

罗 草 偻 岁 割

Loh rum raeuz caez vuet

lo^6 $ɹum^1$ $ɹau^2$ $çai^2$ $vu:t^7$

路 草 我们 齐 割

路荒同铲平。

男唱

6-73

观	偻	造	对	邦
Gonq	raeuz	caux	doih	baengz
ko:n^5	ʐau^2	ça:u^4	to:i^6	paŋ^2
先	我们	造	伙伴	朋

我俩曾结交，

6-74

米	两	是	当	文
Miz	liengj	cix	dangj	fwn
mi^2	li:ŋ^3	çi^4	ta:ŋ^3	vun^1
有	伞	就	挡	雨

雨中共把伞。

6-75

峝	光	不	阝	巡
Doengh	gvangq	mbouj	boux	cunz
toŋ^6	kwa:ŋ^5	bou^5	pu^4	çun^2
峝	宽	无	人	巡

峝宽无人走，

6-76

罗	草	不	阝	割
Loh	rum	mbouj	boux	vuet
lo^6	ʐum^1	bou^5	pu^4	vu:t^7
路	草	无	人	割

野草无人割。

女唱

6-77

观	偻	造	对	邦
Gonq	raeuz	caux	doih	baengz
ko:n^5	ʐau^2	ça:u^4	to:i^6	paŋ^2
先	我们	造	伙伴	朋

我俩曾结交，

6-78

米	两	是	当	文
Miz	liengj	cix	dangj	fwn
mi^2	li:ŋ^3	çi^4	ta:ŋ^3	vun^1
有	伞	就	挡	雨

雨中共把伞。

6-79

分	农	后	邦	文
Mbek	nuengx	haeuj	biengz	vunz
me:k^7	nu:ŋ^4	hau^3	pi:ŋ^2	vun^2
分别	妹	进	地方	人

别妹走他乡，

6-80

架	芬	正	不	坤
Cax	faenz	cingz	mbouj	goenq
kja^4	fan^2	çiŋ^2	bou^5	kon^5
刀	伐	情	不	断

刀砍情不断。

男唱	女唱

男唱

6-81

观	偻	造	对	邦
Gonq	raeuz	caux	doih	baengz
ko:n⁵	ʐau²	ça:u⁴	to:i⁶	paŋ²
先	我们	造	伙伴	朋

我俩曾结交，

6-82

米	两	是	当	文
Miz	liengj	cix	dangj	fwn
mi²	li:ŋ³	çi⁴	ta:ŋ³	vun¹
有	伞	就	挡	雨

雨中共把伞。

6-83

分	农	后	邦	文
Mbek	nuengx	haeuj	biengz	vunz
me:k⁷	nu:ŋ⁴	hau³	pi:ŋ²	vun²
分别	妹	进	地方	人

别妹走他乡，

6-84

架	芬	正	可	在
Cax	faenz	cingz	goj	ywq
kja⁴	fan²	çiŋ²	ko⁵	ju⁵
刀	伐	情	还	在

刀砍情还在。

女唱

6-85

尝	得	义	十	比
Caengz	ndaej	ngeih	cib	bi
çaŋ²	dai³	n̠i⁶	çit⁸	pi¹
未	得	二	十	年

不到二十岁，

6-86

是	交	你	龙	女
Cix	gyau	mwngz	lungz	nawx
çi⁴	kja:u¹	muŋ²	luŋ²	nu⁴
就	交	你	龙	女

就结交龙女。

6-87

架	芬	正	可	在
Cax	faenz	cingz	goj	ywq
kja⁴	fan²	çiŋ²	ko⁵	ju⁵
刀	伐	情	还	在

刀砍情还在，

6-88

么	不	勒	要	正
Maz	mbouj	lawh	aeu	cingz
ma²	bou⁵	lɯ⁶	au¹	çiŋ²
何	不	换	要	情

何不换信物？

男唱

6-89

尝	得	义	十	比
Caengz	ndaej	ngeih	cib	bi
çaŋ^2	dai^3	ȵi^6	çit^8	pi^1
未	得	二	十	年

不到二十岁，

6-90

是	交	你	龙	女
Cix	gyau	mwngz	lungz	nawx
çi^4	kja:u^1	mɯŋ^2	luŋ^2	nu^4
就	交	你	龙	女

就结交龙女。

6-91

小	正	想	牙	勒
Siuj	cingz	siengj	yax	lawh
θi:u^3	çiŋ^2	θi:ŋ^3	ja^5	lɯ^6
小	情	想	也	换

想交换信物，

6-92

农	又	克	邦	文
Nuengx	youh	gwz	biengz	vunz
nu:ŋ^4	jou^4	kə^4	pi:ŋ^2	vun^2
妹	又	去	地方	人

妹又走他乡。

女唱

6-93

尝	得	义	十	比
Caengz	ndaej	ngeih	cib	bi
çaŋ^2	dai^3	ȵi^6	çit^8	pi^1
未	得	二	十	年

不到二十岁，

6-94

是	交	你	龙	女
Cix	gyau	mwngz	lungz	nawx
çi^4	kja:u^1	mɯŋ^2	luŋ^2	nu^4
就	交	你	龙	女

就结交龙女。

6-95

米	小	正	是	勒
Miz	siuj	cingz	cix	lawh
mi^2	θi:u^3	çiŋ^2	çi^4	lɯ^6
有	小	情	就	换

有礼物拿来，

6-96

农	可	克	加	你
Nuengx	goj	gwq	caj	mwngz
nu:ŋ^4	ko^5	kə^4	kja^3	mɯŋ^2
妹	还	总是	等	你

妹耐心等你。

男唱

6-97

尝	得	义	十	比
Caengz	ndaej	ngeih	cib	bi
$\varsigma a\eta^2$	dai^3	ηi^6	ςit^8	pi^1
未	得	二	十	年

不到二十岁,

6-98

是	交	你	龙	女
Cix	gyau	mwngz	lungz	nawx
ςi^4	$kja:u^1$	$mu\eta^2$	$lu\eta^2$	nu^4
就	交	你	龙	女

就结交龙女。

6-99

米	小	正	是	勒
Miz	siuj	cingz	cix	lawh
mi^2	$\theta i:u^3$	$\varsigma i\eta^2$	ςi^4	$l\mathrm{o}^6$
有	小	情	就	换

有礼物拿来,

6-100

克	加	备	古	而
Gwq	caj	beix	guh	rawz
$k\mathrm{o}^4$	kja^3	pi^4	ku^4	$\mathrm{r}ua^2$
总是	等	兄	做	什么

等兄干什么?

女唱

6-101

觋	偻	造	对	邦
Gonq	raeuz	caux	doih	baengz
$ko:n^5$	$\mathrm{r}au^2$	$\varsigma a:u^4$	$to:i^6$	$pa\eta^2$
先	我们	造	伙伴	朋

我俩曾结交,

6-102

米	两	是	当	文
Miz	liengj	cix	dangj	fwn
mi^2	$li:\eta^3$	ςi^4	$ta:\eta^3$	vun^1
有	伞	就	挡	雨

共把伞挡雨。

6-103

想	古	务	跟	润
Siengj	guh	huj	riengz	rumz
$\theta i:\eta^3$	ku^4	hu^3	$\mathrm{r}i:\eta^2$	$\mathrm{r}un^2$
想	做	云	跟	风

想做云和风,

6-104

平	论	土	知	不
Bingz	lumj	dou	rox	mbouj
$pi\eta^2$	lun^3	tu^1	$\mathrm{r}o^4$	bou^5
安宁	像	我	或	否

是否比我好?

男唱

6-105

观	偻	造	对	邦
Gonq	raeuz	caux	doih	baengz
ko:n⁵	ɹau²	ça:u⁴	to:i⁶	paŋ²
先	我们	造	伙伴	朋

我俩曾结交，

6-106

米	两	是	当	文
Miz	liengj	cix	dangj	fwn
mi²	li:ŋ³	çi⁴	ta:ŋ³	vun¹
有	伞	就	挡	雨

共把伞挡雨。

6-107

牙	古	务	跟	润
Yaek	guh	huj	riengz	rumz
jak⁷	ku⁴	hu³	ɹi:ŋ²	ɹun²
要	做	云	跟	风

要做云和风，

6-108

利	口	本	全	刀
Lij	gaeuj	mbwn	cienj	dauq
li⁴	kau³	bun¹	çu:n³	ta:u⁵
还	看	天	转	回

还由天变幻。

女唱

6-109

观	偻	造	对	邦
Gonq	raeuz	caux	doih	baengz
ko:n⁵	ɹau²	ça:u⁴	to:i⁶	paŋ²
先	我们	造	伙伴	朋

我俩曾结交，

6-110

米	两	是	当	文
Miz	liengj	cix	dangj	fwn
mi²	li:ŋ³	çi⁴	ta:ŋ³	vun¹
有	伞	就	挡	雨

雨中共把伞。

6-111

古	务	不	办	润
Guh	huj	mbouj	baenz	rumz
ku⁴	hu³	bou⁵	pan²	ɹun²
做	云	不	成	风

做云不成风，

6-112

堂	用	本	又	三
Daengz	byongh	mbwn	youh	sanq
taŋ²	pjo:ŋ⁶	bun¹	jou⁴	θa:n⁵
到	半	天	又	散

到空中又散。

男唱

6-113

觇	偻	造	对	邦
Gonq	raeuz	caux	doih	baengz
ko:n^5	ɹau^2	ça:u^4	to:i^6	paŋ^2
先	我们	造	伙伴	朋

我俩曾结交，

6-114

米	两	是	当	文
Miz	liengj	cix	dangj	fwn
mi^2	li:ŋ^3	çi^4	ta:ŋ^3	vun^1
有	伞	就	挡	雨

共撑一把伞。

6-115

丰	飞	外	用	本
Fungh	mbin	vaij	byongh	mbwn
fuŋ^6	bin^1	va:i^3	pjo:ŋ^6	bun^1
凤	飞	过	半	天空

凤凰天上飞，

6-116

土	古	润	贝	节
Dou	guh	rumz	bae	ciep
tu^1	ku^4	ɹun^2	pai^1	çe:t^7
我	做	风	去	接

我化风去接。

女唱

6-117

觇	偻	造	对	邦
Gonq	raeuz	caux	doih	baengz
ko:n^5	ɹau^2	ça:u^4	to:i^6	paŋ^2
先	我们	造	伙伴	朋

我俩曾结交，

6-118

米	两	是	当	文
Miz	liengj	cix	dangj	fwn
mi^2	li:ŋ^3	çi^4	ta:ŋ^3	vun^1
有	伞	就	挡	雨

共把伞挡雨。

6-119

王	蛟	外	用	本
Vumz	vauz	vaij	byongh	mbwn
va:ŋ^6	va:u^2	va:i^3	pjo:ŋ^6	bun^1
蝙	蝠	过	半	天空

蝙蝠天上过，

6-120

你	讲	坤	土	听
Mwngz	gangj	gun	dou	dingq
muŋ^2	ka:ŋ^3	kun^1	tu^1	tiŋ^5
你	讲	官话	我	听

讲汉话来听。

男唱

6-121

观　偻　造　对　邦

Gonq　raeuz　caux　doih　baengz

ko:n⁵　ɹau²　ça:u⁴　to:i⁶　paŋ²

先　我们　造　伙伴　朋

我俩曾结交，

6-122

米　两　是　当　文

Miz　liengj　cix　dangj　fwn

mi²　li:ŋ³　çi⁴　ta:ŋ³　vun¹

有　伞　就　挡　雨

共把伞挡雨。

6-123

王　蛟　外　用　本

Vumz　vauz　vaij　byongh　mbwn

va:ŋ⁶　va:u²　va:i³　pjo:ŋ⁶　bun¹

蝙　蝠　过　半　天空

蝙蝠天上过，

6-124

讲　坤　土　空　知

Gangj　gun　dou　ndwi　rox

ka:ŋ³　kun¹　tu¹　du:i¹　ɹo⁴

讲　官话　我　不　知

不懂讲汉话。

女唱

6-125

鸟　九　在　江　巴

Roeg　geuq　ywq　gyang　baq

ɹok⁸　kje:u⁵　ju⁵　kja:ŋ¹　pa⁵

鸟　画眉　在　中　坡

画眉在山上，

6-126

是　利　汉　讲　坤

Cix　lij　hoed　gangj　gun

çi⁴　li⁴　hot⁸　ka:ŋ³　kun¹

就　还　说　讲　官话

还学讲汉话。

6-127

表　农　开　么　文

Biuj　nuengx　gij　maz　vunz

pi:u³　nu:ŋ⁴　ka:i²　ma²　vun²

表　妹　什么　么　人

表妹何等人，

6-128

么　讲　坤　不　知

Maz　gangj　gun　mbouj　rox

ma²　ka:ŋ³　kun¹　bou⁵　ɹo⁴

怎么　讲　官话　不　知

怎不懂汉话？

①义元 [ȵi^6 ŋi:ŋ^2]：二弦，此处引申为"懂汉话的人"。

男唱

6-129

讲　坤　土　不　知

Gangj　gun　dou　mbouj　rox

ka:ŋ^3　kun^1　tu^1　bou^5　ɹo^4

讲　官话　我　不　知

汉话我不懂，

6-130

讲　朵　土　空　变

Gangj　doj　dou　ndwi　bienz

ka:ŋ^3　to^3　tu^1　du:i^1　pe:n^2

讲　土话　我　不　熟练

壮话我不熟。

6-131

讲　卡　客　义　元①

Gangj　gah　hek　ngeih　nyienz

ka:ŋ^3　ka^6　he:k^7　ȵi^6　ŋi:ŋ^2

讲　那　客　二　弦

你讲那汉话，

6-132

土　空　变　罗　内

Dou　ndwi　bienz　loh　neix

tu^1　du:i^1　pe:n^2　lo^6　ni^4

我　不　熟练　路　这

我听不明白。

女唱

6-133

讲　坤　你　牙　知

Gangj　gun　mwngz　yax　rox

ka:ŋ^3　kun^1　muɯŋ^2　ja^5　ɹo^4

讲　官话　你　也　知

汉话你也懂，

6-134

讲　朵　你　牙　变

Gangj　doj　mwngz　yax　bienz

ka:ŋ^3　to^3　muɯŋ^2　ja^5　pe:n^2

讲　土话　你　也　熟练

壮话你熟练。

6-135

你　真　勒　长　元

Mwngz　cingq　lwg　cangh　yenz

muɯŋ^2　ɕiŋ^5　luk^8　ɕa:ŋ^5　je:n^2

你　是　子　状　元

兄是状元郎，

6-136

变　办　交　圸　水

Bienz　baenz　gyau　raih　raemx

pe:n^2　pan^2　kja:u^1　ɹa:i^6　ɹan^4

熟练　成　蜘蛛　爬　水

巧如水上蛛。

男唱

6-137

觇	偻	造	对	邦
Gonq	raeuz	caux	doih	baengz
koːn⁵	ɹau²	ɕaːu⁴	toːi⁶	paŋ²
先	我们	造	伙伴	朋

我俩曾结交，

6-138

米	两	是	当	文
Miz	liengj	cix	dangj	fwn
mi²	liːŋ³	ɕi⁴	taːŋ³	vun¹
有	伞	就	挡	雨

雨中共把伞。

6-139

巴	农	知	讲	坤
Bak	nuengx	rox	gangj	gun
paːk⁷	nuːŋ⁴	ɹo⁴	kaːŋ³	kun¹
嘴	妹	知	讲	官话

妹会讲汉话，

6-140

帮	土	封	罗	机
Bang	dou	fung	loh	giq
paːŋ¹	tu¹	fuŋ¹	lo⁶	ki⁵
帮	我	封	路	岔

帮我封岔路。

女唱

6-141

觇	偻	造	对	邦
Gonq	raeuz	caux	doih	baengz
koːn⁵	ɹau²	ɕaːu⁴	toːi⁶	paŋ²
先	我们	造	伙伴	朋

我俩曾结交，

6-142

米	两	是	当	文
Miz	liengj	cix	dangj	fwn
mi²	liːŋ³	ɕi⁴	taːŋ³	vun¹
有	伞	就	挡	雨

共把伞挡雨。

6-143

利	宁	空	讲	坤
Lij	ningq	ndwi	gangj	gun
li⁴	niŋ⁵	duːi¹	kaːŋ³	kun¹
还	小	不	讲	官话

幼不讲汉话，

6-144

良	祘	牙	不	变
Liengh	suenq	yax	mbouj	bienq
leːŋ⁶	θuːn⁵	ja⁵	bou⁵	piːn⁵
谅	算	也	不	变

想必变不了。

男唱	女唱

男唱

6-145

观　楼　造　对　邦
Gonq　raeuz　caux　doih　baengz
ko:n⁵　ɹau²　ça:u⁴　to:i⁶　paŋ²
先　我们　造　伙伴　朋
我俩曾结交，

6-146

米　两　是　当　文
Miz　liengj　cix　dangj　fwn
mi²　li:ŋ³　çi⁴　ta:ŋ³　vun¹
有　伞　就　挡　雨
共把伞挡雨。

6-147

利　宁　不　讲　坤
Lij　ningq　mbouj　gangj　gun
li⁴　niŋ⁵　bou⁵　ka:ŋ³　kun¹
还　小　不　讲　官话
幼不学汉话，

6-148

办　文　貝　而　在
Baenz　vunz　bae　lawz　ywq
pan²　vun²　pai¹　lau²　ju⁵
成　人　去　哪　住
长大怎么办？

女唱

6-149

观　楼　造　对　邦
Gonq　raeuz　caux　doih　baengz
ko:n⁵　ɹau²　ça:u⁴　to:i⁶　paŋ²
先　我们　造　伙伴　朋
我俩曾结交，

6-150

米　两　是　当　文
Miz　liengj　cix　dangj　fwn
mi²　li:ŋ³　çi⁴　ta:ŋ³　vun¹
有　伞　就　挡　雨
共把伞挡雨。

6-151

鸟　烷　知　讲　坤
Roeg　enq　rox　gangj　gun
ɹok⁸　e:n⁵　ɹo⁴　ka:ŋ³　kun¹
鸟　燕　知　讲　官话
燕子会汉话，

6-152

办　文　楼　共　罗
Baenz　vunz　raeuz　gungh　loh
pan²　vun²　ɹau²　kuŋ⁶　lo⁶
成　人　我们　共　路
长大咱结伴。

男唱	女唱

6-153

观	偻	造	对	邦
Gonq	raeuz	caux	doih	baengz
ko:n⁵	ɹau²	ça:u⁴	to:i⁶	paŋ²
先	我们	造	伙伴	朋

我俩曾结交，

6-154

米	两	是	当	文
Miz	liengj	cix	dangj	fwn
mi²	li:ŋ³	çi⁴	ta:ŋ³	vun¹
有	伞	就	挡	雨

共撑一把伞。

6-155

南	利	尚	外	本
Namh	lij	sang	vaij	mbwn
na:n⁶	li⁴	θa:ŋ¹	va:i³	buun¹
土	还	高	过	天

地比天还高，

6-156

样	而	平	得	瓜
Yiengh	lawz	bingz	ndaej	gvaq
juɪ:ŋ⁶	lau²	piŋ²	dai³	kwa⁵
样	哪	平	得	过

说什么平等？

6-157

观	偻	造	对	邦
Gonq	raeuz	caux	doih	baengz
ko:n⁵	ɹau²	ça:u⁴	to:i⁶	paŋ²
先	我们	造	伙伴	朋

我俩曾结交，

6-158

米	两	是	当	文
Miz	liengj	cix	dangj	fwn
mi²	li:ŋ³	çi⁴	ta:ŋ³	vun¹
有	伞	就	挡	雨

雨中共把伞。

6-159

南	利	尚	外	本
Namh	lij	sang	vaij	mbwn
na:n⁶	li⁴	θa:ŋ¹	va:i³	buun¹
土	还	高	过	天

地比天还高，

6-160

开	好	土	同	用
Gaej	ndij	dou	doengz	yungh
ka:i⁵	di¹	tu¹	toŋ²	juŋ⁶
莫	与	我	同	用

莫和我共伞。

男唱

女唱

6-161

觌	偻	造	对	邦
Gonq	raeuz	caux	doih	baengz
koːn⁵	ɹau²	ɕaːu⁴	toːi⁶	paŋ²
先	我们	造	伙伴	朋

我俩曾结交，

6-162

米	两	是	当	文
Miz	liengj	cix	dangj	fwn
mi²	liːŋ³	ɕi⁴	taːŋ³	vun¹
有	伞	就	挡	雨

雨中共把伞。

6-163

优	间	布	当	润
Yaeuj	gen	buh	dangj	rumz
jau³	keːn¹	pu⁶	taːŋ³	ɹun²
抬	衣	袖	挡	风

举衣袖遮风，

6-164

论	貝	全	备	农
Lumz	bae	cienz	beix	nuengx
lun²	pai¹	ɕiːn²	pi⁴	nuːŋ⁴
忘	去	全	兄	妹

妹你全忘了。

6-165

觌	偻	造	对	邦
Gonq	raeuz	caux	doih	baengz
koːn⁵	ɹau²	ɕaːu⁴	toːi⁶	paŋ²
先	我们	造	伙伴	朋

我俩曾结交，

6-166

米	两	是	当	文
Miz	liengj	cix	dangj	fwn
mi²	liːŋ³	ɕi⁴	taːŋ³	vun¹
有	伞	就	挡	雨

雨中共把伞。

6-167

老	表	农	是	论
Lau	biuj	nuengx	cix	lumz
laːu¹	piːu³	nuːŋ⁴	ɕi⁴	lun²
怕	表	妹	是	忘

怕表妹忘记，

6-168

备	银	不	可	认
Beix	ngaenz	mbouj	goj	nyinh
pi⁴	ŋan²	bou⁵	ko⁵	ȵin⁶
兄	银	不	还	认

仁兄尚记否？

男唱	女唱

男唱

6-169

观	偻	造	对	邦
Gonq	raeuz	caux	doih	baengz
ko:n⁵	ɹau²	ça:u⁴	to:i⁶	paŋ²
先	我们	造	伙伴	朋

我两曾结交，

6-170

米	两	是	当	文
Miz	liengj	cix	dangj	fwn
mi²	li:ŋ³	çi⁴	ta:ŋ³	vun¹
有	伞	就	挡	雨

雨中共把伞。

6-171

全	表	备	不	论
Cienz	biuj	beix	mbouj	lumz
çu:n²	pi:u³	pi⁴	bou⁵	lun²
传	表	兄	不	忘

表兄若不忘，

6-172

是	马	巡	讲	满
Cix	ma	cunz	gangj	monh
çi⁴	ma¹	çun²	ka:ŋ³	mo:n⁶
就	来	巡	讲	情

就过来谈情。

女唱

6-173

观	偻	造	对	邦
Gonq	raeuz	caux	doih	baengz
ko:n⁵	ɹau²	ça:u⁴	to:i⁶	paŋ²
先	我们	造	伙伴	朋

我两曾结交，

6-174

米	两	是	当	文
Miz	liengj	cix	dangj	fwn
mi²	li:ŋ³	çi⁴	ta:ŋ³	vun¹
有	伞	就	挡	雨

共把伞挡雨。

6-175

想	干	罗	马	巡
Siengj	ganj	loh	ma	cunz
θi:ŋ³	ka:n³	lo⁶	ma¹	çun²
想	赶	路	来	巡

心想常来往，

6-176

米	文	封	罗	机
Miz	vunz	fung	loh	giq
mi²	vun²	fuŋ¹	lo⁶	ki⁵
有	人	封	路	岔

有人封岔路。

男唱

6-177

观	偻	造	对	邦
Gonq	raeuz	caux	doih	baengz
ko:n⁵	ɹau²	ɕa:u⁴	to:i⁶	paŋ²
先	我们	造	伙伴	朋

我俩曾结交，

6-178

米	两	是	当	文
Miz	liengj	cix	dangj	fwn
mi²	li:ŋ³	ɕi⁴	ta:ŋ³	vun¹
有	伞	就	挡	雨

共撑一把伞。

6-179

管	干	罗	马	巡
Guenj	ganj	loh	ma	cunz
ku:n³	ka:n³	lo⁶	ma¹	ɕun²
尽管	赶	路	来	巡

尽管过来玩，

6-180

友	而	封	洋	祘
Youx	lawz	fung	yaeng	suenq
ju⁴	lau²	fuŋ¹	jaŋ¹	θu:n⁵
友	哪	封	再	算

谁封路再说。

女唱

6-181

观	偻	造	对	邦
Gonq	raeuz	caux	doih	baengz
ko:n⁵	ɹau²	ɕa:u⁴	to:i⁶	paŋ²
先	我们	造	伙伴	朋

我俩曾结交，

6-182

米	两	是	当	文
Miz	liengj	cix	dangj	fwn
mi²	li:ŋ³	ɕi⁴	ta:ŋ³	vun¹
有	伞	就	挡	雨

共把伞挡雨。

6-183

观	几	邝	斗	巡
Gonq	geij	boux	daeuj	cunz
ko:n⁵	ki³	pu⁴	tau³	ɕun²
先	几	人	来	巡

有几人来访，

6-184

米	文	封	它	瓜
Miz	vunz	fung	de	gvaq
mi²	vun²	fuŋ¹	te¹	kwa⁵
有	人	封	他	过

曾被人封过。

男唱

6-185

尝	得	义	十	比
Caengz	ndaej	ngeih	cib	bi
çaŋ²	dai³	n̠i⁶	çit⁸	pi¹
未	得	二	十	年

不到二十岁，

6-186

是	交	你	对	达
Cix	gyau	mwngz	doih	dah
çi⁴	kja:u¹	muɯŋ²	to:i⁶	ta⁶
就	交	你	伙伴	女孩

就结交情妹。

6-187

友	而	封	你	瓜
Youx	lawz	fung	mwngz	gvaq
ju⁴	lau²	fuŋ¹	muɯŋ²	kwa⁵
友	哪	封	你	过

哪个拦过你，

6-188

你	念	那	它	写
Mwngz	nenq	naj	de	ce
muɯŋ²	ne:n⁵	na³	te¹	çe¹
你	记	脸	他	留

记住他长相。

女唱

6-189

尝	得	义	十	比
Caengz	ndaej	ngeih	cib	bi
çaŋ²	dai³	n̠i⁶	çit⁸	pi¹
未	得	二	十	年

不到二十岁，

6-190

是	交	你	对	邦
Cix	gyau	mwngz	doih	baengz
çi⁴	kja:u¹	muɯŋ²	to:i⁶	paŋ²
就	交	你	伙伴	朋

就结交情哥。

6-191

土	是	想	念	那
Dou	cix	siengj	nenq	naj
tu¹	çi⁴	θi:ŋ³	ne:n⁵	na³
我	是	想	记	脸

我想记长相，

6-192

备	空	瓜	邦	偻
Beix	ndwi	gvaq	biengz	raeuz
pi⁴	du:i¹	kwa⁵	pi:ŋ²	ɹau²
兄	不	过	地方	我们

兄不来我乡。

<table>
<tr><td>

男唱

6-193

尝	得	义	十	比
Caengz	ndaej	ngeih	cib	bi
$\varphi a\eta^2$	dai^3	ηi^6	φit^8	pi^1
未	得	二	十	年

不到二十岁,

6-194

是	交	你	对	达
Cix	gyau	mwngz	doih	dah
φi^4	$kja:u^1$	$mu\eta^2$	$to:i^6$	ta^6
就	交	你	伙伴	女孩

就结交情妹。

6-195

说	少	乖	念	那
Naeuz	sau	gvai	nenq	naj
nau^2	$\theta a:u^1$	$kwa:i^1$	$ne:n^5$	na^3
说	姑娘	乖	记	脸

叫情妹记脸,

6-196

告	内	瓜	邦	你
Gau	neix	gvaq	biengz	mwngz
$ka:u^1$	ni^4	kwa^5	$pi:\eta^2$	$mu\eta^2$
次	这	过	地方	你

这次走你乡。

</td><td>

女唱

6-197

尝	得	义	十	比
Caengz	ndaej	ngeih	cib	bi
$\varphi a\eta^2$	dai^3	ηi^6	φit^8	pi^1
未	得	二	十	年

不到二十岁,

6-198

是	交	你	对	朋
Cix	gyau	mwngz	doih	baengz
φi^4	$kja:u^1$	$mu\eta^2$	$to:i^6$	$pa\eta^2$
就	交	你	伙伴	朋

就结交情哥。

6-199

知	你	瓜	空	瓜
Rox	mwngz	gvaq	ndwi	gvaq
$\texteps o^4$	$mu\eta^2$	kwa^5	$du:i^1$	kwa^5
知	你	过	不	过

懂你过不过,

6-200

开	罗	伴	召	心
Gaej	lox	buenx	cau	sim
$ka:i^5$	lo^4	$pu:n^4$	$\varphi a:u^5$	θin^1
莫	哄	伴	操	心

莫哄妹揪心。

</td></tr>
</table>

男唱

6-201

尝	得	义	十	比
Caengz	ndaej	ngeih	cib	bi
$\operatorname{\varsigma a\eta^2}$	$\operatorname{dai^3}$	$\operatorname{n̩i^6}$	$\operatorname{\varsigma it^8}$	$\operatorname{pi^1}$
未	得	二	十	年

不到二十岁，

6-202

是	交	你	对	达
Cix	gyau	mwngz	doih	dah
$\operatorname{\varsigma i^4}$	$\operatorname{kja:u^1}$	$\operatorname{mɯŋ^2}$	$\operatorname{to:i^6}$	$\operatorname{ta^6}$
就	交	你	伙伴	女孩

就结交情妹。

6-203

土	讲	瓜	是	瓜
Dou	gangj	gvaq	cix	gvaq
$\operatorname{tu^1}$	$\operatorname{ka:\eta^3}$	$\operatorname{kwa^5}$	$\operatorname{\varsigma i^4}$	$\operatorname{kwa^5}$
我	讲	过	就	过

我讲过就过，

6-204

伴	不	良	领	文
Buenx	mbouj	lengh	lingx	vunz
$\operatorname{pu:n^4}$	$\operatorname{bou^5}$	$\operatorname{li:\eta^6}$	$\operatorname{liŋ^4}$	$\operatorname{vun^2}$
伴	不	另	领	人

妹莫交别人。

女唱

6-205

尝	得	义	十	比
Caengz	ndaej	ngeih	cib	bi
$\operatorname{\varsigma a\eta^2}$	$\operatorname{dai^3}$	$\operatorname{n̩i^6}$	$\operatorname{\varsigma it^8}$	$\operatorname{pi^1}$
未	得	二	十	年

不到二十岁，

6-206

是	交	你	对	邦
Cix	gyau	mwngz	doih	baengz
$\operatorname{\varsigma i^4}$	$\operatorname{kja:u^1}$	$\operatorname{mɯŋ^2}$	$\operatorname{to:i^6}$	$\operatorname{paŋ^2}$
就	交	你	伙伴	朋

就结交情哥。

6-207

几	阝	讲	说	瓜
Geij	boux	gangj	naeuz	gvaq
$\operatorname{ki^3}$	$\operatorname{pu^4}$	$\operatorname{ka:\eta^3}$	$\operatorname{nau^2}$	$\operatorname{kwa^5}$
几	人	讲	说	过

曾有人说过，

6-208

伏	内	利	在	而
Fawh	neix	lij	ywq	lawz
$\operatorname{fəɯ^6}$	$\operatorname{ni^4}$	$\operatorname{li^4}$	$\operatorname{jɯ^5}$	$\operatorname{lau^2}$
时	这	还	在	哪

如今在哪里？

男唱

6-209

观	偻	造	对	邦
Gonq	raeuz	caux	doih	baengz
$ko:n^5$	ιau^2	$\varphi a:u^4$	$to:i^6$	$pa\eta^2$
先	我们	造	伙伴	朋

我俩曾结交，

6-210

米	两	是	当	文
Miz	liengj	cix	dangj	fwn
mi^2	$li:\eta^3$	φi^4	$ta:\eta^3$	vun^1
有	伞	就	挡	雨

共把伞挡雨。

6-211

优	两	当	贵	文
Yaeuj	liengj	dangj	gwiz	vunz
jau^3	$li:\eta^3$	$ta:\eta^3$	kui^2	vun^2
举	伞	挡	丈夫	人

撑伞挡别人，

6-212

文	吨	你	了	农
Fwn	dumx	mwngz	liux	nuengx
vun^1	tun^4	$mu\eta^2$	$li:u^4$	$nu:\eta^4$
雨	湿	你	了	妹

自身被淋湿。

女唱

6-213

观	偻	造	对	邦
Gonq	raeuz	caux	doih	baengz
$ko:n^5$	ιau^2	$\varphi a:u^4$	$to:i^6$	$pa\eta^2$
先	我们	造	伙伴	朋

我俩曾结交，

6-214

米	两	是	当	文
Miz	liengj	cix	dangj	fwn
mi^2	$li:\eta^3$	φi^4	$ta:\eta^3$	vun^1
有	伞	就	挡	雨

共把伞挡雨。

6-215

岁	土	伴	包	论
Caez	dou	buenx	mbauq	lwnz
φai^2	tu^1	$pu:n^4$	$ba:u^5$	lun^2
自从	我	伴	小伙	最小

自从伴情哥，

6-216

文	又	吨	几	刀
Fwn	youh	dumx	geij	dauq
vun^1	jou^4	tun^4	ki^3	$ta:u^5$
雨	又	湿	几	回

又挨淋几次？

男唱

6-217

觇	偻	造	对	邦
Gonq	raeuz	caux	doih	baengz
ko:n⁵	ɹau²	ça:u⁴	to:i⁶	paŋ²
先	我们	造	伙伴	朋

我俩曾结交，

6-218

米	两	是	当	文
Miz	liengj	cix	dangj	fwn
mi²	li:ŋ³	çi⁴	ta:ŋ³	vun¹
有	伞	就	挡	雨

共把伞挡雨。

6-219

优	两	当	贵	文
Yaeuj	liengj	dangj	gwiz	vunz
jau³	li:ŋ³	ta:ŋ³	kui²	vun²
举	伞	挡	丈夫	人

撑伞挡别人，

6-220

文	吨	貝	而	换
Fwn	dumx	bae	lawz	rieg
vun¹	tun⁴	pai¹	lau²	ɹɯ:k⁸
雨	湿	去	哪	换

淋湿哪更衣？

女唱

6-221

觇	偻	造	对	邦
Gonq	raeuz	caux	doih	baengz
ko:n⁵	ɹau²	ça:u⁴	to:i⁶	paŋ²
先	我们	造	伙伴	朋

我俩曾结交，

6-222

米	两	是	当	文
Miz	liengj	cix	dangj	fwn
mi²	li:ŋ³	çi⁴	ta:ŋ³	vun¹
有	伞	就	挡	雨

共把伞挡雨。

6-223

岁	土	伴	包	论
Caez	dou	buenx	mbauq	lwnz
çai²	tu¹	pu:n⁴	ba:u⁵	lun²
自从	我	伴	小伙	最小

自从伴情哥，

6-224

九	吨	三	九	换
Geu	daenj	sam	geu	rieg
ke:u¹	tan³	θa:n¹	ke:u¹	ɹɯ:k⁸
件	穿	三	件	换

常备换衣衫。

①三八[θaːn¹ peːk⁷]：
指梁山伯。

男唱

6-225

尝　得　义　十　比

Caengz ndaej ngeih cib bi

çaŋ^2　dai^3　ȵi^6　çit^8　pi^1

未　得　二　十　年

不到二十岁，

6-226

是　交　你　三　八①

Cix gyau mwngz sanh bek

çi^4　kjaːu^1　muŋ^2　θaːn^1　peːk^7

就　交　你　山　伯

就交你山伯。

6-227

九　吨　三　九　完

Geu daenj sam geu vuenh

keːu^1　tan^3　θaːn^1　keːu^1　vuːn^6

件　穿　三　件　换

衣衫一套套，

6-228

友　玩　田　你　米

Youx van dieg mwngz miz

ju^4　vaːn^1　tiːk^8　muŋ^2　mi^2

友　甜　地　你　有

心羡你富足。

女唱

6-229

尝　得　义　十　比

Caengz ndaej ngeih cib bi

çaŋ^2　dai^3　ȵi^6　çit^8　pi^1

未　得　二　十　年

不到二十岁，

6-230

是　交　你　三　八

Cix gyau mwngz sanh bek

çi^4　kjaːu^1　muŋ^2　θaːn^1　peːk^7

就　交　你　山　伯

就交你山伯。

6-231

九　吨　三　九　换

Geu daenj sam geu rieg

keːu^1　tan^3　θaːn^1　keːu^1　ɯːk^8

件　穿　三　件　换

衣衫一套套，

6-232

友　而　厄　离　你

Youx lawz nyienh liz mwngz

ju^4　lauɯ^2　ȵuːn^6　li^2　muŋ^2

友　哪　愿　离　你

谁愿离开你？

男唱

6-233

观	偻	造	对	邦
Gonq	raeuz	caux	doih	baengz
ko:n⁵	ɹau²	ça:u⁴	to:i⁶	paŋ²
先	我们	造	伙伴	朋

我俩曾结交，

6-234

米	两	是	当	文
Miz	liengj	cix	dangj	fwn
mi²	li:ŋ³	çi⁴	ta:ŋ³	vun¹
有	伞	就	挡	雨

雨中共把伞。

6-235

分	农	后	邦	文
Mbek	nuengx	haeuj	biengz	vunz
me:k⁷	nu:ŋ⁴	hau³	pi:ŋ²	vun²
分别	妹	进	地方	人

别妹走他乡，

6-236

两	当	文	牙	了
Liengj	dangj	fwn	yax	liux
li:ŋ³	ta:ŋ³	vun¹	ja⁵	liu⁴
伞	挡	雨	也	完

遮雨伞也无。

女唱

6-237

观	偻	造	对	邦
Gonq	raeuz	caux	doih	baengz
ko:n⁵	ɹau²	ça:u⁴	to:i⁶	paŋ²
先	我们	造	伙伴	朋

我俩曾结交，

6-238

米	两	是	当	文
Miz	liengj	cix	dangj	fwn
mi²	li:ŋ³	çi⁴	ta:ŋ³	vun¹
有	伞	就	挡	雨

雨中共把伞。

6-239

分	农	后	邦	文
Mbek	nuengx	haeuj	biengz	vunz
me:k⁷	nu:ŋ⁴	hau³	pi:ŋ²	vun²
分别	妹	进	地方	人

别妹走他乡，

6-240

两	当	文	米	由
Liengj	dangj	fwn	miz	raeuh
li:ŋ³	ta:ŋ³	vun¹	mi²	ɹau⁶
伞	挡	雨	有	多

雨伞多的是。

男唱	女唱

6-241

观　楼　造　对　邦
Gonq　raeuz　caux　doih　baengz
ko:n⁵　ɹau²　ça:u⁴　to:i⁶　paŋ²
先　我们　造　伙伴　朋

我俩曾结交，

6-242

米　两　你　是　扛
Miz　liengj　mwngz　cix　gang
mi²　li:ŋ³　muŋ²　çi⁴　ka:ŋ¹
有　伞　你　就　撑

雨伞你自撑。

6-243

峒　光　空　米　王
Doengh　gvangq　ndwi　miz　vaengz
toŋ⁶　kwa:ŋ⁵　du:i¹　mi²　vaŋ²
峒　宽　不　有　潭

外地无水潭，

6-244

话　土　向　你　刀
Vah　dou　yiengq　mwngz　dauq
va⁶　tu¹　ji:ŋ⁵　muŋ²　ta:u⁵
话　我　向　你　回

心系妹身上。

6-245

观　楼　造　对　邦
Gonq　raeuz　caux　doih　baengz
ko:n⁵　ɹau²　ça:u⁴　to:i⁶　paŋ²
先　我们　造　伙伴　朋

我俩曾结交，

6-246

米　两　你　是　扛
Miz　liengj　mwngz　cix　gang
mi²　li:ŋ³　muŋ²　çi⁴　ka:ŋ¹
有　伞　你　就　撑

雨伞你独撑。

6-247

峒　光　可　米　王
Doengh　gvangq　goj　miz　vaengz
toŋ⁶　kwa:ŋ⁵　ko⁵　mi²　vaŋ²
峒　宽　也　有　潭

外地也有潭，

6-248

话　古　诱　了　备
Vah　guh　byaengz　liux　beix
va⁶　ku⁴　pjaŋ²　li:u⁴　pi⁴
话　做　骗　啰　兄

兄在开玩笑。

男唱

6-249

覣	偻	造	对	邦
Gonq	raeuz	caux	doih	baengz
ko:n⁵	ɹau²	ça:u⁴	to:i⁶	paŋ²
先	我们	造	伙伴	朋

我俩曾结交，

6-250

米	两	你	是	扛
Miz	liengj	mwngz	cix	gang
mi²	li:ŋ³	muɯŋ²	çi⁴	ka:ŋ¹
有	伞	你	就	撑

雨伞你独撑。

6-251

秋	公	山	而	高
Ciuq	goeng	bya	lawz	sang
çi:u⁵	koŋ¹	pja¹	lau²	θa:ŋ¹
看	座	山	哪	高

看哪座山高，

6-252

少	反	身	贝	读
Sau	fan	ndang	bae	douh
θa:u¹	fa:n¹	da:ŋ¹	pai¹	tou⁶
姑娘	翻	身	去	栖息

妹转去投奔。

女唱

6-253

覣	偻	造	对	邦
Gonq	raeuz	caux	doih	baengz
ko:n⁵	ɹau²	ça:u⁴	to:i⁶	paŋ²
先	我们	造	伙伴	朋

我俩曾结交，

6-254

米	两	你	是	扛
Miz	liengj	mwngz	cix	gang
mi²	li:ŋ³	muɯŋ²	çi⁴	ka:ŋ¹
有	伞	你	就	撑

雨伞你独撑。

6-255

土	是	想	反	身
Dou	cix	siengj	fan	ndang
tu¹	çi⁴	θi:ŋ³	fa:n¹	da:ŋ¹
我	是	想	翻	身

我是想转身，

6-256

正	空	堂	土	寿
Cingz	ndwi	daengz	dou	caeux
çiŋ²	du:i¹	taŋ²	tu¹	çau⁴
情	不	到	我	握

情缘抓不住。

男唱

6-257

观	偻	造	对	邦
Gonq	raeuz	caux	doih	baengz
ko:n⁵	ɹau²	ça:u⁴	to:i⁶	paŋ²
先	我们	造	伙伴	朋

我俩曾结交，

6-258

米	两	你	是	扛
Miz	liengj	mwngz	cix	gang
mi²	li:ŋ³	muɯŋ²	çi⁴	ka:ŋ¹
有	伞	你	就	撑

雨伞你独撑。

6-259

方	变	是	装	身
Fueng	bienh	cix	cang	ndang
fu:ŋ¹	pi:n⁶	çi⁴	ça:ŋ¹	da:ŋ¹
方	便	就	装	身

要抓紧打扮，

6-260

正	牙	堂	貝	了
Cingz	yax	daengz	bae	liux
çiŋ²	ja⁵	taŋ²	pai¹	li:u⁴
情	也	到	去	完

情缘来又走。

女唱

6-261

观	偻	造	对	邦
Gonq	raeuz	caux	doih	baengz
ko:n⁵	ɹau²	ça:u⁴	to:i⁶	paŋ²
先	我们	造	伙伴	朋

我俩曾结交，

6-262

米	两	你	是	扛
Miz	liengj	mwngz	cix	gang
mi²	li:ŋ³	muɯŋ²	çi⁴	ka:ŋ¹
有	伞	你	就	撑

雨伞你独撑。

6-263

知	正	堂	不	堂
Rox	cingz	daengz	mbouj	daengz
ɹo⁴	çiŋ²	taŋ²	bou⁵	taŋ²
知	情	到	不	到

情缘到不到，

6-264

先	装	身	在	加
Senq	cang	ndang	ywq	caj
θe:n⁵	ça:ŋ¹	da:ŋ¹	ju⁵	kja³
先	装	身	在	等

先打扮等候。

男唱

6-265

观	偻	造	对	邦
Gonq	raeuz	caux	doih	baengz
ko:n⁵	ɹau²	ɕa:u⁴	to:i⁶	paŋ²
先	我们	造	伙伴	朋

我俩曾结交，

6-266

米	两	你	是	扛
Miz	liengj	mwngz	cix	gang
mi²	li:ŋ³	muɯŋ²	ɕi⁴	ka:ŋ¹
有	伞	你	就	撑

雨伞你自撑。

6-267

表	农	真	在	行
Biuj	nuengx	cingq	caih	hangz
pi:u³	nu:ŋ⁴	ɕiŋ⁵	ɕa:i⁶	ha:ŋ²
表	妹	真	在	行

表妹真伶俐，

6-268

装	身	加	贵	伏
Cang	ndang	caj	gwiz	fwx
ɕa:ŋ¹	da:ŋ¹	kja³	kui²	fə⁴
装	身	等	丈夫	别人

打扮等情友。

女唱

6-269

观	偻	造	对	邦
Gonq	raeuz	caux	doih	baengz
ko:n⁵	ɹau²	ɕa:u⁴	to:i⁶	paŋ²
先	我们	造	伙伴	朋

我俩曾结交，

6-270

米	两	你	是	扛
Miz	liengj	mwngz	cix	gang
mi²	li:ŋ³	muɯŋ²	ɕi⁴	ka:ŋ¹
有	伞	你	就	撑

雨伞你自撑。

6-271

安	庙	作	江	堂
An	miuh	coq	gyang	dangz
a:n¹	mi:u⁶	ɕo⁵	kja:ŋ¹	ta:ŋ²
安	庙	放	中	堂

安庙放客厅，

6-272

刀	浪	观	了	备
Dauq	laeng	gonq	liux	beix
ta:u⁵	laŋ¹	ko:n⁵	li:u⁴	pi⁴
回	后	先	了	兄

先告辞了兄。

男唱

6-273

觇	偻	造	对	邦
Gonq	raeuz	caux	doih	baengz
koːn⁵	ɹau²	çaːu⁴	toːi⁶	paŋ²
先	我们	造	伙伴	朋

我俩曾结交，

6-274

米	两	你	是	扛
Miz	liengj	mwngz	cix	gang
mi²	liːŋ³	muɯŋ²	çi⁴	kaːŋ¹
有	伞	你	就	撑

雨伞你自撑。

6-275

安	庙	作	江	王
An	miuh	coq	gyang	vaengz
aːn¹	miːu⁶	çoʔ⁵	kjaːŋ¹	van²
安	庙	放	中	潭

安庙放潭中，

6-276

刀	浪	牙	不	满
Dauq	laeng	yax	mbouj	monh
taːu⁵	laŋ¹	jaː⁵	bou⁵	moːn⁶
回	后	也	不	谈情

辞别无情缘。

女唱

6-277

觇	偻	造	对	邦
Gonq	raeuz	caux	doih	baengz
koːn⁵	ɹau²	çaːu⁴	toːi⁶	paŋ²
先	我们	造	伙伴	朋

我俩曾结交，

6-278

米	两	你	是	扛
Miz	liengj	mwngz	cix	gang
mi²	liːŋ³	muɯŋ²	çi⁴	kaːŋ¹
有	伞	你	就	撑

雨伞你独撑。

6-279

安	庙	作	江	堂
An	miuh	coq	gyang	dangz
aːn¹	miːu⁶	çoʔ⁵	kjaːŋ¹	taːŋ²
安	庙	放	中	堂

安庙放客厅，

6-280

阮	古	尚	外	对
Nyienh	guh	sang	vaij	doih
ȵuːn⁶	ku⁴	θaːŋ¹	vaːi³	toːi⁶
愿	做	高	过	伙伴

要比别人高。

男唱

6-281

观	偻	造	对	邦
Gonq	raeuz	caux	doih	baengz
ko:n⁵	ɣau²	ça:u⁴	to:i⁶	paŋ²
先	我们	造	伙伴	朋

我俩曾结交，

6-282

米	两	你	是	扛
Miz	liengj	mwngz	cix	gang
mi²	li:ŋ³	muŋ²	çi⁴	ka:ŋ¹
有	伞	你	就	撑

雨伞你自撑。

6-283

农	米	羽	三	层
Nuengx	miz	fwed	sam	caengz
nu:ŋ⁴	mi²	fu:t⁸	θa:n¹	çaŋ²
妹	有	翅	三	层

妹有三层翅，

6-284

飞	尚	马	土	累
Mbin	sang	ma	dou	laeq
bin¹	θa:ŋ¹	ma¹	tu¹	lai⁵
飞	高	来	我	看

高飞给我看。

女唱

6-285

观	偻	造	对	邦
Gonq	raeuz	caux	doih	baengz
ko:n⁵	ɣau²	ça:u⁴	to:i⁶	paŋ²
先	我们	造	伙伴	朋

我俩曾结交，

6-286

米	两	你	是	扛
Miz	liengj	mwngz	cix	gang
mi²	li:ŋ³	muŋ²	çi⁴	ka:ŋ¹
有	伞	你	就	撑

雨伞你自撑。

6-287

空	米	羽	三	层
Ndwi	miz	fwed	sam	caengz
du:i¹	mi²	fu:t⁸	θa:n¹	çaŋ²
不	有	翅	三	层

没有三层翅，

6-288

飞	尚	牙	不	得
Mbin	sang	yax	mbouj	ndaej
bin¹	θa:ŋ¹	ja⁵	bou⁵	dai³
飞	高	也	不	得

高飞也不行。

男唱

6-289

觋	偻	造	对	邦
Gonq	raeuz	caux	doih	baengz
ko:n⁵	ɹau²	ɕa:u⁴	to:i⁶	paŋ²
先	我们	造	伙伴	朋

我俩曾结交，

6-290

米	两	你	是	扛
Miz	liengj	mwngz	cix	gang
mi²	li:ŋ³	mɯɯŋ²	ɕi⁴	ka:ŋ¹
有	伞	你	就	撑

雨伞你自撑。

6-291

乱	米	羽	三	层
Luenh	miz	fwed	sam	caengz
lu:n⁶	mi²	fɯ:t⁸	θa:n¹	ɕaŋ²
少	有	翅	三	层

少见三层翅，

6-292

飞	尚	偻	一	罗
Mbin	sang	raeuz	it	loh
bin¹	θa:ŋ¹	ɹau²	it⁷	lo⁶
飞	高	我们	一	路

我俩同高飞。

女唱

6-293

觋	偻	造	对	邦
Gonq	racuz	caux	doih	baengz
ko:n⁵	ɹau²	ɕa:u⁴	to:i⁶	paŋ²
先	我们	造	伙伴	朋

我俩曾结交，

6-294

米	两	你	是	扛
Miz	liengj	mwngz	cix	gang
mi²	li:ŋ³	mɯɯŋ²	ɕi⁴	ka:ŋ¹
有	伞	你	就	撑

雨伞你独撑。

6-295

想	古	九	飞	尚
Siengj	guh	yiuh	mbin	sang
θi:ŋ³	ku⁴	jiu⁶	bin¹	θa:ŋ¹
想	做	鹞	飞	高

想像鹰高飞，

6-296

金	银	往	罗	机
Gim	ngaenz	vang	loh	giq
kin¹	ŋan²	va:ŋ¹	lo⁶	ki⁵
金	银	横	路	岔

金银铺岔路。

男唱

6-297

觎	偻	造	对	邦
Gonq	raeuz	caux	doih	baengz
ko:n⁵	ɹau²	ça:u⁴	to:i⁶	paŋ²
先	我们	造	伙伴	朋

我俩曾结交,

6-298

米	两	你	是	扛
Miz	liengj	mwngz	cix	gang
mi²	li:ŋ³	muŋ²	çi⁴	ka:ŋ¹
有	伞	你	就	撑

雨伞你独撑。

6-299

土	是	想	反	身
Dou	cix	siengj	fan	ndang
tu¹	çi⁶	θi:ŋ³	fa:n¹	da:ŋ¹
我	是	想	翻	身

我本想翻身,

6-300

老	少	堂	不	得
Lau	sau	daengz	mbouj	ndaej
la:u¹	sa:u¹	taŋ²	bou⁵	dai³
怕	姑娘	到	不	得

怕妹到不了。

女唱

6-301

觎	偻	造	对	邦
Gonq	raeuz	caux	doih	baengz
ko:n⁵	ɹau²	ça:u⁴	to:i⁶	paŋ²
先	我们	造	伙伴	朋

我俩曾结交,

6-302

米	两	你	是	扛
Miz	liengj	mwngz	cix	gang
mi²	li:ŋ³	muŋ²	çi⁴	ka:ŋ¹
有	伞	你	就	撑

雨伞你自撑。

6-303

然	瓦	板	三	层
Ranz	ngvax	banj	sam	caengz
ɹa:n²	ŋwa⁴	pa:n³	θa:n¹	çaŋ²
家	瓦	板	三	层

瓦屋三层楼,

6-304

应	么	堂	不	得
Yinh	maz	daengz	mbouj	ndaej
iŋ¹	ma²	taŋ²	bou⁵	dai³
因	何	到	不	得

为何到不了?

男唱

6-305

观	楼	造	对	邦
Gonq	raeuz	caux	doih	baengz
koːn⁵	ɹau²	ɕaːu⁴	toːi⁶	paŋ²
先	我们	造	伙伴	朋

我俩曾结交，

6-306

米	两	你	是	扛
Miz	liengj	mwngz	cix	gang
mi²	liːŋ³	muɯŋ²	ɕi⁴	kaːŋ¹
有	伞	你	就	撑

雨伞你自撑。

6-307

然	瓦	板	三	层
Ranz	ngvax	banj	sam	caengz
ɹaːn²	ŋwa⁴	paːn³	θaːn¹	ɕaŋ²
家	瓦	板	三	层

瓦屋三层楼，

6-308

堂	得	你	是	节
Daengz	ndaej	mwngz	cix	ciep
taŋ²	dai³	muɯŋ²	ɕi⁴	ɕet⁷
到	得	你	就	接

接到你就接。

女唱

6-309

观	楼	造	对	邦
Gonq	raeuz	caux	doih	baengz
koːn⁵	ɹau²	ɕaːu⁴	toːi⁶	paŋ²
先	我们	造	伙伴	朋

我俩曾结交，

6-310

米	两	你	是	扛
Miz	liengj	mwngz	cix	gang
mi²	liːŋ³	muɯŋ²	ɕi⁴	kaːŋ¹
有	伞	你	就	撑

雨伞你自撑。

6-311

丰	打	羽	飞	尚
Fungh	daj	fwed	mbin	sang
fuŋ⁶	ta³	fuːt⁸	bin¹	θaːŋ¹
凤	打	翅	飞	高

凤振翅高飞，

6-312

贝	同	节	江	王
Bae	doengz	ciep	gyang	vaengz
pai¹	toŋ²	ɕet⁷	kjaːŋ¹	van²
去	同	接	中	潭

去潭中会面。

男唱

6-313

观	偻	造	对	邦
Gonq	raeuz	caux	doih	baengz
ko:n^5	ɹau^2	ça:u^4	to:i^6	paŋ^2
先	我们	造	伙伴	朋

我俩曾结交，

6-314

米	两	你	是	扛
Miz	liengj	mwngz	cix	gang
mi^2	li:ŋ^3	muɯŋ^2	çi^4	ka:ŋ^1
有	伞	你	就	撑

雨伞你管撑。

6-315

貝	同	节	江	王
Bae	doengz	ciep	gyang	vaengz
pai^1	toŋ^2	çe:t^7	kja:ŋ^1	van^2
去	同	接	中	潭

去潭中会面，

6-316

可	强	患	外	罗
Goj	giengz	fangz	vaij	loh
ko^5	ki:ŋ^2	fa:ŋ^2	va:i^3	lo^6
也	像	鬼	过	路

如同鬼过路。

女唱

6-317

观	偻	造	对	邦
Gonq	raeuz	caux	doih	baengz
ko:n^5	ɹau^2	ça:u^4	to:i^6	paŋ^2
先	我们	造	伙伴	朋

我俩曾结交，

6-318

米	两	你	是	扛
Miz	liengj	mwngz	cix	gang
mi^2	li:ŋ^3	muɯŋ^2	çi^4	ka:ŋ^1
有	伞	你	就	撑

雨伞你管撑。

6-319

貝	同	节	江	王
Bae	doengz	ciep	gyang	vaengz
pai^1	toŋ^2	çe:t^7	kja:ŋ^1	van^2
去	同	接	中	潭

去潭中会面，

6-320

强	患	空	米	庙
Giengz	fangz	ndwi	miz	miuh
ki:ŋ^2	fa:ŋ^2	duɯi^1	mi^2	mi:u^6
像	鬼	不	有	庙

像无庙野鬼。

男唱

6-321

观	偻	造	对	邦
Gonq	raeuz	caux	doih	baengz
$ko:n^5$	ɹau^2	$ça:u^4$	$to:i^6$	$paŋ^2$
先	我们	造	伙伴	朋

我俩曾结交，

6-322

米	两	你	是	扛
Miz	liengj	mwngz	cix	gang
mi^2	$li:ŋ^3$	$muɯŋ^2$	$çi^4$	$ka:ŋ^1$
有	伞	你	就	撑

雨伞你管撑。

6-323

偻	岁	强	下	王
Raeuz	caez	giengh	roengz	vaengz
ɹau^2	$çai^2$	$ki:ŋ^6$	ɹoŋ^2	van^2
我们	齐	跳	下	潭

我俩跳下潭，

6-324

开	相	浪	了	农
Gaej	ciengx	laeng	liux	nuengx
$ka:i^5$	$çi:ŋ^4$	$laŋ^1$	$li:u^4$	$nu:ŋ^4$
莫	养	后	啰	妹

从此绝了后。

女唱

6-325

观	偻	造	对	邦
Gonq	raeuz	caux	doih	baengz
$ko:n^5$	ɹau^2	$ça:u^4$	$to:i^6$	$paŋ^2$
先	我们	造	伙伴	朋

我俩曾结交，

6-326

米	两	你	是	扛
Miz	liengj	mwngz	cix	gang
mi^2	$li:ŋ^3$	$muɯŋ^2$	$çi^4$	$ka:ŋ^1$
有	伞	你	就	撑

雨伞你管撑。

6-327

阝	强	阝	下	王
Boux	giengh	boux	roengz	vaengz
pu^4	$ki:ŋ^6$	pu^4	ɹoŋ^2	van^2
人	跳	人	下	潭

相继跳水潭，

6-328

相	秀	文	不	了
Siengj	ciuh	vunz	mbouj	liux
$θi:ŋ^3$	$çi:u^6$	vun^2	bou^5	$li:u^4$
想	世	人	不	完

不想活世上。

男唱

6-329

观	偻	造	对	邦
Gonq	raeuz	caux	doih	baengz
koːn⁵	ɹau²	çaːu⁴	toːi⁶	paŋ²
先	我们	造	伙伴	朋

我俩曾结交，

6-330

米	两	你	是	扛
Miz	liengj	mwngz	cix	gang
mi²	liːŋ³	muŋ²	çi⁴	kaːŋ¹
有	伞	你	就	撑

雨伞你管撑。

6-331

偻	岁	强	下	王
Raeuz	caez	giengh	roengz	vaengz
ɹau²	çai²	kiːŋ⁶	ɹoŋ²	van²
我们	齐	跳	下	潭

我俩同跳潭，

6-332

间	身	你	告	内
Gem	ndang	mwngz	gau	neix
keːm¹	daːŋ¹	muŋ²	kaːu¹	ni⁴
监管	身	你	次	这

看管你一世。

女唱

6-333

观	偻	造	对	邦
Gonq	raeuz	caux	doih	baengz
koːn⁵	ɹau²	çaːu⁴	toːi⁶	paŋ²
先	我们	造	伙伴	朋

我俩曾结交，

6-334

米	两	你	是	扛
Miz	liengj	mwngz	cix	gang
mi²	liːŋ³	muŋ²	çi⁴	kaːŋ¹
有	伞	你	就	撑

雨伞你管撑。

6-335

阝	强	阝	下	王
Boux	giengh	boux	roengz	vaengz
pu⁴	kiːŋ⁶	pu⁴	ɹoŋ²	van²
人	跳	人	下	潭

相随跳水潭，

6-336

间	身	开	么	由
Gem	ndang	gij	maz	raeuh
keːm¹	daːŋ¹	kaːi²	ma²	ɹau⁶
监管	身	块	什么	多

还看管什么?

男唱

6-337

觇	偻	造	对	邦
Gonq	raeuz	caux	doih	baengz
ko:n⁵	ɣau²	ɕa:u⁴	to:i⁶	paŋ²
先	我们	造	伙伴	朋

我俩曾结交，

6-338

米	两	你	是	扛
Miz	liengj	mwngz	cix	gang
mi²	li:ŋ³	muɯŋ²	ɕi⁴	ka:ŋ¹
有	伞	你	就	撑

雨伞你管撑。

6-339

偻	岁	强	下	王
Raeuz	caez	giengh	roengz	vaengz
ɣau²	ɕai²	ki:ŋ⁶	ɣoŋ²	vaŋ²
我们	齐	跳	下	潭

我俩同跳潭，

6-340

间	身	是	牙	勒
Gem	ndang	cix	yax	lawh
ke:m¹	da:ŋ¹	ɕi⁴	ja⁵	lau⁶
监管	身	是	也	换

是为永结交。

女唱

6-341

觇	偻	造	对	邦
Gonq	raeuz	caux	doih	baengz
ko:n⁵	ɣau²	ɕa:u⁴	to:i⁶	paŋ²
先	我们	造	伙伴	朋

我俩曾结交，

6-342

米	两	你	是	扛
Miz	liengj	mwngz	cix	gang
mi²	li:ŋ³	muɯŋ²	ɕi⁴	ka:ŋ¹
有	伞	你	就	撑

雨伞你管撑。

6-343

阝	强	阝	下	王
Boux	giengh	boux	roengz	vaengz
pu⁴	ki:ŋ⁶	pu⁴	ɣoŋ²	vaŋ²
人	跳	人	下	潭

相随跳水潭，

6-344

乜	在	浪	又	怨
Meh	ywq	laeng	youh	yonq
me⁶	jɯ⁵	laŋ¹	jou⁴	jo:n⁵
母	在	后	又	怨

母活着受罪。

男唱

6-345

岁	强	下	江	王
Caez	giengh	roengz	gyang	vaengz
çai²	ki:ŋ⁶	ɹoŋ²	kja:ŋ¹	van²
齐	跳	下	中	潭

一同去跳潭，

6-346

乜	在	浪	又	怨
Meh	ywq	laeng	youh	yonq
me⁶	jɯ⁵	laŋ¹	jou⁴	jo:n⁵
母	在	后	又	怨

母活着受罪。

6-347

貝	那	刀	可	满
Bae	naj	dauq	goj	muenh
pai¹	na³	ta:u⁵	ko⁵	mu:n⁶
去	前	倒	也	欢乐

死去遂心愿，

6-348

乜	又	怨	心	凉
Meh	youh	yonq	sim	liengz
me⁶	jou⁴	jo:n⁵	θin¹	li:ŋ²
母	又	怨	心	凉

母活着悲伤。

女唱

6-349

偻	岁	强	下	王
Raeuz	caez	giengh	roengz	vaengz
ɹau²	çai²	ki:ŋ⁶	ɹoŋ²	van²
我们	齐	跳	下	潭

我俩同跳潭，

6-350

乜	在	浪	又	怨
Meh	ywq	laeng	youh	yonq
me⁶	jɯ⁵	laŋ¹	jou⁴	jo:n⁵
母	在	后	又	怨

母活着受罪。

6-351

貝	那	刀	可	满
Bae	naj	dauq	goj	muenh
pai¹	na³	ta:u⁵	ko⁵	mu:n⁶
去	前	倒	也	欢乐

死去遂心愿，

6-352

乜	又	怨	堂	偻
Meh	youh	yonq	daengz	raeuz
me⁶	jou⁴	jo:n⁵	taŋ²	ɹau²
母	又	怨	到	我们

母会怨我们。

① 洋伴会［jɯːŋ¹ puːn⁴ fai⁴］：香伴棺，香火伴棺材，指死后有后人供奉。

男唱

6-353

观	偻	造	对	邦
Gonq	raeuz	caux	doih	baengz
koːn⁵	ɹau²	ɕaːu⁴	toːi⁶	paŋ²
先	我们	造	伙伴	朋

我俩曾结交，

6-354

米	两	你	是	扛
Miz	liengj	mwngz	cix	gang
mi²	liːŋ³	mɯŋ²	ɕi⁴	kaːŋ¹
有	伞	你	就	撑

雨伞尽管撑。

6-355

秋	样	农	装	身
Ciuq	yiengh	nuengx	cang	ndang
ɕiːu⁵	jɯːŋ⁶	nuːŋ⁴	ɕaːŋ¹	daːŋ¹
看	样	妹	装	身

像情妹打扮，

6-356

狼	米	洋	伴	会①
Langh	miz	yieng	buenx	faex
laːŋ⁶	mi²	jɯːŋ¹	puːn⁴	fai⁴
若	有	香	伴	棺

如有香火伴。

女唱

6-357

尝	得	义	十	比
Caengz	ndaej	ngeih	cib	bi
ɕaŋ²	dai³	ŋi⁶	ɕit⁸	pi¹
未	得	二	十	年

不到二十岁，

6-358

是	交	你	邦	美
Cix	gyau	mwngz	baengz	meij
ɕi⁴	kjaːu¹	mɯŋ²	paŋ²	mei³
就	交	你	朋	美

就交你情哥。

6-359

狼	米	洋	伴	会
Langh	miz	yieng	buenx	faex
laːŋ⁶	mi²	jɯːŋ¹	puːn⁴	fai⁴
若	有	香	伴	棺

若有香火伴，

6-360

不	托	农	中	声
Mbouj	doh	nuengx	cuengq	sing
bou⁵	to⁶	nuːŋ⁴	ɕuːŋ⁵	θiŋ¹
不	同	妹	放	声

不与妹哭丧。

男唱

6-361

观	在	秀	友	江
Gonq	ywq	ciuh	youx	gyang
koːn⁵	juɯ⁵	ɕiːu⁶	juɯ⁴	kjaːŋ¹
先	在	世	友	中

还在恋爱时，

6-362

空	米	洋	伴	会
Ndwi	miz	yieng	buenx	faex
duːi¹	mi²	juːŋ¹	puːn⁴	fai⁴
不	有	香	伴	棺

无须香伴棺。

6-363

堂	秀	你	了	岁
Daengz	ciuh	mwngz	liux	caez
taŋ²	ɕiːu⁶	muɯŋ²	liːu⁴	ɕai²
到	世	你	完	齐

到你辞世时，

6-364

贝	伴	会	很	洋
Bae	buenx	faex	hwnj	yieng
pai¹	puːn⁴	fai⁴	huɯn³	juːŋ¹
去	伴	棺	上	香

去烧香守灵。

女唱

6-365

观	在	秀	友	江
Gonq	ywq	ciuh	youx	gyang
koːn⁵	juɯ⁵	ɕiːu⁶	juɯ⁴	kjaːŋ¹
先	在	世	友	中

以前谈恋爱，

6-366

空	米	洋	伴	会
Ndwi	miz	yieng	buenx	faex
duːi¹	mi²	juːŋ¹	puːn⁴	fai⁴
不	有	香	伴	棺

不焚香守棺。

6-367

贝	邦	山	它	累
Bae	bangx	bya	de	laeq
pai¹	paːŋ⁴	pja¹	te¹	lai⁵
去	旁	山	那	看

到山边去看，

6-368

勾	绞	会	在	而
Gaeu	heux	faex	ywq	lawz
kau¹	heːu⁴	fai⁴	juɯ⁵	lauɯ²
藤	缠	树	在	哪

哪有藤缠树？

男唱

6-369

尝	得	义	十	比
Caengz	ndaej	ngeih	cib	bi
çaŋ^2	dai^3	ɲi^6	çit^8	pi^1
未	得	二	十	年

不到二十岁，

6-370

是	交	你	对	爱
Cix	gyau	mwngz	doih	gyaez
çi^4	kja:u^1	mɯŋ^2	to:i^6	kjai^2
就	交	你	伙伴	爱

就结交情友。

6-371

日	乱	土	贝	累
Ngoenz	lwenz	dou	bae	laeq
ŋon^2	lɯ:n^2	tu^1	pai^1	lai^5
天	昨	我	去	看

昨天我去看，

6-372

勾	绞	会	三	层
Gaeu	heux	faex	sam	caengz
kau^1	he:u^4	fai^4	θa:n^1	çaŋ^2
藤	绞	树	三	层

藤缠树三匝。

女唱

6-373

尝	得	义	十	比
Caengz	ndaej	ngeih	cib	bi
çaŋ^2	dai^3	ɲi^6	çit^8	pi^1
未	得	二	十	年

不到二十岁，

6-374

是	交	你	对	爱
Cix	gyau	mwngz	doih	gyaez
çi^4	kja:u^1	mɯŋ^2	to:i^6	kjai^2
就	交	你	伙伴	爱

就结交情友。

6-375

勾	刀	马	绞	会
Gaeu	dauq	ma	heux	faex
kau^1	ta:u^5	ma^1	he:u^4	fai^4
藤	倒	来	缠	树

藤转来缠树，

6-376

外	不	能	尝	米
Vaij	mbouj	nyaenx	caengz	miz
va:i^3	bou^5	ɲan^4	çaŋ^2	mi^2
过	不	那样	未	有

过去很少见。

男唱

6-377

觇	偻	造	对	邦
Gonq	raeuz	caux	doih	baengz
ko:n⁵	ɹau²	ɕa:u⁴	to:i⁶	paŋ²
先	我们	造	伙伴	朋

我俩曾结交，

6-378

米	两	你	是	扛
Miz	liengj	mwngz	cix	gang
mi²	li:ŋ³	muŋ²	ɕi⁴	ka:ŋ¹
有	伞	你	就	撑

雨伞尽管撑。

6-379

秋	后	拜	山	尚
Ciuq	haeuj	baih	bya	sang
ɕi:u⁵	hau³	pa:i⁶	pja¹	θa:ŋ¹
看	进	边	山	高

往高山上看，

6-380

米	两	扛	你	在
Miz	liengj	gang	mwngz	ywq
mi²	li:ŋ³	ka:ŋ¹	muŋ²	jɯ⁵
有	伞	撑	你	在

有伞遮庇你。

女唱

6-381

觇	偻	造	对	邦
Gonq	raeuz	caux	doih	baengz
ko:n⁵	ɹau²	ɕa:u⁴	to:i⁶	paŋ²
先	我们	造	伙伴	朋

我俩曾结交，

6-382

米	两	你	是	扛
Miz	liengj	mwngz	cix	gang
mi²	li:ŋ³	muŋ²	ɕi⁴	ka:ŋ¹
有	伞	你	就	撑

雨伞尽管撑。

6-383

变	友	而	在	行
Bienz	youx	lawz	caih	hangz
pe:n²	ju⁴	lau²	ɕa:i⁶	ha:ŋ²
熟练	友	哪	在	行

哪位友伶俐，

6-384

好	土	扛	两	么
Ndij	dou	gang	liengj	moq
di¹	tu¹	ka:ŋ¹	li:ŋ³	mo⁵
与	我	撑	伞	新

同我撑新伞。

男唱

6-385

观　楼　造　对　邦
Gonq raeuz caux doih baengz
$ko:n^5$　ιau^2　$\varsigma a:u^4$　$to:i^6$　$pa\eta^2$
先　我们　造　伙伴　朋
我俩曾结交，

6-386

米　两　是　写　字
Miz liengj cix sij sw
mi^2　$li:\eta^3$　ςi^4　θi^3　θw^1
有　伞　就　写　字
伞上打暗号。

6-387

干　邦　友　很　河
Ganq baengz youx hwnj haw
$ka:n^5$　$pa\eta^2$　ju^4　$hu\u n^3$　$h\ni w^1$
照料　朋　友　上　圩
顾情友赶圩，

6-388

开　写　两　年　伏
Gaej ce liengj nem fwx
$ka:i^5$　ςe^1　$li:\eta^3$　$ne:m^1$　$f\ni^4$
莫　留　伞　贴　别人
莫替人打伞。

女唱

6-389

观　楼　造　对　邦
Gonq raeuz caux doih baengz
$ko:n^5$　ιau^2　$\varsigma a:u^4$　$to:i^6$　$pa\eta^2$
先　我们　造　伙伴　朋
我俩曾结交，

6-390

米　两　是　写　字
Miz liengj cix sij sw
mi^2　$li:\eta^3$　ςi^4　θi^3　θw^1
有　伞　就　写　字
伞上打记号。

6-391

备　是　尝　很　河
Beix cix caengz hwnj haw
pi^4　ςi^4　$\varsigma a\eta^2$　$hu\u n^3$　$h\ni w^1$
兄　就　未　上　圩
兄还没赶圩，

6-392

扛　两　贝　么　备
Gang liengj bae maz beix
$ka:\eta^1$　$li:\eta^3$　pai^1　ma^2　pi^4
撑　伞　去　什么　兄
打伞干什么？

男唱

6-393

观	偻	造	对	邦
Gonq	raeuz	caux	doih	baengz
ko:n⁵	ɹau²	ça:u⁴	to:i⁶	paŋ²
先	我们	造	伙伴	朋

我俩曾结交，

6-394

米	两	是	写	字
Miz	liengj	cix	sij	sw
mi²	li:ŋ³	çi⁴	θi³	θɯ¹
有	伞	就	写	字

伞要打记号。

6-395

几	年	内	很	河
Geij	nienz	neix	hwnj	haw
ki³	ni:n²	ni⁴	hɯn³	həɯ¹
几	年	这	上	圩

这几年赶圩，

6-396

空	见	坤	干	衣
Ndwi	gen	gun	ganj	hih
du:i¹	ke:n⁴	kun¹	ka:n³	ji⁵
不	见	官	赶	圩

不见汉人来。

女唱

6-397

观	偻	造	对	邦
Gonq	raeuz	caux	doih	baengz
ko:n⁵	ɹau²	ça:u⁴	to:i⁶	paŋ²
先	我们	造	伙伴	朋

我俩曾结交，

6-398

米	两	是	写	字
Miz	liengj	cix	sij	sw
mi²	li:ŋ³	çi⁴	θi³	θɯ¹
有	伞	就	写	字

伞要打记号。

6-399

老	备	是	贝	而
Lau	beix	cix	bae	lawz
la:u¹	pi⁴	çi⁴	pai¹	lau²
怕	兄	是	去	哪

兄往何处去，

6-400

坤	可	站	然	天
Gun	goj	soengz	ranz	den
kun¹	ko⁵	θoŋ²	ɹa:n²	te:n⁵
官	也	站	家	店

汉人站店铺。

男唱

6-401

尝	得	义	十	比
Caengz	ndaej	ngeih	cib	bi
çaŋ²	dai³	n̠i⁶	çit⁸	pi¹
未	得	二	十	年

不到二十岁,

6-402

是	交	你	小	面
Cix	gyau	mwngz	siuj	mienh
çi⁴	kja:u¹	muŋ²	θi:u³	me:n⁶
就	交	你	小	面

结交小情友。

6-403

坤	可	站	然	天
Gun	goj	soengz	ranz	den
kun¹	ko⁵	θoŋ²	ɹa:n²	te:n⁵
官	也	站	家	店

汉人站店铺,

6-404

空	见	面	农	银
Ndwi	gen	mienh	nuengx	ngaenz
du:i¹	ke:n⁴	me:n⁶	nu:ŋ⁴	ŋan²
不	见	面	妹	银

情妹在何处?

女唱

6-405

尝	得	义	十	比
Caengz	ndaej	ngeih	cib	bi
çaŋ²	dai³	n̠i⁶	çit⁸	pi¹
未	得	二	十	年

不到二十岁,

6-406

是	交	你	小	面
Cix	gyau	mwngz	siuj	mienh
çi⁴	kja:u¹	muŋ²	θi:u³	me:n⁶
就	交	你	小	面

结交小情友。

6-407

坤	可	站	然	天
Gun	goj	soengz	ranz	den
kun¹	ko⁵	θoŋ²	ɹan²	te:n⁵
官	也	站	家	店

汉人站店铺,

6-408

见	面	是	勒	正
Gen	mienh	cix	lawh	cingz
ke:n⁴	me:n⁶	çi⁴	ləɯ⁶	çiŋ²
见	面	就	换	情

见面换信物。

男唱

6-409

观	偻	造	对	邦
Gonq	raeuz	caux	doih	baengz
ko:n⁵	ɹau²	ɕa:u⁴	to:i⁶	paŋ²
先	我们	造	伙伴	朋

我俩曾结交，

6-410

米	两	是	写	字
Miz	liengj	cix	sij	sw
mi²	li:ŋ³	ɕi⁴	θi³	θɯ¹
有	伞	就	写	字

伞要打记号。

6-411

米	河	是	干	河
Miz	haw	cix	ganj	haw
mi²	həɯ¹	ɕi⁴	ka:n³	həɯ¹
有	圩	就	赶	圩

只管赶圩场，

6-412

开	贝	站	然	天
Gaej	bae	soengz	ranz	den
ka:i⁵	pai¹	θoŋ²	ɹa:n²	te:n⁵
莫	去	站	家	店

别到店铺站。

女唱

6-413

尝	得	义	十	比
Caengz	ndaej	ngeih	cib	bi
ɕaŋ²	dai³	ȵi⁶	ɕit⁸	pi¹
未	得	二	十	年

不到二十岁，

6-414

是	交	你	小	面
Cix	gyau	mwngz	siuj	mienh
ɕi⁴	kja:u¹	mɯŋ²	θi:u³	me:n⁶
就	交	你	小	面

结交小情友。

6-415

爱	贝	站	然	天
Ngaiq	bae	soengz	ranz	den
ŋa:i⁵	pai¹	θoŋ²	ɹa:n²	te:n⁵
爱	去	站	家	店

爱去店铺站，

6-416

听	鸟	炕	讲	坤
Dingq	roeg	enq	gangj	gun
tiŋ⁵	ɹok⁸	e:n⁵	ka:ŋ³	kun¹
听	鸟	燕	讲	官话

听鸟讲汉话。

男唱

6-417

觇	偻	造	对	邦
Gonq	raeuz	caux	doih	baengz
koːn⁵	ɹau²	ɕaːu⁴	toːi⁶	paŋ²
先	我们	造	伙伴	朋

我俩曾结交，

6-418

米	两	是	写	字
Miz	liengj	cix	sij	sw
mi²	liːŋ³	ɕi⁴	θi³	θɯ¹
有	伞	就	写	字

伞要做记号。

6-419

不	阝	干	罗	河
Mbouj	boux	ganq	loh	haw
bou⁵	pu⁴	kaːn³	lo⁶	həɯ¹
无	人	照料	路	圩

街道无人扫，

6-420

牙	说	而	牙	由
Yax	naeuz	lawz	yax	raeuh
ja⁵	nau²	lau²	ja⁵	ɹau⁶
也	说	哪	也	多

不知怎么说。

女唱

6-421

觇	偻	造	对	邦
Gonq	raeuz	caux	doih	baengz
koːn⁵	ɹau²	ɕaːu⁴	toːi⁶	paŋ²
先	我们	造	伙伴	朋

我俩曾结交，

6-422

米	两	是	写	字
Miz	liengj	cix	sij	sw
mi²	liːŋ³	ɕi⁴	θi³	θɯ¹
有	伞	就	写	字

伞要做记号。

6-423

不	阝	干	罗	河
Mbouj	boux	ganq	loh	haw
bou⁵	pou⁴	kaːn⁵	lo⁶	həɯ¹
无	人	照料	路	圩

街道无人扫，

6-424

厃	同	师	是	八
Nyienh	doengz	swz	cix	bah
ɲuːn⁶	toŋ²	θɯ²	ɕi⁴	pa⁶
愿	同	辞	就	罢

我们分手罢。

<table>
<tr><td>

男唱

6-425

观	偻	造	对	邦
Gonq	raeuz	caux	doih	baengz
ko:n⁵	ɹau²	ça:u⁴	to:i⁶	paŋ²
先	我们	造	伙伴	朋

我俩曾结交，

6-426

米	两	是	写	字
Miz	liengj	cix	sij	sw
mi²	li:ŋ³	çi⁴	θi³	θɯ¹
有	伞	就	写	字

伞要打记号。

6-427

你	师	土	不	师
Mwngz	swz	dou	mbouj	swz
mɯŋ²	θɯ²	tu¹	bou⁵	θɯ²
你	辞	我	不	辞

你分我不分，

6-428

罗	河	土	牙	很
Loh	haw	dou	yax	hwnj
lo⁶	həɯ¹	tu¹	ja⁵	hun³
路	圩	我	也	上

我还要赶圩。

</td><td>

女唱

6-429

观	偻	造	对	邦
Gonq	raeuz	caux	doih	baengz
ko:n⁵	ɹau²	ça:u⁴	to:i⁶	paŋ²
先	我们	造	伙伴	朋

我俩曾结交，

6-430

米	两	是	写	字
Miz	liengj	cix	sij	sw
mi²	li:ŋ³	çi⁴	θi³	θɯ¹
有	伞	就	写	字

伞上做记号。

6-431

变	表	农	不	师
Bienh	biuj	nuengx	mbouj	swz
pi:n⁶	pi:u³	nu:ŋ⁴	bou⁵	θɯ²
即便	表	妹	不	辞

情妹不愿分，

6-432

岁	很	河	三	王
Caez	hwnj	haw	sam	vangz
çai²	hun³	həɯ¹	θa:n¹	vaŋ²
齐	上	圩	三	王

同赶三王圩。

</td></tr>
</table>

男唱

6-433

观	偻	造	对	邦
Gonq	raeuz	caux	doih	baengz
ko:n⁵	ɹau²	ça:u⁴	to:i⁶	paŋ²
先	我们	造	伙伴	朋

我俩曾结交，

6-434

米	两	是	写	字
Miz	liengj	cix	sij	sw
mi²	li:ŋ³	çi⁴	θi³	θɯ¹
有	伞	就	写	字

雨伞打记号。

6-435

交	本	阝	你	特
Gyau	bonj	bouh	mwngz	dawz
kja:u¹	po:n³	pou⁶	mɯŋ²	təɯ²
交	本	薄	你	拿

交歌本给你，

6-436

龙	师	河	贝	了
Lungz	swz	haw	bae	liux
luŋ²	θɯ²	həɯ¹	pai¹	li:u⁴
龙	辞	圩	去	完

我不再赶圩。

女唱

6-437

观	偻	造	对	邦
Gonq	raeuz	caux	doih	baengz
ko:n⁵	ɹau²	ça:u⁴	to:i⁶	paŋ²
先	我们	造	伙伴	朋

我俩曾结交，

6-438

米	两	是	写	字
Miz	liengj	cix	sij	sw
mi²	li:ŋ³	çi⁴	θi³	θɯ¹
有	伞	就	写	字

伞上做记号。

6-439

交	本	阝	土	特
Gyau	bonj	bouh	dou	dawz
kja:u¹	po:n³	pou⁶	tu¹	təɯ²
交	本	薄	我	拿

交歌本给我，

6-440

龙	贝	而	干	衣
Lungz	bae	lawz	ganj	hih
luŋ²	pai¹	lau²	ka:n³	ji⁵
龙	去	哪	赶	圩

兄赶哪条圩?

男唱	女唱

6-441

觃	偻	造	对	邦
Gonq	raeuz	caux	doih	baengz
koːn⁵	ɹau²	ça:u⁴	toːi⁶	ɹaŋ²
先	我们	造	伙伴	朋

我俩曾结交，

6-442

米	两	是	写	字
Miz	liengj	cix	sij	sw
mi²	liːŋ³	çi⁴	θi³	θɯ¹
有	伞	就	写	字

伞上做记号。

6-443

交	本	阝	你	特
Gyau	bonj	bouh	mwngz	dawz
kja:u¹	po:n³	pou⁶	muŋ²	təu²
交	本	薄	你	拿

歌本交给你，

6-444

当	河	偻	当	很
Dangq	haw	raeuz	dangq	hwnj
taːŋ⁵	həɯ¹	ɹau²	taːŋ⁵	hun³
另	圩	我们	另	上

各赶各的圩。

6-445

觃	偻	造	对	邦
Gonq	raeuz	caux	doih	baengz
koːn⁵	ɹau²	ça:u⁴	toːi⁶	ɹaŋ²
先	我们	造	伙伴	朋

我俩曾结交，

6-446

米	两	是	写	字
Miz	liengj	cix	sij	sw
mi²	liːŋ³	çi⁴	θi³	θɯ¹
有	伞	就	写	字

伞上做记号。

6-447

两	阳	伞	你	特
Liengj	yangz	sanj	mwngz	dawz
liːŋ³	ja:ŋ⁶	θa:n³	muŋ²	təu²
伞	阳	伞	你	拿

阳伞由你拿，

6-448

很	河	不	说	农
Hwnj	haw	mbouj	naeuz	nuengx
hun³	həɯ¹	bou⁵	nau²	nuːŋ⁴
上	圩	不	说	妹

瞒着妹赶圩。

男唱

6-449

觋	偻	造	对	邦
Gonq	raeuz	caux	doih	baengz
$ko:n^5$	$ɹau^2$	$ça:u^4$	$to:i^6$	$paŋ^2$
先	我们	造	伙伴	朋

我俩曾结交，

6-450

米	两	是	写	字
Miz	liengj	cix	sij	sw
mi^2	$li:ŋ^3$	$çi^4$	$θi^3$	$θɯ^1$
有	伞	就	写	字

伞上做记号。

6-451

两	阳	伞	你	特
Liengj	yangz	sanj	mwngz	dawz
$li:ŋ^3$	$ja:ŋ^6$	$θa:n^3$	$muŋ^2$	$təɯ^2$
伞	阳	伞	你	拿

阳伞由你拿，

6-452

很	河	采	罗	背
Hwnj	haw	byaij	loh	boih
hun^3	$həɯ^1$	$pja:i^3$	lo^6	$po:i^6$
上	圩	走	路	僻静

赶圩走小路。

女唱

6-453

觋	偻	造	对	邦
Gonq	raeuz	caux	doih	baengz
$ko:n^5$	$ɹau^2$	$ça:u^4$	$to:i^6$	$paŋ^2$
先	我们	造	伙伴	朋

我俩曾结交，

6-454

米	两	是	写	字
Miz	liengj	cix	sij	sw
mi^2	$li:ŋ^3$	$çi^4$	$θi^3$	$θɯ^1$
有	伞	就	写	字

伞上做记号。

6-455

交	本	阝	你	特
Gyau	bonj	bouh	mwngz	dawz
$kja:u^1$	$po:n^3$	pou^6	$muŋ^2$	$təɯ^2$
交	本	薄	你	拿

歌本交给你，

6-456

明	河	偻	可	三
Cog	haw	raeuz	goj	sanq
$ço:k^8$	$həɯ^1$	$ɹau^2$	ko^5	$θa:n^5$
将来	圩	我们	也	散

赶圩后分别。

男唱

6-457

不	老	元	偻	火
Mbouj	lau	roen	raeuz	hoj
bou⁵	la:u¹	jo:n¹	ɹau²	ho³
不	怕	路	我们	苦

不怕路途苦，

6-458

不	老	罗	土	伏
Mbouj	lau	loh	dou	fwz
bou⁵	la:u¹	lo⁶	tu¹	fu²
不	怕	路	我	荒

不愁路径荒。

6-459

拆	义	会	马	师
Euj	ngeiq	faex	ma	swz
e:u³	ŋi⁵	fai⁴	ma¹	θɯ²
折	枝	树	来	辞

折树枝告别，

6-460

不	老	河	偻	三
Mbouj	lau	haw	raeuz	sanq
bou⁵	la:u¹	həɯ¹	ɹau²	θa:n⁵
不	怕	圩	我们	散

不怕圩场散。

女唱

6-461

不	老	元	偻	火
Mbouj	lau	roen	raeuz	hoj
bou⁵	la:u¹	jo:n¹	ɹau²	ho³
不	怕	路	我们	苦

不嫌路径苦，

6-462

不	老	罗	土	伏
Mbouj	lau	loh	dou	fwz
bou⁵	la:u¹	lo⁶	tu¹	fu²
不	怕	路	我	荒

不避路途荒。

6-463

拆	义	会	马	师
Euj	ngeiq	faex	ma	swz
e:u³	ŋi⁵	fai⁴	ma¹	θɯ²
折	枝	树	来	辞

折树枝告别，

6-464

办	河	是	求	满
Baenz	haw	cix	gouz	monh
pan²	həɯ¹	çi⁴	kjou²	mo:n⁶
成	圩	就	求	情

赶圩要重聊。

男唱

6-465

不	老	元	偻	火
Mbouj	lau	roen	raeuz	hoj
bou⁵	laːu¹	ɟoːn¹	ɹau²	ho³
不	怕	路	我们	苦

不嫌路途难，

6-466

不	老	罗	土	伏
Mbouj	lau	loh	dou	fwz
bou⁵	laːu¹	lo⁶	tu¹	fɯ²
不	怕	路	我	荒

不避路途荒。

6-467

拆	义	会	马	师
Euj	ngeiq	faex	ma	swz
eːu³	ȵi⁵	fai⁴	ma¹	θɯ²
折	枝	树	来	辞

折树枝告别，

6-468

在	而	办	备	农
Ywq	lawz	baenz	beix	nuengx
ju⁵	lau²	pan²	pi⁴	nuːŋ⁴
在	哪	成	兄	妹

哪还成兄妹？

女唱

6-469

观	偻	造	对	邦
Gonq	raeuz	caux	doih	baengz
koːn⁵	ɹau²	ɕaːu⁴	toːi⁶	paŋ²
先	我们	造	伙伴	朋

我俩曾结友，

6-470

米	两	是	写	字
Miz	liengj	cix	sij	sw
mi²	liːŋ³	ɕi⁴	θi³	θɯ¹
有	伞	就	写	字

伞上做记号。

6-471

不	可	满	三	时
Mbouj	goj	monh	sam	seiz
bou⁵	ko⁵	moːn⁶	θaːn¹	θi²
不	也	谈情	三	时

谈情也短暂，

6-472

河	可	写	给	伏
Haw	goj	ce	hawj	fwx
hɯ¹	ko⁵	ɕe¹	hɯ³	fə⁴
圩	也	留	给	别人

圩是别人圩。

男唱

6-473

观	偻	造	对	邦
Gonq	raeuz	caux	doih	baengz
ko:n^5	ɣau^2	ça:u^4	to:i^6	paŋ^2
先	我们	造	伙伴	朋

我俩曾结交，

6-474

米	两	是	写	字
Miz	liengj	cix	sij	sw
mi^2	li:ŋ^3	çi^4	θi^3	θɯ^1
有	伞	就	写	字

伞上留记号。

6-475

满	勒	伏	的	河
Muenz	lwg	fwx	diq	haw
mu:n^2	luk^8	fə^4	ti^5	həɯ^1
瞒	子	别人	的	圩

爱谈地下情，

6-476

不	办	偻	天	份
Mbouj	baenz	raeuz	denh	faenh
bou^5	pan^2	ɣau^2	ti:n^1	fan^6
不	成	我们	天	份

成不了缘分。

女唱

6-477

观	偻	造	对	邦
Gonq	raeuz	caux	doih	baengz
ko:n^5	ɣau^2	ça:u^4	to:i^6	paŋ^2
先	我们	造	伙伴	朋

我俩曾结交，

6-478

米	两	是	写	字
Miz	liengj	cix	sij	sw
mi^2	li:ŋ^3	çi^4	θi^3	θɯ^1
有	伞	就	写	字

伞上留记号。

6-479

满	河	是	祘	河
Monh	haw	cix	suenq	haw
mo:n^6	həɯ^1	çi^4	θu:n^5	həɯ^1
谈情	圩	就	算	圩

得谈情且谈，

6-480

知	河	而	同	沙
Rox	haw	lawz	doengz	ra
ɣo^4	həɯ^1	lau^2	toŋ^2	ɣa^1
知	圩	哪	同	找

管将来如何。

男唱

6-481

观	偻	造	对	邦
Gonq	raeuz	caux	doih	baengz
ko:n⁵	ɹau²	ɕa:u⁴	to:i⁶	paŋ²
先	我们	造	伙伴	朋

我俩曾结交，

6-482

米	两	是	写	字
Miz	liengj	cix	sij	sw
mi²	li:ŋ³	ɕi⁴	θi³	θɯ¹
有	伞	就	写	字

伞上留记号。

6-483

满	是	尝	办	河
Monh	cix	caengz	baenz	haw
mo:n⁶	ɕi⁴	ɕaŋ²	pan²	həɯ¹
谈情	就	未	成	圩

谈情未谈成，

6-484

本	先	师	貝	瓜
Mbwn	senq	swz	bae	gvaq
buɯn¹	θe:n⁵	θɯ²	pai¹	kwa⁵
天	早	辞	去	过

天意早已过。

女唱

6-485

观	偻	造	对	邦
Gonq	raeuz	caux	doih	baengz
ko:n⁵	ɹau²	ɕa:u⁴	to:i⁶	paŋ²
先	我们	造	伙伴	朋

我俩曾结交，

6-486

米	两	是	写	字
Miz	liengj	cix	sij	sw
mi²	li:ŋ³	ɕi⁴	θi³	θɯ¹
有	伞	就	写	字

伞上留记号。

6-487

土	来	本	是	师
Dou	laih	mbwn	cix	swz
tu¹	la:i⁶	buɯn¹	ɕi⁴	θɯ²
我	以为	天	就	辞

我来此辞别，

6-488

它	对	龙	唱	歌
Daj	doiq	lungz	cang	go
ta³	to:i⁵	luŋ²	ɕa:ŋ⁴	ko⁵
想	对	龙	唱	歌

要同兄唱歌。

<table>
<tr><td>

男唱

6-489

观	偻	造	对	邦
Gonq	raeuz	caux	doih	baengz
ko:n⁵	ɹau²	ɕa:u⁴	to:i⁶	paŋ²
先	我们	造	伙伴	朋

我俩曾结交，

6-490

米	两	是	写	字
Miz	liengj	cix	sij	sw
mi²	li:ŋ³	ɕi⁴	θi³	θɯ¹
有	伞	就	写	字

伞上做记号。

6-491

老	是	师	阝	而
Lau	cix	swz	boux	lawz
la:u¹	ɕi⁴	θɯ²	pu⁴	lau²
怕	就	辞	人	哪

怕与你分别，

6-492

在	而	马	师	备
Ywq	lawz	ma	swz	beix
jɯ⁵	lau²	ma¹	θɯ²	pi⁴
在	哪	来	辞	兄

哪里来辞别？

</td><td>

女唱

6-493

观	偻	造	对	邦
Gonq	raeuz	caux	doih	baengz
ko:n⁵	ɹau²	ɕa:u⁴	to:i⁶	paŋ²
先	我们	造	伙伴	朋

我俩曾结交，

6-494

米	两	是	写	字
Miz	liengj	cix	sij	sw
mi²	li:ŋ³	ɕi⁴	θi³	θɯ¹
有	伞	就	写	字

伞上打记号。

6-495

不	特	师	阝	而
Mbouj	dwg	swz	boux	lawz
bou⁵	tɯk⁸	θɯ²	pu⁴	lau²
不	是	辞	人	哪

不是辞别谁，

6-496

真	师	你	了	备
Caen	swz	mwngz	liux	beix
ɕin¹	θɯ²	mɯŋ²	li:u⁴	pi⁴
真	辞	你	了	兄

正是辞别兄。

</td></tr>
</table>

男唱

6-497

观	偻	造	对	邦
Gonq	raeuz	caux	doih	baengz
ko:n⁵	ɹau²	ça:u⁴	to:i⁶	paŋ²
先	我们	造	伙伴	朋

我俩曾结交，

6-498

米	两	是	写	字
Miz	liengj	cix	sij	sw
mi²	li:ŋ³	çi⁴	θi³	θɯ¹
有	伞	就	写	字

伞上做记号。

6-499

义	十	八	安	河
Ngeih	cib	bet	aen	haw
ŋi⁶	çit⁸	pe:t⁷	an¹	həɯ¹
二	十	八	个	圩

二十八个圩，

6-500

本	师	不	得	了
Mbwn	swz	mbouj	ndaej	liux
bɯn¹	θɯ²	bou⁵	dai³	li:u⁴
天	辞	不	得	完

总有圩可赶。

女唱

6-501

观	偻	造	对	邦
Gonq	racuz	caux	doih	baengz
ko:n⁵	ɹau²	ça:u⁴	to:i⁶	paŋ²
先	我们	造	伙伴	朋

我俩曾结交，

6-502

米	两	是	写	字
Miz	liengj	cix	sij	sw
mi²	li:ŋ³	çi⁴	θi³	θɯ¹
有	伞	就	写	字

伞上做记号。

6-503

本	论	务	又	师
Mbwn	laep	huj	youh	cw
bɯn¹	lap⁷	hu³	jou⁴	çɯ¹
天	黑	云	又	遮

天阴云又遮，

6-504

米	日	师	你	由
Miz	ngoenz	swz	mwngz	raeuh
mi²	ŋon²	θɯ²	mɯŋ²	ɹau⁶
有	天	辞	你	多

终有辞别时。

男唱	女唱

6-505

觇	偻	造	对	邦
Gonq	raeuz	caux	doih	baengz
koːn⁵	ɹau²	ça:u⁴	to:i⁶	paŋ²
先	我们	造	伙伴	朋

我俩曾结交，

6-506

米	两	是	写	字
Miz	liengj	cix	sij	sw
mi²	liːŋ³	çi⁴	θi³	θɯ¹
有	伞	就	写	字

伞上做记号。

6-507

更	祥	下	斗	师
Gwnz	siengh	roengz	daeuj	sw
kɯn²	θiːŋ⁶	ɹoŋ²	tau³	θɯ²
上	上天	下	来	辞

上方来辞别，

6-508

你	说	而	了	农
Mwngz	naeuz	rawz	liux	nuengx
mɯŋ²	nau²	ɹau²	liːu⁴	nuːŋ⁴
你	说	什么	啰	妹

你说怎么办?

6-509

觇	偻	造	对	邦
Gonq	raeuz	caux	doih	baengz
koːn⁵	ɹau²	ça:u⁴	to:i⁶	paŋ²
先	我们	造	伙伴	朋

我俩曾结交，

6-510

米	两	是	写	字
Miz	liengj	cix	sij	sw
mi²	liːŋ³	çi⁴	θi³	θɯ¹
有	伞	就	写	字

伞上做记号。

6-511

更	祥	下	斗	师
Gwnz	siengh	roengz	daeuj	sw
kɯn²	θiːŋ⁶	ɹoŋ²	tau³	θɯ²
上	上天	下	来	辞

上方来辞别，

6-512

你	古	而	得	傲
Mwngz	guh	rawz	ndaej	euq
mɯŋ²	ku⁴	ɹau²	dai³	e:u⁵
你	做	什么	得	拒绝

你如何违抗?

男唱

6-513

觃	偻	造	对	邦
Gonq	raeuz	caux	doih	baengz
koːn⁵	ȵau²	çaːu⁴	toːi⁶	paŋ²
先	我们	造	伙伴	朋

我俩曾结交，

6-514

米	两	是	写	字
Miz	liengj	cix	sij	sw
mi²	liːŋ³	çi⁴	θi³	θɯ¹
有	伞	就	写	字

伞上做记号。

6-515

三	六	九	又	河
Sam	loeg	gouj	youh	haw
θaːn¹	lok⁸	kjou³	jou⁴	həɯ¹
三	六	九	又	圩

三六九圩日，

6-516

干	河	而	了	农
Ganj	haw	lawz	liux	nuengx
kaːn³	həɯ¹	laɯ²	liːu⁴	nuːŋ⁴
赶	圩	哪	啰	妹

妹赶哪条圩?

女唱

6-517

觃	偻	造	对	邦
Gonq	raeuz	caux	doih	baengz
koːn⁵	ȵau²	çaːu⁴	toːi⁶	paŋ²
先	我们	造	伙伴	朋

我俩曾结交，

6-518

米	两	是	写	字
Miz	liengj	cix	sij	sw
mi²	liːŋ³	çi⁴	θi³	θɯ¹
有	伞	就	写	字

伞上留记号。

6-519

三	六	九	又	河
Sam	loeg	gouj	youh	haw
θaːn¹	lok⁸	kjou³	jou⁴	həɯ¹
三	六	九	又	圩

三六九圩日，

6-520

可	干	河	义	四
Goj	ganj	haw	ngeih	seiq
ko⁵	kaːn³	həɯ¹	ȵi⁶	θei⁵
也	赶	圩	二	四

我赶二四圩。

男唱

6-521

三	六	九	又	河
Sam	loeg	gouj	youh	haw
θaːn¹	lok⁸	kjou³	jou⁴	həɯ¹
三	六	九	又	圩

三六九圩日，

6-522

可	干	河	义	四
Goj	ganj	haw	ngeih	seiq
ko⁵	kaːn³	həɯ¹	n̠i⁶	θei⁵
还	赶	圩	二	四

偏赶二四圩。

6-523

月	三	日	星	期
Ndwen	sam	ngoenz	singh	giz
duːn¹	θaːn¹	ŋon²	θiŋ⁵	ki⁶
月	三	天	星	期

每月几星期，

6-524

干	衣	对	日	而
Ganj	hih	doiq	ngoenz	lawz
kaːn³	ji⁵	toːi⁵	ŋon²	lau²
赶	圩	对	天	哪

哪天是圩日？

女唱

6-525

三	六	九	又	河
Sam	loeg	gouj	youh	haw
θaːn¹	lok⁸	kjou³	jou⁴	həɯ¹
三	六	九	又	圩

三六九圩日，

6-526

可	干	河	义	四
Goj	ganj	haw	ngeih	seiq
ko⁵	kaːn³	həɯ¹	n̠i⁶	θei⁵
还	赶	圩	二	四

偏二四赶圩。

6-527

事	正	不	立	底
Saeh	cingz	mbouj	liz	dij
θei⁶	ɕiŋ²	bou⁵	li²	ti³
事	情	不	离	底

办事太离谱，

6-528

日	安	玉	空	米
Ngoenz	anh	yiz	ndwi	miz
ŋon²	aːn¹	ji⁴	duːi¹	mi²
天	安	逸	不	有

终日不安逸。

男唱

6-529

三	六	九	又	河
Sam	loeg	gouj	youh	haw
θaːn¹	lok⁸	kjou³	jou⁴	həɯ¹
三	六	九	又	圩

三六九圩日，

6-530

可	干	河	义	四
Goj	ganj	haw	ngeih	seiq
ko⁵	kaːn³	həɯ¹	ɲi⁶	θei⁵
还	赶	圩	二	四

偏二四赶圩。

6-531

想	干	河	拉	利
Siengj	ganj	haw	laj	leih
θiːŋ³	kaːn³	həɯ¹	la³	li⁶
想	赶	圩	拉	利

想赶拉利圩，

6-532

知	对	农	知	空
Rox	doiq	nuengx	rox	ndwi
ɣoʴ⁴	toːi⁵	nuːŋ⁴	ɣoʴ⁴	duːi¹
知	对	妹	或	不

不知逢妹否？

女唱

6-533

三	六	九	又	河
Sam	loeg	gouj	youh	haw
θaːn¹	lok⁸	kjou³	jou⁴	həɯ¹
三	六	九	又	圩

三六九圩日，

6-534

可	干	河	义	四
Goj	ganj	haw	ngeih	seiq
ko⁵	kaːn³	həɯ¹	ɲi⁶	θei⁵
还	赶	圩	二	四

偏二四赶圩。

6-535

但	米	正	跟	义
Danh	miz	cingz	riengz	ngeih
taːn⁶	mi²	ɕiŋ²	ʑiːŋ²	ɲi⁶
但	有	情	跟	义

但有情义在，

6-536

不	对	又	貝	而
Mbouj	doiq	youh	bae	lawz
bou⁵	toːi⁵	jou⁴	pai¹	laɯ²
不	对	又	去	哪

怎会不碰面？

男唱	女唱

男唱

6-537

三	六	九	又	河
Sam	loeg	gouj	youh	haw
θaːn¹	lok⁸	kjou³	jou⁴	həɯ¹
三	六	九	又	圩

三六九圩日,

6-538

可	干	河	义	四
Goj	ganj	haw	ngeih	seiq
ko⁵	kaːn³	həɯ¹	ȵi⁶	θei⁵
还	赶	圩	二	四

偏二四上圩。

6-539

少	好	乘	生	衣
Sau	ndei	gvai	seng	eiq
θaːu¹	dei¹	kwaːi¹	θeːŋ¹	i⁵
姑娘	好	乖	相	依

妹不会珍惜,

6-540

干	衣	不	对	龙
Ganj	hih	mbouj	doiq	lungz
kaːn³	ji⁵	bou⁵	toːi⁵	luŋ²
赶	圩	不	对	龙

赶圩不相遇。

女唱

6-541

三	六	九	又	河
Sam	loeg	gouj	youh	haw
θaːn¹	lok⁸	kjou³	jou⁴	həɯ¹
三	六	九	又	圩

三六九圩日,

6-542

可	干	河	义	四
Goj	ganj	haw	ngeih	seiq
ko⁵	kaːn³	həɯ¹	ȵi⁶	θei⁵
还	赶	圩	二	四

偏二四赶圩。

6-543

少	可	乘	生	衣
Sau	goj	gvai	seng	eiq
θaːu¹	ko⁵	kwaːi¹	θeːŋ¹	i⁵
姑娘	也	乖	相	依

妹是想相会,

6-544

备	自	祘	不	通
Beix	gag	suenq	mbouj	doeng
pi⁴	kaːk⁸	θuːn⁵	bou⁵	toŋ¹
兄	自	算	不	通

兄计划不周。

男唱

6-545

义	十	八	安	河
Ngeih	cib	bet	aen	haw
ȵi⁶	ɕit⁸	peːt⁷	an¹	hɯu¹
二	十	八	个	圩

二十八个圩,

6-546

可	干	河	义	四
Goj	ganj	haw	ngeih	seiq
ko⁵	kaːn³	hɯu¹	ȵi⁶	θei⁵
还	赶	圩	二	四

偏二四上圩。

6-547

小	的	欢	跟	比
Siuj	diq	fwen	riengz	beij
θiːu³	ti⁵	vuːn¹	ɹiːŋ²	pi³
少	点	歌	跟	歌

若还不唱歌,

6-548

难	赔	理	农	银
Nanz	boiz	laex	nuengx	ngaenz
naːn²	poːi²	li⁴	nuːŋ⁴	ŋan²
难	赔	礼	妹	银

难还情妹礼。

女唱

6-549

义	十	八	安	河
Ngeih	cib	bet	aen	haw
ȵi⁶	ɕit⁸	peːt⁷	an¹	hɯu¹
二	十	八	个	圩

二十八个圩,

6-550

可	干	河	义	四
Goj	ganj	haw	ngeih	seiq
ko⁵	kaːn³	hɯu¹	ȵi⁶	θei⁵
还	赶	圩	二	四

偏二四赶圩。

6-551

句	欢	当	道	理
Coenz	fwen	daengq	dauh	leix
kjon²	vuːn¹	taŋ⁵	taːu⁶	li⁴
句	歌	叮嘱	道	理

歌便是道理,

6-552

乃	义	了	洋	赔
Naih	ngeix	liux	yaeng	boiz
naːi⁶	ȵi⁴	liːu⁴	jaŋ¹	poːi²
慢	想	完	慢	赔

想好了再和。

男唱

6-553

义	十	八	安	河
Ngeih	cib	bet	aen	haw
ȵi⁶	ȼit⁸	pe:t⁷	an¹	həɯ¹
二	十	八	个	圩

二十八个圩，

6-554

可	干	河	义	四
Goj	ganj	haw	ngeih	seiq
ko⁵	ka:n³	həɯ¹	ȵi⁶	θei⁵
还	赶	圩	二	四

偏二四赶圩。

6-555

句	欢	当	道	理
Coenz	fwen	daengq	dauh	leix
kjon²	vu:n¹	taŋ⁵	ta:u⁶	li⁴
句	歌	叮嘱	道	理

歌来说道理，

6-556

赔	了	样	而	说
Boiz	liux	yiengh	lawz	naeuz
po:i²	li:u⁴	juːŋ⁶	lau²	nau²
赔	完	样	哪	说

唱完又如何？

女唱

6-557

义	十	八	安	河
Ngeih	cib	bet	aen	haw
ȵi⁶	ȼit⁸	pe:t⁷	an¹	həɯ¹
二	十	八	个	圩

二十八个圩，

6-558

可	干	河	义	四
Goj	ganj	haw	ngeih	seiq
ko⁵	ka:n³	həɯ¹	ȵi⁶	θei⁵
还	赶	圩	二	四

偏二四赶圩。

6-559

知	欢	又	知	比
Rox	fwen	youh	rox	beij
ɹo⁴	vu:n¹	jou⁴	ɹo⁴	pi³
知	歌	又	知	歌

会编又会唱，

6-560

给	农	样	而	论
Hawj	nuengx	yiengh	lawz	lumz
həɯ³	nu:ŋ⁴	juːŋ⁶	lau²	lun²
给	妹	样	哪	忘

叫妹怎么忘？

男唱

6-561

义	十	八	安	河
Ngeih	cib	bet	aen	haw
ȵi⁶	ɕit⁸	peːt⁷	an¹	həɯ¹
二	十	八	个	圩

二十八个圩，

6-562

可	干	河	义	五
Goj	ganj	haw	ngeih	ngux
ko⁵	kaːn³	həɯ¹	ȵi⁶	ŋu⁴
还	赶	圩	二	五

偏二五赶圩。

6-563

干	衣	不	尝	能
Ganj	hih	mbouj	caengz	naengh
kaːn³	ji⁵	ɓou⁵	ɕaŋ²	naŋ⁶
赶	圩	不	未	坐

赶圩还未坐，

6-564

话	内	罗	土	空
Vah	neix	lox	dou	ndwi
va⁶	ni⁴	lo⁴	tu¹	duːi¹
话	这	骗	我	空

用此话骗我。

女唱

6-565

义	十	八	安	河
Ngeih	cib	bet	aen	haw
ȵi⁶	ɕit⁸	peːt⁷	an¹	həɯ¹
二	十	八	个	圩

二十八个圩，

6-566

可	干	河	义	五
Goj	ganj	haw	ngeih	ngux
ko⁵	kaːn³	həɯ¹	ȵi⁶	ŋu⁴
还	赶	圩	二	五

偏二五赶圩。

6-567

土	阝	正	阝	作
Dou	boux	cing	boux	soh
tu¹	pu⁴	ɕiŋ¹	pu⁴	θo⁶
我	人	正	人	直

我是正直人，

6-568

秀	不	罗	阝	而
Ciuh	mbouj	lox	boux	lawz
ɕiːu⁶	bou⁵	lo⁴	pou⁴	laɯ²
世	不	骗	人	哪

从未骗过人。

男唱

6-569

义	十	八	安	河
Ngeih	cib	bet	aen	haw
ȵi⁶	ɕit⁸	pe:t⁷	an¹	həɯ¹
二	十	八	个	圩

二十八个圩,

6-570

可	干	河	永	安
Goj	ganj	haw	yungj	anh
ko⁵	ka:n³	həɯ¹	jin³	ŋa:n⁶
还	赶	圩	永	安

只赶永安圩。

6-571

干	衣	不	尝	了
Ganj	hih	mbouj	caengz	liux
ka:n³	ji⁵	bou⁵	ɕaŋ²	li:u⁴
赶	圩	不	未	完

赶圩还没完,

6-572

当	阝	三	当	吉
Dangq	boux	sanq	dangq	giz
ta:ŋ⁵	pu⁴	θa:n⁵	ta:ŋ⁵	ki²
另	人	散	另	处

就各奔东西。

女唱

6-573

义	十	八	安	河
Ngeih	cib	bet	aen	haw
ȵi⁶	ɕit⁸	pe:t⁷	an¹	həɯ¹
二	十	八	个	圩

二十八个圩,

6-574

可	干	河	永	安
Goj	ganj	haw	yungj	anh
ko⁵	ka:n³	həɯ¹	jin³	ŋa:n⁵
还	赶	圩	永	安

只赶永安圩。

6-575

阝	坤	可	来	兰
Boux	gun	goj	lai	lanh
pu⁴	kun¹	ko⁵	la:i¹	la:n⁶
人	官	也	多	大方

汉人多大气,

6-576

干	贝	九	安	河
Ganj	bae	gouj	aen	haw
ka:n³	pai¹	kjou³	an¹	həɯ¹
赶	去	九	个	圩

连赶九个圩。

男唱

6-577

义	十	八	安	河
Ngeih	cib	bet	aen	haw
ȵi⁶	ɕit⁸	peːt⁷	an¹	həɯ¹
二	十	八	个	圩

二十八个圩，

6-578

可	干	河	永	安
Goj	ganj	haw	yungj	anh
ko⁵	kaːn³	həɯ¹	jin³	ŋaːn⁵
还	赶	圩	永	安

只赶永安圩。

6-579

阝	坤	米	银	万
Boux	gun	miz	ngaenz	fanh
pu⁴	kun¹	mi²	ŋan²	faːn⁶
人	官	有	银	万

汉人有万银，

6-580

它	可	兰	可	貝
De	goj	lanh	goj	bae
te¹	ko⁵	laːn⁶	ko⁵	pai¹
他	也	大方	也	去

他边走边花。

女唱

6-581

义	十	八	安	河
Ngeih	cib	bet	aen	haw
ȵi⁶	ɕit⁸	peːt⁷	an¹	həɯ¹
二	十	八	个	圩

二十八个圩，

6-582

可	干	河	永	安
Goj	ganj	haw	yungj	anh
ko⁵	kaːn³	həɯ¹	jin³	ŋaːn⁵
还	赶	圩	永	安

只赶永安圩。

6-583

阝	坤	米	银	万
Boux	gun	miz	ngaenz	fanh
pu⁴	kun¹	mi²	ŋan²	faːn⁶
人	官	有	银	万

汉人有钱多，

6-584

兰	不	外	双	偻
Lanh	mbouj	vaij	song	raeuz
laːn⁶	bou⁵	vaːi³	θoːŋ¹	ɣau²
大方	不	过	两	我们

不如咱大方。

男唱

6-585

义	十	八	安	河
Ngeih	cib	bet	aen	haw
ȵi⁶	ɕit⁸	peːt⁷	an¹	həɯ¹
二	十	八	个	圩

二十八个圩,

6-586

可	干	河	高	岭
Goj	ganj	haw	gauh	lingj
ko⁵	kaːn³	həɯ¹	kaːu¹	liŋ⁴
还	赶	圩	高	岭

只赶高岭圩。

6-587

想	干	河	永	顺
Siengj	ganj	haw	yungj	sun
θiːŋ³	kaːn³	həɯ¹	jiŋ³	θin⁶
想	赶	圩	永	顺

想赶永顺圩,

6-588

知	对	农	知	空
Rox	doiq	nuengx	rox	ndwi
ɹo⁴	toːi⁵	nuːŋ⁴	ɹo⁴	duːi¹
知	对	妹	或	不

不知遇妹否?

女唱

6-589

义	十	八	安	河
Ngeih	cib	bet	aen	haw
ȵi⁶	ɕit⁸	peːt⁷	an¹	həɯ¹
二	十	八	个	圩

二十八个圩,

6-590

可	干	河	拉	利
Goj	ganj	haw	laj	leih
ko⁵	kaːn³	həɯ¹	la³	li⁶
还	赶	圩	拉	利

只赶拉利圩。

6-591

但	米	正	跟	义
Danh	miz	cingz	riengz	ngeih
taːn⁶	mi²	ɕiŋ²	ȵiːŋ²	ȵi⁶
但	有	情	跟	义

但有情有义,

6-592

不	对	又	贝	而
Mbouj	doiq	youh	bae	lawz
bou⁵	toːi⁵	jou⁴	pai¹	laɯ²
不	对	又	去	哪

怎会不相遇?

男唱

6-593

义	十	八	安	河
Ngeih	cib	bet	aen	haw
$ȵi^6$	$çit^8$	$peːt^7$	an^1	$həɯ^1$
二	十	八	个	圩

二十八个圩，

6-594

可	干	河	庆	远
Goj	ganj	haw	ging	yenj
ko^5	$kaːn^3$	$həɯ^1$	$kiŋ^3$	$juːn^6$
还	赶	圩	庆	远

只赶庆远街。

6-595

河	而	米	长	判
Haw	lawz	miz	cangh	buenq
$həɯ^1$	$laɯ^2$	mi^2	$çaːŋ^6$	$puːn^5$
圩	哪	有	匠	贩

哪圩有商贩，

6-596

可	来	满	来	美
Goj	lai	monh	lai	maez
ko^5	$laːi^1$	$moːn^6$	$laːi^1$	mai^2
也	多	谈情	多	说爱

多人谈情爱。

女唱

6-597

义	十	八	安	河
Ngeih	cib	bet	aen	haw
$ȵi^6$	$çit^8$	$peːt^7$	an^1	$həɯ^1$
二	十	八	个	圩

二十八个圩，

6-598

可	干	河	庆	远
Goj	ganj	haw	ging	yenj
ko^5	$kaːn^3$	$həɯ^1$	$kiŋ^3$	$juːn^6$
还	赶	圩	庆	远

只赶庆远街。

6-599

河	而	米	长	判
Haw	lawz	miz	cangh	buenq
$həɯ^1$	$laɯ^2$	mi^2	$çaːŋ^6$	$puːn^5$
圩	哪	有	匠	贩

哪圩有商贩，

6-600

绸	团	来	皮	义
Couz	duenh	lai	bienz	nyiz
$çu^2$	$tuːn^6$	$laːi^1$	$piːn^2$	$ȵi^2$
绸	缎	多	便	宜

绸缎就便宜。

男唱

6-601

义	十	八	安	河
Ngeih	cib	bet	aen	haw
$ȵi^6$	$ɕit^8$	$pe:t^7$	an^1	$hɯu^1$
二	十	八	个	圩

二十八个圩，

6-602

可	干	河	庆	远
Goj	ganj	haw	ging	yenj
ko^5	$ka:n^3$	$hɯu^1$	$kiŋ^3$	$ju:n^6$
还	赶	圩	庆	远

只赶庆远街。

6-603

河	而	米	长	判
Haw	lawz	miz	cangh	buenq
$hɯu^1$	lau^2	mi^2	$ça:ŋ^6$	$pu:n^5$
圩	哪	有	匠	贩

哪圩有商贩，

6-604

绸	团	可	来	好
Couz	duenh	goj	lai	ndei
$çu^2$	$tu:n^6$	ko^5	$la:i^1$	dei^1
绸	缎	也	多	好

就有好绸缎。

女唱

6-605

河	而	米	长	判
Haw	lawz	miz	cangh	buenq
$hɯu^1$	lau^2	mi^2	$ça:ŋ^6$	$pu:n^5$
圩	哪	有	匠	贩

哪圩有商贩，

6-606

绸	团	可	来	好
Couz	duenh	goj	lai	ndei
$çu^2$	$tu:n^6$	ko^5	$la:i^1$	dei^1
绸	缎	也	多	好

就有好绸缎。

6-607

友	而	吨	绸	支
Youx	lawz	daenj	couz	sei
ju^4	lau^2	tan^3	$çu^2$	$θi^1$
友	哪	穿	绸	丝

哪个穿绸丝，

6-608

可	归	勒	长	判
Goj	gvei	lwg	cangh	buenq
ko^5	$kwei^1$	luk^8	$ça:ŋ^6$	$pu:n^5$
也	归	子	匠	贩

必是商家子。

男唱

6-609

乂	十	八	安	河
Ngeih	cib	bet	aen	haw
n̠i⁶	ɕit⁸	peːt⁷	an¹	həɯ¹
二	十	八	个	圩

二十八个圩，

6-610

河	而	河	不	满
Haw	lawz	haw	mbouj	monh
həɯ¹	laɯ²	həɯ¹	bou⁵	moːn⁶
圩	哪	圩	不	谈情

哪圩不谈情？

6-611

想	交	勒	长	判
Siengj	gyau	lwg	cangh	buenq
θiːŋ³	kjaːu¹	luk⁸	ɕaːŋ⁶	puːn⁵
想	交	子	匠	贩

想交商家子，

6-612

老	不	满	貝	南
Lau	mbouj	monh	bae	nanz
laːu¹	bou⁵	moːn⁶	pai¹	naːn²
怕	不	谈情	去	久

怕感情不长。

女唱

6-613

乂	十	八	安	河
Ngeih	cib	bet	aen	haw
n̠i⁶	ɕit⁸	peːt⁷	an¹	həɯ¹
二	十	八	个	圩

二十八个圩，

6-614

河	而	河	不	满
Haw	lawz	haw	mbouj	monh
həɯ¹	laɯ²	həɯ¹	bou⁵	moːn⁶
圩	哪	圩	不	谈情

哪圩不谈情？

6-615

官	交	土	了	伴
Guen	gyau	dou	liux	buenx
kuːn¹	kjaːu¹	tu¹	liːu⁴	puːn⁴
官	交	我	啰	伴

官同我结伴，

6-616

不	满	又	貝	而
Mbouj	monh	youh	bae	lawz
bou⁵	moːn⁶	jou⁴	pai¹	laɯ²
不	谈情	又	去	哪

哪能不谈情？

男唱	女唱

6-617

义	十	八	安	河
Ngeih	cib	bet	aen	haw
ȵi⁶	ɕit⁸	peːt⁷	an¹	həɯ¹
二	十	八	个	圩

二十八个圩，

6-618

河	而	河	不	满
Haw	lawz	haw	mbouj	monh
həɯ¹	lau²	həɯ¹	bou⁵	moːn⁶
圩	哪	圩	不	谈情

哪圩不谈情？

6-619

河	而	米	绸	团
Haw	lawz	miz	couz	duenh
həɯ¹	lau²	mi²	ɕu²	tuːn⁶
圩	哪	有	绸	缎

哪圩有绸缎，

6-620

长	判	可	来	秋
Cangh	buenq	goj	lai	ciuq
ɕaːŋ⁶	puːn⁵	ko⁵	laːi¹	ɕiːu⁵
匠	贩	也	多	看

商贩多光顾。

6-621

义	十	八	安	河
Ngeih	cib	bet	aen	haw
ȵi⁶	ɕit⁸	peːt⁷	an¹	həɯ¹
二	十	八	个	圩

二十八个圩，

6-622

河	而	河	不	满
Haw	lawz	haw	mbouj	monh
həɯ¹	lau²	həɯ¹	bou⁵	moːn⁶
圩	哪	圩	不	谈情

哪圩不谈情？

6-623

河	而	米	绸	团
Haw	lawz	miz	couz	duenh
həɯ¹	lau²	mi²	ɕu²	tuːn⁶
圩	哪	有	绸	缎

哪圩有绸缎，

6-624

长	判	外	令	令
Cangh	buenq	vaij	lin	lin
ɕaːŋ⁶	puːn⁵	vaːi³	lin¹	lin¹
匠	贩	过	连	连

商贩穿梭来。

男唱

6-625

观	偻	造	对	邦
Gonq	raeuz	caux	doih	baengz
ko:n⁵	ɹau²	ça:u⁴	to:i⁶	paŋ²
先	我们	造	伙伴	朋

我俩谈情时，

6-626

讲	洋	样	鸟	沙
Gangj	angq	yiengh	roeg	ra
ka:ŋ³	a:ŋ⁵	jɯ:ŋ⁶	ɹok⁸	ɹa¹
讲	高兴	样	鸟	白鹇

欢乐如白雉。

6-627

讲	满	作	了	而
Gangj	monh	coq	liux	roih
ka:ŋ³	mo:n⁶	ço⁵	li:u⁴	ɹoi⁶
讲	情	放	啰	他

谈情要抓紧，

6-628

阳	外	山	贝	了
Ndit	vaij	bya	bae	liux
dit⁷	va:i³	pja¹	pai¹	li:u⁴
阳光	过	山	去	完

太阳要落山。

女唱

6-629

观	偻	造	对	邦
Gonq	raeuz	caux	doih	baengz
ko:n⁵	ɹau²	ça:u⁴	to:i⁶	paŋ²
先	我们	造	伙伴	朋

我俩谈情时，

6-630

讲	洋	样	鸟	沙
Gangj	angq	yiengh	roeg	ra
ka:ŋ³	a:ŋ⁵	jɯ:ŋ⁶	ɹok⁸	ɹa¹
讲	高兴	样	鸟	白鹇

欢乐如白雉。

6-631

外	山	是	外	山
Vaij	bya	cix	vaij	bya
va:i³	pja¹	çi⁴	va:i³	pja¹
过	山	就	过	山

日落又如何，

6-632

秀	同	哈	可	在
Ciuh	doengz	ha	goj	ywq
çi:u⁶	toŋ²	ha¹	ko⁵	jɯ⁵
世	同	配	也	在

同龄友还在。

男唱

6-633

覔	偻	造	对	邦
Gonq	raeuz	caux	doih	baengz
ko:n⁵	ɹau²	ça:u⁴	to:i⁶	paŋ²
先	我们	造	伙伴	朋

我俩恋爱时，

6-634

讲	洋	样	鸟	沙
Gangj	angq	yiengh	roeg	ra
ka:ŋ³	a:ŋ⁵	juɯ:ŋ⁶	ɹok⁸	ɹa¹
讲	高兴	样	鸟	白鹇

欢乐如白雉。

6-635

灯	日	牙	外	山
Daeng	ngoenz	yaek	vaij	bya
taŋ¹	ŋon²	jak⁷	va:i³	pja¹
灯	天	将	过	山

太阳快落山，

6-636

浪	利	马	知	不
Laeng	lij	ma	rox	mbouj
laŋ¹	li⁴	ma¹	ɹo⁴	bou⁵
后	还	来	或	不

还会回来否？

女唱

6-637

覔	偻	造	对	邦
Gonq	raeuz	caux	doih	baengz
ko:n⁵	ɹau²	ça:u⁴	to:i⁶	paŋ²
先	我们	造	伙伴	朋

我俩恋爱时，

6-638

讲	洋	样	鸟	沙
Gangj	angq	yiengh	roeg	ra
ka:ŋ³	a:ŋ⁵	juɯ:ŋ⁶	ɹok⁸	ɹa¹
讲	高兴	样	鸟	白鹇

欢乐如白雉。

6-639

但	正	义	同	哈
Danh	cingz	ngeih	doengz	ha
ta:n⁶	çiŋ²	ȵi⁶	toŋ²	ha¹
但	情	义	同	配

两人情义在，

6-640

浪	可	马	外	田
Laeng	goj	ma	vaij	dieg
laŋ¹	ko⁵	ma¹	va:i³	ti:k⁸
后	也	来	过	地

依然回故地。

男唱

6-641

观	偻	造	对	邦
Gonq	raeuz	caux	doih	baengz
$ko:n^5$	$ɹau^2$	$ɕa:u^4$	$to:i^6$	$paŋ^2$
先	我们	造	伙伴	朋

我俩初恋时，

6-642

讲	洋	样	鸟	沙
Gangj	angq	yiengh	roeg	ra
$ka:ŋ^3$	$a:ŋ^5$	$jɯ:ŋ^6$	$ɹok^8$	$ɹa^1$
讲	高兴	样	鸟	白鹇

欢乐如白雉。

6-643

正	义	刀	同	哈
Cingz	ngeih	dauq	doengz	ha
$ɕiŋ^2$	$ŋi^6$	$ta:u^5$	$toŋ^2$	ha^1
情	义	倒	同	配

但情义依旧，

6-644

元	远	来	了	农
roen	gyae	lai	liux	nuengx
$jo:n^1$	$kjai^1$	$la:i^1$	$li:u^4$	$nu:ŋ^4$
路	远	多	啰	妹

可惜路太远。

女唱

6-645

观	偻	造	对	邦
Gonq	raeuz	caux	doih	baengz
$ko:n^5$	$ɹau^2$	$ɕa:u^4$	$to:i^6$	$paŋ^2$
先	我们	造	伙伴	朋

我俩初恋时，

6-646

讲	洋	样	鸟	沙
Gangj	angq	yiengh	roeg	ra
$ka:ŋ^3$	$a:ŋ^5$	$jɯ:ŋ^6$	$ɹok^8$	$ɹa^1$
讲	高兴	像	鸟	白鹇

欢乐如白雉。

6-647

但	正	义	同	哈
Danh	cingz	ngeih	doengz	ha
$ta:n^6$	$ɕiŋ^2$	$ŋi^6$	$toŋ^2$	ha^1
但	情	义	同	配

但情义依旧，

6-648

元	远	可	办	近
Roen	gyae	goj	baenz	gyawj
$jo:n^1$	$kjai^1$	ko^5	pan^2	$kjaɯ^3$
路	远	也	成	近

路遥如近邻。

男唱

6-649

观	偻	造	对	邦
Gonq	raeuz	caux	doih	baengz
koːŋ⁵	ɹau²	ça:u⁴	to:i⁶	paŋ²
先	我们	造	伙伴	朋

我俩初恋时，

6-650

讲	洋	样	鸟	沙
Gangj	angq	yiengh	roeg	ra
ka:ŋ³	a:ŋ⁵	juɯ:ŋ⁶	ɹok⁸	ɹa¹
讲	高兴	样	鸟	白鹇

欢乐如白雉。

6-651

明	天	亮	外	山
Mingz	denh	rongh	vaij	bya
min²	ti:n¹	ɹo:ŋ⁶	va:i³	pja¹
明	天	亮	过	山

明天日落时，

6-652

偻	岁	扛	手	初
Raeuz	caez	gang	fwngz	byouq
ɹau²	çai²	ka:ŋ¹	fuŋ²	pjou⁵
我们	齐	撑	手	空

我俩用手挡。

女唱

6-653

明	天	亮	外	山
Mingz	denh	rongh	vaij	bya
min²	ti:n¹	ɹo:ŋ⁶	va:i³	pja¹
明	天	亮	过	山

明天日落时，

6-654

偻	岁	扛	手	初
Raeuz	caez	gang	fwngz	byouq
ɹau²	çai²	ka:ŋ¹	fuŋ²	pjou⁵
我们	齐	撑	手	空

我俩用手挡。

6-655

明	天	亮	外	务
Mingz	denh	rongh	vaij	huj
min²	ti:n¹	ɹo:ŋ⁶	va:i³	hu³
明	天	亮	过	云

明天云遮日，

6-656

厼	是	古	小	正
Nyienh	cix	guh	siuj	cingz
ŋu:n⁶	çi⁴	ku⁴	θi:u³	çiŋ²
愿	就	做	小	情

我俩就相交。

男唱

6-657

明	天	亮	外	山
Mingz	denh	rongh	vaij	bya
min²	ti:n¹	ɹo:ŋ⁶	va:i³	pja¹
明	天	亮	过	山

明天日落时，

6-658

偻	岁	扛	手	初
Raeuz	caez	gang	fwngz	byouq
ɹau²	çai²	ka:ŋ¹	fuɯŋ²	pjou⁵
我们	齐	撑	手	空

我俩用手挡。

6-659

明	天	亮	外	务
Mingz	denh	rongh	vaij	huj
min²	ti:n¹	ɹo:ŋ⁶	va:i³	hu³
明	天	亮	过	云

明天日穿云，

6-660

古	友	不	米	正
Guh	youx	mbouj	miz	cingz
ku⁵	ju⁴	bou⁵	mi²	çiŋ²
做	友	不	有	情

交友无情意。

女唱

6-661

明	天	亮	外	山
Mingz	denh	rongh	vaij	bya
min²	ti:n¹	ɹo:ŋ⁶	va:i³	pja¹
明	天	亮	过	山

明天日落时，

6-662

偻	岁	扛	手	初
Raeuz	caez	gang	fwngz	byouq
ɹau²	çai²	ka:ŋ¹	fuɯŋ²	pjou⁵
我们	齐	撑	手	空

我俩用手挡。

6-663

明	天	亮	外	务
Mingz	denh	rongh	vaij	huj
min²	ti:n¹	ɹo:ŋ⁶	va:i³	hu³
明	天	亮	过	云

明天日穿云，

6-664

古	友	初	年	你
Guh	youx	byouq	nem	mwngz
ku⁴	ju⁴	pjou⁵	ne:m¹	muɯŋ²
做	友	空	贴	你

情友想念你。

男唱

6-665

明	天	亮	外	山
Mingz	denh	rongh	vaij	bya
min²	ti:n¹	ɹo:ŋ⁶	va:i³	pja¹
明	天	亮	过	山

明天日落时，

6-666

偻	岁	扛	手	初
Raeuz	caez	gang	fwngz	byouq
ɹau²	ça:i²	ka:ŋ¹	fuŋ²	pjou⁵
我们	齐	撑	手	空

我俩用手挡。

6-667

明	天	亮	外	务
Mingz	denh	rongh	vaij	huj
min²	ti:n¹	ɹo:ŋ⁶	va:i³	hu³
明	天	亮	过	云

明天日穿云，

6-668

扛	手	初	可	怜
Gang	fwngz	byouq	hoj	lienz
ka:ŋ¹	fuŋ²	pjou⁵	ho³	li:n²
撑	手	空	可	怜

无伞真可怜。

女唱

6-669

观	偻	造	对	邦
Gonq	raeuz	caux	doih	baengz
ko:n⁵	ɹau²	ça:u⁴	to:i⁶	paŋ²
先	我们	造	伙伴	朋

我俩初恋时，

6-670

讲	洋	样	鸟	沙
Gangj	angq	yiengh	roeg	ra
ka:ŋ³	a:ŋ⁵	juːŋ⁶	ɹok⁸	ɹa¹
讲	高兴	样	鸟	白鹇

欢乐赛白雉。

6-671

阳	贝	了	刀	马
Ndit	bae	liux	dauq	ma
dit⁷	pai¹	li:u⁴	ta:u⁵	ma¹
阳光	去	完	回	来

日落又日升，

6-672

少	当	家	不	刀
Sau	dang	gya	mbouj	dauq
θa:u¹	ta:ŋ¹	kja¹	bou⁵	ta:u⁵
姑娘	当	家	不	回

妹嫁人不回。

男唱

6-673

观	偻	造	对	邦
Gonq	raeuz	caux	doih	baengz
koːn⁵	ɹau²	çaːu⁴	toːi⁶	paŋ²
先	我们	造	伙伴	朋

我俩初恋时，

6-674

讲	洋	样	鸟	沙
Gangj	angq	yiengh	roeg	ra
kaːŋ³	aːŋ⁵	juːŋ⁶	ɹok⁸	ɹa¹
讲	高兴	样	鸟	白鹇

欢乐胜白雉。

6-675

阳	贝	是	利	马
Ndit	bae	cix	lij	ma
dit⁷	pai¹	çi⁴	li⁴	ma¹
阳光	去	就	还	来

日落又日升，

6-676

文	么	贝	不	刀
Vunz	maz	bae	mbouj	dauq
vun²	ma²	pai¹	bou⁵	taːu⁵
人	什么	去	不	回

人去哪不回？

女唱

6-677

觃	偻	造	对	邦
Gonq	raeuz	caux	doih	baengz
koːn⁵	ɹau²	çaːu⁴	toːi⁶	paŋ²
先	我们	造	伙伴	朋

我俩初恋时，

6-678

讲	洋	样	鸟	沙
Gangj	angq	yiengh	roeg	ra
kaːŋ³	aːŋ⁵	juːŋ⁶	ɹok⁸	ɹa¹
讲	高兴	样	鸟	白鹇

欢乐像白雉。

6-679

贝	三	比	刀	马
Bae	sam	bi	dauq	ma
pai¹	θaːn¹	pi¹	taːu⁵	ma¹
去	三	年	回	来

外出三年回，

6-680

少	先	办	妻	伏
Sau	senq	baenz	maex	fwx
θaːu¹	θeːn⁵	pan²	mai⁴	fə⁴
姑娘	早	成	妻	别人

妹已是人妻。

男唱

6-681

觌	偻	造	对	邦
Gonq	raeuz	caux	doih	baengz
ko:n⁵	ɹau²	ça:u⁴	to:i⁶	paŋ²
先	我们	造	伙伴	朋

我俩初恋时，

6-682

讲	洋	样	鸟	沙
Gangj	angq	yiengh	roeg	ra
ka:ŋ³	a:ŋ⁵	juɯ:ŋ⁶	ɹok⁸	ɹa¹
讲	高兴	样	鸟	白鹇

欢乐如灰雉。

6-683

伏	报	堂	丛	山
Fwx	bauq	daengz	congh	bya
fə⁴	pa:u⁵	taŋ²	ço:ŋ⁶	pja¹
别人	报	到	洞	山

传言到永安，

6-684

少	当	家	貝	了
Sau	dang	gya	bae	liux
θa:u¹	ta:ŋ¹	kja¹	pai¹	li:u⁴
姑娘	当	家	去	完

情妹已嫁人。

女唱

6-685

觌	偻	造	对	邦
Gonq	raeuz	caux	doih	baengz
ko:n⁵	ɹau²	ça:u⁴	to:i⁶	paŋ²
先	我们	造	伙伴	朋

我俩初恋时，

6-686

讲	洋	样	鸟	沙
Gangj	angq	yiengh	roeg	ra
ka:ŋ³	a:ŋ⁵	juɯ:ŋ⁶	ɹok⁸	ɹa¹
讲	高兴	样	鸟	白鹇

欢乐如灰雉。

6-687

岁	共	乡	丛	山
Caez	gungh	yangh	congh	bya
çai²	kuŋ⁶	ja:ŋ⁵	ço:ŋ⁶	pja¹
齐	共	乡	洞	山

同住永安乡，

6-688

当	家	龙	不	知
Dang	gya	lungz	mbouj	rox
ta:ŋ¹	kja¹	luŋ²	bou⁵	ɹo⁴
当	家	龙	不	知

嫁人兄不懂。

男唱

6-689

观	偻	造	对	邦
Gonq	raeuz	caux	doih	baengz
$ko:n^5$	$\textit{ɹau}^2$	$ça:u^4$	$to:i^6$	$paŋ^2$
先	我们	造	伙伴	朋

我俩初恋时，

6-690

讲	洋	样	鸟	沙
Gangj	angq	yiengh	roeg	ra
$ka:ŋ^3$	$a:ŋ^5$	$juɯŋ^6$	$\textit{ɹok}^8$	$\textit{ɹa}^1$
讲	高兴	样	鸟	白鹇

欢乐像白雉。

6-691

当	家	是	当	家
Dang	gya	cix	dang	gya
$ta:ŋ^1$	kja^1	$çi^4$	$ta:ŋ^1$	kja^1
当	家	就	当	家

出嫁就出嫁，

6-692

满	古	而	了	农
Muenz	guh	rawz	liux	nuengx
$mu:n^2$	ku^4	$\textit{ɹau}^2$	$li:u^4$	$nu:ŋ^4$
瞒	做	什么	啰	妹

瞒我干什么？

女唱

6-693

观	偻	造	对	邦
Gonq	raeuz	caux	doih	baengz
$ko:n^5$	$\textit{ɹau}^2$	$ça:u^4$	$to:i^6$	$paŋ^2$
先	我们	造	伙伴	朋

我俩初恋时，

6-694

讲	洋	样	鸟	沙
Gangj	angq	yiengh	roeg	ra
$ka:ŋ^3$	$a:ŋ^5$	$juɯŋ^6$	$\textit{ɹok}^8$	$\textit{ɹa}^1$
讲	高兴	样	鸟	白鹇

欢乐像白雉。

6-695

十	分	狼	当	家
Cib	faen	langh	dang	gya
$çit^8$	fan^1	$la:ŋ^6$	$ta:ŋ^1$	kja^1
十	分	若	当	家

若真的嫁人，

6-696

不	满	你	师	付
Mbouj	muenz	mwngz	sae	fouh
bou^5	$mu:n^2$	$muɯŋ^2$	$θei^1$	fou^6
不	瞒	你	师	傅

也不会瞒你。

男唱

6-697

觃	偻	造	对	邦
Gonq	raeuz	caux	doih	baengz
koːn⁵	ɹau²	ɕaːu⁴	toːi⁶	paŋ²
先	我们	造	伙伴	朋

我俩初恋时，

6-698

讲	洋	样	鸟	沙
Gangj	angq	yiengh	roeg	ra
kaːŋ³	aːŋ⁵	juːŋ⁶	ɹok⁸	ɹa¹
讲	高兴	样	鸟	白鹇

欢乐似白雉。

6-699

论	农	是	当	家
Lumj	nuengx	cix	dang	gya
lun³	nuːŋ⁴	ɕi⁴	taːŋ¹	kja¹
像	妹	就	当	家

妹贤妻良母，

6-700

包	而	不	办	满
Mbauq	lawz	mbouj	baenz	muengh
baːu⁵	lau²	bou⁵	pan²	muːŋ⁶
小伙	哪	不	成	望

男孩谁不爱？

女唱

6-701

觃	偻	造	对	邦
Gonq	raeuz	caux	doih	baengz
koːn⁵	ɹau²	ɕaːu⁴	toːi⁶	paŋ²
先	我们	造	伙伴	朋

我俩初恋时，

6-702

讲	洋	样	鸟	沙
Gangj	angq	yiengh	roeg	ra
kaːŋ³	aːŋ⁵	juːŋ⁶	ɹok⁸	ɹa¹
讲	高兴	样	鸟	白鹇

欢乐如白雉。

6-703

秋	友	而	当	家
Ciuq	youx	lawz	dang	gya
ɕiːu⁵	ju⁴	lau²	taːŋ¹	kja¹
看	友	哪	当	家

看谁出嫁过，

6-704

声	欢	自	良	样
Sing	fwen	gag	lingh	yiengh
θiŋ¹	vuːn¹	kaːk⁸	leŋ⁶	juːŋ⁶
声	歌	自	另	样

歌声不同人。

男唱

6-705

秋	友	而	当	家
Ciuq	youx	lawz	dang	gya
çi:u⁵	ju⁴	lau²	ta:ŋ¹	kja¹
看	友	哪	当	家

看谁已结婚，

6-706

声	欢	自	良	样
Sing	fwen	gag	lingh	yiengh
θiŋ¹	vu:n¹	ka:k⁸	le:ŋ⁶	ju:ŋ⁶
声	歌	自	另	样

歌声不同人。

6-707

秋	友	而	造	祥
Ciuq	youx	lawz	caux	riengh
çi:u⁵	ju⁴	lau²	ça:u⁴	ɹi:ŋ⁶
看	友	哪	造	栏

哪位已成家，

6-708

身	样	相	不	同
Ndang	yiengh	siengq	mbouj	doengz
da:ŋ¹	ju:ŋ⁶	θi:ŋ⁵	bou⁵	toŋ²
身	样	相	不	同

打扮也不同。

女唱

6-709

观	偻	造	对	邦
Gonq	raeuz	caux	doih	baengz
ko:n⁵	ɹau²	ça:u⁴	to:i³	paŋ²
先	我们	造	伙伴	朋

我俩初恋时，

6-710

讲	洋	样	鸟	沙
Gangj	angq	yiengh	roeg	ra
ka:ŋ³	a:ŋ⁵	ju:ŋ⁶	ɹok⁸	ɹa¹
讲	高兴	样	鸟	白鹇

欢乐似白雉。

6-711

十	分	狼	当	家
Cib	faen	langh	dang	gya
çit⁸	fan¹	la:ŋ⁶	ta:ŋ¹	kja¹
十	分	若	当	家

若还嫁别人，

6-712

不	年	龙	唱	歌
Mbouj	nem	lungz	cang	go
bou⁵	ne:m¹	luŋ²	ça:ŋ⁴	ko⁵
不	贴	龙	唱	歌

不同你唱歌。

男唱

6-713

觌	偻	造	对	邦
Gonq	raeuz	caux	doih	baengz
ko:n⁵	ɹau²	ça:u⁴	to:i⁶	paŋ²
先	我们	造	伙伴	朋

我俩初恋时，

6-714

讲	洋	样	鸟	沙
Gangj	angq	yiengh	roeg	ra
ka:ŋ³	a:ŋ⁵	juɯ:ŋ⁶	ɹok⁸	ɹa¹
讲	高兴	样	鸟	白鹇

欢乐如白雉。

6-715

表	农	尝	当	家
Biuj	nuengx	caengz	dang	gya
pi:u³	nu:ŋ⁴	çaŋ²	ta:ŋ¹	kja¹
表	妹	未	当	家

情妹未嫁人，

6-716

沙	正	马	士	勒
Ra	cingz	ma	dou	lawh
ɹa¹	çiŋ²	ma¹	tu¹	ləɯ⁶
找	情	来	我	换

拿信物交换。

女唱

6-717

觌	偻	造	对	邦
Gonq	raeuz	caux	doih	baengz
ko:n⁵	ɹau²	ça:u⁴	to:i⁶	paŋ²
先	我们	造	伙伴	朋

我俩初恋时，

6-718

讲	洋	样	鸟	沙
Gangj	angq	yiengh	roeg	ra
ka:ŋ³	a:ŋ⁵	juɯ:ŋ⁶	ɹok⁸	ɹa¹
讲	高兴	样	鸟	白鹇

欢乐像白雉。

6-719

表	备	先	当	家
Biuj	beix	senq	dang	gya
pi:u³	pi⁴	θe:n⁵	ta:ŋ¹	kja¹
表	兄	早	当	家

表兄早当家，

6-720

沙	正	牙	不	满
Ra	cingz	yax	mbouj	monh
ɹa¹	çiŋ²	ja⁵	bou⁵	mo:n⁶
找	情	也	不	谈情

换信物无味。

男唱

女唱

6-721

观	偻	造	对	邦
Gonq	raeuz	caux	doih	baengz
ko:n⁵	ɹau²	ça:u⁴	to:i⁶	paŋ²
先	我们	造	伙伴	朋

我俩初恋时，

6-725

观	偻	造	对	邦
Gonq	raeuz	caux	doih	baengz
ko:n⁵	ɹau²	ça:u⁴	to:i⁶	paŋ²
先	我们	造	伙伴	朋

我俩初恋时，

6-722

讲	洋	样	鸟	沙
Gangj	angq	yiengh	roeg	ra
ka:ŋ³	a:ŋ⁵	juɯŋ⁶	ɹok⁸	ɹa¹
讲	高兴	样	鸟	白鹇

欢乐如白雉。

6-726

讲	洋	样	鸟	沙
Gangj	angq	yiengh	roeg	ra
ka:ŋ³	a:ŋ⁵	juɯŋ⁶	ɹok⁸	ɹa¹
讲	高兴	样	鸟	白鹇

欢乐如白雉。

6-723

生	刀	瓜	马	查
Seng	dauq	gvaq	ma	caz
θe:ŋ¹	ta:u⁵	kwa⁵	ma¹	ça²
硬生生	回	过	来	查问

硬要来查问，

6-727

生	刀	瓜	马	查
Seng	dauq	gvaq	ma	caz
θe:ŋ¹	ta:u⁵	kwa⁵	ma¹	ça²
硬生生	回	过	来	查问

硬要过来查，

6-724

鸦	貝	吉	而	读
A	bae	giz	lawz	douh
a¹	pai¹	ki²	lau²	tou⁶
鸦	去	处	哪	栖息

乌鸦何处栖？

6-728

鸦	可	站	尾	会
A	goj	soengz	byai	faex
a¹	ko⁵	θoŋ²	pja:i¹	fai⁴
鸦	也	站	尾	树

乌鸦栖树梢。

男唱

6-729

生	刀	瓜	马	查
Seng	dauq	gvaq	ma	caz
$\theta e:\eta^1$	$ta:u^5$	kwa^5	ma^1	ςa^2
硬生生	回	过	来	查问

硬要来查问,

6-730

鸦	可	站	尾	会
A	goj	soengz	byai	faex
a^1	ko^5	$\theta o\eta^2$	$pja:i^1$	fai^4
鸦	也	站	尾	树

乌鸦栖树梢。

6-731

秋	四	方	口	累
Ciuq	seiq	fueng	gaeuj	laeq
$\varsigma i:u^5$	θei^5	$fu:\eta^1$	kau^3	lai^5
看	四	方	看	看

四方打听看,

6-732

利	得	备	知	空
Lij	ndaej	beix	rox	ndwi
li^4	dai^3	pi^4	$\text{\textturnr}o^4$	$du:i^1$
还	得	兄	或	不

兄是否可求。

女唱

6-733

生	刀	瓜	马	查
Seng	dauq	gvaq	ma	caz
$\theta e:\eta^1$	$ta:u^5$	kwa^5	ma^1	ςa^2
硬生生	回	过	来	查问

偏要来查看,

6-734

鸦	可	站	尾	会
A	goj	soengz	byai	faex
a^1	ko^5	$\theta o\eta^2$	$pja:i^1$	fai^4
鸦	也	站	尾	树

乌鸦栖树梢。

6-735

但	定	手	你	尖
Danh	din	fwngz	mwngz	raeh
$ta:n^6$	tin^1	$fu\eta^2$	$mu\text{\textturnm}^2$	$\text{\textturnr}ai^6$
但	脚	手	你	利

但手脚利索,

6-736

不	得	又	贝	而
Mbouj	ndaej	youh	bae	lawz
bou^5	dai^3	jou^4	pai^1	lau^2
不	得	又	去	哪

哪能求不得?

男唱

6-737

生	刀	瓜	马	查
Seng	dauq	gvaq	ma	caz
θe:ŋ^1	ta:u^5	kwa^5	ma^1	ça^2
硬生生	回	过	来	查问

偏要来查问,

6-738

鸦	可	站	尾	会
A	goj	soengz	byai	faex
a^1	ko^5	θoŋ^2	pja:i^1	fai^4
鸦	可	站	尾	树

乌鸦栖树梢。

6-739

秋	四	方	口	累
Ciuq	seiq	fueng	gaeuj	laeq
çi:u^5	θei^5	fu:ŋ^1	kau^3	lai^5
看	四	方	看	看

四方打听看,

6-740

才	农	得	阝	而
Caih	nuengx	ndaej	boux	lawz
ça:i^6	nu:ŋ^4	dai^3	pu^4	lau^2
随	妹	得	人	哪

任你选哪个。

女唱

6-741

生	刀	瓜	马	查
Seng	dauq	gvaq	ma	caz
θe:ŋ^1	ta:u^5	kwa^5	ma^1	ça^2
硬生生	回	过	来	查问

偏要来查问,

6-742

鸦	可	站	尾	会
A	goj	soengz	byai	faex
a^1	ko^5	θoŋ^2	pja:i^1	fai^4
鸦	也	站	尾	树

乌鸦栖树梢。

6-743

定	手	刀	可	尖
Din	fwngz	dauq	goj	raeh
tin^1	fɯŋ^2	ta:u^5	ko^5	ɹai^6
脚	手	倒	也	利

本领还不错,

6-744

不	得	阝	论	你
Mbouj	ndaej	boux	lumj	mwngz
bou^5	dai^3	pu^4	lun^3	mɯŋ^2
不	得	个	像	你

不如你有才。

男唱

6-745

覙	偻	造	对	邦
Gonq	raeuz	caux	doih	baengz
ko:n⁵	ɹau²	ça:u⁴	to:i⁶	paŋ²
先	我们	造	伙伴	朋

我俩初恋时，

6-746

讲	洋	样	鸟	九
Gangj	angq	yiengh	roeg	geuq
ka:ŋ³	a:ŋ⁵	juːŋ⁶	ɹok⁸	kjeːu⁵
讲	高兴	样	鸟	画眉

欢乐像画眉。

6-747

三	比	丰	不	秋
Sam	bi	fungh	mbouj	ciuq
θa:n¹	pi¹	fuŋ⁶	bou⁵	çiːu⁵
三	年	凤	不	看

三年凤不来，

6-748

利	讲	笑	知	不
Lij	gangj	riu	rox	mbouj
li⁴	ka:ŋ³	ɹiːu¹	ɹo⁴	bou⁵
还	讲	笑	或	不

还能说笑否？

女唱

6-749

覙	偻	造	对	邦
Gonq	raeuz	caux	doih	baengz
ko:n⁵	ɹau²	ça:u⁴	to:i⁶	paŋ²
先	我们	造	伙伴	朋

我俩初恋时，

6-750

讲	洋	样	鸟	九
Gangj	angq	yiengh	roeg	geuq
ka:ŋ³	a:ŋ⁵	juːŋ⁶	ɹok⁸	kjeːu⁵
讲	高兴	样	鸟	画眉

欢乐像眉鸟。

6-751

三	比	丰	不	秋
Sam	bi	fungh	mbouj	ciuq
θa:n¹	pi¹	fuŋ⁶	bou⁵	çiːu⁵
三	年	凤	不	看

三年凤不来，

6-752

讲	笑	后	邦	伏
Gangj	riu	haeuj	biengz	fwx
ka:ŋ³	ɹiːu¹	hau³	piːŋ²	fə⁴
讲	笑	进	地方	别人

谈笑走他乡。

男唱

6-753

观	偻	造	对	邦
Gonq	raeuz	caux	doih	baengz
koːn⁵	ɹau²	ça:u⁴	toːi⁶	paŋ²
先	我们	造	伙伴	朋

我俩初恋时,

6-754

讲	洋	样	鸟	九
Gangj	angq	yiengh	roeg	geuq
kaːŋ³	aːŋ⁵	juːŋ⁶	ɹok⁸	kjeːu⁵
讲	高兴	样	鸟	画眉

欢乐似眉鸟。

6-755

想	托	农	讲	笑
Siengj	doh	nuengx	gangj	riu
θiːŋ³	to⁶	nuːŋ⁴	kaːŋ³	ɹiːu¹
想	同	妹	讲	笑

想和妹讲笑,

6-756

得	长	刘	知	不
Ndaej	ciengz	liuz	rox	mbouj
dai³	çiːŋ²	liːu²	ɹo⁴	bou⁵
得	常	常	或	不

怕不得长久。

女唱

6-757

观	偻	造	对	邦
Gonq	raeuz	caux	doih	baengz
koːn⁵	ɹau²	ça:u⁴	toːi⁶	paŋ²
先	我们	造	伙伴	朋

我俩初恋时,

6-758

讲	洋	样	鸟	九
Gangj	angq	yiengh	roeg	geuq
kaːŋ³	aːŋ⁵	juːŋ⁶	ɹok⁸	kjeːu⁵
讲	高兴	样	鸟	画眉

欢乐如眉鸟。

6-759

备	托	农	讲	笑
Beix	doh	nuengx	gangj	riu
pi⁴	to⁶	nuːŋ⁴	kaːŋ³	ɹiːu¹
兄	同	妹	讲	笑

情兄妹玩闹,

6-760

长	刘	偻	讲	满
Ciengz	liuz	raeuz	gangj	monh
çiːŋ²	liːu²	ɹau²	kaːŋ³	moːn⁶
常	常	我们	讲	情

我俩常谈情。

男唱

6-761

你	得	贵	你	好
Mwngz	ndaej	gwiz	mwngz	ndei
muɯŋ²	dai³	kui²	muɯŋ²	dei¹
你	得	丈夫	你	好

你嫁好丈夫，

6-762

你	是	笑	是	洋
Mwngz	cix	riu	cix	angq
muɯŋ²	çi⁴	ɹiːu¹	çi⁴	aːŋ⁵
你	就	笑	就	高兴

常笑常欢乐。

6-763

土	办	阝	由	浪
Dou	baenz	boux	youz	langh
tu¹	pan²	pu⁴	jou⁶	laːŋ⁵
我	成	人	游	浪

我是流浪汉，

6-764

不	往	托	你	笑
Mbouj	vangq	doh	mwngz	riu
bou⁵	vaːŋ⁵	to⁶	muɯŋ²	ɹiːu¹
不	空	同	你	笑

无暇同你笑。

女唱

6-765

观	偻	造	对	邦
Gonq	raeuz	caux	doih	baengz
koːn⁵	ɹau²	çaːu⁴	toːi⁶	paŋ²
先	我们	造	伙伴	朋

我俩初恋时，

6-766

讲	洋	样	鸟	九
Gangj	angq	yiengh	roeg	geuq
kaːŋ³	aːŋ⁵	juːŋ⁶	ɹok⁸	kjeːu⁵
讲	高兴	样	鸟	画眉

欢乐如画眉。

6-767

见	备	不	讲	笑
Raen	beix	mbouj	gangj	riu
ɹan¹	pi⁴	bou⁵	kaːŋ³	ɹiːu¹
见	兄	不	讲	笑

见兄不开心，

6-768

伴	真	丢	生	衣
Buenx	cingq	diuq	seng	eiq
puːn⁴	çiŋ⁵	tiːu¹	θeːŋ¹	ei⁵
伴	真	丢	生	意

我愿丢生意。

男唱

6-769

你	得	贵	你	好
Mwngz	ndaej	gwiz	mwngz	ndei

muŋ² dai³ kui² muŋ² dei¹

你 得 丈夫 你 好

你得好丈夫，

6-770

你	是	笑	是	洋
Mwngz	cix	riu	cix	angq

muŋ² çi⁴ ɹiːu¹ çi⁴ aːŋ⁵

你 就 笑 就 高兴

常笑常欢乐。

6-771

土	办	阝	由	浪
Dou	baenz	boux	youz	langh

tu¹ pan² pu⁴ jou² laːŋ⁵

我 成 人 游 浪

我是流浪汉，

6-772

友	而	满	是	却
Youx	lawz	muengh	cix	gyo

ju⁴ lau² muːŋ⁶ çi⁴ kjo¹

友 哪 望 是 幸亏

有谁看得起。

女唱

6-773

十	义	圲	那	伏
Cib	ngeih	raih	naz	fwz

çit⁸ ŋi⁶ ɹaːi⁶ na² fu²

十 二 块 田 荒

十二块荒田，

6-774

写	圲	一	种	炕
Ce	raih	ndeu	ndaem	ien

çe¹ ɹaːi⁶ deːu¹ dan¹ iːn¹

留 块 一 种 烟

留一块种烟。

6-775

刀	米	能	的	那
Dauq	miz	nyaenx	diq	naj

taːu⁵ mi² ȵan⁴ ti⁵ na³

倒 有 那样 的 脸

竟有这般脸，

6-776

见	备	不	讲	笑
Gen	beix	mbouj	gangj	riu

keːn⁴ pi⁴ bou⁵ kaːŋ³ ɹiːu¹

见 兄 不 讲 笑

遇兄不谈笑。

女唱

6-777

十	义	圵	那	伏
Cib	ngeih	raih	naz	fwz

ςit^8　ηi^6　$\imath a{:}i^6$　na^2　fu^2

十　二　块　田　荒

十二块荒田，

6-778

写	圵	一	种	歪
Ce	raih	ndeu	ndaem	faiq

ςe^1　$\imath a{:}i^6$　$de{:}u^1$　dan^1　$va{:}i^5$

留　块　一　种　棉

留一块种棉。

6-779

少	得	阝	外	开
Sau	ndaej	boux	vaih	gaiq

$\theta a{:}u^1$　dai^3　pu^4　$va{:}i^6$　$ka{:}i^5$

姑娘　得　人　外　界

妹得外地夫，

6-780

备	托	乃	不	笑
Beix	doek	naiq	mbouj	riu

pi^4　tok^7　$na{:}i^5$　bou^5　$\imath i{:}u^1$

兄　失　望　不　笑

兄失望不乐。

男唱

6-781

十	义	圵	那	伏
Cib	ngeih	raih	naz	fwz

ςit^8　ηi^6　$\imath a{:}i^6$　na^2　fu^2

十　二　块　田　荒

十二块荒田，

6-782

写	圵	一	种	歪
Ce	raih	ndeu	ndaem	faiq

ςe^1　$\imath a{:}i^6$　$de{:}u^1$　dan^1　$va{:}i^5$

留　块　一　种　棉

留一块种棉。

6-783

可	利	土	在	在
Goj	lij	Dou	ywq	caih

ko^5　li^4　tu^1　ju^5　$ca{:}i^6$

也　还　我　在　在

还有我健在，

6-784

八	托	乃	农	银
Bah	doek	naiq	nuengx	ngaenz

pa^6　tok^7　$na{:}i^5$　$nu{:}\eta^4$　ηan^2

莫　失　望　妹　银

情妹莫泄气。

女唱

6-785

十	义	圲	那	伏
Cib	ngeih	raih	naz	fwz
çit⁸	n̠i⁶	ɹaːi⁶	na²	fu²
十	二	块	田	荒

十二块荒田，

6-786

写	圲	一	种	歪
Ce	raih	ndeu	ndaem	faiq
çe¹	ɹaːi⁶	deːu¹	dan¹	vaːi⁵
留	块	一	种	棉

留一块种棉。

6-787

尝	得	阝	外	开
Caengz	ndaej	boux	vaih	gaiq
çaŋ²	dai³	pu⁴	vaːi⁶	kaːi⁵
未	得	人	外	界

没嫁外地人，

6-788

利	月	乃	加	你
Lij	yiet	naiq	caj	mwngz
li⁴	jiːt⁷	naːi⁵	kja³	mɯŋ²
还	歇	累	等	你

闲着等待你。

男唱

6-789

十	义	圲	那	伏
Cib	ngeih	raih	naz	fwz
çit⁸	n̠i⁶	ɹaːi⁶	na²	fu²
十	二	块	田	荒

十二块荒田，

6-790

写	圲	一	种	歪
Ce	raih	ndeu	ndaem	faiq
çe¹	ɹaːi⁶	deːu¹	dan¹	vaːi⁵
留	块	一	种	棉

留一块种棉。

6-791

牙	要	阝	外	开
Yaek	aeu	boux	vaih	gaiq
jak⁷	au¹	pu⁴	vaːi⁶	kaːi⁵
欲	要	人	外	界

想要外地人，

6-792

么	不	来	快	快
Maz	mbouj	laih	riuz	riuz
ma²	bou⁵	laːi⁶	ɹiːu²	ɹiːu²
怎	么	不	来	快	快

何不早早要？

女唱

6-793

观	偻	造	对	邦
Gonq	raeuz	caux	doih	baengz
koːn⁵	ɹau²	ɕaːu⁴	toːi⁶	paŋ²
先	我们	造	伙伴	朋

我俩初恋时，

6-794

讲	洋	样	鸟	九
Gangj	angq	yiengh	roeg	geuq
kaːŋ³	aːŋ⁵	juːŋ⁶	ɹok⁸	kjeːu⁵
讲	高兴	样	鸟	画眉

欢乐似画眉。

6-795

想	牙	圩	快	快
Siengj	yaek	raih	riuz	riuz
θiːŋ³	jak⁷	ɹaːi⁶	ɹiːu²	ɹiːu²
想	要	走	快	快

想要走快些，

6-796

巴	丢	不	哈	备
Bak	diu	mbouj	ha	beix
paːk⁷	tiːu¹	bou⁵	ha¹	pi⁴
嘴	刁	不	配	兄

不如兄嘴巧。

男唱

6-797

观	偻	造	对	邦
Gonq	raeuz	caux	doiq	baengz
koːn⁵	ɹau²	ɕaːu⁴	toːi⁶	paŋ²
先	我们	造	伙伴	朋

我俩初恋时，

6-798

讲	洋	样	鸟	九
Gangj	angq	yiengh	roeg	geuq
kaːŋ³	aːŋ⁵	juːŋ⁶	ɹok⁸	kjeːu⁵
讲	高兴	样	鸟	画眉

欢乐如画眉。

6-799

想	托	农	讲	笑
Siengj	doh	nuengx	gangj	riu
θiːŋ³	to⁶	nuːŋ⁴	kaːŋ³	ɹiːu¹
想	同	妹	讲	笑

想和妹谈笑，

6-800

老	邦	桥	米	对
Lau	bangx	giuz	miz	doih
laːu¹	paːŋ⁴	kiːu²	mi²	toːi⁶
怕	旁	桥	有	伙伴

怕身边有人。

女唱

6-801

觇	偻	造	对	邦
Gonq	raeuz	caux	doih	baengz
ko:n⁵	ɹau²	ça:u⁴	to:i⁶	paŋ²
先	我们	造	伙伴	朋

我俩初恋时，

6-802

讲	洋	样	鸟	九
Gangj	angq	yiengh	roeg	geuq
ka:ŋ³	a:ŋ⁵	juɯ:ŋ⁶	ɹok⁸	kje:u⁵
讲	高兴	样	鸟	画眉

欢乐像画眉。

6-803

自	汜	不	讲	笑
Gag	saed	mbouj	gangj	riu
ka:k⁸	θat⁸	bou⁵	ka:ŋ³	ɹi:u¹
自	实	不	讲	笑

确实不说笑，

6-804

又	说	桥	米	对
Youh	naeuz	giuz	miz	doih
jou⁴	nau²	ki:u²	mi²	to:i⁶
又	说	桥	有	伙伴

说桥边有人。

男唱

6-805

觇	偻	造	对	邦
Gonq	raeuz	caux	doih	baengz
ko:n⁵	ɹau²	ça:u⁴	to:i⁶	paŋ²
先	我们	造	伙伴	朋

我俩初恋时，

6-806

讲	洋	样	鸟	九
Gangj	angq	yiengh	roeg	geuq
ka:ŋ³	a:ŋ⁵	juɯ:ŋ⁶	ɹok⁸	kje:u⁵
讲	高兴	样	鸟	画眉

欢乐如画眉。

6-807

邦	达	汜	王	绿
Bangx	dah	saed	vaengz	heu
pa:ŋ⁴	ta⁶	θat⁸	van²	he:u¹
旁	河	实	潭	清

河边是深潭，

6-808

桥	而	尚	了	农
Giuz	lawz	sang	liux	nuengx
ki:u²	laɯ²	θa:ŋ¹	li:u⁴	nu:ŋ⁴
桥	哪	高	了	妹

哪会有高桥？

女唱

6-809

观	偻	造	对	邦
Gonq	raeuz	caux	doih	baengz
ko:n⁵	ɹau²	ça:u⁴	to:i⁶	paŋ²
先	我们	造	伙伴	朋

我俩初恋时，

6-810

讲	洋	样	鸟	九
Gangj	angq	yiengh	roeg	geuq
ka:ŋ³	a:ŋ⁵	juːŋ⁶	ɹok⁸	kjeːu⁵
讲	高兴	样	鸟	画眉

欢乐似画眉。

6-811

邦	达	氾	王	绿
Bangx	dah	saed	vaengz	heu
pa:ŋ⁴	ta⁶	θat⁸	van²	he:u¹
旁	河	实	潭	清

河边是深潭，

6-812

米	桥	尚	外	对
Miz	giuz	sang	vaij	doih
mi²	ki:u²	θa:ŋ¹	va:i³	to:i⁶
有	桥	高	过	伙伴

有桥特别高。

男唱

6-813

尝	得	义	十	比
Caengz	ndaej	ngeih	cib	bi
çaŋ²	dai³	ŋi⁶	çit⁸	pi¹
未	得	二	十	年

不到二十岁，

6-814

是	交	你	少	青
Cix	gyau	mwngz	sau	oiq
çi⁴	kja:u¹	muɯŋ²	θa:u¹	o:i⁵
就	交	你	姑娘	嫩

就交你情妹。

6-815

米	桥	尚	外	对
Miz	giuz	sang	vaij	doih
mi²	ki:u²	θa:ŋ¹	va:i³	to:i⁶
有	桥	高	过	伙伴

有桥特别高，

6-816

米	桥	凶	外	文
Miz	giuz	rwix	vaij	vunz
mi²	ki:u²	ɹuɯi⁴	va:i³	vun²
有	桥	孬	过	人

有桥特别险。

女唱

6-817

山	尚	厊	米	会
Bya	sang	nyienh	miz	faex
pja^1	$\theta aːŋ^1$	$ȵuːn^6$	mi^2	fai^4
山	高	愿	有	树

高山空有树，

6-818

鸟	炕	自	不	秋
Roeg	enq	gag	mbouj	ciuz
$ɹok^8$	$eːn^5$	$kaːk^8$	bou^5	$ɕiːu^2$
鸟	燕	自	不	盘旋

飞燕不投宿。

6-819

山	灯	厊	米	桥
Bya	daemq	nyienh	miz	giuz
pja^1	tan^5	$ȵuːn^6$	mi^2	$kiːu^2$
山	低	愿	有	桥

矮山徒有桥，

6-820

鸟	九	自	不	读
Roeg	geuq	gag	mbouj	douh
$ɹok^8$	$kjeːu^5$	$kaːk^8$	bou^5	tou^6
鸟	画眉	自	不	栖息

画眉不愿栖。

男唱

6-821

觋	偻	造	对	邦
Gonq	raeuz	caux	doih	baengz
$koːn^5$	$ɹau^2$	$ɕaːu^4$	$toːi^6$	$paŋ^2$
先	我们	造	伙伴	朋

我俩初恋时，

6-822

讲	洋	样	鸟	九
Gangj	angq	yiengh	roeg	geuq
$kaːŋ^3$	$aːŋ^5$	$juːŋ^6$	$ɹok^8$	$kjeːu^5$
讲	高兴	样	鸟	画眉

欢乐像画眉。

6-823

山	灯	偻	岁	秋
Bya	daemq	raeuz	caez	ciuz
pja^1	tan^5	$ɹau^2$	$ɕai^2$	$ɕiːu^2$
山	低	我们	齐	盘旋

我们站矮山，

6-824

山	尚	偻	岁	读
Bya	sang	raeuz	caez	douh
pja^1	$\theta aːŋ^1$	$ɹau^2$	$ɕai^2$	tou^6
山	高	我们	齐	栖息

我们立高山。

女唱

6-825

观	偻	造	对	邦
Gonq	raeuz	caux	doih	baengz
ko:n⁵	ɹau²	ça:u⁴	to:i⁶	paŋ²
先	我们	造	伙伴	朋

我俩初恋时,

6-826

讲	洋	样	鸟	九
Gangj	angq	yiengh	roeg	geuq
ka:ŋ³	a:ŋ⁵	juɯ:ŋ⁶	ɹok⁸	kje:u⁵
讲	高兴	样	鸟	画眉

欢乐如画眉。

6-827

知	讲	又	知	笑
Rox	gangj	youh	rox	riu
ɹo⁴	ka:ŋ³	jou⁴	ɹo⁴	ɹi:u¹
知	讲	又	知	笑

有说又有笑,

6-828

鸟	九	不	乱	斗
Roeg	geuq	mbouj	luenh	daeuj
ɹok⁸	kje:u⁵	bou⁵	lu:n⁶	tau³
鸟	画眉	不	乱	来

画眉不常来。

男唱

6-829

观	偻	造	对	邦
Gonq	raeuz	caux	doih	baengz
ko:n⁵	ɹau²	ça:u⁴	to:i⁶	paŋ²
先	我们	造	伙伴	朋

我俩初恋时,

6-830

讲	洋	样	鸟	九
Gangj	angq	yiengh	roeg	geuq
ka:ŋ³	a:ŋ⁵	juɯ:ŋ⁶	ɹok⁸	kje:u⁵
讲	高兴	样	鸟	画眉

欢乐似眉鸟。

6-831

利	你	农	卟	一
Lij	mwngz	nuengx	boux	ndeu
li⁴	muŋ²	nu:ŋ⁴	pu⁴	de:u¹
还	你	妹	人	一

剩情妹一人,

6-832

贝	本	绿	而	在
Bae	mbwn	heu	lawz	ywq
pai¹	bun¹	he:u¹	lau²	ju⁵
去	天	青	哪	住

去何处栖身?

女唱

6-833

觊	偻	造	对	邦
Gonq	raeuz	caux	doih	baengz
koːn⁵	ɹau²	ɕaːu⁴	toːi⁶	paŋ²
先	我们	造	伙伴	朋

我俩初恋时，

6-834

讲	洋	样	鸟	九
Gangj	angq	yiengh	roeg	geuq
kaːŋ³	aːŋ⁵	juːɯŋ⁶	ɹok⁸	kjeːu⁵
讲	高兴	样	鸟	画眉

欢乐如眉鸟。

6-835

利	你	阝	文	一
Lij	mwngz	boux	vunz	ndeu
li⁴	muɯŋ²	pu⁴	vun²	deːu¹
还	你	个	人	一

剩你一个人，

6-836

貝	封	桥	拉	利
Bae	fung	giuz	laj	leih
pai¹	fuŋ¹	kiːu²	la³	li⁶
去	封	桥	拉	利

到拉利守桥。

男唱

6-837

觊	偻	造	对	邦
Gonq	raeuz	caux	doih	baengz
koːn⁵	ɹau²	ɕaːu⁴	toːi⁶	paŋ²
先	我们	造	伙伴	朋

我俩初恋时，

6-838

讲	洋	样	鸟	九
Gangj	angq	yiengh	roeg	geuq
kaːŋ³	aːŋ⁵	juːɯŋ⁶	ɹok⁸	kjeːu⁵
讲	高兴	样	鸟	画眉

欢乐如画眉。

6-839

利	你	农	阝	一
Lij	mwngz	nuengx	boux	ndeu
li⁴	muɯŋ²	nuːŋ⁴	pu⁴	deːu¹
还	你	妹	人	一

剩情妹一人，

6-840

定	手	快	是	圹
Din	fwngz	riuz	cix	raih
tin¹	fuŋ²	ɹiːu²	ɕi⁴	ɹaːi⁶
脚	手	快	就	走

手脚快就走。

女唱	男唱

6-841

利	你	农	阝	一
Lij	mwngz	nuengx	boux	ndeu
li⁴	muŋ²	nu:ŋ⁴	pu⁴	de:u¹
还	你	妹	人	一

剩情妹一人，

6-842

定	手	快	是	圹
Din	fwngz	riuz	cix	raih
tin¹	fuŋ²	ɹi:u²	çi⁴	ɹa:i⁶
脚	手	快	就	走

手脚快就走。

6-843

勒	龙	在	江	海
Lwg	lungz	ywq	gyang	haij
luɯk⁸	luŋ²	ju⁵	kja:ŋ¹	ha:i³
子	龙	在	中	海

龙子在海中，

6-844

圹	得	备	是	要
Raih	ndaej	beix	cix	aeu
ɹa:i⁶	dai³	pi⁴	çi⁴	au¹
走	得	兄	就	要

去到兄就要。

6-845

利	你	农	阝	一
Lij	mwngz	nuengx	boux	ndeu
li⁴	muŋ²	nu:ŋ⁴	pu⁴	de:u¹
还	你	妹	人	一

剩情妹一人，

6-846

定	手	快	是	圹
Din	fwngz	riuz	cix	raih
tin¹	fuŋ²	ɹi:u²	çi⁴	ɹa:i⁶
脚	手	快	就	走

手脚快就走。

6-847

勒	龙	在	江	海
Lwg	lungz	ywq	gyang	haij
luɯk⁸	luŋ²	ju⁵	kja:ŋ¹	ha:i³
子	龙	在	中	海

龙子在海里，

6-848

圹	不	得	长	刘
Raih	mbouj	ndaej	ciengz	liuz
ɹa:i⁶	bou⁵	dai³	çi:ŋ²	li:u²
走	不	得	常	常

不能经常去。

女唱

6-849

觋	偻	造	对	邦
Gonq	raeuz	caux	doih	baengz
koːn⁵	ɹau²	çaːu⁴	toːi⁶	paŋ²
先	我们	造	伙伴	朋

我俩初恋时，

6-850

讲	洋	样	鸟	九
Gangj	angq	yiengh	roeg	geuq
kaːŋ³	aːŋ⁵	juːŋ⁶	ɹok⁸	kjeːu⁵
讲	高兴	样	鸟	画眉

欢乐似画眉。

6-851

给	农	貝	封	桥
Hawj	nuengx	bae	fung	giuz
həɯ³	nuːŋ⁴	pai¹	fuŋ¹	kiːu²
给	妹	去	封	桥

让妹去守桥，

6-852

阝	而	秋	后	生
Boux	lawz	ciuq	haux	seng
pu⁴	laɯ²	çiːu⁵	hou⁴	θeːŋ¹
个	哪	看	后	生

哪个看后生？

男唱

6-853

觋	偻	造	对	邦
Gonq	racuz	caux	doih	baengz
koːn⁵	ɹau²	çaːu⁴	toːi⁶	paŋ²
先	我们	造	伙伴	朋

我俩初恋时，

6-854

讲	洋	样	鸟	九
Gangj	angq	yiengh	roeg	geuq
kaːŋ³	aːŋ⁵	juːŋ⁶	ɹok⁸	kjeːu⁵
讲	高兴	样	鸟	画眉

欢乐如画眉。

6-855

给	农	貝	封	桥
Hawj	nuengx	bae	fung	giuz
həɯ³	nuːŋ⁴	pai¹	fuŋ¹	kiːu²
给	妹	去	封	桥

让妹去守桥，

6-856

偻	良	秋	阝	么
Raeuz	lingh	ciuq	boux	moq
ɹau²	leːŋ⁶	çiːu⁵	pu⁴	mo⁵
我们	另	看	人	新

另外选新人。

女唱

6-857

给	农	贝	封	桥
Hawj	nuengx	bae	fung	giuz
həɯ³	nuːŋ⁴	pai¹	fuŋ¹	kiːu²
给	妹	去	封	桥

让妹去守桥，

6-858

偻	良	秋	阝	么
Raeuz	lingh	ciuq	boux	moq
ɹau²	leːŋ⁶	ɕiːu⁵	pu⁴	mo⁵
我们	另	看	个	新

另外选新人。

6-859

阝	口	巡	尝	托
Boux	gaeuq	cunz	caengz	doh
pu⁴	kau⁵	ɕun²	ɕaŋ²	to⁶
人	旧	巡	未	遍

旧友未探完，

6-860

阝	么	样	而	完
Boux	moq	yiengh	lawz	vuenh
pu⁴	mo⁵	juːŋ⁶	lau²	vuːn⁶
人	新	样	哪	换

新人怎么交？

男唱

6-861

给	农	贝	封	桥
Hawj	nuengx	bae	fung	giuz
həɯ³	nuːŋ⁴	pai¹	fuŋ¹	kiːu²
给	妹	去	封	桥

让妹去守桥，

6-862

偻	良	秋	阝	么
Raeuz	lingh	ciuq	boux	moq
ɹau²	leːŋ⁶	ɕiːu⁵	pu⁴	mo⁵
我们	另	看	个	新

另外选新人。

6-863

阝	口	尝	巡	托
Boux	gaeuq	caengz	cunz	doh
pu⁴	kau⁵	ɕaŋ²	ɕun²	to⁶
人	旧	未	巡	遍

旧友未走遍，

6-864

阝	么	良	开	正
Boux	moq	lingh	hai	cingz
pu⁴	mo⁵	leːŋ⁶	haːi¹	ɕiŋ²
人	新	另	开	情

新友另送礼。

女唱

6-865

给	农	贝	封	桥
Hawj	nuengx	bae	fung	giuz
həu³	nuːŋ⁴	pai¹	fuŋ¹	kiːu²
给	妹	去	封	桥

让妹去守桥，

6-866

偻	良	秋	阝	么
Raeuz	lingh	ciuq	boux	moq
ɹau²	leːŋ⁶	ɕiːu⁵	pu⁴	mo⁵
我们	另	看	人	新

另外选新人。

6-867

阝	口	尝	巡	托
Boux	gaeuq	caengz	cunz	doh
pu⁴	kau⁵	ɕaŋ²	ɕun²	to⁶
人	旧	未	巡	遍

旧友未走遍，

6-868

阝	么	刀	米	元
Boux	moq	dauq	miz	yuenz
pu⁴	mo⁵	taːu⁵	mi²	juːn²
人	新	倒	有	缘

新友倒有缘。

男唱

6-869

尝	得	义	十	比
Caengz	ndaej	ngeih	cib	bi
ɕaŋ²	dai³	ȵi⁶	ɕit⁸	pi¹
未	得	二	十	年

不到二十岁，

6-870

是	交	你	韦	阿
Cix	gyau	mwngz	vae	oq
ɕi⁴	kjaːu¹	muɯ²	vai¹	o⁵
就	交	你	姓	别

就交你情友。

6-871

平	阝	口	阝	么
Bingz	boux	gaeuq	boux	moq
piŋ²	pu⁴	kau⁵	pu⁴	mo⁵
凭	人	旧	人	新

任新朋老友，

6-872

一	路	完	小	正
Yiz	lu	vuenh	siuj	cingz
i²	lu⁴	vuːn⁶	θiːu³	ɕiŋ²
一	路	换	小	情

都交换礼物。

女唱

6-873

观	偻	造	对	邦
Gonq	raeuz	caux	doih	baengz
$ko:n^5$	ıau^2	$ça:u^4$	$to:i^6$	pan^2
先	我们	造	伙伴	朋

我俩初恋时，

6-874

讲	洋	样	鸟	九
Gangj	angq	yiengh	roeg	geuq
$ka:n^3$	$a:n^5$	juı:n^6	ıok^8	$kje:u^5$
讲	高兴	样	鸟	画眉

欢乐如画眉。

6-875

知	讲	又	知	笑
Rox	gangj	youh	rox	riu
ıo^4	$ka:n^3$	jou^4	ıo^4	ıi:u^1
知	讲	又	知	笑

有说又有笑，

6-876

邦	可	九	贝	光
Biengz	goj	riuz	bae	gvangq
$pi:n^2$	ko^5	ıi:u^2	pai^1	$kwa:n^5$
地方	也	传	去	宽

天下广流传。

男唱

6-877

观	偻	造	对	邦
Gonq	raeuz	caux	doih	baengz
$ko:n^5$	ıau^2	$ça:u^4$	$to:i^6$	pan^2
先	我们	造	伙伴	朋

我俩初恋时，

6-878

讲	洋	样	鸟	九
Gangj	angq	yiengh	roeg	geuq
$ka:n^3$	$a:n^5$	juı:n^6	ıok^8	$kje:u^5$
讲	高兴	样	鸟	画眉

欢乐如画眉。

6-879

阝	秋	阝	又	笑
Boux	ciuq	boux	youh	riu
pu^4	$çi:u^5$	pu^4	jou^4	ıi:u^1
人	看	人	又	笑

看着对方笑，

6-880

但	方	卢	同	得
Danh	fueng	louz	doengz	ndaej
$ta:n^6$	$fu:n^2$	lu^2	ton^2	dai^3
但	风	流	同	得

只盼能相恋。

女唱

6-881

观	楼	造	对	邦
Gonq	raeuz	caux	doih	baengz
koːn⁵	ɹau²	ɕaːu⁴	toːi⁶	paŋ²
先	我们	造	伙伴	朋

我俩初恋时，

6-882

讲	洋	样	鸟	九
Gangj	angq	yiengh	roeg	geuq
kaːŋ³	aːŋ⁵	juːɯŋ⁶	ɹok⁸	kjeːu⁵
讲	高兴	样	鸟	画眉

欢乐如画眉。

6-883

往	你	农	巴	丢
Uengj	mwngz	nuengx	bak	diu
vaːŋ³	mɯŋ²	nuːŋ⁴	paːk⁷	tiːu¹
枉	你	妹	嘴	刁

枉妹口舌巧，

6-884

伏	更	桥	贝	了
Fwx	gwnz	giuz	bae	liux
fə⁴	kɯn²	kiːu²	pai¹	liːu⁴
别人	上	桥	去	完

桥上人走了。

男唱

6-885

观	楼	造	对	邦
Gonq	raeuz	caux	doih	baengz
koːn⁵	ɹau²	ɕaːu⁴	toːi⁶	paŋ²
先	我们	造	伙伴	朋

我俩初恋时，

6-886

讲	洋	样	鸟	九
Gangj	angq	yiengh	roeg	geuq
kaːŋ³	aːŋ⁵	juːɯŋ⁶	ɹok⁸	kjeːu⁵
讲	高兴	样	鸟	画眉

欢乐似画眉。

6-887

巴	尖	动	空	丢
Bak	raeh	dungx	ndwi	diu
paːk⁷	ɹai⁶	tuŋ⁴	duːi¹	tiːu¹
嘴	利	肚	不	刁

舌巧肚肠笨，

6-888

伏	更	桥	正	对
Fwx	gwnz	giuz	cingq	doiq
fə⁴	kɯn²	kiːu²	ɕiŋ⁵	toːi⁵
别人	上	桥	正	对

桥上是情友。

女唱

6-889

观	偻	造	对	邦
Gonq	raeuz	caux	doih	baengz
koːn⁵	ɹau²	çaːu⁴	toːi⁶	paŋ²
先	我们	造	伙伴	朋

我俩初恋时，

6-890

讲	洋	贝	吨	本
Gangj	angq	bae	daemx	mbwn
kaːŋ³	aːŋ⁵	pai¹	tan⁴	buɯn¹
讲	高兴	去	顶	天

欢乐到天上。

6-891

土	真	阝	爱	文
Dou	cingq	boux	ngaiq	vunz
tu¹	çiŋ⁵	pu⁴	ŋaːi⁵	vun²
我	是	个	爱	人

我是爱情友，

6-892

老	龙	不	欢	喜
Lau	lungz	mbouj	vuen	heij
laːu¹	luŋ²	bou⁵	vuːn¹	hi³
怕	龙	不	欢	喜

怕兄不爱我。

男唱

6-893

观	偻	造	对	邦
Gonq	raeuz	caux	doih	baengz
koːn⁵	ɹau²	çaːu⁴	toːi⁶	paŋ²
先	我们	造	伙伴	朋

我俩初恋时，

6-894

讲	洋	贝	吨	本
Gangj	angq	bae	daemx	mbwn
kaːŋ³	aːŋ⁵	pai¹	tan⁴	buɯn¹
讲	高兴	去	顶	天

高兴到天上。

6-895

不	自	农	爱	文
Mbouj	gag	nuengx	ngaiq	vunz
bou⁵	kaːk⁸	nuːŋ⁴	ŋaːi⁵	vun²
不	自	妹	爱	人

不只妹爱人，

6-896

备	银	可	爱	对
Beix	ngaenz	goj	ngaiq	doih
pi⁴	ŋan²	ko⁵	ŋaːi⁵	toːi⁶
兄	银	也	爱	伙伴

兄也爱情友。

女唱

6-897

觃	偻	造	对	邦
Gonq	raeuz	caux	doih	baengz
koːn⁵	ɹau²	ɕaːu⁴	toːi⁶	paŋ²
先	我们	造	伙伴	朋

我俩初恋时，

6-898

讲	洋	贝	吨	本
Gangj	angq	bae	daemx	mbwn
kaːŋ³	aːŋ⁵	pai¹	tan⁴	buɯn¹
讲	高兴	去	顶	天

欢乐到天上。

6-899

爱	友	办	论	你
Ngaiq	youx	baenz	lumj	mwngz
ŋaːi⁵	ju⁴	pan²	lun³	muɯŋ²
爱	友	成	像	你

像你爱情友，

6-900

利	说	么	了	备
Lij	naeuz	maz	liux	beix
li⁴	nau²	ma²	liːu⁴	pi⁴
还	说	什么	啰	兄

不必多言辞。

男唱

6-901

觃	偻	造	对	邦
Gonq	racuz	caux	doih	baengz
koːn⁵	ɹau²	ɕaːu⁴	toːi⁶	paŋ²
先	我们	造	伙伴	朋

我俩初恋时，

6-902

讲	洋	贝	吨	本
Gangj	angq	bae	daemx	mbwn
kaːŋ³	aːŋ⁵	pai¹	tan⁴	buɯn¹
讲	高兴	去	顶	天

欢乐到天上。

6-903

采	定	不	立	南
Caij	din	mbouj	liz	namh
ɕaːi³	tin¹	bou⁵	li²	naːn⁶
踩	脚	不	离	土

双脚不离地，

6-904

爱	你	办	论	友
Ngaiq	mwngz	baenz	lumj	youx
ŋaːi⁵	muɯŋ²	pan²	lun³	ju⁴
爱	你	成	像	友

爱你如情友。

女唱

6-905

采	定	不	立	南
Caij	din	mbouj	liz	namh
ça:i³	tin¹	bou⁵	li²	na:n⁶
踩	脚	不	离	土

走路不着地,

6-906

牙	走	下	桂	林
Yax	yamq	roengz	gvei	linz
ja⁵	ja:m⁵	ɹoŋ²	kwei¹	lin²
也	步	下	桂	林

徒步去桂林。

6-907

采	南	不	立	定
Byaij	namh	mbouj	liz	din
pja:i³	na:n⁶	bou⁵	li²	tin¹
走	土	不	离	脚

走路不离地,

6-908

牙	飞	下	片	务
Yax	mbin	roengz	benq	huj
ja⁵	bin¹	ɹoŋ²	pe:n⁶	hu³
也	飞	下	片	云

想飞下云霄。

男唱

6-909

采	定	不	立	南
Caij	din	mbouj	liz	namh
ça:i³	tin¹	bou⁵	li²	na:n⁶
踩	脚	不	离	土

走路不离地,

6-910

牙	走	下	桂	林
Yax	yamq	roengz	gvei	linz
ja⁵	ja:m⁵	ɹoŋ²	kwei¹	lin²
也	步	下	桂	林

徒步去桂林。

6-911

采	定	不	立	南
Caij	din	mbouj	liz	namh
ça:i³	tin¹	bou⁵	li²	na:n⁶
踩	脚	不	离	土

走路不着地,

6-912

丰	飞	贝	是	了
Fungh	mbin	bae	cix	liux
fuŋ⁶	bin¹	pai¹	çi⁴	li:u⁴
凤	飞	去	就	算

如凤展翅飞。

女唱

6-913

采	定	不	立	南
Caij	din	mbouj	liz	namh
ça:i³	tin¹	bou⁵	li²	na:n⁶
踩	脚	不	离	土

走路不着地，

6-914

牙	走	下	方	卢
Yax	yamq	roengz	fueng	louz
ja⁵	ja:m⁵	ɹoŋ²	fu:ŋ¹	lu²
也	步	下	风	流

想徒步游荡。

6-915

采	南	不	立	土
Caij	namh	mbouj	liz	dou
ça:i³	na:n⁶	bou⁵	li²	tou¹
踩	土	不	离	门

想走走不远，

6-916

心	付	不	了	备
Sim	fouz	mbouj	liux	beix
θin¹	fu²	bou⁵	li:u⁴	pi⁴
心	浮	不	啰	兄

心烦不心烦？

男唱

6-917

采	定	不	立	南
Caij	din	mbouj	liz	namh
ça:i³	tin¹	bou⁵	li²	na:n⁶
踩	脚	不	离	土

走路不着地，

6-918

牙	走	下	方	卢
Yax	yamq	roengz	fueng	louz
ja⁵	ja:m⁵	ɹoŋ²	fu:ŋ¹	lu²
也	步	下	风	流

徒步去游荡。

6-919

采	南	不	立	土
Caij	namh	mbouj	liz	dou
ça:i³	na:n⁶	bou⁵	li²	tou¹
踩	土	不	离	门

想走走不远，

6-920

心	付	是	开	怨
Sim	fouz	cix	gaej	yonq
θin¹	fu²	çi⁴	ka:i⁵	jo:n⁵
心	浮	就	莫	怨

心烦莫抱怨。

女唱

男唱

6—921

采	定	不	立	南
Caij	din	mbouj	liz	namh
ça:i³	tin¹	bou⁵	li²	na:n⁶
踩	脚	不	离	土

走路不着地,

6—925

采	定	不	立	南
Caij	din	mbouj	liz	namh
ça:i³	tin¹	bou⁵	li²	na:n⁶
踩	脚	不	离	土

走路不着地,

6—922

牙	走	下	方	立
Yax	yamq	roengz	fueng	liz
ja⁵	ja:m⁵	ɹoŋ²	fu:ŋ¹	li²
也	步	下	方	离

想远走他乡。

6—926

牙	走	下	方	立
Yax	yamq	roengz	fueng	liz
ja⁵	ja:m⁵	ɹoŋ²	fu:ŋ¹	li²
也	步	下	方	离

要远走他乡。

6—923

采	条	罗	义	车
Byaij	diuz	loh	ngiq	ci
pja:i³	ti:u²	lo⁶	ŋi⁵	çi¹
走	条	路	岔	车

走条三岔路,

6—927

采	条	罗	义	车
Byaij	diuz	loh	ngiq	ci
pjai³	ti:u²	lo⁶	ŋi⁵	çi¹
走	条	路	岔	车

走条三岔路,

6—924

方	而	好	了	备
Fueng	lawz	ndei	liux	beix
fu:ŋ¹	lau²	dei¹	li:u⁴	pi⁴
方	哪	好	啰	兄

哪边好地方?

6—928

好	不	哈	少	包
Ndei	mbouj	ha	sau	mbauq
dei¹	bou⁵	ha¹	θa:u¹	ba:u⁵
好	不	配	姑娘	小伙

好不如恋人。

女唱	男唱

6-929

采	定	不	立	南
Caij	din	mbouj	liz	namh
ça:i³	tin¹	bou⁵	li²	na:n⁶
踩	脚	不	离	土

走路不着地，

6-930

牙	走	下	方	立
Yax	yamq	roengz	fueng	liz
ja⁵	ja:m⁵	ɹoŋ²	fu:ŋ¹	li²
也	步	下	方	离

要远走他乡。

6-931

采	条	罗	义	车
Byaij	diuz	loh	ngiq	ci
pja:i³	ti:u²	lo⁶	ŋi⁵	çi¹
走	条	路	岔	车

走到三岔路，

6-932

邦	而	好	洋	在
Biengz	lawz	ndei	yaeng	ywq
pi:ŋ²	lau²	dei¹	jaŋ¹	juɯ⁵
地方	哪	好	再	住

哪里好才住。

6-933

采	定	不	立	南
Caij	din	mbouj	liz	namh
ça:i³	tin¹	bou⁵	li²	na:n⁶
踩	脚	不	离	土

走路不着地，

6-934

牙	走	下	方	立
Yax	yamq	roengz	fueng	liz
ja⁵	ja:m⁵	ɹoŋ²	fu:ŋ¹	li²
也	步	下	方	离

要远走他乡。

6-935

采	条	罗	义	车
Byaij	diuz	loh	ngiq	ci
pja:i³	ti:u²	lo⁶	ŋi⁵	çi¹
走	条	路	岔	车

走到三岔路，

6-936

邦	不	好	是	刀
Biengz	mbouj	ndei	cix	dauq
pi:ŋ²	bou⁵	dei¹	çi⁴	ta:u⁵
地方	不	好	就	回

地不好就回。

女唱

6-937

采	定	不	立	南
Caij	din	mbouj	liz	namh
ça:i³	tin¹	bou⁵	li²	na:n⁶
踩	脚	不	离	土

走路不着地，

6-938

牙	走	下	方	立
Yax	yamq	roengz	fueng	liz
ja⁵	ja:m⁵	ɪoŋ²	fu:ŋ¹	li²
也	步	下	方	离

要远走他乡。

6-939

你	得	田	你	好
Mwngz	ndaej	denz	mwngz	ndei
muɯŋ²	dai³	te:n²	muɯŋ²	dei¹
你	得	地	你	好

你选得好地，

6-940

古	九	义	马	罗
Guh	gouj	ngiq	ma	lox
ku⁴	kjou³	ŋi⁵	ma¹	lo⁴
做	九	话头	来	哄

找借口哄我。

男唱

6-941

采	定	不	立	南
Caij	din	mbouj	liz	namh
ça:i³	tin¹	bou⁵	li²	na:n⁶
踩	脚	不	离	土

走路不着地，

6-942

牙	走	下	方	立
Yax	yamq	roengz	fueng	liz
ja⁵	ja:m⁵	ɪoŋ²	fu:ŋ¹	li²
也	步	下	方	离

要远走他乡。

6-943

得	开	田	背	时
Ndaej	gaiq	denz	boih	seiz
dai³	ka:i⁵	te:n²	po:i⁶	θi²
得	块	地	背	时

得块不吉地，

6-944

你	说	好	么	农
Mwngz	naeuz	ndei	maz	nuengx
muɯŋ²	nau²	dei¹	ma²	nu:ŋ⁴
你	说	好	什么	妹

你说有啥好？

女唱

6-945

观	偻	造	对	邦
Gonq	raeuz	caux	doih	baengz

koːn⁵　ɹau²　ɕaːu⁴　toːi⁶　paŋ²

先　我们　造　伙伴　朋

我俩初恋时，

6-946

讲	洋	贝	吨	本
Gangj	angq	bae	daemx	mbwn

kaːŋ³　aːŋ⁵　pai¹　tan⁴　bɯn¹

讲　高兴　去　顶　天

欢乐到天上。

6-947

内	几	贵	反	春
Neix	gin	gveiq	fan	cin

ni⁴　kin¹　kwei⁵　fan¹　ɕun¹

这　子　规　翻　春

杜鹃反季节，

6-948

农	银	特	心	变
Nuengx	ngaenz	dawz	sim	bienq

nuːŋ⁴　ŋan²　tɯ²　θin¹　piːn⁵

妹　银　拿　心　变

情妹把心变。

男唱

6-949

尝	得	义	十	比
Caengz	ndaej	ngeih	cib	bi

ɕaŋ²　dai³　ɲi⁶　ɕit⁸　pi¹

未　得　二　十　年

不到二十岁，

6-950

是	交	你	小	面
Cix	gyau	mwngz	siuj	mienh

ɕi⁴　kjaːu¹　mɯŋ²　θiːu³　meːn⁶

就　交　你　小　面

结交你情友。

6-951

十	分	特	心	变
Cib	faen	dawz	sim	bienq

ɕit⁸　fan¹　tɯ²　θin¹　piːn⁵

十　分　拿　心　变

实在变良心，

6-952

见	不	得	小	正
Gen	mbouj	ndaej	siuj	cingz

keːn⁴　bou⁵　dai³　θiːu³　ɕiŋ²

见　不　得　小　情

对不住信物。

女唱

6-953

十	分	特	心	变
Cib	faen	dawz	sim	bienq
çit⁸	fan¹	tɯɯ²	θin¹	piːn⁵
十	分	拿	心	变

实在变良心，

6-954

见	不	得	小	正
Gen	mbouj	ndaej	siuj	cingz
keːn⁴	bou⁵	dai³	θiːu³	çiŋ²
见	不	得	小	情

对不住信物。

6-955

狼	那	刀	特	平
Langh	naj	dauq	dawz	bingz
laːŋ⁶	na³	taːu⁵	tɯɯ²	piŋ²
若	前	又	拿	平

此后心不变，

6-956

你	说	而	了	备
Mwngz	naeuz	lawz	liux	beix
mɯŋ²	nau²	lau²	liːu⁴	pi⁴
你	说	哪	啰	兄

你还说什么？

男唱

6-957

十	分	特	心	变
Cib	faen	dawz	sim	bienq
çit⁸	fan¹	tɯɯ²	θin¹	piːn⁵
十	分	拿	心	变

实在变良心，

6-958

见	不	得	小	正
Gen	mbouj	ndaej	siuj	cingz
keːn⁴	bou⁵	dai³	θiːu³	çiŋ²
见	不	得	小	情

对不住信物。

6-959

狼	那	刀	特	平
Langh	naj	dauq	dawz	bingz
laːŋ⁶	na³	taːu⁵	tɯɯ²	piŋ²
若	前	又	拿	平

往后心不变，

6-960

几	时	本	全	刀
Geij	seiz	mbwn	cienj	dauq
ki³	θi²	bun¹	çuːn³	taːu⁵
几	时	天	转	回

天哪会倒转？

女唱

6—961

十	分	特	心	变
Cib	faen	dawz	sim	bienq
çit⁸	fan¹	təɯ²	θin¹	pi:n⁵
十	分	拿	心	变

实在变良心,

6—962

见	不	得	小	正
Gen	mbouj	ndaej	siuj	cingz
ke:n⁴	bou⁵	dai³	θi:u³	çiŋ²
见	不	得	小	情

对不住信物。

6—963

狼	那	刀	特	平
Langh	naj	dauq	dwz	bingz
la:ŋ⁶	na³	ta:u⁵	təɯ²	piŋ²
若	前	又	拿	平

往后不变心,

6—964

不	真	论	伏	内
Mbouj	caen	lumj	fawh	neix
bou⁵	çin¹	lun³	fəɯ⁶	ni⁴
不	真	像	时	这

亲密不如今。

男唱

6—965

十	分	特	心	变
Cib	faen	dawz	sim	bienq
çit⁸	fan¹	təɯ²	θin¹	pi:n⁵
十	分	拿	心	变

实在变良心,

6—966

见	不	得	小	正
Gen	mbouj	ndaej	siuj	cingz
ke:n⁴	bou⁵	dai³	θi:u³	çiŋ²
见	不	得	小	情

对不住信物。

6—967

狼	那	刀	特	平
Langh	naj	dauq	dawz	bingz
la:ŋ⁶	na³	ta:u⁵	təɯ²	piŋ²
若	前	又	拿	平

往后不变心,

6—968

不	真	洋	面	祘
Mbouj	caen	yaeng	menh	suenq
bou⁵	çin¹	jaŋ¹	me:n⁶	θu:n⁵
不	真	再	慢	算

不亲密再说。

女唱

男唱

6-969

利	宁	更	相	丢
Lij	ningq	gwnz	ciengz	diuq
li⁴	niŋ⁵	kɯn²	çi:ŋ²	ti:u⁵
还	小	上	墙	跳

小时墙上跳，

6-970

犯	土	庙	里	阴
Famh	duz	miuh	ndaw	yim
fa:n⁶	tu²	mi:u⁶	daɯ¹	in¹
犯	只	庙	里	阴

犯阴间庙神。

6-971

想	牙	开	小	正
Siengj	yax	hai	siuj	cingz
θi:ŋ³	ja⁵	ha:i¹	θi:u³	çiŋ²
想	也	开	小	情

想送小礼品，

6-972

邦	少	平	说	乱
Biengz	sau	bingz	naeuz	luenh
pi:ŋ²	θa:u¹	piŋ²	nau²	lu:n⁶
地方	姑娘	安宁	或	乱

地方平稳否？

6-973

利	宁	更	相	丢
Lij	ningq	gwnz	ciengz	diuq
li⁴	niŋ⁵	kɯn²	çi:ŋ²	ti:u⁵
还	小	上	墙	跳

小时墙上跳，

6-974

犯	土	庙	里	阴
Famh	duz	miuh	ndaw	yim
fa:n⁶	tu²	mi:u⁶	daɯ¹	in¹
犯	只	庙	里	阴

犯阴间庙神。

6-975

米	正	是	开	正
Miz	cingz	cix	hai	cingz
mi²	çiŋ²	çi⁴	ha:i¹	çiŋ²
有	情	就	开	情

有礼品就送，

6-976

邦	土	平	办	水
Biengz	dou	bingz	baenz	raemx
pi:ŋ²	tu¹	piŋ²	pan²	ɹan⁴
地方	我	平	成	水

地方平如水。

女唱

6-977

利	宁	更	相	条
Lij	ningq	gwnz	ciengz	diuq
li⁴	niŋ⁵	kɯn²	ɕi:ŋ²	ti:u⁵
还	小	上	墙	跳

小时墙上跳，

6-978

犯	土	庙	里	阴
Famh	duz	miuh	ndaw	yim
fa:n⁶	tu²	mi:u⁶	daɯ¹	in¹
犯	只	庙	里	阴

犯阴间庙神。

6-979

田	农	狼	可	平
Denz	nuengx	langh	goj	bingz
te:n²	nu:ŋ⁴	la:ŋ⁶	ko⁵	piŋ²
地	妹	若	也	平

若地方平稳，

6-980

龙	特	正	贝	开
Lungz	dawz	cingz	bae	hai
luŋ²	tɯ²	ɕiŋ²	bai¹	ha:i¹
龙	拿	情	去	开

兄把礼品送。

男唱

6-981

利	宁	更	相	丢
Lij	ningq	gwnz	ciengz	diuq
li⁴	niŋ⁵	kɯn²	ɕi:ŋ²	ti:u⁵
还	小	上	墙	跳

小时墙上跳，

6-982

犯	土	庙	里	阴
Famh	duz	miuh	ndaw	yim
fa:n⁶	tu²	mi:u⁶	daɯ¹	in¹
犯	只	庙	里	阴

犯阴间庙神。

6-983

想	开	份	小	正
Siengj	hai	faenh	siuj	cingz
θi:ŋ³	ha:i¹	fan⁶	θi:u³	ɕiŋ²
想	开	份	小	情

想送份礼品，

6-984

少	安	仁	贝	了
Sau	an	yingz	bae	liux
θa:u¹	a:n¹	jiŋ²	pai¹	li:u⁴
姑	娘	安	营	去	了

妹安家去了。

女唱

6-985

利	宁	更	相	丢
Lij	ningq	gwnz	ciengz	diuq
li⁴	niŋ⁵	kɯn²	ɕiːŋ²	tiːu⁵
还	小	上	墙	跳

小时墙上跳，

6-986

犯	土	庙	里	阴
Famh	duz	miuh	ndaw	yim
faːn⁶	tu²	miːu⁶	daɯ¹	in¹
犯	只	庙	里	阴

犯阴间庙神。

6-987

米	正	是	开	正
Miz	cingz	cix	hai	cingz
mi²	ɕiŋ²	ɕi⁴	haːi¹	ɕiŋ²
有	情	就	开	情

有礼品就送，

6-988

仁	在	而	了	备
Yingz	ywq	lawz	liux	beix
jiŋ²	jɯ⁵	laɯ²	liːu⁴	pi⁴
营	在	哪	啰	兄

我哪里有家？

男唱

6-989

利	宁	更	相	丢
Lij	ningq	gwnz	ciengz	diuq
li⁴	niŋ⁵	kɯn²	ɕiːŋ²	tiːu⁵
还	小	上	墙	跳

小时墙上跳，

6-990

犯	土	庙	里	阴
Famh	duz	miuh	ndaw	yim
faːn⁶	tu²	miːu⁶	daɯ¹	in¹
犯	只	庙	里	阴

犯阴间庙神。

6-991

罗	备	边	小	正
Lox	beix	bienh	siuj	cingz
lo⁴	pi⁴	piːn⁶	θiːu³	ɕiŋ²
骗	兄	筹办	小	情

骗兄要礼品，

6-992

貝	生	定	不	刀
Bae	caemq	din	mbouj	dauq
pai¹	ɕan⁵	tin¹	bou⁵	taːu⁵
去	顿	脚	不	回

顿足去不回。

女唱	男唱

女唱

6-993

点　长　是　点　平

Diemj　caengh　cix　diemj　bingz

teːn³　çaŋ⁶　çi⁴　teːn³　piŋ²

点　秤　就　点　平

造秤要平准，

6-994

开　古　声　达　乱

Gaej　guh　sing　daz　luenh

kaːi⁵　ku⁴　θiŋ¹　ta²　luːn⁶

莫　做　秤星　砣　乱

莫让秤星乱。

6-995

交　阝　一　了　伴

Gyau　boux　ndeu　liux　buenx

kjaːu¹　pu⁴　deːu¹　liːu⁴　puːn⁴

交　个　一　啰　伴

好友交一个，

6-996

开　乱　团　来　文

Gaej　luenh　dwen　lai　vunz

kaːi⁵　luːn⁶　tuːn⁵　laːi¹　vun²

莫　乱　提　多　人

莫乱交多人。

男唱

6-997

点　长　是　点　平

Diemj　caengh　cix　diemj　bingz

teːn³　çaŋ⁶　çi⁴　teːn³　piŋ²

点　秤　就　点　平

造秤要平准，

6-998

开　古　声　坤　义

Gaej　guh　sing　goenq　ngeiq

kaːi⁵　ku⁴　θiŋ¹　kon⁵　ɲi⁵

莫　做　秤星　断　枝

莫让秤星断。

6-999

交　阝　一　良　立

Gyau　boux　ndeu　lingz　leih

kjaːu¹　pu⁴　deːu¹　leːŋ⁶　lei⁶

交　个　一　伶　俐

交个伶俐友，

6-1000

可　当　义　十　文

Goj　daengq　ngeih　cib　vunz

ko⁵　taŋ⁵　ɲi⁶　çit⁸　vun²

也　当　义　十　人

顶得二十人。

① 九教〔kjou³ kja:u⁴〕：九教。"三教九流"的简称，此处指行为不端。

② 长绞闹吃文〔ça ŋ⁶ he:u⁴ na:u⁴ kɯn¹ vun²〕：绞秤纽讹人。指在秤杆上动手脚，缺斤少两。

女唱

6-1001

点　长　是　点　平

Diemj　caengh　cix　diemj　bingz

te:n³　çaŋ⁶　çi⁴　te:n³　piŋ²

点　秤　就　点　平

造秤要精准，

6-1002

开　古　声　它　三

Gaej　guh　sing　daz　sanq

ka:i⁵　ku⁴　θiŋ¹　ta²　θa:n⁵

莫　做　秤星　砣　散

莫让秤星乱。

6-1003

交　卩　一　好　汉

Gyau　boux　ndeu　hauj　hanq

kja:u¹　pu⁴　de:u¹　ha:u³　ha:n⁵

交　个　一　好　汉

交个好汉友，

6-1004

干　给　伏　九　名

Ganq　hawj　fwx　riuz　mingz

ka:n⁵　hɯu³　fə⁴　ɹi:u²　miŋ²

照料　给　别人　传　名

让世人传颂。

男唱

6-1005

点　长　是　点　平

Diemj　caengh　cix　diemj　bingz

te:n³　çaŋ⁶　çi⁴　te:n³　piŋ²

点　秤　就　点　平

造秤要精准，

6-1006

开　古　达　绞　闹

Gaej　guh　daz　heux　naux

ka:i⁵　ku⁴　ta²　he:u⁴　na:u⁴

莫　做　砣　绞　纽

莫让砣绞纽。

6-1007

包　少　连　九　教①

Mbauq　sau　lienz　gouj　gyauq

ba:u⁵　θa:u¹　li:n²　kjou³　kja:u⁴

俊　姑娘　连　九　教

情友花肠子，

6-1008

长　绞　闹　吃　文②

Caengh　heux　naux　gwn　vunz

çaŋ⁶　he:u⁴　na:u⁴　kɯn¹　vun²

秤　绞　纽　吃　人

绞秤纽讹人。

女唱

6-1009

一	斤	古	斤	四
It	gaen	guh	gaen	seiq
it⁷	kan¹	ku⁴	kan¹	θei⁵
一	斤	做	斤	四

一斤顶四斤，

6-1010

拉	地	利	特	仁
Laj	deih	lij	dawz	vingz
la³	ti⁶	li⁴	təɯ²	viŋ²
下	地	还	拿	仁义

地下神灵见。

6-1011

长	绞	闹	吃	文
Caengh	heux	naux	gwn	vunz
çaŋ⁶	heːu⁴	naːu⁴	kɯn¹	vun²
秤	绕	纽	吃	人

绕秤纽讹人，

6-1012

拉	本	利	特	托
Laj	mbwn	lij	dawz	dox
la³	bun¹	li⁴	təɯ⁸	to⁶
下	天	还	拿	公平

天下要公平。

男唱

6-1013

点	长	是	点	平
Diemj	caengh	cix	diemj	bingz
teːn³	çaŋ⁶	çi⁴	teːn³	piŋ²
点	秤	就	点	平

造秤要精准，

6-1014

开	古	声	它	三
Gaej	guh	sing	daz	sanq
kaːi⁵	ku⁴	θiŋ¹	ta²	θaːn⁵
莫	做	秤星	砣	散

莫让秤星乱。

6-1015

交	阝	一	好	汉
Gyau	boux	ndeu	hauj	hanq
kjaːu¹	pu⁴	deːu¹	haːu³	haːn⁵
交	个	一	好	汉

交个好汉友，

6-1016

可	抵	万	千	金
Goj	dij	fanh	cien	gim
ko⁵	ti³	faːn⁶	çiːn¹	kin¹
也	值	万	千	金

抵万两黄金。

女唱

6-1017

点	长	是	点	平
Diemj	caengh	cix	diemj	bingz
te:n³	ɕaŋ⁶	ɕi⁴	te:n³	piŋ²
点	秤	就	点	平

造秤要精准，

6-1018

开	古	声	坤	正
Gaej	guh	sing	goenq	gyaengh
ka:i⁵	ku⁴	θiŋ¹	kon⁵	kjaŋ⁶
莫	做	秤	星	断节

莫让秤星断。

6-1019

九	阝	九	条	心
Gouj	boux	gouj	diuz	sim
kjou³	pu⁴	kjou³	ti:u²	θin¹
九	人	九	条	心

九人九颗心，

6-1020

定	不	得	心	你
Dingh	mbouj	ndaej	sim	mwngz
tiŋ⁶	bou⁵	dai³	θin¹	muɯŋ²
定	不	得	心	你

你心没法定。

男唱

6-1021

观	偻	造	对	邦
Gonq	raeuz	caux	doih	baengz
ko:n⁵	ɹau²	ɕa:u⁴	to:i⁶	paŋ²
先	我们	造	伙伴	朋

我俩初恋时，

6-1022

讲	洋	贝	吨	天
Gangj	angq	bae	daemx	den
ka:ŋ³	a:ŋ⁵	pai¹	tan⁴	ti:n¹
讲	高兴	去	顶	天

高兴到天上。

6-1023

不	阝	兰	本	钱
Mbouj	boux	lanh	bonj	cienz
bou⁵	pu⁴	la:n⁶	po:n³	ɕi:n²
不	人	花	本	钱

无人舍花钱，

6-1024

可	怜	偻	同	分
Hoj	lienz	raeuz	doengz	mbek
ho³	li:n²	ɹau²	toŋ²	me:k⁷
可	怜	我们	同	分别

怜我俩离别。

女唱

6-1025

十	卩	丛	十	关
Cib	boux	coengh	cib	gvanq
çit⁸	pu⁴	çoŋ⁶	çit⁸	kwa:n⁵
十	人	帮	十	贯

十人帮十贯，

6-1026

乃	乃	可	办	仙
Naih	naih	goj	baenz	sien
na:i⁶	na:i⁶	ko⁵	pan²	θi:n¹
久	久	也	成	仙

久后必成仙。

6-1027

十	卩	帮	十	千
Cib	boux	bang	cib	cien
çit⁸	pu⁴	pa:ŋ¹	çit⁸	çi:n¹
十	人	帮	十	千

十人十千两，

6-1028

办	同	年	可	爱
Baenz	doengz	nienz	goj	ngaih
pan²	toŋ²	ni:n²	ko⁵	ŋa:i⁶
成	同	年	也	易

完婚也容易。

男唱

6-1029

觊	偻	造	对	邦
Gonq	raeuz	caux	doih	baengz
ko:n⁵	ɹau²	ça:u⁴	to:i⁶	paŋ²
先	我们	造	伙伴	朋

我俩初恋时，

6-1030

讲	洋	贝	吨	天
Gangj	angq	bae	daemx	denh
ka:ŋ³	a:ŋ⁵	pai¹	tan⁴	ti:n¹
讲	高兴	去	顶	天

高兴到天上。

6-1031

说	农	兰	本	钱
Naeuz	nuengx	lanh	bonj	cienz
nau²	nu:ŋ⁴	la:n⁶	po:n³	çi:n²
说	妹	花	本	钱

妹舍得出钱，

6-1032

优	然	砖	岁	在
Yaeuj	ranz	cien	caez	ywq
jau³	ɹa:n²	çi:n¹	çai²	ju⁵
举	家	砖	齐	住

建砖房同居。

女唱

6-1033

观	偻	造	对	邦
Gonq	raeuz	caux	doih	baengz
ko:n⁵	ɹau²	ça:u⁴	to:i⁶	paŋ²
先	我们	造	伙伴	朋

我俩初恋时，

6-1034

讲	洋	贝	吨	天
Gangj	angq	bae	daemx	denh
ka:ŋ³	a:ŋ⁵	pai¹	tan⁴	ti:n¹
讲	高兴	去	顶	天

高兴到天上。

6-1035

备	得	兰	本	钱
Beix	ndaej	lanh	bonj	cienz
pi⁴	dai³	la:n⁶	po:n³	çi:n²
兄	得	花	本	钱

兄舍得出钱，

6-1036

少	得	年	知	不
Sau	ndaej	nem	rox	mbouj
θa:u¹	dai³	ne:m¹	ɹo⁴	bou⁵
姑娘	得	贴	或	不

妹未必愿意。

男唱

6-1037

观	偻	造	对	邦
Gonq	raeuz	caux	doih	baengz
ko:n⁵	ɹau²	ça:u⁴	to:i⁶	paŋ²
先	我们	造	伙伴	朋

我俩初恋时，

6-1038

讲	洋	贝	吨	天
Gangj	angq	bae	daemx	denh
ka:ŋ³	a:ŋ⁵	pai¹	tan⁴	ti:n¹
讲	高兴	去	顶	天

高兴到天上。

6-1039

备	得	兰	本	钱
Beix	ndaej	lanh	bonj	cienz
pi⁴	dai³	la:n⁶	po:n³	çi:n²
兄	得	花	本	钱

兄舍得出钱，

6-1040

少	是	年	间	布
Sau	cix	nem	gen	buh
θa:u¹	çi⁴	ne:m¹	ke:n¹	pu⁶
姑娘	就	贴	手	衣

妹跟兄牵手。

女唱

6-1041

觐	偻	造	对	邦
Gonq	raeuz	caux	doiq	baengz
ko:n⁵	ɹau²	ça:u⁴	to:i⁵	paŋ²
先	我们	造	伙伴	朋

我俩初恋时，

6-1042

讲	洋	贝	吨	天
Gangj	angq	bae	daemx	denh
ka:ŋ³	a:ŋ⁵	pai¹	tan⁴	ti:n¹
讲	高兴	去	顶	天

高兴到天上。

6-1043

罗	备	兰	本	钱
Lox	beix	lanh	bonj	cienz
lo⁴	pi⁴	la:n⁶	po:n³	çi:n²
哄	兄	花	本	钱

哄兄出本钱，

6-1044

贵	更	间	不	中
Gwiz	gaem	gen	mbouj	cuengq
kɯi²	kan¹	ke:n¹	bou⁵	çuŋ⁵
丈夫	握	手臂	不	放

我夫不放手。

男唱

6-1045

觐	偻	造	对	邦
Gonq	raeuz	caux	doih	baengz
ko:n⁵	ɹau²	ça:u⁴	to:i⁶	paŋ²
先	我们	造	伙伴	朋

我俩初恋时，

6-1046

讲	洋	贝	吨	天
Gangj	angq	bae	daemx	denh
ka:ŋ³	a:ŋ⁵	pai¹	tan⁴	ti:n¹
讲	高兴	去	顶	天

高兴到天上。

6-1047

贵	牙	间	是	间
Gwiz	yax	gem	cix	gem
kɯi²	ja⁵	ke:m¹	çi⁴	ke:m¹
丈夫	要	监管	就	监管

丈夫非要管，

6-1048

外	边	马	勒	仪
Vaij	nden	ma	lawh	saenq
va:i³	de:n¹	ma¹	ləu⁶	θin⁵
过	边	来	换	信

偷偷换信物。

女唱

6-1049

觋	偻	造	对	邦
Gonq	raeuz	caux	doih	baengz
ko:n⁵	ɹau²	ça:u⁴	to:i⁶	paŋ²
先	我们	造	伙伴	朋

我俩初恋时，

6-1050

讲	洋	贝	吨	天
Gangj	angq	bae	daemx	denh
ka:ŋ³	a:ŋ⁵	pai¹	tan⁴	ti:n¹
讲	高兴	去	顶	天

高兴到天上。

6-1051

罗	老	是	空	便
Loh	laux	cix	ndwi	benz
lo⁶	la:u⁴	çi⁴	du:i¹	pe:n²
路	大	是	不	爬

大路你不走，

6-1052

讲	罗	边	么	备
Gangj	loh	nden	maz	beix
ka:ŋ³	lo⁶	de:n¹	ma²	pi⁴
讲	路	边	什么	兄

非要走小路。

男唱

6-1053

觋	偻	造	对	邦
Gonq	raeuz	caux	doih	baengz
ko:n⁵	ɹau²	ça:u⁴	to:i⁶	paŋ²
先	我们	造	伙伴	朋

我俩初恋时，

6-1054

讲	洋	贝	吨	天
Gangj	angq	bae	daemx	denh
ka:ŋ³	a:ŋ⁵	pai¹	tan⁴	ti:n¹
讲	高兴	去	顶	天

高兴到天上。

6-1055

罗	老	土	牙	便
Loh	laux	dou	yax	benz
lo⁶	la:u⁴	tu¹	ja⁵	pe:n²
路	大	我	也	爬

大路我也走，

6-1056

罗	边	土	牙	圩
Loh	nden	dou	yax	raih
lo⁶	de:n¹	tu¹	ja⁵	ɹa:i⁶
路	边	我	也	走

小路我也走。

女唱

6-1057

观	偻	造	对	邦
Gonq	raeuz	caux	doih	baengz
ko:n⁵	ɹau²	ça:u⁴	to:i⁶	paŋ²
先	我们	造	伙伴	朋

我俩初恋时，

6-1058

讲	洋	贝	吨	天
Gangj	angq	bae	daemx	denh
ka:ŋ³	a:ŋ⁵	pai¹	tan⁴	ti:n¹
讲	高兴	去	顶	天

高兴到天上。

6-1059

想	牙	兰	本	钱
Siengj	yax	lanh	bonj	cienz
θi:ŋ³	ja⁵	la:n⁶	po:n³	çi:n²
想	要	花	本	钱

想要花本钱，

6-1060

妍	王	连	空	叫
Yah	vangz	lienz	ndwi	heuh
ja⁶	va:ŋ²	li:n²	du:i¹	he:u⁶
婆	王	连	不	叫

婆王不邀请。

男唱

6-1061

想	牙	兰	本	钱
Siengj	yax	lanh	bonj	cienz
θi:ŋ³	ja⁵	la:n⁶	po:n³	çi:n²
想	要	花	本	钱

想要花本钱，

6-1062

妍	王	连	空	叫
Yah	vangz	lienz	ndwi	heuh
ja⁶	va:ŋ²	li:n²	du:i¹	he:u⁶
婆	王	连	不	叫

婆王不邀请。

6-1063

想	托	你	同	好
Siengj	doh	mwngz	doengz	ndei
θi:ŋ³	to⁶	muŋ²	toŋ²	dei¹
想	同	你	同	好

想与你成亲，

6-1064

本	不	叫	双	偻
Mbwn	mbouj	heuh	song	raeuz
bun¹	bou⁵	he:u⁶	θo:ŋ¹	ɹau²
天	不	叫	两	我们

老天不赞同。

女唱

6-1065

尝	得	义	十	比
Caengz	ndaej	ngeih	cib	bi

$çaŋ^2$ dai^3 $ȵi^6$ $çit^8$ pi^1

未　得　二　十　年

不到二十岁，

6-1066

是	交	你	对	邦
Cix	gyau	mwngz	doih	baengz

$çi^4$ $kja:u^1$ $muŋ^2$ $to:i^6$ $paŋ^2$

就　交　你　伙伴　朋

就交你情哥。

6-1067

管	好	龙	同	好
Guenj	ndij	lungz	doengz	ndei

$ku:n^3$ di^1 $luŋ^2$ $toŋ^2$ dei^1

管　与　龙　同　好

愿与兄结友，

6-1068

本	狼	叫	是	却
Mbwn	langh	heuh	cix	gyo

$bɯn^1$ $la:ŋ^6$ $he:u^6$ $çi^4$ kjo^1

天　若　叫　就　幸亏

天许就幸运。

男唱

6-1069

尝	得	义	十	比
Caengz	ndaej	ngeih	cib	bi

$çaŋ^2$ dai^3 $ȵi^6$ $çit^8$ pi^1

未　得　二　十　年

不到二十岁，

6-1070

是	交	你	对	少
Cix	gyau	mwngz	doih	sau

$çi^4$ $kja:u^1$ $muŋ^2$ $to:i^6$ $θa:u^1$

就　交　你　伙伴　姑娘

就交你情妹。

6-1071

更	天	牙	空	好
Gwnz	mbwm	yax	ndwi	hauq

$kɯn^2$ $bɯn^1$ ja^5 $du:i^1$ $ha:u^5$

上　天　也　不　好

天公不作美，

6-1072

丛	叫	了	是	贝
Coengh	heuh	liux	cix	bae

$çoŋ^6$ $he:u^6$ $li:u^4$ $çi^4$ pai^1

帮　叫　完　就　去

不能遂人愿。

女唱

6-1073

覝	偻	造	对	邦
Gonq	raeuz	caux	doih	baengz
ko:n⁵	ɹau²	ça:u⁴	to:i⁶	paŋ²
先	我们	造	伙伴	朋

我俩初恋时，

6-1074

讲	好	满	好	美
Gangj	ndei	monh	ndei	maez
ka:ŋ³	dei¹	mo:n⁶	dei¹	mai²
讲	好	情	好	爱

沉迷于恋爱。

6-1075

土	办	阝	托	台
Dou	baenz	boux	doek	daiz
tu¹	pan²	pu⁴	tok⁷	ta:i²
我	成	人	落	台

我成落魄人，

6-1076

是	不	爱	讲	满
Cix	mbouj	gyaez	gangj	monh
çi⁴	bou⁵	kjai²	ka:ŋ³	mo:n⁶
就	不	爱	讲	情

再不想谈情。

男唱

6-1077

覝	偻	造	对	邦
Gonq	raeuz	caux	doih	baengz
ko:n⁵	ɹau²	ça:u⁴	to:i⁶	paŋ²
先	我们	造	伙伴	朋

我俩初恋时，

6-1078

讲	好	满	好	美
Gangj	ndei	monh	ndei	maez
ka:ŋ³	dei¹	mo:n⁶	dei¹	mai²
讲	好	情	好	爱

沉迷于恋爱。

6-1079

自	办	阝	托	台
Gag	baenz	boux	doek	daiz
ka:k⁸	pan²	pu⁴	tok⁷	ta:i²
自	成	人	落	台

你自己落魄，

6-1080

怨	作	土	不	得
Yonq	coq	dou	mbouj	ndaej
jo:n⁵	ço⁵	tu¹	bou⁵	dai³
怨	放	我	不	得

不得埋怨我。

女唱

6-1081

观	偻	造	对	邦
Gonq	raeuz	caux	doih	baengz
koːn⁵	ɹau²	ça:u⁴	toːi⁶	paŋ²
先	我们	造	伙伴	朋

我俩初恋时，

6-1082

讲	好	满	好	美
Gangj	ndei	monh	ndei	maez
ka:ŋ³	dei¹	mo:n⁶	dei¹	mai²
讲	好	情	好	爱

谈情又说爱。

6-1083

友	共	姓	当	韦
Youx	gungh	singq	dangq	vae
ju⁴	kuŋ⁶	θiŋ⁵	ta:ŋ⁵	vai¹
友	共	姓	另	姓

同姓异姓友，

6-1084

不	乱	岁	亘	内
Mbouj	luenh	caez	haemh	neix
bou⁵	lu:n⁶	çai²	han⁶	ni⁴
不	乱	齐	夜	这

今夜人到齐。

男唱

6-1085

观	偻	造	对	邦
Gonq	raeuz	caux	doih	baengz
koːn⁵	ɹau²	ça:u⁴	toːi⁶	paŋ²
先	我们	造	伙伴	朋

我俩初恋时，

6-1086

讲	好	满	好	美
Gangj	ndei	monh	ndei	maez
ka:ŋ³	dei¹	mo:n⁶	dei¹	mai²
讲	好	情	好	爱

谈情又说爱。

6-1087

友	共	姓	当	韦
Youx	gungh	singq	dangq	vae
ju⁴	kuŋ⁶	θiŋ⁵	ta:ŋ⁵	vai¹
友	共	姓	另	姓

异姓友汇聚，

6-1088

同	岁	是	讲	满
Doengz	caez	cix	gangj	monh
toŋ²	çai²	çi⁴	ka:ŋ³	mo:n⁶
同	齐	就	讲	情

共同来谈情。

女唱

6-1089

观　　楼　　造　　对　　邦

Gonq　raeuz　caux　doih　baengz

ko:n⁵　ɹau²　ɕa:u⁴　to:i⁶　paŋ²

先　　我们　造　　伙伴　朋

我俩初恋时，

6-1090

讲　　好　　满　　好　　美

Gangj　ndei　monh　ndei　maez

ka:ŋ³　dei¹　mo:n⁶　dei¹　mai²

讲　　好　　情　　好　　爱

谈情又说爱。

6-1091

共　　姓　　刀　　貝　　远

Gungh　singq　dauq　bae　gyae

kuŋ⁶　θiŋ⁵　ta:u⁵　pai¹　kjai¹

共　　姓　　回　　去　　远

同姓人远去，

6-1092

当　　韦　　刀　　马　　近

Dangq　vae　dauq　ma　gyawj

ta:ŋ⁵　vai¹　ta:u⁵　ma¹　kjau³

另　　姓　　回　　来　　近

异姓友来会。

男唱

6-1093

观　　楼　　造　　对　　邦

Gonq　raeuz　caux　doih　baengz

ko:n⁵　ɹau²　ɕa:u⁴　to:i⁶　paŋ²

先　　我们　造　　伙伴　朋

我俩初恋时，

6-1094

讲　　好　　满　　好　　美

Gangj　ndei　monh　ndei　maez

ka:ŋ³　dei¹　mo:n⁶　dei¹　mai²

讲　　好　　情　　好　　爱

谈情又说爱。

6-1095

想　　完　　仪　　外　　貝

Siengj　vuenh　saenq　vaij　bae

θiːŋ³　vuːn⁶　θin⁵　va:i³　pai¹

想　　换　　信　　过　　去

想回信给你，

6-1096

少　　秋　　美　　知　　不

Sau　ciuq　maez　rox　mbouj

θa:u¹　ɕiːu⁵　mai²　ɹo⁴　bou⁵

姑娘　看　　迷　　或　　不

妹是否喜欢？

女唱

6-1097

觌	偻	造	对	邦
Gonq	raeuz	caux	doih	baengz
$ko:n^5$	ɹau^2	ça:u^4	$to:i^6$	pan^2
先	我们	造	伙伴	朋

我俩初恋时，

6-1098

讲	好	满	好	美
Gangj	ndei	monh	ndei	maez
$ka:\eta^3$	dei^1	$mo:n^6$	dei^1	mai^2
讲	好	情	好	爱

谈情又说爱。

6-1099

备	完	仪	外	贝
Beix	vuenh	saenq	vaij	bae
pi^4	$vu:n^6$	θin^5	$va:i^3$	pai^1
兄	换	信	过	去

兄写信过去，

6-1100

少	美	是	玩	刀
Sau	maez	cix	vanz	dauq
$\theta a:u^1$	mai^2	$çi^4$	$va:n^2$	$ta:u^5$
姑娘	爱	就	还	回

有情就复信。

男唱

6-1101

觌	偻	造	对	邦
Gonq	raeuz	caux	doih	baengz
$ko:n^5$	ɹau^2	ça:u^4	$to:i^6$	pan^2
先	我们	造	伙伴	朋

我俩初恋时，

6-1102

讲	好	满	好	美
Gangj	ndei	monh	ndei	maez
$ka:\eta^3$	dei^1	$mo:n^6$	dei^1	mai^2
讲	好	情	好	爱

谈情又说爱。

6-1103

想	完	仪	外	贝
Siengj	vuenh	saenq	vaij	bae
$\theta i:\eta^3$	$va:n^6$	θin^5	$va:i^3$	pai^1
想	换	信	过	去

想寄信给你，

6-1104

不	知	远	说	近
Mbouj	rox	gyae	naeuz	gyawj
bou^5	ɹo^4	$kjai^1$	nau^2	$kjau^3$
不	知	远	或	近

不知路多远。

女唱

男唱

6-1105

观	偻	造	对	邦
Gonq	raeuz	caux	doih	baengz
ko:n⁵	ɹau²	ça:u⁴	to:i⁶	paŋ²
先	我们	造	伙伴	朋

我俩初恋时，

6-1106

讲	好	满	好	美
Gangj	ndei	monh	ndei	maez
ka:ŋ³	dei¹	mo:n⁶	dei¹	mai²
讲	好	情	好	爱

谈情又说爱。

6-1107

的	早	罗	一	貝
Diq	haet	loh	ndeu	bae
ti⁵	hat⁷	lo⁶	de:u¹	pai¹
点	早	路	一	去

一早上路去，

6-1108

几	来	远	了	备
Geij	lai	gyae	liux	beix
ki³	la:i¹	kjai¹	li:u⁴	pi⁴
几	多	远	啰	兄

没有多少远。

6-1109

观	偻	造	对	邦
Gonq	raeuz	caux	doih	baengz
ko:n⁵	ɹau²	ça:u⁴	to:i⁶	paŋ²
先	我们	造	伙伴	朋

我俩初恋时，

6-1110

讲	好	满	好	美
Gangj	ndei	monh	ndei	maez
ka:ŋ³	dei¹	mo:n⁶	dei¹	mai²
讲	好	情	好	爱

谈情又说爱。

6-1111

三	安	峝	同	长
Sam	aen	rungh	doengz	raez
θa:n¹	an¹	ɹuŋ⁶	toŋ²	ɹai²
三	个	峝	同	长

距离三个峝，

6-1112

又	尝	远	么	农
Youh	caengz	gyae	maq	nuengx
jou⁴	çaŋ²	kjai¹	ma⁵	nu:ŋ⁴
又	未	远	嘛	妹

妹说远不远？

女唱

6-1113

观	偻	造	对	邦
Gonq	raeuz	caux	doih	baengz
ko:n⁵	ɹau²	ça:u⁴	to:i⁶	paŋ²
先	我们	造	伙伴	朋

我俩初恋时，

6-1114

讲	好	满	好	美
Gangj	ndei	monh	ndei	maez
ka:ŋ³	dei¹	mo:n⁶	dei¹	mai²
讲	好	情	好	爱

谈情又说爱。

6-1115

友	而	刀	元	远
Youx	lawz	dauq	roen	gyae
ju⁴	lau²	ta:u⁵	jon¹	kjai¹
友	哪	回	路	远

哪个友路远，

6-1116

皮	斗	长	又	哭
Bid	daeuj	raez	youh	daej
pit⁸	tau³	ɹai²	jou⁴	tai³
蝉	来	鸣	又	哭

听蝉鸣又哭。

女唱

6-1117

观	偻	造	对	邦
Gonq	raeuz	caux	doih	baengz
ko:n⁵	ɹau²	ça:u⁴	to:i⁶	paŋ²
先	我们	造	伙伴	朋

我俩初恋时，

6-1118

讲	好	满	好	美
Gangj	ndei	monh	ndei	maez
ka:ŋ³	dei¹	mo:n⁶	dei¹	mai²
讲	好	情	好	爱

谈情又说爱。

6-1119

友	而	刀	元	远
Youx	rawz	dauq	roen	gyae
ju⁴	lau²	ta:u⁵	jo:ŋ¹	kjai¹
友	哪	回	路	远

哪位路途远，

6-1120

可	来	美	来	满
Goj	lai	maez	lai	monh
ko⁵	la:i¹	mai²	la:i¹	mo:n⁶
也	多	说爱	多	谈情

可多聊情谊。

男唱

6-1121

觌	偻	造	对	邦
Gonq	raeuz	caux	doih	baengz
ko:n⁵	ɹau²	ɕa:u⁴	to:i⁶	paŋ²
先	我们	造	伙伴	朋

我俩初恋时，

6-1122

讲	好	满	好	美
Gangj	ndei	monh	ndei	maez
ka:ŋ³	dei¹	mo:n⁶	dei¹	mai²
讲	好	情	好	爱

谈情又说爱。

6-1123

当	阝	当	在	远
Dangq	boux	dangq	ywq	gyae
ta:ŋ⁵	pu⁴	ta:ŋ⁵	jɯ⁵	kjai¹
另	人	另	在	远

各人住得远，

6-1124

利	满	美	知	不
Lij	monh	maez	rox	mbouj
li⁴	mo:n⁶	mai²	ɹo⁴	bou⁵
还	谈情	说爱	或	不

还能谈情否？

女唱

6-1125

觌	偻	造	对	邦
Gonq	raeuz	caux	doih	baengz
ko:n⁵	ɹau²	ɕa:u⁴	to:i⁶	paŋ²
先	我们	造	伙伴	朋

我俩初恋时，

6-1126

讲	好	满	好	美
Gangj	ndei	monh	ndei	maez
ka:ŋ³	dei¹	mo:n⁶	dei¹	mai²
讲	好	情	好	爱

谈情又说爱。

6-1127

当	阝	当	在	远
Dangq	boux	dangq	ywq	gyae
ta:ŋ⁵	pu⁴	ta:ŋ⁵	jɯ⁵	kjai¹
另	人	另	在	远

各自住得远，

6-1128

满	美	偻	牙	了
Monh	maez	raeuz	yax	liux
mo:n⁶	mai²	ɹau²	ja⁵	li:u⁴
情	爱	我们	也	完

情爱已到头。

男唱	女唱

6-1129

观	偻	造	对	邦
Gonq	raeuz	caux	doih	baengz
ko:n⁵	ɹau²	ça:u⁴	to:i⁶	paŋ²
先	我们	造	伙伴	朋

我俩初恋时,

6-1130

讲	好	满	好	美
Gangj	ndei	monh	ndei	maez
ka:ŋ³	dei¹	mo:n⁶	dei¹	mai²
讲	好	情	好	爱

谈情又说爱。

6-1131

贝	邦	伏	改	韦
Bae	biengz	fwx	gaij	vae
pai¹	pi:ŋ²	fə⁴	ka:i³	vai¹
去	地方	别人	改	姓

嫁他乡改姓,

6-1132

好	美	不	了	农
Ndei	maez	mbouj	liux	nuengx
dei¹	mai²	bou⁵	li:u⁴	nu:ŋ⁴
好	爱	不	啰	妹

妹你幸福否?

6-1133

观	偻	造	对	邦
Gonq	raeuz	caux	doih	baengz
ko:n⁵	ɹau²	ça:u⁴	to:i⁶	paŋ²
先	我们	造	伙伴	朋

我俩初恋时,

6-1134

讲	好	满	好	美
Gangj	ndei	monh	ndei	maez
ka:ŋ³	dei¹	mo:n⁶	dei¹	mai²
讲	好	情	好	爱

谈情又说爱。

6-1135

贝	邦	伏	改	韦
Bae	biengz	fwx	gaij	vae
pai¹	pi:ŋ²	fə⁴	ka:i³	vai¹
去	地方	别人	改	姓

嫁他乡改姓,

6-1136

好	美	又	好	满
Ndei	maez	youh	ndei	monh
dei¹	mai²	jou⁴	dei¹	mo:n⁶
好	爱	又	好	情

幸福又欢悦。

男唱

6-1137

觇	偻	造	对	邦
Gonq	raeuz	caux	doih	baengz
ko:n^5	ɹau^2	ɕa:u^4	to:i^6	paŋ^2
先	我们	造	伙伴	朋

我俩初恋时，

6-1138

讲	好	满	好	美
Gangj	ndei	monh	ndei	maez
ka:ŋ^3	dei^1	mo:n^6	dei^1	mai^2
讲	好	情	好	爱

谈情又说爱。

6-1139

农	改	作	狼	贝
Nuengx	gaij	coh	langh	bae
nu:ŋ^4	ka:i^3	ço^6	la:ŋ^6	pai^1
妹	改	名字	若	去

妹若改得名，

6-1140

龙	改	韦	贝	勒
Lungz	gaij	vae	bae	lawh
luŋ^2	ka:i^3	vai^1	pai^1	ləɯ^6
龙	改	姓	去	换

兄改姓找你。

女唱

6-1141

觇	偻	造	对	邦
Gonq	raeuz	caux	doih	baengz
ko:n^5	ɹau^2	ɕa:u^4	to:i^6	paŋ^2
先	我们	造	伙伴	朋

我俩初恋时，

6-1142

讲	好	满	好	美
Gangj	ndei	monh	ndei	maez
ka:ŋ^3	dei^1	mo:n^6	dei^1	mai^2
讲	好	情	好	爱

谈情又说爱。

6-1143

改	作	是	空	贝
Gaij	coh	cix	ndwi	bae
ka:i^3	ço^6	çi^4	du:i^1	pai^1
改	名字	就	不	去

名都改不掉，

6-1144

讲	改	韦	么	备
Gangj	gaij	vae	maz	beix
ka:ŋ^3	ka:i^3	vai^1	ma^2	pi^4
讲	改	姓	什么	兄

何况改姓氏。

男唱

6-1145

观	偻	造	对	邦
Gonq	raeuz	caux	doih	baengz
ko:n^5	ɹau^2	ça:u^4	to:i^6	paŋ^2
先	我们	造	伙伴	朋

我俩初恋时，

6-1146

讲	好	满	好	美
Gangj	ndei	monh	ndei	maez
ka:ŋ^3	dei^1	mo:n^6	dei^1	mai^2
讲	好	情	好	爱

谈情又说爱。

6-1147

改	作	牙	空	貝
Gaij	coh	yax	ndwi	bae
ka:i^3	ço^6	ja^5	du:i^1	pai^1
改	名字	也	不	去

名也改不掉，

6-1148

改	韦	牙	不	刀
Gaij	vae	yax	mbouj	dauq
ka:i^3	vai^1	ja^5	bou^5	ta:u^5
改	姓	也	不	回

姓也改不回。

女唱

6-1149

观	偻	造	对	邦
Gonq	raeuz	caux	doih	baengz
ko:n^5	ɹau^2	ça:u^4	to:i^6	paŋ^2
先	我们	造	伙伴	朋

我俩初恋时，

6-1150

讲	好	满	好	美
Gangj	ndei	monh	ndei	maez
ka:ŋ^3	dei^1	mo:n^6	dei^1	mai^2
讲	好	情	好	爱

谈情又说爱。

6-1151

改	作	古	当	韦
Gaij	coh	guh	dangq	vae
ka:i^3	ço^5	ku^4	ta:ŋ^5	vai^1
改	名字	做	另	姓

改名为异姓，

6-1152

改	姓	古	备	农
Gaij	singq	guh	beix	nuengx
ka:i^3	θiŋ^5	ku^4	pi^4	nu:ŋ^4
改	姓	做	兄	妹

改姓做夫妻。

① 手 好［fuŋ²
ha:u¹］：白手。指
表白之意。

男唱

6-1153

观　楼　造　对　邦
Gonq　raeuz　caux　doih　baengz
ko:n⁵　ɹau²　ça:u⁴　to:i⁶　paŋ²
先　我们　造　伙伴　朋
我俩初恋时，

6-1154

讲　洋　样　包　少
Gangj　angq　yiengh　mbauq　sau
ka:ŋ³　a:ŋ⁵　juːŋ⁶　ba:u⁵　θa:u¹
讲　高兴　样　小伙　姑娘
欢悦如兄妹。

6-1155

洋　乃　付　乃　逃
Yaeng　naih　fuz　naih　lauz
jaŋ¹　na:i⁶　fu²　na:i⁶　la:u²
慢　慢　扶　慢　大
相互搀扶大，

6-1156

不　老　正　楼　坤
Mbouj　lau　cingz　raeuz　goenq
bou⁵　la:u¹　çiŋ²　ɹau²　kon⁵
不　怕　情　我们　断
不愁情分断。

女唱

6-1157

观　楼　造　对　邦
Gonq　raeuz　caux　doih　baengz
ko:n⁵　ɹau²　ça:u⁴　to:i⁶　paŋ²
先　我们　造　伙伴　朋
我俩初恋时，

6-1158

讲　洋　样　包　少
Gangj　angq　yiengh　mbauq　sau
ka:ŋ³　a:ŋ⁵　juːŋ⁶　ba:u⁵　θa:u¹
讲　高兴　样　小伙　姑娘
欢悦如兄妹。

6-1159

几　卜　先　手　好①
Geij　boux　senj　fwngz　hau
ki³　pu⁴　θe:n³　fuŋ²　ha:u¹
几　人　选　手　白
曾有人表白，

6-1160

正　包　少　利　坤
Cingz　mbauq　sau　lij　goenq
çiŋ²　ba:u⁵　θa:u¹　li⁴　kon⁵
情　小伙　姑娘　还　断
兄妹情也断。

男唱	女唱

6-1161

几	卩	先	手	好
Geij	boux	senj	fwngz	hau
ki³	pu⁴	θeːn³	fuŋ²	haːu¹
几	人	选	手	白

曾有人相好，

6-1162

正	包	少	利	坤
Cingz	mbauq	sau	lij	goenq
çiŋ²	baːu⁵	θaːu¹	li⁴	kon⁵
情	小伙	姑娘	还	断

兄妹情还断。

6-1163

几	卩	讲	样	能
Geij	boux	gangj	yiengh	nyaenx
ki³	pu⁴	kaːŋ³	jɯːŋ⁶	ȵan⁴
几	人	讲	样	那样

情意那么好，

6-1164

是	利	坤	土	写
Cix	lij	goenq	dou	ce
çi⁴	li⁴	kon⁵	tu¹	çe¹
就	还	断	我	留

还同我绝交。

6-1165

观	偻	造	对	邦
Gonq	raeuz	caux	doih	baengz
koːn⁵	ɹau²	çaːu⁴	toːi⁶	paŋ²
先	我们	造	伙伴	朋

我俩初恋时，

6-1166

讲	洋	样	包	少
Gangj	angq	yiengh	mbauq	sau
kaːŋ³	aːŋ⁵	jɯːŋ⁶	baːu⁵	θaːu¹
讲	高兴	样	小伙	姑娘

欢悦如兄妹。

6-1167

贝	邦	伏	同	交
Bae	biengz	fwx	doengz	gyau
pai¹	piːŋ²	fə⁴	toŋ²	kjaːu¹
去	地方	别人	同	交

去他乡交友，

6-1168

龙	包	得	知	不
Lungz	bau	ndaej	rox	mbouj
luŋ²	paːu¹	dai³	ɹo⁴	bou⁵
龙	包	得	或	不

兄能保证吗？

男唱

6-1169

观	偻	造	对	邦
Gonq	raeuz	caux	doih	baengz
koːn⁵	ɹau²	ҫaːu⁴	toːi⁶	paŋ²
先	我们	造	伙伴	朋

我俩初恋时，

6-1170

讲	洋	样	包	少
Gangj	angq	yiengh	mbauq	sau
kaːŋ³	aːŋ⁵	juːŋ⁶	baːu⁵	θaːu¹
讲	高兴	样	小伙	姑娘

欢悦如兄妹。

6-1171

貝	邦	伏	同	交
Bae	biengz	fwx	doengz	gyau
pai¹	piːŋ²	fə⁴	toŋ²	kjaːu¹
去	地方	别人	同	交

去他乡交友，

6-1172

龙	包	你	玩	仗
Lungz	bau	mwngz	vanz	saenq
luŋ²	paːu¹	muːŋ²	vaːn²	θin⁵
龙	包	你	还	信

兄还信给你。

女唱

6-1173

观	偻	造	对	邦
Gonq	raeuz	caux	doih	baengz
koːn⁵	ɹau²	ҫaːu⁴	toːi⁶	paŋ²
先	我们	造	伙伴	朋

我俩初恋时，

6-1174

讲	洋	样	包	少
Gangj	angq	yiengh	mbauq	sau
kaːŋ³	aːŋ⁵	juːŋ⁶	baːu⁵	θaːu¹
讲	高兴	样	小伙	姑娘

欢悦如兄妹。

6-1175

知	你	包	空	包
Rox	mwngz	bau	ndwi	bau
ɹoʔ⁴	muːŋ²	paːu¹	duːi¹	paːu¹
知	你	包	不	包

谁又能保证，

6-1176

罗	包	少	老	秀
Lox	mbauq	sau	lauq	ciuh
lo⁴	baːu⁵	θaːu¹	laːu⁵	ҫiːu⁶
哄	小伙	姑娘	误	世

哄兄妹而已。

男唱

女唱

6-1177

觌	偻	造	对	邦
Gonq	raeuz	caux	doih	baengz
koːn⁵	ɹau²	ɕaːu⁴	toːi⁶	paŋ²
先	我们	造	伙伴	朋

我俩初恋时，

6-1178

讲	洋	样	包	少
Gangj	angq	yiengh	mbauq	sau
kaːŋ³	aːŋ⁵	juːŋ⁶	baːu⁵	θaːu¹
讲	高兴	样	小伙	姑娘

欢悦如兄妹。

6-1179

土	讲	包	是	包
Dou	gangj	bau	cix	bau
tu¹	kaːŋ³	paːu¹	ɕi⁴	paːu¹
我	讲	包	就	包

我讲保就保，

6-1180

老	开	么	了	农
Lau	gij	maz	liux	nuengx
laːu¹	kaːi²	ma²	liːu⁴	nuːŋ⁴
怕	什么	么	啰	妹

妹你怕什么?

6-1181

觌	偻	造	对	邦
Gonq	raeuz	caux	doih	baengz
koːn⁵	ɹau²	ɕaːu⁴	toːi⁶	paŋ²
先	我们	造	伙伴	朋

我俩初恋时，

6-1182

讲	洋	样	包	少
Gangj	angq	yiengh	mbauq	sau
kaːŋ³	aːŋ⁵	juːŋ⁶	baːu⁵	θaːu¹
讲	高兴	样	小伙	姑娘

欢悦如兄妹。

6-1183

告	内	吨	刀	好
Gau	neix	daemz	dauq	hau
kaːu¹	ni⁴	tan²	taːu⁵	haːu¹
次	这	塘	倒	白

这下水塘干，

6-1184

龙	你	包	不	得
Lungz	mwngz	bau	mbouj	ndaej
luŋ²	muŋ²	paːu¹	bou⁵	dai³
龙	你	包	不	得

兄恐保不了。

男唱

6-1185

观	偻	造	对	邦
Gonq	raeuz	caux	doih	baengz
koːn⁵	ɹau²	ɕaːŋ⁴	toːi⁶	paŋ²
先	我们	造	伙伴	朋

我俩初恋时，

6-1186

讲	洋	样	包	少
Gangj	angq	yiengh	mbauq	sau
kaːŋ³	aːŋ⁵	juːŋ⁶	baːu⁵	θaːu¹
讲	高兴	样	小伙	姑娘

欢悦如兄妹。

6-1187

告	内	吨	刀	好
Gau	neix	daemz	dauq	hau
kaːu¹	ni⁴	tan²	taːu⁵	haːu¹
次	这	塘	倒	白

这下水塘干，

6-1188

包	少	付	生	衣
Mbauq	sau	fouz	seng	eiq
baːu⁵	θaːu¹	fu²	θeːŋ¹	i⁵
小伙	姑娘	浮	相	依

兄妹要失望。

女唱

6-1189

观	偻	造	对	邦
Gonq	raeuz	caux	doih	baengz
koːn⁵	ɹau²	ɕaːŋ⁴	toːi⁶	paŋ²
先	我们	造	伙伴	朋

我俩初恋时，

6-1190

讲	洋	样	包	少
Gangj	angq	yiengh	mbauq	sau
kaːŋ³	aːŋ⁵	juːŋ⁶	baːu⁵	θaːu¹
讲	高兴	样	小伙	姑娘

欢悦如兄妹。

6-1191

贝	邦	伏	同	交
Bae	biengz	fwx	doengz	gyau
pai¹	piːŋ²	fə⁴	toŋ²	kjaːu¹
去	地方	别人	同	交

去外地交友，

6-1192

要	你	古	妻	罗
Aeu	mwngz	guh	maex	loh
au¹	mɯŋ²	ku⁴	mai⁴	lo⁶
要	你	做	妻	路

要你当路人。

男唱

6-1193

观	偻	造	对	邦
Gonq	raeuz	caux	doih	baengz
koːn⁵	ɹau²	ɕaːu⁴	toːi⁶	paŋ²
先	我们	造	伙伴	朋

我俩初恋时，

6-1194

讲	洋	样	包	少
Gangj	angq	yiengh	mbauq	sau
kaːŋ³	aːŋ⁵	juːŋ⁶	baːu⁵	θaːu¹
讲	高兴	样	小伙	姑娘

欢悦如兄妹。

6-1195

布	皮	查	布	好
Baengz	bik	cab	baengz	hau
paŋ²	pik⁷	ɕaːp⁸	paŋ²	haːu¹
布	蓝	掺	布	白

蓝布夹白布，

6-1196

样	而	交	了	农
Yiengh	lawz	gyau	liux	nuengx
juːŋ⁶	lau²	kjaːu¹	liːu⁴	nuːŋ⁴
样	哪	交	啰	妹

怎么能相交？

女唱

6-1197

观	偻	造	对	邦
Gonq	raeuz	caux	doih	baengz
koːn⁵	ɹau²	ɕaːu⁴	toːi⁶	paŋ²
先	我们	造	伙伴	朋

我俩初恋时，

6-1198

讲	洋	样	包	少
Gangj	angq	yiengh	mbauq	sau
kaːŋ³	aːŋ⁵	juːŋ⁶	baːu⁵	θaːu¹
讲	高兴	样	小伙	姑娘

欢悦如兄妹。

6-1199

布	皮	查	布	好
Baengz	bik	cab	baengz	hau
paŋ²	pik⁷	ɕaːp⁸	paŋ²	haːu¹
布	蓝	掺	布	白

蓝布夹白布，

6-1200

可	交	正	牙	知
Goj	gyau	cingz	yax	rox
ko⁵	kjaːu¹	ɕiŋ²	ja⁵	ɹo⁴
也	交	情	才	知

换礼物才懂。

男唱	女唱

6-1201

观	偻	造	对	邦
Gonq	raeuz	caux	doih	baengz
$ko:n^5$	ιau^2	$\c{c}a:u^4$	$to:i^6$	$pa\eta^2$
先	我们	造	伙伴	朋

我俩初恋时，

6-1202

讲	洋	样	包	少
Gangj	angq	yiengh	mbauq	sau
$ka:\eta^3$	$a:\eta^5$	$ju\mu\eta^6$	$ba:u^5$	$\theta a:u^1$
讲	高兴	样	小伙	姑娘

欢乐如兄妹。

6-1203

布	皮	查	布	好
Baengz	bik	cab	baengz	hau
$pa\eta^2$	pik^7	$\c{c}a:p^8$	$pa\eta^2$	$ha:u^1$
布	蓝	掺	布	白

蓝布夹白布，

6-1204

交	古	正	跟	义
Gyau	guh	cingz	riengz	ngeih
$kja:u^1$	ku^4	$\c{c}i\eta^2$	$\iota i:\iota^2$	ηi^6
交	做	情	跟	义

为情义相交。

6-1205

观	偻	造	对	邦
Gonq	raeuz	caux	doih	baengz
$ko:n^5$	ιau^2	$\c{c}a:u^4$	$to:i^6$	$pa\eta^2$
先	我们	造	伙伴	朋

我俩初恋时，

6-1206

讲	洋	样	包	少
Gangj	angq	yiengh	mbauq	sau
$ka:\eta^3$	$a:\eta^5$	$ju\mu\eta^6$	$ba:u^5$	$\theta a:u^1$
讲	高兴	样	小伙	姑娘

欢乐如兄妹。

6-1207

布	皮	土	是	交
Baengz	bik	dou	cix	gyau
$pa\eta^2$	pik^7	tu^1	$\c{c}i^4$	$kja:u^1$
布	蓝	我	就	交

穿蓝我结交，

6-1208

布	好	土	不	勒
Baengz	hau	dou	mbouj	lawh
$pa\eta^2$	$ha:u^1$	tu^1	bou^5	$l\ni u^6$
布	白	我	不	换

穿白我不愿。

男唱

6-1209

观	偻	造	对	邦
Gonq	raeuz	caux	doih	baengz
$ko:n^5$	$\imath au^2$	$ça:u^4$	$to:i^6$	$pa\eta^2$
先	我们	造	伙伴	朋

我俩初恋时，

6-1210

讲	洋	样	包	少
Gangj	angq	yiengh	mbauq	sau
$ka:\eta^3$	$a:\eta^5$	$ju:\eta^6$	$ba:u^5$	$\theta a:u^1$
讲	高兴	样	小伙	姑娘

欢乐如兄妹。

6-1211

正	义	想	牙	交
Cingz	ngeih	siengj	yaek	gyau
$çi\eta^2$	ηi^6	$\theta i:\eta^3$	jak^7	$kja:u^1$
情	义	想	要	交

情义是要交，

6-1212

真	花	桃	知	不
Caen	va	dauz	rox	mbouj
$çin^1$	va^1	$ta:u^2$	$\imath o^4$	bou^5
真	花	桃	或	不

真桃花与否？

女唱

6-1213

观	偻	造	对	邦
Gonq	raeuz	caux	doih	baengz
$ko:n^5$	$\imath au^2$	$ça:u^4$	$to:i^6$	$pa\eta^2$
先	我们	造	伙伴	朋

我俩初恋时，

6-1214

讲	洋	样	包	少
Gangj	angq	yiengh	mbauq	sau
$ka:\eta^3$	$a:\eta^5$	$ju:\eta^6$	$ba:u^5$	$\theta a:u^1$
讲	高兴	样	小伙	姑娘

欢乐如兄妹。

6-1215

米	正	义	是	交
Miz	cingz	ngeih	cix	gyau
mi^2	$çi\eta^2$	ηi^6	$çi^4$	$kja:u^1$
有	情	义	就	交

有情就结交，

6-1216

真	花	桃	义	月
Caen	va	dauz	ngeih	nyied
$çin^1$	va^1	$ta:u^2$	ηi^6	$\eta u:t^8$
真	花	桃	二	月

是二月桃花。

男唱

6-1217

觋	偻	造	对	邦
Gonq	raeuz	caux	doih	baengz
koːn⁵	ɹau²	ɕaːu⁴	toːi⁶	paŋ²
先	我们	造	伙伴	朋

我俩初恋时，

6-1218

讲	洋	样	包	少
Gangj	angq	yiengh	mbauq	sau
kaːŋ³	aːŋ⁵	juːŋ⁶	baːu⁵	θaːu¹
讲	高兴	样	小伙	姑娘

欢乐如兄妹。

6-1219

伏	优	连	同	桃
Fwx	yaeuj	lienh	doengh	dauz
fə⁴	jau³	liːn⁶	toŋ²	taːu²
别人	举	链	相	绑

若被铁链绑，

6-1220

好	老	不	了	农
Ndei	lau	mbouj	liux	nuengx
dei¹	laːu¹	bou⁵	liːu⁴	nuːŋ⁴
好	怕	不	啰	妹

你说可怕不?

女唱

6-1221

觋	偻	造	对	邦
Gonq	raeuz	caux	doih	baengz
koːn⁵	ɹau²	ɕaːu⁴	toːi⁶	paŋ²
先	我们	造	伙伴	朋

我俩初恋时，

6-1222

讲	洋	样	包	少
Gangj	angq	yiengh	mbauq	sau
kaːŋ³	aːŋ⁵	juːŋ⁶	baːu⁵	θaːu¹
讲	高兴	样	小伙	姑娘

欢乐如兄妹。

6-1223

伏	优	连	同	桃
Fwx	yaeuj	lienh	doengh	dauz
fə⁴	jau³	liːn⁶	toŋ²	taːu²
别人	举	链	相	绑

若被别人绑，

6-1224

好	老	是	开	勒
Ndei	lau	cix	gaej	lawh
dei¹	laːu¹	ɕi⁴	kaːi⁵	ləɯ⁶
好	怕	就	莫	换

害怕就别交。

男唱

6-1225

觇	偻	造	对	邦
Gonq	raeuz	caux	doih	baengz
ko:n⁵	ɹau²	ça:u⁴	to:i⁶	paŋ²
先	我们	造	伙伴	朋

我俩初恋时，

6-1226

讲	洋	样	包	少
Gangj	angq	yiengh	mbauq	sau
ka:ŋ³	a:ŋ⁵	juːŋ⁶	ba:u⁵	θa:u¹
讲	高兴	样	小伙	姑娘

欢乐如兄妹。

6-1227

被	难	告	托	告
Deng	nanh	gau	doek	gau
te:ŋ¹	na:n⁶	ka:u¹	tok⁷	ka:u¹
被	难	次	落	次

一次次落难，

6-1228

好	老	不	了	农
Ndei	lau	mbouj	liux	nuengx
dei¹	la:u¹	bou⁵	li:u⁴	nu:ŋ⁴
好	怕	不	啰	妹

情妹怕不怕？

女唱

6-1229

觇	偻	造	对	邦
Gonq	raeuz	caux	doih	baengz
ko:n⁵	ɹau²	ça:u⁴	to:i⁶	paŋ²
先	我们	造	伙伴	朋

我俩初恋时，

6-1230

讲	洋	样	包	少
Gangj	angq	yiengh	mbauq	sau
ka:ŋ³	a:ŋ⁵	juːŋ⁶	ba:u⁵	θa:u¹
讲	高兴	样	小伙	姑娘

欢乐如兄妹。

6-1231

被	难	是	开	老
Deng	nanh	cix	gaej	lau
te:ŋ¹	na:n⁶	çi⁴	ka:i⁵	la:u¹
被	难	是	莫	怕

落难不用怕，

6-1232

但	包	少	岁	在
Danh	mbauq	sau	caez	ywq
ta:n⁶	ba:u⁵	θa:u¹	çai²	ju⁵
但	小伙	姑娘	齐	在

但兄妹相聚。

① 果桃〔ko¹ ta:u²〕：桃树。老百姓认为桃树枝可避邪。

男唱

6-1233

观	偻	造	对	邦
Gonq	raeuz	caux	doih	baengz
ko:n⁵	ɹau²	ça:u⁴	to:i⁶	paŋ²
先	我们	造	伙伴	朋

我俩初恋时，

6-1234

讲	洋	样	包	少
Gangj	angq	yiengh	mbauq	sau
ka:ŋ³	a:ŋ⁵	ju:ŋ⁶	ba:u⁵	θa:u¹
讲	高兴	样	小伙	姑娘

欢乐如兄妹。

6-1235

被	难	告	托	告
Deng	nanh	gau	doek	gau
te:ŋ¹	na:n⁶	ka:u¹	tok⁷	ka:u¹
被	难	次	落	次

一次次落难，

6-1236

很	果	桃①	贝	满
Hwnj	go	dauz	bae	muengh
hɯn³	ko¹	ta:u²	pai¹	mu:ŋ⁶
上	棵	桃	去	望

上桃树观望。

女唱

6-1237

利	宁	偻	古	同
Lij	ningq	raeuz	guh	doengz
li⁴	niŋ⁵	ɹau²	ku⁴	toŋ²
还	小	我们	做	同

小时结同心，

6-1238

英	元	偻	对	邦
In	yuenz	raeuz	doih	baengz
in¹	ju:n²	ɹau²	to:i⁶	paŋ²
姻	缘	我们	伙伴	朋

姻缘是情友。

6-1239

要	中	心	斗	讲
Aeu	cungh	sim	daeuz	gangj
au¹	çuŋ⁵	θin¹	tau²	ka:ŋ³
要	忠	心	来	讲

凭良心而论，

6-1240

同	汉	不	几	年
Doengh	hanh	mbouj	geij	nienz
toŋ²	ha:n⁶	bou⁵	ki³	ni:n²
相	限	不	几	年

打赌没多久。

男唱

6-1241

利	宁	偻	古	同
Lij	ningq	raeuz	guh	doengz
li^4	niŋ^5	ɹau^2	ku^4	toŋ^2
还	小	我们	做	同

从小结同心，

6-1242

英	元	偻	对	邦
In	yuenz	raeuz	doih	baengz
in^1	ju:n^2	ɹau^2	to:i^6	paŋ^2
姻	缘	我们	伙伴	朋

缘分是情友。

6-1243

米	小	正	是	完
Miz	siuj	cingz	cix	vuenh
mi^2	θi:u^3	çiŋ^2	çi^4	vu:n^6
有	小	情	就	换

有礼品就换，

6-1244

又	同	汉	古	而
Youh	doengh	hanh	guh	rawz
jou^4	toŋ^2	ha:n^6	ku^4	ɹau^2
又	相	限	做	什么

何必要打赌？

女唱

6-1245

利	宁	偻	古	同
Lij	ningq	raeuz	guh	doengz
li^4	niŋ^5	ɹau^2	ku^4	toŋ^2
还	小	我们	做	同

自幼结同心，

6-1246

英	元	偻	对	邦
In	yuenz	raeuz	doih	baengz
in^1	ju:n^2	ɹau^2	to:i^6	paŋ^2
姻	缘	我们	伙伴	朋

缘分是情友。

6-1247

是	想	不	同	汉
Cix	siengj	mbouj	doengh	hanh
çi^4	θi:ŋ^3	bou^5	toŋ^2	ha:n^6
就	想	不	相	限

本不想打赌，

6-1248

对	邦	不	重	心
Doih	baengz	mbouj	naek	sim
to:i^6	paŋ^2	bou^5	nak^7	θin^1
伙伴	朋	不	重	心

情友不在意。

男唱

6-1249

利	宁	偻	古	同
Lij	ningq	raeuz	guh	doengz
li⁴	niŋ⁵	ɹau²	ku⁴	toŋ²
还	小	我们	做	同

从小结同心，

6-1250

英	元	偻	对	邦
In	yuenz	raeuz	doih	baengz
in¹	ju:n²	ɹau²	to:i⁶	paŋ²
姻	缘	我们	伙伴	朋

缘分是情友。

6-1251

交	正	全	同	汉
Gyau	cingz	gyonj	doengh	hanh
kja:u¹	ɕiŋ²	kjo:n³	toŋ²	ha:n⁶
交	情	都	相	限

结交还相欺，

6-1252

秀	对	邦	难	办
Ciuh	doih	baengz	nanz	baenz
ɕi:u⁶	to:i⁶	paŋ²	na:n²	pan²
世	伙伴	朋	难	成

情侣结不成。

女唱

6-1253

利	宁	偻	古	同
Lij	ningq	raeuz	guh	doengz
li⁴	niŋ⁵	ɹau²	ku⁴	toŋ²
还	小	我们	做	同

从小结同心，

6-1254

英	元	偻	对	邦
In	yuenz	raeuz	doih	baengz
in¹	ju:n²	ɹau²	to:i⁶	paŋ²
姻	缘	我们	伙伴	朋

姻缘定情友。

6-1255

米	小	正	是	完
Miz	siuj	cingz	cix	vuenh
mi²	θi:u³	ɕiŋ²	ɕi⁴	vu:n⁶
有	小	情	就	换

有礼物拿来，

6-1256

金	当	可	得	银
Gim	dingh	goj	ndaej	ngaenz
kin¹	ta:ŋ⁶	ko⁵	dai³	ŋan²
金	锭	也	得	银

金锭或银子。

男唱

6-1257

利	宁	偻	古	同
Lij	ningq	raeuz	guh	doengz
li⁴	niŋ⁵	ɣau²	ku⁴	toŋ²
还	小	我们	做	同

自幼结同心,

6-1258

英	元	偻	对	邦
In	yuenz	raeuz	doih	baengh
in¹	juːn²	ɣau²	toːi⁶	paŋ²
姻	缘	我们	伙伴	朋

姻缘定情侣。

6-1259

米	小	正	是	完
Miz	siuj	cingz	cix	vuenh
mi²	θiu³	ɕiŋ²	ɕi⁴	vuːn⁶
有	小	情	就	换

有礼物拿来,

6-1260

讲	金	当	古	而
Gangj	gim	dingh	guh	rawz
kaːŋ³	kin¹	taːŋ⁶	ku⁴	ɣau²
讲	金	锭	做	什么

为何提金锭?

女唱

6-1261

利	宁	偻	古	同
Lij	ningq	raeuz	guh	doengz
li⁴	niŋ⁵	ɣau²	ku⁴	toŋ²
还	小	我们	做	同

从小结同心,

6-1262

英	元	偻	对	邦
In	yuenz	raeuz	doih	baengz
in¹	juːn²	ɣau²	toːi⁶	paŋ²
姻	缘	我们	伙伴	朋

姻缘定情侣。

6-1263

想	不	讲	金	当
Siengj	mbouj	gangj	gim	dingh
θiːŋ³	bou⁵	kaːŋ³	kin¹	taːŋ⁶
想	不	讲	金	锭

不想提金锭,

6-1264

邦	老	兰	你	米
Baengz	laux	lanh	mwngz	miz
paŋ²	laːu⁴	laːn⁶	muŋ²	mi²
朋	大	大方	你	有

你是大方友。

男唱

6-1265

利	宁	偻	古	同
Lij	ningq	raeuz	guh	doengz
li⁴	niŋ⁵	ɹau²	ku⁴	toŋ²
还	小	我们	做	同

从小结同心，

6-1266

英	元	偻	对	邦
In	yuenz	raeuz	doih	baengz
in¹	ju:n²	ɹau²	to:i⁶	paŋ²
姻	缘	我们	伙伴	朋

姻缘定情侣。

6-1267

米	小	正	是	完
Miz	siuj	cingz	cix	vuenh
mi²	θi:u³	ɕiŋ²	ɕi⁴	vu:n⁶
有	小	情	就	换

有礼物拿来，

6-1268

邦	老	兰	在	而
Baengz	laux	lanh	ywq	lawz
paŋ²	la:u⁴	la:n⁶	juɯ⁵	lauɯ²
朋	大	大方	在	哪

哪有大方友？

女唱

6-1269

利	宁	偻	古	同
Lij	ningq	raeuz	guh	doengz
li⁴	niŋ⁵	ɹau²	ku⁴	toŋ²
还	小	我们	做	同

从小结同心，

6-1270

英	元	偻	对	邦
In	yuenz	raeuz	doih	baengz
in¹	ju:n²	ɹau²	to:i⁶	paŋ²
姻	缘	我们	伙伴	朋

姻缘定情侣。

6-1271

小	正	想	牙	完
Siuj	cingz	siengj	yaek	vuenh
θi:u³	ɕiŋ²	θi:ŋ³	jak⁷	vu:n⁶
小	情	想	要	换

本想送礼物，

6-1272

备	空	满	堂	偻
Beix	ndwi	muengh	daengz	raeuz
pi⁴	du:i¹	mu:ŋ⁶	taŋ²	ɹau²
兄	不	望	到	我们

情哥不想我。

男唱

6-1273

利	宁	偻	古	同
Lij	ningq	raeuz	guh	doengz
li⁴	niŋ⁵	ɣau²	ku⁴	toŋ²
还	小	我们	做	同

从小结同心，

6-1274

英	元	偻	对	邦
In	yuenz	raeuz	doih	baengz
in¹	juːn²	ɣau²	toːi⁶	paŋ²
姻	缘	我们	伙伴	朋

姻缘定情侣。

6-1275

米	小	正	是	完
Miz	siuj	cingz	cix	vuenh
mi²	θiːu³	çiŋ²	çi⁴	vuːn⁶
有	小	情	就	换

有礼品就送，

6-1276

不	满	又	貝	而
Mbouj	muengh	youh	bae	lawz
bou⁵	muːŋ⁶	jou⁴	pai¹	lau²
不	望	又	去	哪

不想你想谁？

女唱

6-1277

利	宁	偻	古	同
Lij	ningq	raeuz	guh	doengz
li⁴	niŋ⁵	ɣau²	ku⁴	toŋ²
还	小	我们	做	同

从小结同心，

6-1278

英	元	偻	对	邦
In	yuenz	raeuz	doih	baengz
in¹	juːn²	ɣau²	toːi⁶	paŋ²
姻	缘	我们	伙伴	朋

姻缘定情侣。

6-1279

老	兰	点	老	兰
Laux	lanh	dem	laux	lanh
laːu⁴	laːn⁶	teːn¹	laːu⁴	laːn⁶
大	大方	与	大	大方

我俩皆大方，

6-1280

牙	完	是	同	说
Yax	vuenh	cix	doengz	naeuz
ja⁵	vuːn⁶	çi⁴	toŋ²	nau²
也	换	就	同	说

结交好商量。

男唱

女唱

6-1281

利	宁	偻	古	同
Lij	ningq	raeuz	guh	doengz
li⁴	niŋ⁵	ɹau²	ku⁴	toŋ²
还	小	我们	做	同

从小结同心，

6-1282

英	元	偻	对	邦
In	yuenz	raeuz	doih	baengz
in¹	juːn²	ɹau²	toːi⁶	paŋ²
姻	缘	我们	伙伴	朋

姻缘定情侣。

6-1283

老	兰	点	老	兰
Laux	lanh	dem	laux	lanh
laːu⁴	laːn⁶	teːn¹	laːu⁴	laːn⁶
大	大方	与	大	大方

我俩皆大方，

6-1284

完	牙	得	正	双
Vuenh	yax	ndaej	cingz	song
vuːn⁶	ja⁵	dai³	ɕiŋ²	θoːŋ¹
换	也	得	情	两

互送双份礼。

6-1285

利	宁	偻	古	同
Lij	ningq	raeuz	guh	doengz
li⁴	niŋ⁵	ɹau²	ku⁴	toŋ²
还	小	我们	做	同

从小结同心，

6-1286

英	元	偻	对	邦
In	yuenz	raeuz	doih	baengz
in¹	juːn²	ɹau²	toːi⁶	paŋ²
姻	缘	我们	伙伴	朋

姻缘定情侣。

6-1287

巴	轻	土	是	讲
Bak	mbaeu	dou	cix	gangj
paːk⁷	bau¹	tu¹	ɕi⁴	kaːŋ³
嘴	轻	我	就	讲

嘴快我直说，

6-1288

当	邝	当	良	心
Dangq	boux	dangq	liengz	sim
taːŋ⁵	pu⁴	taːŋ⁵	liːŋ⁶	θin¹
另	人	另	良	心

良心各不同。

男唱

6-1289

利	宁	偻	古	同
Lij	ningq	raeuz	guh	doengz
li^4	niŋ^5	ɹau^2	ku^4	toŋ^2
还	小	我们	做	同

从小结同心，

6-1290

英	元	偻	对	邦
In	yuenz	raeuz	doih	baengz
in^1	ju:n^2	ɹau^2	to:i^6	paŋ^2
姻	缘	我们	伙伴	朋

姻缘定情侣。

6-1291

要	金	银	马	当
Aeu	gim	ngaenz	ma	dangq
au^1	kin^1	ŋan^2	ma^1	ta:ŋ^5
要	金	银	来	当

把家底当完，

6-1292

备	完	不	得	你
Beix	vuenh	mbouj	ndaej	mwngz
pi^4	vu:n^6	bou^5	dai^3	muɯ^2
兄	换	不	得	你

也娶不得你。

女唱

6-1293

利	宁	偻	古	同
Lij	ningq	raeuz	guh	doengz
li^4	niŋ^5	ɹau^2	ku^4	toŋ^2
还	小	我们	做	同

从小结同心，

6-1294

英	元	偻	对	邦
In	yuenz	raeuz	doih	baengz
in^1	ju:n^2	ɹau^2	to:i^6	paŋ^2
姻	缘	我们	伙伴	朋

姻缘定情侣。

6-1295

少	装	身	好	占
Sau	cang	ndang	hau	canz
θa:u^1	ɕa:ŋ^1	da:ŋ^1	ha:u^1	ɕa:n^2
姑娘	装	身	白	灿灿

妹打扮漂亮，

6-1296

老	备	完	不	下
Lau	beix	vuenh	mbouj	roengz
la:u^4	pi^4	vu:n^6	bou^5	ɹoŋ^2
怕	兄	换	不	下

怕兄配不上。

男唱

6-1297

利	宁	偻	古	同
Lij	ningq	raeuz	guh	doengz
li⁴	niŋ⁵	ɹau²	ku⁴	toŋ²
还	小	我们	做	同

从小结同心，

6-1298

英	元	偻	对	邦
In	yuenz	raeuz	doih	baengz
in¹	juːn²	ɹau²	toːi⁶	paŋ²
姻	缘	我们	伙伴	朋

姻缘定情侣。

6-1299

土	能	邦	很	累
Dou	naengh	bangx	haenz	laeq
tu¹	naŋ⁶	paːŋ⁴	han²	lai⁵
我	坐	旁	边	看

我坐旁边看，

6-1300

累	农	完	阝	而
Laeq	nuengx	vuenh	boux	lawz
lai⁵	nuːŋ⁴	vuːn⁶	pu⁴	lau²
看	妹	换	个	哪

妹同谁结交？

女唱

6-1301

利	宁	偻	古	同
Lij	ningq	raeuz	guh	doengz
li⁴	niŋ⁵	ɹau²	ku⁴	toŋ²
还	小	我们	做	同

从小结同心，

6-1302

英	元	偻	对	邦
In	yuenz	raeuz	doih	baengz
in¹	juːn²	ɹau²	toːi⁶	paŋ²
姻	缘	我们	伙伴	朋

姻缘定情侣。

6-1303

土	能	邦	很	累
Dou	naengh	bangx	haenz	laeq
tu¹	naŋ⁶	paːŋ⁴	han²	lai⁵
我	坐	旁	边	看

我坐旁边看，

6-1304

备	爱	完	爱	空
Beix	ngaiq	vuenh	ngaiq	ndwi
pi⁴	ŋaːi⁵	vuːn⁶	ŋaːi⁵	duːi¹
兄	爱	换	爱	不

兄另结交否？

男唱

6-1305

利	宁	偻	古	同
Lij	ningq	raeuz	guh	doengz
li⁴	niŋ⁵	ɹau²	ku⁴	toŋ²
还	小	我们	做	同

从小结同心，

6-1306

英	元	偻	对	邦
In	yuenz	raeuz	doih	baengz
in¹	juːn²	ɹau²	toːi⁶	paŋ²
姻	缘	我们	伙伴	朋

姻缘定为友。

6-1307

合	元	不	对	罗
Hob	yuenz	mbouj	doiq	loh
hoːp⁸	juːn²	bou⁵	toːi⁵	lo⁶
合	缘	不	对	路

八字合不上，

6-1308

当	ß	三	当	吉
Dangq	boux	sanq	dangq	giz
taːŋ⁵	pu⁴	θaːn⁵	taːŋ⁵	ki²
另	人	散	另	处

各自奔前程。

女唱

6-1309

利	宁	偻	古	同
Lij	ningq	raeuz	guh	doengz
li⁴	niŋ⁵	ɹau²	ku⁴	toŋ²
还	小	我们	做	同

从小结同心，

6-1310

英	元	偻	对	邦
In	yuenz	raeuz	doih	baengz
in¹	juːn²	ɹau²	toːi⁶	paŋ²
姻	缘	我们	伙伴	朋

姻缘定为友。

6-1311

十	分	ß	爱	ß
Cib	faen	boux	ngaiq	boux
ɕit⁸	fan¹	pu⁴	ŋaːi⁵	pu⁴
十	分	人	爱	人

实在相爱慕，

6-1312

干	邦	友	同	巡
Ganq	baengz	youx	doengh	cunz
kaːn⁵	paŋ²	ju⁴	toŋ²	ɕun²
照料	朋	友	相	巡

做朋友来往。

男唱

6-1313

利	宁	偻	古	同
Lij	ningq	raeuz	guh	doengz
li⁴	niŋ⁵	ɹau²	ku⁴	toŋ²
还	小	我们	做	同

自幼结同心，

6-1314

英	元	偻	对	邦
In	yuenz	raeuz	doih	baengz
in¹	juːn²	ɹau²	toːi⁶	paŋ²
姻	缘	我们	伙伴	朋

姻缘定为友。

6-1315

得	元	你	是	古
Ndaej	yuenz	mwngz	cix	guh
dai³	juːn²	mɯŋ²	ɕi⁴	ku⁴
得	缘	你	就	做

有缘你就走，

6-1316

开	满	阝	论	偻
Gaej	muenz	boux	lumj	raeuz
kaːi⁵	muːn²	pu⁴	lun³	ɹau²
莫	瞒	人	像	我们

不要瞒着我。

女唱

6-1317

利	宁	偻	古	同
Lij	ningq	raeuz	guh	doengz
li⁴	niŋ⁵	ɹau²	ku⁴	toŋ²
还	小	我们	做	同

从小结同心，

6-1318

英	元	偻	对	邦
In	yuenz	raeuz	doih	baengz
in¹	juːn²	ɹau²	toːi⁶	paŋ²
姻	缘	我们	伙伴	朋

姻缘定为友。

6-1319

尝	得	元	小	古
Caengz	ndaej	yuenz	siuj	guh
ɕaŋ²	dai³	juːn²	θiːu³	ku⁴
未	得	缘	少	做

未逢缘可去，

6-1320

真	满	阝	论	你
Caen	muenz	boux	lumj	mwngz
ɕin¹	muːn²	pu⁴	lun³	mɯŋ²
真	瞒	人	像	你

真的瞒着你。

男唱

6-1321

利	宁	偻	古	同
Lij	ningq	raeuz	guh	doengz
li⁴	niŋ⁵	ɹau²	ku⁴	toŋ²
还	小	我们	做	同

从小结同心，

6-1322

英	元	偻	韦	阿
In	yuenz	raeuz	vae	oq
in¹	juːn²	ɹau²	vai¹	o⁵
姻	缘	我们	姓	别

姻缘为情友。

6-1323

八	十	字	空	合
Bet	cih	saw	ndwi	hwz
peːt⁷	çi⁶	θau¹	duːi¹	ho²
八	个	字	不	合

八字合不上，

6-1324

当	罗	偻	当	貝
Dangq	loh	raeuz	dangq	bae
taːŋ⁵	lo⁶	ɹau²	taːŋ⁵	pai¹
另	路	我们	另	去

各走各的路。

女唱

6-1325

利	宁	偻	古	同
Lij	ningq	raeuz	guh	doengz
li⁴	niŋ⁵	ɹau²	ku⁴	toŋ²
还	小	我们	做	同

从小结同心，

6-1326

英	元	偻	韦	阿
In	yuenz	raeuz	vae	oq
in¹	juːn²	ɹau²	vai¹	o⁵
姻	缘	我们	姓	别

姻缘为情友。

6-1327

八	十	字	空	合
Bet	cih	saw	ndwi	hwz
peːt⁷	çi⁶	θau¹	duːi¹	ho²
八	个	字	不	合

八字合不上，

6-1328

当	花	偻	花	才
Dangq	va	roz	va	yaij
taːŋ⁵	va¹	ɹo²	va¹	jaːi³
当	花	枯	花	枯萎

如残花凋落。

男唱

6-1329

利	宁	偻	古	同
Lij	ningq	raeuz	guh	doengz
li⁴	niŋ⁵	ɹau²	ku⁴	toŋ²
还	小	我们	做	同

从小结同心，

6-1330

英	元	偻	韦	阿
In	yuenz	raeuz	vae	oq
in¹	juːn²	ɹau²	vai¹	o⁵
姻	缘	我们	姓	别

姻缘为情友。

6-1331

八	十	字	空	合
Bet	cih	saw	ndwi	hwz
peːt⁷	çi⁶	θau¹	duːi¹	ho²
八	个	字	不	合

八字合不上，

6-1332

白	唱	歌	能	空
Beg	cang	go	nyaenx	ndwi
peːk⁸	çaːŋ⁴	ko⁵	ɲan⁴	duːi¹
白	唱	歌	那样	空

白唱那情歌。

女唱

6-1333

利	宁	偻	古	同
Lij	ningq	raeuz	guh	doengz
li⁴	niŋ⁵	ɹau²	ku⁴	toŋ²
还	小	我们	做	同

自幼结同心，

6-1334

英	元	偻	韦	阿
In	yuenz	raeuz	vae	oq
in¹	juːn²	ɹau²	vai¹	o⁵
姻	缘	我们	姓	别

姻缘为情友。

6-1335

八	十	字	空	合
Bet	cih	saw	ndwi	hwz
peːt⁷	çi⁶	θau¹	duːi¹	ho²
八	个	字	不	合

八字合不上，

6-1336

唱	歌	不	米	正
Cang	go	mbouj	miz	cingz
çaːŋ⁴	ko⁵	bou⁵	mi²	çiŋ²
唱	歌	不	有	情

唱歌无情义。

男唱

6-1337

利	宁	偻	古	同
Lij	ningq	raeuz	guh	doengz
li⁴	niŋ⁵	ɹau²	ku⁴	toŋ²
还	小	我们	做	同

从小结同心，

6-1338

英	元	偻	韦	阿
In	yuenz	raeuz	vae	oq
in¹	juːn²	ɹau²	vai¹	o⁵
姻	缘	我们	姓	别

姻缘为情友。

6-1339

八	十	字	不	合
Bet	cih	saw	mbouj	hwz
peːt⁷	çi⁶	θau¹	bou⁵	ho²
八	个	字	不	合

八字合不上，

6-1340

当	白	罗	更	本
Dangq	beg	loh	gwnz	mbwn
taːŋ⁵	peːk⁸	lo⁶	kun²	bun¹
当	白	鹭	上	天

如白鹭上天。

女唱

6-1341

利	宁	偻	古	同
Lij	ningq	raeuz	guh	doengz
li⁴	niŋ⁵	ɹau²	ku⁴	toŋ²
还	小	我们	做	同

从小结同心，

6-1342

英	元	偻	韦	阿
In	yuenz	raeuz	vae	oq
in¹	juːn²	ɹau²	vai¹	o⁵
姻	缘	我们	姓	别

姻缘为情友。

6-1343

土	问	你	了	备
Dou	cam	mwngz	liux	beix
tu¹	çaːm¹	muŋ²	liːu⁴	pi⁴
我	问	你	啰	兄

兄我想问你，

6-1344

白	罗	外	日	而
Beg	loh	vaij	ngoenz	lawz
peːk⁸	lo⁶	vaːi³	ŋon²	lau²
白	鹭	过	天	哪

白鹭哪天过？

男唱

6-1345

利	宁	偻	古	同
Lij	ningq	raeuz	guh	doengz
li^4	nin^5	ɹau^2	ku^4	toŋ^2
还	小	我们	做	同

从小结同心，

6-1346

英	元	偻	韦	阿
In	yuenz	raeuz	vae	oq
in^1	ju:n^2	ɹau^2	vai^1	o^5
姻	缘	我们	姓	别

姻缘为情友。

6-1347

外	八	月	十	五
Vaij	bet	nyied	cib	ngux
va:i^3	pe:t^7	ɲu:t^8	ɕit^8	ŋu^4
过	八	月	十	五

过八月十五，

6-1348

白	罗	外	连	连
Beg	loh	vaij	lienz	lienz
pe:k^8	lo^6	va:i^3	li:n^2	li:n^2
白	鹭	过	连	连

白鹭飞满天。

女唱

6-1349

利	宁	偻	古	同
Lij	ningq	raeuz	guh	doengz
li^4	nin^5	ɹau^2	ku^4	toŋ^2
还	小	我们	做	同

从小结同心，

6-1350

英	元	偻	老	表
In	yuenz	raeuz	laux	biuj
in^1	ju:n^2	ɹau^2	la:u^4	pi:u^3
姻	缘	我们	老	表

缘分为老表。

6-1351

元	牙	凉	貝	了
Yuenz	yax	liengz	bae	liux
ju:n^2	ja^5	li:ŋ^2	pai^1	li:u^4
缘	也	凉	去	完

缘分快到头，

6-1352

问	表	备	说	而
Haemq	biuj	beix	naeuz	rawz
han^5	pi:u^3	pi^4	nau^2	ɹau^2
问	表	兄	说	什么

你说怎么办？

男唱

6-1353

利	宁	偻	古	同
Lij	ningq	raeuz	guh	doengz
li⁴	niŋ⁵	ɹau²	ku⁴	toŋ²
还	小	我们	做	同

从小结同心，

6-1354

英	元	偻	老	表
In	yuenz	raeuz	laux	biuj
in¹	juːn²	ɹau²	laːu⁴	piːu³
姻	缘	我们	老	表

缘分为老表。

6-1355

元	牙	凉	貝	了
Yuenz	yax	liengz	bae	liux
juːn²	ja⁵	liːŋ²	pai¹	liːu⁴
缘	也	凉	去	完

缘分淡就淡，

6-1356

秀	可	利	双	偻
Ciuh	goj	lij	song	raeuz
ɕiːu⁶	ko⁵	li⁴	θoːŋ¹	ɹau²
世	还	还	两	我们

我俩人还在。

女唱

6-1357

利	宁	偻	古	同
Lij	ningq	raeuz	guh	doengz
li⁴	niŋ⁵	ɹau²	ku⁴	toŋ²
还	小	我们	做	同

从小结同心，

6-1358

英	元	偻	老	表
In	yuenz	raeuz	laux	biuj
in¹	juːn²	ɹau²	laːu⁴	piːu³
姻	缘	我们	老	表

缘分为老表。

6-1359

元	凉	是	波	小
Yuenz	liengz	cix	boq	seuq
juːn²	liːŋ²	ɕi⁴	po⁵	θeːu⁵
缘	凉	就	吹	哨

缘淡就吹哨，

6-1360

份	老	表	不	论
Faenh	laux	biuj	mbouj	lumz
fan⁶	laːu⁴	piːu³	bou⁵	lun²
份	老	表	不	忘

老表情分在。

男唱	女唱

6-1361

利	宁	楼	古	同
Lij	ningq	raeuz	guh	doengz
li⁴	niŋ⁵	ɹau²	ku⁴	toŋ²
还	小	我们	做	同

从小结同心，

6-1362

英	元	楼	老	表
In	yuenz	raeuz	laux	biuj
in¹	juːn²	ɹau²	laːu⁴	piːu³
姻	缘	我们	老	表

缘分为老表。

6-1363

元	凉	是	波	小
Yuenz	liengz	cix	boq	seuq
juːn²	liːŋ²	çi⁴	po⁵	θeːu⁵
缘	凉	就	吹	哨

缘淡就吹哨，

6-1364

备	贝	田	你	站
Beix	bae	dieg	mwngz	soengz
pi⁴	pai¹	tiːk⁸	muɯŋ²	θoŋ²
兄	去	地	你	站

兄去投靠你。

6-1365

利	宁	楼	古	同
Lij	ningq	raeuz	guh	doengz
li⁴	niŋ⁵	ɹau²	ku⁴	toŋ²
还	小	我们	做	同

自幼结同心，

6-1366

英	元	楼	少	包
In	yuenz	raeuz	sau	mbauq
in¹	juːn²	ɹau²	θaːu¹	baːu⁵
姻	缘	我们	姑娘	小伙

缘分为情侣。

6-1367

元	少	米	吉	兆
Yuenz	sau	miz	giz	cau
juːn²	θaːu¹	mi²	ki⁶	çaːu⁴
缘	姑娘	有	吉	兆

妹缘有吉兆，

6-1368

不	知	报	罗	而
Mbouj	rox	bauq	loh	lawz
bou⁵	ɹo⁴	paːu⁵	lo⁶	laɯ²
不	知	报	路	哪

不知应何方。

男唱

6-1369

利	宁	偻	古	同
Lij	ningq	raeuz	guh	doengz
li⁴	niŋ⁵	ɹau²	ku⁴	toŋ²
还	小	我们	做	同

自幼结同心，

6-1370

英	元	偻	少	包
In	yuenz	raeuz	sau	mbauq
in¹	juːn²	ɹau²	θaːu¹	baːu⁵
姻	缘	我们	姑娘	小伙

缘分为情侣。

6-1371

元	少	米	吉	兆
Yuenz	sau	miz	giz	cau
juːn²	θaːu¹	mi²	ki⁶	ɕaːu⁴
缘	姑娘	有	吉	兆

妹缘有吉兆，

6-1372

报	老	表	造	然
Bauq	laux	biuj	caux	ranz
paːu⁵	laːu⁴	piːu³	ɕaːu⁴	ɹaːn²
报	老	表	造	家

同老表成家。

女唱

6-1373

利	宁	偻	古	同
Lij	ningq	raeuz	guh	doengz
li⁴	niŋ⁵	ɹau²	ku⁴	toŋ²
还	小	我们	做	同

自幼结同心，

6-1374

英	元	偻	少	包
In	yuenz	raeuz	sau	mbauq
in¹	juːn²	ɹau²	θaːu¹	baːu⁵
姻	缘	我们	姑娘	小伙

缘分为情侣。

6-1375

声	欢	办	义	做
Sing	fwen	baenz	ngih	ngauz
θiŋ¹	vuːn¹	pan²	ŋi⁶	ŋaːu²
声	歌	成	嗷	嗷

歌声那么高，

6-1376

利	刀	田	知	空
Lij	dauq	denz	rox	ndwi
li⁴	taːu⁵	teːn²	ɹo⁴	duːi¹
还	回	地	或	不

还回故地否？

① 丛 毫［ɕoːŋ⁶
heːu⁵］：洞气，指
从一个孔出气，
引申为同呼吸。

男唱

6-1377

利	宁	偻	古	同
Lij	ningq	raeuz	guh	doengz
li⁴	niŋ⁵	ɹau²	ku⁴	toŋ²
还	小	我们	做	同

自幼结同心，

6-1378

英	元	偻	少	包
In	yuenz	raeuz	sau	mbauq
in¹	juːn²	ɹau²	θaːu¹	baːu⁵
姻	缘	我们	姑娘	小伙

缘分为情侣。

6-1379

方	卢	偻	丛	毫①
Fueng	louz	raeuz	congh	heuq
fuːŋ¹	lu²	ɹau²	ɕoːŋ⁶	heːu⁵
风	流	我们	洞	气

同游荡同返，

6-1380

不	刀	又	贝	而
Mbouj	dauq	youh	bae	lawz
bou⁵	taːu⁵	jou⁴	pai¹	lau²
不	回	又	去	哪

不回又奈何？

女唱

6-1381

利	宁	偻	古	同
Lij	ningq	raeuz	guh	doengz
li⁴	niŋ⁵	ɹau²	ku⁴	toŋ²
还	小	我们	做	同

自幼结同心，

6-1382

英	元	偻	少	包
In	yuenz	raeuz	sau	mbauq
in¹	juːn²	ɹau²	θaːu¹	baːu⁵
姻	缘	我们	姑娘	小伙

缘分为情侣。

6-1383

妠	王	连	空	叫
Yah	vangz	lienz	ndwi	heuh
ja⁶	vaːŋ²	liːn²	duːi¹	heːu⁶
婆	王	连	不	叫

婆王不同意，

6-1384

才	农	刀	方	而
Caih	nuengx	dauq	fueng	lawz
ɕaːi⁶	nuːŋ⁴	taːu⁵	fuːŋ¹	lau²
随	妹	回	方	哪

任我去何方。

男唱

6-1385

利	宁	偻	古	同
Lij	ningq	raeuz	guh	doengz
li⁴	niŋ⁵	ɹau²	ku⁴	toŋ²
还	小	我们	做	同

从小结同心，

6-1386

英	元	偻	少	包
In	yuenz	raeuz	sau	mbauq
in¹	juːn²	ɹau²	θaːu¹	baːu⁵
姻	缘	我们	姑娘	小伙

缘分为情侣。

6-1387

妞	王	连	可	叫
Yah	vangz	lienz	goj	heuh
ja⁶	vaːŋ²	liːn²	ko⁵	heːu⁶
婆	王	连	也	叫

婆王若同意，

6-1388

采	罗	老	同	跟
Byaij	loh	laux	doengh	riengz
pjaːi³	lo⁶	laːu⁴	toŋ²	ɹiːŋ²
走	路	大	相	跟

走路都相随。

女唱

6-1389

利	宁	偻	古	同
Lij	ningq	raeuz	guh	doengz
li⁴	niŋ⁵	ɹau²	ku⁴	toŋ²
还	小	我们	做	同

从小结同心，

6-1390

英	元	偻	少	包
In	yuenz	raeuz	sau	mbauq
in¹	juːn²	ɹau²	θaːu¹	baːu⁵
姻	缘	我们	姑娘	小伙

缘分为情侣。

6-1391

汉	日	而	你	刀
Hanh	ngoenz	lawz	mwngz	dauq
haːn⁶	ŋon²	lau²	muŋ²	taːu⁵
限	天	哪	你	回

你定哪天回，

6-1392

贝	罗	老	加	你
Bae	loh	laux	caj	mwngz
pai¹	lo⁶	laːu⁴	kja³	muŋ²
去	路	大	等	你

去大路等你。

男唱

6-1393

利	宁	楼	古	同
Lij	ningq	raeuz	guh	doengz
li⁴	niŋ⁵	ɣaɯ²	ku⁴	toŋ²
还	小	我们	做	同

自幼结同心，

6-1394

英	元	楼	少	包
In	yuenz	raeuz	sau	mbouq
in¹	ju:n²	ɣaɯ²	θa:u¹	ba:u⁵
姻	缘	我们	姑娘	小伙

缘分为情侣。

6-1395

日	寅	点	日	卯
Ngoenz	yinz	dem	ngoenz	maux
ŋon²	jin²	te:n¹	ŋon²	ma:u⁴
天	寅	与	天	卯

寅日和卯日，

6-1396

才	备	刀	日	而
Caih	beix	dauq	ngoenz	lawz
ça:i⁶	pi⁴	ta:u⁵	ŋon²	lau²
随	兄	回	日	哪

随我哪天回。

女唱

6-1397

利	宁	楼	古	同
Lij	ningq	raeuz	guh	doengz
li⁴	niŋ⁵	ɣaɯ²	ku⁴	toŋ²
还	小	我们	做	同

从小结同心，

6-1398

英	元	楼	少	包
In	yuenz	raeuz	sau	mbauq
in¹	ju:n²	ɣaɯ²	θa:u¹	ba:u⁵
姻	缘	我们	姑娘	小伙

缘分为情侣。

6-1399

日	寅	对	土	初
Ngoenz	yinz	doiq	duz	cauq
ŋon²	jin²	to:i⁵	tu²	ça:u⁵
天	寅	对	只	灶

寅日犯灶王，

6-1400

刀	日	卯	来	好
Dauq	ngoenz	maux	lai	ndei
ta:u⁵	ŋon²	ma:u⁴	la:i¹	dei¹
回	天	卯	多	好

卯日回才好。

男唱

6-1401

利	宁	偻	古	同
Lij	ningq	raeuz	guh	doengz
li⁴	niŋ⁵	ɹau˞²	ku⁴	toŋ²
还	小	我们	做	同

从小结同心，

6-1402

英	元	偻	少	包
In	yuenz	raeuz	sau	mbauq
in¹	ju:n²	ɹau˞²	θa:u¹	ba:u⁵
姻	缘	我们	姑娘	小伙

缘分为情侣。

6-1403

你	良	心	不	好
Mwngz	liengz	sim	mbouj	ndei
muɯŋ²	li:ŋ²	θin¹	bou⁵	dei¹
你	良	心	不	好

你良心不好，

6-1404

罗	备	刀	日	寅
Lox	beix	dauq	ngoenz	yinz
lo⁴	pi⁴	ta:u⁵	ŋon²	jin²
骗	兄	回	天	寅

骗兄寅日回。

女唱

6-1405

利	宁	偻	古	同
Lij	ningq	raeuz	guh	doengz
li⁴	niŋ⁵	ɹau˞²	ku⁴	toŋ²
还	小	我们	做	同

小时结同心，

6-1406

十	月	办	安	元
Cib	ndwen	baenz	aen	yuenq
cit⁸	du:n¹	pan²	an¹	ju:n⁵
十	月	成	个	院

十月围个院。

6-1407

少	牙	要	良	面
Sau	yaek	aeu	liengz	mienh
θa:u¹	jak⁷	au¹	li:ŋ²	me:n⁶
姑娘	欲	要	良	面

妹想要颜面，

6-1408

是	开	变	良	心
Cix	gaej	bienq	liengz	sim
çi⁴	ka:i⁵	pi:n⁵	li:ŋ²	θin¹
就	莫	变	良	心

你别变良心。

男唱

6-1409

利	宁	偻	古	同
Lij	ningq	raeuz	guh	doengz
li⁴	niŋ⁵	ɹau²	ku⁴	toŋ²
还	小	我们	做	同

从小结同心，

6-1410

十	月	办	安	元
Cib	ndwen	baenz	aen	yuenq
ɕit⁸	du:n¹	pan²	an¹	ju:n⁵
十	月	成	个	院

十月变成院。

6-1411

变	土	刀	不	变
Bienq	dou	dauq	mbouj	bienq
pi:n⁵	tu¹	ta:u⁵	bou⁵	pi:n⁵
变	我	倒	不	变

我是不会变，

6-1412

优	良	面	给	农
Yaeuj	liengz	mienh	hawj	nuengx
jau³	li:ŋ²	me:n⁶	həɯ³	nu:ŋ⁴
举	良	面	给	妹

要面子给妹。

女唱

6-1413

利	宁	偻	古	同
Lij	ningq	raeuz	guh	doengz
li⁴	niŋ⁵	ɹau²	ku⁴	toŋ²
还	小	我们	做	同

从小结同心，

6-1414

十	月	办	安	元
Cib	ndwen	baenz	aen	yuenq
ɕit⁸	du:n¹	pan²	an¹	ju:n⁵
十	月	成	个	院

十月变成院。

6-1415

全	包	乖	不	变
Cienz	mbauq	gvai	mbouj	bienq
ɕu:n²	ba:u⁵	kwa:i¹	bou⁵	pi:n⁵
传	小伙	乖	不	变

传说兄不变，

6-1416

干	田	偻	岁	站
Ganq	denz	raeuz	caez	soengz
ka:n⁵	te:n²	ɹau²	ɕai²	θoŋ²
照料	地	我们	齐	站

我俩共进退。

男唱

6-1417

利	宁	偻	古	同
Lij	ningq	raeuz	guh	doengz
li⁴	niŋ⁵	ɹau²	ku⁴	toŋ²
还	小	我们	做	同

从小结同心，

6-1418

十	月	办	安	元
Cib	ndwen	baenz	aen	yuenq
çit⁸	duːn¹	pan²	an¹	juːn⁵
十	月	成	个	院

十月变成院。

6-1419

想	牙	干	十	田
Siengj	yaek	ganq	cix	dieg
θiːŋ³	jak⁷	kaːn⁵	çi⁴	tiːk⁸
想	要	照料	此	地

想要管好地，

6-1420

老	鸟	炕	不	丛
Lau	roeg	enq	mbouj	coengh
laːu¹	ɹok⁸	eːn⁵	bou⁵	çoŋ⁶
怕	鸟	燕	不	帮

怕燕子不帮。

女唱

6-1421

利	宁	偻	古	同
Lij	ningq	raeuz	guh	doengz
li⁴	niŋ⁵	ɹau²	ku⁴	toŋ²
还	小	我们	做	同

小时结同心，

6-1422

十	月	办	安	元
Cib	ndwen	baenz	aen	yuenq
çit⁸	duːn¹	pan²	an¹	juːn⁵
十	月	成	个	院

十月变成院。

6-1423

知	乖	是	干	田
Rox	gvai	cix	ganq	denz
ɹoɣ⁴	kwaːi¹	çi⁴	kaːn⁵	teːn²
知	乖	就	照料	地

聪明便管地，

6-1424

鸟	炕	牙	勒	正
Roeg	enq	yax	lawh	cingz
ɹok⁸	eːn⁵	ja⁵	lɯɯ⁶	çiŋ²
鸟	燕	也	换	情

燕子也谈情。

男唱	女唱

男唱

6-1425

利	宁	偻	古	同
Lij	ningq	raeuz	guh	doengz
li⁴	niŋ⁵	ɹau²	ku⁴	toŋ²
还	小	我们	做	同

从小结同心，

6-1426

十	月	办	安	峯
Cib	ndwen	baenz	aen	rungh
ɕit⁸	duːn¹	pan²	an¹	ɹuŋ⁶
十	月	成	个	峯

十月变成村。

6-1427

为	文	邦	斗	龙
Vih	vunz	biengz	daeuj	loengh
vei⁶	vun²	piːŋ²	tau³	loŋ⁶
为	人	地方	来	峯

因坏人捉弄，

6-1428

告	内	三	下	王
Gau	neix	sanq	roengz	vaengz
kaːu¹	ni⁴	θaːn⁵	ɹoŋ²	vaŋ²
次	这	散	下	潭

散落下水潭。

女唱

6-1429

利	宁	偻	古	同
Lij	ningq	raeuz	guh	doengz
li⁴	niŋ⁵	ɹau²	ku⁴	toŋ²
还	小	我们	做	同

从小结同心，

6-1430

十	月	办	安	峯
Cib	ndwen	baenz	aen	rungh
ɕit⁸	duːn¹	pan²	an¹	ɹuŋ⁶
十	月	成	个	峯

十月变成村。

6-1431

米	正	你	空	送
Miz	cingz	mwngz	ndwi	soengq
mi²	ɕiŋ²	muŋ²	duːi¹	θoŋ⁵
有	情	你	不	送

有礼你不送，

6-1432

收	作	农	古	而
Caeu	coq	nuengx	guh	rawz
ɕau¹	ɕo⁵	nuːŋ⁴	ku⁴	ɹaɯ²
藏	放	妹	做	什么

瞒我做什么？

女唱

6-1433

利	宁	偻	古	同
Lij	ningq	raeuz	guh	doengz
li^4	niŋ^5	ɹau^2	ku^4	toŋ^2
还	小	我们	做	同

小时结同心，

6-1434

十	月	办	安	嵝
Cib	ndwen	baenz	aen	rungh
çit^8	duːn^1	pan^2	an^1	ɹuŋ^6
十	月	成	个	嵝

十月变成村。

6-1435

正	刀	变	办	龙
Cingz	dauq	bienq	baenz	lungz
çiŋ^2	taːu^5	piːn^5	pan^2	luŋ^2
情	倒	变	成	龙

礼物变成龙，

6-1436

送	农	牙	不	要
Soengq	nuengx	yax	mbouj	aeu
θoŋ^5	nuːŋ^4	ja^5	bou^5	au^1
送	妹	也	不	要

送我也不要。

男唱

6-1437

利	宁	偻	古	同
Lij	ningq	raeuz	guh	doengz
li^4	niŋ^5	ɹau^2	ku^4	toŋ^2
还	小	我们	做	同

从小结同心，

6-1438

十	月	办	安	嵝
Cib	ndwen	baenz	aen	rungh
çit^8	duːn^1	pan^2	an^1	ɹuŋ^6
十	月	成	个	嵝

十月变成村。

6-1439

正	刀	变	办	龙
Cingz	dauq	bienq	baenz	lungz
çiŋ^2	taːu^5	piːn^5	pan^2	luŋ^2
情	倒	变	成	龙

礼物变成龙，

6-1440

送	伏	不	送	偻
Soengq	fwx	mbouj	soengq	raeuz
θoŋ^5	fə^4	bou^5	θoŋ^5	ɹau^2
送	别人	不	送	我们

送人不送我。

女唱

6-1441

不	仪	果	枇	杷
Mbouj	saenq	go	biz	baz
bou⁵	θin⁵	ko¹	pi²	pa²
不	信	棵	枇	杷

不信枇杷树，

6-1442

出	花	对	伏	阴
Ok	va	doiq	fawh	yaem
oːk⁷	va¹	toːi⁵	fɯ⁶	jan⁵
出	花	对	时	阴

冬季才开花。

6-1443

备	干	农	不	干
Beix	ganq	nuengx	mbouj	ganq
pi⁴	kaːn⁵	nuːŋ⁴	bou⁵	kaːn⁵
兄	照料	妹	不	照料

兄管妹不管，

6-1444

三	牙	才	合	你
Sanq	yax	caih	hoz	mwngz
θaːn⁵	ja⁵	çaːi⁶	ho²	mɯŋ²
散	也	随	喉	你

分手也由你。

男唱

6-1445

不	仪	果	枇	杷
Mbouj	saenq	go	biz	baz
bou⁵	θin⁵	ko¹	pi²	pa²
不	信	棵	枇	杷

不信枇杷树，

6-1446

出	花	对	伏	凉
Ok	va	doiq	fawh	liengz
oːk⁷	va¹	toːi⁵	fɯ⁶	liːŋ²
出	花	对	时	凉

冬季才开花。

6-1447

包	少	偻	岁	干
Mbauq	sau	raeuz	caez	ganq
baːu⁵	θaːu¹	ɹau²	çai²	kaːn⁵
小伙	姑娘	我们	齐	照料

情侣共同管，

6-1448

又	利	三	托	而
Youh	Lij	sanq	doek	lawz
jou⁴	li⁴	θaːn⁵	tok⁷	lau²
又	还	散	落	哪

哪还会分别？

男唱

6-1449

不	仪	果	枇	杷
Mbouj	saenq	go	biz	baz
bou⁵	θin⁵	ko¹	pi²	pa²
不	信	棵	枇	杷

不信枇杷树，

6-1450

它	出	花	单	丁
De	ok	va	daemq	dingq
te¹	o:k⁷	va¹	tan⁵	tiŋ⁵
它	出	花	倒	颠

花苞颠倒挂。

6-1451

不	仪	秀	农	宁
Mbouj	saenq	ciuh	nuengx	ningq
bou⁵	θin⁵	çi:u⁶	nu:ŋ⁴	niŋ⁵
不	信	世	妹	小

不信小情妹，

6-1452

真	定	用	来	文
Caen	dingh	yungh	lai	vunz
çin¹	tiŋ⁶	juŋ⁶	la:i¹	vun²
真	定	用	多	人

心中有多人。

女唱

6-1453

不	仪	果	枇	杷
Mbouj	saenq	go	biz	baz
bou⁵	θin⁵	ko¹	pi²	pa²
不	信	棵	枇	杷

不信枇杷树，

6-1454

它	出	花	单	丁
De	ok	va	daemq	dingq
te¹	o:k⁷	va¹	tan⁵	tiŋ⁵
它	出	花	倒	颠

花儿颠倒挂。

6-1455

不	仪	秀	农	宁
Mbouj	saenq	ciuh	nuengx	ningq
bou⁵	θin⁵	çi:u⁶	nu:ŋ⁴	niŋ⁵
不	信	世	妹	小

不信小情妹，

6-1456

完	仪	了	又	论
Vuenh	saenq	liux	youh	lumz
vu:n⁶	θin⁵	li:u⁴	jou⁴	lun²
换	信	完	又	忘

会忘了恋情。

男唱

6-1457

不	仪	果	枇	杷
Mbouj	saenq	go	biz	baz
bou⁵	θin⁵	ko¹	pi²	pa²
不	信	棵	枇	杷

不信枇杷树，

6-1458

强	乜	月	交	代
Giengz	meh	ndwen	gyau	daiq
kiŋ²	me⁶	duːn¹	kjaːu¹	taːi⁵
像	母	月	交	代

如天上月食。

6-1459

两	变	读	字	才
Liengj	benh	doeg	saw	caih
liːŋ³	peːn⁶	tok⁸	θaɯ¹	çaːi⁶
两	边	读	书	实

两边都识字，

6-1460

才	开	命	双	偻
Caiz	hai	mingh	song	raeuz
çaːi⁶	haːi¹	miŋ⁶	θoːŋ¹	ɹaɯ²
才	开	命	两	我们

才会合八字。

女唱

6-1461

两	变	读	字	才
Liengj	benh	doeg	saw	caih
liːŋ³	peːn⁶	tok⁸	θaɯ¹	çaːi⁶
两	边	读	书	实

两边都识字，

6-1462

才	开	命	双	偻
Caiz	hai	mingh	song	raeuz
çaːi⁶	haːi¹	miŋ⁶	θoːŋ¹	ɹaɯ²
才	开	命	两	我们

才会合八字。

6-1463

狼	那	得	同	要
Langh	naj	ndaej	doengz	aeu
laːŋ⁶	na³	dai³	toŋ²	au¹
若	前	得	同	要

如若得成亲，

6-1464

你	说	而	了	备
Mwngz	naeuz	rawz	liux	beix
mɯŋ²	nau²	ɹaɯ²	liːu⁴	pi⁴
你	说	什么	啰	兄

兄说好不好?

男唱

6-1465

两	变	读	字	才
Liengj	benh	doeg	saw	caih
leːŋ³	peːn⁶	tok⁸	θau¹	ɕaːi⁶
两	边	读	书	实

两边都识字，

6-1466

才	开	命	双	偻
Caiz	hai	mingh	song	raeuz
ɕaːi⁶	haːi¹	miŋ⁶	θoŋ¹	ɹau²
才	开	命	两	我们

才会合八字。

6-1467

狼	那	得	同	要
Langh	naj	ndaej	doengz	aeu
laːŋ⁶	na³	dai³	toŋ²	au¹
若	前	得	同	要

若是得成亲，

6-1468

是	却	龙	小	女
Cix	gyo	lungz	siuj	nawx
ɕi⁴	kjo¹	luŋ²	θiːu³	nɯ⁴
是	幸亏	龙	小	女

全靠情妹你。

女唱

6-1469

利	宁	偻	古	同
Lij	ningq	raeuz	guh	doengz
li⁴	niŋ⁵	ɹau²	ku⁴	toŋ²
还	小	我们	做	同

从小结同心，

6-1470

强	乜	月	十	四
Giengz	meh	ndwen	cib	seiq
kiːŋ²	me⁶	duːn¹	ɕit⁸	θei⁵
像	母	月	十	四

如十四月亮。

6-1471

文	邦	古	几	贵
Vunz	biengz	guh	gin	gveiq
vun²	piːŋ²	ku⁴	kin¹	kwei⁵
人	地方	做	子	规

世人如杜鹃，

6-1472

沙	又	义	土	写
Ra	youh	ngeix	duz	ce
ɹa¹	jou⁴	ŋi⁶	tu²	ɕe¹
找	又	想	只	留

雌雄总相思。

男唱

6-1473

利	宁	偻	古	同
Lij	ningq	raeuz	guh	doengz
li⁴	niŋ⁵	ɹau²	ku⁴	toŋ²
还	小	我们	做	同

从小结同心，

6-1474

强	乜	月	十	四
Giengz	meh	ndwen	cib	seiq
kiːŋ²	me⁶	duːn¹	ɕit⁸	θei⁵
像	母	月	十	四

如十四月亮。

6-1475

文	邦	古	不	为
Vunz	biengz	guh	mbouj	vih
vun²	piːŋ²	ku⁴	bou⁵	vei⁶
人	地方	做	不	为

世人不作美，

6-1476

不	特	备	为	你
Mbouj	dwg	beix	gvi	mwngz
bou⁵	tuk⁸	pi⁴	vei¹	muɯŋ²
不	是	兄	亏	你

莫怪我忘情。

女唱

6-1477

利	宁	偻	古	同
Lij	ningq	raeuz	guh	doengz
li⁴	niŋ⁵	ɹau²	ku⁴	toŋ²
还	小	我们	做	同

从小结同心，

6-1478

强	乜	月	十	四
Giengz	meh	ndwen	cib	seiq
kiːŋ²	me⁶	duːn¹	ɕit⁸	θei⁵
像	母	月	十	四

像十四月亮。

6-1479

狼	乖	办	伏	内
Langh	gvai	baenz	fawh	neix
laːŋ⁶	kwaːi¹	pan²	fəɯ⁶	ni⁴
若	乖	成	时	这

若如今日精，

6-1480

先	得	农	共	然
Senq	ndaej	nuengx	gungh	ranz
θeːn⁵	dai³	nuːŋ⁴	kuŋ⁶	ɹaːn²
先	得	妹	共	家

早与妹成亲。

男唱

6-1481

利	宁	偻	古	同
Lij	ningq	raeuz	guh	doengz
li⁴	niŋ⁵	ɹau²	ku⁴	toŋ²
还	小	我们	做	同

从小结同心，

6-1482

强	乜	月	十	四
Giengz	meh	ndwen	cib	seiq
ki:ŋ²	me⁶	duːn¹	çit⁸	θei⁵
像	母	月	十	四

像十四月亮。

6-1483

代	貝	些	第	义
Dai	bae	seiq	daih	ngeih
taːi¹	pai¹	θe⁵	ti⁶	ȵi⁶
死	去	世	第	二

轮回第二世，

6-1484

办	样	内	知	空
Baenz	yiengh	neix	rox	ndwi
pan²	juːŋ⁶	ni⁴	ɹo⁴	duːi¹
成	样	这	或	不

还像这样否？

女唱

6-1485

利	宁	偻	古	同
Lij	ningq	raeuz	guh	doengz
li⁴	niŋ⁵	ɹau²	ku⁴	toŋ²
还	小	我们	做	同

自幼结同心，

6-1486

强	乜	月	十	四
Giengz	meh	ndwen	cib	seiq
ki:ŋ²	me⁶	duːn¹	çit⁸	θei⁵
像	母	月	十	四

像十四月亮。

6-1487

代	貝	些	第	义
Dai	bae	seiq	daih	ngeih
taːi¹	pai¹	θe⁵	ti⁶	ȵi⁶
死	去	世	第	二

轮回第二世，

6-1488

办	样	内	不	说
Baenz	yiengh	neix	mbouj	naeuz
pan²	juːŋ⁶	ni⁴	bou⁵	nau²
成	样	这	不	说

不一定如此。

男唱

6-1489

利	宁	楼	古	同
Lij	ningq	raeuz	guh	doengz
li⁴	niŋ⁵	ɹau²	ku⁴	toŋ²
还	小	我们	做	同

从小结同心，

6-1490

强	乜	月	十	四
Giengz	meh	ndwen	cib	seiq
kiːŋ²	me⁶	duːn¹	ɕit⁸	θei⁵
像	母	月	十	四

像十四月亮。

6-1491

代	贝	些	第	义
Dai	bae	seiq	daih	ngeih
taːi¹	pai¹	θe⁵	ti⁶	ȵi⁶
死	去	世	第	二

轮回第二世，

6-1492

牙	要	纸	配	作
Yax	aeu	ceij	boiq	coq
ja⁵	au¹	ɕi³	poːi⁵	ço⁵
也	要	纸	裱	放

要用纸糊装。

女唱

6-1493

利	宁	楼	古	同
Lij	ningq	raeuz	guh	doengz
li⁴	niŋ⁵	ɹau²	ku⁴	toŋ²
还	小	我们	做	同

从小结同心，

6-1494

强	乜	月	十	五
Giengz	meh	ndwen	cib	ngux
kiːŋ²	me⁶	duːn¹	ɕit⁸	ŋu⁴
像	母	月	十	五

像十五月亮。

6-1495

伏	罗	少	贝	哈
Fwx	lox	sau	bae	haq
fə⁴	lo⁴	θaːu¹	pai¹	ha⁵
别人	骗	姑娘	去	嫁

谣传我要嫁，

6-1496

想	沙	友	邦	楼
Siengj	ra	youx	biengz	raeuz
θiːŋ³	ɹa¹	ju⁴	piːŋ²	ɹau²
想	找	友	地方	我们

嫁给咱乡人。

男唱

6-1497

利	宁	偻	古	同
Lij	ningq	raeuz	guh	doengz
li⁴	niŋ⁵	ɹau²	ku⁴	toŋ²
还	小	我们	做	同

从小结同心，

6-1498

强	乜	月	十	五
Giengz	meh	ndwen	cib	ngux
kiːŋ²	me⁶	duːn¹	çit⁸	ŋu⁴
像	母	月	十	五

像十五月亮。

6-1499

文	邦	可	在	家
Vunz	biengz	goj	cai	gya
vun²	piːŋ²	ko⁵	çaːi⁴	kja¹
人	地方	也	在	家

家中有来客，

6-1500

农	又	沙	阝	而
Nuengx	youh	ra	boux	lawz
nuːŋ⁴	jou⁴	ɹa¹	pu⁴	lau²
妹	又	找	人	哪

你还要找谁？

女唱

6-1501

利	宁	偻	古	同
Lij	ningq	raeuz	guh	doengz
li⁴	niŋ⁵	ɹau²	ku⁴	toŋ²
还	小	我们	做	同

从小结同心，

6-1502

强	乜	月	十	五
Giengz	meh	ndwen	cib	ngux
kiːŋ²	me⁶	duːn¹	çit⁸	ŋu⁴
像	母	月	十	五

像十五月亮。

6-1503

在	良	心	对	达
Ywq	liengz	sim	doiq	dah
ju⁵	liːŋ²	θin¹	toːi⁵	ta⁶
在	良	心	对	女孩

依良心直说，

6-1504

沙	则	阝	知	尝
Ra	saek	boux	rox	caengz
ɹa¹	θak⁷	pu⁴	ɹo⁴	çaŋ²
找	些	人	或	未

找过情友否？

男唱

6-1505

利	宁	偻	古	同
Lij	ningq	raeuz	guh	doengz
li⁴	niŋ⁵	ɹau²	ku⁴	toŋ²
还	小	我们	做	同

从小结同心，

6-1506

强	乜	月	十	五
Giengz	meh	ndwen	cib	ngux
kiːŋ²	me⁶	duːn¹	ɕit⁸	ŋu⁴
像	母	月	十	五

像十五月亮。

6-1507

岁	土	交	对	达
Caez	dou	gyau	doiq	dah
ɕai²	tu¹	kjaːu¹	toːi⁵	ta⁶
齐	我	交	对	女孩

自同妹结交，

6-1508

牙	尝	沙	尝	论
Yax	caengz	ra	caengz	lumz
ja⁶	ɕaŋ²	ɹaː¹	ɕaŋ²	lun²
也	未	找	未	忘

没找过别人。

女唱

6-1509

利	宁	偻	古	同
Lij	ningq	raeuz	guh	doengz
li⁴	niŋ⁵	ɹau²	ku⁴	toŋ²
还	小	我们	做	同

从小结同心，

6-1510

强	乜	月	十	五
Giengz	meh	ndwen	cib	ngux
kiːŋ²	me⁶	duːn¹	ɕit⁸	ŋu⁴
像	母	月	十	五

像十五月亮。

6-1511

日	日	土	日	知
Yiz	ngoenz	dou	yiz	rox
i⁶	ŋon²	tu¹	i⁶	ɹo⁴
越	天	我	越	知

我现在已知，

6-1512

贵	伏	罗	土	空
Gwiz	fwx	lox	dou	ndwi
kɯi²	fə⁴	lo⁴	tu¹	duːi¹
丈夫	别人	骗	我	空

哥是在骗我。

男唱

女唱

6-1513

利	宁	偻	古	同
Lij	ningq	raeuz	guh	doengz
li⁴	niŋ⁵	ɹau²	ku⁴	toŋ²
还	小	我们	做	同

从小结同心，

6-1514

强	乜	月	十	五
Giengz	meh	ndwen	cib	ngux
kiːŋ²	me⁶	duːn¹	ɕit⁸	ŋu⁴
像	母	月	十	五

像十五月亮。

6-1515

土	阝	沰	阝	作
Dou	boux	saed	boux	soh
tu¹	pu⁴	θat⁸	pu⁴	θo⁶
我	人	实	人	直

我是老实人，

6-1516

秀	不	罗	阝	而
Ciuh	mbouj	lox	boux	lawz
ɕiːu⁶	bou⁵	lo⁴	pu⁴	lau²
世	不	骗	个	哪

从没骗过人。

6-1517

利	宁	偻	古	同
Lij	ningq	raeuz	guh	doengz
li⁴	niŋ⁵	ɹau²	ku⁴	toŋ²
还	小	我们	做	同

从小结同心，

6-1518

强	乜	月	十	五
Giengz	meh	ndwen	cib	ngux
kiːŋ²	me⁶	duːn¹	ɕit⁸	ŋu⁴
像	母	月	十	五

像十五月亮。

6-1519

在	良	心	你	哥
Ywq	liengz	sim	mwngz	go
jɯ⁵	liːŋ²	θin¹	muɯŋ²	ko¹
在	良	心	你	哥

哥凭良心说，

6-1520

罗	则	阝	知	尝
Lox	saek	boux	rox	caengz
lo⁴	θak⁷	pu⁴	ɹo⁴	ɕaŋ²
骗	些	人	或	未

是否骗过人？

男唱

6-1521

利	宁	偻	古	同
Lij	ningq	raeuz	guh	doengz
li⁴	niŋ⁵	ɣau²	ku⁴	toŋ²
还	小	我们	做	同

小时同心结，

6-1522

强	乜	月	十	五
Giengz	meh	ndwen	cib	ngux
kiːŋ²	me⁶	duːn¹	ɕit⁸	ŋu⁴
像	母	月	十	五

像十五月亮。

6-1523

不	得	你	共	罗
Mbouj	ndaej	mwngz	gungh	loh
bou⁵	dai³	mɯŋ²	kuŋ⁶	lo⁶
不	得	你	共	路

不和你成亲，

6-1524

沙	合	不	造	然
Nyaek	hoz	mbouj	caux	ranz
ȵak⁷	ho²	bou⁵	ɕaːu⁴	ɣaːn²
生气	喉	不	造	家

宁愿不结婚。

女唱

6-1525

利	宁	偻	古	同
Lij	ningq	raeuz	guh	doengz
li⁴	niŋ⁵	ɣau²	ku⁴	toŋ²
还	小	我们	做	同

从小同心结，

6-1526

强	乜	月	十	五
Giengz	meh	ndwen	cib	ngux
kiːŋ²	me⁶	duːn¹	ɕit⁸	ŋu⁴
像	母	月	十	五

像十五月亮。

6-1527

牙	要	士	共	罗
Yax	aeu	dou	gungh	loh
ja⁵	au¹	tu¹	kuŋ⁶	lo⁶
也	要	我	共	路

想和我共路，

6-1528

对	广	合	你	贝
Doiq	gvangj	hwz	mwngz	bae
toːi⁵	kwaːŋ³	ho²	mɯŋ²	pai¹
退	广	合	你	去

推掉你婚约。

男唱

6-1529

利	宁	偻	古	同
Lij	ningq	raeuz	guh	doengz
li⁴	nin⁵	ɹau²	ku⁴	ton²
还小	小	我们	做	同

从小结同心，

6-1530

强	乜	月	十	五
Giengz	meh	ndwen	cib	ngux
kiːŋ²	me⁶	duːn¹	ɕit⁸	ŋu⁴
像	母	月	十	五

像十五月亮。

6-1531

叫	土	对	光	合
Heuh	dou	doiq	gvangj	hwz
heːu⁶	tu¹	toːi⁵	kwaːŋ³	ho²
叫	我	退	广	合

叫我退婚约，

6-1532

甲	不	勒	刀	好
Gyah	mbouj	lawh	dauq	ndei
kja⁶	bou⁵	lau⁶	taːu⁵	dei¹
宁可	不	换	倒	好

可不同你好。

女唱

6-1533

利	宁	偻	古	同
Lij	ningq	raeuz	guh	doengz
li⁴	nin⁵	ɹau²	ku⁴	ton²
还小	小	我们	做	同

从小结同心，

6-1534

强	乜	月	十	五
Giengz	meh	ndwen	cib	ngux
kiːŋ²	me⁶	duːn¹	ɕit⁸	ŋu⁴
像	母	月	十	五

像十五月亮。

6-1535

备	不	对	广	合
Beix	mbouj	doiq	gvangj	hwz
pi⁴	bou⁵	toːi⁵	kwaːŋ³	ho²
兄	不	退	广	合

兄不退婚约，

6-1536

秋	元	罗	内	空
Ciuq	roen	loh	neix	ndwi
ɕiːu⁵	joːn¹	lo⁶	ni⁴	duːi¹
看	路	路	这	空

我俩也落空。

男唱

6-1537

利	宁	偻	古	同
Lij	ningq	raeuz	guh	doengz
li^4	nin^5	$ɹau^2$	ku^4	ton^2
还	小	我们	做	同

从小结同心，

6-1538

强	乜	月	十	五
Giengz	meh	ndwen	cib	ngux
$ki:n^2$	me^6	$du:n^1$	$çit^8$	$ŋu^4$
像	五	月	十	五

像十五月亮。

6-1539

牙	要	土	共	罗
Yax	aeu	dou	gungh	loh
ja^5	au^1	tu^1	kun^6	lo^6
也	要	我	共	路

想和我同路，

6-1540

钱	可	邝	长	船
Cienz	goq	boux	cangh	ruz
$çin^2$	ko^5	pu^4	$ça:n^6$	$ɹu^2$
钱	雇	人	匠	船

付船夫工钱。

女唱

6-1541

利	宁	偻	古	同
Lij	ningq	raeuz	guh	doengz
li^4	nin^5	$ɹau^2$	ku^4	ton^2
还	小	我们	做	同

自小结同心，

6-1542

强	乜	月	十	五
Giengz	meh	ndwen	cib	ngux
$ki:n^2$	me^6	$du:n^1$	$çit^8$	$ŋu^4$
像	母	月	十	五

像十五月亮。

6-1543

元	少	在	拉	罗
Roen	sau	ywq	laj	roq
$jo:n^1$	$θa:u^1$	ju^5	la^3	$ɹo^5$
路	姑娘	在	下	屋檐

妹走屋檐下，

6-1544

备	不	知	说	而
Beix	mbouj	rox	naeuz	rawz
pi^4	bou^5	$ɹo^4$	nau^2	$ɹau^2$
兄	不	知	说	什么

兄无话可说。

男唱

6-1545

利	宁	偻	古	同
Lij	ningq	raeuz	guh	doengz
li⁴	niŋ⁵	ɹau²	ku⁴	toŋ²
还	小	我们	做	同

从小结同心,

6-1546

强	乜	月	十	五
Giengz	meh	ndwen	cib	ngux
kiːŋ²	me⁶	duːn¹	ɕit⁸	ŋu⁴
像	母	月	十	五

像十五月亮。

6-1547

团	一	吃	大	罗
Donh	ndeu	gwn	daih	loh
toːn⁶	deːu¹	kun¹	taːi⁶	lo⁶
半	一	吃	大	路

一半做伙食,

6-1548

团	一	可	长	船
Donh	ndeu	goq	cangh	ruz
toːn⁶	deːu¹	ko⁵	ɕaːŋ⁶	ɹu²
半	一	雇	匠	船

一半雇船夫。

女唱

6-1549

利	宁	偻	古	同
Lij	ningq	raeuz	guh	doengz
li⁴	niŋ⁵	ɹau²	ku⁴	toŋ²
还	小	我们	做	同

从小结同心,

6-1550

强	乜	月	十	七
Giengz	meh	ndwen	cib	caet
kiːŋ²	me⁶	duːn¹	ɕit⁸	ɕat⁷
像	母	月	十	七

像十七月亮。

6-1551

说	门	灯	开	黑
Naeuz	mwnz	daeng	gaej	ndaep
nau²	mun²	taŋ¹	kaːi⁵	dap⁷
说	芯	灯	莫	灭

灯光你莫熄,

6-1552

伴	对	生	讲	笑
Buenx	doiq	saemq	gangj	riu
puːn⁴	toːi⁵	θan⁵	kaːŋ³	ɹiu¹
伴	对	庚	讲	笑

伴好友谈笑。

男唱

6-1553

乜	生	马	些	内
Meh	seng	ma	seiq	neix
me⁶	θeːŋ¹	ma¹	θe⁵	ni⁴
母	生	来	世	这

生来这世上，

6-1554

义	样	样	是	为
Ngeix	yiengh	yiengh	cix	vei
ȵi⁴	juːŋ⁶	juːŋ⁶	ɕi⁴	vei¹
想	样	样	就	亏

事事不胜意。

6-1555

通	海	十	八	吉
Doeng	haij	cib	bet	giz
toŋ¹	haːi³	ɕit⁸	peːt⁷	ki²
通	海	十	八	处

通海十八处，

6-1556

点	火	不	老	黑
Diemj	feiz	mbouj	lau	ndaep
teːn³	fi²	bou⁵	laːu¹	dap⁷
点	火	不	怕	灭

点火把照明。

女唱

6-1557

通	海	十	八	吉
Doeng	haij	cib	bet	giz
toŋ¹	haːi³	ɕit⁸	peːt⁷	ki²
通	海	十	八	处

通海十八处，

6-1558

点	火	不	老	黑
Diemj	feiz	mbouj	lau	ndaep
teːn³	fi²	bou⁵	laːu¹	dap⁷
点	火	不	怕	灭

点火把照明。

6-1559

代	贝	那	办	芬
Dai	bae	naj	baenz	faed
taːi¹	pai¹	na³	pan²	fat⁸
死	去	前	成	佛

死去变成佛，

6-1560

古	乜	巴	黑	灯
Guh	meh	mbaj	ndaep	daeng
ku⁴	me⁶	ba³	dap⁷	taŋ¹
做	母	蝴蝶	灭	灯

像飞蛾扑火。

男唱

6-1561

通	海	十	八	吉
Doeng	haij	cib	bet	giz
toŋ¹	ha:i³	çit⁸	pe:t⁷	ki²
通	海	十	八	处

通海十八处，

6-1562

点	火	不	老	黑
Diemj	feiz	mbouj	lau	ndaep
te:n³	fi²	bou⁵	la:u¹	dap⁷
点	火	不	怕	灭

点火把照明。

6-1563

乃	小	三	十	七
Naih	souj	sam	cib	caet
na:i⁶	θi:u³	θa:n¹	çit⁸	çat⁷
久	守	三	十	七

守三十七天，

6-1564

牙	办	芬	广	英
Yax	baenz	faed	gvangj	in
ja⁵	pan²	fat⁸	kwa:ŋ³	in¹
也	成	佛	广	姻

也成鬼夫妻。

女唱

6-1565

利	宁	偻	古	同
Lij	ningq	raeuz	guh	doengz
li⁴	niŋ⁵	ɹau²	ku⁴	toŋ²
还	小	我们	做	同

从小结同心，

6-1566

强	乜	月	十	七
Giengz	meh	ndwen	cib	caet
ki:ŋ²	me⁶	du:n¹	çit⁸	çat⁷
像	母	月	十	七

像十七月亮。

6-1567

小	仙	不	办	芬
Siuj	sien	mbouj	baenz	faed
θi:u³	θi:n¹	bou⁵	pan²	fat⁸
修	仙	不	成	佛

修炼不成佛，

6-1568

白	反	坤	能	空
Beg	fan	goet	nyaenx	ndwi
pe:k⁸	fa:n¹	kot⁷	ȵan⁴	du:i¹
白	翻	骨	那样	空

终枯骨成空。

男唱

6-1569

利	宁	楼	古	同
Lij	ningq	raeuz	guh	doengz
li⁴	niŋ⁵	ɹau²	ku⁴	toŋ²
还	小	我们	做	同

自幼结同心，

6-1570

强	乜	月	十	七
Giengz	meh	ndwen	cib	caet
kiːŋ²	me⁶	duːn¹	ɕit⁸	ɕat⁷
像	母	月	十	七

像十七月亮。

6-1571

小	仙	狼	办	芬
Siuj	sien	langh	baenz	faed
θiːu³	θiːn¹	laːŋ⁶	pan²	fat⁸
守	仙	若	成	佛

修仙若成佛，

6-1572

七	十	义	开	立
Caet	cib	ngeih	gaej	liz
ɕat⁷	ɕit⁸	ɳi⁶	kaːi⁵	li²
七	十	二	莫	离

七十二莫走。

女唱

6-1573

利	宁	楼	古	同
Lij	ningq	raeuz	guh	doengz
li⁴	niŋ⁵	ɹau²	ku⁴	toŋ²
还	小	我们	做	同

从小结同心，

6-1574

强	乜	月	十	七
Giengz	meh	ndwen	cib	caet
kiːŋ²	me⁶	duːn¹	ɕit⁸	ɕat⁷
像	母	月	十	七

像十七月亮。

6-1575

小	仙	狼	办	芬
Siuj	sien	langh	baenz	faed
θiːu³	θiːn¹	laːŋ⁶	pan²	fat⁸
守	仙	若	成	佛

修仙若成佛，

6-1576

备	反	坤	古	龙
Beix	fan	goet	guh	lungz
pi⁴	faːn¹	kot⁷	ku⁴	luŋ²
兄	翻	骨	做	龙

兄转身做龙。

男唱

6-1577

利	宁	偻	古	同
Lij	ningq	raeuz	guh	doengz
li⁴	niŋ⁵	ɹau²	ku⁴	toŋ²
还	小	我们	做	同

从小结同心，

6-1578

强	乜	月	十	八
Giengz	meh	ndwen	cib	bet
kiːŋ²	me⁶	duːn¹	ɕit⁸	peːt⁷
像	母	月	十	八

像十八月亮。

6-1579

代	条	心	不	念
Dai	diuz	sim	mbouj	net
taːi¹	tiu²	θin¹	bou⁵	neːt⁷
死	条	心	不	实

死去心不服，

6-1580

刀	马	节	英	元
Dauq	ma	ciep	in	yuenz
taːu⁵	ma¹	ɕeːt⁷	in¹	juːn²
回	来	接	姻	缘

轮回接姻缘。

女唱

6-1581

利	宁	偻	古	同
Lij	ningq	raeuz	guh	doengz
li⁴	niŋ⁵	ɹau²	ku⁴	toŋ²
还	小	我们	做	同

自幼结同心，

6-1582

强	乜	月	十	八
Giengz	meh	ndwen	cib	bet
kiːŋ²	me⁶	duːn¹	ɕit⁸	peːt⁷
像	母	月	十	八

像十八月亮。

6-1583

代	心	是	尝	念
Dai	sim	cix	caengz	net
tai¹	θin¹	ɕi⁴	ɕaŋ²	neːt⁷
死	心	就	未	实

人死心未死，

6-1584

良	节	不	得	偻
Liengh	ciep	mbouj	ndaej	raeuz
leːŋ⁶	ɕeːt⁷	bou⁵	dai³	ɹau²
谅	接	不	得	我们

谅接不得我。

男唱

6-1585

利	宁	偻	古	同
Lij	ningq	raeuz	guh	doengz
li⁴	niŋ⁵	ɣau²	ku⁴	toŋ²
还	小	我们	做	同

从小结同心,

6-1586

强	乜	月	十	八
Giengz	meh	ndwen	cib	bet
kiːŋ²	me⁶	duːn¹	ɕit⁸	peːt⁷
像	母	月	十	八

像十八月亮。

6-1587

想	划	船	贝	节
Siengj	vaij	ruz	bae	ciep
θiːŋ³	vaːi³	ɣu²	pai¹	ɕeːt⁷
想	划	船	去	接

想划船去接,

6-1588

知	对	农	知	空
Rox	doiq	nuengx	rox	ndwi
ɣo⁴	toːi⁵	nuːŋ⁴	ɣo⁴	duːi¹
知	对	妹	或	不

怕接不上妹。

女唱

6-1589

利	宁	偻	古	同
Lij	ningq	raeuz	guh	doengz
li⁴	niŋ⁵	ɣau²	ku⁴	toŋ²
还	小	我们	做	同

从小结同心。

6-1590

强	乜	月	十	八
Giengz	meh	ndwen	cib	bet
kiːŋ²	me⁶	duːn¹	ɕit⁸	peːt⁷
像	母	月	十	八

像十八月亮。

6-1591

管	划	船	贝	节
Guenj	vaij	ruz	bae	ciep
kuːn³	vaːi³	ɣu²	pai¹	ɕeːt⁷
管	划	船	去	接

只管划去接,

6-1592

不	对	又	贝	而
Mbouj	doiq	youh	bae	lawz
bou⁵	toːi⁵	jou⁴	pai¹	laɯ²
不	对	又	去	哪

怎可能不对?

男唱

6-1593

利	宁	偻	古	同
Lij	ningq	raeuz	guh	doengz
li⁴	niŋ⁵	ɹau²	ku⁴	toŋ²
还	小	我们	做	同

从小结同心，

6-1594

强	乜	月	十	九
Giengz	meh	ndwen	cib	gouj
ki:ŋ²	me⁶	du:n¹	çit⁸	kjou³
像	母	月	十	九

像十九月亮。

6-1595

文	三	少	牙	了
Vunz	sanq	sau	yax	liux
vun²	θa:n⁵	θa:u¹	ja⁵	li:u⁴
人	散	姑娘	也	完

人走青春散，

6-1596

造	秀	不	同	跟
Caux	ciuh	mbouj	doengz	riengz
ça:u⁴	çi:u⁶	bou⁵	toŋ²	ɹi:ŋ²
造	世	不	同	跟

结缘不同住。

女唱

6-1597

利	宁	偻	古	同
Lij	ningq	raeuz	guh	doengz
li⁴	niŋ⁵	ɹau²	ku⁴	toŋ²
还	小	我们	做	同

从小结同心，

6-1598

强	乜	月	十	九
Giengz	meh	ndwen	cib	gouj
ki:ŋ²	me⁶	du:n¹	çit⁸	kjou³
像	母	月	十	九

像十九月亮。

6-1599

老	秀	少	是	了
Lau	ciuh	sau	cix	liux
la:u¹	çi:u⁶	θa:u¹	çi⁴	li:u⁴
怕	世	姑娘	就	完

担心妹已老，

6-1600

秀	备	可	利	南
Ciuh	beix	goj	lij	nanz
çi:u⁶	pi⁴	ko⁵	li⁴	na:n²
世	兄	也	还	久

兄青春还长。

男唱

女唱

6-1601

强	乜	月	义	十
Giengz	meh	ndwen	ngeih	cib
ki:ŋ²	me⁶	du:n¹	ɲi⁶	ɕit⁸
像	母	月	二	十

像二十月亮,

6-1602

六	林	貝	点	灯
Ruh	rib	bae	diemj	daeng
ɹu⁶	ɹip⁸	pai¹	te:n³	taŋ¹
萤	虫	去	点	灯

萤火虫点灯。

6-1603

秀	备	南	不	南
Ciuh	beix	nanz	mbouj	nanz
ɕi:u⁶	pi⁴	na:n²	bou⁵	na:n²
世	兄	久	不	久

兄青春长否,

6-1604

秀	少	可	利	乃
Ciuh	sau	goj	lij	naih
ɕi:u⁶	θa:u¹	ko⁵	li⁴	na:i⁶
世	姑娘	也	还	久

妹青春还长。

6-1605

强	乜	月	义	十
Giengz	meh	ndwen	ngeih	cib
ki:ŋ²	me⁶	du:n¹	ɲi⁶	ɕit⁸
像	母	月	二	十

像二十月亮,

6-1606

六	林	貝	点	灯
Ruh	rib	bae	diemj	daeng
ɹu⁶	ɹip⁸	pai¹	te:n³	taŋ¹
萤	虫	去	点	灯

萤火虫点灯。

6-1607

秀	土	可	利	难
Ciuh	dou	goj	lij	nanz
ɕi:u⁶	tu¹	ko⁵	li⁴	na:n²
世	我	也	还	久

我青春还长,

6-1608

伴	得	三	秀	友
Buenx	ndaej	sam	ciuh	youx
pu:n⁴	dai³	θa:n¹	ɕi:u⁶	ju⁴
伴	得	三	世	友

可伴三世友。

男唱

6-1609

强	乜	月	义	十
Giengz	meh	ndwen	ngeih	cib
kiːŋ²	me⁶	duːn¹	ȵi⁶	ɕit⁸
像	母	月	二	十

像二十月亮，

6-1610

六	林	贝	点	灯
Ruh	rib	bae	diemj	daeng
ɹu⁶	ɹip⁸	pai¹	teːn³	taŋ¹
萤	虫	去	点	灯

萤火虫点灯。

6-1611

很	田	贝	秋	洋
Hwnj	dienh	bae	ciuz	yangz
huɯn³	teːn⁶	pai¹	ɕiu²	jaːŋ²
上	殿	去	朝	皇

上殿去面圣，

6-1612

装	身	办	龙	女
Cang	ndang	baenz	lungz	nawx
ɕaːŋ¹	daːŋ¹	pan²	luŋ²	nuɯ⁴
装	身	成	龙	女

打扮成龙女。

女唱

6-1613

强	乜	月	义	十
Giengz	meh	ndwen	ngeih	cib
kiːŋ²	me⁶	duːn¹	ȵi⁶	ɕit⁸
像	母	月	二	十

像二十月亮，

6-1614

六	林	贝	点	灯
Ruh	rib	bae	diemj	daeng
ɹu⁶	ɹip⁸	pai¹	teːn³	taŋ¹
萤	虫	去	点	灯

萤火虫点灯。

6-1615

很	田	贝	秋	洋
Hwnj	dienh	bae	ciuz	yangz
huɯn³	teːn⁶	pai¹	ɕiu²	jaːŋ²
上	殿	去	朝	皇

上殿去面圣，

6-1616

装	身	不	哈	农
Cang	ndang	mbouj	ha	nuengx
ɕaːŋ¹	daːŋ¹	bou⁵	ha¹	nuːŋ⁴
装	身	不	配	妹

打扮不如妹。

男唱	女唱

6-1617

强	乜	月	义	十
Giengz	meh	ndwen	ngeih	cib
ki:ŋ²	me⁶	du:n¹	ɲi⁶	çit⁸
像	母	月	二	十

像二十月亮，

6-1618

六	林	貝	点	灯
Ruh	rib	bae	diemj	daeng
ɹu⁶	ɹip⁸	pai¹	te:n³	taŋ¹
萤	虫	去	点	灯

萤火虫点灯。

6-1619

很	田	貝	秋	洋
Hwnj	dienh	bae	ciuz	yangz
huɪn³	te:n⁶	pai¹	çiu²	ja:ŋ²
上	殿	去	朝	皇

上殿去面圣，

6-1620

装	身	美	又	美
Cang	ndang	maeq	youh	maeq
ça:ŋ¹	da:ŋ¹	mai⁵	jou⁴	mai⁵
装	身	粉	又	粉

打扮美又美。

6-1621

强	乜	月	义	十
Giengz	meh	ndwen	ngeih	cib
ki:ŋ²	me⁶	du:n¹	ɲi⁶	çit⁸
像	母	月	二	十

像二十月亮，

6-1622

六	林	貝	点	灯
Ruh	rib	bae	diemj	daeng
ɹu⁶	ɹip⁸	pai¹	te:n³	taŋ¹
萤	虫	去	点	灯

萤火虫点灯。

6-1623

很	田	貝	秋	洋
Hwnj	dienh	bae	ciuz	yangz
huɪn³	te:n⁶	pai¹	çiu²	ja:ŋ²
上	殿	去	朝	皇

上殿去面圣，

6-1624

装	身	办	鸟	㤇
Cang	ndang	baenz	roeg	enq
ça:ŋ¹	da:ŋ¹	pan²	ɹok⁸	e:n⁵
装	身	成	鸟	燕

打扮如燕子。

男唱	女唱

6-1625

强	乜	月	义	十
Giengz	meh	ndwen	ngeih	cib
ki:ŋ²	me⁶	du:n¹	ȵi⁶	ɕit⁸
像	母	月	二	十

像二十月亮，

6-1626

六	林	点	灯	龙
Ruh	rib	diemj	daeng	loengz
.ɹu⁶	.ɹip⁸	te:n³	taŋ¹	loŋ²
萤	虫	点	灯	笼

萤火虫点灯。

6-1627

变	农	祘	狼	通
Bienh	nuengx	suenq	langh	doeng
pe:n⁶	nu:ŋ⁴	θu:n⁵	la:ŋ⁶	toŋ¹
即便	妹	算	若	通

妹你若想好，

6-1628

乃	站	加	土	观
Naih	soengz	caj	dou	gonq
na:i⁶	θoŋ²	kja³	tu¹	ko:n⁵
慢	站	等	我	先

慢慢等着我。

6-1629

强	乜	月	义	十
Giengz	meh	ndwen	ngeih	cib
ki:ŋ²	me⁶	du:n¹	ȵi⁶	ɕit⁸
像	母	月	二	十

像二十月亮，

6-1630

六	林	点	灯	龙
Ruh	rib	diemj	daeng	loengz
.ɹu⁶	.ɹip⁸	te:n³	taŋ¹	loŋ²
萤	虫	点	灯	笼

萤火虫点灯。

6-1631

当	卜	当	米	同
Dangq	boux	dangq	miz	doengz
ta:ŋ⁵	pu⁴	ta:ŋ⁵	mi²	toŋ²
另	人	另	有	同

各自有情友，

6-1632

卜	而	站	加	备
Boux	lawz	soengz	caj	beix
pu⁴	laɯ²	θoŋ²	kja³	pi⁴
人	哪	站	等	兄

谁等着你兄？

男唱

6-1633

良	不	办	加	贺
Liengh	mbouj	baenz	gya	hoq
le:ŋ⁶	bou⁵	pan²	kja¹	ho⁵
谅	不	成	家	眷属

谅结不了婚，

6-1634

同	果	古	然	一
Doengz	goj	guh	ranz	ndeu
toŋ²	ko³	ku⁴	ɹa:n²	de:u¹
同	合	做	家	一

结合成一家。

6-1635

出	外	岁	共	轿
Ok	rog	caez	gungh	giuh
o:k⁷	ɹo:k⁸	çai²	kuŋ⁶	ki:u⁶
出	外	齐	共	轿

外出同坐轿，

6-1636

说	鸟	九	开	三
Naeuz	roeg	geuq	gaej	sanq
nau²	ɹok⁸	kje:u⁵	ka:i⁵	θa:n⁵
说	鸟	画眉	莫	散

画眉鸟莫散。

女唱

6-1637

良	不	办	加	贺
Liengh	mbouj	baenz	gya	hoq
le:ŋ⁶	bou⁵	pan²	kja¹	ho⁵
谅	不	成	家	眷属

成不了一家，

6-1638

开	沙	罗	里	草
Gaej	ra	loh	ndaw	rum
ka:i⁵	ɹa¹	lo⁶	daɯ¹	ɹum¹
莫	找	路	里	草

就别走歧途。

6-1639

南	铁	贝	写	本
Namh	dek	bae	ce	mbwn
na:n⁶	te:k⁷	pai¹	çe¹	bun¹
土	裂	去	留	天

地裂不顾天，

6-1640

样	而	论	秀	友
Yiengh	lawz	lumz	ciuh	youx
jɯ:ŋ⁶	lau²	lun²	çi:u⁶	ju⁴
样	哪	忘	世	友

怎能忘伴侣？

男唱

6-1641

南	铁	貝	写	本
Namh	dek	bae	ce	mbwn
na:n⁶	te:k⁷	pai¹	çe¹	bun¹
土	裂	去	留	天

地裂不顾天,

6-1642

特	貝	英	罗	机
Dawz	bae	ing	loh	giq
təɯ²	pai¹	iŋ¹	lo⁶	ki⁵
拿	去	靠	路	岔

拿去岔路放。

6-1643

本	刀	铁	古	四
Mbwn	dauq	dek	guh	seiq
bun¹	ta:u⁵	te:k⁷	ku⁴	θei⁵
天	又	裂	做	四

天裂成四块,

6-1644

比	命	不	中	你
Biq	mingh	mbouj	cuengq	mwngz
pi⁵	miŋ⁶	bou⁵	çu:ŋ⁵	muŋ²
逃	命	不	放	你

逃命不离你。

女唱

6-1645

南	铁	貝	写	本
Namh	dek	bae	ce	mbwn
na:n⁶	te:k⁷	pai¹	çe¹	bun¹
土	裂	去	留	天

地裂不顾天,

6-1646

特	貝	英	罗	机
Dawz	bae	ing	loh	giq
təɯ²	pai¹	iŋ¹	lo⁶	ki⁵
拿	去	靠	路	岔

拿去岔路放。

6-1647

墨	刀	马	年	纸
Maeg	dauq	ma	nem	ceij
mak⁸	ta:u⁵	ma¹	ne:m¹	çi³
墨	回	来	贴	纸

墨会来找纸,

6-1648

真	土	备	英	元
Caen	duz	beix	in	yuenz
çin¹	tu²	pi⁴	in¹	ju:n²
真	的	兄	姻	缘

那是兄缘分。

男唱

6-1649

墨	刀	马	年	纸
Maeg	dauq	ma	nem	ceij
mak[8]	ta:u[5]	ma[1]	ne:m[1]	çi[3]
墨	回	来	贴	纸

墨会来找纸，

6-1650

几	时	吨	年	布
Geij	seiz	doenh	nem	baengz
ki[3]	θi[2]	ton[6]	ne:m[1]	paŋ[2]
几	时	蓝靛	贴	布

哪有靛找布？

6-1651

铁	是	空	年	钢
Diet	cix	ndwi	nem	gang
ti:t[7]	çi[4]	du:i[1]	ne:m[1]	ka:ŋ[1]
铁	就	不	贴	钢

铁都不连钢，

6-1652

几	时	少	年	包
Geij	seiz	sau	nem	mbauq
ki[3]	θi[2]	θa:u[1]	ne:m[1]	ba:u[5]
几	时	姑娘	贴	小伙

哪有妹连哥？

女唱

6-1653

伏	造	安	卡	江
Fwx	caux	aen	ga	ndaengq
fə[4]	ça:u[4]	an[1]	ka[1]	daŋ[5]
别人	造	个	口	染缸

人造那染缸，

6-1654

不	真	吨	年	布
Mbouj	caen	doenh	nem	baengz
bou[5]	çin[1]	ton[6]	ne:m[1]	paŋ[2]
不	真	蓝	贴	布

蓝靛找到布。

6-1655

伏	造	秀	了	江
Fwx	caux	ciuh	liux	gyang
fə[4]	ça:u[4]	çi:u[6]	li:u[4]	kja:ŋ[1]
别人	造	世	了	友

人家去出嫁，

6-1656

不	是	少	年	包
Mbouj	cix	sau	nem	mbauq
bou[5]	çi[4]	θa:u[1]	ne:m[1]	ba:u[5]
不	是	姑娘	贴	小伙

那是妹连哥。

男唱

6-1657

南	铁	贝	写	本
Namh	dek	bae	ce	mbwn
na:n⁶	te:k⁷	pai¹	çe¹	bun¹
土	裂	去	留	天

地裂不顾天，

6-1658

特	贝	英	作	从
Dawz	bae	ing	coq	congh
təɯ²	pai¹	iŋ¹	ço⁵	ço:ŋ⁶
拿	去	靠	放	洞

拿去洞口放。

6-1659

勾	门	子	不	动
Gaeu	maenz	lwg	mbouj	doengh
kau¹	man²	luk⁸	bou⁵	toŋ⁴
藤	薯	拉	不	动

薯藤拉不动，

6-1660

备	累	农	下	王
Beix	laeq	nuengx	roengz	vaengz
pi⁴	lai⁵	nu:ŋ⁴	ɣoŋ²	vaŋ²
兄	看	妹	下	潭

兄看妹跳潭。

女唱

6-1661

南	铁	贝	写	本
Namh	dek	bae	ce	mbwn
na:n⁶	te:k⁷	pai¹	çe¹	bun¹
土	裂	去	留	天

地裂不顾天，

6-1662

特	贝	英	作	从
Dawz	bae	ing	coq	congh
təɯ²	pai¹	iŋ¹	ço⁵	ço:ŋ⁶
拿	去	靠	放	洞

拿去洞口放。

6-1663

勾	门	勒	不	动
Gaeu	maenz	lwg	mbouj	doengh
kau¹	man²	luk⁸	bou⁵	toŋ⁴
藤	薯	拉	不	动

薯藤拉不动，

6-1664

备	农	是	同	说
Beix	nuengx	cix	doengz	naeuz
pi⁴	nu:ŋ⁴	çi⁴	toŋ²	nau²
兄	妹	就	同	说

兄妹多商量。

男唱

6-1665

南	铁	贝	写	本
Namh	dek	bae	ce	mbwn
na:n⁶	te:k⁷	pai¹	çe¹	buɯn¹
土	裂	去	留	天

地裂不顾天，

6-1666

特	贝	英	作	从
Dawz	bae	ing	coq	congh
təɯ²	pai¹	iŋ¹	ço⁵	ço:ŋ⁵
拿	去	靠	放	洞

拿去洞口放。

6-1667

八	变	心	了	友
Bah	bienq	sim	liux	youx
pa⁶	pi:n⁵	θin¹	li:u⁴	ju⁴
莫急	变	心	啰	友

情友莫变心，

6-1668

阝	阝	是	满	美
Boux	boux	cix	monh	maez
pu⁴	pu⁴	çi⁴	mo:n⁶	mai²
人	人	就	谈情	说爱

凡人都谈爱。

女唱

6-1669

南	铁	贝	写	本
Namh	dek	bae	cc	mbwn
na:n⁶	te:k⁷	pai¹	çe¹	buɯn¹
土	裂	去	留	天

地裂不顾天，

6-1670

特	贝	英	作	杈
Dawz	bae	ing	coq	gemh
təɯ²	pai¹	iŋ¹	ço⁵	ke:n⁶
拿	去	靠	放	山坳

拿去坳口放。

6-1671

正	可	贝	连	连
Cingz	goj	bae	lienz	lienz
çiŋ³	ko⁵	pai¹	li:n²	li:n²
情	也	去	连	连

一件件送礼，

6-1672

备	自	想	不	堂
Beix	gag	siengj	mbouj	daengz
pi⁴	ka:k⁸	θi:ŋ³	bou⁵	taŋ²
兄	自	想	不	到

兄真想不到？

女唱

6-1673

南	铁	贝	写	本
Namh	dek	bae	ce	mbwn
naːn⁶	teːk⁷	pai¹	çe¹	buɯn¹
土	裂	去	留	天

地裂不顾天，

6-1674

特	贝	英	作	师
Dawz	bae	ing	coq	cwx
təɯ²	pai¹	iŋ¹	ço⁵	çɯ⁴
拿	去	靠	放	社

拿去社堂放。

6-1675

八	变	心	妻	伏
Bah	bienq	sim	maex	fwx
pa⁶	piːn⁵	θin¹	mai⁴	fə⁴
莫急	变	心	妻	别人

哥莫急变心，

6-1676

加	备	勒	叫	正
Caj	beix	lawh	heuh	cingz
kja³	pi⁴	ləɯ¹	heːu⁶	çiŋ²
等	兄	换	叫	情

妹先要礼品。

男唱

6-1677

南	铁	贝	写	本
Namh	dek	bae	ce	mbwn
naːn⁶	teːk⁷	pai¹	çe¹	buɯn¹
土	裂	去	留	天

地裂不顾天，

6-1678

特	贝	英	作	师
Dawz	bae	ing	coq	cwx
təɯ²	pai¹	iŋ¹	ço⁵	çɯ⁴
拿	去	靠	放	社

拿去社堂放。

6-1679

阝	阝	是	妻	伏
Boux	boux	cix	maex	fwx
pu⁴	pu⁴	çi⁴	mai⁴	fə⁴
人	人	是	妻	别人

人人有丈夫，

6-1680

给	备	勒	阝	而
Hawj	beix	lawh	boux	lawz
həɯ³	pi⁴	ləɯ⁶	pu⁴	lau²
给	兄	换	个	哪

我跟谁结交？

女唱

6-1681

良	不	办	文	么
Liengh	mbouj	baenz	vunz	maz
le:ŋ⁶	bou⁵	pan²	vun²	ma²
谅	不	成	人	什么

谅此生孤苦，

6-1682

爱	古	文	由	元
Ngaiq	guh	vunz	youz	yuenq
ŋa:i⁵	ku⁴	vun²	jou²	ju:n⁵
爱	做	人	游	院

愿做游荡人。

6-1683

采	罗	累	邦	很
Byaij	loh	laeq	bangx	haenz
pja:i³	lo⁶	lai⁵	pa:ŋ⁴	han²
走	路	看	旁	边

走路留意看，

6-1684

正	义	那	浪	你
Cingz	ngeih	naj	laeng	mwngz
çiŋ²	ȵi⁶	na³	laŋ¹	mɯŋ²
情	义	前	后	你

前后有礼品。

男唱

6-1685

良	不	办	文	么
Liengh	mbouj	baenz	vunz	maz
le:ŋ⁶	bou⁵	pan²	vun²	ma²
谅	不	成	人	什么

谅此生孤苦，

6-1686

爱	古	文	由	玉
Ngaiq	guh	vunz	youz	yiz
ŋa:i⁵	ku⁴	vun²	jou²	ji⁴
爱	做	人	游	弋

爱做游荡人。

6-1687

你	讲	话	不	是
Mwngz	gangj	vah	mbouj	cix
mɯn²	ka:ŋ³	va⁶	bou⁵	çi⁴
你	讲	话	不	是

你讲话不对，

6-1688

米	正	义	开	么
Miz	cingz	ngeih	gij	maz
mi²	çiŋ²	ȵi⁶	ka:i²	ma²
有	情	义	什	么

有什么礼品？

女唱

6-1689

良	不	办	文	么
Liengh	mbouj	baenz	vunz	maz
le:ŋ⁶	bou⁵	pan²	vun²	ma²
谅	不	成	人	什么

谅此生孤苦,

6-1690

爱	古	文	由	玉
Ngaiq	guh	vunz	youz	yiz
ŋa:i⁵	ku⁴	vun²	jou²	ji⁴
爱	做	人	游	弋

爱做游荡人。

6-1691

米	话	说	我	觋
Miz	vah	naeuz	gou	gonq
mi²	va⁶	nau²	kou¹	ko:n⁵
有	话	说	我	先

有话对我说,

6-1692

明	可	欢	邦	你
Cog	goj	vuen	biengz	mwngz
ço:k⁸	ko⁵	vu:n¹	pi:ŋ²	mɯŋ²
将来	也	欢	地方	你

游至你家乡。

男唱

6-1693

良	不	办	文	么
Liengh	mbouj	baenz	vunz	moq
le:ŋ⁶	bou⁵	pan²	vun²	mo⁵
谅	不	成	人	新

谅不成新人,

6-1694

爱	古	文	由	玉
Ngaiq	guh	vunz	youz	yiz
ŋa:i⁵	ku⁴	vun²	jou²	ji⁴
爱	做	人	游	弋

爱做游荡人。

6-1695

有	话	想	说	你
Miz	vah	siengj	naeuz	mwngz
mi²	va⁶	θi:ŋ³	nau²	mɯŋ²
有	话	想	说	你

想对你说话,

6-1696

老	农	楼	给	文
Lau	nuengx	laeuh	hawj	vunz
la:u¹	nu:ŋ⁴	lau⁶	hɯ³	vun²
怕	妹	漏	给	人

怕你不守口。

女唱

6-1697

良	不	办	文	么
Liengh	mbouj	baenz	vunz	moq
le:ŋ⁶	bou⁵	pan²	vun²	mo⁵
谅	不	成	人	新

谅不成新人，

6-1698

爱	古	文	采	罗
Ngaiq	guh	vunz	byaij	loh
ŋa:i⁵	ku⁴	vun²	pja:i³	lo⁶
爱	做	人	走	路

愿做游荡人。

6-1699

年	空	办	么	古
Nienz	ndwi	baenz	maz	guh
ni:n²	du:i¹	pan²	ma²	ku⁴
反正	不	成	什么	做

既一事无成，

6-1700

采	罗	单	包	少
Byaij	loh	danq	mbauq	sau
pja:i³	lo⁶	ta:n⁵	ba:u⁵	θa:u¹
走	路	称赞	小伙	姑娘

走路赞情侣。

男唱

6-1701

良	不	办	文	么
Liengh	mbouj	baenz	vunz	moq
le:ŋ⁶	bou⁵	pan²	vun²	mo⁵
谅	不	成	人	新

谅不成新人，

6-1702

爱	古	文	采	罗
Ngaiq	guh	vunz	byaij	lo
ŋa:i⁵	ku⁴	vun²	pja:i³	lo⁶
爱	做	人	走	路

愿做游荡人。

6-1703

爱	划	龙	划	务
Ngaiq	veh	lungz	veh	huj
ŋa:i⁵	ve⁶	luŋ²	ve⁶	hu³
爱	画	龙	画	云

愿浪迹天涯，

6-1704

办	邦	友	是	却
Baenz	baengz	youx	cix	gyo
pan²	paŋ²	ju⁴	çi⁴	kjo¹
成	朋	友	就	幸亏

幸运就交友。

女唱

6-1705

良	不	办	文	么
Liengh	mbouj	baenz	vunz	moq
le:ŋ⁶	bou⁵	pan²	vun²	mo⁵
谅	不	成	人	新

谅不成新人，

6-1706

爱	古	文	采	罗
Ngaiq	guh	vunz	byaij	loh
ŋa:i⁵	ku⁴	vun²	pja:i³	lo⁶
爱	做	人	走	路

愿做游荡人。

6-1707

划	龙	不	办	务
Veh	lungz	mbouj	baenz	huj
ve⁶	luŋ²	bou⁵	pan²	hu³
画	龙	不	成	云

龙腾不见云，

6-1708

秋	走	罗	内	空
Ciuq	byaij	loh	neix	ndwi
ɕi:u⁵	pja:i³	lo⁶	ni⁴	du:i¹
看	走	路	这	空

交友也成空。

男唱

6-1709

良	不	办	文	么
Liengh	mbouj	baenz	vunz	moq
le:ŋ⁶	bou⁵	pan²	vun²	mo⁵
谅	不	成	人	新

谅不成新人，

6-1710

爱	古	文	采	罗
Ngaiq	guh	vunz	byaij	loh
ŋa:i⁵	ku⁴	vun²	pja:i³	lo⁶
爱	做	人	走	路

愿做游荡人。

6-1711

划	龙	不	办	务
Veh	lungz	mbouj	baenz	huj
ve⁶	luŋ²	bou⁵	pan²	hu³
画	龙	不	成	云

龙腾不见云，

6-1712

古	友	作	年	你
Guh	youx	coq	nem	mwngz
ku⁴	ju⁴	ço⁵	ne:m¹	muɯŋ²
做	友	放	贴	你

情友不离你。

女唱

6-1713

良	不	办	文	么
Liengh	mbouj	baenz	vunz	moq
le:ŋ⁶	bou⁵	pan²	vun²	mo⁵
谅	不	成	人	新

谅不成新人，

6-1714

爱	古	文	由	浪
Ngaiq	guh	vunz	youz	langh
ŋa:i⁵	ku⁴	vun²	jou²	la:ŋ⁶
爱	做	人	游	浪

愿做游荡人。

6-1715

得	贵	吃	加	当
Ndaej	gwiz	gwn	gya	dangq
dai³	kwi²	kɯn¹	kja¹	ta:ŋ⁵
得	丈夫	吃	家	当

嫁给有钱人，

6-1716

句	卢	浪	开	特
Coenz	louz	langh	gaej	dawz
kjon²	lu²	la:ŋ⁶	ka:i⁵	tɯ²
句	流	浪	莫	拿

别提流浪话。

男唱

6-1717

良	不	办	文	么
Liengh	mbouj	baenz	vunz	moq
le:ŋ⁶	bou⁵	pan²	vun²	mo⁵
谅	不	成	人	新

谅不成新人，

6-1718

爱	古	文	由	浪
Ngaiq	guh	vunz	youz	langh
ŋa:i⁵	ku⁴	vun²	jou²	la:ŋ⁶
爱	做	人	游	浪

愿做游荡人。

6-1719

团	一	吃	加	当
Donh	ndeu	gwn	gya	dangq
to:n⁶	de:u¹	kɯn¹	kja¹	ta:ŋ⁵
半	一	吃	家	当

一面靠家财，

6-1720

团	一	干	方	卢
Donh	ndeu	ganq	fueng	louz
to:n⁶	de:u¹	ka:n⁵	fu:ŋ¹	lu²
半	一	照料	风	流

一面顾游荡。

女唱

6-1721

团	一	吃	加	当
Donh	ndeu	gwn	gya	dangq
to:n⁶	de:u¹	kun¹	kja¹	ta:ŋ⁵
半	一	吃	家	当

一面靠家财,

6-1722

团	一	干	方	卢
Donh	ndeu	ganq	fueng	louz
to:n⁶	de:u¹	ka:n⁵	fu:ŋ¹	lu²
半	一	照料	风	流

一面顾游荡。

6-1723

分	团	贝	干	收
Baen	donh	bae	ganq	caeuq
pan¹	to:n⁶	pai¹	ka:n⁵	çau⁵
分	半	去	顾	收

将家财藏起,

6-1724

干	方	卢	满	秀
Ganq	fueng	louz	mued	ciuh
ka:n⁵	fu:ŋ¹	lu²	mu:t⁸	çi:u⁶
顾	风	流	没	世

一辈子游荡。

男唱

6-1725

良	不	办	同	年
Liengh	mbouj	baenz	doengz	nienz
le:ŋ⁶	bou⁵	pan²	toŋ²	ni:n²
谅	不	成	同	年

不成同龄友,

6-1726

卢	连	外	江	垌
Louz	lienz	vaij	gyang	doengh
lu²	li:n²	va:i³	kja:ŋ¹	toŋ⁶
游	荡	过	中	垌

云游走他乡。

6-1727

见	乜	巴	古	穷
Raen	meh	mbaj	guh	gyoengq
ɹan¹	me⁶	ba³	ku⁴	kjoŋ⁵
见	母	蝴蝶	做	群

见蝴蝶结伴,

6-1728

农	秋	通	知	空
Nuengx	ciuq	doeng	rox	ndwi
nu:ŋ⁴	çiu⁵	toŋ¹	ɹo⁴	du:i¹
妹	看	通	或	不

妹是否想通?

女唱

6-1729

良	不	办	同	年
Liengh	mbouj	baenz	doengz	nienz
le:ŋ⁶	bou⁵	pan²	toŋ²	ni:n²
谅	不	成	同	年

不成同龄友，

6-1730

卢	连	外	江	垌
Louz	lienz	vaij	gyang	doengh
lu²	li:n²	va:i³	kja:ŋ¹	toŋ⁶
游	荡	过	中	垌

云游走他乡。

6-1731

见	乜	巴	古	穷
Raen	meh	mbaj	guh	gyoengq
ɹan¹	me⁶	ba³	ku⁴	kjoŋ⁵
见	母	蝴蝶	做	群

见蝴蝶结伴，

6-1732

通	秀	满	包	少
Doeng	ciuh	monh	mbauq	sau
toŋ¹	ɕi:u⁶	mo:n⁶	ba:u⁵	θa:u¹
通	世	情	小伙	姑娘

像后生谈爱。

男唱

6-1733

良	不	办	同	年
Liengh	mbouj	baenz	doengz	nienz
le:ŋ⁶	bou⁵	pan²	toŋ²	ni:n²
谅	不	成	同	年

不成同龄友，

6-1734

卢	连	外	江	垌
Louz	lienz	vaij	gyang	doengh
lu²	li:n²	va:i³	kja:ŋ¹	toŋ⁶
游	荡	过	中	垌

云游走他乡。

6-1735

见	乜	巴	古	穷
Raen	meh	mbaj	guh	gyoengq
ɹan¹	me⁶	ba³	ku⁴	kjoŋ⁵
见	母	蝴蝶	做	群

见蝴蝶结伴，

6-1736

讲	不	通	论	偻
Gangj	mbouj	doeng	lumj	raeuz
ka:ŋ³	bou⁵	toŋ¹	lun³	ɹau²
讲	不	通	像	我们

它不通人语。

女唱

6-1737

良	不	办	同	年
Liengh	mbouj	baenz	doengz	nienz
le:ŋ⁶	bou⁵	pan²	toŋ²	ni:n²
谅	不	成	同	年

不成同龄友，

6-1738

卢	连	外	江	垌
Louz	lienz	vaij	gyang	doengh
lu²	li:n²	va:i³	kja:ŋ¹	toŋ⁶
游	荡	过	中	垌

云游走他乡。

6-1739

讲	句	句	是	通
Gangj	coenz	coenz	cix	doeng
ka:ŋ³	kjon²	kjon²	çi⁴	toŋ¹
讲	句	句	就	通

蝴蝶通人语，

6-1740

八	列	友	英	台
Bah	leh	youx	ing	daiz
pa⁶	le⁶	ju⁴	iŋ¹	ta:i²
唉	唷	友	英	台

罢了吧英台。

男唱

6-1741

讲	句	句	是	通
Gangj	coenz	coenz	cix	doeng
ka:ŋ³	kjon²	kjon²	çi⁴	toŋ¹
讲	句	句	就	通

句句听得懂，

6-1742

不	古	样	中	声
Mbouj	guh	yiengh	cuengq	sing
bou⁵	ku⁴	juɯ:ŋ⁶	çu:ŋ⁵	θiŋ¹
不	做	样	放	声

就是不会讲。

6-1743

罗	罗	是	通	正
Loh	loh	cix	doeng	cingz
lo⁶	lo⁶	çi⁴	toŋ¹	çiŋ²
路	路	就	通	情

条条都有理，

6-1744

不	古	安	而	想
Mbouj	guh	aen	lawz	siengj
bou⁵	ku⁴	an¹	lauɯ²	θi:ŋ³
不	做	个	哪	想

就是想不通。

女唱

6-1745

良	不	办	同	年
Liengh	mbouj	baenz	doengz	nienz
le:ŋ⁶	bou⁵	pan²	toŋ²	ni:n²
谅	不	成	同	年

不成同龄友，

6-1746

卢	连	外	江	垌
Louz	lienz	vaij	gyang	doengh
lu²	li:n²	va:i³	kja:ŋ¹	toŋ⁶
游	荡	过	中	垌

游荡在山间。

6-1747

讲	笑	贝	米	从
Gangj	riu	bae	miz	congh
ka:ŋ³	ɹiu¹	pai¹	mi²	ɕo:ŋ⁶
讲	笑	去	有	洞

谈笑有话头，

6-1748

讲	垌	贝	米	方
Gangj	doengh	bae	miz	fueng
ka:ŋ³	toŋ⁶	pai¹	mi²	fu:ŋ¹
讲	垌	去	有	方

云游亦有方。

男唱

6-1749

良	不	办	同	年
Liengh	mbouj	baenz	doengz	nienz
le:ŋ⁶	bou⁵	pan²	toŋ²	ni:n²
谅	不	成	同	年

不成同龄友，

6-1750

卢	连	外	江	巴
Louz	lienz	vaij	gyang	baq
lu²	li:n²	va:i³	kja:ŋ¹	pa⁵
游	荡	过	中	坡

游荡在山间。

6-1751

年	空	合	九	妚
Nienz	ndwi	hob	gyaeuj	yah
ni:n²	du:i¹	ho:p⁸	kjau³	ja⁶
反	正	不	合	公 婆

不合为夫妻，

6-1752

沙	十	八	农	银
Ra	cib	bet	nuengx	ngaenz
ɹa¹	ɕit⁸	pe:t⁷	nu:ŋ⁴	ŋan²
找	十	八	妹	银

找十八岁妹。

女唱

6-1753

良	不	办	同	年
Liengh	mbouj	baenz	doengz	nienz
le:ŋ⁶	bou⁵	pan²	toŋ²	ni:n²
谅	不	成	同	年

不成同龄友，

6-1754

卢	连	外	江	巴
Louz	lienz	vaij	gyang	baq
lu²	li:n²	va:i³	kja:ŋ¹	pa⁵
游	荡	过	中	坡

流浪走山坡。

6-1755

空	米	句	米	话
Ndwi	miz	coenz	miz	vah
du:i¹	mi²	kjon²	mi²	va⁶
没	有	句	有	话

没共同话语，

6-1756

同	沙	为	罗	而
Doengz	ra	vih	loh	lawz
toŋ²	ɹa¹	vei⁶	lo⁶	lau²
同	找	为	路	哪

何必在一起？

男唱

6-1757

为	好	卜	好	叔
Vih	ndij	boh	ndij	au
vei⁶	di¹	po⁶	di¹	a:u¹
为	与	父	与	叔

一切为父辈，

6-1758

包	少	牙	同	沙
Mbauq	sau	yax	doengz	ra
ba:u⁵	θa:u¹	ja⁵	toŋ²	ɹa¹
小伙	姑娘	也	同	找

男女才相连。

6-1759

为	条	元	龙	那
Vih	diuz	roen	lungz	nax
vei⁶	ti:u²	jo:n¹	luŋ²	na⁴
为	条	路	大舅	小舅

为舅家大礼，

6-1760

阝	牙	沙	阝	贝
Boux	yax	ra	boux	bae
pu⁴	ja⁵	ɹa¹	pu⁴	pai¹
人	也	找	人	去

要相恋相依。

女唱

6-1761

当	秀	勒	秀	兰
Daengq	ciuh	lwg	ciuh	lan
taŋ⁵	çi:u⁶	luɯk⁸	çi:u⁶	la:n¹
叮嘱	世	子	世	孙

教子孙后代，

6-1762

在	而	开	同	沙
Ywq	lawz	gaej	doengh	ra
juɯ⁵	lau²	ka:i⁵	toŋ²	ɹa¹
在	哪	莫	相	找

不要再相连。

6-1763

当	秀	勒	秀	兰
Daengq	ciuh	lwg	ciuh	lan
taŋ⁵	çi:u⁶	luɯk⁸	çi:u⁶	la:n¹
叮嘱	世	子	世	孙

教世世代代，

6-1764

开	同	沙	论	偻
Gaej	doengz	ra	lumj	raeuz
ka:i⁵	toŋ²	ɹa¹	lun³	ɹau²
莫	同	找	像	我们

莫像我俩恋。

男唱

6-1765

良	不	办	同	年
Liengh	mbouj	baenz	doengz	nienz
le:ŋ⁶	bou⁵	pan²	toŋ²	ni:n²
谅	不	成	同	年

不成同龄友，

6-1766

卢	连	外	江	巴
Louz	lienz	vaij	gyang	baq
lu²	li:n²	va:i³	kja:ŋ¹	pa⁵
游	荡	过	中	坡

走山坡流浪。

6-1767

知	能	开	同	沙
Rox	nyaenx	gaej	doengh	ra
ɹo⁴	ɲan⁴	ka:i⁵	toŋ²	ɹa¹
知	那样	莫	相	找

懂得不结交，

6-1768

先	办	巴	跟	卢
Senq	baenz	mbaj	riengz	louz
θe:n⁵	pan²	ba³	ɹi:ŋ²	lu²
先	成	蝴蝶	跟	玩

早化蝶成双。

女唱 　　　　　　　　　　　　　　　　## 男唱

6-1769

同	沙	是	同	沙
Doengh	ra	cix	doengh	ra
toŋ²	ɹa¹	çi⁴	toŋ²	ɹa¹
相	找	是	相	找

相连归相连，

6-1770

空	米	话	同	标
Ndwi	miz	vah	doengh	beu
duːi¹	mi²	va⁶	toŋ²	peːu¹
没	有	话	相	得罪

话不相得罪。

6-1771

不	办	巴	跟	卢
Mbouj	baenz	mbaj	riengz	louz
bou⁵	pan²	ba³	ɹiːŋ²	lu²
不	成	蝴蝶	跟	玩

不成蝶共舞，

6-1772

偻	同	九	完	仪
Raeuz	doengz	iu	vuenh	saenq
ɹau²	toŋ²	iːu¹	vuːn⁶	θin⁵
我们	同	邀	换	信

咱相邀交情。

6-1773

同	沙	是	同	沙
Doengh	ra	cix	doengh	ra
toŋ²	ɹa¹	çi⁴	toŋ²	ɹa¹
相	找	是	相	找

相邀就相邀，

6-1774

空	米	话	同	通
Ndwi	miz	vah	doengh	doeng
duːi¹	mi²	va⁶	toŋ²	toŋ¹
没	有	话	相	通

许久不通信。

6-1775

牙	断	仪	了	同
Yax	duenx	saenq	liux	doengz
ja⁵	tuːn⁴	θin⁵	liːu⁴	toŋ²
也	断	信	完	同

信息要断了，

6-1776

米	句	是	同	当
Miz	coenz	cix	doengz	daengq
mi²	kjon²	çi⁴	toŋ²	taŋ⁵
有	句	就	同	叮嘱

有话快叮嘱。

女唱

6-1777

同	沙	是	同	沙
Doengh	ra	cix	doengh	ra
toŋ²	ɹa¹	ɕi⁴	toŋ²	ɹa¹
相	找	是	相	找

约会就约会，

6-1778

空	米	话	样	而
Ndwi	miz	vah	yiengh	lawz
duːi¹	mi²	va⁶	juɯŋ⁶	lauɯ²
没	有	话	样	哪

不知说什么。

6-1779

同	师	是	同	师
Doengz	swz	cix	doengz	swz
toŋ²	θɯ²	ɕi⁴	toŋ²	θɯ²
同	辞	是	同	辞

辞别就辞别，

6-1780

空	米	字	貝	送
Ndwi	miz	saw	bae	soengq
duːi¹	mi²	θaɯ¹	pai¹	θoŋ⁵
不	有	书	去	送

也无信相通。

男唱

6-1781

包	少	牙	同	沙
Mbauq	sau	yax	doengh	ra
baːu⁵	θaːu¹	ja⁵	toŋ²	ɹa¹
小伙	姑娘	也	相	找

情侣要约会，

6-1782

米	话	牙	同	说
Miz	vah	yax	doengh	naeuz
mi²	va⁶	ja⁵	toŋ²	nau²
有	话	也	相	说

有话要商量。

6-1783

良	不	办	同	要
Liengh	mbouj	baenz	doengh	aeu
leːŋ⁶	bou⁵	pan²	toŋ²	au¹
谅	不	成	相	要

谅不成夫妻，

6-1784

同	说	牙	可	初
Doengh	naeuz	yax	goj	couj
toŋ²	nau²	ja⁵	ko⁵	ɕu³
相	说	也	可	羞

交谈会羞耻。

女唱

6-1785

良	不	办	同	年
Liengh	mbouj	baenz	doengz	nienz
le:ŋ⁶	bou⁵	pan²	toŋ²	ni:n²
谅	不	成	同	年

不成同龄友，

6-1786

卢	连	外	江	巴
Louz	lienz	vaij	gyang	baq
lu²	li:n²	va:i³	kja:ŋ¹	pa⁵
游	荡	过	中	坡

走山坡流浪。

6-1787

利	条	元	乜	巴
Lij	diuz	roen	meh	mbaj
li⁴	ti:u²	jo:n¹	me⁶	ba³
还	条	路	母	蝴蝶

剩条蝴蝶路，

6-1788

你	沙	说	你	跟
Mwngz	ra	naeuz	mwngz	riengz
muɯŋ²	ɹa¹	nau²	muɯŋ²	ɹi:ŋ²
你	找	或	你	跟

兄行此路否？

男唱

6-1789

良	不	办	同	年
Liengh	mbouj	baenz	doengz	nienz
le:ŋ⁶	bou⁵	pan²	toŋ²	ni:n²
谅	不	成	同	年

不成同龄友，

6-1790

卢	连	外	江	巴
Louz	lienz	vaij	gyang	baq
lu²	li:n²	va:i³	kja:ŋ¹	pa⁵
游	荡	过	中	坡

走山坡流浪。

6-1791

元	文	邦	是	沙
Roen	vunz	biengz	cix	ra
jo:n¹	vun²	pi:ŋ²	çi⁴	ɹa¹
路	人	地方	就	找

行人道便找，

6-1792

元	乜	巴	是	跟
Roen	meh	mbaj	cix	riengz
jo:n¹	me⁶	ba³	çi⁴	ɹi:ŋ²
路	母	蝴蝶	就	跟

蝴蝶路便跟。

女唱

6-1793

良	不	办	同	年
Liengh	mbouj	baenz	doengz	nienz

le:ŋ[6]　bou[5]　pan[2]　toŋ[2]　ni:n[2]

谅	不	成	同	年

不成同龄友，

6-1794

卢	连	外	江	巴
Louz	lienz	vaij	gyang	baq

lu[2]　li:n[2]　va:i[3]　kja:ŋ[1]　pa[5]

游	荡	过	中	坡

走山坡流浪。

6-1795

变	心	开	变	化
Bienq	sim	gaej	bienq	vaq

pi:n[5]　θin[1]　ka:i[5]　pi:n[5]　va[5]

变	心	莫	变	化

变心莫变身，

6-1796

在	加	邦	要	正
Ywq	caj	baengz	aeu	cingz

jɯ[5]　kja[3]　paŋ[2]　au[1]　çiŋ[2]

在	等	朋	要	情

等人要礼品。

男唱

6-1797

变	心	开	变	化
Bienq	sim	gaiq	bienq	vaq

pi:n[5]　θin[1]　ka:i[5]　pi:n[5]　va[5]

变	心	莫	变	化

变心莫变化，

6-1798

在	加	邦	三	辰
Ywq	caj	baengz	sanq	sinz

jɯ[5]　kja[3]　paŋ[2]　θa:n[5]　θin[2]

在	等	朋	散	飞溅

等情友散魂。

6-1799

鸟	炕	开	八	飞
Roeg	enq	gaej	bah	mbin

ɹok[8]　e:n[5]　ka:i[5]　pa[6]　bin[1]

鸟	燕	莫	急	飞

燕子别飞走，

6-1800

加	玩	正	土	观
Caj	vanz	cingz	dou	gonq

kja[3]　va:n[2]　çiŋ[2]　tu[1]　ko:n[5]

等	还	情	我	先

先还我情义。

女唱

6-1801

良	不	办	同	年
Liengh	mbouj	baenz	doengz	nienz
leːŋ⁶	bou⁵	pan²	toŋ²	niːn²
谅	不	成	同	年

不成同龄友，

6-1802

卢	连	外	江	巴
Louz	lienz	vaij	gyang	baq
lu²	liːn²	vaːi³	kjaːŋ¹	pa⁵
游	荡	过	中	坡

走山坡流浪。

6-1803

想	古	仙	变	化
Siengj	guh	sien	bienq	vaq
θiːŋ³	ku⁴	θiːn¹	piːn⁵	va⁵
想	做	仙	变	化

想变成神仙，

6-1804

知	得	备	知	空
Rox	ndaej	beix	rox	ndwi
ɹo⁴	dai³	pi⁴	ɹo⁴	duːi¹
知	得	兄	或	不

不知得兄否？

男唱

6-1805

良	不	办	同	年
Liengh	mbouj	baenz	doengz	nienz
leːŋ⁶	bou⁵	pan²	toŋ²	niːn²
谅	不	成	同	年

不成同龄友，

6-1806

卢	连	外	江	巴
Louz	lienz	vaij	gyang	baq
lu²	liːn²	vaːi³	kjaːŋ¹	pa⁵
游	荡	过	中	坡

游荡过山坡。

6-1807

空	办	仙	是	八
Ndwi	baenz	sien	cix	bah
duːi¹	pan²	θiːn¹	çi⁴	pa⁶
不	成	仙	就	罢

不成仙就算，

6-1808

变	化	马	年	偻
Bienq	vaq	ma	nem	raeuz
piːn⁵	va⁵	ma¹	neːm¹	ɹau²
变	化	来	贴	我们

来与我相守。

女唱

6-1809

良	不	办	同	年
Liengh	mbouj	baenz	doengz	nienz
le:ŋ⁶	bou⁵	pan²	toŋ²	ni:n²
谅	不	成	同	年

不成同龄友，

6-1810

卢	连	外	邦	初
Louz	lienz	vaij	bangx	cauq
lu²	li:n²	va:i³	pa:ŋ⁴	ça:u⁵
游	荡	过	旁	灶

围转火灶边。

6-1811

干	少	空	得	包
Ganq	sau	ndwi	ndaej	mbauq
ka:n⁵	θa:u¹	du:i¹	dai³	ba:u⁵
照料	姑娘	不	得	小伙

结交没结果，

6-1812

丰	全	刀	可	怜
Fungh	cienj	dauq	hoj	lienz
fuŋ⁶	çi:n³	ta:u⁵	ho³	li:n²
凤	转	回	可	怜

可怜凤回头。

男唱

6-1813

良	不	办	同	年
Liengh	mbouj	baenz	doengz	nienz
le:ŋ⁶	bou⁵	pan²	toŋ²	ni:n²
谅	不	成	同	年

不成同龄友，

6-1814

卢	连	外	邦	初
Louz	lienz	vaij	bangx	cauq
lu²	li:n²	va:i³	pa:ŋ⁴	ça:u⁵
游	荡	过	旁	灶

围转火灶边。

6-1815

不	办	少	跟	包
Mbouj	baenz	sau	riengz	mbauq
bou⁵	pan²	θa:u¹	ɹi:n²	ba:u⁵
不	成	姑娘	跟	小伙

结不成伴侣，

6-1816

团	刀	水	山	下
Dwen	dauq	raemx	bya	roengz
tu:n¹	ta:u⁵	ɹam⁴	pja¹	ɹoŋ²
提	回	水	眼	下

想起眼泪流。

女唱

6-1817

良	不	办	同	年
Liengh	mbouj	baenz	doengz	nienz
le:ŋ⁶	bou⁵	pan²	toŋ²	ni:n²
谅	不	成	同	年

不成同龄友，

6-1818

卢	连	外	邦	依
Louz	lienz	vaij	bangx	rij
lu²	li:n²	va:i³	pa:ŋ⁴	ɹi³
游	荡	过	旁	溪

游荡在溪边。

6-1819

年	空	办	韦	机
Nienz	ndwi	baenz	vae	giq
ni:n²	dɯi¹	pan²	vai¹	ki⁵
反正	不	成	姓	支

结不成情侣，

6-1820

八	贝	田	伏	站
Bah	bae	dieg	fwz	soengz
pa⁶	pai¹	ti:k⁸	fu²	θoŋ²
莫	去	地	荒	站

莫急走他乡。

男唱

6-1821

良	不	办	同	年
Liengh	mbouj	baenz	doengz	nienz
le:ŋ⁶	bou⁵	pan²	toŋ²	ni:n²
谅	不	成	同	年

不成同龄友，

6-1822

卢	连	外	邦	依
Louz	lienz	vaij	bangx	rij
lu²	li:n²	va:i³	pa:ŋ⁴	ɹi³
游	荡	过	旁	溪

游荡在溪边。

6-1823

年	空	办	韦	机
Nienz	ndwi	baenz	vae	giq
ni:n²	dɯi¹	pan²	vai¹	ki⁵
反正	不	成	姓	支

结不成情侣，

6-1824

当	田	偻	当	站
Dangq	denz	raeuz	dangq	soengz
ta:ŋ⁵	te:n²	ɹau²	ta:ŋ⁵	θoŋ²
另	地	我们	另	站

各自住一方。

女唱

6-1825

良	不	办	同	年
Liengh	mbouj	baenz	doengz	nienz

le:ŋ⁶　bou⁵　pan²　toŋ²　ni:n²

谅	不	成	同	年

不成同龄友，

6-1826

卢	连	外	邦	水
Louz	lienz	vaij	bangx	raemx

lu²　li:n²　va:i³　pa:ŋ⁴　ɹan⁴

游	荡	过	旁	水

游荡过水边。

6-1827

年	空	办	对	生
Nienz	ndwi	baenz	doiq	saemq

ni:n²　du:i¹　pan²　to:i⁵　θan⁵

反正	不	成	对	庚

不成同龄友，

6-1828

讲	坤	动	是	良
Gangj	goenq	dungx	cix	liengz

ka:ŋ³　kon⁵　tuŋ⁴　çi⁴　li:ŋ²

讲	断	肚	就	凉

断交心就凉。

男唱

6-1829

良	不	办	同	年
Liengh	mbouj	baenz	doengz	nienz

le:ŋ⁶　bou⁵　pan²　toŋ²　ni:n²

谅	不	成	同	年

不成同龄友，

6-1830

卢	连	外	邦	水
Louz	lienz	vaij	bangx	raemx

lu²　li:n²　va:i³　pa:ŋ⁴　ɹan⁴

游	荡	过	旁	水

游荡过水边。

6-1831

年	不	办	对	生
Nienz	mbouj	baenz	doiq	saemq

ni:n²　bou⁵　pan²　to:i⁵　θan⁵

反正	不	成	对	庚

不成同龄友，

6-1832

讲	坤	贝	古	而
Gangj	goenq	bae	guh	rawz

ka:ŋ³　kon⁵　pai¹　ku⁴　ɹuaɯ²

讲	断	去	做	什么

何必要绝情？

女唱

6-1833

良	不	办	同	年
Liengh	mbouj	baenz	doengz	nienz
leːŋ⁶	bou⁵	pan²	toŋ²	niːn²
谅	不	成	同	年

结不成情侣，

6-1834

卢	连	外	邦	岭
Louz	lienz	vaij	bangx	lingx
lu²	liːn²	vaːi³	paːŋ⁴	liŋ⁴
游	荡	过	旁	岭

游荡过岭边。

6-1835

贝	日	而	是	定
Bae	ngoenz	lawz	cix	dingh
pai¹	ŋon²	lau²	çi⁴	tiŋ⁶
去	天	哪	就	定

决定何时走，

6-1836

当	备	姓	你	岁
Daengq	beix	singq	mwngz	caez
taŋ⁵	pi⁴	θiŋ⁵	mɯŋ²	çai²
叮	嘱	兄	姓	你	齐

告诉你亲戚。

男唱

6-1837

良	不	办	同	年
Liengh	mbouj	baenz	doengz	nienz
leːŋ⁶	bou⁵	pan²	toŋ²	niːn²
谅	不	成	同	年

结不成情侣，

6-1838

卢	连	外	拉	罗
Louz	lienz	vaij	laj	roq
lu²	liːn²	vaːi³	la³	ɹo⁵
游	荡	过	下	屋檐

屋檐下游荡。

6-1839

贝	可	贝	了	农
Bae	goj	bae	liux	nuengx
pai¹	ko⁵	pai¹	liːu⁴	nuːŋ¹
去	也	去	啰	妹

走是要走的，

6-1840

尝	知	定	日	而
Caengz	rox	dingh	ngoenz	lawz
çaŋ²	ɹo⁴	tiŋ⁶	ŋon²	lau²
未	知	定	天	哪

尚未定日期。

女唱

6-1841

良	不	办	同	年
Liengh	mbouj	baenz	doengz	nienz
le:ŋ⁶	bou⁵	pan²	toŋ²	ni:n²
谅	不	成	同	年

成不了情侣，

6-1842

卢	连	外	邦	党
Louz	lienz	vaij	bangx	daengq
lu²	li:n²	va:i³	pa:ŋ⁴	taŋ⁵
游	荡	过	旁	凳

围着凳子转。

6-1843

年	空	办	对	邦
Nienz	ndwi	baenz	doih	baengz
ni:n²	du:i¹	pan²	to:i⁶	paŋ²
反正	不	成	伙伴	朋

结不成伴侣，

6-1844

写	字	防	你	贝
Sij	sw	foengx	mwngz	bae
θi³	θɯ¹	foŋ⁴	muŋ²	pai¹
写	字	赶	你	去

立契赶你去。

男唱

6-1845

良	不	办	同	年
Liengh	mbouj	baenz	doengz	nienz
le:ŋ⁶	bou⁵	pan²	toŋ²	ni:n²
谅	不	成	同	年

成不了伴侣，

6-1846

卢	连	外	邦	党
Louz	lienz	vaij	bangx	daengq
lu²	li:n²	va:i³	pa:ŋ⁴	taŋ⁵
游	荡	过	旁	凳

围着凳子转。

6-1847

年	不	办	对	邦
Nienz	mbouj	baenz	doih	baengz
ni:n²	bou⁵	pan²	to:i⁶	paŋ²
反正	不	成	伙伴	朋

结不成伴侣，

6-1848

写	字	防	古	而
Sij	sw	foengx	guh	rawz
θi³	θɯ¹	foŋ⁴	ku⁴	ɣauɯ²
写	字	赶	做	什么

何必写契约？

女唱

6-1849

良	不	办	韦	机
Liengh	mbouj	baenz	vae	giq
le:ŋ⁶	bou⁵	pan²	vai¹	ki⁵
谅	不	成	姓	支

成不了伴侣，

6-1850

写	字	十	作	间
Sij	sw	cih	coq	gen
θi³	θɯ¹	çi⁶	ço⁵	ke:n¹
写	字	个	放	手臂

写字放手臂。

6-1851

良	不	办	同	年
Liengh	mbouj	baenz	doengz	nienz
le:ŋ⁶	bou⁵	pan²	toŋ²	ni:n²
谅	不	成	同	年

不成同龄友，

6-1852

阝	贝	千	里	罗
Boux	bae	cien	leix	loh
pu⁴	pai¹	çi:n¹	li⁴	lo⁶
个	去	千	里	路

各走千里远。

男唱

6-1853

千	里	罗
Cien	leix	loh
çi:n¹	li⁴	lo⁶
千	里	路

千里远，

6-1854

却	堂	友	同	哈
Gyoh	daengz	youx	doengz	ha
kjo⁶	taŋ²	ju⁴	toŋ²	ha¹
可怜	到	友	同	配

可怜同龄友。

6-1855

千	里	罗	刀	马
Cien	leix	loh	dauq	ma
çi:n¹	li⁴	lo⁶	ta:u⁵	ma¹
千	里	路	回	来

千里相看望，

6-1856

抹	水	山	同	分
Uet	raemx	bya	doengz	mbek
u:t⁷	ɹam⁴	pja¹	toŋ²	me:k⁷
抹	水	眼	相	分别

挥泪又告别。

女唱

6-1857

千	里	罗
Cien	leix	loh
çiːn[1]	li[4]	lo[6]
千	里	路

千里远，

6-1858

却	堂	友	长	字
Gyoh	daengz	youx	cangh	saw
kjo[6]	taŋ[2]	ju[4]	çaːŋ[6]	θau[1]
可怜	到	友	匠	书

可怜教书友。

6-1859

千	里	罗	不	师
Cien	leix	loh	mbouj	swz
çiːn[1]	li[4]	lo[6]	bou[5]	θɯ[2]
千	里	路	不	辞

千里不怕远，

6-1860

古	时	一	同	沙
Guh	seiz	ndeu	doengh	ra
ku[4]	θi[2]	deːu[1]	toŋ[2]	ɹa[1]
做	时	一	相	找

急着要相寻。

男唱

6-1861

倍	三	是	倍	三
Boiq	sanq	cix	boiq	sanq
poːi[5]	θaːn[5]	çi[4]	poːi[5]	θaːn[5]
险	散	就	险	散

分手就分手，

6-1862

不	卩	完	龙	义
Mbouj	boux	vuenh	lungz	ngeih
bou[5]	pu[4]	vuːn[6]	luŋ[2]	ŋi[6]
不	个	换	龙	谊

无人换礼物。

6-1863

倍	三	牙	可	好
Boiq	sanq	yax	goj	ndei
poːi[5]	θaːn[5]	ja[5]	ko[5]	dei[1]
险	散	也	可	好

分手也是好，

6-1864

正	头	比	不	玩
Cingz	gyaeuj	bi	mbouj	vanz
çiŋ[2]	kjau[3]	pi[1]	bou[5]	vaːn[2]
情	头	年	不	还

旧礼不用还。

女唱

6-1865

倍	三	是	倍	三
Boiq	sanq	cix	boiq	sanq
po:i⁵	θa:n⁵	çi⁴	po:i⁵	θa:n⁵
险	散	就	险	散

分手就分手，

6-1866

不	阝	玩	正	双
Mbouj	boux	vanz	cingz	song
bou⁵	pu⁴	va:n²	çiŋ²	θo:ŋ¹
不	个	还	情	两

不还双份礼。

6-1867

倍	三	空	了	同
Boiq	sanq	ndwi	liux	doengz
po:i⁵	θa:n⁵	du:i¹	li:u⁴	toŋ²
险	散	不	啰	同

朋友虽然散，

6-1868

正	双	偻	可	在
Cingz	song	raeuz	goj	ywq
çiŋ²	θo:ŋ¹	.au²	ko⁵	ju⁵
情	两	我们	也	在

我俩情尚在。

男唱

6-1869

千	里	罗
Cien	leix	loh
çi:n¹	li⁴	lo⁶
千	里	路

千里远，

6-1870

却	堂	友	长	欢
Gyoh	daengz	youx	cangh	fwen
kjo⁶	taŋ²	ju⁴	ça:ŋ⁶	vu:n¹
可怜	到	友	匠	歌

怜及歌手友。

6-1871

心	火	不	好	团
Sin	hoj	mbouj	ndei	dwen
θin¹	ho³	bou⁵	dei¹	tu:n¹
辛	苦	不	好	提

辛苦不好说，

6-1872

为	心	头	不	念
Vih	sim	daeuz	mbouj	net
vei⁶	θin¹	tau²	bou⁵	ne:t⁷
为	心	脏	不	实

心里不好受。

女唱

6-1873

千	里	罗
Cien	leix	loh
çiːn¹	li⁴	lo⁶
千	里	路

千里远,

6-1874

却	堂	友	巴	轻
Gyoh	daengz	youx	bak	mbaeu
kjo⁶	taŋ²	ju⁴	paːk⁷	bau¹
可怜	到	友	嘴	轻

可怜巧舌友。

6-1875

可	义	作	心	头
Goj	ngeix	coq	sim	daeuz
ko⁵	ȵi⁴	ço⁵	θin¹	tau²
也	想	放	心	心脏

总记在心间,

6-1876

不	说	阝	而	知
Mbouj	naeuz	boux	lawz	rox
bou⁵	nau²	pu⁴	lauɯ²	ʐo⁴
不	说	人	哪	知

不告诉别人。

男唱

6-1877

千	里	罗
Cien	leix	loh
çiːn¹	li⁴	lo⁶
千	里	路

千里远,

6-1878

却	堂	友	巴	强
Gyoh	daengz	youx	bak	giengz
kjo⁶	taŋ²	ju⁴	paːk⁷	kiːŋ²
可怜	到	友	嘴	犟

可怜善谈友。

6-1879

丢	下	斗	吃	烷
Diuq	roengz	daeuj	gwn	ien
tiːu⁵	ʐoŋ²	tau³	kun¹	in¹
跳	下	来	吃	烟

分手自吸烟,

6-1880

心	凉	不	了	农
Sim	liengz	mbouj	liux	nuengx
θin¹	liːŋ²	bou⁵	liːu⁴	nuːŋ⁴
心	凉	不	了	妹

妹说心凉否?

女唱

6-1881

千	里	罗
Cien	leix	loh
çi:n¹	li⁴	lo⁶
千	里	路

千里远，

6-1882

却	堂	友	巴	强
Gyoh	daengz	youx	bak	giengz
kjo⁶	taŋ²	ju⁴	pa:k⁷	ki:ŋ²
可怜	到	友	嘴	犟

可怜善谈友。

6-1883

丢	下	斗	吃	炕
Diuq	roengz	daeuj	gwn	ien
ti:u⁵	ɹoŋ²	tau³	kɯn¹	in¹
跳	下	来	吃	烟

分手独吸烟，

6-1884

心	凉	堂	又	怨
Sim	liengz	daengz	youh	yonq
θin¹	li:ŋ²	taŋ²	jou⁴	jo:n⁵
心	凉	到	又	怨

孤单又埋怨。

男唱

6-1885

良	不	办	韦	机
Liengh	mbouj	baenz	vae	giq
le:ŋ⁶	bou⁵	pan²	vai¹	ki⁵
谅	不	成	姓	支

谅不成伴侣，

6-1886

写	字	十	作	定
Sij	saw	cih	coq	din
θi³	θau¹	çi⁶	ço⁵	tin¹
写	字	个	放	脚

写字放脚面。

6-1887

命	空	合	广	英
Mingh	ndwi	hob	gvangj	in
miŋ⁶	du:i¹	ho:p⁸	kwa:ŋ³	in¹
命	不	合	广	姻

命不搭姻缘，

6-1888

头	良	心	不	付
Gyaeuj	liengz	sim	mbouj	fug
kjau³	li:ŋ⁶	θin¹	bou⁵	fuk⁸
头	良	心	不	服

内心不服气。

女唱

6-1889

良	不	办	韦	机
Liengh	mbouj	baenz	vae	giq
le:ŋ⁶	bou⁵	pan²	vai¹	ki⁵
谅	不	成	姓	支

谅不成伴侣，

6-1890

写	字	十	作	定
Sij	saw	cih	coq	din
θi³	θaɯ¹	çi⁶	ço⁵	tin¹
写	字	个	放	脚

写字放脚面。

6-1891

农	牙	合	广	英
Nuengx	yax	hob	gvangj	in
nu:ŋ⁴	ja⁵	ho:p⁸	kwa:ŋ³	in¹
妹	也	合	广	姻

妹想合八字，

6-1892

是	特	正	出	光
Cix	dawz	cingz	ok	gvangq
çi⁴	tɯ²	çiŋ²	o:k⁷	kwa:ŋ⁵
就	拿	情	出	光

把信物拿来。

男唱

6-1893

良	不	办	韦	机
Liengh	mbouj	baenz	vac	giq
le:ŋ⁶	bou⁵	pan²	vai¹	ki⁵
谅	不	成	姓	支

谅不成伴侣，

6-1894

写	字	十	作	定
Sij	saw	cih	coq	din
θi³	θaɯ¹	çi⁶	ço⁵	tin¹
写	字	个	放	脚

写字放脚面。

6-1895

想	牙	开	小	正
Siengj	yax	hai	siuj	cingz
θi:ŋ³	ja⁵	ha:i¹	θi:u³	çiŋ²
想	要	开	小	情

想送上信物，

6-1896

邦	少	平	说	乱
Biengz	sau	bingz	naeuz	luenh
pi:ŋ²	θa:u¹	piŋ²	nau²	lu:n⁶
地方	姑娘	安宁	或	乱

地方平稳否？

男唱

6-1897

良	不	办	韦	机
Liengh	mbouj	baenz	vae	giq
le:ŋ⁶	bou⁵	pan²	vai¹	ki⁵
谅	不	成	姓	支

谅不成伴侣，

6-1898

写	字	十	作	定
Sij	saw	cih	coq	din
θi³	θaɯ¹	çi⁶	ço⁵	tin¹
写	字	个	放	脚

写字放脚面。

6-1899

米	正	是	开	正
Miz	cingz	cix	hai	cingz
mi²	çiŋ²	çi⁴	ha:i¹	çiŋ²
有	情	就	开	情

有信物拿来，

6-1900

邦	少	平	办	水
Biengz	sau	bingz	baenz	raemx
pi:ŋ²	θa:u¹	piŋ²	pan²	ɹan⁴
地方	姑娘	平	成	水

地方平如水。

女唱

6-1901

良	不	办	韦	机
Liengh	mbouj	baenz	vae	giq
le:ŋ⁶	bou⁵	pan²	vai¹	ki⁵
谅	不	成	姓	支

谅不成伴侣，

6-1902

写	字	十	作	法
Sij	saw	cih	coq	faz
θi³	θaɯ¹	çi⁶	ço⁵	fa²
写	字	个	放	竹墙

写字放屏风。

6-1903

命	不	结	关	巴
Mingh	mbouj	giet	gvan	baz
miŋ⁶	bou⁵	ki:t⁷	kwa:n¹	pa²
命	不	结	夫	妻

命不成夫妻，

6-1904

从	而	贝	爱	伏
Congh	lawz	bae	gyaez	fwx
ço:ŋ⁶	lau²	pai¹	kjai²	fə⁴
洞	哪	去	爱	别人

如何去爱人？

男唱

6-1905

良	不	办	韦	机
Liengh	mbouj	baenz	vae	giq
le:ŋ⁶	bou⁵	pan²	vai¹	ki⁵
谅	不	成	姓	支

谅不成伴侣,

6-1906

写	字	十	作	法
Sij	saw	cih	coq	faz
θi³	θaɯ¹	çi⁶	ço⁵	fa²
写	字	个	放	竹墙

写字放屏风。

6-1907

厧	是	结	关	巴
Nyienh	cix	giet	gvan	baz
ȵuɯn⁶	çi⁴	ki:t⁷	kwa:n¹	pa²
愿	就	结	夫	妻

愿就做夫妻,

6-1908

开	特	心	马	用
Gaej	dawz	sim	ma	yoengx
ka:i⁵	tɯw²	θin¹	ma¹	joŋ⁴
莫	拿	心	来	唆使

没那么多心。

女唱

6-1909

良	不	办	韦	机
Liengh	mbouj	baenz	vae	giq
le:ŋ⁶	bou⁵	pan²	vai¹	ki⁵
谅	不	成	姓	支

谅不成伴侣,

6-1910

写	字	十	作	法
Sij	saw	cih	coq	faz
θi³	θaɯ¹	çi⁶	ço⁵	fa²
写	字	个	放	竹墙

写字放屏风。

6-1911

命	不	结	关	巴
Mingh	mbouj	giet	gvan	baz
miŋ⁶	bou⁵	ki:t⁷	kwa:n¹	pa²
命	不	结	夫	妻

命不成夫妻,

6-1912

抹	水	山	同	分
Uet	raemx	bya	doengh	mbek
u:t⁷	ɹan⁴	pja¹	toŋ²	me:k⁷
抹	水	眼	相	分别

挥泪相告别。

男唱

6-1913

良	不	办	韦	机
Liengh	mbouj	baenz	vae	giq
leːŋ⁶	bou⁵	pan²	vai¹	ki⁵
谅	不	成	姓	支

谅不成伴侣，

6-1914

写	字	十	作	法
Sij	saw	cih	coq	faz
θi³	θaɯ¹	çi⁶	ço⁵	fa²
写	字	个	放	竹墙

写字放屏风。

6-1915

命	不	结	关	巴
Mingh	mbouj	giet	gvan	baz
miŋ⁶	bou⁵	kiːt⁷	kwaːn¹	pa²
命	不	结	夫	妻

命不成夫妻，

6-1916

抹	水	山	又	哭
Uet	raemx	bya	youh	daej
uːt⁷	ɹam⁴	pja¹	jou⁴	tai³
抹	水	眼	又	哭

流泪又哭泣。

女唱

6-1917

良	不	办	韦	机
Liengh	mbouj	baenz	vae	giq
leːŋ⁶	bou⁵	pan²	vai¹	ki⁵
谅	不	成	姓	支

谅不成伴侣，

6-1918

写	字	十	作	法
Sij	saw	cih	coq	faz
θi³	θaɯ¹	çi⁶	ço⁵	fa²
写	字	个	放	竹墙

写字放屏风。

6-1919

日	贝	垌	刀	马
Ngoenz	bae	doengh	dauq	ma
ŋon²	pai¹	toŋ⁶	taːu⁵	ma¹
天	去	垌	回	来

每干活归家，

6-1920

秋	邦	法	要	样
Ciuq	bangx	faz	aeu	yiengh
çiːu⁵	paːŋ⁴	fa²	au¹	juːŋ⁶
看	旁	竹墙	要	样

看屏风思念。

男唱

6-1921

良	不	办	韦	机
Liengh	mbouj	baenz	vae	giq
le:ŋ⁶	bou⁵	pan²	vai¹	ki⁵
谅	不	成	姓	支

谅不成伴侣，

6-1922

写	字	十	作	法
Sij	saw	cih	coq	faz
θi³	θaɯ¹	çi⁶	ço⁵	fa²
写	字	个	放	竹墙

写字放屏风。

6-1923

日	贝	垌	刀	马
Ngoenz	bae	doengh	dauq	ma
ŋon²	pai¹	toŋ⁶	ta:u⁵	ma¹
天	去	垌	回	来

每干活归家，

6-1924

秋	邦	法	见	农
Ciuq	bangx	faz	raen	nuengx
çi:u⁵	pa:ŋ⁴	fa²	ȵan¹	nu:ŋ⁴
看	旁	竹墙	见	妹

见字如见妹。

女唱

6-1925

良	不	办	韦	机
Liengh	mbouj	baenz	vae	giq
le:ŋ⁶	bou⁵	pan²	vai¹	ki⁵
谅	不	成	姓	支

谅不成伴侣，

6-1926

写	字	十	作	勾
Sij	saw	cih	coq	ngaeu
θi³	θaɯ¹	çi⁶	ço⁵	ŋau¹
写	字	个	放	钩

写字挂吊钩。

6-1927

良	不	得	同	要
Liengh	mbouj	ndaej	doengh	aeu
le:ŋ⁶	bou⁵	dai³	toŋ²	au¹
谅	不	得	相	要

谅结不了婚，

6-1928

结	勾	作	拉	两
Giet	ngaeu	coq	laj	liengj
ki:t⁷	ŋau¹	ço⁵	la³	li:ŋ³
结	钩	放	下	伞

打结放伞中。

男唱

6-1929

良	不	办	韦	机
Liengh	mbouj	baenz	vae	giq
leːŋ⁶	bou⁵	pan²	vai¹	ki⁵
谅	不	成	姓	支

谅不成伴侣，

6-1930

写	字	十	作	勾
Sij	saw	cih	coq	ngaeu
θi³	θauɯ¹	çi⁶	ço⁵	ŋauɯ¹
写	字	个	放	钩

写字挂吊钩。

6-1931

良	不	得	同	要
Liengh	mbouj	ndaej	doengh	aeu
leːŋ⁶	bou⁵	dai³	toŋ²	au¹
谅	不	得	相	要

谅不能成亲，

6-1932

同	说	写	给	伏
Doengh	naeuz	ce	hawj	fwx
toŋ²	nau²	çe¹	həɯ³	fə⁴
相	说	留	给	别人

分别另交人。

女唱

6-1933

良	不	办	韦	机
Liengh	mbouj	baenz	vae	giq
leːŋ⁶	bou⁵	pan²	vai¹	ki⁵
谅	不	成	姓	支

谅不成伴侣，

6-1934

写	字	十	作	勾
Sij	saw	cih	coq	ngaeu
θi³	θauɯ¹	çi⁶	ço⁵	ŋauɯ¹
写	字	个	放	钩

写字挂吊钩。

6-1935

良	不	得	同	要
Liengh	mbouj	ndaej	doengh	aeu
leːŋ⁶	bou⁵	dai³	toŋ²	au¹
谅	不	得	相	要

谅不能成亲，

6-1936

同	说	洋	岁	从
Doengz	naeuz	yaeng	caez	coengh
toŋ²	nau²	jaŋ¹	çai²	çoŋ⁶
同	说	再	齐	帮

同商量互助。

男唱

6-1937

良	不	办	韦	机
Liengh	mbouj	baenz	vae	giq
le:ŋ⁶	bou⁵	pan²	vai¹	ki⁵
谅	不	成	姓	支

谅不成伴侣，

6-1938

写	字	十	作	勾
Sij	saw	cih	coq	ngaeu
θi³	θaɯ¹	çi⁶	ço⁵	ŋau¹
写	字	个	放	钩

写字挂吊钩。

6-1939

牙	断	仪	邦	偻
Yax	duenx	saenq	biengz	raeuz
ja⁵	tu:n⁴	θin⁵	pi:ŋ²	.au²
要	断	信	地方	我们

我俩要断绝，

6-1940

自	说	正	不	良
Gag	naeuz	cingz	mbouj	lingh
ka:k⁸	nau²	çiŋ²	bou⁵	le:ŋ⁶
自	说	情	不	另

还说情义在。

女唱

6-1941

良	不	办	韦	机
Liengh	mbouj	baenz	vae	giq
le:ŋ⁶	bou⁵	pan²	vai¹	ki⁵
谅	不	成	姓	支

谅不成伴侣，

6-1942

写	字	十	作	更
Sij	saw	cih	coq	gaen
θi³	θaɯ¹	çi⁶	ço⁵	kan¹
写	字	个	放	巾

写字放毛巾。

6-1943

备	封	仪	空	很
Beix	fung	saenq	ndwi	hwnj
pi⁴	fuŋ¹	θin⁵	du:i¹	hɯn³
兄	封	信	不	上

兄不寄一信，

6-1944

刀	伏	更	天	牙
Dauq	fawh	gwnz	denh	ya
ta:u⁵	fɯ⁶	kɯn²	ti:n¹	ja⁶
回	时	上	天	下

哪时友得到？

男唱

6-1945

良	不	办	韦	机
Liengh	mbouj	baenz	vae	giq
leːŋ⁶	bou⁵	pan²	vai¹	ki⁵
谅	不	成	姓	支

谅不成伴侣，

6-1946

写	字	十	作	更
Sij	saw	cih	coq	gaen
θi³	θauˀ	çi⁶	ço⁵	kan¹
写	字	个	放	巾

写字放毛巾。

6-1947

备	封	仪	可	很
Beix	fung	saenq	goj	hwnj
pi⁴	fuŋ¹	θin⁵	ko⁵	hun³
兄	封	信	也	上

兄纵使写信，

6-1948

身	少	生	邦	伏
Ndang	sau	seng	biengz	fwx
daːŋ¹	θaːuˀ	θeːŋ¹	piːŋ²	fə⁴
身	姑娘	生	地方	别人

妹身在他乡。

女唱

6-1949

良	不	办	韦	机
Liengh	mbouj	baenz	vae	giq
leːŋ⁶	bou⁵	pan²	vai¹	ki⁵
谅	不	成	姓	支

谅不成伴侣，

6-1950

写	字	十	作	手
Sij	saw	cih	coq	fwngz
θi³	θauˀ	çi⁶	ço⁵	fuɯŋ²
写	字	个	放	手

写字放手中。

6-1951

良	土	不	得	你
Liengh	dou	mbouj	ndaej	mwngz
leːŋ⁶	tu¹	bou⁵	dai³	muɯŋ²
谅	我	不	得	你

我不得嫁你，

6-1952

写	贝	正	口	那
Sij	mbaw	cingz	gaeuj	naj
θi³	bauˀ	ɕiŋ²	kau³	na³
写	张	情	看	脸

看情书怀念。

男唱

6-1953

良	空	办	韦	机
Liengh	ndwi	baenz	vae	giq
le:ŋ⁶	du:i¹	pan²	vai¹	ki⁵
谅	不	成	姓	支

谅不成伴侣,

6-1954

写	字	十	作	手
Sij	saw	cih	coq	fwngz
θi³	θaɯ¹	çi⁶	ço⁵	fuŋ²
写	字	个	放	手

写字放手中。

6-1955

良	土	不	得	你
Liengh	dou	mbouj	ndaej	mwngz
le:ŋ⁶	tu¹	bou⁵	dai³	muɯ²
谅	我	不	得	你

我不得娶你,

6-1956

秋	江	手	要	样
Ciuq	gyang	fwngz	aeu	yiengh
çi:u⁵	kja:ŋ¹	fuŋ²	au¹	jɯ:ŋ⁶
看	中	手	要	样

看字如看你。

女唱

6-1957

良	空	办	韦	机
Liengh	ndwi	baenz	vae	giq
le:ŋ⁶	du:i¹	pan²	vai¹	ki⁵
谅	不	成	姓	支

谅不成伴侣,

6-1958

写	字	十	作	更
Sij	saw	cih	coq	gaen
θi³	θaɯ¹	çi⁶	ço⁵	kan¹
写	字	个	放	巾

写字放毛巾。

6-1959

贝	那	秋	不	见
Bae	naj	ciuq	mbouj	raen
pai¹	na³	çiu⁵	bou⁵	ɹan¹
去	前	看	不	见

走远不见面,

6-1960

忠	很	见	又	哭
Fangz	hwnz	raen	youh	daej
fa:ŋ²	huɯn²	ɹan¹	jou⁴	tai³
做	梦	见	又	哭

梦里见又哭。

男唱

6-1961

良	空	办	韦	机
Liengh	ndwi	baenz	vae	giq
le:ŋ⁶	du:i¹	pan²	vai¹	ki⁵
谅	不	成	姓	支

谅不成伴侣，

6-1962

写	字	十	作	更
Sij	saw	cih	coq	gaen
θi³	θauɯ¹	çi⁶	ço⁵	kan¹
写	字	个	放	巾

写字放毛巾。

6-1963

貝	那	秋	不	见
Bae	naj	ciuq	mbouj	raen
pai¹	na³	çi:u⁵	bou⁵	ɹan¹
去	前	看	不	见

走远不见面，

6-1964

写	貝	更	口	那
Ce	mbaw	gaen	gaeuj	naj
ɕe¹	bau¹	kan¹	kau³	na³
留	张	巾	看	脸

毛巾做纪念。

女唱

6-1965

良	空	办	韦	机
Liengh	ndwi	baenz	vae	giq
le:ŋ⁶	du:i¹	pan²	vai¹	ki⁵
谅	不	成	姓	支

谅不成伴侣，

6-1966

写	字	十	作	更
Sij	saw	cih	coq	gaen
θi³	θauɯ¹	çi⁶	ço⁵	kan¹
写	字	个	放	巾

写字放毛巾。

6-1967

貝	那	秋	不	见
Bae	naj	ciuq	mbouj	raen
pai¹	na³	çiu⁵	bou⁵	ɹan¹
去	前	看	不	见

走远不见面，

6-1968

要	更	古	桥	圩
Aeu	gaen	guh	giuz	raih
au¹	kan¹	ku⁴	ki:u²	ɹa:i⁶
要	巾	做	桥	走

要巾来搭桥。

男唱

6-1969

良	空	办	韦	机
Liengh	ndwi	baenz	vae	giq
leːŋ⁶	duːi¹	pan²	vai¹	ki⁵
谅	不	成	姓	支

谅不成伴侣，

6-1970

写	字	十	作	更
Sij	saw	cih	coq	gaen
θi³	θaɯ¹	çi⁶	ço⁵	kan¹
写	字	个	放	巾

写字放毛巾。

6-1971

良	不	得	农	银
Liengh	mbouj	ndaej	nuengx	ngaenz
leːŋ⁶	bou⁵	dai³	nuːŋ⁴	ŋan²
谅	不	得	妹	银

谅娶不得妹，

6-1972

采	古	很	邦	累
Byaij	guh	haenz	biengz	laeq
pjaːi³	ku⁴	han²	piːŋ²	lai⁵
走	做	边	地方	看

做给天下看。

女唱

6-1973

良	不	办	韦	机
Liengh	mbouj	baenz	vae	giq
leːŋ⁶	bou⁵	pan²	vai¹	ki⁵
谅	不	成	姓	支

谅不成伴侣，

6-1974

写	字	十	作	更
Sij	saw	cih	coq	gaen
θi³	θaɯ¹	çi⁶	ço⁵	kan¹
写	字	个	放	巾

写字放毛巾。

6-1975

结	卜	妻	不	办
Giet	boh	maex	mbouj	baenz
kiːt⁷	po⁶	mai⁴	bou⁵	pan²
结	夫	妻	不	成

结夫妻不成，

6-1976

变	古	存	变	哭
Benh	guh	caemz	benh	daej
peːn⁶	ku⁴	çan²	peːn⁶	tai³
边	做	玩	边	哭

边聊边洒泪。

第七篇 交往歌

　　《交往歌》主要唱述对歌双方互相考察彼此对汉语的掌握程度，歌中数百句学习汉语的唱词表明了瑶族乐于与周边的壮族、汉族等民族交往交流。圩场是各民族交往交流的重要场所，唱词中提到瑶族宰杀牲畜到圩市里售卖，说明瑶族是推动区域经济发展的主要参与者之一，学好汉语有利于消除语言隔阂，促进族际交往和商品流通。除了学习汉语，瑶族还把汉族民间文学的精品融入到本民族的歌谣之中，使汉族民间文学成为民族文化交流融汇的结晶，如唱词中出现了后羿射日、盘古开天辟地等神话传说故事。汉族人民迁居边疆地区也带来了先进的生产技术，瑶族常邀请汉族来帮助修路、建房和筑坝等，客观上也促进了区域生产技术的提高。

男唱

7-1

欢	写	南
Fwen	ce	nanz
vu:n^1	çe^1	na:n^2

歌	留	久

久别歌，

7-2

南	来	不	好	口
Nanz	lai	mbouj	ndei	gaeuj
na:n^2	la:i^1	bou^5	dei^1	kau^3

久	多	不	好	看

太久不好听。

7-3

欢	写	南	内	兰
Fwen	ce	nanz	neix	lanh
vu:n^1	çe^1	na:n^2	ni^4	la:n^6

歌	留	久	这	滥

乱唱久别歌，

7-4

丢	邦	头	内	写
Ndek	baengx	gyaeuj	neix	ce
de:k^7	paŋ^4	kjau^3	ni^4	çe^1

丢	面	头	这	留

脸面尽丢光。

女唱

7-5

欢	写	南
Fwen	ce	nanz
vu:n^1	çe^1	na:n^2

歌	留	久

久别歌，

7-6

南	来	不	好	听
Nanz	lai	mbouj	ndei	dingq
na:n^2	la:i^1	bou^5	dei^1	tiŋ^5

久	多	不	好	听

太久不好听。

7-7

米	罗	貝	米	兴
Miz	loh	bae	miz	hingq
mi^2	lo^6	pai^1	mi^2	hiŋ^5

有	路	去	有	兴趣

有路有兴趣，

7-8

牙	好	听	貝	南
Yax	ndei	dingq	bae	nanz
ja^5	dei^1	tiŋ^5	pai^1	na:n^2

也	好	听	去	久

唱歌才好听。

男唱

女唱

7-9

欢	写	南
Fwen	ce	nanz
vuːn¹	çe¹	naːn²
歌	留	久

久别歌,

7-10

南	来	不	好	累
Nanz	lai	mbouj	ndei	laeq
naːn²	laːi¹	bou⁵	dei¹	lai⁵
久	多	不	好	看

太久不好听。

7-11

欢	写	南	内	得
Fwen	ce	nanz	neix	ndaej
vuːn¹	çe¹	naːn²	ni⁴	dai³
歌	留	久	这	得

久别歌可唱,

7-12

良	干	罗	一	贝
Lingh	ganq	loh	ndeu	bae
leːŋ⁶	kaːn⁵	lo⁶	deːu¹	pai¹
另	照料	路	一	去

需重整头绪。

7-13

特	罗	内	贝	丢
Dawz	loh	neix	bae	ndek
təɯ²	lo⁶	ni⁴	pai¹	deːk⁷
拿	路	这	去	丢

抛弃老路子,

7-14

良	开	罗	一	贝
Lingh	hai	loh	ndeu	bae
leːŋ⁶	haːi¹	lo⁶	deːu¹	pai¹
另	开	路	一	去

另外开新路。

7-15

特	罗	内	贝	远
Dawz	loh	neix	bae	gyae
təɯ²	lo⁶	ni⁴	pai¹	kjai¹
拿	路	这	去	远

远离老路子,

7-16

偻	良	开	罗	么
Raeuz	lingh	hai	loh	moq
ɹau²	leːŋ⁶	haːi¹	lo⁶	mo⁵
我们	另	开	路	新

开辟新路子。

男唱

7-17

十	义	罗	欢	美
Cib	ngeih	loh	fwen	maez
çit⁸	ȵi⁶	lo⁶	vuːn¹	mai²
十	二	路	歌	爱

十二路情歌，

7-18

开	罗	而	贝	观
Hai	loh	lawz	bae	gonq
haːi¹	lo⁶	lauɯ²	pai¹	koːn⁵
开	路	哪	去	先

先唱哪一路。

7-19

十	三	罗	欢	满
Cib	sam	loh	fwen	monh
çit⁸	θaːn¹	lo⁶	vuːn¹	moːn⁶
十	三	路	歌	情

十三路爱歌，

7-20

才	农	祘	罗	而
Caih	nuengx	suenq	loh	lawz
çaːi⁶	nuːŋ⁴	θuːn⁵	lo⁶	lauɯ²
随	妹	算	路	哪

任你选哪路。

女唱

7-21

欢	写	南	牙	了
Fwen	ce	nanz	yax	liux
vuːn¹	çe¹	naːn²	ja⁵	liːu⁴
歌	留	久	也	完

久别歌也完，

7-22

良	开	罗	贝	沙
Lingh	hai	loh	bae	ra
leːŋ⁶	haːi¹	lo⁶	pai¹	ɹaː¹
另	开	路	去	找

需另开歌路。

7-23

平	欢	口	欢	么
Bingz	fwen	gaeuq	fwen	moq
piŋ²	vuːn¹	kau⁵	vuːn¹	mo⁵
凭	歌	旧	歌	新

任老歌新歌，

7-24

可	沙	堂	欢	三
Goj	ra	daengz	fwen	sanq
ko⁵	ɹaː¹	taŋ²	vuːn¹	θaːn⁵
也	找	到	歌	散

离不开独唱。

男唱

女唱

7-25

欢	写	南	牙	了
Fwen	ce	nanz	yax	liux
vuːn¹	çe¹	naːn²	ja⁵	liːu⁴
歌	留	久	也	完

久别歌也完，

7-29

欢	写	南	牙	了
Fwen	ce	nanz	yax	liux
vuːn¹	çe	naːn²	ja⁵	liːu⁴
歌	留	久	也	完

久别歌也完，

7-26

偻	打	祘	偻	貝
Raeuz	daj	suenq	raeuz	bae
ɹau²	ta³	θuːn⁵	ɹau²	pai¹
我们	打	算	我们	去

我俩从头起。

7-30

偻	打	祘	偻	貝
Raeuz	daj	suenq	raeuz	bae
ɹau²	ta³	θuːn⁵	ɹau²	pai¹
我们	打	算	我们	去

我俩从头来。

7-27

后	欢	满	欢	美
Haeuj	fwen	monh	fwen	maez
hau³	vuːn¹	moːn⁶	vuːn¹	mai²
进	歌	情	歌	爱

到情歌歌场，

7-31

后	欢	满	欢	美
Haeuj	fwen	monh	fwen	maez
hau³	vuːn¹	moːn⁶	vuːn¹	mai²
进	歌	情	歌	爱

到情歌歌场，

7-28

你	貝	不	了	农
Mwngz	bae	mbouj	liux	nuengx
muɯŋ²	pai¹	bou⁵	liːu⁴	nuːŋ⁴
你	去	不	啰	妹

妹你去不去？

7-32

偻	岁	貝	欢	三
Raeuz	caez	bae	fwen	sanq
ɹau²	çai²	pai¹	vuːn¹	θaːn⁵
我们	齐	去	歌	散

我俩去对歌。

男唱

7-33

欢	写	南	牙	了
Fwen	ce	nanz	yax	liux
vuːn¹	ɕe¹	naːn²	ja⁵	liːu⁴
歌	留	久	也	完

久别歌也完，

7-34

偻	打	祘	偻	飞
Raeuz	daj	suenq	raeuz	mbin
ɹau²	ta³	θuːn⁵	ɹau²	bin¹
我们	打	算	我们	飞

我俩快打算。

7-35

土	问	你	少	金
Dou	cam	mwngz	sau	gim
tu¹	ɕaːm¹	muɯŋ²	θaːu¹	kin¹
我	问	你	姑娘	金

我问你小妹，

7-36

你	飞	说	你	在
Mwngz	mbin	naeuz	mwngz	ywq
muɯŋ²	bin¹	nau²	muɯŋ²	ju⁵
你	飞	或	你	在

妹去还是留？

女唱

7-37

欢	写	南	牙	了
Fwen	ce	nanz	yax	liux
vuːn¹	ɕe¹	naːn²	ja⁵	liːu⁴
歌	留	久	也	完

久别歌也完，

7-38

当	田	偻	当	领
Dangq	dieg	raeuz	dangq	lingh
taːŋ⁵	tiːk⁸	ɹau²	taːŋ⁵	liŋ⁶
另	地	我们	另	样

各地不一样。

7-39

米	羽	偻	岁	飞
Miz	fwed	raeuz	caez	mbin
mi²	fuːt⁸	ɹau²	ɕai²	bin¹
有	翅	我们	齐	飞

有翅一起飞，

7-40

米	定	偻	岁	走
Miz	din	raeuz	caez	yamq
mi²	tin¹	ɹau²	ɕai²	jaːm⁵
有	脚	我们	齐	走

有脚一起走。

男唱

7-41

欢	写	南	牙	了
Fwen	ce	nanz	yax	liux
vu:n¹	çe¹	na:n²	ja⁵	li:u⁴
歌	留	久	也	完

久别歌也完,

7-42

当	田	偻	当	领
Dangq	dieg	raeuz	dangq	lingh
ta:ŋ⁵	ti:k⁸	ɹau²	ta:ŋ⁵	liŋ⁶
另	地	我们	另	样

各地不一样。

7-43

农	米	羽	是	飞
Nuengx	miz	fwed	cix	mbin
nu:ŋ⁴	mi²	fu:t⁸	çi⁴	bin¹
妹	有	翅	就	飞

妹有翅就飞,

7-44

定	龙	是	不	走
Din	lungz	cix	mbouj	yamq
tin¹	luŋ²	çi⁴	bou⁵	ja:m⁵
脚	龙	就	不	走

我不跟你走。

女唱

7-45

华	老	出	贝	字
Hak	laux	ok	mbaw	saw
ha:k⁷	la:u⁴	o:k⁷	bau¹	θau¹
官	大	出	张	字

大官出告示,

7-46

给	土	贝	会	峒
Hawj	dou	bae	faex	doengh
həu³	tu¹	pai¹	fai⁴	toŋ⁶
给	我	去	树	峒

给我搬迁去。

7-47

不	南	偻	古	穷
Mbouj	nanz	raeuz	guh	gyoengq
bou⁵	na:n²	ɹau²	ku⁴	kjoŋ⁵
不	久	我们	做	群

我们会聚居,

7-48

狼	峒	光	内	伏
Langh	doengh	gvangq	neix	fwz
la:ŋ⁶	toŋ⁶	kwa:ŋ⁵	ni⁴	fu²
放	峒	宽	这	荒

将此地丢弃。

男唱

7-49

今　天　良　样　内

Ginh　denh　liengh　yiengh　neix

kin^5　$ti:n^1$　$li:ŋ^6$　$juɯ:ŋ^6$　ni^4

今　天　亮　样　这

今天这么亮，

7-50

明　天　良　样　而

Mingz　denh　liengh　yiengh　lawz

min^2　$ti:n^1$　$li:ŋ^6$　$juɯ:ŋ^6$　lau^2

明　天　亮　样　哪

明天将如何？

7-51

狼　垌　光　内　伏

Langh　doengh　gvangq　neix　fwz

$la:ŋ^6$　$toŋ^6$　$kwa:ŋ^5$　ni^4　fu^2

放　垌　宽　这　荒

留这平地荒，

7-52

牙　贝　而　了　农

Yax　bae　lawz　liux　nuengx

ja^5　pai^1　lau^2　$li:u^4$　$nu:ŋ^4$

也　去　哪　了　妹

妹你欲何往？

女唱

7-53

今　天　良　样　内

Ginh　denh　liengh　yiengh　neix

kin^5　$ti:n^1$　$li:ŋ^6$　$juɯ:ŋ^6$　ni^4

今　天　亮　样　这

今天这样亮，

7-54

明　天　良　样　而

Mingz　denh　liengh　yiengh　lawz

min^2　$ti:n^1$　$li:ŋ^6$　$juɯ:ŋ^6$　lau^2

明　天　亮　样　哪

明天将如何？

7-55

平　贝　而　贝　而

Bingz　bae　lawz　bae　lawz

pin^2　pai^1　lau^2　pai^1　lau^2

凭　去　哪　去　哪

任我去何方，

7-56

问　古　而　了　备

Cam　guh　rawz　liux　beix

$ɕa:m^1$　ku^4　$.au^2$　$li:u^4$　pi^4

问　做　哪　了　兄

不用你过问。

男唱	女唱

7-57

今	天	良	样	内
Ginh	denh	liengh	yiengh	neix
kin⁵	ti:n¹	li:ŋ⁶	jɯ:ŋ⁶	ni⁴
今	天	亮	样	这

今天这样亮，

7-58

明	天	良	样	而
Mingz	denh	liengh	yiengh	lawz
min²	ti:n¹	li:ŋ⁶	jɯ:ŋ⁶	lau²
明	天	亮	样	哪

明天将如何？

7-59

问	你	农	貝	而
Cam	mwngz	nuengx	bae	lawz
ça:m¹	mɯŋ²	nu:ŋ⁴	pai¹	lau²
问	你	妹	去	哪

问妹何所去，

7-60

牙	年	你	一	路
Yax	nem	mwngz	yiz	lu
ja⁵	ne:m¹	mɯŋ²	i²	lu⁴
也	贴	你	一	路

要与你同路。

7-61

今	天	良	样	内
Ginh	denh	liengh	yiengh	neix
kin⁵	ti:n¹	li:ŋ⁶	jɯ:ŋ⁶	ni⁴
今	天	亮	样	这

今天这样亮，

7-62

明	天	良	样	而
Mingz	denh	liengh	yiengh	lawz
min²	ti:n¹	li:ŋ⁶	jɯ:ŋ⁶	lau²
明	天	亮	样	哪

明天将如何？

7-63

平	貝	板	貝	河
Bingz	bae	mbanj	bae	haw
piŋ²	pai¹	ba:n³	pai¹	hɯ¹
凭	去	村	去	圩

任走亲赶圩，

7-64

龙	年	土	不	得
Lungz	nem	dou	mbouj	ndaej
luŋ²	ne:m¹	tu¹	bou⁵	dai³
龙	贴	我	不	得

兄不能跟我。

男唱

7-65

十	阝	十	条	定
Cib	boux	cib	diuz	dwngx

çit⁸　pu⁴　çit⁸　 tiːu²　tuɯŋ⁴

| 十 | 人 | 十 | 条 | 棍 |

十人十根棍，

7-66

特	贝	丢	下	官
Dawz	bae	vengh	roengz	gumz

təɯ²　pai¹　viːŋ⁶　ɹoŋ²　kun²

| 拿 | 去 | 丢 | 下 | 坑 |

拿去丢下坑。

7-67

十	阝	十	句	欢
Cib	boux	cib	coenz	fwen

çit⁸　pu⁴　çit⁸　kjon²　vuːn¹

| 十 | 人 | 十 | 句 | 歌 |

十人十句歌，

7-68

特	贝	盘	少	口
Dawz	bae	buenz	sau	gaeuq

təɯ²　pai¹　puːn²　θaːu¹　kau⁵

| 拿 | 去 | 盘 | 姑娘 | 旧 |

盘问旧情妹。

女唱

7-69

十	阝	十	条	定
Cib	boux	cib	diuz	dwngx

çit⁸　pu⁴　çit⁸　tiːu²　tuɯŋ⁴

| 十 | 人 | 十 | 条 | 棍 |

十人十根棍，

7-70

特	贝	丢	下	官
Dawz	bae	vengh	roengz	gumz

təɯ²　pai¹　viːŋ⁶　ɹoŋ²　kun²

| 拿 | 去 | 丢 | 下 | 坑 |

拿去丢下坑。

7-71

十	阝	十	开	团
Cib	boux	cib	gaiq	duenz

çit⁸　pu⁴　çit⁸　kaːi⁵　tuːn²

| 十 | 人 | 十 | 块 | 猜 |

十人十张嘴，

7-72

开	欢	贝	跟	比
Hai	fwen	bae	riengz	beij

haːi¹　vuːn¹　pai¹　ɹiːŋ²　pi³

| 开 | 歌 | 去 | 跟 | 比 |

用歌去比赛。

男唱

7-73

十	阝	十	条	定
Cib	boux	cib	diuz	dwngx
çit⁸	pu⁴	çit⁸	ti:u²	tuɯŋ⁴
十	人	十	条	棍

十人十根棍，

7-74

特	贝	丢	下	那
Dawz	bae	ndek	roengz	naz
təɯ²	pai¹	de:k⁷	ɹoŋ²	na²
拿	去	丢	下	田

拿去丢下田。

7-75

十	阝	十	开	差
Cib	boux	cib	gaiq	ca
çit⁸	pu⁴	çit⁸	ka:i⁵	ça¹
十	人	十	块	叉

十人十把叉，

7-76

贝	挖	那	古	莫
Bae	vat	naz	guh	mboq
pai¹	va:t⁷	na²	ku⁴	bo⁵
去	挖	田	做	泉

去挖田做泉。

女唱

7-77

十	阝	十	条	定
Cib	boux	cib	diuz	dwngx
çit⁸	pu⁴	çit⁸	ti:u²	tuɯŋ⁴
十	人	十	条	棍

十人十根棍，

7-78

特	贝	丢	下	开
Dawz	bae	ndek	roengz	gai
təɯ²	pai¹	de:k⁷	ɹoŋ²	ka:i¹
拿	去	丢	下	街

拿去丢街上。

7-79

十	阝	十	条	才
Cib	boux	cib	diuz	sai
çit⁸	pu⁴	çit⁸	ti:u²	θa:i¹
十	人	十	条	带

十人十条带，

7-80

要	尾	马	同	省
Aeu	byai	ma	doengh	swnj
au¹	pja:i¹	ma¹	toŋ²	θɯn³
要	尾	来	相	接

互相来连接。

男唱

7-81

少　牙　贝　干　罗

Sau　yax　bae　ganj　loh

θaːu¹　jaːⁿ⁵　paiⁿ¹　kaːn³　lo⁶

姑娘　也　去　赶　路

妹要去赶路，

7-82

包　牙　贝　干　元

Mbauq　yax　bae　ganj　roen

baːu⁵　jaːⁿ⁵　paiⁿ¹　kaːn³　joːn¹

小伙　也　去　赶　路

哥也去赶路。

7-83

贝　干　田　四　方

Bae　ganj　denz　seiq　fueng

paiⁿ¹　kaːn³　teːn²　θei⁵　fuːŋ¹

去　赶　地　四　方

去看看天下，

7-84

贝　干　元　龙　女

Bae　ganj　roen　lungz　nawx

paiⁿ¹　kaːn³　joːn¹　luŋ²　nɯ⁴

去　赶　路　龙　女

去赶龙女路。

女唱

7-85

少　牙　贝　干　罗

Sau　yax　bae　ganj　loh

θaːu¹　jaːⁿ⁵　paiⁿ¹　kaːn³　lo⁶

姑娘　也　去　赶　路

妹要去赶路，

7-86

包　牙　贝　干　元

Mbauq　yax　bae　ganj　roen

baːu⁵　jaːⁿ⁵　paiⁿ¹　kaːn³　joːn¹

小伙　也　去　赶　路

兄也要赶路。

7-87

贝　干　田　四　方

Bae　ganj　denz　seiq　fueng

paiⁿ¹　kaːn³　teːn²　θei⁵　fuːŋ¹

去　赶　地　四　方

去看看天下，

7-88

贝　干　元　少　包

Bae　ganj　roen　sau　mbauq

paiⁿ¹　kaːn³　joːn¹　θaːu¹　baːu⁵

去　赶　路　姑娘　小伙

去赶情友路。

男唱

7-89

办	架	尖	割	森
Baenz	cax	raeh	vuet	ndoeng
pan²	kja⁴	ɹai⁶	vuːt⁷	doŋ¹
磨	刀	利	割	山林

磨利刀开路，

7-90

砍	贝	通	罗	机
Vuet	bae	doeng	loh	giq
vuːt⁷	pai¹	toŋ¹	lo⁶	ki⁵
砍	去	通	路	岔

去开通岔路。

7-91

少	干	元	样	内
Sau	ganq	roen	yiengh	neix
θaːu¹	kaːn⁵	joːn¹	jɯːŋ⁶	ni⁴
姑娘	照料	路	样	这

妹开这条路，

7-92

备	干	罗	样	而
Beix	ganq	loh	yiengh	lawz
pi⁴	kaːn⁵	lo⁶	jɯːŋ⁶	lau²
兄	照料	路	样	哪

兄开哪条路？

女唱

7-93

办	架	尖	割	森
Baenz	cax	raeh	vuet	ndoeng
pan²	kja⁴	ɹai⁶	vuːt⁷	doŋ¹
磨	刀	利	割	山林

磨利刀开路，

7-94

砍	贝	通	罗	老
Vuet	bae	doeng	loh	laux
vuːt⁷	pai¹	toŋ¹	lo⁶	laːu⁴
砍	去	通	路	大

开去通大路。

7-95

少	干	元	给	包
Sau	ganq	roen	hawj	mbauq
θaːu¹	kaːn⁵	joːn¹	həɯ³	baːu⁵
姑娘	照料	路	给	小伙

妹为兄开路，

7-96

包	干	罗	给	少
Mbauq	ganq	loh	hawj	sau
baːu⁵	kaːn⁵	lo⁶	həɯ³	θaːu¹
小伙	照料	路	给	姑娘

兄为妹开路。

男唱

7-97

办	架	尖	割	森
Baenz	cax	raeh	vuet	ndoeng
pan²	kja⁴	ɹai⁶	vuːt⁷	doŋ¹
磨	刀	利	割	山林

磨利刀开路，

7-98

砍	貝	通	东	海
Vuet	bae	doeng	doeng	haij
vuːt⁷	pai¹	toŋ¹	toŋ¹	haːi³
砍	去	通	东	海

开路去东海。

7-99

三	条	元	全	开
Sam	diuz	roen	gyonj	hai
θaːn¹	tiːu²	ɹoːn¹	kjoːn⁵	haːi¹
三	条	路	都	开

三条路全开，

7-100

才	备	采	条	而
Caih	beix	byaij	diuz	lawz
çaːi⁶	pi⁴	pjaːi³	tiːu²	lau²
随	兄	走	条	哪

任兄走哪条。

女唱

7-101

办	架	尖	割	森
Baenz	cax	raeh	vuet	ndoeng
pan²	kja⁴	ɹai⁶	vuːt⁷	doŋ¹
磨	刀	利	割	山林

磨利刀开路，

7-102

砍	貝	通	罗	背
Vuet	bae	doeng	loh	boih
vuːt⁷	pai¹	toŋ¹	lo⁶	poːi⁶
砍	去	通	路	僻静

开去通小路。

7-103

平	罗	好	罗	凶
Bingz	loh	ndei	loh	rwix
piŋ²	lo⁶	dei¹	lo⁶	ɹuːi⁴
凭	路	好	路	孬

任凭路险恶，

7-104

少	包	对	一	貝
Sau	mbauq	doiq	ndeu	bae
θaːu¹	baːu⁵	toːi⁵	deːu¹	pai¹
姑娘	小伙	对	一	去

妹陪哥同行。

男唱	**女唱**

7-105

办	架	尖	割	森
Baenz	cax	raeh	vuet	ndoeng
pan²	kja⁴	ɹai⁶	vuːt⁷	doŋ¹
磨	刀	利	割	山林

磨利刀开路，

7-106

砍	貝	通	罗	背
Vuet	bae	doeng	loh	boih
vuːt⁷	pai¹	toŋ¹	lo⁶	poːi⁶
砍	去	通	路	僻静

开去通小路。

7-107

平	罗	好	罗	凶
Bingz	loh	ndei	loh	rwix
piŋ²	lo⁶	dei¹	lo⁶	ɹɯi⁴
凭	路	好	路	孬

任凭路险恶，

7-108

可	米	对	伴	偻
Goj	miz	doiq	buenx	raeuz
ko⁵	mi²	toːi⁵	puːn⁴	ɹau²
也	有	对	伴	我们

都有人同行。

7-109

办	架	尖	割	森
Baenz	cax	raeh	vuet	ndoeng
pan²	kja⁴	ɹai⁶	vuːt⁷	doŋ¹
磨	刀	利	割	山林

磨利刀开路，

7-110

砍	貝	通	峝	光
Vuet	bae	doeng	doengh	gvangq
vuːt⁷	pai¹	toŋ¹	toŋ⁶	kwaːŋ⁵
砍	去	通	峝	宽

开通大地方。

7-111

牛	跟	歪	岁	狼
Cwz	riengz	vaiz	caez	langh
ɕɯ²	ɹiːŋ²	vaːi²	ɕai²	laːŋ⁶
黄牛	跟	水牛	齐	放

牛群同放牧，

7-112

峝	光	全	草	绿
Doengh	gvangq	gyonj	nywj	heu
toŋ⁶	kwaːŋ⁵	kjoːn³	ɲɯ³	heːu¹
峝	宽	都	草	青

平地青草多。

男唱

7-113

办	架	尖	割	森
Baenz	cax	raeh	vuet	ndoeng
pan²	kja⁴	ɹai⁶	vuːt⁷	doŋ¹
磨	刀	利	割	山林

磨利刀开路，

7-114

割	贝	通	峒	光
Vuet	bae	doeng	doengh	gvangq
vuːt⁷	pai¹	toŋ¹	toŋ⁶	kwaːŋ⁵
割	去	通	峒	宽

开通大地方。

7-115

牛	跟	歪	岁	狼
Cwz	riengz	vaiz	caez	langh
ɕɯ²	ɹiːŋ²	vaːi²	ɕai²	laːŋ⁶
黄牛	跟	水牛	齐	放

牛群同放牧，

7-116

贝	峒	光	不	马
Bae	doengh	gvangq	mbouj	ma
pai¹	toŋ⁶	kwaːŋ⁵	bou⁵	ma¹
去	峒	宽	不	来

去平地不回。

女唱

7-117

牛	跟	歪	岁	狼
Cwz	riengz	vaiz	caez	langh
ɕɯ²	ɹiːŋ²	vaːi²	ɕai²	laːŋ⁶
黄牛	跟	水牛	齐	放

牛群同放牧，

7-118

贝	峒	光	不	马
Bae	doengh	gvangq	mbouj	ma
pai¹	toŋ⁶	kwaːŋ⁵	bou⁵	ma¹
去	峒	宽	不	来

进平地不回。

7-119

贝	得	蛟	得	鱼
Bae	ndaej	nyauh	ndaej	bya
pai¹	dai³	ȵaːu⁶	dai³	pja¹
去	得	虾	得	鱼

出去得鱼虾，

7-120

牙	不	马	田	内
Yax	mbouj	ma	denz	neix
ja⁵	bou⁵	ma¹	teːn²	ni⁴
也	不	来	地	这

不愿回旧地。

男唱

7-121

牛	跟	歪	岁	狼
Cwz	riengz	vaiz	caez	langh
çɯ²	ɹiːŋ²	vaːi²	çai²	laːŋ⁶
黄牛	跟	水牛	齐	放

牛群同放牧,

7-122

貝	垌	光	欢	吨
Bae	doengh	gvangq	ndwek	doem
pai¹	toŋ⁶	kwaːŋ⁵	dɯːk⁷	tun¹
去	垌	广	欢	腾

欢腾走大地。

7-123

牙	可	为	你	好
Yax	goj	vih	mwngz	ndei
ja⁵	ko⁵	vei⁶	mɯŋ²	dei¹
也	也	为	你	好

都是因为你,

7-124

牙	写	邦	龙	女
Yax	ce	biengz	lungz	nawx
ja⁵	çe¹	piːŋ²	luŋ²	nu⁴
也	留	地方	龙	女

要离开此地。

女唱

7-125

牛	跟	歪
Cwz	riengz	vaiz
çɯ²	ɹiːŋ²	vaːi²
黄牛	跟	水牛

黄牛和水牛,

7-126

岁	共	开	一	狼
Caez	gungh	gaiq	ndeu	langh
çai²	kuŋ⁶	kaːi⁵	deːu¹	laːŋ⁶
齐	共	块	一	放

在一处放牧。

7-127

龙	自	不	办	主
Lungz	gag	mbouj	baenz	cawj
luːŋ²	kaːk⁸	bou⁵	pan²	çɯɯ³
龙	自	不	成	主

兄不会作主,

7-128

又	说	为	偻	好
Youh	naeuz	vih	raeuz	ndei
jou⁴	nau²	vei⁶	ɹau²	dei¹
又	说	为	我们	好

反过来怪我。

男唱

7-129

罗	更	是	罗	马
Loh	gwnz	cix	loh	max
lo^6	kɯn^2	çi^4	lo^6	ma^4
路	上	是	路	马

上面是马路,

7-130

罗	拉	是	罗	牛
Loh	laj	cix	loh	cwz
lo^6	la^3	çi^4	lo^6	çɯ^2
路	下	是	路	黄牛

下面是牛路。

7-131

分	你	外	更	河
Mbek	mwngz	vaij	gwnz	haw
me:k^7	mɯŋ^2	va:i^3	kɯn^2	həɯ^1
分别	你	过	上	圩

要你走圩场,

7-132

你	贝	不	了	农
Mwngz	bae	mbouj	liux	nuengx
mɯŋ^2	pai^1	bou^5	li:u^4	nu:ŋ^4
你	去	不	啰	妹

妹愿意去否?

女唱

7-133

乜	女	点	土	马
Meh	mbwk	dem	duz	max
me^6	buk^7	te:n^1	tu^2	ma^4
女	人	与	只	马

女人和马匹,

7-134

不	得	外	江	开
Mbouj	ndaej	vaij	gyang	gai
bou^5	dai^3	va:i^3	kja:ŋ^1	ka:i^1
不	得	过	中	街

不得走街上。

7-135

乜	女	点	土	歪
Meh	mbwk	dem	duz	vaiz
me^6	buk^7	te:n^1	tu^2	va:i^2
女	人	与	只	水牛

女人和水牛,

7-136

外	江	开	不	得
Vaij	gyang	gai	mbouj	ndaej
va:i^3	kja:ŋ^1	ka:i^1	bou^5	dai^3
过	中	街	不	得

也不准过街。

男唱

7-137

乜	女	点	士	马
Meh	mbwk	dem	duz	max
me⁶	buk⁷	teːn¹	tu²	ma⁴
女	人	与	只	马

女人和马匹，

7-138

不	得	外	江	开
Mbouj	ndaej	vaij	gyang	gai
bou⁵	dai³	vaːi³	kjaːŋ¹	kaːi¹
不	得	过	中	街

不得走街上。

7-139

乜	女	点	士	歪
Meh	mbwk	dem	duz	vaiz
me⁶	buk⁷	teːn¹	tu²	vaːi²
女	人	与	只	水牛

女人和水牛，

7-140

堂	江	开	又	在
Daengz	gyang	gai	youh	ywq
taŋ²	kjaːŋ¹	kaːi¹	jou⁴	juɯ⁵
到	中	街	又	住

在街心停留。

女唱

7-141

乜	女	点	士	马
Meh	mbwk	dem	duz	max
me⁶	buk⁷	teːn¹	tu²	ma⁴
女	人	与	只	马

女人和马匹，

7-142

不	得	外	江	河
Mbouj	ndaej	vaij	gyang	haw
bou⁵	dai³	vaːi³	kjaːŋ¹	həuˈ¹
不	得	过	中	圩

不得过圩场。

7-143

士	牛	点	士	驴
Duz	cwz	dem	duz	lawz
tu²	çuˈ²	teːn¹	tu²	lu²
只	黄牛	与	只	驴

黄牛和毛驴，

7-144

时	不	得	古	对
Cwz	mbouj	ndaej	guh	doih
çuˈ²	bou⁵	dai³	ku⁴	toːi⁶
除	不	得	做	伙伴

绝不在一起。

男唱

7-145

日	盘	土	貝	拉
Ngoenz	bonz	dou	bae	laj
ŋon²	poːn²	tu¹	pai¹	la³
天	前	我	去	下

前天我外出，

7-146

马	刚	观	土	驴
Max	gangq	gonq	duz	lawz
ma⁴	kaːŋ⁵	koːn⁵	tu²	lɯ²
马	先	前	只	驴

马在驴前走。

7-147

日	乱	土	貝	河
Ngoenz	lwenz	dou	bae	haw
ŋon²	lɯːn²	tu¹	pai¹	həɯ¹
天	昨	我	去	圩

昨日我赶圩，

7-148

马	年	驴	古	对
Max	nem	lawz	guh	doih
ma⁴	neːm¹	lɯ²	ku⁴	toːi⁶
马	贴	驴	做	伙伴

马和驴同行。

女唱

7-149

乜	女	吨	布	长
Meh	mbwk	daenj	buh	raez
me⁶	buɯk⁷	tan³	pu⁶	ɹai²
女	人	穿	衣服	长

女人穿长袍，

7-150

不	得	貝	刚	观
Mbouj	ndaej	bae	gangq	gonq
bou⁵	dai³	pai¹	kaːŋ⁵	koːn⁵
不	得	去	先	前

不得走前面。

7-151

阝	才	吨	绸	团
Boux	sai	daenj	couz	duenh
pu⁴	θaːi¹	tan³	çu²	tuːn⁶
男	人	穿	绸	缎

男人穿绸缎，

7-152

刚	观	农	是	跟
Gangq	gonq	nuengx	cix	riengz
kaːŋ⁵	koːn⁵	nuːŋ⁴	çi⁴	ɹiːŋ²
先	前	妹	就	跟

妹紧跟上前。

男唱

7-153

乜	女	吨	布	长
Meh	mbwk	daenj	buh	raez
me⁶	buk⁷	tan³	pu⁶	ɹai²
女	人	穿	衣服	长

女人穿长袍，

7-154

它	是	贝	刚	观
De	cix	bae	gangq	gonq
te¹	çi⁴	pai¹	kaːŋ⁵	koːn⁵
她	就	去	先	前

她走在前头。

7-155

阝	才	吨	绸	团
Boux	sai	daenj	couz	duenh
pu⁴	θaːi¹	tan³	çu²	tuːn⁶
男	人	穿	绸	缎

男人穿绸缎，

7-156

洋	讲	满	跟	浪
Yaeng	gangj	monh	riengz	laeng
jaŋ¹	kaːŋ³	moːn⁶	ɹiːn²	laŋ¹
慢	讲	情	跟	后

走后面谈情。

女唱

7-157

观	是	观
Gonq	cix	gonq
koːn⁵	çi⁴	koːn⁵
先	就	先

走前面也行，

7-158

良	牙	不	它	力
Liengh	yax	mbouj	dwk	rengz
leːŋ⁶	ja⁵	bou⁵	tuk⁷	ɹeŋ²
谅	也	不	费	力

也不会费力。

7-159

观	是	八	包	娘
Gonq	cix	bah	mbauq	nangz
koːn⁵	çi⁴	pa⁶	baːu⁵	naːŋ²
先	就	罢	小伙	姑娘

尽管走在前，

7-160

它	力	开	么	由
Dwk	rengz	gij	maz	raeuh
tuk⁷	ɹeŋ²	kaːi²	ma²	ɹau⁶
费	力	什么		多

也没多费力。

男唱

女唱

7-161

日	盘	土	贝	拉
Ngoenz	bonz	dou	bae	laj
ŋon²	po:n²	tu¹	pai¹	la³
天	前	我	去	下

前天我外出，

7-165

观	是	观
Gonq	cix	gonq
ko:n⁵	çi⁴	ko:n⁵
先	就	先

先走就先走，

7-162

马	刚	观	土	母
Max	gangq	gonq	duz	mou
ma⁴	ka:ŋ⁵	ko:n⁵	tu²	mu¹
马	先	前	只	猪

马走猪前面。

7-166

良	农	牙	不	代
Liengh	nuengx	yax	mbouj	dai
le:ŋ⁶	nu:ŋ⁴	ja⁵	bou⁵	ta:i¹
谅	妹	也	不	死

谅妹不会死。

7-163

日	乱	土	贝	州
Ngoenz	lwenz	dou	bae	cou
ŋon²	lu:n²	tu¹	pai¹	çu¹
天	昨	我	去	州

昨天去州府，

7-167

观	是	八	包	乖
Gonq	cix	bah	mbauq	gvai
ko:n⁵	çi⁴	pa⁶	ba:u⁵	kwa:i¹
先	就	罢	小伙	乖

哥愿走在前，

7-164

可	友	土	贝	观
Goj	youx	dou	bae	gonq
ko⁵	ju⁴	tu¹	pai¹	ko:n⁵
也	友	我	去	先

情友走在前。

7-168

不	尝	代	时	内
Mbouj	caengz	dai	seiz	neix
bou⁵	çaŋ²	ta:i¹	θi²	ni⁴
不	未	死	时	这

不会马上死。

<table>
<tr><td>男唱</td><td>女唱</td></tr>
</table>

男唱

7-169

日	盘	土	贝	拉
Ngoenz	bonz	dou	bae	laj
ŋon²	po:n²	tu¹	pai¹	la³
天	前	我	去	下

前天我外出，

7-170

马	刚	观	土	歪
Max	gangq	gonq	duz	vaiz
ma⁴	ka:ŋ⁵	ko:n⁵	tu²	va:i²
马	先	前	只	水牛

马在水牛前。

7-171

日	乱	土	贝	开
Ngoenz	lwenz	dou	bae	gai
ŋon²	lɯːn²	tu¹	pai¹	ka:i¹
天	昨	我	去	街

昨日我上街，

7-172

可	少	乖	贝	观
Goj	sau	gvai	bae	gonq
ko⁵	θa:u¹	kwa:i¹	pai¹	ko:n⁵
也	姑娘	乖	去	先

情妹走前头。

女唱

7-173

观	是	观
Gonq	cix	gonq
ko:n⁵	çi⁴	ko:n⁵
先	就	先

先走就先走，

7-174

良	农	牙	不	老
Liengh	nuengx	yax	mbouj	lau
leːŋ⁶	nuːŋ⁴	ja⁵	bou⁵	la:u¹
谅	妹	也	不	怕

妹不会害怕。

7-175

符	三	美	斗	包
Fouz	san	mae	daeuj	bau
fu²	θa:n¹	mai¹	tau³	pa:u¹
符	编	线	来	包

用线包护符，

7-176

土	不	老	贝	观
Dou	mbouj	lau	bae	gonq
tu¹	bou⁵	la:u¹	pai¹	ko:n⁵
我	不	怕	去	先

不怕走前头。

男唱	女唱

7-177

土	牛	角	勾	强
Duz	cwz	gaeu	gaeuz	ngengq
tu²	çuɯ²	kau¹	kau²	ŋeːŋ⁵
只	黄牛	角	弯	硬

黄牛触角硬,

7-178

刀	貝	吨	土	歪
Dauq	bae	daemj	duz	vaiz
taːu⁵	pai¹	tan³	tu²	vaːi²
又	去	碰	只	水牛

敢去斗水牛。

7-179

乜	女	内	真	乖
Meh	mbwk	neix	caen	gvai
me⁶	buk⁷	ni⁴	çin¹	kwaːi¹
女	人	这	真	乖

这女人聪明,

7-180

罗	阝	才	貝	观
Lox	boux	sai	bae	gonq
lo⁴	pu⁴	θaːi¹	pai¹	koːn⁵
哄	男	人	去	先

哄男人先走。

7-181

土	牛	角	勾	强
Duz	cwz	gaeu	gaeuz	ngengq
tu²	çuɯ²	kau¹	kau²	ŋeːŋ⁵
只	黄牛	角	弯	硬

黄牛触角硬,

7-182

刀	貝	吨	后	雷
Dauq	bae	daemj	haeuj	ndoi
taːu⁵	pai¹	tan³	hau³	doːi¹
又	去	碰	进	坡

去触碰山坡。

7-183

南	是	三	办	灰
Namh	cix	sanq	baenz	hoi
naːn⁶	çi⁴	θaːn⁵	pan²	hoːi¹
土	就	散	成	灰

泥巴碎成粉,

7-184

土	是	空	貝	观
Dou	cix	ndwi	bae	gonq
tu¹	çi⁴	duːi¹	pai¹	koːn⁵
我	就	不	去	先

我不走在前。

男唱	女唱

男唱

7-185

阝	吃	后	里	笂
Boux	gwn	haeux	ndaw	yiuj
pu⁴	kɯn¹	hau⁴	dauɯ¹	ji:u³
人	吃	米	里	仓

人吃粮仓米，

7-186

动	是	良	贝	远
Dungx	cix	liengh	bae	gyae
tuŋ⁴	çi⁴	li:ŋ⁶	pai¹	kjai¹
肚	就	量	去	远

目光就长远。

7-187

阝	吃	后	里	谁
Boux	gwn	haeux	ndaw	rae
pu⁴	kɯn¹	hau⁴	dauɯ¹	ɹai¹
人	吃	米	里	甑子

人吃甑里饭，

7-188

它	是	贝	刚	觐
De	cix	bae	gangq	gonq
te¹	çi⁴	pai¹	ka:ŋ⁵	ko:n⁵
他	就	去	先	前

喜欢走前头。

女唱

7-189

觐	是	觐
Gonq	cix	gonq
ko:n⁵	çi⁴	ko:n⁵
先	就	先

即便走在前，

7-190

良	农	牙	不	老
Liengh	nuengx	yax	mbouj	lau
le:ŋ⁶	nu:ŋ⁴	ja⁵	bou⁵	la:u¹
谅	妹	也	不	怕

情妹不害怕。

7-191

土	米	卜	米	叔
Dou	miz	boh	miz	au
tu¹	mi²	po⁶	mi²	a:u¹
我	有	父	有	叔

有父有叔伯，

7-192

不	老	贝	刚	觐
Mbouj	lau	bae	gangq	gonq
bou⁵	la:u¹	pai¹	ka:ŋ⁵	ko:n⁵
不	怕	去	先	前

不怕走前头。

男唱

7-193

小	帅	吃	头	付
Siu	cai	gwn	daeuh	fuh
θiːu¹	ɕaːi¹	kɯn¹	tau⁶	fu⁶
消	灾	吃	豆	腐

闭眼吃豆腐，

7-194

土	不	特	友	你
Dou	mbouj	dwg	youx	mwngz
tu¹	bou⁵	tuk⁸	ju⁴	mɯŋ²
我	不	是	友	你

我非你情友。

7-195

友	你	在	邦	更
Youx	mwngz	ywq	biengz	gwnz
ju⁴	mɯŋ²	juː⁵	piːŋ²	kɯn²
友	你	在	地方	上

你友在上寨，

7-196

装	身	办	龙	女
Cang	ndang	baenz	lungz	nawx
ɕaːŋ¹	daːŋ¹	pan²	luŋ²	nɯ⁴
装	身	成	龙	女

乔装成龙女。

女唱

7-197

友	土	在	邦	更
Youx	dou	ywq	biengz	gwnz
ju⁴	tu¹	juː⁵	piːŋ²	kɯn²
友	我	在	地方	上

我友在他乡，

7-198

贝	字	变	办	话
Mbaw	saw	bienq	baenz	vah
bau¹	θaɯ¹	piːn⁵	pan²	va⁶
张	书	变	成	话

用信来传话。

7-199

土	不	当	不	话
Dou	mbouj	daengq	mbouj	vah
tu¹	bou⁵	taŋ⁵	bou⁵	va⁶
我	不	叮嘱	不	话

我不讲不说，

7-200

开	罗	光	你	贝
Hai	loh	gvangq	mwngz	bae
haːi¹	lo⁶	kwaːŋ⁵	mɯŋ²	pai¹
开	路	宽	你	去

大路让你走。

男唱

7-201

巴	土	三	丈	光
Bak	dou	sam	ciengh	gvangq
pa:k⁷	tou¹	θa:n¹	ɕɯ:ŋ⁶	kwa:ŋ⁵
嘴	门	三	丈	宽

门口三丈宽，

7-202

邦	党	四	丈	长
Bangx	daengq	seiq	ciengh	raez
pa:ŋ⁴	taŋ⁵	θei⁵	ɕɯ:ŋ⁶	ɹai²
旁	凳	四	丈	长

凳子四丈长。

7-203

开	罗	给	土	貝
Hai	loh	hawj	dou	bae
ha:i¹	lo⁶	hɤɯ³	tu¹	pai¹
开	路	给	我	去

开路让我走，

7-204

千	年	你	犯	罪
Cien	nienz	mwngz	famh	coih
ɕi:n¹	ni:n²	mɯŋ²	fa:n⁶	ço:i⁶
千	年	你	犯	罪

你就犯大错。

女唱

7-205

开	罗	给	土	貝
Hai	loh	hawj	dou	bae
ha:i¹	lo⁶	hɤɯ³	tu¹	pai¹
开	路	给	我	去

开路让我走，

7-206

开	元	给	土	瓜
Hai	roen	hawj	dou	gvaq
ha:i¹	jo:n¹	hɤɯ³	tu¹	kwa⁵
开	路	给	我	过

开路给我过。

7-207

牙	貝	更	足	巴
Yax	bae	gwnz	coh	baj
ja⁵	pai¹	kɯn²	ço⁶	pa³
也	去	上	朝	伯母

要去跟伯母，

7-208

牙	貝	拉	作	刘
Yax	bae	laj	coh	liuz
ja⁵	pai¹	la³	ço⁶	li:u²
也	去	下	朝	婶娘

要去跟婶娘。

男唱

7-209

开　罗　给　你　贝

Hai　loh　hawj　mwngz　bae

haːi¹　lo⁶　həɯ³　muɯŋ²　pai¹

开　路　给　你　去

开路让你走，

7-210

开　元　给　你　瓜

Hai　roen　hawj　mwngz　gvaq

haːi¹　joːn¹　həɯ³　muɯŋ²　kwa⁵

开　路　给　你　过

开路让你行。

7-211

扛　两　外　拉　达

Gwed　liengj　vaij　laj　dah

kɯːt⁸　liːŋ³　vaːi³　la³　ta⁶

扛　伞　过　下　河

扛伞走河边，

7-212

贝　那　可　米　元

Bae　naj　goj　miz　roen

pai¹　na³　ko⁵　mi²　joːn¹

去　前　也　有　路

一定有前途。

女唱

7-213

开　罗　给　土　贝

Hai　loh　hawj　dou　bae

haːi¹　lo⁶　həɯ³　tu¹　pai¹

开　路　给　我　去

开路让我走，

7-214

开　元　给　土　瓜

Hai　roen　hawj　dou　gvaq

haːi¹　joːn¹　həɯ³　tu¹　kwa⁵

开　路　给　我　过

开路叫我去。

7-215

空　米　金　银　子

Ndwi　miz　gim　yinz　swj

duːi¹　mi²　kin¹　jin²　θɯ³

不　有　金　银　子

手中没有钱，

7-216

才　农　贝　方　而

Caih　nuengx　bae　fueng　lawz

çaːi⁶　nuːŋ⁴　pai¹　fuːŋ¹　laɯ²

随　妹　去　方　哪

任我去何方？

男唱	女唱

7-217

在	田	内	古	么
Ywq	denz	neix	guh	maz
ju⁵	te:n²	ni⁴	ku⁴	ma²
在	地	这	做	什么

在这做什么，

7-218

同	九	貝	邦	光
Doengz	iu	bae	biengz	gvangq
toŋ²	i:u¹	pai¹	pi:ŋ²	kwa:ŋ⁵
同	邀	去	地方	宽

同去大地方。

7-219

邦	伏	好	古	洋
Biengz	fwx	ndei	guh	angq
pi:ŋ²	fə⁴	dei¹	ku⁴	a:ŋ⁵
地方	别人	好	做	高兴

他乡较欢乐，

7-220

峝	光	好	古	存
Doengh	gvangq	ndei	guh	caemz
toŋ⁶	kwa:ŋ⁵	dei¹	ku⁴	çan²
峝	广	好	做	玩

他乡乐趣多。

7-221

邦	伏	土	不	貝
Biengz	fwx	dou	mbouj	bae
pi:ŋ²	fə⁴	tu¹	bou⁵	pai¹
地方	别人	我	不	去

他乡我不去，

7-222

邦	文	土	不	走
Biengz	vunz	dou	mbouj	yamq
pi:ŋ²	vun²	tu¹	bou⁵	ja:m⁵
地方	人	我	不	走

他乡我不走。

7-223

邦	伏	土	不	讲
Biengz	fwx	dou	mbouj	gangj
pi:ŋ²	fə⁴	tu¹	bou⁵	ka:ŋ³
地方	别人	我	不	讲

他乡我免谈，

7-224

峝	光	农	不	貝
Doengh	gvangq	nuengx	mbouj	bae
toŋ⁶	kwa:ŋ⁵	nu:ŋ⁴	bou⁵	pai¹
峝	宽	妹	不	去

平地我不去。

男唱

7-225

在	田	内	古	么
Ywq	denz	neix	guh	maz
ju⁵	te:n²	ni⁴	ku⁴	ma²
在	地	这	做	什么

此地没奔头，

7-226

同	九	贝	邦	伏
Doengz	iu	bae	biengz	fwx
toŋ²	i:u¹	pai¹	pi:ŋ²	fə⁴
相	邀	去	地方	别人

做伴走他乡。

7-227

你	贝	土	又	贝
Mwngz	bae	dou	youx	bae
muŋ²	pai¹	tu¹	jou⁴	pai¹
你	去	我	又	去

你走我也走，

7-228

贝	邦	伏	小	凉
Bae	biengz	fwx	siu	liengz
pai¹	pi:ŋ²	fə⁴	θi:u¹	li:ŋ²
去	地方	别人	消	凉

去他乡逍遥。

女唱

7-229

田	它	远	又	远
Denz	de	gyae	youh	gyae
te:n²	te¹	kjai¹	jou⁴	kjai¹
地	那	远	又	远

那里太遥远，

7-230

土	不	贝	龙	女
Dou	mbouj	bae	lungz	nawx
tu¹	bou⁵	pai¹	luŋ²	nu⁴
我	不	去	龙	女

情妹我不去。

7-231

邦	文	土	不	贝
Biengz	vunz	Dou	mbouj	bae
pi:ŋ²	vun²	tu¹	bou⁵	pai¹
地方	人	我	不	去

他乡我不去，

7-232

方	伏	农	不	贝
Biengz	fwx	nuengx	mbouj	bae
pi:ŋ²	fə⁴	nu:ŋ⁴	bou⁵	pai¹
地方	别人	妹	不	去

他乡妹不走。

男唱

7-233

托	土	贝	了	农
Doh	dou	bae	liux	nuengx
to⁶	tu¹	pai¹	li:u⁴	nu:ŋ⁴
同	我	去	啰	妹

妹你陪我去，

7-234

土	米	两	你	扛
Dou	miz	liengj	mwngz	gang
tu¹	mi²	li:ŋ³	muŋ²	ka:ŋ¹
我	有	伞	你	撑

有伞给你撑。

7-235

托	土	贝	了	农
Doh	dou	bae	liux	nuengx
to⁶	tu¹	pai¹	li:u⁴	nu:ŋ⁴
同	我	去	啰	妹

情妹陪我去，

7-236

土	米	然	你	在
Dou	miz	ranz	mwngz	ywq
tu¹	mi²	ʑa:n²	muŋ²	ju⁵
我	有	家	你	住

有屋给你住。

女唱

7-237

田	它	远	又	远
Denz	de	gyae	youh	gyae
te:n²	te¹	kjai¹	jou⁴	kjai¹
地	那	远	又	远

那里太遥远，

7-238

土	不	贝	是	八
Dou	mbouj	bae	cix	bah
tu¹	bou⁵	pai¹	çi⁴	pa⁶
我	不	去	就	罢

我不去算了。

7-239

邦	它	土	贝	瓜
Biengz	de	dou	bae	gvaq
pi:ŋ²	te¹	tu¹	pai¹	kwa⁵
地方	那	我	去	过

那地我去过，

7-240

然	远	田	空	米
Ranz	gyae	denz	ndwi	miz
ʑa:n²	kjai¹	te:n²	du:i¹	mi²
家	远	地	不	有

家离田地远。

男唱

7-241

托	土	貝	了	农
Doh	dou	bae	liux	nuengx
to⁶	tu¹	pai¹	li:u⁴	nu:ŋ⁴
同	我	去	啰	妹

情妹同我去，

7-242

土	米	田	你	站
Dou	miz	denz	mwngz	soengz
tu¹	mi²	te:n²	muŋ²	θoŋ²
我	有	地	你	站

有地给你耕。

7-243

托	土	貝	了	同
Doh	dou	bae	liux	doengz
to⁶	tu¹	pai¹	li:u⁴	toŋ²
同	我	去	啰	同

情妹跟我去，

7-244

土	米	方	你	在
Dou	miz	fueng	mwngz	ywq
tu¹	mi²	fu:ŋ¹	muŋ²	jɯ⁵
我	有	方	你	在

有屋给你住。

女唱

7-245

田	它	远	又	远
Dieg	de	gyae	youh	gyae
ti:k⁸	te¹	kjai¹	jou⁴	kja:i¹
地	那	远	又	远

那里太遥远，

7-246

土	不	貝	了	哥
Dou	mbouj	bae	liux	go
tu¹	bou⁵	pai¹	li:u⁴	ko¹
我	不	去	啰	哥

情哥我不去。

7-247

田	它	罗	又	罗
Dieg	de	ndoq	youh	ndoq
ti:k⁸	te¹	do⁵	jou⁴	do⁵
地	那	秃	又	秃

那里地贫瘠，

7-248

土	不	托	你	貝
Dou	mbouj	doh	mwngz	bae
tu¹	bou⁵	to⁶	muŋ²	pai¹
我	不	同	你	去

我不同你去。

男唱

女唱

7-249

田	牙	罗	是	罗
Dieg	yax	ndoq	cix	ndoq
ti:k⁸	ja⁵	do⁵	çi⁴	do⁵
地	也	秃	就	秃

地贫瘠也罢，

7-250

肥	作	它	可	翁
Bwnh	coq	de	goj	oeng
pɯn⁶	ço⁵	te¹	ko⁵	oŋ¹
粪	放	那	也	肥沃

放粪它会肥。

7-251

托	土	貝	了	同
Doh	dou	bae	liux	doengz
to⁶	tu¹	pai¹	li:u⁴	toŋ²
同	我	去	啰	同

情妹同我去，

7-252

邦	土	可	来	满
Biengz	dou	goj	lai	monh
pi:ŋ²	tu¹	ko⁵	la:i¹	mo:n⁶
地方	我	也	多	谈情

那里好谈情。

7-253

田	它	远	又	远
Dieg	de	gyae	youh	gyae
ti:k⁸	te¹	kjai¹	jou⁴	kjai¹
地	那	远	又	远

那里太遥远，

7-254

土	不	貝	了	哥
Dou	mbouj	bae	liux	go
tu¹	bou⁵	pai¹	li:u⁴	ko¹
我	不	去	啰	哥

我真不想去。

7-255

田	它	罗	又	罗
Dieg	de	ndoq	youh	ndoq
ti:k⁸	te¹	do⁵	jou⁴	do⁵
地	那	秃	又	秃

田地太贫瘠，

7-256

种	歪	不	出	叶
Ndaem	faiq	mbouj	ok	mbaw
dan¹	va:i⁵	bou⁵	o:k⁷	baɯ¹
种	棉	不	出	叶

种棉不长苗。

男唱

7-257

田　牙　罗　是　罗

Dieg　yax　ndoq　cix　ndoq

ti:k⁸　ja⁵　do⁵　çi⁴　do⁵

地　要　秃　就　秃

地贫瘠也罢，

7-258

种　歪　可　结　足

Ndaem　faiq　goj　giet　gyouz

dan¹　va:i⁵　ko⁵　ki:t⁷　kju²

种　棉　也　结　棉球

种棉也丰收。

7-259

托　土　贝　邦　土

Doh　dou　bae　biengz　dou

to⁶　tu¹　pai¹　pi:ŋ²　tu¹

同　我　去　地方　我

同去我家乡，

7-260

方　卢　米　卩　伴

Fueng　louz　miz　boux　buenx

fu:ŋ¹　lu²　mi²　pu⁴　pu:n⁴

风　流　有　个　伴

有人伴玩耍。

女唱

7-261

田　它　远　又　远

Dieg　de　gyae　youh　gyae

ti:k⁸　te¹　kjai¹　jou⁴　kjai¹

地　那　远　又　远

那边太遥远，

7-262

土　不　贝　了　哥

Dou　mbouj　bae　liux　go

tu¹　bou⁵　pai¹　li:u⁴　ko¹

我　不　去　啰　哥

情妹我不去。

7-263

田　它　罗　又　罗

Dieg　de　ndoq　youh　ndoq

ti:k⁸　te¹　do⁵　jou⁴　do⁵

地　那　秃　又　秃

那里地贫瘠，

7-264

银　可　土　不　贝

Ngaenz　goq　dou　mbouj　bae

ŋan²　ko⁵　tu¹　bou⁵　pai¹

银　雇　我　不　去

给钱也不去。

男唱

女唱

7-265

你	管	托	土	贝
Mwngz	guenj	doh	dou	bae
mɯŋ²	kuːn³	to⁶	tu¹	pai¹
你	管	同	我	去

你但同我去，

7-266

忧	开	么	了	邦
You	gij	maz	liux	baengz
jou¹	kaːi²	ma²	liːu⁴	paŋ²
忧	什	么	啰	朋

情友莫担忧。

7-267

贝	交	龙	峒	光
Bae	gyau	lungz	doengh	gvangq
pai¹	kjaːu¹	luŋ²	toŋ⁶	kwaːŋ⁵
去	交	龙	峒	宽

大地方交友，

7-268

得	银	钢	马	然
Ndaej	ngaenz	gang	ma	ranz
dai³	ŋan²	kaːŋ¹	ma¹	ɹaːn²
得	银	缸	回	家

得银子回家。

7-269

田	它	远	又	远
Dieg	de	gyae	youh	gyae
tiːk⁸	te¹	kjai¹	jou⁴	kjai¹
地	那	远	又	远

那边太遥远，

7-270

土	不	贝	了	邦
Dou	mbouj	bae	liux	baengz
tu¹	bou⁵	pai¹	liːu⁴	paŋ²
我	不	去	了	朋

情妹我不去。

7-271

不	文	得	银	钢
Mbouj	vun	ndaej	ngaenz	gang
bou⁵	vun¹	dai³	ŋan²	kaːŋ¹
不	奢求	得	银	缸

不可求钱财，

7-272

但	得	邦	岁	心
Danh	ndaej	baengz	caez	sim
taːn⁶	dai³	paŋ²	ɕai²	θin¹
但	得	朋	齐	心

我俩结同心。

男唱

7-273

下	祥	托	土	贝
Roengz	riengh	doh	dou	bae
ɹoŋ²	ɹiːŋ⁶	to⁶	tu¹	pai¹
下	栏	同	我	去

出门同我去，

7-274

下	累	好	土	采
Roengz	lae	ndij	dou	byai
ɹoŋ²	lai¹	di¹	tu¹	pjaːi³
下	梯	与	我	走

出门跟我走。

7-275

托	土	贝	邦	伏
Doh	dou	bae	biengz	fwx
to⁶	tu¹	pai¹	piːŋ²	fə⁴
同	我	去	地方	别

跟我走他乡，

7-276

米	田	在	田	吃
Miz	dieg	ywq	dieg	gwn
mi²	tiːk⁸	juɯ⁵	tiːk⁸	kɯn¹
有	地	在	地	吃

吃住有保障。

女唱

7-277

罗	千	远	方	远
Loh	cien	gyae	fanh	gyae
lo⁶	ɕiːn¹	kjai¹	faːn⁶	kjai¹
路	千	远	万	远

路途太遥远，

7-278

土	不	贝	龙	女
Dou	mbouj	bae	lungz	nawx
tu¹	bou⁵	pai¹	luŋ²	nɯ⁴
我	不	去	龙	女

情妹我不去。

7-279

贝	空	米	文	勒
Bae	ndwi	miz	vunz	lawh
pai¹	duːi¹	mi²	vun²	lau⁶
去	不	有	人	换

若没人结交，

7-280

它	刀	伏	又	笑
Daj	dauq	fwx	youh	riu
ta³	taːu⁵	fə⁴	jou⁴	ɹiːu¹
打	回	别人	又	笑

回来被人笑。

男唱

女唱

7-281

下	祥	托	土	贝
Roengz	riengh	doh	dou	bae
ɹoŋ²	ɹiːŋ⁶	to⁶	tu¹	pai¹
下	栏	同	我	去

出门跟我走，

7-282

下	累	好	土	采
Roengz	lae	ndij	dou	byaij
ɹoŋ²	lai¹	di¹	tu¹	pjaːi³
下	梯	与	我	走

下楼随我去。

7-283

你	贝	土	是	勒
Mwngz	bae	dou	cix	lawh
muɯŋ²	pai¹	tu¹	çi⁴	lau⁶
你	去	我	就	换

你我相结交，

7-284

不	狼	农	刀	空
Mbouj	langh	nuengx	dauq	ndwi
bou⁵	laːŋ⁶	nuːŋ⁴	taːu⁵	duːi¹
不	放	妹	回	空

不让你失望。

7-285

罗	千	远	万	远
Loh	cien	gyae	fanh	gyae
lo⁶	çiːn¹	kjai¹	faːn⁶	kjai¹
路	千	远	万	远

路途太遥远，

7-286

土	不	贝	是	八
Dou	mbouj	bae	cix	bah
tu¹	bou⁵	pai¹	çi⁴	pa⁶
我	不	去	就	罢

我真不愿去。

7-287

邦	你	龙	不	那
Biengz	mwngz	lungz	mbouj	nax
piːŋ²	muɯŋ²	luŋ²	bou⁵	na⁴
地方	你	大舅	不	小舅

你处无亲戚，

7-288

农	贝	邦	阝	而
Nuengx	bae	baengh	boux	lawz
nuːŋ⁴	pai¹	paŋ⁶	pu⁴	lau²
妹	去	靠	个	哪

妹去依靠谁？

男唱

7-289

你	管	托	土	貝
Mwngz	guenj	doh	dou	bae
muɯŋ²	kuːn³	to⁶	tu¹	pai¹
你	管	同	我	去

你但同我去，

7-290

忧	开	么	对	达
You	gij	maz	doih	dah
jou¹	kaːi²	ma²	toːi⁶	ta⁶
忧	什么		伙伴	女孩

还忧什么心？

7-291

然	更	米	龙	那
Ranz	gwnz	miz	lungz	nax
ɹaːn²	kɯn²	mi²	luŋ²	na⁴
家	上	有	大舅	小舅

我上有叔伯，

7-292

然	拉	米	巴	刘
Ranz	laj	miz	baj	liuz
ɹaːn²	la³	mi²	pa³	liːu²
家	下	有	伯母	姊娘

我下有姊娌。

女唱

7-293

邦	伏	土	不	貝
Biengz	fwx	dou	mbouj	bae
piːŋ²	fə⁴	tu¹	bou⁵	pai¹
地方	别人	我	不	去

他乡我不去，

7-294

邦	文	土	不	采
Biengz	vunz	dou	mbouj	byaij
piːŋ²	vun²	tu¹	bou⁵	pjaːi³
地方	人	我	不	走

别处我不走。

7-295

阝	阝	是	贵	伏
Boux	boux	cix	gwiz	fwx
pu⁴	pu⁴	çi⁴	kui²	fə⁴
人	人	是	丈夫	别人

皆有妇之夫，

7-296

沙	田	读	不	米
Ra	dieg	douh	mbouj	miz
ɹaː¹	tiːk⁸	tou⁶	bou⁵	mi²
找	地	栖息	不	有

我去投靠谁？

男唱	女唱

男唱

7-297

你	管	托	土	貝
Mwngz	guenj	doh	dou	bae
muŋ²	ku:n³	to⁶	tu¹	pai¹
你	管	同	我	去

你但同我去，

7-298

忧	开	么	小	面
You	gij	maz	siuj	mienh
jou¹	ka:i²	ma²	θi:u³	me:n⁶
忧	什	么	小	面

小妹莫忧愁。

7-299

外	卡	桥	三	先
Vaij	ga	giuz	sam	senq
va:i³	ka¹	ki:u²	θa:n¹	θe:n⁵
过	条	桥	三	先

过了三先桥，

7-300

然	元	田	土	米
Ranz	yuenq	denz	dou	miz
ɹa:n²	ju:n⁵	te:n²	tu¹	mi²
家	院	地	我	有

就到我庭院。

女唱

7-301

罗	千	远	万	远
Loh	cien	gyae	fanh	gyae
lo⁶	ɕi:n¹	kjai¹	fa:n⁶	kjai¹
路	千	远	万	远

路途太遥远，

7-302

土	不	貝	老	表
Dou	mbouj	bae	laux	biuj
tu¹	bou⁵	pai¹	la:u⁴	pi:u³
我	不	去	老	表

我不去你家。

7-303

团	秀	文	貝	了
Donh	ciuh	vunz	bae	liux
to:n⁶	ɕi:u⁶	vun²	pai¹	li:u⁴
半	世	人	去	完

活过半辈子，

7-304

农	不	托	你	貝
Nuengx	mbouj	doh	mwngz	bae
nu:ŋ⁴	bou⁵	to⁶	muŋ²	pai¹
妹	不	同	你	去

妹不同你走。

男唱

7-305

九　　农　　采　　罗　　远
Iu　nuengx　byaij　loh　gyae
i:u¹　nu:ŋ⁴　pja:i³　lo⁶　kja:i¹
邀　　妹　　走　　路　　远
约妹走远路，

7-306

你　　不　　貝　　老　　表
Mwngz　mbouj　bae　laux　biuj
muɯŋ²　bou⁵　pai¹　la:u⁴　pi:u³
你　　不　　去　　老　　表
表妹你不走。

7-307

少　　不　　貝　　是　　了
Sau　mbouj　bae　cix　liux
θa:u¹　bou⁵　pai¹　çi⁴　li:u⁴
姑娘　不　　去　　就　　算
妹不去则罢，

7-308

老　　表　　备　　可　　米
Laux　biuj　beix　goj　miz
la:u⁴　pi:u³　pi⁴　ko⁵　mi²
老　　表　　兄　　也　　有
兄另有人随。

女唱

7-309

邦　　伏　　土　　不　　貝
Biengz　fwx　dou　mbouj　bae
pi:ŋ²　fə⁴　tu¹　bou⁵　pai¹
地方　别人　我　　不　　去
他乡我不去，

7-310

邦　　文　　土　　不　　走
Biengz　vunz　dou　mbouj　yamq
pi:ŋ²　vun²　tu¹　bou⁵　ja:m⁵
地方　人　　我　　不　　走
别处我不走。

7-311

站　　更　　占　　好　　汉
Soengz　gwnz　canz　hau　hanq
θoŋ²　kun²　ça:n²　ha:u¹　ha:n⁵
站　　上　　晒台　白　　灿灿
打扮站晒台，

7-312

干　　然　　卜　　千　　年
Ganq　ranz　boh　cien　nienz
ka:n⁵　ɣa:n²　po⁶　çi:n¹　ni:n²
照料　家　　父　　千　　年
永远住娘家。

男唱

女唱

7-313

你	管	托	土	貝
Mwngz	guenj	doh	dou	bae
muɯŋ²	ku:n³	to⁶	tu¹	pai¹
你	管	同	我	去

放心跟我走，

7-314

忧	开	么	韦	阿
You	gij	maz	vae	oq
jou¹	ka:i²	ma²	vai¹	o⁵
忧	什么	么	姓	别

情妹你何忧？

7-315

明	你	代	然	卜
Cog	mwngz	dai	ranz	boh
ço:k⁸	muɯŋ²	ta:i¹	ɹa:n²	po⁶
将来	你	死	家	父

在娘家终老，

7-316

鸦	特	肉	貝	吃
A	dawz	noh	bae	gwn
a¹	təɯ²	no⁶	pai¹	kɯn¹
鸦	拿	肉	去	吃

乌鸦吃尸身。

7-317

邦	伏	土	不	貝
Biengz	fwx	dou	mbouj	bae
pi:ŋ²	fə⁴	tu¹	bou⁵	pai¹
地方	别人	我	不	去

他乡我不去，

7-318

邦	文	土	不	采
Biengz	vunz	dou	mbouj	byaij
pi:ŋ²	vun²	tu¹	bou⁵	pja:i³
地方	人	我	不	走

别处我不走。

7-319

站	然	卜	土	在
Soengz	ranz	boh	dou	ywq
θoŋ²	ɹa:n²	po⁶	tu¹	ju⁵
站	家	父	我	在

住在我娘家，

7-320

刘	果	我	出	花
Liuz	go	ngox	ok	va
li:u²	ko¹	ŋo⁴	o:k⁷	va¹
看	棵	芦苇	出	花

看芦苇开花。

男唱

7-321

你	管	托	土	貝
Mwngz	guenj	doh	dou	bae
muɯŋ²	kuːn³	to⁶	tu¹	pai¹
你	管	同	我	去

放心同我去，

7-322

忧	开	么	韦	阿
You	gij	maz	vae	oq
jou¹	kaːi²	ma²	vai¹	o⁵
忧	什	么	姓	别

情妹你何愁?

7-323

明	你	代	然	卜
Cog	mwngz	dai	ranz	boh
çoːk⁸	muɯŋ²	taːi¹	ɹaːn²	po⁶
将来	你	死	家	父

在娘家终老，

7-324

给	引	罗	不	米
Gaeq	yinx	loh	mbouj	miz
kai⁵	jin⁴	lo⁶	bou⁵	mi²
鸡	引	路	不	有

引路鸡也无。

女唱

7-325

罗	千	远	万	远
Loh	cien	gyae	fanh	gyae
lo⁶	çiːn¹	kjai¹	faːn⁶	kjai¹
路	千	远	万	远

路途太遥远，

7-326

土	不	貝	了	哥
Dou	mbouj	bae	liux	go
tu¹	bou⁵	pai¹	liːu⁴	ko¹
我	不	去	啰	哥

情妹我不去。

7-327

厄	土	代	然	卜
Nyienh	dou	dai	ranz	boh
ȵuːn⁶	tu¹	taːi¹	ɹaːn²	po⁶
愿	我	死	家	父

愿死在娘家，

7-328

利	得	片	三	层
Lij	ndaej	benq	sam	caengz
li⁴	dai³	peːn⁶	θaːn¹	çaŋ²
还	得	板	三	层

有棺材装殓。

男唱

7-329

九	农	采	罗	远
Iu	nuengx	byaij	loh	gyae
i:u^1	nu:ŋ^4	pja:i^3	lo^6	kjai^1
邀	妹	走	路	远

约妹出远门，

7-330

你	不	貝	对	达
Mwngz	mbouj	bae	doih	dah
mɯŋ^2	bou^5	pai^1	to:i^6	ta^6
你	不	去	伙伴	女孩

情妹不愿去。

7-331

勒	乜	女	在	家
Lwg	meh	mbwk	cai	gya
luk^8	me^6	buk^7	ça:i^4	kja^1
子	女	人	在	家

女子守闺阁，

7-332

忧	不	得	卢	汉
You	mbouj	ndaej	louz	han
jou^1	bou^5	dai^3	lu^2	ha:n^1
忧	不	得	游	扬

又怕难远行。

女唱

7-333

罗	你	远	又	远
Loh	mwngz	gyae	youh	gyae
lo^6	mɯŋ^2	kjai^1	jou^4	kjai^1
路	你	远	又	远

跟你走太远，

7-334

土	不	貝	了	哥
Dou	mbouj	bae	liux	go
tu^1	bou^5	pai^1	li:u^4	ko^1
我	不	去	啰	哥

哥啊我不去。

7-335

厄	土	代	然	卜
Nyienh	dou	dai	ranz	boh
ȵu:n^6	tu^1	ta:i^1	ɹa:n^2	po^6
愿	我	死	家	父

愿在娘家死，

7-336

利	得	罗	文	荣
Lij	ndaej	loh	vuen	yungz
li^4	dai^3	lo^6	vu:n^1	juŋ^2
还	得	路	欢	乐

还死得欢乐。

男唱

7-337

你	管	托	土	貝
Mwngz	guenj	doh	dou	bae
muuŋ²	kuːn³	to⁶	tu¹	pai¹
你	管	同	我	去

你但同我去，

7-338

忧	开	么	龙	女
You	gij	maz	lungz	nawx
jou¹	kaːi²	ma²	luŋ²	nuɯ⁴
优	什	么	龙	女

情妹你莫愁。

7-339

好	土	貝	邦	伏
Ndij	dou	bae	biengz	fwx
di¹	tu¹	pai¹	piːŋ²	fə⁴
与	我	去	地方	别人

跟我去他乡，

7-340

银	子	三	古	枻
Yinz	swj	san	guh	daemh
jin²	θɯ³	θaːn¹	ku⁴	tan⁶
银	子	编	做	箩

银子装成箩。

女唱

7-341

金	银	吨	古	罗
Gim	ngaenz	daeb	guh	loh
kin¹	ŋan²	tat⁸	ku⁴	lo⁶
金	银	砌	做	路

金银铺成路，

7-342

农	是	托	你	貝
Nuengx	cix	doh	mwngz	bae
nuːŋ⁴	çi⁴	to⁶	muuŋ²	pai¹
妹	就	同	你	去

妹就跟你去。

7-343

银	子	吨	古	累
Yinz	swj	daeb	guh	lae
jin²	θɯ³	tat⁸	ku⁴	lai¹
银	子	砌	做	梯

银子砌成梯，

7-344

少	是	貝	古	妻
Sau	cix	bae	guh	maex
θaːu¹	çi⁴	pai¹	ku⁴	mai⁴
姑娘	就	去	做	妻

妹就做你妻。

男唱

7-345

在	然	乜	相	母
Ywq	ranz	meh	ciengx	mou
ju⁵	ɹaːn²	me⁶	ɕiːŋ⁴	mu¹
在	家	母	养	猪

在娘家养猪，

7-346

土	土	是	土	伏
Duz	duz	cix	duz	fwx
tu²	tu²	ɕi⁴	tu²	fə⁴
只	只	是	只	别人

养成归别人。

7-347

下	累	好	土	貝
Roengz	lae	ndij	dou	bae
ɹoŋ²	lai¹	di¹	tu¹	pai¹
下	梯	与	我	去

出门随我去，

7-348

万	样	全	土	偻
Fanh	yiengh	gyonj	duz	raeuz
faːn⁶	juːŋ⁶	kjoːn³	tu²	ɹau²
万	样	都	的	我们

一切归我们。

女唱

7-349

相	母	间	它	间
Ciengx	mou	gienh	daz	gienh
ɕiːŋ⁴	mu¹	kiːn⁶	ta²	kiːn⁶
养	猪	栏	又	栏

养猪一栏栏，

7-350

判	下	元	貝	开
Buenq	roengz	yienh	bae	gai
puːn⁵	ɹoŋ²	jeːn⁶	pai¹	kaːi¹
贩	下	县	去	卖

卖到各县去。

7-351

在	然	乜	好	来
Ywq	ranz	meh	ndei	lai
ju⁵	ɹaːn²	me⁶	dei¹	laːi¹
在	家	母	好	多

在娘家多好，

7-352

土	不	貝	了	备
Dou	mbouj	bae	liux	beix
tu¹	bou⁵	pai¹	liːu⁴	pi⁴
我	不	去	啰	兒

我不跟你走。

男唱

7-353

在　然　卜　空　却

Ywq　ranz　boh　ndwi　gyoh

juɯ^5　ʑaːn^2　po^6　duːi^1　kjo^6

在　家　父　不　可怜

在家父不怜，

7-354

扛　两　托　土　贝

Gwed　liengj　doh　dou　bae

kɯːt^8　liːŋ^3　to^6　tu^1　pai^1

扛　伞　同　我　去

扛伞跟我走。

7-355

在　然　乜　空　爱

Ywq　ranz　meh　ndwi　gyaez

juɯ^5　ʑaːn^2　me^6　duːi^1　kjai^2

在　家　母　不　爱

在家母不爱，

7-356

托　土　贝　了　农

Doh　dou　bae　liux　nuengx

to^6　tu^1　pai^1　liːu^4　nuːŋ^4

同　我　去　啰　妹

妹你跟我走。

女唱

7-357

在　然　卜　可　却

Ywq　ranz　boh　goj　gyoh

juɯ^5　ʑaːn^2　po^6　ko^5　kjo^6

在　家　父　也　可怜

在家父也怜，

7-358

土　不　托　你　贝

Dou　mbouj　doh　mwngz　bae

tu^1　bou^5　to^6　muɯŋ^2　pai^1

我　不　同　你　去

我不跟你走。

7-359

在　然　乜　可　爱

Ywq　ranz　meh　goj　gyaez

juɯ^5　ʑaːn^2　me^6　ko^5　kjai^2

在　家　母　也　爱

在家母也爱，

7-360

土　不　贝　是　八

Dou　mbouj　bae　cix　bah

tu^1　bou^5　pai^1　ɕi^4　pa^6

我　不　去　就　罢

我不去算了。

男唱

7-361

江	开	三	条	罗
Gyang	gai	sam	diuz	loh
kja:ŋ¹	ka:i¹	θa:n¹	ti:u²	lo⁶
中	街	三	条	路

街上三条路，

7-362

条	而	罗	牙	门
Diuz	lawz	loh	yax	monz
ti:u²	lau²	lo⁶	ja⁶	muɯn²
条	哪	路	衙	门

哪条通衙门？

7-363

贝	问	妠	从	办
Bae	haemq	yah	coengh	baenz
pai¹	han⁶	ja⁶	çoŋ⁶	pan²
去	问	婆	帮	成

向婆王求助，

7-364

牙	门	几	邝	华
Yax	monz	geij	boux	hak
ja⁶	muɯn²	ki³	pu⁴	ha:k⁷
衙	门	几	个	官

衙门几个官？

女唱

7-365

江	开	三	条	罗
Gyang	gai	sam	diuz	loh
kja:ŋ¹	ka:i¹	θa:n¹	ti:u²	lo⁶
中	街	三	条	路

街上三条路，

7-366

条	而	罗	牙	门
Diuz	lawz	loh	yax	monz
ti:u²	lau²	lo⁶	ja⁶	muɯn²
条	哪	路	衙	门

哪条通衙门？

7-367

贝	问	妠	从	办
Bae	haemq	yah	coengh	baenz
pai¹	han⁶	ja⁶	çoŋ⁶	pan²
去	问	婆	帮	成

向婆王求助，

7-368

牙	门	双	邝	华
Yax	monz	song	boux	hak
ja⁶	muɯn²	θo:ŋ¹	pu⁴	ha:k⁷
衙	门	两	个	官

衙门两个官。

男唱

女唱

7-369

更	巴	双	条	汉
Gwnz	mbaq	song	diuz	hanz
kuɯn²	ba⁵	θoːŋ¹	tiːu²	haːn²
上	肩	两	条	担

肩上两条担，

7-370

土	牙	难	特	担
Dou	yax	nanz	dawz	rap
tu¹	ja⁵	naːn²	təɯ²	ʈaːi⁷
我	也	难	拿	担

不知怎么挑。

7-371

牙	门	双	阝	华
Yax	monz	song	boux	hak
ja⁶	muɯn²	θoːŋ¹	pu⁴	haːk⁷
衙	门	两	个	官

衙门两个官，

7-372

样	而	重	天	凉
Yiengh	lawz	naek	denh	liengz
juɯːŋ⁶	lauɯ²	nak⁷	teːn¹	liːŋ²
样	哪	重	天	凉

为何让天旱？

7-373

江	开	三	条	罗
Gyang	gai	sam	diuz	loh
kjaːŋ¹	kaːi¹	θaːn¹	tiːu²	lo⁶
中	街	三	条	路

街上三条路，

7-374

条	而	罗	丁	江
Diuz	lawz	loh	dingq	gyang
tiːu²	lauɯ²	lo⁶	tiŋ⁵	kjaːŋ¹
条	哪	路	正	中

哪条在中间？

7-375

罗	更	是	罗	忠
Loh	gwnz	cix	loh	fangz
lo⁶	kuɯn²	ɕi⁴	lo⁶	faːŋ²
路	上	是	路	鬼

上边是鬼路，

7-376

罗	江	是	罗	岁
Loh	gyang	cix	loh	saeq
lo⁶	kjaːŋ¹	ɕi⁴	lo⁶	θai⁵
路	中	是	路	小

中间是小路。

男唱

7-377

江	开	三	条	罗
Gyang	gai	sam	diuz	loh
kja:ŋ¹	ka:i¹	θa:n¹	ti:u²	lo⁶
中	街	三	条	路

街上三条路,

7-378

条	而	罗	丁	江
Diuz	lawz	loh	dingq	gyang
ti:u²	lau²	lo⁶	tiŋ⁵	kja:ŋ¹
条	哪	路	正	中

哪条在中间?

7-379

秋	后	拜	山	尚
Ciuq	haeuj	baih	bya	sang
çi:u⁵	hau³	pa:i⁶	pja¹	θa:ŋ¹
看	进	边	山	高

望到高山旁,

7-380

龙	反	身	贝	读
Lungz	fan	ndang	bae	douh
luŋ²	fa:n¹	da:ŋ¹	pai¹	tou⁶
龙	翻	身	去	栖息

又转身走去。

女唱

7-381

江	开	三	条	罗
Gyang	gai	sam	diuz	loh
kja:ŋ¹	ka:i¹	θa:n¹	ti:u²	lo⁶
中	街	三	条	路

街上三条路,

7-382

条	而	罗	丁	江
Diuz	lawz	loh	dingq	gyang
ti:u²	lau²	lo⁶	tiŋ⁵	kja:ŋ¹
条	哪	路	正	中

哪条在中间?

7-383

秋	后	拜	英	刚
Ciuq	haeuj	baih	ing	gang
çi:u⁵	hau³	pa:i⁶	iŋ¹	ka:ŋ¹
看	进	边	阴	间

遥望进阴间,

7-384

山	而	尚	了	备
Bya	lawz	sang	liux	beix
pja¹	lau²	θa:ŋ¹	li:u⁴	pi⁴
山	哪	高	啰	兄

兄说哪山高?

男唱

7-385

秋	后	拜	英	刚
Ciuq	haeuj	baih	ing	gang
çiːu⁵	hau³	paːi⁶	iŋ¹	kaːŋ¹
看	进	边	阴	间

遥望进阴间，

7-386

条	而	罗	丁	江
Diuz	lawz	loh	dingq	gyang
tiːu²	lau²	lo⁶	tiŋ⁵	kjaːŋ¹
条	哪	路	正	中

哪条在中间？

7-387

秋	后	拜	英	刚
Ciuq	haeuj	baih	ing	gang
çiːu⁵	hau³	paːi⁶	iŋ¹	kaːŋ¹
看	进	边	阴	间

遥望进阴间，

7-388

米	山	尚	外	对
Miz	bya	sang	vaij	doih
mi²	pja¹	θaːŋ¹	vaːi³	toːi⁶
有	山	高	过	伙伴

见山特别高。

女唱

7-389

江	开	三	条	罗
Gyang	gai	sam	diuz	loh
kjaːŋ¹	kaːi¹	θaːn¹	tiːu²	lo⁶
中	街	三	条	路

街上三条路，

7-390

条	而	罗	邦	边
Diuz	lawz	loh	bangx	bien
tiːu²	lau²	lo⁶	paːŋ⁴	piːn¹
条	哪	路	旁	边

哪条在旁边。

7-391

骑	马	贝	卢	连
Gwih	max	bae	louz	lienz
kɯːi⁶	ma⁴	pai¹	lu²	liːn²
骑	马	去	游	荡

骑马去游荡，

7-392

贝	求	仙	刚	观
Bae	gouz	sien	gangq	gonq
pai¹	kjou²	θiːn¹	kaːŋ⁵	koːn⁵
去	求	仙	先	前

赶去求神仙。

男唱

7-393

条　而　罗　丁　江

Diuz　lawz　loh　dingq　gyang

ti:u² 　lau² 　lo⁶ 　tiŋ⁵ 　kja:ŋ¹

条　哪　路　正　中

哪条在中间，

7-394

条　而　罗　邦　边

Diuz　lawz　loh　bangx　bien

ti:u² 　lau² 　lo⁶ 　pa:ŋ⁴ 　pi:n¹

条　哪　路　旁　边

哪条在旁边？

7-395

骑　马　贝　卢　连

Gwih　max　bae　louz　lienz

kɯ:i⁶ 　ma⁴ 　pai¹ 　lu² 　li:n²

骑　马　去　游　荡

骑马去游荡，

7-396

贝　求　仙　好　汉

Bae　gouz　sien　hauj　hanq

pai¹ 　kjou² 　θi:n¹ 　ha:u³ 　ha:n⁵

去　求　仙　好　汉

去求好汉仙。

女唱

7-397

条　而　罗　丁　江

Diuz　lawz　loh　dingq　gyang

ti:u² 　lau² 　lo⁶ 　tiŋ⁵ 　kja:ŋ¹

条　哪　路　正　中

哪条在中间，

7-398

条　而　罗　龙　头

Diuz　lawz　loh　lungz　daeuz

ti:u² 　lau² 　lo⁶ 　luŋ² 　tau²

条　哪　路　龙　头

哪条通龙头？

7-399

骑　马　贝　油　油

Gwih　max　bae　youz　youz

kɯ:i⁶ 　ma⁴ 　pai¹ 　ju² 　ju²

骑　马　去　悠　悠

骑马匆匆去，

7-400

贝　龙　头　求　安

Bae　lungz　daeuz　gouz　an

pai¹ 　luŋ² 　tau² 　kjou² 　a:n¹

去　龙　头　求　安

去龙头求安。

男唱

7-401

江	开	三	条	罗
Gyang	gai	sam	diuz	loh

$kja:ŋ^1$ $ka:i^1$ $θa:n^1$ $ti:u^2$ lo^6

中	街	三	条	路

街上三条路，

7-402

条	而	罗	龙	头
Diuz	lawz	loh	lungz	daeuz

$ti:u^2$ lau^2 lo^6 $luŋ^2$ tau^2

条	哪	路	龙	头

哪条通龙头？

7-403

骑	马	贝	堂	州
Gwih	max	bae	daengz	cou

$kɯ:i^6$ ma^4 pai^1 $taŋ^2$ $çu^1$

骑	马	去	到	州

骑马去州城，

7-404

贝	方	而	开	天
Bae	fueng	lawz	hai	den

pai^1 $fu:ŋ^1$ lau^2 $ha:i^1$ $te:n^5$

去	方	哪	开	店

何处开店铺？

女唱

7-405

骑	马	外	峒	光
Gwih	max	vaij	doengh	gvangq

$kɯ:i^6$ ma^4 $va:i^3$ $toŋ^6$ $kwa:ŋ^5$

骑	马	过	峒	宽

骑马过平川，

7-406

是	不	用	特	便
Cix	mbouj	yungh	dawz	bien

$çi^4$ bou^5 $juŋ^6$ $təu^2$ $pi:n^1$

是	不	用	拿	鞭

不用持马鞭。

7-407

但	你	农	巴	强
Danh	mwngz	nuengx	mbaq	giengz

$ta:n^6$ $mɯŋ^2$ $nu:ŋ^4$ ba^5 $ki:ŋ^2$

但	你	妹	肩	犟

但你身硬朗，

7-408

洋	小	凉	洋	采
Yaeng	siu	liengz	yaeng	byaij

$jaŋ^1$ $θi:u^1$ $li:ŋ^2$ $jaŋ^1$ $pia:i^3$

慢	消	凉	慢	走

边走边乘凉。

男唱	女唱

男唱

7-409

骑　马　外　峒　光

Gwih　max　vaij　doengh　gvangq

kɯːi⁶　ma⁴　vaːi³　toŋ⁶　kwaːŋ⁵

骑　马　过　峒　宽

骑马过平川，

7-410

是　不　用　装　安

Cix　mbouj　yungh　cang　an

çi⁴　bou⁵　juŋ⁶　çaːŋ¹　aːn¹

是　不　用　装　鞍

不用装马鞍。

7-411

但　你　备　办　然

Danh　mwngz　beix　baenz　ranz

taːn⁶　mɯɯŋ²　pi⁴　pan²　ɹaːn²

但　你　兄　成　家

但与兄成家，

7-412

平　办　王　办　类

Bingz　baenz　vang　baenz　raeh

piŋ²　pan²　vaːŋ¹　pan²　ɹai⁶

凭　成　横　成　竖

其他不用管。

女唱

7-413

骑　马　外　峒　光

Gwih　max　vaij　doengh　gvangq

kɯːi⁶　ma⁴　vaːi³　toŋ⁶　kwaːŋ⁵

骑　马　过　峒　宽

骑马过平川，

7-414

是　不　用　特　便

Cix　mbouj　yungh　dawz　bien

çi⁴　bou⁵　juŋ⁶　tɯ²　piːn¹

是　不　用　拿　鞭

不用持马鞭。

7-415

骑　马　贝　堂　天

Gwih　max　bae　daengz　den

kɯːi⁶　ma⁴　pai¹　taŋ²　teːn⁵

骑　马　去　到　店

骑马到店铺，

7-416

求　要　毡　杀　能

Gouz　aeu　cien　cah　naengh

kjou²　au¹　çiːn¹　ça⁶　naŋ⁶

求　要　毡　垫　坐

要毛毡垫坐。

男唱

7-417

良	不	得	同	完
Liengh	mbouj	ndaej	doengh	vuenh

$le{:}\eta^6$　bou^5　dai^3　$to\eta^2$　$vu{:}n^6$

谅　不　得　相　换

既不成眷属，

7-418

真	写	南	是	八
Caen	ce	nanz	cix	bah

ςin^1　ςe^1　$na{:}n^2$　ςi^4　pa^6

真　留　久　就　罢

等太久就罢。

7-419

罗	平	办	罗	马
Loh	bingz	baenz	loh	max

lo^6　$pi\eta^2$　pan^2　lo^6　ma^4

路　平　成　路　马

路平能跑马，

7-420

瓜	是	瓜	快	快
Gvaq	cix	gvaq	riuz	riuz

kwa^5　ςi^4　kwa^5　$\textipa{z}i{:}u^2$　$\textipa{z}i{:}u^2$

过　就　过　快　快

想走快点走。

女唱

7-421

良	不	得	同	完
Liengh	mbouj	ndaej	doengh	vuenh

$le{:}\eta^6$　bou^5　dai^3　$to\eta^2$　$vu{:}n^6$

谅　不　得　相　换

既不成眷属，

7-422

真	写	南	是	八
Caen	ce	nanz	cix	bah

ςin^1　ςe^1　$na{:}n^2$　ςi^4　pa^6

真　留　久　就　罢

那就别久留。

7-423

日	乱	土	貝	瓜
Ngoenz	lwenz	dou	bae	gvaq

ηon^2　$lw{:}n^2$　tu^1　pai^1　kwa^5

天　昨　我　去　过

昨日我去过，

7-424

办	罗	马	在	而
Baenz	loh	max	ywq	lawz

pan^2　lo^6　ma^4　jw^5　law^2

成　路　马　在　哪

不见平坦路。

男唱

7-425

良	不	得	同	完
Liengh	mbouj	ndaej	doengh	vuenh
le:ŋ⁶	bou⁵	dai³	toŋ²	vu:n⁶
谅	不	得	相	换

既不成眷属，

7-426

真	写	南	是	八
Caen	ce	nanz	cix	bah
çin¹	çe¹	na:n²	çi⁴	pa⁶
真	留	久	就	罢

那就别久留。

7-427

罗	牛	你	刀	瓜
Loh	cwz	mwngz	dauq	gvaq
lo⁶	çu²	muŋ²	ta:u⁵	kwa⁵
路	黄牛	你	倒	过

你走过牛路，

7-428

利	罗	马	尝	堂
Lij	loh	max	caengz	daengz
li⁴	lo⁶	ma⁴	çaŋ²	taŋ²
还	路	马	未	到

还没到马路。

女唱

7-429

良	不	得	同	完
Liengh	mbouj	ndaej	doengh	vuenh
le:ŋ⁶	bou⁵	dai³	toŋ²	vu:n⁶
谅	不	得	相	换

既不成眷属，

7-430

真	写	南	是	八
Caen	ce	nanz	cix	bah
çin¹	çe¹	na:n²	çi⁴	pa⁶
真	留	久	就	罢

那就别久留。

7-431

很	京	贝	讲	话
Hwnj	ging	bae	gangj	vah
hun³	kiŋ¹	pai¹	ka:ŋ³	va⁶
上	京	去	讲	话

上京去讲话，

7-432

断	元	罗	双	偻
Duenx	roen	loh	song	raeuz
tu:n⁴	ɟo:n¹	lo⁶	θoŋ¹	ɹau²
断	路	路	两	我们

断我俩缘分。

男唱

7-433

良	不	得	同	完
Liengh	mbouj	ndaej	doengh	vuenh
le:ŋ⁶	bou⁵	dai³	toŋ²	vu:n⁶
谅	不	得	相	换

既不成眷属，

7-434

真	写	南	是	八
Caen	ce	nanz	cix	bah
çin¹	çe¹	na:n²	çi⁴	pa⁶
真	留	久	就	罢

那就别久留。

7-435

你	农	空	外	瓜
Mwngz	nuengx	ndwi	vaij	gvaq
muŋ²	nu:ŋ⁴	du:i¹	va:i³	kwa⁵
你	妹	不	过	过

妹你没经过，

7-436

话	又	义	双	偻
Vah	youh	ngeix	song	raeuz
va⁶	jou⁴	ŋi⁴	θo:ŋ¹	ɹau²
话	又	想	两	我们

总思念我俩。

女唱

7-437

良	不	得	同	完
Liengh	mbouj	ndaej	doengh	vuenh
le:ŋ⁶	bou⁵	dai³	toŋ²	vu:n⁶
谅	不	得	相	换

既不成眷属，

7-438

真	写	南	韦	阿
Caen	ce	nanz	vae	oq
çin¹	çe¹	na:n²	vai¹	o⁵
真	留	久	姓	别

情愿不见面。

7-439

很	京	贝	讲	果
Hwnj	ging	bae	gangj	goj
hun³	kiŋ¹	pai¹	ka:ŋ³	ko³
上	京	去	讲	故事

上京去闲聊，

7-440

得	元	罗	知	尝
Ndaej	yuenz	loh	rox	caengz
dai³	ju:n²	lo⁶	ɹo⁴	çaŋ²
得	缘	路	或	未

缘路通没有？

男唱

7-441

良	不	得	同	完
Liengh	mbouj	ndaej	doengh	vuenh
le:ŋ⁶	bou⁵	dai³	toŋ²	vu:n⁶
谅	不	得	相	换

既不成眷属，

7-442

真	写	南	韦	阿
Caen	ce	nanz	vae	oq
çin¹	çe¹	na:n²	vai¹	o⁵
真	留	久	姓	别

情愿不见面。

7-443

很	京	贝	讲	果
Hwnj	ging	bae	gangj	goj
hun³	kiŋ¹	pai¹	ka:ŋ³	ko³
上	京	去	讲	故事

上京去聊天，

7-444

元	罗	真	土	倭
Roen	loh	caen	duz	raeuz
jo:n¹	lo⁶	çin¹	tu²	ɹau²
路	路	真	的	我们

是我俩的路。

女唱

7-445

良	不	得	同	完
Liengh	mbouj	ndaej	doengh	vuenh
le:ŋ⁶	bou⁵	dai³	toŋ²	vu:n⁶
谅	不	得	相	换

既不成眷属，

7-446

真	写	南	韦	机
Caen	ce	nanz	vae	giq
çin¹	çe¹	na:n²	vai¹	ki⁵
真	留	久	姓	支

愿久违情友。

7-447

很	京	贝	讲	利
Hwnj	ging	bae	gangj	leix
hun³	kiŋ¹	pai¹	ka:ŋ³	li⁴
上	京	去	讲	理

上京去讲理，

7-448

米	正	义	知	空
Miz	cingz	ngeih	rox	ndwi
mi²	çiŋ²	ŋi⁶	ɹo⁴	du:i¹
有	情	义	或	不

有没有情义?

男唱

7-449

良	不	得	同	完
Liengh	mbouj	ndaej	doengh	vuenh
le:ŋ⁶	bou⁵	dai³	toŋ⁶	vu:n⁶
谅	不	得	相	换

既不成眷属，

7-450

真	写	南	韦	机
Caen	ce	nanz	vae	giq
çin¹	çe¹	na:n²	vai¹	ki⁵
真	留	久	姓	支

愿久违情友。

7-451

很	京	贝	讲	利
Hwnj	ging	bae	gangj	leix
huɯn³	kiŋ¹	pai¹	ka:ŋ³	li⁴
上	京	去	讲	理

上京去讲理，

7-452

了	正	义	双	偻
Liux	cingz	ngeih	song	raeuz
li:u⁴	çiŋ²	ȵi⁶	θo:ŋ¹	ɹau²
完	情	义	两	我们

我俩情义尽。

女唱

7-453

良	不	得	同	完
Liengh	mbouj	ndaej	doengh	vuenh
le:ŋ⁶	bou⁵	dai³	toŋ²	vu:n⁶
谅	不	得	相	换

既不成眷属，

7-454

真	写	南	是	八
Caen	ce	nanz	cix	bah
çin¹	çe¹	na:n²	çi⁴	pa⁶
真	留	久	就	罢

愿久违情友。

7-455

下	累	贝	牙	沙
Roengz	lae	bae	yax	ra
ɹoŋ²	lai¹	pai¹	ja⁵	ɹa¹
下	梯	去	也	找

出门去约会，

7-456

话	三	可	贝	然
Vah	sanq	goj	bae	ranz
va⁶	θa:n⁵	ko⁵	pai¹	ɹa:n²
话	散	也	去	家

说完就回家。

男唱

7-457

农	得	义	十	令
Nuengx	ndaej	ngeih	cib	lingz
nuːŋ⁴	dai³	ȵi⁶	ɕit⁸	liŋ²
妹	得	二	十	零

妹二十来岁，

7-458

特	正	下	拉	达
Dawz	cingz	roengz	laj	dah
təɯ²	ɕiŋ²	ɹoŋ²	la³	ta⁶
拿	情	下	下	河

过河去谈情。

7-459

少	才	得	十	五
Sau	nda	ndaej	cib	haj
θaːu¹	da¹	dai³	ɕit⁸	ha³
姑娘	刚	得	十	五

妹才十五岁，

7-460

讲	话	弄	办	龙
Gangj	vah	ndongj	baenz	lungz
kaːŋ³	va⁶	do:ŋ³	pan²	luŋ²
讲	话	硬	成	龙

兄前讲错话。

女唱

7-461

日	乱	点	日	盘
Ngoenz	lwenz	dem	ngoenz	bonz
ŋon²	luːn²	teːn¹	ŋon²	poːn²
天	昨	与	天	前

昨天和前天，

7-462

得	义	双	句	话
Ndaej	nyi	song	coenz	vah
dai³	ȵi¹	θoːŋ¹	kjon²	va⁶
得	听	两	句	话

听见两句话。

7-463

分	勒	下	拉	达
Mbek	lwg	roengz	laj	dah
beːk⁷	luk⁸	ɹoŋ²	la³	ta⁶
分别	子	下	下	河

别子去河边，

7-464

话	堂	备	知	空
Vah	daengz	beix	rox	ndwi
va⁶	taŋ²	pi⁴	ɹo⁴	duːi¹
话	到	兄	或	不

兄你听闻否？

男唱

7-465

日	乱	点	日	盘
Ngoenz	lwenz	dem	ngoenz	bonz
ŋon²	luːn²	teːn¹	ŋon²	poːn²
天	昨	与	天	前

昨天和前天，

7-466

可	得	义	它	的
Goj	ndaej	nyi	daj	diq
ko⁵	dai³	ȵi¹	ta³	ti⁵
也	得	听	打	点

似听见一些。

7-467

日	乱	点	日	内
Ngoenz	lwenz	dem	ngoenz	neix
ŋon²	luːn²	teːn¹	ŋon²	ni⁴
天	昨	与	天	这

昨天和今天，

7-468

句	话	一	不	米
Coenz	vah	ndeu	mbouj	miz
kjon²	va⁶	deːu¹	bou⁵	mi²
句	话	一	不	有

一句话没有。

女唱

7-469

开	听	话	江	元
Gaej	dingq	vah	gyang	roen
kaːi⁵	tiŋ⁵	va⁶	kjaːŋ¹	joːn¹
莫	听	话	中	路

莫道听途说，

7-470

开	听	句	大	罗
Gaej	dingq	coenz	daih	loh
kaːi⁵	tiŋ⁵	kjon²	taːi⁶	lo⁶
莫	听	句	大	路

莫捕风捉影。

7-471

话	江	元	古	波
Vah	gyang	roen	guh	boq
va⁶	kjaːŋ¹	joːn¹	ku⁴	po⁵
话	中	路	做	吹牛

路边话乱吹，

7-472

话	大	罗	古	荒
Vah	daih	loh	guh	byangz
va⁶	taːi⁶	lo⁶	ku⁴	pjaːŋ²
话	大	路	做	撒谎

路边话撒谎。

男唱

7-473

你	记	话	江	元
Mwngz	geiq	vah	gyang	roen
muɯŋ²	ki⁵	va⁶	kja:ŋ¹	jo:n¹
你	记	话	中	路

你道听途说，

7-474

良	土	牙	不	知
Liengh	dou	yax	mbouj	rox
le:ŋ⁶	tu¹	ja⁵	bou⁵	ɹo⁴
谅	我	也	不	知

我也不知底。

7-475

你	记	话	大	罗
Mwngz	geiq	vah	daih	loh
muɯŋ²	ki⁵	va⁶	ta:i⁶	lo⁶
你	记	话	大	路

你听路边话，

7-476

土	不	知	土	你
Dou	mbouj	rox	duh	mwngz
tu¹	bou⁵	ɹo⁴	tu²	muɯŋ²
我	不	知	的	你

我全然不知。

女唱

7-477

记	话	作	江	元
Geiq	vah	coq	gyang	roen
ki⁵	va⁶	ço⁵	kja:ŋ¹	jo:n¹
记	话	放	中	路

你道听途说，

7-478

记	句	作	江	板
Geiq	coenz	coq	gyang	mbanj
ki⁵	kjon²	ço⁵	kja:ŋ¹	ba:n³
记	句	放	中	村

你听信流言。

7-479

少	在	浪	管	干
Sau	ywq	laeng	guenj	ganq
θa:u¹	jɯ⁵	laŋ¹	ku:n³	ka:n⁵
姑娘	在	后	管	照料

妹在家料理，

7-480

备	贝	那	不	论
Beix	bae	naj	mbouj	lumz
pi⁴	pai¹	na³	bou⁵	lun²
兄	去	前	不	忘

兄离别不忘。

男唱

7-481

开	听	话	大	罗
Gaej	dingq	vah	daih	loh
ka:i⁵	tiŋ⁵	va⁶	ta:i⁶	lo⁶
莫	听	话	大	路

莫道听途说，

7-482

伏	罗	你	了	金
Fwx	lox	mwngz	liux	gim
fə⁴	lo⁴	muŋ²	li:u⁴	kin¹
别人	骗	你	啰	金

别人欺骗你。

7-483

话	大	罗	不	真
Vah	daih	loh	mbouj	caen
va⁶	ta:i⁶	lo⁶	bou⁵	ɕin¹
话	大	路	不	真

路边话不真，

7-484

真	心	堂	牙	祘
Caen	sim	daengz	yax	suenq
ɕin¹	θin¹	taŋ²	ja⁵	θu:n⁵
真	心	到	才	算

心里话才真。

女唱

7-485

开	听	话	江	元
Gaej	dingq	vah	gyang	roen
ka:i⁵	tiŋ⁵	va⁶	kja:ŋ¹	jo:n¹
莫	听	话	中	路

莫听路边话，

7-486

开	听	句	大	罗
Gaej	dingq	coenz	daih	loh
ka:i⁵	tiŋ⁵	kjon²	ta:i⁶	lo⁶
莫	听	句	大	路

莫道听途说。

7-487

话	江	元	古	波
Vah	gyang	roen	guh	boq
va⁶	kja:ŋ¹	jo:n¹	ku⁴	po⁵
话	中	路	做	吹牛

路边话乱吹，

7-488

话	大	罗	不	真
Vah	daih	loh	mbouj	caen
va⁶	ta:i⁶	lo⁶	bou⁵	ɕin¹
话	大	路	不	真

路边话不实。

男唱

7-489

开	听	话	江	元
Gaej	dingq	vah	gyang	roen
ka:i⁵	tiŋ⁵	va⁶	kja:ŋ¹	jo:n¹
莫	听	话	中	路

莫听路边话，

7-490

卡	九	清	百	怪
Gaq	iu	cing	bak	gvaiq
ka⁵	i:u¹	çiŋ¹	pa:k⁷	kwa:i⁵
这	妖	精	百	怪

是妖精鬼怪。

7-491

开	听	句	伏	来
Gaej	dingq	coenz	fwz	lai
ka:i⁵	tiŋ⁵	kjon²	fə⁴	la:i¹
莫	听	句	别人	多

莫听路人话，

7-492

厃	听	动	双	偻
Nyienh	dingq	dungx	song	raeuz
ȵu:n⁶	tiŋ⁵	tuŋ⁴	θo:ŋ¹	au²
愿	听	肚	两	我们

我俩交真心。

女唱

7-493

讲	话	是	讲	真
Gangj	vah	cix	gangj	caen
ka:ŋ³	va⁶	çi⁴	ka:ŋ³	çin¹
讲	话	就	讲	真

要讲真实话，

7-494

开	古	句	讲	加
Gaej	guh	coenz	gangj	gyaj
ka:i⁵	ku⁴	kjon²	ka:ŋ³	kja³
莫	做	句	讲	假

不能讲假话。

7-495

讲	真	牙	办	话
Gangj	caen	yax	baenz	vah
ka:ŋ³	çin¹	ja⁵	pan²	va⁶
讲	真	也	成	话

真话才算话，

7-496

讲	加	才	合	你
Gangj	gyaj	caih	hoz	mwngz
ka:ŋ³	kja³	ça:i⁶	ho²	muŋ²
讲	假	随	喉	你

假话由你编。

男唱

女唱

7-497

变	土	讲	不	真
Bienh	dou	gangj	mbouj	caen
pi:n⁶	tu¹	ka:ŋ³	bou⁵	çin¹
即便	我	讲	不	真

疑我讲不真，

7-498

要	令	马	占	主
Aeu	rin	ma	canq	swh
au¹	ɹin¹	ma¹	ça:n⁵	θɯ⁶
要	石	来	占	卜

石头来作证。

7-499

变	土	讲	不	合
Bienh	dou	gangj	mbouj	hob
pi:n⁶	tu¹	ka:ŋ³	bou⁵	ho:p⁸
即便	我	讲	不	合

若我讲不对，

7-500

要	墨	马	写	字
Aeu	maeg	ma	sij	saw
au¹	mak⁸	ma¹	θi³	θau¹
要	墨	来	写	字

写字做凭证。

7-501

讲	话	是	讲	真
Gangj	vah	cix	gangj	caen
ka:ŋ³	va⁶	çi⁴	ka:ŋ³	çin¹
讲	话	就	讲	真

讲话要讲真，

7-502

开	古	句	讲	加
Gaej	guh	coenz	gangj	gyaj
ka:i⁵	ku⁴	kjon²	ka:ŋ³	kja³
莫	做	句	讲	假

不能讲假话。

7-503

讲	话	真	贝	那
Gangj	vah	caen	bae	naj
ka:ŋ³	va⁶	çin¹	pai¹	na³
讲	话	真	去	前

真话走得远，

7-504

开	古	加	砍	手
Gaej	guh	gyaj	raemj	fwngz
ka:i⁵	ku⁴	kja³	ɹan³	fuŋ²
莫	做	假	砍	手

假话被砍手。

男唱

女唱

7-505

变	土	讲	不	真
Bienh	dou	gangj	mbouj	caen
$pi:n^6$	tu^1	$ka:\eta^3$	bou^5	ςin^1
即便	我	讲	不	真

若我讲不真,

7-506

要	令	马	占	能
Aeu	rin	ma	camh	naengh
au^1	$\textrm{.in}^1$	ma^1	$\varsigma a:n^6$	$na\eta^6$
要	石	来	垫	坐

石头当坐垫。

7-507

变	土	讲	不	作
Bienh	dou	gangj	mbouj	soh
$pi:n^6$	tu^1	$ka:\eta^3$	bou^5	θo^6
即便	我	讲	不	直

若我话不实,

7-508

良	米	罗	一	说
Lingh	miz	loh	ndeu	naeuz
$le:\eta^6$	mi^2	lo^6	$de:u^1$	nau^2
另	有	路	一	说

就另当别论。

7-509

讲	话	是	讲	真
Gangj	vah	cix	gangj	caen
$ka:\eta^3$	va^6	ςi^4	$ka:\eta^3$	ςin^1
讲	话	就	讲	真

讲话要真实,

7-510

开	古	句	讲	兵
Gaej	guh	coenz	gangj	binq
$ka:i^5$	ku^4	$kjon^2$	$ka:\eta^3$	pin^5
莫	做	句	讲	赖

别讲无底话。

7-511

要	乔	马	剪	符
Aeu	geuz	ma	raed	fouz
au^1	$ke:u^2$	ma^1	$\textrm{.at}^8$	fu^2
要	剪	来	剪	符

剪符法作证,

7-512

土	仪	牙	得	你
Dou	saenq	yax	ndaej	mwngz
tu^1	θin^5	ja^5	dai^3	$mu\eta^2$
我	信	才	得	你

才信得过你。

男唱

7-513

讲	真	说	讲	加
Gangj	caen	naeuz	gangj	gyaj
ka:ŋ³	ɕin¹	nau²	ka:ŋ³	kja³
讲	真	或	讲	假

真话或假话，

7-514

是	对	那	士	说
Cix	doiq	naj	dou	naeuz
ɕi⁴	to:i⁵	na³	tu¹	nau²
就	对	脸	我	说

当着我面说。

7-515

讲	作	说	讲	勾
Gangj	soh	naeuz	gangj	gaeuz
ka:ŋ³	θo⁶	nau²	ka:ŋ³	kau²
讲	直	或	讲	弯

是否真心话，

7-516

对	那	说	了	农
Doiq	naj	naeuz	liux	nuengx
to:i⁵	na³	nau²	li:u⁴	nu:ŋ⁴
对	脸	说	啰	妹

妹当面直言。

女唱

7-517

讲	能	来	的	话
Gangj	nyaenx	lai	diq	vah
ka:ŋ³	ȵan⁴	la:i¹	ti⁵	va⁶
讲	那样	多	的	话

讲那许多话，

7-518

在	里	动	文	偻
Ywq	ndaw	dungx	vunz	raeuz
jɯ⁵	daɯ¹	tuŋ⁴	vun²	ɣau²
在	里	肚	人	我们

在你我心中。

7-519

发	墨	是	利	勾
Fad	maeg	cix	lij	gaeuz
fa:t⁸	mak⁸	ɕi⁴	li⁴	kau²
弹	墨	就	还	弯

墨线打还弯，

7-520

双	偻	讲	来	作
Song	raeuz	gangj	lai	soh
θo:ŋ¹	ɣau²	ka:ŋ³	la:i¹	θo⁶
两	我们	讲	多	直

我俩心最诚。

男唱

7-521

讲	真	说	讲	加
Gangj	caen	naeuz	gangj	gyaj
ka:ŋ³	çin¹	nau²	ka:ŋ³	kja³
讲	真	或	讲	假

真话或假话，

7-522

是	对	那	土	说
Cix	doiq	naj	dou	naeuz
çi⁴	to:i⁵	na³	tu¹	nau²
就	对	脸	我	说

当着我面说。

7-523

讲	作	说	讲	勾
Gangj	soh	naeuz	gangj	gaeuz
ka:ŋ³	θo⁶	nau²	ka:ŋ³	kau²
讲	直	或	讲	弯

实话或假话，

7-524

在	心	头	你	义
Ywq	sim	daeuz	mwngz	ngeix
ju⁵	θin¹	tau²	muŋ²	ŋi⁴
在	心	脏	你	想

你扪心自问。

女唱

7-525

讲	话	是	讲	真
Gangj	vah	cix	gangj	caen
ka:ŋ³	va⁶	çi⁴	ka:ŋ³	çin¹
讲	话	就	讲	真

要讲真心话，

7-526

开	古	句	讲	送
Gaej	guh	coenz	gangj	soengx
ka:i⁵	ku⁴	kjon²	ka:ŋ³	θoŋ⁴
莫	做	句	讲	恭维

不讲违心话。

7-527

讲	作	合	作	动
Gangj	coq	hoz	coq	dungx
ka:ŋ³	ço⁵	ho²	ço⁵	tuŋ⁴
讲	放	喉	放	肚

全讲赤诚话，

7-528

明	可	中	状	元
Cog	goj	cungq	cangh	yenz
ço:k⁸	ko⁵	çoŋ⁵	ça:ŋ⁵	je:n²
将来	也	中	状	元

会有好结果。

男唱

7-529

讲	几	来	的	话
Gangj	geij	lai	diq	vah
ka:ŋ³	ki³	la:i¹	ti⁵	va⁶
讲	几	多	的	话

讲那许多话，

7-530

在	里	动	你	金
Ywq	ndaw	dungx	mwngz	gim
juɯ⁵	dau¹	tuŋ⁴	muɯŋ²	kin¹
在	里	肚	你	金

情友记在心。

7-531

讲	几	来	话	真
Gangj	geij	lai	vah	caen
ka:ŋ³	ki³	la:i¹	va⁶	çin¹
讲	几	多	话	真

讲多少真话，

7-532

在	良	心	你	义
Ywq	liengz	sim	mwngz	ngeix
juɯ⁵	li:ŋ²	θin¹	muɯŋ²	ɲi⁴
在	良	心	你	想

你扪心自问。

女唱

7-533

讲	话	是	讲	真
Gangj	vah	cix	gangj	caen
ka:ŋ³	va⁶	çi⁴	ka:ŋ³	çin¹
讲	话	就	讲	真

讲话要真诚，

7-534

开	古	句	讲	地
Gaej	guh	coenz	gangj	deih
ka:i⁵	ku⁴	kjon²	ka:ŋ³	ti⁶
莫	做	句	讲	频繁

莫吞吞吐吐。

7-535

讲	真	牙	友	义
Gangj	caen	yax	youx	ngeih
ka:ŋ³	çin¹	ja⁵	ju⁴	ɲi⁶
讲	真	也	友	义

讲真给新友，

7-536

讲	地	牙	友	偻
Gangj	deih	yax	youx	raeuz
ka:ŋ³	ti⁶	ja⁵	ju⁴	ɹau²
讲	频繁	也	友	我们

我俩讲一半。

男唱

7-537

土	是	问	同	贝
Dou	cix	cam	doengz	bae
tu¹	çi⁴	ça:m¹	toŋ²	pai¹
我	是	问	同	去

我朝正面问,

7-538

你	刀	汉	同	刀
Mwngz	dauq	han	doengz	dauq
muɯŋ²	ta:u⁵	ha:n¹	toŋ²	ta:u⁵
你	倒	应	同	倒

你往反面答。

7-539

天	子	送	银	毫
Denh	swj	soengq	yinz	hauz
ti:n¹	θɯ³	θoŋ⁵	jin²	ha:u²
天	子	送	银	毫

天子送银两,

7-540

话	讲	刀	样	而
Vah	gangj	dauq	yiengh	lawz
va⁶	ka:ŋ³	ta:u⁵	juːŋ⁶	lau²
话	讲	倒	样	哪

何必讲反话?

女唱

7-541

土	是	问	同	贝
Dou	cix	cam	doengz	bae
tu¹	çi⁴	ça:m¹	toŋ²	pai¹
我	是	问	同	去

我朝正面问,

7-542

你	刀	汉	同	刀
Mwngz	dauq	han	doengz	dauq
muɯŋ²	ta:u⁵	ha:n¹	toŋ²	ta:u⁵
你	倒	应	同	倒

你朝反面答。

7-543

天	子	送	银	毫
Denh	swj	soengq	yinz	hauz
ti:n¹	θɯ³	θoŋ⁵	jin²	ha:u²
天	子	送	银	毫

天子送银两,

7-544

讲	话	刀	勒	正
Gangj	vah	dauq	lawh	cingz
ka:ŋ³	va⁶	ta:u⁵	lau⁶	çiŋ²
讲	话	倒	换	情

讲反话结交。

男唱

7-545

管	你	讲	样	而
Guenj	mwngz	gangj	yiengh	lawz
kuːn³	muŋ²	kaːŋ³	juːŋ⁶	lau²
管	你	讲	样	哪

管你怎么说，

7-546

你	利	特	知	不
Mwngz	lij	dawz	rox	mbouj
muŋ²	li⁴	tɯɯ²	oɾ⁴	bou⁵
你	还	拿	或	不

你还等我不？

7-547

相	初	讲	话	口
Cieng	co	gangj	vah	gaeuq
ɕiːŋ¹	ço¹	kaːŋ³	va⁶	kau⁵
正	初	讲	话	旧

新年讲旧话，

7-548

农	利	认	知	空
Nuengx	lij	nyinh	rox	ndwi
nuːŋ⁴	li⁴	ȵin⁶	oɾ⁴	duːi¹
妹	还	认	或	不

妹还认账不？

女唱

7-549

架	芬	三	芬	四
Cax	faenz	sam	faenz	seiq
kja⁴	fan²	θaːn¹	fan²	θei⁵
刀	伐	三	伐	四

刀砍来砍去，

7-550

浪	是	利	出	叶
Laeng	cix	lij	ok	mbaw
laŋ¹	ɕi⁴	li⁴	oːk⁷	bau¹
后	是	还	出	叶

还会长新芽。

7-551

觋	你	讲	样	而
Gonq	mwngz	gangj	yiengh	lawz
koːn⁵	muŋ²	kaːŋ³	juːŋ⁶	lau²
先	你	讲	样	哪

以前说什么，

7-552

浪	不	可	样	能
Laeng	mbouj	goj	yiengh	nyaenx
laŋ¹	bou⁵	ko⁵	juːŋ⁶	ȵan⁴
后	不	也	样	那样

过后不会变。

男唱

7-553

讲	话	作	里	水
Gangj	vah	coq	ndaw	raemx
ka:ŋ³	va⁶	ço⁵	dau¹	ɹan⁴
讲	话	放	里	水

讲话放水中，

7-554

韦	机	心	是	付
Vae	giq	sim	cix	fouz
vai¹	ki⁵	θin¹	çi⁴	fu²
姓	支	心	就	浮

情侣心不定。

7-555

讲	话	能	作	土
Gangj	vah	nyaenx	coq	dou
ka:ŋ³	va⁶	ȵan⁴	ço⁵	tu¹
讲	话	那样	放	我

对我那样讲，

7-556

本	师	你	了	农
Mbwn	swz	mwngz	liux	nuengx
bɯn¹	θɯ²	mɯŋ²	li:u⁴	nu:ŋ⁴
天	辞	你	啰	妹

恐遭到报应。

女唱

7-557

土	讲	话	作	备
Dou	gangj	vah	coq	beix
tu¹	ka:ŋ³	va⁶	ço⁵	pi⁴
我	讲	话	放	兄

我对兄不恭，

7-558

利	拉	为	灯	日
Lij	laj	vei	daeng	ngoenz
li⁴	la³	vei¹	taŋ¹	ŋon²
还	下	亏	灯	天

还愧对太阳。

7-559

土	讲	话	作	你
Dou	gangj	vah	coq	mwngz
tu¹	ka:ŋ³	va⁶	ço⁵	mɯŋ²
我	讲	话	放	你

讲话冒犯你，

7-560

利	更	本	在	才
Lij	gwnz	mbwn	ywq	raix
li⁴	kɯn²	bɯn¹	jɯ⁵	ɹa:i⁴
还	上	天	在	实

老天有耳听。

男唱

7-561

讲	话	作	里	水
Gangj	vah	coq	ndaw	raemx
ka:ŋ³	va⁶	ço⁵	dau¹	ɹan⁴
讲	话	放	里	水

你讲心底话,

7-562

韦	机	心	是	反
Vae	giq	sim	cix	fanz
vai¹	ki⁵	θin¹	çi⁴	fa:n²
姓	支	心	就	烦

情侣我心烦。

7-563

讲	话	作	平	班
Gangj	vah	coq	bingz	ban
ka:ŋ³	va⁶	ço⁵	piŋ²	pa:n¹
讲	话	放	平	辈

冒犯同龄人,

7-564

心	不	干	了	农
Sim	mbouj	gam	liux	nuengx
θin¹	bou⁵	ka:n¹	li:u⁴	nu:ŋ⁴
心	不	甘	啰	妹

心里不服气。

女唱

7-565

讲	话	作	里	水
Gangj	vah	coq	ndaw	raemx
ka:ŋ³	va⁶	ço⁵	dau¹	ɹan⁴
讲	话	放	里	水

你讲心底话,

7-566

韦	机	心	是	反
Vae	giq	sim	cix	fanz
vai¹	ki⁵	θin¹	çi⁴	fa:n²
姓	支	心	就	烦

情侣我心烦。

7-567

讲	话	作	平	班
Gangj	vah	coq	bingz	ban
ka:ŋ³	va⁶	ço⁵	piŋ²	pa:n¹
讲	话	放	平	辈

冒犯同龄友,

7-568

心	不	干	是	勒
Sim	mbouj	gam	cix	lawh
θin¹	bou⁵	ka:n¹	çi⁴	lau⁶
心	不	甘	就	换

不服也结交。

男唱

7-569

讲	话	作	里	水
Gangj	vah	coq	ndaw	raemx
ka:ŋ³	va⁶	ço⁵	daɯ¹	ɹan⁴
讲	话	放	里	水

你讲心底话，

7-570

韦	机	心	是	凉
Vae	giq	sim	cix	liengz
vai¹	ki⁵	θin¹	çi⁴	li:ŋ²
姓	支	心	就	凉

情侣就心寒。

7-571

讲	话	作	文	邦
Gangj	vah	coq	vunz	biengz
ka:ŋ³	va⁶	ço⁵	vun²	pi:ŋ²
讲	话	放	人	地方

对世人讲话，

7-572

刀	心	凉	作	备
Dauq	sim	liengz	coq	beix
ta:u⁵	θin¹	li:ŋ²	ço⁵	pi⁴
倒	心	凉	放	兄

令情哥心寒。

女唱

7-573

讲	话	作	里	水
Gangj	vah	coq	ndaw	raemx
ka:ŋ³	va⁶	ço⁵	daɯ¹	ɹan⁴
讲	话	放	里	水

你讲心底话，

7-574

万	代	不	老	立
Fanh	daih	mbouj	lau	liz
fa:n⁶	ta:i⁶	bou⁵	la:u¹	li²
万	代	不	怕	离

永远不分离。

7-575

山	吨	达	河	池
Bya	daenh	dah	hoz	ciz
pja¹	tan⁶	ta⁶	ho⁶	çi²
山	堵	河	河	池

山阻河池河，

7-576

六	十	比	讲	话
Roek	cib	bi	gangj	vah
ɹok⁷	çit⁸	pi¹	ka:ŋ³	va⁶
六	十	年	讲	话

六十岁讲话。

男唱

7-577

令　托　达　不　烂

Rin　doek　dah　mbouj　naeuh

ɹin¹　tok⁷　ta⁶　bou⁵　nau⁶

石　落　河　不　烂

石泡水不烂，

7-578

句　话　口　不　论

Coenz　vah　gaeuq　mbouj　lumz

kjon²　va⁶　kau⁵　bou⁵　lun²

句　话　旧　不　忘

老话不会忘。

7-579

山　听　长　交　春

Bya　dingq　raez　gyau　cin

pja¹　tiŋ⁵　ɹai²　kja:u¹　ɕun¹

山　听　长　交　春

立春雷声响，

7-580

土　听　你　讲　话

Dou　dingq　mwngz　gangj　vah

tu¹　tiŋ⁵　muɯ²　ka:ŋ³　va⁶

我　听　你　讲　话

我听你的话。

女唱

7-581

讲　话　作　魚　吨

Gangj　vah　coq　bya　daemz

ka:ŋ³　va⁶　ço⁵　pja¹　tan²

讲　话　放　鱼　塘

对鱼塘讲话，

7-582

讲　恨　作　叶　会

Gangj　haemz　coq　mbaw　faex

ka:ŋ³　han²　ço⁵　bau¹　fai⁴

讲　恨　放　叶　树

对树叶放话。

7-583

鸟　九　点　鸟　累

Roeg　geuq　dem　roeg　laej

ɹok⁸　kje:u⁵　te:n¹　ɹok⁸　lai³

鸟　画眉　与　鸟　麻雀

画眉和麻雀，

7-584

你　论　贝　么　备

Mwngz　lumz　bae　maq　beix

muɯ²　lun²　pai¹　ma⁵　pi⁴

你　忘　去　嘛　兄

兄你莫忘记。

男唱

7-585

讲	话	作	魚	吨
Gangj	vah	coq	bya	daemz
ka:ŋ³	va⁶	ço⁵	pja¹	tan²
讲	话	放	鱼	塘

对池鱼讲话，

7-586

讲	恨	作	叶	会
Gangj	haemz	coq	mbaw	faex
ka:ŋ³	han²	ço⁵	bau¹	fai⁴
讲	恨	放	叶	树

对树叶放话。

7-587

讲	鸟	九	鸟	累
Gangj	roeg	geuq	roeg	laej
ka:ŋ³	ɹok⁸	kje:u⁵	ɹok⁸	lai³
讲	鸟	画眉	鸟	麻雀

讲眉鸟麻雀，

7-588

讲	备	得	开	么
Gangj	beix	ndaej	gij	maz
ka:ŋ³	pi⁴	dai³	ka:i²	ma²
讲	兄	得	什	么

讲兄干什么？

女唱

7-589

句	话	口	双	偻
Coenz	vah	gaeuq	song	raeuz
kjon²	va⁶	kau⁵	θo:ŋ¹	ɹau²
句	话	旧	两	我们

我俩那老话，

7-590

厉	收	作	拉	司
Nyienh	caeuq	coq	laj	swj
ȵu:n⁶	çau⁵	ço⁵	la³	θɯ³
愿	收	放	下	屋檐

愿收放檐下。

7-591

话	贝	通	妻	伏
Vah	bae	doeng	maex	fwx
va⁶	pai¹	toŋ¹	mai⁴	fə⁴
话	去	通	妻	别人

话通别人妻，

7-592

利	小	古	知	空
Lij	siuj	guh	rox	ndwi
li⁴	θi:u³	ku⁴	ɹo⁴	du:i¹
还	消	做	或	不

我俩还连否？

男唱

7-593

句	话	口	双	楼
Coenz	vah	gaeuq	song	raeuz
kjon²	va⁶	kau⁵	θo:ŋ¹	ɹau²
句	话	旧	两	我们

我俩的往事，

7-594

认	收	作	本	阝
Nyinh	caeuq	coq	bonj	bouh
ȵin⁶	ɕau⁵	ɕo⁵	po:n³	pou⁶
仍	收	放	本	簿

仍记本子里。

7-595

你	论	贝	马	友
Mwngz	lumz	bae	ma	youx
muɯŋ²	lun²	pai¹	ma¹	ju⁴
你	忘	去	来	友

友你别忘记，

7-596

利	本	阝	土	特
Lij	bonj	bouh	dou	dawz
li⁴	po:n³	pou⁶	tu¹	təɯ²
还	本	簿	我	拿

本子在我手。

女唱

7-597

句	话	口	双	楼
Coenz	vah	gaeuq	song	raeuz
kjon²	va⁶	kau⁵	θo:ŋ¹	ɹau²
句	话	旧	两	我们

我俩的往事，

7-598

认	收	作	拉	板
Nyinh	caeuq	coq	laj	bam
ȵin⁶	ɕau⁵	ɕo⁵	la³	pa:n¹
仍	收	放	下	阁楼

仍藏在阁楼。

7-599

你	论	贝	马	邦
Mwngz	lumz	bae	ma	baengz
muɯŋ²	lun²	pai¹	ma¹	paŋ²
你	忘	去	来	朋

情侣别忘了，

7-600

板	可	在	更	堂
Bam	goj	ywq	gwnz	dangz
pa:n¹	ko⁵	jɯ⁵	kɯn²	ta:ŋ²
阁楼	也	在	上	堂

阁楼在屋中。

男唱

7-601

句	话	口	双	偻
Coenz	vah	gaeuq	song	raeuz
kjon²	va⁶	kau⁵	θo:ŋ¹	ɹau²
句	话	旧	两	我们

我俩的往事，

7-602

认	收	作	拉	令
Nyinh	caeuq	coq	laj	ringq
ɲin⁶	çau⁵	ço⁵	la³	ɹiŋ³
仍	收	放	下	碗架

收在碗架里。

7-603

要	银	子	古	定
Aeu	yinz	swj	guh	dingh
au¹	yin²	θɯ³	ku⁴	tiŋ⁶
要	银	子	做	定

银子做信物，

7-604

在	拉	令	阝	洋
Ywq	laj	ringq	boux	nyaengz
ju⁵	la³	ɹiŋ³	pu⁴	ɲaŋ²
在	下	碗架	个	汉

在汉人碗架。

女唱

7-605

句	话	口	双	偻
Coenz	vah	gaeuq	song	raeuz
kjon²	va⁶	kau⁵	θo:ŋ¹	ɹau²
句	话	旧	两	我们

我俩的往事，

7-606

认	收	作	拉	兰
Nyinh	caeuq	coq	laj	lanz
ɲin⁶	çau⁵	ço⁵	la³	la:n²
仍	收	放	下	篮

收藏在篮里。

7-607

千	句	话	知	讲
Cien	coenz	vah	rox	gangj
çi:n¹	kjon²	va⁶	ɹo⁴	ka:ŋ³
千	句	话	知	讲

口才实在好，

7-608

玩	下	南	貝	空
Vanz	roengz	namh	bae	ndwi
va:n²	ɹoŋ²	na:m⁶	pai¹	du:i¹
还	下	土	去	空

白葬入土中。

男唱

7-609

句	话	口	双	偻
Coenz	vah	gaeuq	song	raeuz
kjon²	va⁶	kau⁵	θoːŋ¹	ɹau²
句	话	旧	两	我们

我俩的往事，

7-610

认	收	作	拉	令
Nyinh	caeuq	coq	laj	ringq
ȵin⁶	ɕau⁵	ɕo⁵	la³	ɹiŋ³
仍	收	放	下	碗架

封存碗架中。

7-611

句	讲	三	句	兵
Coenz	gangj	sam	coenz	binq
kjon²	kaːŋ³	θaːn¹	kjon²	pin⁵
句	讲	三	句	赖

说话多反复，

7-612

备	仪	不	得	你
Beix	saenq	mbouj	ndaej	mwngz
pi⁴	θin⁵	bou⁵	dai³	mɯŋ²
兄	信	不	得	你

兄信不过你。

女唱

7-613

句	话	口	双	偻
Coenz	vah	gaeuq	song	raeuz
kjon²	va⁶	kau⁵	θoːŋ¹	ɹau²
句	话	旧	两	我们

我俩的往事，

7-614

厒	收	作	拉	筊
Nyienh	caeuq	coq	laj	yiuj
ȵuːn⁶	ɕau⁵	ɕo⁵	la³	jiːu³
愿	收	放	下	仓

收在竹仓里。

7-615

千	句	话	同	丢
Cien	coenz	vah	doengz	diu
ɕiːn¹	kjon²	va⁶	toŋ²	tiːu¹
千	句	话	同	刁

好多刺耳话，

7-616

论	古	了	给	你
Lwnh	guh	liux	hawj	mwngz
lun⁶	ku⁴	liːu⁴	həu³	mɯŋ²
告诉	做	完	给	你

我讲给你听。

男唱

7-617

句	话	口	双	偻
Coenz	vah	gaeuq	song	raeuz
kjon²	va⁶	kau⁵	θo:ŋ¹	ɹau²
句	话	旧	两	我们

我俩的往事，

7-618

认	收	作	拉	筊
Nyinh	caeuq	coq	laj	yiuj
ɲin⁶	çau⁵	ço⁵	la³	ji:u³
仍	收	放	下	仓

收在竹仓里。

7-619

话	讲	刀	得	了
Vah	gangj	dauq	ndaej	liux
va⁶	ka:ŋ³	ta:u⁵	dai³	li:u⁴
话	讲	倒	得	完

该讲都讲了，

7-620

利	小	尝	共	然
Lij	siuj	caengz	gungh	ranz
li⁴	θi:u³	çaŋ²	kuŋ⁶	ɹa:n²
还	少	未	共	家

只是未成亲。

女唱

7-621

句	话	口	双	偻
Coenz	vah	gaeuq	song	raeuz
kjon²	va⁶	kau⁵	θo:ŋ¹	ɹau²
句	话	旧	两	我们

我俩的往事，

7-622

认	收	作	拉	依
Nyinh	caeuq	coq	laj	eiq
ɲin⁶	çau⁵	ço⁵	la³	ei⁵
仍	收	放	下	腋

收在腋窝下。

7-623

话	真	讲	堂	底
Vah	caen	gangj	daengz	dij
va⁶	çin¹	ka:ŋ³	taŋ²	ti³
话	真	讲	到	底

把话讲绝了，

7-624

开	依	对	那	文
Hai	eiq	doiq	naj	vunz
ha:i¹	ei⁵	to:i⁵	na³	vun²
开	腋	对	脸	人

秘密不隐藏。

男唱

7-625

岁	共	勒	三	妚
Caez	gungh	lwg	sam	yah
çai²	kuŋ⁶	luɯk⁸	θaːn¹	ja⁶
齐	共	子	三	婆

同为婆王子，

7-626

八	讲	话	同	为
Bah	gangj	vah	doengh	vei
pa⁶	kaːŋ³	va⁶	toŋ²	vei¹
莫急	讲	话	相	亏

讲话莫相欺。

7-627

岁	共	勒	义	支
Caez	gungh	lwg	ngeih	ceij
çai²	kuŋ⁶	luɯk⁸	ŋei⁶	çei³
齐	共	子	伏	羲

同为伏羲子，

7-628

句	而	好	洋	讲
Coenz	lawz	ndei	yaeng	gangj
kjon²	laɯ²	dei¹	jaŋ¹	kaːŋ³
句	哪	好	再	讲

选好话来讲。

女唱

7-629

岁	共	勒	三	妚
Caez	gungh	lwg	sam	yah
çai²	kuŋ⁶	luɯk⁸	θaːn¹	ja⁶
齐	共	子	三	婆

同为婆王子，

7-630

讲	话	不	老	论
Gangj	vah	mbouj	lau	lumz
kaːŋ³	va⁶	bou⁵	laːu¹	lun²
讲	话	不	怕	忘

讲过忘不了。

7-631

觋	你	讲	吨	本
Gonq	mwngz	gangj	daemx	mbwn
koːn⁵	mɯŋ²	kaːŋ³	tan⁴	bɯn¹
先	你	讲	顶	天

你先讲大话，

7-632

内	你	论	贝	了
Neix	mwngz	lumz	bae	liux
ni⁴	mɯŋ²	lun²	pai¹	liːu⁴
这	你	忘	去	完

如今全忘了。

男唱

7-633

岁 共 勒 三 娅

Caez gungh lwg sam yah

çai^{2} kuŋ^{6} lɯk^{8} θaːn^{1} ja^{6}

齐 共 子 三 婆

同为婆王子，

7-634

八 讲 话 同 为

Bah gangj vah doengh vei

pa^{6} kaːŋ^{3} va^{6} toŋ^{2} vei^{1}

莫急 讲 话 相 亏

讲话莫相欺。

7-635

岁 共 勒 义 支

Caez gungh lwg ngeih ceij

çai^{2} kuŋ^{6} lɯk^{8} ŋei^{6} çei^{3}

齐 共 子 伏 羲

同为伏羲子，

7-636

开 同 立 论 佚

Gaej doengz liz lumj fwx

kaːi^{5} toŋ^{2} li^{2} lun^{3} fə^{4}

莫 同 离 像 别人

别做陌路人。

女唱

7-637

相 初 土 讲 瓜

Cieng co dou gangj gvaq

çiːŋ^{1} ço^{1} tu^{1} kaːŋ^{3} kwa^{5}

正 初 我 讲 过

年初我讲过，

7-638

画 马 是 办 土

Vah max cix baenz duz

va^{6} ma^{4} çi^{4} pan^{2} tu^{2}

画 马 就 成 只

画马要像马。

7-639

外 十 六 安 船

Vaij cib roek aen ruz

vaːi^{3} çit^{8} ɹok^{7} an^{1} ɹu^{2}

过 十 六 个 船

划十六只船，

7-640

贝 节 土 大 才

Bae ciep dou dah raix

pai^{1} çeːt^{7} tu^{1} ta^{6} ɹaːi^{4}

去 接 我 实 在

果真去接我。

男唱

7-641

相	初	土	讲	瓜
Cieng	co	dou	gangj	gvaq
$\varphi i{:}\eta^1$	φo^1	tu^1	$ka{:}\eta^3$	kwa^5
正	初	我	讲	过

年初我讲过，

7-642

画	马	是	办	龙
Vah	mx	cix	baenz	lungz
va^6	ma^4	φi^4	pan^2	$lu\eta^2$
画	马	就	成	龙

画马画成龙。

7-643

阝	义	十	同	下
Boux	ngeih	cib	doengh	roengz
pu^4	$ȵi^6$	φit^8	$to\eta^2$	$ɹo\eta^2$
人	二	十	相	下

二十岁以下，

7-644

画	龙	是	办	仙
Vah	lungz	cix	baenz	sien
va^6	$lu\eta^2$	φi^4	pan^2	$\theta i{:}n^1$
画	龙	就	成	仙

画龙画成仙。

女唱

7-645

阝	义	十	同	下
Boux	ngeih	cib	doengh	roengz
pu^4	$ȵi^6$	φit^8	$to\eta^2$	$ɹo\eta^2$
人	二	十	相	下

二十岁以下，

7-646

画	龙	是	办	仙
Vah	lungz	cix	baenz	sien
va^6	$lu\eta^2$	φi^4	pan^2	$\theta i{:}n^1$
画	龙	是	成	仙

画马画成仙。

7-647

三	十	堂	了	邦
Sam	cib	daengz	liux	baengz
$\theta a{:}n^1$	φit^8	$ta\eta^2$	$li{:}u^4$	$pa\eta^2$
三	十	到	啰	朋

到了三十岁，

7-648

讲	话	弄	办	龙
Gangj	vah	ndongj	baenz	lungz
$ka{:}\eta^3$	va^6	$do{:}\eta^3$	pan^2	$lu\eta^2$
讲	话	硬	成	龙

讲话就硬气。

男唱

7-649

龙	秋	更	山	背
Lungz	ciuz	gwnz	bya	boih
luŋ²	ɕi:u²	kun²	pja¹	po:i⁶
龙	朝	上	山	背

龙朝阴山上，

7-650

良	想	牙	不	堂
Liengh	siengj	yax	mbouj	daengz
le:ŋ⁶	θi:ŋ³	ja⁵	bou⁵	taŋ²
谅	想	也	不	到

谅也望不到。

7-651

爱	你	由	了	农
Gyaez	mwngz	raeuh	liux	nuengx
kjai²	muɯŋ²	ɹau⁶	li:u⁴	nu:ŋ⁴
爱	你	多	了	妹

兄实在爱你，

7-652

可	强	忠	花	罗
Goj	giengz	fangz	va	loh
ko⁵	ki:ŋ²	fa:ŋ²	va¹	lo⁶
也	像	鬼	花	路

像爱朵鲜花。

女唱

7-653

金	龙	在	里	水
Gim	lungz	ywq	ndaw	raemx
kin¹	luŋ²	juɯ⁵	dau¹	ɹan⁴
金	龙	在	里	水

金龙在水中，

7-654

秋	拜	那	米	吨
Ciuq	baih	naj	miz	daemz
ɕi:u⁵	pa:i⁶	na³	mi²	tan²
看	边	前	有	塘

见前边有塘。

7-655

备	得	扦	灯	日
Beix	ndaej	set	daeng	ngoenz
pi⁴	dai³	θe:t	taŋ¹	ŋon²
兄	得	射	灯	天

兄能射太阳，

7-656

偻	是	办	九	玉
Raeuz	cix	baenz	kiuj	yix
ɹau²	ɕi⁴	pan²	ki:u³	ji⁴
我们	就	成	后	羿

就变成后羿。

男唱	女唱

7-657

龙	拉	达	考	水
Lungz	laj	dah	gau	raemx
luŋ²	la³	ta⁶	ka:u¹	ɹan⁴
龙	下	河	划	水

龙河中戏水，

7-658

文	老	斗	不	岁
Fwn	laux	daeuj	mbouj	caez
vun¹	la:u⁴	tau³	bou⁵	ɕai²
雨	大	来	不	齐

大雨不均匀。

7-659

额	听	山	不	雷
Ngieg	dingq	bya	mbouj	loiz
ŋe:k⁸	tiŋ⁵	pja¹	bou⁵	lo:i²
蛟龙	听	山	不	雷

此处不打雷，

7-660

龙	秋	贝	方	么
Lungz	ciuq	bae	fueng	moq
luŋ²	ɕi:u⁵	pai¹	fu:ŋ¹	mo⁵
龙	看	去	方	新

兄转去他乡。

7-661

额	很	拜	广	东
Ngieg	hwnj	baih	gvangj	doeng
ŋe:k⁸	hun³	pa:i⁶	kwa:ŋ³	toŋ¹
蛟龙	起	边	广	东

蛟龙在广东，

7-662

龙	秋	江	水	侬
Lungz	ciuq	gyang	raemx	rij
luŋ²	ɕi:u⁵	kja:ŋ¹	ɹan⁴	ɹi³
龙	看	中	水	溪

龙戏溪水中。

7-663

龙	空	秋	田	内
Lungz	ndwi	ciuq	denz	neix
luŋ²	du:i¹	ɕi:u⁵	te:n²	ni⁴
龙	不	看	地	这

兄不来此地，

7-664

备	的	农	召	心
Beix	daeq	nuengx	cau	sim
pi⁴	ti⁵	nu:ŋ⁴	ɕa:u⁵	θin¹
兄	替	妹	操	心

但替妹操心。

男唱

7-665

额	秋	拜	广	东
Ngieg	ciuq	baih	gvangj	doeng
ŋe:k⁸	ɕi:u⁵	pa:i⁶	kwa:ŋ³	toŋ¹
蛟龙	看	边	广	东

蛟龙在广东，

7-666

龙	秋	江	水	依
Lungz	ciuq	gyang	raemx	rij
luŋ²	ɕi:u⁵	kja:ŋ¹	ɹan⁴	ɹi³
龙	看	中	水	溪

龙戏溪水中。

7-667

龙	不	秋	田	内
Lungz	mbouj	ciuq	denz	neix
luŋ²	bou⁵	ɕi:u⁵	te:n²	ni⁴
龙	不	看	地	这

兄不来此地，

7-668

可	狼	额	下	王
Goj	langh	ngieg	roengz	vaengz
ko⁵	la:ŋ⁶	ŋe:k⁸	ɹoŋ²	vaŋ²
也	放	蛟龙	下	潭

把龙放下潭。

女唱

7-669

额	秋	拜	广	东
Ngieg	ciuq	baih	gvangj	doeng
ŋe:k⁸	ɕi:u⁵	pa:i⁶	kwa:ŋ³	toŋ¹
蛟龙	看	边	广	东

蛟龙在广东，

7-670

龙	秋	江	三	依
Lungz	ciuq	gyang	sam	rij
luŋ²	ɕi:u⁵	kja:ŋ¹	θa:n¹	ɹi³
龙	看	中	三	溪

龙戏溪水中。

7-671

往	双	偻	同	满
Uengj	song	raeuz	doengh	muengh
va:ŋ³	θo:ŋ¹	ɹau²	toŋ²	mu:ŋ⁶
枉	两	我们	相	望

我俩相眺望，

7-672

阝	开	跟	阝	贝
Boux	gaej	riengz	boux	bae
pu⁴	ka:i⁵	ɹi:ŋ²	pu⁴	pai¹
人	莫	跟	人	去

切莫相随走。

男唱

7-673

额	秋	拜	广	东
Ngieg	ciuq	baih	gvangj	doeng
ŋe:k⁸	ɕi:u⁵	pa:i⁶	kwa:ŋ³	toŋ¹
蛟龙	看	边	广	东

蛟龙聚广东，

7-674

龙	秋	江	三	王
Lungz	ciuq	gyang	sam	vaengz
luŋ²	ɕi:u⁵	kja:ŋ¹	θa:n¹	vaŋ²
龙	看	中	三	潭

龙戏潭水中。

7-675

往	双	偻	同	满
Uengj	song	raeuz	doengh	muengh
va:ŋ³	θo:ŋ¹	ɹau²	toŋ²	mu:ŋ⁶
枉	两	我们	相	望

我俩相眺望，

7-676

阝	跟	阝	下	王
Boux	riengz	boux	roengz	vaengz
pu⁴	ɹi:ŋ²	pu⁴	ɹoŋ²	vaŋ²
人	跟	人	下	潭

相随下水潭。

女唱

7-677

额	秋	拜	广	东
Ngieg	ciuq	baih	gvangj	doeng
ŋe:k⁸	ɕi:u⁵	pa:i⁶	kwa:ŋ³	toŋ¹
蛟龙	看	边	广	东

蛟龙聚广东，

7-678

龙	秋	江	务	全
Lungz	ciuq	gyang	huj	cienj
luŋ²	ɕi:u²	kja:ŋ¹	hu³	ɕu:n³
龙	看	中	云	转

龙腾在云端。

7-679

以	样	内	同	断
Ei	yiengh	neix	doengh	duenx
i⁵	ju:ŋ⁶	ni⁴	toŋ²	tu:n⁴
依	样	这	相	断

就这样分手，

7-680

利	讲	满	知	空
Lij	gangj	monh	rox	ndwi
li⁴	ka:ŋ³	mo:n⁶	ɹo⁴	du:i¹
还	讲	情	或	不

还谈情或否？

男唱

7-681

额	秋	拜	广	东
Ngieg	ciuq	baih	gvangj	doeng
ŋeːk⁸	ɕiːu⁵	paːi⁶	kwaːŋ³	toŋ¹
蛟龙	看	边	广	东

蛟龙聚广东，

7-682

龙	秋	江	务	全
Lungz	ciuq	gyang	huj	cienj
luŋ²	ɕiːu⁵	kjaːŋ¹	hu³	ɕuːn³
龙	看	中	云	转

龙腾在云端。

7-683

往	双	偻	讲	满
Uengj	song	raeuz	gangj	monh
vaːŋ³	θoːŋ¹	ɹau²	kaːŋ³	moːn⁶
枉	两	我们	讲	情

我俩谈恋爱，

7-684

不	知	断	日	而
Mbouj	rox	duenx	ngoenz	lawz
bou⁵	ɹo⁴	tuːn⁴	ŋon²	lau²
不	知	断	天	哪

不知何日断。

女唱

7-685

额	秋	拜	广	东
Ngieg	ciuq	baih	gvangj	doeng
ŋeːk⁸	ɕiːu⁵	paːi⁶	kwaːŋ³	toŋ¹
蛟龙	看	边	广	东

蛟龙聚广东，

7-686

龙	秋	江	务	全
Lungz	ciuq	gyang	huj	cienj
luŋ²	ɕiːu⁵	kjaːŋ¹	hu³	ɕuːn³
龙	看	中	云	转

龙腾在云端。

7-687

包	少	偻	讲	满
Mbauq	sau	raeuz	gangj	monh
baːu⁵	θaːu¹	ɹau²	kaːŋ³	moːn⁶
小伙	姑娘	我们	讲	情

兄妹俩谈情，

7-688

阝	团	秀	牙	论
Boux	donh	ciuh	yax	lumz
pu⁴	toːn⁶	ɕiːu⁶	ja⁵	lun²
人	半	世	也	忘

半世也相忘。

男唱

7-689

额	秋	拜	广	东
Ngieg	ciuq	baih	gvangj	doeng

$ŋe:k^8$　$ɕi:u^5$　$pa:i^6$　$kwa:ŋ^3$　$toŋ^1$

蛟龙　看　边　广　东

蛟龙聚广东，

7-690

龙	秋	江	水	达
Lungz	ciuq	gyang	raemx	dah

$luŋ^2$　$ɕi:u^5$　$kja:ŋ^1$　$ɹan^4$　ta^6

龙　看　中　水　河

龙在河水中。

7-691

空	米	正	是	八
Ndwi	miz	cingz	cix	bah

$du:i^1$　mi^2　$ɕiŋ^2$　$ɕi^4$　pa^6

不　有　情　就　罢

无礼品相送，

7-692

当	话	农	牙	特
Daengq	vah	nuengx	yax	dawz

$taŋ^5$　va^6　$nu:ŋ^4$　ja^5　$təɯ^2$

叮嘱　话　妹　也　拿

说话妹要听。

女唱

7-693

额	秋	拜	广	东
Ngieg	ciuq	baih	gvangj	doeng

$ŋe:k^8$　$ɕi:u^5$　$pa:i^6$　$kwa:ŋ^3$　$toŋ^1$

蛟龙　看　边　广　东

蛟龙聚广东，

7-694

龙	秋	江	水	达
Lungz	ciuq	gyang	raemx	dah

$luŋ^2$　$ɕi:u^5$　$kja:ŋ^1$　$ɹan^4$　ta^6

龙　看　中　水　河

龙在河水中。

7-695

不	米	正	是	八
Mbouj	miz	cingz	cix	bah

bou^5　mi^2　$ɕiŋ^2$　$ɕi^4$　pa^6

不　有　情　就　罢

没礼品就算，

7-696

备	开	变	良	心
Beix	gaej	bienq	liengz	sim

pi^4　$ka:i^5$　$pi:n^5$　$li:ŋ^2$　$θin^1$

兄　莫　变　良　心

兄莫变良心。

男唱

7-697

额	秋	拜	广	东
Ngieg	ciuq	baih	gvangj	doeng

ŋe:k⁸ ɕi:u⁵ pa:i⁶ kwa:ŋ³ toŋ¹

蛟龙	看	边	广	东

蛟龙聚广东，

7-698

龙	秋	江	水	格
Lungz	ciuq	gyang	raemx	gek

luŋ² ɕi:u⁵ kja:ŋ¹ ɹan⁴ ke:k⁷

龙	看	中	水	激流

龙在急流中。

7-699

以	样	内	同	分
Ei	yiengh	neix	doengh	mbek

i¹ jɯ:ŋ⁶ ni⁴ toŋ² me:k⁷

依	样	这	相	分别

就这样分手，

7-700

额	不	太	很	下
Ngieg	mbouj	daih	hwnj	roengz

ŋe:k⁸ bou⁵ ta:i⁶ hun³ ɹoŋ²

蛟龙	不	太	上	下

蛟龙不往来。

女唱

7-701

额	秋	拜	广	东
Ngieg	ciuq	baih	gvangj	doeng

ŋe:k⁸ ɕi:u⁵ pa:i⁶ kwa:ŋ³ toŋ¹

蛟龙	看	边	广	东

蛟龙聚广东，

7-702

龙	秋	江	水	莫
Lungz	ciuq	gyang	raemx	mboq

luŋ² ɕi:u⁵ kja:ŋ¹ ɹan⁴ bo⁵

龙	看	中	水	泉

龙腾泉水中。

7-703

空	米	正	了	哥
Ndwi	miz	cingz	liux	go

du:i¹ mi² ɕiŋ² li:u⁴ ko¹

不	有	情	了	哥

哥啊情没了，

7-704

当	罗	偻	当	貝
Dangq	loh	raeuz	dangq	bae

ta:ŋ⁵ lo⁶ ɹau² ta:ŋ⁵ pai¹

另	路	我们	另	去

各走各的路。

男唱

7-705

额	秋	拜	四	方
Ngieg	ciuq	baih	seiq	fueng
ŋe:k⁸	ɕi:u⁵	pa:i⁶	θei⁵	fu:ŋ¹
蛟龙	看	边	四	方

龙面向四方，

7-706

龙	秋	江	务	全
Lungz	ciuq	gyang	huj	cienj
luŋ²	ɕi:u⁵	kja:ŋ¹	hu³	ɕu:n³
龙	看	中	云	转

龙腾在云端。

7-707

交	正	开	古	断
Gyau	cingz	gaej	guh	duenx
kja:u¹	ɕiŋ²	ka:i⁵	ku⁴	tu:n⁴
交	情	莫	做	断

交情莫断绝，

7-708

偻	讲	满	长	刘
Raeuz	gangj	monh	ciengz	liuz
ɹau²	ka:ŋ³	mo:n⁶	ɕi:ŋ²	li:u²
我们	讲	情	常	常

我俩永相爱。

女唱

7-709

额	秋	拜	四	方
Ngieg	ciuq	baih	seiq	fueng
ŋe:k⁸	ɕi:u⁵	pa:i⁶	θei⁵	fu:ŋ¹
蛟龙	看	边	四	方

龙面向四方，

7-710

龙	秋	江	水	莫
Lungz	ciuq	gyang	raemx	mboq
luŋ²	ɕi:u⁵	kja:ŋ¹	ɹan⁴	bo⁵
龙	看	中	水	泉

龙腾泉水中。

7-711

当	阝	采	当	罗
Dangq	boux	byaij	dangq	loh
ta:ŋ⁵	pu⁴	pja:i³	ta:ŋ⁵	lo⁶
另	人	走	另	路

各走各的路，

7-712

万	些	不	同	跟
Fanh	seiq	mbouj	doengh	riengz
fa:n⁶	θe⁵	bou⁵	toŋ²	ɹi:ŋ²
万	世	不	相	跟

永远不见面。

男唱

7-713

额	秋	拜	四	方
Ngieg	ciuq	baih	seiq	fueng
ŋe:k⁸	ɕi:u⁵	pa:i⁶	θei⁵	fu:ŋ¹
蛟龙	看	边	四	方

蛟龙面四方，

7-714

龙	秋	江	水	达
Lungz	ciuq	gyang	raemx	dah
luŋ²	ɕi:u⁵	kja:ŋ¹	ɹan⁴	ta⁶
龙	看	中	水	河

龙在河水中。

7-715

空	米	正	是	八
Ndwi	miz	cingz	cix	bah
du:i¹	mi²	ɕiŋ²	ɕi⁴	pa⁶
不	有	情	就	罢

没有情就算，

7-716

阝	开	沙	阝	贝
Boux	gaej	ra	boux	bae
pu⁴	ka:i⁵	ɹa¹	pu⁴	pa:i¹
人	莫	找	人	去

莫找伴跟随。

女唱

7-717

额	秋	拜	四	方
Ngieg	ciuq	baih	seiq	fueng
ŋe:k⁸	ɕi:u⁵	pa:i⁶	θei⁵	fu:ŋ¹
蛟龙	看	边	四	方

蛟龙面四方，

7-718

龙	秋	江	水	达
Lungz	ciuq	gyang	raemx	dah
luŋ²	ɕi:u⁵	kja:ŋ¹	ɹan⁴	ta⁶
龙	看	中	水	河

龙在河水中。

7-719

十	分	不	同	沙
Cib	faen	mbouj	doengh	ra
ɕit⁸	fan¹	bou⁵	toŋ²	ɹa¹
十	分	不	相	找

实在不相寻，

7-720

干	达	马	年	王
Ganq	dah	ma	nem	vaengz
ka:n⁵	ta⁶	ma¹	ne:m¹	vaŋ²
照料	河	来	贴	潭

引河通水潭。

男唱

7-721

仁	是	作	坤	蒙
Nyawh	cix	coq	goenq	moengz
ȵəɯ⁶	çi⁴	ço⁵	kon⁵	moŋ²
玉	是	放	断	茬

珠宝定百年，

7-722

你	从	土	知	不
Mwngz	coengz	dou	rox	mbouj
muŋ²	çoŋ²	tu¹	ɹo⁴	bou⁵
你	从	我	或	不

你愿我不愿。

7-723

得	金	龙	古	收
Ndaej	gim	lungz	guh	caueq
dai³	kin¹	luŋ²	ku⁴	çou⁵
得	金	龙	做	收

金龙做纪念，

7-724

能	是	不	说	而
Nyaenx	cix	mbouj	naeuz	rawz
ȵan⁴	çi⁴	bou⁵	nau²	ɹaɯ²
那样	就	不	说	什么

我没有话说。

女唱

7-725

仁	是	作	坤	蒙
Nyawh	cix	coq	goenq	moengz
ȵəɯ⁶	çi⁴	ço⁵	kon⁵	moŋ²
玉	是	放	断	茬

珠宝定百年，

7-726

你	从	土	知	不
Mwngz	coengz	dou	rox	mbouj
muŋ²	çoŋ²	tu¹	ɹo⁴	bou⁵
你	从	我	或	不

你愿我不愿。

7-727

秀	少	包	同	诱
Ciuh	sau	mbauq	doengh	yaeuh
çiːu⁶	θaːu¹	baːu⁵	toŋ²	jau⁴
也	姑娘	小伙	相	诱

兄妹莫相欺，

7-728

不	爱	是	同	师
Mbouj	ngaiq	cix	doengh	swz
bou⁵	ŋaːi⁵	çi⁴	toŋ²	θɯ²
不	爱	就	相	辞

不爱就分离。

男唱	女唱

男唱

7-729

仁	是	作	坤	蒙
Nyawh	cix	coq	goenq	moengz
ȵəɯ⁶	çi⁴	ço⁵	kon⁵	moŋ²
玉	是	放	断	茬

珠玉定百年，

7-730

你	从	土	是	爱
Mwngz	coengz	dou	cix	ngaiq
muŋ²	çoŋ²	tu¹	çi⁴	ŋa:i⁵
你	从	我	就	爱

你愿意就好。

7-731

你	叫	土	就	斗
Mwngz	heuh	dou	couh	daeuj
muŋ²	he:u⁶	tu¹	çou⁶	tau³
你	叫	我	就	来

你喊我就来，

7-732

爱	完	心	古	存
Ngaiq	vuenh	sim	guh	caemz
ŋa:i⁵	vu:n⁶	θin¹	ku⁴	çan²
爱	换	心	做	玩

结交心愉悦。

女唱

7-733

仁	是	作	坤	蒙
Nyawh	cix	coq	goenq	moengz
ȵəɯ⁶	çi⁴	ço⁵	kon⁵	moŋ²
玉	是	放	断	茬

珠宝定百年，

7-734

你	从	土	是	爱
Mwngz	coengz	dou	cix	ngaiq
muŋ²	çoŋ²	tu¹	çi⁴	ŋa:i⁵
你	从	我	就	爱

你应我高兴。

7-735

仁	是	作	外	开
Nyawh	cix	coq	vaij	gai
ȵəɯ⁶	çi⁴	ço⁵	va:i³	ka:i¹
玉	是	放	过	街

持宝望知心，

7-736

爱	完	心	卜	作
Ngaiq	vuenh	sim	boux	coz
ŋa:i⁵	vu:n⁶	θin¹	pu⁴	ço²
爱	换	心	人	年轻

结交年轻人。

男唱

7-737

仁	是	作	心	满
Nyawh	cix	coq	sim	muengh
$ȵəɯ^6$	$çi^4$	$ço^5$	$θin^1$	$muːŋ^6$
玉	是	放	心	望

持宝望知心，

7-738

你	从	土	是	完
Mwngz	coengz	dou	cix	vuenh
$muɯŋ^2$	$çoŋ^2$	tu^1	$çi^4$	$vuːn^6$
你	从	我	就	换

你应我还情。

7-739

少	装	身	好	占
Sau	cang	ndang	hau	canz
$θaːu^1$	$çaːŋ^1$	$daːŋ^1$	$haːu^1$	$çaːn^2$
姑娘	装	身	白	灿灿

妹穿着靓丽，

7-740

备	是	完	要	正
Beix	cix	vuenh	aeu	cingz
pi^4	$çi^4$	$vuːn^6$	au^1	$çiŋ^2$
兄	就	换	要	情

兄应酬还礼。

女唱

7-741

仁	是	作	坤	蒙
Nyawh	cix	coq	goenq	moengz
$ȵəɯ^6$	$çi^4$	$ço^5$	kon^5	$moŋ^2$
玉	是	放	断	茬

珠宝定百年，

7-742

岁	站	江	水	达
Caez	soengz	gyang	raemx	dah
$çai^2$	$θoŋ^2$	$kjaːŋ^1$	$ɹan^4$	ta^6
齐	站	中	水	河

同站河水中。

7-743

阝	勒	阝	不	瓜
Boux	lawh	boux	mbouj	gvaq
pu^4	lau^6	pu^4	bou^5	kwa^5
人	换	人	不	过

兄妹相攀比，

7-744

同	沙	满	秀	文
Doengh	ra	mued	ciuh	vunz
$toŋ^2$	$ɹa^1$	$muːt^8$	$çiːu^6$	vun^2
相	找	没	世	人

结交一辈子。

男唱

7-745

仁	是	作	坤	蒙
Nyawh	cix	coq	goenq	moengz
ȵəɯ⁶	çi⁴	ço⁵	kon⁵	moŋ²
玉	是	放	断	茬

珠宝定百年，

7-746

岁	站	江	水	依
Caez	soengz	gyang	raemx	rij
çai²	θoŋ²	kjaːŋ¹	ȵaɯ⁴	ȵi⁴
齐	站	中	水	溪

同站溪水中。

7-747

龙	空	秋	田	内
Lungz	ndwi	ciuq	denz	neix
luŋ²	duːi¹	çiːu⁵	teːn²	ni⁴
龙	不	看	地	这

兄不顾此地，

7-748

明	农	可	召	心
Cog	nuengx	goj	cau	sim
ço:k⁸	nuːŋ⁴	ko⁵	çaːu⁵	θin¹
将来	妹	也	操	心

情妹定心焦。

女唱

7-749

仁	是	作	坤	蒙
Nyawh	cix	coq	goenq	moengz
ȵəɯ⁶	çi⁴	ço⁵	kon⁵	moŋ²
玉	是	放	断	茬

珠宝定百年，

7-750

岁	站	江	务	全
Caez	soengz	gyang	huj	cienj
çai²	θoŋ²	kjaːŋ¹	hu³	çuːn³
齐	站	中	云	转

同站在空中。

7-751

八	要	友	九	段
Bah	aeu	youx	gouj	duenx
pa⁶	au¹	ju⁴	kjau³	tuːn⁴
莫急	要	友	九	段

别急恋新友，

7-752

伴	土	观	备	银
Buenx	dou	gonq	beix	ngaenz
puːn⁴	tu¹	koːn⁵	pi⁴	ŋan²
伴	我	先	兄	银

和我相陪伴。

男唱

7-753

仁	是	作	坤	蒙
Nyawh	cix	coq	goenq	moengz
ŋəɯ⁶	ɕi⁴	ɕo⁵	kon⁵	moŋ²
玉	是	放	断	茬

珠宝定百年，

7-754

岁	站	江	务	全
Caez	soengz	gyang	fuj	cienj
ɕai²	θoŋ²	kja:ŋ¹	hu³	ɕu:n³
齐	站	中	云	转

同站在空中。

7-755

八	要	友	九	段
Bah	aeu	youx	gouj	duenx
pa⁶	au¹	ju⁴	kjau³	tu:n⁴
莫急	要	友	九	段

别恋富家子，

7-756

秀	土	伴	秀	你
Ciuh	dou	buenx	ciuh	mwngz
ɕi:u⁶	tu¹	pu:n⁴	ɕi:u⁶	mɯŋ²
世	我	伴	世	你

伴你一辈子。

女唱

7-757

仁	是	作	坤	蒙
Nyawh	cix	coq	goenq	moengz
ŋəɯ⁶	ɕi⁴	ɕo⁵	kon⁵	moŋ²
玉	是	放	断	茬

珠宝定百年，

7-758

岁	站	江	地	歪
Caez	soengz	gyang	reih	faiq
ɕai²	θoŋ²	kja:ŋ¹	ɣei⁶	va:i⁵
齐	站	中	地	棉

同在棉花地。

7-759

伴	秀	土	狼	外
Buenx	ciuh	dou	langh	vaij
pu:n⁴	ɕi:u⁶	tu¹	la:ŋ⁶	va:i³
伴	世	我	若	过

陪伴我一生，

7-760

正	祘	备	米	心
Cingq	suenq	beix	miz	sim
ɕiŋ⁵	θu:n⁵	pi⁴	mi²	θin¹
正	算	兄	有	心

兄才是真心。

男唱

7-761

仁	是	作	坤	蒙
Nyawh	cix	coq	goenq	moengz
ȵəɯ⁶	çi⁴	ço⁵	kon⁵	moŋ²
玉	是	放	断	茬

珠宝定百年，

7-762

岁	站	江	地	歪
Caez	soengz	gyang	reih	faiq
çai²	θoŋ²	kjaːŋ¹	ɹei⁶	vaːi⁵
齐	站	中	地	棉

同在棉花地。

7-763

伴	秀	你	不	外
Buenx	ciuh	mwngz	mbouj	vaij
puːn⁴	çiːu⁶	muɯŋ²	bou⁵	vaːi³
伴	世	你	不	过

不伴你终身，

7-764

秀	不	采	拉	本
Ciuh	mbouj	byaij	laj	mbwn
çiːu⁶	bou⁵	pjaːi³	la³	buɯn¹
世	不	走	下	天

我誓不为人。

女唱

7-765

仁	是	作	坤	蒙
Nyawh	cix	coq	goenq	moengz
ȵəɯ⁶	çi⁴	ço⁵	kon⁵	moŋ²
玉	是	放	断	茬

珠宝定百年，

7-766

岁	站	江	地	歪
Caez	soengz	gyang	reih	faiq
çai²	θoŋ²	kjaːŋ¹	ɹei⁶	vaːi⁵
齐	站	中	地	棉

同在棉花地。

7-767

真	勒	龙	大	才
Caen	lwg	lungz	dah	raix
çin¹	luk⁸	luŋ²	ta⁶	ɹaːi⁴
真	子	龙	实	在

果然是龙子，

7-768

外	达	马	节	偻
Vaij	dah	ma	ciep	raeuz
vaːi³	ta⁶	ma¹	çeːt⁷	ɹau²
过	河	来	接	我们

过河迎接我。

① 四求［θɯ⁴ ki:u⁶］：
石球，人名。
② 张校［ça:ŋ⁵ ja:u⁴］：
张校，人名。

男唱

7-769

仁	是	作	坤	蒙
Nyawh	cix	coq	goenq	moengz
ȵəɯ⁶	çi⁴	ço⁵	kon⁵	moŋ²
玉	是	放	断	茬

珠宝定百年，

7-770

岁	站	江	地	歪
Caez	soengz	gyang	reih	faiq
çai²	θoŋ²	kja:ŋ¹	ɹei⁶	va:i⁵
齐	站	中	地	棉

同在棉花地。

7-771

真	勒	龙	大	才
Caen	lwg	lungz	dah	raix
çin¹	lɯk⁸	luŋ²	ta⁶	ɹa:i⁴
真	子	龙	实	在

果然是龙子，

7-772

汉	才	貝	古	皇
Hanh	caiz	bae	guh	vuengz
ha:n⁶	ça:i⁶	pai¹	ku⁴	vu:ŋ²
限	才	去	做	皇

立志去做皇。

女唱

7-773

四	求①	点	张	校②
Siz	giuz	dem	cangh	yau
θɯ⁴	ki:u⁶	te:n¹	ça:ŋ⁵	ja:u⁴
石	球	与	张	校

石球和张校，

7-774

阝	汉	阝	古	皇
Boux	hanh	boux	guh	vuengz
pu⁴	ha:n⁶	pu⁴	ku⁴	vu:ŋ²
人	限	人	做	皇

争着当皇帝。

7-775

张	校	真	可	狂
Cangh	yau	caen	goj	guengz
ça:ŋ⁵	ja:u⁴	çin¹	ko⁵	ku:ŋ²
张	校	正	也	狂

张校真了得，

7-776

要	龙	马	提	名
Aeu	luengz	ma	diz	mid
au¹	lu:ŋ²	ma¹	ti²	mit⁸
要	铜	来	锻造	匕首

用铜打造刀。

<table>
<tr><td>

男唱

7-777

四	求	点	张	校
Siz	giuz	dem	cangh	yau
θɯ⁴	ki:u⁶	te:n¹	ça:ŋ⁵	ja:u⁴
石	球	与	张	校

石球和张校，

7-778

阝	汉	阝	古	皇
Boux	hanh	boux	guh	vuengz
pu⁴	ha:n⁶	pu⁴	ku⁴	vu:ŋ²
人	限	人	做	皇

争着当皇帝。

7-779

四	求	牙	古	皇
Siz	giuz	yax	guh	vuengz
θɯ⁴	ki:u²	ja⁵	ku⁴	vu:ŋ²
石	球	要	做	皇

石球要称王，

7-780

是	利	从	师	付
Cix	lij	coengz	sae	fouh
çi⁴	li⁴	çoŋ²	θei¹	fou⁶
是	还	从	师	傅

要先拜师傅。

</td><td>

女唱

7-781

四	求	点	张	校
Siz	giuz	dem	cangh	yau
θɯ⁴	ki:u⁶	te:n¹	ça:ŋ⁵	ja:u⁴
石	球	与	张	校

石球和张校，

7-782

阝	汉	阝	古	皇
Boux	hanh	boux	guh	vuengz
pu⁴	ha:n⁶	pu⁴	ku⁴	vu:ŋ²
人	限	人	做	皇

争着当皇帝。

7-783

张	校	真	可	狂
Cangh	yau	caen	goj	guengz
ça:ŋ⁵	ja:u⁴	çin¹	ko⁵	ku:ŋ²
张	校	真	也	狂

张校了不起，

7-784

要	钢	马	提	连
Aeu	gang	ma	diz	lienh
au¹	ka:ŋ¹	ma¹	ti²	li:n⁶
要	钢	来	锻造	链

用钢制成链。

</td></tr>
</table>

男唱

7-785

额	牙	不	得	站
Ngieg	yax	mbouj	ndaej	soengz
ŋe:k⁸	ja⁵	bou⁵	dai³	θoŋ²
蛟龙	也	不	得	站

蛟龙不得歇，

7-786

龙	牙	不	得	加
Lungz	yax	mbouj	ndaej	caj
luŋ²	ja⁵	bou⁵	dai³	kja³
龙	也	不	得	等

龙不得等待。

7-787

同	说	郎	句	话
Doengh	naeuz	boux	coenz	vah
toŋ²	nau²	pu⁴	kjon²	va⁶
相	说	人	句	话

相互告个别，

7-788

当	罗	偻	当	貝
Dangq	loh	raeuz	dangq	bae
ta:ŋ⁵	lo⁶	ʐau²	ta:ŋ⁵	pai¹
另	路	我们	另	去

各走各的路。

女唱

7-789

不	文	额	得	站
Mbouj	vun	ngieg	ndaej	soengz
bou⁵	vun¹	ŋe:k⁸	dai³	θoŋ²
不	奢求	蛟龙	得	站

不求蛟龙待，

7-790

不	文	龙	得	加
Mbouj	vun	lungz	ndaej	caj
bou⁵	vun¹	luŋ²	dai³	kja³
不	奢求	龙	得	等

不求龙能等。

7-791

当	义	三	句	话
Daengq	ngeih	sam	coenz	vah
taŋ⁵	ȵi⁶	θa:n¹	kjon²	va⁶
叮嘱	二	三	句	话

交代几句话，

7-792

当	郎	三	当	吉
Dangq	boux	sanq	dangq	giz
ta:ŋ⁵	pu⁴	θa:n⁵	ta:ŋ⁵	ki²
另	人	散	另	处

就各奔东西。

男唱

7-793

优	令	吨	桥	公
Yaeuj	rin	daeb	giuz	gungj
jau³	ɹin¹	tat⁸	ki:u²	kuŋ³
抬	石	砌	桥	拱

抬石砌拱桥，

7-794

能	拉	果	比	把
Naengh	laj	go	biz	baz
naŋ⁶	la³	ko¹	pi²	pa²
坐	下	棵	枇	杷

坐在枇杷下。

7-795

丰	飞	山	它	山
Fungh	mbin	bya	daz	bya
fuŋ⁶	bin¹	pja¹	ta²	pja¹
凤	飞	山	又	山

凤飞过山巅，

7-796

知	贝	吉	而	读
Rox	bae	giz	lawz	douh
ɹo⁴	pai¹	ki²	lau²	tou⁶
知	去	处	哪	栖息

不知何所去。

女唱

7-797

优	令	吨	桥	公
Yaeuj	rin	daeb	giuz	gungj
jau³	ɹin¹	tat⁸	ki:u²	kuŋ³
抬	石	砌	桥	拱

抬石砌拱桥，

7-798

能	拉	果	比	把
Naengh	laj	go	biz	baz
naŋ⁶	la³	ko¹	pi²	pa²
坐	下	棵	枇	杷

坐在枇杷下。

7-799

丰	飞	外	江	那
Fungh	mbin	vaij	gyang	naz
fuŋ⁶	bin¹	va:i³	kja:ŋ¹	na²
凤	飞	过	中	田

凤飞越田垌，

7-800

知	日	而	得	刀
Rox	ngoenz	lawz	ndaej	dauq
ɹo⁴	ŋon²	lau²	dai³	ta:u⁵
知	天	哪	得	回

不知何时归。

男唱

7-801

优	令	吨	桥	公
Yaeuj	rin	daeb	giuz	gungj
jau³	ɹin¹	tat⁸	ki:u²	kuŋ³
抬	石	砌	桥	拱

抬石砌拱桥，

7-802

水	达	外	拉	单
Raemx	dah	vaij	laj	dan
ɹan⁴	ta⁶	va:i³	la³	ta:n¹
水	河	过	下	滩

河水滩下过。

7-803

伏	九	你	造	然
Fwx	iu	mwngz	caux	ranz
fə⁴	i:u¹	muɯŋ²	ɕa:u⁴	ɹa:n²
别人	邀	你	造	家

人邀你成家，

7-804

你	开	汉	了	农
Mwngz	gaej	han	liux	nuengx
muɯŋ²	ka:i⁵	ha:n¹	li:u⁴	nu:ŋ⁴
你	莫	应	啰	妹

你不要回应。

女唱

7-805

优	令	吨	桥	公
Yaeuj	rin	daeb	giuz	gungj
jau³	ɹin¹	tat⁸	ki:u²	kuŋ³
抬	石	砌	桥	拱

抬石砌拱桥，

7-806

水	达	外	拉	单
Raemx	dah	vaij	laj	dan
ɹan⁴	ta⁶	va:i³	la³	ta:n¹
水	河	过	下	滩

河水滩下过。

7-807

土	是	想	不	汉
Dou	cix	siengj	mbouj	han
tu¹	ɕi⁴	θi:ŋ³	bou⁵	ha:n¹
我	是	想	不	应

本想不答应，

7-808

秀	平	班	牙	了
Ciuh	bingz	ban	yax	liux
ɕi:u⁶	piŋ²	pa:n¹	ja⁵	li:u⁴
世	平	辈	要	完

青春快过去。

男唱

7-809

优	令	吨	桥	公
Yaeuj	rin	daeb	giuz	gungj

jau^3　$\textipa{ɹ}in^1$　tat^8　$ki{:}u^2$　$ku\eta^3$

抬　石　砌　桥　拱

抬石砌拱桥，

7-810

水	达	外	拉	单
Raemx	dah	vaij	laj	dan

$\textipa{ɹ}an^4$　ta^6　$va{:}i^3$　la^3　$ta{:}n^1$

水　河　过　下　滩

河水滩下过。

7-811

跟	农	贝	造	然
Riengz	nuengx	bae	caux	ranz

$\textipa{ɹ}i{:}\eta^2$　$nu{:}\eta^4$　pai^1　$\textipa{ç}a{:}u^4$　$\textipa{ɹ}a{:}n^2$

跟　妹　去　造　家

到你家上门，

7-812

心	你	干	知	不
Sim	mwngz	gam	rox	mbouj

θin^1　$m\textturnm\eta^2$　$ka{:}n^1$　$\textipa{ɹ}o^4$　bou^5

心　你　甘　或　不

问你甘心否？

女唱

7-813

优	令	吨	桥	公
Yaeuj	rin	daeb	giuz	gungj

jau^3　$\textipa{ɹ}in^1$　tat^8　$ki{:}u^2$　$ku\eta^3$

抬　石　砌　桥　拱

抬石砌拱桥，

7-814

水	达	外	拉	单
Raemx	dah	vaij	laj	dan

$\textipa{ɹ}an^4$　ta^6　$va{:}i^3$　la^3　$ta{:}n^1$

水　河　过　下　滩

河水滩下过。

7-815

跟	农	贝	造	然
Riengz	nuengx	bae	caux	ranz

$\textipa{ɹ}i{:}\eta^2$　$nu{:}\eta^4$　pai^1　$\textipa{ç}a{:}u^4$　$\textipa{ɹ}a{:}n^2$

跟　妹　去　造　家

到妹家上门，

7-816

心	不	干	大	才
Sim	mbouj	gam	dah	raix

θin^1　bou^5　$ka{:}n^1$　ta^6　$\textipa{ɹ}a{:}i^4$

心　不　甘　实　在

实在不甘心。

男唱

7-817

优	令	吨	桥	公
Yaeuj	rin	daeb	giuz	gungj
jau³	.in¹	tat⁸	ki:u²	kuŋ³
抬	石	砌	桥	拱

抬石砌拱桥，

7-818

水	强	依	下	歪
Raemx	giengh	rij	roengz	fai
.an⁴	ki:ŋ⁶	.i³	.oŋ²	va:i¹
水	跳	溪	下	水坝

溪中水翻坝。

7-819

往	土	吨	桥	开
Uengj	dou	daeb	giuz	gai
va:ŋ³	tu¹	tat⁸	ki:u²	ka:i¹
枉	我	砌	桥	街

我砌街边桥，

7-820

少	米	来	条	罗
Sau	miz	lai	diuz	loh
θa:u¹	mi²	la:i¹	ti:u²	lo⁶
姑娘	有	多	条	路

妹有多条路。

女唱

7-821

往	土	吨	桥	开
Uengj	dou	daeb	giuz	gai
va:ŋ³	tu¹	tat⁸	ki:u²	ka:i¹
枉	我	砌	桥	街

我砌街边桥，

7-822

少	米	来	条	罗
Sau	miz	lai	diuz	loh
θa:u¹	mi²	la:i¹	ti:u²	lo⁶
姑娘	有	多	条	路

姑娘多条路。

7-823

往	土	吨	桥	可
Uengj	dou	daeb	giuz	goz
va:ŋ³	tu¹	tat⁸	ki:u²	ko²
枉	我	砌	桥	弯

我砌荒野桥，

7-824

农	米	罗	文	荣
Nuengx	miz	loh	vuen	yungz
nu:ŋ⁴	mi²	lo⁶	vu:n¹	juŋ²
妹	有	路	欢	乐

妹有欢乐路。

男唱

7-825

吨	元	是	吨	光
Daeb	roen	cix	daeb	gvangq
tat^8	$jo{:}n^1$	$çi^4$	tat^8	$kwa{:}ŋ^5$
砌	路	就	砌	宽

修路要修宽,

7-826

邦	牙	走	外	贝
Baengz	yax	yamq	vaij	bae
$paŋ^2$	ja^5	$ja{:}m^5$	$va{:}i^3$	pai^1
朋	要	走	过	去

情侣要经过。

7-827

吨	罗	是	吨	长
Daeb	loh	cix	daeb	raez
tat^8	lo^6	$çi^4$	tat^8	$ɹai^2$
砌	路	就	砌	长

修路要修长,

7-828

龙	牙	贝	古	判
Lungz	yax	bae	guh	buenq
$luŋ^2$	ja^5	pai^1	ku^4	$pu{:}n^5$
龙	要	去	做	贩

兄要做生意。

女唱

7-829

判	牛	说	判	歪
Buenq	cwz	naeuz	buenq	vaiz
$pu{:}n^5$	$çɯ^2$	nau^2	$pu{:}n^5$	$va{:}i^2$
贩	黄牛	或	贩	水牛

水牛或黄牛,

7-830

给	少	乖	吨	罗
Hawj	sau	gvai	daeb	loh
$həɯ^3$	$θa{:}u^1$	$kwa{:}i^1$	tat^8	lo^6
给	姑娘	乖	砌	路

要姑娘修路。

7-831

判	开	么	的	合
Buenq	gij	maz	diq	huq
$pu{:}n^5$	$ka{:}i^2$	ma^2	ti^5	ho^5
贩	什么	么	的	货

卖什么货物,

7-832

农	吨	罗	加	你
Nuengx	daeb	loh	caj	mwngz
$nu{:}ŋ^4$	tat^8	lo^6	kja^3	$mɯŋ^2$
妹	砌	路	等	你

妹为你修路。

男唱

7-833

吨	元	三	丈	光
Daeb	roen	sam	ciengh	gvangq
tat^8	jo:n^1	θa:n^1	ɕɯːŋ^6	kwa:ŋ^5
砌	路	三	丈	宽

修路三丈宽，

7-834

吨	罗	四	丈	长
Daeb	loh	seiq	ciengh	raez
tat^8	lo^6	θei^5	ɕɯːŋ^6	ɹai^2
砌	路	四	丈	长

修路四丈长。

7-835

条	罗	内	贝	远
Diuz	loh	neix	bae	gyae
tiːu^2	lo^6	ni^4	pai^1	kjai^1
条	路	这	去	远

此路通长远，

7-836

偻	岁	贝	古	判
Raeuz	caez	bae	guh	buenq
ɹau^2	ɕai^2	pai^1	ku^4	puːn^5
我们	齐	去	做	贩

咱去做商贩。

女唱

7-837

吨	元	三	丈	光
Daeb	roen	sam	ciengh	gvangq
tat^8	jo:n^1	θa:n^1	ɕɯːŋ^6	kwa:ŋ^5
砌	路	三	丈	宽

修路三丈宽，

7-838

吨	罗	四	丈	长
Daeb	loh	seiq	ciengh	raez
tat^8	lo^6	θei^5	ɕɯːŋ^6	ɹai^2
砌	路	四	丈	长

修路四丈长。

7-839

吨	罗	给	你	贝
Daeb	loh	hawj	mwngz	bae
tat^8	lo^6	həu^3	muŋ^2	pai^1
砌	路	给	你	去

修路让你走，

7-840

忿	么	追	你	刀
Fangz	maz	coi	mwngz	dauq
fa:ŋ^2	ma^2	ɕo:i	muŋ^2	ta:u^5
鬼	什么	催	你	回

你为何返回？

男唱

7-841

吨	元	是	吨	光
Daeb	roen	cix	daeb	gvangq

tat^8　$jo:n^1$　$çi^4$　tat^8　$kwa:ŋ^5$

砌	路	就	砌	宽

修路要修宽,

7-842

邦	牙	走	很	下
Baengz	yax	yamq	hwnj	roengz

$paŋ^2$　ja^5　$ja:m^5$　hun^3　$ɹoŋ^2$

朋	也	走	上	下

情侣要往来。

7-843

吨	条	罗	内	通
Daeb	diuz	loh	neix	doeng

tat^8　$ti:u^2$　lo^6　ni^4　$toŋ^1$

砌	条	路	这	通

修好这条路,

7-844

龙	贝	方	你	在
Lungz	bae	fueng	mwngz	ywq

$luŋ^2$　pai^1　$fu:ŋ^1$　$muŋ^2$　ju^5

龙	去	方	你	住

我去你家住。

女唱

7-845

土	说	吨	条	内
Dou	naeuz	daeb	diuz	neix

tu^1　nau^2　tat^8　$ti:u^2$　ni^4

我	说	砌	条	这

我说修这条,

7-846

你	说	吨	条	它
Mwngz	naeuz	daeb	diuz	de

$muŋ^2$　nau^2　tat^8　$ti:u^2$　te^1

你	说	砌	条	那

你说修那条。

7-847

吨	贝	堂	广	西
Daeb	bae	daengz	gvangj	sih

tat^8　pai^1　$taŋ^2$　$kwa:ŋ^3$　$θei^1$

砌	去	到	广	西

修路到广西,

7-848

条	它	又	斗	碰
Diuz	de	youh	daeuj	bungq

$ti:u^2$　te^1　jou^4　tau^3　$puŋ^5$

条	那	又	来	碰

路修到一起。

男唱

7-849

请	长	马	吨	令
Cingj	cangh	ma	daeb	rin
çiŋ³	ça:ŋ⁶	ma¹	tat⁸	ɹin¹
请	匠	来	砌	石

请师傅砌石，

7-850

请	坤	马	吨	罗
Cingj	gun	ma	daeb	loh
çiŋ³	kun¹	ma¹	tat⁸	lo⁶
请	官	来	砌	路

请汉人修路。

7-851

吨	贝	堂	红	夺
Daeb	bae	daengz	hoengz	doh
tat⁸	pai¹	taŋ²	hoŋ²	to⁶
砌	去	到	红	渡

修路到红渡，

7-852

中	安	墓	英	台
Cungq	aen	moh	ing	daiz
çoŋ⁵	an¹	mo⁶	iŋ¹	ta:i²
中	个	墓	英	台

碰到英台墓。

女唱

7-853

请	长	马	吨	令
Cingj	cangh	ma	daeb	rin
çiŋ³	ça:ŋ⁶	ma¹	tat⁸	ɹin¹
请	匠	来	砌	石

请石匠砌石，

7-854

请	坤	马	吨	罗
Cingj	gun	ma	daeb	loh
çiŋ³	kun¹	ma¹	tat⁸	lo⁶
请	官	来	砌	路

请汉人修路。

7-855

吨	贝	堂	红	夺
Daeb	bae	daengz	hoengz	doh
tat⁸	pai¹	taŋ²	hoŋ²	to⁶
砌	去	到	红	渡

修路到红渡，

7-856

老	名	作	你	空
Lau	mingz	coh	mwngz	ndwi
la:u¹	miŋ²	ço⁶	muŋ²	du:i¹
怕	名	字	你	空

怕没你名字。

男唱

7-857

请	长	马	吨	令
Cingj	cangh	ma	daeb	rin
çiŋ³	ça:ŋ⁶	ma¹	tat⁸	ɹin¹
请	匠	来	砌	石

请石匠砌石，

7-858

请	坤	马	吨	罗
Cingj	gun	ma	daeb	loh
çiŋ³	kun¹	ma¹	tat⁸	lo⁶
请	官	来	砌	路

请汉人修路。

7-859

吨	条	元	内	么
Daeb	diuz	roen	neix	moq
tat⁸	ti:u²	jo:n¹	ni⁴	mo⁵
砌	条	路	这	新

修这条新路，

7-860

伏	外	罗	利	哭
Fwx	vaij	loh	lij	daej
fə⁴	va:i³	lo⁶	li⁴	tai³
别人	过	路	还	哭

路人还哭泣。

女唱

7-861

请	长	马	吨	令
Cingj	cangh	ma	daeb	rin
çiŋ³	ça:ŋ⁶	ma¹	tat⁸	ɹin¹
请	匠	来	砌	石

请石匠砌石，

7-862

请	坤	马	吨	罗
Cingj	gun	ma	daeb	loh
çiŋ³	kun¹	ma¹	tat⁸	lo⁶
请	官	来	砌	路

请汉人修路。

7-863

吨	元	三	丈	光
Daeb	roen	sam	ciengh	gvangq
tat⁸	jo:n¹	θa:n¹	çɯ:ŋ⁶	kwa:ŋ⁵
砌	路	三	丈	宽

修路三丈宽，

7-864

老	牙	犯	交	春
Lau	yax	famh	gyau	cin
la:u¹	ja⁵	fa:n⁶	kja:u¹	çun¹
怕	也	犯	交	春

怕修到立春。

男唱	女唱

7-865

请	长	马	吨	令
Cingj	cangh	ma	daeb	rin
çiŋ³	ça:ŋ⁶	ma¹	tat⁸	ɹin¹
请	匠	来	砌	石

请石匠砌石，

7-866

请	坤	马	吨	歪
Cingj	gun	ma	daeb	fai
çiŋ³	kun¹	ma¹	tat⁸	va:i¹
请	官	来	砌	水坝

请汉人筑坝。

7-867

吨	桥	公	红	夺
Daeb	giuz	gungj	hoengz	doh
tat⁸	ki:u²	kuŋ³	hoŋ²	to⁶
砌	桥	拱	红	渡

修红渡拱桥，

7-868

占	名	作	双	偻
Camx	mingz	coh	song	raeuz
ça:n⁶	miŋ²	ço⁶	θo:ŋ¹	ɹau²
凿	名	字	两	我们

刻我俩名字。

7-869

请	长	马	吨	令
Cingj	cangh	ma	daeb	rin
çiŋ³	ça:ŋ⁶	ma¹	tat⁸	ɹin¹
请	匠	来	砌	石

请石匠砌石，

7-870

请	坤	马	吨	罗
Cingj	gun	ma	daeb	loh
çiŋ³	kun¹	ma¹	tat⁸	lo⁶
请	官	来	砌	路

请汉人筑路。

7-871

吨	貝	堂	九	渡
Daeb	bae	daengz	gouj	duh
tat⁸	pai¹	taŋ²	kjau³	tu²
砌	去	到	九	渡

修路到九渡，

7-872

良	箂	甫	一	点
Lingh	suenq	bouh	ndeu	dem
le:ŋ⁶	θu:n⁵	pu⁶	de:u¹	te:n¹
另	算	步	一	还

还加长一节。

男唱

7-873

请	长	马	吨	令
Cingj	cangh	ma	daeb	rin
çiŋ³	ça:ŋ⁶	ma¹	tat⁸	ɹin¹
请	匠	来	砌	石

请石匠砌石，

7-874

请	坤	马	吨	罗
Cingj	gun	ma	daeb	loh
çiŋ³	kun¹	ma¹	tat⁸	lo⁶
请	官	来	砌	路

请汉人修路。

7-875

吨	条	元	九	渡
Daeb	diuz	roen	gouj	duh
tat⁸	ti:u²	jo:n¹	kjau³	tu²
砌	条	路	九	渡

修那九渡路，

7-876

知	命	付	知	空
Rox	mingh	fouz	rox	ndwi
ɹo⁴	miŋ⁶	fu²	ɹo⁴	du:i¹
知	命	浮	或	不

还有命没有?

女唱

7-877

请	长	马	吨	令
Cingj	cangh	ma	daeb	rin
çiŋ³	ça:ŋ⁶	ma¹	tat⁸	ɹin¹
请	匠	来	砌	石

请师傅砌石，

7-878

请	坤	马	吨	罗
Cingj	gun	ma	daeb	loh
çiŋ³	kun¹	ma¹	tat⁸	lo⁶
请	官	来	砌	路

请汉人筑路。

7-879

吨	斗	堂	九	渡
Daeb	daeuj	daengz	gouj	duh
tat⁸	tau³	taŋ²	kjau³	tu²
砌	来	到	九	渡

修路到九渡，

7-880

命	付	是	能	堂
Mingh	fouz	cix	naengh	daengz
miŋ⁶	fu²	çi⁴	naŋ⁶	taŋ²
命	浮	就	坐	到

坐待命结束。

① 吨罗元［tat⁸ lo⁶ jon¹］：顶路，壮族、瑶族的区域风俗，说是新筑的路要人的魂魄去"顶"，路才不垮。

男唱

7-881

请	长	马	吨	令
Cingj	cangh	ma	daeb	rin
çiŋ³	ça:ŋ⁶	ma¹	tat⁸	ɹin¹
请	匠	来	砌	石

请师傅砌石，

7-882

请	坤	马	吨	罗
Cingj	gun	ma	daeb	loh
çiŋ³	kun¹	ma¹	tat⁸	lo⁶
请	官	来	砌	路

请汉人筑路。

7-883

十	分	命	狼	付
Cib	faen	mingh	langh	fouz
çit⁸	fan¹	miŋ⁶	la:ŋ⁶	fu²
十	分	命	若	浮

若真的命到，

7-884

吨	九	渡	可	平
Daeb	gouj	duh	goj	bingz
tat⁸	kjau³	tu²	ko⁵	piŋ²
砌	九	渡	也	平

保九渡平安。

女唱

7-885

请	长	马	吨	令
Cingj	cangh	ma	daeb	rin
çiŋ³	ça:ŋ⁶	ma¹	tat⁸	ɹin¹
请	匠	来	砌	石

请石匠砌石，

7-886

请	坤	马	吨	罗
Cingj	gun	ma	daeb	loh
çiŋ³	kun¹	ma¹	tat⁸	lo⁶
请	官	来	砌	路

请汉人修路。

7-887

邦	龙	米	几	卜
Biengz	lungz	miz	geij	boux
pi:ŋ²	luŋ²	mi²	ki³	pu⁴
地方	龙	有	几	人

兄家乡人多，

7-888

么	不	吨	罗	元①
Maz	mbouj	daeb	loh	roen
ma²	bou⁵	tat⁸	lo⁶	jo:n¹
什么	不	砌	路	路

为何不修路？

男唱	女唱

男唱

7-889

请　长　马　吨　令

Cingj　cangh　ma　daeb　rin

çiŋ³　ça:ŋ⁶　ma¹　tat⁸　ɹin¹

请　匠　来　砌　石

请师傅砌石，

7-890

请　坤　马　吨　然

Cingj　gun　ma　daeb　ranz

çiŋ³　kun¹　ma¹　tat⁸　ɹa:n²

请　官　来　砌　家

请汉人砌屋。

7-891

吨　堂　头　名　山

Daeb　daengz　gyaeuj　mingz　san

tat⁸　taŋ²　kjau³　min²　θa:n¹

砌　到　头　明　山

砌到明山头，

7-892

兰　条　命　你　空

Lanh　diuz　mingh　mwngz　ndwi

la:n⁶　ti:u²　miŋ⁶　muŋ²　du:i¹

滥　条　命　你　空

白丢你的命。

女唱

7-893

请　长　马　吨　令

Cingj　cangh　ma　daeb　rin

çiŋ³　ça:ŋ⁶　ma¹　tat⁸　ɹin¹

请　匠　来　砌　石

请石匠砌石，

7-894

请　坤　马　吨　然

Cingj　gun　ma　daeb　ranz

çiŋ³　kun¹　ma¹　tat⁸　ɹa:n²

请　官　来　砌　家

请汉人建屋。

7-895

吨　堂　头　名　山

Daeb　daengz　gyaeuj　mingz　san

tat⁸　taŋ²　kjau³　min²　θa:n¹

砌　到　头　明　山

砌到明山头，

7-896

专　开　作　你　写

Conq　gaiq　coh　mwngz　ce

ço:n⁵　ka:i⁵　ço⁶　muŋ²　çe¹

钻　块　名字　你　留

刻你名留念。

男唱

7-897

请　长　马　吨　令

Cingj　cangh　ma　daeb　rin

çiŋ³　ça:ŋ⁶　ma¹　tat⁸　ɹin¹

请　匠　来　砌　石

请石匠砌石，

7-898

请　坤　马　吨　依

Cingj　gun　ma　daeb　rij

çiŋ³　kun¹　ma¹　tat⁸　ɹi³

请　官　来　砌　溪

请汉人砌溪。

7-899

吨　貝　堂　板　里

Daeb　bae　daengz　mbanj　ndaw

tat⁸　pai¹　taŋ²　ba:n³　dauɯ¹

砌　去　到　村　里

砌到村里头，

7-900

祘　作　占　几　来

Suenq　soq　canh　geij　lai

θuːn⁵　θo⁵　ça:n⁶　ki³　la:i¹

算　数　赚　几　多

赚多少工钱？

女唱

7-901

请　长　马　吨　令

Cingj　cangh　ma　daeb　rin

çiŋ³　ça:ŋ⁶　ma¹　tat⁸　ɹin¹

请　匠　来　砌　石

请石匠砌石，

7-902

请　坤　马　吨　罗

Cingj　gun　ma　daeb　loh

çiŋ³　kun¹　ma¹　tat⁸　lo⁶

请　官　来　砌　路

请汉人修路。

7-903

龙　尝　变　祘　作

Lungz　caengz　bienz　suenq　soq

luŋ²　çaŋ²　peːn²　θuːn⁵　θo⁵

龙　未　熟练　算　数

兄还未算账，

7-904

不　知　占　说　师

Mbouj　rox　canh　naeuz　saw

bou⁵　ɹo⁴　ça:n⁶　nau²　θɯ¹

不　知　赚　或　输

不知赚或亏。

男唱

7-905

优	石	吨	它	吨
Yaeuj	rin	daeb	daz	dab
jauj	ɹin¹	tat⁸	ta²	ta:t⁸
抬	石	砌	又	砌

抬一堆堆石，

7-906

特	马	吨	古	城
Dawz	ma	daeb	guh	singz
təɯ²	ma¹	tat⁸	ku⁴	θiŋ²
拿	来	砌	做	城

用来筑城墙。

7-907

备	牙	贝	北	京
Beix	yax	bae	baek	ging
pi⁴	ja⁵	pai¹	pak⁷	kiŋ¹
兄	要	去	北	京

兄要上北京，

7-908

少	吨	城	封	权
Sau	daeb	singz	fung	gemh
θa:u¹	tat⁸	θiŋ²	fuŋ¹	ke:n⁶
姑娘	砌	城	封	山坳

妹砌墙拦路。

女唱

7-909

请	长	马	吨	令
Cingj	cangh	ma	daeb	rin
çiŋ³	ça:ŋ⁶	ma¹	tat⁸	ɹin¹
请	匠	来	砌	石

请石匠砌石，

7-910

请	坤	马	吨	元
Cingj	gun	ma	daeb	yuenq
çiŋ³	kun¹	ma¹	tat⁸	ju:n⁵
请	官	来	砌	院

汉人筑墙院。

7-911

农	吨	城	封	权
Nuengx	daeb	singz	fung	gemh
nu:ŋ⁴	tat⁸	θiŋ²	fuŋ¹	ke:n⁶
妹	砌	城	封	山坳

妹砌墙拦路，

7-912

备	吨	元	当	润
Beix	daeb	yuenq	dangj	rumz
pi⁴	tat⁸	ju:n⁵	ta:ŋ³	ɹun²
兄	砌	院	挡	风

兄砌院挡风。

男唱

7-913

优	令	吨	它	吨
Yaeuj	rin	daeb	daq	daeb
jau³	ɣin¹	tat⁸	ta⁵	tat⁸
抬	石	砌	连	砌

运一堆堆石，

7-914

特	马	吨	古	城
Dawz	ma	daeb	guh	singz
təɯ²	ma¹	tat⁸	ku⁴	θiŋ²
拿	来	砌	做	城

用来砌城墙。

7-915

报	作	貝	堂	京
Bauq	coh	bae	daengz	ging
pa:u⁵	ço⁶	pai¹	taŋ²	kiŋ¹
报	名字	去	到	京

名字报到京，

7-916

九	名	貝	堂	相
Riuz	mingz	bae	daengz	siengj
ɣi:u²	miŋ²	pai¹	taŋ²	θe:ŋ³
传	名	去	到	省

名传到官府。

女唱

7-917

优	令	吨	它	吨
Yaeuj	rin	daeb	daq	daeb
jau³	ɣin¹	tat⁸	ta⁵	tat⁸
抬	石	砌	连	砌

搬一堆堆石，

7-918

特	马	吨	古	祘
Dawz	ma	daeb	guh	suen
təɯ²	ma¹	tat⁸	ku⁴	θu:n¹
拿	来	砌	做	园

用来砌园子。

7-919

令	吨	南	又	盘
Rin	daeb	namh	youh	buenz
ɣin¹	tat⁸	na:n⁶	jou⁴	pu:n²
石	砌	土	又	盘

石裂土又松，

7-920

叫	文	邦	斗	圲
Heuh	vunz	biengz	daeuj	raih
he:u⁶	vun²	pi:ŋ²	tau³	ɣa:i⁶
叫	人	地方	来	走

叫路人踩实。

男唱

7-921

优	令	吨	它	吨
Yaeuj	rin	daeb	daq	daeb
jau³	ɹin¹	tat⁸	ta⁵	tat⁸
抬	石	砌	连	砌

搬一堆堆石，

7-922

特	马	吨	古	祘
Dawz	ma	daeb	guh	suen
təɯ²	ma¹	tat⁸	ku⁴	θuːn¹
拿	来	砌	做	园

用来砌园子。

7-923

令	吨	南	又	盘
Rin	daeb	namh	youh	buenz
ɹin¹	tat⁸	naːn⁶	jou⁴	puːn²
石	砌	土	又	盘

石裂土又松，

7-924

圆	办	安	良	机
Nduen	baenz	aen	lengh	giq
doːn¹	pan²	an¹	leːŋ⁶	ki⁵
圆	成	个	喇	叭

圆圆像喇叭。

女唱

7-925

优	令	吨	它	吨
Yaeuj	rin	daeb	daq	daeb
jau³	ɹin¹	tat⁸	ta⁵	tat⁸
抬	石	砌	连	砌

搬一堆堆石，

7-926

特	马	吨	古	祘
Dawz	ma	daeb	guh	suen
təɯ²	ma¹	tat⁸	ku⁴	θuːn¹
拿	来	砌	做	园

用来砌园子。

7-927

农	吨	狼	空	圆
Nuengx	daeb	langh	ndwi	nduen
nuːŋ⁴	tat⁸	laːŋ⁶	duːi¹	doːn¹
妹	砌	若	不	圆

妹若砌不圆，

7-928

龙	吨	角	一	补
Lungz	daeb	gaek	ndeu	bouj
luŋ²	tat⁸	kak⁷	deːu¹	pu³
龙	砌	角	一	补

兄来补完整。

男唱

7-929

优	令	吨	它	吨
Yaeuj	rin	daeb	daq	daeb
jau³	ɻin¹	tat⁸	ta⁵	tat⁸
抬	石	砌	连	砌

搬一堆堆石，

7-930

特	马	吨	古	开
Dawz	ma	daeb	guh	gai
təɯ²	ma¹	tat⁸	ku⁴	ka:i¹
拿	来	砌	做	街

用来砌为街。

7-931

农	吨	罗	好	来
Nuengx	daeb	loh	ndei	lai
nu:ŋ⁴	tat⁸	lo⁶	dei¹	la:i¹
妹	砌	路	好	多

妹砌路真好，

7-932

土	吨	开	一	开
Dou	daeb	gai	ndeu	gyaiq
tu¹	tat⁸	ka:i¹	de:u¹	ka:i⁵
我	砌	街	一	界

我砌一界碑。

女唱

7-933

优	令	吨	它	吨
Yaeuj	rin	daeb	daq	daeb
jau⁵	ɻin¹	tat⁸	ta⁵	tat⁸
抬	石	砌	连	砌

搬一堆堆石，

7-934

特	马	吨	古	开
Dawz	ma	daeb	guh	gyaiq
təɯ²	ma¹	tat⁸	ku⁴	ka:i⁵
拿	来	砌	做	界

用来砌界碑。

7-935

吨	条	罗	河	才
Daeb	diuz	loh	haw	caiz
tat⁸	ti:u²	lo⁶	həɯ¹	ca:i²
砌	条	路	圩	才

修筑都安街，

7-936

平	办	开	庆	远
Bingz	baenz	gai	ging	yenj
piŋ²	pan²	ka:i¹	kiŋ³	ju:n⁶
平	成	街	庆	远

像庆远平坦。

男唱

7-937

优	令	吨	它	吨
Yaeuj	rin	daeb	daq	daeb
jau^3	ɹin^1	tat^8	ta^5	tat^8
抬	石	砌	连	砌

搬一堆堆石，

7-938

特	马	吨	古	城
Dawz	ma	daeb	guh	singz
təɯ^2	ma^1	tat^8	ku^4	θiŋ^2
拿	来	砌	做	城

用来筑城墙。

7-939

吨	贝	堂	南	宁
Daeb	bae	daengz	nanz	ningz
tat^8	pai^1	taŋ^2	na:n^2	niŋ^2
砌	去	到	南	宁

修路通南宁，

7-940

平	贝	堂	庆	远
Bingz	bae	daengz	ging	yenj
piŋ^2	pai^1	taŋ^2	kiŋ^3	ju:n^6
平	去	到	庆	远

修路通庆远。

女唱

7-941

优	令	吨	它	吨
Yaeuj	rin	daeb	daq	daeb
jau^3	ɹin^1	tat^8	ta^5	tat^8
抬	石	砌	连	砌

搬一堆堆石，

7-942

特	马	吨	古	船
Dawz	ma	daeb	guh	ruz
təɯ^2	ma^1	tat^8	ku^4	ɹu^2
拿	来	砌	做	船

用来砌成船。

7-943

牙	吨	元	古	州
Yax	daeb	yienh	guh	cou
ja^5	tat^8	je:n^6	ku^4	ɕu^1
也	砌	县	做	州

想改县为州，

7-944

用	功	夫	了	备
Yungh	goeng	fou	liux	beix
juŋ^6	koŋ^1	fu^1	li:u^4	pi^4
用	功	夫	啰	兄

兄要下功夫。

男唱

女唱

7-945

优	令	吨	它	吨
Yaeuj	rin	daeb	daq	daeb
jau³	ɹin¹	tat⁸	ta⁵	tat⁸
抬	石	砌	连	砌

搬一堆堆石，

7-946

特	马	吨	古	楼
Dawz	ma	daeb	guh	laeuz
təɯ²	ma¹	tat⁸	ku⁴	lau²
拿	来	砌	做	楼

用来建楼房。

7-947

吨	桥	公	龙	头
Daeb	giuz	gungj	lungz	daeuz
tat⁸	ki:u²	kuŋ³	luŋ²	tau²
砌	桥	拱	龙	头

砌龙头拱桥，

7-948

不	真	偻	貝	吨
Mbouj	caen	raeuz	bae	daeb
bou⁵	ɕin¹	ɹau²	pai¹	tat⁸
不	真	我们	去	砌

不是我们砌。

7-949

吨	元	三	丈	光
Daeb	roen	sam	ciengh	gvangq
tat⁸	ɹo:n¹	θa:n¹	ɕɯ:ŋ⁶	kwa:ŋ⁵
砌	路	三	丈	宽

砌路三丈宽，

7-950

吨	罗	四	丈	长
Daeb	loh	seiq	ciengh	raez
tat⁸	lo⁶	θei⁵	ɕɯ:ŋ⁶	ɹai²
砌	路	四	丈	长

砌路四丈长。

7-951

吨	条	罗	内	貝
Daeb	diuz	loh	neix	bae
tat⁸	ti:u²	lo⁶	ni⁴	pai¹
砌	条	路	这	去

砌成这条路，

7-952

龙	利	美	知	不
Lungz	lij	maez	rox	mbouj
luŋ²	li⁴	mai²	ɹo⁴	bou⁵
龙	还	爱	或	不

兄还谈情否？

男唱

7-953

吨	元	三	丈	光
Daeb	roen	sam	ciengh	gvangq
tat⁸	joːn¹	θaːn¹	ɕɯː⁶	kwaːŋ⁵
砌	路	三	丈	宽

砌路三丈宽，

7-954

吨	罗	四	丈	长
Daeb	loh	seiq	ciengh	raez
tat⁸	lo⁶	θei⁵	ɕɯː⁶	ɹai²
砌	路	四	丈	长

砌路四丈长。

7-955

吨	条	罗	内	貝
Daeb	diuz	loh	neix	bae
tat⁸	tiːu²	lo⁶	ni⁴	pai¹
砌	条	路	这	去

修通这条路，

7-956

可	强	坤	跟	客
Goj	giengz	gun	riengz	hek
ko⁵	kiŋ²	kun¹	ɹiːŋ²	heːk⁷
也	像	官	跟	客

像"官汉""客汉"。

女唱

7-957

吨	条	罗	山	尚
Daeb	diuz	loh	bya	sang
tat⁸	tiːu²	lo⁶	pja¹	θaːŋ¹
砌	条	路	山	高

修条高山路，

7-958

装	身	办	鸟	炕
Cang	ndang	baenz	roeg	enq
ɕaːŋ¹	daŋ¹	pan²	ɹok⁸	eːn⁵
装	身	成	鸟	燕

装扮如燕子。

7-959

尝	外	元	内	惯
Caengz	vaij	roen	neix	gvenq
ɕaŋ²	vaːi³	joːn¹	ni⁴	kweːn⁵
未	过	路	这	惯

新路未走惯，

7-960

洋	面	面	小	凉
Yaeng	menh	menh	siu	liengz
jaŋ¹	meːn⁶	meːn⁶	θiːu¹	liːŋ²
再	慢	慢	消	凉

边走边逍遥。

男唱

7-961

吨	条	罗	山	尚
Daeb	diuz	loh	bya	sang
tat^8	ti:u^2	lo^6	pja^1	θa:ŋ^1
砌	条	路	山	高

砌条高山路，

7-962

装	身	办	则	园
Cang	ndang	baenz	cwh	yoij
ça:ŋ^1	da:ŋ^1	pan^2	çɯ^6	jo:i^3
装	身	成	脂	胭

扮如胭脂鸟。

7-963

条	元	不	卜	修
Diuz	roen	mbouj	boux	coih
ti:u^2	jo:n^1	bou^5	pu^4	ço:i^6
条	路	无	人	修

道路无人修，

7-964

洋	会	观	农	银
Yaeng	hoih	gonq	nuengx	ngaenz
jaŋ^1	ho:i^6	ko:n^5	nu:ŋ^4	ŋan^2
慢慢	会	先	妹	银

情妹慢慢走。

女唱

7-965

吨	条	罗	山	尚
Daeb	diuz	loh	bya	sang
tat^8	ti:u^2	lo^6	pja^1	θa:ŋ^1
砌	条	路	山	高

修条高山路，

7-966

装	身	办	则	园
Cang	ndang	baenz	cwh	yoij
ça:ŋ^1	da:ŋ^1	pan^2	çɯ^6	jo:i^3
装	身	成	脂	胭

扮如胭脂鸟。

7-967

邦	你	米	几	卜
Biengz	mwngz	miz	geij	boux
pi:ŋ^2	mɯŋ^2	mi^2	ki^3	pu^4
地方	你	有	几	人

你村有几人，

7-968

么	不	修	罗	元
Maz	mbouj	coih	loh	roen
ma^2	bou^5	ço:i^6	lo^6	jo:n^1
何	不	修	路	路

为何不修路？

| 男唱 | 女唱 |

男唱

7-969

杀	母	贝	干	河
Gaj	mou	bae	ganj	haw
ka³	mu¹	pai¹	ka:n³	hɯu¹
杀	猪	去	赶	圩

赶圩卖猪肉，

7-970

杀	羊	贝	干	衣
Gaj	yiengz	bae	ganj	hih
ka³	jɯːŋ²	pai¹	ka:n³	ji⁵
杀	羊	去	赶	圩

赶圩卖羊肉。

7-971

睡	不	它	又	很
Ninz	mbouj	ndaek	youh	hwnj
nin²	bou⁵	dak⁷	jou⁴	hun³
睡	不	着	又	起

睡不着又起，

7-972

为	好	农	召	心
Vih	ndij	nuengx	cau	sim
vei⁶	di¹	nuːŋ⁴	ça:u⁵	θin¹
为	与	妹	操	心

为情妹操心。

女唱

7-973

杀	母	贝	干	河
Gaj	mou	bae	ganj	haw
ka³	mu¹	pai¹	ka:n³	hɯu¹
杀	猪	去	赶	圩

杀猪上街卖，

7-974

杀	羊	贝	干	衣
Gaj	yiengz	bae	ganj	hih
ka³	jɯːŋ²	pai¹	ka:n³	ji⁵
杀	羊	去	赶	圩

杀羊上街卖。

7-975

打	空	办	生	衣
Daj	ndwi	baenz	seng	eiq
ta³	duːi¹	pan²	θeːŋ¹	i⁵
打	不	成	相	依

找不到对象，

7-976

又	说	为	跟	偻
Youh	naeuz	vih	riengz	raeuz
jou⁴	nau²	vei⁶	ɹiːŋ²	ɹau²
又	说	为	跟	我们

还说为了我。

男唱

7-977

杀	母	貝	干	河
Gaj	mou	bae	ganj	haw
ka³	mu¹	pai¹	ka:n³	həɯ¹
杀	猪	去	赶	圩

杀猪上街卖，

7-978

杀	羊	貝	干	衣
Gaj	yiengz	bae	ganj	hih
ka³	juɯ:ŋ²	pai¹	ka:n³	ji⁵
杀	羊	去	赶	圩

杀羊上街卖。

7-979

貝	而	打	生	衣
Bae	lawz	daj	seng	eiq
pai¹	lau²	ta³	θe:ŋ¹	i⁵
去	哪	打	相	侬

去哪找对象，

7-980

不	说	备	句	一
Mbouj	naeuz	beix	coenz	ndeu
bou⁵	nau²	pi⁴	kjon²	de:u¹
不	说	兄	句	一

又不讲明白。

女唱

7-981

杀	母	貝	干	河
Gaj	mou	bae	ganj	haw
ka³	mu¹	pai¹	ka:n³	həɯ¹
杀	猪	去	赶	圩

杀猪上街卖，

7-982

杀	羊	貝	干	衣
Gaj	yiengz	bae	ganj	hih
ka³	juɯ:ŋ²	pai¹	ka:n³	ji⁵
杀	羊	去	赶	圩

杀羊上街卖。

7-983

十	分	米	生	衣
Cib	faen	miz	seng	eiq
ɕit⁸	fan¹	mi²	θe:ŋ¹	i⁵
十	分	有	相	侬

若真有对象，

7-984

话	可	论	给	你
Vah	goj	lwnh	hawj	mwngz
va⁶	ko⁵	lun⁶	həɯ³	muɯŋ²
话	也	告诉	给	你

我会告诉你。

男唱

女唱

7-985

阝	才	貝	干	河
Boux	sai	bae	ganj	haw
pu⁴	θa:i¹	pai¹	ka:n³	həɯ¹
男	人	去	赶	圩

男人去赶圩，

7-986

它	是	米	生	衣
De	cix	miz	seng	eiq
te¹	çi⁴	mi²	θe:ŋ¹	i⁵
他	是	有	相	依

他必有对象。

7-987

乜	女	貝	干	衣
Meh	mbwk	bae	ganj	hih
me⁶	bɯk⁷	pai¹	ka:n³	ji⁵
女	人	去	赶	圩

女人去赶圩，

7-988

米	生	衣	开	么
Miz	seng	eiq	gij	maz
mi²	θe:ŋ¹	i⁵	ka:i²	ma²
有	相	依	什	么

哪会有对象？

7-989

乜	女	貝	南	宁
Meh	mbwk	bae	nanz	ningz
me⁶	bɯk⁷	pai¹	na:n²	niŋ²
女	人	去	南	宁

女人去南宁，

7-990

讲	坤	办	龙	女
Gangj	gun	baenz	lungz	nawx
ka:ŋ³	kun¹	pan²	luŋ²	nu⁴
讲	官话	成	龙	女

讲话如龙女。

7-991

買	得	开	又	得
Cawx	ndaej	gai	youh	ndaej
çəɯ⁴	dai³	ka:i¹	jou⁴	dai³
买	得	卖	又	得

又会做买卖，

7-992

么	生	衣	不	米
Maz	seng	eiq	mbouj	miz
ma²	θe:ŋ¹	i⁵	bou⁵	mi²
怎么	相	依	不	有

哪没有对象？

男唱

7-993

杀	母	貝	干	河
Gaj	mou	bae	ganj	haw
ka³	mu¹	pai¹	ka:n³	həɯ¹
杀	猪	去	赶	圩

杀猪上街卖，

7-994

杀	羊	貝	干	开
Gaj	yiengz	bae	ganj	gai
ka³	jɯ:ŋ²	pai¹	kai³	ka:i¹
杀	羊	去	赶	街

杀羊上街卖。

7-995

你	在	河	而	开
Mwngz	ywq	haw	lawz	gai
muŋ²	jɯ⁵	həɯ¹	lau²	ka:i¹
你	在	圩	哪	卖

你赶哪条街？

7-996

备	貝	買	你	要
Beix	bae	cawx	mwngz	aeu
pi⁴	pai¹	çɯ⁴	muŋ²	au¹
兄	去	买	你	要

兄去同你买。

女唱

7-997

杀	母	貝	干	河
Gaj	mou	bae	ganj	haw
ka³	mu¹	pai¹	ka:n³	həɯ¹
杀	猪	去	赶	圩

杀猪上街卖，

7-998

杀	羊	貝	干	开
Gaj	yiengz	bae	ganj	gai
ka³	jɯ:ŋ²	pai¹	ka:n³	ka:i¹
杀	羊	去	赶	街

杀羊上街卖。

7-999

在	更	开	摆	开
Ywq	gwnz	gai	baij	gai
jɯ⁵	kɯn²	ka:i¹	pa:i³	ka:i¹
在	上	街	摆	卖

在街上摆卖，

7-1000

备	自	買	不	堂
Beix	gag	cawx	mbouj	daengz
pi⁴	ka:k⁸	çɯ⁴	bou⁵	taŋ²
兄	自	买	不	到

兄没有买到。

男唱

7-1001

阝	才	贝	干	河
Boux	sai	bae	ganj	haw
pu⁴	θaːi¹	pai¹	kaːn³	həɯ¹
男	人	去	赶	圩

男子去赶圩，

7-1002

它	是	米	本	阝
De	cix	miz	bonj	bouh
te¹	çi⁴	mi²	poːn³	pou⁶
他	是	有	本	薄

他带有本子。

7-1003

乜	女	能	怛	补
Meh	mbwk	naengh	dan	bouq
me⁶	buk⁷	naŋ⁶	taːn¹	pu⁵
女	人	坐	摊	铺

女人坐摊铺，

7-1004

友	而	祘	给	你
Youx	lawz	suenq	hawj	mwngz
ju⁴	lau²	θuːn⁵	həɯ³	muŋ²
友	哪	算	给	你

谁帮你算账？

女唱

7-1005

卜	才	贝	干	河
Boux	sai	bae	ganj	haw
pu⁴	θaːi¹	pai¹	kaːn³	həɯ¹
男	人	去	赶	圩

男人去赶圩，

7-1006

它	是	米	本	阝
De	cix	miz	bonj	bouh
te¹	çi⁴	mi²	poːn³	pou⁶
他	是	有	本	薄

他带有本子。

7-1007

乜	女	能	怛	补
Meh	mbwk	naengh	dan	bouq
me⁶	buk⁷	naŋ⁶	taːn¹	pu⁵
女	人	坐	摊	铺

女人坐摊铺，

7-1008

不	祘	是	自	办
Mbouj	suenq	cix	gag	baenz
bou⁵	θuːn⁵	çi⁴	kaːk⁸	pan²
不	算	就	自	成

不算账也清。

男唱

7-1009

扇	子	是	贝	皮
Can	swj	cix	mbaw	beiz
çe:n⁴	θɯ³	çi⁴	bau¹	pi²
扇	子	是	张	扇

扇子叫"贝皮"，

7-1010

美	支	是	红	兰
Mae	sei	cix	hoengz	lanh
mai¹	θi¹	çi⁴	hoŋ²	la:n⁶
线	丝	是	红	兰

丝线是"红兰"。

7-1011

永	顺	点	都	安
Yungj	sun	dem	duh	anh
jin³	çin⁴	te:n¹	tu⁵	ŋa:n⁵
永	顺	与	都	安

永顺跟都安，

7-1012

偻	同	汉	讲	坤
Raeuz	doengh	hanh	gangj	gun
ɹau²	toŋ²	ha:n⁶	ka:ŋ³	kun¹
我们	相	限	讲	官话

争相讲汉话。

女唱

7-1013

你	在	田	都	安
Mwngz	ywq	dieg	duh	anh
mɯŋ²	ju⁵	ti:k⁸	tu⁵	ŋa:n⁵
你	在	地	都	安

你家在都安，

7-1014

日	日	汉	讲	坤
Ngoenz	ngoenz	hanh	gangj	gun
ŋon²	ŋon²	ha:n⁶	ka:ŋ³	kun¹
天	天	限	讲	官话

天天讲汉话。

7-1015

农	永	顺	的	文
Nuengx	yungj	sun	diq	vunz
nu:ŋ⁴	jin³	çin⁴	ti⁵	vun²
妹	永	顺	的	人

妹是永顺人，

7-1016

讲	坤	土	空	知
Gangj	gun	dou	ndwi	rox
ka:ŋ³	kun¹	tu¹	du:i¹	ɹo⁴
讲	官话	我	不	知

我不懂汉话。

男唱

7-1017

永	顺	点	都	安
Yungj	sun	dem	duh	anh
jin³	çin⁴	te:n¹	tu⁵	ŋa:n⁵
永	顺	与	都	安

永顺和都安，

7-1018

阝	阝	巴	是	轻
Boux	boux	bak	cix	mbaeu
pu⁴	pu⁴	pa:k⁷	çi⁴	bau¹
人	人	嘴	是	轻

人人爱讲话。

7-1019

贝	干	衣	龙	头
Bae	ganj	hih	lungz	daeuz
bai¹	ka:n³	ji⁵	luŋ²	tau²
去	赶	圩	龙	头

去赶龙头圩，

7-1020

龙	教	坤	你	听
Lungz	son	gun	mwngz	dingq
luŋ²	θo:n¹	kun¹	muŋ²	tiŋ⁵
龙	教	官话	你	听

兄教你汉话。

女唱

7-1021

乜	月	点	拉	里
Meh	ndwen	dem	ndau	ndeiq
me⁶	du:n¹	te:n¹	dau¹	di⁵
母	月	与	星	星

月亮和星星，

7-1022

不	玉	乜	灯	日
Mbouj	yiz	meh	daeng	ngoenz
bou⁵	ji²	me⁶	taŋ¹	ŋon²
不	粘	母	灯	天

不靠近太阳。

7-1023

讲	朵	牙	不	办
Gangj	doj	yax	mbouj	baenz
ka:ŋ³	to³	ja⁵	bou⁵	pan²
讲	土	也	不	成

壮话讲不成，

7-1024

讲	坤	牙	不	变
Gangj	gun	yax	mbouj	bienz
ka:ŋ³	kun¹	ja⁵	bou⁵	pe:n²
讲	官话	也	不	熟练

汉话讲不好。

男唱

7-1025

日	盘	堂	浪	你
Ngoenz	bonz	daengz	laeng	mwngz
ŋon²	poːn²	taŋ²	laŋ¹	muɯŋ²
天	前	到	家	你

前天到你家，

7-1026

少	是	知	讲	话
Sau	cix	rox	gangj	vah
θaːu¹	çi⁴	ɹo⁴	kaːŋ³	va⁶
姑娘	就	知	讲	话

妹最会讲话。

7-1027

日	内	堂	浪	土
Ngoenz	neix	daengz	laeng	dou
ŋon²	ni⁴	taŋ²	laŋ¹	tu¹
天	今	到	家	我

今天到我家，

7-1028

话	是	讲	不	办
Vah	cix	gangj	mbouj	baenz
va⁶	çi⁴	kaːŋ³	bou⁵	pan²
话	是	讲	不	成

话都讲不出。

女唱

7-1029

讲	朵	说	讲	慢
Gangj	doj	naeuz	gangj	manz
kaːŋ³	to³	nau²	kaːŋ³	maːn²
讲	土	或	讲	蛮

土语或蛮话，

7-1030

土	是	知	它	的
Dou	cix	rox	daq	diq
tu¹	çi⁴	ɹo⁴	ta⁵	ti⁵
我	就	知	连	点

我会讲一点。

7-1031

讲	坤	古	道	理
Gangj	gun	guh	dauh	leix
kaːŋ³	kun¹	ku⁴	taːu⁶	li⁴
讲	官话	做	道	理

汉话打招呼，

7-1032

罗	内	农	不	通
Loh	neix	nuengx	mbouj	doeng
lo⁶	ni⁴	nuːŋ⁴	bou⁵	toŋ¹
路	这	妹	不	通

这点妹不懂。

男唱

7-1033

扇	子	是	贝	皮
Canx	swj	cix	mbaw	beiz
ça:n⁴	θɯ³	çi⁴	bau¹	pi²
扇	子	是	张	扇

扇子是"贝皮",

7-1034

美	支	是	红	兰
Mae	sei	cix	hoengz	lanh
mai¹	θi¹	çi⁴	hoŋ²	la:n⁶
线	丝	是	红	兰

丝线是"红兰"。

7-1035

九	问	你	了	邦
Gou	haemq	mwngz	liux	baengz
kou¹	han⁵	mɯŋ²	li:u⁴	paŋ²
我	问	你	啰	朋

我问你啊友,

7-1036

土	忙	作	开	么
Duz	mbangq	coh	gij	maz
tu²	ba:ŋ⁵	ço⁶	ka:i²	ma²
只	鼯鼠	名字	什么

"土忙"叫什么?

女唱

7-1037

扇	子	是	贝	皮
Canx	swj	cix	mbaw	beiz
ça:n⁴	θɯ³	çi⁴	bau¹	pi²
扇	子	是	张	扇

扇子是"贝皮",

7-1038

美	支	是	红	兰
Mae	sei	cix	hoengz	lanh
mai¹	θi¹	çi⁴	hoŋ²	la:n⁶
线	丝	是	红	兰

丝线是"红兰"。

7-1039

飞	虎	是	土	忙
Feih	fuj	cix	duz	mbangq
fei⁵	fu³	çi⁴	tu²	ba:ŋ⁵
飞	虎	是	只	鼯鼠

飞虎是"土忙",

7-1040

又	问	邦	古	而
Youh	haemq	baengz	guh	rawz
jou⁴	han⁵	paŋ²	ku⁴	ɹuaɹ²
又	问	朋	做	什么

还问做什么?

男唱

女唱

7-1041

卜	是	叫	古	父
Boh	cix	heuh	guh	fux
po⁶	çi⁴	he:u⁶	ku⁴	fu⁴
卜	是	叫	做	父

"卜"就叫作"父",

7-1042

叔	是	叫	古	奥
Cuh	cix	heuh	guh	au
çu⁶	çi⁴	he:u⁶	ku⁴	a:u¹
叔	就	叫	做	叔

叔就叫作"奥"。

7-1043

飞	鼠	是	王	蛟
Feih	cuj	cix	vangh	vauz
fei⁵	çi³	çi⁴	va:ŋ⁶	va:u²
飞	鼠	是	飞	鼠

飞鼠是"王蛟",

7-1044

土	交	开	么	姓
Duz	gyau	gij	maz	singq
tu²	kja:u¹	ka:i²	ma²	θiŋ⁵
只	蜘蛛	什	么	姓

"土交"怎么说?

7-1045

卜	是	叫	古	父
Boh	cix	heuh	guh	fux
po⁶	çi⁴	he:u⁶	ku⁴	fu⁴
卜	是	叫	做	父

"卜"就叫作"父",

7-1046

叔	是	叫	古	奥
Cuh	cix	heuh	guh	au
çu⁶	çi⁴	he:u⁶	ku⁴	a:u¹
叔	就	叫	做	叔

叔就叫作"奥"。

7-1047

飞	鼠	是	王	蛟
Feih	cuj	cix	vangh	vauz
fei⁵	çi³	çi⁴	va:ŋ⁶	va:u²
飞	鼠	是	飞	鼠

飞鼠是"王蛟",

7-1048

土	交	是	支	出
Duz	gyau	cix	cih	cuh
tu²	kja:u¹	çi⁴	çi⁵	çu⁵
只	蜘蛛	是	蜘	蛛

"土交"是蜘蛛。

男唱

7-1049

关	门	是	关	土
Gvanh	mwnz	cix	gven	dou
kwa:n⁵	mun²	çi⁴	kwe:n¹	tou¹
关	门	是	关	门

关门是"关土",

7-1050

公	母	是	为	犸
Gueng	mou	cix	vei	ciq
ku:ŋ¹	mu¹	çi⁴	vei⁴	çi⁵
喂	猪	是	喂	猪

"公母"是喂猪。

7-1051

能	苗	是	狐	狸
Nyaen	meuz	cix	huz	liz
ȵan¹	me:u²	çi⁴	hu⁶	li⁶
野狸猫		是	狐	狸

"能苗"是狐狸,

7-1052

野	鸡	开	么	少
Yej	gih	gij	maz	sau
je³	ki⁵	ka:i²	ma²	θa:u¹
野	鸡	什	么	姑娘

野鸡叫什么?

女唱

7-1053

关	门	是	关	土
Gvanh	mwnz	cix	gven	dou
kwa:n⁵	mun²	çi⁴	kwe:n¹	tou¹
关	门	是	关	门

关门是"关土",

7-1054

公	母	是	为	犸
Gueng	mou	cix	vei	ciq
ku:ŋ¹	mu¹	çi⁴	vei⁴	çi⁵
喂	猪	是	喂	猪

"公母"是喂猪。

7-1055

能	苗	是	狐	狸
Nyaen	meuz	cix	huz	liz
ȵan¹	me:u²	çi⁴	hu⁶	li⁶
野狸猫		是	狐	狸

"能苗"是狐狸,

7-1056

野	鸡	是	鸟	给
Yej	gih	cix	roeg	gae
je³	ki⁵	çi⁴	ɹok⁸	kai¹
野	鸡	是	鸟	雏

野鸡是"鸟给"。

男唱

7-1057

马　丰　是　土　多

Maj　fungh　cix　duz　doq

ma³　fuŋ⁵　çi⁴　tu²　to⁵

马　蜂　是　只　马蜂

马蜂是"土多",

7-1058

唱　歌　是　说　欢

Cang　goh　cix　naeuz　fwen

ça:ŋ⁴　ko⁵　çi⁴　nau²　vu:n¹

唱　歌　是　说　歌

唱歌是"说欢"。

7-1059

晒　平　是　安　盘

Cai　bingz　cix　aen　buenz

ça:i⁴　piŋ⁶　çi⁴　an¹　pu:n²

晒　坪　是　个　盘

晒坪是"安盘",

7-1060

土　团　开　么　姓

Duz　duenh　gij　maz　singq

tu²　tu:n⁶　ka:i²　ma²　θiŋ⁵

只　野猪　什　么　姓

"土团"是什么?

女唱

7-1061

马　丰　是　土　多

Maj　fungh　cix　duz　doq

ma³　fuŋ⁵　çi⁴　tu²　to⁵

马　蜂　是　只　马蜂

马蜂是"土多",

7-1062

唱　歌　是　说　欢

Cang　goq　cix　naeuz　fwen

ça:ŋ⁴　ko⁵　çi⁴　nau²　vu:n¹

唱　歌　是　说　歌

唱歌是"说欢"。

7-1063

晒　平　是　安　盘

Cai　bingz　cix　aen　buenz

ça:i⁴　piŋ⁶　çi⁴　an¹　pu:n²

晒　坪　是　个　盘

晒坪是"安盘",

7-1064

土　团　是　野　犸

Duz　duenh　cix　yej　ciq

tu²　tu:n⁶　çi⁴　je³　çi⁵

只　团　是　野　猪

"土团"是野猪。

男唱	女唱

男唱

7-1065

马	丰	是	土	多
Maj	fungh	cix	duz	doq
ma^3	fun^5	$çi^4$	tu^2	to^5
马蜂	是	只	马蜂	

马蜂是"土多",

7-1066

唱	歌	是	说	欢
Cang	goq	cix	naeuz	fwen
$ça:ŋ^4$	ko^5	$çi^4$	nau^2	$vu:n^1$
唱	歌	是	说	歌

唱歌是"说欢"。

7-1067

月	亮	是	乜	月
Yez	lieng	cix	meh	ndwen
je^6	$le:ŋ^4$	$çi^4$	me^6	$du:n^1$
月	亮	是	母	月

月亮是"乜月",

7-1068

采	邦	开	么	农
Caij	biengz	gij	maz	nuengx
$ça:i^3$	$pi:ŋ^2$	$ka:i^2$	ma^2	$nu:ŋ^4$
走	地方	什	么	妹

"采邦"是什么?

女唱

7-1069

马	丰	是	土	多
Ma	fungh	cix	duz	doq
ma^3	fun^5	$çi^4$	tu^2	to^5
马蜂	是	只	马蜂	

马蜂是"土多",

7-1070

唱	歌	是	说	欢
Cang	goq	cix	naeuz	fwen
$ça:ŋ^4$	ko^5	$çi^4$	nau^2	$vu:n^1$
唱	歌	是	说	歌

唱歌是"说欢"。

7-1071

月	亮	是	乜	月
Yez	lieng	cix	meh	ndwen
je^6	$le:ŋ^4$	$çi^4$	me^6	$du:n^1$
月	亮	是	母	月

月亮是"乜月",

7-1072

采	邦	是	由	方
Byaij	biengz	cix	youz	fangh
$pja:i^3$	$pi:ŋ^2$	$çi^4$	jou^6	$fa:ŋ^5$
走	地方	是	游	方

"采邦"是云游。

男唱

7-1073

能	是	叫	说	坐
Naengh	cix	heuh	naeuz	co
naŋ⁶	çi⁴	heːu⁶	nau²	ço⁴
坐	是	叫	说	坐

"能"就叫作"坐",

7-1074

克	是	叫	说	贝
Gwz	cix	heuh	naeuz	bae
kə⁴	çi⁴	heːu⁶	nau²	pai¹
克	就	叫	说	去

"克"就叫作"贝"。

7-1075

罗	丝	是	勒	岁
Loz	swh	cix	lwg	sae
lo⁶	θɯ⁵	çi⁴	luk⁸	θei¹
螺	蛳	是	子	蛳

螺蛳叫"勒岁",

7-1076

元	远	开	么	农
Roen	gyae	gij	maz	nuengx
joːn¹	kjai¹	kaːi²	ma²	nuːŋ⁴
路	远	什	么	妹

"元远"是什么?

女唱

7-1077

能	是	叫	说	坐
Naengh	cix	heuh	naeuz	co
naŋ⁶	çi⁴	heːu⁶	nau²	ço⁴
坐	是	叫	说	坐

"能"就叫作"坐",

7-1078

克	是	叫	说	贝
Gwz	cix	heuh	naeuz	bae
kə⁴	çi⁴	heːu⁶	nau²	pai¹
克	就	叫	说	去

"克"就叫作"贝"。

7-1079

罗	丝	是	勒	岁
Loz	swh	cix	lwg	sae
lo⁶	θɯ⁵	çi⁴	luk⁸	θei¹
螺	蛳	是	子	蛳

螺蛳叫"勒岁",

7-1080

元	远	是	远	路
Roen	gyae	cix	yenj	lu
joːn¹	kjai¹	çi⁴	joːn³	lu⁴
路	远	是	远	路

"元远"是远路。

男唱	女唱

7-1081

白	米	是	后	好
Bwz	mij	cix	haeux	hau
pə²	mi³	çi⁴	hau⁴	haːu¹
白	米	是	米	白

白米说"后好",

7-1082

勒	朵	是	秀	品
Lwg	ndo	cix	giuj	bingj
luk⁸	do¹	çi⁴	çiːu³	pin³
子	酒曲	是	酒	饼

"勒朵"是酒饼。

7-1083

告	令	是	高	岭
Gau	lingq	cix	gauh	lingj
kaːu¹	liŋ⁵	çi⁴	kaːu¹	liŋ³
告	陡	是	高	岭

"告令"是高岭,

7-1084

永	顺	开	么	文
Yungj	sun	gij	maz	vunz
jin³	çin⁴	kaːi²	ma²	vun²
永	顺	什么		人

永顺是何人?

7-1085

白	米	是	后	好
Bwz	mij	cix	haeux	hau
pə²	mi³	çi⁴	hau⁴	haːu¹
白	米	是	米	白

白米说"后好",

7-1086

勒	朵	是	秀	品
Lwg	ndo	cix	giuj	bingj
luk⁸	do¹	çi⁴	çiːu³	pin³
子	酒曲	是	酒	饼

"勒朵"是酒饼。

7-1087

告	令	是	高	岭
Gau	lingq	cix	gauh	lingj
kaːu¹	liŋ⁵	çi⁴	kaːu¹	liŋ³
告	陡	是	高	岭

"告令"是高岭,

7-1088

永	顺	真	友	偻
Yungj	sun	caen	youx	raeuz
jin³	çin⁴	çin¹	ju⁴	ʝauɹ²
永	顺	真	友	我们

永顺是密友。

男唱

7-1089

河	州	是	永	顺
Haw	cou	cix	yungj	sun
həu¹	çou¹	çi⁴	jin³	çin⁴
圩	周	是	永	顺

"河州"是永顺，

7-1090

手	巾	是	贝	更
Souj	ginh	cix	mbaw	gaen
çou³	kin⁶	çi⁴	bau¹	kan¹
手	巾	是	张	巾

手巾是"贝更"。

7-1091

半	夜	是	用	很
Ban	ye	cix	byongh	hwnz
poːn⁴	je⁴	çi⁴	pjoːŋ⁶	huɯn²
半	夜	是	半	夜

半夜是"用很"，

7-1092

给	很	开	么	农
Gaeq	haen	gij	maz	nuengx
kai⁵	han¹	kaːi²	ma²	nuːŋ⁴
鸡	啼	什	么	妹

"给很"是什么？

女唱

7-1093

河	州	是	永	顺
Haw	cou	cix	yungj	sun
həu¹	çou¹	çi⁴	jin³	çin⁴
圩	周	是	永	顺

"河州"是永顺，

7-1094

手	巾	是	贝	更
Souj	ginh	cix	mbaw	gaen
çou³	kin⁶	çi⁴	bau¹	kan¹
手	巾	是	张	巾

手巾是"贝更"。

7-1095

半	夜	是	用	很
Ban	ye	cix	byongh	hwnz
poːn⁴	je⁴	çi⁴	pjoːŋ⁶	huɯn²
半	夜	是	半	夜

半夜是"用很"，

7-1096

给	很	是	鸡	叫
Gaeq	haen	cix	gih	gyau
kai⁵	han¹	çi⁴	ki⁵	kjaːu⁴
鸡	啼	是	鸡	叫

"给很"是鸡啼。

男唱

7-1097

半	夜	是	用	很
Ban	ye	cix	byongh	hwnz
poːn⁴	je⁴	çi⁴	pjoːŋ⁶	huun²
半	夜	是	半	夜

半夜是"用很",

7-1098

给	很	是	鸡	叫
Gaeq	haen	cix	gih	gyau
kai⁵	han¹	çi⁴	ki⁵	kjaːu⁴
鸡	啼	是	鸡	叫

"给很"是鸡叫。

7-1099

讲	坤	汉	发	宝
Gangj	gun	han	faz	bauj
kaːŋ³	kun¹	haːn¹	fa⁶	paːu³
讲	官话	应	法	宝

汉话是法宝,

7-1100

来	到	开	么	少
Laiz	dau	gij	maz	sau
laːi²	taːu⁴	kaːi²	ma²	θaːu¹
来	到	什么		姑娘

来到怎么说?

女唱

7-1101

半	夜	是	用	很
Ban	ye	cix	byongh	hwnz
poːn⁴	je⁴	çi⁴	pjoːŋ⁶	huun²
半	夜	是	半	夜

半夜是"用很",

7-1102

给	很	是	鸡	叫
Gaeq	haen	cix	gih	gyau
kai⁵	han¹	çi⁴	ki⁵	kjaːu⁴
鸡	啼	是	鸡	叫

"给很"是鸡叫。

7-1103

讲	坤	汉	发	宝
Gangj	gun	han	faz	bauj
kaːŋ³	kun¹	haːn¹	fa⁶	paːu³
讲	官话	应	法	宝

汉话是法宝,

7-1104

来	到	是	马	堂
Laiz	dau	cix	ma	daengz
laːi²	taːu⁴	çi⁴	ma¹	taŋ²
来	到	是	来	到

来到是"马堂"。

① 土退［tu² tuːi¹］:
特堆，壮族民间
传说人物。传说
他因砍摇钱树而
亡，民间把他的
故事和吴刚的传
说相混淆，故歌
词中说"'土退'
是吴刚"。

男唱

7-1105

关	是	叫	古	夫
Gvan	cix	heuh	guh	fuh
kwaːn¹	çi⁴	heːu⁶	ku⁴	fu⁵
关	是	叫	做	夫

"关"就叫作"夫"，

7-1106

女	婿	叫	古	贵
Nij	six	heuh	guh	gwiz
ni³	θi⁴	heːu⁶	ku⁴	kɯi²
女	婿	叫	做	婿

女婿称为"贵"。

7-1107

怕	王	是	土	雷
Byaj	vangz	cix	duz	loiz
pa⁴	vaːŋ⁶	çi⁴	tu²	loːi²
雷	王	是	只	雷

雷王是"土雷"，

7-1108

土	退	开	么	姓
Duz	daeq	gij	maz	singq
tu²	tuːi¹	kaːi²	ma²	θiŋ⁵
只	蟋蟀	什	么	姓

"土退"是什么？

女唱

7-1109

关	是	叫	古	夫
Gvan	cix	heuh	guh	fuh
kwaːn¹	çi⁴	heːu⁶	ku⁴	fu⁵
关	是	叫	做	夫

"关"就叫作"夫"，

7-1110

女	婿	叫	古	贵
Nij	six	heuh	guh	gwiz
ni³	θi⁴	heːu⁶	ku⁴	kɯːi²
女	婿	叫	做	婿

女婿称为"贵"。

7-1111

怕	王	是	土	雷
Byaj	vangz	cix	duz	loiz
pa⁴	vaːŋ⁶	çi⁴	tu²	loːi²
雷	王	是	只	雷

雷王是"土雷"，

7-1112

土	退①	是	务	干
Duz	doi	cix	vuj	ganq
tu²	tuːi¹	çi⁴	vu³	kaːn⁵
只	蟋蟀	是	吴	刚

"土退"是吴刚。

男唱

7-1113

白	米	是	后	好
Bwz	mij	cix	haeux	hau
pə²	mi³	çi⁴	hau⁴	ha:u¹
白	米	是	米	白

白米称"后好",

7-1114

勒	朵	是	秀	品
Lwg	ndo	cix	giuj	bingj
luk⁸	do¹	çi⁴	çi:u³	pin³
子	酒曲	是	酒	饼

"勒朵"是酒饼。

7-1115

日	明	九	作	强
Ngoenz	cog	gou	coq	gingq
ŋon²	ço:k⁸	kou¹	ço⁵	kiŋ⁵
天	明	我	放	镜

明天我放镜,

7-1116

名	堂	貝	堂	州
Mingz	dangz	bae	daengz	cou
miŋ²	ta:ŋ²	pai¹	taŋ²	çu¹
名	堂	去	到	州

名誉传州城。

女唱

7-1117

丰	是	叫	古	润
Fungh	cix	heuh	guh	rumz
fuŋ⁵	çi⁴	he:u⁶	ku⁴	ɹun²
风	是	叫	做	风

风就叫作"润",

7-1118

更	本	汉	上	天
Gwnz	mbwn	hanj	sang	denh
kɯn²	bun¹	ha:n³	θa:ŋ⁴	ti:n¹
上	天	喊	上	天

"更本"是上天。

7-1119

貝	干	河	買	求
Bae	ganj	haw	cawx	gyu
pai¹	ka:n³	hɯ¹	çəɯ⁴	kju¹
去	赶	圩	买	盐

去赶圩买盐,

7-1120

丰	干	田	包	少
Fungh	ganj	denz	mbauq	sau
fuŋ⁶	ka:n³	te:n²	ba:u⁵	θa:u¹
凤	赶	地	小伙	姑娘

凤临情侣地。

	男唱

	女唱

7-1121

丰	是	叫	古	润
Fungh	cix	heuh	guh	rumz
fuŋ⁵	çi⁴	he:u⁶	ku⁴	ɹun²
风	是	叫	做	风

风就称为"润"，

7-1122

更	本	汉	上	天
Gwnz	mbwn	hanj	sang	denh
kɯn²	ɓɯn¹	ha:n³	θa:ŋ⁴	ti:n¹
上	天	喊	上	天

"更本"是上天。

7-1123

伏	汉	求	古	元
Fwx	hanj	gyu	guh	yenz
fə⁴	ha:n³	kju¹	ku⁴	je:n⁶
别人	喊	盐	做	盐

人说"求"是盐，

7-1124

农	汉	元	古	么
Nuengx	hanj	yenz	guh	maz
nu:ŋ⁴	ha:n³	je:n⁶	ku⁴	ma²
妹	喊	盐	做	什么

妹那里咋叫？

7-1125

丰	是	叫	古	润
Fungh	cix	heuh	guh	rumz
fuŋ⁵	çi⁴	he:u⁶	ku⁴	ɹun²
风	是	叫	做	风

风就叫作"润"，

7-1126

更	本	汉	上	天
Gwnz	mbwn	hanj	sang	denh
kɯn²	ɓɯn¹	ha:n³	θa:ŋ⁴	ti:n¹
上	天	喊	上	天

"更本"是上天。

7-1127

伏	汉	求	古	元
Fwx	hanj	gyu	guh	yenz
fə⁴	ha:n³	kju¹	ku⁴	je:n⁶
别人	叫	盐	做	盐

人称"求"为盐，

7-1128

农	汉	元	古	求
Nuengx	hanj	yenz	guh	gyu
nu:ŋ⁴	ha:n³	je:n⁶	ku⁴	kju¹
妹	应	盐	做	盐

妹说盐是"求"。

男唱

7-1129

伏	汉	求	古	元
Fwx	hanj	gyu	guh	yenz
fə⁴	ha:n³	kju¹	ku⁴	je:n⁶
别人	喊	盐	做	盐

人说"求"是盐，

7-1130

农	叫	元	古	求
Nuengx	heuh	yenz	guh	gyu
nu:ŋ⁴	he:u⁶	je:n⁶	ku⁴	kju¹
妹	叫	盐	做	盐

妹说盐是"求"。

7-1131

名	堂	貝	堂	州
Mingz	dangz	bae	daengz	cou
miŋ²	ta:ŋ²	pai¹	taŋ²	ɕu¹
名	堂	去	到	州

名传到州城，

7-1132

斤	求	几	来	两
Gaen	gyu	geij	lai	liengx
kan¹	kju¹	ki³	la:i¹	li:ŋ⁴
斤	盐	几	多	两

一斤多少两？

女唱

7-1133

伏	汉	求	古	元
Fwx	hanj	gyu	guh	yenz
fə⁴	ha:n³	kju¹	ku⁴	je:n⁶
别人	喊	盐	做	盐

人说"求"是盐，

7-1134

农	叫	元	古	求
Nuengx	heuh	yenz	guh	gyu
nu:ŋ⁴	he:u⁶	je:n⁶	ku⁴	kju¹
妹	叫	盐	做	盐

妹说盐是"求"。

7-1135

明	堂	貝	堂	州
Mingz	dangz	bae	daengz	cou
miŋ²	ta:ŋ²	pai¹	taŋ²	ɕu¹
名	堂	去	到	州

名传到州城，

7-1136

斤	求	十	六	两①
Gaen	gyu	cib	roek	liengx
kan¹	kju¹	ɕit⁸	ɹok⁷	li:ŋ⁴
斤	盐	十	六	两

每斤十六两。

① 斤求十六两 [kan¹ kju¹ ɕit⁸ ɹok⁷ li:ŋ⁴]：每斤十六两。过去的计重单位，每市斤计十六两，每两十六分。

男唱

7-1137

一	斤	十	六	两
It	gaen	cib	roek	liengx
it⁷	kan¹	çit⁷	ɹok⁷	li:ŋ⁴
一	斤	十	六	两

每斤十六两，

7-1138

两	两	十	六	分
Liengx	liengx	cib	roek	faen
li:ŋ⁴	li:ŋ⁴	çit⁷	ɹok⁷	fan¹
两	两	十	六	分

每两十六分。

7-1139

庯	斗	堂	点	灯
Haemh	daeuj	daengz	diemj	daeng
han⁶	tau³	taŋ²	te:n³	taŋ¹
夜	来	到	点	灯

上灯时来到，

7-1140

对	生	友	阝	而
Doiq	saemq	youx	boux	lawz
to:i⁵	θan⁵	ju⁴	pu⁴	lau²
对	庚	友	个	哪

来客是何人？

女唱

7-1141

一	斤	十	六	两
It	gaen	cib	roek	liengx
it⁷	kan¹	çit⁷	ɹok⁷	li:ŋ⁴
一	斤	十	六	两

每斤十六两，

7-1142

两	两	十	六	分
Liengx	liengx	cib	roek	faen
li:ŋ⁴	li:ŋ⁴	çit⁷	ɹok⁷	fan¹
两	两	十	六	分

每两十六分。

7-1143

庯	斗	堂	点	灯
Haemh	daeuj	daengz	diemj	daeng
han⁶	tau³	taŋ²	te:n³	taŋ¹
夜	来	到	点	灯

上灯时来到，

7-1144

对	生	真	友	偻
Doiq	saemq	caen	youx	raeuz
to:i⁵	θan⁵	çin¹	ju⁴	ɹau²
对	庚	真	友	我们

来客是我友。

男唱	女唱

7-1145

一	斤	十	六	两
It	gaen	cib	roek	liengx
it⁷	kan¹	ɕit⁷	ɹok⁷	li:ŋ⁴
一	斤	十	六	两

每斤十六两，

7-1146

两	两	十	六	分
Liengx	liengx	cib	roek	faen
li:ŋ⁴	li:ŋ⁴	ɕit⁷	ɹok⁷	fan¹
两	两	十	六	分

每两十六分。

7-1147

讲	坤	汉	点	灯
Gangj	gun	hanj	diemj	daeng
ka:ŋ³	kun¹	ha:n³	te:n³	taŋ¹
讲	官话	喊	点	灯

汉话叫"点灯"，

7-1148

讲	朵	叫	开	么
Gangj	doj	heuh	gij	maz
ka:ŋ³	to³	he:u⁶	ka:i²	ma²
讲	土	叫	什	么

壮话叫什么？

7-1149

一	斤	十	六	两
It	gaen	cib	roek	liengx
it⁷	kan¹	ɕit⁷	ɹok⁷	li:ŋ⁴
一	斤	十	六	两

每斤十六两，

7-1150

两	两	十	六	分
Liengx	liengx	cib	roek	faen
li:ŋ⁴	li:ŋ⁴	ɕit⁷	ɹok⁷	fan¹
两	两	十	六	分

每两十六分。

7-1151

讲	坤	汉	点	灯
Gangj	gun	hanj	diemj	daeng
ka:ŋ³	kun¹	ha:n³	te:n³	taŋ¹
讲	官话	喊	点	灯

汉话叫"点灯"，

7-1152

讲	朵	叫	点	灯
Gangj	doj	heuh	diemj	daeng
ka:ŋ³	to³	he:u⁶	te:n³	taŋ¹
讲	土	叫	点	灯

壮话说"点灯"。

男唱

7-1153

房	子	叫	古	然
Fangz	swj	heuh	guh	ranz
faːŋ⁶	θɯ³	heːu⁶	ku⁴	ɹaːn²
房	子	叫	做	家

房子叫作"然"，

7-1154

更	板	汉	楼	上
Gwnz	bam	hanj	laeuz	sang
kɯn²	paːn¹	haːn³	lau²	θaːŋ⁴
上	阁楼	喊	楼	上

"更板"叫楼上。

7-1155

同	子	是	勒	求
Dungz	swj	cix	lwg	gyaeuq
tuŋ⁶	θɯ³	çi⁴	luk⁸	kjau⁵
桐	子	是	子	桐

桐子叫"勒求"，

7-1156

油	同	开	么	油
Youz	Dungz	gij	maz	youz
jou²	tuŋ⁶	kaːi²	ma²	jon²
油	桐	什	么	油

桐油叫什么？

女唱

7-1157

房	子	叫	古	然
Fangz	swj	heuh	guh	ranz
faːŋ⁶	θɯ³	heːu⁶	ku⁴	ɹaːn²
房	子	叫	做	家

房子叫作"然"，

7-1158

更	板	汉	楼	上
Gwnz	bam	hanj	laeuz	sang
kɯn²	paːn¹	haːn³	lau²	θaːŋ⁴
上	阁楼	喊	楼	上

"更板"叫楼上。

7-1159

同	子	是	勒	求
Doengz	swj	cix	lwg	gyaeuq
toŋ⁶	θɯ³	çi⁴	luk⁸	kjau⁵
桐	子	是	子	桐

桐子叫"勒求"，

7-1160

油	同	是	油	同
Youz	Doengz	cix	youz	doengz
jou²	tuŋ⁶	çi⁴	jou²	toŋ⁶
油	桐	是	油	桐

桐油叫"油同"。

男唱

女唱

7-1161

房	子	叫	古	然
Fangz	swj	heuh	guh	ranz
faːŋ⁶	θɯ³	heːu⁶	ku⁴	ɹaːn²
房	子	叫	做	家

房子叫作"然",

7-1162

更	板	汉	楼	上
Gwnz	bam	hanj	laeuz	sang
kɯn²	paːn¹	haːn³	lau²	θaːŋ⁴
上	阁楼	喊	楼	上

"更板"是楼上。

7-1163

同	子	是	勒	求
Doengz	swj	cix	lwg	gyaeuq
toŋ⁶	θɯ³	çi⁴	luɯk⁸	kjau⁵
桐	子	是	子	桐

桐子叫"勒求",

7-1164

茶	油	开	么	油
Caz	youz	gij	maz	youz
ça²	jou²	kaːi²	ma²	jou²
茶	油	什	么	油

茶油叫什么?

7-1165

房	子	叫	古	然
Fangz	swj	heuh	guh	ranz
faːŋ⁶	θɯ³	heːu⁶	ku⁴	ɹaːn²
房	子	叫	做	家

房子叫作"然",

7-1166

更	板	汉	楼	上
Gwnz	bam	hanj	laeuz	sang
kɯn²	paːn¹	haːn³	lau²	θaːŋ⁴
上	阁楼	喊	楼	上

"更板"是楼上。

7-1167

同	子	是	勒	求
Doengz	swj	cix	lwg	gyaeuq
toŋ⁶	θɯ³	çi⁴	luɯk⁸	kjau⁵
桐	子	是	子	桐

桐子叫"勒求",

7-1168

茶	油	是	油	茶
Caz	youz	cix	youz	caz
ça²	jou²	çi⁴	jou²	ça²
茶	油	是	油	茶

茶油叫"油茶"。

男唱

7-1169

高　粱　是　后　王

Gauh　liengz　cix　haeux　vangz

ka:u⁵　le:ŋ⁶　çi⁴　hau⁴　va:ŋ²

高　粱　是　米　王

高粱叫"后王"，

7-1170

勒　蕉　是　芭　蕉

Lwg　gyoij　cix　bah　ciuh

luɯk⁸　kjo:i³　çi⁴　pa⁵　çi:u⁵

子　蕉　是　芭　蕉

"勒蕉"是芭蕉。

7-1171

样　样　你　知　了

Yiengh　yiengh　mwngz　rox　liux

juɯ:ŋ⁶　juɯ:ŋ⁶　muɯ²　ro⁴　li:u⁴

样　样　你　知　完

样样你都懂，

7-1172

土　九　作　开　么

Duz　yiuh　coh　gij　maz

tu²　ji:u⁶　ço⁶　ka:i²　ma²

只　鹞　名　字　什　么

鹞子叫什么？

女唱

7-1173

高　粱　是　后　王

Gauh　liengz　cix　haeux　vangz

ka:u⁵　le:ŋ⁶　çi⁴　hau⁴　va:ŋ²

高　粱　是　米　王

高粱叫"后王"，

7-1174

勒　蕉　是　芭　蕉

Lwg　gyoij　cix　bah　ciuh

luɯk⁸　kjo:i³　çi⁴　pa⁵　çi:u⁵

子　蕉　是　芭　蕉

"勒蕉"是芭蕉。

7-1175

告　内　论　你　了

Gau　neix　lwnh　mwngz　liux

ka:u¹　ni⁴　lun⁶　muɯŋ²　li:u⁴

次　这　告诉　你　完

全都告诉你，

7-1176

土　九　是　土　令

Duz　yiuh　cix　duz　lingz

tu²　ji:u⁶　çi⁴　tu²　liŋ²

只　鹞　是　只　灵

鹞子叫"土灵"。

男唱

女唱

7-1177

来	是	叫	古	多
Lai	cix	heuh	guh	doh
laːi¹	çi⁴	heːu⁶	ku⁴	to⁵
多	是	叫	做	多

"来"就叫作"多",

7-1181

备	说	来	古	多
Beix	naeuz	lai	guh	doh
pi⁴	nau²	laːi¹	ku⁴	to⁵
兄	说	多	做	多

兄说"来"是"多",

7-1178

多	是	叫	说	来
Doh	cix	heuh	naeuz	lai
to⁵	çi⁴	heːu⁶	nau²	laːi¹
多	是	叫	说	多

"多"也叫作"来"。

7-1182

农	汉	多	古	来
Nuengx	han	doh	guh	lai
nuːŋ⁴	haːn¹	to⁵	ku⁴	laːi¹
妹	应	多	做	多

妹说"多"是"来"。

7-1179

九	问	你	少	乖
Gou	haemq	mwngz	sau	gvai
kou¹	han⁵	muŋ²	θaːu¹	kwaːi¹
我	问	你	姑娘	乖

我问你小妹,

7-1183

观	班	老	它	排
Gonq	ban	laux	de	baiz
koːn⁵	paːn¹	laːu⁴	te¹	paːi²
先	班	老	他	排

老一代定夺,

7-1180

河	才	开	么	元
Haw	caiz	gij	maz	yienh
həɯ¹	çaːi²	kaːi²	ma²	jeːn⁶
圩	才	什	么	县

才圩属哪县?

7-1184

河	才	是	都	安
Haw	caiz	cix	duh	anh
həɯ¹	çaːi²	çi⁴	tu⁵	ŋaːn⁵
圩	才	是	都	安

才圩归都安。

男唱

7-1185

土	问	你	了	农
Dou	haemq	mwngz	liux	nuengx
tu¹	han⁵	mɯɯŋ²	li:u⁴	nu:ŋ⁴
我	问	你	啰	妹

小妹我问你，

7-1186

开	么	变	文	偻
Gij	maz	bienq	vunz	raeuz
ka:i²	ma²	pi:n⁵	vun²	ɹau²
什么		变	人	我们

什么变成人？

7-1187

样	样	农	知	说
Yiengh	yiengh	nuengx	rox	naeuz
jɯ:ŋ⁶	jɯ:ŋ⁶	nu:ŋ⁴	ɹo⁴	nau²
样	样	妹	知	说

样样妹都懂，

7-1188

文	偻	开	么	姓
Vunz	raeuz	gij	maz	singq
vun²	ɹau²	ka:i²	ma²	θiŋ⁵
人	我们	什	么	姓

"文偻"是什么？

女唱

7-1189

盘	古	造	天	地
Buenz	guj	caux	denh	di
pu:n²	ku³	ça:u⁴	ti:n¹	ti⁴
盘	古	造	天	地

盘古造天地，

7-1190

猿	猴	变	文	偻
Yienz	houz	bienq	vunz	raeuz
jen⁶	hau⁶	pi:n⁵	vun²	ɹau²
猿	猴	变	人	我们

猿猴变成人。

7-1191

字	历	史	米	说
Saw	liz	sij	miz	naeuz
θau¹	li⁶	çi³	mi²	nau²
书	历	史	有	说

史书有记载，

7-1192

文	偻	是	人	类
Vunz	raeuz	cix	yinz	lei
vun²	ɹau²	çi⁴	jin²	lei⁴
人	我们	是	人	类

"文偻"是人类。

男唱

7-1193

土	问	你	了	农
Dou	haemq	mwngz	liux	nuengx
tu¹	han⁵	muɯŋ²	li:u⁴	nu:ŋ⁴
我	问	你	啰	妹

小妹我问你，

7-1194

会	开	么	出	花
Faex	gij	maz	ok	va
fai⁴	ka:i²	ma²	o:k⁷	va¹
树	什	么	出	花

什么树开花？

7-1195

土	问	你	少	而
Dou	haemq	mwngz	sau	roih
tu¹	ham⁵	muɯŋ²	θa:u¹	ɹo:i⁶
我	问	你	姑娘	他

小妹我问你，

7-1196

花	开	么	出	觋
Va	gij	maz	ok	gonq
va¹	ka:i²	ma²	o:k⁷	ko:n⁵
花	什	么	出	先

什么花先开？

女唱

7-1197

不	用	问	了	邦
Mbouj	yungh	haemq	liux	baengz
bou⁵	juŋ⁶	han⁵	li:u⁴	paŋ²
不	用	问	啰	朋

情哥不用问，

7-1198

会	王	是	出	花
Faex	vangh	cix	ok	va
fai⁴	va:ŋ⁶	çi⁴	o:k⁷	va¹
树	苹婆	就	出	花

苹婆树开花。

7-1199

不	用	问	了	而
Mbouj	yungh	haemq	liux	roih
bou⁵	juŋ⁶	han⁵	li:u⁴	ɹo:i⁶
不	用	问	啰	他

情哥不用问，

7-1200

花	枇	杷	出	觋
Va	biz	baz	ok	gonq
va¹	pi²	pa²	o:k⁷	ko:n⁵
花	枇	杷	出	先

枇杷花先开。

男唱

7-1201

土　问　你　了　农

Dou　haemq　mwngz　liux　nuengx

tu[1]　han[5]　muɯŋ[2]　li:u[4]　nu:ŋ[4]

我　问　你　啰　妹

小妹我问你,

7-1202

会　开　么　出　花

Faex　gij　maz　ok　va

fai[4]　ka:i[2]　ma[2]　o:k[7]　va[1]

树　什　么　出　花

什么树开花?

7-1203

土　问　你　少　而

Dou　haemq　mwngz　sau　roih

tu[1]　han[5]　muɯŋ[2]　θa:u[1]　ɹo:i[6]

我　问　你　姑　娘　她

我问你情妹,

7-1204

花　么　出　伏　阴

Va　maz　ok　fawh　yim

va[1]　ma[2]　o:k[7]　fəɯ[6]　in[1]

花　何　出　时　阴

啥花冷天开?

女唱

7-1205

不　用　问　了　邦

Mbouj　yungh　haemq　liux　baengz

bou[5]　juŋ[6]　han[5]　li:u[4]　paŋ[2]

不　用　问　啰　朋

情哥不用问,

7-1206

会　王　是　出　花

Faex　vangh　cix　ok　va

fai[4]　va:ŋ[6]　çi[4]　o:k[7]　va[1]

树　苹　婆　就　出　花

苹婆树开花。

7-1207

不　仸　果　枇　杷

Mbouj　saenq　go　biz　baz

bou[5]　θin[5]　ko[1]　pi[2]　pa[2]

不　信　棵　枇　杷

不信枇杷树,

7-1208

出　花　对　伏　阴

Ok　va　doiq　fawh　yim

o:k[7]　va[1]　to:i[5]　fəɯ[6]　in[1]

出　花　对　时　阴

冷天才开花。

男唱

7-1209

土	问	你	了	农
Dou	haemq	mwngz	liux	nuengx
tu¹	han⁵	muɯŋ²	li:u⁴	nu:ŋ⁴
我	问	你	啰	妹

我问你小妹，

7-1210

会	开	么	出	花
Faex	gij	maz	ok	va
fai⁴	ka:i²	ma²	o:k⁷	va¹
树	什	么	出	花

什么树开花？

7-1211

土	问	你	少	而
Dou	haemq	mwngz	sau	roih
tu¹	han⁵	muɯŋ²	θa:u¹	ɣo:i⁶
我	问	你	姑娘	她

我问你情妹，

7-1212

花	开	么	出	义
Va	gij	maz	ok	ngeiq
va¹	ka:i²	ma²	o:k⁷	ŋi⁵
花	什	么	出	枝

什么花分叉？

女唱

7-1213

不	用	问	了	邦
Mbouj	yungh	haemq	liux	baengz
bou⁵	juŋ⁶	han⁵	li:u⁴	paŋ²
不	用	问	啰	朋

情哥不用问，

7-1214

会	王	是	出	花
Faex	vangh	cix	ok	va
fai⁴	va:ŋ⁶	çi⁴	o:k⁷	va¹
树	苹婆	就	出	花

苹婆树开花。

7-1215

不	仪	果	枇	杷
Mbouj	saenq	go	biz	baz
bou⁵	θin⁵	ko¹	pi²	pa²
不	信	棵	枇	杷

不信枇杷树，

7-1216

出	花	又	出	义
Ok	va	youh	ok	ngeiq
o:k⁷	va¹	jou⁴	o:k⁷	ŋi⁵
出	花	又	出	枝

开花会分叉。

男唱

7-1217

土 问 你 了 农

Dou haemq mwngz liux nuengx

tu^1 han^5 mɯŋ^2 li:u^4 nu:ŋ^4

我 问 你 啰 妹

我问你小妹，

7-1218

会 开 么 出 花

Faex gij maz ok va

fai^4 ka:i^2 ma^2 o:k^7 va^1

树 什 么 出 花

什么树开花？

7-1219

土 问 你 少 而

Dou haemq mwngz sau roih

tu^1 han^5 mɯŋ^2 θa:u^1 ɹo:i^6

我 问 你 姑娘 她

我问你小妹，

7-1220

花 开 么 中 先

Va gij maz cuengq sienq

va^1 ka:i^2 ma^2 ɕu:ŋ^5 θi:n^5

花 什 么 放 线

什么花成串？

女唱

7-1221

不 用 问 了 邦

Mbouj yungh haemq liux baengz

bou^5 juŋ^6 han^5 li:u^4 paŋ^2

不 用 问 啰 朋

我友不用问，

7-1222

会 王 是 出 花

Faex vangh cix ok va

fai^4 va:ŋ^6 ɕi^4 o:k^7 va^1

树 苹 婆 就 出 花

苹婆树开花。

7-1223

不 仪 果 枇 杷

Mbouj saenq go biz baz

bou^5 θin^5 ko^1 pi^2 pa^2

不 信 棵 枇 杷

不信枇杷树，

7-1224

出 花 又 中 先

Ok va youh cuengq sienq

o:k^7 va^1 jou^4 ɕu:ŋ^5 θi:n^5

出 花 又 放 线

开花像串线。

男唱	女唱

男唱

7-1225

土	问	你	了	农
Dou	haemq	mwngz	liux	nuengx
tu¹	han⁵	muŋ²	li:u⁴	nu:ŋ⁴
我	问	你	啰	妹

我问你小妹，

7-1226

会	开	么	出	花
Faex	gij	maz	ok	va
fai⁴	ka:i²	ma²	o:k⁷	va¹
树	什	么	出	花

什么树开花？

7-1227

土	问	你	少	而
Dou	haemq	mwngz	sau	roih
tu¹	han⁵	muŋ²	θa:u¹	ɹo:i⁶
我	问	你	姑娘	她

我问你小妹，

7-1228

花	么	出	四	林
Va	maz	ok	seiq	limq
va¹	ma²	o:k⁷	θei⁵	lin⁵
花	何	出	四	棱角

何花呈四棱？

女唱

7-1229

不	用	问	了	邦
Mbouj	yungh	haemq	liux	baengz
bou⁵	juŋ⁶	han⁵	li:u⁴	paŋ²
不	用	问	啰	朋

我友不用问，

7-1230

会	王	是	出	花
Faex	vangh	cix	ok	va
fai⁴	va:ŋ⁶	çi⁴	o:k⁷	va¹
树	苹婆	就	出	花

苹婆树开花。

7-1231

不	仗	果	勒	麻
Mbouj	saenq	go	lwg	raz
bou⁵	θin⁵	ko¹	luɯk⁸	ɹa²
不	信	棵	子	芝麻

不信看芝麻，

7-1232

它	出	花	四	林
De	ok	va	seiq	limq
te¹	o:k⁷	va¹	θei⁵	lin⁵
它	出	花	四	棱角

开花呈四棱。

男唱

7-1233

土	问	你	了	农
Dou	haemq	mwngz	liux	nuengx
tu¹	han⁵	mɯŋ²	li:u⁴	nu:ŋ⁴
我	问	你	啰	妹

小妹我问你,

7-1234

会	开	么	出	花
Faex	gij	maz	ok	va
fai⁴	ka:i²	ma²	o:k⁷	va¹
树	什	么	出	花

什么树开花?

7-1235

土	问	你	少	而
Dou	haemq	mwngz	sau	roih
tu¹	han⁵	mɯŋ²	θa:u¹	ɹo:i⁶
我	问	你	姑	娘 她

我问你小妹,

7-1236

花	开	么	才	绞
Va	gij	maz	caih	heux
va¹	ka:i²	ma²	ca:i⁶	he:u⁴
花	什	么	随	绕

什么花打结?

女唱

7-1237

不	用	问	了	邦
Mbouj	yungh	haemq	liux	baengz
bou⁵	juŋ⁶	han⁵	li:u⁴	paŋ²
不	用	问	啰	朋

我友不用问,

7-1238

会	王	是	出	花
Faex	vangh	cix	ok	va
fai⁴	va:ŋ⁶	çi⁴	o:k⁷	va¹
树	苹 婆	是	出	花

苹婆树开花。

7-1239

写	字	作	邦	法
Sij	saw	coq	bangx	faz
θi³	θau¹	ço⁵	pa:ŋ⁴	fa²
写	字	放	旁	竹墙

写字放壁边,

7-1240

不	是	花	才	绞
Mbouj	cix	va	caih	heux
bou⁵	çi⁴	va¹	ça:i⁶	he:u⁴
不	是	花	随	绕

不是花打结。

男唱

7-1241

土	问	你	了	农
Dou	haemq	mwngz	liux	nuengx
tu¹	han⁵	muɯŋ²	li:u⁴	nu:ŋ⁴
我	问	你	啰	妹

我问你小妹，

7-1242

会	开	么	三	板
Faex	gij	maz	san	banj
fai⁴	ka:i²	ma²	θa:n¹	pa:n³
树	什	么	编	板

何树可编板？

7-1243

土	问	你	平	班
Dou	haemq	mwngz	bingz	ban
tu¹	han⁵	muɯŋ²	piŋ²	pa:n¹
我	问	你	平	辈

问你同龄友，

7-1244

开	么	反	双	边
Gaiq	maz	fan	song	mbiengj
ka:i⁵	ma²	fa:n¹	θo:ŋ¹	buɯŋ³
什	么	翻	两	边

什么翻两边？

女唱

7-1245

不	用	问	了	邦
Mbouj	yungh	haemq	liux	baengz
bou⁵	juŋ⁶	han⁵	li:u⁴	paŋ²
不	用	问	啰	朋

我友不用问，

7-1246

会	王	是	三	板
Faex	vangh	cix	san	banj
fai⁴	va:ŋ⁶	çi⁴	θa:n¹	pa:n³
树	苹 婆	是	编	板

苹婆可编板。

7-1247

伏	打	提	兵	乓
Fwx	daj	diz	bingq	bamq
fə⁴	ta³	ti²	piŋ⁵	pa:n⁵
别 人	打	锻 造	乒	乓

打铁匠打铁，

7-1248

不	是	反	双	边
Mbouj	cix	fan	song	mbiengj
bou⁵	çi⁴	fa:n¹	θo:ŋ¹	buɯŋ³
不	是	翻	两	边

不是翻两边。

男唱

7—1249

土	问	你	了	农
Dou	haemq	mwngz	liux	nuengx

tu^1　han^5　$muuŋ^2$　$li:u^4$　$nu:ŋ^4$

我	问	你	啰	妹

小妹我问你，

7—1250

会	开	么	三	封
Faex	gij	maz	san	fung

fai^4　$ka:i^2$　ma^2　$θa:n^1$　$fuŋ^1$

树	什	么	编	竹垫

什么能编垫？

7—1251

问	罗	罗	你	供
Haemq	loh	loh	mwngz	gungz

han^5　lo^6　lo^6　$muuŋ^2$　$kuŋ^2$

问	路	路	你	穷

样样你不懂，

7—1252

后	里	封	贝	朵
Haeuj	ndaw	fung	bae	ndoj

hau^3　dau^1　$fuŋ^1$　pai^1　do^3

进	里	竹垫	去	躲

躲进竹垫里。

女唱

7—1253

美	支	好	三	布
Mae	sei	ndei	san	buh

mai^1　$θi^1$　dei^1　$θa:n^1$　pu^6

纱	丝	好	编	衣服

毛线好织衣，

7—1254

托	老	好	三	封
Duk	laux	ndei	san	fung

tuk^7　$la:u^4$　dei^1　$θa:n^1$　$fuŋ^1$

篾	大	好	编	竹垫

老篾好编垫。

7—1255

你	问	土	狼	供
Mwngz	haemq	dou	langh	gungz

$muuŋ^2$　han^5　tu^1　$la:ŋ^6$　$kuŋ^2$

你	问	我	若	穷

我若被问住，

7—1256

拉	本	土	不	采
Laj	mbwn	dou	mbouj	byaij

la^3　bun^1　tu^1　bou^5　$pja:i^3$

下	天	我	不	走

天下我不走。

男唱	女唱

7-1257

土	问	你	了	农
Dou	haemq	mwngz	liux	nuengx
tu¹	han⁵	muıŋ²	li:u⁴	nu:ŋ⁴
我	问	你	啰	妹

小妹我问你,

7-1258

开	么	能	不	宁
Gij	maz	naengh	mbouj	ning
ka:i²	ma²	naŋ⁶	bou⁵	niŋ¹
什	么	坐	不	动

什么坐不动?

7-1259

土	问	你	少	金
Dou	haemq	mwngz	sau	gim
tu¹	han⁵	muıŋ²	θa:u¹	kin¹
我	问	你	姑娘	金

我问你小妹,

7-1260

开	么	宁	不	很
Gij	maz	ninz	mbouj	hwnj
ka:i²	ma²	nin²	bou⁵	hun³
什	么	睡	不	起

什么睡不起?

7-1261

会	老	在	江	权
Faex	laux	ywq	gyang	gemh
fai⁴	la:u⁴	ju⁵	kja:ŋ¹	ke:n⁶
树	大	在	中	山坳

大树在山坳,

7-1262

它	是	能	不	宁
De	cix	naengh	mbouj	ning
te¹	çi⁴	naŋ⁶	bou⁵	niŋ¹
他	是	坐	不	动

它坐着不动。

7-1263

不	用	问	了	金
Mbouj	yungh	haemq	liux	gim
bou⁵	juŋ⁶	han⁵	li:u⁴	kin¹
不	用	问	啰	金

不用金口问,

7-1264

文	代	宁	不	很
Vunz	dai	ninz	mbouj	hwnj
vun²	ta:i¹	nin²	bou⁵	hun³
人	死	睡	不	起

死人睡不起。

男唱

7-1265

土　　问　　你　　了　　农

Dou　haemq　mwngz　liux　nuengx

tu[1]　han[5]　mwŋ[2]　li:u[4]　nu:ŋ[4]

我　　问　　你　　啰　　妹

小妹我问你，

7-1266

南　　开　　么　　知　　飞

Namh　gij　maz　rox　mbin

na:n[6]　ka:i[2]　ma[2]　ɣo[4]　bin[1]

土　　什　　么　　知　　飞

什么土会飞？

7-1267

土　　问　　你　　了　　金

Dou　haemq　mwngz　liux　gim

tu[1]　han[5]　mwŋ[2]　li:u[4]　kin[1]

我　　问　　你　　啰　　金

我问你好友，

7-1268

令　　开　　么　　知　　采

Rin　gij　maz　rox　byaij

ɹin[1]　ka:i[2]　ma[2]　ɣo[4]　pja:i[3]

石　　什　　么　　知　　走

什么石会走？

女唱

7-1269

伏　　反　　地　　邦　　岭

Fwx　fan　reih　bangx　lingq

fə[4]　fa:n[1]　ɹei[6]　pa:ŋ[4]　liŋ[5]

别　人　　翻　　地　　旁　　岭

翻犁坡边地，

7-1270

不　　真　　南　　知　　飞

Mbouj　caen　namh　rox　mbin

bou[5]　çin[1]　na:n[6]　ɣo[4]　bin[1]

不　　真　　土　　知　　飞

泥团会飞起。

7-1271

令　　磨　　变　　连　　连

Rin　muh　bienq　lienz　lienz

ɹin[1]　mu[6]　pi:n[5]　li:n[2]　li:n[2]

石　　磨　　变　　连　　连

石磨转不停，

7-1272

不　　是　　令　　知　　采

Mbouj　cix　rin　rox　byaij

bou[5]　çi[4]　ɹin[1]　ɣo[4]　pja:i[3]

不　　是　　石　　知　　走

并非石自转。

男唱

7-1273

土	问	你	了	同
Dou	haemq	mwngz	liux	doengz
tu^1	han^5	$mɯŋ^2$	$li:u^4$	$toŋ^2$
我	问	你	啰	同

我问你好友，

7-1274

开	么	站	邦	干
Gij	maz	soengz	bangx	gamj
$ka:i^2$	ma^2	$θoŋ^2$	$pa:ŋ^4$	$ka:n^3$
什么	么	站	旁	洞

什么站洞口？

7-1275

土	问	你	了	邦
Dou	haemq	mwngz	liux	baengz
tu^1	han^5	$mɯŋ^2$	$li:u^4$	$paŋ^2$
我	问	你	啰	朋

我问你好友，

7-1276

南	么	变	办	秋
Namh	maz	bienq	baenz	siu
$na:n^6$	ma^2	$pi:n^5$	pan^2	$θi:u^1$
土	什么	变	成	硝

什么变成土？

女唱

7-1277

不	用	问	了	同
Mbouj	yungh	haemq	liux	doengz
bou^5	$juŋ^6$	han^5	$li:u^4$	$toŋ^2$
不	用	问	啰	同

友不用再问，

7-1278

龙	是	站	邦	干
Lungz	cix	soengz	bangx	gamj
$luŋ^2$	$çi^4$	$θoŋ^2$	$pa:ŋ^4$	$ka:n^3$
龙	就	站	旁	洞

龙站岩洞口。

7-1279

伏	要	秋	绞	南
Fwx	aeu	siu	gyaux	namh
$fə^4$	au^1	$θi:u^1$	$kja:u^4$	$na:n^6$
别人	要	硝	混合	土

硝里掺泥土，

7-1280

不	真	南	变	办
Mbouj	caen	namh	bienq	baenz
bou^5	$çin^1$	$na:n^6$	$pi:n^5$	pan^2
不	真	土	变	成

不是土变的。

男唱

7-1281

土	问	你	了	邦
Dou	haemq	mwngz	liux	baengz
tu^1	han^5	muɯŋ^2	li:u^4	paŋ^2
我	问	你	啰	朋

我问你好友，

7-1282

长	开	么	双	它
Caengh	gij	maz	song	daz
çaŋ^6	ka:i^2	ma^2	θo:ŋ^1	ta^2
秤	什	么	两	砣

何秤配两砣？

7-1283

土	问	你	少	而
Dou	haemq	mwngz	sau	roih
tu^1	han^5	muɯŋ^2	θa:u^1	ɹo:i^6
我	问	你	姑	娘 她

我问你小妹，

7-1284

它	开	么	双	头
Daz	gij	maz	song	gyaeuj
ta^2	ka:i^2	ma^2	θo:ŋ^1	kjau^3
砣	什	么	两	头

何秤有两头？

女唱

7-1285

特	桶	贝	担	水
Dawz	doengj	bae	rap	raemx
təɯ^2	toŋ^3	pai^1	ɹa:t^7	ɹan^4
拿	桶	去	担	水

用桶去挑水，

7-1286

不	是	长	双	它
Mbouj	cix	caengh	song	daz
bou^5	çi^4	çaŋ^6	θoŋ^1	ta^2
不	是	秤	两	砣

像一秤两砣。

7-1287

担	贝	又	担	马
Rap	bae	youh	rap	ma
ɹa:t^7	pai^1	jou^4	ɹa:t^7	ma^1
担	去	又	挑	来

挑来又挑去，

7-1288

不	是	它	双	头
Mbouj	cix	daz	song	gyaeuj
bou^5	çi^4	ta^2	θo:ŋ^1	kjau^3
不	是	砣	两	头

不是两头秤。

男唱

7-1289

土	问	你	了	邦
Dou	haemq	mwngz	liux	baengz
tu¹	han⁵	muŋ²	li:u⁴	paŋ²
我	问	你	啰	朋

好友我问你，

7-1290

堂	开	么	头	红
Dangh	gij	maz	gyaeuj	hoengz
ta:ŋ⁶	ka:i²	ma²	kjau³	hoŋ²
蛇	什么		头	红

什么蛇头红？

7-1291

土	问	你	少	同
Dou	haemq	mwngz	sau	doengz
tu¹	han⁵	muŋ²	θa:u¹	toŋ²
我	问	你	姑娘	同

我问你情妹，

7-1292

龙	开	么	头	坤
Lungz	gij	maz	gyaeuj	goenq
luŋ²	ka:i²	ma²	kjau³	gon⁵
龙	什么		头	断

什么龙断头？

女唱

7-1293

间	布	作	拉	刚
Gen	buh	coq	laj	gang
ke:n¹	pu⁶	ço⁵	la³	ka:ŋ¹
衣	袖	放	下	缸

衣袖放缸底，

7-1294

不	是	堂	头	红
Mbouj	cix	dangh	gyaeuj	hoengz
bou⁵	çi⁴	ta:ŋ⁶	kjau³	hoŋ²
不	是	蛇	头	红

像条红头蛇。

7-1295

文	帐	班	更	从
Vwnz	cang	banq	gwnz	congz
vun⁶	ça:ŋ⁴	pa:n⁵	kun²	ço:ŋ²
蚊	帐	搭	上	床

蚊帐吊床上，

7-1296

不	是	龙	头	坤
Mbouj	cix	lungz	gyaeuj	goenq
bou⁵	çi⁴	luŋ²	kjau³	gon⁵
不	是	龙	头	断

像是断头龙。

男唱

7-1297

土	问	你	了	同
Dou	haemq	mwngz	liux	doengz
tu¹	han⁵	mwŋ²	li:u⁴	toŋ²
我	问	你	啰	同

好友我问你，

7-1298

开	么	站	邦	初
Gij	maz	soengz	bangx	cauq
ka:i²	ma²	θoŋ²	pa:ŋ⁴	ça:u⁵
什么	么	站	旁	灶

什么站灶边？

7-1299

土	问	你	韦	口
Dou	haemq	mwngz	vae	gaeuq
tu¹	han⁵	mwŋ²	vai¹	kau⁵
我	问	你	姓	旧

问你老朋友，

7-1300

水	么	斗	不	定
Raemx	maz	daeuj	mbouj	dingz
ɹan⁴	ma²	tau³	bou⁵	tiŋ²
水	何	来	不	停

啥水流不停？

女唱

7-1301

不	用	问	了	同
Mbouj	yungh	haemq	liux	doengz
bou⁵	juŋ⁶	han⁵	li:u⁴	toŋ²
不	用	问	啰	同

友不用再问，

7-1302

龙	是	站	邦	初
Lungz	cix	soengz	bangx	cauq
luŋ²	çi⁴	θoŋ²	pa:ŋ⁴	ça:u⁵
龙	就	站	旁	灶

兄就站灶旁。

7-1303

优	瓜	马	傲	氿
Yaeuj	gva	ma	ngauh	laeuj
jau³	kwa¹	ma¹	ŋa:u⁶	lau³
抬	锅	来	熬	酒

用灶来熬酒，

7-1304

水	是	斗	不	定
Raemx	cix	daeuj	mbouj	dingz
ɹan⁴	çi⁴	tau³	bou⁵	tiŋ²
水	就	来	不	停

水就流不停。

男唱

女唱

7-1305

土	问	你	少	同
Dou	haemq	mwngz	sau	doengz
tu¹	han⁵	muɯŋ²	θa:u¹	toŋ²
我	问	你	姑娘	同

情妹我问你,

7-1309

不	用	问	包	同
Mbouj	yungh	haemq	mbauq	doengz
bou⁵	juŋ⁶	han⁵	ba:u⁵	toŋ²
不	用	问	小伙	同

好友不用问,

7-1306

开	么	站	邦	初
Gij	maz	soengz	bangx	cauq
ka:i²	ma²	θoŋ²	pa:ŋ⁴	ça:u⁵
什	么	站	旁	灶

什么站灶旁?

7-1310

龙	是	站	邦	初
Lungz	cix	soengz	bangx	cauq
luŋ²	çi⁴	θoŋ²	pa:ŋ⁴	ça:u⁵
龙	就	站	旁	灶

兄就站灶边。

7-1307

土	问	你	对	少
Dou	haemq	mwngz	doiq	sau
tu¹	han⁵	muɯŋ²	to:i⁵	θa:u¹
我	问	你	对	姑娘

我问你好友,

7-1311

份	炕	贝	绞	绞
Hoenz	ien	bae	ngauq	ngauq
hon²	i:n¹	pai¹	ŋa:u⁵	ŋa:u⁵
雾	烟	去	悠	悠

烟雾腾空起,

7-1308

开	么	刀	样	润
Gij	maz	dauq	yiengh	rumz
ka:i²	ma²	ta:u⁵	juːŋ⁶	ɹun²
什	么	回	样	风

什么走如风?

7-1312

不	是	刀	样	润
Mbouj	cix	dauq	yiengh	rumz
bou⁵	çi⁴	ta:u⁵	juːŋ⁶	ɹun²
不	是	回	样	风

并非风吹去。

① 阝么点阝道
[pu⁴ mo¹ te:n¹ pu⁴
ta:u⁶]：麽公和道
公。当地老百姓
举行葬礼往往会
请麽公、道公来
做法事，法事往
往通宵达旦，故
有此称。

男唱

7-1313

土	问	你	了	江
Dou	haemq	mwngz	liux	gyang
tu¹	han⁵	muɯŋ²	li:u⁴	kja:ŋ¹
我	问	你	啰	友

密友我问你，

7-1314

开	么	尚	外	闹
Gij	maz	sang	vaij	naux
ka:i²	ma²	θa:ŋ¹	va:i³	na:u⁴
什	么	高	过	崖

什么比崖高？

7-1315

土	问	你	对	朝
Dou	haemq	mwngz	doiq	sauh
tu¹	han⁵	muɯŋ²	to:i⁵	θa:u⁶
我	问	你	对	辈

我问你好友，

7-1316

开	么	闹	外	很
Gij	maz	naux	vaij	hwnz
ka:i²	ma²	na:u⁴	va:i³	hun²
什	么	闹	过	夜

什么闹过夜？

女唱

7-1317

不	用	问	了	江
Mbouj	yungh	haemq	liux	gyang
bou⁵	juŋ⁶	han⁵	li:u⁴	kja:ŋ¹
不	用	问	啰	友

好友不用问，

7-1318

山	是	尚	外	闹
Bya	cix	sang	vaij	naux
pja¹	çi⁴	θa:ŋ¹	va:i³	na:u⁴
山	就	高	过	崖

山巅比崖高。

7-1319

阝	么	点	阝	道①
Boux	mo	dem	boux	dauh
pu⁴	mo¹	te:n¹	pu⁴	ta:u⁶
人	麽	与	人	道

麽公与道公，

7-1320

不	是	闹	外	很
Mbouj	cix	naux	vaij	hwnz
bou⁵	çi⁴	na:u⁴	va:i³	hun²
不	是	闹	过	夜

就是闹过夜。

男唱

7-1321

土	问	你	了	邦
Dou	haemq	mwngz	liux	baengz
tu¹	han⁵	mɯɯŋ²	li:u⁴	paŋ²
我	问	你	啰	朋

密友我问你，

7-1322

然	瓦	样	而	封
Ranz	ngvax	yiengh	lawz	fung
ɹa:n²	ŋwa⁴	juːŋ⁶	lau²	fuŋ¹
家	瓦	样	哪	封

屋顶怎么封？

7-1323

土	问	你	少	论
Dou	haemq	mwngz	sau	lwnz
tu¹	han⁵	mɯɯŋ²	θa:u¹	lun²
我	问	你	姑娘	最小

我问你小妹，

7-1324

封	拜	而	斗	观
Fung	baih	lawz	daeuj	gonq
fuŋ¹	pa:i⁶	lau²	tau³	ko:n⁵
封	边	哪	来	先

先封哪一头？

女唱

7-1325

不	用	问	了	邦
Mbouj	yungh	haemq	liux	baengz
bou⁵	juŋ⁶	han⁵	li:u⁴	paŋ²
不	用	问	啰	朋

好友别问了，

7-1326

阝	长	是	知	封
Boux	cangh	cix	rox	fung
pu⁴	ça:ŋ⁶	çi⁴	ɹo⁴	fuŋ¹
人	匠	就	知	封

师傅他会封。

7-1327

然	瓦	变	办	龙
Ranz	ngvax	bienq	baenz	lungz
ɹa:n²	ŋwa⁴	pi:n⁵	pan²	luŋ²
房	瓦	变	成	龙

屋顶像条龙，

7-1328

封	拜	而	土	得
Fung	baih	lawz	doq	ndaej
fuŋ¹	pa:i⁶	lau²	to⁵	dai³
封	边	哪	都	得

封哪头都行。

男唱	女唱

男唱

7-1329

少	不	乱	斗	对
Sau	mbouj	luenh	daeuj	doiq
$\theta a\!:\!u^1$	bou^5	$lu\!:\!n^6$	tau^3	$to\!:\!i^5$
姑娘	不	乱	来	对

妹来不凑巧,

7-1330

包	不	乱	斗	碰
Mbauq	mbouj	luenh	daeuj	bungz
$ba\!:\!u^5$	bou^5	$lu\!:\!n^6$	tau^3	$pu\eta^2$
小伙	不	乱	来	逢

哥来不逢时。

7-1331

同	对	更	叶	弄
Doengh	doiq	gwnz	mbaw	rungz
$to\eta^2$	$to\!:\!i^5$	kun^2	$bau\mu^1$	$\mu u\eta^2$
相	对	上	叶	榕

榕树下相逢,

7-1332

同	碰	更	叶	会
Doengh	bungz	gwnz	mbaw	faex
$to\eta^2$	$pu\eta^2$	kun^2	$bau\mu^1$	fai^4
相	逢	上	叶	树

大树旁相会。

女唱

7-1333

润	吹	江	罗	老
Rumz	ci	gyang	loh	laux
μun^2	ςi^1	$kja\!:\!\eta^1$	lo^6	$la\!:\!u^4$
风	吹	中	路	大

风吹大路上,

7-1334

水	泡	拉	果	弄
Raemx	bauq	laj	go	rungz
μan^4	$pa\!:\!u^5$	la^3	ko^1	$\mu u\eta^2$
水	涌	下	棵	榕

水泡榕树脚。

7-1335

同	对	是	文	荣
Doengh	doiq	cix	vuen	yungz
$to\eta^2$	$to\!:\!i^5$	ςi^4	$vu\!:\!n^1$	$ju\eta^2$
相	对	就	欢	乐

相会就高兴,

7-1336

同	碰	是	文	喜
Doengh	bungz	cix	vuen	heij
$to\eta^2$	$pu\eta^2$	ςi^4	$vu\!:\!n^1$	hi^3
相	逢	就	欢	喜

相逢就欢喜。

男唱	女唱

7-1337

少	不	乱	斗	对
Sau	mbouj	luenh	daeuj	doiq
θa:u¹	bou⁵	lu:n⁶	tau³	to:i⁵
姑娘	不	乱	来	对

妹来不凑巧，

7-1338

包	不	乱	斗	碰
Mbauq	mbouj	luenh	daeuj	bungz
ba:u⁵	bou⁵	lu:n⁶	tau³	puŋ²
小伙	不	乱	来	逢

哥来不逢时。

7-1339

牙	了	秀	文	荣
Yax	liux	ciuh	vuen	yungz
ja⁵	li:u⁴	çi:u⁶	vu:n¹	juŋ²
也	完	世	欢	乐

青春快过去，

7-1340

不	师	碰	韦	机
Mbouj	swz	bungz	vae	giq
bou⁵	θɯ²	puŋ²	vai¹	ki⁵
不	辞	逢	姓	支

舍不得情侣。

7-1341

润	吹	江	罗	老
Rumz	ci	gyang	loh	laux
ɹun²	çi¹	kja:ŋ¹	lo⁶	la:u⁴
风	吹	中	路	大

风吹大路上，

7-1342

水	泡	拉	果	弄
Raemx	bauq	laj	go	rungz
ɹan⁴	pa:u⁵	la³	ko¹	ɹuŋ²
水	涌	下	棵	榕

水泡榕树下。

7-1343

同	对	是	文	荣
Doengh	doiq	cix	vuen	yungz
toŋ²	to:i⁵	çi⁴	vu:n¹	juŋ²
相	对	就	欢	乐

相逢就欢乐，

7-1344

同	碰	是	讲	满
Doengh	bungz	cix	gangj	monh
toŋ²	puŋ²	çi⁴	ka:ŋ³	mo:n⁶
相	逢	就	讲	情

相会就谈情。

男唱

7-1345

润	吹	江	罗	老
Rumz	ci	gyang	loh	laux

$\textipa{\textturnr}un^2$ $\textipa{\c{c}}i^1$ $kja:\eta^1$ lo^6 $la:u^4$

风	吹	中	路	大

风吹大路上,

7-1346

水	泡	拉	果	弄
Raemx	bauq	laj	go	rungz

$\textipa{\textturnr}an^4$ $pa:u^5$ la^3 ko^1 $\textipa{\textturnr}u\eta^2$

水	涌	下	棵	榕

水泡榕树下。

7-1347

立	乃	空	同	碰
Liz	naih	ndwi	doengh	bungz

li^2 $na:i^6$ $du:i^1$ $to\eta^2$ $pu\eta^2$

离	久	不	相	逢

久违不相逢,

7-1348

利	文	荣	知	不
Lij	vuen	yungz	rox	mbouj

li^4 $vu:n^1$ $ju\eta^2$ $\textipa{\textturnr}o^4$ bou^5

还	欢	乐	或	不

欢乐不欢乐?

女唱

7-1349

润	吹	江	罗	老
Rumz	ci	gyang	loh	laux

$\textipa{\textturnr}un^2$ $\textipa{\c{c}}i^1$ $kja:\eta^1$ lo^6 $la:u^4$

风	吹	中	路	大

风吹大路上,

7-1350

水	泡	拉	果	弄
Raemx	bauq	laj	go	rungz

$\textipa{\textturnr}an^4$ $pa:u^5$ la^3 ko^1 $\textipa{\textturnr}u\eta^2$

水	涌	下	棵	榕

水泡榕树下。

7-1351

心	火	又	心	供
Sin	hoj	youh	sin	gungz

θin^1 ho^3 jou^4 θin^1 $ku\eta^2$

辛	苦	又	辛	穷

贫穷又苦闷,

7-1352

文	荣	开	么	由
Vuen	yungz	gij	maz	raeuh

$vu:n^1$ $ju\eta^2$ $ka:i^2$ ma^2 $\textipa{\textturnr}au^6$

欢	乐	什	么	多

有什么欢乐。

男唱

7-1353

润	吹	江	罗	老
Rumz	ci	gyang	loh	laux
ɹun²	çi¹	kjaːŋ¹	lo⁶	laːu⁴
风	吹	中	路	大

风吹大路上，

7-1354

水	泡	拉	果	弄
Raemx	bauq	laj	go	rungz
ɹan⁴	paːu⁵	la³	ko¹	ɹuŋ²
水	涌	下	棵	榕

水泡榕树下。

7-1355

秀	内	不	文	荣
Ciuh	neix	mbouj	vuen	yungz
çiːu⁶	ni⁴	bou⁵	vuːn¹	juŋ²
世	这	不	欢	乐

今生不欢悦，

7-1356

堂	秀	浪	洋	祘
Daengz	ciuh	laeng	yaeng	suenq
taŋ²	çiːu⁶	laŋ¹	jaŋ¹	θuːn⁵
到	世	后	再	算

下辈子再说。

女唱

7-1357

润	吹	江	罗	老
Rumz	ci	gyang	loh	laux
ɹun²	çi¹	kjaːŋ¹	lo⁶	laːu⁴
风	吹	中	路	大

风吹大路上，

7-1358

水	泡	拉	果	弄
Raemx	bauq	laj	go	rungz
ɹan⁴	paːu⁵	la³	ko¹	ɹuŋ²
水	涌	下	棵	榕

水泡榕树下。

7-1359

加	秀	浪	文	荣
Caj	ciuh	laeng	vuen	yungz
kja³	çiːu⁶	laŋ¹	vuːn¹	juŋ²
等	世	后	欢	乐

等来世欢愉，

7-1360

秀	少	论	牙	了
Ciuh	sau	lumz	yax	liux
çiːu⁶	θaːu¹	lun²	ja⁵	liːu⁴
世	姑娘	忘	也	完

相互忘却了。

男唱

7-1361

润	吹	江	罗	老
Rumz	ci	gyang	loh	laux
ɹun²	çi¹	kjaːŋ¹	lo⁶	laːu⁴
风	吹	中	路	大

风吹大路上，

7-1362

水	泡	拉	果	弄
Raemx	bauq	laj	go	rungz
ɹan⁴	paːu⁵	la³	ko¹	ɹuŋ²
水	涌	下	棵	榕

水泡榕树下。

7-1363

秀	秀	是	文	荣
Ciuh	ciuh	cix	vuen	yungz
çiːu⁶	çiːu⁶	çi⁴	vuːn¹	juŋ²
世	世	是	欢	乐

世代都欢愉，

7-1364

利	说	么	了	农
Lij	naeuz	maz	liux	nuengx
li⁴	nau²	ma²	liːu⁴	nuːŋ⁴
还	说	什	么	啰	妹

小妹还说啥。

女唱

7-1365

润	吹	江	罗	老
Rumz	ci	gyang	loh	laux
ɹun²	çi¹	kjaːŋ¹	lo⁶	laːu⁴
风	吹	中	路	大

风吹大路上，

7-1366

水	泡	拉	果	弄
Raemx	bauq	laj	go	rungz
ɹan⁴	paːu⁵	la³	ko¹	ɹuŋ²
水	涌	下	棵	榕

水泡榕树下。

7-1367

心	火	又	心	供
Sin	hoj	youh	sin	gungz
θin¹	ho³	jou⁴	θin¹	kuŋ²
辛	苦	又	辛	穷

辛苦又贫穷，

7-1368

刀	碰	龙	亘	内
Dauq	bungz	lungz	haemh	neix
taːu⁵	puŋ²	luŋ²	han⁶	ni⁴
倒	逢	龙	夜	这

今夜遇上兄。

<table>
<tr><td>

男唱

</td><td>

女唱

</td></tr>
</table>

男唱					女唱				
7-1369					**7-1373**				
润	吹	江	罗	老	润	吹	江	罗	老
Rumz	ci	gyang	loh	laux	Rumz	ci	gyang	loh	laux
ɹun²	çi¹	kjaːŋ¹	lo⁶	laːu⁴	ɹun²	çi¹	kjaːŋ¹	lo⁶	laːu⁴
风	吹	中	路	大	风	吹	中	路	大

风吹大路上，

风吹大路上，

7-1370					**7-1374**				
水	泡	拉	桥	灯	水	泡	拉	果	弄
Raemx	bauq	laj	giuz	daemq	Raemx	bauq	laj	go	rungz
ɹan⁴	paːu⁵	la³	kiːu²	tan⁵	ɹan⁴	paːu⁵	la³	ko¹	ɹuŋ²
水	涌	下	桥	低	水	涌	下	棵	榕

水淹矮桥下。

水泡榕树下。

7-1371					**7-1375**				
斗	内	碰	农	银	方	卢	斗	同	碰
Daeuj	neix	bungz	nuengx	ngaenz	Fueng	louz	daeuj	doengh	bungz
tau³	ni⁴	puŋ²	nuːŋ⁴	ŋan²	fuːŋ¹	lu²	tau³	toŋ²	puŋ²
来	这	逢	妹	银	风	游	来	相	逢

来此逢小妹，

萍水两相逢，

7-1372					**7-1376**				
强	灯	日	才	出	更	本	开	良	三
Giengz	daeng	ngoenz	nda	ok	Gwnz	mbwn	hai	liengz	sanq
kiːŋ²	taŋ¹	ŋon²	da¹	oːk⁷	kwn²	ɓɯn¹	haːi¹	liːŋ²	θaːn⁵
像	灯	天	刚	出	上	天	开	良	伞

像旭日初升。

苍天真开眼。

男唱

7-1377

润	吹	江	罗	老
Rumz	ci	gyang	loh	laux
ɹun²	çi¹	kja:ŋ¹	lo⁶	la:u⁴
风	吹	中	路	大

风吹大路上,

7-1378

水	泡	拉	果	干
Raemx	bauq	laj	go	gam
ɹan⁴	pa:u⁵	la³	ko¹	ka:n¹
水	涌	下	棵	柑

水泡柑子树。

7-1379

备	农	同	立	南
Beix	nuengx	doengh	liz	nanz
pi⁴	nu:ŋ⁴	toŋ²	li²	na:n²
兄	妹	相	离	久

兄妹离别久,

7-1380

讲	利	玩	知	不
Gangj	lij	van	rox	mbouj
ka:ŋ³	li⁴	va:n¹	ɹo⁴	bou⁵
讲	还	甜	或	不

情意还在否?

女唱

7-1381

润	吹	江	罗	老
Rumz	ci	gyang	loh	laux
ɹun²	çi¹	kja:ŋ¹	lo⁶	la:u⁴
风	吹	中	路	大

风吹大路上,

7-1382

水	泡	拉	果	干
Raemx	bauq	laj	go	gam
ɹan⁴	pa:u⁵	la³	ko¹	ka:n¹
水	涌	下	棵	柑

水泡柑子树。

7-1383

少	女	碰	平	班
Sau	nawx	bungz	bingz	ban
sa:u¹	nu⁴	puŋ²	piŋ²	pa:n¹
姑娘	女	逢	平	辈

小妹遇男友,

7-1384

玩	办	糖	氿	师
Van	baenz	diengz	laeuj	ndwq
va:n¹	pan²	ti:ŋ²	lau³	dɯ⁵
甜	成	糖	酒	糟

赛过甜酒糟。

男唱

7-1385

润	吹	江	罗	老
Rumz	ci	gyang	loh	laux
ɹun²	çi¹	kjaːŋ¹	lo⁶	laːu⁴
风	吹	中	路	大

风吹大路上，

7-1386

水	泡	拉	果	干
Raemx	bauq	laj	go	gam
ɹan⁴	paːu⁵	la³	ko¹	kaːn¹
水	涌	下	棵	柑

水泡柑子树。

7-1387

斗	内	碰	平	班
Daeuj	neix	bungz	bingz	ban
tau³	ni⁴	puŋ²	piŋ²	paːn¹
来	这	逢	平	辈

到此遇密友，

7-1388

强	少	然	十	八
Giengz	sau	ranz	cib	bet
kiːŋ²	θaːu¹	ɹaːn²	çit⁸	peːt⁷
像	姑娘	家	十	八

如闺女十八。

女唱

7-1389

润	吹	江	罗	老
Rumz	ci	gyang	loh	laux
ɹun²	çi¹	kjaːŋ¹	lo⁶	laːu⁴
风	吹	中	路	大

风吹大路上，

7-1390

水	泡	拉	果	干
Raemx	bauq	laj	go	gam
ɹan⁴	paːu⁵	la³	ko¹	kaːn¹
水	涌	下	棵	柑

水泡柑子树。

7-1391

同	立	板	内	南
Doengh	liz	ban	neix	nanz
toŋ²	li²	paːn¹	ni⁴	naːn²
相	离	这	么	久

分别这么久，

7-1392

造	然	尝	了	备
Caux	ranz	caengz	liux	beix
çaːu⁴	ɹaːn²	çaŋ²	liːu⁴	pi⁴
造	家	未	啰	兄

兄成家没有？

男唱

7-1393

润	吹	江	罗	老
Rumz	ci	gyang	loh	laux
ɹun²	çi¹	kjaːŋ¹	lo⁶	laːu⁴
风	吹	中	路	大

风吹大路上，

7-1394

水	泡	拉	果	干
Raemx	bauq	laj	go	gam
ɹan⁴	baːu⁵	la³	ko¹	kaːn¹
水	涌	下	棵	柑

水泡柑子树。

7-1395

勒	江	友	平	班
Lawq	gyangz	youx	bingz	ban
lɯ⁵	kjaːŋ²	ju⁴	piŋ²	paːn¹
望	诸	友	平	辈

看看同龄友，

7-1396

全	造	然	貝	了
Gyonj	caux	ranz	bae	liux
kjoːn³	çaːu⁴	ɹaːn²	pai¹	liːu⁴
都	造	家	去	完

全都结了婚。

女唱

7-1397

润	吹	江	罗	老
Rumz	ci	gyang	loh	laux
ɹun²	çi¹	kjaːŋ¹	lo⁶	laːu⁴
风	吹	中	路	大

风吹大路上，

7-1398

水	泡	拉	果	支
Raemx	bauq	laj	go	sei
ɹan⁴	paːu⁵	la³	ko¹	θi¹
水	涌	下	棵	丝

水泡竹林下。

7-1399

斗	内	碰	少	好
Daeuj	neix	bungz	sau	ndei
tau³	ni⁴	puŋ²	θaːu¹	dei¹
来	这	逢	姑娘	好

到此遇见妹，

7-1400

强	是	碰	龙	女
Giengz	cix	bungz	lungz	nawx
kiːŋ²	çi⁴	puŋ²	luŋ²	nɯ⁴
像	是	逢	龙	女

像碰上龙女。

男唱

7-1401

润	吹	江	罗	老
Rumz	ci	gyang	loh	laux
ɹun²	çi¹	kja:ŋ¹	lo⁶	la:u⁴
风	吹	中	路	大

风吹大路上，

7-1402

水	泡	拉	果	支
Raemx	bauq	laj	go	sei
ɹan⁴	pa:u⁵	la³	ko¹	θi¹
水	涌	下	棵	丝

水泡竹林下。

7-1403

些	观	米	正	好
Seiq	gonq	miz	cingz	ndei
θe⁵	ko:n⁵	mi²	çiŋ²	dei¹
世	先	有	情	好

前世情义深，

7-1404

是	斗	堂	日	内
Cix	daeuj	daengz	ngoenz	neix
çi⁴	tau³	taŋ²	ŋon²	ni⁴
就	来	到	天	这

今日又重逢。

女唱

7-1405

润	吹	江	罗	老
Rumz	ci	gyang	loh	laux
ɹun²	çi¹	kja:ŋ¹	lo⁶	la:u⁴
风	吹	中	路	大

风吹大路上，

7-1406

水	泡	拉	果	支
Raemx	bauq	laj	go	sei
ɹan⁴	pa:u⁵	la³	ko¹	θi¹
水	涌	下	棵	丝

水泡竹林下。

7-1407

斗	内	碰	包	好
Daeuj	neix	bungz	mbauq	ndei
tau³	ni⁴	puŋ²	ba:u⁵	dei¹
来	这	逢	小伙	好

到此遇帅哥，

7-1408

强	会	支	中	先
Giengz	faex	sei	cuengq	sienq
ki:ŋ²	fai⁴	θi¹	çu:ŋ⁵	θi:n⁵
像	树	丝	放	线

像竹子长高。

男唱

7-1409

润	吹	江	罗	老
Rumz	ci	gyang	loh	laux
ɹun²	çi¹	kja:ŋ¹	lo⁶	la:u⁴
风	吹	中	路	大

风吹大路上，

7-1410

水	泡	拉	果	支
Raemx	bauq	laj	go	si
ɹam⁴	pa:u⁵	la³	ko¹	θi¹
水	涌	下	棵	丝

水泡竹林下。

7-1411

少	好	碰	包	好
Sau	ndei	bungz	mbauq	ndei
θa:u¹	dei¹	puŋ²	ba:u⁵	dei¹
姑娘	好	逢	小伙	好

美女遇帅哥，

7-1412

空	米	吉	相	会
Ndwi	miz	giz	siengh	hoih
du:i¹	mi²	ki²	θi:ŋ⁶	ho:i⁶
不	有	处	相	会

无处可交心。

女唱

7-1413

斗	内	碰	包	好
Daeuj	neix	bungz	mbauq	ndei
tau³	ni⁴	puŋ²	ba:u⁵	dei¹
来	这	逢	小伙	好

到此遇男友，

7-1414

润	吹	外	罗	机
Rumz	ci	vaij	loh	giq
ɹun²	çi¹	va:i³	lo⁶	ki⁵
风	吹	过	路	岔

风吹过岔路。

7-1415

贝	方	而	干	衣
Bae	fueng	lawz	ganj	hih
pai¹	fu:ŋ¹	lau²	ka:n³	ji⁵
去	方	哪	赶	圩

去赶哪处圩？

7-1416

堂	田	内	同	碰
Daengz	denz	neix	doengh	bungz
taŋ²	te:n²	ni⁴	toŋ²	puŋ²
到	地	这	相	逢

到此地相逢。

男唱

女唱

7-1417

斗	内	碰	少	好
Daeuj	neix	bungz	sau	ndei
tau³	ni⁴	puŋ²	θaːu¹	dei¹
来	这	逢	姑娘	好

到此遇靓妹，

7-1418

润	吹	外	拉	依
Rumz	ci	vaij	laj	rij
ɹun²	çi¹	vaːi³	la³	ɹi³
风	吹	过	下	溪

风吹小溪边。

7-1419

斗	碰	少	韦	机
Daeuj	bungz	sau	vae	giq
tau³	puŋ²	θaːu¹	vai¹	ki⁵
来	逢	姑娘	姓	支

遇上老情妹，

7-1420

强	拉	里	更	本
Giengz	ndau	ndeiq	gwnz	mbwn
kiːŋ²	daːu¹	di⁵	kɯn²	bun¹
像	星	星	上	天

如同遇星星。

7-1421

斗	内	碰	少	好
Daeuj	neix	bungz	sau	ndei
tau³	ni⁴	puŋ²	θaːu¹	dei¹
来	这	逢	姑娘	好

到此遇美女，

7-1422

润	吹	外	拉	依
Rumz	ci	vaij	laj	rij
ɹun²	çi¹	vaːi³	la³	ɹi³
风	吹	过	下	溪

风吹小溪边。

7-1423

斗	内	碰	韦	机
Daeuj	neix	bungz	vae	giq
tau³	ni⁴	puŋ²	vai¹	ki⁵
来	这	逢	姓	支

来此遇情友，

7-1424

可	强	乜	一	生
Goj	giengz	meh	ndeu	seng
ko⁵	kiːŋ²	me⁶	de:u¹	θeːŋ¹
也	像	母	一	生

像同胞兄妹。

男唱

7-1425

卡	边	点	努	生
Ga	biengq	dem	nou	raenz
ka¹	pe:ŋ⁵	te:n¹	nu¹	ɹan²
松鼠	与	鼠	松鼠	

见大小松鼠，

7-1426

古	存	江	地	从
Guh	caemz	gyang	reih	cungh
ku⁴	çan²	kja:ŋ¹	ɹei⁶	çu:ŋ⁶
做	玩	中	地	中

在地上嬉戏。

7-1427

老	牙	办	备	农
Lau	yax	baenz	beix	nuengx
la:u¹	ja⁵	pan²	pi⁴	nu:ŋ⁴
怕	也	成	兄	妹

疑要成夫妻，

7-1428

斗	罗	内	同	碰
Daeuj	loh	neix	doengh	bungz
tau³	lo⁶	ni⁴	toŋ²	puŋ²
来	路	这	相	逢

到此地相逢。

女唱

7-1429

斗	吉	内	碰	农
Daeuj	giz	neix	bungz	nuengx
tau³	ki²	ni⁴	puŋ²	nu:ŋ⁴
来	处	这	逢	妹

在此遇情妹，

7-1430

万	些	备	不	论
Fanh	seiq	beix	mbouj	lumz
fa:n⁶	θe⁵	pi⁴	bou⁵	lun²
万	世	兄	不	忘

兄永世难忘。

7-1431

斗	内	碰	农	银
Daeuj	neix	bungz	nuengx	ngaenz
tau³	ni⁴	puŋ²	nu:ŋ⁴	ŋan²
来	这	逢	妹	银

在此遇情妹，

7-1432

秀	文	不	吃	希
Ciuh	vunz	mbouj	gwn	heiq
çi:u⁶	vun²	bou⁵	kun¹	hi⁵
世	人	不	吃	气

今生不担忧。

男唱

女唱

7–1433

卡	边	点	努	生
Ga	biengq	dem	nou	raenz
ka¹	pe:ŋ⁵	te:n¹	nu¹	ɹan²
松鼠	与	鼠	松鼠	

那大小松鼠，

7–1434

古	存	江	地	歪
Guh	caemz	gyang	reih	faiq
ku⁴	çan²	kja:ŋ¹	ɹei⁶	va:i⁵
做	玩	中	地	棉

棉花地里玩。

7–1435

牙	了	正	外	开
Yax	liux	cingz	vaij	gai
ja⁵	li:u⁴	çiŋ²	va:i³	ka:i¹
要	完	情	过	街

来往情快过，

7–1436

才	碰	歪	结	足
Nda	bungz	faiq	giet	gyouz
da¹	puŋ²	va:i⁵	ki:t⁷	kju²
刚	逢	棉	结	棉球

才逢棉桃结。

7–1437

卡	边	点	努	生
Ga	biengq	dem	nou	raenz
ka¹	pe:ŋ⁵	te:n¹	nu¹	ɹan²
松鼠	与	鼠	松鼠	

你看那松鼠，

7–1438

古	存	江	地	楼
Guh	caemz	gyang	reih	raeu
ku⁴	çan²	kja:ŋ¹	ɹei⁶	ɹau¹
做	玩	中	地	枫

在枫林嬉戏。

7–1439

友	峒	方	南	州
Youx	doengh	fangh	nanz	couh
ju⁴	toŋ⁶	fa:ŋ⁵	na:n²	çou⁵
友	峒	方	南	州

友来自南州，

7–1440

不	乱	斗	同	碰
Mbouj	luenh	daeuj	doengh	bungz
bou⁵	lu:n⁶	tau³	toŋ²	puŋ²
不	乱	来	相	逢

很少得相逢。

男唱

7-1441

同	碰	江	罗	机
Doengh	bungz	gyang	loh	giq
ton²	puŋ²	kja:ŋ¹	lo⁶	ki⁵
相	逢	中	路	岔

路上擦肩过，

7-1442

吃	希	份	它	份
Gwn	heiq	faenh	daz	faenh
kɯn¹	hi⁵	fan⁶	ta²	fan⁶
吃	气	份	又	份

悔恨说不完。

7-1443

农	银	碰	备	银
Nuengx	ngaenz	bungz	beix	ngaenz
nu:ŋ⁴	ŋan²	puŋ²	pi⁴	ŋan²
妹	银	逢	兄	银

情妹见情哥，

7-1444

可	强	双	达	农
Goj	giengz	song	dah	nuengx
ko⁵	ki:ŋ²	θo:ŋ¹	ta⁶	nu:ŋ⁴
也	像	两	女孩	妹

如同亲兄妹。

女唱

7-1445

同	碰	江	罗	机
Doengh	bungz	gyang	loh	giq
ton²	puŋ²	kja:ŋ¹	lo⁶	ki⁵
相	逢	中	路	岔

岔路擦肩过，

7-1446

吃	希	份	它	份
Gwn	heiq	faenh	daz	faenh
kɯn¹	hi⁵	fan⁶	ta²	fan⁶
吃	气	份	又	份

悔恨说不完。

7-1447

备	银	碰	农	银
Beix	ngaenz	bungz	nuengx	ngaenz
pi⁴	ŋan²	puŋ²	nu:ŋ⁴	ŋan²
兄	银	逢	妹	银

情哥遇情妹，

7-1448

得	古	存	是	抵
Ndaej	guh	caemz	cix	dij
dai³	ku⁴	ɕan²	ɕi⁴	ti³
得	做	玩	就	值

得牵手才值。

男唱

7-1449

同	碰	江	罗	机
Doengh	bungz	gyang	loh	giq
toŋ²	puŋ²	kja:ŋ¹	lo⁶	ki⁵
相	逢	中	路	岔

岔道擦肩过，

7-1450

吃	希	层	它	层
Gwn	heiq	caengz	daz	caengz
kɯn¹	hi⁵	çaŋ²	ta²	çaŋ²
吃	气	层	又	层

悔恨说不完。

7-1451

亘	论	采	罗	往
Haemh	laep	byaij	loh	vang
han⁶	lap⁷	pja:i³	lo⁶	va:ŋ¹
夜	黑	走	路	横

夜间随便走，

7-1452

堂	江	王	碰	农
Daengz	gyang	vaengz	bungz	nuengx
taŋ²	kja:ŋ¹	vaŋ²	puŋ²	nu:ŋ⁴
到	中	潭	逢	妹

到潭中遇妹。

女唱

7-1453

同	碰	江	罗	机
Doengh	bungz	gyang	loh	giq
toŋ²	puŋ²	kja:ŋ¹	lo⁶	ki⁵
相	逢	中	路	岔

岔道擦肩过，

7-1454

吃	希	层	它	层
Gwn	heiq	caengz	daz	caengz
kɯn¹	hi⁵	çaŋ²	ta²	çaŋ²
吃	气	层	又	层

悔恨说不完。

7-1455

马	同	碰	很	王
Ma	doengh	bungz	haenz	vaengz
ma¹	toŋ²	puŋ²	han²	vaŋ²
来	相	逢	边	潭

水潭边相会，

7-1456

手	寿	间	不	中
Fwngz	caeux	gen	mbouj	cuengq
fuŋ²	çau⁴	ke:n¹	bou⁵	çu:ŋ⁵
手	抓	手臂	不	放

紧握不松手。

男唱

7-1457

同	碰	江	罗	机
Doengh	bungz	gyang	loh	giq
toŋ²	puŋ²	kja:ŋ¹	lo⁶	ki⁵
相	逢	中	路	岔

岔道擦肩过，

7-1458

吃	希	层	它	层
Gwn	heiq	caengz	daz	caengz
kɯn¹	hi⁵	ɕaŋ²	ta²	ɕaŋ²
吃	气	层	又	层

悔恨说不尽。

7-1459

马	同	节	江	王
Ma	doengh	ciep	gyang	vaengz
ma¹	toŋ²	ɕe:t⁷	kja:ŋ¹	van²
来	相	接	中	潭

到潭边幽会，

7-1460

ß	寿	间	ß	哭
Boux	caeux	gen	boux	daej
pu⁴	ɕau⁴	ke:n¹	pu⁴	tai³
个	抓	手臂	个	哭

相拥眼泪流。

女唱

7-1461

同	碰	江	罗	机
Doengh	bungz	gyang	loh	giq
toŋ²	puŋ²	kja:ŋ¹	lo⁶	ki⁵
相	逢	中	路	岔

岔道擦肩过，

7-1462

吃	希	层	它	层
Gwn	heiq	caengz	daz	caengz
kɯn¹	hi⁵	ɕaŋ²	ta²	ɕaŋ²
吃	气	层	又	层

悔恨说不尽。

7-1463

达	刀	变	办	王
Dah	dauq	bienq	baenz	vaengz
ta⁶	ta:u⁵	pi:n⁵	pan²	van²
河	倒	变	成	潭

河道变水潭，

7-1464

才	碰	忠	花	罗
Nda	bungz	fangz	va	lox
da¹	puŋ²	fa:ŋ²	va¹	lo⁴
刚	逢	鬼	花	洛

才遇到"洛神"。

男唱

7-1465

同	碰	江	罗	机
Doengh	bungz	gyang	loh	gjq
toŋ²	puŋ²	kja:ŋ¹	lo⁶	ki⁵
相	逢	中	路	岔

岔道擦肩过，

7-1466

吃	希	层	它	层
Gwn	heiq	caengz	daz	caengz
kɯn¹	hi⁵	çaŋ²	ta²	çaŋ²
吃	气	层	又	层

悔恨说不完。

7-1467

斗	同	节	江	王
Daeuj	doengh	ciep	gyang	vaengz
tau³	toŋ²	çe:t⁷	kja:ŋ¹	vaŋ²
来	相	接	中	潭

到潭边会面，

7-1468

强	患	空	米	庙
Giengz	fangz	ndwi	miz	miuh
ki:ŋ²	fa:ŋ²	du:i¹	mi²	mi:u⁶
像	鬼	不	有	庙

像孤魂野鬼。

女唱

7-1469

偻	同	碰	吉	而
Raeuz	doengh	bungz	giz	lawz
ɣau²	toŋ²	puŋ²	ki²	lau²
我们	相	逢	处	哪

在何处会面，

7-1470

土	是	说	你	瓜
Dou	cix	naeuz	mwngz	gvaq
tu¹	çi⁴	nau²	muŋ²	kwa⁵
我	是	说	你	过

我已跟你说。

7-1471

同	碰	作	拉	达
Doengh	bungz	coq	laj	dah
toŋ²	puŋ²	ço⁵	la³	ta⁶
相	逢	放	下	河

相遇在河边，

7-1472

阝	念	那	阝	写
Boux	nenq	naj	boux	ce
pu⁴	ne:n⁵	na³	pu⁴	çe¹
人	记	脸	人	留

相记在心里。

男唱

7-1473

偻	同	碰	吉	而
Raeuz	doengh	bungz	giz	lawz
ɣau²	toŋ²	puŋ²	ki²	lau²
我们	相	逢	处	哪

在哪里幽会，

7-1474

土	是	说	你	瓜
Dou	cix	naeuz	mwngz	gvaq
tu¹	çi⁴	nau²	muŋ²	kwa⁵
我	是	说	你	过

我已告诉你。

7-1475

同	碰	作	拉	达
Doengh	bungz	coq	laj	dah
toŋ²	puŋ²	ço⁵	la³	ta⁶
相	逢	放	下	河

相遇在河边，

7-1476

念	那	牙	下	船
Nenq	naj	yax	roengz	ruz
neːn⁵	na³	ja⁵	ɣoŋ²	ɣu²
记	脸	也	下	船

脸熟也下船。

女唱

7-1477

堂	吉	内	碰	达
Daengz	giz	neix	bungz	dah
taŋ²	ki²	ni⁴	puŋ²	ta⁶
到	处	这	逢	河

这里遇到河，

7-1478

牙	瓜	贝	柳	州
Yax	gvaq	bae	louj	couh
ja⁵	kwa⁵	pai¹	lou⁴	çou¹
要	过	去	柳	州

要过去柳州。

7-1479

碰	江	友	伴	头
Bungz	gyang	youx	buenx	gyaeuj
puŋ²	kjaːŋ¹	ju⁴	puːn⁴	kjau³
碰	中	友	伴	头

密友做伴行，

7-1480

写	船	土	下	单
Ce	ruz	Dou	roengz	dan
çe¹	ɣu²	tu¹	ɣoŋ²	taːn¹
留	船	我	下	滩

船停我下滩。

男唱

7-1481

堂	吉	内	碰	达
Daengz	giz	neix	bungz	dah
tan^2	ki^2	ni^4	pun^2	ta^6
到	处	这	逢	河

这里有条河，

7-1482

牙	瓜	贝	柳	州
Yax	gvaq	bae	louj	couh
ja^5	kwa^5	pai^1	lou^4	cou^1
要	过	去	柳	州

过河去柳州。

7-1483

外	达	斗	碰	船
Vaij	dah	daeuj	bungz	ruz
$va{:}i^3$	ta^6	tau^3	pun^2	ɹu^2
过	河	来	逢	船

过河有船渡，

7-1484

牙	付	少	很	往
Yax	fuz	sau	hwnj	vaengq
ja^5	fu^2	$\theta a{:}u^1$	hun^3	van^5
也	扶	姑娘	上	岸

扶小妹上岸。

女唱

7-1485

堂	吉	内	碰	达
Daengz	giz	neix	bungz	dah
tan^2	ki^2	ni^4	pun^2	ta^6
到	处	这	逢	河

前面有条河，

7-1486

牙	瓜	贝	河	才
Yaek	gvaq	bae	haw	caiz
jak^7	kwa^5	pai^1	$hɯu^1$	$ca{:}i^2$
欲	过	去	圩	才

过河去都安。

7-1487

三	八	碰	英	台
Sanh	bek	bungz	ing	daiz
$\theta a{:}n^1$	$pe{:}k^7$	pun^2	in^1	$ta{:}i^2$
山	伯	逢	英	台

山伯遇英台，

7-1488

得	共	开	知	不
Ndaej	gungh	gai	rox	mbouj
dai^3	kun^6	$ka{:}i^1$	ɹo^4	bou^5
得	共	街	或	不

得在一起否？

男唱

7-1489

堂	吉	内	碰	达
Daengz	giz	neix	bungz	dah
$taŋ^2$	ki^2	ni^4	$puŋ^2$	ta^6
到	处	这	逢	河

前面有条河，

7-1490

牙	瓜	贝	河	才
Yax	gvaq	bae	haw	caiz
ja^5	kwa^5	pai^1	$həɯ^1$	$ça:i^2$
也	过	去	圩	才

过河去都安。

7-1491

三	八	碰	英	台
Sanh	bek	bungz	ing	daiz
$θa:n^1$	$pe:k^7$	$puŋ^2$	$iŋ^1$	$ta:i^2$
山	伯	逢	英	台

山伯遇英台，

7-1492

得	共	开	是	抵
Ndaej	gungh	gai	cix	dij
dai^3	$kuŋ^6$	$ka:i^1$	$çi^4$	ti^3
得	共	街	就	值

能逛街就值。

女唱

7-1493

堂	吉	内	碰	达
Daengz	giz	neix	bungz	dah
$taŋ^2$	ki^2	ni^4	$puŋ^2$	ta^6
到	处	这	逢	河

前面是条河，

7-1494

牙	瓜	贝	河	所
Yaek	gvaq	bae	haw	so
jak^7	kwa^5	pai^1	$həɯ^1$	$θo^1$
欲	过	去	圩	苏

过河去地苏。

7-1495

碰	江	友	利	作
Bungz	gyangz	youx	lij	coz
$puŋ^2$	$kja:ŋ^2$	ju^4	li^4	$ço^2$
逢	诸	友	还	年轻

遇上年轻友，

7-1496

银	吨	波	不	累
Ngaenz	daeb	bo	mbouj	laeq
$ŋan^2$	tat^8	po^1	bou^5	lai^5
银	砌	堆	不	看

钱多也不屑。

男唱

7-1497

堂　吉　内　碰　达

Daengz giz neix bungz dah

taŋ² ki² ni⁴ puŋ² ta⁶

到　处　这　逢　河

前面有条河，

7-1498

牙　瓜　贝　河　所

Yax gvaq bae haw so

ja⁵ kwa⁵ pai¹ həɯ¹ θo¹

也　过　去　圩　苏

过河去地苏。

7-1499

斗　内　碰　少　作

Daeuj neix bungz sau coz

tau³ ni⁴ puŋ² θa:u¹ ço²

来　这　逢　姑娘　年轻

到此遇小妹，

7-1500

岁　合　心　是　念

Caez hoz sim cix net

çai² ho² θin¹ çi⁴ ne:t⁷

齐　喉　心　就　实

志同心踏实。

女唱

7-1501

堂　吉　内　碰　达

Daengz giz neix bungz dah

taŋ² ki² ni⁴ puŋ² ta⁶

到　处　这　逢　河

前面是条河，

7-1502

牙　瓜　贝　河　寿

Yax gvaq bae haw caeuz

ja⁵ kwa⁵ pai¹ həɯ¹ çau²

也　过　去　圩　寿

过河去永顺。

7-1503

碰　江　友　巴　轻

Bungz gyangz youx bak mbaeu

puŋ² kja:ŋ² ju⁴ pa:k⁷ bau¹

逢　诸　友　嘴　轻

遇上巧舌友，

7-1504

牙　说　而　牙　由

Yax naeuz lawz yax raeuh

ja⁵ nau² lau² ja⁵ ɹau⁶

也　说　哪　也　多

不知说啥好。

男唱

7-1505

堂	吉	内	碰	达
Daengz	giz	neix	bungz	dah
taŋ²	ki²	ni⁴	puŋ²	ta⁶
到	处	这	逢	河

前面有条河，

7-1506

牙	瓜	貝	河	寿
Yax	gvaq	bae	haw	caeuz
ja⁵	kwa⁵	pai¹	həu¹	çau²
也	过	去	圩	寿

过河去永顺。

7-1507

碰	江	友	巴	轻
Bungz	gyangz	youx	bak	mbaeu
puŋ²	kja:ŋ²	ju⁴	pa:k⁷	bau¹
逢	诸	友	嘴	轻

遇上巧舌友，

7-1508

牙	说	不	以	西
Yax	naeuz	mbouj	eiq	sei
ja⁵	nau²	bou⁵	i¹	θi⁵
也	说	不	意	思

说话没意思。

女唱

7-1509

堂	吉	内	碰	达
Daengz	giz	neix	bungz	dah
taŋ²	ki²	ni⁴	puŋ²	ta⁶
到	处	这	逢	河

前面是条河，

7-1510

牙	瓜	貝	务	绿
Yax	gvaq	bae	huj	heu
ja⁵	kwa⁵	pai¹	hu³	he:u¹
也	过	去	云	青

过河上青天。

7-1511

碰	江	友	巴	丢
Bungz	gyangz	youx	bak	diu
puŋ²	kja:ŋ²	ju⁴	pa:k⁷	ti:u¹
逢	诸	友	嘴	刁

碰上巧舌友，

7-1512

讲	笑	全	不	伏
Gangj	riu	gyonj	mbouj	mbwq
ka:ŋ³	ɹi:u¹	kjo:n³	bou⁵	bu⁵
讲	笑	都	不	闷

谈笑心不闷。

男唱	女唱

7-1513

堂	吉	内	碰	达
Daengz	giz	neix	bungz	dah
$taŋ^2$	ki^2	ni^4	$puŋ^2$	ta^6
到	处	这	逢	河

前面有条河，

7-1514

牙	瓜	贝	务	绿
Yax	gvaq	bae	huj	heu
ja^5	kwa^5	pai^1	hu^3	$he{:}u^1$
也	过	去	云	青

过河上青天。

7-1515

碰	江	友	巴	丢
Bungz	gyangz	youx	bak	diu
$puŋ^2$	$kja{:}ŋ^2$	ju^4	$pa{:}k^7$	$ti{:}u^1$
逢	诸	友	嘴	刁

碰上巧舌友，

7-1516

讲	笑	心	又	三
Gangj	riu	sim	youh	sanq
$ka{:}ŋ^3$	$ɻi{:}u^1$	$θin^1$	jou^4	$θa{:}n^5$
讲	笑	心	又	散

聊天可散心。

7-1517

堂	吉	内	碰	达
Daengz	giz	neix	bungz	dah
$taŋ^2$	ki^2	ni^4	$puŋ^2$	ta^6
到	处	这	逢	河

前面有条河，

7-1518

牙	瓜	贝	务	绿
Yax	gvaq	bae	huj	heu
ja^5	kwa^5	pai^1	hu^3	$he{:}u^1$
也	过	去	云	青

过河上青天。

7-1519

碰	江	友	巴	轻
Bungz	gyangz	youx	bak	mbaeu
$puŋ^2$	$kja{:}ŋ^2$	ju^4	$pa{:}k^7$	bau^1
逢	诸	友	嘴	轻

碰上巧舌友，

7-1520

阝	笑	阝	又	沙
Boux	riu	boux	youh	nyah
pu^4	$ɻi{:}u^1$	pu^4	jou^4	$ŋa^6$
人	笑	人	又	生气

嘲笑又生气。

男唱

7-1521

堂	吉	内	碰	达
Daengz	giz	neix	bungz	dah
taŋ²	ki²	ni⁴	puŋ²	ta⁶
到	处	这	逢	河

前面有条河，

7-1522

牙	瓜	贝	务	绿
Yax	gvaq	bae	huj	heu
ja⁵	kwa⁵	pai¹	hu³	heːu¹
也	过	去	云	青

过河上青天。

7-1523

碰	伏	农	是	笑
Bungz	fwx	nuengx	cix	riu
puŋ²	fə⁴	nuːŋ⁴	çi⁴	ɹiːu¹
逢	别人	妹	就	笑

妹遇别人笑，

7-1524

碰	土	少	是	沙
Bungz	dou	sau	cix	nyah
puŋ²	tu¹	θaːu¹	çi⁴	ȵa⁶
逢	我	姑娘	就	生气

妹遇我生气。

女唱

7-1525

堂	吉	内	碰	达
Daengz	giz	neix	bungz	dah
taŋ²	ki²	ni⁴	puŋ²	ta⁶
到	处	这	逢	河

前面有条河，

7-1526

牙	瓜	贝	务	绿
Yax	gvaq	bae	huj	heu
ja⁵	kwa⁵	pai¹	hu³	heːu¹
也	过	去	云	青

过河上青天。

7-1527

碰	江	友	巴	丢
Bungz	gyangz	youx	bak	diu
puŋ²	kjaːŋ²	ju⁴	paːk⁷	tiːu¹
逢	诸	友	嘴	刁

碰上巧舌友，

7-1528

讲	笑	办	鸟	炕
Gangj	riu	baenz	roeg	enq
kaːŋ³	ɹiːu¹	pan²	ɹok⁸	eːn⁵
讲	笑	成	鸟	燕

谈笑如燕语。

男唱

7-1529

堂	吉	内	碰	达
Daengz	giz	neix	bungz	dah
taŋ²	ki²	ni⁴	puŋ²	ta⁶
到	处	这	逢	河

前面一条河，

7-1530

牙	瓜	贝	务	好
Yax	gvaq	bae	huj	hau
ja⁵	kwa⁵	pai¹	hu³	ha:u¹
也	过	去	云	白

过河上青天。

7-1531

斗	内	碰	你	少
Daeuj	neix	bungz	mwngz	sau
tau³	ni⁴	puŋ²	muŋ²	θa:u¹
来	这	逢	你	姑娘

遇见小妹你，

7-1532

强	花	桃	义	月
Giengz	va	dauz	ngeih	nyied
ki:ŋ²	va¹	ta:u²	ȵi⁶	ȵɯːt⁸
像	花	桃	二	月

胜二月桃花。

女唱

7-1533

堂	吉	内	碰	达
Daengz	giz	neix	bungz	dah
taŋ²	ki²	ni⁴	puŋ²	ta⁶
到	处	这	逢	河

前面一条河，

7-1534

牙	瓜	贝	务	好
Yax	gvaq	bae	huj	hau
ja⁵	kwa⁵	pai¹	hu³	ha:u¹
也	过	去	云	白

过河上青天。

7-1535

包	刀	马	碰	少
Mbauq	dauq	ma	bungz	sau
ba:u⁵	ta:u⁵	ma¹	puŋ²	θa:u¹
小伙	倒	来	逢	姑娘

情哥遇情妹，

7-1536

比	花	桃	利	美
Beij	va	dauz	lij	maeq
pi³	va¹	ta:u²	li⁴	mai⁵
比	花	桃	还	粉

比桃花还美。

男唱

7-1537

堂　　吉　　内　　碰　　达

Daengz　giz　　neix　　bungz　　dah

taŋ² 　ki² 　ni⁴ 　puŋ² 　ta⁶

到　　处　　这　　逢　　河

前面有条河，

7-1538

牙　　瓜　　贝　　务　　好

Yax　　gvaq　　bae　　huj　　hau

ja⁵ 　kwa⁵ 　pai¹ 　hu³ 　ha:u¹

也　　过　　去　　云　　白

过河上青天。

7-1539

秀　　包　　碰　　秀　　少

Ciuh　　mbauq　　bungz　　ciuh　　sau

çi:u⁶ 　ba:u⁵ 　puŋ² 　çi:u⁶ 　θa:u¹

世　　小伙　　逢　　世　　姑娘

情哥遇情妹，

7-1540

得　　交　　心　　是　　念

Ndaej　　gyau　　sim　　cix　　net

dai³ 　kja:u¹ 　θin¹ 　çi⁴ 　ne:t⁷

得　　交　　心　　就　　实

相交心才甘。

女唱

7-1541

堂　　吉　　内　　碰　　达

Daengz　giz　　neix　　bungz　　dah

taŋ² 　ki² 　ni⁴ 　puŋ² 　ta⁶

到　　处　　这　　逢　　河

前面一条河，

7-1542

牙　　瓜　　贝　　务　　好

Yax　　gvaq　　bae　　huj　　hau

ja⁵ 　kwa⁵ 　pai¹ 　hu³ 　ha:u¹

也　　过　　去　　云　　白

过河上青天。

7-1543

往　　元　　秀　　包　　少

Uengj　　ien　　ciuh　　mbauq　　sau

va:ŋ³ 　ju:n¹ 　çi:u⁶ 　ba:u⁵ 　θa:u¹

枉　　冤　　世　　小伙　　姑娘

冤枉情兄妹，

7-1544

同　　交　　不　　同　　得

Doengh　　gyau　　mbouj　　doengh　　ndaej

toŋ² 　kja:u¹ 　bou⁵ 　toŋ² 　dai³

相　　交　　不　　相　　得

结交不成亲。

男唱

7-1545

堂	吉	内	碰	达
Daengz	giz	neix	bungz	dah
taŋ²	ki²	ni⁴	puŋ²	ta⁶
到	处	这	逢	河

前面有条河，

7-1546

牙	瓜	贝	思	恩
Yax	gvaq	bae	swh	wnh
ja⁵	kwa⁵	pai¹	θɯ¹	an¹
也	过	去	思	恩

过河去思恩。

7-1547

同	碰	是	古	存
Doengh	bungz	cix	guh	caemz
toŋ²	puŋ²	çi⁴	ku⁴	çan²
相	逢	就	做	玩

相遇就行乐，

7-1548

米	几	日	样	内
Miz	geij	ngoenz	yiengh	neix
mi²	ki³	ŋon²	jɯːŋ⁶	ni⁴
有	几	天	样	这

人生有几何！

女唱

7-1549

堂	吉	内	碰	达
Daengz	giz	neix	bungz	dah
taŋ²	ki²	ni⁴	puŋ²	ta⁶
到	处	这	逢	河

前面一条河，

7-1550

牙	瓜	贝	思	恩
Yax	gvaq	bae	swh	wnh
ja⁵	kwa⁵	pai¹	θɯ¹	an¹
也	过	去	思	恩

过河去思恩。

7-1551

知	九	是	古	存
Rox	yiuj	cix	guh	caemz
ɹo⁴	ji:u³	çi⁴	ku⁴	çan²
知	礼	就	做	玩

聪明就玩乐，

7-1552

外	月	日	是	了
Vaij	ndwen	ngoenz	cix	liux
va:i³	du:n¹	ŋon²	çi⁴	li:u⁴
过	月	天	就	算

时光不待我。

<table>
<tr><td>

男唱

7-1553

堂	吉	内	碰	水
Daengz	giz	neix	bungz	raemx
taŋ²	ki²	ni⁴	puŋ²	ɹan⁴
到	处	这	逢	水

这地方有水，

7-1554

牙	存	老	被	凉
Yax	caemx	lau	deng	liengz
ja⁵	çan⁴	la:u¹	te:ŋ¹	li:ŋ²
也	洗澡	怕	挨	凉

洗澡怕风寒。

7-1555

斗	内	碰	少	娘
Daeuj	neix	bungz	sau	nangz
tau³	ni⁴	puŋ²	θa:u¹	na:ŋ²
来	这	逢	姑娘	姑娘

在此遇姑娘，

7-1556

巴	不	强	外	对
Bak	mbouj	giengz	vaij	doih
pa:k⁷	bou⁵	ki:ŋ²	va:i³	to:i⁶
嘴	不	犟	过	伙伴

口才不出众。

</td><td>

女唱

7-1557

堂	吉	内	碰	水
Daengz	giz	neix	bungz	raemx
taŋ²	ki²	ni⁴	puŋ²	ɹan⁴
到	处	这	逢	水

这地方有水，

7-1558

牙	存	老	被	凉
Yax	caemx	lau	deng	liengz
ja⁵	çan⁴	la:u¹	te:ŋ¹	li:ŋ²
也	洗澡	怕	挨	凉

洗澡怕风寒。

7-1559

少	娘	碰	包	娘
Sau	nangz	bungz	mbauq	nangz
θa:u¹	na:ŋ²	puŋ²	ba:u⁵	na:ŋ²
姑娘	姑娘	逢	小伙	姑娘

情妹遇情哥，

7-1560

巴	强	是	勒	仪
Bak	giengz	cix	lawh	saenq
pa:k⁷	ki:ŋ²	çi⁴	lau⁶	θin⁵
嘴	犟	就	换	信

有意换信物。

</td></tr>
</table>

男唱

7-1561

堂	吉	内	碰	水
Daengz	giz	neix	bungz	raemx
taŋ²	ki²	ni⁴	puŋ²	ɹan⁴
到	处	这	逢	水

这地方有水,

7-1562

牙	存	老	被	砂
Yax	caemx	lau	deng	sa
ja⁵	çan⁴	la:u¹	te:ŋ¹	θa¹
也	洗澡	怕	挨	痧

洗澡怕着痧。

7-1563

斗	内	碰	元	加
Daeuj	neix	bungz	ien	gya
tau³	ni⁴	puŋ²	ju:n¹	kja¹
来	这	逢	冤	家

到此遇冤家,

7-1564

贝	马	心	不	念
Bae	ma	sim	mbouj	net
pai¹	ma¹	θin¹	bou⁵	ne:t⁷
去	来	心	不	实

回去心不安。

女唱

7-1565

堂	吉	内	碰	水
Daengz	giz	neix	bungz	raemx
taŋ²	ki²	ni⁴	puŋ²	ɹan⁴
到	处	这	逢	水

这地方有水,

7-1566

牙	存	老	被	砂
Yax	caemx	lau	deng	sa
ja⁵	çan⁴	la:u¹	te:ŋ¹	θa¹
也	洗澡	怕	挨	痧

想洗怕着痧。

7-1567

牙	了	秀	元	加
Yax	liux	ciuh	ien	gya
ja⁵	li:u⁴	çi:u⁶	ju:n¹	kja¹
也	完	世	冤	家

青春快过去,

7-1568

才	碰	花	对	生
Nda	bungz	va	doiq	saemq
da¹	puŋ²	va¹	to:i⁵	θan⁵
刚	逢	花	对	庚

才遇同龄友。

男唱

7-1569

斗	内	碰	花	买
Daeuj	neix	bungz	va	mai
tau³	ni⁴	puŋ²	va¹	maːi¹
来	这	逢	花	密蒙

遇见姊妹花，

7-1570

手	寿	尾	又	比
Fwngz	caeux	byai	youh	beij
fuŋ²	çau⁴	pjaːi¹	jou⁴	pi³
手	抓	尾	又	歌

边唱还边舞。

7-1571

斗	内	碰	韦	机
Daeuj	neix	bungz	vae	giq
tau³	ni⁴	puŋ²	vai¹	ki⁵
来	这	逢	姓	支

在此遇情侣，

7-1572

月	当	四	十	日
Ndwen	daengq	seiq	cib	ngoenz
duːn¹	taŋ⁵	θei⁵	çit⁸	ŋon²
月	当	四	十	天

时间过得快。

女唱

7-1573

斗	内	碰	花	买
Daeuj	neix	bungz	va	mai
tau³	ni⁴	puŋ²	va¹	maːi¹
来	这	逢	花	密蒙

碰上姊妹花，

7-1574

手	寿	尾	又	比
Fwngz	caeux	byai	youh	beij
fuŋ²	çau⁴	pjaːi¹	jou⁴	pi³
手	抓	尾	又	歌

边唱还边舞。

7-1575

灯	日	点	拉	里
Daeng	ngoenz	dem	ndau	ndeiq
taŋ¹	ŋon²	teːn¹	daːu¹	di⁵
灯	天	与	星	星

太阳与星辰，

7-1576

不	乱	得	同	碰
Mbouj	luenh	ndaej	doengh	bungz
bou⁵	luːn⁶	dai³	toŋ²	puŋ²
不	乱	得	相	逢

不容易相逢。

男唱

女唱

7-1577

斗	内	碰	花	买
Daeuj	neix	bungz	va	mai
tau³	ni⁴	puŋ²	va¹	ma:i¹
来	这	逢	花	密蒙

碰上姊妹花，

7-1578

手	寿	尾	又	动
Fwngz	caeux	byai	youh	doengh
fuŋ²	çau⁴	pja:i¹	jou⁴	toŋ⁶
手	抓	尾	又	动

手舞嘴又吟。

7-1579

斗	内	碰	江	农
Daeuj	neix	bungz	gyangz	nuengx
tau³	ni⁴	puŋ²	kja:ŋ²	nu:ŋ⁴
来	这	逢	诸	妹

到此遇情妹，

7-1580

是	不	厄	刀	然
Cix	mbouj	nyienh	dauq	ranz
çi⁴	bou⁵	ȵu:n⁶	ta:u⁵	ɹa:n²
就	不	愿	回	家

总不愿离去。

7-1581

好	巴	斗	碰	鸦
Ndij	baq	daeuj	bungz	a
di¹	pa⁵	tau³	puŋ²	a¹
沿	坡	来	逢	鸦

上坡见乌鸦，

7-1582

好	山	斗	碰	会
Ndij	bya	daeuj	bungz	faex
di¹	pja¹	tau³	puŋ²	fai⁴
沿	山	来	逢	树

爬山遇树木。

7-1583

碰	江	龙	巴	尖
Bungz	gyangz	lungz	bak	raeh
puŋ²	kja:ŋ²	luŋ²	pa:k⁷	ɹai⁶
逢	诸	龙	嘴	利

遇上巧舌兄，

7-1584

万	代	农	不	论
Fanh	daih	nuengx	mbouj	lumz
fa:n⁶	ta:i⁶	nu:ŋ⁴	bou⁵	lun²
万	代	妹	不	忘

妹永世不忘。

<table>
<tr><td>

男唱

</td><td>

女唱

</td></tr>
</table>

7-1585	7-1589

<table>
<tr><td>

好　巴　斗　碰　鸦

Ndij　baq　daeuj　bungz　a

di¹　pa⁵　tau³　puŋ²　a¹

沿　坡　来　逢　鸦

上坡见乌鸦，

</td><td>

好　巴　斗　碰　鸦

Ndij　baq　daeuj　bungz　a

di¹　pa⁵　tau³　puŋ²　a¹

沿　坡　来　逢　鸦

上坡见乌鸦，

</td></tr>
</table>

Left — di^1 pa^5 tau^3 $pu\eta^2$ a^1

男唱

7-1585

好　巴　斗　碰　鸦

Ndij　baq　daeuj　bungz　a

di¹　pa⁵　tau³　puŋ²　a¹

沿　坡　来　逢　鸦

上坡见乌鸦，

7-1586

好　山　斗　碰　会

Ndij　bya　daeuj　bungz　faex

di¹　pja¹　tau³　puŋ²　fai⁴

沿　山　来　逢　树

爬山遇树木。

7-1587

斗　碰　少　巴　尖

Daeuj　bungz　sau　bak　raeh

tau³　puŋ²　θa:u¹　pa:k⁷　ɣai⁶

来　逢　姑娘　嘴　利

碰上巧舌妹，

7-1588

可　强　祝　英　台

Goj　giengz　cuz　ing　daiz

ko⁵　ki:ŋ²　ɕu⁶　iŋ¹　ta:i²

也　像　祝　英　台

如同祝英台。

女唱

7-1589

好　巴　斗　碰　鸦

Ndij　baq　daeuj　bungz　a

di¹　pa⁵　tau³　puŋ²　a¹

沿　坡　来　逢　鸦

上坡见乌鸦，

7-1590

好　山　斗　碰　存

Ndij　bya　daeuj　bungz　cuemx

di¹　pja¹　tau³　puŋ²　ɕu:n⁴

沿　山　来　逢　刺麻

上山遇刺麻。

7-1591

碰　江　龙　庆　远

Bungz　gyangz　lungz　ging　yenj

puŋ²　kja:ŋ²　luŋ²　kiŋ³　ju:n⁶

逢　诸　龙　庆　远

碰上庆远兄，

7-1592

讲　满　外　秀　文

Gangj　monh　vaij　ciuh　vunz

ka:ŋ³　mo:n⁶　va:i³　ɕi:u⁶　vun²

讲　情　过　世　人

一辈子相恋。

男唱

7-1593

好	巴	斗	碰	鸦
Ndij	baq	daeuj	bungz	a
di¹	pa⁵	tau³	puŋ²	a¹
沿	坡	来	逢	鸦

上坡见乌鸦，

7-1594

好	山	斗	碰	早
Ndij	bya	daeuj	bungz	romh
di¹	pja¹	tau³	puŋ²	ɣo:m⁶
沿	山	来	逢	鹰

上山见老鹰。

7-1595

斗	碰	友	长	判
Daeuj	bungz	youx	cangh	buenq
tau³	puŋ²	ju⁴	ça:ŋ⁶	pu:n⁵
来	逢	友	匠	贩

碰上商贾友，

7-1596

满	团	秀	是	貝
Monh	donh	ciuh	cix	bae
mo:n⁶	to:n⁶	çi:u⁶	çi⁴	pai¹
情	半	世	就	去

半途恋就走。

女唱

7-1597

下	峜	碰	会	坤
Roengz	rungh	bungz	faex	goen
ɣoŋ²	ɣuŋ⁶	puŋ²	fai⁴	kon¹
下	峜	逢	树	粉单竹

进村见粉竹，

7-1598

很	山	碰	会	谁
Hwnj	bya	bungz	faex	raeq
huɯn³	pja¹	puŋ²	fai⁴	ɣai⁵
上	山	逢	树	板栗

上山碰栗木。

7-1599

斗	内	碰	少	青
Daeuj	neix	bungz	sau	oiq
tau³	ni⁴	puŋ²	θa:u¹	o:i⁵
来	这	逢	姑娘	嫩

到此遇情妹，

7-1600

可	当	对	金	秋
Goj	daengq	doiq	gim	ciuz
ko⁵	taŋ⁵	to:i⁵	kin¹	çi:u²
也	当	对	金	耳环

视同金耳环。

男唱

7-1601

下	峚	碰	会	坤
Roengz	rungh	bungz	faex	goen
$\textipa{ioŋ}^2$	$\textipa{ɹuŋ}^6$	$puŋ^2$	fai^4	kon^1
下	峚	逢	树	粉单竹

进村碰粉竹，

7-1602

很	山	碰	会	我
Hwnj	bya	bungz	faex	ngox
$huɯn^3$	pja^1	$puŋ^2$	fai^4	$ŋo^4$
上	山	逢	树	芦苇

上山遇芦苇。

7-1603

哥	斗	内	碰	农
Go	daeuj	neix	bungz	Nuengx
ko^1	tau^3	ni^4	$puŋ^2$	$nuːŋ^4$
哥	来	这	逢	妹

在此遇情妹，

7-1604

广	合	贝	几	来
Gvangj	hwz	bae	geij	lai
$kwaːŋ^3$	ho^2	pai^1	ki^3	$laːi^1$
广	合	去	几	多

需多少姻缘。

女唱

7-1605

好	巴	斗	碰	鸦
Ndij	baq	daeuj	bungz	a
di^1	pa^5	tau^3	$puŋ^2$	a^1
沿	坡	来	逢	鸦

上坡遇乌鸦，

7-1606

好	山	斗	碰	友
Ndij	bya	daeuj	bungz	youx
di^1	pja^1	tau^3	$puŋ^2$	ju^4
沿	山	来	逢	友

上山遇密友。

7-1607

马	碰	花	良	六
Ma	bungz	va	liengz	loux
ma^1	$puŋ^2$	va^1	$liːŋ^2$	lou^4
来	逢	花	石	榴

碰上石榴花，

7-1608

斗	碰	友	金	银
Daeuj	bungz	youx	gim	ngaenz
tau^3	$puŋ^2$	ju^4	kin^1	$ŋan^2$
来	逢	友	金	银

邂逅心上人。

男唱

7-1609

好	巴	斗	碰	鸦
Ndij	baq	daeuj	bungz	a
di¹	pa⁵	tau³	puŋ²	a¹
沿	坡	来	逢	鸦

上坡碰乌鸦，

7-1610

好	山	斗	碰	友
Ndij	bya	daeuj	bungz	youx
di¹	pja¹	tau³	puŋ²	ju⁴
沿	山	来	逢	友

上山遇情友。

7-1611

碰	少	空	知	故
Bungz	sau	ndwi	rox	gux
puŋ²	θaːu¹	duːi¹	ɺo⁴	ku⁵
逢	姑娘	不	知	招呼

逢妹不亲近，

7-1612

碰	友	空	知	玩
Bungz	youx	ndwi	rox	vanz
puŋ²	ju⁴	duːi¹	ɺo⁴	vaːn²
逢	友	不	知	还

遇友不会聊。

女唱

7-1613

牙	了	秀	双	偻
Yax	liux	ciuh	song	raeuz
ja⁵	liːu⁴	çiːu⁶	θoːŋ¹	ɺau²
也	完	世	两	我们

我俩情将尽，

7-1614

刀	碰	山	会	王
Dauq	bungz	bya	faex	vangh
taːu⁵	puŋ²	pja¹	fai⁴	vaːŋ⁶
倒	逢	山	树	苹婆

碰见苹婆树。

7-1615

牙	了	秀	对	邦
Yax	liux	ciuh	doih	baengz
ja⁵	liːu⁴	çiːu⁶	toːi⁶	paŋ²
也	完	世	伙伴	朋

情侣缘将尽，

7-1616

碰	会	王	更	果
Bungz	faex	vangh	gwnz	go
puŋ²	fai⁴	vaːŋ⁶	kɯn²	ko¹
逢	树	苹婆	上	棵

苹婆树结果。

男唱

7-1617

牙	了	秀	少	好
Yax	liux	ciuh	sau	ndei
ja⁵	li:u⁴	ɕi:u⁶	θa:u¹	dei¹
也	完	世	姑娘	好

将断情妹情，

7-1618

刀	碰	山	会	王
Dauq	bungz	bya	faex	vangh
ta:u⁵	puŋ²	pja¹	fai⁴	va:ŋ⁶
倒	逢	山	树	苹婆

见到苹婆树。

7-1619

文	中	点	文	狼
Vunz	cuengq	dem	vunz	langh
vun²	ɕu:ŋ⁵	te:n¹	vun²	la:ŋ⁶
人	放	与	人	放

同为浪荡人，

7-1620

同	当	牙	同	碰
Doengh	daengq	yax	doengh	bungz
toŋ²	taŋ⁵	ja⁵	toŋ²	puŋ²
相	叮嘱	要	相	逢

分手要道别。

女唱

7-1621

牙	了	秀	包	好
Yax	liux	ciuh	mbauq	ndei
ja⁵	li:u⁴	ɕi:u⁶	ba:u⁵	dei¹
也	完	世	小伙	好

青春期将过，

7-1622

刀	碰	山	会	王
Dauq	bungz	bya	faex	vangh
ta:u⁵	puŋ²	pja¹	fai⁴	va:ŋ⁶
倒	逢	山	树	苹婆

碰到苹婆树。

7-1623

观	文	中	文	狼
Gonq	vunz	cuengq	vunz	langh
ko:n⁵	vun²	ɕu:ŋ⁵	vun²	la:ŋ⁶
先	人	放	人	放

以前爱游荡，

7-1624

同	当	在	日	而
Doengh	daengq	ywq	ngoenz	lawz
toŋ²	taŋ⁵	ju⁵	ŋon²	lau²
相	叮嘱	在	日	哪

约何日幽会。

男唱

7-1625

牙	了	秀	少	好
Yax	liux	ciuh	sau	ndei
ja⁵	li:u⁴	çi:u⁶	θa:u¹	dei¹
也	完	世	姑娘	好

青春快过去，

7-1626

刀	碰	山	会	王
Dauq	bungz	bya	faex	vangh
ta:u⁵	puŋ²	pja¹	fai⁴	va:ŋ⁶
倒	逢	山	树	苹婆

再遇苹婆树。

7-1627

日	寅	它	同	当
Ngoenz	yin²	de	doengh	daengq
ŋon²	jin²	te¹	toŋ²	taŋ⁵
天	寅	那	相	叮嘱

寅日便约会，

7-1628

日	卯	才	同	碰
Ngoenz	maux	nda	doengh	bungz
ŋon²	ma:u⁴	da¹	toŋ²	puŋ²
天	卯	刚	相	逢

卯日才相逢。

女唱

7-1629

牙	了	秀	包	乖
Yax	liux	ciuh	mbauq	gvai
ja⁵	li:u⁴	çi:u⁶	ba:u⁵	kwa:i¹
也	完	世	小伙	乖

青春快过去，

7-1630

碰	花	买	出	义
Bungz	va	mai	ok	ngeiq
puŋ²	va¹	ma:i¹	o:k⁷	ɲi⁵
逢	花	密蒙	出	枝

见密蒙抽枝。

7-1631

灯	日	点	拉	里
Daeng	ngoenz	dem	ndau	ndeiq
taŋ¹	ŋon²	te:n¹	dau¹	di⁵
灯	天	与	星	星

太阳和星辰，

7-1632

斗	田	内	同	碰
Daeuj	denz	neix	doengh	bungz
tau³	te:n²	ni⁴	toŋ²	puŋ²
来	地	这	相	逢

到此来相会。

男唱

7-1633

牙	了	秀	少	乖
Yax	liux	ciuh	sau	gvai
ja⁵	li:u⁴	çi:u⁶	θa:u¹	kwa:i¹
也	完	世	姑娘	乖

青春快结束，

7-1634

碰	花	买	出	义
Bungz	va	mai	ok	ngeiq
puŋ²	va¹	ma:i¹	o:k⁷	ŋi⁵
逢	花	密蒙	出	枝

见密蒙抽枝。

7-1635

岁	很	河	三	里
Caez	hwnj	haw	sam	leix
çai²	hɯn³	hɯ¹	θa:n¹	li⁴
齐	上	圩	三	里

同赶三里圩，

7-1636

它	斗	内	碰	你
Daz	daeuj	neix	bungz	mwngz
ta²	tau³	ni⁴	puŋ²	mɯŋ²
又	来	这	逢	你

在此两相逢。

女唱

7-1637

欢	同	碰	牙	了
Fwen	doengh	bungz	yax	liux
vu:n¹	toŋ²	puŋ²	ja⁵	li:u⁴
歌	相	逢	也	完

相逢歌将尽，

7-1638

满	后	罗	同	见
Monh	haeuj	loh	doengh	raen
mo:n⁶	hau³	lo⁶	toŋ²	ɣan¹
情	进	路	相	见

闲聊别后情。

7-1639

特	罗	内	貝	生
Dawz	loh	neix	bae	haem
tɯ²	lo⁶	ni⁴	pai¹	han¹
拿	路	这	去	埋

告别旧日情，

7-1640

良	貝	见	罗	么
Lingh	bae	raen	loh	moq
le:ŋ⁶	pai¹	ɣan¹	lo⁶	mo⁵
另	去	见	路	新

迎接新时光。

男唱	女唱

7-1641

欢	同	碰	尝	了
Fwen	doengh	bungz	caengz	liux
vuːn¹	toŋ²	puŋ²	çaŋ²	liːu⁴
歌	相	逢	未	完

相逢歌未尽,

7-1642

先	满	罗	同	见
Senq	monh	loh	doengh	raen
θeːn⁵	moːn⁶	lo⁶	toŋ²	ɹan¹
先	情	路	相	见

先谈见面情。

7-1643

欢	同	碰	尝	生
Fwen	doengh	bungz	caengz	haem
vuːn¹	toŋ²	puŋ²	çaŋ²	han¹
歌	相	逢	未	埋

相逢歌未尽,

7-1644

先	同	见	么	农
Senq	doengh	raen	maq	nuengx
θeːn⁵	toŋ²	ɹan¹	ma⁵	nuːŋ⁴
先	相	见	嘛	妹

见面便唱歌。

7-1645

歌	同	碰	牙	了
Fwen	doengh	bungz	yaek	liux
vuːn¹	toŋ²	puŋ²	jak⁷	liːu⁴
欢	相	逢	要	完

相逢歌将尽,

7-1646

满	后	罗	同	见
Monh	haeuj	loh	doengh	raen
moːn⁶	hau³	lo⁶	toŋ²	ɹan¹
情	进	路	相	见

转聊会面情。

7-1647

特	罗	内	贝	生
Dawz	loh	neix	bae	haem
tɯ²	lo⁶	ni⁴	pai¹	han¹
拿	路	这	去	埋

将旧情抛弃,

7-1648

偻	同	见	是	八
Raeuz	doengh	raen	cix	bah
ɹau²	toŋ²	ɹan¹	çi⁴	pa⁶
我们	相	见	就	罢

我们谈新情。

男唱

7-1649

亘　内　见　你　邦

Haemh　neix　raen　mwngz　baengz

han⁶　ni⁴　ɹan¹　muɯŋ²　paŋ²

夜　这　见　你　朋

今晚见密友，

7-1650

能　邦　觉　吃　茶

Naengh　bangx　daenq　gwn　caz

naŋ⁶　pa:ŋ⁴　taŋ⁵　kɯn¹　ça²

坐　旁　凳　吃　茶

落座来品茶。

7-1651

亘　内　备　外　马

Haemh　neix　beix　vaij　ma

han⁶　ni⁴　pi⁴　va:i³　ma¹

夜　这　兄　过　来

今夜兄来到，

7-1652

茶　在　而　了　农

Caz　ywq　lawz　liux　nuengx

ça²　ju⁵　lau²　li:u⁴　nu:ŋ⁴

茶　在　哪　啰　妹

妹备茶没有？

女唱

7-1653

你　马　你　空　讲

Mwngz　ma　mwngz　ndwi　gangj

muɯŋ²　ma¹　muɯŋ²　du:i¹　ka:ŋ³

你　来　你　不　讲

你来不预告，

7-1654

邦　空　认　仙　茶

Baengz　ndwi　nyinh　cien　caz

paŋ²　du:i¹　n̦in⁶　çe:n¹　ça²

朋　不　记得　煎　茶

我不曾沏茶。

7-1655

空　知　邦　外　马

Ndwi　rox　baengz　vaij　ma

du:i¹　ɹo⁴　paŋ²　va:i³　ma¹

不　知　朋　过　来

不知我友来，

7-1656

论　茶　空　认　仙

Lumz　caz　ndwi　nyinh　cien

lun²　ça²　du:i¹　n̦in⁶　çe:n¹

忘　茶　不　记得　煎

还没有沏茶。

男唱	女唱

7-1657

同	见	是	讲	洋
Doengh	raen	cix	gangj	angq
toŋ²	ɹan¹	çi⁴	ka:ŋ³	a:ŋ⁵
相	见	就	讲	高兴

见面心欢喜，

7-1658

能	邦	党	吃	寿
Naengh	bangx	daengq	gwn	caeuz
naŋ⁶	pa:ŋ⁴	taŋ⁵	kɯn¹	çau²
坐	旁	凳	吃	晚饭

坐下吃晚餐。

7-1659

米	话	是	同	说
Miz	vah	cix	doengh	naeuz
mi²	va⁶	çi⁴	toŋ²	nau²
有	话	就	相	说

有话好相商，

7-1660

收	古	而	了	农
Caeu	guh	rawz	liux	nuengx
çau¹	ku⁴	ɹau²	li:u⁴	nu:ŋ⁴
藏	做	什么	啰	妹

妹何不直言？

7-1661

同	见	是	讲	洋
Doengh	raen	cix	gangj	angq
toŋ²	ɹan¹	çi⁴	ka:ŋ³	a:ŋ⁵
相	见	就	讲	高兴

见面心欢喜，

7-1662

能	邦	党	吃	寿
Naengh	bangx	daengq	gwn	caeuz
naŋ⁶	pa:ŋ⁴	taŋ⁵	kɯn¹	çau²
坐	旁	凳	吃	晚饭

坐下吃晚餐。

7-1663

米	话	备	管	说
Miz	vah	beix	guenj	naeuz
mi²	va⁶	pi⁴	ku:n³	nau²
有	话	兄	尽管	说

有话尽管说，

7-1664

偻	点	偻	不	爱
Raeuz	dem	raeuz	mbouj	ngaih
ɹau²	te:n¹	ɹau²	bou⁵	ŋa:i⁶
我们	与	我们	不	妨碍

我俩别见外。

男唱

7-1665

庑　内　见　你　邦

Haemh　neix　raen　mwngz　baengz

han^{6}　ni^{4}　ɹan^{1}　mɯŋ^{2}　paŋ^{2}

夜　这　见　你　朋

今夜好友来，

7-1666

能　邦　党　古　存

Naengh　bangx　daengq　guh　caemz

naŋ^{6}　pa:ŋ^{4}　taŋ^{5}　ku^{4}　ɕan^{2}

坐　旁　凳　做　玩

坐下来玩玩。

7-1667

十　义　罗　同　见

Cib　ngeih　loh　doengh　raen

ɕit^{8}　ȵi^{6}　lo^{6}　toŋ^{2}　ɹan^{1}

十　二　路　相　见

曾多次见面，

7-1668

不　比　日　样　内

Mbouj　beij　ngoenz　yiengh　neix

bou^{5}　pi^{3}　ŋon^{2}　jɯ:ŋ^{6}　ni^{4}

不　比　天　样　这

但不如今晚。

女唱

7-1669

同　见　是　讲　洋

Doengh　raen　cix　gangj　angq

toŋ^{2}　ɹan^{1}　ɕi^{4}　ka:ŋ^{3}　a:ŋ^{5}

相　见　就　讲　高兴

见面心欢喜，

7-1670

能　邦　党　古　存

Naengh　bangx　daengq　guh　caemz

naŋ^{6}　pa:ŋ^{4}　taŋ^{5}　ku^{4}　ɕan^{2}

坐　旁　凳　做　玩

坐下来玩玩。

7-1671

见　江　友　备　银

Raen　gyang　youx　beix　ngaenz

ɹan^{1}　kja:ŋ^{2}　ju^{4}　pi^{4}　ŋan^{2}

见　诸　友　兄　银

见情哥容颜，

7-1672

强　灯　日　拉　里

Giengz　daeng　ngoenz　ndau　ndeiq

ki:ŋ^{2}　taŋ^{1}　ŋon^{2}　dau^{1}　di^{5}

像　灯　天　星　星

胜天上星辰。

男唱

7-1673

厓	内	见	你	邦
Haemh	neix	raen	mwngz	baengz
han⁶	ni⁴	ɹan¹	muɯŋ²	paŋ²
夜	这	见	你	朋

今天见密友，

7-1674

能	邦	党	古	存
Naengh	bangx	daengq	guh	caemz
naŋ⁶	pa:ŋ⁴	taŋ⁵	ku⁴	çan²
坐	旁	凳	做	玩

同坐下玩耍。

7-1675

备	农	不	同	见
Beix	nuengx	mbouj	doengh	raen
pi⁴	nu:ŋ⁴	bou⁵	toŋ²	ɹan¹
兄	妹	不	相	见

兄妹不见面，

7-1676

中	声	作	罗	机
Cuengq	sing	coq	loh	giq
çu:ŋ⁵	θiŋ¹	ço⁵	lo⁶	ki⁵
放	声	放	路	岔

泪洒小路旁。

女唱

7-1677

厓	内	见	你	邦
Haemh	neix	raen	mwngz	baengz
han⁶	ni⁴	ɹan¹	muɯŋ²	paŋ²
夜	这	见	你	朋

今天见密友，

7-1678

能	邦	党	古	存
Naengh	bangx	daengq	guh	caemz
naŋ⁶	pa:ŋ⁴	taŋ⁵	ku⁴	çan²
坐	旁	凳	做	玩

同坐下玩耍。

7-1679

拉	里	见	灯	日
Ndau	ndeiq	raen	daeng	ngoenz
da:u¹	di⁵	ɹan¹	taŋ¹	ŋon²
星	星	见	灯	天

星斗会太阳，

7-1680

强	患	很	见	备
Giengz	fangz	hwnz	raen	beix
ki:ŋ²	fa:ŋ²	hun²	ɹan¹	pi⁴
像	做	梦	见	兄

入梦乡见兄。

男唱

7-1681

亘	内	偻	同	见
Haemh	neix	raeuz	doengh	raen
han⁶	ni⁴	ɹau²	toŋ²	ɹan¹
夜	这	我们	相	见

今夜咱邂逅，

7-1682

岁	讲	笑	讲	洋
Caez	gangj	riu	gangj	angq
çai²	ka:ŋ³	ɹi:u¹	ka:ŋ³	a:ŋ⁵
齐	讲	笑	讲	高兴

聊天享欢乐。

7-1683

亘	内	见	你	邦
Haemh	neix	raen	mwngz	baengz
han⁶	ni⁴	ɹan¹	mɯŋ²	paŋ²
夜	这	见	你	朋

今天见密友，

7-1684

可	当	万	千	金
Goj	dangq	fanh	cien	gim
ko⁵	ta:ŋ⁵	fa:n⁶	çi:n¹	kin¹
也	当	万	千	金

值万两黄金。

女唱

7-1685

亘	内	偻	同	见
Haemh	neix	raeuz	doengh	raen
han⁶	ni⁴	ɹau²	toŋ²	ɹan¹
夜	这	我们	相	见

今我俩相会，

7-1686

岁	讲	笑	讲	洋
Caez	gangj	riu	gangj	angq
çai²	ka:ŋ³	ɹi:u¹	ka:ŋ³	a:ŋ⁵
齐	讲	笑	讲	高兴

谈笑享欢乐。

7-1687

同	见	空	同	讲
Doengh	raen	ndwi	doengh	gangj
toŋ²	ɹan¹	du:i¹	toŋ²	ka:ŋ³
相	见	不	相	讲

见面不谈心，

7-1688

元	往	邦	巴	强
Ien	uengj	baengz	bak	giengz
ju:n¹	va:ŋ³	paŋ²	pa:k⁷	ki:ŋ²
冤	枉	朋	嘴	犟

白费那利嘴。

男唱

7-1689

厓	内	偻	同	见
Haemh	neix	raeuz	doengh	raen
han⁶	ni⁴	ɹau²	toŋ²	ɹan¹
夜	这	我们	相	见

我俩今相会，

7-1690

岁	讲	笑	讲	洋
Caez	gangj	riu	gangj	angq
ɕai²	ka:ŋ³	ɹi:u¹	ka:ŋ³	a:ŋ⁵
齐	讲	笑	讲	高兴

谈笑享欢乐。

7-1691

见	农	是	空	讲
Raen	nuengx	cix	ndwi	gangj
ɹan¹	nu:ŋ⁴	ɕi⁴	du:i¹	ka:ŋ³
见	妹	就	不	讲

见面不畅谈，

7-1692

样	而	当	得	你
Yiengh	lawz	daengh	ndaej	mwngz
ju:ŋ⁶	lau²	taŋ⁶	dai³	muɯ²
样	哪	配	得	你

怕配不上你。

女唱

7-1693

厓	内	偻	同	见
Haemh	neix	raeuz	doengh	raen
han⁶	ni⁴	ɹau²	toŋ²	ɹan¹
夜	这	我们	相	见

我俩今相会，

7-1694

古	而	不	波	小
Guh	rawz	mbouj	boq	seuq
ku⁴	ɹau²	bou⁵	po⁵	θe:u⁵
做	什么	不	吹	哨

为何不吹哨？

7-1695

厓	内	见	老	表
Haemh	neix	raen	laux	biuj
han⁶	ni⁴	ɹan¹	lau⁴	pi:u³
夜	这	见	老	表

今夜会老表，

7-1696

讲	不	了	秀	正
Gangj	mbouj	liux	ciuh	cingz
ka:ŋ³	bou⁵	li:u⁴	ɕi:u⁶	ɕiŋ²
讲	不	完	世	情

情话说不完。

男唱

7-1697

庢	内	偻	同	见
Haemh	neix	raeuz	doengh	raen
han⁶	ni⁴	ɹau²	toŋ²	ɹan¹
夜	这	我们	相	见

今我俩相会，

7-1698

古	而	不	讲	利
Guh	rawz	mbouj	gangj	laex
ku⁴	ɹau²	bou⁵	ka:ŋ³	li⁴
做	什么	不	讲	礼

怎能不讲礼？

7-1699

偻	同	见	些	内
Raeuz	doengh	raen	seiq	neix
ɹau²	toŋ²	ɹan¹	θe⁵	ni⁴
我们	相	见	世	这

今生能会面，

7-1700

些	第	义	办	而
Seiq	daih	ngeih	baenz	rawz
θe⁵	ti⁵	ŋi⁶	pan²	ɹau²
世	第	二	成	什么

来世将如何？

女唱

7-1701

庢	内	偻	同	见
Haemh	neix	raeuz	doengh	raen
han⁶	ni⁴	ɹau²	toŋ²	ɹan¹
夜	这	我们	相	见

今我俩相会，

7-1702

古	而	不	讲	话
Guh	rawz	mbouj	gangj	vah
ku⁴	ɹau²	bou⁵	ka:ŋ³	va⁶
做	什么	不	讲	话

为何不开口？

7-1703

见	些	内	是	八
Raen	seiq	neix	cix	bah
ɹan¹	θe⁵	ni³	çi⁴	pa⁶
见	世	这	就	罢

先享受当下，

7-1704

讲	些	那	古	而
Gangj	seiq	naj	guh	rawz
ka:ŋ³	θe⁵	na³	ku⁴	ɹau²
讲	世	前	做	什么

先忘掉未来。

男唱

7-1705

亘	内	偻	同	见
Haemh	neix	raeuz	doengh	raen
han⁶	ni⁴	ɹau²	toŋ²	ɹan¹
夜	这	我们	相	见

我俩今相会，

7-1706

古	而	不	讲	果
Guh	rawz	mbouj	gangj	goj
ku⁴	ɹau²	bou⁵	ka:ŋ³	ko³
做	什么	不	讲	故事

为何不聊天？

7-1707

要	板	党	马	能
Aeu	banj	daengq	ma	naengh
au¹	pa:n³	taŋ⁵	ma¹	naŋ⁶
要	板	凳	来	坐

拿板凳来坐，

7-1708

广	合	不	农	银
Gvangj	hwz	mbouj	nuengx	ngaenz
kwa:ŋ³	ho²	bou⁵	nu:ŋ⁴	ŋan²
广	合	不	妹	银

妹是否欢愉？

女唱

7-1709

堂	吉	内	同	见
Daengz	giz	neix	doengh	raen
taŋ²	ki²	ni⁴	toŋ²	ɹan¹
到	处	这	相	见

特意来相会，

7-1710

古	而	不	讲	果
Guh	rawz	mbouj	gangj	goj
ku⁴	ɹau²	bou⁵	ka:ŋ³	ko³
做	什么	不	讲	故事

为何不聊天？

7-1711

斗	见	龙	命	火
Daeuj	raen	lungz	mingh	hoj
tau³	ɹan¹	luŋ²	min⁶	ho³
来	见	龙	命	苦

来见命苦兄，

7-1712

广	合	不	乱	米
Gvangj	hwz	mbouj	luenh	miz
kwa:ŋ³	ho²	bou⁵	lu:n⁶	mi²
广	合	不	乱	有

姻缘不复存。

男唱

7-1713

甴	内	偻	同	见
Haemh	neix	raeuz	doengh	raen
han⁶	ni⁴	ɹau²	toŋ²	ɹan¹
夜	这	我们	相	见

我俩今相会，

7-1714

古	而	不	讲	果
Guh	rawz	mbouj	gangj	goj
ku⁴	ɹau²	bou⁵	kaːŋ³	ko³
做	什么	不	讲	故事

为何不说话？

7-1715

同	见	是	唱	歌
Doengh	raen	cix	cang	go
toŋ²	ɹan¹	çi⁴	çaːŋ⁴	ko⁵
相	见	就	唱	歌

见面就唱歌，

7-1716

怨	命	火	古	而
Yonq	mingh	hoj	guh	rawz
joːn⁵	miŋ⁶	ho³	ku⁴	ɹau²
怨	命	苦	做	什么

为何怨命苦？

女唱

7-1717

甴	内	偻	同	见
Haemh	neix	raeuz	doengh	raen
han⁶	ni⁴	ɹau²	toŋ²	ɹan¹
夜	这	我们	相	见

我俩今见面，

7-1718

古	而	不	讲	果
Guh	rawz	mbouj	gangj	goj
ku⁴	ɹau²	bou⁵	kaːŋ³	ko³
做	什么	不	讲	故事

为何不讲话？

7-1719

想	不	怨	命	火
Siengj	mbouj	yonq	mingh	hoj
θiːŋ³	bou⁵	joːn⁵	miŋ⁶	ho³
想	不	怨	命	苦

想不怨命苦，

7-1720

唱	歌	不	外	春
Cang	go	mbouj	vaij	cin
çaːŋ⁴	ko⁵	bou⁵	vaːi³	çun¹
唱	歌	不	过	春

唱歌不长久。

男唱

7-1721

堂	吉	内	同	见
Daengz	giz	neix	doengh	raen
taŋ²	ki²	ni⁴	toŋ²	ɹan¹
到	处	这	相	见

到这里见面，

7-1722

可	强	患	花	罗
Goj	giengz	fangz	va	lox
ko⁵	ki:ŋ²	fa:ŋ²	va¹	lo⁴
也	像	鬼	花	洛

如同见"洛神"。

7-1723

斗	内	碰	你	农
Daeuj	neix	bungz	mwngz	nuengx
tau³	ni⁴	puŋ²	mɯŋ²	nu:ŋ⁴
来	这	逢	你	妹

来此遇情妹，

7-1724

当	花	俉	花	才
Dangq	va	roz	va	yaij
ta:ŋ⁵	va¹	ɹo²	va¹	ja:i³
当	花	枯	花	枯

像老花待谢。

女唱

7-1725

堂	吉	内	同	见
Daengz	giz	neix	doengh	raen
taŋ²	ki²	ni⁴	toŋ²	ɹan¹
到	处	这	相	见

到这里见面，

7-1726

可	强	患	花	罗
Goj	giengz	fangz	va	lox
ko⁵	ki:ŋ²	fa:ŋ²	va¹	lo⁴
也	像	鬼	花	洛

如同见"洛神"。

7-1727

不	见	利	小	可
Mbouj	raen	lij	siuj	goj
bou⁵	ɹan¹	li⁴	θi:u³	ko³
不	见	还	小	事

不见不打紧，

7-1728

见	又	火	召	心
Raen	youh	hoj	cau	sim
ɹan¹	jou⁴	ho³	ça:u⁵	θin¹
见	又	苦	操	心

见了又伤心。

男唱

7-1729

堂	吉	内	同	见
Daengz	giz	neix	doengh	raen
taŋ²	ki²	ni⁴	toŋ²	ɹan¹
到	处	这	相	见

到这里见面，

7-1730

强	灯	日	中	先
Giengz	daeng	ngoenz	cuengq	sienq
kiːŋ²	taŋ¹	ŋon²	ɕuːŋ⁵	θiːn⁵
像	灯	天	放	线

像太阳发光。

7-1731

想	好	农	同	恋
Siengj	ndij	nuengx	doengh	lienh
θiːŋ³	di¹	nuːŋ⁴	toŋ²	liːn⁶
想	与	妹	相	恋

想和妹结交，

7-1732

见	不	得	农	火
Raen	mbouj	ndaej	nuengx	hoj
ɹan¹	bou⁵	dai³	nuːŋ⁴	ho³
见	不	得	妹	苦

见不得妹穷。

女唱

7-1733

想	好	少	同	恋
Siengj	ndij	sau	doengh	lienh
θiːŋ³	di¹	θaːu¹	toŋ²	liːn⁶
想	与	姑娘	相	恋

想和兄结交，

7-1734

老	会	不	绞	勾
Lau	faex	mbouj	heux	gaeu
laːu¹	fai⁴	bou⁵	heːu⁴	kau¹
怕	树	不	绕	藤

怕树不缠藤。

7-1735

想	恋	友	巴	轻
Siengj	lienh	youx	bak	mbaeu
θiːŋ³	liːn⁶	ju⁴	paːk⁷	bau¹
想	恋	友	嘴	轻

想恋巧舌友，

7-1736

知	得	要	知	不
Rox	ndaej	aeu	rox	mbouj
ɹo⁴	dai³	au¹	ɹo⁴	bou⁵
知	得	要	或	不

不知能嫁否？

男唱

女唱

7-1737

开	好	土	同	恋
Gaej	ndij	dou	doengh	lienh
ka:i⁵	di¹	tu¹	toŋ²	li:n⁶
莫	与	我	相	恋

别同我结交，

7-1738

良	不	得	同	要
Liengh	mbouj	ndaej	doengh	aeu
le:ŋ⁶	bou⁵	dai³	toŋ²	au¹
谅	不	得	相	要

谅不成夫妻。

7-1739

同	恋	外	秀	偻
Doengh	lienh	vaij	ciuh	raeuz
toŋ²	li:n⁶	va:i³	çi:u⁶	ɹau²
相	恋	过	世	我们

结交过一生，

7-1740

不	得	要	洋	祘
Mbouj	ndaej	aeu	yaeng	suenq
bou⁵	dai³	au¹	jaŋ¹	θu:n⁵
不	得	要	再	算

不成亲再说。

7-1741

同	恋	不	得	要
Doengh	lienh	mbouj	ndaej	aeu
toŋ²	li:n⁶	bou⁵	dai³	au¹
相	恋	不	得	要

结交不成亲，

7-1742

同	说	空	是	八
Doengh	naeuz	ndwi	cix	bah
toŋ²	nau²	du:i¹	çi⁴	pa⁶
相	说	不	就	罢

等于白费神。

7-1743

些	内	贵	你	华
Seiq	neix	gwiz	mwngz	hah
θe⁵	ni⁴	kui²	muŋ²	ha⁶
世	这	丈夫	你	占

今世你妻管，

7-1744

代	贝	那	洋	要
Dai	bae	naj	yaeng	aeu
ta:i¹	pai¹	na³	jaŋ¹	au¹
死	去	前	再	要

下辈子再嫁。

男唱

7-1745

些	内	不	得	要
Seiq	neix	mbouj	ndaej	aeu
θe⁵	ni⁴	bou⁵	dai³	au¹
世	这	不	得	娶

今生不能娶，

7-1746

些	浪	牙	不	念
Seiq	laeng	yax	mbouj	nenq
θe⁵	laŋ¹	ja⁵	bou⁵	ne:n⁵
世	后	也	不	记

来世会相恋。

7-1747

代	贝	那	同	恋
Dai	bae	naj	doengh	lienh
ta:i¹	pai¹	na³	toŋ²	li:n⁶
死	去	前	相	恋

死去还相恋，

7-1748

牙	不	认	同	要
Yax	mbouj	nyinh	doengh	aeu
ja⁵	bou⁵	ȵin⁶	toŋ²	au¹
也	不	记得	相	要

不记得相爱。

女唱

7-1749

同	恋	空	同	得
Doengh	lienh	ndwi	doengh	ndaej
toŋ²	li:n⁶	du:i¹	toŋ²	dai³
相	恋	不	相	得

相恋不成亲，

7-1750

古	秀	抹	水	山
Guh	ciuh	uet	raemx	bya
ku⁴	ɕi:u⁶	u:t⁷	ɹan⁴	pja¹
做	世	抹	水	眼

常伤心流泪。

7-1751

同	恋	空	少	而
Doengh	lienh	ndwi	sau	roih
toŋ²	li:n⁶	du:i¹	θa:u¹	ɹo:i⁶
相	恋	空	姑娘	她

恋爱一场空，

7-1752

抹	水	山	同	分
Uet	raemx	bya	doengh	mbek
u:t⁷	ɹan⁴	pja¹	toŋ²	me:k⁷
抹	水	眼	相	分别

洒热泪告别。

男唱

7-1753

同	恋	不	同	得
Doengh	lienh	mbouj	doengh	ndaej
toŋ²	li:n⁶	bou⁵	toŋ²	dai³
相	恋	不	相	得

相恋不成亲，

7-1754

古	秀	抹	水	山
Guh	ciuh	uet	raemx	bya
ku⁴	ɕi:u⁶	u:t⁷	ɹan⁴	pja¹
做	世	抹	水	眼

伤心一辈子。

7-1755

同	恋	空	少	而
Doengh	lienh	ndwi	sau	roih
toŋ²	li:n⁶	du:i¹	θa:u¹	ɹo:i⁶
相	恋	不	姑娘	她

妹呀空恋爱，

7-1756

偻	难	办	卜	妻
Raeuz	nanz	baenz	boh	maex
ɹau²	na:n²	pan¹	po⁶	mai⁴
我们	难	成	夫	妻

成不了夫妻。

女唱

7-1757

偻	同	恋	了	而
Raeuz	doengh	lienh	liux	roih
ɹau²	toŋ²	li:n⁶	li:u⁴	ɹo:i⁶
我们	相	恋	啰	她

我俩紧相连，

7-1758

可	强	山	恋	会
Goj	giengz	bya	lienh	faex
ko⁵	ki:ŋ²	pja¹	li:n⁶	fai⁴
也	像	山	恋	树

恰似山恋树。

7-1759

同	恋	空	同	得
Doengh	lienh	ndwi	doengh	ndaej
toŋ²	li:n⁶	du:i¹	toŋ²	dai³
相	恋	不	相	得

结交不成亲，

7-1760

坏	巴	尖	你	贝
Vaih	bak	raeh	mwngz	bae
va:i⁶	pa:k⁷	ɹai⁶	mɯŋ²	pai¹
坏	嘴	利	你	去

白费你口舌。

男唱

7-1761

偻	同	恋	了	而
Raeuz	doengh	lienh	liux	roih
ɹau²	toŋ²	liːn⁶	liːu⁴	ɹoːi⁶
我们	相	恋	啰	她

我俩紧相连，

7-1762

可	强	山	恋	会
Goj	giengz	bya	lienh	faex
ko⁵	kiːŋ²	pja¹	liːn⁶	fai⁴
也	像	山	恋	树

如同山恋树。

7-1763

同	恋	三	比	岁
Doengh	lienh	sam	bi	caez
toŋ²	liːn⁶	θaːn¹	pi¹	çai²
相	恋	三	年	齐

结交三年整，

7-1764

同	得	不	用	媒
Doengh	ndaej	mbouj	yungh	moiz
toŋ²	dai³	bou⁵	jun⁶	moːi²
相	得	不	用	媒

娶妻不用媒。

女唱

7-1765

偻	同	恋	了	而
Raeuz	doengh	lienh	liux	roih
ɹau²	toŋ²	liːn⁶	liːu⁴	ɹoːi⁶
我们	相	恋	啰	他

我俩紧相连，

7-1766

可	强	山	恋	会
Goj	giengz	bya	lienh	faex
ko⁵	kiːŋ²	pja¹	liːn⁶	fai⁴
也	像	山	恋	树

恰似山恋树。

7-1767

恋	三	比	空	得
Lienh	sam	bi	ndwi	ndaej
liːn⁶	θaːn¹	pi¹	duːi¹	dai³
恋	三	年	不	得

三年不能娶，

7-1768

良	要	妻	给	你
Lingh	aeu	maex	hawj	mwngz
liːŋ⁶	au¹	mai⁴	hau³	mɯŋ²
另	娶	妻	给	你

你去娶别人。

男唱

7-1769

偻	同	恋	了	而
Raeuz	doengh	lienh	liux	roih
ɹau²	toŋ²	liːn⁶	liːu⁴	ɹoːi⁶
我们	相	恋	啰	她

我俩紧相连，

7-1770

可	强	山	恋	会
Goj	giengz	bya	lienh	faex
ko⁵	kiːŋ²	pja¹	liːn⁶	fai⁴
也	像	山	恋	树

好比山恋树。

7-1771

伏	恋	是	同	得
Fwx	lienh	cix	doengh	ndaej
fə⁴	liːn⁶	çi⁴	toŋ²	dai³
别人	恋	是	相	得

别人恋可娶，

7-1772

备	恋	累	写	空
Beix	lienh	laeq	ce	ndwi
pi⁴	liːn⁶	lai⁵	çe¹	duːi¹
兄	恋	看	留	空

兄恋一场空。

女唱

7-1773

同	恋	空	同	得
Doengh	lienh	ndwi	doengh	ndaej
toŋ²	liːn⁶	duːi¹	toŋ²	dai³
相	恋	不	相	得

空恋不成亲，

7-1774

伴	备	外	苗	春
Buenx	beix	vaij	miuz	cin
puːn⁴	pi⁴	vaːi³	miːu²	çun¹
伴	兄	过	禾苗	春

伴兄度青春。

7-1775

讲	满	观	农	银
Gangj	monh	gonq	nuengx	ngaenz
kaːŋ³	moːn⁶	koːn⁵	nuːŋ⁴	ŋan²
讲	情	先	妹	银

小妹且谈情，

7-1776

外	月	日	是	了
Vaij	ndwen	ngoenz	cix	liux
vaːi³	duːn¹	ŋon²	çi⁴	liːu⁴
过	月	天	就	算

只管度日月。

男唱

7-1777

同　恋　不　同　得

Doengh lienh mbouj doengh ndaej

toŋ² li:n⁶ bou⁵ toŋ² dai³

相　恋　不　相　得

结交不成亲，

7-1778

伴　农　外　苗　红

Buenx nuengx vaij miuz hoengq

pu:n⁴ nu:ŋ⁴ va:i³ mi:u² hoŋ⁶

伴　妹　过　禾　苗　空

伴妹度青春。

7-1779

刘　见　友　四　方

Liuz raen youx seiq fueng

li:u² ʔan¹ ju⁴ θei⁵ fu:ŋ¹

看　见　友　四　方

看见各地友，

7-1780

想　好　同　讲　满

Siengj ndij doengz gangj monh

θi:ŋ³ di¹ toŋ² ka:ŋ³ mo:n⁶

想　与　同　讲　情

想与之谈情。

女唱

7-1781

同　恋　空　了　备

Doengh lienh ndwi liux beix

toŋ² li:n⁶ du:i¹ li:u⁴ pi⁴

相　恋　不　完　兄

恋爱虽无果，

7-1782

可　抵　万　千　金

Goj dij fanh cien gim

ko⁵ ti³ fa:n⁶ ɕi:n¹ kin¹

也　值　万　千　金

值万两黄金。

7-1783

同　恋　秀　广　阴

Doengh lienh ciuh gvangj yim

toŋ² li:n⁶ ɕi:u⁶ kwa:ŋ³ in¹

相　恋　世　光　阴

恋一代姻缘，

7-1784

不　千　年　了　备

Ndwi cien nienz liux beix

du:i¹ ɕi:n¹ ni:n² li:u⁴ pi⁴

不　千　年　啰　兄

不能得长久。

男唱
————

女唱
————

7-1785

偻	同	恋	了	农
Raeuz	doengh	lienh	liux	nuengx
ɹau²	toŋ²	liːn⁶	liːu⁴	nuːŋ⁴
我们	相	恋	啰	妹

我俩谈恋爱，

7-1789

同	恋	空	了	邦
Doengh	lienh	ndwi	liux	baengz
toŋ²	liːn⁶	duːi¹	liːu⁴	paŋ²
相	恋	不	完	朋

我俩空相恋，

7-1786

抵	得	万	千	金
Dij	ndaej	fanh	cien	gim
ti³	dai³	faːn⁶	çiːn¹	kin¹
值	得	万	千	金

值得万两金。

7-1790

当	会	王	邦	山
Dangq	faex	vangh	bangx	bya
taːŋ⁵	fai⁴	vaːŋ⁶	paːŋ⁴	pja¹
当	树	苹婆	旁	山

如同山中树。

7-1787

得	你	农	岁	心
Ndaej	mwngz	nuengx	caez	sim
dai³	muŋ²	nuːŋ⁴	çai²	θin¹
得	你	妹	齐	心

深得妹芳心，

7-1791

同	恋	空	包	而
Doengh	lienh	ndwi	mbauq	roih
toŋ²	liːn⁶	duːi¹	baːu⁵	ɹoːi⁶
相	恋	不	小伙	他

我俩空结交，

7-1788

米	千	金	难	買
Miz	cien	gim	nanz	cawx
mi²	çiːn¹	kin¹	naːn²	çɐu⁴
有	千	金	难	买

千金也难买。

7-1792

几	时	偻	同	得
Geij	seiz	raeuz	doengh	ndaej
ki³	θi²	ɹau²	toŋ²	dai³
几	时	我们	相	得

何时可成亲？

男唱

7-1793

同	恋	空	同	得
Doengh	lienh	ndwi	doengh	ndaej
toŋ²	li:n⁶	du:i¹	toŋ²	dai³
相	恋	不	相	得

相恋无结果,

7-1794

讲	满	觋	少	而
Gangj	monh	gonq	sau	roih
ka:ŋ³	mo:n⁶	ko:n⁵	θa:u¹	ɹo:i⁶
讲	情	先	姑娘	她

只管来谈情。

7-1795

貝	托	伏	造	家
Bae	doh	fwx	caux	gya
pai¹	to⁶	fə⁴	ça:u⁴	kja¹
去	同	别人	造	家

另找人成家,

7-1796

你	恋	土	不	得
Mwngz	lienh	dou	mbouj	ndaej
muŋ²	li:n⁶	tu¹	bou⁵	dai³
你	恋	我	不	得

你嫁不得我。

女唱

7-1797

同	恋	得	几	比
Doengh	lienh	ndaej	geij	bi
toŋ²	li:n⁶	dai³	ki³	pi¹
相	恋	得	几	年

相恋得几年,

7-1798

同	立	得	几	年
Doengh	liz	ndaej	geij	nienz
toŋ²	li²	dai³	ki³	ni:n²
相	离	得	几	年

分别得多年。

7-1799

从	来	不	尝	见
Coengz	laiz	mbouj	caengz	raen
çuŋ⁶	la:i²	bou⁵	çaŋ²	ɹan¹
从	来	不	未	见

从来未同处,

7-1800

阝	恋	阝	写	空
Boux	lienh	boux	ce	ndwi
pu⁴	li:n⁶	pu⁴	çe¹	du:i¹
个	恋	个	留	空

我俩白相恋。

男唱

女唱

7-1801

包	少	偻	同	恋
Mbauq	sau	raeuz	doengh	lienh
ba:u⁵	θa:u¹	ɹau²	toŋ²	li:n⁶
小伙	姑娘	我们	相	恋

兄妹曾相恋，

7-1805

同	恋	得	几	比
Doengh	lienh	ndaej	geij	bi
toŋ²	li:n⁶	dai³	ki³	pi¹
相	恋	得	几	年

相恋得几年，

7-1802

阝	阝	是	满	美
Boux	boux	cix	monh	maez
pu⁴	pu⁴	çi⁴	mo:n⁶	mai²
人	人	是	谈情	说爱

相亲又相爱。

7-1806

同	立	得	几	代
Doengh	liz	ndaej	geij	daih
toŋ²	li²	dai³	ki³	ta:i⁶
相	离	得	几	代

分别得几代。

7-1803

恋	了	农	又	貝
Lienh	liux	nuengx	youh	bae
li:n⁶	li:u⁴	nu:ŋ⁴	jou⁴	pai¹
恋	完	妹	又	去

恋完妹又走，

7-1807

米	元	你	是	采
Miz	roen	mwngz	cix	byaij
mi²	jo:n¹	muŋ²	çi⁴	pja:i³
有	路	你	就	走

有路你管走，

7-1804

空	米	文	讲	满
Ndwi	miz	vunz	gangj	monh
du:i¹	mi²	vun²	ka:ŋ³	mo:n⁶
不	有	人	讲	情

没有人谈情。

7-1808

份	备	可	跟	浪
Faenh	beix	goj	riengz	laeng
fan⁶	pi⁴	ko⁵	ɹi:ŋ²	laŋ¹
份	兄	也	跟	后

跟兄找门路。

男唱

7-1809

伏	恋	伏	是	要
Fwx	lienh	fwx	cix	aeu
fə⁴	liːn⁶	fə⁴	çi⁴	au¹
别人	恋	别人	就	要

别人恋成亲，

7-1810

偻	恋	空	恋	初
Raeuz	lienh	ndwi	lienh	byouq
ɣau²	liːn⁶	duːi¹	liːn⁶	pjou⁵
我们	恋	不	恋	空

我俩恋无果。

7-1811

同	恋	空	了	友
Doengh	lienh	ndwi	liux	youx
toŋ²	liːn⁶	duːi¹	liːu⁴	ju⁴
相	恋	不	完	友

我俩空相恋，

7-1812

空	办	罗	开	么
Ndwi	baenz	loh	gij	maz
duːi¹	pan²	lo⁶	kaːi²	ma²
不	成	路	什	么

没得到结果。

女唱

7-1813

少	恋	贝	邦	伏
Sau	lienh	bae	biengz	fwx
θaːu¹	liːn⁶	pai¹	piːŋ²	fə⁴
姑娘	恋	去	地方	别人

妹恋去他乡，

7-1814

包	恋	贝	邦	文
Mbauq	lienh	bae	biengz	vunz
baːu⁵	liːn⁶	pai¹	piːŋ²	vun²
小伙	恋	去	地方	人

兄恋去异地。

7-1815

古	样	内	同	巡
Guh	yiengh	neix	doengh	cunz
ku⁴	juːŋ⁶	ni⁴	toŋ²	çun²
做	样	这	相	巡

咱落此下场，

7-1816

心	凉	来	了	备
Sim	liengz	lai	liux	beix
θin¹	liːŋ²	laːi¹	liːu⁴	pi⁴
心	凉	多	啰	兄

实在太心酸。

男唱

7-1817

包	恋	后	邦	伏
Mbauq	lienh	haeuj	biengz	fwx
ba:u⁵	li:n⁶	hau³	pi:ŋ²	fə⁴
小伙	恋	进	地方	别人

兄恋到他乡，

7-1818

农	恋	后	邦	文
Nuengx	lienh	haeuj	biengz	vunz
nu:ŋ⁴	li:n⁶	hau³	pi:ŋ²	vun²
妹	恋	进	地方	人

妹另走一方。

7-1819

同	恋	不	外	春
Doengh	lienh	mbouj	vaij	cin
toŋ²	li:n⁶	bou⁵	va:i³	ɕun¹
相	恋	不	过	春

相恋难长久，

7-1820

同	巡	不	外	秀
Doengh	cunz	mbouj	vaij	ciuh
toŋ²	ɕun²	bou⁵	va:i³	ɕi:u⁶
相	巡	不	过	世

来往不到头。

女唱

7-1821

观	你	恋	卜	而
Gonq	mwngz	lienh	boux	lawz
ko:n⁵	muɯŋ²	li:n⁶	pu⁴	lau²
先	你	恋	个	哪

以前你恋谁，

7-1822

你	说	你	空	知
Mwngz	naeuz	mwngz	ndwi	rox
muɯŋ²	nau²	muɯŋ²	du:i¹	ɣo⁴
你	说	你	不	知

你说你不知。

7-1823

往	双	偻	唱	歌
Uengj	song	raeuz	cang	go
va:ŋ³	θo:ŋ¹	ɣau²	ɕa:ŋ⁴	ko⁵
枉	两	我们	唱	歌

我俩徒唱歌，

7-1824

元	罗	可	土	文
Roen	loh	goj	duz	vunz
ɣo:n¹	lo⁶	ko⁵	tu²	vun²
路	路	可	的	人

路归别人走。

男唱

7-1825

觃	你	恋	卟	而
Gonq	mwngz	lienh	boux	lawz

$ko:n^5$ $muŋ^2$ $li:n^6$ pu^4 lau^2

先	你	恋	个	哪

之前你恋谁，

7-1826

你	说	土	牙	知
Mwngz	naeuz	dou	yax	rox

$muŋ^2$ nau^2 tu^1 ja^5 $ɹo^4$

你	说	我	才	知

你说我才懂。

7-1827

貝	年	伏	唱	歌
Bae	nem	fwx	cang	go

pai^1 $ne:m^1$ $fə^4$ $ça:ŋ^4$ ko^5

去	贴	别人	唱	歌

跟别人唱歌，

7-1828

老	名	作	你	空
Lau	mingz	coh	mwngz	ndwi

$la:u^1$ $miŋ^2$ $ço^6$ $muŋ^2$ $du:i^1$

怕	名	字	你	空

怕毁妹名声。

女唱

7-1829

恋	是	恋
Lienh	cix	lienh

$li:n^6$ $çi^4$ $li:n^6$

恋	就	恋

恋就恋，

7-1830

金	刀	先	得	优
Gim	dauq	senq	ndaej	yaeuq

kin^1 $ta:u^5$ $θe:n^5$ dai^3 jau^5

金	倒	先	得	收

早收到礼金。

7-1831

牙	恋	你	不	说
Yax	lienh	mwngz	mbouj	naeuz

ja^5 $li:n^6$ $muŋ^2$ bou^5 nau^2

也	恋	你	不	说

要恋你早说，

7-1832

得	同	要	牙	知
Ndaej	doengh	aeu	yax	rox

dai^3 $toŋ^2$ au^1 ja^5 $ɹo^4$

得	相	要	才	知

快成家才知。

<table>
<tr><td>

男唱

7-1833

恋　是　恋

Lienh　cix　lienh

liːn⁶　çi⁴　liːn⁶

恋　就　恋

恋就恋，

7-1834

金　刀　先　得　优

Gim　dauq　senq　ndaej　yaeuq

kin¹　taːu⁵　θeːn⁵　dai³　jau⁵

金　倒　先　得　收

早收到礼物。

7-1835

同　恋　是　空　头

Doengh　lienh　cix　ndwi　gyaeuj

toŋ²　liːn⁶　çi⁴　duːi¹　kjau³

相　恋　就　不　头

相恋没结果，

7-1836

讲　同　要　么　农

Gangj　doengh　aeu　maz　nuengx

kaːŋ³　toŋ²　au¹　ma²　nuːŋ⁴

讲　相　要　什么　妹

终究一场空。

</td><td>

女唱

7-1837

恋　是　恋

Lienh　cix　lienh

liːn⁶　çi⁴　liːn⁶

恋　就　恋

恋就恋，

7-1838

金　刀　先　得　优

Gim　dauq　senq　ndaej　yaeuq

kin¹　taːu⁵　θeːn⁵　dai³　jau⁵

金　倒　先　得　收

早收到礼金。

7-1839

才　牙　头　不　头

Caih　yax　gyaeuj　mbouj　gyaeuj

çaːi⁶　ja⁵　kjau³　bou⁵　kjau³

随　也　头　不　头

结果无所谓，

7-1840

偻　同　要　偻　觇

Raeuz　doengh　aeu　raeuz　gonq

ɣau²　toŋ²　au¹　ɣau²　koːn⁵

我们　相　要　我们　先

先成亲再说。

</td></tr>
</table>

男唱

7-1841

恋　是　恋

Lienh　cix　lienh

li:n⁶　çi⁴　li:n⁶

恋　就　恋

恋就恋，

7-1842

金　刀　先　得　优

Gim　dauq　senq　ndaej　yaeuq

kin¹　ta:u⁵　θe:n⁵　dai³　jau⁵

金　倒　早　得　收

早收到礼金。

7-1843

恋　江　友　巴　轻

Lienh　gyangz　youx　bak　mbaeu

li:n⁶　kja:ŋ⁵　ju⁴　pa:k⁷　bau¹

恋　诸　友　嘴　轻

恋上巧舌友，

7-1844

坤　勾　貝　邦　伏

Goenq　gaeu　bae　biengz　fwx

kon⁵　kau¹　pai¹　pi:ŋ²　fə⁴

断　藤　去　地方　别人

流浪走他乡。

女唱

7-1845

恋　是　恋

Lienh　cix　lienh

li:n⁶　çi⁴　li:n⁶

恋　就　恋

恋就恋，

7-1846

金　刀　先　得　银

Gim　dauq　senq　ndaej　ngaenz

kin¹　ta:u⁵　θe:n⁵　dai³　ŋan²

金　倒　早　得　银

友早得礼金。

7-1847

爱　恋　备　古　存

Ngaiq　lienh　beix　guh　caemz

ŋa:i⁵　li:n⁶　pi⁴　ku⁴　çan²

爱　恋　兄　做　玩

爱相恋玩耍，

7-1848

空　办　龙　天　份

Ndwi　baenz　lungz　denh　faenh

du:i¹　pan²　luŋ²　ti:n¹　fan⁶

不　成　龙　天　份

无缘分成亲。

男唱	女唱

男唱

7-1849

恋	是	恋
Lienh	cix	lienh
liːn⁶	çi⁴	liːn⁶
恋	就	恋

恋就恋，

7-1850

金	刀	先	得	银
Gim	dauq	senq	ndaej	ngaenz
kin¹	taːu⁵	θeːn⁵	dai³	ŋan²
金	倒	早	得	银

友早得礼金。

7-1851

爱	恋	备	古	存
Ngaiq	lienh	beix	guh	caemz
ŋaːi⁵	liːn⁶	pi⁴	ku⁴	çan²
爱	恋	兄	做	玩

爱相恋玩耍，

7-1852

土	不	恨	贵	伏
Dou	mbouj	haemz	gwiz	fwx
tu¹	bou⁵	han²	kɯi²	fə⁴
我	不	恨	丈夫	别人

我不恨别人。

女唱

7-1853

恋	是	恋
Lienh	cix	lienh
liːn⁶	çi⁴	liːn⁶
恋	就	恋

恋就恋，

7-1854

金	刀	先	得	银
Gim	dauq	senq	ndaej	ngaenz
kin¹	taːu⁵	θeːn⁵	dai³	ŋan²
金	倒	早	得	银

早收下礼金。

7-1855

恋	空	得	古	存
Lienh	ndwi	ndaej	guh	caemz
liːn⁶	dɯi¹	dai³	ku⁴	çan²
恋	不	得	做	玩

相恋非儿戏，

7-1856

秀	话	恨	不	抵
Ciuh	vah	haemz	mbouj	dij
çiːu⁶	va⁶	han²	bou⁵	ti³
世	话	恨	不	值

惹是非不值。

男唱

7-1857

恋　　是　　恋

Lienh　cix　lienh

liːn⁶　çi⁴　liːn⁶

恋　　就　　恋

恋就恋，

7-1858

金　　刀　　先　　得　　银

Gim　dauq　senq　ndaej　ngaenz

kin¹　taːu⁵　θeːn⁵　dai³　ŋan²

金　　倒　　早　　得　　银

礼金早已得。

7-1859

贵　　伏　　土　　不　　恨

Gwiz　fwx　dou　mbouj　haemz

kui²　fə⁴　tu¹　bou⁵　han²

丈夫　别人　我　不　　恨

人夫我不恨，

7-1860

贵　　文　　土　　不　　龙

Gwiz　vunz　dou　mbouj　loengh

kui²　vun²　tu¹　bou⁵　loŋ⁶

丈夫　人　我　不　　弄

人夫我不欺。

女唱

7-1861

同　　恋　　更　　然　　瓦

Doengh　lienh　gwnz　ranz　ngvax

toŋ²　liːn⁶　kun²　ɹaːn²　ŋwa⁴

相　　恋　　上　　家　　瓦

瓦屋里也恋，

7-1862

同　　恋　　拉　　然　　楼

Doengh　lienh　laj　ranz　laeuz

toŋ²　liːn⁶　la³　ɹaːn²　lau²

相　　恋　　下　　家　　楼

楼房下也恋。

7-1863

恋　　空　　得　　同　　要

Lienh　ndwi　ndaej　doengh　aeu

liːn⁶　duːi¹　dai³　toŋ²　au¹

恋　　不　　得　　相　　要

恋而不成亲，

7-1864

坤　　心　　头　　备　　农

Goenq　sim　daeuz　beix　nuengx

kon⁵　θin¹　tau²　pi⁴　nuːŋ⁴

断　　心　　脏　　兄　　妹

兄妹伤断肠。

男唱

7-1865

同	恋	更	然	瓦
Doengh	lienh	gwnz	ranz	ngvax
toŋ²	liːn⁶	kum²	ɹaːn²	ŋwa⁴
相	恋	上	家	瓦

瓦屋里也恋，

7-1866

同	恋	拉	然	楼
Doengh	lienh	laj	ranz	laeuz
toŋ²	liːn⁶	la³	ɹaːn²	lau²
相	恋	下	家	楼

楼房下也恋。

7-1867

伏	恋	伏	是	要
Fwx	lienh	fwx	cix	aeu
fə⁴	liːn⁶	fə⁴	çi⁴	au¹
别人	恋	别人	就	要

别人恋能娶，

7-1868

偻	恋	空	恋	空
Raeuz	lienh	ndwi	lienh	ndwi
ɹau²	liːn⁶	duːi¹	liːn⁶	duːi¹
我们	恋	空	恋	空

我俩空恋爱。

女唱

7-1869

同	恋	更	然	瓦
Doengh	lienh	gwnz	ranz	ngvax
toŋ²	liːn⁶	kum²	ɹaːn²	ŋwa⁴
相	恋	上	家	瓦

瓦屋里也恋，

7-1870

同	恋	拉	然	单
Doengh	lienh	laj	ranz	gyan
toŋ²	liːn⁶	la³	ɹaːn²	kjaːn¹
相	恋	下	家	干栏

干栏下也恋。

7-1871

同	恋	八	十	三
Doengh	lienh	bet	cib	sam
toŋ²	liːn⁶	peːt⁷	çit⁸	saːn¹
相	恋	八	十	三

恋到八十三，

7-1872

得	共	然	知	不
Ndaej	gungh	ranz	rox	mbouj
dai³	kuŋ⁶	ɹaːn²	ɹo⁴	bou⁵
得	共	家	或	不

咱能成亲否？

男唱

女唱

7-1873

同	恋	更	然	瓦
Doengh	lienh	gwnz	ranz	ngvax
toŋ²	liːn⁶	kun²	ɹaːn²	ŋwa⁴
相	恋	上	家	瓦

瓦屋里也恋，

7-1874

同	恋	拉	然	单
Doengh	lienh	laj	ranz	gyan
toŋ²	liːn⁶	la³	ɹaːn²	kjaːn¹
相	恋	下	家	干栏

干栏下也恋。

7-1875

同	恋	八	十	三
Doengh	lienh	bet	cib	sam
toŋ²	liːn⁶	peːt⁷	ɕit⁸	saːn¹
相	恋	八	十	三

恋到八十三，

7-1876

得	然	单	拉	师
Ndaej	ranz	gyan	laj	cwx
dai³	ɹaːn²	kjaːn¹	la³	θɯ⁴
得	家	干栏	下	社

终得进社宇。

7-1877

同	恋	更	然	瓦
Doengh	lienh	gwnz	ranz	ngvax
toŋ²	liːn⁶	kun²	ɹaːn²	ŋwa⁴
相	恋	上	家	瓦

瓦房里也恋，

7-1878

同	恋	拉	然	单
Doengh	lienh	laj	ranz	gyan
toŋ²	liːn⁶	la³	ɹaːn²	kjaːn¹
相	恋	下	家	干栏

栏下也相恋。

7-1879

同	恋	八	十	三
Doengh	lienh	bet	cib	sam
toŋ²	liːn⁶	peːt⁷	ɕit⁸	saːn¹
相	恋	八	十	三

恋到八十三，

7-1880

秀	平	班	牙	了
Ciuh	bingz	ban	yax	liux
ɕiːu⁶	piŋ²	paːn¹	ja⁵	liːu⁴
世	平	辈	也	完

青春已过去。

男唱

7-1881

同	恋	更	然	瓦
Doengh	lienh	gwnz	ranz	ngvax
toŋ²	liːn⁶	kɯn²	ɹaːn²	ŋwa⁴
相	恋	上	家	瓦

瓦屋里也恋，

7-1882

同	恋	拉	然	单
Doengh	lienh	laj	ranz	gyan
toŋ²	liːn⁶	la³	ɹaːn²	kjaːn¹
相	恋	下	家	干栏

栏下也相恋。

7-1883

同	恋	得	同	玩
Doengh	lienh	ndaej	doengh	vanz
toŋ²	liːn⁶	dai³	toŋ²	vaːn²
相	恋	得	相	还

相恋要通信，

7-1884

偻	牙	南	同	沙
Raeuz	yax	nanz	doengh	ra
ɹau²	ja⁵	naːn²	toŋ²	ɹa¹
我们	也	难	相	找

我俩难相寻。

女唱

7-1885

同	恋	更	然	瓦
Doengh	lienh	gwnz	ranz	ngvax
toŋ²	liːn⁶	kɯn²	ɹaːn²	ŋwa⁴
相	恋	上	家	瓦

在瓦屋相恋，

7-1886

同	恋	拉	然	哈
Doengh	lienh	laj	ranz	haz
toŋ²	liːn⁶	la³	ɹaːn²	ha²
相	恋	下	家	茅

在茅房相恋。

7-1887

同	恋	空	了	而
Doengh	lienh	ndwi	liux	roih
toŋ²	liːn⁶	duːi¹	liːu⁴	ɹoːi⁶
相	恋	不	完	他

相恋也白搭，

7-1888

龙	当	加	贝	了
Lungz	dang	gya	bae	liux
luŋ²	taːŋ¹	kja¹	pai¹	liːu⁴
龙	当	家	去	完

兄去结婚了。

男唱

7-1889

同	恋	更	然	瓦
Doengh	lienh	gwnz	ranz	ngvax
toŋ²	li:n⁶	kun²	ɹa:n²	ŋwa⁴
相	恋	上	家	瓦

瓦房里也恋，

7-1890

同	恋	拉	然	哈
Doengh	lienh	laj	ranz	haz
toŋ²	li:n⁶	la³	ɹa:n²	ha²
相	恋	下	家	茅

茅房下也恋。

7-1891

付	防	水	叶	巴
Fouz	vangh	raemx	rong	byaz
fu²	va:ŋ⁶	ɹan⁴	ɹoŋ¹	pja²
浮	摇晃	水	叶	芋

芋叶水浮荡，

7-1892

家	在	而	了	农
Gya	ywq	lawz	liux	nuengx
kja¹	ju⁵	lau²	li:u⁴	nu:ŋ⁴
家	在	哪	啰	妹

哪有什么家？

女唱

7-1893

同	恋	更	然	瓦
Doengh	lienh	gwnz	ranz	ngvax
toŋ²	li:n⁶	kun²	ɹa:n²	ŋwa⁴
相	恋	上	家	瓦

瓦屋里也恋，

7-1894

同	恋	拉	然	哈
Doengh	lienh	laj	ranz	haz
toŋ²	li:n⁶	la³	ɹa:n²	ha²
相	恋	下	家	茅

茅屋里也恋。

7-1895

恋	友	伏	古	么
Lienh	youx	fwx	guh	maz
li:n⁶	ju⁴	fə⁴	ku⁴	ma²
恋	友	别人	做	什么

莫恋别人友，

7-1896

当	家	你	是	八
Dang	gya	mwngz	cix	bah
ta:ŋ¹	kja¹	muŋ²	çi⁴	pa⁶
当	家	你	就	罢

你成你的家。

男唱

7-1897

同	恋	更	然	瓦
Doengh	lienh	gwnz	ranz	ngvax
toŋ²	liːn⁶	kun²	ɹaːn²	ŋwa⁴
相	恋	上	家	瓦

瓦屋里也恋,

7-1898

同	恋	拉	然	哈
Doengh	lienh	laj	ranz	haz
toŋ²	liːn⁶	la³	ɹaːn²	ha²
相	恋	下	家	茅

茅屋里也恋。

7-1899

空	得	友	同	哈
Ndwi	ndaej	youx	doengh	ha
duːi¹	dai³	ju⁴	toŋ²	ha¹
不	得	友	相	配

不得友相称,

7-1900

当	家	心	不	念
Dang	gya	sim	mbouj	net
taːŋ¹	kja¹	θin¹	bou⁵	neːt⁷
当	家	心	不	实

结婚不甘心。

女唱

7-1901

同	恋	八	十	三
Doengh	lienh	bet	cib	sam
toŋ²	liːn⁶	peːt⁷	ɕit⁸	θaːn¹
相	恋	八	十	三

恋到八十三,

7-1902

偻	牙	难	同	为
Raeuz	yax	nanz	doengz	viq
ɹau²	ja⁵	naːn²	toŋ²	vi⁵
我们	也	难	同	忘情

我俩难分别。

7-1903

同	恋	八	十	四
Doengh	lienh	bet	cib	seiq
toŋ²	liːn⁶	peːt⁷	ɕit⁸	θei⁵
相	恋	八	十	四

恋到八十四,

7-1904

备	牙	为	土	写
Beix	yax	viq	dou	ce
pi⁴	ja⁵	vi⁵	tu¹	ɕe¹
兄	要	忘情	我	留

兄离我而去。

男唱

7-1905

同	恋	八	十	三
Doengh	lienh	bet	cib	sam
$toŋ^2$	$liːn^6$	$peːt^7$	$ɕit^8$	$θaːn^1$
相	恋	八	十	三

恋到八十三，

7-1906

偻	牙	难	同	为
Raeuz	yax	nanz	doengz	viq
$ɹau^2$	ja^5	$naːn^2$	$toŋ^2$	vi^5
我们	也	难	同	忘情

我俩难分别。

7-1907

同	恋	八	十	四
Doengh	lienh	bet	cib	seiq
$toŋ^2$	$liːn^6$	$peːt^7$	$ɕit^8$	$θei^5$
相	恋	八	十	四

恋到八十四，

7-1908

牙	为	秀	方	卢
Yax	viq	ciuh	fueng	louz
ja^5	vi^5	$ɕiːu^6$	$fuːŋ^1$	lu^2
要	忘情	世	风	流

故友将离别。

女唱

7-1909

同	恋	八	十	三
Doengh	lienh	bet	cib	sam
$toŋ^2$	$liːn^6$	$peːt^7$	$ɕit^8$	$θaːn^1$
相	恋	八	十	三

恋到八十三，

7-1910

偻	牙	难	同	为
Raeuz	yax	nanz	doengh	viq
$ɹau^2$	ja^5	$naːn^2$	$toŋ^2$	vi^5
我们	也	难	相	忘情

我俩难离别。

7-1911

偻	同	恋	些	内
Raeuz	doengh	lienh	seiq	neix
$ɹau^2$	$toŋ^2$	$liːn^6$	$θe^5$	ni^4
我们	相	恋	世	这

此生两相恋，

7-1912

些	第	义	办	而
Seiq	daih	ngeih	baenz	rawz
$θe^5$	ti^5	$ŋi^6$	pan^2	$ɹau^2$
世	第	二	成	什么

来世将如何？

男唱

7-1913

同	恋	八	十	三
Doengh	lienh	bet	cib	sam
$toŋ^2$	$liːn^6$	$peːt^7$	$çit^8$	$θaːn^1$

相	恋	八	十	三

恋到八十三，

7-1914

偻	牙	难	同	沙
Raeuz	yax	nanz	doengh	ra
$ɹau^2$	ja^5	$naːn^2$	$toŋ^2$	$ɹa^1$

我们	也	难	相	找

我俩难相寻。

7-1915

恋	些	内	是	八
Lienh	seiq	neix	cix	bah
$liːn^6$	$θe^5$	ni^4	$çi^4$	pa^6

恋	世	这	就	罢

今生恋则已，

7-1916

讲	些	那	古	而
Gangj	seiq	naj	guh	rawz
$kaːŋ^3$	$θe^5$	na^3	ku^4	$ɹau^2$

讲	世	前	做	什么

何必讲来世。

女唱

7-1917

同	恋	八	十	三
Doengh	lienh	bet	cib	sam
$toŋ^2$	$liːn^6$	$peːt^7$	$çit^8$	$θaːn^1$

相	恋	八	十	三

恋到八十三，

7-1918

偻	牙	难	同	分
Raeuz	yax	nanz	doengh	mbek
$ɹau^2$	ja^5	$naːn^2$	$toŋ^2$	$meːk^7$

我们	也	难	相	分别

我俩难分别。

7-1919

恋	空	得	三	八
Lienh	ndwi	ndaej	sanh	bek
$liːn^6$	$duːi^1$	dai^3	$θaːn^1$	$peːk^7$

恋	不	得	山	伯

恋不到山伯，

7-1920

心	不	念	造	然
Sim	mbouj	net	caux	ranz
$θin^1$	bou^5	$neːt^7$	$çaːu^4$	$ɹaːn^2$

心	不	实	造	家

结婚不甘心。

男唱

7-1921

同	恋	八	十	三
Doengh	lienh	bet	cib	sam
toŋ²	liːn⁶	peːt⁷	ɕit⁸	θaːn¹
相	恋	八	十	三

恋到八十三，

7-1922

偻	牙	南	同	分
Raeuz	yax	nanz	doengh	mbek
ɹau²	ja⁵	naːn²	toŋ²	meːk⁷
我们	也	难	相	分别

我俩难分离。

7-1923

牙	恋	要	三	八
Yaek	lienh	aeu	sanh	bek
jak⁷	liːn⁶	au¹	θaːn¹	peːk⁷
欲	恋	要	山	伯

想和山伯恋，

7-1924

良	马	节	英	元
Lingh	ma	ciep	in	yuenz
liːŋ⁶	ma¹	ɕiːt⁷	in¹	juːn²
另	来	接	姻	缘

重新找姻缘。

女唱

7-1925

同	恋	更	果	桃
Doengh	lienh	gwnz	go	dauz
toŋ²	liːn⁶	kɯn²	ko¹	taːu²
相	恋	上	棵	桃

桃树上相恋，

7-1926

润	吹	外	罗	机
Rumz	ci	vaij	loh	giq
ɹun²	ɕi¹	vaːi³	lo⁶	ki⁵
风	吹	过	路	岔

风吹过岔路。

7-1927

牙	恋	要	阝	内
Yax	lienh	aeu	boux	neix
ja⁵	liːn⁶	au¹	pu⁴	ni⁴
也	恋	要	人	这

想恋那个人，

7-1928

办	手	玉	你	好
Banh	souj	yi	mwngz	ndei
paːn⁶	ɕou³	ji⁴	mun²	dei¹
办	手	艺	你	好

要有真本领。

男唱

7-1929

同	恋	更	果	桃
Doengh	lienh	gwnz	go	dauz
toŋ²	li:n⁶	kɯn²	ko¹	ta:u²
相	恋	上	棵	桃

桃树上相恋,

7-1930

润	吹	外	罗	老
Rumz	ci	vaij	loh	laux
ɹun²	çi¹	va:i³	lo⁶	la:u⁴
风	吹	过	路	大

风吹过大路。

7-1931

少	牙	恋	要	包
Sau	yaek	lienh	aeu	mbauq
sa:u¹	jak⁷	li:n⁶	au¹	ba:u⁵
姑娘	要	恋	要	小伙

妹想和哥恋,

7-1932

是	开	造	家	然
Cix	gaej	caux	gya	ranz
çi⁴	ka:i⁵	ça:u⁴	kja¹	ɹa:n²
就	莫	造	家	家

就先别结婚。

女唱

7-1933

同	恋	更	果	桃
Doengh	lienh	gwnz	go	dauz
toŋ²	li:n⁶	kɯn²	ko¹	ta:u²
相	恋	上	棵	桃

桃树上相恋,

7-1934

润	吹	外	尾	会
Rumz	ci	vaij	byai	faex
ɹun²	çi¹	va:i³	pja:i¹	fai⁴
风	吹	过	尾	树

风吹过树梢。

7-1935

同	恋	不	同	得
Doengh	lienh	mbouj	doengh	ndaej
toŋ²	li:n⁶	bou⁵	toŋ²	dai³
相	恋	不	相	得

相恋不结婚,

7-1936

坏	卜	乜	本	钱
Vaih	boh	meh	bonj	cienz
va:i⁶	po⁶	me⁶	po:n³	çi:n²
坏	父	母	本	钱

费父母本钱。

男唱

7-1937

同	恋	更	果	桃
Doengh	lienh	gwnz	go	dauz
ton^2	$li:n^6$	$kɯn^2$	ko^1	$ta:u^2$
相	恋	上	棵	桃

桃树上相恋，

7-1938

润	吹	外	山	四
Rumz	ci	vaij	bya	cwx
$ɣun^2$	$ɕi^1$	$va:i^3$	pja^1	$ɕɯ^4$
风	吹	过	山	社

风吹到社山。

7-1939

恋	得	金	跟	玉
Lienh	ndaej	gim	riengz	nyawh
$li:n^6$	dai^3	kin^1	$ɹi:ŋ^2$	$ȵɯ^6$
恋	得	金	跟	玉

恋得金和玉，

7-1940

牙	不	贝	邦	文
Yax	mbouj	bae	biengz	vunz
ja^5	bou^5	pai^1	$pi:ŋ^2$	vun^2
也	不	去	地方	人

也不去他乡。

女唱

7-1941

同	恋	比	第	一
Doengh	lienh	bi	daih	it
ton^2	$li:n^6$	pi^1	ti^5	it^7
相	恋	年	第	一

相恋第一年，

7-1942

农	召	心	跟	你
Nuengx	cau	sim	riengz	mwngz
$nu:ŋ^4$	$ɕa:u^5$	$θin^1$	$ɹi:ŋ^2$	$mɯŋ^2$
妹	操	心	跟	你

妹为你揪心。

7-1943

恋	空	得	备	银
Lienh	ndwi	ndaej	beix	ngaenz
$li:n^6$	$du:i^1$	dai^3	pi^4	$ŋan^2$
恋	不	得	兄	银

恋不得情哥，

7-1944

变	古	存	变	哭
Benh	guh	caemz	benh	daej
$pe:n^6$	ku^4	$ɕan^2$	$pe:n^6$	tai^3
边	做	玩	边	哭

伤心眼泪流。

男唱

7-1945

同	恋	比	第	义
Doengh	lienh	bi	daih	ngeih
toŋ²	liːn⁶	pi¹	ti⁵	ȵi⁶
相	恋	年	第	二

相恋第二年，

7-1946

韦	机	不	好	说
Vae	giq	mbouj	ndei	naeuz
vai¹	ki⁵	bou⁵	dei¹	nau²
姓	支	不	好	说

情友不听话。

7-1947

恋	江	友	巴	轻
Lienh	gyangz	youx	bak	mbaeu
liːn⁶	kjaːŋ⁵	ju⁴	paːk⁷	bau¹
恋	诸	友	嘴	轻

恋个巧舌友，

7-1948

坤	勾	贝	邦	伏
Goenq	gaeu	bae	biengz	fwx
kon⁵	kau¹	pai¹	piːŋ²	fə⁴
断	藤	去	地方	别人

摆脱走他乡。

女唱

7-1949

同	恋	比	第	三
Doengh	lienh	bi	daih	sam
toŋ²	liːn⁶	pi¹	ti⁵	θaːn¹
相	恋	年	第	三

相恋第三年，

7-1950

偻	牙	难	同	对
Raeuz	yax	nanz	doengh	doiq
ɹau²	ja⁵	naːn²	toŋ²	toːi⁵
我们	也	难	同	对

我俩难相处。

7-1951

恋	不	得	包	青
Lienh	ndwi	ndaej	mbauq	oiq
liːn⁶	duːi¹	dai³	baːu⁵	oːi⁵
恋	不	得	小伙	嫩

不得恋小哥，

7-1952

同	恋	不	米	正
Doengh	lienh	mbouj	miz	cingz
toŋ²	liːn⁶	bou⁵	mi²	ɕiŋ²
相	恋	不	有	情

相恋无真情。

男唱

7-1953

同	恋	比	第	四
Doengh	lienh	bi	daih	seiq
ton^2	$li:n^6$	pi^1	ti^5	θei^5
相	恋	年	第	四

相恋第四年，

7-1954

牙	不	希	开	么
Yax	mbouj	heiq	gij	maz
ja^5	bou^5	hi^5	$ka:i^5$	ma^2
也	不	气	什	么

没有操心事。

7-1955

恋	空	得	包	而
Lienh	ndwi	ndaej	mbauq	roih
$li:n^6$	$du:i^1$	dai^3	$ba:u^5$	$\textsci o:i^6$
恋	不	得	小伙	她

不得恋情妹，

7-1956

造	家	心	不	念
Caux	gya	sim	mbouj	net
$\textctc a:u^4$	kja^1	θin^1	bou^5	$ne:t^7$
造	家	心	不	实

结婚不甘心。

女唱

7-1957

同	恋	比	第	五
Doengh	lienh	bi	daih	haj
ton^2	$li:n^6$	pi^1	ti^5	ha^3
相	恋	年	第	五

相恋第五年，

7-1958

你	沙	说	你	师
Mwngz	ra	naeuz	mwngz	swz
$mu\mathrm{\textturnw}^2$	$\text:a^1$	nau^2	$mu\mathrm{\textturnw}^2$	$\theta\mathrm{\textturnw}^2$
你	找	说	你	辞

你要我不要。

7-1959

恋	江	友	更	河
Lienh	gyangz	youx	gwnz	haw
$li:n^6$	$kja:\eta^2$	ju^4	kun^2	$h\textschwa u^1$
恋	诸	友	上	圩

恋不上情友，

7-1960

满	三	时	是	了
Monh	sam	seiz	cix	liux
$mo:n^6$	$\theta a:n^1$	θi^2	$\textctc i^4$	$li:u^4$
情	三	时	就	完

便绝往日情。

男唱

7-1961

同	恋	比	第	六
Doengh	lienh	bi	daih	roek
toŋ²	liːn⁶	pi¹	ti⁵	ɹok⁷
相	恋	年	第	六

相恋第六年，

7-1962

备	农	开	同	立
Beix	nuengx	gaej	doengh	liz
pi⁴	nuːŋ⁴	kaːi⁵	toŋ²	li²
兄	妹	莫	相	离

兄妹别分手。

7-1963

恋	空	得	少	好
Lienh	ndwi	ndaej	sau	ndei
liːn⁶	du:i¹	dai³	sa:u¹	dei¹
恋	不	得	姑娘	好

不得恋小妹，

7-1964

但	得	义	句	好
Danh	ndaej	nyi	coenz	hauq
ta:n⁶	dai³	ȵi¹	kjon²	ha:u⁵
但	得	听	句	话

但记得芳心。

女唱

7-1965

同	恋	比	第	七
Doengh	lienh	bi	daih	caet
toŋ²	liːn⁶	pi¹	ti⁵	ça t⁷
相	恋	年	第	七

相恋第七年，

7-1966

牙	七	友	巴	轻
Yax	caet	youx	bak	mbaeu
ja⁵	çat⁷	ju⁴	pa:k⁷	bau¹
也	遇	友	嘴	轻

又遇巧舌友。

7-1967

偻	空	得	同	要
Raeuz	ndwi	ndaej	doengh	aeu
ɹau²	du:i¹	dai³	toŋ²	au¹
我们	不	得	相	要

我俩无结果，

7-1968

马	拉	本	不	抵
Ma	laj	mbwn	mbouj	dij
ma¹	la³	bun¹	bou⁵	ti³
来	下	天	不	值

今生不值得。

男唱

7-1969

同	恋	比	第	八
Doengh	lienh	bi	daih	bet
toŋ²	li:n⁶	pi¹	ti⁵	pe:t⁷
相	恋	年	第	八

相恋第八年，

7-1970

心	不	念	农	银
Sim	mbouj	net	nuengx	ngaenz
θin¹	bou⁵	ne:t⁷	nu:ŋ⁴	ŋan²
心	不	实	妹	银

对妹不放心。

7-1971

恋	农	办	友	文
Lienh	nuengx	baenz	youx	vunz
li:n⁶	nu:ŋ⁴	pan²	ju⁴	vun²
恋	妹	成	友	人

恋妹妹嫁人，

7-1972

可	怜	偻	同	分
Hoj	lienz	raeuz	doengh	mbek
ho³	li:n²	ɹau²	toŋ²	me:k⁷
可	怜	我们	相	分别

惜我两分离。

女唱

7-1973

同	恋	比	第	九
Doengh	lienh	bi	daih	gouj
toŋ²	li:n⁶	pi¹	ti⁵	kjou³
相	恋	年	第	九

相恋第九年，

7-1974

乃	秋	乃	可	怜
Naih	ciuq	naih	hoj	lienz
na:i⁶	çi:u⁵	na:i⁶	ho³	li:n²
越	看	越	可	怜

越来越可怜。

7-1975

秋	备	牙	办	仙
Ciuq	beix	yaek	baenz	sien
çi:u⁵	pi⁴	jak⁷	pan²	θi:n¹
看	兄	要	成	仙

情哥要成仙，

7-1976

往	土	恋	你	空
Uengj	dou	lienh	mwngz	ndwi
va:ŋ³	tu¹	li:n⁶	mɯŋ²	du:i¹
枉	我	恋	你	空

枉费我爱你。

男唱

7-1977

同	恋	比	第	十
Doengh	lienh	bi	daih	cib
$toŋ^2$	$li:n^6$	pi^1	ti^5	$ҫit^8$
相	恋	年	第	十

相恋第十年,

7-1978

心	农	是	自	付
Sim	nuengx	cix	gag	fouz
$θin^1$	$nu:ŋ^4$	$ҫi^4$	$ka:k^8$	fu^2
心	妹	是	自	浮

妹自觉心慌。

7-1979

牙	恋	秀	方	卢
Yaek	lienh	ciuh	fueng	louz
jak^7	$li:n^6$	$ҫi:u^6$	$fu:ŋ^1$	lu^2
要	恋	世	风	流

青春期相恋,

7-1980

貝	州	偻	一	罗
Bae	cou	raeuz	it	loh
pai^1	$ҫou^1$	$ɣau^2$	it^7	lo^6
去	州	我们	一	路

外出两相伴。

国家古籍工作规划项目

全国少数民族古籍工作"十四五"规划重点项目

国家民委铸牢中华民族共同体意识
古籍整理出版书系

广西高甲壮语瑶歌译注

广西壮族自治区少数民族古籍保护研究中心 编

主 编　韦体吉　蓝长龙　岑学贵

副主编　蓝永红　蓝盛陆霞　王江苗

第四册

第八篇　走亲歌
第九篇　美满歌
第十篇　告别歌

GEP
广西教育出版社
南宁

目
Contents 录

第八篇 走亲歌

　　《走亲歌》主要唱述男女双方结交的过程，涉及的话题有民间信仰、农业气候和内河航运等。瑶族信仰文化融合了汉族道教文化和壮族麽文化，巫师是瑶族社会民间信仰仪式活动的主持者，主要施行驱鬼治病、祭祀超度等法事仪式。瑶族是典型的山地游耕民族，农业收成主要取决于自然条件，所以农业气候问题是瑶歌中的常见主题。如唱词中提到的雨水过多会影响播种，连年干旱会造成部分河水断流、棉籽干裂和种粮无收成。流经都安的河流主要有红水河、刁江、澄江等，唱词中提到瑶族用樟木和栎木来造船，然后驾驶木船沿内河到南宁、柳州、百色和广东的一些地方贩卖布匹、食盐、香烟等商品，说明清代中叶汉族商贾先后进入都安经商之后，受其影响，有一部分瑶族人也加入到水路运输业和城乡商品交易行业中。

女唱

8—1

不	办	备	跟	农
Mbouj	baenz	beix	riengz	nuengx
bou⁵	pan²	pi⁴	ɹiːŋ²	nuːŋ⁴
不	成	兄	跟	妹

结不成兄妹，

8—2

双	手	吊	条	汉
Song	fwngz	duengh	diuz	hanz
θoːŋ¹	fuŋ²	tuːŋ⁶	tiːu²	haːn²
两	手	拉	条	担

两手空空回。

8—3

不	办	妻	跟	关
Mbouj	baenz	maex	riengz	gvan
bou⁵	pan²	mai⁴	ɹiːŋ²	kwaːn¹
不	成	妻	跟	夫

结不成夫妻，

8—4

分	贝	三	秀	友
Mbek	bae	sam	ciuh	youx
beːk⁷	pai¹	θaːn¹	çiːu⁶	ju⁴
分	去	三	世	友

失去三生友。

男唱

8—5

不	办	备	跟	农
Mbouj	baenz	beix	riengz	nuengx
bou⁵	pan²	pi⁴	ɹiːŋ²	nuːŋ⁴
不	成	兄	跟	妹

结不成兄妹，

8—6

双	手	吊	条	汉
Song	fwngz	duengh	diuz	hanz
θoːŋ¹	fuŋ²	tuːŋ⁶	tiːu²	haːn²
两	手	拉	条	担

两手空空回。

8—7

不	办	妻	跟	关
Mbouj	baenz	maex	riengz	gvan
bou⁵	pan²	mai⁴	ɹiːŋ²	kwaːn¹
不	成	妻	跟	夫

结不成夫妻，

8—8

阝	古	三	给	你
Boux	guh	sanq	hawj	mwngz
pu⁴	ku⁴	θaːn⁵	həɯ³	muɯŋ²
人	做	散	给	你

愿为你单身。

女唱

8-9

不	办	备	跟	农
Mbouj	baenz	beix	riengz	nuengx
bou⁵	pan²	pi⁴	ɹiːŋ²	nuːŋ⁴
不	成	兄	跟	妹

结不成兄妹，

8-10

双	手	吊	条	汉
Song	fwngz	duengh	diuz	hanz
θoːŋ¹	fuɯŋ²	tuːŋ⁶	tiːu²	haːn²
两	手	拉	条	担

两手空空回。

8-11

阝	秋	阝	古	三
Boux	ciuq	boux	guh	sanq
pu⁴	çiːu⁵	pu⁴	ku⁴	θaːn⁵
人	看	人	做	散

彼此都单身，

8-12

偻	牙	难	了	备
Raeuz	yax	nanz	liux	beix
ɹau²	ja⁵	naːn²	liːu⁴	pi⁴
我们	也	难	啰	兄

咱俩难为情。

男唱

8-13

不	办	备	跟	农
Mbouj	baenz	beix	riengz	nuengx
bou⁵	pan²	pi⁴	ɹiːŋ²	nuːŋ⁴
不	成	兄	跟	妹

结不成兄妹，

8-14

双	手	吊	条	汉
Song	fwngz	duengh	diuz	hanz
θoːŋ¹	fuɯŋ²	tuːŋ⁶	tiːu²	haːn²
两	手	拉	条	担

两手空空回。

8-15

在	家	是	古	三
Cai	gya	cix	guh	sanq
çaːi⁴	kja¹	çi⁴	ku⁴	θaːn⁵
在	家	就	做	散

在家守单身，

8-16

造	然	少	是	了
Caux	ranz	sau	cix	liux
çaːu⁴	ɹaːn²	θaːu¹	çi⁴	liːu⁴
造	家	姑娘	就	算

嫁人就算了。

女唱

8–17

不	办	备	跟	农
Mbouj	baenz	beix	riengz	nuengx

bou^5　　pan^2　　pi^4　　$ɻi:ŋ^2$　　$nu:ŋ^4$

不　成　兄　跟　妹

结不成兄妹，

8–18

双	手	吊	条	良
Song	fwngz	duengh	diuz	liengz

$θo:ŋ^1$　　$fuŋ^2$　　$tu:ŋ^6$　　$ti:u^2$　　$le:ŋ^2$

两　手　拉　条　梁

两手空空回。

8–19

不	办	巴	跟	娘
Mbouj	baenz	baj	riengz	nangz

bou^5　　pan^2　　pa^3　　$ɻi:ŋ^2$　　$na:ŋ^2$

不　成　伯母　跟　姑娘

结不成夫妻，

8–20

心	凉	不	了	备
Sim	liengz	mbouj	liux	beix

$θin^1$　　$li:ŋ^2$　　bou^5　　$li:u^4$　　pi^4

心　凉　不　啰　兄

情哥心寒否？

男唱

8–21

不	办	备	跟	农
Mbouj	baenz	beix	riengz	nuengx

bou^5　　pan^2　　pi^4　　$ɻi:ŋ^2$　　$nu:ŋ^4$

不　成　兄　跟　妹

结不成兄妹，

8–22

双	手	吊	条	良
Song	fwngz	duengh	diuz	liengz

$θo:ŋ^1$　　$fuŋ^2$　　$tu:ŋ^6$　　$ti:u^2$　　$le:ŋ^2$

两　手　拉　条　梁

两手空空回。

8–23

不	办	巴	跟	娘
Mbouj	baenz	baj	riengz	nangz

bou^5　　pan^2　　pa^3　　$ɻi:ŋ^2$　　$na:ŋ^2$

不　成　伯母　跟　姑娘

结不成夫妻，

8–24

心	凉	堂	又	怨
Sim	liengz	daengz	youh	yonq

$θin^1$　　$li:ŋ^2$　　$taŋ^2$　　jou^4　　$jo:n^5$

心　凉　到　又　怨

心中也怨恨。

女唱

8-25

不	办	备	跟	农
Mbouj	baenz	beix	riengz	nuengx
bou⁵	pan²	pi⁴	ɹi:ŋ²	nu:ŋ⁴
不	成	兄	跟	妹

结不成兄妹，

8-26

双	手	吊	条	良
Song	fwngz	duengh	diuz	liengz
θo:ŋ¹	fuɯŋ²	tu:ŋ⁶	ti:u²	le:ŋ²
两	手	拉	条	梁

两手空空回。

8-27

不	办	巴	跟	娘
Mbouj	baenz	baj	riengz	nangz
bou⁵	pan²	pa³	ɹi:ŋ²	na:ŋ²
不	成	伯母	跟	姑娘

结不成夫妻，

8-28

好	文	邦	古	对
Ndij	vunz	biengz	guh	doih
di¹	vun²	pi:ŋ²	ku⁴	to:i⁶
与	人	地方	做	伙伴

与路人为伴。

男唱

8-29

不	办	备	跟	农
Mbouj	baenz	beix	riengz	nuengx
bou⁵	pan²	pi⁴	ɹi:ŋ²	nu:ŋ⁴
不	成	兄	跟	妹

结不成兄妹，

8-30

双	手	吊	条	良
Song	fwngz	duengh	diuz	liengz
θo:ŋ¹	fuɯŋ²	tu:ŋ⁶	ti:u²	le:ŋ²
两	手	拉	条	梁

两手空空回。

8-31

不	办	巴	跟	娘
Mbouj	baenz	baj	riengz	nangz
bou⁵	pan²	pa³	ɹi:ŋ²	na:ŋ²
不	成	伯母	跟	姑娘

结不成夫妻，

8-32

当	邦	偻	当	在
Dangq	biengz	raeuz	dangq	ywq
ta:ŋ⁵	pi:ŋ²	ɹau²	ta:ŋ⁵	juɯ⁵
另	地方	我们	另	住

咱天各一方。

女唱

8-33

不	办	备	跟	农
Mbouj	baenz	beix	riengz	nuengx

bou^5　pan^2　pi^4　$ɹiːŋ^2$　$nuːŋ^4$

不　成　兄　跟　妹

结不成兄妹，

8-34

双	手	吊	条	勾
Song	fwngz	duengh	diuz	ngaeu

$θoːŋ^1$　$fɯŋ^2$　$tuːŋ^6$　$tiːu^2$　$ŋau^1$

两　手　拉　条　钩

两手空空回。

8-35

牙	断	仪	邦	偻
Yax	duenx	saenq	biengz	raeuz

ja^5　$tuːn^4$　$θin^5$　$piːŋ^2$　$ɹau^2$

也　断　信　地方　我们

将断绝来往，

8-36

可	说	正	不	凉
Goj	naeuz	cingz	mbouj	liengz

ko^5　nau^2　$ɕiŋ^2$　bou^5　$liːŋ^2$

也　说　情　不　凉

还说情未了。

男唱

8-37

不	办	备	跟	农
Mbouj	baenz	beix	riengz	nuengx

bou^5　pan^2　pi^4　$ɹiːŋ^2$　$nuːŋ^4$

不　成　兄　跟　妹

结不成兄妹，

8-38

双	手	吊	条	绸
Song	fwngz	duengh	diuz	couz

$θoːŋ^1$　$fɯŋ^2$　$tuːŋ^6$　$tiːu^2$　$ɕu^2$

两　手　拉　条　绸

两手空空回。

8-39

不	办	友	给	土
Mbouj	baenz	youx	hawj	dou

bou^5　pan^2　ju^4　$həɯ^3$　tu^1

不　成　友　给　我

不成我情友，

8-40

心	付	不	了	农
Sim	fouz	mbouj	liux	nuengx

$θin^1$　fu^2　bou^5　$liːu^4$　$nuːŋ^4$

心　浮　不　啰　妹

妹你心急吗?

女唱

8-41

不　办　备　跟　农

Mbouj　baenz　beix　riengz　nuengx

bou⁵　pan²　pi⁴　ɹiːŋ²　nuːŋ⁴

不　成　兄　跟　妹

结不成兄妹，

8-42

双　手　吊　条　绸

Song　fwngz　duengh　diuz　couz

θoːŋ¹　fuŋ²　tuːŋ⁶　tiːu²　ɕu²

两　手　拉　条　绸

两手空空回。

8-43

岁　单　秀　方　卢

Caez　danq　ciuh　fueng　louz

ɕai²　taːn⁵　ɕiːu⁶　fuːŋ¹　lu²

齐　当　世　风　流

此生共风流，

8-44

拜　而　付　不　祘

Baih　lawz　fouz　mbouj　suenq

paːi⁶　lau²　fu²　bou⁵　θuːn⁵

边　哪　浮　不　算

着急也无用。

男唱

8-45

不　办　备　跟　农

Mbouj　baenz　beix　riengz　nuengx

bou⁵　pan²　pi⁴　ɹiːŋ²　nuːŋ⁴

不　成　兄　跟　妹

结不成兄妹，

8-46

双　手　吊　条　绸

Song　fwngz　duengh　diuz　couz

θoːŋ¹　fuŋ²　tuːŋ⁶　tiːu²　ɕu²

两　手　拉　条　绸

两手空空回。

8-47

断　仗　牙　才　土

Duenx　saenq　yax　caih　dou

tuːn⁴　θin⁵　ja⁵　ɕaːi⁶　tu¹

断　信　也　随　我

断交也随我，

8-48

付　正　牙　才　农

Fouz　cingz　yax　caih　nuengx

fu²　ɕiŋ²　ja⁵　ɕaːi⁶　nuːŋ⁴

浮　情　也　随　妹

绝情也由你。

女唱

8-49

不	办	备	跟	农
Mbouj	baenz	beix	riengz	nuengx
bou⁵	pan²	pi⁴	ɹiːŋ²	nuːŋ⁴
不	成	兄	跟	妹

结不成兄妹，

8-50

双	手	吊	条	交
Song	fwngz	duengh	diuz	gyau
θoːŋ¹	fɯŋ²	tuːŋ⁶	tiːu²	kjaːu¹
两	手	拉	条	胶

两手空空回。

8-51

不	办	包	跟	少
Mbouj	baenz	mbauq	riengz	sau
bou⁵	pan²	baːu⁵	ɹiːŋ²	θaːu¹
不	成	小伙	跟	姑娘

做不成情友，

8-52

金	交	给	邦	累
Gim	gyau	hawj	biengz	laeq
kin¹	kjaːu¹	həɯ³	piːŋ²	lai⁵
金	交	给	地方	看

真情天可鉴。

男唱

8-53

不	办	备	跟	农
Mbouj	baenz	beix	riengz	nuengx
bou⁵	pan²	pi⁴	ɹiːŋ²	nuːŋ⁴
不	成	兄	跟	妹

结不成兄妹，

8-54

双	手	吊	条	交
Song	fwngz	duengh	diuz	gyau
θoːŋ¹	fɯŋ²	tuːŋ⁶	tiːu²	kjaːu¹
两	手	拉	条	胶

两手空空回。

8-55

不	办	包	跟	少
Mbouj	baenz	mbauq	riengz	sau
bou⁵	pan²	baːu⁵	ɹiːŋ²	θaːu¹
不	成	小伙	跟	姑娘

做不成情友，

8-56

金	交	牙	付	用
Gim	gyau	yax	fouz	yungh
kin¹	kjaːu¹	ja⁵	fu²	juŋ⁶
金	交	也	无	用

挚诚也无用。

女唱

8-57

不	办	备	跟	农
Mbouj	baenz	beix	riengz	nuengx
bou⁵	pan²	pi⁴	ɹi:ŋ²	nu:ŋ⁴
不	成	兄	跟	妹

结不成兄妹，

8-58

你	开	羊	土	来
Mwngz	gaej	yoengx	dou	lai
muɯŋ²	ka:i⁵	joŋ⁴	tu¹	la:i¹
你	莫	唆使	我	多

你别太怨我。

8-59

比	瓜	托	比	才
Bi	gvaq	doh	bi	gyai
pi¹	kwa⁵	to⁶	pi¹	kja:i¹
年	过	同	年	前

去年和前年，

8-60

心	空	付	样	内
Sim	ndwi	fouz	yiengh	neix
θin¹	du:i¹	fu²	juɯ:ŋ⁶	ni⁴
心	不	浮	样	这

我也不心急。

男唱

8-61

不	办	备	跟	农
Mbouj	baenz	beix	riengz	nuengx
bou⁵	pan²	pi⁴	ɹi:ŋ²	nu:ŋ⁴
不	成	兄	跟	妹

结不成兄妹，

8-62

你	开	羊	土	来
Mwngz	gaej	yoengx	dou	lai
muɯŋ²	ka:i⁵	joŋ⁴	tu¹	la:i¹
你	莫	唆使	我	多

你别太怨我。

8-63

堂	日	而	你	代
Daengz	ngoenz	lawz	mwngz	dai
taŋ²	ŋon²	lau²	muɯŋ²	ta:i¹
到	天	哪	你	死

哪天你殒命，

8-64

不	卜	站	头	会
Mbouj	boux	soengz	gyaeuj	faex
bou⁵	pu⁴	θoŋ²	kjau³	fai⁴
不	人	站	头	棺

无人可守灵。

女唱

8-65

小	女	在	更	楼
Siuj	nawx	ywq	gwnz	laeuz
θiːu³	nɯ⁴	juː⁵	kɯn²	lau²
小	女	在	上	楼

小女在楼上，

8-66

是	交	正	贝	瓜
Cix	gyau	cingz	bae	gvaq
çi⁴	kjaːu¹	çiŋ²	pai¹	kwa⁵
是	交	情	去	过

我俩是故交。

8-67

阝	站	浪	站	那
Boux	soengz	laeng	soengz	naj
pu⁴	θoŋ²	laŋ¹	θoŋ²	na³
个	站	后	站	前

无论在哪里，

8-68

不	正	勒	豪	南
Mbouj	cingq	lwg	hauq	nanz
bou⁵	çiŋ⁵	luk⁸	haːu⁵	naːn²
不	正	子	孝	久

都算是守孝。

男唱

8-69

不	办	它	跟	代
Mbouj	baenz	da	riengz	daiq
bou⁵	pan²	ta¹	ɹiːŋ²	taːi⁵
不	成	岳父	跟	岳母

成不了亲家，

8-70

双	拜	祘	钱	红
Song	baih	suenq	cienz	hong
θoːŋ¹	paːi⁶	θuːn⁵	çiːn²	hoːŋ¹
两	边	算	钱	工

各自算工钱。

8-71

不	办	头	良	通
Mbouj	baenz	gyaeuj	liengz	ndong
bou⁵	pan²	kjau³	leːŋ²	doːŋ¹
不	成	头	梁	亲家

不成一家人，

8-72

祘	钱	红	土	刀
Suenq	cienz	hong	dou	dauq
θuːn⁵	çiːn²	hoːŋ¹	tu¹	taːu⁵
算	钱	工	我	回

付我工钱来。

女唱

8-73

不	办	它	跟	代
Mbouj	baenz	da	riengz	daiq
bou⁵	pan²	ta¹	ȵi:ŋ²	ta:i⁵
不	成	岳父	跟	岳母

成不了亲家，

8-74

双	拜	祘	钱	红
Song	baih	suenq	cienz	hong
θo:ŋ¹	pa:i⁶	θu:n⁵	çi:n²	ho:ŋ¹
两	边	算	钱	工

各自算工钱。

8-75

从	乜	巴	古	红
Coengh	meh	baj	guh	hong
çoŋ⁶	me⁶	pa³	ku⁴	ho:ŋ¹
帮	母	伯母	做	工

帮姨妈做工，

8-76

钱	红	开	么	备
Cienz	hong	gij	maz	beix
çi:n²	ho:ŋ¹	ka:i²	ma²	pi⁴
钱	工	什	么	兄

讨什么工钱？

男唱

8-77

不	办	它	跟	代
Mbouj	baenz	da	riengz	daiq
bou⁵	pan²	ta¹	ȵi:ŋ²	ta:i⁵
不	成	岳父	跟	岳母

成不了亲家，

8-78

双	拜	祘	钱	红
Song	baih	suenq	cienz	hong
θo:ŋ¹	pa:i⁶	θu:n⁵	çi:n²	ho:ŋ¹
两	边	算	钱	工

各自算工钱。

8-79

不	办	头	良	通
Mbouj	baenz	gyaeuj	liengz	ndong
bou⁵	pan²	kjau³	le:ŋ²	do:ŋ¹
不	成	头	梁	亲家

不成一家人，

8-80

钱	红	是	牙	祘
Cienz	hong	cix	yax	suenq
çi:n²	ho:ŋ¹	çi⁴	ja⁵	θu:n⁵
钱	工	是	也	算

就要算工钱。

① 坤勾作更会
[kon⁵ kau¹ ço⁵
kuɯn² fai⁴]：在树
上斩藤，表示决
绝。

女唱

8-81

备	跟	农
Beix	riengz	nuengx
pi⁴	ʑiːŋ²	nuːŋ⁴
兄	跟	妹

兄与妹，

8-82

秀	同	羊	不	米
Ciuh	doengh	yaeng	mbouj	miz
çiːu⁶	toŋ²	jaŋ¹	bou⁵	mi²
世	相	商量	不	有

从来不商议。

8-83

讲	能	办	同	立
Gangj	nyaenx	baenz	doengh	liz
kaːŋ³	ȵan⁴	pan²	toŋ²	li²
讲	这样	成	相	离

为何相分离？

8-84

团	十	比	不	了
Dwen	cib	bi	mbouj	liux
tuːn¹	çit⁸	pi¹	bou⁵	liːu⁴
提	十	年	不	完

十年说不完。

男唱

8-85

备	跟	农
Beix	riengz	nuengx
pi⁴	ʑiːŋ²	nuːŋ⁴
兄	跟	妹

兄与妹，

8-86

秀	同	羊	不	说
Ciuh	doengh	yaeng	mbouj	naeuz
çiːu⁶	toŋ²	jaŋ¹	bou⁵	nau²
世	相	商量	不	说

从来不商议。

8-87

坤	润	作	更	楼
Goenq	rumz	coq	gwnz	laeuz
kon⁵	ʑun²	ço⁵	kuɯn²	lau²
断	风	放	上	楼

咱俩已恩断，

8-88

坤	勾	作	更	会①
Goenq	gaeu	coq	gwnz	faex
kon⁵	kau¹	ço⁵	kuɯn²	fai⁴
断	藤	放	上	树

咱俩已义绝。

女唱

8-89

备	跟	农
Beix	riengz	nuengx
pi⁴	ɹi:ŋ²	nu:ŋ⁴
兄	跟	妹

兄与妹，

8-90

秀	同	羊	不	说
Ciuh	doengh	yaeng	mbouj	naeuz
çi:u⁶	toŋ²	jaŋ¹	bou⁵	nau²
世	相	商量	不	说

从来不商议。

8-91

讲	话	牙	领	偻
Gangj	vah	yax	lingx	raeuz
ka:ŋ³	va⁶	ja⁵	liŋ⁴	ɹau²
讲	话	也	领	我们

有话和我讲，

8-92

开	好	文	同	羊
Gaej	ndij	vunz	doengh	yaeng
ka:i⁵	di¹	vun²	toŋ²	jaŋ¹
莫	与	人	相	商量

莫和他人言。

男唱

8-93

备	跟	农
Beix	riengz	nuengx
pi⁴	ɹi:ŋ²	nu:ŋ⁴
兄	跟	妹

兄与妹，

8-94

同	羊	讲	话	轻
Doengh	yaeng	gangj	vah	mbaeu
toŋ²	jaŋ¹	ka:ŋ³	va⁶	bau¹
相	商量	讲	话	轻

常甜言蜜语。

8-95

同	心	办	论	偻
Doengz	sim	baenz	lumj	raeuz
toŋ²	θin¹	pan²	lun³	ɹau²
同	心	成	像	我们

我俩心相印，

8-96

得	要	心	是	于
Ndaej	aeu	sim	cix	gam
dai³	au¹	θin¹	çi⁴	ka:n¹
得	要	心	就	甘

结婚才甘心。

女唱

8-97

备	跟	农
Beix	riengz	nuengx
pi⁴	ɣi:ŋ²	nu:ŋ⁴
兄	跟	妹

兄与妹，

8-98

同	羊	讲	话	轻
Doengh	yaeng	gangj	vah	mbaeu
toŋ²	jaŋ¹	ka:ŋ³	va⁶	bau¹
相	商量	讲	话	轻

常甜言蜜语。

8-99

勒	仪	是	不	够
Lawh	saenq	cix	mbouj	gaeuq
ləɯ⁶	θin⁵	çi⁴	bou⁵	kau⁵
换	信	是	不	够

通信还不够，

8-100

讲	同	要	么	备
Gangj	doengh	aeu	maz	beix
ka:ŋ³	toŋ²	au¹	ma²	pi⁴
讲	相	要	什么	兄

何来谈结婚？

男唱

8-101

备	跟	农
Beix	riengz	nuengx
pi⁴	ɣi:ŋ²	nu:ŋ⁴
兄	跟	妹

兄与妹，

8-102

同	羊	讲	话	轻
Doengh	yaeng	gangj	vah	mbaeu
toŋ²	jaŋ¹	ka:ŋ³	va⁶	bau¹
相	商量	讲	话	轻

常甜言蜜语。

8-103

才	牙	够	不	够
Caih	yax	gaeuq	mbouj	gaeuq
ça:i⁶	ja⁵	kau⁵	bou⁵	kau⁵
随	也	够	不	够

管它够不够，

8-104

偻	同	要	偻	觃
Raeuz	doengh	aeu	raeuz	gonq
ɣau²	toŋ²	au¹	ɣau²	ko:n⁵
我们	相	要	我们	先

先结婚再说。

女唱

8-105

备　跟　农

Beix　riengz　nuengx

pi⁴　ɹi:ŋ²　nu:ŋ⁴

兄　跟　妹

兄与妹，

8-106

同　羊　古　开　么

Doengh　yaeng　guh　gij　maz

toŋ²　jaŋ¹　ku⁴　ka:i²　ma²

相　商量　做　什　么

还商量什么。

8-107

厃　是　结　关　巴

Nyienh　cix　giet　gvan　baz

ɳu:n⁶　çi⁴　ki:t⁷　kwa:i¹　pa²

愿　就　结　夫　妻

愿意就成婚，

8-108

开　特　心　马　羊

Gaej　dawz　sim　ma　yaeng

ka:i⁵　tɯ²　θin¹　ma¹　jaŋ¹

莫　拿　心　来　商量

别浪费时间。

男唱

8-109

备　跟　农

Beix　riengz　nuengx

pi⁴　ɹi:ŋ²　nu:ŋ⁴

兄　跟　妹

兄与妹，

8-110

同　羊　古　开　么

Doengh　yaeng　guh　gij　maz

toŋ²　jaŋ¹　ku⁴　ka:i²　ma²

相　商量　做　什　么

还商量什么。

8-111

想　牙　结　关　巴

Siengj　yah　giet　gvan　baz

θi:ŋ³　ja⁶　ki:t⁷　kwa:i¹　pa²

想　呀　结　夫　妻

一心成夫妻，

8-112

广　英　不　同　合

Gvangj　in　mbouj　doengh　hob

kwa:ŋ³　in¹　bou⁵　toŋ²　ho:p⁸

广　姻　不　相　合

可八字不合。

女唱

8-113

备	跟	农
Beix	riengz	nuengx
pi⁴	ȵi:ŋ²	nu:ŋ⁴
兄	跟	妹

兄与妹，

8-114

同	羊	古	包	少
Doengh	yaeng	guh	mbauq	sau
toŋ²	jaŋ¹	ku⁴	ba:u⁵	θa:u¹
相	商量	做	小伙	姑娘

商量做情侣。

8-115

良	不	得	同	交
Liengh	mbouj	ndaej	doengh	gyau
le:ŋ⁶	bou⁵	dai³	toŋ²	kja:u¹
谅	不	得	相	交

若不成夫妻，

8-116

包	少	偻	一	罗
Mbauq	sau	raeuz	it	loh
ba:u⁵	θa:u¹	ɹau²	it⁷	lo⁶
小伙	姑娘	我们	一	路

情友做到底。

男唱

8-117

备	跟	农	特	平
Beix	riengz	nuengx	dawz	bingz
pi⁴	ȵi:ŋ²	nu:ŋ⁴	təu²	piŋ²
兄	跟	妹	守	平

兄妹相守信，

8-118

中	正	下	峒	光
Cuengq	cingz	roengz	doengh	gvangq
ɕu:ŋ⁵	ɕiŋ²	ɹoŋ²	toŋ⁶	kwa:ŋ⁵
放	情	下	峒	宽

去浪迹天涯。

8-119

鸟	九	飞	往	往
Roeg	yiuh	mbin	vangq	vangq
ɹok⁸	ji:u⁶	bin¹	va:ŋ⁵	va:ŋ⁵
鸟	鹞	飞	扬	扬

咱比翼双飞，

8-120

秀	对	邦	米	元
Ciuh	doiq	baengz	miz	yuenz
ɕi:u⁶	to:i⁵	pa:ŋ²	mi²	ju:n²
世	对	朋	有	缘

情友今有缘。

女唱

8-121

备	跟	农	特	平
Beix	riengz	nuengx	dawz	bingz
pi⁴	ɹi:ŋ²	nu:ŋ⁴	təɯ²	piŋ²
兄	跟	妹	守	平

兄妹各守信，

8-122

中	正	下	垌	开
Cuengq	cingz	roengz	doengh	hai
ɕu:ŋ⁵	ɕiŋ²	ɹoŋ²	toŋ⁶	ha:i¹
放	情	下	垌	开

去浪迹天涯。

8-123

中	正	管	天	开
Cuengq	cingz	guenj	denh	gyaiq
ɕu:ŋ⁵	ɕiŋ²	ku:n³	ti:n¹	ka:i⁵
放	情	管	天	界

齐心走天涯，

8-124

害	你	备	定	手
Haih	mwngz	beix	din	fwngz
ha:i⁶	muɯŋ²	pi⁴	tin¹	fuɯŋ²
害	你	兄	脚	手

怕耽误前途。

男唱

8-125

备	跟	农	特	平
Beix	riengz	nuengx	dawz	bingz
pi⁴	ɹi:ŋ²	nu:ŋ⁴	təɯ²	piŋ²
兄	跟	妹	守	平

兄妹各守信，

8-126

中	正	下	垌	开
Cuengq	cingz	roengz	doengh	hai
ɕu:ŋ⁵	ɕiŋ²	ɹoŋ²	toŋ⁶	ha:i¹
放	情	下	垌	开

去浪迹天涯。

8-127

土	不	理	不	其
Dou	mbouj	leix	mbouj	laix
tu¹	bou⁵	li⁴	bou⁵	la:i⁴
我	不	理	不	睬

我不理不睬，

8-128

才	农	刀	方	而
Caih	nuengx	dauq	fueng	lawz
ɕa:i⁶	nu:ŋ⁴	ta:u⁵	fu:ŋ¹	lau²
随	妹	回	方	哪

随你去何方。

女唱

8-129

备	跟	农	特	平
Beix	riengz	nuengx	dawz	bingz
pi⁴	ɣi:ŋ²	nu:ŋ⁴	təɯ²	piŋ²
兄	跟	妹	守	平

兄妹各守信，

8-130

中	正	下	峒	光
Cuengq	cingz	roengz	doengh	gvangq
ɕu:ŋ⁵	ɕin²	ɣoŋ²	toŋ⁶	kwa:ŋ⁵
放	情	下	峒	宽

去浪迹天涯。

8-131

不	理	土	么	邦
Mbouj	leix	dou	maq	baengz
bou⁵	li⁴	tu¹	ma⁵	pa:ŋ²
不	理	我	嘛	朋

情友不理我，

8-132

老	牙	当	良	心
Lau	yaek	daengq	liengz	sim
la:u¹	jak⁷	taŋ⁵	li:ŋ²	θin¹
怕	要	叮嘱	良	心

会良心不安。

男唱

8-133

备	跟	农	特	平
Beix	riengz	nuengx	dawz	bingz
pi⁴	ɣi:ŋ²	nu:ŋ⁴	təɯ²	piŋ²
兄	跟	妹	守	平

兄妹各守信，

8-134

中	正	下	达	老
Cuengq	cingz	roengz	dah	laux
ɕu:ŋ⁵	ɕin²	ɣoŋ²	ta⁶	la:u⁴
放	情	下	河	大

去浪迹天涯。

8-135

交	能	来	对	朝
Gyau	nyaenx	lai	doiq	sauh
kja:u¹	ȵan⁴	la:i¹	to:i⁵	θa:u⁶
交	那么	多	对	辈

交太多情友，

8-136

却	备	可	召	心
Gyo	beix	goj	cau	sim
kjo¹	pi⁴	ko⁵	ɕa:u⁵	θin¹
幸亏	兄	可	操	心

我会很操心。

女唱

8-137

备	跟	农	特	平
Beix	riengz	nuengx	dawz	bingz
pi⁴	ɹiːŋ²	nuːŋ⁴	təɯ²	piŋ²
兄	跟	妹	守	平

兄妹各守信，

8-138

份	小	正	不	断
Faenh	siuj	cingz	mbouj	duenx
fan⁶	θiːu³	çiŋ²	bou⁵	tuːn⁴
份	小	情	不	断

小礼品不断。

8-139

结	英	元	了	伴
Giet	in	yuenz	liux	buenx
kiːt⁷	in¹	juːn²	liːu⁴	puːn⁴
结	姻	缘	啰	伴

情侣结婚吧，

8-140

得	阝	样	是	收
Ndaej	boux	yiengh	cix	caeu
dai³	pu⁴	juːŋ⁶	çi⁴	çau¹
得	人	样	就	收

有礼品便收。

男唱

8-141

备	跟	农	特	平
Beix	riengz	nuengx	dawz	bingz
pi⁴	ɹiːŋ²	nuːŋ⁴	təɯ²	piŋ²
兄	跟	妹	守	平

兄妹各守信，

8-142

份	小	正	不	小
Faenh	siuj	cingz	mbouj	siuj
fan⁶	θiːu³	çiŋ²	bou⁵	θiːu³
份	小	情	不	少

礼品少不了。

8-143

九	月	九
Gouj	nyied	gouj
kjou³	ȵuːt⁸	kjou³
九	月	九

九月九，

8-144

份	老	表	不	论
Faenh	laux	biuj	mbouj	lumz
fan⁶	laːu⁴	piːu³	bou⁵	lun²
份	老	表	不	忘

老表不相忘。

女唱

8-145

备　跟　农　特　平

Beix　riengz　nuengx　dawz　bingz

pi⁴　ɹi:ŋ²　nu:ŋ⁴　təɯ²　piŋ²

兄　跟　妹　守　平

兄妹各守信，

8-146

份　小　正　不　小

Faenh　siuj　cingz　mbouj　siuj

fan⁶　θi:u³　çiŋ²　bou⁵　θi:u³

份　小　情　不　少

礼品少不了。

8-147

偻　交　心　利　宁

Raeuz　gyau　sim　lij　ningq

ɹau²　kja:u¹　θin¹　li⁴　niŋ⁵

我们　交　心　还　小

从小就结交，

8-148

刀　合　命　关　巴

Dauq　hob　mingh　gvan　baz

ta:u⁵　ho:p⁸　miŋ⁶　kwa:i¹　pa²

又　合　命　夫　妻

今才合八字。

男唱

8-149

备　跟　农　特　平

Beix　riengz　nuengx　dawz　bingz

pi⁴　ɹi:ŋ²　nu:ŋ⁴　təɯ²　piŋ²

兄　跟　妹　守　平

兄妹各守信，

8-150

份　小　正　不　面

Faenh　siuj　cingz　mbouj　mienx

fan⁶　θi:u³　çiŋ²　bou⁵　mi:n⁴

份　小　情　不　免

礼物少不了。

8-151

会　王　狼　出　坚

Faex　vangh　langh　ok　genq

fai⁴　va:ŋ⁶　la:ŋ⁶　o:k⁷　ke:n⁵

树　苹婆　若　出　硬心

苹婆出铁心，

8-152

双　拜　节　英　元

Song　baih　ciep　in　yuenz

θo:ŋ¹　pa:i⁶　çe:t⁷　in¹　ju:n²

两　边　接　姻　缘

咱俩就结婚。

女唱

8-153

会	王	狼	出	坚
Faex	vangh	langh	ok	genq
fai⁴	va:ŋ⁶	la:ŋ⁶	o:k⁷	ke:n⁵
树	苹婆	若	出	硬心

苹婆出铁心，

8-154

双	拜	节	英	元
Song	baih	ciep	in	yuenz
θo:ŋ¹	pa:i⁶	çe:t⁷	in¹	ju:n²
两	边	接	烟	缘

我俩就成亲。

8-155

会	王	狼	出	龙
Faex	vangh	langh	ok	lungz
fai⁴	va:ŋ⁶	la:ŋ⁶	o:k⁷	luŋ²
树	苹婆	若	出	龙

苹婆变成龙，

8-156

结	正	双	了	农
Giet	cingz	sueng	liux	nuengx
ki:t⁷	çiŋ²	θu:ŋ¹	li:u⁴	nu:ŋ⁴
结	情	双	啰	妹

我俩成夫妻。

男唱

8-157

会	王	狼	出	坚
Faex	vangh	langh	ok	genq
fai⁴	va:ŋ⁶	la:ŋ⁶	o:k⁷	ke:n⁵
树	苹婆	若	出	硬心

苹婆出铁心，

8-158

双	拜	节	英	元
Song	baih	ciep	in	yuenz
θo:ŋ¹	pa:i⁶	çe:t⁷	in¹	ju:n²
两	边	结	烟	缘

我俩便结婚。

8-159

会	王	狼	出	龙
Faex	vangh	langh	ok	lungz
fai⁴	va:ŋ⁶	la:ŋ⁶	o:k⁷	luŋ²
树	苹婆	若	出	龙

苹婆变成龙，

8-160

结	正	双	对	墓
Giet	cingz	sueng	doiq	moh
ki:t⁷	çiŋ²	θu:ŋ¹	to:i⁵	mo⁶
结	情	双	对	墓

死后又同墓。

女唱

8-161

备	托	农	好	来
Beix	doh	nuengx	ndei	lai
pi⁴	to⁶	nu:ŋ⁴	dei¹	la:i¹
兄	同	妹	好	多

兄妹感情深，

8-162

论	告	代	土	听
Lwnh	goq	daez	dou	dingq
lun⁶	ko⁵	tai²	tu¹	tiŋ⁵
告诉	故	事	我	听

给我讲故事。

8-163

优	声	令	牙	令
Yaeuj	sing	liengh	yah	liengh
jau³	θiŋ¹	li:ŋ⁶	ja⁶	li:ŋ⁶
抬	声	高	呀	高

叫声高又高，

8-164

知	了	命	日	而
Rox	liux	mingh	ngoenz	lawz
ɣo⁴	li:u⁴	miŋ⁶	ŋon²	lau²
知	完	命	天	哪

死期也未知。

男唱

8-165

备	跟	农	好	来
Beix	riengz	nuengx	ndei	lai
pi⁴	ɹi:ŋ²	nu:ŋ⁴	dei¹	la:i¹
兄	跟	妹	好	多

兄妹感情深，

8-166

论	告	代	土	听
Lwnh	goq	daez	dou	dingq
lun⁶	ko⁵	tai²	tu¹	tiŋ⁵
告诉	故	事	我	听

给我讲故事。

8-167

十	分	不	米	命
Cib	faen	mbouj	miz	mingh
ɕit⁸	fan¹	bou⁵	mi²	miŋ⁶
十	分	不	有	命

若死期将至，

8-168

备	农	是	同	说
Beix	nuengx	cix	doengh	naeuz
pi⁴	nu:ŋ⁴	ɕi⁴	toŋ²	nau²
兄	妹	就	相	说

咱俩就道别。

女唱

8-169

备	跟	农	好	来
Beix	riengz	nuengx	ndei	lai
pi⁴	ɣiːŋ²	nuːŋ⁴	dei¹	laːi¹
兄	跟	妹	好	多

兄妹感情深，

8-170

论	告	代	土	听
Lwnh	goq	daez	dou	dingq
lun⁶	ko⁵	tai²	tu¹	tiŋ⁵
告诉	故	事	我	听

给我讲故事。

8-171

十	分	不	米	命
Cib	faen	mbouj	miz	mingh
çit⁸	fan¹	bou⁵	mi²	miŋ⁶
十	分	不	有	命

若死期将至，

8-172

当	备	姓	马	岁
Daengq	beix	singq	ma	caez
taŋ⁵	pi⁴	θiŋ⁵	ma¹	çai²
叮嘱	兄	姓	来	齐

必见你一面。

男唱

8-173

备	跟	农	好	来
Beix	riengz	nuengx	ndei	lai
pi⁴	ɣiːŋ²	nuːŋ⁴	dei¹	laːi¹
兄	跟	妹	好	多

兄妹感情深，

8-174

论	告	代	土	听
Lwnh	goq	daez	dou	dingq
lun⁶	ko⁵	tai²	tu¹	tiŋ⁵
告诉	故	事	我	听

给我讲故事。

8-175

十	分	不	米	命
Cib	faen	mbouj	miz	mingh
çit⁸	fan¹	bou⁵	mi²	miŋ⁶
十	分	不	有	命

若死期将至，

8-176

办	病	不	用	赔
Baenz	bingh	mbouj	yungh	boi
pan²	piŋ⁶	bou⁵	juŋ⁶	poːi¹
成	病	不	用	求仙

生病不求仙。

女唱

8-177

备	跟	农	好	来
Beix	riengz	nuengx	ndei	lai
pi^4	$ɹiːŋ^2$	$nuŋ^4$	dei^1	$laːi^1$
兄	跟	妹	好	多

兄妹感情深，

8-178

论	告	代	土	听
Lwnh	goq	daez	dou	dingq
lun^6	ko^5	tai^2	tu^1	$tiŋ^5$
告诉	故事	我	听	

给我讲故事。

8-179

十	分	不	米	命
Cib	faen	mbouj	miz	mingh
$ɕit^8$	fan^1	bou^5	mi^2	$miŋ^6$
十	分	不	有	命

若死期将至，

8-180

双	拜	听	山	长
Song	baih	dingq	byaj	raez
$θoːŋ^1$	$paːi^6$	$tiŋ^5$	pja^3	$ɹai^2$
两	边	听	雷	鸣

双方听雷鸣。

男唱

8-181

十	分	不	米	命
Cib	faen	mbouj	miz	mingh
$ɕit^8$	fan^1	bou^5	mi^2	$miŋ^6$
十	分	不	有	命

若死期将至，

8-182

双	拜	听	山	长
Song	baih	dingq	byaj	raez
$θoːŋ^1$	$paːi^6$	$tiŋ^5$	pja^3	$ɹai^2$
两	边	听	雷	鸣

双方听雷鸣。

8-183

当	卩	当	在	远
Dangq	boux	dangq	ywq	gyae
$taːŋ^5$	pu^4	$taːŋ^5$	$jɯ^5$	$kjai^1$
另	人	另	在	远

咱们离得远，

8-184

要	山	长	古	定
Aeu	byaj	raez	guh	dingh
au^1	pja^3	$ɹai^2$	ku^4	$tiŋ^6$
要	雷	鸣	做	定

以雷鸣为约。

女唱

8-185

备	托	农	好	来
Beix	doh	nuengx	ndei	lai
pi⁴	to⁶	nu:ŋ⁴	dei¹	la:i¹
兄	同	妹	好	多

兄妹感情深，

8-186

论	告	代	三	八
Lumj	goq	daez	sanh	bek
lun³	ko⁵	tai²	θa:n¹	pe:k⁷
像	故	事	山	伯

像梁祝一样。

8-187

包	少	不	同	原
Mbauq	sau	mbouj	doengh	nyied
ba:u⁵	θa:u¹	bou⁵	toŋ²	ɲi:t⁸
小伙	姑娘	不	相	甘心

情侣不甘心，

8-188

牙	可	才	良	心
Yax	goj	caih	liengz	sim
ja⁵	ko⁵	ça:i⁶	li:ŋ²	θin¹
也	可	随	良	心

婚姻也随缘。

男唱

8-189

备	托	农	好	来
Beix	doh	nuengx	ndei	lai
pi⁴	to⁶	nu:ŋ⁴	dei¹	la:i¹
兄	同	妹	好	多

兄妹感情深，

8-190

论	告	代	三	八
Lumj	goq	daez	sanh	bek
lun³	ko⁵	tai²	θa:n¹	pe:k⁷
像	故	事	山	伯

像梁祝一样。

8-191

十	在	心	不	干
Siz	caih	sim	mbouj	gam
θi²	ça:i⁴	θin¹	bou⁵	ka:n¹
实	在	心	不	甘

倘若心不甘，

8-192

刀	马	节	英	元
Dauq	ma	ciep	in	yuenz
ta:u⁵	ma¹	çe:t⁷	in¹	ju:n²
回	来	结	姻	缘

回来结姻缘。

女唱

8-193

备	托	农	好	来
Beix	doh	nuengx	ndei	lai
pi⁴	to⁶	nuːŋ⁴	dei¹	laːi¹
兄	同	妹	好	多

兄妹感情深，

8-194

论	告	代	三	八
Lumj	goq	daez	sanh	bek
lun³	ko⁵	tai²	θaːn¹	peːk⁷
像	故	事	山	伯

和梁祝一样。

8-195

代	心	利	尝	干
Dai	sim	lij	caengz	gam
taːi¹	θin¹	li⁴	ɕaŋ²	kaːn¹
死	心	还	未	甘

死了不瞑目，

8-196

良	节	不	得	偻
Liengh	ciep	mbouj	ndaej	raeuz
leːŋ⁶	ɕeːt⁷	bou⁵	dai³	ɹaːu²
谅	结	不	得	我们

我俩难结缘。

男唱

8-197

备	托	农	好	来
Beix	doh	nuengx	ndei	lai
pi⁴	to⁶	nuːŋ⁴	dei¹	laːi¹
兄	同	妹	好	多

兄妹感情深，

8-198

论	告	代	偻	观
Lwnh	goq	daez	raeuz	gonq
lun⁶	ko⁵	tai²	ɹau²	koːn⁵
告诉	故	事	我们	先

给我讲故事。

8-199

马	江	元	内	怨
Ma	gyang	roen	neix	yonq
ma¹	kjaːŋ¹	joːn¹	ni⁴	joːn⁵
来	中	路	这	怨

途中生怨言，

8-200

利	论	观	知	空
Lij	lumj	gonq	rox	ndwi
li⁴	lun³	koːn⁵	ɹo⁴	duːi¹
还	像	先	或	不

是否已变心？

女唱

8-201

备	托	农	好	来
Beix	doh	nuengx	ndei	lai
pi⁴	to⁶	nu:ŋ⁴	dei¹	la:i¹
兄	同	妹	好	多

兄妹感情深，

8-202

论	告	代	土	观
Lwnh	goq	daez	dou	gonq
lun⁶	ko⁵	tai²	tu¹	ko:n⁵
告诉	故	事	我	先

给我讲故事。

8-203

马	江	元	内	怨
Ma	gyang	roen	neix	yonq
ma¹	kja:ŋ¹	jo:n¹	ni⁴	jo:n⁵
来	中	路	这	怨

途中生怨言，

8-204

不	比	观	土	说
Mbouj	beij	gonq	dou	naeuz
bou⁵	pi³	ko:n⁵	tu¹	nau²
不	比	先	我	说

不如对我说。

男唱

8-205

卜	骂	说	乜	骂
Boh	ndaq	naeuz	meh	ndaq
po⁶	da⁵	nau²	me⁶	da⁵
父	骂	或	母	骂

被父母责备，

8-206

么	是	沙	能	来
Maz	cix	nyah	nyaenx	lai
ma²	çi⁴	ȵa⁶	ȵan⁴	la:i¹
何	是	生气	那么	多

心情格外差。

8-207

卜	代	说	乜	代
Boh	dai	naeuz	meh	dai
po⁶	ta:i¹	nau²	me⁶	ta:i¹
父	死	或	母	死

父死或母亡，

8-208

马	江	开	内	怨
Ma	gyang	gai	neix	yonq
ma¹	kja:ŋ¹	ka:i¹	ni⁴	jo:n⁵
来	中	街	这	怨

到街上抱怨。

女唱

8-209

卜	土	牙	空	骂
Boh	dou	yax	ndwi	ndaq
po^6	tu^1	ja^5	du:i^1	da^5
父	我	也	不	骂

父亲还健在，

8-210

乜	土	牙	空	代
Meh	dou	yax	ndwi	dai
me^6	tu^1	ja^5	du:i^1	ta:i^1
母	我	也	不	死

母亲也康宁。

8-211

却	邦	友	土	来
Gyoh	baengz	youx	dou	lai
kjo^6	paŋ^2	jou^4	tu^1	la:i^1
可怜	朋	友	我	多

怜惜我好友，

8-212

马	江	开	内	怨
Ma	gyang	gai	neix	yonq
ma^1	kja:ŋ^1	ka:i^1	ni^4	jo:n^5
来	中	街	这	怨

才来街上怨。

男唱

8-213

农	托	土	同	交
Nuengx	doh	dou	doengh	gyau
nu:ŋ^4	to^6	tu^1	toŋ^2	kja:u^1
妹	同	我	相	交

妹与我结交，

8-214

包	跟	少	开	希
Mbauq	riengz	sau	gaej	heiq
ba:u^5	ɾiŋ^2	θa:u^1	ka:i^5	hi^5
小伙	跟	姑娘	莫	气

双方都莫愁。

8-215

说	双	句	欢	比
Naeuz	song	coenz	fwen	beij
nau^2	θo:ŋ^1	kjon^2	vu:n^1	pi^3
说	两	句	歌	歌

唱两句山歌，

8-216

玩	作	田	内	写
Vanq	coq	denz	neix	ce
va:n^6	ço^5	te:n^2	ni^4	çe^1
撒	放	地	这	留

留此作纪念。

女唱

8-217

备	托	农	同	交
Beix	doh	nuengx	doengh	gyau
pi^4	to^6	$nu:\eta^4$	$to\eta^2$	$kja:u^1$
兄	同	妹	相	交

兄和妹结交，

8-218

包	点	少	开	希
Mbauq	dem	sau	gaej	heiq
$ba:u^5$	$te:n^1$	$\theta a:u^1$	$ka:i^5$	hi^5
小伙	与	姑娘	莫	气

双方均莫愁。

8-219

声	欢	写	崇	内
Sing	fwen	ce	rungh	neix
$\theta i\eta^1$	$vu:n^1$	$\c e^1$	$\eta u\eta^6$	ni^4
声	歌	留	崇	这

此地留歌声，

8-220

知	备	刀	方	而
Rox	beix	dauq	fueng	lawz
ηo^4	pi^4	$ta:u^5$	$fu:\eta^1$	lau^2
知	兄	回	方	哪

情哥去何方？

男唱

8-221

备	托	农	同	交
Beix	doh	nuengx	doengh	gyau
pi^4	to^6	$nu:\eta^4$	$to\eta^2$	$kja:u^1$
兄	同	妹	相	交

兄和妹结交，

8-222

更	好	分	邝	节
Gaen	hau	baen	boux	cik
kan^1	$ha:u^1$	pan^1	pu^4	$\c ik^7$
巾	白	分	人	尺

白绢各一尺。

8-223

双	偻	刀	同	分
Song	raeuz	dauq	doengh	mbek
$\theta o:\eta^1$	ηau^2	$ta:u^5$	$to\eta^2$	$be:k^7$
两	我们	又	相	分

我俩要诀别，

8-224

间	布	抹	水	山
Gen	buh	uet	raemx	bya
$ke:n^1$	pu^6	$u:t^7$	ηam^4	pja^1
衣	袖	抹	水	眼

衣袖揩热泪。

女唱

8-225

备	托	农	同	交
Beix	doh	nuengx	doengh	gyau
pi⁴	to⁶	nu:ŋ⁴	toŋ²	kja:u¹
兄	同	妹	相	交

兄和妹结交，

8-226

更	好	分	阝	节
Gaen	hau	baen	boux	cik
kan¹	ha:u¹	pan¹	pu⁴	çik⁷
巾	白	分	人	尺

白绢各一尺。

8-227

友	而	讲	说	分
Youx	lawz	gangj	naeuz	mbek
ju⁴	lau²	ka:ŋ³	nau²	be:k⁷
友	哪	讲	说	分

谁说要分别，

8-228

务	是	格	它	貝
Huj	cix	gek	de	bae
hu³	çi⁴	ke:k⁷	te¹	pai¹
云	就	隔	他	去

让他随风去。

男唱

8-229

备	托	农	同	交
Beix	doh	nuengx	doengh	gyau
pi⁴	to⁶	nu:ŋ⁴	toŋ²	kja:u¹
兄	同	妹	相	交

兄和妹结交，

8-230

更	好	分	阝	节
Gaen	hau	baen	boux	cik
kan¹	ha:u¹	pan¹	pu⁴	çik⁷
巾	白	分	人	尺

白绢各一尺。

8-231

包	少	不	给	分
Mbauq	sau	mbouj	hawj	mbek
ba:u⁵	θa:u¹	bou⁵	həɯ³	be:k⁷
小伙	姑娘	不	给	分

兄妹不可分，

8-232

甲	本	铁	刀	好
Gyah	mbwn	dek	dauq	ndei
kja⁶	bun¹	te:k⁷	ta:u⁵	dei¹
宁可	天	裂	倒	好

如天不可裂。

女唱

8-233

备	托	农	同	交
Beix	doh	nuengx	doengh	gyau
pi⁴	to⁶	nuːŋ⁴	toŋ²	kjaːu¹
兄	同	妹	相	交

兄和妹结交，

8-234

更	好	分	阝	节
Gaen	hau	baen	boux	cik
kan¹	haːu¹	pan¹	pu⁴	çik⁷
巾	白	分	人	尺

白绢各一尺。

8-235

采	合	会	不	铁
Caij	hoh	faex	mbouj	dek
çaːi³	ho⁶	fai⁴	bou⁵	teːk⁷
踩	节	树	不	裂

竹节踩不爆，

8-236

同	分	江	火	份
Doengh	mbek	gyang	feiz	hoenz
toŋ²	beːk⁷	kjaːŋ¹	fi²	hon²
相	分	中	火	烟

也难禁烈火。

男唱

8-237

备	同	农	托	交
Beix	doengz	nuengx	doh	gyau
pi⁴	toŋ²	nuːŋ⁴	to⁶	kjaːu¹
兄	同	妹	同	交

兄和妹结交，

8-238

更	好	分	阝	节
Gaen	hau	baen	boux	cik
kan¹	haːu¹	pan¹	pu⁴	çik⁷
巾	白	分	人	尺

白绢各一尺。

8-239

包	少	它	同	分
Mbauq	sau	de	doengh	mbek
baːu⁵	θaːu¹	te¹	toŋ²	beːk⁷
小伙	姑娘	他	相	分

兄妹若分别，

8-240

强	歪	铁	更	果
Giengz	faiq	dek	gwnz	go
kiŋ²	vaːi⁵	teːk⁷	kun²	ko¹
像	棉	裂	上	棵

如棉桃炸裂。

① 更 给 好 马 卡
[kap⁸ kai⁵ ha:u¹
ma¹ ka³]：捉白鸡
来杀。当地民间
传统习俗，杀白
鸡表示诀绝。

女唱

8-241

备　同　农　同　交

Beix　doengz　nuengx　doengh　gyau

pi⁴　toŋ²　nu:ŋ⁴　toŋ²　kja:u¹

兄　同　妹　相　交

兄和妹结交，

8-242

更　好　分　阝　节

Gaen　hau　baen　boux　cik

kan¹　ha:u¹　pan¹　pu⁴　çik⁷

巾　白　分　人　尺

白绢各一尺。

8-243

包　少　刀　同　分

Mbauq　sau　dauq　doengh　mbek

ba:u⁵　θa:u¹　ta:u⁵　toŋ²　be:k⁷

小伙　姑娘　又　相　分

兄妹若分别，

8-244

外　罗　罗　是　伏

Vaij　loh　loh　cix　fwz

va:i³　lo⁶　lo⁶　çi⁴　fɯ²

过　路　路　就　荒

坦途变陌路。

男唱

8-245

包　跟　少

Mbauq　riengz　sau

ba:u⁵　ɹi:ŋ²　θa:u¹

小伙　跟　姑娘

兄和妹，

8-246

更　给　好　马　卡①

Gaeb　gaeq　hau　ma　gaj

kap⁸　kai⁵　ha:u¹　ma¹　ka³

捉　鸡　白　来　杀

决心要别离。

8-247

包　少　强　水　达

Mbauq　sau　giengz　raemx　dah

ba:u⁵　θa:u¹　ki:ŋ²　ɹan⁴　ta⁶

小伙　姑娘　像　水　河

兄妹如河水，

8-248

瓜　了　是　论　王

Gvaq　liux　cix　lumz　vaengz

kwa⁵　li:u⁴　çi⁴　lun²　vaŋ²

过　完　就　忘　潭

流走忘其源。

女唱

男唱

8-249

包	跟	少
Mbauq	riengz	sau
ba:u⁵	ɹi:ŋ²	θa:u¹
小伙	跟	姑娘

兄和妹,

8-250

更	给	好	马	卡
Gaeb	gaeq	hau	ma	gaj
kap⁸	kai⁵	ha:u¹	ma¹	ka³
捉	鸡	白	来	杀

决心要别离。

8-251

包	少	代	贝	那
Mbauq	sau	dai	bae	naj
ba:u⁵	θa:u¹	ta:i¹	pai¹	na³
小伙	姑娘	死	去	前

我俩若逝世,

8-252

卡	给	金	坤	符
Gaj	gaeq	gimq	goenq	fouz
ka³	kai⁵	kin⁵	kon⁵	fu²
杀	鸡	禁	断	符

杀白鸡送葬。

8-253

包	跟	少
Mbauq	riengz	sau
ba:u⁵	ɹi:ŋ²	θa:u¹
小伙	跟	姑娘

兄和妹,

8-254

更	给	好	马	卡
Gaeb	gaeq	hau	ma	gaj
kap⁸	kai⁵	ha:u¹	ma¹	ka³
捉	鸡	白	来	杀

决心要别离。

8-255

包	少	代	贝	那
Mbauq	sau	dai	bae	naj
ba:u⁵	θa:u¹	ta:i¹	pai¹	na³
小伙	姑娘	死	去	前

我俩若逝世,

8-256

八	卡	给	金	忠
Bah	gaj	gaeq	gimq	fangz
pa⁶	ka³	kai⁵	kin⁵	fa:ŋ²
莫急	杀	鸡	禁	鬼

莫断回头路。

女唱

8-257

包　　跟　　少

Mbauq　riengz　sau

ba:u⁵　ɹi:ŋ²　θa:u¹

小伙　跟　　姑娘

兄和妹，

8-258

更　　给　　好　　马　　卡

Gaeb　gaeq　hau　ma　gaj

kap⁸　kai⁵　ha:u¹　ma¹　ka³

捉　　鸡　　白　　来　　杀

决心要别离。

8-259

金　　坤　　符　　貝　　那

Gimq　goenq　fouz　bae　naj

kin⁵　kon⁵　fu²　pai¹　na³

禁　　断　　符　　去　　前

切断回头路，

8-260

利　　米　　话　　样　　而

Lij　miz　vah　yiengh　rawz

li⁴　mi²　va⁶　ju:ŋ⁶　ɹau²

还　　有　　话　　样　　什么

还能说什么？

男唱

8-261

包　　跟　　少

Mbauq　riengz　sau

ba:u⁵　ɹi:ŋ²　θa:u¹

小伙　跟　　姑娘

兄和妹，

8-262

更　　给　　好　　马　　卡

Gaeb　gaeq　hau　ma　gaj

kap⁸　kai⁵　ha:u¹　ma¹　ka³

捉　　鸡　　白　　来　　杀

决心要别离。

8-263

金　　坤　　符　　狼　　瓜

Gimq　goenq　fouz　langh　gvaq

kin⁵　kon⁵　fu²　la:ŋ⁶　kwa⁵

禁　　断　　符　　若　　过

若不再回头，

8-264

一　　句　　话　　不　　米

It　coenz　vah　mbouj　miz

it⁷　kjon²　va⁶　bou⁵　mi²

一　　句　　话　　不　　有

我无话可说。

女唱

8-265

包	跟	少
Mbauq	riengz	sau
ba:u⁵	ɹi:ŋ²	θa:u¹
小伙	跟	姑娘

兄和妹，

8-266

更	给	好	马	卡
Gaeb	gaeq	hau	ma	gaj
kap⁸	kai⁵	ha:u¹	ma¹	ka³
捉	鸡	白	来	杀

决心要别离。

8-267

金	坤	符	狼	瓜
Gimq	goenq	fouz	langh	gvaq
kin⁵	kon⁵	fu²	la:ŋ⁶	kwa⁵
禁	断	符	若	过

若能过此关，

8-268

定	贝	那	要	你
Dingh	bae	naj	aeu	mwngz
tiŋ⁶	pai¹	na³	au¹	mɯŋ²
定	去	前	要	你

下辈子嫁你。

男唱

8-269

包	跟	少
Mbauq	riengz	sau
ba:u⁵	ɹi:ŋ²	θa:u¹
小伙	跟	姑娘

兄和妹，

8-270

更	给	好	古	样
Gaeb	gaeq	hau	guh	yiengh
kap⁸	kai⁵	ha:u¹	ku⁴	jɯ:ŋ⁶
捉	鸡	白	做	样

假装要分别。

8-271

包	少	金	银	相
Mbauq	sau	gim	ngaenz	ciengx
ba:u⁵	θa:u¹	kin¹	ŋan²	çi:ŋ⁴
小伙	姑娘	金	银	养

兄妹情意深，

8-272

在	卟	仿	岁	合
Ywq	boux	fiengh	caez	hoz
jɯ⁵	pu⁴	fi:ŋ⁶	çai²	ho²
在	人	边	齐	脖

隔世也同心。

女唱

8-273

包　　跟　　少

Mbauq　riengz　sau

baːu⁵　ɹiːŋ²　θaːu¹

小伙　跟　姑娘

兄和妹，

8-274

更　给　好　古　样

Gaeb　gaeq　hau　guh　yiengh

kap⁸　kai⁵　haːu¹　ku⁴　jɯːŋ⁶

捉　鸡　白　做　样

假装要分别。

8-275

包　少　八　讲　强

Mbauq　sau　bah　gangj　giengz

baːu⁵　θaːu¹　pa⁶　kaːŋ³　kiːŋ²

小伙　姑娘　莫急　讲　犟

兄妹莫狂言，

8-276

良　不　得　共　然

Liengh　mbouj　ndaej　gungh　ranz

leːŋ⁶　bou⁵　dai³　kuŋ⁶　ɹaːn²

谅　不　得　共　家

怕不成夫妻。

男唱

8-277

包　　跟　　少

Mbauq　riengz　sau

baːu⁵　ɹiːŋ²　θaːu¹

小伙　跟　姑娘

兄和妹，

8-278

更　给　好　共　墓

Gaeb　gaeq　hau　gungh　moh

kap⁸　kai⁵　haːu¹　kuŋ⁶　mo⁶

捉　鸡　白　共　墓

死后葬同墓。

8-279

一　比　貝　一　卜

It　bi　bae　it　boux

it⁷　pi¹　pai¹　it⁷　pu⁴

一　年　去　一　人

一年死一人，

8-280

了　邦　友　邦　你

Liux　baengz　youx　biengz　mwngz

liːu⁴　paŋ²　ju⁴　piːŋ²　mɯŋ²

完　朋　友　地方　这

此处无挚友。

女唱

8-281

包	跟	少
Mbauq	riengz	sau
ba:u⁵	ɹi:ŋ²	θa:u¹
小伙	跟	姑娘

兄和妹，

8-282

更	给	好	共	墓
Gaeb	gaeq	hau	gungh	moh
kap⁸	kai⁵	ha:u¹	kuŋ⁶	mo⁶
捉	鸡	白	共	墓

死后葬同墓。

8-283

一	比	交	一	阝
It	bi	gyau	it	boux
it⁷	pi¹	kja:u¹	it⁷	pu⁴
一	年	交	一	人

一年交一人，

8-284

邦	友	刀	马	岁
Baengz	youx	dauq	ma	caez
paŋ²	ju⁴	ta:u⁵	ma¹	çai²
朋	友	回	来	齐

新友一样多。

男唱

8-285

包	跟	少
Mbauq	riengz	sau
ba:u⁵	ɹi:ŋ²	θa:u¹
小伙	跟	姑娘

兄和妹，

8-286

更	给	好	共	墓
Gaeb	gaeq	hau	gungh	moh
kap⁸	kai⁵	ha:u¹	kuŋ⁶	mo⁶
捉	鸡	白	共	墓

死后葬同墓。

8-287

交	阝	又	漆	阝
Gyau	boux	youh	saet	boux
kja:u¹	pu⁴	jou⁴	θat⁷	pu⁴
交	人	又	失	人

顾此又失彼，

8-288

邦	友	出	而	马
Baengz	youx	ok	lawz	ma
paŋ²	ju⁴	o:k⁷	lau²	ma¹
朋	友	出	哪	来

朋友从哪来？

女唱

8-289

包	跟	少
Mbauq	riengz	sau
baːu⁵	ɻiːŋ²	θaːu¹
小伙	跟	姑娘

兄和妹，

8-290

更	给	好	共	墓
Gaeb	gaeq	hau	gungh	moh
kap⁸	kai⁵	haːu¹	kuŋ⁶	mo⁶
捉	鸡	白	共	墓

死后葬同墓。

8-291

四	方	交	四	阝
Seiq	fueng	gyau	seiq	boux
θei⁵	fuːŋ¹	kjaːu¹	θei⁵	pu⁴
四	方	交	四	人

四方交四个，

8-292

邦	友	玩	托	邦
Baengz	youx	vanq	doh	biengz
paŋ²	ju⁴	vaːn⁶	to⁶	piːŋ²
朋	友	撒	遍	地方

朋友遍天下。

男唱

8-293

包	跟	少
Mbauq	riengz	sau
baːu⁵	ɻiːŋ²	θaːu¹
小伙	跟	姑娘

兄和妹，

8-294

阝	包	阝	不	得
Boux	bau	boux	mbouj	ndaej
pu⁴	paːu¹	pu⁴	bou⁵	dai³
人	包	人	不	得

谁都信不过。

8-295

包	少	办	卜	妻
Mbauq	sau	baenz	boh	maex
baːu⁵	θaːu¹	pan²	po⁶	mai⁴
小伙	姑娘	成	夫	妻

兄妹成夫妻，

8-296

话	牙	得	同	包
Vah	yax	ndaej	doengh	bau
va⁶	ja⁵	dai³	toŋ²	paːu¹
话	才	得	相	包

才能靠得住。

女唱

8-297

包	跟	少
Mbauq	riengz	sau
ba:u⁵	ɹiːŋ²	θa:u¹
小伙	跟	姑娘

兄和妹,

8-298

阝	包	阝	不	得
Boux	bau	boux	mbouj	ndaej
pu⁴	pa:u¹	pu⁴	bou⁵	dai³
人	包	人	不	得

谁都信不过。

8-299

包	少	办	卜	妻
Mbauq	sau	baenz	boh	maex
ba:u⁵	θa:u¹	pan²	po⁶	mai⁴
小伙	姑娘	成	夫	妻

兄妹成夫妻,

8-300

讲	话	岁	样	支
Gangj	vah	caez	yiengh	sei
ka:ŋ³	va⁶	çai²	juːŋ⁶	θi¹
讲	话	齐	样	丝

说话有分量。

男唱

8-301

包	跟	少
Mbauq	riengz	sau
ba:u⁵	ɹiːŋ²	θa:u¹
小伙	跟	姑娘

兄和妹,

8-302

阝	包	阝	不	得
Boux	bau	boux	mbouj	ndaej
pu⁴	pa:u¹	pu⁴	bou⁵	dai³
人	包	人	不	得

互相靠不住。

8-303

包	少	办	卜	妻
Mbauq	sau	baenz	boh	maex
ba:u⁵	θa:u¹	pan²	po⁶	mai⁴
小伙	姑娘	成	夫	妻

兄妹成夫妻,

8-304

不	比	友	论	偻
Mbouj	beij	youx	lumj	raeuz
bou⁵	pi³	ju⁴	lun³	ɹau²
不	比	友	像	我们

才情深义重。

女唱

8-305

包	跟	少
Mbauq	riengz	sau
ba:u⁵	ɹi:ŋ²	θa:u¹
小伙	跟	姑娘

兄和妹，

8-306

阝	包	阝	不	得
Boux	bau	boux	mbouj	ndaej
pu⁴	pa:u¹	pu⁴	bou⁵	dai³
人	包	人	不	得

谁靠不了谁。

8-307

包	少	办	卜	妻
Mbauq	sau	baenz	boh	maex
ba:u⁵	θa:u¹	pan²	po⁶	mai⁴
小伙	姑娘	成	夫	妻

兄妹成夫妻，

8-308

讲	不	岁	论	偻
Gangj	mbouj	caez	lumj	raeuz
ka:ŋ³	bou⁵	çai²	lun³	ɹau²
讲	不	齐	像	我们

才情投意合。

男唱

8-309

包	跟	少
Mbauq	riengz	sau
ba:u⁵	ɹi:ŋ²	θa:u¹
小伙	跟	姑娘

兄和妹，

8-310

阝	包	阝	玩	友
Boux	bau	boux	vanz	youx
pu⁴	pa:u¹	pu⁴	va:n²	ju⁴
人	包	人	还	友

互相为挚友。

8-311

马	拉	本	内	初
Ma	laj	mbwn	neix	cuz
ma¹	la³	bun¹	ni⁴	çu²
来	下	天	这	凑

来世上聚头，

8-312

刘	天	牙	内	空
Liuh	denh	ya	neix	ndwi
li:u⁶	ti:n¹	ja⁶	ni⁴	du:i¹
游	天	下	这	空

到世上消遣。

女唱

8-313

包　　跟　　少

Mbauq　riengz　sau

ba:u⁵　　ɹi:ŋ²　θa:u¹

小伙　　跟　　姑娘

兄和妹，

8-314

阝　包　阝　玩　友

Boux　bau　boux　vanz　youx

pu⁴　　pa:u¹　pu⁴　va:n²　jou⁴

人　包　人　还　友

互相为挚友。

8-315

马　拉　本　儿　刀

Ma　laj　mbwn　geij　dauq

ma¹　la³　bun¹　ki³　ta:u⁵

来　下　天　几　回

来世上几遭，

8-316

伴　对　朝　几　比

Buenx　doiq　sauh　geij　bi

pu:n⁴　to:i⁵　θa:u⁶　ki³　pi¹

伴　对　辈　几　年

伴情侣几年。

男唱

8-317

包　少　义　十　九

Mbauq　sau　ngeih　cib　gouj

ba:u⁵　θa:u¹　ŋi⁶　çit⁸　kjou³

小伙　姑娘　二　十　九

兄妹二十九，

8-318

爱　龙　笑　古　存

Ngaiq　loengh　riu　guh　caemz

ŋa:i⁵　loŋ⁶　ɹi:u¹　ku⁴　çan²

爱　弄　笑　做　玩

爱和人嬉戏。

8-319

往　远　空　农　银

Uengj　gyae　ndwi　nuengx　ngaenz

va:ŋ³　kjai¹　du:i¹　nu:ŋ⁴　ŋan²

枉　远　空　妹　银

我俩距离远。

8-320

偻　不　办　么　古

Raeuz　mbouj　baenz　maz　guh

ɹau²　bou⁵　pan²　ma²　ku⁴

我们　不　成　什么　做

办不成啥事。

女唱

8-321

包	少	义	十	九
Mbauq	sau	ngeih	cib	gouj
ba:u⁵	θa:u¹	ȵi⁶	ɕit⁸	kjou³
小伙	姑娘	二	十	九

兄妹二十九，

8-322

爱	龙	笑	平	班
Ngaiq	loengh	riu	bingz	ban
ŋa:i⁵	loŋ⁶	ɹi:u¹	piŋ²	pa:n¹
爱	弄	笑	平	班

好同友说笑。

8-323

当	卜	当	造	家
Dangq	boux	dangq	caux	gya
ta:ŋ⁵	pu⁴	ta:ŋ⁵	ɕa:u⁴	kja¹
另	人	另	造	家

各自有小家，

8-324

秀	平	班	牙	了
Ciuh	bingz	ban	yax	liux
ɕi:u⁶	piŋ²	pa:n¹	ja⁵	li:u⁴
世	平	班	也	完

少年时光尽。

男唱

8-325

包	少	三	十	十
Mbauq	sau	sam	cib	cib
ba:u⁵	θa:u¹	θa:n¹	ɕit⁸	ɕit⁸
小伙	姑娘	三	十	十

兄妹三十岁，

8-326

爱	完	仪	好	美
Ngaiq	vuenh	saenq	ndei	maez
ŋa:i⁵	vu:n⁶	θin⁵	dei¹	mai²
爱	换	信	好	说爱

爱寄信言情。

8-327

秀	卜	老	交	代
Ciuh	boh	laux	gyau	daiq
ɕi:u⁶	po⁶	la:u⁴	kja:u¹	tai⁵
世	父	老	交	代

老一辈传训，

8-328

包	少	偻	岁	记
Mbauq	sau	raeuz	caez	geiq
ba:u⁵	θa:u¹	ɹau²	ɕai²	ki⁵
小伙	姑娘	我们	齐	记

兄妹同谨记。

女唱

8-329

包	少	三	十	十
Mbauq	sau	sam	cib	cib
ba:u⁵	θa:u¹	θa:n¹	çit⁸	çit⁸
小伙	姑娘	三	十	十

兄妹三十岁，

8-330

爱	完	仪	古	存
Ngaiq	vuenh	saenq	guh	caemz
ŋa:i⁵	vu:n⁶	θin⁵	ku⁴	çan²
爱	换	信	做	玩

爱寄信闲聊。

8-331

结	卜	妻	空	办
Giet	boh	maex	ndwi	baenz
ki:t⁷	po⁶	mai⁴	du:i¹	pan²
结	夫	妻	不	成

结不成夫妻，

8-332

古	灯	日	同	秋
Guh	daeng	ngoenz	doengh	ciuq
ku⁴	taŋ¹	ŋon²	toŋ²	çi:u⁵
做	灯	天	相	照

仍照亮彼此。

男唱

8-333

包	少	不	同	得
Mbauq	sau	mbouj	doengh	ndaej
ba:u⁵	θa:u¹	bou⁵	toŋ²	dai³
小伙	姑娘	不	相	得

结不成夫妻，

8-334

老	是	犯	开	么
Lau	cix	famh	gij	maz
la:u¹	çi⁴	fa:n⁶	ka:i²	ma²
怕	是	犯	什	么

怕犯什么忌。

8-335

很	更	天	贝	查
Hwnj	gwnz	denh	bae	caz
huɯn³	kɯn²	ti:n¹	pai¹	ça²
上	上	天	去	查问

到天上去查，

8-336

应	么	不	同	得
Yinh	maz	mbouj	doengh	ndaej
in¹	ma²	bou⁵	toŋ²	dai³
因	何	不	相	得

缘何不成家。

女唱
男唱

8-337

包	少	不	同	得
Mbauq	sau	mbouj	doengh	ndaej
ba:u⁵	θa:u¹	bou⁵	toŋ²	dai³
小伙	姑娘	不	相	得

结不成夫妻,

8-338

老	是	犯	开	么
Lau	cix	famh	gij	maz
la:u¹	çi⁴	fa:n⁶	ka:i²	ma²
怕	是	犯	什	么

怕犯什么忌。

8-339

很	十	田	贝	查
Hwnj	cib	dienh	bae	caz
hɯn³	çit⁸	te:n⁶	pai¹	ça²
上	十	殿	去	查问

到阴司去查,

8-340

广	英	不	同	合
Gvangj	in	mbouj	doengh	hob
kwa:ŋ³	in¹	bou⁵	toŋ²	ho:p⁸
广	姻	不	相	合

八字不相合。

8-341

广	英	不	同	合
Gvangj	in	mbouj	doengh	hob
kwa:ŋ³	in¹	bou⁵	toŋ²	ho:p⁸
广	姻	不	相	合

八字不相合,

8-342

本	是	不	同	吃
Bonj	cix	mbouj	doengh	gwn
po:n³	çi⁴	bou⁵	toŋ²	kɯn¹
本	是	不	相	吃

本是不相吃
终难结姻缘。

8-343

往	为	土	点	你
Uengj	feiq	dou	dem	mwngz
va:ŋ³	vi⁵	tu¹	te:n¹	mɯŋ²
枉	费	我	与	你

可惜我和你,

8-344

广	英	千	里	罗
Gvangj	in	cien	leix	loh
kwa:ŋ³	in¹	çi:n¹	li⁴	lo⁶
广	姻	千	里	路

姻缘差千里。

女唱

8-345

广	英	不	同	合
Gvangj	in	mbouj	doengh	hob
kwa:ŋ³	in¹	bou⁵	toŋ²	ho:p⁸
广	姻	不	相	合

八字不相合,

8-346

本	是	不	同	吃
Bonj	cix	mbouj	doengh	gwn
po:n³	çi⁴	bou⁵	toŋ²	kɯn¹
本	是	不	相	吃

终难结姻缘。

8-347

友	峒	光	牙	飞
Youx	doengh	gvangq	yaek	mbin
ju⁴	toŋ⁶	kwa:ŋ⁵	jak⁷	bin¹
友	峒	宽	要	飞

远方友要走,

8-348

八	召	心	了	备
Bah	cau	sim	liux	beix
pa⁶	ça:u⁵	θin¹	li:u⁴	pi⁴
莫急	操	心	啰	兄

情哥莫操心。

男唱

8-349

广	英	不	同	合
Gvangj	in	mbouj	doengh	hob
kwa:ŋ³	in¹	bou⁵	toŋ²	ho:p⁸
广	姻	不	相	合

八字不相合,

8-350

本	是	不	同	吃
Bonj	cix	mbouj	doengh	gwn
po:n³	çi⁴	bou⁵	toŋ²	kɯn¹
本	是	不	相	吃

终难结姻缘。

8-351

友	峒	光	牙	飞
Youx	doengh	gvangq	yaek	mbin
ju⁴	toŋ⁶	kwa:ŋ⁵	jak⁷	bin¹
友	峒	宽	要	飞

远方友要走,

8-352

秋	通	正	知	不
Ciuq	doeng	cingz	rox	mbouj
çi:u⁵	toŋ¹	çiŋ²	ɤo⁴	bou⁵
看	通	情	或	不

看通情与否。

女唱

8-353

广	英	不	同	合
Gvangj	in	mbouj	doengh	hob
kwaːŋ³	in¹	bou⁵	toŋ²	hoːp⁸
广	姻	不	相	合

八字不相合，

8-354

本	是	不	同	吃
Bonj	cix	mbouj	doengh	gwn
poːn³	çi⁴	bou⁵	toŋ²	kɯn¹
本	是	不	相	吃

终难结姻缘。

8-355

友	垌	光	牙	飞
Youx	doengh	gvangq	yaek	mbin
ju⁴	toŋ⁶	kwaːŋ⁵	jak⁷	bin¹
友	垌	宽	要	飞

远方友要走，

8-356

秀	通	正	牙	了
Ciuh	doeng	cingz	yaek	liux
çiːu⁶	toŋ¹	çiŋ²	jak⁷	liːu⁴
世	通	情	要	完

今生情将尽。

男唱

8-357

包	少	千	斤	重
Mbauq	sau	cien	gaen	naek
baːu⁵	θaːu¹	çiːn¹	kan¹	nak⁷
小伙	姑娘	千	斤	重

情义千斤重，

8-358

百	义	两	土	特
Bak	ngeih	liengx	dou	dawz
paːk⁷	ni⁶	liːŋ⁴	tu¹	tɯ²
百	二	两	我	拿

我也甘愿担。

8-359

务	全	刀	日	而
Huj	cienj	dauq	ngoenz	lawz
hu³	çuːn³	taːu⁵	ŋon²	lau²
云	转	回	天	哪

待到风云转，

8-360

包	少	偻	一	罗
Mbauq	sau	raeuz	it	loh
baːu⁵	θaːu¹	ɣau²	it⁷	lo⁶
小伙	姑娘	我们	一	路

我俩再同行。

女唱

——

8-361

包	少	千	斤	重
Mbauq	sau	cien	gaen	naek
ba:u⁵	θa:u¹	çi:n¹	kan¹	nak⁷
小伙	姑娘	千	斤	重

情义千斤重,

8-362

百	义	两	古	斤
Bak	ngeih	liengx	guh	gaen
pa:k⁷	ɲi⁶	li:ŋ⁴	ku⁴	kan¹
百	二	两	做	斤

每斤百二两。

8-363

话	不	元	备	银
Vah	mbouj	yonq	beix	ngaenz
va⁶	bou⁵	jo:n⁵	pi⁴	ŋan²
话	不	怨	兄	银

不怨恨情哥,

8-364

平	爱	丛	爱	不
Bingz	ngaiq	coengh	ngaiq	mbouj
piŋ²	ŋa:i⁵	çoŋ⁶	ŋa:i⁵	bou⁵
凭	爱	帮	爱	不

无论是否帮。

男唱

——

8-365

包	少	千	斤	重
Mbauq	sau	cien	gaen	naek
ba:u⁵	θa:u¹	çi:n¹	kan¹	nak⁷
小伙	姑娘	千	斤	重

情义千斤重,

8-366

百	义	两	合	元
Bak	ngeih	liengx	hob	yuenz
pa:k⁷	ɲi⁶	li:ŋ⁴	ho:p⁸	ju:n²
百	二	两	合	圆

每斤百二两。

8-367

月	亮	强	乜	月
Yez	lieng	giengx	meh	ndwen
je⁶	le:ŋ⁴	ki:ŋ⁴	me⁶	du:n¹
月	亮	伴	母	月

有圆月相伴,

8-368

偻	岁	全	天	牙
Raeuz	caez	cienj	denh	ya
ɹau²	çai²	çu:n²	ti:n¹	ja⁶
我们	齐	转	天	下

我两行天下。

女唱

8-369

包	少	千	斤	重
Mbauq	sau	cien	gaen	naek
ba:u⁵	θa:u¹	ɕi:n¹	kan¹	nak⁷
小伙	姑娘	千	斤	重

情义千斤重，

8-370

百	义	两	合	元
Bak	ngeih	liengx	hob	yuenz
pa:k⁷	ȵi⁶	li:ŋ⁴	ho:p⁸	ju:n²
百	二	两	合	圆

每斤百二两。

8-371

良	三	了	刀	圆
Liengh	sanq	liux	dauq	nduen
le:ŋ⁶	θa:n⁵	li:u⁴	ta:u⁵	do:n¹
谅	散	完	回	圆

破镜再重圆，

8-372

利	合	元	知	不
Lij	hob	yuenz	rox	mbouj
li⁴	ho:p⁸	ju:n²	ɣo⁴	bou⁵
还	合	圆	或	不

情深如初否？

男唱

8-373

包	少	千	斤	重
Mbauq	sau	cien	gaen	naek
ba:u⁵	θa:u¹	ɕi:n¹	kan¹	nak⁷
小伙	姑娘	千	斤	重

情义千斤重，

8-374

百	义	两	合	元
Bak	ngeih	liengx	hob	yuenz
pa:k⁷	ȵi⁶	li:ŋ⁴	ho:p⁸	ju:n²
百	二	两	合	圆

每斤百二两。

8-375

良	修	牙	不	圆
Liengh	coih	yax	mbouj	nduen
le:ŋ⁶	ɕo:i⁶	ja⁵	bou⁵	do:n¹
谅	修	也	不	圆

破镜难重圆，

8-376

元	可	办	同	沙
Yienh	goj	baenz	doengh	ra
ji:n⁶	ko⁵	pan²	toŋ²	ɣa¹
现	也	成	相	找

何苦再相寻。

女唱	男唱

女唱

8-377

包	少	千	斤	重
Mbauq	sau	cien	gaen	naek
ba:u⁵	θa:u¹	çi:n¹	kan¹	nak⁷
小伙	姑娘	千	斤	重

情义千斤重,

8-378

百	义	两	土	特
Bak	ngeih	liengx	dou	dawz
pa:k⁷	ɲi⁶	li:ŋ⁴	tu¹	tɯ²
百	二	两	我	拿

再重我也扛。

8-379

岁	包	少	堂	哪
Caez	mbauq	sau	daengz	gyawz
çai²	ba:u⁵	θa:u¹	taŋ²	kjaɯ²
齐	小伙	姑娘	到	哪

兄和妹相伴,

8-380

很	河	可	来	满
Hwnj	haw	goj	lai	monh
hun³	hɯ¹	ko⁵	la:i¹	mo:n⁶
上	圩	也	多	情

赶圩情意合。

男唱

8-381

包	少	千	斤	重
Mbauq	sau	cien	gaen	naek
ba:u⁵	θa:u¹	çi:n¹	kan¹	nak⁷
小伙	姑娘	千	斤	重

情义千斤重,

8-382

百	义	两	古	斤
Bak	ngeih	liengx	guh	gaen
pa:k⁷	ɲi⁶	li:ŋ⁴	ku⁴	kan¹
百	二	两	做	斤

每斤百二两。

8-383

后	了	良	刀	种
Haeux	liux	lingh	dauq	ndaem
hau⁴	li:u⁴	le:ŋ⁶	ta:u⁵	dan¹
米	完	另	回	种

米吃完再种,

8-384

方	卢	春	不	刀
Fueng	louz	cin	mbouj	dauq
fu:ŋ¹	lu²	çun¹	bou⁵	ta:u⁵
风	流	春	不	回

青春难倒回。

女唱

8-385

包　少　全　可　依

Mbauq　sau　cienj　goj　eiq

ba:u⁵　θa:u¹　ɕu:n²　ko⁵　i⁵

小伙　姑娘　转　还　依

兄妹两相依，

8-386

天　牙　反　不　平

Denh　ya　fan　mbouj　bingz

ti:n¹　ja⁶　fa:n¹　bou⁵　piŋ²

天　下　翻　不　平

天下不太平。

8-387

同　分　三　层　城

Doengh　mbek　sam　caengz　singz

toŋ²　be:k⁷　θa:n¹　ɕaŋ²　θiŋ²

相　分　三　层　城

相隔三座城，

8-388

利　米　正　知　不

Lij　miz　cingz　rox　mbouj

li⁴　mi²　ɕiŋ²　ɤo⁴　bou⁵

还　有　情　或　不

尚记旧情否？

男唱

8-389

包　少　全　可　依

Mbauq　sau　cienj　goj　eiq

ba:u⁵　θa:u¹　ɕu:n³　ko⁵　i⁵

小伙　姑娘　转　还　依

兄妹两相依，

8-390

天　牙　反　不　平

Denh　ya　fan　mbouj　bingz

ti:n¹　ja⁶　fa:n¹　bou⁵　piŋ²

天　下　翻　不　平

天下不太平。

8-391

同　分　三　层　城

Doengh　mbek　sam　caengz　singz

toŋ²　be:k⁷　θa:n¹　ɕaŋ²　θiŋ²

相　分　三　层　城

相隔三座城，

8-392

正　双　偻　可　在

Cingz　song　raeuz　goj　ywq

ɕiŋ²　θo:ŋ¹　ɤau²　ko⁵　ju⁵

情　两　我们　也　在

我俩情义在。

女唱

8-393

包	少	天	地	满
Mbauq	sau	denh	deih	muengh
ba:u⁵	θa:u¹	ti:n¹	tei⁶	mu:ŋ⁶
小伙	姑娘	天	地	望

兄妹相眺望,

8-394

六	月	下	雪	凉
Loeg	nyied	roengz	nae	liengz
lok⁸	ȵu:t⁸	ɹoŋ²	nai¹	li:ŋ²
六	月	下	雪	凉

六月下大雪。

8-395

正	土	我	哈	贵
Cingz	dou	ngox	haz	bengz
çiŋ²	tu¹	ŋo⁴	ha²	pe:ŋ²
情	我	芦苇	茅草	贵

情义我珍惜,

8-396

阝	米	银	牙	秀
Boux	miz	ngaenz	yax	ciuh
pu⁴	mi²	ŋan²	ja⁵	çi:u⁶
人	有	银	才	世

有钱买不到。

男唱

8-397

包	少	天	地	满
Mbauq	sau	denh	deih	muengh
ba:u⁵	θa:u¹	ti:n¹	tei⁶	mu:ŋ⁶
小伙	姑娘	天	地	望

兄妹相守望,

8-398

六	月	下	雪	三
Loeg	nyied	roengz	nae	sanq
lok⁸	ȵu:t⁸	ɹoŋ²	nai¹	θa:n⁵
六	月	下	雪	散

六月下小雪。

8-399

得	你	农	共	然
Ndaej	mwngz	nuengx	gungh	ranz
dai³	muŋ²	nu:ŋ⁴	kuŋ⁶	ɹa:n²
得	你	妹	共	家

能和妹成家,

8-400

心	是	干	满	秀
Sim	cix	gam	mued	ciuh
θin¹	çi⁴	ka:n¹	mu:t⁸	çi:u⁶
心	就	甘	没	世

此生心安悦。

女唱

8-401

包	**少**	**天**	**地**	**满**
Mbauq	sau	denh	deih	muengh
ba:u^{5}	θa:u^{1}	ti:n^{1}	tei^{6}	mu:ŋ^{6}
小伙	姑娘	天	地	望

兄妹相眺望，

8-402

六	**月**	**下**	**雪**	**三**
Loeg	nyied	roengz	nae	sanq
lok^{8}	ȵu:t^{8}	ɹoŋ^{2}	nai^{1}	θa:n^{5}
六	月	下	雪	散

六月下小雪。

8-403

貝	**问**	**忠**	**卢**	**汉**
Bae	haemq	fangz	louz	han
pai^{1}	han^{5}	fa:ŋ^{2}	lu^{2}	ha:n^{1}
去	问	鬼	游	荡

向上天祈求，

8-404

共	**然**	**得**	**知**	**不**
Gungh	ranz	ndaej	rox	mbouj
kuŋ^{6}	ɹa:n^{2}	dai^{3}	ɹo^{4}	bou^{5}
共	家	得	或	不

咱能否成婚？

男唱

8-405

包	**少**	**不**	**同**	**得**
Mbauq	sau	mbouj	doengh	ndaej
ba:u^{5}	θa:u^{1}	bou^{5}	toŋ^{2}	dai^{3}
小伙	姑娘	不	相	得

兄妹不成家，

8-406

乃	**义**	**了**	**心**	**反**
Naih	ngeix	liux	sim	fanz
na:i^{6}	ȵi^{4}	li:u^{4}	θin^{1}	fa:n^{2}
慢	想	啰	心	烦

想起就心烦。

8-407

貝	**问**	**娅**	**王**	**三**
Bae	haemq	yah	vangz	san
pai^{1}	han^{5}	ja^{6}	va:ŋ^{2}	θa:n^{1}
去	问	婆	王	三

求问三婆王，

8-408

得	**共**	**然**	**是**	**抵**
Ndaej	gungh	ranz	cix	dij
dai^{3}	kuŋ^{6}	ɹa:n^{2}	ɕi^{4}	ti^{3}
得	共	家	就	值

能成亲才值。

女唱

8-409

包	少	楼	岁	在
Mbauq	sau	raeuz	caez	ywq
ba:u⁵	θa:u¹	ɹau²	çai²	juɯ⁵
小伙	姑娘	我们	齐	住

兄妹在一起，

8-410

ß	古	比	ß	代
Boux	guh	beij	boux	daix
pu⁴	ku⁴	pi³	pu⁴	ta:i⁴
人	做	歌	人	接

你唱歌我和。

8-411

日	明	堂	板	爱
Ngoenz	cog	daengz	ban	ngaiz
ŋon²	ço:k⁸	taŋ²	pa:n¹	ŋa:i²
天	明	到	时	饭

明天中午时，

8-412

当	开	楼	当	在
Dangq	gai	raeuz	dangq	ywq
ta:ŋ⁵	ka:i¹	ɹau²	ta:ŋ⁵	juɯ⁵
另	街	我们	另	住

各住一条街。

男唱

8-413

包	少	楼	岁	在
Mbauq	sau	raeuz	caez	ywq
ba:u⁵	θa:u¹	ɹau²	çai²	juɯ⁵
小伙	姑娘	我们	齐	住

兄妹在一起，

8-414

ß	古	比	ß	代
Boux	guh	beij	boux	daix
pu⁴	ku⁴	pi³	pu⁴	ta:i⁴
人	做	歌	人	接

你唱歌我和。

8-415

日	明	堂	板	爱
Ngoenz	cog	daengz	ban	ngaiz
ŋon²	ço:k⁸	taŋ²	pa:n¹	ŋa:i²
天	明	到	时	饭

明天晌午时，

8-416

强	勒	歪	分	乜
Giengz	lwg	vaiz	mbek	meh
ki:ŋ²	luk⁸	va:i²	be:k⁷	me⁶
像	子	水牛	分	母

东西各一方。

女唱

8-417

包	少	偻	岁	在
Mbauq	sau	raeuz	caez	ywq
ba:u⁵	θa:u¹	ɹau²	ɕai²	jɯ⁵
小伙	姑娘	我们	齐	住

兄妹成一家，

8-418

阝	古	比	阝	林
Boux	guh	beij	boux	limz
pu⁴	ku⁴	pi³	pu⁴	lin²
人	做	歌	人	品尝

你唱我捧场。

8-419

日	明	堂	板	令
Ngoenz	cog	daengz	ban	ringz
ŋon²	ɕo:k⁸	taŋ²	pa:n¹	ɹiŋ²
天	明	到	时	晌午

明天中午时，

8-420

当	卡	群	同	分
Daengq	ga	gimz	doengh	mbek
taŋ⁵	ka¹	kin²	toŋ²	be:k⁷
当	脚	钳	相	分

我俩将离别。

男唱

8-421

包	少	偻	岁	在
Mbauq	sau	raeuz	caez	ywq
ba:u⁵	θa:u¹	ɹau²	ɕai²	jɯ⁵
小伙	姑娘	我们	齐	住

兄妹在一起，

8-422

阝	说	比	阝	团
Boux	naeuz	beij	boux	dwen
pu⁴	nau²	pi³	pu⁴	tu:n¹
人	说	歌	人	提

你唱我回应。

8-423

比	么	头	良	圆
Bi	moq	gyaeuj	liengz	nduen
pi¹	mo⁵	kjau³	le:ŋ²	do:n¹
年	新	头	梁	圆

来年咱团聚，

8-424

欢	利	全	知	不
Fwen	lij	cienz	rox	mbouj
vu:n¹	li⁴	ɕu:n²	ɹo⁴	bou⁵
歌	还	传	或	不

还有歌声否？

女唱

8-425

包	少	偻	岁	在
Mbauq	sau	raeuz	caez	ywq
ba:u⁵	θa:u¹	ɹau²	ɕai²	juɯ⁵
小伙	姑娘	我们	齐	住

兄妹在一起，

8-426

阝	说	比	阝	团
Boux	naeuz	beij	boux	dwen
pu⁴	nau²	pi³	pu⁴	tɯ:n¹
人	说	歌	人	提

你唱我附和。

8-427

比	么	头	良	圆
Bi	moq	gyaeuj	liengz	nduen
pi¹	mo⁵	kjau³	le:ŋ²	do:n¹
年	新	头	梁	圆

来年咱团聚，

8-428

欢	全	贝	邦	伏
Fwen	cienz	bae	biengz	fwx
vu:n¹	ɕu:n²	pai¹	pi:ŋ²	fə⁴
歌	传	去	地方	别人

歌声传他乡。

男唱

8-429

包	少	偻	岁	在
Mbauq	sau	raeuz	caez	ywq
ba:u⁵	θa:u¹	ɹau²	ɕai²	juɯ⁵
小伙	姑娘	我们	齐	住

兄妹在一起，

8-430

阝	说	比	阝	汉
Boux	naeuz	beij	boux	han
pu⁴	nau²	pi³	pu⁴	ha:n¹
人	说	歌	人	应

你唱歌我和。

8-431

比	么	农	造	然
Bi	moq	nuengx	caux	ranz
pi¹	mo⁵	nu:ŋ⁴	ɕa:u⁴	ɹa:n²
年	新	妹	造	家

明年你成家，

8-432

友	而	汉	欢	备
Youx	lawz	han	fwen	beix
ju⁴	lau²	ha:n¹	vu:n¹	pi⁴
友	哪	应	歌	兄

兄唱有谁和？

女唱

8-433

包	少	偻	岁	在
Mbauq	sau	raeuz	caez	ywq
ba:u⁵	θa:u¹	ɹau²	çai²	ju⁵
小伙	姑娘	我们	齐	住

兄妹在一起，

8-434

阝	说	比	阝	跟
Boux	naeuz	beij	boux	riengz
pu⁴	nau²	pi³	pu⁴	ɹi:ŋ²
人	说	歌	人	跟

你唱歌我和。

8-435

比	么	堂	月	相
Bi	moq	daengz	ndwen	cieng
pi¹	mo⁵	taŋ²	du:n¹	çi:ŋ¹
年	新	到	月	正

明年过年时，

8-436

阝	心	凉	作	阝
Boux	sim	liengz	coq	boux
pu⁴	θin¹	li:ŋ²	ço⁵	pu⁴
人	心	凉	放	人

各冷眼相看。

男唱

8-437

包	少	偻	在	岁
Mbauq	sau	raeuz	ywq	caez
ba:u⁵	θa:u¹	ɹau²	ju⁵	çai²
小伙	姑娘	我们	在	齐

兄妹在一起，

8-438

貝	而	是	同	叫
Bae	lawz	cix	doengh	heuh
pai¹	lau²	çi⁴	toŋ²	he:u⁶
去	哪	是	相	叫

相约同进出。

8-439

少	貝	远	貝	了
Sau	bae	gyae	bae	liux
θa:u¹	pai¹	kjai¹	pai¹	li:u⁴
姑娘	去	远	去	完

妹远走高飞，

8-440

可	小	干	满	美
Goj	siuj	ganq	monh	maez
ko⁵	θi:u³	ka:n⁵	mo:n⁶	mai²
也	少	照料	情	爱

不用再谈情。

女唱

8-441

土	貝	远	貝	了
Dou	bae	gyae	bae	liux
tu¹	pai¹	kjai¹	pai¹	li:u⁴
我	去	远	去	啰

从此我走远，

8-442

正	义	土	不	文
Cingz	ngeih	dou	mbouj	vun
çiŋ²	ȵi⁶	tu¹	bou⁵	vun¹
情	义	我	不	奢求

情义我不求。

8-443

友	而	在	近	你
Youx	lawz	ywq	gyawj	mwngz
ju⁴	lau²	ju⁵	kjaɯ³	muɯŋ²
友	哪	在	近	你

哪位离你近，

8-444

米	正	你	是	勒
Miz	cingz	mwngz	cix	lawh
mi²	çiŋ²	muɯŋ²	çi⁴	ləɯ⁶
有	情	你	就	换

你同她谈情。

男唱

8-445

包	少	偻	在	岁
Mbauq	sau	raeuz	ywq	caez
ba:u⁵	θa:u¹	ɣau²	ju⁵	çai²
小伙	姑娘	我们	在	齐

兄妹在一起，

8-446

貝	而	是	同	伴
Bae	lawz	cix	doengh	buenx
pai¹	lau²	çi⁴	toŋ²	pu:n⁴
去	哪	就	相	伴

进出相陪伴。

8-447

刀	分	州	分	元
Dauq	mbek	cou	mbek	yienh
ta:u⁵	be:k	çu¹	be:k⁷	je:n⁶
又	分	州	分	县

现远走他乡，

8-448

友	而	伴	备	银
Youx	lawz	buenx	beix	ngaenz
jou⁴	lau²	pu:n⁴	pi⁴	ŋan²
友	哪	伴	兄	银

谁来伴兄台？

女唱

8-449

包	少	偻	在	岁
Mbauq	sau	raeuz	ywq	caez
ba:u⁵	θa:u¹	ɹau²	ju⁵	ɕai²
小伙	姑娘	我们	在	齐

兄妹都健在，

8-450

貝	而	是	同	伴
Bae	lawz	cix	doengh	buenx
pai¹	lau²	ɕi⁴	toŋ²	pu:n⁴
去	哪	就	相	伴

进出相陪伴。

8-451

很	代	三	古	判
Hwnj	daih	san	guh	buenq
hun³	ta:i⁶	θa:n¹	ku⁴	pu:n⁵
上	大	山	做	贩

进山做买卖，

8-452

得	阝	伴	知	尝
Ndaej	boux	buenx	rox	caengz
dai³	pu⁴	pu:n⁴	ɹo⁴	ɕaŋ²
得	人	伴	或	未

是否有同伴？

男唱

8-453

包	少	偻	在	岁
Mbauq	sau	raeuz	ywq	caez
ba:u⁵	θa:u¹	ɹau²	ju⁵	ɕai²
小伙	姑娘	我们	在	齐

兄妹都健在，

8-454

貝	而	是	同	伴
Bae	lawz	cix	doengh	buenx
pai¹	lau²	ɕi⁴	toŋ²	pu:n⁴
去	哪	就	相	伴

进出相陪伴。

8-455

很	代	三	古	判
Hwnj	daih	san	guh	buenq
hun³	ta:i⁶	θa:n¹	ku⁴	pu:n⁵
上	大	山	做	贩

进山做生意，

8-456

得	阝	伴	牙	貝
Ndaej	boux	buenx	yax	bae
dai³	pu⁴	pu:n⁴	ja⁵	pai¹
得	人	伴	才	去

有伴侣再走。

女唱

8-457

包	少	偻	在	岁
Mbauq	sau	raeuz	ywq	caez
ba:u⁵	θa:u¹	ɹau²	ju⁵	ɕai²
小伙	姑娘	我们	在	齐

兄妹都健在,

8-458

厄	是	勒	了	金
Nyienh	cix	lawh	liux	gim
n̠u:n⁶	ɕi⁴	ləɯ⁶	li:u⁴	kin¹
愿	就	换	啰	金

愿就换信物。

8-459

装	马	八	出	定
Cang	max	bah	ok	din
ɕa:ŋ¹	ma⁴	pa⁶	o:k⁷	tin¹
装	马	莫急	出	脚

别急策马去,

8-460

加	玩	正	土	观
Caj	vanz	cingz	dou	gonq
kja³	va:n²	ɕiŋ²	tu¹	ko:n⁵
等	还	情	我	先

先把情还我。

男唱

8-461

包	少	偻	岁	在
Mbauq	sau	raeuz	caez	ywq
ba:u⁵	θa:u¹	ɹau²	ɕai²	ju⁵
小伙	姑娘	我们	齐	住

兄妹在一起,

8-462

厄	是	勒	了	金
Nyienh	cix	lawh	liux	gim
n̠u:n⁶	ɕi⁴	ləɯ⁶	li:u⁴	kin¹
愿	就	换	啰	金

愿就换信物。

8-463

中	钱	打	羽	飞
Cuengq	cienz	daj	fwed	mbin
ɕu:ŋ⁵	ɕi:n²	ta³	fu:t⁸	bin¹
放	钱	打	翅	飞

哪怕是亏钱,

8-464

千	金	回	不	刀
Cien	gim	hoiz	mbouj	dauq
ɕi:n¹	kin¹	ho:i²	bou⁵	ta:u⁵
千	金	回	不	回

哪怕赔千金。

女唱

8-465

包	少	偻	岁	在
Mbauq	sau	raeuz	caez	ywq
ba:u⁵	θa:u¹	ɹau²	ɕai²	juɯ⁵
小伙	姑娘	我们	齐	住

兄妹在一起，

8-466

厑	是	勒	了	金
Nyienh	cix	lawh	liux	gim
ȵɯ:n⁶	ɕi⁴	ləɯ⁶	li:u⁴	kin¹
愿	就	换	啰	金

愿就换信物。

8-467

米	羽	你	是	飞
Miz	fwed	mwngz	cix	mbin
mi²	fu:t⁸	muɯŋ²	ɕi⁴	bin¹
有	翅	你	就	飞

有翅你先飞，

8-468

龙	小	心	尝	飞
Lungz	siuj	sim	caengz	mbin
luŋ²	θi:u³	θin¹	ɕaŋ²	bin¹
龙	小	心	未	飞

兄胆小未飞。

男唱

8-469

包	少	偻	岁	在
Mbauq	sau	raeuz	caez	ywq
ba:u⁵	θa:u¹	ɹau²	ɕai²	juɯ⁵
小伙	姑娘	我们	齐	住

兄妹在一起，

8-470

厑	是	勒	了	金
Nyienh	cix	lawh	liux	gim
ȵɯ:n⁶	ɕi⁴	ləɯ⁶	li:u⁴	kin¹
愿	就	换	啰	金

愿就换信物。

8-471

打	金	交	狼	飞
Daj	gim	gyau	langh	mbin
ta³	kin¹	kja:u¹	la:ŋ⁶	bin¹
打	金	蜘蛛	若	飞

金蛛若能飞，

8-472

貝	南	宁	同	节
Bae	nanz	ningz	doengh	ciep
pai¹	na:n²	niŋ²	toŋ²	ɕe:t⁷
去	南	宁	相	接

去南宁会面。

女唱	男唱

8-473

包	少	偻	岁	在
Mbauq	sau	raeuz	caez	ywq
ba:u^5	θa:u^1	ɹau^2	çai^2	ju^5
小伙	姑娘	我们	齐	住

兄妹在一起，

8-474

厊	是	勒	了	同
Nyienh	cix	lawh	liux	doengz
ȵu:n^6	çi^4	ləɯ^6	li:u^4	toŋ^2
愿	就	换	啰	同

愿就换信物。

8-475

乜	巴	点	灯	龙
Meh	mbaj	diemj	daeng	loengz
me^6	ba^3	ti:n^3	taŋ^1	loŋ^2
母	蝴蝶	点	灯	笼

蝴蝶打灯笼，

8-476

秋	方	而	来	良
Ciuq	fueng	lawz	lai	liengh
çi:u^5	fu:ŋ^1	lau^2	la:i^1	li:ŋ^6
看	方	哪	多	亮

只为寻良人。

8-477

包	少	偻	岁	在
Mbauq	sau	raeuz	caez	ywq
ba:u^5	θa:u^1	ɹau^2	çai^2	ju^5
小伙	姑娘	我们	齐	住

兄妹在一起，

8-478

厊	是	勒	了	同
Nyienh	cix	lawh	liux	doengz
ȵu:n^6	çi^4	ləɯ^6	li:u^4	toŋ^2
愿	就	换	啰	同

愿就换信物。

8-479

乜	巴	点	灯	龙
Meh	mbaj	diemj	daeng	loengz
me^6	ba^3	ti:n^3	taŋ^1	loŋ^2
母	蝴蝶	点	灯	笼

蝴蝶打灯笼，

8-480

秋	四	方	拉	蒙
Ciuq	seiq	fueng	laj	mok
ci:u^5	θei^5	fu:ŋ^1	la^3	mo:k^7
看	四	方	下	雾

四方雾蒙蒙。

女唱

8-481

包	少	偻	岁	在
Mbauq	sau	raeuz	caez	ywq
ba:u⁵	θa:u¹	ɹau²	çai²	juɯ⁵
小伙	姑娘	我们	齐	住

兄妹在一起，

8-482

厸	是	勒	了	同
Nyienh	cix	lawh	liux	doengz
ȵɯ:n⁶	çi⁴	ləɯ⁶	li:u⁴	toŋ²
愿	就	换	啰	同

愿就换信物。

8-483

专	那	秋	四	方
Veq	naj	ciuq	seiq	fueng
ve⁵	na³	çi:u⁵	θei⁵	fu:ŋ¹
转	脸	看	四	方

转脸望四周，

8-484

空	米	同	而	爱
Ndwi	miz	doengz	lawz	ngaiq
du:i¹	mi²	toŋ²	laɯ²	ŋa:i⁵
不	有	同	哪	爱

没有有缘人。

男唱

8-485

包	少	偻	岁	在
Mbauq	sau	raeuz	caez	ywq
ba:u⁵	θa:u¹	ɹau²	çai²	juɯ⁵
小伙	姑娘	我们	齐	住

兄妹在一起，

8-486

厸	是	勒	了	江
Nyienh	cix	lawh	liux	gyang
ȵɯ:n⁶	çi⁴	ləɯ⁶	li:u⁴	kja:ŋ¹
愿	就	换	啰	友

愿就换信物。

8-487

乜	巴	贝	点	灯
Meh	mbaj	bae	diemj	daeng
me⁶	ba³	pai¹	ti:n³	taŋ¹
母	蝴蝶	去	点	灯

蝴蝶去点灯，

8-488

邦	少	米	贵	人
Biengz	sau	miz	gviq	yinz
pi:ŋ²	θa:u¹	mi²	kwi⁵	jin²
地方	姑娘	有	贵	人

你乡有贵人。

女唱

男唱

8-489

包	少	偻	岁	在
Mbauq	sau	raeuz	caez	ywq
ba:u⁵	θa:u¹	ɹau²	ɕai²	juɯ⁵
小伙	姑娘	我们	齐	住

兄妹在一起，

8-490

厄	是	勒	了	江
Nyienh	cix	lawh	liux	gyang
ȵuːn⁶	ɕi⁴	ləɯ⁶	liːu⁴	kja:ŋ¹
愿	就	换	啰	友

愿就换信物。

8-491

丰	打	羽	飞	尚
Fungh	daj	fwed	mbin	sang
fuŋ⁶	ta³	fuːt⁸	bin¹	θa:ŋ¹
凤	打	翅	飞	高

凤展翅高飞，

8-492

貝	江	王	同	节
Bae	gyang	vaengz	doengh	ciep
pai¹	kja:ŋ¹	vaŋ²	toŋ²	ɕeːt⁷
去	中	潭	相	接

到潭中相会。

8-493

包	少	偻	岁	在
Mbauq	sau	raeuz	caez	ywq
ba:u⁵	θa:u¹	ɹau²	ɕai²	juɯ⁵
小伙	姑娘	我们	齐	住

兄妹在一起，

8-494

厄	是	勒	了	江
Nyienh	cix	lawh	liux	gyang
ȵuːn⁶	ɕi⁴	ləɯ⁶	liːu⁴	kja:ŋ¹
愿	就	换	啰	友

愿就换信物。

8-495

貝	同	节	江	王
Bae	doengh	ciep	gyang	vaengz
pai¹	toŋ²	ɕeːt⁷	kja:ŋ¹	van²
去	相	接	中	潭

到潭中相会，

8-496

阝	寿	间	阝	哭
Boux	caeux	gen	boux	daej
pu⁴	ɕau⁴	keːn¹	pu⁴	tai³
人	抓	手臂	人	哭

手挽手悲泣。

女唱

8-497

包	少	偻	岁	在
Mbauq	sau	raeuz	caez	ywq
ba:u⁵	θa:u¹	ɹau²	çai²	ju⁵
小伙	姑娘	我们	齐	住

兄妹在一起，

8-498

厸	是	勒	了	江
Nyienh	cix	lawh	liux	gyang
ȵu:n⁶	çi⁴	ləɯ⁶	li:u⁴	kja:ŋ¹
愿	就	换	啰	友

愿就换信物。

8-499

勒	穷	友	在	行
Lawh	gyoengq	youx	caih	hangz
ləɯ⁶	kjoŋ⁵	ju⁴	ça:i⁶	ha:ŋ²
换	群	友	在	行

交上好朋友，

8-500

贵	更	间	不	中
Gwiz	gaem	gen	mbouj	cuengq
kui²	kan¹	ke:n¹	bou⁵	çu:ŋ⁵
丈夫	握	手臂	不	放

夫抓手不放。

男唱

8-501

勒	卡	阝	元	远
Lawh	gaq	boux	roen	gyae
ləɯ⁶	ka⁵	pu⁴	jo:n¹	kjai¹
换	这	人	路	远

交个远方友，

8-502

一	告	得	一	的
It	gau	ndaej	it	diq
it⁷	ka:u¹	dai³	it⁷	ti⁵
一	次	得	一	点

嫌礼品太薄。

8-503

交	卡	友	田	内
Gyau	gaq	youx	denz	neix
kja:u¹	ka⁵	ju⁴	te:n²	ni⁴
交	这	友	地	这

交个本地友，

8-504

正	义	三	下	王
Cingz	ngeih	sanq	roengz	vaengz
çiŋ²	ni⁶	θa:n⁵	ɹoŋ²	vaŋ²
情	义	散	下	潭

情义又丢失。

女唱

8-505

勒	卡	阝	拉	罗
Lawh	gaq	boux	laj	roq
ləɯ⁶	ka⁵	pu⁴	la³	ɹo⁵
换	这	人	下	屋檐

交个路边友，

8-506

利	得	作	刀	芬
Lij	ndaej	coq	dauq	fwnz
li⁴	dai³	ço⁵	ta:u⁵	fun²
还	得	放	倒	柴

还得樵夫名。

8-507

勒	阝	客	阝	坤
Lawh	boux	gwz	boux	gun
ləɯ⁶	pu⁴	kə²	pu⁴	kun¹
换	人	客	人	官

交个汉族友，

8-508

得	正	是	回	克
Ndaej	cingz	cix	veiz	gwz
dai³	çiŋ²	çi⁴	vei²	kə⁴
得	情	就	回	去

得礼便回去。

男唱

8-509

勒	卡	阝	元	远
Lawh	gaq	boux	roen	gyae
ləɯ⁶	ka⁵	pu⁴	jo:n¹	kjai¹
换	这	人	路	远

交个远方友，

8-510

一	告	得	一	的
It	gau	ndaej	it	diq
it⁷	ka:u¹	dai³	it⁷	ti⁵
一	次	得	一	点

嫌礼品太薄。

8-511

交	卡	少	田	内
Gyau	gaq	sau	denz	neix
kja:u¹	ka⁵	θa:u¹	te:n²	ni⁴
交	这	姑娘	地	这

交个本地妹，

8-512

阝	利	当	阝	代
Boux	lix	daengq	boux	dai
pu⁴	li⁴	taŋ⁵	pu⁴	ta:i¹
人	活	当	人	死

活人当死人。

女唱

8-513

勒	卡	▷	然	瓦
Lawh	gaq	boux	ranz	ngvax
ləɯ⁶	ka⁵	pu⁴	ɹaːn²	ŋwa⁴
换	些	人	家	瓦

交住瓦房友，

8-514

拉	祥	利	米	周
Laj	riengh	lij	miz	saeu
la³	ɹiːŋ⁶	li⁴	mi²	θau¹
下	栏	还	有	柱

家中有大柱。

8-515

勒	卡	▷	论	偻
Lawh	gaq	boux	lumj	raeuz
ləɯ⁶	ka⁵	pu⁴	lun³	ɹau²
换	这	人	像	我们

交我这种人，

8-516

要	正	么	了	备
Aeu	cingz	maz	liux	beix
au¹	ɕiŋ²	ma²	liːu⁴	pi⁴
要	情	什么	啰	兄

要什么礼品？

男唱

8-517

勒	江	友	元	远
Lawh	gyangz	youx	roen	gyae
ləɯ⁶	kjaːŋ²	ju⁴	joːn¹	kjai¹
换	诸	友	路	远

交远方朋友，

8-518

一	告	得	一	样
It	gau	ndacj	it	yiengh
it⁷	kaːu¹	dai³	it⁷	juːŋ⁶
一	次	得	一	样

礼品各不同。

8-519

交	卡	友	板	祥
Gyau	gak	youx	mbanj	riengh
kjaːu¹	kaːk⁷	ju⁴	baːn³	ɹiːŋ⁶
交	各	友	村	栏

交附近村友，

8-520

它	刀	想	正	偻
De	dauq	siengj	cingz	raeuz
te¹	taːu⁵	θiːŋ³	ɕiŋ²	ɹau²
他	倒	想	情	我们

还倒贴礼品。

女唱

8-521

勒	卡	阝	然	瓦
Lawh	gaq	boux	ranz	ngvax
ləɯ⁶	ka⁵	pu⁴	ɹaːn²	ŋwa⁴
换	些	人	家	瓦

交住瓦房友,

8-522

拉	祥	利	米	母
Laj	riengh	lij	miz	mou
la³	ɹiːŋ⁶	li⁴	mi²	mu¹
下	栏	还	有	猪

家中还有猪。

8-523

勒	卡	阝	论	土
Lawh	gaq	boux	lumj	dou
ləɯ⁶	ka⁵	pu⁴	lun³	tu¹
换	这	人	像	我

交我这种人,

8-524

更	初	空	米	节
Gwnz	cauq	ndwi	miz	ciep
kun²	ɕaːu⁵	duːi¹	mi²	ɕeːt⁷
上	灶	不	有	接

没有隔夜粮。

男唱

8-525

勒	卡	阝	论	偻
Lawh	gaq	boux	lumj	raeuz
ləɯ⁶	ka⁵	pu⁴	lun³	ɹau²
换	这	人	像	我们

交我这种人,

8-526

然	楼	不	然	瓦
Ranz	laeuz	mbouj	ranz	ngvax
ɹaːn²	lau²	bou⁵	ɹaːn²	ŋwa⁴
家	楼	不	家	瓦

屋都没一间。

8-527

交	文	邦	是	八
Gyau	vunz	biengz	cix	bah
kjaːu¹	vun²	piːŋ²	ɕi⁴	pa⁶
交	人	地方	就	罢

交路人算了,

8-528

玉	子	占	古	枕
Nyawh	swj	camh	guh	swiz
ŋəɯ⁶	θɯ³	ɕaːn⁶	ku⁴	θɯːi²
玉	子	垫	做	枕

珠宝当枕头。

女唱

8-529

勒	卡	阝	然	瓦
Lawh	gaq	boux	ranz	ngvax
ləɯ⁶	ka⁵	pu⁴	ɹaːn²	ŋwa⁴
换	这	人	家	瓦

交住瓦房友，

8-530

拉	祥	利	米	歪
Laj	riengh	lij	miz	vaiz
la³	ɹiːŋ⁶	li⁴	mi²	vaːi²
下	栏	还	有	水牛

家中还有牛。

8-531

勒	卡	阝	更	开
Lawh	gaq	boux	gwnz	gai
ləɯ⁶	ka⁵	pu⁴	kɯn²	kaːi¹
换	这	人	上	街

交个街上友，

8-532

老	钱	财	不	当
Lau	cienz	caiz	mbouj	daengh
laːu¹	ɕiːn²	ɕaːi²	bou⁵	taŋ⁶
怕	钱	财	不	配

有钱也无用。

男唱

8-533

伏	相	羊	打	穷
Fwx	ciengx	yiengz	daj	gyoengq
fə⁴	ɕiːŋ⁴	juːŋ²	ta³	kjoŋ⁵
别人	养	羊	打	群

养羊养一群，

8-534

备	勒	友	打	邦
Beix	lawh	youx	daj	bang
pi⁴	ləɯ⁶	ju⁴	ta³	paːŋ¹
兄	换	友	打	帮

交友交一帮。

8-535

当	阝	在	当	方
Dangq	boux	ywq	dangq	fueng
taŋ⁵	pu⁴	jɯ⁵	taːŋ⁵	fuːŋ¹
另	人	在	另	方

友各住一方，

8-536

样	而	存	得	托
Yiengh	lawz	cunz	ndaej	doh
juːŋ⁶	lau²	ɕun²	dai³	to⁶
样	哪	巡	得	遍

怎能都见面？

女唱

8-537

牙	空	交	来	友
Yax	ndwi	gyau	lai	youx
ja⁵	du:i¹	kja:u¹	la:i¹	ju⁴
也	不	交	多	友

交友也不多，

8-538

牙	空	勒	来	文
Yax	ndwi	lawh	lai	vunz
ja⁵	du:i¹	ləɯ⁶	la:i¹	vun²
也	不	换	多	人

认识人也少。

8-539

勒	你	土	知	你
Lawh	mwngz	dou	rox	mwngz
ləɯ⁶	muɯŋ²	tu¹	ɹo:⁴	muɯŋ²
换	你	我	知	你

相交又相知，

8-540

文	邦	土	不	知
Vunz	bangx	dou	mbouj	rox
vun²	pa:ŋ⁴	tu¹	bou⁵	ɹo:⁴
人	旁	我	不	知

旁人我不熟。

男唱

8-541

不	仅	果	后	良
Mbouj	saenq	go	haeux	liengz
bou⁵	θin⁵	ko¹	hau⁴	le:ŋ²
不	信	棵	米	粱

你看那高粱，

8-542

米	粒	托	米	吉
Miz	ngveih	doek	miz	giz
mi²	ŋwei⁶	tok⁷	mi²	ki²
有	粒	落	有	处

结籽多又多。

8-543

命	农	正	可	好
Mingh	nuengx	cingq	goj	ndei
miŋ⁶	nu:ŋ⁴	ɕiŋ⁵	ko⁵	dei¹
命	妹	正	也	好

妹你命真好，

8-544

一	比	交	一	阝
It	bi	gyau	it	boux
it⁷	pi¹	kja:u¹	it⁷	pu⁴
一	年	交	一	人

一年交一友。

女唱

8-545

勒	十	阝	八	阝
Lawh	cib	boux	bet	boux
$ləɯ^6$	$çit^8$	pu^4	$pe{:}t^7$	pu^4
换	十	人	八	人

交朋友再多，

8-546

不	比	友	头	比
Mbouj	beij	youx	gyaeuj	bi
bou^5	pi^3	ju^4	$kjau^3$	pi^1
不	比	友	头	年

比不上初恋。

8-547

勒	十	达	少	好
Lawh	cib	dah	sau	ndei
$ləɯ^6$	$çit^8$	ta^6	$θa{:}u^1$	dei^1
换	十	女孩	姑娘	好

交十个情哥，

8-548

不	比	你	了	备
Mbouj	beij	mwngz	liux	beix
bou^5	pi^3	$muŋ^2$	$li{:}u^4$	pi^4
不	比	你	啰	兄

不比你一个。

男唱

8-549

勒	十	阝	八	阝
Lawh	cib	boux	bet	boux
$ləɯ^6$	$çit^8$	pu^4	$pe{:}t^7$	pu^4
换	十	人	八	人

交朋友再多，

8-550

不	比	友	可	比
Mbouj	beij	youx	goek	bi
bou^5	pi^3	ju^4	kok^7	pi^1
不	比	友	根	年

比不上初恋。

8-551

勒	十	达	少	好
Lawh	cib	dah	sau	ndei
$ləɯ^6$	$çit^8$	ta^6	$θa{:}u^1$	dei^1
换	十	女孩	姑娘	好

交十个情妹，

8-552

友	头	比	来	满
Youx	gyaeuj	bi	lai	monh
ju^4	$kjau^3$	pi^1	$la{:}i^1$	$mo{:}n^6$
友	头	年	多	情

初恋情最深。

女唱

8-553

勒	十	阝	巴	强
Lawh	cib	boux	bak	giengz
ləɯ⁶	ɕit⁸	pu⁴	paːk⁷	kiːŋ²
换	十	人	嘴	犟

十个巧舌哥，

8-554

不	比	娘	在	行
Mbouj	beij	nangz	caih	hangz
bou⁵	pi³	naːŋ²	ɕaːi⁶	haːŋ²
不	比	姑娘	在	行

不比我聪慧。

8-555

交	十	阝	知	讲
Gyau	cib	boux	rox	gangj
kjaːu¹	ɕit⁸	pu⁴	ɹoⁱ⁴	kaːŋ³
交	十	人	知	讲

十个巧舌友，

8-556

不	比	邦	双	偻
Mbouj	beij	baengz	song	raeuz
bou⁵	pi³	paŋ²	θoːŋ¹	ɹaɯ²
不	比	朋	两	我们

不比我俩强。

男唱

8-557

勒	十	阝	巴	强
Lawh	cib	boux	bak	giengz
ləɯ⁶	ɕit⁸	pu⁴	paːk⁷	kiːŋ²
换	十	人	嘴	犟

十个巧舌妹，

8-558

不	比	娘	山	四
Mbouj	beij	nangz	bya	cwx
bou⁵	pi³	naːŋ²	pja¹	ɕɯ⁴
不	比	姑娘	山	社

不如山妹子。

8-559

交	十	阝	妻	伏
Gyau	cib	boux	maex	fwx
kjaːu¹	ɕit⁸	pu⁴	mai⁴	fə⁴
交	十	人	妻	别人

交十个情友，

8-560

不	比	农	勒	正
Mbouj	beij	nuengx	lawh	cingz
bou⁵	pi³	nuːŋ⁴	ləɯ⁶	ɕiŋ²
不	比	妹	换	情

比不得初恋。

女唱

8-561

勒	十	阝	山	尚
Lawh	cib	boux	bya	sang
ləɯ⁶	ɕit⁸	pu⁴	pja¹	θaːŋ¹
换	十	人	山	高

十个高山妹，

8-562

不	比	娘	山	灯
Mbouj	beij	nangz	bya	daemq
bou⁵	pi³	naːŋ²	pja¹	tan⁵
不	比	姑娘	山	低

不比村中女。

8-563

交	十	阝	对	生
Gyau	cib	boux	doiq	saemq
kjaːu¹	ɕit⁸	pu⁴	toːi⁵	θan⁵
交	十	人	对	庚

十个同龄友，

8-564

甲	能	水	山	下
Gap	naengh	raemx	bya	roengz
kaːt⁷	naŋ⁶	ɹan⁴	pja¹	ɹoŋ²
合伙	坐	水	眼	下

同坐热泪流。

男唱

8-565

勒	十	阝	巴	强
Lawh	cib	boux	bak	giengz
ləɯ⁶	ɕit⁸	pu⁴	paːk⁷	kiːŋ²
换	十	人	嘴	犟

十个倔强女，

8-566

不	比	少	巴	尖
Mbouj	beij	sau	bak	raeh
bou⁵	pi³	θaːu¹	paːk⁷	ɹai⁶
不	比	姑娘	嘴	利

不如巧舌妹。

8-567

交	十	阝	邦	美
Gyau	cib	boux	baengz	maez
kjaːu¹	ɕit⁸	pu⁴	paŋ²	mai²
交	十	人	朋	爱

交再多情友，

8-568

不	比	岁	双	偻
Mbouj	beij	caez	song	raeuz
bou⁵	pi³	ɕai²	θoːŋ¹	ɹau²
不	比	齐	两	我们

比不上我俩。

女唱

8-569

牙	勒	你	不	说
Yaek	lawh	mwngz	mbouj	naeuz
jak⁷	ləɯ⁶	muŋ²	bou⁵	nau²
要	换	你	不	说

想交你不说,

8-570

牙	交	你	不	讲
Yaek	gyau	mwngz	mbouj	gangj
jak⁷	kja:u¹	muŋ²	bou⁵	ka:ŋ³
要	交	你	不	讲

想交你不讲。

8-571

包	少	牙	同	狼
Mbauq	sau	yax	doengh	langh
ba:u⁵	θa:u¹	ja⁵	toŋ²	la:ŋ⁶
小伙	姑娘	也	相	放

兄妹要纵情,

8-572

才	讲	作	通	正
Nda	gangj	coh	doeng	cingz
da¹	ka:ŋ³	ço⁶	toŋ¹	çiŋ²
刚	讲	名字	通	情

彼此才相识。

男唱

8-573

观	土	九	你	勒
Gonq	dou	iu	mwngz	lawh
ko:n⁵	tu¹	i:u¹	muŋ²	ləɯ⁶
先	我	邀	你	换

我约你结交,

8-574

你	自	师	土	写
Mwngz	gag	swz	dou	ce
muŋ²	ka:k⁸	θɯ²	tu¹	çe¹
你	自	辞	我	留

你置之不理。

8-575

秋	土	办	勒	业
Ciuq	dou	baenz	lwg	nyez
çi:u⁵	tu¹	pan²	luk⁸	ɲe²
看	我	成	子	孩

妹看不上我,

8-576

好	阝	它	勒	仪
Ndij	boux	de	lawh	saenq
di¹	pu⁴	te¹	ləɯ⁶	θin⁵
与	人	他	换	信

与他人结交。

女唱

8-577

牙	勒	你	不	说
Yaek	lawh	mwngz	mbouj	naeuz
jak⁷	ləɯ⁶	muɯŋ²	bou⁵	nau²
要	换	你	不	说

想交你不说，

8-578

牙	交	你	不	知
Yaek	gyau	mwngz	mbouj	rox
jak⁷	kja:u¹	muɯŋ²	bou⁵	ɣo⁴
要	交	你	不	知

想交你不讲。

8-579

交	可	交	了	哥
Gyau	goj	gyau	liux	go
kja:u¹	ko⁵	kja:u¹	li:u⁴	ko¹
交	也	交	啰	哥

有机会便交，

8-580

广	合	不	乱	米
Gvangj	hob	mbouj	luenh	miz
kwa:ŋ⁵	ho:p⁸	bou⁵	lu:n⁶	mi²
广	合	不	乱	有

难得有缘人。

男唱

8-581

观	土	九	你	勒
Gonq	dou	iu	mwngz	lawh
ko:n⁵	tu¹	i:u¹	muɯŋ²	ləɯ⁶
先	我	邀	你	换

我约你结交，

8-582

你	自	师	不	跟
Mwngz	gag	swz	mbouj	riengz
muɯŋ²	ka:k⁸	θɯ²	bou⁵	ɣi:ŋ²
你	自	辞	不	跟

你置之不理。

8-583

刀	贝	勒	文	邦
Dauq	bae	lawh	vunz	bangx
ta:u⁵	pai¹	ləɯ⁶	vun²	pa:ŋ⁴
回	去	换	人	旁

宁找陌路人，

8-584

贝	银	千	牙	知
Bae	ngaenz	cien	yax	rox
pai¹	ŋan²	çi:n¹	ja⁵	ɣo⁴
去	银	千	才	知

费钱才后悔。

女唱

8-585

观	土	九	你	勒
Gonq	dou	iu	mwngz	lawh
$ko:n^5$	tu^1	$i:u^1$	$mui\eta^2$	$l\partial ui^6$
先	我	邀	你	换

我约你结交，

8-586

你	自	师	不	跟
Mwngz	gag	swz	mbouj	riengz
$mui\eta^2$	$ka:k^8$	θui^2	bou^5	$ii:\eta^2$
你	自	辞	不	跟

你置之不理。

8-587

甲	土	勒	文	邦
Gyah	dou	lawh	vunz	bangx
kja^6	tu^1	$l\partial ui^6$	vun^2	$pa:\eta^4$
宁可	我	换	人	旁

宁交陌路人，

8-588

贝	银	千	不	怨
Bae	ngaenz	cien	mbouj	yonq
pai^1	ηan^2	$çi:n^1$	bou^5	$jo:n^5$
去	银	千	不	怨

宁可花重金。

男唱

8-589

以	样	内	贝	那
Ei	yiengh	neix	bae	naj
i^1	$jui:\eta^6$	ni^4	pai^1	na^3
依	样	这	去	前

从今天开始，

8-590

妻	伏	土	不	玩
Maex	fwx	dou	mbouj	vanz
mai^4	$f\partial^4$	tu^1	bou^5	$va:n^2$
妻	别人	我	不	还

我不交人妻。

8-591

秀	内	开	古	办
Ciuh	neix	gaej	guh	bamz
$çi:u^6$	ni^4	$ka:i^5$	ku^4	$pa:n^2$
世	这	莫	做	笨

今生莫犯傻，

8-592

狼	少	完	勒	伏
Langh	sau	vuenh	lwg	fwx
$la:\eta^6$	$\theta a:u^1$	$vu:n^6$	luk^8	$f\partial^4$
放	姑娘	换	子	别人

胡乱去交友。

女唱

8-593

牙	勒	友	邦	偻
Yaek	lawh	youx	biengz	raeuz
jak^7	$ləɯ^6$	ju^4	$pi:ŋ^2$	$ɹau^2$
要	换	友	地方	我们

要交本地友，

8-594

是	办	两	面	刀
Cix	baenz	liengx	mienh	dauq
$çi^4$	pan^2	$li:ŋ^4$	$me:n^6$	$ta:u^5$
就	成	两	面	刀

就做两面刀。

8-595

马	王	两	头	咬
Maj	vangh	liengx	gyaeuj	ngauj
ma^3	$va:ŋ^6$	$li:ŋ^4$	$kjau^3$	$ŋa:u^3$
蚂	蟥	两	头	咬

蚂蟥两头咬，

8-596

老	备	完	不	下
Lau	beix	vuenh	mbouj	roengz
$la:u^1$	pi^4	$vu:n^6$	bou^5	$ɹoŋ^2$
怕	兄	换	不	下

怕兄交不了。

男唱

8-597

小	女	在	更	楼
Siuj	nawx	ywq	gwnz	laeuz
$θi:u^3$	$nɯ^4$	$jɯ^5$	$kɯn^2$	lau^2
小	女	在	上	楼

小女守闺阁，

8-598

是	利	交	贝	瓜
Cix	lij	gyau	bae	gvaq
$çi^4$	li^4	$kja:u^1$	pai^1	kwa^5
是	还	交	去	过

我都结交过。

8-599

你	米	几	来	老
Mwngz	miz	geij	lai	laux
$mɯ:ŋ^2$	mi^2	ki^3	$la:i^1$	$la:u^4$
你	有	几	多	大

你又算什么？

8-600

么	备	完	不	下
Maz	beix	vuenh	mbouj	roengz
ma^2	pi^4	$vu:n^6$	bou^5	$ɹoŋ^2$
什么	兄	换	不	下

我都能拿下。

女唱

8-601

牙	勒	友	邦	偻
Yaek	lawh	youx	biengz	raeuz
jak⁷	lɯ⁶	ju⁴	pi:ŋ²	ɹau²
要	换	友	地方	我们

要交本地友，

8-602

是	打	办	生	衣
Cix	daj	baenz	seng	eiq
çi⁴	ta³	pan¹	θe:ŋ¹	ei⁵
就	打	成	生	意

就做成生意。

8-603

牙	交	文	田	内
Yaek	gyau	vunz	denz	neix
jak⁷	kja:u¹	vun²	te:n²	ni⁴
要	交	人	地	这

欲交本地友，

8-604

办	手	玉	你	好
Banh	souj	yi	mwngz	ndei
pa:n⁶	çou³	ji⁴	mɯŋ²	dei¹
办	手	艺	你	好

把手艺练好。

男唱

8-605

备	托	农	丛	相
Beix	doh	nuengx	coengh	ceng
pi⁴	to⁶	nu:ŋ⁴	çoŋ⁶	çe:ŋ⁵
兄	同	妹	帮	争

兄妹若相争，

8-606

小	正	牙	不	师
Siuj	cingz	yax	mbouj	swz
θi:u³	çiŋ²	ja⁵	bou⁵	θɯ²
小	情	也	不	辞

也不为礼品。

8-607

年	少	办	妻	伏
Nienz	sau	baenz	maex	fwx
ni:n²	θa:u¹	pan²	mai⁴	fə⁴
反正	姑娘	成	妻	别人

妹已成人妻，

8-608

备	爱	勒	爱	空
Beix	ngaiq	lawh	ngaiq	ndwi
pi⁴	ŋa:i⁵	lɯ⁶	ŋa:i⁵	du:i¹
兄	爱	换	爱	不

我爱交不交。

女唱

8-609

土	交	你	开	希
Dou	gyau	mwngz	gaej	heiq
tu¹	kja:u¹	mɯŋ²	ka:i⁵	hi⁵
我	交	你	莫	气

你莫愁相识，

8-610

土	勒	你	开	忧
Dou	lawh	mwngz	gaej	you
tu¹	ləɯ⁶	mɯŋ²	ka:i⁵	jou¹
我	换	你	莫	忧

你莫忧相知。

8-611

不	瓜	貝	钱	州
Mbouj	gvaq	bae	cienz	cou
bou⁵	kwa⁵	pai¹	ɕi:n²	ɕu¹
不	过	去	钱	州

去州城路费，

8-612

可	利	土	貝	对
Goj	lij	dou	bae	doiq
ko⁵	li⁴	tu¹	pai¹	to:i⁵
也	还	我	去	退

由我去付清。

男唱

8-613

土	交	你	开	希
Dou	gyau	mwngz	gaej	heiq
tu¹	kja:u¹	mɯŋ²	ka:i⁵	hi⁵
我	交	你	莫	气

你莫愁相识，

8-614

土	勒	你	开	忧
Dou	lawh	mwngz	gaej	you
tu¹	ləɯ⁶	mɯŋ²	ka:i⁵	jou¹
我	换	你	莫	忧

你莫忧相知。

8-615

断	仗	牙	才	土
Duenx	saenq	yax	caih	dou
tu:n⁴	θin⁵	ja⁵	ɕa:i⁶	tu¹
断	信	也	随	我

断信也随我，

8-616

付	正	牙	才	农
Fuz	cingz	yax	caih	nuengx
fu²	ɕiŋ²	ja⁵	ɕa:i⁶	nu:ŋ⁴
负	情	也	随	妹

断情也随你。

男唱

8-617

土	交	你	开	希
Dou	gyau	mwngz	gaej	heiq
tu¹	kja:u¹	muɯŋ²	ka:i⁵	hi⁵
我	交	你	莫	气

你莫愁相识，

8-618

土	勒	你	开	老
Dou	lawh	mwngz	gaej	lau
tu¹	ləɯ⁶	muɯŋ²	ka:i⁵	la:u¹
我	换	你	莫	怕

你莫怕相知。

8-619

平	代	卜	代	叔
Bingz	dai	boh	dai	au
piŋ²	ta:i¹	po⁶	ta:i¹	a:u¹
凭	死	父	死	叔

管家中谁死，

8-620

年	包	少	偻	观
Nienz	mbauq	sau	raeuz	gonq
ni:n²	ba:u⁵	θa:u¹	ɣau²	ko:n⁵
反正	小伙	姑娘	我们	先

交情不会变。

女唱

8-621

土	交	你	开	希
Dou	gyau	mwngz	gaej	heiq
tu¹	kja:u¹	muɯŋ²	ka:i⁵	hi⁵
我	交	你	莫	气

你莫愁相识，

8-622

土	勒	你	开	老
Dou	lawh	mwngz	gaej	lau
tu¹	ləɯ⁶	muɯŋ²	ka:i⁵	la:u¹
我	换	你	莫	怕

你莫怕相知。

8-623

秀	包	三	秀	少
Ciuh	mbauq	sam	ciuh	sau
çi:u⁶	ba:u⁵	θa:n¹	çi:u⁶	θa:u¹
世	小伙	三	世	姑娘

一夫三代妻，

8-624

老	开	么	了	农
Lau	gij	maz	liux	nuengx
la:u¹	ka:i²	ma²	li:u⁴	nu:ŋ⁴
怕	什	么	啰	妹

妹还怕什么？

女唱

8-625

土	交	你	开	希
Dou	gyau	mwngz	gaej	heiq
tu¹	kja:u¹	muɯŋ²	ka:i⁵	hi⁵
我	交	你	莫	气

你莫愁相识，

8-626

土	勒	你	开	老
Dou	lawh	mwngz	gaej	lau
tu¹	ləɯ⁶	muɯŋ²	ka:i⁵	la:u¹
我	换	你	莫	怕

你莫怕相知。

8-627

不	瓜	具	银	好
Mbouj	gvaq	bae	ngaenz	hau
bou⁵	kwa⁵	pai¹	ŋan²	ha:u¹
不	过	去	银	白

大不了花钱，

8-628

包	少	不	同	中
Mbauq	sau	mbouj	doengh	cuengq
ba:u⁵	θa:u¹	bou⁵	toŋ²	ɕu:ŋ⁵
小伙	姑娘	不	相	放

兄妹情不弃。

男唱

8-629

尝	得	义	十	比
Caengz	ndaej	ngeih	cib	bi
ɕaŋ²	dai³	ȵi⁶	ɕit⁸	pi¹
未	得	二	十	年

未满二十岁，

8-630

是	好	你	同	勒
Cix	ndij	mwngz	doengh	lawh
ɕi⁴	di¹	muɯŋ²	toŋ²	ləɯ⁶
就	与	你	相	换

就和你相识。

8-631

拆	婚	姻	没	特
Cwz	hunh	yinh	meij	dawz
ɕa⁶	von⁵	jin⁵	mei³	təɯ²
拆	婚	姻	没	拿

舍弃了婚姻，

8-632

往	土	勒	你	空
Uengj	dou	lawh	mwngz	ndwi
va:ŋ³	tu¹	ləɯ⁶	muɯŋ²	du:i¹
枉	我	换	你	空

也换不回你。

女唱

8-633

尝	得	义	十	比
Caengz	ndaej	ngeih	cib	bi
çaŋ²	dai³	n̠i⁶	çit⁸	pi¹
未	得	二	十	年

未满二十岁，

8-634

是	好	你	同	勒
Cix	ndij	mwngz	doengh	lawh
çi⁴	di¹	muŋ²	toŋ²	ləɯ⁶
就	与	你	相	换

就和你相识。

8-635

文	邦	古	金	师
Vunz	biengz	guh	ginh	sae
vun²	pi:ŋ²	ku⁴	kin⁵	θei¹
人	地方	做	军	师

听路人谗言，

8-636

同	勒	不	外	春
Doengh	lawh	mbouj	vaij	cin
toŋ²	ləɯ⁶	bou⁵	va:i³	çun¹
相	换	不	过	春

此情不长久。

男唱

8-637

同	勒	不	外	春
Doengh	lawh	mbouj	vaij	cin
toŋ²	ləɯ⁶	bou⁵	va:i³	çun¹
相	换	不	过	春

此情不长久，

8-638

同	巡	不	外	秀
Doengh	cunz	mbouj	vaij	ciuh
toŋ²	çun²	bou⁵	va:i³	çi:u⁶
相	巡	不	过	世

此生不来往。

8-639

少	好	包	同	刘
Sau	ndij	mbauq	doengz	liuh
θa:u¹	di¹	ba:u⁵	toŋ²	li:u⁶
姑娘	与	小伙	同	游

妹随兄游荡，

8-640

可	当	空	米	正
Goj	dangq	ndwi	miz	cingz
ko⁵	ta:ŋ⁵	du:i¹	mi²	çiŋ²
也	当	不	有	情

全当没爱过。

女唱

8-641

想	好	你	同	勒
Siengj	ndij	mwngz	doengh	lawh
$\theta i{:}\eta^3$	di^1	$m\mu\eta^2$	$to\eta^2$	$l\partial\mu^6$
想	与	你	相	换

想和你结交，

8-642

勒	伏	讲	皮	义
Lwg	fwx	gangj	bienz	nyiz
luk^8	$f\partial^4$	$ka{:}\eta^3$	$pi{:}n^2$	$\underset{\sim}{n}i^2$
子	别人	讲	便	宜

怕人说闲话。

8-643

丛	你	勒	卜	好
Coengh	mwngz	lawh	boux	ndei
$\varphi o\eta^6$	$m\mu\eta^2$	$l\partial\mu^6$	pu^4	dei^1
帮	你	换	人	好

帮你交好人，

8-644

刘	果	支	中	先
Liuh	go	sei	cuengq	sienq
$li{:}u^6$	ko^1	θi^1	$\varphi u{:}\eta^5$	$\theta i{:}n^5$
游	棵	丝	放	线

竹尾吊金丝。

男唱

8-645

想	好	少	同	勒
Siengj	ndij	sau	doengh	lawh
$\theta i{:}\eta^3$	di^1	$\theta a{:}u^1$	$to\eta^2$	$l\partial\mu^6$
想	与	姑娘	相	换

想和妹结交，

8-646

提	伏	讲	话	恨
Diq	fwx	gangj	vah	haemz
ti^5	$f\partial^4$	$ka{:}\eta^3$	va^6	han^2
替	别人	讲	话	恨

替别人顶罪。

8-647

补	兰	金	跟	银
Bu	lanz	gim	riengz	ngaenz
pu^1	$la{:}n^2$	kin^1	$\underset{\sim}{\textrm{r}}i{:}n^2$	ηan^2
捧	篮	金	跟	银

捧一篮金银，

8-648

采	日	元	堂	黑
Byaij	ngoenz	roen	daengz	laep
$pja{:}i^3$	ηon^2	$jo{:}n^1$	$ta\eta^2$	lap^7
走	天	路	到	黑

从早走到晚。

女唱

8-649

命	你	合	阝	它
Mingh	mwngz	hob	boux	de
miŋ⁶	muɯ²	ho:p⁸	pu⁴	te¹
命	你	合	人	他

你与他人配，

8-650

它	不	写	不	中
De	mbouj	ce	mbouj	cuengq
te¹	bou⁵	çe¹	bou⁵	çu:ŋ⁵
他	不	留	不	放

他不离不弃。

8-651

贵	古	勾	马	吊
Gwiz	guh	gaeu	ma	duengh
kɯi²	ku⁴	kau¹	ma¹	tu:ŋ⁶
丈夫	做	藤	来	拉

爱人不放手，

8-652

备	开	想	堂	偻
Beix	gaej	siengj	daengz	raeuz
pi⁴	ka:i⁵	θi:ŋ³	taŋ²	ʐau²
兄	莫	想	到	我们

兄莫来找我。

男唱

8-653

土	勒	土	是	要
Dou	lawh	dou	cix	aeu
tu¹	ləɯ⁶	tu¹	çi⁴	au¹
我	换	我	就	要

我结交就娶，

8-654

说	贵	你	开	满
Naeuz	gwiz	mwngz	gaej	muengh
nau²	kɯi²	muɯ²	ka:i⁵	mu:ŋ⁶
说	丈夫	你	莫	望

你夫别指望。

8-655

土	交	土	不	中
Dou	gyau	dou	mbouj	cuengq
tu¹	kja:u¹	tu¹	bou⁵	çu:ŋ⁵
我	交	我	不	放

我结交到底，

8-656

贵	农	是	拍	手
Gwiz	nuengx	cix	bongx	fwngz
kɯi²	nu:ŋ⁴	çi⁴	po:ŋ⁴	fuɯ²
丈夫	妹	就	拍	手

你夫没机会。

女唱

8-657

观	偻	造	同	勒
Gonq	raeuz	caux	doengh	lawh
ko:n⁵	ɹau²	ça:u⁴	toŋ²	ləɯ⁶
先	我们	造	相	换

我俩热恋时，

8-658

玩	办	师	氿	架
Van	baenz	ndwq	laeuj	gyaz
va:n¹	pan²	du⁵	lau³	kja²
甜	成	酒糟	酒	糟

甜蜜似糟酒。

8-659

空	得	勒	少	而
Ndwi	ndaej	lawh	sau	lawz
du:i¹	dai³	ləɯ⁶	θa:u¹	lau²
不	得	换	姑娘	哪

不要交别人，

8-660

元	家	偻	可	在
Ien	gya	raeuz	goj	ywq
ju:n¹	kja¹	ɹau²	ko⁵	jɯ⁵
冤	家	我们	也	在

我俩情仍在。

男唱

8-661

观	偻	造	同	勒
Gonq	raeuz	caux	doengh	lawh
ko:n⁵	ɹau²	ça:u⁴	toŋ²	ləɯ⁶
先	我们	造	相	换

我俩热恋时，

8-662

玩	办	师	氿	架
Van	baenz	ndwq	laeuj	gyaz
va:n¹	pan²	du⁵	lau³	kja²
甜	成	酒糟	酒	糟

甜蜜似糟酒。

8-663

正	义	是	空	沙
Cingz	ngeih	cix	ndwi	ra
çiŋ²	ŋi⁶	çi⁴	du:i¹	ɹa¹
情	义	是	不	找

情义你不说，

8-664

元	家	开	么	农
Ien	gya	gij	maz	nuengx
ju:n¹	kja¹	ka:i²	ma²	nu:ŋ⁴
冤	家	什么		妹

我怎知你心。

女唱

8-665

觋	偻	造	同	勒
Gonq	raeuz	caux	doengh	lawh
koːn⁵	ɹau²	ça:u⁴	toŋ²	ləɯ⁶
先	我们	造	相	换

我俩热恋时，

8-666

玩	办	师	氿	小
Van	baenz	ndwq	laeuj	siu
va:n¹	pan²	dɯ⁵	lau³	θi:u¹
甜	成	酒糟	酒	烧

甜蜜如烧酒。

8-667

空	得	勒	ト	一
Ndwi	ndaej	lawh	boux	ndeu
dɯi¹	dai³	ləɯ⁶	pu⁴	de:u¹
不	得	换	人	一

交不得一个，

8-668

代	不	丢	嵜	内
Dai	mbouj	deuz	rungh	neix
ta:i¹	bou⁵	ti:u²	ɹuŋ⁶	ni⁴
死	不	逃	嵜	这

我死都不走。

男唱

8-669

觋	偻	造	同	勒
Gonq	raeuz	caux	doengh	lawh
koːn⁵	ɹau²	ça:u⁴	toŋ²	ləɯ⁶
先	我们	造	相	换

我俩热恋时，

8-670

玩	办	师	氿	小
Van	baenz	ndwq	laeuj	siu
va:n¹	pan²	dɯ⁵	lau³	θi:u¹
甜	成	酒糟	酒	烧

甜蜜如烧酒。

8-671

备	牙	勒	ト	一
Beix	yax	lawh	boux	ndeu
pi⁴	ja⁵	ləɯ⁶	pu⁴	de:u¹
兄	才	换	人	一

兄要交一个，

8-672

是	良	丢	生	衣
Cix	lingh	diu	seng	eiq
çi⁴	le:ŋ⁶	ti:u¹	θe:ŋ¹	ei⁵
就	另	挑	生	意

要另想他法。

女唱

8-673

备	托	农	丛	声
Beix	doh	nuengx	coengh	sing
pi^4	to^6	$nu:\eta^4$	$\varsigma o\eta^6$	$\theta i\eta^1$
兄	同	妹	帮	声

兄同妹合声，

8-674

小	正	牙	难	沙
Siuj	cingz	yax	nanz	ra
$\theta i:u^3$	$\varsigma i\eta^2$	ja^5	$na:n^2$	$\textit{z}a^1$
小	情	也	难	找

难找小礼品。

8-675

少	乖	牙	变	化
Sau	gvai	yax	bienq	vaq
$\theta a:u^1$	$kwa:i^1$	ja^5	$pi:n^5$	va^5
女	乖	也	变	化

情妹要变心，

8-676

样	而	沙	小	正
Yiengh	lawz	ra	siuj	cingz
$ju\textit{w}:\eta^6$	lau^2	$\textit{z}a^1$	$\theta i:u^3$	$\varsigma i\eta^2$
样	哪	找	小	情

如何找礼品？

男唱

8-677

观	偻	造	同	勒
Gonq	raeuz	caux	doengh	lawh
$ko:n^5$	$\textit{z}au^2$	$\varsigma a:u^4$	$to\eta^2$	$l\textit{ə}u^6$
先	我们	造	相	换

我俩热恋时，

8-678

玩	办	师	氿	糖
Van	baenz	ndwq	laeuj	diengz
$va:n^1$	pan^2	du^5	lau^3	$ti:\eta^2$
甜	成	酒槽	酒	糖

甜蜜如糖酒。

8-679

当	卩	在	当	邦
Dangq	boux	ywq	dangq	biengz
$ta:\eta^5$	pu^4	ju^5	$ta:\eta^5$	$pi:\eta^2$
另	人	在	另	地方

今天各一方，

8-680

心	凉	不	了	农
Sim	liengz	mbouj	liux	nuengx
θin^1	$li:\eta^2$	bou^5	$li:u^4$	$nu:\eta^4$
心	凉	不	啰	妹

怎能不心寒？

女唱

8-681

观	偻	造	同	勒
Gonq	raeuz	caux	doengh	lawh
ko:n⁵	ɹau²	ça:u⁴	toŋ²	lɯ⁶
先	我们	造	相	换

我俩热恋时，

8-682

玩	办	师	楼	兴
Van	baenz	ndwq	laeuj	hing
va:n¹	pan²	dɯ⁵	lau³	hiŋ¹
甜	成	酒糟	酒	姜

甜蜜如姜酒。

8-683

勒	友	牙	米	名
Lawh	youx	yax	miz	mingz
lɯ⁶	ju⁴	ja⁵	mi²	miŋ²
换	友	也	有	名

交友要正当，

8-684

土	不	清	妻	伏
Dou	mbouj	sing	maex	fwx
tu¹	bou⁵	θiŋ¹	mai⁴	fə⁴
我	不	抢	妻	别人

不夺别人妻。

男唱

8-685

观	偻	造	同	勒
Gonq	raeuz	caux	doengh	lawh
ko:n⁵	ɹau²	ça:u⁴	toŋ²	lɯ⁶
先	我们	造	相	换

我俩热恋时，

8-686

玩	办	师	氿	兴
Van	baenz	ndwq	laeuj	hing
va:n¹	pan²	dɯ⁵	lau³	hiŋ¹
甜	成	酒糟	酒	姜

甜蜜如姜酒。

8-687

勒	友	全	同	清
Lawh	youx	gyonj	doengh	sing
lɯ⁶	ju⁴	kjo:n³	toŋ²	θiŋ¹
换	友	都	相	抢

交友靠抢夺，

8-688

难	交	正	了	农
Nanz	gyau	cingz	liux	nuengx
na:n²	kja:u¹	çiŋ²	li:u⁴	nu:ŋ⁴
难	交	情	啰	妹

否则难成真。

女唱

8-689

觃	偻	造	同	勒
Gonq	raeuz	caux	doengh	lawh
ko:n⁵	ɹau²	ɕa:u⁴	toŋ²	ləɯ⁶
先	我们	造	相	换

我俩热恋时，

8-690

玩	办	师	氿	兴
Van	baenz	ndwq	laeuj	hing
va:n¹	pan²	dɯ⁵	lau³	hiŋ¹
甜	成	酒糟	酒	姜

甜蜜如姜酒。

8-691

牙	勒	友	米	名
Yaek	lawh	youx	miz	mingz
jak⁷	ləɯ⁶	ju⁴	mi²	miŋ²
要	换	友	有	名

想交好情友，

8-692

是	特	正	出	光
Cix	dawz	cingz	ok	gvengq
ɕi⁴	təɯ²	ɕiŋ²	o:k⁷	kwe:ŋ⁵
就	拿	情	出	空旷

快拿出信物。

男唱

8-693

勒	空	得	农	银
Lawh	ndwi	ndaej	nuengx	ngaenz
ləɯ⁶	du:i¹	dai³	nu:ŋ⁴	ŋan²
换	不	得	妹	银

交不上情妹，

8-694

的	贵	你	小	些
Diq	gwiz	mwngz	siuj	swj
ti⁵	kui²	mɯŋ²	θi:u³	θɯ³
点	丈夫	你	小	屑

你丈夫不屑。

8-695

代	后	金	洋	铁
Dai	haeuj	gim	yangz	dez
ta:i¹	hau³	kin¹	ja:ŋ²	te²
死	进	金	洋	棺

死后进金棺，

8-696

列	备	外	本	龙
Rex	beix	vaij	mbwn	loengz
ɹe⁴	pi⁴	va:i³	bɯn¹	loŋ²
扶	兄	过	天	笼

扶兄过天桥。

女唱

8-697

勒	你	不	得	你
Lawh	mwngz	mbouj	ndaej	mwngz
ləɯ⁶	muŋ²	bou⁵	dai³	muŋ²
换	你	不	得	你

交你不得你,

8-698

的	贵	你	小	难
Diq	gwiz	mwngz	siuj	nanq
ti⁵	kɯi²	muŋ²	θiu³	na:n⁵
点	丈夫	你	少	呻吟

情哥莫抱怨。

8-699

交	邦	不	得	邦
Gyau	baengz	mbouj	ndaej	baengz
kja:u¹	paŋ²	bou⁵	dai³	paŋ²
交	朋	不	得	朋

交友不得友,

8-700

刀	小	难	跟	你
Dauq	siu	nanh	riengz	mwngz
ta:u⁵	θiu¹	na:n⁶	ɹiɯŋ²	muŋ²
倒	消	难	跟	你

反受累于你。

男唱

8-701

同	对	勒	元	干
Doengz	doih	lwg	yoen	ganq
toŋ²	to:i⁶	luk⁸	jo:n¹	ka:n⁵
同	伙伴	子	元	照料

你我皆凡人,

8-702

阝	而	兰	样	它
Boux	lawz	lanh	yiengh	de
pu⁴	lau²	la:n⁶	juːŋ⁶	te¹
人	哪	大方	样	那

谁那么大方。

8-703

包	少	不	同	得
Mbauq	sau	mbouj	doengh	ndaej
ba:u⁵	θa:u¹	bou⁵	toŋ²	dai³
小伙	姑娘	不	相	得

兄妹不成家,

8-704

牙	可	才	良	心
Yax	goj	caih	liengz	sim
ja⁵	ko⁵	ça:i⁶	li:ŋ²	θin¹
也	可	随	良	心

凭各自良心。

女唱

8-705

同	对	勒	元	干
Doengz	doih	lwg	yoen	ganq
ton^2	$to:i^6$	$luuk^8$	$jo:n^1$	$ka:n^5$
同	伙伴	子	元	照料

你我皆凡人，

8-706

阝	而	兰	样	它
Boux	lawz	lanh	yiengh	de
pu^4	lau^2	$la:n^6$	$juuŋ^6$	te^1
人	哪	大方	样	那

谁那么大方。

8-707

岁	九	月	动	乜
Caez	gouj	ndwen	dungx	meh
$çai^2$	$kjou^3$	$du:n^1$	$tuŋ^4$	me^6
齐	九	月	肚	母

同九月怀胎，

8-708

友	而	列	论	你
Youx	lawz	leh	lumj	mwngz
ju^4	lau^2	le^6	lun^3	$muuŋ^2$
友	哪	选	像	你

就你眼光高。

男唱

8-709

同	对	勒	元	干
Doengz	doih	lwg	yoen	ganq
ton^2	$to:i^6$	$luuk^8$	$jo:n^1$	$ka:n^5$
同	伙伴	子	元	照料

你我皆凡人，

8-710

阝	而	兰	样	它
Boux	lawz	lanh	yiengh	de
pu^4	lau^2	$la:n^6$	$juuŋ^6$	te^1
人	哪	大方	样	那

谁那么大方。

8-711

些	观	伏	先	列
Seiq	gonq	fwx	senq	leh
$θe^5$	$ko:n^5$	$fə^4$	$θe:n^5$	le^6
世	先	别人	早	选

世人早已选，

8-712

瓜	了	牙	堂	偻
Gvaq	liux	yax	daengz	raeuz
kwa^5	$li:u^4$	ja^5	$taŋ^2$	$ʐau^2$
过	完	才	到	我们

之后才到我。

女唱

8-713

包	少	不	同	得
Mbauq	sau	mbouj	doengh	ndaej
ba:u⁵	θa:u¹	bou⁵	toŋ²	dai³
小伙	姑娘	不	相	得

兄妹结不成，

8-714

良	芬	会	多	然
Lingh	faenz	faex	doq	ranz
le:ŋ⁶	fan²	fai⁴	to⁵	ɹa:n²
另	伐	树	造	家

伐木另建房。

8-715

备	叫	农	不	汉
Beix	heuh	nuengx	mbouj	han
pi⁴	he:u⁶	nu:ŋ⁴	bou⁵	ha:n¹
兄	叫	妹	不	应

兄呼妹不应，

8-716

元	远	是	波	小
Roen	gyae	cix	boq	seuq
jo:n¹	kjai¹	çi⁴	po⁵	θe:u⁵
路	远	就	吹	哨

路远就吹哨。

男唱

8-717

包	少	不	同	得
Mbauq	sau	mbouj	doengh	ndaej
ba:u⁵	θa:u¹	bou⁵	toŋ²	dai³
小伙	姑娘	不	相	得

兄妹结不成，

8-718

良	芬	会	多	然
Lingh	faenz	faex	doq	ranz
le:ŋ⁶	fan²	fai⁴	to⁵	ɹa:n²
另	伐	树	造	家

伐木另建房。

8-719

但	叫	作	你	汉
Danh	heuh	coh	mwngz	han
ta:n⁶	he:u⁶	ço⁶	muŋ²	ha:n¹
但	叫	名字	你	应

若你在乎我，

8-720

不	欢	偻	同	得
Mbouj	fwen	raeuz	doengh	ndaej
bou⁵	vu:n¹	ɹau²	toŋ²	dai³
不	歌	我们	相	得

不苛求成家。

女唱

8-721

包	少	不	同	得
Mbauq	sau	mbouj	doengh	ndaej
ba:u⁵	θa:u¹	bou⁵	toŋ²	dai³
小伙	姑娘	不	相	得

兄妹结不成，

8-722

开	古	沙	古	恨
Gaej	guh	nyah	guh	haemz
ka:i⁵	ku⁴	ɳa⁶	ku⁴	han²
莫	做	生气	做	恨

莫赌气含怨。

8-723

贝	邦	达	古	存
Bae	bangx	dah	guh	caemz
pai¹	pa:ŋ⁴	ta⁶	ku⁴	ɕan²
去	旁	河	做	玩

同到河边玩，

8-724

米	日	可	同	得
Miz	ngoenz	goj	doengh	ndaej
mi²	ŋon²	ko⁵	toŋ²	dai³
有	天	也	相	得

久后必相交。

男唱

8-725

不	同	得	是	八
Mbouj	doengh	ndaej	cix	bah
bou⁵	toŋ²	dai³	ɕi⁴	pa⁶
不	相	得	就	罢

结不成就算，

8-726

开	古	沙	古	恨
Gaej	guh	nyah	guh	haemz
ka:i⁵	ku⁴	ɳa⁶	ku⁴	han²
莫	做	生气	做	恨

莫赌气含怨。

8-727

贝	邦	达	古	存
Bae	bangx	dah	guh	caemz
pai¹	pa:ŋ⁴	ta⁶	ku⁴	ɕan²
去	旁	河	做	玩

同到河边玩，

8-728

不	比	偻	日	内
Mbouj	beij	raeuz	ngoenz	neix
bou⁵	pi³	ɹau²	ŋon²	ni⁴
不	比	我们	天	这

何不今日识？

女唱

男唱

8-729

不	同	得	是	八
Mbouj	doengh	ndaej	cix	bah
bou⁵	toŋ²	dai³	çi⁴	pa⁶
不	相	得	就	罢

结不成就算，

8-730

开	同	沙	同	恨
Gaej	doengh	nyah	doengh	haemz
kaːi⁵	toŋ²	na⁶	toŋ²	han²
莫	相	生气	相	恨

莫赌气含怨。

8-731

但	米	仗	同	分
Danh	miz	saenq	doengh	baen
taːn⁶	mi²	θin⁵	toŋ²	pan¹
但	有	信	相	分

若能通书信，

8-732

可	强	偻	同	得
Goj	giengz	raeuz	doengh	ndaej
ko⁵	kiŋ²	ɣau²	toŋ²	dai³
可	像	我们	相	得

我俩心相印。

8-733

不	同	得	是	八
Mbouj	doengh	ndaej	cix	bah
bou⁵	toŋ²	dai³	çi⁴	pa⁶
不	相	得	就	罢

结不成就算，

8-734

贝	那	开	用	团
Bae	naj	gaej	yungh	dwen
pai¹	na³	kaːi⁵	juŋ⁶	tɯːn¹
去	前	莫	用	提

往后别再提。

8-735

不	得	结	英	元
Mbouj	ndaej	giet	in	yuenz
bou⁵	dai³	kiːt⁷	in¹	juːn²
不	得	结	姻	缘

不能结姻缘，

8-736

开	团	古	心	三
Gaej	dwen	guh	sim	sanq
kaːi⁵	tɯːn¹	ku⁴	θin¹	θaːn⁵
莫	提	做	心	散

叫人白伤心。

女唱

8-737

不	同	得	是	八
Mbouj	doengh	ndaej	cix	bah
bou⁵	toŋ²	dai³	çi⁴	pa⁶
不	相	得	就	罢

结不成就算，

8-738

贝	那	开	用	团
Bae	naj	gaej	yungh	dwen
pai¹	na³	ka:i⁵	juŋ⁶	tɯ:n¹
去	前	莫	用	提

往后别再提。

8-739

阝	在	万	里	元
Boux	ywq	fanh	leix	roen
pu⁴	juɯ⁵	fa:n⁶	li⁴	jo:n¹
人	在	万	里	路

相距万里远，

8-740

不	团	正	牙	了
Mbouj	dwen	cingz	yax	liux
bou⁵	tɯ:n¹	çiŋ²	ja⁵	li:u⁴
不	提	情	也	完

不提情义尽。

男唱

8-741

不	同	得	是	八
Mbouj	doengh	ndaej	cix	bah
bou⁵	toŋ²	dai³	çi⁴	pa⁶
不	相	得	就	罢

结不成就算，

8-742

贝	那	开	用	论
Bae	naj	gaej	yungh	lumz
pai¹	na³	ka:i⁵	juŋ⁶	lun²
去	前	莫	用	忘

今后莫相忘。

8-743

平	得	伕	得	文
Bingz	ndaej	fwx	ndaej	vunz
piŋ²	dai³	fɤ⁴	dai³	vun²
凭	得	别	人	得 人

任结交何人，

8-744

开	论	正	韦	机
Gaej	lumz	cingz	vae	giq
ka:i⁵	lun²	çiŋ²	vai¹	ki⁵
莫	忘	情	姓	支

勿忘我俩情。

女唱

8-745

不	同	得	是	八
Mbouj	doengh	ndaej	cix	bah
bou⁵	toŋ²	dai³	çi⁴	pa⁶
不	相	得	就	罢

结不成就算，

8-746

贝	那	开	用	论
Bae	naj	gaej	yungh	lumz
pai¹	na³	kaːi⁵	juŋ⁶	lun²
去	前	莫	用	忘

今后莫相忘。

8-747

平	得	伏	得	文
Bingz	ndaej	fwx	ndaej	vunz
piŋ²	dai³	fə⁴	dai³	vun²
凭	得	别人	得	人

任结交何人，

8-748

强	得	你	了	备
Giengz	ndaej	mwngz	liux	beix
kiːŋ²	dai³	muŋ²	liːu⁴	pi⁴
像	得	你	啰	兄

都当作是你。

男唱

8-749

不	同	得	是	八
Mbouj	doengh	ndaej	cix	bah
bou⁵	toŋ²	dai³	çi⁴	pa⁶
不	相	得	就	罢

结不成就算，

8-750

贝	那	开	论	土
Bae	naj	gaej	lumz	dou
pai¹	na³	kaːi⁵	lun²	tu¹
去	前	莫	忘	我

今后勿忘我。

8-751

贝	说	乜	相	母
Bae	naeuz	meh	ciengx	mou
pai¹	nau²	me⁶	çiːŋ⁴	mu¹
去	说	母	养	猪

叫母备婚宴，

8-752

方	卢	偻	同	得
Fueng	louz	raeuz	doengh	ndaej
fuːŋ¹	lu²	ɣau²	toŋ²	dai³
风	流	我们	相	得

我俩要结婚。

女唱

男唱

8-753

不	同	得	是	八
Mbouj	doengh	ndaej	cix	bah
bou⁵	toŋ²	dai³	çi⁴	pa⁶
不	相	得	就	罢

结不成就算，

8-754

贝	问	呀	从	存
Bae	haemq	yaz	coengh	cwnz
pai¹	han⁵	ja²	çoŋ⁶	çɯːn²
去	问	巫婆	帮	整

向神仙求助。

8-755

要	空	得	农	银
Aeu	ndwi	ndaej	nuengx	ngaenz
au¹	duːi¹	dai³	nuːŋ⁴	ŋan²
要	不	得	妹	银

娶不得情妹，

8-756

变	古	存	变	哭
Benh	guh	caemz	benh	daej
peːn⁶	ku⁴	çan²	peːn⁶	tai³
边	做	玩	边	哭

边玩要边哭。

8-757

不	同	得	是	八
Mbouj	doengh	ndaej	cix	bah
bou⁵	toŋ⁶	dai³	çi⁴	pa⁶
不	相	得	就	罢

结不成就算，

8-758

贝	邦	达	古	存
Bae	bangx	dah	guh	caemz
pai¹	paːŋ⁴	ta⁶	ku⁴	çan²
去	旁	河	做	玩

同到河边玩。

8-759

良	要	不	得	你
Liengh	aeu	mbouj	ndaej	mwngz
leːŋ⁶	au¹	bou⁵	dai³	muŋ²
谅	要	不	得	你

谅娶不到你，

8-760

采	古	很	邦	累
Byaij	guh	haenz	biengz	laeq
pjaːi³	ku⁴	han²	piːŋ²	lai⁵
走	做	边	地方	看

到他乡游玩。

① 桥林 [ki:u² lin²]: 桥林，即骞林。传说中的月中森林。

女唱

8-761

不	同	得	是	八
Mbouj	doengh	ndaej	cix	bah
bou⁵	toŋ²	dai³	çi⁴	pa⁶
不	相	得	就	罢

结不成就算，

8-762

貝	那	洋	古	针
Bae	naj	yaeng	guh	cim
pai¹	na³	jaŋ¹	ku⁴	çim¹
去	前	再	做	针

去做针线活。

8-763

代	貝	读	桥	林①
Dai	bae	douh	giuz	linz
ta:i¹	pai¹	tou⁶	ki:u²	lin²
死	去	栖息	桥	林

魂魄归骞林，

8-764

牙	古	针	少	包
Yax	guh	cim	sau	mbauq
ja⁵	ku⁴	çim¹	θa:u¹	ba:u⁵
也	做	针	姑娘	小伙

为情做女红。

男唱

8-765

不	同	得	是	八
Mbouj	doengh	ndaej	cix	bah
bou⁵	toŋ²	dai³	çi⁴	pa⁶
不	相	得	就	罢

结不成就算，

8-766

貝	那	洋	古	针
Bae	naj	yaeng	guh	cim
pai¹	na³	jaŋ¹	ku⁴	çim¹
去	前	再	做	针

去做针线活。

8-767

代	后	庙	广	英
Dai	haeuj	miuh	gvangj	in
ta:i¹	hau³	mi:u⁶	kwa:ŋ³	in¹
死	进	庙	广	姻

魂归广姻庙，

8-768

古	针	牙	不	得
Guh	cim	yax	mbouj	ndaej
ku⁴	çim¹	ja⁵	bou⁵	dai³
做	针	也	不	得

做不得针线。

女唱

8-769

不	同	得	是	八
Mbouj	doengh	ndaej	cix	bah
bou⁵	toŋ²	dai³	çi⁴	pa⁶
不	相	得	就	罢

结不成就算，

8-770

贝	那	牙	古	同
Bae	naj	yax	guh	doengz
pai¹	na³	ja⁵	ku⁴	toŋ²
去	前	也	做	同

往后仍是友。

8-771

代	贝	读	桥	龙
Dai	bae	douh	giuz	lungz
taːi¹	pai¹	tou⁶	kiːu²	luŋ²
死	去	栖息	桥	龙

死后投地府，

8-772

牙	要	双	对	墓
Yax	aeu	song	doiq	moh
ja⁵	au¹	θoːŋ¹	toːi⁵	mo⁶
也	要	两	对	墓

要进双人墓。

男唱

8-773

牙	要	双	对	墓
Yax	aeu	song	doiq	moh
ja⁵	au¹	θoːŋ¹	toːi⁵	mo⁶
也	要	两	对	墓

想要双人墓，

8-774

贝	问	妠	王	连
Bae	haemq	yah	vangz	lienz
pai¹	han⁵	ja⁶	vaːŋ²	liːn²
去	问	婆	王	连

去问婆王神。

8-775

牙	要	蒙	跟	棉
Yax	aeu	moeg	riengz	mienz
ja⁵	au¹	mok⁸	ɿiːn²	miːn²
也	要	棉被	跟	棉

想要棉被窝，

8-776

贝	求	仙	牙	得
Bae	gouz	sien	yax	ndaej
pai¹	kjou²	θiːn¹	ja⁵	dai³
去	求	仙	才	得

就去求神仙。

女唱

8-777

牙	要	双	对	墓
Yax	aeu	song	doiq	moh
ja⁵	au¹	θoːŋ¹	toːi⁵	mo⁶
也	要	两	对	墓

想要双人墓，

8-778

貝	问	妠	王	连
Bae	haemq	yah	vangz	lienz
pai¹	han⁵	ja⁶	vaːŋ²	liːn²
去	问	婆	王	连

去问婆王神。

8-779

盆	蒙	几	来	钱
Bunz	moeg	geij	lai	cienz
pun²	mok⁸	ki³	laːi¹	çiːn²
床	棉被	几	多	钱

棉被多少钱，

8-780

盆	钰	几	来	加
Bunz	cien	geij	lai	gyaq
pun²	çiːn¹	ki³	laːi¹	kja⁵
床	毡	几	多	价

毯子什么价？

男唱

8-781

盆	蒙	几	来	钱
Bunz	moeg	geij	lai	cienz
pun²	mok⁸	ki³	laːi¹	çiːn²
床	棉被	几	多	钱

棉被多少钱，

8-782

盆	钰	几	来	加
Bunz	cien	geij	lai	gyaq
pun²	çiːn¹	ki³	laːi¹	kja⁵
床	毡	几	多	价

毯子什么价。

8-783

美	支	点	洋	沙
Mae	sei	dem	yangz	sa
mai¹	θi¹	teːn¹	jaːŋ²	θa¹
纱	丝	与	洋	纱

蚕丝与洋纱，

8-784

讲	加	不	对	同
Gangj	gyaq	mbouj	doiq	doengz
kaːŋ³	kja⁵	bou⁵	toːi⁵	toŋ²
讲	价	不	对	同

价位不相同。

女唱

8-785

美	支	点	美	歪
Mae	sei	dem	mae	faiq
mai¹	θi¹	teːn¹	mai¹	vaːi⁵
纱	丝	与	纱	棉

蚕丝与棉线，

8-786

甲	不	见	刀	好
Gyah	mbouj	gen	dauq	ndei
kja⁶	bou⁵	keːn⁴	taːu⁵	dei¹
宁可	不	见	倒	好

未必有多好。

8-787

玉	子	点	龙	火
Nyawh	swj	dem	luengz	feiz
ŋəɯ⁶	θɯ³	teːn¹	luːŋ²	fi²
玉	子	与	铜	火

宝玉和红铜，

8-788

不	貝	吉	而	得
Mbouj	bae	giz	lawz	ndaej
bou⁵	pai¹	ki²	laɯ²	dai³
不	去	处	哪	得

实在太难得。

男唱

8-789

美	支	点	美	歪
Mae	sei	dem	mae	faiq
mai¹	θi¹	teːn¹	mai¹	vaːi⁵
纱	丝	与	纱	棉

蚕丝与棉线，

8-790

甲	不	见	刀	好
Gyah	mbouj	gen	dauq	ndei
kja⁶	bou⁵	keːn⁴	taːu⁵	dei¹
宁可	不	见	倒	好

未必有多好。

8-791

玉	子	点	龙	火
Nyawh	swj	dem	luengz	feiz
ŋəɯ⁶	θɯ³	teːn¹	luːŋ²	fi²
玉	子	与	铜	火

宝子和红铜，

8-792

又	好	开	么	由
Youh	ndei	gij	maz	raeuh
jou⁴	dei¹	kaːi²	ma²	ɹau⁶
又	好	什	么	多

又有什么好？

女唱

8-793

不	同	得	是	八
Mbouj	doengh	ndaej	cix	bah
bou⁵	ton²	dai³	çi⁴	pa⁶
不	相	得	就	罢

结不成就算，

8-794

貝	邦	达	古	王
Bae	bangx	dah	guh	vaengz
pai¹	pa:ŋ⁴	ta⁶	ku⁴	vaŋ²
去	旁	河	做	潭

同到河边玩。

8-795

良	不	得	少	娘
Liengh	mbouj	ndaej	sau	nangz
le:ŋ⁶	bou⁵	dai³	θa:u¹	na:ŋ²
谅	不	得	姑娘	姑娘

娶不到姑娘，

8-796

堂	庙	忠	又	哭
Daengz	miuh	fangz	youh	daej
taŋ²	mi:u⁶	fa:ŋ²	jou⁴	tai³
到	庙	鬼	又	哭

到庙门哭诉。

男唱

8-797

在	王	三	同	当
Ywq	vangz	san	doengh	daengq
ju⁵	va:ŋ²	θa:n¹	toŋ²	taŋ⁵
在	王	三	相	叮嘱

在阴间约定，

8-798

马	些	内	共	然
Ma	seiq	neix	gungh	ranz
ma¹	θe⁵	ni⁴	kuŋ⁶	ɹa:n²
来	世	这	共	家

今世来成家。

8-799

貝	问	妠	王	三
Bae	haemq	yah	vangz	san
pai¹	han⁵	ja⁶	va:ŋ²	θa:n¹
去	问	婆	王	三

去问三王神，

8-800

代	得	你	知	不
Dai	ndaej	mwngz	rox	mbouj
ta:i¹	dai³	mɯŋ²	ɹo⁴	bou⁵
死	得	你	或	不

死后得你否？

女唱

8-801

在	王	三	共	乜
Ywq	vangz	san	gungh	meh
ju⁵	va:ŋ²	θa:n¹	kuŋ⁶	me⁶
在	王	三	共	母

在阴间共母，

8-802

万	些	不	同	元
Fanh	seiq	mbouj	doengz	yuenz
fa:n⁶	θe⁵	bou⁵	toŋ²	ju:n²
万	世	不	同	缘

我俩永无缘。

8-803

元	罗	在	千	年
Roen	loh	ywq	cien	nienz
jo:n¹	lo⁶	ju⁵	çi:n¹	ni:n²
道	路	在	千	年

路上走千年，

8-804

老	你	貝	不	刀
Lau	mwngz	bae	mbouj	dauq
la:u¹	mɯŋ²	pai¹	bou⁵	ta:u⁵
怕	你	去	不	回

怕你不回头。

男唱

8-805

在	王	三	共	乜
Ywq	vangz	san	gungh	meh
ju⁵	va:ŋ²	θa:n¹	kuŋ⁶	me⁶
在	王	三	共	母

在阴间共母，

8-806

万	些	不	同	元
Fanh	seiq	mbouj	doengz	yuenz
fa:n⁶	θe⁵	bou⁵	toŋ²	ju:n²
万	世	不	同	缘

我俩永无缘。

8-807

卜	妻	是	千	年
Boh	maex	cix	cien	nienz
po⁶	mai⁴	çi⁴	çi:n¹	ni:n²
夫	妻	是	千	年

夫妻共千年，

8-808

包	少	可	团	秀
Mbauq	sau	goj	donh	ciuh
ba:u⁵	θa:u¹	ko⁵	to:n⁶	çi:u⁶
小伙	姑娘	也	半	世

咱已过半百。

女唱

8-809

利	宁	在	王	三
Lij	ningq	ywq	vangz	san
li⁴	niŋ⁵	ju⁵	va:ŋ²	θa:n¹
还	小	在	王	三

前世在阴间，

8-810

乜	安	古	勒	合
Meh	an	guh	lwg	hob
me⁶	a:n¹	ku⁴	luk⁸	ho:p⁸
母	安	做	子	合

取名为合子。

8-811

特	字	份	马	托
Dawz	saw	faenz	ma	doh
təɯ²	θau¹	fan²	ma¹	to⁶
拿	书	文	来	向

拿八字来合，

8-812

合	是	结	英	元
Hob	cix	giet	in	yuenz
ho:p⁸	çi⁴	ki:t⁷	in¹	ju:n²
合	就	结	姻	缘

合上就结婚。

男唱

8-813

利	宁	在	王	三
Lij	ningq	ywq	vangz	san
li⁴	niŋ⁵	ju⁵	va:ŋ²	θa:n¹
还	小	在	王	三

前世在阴间，

8-814

乜	安	古	九	玉
Meh	an	guh	giuj	yi
me⁶	a:n¹	ku⁴	ki:u³	ji⁴
母	安	做	九	玉

取名为九玉。

8-815

特	字	份	马	义
Dawz	saw	faenz	ma	ngeix
təɯ²	θau¹	fan²	ma¹	ɲi⁴
拿	书	文	来	想

拿八字推算，

8-816

伴	得	农	知	空
Buenx	ndaej	nuengx	rox	ndwi
pu:n⁴	dai³	nu:ŋ⁴	ɤo⁴	du:i¹
伴	得	妹	或	不

能否陪伴你？

女唱

8-817

利	宁	在	王	三
Lij	ningq	ywq	vangz	san
li⁴	niŋ⁵	juɯ⁵	va:ŋ²	θa:n¹

还 小 在 王 三

前世在阴间,

8-818

乜	安	古	老	表
Meh	an	guh	laux	biuj
me⁶	a:n¹	ku⁴	la:u⁴	pi:u³

母 安 做 老 表

母定为老表。

8-819

特	马	祘	古	了
Dawz	ma	suenq	guh	liux
təɯ²	ma¹	θu:n⁵	ku⁴	li:u⁴

拿 来 算 做 完

反复算清楚,

8-820

农	伴	不	得	你
Nuengx	buenx	mbouj	ndaej	mwngz
nu:ŋ⁴	pu:n⁴	bou⁵	dai³	mɯɯŋ²

妹 伴 不 得 你

我配不上你。

男唱

8-821

利	宁	在	王	三
Lij	ningq	ywq	vangz	san
li⁴	niŋ⁵	juɯ⁵	va:ŋ²	θa:n¹

还 小 在 王 三

前世在阴间,

8-822

乜	安	古	邦	友
Meh	an	guh	bacngz	youx
me⁶	a:n¹	ku⁴	paŋ²	ju⁴

母 安 做 朋 友

母定为朋友。

8-823

在	王	三	六	阝
Ywq	vangz	san	loeg	bouh
juɯ⁵	va:ŋ²	θa:n¹	lok⁸	pou⁶

在 王 三 录 簿

在阴间上册,

8-824

定	古	友	给	你
Dingh	guh	youx	hawj	mwngz
tiŋ⁶	ku⁴	ju⁴	həɯ³	mɯɯŋ²

定 做 友 给 你

定为你情友。

女唱

男唱

8-825

利	宁	在	王	三
Lij	ningq	ywq	vangz	san
li⁴	niŋ⁵	juɯ⁵	va:ŋ²	θa:n¹
还	小	在	王	三

前世在阴间，

8-826

乜	安	古	邦	友
Meh	an	guh	baengz	youx
me⁶	a:n¹	ku⁴	paŋ²	ju⁴
母	安	做	朋	友

母定为朋友。

8-827

在	王	三	六	卜
Ywq	vangz	san	loeg	bouh
juɯ⁵	va:ŋ²	θa:n¹	lok⁸	pou⁶
在	王	三	录	簿

在阴间上册，

8-828

古	友	不	米	正
Guh	youx	mbouj	miz	cingz
ku⁴	ju⁴	bou⁵	mi²	çiŋ²
做	友	不	有	情

好友没有情。

8-829

在	王	三	共	英
Ywq	vangz	san	gungh	in
juɯ⁵	va:ŋ²	θa:n¹	kuŋ⁶	in¹
在	王	三	共	姻

在阴间联姻，

8-830

丰	代	伩	外	马
Fungh	daiq	saengq	vaij	ma
fuŋ⁶	ta:i⁵	θin⁵	va:i³	ma¹
凤	带	信	过	来

凤凰送信来。

8-831

不	写	钱	古	么
Mbouj	ce	cienz	guh	maz
bou⁵	çe¹	çi:n²	ku⁴	ma²
不	留	钱	做	什么

不留钱做甚，

8-832

爱	方	卢	同	得
Ngaiq	fueng	louz	doengh	ndaej
ŋa:i⁵	fu:ŋ¹	lu²	toŋ²	dai³
爱	风	流	相	得

盼兄妹成亲。

女唱

8-833

在	王	三	共	英
Ywq	vangz	san	gungh	in
ju⁵	va:ŋ²	θa:n¹	kuŋ⁶	in¹
在	王	三	共	姻

在阴间联姻，

8-834

丰	代	仪	外	更
Fungh	daiq	saenq	vaij	gwnz
fuŋ⁶	ta:i⁵	θin⁵	va:i³	kɯn²
凤	带	信	过	上

凤凰带信来。

8-835

得	阝	样	作	手
Ndaej	boux	yiengh	coq	fwngz
dai³	pu⁴	jɯ:ŋ⁶	ço⁵	fuŋ²
得	人	样	放	手

每人一份礼，

8-836

偻	同	交	利	宁
Raeuz	doengh	gyau	lij	ningq
ɹau²	toŋ²	kja:u¹	li⁴	niŋ⁵
我们	相	交	还	小

从小就结交。

男唱

8-837

在	王	三	共	英
Ywq	vangz	san	gungh	in
ju⁵	va:ŋ²	θa:n¹	kuŋ⁶	in¹
在	王	三	共	姻

在阴间联姻，

8-838

丰	代	仪	外	马
Fungh	daiq	saenq	vaij	ma
fuŋ⁶	ta:i⁵	θin⁵	va:i³	ma¹
凤	带	信	过	来

凤凰送信来。

8-839

妠	王	连	送	花
Yah	vangz	lienz	soengq	va
ja⁶	va:ŋ²	li:n²	θoŋ⁵	va¹
婆	王	连	送	花

婆王神送花，

8-840

应	么	不	同	得
Yinh	maz	mbouj	doengh	ndaej
in¹	ma²	bou⁵	toŋ²	dai³
因	何	不	相	得

一定能如愿。

女唱

8-841

在	王	三	共	英
Ywq	vangz	san	gungh	in
ju⁵	va:ŋ²	θa:n¹	kuŋ⁶	in¹
在	王	三	共	姻

在阴间联姻，

8-842

丰	代	仗	外	马
Fungh	daiq	saenq	vaij	ma
fuŋ⁶	ta:i⁵	θin⁵	va:i³	ma¹
凤	带	信	过	来

凤凰送信来。

8-843

妠	王	连	送	花
Yah	vangz	lienz	soengq	va
ja⁶	va:ŋ²	li:n²	θoŋ⁵	va¹
婆	王	连	送	花

婆王神送花，

8-844

又	好	开	么	由
Youh	ndei	gij	maz	raeuh
jou⁴	dei¹	ka:i²	ma²	ɾau⁶
又	好	什	么	多

又能好多少。

男唱

8-845

命	不	秀	完	后
Mingh	mbouj	souh	vuenh	haeux
miŋ⁶	bou⁵	θi:u⁶	vu:n⁶	hau⁴
命	不	受	换	米

命不适贩米，

8-846

得	斗	自	办	斤
Ndaej	daeuq	gag	baenz	gaen
dai³	tau⁵	ka:k⁸	pan²	kan¹
得	斗	自	成	斤

一斗变一斤。

8-847

命	不	秀	花	银
Mingh	mbouj	souh	va	ngaenz
miŋ⁶	bou⁵	θi:u⁶	va¹	ŋan²
命	不	受	花	银

命不适金银，

8-848

得	斤	自	办	两
Ndaej	gaen	gag	baenz	liengx
dai³	kan¹	ka:k⁸	pan²	li:ŋ⁴
得	斤	自	成	两

一斤变一两。

① 三七[θaːn¹ ɕat⁷]：
三婆。指管生育
的三婆，分别为
上楼婆王云霄，
中楼婆王瑶霄，
下楼婆王凌霄。
三婆合称婆王。

女唱

8-849

命	牙	秀	牙	得
Mingh	yax	souh	yax	ndaej
miŋ⁶	ja⁵	θiːu⁶	ja⁵	dai³
命	也	受	才	得

命该有才得，

8-850

谁	不	得	古	声
Cwz	mbouj	ndaej	guh	sing
ɕɯ²	bou⁵	dai³	ku⁴	θiŋ¹
谁	不	得	做	声

谁都不要争。

8-851

三	七①	狼	安	名
Sam	caet	langh	an	mingz
θaːn¹	ɕat⁷	laːŋ⁶	aːn¹	miŋ²
三	婆	若	安	名

婆王若确定，

8-852

洋	开	正	同	送
Yaeng	hai	cingz	doengh	soengq
jaŋ¹	haːi¹	ɕiŋ²	toŋ²	θoŋ⁵
再	开	情	相	送

再互送信物。

男唱

8-853

命	狼	得	少	乖
Mingh	langh	ndaej	sau	gvai
miŋ⁶	laːŋ⁶	dai³	θaːu¹	kwaːi¹
命	若	得	姑娘	乖

若能娶小妹，

8-854

貝	江	开	开	六
Bae	gyang	gai	hai	luh
pai¹	kjaːŋ¹	kaːi¹	haːi¹	lu⁶
去	中	街	开	炉

到街上设宴。

8-855

命	狼	得	勒	独
Mingh	langh	ndaej	lwg	dog
miŋ⁶	laːŋ⁶	dai³	luk⁸	toːk⁸
命	若	得	子	独

命中有贵子，

8-856

日	明	是	共	然
Ngoenz	cog	cix	gungh	ranz
ŋon²	ɕoːk⁸	ɕi⁴	kuŋ⁶	ɹaːn²
天	明	就	共	家

明天就结婚。

女唱

8-857

命	狼	得	少	乖
Mingh	langh	ndaej	sau	gvai
miŋ⁶	la:ŋ⁶	dai³	θa:u¹	kwa:i¹
命	若	得	姑娘	乖

命该娶小妹，

8-858

貝	江	开	开	补
Bae	gyang	gai	hai	bouq
pai¹	kja:ŋ¹	ka:i¹	ha:i¹	pou⁵
去	中	街	开	铺

上街开店铺。

8-859

命	狼	得	你	友
Mingh	langh	ndaej	mwngz	youx
miŋ⁶	la:ŋ⁶	dai³	muɯŋ²	ju⁴
命	若	得	你	友

命若该嫁你，

8-860

貝	九	渡	开	河
Bae	gouj	duh	hai	haw
pai¹	kjau³	tu⁶	ha:i¹	həɯ¹
去	九	渡	开	圩

到九渡设市。

男唱

8-861

命	狼	得	少	乖
Mingh	langh	ndaej	sau	gvai
miŋ⁶	la:ŋ⁶	dai³	θa:u¹	kwa:i¹
命	若	得	姑娘	乖

命该娶小妹，

8-862

貝	江	开	它	能
Bae	gyang	gai	de	naengh
pai¹	kja:ŋ¹	ka:i¹	te¹	naŋ⁶
去	中	街	那	坐

到街上摆摊。

8-863

命	狼	得	你	邦
Mingh	langh	ndaej	mwngz	baengz
miŋ⁶	la:ŋ⁶	dai³	muɯŋ²	paŋ²
命	若	得	你	朋

命若该娶你，

8-864

手	更	当	写	字
Fwngz	gwnz	dangq	sij	saw
fuŋ²	kɯn²	ta:ŋ⁵	θi³	θaɯ¹
手	上	当	写	字

便去做生意。

女唱	男唱

女唱

8-865

命	狼	得	少	乖
Mingh	langh	ndaej	sau	gvai
miŋ⁶	laːŋ⁶	dai³	θaːu¹	kwaːi¹
命	若	得	姑娘	乖

命该娶小妹，

8-866

貝	江	开	它	能
Bae	gyang	gai	de	naengh
pai¹	kjaːŋ¹	kaːi¹	te¹	naŋ⁶
去	中	街	那	坐

到街上摆摊。

8-867

命	狼	得	你	邦
Mingh	langh	ndaej	mwngz	baengz
miŋ⁶	laːŋ⁶	dai³	mɯŋ²	paŋ²
命	若	得	你	朋

命若该嫁你，

8-868

貝	峒	光	开	河
Bae	doengh	gvangq	hai	haw
pai¹	toŋ⁶	kwaːŋ⁵	haːi¹	hɯ¹
去	峒	宽	开	圩

到平地设市。

男唱

8-869

命	狼	得	少	金
Mingh	langh	ndaej	sau	gim
miŋ⁶	laːŋ⁶	dai³	θaːu¹	kin¹
命	若	得	姑娘	金

命该娶小妹，

8-870

定	不	立	鞋	草
Din	mbouj	liz	haiz	cauj
tin¹	bou⁵	li²	haːi²	ɕaːu³
脚	不	离	鞋	草

定勤俭持家。

8-871

命	狼	得	你	友
Mingh	langh	ndaej	mwngz	youx
miŋ⁶	laːŋ⁶	dai³	mɯŋ²	ju⁴
命	若	得	你	友

命该得情妹，

8-872

日	三	朝	讲	笑
Ngoenz	sam	cau	gangj	riu
ŋon²	θaːm¹	ɕaːu¹	kaːŋ³	ɹiu¹
天	三	时	讲	笑

天天笑颜开。

女唱

8-873

命	狼	得	少	金
Mingh	langh	ndaej	sau	gim
miŋ⁶	laːŋ⁶	dai³	θaːu¹	kin¹
命	若	得	姑娘	金

命该娶情妹,

8-874

定	不	立	鞋	格
Din	mbouj	liz	haiz	gieg
tin¹	bou⁵	li²	haːi²	kiːk⁸
脚	不	离	鞋	木屐

天天穿板鞋。

8-875

命	狼	得	勒	额
Mingh	langh	ndaej	lwg	ngieg
miŋ⁶	laːŋ⁶	dai³	luuk⁸	ŋeːk⁸
命	若	得	子	蛟龙

命该得情哥,

8-876

日	换	儿	刀	绸
Ngoenz	rieg	geij	dauq	couz
ŋon²	ɯːk⁸	ki³	taːu⁵	çu²
天	换	几	回	绸

天天穿绸缎。

男唱

8-877

命	狼	得	少	金
Mingh	langh	ndaej	sau	gim
miŋ⁶	laːŋ⁶	dai³	θaːu¹	kin¹
命	若	得	姑娘	金

命该娶情妹,

8-878

定	不	立	鞋	袜
Din	mbouj	liz	haiz	mad
tin¹	bou⁵	li²	haːi²	maːt⁸
脚	不	离	鞋	袜

脚不离鞋袜。

8-879

日	阳	特	贝	打
Ngoenz	ndit	dawz	bae	dak
ŋon²	dit⁷	təɯ²	pai¹	taːk⁷
天	阳光	拿	去	晒

晴天拿去晒,

8-880

不	给	邦	贝	秋
Mbouj	hawj	baengz	bae	ciuq
bou⁵	həɯ³	paŋ²	pai¹	çiːu⁵
不	给	朋	去	看

不给朋友看。

女唱

8-881

命	狼	得	你	金
Mingh	langh	ndaej	mwngz	gim
miŋ⁶	la:ŋ⁶	dai³	muɯ²	kin¹
命	若	得	你	金

命该得你友，

8-882

定	不	立	鞋	团
Din	mbouj	liz	haiz	duenh
tin¹	bou⁵	li²	ha:i²	tu:n⁶
脚	不	离	鞋	缎

脚不离鞋子。

8-883

命	狼	得	你	伴
Mingh	langh	ndaej	mwngz	buenx
miŋ⁶	la:ŋ⁶	dai³	muɯ²	pu:n⁴
命	若	得	你	伴

命若得你伴，

8-884

布	三	层	长	刘
Buh	sam	caengz	ciengz	liuz
pu⁶	θa:n¹	çaŋ²	çi:ŋ²	li:u²
衣服	三	层	常	常

常穿三重衣。

男唱

8-885

命	空	秀	银	金
Mingh	ndwi	souh	ngaenz	gim
miŋ⁶	du:i¹	θi:u⁶	ŋan²	kin¹
命	不	受	银	金

命中无金银，

8-886

特	贝	生	下	南
Dawz	bae	haem	roengz	namh
təɯ²	pai¹	han¹	ɹoŋ²	na:n⁶
拿	去	埋	下	土

埋没入土中。

8-887

命	空	秀	银	万
Mingh	ndwi	souh	ngaenz	fanh
miŋ⁶	du:i¹	θi:u⁶	ŋan²	fa:n⁶
命	不	受	银	万

命中无万银，

8-888

特	贝	兰	下	官
Dawz	bae	lanh	roengz	guenz
təɯ²	pai¹	la:n⁶	ɹoŋ²	ku:n²
拿	去	烂	下	坪

埋到晒坪下。

女唱

男唱

8–889

命	空	秀	农	宁
Mingh	ndwi	souh	nuengx	ningq
miŋ⁶	duːi¹	θiːu⁶	nuːŋ⁴	niŋ⁵
命	不	受	妹	小

命不容小妹，

8–890

备	姓	心	不	干
Beix	singq	sim	mbouj	gam
pi⁴	θiŋ⁵	θin¹	bou⁵	kaːn¹
兄	姓	心	不	甘

兄也心不甘。

8–891

命	空	秀	我	还
Mingh	ndwi	souh	ngoj	vanz
miŋ⁶	duːi¹	θiːu⁶	ŋo³	vaːn²
命	不	受	我	还

命不随我愿，

8–892

很	然	当	下	祥
Hwnj	ranz	dangq	roengz	riengh
huɯn³	ɹaːn²	taːŋ⁵	ɹoŋ²	ɹiːŋ⁶
上	家	当	下	栏

上门当出嫁。

8–893

下	祥	秋	本	好
Roengz	riengh	ciuq	mbwn	hau
ɹoŋ²	ɹiːŋ⁶	çiːu⁵	buɯn¹	haːu¹
下	栏	看	天	白

择吉日出嫁，

8–894

交	打	支	拉	祥①
Gyau	daz	sei	laj	riengh
kjaːu¹	ta²	θi¹	la³	ɹiːŋ⁶
蜘蛛	拉	丝	下	栏

蜘蛛吐金丝。

8–895

日	明	点	日	令
Ngoenz	cog	dem	ngoenz	riengh
ŋon²	ço:k⁸	te:n¹	ŋon²	ɹiŋ⁶
天	明	与	天	后

明天和后天，

8–896

阝	在	仿	灯	日
Boux	ywq	fiengh	daeng	ngoenz
pu⁴	juɯ⁵	fiːŋ⁶	taŋ¹	ŋon²
人	在	边	灯	天

各在半边天。

女唱

8-897

下	祥	秋	本	好
Roengz	riengh	ciuq	mbwn	hau
ɹoŋ²	ɹiːŋ⁶	ɕiːu⁵	buɯn¹	haːu¹
下	栏	看	天	白

择吉日出嫁,

8-898

交	打	支	拉	罗
Gyau	daz	sei	laj	roq
kjaːu¹	ta²	θi¹	la³	ɹo⁵
蜘蛛	拉	丝	下	屋檐

蜘蛛吐金丝。

8-899

日	内	点	日	明
Ngoenz	neix	dem	ngoenz	cog
ŋon²	ni⁴	teːn¹	ŋon²	ɕoːk⁸
天	这	与	天	明

今天和明天,

8-900

当	罗	偻	当	贝
Dangq	loh	raeuz	dangq	bae
taːŋ⁵	lo⁶	ɹau²	taːŋ⁵	pai¹
另	路	我们	另	去

各走各的路。

男唱

8-901

下	祥	秋	本	绿
Roengz	riengh	ciuq	mbwn	heu
ɹoŋ²	ɹiːŋ⁶	ɕiːu⁵	buɯn¹	heːu¹
下	栏	看	天	青

择晴天出嫁,

8-902

见	穷	对	特	两
Raen	gyoengq	doih	dawz	liengj
ɹan¹	kjoŋ⁵	toːi⁶	təɯ²	liːŋ³
见	群	伙伴	拿	伞

见众友打伞。

8-903

阳	斗	秋	山	光
Ndit	daeuj	ciuq	bya	gvengq
dit⁷	tau³	ɕiːu⁵	pja¹	kweːŋ⁵
阳光	来	看	山	空旷

日出照阳坡,

8-904

阴	堂	农	知	空
Raemh	daengz	nuengx	rox	ndwi
ɹan⁶	taŋ²	nuːŋ⁴	ɹo⁴	duːi¹
阴	到	妹	或	不

能否庇护妹?

女唱

男唱

8-905

下	祥	秋	本	绿
Roengz	riengh	ciuq	mbwn	heu
ɹoŋ^2	ɹi:ŋ^6	ɕi:u^5	buɯn^1	he:u^1
下	栏	看	天	青

择晴天出嫁,

8-906

见	穷	对	特	两
Raen	gyoengq	doih	dawz	liengj
ɹan^1	kjoŋ^5	to:i^6	təɯ^2	li:ŋ^3
见	群	伙伴	拿	伞

见众友打伞。

8-907

阳	斗	秋	山	光
Ndit	daeuj	ciuq	bya	gvengq
dit^7	tau^3	ɕi:u^5	pja^1	kwe:ŋ^5
阳光	来	看	山	空旷

日出照阳坡,

8-908

阴	后	拜	山	尚
Raemh	haeuj	baih	bya	sang
ɹan^6	hau^3	pa:i^6	pja^1	θa:ŋ^1
阴	后	边	山	高

高山顶背阳。

8-909

下	祥	秋	本	绿
Roengz	riengh	ciuq	mbwn	heu
ɹoŋ^2	ɹi:ŋ^6	ɕi:u^5	buɯn^1	he:u^1
下	栏	看	天	青

择晴天出嫁,

8-910

见	穷	对	特	两
Raen	gyoengq	doih	dawz	liengj
ɹan^1	kjoŋ^5	to:i^6	təɯ^2	li:ŋ^3
见	群	伙伴	拿	伞

见众友打伞。

8-911

当	开	么	的	相
Dangj	gij	maz	diq	siengq
ta:ŋ^3	ka:i^2	ma^2	ti^5	θi:ŋ^5
挡	什么	的	相	

打伞干什么,

8-912

么	阳	阴	不	堂
Maz	ndit	raemh	mbouj	daengz
ma^2	dit^7	ɹan^6	bou^5	taŋ^2
何	阳光	阴	不	到

太阳会下山。

<table>
<tr><td>

女唱

8-913

下	祥	秋	本	绿
Roengz	riengh	ciuq	mbwn	heu
ɹoŋ²	ɹi:ŋ⁶	ɕi:u⁵	buɯn¹	he:u¹
下	栏	看	天	青

择晴天出嫁，

8-914

见	穷	对	特	两
Raen	gyoengq	doih	dawz	liengj
ɹan¹	kjoŋ⁵	to:i⁶	təɯ²	li:ŋ³
见	群	伙伴	拿	伞

见众友打伞。

8-915

空	当	开	么	相
Ndwi	dangj	gij	maz	siengq
du:i¹	ta:ŋ³	ka:i²	ma²	θi:ŋ⁵
不	挡	什	么	相

打伞非挡脸，

8-916

阳	自	阴	不	堂
Ndit	gag	raemh	mbouj	daengz
dit⁷	ka:k⁸	ɹan⁶	bou⁵	taŋ²
阳光	自	阴	不	到

只为挡阳光。

</td><td>

男唱

8-917

下	祥	秋	本	绿
Roengz	riengh	ciuq	mbwn	heu
ɹoŋ²	ɹi:ŋ⁶	ɕi:u⁵	buɯn¹	he:u¹
下	栏	看	天	青

择晴天出嫁，

8-918

见	穷	对	特	两
Raen	gyoengq	doih	dawz	liengj
ɹan¹	kjoŋ⁵	to:i⁶	təɯ²	li:ŋ³
见	群	伙伴	拿	伞

见众友打伞。

8-919

少	乃	站	乃	相
Sau	naih	soengz	naih	siengq
θa:u¹	na:i⁶	θoŋ²	na:i⁶	θi:ŋ⁵
姑娘	慢	站	慢	相

妹边走边看，

8-920

真	卜	乜	备	银
Caen	boh	meh	beix	ngaenz
ɕin¹	po⁶	me⁶	pi⁴	ŋan²
真	父	母	兄	银

是情哥父母。

</td></tr>
</table>

女唱

8-921

穷	对	在	里	强
Gyoengq	doih	ywq	ndaw	gingq
kjoŋ⁵	to:i⁶	ju⁵	daɯ¹	kiŋ⁵
群	伙伴	在	里	镜

众人在镜中，

8-922

相	后	拜	皮	义
Siengq	haeuj	baih	bienz	nyiz
θi:ŋ⁵	hau³	pa:i⁶	pi:n²	ȵi²
相	进	边	便	宜

去寻找吉兆。

8-923

见	拉	里	打	支
Raen	ndau	ndeiq	daz	sei
ɹan¹	dau¹	di⁵	ta²	θi¹
见	星	星	纺	丝

见星辰挂丝，

8-924

不	知	好	说	凶
Mbouj	rox	ndei	naeuz	rwix
bou⁵	ɹo⁴	dei¹	nau²	ɹu:i⁴
不	知	好	或	孬

不知好或坏。

男唱

8-925

穷	对	在	里	强
Gyoengq	doih	ywq	ndaw	gingq
kjoŋ⁵	to:i⁶	ju⁵	daɯ¹	kiŋ⁵
群	伙伴	在	里	镜

众人在镜中，

8-926

相	后	拜	皮	义
Siengq	haeuj	baih	bienz	nyiz
θi:ŋ⁵	hau³	pa:i⁶	pi:n²	ȵi²
相	进	边	便	宜

去寻找吉兆。

8-927

见	拉	里	打	支
Raen	ndau	ndeiq	daz	sei
ɹan¹	dau¹	di⁵	ta²	θi¹
见	星	星	纺	丝

见星辰挂丝，

8-928

不	好	牙	可	凶
Mbouj	ndei	yax	goj	rwix
bou⁵	dei¹	ja⁵	ko⁵	ɹu:i⁴
不	好	也	可	孬

不好就是坏。

女唱

8-929

穷	对	在	里	强
Gyoengq	doih	ywq	ndaw	gingq
kjoŋ⁵	to:i⁶	ju⁵	daɯ¹	kiŋ⁵
群	伙伴	在	里	镜

众人在镜中,

8-930

相	后	拜	河	寿
Siengq	haeuj	baih	haw	caeuz
θi:ŋ⁵	hau³	pa:i⁶	həɯ¹	çau²
相	进	边	圩	寿

望进永顺圩。

8-931

采	罗	老	忧	忧
Byaij	loh	laux	you	you
pja:i³	lo⁶	la:u⁴	jou¹	jou¹
走	路	大	忧	忧

走路心忧虑,

8-932

友	土	说	长	判
Youx	dou	naeuz	cangh	buenq
ju⁴	tu¹	nau²	ça:ŋ⁶	pu:n⁵
友	我	或	匠	贩

我友或商贩。

男唱

8-933

穷	对	在	里	强
Gyoengq	doih	ywq	ndaw	gingq
kjoŋ⁵	to:i⁶	ju⁵	daɯ¹	kiŋ⁵
群	伙伴	在	里	镜

众人在镜中,

8-934

相	后	拜	河	才
Siengq	haeuj	baih	haw	saiz
θi:ŋ⁵	hau³	pa:i⁶	həɯ¹	θa:i²
相	进	边	圩	才

望进都安街。

8-935

小	女	能	更	开
Siuj	nawx	naengh	gwnz	gai
θi:u³	nɯ⁴	naŋ⁶	kun²	ka:i¹
小	女	坐	上	街

小女在街上,

8-936

日	日	摆	怛	补
Ngoenz	ngoenz	baij	dan	bouq
ŋon²	ŋon²	pa:i³	ta:n¹	pu⁵
天	天	摆	摊	铺

天天做生意。

女唱

8-937

灯	日	点	拉	里
Daeng	ngoenz	dem	ndau	ndeiq
tan^1	ηon^2	$te:n^1$	dau^1	di^5
灯	天	与	星	星

太阳和星辰，

8-938

天	牙	反	不	平
Denh	ya	fan	mbouj	bingz
$ti:n^1$	ja^6	$fa:n^1$	bou^5	pin^2
天	下	翻	不	平

天道要翻覆。

8-939

拉	里	点	七	星
Ndau	ndeiq	dem	caet	sing
dau^1	di^5	$te:n^1$	ςat^7	θin^1
星	星	与	七	星

长庚和北斗，

8-940

平	办	王	办	类
Bingz	baenz	vang	baenz	raeh
pin^2	pan^2	$va:n^1$	pan^2	$\textrm{ai}^6$
凭	成	横	成	竖

管你横或竖。

男唱

8-941

灯	日	很	拜	东
Daeng	ngoenz	hwnj	baih	doeng
tan^1	ηon^2	hun^3	$pa:i^6$	ton^1
灯	天	上	边	东

太阳东边起，

8-942

乜	月	下	拉	地
Meh	ndwen	roengz	laj	deih
me^6	$du:n^1$	$\textrm{ion}^2$	la^3	tei^6
母	月	下	下	地

月亮西边下。

8-943

灯	日	点	拉	里
Daeng	ngoenz	dem	ndau	ndeiq
tan^1	ηon^2	$te:n^1$	dau^1	di^5
灯	天	与	星	星

太阳和星辰，

8-944

牙	同	立	古	岁
Yax	doengh	liz	guh	caez
ja^5	ton^2	li^2	ku^4	ςai^2
也	相	离	做	齐

要保持距离。

女唱

8-945

友	而	在	都	安
Youx	lawz	ywq	duh	anh
ju⁴	lau²	ju⁵	tu⁵	ŋa:n⁵
友	哪	在	都	安

哪位在都安，

8-946

牙	得	单	满	美
Yax	ndaej	danq	monh	maez
ja⁵	dai³	ta:n⁵	mo:n⁶	mai²
也	得	承担	谈情	说爱

可谈情说爱。

8-947

全	同	立	古	岁
Gyonj	doengh	liz	guh	caez
kjo:n³	toŋ²	li²	ku⁴	ɕai²
都	相	离	做	齐

朋友全离散，

8-948

老	更	本	不	中
Lau	gwnz	mbwn	mbouj	cuengq
la:u¹	kɯn²	bɯn¹	bou⁵	ɕu:ŋ⁵
怕	上	天	不	放

怕老天不助。

男唱

8-949

灯	日	很	拜	东
Daeng	ngoenz	hwnj	baih	doeng
taŋ¹	ŋon²	hun³	pa:i⁶	toŋ¹
灯	天	起	边	东

太阳东边起，

8-950

乜	月	下	拉	地
Meh	ndwen	roengz	laj	deih
me⁶	du:n¹	ɣoŋ²	la³	tei⁶
母	月	下	下	地

月亮西边下。

8-951

灯	日	很	样	内
Daeng	ngoenz	hwnj	yiengh	neix
taŋ¹	ŋon²	hun³	jɯ:ŋ⁶	ni⁴
灯	天	起	样	这

太阳这么高，

8-952

不	知	早	说	怪
Mbouj	rox	romh	naeuz	gvaiz
bou⁵	ɣo⁴	ɣo:n⁶	nau²	kwa:i²
不	知	早	或	晚

不知早或晚。

女唱

8-953

灯	日	很	拜	东
Daeng	ngoenz	hwnj	baih	doeng
taŋ¹	ŋon²	huɯn³	pa:i⁶	toŋ¹
灯	天	起	边	东

太阳东方起，

8-954

乜	月	下	高	岭
Meh	ndwen	roengz	gauh	lingj
me⁶	duːn¹	ɹoŋ²	kaːu¹	liŋ⁴
母	月	下	高	岭

月往高岭去。

8-955

灯	日	很	对	正
Daeng	ngoenz	hwnj	doiq	cingq
taŋ¹	ŋon²	huɯn³	toːi⁵	ɕiŋ⁵
灯	天	起	对	正

太阳到中天，

8-956

板	内	对	午	时
Ban	neix	doiq	ngox	seiz
paːn¹	ni⁴	toːi⁵	ŋo⁴	θi²
时	这	对	午	时

刚好对午时。

男唱

8-957

灯	日	很	拜	东
Daeng	ngoenz	hwnj	baih	doeng
taŋ¹	ŋon²	huɯn³	pa:i⁶	toŋ¹
灯	天	起	边	东

太阳东方起，

8-958

乜	月	下	高	岭
Meh	ndwen	roengz	gauh	lingj
me⁶	duːn¹	ɹoŋ²	kaːu¹	liŋ⁴
母	月	下	高	岭

月往高岭去。

8-959

灯	日	很	不	正
Daeng	ngoenz	hwnj	mbouj	cingq
taŋ¹	ŋon²	huɯn³	bou⁵	ɕiŋ⁵
灯	天	起	不	正

太阳走不正，

8-960

老	是	良	完	皇
Lau	cix	lingh	vuenh	vuengz
laːu¹	ɕi⁴	leːŋ⁶	vuːn⁶	vuːŋ²
怕	是	另	换	皇

怕改朝换代。

女唱

8—961

灯	日	很	拜	东
Daeng	ngoenz	hwnj	baih	doeng
taŋ¹	ŋon²	hun³	paːi⁶	toŋ¹
灯	天	起	边	东

太阳东边起，

8—962

乜	月	下	高	岭
Meh	ndwen	roengz	gauh	lingj
me⁶	duːn¹	ɹoŋ²	kaːu¹	liŋ⁴
母	月	下	高	岭

月往高岭去。

8—963

更	桥	米	水	清
Gwnz	giuz	miz	raemx	cingh
kɯn²	kiːu²	mi²	ɹan⁴	çiŋ⁶
上	桥	有	水	清

桥上有清水，

8—964

不	得	正	灯	日
Mbouj	ndaej	cingq	daeng	ngoenz
bou⁵	dai³	çiŋ⁵	taŋ¹	ŋon²
不	得	正	灯	天

不可对太阳。

男唱

8—965

灯	日	很	拜	东
Daeng	ngoenz	hwnj	baih	doeng
taŋ¹	ŋon²	hun³	paːi⁶	toŋ¹
灯	天	起	边	东

太阳东边起，

8—966

乜	月	下	高	岭
Meh	ndwen	roengz	gauh	lingj
me⁶	duːn¹	ɹoŋ²	kaːu¹	liŋ⁴
母	月	下	高	岭

月往高岭去。

8—967

更	桥	米	水	清
Gwnz	giuz	miz	raemx	cingh
kɯn²	kiːu²	mi²	ɹan⁴	çiŋ⁶
上	桥	有	水	清

桥上有清水，

8—968

不	得	对	正	站
Mbouj	ndaej	doiq	cingq	soengz
bou⁵	dai³	toːi⁵	çiŋ⁵	θoŋ²
不	得	对	正	站

不可对着站。

女唱

8-969

灯	日	很	拜	东
Daeng	ngoenz	hwnj	baih	doeng
taŋ¹	ŋon²	hun³	paːi⁶	toŋ¹
灯	天	起	边	东

太阳东边起，

8-970

乜	月	下	三	王①
Meh	ndwen	roengz	sam	vangh
me⁶	duːn¹	ɹoŋ²	θaːn¹	vaːŋ⁶
母	月	下	三	旺

月往三旺走。

8-971

走	路	代	阳	伞
Couj	lu	daiq	ndit	sanj
çou³	lu⁶	taːi⁵	dit⁷	θaːn³
走	路	带	阳光	伞

走路带阳伞，

8-972

打	你	帮	贝	跟
Daz	mwngz	bangh	bae	riengz
ta²	muɯŋ²	paːŋ¹	pai¹	ɹiːŋ²
拉	你	帮	去	跟

拉你去同行。

男唱

8-973

灯	日	很	拜	东
Daeng	ngoenz	hwnj	baih	doeng
taŋ¹	ŋon²	hun³	paːi⁶	toŋ¹
灯	天	起	边	东

太阳东边起，

8-974

乜	月	下	九	吨
Meh	ndwen	roengz	gouj	daenh
me⁶	duːn¹	ɹoŋ²	kjau³	tan⁶
母	月	下	九	顿

月往九顿去。

8-975

灯	日	下	山	灯
Daeng	ngoenz	roengz	bya	daemq
taŋ¹	ŋon²	ɹoŋ²	pja¹	tan⁵
灯	天	下	山	低

太阳下矮山，

8-976

阴	堂	农	知	空
Raemh	daengz	nuengx	rox	ndwi
ɹan⁶	taŋ²	nuːŋ⁴	ɹo⁴	duːi¹
遮	到	妹	或	不

还晒小妹没？

女唱

8-977

灯	日	很	拜	东
Daeng	ngoenz	hwnj	baih	doeng
taŋ¹	ŋon²	huɯn³	pa:i⁶	toŋ¹
灯	天	起	边	东

太阳东边起，

8-978

乜	月	下	九	吨
Meh	ndwen	roengz	gouj	daenh
me⁶	duːn¹	ɹoŋ²	kjau³	tan⁶
母	月	下	九	顿

月往九顿去。

8-979

灯	日	很	样	能
Daeng	ngoenz	hwnj	yiengh	nyaenx
taŋ¹	ŋon²	huɯn³	juːŋ⁶	ȵan⁴
灯	天	起	样	那么

太阳那样走，

8-980

不	办	份	土	偻
Mbouj	baenz	faenh	duz	raeuz
bou⁵	pan²	fan⁶	tu²	ɹau²
不	成	份	的	我们

不归我所有。

男唱

8-981

灯	日	很	拜	东
Daeng	ngoenz	hwnj	baih	doeng
taŋ¹	ŋon²	huɯn³	pa:i⁶	toŋ¹
灯	天	起	边	东

太阳东边起，

8-982

乜	月	下	九	渡
Meh	ndwen	roengz	gouj	duh
me⁶	duːn¹	ɹoŋ²	kjau³	tu⁶
母	月	下	九	渡

月往九渡去。

8-983

灯	日	很	六	六
Daeng	ngoenz	hwnj	luh	luh
taŋ¹	ŋon²	huɯn³	lu⁶	lu⁶
灯	天	起	悠	悠

太阳冉冉升，

8-984

干	朋	友	岁	站
Ganq	baengz	youx	caez	soengz
ka:n⁵	paŋ²	ju⁴	ɕai²	θoŋ²
照料	朋	友	齐	站

朋友同观望。

女唱

8-985

灯	日	很	拜	东
Daeng	ngoenz	hwnj	baih	doeng
taŋ¹	ŋon²	huɯn³	pa:i⁶	toŋ¹
灯	天	起	边	东

太阳东边起，

8-986

乜	月	下	九	渡
Meh	ndwen	roengz	gouj	duh
me⁶	duːn¹	ɹoŋ²	kjau³	tu⁶
母	月	下	九	渡

月往九渡去。

8-987

灯	日	很	六	六
Daeng	ngoenz	hwnj	luh	luh
taŋ¹	ŋon²	huɯn³	lu⁶	lu⁶
灯	天	起	悠	悠

太阳冉冉升，

8-988

沙	田	读	不	米
Ra	dieg	douh	mbouj	miz
ɹaˑ¹	tiːk⁸	tou⁶	bou⁵	mi²
找	地	栖息	不	有

无处可躲藏。

男唱

8-989

灯	日	牙	外	山
Daeng	ngoenz	yaek	vaij	bya
taŋ¹	ŋon²	jak⁷	vaːi³	pja¹
灯	天	要	过	山

太阳将落山，

8-990

乜	月	牙	外	杈
Meh	ndwen	yaek	vaij	gemh
me⁶	duːn¹	jak⁷	vaːi³	keːn⁶
母	月	要	过	山坳

月亮将上来。

8-991

重	心	牙	小	面
Naek	sim	yah	siuj	mienh
nak⁷	θin¹	ja⁶	θiːu³	meːn⁶
重	心	呀	小	面

用心呀朋友，

8-992

古	务	全	灯	日
Guh	huj	cienj	daeng	ngoenz
ku⁴	hu³	ɕuːn³	taŋ¹	ŋon²
做	云	转	灯	天

做云绕太阳。

女唱

8-993

灯	日	牙	下	丛
Daeng	ngoenz	yaek	roengz	congh
taŋ¹	ŋon²	jak⁷	ɹoɯ²	ço:ŋ⁶
灯	天	要	下	洞

太阳将落山，

8-994

口	它	亮	办	油
Gaeuj	de	rongh	baenz	youz
kau³	te¹	ɹo:ŋ⁶	pan²	jou²
看	它	亮	成	油

斜阳洒清辉。

8-995

备	知	法	知	符
Beix	rox	fap	rox	fouz
pi⁴	ɹo⁴	fa:p⁸	ɹo⁴	fu²
兄	知	法	知	符

情哥懂符法，

8-996

求	灯	日	全	刀
Gouz	daeng	ngoenz	cienj	dauq
kjou²	taŋ¹	ŋon²	çu:n³	ta:u⁵
求	灯	天	转	回

求太阳倒转。

男唱

8-997

阝	么	点	阝	道
Boux	mo	dem	boux	dauh
pu⁴	mo¹	te:n¹	pu⁴	ta:u⁶
人	麽	与	人	道

麽公和道公，

8-998

是	知	法	知	符
Cix	rox	fap	rox	fouz
çi⁴	ɹo⁴	fa:p⁸	ɹo⁴	fu²
就	知	法	知	符

才懂符懂法。

8-999

英	乱	办	论	土
In	luenh	baenz	lumj	dou
in¹	lu:n⁶	pan²	lun³	tu¹
姻	乱	成	像	我

姻缘乱如我，

8-1000

求	灯	日	不	刀
Gouz	daeng	ngoenz	mbouj	dauq
kjou²	taŋ¹	ŋon²	bou⁵	ta:u⁵
求	灯	天	不	回

求不回太阳。

女唱

8-1001

灯	日	牙	下	丛
Daeng	ngoenz	yaek	roengz	congh
taŋ¹	ŋon²	jak⁷	ɹoɹ²	ço:ŋ⁶
灯	天	要	下	洞

太阳将落山，

8-1002

口	它	亮	办	灯
Gaeuj	de	rongh	baenz	daeng
kau³	te¹	ɹo:ŋ⁶	pan²	taŋ¹
看	它	亮	成	灯

仍光芒四射。

8-1003

备	知	法	三	层
Beix	rox	fap	sam	caengz
pi⁴	ɹo⁴	fa:p⁸	θa:n¹	çaŋ²
兄	知	法	三	层

哥会三重法，

8-1004

是	贝	狼	要	刀
Cix	bae	laengz	aeu	dauq
çi⁴	pai¹	laŋ²	au¹	ta:u⁵
就	去	拦	要	回

把它拉回来。

男唱

8-1005

灯	日	牙	下	丛
Daeng	ngoenz	yaek	roengz	congh
taŋ¹	ŋon²	jak⁷	ɹoɹ²	ço:ŋ⁶
灯	天	要	下	洞

太阳将落山，

8-1006

口	它	亮	办	灯
Gaeuj	de	rongh	baenz	daeng
kau³	te¹	ɹo:ŋ⁶	pan²	taŋ¹
看	它	亮	成	灯

仍光芒四射。

8-1007

英	乱	变	办	忠
In	luenh	bienq	baenz	fangz
in¹	lu:n⁶	pi:n⁵	pan²	fa:ŋ²
姻	乱	变	成	鬼

姻缘乱如麻，

8-1008

是	贝	狼	是	刀
Cix	bae	laengz	cix	dauq
çi⁴	pai¹	laŋ²	çi⁴	ta:u⁵
就	去	拦	就	回

把它拉回来。

男唱

8-1009

拉	里	在	更	本
Ndau	ndeiq	ywq	gwnz	mbwn
dau¹	di⁵	juɯ⁵	kun²	bun¹
星	星	在	上	天

天上的星辰，

8-1010

米	安	支	安	东
Miz	aen	sei	aen	ndongq
mi²	an¹	θi¹	an¹	doːŋ⁵
有	个	昏暗	个	明亮

有明也有暗。

8-1011

灯	日	打	果	变
Daeng	ngoenz	daj	gox	benh
taŋ¹	ŋon²	ta³	ko⁴	peːn⁶
灯	天	打	角落	边

太阳挂天边，

8-1012

口	农	变	良	心
Gaeuj	nuengx	bienq	liengz	sim
kau³	nuːŋ⁴	piːn⁵	liːŋ²	θin¹
看	妹	变	良	心

盼妹莫变心。

女唱

8-1013

拉	里	在	更	本
Ndau	ndeiq	ywq	gwnz	mbwn
dau¹	di⁵	juɯ⁵	kun²	bun¹
星	星	在	上	天

天上的星辰，

8-1014

米	安	支	安	东
Miz	aen	sei	aen	ndongq
mi²	an¹	θi¹	an¹	doːŋ⁵
有	个	昏暗	个	明亮

有明也有暗。

8-1015

变	土	刀	不	变
Bienq	dou	dauq	mbouj	bienq
piːn⁵	tu¹	taːu⁵	bou⁵	piːn⁵
变	我	又	不	变

我心自不变，

8-1016

同	年	可	念	你
Doengz	nienz	goj	niemh	mwngz
toŋ²	niːn²	ko⁵	niːm⁶	muɯŋ²
同	年	也	念	你

永远记得你。

男唱

8-1017

拉	里	在	更	本
Ndau	ndeiq	ywq	gwnz	mbwn
dau¹	di⁵	ju⁵	kɯn²	bun¹
星	星	在	上	天

天上的星星，

8-1018

米	安	支	安	东
Miz	aen	sei	aen	ndongq
mi²	an¹	θi¹	an¹	doːŋ⁵
有	个	昏暗	个	明亮

有明也有暗。

8-1019

见	拉	里	古	穷
Raen	ndau	ndeiq	guh	gyoengq
ɹan¹	dau¹	di⁵	ku⁴	kjoŋ⁵
见	星	星	做	群

星辰聚成光，

8-1020

农	秋	亮	知	空
Nuengx	ciuq	rongh	rox	ndwi
nuːŋ⁴	ɕiːu⁵	ɹoːŋ⁶	ɹo⁴	duːi¹
妹	看	亮	或	不

你说亮不亮？

女唱

8-1021

拉	里	在	更	本
Ndau	ndeiq	ywq	gwnz	mbwn
dau¹	di⁵	ju⁵	kɯn²	bun¹
星	星	在	上	天

天上的星星，

8-1022

米	安	支	安	东
Miz	aen	sei	aen	ndongq
mi²	an¹	θi¹	an¹	doːŋ⁵
有	个	昏暗	个	明亮

有明也有暗。

8-1023

十	三	安	古	穷
Cib	sam	aen	guh	gyoengq
ɕit⁸	θaːn¹	an¹	ku⁴	kjoŋ⁵
十	三	个	做	群

十三个成群，

8-1024

亮	办	红	灯	日
Rongh	baenz	hoengz	daeng	ngoenz
ɹoːŋ⁶	pan²	hoŋ²	taŋ¹	ŋon²
亮	成	红	灯	天

比太阳更亮。

男唱

8-1025

拉	里	牙	贝	辰
Ndau	ndeiq	yaek	bae	finz
dau¹	di⁵	jak⁷	pai¹	fin²
星	星	要	去	出走

星辰要私奔,

8-1026

七	星	下	拉	地
Caet	sing	roengz	laj	deih
çat⁷	θiŋ¹	ɹoŋ²	la³	tei⁶
七	星	下	下	地

北斗要陨落。

8-1027

重	心	空	知	记
Naek	sim	ndwi	rox	geiq
nak⁷	θin¹	du:i¹	ɹo⁴	ki⁵
重	心	不	知	记

倾心又健忘,

8-1028

往	为	包	点	少
Uengj	feiq	mbauq	dem	sau
va:ŋ³	vi⁵	ba:u⁵	ti:n³	θa:u¹
枉	费	小伙	与	姑娘

枉费一段情。

女唱

8-1029

拉	里	牙	贝	辰
Ndau	ndeiq	yaek	bae	finz
dau¹	di⁵	jak⁷	pai¹	fin²
星	星	要	去	出走

星辰要私奔,

8-1030

七	星	下	拉	地
Caet	sing	roengz	laj	deih
çat⁷	θiŋ¹	ɹoŋ²	la³	tei⁶
七	星	下	下	地

北斗要陨落。

8-1031

八	列	金	银	哥
Bah	leh	gim	ngaenz	go
pa⁶	le⁶	kin¹	ŋan²	ko¹
唉	唷	金	银	哥

可叹好情哥,

8-1032

命	贝	合	卜	而
Mingh	bae	hob	boux	lawz
miŋ⁶	pai¹	ho:p⁸	pu⁴	lau²
命	去	合	人	哪

八字跟谁合。

男唱

8-1033

拉	里	牙	贝	辰
Ndau	ndeiq	yaek	bae	finz
dau¹	di⁵	jak⁷	pai¹	fin²
星	星	要	去	出走

星辰要私奔，

8-1034

七	星	下	拉	罗
Caet	sing	roengz	laj	loh
çat⁷	θiŋ¹	ɣoŋ²	la³	lo⁶
七	星	下	下	路

北斗要陨落。

8-1035

八	列	金	银	农
Bah	leh	gim	ngaenz	nuengx
pa⁶	le⁶	kin¹	ŋan²	nuːŋ⁴
唉	唷	金	银	妹

可叹好情妹，

8-1036

命	土	合	命	你
Mingh	dou	hob	mingh	mwngz
miŋ⁶	tu¹	hoːp⁸	miŋ⁶	muɯŋ²
命	我	合	命	你

我俩命相合。

女唱

8-1037

拉	里	在	更	本
Ndau	ndeiq	ywq	gwnz	mbwn
dau¹	di⁵	jɯ⁵	kɯn²	bɯn¹
星	星	在	上	天

星星在天上，

8-1038

七	星	下	拉	达
Caet	sing	roengz	laj	dah
çat⁷	θiŋ¹	ɣoŋ²	la³	ta⁶
七	星	下	下	河

北斗落河中。

8-1039

小	土	给	尝	杀
Siuj	duz	gaeq	caengz	gaj
θiːu³	tu²	kai⁵	çaŋ²	ka³
少	只	鸡	未	杀

来不及杀鸡，

8-1040

代	贝	五	名	洋
Dai	bae	haj	mingz	yangz
taːi¹	pai¹	ha³	miŋ²	jaːŋ²
死	去	五	名	皇

死去五个皇。

男唱

8-1041

拉	里	牙	贝	辰
Ndau	ndeiq	yaek	bae	finz
dau^1	di^5	jak^7	pai^1	fin^2
星	星	要	去	出走

星辰要私奔，

8-1042

七	星	牙	贝	哈
Caet	sing	yaek	bae	haq
çat^7	θiŋ^1	jak^7	pai^1	ha^5
七	星	要	去	嫁

北斗要出嫁。

8-1043

龙	牙	贝	秋	达
Lungz	yaek	bae	ciuq	dah
luŋ^2	jak^7	pai^1	çi:u^5	ta^6
龙	要	去	看	河

龙要戏河水，

8-1044

马	牙	完	双	朝
Max	yaek	vuenh	song	cauz
ma^4	jak^7	vu:n^6	θo:ŋ^1	ça:u^2
马	要	换	两	槽

马要跳两槽。

女唱

8-1045

拉	里	牙	贝	辰
Ndau	ndeiq	yaek	bae	finz
dau^1	di^5	jak^7	pai^1	fin^2
星	星	要	去	出走

星辰要私奔，

8-1046

七	星	牙	贝	付
Caet	sing	yaek	bae	fouz
çat^7	θiŋ^1	jak^7	pai^1	fu^2
七	星	要	去	浮

北斗要远游。

8-1047

少	在	拜	内	务
Sau	ywq	baih	neix	huj
θa:u^1	juɯ^5	pa:i^6	ni^4	hu^3
姑娘	在	边	这	云

我在云这边，

8-1048

友	在	拜	红	盘
Youx	ywq	baih	nding	buenz
ju^4	juɯ^5	pa:i^6	diŋ^1	pu:n^2
友	在	边	红	盘

哥在夕阳下。

男唱

8-1049

乜	月	在	里	务
Meh	ndwen	ywq	ndaw	huj
me⁶	duːn¹	juɯ⁵	daɯ¹	hu³
母	月	在	里	云

月亮在云中,

8-1050

农	秋	牙	不	真
Nuengx	ciuq	yax	mbouj	caen
nuːŋ⁴	ɕiːu⁵	ja⁵	bou⁵	ɕin¹
妹	看	也	不	真

妹也看不清。

8-1051

请	长	马	提	金
Cingj	cangh	ma	diz	gim
ɕiŋ³	ɕaːŋ⁶	ma¹	ti²	kin¹
请	匠	来	锻造	金

请金匠铸金,

8-1052

友	变	心	良	样
Youx	bienq	sim	lingh	yiengh
ju⁴	piːn⁵	θin¹	leːŋ⁶	juːŋ⁶
友	变	心	另	样

情友已变心。

女唱

8-1053

乜	月	在	里	务
Meh	ndwen	ywq	ndaw	huj
me⁶	duːn¹	juɯ⁵	daɯ¹	hu³
母	月	在	里	云

月亮在云里,

8-1054

结	朵	样	灯	龙
Giet	duj	yiengh	daeng	loengz
kiːt⁷	tu³	juːŋ⁶	taŋ¹	loŋ²
结	朵	样	灯	笼

结彩似灯笼。

8-1055

得	你	备	岁	站
Ndaej	mwngz	beix	caez	soengz
dai³	muɯŋ²	pi⁴	ɕai²	θoŋ²
得	你	兄	齐	站

和兄在一起,

8-1056

来	方	是	不	相
Lai	fueng	cix	mbouj	siengq
lai¹	fuːŋ¹	ɕi⁴	bou⁵	θiːŋ⁵
多	方	就	不	看

旁人难入眼。

男唱

8-1057

元	口	茶	元	么
Yied	gaeuj	caz	yied	moq
ju:n¹	kau³	ça²	ju:n¹	mo⁵
愈	看	茶	愈	新

越久情越深，

8-1058

你	知	不	农	银
Mwngz	rox	mbouj	nuengx	ngaenz
muɯŋ²	ɹo:⁴	bou⁵	nu:ŋ⁴	ŋan²
你	知	不	妹	银

情妹你知否？

8-1059

拉	里	尚	外	本
Ndau	ndeiq	sang	vaij	mbwn
dau¹	di⁵	θa:ŋ¹	va:i³	buun¹
星	星	高	过	天

星辰比天高，

8-1060

不	是	偻	么	农
Mbouj	cix	raeuz	maq	nuengx
bou⁵	çi⁴	ɹau²	ma⁵	nu:ŋ⁴
不	是	我们	嘛	妹

那就是我俩。

女唱

8-1061

元	口	茶	元	么
Yied	gaeuj	caz	yied	moq
ju:n¹	kau³	ça²	ju:n¹	mo⁵
愈	看	茶	愈	新

越久情越深，

8-1062

你	知	不	备	银
Mwngz	rox	mbouj	beix	ngaenz
muɯŋ²	ɹo:⁴	bou⁵	pi⁴	ŋan²
你	知	不	兄	银

情哥你知否。

8-1063

拉	里	点	灯	日
Ndau	ndeiq	dem	daeng	ngoenz
dau¹	di⁵	te:n¹	taŋ¹	ŋon²
星	星	与	灯	天

星辰和太阳，

8-1064

在	更	本	好	汉
Ywq	gwnz	mbwn	hau	hanq
ju⁵	kuɯn²	buun¹	ha:u¹	ha:n⁵
在	上	天	白	灿灿

天上放光芒。

男唱

8-1065

拉	里	牙	贝	辰
Ndau	ndeiq	yaek	bae	finz
dau¹	di⁵	jak⁷	pai¹	fin²
星	星	要	去	出走

星辰要私奔，

8-1066

你	秋	真	知	不
Mwngz	ciuq	caen	rox	mbouj
muɯŋ²	ɕi:u⁵	ɕin¹	ɹo⁴	bou⁵
你	看	真	或	不

你看清没有？

8-1067

灯	日	很	南	州
Daeng	ngoenz	hwnj	nanz	couh
taŋ¹	ŋon²	huɯn³	na:n²	ɕou⁵
灯	天	上	南	州

太阳升南州，

8-1068

农	秋	亮	知	空
Nuengx	ciuq	rongh	rox	ndwi
nu:ŋ⁴	ɕi:u⁵	ɹo:ŋ⁶	ɹo⁴	du:i¹
妹	看	亮	或	不

妹看亮不亮。

女唱

8-1069

拉	里	牙	贝	辰
Ndau	ndeiq	yaek	bae	finz
dau¹	di⁵	jak⁷	pai¹	fin²
星	星	要	去	出走

星辰要私奔，

8-1070

你	秋	真	知	不
Mwngz	ciuq	caen	rox	mbouj
muɯŋ²	ɕi:u⁵	ɕin¹	ɹo⁴	bou⁵
你	看	真	或	不

你看清没有？

8-1071

灯	日	很	南	州
Daeng	ngoenz	hwnj	nanz	couh
taŋ¹	ŋon²	huɯn³	na:n²	ɕou⁵
灯	天	上	南	州

太阳升南州，

8-1072

邦	口	厃	是	跟
Baengz	gaeuj	nyienh	cix	riengz
paŋ²	kau³	ȵi:n⁶	ɕi⁴	ɹi:ŋ²
朋	看	愿	就	跟

愿意就相随。

男唱

8-1073

秋	公	务	内	论
Ciuq	goeng	huj	neix	laep
$\varphi i{:}u^5$	kon^1	hu^3	ni^4	lap^7
看	座	云	这	黑

见乌云压顶，

8-1074

动	全	乱	令	令
Dungx	gyonj	luenh	lin	lin
tun^4	$kjo{:}n^3$	$lu{:}n^6$	lin^1	lin^1
肚	都	乱	阵	阵

心绪乱纷纷。

8-1075

想	牙	打	羽	飞
Siengj	yaek	daj	fwed	mbin
$\theta i{:}n^3$	jak^7	ta^3	$fu{:}t^8$	bin^1
想	要	打	翅	飞

想展翅高飞，

8-1076

老	贝	忠	不	领
Lau	bae	fangz	mbouj	lingx
$la{:}u^1$	pai^1	$fa{:}n^2$	bou^5	lin^4
怕	去	鬼	不	领

恐无人领情。

女唱

8-1077

亮	不	外	灯	日
Rongh	mbouj	vaij	daeng	ngoenz
$\textit{ɹo{:}n}^6$	bou^5	$va{:}i^3$	tan^1	non^2
亮	不	过	灯	天

不比太阳亮，

8-1078

务	师	是	利	论
Huj	cw	cix	lij	laep
hu^3	φw^1	φi^4	li^4	lap^7
云	遮	是	还	黑

云遮还会暗。

8-1079

润	吹	更	台	芬
Rumz	ci	gwnz	daiz	faed
$\textit{ɹun}^2$	φi^1	kun^2	$ta{:}i^2$	fat^8
风	吹	上	桌	佛

风吹神台上，

8-1080

芬	贝	读	更	楼
Faenx	bae	douh	gwnz	laeuz
fan^4	pai^1	tou^6	kun^2	lau^2
尘	去	栖息	上	楼

尘埃落楼阁。

男唱

8-1081

更	本	牙	古	论
Gwnz	mbwn	yaek	guh	laep
kun²	bun¹	jak⁷	ku⁴	lap⁷
上	天	要	做	黑

天色将昏暗，

8-1082

拉	地	牙	古	恨
Laj	deih	yax	guh	haemz
la³	tei⁶	ja⁵	ku⁴	han²
下	地	也	做	恨

世上有冤屈。

8-1083

本	古	论	备	银
Mbwn	guh	laep	beix	ngaenz
bun¹	ku⁴	lap⁷	pi⁴	ŋan²
天	做	黑	兄	银

天黑误兄台，

8-1084

邦	古	黑	少	包
Biengz	guh	laep	sau	mbauq
pi:ŋ²	ku⁴	lap⁷	θa:u¹	ba:u⁵
地方	做	黑	姑娘	小伙

地黑误兄妹。

女唱

8-1085

更	本	牙	古	论
Gwnz	mbwn	yaek	guh	laep
kun²	bun¹	jak⁷	ku⁴	lap⁷
上	天	要	做	黑

天色将昏暗，

8-1086

拉	地	牙	古	付
Laj	deih	yax	guh	fouz
la³	tei⁶	ja⁵	ku⁴	fu²
下	地	也	做	浮

世上有冤屈。

8-1087

本	古	论	是	忧
Mbwn	guh	laep	cix	you
bun¹	ku⁴	lap⁷	çi⁴	jou¹
天	做	黑	就	忧

天昏暗可忧，

8-1088

邦	古	恨	不	爱
Biengz	guh	haemz	mbouj	ngaih
pi:ŋ²	ku⁴	han²	bou⁵	ŋa:i⁶
地方	做	恨	不	妨碍

世上冤无碍。

男唱

8-1089

更	本	论	义	义
Gwnz	mbwn	laep	nyiq	nyiq
kun²	bun¹	lap⁷	ȵi⁵	ȵi⁵
上	天	黑	乎	乎

天上黑乎乎，

8-1090

拉	地	论	棉	棉
Laj	deih	laep	mienz	mienz
la³	tei⁶	lap⁷	mi:n²	mi:n²
下	地	黑	麻	麻

世间暗蒙蒙。

8-1091

乱	是	论	千	年
Luenh	cix	laep	cien	nienz
lu:n⁶	çi⁴	lap⁷	çi:n¹	ni:n²
乱	就	黑	千	年

乱世永久黑，

8-1092

不	义	本	刀	亮
Mbouj	ngeix	mbwn	dauq	rongh
bou⁵	ȵi⁴	bɯn¹	ta:u⁵	ɣo:ŋ⁶
不	想	天	又	亮

不料天复明。

女唱

8-1093

更	本	论	义	义
Gwnz	mbwn	laep	nyiq	nyiq
kun²	bun¹	lap⁷	ȵi⁵	ȵi⁵
上	天	黑	乎	乎

天上黑乎乎，

8-1094

拉	地	论	棉	棉
Laj	deih	lacp	mienz	mienz
la³	tei⁶	lap⁷	mi:n²	mi:n²
下	地	黑	麻	麻

世间暗蒙蒙。

8-1095

乱	是	论	千	年
Luenh	cix	laep	cien	nienz
lu:n⁶	çi⁴	lap⁷	çi:n¹	ni:n²
乱	就	黑	千	年

哪怕黑千年，

8-1096

刀	对	龙	唱	歌
Dauq	doiq	lungz	cang	go
ta:u⁵	to:i⁵	luŋ²	ça:ŋ⁴	ko⁵
又	对	龙	唱	歌

兄妹仍对歌。

男唱

8-1097

本	古	论	样	内
Mbwn	guh	laep	yiengh	neix
buun^1	ku^4	lap^7	juɯːŋ^6	ni^4
天	做	黑	样	这

天色如此暗，

8-1098

问	你	农	说	而
Haemq	mwngz	nuengx	naeuz	rawz
han^5	mɯɯŋ^2	nuːŋ^4	nau^2	ɹauɯ^2
问	你	妹	说	什么

妹说怎么办？

8-1099

更	祥	下	斗	师
Gwnz	riengh	roengz	daeuj	swz
kɯn^2	ɹiːŋ^6	ɹoŋ^2	tau^3	θɯ^2
上	栏	下	来	辞

上苍也无奈，

8-1100

你	说	而	了	农
Mwngz	naeuz	rawz	liux	nuengx
mɯɯŋ^2	nau^2	ɹauɯ^2	liːu^4	nuːŋ^4
你	说	什么	啰	妹

妹说怎么办？

女唱

8-1101

本	古	论	样	内
Mbwn	guh	laep	yiengh	neix
buun^1	ku^4	lap^7	juɯːŋ^6	ni^4
天	做	黑	样	这

天色如此暗，

8-1102

农	不	知	说	而
Nuengx	mbouj	rox	naeuz	rawz
nuːŋ^4	bou^5	ɹo^4	nau^2	ɹauɯ^2
妹	不	知	说	什么

妹不知说啥。

8-1103

更	祥	下	斗	师
Gwnz	riengh	roengz	daeuj	swz
kɯn^2	ɹiːŋ^6	ɹoŋ^2	tau^3	θɯ^2
上	栏	下	来	辞

上苍也无奈，

8-1104

不	古	而	得	傲
Mbouj	guh	lawz	ndaej	euq
bou^5	ku^4	lau^2	dai^3	eːu^5
不	做	哪	得	拒绝

天命也难违。

男唱

8-1105

更	本	古	不	是
Gwnz	mbwn	guh	mbouj	cix
kɯn²	bun¹	ku⁴	bou⁵	çi⁴
上	天	做	不	是

天上做不对，

8-1106

拉	地	古	不	正
Laj	deih	guh	mbouj	cingq
la³	tei⁶	ku⁴	bou⁵	çiŋ⁵
下	地	做	不	正

地下做不公。

8-1107

不	是	土	为	你
Mbouj	cix	dou	viq	mwngz
bou⁵	çi⁴	tu¹	vi⁵	mɯŋ²
不	是	我	忘情	你

并非我负你，

8-1108

更	本	古	能	斗
Gwnz	mbwn	guh	nyaenx	daeuj
kɯn²	bun¹	ku⁴	ȵan⁴	tau³
上	天	做	这样	来

苍天不公平。

女唱

8-1109

本	土	牙	不	为
Mbwn	dou	yax	mbouj	viq
bun¹	tu¹	ja⁵	bou⁵	vi⁵
天	我	也	不	忘情

苍天我不负，

8-1110

地	土	牙	不	论
Deih	dou	yax	mbouj	lumz
tei⁶	tu¹	ja⁵	bou⁵	lun²
地	我	也	不	忘

大地我不忘。

8-1111

为	南	贝	而	吃
Viq	namh	bae	lawz	gwn
vi⁵	naːn⁶	pai¹	lau²	kɯn¹
忘情	土	去	哪	吃

欺地无所食，

8-1112

为	本	贝	而	在
Viq	mbwn	bae	lawz	ywq
vi⁵	bun¹	pai¹	lau²	jɯ⁵
忘情	天	去	哪	住

负天无所住。

男唱

8-1113

本	天	牙	本	天
Mbwn	denh	yah	mbwn	denh
buɯn¹	ti:n¹	ja⁶	buɯn¹	ti:n¹
天	天	呀	天	天

苍天呀苍天,

8-1114

你	办	仙	告	内
Mwngz	baenz	sien	gau	neix
muɯŋ²	pan²	θi:n¹	ka:u¹	ni⁴
你	成	仙	次	这

这下你成仙。

8-1115

岁	站	江	庙	柒
Caez	soengz	gyang	miuh	six
ɕai²	θoŋ²	kja:ŋ¹	mi:u⁶	θi⁴
齐	站	中	庙	社

同站庙堂中,

8-1116

备	沙	农	是	贝
Beix	ra	nuengx	cix	bae
pi⁴	ɹa¹	nu:ŋ⁴	ɕi⁴	pai¹
兄	找	妹	就	去

兄妹同进退。

女唱

8-1117

本	天	牙	本	天
Mbwn	denh	yah	mbwn	denh
buɯn¹	ti:n¹	ja⁶	buɯn¹	ti:n¹
天	天	呀	天	天

苍天呀苍天,

8-1118

你	办	仙	来	罗
Mwngz	baenz	sien	lai	loh
muɯŋ²	pan²	θi:n¹	la:i¹	lo⁶
你	成	仙	多	路

你成多路仙。

8-1119

润	刀	反	古	务
Rumz	dauq	fan	guh	huj
ɹun²	ta:u⁵	fa:n¹	ku⁴	hu³
风	回	翻	做	云

风云多变幻,

8-1120

古	友	不	米	正
Guh	youx	mbouj	miz	cingz
ku⁴	ju⁴	bou⁵	mi²	ɕiŋ²
做	友	不	有	情

朋友无情义。

男唱

8-1121

务	论	牙	务	论

Huj　laep　yah　huj　laep

hu^3　lap^7　ja^6　hu^3　lap^7

云　黑　呀　云　黑

乌云呀乌云，

8-1122

在	里	加	务	黑

Ywq　ndaw　caj　huj　ndaem

ju^5　dau^1　kja^3　hu^3　nan^1

在　里　等　云　黑

还在等黑云。

8-1123

东	不	外	灯	日

Ndongq　mbouj　vaij　daeng　ngoenz

$do{:}\eta^5$　bou^5　$va{:}i^3$　$ta\eta^1$　ηon^2

明亮　不　过　灯　天

不比太阳亮，

8-1124

务	师	是	利	论

Huj　cw　cix　lij　laep

hu^3　ςu^1　ςi^4　li^4　lap^7

云　遮　是　还　黑

云遮也变暗。

女唱

8-1125

务	论	牙	务	论

Huj　laep　yah　huj　laep

hu^3　lap^7　ja^6　hu^3　lap^7

云　黑　呀　云　黑

乌云呀乌云，

8-1126

在	里	加	务	黑

Ywq　ndaw　caj　huj　ndaen

ju^5　dau^1　kja^3　hu^3　nan^1

在　里　等　云　黑

还在等黑云。

8-1127

务	师	封	灯	日

Huj　cw　fung　daeng　ngoenz

hu^3　ςu^1　$fu\eta^1$　$ta\eta^1$　ηon^2

云　遮　封　灯　天

乌云遮太阳，

8-1128

偻	难	办	备	农

Raeuz　nanz　baenz　beix　nuengx

$\textit{ɹau}^2$　$na{:}n^2$　pan^2　pi^4　$nu{:}\eta^4$

我们　难　成　兄　妹

我俩难成亲。

男唱	女唱

男唱

8-1129

务	论	牙	务	论
Huj	laep	yah	huj	laep
hu³	lap⁷	ja⁶	hu³	lap⁷
云	黑	呀	云	黑

乌云呀乌云，

8-1130

在	里	加	务	黑
Ywq	ndaw	caj	huj	ndaem
juɯ⁵	dau¹	kja³	hu³	nan¹
在	里	等	云	黑

还在等黑云。

8-1131

农	银	牙	农	银
Nuengx	ngaenz	yah	nuengx	ngaenz
nuːŋ⁴	ŋan²	ja⁶	nuːŋ⁴	ŋan²
妹	银	呀	妹	银

小妹呀小妹，

8-1132

在	拉	架	会	坤
Ywq	laj	gyaz	faex	goen
juɯ⁵	la³	kja²	fai⁴	kon¹
在	下	草丛	树	粉单竹

独自竹林下。

女唱

8-1133

务	论	牙	务	论
Huj	laep	yah	huj	laep
hu³	lap⁷	ja⁶	hu³	lap⁷
云	黑	呀	云	黑

乌云呀乌云，

8-1134

在	里	加	务	黑
Ywq	ndaw	caj	huj	ndaem
juɯ⁵	dau¹	kja³	hu³	nan¹
在	里	等	云	黑

还在等黑云。

8-1135

金	刀	完	得	银
Gim	dauq	vuenh	ndaej	ngaenz
kin¹	taːu⁵	vuːn⁶	dai³	ŋan²
金	倒	换	得	银

金子变银子，

8-1136

文	偻	心	不	念
Vunz	raeuz	sim	mbouj	net
vun²	ɣau²	θin¹	bou⁵	neːt⁷
人	我们	心	不	实

我们心难安。

男唱

8-1137

务	论	牙	务	论
Huj	laep	yah	huj	laep
hu³	lap⁷	ja⁶	hu³	lap⁷
云	黑	呀	云	黑

乌云呀乌云，

8-1138

在	里	加	务	绿
Ywq	ndaw	caj	huj	heu
ju⁵	daɯ¹	kja³	hu³	he:u¹
在	里	等	云	青

还在等青云。

8-1139

往	你	农	巴	丢
Uengj	mwngz	nuengx	bak	diu
va:ŋ³	mɯŋ²	nu:ŋ⁴	pa:k⁷	ti:u¹
枉	你	妹	嘴	刁

枉你巧舌妹，

8-1140

空	知	求	务	论
Ndwi	rox	giuz	huj	laep
dɯi¹	ɣo⁴	ki:u²	hu³	lap⁷
不	知	求	云	黑

不会求乌云。

女唱

8-1141

务	论	牙	务	论
Huj	laep	yah	huj	laep
hu³	lap⁷	ja⁶	hu³	lap⁷
云	黑	呀	云	黑

乌云呀乌云，

8-1142

在	里	加	务	绿
Ywq	ndaw	caj	huj	heu
ju⁵	daɯ¹	kja³	hu³	he:u¹
在	里	等	云	青

还在等青云。

8-1143

往	乜	巴	你	丢
Uengj	meh	bak	mwngz	diu
va:ŋ³	me⁶	pa:k⁷	mɯŋ²	ti:u¹
枉	母	嘴	你	刁

你母人伶俐，

8-1144

条	条	你	全	知
Diuz	diuz	mwngz	gyonj	rox
ti:u²	ti:u²	mɯŋ²	kjo:n³	ɣo⁴
条	条	你	都	知

样样你都懂。

男唱

8-1145

务	论	牙	务	论
Huj	laep	yah	huj	laep
hu³	lap⁷	ja⁶	hu³	lap⁷
云	黑	呀	云	黑

乌云呀乌云,

8-1146

在	里	加	务	绿
Ywq	ndaw	caj	huj	heu
juɯ⁵	dauɯ¹	kja³	hu³	heːu¹
在	里	等	云	青

还在等青云。

8-1147

往	乜	巴	你	丢
Uengj	meh	bak	mwngz	diu
vaːŋ³	me⁶	paːk⁷	muɯŋ²	tiːu¹
枉	母	嘴	你	刁

你母人伶俐,

8-1148

生	拉	桥	务	论
Swngh	laj	giuz	huj	laep
θuɯŋ⁵	la³	kiːu²	hu³	lap⁷
生	下	桥	云	黑

阴天生桥下。

女唱

8-1149

务	论	牙	务	论
Huj	laep	yah	huj	laep
hu³	lap⁷	ja⁶	hu³	lap⁷
云	黑	呀	云	黑

乌云呀乌云,

8-1150

在	里	加	务	绿
Ywq	ndaw	caj	huj	heu
juɯ⁵	dauɯ¹	kja³	hu³	heːu¹
在	里	等	云	青

还在等青云。

8-1151

巴	立	动	空	丢
Bak	leih	dungx	ndwi	diu
paːk⁷	lei⁶	tuŋ⁴	duːi¹	tiːu¹
嘴	利	肚	不	刁

嘴利脑不灵,

8-1152

生	下	桥	是	了
Seng	roengz	giuz	cix	liux
θeːŋ¹	ɣoŋ²	kiːu²	ɕi⁴	liːu⁴
生	下	桥	就	算

桥下生也罢。

男唱

8-1153

务	论	牙	务	论
Huj	laep	yah	huj	laep
hu³	lap⁷	ja⁶	hu³	lap⁷
云	黑	呀	云	黑

乌云呀乌云，

8-1154

在	里	加	务	好
Ywq	ndaw	caj	huj	hau
ɰɯ⁵	dau¹	kja³	hu³	ha:u¹
在	里	等	云	白

还在等白云。

8-1155

贝	邦	伏	同	交
Bae	biengz	fwx	doengh	gyau
pai¹	pi:ŋ²	fə⁴	toŋ²	kja:u¹
去	地方	别人	相	交

去远方交友，

8-1156

狼	少	作	务	论
Langh	sau	coq	huj	laep
la:ŋ⁶	θa:u¹	ço⁵	hu³	lap⁷
放	姑娘	放	云	黑

留妹乌云下。

女唱

8-1157

务	论	牙	务	论
Huj	laep	yah	huj	laep
hu³	lap⁷	ja⁶	hu³	lap⁷
云	黑	呀	云	黑

乌云呀乌云，

8-1158

在	里	加	务	好
Ywq	ndaw	caj	huj	hau
ɰɯ⁵	dau¹	kja³	hu³	ha:u¹
在	里	等	云	白

还在等白云。

8-1159

勒	仗	古	包	少
Lawh	saenq	guh	mbauq	sau
ləɯ⁶	θin⁵	ku⁴	ba:u⁵	θa:u¹
换	信	做	小伙	姑娘

换信做兄妹，

8-1160

老	开	么	了	农
Lau	gij	maz	liux	nuengx
la:u¹	ka:i²	ma²	li:u⁴	nu:ŋ⁴
怕	什么	么	啰	妹

还忌讳什么？

男唱

8-1161

务	论	牙	务	论
Huj	laep	yah	huj	laep
hu³	lap⁷	ja⁶	hu³	lap⁷
云	黑	呀	云	黑

乌云呀乌云,

8-1162

在	里	加	务	好
Ywq	ndaw	caj	huj	hau
juɯ⁵	dau¹	kja³	hu³	ha:u¹
在	里	等	云	白

还在等白云。

8-1163

勒	仪	古	包	少
Lawh	saenq	guh	mbauq	sau
ləɯ⁶	θin⁵	ku⁴	ba:u⁵	θa:u¹
换	信	做	小伙	姑娘

换信做兄妹,

8-1164

可	老	不	外	秀
Goj	lau	mbouj	vaij	ciuh
ko⁵	la:u¹	bou⁵	va:i³	çi:u⁶
也	怕	不	过	世

就怕不到头。

女唱

8-1165

务	论	牙	务	论
Huj	laep	yah	huj	laep
hu³	lap⁷	ja⁶	hu³	lap⁷
云	黑	呀	云	黑

乌云呀乌云,

8-1166

在	里	加	务	好
Ywq	ndaw	caj	huj	hau
juɯ⁵	dau¹	kja³	hu³	ha:u¹
在	里	等	云	白

还在等白云。

8-1167

往	秀	包	秀	少
Uengj	ciuh	mbauq	ciuh	sau
va:ŋ³	çi:u⁶	ba:u⁵	çi:u⁶	θa:u¹
枉	世	小伙	世	姑娘

枉费一世情,

8-1168

得	交	心	是	念
Ndaej	gyau	sim	cix	net
dai³	kja:u¹	θin¹	çi⁴	ne:t⁷
得	交	心	就	实

交心才踏实。

男唱

8-1169

务	论	牙	务	论
Huj	laep	yah	huj	laep
hu^3	lap^7	ja^6	hu^3	lap^7
云	黑	呀	云	黑

乌云呀乌云，

8-1170

在	里	加	务	好
Ywq	ndaw	caj	huj	hau
ju^5	dau^1	kja^3	hu^3	$ha{:}u^1$
在	里	等	云	白

还在等白云。

8-1171

往	秀	包	秀	少
Uengj	ciuh	mbauq	ciuh	sau
$va{:}\eta^3$	$\varsigma i{:}u^6$	$ba{:}u^5$	$\varsigma i{:}u^6$	$\theta a{:}u^1$
枉	世	小伙	世	姑娘

枉兄妹一场，

8-1172

同	交	不	同	得
Doengh	gyau	mbouj	doengh	ndaej
$to\eta^2$	$kja{:}u^1$	bou^5	$to\eta^2$	dai^3
相	交	不	相	得

有缘也无份。

女唱

8-1173

务	论	牙	务	论
Huj	laep	yah	huj	laep
hu^3	lap^7	ja^6	hu^3	lap^7
云	黑	呀	云	黑

乌云呀乌云，

8-1174

在	里	加	务	好
Ywq	ndaw	caj	huj	hau
ju^5	dau^1	kja^3	hu^3	$ha{:}u^1$
在	里	等	云	白

还在等白云。

8-1175

同	勒	古	包	少
Doengh	lawh	guh	mbauq	sau
$to\eta^2$	$l\mathmu^6$	ku^4	$ba{:}u^5$	$\theta a{:}u^1$
相	换	做	小伙	姑娘

交心做朋友，

8-1176

同	交	古	备	农
Doengh	gyau	guh	beix	nuengx
$to\eta^2$	$kja{:}u^1$	ku^4	pi^4	$nu{:}\eta^4$
相	交	做	兄	妹

结交成兄妹。

男唱

8-1177

本	论	务	三	层
Mbwn	laep	huj	sam	caengz
bun¹	lap⁷	hu³	θa:n¹	ɕaŋ²
天	黑	云	三	层

乌云罩青天，

8-1178

强	患	空	米	庙
Giengz	fangz	ndwi	miz	miuh
ki:ŋ²	fa:ŋ²	du:i¹	mi²	mi:u⁶
像	鬼	不	有	庙

似孤魂野鬼。

8-1179

务	更	本	论	了
Huj	gwnz	mbwn	laep	liux
hu³	kɯn²	bun¹	lap⁷	li:u⁴
云	上	天	黑	完

乌云罩青天，

8-1180

沙	田	邦	不	米
Ra	dieg	baengh	mbouj	miz
ɹa¹	ti:k⁸	paŋ⁶	bou⁵	mi²
找	地	靠	不	有

无安生之地。

女唱

8-1181

本	论	务	三	层
Mbwn	laep	huj	sam	caengz
bun¹	lap⁷	hu³	θa:n¹	ɕaŋ²
天	黑	云	三	层

乌云罩青天，

8-1182

强	患	空	米	庙
Giengz	fangz	ndwi	miz	miuh
ki:ŋ²	fa:ŋ²	du:i¹	mi²	mi:u⁶
像	鬼	不	有	庙

似孤魂野鬼。

8-1183

务	更	本	论	了
Huj	gwnz	mbwn	laep	liux
hu³	kɯn²	bun¹	lap⁷	li:u⁴
云	上	天	黑	完

乌云罩青天，

8-1184

利	邦	备	古	三
Lij	baengh	beix	guh	san
li⁴	paŋ⁶	pi⁴	ku⁴	θa:n¹
还	靠	兄	做	山

有兄做靠山。

男唱

8-1185

本	论	务	三	层
Mbwn	laep	huj	sam	caengz
bɯn¹	lap⁷	hu³	θaːn¹	çaŋ²
天	黑	云	三	层

乌云罩青天，

8-1186

强	患	空	米	罗
Giengz	fangz	ndwi	miz	loh
kiːŋ²	faːŋ²	dɯi¹	mi²	lo⁶
像	鬼	不	有	路

似孤魂野鬼。

8-1187

包	少	付	样	勾
Mbauq	sau	fouz	yiengh	ngaeu
baːu⁵	θaːu¹	fu²	juːŋ⁶	ŋau¹
小伙	姑娘	浮	样	钩

兄妹情未定，

8-1188

备	不	知	说	而
Beix	mbouj	rox	naeuz	rawz
pi⁴	bou⁵	ɹo⁴	nau²	ɹaɯ²
兄	不	知	说	什么

兄无须多言。

女唱

8-1189

本	论	务	三	层
Mbwn	laep	huj	sam	caengz
bɯn¹	lap⁷	hu³	θaːn¹	çaŋ²
天	黑	云	三	层

乌云罩青天，

8-1190

强	患	空	米	罗
Giengz	fangz	ndwi	miz	loh
kiːŋ²	faːŋ²	dɯi¹	mi²	lo⁶
像	鬼	不	有	路

似孤魂野鬼。

8-1191

务	更	本	论	托
Huj	gwnz	mbwn	laep	doh
hu³	kɯn²	bɯn¹	lap⁷	to⁶
云	上	天	黑	遍

乌云遮住天，

8-1192

知	农	友	卩	而
Rox	nuengx	youx	boux	lawz
ɹo⁴	nuːŋ⁴	ju⁴	pu⁴	laɯ²
知	妹	友	人	哪

不识我情侣。

男唱

8-1193

本	论	务	三	层
Mbwn	laep	huj	sam	caengz
bɯn¹	lap⁷	hu³	θaːn¹	çaŋ²
天	黑	云	三	层

乌云罩青天，

8-1194

强	患	空	米	庙
Giengz	fangz	ndwi	miz	miuh
kiːŋ²	faːŋ²	dɯːi¹	mi²	miːu⁶
像	鬼	不	有	庙

似孤魂野鬼。

8-1195

务	师	本	是	了
Huj	cw	mbwn	cix	liux
hu³	çɯ¹	bɯn¹	çi⁴	liːu⁴
云	遮	天	就	算

云遮天也罢，

8-1196

备	古	友	给	你
Beix	guh	youx	hawj	mwngz
pi⁴	ku⁴	ju⁴	həɯ³	mɯŋ²
兄	做	友	给	你

哥做你情友。

女唱

8-1197

本	论	务	三	层
Mbwn	laep	huj	sam	caengz
bɯn¹	lap⁷	hu³	θaːn¹	çaŋ²
天	黑	云	三	层

乌云罩青天，

8-1198

老	知	反	头	团
Lau	rox	fan	gyaeuj	donz
laːu¹	ɣo⁴	faːn¹	kjau³	toːn²
怕	知	反	头	团

怕改姓易代。

8-1199

你	走	定	刚	观
Mwngz	yamq	din	gangq	gonq
mɯŋ²	jaːm⁵	tin¹	kaːŋ⁵	koːn⁵
你	走	脚	先	前

你一马当先，

8-1200

是	办	份	土	你
Cix	baenz	faenh	duz	mwngz
çi⁴	pan²	fan⁶	tu²	mɯŋ²
就	成	份	的	你

必不虚此行。

男唱	女唱

8-1201

本　论　务　三　层
Mbwn　laep　huj　sam　caengz
bun¹　lap⁷　hu³　θa:n¹　çaŋ²
天　黑　云　三　层
乌云罩青天，

8-1202

老　知　反　头　代
Lau　rox　fan　gyaeuj　daiz
la:u¹　ɪo⁴　fa:n¹　kjau³　ta:i²
怕　知　反　头　台
怕大官落马。

8-1203

反　秀　贝　大　才
Fan　ciuh　bae　dah　raix
fa:n¹　çi:u⁶　pai¹　ta⁶　ɪa:i⁴
反　世　去　实　在
世态若炎凉，

8-1204

备　托　乃　跟　你
Beix　doek　naiq　riengz　mwngz
pi⁴　tok⁷　na:i⁵　ɪi:ŋ²　muŋ²
兄　落　累　跟　你
兄为你感伤。

8-1205

本　论　务　三　层
Mbwn　laep　huj　sam　caengz
bun¹　lap⁷　hu³　θa:n¹　çaŋ²
天　黑　云　三　层
乌云罩青天，

8-1206

老　知　反　头　代
Lau　rox　fan　gyaeuj　daiz
la:u¹　ɪo⁴　fa:n¹　kjau³　ta:i²
怕　知　反　头　台
怕大官落马。

8-1207

可　利　土　在　才
Goj　lix　dou　ywq　caih
ko⁵　li⁴　tu¹　ju⁵　ça:i⁶
也　剩　我　在　在
只要有我在，

8-1208

八　托　乃　备　银
Bah　doek　naiq　beix　ngaenz
pa⁶　tok⁷　na:i⁵　pi⁴　ŋan²
莫　急　落　累　兄　银
情哥莫感伤。

男唱

8-1209

本	论	务	三	层
Mbwn	laep	huj	sam	caengz
bun¹	lap⁷	hu³	θa:n¹	çaŋ²
天	黑	云	三	层

乌云罩青天，

8-1210

老	知	反	天	下
Lau	rox	fan	denh	yah
la:u¹	ɹo⁴	fa:n¹	ti:n¹	ja⁶
怕	知	翻	天	下

怕天翻地覆。

8-1211

反	秀	贝	是	八
Fan	ciuh	bae	cix	bah
fa:n¹	çi:u⁶	pai¹	çi⁴	pa⁶
翻	世	去	就	罢

改朝不要紧，

8-1212

天	下	利	双	偻
Denh	yah	lij	song	raeuz
ti:n¹	ja⁶	li⁴	θo:ŋ¹	ɹau²
天	下	还	两	我们

还有我俩在。

女唱

8-1213

本	论	务	三	层
Mbwn	laep	huj	sam	caengz
bun¹	lap⁷	hu³	θa:n¹	çaŋ²
天	黑	云	三	层

乌云罩青天，

8-1214

老	知	反	天	下
Lau	rox	fan	denh	yah
la:u¹	ɹo⁴	fa:n¹	ti:n¹	ja⁶
怕	知	翻	天	下

怕天翻地覆。

8-1215

反	秀	贝	是	八
Fan	ciuh	bae	cix	bah
fa:n¹	çi:u⁶	pai¹	çi⁴	pa⁶
翻	世	去	就	罢

任世事变迁，

8-1216

可	利	农	伴	龙
Goj	lij	nuengx	buenx	lungz
ko⁵	li⁴	nu:ŋ⁴	pu:n⁴	luŋ²
可	还	妹	伴	龙

情妹永伴哥。

男唱

8-1217

务	更	本	全	刀
Huj	gwnz	mbwn	cienj	dauq
hu³	kun²	buun¹	çu:n³	ta:u⁵
云	上	天	转	回

天上云翻覆，

8-1218

义	又	老	外	贝
Ngeix	youh	lau	vaij	bae
ȵi⁴	jou⁴	la:u¹	va:i³	pai¹
想	又	怕	过	去

仍心有余悸。

8-1219

爱	讲	满	跟	美
Ngaiq	gangj	monh	riengz	maez
ŋa:i⁵	ka:ŋ³	mo:n⁶	ɹi:ŋ²	mai²
爱	讲	情	跟	爱

爱谈情说爱，

8-1220

老	少	贝	不	刀
Lau	sau	bae	mbouj	dauq
la:u¹	θa:u¹	pai¹	bou⁵	ta:u⁵
怕	姑娘	去	不	回

怕妹不复返。

女唱

8-1221

务	更	本	全	刀
Huj	gwnz	mbwn	cienj	dauq
hu³	kun²	buun¹	çu:n³	ta:u⁵
云	上	天	转	回

天上云翻覆，

8-1222

义	又	老	外	贝
Ngeix	youh	lau	vaij	bae
ȵi⁴	jou⁴	la:u¹	va:i³	pai¹
想	又	怕	过	去

仍心有余悸。

8-1223

观	讲	满	跟	美
Gonq	gangj	monh	riengz	maez
ko:n⁵	ka:ŋ³	mo:n⁶	ɹi:ŋ²	mai²
前	讲	情	跟	爱

论谈情说爱，

8-1224

邦	而	不	当	姓
Biengz	lawz	mbouj	dangq	singq
pi:ŋ²	lau²	bou⁵	ta:ŋ⁵	θiŋ⁵
地方	哪	不	另	姓

异姓兄妹多。

男 唱	女 唱

8-1225

务	更	本	才	支
Huj	gwnz	mbwn	raiz	sei
hu³	kɯn²	buɯn¹	ɹa:i²	θi¹
云	上	天	花纹	丝

云彩带花纹，

8-1226

手	特	皮	跟	间
Fwngz	dawz	biz	riengz	gen
fuɯŋ²	tɯɯz²	pi²	ɹiɯ:ŋ²	ke:n¹
手	拿	匕首	跟	手臂

匕首不离身。

8-1227

务	更	本	同	专
Huj	gwnz	mbwn	doengz	cienj
hu³	kɯn²	buɯn¹	toŋ²	ɕuːn³
云	上	天	同	转

天上云翻转，

8-1228

老	田	农	不	平
Lau	denz	nuengx	mbouj	bingz
la:u¹	te:n²	nuː:ŋ⁴	bou⁵	piŋ²
怕	地	妹	不	平

此地不太平。

8-1229

务	更	本	才	格
Huj	gwnz	mbwn	raiz	gek
hu³	kɯn²	buɯn¹	ɹa:i²	ke:k⁷
云	上	天	花纹	格

云彩带花纹，

8-1230

又	说	额	不	平
Youh	naeuz	ngieg	mbouj	bingz
jou⁴	nau²	ŋe:k⁸	bou⁵	piŋ²
又	说	蛟龙	不	平

还说不太平。

8-1231

务	才	格	不	真
Huj	raiz	gek	mbouj	caen
hu³	ɹa:i²	ke:k⁷	bou⁵	ɕin¹
云	花纹	格	不	真

云彩花不正，

8-1232

又	说	正	不	良
Youh	naeuz	cingz	mbouj	lengj
jou⁴	nau²	ɕiŋ²	bou⁵	le:ŋ⁶
又	说	情	不	靓

说彩礼不好。

男唱

8-1233

务	更	本	才	支
Huj	gwnz	mbwn	raiz	sei
hu³	kɯn²	bun¹	ɹaːi²	θi¹
云	上	天	花纹	丝

云彩呈花丝，

8-1234

手	特	皮	跟	间
Fwngz	dawz	biz	riengz	gen
fuŋ²	təɯ²	pi²	ɹiːŋ²	keːn¹
手	拿	匕首	跟	手臂

匕首不离身。

8-1235

务	更	本	同	专
Huj	gwnz	mbwn	doengz	cienj
hu³	kɯn²	bun¹	toŋ²	ɕuːn³
云	上	天	同	转

天上云彩转，

8-1236

田	农	刀	伏	站
Denz	nuengx	dauq	fwx	soengz
teːn²	nuːŋ⁴	taːu⁵	fə⁴	θoŋ²
地	妹	回	别人	站

妹落脚他乡。

女唱

8-1237

务	更	本	才	格
Huj	gwnz	mbwn	raiz	gek
hu³	kɯn²	bun¹	ɹaːi²	keːk⁷
云	上	天	花纹	格

云彩呈花格，

8-1238

又	说	额	不	从
Youh	naeuz	ngieg	mbouj	coengz
jou⁴	nau²	ŋeːk⁸	bou⁵	ɕoŋ²
又	说	蛟龙	不	从

还说不太平。

8-1239

自	写	田	四	方
Gag	ce	denz	seiq	fueng
kaːk⁸	ɕe¹	teːn²	θei⁵	fuːŋ¹
自	留	地	四	方

你背井离乡，

8-1240

又	说	同	不	爱
Youh	naeuz	doengz	mbouj	ngaiq
jou⁴	nau²	toŋ²	bou⁵	ŋaːi⁵
又	说	同	不	爱

怪朋友不爱。

男唱

8-1241

务	更	本	才	单
Huj	gwnz	mbwn	raiz	gyan
hu^3	$kuun^2$	$buun^1$	$\textit{ra:i}^2$	$kja:n^1$
云	上	天	花纹	干栏

云呈栏干纹，

8-1242

汉	吃	水	吨	歪
Hat	gwn	raemx	daemz	vaiz
$ha:t^7$	$kuun^1$	$\textit{ran}^4$	tan^2	$va:i^2$
渴	喝	水	塘	水牛

饮塘水解渴。

8-1243

合	汉	不	老	代
Hoz	hat	mbouj	lau	dai
ho^2	$ha:t^7$	bou^5	$la:u^1$	$ta:i^1$
喉	渴	不	怕	死

口渴不怕死，

8-1244

小	财	加	土	观
Souj	caiz	caj	dou	gonq
$\theta i:u^3$	$\varphi a:i^2$	kja^3	tu^1	$ko:n^5$
守	财	等	我	先

先为我守财。

女唱

8-1245

务	更	本	才	单
Huj	gwnz	mbwn	raiz	gyan
hu^3	$kuun^2$	$buun^1$	$\textit{ra:i}^2$	$kja:n^1$
云	上	天	花纹	干栏

云呈栏干纹，

8-1246

汉	吃	水	吨	牛
Hat	gwn	raemx	daemz	cwz
$ha:t^7$	$kuun^1$	$\textit{ran}^4$	tan^2	φuu^2
渴	喝	水	塘	黄牛

饮塘水解渴。

8-1247

合	汉	不	办	而
Hoz	hat	mbouj	baenz	rawz
ho^2	$ha:t^7$	bou^5	pan^2	$\textit{rauu}^2$
喉	渴	不	成	什么

口渴不算啥，

8-1248

站	时	一	可	得
Soengz	seiz	ndeu	goj	ndaej
$\theta o\eta^2$	θi^2	$de:u^1$	ko^5	dai^3
站	时	一	也	得

站一下无妨。

男唱

8-1249

务	更	本	才	单
Huj	gwnz	mbwn	raiz	gyan
hu³	kuun²	bun¹	ɹaːi²	kjaːn¹
云	上	天	花纹	干栏

云呈栏干纹，

8-1250

汉	吃	水	桥	付
Hat	gwn	raemx	giuz	fouz
haːt⁷	kuun¹	ɹan⁴	kiːu²	fu²
渴	喝	水	桥	浮

喝脏水解渴。

8-1251

小	些	古	友	士
Siuj	sej	guh	youx	dou
θiːu³	θe³	ku⁴	ju⁴	tu¹
姑	且	做	友	我

姑且为我友，

8-1252

忧	开	么	了	农
You	gij	maz	liux	nuengx
jou¹	kaːi²	ma²	liːu⁴	nuːŋ⁴
忧	什么		啰	妹

妹还忧虑啥？

女唱

8-1253

务	更	本	才	单
Huj	gwnz	mbwn	raiz	gyan
hu³	kuun²	bun¹	ɹaːi²	kjaːn¹
云	上	天	花纹	干栏

云呈栏干纹，

8-1254

汉	吃	水	桥	付
Hat	gwn	raemx	giuz	fouz
haːt⁷	kuun¹	ɹan⁴	kiːu²	fu²
渴	喝	水	桥	浮

口渴喝脏水。

8-1255

小	些	古	友	士
Siuj	sej	guh	youx	dou
θiːu³	θe³	ku⁴	ju⁴	tu¹
姑	且	做	友	我

姑且为我友，

8-1256

洋	特	心	对	正
Yaeng	dawz	sim	doiq	cingq
jaŋ¹	təɯ²	θin¹	toːi⁵	ɕiŋ⁵
再	拿	心	对	正

再放平心态。

男唱	女唱

8-1257

务	更	本	才	单
Huj	gwnz	mbwn	raiz	gyan
hu³	kun²	bun¹	ɹaːi²	kjaːn¹
云	上	天	花纹	干栏

云呈栏干纹，

8-1258

汉	吃	水	桥	头
Hat	gwn	raemx	giuz	daeuz
haːt⁷	kun¹	ɹan⁴	kiːu²	tau²
渴	喝	水	桥	头

口渴喝脏水。

8-1259

汉	元	是	利	说
Hanx	yenz	cix	lij	naeuz
haːn⁴	jeːn⁶	çi⁴	li⁴	nau²
古	书	就	还	说

古书上记载，

8-1260

讲	文	偻	皮	清
Gangj	vunz	raeuz	biz	gingq
kaːŋ³	vun²	ɹau²	pi²	kiŋ⁵
讲	人	我们	必	经

讲人类起源。

8-1261

务	更	本	才	单
Huj	gwnz	mbwn	raiz	gyan
hu³	kun²	bun¹	ɹaːi²	kjaːn¹
云	上	天	花纹	干栏

云呈栏干纹，

8-1262

汉	吃	水	桥	头
Hat	gwn	raemx	giuz	daeuz
haːt⁷	kun¹	ɹan⁴	kiːu²	tau²
渴	喝	水	桥	头

口渴喝脏水。

8-1263

关	伏	是	年	偻
Gvan	fwx	cix	nem	raeuz
kwan¹	fə⁴	çi⁴	neːm¹	ɹau²
夫	别人	就	贴	我们

人夫愿跟我，

8-1264

不	是	生	王	岁
Mbouj	cix	saemq	vuengz	saeq
bou⁵	çi⁴	θan⁵	vuːŋ²	θai⁵
不	是	庚	王	小

我俩非发小。

男唱

8-1265

务	更	本	才	单
Huj	gwnz	mbwn	raiz	gyan
hu³	kuːn²	buːn¹	ɹaːi²	kjaːn¹
云	上	天	花纹	干栏

云呈栏干纹,

8-1266

汉	吃	水	桥	头
Hat	gwn	raemx	giuz	daeuz
haːt⁷	kuːn¹	ɹan⁴	kiːu²	tau²
渴	喝	水	桥	头

口渴喝脏水。

8-1267

农	不	特	句	偻
Nuengx	mbouj	dawz	coenz	raeuz
nuːŋ⁴	bou⁵	təɯ²	kjon²	ɹau²
妹	不	拿	句	我们

妹不听我说,

8-1268

长	刘	外	桥	灯
Ciengz	liuz	vaij	giuz	daemq
ɕiːŋ²	liːu²	vaːi³	kiːu²	tan⁵
常	常	过	桥	低

终生走歧路。

女唱

8-1269

务	更	本	才	单
Huj	gwnz	mbwn	raiz	gyan
hu³	kuːn²	buːn¹	ɹaːi²	kjaːn¹
云	上	天	花纹	干栏

云呈栏干纹,

8-1270

汉	吃	水	桥	头
Hat	gwn	raemx	giuz	daeuz
haːt⁷	kuːn¹	ɹan⁴	kiːu²	tau²
渴	喝	水	桥	头

口渴喝脏水。

8-1271

偻	刀	可	爱	偻
Raeuz	dauq	goj	ngaiq	raeuz
ɹau²	taːu⁵	ko⁵	ŋaːi⁵	ɹau²
我们	倒	也	爱	我们

我俩相爱慕,

8-1272

不	阝	帮	偻	祘
Mbouj	boux	bangh	raeuz	suenq
bou⁵	pu⁴	paːŋ¹	ɹau²	θuːn⁵
无	人	帮	我们	算

无人帮筹谋。

男唱

8-1273

务	更	本	才	单
Huj	gwnz	mbwn	raiz	gyan
hu^3	kun^2	bun^1	ɹaːi^2	kjaːn^1
云	上	天	花纹	干栏

云呈栏干纹，

8-1274

汉	吃	水	桥	单
Hat	gwn	raemx	giuz	dan
haːt^7	kun^1	ɹan^4	kiːu^2	taːn^1
渴	喝	水	桥	滩

口渴喝脏水。

8-1275

山	背	阳	不	堂
Bya	boih	ndit	mbouj	daengz
pja^1	poːi^6	dit^7	bou^5	taŋ^2
山	背	阳光	不	到

阴面无阳光，

8-1276

务	反	贝	反	刀
Huj	fan	bae	fan	dauq
hu^3	faːn^1	pai^1	faːn^1	taːu^5
云	翻	去	翻	回

风云多翻覆。

女唱

8-1277

务	更	本	才	单
Huj	gwnz	mbwn	raiz	gyan
hu^3	kun^2	bun^1	ɹaːi^2	kjaːn^1
云	上	天	花纹	干栏

云呈栏干纹，

8-1278

汉	吃	水	桥	单
Hat	gwn	raemx	giuz	dan
haːt^7	kun^1	ɹan^4	kiːu^2	taːn^1
渴	喝	水	桥	滩

口渴喝脏水。

8-1279

讲	真	定	么	江
Gangj	caen	dingh	maq	gyang
kaːŋ^3	çin^1	tiŋ^6	ma^5	kjaːŋ^1
讲	真	定	嘛	友

怎能说得准，

8-1280

润	反	务	是	全
Rumz	fan	huj	cix	cienj
ɹun^2	faːn^1	hu^3	çi^4	çuːn^3
风	翻	云	就	转

风云多变幻。

男唱

8-1281

务	更	本	才	单
Huj	gwnz	mbwn	raiz	gyan
hu³	kuːn²	bun¹	ɹaːi²	kjaːn¹
云	上	天	花纹	干栏

云呈栏干纹，

8-1282

汉	吃	水	桥	单
Hat	gwn	raemx	giuz	dan
haːt⁷	kuːn¹	ɹan⁴	kiːu²	taːn¹
渴	喝	水	桥	滩

口渴喝脏水。

8-1283

山	背	阳	不	堂
Bya	boih	ndit	mbouj	daengz
pja¹	poːi⁶	dit⁷	bou⁵	taŋ²
山	背	阳光	不	到

阴面无阳光，

8-1284

文	下	仿	牙	仿
Fwn	roengz	bengx	yah	bengx
vun¹	ɹoŋ²	peːŋ⁴	ja⁶	peːŋ⁴
雨	下	纷	呀	纷

山雨落纷纷。

女唱

8-1285

务	更	本	才	单
Huj	gwnz	mbwn	raiz	gyan
hu³	kuːn²	bun¹	ɹaːi²	kjaːn¹
云	上	天	花纹	干栏

云呈栏干纹，

8-1286

汉	吃	水	桥	单
Hat	gwn	raemx	giuz	dan
haːt⁷	kuːn¹	ɹan⁴	kiːu²	taːn¹
渴	喝	水	桥	滩

口渴喝脏水。

8-1287

山	背	阳	不	堂
Bya	boih	ndit	mbouj	daengz
pja¹	poːi⁶	dit⁷	bou⁵	taŋ²
山	背	阳光	不	到

阴面无阳光，

8-1288

文	下	邦	庆	远
Fwn	roengz	biengz	ging	yenj
vun¹	ɹoŋ²	piːŋ²	kiŋ³	juːn⁶
雨	下	地方	庆	远

庆远下大雨。

男唱

8-1289

更	本	三	层	务
Gwnz	mbwn	sam	caengz	huj
kuɯn²	bun¹	θaːn¹	ɕaŋ²	hu³
上	天	三	层	云

天上三重云，

8-1290

拉	地	四	层	润
Laj	deih	seiq	caengz	rumz
la³	tei⁶	θei⁵	ɕaŋ²	ɾun²
下	地	四	层	风

地上大风吹。

8-1291

忧	苗	不	堂	更
You	miuz	mbouj	daengz	gwnz
jou¹	miːu²	bou⁵	taŋ²	kuɯn²
忧	禾苗	不	到	上

怕禾苗不长，

8-1292

文	拉	本	代	了
Vunz	laj	mbwn	dai	liux
vun²	la³	bun¹	taːi¹	liːu⁴
人	下	天	死	完

天下人饿死。

女唱

8-1293

务	是	全	用	本
Huj	cix	cienj	byongh	mbwn
hu³	ɕi⁴	ɕuːn³	pjoːŋ⁶	bun¹
云	是	转	半	天

云在空中转，

8-1294

润	是	吹	拉	地
Rumz	cix	ci	laj	deih
ɾun²	ɕi⁴	ɕi¹	la³	tei⁶
风	是	吹	下	地

风在地上吹。

8-1295

务	刀	师	拉	里
Huj	dauq	cw	ndau	ndeiq
hu³	taːu⁵	ɕuɯ¹	dau¹	di⁵
云	倒	遮	星	星

云层遮星辰，

8-1296

内	备	祘	不	通
Neix	beix	suenq	mbouj	doeng
ni⁴	pi⁴	θuːn⁵	bou⁵	toŋ¹
这	兄	算	不	通

情哥无计施。

男唱

8-1297

务	是	全	用	本
Huj	cix	cienj	byongh	mbwn
hu^3	φi^4	$\varphi u:n^3$	$pjo:\eta^6$	bun^1
云	是	转	半	天

云在空中转，

8-1298

润	是	吹	拉	地
Rumz	cix	ci	laj	deih
$\textrm{J}un^2$	φi^4	φi^1	la^3	tei^6
风	是	吹	下	地

风在地上吹。

8-1299

务	刀	师	拉	里
Huj	dauq	cw	ndau	ndeiq
hu^3	$ta:u^5$	φw^1	dau^1	di^5
云	倒	遮	星	星

云层遮星辰，

8-1300

采	拉	地	不	说
Byaij	laj	deih	mbouj	naeuz
$pja:i^3$	la^3	tei^6	bou^5	nau^2
走	下	地	不	说

也无计可施。

女唱

8-1301

务	不	知	古	务
Huj	mbouj	rox	guh	huj
hu^3	bou^5	$\textrm{J}o^4$	ku^4	hu^3
云	不	知	做	云

云不会做云，

8-1302

全	邦	伏	又	文
Cienj	biengz	fwx	youh	fwn
$\varphi u:n^3$	$pi:\eta^2$	$f\vartheta^4$	jou^4	vun^1
转	地方	别人	又	雨

转动就下雨。

8-1303

润	不	知	古	润
Rumz	mbouj	rox	guh	rumz
$\textrm{J}un^2$	bou^5	$\textrm{J}o^4$	ku^4	$\textrm{J}un^2$
风	不	知	做	风

风不会做风，

8-1304

后	邦	文	贝	在
Haeuj	biengz	vunz	bae	ywq
hau^3	$pi:\eta^2$	vun^2	pai^1	$jɯ^5$
进	地方	人	去	住

在此地停留。

男唱

8-1305

务	不	知	古	务
Huj	mbouj	rox	guh	huj
hu³	bou⁵	ɹo⁴	ku⁴	hu³
云	不	知	做	云

云不会做云，

8-1306

全	邦	文	又	文
Cienj	biengz	vunz	youh	fwn
çuːn³	piːŋ²	vun²	jou⁴	vun¹
转	地方	人	又	雨

翻滚就下雨。

8-1307

润	不	知	古	润
Rumz	mbouj	rox	guh	rumz
ɹun²	bou⁵	ɹo⁴	ku⁴	ɹun²
风	不	知	做	风

风不会做风，

8-1308

堂	用	本	又	三
Daengz	byongh	mbwn	youh	sanq
taŋ²	pjoːŋ⁶	bun¹	jou⁴	θaːn⁵
到	半	天	又	散

到空中又散。

女唱

8-1309

务	不	知	古	务
Huj	mbouj	rox	guh	huj
hu³	bou⁵	ɹo⁴	ku⁴	hu³
云	不	知	做	云

云不会做云，

8-1310

全	邦	文	又	文
Cienj	biengz	vunz	youh	fwn
çuːn³	piːŋ²	vun²	jou⁴	vun¹
转	地方	人	又	雨

翻滚就下雨。

8-1311

务	是	全	用	本
Huj	cix	cienj	byongh	mbwn
hu³	çi⁴	çuːn³	pjoːŋ⁶	bun¹
云	是	转	半	天

云在天空转，

8-1312

润	是	吹	尾	会
Rumz	cix	ci	byai	faex
ɹun²	çi⁴	çi¹	pjaːi¹	fai⁴
风	是	吹	尾	树

风吹动树梢。

男唱

8-1313

务	是	全	用	本
Huj	cix	cienj	byongh	mbwn
hu³	çi⁴	çu:n³	pjo:ŋ⁶	bun¹
云	是	转	半	天

云在天空转，

8-1314

润	是	吹	尾	会
Rumz	cix	ci	byai	faex
ɹun²	çi⁴	çi¹	pja:i¹	fai⁴
风	是	吹	尾	树

风吹动树梢。

8-1315

润	吹	狼	同	得
Rumz	ci	langh	doengh	ndaej
ɹun²	çi¹	la:ŋ⁶	toŋ²	dai³
风	吹	若	相	得

若得风相助，

8-1316

结	卜	妻	广	英
Giet	boh	maex	gvangj	in
ki:t⁷	po⁶	mai⁴	kwa:ŋ³	in¹
结	夫	妻	广	姻

让夫妻完婚。

女唱

8-1317

务	是	全	用	本
Huj	cix	cienj	byongh	mbwn
hu³	çi⁴	çu:n³	pjo:ŋ⁶	bun¹
云	是	转	半	天

云在天空转，

8-1318

润	是	吹	尾	会
Rumz	cix	ci	byai	faex
ɹun²	çi⁴	çi¹	pja:i¹	fai⁴
风	是	吹	尾	树

风吹动树梢。

8-1319

双	偻	狼	同	得
Song	raeuz	langh	doengh	ndaej
θo:ŋ¹	ɹau²	la:ŋ⁶	toŋ²	dai³
两	我们	若	相	得

若我俩成亲，

8-1320

利	口	务	跟	润
Lij	gaeuj	huj	riengz	rumz
li⁴	kau³	hu³	ɹi:ŋ²	ɹun²
还	看	云	跟	风

得益于上天。

男唱

8-1321

务 是 全 用 本

Huj cix cienj byongh mbwn

hu^{3} ɕi^{4} ɕuːn^{3} pjoːŋ^{6} bɯn^{1}

云 是 转 半 天

云在天空转，

8-1322

润 是 吹 拉 笂

Rumz cix ci laj yiuj

ɹun^{2} ɕi^{4} ɕi^{1} la^{3} jiːu^{3}

风 是 吹 下 仓

风吹谷仓下。

8-1323

特 句 土 貝 折

Dawz coenz dou bae euj

təɯ^{2} kjon^{2} tu^{1} pai^{1} eːu^{3}

拿 句 我 去 折

抛弃我的话，

8-1324

老 秀 农 貝 空

Lauq ciuh nuengx bae ndwi

laːu^{5} ɕiːu^{6} nuːŋ^{4} pai^{1} duːi^{1}

误 世 妹 去 空

枉费了青春。

女唱

8-1325

务 是 全 用 本

Huj cix cienj byongh mbwn

hu^{3} ɕi^{4} ɕuːn^{3} pjoːŋ^{6} bɯn^{1}

云 是 转 半 天

云在天空转，

8-1326

润 是 吹 拉 笂

Rumz cix ci laj yiuj

ɹun^{2} ɕi^{4} ɕi^{1} la^{3} jiːu^{3}

风 是 吹 下 仓

风吹谷仓下。

8-1327

少 跟 包 同 刘

Sau riengz mbauq doengz liuh

θaːu^{1} ɹiŋ^{2} baːu^{5} toŋ^{2} liːu^{6}

姑娘 跟 小伙 同 游

兄妹一起玩，

8-1328

又 老 秀 开 么

Youh lauq ciuh gij maz

jou^{4} laːu^{5} ɕiːu^{6} kaːi^{2} ma^{2}

又 误 世 什 么

必不枉青春。

男唱

8-1329

润	吹	貝	吹	貝
Rumz	ci	bae	ci	bae
ɹun²	çi¹	pai¹	çi¹	pai¹
风	吹	去	吹	去

风不断吹走，

8-1330

知	日	而	得	刀
Rox	ngoenz	rawz	ndaej	dauq
ɹo⁴	ŋon²	ɹuɯ²	dai³	ta:u⁵
知	天	什么	得	回

不知何时回。

8-1331

润	吹	貝	达	老
Rumz	ci	bae	dah	laux
ɹun²	çi¹	pai¹	ta⁶	la:u⁴
风	吹	去	河	大

风吹到河边，

8-1332

几	时	刀	马	王
Geij	seiz	dauq	ma	vaengz
ki³	θi²	ta:u⁵	ma¹	vaŋ²
几	时	回	来	潭

何时回潭边？

女唱

8-1333

润	吹	拜	庆	远
Rumz	ci	baih	ging	yenj
ɹun²	çi¹	pa:i⁶	kiŋ³	ju:n⁶
风	吹	边	庆	远

风往庆远吹，

8-1334

务	全	拜	皮	义
Huj	cienj	baih	bienz	nyiz
hu³	çu:n³	pa:i⁶	pi:n²	ȵi²
云	转	边	便	宜

云往山中转。

8-1335

山	背	是	开	立
Bya	boih	cix	gaej	liz
pja¹	po:i⁶	çi⁴	ka:i⁵	li²
山	背	是	莫	离

阴面相依偎，

8-1336

润	吹	是	开	三
Rumz	ci	cix	gaej	sanq
ɹun²	çi¹	çi⁴	ka:i⁵	θa:n⁵
风	吹	是	莫	散

别被风吹散。

男唱

8-1337

润	牙	吹	是	吹
Rumz	yah	ci	cix	ci
ɹun²	ja⁶	çi¹	çi⁴	çi¹
风	呀	吹	就	吹

冷风随意吹,

8-1338

不	老	立	对	伴
Mbouj	lau	liz	doiq	buenx
bou⁵	la:u¹	li²	to:i⁵	pu:n⁴
不	怕	离	对	伴

不怕离情友。

8-1339

务	牙	全	是	全
Huj	yah	cienj	cix	cienj
hu³	ja⁶	çu:n³	çi⁴	çu:n³
云	呀	转	就	转

乌云随意转,

8-1340

不	老	伴	贝	南
Mbouj	lau	buenx	bae	nanz
bou⁵	la:u¹	pu:n⁴	pai¹	na:n²
不	怕	伴	去	久

不怕久别离。

女唱

8-1341

润	吹	拜	庆	远
Rumz	ci	baih	ging	yenj
ɹun²	çi¹	pa:i⁶	kiŋ³	ju:n⁶
风	吹	边	庆	远

风朝庆远吹,

8-1342

务	全	拜	皮	义
Huj	cienj	baih	bienz	nyiz
hu³	çu:n³	pa:i⁶	pi:n²	ȵi²
云	转	边	便	宜

云往山中转。

8-1343

润	吹	吉	它	吉
Rumz	ci	giz	daz	giz
ɹun²	çi¹	ki²	ta²	ki²
风	吹	处	又	处

风儿到处吹,

8-1344

吹	后	邦	三	王
Ci	haeuj	biengz	sam	vangz
çi¹	hau³	pi:ŋ²	θa:n¹	va:ŋ²
吹	进	地方	三	王

吹进婆王殿。

男唱

8-1345

润	吹	拜	它	斗
Rumz	ci	baih	de	daeuj
ɹun²	çi¹	pa:i⁶	te¹	tau³
风	吹	边	那	来

风从那边来，

8-1346

作	果	后	是	付
Coq	go	haeux	cix	fouz
ço⁵	ko¹	hau⁴	çi⁴	fu²
放	棵	米	就	浮

禾苗会倒下。

8-1347

润	吹	拜	柳	州
Rumz	ci	baih	louj	couh
ɹun²	çi¹	pa:i⁶	lou⁴	çou¹
风	吹	边	柳	州

风往柳州吹，

8-1348

老	论	土	貝	了
Lau	lumz	dou	bae	liux
la:u¹	lun²	tu¹	pai¹	li:u⁴
怕	忘	我	去	啰

怕得新忘旧。

女唱

8-1349

润	吹	拜	它	斗
Rumz	ci	baih	de	daeuj
ɹun²	çi¹	pa:i⁶	te¹	tau³
风	吹	边	那	来

风从那边来，

8-1350

作	果	后	是	反
Coq	go	haeux	cix	fan
ço⁵	ko¹	hau⁴	çi⁴	fa:n¹
放	棵	米	就	翻

禾苗被吹翻。

8-1351

润	吹	拜	东	兰
Rumz	ci	baih	doeng	lanz
ɹun²	çi¹	pa:i⁶	toŋ¹	la:n²
风	吹	边	东	兰

风往东兰吹，

8-1352

写	南	是	论	那
Ce	nanz	cix	lumz	naj
çe¹	na:n²	çi⁴	lun²	na³
留	久	就	忘	脸

久别易相忘。

男唱

8-1353

润	吹	拜	它	斗
Rumz	ci	baih	de	daeuj
ɹun²	çi¹	pa:i⁶	te¹	tau³
风	吹	边	那	来

风从那边来,

8-1354

作	果	后	是	付
Coq	go	haeux	cix	fouz
ço⁵	ko¹	hau⁴	çi⁴	fu²
放	棵	米	就	浮

禾苗会倒下。

8-1355

润	吹	拜	柳	州
Rumz	ci	baih	louj	couh
ɹun²	çi¹	pa:i⁶	lou⁴	çou¹
风	吹	边	柳	州

风往柳州吹,

8-1356

心	你	付	知	不
Sim	mwngz	fouz	rox	mbouj
θin¹	muɯn²	fu²	ɹo⁴	bou⁵
心	你	浮	或	不

你是否心烦?

女唱

8-1357

润	吹	拜	它	斗
Rumz	ci	baih	de	daeuj
ɹun²	çi¹	pa:i⁶	te¹	tau³
风	吹	边	那	来

风从那边来,

8-1358

作	果	后	是	付
Coq	go	haeux	cix	fouz
ço⁵	ko¹	hau⁴	çi⁴	fu²
放	棵	米	就	浮

禾苗会倒下。

8-1359

润	吹	拜	柳	州
Rumz	ci	baih	louj	couh
ɹun²	çi¹	pa:i⁶	lou⁴	çou¹
风	吹	边	柳	州

风往柳州吹,

8-1360

心	付	是	开	怨
Sim	fouz	cix	gaej	yonq
θin¹	fu²	çi⁴	ka:i⁵	jo:n⁵
心	浮	就	莫	怨

心烦你莫怨。

男唱

8-1361

润	吹	拜	它	斗
Rumz	ci	baih	de	daeuj
$.ɹun^2$	ci^1	$pa:i^6$	te^1	tau^3
风	吹	边	那	来

风从那边来，

8-1362

作	果	后	是	荣
Coq	go	haeux	cix	yungz
co^5	ko^1	hau^4	ci^4	$juŋ^2$
放	棵	米	就	溶

禾苗被吹烂。

8-1363

润	吹	拜	广	东
Rumz	ci	baih	gvangj	doeng
$.ɹun^2$	ci^1	$pa:i^6$	$kwa:ŋ^3$	$toŋ^1$
风	吹	边	广	东

风向广东吹，

8-1364

勒	龙	不	田	读
Lwg	lungz	mbouj	dieg	douh
$luɯk^8$	$luŋ^2$	bou^5	$ti:k^8$	tou^6
子	龙	不	地	栖息

情哥无处靠。

女唱

8-1365

润	吹	拜	它	斗
Rumz	ci	baih	de	daeuj
$.ɹun^2$	ci^1	$pa:i^6$	te^1	tau^3
风	吹	边	那	来

风从那边来，

8-1366

作	果	后	是	荣
Coq	go	haeux	cix	yungz
co^5	ko^1	hau^4	ci^4	$juŋ^2$
放	棵	米	就	溶

禾苗被吹烂。

8-1367

润	吹	拜	广	东
Rumz	ci	baih	gvangj	doeng
$.ɹun^2$	ci^1	$pa:i^6$	$kwa:ŋ^3$	$toŋ^1$
风	吹	边	广	东

风向广东吹，

8-1368

龙	是	代	更	天
Lungz	cix	dai	gwnz	denh
$luŋ^2$	ci^4	$ta:i^1$	$kɯn^2$	$ti:n^1$
龙	就	死	上	天

哥死在天上。

男唱

女唱

8-1369

润	吹	拜	庆	远
Rumz	ci	baih	ging	yenj
run^2	çi^1	pa:i^6	kiŋ^3	ju:n^6
风	吹	边	庆	远

风朝庆远吹,

8-1370

务	全	拜	难	逃
Huj	cienj	baih	nanz	dauz
hu^3	çu:n^3	pa:i^6	na:n^2	ta:u^2
云	转	边	难	逃

乌云被吹散。

8-1371

被	难	告	它	告
Deng	nanz	gau	daz	gau
te:ŋ^1	na:n^2	ka:u^1	ta^2	ka:u^1
挨	难	次	又	次

屡屡遭大难,

8-1372

好	老	不	了	农
Ndei	lau	mbouj	liux	nuengx
dei^1	la:u^1	bou^5	li:u^4	nu:ŋ^4
好	怕	不	啰	妹

妹是否担忧?

8-1373

润	吹	拜	庆	远
Rumz	ci	baih	ging	yenj
run^2	çi^1	pa:i^6	kiŋ^3	ju:n^6
风	吹	边	庆	远

风朝庆远吹,

8-1374

务	全	拜	难	逃
Huj	cienj	baih	nanz	dauz
hu^3	çu:n^3	pa:i^6	na:n^2	ta:u^2
云	转	边	难	逃

乌云被吹散。

8-1375

被	难	告	它	告
Deng	nanz	gau	daz	gau
te:ŋ^1	na:n^2	ka:u^1	ta^2	ka:u^1
挨	难	次	又	次

屡屡遭大难,

8-1376

好	老	是	开	勒
Ndei	lau	cix	gaej	lawh
dei^1	la:u^1	çi^4	ka:i^5	ləu^6
好	怕	就	莫	换

担忧便绝交。

男唱

8-1377

润	吹	拜	庆	远
Rumz	ci	baih	ging	yenj
ɹun²	çi¹	paːi⁶	kiŋ³	juːn⁶
风	吹	边	庆	远

风往庆远吹，

8-1378

务	全	拜	难	逃
Huj	cienj	baih	nanz	dauz
hu³	çuːn³	paːi⁶	naːn²	taːu²
云	转	边	难	逃

乌云被吹散。

8-1379

被	难	是	开	老
Deng	nanz	cix	gaej	lau
teːŋ¹	naːn²	çi⁴	kaːi⁵	laːu¹
挨	难	是	莫	怕

悲难何所惧，

8-1380

但	包	少	岁	在
Danh	mbauq	sau	caez	ywq
taːn⁶	baːu⁵	θaːu¹	çai²	juː⁵
但	小伙	姑娘	齐	在

但求情常在。

女唱

8-1381

润	吹	拜	庆	远
Rumz	ci	baih	ging	yenj
ɹun²	çi¹	paːi⁶	kiŋ³	juːn⁶
风	吹	边	庆	远

风吹往庆远，

8-1382

务	全	拜	难	逃
Huj	cienj	baih	nanz	dauz
hu³	çuːn³	paːi⁶	naːn²	taːu²
云	转	边	难	逃

乌云被吹散。

8-1383

被	难	告	它	告
Deng	nanz	gau	daz	gau
teːŋ¹	naːn²	kaːu¹	ta²	kaːu¹
挨	难	次	又	次

屡屡遭大难，

8-1384

很	果	桃	贝	满
Hwnj	go	dauz	bae	muengh
huɯn³	ko¹	taːu²	pai¹	muːŋ⁶
上	棵	桃	去	望

上桃树眺望。

男唱

8-1385

本	古	论	样	内
Mbwn	guh	laep	yiengh	neix
bun¹	ku⁴	lap⁷	juːŋ⁶	ni⁴
天	做	黑	样	这

天总这么黑，

8-1386

知	是	牙	下	文
Rox	cix	yaek	roengz	fwn
ɹo⁴	ɕi⁴	jak⁷	ɹoŋ²	vun¹
或	是	要	下	雨

会不会下雨。

8-1387

山	四	欢	冬	冬
Bya	cwx	ndot	doen	doen
pja¹	ɕɯ⁴	doːt⁷	ton¹	ton¹
山	社	闹	咚	咚

高山响惊雷，

8-1388

不	知	文	知	良
Mbouj	rox	fwn	rox	rengx
bou⁵	ɹo⁴	vun¹	ɹo⁴	ɹeːŋ⁴
不	知	雨	或	旱

不知晴或雨。

女唱

8-1389

本	古	论	样	内
Mbwn	guh	laep	yiengh	neix
bun¹	ku⁴	lap⁷	juːŋ⁶	ni⁴
天	做	黑	样	这

天总这么黑，

8-1390

不	知	文	知	良
Mbouj	rox	fwn	rox	rengx
bou⁵	ɹo⁴	vun¹	ɹo⁴	ɹeːŋ⁴
不	知	雨	或	旱

不知晴或雨。

8-1391

四	处	全	考	润
Seiq	cih	gyonj	gauj	rumz
θei⁵	ɕi⁶	kjoːn³	kaːu³	ɹun²
四	处	都	搅	风

四面都刮风，

8-1392

不	文	牙	可	良
Mbouj	fwn	yax	goj	rengx
bou⁵	vun¹	ja⁵	ko⁵	ɹeːŋ⁴
不	雨	也	可	旱

不雨就是晴。

男唱

8-1393

月	米	九	日	良
Ndwen	miz	gouj	ngoenz	rengx
duːn¹	mi²	kjou³	ŋon²	ɣːɐ.ŋ⁴
月	有	九	天	旱

每月九天晴，

8-1394

义	十	一	日	文
Ngeih	cib	it	ngoenz	fwn
ȵi⁶	ɕit⁸	it⁷	ŋon²	vun¹
二	十	一	天	雨

二十一天雨。

8-1395

求	三	奼	更	本
Gouz	sam	yah	gwnz	mbwn
kjou²	θaːn¹	ja⁶	kɯn²	bun¹
求	三	婆	上	天

求天上三婆，

8-1396

古	文	开	古	良
Guh	fwn	gaej	guh	rengx
ku⁴	vun¹	kaːi⁵	ku⁴	ɣːɐ.ŋ⁴
做	雨	莫	做	旱

要雨不要晴。

女唱

8-1397

本	论	牙	下	斗
Mbwn	laep	yaek	roengz	daeuj
bun¹	lap⁷	jak⁷	ɣoŋ²	tau³
天	黑	要	下	来

如黑云压城，

8-1398

更	本	自	良	样
Gwnz	mbwn	gag	lingh	yiengh
kɯn²	bun¹	kaːk⁸	leːŋ⁶	jɯːŋ⁶
上	天	自	另	样

天色不一样。

8-1399

划	手	古	务	光
Vad	fwngz	guh	huj	gvengq
vaːt⁸	fuŋ²	ku⁴	hu³	kweːŋ⁵
招	手	做	云	光

伸手拨乌云，

8-1400

两	是	不	火	特
Liengj	cix	mbouj	hoj	dawz
liːŋ³	ɕi⁴	bou⁵	ho³	təɯ²
伞	就	不	用	拿

就不用带伞。

男唱

8-1401

日	下	三	告	文
Ngoenz	roengz	sam	gau	fwn
ŋon^2	ɹoŋ^2	θaːn^1	kaːu^1	vun^1
天	下	三	次	雨

每天三场雨，

8-1402

老	更	本	米	蒙
Lau	gwnz	mbwn	miz	mok
laːu^1	kɯn^2	bun^1	mi^2	moːk^7
怕	上	天	有	雾

怕乌云密布。

8-1403

少	在	远	空	知
Sau	ywq	gyae	ndwi	rox
θaːu^1	juɕ^5	kjai^1	duːi^1	ɹo^4
姑娘	在	远	不	知

妹离远不知，

8-1404

来	备	可	文	荣
Laih	beix	goj	vuen	yungz
laːi^6	pi^4	ko^5	vuːn^1	juŋ^2
以为	兄	也	欢	乐

以为兄好过。

女唱

8-1405

开	斗	来	了	文
Gaej	daeuj	lai	liux	fwn
kaːi^5	tau^3	laːi^1	liːu^4	vun^1
莫	来	多	啰	雨

雨莫下太多，

8-1406

身	吨	不	好	在
Ndang	dumz	mbouj	ndei	ywq
daːŋ^1	tum^2	bou^5	dei^1	ju^5
身	湿	不	好	在

湿身不舒服。

8-1407

八	列	龙	小	女
Bah	leh	lungz	siuj	nawx
paː^6	le^6	luŋ^2	θiːu^3	nu^4
唉	唷	龙	小	女

可怜小龙女，

8-1408

伴	备	采	罗	王
Buenx	beix	byaij	loh	vang
puːn^4	pi^4	pjaːi^3	lo^6	vaːŋ^1
伴	兄	走	路	横

陪兄走小路。

男唱	女唱

8-1409

开	斗	来	了	文
Gaej	daeuj	lai	liux	fwn
ka:i⁵	tau³	la:i¹	li:u⁴	vun¹
莫	来	多	啰	雨

雨莫下太多，

8-1410

身	吨	不	好	在
Ndang	dumz	mbouj	ndei	ywq
da:ŋ¹	tum²	bou⁵	dei¹	ju⁵
身	湿	不	好	在

衣湿不舒服。

8-1411

好	办	龙	小	女
Ndei	baenz	lungz	siuj	nawx
dei¹	pan²	luŋ²	θi:u³	nu⁴
好	成	龙	小	女

靓过小龙女，

8-1412

办	妻	伏	贝	空
Baenz	maex	fwx	bae	ndwi
pan²	mai⁴	fə⁴	pai¹	du:i¹
成	妻	别人	去	空

枉为别人妻。

8-1413

日	斗	三	相	文
Ngoenz	daeuj	sam	ciengz	fwn
ŋon²	tau³	θa:n¹	çi:ŋ²	vun¹
天	来	三	场	雨

每天三场雨，

8-1414

牙	不	吨	叶	会
Yax	mbouj	dumz	mbaw	faex
ja⁵	bou⁵	tum²	bau¹	fai⁴
也	不	湿	叶	树

淋不到树叶。

8-1415

日	古	三	相	哭
Ngoenz	guh	sam	ciengz	daej
ŋon²	ku⁴	θa:n¹	çi:ŋ²	tai³
天	做	三	场	哭

每天哭三场，

8-1416

要	不	得	友	文
Aeu	mbouj	ndaej	youx	vunz
au¹	bou⁵	dai³	ju⁴	vun²
要	不	得	友	人

娶不到情友。

男唱

8-1417

文　牙　斗　是　斗

Fwn　yaek　daeuj　cix　daeuj

vun^1　jak^7　tau^3　çi^4　tau^3

雨　要　来　就　来

雨要下就下，

8-1418

不　老　吨　堂　身

Mbouj　lau　dumz　daengz　ndang

bou^5　la:u^1　tum^2　taŋ^2　da:ŋ^1

不　怕　湿　到　身

不怕湿到身。

8-1419

土　特　两　貝　扛

Dou　dawz　liengj　bae　gang

tu^1　təɯ^2　li:ŋ^3　pai^1　ka:ŋ^1

我　拿　伞　去　撑

我用伞去挡，

8-1420

不　老　身　你　美

Mbouj　lau　ndang　mwngz　mbaeq

bou^5　la:u^1　da:ŋ^1　mɯŋ^2　bai^5

不　怕　身　你　湿

不怕你淋湿。

女唱

8-1421

文　牙　斗　是　斗

Fwn　yaek　daeuj　cix　daeuj

vun^1　jak^7　tau^3　çi^4　tau^3

雨　要　来　就　来

雨要下就下，

8-1422

不　老　吨　堂　同

Mbouj　lau　dumz　daengz　doengz

bou^5　la:u^1　tum^2　taŋ^2　toŋ^2

不　怕　湿　到　同

不怕被淋湿。

8-1423

文　下　貝　蒙　蒙

Fwn　roengz　bae　moengz　moengz

vun^1　ɣoŋ^2　pai^1　moŋ^2　moŋ^2

雨　下　去　蒙　蒙

细雨蒙蒙下，

8-1424

方　而　方　不　斗

Fueng　lawz　fueng　mbouj　daeuj

fu:ŋ^1　laɯ^2　fu:ŋ^1　bou^5　tau^3

方　哪　方　不　来

何处不被淋？

男唱

8-1425

文	可	斗	可	斗
Fwn	goj	daeuj	goj	daeuj
vun¹	ko⁵	tau³	ko⁵	tau³
雨	也	来	也	来

雨总下不停，

8-1426

空	得	造	苗	红
Ndwi	ndaej	caux	miuz	hong
duːi¹	dai³	ɕaːu⁴	miːu²	hoːŋ¹
不	得	造	禾苗	工

没办法播种。

8-1427

文	可	下	可	下
Fwn	goj	roengz	goj	roengz
vun¹	ko⁵	ɹoŋ²	ko⁵	ɹoŋ²
雨	也	下	也	下

雨总下不停，

8-1428

苗	红	不	卜	单
Miuz	hong	mbouj	boux	danq
miːu²	hoːŋ¹	bou⁵	pu⁴	taːn⁵
禾苗	工	无	人	承担

庄稼无人管。

女唱

8-1429

文	可	斗	可	斗
Fwn	goj	daeuj	goj	daeuj
vun¹	ko⁵	tau³	ko⁵	tau³
雨	也	来	也	来

雨总下不停，

8-1430

不	得	造	苗	红
Mbouj	ndaej	caux	miuz	hong
bou⁵	dai³	ɕaːu⁴	miːu²	hoːŋ¹
不	得	造	禾苗	工

没办法播种。

8-1431

文	可	下	可	下
Fwn	goj	roengz	goj	roengz
vun¹	ko⁵	ɹoŋ²	ko⁵	ɹoŋ²
雨	也	下	也	下

雨总下不停，

8-1432

造	苗	红	元	往
Caux	miuz	hong	ien	uengj
ɕaːu⁴	miːu²	hoːŋ¹	juːn¹	vaːŋ³
造	禾苗	工	冤	枉

庄稼无收成。

男唱

8-1433

文	牙	斗	是	斗
Fwn	yaek	daeuj	cix	daeuj
vun^1	jak^7	tau^3	$çi^4$	tau^3
雨	要	来	就	来

雨要下就下，

8-1434

土	可	朵	拉	令
Dou	goj	ndoj	laj	rin
tu^1	ko^5	do^3	la^3	ɹin^1
我	也	躲	下	石

我躲岩石下。

8-1435

润	牙	飞	是	飞
Rumz	yax	mbin	cix	mbin
ɹun^6	ja^5	bin^1	$çi^4$	bin^1
风	要	飞	就	飞

任凭狂风吹，

8-1436

土	要	令	古	两
Dou	aeu	rin	guh	liengj
tu^1	au^1	ɹin^1	ku^4	li:ŋ^3
我	要	石	做	伞

我以石为伞。

女唱

8-1437

文	牙	下	是	下
Fwn	yaek	roengz	cix	roengz
vun^1	jak^7	ɹoŋ^2	$çi^4$	ɹoŋ^2
雨	要	下	就	下

雨要下就下，

8-1438

土	可	站	拉	两
Dou	goj	soengz	laj	liengj
tu^1	ko^5	θoŋ^2	la^3	li:ŋ^3
我	也	站	下	伞

我有伞来遮。

8-1439

贵	牙	强	是	强
Gwiz	yaek	giengz	cix	giengz
kui^2	jak^7	ki:ŋ^2	$çi^4$	ki:ŋ^2
丈夫	要	犟	就	犟

夫君要逞强，

8-1440

土	装	样	土	贝
Dou	cang	yiengh	dou	bae
tu^1	ça:ŋ^1	juɯ:ŋ^6	tu^1	pai^1
我	装	样	我	去

我打扮出走。

男唱

8-1441

文	牙	下	是	下
Fwn	yaek	roengz	cix	roengz
vun^1	jak^7	ɣoŋ^2	çi^4	ɣoŋ^2
雨	要	下	就	下

雨要下就下，

8-1442

土	可	站	拉	毛
Dou	goj	soengz	laj	mauh
tu^1	ko^5	θoŋ^2	la^3	ma:u^6
我	可	站	下	帽

我用帽遮挡。

8-1443

秀	牙	老	是	老
Ciuh	yaek	laux	cix	laux
çiu^6	jak^7	la:u^4	çi^4	la:u^4
世	要	老	就	老

人要老就老，

8-1444

但	少	包	利	作
Danh	sau	mbauq	lij	coz
ta:n^6	θa:u^1	ba:u^5	li^4	ço^2
但	姑娘	小伙	还	年轻

我们还年轻。

女唱

8-1445

文	牙	斗	是	斗
Fwn	yaek	daeuj	cix	daeuj
vun^1	jak^7	tau^3	çi^4	tau^3
雨	要	来	就	来

雨要下就下，

8-1446

土	可	站	拉	桥
Dou	goj	soengz	laj	giuz
tu^1	ko^5	θoŋ^2	la^3	ki:u^2
我	可	站	下	桥

桥下可躲雨。

8-1447

邦	牙	笑	是	笑
Bangx	yaek	riu	cix	riu
pa:ŋ^4	jak^7	ɣi:u^1	çi^4	ɣi:u^1
旁	要	笑	就	笑

路人笑就笑，

8-1448

外	桥	可	米	对
Vaij	giuz	goj	miz	doih
va:i^3	ki:u^2	ko^5	mi^2	to:i^6
过	桥	也	有	伙伴

此生有人伴。

男唱

8-1449

文	托	占	托	占
Fwn	doek	canz	doek	canz
vun¹	tok⁷	ça:n²	tok⁷	ça:n²
雨	落	潺潺	落	潺潺

雨声沙沙响，

8-1450

托	更	占	拉	司
Doek	gwnz	canz	laj	swj
tok⁷	kun²	ça:n²	la³	θɯ³
落	上	晒台	下	偏屋

淋晒台偏屋。

8-1451

文	斗	偻	岁	在
Fwn	daeuj	raeuz	caez	ywq
vun¹	tau³	ɹau²	çai²	ju⁵
雨	来	我们	齐	在

雨中我俩在，

8-1452

罗	河	偻	岁	貝
Loh	haw	raeuz	caez	bae
lo⁶	həɯ¹	ɹau²	çai²	pai¹
路	圩	我们	齐	去

赶圩咱同行。

女唱

8-1453

文	托	占	托	占
Fwn	doek	canz	doek	canz
vun¹	tok⁷	ça:n²	tok⁷	ça:n²
雨	落	潺潺	落	潺潺

雨声沙沙响，

8-1454

托	更	占	拉	司
Doek	gwnz	canz	laj	swj
tok⁷	kun²	ça:n²	la³	θɯ³
落	上	晒台	下	偏屋

淋晒台偏屋。

8-1455

文	斗	貝	邦	伏
Fwn	daeuj	bae	biengz	fwx
vun¹	tau³	pai¹	pi:ŋ²	fə⁴
雨	来	去	地方	别人

雨天走他乡，

8-1456

明	利	刀	知	空
Cog	lij	dauq	rox	ndwi
ço:k⁸	li⁴	ta:u⁵	ɹo⁴	du:i¹
将来	还	回	或	不

你可有归期？

男唱

8-1457

文	托	占	托	占
Fwn	doek	canz	doek	canz
vun^1	tok^7	ça:n^2	tok^7	ça:n^2
雨	落	潺潺	落	潺潺

雨声沙沙响,

8-1458

托	更	占	拉	架
Doek	gwnz	canz	laj	gyaz
tok^7	kuun^2	ça:n^2	la^3	kja^2
落	上	晒台	下	草丛

淋晒台草<u>丛</u>。

8-1459

文	斗	吨	开	瓦
Fwn	daeuj	daemj	gaiq	ngvax
vun^1	tau^3	tan^3	ka:i^5	ŋwa^4
雨	来	碰	块	瓦

雨打落瓦片,

8-1460

坏	苗	加	你	贝
Vaih	miuz	gyaj	mwngz	bae
va:i^6	mi:u^2	kja^3	muɯŋ^2	pai^1
坏	禾苗	秧	你	去

压坏你庄稼。

女唱

8-1461

文	托	占	托	占
Fwn	doek	canz	doek	canz
vun^1	tok^7	ça:n^2	tok^7	ça:n^2
雨	落	潺潺	落	潺潺

雨声沙沙响,

8-1462

托	更	占	拉	架
Doek	gwnz	canz	laj	gyaz
tok^7	kuun^2	ça:n^2	la^3	kja^2
落	上	晒台	下	草丛

淋晒台草<u>丛</u>。

8-1463

文	斗	貝	是	八
Fwn	daeuj	bae	cix	bah
vun^1	tau^3	pai^1	çi^4	pa^6
雨	来	去	就	算

雨天走算了,

8-1464

在	牙	反	交	春
Ywq	yax	fanz	gyau	cin
ju^5	ja^5	fa:n^2	kja:u^1	çun^1
在	也	烦	交	春

立春又烦心。

男唱

8-1465

文	托	占	托	占
Fwn	doek	canz	doek	canz
vun¹	tok⁷	ça:n²	tok⁷	ça:n²
雨	落	潺潺	落	潺潺

雨声沙沙响，

8-1466

托	更	占	拉	架
Doek	gwnz	canz	laj	gyaz
tok⁷	kun²	ça:n²	la³	kja²
落	上	晒台	下	草丛

淋晒台草丛。

8-1467

山	牙	拉	是	拉
Bya	yaek	lak	cix	lak
pja¹	jak⁷	la:k⁷	çi⁴	la:k⁷
山	要	崩塌	就	崩塌

雨把山冲垮，

8-1468

但	拉	巴	开	下
Danh	laj	baq	gaej	roengz
ta:n⁶	la³	pa⁵	ka:i⁵	ɹoŋ²
但	下	坡	莫	下

但坡岭未塌。

女唱

8-1469

文	托	占	托	占
Fwn	doek	canz	doek	canz
vun¹	tok⁷	ça:n²	tok⁷	ça:n²
雨	落	潺潺	落	潺潺

雨声沙沙响，

8-1470

托	更	占	拉	罗
Doek	gwnz	canz	laj	roq
tok⁷	kun²	ça:n²	la³	ɹo⁵
落	上	晒台	下	屋檐

淋檐下晒台。

8-1471

文	斗	吨	桥	果
Fwn	daeuj	dumz	giuz	gox
vun¹	tau³	tum²	ki:u²	ko⁴
雨	来	湿	桥	角落

雨把桥打湿，

8-1472

沙	田	朵	不	米
Ra	dieg	ndoj	mbouj	miz
ɹa¹	ti:k⁸	do³	bou⁵	mi²
找	地	躲	不	有

无处可安身。

男唱

8-1473

文	托	占	托	占
Fwn	doek	canz	doek	canz
vun^1	tok^7	$ça:n^2$	tok^7	$ça:n^2$
雨	落	潺潺	落	潺潺

雨声沙沙响，

8-1474

托	更	占	拉	笐
Doek	gwnz	canz	laj	yiuj
tok^7	kun^2	$ça:n^2$	la^3	$ji:u^3$
落	上	晒台	下	仓

淋晒台米仓。

8-1475

文	斗	吨	老	表
Fwn	daeuj	dumz	laux	biuj
vun^1	tau^3	tum^2	$la:u^4$	$pi:u^3$
雨	来	湿	老	表

雨淋湿伴侣，

8-1476

造	秀	不	同	跟
Caux	ciuh	mbouj	doengh	riengz
$ça:u^4$	$çi:u^6$	bou^5	ton^2	$ɹi:ŋ^2$
造	世	不	相	跟

咱俩难成家。

女唱

8-1477

文	托	占	托	占
Fwn	doek	canz	doek	canz
vun^1	tok^7	$ça:n^2$	tok^7	$ça:n^2$
雨	落	潺潺	落	潺潺

雨声沙沙响，

8-1478

托	更	占	拉	令
Doek	gwnz	canz	laj	ringq
tok^7	kun^2	$ça:n^2$	la^3	$ɹiŋ^3$
落	上	晒台	下	碗架

淋晒台碗架。

8-1479

声	欢	刀	好	听
Sing	fwen	dauq	ndei	dingq
$θiŋ^1$	$vu:n^1$	$ta:u^5$	dei^1	$tiŋ^5$
声	歌	倒	好	听

歌声倒动听，

8-1480

友	内	姓	韦	么
Youx	neix	singq	vae	maz
ju^4	ni^4	$θiŋ^5$	vai^1	ma^2
友	这	姓	姓	什么

朋友你贵姓？

男唱

8-1481

文	托	占	托	占
Fwn	doek	canz	doek	canz
vun¹	tok⁷	ça:n²	tok⁷	ça:n²
雨	落	潺潺	落	潺潺

雨声沙沙响，

8-1482

托	更	占	尾	会
Doek	gwnz	canz	byai	faex
tok⁷	kun²	ça:n²	pja:i¹	fai⁴
落	上	晒台	尾	树

淋晒台树梢。

8-1483

听	声	欢	是	得
Dingq	sing	fwen	cix	ndaej
tiŋ⁵	θiŋ¹	vu:n¹	çi⁴	dai³
听	声	歌	就	得

听歌就听歌，

8-1484

问	姓	岁	古	而
Cam	singq	caez	guh	rawz
ça:m¹	θiŋ⁵	çai²	ku⁴	ɹau²
问	姓	齐	做	什么

何必问姓名？

女唱

8-1485

文	斗	贝	邦	伏
Fwn	daeuj	bae	biengz	fwx
vun¹	tau³	pai¹	pi:ŋ²	fə⁴
雨	来	去	地方	别人

雨天走他乡，

8-1486

务	刀	克	邦	偻
Huj	dauq	gwz	biengz	raeuz
hu³	ta:u⁵	kə⁴	pi:ŋ²	ɹau²
云	回	去	地方	我们

晴时归故土。

8-1487

伏	沙	庙	偻	轻
Fwx	ra	miuh	raeuz	mbaeu
fə⁴	ɹa¹	mi:u⁶	ɹau²	bau¹
别人	找	庙	我们	轻

路人找对庙，

8-1488

文	刀	反	古	良
Fwn	dauq	fan	guh	rengx
vun¹	ta:u⁵	fa:n¹	ku⁴	ɹe:ŋ⁴
雨	倒	反	做	旱

雨天变晴天。

男唱

8-1489

良	三	比	好	汉
Rengx	sam	bi	hau	hanq
ɹeːŋ⁴	θaːn¹	pi¹	haːu¹	haːn⁵
旱	三	年	白	灿灿

久旱土变白，

8-1490

天	牙	干	苗	春
Denh	yaek	ganq	miuz	cin
tiːn¹	jak⁷	kaːn⁵	miːu²	ɕun¹
天	要	照料	禾苗	春

天要顾春耕。

8-1491

头	衣	不	下	文
Gyaeuj	hih	mbouj	roengz	fwn
kjau³	ji⁵	bou⁵	ɹoŋ²	vun¹
头	圩	不	下	雨

圩边不下雨，

8-1492

更	本	很	代	六
Gwnz	mbwn	hwnj	daih	loeg
kɯn²	bɯn¹	hɯn³	taːi⁶	lok⁸
上	天	起	苔	绿

天宫长青苔。

女唱

8-1493

头	衣	不	下	文
Gyaeuj	hih	mbouj	roengz	fwn
kjau³	ji⁵	bou⁵	ɹoŋ²	vun¹
头	圩	不	下	雨

圩边不下雨，

8-1494

更	本	很	代	六
Gwnz	mbwn	hwnj	daih	loeg
kɯn²	bɯn¹	hɯn³	taːi⁶	lok⁸
上	天	起	苔	绿

天宫长青苔。

8-1495

结	三	层	拉	蒙
Giet	sam	caengz	laj	mok
kiːt⁷	θaːn¹	ɕaŋ²	la³	moːk⁷
结	三	层	下	雾

云层结成块，

8-1496

文	下	托	牙	难
Fwn	roengz	doh	yax	nanz
vun¹	ɹoŋ²	to⁶	ja⁵	naːn²
雨	下	遍	也	难

下大雨也难。

男唱

8-1497

本	良	板	内	乃
Mbwn	rengx	ban	neix	naih
bun¹	ɹɛ:ŋ⁴	pa:n¹	ni⁴	na:i⁶
天	旱	这	么	久

天旱这么久，

8-1498

粒	歪	铁	好	占
Ngveih	faiq	dek	hau	canz
ŋwei⁶	va:i⁵	te:k⁷	ha:u¹	ça:n²
粒	棉	裂	白	灿灿

棉籽晒干裂。

8-1499

本	良	板	内	南
Mbwn	rengx	ban	neix	nanz
bun¹	ɹɛ:ŋ⁴	pa:n¹	ni⁴	na:n²
天	旱	这	么	久

天旱这么久，

8-1500

应	当	合	头	衣
Wng	dang	hob	gyaeuj	hih
iŋ¹	ta:ŋ¹	ho:p⁸	kjau³	ji⁵
应	当	合	头	圩

当聚集求雨。

女唱

8-1501

本	良	板	内	乃
Mbwn	rengx	ban	neix	naih
bun¹	ɹɛ:ŋ⁴	pa:n¹	ni⁴	na:i⁶
天	旱	这	么	久

天旱这么久，

8-1502

粒	歪	铁	好	全
Ngveih	faiq	dek	hau	ronz
ŋwei⁶	va:i⁵	te:k⁷	ha:u¹	ɹo:n²
粒	棉	裂	白	穿

棉籽晒干裂。

8-1503

良	三	义	九	月
Rengx	sam	ngeih	gouj	ndwen
ɹɛ:ŋ⁴	θa:m¹	ni⁶	kjou³	du:n¹
旱	三	二	九	月

旱上几个月，

8-1504

利	团	堂	知	不
Lij	dwen	daengz	rox	mbouj
li⁴	tɯ:n¹	taŋ²	ɹo⁴	bou⁵
还	提	到	或	不

是否还谈情？

男唱

8-1505

本	良	板	内	乃
Mbwn	rengx	ban	neix	naih
buɯn¹	ɹɯːŋ⁴	paːn¹	ni⁴	naːi⁶
天	旱	这	么	久

天旱这么久,

8-1506

粒	歪	铁	好	全
Ngveih	faiq	dek	hau	ronz
ŋwei⁶	vaːi⁵	teːk⁷	haːu¹	ɹoːn²
粒	棉	裂	白	穿

棉籽晒干裂。

8-1507

良	三	义	九	月
Rengx	sam	ngeih	gouj	ndwen
ɹɯːŋ⁴	θaːn¹	ɲi⁶	kjou³	duːn¹
旱	三	二	九	月

再旱几个月,

8-1508

不	团	正	牙	了
Mbouj	dwen	cingz	yax	liux
bou⁵	tɯːn¹	ɕiŋ²	ja⁵	liːu⁴
不	提	情	也	完

情不谈也断。

女唱

8-1509

良	三	比	样	内
Rengx	sam	bi	yiengh	neix
ɹɯːŋ⁴	θaːn¹	pi¹	juːŋ⁶	ni⁴
旱	三	年	样	这

如此旱三年,

8-1510

种	歪	不	出	叶
Ndaem	faiq	mbouj	ok	mbaw
nan¹	vaːi⁵	bou⁵	oːk⁷	baɯ¹
种	棉	不	出	叶

种棉不发芽。

8-1511

本	古	良	斗	师
Mbwn	guh	rengx	daeuj	swz
buɯn¹	ku⁴	ɹɯːŋ⁴	tau³	θɯ²
天	做	旱	来	辞

久旱无甘露,

8-1512

你	说	而	了	备
Mwngz	naeuz	rawz	liux	beix
mɯŋ²	nau²	ɹauɯ²	liːu⁴	pi⁴
你	说	什么	啰	兄

你说怎么办?

男唱

8-1513

良	三	比	样	内
Rengx	sam	bi	yiengh	neix
ɹɛŋ⁴	θaːn¹	pi¹	juːŋ⁶	ni⁴
旱	三	年	样	这

连续旱三年，

8-1514

种	歪	不	结	足
Ndaem	faiq	mbouj	giet	gyouz
nan¹	vaːi⁵	bou⁵	kiːt⁷	kju²
种	棉	不	结	棉球

种棉不丰收。

8-1515

良	是	良	邦	初
Rengx	cix	rengx	biengz	sou
ɹɛŋ⁴	çi⁴	ɹɛŋ⁴	piːŋ²	θu¹
旱	就	旱	地方	你们

你家乡遇旱，

8-1516

邦	土	不	可	在
Biengz	dou	mbouj	goj	ywq
piːŋ²	tu¹	bou⁵	ko⁵	juɯ⁵
地方	我	不	也	在

我家乡无灾。

女唱

8-1517

本	古	良	能	斗
Mbwn	guh	rengx	nyaenx	daeuj
bun¹	ku⁴	ɹɛŋ⁴	ɳan⁴	tau³
天	做	旱	那么	来

天降大旱灾，

8-1518

种	后	不	出	尾
Ndaem	haeux	mbouj	ok	byai
nan¹	hau⁴	bou⁵	oːk⁷	pjaːi¹
种	米	不	出	尾

种粮无收成。

8-1519

比	内	良	来	来
Bi	neix	rengx	lai	lai
pi¹	ni⁴	ɹɛŋ⁴	laːi¹	laːi¹
年	这	旱	多	多

今年天大旱，

8-1520

文	江	开	代	了
Vunz	gyang	gai	dai	liux
vun²	kjaːŋ¹	kaːi¹	taːi¹	liːu⁴
人	中	街	死	完

街上人死光。

男唱

8-1521

良	三	比	斗	连
Rengx	sam	bi	daeuj	lienz
$\textipa{ie:\eta}^4$	$\theta a:n^1$	pi^1	tau^3	$li:n^2$
旱	三	年	来	连

连续旱三年,

8-1522

作	南	坚	是	红
Coq	namh	genq	cix	hoengz
ςo^5	$na:n^6$	$ke:n^5$	ςi^4	$ho\eta^2$
放	土	硬	就	红

土变干变硬。

8-1523

良	三	比	了	同
Rengx	sam	bi	liux	doengz
$\textipa{ie:\eta}^4$	$\theta a:n^1$	pi^1	$li:u^4$	$to\eta^2$
旱	三	年	啰	同

天已旱三年,

8-1524

勒	龙	牙	分	乜
Lwg	lungz	yax	mbek	meh
$lui k^8$	$lu\eta^2$	ja^5	$be:k^7$	me^6
子	龙	也	分	母

龙子也逃荒。

女唱

8-1525

良	三	比	斗	连
Rengx	sam	bi	daeuj	lienz
$\textipa{ie:\eta}^4$	$\theta a:n^1$	pi^1	tau^3	$li:n^2$
旱	三	年	来	连

连续旱三年,

8-1526

作	南	坚	是	红
Coq	namh	genq	cix	hoengz
ςo^5	$na:n^6$	$ke:n^5$	ςi^4	$ho\eta^2$
放	土	硬	就	红

土变干变硬。

8-1527

良	三	比	广	东
Rengx	sam	bi	gvangj	doeng
$\textipa{ie:\eta}^4$	$\theta a:n^1$	pi^1	$kwa:\eta^3$	$to\eta^1$
旱	三	年	广	东

广东旱三年,

8-1528

龙	是	代	更	天
Lungz	cix	dai	gwnz	denh
$lu\eta^2$	ςi^4	$ta:i^1$	kun^2	$ti:n^1$
龙	就	死	上	天

天上龙旱死。

男唱	女唱

8-1529

良	三	比	斗	连
Rengx	sam	bi	daeuj	lienz
ɹeːŋ⁴	θaːn¹	pi¹	tau³	liːn²
旱	三	年	来	连

连续旱三年，

8-1530

作	南	坚	是	红
Coq	namh	genq	cix	hoengz
ço⁵	naːn⁶	keːn⁵	çi⁴	hoŋ²
放	土	硬	就	红

土变干变硬。

8-1531

良	三	比	坤	刀
Rengx	sam	bi	goenq	dauq
ɹeːŋ⁴	θaːn¹	pi¹	kon⁵	taːu⁵
旱	三	年	断	回

旱三年不断，

8-1532

少	是	付	生	衣
Sau	cix	fouz	seng	eiq
θaːu¹	çi⁴	fu²	θeːŋ¹	ei⁵
姑娘	就	无	生	意

妹就没生意。

8-1533

本	古	良	作	那
Mbwn	guh	rengx	coq	naz
bun¹	ku⁴	ɹeːŋ⁴	ço⁵	na²
天	做	旱	放	田

天旱田受灾，

8-1534

利	邦	卡	水	莫
Lij	baengh	ga	raemx	mboq
li⁴	paŋ⁶	ka¹	ɹan⁴	bo⁵
还	靠	条	水	泉

还指望泉水。

8-1535

良	三	比	斗	作
Rengx	sam	bi	daeuj	coq
ɹeːŋ⁴	θaːn¹	pi¹	tau³	ço⁵
旱	三	年	来	放

三年受旱灾，

8-1536

利	邦	莫	水	凉
Lij	baengh	mboq	raemx	liengz
li⁴	paŋ⁶	bo⁵	ɹan⁴	liːŋ²
还	靠	泉	水	凉

全靠清泉水。

男唱

8-1537

本	古	良	作	那
Mbwn	guh	rengx	coq	naz
bun¹	ku⁴	ɹeːŋ⁴	ço⁵	na²
天	做	旱	放	田

田地受旱灾,

8-1538

利	邦	卡	水	莫
Lij	baengh	ga	raemx	mboq
li⁴	paŋ⁶	ka¹	ɹam⁴	bo⁵
还	靠	条	水	泉

全靠有泉水。

8-1539

良	三	比	斗	作
Rengx	sam	bi	daeuj	coq
ɹeːŋ⁴	θaːn¹	pi¹	tau³	ço⁵
旱	三	年	来	放

连遭三年旱,

8-1540

莫	不	太	论	王
Mboq	mbouj	daih	lumj	vaengz
bo⁵	bou⁵	taːi⁶	lun³	vaŋ²
泉	不	太	像	潭

泉也难支撑。

女唱

8-1541

本	古	良	作	那
Mbwn	guh	rengx	coq	naz
bun¹	ku⁴	ɹeːŋ⁴	ço⁵	na²
天	做	旱	放	田

田地受旱灾,

8-1542

利	邦	卡	水	依
Lij	baengh	ga	raemx	rij
li⁴	paŋ⁶	ka¹	ɹam⁴	ɹi³
还	靠	条	水	溪

全靠有溪水。

8-1543

良	三	比	样	内
Rengx	sam	bi	yiengh	neix
ɹeːŋ⁴	θaːn¹	pi¹	juːŋ⁶	ni⁴
旱	三	年	样	这

如此旱三年,

8-1544

问	你	备	说	而
Haemq	mwngz	beix	naeuz	rawz
han⁵	muŋ²	pi⁴	nau²	ɹau²
问	你	兄	说	什么

兄说怎么办?

男唱

8-1545

本	古	良	作	那
Mbwn	guh	rengx	coq	naz
bun¹	ku⁴	ɹeːŋ⁴	ço⁵	na²
天	做	旱	放	田

田地受旱灾，

8-1546

利	邦	卡	水	依
Lij	baengh	ga	raemx	rij
li⁴	paŋ⁶	ka¹	ɹan⁴	ɹi³
还	靠	条	水	溪

全靠有溪水。

8-1547

良	三	比	样	内
Rengx	sam	bi	yiengh	neix
ɹeːŋ⁴	θaːn¹	pi¹	juːŋ⁶	ni⁴
旱	三	年	样	这

如此旱三年，

8-1548

邦	地	是	付	苗
Biengz	deih	cix	fouz	miuz
piːŋ²	tei⁶	çi⁴	fu²	miːu²
地方	地	就	无	禾苗

禾苗全晒死。

女唱

8-1549

本	古	良	作	那
Mbwn	guh	rengx	coq	naz
bun¹	ku⁴	ɹeːŋ⁴	ço⁵	na²
天	做	旱	放	田

田地受旱灾，

8-1550

利	邦	卡	水	格
Lij	baengh	ga	raemx	mbaek
li⁴	paŋ⁶	ka¹	ɹan⁴	bak⁷
还	靠	条	水	梯田

全靠洼塘水。

8-1551

良	作	南	是	铁
Rengx	coq	namh	cix	dek
ɹeːŋ⁴	ço⁵	naːn⁶	çi⁴	teːk⁷
旱	放	土	就	裂

田地受旱灾，

8-1552

古	内	分	双	偻
Guh	neix	mbek	song	raeuz
ku⁴	ni⁴	beːk⁷	θoːŋ¹	ɹau²
做	这	分	两	我们

害我俩离别。

男唱	女唱

8-1553

本　古　良　作　那

Mbwn　guh　rengx　coq　naz

bun^1　ku^4　$ɹeːŋ^4$　$ço^5$　na^2

天　做　旱　放　田

田地受旱灾，

8-1554

利　邦　卡　水　格

Lij　baengh　ga　raemx　mbaek

li^4　$paŋ^6$　ka^1　$ɹan^4$　bak^7

还　靠　条　水　梯田

全靠洼塘水。

8-1555

采　合　会　不　铁

Caij　hoh　faex　mbouj　dek

$ça{:}i^3$　ho^6　fai^4　bou^5　$te{:}k^7$

踩　节　树　不　裂

竹子踩不爆，

8-1556

同　分　江　火　份

Doengh　mbek　gyang　feiz　hoenz

$toŋ^2$　$be{:}k^7$　$kja{:}ŋ^1$　fi^2　hon^2

相　分　中　火　烟

烈火中分离。

8-1557

本　古　良　作　那

Mbwn　guh　rengx　coq　naz

bun^1　ku^4　$ɹeːŋ^4$　$ço^5$　na^2

天　做　旱　放　田

田地受旱灾，

8-1558

利　邦　卡　水　格

Lij　baengh　ga　raemx　mbaek

li^4　$paŋ^6$　ka^1　$ɹan^4$　bak^7

还　靠　条　水　梯田

全靠洼塘水。

8-1559

本　牙　铁　是　铁

Mbwn　yaek　dek　cix　dek

bun^1　jak^7　$te{:}k^7$　$çi^4$　$te{:}k^7$

天　要　裂　就　裂

天要裂就裂，

8-1560

分　不　得　双　偻

Mbek　mbouj　ndaej　song　raeuz

$be{:}k^7$　bou^5　dai^3　$θo{:}ŋ^1$　$ɹau^2$

分　不　得　两　我们

我俩不分离。

男唱

8-1561

本	牙	铁	是	铁
Mbwn	yaek	dek	cix	dek
bun^1	jak^7	te:k^7	çi^4	te:k^7
天	要	裂	就	裂

天裂让它裂，

8-1562

分	不	得	你	少
Mbek	mbouj	ndaej	mwngz	sau
be:k^7	bou^5	dai^3	muɯŋ^2	θa:u^1
分	不	得	你	姑娘

兄妹不分别。

8-1563

水	吨	堂	它	好
Raemx	dumx	daengz	dat	hau
ɹan^4	tun^4	taŋ^2	ta:t^7	ha:u^1
水	淹	到	山崖	白

水淹到山崖，

8-1564

少	是	开	立	备
Sau	cix	gaej	liz	beix
θa:u^1	çi^4	ka:i^5	li^2	pi^4
姑娘	就	莫	离	兄

妹也不离哥。

女唱

8-1565

本	古	良	作	那
Mbwn	guh	rengx	coq	naz
bun^1	ku^4	ɹe:ŋ^4	ço^5	na^2
天	做	旱	放	田

田地受旱灾，

8-1566

利	邦	卡	水	达
Lij	baengh	ga	raemx	dah
li^4	paŋ^6	ka^1	ɹan^4	ta^6
还	靠	条	水	河

全靠有河水。

8-1567

良	三	比	貝	那
Rengz	sam	bi	bae	naj
ɹe:ŋ^4	θa:n^1	pi^1	pai^1	na^3
旱	三	年	去	前

旱三年以上，

8-1568

坤	卡	达	南	宁
Goenq	ga	dah	nanz	ningz
kon^5	ka^1	ta^6	na:n^2	niŋ^2
断	条	河	南	宁

邕江也断流。

男唱

8-1569

本	古	良	作	那
Mbwn	guh	rengx	coq	naz
bun¹	ku⁴	ɹɛ:ŋ⁴	ço⁵	na²
天	做	旱	放	田

田地受旱灾，

8-1570

利	邦	卡	水	达
Lij	baengh	ga	raemx	dah
li⁴	paŋ⁶	ka¹	ɹa:n⁴	ta⁶
还	靠	条	水	河

全靠河水灌。

8-1571

良	三	比	貝	那
Rengz	sam	bi	bae	naj
ɹɛ:ŋ⁴	θa:n¹	pi¹	pai¹	na³
旱	三	年	去	前

旱三年以上，

8-1572

干	达	貝	跟	船
Ganj	dah	bae	riengz	ruz
ka:n³	ta⁶	pai¹	ɹi:ŋ²	ɹu²
赶	河	去	跟	船

河干可涉足。

女唱

8-1573

良	三	比	貝	那
Rengz	sam	bi	bae	naj
ɹɛ:ŋ⁴	θa:n¹	pi¹	pai¹	na³
旱	三	年	去	前

旱三年以上，

8-1574

干	达	貝	跟	船
Ganj	dah	bae	riengz	ruz
ka:n³	ta⁶	pai¹	ɹi:ŋ²	ɹu²
赶	河	去	跟	船

河干可涉足。

8-1575

良	三	比	柳	州
Rengz	sam	bi	louj	couh
ɹɛ:ŋ⁴	θa:n¹	pi¹	lou⁴	çou¹
旱	三	年	柳	州

柳州旱三年，

8-1576

干	船	貝	跟	水
Ganj	ruz	bae	riengz	raemx
ka:n³	ɹu²	pai¹	ɹi:ŋ²	ɹan⁴
赶	船	去	跟	水

无水可载舟。

男唱

8-1577

船	牙	船
Ruz	yah	ruz
ɹu²	ja⁶	ɹu²
船	呀	船

船呀船，

8-1578

观	土	特	你	瓜
Gonq	dou	dawz	mwngz	gvaq
koːn⁵	tu¹	təɯ²	muŋ²	kwa⁵
先	我	拿	你	过

我曾扛过你。

8-1579

特	贝	堂	邦	达
Dawz	bae	daengz	bangx	dah
təɯ²	pai¹	taŋ²	paːŋ⁴	ta⁶
拿	去	到	旁	河

扛到河边去，

8-1580

专	那	是	下	船
Veq	naj	cix	roengz	ruz
ve⁵	na³	çi⁴	ɹoŋ²	ɹu²
转	脸	就	下	船

乘船往前行。

女唱

8-1581

想	托	备	共	船
Siengj	doh	beix	gungh	ruz
θiːŋ³	to⁶	pi⁴	kuŋ⁶	ɹu²
想	同	兄	共	船

想和哥共船，

8-1582

船	牙	反	下	达
Ruz	yaek	fan	roengz	dah
ɹu²	jak⁷	faːn¹	ɹoŋ²	ta⁶
船	要	翻	下	河

船要翻下河。

8-1583

些	观	土	被	瓜
Seiq	gonq	dou	deng	gvaq
θe⁵	koːn⁵	tu¹	teːŋ¹	kwa⁵
世	先	我	挨	过

前世我挨过，

8-1584

不	托	备	共	船
Mbouj	doh	beix	gungh	ruz
bou⁵	to⁶	pi⁴	kuŋ⁶	ɹu²
不	同	兄	共	船

不和哥共船。

男唱

8-1585

船	牙	船
Ruz	yah	ruz
ɹu²	ja⁶	ɹu²
船	呀	船

船呀船，

8-1586

长	刘	付	更	水
Ciengz	liuz	fouz	gwnz	raemx
çiŋ²	li:u²	fu²	kɯn²	ɹan⁴
常	常	浮	上	水

常浮在水上。

8-1587

先	绞	边	空	门
Sienq	heux	nden	ndwi	maenh
θi:n⁵	he:u⁴	de:n¹	du:i¹	man⁶
线	绕	边	不	稳固

锚绳绑不稳，

8-1588

船	拜	坤	下	王
Ruz	baih	goenq	roengz	vaengz
ɹu²	pa:i⁶	kon⁵	ɹoŋ²	van²
船	差点	断	下	潭

险些冲下潭。

女唱

8-1589

想	托	备	共	船
Siengj	doh	beix	gungh	ruz
θi:ŋ³	to⁶	pi⁴	kuŋ⁶	ɹu²
想	同	兄	共	船

想和哥同行，

8-1590

船	标	下	垌	光
Ruz	biu	roengz	doengh	gvangq
ɹu²	pi:u¹	ɹoŋ²	toŋ⁶	kwa:ŋ⁵
船	漂	下	垌	宽

船驶往外地。

8-1591

堂	丁	江	开	狼
Daengz	dingq	gyang	gaej	langh
taŋ²	tiŋ⁵	kja:ŋ¹	ka:i⁵	la:ŋ⁶
到	正	中	莫	放

河中掌稳舵，

8-1592

真	祘	长	特	船
Caen	suenq	cangh	dawz	ruz
çin¹	θu:n⁵	ça:ŋ⁶	tɯ²	ɹu²
真	算	匠	拿	船

才算真水手。

男唱	女唱

男唱

8-1593

船	牙	船
Ruz	yah	ruz
$\textipa{\textturnr}u^2$	ja^6	$\textipa{\textturnr}u^2$
船	呀	船

船呀船，

8-1594

长	刘	付	峒	光
Ciengz	liuz	fouz	doengh	gvangq
$\textipa{\textctc}i{:}\eta^2$	$li{:}u^2$	fu^2	$to\eta^6$	$kwa{:}\eta^5$
常	常	浮	峒	宽

常在外地转。

8-1595

堂	江	王	被	狼
Daengz	gyang	vaengz	deng	langh
$ta\eta^2$	$kja{:}\eta^1$	van^2	$te{:}\eta^1$	$la{:}\eta^6$
到	中	潭	被	放

深水中失控，

8-1596

贩	家	当	跟	船
Baih	gya	dangq	riengz	ruz
$pa{:}i^6$	kja^1	$ta{:}\eta^5$	$\textipa{\textturnr}i{:}\eta^2$	$\textipa{\textturnr}u^2$
败	家	当	跟	船

险倾家荡产。

女唱

8-1597

船	土	船	会	考
Ruz	dou	ruz	faex	gauj
$\textipa{\textturnr}u^2$	tu^1	$\textipa{\textturnr}u^2$	fai^4	$ka{:}u^3$
船	我	船	树	大果樟

船用樟木做，

8-1598

长	老	多	牙	办
Cangh	laux	doq	yax	baenz
$\textipa{\textctc}a{:}\eta^6$	$la{:}u^4$	to^5	ja^5	pan^2
匠	大	造	才	成

是名匠手艺。

8-1599

用	贝	千	万	银
Yungh	bae	cien	fanh	ngaenz
$ju\eta^6$	pai^1	$\textipa{\textctc}i{:}n^1$	$fa{:}n^6$	ηan^2
用	去	千	万	银

花白银万两，

8-1600

多	办	安	船	么
Doq	baenz	aen	ruz	moq
to^5	pan^2	an^1	$\textipa{\textturnr}u^2$	mo^5
造	成	个	船	新

做成一艘船。

男唱

8-1601

船	土	船	会	坚
Ruz	dou	ruz	faex	genq
ɹu²	tu¹	ɹu²	fai⁴	keːn⁵
船	我	船	树	硬

船用栎木做，

8-1602

要	先	马	绞	很
Aeu	sienq	ma	heux	haenz
au¹	θiːn⁵	ma¹	heːu⁴	han²
要	线	来	绕	边

用铁线绕边。

8-1603

船	土	船	会	坤
Ruz	dou	ruz	faex	goen
ɹu²	tu¹	ɹu²	fai⁴	kon¹
船	我	船	树	粉单竹

粉单竹做船，

8-1604

不	老	生	下	水
Mbouj	lau	caem	roengz	raemx
bou⁵	laːu¹	çan¹	ɹoŋ²	ɹan⁴
不	怕	沉	下	水

不怕沉下水。

女唱

8-1605

船	土	船	会	考
Ruz	dou	ruz	faex	gauj
ɹu²	tu¹	ɹu²	fai⁴	kaːu³
船	我	船	树	大果樟

此是樟木船，

8-1606

长	老	多	牙	办
Cangh	laux	doq	yax	baenz
çaːŋ⁶	laːu⁴	to⁵	ja⁵	pan²
匠	大	造	才	成

名匠造才成。

8-1607

狼	下	达	不	生
Langh	roengz	dah	mbouj	caem
laːŋ⁶	ɹoŋ²	ta⁶	bou⁵	çan¹
放	下	河	不	沉

下河不会沉，

8-1608

贝	南	宁	代	合
Bae	nanz	ningz	daiq	huq
pai¹	naːn²	niŋ²	taːi⁵	ho⁵
去	南	宁	带	货

去南宁拉货。

男唱

8-1609

船	你	船	会	坚
Ruz	mwngz	ruz	faex	genq
ɹu²	muɯŋ²	ɹu²	fai⁴	ke:n⁵
船	你	船	树	硬

此系栎木船,

8-1610

要	先	马	绞	很
Aeu	sienq	ma	heux	haenz
au¹	θi:n⁵	ma¹	he:u⁴	han²
要	线	来	绕	边

用铁线来绕。

8-1611

貝	银	万	银	千
Bae	ngaenz	fanh	ngaenz	cien
pai¹	ŋan²	fa:n⁶	ŋan²	çi:n¹
去	银	万	银	千

花千万两银,

8-1612

老	本	钱	不	刀
Lau	bonj	cienz	mbouj	dauq
la:u¹	po:n³	çi:n²	bou⁵	ta:u⁵
怕	本	钱	不	回

怕血本无归。

女唱

8-1613

代	船	很	百	色
Daiq	ruz	hwnj	bak	saek
ta:i⁵	ɹu²	huɯn³	pa:k⁷	θak⁷
带	船	上	百	色

领船去百色,

8-1614

不	老	客	义	元
Mbouj	lau	hek	ngeix	yiemz
bou⁵	la:u¹	he:k⁷	ȵi⁴	ji:n²
不	怕	客	想	嫌

不愁客不乘。

8-1615

代	船	万	船	千
Daiq	ruz	fanh	ruz	cien
ta:i⁵	ɹu²	fa:n⁶	ɹu²	çi:n¹
带	船	万	船	千

带领无数船,

8-1616

少	占	钱	告	内
Sau	canh	cienz	gau	neix
θa:u¹	ça:n⁶	çi:n²	ka:u¹	ni⁴
姑娘	赚	钱	次	这

妹此行赚钱。

男唱

8-1617

代	船	很	百	色
Daiq	ruz	hwnj	bak	saek
ta:i⁵	ɹu²	huɯn³	pa:k⁷	θak⁷
带	船	上	百	色

领船去百色，

8-1618

不	老	客	龙	头
Mbouj	lau	gwz	lungz	daeuz
bou⁵	la:u¹	kə²	luŋ²	tau²
不	怕	客	龙	头

不怕龙头客。

8-1619

占	钱	偻	岁	要
Canh	cienz	raeuz	caez	aeu
ça:n⁶	çi:n²	ɹau²	çai²	au¹
赚	钱	我们	齐	要

赚钱两家分，

8-1620

钱	公	偻	岁	能
Cienz	goem	raeuz	caez	naengh
çi:n²	kon¹	ɹau²	çai²	naŋ⁶
钱	亏	我们	齐	坐

亏钱两家填。

女唱

8-1621

代	船	很	百	色
Daiq	ruz	hwnj	bak	saek
ta:i⁵	ɹu²	huɯn³	pa:k⁷	θak⁷
带	船	上	百	色

带船去百色，

8-1622

不	老	客	义	旦
Mbouj	lau	gwz	ngeix	dan
bou⁵	la:u¹	kə²	ȵi⁴	ta:n¹
不	怕	客	想	谁

不怕客顾忌。

8-1623

代	船	很	北	山
Daiq	ruz	hwnj	baek	bya
ta:i⁵	ɹu²	huɯn³	pak⁷	pja¹
带	船	上	北	山

领船去北山，

8-1624

不	老	反	下	水
Mbouj	lau	fan	roengz	raemx
bou⁵	la:u¹	fa:n¹	ɹoŋ²	ɹam⁴
不	怕	翻	下	水

不怕翻下水。

男唱	女唱

8-1625

代	船	很	南	州
Daiq	ruz	hwnj	nanz	couh
ta:i⁵	ɹu²	hun³	na:n²	çou⁵
带	船	上	南	州

带船上南州，

8-1629

代	船	很	南	州
Daiq	ruz	hwnj	nanz	couh
ta:i⁵	ɹu²	hun³	na:n²	çou⁵
带	船	上	南	州

带船上南州，

8-1626

堂	庆	远	又	反
Daengz	ging	yenj	youh	fan
taŋ²	kiŋ³	ju:n⁶	jou⁴	fa:n¹
到	庆	远	又	翻

到庆远翻船。

8-1630

贝	庆	远	判	布
Bae	ging	yenj	buenq	baengz
pai¹	kiŋ³	ju:n⁶	pu:n⁵	paŋ²
去	庆	远	贩	布

去庆远贩布。

8-1627

贝	碰	水	强	单
Bae	bungq	raemx	giengh	dan
pai¹	puŋ⁵	ɹan⁴	kji:ŋ⁶	ta:n¹
去	碰	水	跳	滩

碰上水下滩，

8-1631

代	船	堂	江	王
Daiq	ruz	daengz	gyang	vaengz
ta:i⁵	ɹu²	taŋ²	kja:ŋ¹	vaŋ²
带	船	到	中	潭

船到深潭中，

8-1628

船	反	贝	反	刀
Ruz	fan	bae	fan	dauq
ɹu²	fa:n¹	pai¹	fa:n¹	ta:u⁵
船	翻	去	翻	回

船转来转去。

8-1632

少	又	王	罗	机
Sau	youh	vang	loh	giq
θa:u¹	jou⁴	va:ŋ¹	lo⁶	ki⁵
姑娘	又	横	路	岔

妹掉转船头。

男唱

8-1633

代	船	很	南	州
Daiq	ruz	hwnj	nanz	couh
ta:i⁵	ɹu²	huɯn³	na:n²	çou⁵
带	船	上	南	州

带船去南州，

8-1634

貝	庆	远	判	炕
Bae	ging	yenj	buenq	ien
pai¹	kiŋ³	ju:n⁶	pu:n⁵	i:n¹
去	庆	远	贩	烟

去庆远贩烟。

8-1635

船	反	貝	卢	连
Ruz	fan	bae	luz	lienz
ɹu²	fa:n¹	pai¹	lu²	li:n²
船	翻	去	游	荡

带船去游荡，

8-1636

貝	千	年	不	刀
Bae	cien	nienz	mbouj	dauq
pai¹	çi:n¹	ni:n²	bou⁵	ta:u⁵
去	千	年	不	回

一去不复返。

女唱

8-1637

代	船	很	南	州
Daiq	ruz	hwnj	nanz	couh
ta:i⁵	ɹu²	huɯn³	na:n²	çou⁵
带	船	上	南	州

带船去南州，

8-1638

貝	庆	远	判	炕
Bae	ging	ycnj	buenq	ien
pai¹	kiŋ³	ju:n⁶	pu:n⁵	i:n¹
去	庆	远	贩	烟

去庆远贩烟。

8-1639

代	船	很	柳	州
Daiq	ruz	hwnj	louj	couh
ta:i⁵	ɹu²	huɯn³	lou⁴	çou¹
带	船	上	柳	州

带船去柳州，

8-1640

偻	岁	补	很	往
Raeuz	caez	bu	hwnj	vaengq
ɹau²	çai²	pu¹	huɯn³	vaŋ⁵
我们	齐	捧	上	岸

我俩同上岸。

男唱

8-1641

代	船	很	代	三
Daiq	ruz	hwnj	daih	san
ta:i⁵	ɹu²	hun³	ta:i⁶	θa:n¹
带	船	上	大	山

带船去大山，

8-1642

船	牙	反	下	海
Ruz	yaek	fan	roengz	haij
ɹu²	jak⁷	fa:n¹	ɹoŋ²	ha:i³
船	要	翻	下	海

险些翻下海。

8-1643

船	很	单	不	得
Ruz	hwnj	dan	mbouj	ndaej
ɹu²	hun³	ta:n¹	bou⁵	dai³
船	上	滩	不	得

船上不了滩，

8-1644

补	兰	買	求	贵
Buq	lanh	cawx	gyu	bengz
pu⁵	la:n⁶	ɕɯu⁴	kju¹	pe:ŋ²
破	大方	买	盐	贵

高价买盐巴。

女唱

8-1645

代	船	很	北	京
Daiq	ruz	hwnj	baek	king
ta:i⁵	ɹu²	hun³	pak⁷	kiŋ¹
带	船	上	北	京

带船去北京，

8-1646

皇	心	牙	对	伴
Vuengz	sim	yax	doiq	buenx
vu:ŋ²	θin¹	ja⁵	to:i⁵	pu:n⁴
皇	心	也	对	伴

皇心愿交友。

8-1647

代	船	很	庆	远
Daiq	ruz	hwnj	ging	yenj
ta:i⁵	ɹu²	hun³	kiŋ³	ju:n⁶
带	船	上	庆	远

带船去庆远，

8-1648

说	伴	祘	本	钱
Naeuz	buenx	suenq	bonj	cienz
nau²	pu:n⁴	θu:n⁵	po:n³	ɕi:n²
说	伴	算	本	钱

叫情友算账。

男唱

8-1649

代	船	很	北	京
Daiq	ruz	hwnj	baek	king
ta:i⁵	ɹu²	hun³	pak⁷	kiŋ¹
带	船	上	北	京

带船去北京，

8-1650

重	心	牙	对	伴
Naek	sim	yax	doiq	buenx
nak⁷	θin¹	ja⁵	to:i⁵	pu:n⁴
重	心	也	对	伴

情侣特重情。

8-1651

代	船	很	三	王
Daiq	ruz	hwnj	sam	vangz
ta:i⁵	ɹu²	hun³	θa:n¹	va:ŋ²
带	船	上	三	王

带船见婆王，

8-1652

说	对	伴	重	心
Naeuz	doiq	buenx	naek	sim
nau²	to:i⁵	pu:n⁴	nak⁷	θin¹
说	伙伴	伴	重	心

说伴侣情深。

女唱

8-1653

代	安	船	第	一
Daiq	aen	ruz	daih	it
ta:i⁵	an¹	ɹu²	ti⁵	it⁷
带	个	船	第	一

带第一艘船，

8-1654

堂	拉	利	吃	令
Dacngz	laj	leih	gwn	ringz
taŋ²	la³	li⁶	kɯn¹	ɹiŋ²
到	拉	利	吃	午饭

晌午到拉利。

8-1655

庆	远	出	贝	正
Ging	yenj	ok	mbaw	cingz
kiŋ³	ju:n⁶	o:k⁷	bau¹	çiŋ²
庆	远	出	张	告示

庆远贴告示，

8-1656

特	船	平	了	备
Dawz	ruz	bingz	liux	beix
tɯ²	ɹu²	piŋ²	li:u⁴	pi⁴
拿	船	平	啰	兄

哥要掌好舵。

男唱

8-1657

代	安	船	第	义
Daiq	aen	ruz	daih	ngeih
taːi⁵	an¹	ɹu²	ti⁵	ŋi⁶
带	个	船	第	二

带第二艘船，

8-1658

堂	罗	机	吃	炕
Daengz	loh	giq	gwn	ien
taŋ²	lo⁶	ki⁵	kɯn¹	iːn¹
到	路	岔	吃	烟

到岔路吸烟。

8-1659

代	船	万	船	千
Daiq	ruz	fanh	ruz	cien
taːi⁵	ɹu²	faːn⁶	ɹu²	çiːn¹
带	船	万	船	千

带千万艘船，

8-1660

贝	卢	连	邦	伏
Bae	luz	lienz	biengz	fwx
pai¹	lu²	liːn²	piːŋ²	fə⁴
去	游	荡	地方	别人

去外地游玩。

女唱

8-1661

代	安	船	第	三
Daiq	aen	ruz	daih	sam
taːi⁵	an¹	ɹu²	ti⁵	θaːn¹
带	个	船	第	三

带第三艘船，

8-1662

堂	拉	单	月	乃
Daengz	laj	dan	yiet	naiq
taŋ²	la³	taːn¹	jiːt⁷	naːi⁵
到	拉	滩	歇	累

到滩头歇息。

8-1663

代	船	很	三	才①
Daiq	ruz	hwnj	sam	saih
taːi⁵	ɹu²	hun³	θaːn¹	θaːi⁶
带	船	上	三	才

带船去三才，

8-1664

快	斗	牙	备	银
Riuz	daeuj	yah	beix	ngaenz
ɹiːu²	tau³	ja⁶	pi⁴	ŋan²
快	来	呀	兄	银

情哥快过来。

男唱

8-1665

代	安	船	第	四
Daiq	aen	ruz	daih	seiq
ta:i⁵	an¹	ɹu²	ti⁵	θei⁵
带	个	船	第	四

带第四艘船，

8-1666

堂	罗	机	吃	令
Daengz	loh	giq	gwn	ringz
taŋ²	lo⁶	ki⁵	kɯn¹	ɹiŋ²
到	路	岔	吃	午饭

岔路吃午饭。

8-1667

峒	光	出	九	清
Doengh	gvangq	ok	iu	cing
toŋ⁶	kwa:ŋ⁵	o:k⁷	i:u¹	çiŋ¹
峒	宽	出	妖	精

外地有妖精，

8-1668

特	心	平	了	农
Dawz	sim	bingz	liux	nuengx
tɐɯ²	θin¹	piŋ²	li:u⁴	nu:ŋ⁴
拿	心	平	啰	妹

妹你要小心。

女唱

8-1669

代	安	船	第	五
Daiq	aen	ruz	daih	haj
ta:i⁵	an¹	ɹu²	ti⁵	ha³
带	个	船	第	五

带第五艘船，

8-1670

堂	拉	达	又	站
Daengz	laj	dah	youh	soengz
taŋ²	la³	ta⁶	jou⁴	θoŋ²
到	下	河	又	站

到河边不走。

8-1671

代	船	很	广	东
Daiq	ruz	hwnj	gvangj	doeng
ta:i⁵	ɹu²	hun³	kwa:ŋ³	toŋ¹
带	船	上	广	东

带船去广东，

8-1672

不	得	站	更	水
Mbouj	ndaej	soengz	gwnz	raemx
bou⁵	dai³	θoŋ²	kɯn²	ɹan⁴
不	得	站	上	水

不在水上待。

男唱

8-1673

代	安	船	第	六
Daiq	aen	ruz	daih	roek
ta:i⁵	an¹	ɹu²	ti⁵	ɹok⁷
带	个	船	第	六

带第六艘船，

8-1674

不	老	托	下	桥
Mbouj	lau	doek	roengz	giuz
bou⁵	la:u¹	tok⁷	ɹoŋ²	ki:u²
不	怕	落	下	桥

不怕沉下桥。

8-1675

备	代	船	长	刘
Beix	daiq	ruz	ciengz	liuz
pi⁴	ta:i⁵	ɹu²	çi:ŋ²	li:u²
兄	带	船	常	常

哥经常带船，

8-1676

不	老	笑	邦	伏
Mbouj	lau	riu	biengz	fwx
bou⁵	la:u¹	ɹi:u¹	pi:ŋ²	fə⁴
不	怕	笑	地方	别人

不怕去远方。

女唱

8-1677

代	安	船	第	七
Daiq	aen	ruz	daih	caet
ta:i⁵	an¹	ɹu²	ti⁵	çat⁷
带	个	船	第	七

带第七艘船，

8-1678

要	会	良	多	船
Aeu	faex	lingh	doq	ruz
au¹	fai⁴	le:ŋ⁶	to⁵	ɹu²
要	树	另	造	船

是新造木船。

8-1679

代	船	很	柳	州
Daiq	ruz	hwnj	louj	couh
ta:i⁵	ɹu²	hɯn³	lou⁴	çou¹
带	船	上	柳	州

带船去柳州，

8-1680

判	求	下	都	安
Buenq	gyu	roengz	duh	anh
pu:n⁵	kju¹	ɹoŋ²	tu⁵	ŋa:n⁵
贩	盐	下	都	安

贩盐到都安。

男唱

女唱

8-1681

代	安	船	第	八
Daiq	aen	ruz	daih	bet
ta:i⁵	an¹	ɹu²	ti⁵	pe:t⁷
带	个	船	第	八

带第八艘船，

8-1682

阝	节	阝	后	船
Boux	ciep	boux	haeuj	ruz
pu⁴	ɕe:t⁷	pu⁴	hau³	ɹu²
个	接	个	进	船

游客纷纷上。

8-1683

外	达	偻	岁	补
Vaij	dah	raeuz	caez	bu
va:i³	ta⁶	ɹau²	ɕai²	pu¹
过	河	我们	齐	捧

过河相搀扶，

8-1684

外	船	偻	岁	优
Vaij	ruz	raeuz	caez	yaeuj
va:i³	ɹu²	ɹau²	ɕai²	jau³
过	船	我们	齐	抬

过船相照顾。

8-1685

代	安	船	第	九
Daiq	aen	ruz	daih	gouj
ta:i⁵	an¹	ɹu²	ti⁵	kjou³
带	个	船	第	九

带第九艘船，

8-1686

貝	小	绕	在	行
Bae	siu	yauz	caih	hangz
pai¹	θi:u¹	ja:u²	ɕa:i⁶	ha:ŋ²
去	逍	遥	在	行

最逍遥自在。

8-1687

代	船	堂	江	王
Daiq	ruz	daengz	gyang	vaengz
ta:i⁵	ɹu²	taŋ²	kja:ŋ¹	vaŋ²
带	船	到	中	潭

带船过深渊，

8-1688

开	给	生	下	水
Gaej	hawj	caem	roengz	raemx
ka:i⁵	həɯ³	ɕan¹	ɹoŋ²	ɹan⁴
莫	给	沉	下	水

莫让船沉没。

男唱
女唱

8-1689

代	安	船	第	十
Daiq	aen	ruz	daih	cib
ta:i⁵	an¹	ɹu²	ti⁵	çit⁸
带	个	船	第	十

带第十艘船，

8-1690

十	阝	十	条	勾
Cib	boux	cib	diuz	ngaeu
çit⁸	pu⁴	çit⁸	ti:u²	ŋau¹
十	个	十	条	钩

各自备船钩。

8-1691

代	船	很	龙	头
Daiq	ruz	hwnj	lungz	daeuz
ta:i⁵	ɹu²	hɯn³	luŋ²	tau²
带	船	上	龙	头

领船去龙头，

8-1692

不	老	坤	兰	罗
Mbouj	lau	gun	lanz	loh
bou⁵	la:u¹	kun¹	la:n²	lo⁶
不	怕	官	拦	路

不怕人拦路。

8-1693

水	达	很	蒙	蒙
Raemx	dah	hwnj	moengz	moengz
ɹan⁴	ta⁶	hun³	moŋ²	moŋ²
水	河	上	迅	猛

河水在上涨，

8-1694

采	荣	荣	江	海
Byaij	yoengh	yoengh	gyang	haij
pja:i³	joŋ⁶	joŋ⁶	kja:ŋ¹	ha:i³
走	汹	汹	中	海

滚滚入大海。

8-1695

伴	秀	土	狼	外
Buenx	ciuh	dou	langh	vaij
pu:n⁴	çi:u⁶	tu¹	la:ŋ⁶	va:i³
伴	世	我	若	过

若终身伴我，

8-1696

正	祘	备	米	心
Cingq	suenq	beix	miz	sim
çiŋ⁵	θu:n⁵	pi⁴	mi²	θin¹
正	算	兄	有	心

算哥有良心。

男唱

8-1697

水	达	很	蒙	蒙
Raemx	dah	hwnj	moengz	moengz
ɹan⁴	ta⁶	hun³	moŋ²	moŋ²
水	河	上	迅	猛

河水在猛涨，

8-1698

采	荣	荣	江	海
Byaij	yoengh	yoengh	gyang	haij
pjaːi³	joŋ⁶	joŋ⁶	kjaːŋ¹	haːi³
走	汹	汹	中	海

汹涌入大海。

8-1699

伴	秀	你	不	外
Buenx	ciuh	mwngz	mbouj	vaij
puːn⁴	ɕiːu⁶	muŋ²	bou⁵	vaːi³
伴	世	你	不	过

不伴你终生，

8-1700

秀	不	采	拉	本
Ciuh	mbouj	byaij	laj	mbwn
ɕiːu⁶	bou⁵	pjaːi³	la³	bɯn¹
世	不	走	下	天

永远不见人。

女唱

8-1701

水	达	很	九	经
Raemx	dah	hwnj	gouj	gingh
ɹan⁴	ta⁶	hun³	kjau³	kiŋ⁵
水	河	上	九	经

河水涨不停，

8-1702

水	可	定	拉	单
Raemx	goj	dingh	laj	dan
ɹan⁴	ko⁵	tiŋ⁶	la³	taːn¹
水	也	定	下	滩

定在滩头下。

8-1703

伏	九	你	造	然
Fwx	iu	mwngz	caux	ranz
fə⁴	iːu¹	muŋ²	ɕaːu⁴	ɹaːn²
别人	邀	你	造	家

别人来求婚，

8-1704

你	开	汉	了	备
Mwngz	gaej	han	liux	beix
muŋ²	kaːi⁵	haːn¹	liːu⁴	pi⁴
你	莫	应	啰	兄

兄可别答应。

男唱

8-1705

水	达	很	九	经
Raemx	dah	hwnj	gouj	gingh
ɹan⁴	ta⁶	hun³	kjau³	kiŋ⁵
水	河	上	九	经

河水涨不停，

8-1706

水	可	定	拉	单
Raemx	goj	dingh	laj	dan
ɹan⁴	ko⁵	tiŋ⁶	la³	ta:n¹
水	也	定	下	滩

定在滩头下。

8-1707

土	是	想	不	汉
Dou	cix	siengj	mbouj	han
tu¹	çi⁴	θi:ŋ³	bou⁵	ha:n¹
我	是	想	不	应

我想不答应，

8-1708

秀	平	班	牙	了
Ciuh	bingz	ban	yaek	liux
çi:u⁶	piŋ²	pa:n¹	jak⁷	li:u⁴
世	平	班	要	完

但怕误青春。

女唱

8-1709

水	莫	在	江	丢
Raemx	mboq	ywq	gyang	diu
ɹan⁴	bo⁵	ju⁵	kja:ŋ¹	ti:u¹
水	泉	在	中	渠道

泉水在山腰，

8-1710

刘	不	定	不	断
Liuz	mbouj	dingz	mbouj	duenx
li:u²	bou⁵	tiŋ²	bou⁵	tu:n⁴
流	不	停	不	断

源源流不断。

8-1711

站	千	比	牙	祘
Soengz	cien	bi	yax	suenq
θoŋ²	çi:n¹	pi¹	ja⁵	θu:n⁵
站	千	年	才	算

过千年才算，

8-1712

断	县	是	不	说
Duenx	yenh	cix	mbouj	naeuz
tu:n⁴	je:n⁶	çi⁴	bou⁵	nau²
断	言	是	不	说

不随便乱说。

男唱

8-1713

水	莫	在	江	丢
Raemx	mboq	ywq	gyang	diu
ɹan⁴	bo⁵	juɯ⁵	kja:ŋ¹	ti:u¹
水	泉	在	中	渠道

清泉在山腰，

8-1714

刘	不	定	不	断
Liuz	mbouj	dingz	mbouj	duenx
li:u²	bou⁵	tiŋ²	bou⁵	tu:n⁴
流	不	停	不	断

源源流不断。

8-1715

土	可	站	长	刘
Dou	goj	soengz	ciengz	liuz
tu¹	ko⁵	θoŋ²	çi:ŋ²	li:u²
我	也	站	常	常

我永远不走，

8-1716

老	伴	不	长	刘
Lau	buenx	mbouj	ciengz	liuz
la:u¹	pu:n⁴	bou⁵	çi:ŋ²	li:u²
怕	伴	不	常	常

怕你不坚持。

女唱

8-1717

水	莫	在	拉	累
Raemx	mboq	ywq	laj	lae
ɹan⁴	bo⁵	juɯ⁵	la³	lai¹
水	泉	在	下	梯

清泉在门前，

8-1718

刀	貝	远	要	水
Dauq	bae	gyae	aeu	raemx
ta:u⁵	pai¹	kjai¹	au¹	ɹan⁴
倒	去	远	要	水

偏长途取水。

8-1719

板	可	米	对	生
Mbanj	goj	miz	doiq	saemq
ba:n³	ko⁵	mi²	to:i⁵	θan⁵
村	可	有	对	庚

本村有对象，

8-1720

刀	问	友	元	远
Dauq	haemq	youx	roen	gyae
ta:u⁵	han⁵	ju⁴	jo:n¹	kjai¹
倒	问	友	路	远

偏远道求友。

男唱

8-1721

水	莫	在	拉	累
Raemx	mboq	ywq	laj	lae
ɹan⁴	bo⁵	ju⁵	la³	lai¹
水	泉	在	下	梯

清泉在门前，

8-1722

刀	贝	远	要	水
Dauq	bae	gyae	aeu	raemx
taːu⁵	pai¹	kjai¹	au¹	ɹan⁴
倒	去	远	要	水

偏远程取水。

8-1723

板	可	米	对	生
Mbanj	goj	miz	doiq	saemq
baːn³	ko⁵	mi²	toːi⁵	θan⁵
村	可	有	对	庚

本村有对象，

8-1724

不	比	友	元	远
Mbouj	beij	youx	roen	gyae
bou⁵	pi³	ju⁴	joːn¹	kjai¹
不	比	友	路	远

不比远方友。

女唱

8-1725

水	莫	十	义	王
Raemx	mboq	cib	ngeih	vaengz
ɹan⁴	bo⁵	çit⁸	ɲi⁶	vaŋ²
水	泉	十	二	潭

泉源好多潭，

8-1726

知	王	而	来	拉
Rox	vaengz	lawz	lai	laeg
ɹo⁴	vaŋ²	lau²	laːi¹	lak⁸
知	潭	哪	多	深

不知哪处深。

8-1727

江	邦	十	义	家
Gyang	biengz	cib	ngeih	gya
kjaːŋ¹	piːŋ²	çit⁸	ɲi⁶	kja¹
中	地方	十	二	家

世间好多家，

8-1728

知	备	那	方	而
Rox	beix	naj	fueng	lawz
ɹo⁴	pi⁴	na³	fuːŋ¹	lau²
知	兄	脸	方	哪

哥来自何方？

男唱

8-1729

水	莫	在	江	杈
Raemx	mboq	ywq	gyang	gemh
ɹan⁴	bo⁵	ju⁵	kjaːŋ¹	keːn⁶
水	泉	在	中	山坳

清泉在山坳，

8-1730

不	乱	变	同	排
Mbouj	luenh	bienq	doengh	baiz
bou⁵	luːn⁶	piːn⁵	toŋ²	paːi²
不	乱	变	相	排

很难并排流。

8-1731

七	十	义	条	开
Caet	cib	ngeih	diuz	gai
ɕat⁷	ɕit⁸	ȵi⁶	tiːu²	kaːi¹
七	十	二	条	街

七十二条街，

8-1732

重	你	来	了	农
Naek	mwngz	lai	liux	nuengx
nak⁷	muɯŋ²	laːi¹	liːu⁴	nuːŋ⁴
重	你	多	啰	妹

就看中情妹。

女唱

8-1733

水	莫	在	更	令
Raemx	mboq	ywq	gwnz	rin
ɹan⁴	bo⁵	ju⁵	kuɯn²	ɹin¹
水	泉	在	上	石

清泉在岭上，

8-1734

不	吃	合	又	汉
Mbouj	gwn	hoz	youh	hat
bou⁵	kuɯn¹	ho²	jou⁴	haːt⁷
不	喝	喉	又	渴

不喝口又渴。

8-1735

分	子	下	吉	家
Faen	swj	roengz	giz	gya
fan¹	θɯ³	ɹoŋ²	ki²	kja¹
分	子	下	处	家

嫁女到各处，

8-1736

为	好	巴	文	偻
Vih	ndij	bak	vunz	raeuz
vei⁶	di¹	paːk⁷	vun²	ɹau²
为	与	嘴	人	我们

全为一张嘴。

男唱

8-1737

水	莫	在	更	令
Raemx	mboq	ywq	gwnz	rin
ɹan⁴	bo⁵	ju⁵	kɯn²	ɹin¹
水	泉	在	上	石

清泉在岭上，

8-1738

洗	身	牙	不	净
Swiq	ndang	yax	mbouj	cingh
θuːi⁵	daŋ¹	ja⁵	bou⁵	çiŋ⁶
洗	身	也	不	净

洗澡本不净。

8-1739

交	给	贵	不	领
Gyau	hawj	gwiz	mbouj	lingx
kjaːu¹	hɯ³	kui²	bou⁵	liŋ⁴
交	给	丈夫	不	领

丈夫不愿娶，

8-1740

才	开	命	双	偻
Caih	hai	mingh	song	raeuz
çaːi⁶	haːi¹	miŋ⁶	θoːŋ¹	ɹau²
随	开	命	两	我们

才撮合我们。

女唱

8-1741

水	莫	在	邦	山
Raemx	mboq	ywq	bangx	bya
ɹan⁴	bo⁵	ju⁵	paːŋ⁴	pja¹
水	泉	在	旁	山

清泉在山边，

8-1742

鸟	沙	下	斗	存
Roeg	ra	roengz	daeuj	caemx
ɹok⁸	ɹa¹	ɹoŋ²	tau³	çam⁴
鸟	白鹇	下	来	洗澡

白雉来洗澡。

8-1743

要	求	糖	作	水
Aeu	gyu	diengz	coq	raemx
au¹	kju¹	tiːŋ²	ço⁵	ɹan⁴
要	盐	糖	放	水

盐和糖再甜，

8-1744

不	比	观	土	说
Mbouj	beij	gonq	dou	naeuz
bou⁵	pi³	koːn⁵	tu¹	nau²
不	比	先	我	说

不比情话甜。

男唱

8-1745

净	不	外	水	莫
Cingh	mbouj	vaij	raemx	mboq
$\varphi i\eta^6$	bou^5	$va:i^3$	$\textrm{.an}^4$	bo^5
净	不	过	水	泉

清不过泉水，

8-1746

作	不	外	水	文
Soh	mbouj	vaij	raemx	fwn
θo^6	bou^5	$va:i^3$	$\textrm{.an}^4$	vun^1
直	不	过	水	雨

直不过雨滴。

8-1747

同	对	马	拉	本
Doengz	doih	ma	laj	mbwn
$to\eta^2$	$to:i^6$	ma^1	la^3	$buun^1$
同	伙伴	来	下	天

同在天地间，

8-1748

么	办	文	样	内
Maz	baenz	vunz	yiengh	neix
ma^2	pan^2	vun^2	$juu:\eta^6$	ni^4
什么	成	人	样	这

为何不如人。

女唱

8-1749

净	不	外	水	莫
Cingh	mbouj	vaij	raemx	mboq
$\varphi i\eta^6$	bou^5	$va:i^3$	$\textrm{.an}^4$	bo^5
净	不	过	水	泉

清不过泉水，

8-1750

作	不	外	水	文
Soh	mbouj	vaij	raemx	fwn
θo^6	bou^5	$va:i^3$	$\textrm{.an}^4$	vun^1
直	不	过	水	雨

直不过雨滴。

8-1751

友	而	友	不	文
Youx	lawz	youx	mbouj	vunz
ju^4	lau^2	ju^4	bou^5	vun^2
友	哪	友	不	人

哪个不是人，

8-1752

友	而	龙	小	女
Youx	lawz	lungz	siuj	nawx
ju^4	lau^2	$lu\eta^2$	$\theta i:u^3$	nuu^4
友	哪	龙	小	女

哪个是龙女？

男唱

女唱

8-1753

水	刘	贝	刘	贝
Raemx	liuz	bae	liuz	bae
ɹan^4	li:u^2	pai^1	li:u^2	pai^1
水	流	去	流	去

河水东流去，

8-1754

几	时	刀	刘	刀
Geij	seiz	dauq	liuz	dauq
ki^3	θi^2	ta:u^5	li:u^2	ta:u^5
几	时	又	流	回

谁见水倒流。

8-1755

水	刘	贝	达	老
Raemx	liuz	bae	dah	laux
ɹan^4	li:u^2	pai^1	ta^6	la:u^4
水	流	去	河	大

水流归大河，

8-1756

几	时	刀	马	王
Geij	seiz	dauq	ma	vaengz
ki^3	θi^2	ta:u^5	ma^1	van^2
几	时	回	来	潭

不会再回渊。

8-1757

水	吨	可	水	吨
Raemx	daemz	goj	raemx	daemz
ɹan^4	tan^2	ko^5	ɹan^4	tan^2
水	塘	也	水	塘

塘水归塘水，

8-1758

碰	令	它	是	刀
Bungq	rin	de	cix	dauq
puŋ^5	ɹin^1	te^1	çi^4	ta:u^5
碰	石	那	就	回

撞石会回头。

8-1759

达	老	可	达	老
Dah	laux	goj	dah	laux
ta^6	la:u^4	ko^5	ta^6	la:u^4
河	大	也	河	大

大河是大河，

8-1760

水	可	泡	托	下
Raemx	goj	bauq	doh	roengz
ɹan^4	ko^5	pa:u^5	to^6	ɹoŋ^2
水	也	涌	向	下

总奔涌向前。

男唱

8-1761

水	吨	可	水	吨
Raemx	daemz	goj	raemx	daemz
ɹan⁴	tan²	ko⁵	ɹan⁴	tan²
水	塘	也	水	塘

塘水是塘水，

8-1762

牙	不	比	水	莫
Yax	mbouj	beij	raemx	mboq
ja⁵	bou⁵	pi³	ɹan⁴	bo⁵
也	不	比	水	泉

比不上泉水。

8-1763

水	吨	是	花	罗
Raemx	daemz	cix	va	roz
ɹan⁴	tan²	çi⁴	va¹	ɹo²
水	塘	是	花	枯

塘水如落花，

8-1764

水	莫	是	长	刘
Raemx	mboq	cix	ciengz	liuz
ɹan⁴	bo⁵	çi⁴	çi:ŋ²	li:u²
水	泉	是	常	常

泉水不断流。

女唱

8-1765

水	吨	可	水	吨
Raemx	daemz	goj	raemx	daemz
ɹan⁴	tan²	ko⁵	ɹan⁴	tan²
水	塘	也	水	塘

塘水是塘水，

8-1766

牙	不	比	水	莫
Yax	mbouj	beij	raemx	mboq
ja⁵	bou⁵	pi³	ɹan⁴	bo⁵
也	不	比	水	泉

比不上泉水。

8-1767

达	老	可	达	老
Dah	laux	goj	dah	laux
ta⁶	la:u⁴	ko⁵	ta⁶	la:u⁴
河	大	也	河	大

大河是大河，

8-1768

长	刘	泡	连	连
Ciengz	liuz	bauq	lienz	lienz
çi:ŋ²	li:u²	pa:u⁵	li:n²	li:n²
常	常	涌	连	连

永远流不停。

男唱

8-1769

水	吨	生	是	生
Raemx	daemz	caem	cix	caem
ɹan⁴	tan²	ɕan¹	ɕi⁴	ɕan¹
水	塘	沉	就	沉

塘水不流动，

8-1770

水	莫	可	利	泡
Raemx	mboq	goj	lij	bauq
ɹan⁴	bo⁵	ko⁵	li⁴	pa:u⁵
水	泉	也	还	涌

泉水还在冒。

8-1771

家	然	造	是	造
Gya	ranz	caux	cix	caux
kja¹	ɹa:n²	ɕa:u⁴	ɕi⁴	ɕa:u⁴
家	家	造	就	造

要结婚就结，

8-1772

秀	少	包	开	论
Ciuh	sau	mbauq	gaej	lumz
ɕi:u⁶	θa:u¹	ba:u⁵	ka:i⁵	lun²
世	姑娘	小伙	莫	忘

莫忘我俩情。

女唱

8-1773

水	吨	生	是	生
Raemx	daemz	caem	cix	caem
ɹan⁴	tan²	ɕan¹	ɕi⁴	ɕan¹
水	塘	沉	就	沉

塘水不流动，

8-1774

水	莫	可	很	泡
Raemx	mboq	goj	hwnj	bauq
ɹan⁴	bo⁵	ko⁵	hum³	pa:u⁵
水	泉	也	起	涌

泉水冒不停。

8-1775

备	贝	农	又	省
Beix	bae	nuengx	youh	swnj
pi⁴	pai¹	nu:ŋ⁴	jou⁴	θum³
兄	去	妹	又	接

兄妹相接应，

8-1776

可	很	样	灯	日
Goj	hwnj	yiengh	daeng	ngoenz
ko⁵	hum³	jɯ:ŋ⁶	taŋ¹	ŋon²
也	起	样	灯	天

如太阳升起。

女唱

8-1777

水	达	刀	马	王
Raemx	dah	dauq	ma	vaengz
ɹan⁴	ta⁶	taːu⁵	ma¹	vaŋ²
水	河	回	来	潭

河水流归渊，

8-1778

水	吨	刀	马	莫
Raemx	daemz	dauq	ma	mboq
ɹan⁴	tan²	taːu⁵	ma¹	bo⁵
水	塘	回	来	泉

塘水流回泉。

8-1779

少	刀	刀	然	卜
Sau	dauq	dauq	ranz	boh
θaːu¹	taːu⁵	taːu⁵	ɹaːn²	po⁶
姑娘	又	回	家	父

妹回父母家，

8-1780

备	厉	火	是	巡
Beix	nyienh	hoj	cix	cunz
pi⁴	ȵuːn⁶	ho³	ɕi⁴	ɕun²
兄	愿	苦	就	巡

兄愿就来访。

男唱

8-1781

水	达	刀	马	王
Raemx	dah	dauq	ma	vaengz
ɹan⁴	ta⁶	taːu⁵	ma¹	vaŋ²
水	河	回	来	潭

河水流归渊，

8-1782

水	吨	刀	马	莫
Raemx	daemz	dauq	ma	mboq
ɹan⁴	tan²	taːu⁵	ma¹	bo⁵
水	塘	回	来	泉

塘水流回泉。

8-1783

少	刀	马	然	卜
Sau	dauq	ma	ranz	boh
θaːu¹	taːu⁵	ma¹	ɹaːn²	po⁶
姑娘	又	来	家	父

妹回父母家，

8-1784

备	又	火	本	钱
Beix	youh	hoj	bonj	cienz
pi⁴	jou⁴	ho³	po:n³	ɕiːn²
兄	又	苦	本	钱

兄无钱求婚。

女唱

8-1785

水	达	刀	马	王
Raemx	dah	dauq	ma	vaengz
ɹan⁴	ta⁶	taːu⁵	ma¹	vaŋ²
水	河	回	来	潭

河水流归渊，

8-1786

水	吨	刀	马	格
Raemx	daemz	dauq	ma	mbaek
ɹan⁴	tan²	taːu⁵	ma¹	bak⁷
水	塘	回	来	梯田

塘水入梯田。

8-1787

少	刀	良	完	田
Sau	dauq	lingh	vuenh	dieg
θaːu¹	taːu⁵	leːŋ⁶	vuːn⁶	tiːk⁸
姑娘	又	另	换	地

妹是要改嫁，

8-1788

备	利	厄	知	空
Beix	lij	nyienh	rox	ndwi
pi⁴	li⁴	ȵuːn⁶	ɹoɣ⁴	duːi¹
兄	还	愿	或	不

哥还愿娶不？

男唱

8-1789

水	达	刀	马	王
Raemx	dah	dauq	ma	vaengz
ɹan⁴	ta⁶	taːu⁵	ma¹	vaŋ²
水	河	回	来	潭

河水流归渊，

8-1790

水	吨	刀	马	格
Raemx	daemz	dauq	ma	mbaek
ɹan⁴	tan²	taːu⁵	ma¹	bak⁷
水	塘	回	来	梯田

塘水入梯田。

8-1791

少	得	良	完	田
Sau	ndaej	lingh	vuenh	dieg
θaːu¹	dai³	leːŋ⁶	vuːn⁶	tiːk⁸
姑娘	得	另	换	地

姑娘愿改嫁，

8-1792

备	是	换	小	正
Beix	cix	rieg	siuj	cingz
pi⁴	ɕi⁴	ɹɯːk⁸	θiːu³	ɕiŋ²
兄	就	换	小	情

兄备礼求婚。

女唱

8-1793

优	初	作	更	初
Yaeuj	cauq	coq	gwnz	cauq
jau³	ça:u⁵	ço⁵	kɯn²	ça:u⁵
抬	灶	放	上	灶

火灶架上锅,

8-1794

要	水	凉	马	碰
Aeu	raemx	liengz	ma	bungq
au¹	ɹan⁴	li:ŋ²	ma¹	puŋ⁵
要	水	凉	来	掺

再加入冷水。

8-1795

重	心	牙	沙	丰
Naek	sim	yaek	ra	fungh
nak⁷	θin¹	jak⁷	ɹa¹	fuŋ⁶
重	心	要	找	凤

诚心找对象,

8-1796

碰	卡	达	古	王
Bungq	ga	dah	guh	vaengz
puŋ⁵	ka¹	ta⁶	ku⁴	vaŋ²
掺	条	河	做	潭

河添水为渊。

男唱

8-1797

打	水	作	盆	金
Daek	raemx	coq	buenz	gim
tak⁷	ɹan⁴	ço⁵	pu:n²	kin¹
舀	水	放	盆	金

舀水放金盆,

8-1798

亘	洗	定	又	刀
Haemh	swiq	din	youh	dauq
han⁶	θɯ:i⁵	tin¹	jou⁴	ta:u⁵
夜	洗	脚	又	倒

洗完脚又倒。

8-1799

怨	命	不	办	宝
Yonq	mingh	mbouj	baenz	bauj
jo:n⁵	miŋ⁶	bou⁵	pan²	pa:u³
怨	命	不	成	宝

嫌命不值钱,

8-1800

伴	对	朝	采	邦
Buenx	doiq	sauh	byaij	biengz
pu:n⁴	to:i⁵	θa:u⁶	pja:i³	pi:ŋ²
伴	对	辈	走	地方

陪情侣游荡。

女唱

8-1801

打	水	作	安	邦
Daek	raemx	coq	aen	mbaengq

tak^7　ɹan^4　$ço^5$　an^1　$baŋ^5$

舀　水　放　个　大竹筒

舀水入竹筒，

8-1802

水	刀	当	古	汉
Raemx	dauq	dangh	gouq	hat

ɹan^4　$ta:u^5$　$ta:ŋ^6$　kou^5　$ha:t^7$

水　倒　当　救　渴

水还能解渴。

8-1803

貝	板	开	貝	南
Bae	mbanj	gaej	bae	nanz

pai^1　$ba:n^3$　$ka:i^5$　pai^1　$na:n^2$

去　村　莫　去　久

外出别太久，

8-1804

刀	然	贵	又	罵
Dauq	ranz	gwiz	youh	ndaq

$ta:u^5$　ɹa:n^2　kui^2　jou^4　da^5

回　家　丈夫　又　骂

回家丈夫骂。

男唱

8-1805

打	水	作	安	瓜
Daek	raemx	coq	aen	gva

tak^7　ɹan^4　$ço^5$　an^1　kwa^1

舀　水　放　个　锅

打水放锅中，

8-1806

土	仙	茶	在	加
Dou	cienq	caz	ywq	caj

tu^1　$çe:n^1$　$ça^2$　$jɯ^5$　kja^3

我　煎　茶　在　等

我沏茶等待。

8-1807

贵	牙	罵	是	罵
Gwiz	yaek	ndaq	cix	ndaq

kui^2　jak^7　da^5　$çi^4$　da^5

丈夫　要　骂　就　骂

丈夫骂就骂，

8-1808

瓜	了	洋	赔	恨
Gvaq	liux	yaeng	boiz	haemz

kwa^5　$li:u^4$　$jaŋ^1$　$po:i^2$　han^2

过　完　再　赔　恨

过后再算账。

女唱

8-1809

打	水	作	安	初
Daek	raemx	coq	aen	cauq
tak⁷	ɹan⁴	ço⁵	an¹	ça:u⁵
舀	水	放	个	灶

舀水入锅中，

8-1810

特	马	泡	古	茶
Dawz	ma	bauq	guh	caz
təɯ²	ma¹	pa:u⁵	ku⁴	ça²
拿	来	滚	做	茶

烧开来沏茶。

8-1811

打	水	作	安	瓜
Daek	raemx	coq	aen	gva
tak⁷	ɹan⁴	ço⁵	an¹	kwa¹
舀	水	放	个	锅

舀水放进锅，

8-1812

特	马	安	古	初
Dawz	ma	an	guh	cauq
təɯ²	ma¹	a:n¹	ku⁴	ça:u⁵
拿	来	安	做	灶

拿来当晚饭。

男唱

8-1813

打	水	作	安	初
Daek	raemx	coq	aen	cauq
tak⁷	ɹan⁴	ço⁵	an¹	ça:u⁵
舀	水	放	个	灶

舀水入锅里，

8-1814

特	马	泡	古	茶
Dawz	ma	bauq	guh	caz
təɯ²	ma¹	pa:u⁵	ku⁴	ça²
拿	来	滚	做	茶

烧开来沏茶。

8-1815

打	水	作	安	瓜
Daek	raemx	coq	aen	gva
tak⁷	ɹan⁴	ço⁵	an¹	kwa¹
舀	水	放	个	锅

舀水放进锅，

8-1816

仙	办	茶	氿	师
Cienq	baenz	caz	laeuj	ndwq
çe:n¹	pan²	ça²	lau³	dɯ⁵
煎	成	茶	酒	酒糟

煮成甜酒茶。

女唱

8-1817

仙	茶	作	盆	金
Cienq	caz	coq	buenz	gim
çeːn¹	ça²	ço⁵	puːn²	kin¹
煎	茶	放	盆	金

沏茶放金盆,

8-1818

不	吃	合	又	汉
Mbouj	gwn	hoz	youh	hat
bou⁵	kun¹	ho²	jou⁴	haːt⁷
不	喝	喉	又	渴

不喝口又渴。

8-1819

分	子	下	吉	家
Mbek	swj	roengz	giz	gya
beːk⁷	θɯ³	ɹoŋ²	ki²	kja¹
分别	子	下	处	家

子女被分离,

8-1820

分	秀	满	双	偻
Mbek	ciuh	monh	song	raeuz
beːk⁷	çiːu⁶	moːn⁶	θoːŋ¹	ɹau²
分	世	情	两	我们

我俩被分开。

男唱

8-1821

水	吨	生	堂	底
Raemx	daemz	caem	daengz	dij
ɹan⁴	tan²	çan¹	taŋ²	ti³
水	塘	沉	到	底

塘水浅见底,

8-1822

魚	丢	蛟	是	付
Bya	diuq	nyauh	cix	fouz
pja¹	tiːu⁵	ɲaːu⁶	çi⁴	fu²
鱼	跳	虾	就	浮

鱼跳小虾浮。

8-1823

友	而	爱	堂	土
Youx	lawz	ngaiq	daengz	dou
ju⁴	lau²	ŋaːi⁵	taŋ²	tu¹
友	哪	爱	到	我

谁人爱上我,

8-1824

千	年	正	同	送
Cien	nienz	cingz	doengh	soengq
çiːn¹	niːn²	çiŋ²	toŋ²	θoŋ⁵
千	年	情	相	送

礼物常相送。

女唱

8-1825

鱼	兰	丢	很	单
Bya	lamz	diuq	hwnj	dan
pja¹	la:m²	ti:u⁵	hun³	ta:n¹
鱼	蓝	刀	跳	上	滩

蓝刀跳上岸，

8-1826

可	利	土	鱼	利
Goj	lij	duz	bya	leix
ko⁵	li⁴	tu²	pja¹	li⁴
也	还	只	鱼	鲤

还有鲤鱼在。

8-1827

水	吨	生	堂	底
Raemx	daemz	caem	daengz	dij
ɹan⁴	tan²	çan¹	taŋ²	ti³
水	塘	沉	到	底

水塘早到底，

8-1828

鱼	利	不	外	春
Bya	leix	mbouj	vaij	cin
pja¹	li⁴	bou⁵	va:i³	çun¹
鱼	鲤	不	过	春

鲤鱼命不长。

男唱

8-1829

鱼	利	丢	很	单
Bya	leix	diuq	hwnj	dan
pja¹	li⁴	ti:u⁵	hun³	ta:n¹
鱼	鲤	跳	上	滩

鲤鱼跳上岸，

8-1830

拜	浪	米	沙	锯
Baih	laeng	miz	nyod	gawq
pa:i⁶	laŋ¹	mi²	ɲo:t⁸	kɯ⁵
边	后	有	齿	锯

脊背有刺鳍。

8-1831

丢	后	干	贝	在
Deuz	haeuj	gamj	bae	ywq
ti:u²	hau³	ka:n³	pai¹	jɯ⁵
逃	进	洞	去	住

进岩洞去住，

8-1832

伏	备	作	罗	而
Mbwq	beix	coq	loh	rawz
bɯ⁵	pi⁴	ço⁵	lo⁶	ɹau²
厌恶	兄	放	路	什么

为何厌情哥？

女唱

8-1833

魚	兰	点	魚	利
Bya	lamz	dem	bya	leix
pja^1	la:m^2	te:n^1	pja^1	li^4
鱼	蓝刀	与	鱼	鲤

蓝刀和鲤鱼,

8-1834

义	百	四	两	金
Ngeih	bak	seiq	liengx	gim
ŋi^6	pa:k^7	θei^5	li:ŋ^4	kin^1
二	百	四	两	金

价格贵过天。

8-1835

可	利	土	魚	令
Goj	lij	duz	bya	lingz
ko^5	li^4	tu^2	pja^1	liŋ^2
也	还	条	鱼	鲮

剩下野鲮鱼,

8-1836

牙	吃	是	中	先
Yaek	gwn	cix	cuengq	set
jak^7	kɯn^1	çi^4	çu:ŋ^5	θe:t^7
欲	吃	就	放	鱼竿

想吃就去钓。

男唱

8-1837

魚	米	六	十	斤
Bya	miz	roek	cib	gaen
pja^1	mi^2	ɹok^7	çit^8	kan^1
鱼	有	六	十	斤

鱼重六十斤,

8-1838

身	土	生	下	拉
Ndang	duz	caem	roengz	laeg
da:ŋ^1	tu^2	çan^1	ɹoŋ^2	lak^8
身	只	沉	下	深

鱼身往下沉。

8-1839

魚	米	千	斤	重
Bya	miz	cien	gaen	naek
pja^1	mi^2	çi:n^1	kan^1	nak^7
鱼	有	千	斤	重

鱼有千斤重,

8-1840

样	而	拉	堂	更
Yiengh	lawz	rag	daengz	gwnz
jɯ:ŋ^6	lau^2	ɹa:k^8	taŋ^2	kɯn^2
样	哪	拉	到	上

怎么拖上岸?

女唱

8-1841

水	达	很	吨	本
Raemx	dah	hwnj	daemx	mbwn
ɹan⁴	ta⁶	huɯn³	tan⁴	buɯn¹
水	河	起	顶	天

河水涨到天，

8-1842

利	土	初	中	先
Lix	duz	sou	cuengq	sienq
li⁴	tu²	θu¹	ɕuːŋ⁵	θiːn⁵
剩	的	你们	放	线

不适合垂钓。

8-1843

特	华	农	马	恋
Dawz	vah	nuengx	ma	lienh
təɯ²	va⁶	nuːŋ⁴	ma¹	liːn⁶
拿	话	妹	来	恋

用妹的话说，

8-1844

权	内	权	召	心
Gienh	neix	gienh	cau	sim
kjiːn⁶	ni⁴	kjiːn⁶	ɕaːu⁵	θin¹
件	这	件	操	心

此事太烦心。

男唱

8-1845

鱼	利	点	鱼	岁
Bya	leix	dem	bya	saeq
pja¹	li⁴	teːn¹	pja¹	θai⁵
鱼	鲤	与	鱼	小

鲤鱼和翠鱼，

8-1846

你	牙	列	农	银
Mwngz	yax	leh	nuengx	ngaenz
muɯn²	ja⁵	le⁶	nuːŋ⁴	ŋan²
你	也	选	妹	银

常看望情妹。

8-1847

吃	希	贝	吨	本
Gwn	heiq	bae	daemx	mbwn
kuɯn¹	hi⁵	pai¹	tan⁴	buɯn¹
吃	气	去	顶	天

再大的烦恼，

8-1848

才	农	银	斗	列
Caih	nuengx	ngaenz	daeuj	leh
ɕaːi⁶	nuːŋ⁴	ŋan²	tau³	le⁶
随	妹	银	来	选

欢迎妹探望。

女唱

8-1849

魚	利	丢	很	单
Bya	leix	diuq	hwnj	dan
pja^1	li^4	ti:u^5	hun^3	ta:n^1
鱼	鲤	跳	上	滩

鲤鱼跳上岸，

8-1850

魚	兰	丢	不	丢
Bya	lamz	diuq	mbouj	diuq
pja^1	la:m^2	ti:u^5	bou^5	ti:u^5
鱼	蓝刀	跳	不	跳

蓝刀鱼跳否？

8-1851

月	内	贝	十	九
Ndwen	neix	bae	cib	gouj
du:n^1	ni^4	pai^1	çit^8	kjou^3
月	这	去	十	九

本月十九天，

8-1852

可	利	秋	月	浪
Goj	lij	ciuq	ndwen	laeng
ko^5	li^4	çi:u^5	du:n^1	laŋ^1
也	还	看	月	后

只能盼下日。

男唱

8-1853

魚	利	丢	很	单
Bya	leix	diuq	hwnj	dan
pja^1	li^4	ti:u^5	hun^3	ta:n^1
鱼	鲤	跳	上	滩

鲤鱼跳上岸，

8-1854

魚	兰	丢	不	丢
Bya	lamz	diuq	mbouj	diuq
pja^1	la:m^2	ti:u^5	bou^5	ti:u^5
鱼	蓝刀	跳	不	跳

蓝刀鱼跳否？

8-1855

很	山	尚	贝	刘
Hwnj	bya	sang	bae	liuh
hun^3	pja^1	θa:ŋ^1	pai^1	li:u^6
上	山	高	去	游

上高山眺望，

8-1856

秋	样	飞	不	飞
Ciuq	yiengh	mbin	mbouj	mbin
çi:u^5	jɯ:ŋ^6	bin^1	bou^5	bin^1
看	样	飞	不	飞

能否展翅飞？

女唱

8-1857

很	山	尚	贝	刘
Hwnj	bya	sang	bae	liuh
hun³	pja¹	θaːŋ¹	pai¹	liːu⁶
上	山	高	去	游

上高山眺望，

8-1858

秋	样	飞	不	飞
Ciuq	yiengh	mbin	mbouj	mbin
ɕiːu⁵	juːŋ⁶	bin¹	bou⁵	bin¹
看	样	飞	不	飞

能否展翅飞？

8-1859

卡	牛	真	不	真
Gaj	cwz	caen	mbouj	caen
ka³	cu²	ɕin¹	bou⁵	ɕin¹
杀	牛	真	不	真

是否真杀牛？

8-1860

秀	广	英	牙	了
Ciuh	gvangj	in	yaek	liux
ɕiːu⁶	kwaːŋ³	in¹	jak⁷	liːu⁴
世	广	姻	要	完

青春期快过。

男唱

8-1861

很	山	尚	贝	刘
Hwnj	bya	sang	bae	liuh
hun³	pja¹	θaːŋ¹	pai¹	liːu⁶
上	山	高	去	游

上高山眺望，

8-1862

秋	样	飞	不	飞
Ciuq	yiengh	mbin	mbouj	mbin
ɕiːu⁵	juːŋ⁶	bin¹	bou⁵	bin¹
看	样	飞	不	飞

能否展翅飞？

8-1863

才	牙	真	不	真
Caih	yax	caen	mbouj	caen
ɕaːi⁶	ja⁵	ɕin¹	bou⁵	ɕin¹
随	也	真	不	真

管你真不真，

8-1864

可	交	心	牙	知
Goj	gyau	sim	yax	rox
ko⁵	kjaːu¹	θin¹	ja⁵	ɣo⁴
也	交	心	才	知

交心才知道。

女唱

8-1865

很	山	尚	贝	刘
Hwnj	bya	sang	bae	liuh
hun³	pja¹	θaːŋ¹	pai¹	liːu⁶
上	山	高	去	游

上高山眺望，

8-1866

秋	东	海	米	吨
Ciuq	doeng	haij	miz	daemz
çiːu⁵	toŋ¹	haːi³	mi²	tan²
看	东	海	有	塘

见东海有塘。

8-1867

秋	见	田	备	银
Ciuq	raen	denz	beix	ngaenz
çiːu⁵	ɹan¹	teːn²	pi⁴	ŋan²
看	见	地	兄	银

望见兄家园，

8-1868

牙	飞	空	米	羽
Yaek	mbin	ndwi	miz	fwed
jak⁷	bin¹	duːi¹	mi²	fuːt⁸
要	飞	不	有	翅

想飞无翅膀。

男唱

8-1869

秋	刀	可	见	田
Ciuq	dauq	goj	raen	denz
çiːu⁵	taːu⁵	ko⁵	ɹan¹	teːn²
看	回	也	见	地

望见妹家园，

8-1870

伏	不	狼	你	马
Fwx	mbouj	langh	mwngz	ma
fə⁴	bou⁵	laːŋ⁶	muɯŋ²	ma¹
别人	不	放	你	来

你夫不放手。

8-1871

秋	刀	可	见	山
Ciuq	dauq	goj	raen	bya
çiːu⁵	taːu⁵	ko⁵	ɹan¹	pja¹
看	回	也	见	山

望见妹故乡，

8-1872

几	时	马	见	农
Geij	seiz	ma	raen	nuengx
ki³	θi²	ma¹	ɹan¹	nuːŋ⁴
几	时	来	见	妹

何时能见妹？

女唱

8-1873

很	山	尚	贝	刘
Hwnj	bya	sang	bae	liuh
huɯn³	pja¹	θaːŋ¹	pai¹	liːu⁶
上	山	高	去	游

上高山眺望，

8-1874

秋	东	海	米	王
Ciuq	doeng	haij	miz	vaengz
çiːu⁵	toŋ¹	haːi³	mi²	vaŋ²
看	东	海	有	潭

见东海有渊。

8-1875

邦	伏	满	了	农
Biengz	fwx	monh	liux	nuengx
piːŋ²	fə⁴	moːn⁶	liːu⁴	nuːŋ⁴
地方	别人	情	啰	妹

妹家有情爱，

8-1876

心	备	银	自	凉
Sim	beix	ngaenz	gag	liengz
θin¹	pi⁴	ŋan²	kaːk⁸	liːŋ²
心	兄	银	自	凉

情哥心自寒。

男唱

8-1877

很	山	尚	贝	刘
Hwnj	bya	sang	bae	liuh
huɯn³	pja¹	θaːŋ¹	pai¹	liːu⁶
上	山	高	去	游

上高山眺望，

8-1878

秋	东	海	卢	连
Ciuq	doeng	haij	luz	lienz
çiːu⁵	toŋ¹	haːi³	lu²	liːn²
看	东	海	连	连

见东海辽阔。

8-1879

邦	伏	满	吨	天
Biengz	fwx	monh	daemx	denh
piːŋ²	fə⁴	moːn⁶	tan⁴	tiːn¹
地方	别人	情	顶	天

别处情再浓，

8-1880

不	比	邦	少	包
Mbouj	beij	biengz	sau	mbauq
bou⁵	pi³	piːŋ²	θaːu¹	baːu⁵
不	比	地方	姑娘	小伙

不比我俩好。

女唱

8-1881

很	山	尚	贝	刘
Hwnj	bya	sang	bae	liuh
hun³	pja¹	θa:ŋ¹	pai¹	li:u⁶
上	山	高	去	游

上高山眺望，

8-1882

秋	东	海	米	吨
Ciuq	doeng	haij	miz	daemz
çi:u⁵	toŋ¹	ha:i³	mi²	tan²
看	东	海	有	塘

见东海有塘。

8-1883

秋	见	田	备	银
Ciuq	raen	denz	beix	ngaenz
çi:u⁵	ɣan¹	te:n²	pi⁴	ŋan²
看	见	地	兄	银

见情兄家园，

8-1884

南	马	全	讲	满
Nanz	ma	gyonj	gangj	monh
na:n²	ma¹	kjo:n¹	ka:ŋ³	mo:n⁶
久	来	聚	讲	情

难来相聚首。

男唱

8-1885

很	公	山	九	烟
Hwnj	goeng	bya	gouj	ien
hun³	koŋ¹	pja¹	kjau³	i:n¹
上	座	山	九	烟

登上九烟山，

8-1886

秋	三	八	吨	布
Ciuq	sanh	bek	daemj	baengz
çi:u⁵	θa:n¹	pe:k⁷	tan³	paŋ²
看	山	伯	织	布

望山伯织布。

8-1887

秋	女	不	见	娘
Ciuq	nawx	mbouj	raen	nangz
çi:u⁵	nu⁴	bou⁵	ɣan¹	na:ŋ²
看	女	不	见	姑娘

望妹不见妹，

8-1888

秋	三	层	托	乃
Ciuq	sam	caengz	doek	naiq
çi:u⁵	θa:n¹	çaŋ²	tok⁷	na:i⁵
看	三	层	落	累

越望越伤心。

女唱

8-1889

乜	生	你	阝	一
Meh	seng	mwngz	boux	ndeu
me⁶	θe:ŋ¹	muŋ²	pu⁴	de:u¹
母	生	你	人	一

你是独生仔，

8-1890

采	元	开	托	乃
Byaij	roen	gaej	doek	naiq
pja:i³	jo:n¹	ka:i⁵	tok⁷	na:i⁵
走	路	莫	落	累

走路莫伤心。

8-1891

洋	小	凉	洋	采
Yaeng	siu	liengz	yaeng	caij
jaŋ¹	θi:u¹	li:ŋ²	jaŋ¹	ça:i³
再	消	凉	再	踩

边休息边走，

8-1892

欢	备	可	跟	浪
Fwen	beix	goj	riengz	laeng
vu:n¹	pi⁴	ko⁵	ɹi:ŋ²	laŋ¹
歌	兄	也	跟	后

情哥跟后头。

男唱

8-1893

很	公	山	九	烟
Hwnj	goeng	bya	gouj	ien
huɯn³	koŋ¹	pja¹	kjau³	i:n¹
上	座	山	九	烟

登上九烟山，

8-1894

秋	三	八	吨	布
Ciuq	sanh	bek	daemj	baengz
çi:u⁵	θa:n¹	pe:k⁷	tan³	paŋ²
看	山	伯	织	布

看山伯织布。

8-1895

秋	那	不	见	浪
Ciuq	naj	mbouj	raen	laeng
çi:u⁵	na³	bou⁵	ɹan¹	laŋ¹
看	前	不	见	后

望前不见后，

8-1896

秋	江	堂	凉	孝
Ciuq	gyang	dangz	liengz	yauj
çi:u⁵	kja:ŋ¹	ta:ŋ²	li:ŋ²	ja:u³
看	中	堂	凉	飕飕

厅堂凉飕飕。

女唱

8-1897

很	公	山	九	烟
Hwnj	goeng	bya	gouj	ien
huɯn³	koŋ¹	pja¹	kjau³	iːn¹
上	座	山	九	烟

登上九烟山，

8-1898

秋	三	八	吨	绸
Ciuq	sanh	bek	daemj	couz
çiːu⁵	θaːn¹	peːk⁷	tan³	çu²
看	山	伯	织	绸

看山伯织绸。

8-1899

庆	远	可	利	土
Ging	yenj	goj	lij	dou
kiŋ³	juːn⁶	ko⁵	li⁴	tu¹
庆	远	也	还	我

庆远还有我，

8-1900

备	开	忧	老	秀
Beix	gaej	you	lauq	ciuh
pi⁴	kaːi⁵	jou¹	laːu⁵	çiːu⁶
兄	莫	忧	误	世

莫愁误青春。

男唱

8-1901

很	公	山	三	咬
Hwnj	goeng	bya	sam	ngauh
huɯn³	koŋ¹	pja¹	θaːn¹	ŋaːu⁶
上	座	山	三	影

登上三影山，

8-1902

手	寿	毛	又	站
Fwngz	caeux	mauh	youh	soengz
fuɯŋ²	çau⁴	maːu⁶	jou⁴	θoŋ²
手	抓	帽	又	站

脱帽独仁立。

8-1903

秋	全	论	办	崒
Ciuq	gyonj	laep	baenz	rungh
çiːu⁵	kjoːn³	lap⁷	pan²	ɹuŋ⁶
看	都	黑	成	崒

到处一片黑，

8-1904

不	办	同	偻	了
Mbouj	baenz	doengz	raeuz	liux
bou⁵	pan²	toŋ²	ɹau²	liːu⁴
不	成	同	我们	啰

看不见朋友。

女唱

8-1905

很	公	山	三	咬
Hwnj	goeng	bya	sam	ngauh
huɯn³	koŋ¹	pja¹	θaːn¹	ŋaːu⁶
上	座	山	三	影

登上三影山，

8-1906

手	寿	毛	又	站
Fwngz	caeux	mauh	youh	soengz
fuɯŋ²	çau⁴	maːu⁶	jou⁴	θoŋ²
手	抓	帽	又	站

脱帽自伫立。

8-1907

秋	同	不	见	同
Ciuq	doengz	mbouj	raen	doengz
çiːu⁵	toŋ²	bou⁵	ɹan¹	toŋ²
看	同	不	见	同

望友不见友，

8-1908

同	贝	方	而	在
Doengz	bae	fueng	lawz	ywq
toŋ²	pai¹	fuːŋ¹	lau²	juɯ⁵
同	去	方	哪	住

友今何所去？

男唱

8-1909

很	山	贝	要	会
Hwnj	bya	bae	aeu	faex
huɯn³	pja¹	pai¹	au¹	fai⁴
上	山	去	要	树

上山要木头，

8-1910

不	得	是	要	芬
Mbouj	ndaej	cix	aeu	fwnz
bou⁵	dai³	çi⁴	au¹	fuɯn²
不	得	就	要	柴

不得就捡柴。

8-1911

贝	那	秋	不	见
Bae	naj	ciuq	mbouj	raen
pai¹	na³	çiːu⁵	bou⁵	ɹan¹
去	前	看	不	见

往前不见路，

8-1912

要	更	古	桥	才
Aeu	gaen	guh	giuz	raih
au¹	kan¹	ku⁴	kiːu²	ɹaːi⁶
要	巾	做	桥	爬

毛巾代为桥。

女唱

8-1913

很	山	贝	要	会
Hwnj	bya	bae	aeu	faex
hun³	pja¹	pai¹	au¹	fai⁴
上	山	去	要	树

上山要木头,

8-1914

不	得	是	要	峝
Mbouj	ndaej	cix	aeu	liu
bou⁵	dai³	ci⁴	au¹	li:u¹
不	得	就	要	柴火

无木要小柴。

8-1915

秋	后	拜	务	绿
Ciuq	haeuj	baih	huj	heu
çi:u⁵	hau³	pa:i⁶	hu³	he:u¹
看	进	边	云	青

抬头望苍穹,

8-1916

米	的	一	托	乃
Miz	diq	ndeu	doek	naiq
mi²	ti⁵	de:u¹	tok⁷	na:i⁵
有	点	一	落	累

悲凉又失望。

男唱

8-1917

很	公	山	四	林
Hwnj	goeng	bya	seiq	limq
hun³	koŋ¹	pja¹	θei⁵	lim⁵
上	座	山	四	棱角

登上四棱山,

8-1918

比	命	寿	果	哈
Beij	mingh	caeux	go	haz
pi³	miŋ⁶	çau⁴	ko¹	ha²
比	命	抓	棵	茅草

小命悬一线。

8-1919

命	不	结	关	巴
Mingh	mbouj	giet	gvan	baz
miŋ⁶	bou⁵	ki:t⁷	kwa:n¹	pa²
命	不	结	夫	妻

成不了夫妻,

8-1920

广	英	写	给	伏
Gvangj	in	ce	hawj	fwx
kwa:ŋ³	in¹	çe¹	həw³	fə⁴
广	姻	留	给	别人

姻缘送别人。

女唱

8-1921

很	公	山	四	林
Hwnj	goeng	bya	seiq	limq
huɯn³	koŋ¹	pja¹	θei⁵	lim⁵
上	座	山	四	棱角

登上四棱山，

8-1922

比	命	寿	果	仟
Beij	mingh	caeux	go	em
pi³	miŋ⁶	çau⁴	ko¹	eːm¹
比	命	抓	棵	芭芒

小命悬一线。

8-1923

命	不	结	同	年
Mingh	mbouj	giet	doengz	nienz
miŋ⁶	bou⁵	kiːt⁷	toŋ²	niːn²
命	不	结	同	年

命中无姻缘，

8-1924

广	英	千	里	罗
Gvangj	in	cien	leix	loh
kwaːŋ³	in¹	çiːn¹	li⁴	lo⁶
广	姻	千	里	路

姻缘远离去。

男唱

8-1925

很	公	山	四	林
Hwnj	goeng	bya	seiq	limq
huɯn³	koŋ¹	pja¹	θei⁵	lim⁵
上	座	山	四	棱角

登上四棱山，

8-1926

比	命	寿	果	哈
Beij	mingh	caeux	go	haz
pi³	miŋ⁶	çau⁴	ko¹	ha²
比	命	抓	棵	茅草

小命悬一线。

8-1927

怕	儿	来	元	家
Ba	geij	lai	ien	gya
pa¹	ki³	laːi¹	juːn¹	kja¹
怕	儿	多	冤	家

曾经历太多，

8-1928

为	好	你	了	农
Vih	ndij	mwngz	liux	nuengx
vei⁶	di¹	muɯŋ²	liːu⁴	nuːŋ⁴
为	与	你	啰	妹

都是为了你。

女唱

8-1929

很	公	山	四	林
Hwnj	goeng	bya	seiq	limq
hun³	koŋ¹	pja¹	θei⁵	lim⁵
上	座	山	四	棱角

登上四棱山，

8-1930

比	命	寿	果	哈
Beij	mingh	caeux	go	haz
pi³	miŋ⁶	çau⁴	ko¹	ha²
比	命	抓	棵	茅草

小命悬一线。

8-1931

不	得	怕	元	家
Mbouj	ndaej	ba	ien	gya
bou⁵	dai³	pa¹	juːn¹	kja¹
不	得	怕	冤	家

不敢造冤家，

8-1932

而	刀	马	对	仗
Raz	dauq	ma	doiq	saenq
ɹa²	taːu⁵	ma¹	toːi⁵	θin⁵
一会	回	来	退	信

就决定悔约。

男唱

8-1933

很	公	山	四	林
Hwnj	goeng	bya	seiq	limq
hun³	koŋ¹	pja¹	θei⁵	lim⁵
上	座	山	四	棱角

登上四棱山，

8-1934

比	命	寿	果	仟
Beij	mingh	caeux	go	em
pi³	miŋ⁶	çau⁴	ko¹	eːm¹
比	命	抓	棵	芭芒

小命悬一线。

8-1935

伏	记	仗	马	念
Fwx	geiq	saenq	ma	niemh
fə⁴	ki⁵	θin⁵	ma¹	niːm⁶
别人	寄	信	来	念

别人信中说，

8-1936

说	少	变	罗	机
Naeuz	sau	bienq	loh	giq
nau²	θaːu¹	piːn⁵	lo⁶	ki⁵
说	姑娘	变	路	岔

妹另有所图。

女唱

8-1937

很	公	山	桥	金
Hwnj	goeng	bya	giuz	gim
hɯn³	koŋ¹	pja¹	ki:u²	kin¹
上	座	山	桥	金

登上金桥山，

8-1938

口	本	红	办	血
Gaeuj	mbwn	nding	baenz	lwed
kau³	bun¹	diŋ¹	pan²	lɯ:t⁸
看	天	红	成	血

天空红似血。

8-1939

很	公	山	内	欢
Hwnj	goeng	bya	neix	ndwek
hɯn³	koŋ¹	pja¹	ni⁴	du:k⁷
上	座	山	这	热闹

到此山对歌，

8-1940

牙	满	秀	双	偻
Yaek	mued	ciuh	song	raeuz
jak⁷	mu:t⁸	çi:u⁶	θo:ŋ¹	ɣau²
要	没	世	两	我们

绝此生情缘。

男唱

8-1941

古	对	很	山	尚
Guh	doih	hwnj	bya	sang
ku⁴	to:i⁶	hɯn³	pja¹	θa:ŋ¹
做	伙伴	上	山	高

相伴上高山，

8-1942

秋	四	方	凉	孝
Ciuq	seiq	fueng	liengz	yauj
çi:u⁵	θei⁵	fu:ŋ¹	li:ŋ²	ja:u³
看	四	方	凉	飕飕

四下甚悲凉。

8-1943

少	贝	贵	不	刀
Sau	bae	gwiz	mbouj	dauq
θa:u¹	pai¹	kwi²	bou⁵	ta:u⁵
姑娘	去	丈夫	不	回

妹嫁人去了，

8-1944

包	自	满	千	年
Mbauq	gag	monh	cien	nienz
ba:u⁵	ka:k⁸	mo:n⁶	çi:n¹	ni:n²
小伙	自	谈情	千	年

兄独守约定。

女唱

8-1945

古	对	很	山	尚
Guh	doih	hwnj	bya	sang
ku⁴	to:i⁶	hun³	pja¹	θa:ŋ¹
做	伙伴	上	山	高

结伴上高山，

8-1946

折	牙	洋	古	特
Euj	yaz	yangz	guh	dawh
e:u³	ja²	ja:ŋ²	ku⁴	təɯ⁶
折	芸	香	做	筷

芸香当筷条。

8-1947

土	九	你	不	勒
Dou	iu	mwngz	mbouj	lawh
tu¹	i:u¹	muŋ²	bou⁵	ləɯ⁶
我	邀	你	不	换

不互换信物，

8-1948

老	牙	伏	秀	正
Lau	yaek	mbwq	ciuh	cingz
la:u¹	jak⁷	buɯ⁵	çi:u⁶	çiŋ²
怕	要	厌恶	世	情

怕是要绝情。

男唱

8-1949

古	对	很	山	尚
Guh	doih	hwnj	bya	sang
ku⁴	to:i⁶	hun³	pja¹	θa:ŋ¹
做	伙伴	上	山	高

结伴上高山，

8-1950

折	牙	洋	古	特
Euj	yaz	yangz	guh	dawh
e:u³	ja²	ja:ŋ²	ku⁴	təɯ⁶
折	芸	香	做	筷

芸香当筷条。

8-1951

阝	义	十	同	勒
Boux	ngeih	cib	doengh	lawh
pu⁴	ɳi⁶	çit⁸	toŋ²	ləɯ⁶
人	二	十	相	换

二十岁恋爱，

8-1952

伏	牙	才	合	你
Mbwq	yax	caih	hoz	mwngz
buɯ⁵	ja⁵	ça:i⁶	ho²	muŋ²
厌恶	也	随	喉	你

愿不愿由你。

女唱

8-1953

古	对	很	山	尚
Guh	doih	hwnj	bya	sang
ku⁴	to:i⁶	hun³	pja¹	θa:ŋ¹
做	伙伴	上	山	高

结伴上高山，

8-1954

折	牙	洋	古	特
Euj	yaz	yangz	guh	dawh
e:u³	ja²	ja:ŋ²	ku⁴	tɯ⁶
折	芸	香	做	筷

芸香当筷条。

8-1955

伏	九	你	是	勒
Fwx	iu	mwngz	cix	lawh
fə⁴	i:u¹	muŋ²	çi⁴	lɯ⁶
别人	邀	你	就	换

你另有所图，

8-1956

农	可	克	加	你
Nuengx	goj	gwz	caj	mwngz
nu:ŋ⁴	ko⁵	kə⁴	kja³	muŋ²
妹	也	耐心	等	你

妹耐心等你。

男唱

8-1957

古	对	很	山	尚
Guh	doih	hwnj	bya	sang
ku⁴	to:i⁶	hun³	pja¹	θa:ŋ¹
做	伙伴	上	山	高

结伴上高山，

8-1958

拆	牙	洋	古	特
Euj	yaz	yangz	guh	dawh
e:u³	ja²	ja:ŋ²	ku⁴	tɯ⁶
拆	芸	香	做	筷

芸香当筷条。

8-1959

伏	九	你	是	勒
Fwx	iu	mwngz	cix	lawh
fə⁴	i:u¹	muŋ²	çi⁴	lɯ⁶
别人	邀	你	就	换

不愿你另找，

8-1960

克	加	备	古	而
Gwz	caj	beix	guh	rawz
kə⁴	kja³	pi⁴	ku⁴	ɹaɯ²
耐心	等	兄	做	什么

不勉强等兄。

女唱

8-1961

古	对	很	山	尚
Guh	doih	hwnj	bya	sang
ku⁴	to:i⁶	hun³	pja¹	θa:ŋ¹
做	伙伴	上	山	高

结伴上高山，

8-1962

折	牙	洋	古	特
Euj	yaz	yangz	guh	dawh
e:u³	ja²	ja:ŋ²	ku⁴	təɯ⁶
折	芸	香	做	筷

芸香当筷条。

8-1963

文	邦	古	金	师
Vunz	biengz	guh	ginh	sae
vun²	pi:ŋ²	ku⁴	kin⁵	θei¹
人	地方	做	军	师

人给我说媒，

8-1964

同	勒	不	外	春
Doengh	lawh	mbouj	vaij	cin
toŋ²	ləɯ⁶	bou⁵	va:i³	ɕun¹
相	换	不	过	春

结交不长久。

男唱

8-1965

古	对	很	山	尚
Guh	doih	hwnj	bya	sang
ku⁴	to:i⁶	hun³	pja¹	θa:ŋ¹
做	伙伴	上	山	高

结伴上高山，

8-1966

折	牙	洋	古	特
Euj	yaz	yangz	guh	dawh
e:u³	ja²	ja:ŋ²	ku⁴	təɯ⁶
折	芸	香	做	筷

芸香当筷条。

8-1967

文	邦	古	金	师
Vunz	biengz	guh	ginh	sae
vun²	pi:ŋ²	ku⁴	kin⁵	θei¹
人	地方	做	军	师

人给我说媒，

8-1968

阝	牙	伏	阝	写
Boux	yax	mbwq	boux	ce
pu⁴	ja⁵	bɯ⁵	pu⁴	ɕe¹
人	也	厌恶	人	留

谁都没兴趣。

女唱

8-1969

古	对	很	山	尚
Guh	doih	hwnj	bya	sang
ku⁴	to:i⁶	hunn³	pja¹	θa:ŋ¹
做	伙伴	上	山	高

结伴上高山，

8-1970

折	牙	洋	古	为
Euj	yaz	yangz	guh	vei
e:u³	ja²	ja:ŋ²	ku⁴	vei¹
折	芸	香	做	亏

折枝不讨好。

8-1971

同	恋	三	比	岁
Doengh	lienh	sam	bi	caez
toŋ²	li:n⁶	sa:n¹	pi¹	çai²
相	恋	三	年	齐

相恋三年整，

8-1972

同	得	不	用	媒
Doengh	ndaej	mbouj	yungh	moiz
toŋ²	dai³	bou⁵	juŋ⁶	mo:i²
相	得	不	用	媒

成亲不用媒。

男唱

8-1973

古	对	很	山	尚
Guh	doih	hwnj	bya	sang
ku⁴	to:i⁶	hunn³	pja¹	θa:ŋ¹
做	伙伴	上	山	高

结伴上高山，

8-1974

折	牙	洋	古	为
Euj	yaz	yangz	guh	vei
e:u³	ja²	ja:ŋ²	ku⁴	vei¹
折	芸	香	做	亏

折枝不讨好。

8-1975

同	恋	空	同	得
Doengh	lienh	ndwi	doengh	ndaej
toŋ²	li:n⁶	du:i¹	toŋ²	dai³
相	恋	不	相	得

恋爱不成亲，

8-1976

坏	巴	尖	你	空
Vaih	bak	raeh	mwngz	ndwi
va:i⁶	pa:k⁷	ɣai⁶	muɯŋ²	du:i¹
坏	嘴	利	你	空

误你巧舌妹。

女唱

8-1977

古	对	很	山	尚
Guh	doih	hwnj	bya	sang
ku⁴	to:i⁶	huun³	pja¹	θa:ŋ¹
做	伙伴	上	山	高

结伴上高山，

8-1978

折	牙	洋	古	为
Euj	yaz	yangz	guh	vei
e:u³	ja²	ja:ŋ²	ku⁴	vei¹
折	芸	香	做	亏

折枝不讨好。

8-1979

好	干	又	好	累
Ndei	gan	youh	ndei	laeq
dei¹	ka:n⁵	jou⁴	dei¹	lai⁵
好	看	又	好	看

长相真好看，

8-1980

样	而	得	堂	手
Yiengh	lawz	ndaej	daengz	fwngz
juɯ:ŋ⁶	lau²	dai³	taŋ²	fuŋ²
样	哪	得	到	手

如何得成亲？

男唱

8-1981

古	对	很	山	尚
Guh	doih	hwnj	bya	sang
ku⁴	to:i⁶	huun³	pja¹	θa:ŋ¹
做	伙伴	上	山	高

结伴上高山，

8-1982

折	牙	洋	古	为
Euj	yaz	yangz	guh	vei
e:u³	ja²	ja:ŋ²	ku⁴	vei¹
折	芸	香	做	亏

折枝不讨好。

8-1983

阝	米	钱	是	得
Boux	miz	cienz	cix	ndaej
pu⁴	mi²	çi:n²	çi⁴	dai³
人	有	钱	就	得

有钱拿到手，

8-1984

农	可	累	写	空
Nuengx	goj	laeq	ce	ndwi
nu:ŋ⁴	ko⁵	lai⁵	çe¹	du:i¹
妹	也	看	留	空

妹看不可得。

女唱

8-1985

古	对	很	山	尚
Guh	doih	hwnj	bya	sang
ku⁴	to:i⁶	hun³	pja¹	θa:ŋ¹
做	伙伴	上	山	高

结伴上高山，

8-1986

折	牙	洋	古	为
Euj	yaz	yangz	guh	vei
e:u³	ja²	ja:ŋ²	ku⁴	vei¹
折	芸	香	做	亏

折枝不讨好。

8-1987

秋	四	方	告	累
Ciuq	seiq	fueng	gau	laeq
çiu⁵	θei⁵	fu:ŋ¹	ka:u¹	lai⁵
看	四	方	次	看

朝四周眺望，

8-1988

知	得	备	知	空
Rox	ndaej	beix	rox	ndwi
ɹo⁴	dai³	pi⁴	ɹo⁴	du:i¹
知	得	兄	或	不

不知得兄否？

男唱

8-1989

古	对	很	山	尚
Guh	doih	hwnj	bya	sang
ku⁴	to:i⁶	hun³	pja¹	θa:ŋ¹
做	伙伴	上	山	高

结伴上高山，

8-1990

折	牙	洋	古	为
Euj	yaz	yangz	guh	vei
e:u³	ja²	ja:ŋ²	ku⁴	vei¹
折	芸	香	做	亏

折枝不讨好。

8-1991

但	定	手	你	尖
Danh	din	fwngz	mwngz	raeh
ta:n⁶	tin¹	fuŋ²	muŋ²	ɹai⁶
但	脚	手	你	利

但你手段高，

8-1992

不	得	又	貝	而
Mbouj	ndaej	youh	bae	lawz
bou⁵	dai³	jou⁴	pai¹	lau²
不	得	又	去	哪

怎可能不得。

女唱

8-1993

山	灯	米	牙	洋
Bya	daemq	miz	yaz	yangz
pja^1	tan^5	mi^2	ja^2	$ja:\eta^2$
山	低	有	芸	香

矮山有芸香，

8-1994

山	尚	米	果	爱
Bya	sang	miz	go	ngaih
pja^1	$\theta a:\eta^1$	mi^2	ko^1	$\eta a:i^6$
山	高	有	棵	艾草

高山有艾草。

8-1995

可	重	心	大	才
Goj	naek	sim	dah	raix
ko^5	nak^7	θin^1	ta^6	$\textipa{r}a:i^4$
也	重	心	实	在

情义实在深，

8-1996

农	是	开	贝	贵
Nuengx	cix	gaej	bae	gwiz
$nu:\eta^4$	$\text{ç}i^4$	$ka:i^5$	pai^1	kwi^2
妹	就	莫	去	丈夫

妹不嫁他人。

男唱

8-1997

山	灯	米	牙	洋
Bya	daemq	miz	yaz	yangz
pja^1	tan^5	mi^2	ja^2	$ja:\eta^2$
山	低	有	芸	香

矮山有芸香，

8-1998

山	尚	米	果	爱
Bya	sang	miz	go	ngaih
pja^1	$\theta a:\eta^1$	mi^2	ko^1	$\eta a:i^6$
山	高	有	棵	艾草

高山有艾草。

8-1999

可	重	心	大	才
Goj	naek	sim	dah	raix
ko^5	nak^7	θin^1	ta^6	$\textipa{r}a:i^4$
也	重	心	实	在

实在有真情，

8-2000

备	是	采	很	下
Beix	cix	byaij	hwnj	roengz
pi^4	$\text{ç}i^4$	$pja:i^3$	hum^3	$\textipa{r}o\eta^2$
兄	就	走	上	下

兄就勤来往。

第九篇　美满歌

　　《美满歌》主要唱述孩子失去双亲之后犹如树断梢，孩子的成长离不开父母的呵护，父在子才贵，无依无靠的生活极为艰难，告诫世人要孝顺健在的长辈，希冀家庭美满幸福。瑶族认为人与自然之间存在着相互依存和互助互利的共生关系，所以瑶族歌师会充分利用周边的芭蕉树、吊丝竹、松树、桄榔树和枫树等植物，将其编入唱词当中，借以强调人与自然和谐共处的重要性，以及强化人们的生态环保意识。瑶族村寨的空间布局有一定的讲究，神庙一般建在村边的高山上，社庙则建在寨子之中，有些民居建在社庙旁边或地势较为开阔的平地上。建造房屋前，瑶族要邀请工匠来测量地基，估算雇请工匠数量。然后请风水师来择吉上梁，屋柱有十二根，屋外挂有牛角作为装饰物，屋前建有晒台来晾晒农作物。从唱词中可知瑶族民居的样式主要为砖瓦式、干栏式和围篱式。人口的增长势必会对土地资源的利用产生影响，所以男女双方在对歌时提议瑶族与汉族的孩子长大以后可共处一地，这是瑶族对中华民族共同体意识的朴实表达。

女唱

9-1

往	土	种	果	瓜
Vangj	dou	ndaem	go	gva

va:ŋ³　tu¹　dan¹　ko¹　kwa¹

曾经　我　种　棵　瓜

我曾种过瓜，

9-2

不	阝	达	很	强
Mbouj	boux	daz	hwnj	gyanh

bou⁵　pu⁴　ta²　hun³　kje:ŋ⁶

无　人　蔓延　上　棚

无人搭瓜棚。

9-3

卜	代	乜	又	边
Boh	dai	meh	youh	rengh

po⁶　ta:i¹　me⁶　jou⁴　ɹe:ŋ⁶

父　死　母　又　跟

父母同过世，

9-4

不	阝	古	古	文
Mbouj	boux	goq	guh	vunz

bou⁵　pu⁴　ku⁵　ku⁴　vun²

无　人　顾　做　人

无人抚养我。

男唱

9-5

卜	代	乜	又	边
Boh	dai	meh	youh	rengh

po⁶　ta:i¹　me⁶　jou⁴　ɹe:ŋ⁶

父　死　母　又　跟

父母同过世，

9-6

不	阝	古	古	文
Mbouj	boux	goq	guh	vunz

bou⁵　pu⁴　ku⁵　ku⁴　vun²

无　人　顾　做　人

无人抚养我。

9-7

可	利	土	点	你
Goj	lix	dou	dem	mwngz

ko⁵　li⁴　tu¹　te:n¹　muɯŋ²

也　剩　我　与　你

还有我俩在，

9-8

忧	开	么	了	农
You	gij	maz	liux	nuengx

jou¹　ka:i²　ma²　li:u⁴　nu:ŋ⁴

忧　什么　啰　妹

妹不用忧愁。

女唱

9-9

卜	代	乜	又	边
Boh	dai	meh	youh	rengh

po^6 $ta:i^1$ me^6 jou^4 $ɹe:ŋ^6$

父 死 母 又 跟

父母同过世，

9-10

不	阝	帮	偻	祘
Mbouj	boux	bangh	raeuz	suenq

bou^5 pu^4 $pa:ŋ^1$ $ɹau^2$ $θu:n^5$

无 人 帮 我们 算

我俩真无助。

9-11

卜	代	贝	利	早
Boh	dai	bae	lij	romh

po^6 $ta:i^1$ pai^1 li^4 $ɹo:n^6$

父 死 去 还 早

年幼丧老父，

9-12

不	阝	祘	给	偻
Mbouj	boux	suenq	hawj	raeuz

bou^5 pu^4 $θu:n^5$ $həɯ^3$ $ɹau^2$

无 人 算 给 我们

无人扶助我。

男唱

9-13

卜	代	贝	利	早
Boh	dai	bae	lij	romh

po^6 $ta:i^1$ pai^1 li^4 $ɹo:n^6$

父 死 去 还 早

父亲死得早，

9-14

不	阝	祘	给	偻
Mbouj	boux	suenq	hawj	raeuz

bou^5 pu^4 $θu:n^5$ $həɯ^3$ $ɹau^2$

无 人 算 给 我们

无人扶助我。

9-15

利	你	备	巴	轻
Lix	mwngz	beix	bak	mbaeu

li^4 $muɯ^2$ pi^4 $pa:k^7$ bau^1

剩 你 兄 嘴 轻

只有兄能干，

9-16

干	条	元	偻	采
Ganq	diuz	roen	raeuz	caij

$ka:n^5$ $ti:u^2$ $jo:n^1$ $ɹau^2$ $ça:i^3$

照料 条 路 我们 踩

你来找出路。

女唱

9-17

卜	代	乜	又	代
Boh	dai	meh	youh	dai
po⁶	ta:i¹	me⁶	jou⁴	ta:i¹
父	死	母	又	死

父母相继死，

9-18

偻	办	尾	会	坤
Raeuz	baenz	byai	faex	goenq
ɹau²	pan²	pja:i¹	fai⁴	kon⁵
我们	成	尾	树	断

恰似树无梢。

9-19

交	空	得	对	生
Gyau	ndwi	ndaej	doiq	saemq
kja:u¹	du:i¹	dai³	to:i⁵	θan⁵
交	不	得	对	庚

找不到对象，

9-20

自	能	水	山	下
Gag	naengh	raemx	bya	roengz
ka:k⁸	nan⁶	ɹan⁴	pja¹	ɹoŋ²
自	坐	水	眼	下

独坐热泪流。

男唱

9-21

卜	代	乜	又	代
Boh	dai	meh	youh	dai
po⁶	ta:i¹	me⁶	jou⁴	ta:i¹
父	死	母	又	死

父母同过世，

9-22

偻	办	尾	会	坤
Raeuz	baenz	byaj	faex	goenq
ɹau²	pan²	pja:i¹	fai⁴	kon⁵
我们	成	尾	树	断

恰似树无梢。

9-23

交	空	得	你	邦
Gyau	ndwi	ndaej	mwngz	baengz
kja:u¹	du:i¹	dai³	mɯŋ²	paŋ²
交	不	得	你	朋

我攀不上你，

9-24

完	空	得	你	同
Vuenh	ndwi	ndaej	mwngz	doengz
vu:n⁶	du:i¹	dai³	mɯŋ²	toŋ²
换	不	得	你	同

我配不上你。

女唱

9-25

卜	代	乜	又	代
Boh	dai	meh	youh	dai
po⁶	ta:i¹	me⁶	jou⁴	ta:i¹
父	死	母	又	死

父母早过世，

9-26

古	三	层	勒	甲
Guh	sam	caengz	lwg	gyax
ku⁴	θa:n¹	çaŋ²	luuk⁸	kja⁴
做	三	层	子	孤

留我做孤儿。

9-27

应	乱	得	然	瓦
Wng	luenh	ndaej	ranz	ngvax
iŋ¹	lu:n⁶	dai³	ɹa:n²	ŋwa⁴
应	乱	得	家	瓦

没有好结果，

9-28

话	是	重	句	浪
Vah	cix	naek	coenz	laeng
va⁶	çi⁴	nak⁷	kjon²	laŋ¹
话	是	重	句	后

话要留余地。

男唱

9-29

卜	代	乜	又	代
Boh	dai	meh	youh	dai
po⁶	ta:i¹	me⁶	jou⁴	ta:i¹
父	死	母	又	死

父母早过世，

9-30

古	三	层	勒	甲
Guh	sam	caengz	lwg	gyax
ku⁴	θa:n¹	çaŋ²	luuk⁸	kja⁴
做	三	层	子	孤

留我做孤儿。

9-31

卜	代	贝	是	八
Boh	dai	bae	cix	bah
po⁶	ta:i¹	pai¹	çi⁴	pa⁶
父	死	去	就	罢

可怜父早逝，

9-32

乜	贝	哈	写	偻
Meh	bae	haq	ce	raeuz
me⁶	pai¹	ha⁵	çe¹	ɹau²
母	去	嫁	留	我们

母嫁我落孤。

女唱

9-33

卜	代	乜	又	代
Boh	dai	meh	youh	dai
po[6]	ta:i[1]	me[6]	jou[4]	ta:i[1]
父	死	母	又	死

父母早过世，

9-34

古	三	层	勒	甲
Guh	sam	caengz	lwg	gyax
ku[4]	θa:n[1]	çaŋ[2]	luɯk[8]	kja[4]
做	三	层	子	孤

留我当孤儿。

9-35

卜	代	乜	贝	哈
Boh	dai	meh	bae	haq
po[6]	ta:i[1]	me[6]	pai[1]	ha[5]
父	死	母	去	嫁

父死母另嫁，

9-36

古	勒	甲	它	力
Guh	lwg	gyax	dwk	rengz
ku[4]	luɯk[8]	kja[4]	tuk[7]	ɹe:ŋ[2]
做	子	孤	费	力

最苦我孤儿。

男唱

9-37

古	勒	甲	它	力
Guh	lwg	gyax	dwk	rengz
ku[4]	luɯk[8]	kja[4]	tuk[7]	ɹe:ŋ[2]
做	子	孤	费	力

当孤儿困苦，

9-38

阝	而	被	牙	知
Boux	lawz	deng	yax	rox
pu[4]	lau[2]	te:ŋ[1]	ja[5]	ɹo[4]
人	哪	挨	才	知

当了才知道。

9-39

古	勒	甲	心	火
Guh	lwg	gyax	sin	hoj
ku[4]	luɯk[8]	kja[4]	θin[1]	ho[3]
做	子	孤	辛	苦

当孤儿辛苦，

9-40

阝	米	卜	牙	贵
Boux	miz	boh	yax	bengz
pu[4]	mi[2]	po[6]	ja[5]	pe:ŋ[2]
人	有	父	才	贵

父在子才贵。

女唱

9-41

古	勒	甲	它	力
Guh	lwg	gyax	dwk	rengz
ku⁴	luuk⁸	kja⁴	tuk⁷	ɹeːŋ²
做	子	孤	费	力

当孤儿困苦，

9-42

阝	而	被	牙	知
Boux	lawz	deng	yax	rox
pu⁴	lau²	teːŋ¹	ja⁵	ɹo⁴
人	哪	换	才	知

当了才知道。

9-43

义	土	鸦	叫	作
Nyi	duz	a	heuh	coh
ȵi¹	tu²	a¹	heːu⁶	ço⁶
听	只	鸦	叫	朝

乌鸦来报丧，

9-44

水	山	罗	样	文
Raemx	bya	roh	yiengh	fwn
ɹan⁴	pja¹	ɹo⁶	juːŋ⁶	vun¹
水	眼	漏	样	雨

泪崩如雨下。

男唱

9-45

古	勒	甲	它	力
Guh	lwg	gyax	dwk	rengz
ku⁴	luuk⁸	kja⁴	tuk⁷	ɹeːŋ²
做	子	孤	费	力

当孤儿困苦，

9-46

阝	而	被	牙	知
Boux	lawz	deng	yax	rox
pu⁴	lau²	teːŋ¹	ja⁵	ɹo⁴
人	哪	换	才	知

当了才知道。

9-47

土	鸦	刀	知	火
Duz	a	dauq	rox	hoj
tu²	a¹	taːu⁵	ɹo⁴	ho³
只	鸦	倒	知	苦

乌鸦会体谅，

9-48

马	叫	作	文	偻
Ma	heuh	coh	vunz	raeuz
ma¹	heːu⁶	ço⁶	vun²	ɹau²
来	叫	朝	人	我们

报丧告知人。

女唱

9-49

古	勒	甲	它	力
Guh	lwg	gyax	dwk	rengz
ku⁴	luɯk⁸	kja⁴	tuk⁷	ɹɛːŋ²
做	子	孤	费	力

当孤儿困苦，

9-50

阝	而	被	牙	知
Boux	lawz	deng	yax	rox
pu⁴	lauɯ²	tɛːŋ¹	ja⁵	ɹo⁴
人	哪	换	才	知

当了才知道。

9-51

义	勒	伕	叫	卜
Nyi	lwg	fwx	heuh	boh
ɲi¹	luɯk⁸	fə⁴	hɛːu⁶	po⁶
听	子	别人	叫	父

闻别人叫父，

9-52

义	又	抹	水	山
Ngeix	youh	uet	raemx	bya
ɲi⁴	jou⁴	uːt⁷	ɹan⁴	pja¹
想	又	抹	水	眼

伤心泪自流。

男唱

9-53

然	而	然	不	罗
Ranz	lawz	ranz	mbouj	roh
ɹaːn²	lauɯ²	ɹaːn²	bou⁵	ɹo⁶
家	哪	家	不	漏

谁家都有难，

9-54

卜	而	卜	不	代
Boh	lawz	boh	mbouj	dai
po⁶	lauɯ²	po⁶	bou⁵	taːi¹
父	哪	父	不	死

谁父都会死。

9-55

八	吃	希	少	乖
Bah	gwn	heiq	sau	gvai
pa⁶	kɯn¹	hi⁵	θaːu¹	kwaːi¹
莫急	吃	气	姑娘	乖

情妹莫忧愁，

9-56

江	邦	可	米	对
Gyang	biengz	goj	miz	doih
kjaːŋ¹	piːŋ²	ko⁵	mi²	toːi⁶
中	地方	也	有	伙伴

此地有人在。

女唱

9-57

然	而	然	不	罗
Ranz	lawz	ranz	mbouj	roh
$ɹaːn^2$	lau^2	$ɹaːn^2$	bou^5	$ɹo^6$
家	哪	家	不	漏

谁都会落难，

9-58

卜	而	卜	不	代
Boh	lawz	boh	mbouj	dai
po^6	lau^2	po^6	bou^5	$taːi^1$
父	哪	父	不	死

谁父都会死。

9-59

八	吃	希	少	乖
Bah	gwn	heiq	sau	gvai
pa^6	$kɯn^1$	hi^5	$θaːu^1$	$kwaːi^1$
莫急	吃	气	姑娘	乖

情妹莫忧愁，

9-60

它	代	它	可	刀
De	dai	de	goj	dauq
te^1	$taːi^1$	te^1	ko^5	$taːu^5$
他	死	他	也	回

逝者会轮回。

男唱

9-61

四	处	墓	很	草
Seiq	cih	moh	hwnj	rum
$θei^5$	$çi^6$	mo^6	$hɯn^3$	$ɹum^1$
四	处	墓	起	草

坟墓已长草，

9-62

良	代	牙	不	刀
Liengh	dai	yax	mbouj	dauq
$leŋ^6$	$taːi^1$	ja^5	bou^5	$taːu^5$
谅	死	也	不	回

父死不复生。

9-63

四	处	草	绿	绕
Seiq	cih	rum	heu	yauj
$θei^5$	$çi^6$	$ɹum^1$	$heːu^1$	$jaːu^3$
四	处	草	青	青

遍野长青草，

9-64

良	不	刀	而	马
Liengh	mbouj	dauq	lawz	ma
$leŋ^6$	bou^5	$taːu^5$	lau^2	ma^1
谅	不	回	哪	来

谅也不回还。

① 午子 [ŋo⁴ θɯ³]：
午子，指每时每
刻。

女唱

9-65

在	里	阴	小	绕
Ywq	ndaw	yim	siu	yauz
ju⁵	dau1	in¹	θi:u¹	ja:u⁵
在	里	阴	逍	遥

在阴司逍遥，

9-66

良	牙	不	办	仙
Liengh	yax	mbouj	baenz	sien
le:ŋ⁶	ja⁵	bou⁵	pan²	θi:n¹
谅	也	不	成	仙

谅成不了仙。

9-67

罗	老	在	千	年
Loh	laux	ywq	cien	nienz
lo⁶	la:u⁴	ju⁵	çi:n¹	ni:n²
路	大	在	千	年

道路永远在，

9-68

文	偻	代	不	刀
Vunz	raeuz	dai	mbouj	dauq
vun²	ɹau²	ta:i¹	bou⁵	ta:u⁵
人	我们	死	不	回

人死不复生。

男唱

9-69

命	定	它	是	代
Mingh	dinj	de	cix	dai
miŋ⁶	tin³	te¹	çi⁴	ta:i¹
命	短	他	就	死

命短他就死，

9-70

命	长	不	可	在
Mingh	raez	mbouj	goj	ywq
miŋ⁶	ɹai²	bou⁵	ko⁵	ju⁵
命	长	不	也	在

命长依然活。

9-71

贝	小	仙	午	子①
Bae	siuh	sien	ngox	swj
pai¹	θi:u³	θi:n¹	ŋo⁴	θɯ³
去	修	仙	午	子

去修仙度日，

9-72

牙	不	在	跟	偻
Yax	mbouj	ywq	riengz	raeuz
ja⁵	bou⁵	ju⁵	ɹi:ŋ²	ɹau²
也	不	在	跟	我们

不和我同处。

女唱

9-73

卜	代	后	庙	芬
Boh	dai	haeuj	miuh	faed
po⁶	ta:i¹	hau³	mi:u⁶	fat⁸
父	死	进	庙	佛

父死魂进庙，

9-74

乜	代	后	庙	忠
Meh	dai	haeuj	miuh	fangz
me⁶	ta:i¹	hau³	mi:u⁶	fa:ŋ²
母	死	进	庙	鬼

母死变成鬼。

9-75

利	你	农	在	浪
Lix	mwngz	nuengx	ywq	laeng
li⁴	mɯŋ²	nu:ŋ⁴	juɯ⁵	laŋ¹
剩	你	妹	在	后

还有妹活着，

9-76

清	明	堂	古	秋
Cing	mingz	daengz	guh	ciuq
çiŋ¹	miŋ²	taŋ²	ku⁴	çi:u⁵
清	明	到	做	看

清明时扫墓。

男唱

9-77

往	土	种	果	土
Vangj	dou	ndaem	go	duh
va:ŋ³	tu¹	dan¹	ko¹	tu⁶
曾经	我	种	棵	豆

我常种豆子，

9-78

好	古	菜	送	爱
Ndei	guh	byaek	soengq	ngaiz
dei¹	ku⁴	pjak⁷	θoŋ⁵	ŋa:i²
好	做	菜	送	饭

当菜好下饭。

9-79

往	土	勒	少	乖
Vangj	dou	lawh	sau	gvai
va:ŋ³	tu¹	ləɯ⁶	θa:u¹	kwa:i¹
曾经	我	换	姑娘	乖

我和妹结交，

9-80

代	好	句	伏	羊
Dai	ndij	coenz	fwx	yoengx
ta:i¹	di¹	kjon²	fə⁴	joŋ⁴
死	与	句	别人	唆使

遭人泼冷水。

女唱

9-81

伏	种	土	办	土
Fwx	ndaem	duh	baenz	duh
fə⁴	dan¹	tu⁶	pan²	tu⁶
别人	种	豆	成	豆

人种豆得豆,

9-82

偻	种	土	办	勾
Raeuz	ndaem	duh	baenz	gaeu
ɹau²	dan¹	tu⁶	pan²	kau¹
我们	种	豆	成	藤

我种豆得蔓。

9-83

伏	造	秀	同	要
Fwx	caux	ciuh	doengh	aeu
fə⁴	ɕaːu⁴	ɕiːu⁶	toŋ²	au¹
别人	造	世	相	要

别人结成亲,

9-84

双	偻	古	而	祘
Song	raeuz	guh	rawz	suenq
θoːŋ¹	ɹau²	ku⁴	ɹau²	θuːn⁵
两	我们	做	什么	算

我俩如何办?

男唱

9-85

伏	种	土	办	土
Fwx	ndaem	duh	baenz	duh
fə⁴	dan¹	tu⁶	pan²	tu⁶
别人	种	豆	成	豆

人种豆得豆,

9-86

偻	种	土	办	勾
Raeuz	ndaem	duh	baenz	gaeu
ɹau²	dan¹	tu⁶	pan²	kau¹
我们	种	豆	成	藤

我种不结荚。

9-87

伏	造	秀	同	要
Fwx	cauz	ciuh	doengh	aeu
fə⁴	ɕaːu⁴	ɕiːu⁶	toŋ²	au¹
别人	造	世	相	要

同辈人婚配,

9-88

偻	古	勾	绞	会
Raeuz	guh	gaeu	heux	faex
ɹau²	ku⁴	kau¹	heːu⁴	fai⁴
我们	做	藤	绕	树

我如藤缠树。

女唱
———

9-89

种	中	作	吉	迮
Ndaem	coeng	coq	giz	genz
dan^1	çoŋ^1	ço^5	ki^2	kje:n^2
种	葱	放	处	贫瘠

贫瘠地种葱，

9-90

从	土	先	了	金
Coengh	dou	senj	liux	gim
çoŋ^6	tu^1	θe:n^3	li:u^4	kin^1
帮	我	迁	啰	金

友帮我移栽。

9-91

先	狼	对	田	平
Senj	langh	doih	dieg	bingz
θe:n^3	la:ŋ^6	to:i^6	ti:k^8	piŋ^2
迁	放	伙伴	地	平

放弃平原友，

9-92

真	正	少	满	秀
Caen	cingz	sau	mued	ciuh
çin^1	çiŋ^2	θa:u^1	mu:t^8	çi:u^6
真	情	姑娘	没	世

此乃妹真情。

男唱
———

9-93

种	中	作	吉	迮
Ndaem	coeng	coq	giz	genz
dan^1	çoŋ^1	ço^5	ki^2	kje:n^2
种	葱	放	处	贫瘠

种葱瘦地上，

9-94

从	土	先	了	江
Coengh	dou	senj	liux	gyang
çoŋ^6	tu^1	θe:n^3	li:u^4	kja:ŋ^1
帮	我	迁	啰	友

友帮我移栽。

9-95

贵	口	空	在	行
Gwiz	gaeuq	ndwi	caih	hangz
kui^2	kau^5	du:i^1	ça:i^6	ha:ŋ^2
丈夫	旧	不	在	行

前妻无德能，

9-96

话	土	诱	了	备
Vah	dou	byaengz	liux	beix
va^6	tu^1	pjaŋ^2	li:u^4	pi^4
话	我	骗	啰	兄

原先我瞒你。

女唱

9-97

种	中	作	吉	迲
Ndaem	coeng	coq	giz	genz
dan¹	çoŋ¹	ço⁵	ki²	kje:ŋ²
种	葱	放	处	贫瘠

种葱瘦地上,

9-98

从	土	先	了	叔
Coengh	dou	senj	liux	au
çoŋ⁶	tu¹	θe:n³	li:u⁴	a:u¹
帮	我	迁	啰	叔

快帮我移栽。

9-99

先	对	田	金	交
Senj	doiq	dieg	gim	gyau
θe:n³	to:i⁵	ti:k⁸	kin¹	kja:u¹
迁	对	地	金	交

移栽到好地,

9-100

不	论	少	田	内
Mbouj	lumz	sau	denz	neix
bou⁵	lun²	θa:u¹	te:n²	ni⁴
不	忘	姑娘	地	这

不忘本地妹。

男唱

9-101

种	中	作	吉	迲
Ndaem	coeng	coq	giz	genz
dan¹	çoŋ¹	ço⁵	ki²	kje:ŋ²
种	葱	放	处	贫瘠

种葱瘦地上,

9-102

从	土	先	了	论
Coengh	dou	senj	liux	lwnz
çoŋ⁶	tu¹	θe:n³	li:u⁴	lun²
帮	我	迁	完	情友

小妹帮移栽。

9-103

勒	友	文	贝	文
Lawh	youx	vunz	bae	vunz
ləɯ⁶	ju⁴	vun²	pai¹	vun²
换	友	人	去	人

交谁谁离去,

9-104

几	时	真	备	农
Geij	seiz	caen	beix	nuengx
ki³	θi²	çin¹	pi⁴	nu:ŋ⁴
几	时	真	兄	妹

谁才是兄妹?

女唱

9-105

种	中	作	吉	迠
Ndaem	coeng	coq	giz	genz
dan[1]	çoŋ[1]	ço[5]	ki[2]	kje:n[2]
种	葱	放	处	贫瘠

种葱瘦地上，

9-106

从	土	先	了	金
Coengh	dou	senj	liux	gim
çoŋ[6]	tu[1]	θe:n[3]	li:u[4]	kin[1]
帮	我	迁	完	金

友帮我移栽。

9-107

勒	阝	阝	是	飞
Lawh	boux	boux	cix	mbin
ləɯ[6]	pu[4]	pu[4]	çi[4]	bin[1]
换	人	人	尽	飞

交谁谁离去，

9-108

心	阝	而	论	备
Sim	boux	lawz	lumj	beix
θin[1]	pu[4]	lau[2]	lun[3]	pi[4]
心	人	哪	像	兄

有谁像仁兄？

男唱

9-109

种	蕉	作	邦	岭
Ndaem	gyoij	coq	bangx	lingq
dan[1]	kjo:i[3]	ço[5]	pa:ŋ[4]	liŋ[5]
种	芭蕉	放	旁	岭

种蕉在岭边，

9-110

老	草	变	办	穷
Lau	rum	bienq	baenz	gyoengq
la:u[1]	ɹum[1]	pi:n[5]	pan[2]	kjoŋ[5]
怕	草	变	成	群

怕杂草成群。

9-111

勒	友	文	贝	文
Lawh	youx	vunz	bae	vunz
lau[6]	ju[4]	vun[2]	pai[1]	vun[2]
换	友	人	去	人

交友友离去，

9-112

对	良	心	不	瓜
Doiq	liengz	sim	mbouj	gvaq
to:i[5]	li:ŋ[2]	θin[1]	bou[5]	kwa[5]
对	良	心	不	过

心里多难受。

女唱

9-113

种	蕉	作	邦	城
Ndaem	gyoij	coq	bangx	singz
dan¹	kjo:i³	ço⁵	pa:ŋ⁴	θiŋ²
种	芭蕉	放	旁	城

种蕉石墙边，

9-114

种	兴	作	邦	达
Ndaem	hing	coq	bangx	dah
dan¹	hiŋ¹	ço⁵	pa:ŋ⁴	ta⁶
种	姜	放	旁	河

种姜在河畔。

9-115

对	良	心	不	瓜
Doiq	liengz	sim	mbouj	gvaq
to:i⁵	li:ŋ²	θin¹	bou⁵	kwa⁵
对	良	心	不	过

你心里难受，

9-116

又	利	勒	古	而
Youh	lij	lawh	guh	lawz
jou⁴	li⁴	lɯ⁶	ku⁴	ɹɯ²
又	还	换	做	什么

何苦要结交？

男唱

9-117

种	蕉	作	邦	城
Ndaem	gyoij	coq	bangx	singz
dan¹	kjo:i³	ço⁵	pa:ŋ⁴	θiŋ²
种	芭蕉	放	旁	城

种蕉石墙边，

9-118

种	兴	作	邦	达
Ndaem	hing	coq	bangx	dah
dan¹	hiŋ¹	ço⁵	pa:ŋ⁴	ta⁶
种	姜	放	旁	河

种姜在河畔。

9-119

对	良	心	不	瓜
Doiq	liengz	sim	mbouj	gvaq
to:i⁵	li:ŋ²	θin¹	bou⁵	kwa⁵
对	良	心	不	过

心里过不去，

9-120

勒	古	开	年	正
Lawh	guh	gaej	nem	cingz
lɯ⁶	ku⁴	ka:i⁵	ne:m¹	çiŋ²
换	做	莫	贴	情

交我莫送礼。

女唱

9-121

种	蕉	作	邦	城
Ndaem	gyoij	coq	bangx	singz
dan¹	kjo:i³	ço⁵	pa:ŋ⁴	θiŋ²
种	芭蕉	放	旁	城

种蕉石墙边，

9-122

种	兴	作	邦	庙
Ndaem	hing	coq	bangx	miuh
dan¹	hiŋ¹	ço⁵	pa:ŋ⁴	mi:u⁶
种	姜	放	旁	庙

种姜庙宇旁。

9-123

土	知	心	你	了
Dou	rox	sim	mwngz	liux
tu¹	ɹo⁴	θin¹	muɯŋ²	li:u⁴
我	知	心	你	完

我懂你的心，

9-124

正	板	祥	你	米
Cingz	mbanj	riengh	mwngz	miz
çiŋ²	ba:n³	ɹi:ŋ⁶	muɯŋ²	mi²
情	村	栏	你	有

礼品你当有。

男唱

9-125

种	蕉	作	邦	城
Ndaem	gyoij	coq	bangx	singz
dan¹	kjo:i³	ço⁵	pa:ŋ⁴	θiŋ²
种	芭蕉	放	旁	城

种蕉石墙边，

9-126

种	兴	作	邦	往①
Ndaem	hing	coq	bangx	vangj
dan¹	hiŋ¹	ço⁵	pa:ŋ⁴	va:ŋ³
种	姜	放	旁	水柜

种姜水柜旁。

9-127

土	知	心	你	邦
Dou	rox	sim	mwngz	baengz
tu¹	ɹo⁴	θin¹	muɯŋ²	paŋ²
我	知	心	你	朋

我识密友心，

9-128

友	内	当	良	心
Youx	neix	dangq	liengz	sim
ju⁴	ni⁴	ta:ŋ⁵	li:ŋ²	θin¹
友	这	另	良	心

友另有心计。

女唱

9-129

种　蕉　作　邦　岭
Ndaem　gyoij　coq　bangx　lingq
dan¹　kjo:i³　ço⁵　pa:ŋ⁴　liŋ⁵
种　芭蕉　放　旁　岭
种蕉在岭边,

9-130

老　草　变　办　果
Lau　rum　bienq　baenz　go
la:u¹　ɹum¹　pi:n⁵　pan²　ko¹
怕　草　变　成　棵
草盛果苗稀。

9-131

备　勒　农　是　却
Beix　lawh　nuengx　cix　gyo
pi⁴　ləɯ⁶　nu:ŋ⁴　çi⁴　kjo¹
兄　换　妹　是　幸亏
兄想妹就交,

9-132

空　米　合　贝　问
Ndwi　miz　hoz　bae　haemq
du:i¹　mi²　ho²　pai¹　han⁵
不　有　喉　去　问
我无意追问。

男唱

9-133

尝　得　义　十　比
Caengz　ndaej　ngeih　cib　bi
çaŋ²　dai³　n̂i⁶　çit⁸　pi¹
未　得　二　十　年
不到二十岁,

9-134

是　交　你　对　生
Cix　gyau　mwngz　doiq　saemq
çi⁴　kja:u¹　muŋ²　to:i⁵　θan⁵
就　交　你　对　庚
就同你结交。

9-135

交　正　全　同　问
Gyau　cingz　gyonj　doengh　haemq
kja:u¹　çiŋ²　kjo:n³　toŋ²　han⁵
交　情　都　相　问
送礼时问清,

9-136

邝　样　内　不　米
Boux　yiengh　neix　mbouj　miz
pu⁴　jɯ:ŋ⁶　ni⁴　bou⁵　mi²
人　样　这　不　有
是否有此人?

女唱

9-137

往	土	种	果	会
Vangj	dou	ndaem	go	faex
va:ŋ³	tu¹	dan¹	ko¹	fai⁴
曾经	我	种	棵	树

以往我栽树，

9-138

得	很	空	得	下
Ndaej	hwnj	ndwi	ndaej	roeng
dai³	huɯn³	du:i¹	dai³	ɹoŋ²
得	上	不	得	下

只有往上长。

9-139

往	土	勒	你	同
Vangj	dou	lawh	mwngz	doengz
va:ŋ³	tu¹	lǝɯ⁶	muɯŋ²	toŋ²
曾经	我	换	你	同

你我曾结交，

9-140

空	得	站	对	面
Ndwi	ndaej	soengz	doiq	mienh
du:i¹	dai³	θoŋ²	to:i⁵	me:n⁶
不	得	站	对	面

未得在一起。

男唱

9-141

种	蕉	作	更	令
Ndaem	gyoij	coq	gwnz	rin
dan¹	kjo:i³	ço⁵	kuɯn²	ɹin¹
种	芭蕉	放	上	石

种蕉石滩上，

9-142

种	兴	作	邦	岭
Ndaem	hing	coq	bangx	lingq
dan¹	hiŋ¹	ço⁵	pa:ŋ⁴	liŋ⁵
种	姜	放	旁	岭

种姜在岭边。

9-143

自	站	不	对	正
Gag	soengz	mbouj	doiq	cingq
ka:k⁸	θoŋ²	bou⁵	to:i⁵	çiŋ⁵
自	站	不	对	正

你站不对位，

9-144

怨	命	作	卜	而
Yonq	mingh	coq	boux	lawz
jo:n⁵	miŋ⁶	ço⁵	pu⁴	lau²
怨	命	放	个	哪

莫去怪别人。

女唱

9-145

往	土	种	果	杭
Vangj	dou	ndaem	go	gangx
va:ŋ³	tu¹	dan¹	ko¹	ka:ŋ⁴
曾经	我	种	棵	毛竹

平时种毛竹，

9-146

不	给	邦	它	草
Mbouj	hawj	bangx	de	rum
bou⁵	həɯ³	pa:ŋ⁴	te¹	ɹum¹
不	给	旁	那	草

勤除周围草。

9-147

土	勒	土	是	巡
Dou	lawh	dou	cix	cunz
tu¹	lau⁶	tu¹	çi⁴	çun²
我	换	我	就	巡

我友我探望，

9-148

不	给	文	勒	田
Mbouj	hawj	vunz	lawh	dieg
bou⁵	həɯ³	vun²	ləɯ⁶	ti:k⁸
不	给	人	换	地

不让人插手。

男唱

9-149

往	土	种	果	杭
Vangj	dou	ndaem	go	gangx
va:ŋ³	tu¹	dan¹	ko¹	ka:ŋ⁴
曾经	我	种	棵	毛竹

平时种毛竹，

9-150

不	给	拉	贝	远
Mbouj	hawj	rag	bae	gyae
bou⁵	həɯ³	ɹa:k⁸	pai¹	kjai¹
不	给	根	去	远

其根不蔓延。

9-151

往	土	勒	全	岁
Vangj	dou	lawh	cienz	caez
va:ŋ³	tu¹	ləɯ⁶	çe:n²	çai²
曾经	我	换	全	齐

交友我专一，

9-152

不	给	贝	邦	伏
Mbouj	hawj	bae	biengz	fwx
bou⁵	həɯ³	pai¹	pi:ŋ²	fə⁴
不	给	去	地方	别人

别让他走远。

女唱

9-153

往	土	种	果	杭
Vangj	dou	ndaem	go	gangx
vaːŋ³	tu¹	dan¹	ko¹	kaːŋ⁴
曾经	我	种	棵	毛竹

平时种毛竹,

9-154

不	给	光	吃	笋
Mbouj	hawj	gvaengq	gwn	rangz
bou⁵	həɯ³	kwaŋ⁵	kun¹	ɹaːŋ²
不	给	象虫	吃	笋

莫让虫吃笋。

9-155

往	土	勒	友	江
Vangj	dou	lawh	youx	gyang
vaːŋ³	tu¹	ləɯ⁶	ju⁴	kjaːŋ¹
曾经	我	换	友	小

我结交小哥,

9-156

洋	堂	是	不	中
Yangz	daengz	cix	mbouj	cuengq
jaːŋ²	taŋ²	ɕi⁴	bou⁵	ɕuːŋ⁵
皇	到	就	不	放

皇来也不让。

男唱

9-157

月	相	种	会	骨
Ndwen	cieng	ndaem	faex	ndoek
duːn¹	ɕiːŋ¹	dan¹	fai⁴	dok⁷
月	正	种	树	刺竹

正月栽刺竹,

9-158

六	月	是	出	笋
Loeg	nyied	cix	ok	rangz
lok⁸	ɳut⁸	ɕi⁴	oːk⁷	ɹaːŋ²
六	月	就	出	笋

六月长新笋。

9-159

中	先	吨	山	尚
Cuengq	sienq	daemx	bya	sang
ɕuːŋ⁵	θiːn⁵	tan⁴	pja¹	θaːŋ¹
放	线	顶	山	高

竹梢抵高山,

9-160

洋	玲	是	不	出
Yangz	ginz	cix	mbouj	ok
jaːŋ²	kin²	ɕi⁴	bou⁵	oːk⁷
皇	抖	就	不	出

拽也拽不脱。

女唱

9-161

月	相	种	会	骨
Ndwen	cieng	ndaem	faex	ndoek
du:n¹	ɕi:ŋ¹	dan¹	fai⁴	dok⁷
月	正	种	树	刺竹

正月栽刺竹，

9-162

月	义	种	会	支
Ndwen	ngeih	ndaem	faex	sei
du:n¹	ŋi⁶	dan¹	fai⁴	θi¹
月	二	种	树	丝

二月种丝竹。

9-163

土	古	润	贝	吹
Dou	guh	rumz	bae	ci
tu¹	ku⁴	ɹun²	pai¹	ɕi¹
我	做	风	去	吹

我变风去吹，

9-164

连	时	是	拔	拉
Lienz	seiz	cix	bok	rag
li:n²	θi²	ɕi⁴	po:k⁷	ɹa:k⁸
即便	时	就	拔	根

便连根拔起。

男唱

9-165

月	相	种	会	骨
Ndwen	cieng	ndaem	faex	ndoek
du:n¹	ɕi:ŋ¹	dan¹	fai⁴	dok⁷
月	正	种	树	刺竹

正月种刺竹，

9-166

六	月	是	出	尾
Loeg	nyied	cix	ok	byai
lok⁸	ȵu:t⁸	ɕi⁴	o:k⁷	pja:i¹
六	月	就	出	尾

六月就出梢。

9-167

会	中	先	好	来
Faex	cuengq	sienq	ndei	lai
fai⁴	ɕu:ŋ⁵	θi:n⁵	dei¹	la:i¹
树	放	线	好	多

竹长得太好，

9-168

你	开	说	可	在
Mwngz	gai	naeuz	goj	ywq
muɯ²	ka:i¹	nau²	ko⁵	ju⁵
你	卖	或	还	在

你卖了没有？

女唱

9-169

会	中	先	好	来
Faex	cuengq	sienq	ndei	lai
fai⁴	ɕuːŋ⁵	θiːn⁵	dei¹	laːi¹
树	放	线	好	多

竹长得真好，

9-170

要	尾	马	古	特
Aeu	byai	ma	guh	dawh
au¹	pjaːi¹	ma¹	ku⁴	təɯ⁶
要	尾	来	做	筷

竹尾可制筷。

9-171

会	中	先	可	在
Faex	cuengq	sienq	goj	ywq
fai⁴	ɕuːŋ⁵	θiːn⁵	ko⁵	jɯ⁵
树	放	线	还	在

好竹子尚在，

9-172

牙	勒	备	是	要
Yaek	lawh	beix	cix	aeu
jak⁷	ləɯ⁶	pi⁴	ɕi⁴	au¹
要	换	兄	就	要

想交兄就来。

男唱

9-173

果	会	在	邦	达
Go	faex	ywq	bangx	dah
ko¹	fai⁴	juɯ⁵	paːŋ⁴	ta⁶
棵	树	在	旁	河

竹子在河边，

9-174

八	贝	捡	叶	加
Bah	bae	gip	rong	gya
pa⁶	pai¹	kip⁷	ɻoːŋ¹	kja¹
莫	急	去	捡	竹	壳

别去捡竹壳。

9-175

红	开	开	八	沙
Hong	gaiq	gaej	bah	ra
hoːŋ¹	kaːi⁵	kaːi⁵	pa⁶	ɻa¹
东	西	莫	急	找

嫁妆先莫备，

9-176

干	家	然	加	备
Ganq	gya	ranz	caj	beix
kaːn⁵	kja¹	ɻaːn²	kja³	pi⁴
照料	家	家	等	兄

管好家等兄。

女唱

9-177

果　会　在　邦　达

Go　faex　ywq　bangx　dah

ko¹　fai⁴　ju⁵　pa:ŋ⁴　ta⁶

棵　树　在　旁　河

竹子在河边，

9-178

八　貝　捡　叶　支

Bah　bae　gip　rong　sei

pa⁶　pai¹　kip⁷　ɹo:ŋ¹　θi¹

莫　急　去　捡　叶　丝

莫忙捡竹叶。

9-179

干　家　然　你　好

Ganq　gya　ranz　mwngz　ndei

ka:n⁵　kja¹　ɹa:n²　muɯ²　dei¹

照料　家　家　你　好

你把家管好，

9-180

几　比　龙　貝　在

Geij　bi　lungz　bae　ywq

ki³　pi¹　luŋ²　pai¹　ju⁵

几　年　龙　去　住

几年后同住。

男唱

9-181

果　会　在　邦　达

Go　faex　ywq　bangx　dah

ko¹　fai⁴　ju⁵　pa:ŋ⁴　ta⁶

棵　树　在　旁　河

竹子在河边，

9-182

八　貝　捡　叶　绸

Bah　bae　gip　mbaw　couz

pa⁶　pai¹　kip⁷　bauɯ¹　çu²

莫　急　去　捡　叶　绸

别忙捡竹叶。

9-183

干　家　当　加　土

Ganq　gya　dang　caj　dou

ka:n⁵　kja¹　ta:ŋ¹　kja³　tu¹

照料　家　当　等　我

管好家等我，

9-184

八　貝　而　了　农

Bah　bae　lawz　liux　nuengx

pa⁶　pai¹　lau²　li:u⁴　nu:ŋ⁴

莫　急　去　哪　啰　妹

妹莫忙嫁人。

女唱

男唱

9-185

果	会	在	邦	达
Go	faex	ywq	bangx	dah
ko^1	fai^4	ju^5	pa:ŋ^4	ta^6
棵	树	在	旁	河

竹子在河边，

9-186

八	贝	捡	叶	绸
Bah	bae	gip	mbaw	couz
pa^6	pai^1	kip^7	baɯ^1	ɕu^2
莫急	去	捡	叶	绸

别忙捡竹叶。

9-187

干	家	当	加	土
Ganq	gya	dang	caj	dou
ka:n^5	kja^1	ta:ŋ^1	kja^3	tu^1
照料	家	当	等	我

管好家等我，

9-188

忧	开	么	了	备
You	gij	maz	liux	beix
jou^1	ka:i^2	ma^2	li:u^4	pi^4
忧	什	么	啰	兄

兄你莫忧愁。

9-189

果	会	在	邦	吨
Go	faex	ywq	bangx	daemz
ko^1	fai^4	ju^5	pa:ŋ^4	tan^2
棵	树	在	旁	塘

竹子在塘边，

9-190

米	阝	芬	阝	华
Miz	boux	faenz	boux	hah
mi^2	pu^4	fan^2	pu^4	ha^6
有	人	伐	人	占

有砍也有护。

9-191

果	会	在	邦	达
Go	faex	ywq	bangx	dah
ko^1	fai^4	ju^5	pa:ŋ^4	ta^6
棵	树	在	旁	河

竹子在河边，

9-192

米	阝	华	知	尝
Miz	boux	hah	rox	caengz
mi^2	pu^4	ha^6	ɣo^4	ɕaŋ^2
有	人	占	或	未

有谁护没有？

女唱

9-193

果	会	在	邦	吨
Go	faex	ywq	bangx	daemz
ko¹	fai⁴	jɯ⁵	pa:ŋ⁴	tan²
棵	树	在	旁	塘

竹子在塘边，

9-194

米	卩	芬	卩	华
Miz	boux	faenz	boux	hah
mi²	pu⁴	fan²	pu⁴	ha⁶
有	人	伐	人	占

有砍也有护。

9-195

伏	作	空	堂	加
Fwx	coq	ndwi	daengz	gyaq
fə⁴	ço⁵	du:i¹	taŋ²	ka⁵
别人	放	不	到	价

别人给钱少，

9-196

乜	可	华	加	龙
Meh	goj	hah	caj	lungz
me⁶	ko⁵	ha⁶	kja³	luŋ²
母	也	占	等	龙

仍留着等兄。

男唱

9-197

果	会	在	邦	达
Go	faex	ywq	bangx	dah
ko¹	fai⁴	jɯ⁵	pa:ŋ⁴	ta⁶
棵	树	在	旁	河

竹子在河边，

9-198

米	卩	华	知	尝
Miz	boux	hah	rox	caengz
mi²	pu⁴	ha⁶	ɹo⁴	çaŋ²
有	人	占	或	未

有没有人护？

9-199

土	办	卩	刀	浪
Dou	baenz	boux	dauq	laeng
tu¹	pan²	pu⁴	ta:u⁵	laŋ¹
我	成	人	回	后

我成后来者，

9-200

不	文	娘	跟	女
Mbouj	vun	nangz	riengz	nawx
bou⁵	vun¹	na:ŋ²	ɹi:ŋ²	nu⁴
不	奢求	姑娘	跟	女

不奢望得妹。

女唱

9-201

果	会	在	邦	达
Go	faex	ywq	bangx	dah
ko¹	fai⁴	juɯ⁵	paːŋ⁴	ta⁶
棵	树	在	旁	河

竹子在河边，

9-202

米	阝	华	知	尝
Miz	boux	hah	rox	caengz
mi²	pu⁴	ha⁶	ɣoɯ⁴	çaŋ²
有	人	占	或	未

它有主没有？

9-203

自	办	阝	刀	浪
Gag	baenz	boux	dauq	laeng
kaːk⁸	pan²	pu⁴	taːu⁵	laŋ¹
自	成	人	回	后

你自己落后，

9-204

怨	作	土	不	得
Yonq	coq	dou	mbouj	ndaej
joːn⁵	ço⁵	tu¹	bou⁵	dai³
怨	放	我	不	得

这怨不得我。

男唱

9-205

果	会	老	卢	连
Go	faex	laux	luz	lienz
ko¹	fai⁴	laːu⁴	lu²	liːn²
棵	树	大	连	连

竹高大参天，

9-206

巴	仙	下	斗	华
Baz	sien	roengz	daeuj	hah
pa²	θiːn¹	ɣoŋ²	tau³	ha⁶
婆	仙	下	来	占

天仙来管辖。

9-207

伏	要	贝	古	姱
Fwx	aeu	bae	guh	yah
fə⁴	au¹	pai	ku⁴	ja⁶
别人	要	去	做	婆

人娶做老婆，

9-208

备	怨	八	拉	本
Beix	yonq	bah	laj	mbwn
pi⁴	joːn⁵	pa⁶	la³	bun¹
兄	怨	罢	下	天

兄怨气冲天。

女唱

9-209

果	会	老	卢	连
Go	faex	laux	luz	lienz
ko¹	fai⁴	la:u⁴	lu²	li:n²
棵	树	大	连	连

竹高入霄汉，

9-210

巴	仙	下	斗	配
Baz	sien	roengz	daeuj	boiq
pa²	θi:n¹	ɹoŋ²	tau³	po:i⁵
婆	仙	下	来	配

天仙来管控。

9-211

要	貝	牙	正	对
Aeu	bae	yax	cingq	doiq
au¹	pai¹	ja⁵	ɕiŋ⁵	to:i⁵
要	去	也	正	对

拿走也是好，

9-212

在	牙	老	红	力
Ywq	yax	lauq	hong	rengz
juɯ⁵	ja⁵	la:u⁵	ho:ŋ¹	ɹe:ŋ²
在	也	误	工	力

留着也费心。

男唱

9-213

果	会	老	卢	连
Go	faex	laux	luz	lienz
ko¹	fai⁴	la:u⁴	lu²	li:n²
棵	树	大	连	连

竹高入云霄，

9-214

巴	仙	下	斗	秋
Baz	sien	roengz	daeuj	ciuq
pa²	θi:n¹	ɹoŋ²	tau³	ɕi:u⁵
婆	仙	下	来	看

天仙来观看。

9-215

伏	要	貝	是	了
Fwx	aeu	bae	cix	liux
fə⁴	au¹	pai¹	ɕi⁴	li:u⁴
别人	要	去	就	完

人娶走算了，

9-216

老	表	备	可	米
laux	biuj	beix	goj	miz
la:u⁴	pi:u³	pi⁴	ko⁵	mi²
老	表	兄	也	有

兄不乏表妹。

女唱

9-217

果　会　老　卢　连
Go　faex　laux　luz　lienz
ko¹　fai⁴　la:u⁴　lu²　li:n²
棵　树　大　连　连
竹高入霄汉，

9-218

巴　仙　下　斗　配
Baz　sien　roengz　daeuj　boiq
pa²　θi:n¹　ɹoŋ²　tau³　po:i⁵
婆　仙　下　来　配
天仙来管顾。

9-219

要　贝　牙　正　对
Aeu　bae　yax　cingq　doiq
au¹　pai¹　ja⁵　ɕiŋ⁵　to:i⁵
要　去　也　正　对
拿走也是好，

9-220

在　牙　火　贝　巡
Ywq　yax　hoj　bae　cunz
ju⁵　ja⁵　ho³　pai¹　ɕun²
在　也　难　去　巡
留着还得管。

男唱

9-221

果　会　老　又　头
Go　faex　laux　youh　daeuz
ko¹　fai⁴　la:u⁴　jou⁴　tau²
棵　树　老　又　大
树又老又大，

9-222

吉　勾　米　田　邦
Gix　gaeu　miz　dieg　baengh
ki⁴　kau¹　mi²　ti:k⁸　paŋ⁶
这　藤　有　地　靠
野藤有依靠。

9-223

果　红　在　邦　往
Go　hoengz　ywq　bangx　vangj
ko¹　hoŋ²　ju⁵　pa:ŋ⁴　va:ŋ³
棵　红　在　旁　水柜
水柜旁果熟，

9-224

邦　求　满　三　时
Baengz　gouz　muengh　sam　seiz
paŋ²　kjou²　mu:ŋ⁶　θa:n¹　θi²
朋　求　望　三　时
友探望良久。

女唱

9-225

果	会	老	又	头
Go	faex	laux	youh	daeuz
ko^1	fai^4	$la{:}u^4$	jou^4	tau^2
棵	树	老	又	大

树又老又大，

9-226

吉	勾	米	田	邦
Gix	gaeu	miz	dieg	baengh
ki^4	kau^1	mi^2	$ti{:}k^8$	$pa{:}\eta^6$
这	藤	有	地	靠

野藤有依靠。

9-227

果	红	在	邦	往
Go	hoengz	ywq	bangx	vangj
ko^1	$ho\eta^2$	$j\mathrm{u}^5$	$pa{:}\eta^4$	$va{:}\eta^3$
棵	红	在	旁	水柜

水柜边果熟，

9-228

友	而	满	是	却
Youx	lawz	muengh	cix	gyo
ju^4	lau^2	$mu{:}\eta^6$	φi^4	kjo^1
友	哪	望	是	幸亏

盼望人光顾。

男唱

9-229

果	会	老	又	头
Go	faex	laux	youh	daeuz
ko^1	fai^4	$la{:}u^4$	jou^4	tau^2
棵	树	大	又	大

树又老又大，

9-230

十	阝	纠	不	宁
Cib	boux	geuh	mbouj	ning
φit^8	pu^4	$ki{:}u^6$	bou^5	$ni\eta^1$
十	人	撬	不	动

十人撼不动。

9-231

十	阝	汉	十	声
Cib	boux	hat	cib	sing
φit^8	pu^4	$ha{:}t^7$	φit^8	$\theta i\eta^1$
十	人	吼	十	声

十人吼十声，

9-232

公	名	写	给	伏
Goeng	mingz	ce	hawj	fwx
$ko\eta^1$	$mi\eta^2$	φe^1	$h\mathrm{ə w}^3$	$f\mathrm{ə}^4$
功	名	留	给	别人

名分给别人。

女唱

9-233

果	会	当	果	吉
Go	faex	dangq	go	ge
ko¹	fai⁴	ta:ŋ⁵	ko¹	ke¹
棵	树	当	棵	松

松树也是树，

9-234

果	吉	当	果	加
Go	ge	dangq	go	gyaq
ko¹	ke¹	ta:ŋ⁵	ko¹	kja⁵
棵	松	当	棵	桄榔

桄榔也是树。

9-235

些	内	贵	你	华
Seiq	neix	gwiz	mwngz	hah
θe⁵	ni⁴	kui²	muɯŋ²	ha⁶
世	这	丈夫	你	占

今生你妻管，

9-236

代	贝	那	洋	玩
Dai	bae	naj	yaeng	vanz
ta:i¹	pai¹	na³	jaŋ¹	va:n²
死	去	前	再	还

下辈再结交。

男唱

9-237

果	会	当	果	吉
Go	faex	dangq	go	ge
ko¹	fai⁴	ta:ŋ⁵	ko¹	ke¹
棵	树	当	棵	松

松树也是树，

9-238

果	吉	当	果	楼
Go	ge	daengq	go	raeu
ko¹	ke¹	ta:ŋ⁵	ko¹	ɹau¹
棵	松	当	棵	枫

枫树也是树。

9-239

不	同	得	是	了
Mbouj	doengh	ndaej	cix	liux
bou⁵	toŋ²	dai³	çi⁴	li:u⁴
不	相	得	就	算

没结婚就算，

9-240

秀	可	利	双	偻
Ciuh	goj	lij	song	raeuz
çi:u⁶	ko⁵	li⁴	θo:ŋ¹	ɹau²
世	也	还	两	我们

我俩曾相好。

女唱

9-241

果	会	在	峯	里
Go	faex	ywq	rungh	ndaw
ko^1	fai^4	ju^5	ɹuŋ^6	dau^1
棵	树	在	峯	里

一树在深山，

9-242

叶	它	圆	办	两
Mbaw	de	nduen	baenz	liengj
bau^1	te^1	do:n^1	pan^2	li:ŋ^3
叶	那	圆	成	伞

树冠如伞盖。

9-243

三	十	不	造	祥
Sam	cib	mbouj	caux	riengh
θa:n^1	ɕit^8	bou^5	ɕa:u^4	ɹi:ŋ^6
三	十	不	造	栏

三十未成家，

9-244

动	备	乱	知	空
Dungx	beix	luenh	rox	ndwi
tuŋ^4	pi^4	lu:n^6	ɹo^4	du:i^1
肚	兄	乱	或	不

兄心乱不乱？

男唱

9-245

菜	卡	在	里	祘
Byaek	gat	ywq	ndaw	suen
pjak^7	ka:t^7	ju^5	dau^1	θu:n^1
菜	芥	在	里	园

芥菜在园中，

9-246

可	米	叶	一	青
Goj	miz	mbaw	ndeu	oiq
ko^5	mi^2	bau^1	de:u^1	o:i^5
也	有	叶	一	嫩

总会长嫩叶。

9-247

江	邦	可	米	对
Gyang	biengz	goj	miz	doih
kja:ŋ^1	pi:ŋ^2	ko^5	mi^2	to:i^6
中	地方	也	有	伙伴

朋辈有人在，

9-248

少	青	开	八	蒙
Sau	oiq	gaej	bah	muengz
θa:u^1	o:i^5	ka:i^5	pa^6	mu:ŋ^2
姑娘	嫩	莫	急	忙

小妹心莫慌。

女唱

9-249

菜	卡	在	里	祘
Byaek	gat	ywq	ndaw	suen
pjak⁷	kaːt⁷	juɯ⁵	dauɯ¹	θuːn¹
菜	芥	在	里	园

芥菜在园中，

9-250

叶	它	圆	办	毛
Mbaw	de	nduen	baenz	mauh
bauɯ¹	te¹	doːn¹	pan²	maːu⁶
叶	那	圆	成	帽

叶子圆如帽。

9-251

广	东	中	凉	好
Gvangj	doeng	cuengq	liengz	ndei
kwaːŋ³	toŋ¹	ɕuːŋ⁵	liːŋ²	dei¹
广	东	放	凉	好

广东本不错，

9-252

知	得	备	知	空
Rox	ndaej	beix	rox	ndwi
ɹo⁴	dai³	pi⁴	ɹo⁴	duːi¹
知	得	兄	或	不

未知得兄否？

男唱

9-253

果	会	在	崀	里
Go	faex	ywq	rungh	ndaw
ko¹	fai⁴	juɯ⁵	ɹuŋ⁶	dauɯ¹
棵	树	在	崀	里

一树在深山，

9-254

叶	它	贝	结	土
Mbaw	de	bae	giet	duh
bauɯ¹	te¹	pai¹	kiːt⁷	tu⁶
叶	那	去	结	豆

其叶结成团。

9-255

利	双	偻	了	友
Lix	song	raeuz	liux	youx
li⁴	θoːŋ¹	ɹau²	liːu⁴	ju⁴
剩	两	我们	啰	友

就留下我俩，

9-256

在	古	务	师	本
Ywq	guh	huj	cw	mbwn
juɯ⁵	ku⁴	hu³	ɕɯ¹	bɯn¹
在	做	云	遮	天

如孤云蔽天。

女唱

9-257

果	会	在	峯	里
Go	faex	ywq	rungh	ndaw
ko^1	fai^4	ɕɯ^5	ɹuŋ^6	daɯ^1
棵	树	在	峯	里

一树在深山，

9-258

叶	它	貝	结	土
Mbaw	de	bae	giet	duh
baɯ^1	te^1	pai^1	ki:t^7	tu^6
叶	那	去	结	豆

其叶结成团。

9-259

利	双	偻	了	友
Lix	song	raeuz	liux	youx
li^4	θo:ŋ^1	ɹaɯ^2	li:u^4	ɕu^4
剩	两	我们	啰	友

就留下我俩，

9-260

写	古	务	连	润
Ce	guh	huj	lienz	rumz
çe^1	ku^4	hu^3	li:n^2	ɹun^2
留	做	云	连	风

如同云和风。

男唱

9-261

果	会	在	峯	里
Go	faex	ywq	rungh	ndaw
ko^1	fai^4	ɕɯ^5	ɹuŋ^6	daɯ^1
棵	树	在	峯	里

一树在深山，

9-262

叶	它	貝	结	土
Mbaw	de	bae	giet	duh
baɯ^1	te^1	pai^1	ki:t^7	tu^6
叶	那	去	结	豆

其叶结成团。

9-263

义	尚	貝	吨	务
Ngeiq	sang	bae	daemx	huj
ȵi^5	θa:ŋ^1	pai^1	tan^4	hu^3
枝	高	去	顶	云

梢高入云端，

9-264

叶	貝	读	灯	日
Mbaw	bae	douh	daeng	ngoenz
baɯ^1	pai^1	tou^6	taŋ^1	ŋon^2
叶	去	栖息	灯	天

叶子近太阳。

<table>
<tr><td>

女唱

</td><td>

男唱

</td></tr>
</table>

	女唱					男唱			

9-265

会	老	论	刀	拉
Faex	laux	laemx	dauq	laj
fai^4	la:u^4	lan^4	ta:u^5	la^3
树	大	倒	回	下

大树已倒伏，

9-266

明	是	利	很	站
Cog	cix	lij	hwnj	soengz
ço:k^8	çi^4	li^4	huɯn^3	θoŋ^2
将来	是	还	起	站

它还会复生。

9-267

会	全	论	托	下
Faex	gyonj	laemx	doh	roengz
fai^4	kjo:n^3	lan^4	to^6	ɹoŋ^2
树	都	倒	向	下

大树都倒下，

9-268

利	厗	同	知	不
Lij	nyienh	doengz	rox	mbouj
li^4	ȵɯ:n^6	toŋ^2	ɹo^4	bou^5
还	愿	同	或	不

友情尚存否？

9-269

会	老	论	刀	拉
Faex	laux	laemx	dauq	laj
fai^4	la:u^4	lan^4	ta:u^5	la^3
树	大	倒	回	下

大树已倒伏，

9-270

明	是	利	很	站
Cog	cix	lij	hwnj	soengz
ço:k^8	çi^4	li^4	huɯn^3	θoŋ^2
将来	是	还	起	站

它还会复活。

9-271

会	全	论	托	下
Faex	gyonj	laemx	doh	roengz
fai^4	kjo:n^3	lan^4	to^6	ɹoŋ^2
树	都	倒	向	下

树木全倒了，

9-272

了	同	偻	告	内
Liux	doengz	raeuz	gau	neix
li:u^4	toŋ^2	ɹau^2	ka:u^1	ni^4
完	同	我们	次	这

我俩情也绝。

女唱

9-273

果	会	在	山	内
Go	faex	ywq	bya	neix
ko^1	fai^4	juɯ^5	pja^1	ni^4
棵	树	在	山	这

树长在此山，

9-274

义	贝	读	山	仙
Ngeiq	bae	douh	bya	sien
ȵi^5	pai^1	tou^6	pja^1	θiːn^1
枝	去	栖息	山	仙

枝伸向仙山。

9-275

果	会	老	卢	连
Go	faex	laux	luz	lienz
ko^1	fai^4	laːu^4	lu^2	liːn^2
棵	树	大	连	连

此树高又大，

9-276

更	米	千	土	丰
Gwnz	miz	cien	duz	fungh
kɯn^2	mi^2	ɕiːn^1	tu^2	fuŋ^6
上	有	千	只	凤

上栖千只凤。

男唱

9-277

果	会	在	山	内
Go	faex	ywq	bya	neix
ko^1	fai^4	juɯ^5	pja^1	ni^4
棵	树	在	山	这

此山长大树，

9-278

义	贝	读	山	单
Ngeiq	bae	douh	bya	dan
ȵi^5	pai^1	tou^6	pja^1	taːn^1
枝	去	栖息	山	单

枝伸向他山。

9-279

果	会	老	又	尚
Go	faex	laux	youh	sang
ko^1	fai^4	laːu^4	jou^4	θaːŋ^1
棵	树	大	又	高

此树大且高，

9-280

丰	在	更	打	羽
Fungh	ywq	gwnz	daj	fwed
fuŋ^6	juɯ^5	kɯn^2	ta^3	fuːt^8
凤	在	上	打	翅

凤展翅其上。

女唱

9-281

果	会	老	又	尚
Go	faex	laux	youh	sang
ko¹	fai⁴	la:u⁴	jou⁴	θa:ŋ¹
棵	树	大	又	高

此树大且高，

9-282

丰	在	更	打	羽
Fungh	ywq	gwnz	daj	fwed
fuŋ⁶	juɯ⁵	kɯn²	ta³	fuːt⁸
凤	在	上	打	翅

凤展翅其上。

9-283

义	京	城	内	欢
Nyi	ging	singz	neix	ndwek
ȵi¹	kiŋ¹	θiŋ²	ni⁴	duɯːk⁷
听	京	城	这	热闹

传京城热闹，

9-284

丰	三	外	马	秋
Fungh	sanq	vaij	ma	ciuq
fuŋ⁶	θa:n⁵	va:i³	ma¹	çiːu⁵
凤	散	过	来	看

凤飞过来看。

男唱

9-285

果	会	老	又	尚
Go	faex	laux	youh	sang
ko¹	fai⁴	la:u⁴	jou⁴	θa:ŋ¹
棵	树	大	又	高

此树大又高，

9-286

丰	在	更	中	先
Fungh	ywq	gwnz	cuengq	sienq
fuŋ⁶	juɯ⁵	kɯn²	çuːŋ⁵	θiːn⁵
凤	在	上	放	线

凤栖添风光。

9-287

润	吹	干	不	见
Rumz	ci	gan	bu	gen
ɹun²	çi¹	ka:n⁵	pu⁵	keːn⁴
风	吹	看	不	见

风吹看不见，

9-288

乃	乃	先	定	芬
Naih	naih	senq	dingh	faenz
na:i⁶	na:i⁶	θeːn⁵	tiŋ⁶	fan²
久	久	早	定	伐

早先定要砍。

女唱

9-289

果	会	在	邦	它
Go	faex	ywq	bangx	dat
ko^1	fai^4	ju^5	$pa:\eta^4$	$ta:t^7$
棵	树	在	旁	山崖

崖壁一棵树，

9-290

邦	条	拉	古	文
Baengh	diuz	rag	guh	vunz
$pa\eta^6$	$ti:u^2$	ɹa:k^8	ku^4	vun^2
靠	条	根	做	人

靠条根活命。

9-291

秀	些	马	拉	本
Ciuh	seiq	ma	laj	mbwn
çi:u^6	θe^5	ma^1	la^3	bun^1
世	世	来	下	天

今生在世上，

9-292

邦	农	银	造	秀
Baengh	nuengx	ngaenz	caux	ciuh
$pa\eta^6$	$nu:\eta^4$	ηan^2	ça:u^4	çi:u^6
靠	妹	银	造	世

靠妹妹成家。

男唱

9-293

果	会	在	邦	它
Go	faex	ywq	bangx	dat
ko^1	fai^4	ju^5	$pa:\eta^4$	$ta:t^7$
棵	树	在	旁	山崖

崖边一棵树，

9-294

特	马	巴	古	汉
Dawz	ma	mbaq	guh	hanz
$t\text{ə}u^2$	ma^1	ba^5	ku^4	$ha:n^2$
拿	来	肩	做	担

锯来制扁担。

9-295

义	勒	伏	造	然
Nyi	lwg	fwx	caux	ranz
ηi^1	luk^8	$f\text{ə}^4$	ça:u^4	ɹa:n^2
听	子	别人	造	家

想结交别人，

9-296

土	貝	兰	要	刀
Dou	bae	lanz	aeu	dauq
tu^1	pai^1	$la:n^2$	au^1	$ta:u^5$
我	去	拦	要	回

我拦截回来。

女唱

9-297

会	老	论	下	斗
Faex	laux	laemx	roengz	daeuj
fai⁴	la:u⁴	lan⁴	ɹoŋ²	tau³
树	大	倒	下	来

大树倒下来，

9-298

明	是	利	出	叶
Cog	cix	lij	ok	mbaw
ço:k⁸	çi⁴	li⁴	o:k⁷	baɯ¹
将来	是	还	出	叶

它还会发芽。

9-299

水	动	了	刀	师
Raemx	doengq	liux	dauq	saw
ɹan⁴	toŋ⁵	li:u⁴	ta:u⁵	θɯ¹
水	浑	完	回	清

浊水变清水，

9-300

在	而	办	备	农
Ywq	lawz	baenz	beix	nuengx
juɯ⁵	lau²	pan²	pi⁴	nu:ŋ⁴
在	哪	成	兄	妹

哪里成兄妹？

男唱

9-301

果	会	在	邦	它
Go	faex	ywq	bangx	dat
ko¹	fai⁴	juɯ⁵	pa:ŋ⁴	ta:t⁷
棵	树	在	旁	山崖

树在崖壁边，

9-302

好	汉	样	金	银
Hau	hanq	yiengh	gim	ngaenz
ha:u¹	ha:n⁵	ju:ŋ⁶	kin¹	ŋan²
白	灿灿	样	金	银

闪光像金银。

9-303

交	印	给	你	更
Gyau	yinq	hawj	mwngz	gaem
kja:u¹	in⁵	həu³	muŋ²	kan¹
交	印	给	你	握

权在你手上，

9-304

古	而	不	办	主
Guh	lawz	mbouj	baenz	cawj
ku⁴	ɹau²	bou⁵	pan²	çɯ³
做	什么	不	成	主

是由你做主。

女唱

9-305

果	会	在	大	罗
Go	faex	ywq	daih	loh
ko¹	fai⁴	ju⁵	ta:i⁶	lo⁶
棵	树	在	大	路

路边好多树，

9-306

米	条	作	条	勾
Miz	diuz	soh	diuz	gaeuz
mi²	ti:u²	θo⁶	ti:u²	kau²
有	条	直	条	曲

有直也有弯。

9-307

当	几	道	贝	说
Daengq	geij	dauh	bae	naeuz
taŋ⁵	ki³	ta:u⁶	pai¹	nau²
叮嘱	几	道	去	说

派多人告知，

9-308

利	厃	偻	知	不
Lij	nyienh	raeuz	rox	mbouj
li⁴	ȵ:n⁶	ɹau²	ɹo⁴	bou⁵
还	愿	我们	或	不

你满意没有？

男唱

9-309

果	会	在	大	罗
Go	faex	ywq	daih	loh
ko¹	fai⁴	ju⁵	ta:i⁶	lo⁶
棵	树	在	大	路

路边好多树，

9-310

米	条	作	条	勾
Miz	diuz	soh	diuz	gaeuz
mi²	ti:u²	θo⁶	ti:u²	kau²
有	条	直	条	弯

有直也有弯。

9-311

偻	刀	可	认	偻
Raeuz	dauq	goj	nyienh	raeuz
ɹau²	ta:u⁵	ko⁵	ȵin⁶	ɹau²
我们	倒	也	认	我们

虽我俩相好，

9-312

不	卩	邦	偻	祘
Mbouj	boux	bang	raeuz	suenq
bou⁵	pu⁴	pa:ŋ¹	ɹau²	θu:n⁵
无	人	帮	我们	算

但无人助力。

女唱

9-313

果	会	在	大	罗
Go	faex	ywq	daih	loh
ko¹	fai⁴	juɯ⁵	ta:i⁶	lo⁶
棵	树	在	大	路

路边许多树,

9-314

米	条	作	条	勾
Miz	diuz	soh	diuz	gaeuz
mi²	ti:u²	θo⁶	ti:u²	kau²
有	条	直	条	弯

有直也有弯。

9-315

条	作	伏	是	要
Diuz	soh	fwx	cix	aeu
ti:u²	θo⁶	fə⁴	çi⁴	au¹
条	直	别人	就	要

直的别人要,

9-316

写	条	勾	给	备
Ce	diuz	gaeuz	hawj	beix
çe¹	ti:u²	kau²	həɯ³	pi⁴
留	条	弯	给	兄

留弯的给兄。

男唱

9-317

果	会	在	大	罗
Go	faex	ywq	daih	loh
ko¹	fai⁴	juɯ⁵	ta:i⁶	lo⁶
棵	树	在	大	路

路边许多树,

9-318

条	作	它	米	心
Diuz	soh	de	miz	sim
ti:u²	θo⁶	te¹	mi²	θin¹
条	直	它	有	心

直的树有芯。

9-319

巴	你	讲	刀	真
Bak	mwngz	gangj	dauq	caen
pa:k⁷	muɯŋ²	ka:ŋ³	ta:u⁵	çin¹
嘴	你	讲	倒	真

嘴巴讲真话,

9-320

安	心	它	又	良
Aen	sim	de	youh	lingh
an¹	θin¹	te¹	jou⁴	le:ŋ⁶
个	心	他	又	另

心口不一致。

女唱

9-321

果	会	在	江	权
Go	faex	ywq	gyang	gemh
ko[1]	fai[4]	juɯ[5]	kja:ŋ[1]	ke:n[6]
棵	树	在	中	山坳

树在坳口上，

9-322

写	古	田	土	兵
Ce	guh	denz	duz	bing
çe[1]	ku[4]	te:n[2]	tu[2]	piŋ[1]
留	做	地	只	蚂蟥

留给蚂蟥爬。

9-323

会	老	出	叶	红
Faex	laux	ok	mbaw	nding
fai[4]	la:u[4]	o:k[7]	bau[1]	diŋ[1]
树	大	出	叶	红

大树发嫩芽，

9-324

老	不	真	广	合
Lau	mbouj	caen	gvangj	hox
la:u[1]	bou[5]	çin[1]	kwa:ŋ[3]	ho[4]
怕	不	真	好	兆

恐非好兆头。

男唱

9-325

会	老	出	叶	么
Faex	laux	ok	mbaw	moq
fai[4]	la:u[4]	o:k[7]	bau[1]	mo[5]
树	大	出	叶	新

大树吐嫩梢，

9-326

老	不	真	广	合
Lau	mbouj	caen	gvangj	hox
la:u[1]	bou[5]	çin[1]	kwa:ŋ[3]	ho[4]
怕	不	真	好	兆

恐非好兆头。

9-327

会	老	出	叶	么
Faex	laux	ok	mbaw	moq
fai[4]	la:u[4]	o:k[7]	bau[1]	mo[5]
树	大	出	叶	新

大树吐新芽，

9-328

广	合	不	乱	米
Gvangj	hwz	mbouj	luenh	miz
kwa:ŋ[3]	ho[2]	bou[5]	lu:n[6]	mi[2]
广	合	不	乱	有

此兆很少有。

女唱

男唱

9-329

果	会	在	江	权
Go	faex	ywq	gyang	gemh
ko¹	fai⁴	juɯ⁵	kja:ŋ¹	ke:n⁶
棵	树	在	中	山坳

树在坳口上，

9-330

写	古	田	土	兵
Ce	guh	denz	duz	bing
çe¹	ku⁴	te:n²	tu²	piŋ¹
留	做	地	只	蚂蟥

留给蚂蟥爬。

9-331

会	老	出	叶	红
Faex	laux	ok	mbaw	nding
fai⁴	la:u⁴	o:k⁷	bauɯ¹	diŋ¹
树	大	出	叶	红

大树发嫩芽，

9-332

不	真	洋	面	祘
Mbouj	caen	yaeng	menh	suenq
bou⁵	çin¹	jaŋ¹	me:n⁶	θu:n⁵
不	真	再	慢	算

事从长计议。

9-333

果	会	在	江	权
Go	faex	ywq	gyang	gemh
ko¹	fai⁴	juɯ⁵	kja:ŋ¹	ke:n⁶
棵	树	在	中	山坳

树在坳口上，

9-334

写	古	田	土	兵
Ce	guh	denz	duz	bing
çe¹	ku⁴	te:n²	tu²	piŋ¹
留	做	地	只	蚂蟥

留给蚂蟥爬。

9-335

会	老	在	北	京
Faex	laux	ywq	baek	king
fai⁴	la:u⁴	juɯ⁵	pak⁷	kiŋ¹
树	大	在	北	京

大树在北京，

9-336

写	古	城	皇	帝
Ce	guh	singz	vuengz	daeq
çe¹	ku⁴	θiŋ²	vu:ŋ²	tai⁵
留	做	城	皇	帝

留做皇城景。

女唱

9-337

果	会	在	江	权
Go	faex	ywq	gyang	gemh
ko¹	fai⁴	ju⁵	kja:ŋ¹	ke:n⁶
棵	树	在	中	山坳

树在坳口上，

9-338

写	古	田	土	鸦
Ce	guh	denz	duz	a
çe¹	ku⁴	te:n²	tu²	a¹
留	做	地	只	鸦

给乌鸦栖息。

9-339

会	老	在	邦	山
Faex	laux	ywq	bangx	bya
fai⁴	la:u⁴	ju⁵	pa:ŋ⁴	pja¹
树	大	在	旁	山

大树在山边，

9-340

写	古	架	鸟	炕
Ce	guh	gyaz	roeg	enq
çe¹	ku⁴	kja²	ɣok⁸	e:n⁵
留	做	草丛	鸟	燕

留燕子落脚。

男唱

9-341

果	会	在	江	权
Go	faex	ywq	gyang	gemh
ko¹	fai⁴	ju⁵	kja:ŋ¹	ke:n⁶
棵	树	在	中	山坳

树在坳口上，

9-342

写	古	田	土	鸦
Ce	guh	denz	duz	a
çe¹	ku⁴	te:n²	tu²	a¹
留	做	地	只	鸦

给乌鸦栖息。

9-343

会	老	在	邦	山
Faex	laux	ywq	bangx	bya
fai⁴	la:u⁴	ju⁵	pa:ŋ⁴	pja¹
树	大	在	旁	山

大树在山边，

9-344

鸦	马	更	讲	满
A	ma	gwnz	gangj	monh
a¹	ma¹	kɯn²	ka:ŋ³	mo:n⁶
鸦	来	上	讲	情

树上鸦求偶。

女唱

9-345

果	会	在	江	权
Go	faex	ywq	gyang	gemh
ko[1]	fai[4]	juɯ[5]	kja:ŋ[1]	ke:n[6]
棵	树	在	中	山坳

树在坳口上，

9-346

写	古	田	土	交
Ce	guh	denz	duz	gyau
çe[1]	ku[4]	te:n[2]	tu[2]	kja:u[1]
留	做	地	只	蜘蛛

留蜘蛛张网。

9-347

会	老	在	它	好
Faex	laux	ywq	dat	hau
fai[4]	la:u[4]	juɯ[5]	ta:t[7]	ha:u[1]
树	大	在	山崖	白

大树在崖边，

9-348

金	交	飞	马	读
Gim	gyau	mbin	ma	douh
kin[1]	kja:u[1]	bin[1]	ma[1]	tou[6]
金	蜘蛛	飞	来	栖息

蜘蛛也来栖。

男唱

9-349

果	会	在	江	权
Go	faex	ywq	gyang	gemh
ko[1]	fai[4]	juɯ[5]	kja:ŋ[1]	ke:n[6]
棵	树	在	中	山坳

树在坳口上，

9-350

写	古	田	土	交
Ce	guh	denz	duz	gyau
çe[1]	ku[4]	te:n[2]	tu[2]	kja:u[1]
留	做	地	只	蜘蛛

留蜘蛛张网。

9-351

会	老	在	它	好
Faex	laux	ywq	dat	hau
fai[4]	la:u[4]	juɯ[5]	ta:t[7]	ha:u[1]
树	大	在	山崖	白

大树在崖边，

9-352

写	金	交	结	蒙
Ce	gim	gyau	giet	muengx
çe[1]	kin[1]	kja:u[1]	ki:t[7]	mu:ŋ[4]
留	金	蜘蛛	结	网

留蜘蛛张网。

女唱	男唱

9-353

果	会	在	江	开
Go	faex	ywq	gyang	gai
ko^1	fai^4	ju^5	$kja:\eta^1$	$ka:i^1$
棵	树	在	中	街

树长在街边，

9-354

很	河	求	朵	阴
Hwnj	haw	gouz	ndoj	raemh
hun^3	$hɯu^1$	$kjou^2$	do^3	$ɹan^6$
上	圩	求	躲	阴

路人得乘凉。

9-355

明	果	会	内	论
Cog	go	faex	neix	laemx
$ço:k^8$	ko^1	fai^4	ni^4	lan^4
将来	棵	树	这	倒

若是大树倒，

9-356

农	貝	邦	卩	而
Nuengx	bae	baengh	boux	lawz
$nu:\eta^4$	pai^1	$pa\eta^6$	pu^4	lau^2
妹	去	靠	人	哪

妹去依靠谁？

9-357

果	会	在	江	开
Go	faex	ywq	gyang	gai
ko^1	fai^4	ju^5	$kja:\eta^1$	$ka:i^1$
棵	树	在	中	街

大树在街上，

9-358

文	来	却	朵	阴
Vunz	lai	gyo	ndoj	raemh
vun^2	$la:i^1$	kjo^1	do^3	$ɹan^6$
人	多	幸亏	躲	阴

路人得乘凉。

9-359

明	果	会	内	论
Cog	go	faex	neix	laemx
$ço:k^8$	ko^1	fai^4	ni^4	lan^4
将来	棵	树	这	倒

若是大树倒，

9-360

田	朵	阴	空	米
Dieg	ndoj	raemh	ndwi	miz
$ti:k^8$	do^3	$ɹan^6$	$du:i^1$	mi^2
地	躲	阴	不	有

无处觅阴凉。

女唱

9-361

果	会	在	江	权
Go	faex	ywq	gyang	gemh
ko¹	fai⁴	jɯ⁵	kja:ŋ¹	ke:n⁶
棵	树	在	中	山坳

树在坳口上，

9-362

写	鸟	炕	古	弄
Ce	roeg	enq	guh	rongz
ɕe¹	ɹok⁸	e:n⁵	ku⁴	ɹo:ŋ²
留	鸟	燕	做	窝

让燕子筑巢。

9-363

会	老	在	天	森
Faex	laux	ywq	denh	ndoeng
fai⁴	la:u⁴	jɯ⁵	ti:n¹	doŋ¹
树	大	在	天	山林

大树在远方，

9-364

写	少	同	朵	阴
Ce	sau	doengz	ndoj	raemh
ɕe¹	θa:u¹	toŋ²	do³	ɹan⁶
留	姑娘	同	躲	阴

让小妹乘凉。

男唱

9-365

果	会	在	用	本
Go	faex	ywq	byongh	mbwn
ko¹	fai⁴	jɯ⁵	pjo:ŋ⁶	bun¹
棵	树	在	半	天

树高入霄汉，

9-366

芬	马	古	周	坚
Faenz	ma	guh	saeu	genq
fan²	ma¹	ku⁴	θau¹	ke:n⁵
伐	来	做	柱	硬

砍来做柱子。

9-367

变	代	贝	是	面
Bienh	dai	bae	cix	menh
pi:n⁶	ta:i¹	pai¹	ɕi⁴	me:n⁶
即便	死	去	是	慢

余生尚很长，

9-368

在	牙	恋	同	要
Ywq	yaek	lienh	doengh	aeu
jɯ⁵	jak⁷	li:n⁶	toŋ²	au¹
在	要	恋	相	要

活要连婚姻。

男唱

9-369

义	果	会	内	论
Nyi	go	faex	neix	laemx
ȵi¹	ko¹	fai⁴	ni⁴	lan⁴
听	棵	树	这	倒

若是此树倒，

9-370

土	贝	砍	要	尾
Dou	bae	raemj	aeu	byai
tu¹	pai¹	ȵan³	au¹	pja:i¹
我	去	砍	要	尾

我要砍树梢。

9-371

义	贵	口	你	代
Nyi	gwiz	gaeuq	mwngz	dai
ȵi¹	kui²	kau⁵	muŋ²	ta:i¹
听	丈夫	旧	你	死

若你变单身，

9-372

土	贝	才	要	田
Dou	bae	raih	aeu	dieg
tu¹	pai¹	ȵa:i⁶	au¹	ti:k⁸
我	去	爬	要	地

我前去守护。

男唱

9-373

果	会	在	江	权
Go	faex	ywq	gyang	gemh
ko¹	fai⁴	ju⁵	kja:ŋ¹	ke:n⁶
棵	树	在	中	坳

树在坳中间，

9-374

中	先	贝	吨	本
Cuengq	sienq	bae	daemx	mbwn
ɕu:ŋ⁵	θi:n⁵	pai¹	tan⁴	bɯn¹
放	线	去	顶	天

树梢入云端。

9-375

田	全	开	给	文
Dieg	gyonj	gai	hawj	vunz
ti:k⁸	kjo:n³	ka:i¹	həu³	vun²
地	都	卖	给	人

地都卖给人，

9-376

几	时	少	得	刀
Geij	seiz	sau	ndaej	dauq
ki³	θi²	θa:u¹	dai³	ta:u⁵
几	时	姑娘	得	回

何时妹回来？

女唱

9-377

果	会	在	江	权
Go	faex	ywq	gyang	gemh
ko¹	fai⁴	ju⁵	kja:ŋ¹	ke:n⁶
棵	树	在	中	山坳

树在坳中间，

9-378

鸦	可	恋	可	朵
A	goj	lienh	goj	ndoj
a¹	ko⁵	li:n⁶	ko⁵	do³
鸦	也	恋	也	躲

鸦流连树上。

9-379

明	果	会	内	傻
Cog	go	faex	neix	roz
ço:k⁸	ko¹	fai⁴	ni⁴	ɹo²
将来	棵	树	这	枯

若大树枯死，

9-380

刚	傻	貝	而	读
Gaeng	roz	bae	lawz	douh
kaŋ¹	ɹo²	pai¹	lau²	tou⁶
猴	枯	去	哪	栖息

猴子何所依?

男唱

9-381

果	会	在	江	权
Go	faex	ywq	gyang	gemh
ko¹	fai⁴	ju⁵	kja:ŋ¹	ke:n⁶
棵	树	在	中	山坳

树在坳中间，

9-382

写	古	田	土	生
Ce	guh	dieg	duz	nyaen
çe¹	ku⁴	ti:k⁸	tu²	ȵan¹
留	做	地	只	野兽

留给野兽爬。

9-383

会	老	不	用	芬
Faex	laux	mbouj	yungh	faenz
fai⁴	la:u⁴	bou⁵	juŋ⁶	fan²
树	大	不	用	伐

大树不可砍，

9-384

写	古	元	偻	采
Ce	guh	roen	raeuz	byaij
çe¹	ku⁴	jo:n¹	ɹau²	pja:i³
留	做	路	我们	走

留我俩幽会。

女唱

9-385

果	会	在	江	权
Go	faex	ywq	gyang	gemh
ko¹	fai⁴	juɯ⁵	kjaːŋ¹	keːn⁶
棵	树	在	中	山坳

此树在坳口，

9-386

写	古	田	土	生
Ce	guh	dieg	duz	nyaen
çe¹	ku⁴	tiːk⁸	tu²	ȵan¹
留	做	地	只	野兽

留给野兽爬。

9-387

架	尖	是	管	芬
Cax	raeh	cix	guenj	faenz
kja⁴	ɣai⁶	çi⁴	kuːn³	fan²
刀	利	就	管	伐

刀利你就砍，

9-388

银	阝	而	貝	買
Ngaenz	boux	lawz	bae	cawx
ŋan²	pu⁴	lauɯ²	pai¹	çəɯ⁴
银	人	哪	去	买

又不用银买。

男唱

9-389

果	会	老
Go	faex	laux
ko¹	fai⁴	laːu⁴
棵	树	大

此大树，

9-390

观	秀	卜	土	种
Gonq	ciuh	boh	dou	ndaem
koːn⁵	çiːu⁶	po⁶	tu¹	dan¹
先	世	父	我	种

是我父辈栽。

9-391

会	老	在	思	恩
Faex	laux	ywq	swh	wnh
fai⁴	laːu⁴	juɯ⁵	θɯ¹	an¹
树	大	在	思	恩

大树在思恩，

9-392

阝	而	芬	是	闹
Boux	lawz	faenz	cix	ngaux
pu⁴	lauɯ²	fan²	çi⁴	ȵaːu⁴
人	哪	伐	就	闹

谁砍就告谁。

女唱				

9-393

会	耂	在	思	恩
Faex	laux	ywq	swh	wnh
fai⁴	laːu⁴	juɯ⁵	θuɯ¹	an¹
树	大	在	思	恩

大树在思恩，

9-394

阝	而	芬	是	闹
Boux	lawz	faenz	cix	nyaux
pu⁴	lau²	fan²	çi⁴	ɲaːu⁴
人	哪	伐	就	闹

谁砍就告谁。

9-395

几	阝	芬	会	耂
Geij	boux	faenz	faex	laux
ki³	pu⁴	fan²	fai⁴	laːu⁴
几	人	伐	树	大

有人砍大树，

9-396

是	利	闹	堂	洋
Cix	lij	nyaux	daengz	yangz
çi⁴	li⁴	ɲaːu⁴	taŋ²	jaːŋ²
是	还	闹	到	皇

被告上朝廷。

男唱				

9-397

果	会	耂
Go	faex	laux
ko¹	fai⁴	laːu⁴
棵	树	大

此大树，

9-398

观	秀	卜	土	种
Gonq	ciuh	boh	dou	ndaem
koːn⁵	çiːu⁶	po⁶	tu¹	dan¹
先	世	父	我	种

是我父辈栽。

9-399

把	斧	百	义	斤
Fag	fuj	bak	ngeih	gaen
faːk⁸	fu³	paːk⁷	ŋi⁶	kan¹
把	斧	百	二	斤

斧重百二斤，

9-400

芬	牙	得	会	耂
Faenz	yax	ndaej	faex	laux
fan²	ja⁵	dai³	fai⁴	laːu⁴
伐	才	得	树	大

才砍得大树。

女唱

9-401

果	会	在	丁	闹
Go	faex	ywq	dingj	naux
ko¹	fai⁴	ju⁵	tiŋ³	na:u⁴
棵	树	在	顶	巅

山巅一棵树，

9-402

好	古	朝	打	布
Ndei	guh	saux	dak	baengz
dei¹	ku⁴	θa:u⁴	ta:k⁷	paŋ²
好	做	竿	晒	布

好做晒布竿。

9-403

果	会	在	江	王
Go	faex	ywq	gyang	vaengz
ko¹	fai⁴	ju⁵	kja:ŋ¹	vaŋ²
棵	树	在	中	潭

潭边一棵树，

9-404

好	打	布	跟	布
Ndei	dak	baengz	riengz	buh
dei¹	ta:k⁷	paŋ²	ɹiŋ²	pu⁶
好	晒	布	跟	衣服

好晒布和衣。

男唱

9-405

果	会	在	丁	闹
Go	faex	ywq	dingj	naux
ko¹	fai⁴	ju⁵	tiŋ³	na:u⁴
棵	树	在	顶	巅

山巅一棵树，

9-406

好	古	朝	打	布
Ndei	guh	saux	dak	baengz
dei¹	ku⁴	θa:u⁴	ta:k⁷	paŋ²
好	做	竿	晒	布

好做晒布竿。

9-407

果	会	在	江	王
Go	faex	ywq	gyang	vaengz
ko¹	fai⁴	ju⁵	kja:ŋ¹	vaŋ²
棵	树	在	中	潭

潭边一棵树，

9-408

王	贝	堂	邦	农
Vang	bae	daengz	biengz	nuengx
va:ŋ¹	pai¹	taŋ²	pi:ŋ²	nu:ŋ⁴
横	去	到	地方	妹

长到妹家乡。

女唱

男唱

9-409

果	会	在	丁	闹
Go	faex	ywq	dingj	naux
ko^1	fai^4	jɯ^5	tiŋ^3	na:u^4
棵	树	在	顶	巅

山巅一棵树，

9-410

好	古	朝	打	绸
Ndei	guh	saux	dak	couz
dei^1	ku^4	θa:u^4	ta:k^7	çu^2
好	做	竿	晒	绸

好做晒绸竿。

9-411

果	会	在	柳	州
Go	faex	ywq	louj	couh
ko^1	fai^4	jɯ^5	lou^4	çou^1
棵	树	在	柳	州

柳州一棵树，

9-412

好	打	绸	跟	团
Ndei	dak	couz	riengz	duenh
dei^1	ta:k^7	çu^2	ɣi:ŋ^2	tu:n^6
好	晒	绸	跟	缎

好晒绸和缎。

9-413

果	会	在	丁	闹
Go	faex	ywq	dingj	naux
ko^1	fai^4	jɯ^5	tiŋ^3	na:u^4
棵	树	在	顶	巅

山巅一棵树，

9-414

好	古	朝	打	正
Ndei	guh	saux	dak	cingz
dei^1	ku^4	θa:u^4	ta:k^7	çiŋ^2
好	做	竿	晒	情

用来晒礼品。

9-415

果	会	在	南	宁
Go	faex	ywq	nanz	ningz
ko^1	fai^4	jɯ^5	na:n^2	niŋ^2
棵	树	在	南	宁

南宁一棵树，

9-416

好	打	正	少	包
Ndei	dak	cingz	sau	mbauq
dei^1	ta:k^7	çiŋ^2	θa:u^1	ba:u^5
好	晒	情	姑娘	小伙

晒兄妹彩礼。

女唱

9-417

果	会	在	丁	闹
Go	faex	ywq	dingj	naux
ko¹	fai⁴	juɯ⁵	tiŋ³	naːu⁴
棵	树	在	顶	巅

山巅一棵树，

9-418

好	古	朝	打	美
Ndei	guh	saux	dak	mae
dei¹	ku⁴	θaːu⁴	taːk⁷	mai¹
好	做	竿	晒	纱

好做晒纱竿。

9-419

果	会	在	元	远
Go	faex	ywq	roen	gyae
ko¹	fai⁴	juɯ⁵	joːn¹	kjai¹
棵	树	在	路	远

此树在远方，

9-420

好	美	不	了	备
Ndei	maez	mbouj	liux	beix
dei¹	mai²	bou⁵	liːu⁴	pi⁴
好	说	爱	不	啰 兄

问兄喜欢否？

男唱

9-421

果	会	在	丁	闹
Go	faex	ywq	dingj	naux
ko¹	fai⁴	juɯ⁵	tiŋ³	naːu⁴
棵	树	在	顶	巅

此树在山巅，

9-422

好	古	朝	打	润
Ndei	guh	saux	dak	rumz
dei¹	ku⁴	θaːu⁴	taːk⁷	ɹun²
好	做	竿	晒	风

好用来晾风。

9-423

果	会	在	用	本
Go	faex	ywq	byongh	mbwn
ko¹	fai⁴	juɯ⁵	pjoːŋ⁶	buɯn¹
棵	树	在	半	天

此树在半空，

9-424

老	坚	润	不	得
Lau	genq	rumz	mbouj	ndaej
laːu¹	keːn⁵	ɹun²	bou⁵	dai³
怕	硬	风	不	得

恐禁不起风。

女唱

9-425

果	会	在	用	本
Go	faex	ywq	byongh	mbwn
ko¹	fai⁴	jɯ⁵	pjoːŋ⁶	buɯn¹
棵	树	在	半	天

此树在半空，

9-426

芬	马	挖	古	告
Faenz	ma	vat	guh	gau
fan²	ma¹	vaːt⁷	ku⁴	kaːu¹
伐	来	挖	做	糕印

砍来做糕印。

9-427

比	内	润	斗	老
Bi	neix	rumz	daeuj	laux
pi¹	ni⁴	ɹun²	tau³	laːu⁴
年	这	风	来	大

今年风力大，

9-428

牙	告	达	吉	而
Yaek	gauj	dah	giz	lawz
jak⁷	kaːu³	ta⁶	ki²	lau²
要	搞	河	处	哪

河中浪头高。

男唱

9-429

果	会	在	用	本
Go	faex	ywq	byongh	mbwn
ko¹	fai⁴	jɯ⁵	pjoːŋ⁶	buɯn¹
棵	树	在	半	天

此树在半空，

9-430

芬	马	挖	古	告
Faenz	ma	vat	guh	gau
fan²	ma¹	vaːt⁷	ku⁴	kaːu¹
伐	来	挖	做	糕印

用来做糕印。

9-431

比	内	润	斗	老
Bi	neix	rumz	daeuj	laux
pi¹	ni⁴	ɹun²	tau³	laːu⁴
年	这	风	来	大

今年刮大风，

9-432

牙	告	达	古	王
Yaek	gauj	dah	guh	vaengz
jak⁷	kaːu³	ta⁶	ku⁴	vaŋ²
要	搞	河	做	潭

河水变深渊。

女唱

9-433

果	会	在	丁	闹
Go	faex	ywq	dingj	naux
ko¹	fai⁴	ju⁵	tiŋ³	na:u⁴
棵	树	在	顶	巅

山巅一棵树，

9-434

牙	告	古	然	楼
Yaek	gauj	guh	ranz	laeuz
jak⁷	ka:u³	ku⁴	ɹa:n²	lau²
要	搞	做	家	楼

用来建楼房。

9-435

邦	达	出	叶	纠
Bangx	dah	ok	mbaw	gyaeuq
pa:ŋ⁴	ta⁶	o:k⁷	bau¹	kjau⁵
旁	河	出	叶	桐

河畔长桐树，

9-436

牙	要	古	桥	才
Yaek	aeu	guh	giuz	raih
jak⁷	au¹	ku⁴	ki:u²	ɹa:i⁶
要	要	做	桥	爬

用来架木桥。

男唱

9-437

果	会	在	丁	闹
Go	faex	ywq	dingj	naux
ko¹	fai⁴	ju⁵	tiŋ³	na:u⁴
棵	树	在	顶	巅

山巅一棵树，

9-438

牙	告	古	然	千
Yaek	gauj	guh	ranz	cien
jak⁷	ka:u³	ku⁴	ɹa:n²	çi:n¹
要	搞	做	家	砖

用来建砖房。

9-439

用	几	来	本	钱
Yungh	geij	lai	bonj	cienz
juŋ⁶	ki³	la:i¹	po:n³	çi:n²
用	几	多	本	钱

费好大功夫，

9-440

多	办	安	然	瓦
Doq	baenz	aen	ranz	ngvax
to⁵	pan²	an¹	ɹa:n²	ŋwa⁴
造	成	个	家	瓦

才建成瓦房。

女唱

9-441

果	会	在	邦	令
Go	faex	ywq	bangx	lingq
ko¹	fai⁴	juɯ⁵	pa:ŋ⁴	liŋ⁵
棵	树	在	旁	陡

山边一棵树，

9-442

林	马	堂	拉	占
Ringx	ma	daengz	laj	canz
ɹiŋ⁴	ma¹	taŋ²	la³	ça:n²
滚	来	到	下	晒台

滚到晒台下。

9-443

墨	作	锯	又	班
Maeg	coq	gawq	youh	ban
mak⁸	ço⁵	kəɯ⁵	jou⁴	pa:n¹
墨	放	锯	又	分

分解成板材，

9-444

八	安	然	不	了
Bet	aen	ranz	mbouj	liux
pe:t⁷	an¹	ɹa:n²	bou⁵	li:u⁴
八	个	家	不	完

够建八座屋。

男唱

9-445

观	秀	卜	古	然
Gonq	ciuh	boh	guh	ranz
ko:n⁵	çi:u⁶	po⁶	ku⁴	ɹa:n²
先	世	父	做	家

父辈建新房，

9-446

安	然	千	果	会
Aen	ranz	cien	go	faex
an¹	ɹa:n²	çi:n¹	ko¹	fai⁴
个	家	千	棵	树

每座千棵树。

9-447

堂	秀	你	了	岁
Daengz	ciuh	mwngz	liux	caez
taŋ²	çi:u⁶	muɯŋ²	li:u⁴	çai²
到	世	你	完	齐

到你来建屋，

9-448

果	会	八	安	然
Go	faex	bet	aen	ranz
ko¹	fai⁴	pe:t⁷	an¹	ɹa:n²
棵	树	八	个	家

一树建八屋。

女唱

9-449

果	会	八	安	然
Go	faex	bet	aen	ranz
ko¹	fai⁴	pe:t⁷	an¹	ɹa:n²
棵	树	八	个	家

一树建八屋，

9-450

土	牙	尝	古	瓜
Dou	yax	caengz	guh	gvaq
tu¹	ja⁵	ɕaŋ²	ku⁴	kwa⁵
我	也	未	做	过

我未曾做过。

9-451

头	媒	认	乜	花
Gyaeuj	moiz	nyinh	meh	va
kjau³	mo:i²	n̠in⁶	me⁶	va¹
头	媒	认	母	花

媒婆认花婆，

9-452

农	古	瓜	知	尝
Nuengx	guh	gvaq	rox	caengz
nu:ŋ⁴	ku⁴	kwa⁵	ɹo⁴	ɕaŋ²
妹	做	过	或	未

兄是否做过？

男唱

9-453

果	会	八	安	然
Go	faex	bet	aen	ranz
ko¹	fai⁴	pe:t⁷	an¹	ɹa:n²
棵	树	八	个	家

一树建八屋，

9-454

利	勒	双	条	八
Lij	lw	song	diuz	bah
li⁴	lɯ¹	θo:ŋ¹	ti:u²	pa⁶
还	剩	两	条	桁条

剩两根桁条。

9-455

头	媒	认	乜	花
Gyaeuj	moiz	nyinh	meh	va
kjau³	mo:i²	n̠in⁶	me⁶	va¹
头	媒	认	母	花

媒婆认花婆，

9-456

利	沙	得	务	鞋
Lij	ra	ndaej	gouh	haiz
li⁴	ɹa¹	dai³	kou⁶	ha:i²
还	找	得	双	鞋

还得一双鞋。

女唱

男唱

9-457

果	会	八	安	然
Go	faex	bet	aen	ranz
ko¹	fai⁴	pe:t⁷	an¹	ɹa:n²
棵	树	八	个	家

一树造八屋，

9-458

土	牙	尝	古	瓜
Dou	yax	caengz	guh	gvaq
tu¹	ja⁵	ɕaŋ²	ku⁴	kwa⁵
我	也	未	做	过

我也未做过。

9-459

头	媒	认	乜	花
Gyaeuj	moiz	nyinh	meh	va
kjau³	mo:i²	ȵin⁶	me⁶	va¹
头	媒	认	母	花

媒婆认花婆，

9-460

老	乜	农	古	办
Lau	meh	nuengx	guh	baenz
la:u¹	me⁶	nu:ŋ⁴	ku⁴	pan²
怕	母	妹	做	成

恐妹母做到。

9-461

双	果	会	同	杈
Song	go	faex	doengz	vet
θo:ŋ¹	ko¹	fai⁴	toŋ²	ve:t⁷
两	棵	树	同	枝

两棵树连枝，

9-462

多	办	八	安	然
Doq	baenz	bet	aen	ranz
to⁵	pan²	pe:t⁷	an¹	ɹa:n²
造	成	八	个	家

造成八个屋。

9-463

利	利	三	条	单
Lij	lix	sam	diuz	gyan
li⁴	li⁴	θa:n¹	ti:u²	kja:n¹
还	剩	三	条	单

还剩三块料，

9-464

多	办	三	安	师
Doq	baenz	sam	aen	swx
to⁵	pan²	θa:n¹	an¹	θɯ⁴
造	成	三	个	篮

做成三个箱。

女唱

9-465

果	会	八	安	然
Go	faex	bet	aen	ranz
ko¹	fai⁴	peːt⁷	an¹	ɹaːn²
棵	树	八	个	家

一树造八屋，

9-466

利	勒	三	条	八
Lij	lw	sam	diuz	bah
li⁴	luu¹	θaːn¹	tiːu²	pa⁶
还	剩	三	条	桁条

剩三根桁条。

9-467

多	办	安	央	华
Doq	baenz	aen	yangq	vaj
to⁵	pan²	an¹	jaːŋ⁵	va³
造	成	个	香	火

做成香火台，

9-468

口	农	忧	卢	汉
Gaeuj	nuengx	yaeuj	luz	ham
kau³	nuːŋ⁴	jauj	lu²	haːm¹
看	妹	抬	炉	龛

给哥摆香炉。

男唱

9-469

安	然	千	果	会
Aen	ranz	cien	go	faex
an¹	ɹaːn²	çiːn¹	ko¹	fai⁴
个	家	千	棵	树

千棵树安家，

9-470

土	牙	尝	古	堂
Dou	yax	caengz	guh	daengz
tu¹	ja⁵	çaŋ²	ku⁴	taŋ²
我	也	未	做	到

我是没做到。

9-471

央	华	空	米	患
Yangq	vaj	ndwi	miz	fangz
jaːŋ¹	va³	duːi¹	mi²	faːŋ²
香	火	不	有	鬼

未请祖宗魂，

9-472

优	卢	汉	不	得
Yaeuj	luz	ham	mbouj	ndaej
jauj	lu²	haːm¹	bou⁵	dai³
抬	炉	龛	不	得

无须建神龛。

女唱

9-473

古	然	江	大	罗
Guh	ranz	gyang	daih	loh
ku⁴	ɹa:n²	kja:ŋ¹	ta:i⁶	lo⁶
做	家	中	大	路

路边建新屋，

9-474

托	托	瓜	是	问
Doh	doh	gvaq	cix	cam
to⁶	to⁶	kwa⁵	çi⁴	ça:m¹
遍	遍	过	就	问

路人尽议论。

9-475

想	牙	忧	卢	汉
Siengj	yaek	yaeuj	luz	ham
θi:ŋ³	jak⁷	jau³	lu²	ha:m¹
想	要	抬	炉	龛

本想建神龛，

9-476

为	然	空	得	在
Vih	ranz	ndwi	ndaej	ywq
vei⁶	ɹa:n²	du:i¹	dai³	ɟɯ⁵
为	家	不	得	住

但非我住宅。

男唱

9-477

古	然	江	大	罗
Guh	ranz	gyang	daih	loh
ku⁴	ɹa:n²	kja:ŋ¹	ta:i⁶	lo⁶
做	家	中	大	路

路边建新屋，

9-478

托	托	瓜	是	代
Doh	doh	gvaq	cix	daiq
to⁶	to⁶	kwa⁵	çi⁴	ta:i⁵
遍	遍	过	就	招待

见者尽夸奖。

9-479

古	然	作	江	开
Guh	ranz	coq	gyang	gai
ku⁴	ɹa:n²	ço⁵	kja:ŋ¹	ka:i¹
做	家	放	中	街

街上建新屋，

9-480

文	来	却	月	乃
Vunz	lai	gyo	yiet	naiq
vun²	la:i¹	kjo¹	ji:t⁷	na:i⁵
人	多	幸亏	歇	累

众人得歇息。

女唱

9-481

安	庙	作	山	尚
An	miuh	coq	bya	sang
aːn¹	miːu⁶	ço⁵	pja¹	θaːŋ¹
安	庙	放	山	高

建庙放高山,

9-482

古	然	江	罗	耂
Guh	ranz	gyang	loh	laux
ku⁴	ɹaːn²	kjaːŋ¹	lo⁶	laːu⁴
做	家	中	路	大

建屋在路旁。

9-483

文	贝	河	刀	刀
Vunz	bae	haw	dauq	dauq
vun²	pai¹	həu¹	taːu⁵	taːu⁵
人	去	圩	又	回

赶圩人来回,

9-484

却	月	乃	小	凉
Gyo	yiet	naiq	siu	liengz
kjo¹	jiːt⁷	naːi⁵	θiːu¹	liːŋ²
幸亏	歇	累	消	凉

得乘凉歇脚。

男唱

9-485

安	庙	作	山	尚
An	miuh	coq	bya	sang
aːn¹	miːu⁶	ço⁵	pja¹	θaːŋ¹
安	庙	放	山	高

建庙在高山,

9-486

古	然	江	罗	耂
Guh	ranz	gyang	loh	laux
ku⁴	ɹaːn²	kjaːŋ¹	lo⁶	laːu⁴
做	家	中	路	大

建屋大路旁。

9-487

文	贝	河	刀	刀
Vunz	bae	haw	dauq	dauq
vun²	pai¹	həu¹	taːu⁵	taːu⁵
人	去	圩	又	回

赶圩人来回,

9-488

全	吵	闹	然	你
Gyonj	cauj	nyaux	ranz	mwngz
kjoːn³	çaːu³	ɲaːu⁴	ɹaːn²	muɯŋ²
都	吵	闹	家	你

尽叨扰你家。

女唱

9-489

安	庙	作	山	尚
An	miuh	coq	bya	sang
a:n¹	mi:u⁶	ço⁵	pja¹	θa:ŋ¹
安	庙	放	山	高

建庙在高山，

9-490

古	然	江	罗	边
Guh	ranz	gyang	loh	nden
ku⁴	ɹa:n²	kja:ŋ¹	lo⁶	de:n¹
做	家	中	路	边

建屋在路边。

9-491

厬	古	然	当	客
Nyienh	guh	ranz	dang	hek
ȵɯ:n⁶	ku⁴	ɹa:n²	ta:ŋ¹	he:k⁷
愿	做	家	当	客

建屋为待客，

9-492

又	吵	闹	开	么
Youh	cauj	nyaux	gij	maz
jou⁴	ça:u³	ȵa:u⁴	kai²	ma²
又	吵	闹	什	么

不怕客搅扰。

男唱

9-493

安	庙	作	山	尚
An	miuh	coq	bya	sang
a:n¹	mi:u⁶	ço⁵	pja¹	θa:ŋ¹
安	庙	放	山	高

建庙在山上，

9-494

古	然	江	罗	背
Guh	ranz	gyang	loh	boih
ku⁴	ɹa:n²	kja:ŋ¹	lo⁶	po:i⁶
做	家	中	路	僻静

建屋僻静处。

9-495

很	河	是	同	对
Hwnj	haw	cix	doengz	doiq
hɯn³	həu¹	çi⁴	toŋ²	to:i⁵
上	圩	就	同	对

赶圩同一路，

9-496

当	卜	在	当	然
Dangq	boux	ywq	dangq	ranz
ta:ŋ⁵	pu⁴	ju⁵	ta:ŋ⁵	ɹa:n²
另	个	住	另	家

你我不相干。

女唱

9-497

安	庙	作	山	尚
An	miuh	coq	bya	sang
aːn¹	miːu⁶	ço⁵	pja¹	θaːŋ¹
安	庙	放	山	高

建庙在山上，

9-498

古	然	江	罗	机
Guh	ranz	gyang	loh	giq
ku⁴	ɹaːn²	kjaːŋ¹	lo⁶	ki⁵
做	家	中	路	岔

建屋岔路边。

9-499

阝	而	古	地	理
Boux	lawz	guh	deih	leix
pu⁴	lau²	ku⁴	tei⁶	li⁴
人	哪	做	地	理

谁选屋基地，

9-500

马	崬	内	优	然
Ma	rungh	neix	yaeuj	ranz
ma¹	ɹuŋ⁶	ni⁴	jau³	ɹaːn²
来	崬	这	举	家

到此处建屋。

男唱

9-501

安	庙	作	山	尚
An	miuh	coq	bya	sang
aːn¹	miːu⁶	ço⁵	pja¹	θaːŋ¹
安	庙	放	山	高

建庙在山上，

9-502

古	然	江	垌	开
Guh	ranz	gyang	doengh	hai
ku⁴	ɹaːn²	kjaːŋ¹	toŋ⁶	haːi¹
做	家	中	垌	开

建屋平地处。

9-503

大	罗	文	下	斗
Daih	loh	fwn	roengz	daeuj
taːi⁶	lo⁶	vun¹	ɹoŋ²	tau³
大	路	雨	下	来

若天降大雨，

9-504

办	要	瓦	封	然
Banh	aeu	ngvax	fung	ranz
paːn⁶	au¹	ŋwa⁴	fuŋ¹	ɹaːn²
办	要	瓦	封	家

快找瓦盖屋。

女唱

9-505

安	庙	作	山	尚
An	miuh	coq	bya	sang
a:n¹	mi:u⁶	ço⁵	pja¹	θa:ŋ¹
安	庙	放	山	高

立庙高山上，

9-506

古	然	江	辰	柒
Guh	ranz	gyang	sinz	six
ku⁴	ɹa:n²	kja:ŋ¹	θin²	θi⁴
做	家	中	神	社

建屋社庙边。

9-507

伏	古	然	是	在
Fwx	guh	ranz	cix	ywq
fə⁴	ku⁴	ɹa:n²	çi⁴	juɯ⁵
别人	做	家	就	住

别人造屋住，

9-508

小	女	古	写	空
Siuj	nawx	guh	ce	ndwi
θi:u³	nɯ⁴	ku⁴	çe¹	du:i¹
小	女	做	留	空

妹建屋闲置。

男唱

9-509

安	庙	作	山	尚
An	miuh	coq	bya	sang
a:n¹	mi:u⁶	ço⁵	pja¹	θa:ŋ¹
安	庙	放	山	高

立庙在山上，

9-510

古	然	江	辰	柒
Guh	ranz	gyang	sinz	six
ku⁴	ɹa:n²	kja:ŋ¹	θin²	θi⁴
做	家	中	神	社

建屋社庙旁。

9-511

芬	广	英	马	在
Faed	gvangj	in	ma	ywq
fat⁸	kwa:ŋ³	in¹	ma¹	juɯ⁵
佛	广	姻	来	住

送姻亲来往，

9-512

不	干	足	洋	油
Mbouj	ganq	cuz	yieng	youz
bou⁵	ka:n⁵	çu²	juːŋ¹	jou²
不	照料	足	香	油

还得贴本钱。

女唱

9-513

安	庙	作	山	尚
An	miuh	coq	bya	sang
$a:n^1$	$mi:u^6$	$ço^5$	pja^1	$\theta a:\eta^1$
安	庙	放	山	高

建庙在山上，

9-514

古	然	江	大	罗
Guh	ranz	gyang	daih	loh
ku^4	$ɹa:n^2$	$kja:\eta^1$	$ta:i^6$	lo^6
做	家	中	大	路

建屋大路旁。

9-515

长	吉	而	马	多
Cangh	giz	lawz	ma	doq
$ça:\eta^6$	ki^2	lau^2	ma^1	to^5
匠	处	哪	来	造

何方工匠建，

9-516

么	广	合	能	来
Maz	gvangj	hwz	nyaenx	lai
ma^2	$kwa:\eta^3$	ho^2	$ɲan^4$	$la:i^1$
何	广	合	那么	多

那么合机缘？

男唱

9-517

安	庙	作	山	尚
An	miuh	coq	bya	sang
$a:n^1$	$mi:u^6$	$ço^5$	pja^1	$\theta a:\eta^1$
安	庙	放	山	高

建庙高山上，

9-518

古	然	江	大	罗
Guh	ranz	gyang	daih	loh
ku^4	$ɹa:n^2$	$kja:\eta^1$	$ta:i^6$	lo^6
做	家	中	大	路

建屋大路旁。

9-519

长	广	东	马	多
Cangh	gvangj	doeng	ma	doq
$ça:\eta^6$	$kwa:\eta^3$	$to\eta^1$	ma^1	to^5
匠	广	东	来	造

广东师傅做，

9-520

开	瓦	作	好	占
Gaiq	ngvax	coq	hau	canz
$ka:i^5$	ηwa^4	$ço^5$	$ha:u^1$	$ça:n^2$
盖	瓦	放	白	灿灿

盖瓦亮堂堂。

女唱

男唱

9-521

古	然	江	峒	光
Guh	ranz	gyang	doengh	gvangq
ku⁴	ɿaːn²	kjaːŋ¹	toŋ⁶	kwaːŋ⁵
做	家	中	峒	宽

平地建新屋，

9-522

不	给	邦	贝	站
Mbouj	hawj	baengz	bae	soengz
bou⁵	həɯ³	paŋ²	pai¹	θoŋ²
不	给	朋	去	站

不让情友住。

9-523

拉	里	双	刀	双
Ndau	ndeiq	sueng	dauq	sueng
dau¹	di⁵	θuːŋ¹	taːu⁵	θuːŋ¹
星	星	双	又	双

星星一对对，

9-524

不	给	方	而	三
Mbouj	hawj	fueng	lawz	sanq
bou⁵	həɯ³	fuːŋ¹	lau²	θaːn⁵
不	给	方	哪	散

彼此不分离。

9-525

古	然	江	峒	光
Guh	ranz	gyang	doengh	gvangq
ku⁴	ɿaːn²	kjaːŋ¹	toŋ⁶	kwaːŋ⁵
做	家	中	峒	宽

平地建新屋，

9-526

要	连	广	割	哈
Aeu	liemz	gvangj	gvej	haz
au¹	liːn²	kwaːŋ³	kwe³	ha²
要	镰	广	割	茅草

大镰割茅草。

9-527

命	不	结	关	巴
Mingh	mbouj	giet	gvan	baz
miŋ⁶	bou⁵	kiːt⁷	kwaːn¹	pa²
命	不	结	夫	妻

命不成夫妻，

9-528

古	然	写	文	在
Guh	ranz	ce	vunz	ywq
ku⁴	ɿaːn²	çe¹	vun²	ju⁵
做	家	留	人	住

徒劳建新屋。

女唱

9-529

古	然	江	峒	光
Guh	ranz	gyang	doengh	gvangq
ku⁴	ɹaːn²	kjaːŋ¹	toŋ⁶	kwaːŋ⁵
做	家	中	峒	宽

平地建新屋，

9-530

要	连	广	割	哈
Aeu	liemz	gvangj	gvej	haz
au¹	liːn²	kwaːŋ³	kwe³	ha²
要	镰	广	割	茅草

大镰割茅草。

9-531

命	不	结	关	巴
Mingh	mbouj	giet	gvan	baz
miŋ⁶	bou⁵	kiːt⁷	kwaːn¹	pa²
命	不	结	夫	妻

命不成夫妻，

9-532

送	少	贝	㑢	伏
Soengq	sau	bae	nyienh	fwx
θoŋ⁵	θaːu¹	pai¹	ȵuːn⁶	fə⁴
送	姑娘	去	愿	别人

送妹交别人。

男唱

9-533

古	然	开	古	来
Guh	ranz	gaej	guh	lai
ku⁴	ɹaːn²	kaːi⁵	ku⁴	laːi¹
做	家	莫	做	多

建房莫建多，

9-534

堂	尾	不	阝	在
Daengz	byai	mbouj	boux	ywq
taŋ²	pjaːi¹	bou⁵	pu⁴	ju⁵
到	尾	无	人	住

多了无人住。

9-535

古	安	一	改	伏
Guh	aen	ndeu	gaij	mbwq
ku⁴	an¹	deːu¹	kaːi³	bu⁵
做	个	一	解	闷

建一座解闷，

9-536

在	团	秀	是	贝
Ywq	donh	ciuh	cix	bae
ju⁵	toːn⁶	ɕiːu⁶	ɕi⁴	pai¹
住	半	世	就	去

中年要谢世。

女唱

9-537

古	然	开	古	来
Guh	ranz	gaej	guh	lai
ku⁴	ɹaːn²	kaːi⁵	ku⁴	laːi¹
做	家	莫	做	多

建房莫建多，

9-538

堂	尾	不	阝	在
Daengz	byai	mbouj	boux	ywq
taŋ²	pjaːi¹	bou⁵	pu⁴	juɯ⁵
到	尾	无	人	住

到头无人住。

9-539

貝	小	仙	我	师
Bae	siuh	sien	ngox	cwj
pai¹	θiːu³	θin¹	ŋo⁴	çɯ³
去	修	仙	和	尚

修炼当和尚，

9-540

刀	良	祘	造	然
Dauq	lingh	suenq	caux	ranz
taːu⁵	leːŋ⁶	θuːn⁵	çaːu⁴	ɹaːn²
倒	另	算	造	家

会有房子住。

男唱

9-541

多	安	然	四	周
Doq	aen	ranz	seiq	saeu
to⁵	an¹	ɹaːn²	θei⁵	θau¹
造	个	家	四	柱

新屋四根柱，

9-542

更	楼	三	丈	光
Gwnz	laeuz	sam	ciengh	gvangq
kɯn²	lau²	θaːn¹	çɯːŋ⁶	kwaːŋ⁵
上	楼	三	丈	宽

楼上三丈宽。

9-543

貝	方	而	请	长
Bae	fueng	lawz	cingj	cangh
pai¹	fuːŋ¹	lau²	çiŋ³	çaːŋ⁶
去	方	哪	请	匠

请何方工匠，

9-544

多	然	光	能	来
Doq	ranz	gvangq	nyaenx	lai
to⁵	ɹaːn²	kwaːŋ⁵	ȵan⁴	laːi¹
造	家	宽	那么	多

建那么大屋？

女唱

9-545

优	安	然	四	周
Yaeuj	aen	ranz	seiq	saeu
jau³	an¹	ɹaːn²	θei⁵	θau¹
举	个	家	四	柱

新屋四根柱，

9-546

更	楼	三	丈	光
Gwnz	laeuz	sam	ciengh	gvangq
kun²	lau²	θaːn¹	ɕɯːŋ⁶	kwaːŋ⁵
上	楼	三	丈	宽

楼上三丈宽。

9-547

贝	广	东	请	长
Bae	gvangj	doeng	cingj	cangh
pai¹	kwaːŋ³	toŋ¹	ɕiŋ³	ɕaːŋ⁶
去	广	东	请	匠

请广东工匠，

9-548

多	然	光	加	龙
Doq	ranz	gvangq	caj	lungz
to⁵	ɹaːn²	kwaːŋ⁵	kja³	luŋ²
造	家	宽	等	龙

建大屋等兄。

男唱

9-549

古	然	开	古	司
Guh	ranz	gaej	guh	swj
ku⁴	ɹaːn²	kaːi⁵	ku⁴	θɯ³
做	家	莫	做	偏屋

建屋无偏屋，

9-550

偻	岁	克	江	文
Raeuz	caez	gwz	gyang	fwn
ɹau²	ɕai²	kə⁴	kjaːŋ¹	vun¹
我们	齐	去	中	雨

注定挨雨淋。

9-551

八	造	秀	少	论
Bah	caux	ciuh	sau	lwnz
pa⁶	ɕaːu⁴	ɕiːu⁶	θaːu¹	lun²
莫急	造	世	姑娘	最小

妹别急成家，

9-552

岁	古	文	双	边
Caez	guh	vunz	song	mbiengj
ɕai²	ku⁴	vun²	θoːŋ¹	buːŋ³
齐	做	人	两	边

我俩闲谈情。

女唱

9-553

古	然	开	古	司
Guh	ranz	gaej	guh	swj
ku⁴	ɹaːn²	kaːi⁵	ku⁴	θɯ³
做	家	莫	做	偏屋

造房无偏屋，

9-554

偻	岁	克	江	天
Raeuz	caez	gwz	gyang	denh
ɹau²	çai²	kə⁴	kjaːŋ¹	tiːn¹
我们	齐	去	中	天

无异于露宿。

9-555

些	第	义	办	仙
Seiq	daih	ngeih	baenz	sien
θe⁵	ti⁵	ȵi⁶	pan²	θiːn¹
世	第	二	成	仙

来世变成仙，

9-556

牙	年	花	对	生
Yaek	nem	va	doiq	saemq
jak⁷	neːm¹	va¹	toːi⁵	θan⁵
要	贴	花	对	庚

跟定同龄妹。

男唱

9-557

古	然	开	古	司
Guh	ranz	gaej	guh	swj
ku⁴	ɹaːn²	kaːi⁵	ku⁴	θɯ³
做	家	莫	做	偏屋

建房无偏屋，

9-558

偻	岁	克	江	开
Raeuz	caez	gwz	gyang	gai
ɹau²	çai²	kə⁴	kjaːŋ¹	kaːi¹
我们	齐	去	中	街

去街上避雨。

9-559

八	造	秀	少	乖
Bah	caux	ciuh	sau	gvai
pa⁶	çaːu⁴	çiːu⁶	θaːu¹	kwaːi¹
莫急	造	世	姑娘	乖

妹莫忙成家，

9-560

岁	古	歪	狼	巴
Caez	guh	vaiz	langh	baq
çai²	ku⁴	vaːi²	laːŋ⁶	pa⁵
齐	做	水牛	放	坡

闲游无牵绊。

女唱

9-561

古	然	开	古	司
Guh	ranz	gaej	guh	swj
ku⁴	ɹaːn²	kaːi⁵	ku⁴	θɯ³
做	家	莫	做	偏屋

建房无偏屋，

9-562

偻	岁	克	江	天
Raeuz	caez	gwz	gyang	denh
ɹau²	ɕai²	kə⁴	kjaːŋ¹	tiːn¹
我们	齐	去	中	天

无异去露宿。

9-563

说	农	兰	本	钱
Naeuz	nuengx	lanh	bonj	cienz
nau²	nuːŋ⁴	laːn⁶	poːn³	ɕiːn²
说	妹	大方	本	钱

妹舍得花钱，

9-564

优	然	千	岁	在
Yaeuj	ranz	cien	caez	ywq
jau³	ɹaːn²	ɕiːn¹	ɕai²	ju⁵
举	家	砖	齐	住

建砖房同住。

男唱

9-565

古	然	不	办	然
Guh	ranz	mbouj	baenz	ranz
ku⁴	ɹaːn²	bou⁵	pan²	ɹaːn²
做	家	不	成	家

建屋不成家，

9-566

写	古	占	打	后
Ce	guh	canz	dak	haeux
ɕe¹	ku⁴	ɕaːn²	taːk⁷	hau⁴
留	做	晒台	晒	米

留屋当晒台。

9-567

四	处	润	全	斗
Seiq	cih	rumz	gyonj	daeuj
θei⁵	ɕi⁶	ɹun²	kjoːn³	tau³
四	处	风	都	来

四面都通风，

9-568

乃	口	动	乃	凉
Naih	gaeuj	dungx	naih	liengz
naːi⁶	kau³	tuŋ⁴	naːi⁶	liːŋ²
越	看	肚	越	凉

越想心越寒。

女唱

9-569

古	然	不	办	家
Guh	ranz	mbouj	baenz	gya
ku^4	ɹaːn^2	bou^5	pan^2	kja^1
做	家	不	成	家

建屋不成家，

9-570

写	古	占	打	歪
Ce	guh	canz	dak	faiq
çe^1	ku^4	çaːn^2	taːk^7	vaːi^5
留	做	晒台	晒	棉

留屋晒棉花。

9-571

然	吨	七	吨	八
Ranz	daen	di	daen	daiq
ɹaːn^2	tan^1	ti^1	tan^1	taːi^5
家	塌	七	塌	八

屋破烂不堪，

9-572

老	不	太	办	然
Lau	mbouj	daih	baenz	ranz
laːu^1	bou^5	taːi^6	pan^2	ɹaːn^2
怕	不	太	成	家

怕其不成屋。

男唱

9-573

古	然	不	办	然
Guh	ranz	mbouj	baenz	ranz
ku^4	ɹaːn^2	bou^5	pan^2	ɹaːn^2
做	家	不	成	家

建屋不成家，

9-574

写	古	占	打	歪
Ce	guh	canz	dak	faiq
çe^1	ku^4	çaːn^2	taːk^7	vaːi^5
留	做	晒台	晒	棉

留屋晒棉花。

9-575

中	古	然	月	乃
Cuengq	guh	ranz	yiet	naiq
çuːŋ^5	ku^4	ɹaːn^2	jiːt^7	naːi^5
特意	做	家	歇	累

造屋为歇息，

9-576

备	来	真	古	然
Beix	laih	caen	guh	ranz
pi^4	laːi^6	çin^1	ku^4	ɹaːn^2
兄	以为	真	做	家

不是要结婚。

女唱

9-577

古	然	作	更	令
Guh	ranz	coq	gwnz	rin
ku⁴	ɹaːn²	ço⁵	kun²	ɹin¹
做	家	放	上	石

石板上建屋，

9-578

润	吹	全	付	方
Rumz	ci	gyonj	fouz	fangh
ɹun²	çi¹	kjoːn³	fu²	faːŋ⁶
风	吹	都	浮	摇

风吹屋摇晃。

9-579

古	然	作	吉	光
Guh	ranz	coq	giz	gvangq
ku⁴	ɹaːn²	ço⁵	ki²	kwaːŋ⁵
做	家	放	处	宽

空旷处建屋，

9-580

想	要	友	在	行
Siengj	aeu	youx	caih	hangz
θiːŋ³	au¹	ju⁴	çaːi⁶	haːŋ²
想	要	友	在	行

交个伶俐友。

男唱

9-581

古	然	作	更	令
Guh	ranz	coq	gwnz	rin
ku⁴	ɹaːn²	ço⁵	kun²	ɹin¹
做	家	放	上	石

石板上建屋，

9-582

润	吹	全	付	方
Rumz	ci	gyonj	fouz	fangh
ɹun²	çi¹	kjoːn³	fu²	faːŋ⁶
风	吹	都	浮	摇

风吹屋摇晃。

9-583

古	然	作	江	南
Guh	ranz	coq	gyang	namh
ku⁴	ɹaːn²	ço⁵	kjaːŋ¹	naːn⁶
做	家	放	中	土

泥地上建屋，

9-584

它	牙	门	千	年
De	yax	maenh	cien	nienz
te¹	ja⁵	man⁶	çiːn¹	niːn²
它	也	稳固	千	年

永久都稳固。

女唱

9-585

古	然	作	吉	内
Guh	ranz	coq	giz	neix
ku⁴	ɹa:n²	ço⁵	ki²	ni⁴
做	家	放	处	这

在此处建屋，

9-586

对	后	田	土	龙
Doiq	haeuj	dieg	duz	lungz
to:i⁵	hau³	ti:k⁸	tu²	luŋ²
对	进	地	的	龙

正对龙脉地。

9-587

然	农	正	可	宗
Ranz	nuengx	cingq	goj	soeng
ɹa:n²	nu:ŋ⁴	çin⁵	ko⁵	θoŋ¹
家	妹	正	也	舒服

妹家风水好，

9-588

龙	全	马	中	先
Lungz	gyonj	ma	cuengq	sienq
luŋ²	kjo:n³	ma¹	çu:ŋ⁵	θi:n⁵
龙	都	来	放	线

龙来添祥瑞。

男唱

9-589

古	然	作	吉	内
Guh	ranz	coq	giz	neix
ku⁴	ɹa:n²	ço⁵	ki²	ni⁴
做	家	放	处	这

在此处建屋，

9-590

对	后	田	土	龙
Doiq	haeuj	dieg	duz	lungz
to:i⁵	hau³	ti:k⁸	tu²	luŋ²
对	进	地	的	龙

正对龙脉地。

9-591

拜	那	中	相	公
Baih	naj	cungq	siengq	goeng
pa:i⁶	na³	çoŋ⁵	θi:ŋ⁵	koŋ¹
边	前	中	相	公

科考中文官，

9-592

拜	浪	双	土	马
Baih	laeng	song	duz	max
pa:i⁶	laŋ¹	θo:ŋ¹	tu²	ma⁴
边	后	两	匹	马

出门骑骏马。

女唱

9-593

古	然	作	江	权
Guh	ranz	coq	gyang	gemh
ku^4	$\textipa{\textturnr}a\text{:}n^2$	$\textctc o^5$	$kja\text{:}\eta^1$	$ke\text{:}n^6$
做	家	放	中	山坳

建屋在山坳，

9-594

是	用	干	马	封
Cix	yungh	cien	ma	fung
$\textctc i^4$	$ju\eta^6$	$\textctc i\text{:}n^1$	ma^1	$fu\eta^1$
就	用	砖	来	封

要用砖来围。

9-595

古	然	作	田	森
Guh	ranz	coq	denz	ndoeng
ku^4	$\textipa{\textturnr}a\text{:}n^2$	$\textctc o^5$	$te\text{:}n^2$	don^1
做	家	放	地	山林

在林中建屋，

9-596

文	来	却	朵	阴
Vunz	lai	gyo	ndoj	raemh
vun^2	$la\text{:}i^1$	kjo^1	do^3	$\textipa{\textturnr}an^6$
人	多	幸亏	躲	阴

众人得乘凉。

男唱

9-597

古	然	作	江	权
Guh	ranz	coq	gyang	gemh
ku^4	$\textipa{\textturnr}a\text{:}n^2$	$\textctc o^5$	$kja\text{:}\eta^1$	$ke\text{:}n^6$
做	家	放	中	山坳

建屋在山坳，

9-598

是	用	干	马	封
Cix	yungh	cien	ma	fung
$\textctc i^4$	$ju\eta^6$	$\textctc i\text{:}n^1$	ma^1	$fu\eta^1$
就	用	砖	来	封

要用砖来围。

9-599

卜	乜	农	厄	从
Boh	meh	nuengx	nyienh	coengh
po^6	me^6	$nu\text{:}\eta^4$	$\textipa{\textltailn}u\text{:}n^6$	$\textctc o\eta^6$
父	母	妹	愿	帮

妹父母肯帮，

9-600

包	同	自	不	爱
Mbauq	doengz	gag	mbouj	ngaiq
$ba\text{:}u^5$	$to\eta^2$	$ka\text{:}k^8$	bou^5	$\eta a\text{:}i^5$
小伙	同	自	不	爱

兄也不同意。

女唱

9-601

然	瓦	农	牙	米
Ranz	ngvax	nuengx	yax	miz
ɹaːn²	ŋwa⁴	nuːŋ⁴	ja⁵	mi²
家	瓦	妹	也	有

瓦房妹也有,

9-602

然	千	少	牙	得
Ranz	cien	sau	yax	ndaej
ɹaːn²	ɕiːn¹	θaːu¹	ja⁵	dai³
家	砖	姑娘	也	得

砖屋妹也有。

9-603

难	为	土	了	岁
Nanz	vei	dou	liux	caez
naːn²	vi¹	tu¹	liːu⁴	ɕai²
难	为	我	完	齐

实在难为我,

9-604

备	办	会	来	架
Beix	baenz	faex	laj	gyaz
pi⁴	pan²	fai⁴	la³	kja²
兄	成	树	下	草丛

兄如藤下树。

男唱

9-605

给	伏	义	十	日
Gaeq	faeg	ngeih	cib	ngoenz
kai⁵	fak⁸	n̩i⁶	ɕit⁸	ŋon²
鸡	孵	二	十	天

蛋孵二十天,

9-606

不	办	牙	可	乱
Mbouj	baenz	yax	goj	luenh
bou⁵	pan²	ja⁵	ko⁵	luːn⁶
不	成	也	也	乱

不出雏也坏。

9-607

造	家	然	贝	团
Caux	gya	ranz	bae	donh
ɕaːu⁴	kja¹	ɹaːn²	pai¹	toːn⁶
造	家	家	去	半

正筹备结婚,

9-608

不	师	团	办	沙
Mbouj	ngawz	donh	baenz	sa
bou⁵	ŋɯ²	toːn⁶	pan²	θa¹
不	料	半	成	瘀

不料身微差。

女唱

9-609

给	伏	义	十	日
Gaeq	faeg	ngeih	cib	ngoenz
kai^5	fak^8	ȵi^6	çit^8	ŋon^2
鸡	孵	二	十	天

蛋孵二十天，

9-610

不	办	牙	可	坏
Mbouj	baenz	yax	goj	vaih
bou^5	pan^2	ja^5	ko^5	vaːi^6
不	成	也	也	坏

不出雏也坏。

9-611

六	十	比	大	才
Loeg	cib	bi	dah	raix
lok^8	çit^8	pi^1	ta^6	ɹaːi^4
六	十	年	实	在

待到六十岁，

9-612

才	卟	仁	双	偻
Caih	boux	yinh	song	raeuz
çaːi^6	pu^4	jin^6	θoːŋ^1	ɹau^2
随	人	腻	两	我们

我俩仍甜蜜。

男唱

9-613

给	伏	义	十	日
Gaeq	faeg	ngeih	cib	ngoenz
kai^5	fak^8	ȵi^6	çit^8	ŋon^2
鸡	孵	二	十	天

蛋孵二十天，

9-614

不	办	牙	可	乱
Mbouj	baenz	yax	goj	luenh
bou^5	pan^2	ja^5	ko^5	luːn^6
不	成	也	也	乱

不出雏也坏。

9-615

米	土	斤	土	半
Miz	duz	gaen	duz	buenq
mi^2	tu^2	kan^1	tu^2	puːn^5
有	只	斤	只	半

有大也有小，

9-616

自	怨	命	不	办
Gag	yonq	mingh	mbouj	baenz
kaːk^8	joːn^5	miŋ^6	bou^5	pan^2
自	怨	命	不	成

命运各不同。

女唱

男唱

9-617

然	瓦	四	周	同
Ranz	ngvax	seiq	saeu	doengz
$ɹaːn^2$	$ŋwa^4$	$θei^5$	$θau^1$	$toŋ^2$
家	瓦	四	柱	同

友家大瓦屋，

9-618

分	古	双	给	伏
Baen	guh	song	hawj	fwx
pan^1	ku^4	$θoːŋ^1$	$həɯ^3$	$fə^4$
分	做	两	给	别人

送给别人住。

9-619

吃	爱	又	折	特
Gwn	ngaiz	youh	euj	dawh
$kɯn^1$	$ŋaːi^2$	jou^4	$eːu^3$	$təɯ^6$
吃	饭	又	折	筷

吃饭折筷条，

9-620

然	农	在	不	下
Ranz	nuengx	ywq	mbouj	roengz
$ɹaːn^2$	$nuːŋ^4$	ju^5	bou^5	$ɹoŋ^2$
家	妹	住	不	下

妹家不容人。

9-621

然	瓦	四	周	同
Ranz	ngvax	seiq	saeu	doengz
$ɹaːn^2$	$ŋwa^4$	$θei^5$	$θau^1$	$toŋ^2$
家	瓦	四	柱	同

友那大瓦屋，

9-622

分	古	双	给	邦
Baen	guh	song	hawj	baengz
pan^1	ku^4	$θoːŋ^1$	$həɯ^3$	$paŋ^2$
分	做	两	给	朋

送给别人住。

9-623

然	土	家	不	当
Ranz	dou	gya	mbouj	dangq
$ɹaːn^2$	tu^1	kja^1	bou^5	$taːŋ^5$
家	我	家	不	当

我一无所有，

9-624

要	叶	王	马	封
Aeu	mbaw	vangh	ma	fung
au^1	bau^1	$vaːŋ^6$	ma^1	$fuŋ^1$
要	叶	苹婆	来	封

用树叶围屋。

女唱

9-625

然	更	是	然	瓦
Ranz	gwnz	cix	ranz	ngvax
ɹaːn²	kun²	çi⁴	ɹaːn²	ŋwa⁴
家	上	是	家	瓦

上屋是瓦房，

9-626

然	拉	是	然	楼
Ranz	laj	cix	ranz	laeuz
ɹaːn²	la³	çi⁴	ɹaːn²	lau²
家	下	是	家	楼

下屋是楼房。

9-627

然	内	不	然	偻
Ranz	neix	mbouj	ranz	raeuz
ɹaːn²	ni⁴	bou⁵	ɹaːn²	ɹau²
家	这	不	家	我们

若非我们家，

9-628

然	阝	而	了	备
Ranz	boux	lawz	liux	beix
ɹaːn²	pu⁴	lau²	liːu⁴	pi⁴
家	人	哪	啰	兄

兄说是谁家？

男唱

9-629

然	更	是	然	瓦
Ranz	gwnz	cix	ranz	ngvax
ɹaːn²	kun²	çi⁴	ɹaːn²	ŋwa⁴
家	上	是	家	瓦

上屋是瓦房，

9-630

然	拉	是	然	单
Ranz	laj	cix	ranz	gyan
ɹaːn²	la³	çi⁴	ɹaːn²	kjaːn¹
家	下	是	家	干栏

下屋是干栏。

9-631

四	处	全	封	三
Seiq	cih	gyonj	fung	san
θei⁵	çi⁶	kjoːn³	fuŋ¹	θaːn¹
四	处	都	封	山

四周高山围，

9-632

少	在	江	玩	仅
Sau	ywq	gyang	vanz	saenq
θaːu¹	jɯ⁵	kjaːŋ¹	vaːn²	θin⁵
姑娘	在	中	还	信

妹在内交友。

女唱

男唱

9-633

然	更	是	然	瓦
Ranz	gwnz	cix	ranz	ngvax
ɹaːn²	kun²	çi⁴	ɹaːn²	ŋwa⁴
家	上	是	家	瓦

上屋是瓦房，

9-634

然	拉	是	然	单
Ranz	laj	cix	ranz	gyan
ɹaːn²	la³	çi⁴	ɹaːn²	kjaːn¹
家	下	是	家	干栏

下屋是干栏。

9-635

四	处	全	封	三
Seiq	cih	gyonj	fung	san
θei⁵	çi⁶	kjoːn³	fuŋ¹	θaːn¹
四	处	都	封	山

四周高山围，

9-636

点	灯	江	中	红
Diemj	daeng	gyang	cuengq	hoengq
tiːn³	taŋ¹	kjaːŋ¹	çuːŋ⁵	hoŋ⁶
点	灯	中	放	空

中挂长明灯。

9-637

然	更	是	然	瓦
Ranz	gwnz	cix	ranz	ngvax
ɹaːn²	kun²	çi⁴	ɹaːn²	ŋwa⁴
家	上	是	家	瓦

上屋是瓦房，

9-638

然	拉	是	然	楼
Ranz	laj	cix	ranz	laeuz
ɹaːn²	la³	çi⁴	ɹaːn²	lau²
家	下	是	家	楼

下屋是楼房。

9-639

心	火	不	外	偻
Sin	hoj	mbouj	vaij	raeuz
θin¹	ho³	bou⁵	vaːi³	ɹau²
辛	苦	不	过	我们

数我最穷苦，

9-640

命	不	好	外	农
Mingh	mbouj	ndei	vaij	nuengx
miŋ⁶	bou⁵	dei¹	vaːi³	nuːŋ⁴
命	不	好	过	妹

情妹最命好。

女唱

9-641

然	更	是	然	瓦
Ranz	gwnz	cix	ranz	ngvax
ɹaːn²	kuɯn²	çi⁴	ɹaːn²	ŋwa⁴
家	上	是	家	瓦

上屋是瓦房,

9-642

然	拉	是	然	哈
Ranz	laj	cix	ranz	haz
ɹaːn²	la³	çi⁴	ɹaːn²	ha²
家	下	是	家	茅草

下屋是茅房。

9-643

心	火	来	包	而
Sin	hoj	lai	mbauq	lawz
θin¹	ho³	laːi¹	baːu⁵	lauɯ²
辛	苦	多	小伙	哪

情哥真困苦,

9-644

偻	牙	难	同	全
Raeuz	yax	nanz	doengh	gyonj
ɹau²	ja⁵	naːn²	toŋ²	kjoːn¹
我们	也	难	相	聚

我俩难聚合。

男唱

9-645

然	更	是	然	瓦
Ranz	gwnz	cix	ranz	ngvax
ɹaːn²	kuɯn²	çi⁴	ɹaːn²	ŋwa⁴
家	上	是	家	瓦

上屋是瓦房,

9-646

然	拉	是	然	千
Ranz	laj	cix	ranz	cien
ɹaːn²	la³	çi⁴	ɹaːn²	çiːn¹
家	下	是	家	砖

下屋是砖房。

9-647

米	钱	不	米	钱
Miz	cienz	mbouj	miz	cienz
mi²	çiːn²	bou⁵	mi²	çiːn²
有	钱	不	有	钱

你家是否富,

9-648

老	你	元	土	备
Lau	mwngz	yiemz	dou	beix
laːu¹	muɯŋ²	jiːn²	tu¹	pi⁴
怕	你	嫌	我	兄

怕你嫌弃我?

女唱

男唱

9-649

然	更	是	然	千
Ranz	gwnz	cix	ranz	cien
$\textipa{ra:n}^2$	kun^2	$\textipa{çi}^4$	$\textipa{ra:n}^2$	$\textipa{çi:n}^1$
家	上	是	家	砖

上屋是砖房，

9-650

然	拉	是	然	瓦
Ranz	laj	cix	ranz	ngvax
$\textipa{ra:n}^2$	la^3	$\textipa{çi}^4$	$\textipa{ra:n}^2$	$\textipa{ŋwa}^4$
家	下	是	家	瓦

下屋是瓦房。

9-651

贝	邦	伏	是	八
Bae	biengz	fwx	cix	bah
pai^1	$\textipa{pi:ŋ}^2$	$\textipa{fə}^4$	$\textipa{çi}^4$	pa^6
去	地方	别人	就	罢

嫁他乡算了，

9-652

玉	子	占	古	枕
Nyawh	swj	camh	guh	swiz
$\textipa{ɲə}^{m6}$	$\textipa{θɯ}^3$	$\textipa{ça:n}^6$	ku^4	$\textipa{θɯ:i}^2$
玉	子	垫	做	枕

用玉做枕头。

9-653

然	十	义	果	周
Ranz	cib	ngeih	go	saeu
$\textipa{ra:n}^2$	$\textipa{çit}^8$	$\textipa{ɲi}^6$	ko^1	$\textipa{θau}^1$
家	十	二	棵	柱

屋柱十二根，

9-654

果	定	江	周	坚
Go	din	gyang	saeu	genq
ko^1	tin^1	$\textipa{kja:ŋ}^1$	$\textipa{θau}^1$	$\textipa{ke:n}^5$
棵	脚	中	柱	硬

中柱是硬木。

9-655

卡	主	拜	连	连
Gaq	cawj	baiz	lienz	lienz
ka^5	$\textipa{çɯ}^3$	$\textipa{pa:i}^2$	$\textipa{li:n}^2$	$\textipa{li:n}^2$
这	主	排	连	连

主家人排座，

9-656

强	然	元	卩	坤
Giengz	ranz	yuenq	boux	gun
$\textipa{ki:ŋ}^2$	$\textipa{ra:n}^2$	$\textipa{ju:n}^5$	pu^4	kun^1
像	家	院	人	官

像汉人墙院。

女唱

9-657

然	十	义	果	周
Ranz	cib	ngeih	go	saeu
raːn²	ɕit⁸	ȵi⁶	ko¹	θau¹
家	十	二	棵	柱

屋柱十二根，

9-658

果	定	江	周	乜
Go	din	gyang	saeu	meh
ko¹	tin¹	kjaːŋ¹	θau¹	me⁶
棵	脚	中	柱	母

中为顶梁柱。

9-659

卡	主	排	列	列
Gaq	cawj	baiz	lex	lex
ka⁵	ɕɯ³	paːi²	le⁴	le⁴
这	主	排	列	列

主家人排座，

9-660

强	骨	些	土	龙
Giengz	ndok	sej	duz	lungz
kiːŋ²	dok⁷	θe³	tu²	luŋ²
像	骨	肋	只	龙

像龙肋线骨。

男唱

9-661

然	十	义	果	周
Ranz	cib	ngeih	go	saeu
ʐaːn²	ɕit⁸	ȵi⁶	ko¹	θau¹
家	十	二	棵	柱

一屋十二柱，

9-662

拉	同	吊	头	司
Lwg	doengz	venj	gyaeuj	swj
luk⁸	toŋ²	veːn³	kjau³	θɯ³
子	筒	挂	头	偏屋

顶筒吊偏屋。

9-663

话	贝	通	贵	伏
Vah	bae	doeng	gwiz	fwx
va⁶	pai¹	toŋ¹	kɯi²	fə⁴
话	去	通	丈夫	别人

她丈夫得知，

9-664

利	小	古	知	空
Lij	ciuq	goq	rox	ndwi
li⁴	θiːu¹	ku⁵	ʐo⁴	duːi¹
还	照	顾	或	不

还小看人否？

女唱

9-665

然	十	义	果	周
Ranz	cib	ngeih	go	saeu
ıa:n^2	çit^8	ȵi^6	ko^1	θau^1
家	十	二	棵	柱

一屋十二柱,

9-666

拉	同	吊	头	片
Lwg	doengz	venj	gyaeuj	benh
luuk^8	toŋ^2	ve:n^3	kjau^3	pe:n^6
子	筒	挂	头	板

顶筒吊四周。

9-667

银	子	元	刀	元
Yinz	swj	yuenz	dauq	yuenz
jin^2	θɯ^3	ju:n^2	ta:u^5	ju:n^2
银	子	圆	又	圆

白银数不清,

9-668

可	想	给	文	邦
Goj	siengj	hawj	vunz	biengz
ko^5	θi:ŋ^3	hɯ^3	vun^2	pi:ŋ^2
还	想	给	人	地方

随意送路人。

男唱

9-669

然	十	义	果	周
Ranz	cib	ngeih	go	saeu
ıa:n^2	çit^8	ȵi^6	ko^1	θau^1
家	十	二	棵	柱

一屋十二柱,

9-670

拉	同	吊	头	会
Lwg	doengz	venj	gyaeuj	faex
luuk^8	toŋ^2	ve:n^3	kjau^3	fai^4
子	筒	挂	头	树

顶筒吊四周。

9-671

你	贝	然	土	累
Mwngz	bae	ranz	dou	laeq
muɯ^2	pai^1	ıa:n^2	tu^1	lai^5
你	去	家	我	看

你到我家看,

9-672

然	瓦	占	天	良
Ranz	ngvax	camh	denh	liengz
ıa:n^2	ŋwa^4	ça:n^6	ti:n^1	le:ŋ^2
家	瓦	垫	天	梁

瓦屋铺吊棚。

女唱

9-673

然	瓦	占	天	良
Ranz	ngvax	camh	denh	liengz
ɹaːn²	ŋwa⁴	ɕaːn⁶	tiːn¹	leːŋ²
家	瓦	垫	天	梁

瓦屋铺吊棚,

9-674

又	好	开	么	由
Youh	ndei	gij	maz	raeuh
jou⁴	dei¹	kaːi²	ma²	ɹau⁶
又	好	什	么	多

又有什么好。

9-675

然	土	当	拉	周
Ranz	dou	dang	laj	saeu
ɹaːn²	tu¹	taːŋ¹	la³	θau¹
家	我	抹灰	下	柱

我屋披白灰,

9-676

可	利	强	外	你
Goj	lij	giengz	vaij	mwngz
ko⁵	li⁴	kiːŋ²	vaːi³	muŋ²
也	还	强	过	你

更比你屋强。

男唱

9-677

然	瓦	占	天	良
Ranz	ngvax	camh	denh	liengz
ɹaːn²	ŋwa⁴	ɕaːn⁶	tiːn¹	leːŋ²
家	瓦	垫	天	梁

瓦屋铺吊棚,

9-678

然	你	然	会	纠
Ranz	mwngz	ranz	faex	gyaeuq
ɹaːn²	muŋ²	ɹaːn²	fai⁴	kjau⁵
家	你	家	树	桐

你屋桐木造。

9-679

然	你	当	拉	周
Ranz	mwngz	dang	laj	saeu
ɹaːn²	muŋ²	taːŋ¹	la³	θau¹
家	你	抹灰	下	柱

你屋披白灰,

9-680

乜	不	收	天	良
Meh	mbouj	caeu	denh	liengz
me⁶	bou⁵	ɕau¹	tiːn¹	leːŋ²
母	不	收	天	梁

母不爱吊棚。

女唱

9-681

然	瓦	占	天	良
Ranz	ngvax	camh	denh	liengz
ɹaːn^2	ŋwa^4	ça:n^6	ti:n^1	le:ŋ^2
家	瓦	垫	天	梁

瓦屋铺吊棚，

9-682

然	你	然	会	我
Ranz	mwngz	ranz	faex	ngox
ɹaːn^2	muɯŋ^2	ɹaːn^2	fai^4	ŋo^4
家	你	家	树	无花果

用无花果木。

9-683

然	三	拉	四	罗
Ranz	sam	laj	seiq	loh
ɹaːn^2	θaːn^1	la^3	θei^5	lo^6
家	三	下	四	路

坐落偏僻处，

9-684

邦	斗	初	吉	而
Baengz	daeuj	coengh	giz	lawz
paŋ^2	tau^3	çoŋ^6	ki^2	lau^2
朋	来	朝	处	哪

客来找不着。

男唱

9-685

然	瓦	占	天	良
Ranz	ngvax	camh	denh	liengz
ɹaːn^2	ŋwa^4	ça:n^6	ti:n^1	le:ŋ^2
家	瓦	垫	天	梁

瓦屋铺吊棚，

9-686

然	土	然	会	古
Ranz	dou	ranz	faex	goux
ɹaːn^2	tu^1	ɹaːn^2	fai^4	ku^4
家	我	家	树	乌桕

我屋乌桕木。

9-687

然	土	当	汉	伏
Ranz	dou	dang	hanq	faeg
ɹaːn^2	tu^1	taːŋ^1	haːn^5	fak^8
家	我	当	鹅	孵

我家位置好，

9-688

阝	祖	斗	打	排
Boux	couj	daeuj	daj	baiz
pu^4	çou^3	tau^3	ta^3	pa:i^2
人	租	来	打	牌

被租来打牌。

女唱	男唱

9-689

然	瓦	占	天	良
Ranz	ngvax	camh	denh	liengz
ɹaːn²	ŋwa⁴	ɕaːn⁶	tiːn¹	leːŋ²
家	瓦	垫	天	梁

瓦屋铺吊棚，

9-693

然	瓦	占	天	良
Ranz	ngvax	camh	denh	liengz
ɹaːn²	ŋwa⁴	ɕaːn⁶	tiːn¹	leːŋ²
家	瓦	垫	天	梁

瓦屋铺吊棚，

9-690

然	土	然	会	华
Ranz	dou	ranz	faex	vak
ɹaːn²	tu¹	ɹaːn²	fai⁴	vaːk⁷
家	我	家	树	黄桦

我屋桦木造。

9-694

然	你	然	会	华
Ranz	mwngz	ranz	faex	vak
ɹaːn²	muɯŋ²	ɹaːn²	fai⁴	vaːk⁷
家	你	家	树	黄桦

你屋桦木造。

9-691

然	三	罗	四	拉
Ranz	sam	loh	seiq	laj
ɹaːn²	θaːn¹	lo⁶	θei⁵	la³
家	三	路	四	下

坐落虽偏僻，

9-695

然	三	罗	四	拉
Ranz	sam	loh	seiq	laj
ɹaːn²	θaːn¹	lo⁶	θei⁵	la³
家	三	路	四	下

坐落虽偏僻，

9-692

阝	客	斗	不	定
Boux	hek	daeuj	mbouj	dingz
pu⁴	heːk⁷	tau³	bou⁵	tiŋ²
人	客	来	不	停

汉人来不断。

9-696

阝	客	牙	得	站
Boux	hek	yax	ndaej	soengz
pu⁴	heːk⁷	ja⁵	dai³	θoŋ²
人	客	也	得	站

汉人愿来坐。

女唱

9-697

多	安	然	第	一
Doq	aen	ranz	daih	it
to⁵	an¹	ɹaːn²	ti⁵	it⁷
造	个	家	第	一

建第一座屋,

9-698

要	勒	尺	马	量
Aeu	lwg	cik	ma	rau
au¹	luk⁸	çik⁷	ma¹	ɹaːu¹
要	子	尺	来	量

用尺子测量。

9-699

貝	问	卜	问	叔
Bae	cam	boh	cam	au
pai¹	çaːm¹	po⁶	çaːm¹	aːu¹
去	问	父	问	叔

要请教父辈,

9-700

要	几	来	长	多
Aeu	geij	lai	cangh	doq
au¹	ki³	laːi¹	çaːŋ⁶	to⁵
要	几	多	匠	造

用多少工匠。

男唱

9-701

多	安	然	第	义
Doq	aen	ranz	daih	ngeih
to⁵	an¹	ɹaːn²	ti⁵	ɳi⁶
造	个	家	第	二

建第二座屋,

9-702

大	落	雨	不	老
Daih	loh	hij	mbouj	lau
taːi⁶	lo²	hi³	bou⁵	laːu¹
大	落	雨	不	怕

大雨也不怕。

9-703

要	银	子	马	包
Aeu	yinz	swj	ma	bau
au¹	jin²	θɯ³	ma¹	paːu¹
要	银	子	来	包

用银箔来盖,

9-704

不	老	润	斗	碰
Mbouj	lau	rumz	daeuj	bungq
bou⁵	laːu¹	ɹun²	tau³	puŋ⁵
不	怕	风	来	碰

不怕风雨侵。

女唱

9-705

多	安	然	第	三
Doq	aen	ranz	daih	sam
to⁵	an¹	ɹaːn²	ti⁵	θaːn¹
造	个	家	第	三

建第三座屋，

9-706

不	老	犯	头	符
Mbouj	lau	famh	gyaeuj	fouz
bou⁵	laːu¹	faːn⁶	kjau³	fu²
不	怕	犯	头	符

不怕犯鬼神。

9-707

要	金	银	马	故
Aeu	gim	ngaenz	ma	guq
au¹	kin¹	ŋan²	ma¹	ku⁵
要	金	银	来	箍

用金银包起，

9-708

叫	邦	友	岁	站
Heuh	baengz	youx	caez	soengz
heːu⁶	paŋ²	ju⁴	çai²	θoŋ²
叫	朋	友	齐	站

请朋友来往。

男唱

9-709

多	安	然	第	四
Doq	aen	ranz	daih	seiq
to⁵	an¹	ɹaːn²	ti⁵	θei⁵
造	个	家	第	四

建第四座屋，

9-710

四	处	很	四	楼
Seiq	cih	hwnj	seiq	laeuz
θei⁵	çi⁶	hun³	θei⁵	lau²
四	处	起	四	楼

全是四层楼。

9-711

优	然	瓦	四	周
Yaeuj	ranz	ngvax	seiq	saeu
jau³	ɹaːn²	ŋwa⁴	θei⁵	θau¹
举	家	瓦	四	柱

新建大瓦房，

9-712

鸟	鸠	飞	马	读
Roeg	raeu	mbin	ma	douh
ɹok⁸	ɹau¹	bin¹	ma¹	tou⁶
鸟	斑鸠	飞	来	栖息

斑鸠来栖息。

女唱

9-713

多	安	然	第	五
Doq	aen	ranz	daih	haj
to⁵	an¹	ɹaːn²	ti⁵	ha³
造	个	家	第	五

建第五座屋，

9-714

利	加	阝	长	字
Lij	caj	boux	cangh	saw
li⁴	kja³	pu⁴	ça:ŋ⁶	θaɯ¹
还	等	个	匠	字

请来择字匠。

9-715

加	阝	长	要	时
Caj	boux	cangh	aeu	seiz
kja³	pu⁴	ça:ŋ⁶	au¹	θi²
等	个	匠	要	时

请匠择吉时，

9-716

知	时	而	得	优
Rox	seiz	rawz	ndaej	yaeuj
ɹo⁴	θi²	ɹaɯ²	dai³	jau³
知	时	什么	得	举

吉时竖屋架。

男唱

9-717

多	安	然	第	六
Doq	aen	ranz	daih	roek
to⁵	an¹	ɹaːn²	ti⁵	ɹok⁷
造	个	家	第	六

建第六座屋，

9-718

勒	独	马	能	堂
Lwg	dog	ma	naengh	dangz
luuk⁸	to:k⁸	ma¹	naŋ⁶	ta:ŋ²
子	独	来	坐	堂

独子坐中堂。

9-719

然	瓦	十	三	层
Ranz	ngvax	cib	sam	caengz
ɹaːn²	ŋwa⁴	çit⁸	θa:n¹	çaŋ²
家	瓦	十	三	层

瓦房十三层，

9-720

友	在	行	牙	秀
Youx	caih	hangz	yax	souh
ju⁴	ça:i⁶	ha:ŋ²	ja⁵	θi:u⁶
友	在	行	才	受

要娶伶俐妻。

女唱

9-721

多	安	然	第	七
Doq	aen	ranz	daih	caet
to⁵	an¹	ɹaːn²	ti⁵	ɕat⁷
造	个	家	第	七

建第七座屋，

9-722

合	办	朵	花	买
Hob	baenz	duj	va	mai
hoːp⁸	pan²	tu³	va¹	maːi¹
合	成	朵	花	密蒙

貌似姊妹花。

9-723

优	然	瓦	同	拜
Yaeuj	ranz	ngvax	doengh	baiz
jau³	ɹaːn²	ŋwa⁴	toŋ²	paːi²
举	家	瓦	相	排

新房一排排，

9-724

平	办	开	庆	远
Bingz	baenz	gai	ging	yenj
piŋ²	pan²	kaːi¹	kiŋ³	juːn⁶
平	成	街	庆	远

如同庆远街。

男唱

9-725

多	安	然	第	八
Doq	aen	ranz	daih	bet
to⁵	an¹	ɹaːn²	ti⁵	peːt⁷
造	个	家	第	八

建第八座屋，

9-726

双	拜	杈	卡	君
Song	baih	ngaq	ga	gyinz
θoːŋ¹	paːi⁶	ŋa⁵	ka¹	kjin²
两	边	叉	腿	裙

形如宽摆裙。

9-727

然	阝	乜	广	英
Ranz	boux	meh	gvangj	in
ɹaːn²	pu⁴	me⁶	kwaːŋ³	in¹
家	人	母	广	姻

结婚用新房，

9-728

重	心	牙	得	在
Naek	sim	yax	ndaej	ywq
nak⁷	θin¹	ja⁵	dai³	juɯ⁵
重	心	才	得	住

重情方可住。

女唱

男唱

9-729

多	安	然	第	九
Doq	aen	ranz	daih	gouj
to⁵	an¹	ɹaːn²	ti⁵	kjou³
造	个	家	第	九

建第九座屋，

9-733

多	安	然	第	十
Doq	aen	ranz	daih	cib
to⁵	an¹	ɹaːn²	ti⁵	çit⁸
造	个	家	第	十

建第十座屋，

9-730

小	贝	九	条	良
Siuj	bae	gouj	diuz	liengz
θiːu³	pai¹	kjou³	tiːu²	leːŋ²
少	去	九	条	梁

少了九根梁。

9-734

六	林	点	灯	龙
Ruh	rib	diemj	daeng	loengz
ɹu⁶	ɹip⁸	tiːn³	taŋ¹	loŋ²
萤	虫	点	灯	笼

萤火虫绕飞。

9-731

叫	邦	友	马	相
Heuh	baengz	youx	ma	siengq
heːu⁶	paŋ²	ju⁴	ma¹	θiːŋ⁵
叫	朋	友	来	相

叫朋友来看，

9-735

多	然	双	它	双
Doq	ranz	sueng	daz	sueng
to⁵	ɹaːn²	θuːŋ¹	ta²	θuːŋ¹
造	家	双	又	双

新屋排成双，

9-732

它	力	卟	长	多
Dwk	rengz	boux	cangh	doq
tuk⁷	ɹaŋ²	pu⁴	çaːŋ⁶	to⁵
费	力	个	匠	造

工匠够辛苦。

9-736

不	给	方	而	三
Mbouj	hawj	fueng	lawz	sanq
bou⁵	həɯ³	fuːŋ¹	laɯ²	θaːn⁵
不	给	方	哪	散

情侣不可分。

女唱	男唱

9-737

然	瓦	排	它	排
Ranz	ngvax	baiz	daz	baiz
ɹaːn²	ŋwa⁴	paːi²	ta²	paːi²
家	瓦	排	又	排

新房一排排，

9-738

勾	歪	务	它	务
Gaeu	vaiz	huq	daz	huq
kau¹	vaːi²	hu⁵	ta²	hu⁵
角	水牛	副	又	副

全挂上牛角。

9-739

牙	要	阝	能	补
Yax	aeu	boux	naengh	bouq
ja⁵	au¹	pu⁴	naŋ⁶	pu⁵
也	要	个	坐	铺

想找个掌柜，

9-740

田	农	空	米	文
Denz	nuengx	ndwi	miz	vunz
teːn²	nuːŋ⁴	duːi¹	mi²	vun²
地	妹	不	有	人

妹找不到人。

9-741

然	瓦	排	它	排
Ranz	ngvax	baiz	daz	baiz
ɹaːn²	ŋwa⁴	paːi²	ta²	paːi²
家	瓦	排	又	排

新房一排排，

9-742

勾	歪	务	它	务
Gaeu	vaiz	huq	daz	huq
kau¹	vaːi²	hu⁵	ta²	hu⁵
角	水牛	副	又	副

全挂上牛角。

9-743

元	条	命	土	初
Yonq	diuz	mingh	dou	couj
joːn⁵	tiːu²	miŋ⁶	tu¹	çou³
怨	条	命	我	丑

怨我命不好，

9-744

付	不	得	然	你
Fuq	mbouj	ndaej	ranz	mwngz
fu⁵	bou⁵	dai³	ɹaːn²	muŋ²
附	不	得	家	你

我配不上你。

男唱	女唱

9-745

然	瓦	排	它	排
Ranz	ngvax	baiz	daz	baiz
ɹaːn²	ŋwa⁴	paːi²	ta²	paːi²
家	瓦	排	又	排

新房一排排，

9-746

金	银	箱	它	箱
Gim	ngaenz	sieng	daz	sieng
kin¹	ŋan²	θeːŋ¹	ta²	θeːŋ¹
金	银	箱	又	箱

金银一箱箱。

9-747

农	米	歪	令	祥
Nuengx	miz	vaiz	rim	riengh
nuːŋ⁴	mi²	vaːi²	ɹin¹	ɹiːŋ⁶
妹	有	水牛	满	栏

妹有牛满栏，

9-748

备	米	样	开	么
Beix	miz	yiengh	gij	maz
pi⁴	mi²	juːŋ⁶	kaːi²	ma²
兄	有	样	什	么

兄一无所有。

9-749

然	瓦	排	它	排
Ranz	ngvax	baiz	daz	baiz
ɹaːn²	ŋwa⁴	paːi²	ta²	paːi²
家	瓦	排	又	排

新房一排排，

9-750

金	银	箱	它	箱
Gim	ngaenz	sieng	daz	sieng
kin¹	ŋan²	θeːŋ¹	ta²	θeːŋ¹
金	银	箱	又	箱

金银一箱箱。

9-751

空	米	歪	令	祥
Ndwi	miz	vaiz	rim	riengh
duːi¹	mi²	vaːi²	ɹin¹	ɹiːŋ⁶
不	有	水牛	满	栏

没有牛满栏，

9-752

才	备	想	方	而
Caih	beix	siengj	fueng	lawz
ɕaːi⁶	pi⁴	θiːŋ³	fuːŋ¹	lauɯ²
随	兄	想	方	哪

任兄去何方。

女唱

9-753

然	瓦	排	它	排
Ranz	ngvax	baiz	daz	baiz
$.ia:n^2$	ηwa^4	$pa:i^2$	ta^2	$pa:i^2$
家	瓦	排	又	排

新房一排排，

9-754

金	银	箱	它	箱
Gim	ngaenz	sieng	daz	sieng
kin^1	ηan^2	$\theta e:\eta^1$	ta^2	$\theta e:\eta^1$
金	银	箱	又	箱

金银一箱箱。

9-755

可	米	样	它	样
Goj	miz	yiengh	daz	yiengh
ko^5	mi^2	$ju:\eta^6$	ta^2	$ju:\eta^6$
也	有	样	又	样

样样皆齐全，

9-756

米	旦	良	是	玩
Miz	damj	liengh	cix	vanz
mi^2	$ta:n^3$	$le:\eta^6$	φi^4	$va:n^2$
有	胆	量	就	还

有胆就结交。

男唱

9-757

然	瓦	排	它	排
Ranz	ngvax	baiz	daz	baiz
$.ia:n^2$	ηwa^4	$pa:i^2$	ta^2	$pa:i^2$
家	瓦	排	又	排

新房一排排，

9-758

金	银	箱	它	箱
Gim	ngaenz	sieng	daz	sieng
kin^1	ηan^2	$\theta e:\eta^1$	ta^2	$\theta e:\eta^1$
金	银	箱	又	箱

金银一箱箱。

9-759

包	乖	厄	米	良
Mbauq	gvai	nyienh	miz	liengh
$ba:u^5$	$kwa:i^1$	$\underset{.}{n}u:n^6$	mi^2	$le:\eta^6$
小伙	乖	愿	有	量

兄固有胸怀，

9-760

命	农	不	秀	财
Mingh	nuengx	mbouj	souh	caiz
min^6	$nu:\eta^4$	bou^5	$\theta i:u^6$	$\varphi a:i^2$
命	妹	不	受	财

妹不愿接受。

女唱

9-761

然	瓦	排	它	排
Ranz	ngvax	baiz	daz	baiz
ɹaːn²	ŋwa⁴	paːi²	ta²	paːi²
家	瓦	排	又	排

新房一排排，

9-762

友	吨	鞋	牙	秀
Youx	daenj	haiz	yax	souh
ju⁴	tan³	haːi²	ja⁵	θiːu⁶
友	穿	鞋	才	受

只娶穿鞋妹。

9-763

金	银	用	不	了
Gim	ngaenz	yungh	mbouj	liux
kin¹	ŋan²	juŋ⁶	bou⁵	liːu⁴
金	银	用	不	完

金银用不完，

9-764

秀	牙	得	然	你
Souh	yax	ndaej	ranz	mwngz
θiːu⁶	ja⁵	dai³	ɹaːn²	muɯ²
受	才	得	家	你

才能嫁得你。

男唱

9-765

然	瓦	排	它	排
Ranz	ngvax	baiz	daz	baiz
ɹaːn²	ŋwa⁴	paːi²	ta²	paːi²
家	瓦	排	又	排

新房一排排，

9-766

友	吨	鞋	牙	秀
Youx	daenj	haiz	yax	souh
ju⁴	tan³	haːi²	ja⁵	θiːu⁶
友	穿	鞋	才	受

有鞋穿才娶。

9-767

金	银	用	它	了
Gim	ngaenz	yungh	daz	liux
kin¹	ŋan²	juŋ⁶	ta²	liːu⁴
金	银	用	又	完

钱多也用完，

9-768

不	比	秀	双	偻
Mbouj	beij	ciuh	song	raeuz
bou⁵	pi³	çiːu⁶	θoːŋ¹	ɹau²
不	比	世	两	我们

我俩情不尽。

女唱

9-769

然	瓦	排	它	排
Ranz	ngvax	baiz	daz	baiz
ɹaːn²	ŋwa⁴	paːi²	ta²	paːi²
家	瓦	排	又	排

新房一排排，

9-770

金	银	吨	刀	吨
Gim	ngaenz	daemh	dauq	daemh
kin¹	ŋan²	tan⁶	taːu⁵	tan⁶
金	银	箩	又	箩

金银一箩箩。

9-771

观	是	好	办	能
Gonq	cix	ndei	baenz	nyaenx
koːn⁵	çi⁴	dei¹	pan²	ŋan⁴
先	是	好	成	那么

之前情义深，

9-772

内	问	是	不	汉
Neix	haemq	cix	mbouj	han
ni⁴	han⁵	çi⁴	bou⁵	haːn¹
这	问	就	不	应

而今不搭理。

男唱

9-773

然	瓦	排	刀	排
Ranz	ngvax	baiz	dauq	baiz
ɹaːn²	ŋwa⁴	paːi²	taːu⁵	paːi²
家	瓦	排	又	排

新房一排排，

9-774

金	银	吨	它	吨
Gim	ngaenz	daemh	daz	daemh
kin¹	ŋan²	tan⁶	ta²	tan⁶
金	银	箩	又	箩

金银一箩箩。

9-775

元	远	是	办	能
Roen	gyae	cix	baenz	nyaenx
joːn¹	kjai¹	çi⁴	pan²	ŋan⁴
路	远	就	成	那么

皆因路途远，

9-776

不	农	可	重	心
Mbouj	nuengx	goj	naek	sim
bou⁵	nuːŋ⁴	ko⁵	nak⁷	θin¹
不	妹	可	重	心

妹本有深情。

女唱

9-777

然	瓦	排	它	排
Ranz	ngvax	baiz	daz	baiz
ɹaːn^2	ŋwa^4	paːi^2	ta^2	paːi^2
家	瓦	排	又	排

新房一排排，

9-778

金	银	吨	它	吨
Gim	ngaenz	daemh	daz	daemh
kin^1	ŋan^2	tan^6	ta^2	tan^6
金	银	箩	又	箩

金银一箩箩。

9-779

外	桥	生	下	水
Vaij	giuz	caem	roengz	raemx
vaːi^3	kiːu^2	çan^1	ɹoŋ^2	ɹan^4
过	桥	沉	下	水

过河沉下水，

9-780

念	作	备	不	堂
Niemh	coq	beix	mbouj	daengz
niːm^6	ço^5	pi^4	bou^5	taŋ^2
念	放	兄	不	到

不见兄来救。

男唱

9-781

金	跟	银	变	化
Gim	riengz	ngaenz	bienq	vaq
kin^1	ɹiːŋ^2	ŋan^2	piːn^5	va^5
金	跟	银	变	化

金银会变化，

9-782

托	下	达	下	吨
Doek	roengz	dah	roengz	daemz
tok^7	ɹoŋ^2	ta^6	ɹoŋ^2	tan^2
落	下	河	下	塘

它会沉下水。

9-783

观	正	友	金	银
Gonq	cingq	youx	gim	ngaenz
koːn^5	çiŋ^5	ju^4	kin^1	ŋan^2
先	正	友	金	银

之前情意深，

9-784

内	空	办	么	古
Neix	ndwi	baenz	maz	guh
ni^4	du:i^1	pan^2	ma^2	ku^4
这	不	成	什么	做

而今空荡荡。

女唱

9-785

金	跟	银	变	化
Gim	riengz	ngaenz	bienq	vaq
kin¹	ɹiːŋ²	ŋan²	piːn⁵	va⁵
金	跟	银	变	化

金银会变化,

9-786

托	下	达	下	吨
Doek	roengz	dah	roengz	daemz
tok⁷	ɹoŋ²	ta⁶	ɹoŋ²	tan²
落	下	河	下	塘

它会沉下水。

9-787

观	正	友	边	正
Gonq	cingq	youx	rengh	cingz
koːn⁵	ɕiŋ⁵	ju⁴	ɹeːŋ⁶	ɕiŋ²
先	正	友	跟	情

前为真情友,

9-788

内	变	心	贝	了
Neix	bienq	sim	bae	liux
ni⁴	piːn⁵	θin¹	pai¹	liːu⁴
这	变	心	去	完

而今已变心。

男唱

9-789

金	跟	银	变	化
Gim	riengz	ngaenz	bienq	vaq
kin¹	ɹiːŋ²	ŋan²	piːn⁵	va⁵
金	跟	银	变	化

金银会变化,

9-790

托	下	达	贝	代
Doek	roengz	dah	bae	dai
tok⁷	ɹoŋ²	ta⁶	pai¹	taːi¹
落	下	河	去	死

它会沉下水。

9-791

观	正	罗	跟	才
Gonq	cingq	loh	riengz	raih
koːn⁵	ɕiŋ⁵	lo⁶	ɹiːŋ²	ɹaːi⁶
先	正	路	跟	爬

之前并肩走,

9-792

内	包	乖	凉	动
Neix	mbauq	gvai	liengz	dungx
ni⁴	ɓaːu⁵	kwaːi¹	liːŋ²	tuŋ⁴
这	小伙	乖	凉	肚

而今徒悲凉。

女唱

9-793

金	跟	银	变	化
Gim	riengz	ngaenz	bienq	vaq
kin¹	ɹiːŋ²	ŋan²	piːn⁵	va⁵
金	跟	银	变	化

金银也会变，

9-794

托	下	达	貝	要
Doek	roengz	dah	bae	aeu
tok⁷	ɹoŋ²	ta⁶	pai¹	au¹
落	下	河	去	要

它会沉下水。

9-795

想	外	媒	貝	说
Siengj	vaij	moiz	bae	naeuz
θiːŋ³	vaːi³	moːi²	pai¹	nau²
想	过	媒	去	说

想托媒告知，

9-796

空	办	偻	天	份
Ndwi	baenz	raeuz	denh	faenh
duːi¹	pan²	ɹau²	tiːn¹	fan⁶
不	成	我们	天	分

非我俩天缘。

男唱

9-797

金	跟	银	变	化
Gim	riengz	ngaenz	bienq	vaq
kin¹	ɹiːŋ²	ŋan²	piːn⁵	va⁵
金	跟	银	变	化

金银也会变，

9-798

托	下	达	貝	要
Doek	roengz	dah	bae	aeu
tok⁷	ɹoŋ²	ta⁶	pai¹	au¹
落	下	河	去	要

它会沉下水。

9-799

利	宁	空	同	说
Lij	ningq	ndwi	doengh	naeuz
li⁴	niŋ⁵	duːi¹	toŋ²	nau²
还	小	不	相	说

小时不商定，

9-800

内	正	偻	牙	坤
Neix	cingz	raeuz	yax	goenq
ni⁴	ɕiŋ²	ɹau²	ja⁵	kon⁵
这	情	我们	也	断

如今情义断。

女唱

9-801

金	跟	银	变	化
Gim	riengz	ngaenz	bienq	vaq
kin¹	ɹiːŋ²	ŋan²	piːn⁵	va⁵
金	跟	银	变	化

金银也会变，

9-802

托	下	达	贝	空
Doek	roengz	dah	bae	ndwi
tok⁷	ɹoŋ²	ta⁶	pai¹	duːi¹
落	下	河	去	空

它会沉下水。

9-803

观	正	领	古	贵
Gonq	cingq	lingx	guh	gwiz
koːn⁵	ɕiŋ⁵	liŋ⁴	ku⁴	kɯi²
先	正	领	做	丈夫

曾订为丈夫，

9-804

内	是	空	办	友
Neix	cix	ndwi	baenz	youx
ni⁴	ɕi⁴	duːi¹	pan²	ju⁴
这	是	不	成	友

现朋友难做。

男唱

9-805

金	跟	银	变	化
Gim	riengz	ngaenz	bienq	vaq
kin¹	ɹiːŋ²	ŋan²	piːn⁵	va⁵
金	跟	银	变	化

金银也会变，

9-806

托	下	达	贝	空
Doek	roengz	dah	bae	ndwi
tok⁷	ɹoŋ²	ta⁶	pai¹	duːi¹
落	下	河	去	空

它会沉下水。

9-807

友	而	领	古	贵
Youx	lawz	lingx	guh	gwiz
ju⁴	lau²	liŋ⁴	ku⁴	kɯi²
友	哪	领	做	丈夫

谁订为丈夫，

9-808

布	么	马	土	累
Buh	moq	ma	dou	laeq
pu⁶	mo⁵	ma¹	tu¹	lai⁵
衣服	新	来	我	看

送新衣过来。

男唱

9-809

金	跟	银	变	化
Gim	riengz	ngaenz	bienq	vaq
kin^1	$ɣi:ŋ^2$	$ŋan^2$	$pi:n^5$	va^5
金	跟	银	变	化

金银也会变，

9-810

托	下	达	贝	空
Doek	roengz	dah	bae	ndwi
tok^7	$ɣoŋ^2$	ta^6	pai^1	$du:i^1$
落	下	河	去	空

它会沉下水。

9-811

乜	你	领	古	贵
Meh	mwngz	lingx	guh	gwiz
me^6	$muɯŋ^2$	$liŋ^4$	ku^4	$kɯi^2$
母	你	领	做	丈夫

你母订为婿，

9-812

利	说	么	了	农
Lij	naeuz	maz	liux	nuengx
li^4	nau^2	ma^2	$li:u^4$	$nu:ŋ^4$
还	说	什么	啰	妹

那还说什么？

女唱

9-813

乜	土	厃	古	代
Meh	dou	nyienh	guh	daiq
me^6	tu^1	$ȵu:n^6$	ku^4	$ta:i^5$
母	我	愿	做	岳母

母同意我嫁，

9-814

备	不	爱	古	贵
Beix	mbouj	ngaiq	guh	gwiz
pi^4	bou^5	$ŋa:i^5$	ku^4	$kɯi^2$
兄	不	爱	做	丈夫

兄又不愿娶。

9-815

乜	土	厃	分	空
Meh	dou	nyienh	baen	ndwi
me^6	tu^1	$ȵu:n^6$	pan^1	$du:i^1$
母	我	愿	分	空

愿不要彩礼，

9-816

空	米	媒	马	问
Ndwi	miz	moiz	ma	haemq
$du:i^1$	mi^2	$mo:i^2$	ma^1	han^5
不	有	媒	来	问

竟无人提亲。

男唱

9-817

发	媒	堂	大	罗
Fat	moiz	daengz	daih	loh
fa:t^7	mo:i^2	taŋ^2	ta:i^6	lo^6
发	媒	到	大	路

媒人已上路，

9-818

卜	农	空	在	然
Boh	nuengx	ndwi	ywq	ranz
po^6	nu:ŋ^4	du:i^1	ju^5	ɹa:n^2
父	妹	不	在	家

你父不在家。

9-819

乜	出	外	马	汉
Meh	ok	rog	ma	han
me^6	o:k^7	ɹo:k^8	ma^1	ha:n^1
母	出	外	来	应

你母出来说，

9-820

少	造	然	办	了
Sau	caux	ranz	baenz	liux
θa:u^1	ça:u^4	ɹa:n^2	pan^2	li:u^4
姑娘	造	家	成	完

妹早已成家。

女唱

9-821

貝	邦	伏	月	乃
Bae	biengz	fwx	yiet	naiq
pai^1	pi:ŋ^2	fə^4	ji:t^7	na:i^5
去	地方	别人	歇	累

在外地歇息，

9-822

备	来	貝	千	年
Beix	laih	bae	cien	nienz
pi^4	la:i^6	pai^1	çi:n^1	ni:n^2
兄	以为	去	千	年

非永远不回。

9-823

貝	邦	伏	小	凉
Bae	biengz	fwx	siu	liengz
pai^1	pi:ŋ^2	fə^4	θi:u^1	li:ŋ^2
去	地方	别人	消	凉

在外地休闲，

9-824

米	日	少	可	刀
Miz	ngoenz	sau	goj	dauq
mi^2	ŋon^2	θa:u^1	ko^5	ta:u^5
有	天	姑娘	也	回

到时妹会回。

男唱

9-825

月	乃	不	月	乃
Yiet	naiq	mbouj	yiet	naiq
jiːt⁷	naːi⁵	bou⁵	jiːt⁷	naːi⁵
歇	累	不	歇	累

歇息还歇息，

9-826

老	是	貝	千	年
Lau	cix	bae	cien	nienz
laːu¹	çi⁴	pai¹	çiːn¹	niːn²
怕	是	去	千	年

怕是永不回。

9-827

小	凉	不	小	凉
Siu	liengz	mbouj	siu	liengz
θiːu¹	liːŋ²	bou⁵	θiːu¹	liːŋ²
消	凉	不	消	凉

消遣归消遣，

9-828

老	千	年	了	农
Lau	cien	nienz	liux	nuengx
laːu¹	çiːn¹	niːn²	liːu⁴	nuːŋ⁴
怕	千	年	啰	妹

只怕永不回。

女唱

9-829

金	跟	银	变	化
Gim	riengz	ngaenz	bienq	vaq
kin¹	ɻiːŋ²	ŋan²	piːn⁵	va⁵
金	跟	银	变	化

金银也会变，

9-830

银	你	加	来	来
Ngaenz	mwngz	gyaj	lai	lai
ŋan²	muɯŋ²	kja³	laːi¹	laːi¹
银	你	假	多	多

你的银太假。

9-831

土	祘	你	不	乖
Dou	suenq	mwngz	mbouj	gvai
tu¹	θuːn⁵	muɯŋ²	bou⁵	kwaːi¹
我	算	你	不	乖

我料你变心，

9-832

土	牙	特	心	变
Dou	yax	dawz	sim	bienq
tu¹	ja⁵	təɯ²	θin¹	piːn⁵
我	才	拿	心	变

我才变主意。

男唱

9-833

利	宁	土	可	说
Lij	ningq	dou	goj	naeuz
li⁴	niŋ⁵	tu¹	ko⁵	nau²
还	小	我	也	说

以前我曾说，

9-834

心	头	你	空	念
Sim	daeuz	mwngz	ndwi	niemh
θin¹	tau²	muŋ²	du:i¹	ni:m⁵
心	脏	你	不	念

你心放不下。

9-835

土	祘	你	不	变
Dou	suenq	mwngz	mbouj	bienh
tu¹	θu:n⁵	muŋ²	bou⁵	pi:n⁶
我	算	你	不	便

我料你没空，

9-836

土	干	田	土	貝
Dou	ganq	dieg	dou	bae
tu¹	ka:n⁵	ti:k⁸	tu¹	pai¹
我	照料	地	我	去

我下地忙活。

女唱

9-837

利	宁	土	可	说
Lij	ningq	dou	goj	naeuz
li⁴	niŋ⁵	tu¹	ko⁵	nau²
还	小	我	也	说

正如我所料，

9-838

心	头	你	空	回
Sim	daeuz	mwngz	ndwi	hoiz
θin¹	tau²	muŋ²	du:i¹	ho:i²
心	脏	你	不	回

你不愿回头。

9-839

被	后	架	会	累
Deng	haeuj	gyaz	faex	laeq
te:ŋ¹	hau³	kja²	fai⁴	lai⁵
挨	进	草丛	树	看

进树丛中看，

9-840

乃	回	乃	通	正
Naih	hoiz	naih	doeng	cingz
na:i⁶	ho:i²	na:i⁶	toŋ¹	ɕiŋ²
慢	回	慢	通	情

正回心转意。

男唱

9-841

金	银	吨	古	笕
Gim	ngaenz	daeb	guh	yiuj
kin^1	$ŋan^2$	tat^8	ku^4	$ji:u^3$
金	银	砌	做	仓

金银堆满仓，

9-842

份	老	表	不	岁
Faenh	laux	biuj	mbouj	caez
fan^6	$la:u^4$	$pi:u^3$	bou^5	$çai^2$
份	老	表	不	齐

缺婚姻缘分。

9-843

不	厄	你	是	貝
Mbouj	nyienh	mwngz	cix	bae
bou^5	$ɳu:n^6$	$muŋ^2$	$çi^4$	pai^1
不	愿	你	就	去

不愿你就走，

9-844

友	当	韦	马	节
Youx	dangq	vae	ma	ciep
ju^4	$ta:ŋ^5$	vai^1	ma^1	$çe:t^7$
友	另	姓	来	接

异性友替你。

女唱

9-845

金	银	吨	古	笕
Gim	ngaenz	daeb	guh	yiuj
kin^1	$ŋan^2$	tat^8	ku^4	$ji:u^3$
金	银	砌	做	仓

金银堆满仓，

9-846

份	老	表	不	岁
Faenh	laux	biuj	mbouj	caez
fan^6	$la:u^4$	$pi:u^3$	bou^5	$çai^2$
份	老	表	不	齐

就缺少姻缘。

9-847

备	叫	农	是	貝
Beix	heuh	nuengx	cix	bae
pi^4	$he:u^6$	$nu:ŋ^4$	$çi^4$	pai^1
兄	叫	妹	就	去

兄请妹就去，

9-848

开	古	文	连	全
Gaej	guh	vunz	lienh	cienh
$ka:i^5$	ku^4	vun^2	$li:n^6$	$çi:n^6$
莫	做	人	滥	贱

做人重尊严。

男唱

9-849

金	银	吨	好	汉
Gim	ngaenz	daeb	hau	hanq
kin¹	ŋan²	tat⁸	ha:u¹	ha:n⁵
金	银	砌	白	灿灿

金银堆成山，

9-850

贝	干	友	发	财
Bae	gan	youx	fat	caiz
pai¹	ka:n⁵	ju⁴	fa:t⁷	ça:i²
去	看	友	发	财

去盯有钱人。

9-851

邦	友	农	米	来
Baengz	youx	nuengx	miz	lai
paŋ²	ju⁴	nu:ŋ⁴	mi²	la:i¹
朋	友	妹	有	多

妹有朋友多，

9-852

正	土	贝	不	秀
Cingz	dou	bae	mbouj	souh
çiŋ²	tu¹	pai¹	bou⁵	θi:u⁶
情	我	去	不	受

对我不领情。

女唱

9-853

金	银	吨	好	汉
Gim	ngaenz	daeb	hau	hanq
kin¹	ŋan²	tat⁸	ha:u¹	ha:n⁵
金	银	砌	白	灿灿

金银堆成山，

9-854

贝	干	友	然	楼
Bae	gan	youx	ranz	laeuz
pai¹	ka:n⁵	ju⁴	ɹa:n²	lau²
去	看	友	家	楼

看中有钱人。

9-855

乜	农	刀	可	说
Meh	nuengx	dauq	goj	naeuz
me⁶	nu:ŋ⁴	ta:u⁵	ko⁵	nau²
母	妹	倒	也	说

妹母亲应允，

9-856

内	文	龙	不	秀
Neix	vunz	lungz	mbouj	souh
ni⁴	vun²	luŋ²	bou⁵	θi:u⁶
这	人	龙	不	受

兄又不接受。

男唱

9-857

金	银	吨	好	汉
Gim	ngaenz	daeb	hau	hangq
kin¹	ŋan²	tat⁸	ha:u¹	ha:n⁵
金	银	砌	白	灿灿

金银堆成山，

9-858

贝	干	友	然	千
Bae	gan	youx	ranz	cien
pai¹	ka:n⁵	ju⁴	ʝa:n²	ɕi:n¹
去	看	友	家	砖

看中有钱人。

9-859

命	狼	付	堂	天
Mingh	langh	fouq	daengz	denh
miŋ⁶	la:ŋ⁶	fu⁶	taŋ²	ti:n¹
命	若	富	到	天

命中若大富，

9-860

贝	造	钱	在	加
Bae	caux	cienz	ywq	caj
pai¹	ça:u⁴	ɕi:n²	jɯ⁵	kja³
去	造	钱	在	等

挣钱等情友。

女唱

9-861

金	跟	银
Gim	riengz	ngaenz
kin¹	ʝi:n²	ŋan²
金	跟	银

金和银，

9-862

牙	空	通	邦	光
Yax	ndwi	doeng	biengz	gvangq
ja⁵	du:i¹	toŋ¹	pi:ŋ²	kwa:ŋ⁵
也	不	通	地方	宽

不通大地方。

9-863

牙	空	通	邦	邦
Yax	ndwi	doeng	biengz	baengz
ja⁵	du:i¹	toŋ¹	pi:ŋ²	paŋ²
也	不	通	地方	朋

不通友家乡，

9-864

往	土	满	你	空
Uengj	dou	muengh	mwngz	ndwi
va:ŋ³	tu¹	mu:ŋ⁶	muŋ²	du:i¹
枉	我	望	你	空

枉我盼望你。

男唱

女唱

9-865

金	跟	银
Gim	riengz	ngaenz
kin¹	ɹi:ŋ²	ŋan²
金	跟	银

金和银，

9-866

土	不	恨	农	宁
Dou	mbouj	haemz	nuengx	ningq
tu¹	bou⁵	han²	nu:ŋ⁴	niŋ⁵
我	不	恨	妹	小

我不恨小妹。

9-867

要	银	子	古	定
Aeu	yinz	swj	guh	dingh
au¹	jin²	θɯ³	ku⁴	tiŋ⁶
要	银	子	做	定

用银子定情，

9-868

米	命	牙	米	财
Miz	mingh	yax	miz	caiz
mi²	miŋ⁶	ja⁵	mi²	ça:i²
有	命	才	有	财

有命才有财。

9-869

金	银	在	垌	光
Gim	ngaenz	ywq	doengh	gvangq
kin¹	ŋan²	ju⁵	toŋ⁶	kwa:ŋ⁵
金	银	在	垌	宽

金银在平地，

9-870

不	乱	变	办	龙
Mbouj	luenh	bienq	baenz	lungz
bou⁵	lu:n⁶	pi:n⁵	pan²	luŋ²
不	乱	变	成	龙

不会变成龙。

9-871

银	子	在	广	东
Yinz	swj	ywq	gvangj	doeng
jin²	θɯ³	ju⁵	kwa:ŋ³	toŋ¹
银	子	在	广	东

银子在广东，

9-872

不	乱	传	邦	农
Mbouj	luenh	cienz	biengz	nuengx
bou⁵	lu:n⁶	çu:n²	pi:ŋ²	nu:ŋ⁴
不	乱	传	地方	妹

不到妹家乡。

男唱

9-873

金	跟	玉
Gim	riengz	nyawh
kin¹	ɹiːŋ²	ȵəɯ⁶
金	跟	玉

金和玉，

9-874

花	铁	样	花	买
Va	dek	yiengh	va	mai
va¹	teːk⁷	juːŋ⁶	va¹	maːi¹
花	裂	样	花	密蒙

酷像姊妹花。

9-875

利	认	观	知	空
Lij	nyinh	gonq	rox	ndwi
li⁴	ȵin⁶	koːn⁵	ɹo⁴	duːi¹
还	认	先	或	不

是否记前情，

9-876

利	同	赔	知	不
Lij	doengh	beiz	rox	mbouj
li⁴	toŋ²	poːi²	ɹo⁴	bou⁵
还	相	陪	或	不

愿相守候否？

女唱

9-877

金	跟	玉
Gim	riengz	nyawh
kin¹	ɹiːŋ²	ȵəɯ⁶
金	跟	玉

金和玉，

9-878

花	铁	样	花	买
Va	dek	yiengh	va	mai
va¹	teːk⁷	juːŋ⁶	va¹	maːi¹
花	裂	样	花	密蒙

像姊妹花开。

9-879

唱	歌	不	正	赔
Cang	go	mbouj	cingq	beiz
ɕaːŋ⁴	ko⁵	bou⁵	ɕiŋ⁵	poːi²
唱	歌	不	正	陪

对歌就相陪，

9-880

利	说	么	了	备
Lij	naeuz	maz	liux	beix
li⁴	nau²	ma²	liːu⁴	pi⁴
还	说	什么	啰	兄

兄满意与否？

男唱

9-881

金　跟　玉

Gim　riengz　nyawh

kin¹　ɹiːŋ²　ȵəɯ⁶

金　跟　玉

金和玉，

9-882

花　铁　样　花　买

Va　dek　yiengh　va　mai

va¹　teːk⁷　juːŋ⁶　va¹　maːi¹

花　裂　样　花　密蒙

像姊妹花开。

9-883

唱　欢　样　而　赔

Ciengq　fwen　yiengh　lawz　beiz

ɕiːŋ⁵　vuːn¹　juːŋ⁶　laɯ²　poːi²

唱　歌　样　哪　陪

唱歌怎么陪，

9-884

你　回　马　土　听

Mwngz　hoiz　ma　dou　dingq

muɯŋ²　hoːi²　ma¹　tu¹　tiŋ⁵

你　回　来　我　听

你唱给我听。

女唱

9-885

金　跟　玉

Gim　riengz　nyawh

kin¹　ɹiːŋ²　ȵəɯ⁶

金　跟　玉

金和玉，

9-886

花　铁　样　花　买

Va　dek　yiengh　va　mai

va¹　teːk⁷　juːŋ⁶　va¹　maːi¹

花　裂　样　花　密蒙

像姊妹花开。

9-887

唱　欢　全　同　赔

Ciengq　fwen　gyonj　doengh　beiz

ɕiːŋ⁵　vuːn¹　kjoːn³　toŋ²　poːi²

唱　歌　都　相　陪

相陪伴唱歌，

9-888

邦　又　米　几　卜

Biengz　youh　miz　geij　boux

piːŋ²　jou⁴　mi²　ki³　pu⁴

地方　又　有　几　人

天下有几人？

男唱

女唱

9-889

金	跟	玉
Gim	riengz	nyawh
kin¹	ɹiːŋ²	ȵɯ⁶

金 跟 玉

金和玉，

9-890

花	铁	样	花	单
Va	dek	yiengh	va	dan
va¹	teːk⁷	juːŋ⁶	va¹	taːn¹

花 裂 样 花 丹

像牡丹花开。

9-891

伏	九	你	造	然
Fwx	iu	mwngz	caux	ranz
fə⁴	iːu¹	mɯŋ²	ɕaːu⁴	ɹaːn²

别人 邀 你 造 家

人传你结婚，

9-892

你	开	汉	了	农
Mwngz	gaej	han	liux	nuengx
mɯŋ²	kaːi⁵	haːn¹	liːu⁴	nuːŋ⁴

你 莫 应 啰 妹

妹不要答应。

9-893

金	跟	玉
Gim	riengz	nyawh
kin¹	ɹiːŋ²	ȵɯ⁶

金 跟 玉

金和玉，

9-894

花	铁	样	花	单
Va	dek	yiengh	va	dan
va¹	teːk⁷	juːŋ⁶	va¹	taːn¹

花 裂 样 花 丹

像牡丹花开。

9-895

土	是	想	不	汉
Dou	cix	siengj	mbouj	han
tu¹	ɕi⁴	θiːŋ³	bou⁵	haːn¹

我 是 想 不 应

我本不想应，

9-896

秀	平	班	牙	了
Ciuh	bingz	ban	yaek	liux
ɕiːu⁶	piŋ²	paːn¹	jak⁷	liːu⁴

世 平 班 要 完

青春又快过。

男唱

9-897

金　　跟　　玉

Gim　riengz　nyawh

kin¹　ɹiːŋ²　ȵəu⁶

金　跟　玉

金和玉，

9-898

花　铁　样　花　单

Va　dek　yiengh　va　dan

va¹　teːk⁷　juːŋ⁶　va¹　taːn¹

花　裂　样　花　丹

像牡丹花开。

9-899

得　你　农　共　然

Ndaej　mwngz　nuengx　gungh　ranz

dai³　mɯŋ²　nuːŋ⁴　kuŋ⁶　ɹaːn²

得　你　妹　共　家

得和你结婚，

9-900

心　是　干　满　秀

Sim　cix　gam　mued　ciuh

θin¹　çi⁴　kaːn¹　muːt⁸　çiːu⁶

心　就　甘　没　世

今生心也甘。

女唱

9-901

金　　跟　　玉

Gim　riengz　nyawh

kin¹　ɹiːŋ²　ȵəu⁶

金　跟　玉

金和玉，

9-902

花　铁　样　花　单

Va　dek　yiengh　va　dan

va¹　teːk⁷　juːŋ⁶　va¹　taːn¹

花　裂　样　花　丹

像牡丹花开。

9-903

心　厄　得　共　然

Sim　nyienh　ndaej　gungh　ranz

θin¹　ȵuːn⁶　dai³　kuŋ⁶　ɹaːn²

心　愿　得　共　家

愿意共一家，

9-904

心　干　卜　乜　古

Sim　gan　boh　meh　guh

θin¹　kaːn¹　po⁶　me⁶　ku⁴

心　肝　父　母　做

成父母心肝。

男唱

女唱

9-905

金	跟	银	岁	吵
Gim	riengz	ngaenz	caez	cauj
kin^1	$ɹiːŋ^2$	$ŋan^2$	$çai^2$	$çaːu^3$
金	跟	银	齐	兑换

金和银通用，

9-906

少	跟	包	岁	心
Sau	riengz	mbauq	caez	sim
$θaːu^1$	$ɹiːŋ^2$	$baːu^5$	$çai^2$	$θin^1$
姑娘	跟	小伙	齐	心

妹和兄齐心。

9-907

牙	勒	多	跟	延
Yaek	lawh	doq	riengz	dinz
jak^7	$ləɯ^6$	to^5	$ɹiːŋ^2$	tin^2
要	换	马蜂	跟	黄蜂

我俩要成亲，

9-908

是	开	飞	邦	伏
Cix	gaej	mbin	biengz	fwx
$çi^4$	$kaːi^5$	bin^1	$piːŋ^2$	$fə^4$
就	莫	飞	地方	别人

就别走他乡。

9-909

金	跟	银	岁	吵
Gim	riengz	ngaenz	caez	cauj
kin^1	$ɹiːŋ^2$	$ŋan^2$	$çai^2$	$çaːu^3$
金	跟	银	齐	兑换

金和银共用，

9-910

少	跟	包	岁	心
Sau	riengz	mbauq	caez	sim
$θaːu^1$	$ɹiːŋ^2$	$baːu^5$	$çai^2$	$θin^1$
姑娘	跟	小伙	齐	心

妹和兄齐心。

9-911

勒	阝	阝	是	飞
Lawh	boux	boux	cix	mbin
$ləɯ^6$	pu^4	pu^4	$çi^4$	bin^1
换	人	人	就	飞

想交谁谁走，

9-912

心	阝	而	论	备
Sim	boux	lawz	lumj	beix
$θin^1$	pu^4	lau^2	lun^3	pi^4
心	人	哪	像	兄

专一不如兄。

男唱

9-913

金	跟	银	岁	吵
Gim	riengz	ngaenz	caez	cauj
kin¹	ɹi:ŋ²	ŋan²	ɕai²	ɕa:u³
金	跟	银	齐	兑换

金和银共用,

9-914

少	跟	包	岁	合
Sau	riengz	mbauq	caez	hoz
θa:u¹	ɹi:ŋ²	ba:u⁵	ɕai²	ho²
姑娘	跟	小伙	齐	喉

妹和兄同心。

9-915

同	勒	秀	阝	作
Doengh	lawh	ciuh	boux	coz
toŋ²	ləɯ⁶	ɕi:u⁶	pu⁴	ɕo²
相	换	世	人	年轻

青春时结交,

9-916

寿	良	合	良	动
Caeux	lingh	hoz	lingh	dungx
ɕau³	le:ŋ⁶	ho²	le:ŋ⁶	tuŋ⁴
握	另	喉	另	肚

该一心一意。

女唱

9-917

金	跟	银	岁	吵
Gim	riengz	ngaenz	caez	cauj
kin¹	ɹi:ŋ²	ŋan²	ɕai²	ɕa:u³
金	跟	银	齐	兑换

金和银共用,

9-918

少	跟	包	岁	合
Sau	riengz	mbauq	caez	hoz
θa:u¹	ɹi:ŋ²	ba:u⁵	ɕai²	ho²
姑娘	跟	小伙	齐	喉

妹和兄同心。

9-919

同	勒	秀	阝	作
Doengh	lawh	ciuh	boux	coz
toŋ²	ləɯ⁶	ɕi:u⁶	pu⁴	ɕo²
相	换	世	人	年轻

青春时结交,

9-920

合	爱	贝	米	阝
Hoz	ngaiq	bae	miz	boux
ho²	ŋa:i⁵	pai¹	mi²	pu⁴
喉	爱	去	有	人

由各人心愿。

女唱

9-921

金	银	担	它	担
Gim	ngaenz	rap	daz	rap
kin¹	ŋan²	ɹaːt⁸	ta²	ɹaːt⁸
金	银	担	又	担

金银一担担，

9-922

要	勾	卡	马	挑
Aeu	gaeu	gat	ma	dauz
au¹	kau¹	kaːt⁷	ma¹	taːu²
要	藤	葛	来	绑

用葛藤捆绑。

9-923

伴	特	心	空	交
Buenx	dawz	sim	ndwi	gyau
puːn⁴	təu²	θin¹	duːi¹	kjaːu¹
伴	拿	心	不	交

伴不愿交心，

9-924

偻	良	交	韦	机
Raeuz	lingh	gyau	vae	giq
ɹau²	leːŋ⁶	kjaːu¹	vai¹	ki⁵
我们	另	交	姓	支

我另找对象。

男唱

9-925

金	银	担	刀	担
Gim	ngaenz	rap	dauq	rap
kin¹	ŋan²	ɹaːt⁸	taːu⁵	ɹaːt⁸
金	银	担	又	担

金银一担担，

9-926

要	勾	卡	马	挑
Aeu	gaeu	gat	ma	dauz
au¹	kau¹	kaːt⁷	ma¹	taːu²
要	藤	葛	来	绑

用葛藤捆绑。

9-927

伴	特	心	可	交
Buenx	dawz	sim	goj	gyau
puːn⁴	təu²	θin¹	ko⁵	kjaːu¹
伴	拿	心	也	交

伴情愿交心，

9-928

龙	自	老	不	勒
Lungz	gag	lau	mbouj	lawh
luŋ²	kaːk⁸	laːu¹	bou⁵	ləu⁶
龙	自	怕	不	换

只因兄不敢。

女唱

9-929

金	银	担	它	担
Gim	ngaenz	rap	daz	rap
kin¹	ŋan²	ɹa:t⁸	ta²	ɹa:t⁸
金	银	担	又	担

金银一担担，

9-930

要	勾	卡	古	船
Aeu	gaeu	gat	guh	ruz
au¹	kau¹	ka:t⁷	ku⁴	ɹu²
要	藤	葛	做	船

用葛藤箍船。

9-931

断	仪	牙	才	土
Duenx	saenq	yax	caih	dou
tu:n⁴	θin⁵	ja⁵	ça:i⁶	tu¹
断	信	也	随	我

断信在于我，

9-932

付	正	牙	才	备
Fouz	cingz	yax	caih	beix
fu²	çiŋ²	ja⁵	ça:i⁶	pi⁴
无	情	也	随	兄

负情在于兄。

男唱

9-933

金	银	担	它	担
Gim	ngaenz	rap	daz	rap
kin¹	ŋan²	ɹa:t⁸	ta²	ɹa:t⁸
金	银	担	又	担

金银一担担，

9-934

要	勾	卡	古	船
Aeu	gaeu	gat	guh	ruz
au¹	kau¹	ka:t⁷	ku⁶	ɹu²
要	藤	葛	做	船

用葛藤箍船。

9-935

土	可	拍	秀	土
Dou	goj	bongx	ciuh	dou
tu¹	ko⁵	po:ŋ⁴	çi:u⁶	tu¹
我	也	拍	世	我

婚姻我自主，

9-936

忠	卢	厄	不	厄
Fangz	louz	nyienh	mbouj	nyienh
fa:ŋ²	lu²	ȵu:n⁶	bou⁵	ȵu:n⁶
鬼	玩	愿	不	愿

问你愿不愿？

女唱

9-937

金	银	好	多	样
Gim	ngaenz	hau	doq	yiengh
kin^1	ŋan^2	ha:u^1	to^5	jɯ:ŋ^6
金	银	白	马蜂	样

金银亮闪闪，

9-938

特	貝	抹	水	才
Dawz	bae	uet	raemx	raiz
tɯ^2	pai^1	u:t^7	ɹan^4	ɹa:i^2
拿	去	抹	水	露

还让露水淋。

9-939

然	卜	本	米	财
Ranz	boh	bonj	miz	caiz
ɹa:n^2	po^6	po:n^3	mi^2	ça:i^2
家	父	本	有	财

父家本有财，

9-940

命	少	乖	不	秀
Mingh	sau	gvai	mbouj	souh
miŋ^6	θa:u^1	kwa:i^1	bou^5	θi:u^6
命	姑娘	乖	不	受

妹无福消受。

男唱

9-941

金	银	好	多	样
Gim	ngaenz	hau	doq	yiengh
kin^1	ŋan^2	ha:u^1	to^5	jɯ:ŋ^6
金	银	白	马蜂	样

金银亮闪闪，

9-942

特	貝	抹	水	才
Dawz	bae	uet	raemx	raiz
tɯ^2	pai^1	u:t^7	ɹan^4	ɹa:i^2
拿	去	抹	水	露

还让露水洗。

9-943

命	土	厄	合	同
Mingh	dou	nyienh	hob	doengz
miŋ^6	tu^1	ȵu:n^6	ho:p^8	toŋ^2
命	我	愿	合	同

我俩命相合，

9-944

欢	偻	不	同	得
Fwen	raeuz	mbouj	doengh	ndaej
vu:n^1	ɹau^2	bou^5	toŋ^2	dai^3
歌	我们	不	相	得

奈何没缘分。

女唱

9-945

命	土	厄	合	同
Mingh	dou	nyienh	hob	doengz
min^6	tu^1	$\mathfrak{n}u:n^6$	$ho:p^8$	$to\mathfrak{\eta}^2$
命	我	愿	合	同

我俩命相合，

9-946

文	偻	不	同	得
Vunz	raeuz	mbouj	doengh	ndaej
vun^2	ιau^2	bou^5	$to\mathfrak{\eta}^2$	dai^3
人	我们	不	相	得

却不能成亲。

9-947

厄	同	哈	了	岁
Nyienh	doengh	ha	liux	caez
$\mathfrak{n}u:n^6$	$to\mathfrak{\eta}^2$	ha^1	$li:u^4$	$\mathfrak{c}ai^2$
愿	相	配	完	齐

我俩命全合，

9-948

不	同	得	了	论
Mbouj	doengh	ndaej	liux	lwnz
bou^5	$to\mathfrak{\eta}^2$	dai^3	$li:u^4$	lun^2
不	相	得	啰	情友

却不能成亲。

男唱

9-949

金	银	好	又	好
Gim	ngaenz	hau	youh	hau
kin^1	$\mathfrak{\eta}an^2$	$ha:u^1$	jou^4	$ha:u^1$
金	银	白	又	白

金银亮闪闪，

9-950

强	文	泡	作	纸
Giengz	fwn	bauq	coq	ceij
$ki:\mathfrak{\eta}^2$	vun^1	$pa:u^5$	$\mathfrak{c}o^5$	$\mathfrak{c}i^3$
像	雨	泡	放	纸

像水泡白纸。

9-951

知	包	少	样	内
Rox	mbauq	sau	yiengh	neix
ιo^4	$ba:u^5$	$\theta a:u^1$	$ju:\mathfrak{\eta}^6$	ni^4
知	小伙	姑娘	样	这

知如此结局，

9-952

空	同	满	古	而
Ndwi	doengh	muengh	guh	rawz
$du:i^1$	$to\mathfrak{\eta}^2$	$mu:\mathfrak{\eta}^6$	ku^4	ιau^2
不	相	望	做	什么

不相互守望。

女唱

9-953

金	银	好	又	好
Gim	ngaenz	hau	youh	hau
kin¹	ŋan²	haːu¹	jou⁴	haːu¹
金	银	白	又	白

金银亮闪闪,

9-954

强	文	泡	作	袋
Giengz	fwn	bauq	coq	daeh
kiːŋ²	vun¹	paːu⁵	ço⁵	tai⁶
像	雨	泡	放	袋

如雨淋白布。

9-955

金	银	好	刀	得
Gim	ngaenz	hau	dauq	ndaej
kin¹	ŋan²	haːu¹	taːu⁵	dai³
金	银	白	又	得

金银再宝贵,

9-956

不	比	岁	双	偻
Mbouj	beij	caez	song	raeuz
bou⁵	pi³	çai²	θoːŋ¹	ɾau²
不	比	齐	两	我们

难换我俩情。

男唱

9-957

金	银	好	又	好
Gim	ngaenz	hau	youh	hau
kin¹	ŋan²	haːu¹	jou⁴	haːu¹
金	银	白	又	白

金银亮闪闪,

9-958

强	文	泡	豆	付
Giengz	fwn	bauq	daeuh	fouh
kiːŋ²	vun¹	paːu⁵	tau⁶	fu⁶
像	雨	泡	豆	腐

像水淋豆腐。

9-959

能	更	台	吃	饭
Naengh	gwnz	daiz	gwn	souh
naŋ⁶	kun²	tai²	kun¹	θou⁶
坐	上	桌	吃	饭

围在桌边坐,

9-960

阝	阝	是	满	美
Boux	boux	cix	monh	maez
pu⁴	pu⁴	çi⁴	moːn⁶	mai²
人	人	是	谈情	说爱

人人爱谈情。

女唱

9—961

金　银　好　又　好

Gim　ngaenz　hau　youh　hau

kin¹　ŋan²　haːu¹　jou⁴　haːu¹

金　银　白　又　白

金银亮闪闪，

9—962

强　文　泡　豆　付

Giengz　fwn　bauq　daeuh　fouh

kiːŋ²　vun¹　paːu⁵　tau⁶　fu⁶

像　雨　泡　豆　腐

像出水豆腐。

9—963

能　更　台　吃　饭

Naengh　gwnz　daiz　gwn　souh

naŋ⁶　kun²　tai²　kun¹　θou⁶

坐　上　桌　吃　饭

围桌共进餐，

9—964

强　阝　初　打　排

Giengz　boux　souh　daj　baiz

kiːŋ²　pu⁴　θuː³　taː³　paːi²

像　人　主　打　牌

像后生娱乐。

男唱

9—965

金　银　好　样　蛋

Gim　ngaenz　hau　yiengh　gyaeq

kin¹　ŋan²　haːu¹　juːŋ⁶　kjai⁵

金　银　白　样　蛋

金银白闪闪，

9—966

那　农　美　样　支

Naj　nuengx　maeq　yiengh　sei

na³　nuːŋ⁴　mai⁵　juːŋ⁶　θi¹

脸　妹　粉红　样　丝

只脸红扑扑。

9—967

布　好　人　刀　米

Buh　hau　yinz　dauq　miz

pu⁶　haːu¹　jin²　taːu⁵　mi²

衣　白　人　倒　有

白衣人皆有，

9—968

友　千　金　难　有

Youx　cien　gim　nanz　youj

juː⁴　ɕiːn¹　kin¹　naːn²　jou³

友　千　金　难　有

千金友难得。

女唱

9-969

金	银	好	样	蛋
Gim	ngaenz	hau	yiengh	gyaeq

kin^1　ηan^2　$ha{:}u^1$　$j\mu{:}\eta^6$　$kjai^5$

金　银　白　样　蛋

金银白闪闪，

9-970

那	农	美	样	支
Naj	nuengx	maeq	yiengh	sei

na^6　$nu{:}\eta^4$　mai^5　$j\mu{:}\eta^6$　θi^1

脸　妹　粉红　样　丝

妹脸红通通。

9-971

布	好	人	刀	米
Buh	hau	yinz	dauq	miz

pu^4　$ha{:}u^1$　$ji{:}n^2$　$ta{:}u^5$　mi^2

衣　白　人　倒　有

白衣人人有，

9-972

不	比	你	了	备
Mbouj	beij	mwngz	liux	beix

bou^5　pi^3　$m\mu\eta^2$　$li{:}u^4$　pi^4

不　比　你　啰　兄

比不上仁兄。

男唱

9-973

金	银	好	样	蛋
Gim	ngaenz	hau	yiengh	gyaeq

kin^1　ηan^2　$ha{:}u^1$　$j\mu{:}\eta^6$　$kjai^5$

金　银　白　样　蛋

金银白闪闪，

9-974

那	农	美	样	中
Naj	nuengx	maeq	yiengh	coeng

na^3　$nu{:}\eta^4$　mai^5　$j\mu{:}\eta^6$　$\wp o\eta^1$

脸　妹　粉红　样　葱

妹娇嫩如葱。

9-975

贝	邦	达	口	龙
Bae	bangx	dah	gaeuj	lungz

pai^1　$pa{:}\eta^4$　ta^6　kau^3　$lu\eta^2$

去　旁　河　看　龙

河边观龙子，

9-976

装	身	不	哈	农
Cang	ndang	mbouj	ha	nuengx

$\wp a{:}\eta^1$　$da{:}\eta^1$　bou^5　ha^1　$nu{:}\eta^4$

装　身　不　配　妹

装扮难配妹。

女唱

9-977

金	银	好	样	蛋
Gim	ngaenz	hau	yiengh	gyaeq
kin¹	ŋan²	ha:u¹	juɯ:ŋ⁶	kjai⁵
金	银	白	样	蛋

金银白闪闪，

9-978

那	备	美	样	中
Naj	beix	maeq	yiengh	coeng
na³	pi⁴	mai⁵	juɯ:ŋ⁶	çoŋ¹
脸	兄	粉红	样	葱

兄面色滋润。

9-979

貝	邦	达	口	龙
Bae	bangx	dah	gaeuj	lungz
pai¹	pa:ŋ⁴	ta⁶	kau³	luŋ²
去	旁	河	看	龙

河边观龙子，

9-980

装	身	美	又	美
Cang	ndang	maeq	youh	maeq
ça:ŋ¹	da:ŋ¹	mai⁵	jou⁴	mai⁵
装	身	粉红	又	粉红

装扮面貌新。

男唱

9-981

勒	龙	在	江	海
Lwg	lungz	ywq	gyang	haij
luɯk⁸	luŋ²	juɯ⁵	kja:ŋ¹	ha:i³
子	龙	在	中	海

龙子在海中，

9-982

不	正	万	千	金
Mbouj	cingq	fanh	cien	gim
bou⁵	çiŋ⁵	fa:n⁶	çi:n¹	kin¹
不	正	万	千	金

高贵千万金。

9-983

伏	沙	庙	广	英
Fwx	ra	miuh	gvangj	in
fɯ⁴	ɹa⁵	mi:u⁶	kwa:ŋ³	in¹
别人	找	庙	广	姻

别人寻姻缘，

9-984

不	千	金	么	农
Mbouj	cien	gim	maq	nuengx
bou⁵	çi:n¹	kin¹	ma⁵	nu:ŋ⁴
不	千	金	嘛	妹

价值千金否？

女唱

9-985

伏	讲	金	跟	银
Fwx	gangj	gim	riengz	ngaenz
$fə^4$	$ka:ŋ^3$	kin^1	$ɹi:ŋ^2$	$ŋan^2$
别人	讲	金	跟	银

别人讲金银，

9-986

偻	讲	布	跟	化
Raeuz	gangj	baengz	riengz	vaq
$ɹau^2$	$ka:ŋ^3$	$paŋ^2$	$ɹi:ŋ^2$	va^5
我们	讲	布	跟	裤

我们讲衣着。

9-987

特	貝	堂	邦	达
Dawz	bae	daengz	bangx	dah
$təɯ^2$	pai^1	$taŋ^2$	$pa:ŋ^4$	ta^6
拿	去	到	旁	河

拿到河边去，

9-988

才	天	牙	反	平
Caih	denh	ya	fan	bingz
$ça:i^6$	$ti:n^1$	ja^6	$fa:n^1$	$piŋ^2$
随	天	下	翻	平

由天来判定。

男唱

9-989

才	天	牙	反	平
Caih	denh	ya	fan	bingz
$ça:i^6$	$ti:n^1$	ja^6	$fa:n^1$	$piŋ^2$
随	天	下	翻	平

由天来判定，

9-990

才	金	良	反	夫
Caih	gim	lingh	fan	foek
$ça:i^6$	kin^1	$le:ŋ^6$	$fa:n^1$	fu^5
随	金	另	翻	覆

任吾友变心。

9-991

名	堂	开	正	作
Mingz	dangz	gai	cingz	coq
$miŋ^2$	$ta:ŋ^2$	$ka:i^1$	$çiŋ^2$	$ço^5$
名	堂	卖	情	放

说凭彩礼娶，

9-992

命	狼	付	是	却
Mingh	langh	fouq	cix	gyo
$miŋ^6$	$la:ŋ^6$	fu^6	$çi^4$	kjo^1
命	若	富	就	幸亏

终究由命定。

女唱

9-993

才	天	牙	反	平
Caih	denh	ya	fan	bingz
ɕaːi⁶	tiːn¹	ja⁶	faːn¹	piŋ²
随	天	下	翻	平

任由天做主，

9-994

才	金	良	反	团
Caih	gim	lingh	fan	donh
ɕaːi⁶	kin¹	leːŋ⁶	faːn¹	toːn⁶
随	金	另	翻	半

任由你反复。

9-995

牙	要	声	对	伴
Yax	aeu	sing	doiq	buenx
ja⁵	au¹	θiŋ¹	toːi⁵	puːn⁴
才	要	声	对	伴

想说悄悄话，

9-996

貝	更	相	小	美
Bae	gwnz	ciengz	siu	maez
pai¹	kɯn²	ɕiːŋ²	θiːu¹	mai²
去	上	墙	消	说爱

到屋外幽会。

男唱

9-997

伏	讲	金	跟	银
Fwx	gangj	gim	riengz	ngaenz
fə⁴	kaːŋ³	kin¹	ɹiːŋ²	ŋan²
别人	讲	金	跟	银

别人讲金银，

9-998

偻	讲	安	正	义
Raeuz	gangj	aen	cingz	ngeih
ɹau²	kaːŋ³	an¹	ɕiŋ²	ȵi⁶
我们	讲	个	情	义

我们讲情义。

9-999

土	心	火	样	内
Dou	sin	hoj	yiengh	neix
tu¹	θin¹	ho³	juːŋ⁶	ni⁴
我	辛	苦	样	这

我如此贫穷，

9-1000

当	得	农	知	空
Daengh	ndaej	nuengx	rox	ndwi
taŋ⁶	dai³	nuːŋ⁴	ɹo⁴	duːi¹
配	得	妹	或	不

配得上妹否？

女唱

9-1001

伏　讲　金　跟　银

Fwx　gangj　gim　riengz　ngaenz

fə⁴　ka:ŋ³　kin¹　ri:ŋ²　ŋan²

别人　讲　金　跟　银

别人讲金钱，

9-1002

偻　讲　安　花　罗

Raeuz　gangj　aen　va　loh

ɹau²　ka:ŋ³　an¹　va¹　lo⁶

我们　讲　个　花　路

我们讲缘分。

9-1003

尝　得　论　头　果

Caengz　ndaej　lwnh　gyaeuj　goj

ɕaŋ²　dai³　lun⁶　kjau³　ko³

未　得　告诉　头　故事

未从头讲起，

9-1004

农　利　火　外　你

Nuengx　lij　hoj　vaij　mwngz

nu:ŋ⁴　li⁴　ho³　va:i³　muŋ²

妹　还　苦　过　你

妹比你还穷。

男唱

9-1005

伏　讲　金　跟　银

Fwx　gangj　gim　riengz　ngaenz

fə⁴　ka:ŋ³　kin¹　ri:ŋ²　ŋan²

别人　讲　金　跟　银

别人讲金钱，

9-1006

偻　讲　安　花　罗

Raeuz　gangj　aen　va　loh

ɹau²　ka:ŋ³　an¹　va¹　lo⁶

我们　讲　个　花　路

我们讲缘分。

9-1007

金　银　刀　小　可

Gim　ngaenz　dauq　siuj　goj

kin¹　ŋan²　ta:u⁵　θi:u³　ko³

金　银　倒　小　事

金银是小事，

9-1008

秀　花　罗　好　美

Ciuh　va　loh　ndei　maez

ɕi:u⁶　va¹　lo⁶　dei¹　mai²

世　花　路　好　欢乐

缘分更珍贵。

女唱

9-1009

伕	讲	金	跟	银
Fwx	gangj	gim	riengz	ngaenz
fə⁴	ka:ŋ³	kin¹	ɻi:ŋ²	ŋan²
别人	讲	金	跟	银

别人讲金钱，

9-1010

偻	讲	安	正	义
Raeuz	gangj	aen	cingz	ngeih
ɻau²	ka:ŋ³	an¹	ɕiŋ²	ȵi⁶
我们	讲	个	情	义

我们讲情义。

9-1011

金	银	刀	荣	玉
Gim	ngaenz	dauq	yungz	yi
kin¹	ŋan²	ta:u⁵	juŋ²	ji⁴
金	银	倒	容	易

金银容易得，

9-1012

秀	备	农	难	办
Ciuh	beix	nuengx	nanz	baenz
ɕi:u⁶	pi⁴	nu:ŋ⁴	na:n²	pan²
世	兄	妹	难	成

兄妹情难得。

男唱

9-1013

伕	讲	金	跟	银
Fwx	gangj	gim	riengz	ngaenz
fə⁴	ka:ŋ³	kin¹	ɻi:ŋ²	ŋan²
别人	讲	金	跟	银

别人讲金钱，

9-1014

偻	讲	安	正	义
Raeuz	gangj	aen	cingz	ngeih
ɻau²	ka:ŋ³	an¹	ɕiŋ²	ȵi⁶
我们	讲	个	情	义

我们讲情义。

9-1015

金	银	刀	荣	玉
Gim	ngaenz	dauq	yungz	yi
kin¹	ŋan²	ta:u⁵	juŋ²	ji⁴
金	银	倒	容	易

金银容易得，

9-1016

正	义	偻	重	来
Cingz	ngeih	raeuz	naek	lai
ɕiŋ²	ȵi⁶	ɻau²	nak⁷	la:i¹
情	义	我们	重	多

我俩情意重。

女唱

9-1017

千	金	完	千	金
Cien	gim	vuenh	cien	gim
çiːn¹	kin¹	vuːn⁶	çiːn¹	kin¹

千　金　换　千　金

同样是千金，

9-1018

八	貝	领	阝	岁
Bah	bae	lingx	boux	saeq
pa⁶	pai¹	liŋ⁴	pu⁴	θai¹

莫急　去　领　个　小

莫应诺别人。

9-1019

好	文	十	八	年
Ndij	vunz	cib	bet	nienz
di¹	vun²	çit⁸	peːt⁷	niːn²

与　人　十　八　年

跟人十八年，

9-1020

命	中	不	得	你
Mingh	cungq	mbouj	ndaej	mwngz
miŋ⁶	çoŋ⁵	bou⁵	dai³	muɯŋ²

命　中　不　得　你

注定无缘分。

男唱

9-1021

千	金	完	千	金
Cien	gim	vuenh	cien	gim
çiːn¹	kin¹	vuːn⁶	çiːn¹	kin¹

千　金　换　千　金

同样是千金，

9-1022

八	貝	领	妻	伏
Bah	bae	lingx	maex	fwx
pa⁶	pai¹	liŋ⁴	mai⁴	fə⁴

莫急　去　领　妻　别人

莫娶别人妻。

9-1023

包	少	金	银	買
Mbauq	sau	gim	ngaenz	cawx
baːu⁵	θaːu¹	kin¹	ŋan²	çəɯ⁴

小伙　姑娘　金　银　买

兄妹情义重，

9-1024

得	勒	不	得	要
Ndaej	lawh	mbouj	ndaej	aeu
dai³	ləɯ⁶	bou⁵	dai³	au¹

得　换　不　得　要

相交难成亲。

女唱

9-1025

千	金	完	千	金
Cien	gim	vuenh	cien	gim
çi:n¹	kin¹	vu:n⁶	çi:n¹	kin¹
千	金	换	千	金

同样是千金，

9-1026

老	土	轮	不	得
Lau	dou	lwnz	mbouj	ndaej
la:u¹	tu¹	lun²	bou⁵	dai³
怕	我	轮	不	得

怕轮不到我。

9-1027

但	方	卢	邦	累
Danh	fueng	louz	biengz	laeq
ta:n⁶	fu:ŋ¹	lu²	pi:ŋ²	lai⁵
但	风	流	地方	看

四处去游走，

9-1028

才	备	得	阝	而
Caih	beix	ndaej	boux	lawz
ça:i⁶	pi⁴	dai³	pu⁴	lau²
随	兄	得	个	哪

兄爱谁娶谁。

男唱

9-1029

千	金	完	千	金
Cien	gim	vuenh	cien	gim
çi:n¹	kin¹	vu:n⁶	çi:n¹	kin¹
千	金	换	千	金

同样是千金，

9-1030

八	贝	论	付	母
Bah	bae	lwnz	fuj	muj
pa⁶	pai¹	lun²	fu⁴	mu⁴
莫急	去	告诉	父	母

别急告父母。

9-1031

千	金	马	配	初
Cien	gin	ma	boiq	couj
çi:n¹	kin¹	ma¹	po:i⁵	çou³
千	金	来	配	丑

重金配丑友，

9-1032

勒	友	不	米	正
Lawh	youx	mbouj	miz	cingz
lɯ⁶	ju⁴	bou⁵	mi²	çiŋ²
换	友	不	友	情

结交也无情。

女唱

9-1033

千　金　完　千　金

Cien　gim　vuenh　cien　gim

$\varsigma i{:}n^1$　kin^1　$vu{:}n^6$　$\varsigma i{:}n^1$　kin^1

千　金　换　千　金

花千金交友，

9-1034

八　贝　论　付　母

Bah　bae　lwnz　fuj　muj

pa^6　pai^1　lun^2　fu^4　mu^4

莫急　去　告诉　父　母

别告诉父母。

9-1035

千　金　马　配　初

Cien　gim　ma　boiq　couj

$\varsigma i{:}n^1$　kin^1　ma^1　$po{:}i^5$　ςou^3

千　金　来　配　丑

千金配丑友，

9-1036

勒　友　火　心　凉

Lawh　youx　hoj　sim　liengz

$l\partial\mathrm{u}^6$　ju^4　ho^3　θin^1　$li{:}\eta^2$

换　友　苦　心　凉

交友讨心寒。

男唱

9-1037

千　金　完　千　金

Cien　gim　vuenh　cien　gim

$\varsigma i{:}n^1$　kin^1　$vu{:}n^6$　$\varsigma i{:}n^1$　kin^1

千　金　换　千　金

千金交好友，

9-1038

八　贝　论　峒　光

Bah　bae　lwnh　doengh　gvangq

pa^6　pai^1　lun^6　ton^6　$kwa{:}\eta^5$

莫急　去　告诉　峒　宽

劝君莫张扬。

9-1039

千　金　变　办　南

Cien　gim　bienq　baenz　namh

$\varsigma i{:}n^1$　kin^1　$pi{:}n^5$　pan^2　$na{:}n^6$

千　金　变　成　土

千金变泥土，

9-1040

八　沙　秀　方　卢

Bah　ra　ciuh　fueng　louz

pa^6　$\mathrm{J a}{:}^1$　$\varsigma i{:}u^6$　$fu{:}\eta^1$　lu^2

莫急　找　世　风　流

莫急找风流。

女唱

9-1041

要	银	子	马	打
Aeu	yinz	swj	ma	daj
au¹	jin²	θɯ³	ma¹	ta³
要	银	子	来	打

用银子来铸，

9-1042

要	龙	火	马	加
Aeu	lungz	feiz	ma	caj
au¹	lu:ŋ²	fi²	ma¹	kja³
要	铜	火	来	等

用铜饰来等。

9-1043

些	内	贵	士	华
Seiq	neix	gwiz	dou	hah
θe⁵	ni⁴	kɯi²	tu¹	ha⁶
世	这	丈夫	我	占

今生我夫管，

9-1044

代	贝	那	洋	要
Dai	bae	naj	yaeng	aeu
ta:i¹	pai¹	na³	jaŋ¹	au¹
死	去	前	再	娶

下辈子再说。

男唱

9-1045

些	内	空	得	要
Seiq	neix	ndwi	ndaej	aeu
θe⁵	ni⁴	du:i¹	dai³	au¹
世	这	不	得	娶

今生娶不成，

9-1046

些	浪	牙	不	认
Seiq	laeng	yax	mbouj	nyinh
θe⁵	laŋ¹	ja⁵	bou⁵	ɲin⁶
世	后	也	不	记得

来世记不起。

9-1047

代	贝	那	完	仪
Dai	bae	naj	vuenh	saenq
ta:i¹	pai¹	na³	vu:n⁶	θin⁵
死	去	前	换	信

下辈子结交，

9-1048

牙	不	认	同	要
Yax	mbouj	nyinh	doengh	aeu
ja⁵	bou⁵	ɲin⁶	toŋ²	au¹
也	不	记得	相	娶

也不会成亲。

女唱

男唱

9-1049

代	貝	那	完	仪
Dai	bae	naj	vuenh	saenq
ta:i¹	pai¹	na³	vu:n⁶	θin⁵
死	去	前	换	信

下辈子再恋，

9-1050

牙	不	认	堂	偻
Yax	mbouj	nyinh	daengz	raeuz
ja⁵	bou⁵	ɲin⁶	taŋ²	ɹau²
也	不	记得	到	我们

谁人忆我们。

9-1051

代	貝	那	同	要
Dai	bae	naj	doengh	aeu
ta:i¹	pai¹	na³	toŋ²	au¹
死	去	前	相	娶

下辈子再娶，

9-1052

不	比	偻	时	内
Mbouj	beij	raeuz	seiz	neix
bou⁵	pi³	ɹau²	θi²	ni⁴
不	比	我们	时	这

不如现在娶。

9-1053

银	子	不	银	安
Yinz	swj	bu	yinz	an
jin²	θɯ³	pu⁵	jin²	a:n¹
银	子	不	银	安

首饰不放盒，

9-1054

安	可	在	更	堂
An	goj	ywq	gwnz	dangz
a:n¹	ko⁵	ju⁵	kɯn²	ta:ŋ²
安	也	在	上	堂

随意搁案上。

9-1055

你	农	空	装	身
Mwngz	nuengx	ndwi	cang	ndang
mɯŋ²	nu:ŋ⁴	du:i¹	ɕa:ŋ¹	da:ŋ¹
你	妹	不	装	身

妹不爱打扮，

9-1056

明	代	忠	不	领
Cog	dai	fangz	mbouj	lingx
ɕo:k⁸	ta:i¹	faŋ²	bou⁵	liŋ⁴
将来	死	鬼	不	领

死去鬼不要。

女唱

9-1057

平　乜　女　卜　才

Bingz　meh　mbwk　boh　sai

piŋ²　me⁶　buk⁷　po⁶　θaːi¹

凭　女　人　男　人

任女人男人，

9-1058

丢　罗　代　不　瓜

Deuz　loh　dai　mbouj　gvaq

tiːu²　lo⁶　taːi¹　bou⁵　kwa⁵

逃　路　死　不　过

死路逃不脱。

9-1059

忠　不　领　是　八

Fangz　mbouj　lingx　cix　bah

faŋ²　bou⁵　liŋ⁴　çi⁴　pa⁶

鬼　不　领　就　罢

鬼不认更好，

9-1060

在　阝　万　千　年

Ywq　boux　fanh　cien　nienz

juɯ⁵　pu⁴　faːn⁶　çiːn¹　niːn²

住　人　万　千　年

快活千万年。

男唱

9-1061

银　子　是　我　合

Yinz　swj　cix　ngoj　hox

jin²　θɯ³　çi⁴　ŋo³　ho⁴

银　子　是　我　焊

首饰我铸造，

9-1062

不　办　备　家　财

Mbouj　baenz　beix　gya　caiz

bou⁵　pai²　pi⁴　kja¹　çaːi²

不　成　兄　家　财

不是兄家财。

9-1063

银　子　玩　更　台

Yinz　swj　vanq　gwnz　daiz

jin²　θɯ³　vaːn⁶　kɯn²　taːi²

银　子　撒　上　桌

首饰撒桌上，

9-1064

办　财　少　知　不

Baenz　caiz　sau　rox　mbouj

pan²　çaːi²　θaːu¹　ɣo⁴　bou⁵

成　财　姑娘　或　不

成妹私财否？

女唱

9-1065

银	子	是	我	配
Yinz	swj	cix	ngoj	boiq
jin^2	θɯ^3	çi^4	ŋo^3	poːi^5
银	子	是	我	配

首饰我也有，

9-1066

牙	完	田	勒	龙
Yaek	vuenh	denz	lwg	lungz
jak^7	vuːn^6	teːn^2	lɯk^8	luŋ^2
要	换	地	子	龙

想去换龙子。

9-1067

饿	冬	中	相	公
Ngox	doeng	cungq	siengq	goeng
ŋo^4	toŋ^1	çoŋ^5	θiːŋ^5	koŋ^1
饿	冻	中	相	公

穷考中大官，

9-1068

牙	玩	正	你	农
Yax	vanz	cingz	mwngz	nuengx
ja^5	vaːn^2	çiŋ^2	mɯŋ^2	nuːŋ^4
才	还	情	你	妹

应还妹恩情。

男唱

9-1069

银	子	飞	牙	飞
Yinz	swj	feih	yah	feih
jin^2	θɯ^3	fei^5	ja^6	fei^5
银	子	飞	呀	飞

首饰飞呀飞，

9-1070

打	金	贵	贝	存
Daj	gim	gvih	bae	comz
ta^3	kin^1	kwei^6	pai^1	çoːn^2
打	金	柜	去	集

用金柜收集。

9-1071

飞	路	后	邦	文
Feih	lu	haeuj	biengz	vunz
fei^5	lu^4	hau^3	piːŋ^2	vun^2
飞	路	进	地方	人

飞到他乡去，

9-1072

论	土	说	可	认
Lwnh	dou	naeuz	goj	nyinh
lun^6	tu^1	nau^2	ko^5	ȵin^6
告诉	我	说	也	记得

竟说不清楚。

女唱

9-1073

银　子　飞　牙　飞

Yinz　swj　feih　yah　feih

jin^2　θw^3　fei^5　ja^6　fei^5

银　子　飞　呀　飞

首饰飞呀飞，

9-1074

打　金　贵　贝　存

Daj　gim　gvih　bae　comz

ta^3　kin^1　$kwei^6$　pai^1　ço:n^2

打　金　柜　去　集

金柜去收拾。

9-1075

飞　路　后　邦　文

Feih　lu　haeuj　biengz　vunz

fei^5　lu^4　hau^3　$pi\text{:}\eta^2$　vun^2

飞　路　进　地方　人

飞错入他乡，

9-1076

装　身　办　龙　女

Cang　ndang　baenz　lungz　nawx

$\text{ça:}\eta^1$　$da\text{:}\eta^1$　pan^2　$lu\eta^2$　nu^4

装　身　成　龙　女

乔装成龙女。

男唱

9-1077

银　子　不　对　同

Yinz　swj　mbouj　doiq　doengz

jin^2　θw^3　bou^5　toi^5　$to\eta^2$

银　子　不　对　同

首饰不配对，

9-1078

银　龙　不　对　务

Ngaenz　lungz　mbouj　doiq　huj

ηan^2　$lu\eta^2$　bou^5　toi^5　hu^3

银　龙　不　对　云

银龙不成双。

9-1079

名　堂　开　正　初

Mingz　dangz　hai　cingz　bywq

$mi\eta^2$　$ta\text{:}\eta^2$　$ha\text{:}i^1$　$\text{çi}\eta^2$　$pjou^5$

名　堂　开　情　空

说用彩礼娶，

9-1080

知　命　付　知　空

Rox　mingh　fouq　rox　ndwi

ro^4　$mi\eta^6$　fu^6　ro^4　$du\text{:}i^1$

知　命　富　或　不

命能消受否？

女唱

9-1081

银	子	不	对	同
Yinz	swj	mbouj	doiq	doengz
jin^2	$\theta\mathrm{u}^3$	bou^5	toi^5	ton^2
银	子	不	对	同

首饰不配对，

9-1082

银	龙	不	对	务
Ngaenz	lungz	mbouj	doiq	huj
ηan^2	lun^2	bou^5	$to:i^5$	hu^3
银	龙	不	对	云

银龙不成双。

9-1083

命	好	是	一	路
Mingh	ndei	cix	it	lu
min^6	dei^1	ςi^4	it^7	lu^4
命	好	就	一	路

命好就成家，

9-1084

命	付	是	同	跟
Mingh	fouz	cix	doengh	riengz
min^6	fu^2	ςi^4	ton^2	$\mathrm{ri:}\eta^2$
命	浮	就	相	跟

命差就交友。

男唱

9-1085

银	子	不	对	同
Yinz	swj	mbouj	doiq	doengz
jin^2	$\theta\mathrm{u}^3$	bou^5	$to:i^5$	ton^2
银	子	不	对	同

首饰不配对，

9-1086

银	龙	不	对	堂
Ngaenz	lungz	mbouj	doiq	dangz
ηan^2	lun^2	bou^5	$to:i^5$	$ta:\eta^2$
银	龙	不	对	堂

银龙不成双。

9-1087

送	你	贝	邦	光
Soengq	mwngz	bae	biengz	gvangq
θon^5	mun^2	pai^1	$pi:\eta^2$	$kwa:\eta^5$
送	你	去	地方	宽

送你去远方，

9-1088

好	邝	兰	交	心
Ndij	boux	lanh	gyau	sim
di^1	pu^4	$la:n^6$	$kja:u^1$	θin^1
与	人	大方	交	心

结交新朋友。

女唱

9-1089

板	米	能	的	光
Mbanj	miz	nyaenx	diq	gvangq
ba:n³	mi²	ɲan⁴	ti⁵	kwa:ŋ⁵
村	有	那么	的	宽

村子那么大，

9-1090

刀	狼	农	贝	辰
Dauq	langh	nuengx	bae	finz
ta:u⁵	la:ŋ⁶	nu:ŋ⁴	pai¹	fin²
倒	放	妹	去	出走

却让妹出走。

9-1091

板	米	能	包	论
Mbanj	miz	nyaenx	mbauq	lwnz
ba:n³	mi²	ɲan⁴	ba:u⁵	lun²
村	有	那么	俊	情友

村中多才俊，

9-1092

刀	中	少	贝	伏
Dauq	cuengq	sau	bae	fwx
ta:u⁵	ɕu:ŋ⁵	θa:u¹	pai¹	fə⁴
倒	放	姑娘	去	别人

让妹走他乡。

男唱

9-1093

空	米	阝	对	堂
Ndwi	miz	boux	doiq	dangz
du:i¹	mi²	pu⁴	to:i⁵	ta:ŋ²
不	有	人	对	堂

无人配得上，

9-1094

狼	农	贝	造	家
Langh	nuengx	bae	caux	gya
la:ŋ⁶	nu:ŋ⁴	pai¹	ɕa:u⁴	kja¹
放	妹	去	造	家

让妹择良婿。

9-1095

空	米	阝	同	哈
Ndwi	miz	boux	doengh	ha
du:i¹	mi²	pu⁴	toŋ²	ha¹
不	有	人	相	配

无人比得上，

9-1096

中	少	贝	造	秀
Cuengq	sau	bae	caux	ciuh
ɕu:ŋ⁵	θa:u¹	pai¹	ɕa:u⁴	ɕi:u⁶
放	姑娘	去	造	世

任妹去结婚。

女唱

9-1097

中	土	贝	邦	光
Cuengq	dou	bae	biengz	gvangq
ɕuːŋ⁵	tu¹	pai¹	piːŋ²	kwaːŋ⁵
放	我	去	地方	宽

我去大地方，

9-1098

可	来	满	来	美
Goj	lai	muenh	lai	maez
ko⁵	laːi¹	muːn⁶	laːi¹	mai²
也	多	欢乐	多	欢乐

会更加欢乐。

9-1099

备	狼	农	是	贝
Beix	langh	nuengx	cix	bae
pi⁴	laːŋ⁶	nuːŋ⁴	ɕi⁴	pai¹
兄	放	妹	就	去

兄放妹就走，

9-1100

元	远	可	来	满
Roen	gyae	goj	lai	muenh
joːn¹	kjai¹	ko⁵	laːi¹	muːn⁶
路	远	也	多	欢乐

远方更欢乐。

男唱

9-1101

狼	农	贝	邦	伏
Langh	nuengx	bae	biengz	fwx
laːŋ⁶	nuːŋ⁴	pai¹	piːŋ²	fə⁴
放	妹	去	地方	别人

让妹走他乡，

9-1102

备	自	干	自	吃
Beix	gag	ganq	gag	gwn
pi⁴	kaːk⁸	kaːn⁵	kaːk⁸	kun¹
兄	自	照料	自	吃

兄孤身过活。

9-1103

狼	农	后	邦	文
Langh	nuengx	haeuj	biengz	vunz
laːŋ⁶	nuːŋ⁴	hau³	piːŋ²	vun²
放	妹	进	地方	人

让妹去他乡，

9-1104

龙	办	钱	要	妻
Lungz	banh	cienz	aeu	maex
luŋ²	paːn⁶	ɕin²	au¹	mai⁴
龙	办	钱	娶	妻

兄筹钱娶妻。

女唱

9-1105

银　　子　　是　　八　　角

Yinz　swj　cix　baz　gox

jin^2　$\theta\mu^3$　φi^4　pa^2　ko^4

银　　子　　是　　八　　角

首饰八角形，

9-1106

命　　士　　合　　命　　你

Mingh　dou　hob　mingh　mwngz

$mi{:}\eta^6$　tu^1　$ho{:}p^8$　$mi{:}\eta^6$　$m\mu\eta^2$

命　　我　　合　　命　　你

我俩命相合。

9-1107

应　　当　　合　　广　　英

Wng　dang　hob　gvangj　in

$i\eta^1$　$ta{:}\eta^1$　$ho{:}p^8$　$kwa{:}\eta^3$　in^1

应　　当　　合　　广　　姻

想必合姻缘，

9-1108

不　　古　　而　　同　　沙

Mbouj　guh　lawz　doengh　ra

bou^5　ku^4　$la\mu^2$　$to\eta^2$　εa^1

不　　做　　哪　　相　　找

为何不结缘？

男唱

9-1109

银　　子　　是　　八　　林

Yinz　swj　cix　baz　limq

jin^2　$\theta\mu^3$　φi^4　pa^2　lim^5

银　　子　　是　　八　　棱

首饰呈八棱，

9-1110

定　　不　　得　　心　　你

Dingh　mbouj　ndaej　sim　mwngz

$ti\eta^6$　bou^5　dai^3　θin^1　$m\mu\eta^2$

定　　不　　得　　心　　你

你心难揣测。

9-1111

秋　　样　　务　　更　　本

Ciuq　yiengh　huj　gwnz　mbwn

φiu^5　$j\mu{:}\eta^6$　hu^3　$k\mu n^2$　$b\mu n^1$

看　　样　　云　　上　　天

如同天上云，

9-1112

少　　米　　文　　伴　　罗

Sau　miz　vunz　buenx　loh

$\theta a{:}u^1$　mi^2　vun^2　$pu{:}n^4$　lo^6

姑　　娘　　有　　人　　伴　　路

妹有伴同行。

女唱

9-1113

银	子	元	它	元
Yinz	swj	yenz	daz	yenz
jin²	θɯ³	jeːn²	ta²	jen²
银	子	元	又	元

首饰一枚枚，

9-1114

同	年	正	不	正
Doengz	nienz	cingz	bu	cingz
toŋ²	niːn²	ɕiŋ²	pu⁵	ɕiŋ²
同	年	情	不	情

情友无礼品。

9-1115

记	在	阝	条	命
Geiq	ywq	boux	diuz	mingh
ki⁵	jɯ⁵	pu⁴	tiːu²	miŋ⁶
记	在	人	条	命

记在八字上，

9-1116

本	可	定	双	偻
Mbwn	goj	dingh	song	raeuz
ɓɯn¹	ko⁵	tiŋ⁶	θoːŋ¹	ɹau²
天	也	定	两	我们

天撮合我俩。

男唱

9-1117

银	子	元	它	元
Yinz	swj	yenz	daz	yenz
jin²	θɯ³	jeːn²	ta²	jeːn²
银	子	元	又	元

首饰一枚枚，

9-1118

同	年	正	不	正
Doengz	nienz	cingz	bu	cingz
toŋ²	niːn²	ɕiŋ²	pu⁵	ɕiŋ²
同	年	情	不	情

情友无礼品。

9-1119

文	昌	可	利	仪
Vwnz	cangh	goj	lij	saenq
vun⁶	ɕaːŋ⁵	ko⁵	li⁴	θin⁵
文	章	也	还	信

有文字可循，

9-1120

定	貝	那	要	你
Dingh	bae	naj	aeu	mwngz
tiŋ⁶	pai¹	na³	au¹	mɯŋ²
定	去	前	娶	你

定将来娶你。

①九玉[kjou³ ji⁶]：九爷。县官和土官都称为爷，"九"表示官职很高。

女唱

9-1121

要	银	子	马	提
Aeu	yinz	swj	ma	diz
au¹	jin²	θɯ³	ma¹	ti²
要	银	子	来	锻造

用首饰打造，

9-1122

浪	可	办	长	元
Laeng	goj	baenz	cangh	yenz
laŋ¹	ko⁵	pan²	ɕaːŋ⁵	jeːn²
后	也	成	状	元

子孙中状元。

9-1123

米	话	说	九	观
Miz	vah	naeuz	gou	gonq
mi²	va⁶	nau²	kou¹	koːn⁵
有	话	说	我	先

好事先告知，

9-1124

明	可	欢	邦	你
Cog	goj	ndwek	biengz	mwngz
ɕoːk⁸	ko⁵	dɯːk⁷	piːŋ²	mɯŋ²
将来	也	热闹	地方	你

期待兄佳讯。

男唱

9-1125

要	银	子	马	提
Aeu	yinz	swj	ma	diz
au¹	jin²	θɯ³	ma¹	ti²
要	银	子	来	锻造

用首饰打造，

9-1126

浪	可	办	九	玉①
Laeng	goj	baenz	gouj	yi
laŋ¹	ko⁵	pan²	kjou³	ji⁶
后	也	成	九	爷

子孙得当官。

9-1127

米	话	想	说	你
Miz	vah	siengj	naeuz	mwngz
mi²	va⁶	θiːŋ³	nau²	mɯŋ²
有	话	想	说	你

想同你说事，

9-1128

老	农	楼	给	文
Lau	nuengx	laeuh	hawj	vunz
laːu¹	nuːŋ⁴	lau⁶	həɯ³	vun²
怕	妹	漏	给	人

怕妹说漏嘴。

女唱

男唱

9-1129

要	银	子	马	提
Aeu	yinz	swj	ma	diz
au¹	jin²	θɯ³	ma¹	ti²
要	银	子	来	锻造

用首饰打造,

9-1130

浪	可	办	则	学
Laeng	goj	baenz	cwz	yoz
laŋ¹	go⁵	pan²	ɕɯ⁶	jo⁶
后	也	成	督	学

子孙有官当。

9-1131

米	话	不	说	九
Miz	vah	mbouj	naeuz	gou
mi²	va⁶	bou⁵	nau²	kou¹
有	话	不	说	我

不同我商谈,

9-1132

明	田	农	可	凉
Cog	denz	nuengx	goj	liengz
ɕoːk⁸	teːn²	nuŋ⁴	ko⁵	liːŋ²
将来	地	妹	也	凉

妹不存希望。

9-1133

要	银	子	马	提
Aeu	yinz	swj	ma	diz
au¹	jin²	θɯ³	ma¹	ti²
要	银	子	来	锻造

用首饰打造,

9-1134

浪	可	办	则	往
Laeng	goj	baenz	cwz	vangj
laŋ¹	ko⁵	pan²	ɕɯ⁶	vaːŋ³
后	也	成	大	器

子孙会成器。

9-1135

巴	轻	土	是	讲
Bak	mbaeu	dou	cix	gangj
paːk⁷	bau¹	tu¹	ɕi⁴	kaːŋ³
嘴	轻	我	就	讲

我心直口快,

9-1136

农	可	当	良	心
Nuengx	goj	dangq	liengz	sim
nuŋ⁴	ko⁵	taːŋ⁵	liːŋ²	θin¹
妹	也	当	良	心

妹要记在心。

女唱

9-1137

要　银　子　马　提

Aeu　yinz　swj　ma　diz

au¹　jin²　θɯ³　ma¹　ti²

要　银　子　来　锻造

用首饰打造，

9-1138

要　龙　火　马　碰

Aeu　luengz　feiz　ma　bungq

au¹　lu:ŋ²　fi²　ma¹　puŋ⁵

要　铜　火　来　掺

用红铜掺和。

9-1139

银　子　美　得　送

Yinz　swj　meiz　ndaej　soengq

jin²　θɯ³　mei²　dai³　θoŋ⁵

银　子　妹　得　送

首饰送情妹，

9-1140

满　勒　丰　内　空

Muenz　lwg　fungh　neix　ndwi

mu:n²　luk⁸　fuŋ⁶　ni⁴　du:i¹

瞒　子　凤　这　空

未瞒眼前妹。

男唱

9-1141

银　子　来　了　而

Yinz　swj　lai　liux　lawz

jin²　θɯ³　la:i¹　li:u⁴　lau²

银　子　多　啰　哪

首饰太多了，

9-1142

应　么　少　不　知

Yinh　maz　sau　mbouj　rox

iŋ¹　ma²　θa:u¹　bou⁵　ɹo⁴

因　何　姑娘　不　知

妹居然不知。

9-1143

银　子　在　大　罗

Yinz　swj　ywq　daih　loh

jin²　θɯ³　ju⁵　ta:i⁶　lo⁶

银　子　在　大　路

首饰在路上，

9-1144

你　知　不　农　银

Mwngz　rox　mbouj　nuengx　ngaenz

muŋ²　ɹo⁴　bou⁵　nu:ŋ⁴　ŋan²

你　知　不　妹　银

小妹你知否？

女唱

9-1145

银	子	空	了	农
Yinz	swj	ndwi	liux	nuengx
jin^2	θɯ^3	du:i^1	li:u^4	nu:ŋ^4
银	子	空	啰	妹

仅首饰而已，

9-1146

你	来	说	银	铜
Mwngz	laih	naeuz	ngaenz	doengz
muŋ^2	lai^6	nau^2	ŋan^2	toŋ^2
你	以为	说	银	铜

并非银或铜。

9-1147

特	后	龙	贝	荣
Dawz	haeuj	loengx	bae	yungz
tɯ^2	hau^3	loŋ^4	pai^1	juŋ^2
拿	进	箱	去	熔

放进箱熔化，

9-1148

变	金	贝	是	八
Bienq	gim	bae	cix	bah
pi:n^5	kin^1	pai^1	çi^4	pa^6
变	金	去	就	算

首饰变成金。

男唱

9-1149

银	子	来	了	而
Yinz	swj	lai	liux	lawz
jin^2	θɯ^3	la:i^1	li:u^4	lau^2
银	子	多	啰	哪

首饰太多了，

9-1150

应	么	少	不	报
Yinh	maz	sau	mbouj	bauq
iŋ^1	ma^2	θa:u^1	bou^5	pa:u^5
因	何	姑娘	不	报

为何妹不报？

9-1151

银	子	来	美	到
Yinz	swj	laih	meij	dau
jin^2	θɯ^3	la:i^6	mei^3	ta:u^4
银	子	以为	没	到

以为没送到，

9-1152

报	说	农	付	正
Bauq	naeuz	nuengx	fouz	cingz
pa:u^5	nau^2	nuŋ^4	fu^2	çiŋ^2
报	说	妹	无	情

被妹说无情。

女唱

9-1153

银	子	空	了	农
Yinz	swj	ndwi	liux	nuengx
jin²	θɯ³	duːi¹	liːu⁴	nuːŋ⁴
银	子	不	啰	妹

仅仅是首饰，

9-1154

你	来	说	银	相
Mwngz	laih	naeuz	ngaenz	cieng
muɯŋ²	lai⁶	nau²	ŋan²	çiːŋ¹
你	以为	说	银	正

并非压岁银。

9-1155

银	九	玉	下	邦
Ngaenz	gouj	yi	roengz	biengz
ŋan²	kjou³	ji⁶	ʐoŋ²	piːŋ²
银	九	爷	下	地方

官银下地方，

9-1156

阝	米	元	牙	秀
Boux	miz	yuenz	yax	souh
pu⁴	mi²	juːn²	ja⁵	θiːu⁶
人	有	缘	才	受

有缘人才得。

男唱

9-1157

银	子	来	了	而
Yinz	swj	lai	liux	lawz
jin²	θɯ³	laːi¹	liːu⁴	lau²
银	子	多	啰	哪

首饰太多了，

9-1158

应	么	你	不	念
Yinh	maz	mwngz	mbouj	niemh
iŋ¹	ma²	muɯŋ²	bou⁵	niːm⁶
因	何	你	不	念

为何没发觉？

9-1159

银	子	在	旁	边
Yinz	swj	cai	bangz	nden
jin²	θɯ³	çaːi⁴	paːŋ²	deːn¹
银	子	在	旁	边

首饰在旁边，

9-1160

见	不	得	龙	火
Gen	mbouj	ndaej	luengz	feiz
keːn⁴	bou⁵	dai³	luːŋ²	fi²
见	不	得	铜	火

唯独少金子。

女唱

9-1161

银	子	空	了	农
Yinz	swj	ndwi	liux	nuengx
jin²	θɯ³	du:i¹	li:u⁴	nu:ŋ⁴
银	子	空	啰	妹

仅首饰而已，

9-1162

你	来	说	银	支
Mwngz	laih	naeuz	ngaenz	sei
mɯŋ²	la:i⁶	nau²	ŋan²	θi¹
你	以为	说	银	私

不是私房银。

9-1163

外	达	润	又	吹
Vaij	dah	rumz	youh	ci
va:i³	ta⁶	ɹun²	jou⁴	çi¹
过	河	风	又	吹

过河被风吹，

9-1164

一	斤	小	一	两
It	gaen	siuj	it	liengx
it⁷	kan¹	θi:u³	it⁷	li:ŋ⁴
一	斤	少	一	两

一斤少一两。

男唱

9-1165

银	子	来	了	而
Yinz	swj	lai	liux	lawz
jin²	θɯ³	la:i¹	li:u⁴	lau²
子	银	多	啰	哪

首饰太多了，

9-1166

应	么	你	不	优
Yinh	maz	mwngz	mbouj	yaeuq
iŋ¹	ma²	mɯŋ²	bou⁵	jau⁵
困	何	你	不	藏

为何不收好?

9-1167

银	子	斗	堂	手
Yinz	swj	daeuj	daengz	fwngz
jin²	θɯ³	tau³	taŋ²	fuŋ²
银	子	来	到	手

首饰送到手，

9-1168

优	农	后	然	土
Yaeuq	nuengx	haeuj	ranz	dou
jau⁵	nu:ŋ⁴	hau³	ɹa:n²	tu¹
藏	妹	进	家	我

迎妹进我家。

女唱	男唱

9-1169

银	子	空	了	农
Yinz	swj	ndwi	liux	nuengx
jin²	θɯ³	duːi¹	liːu⁴	nuːŋ⁴
银	子	空	啰	妹

仅首饰而已，

9-1173

银	子	来	了	而
Yinz	swj	lai	liux	lawz
jin²	θɯ³	laːi¹	liːu⁴	lau²
银	子	多	啰	哪

首饰多了吧，

9-1170

你	来	说	银	金
Mwngz	laih	naeuz	ngaenz	gim
mɯŋ²	laːi⁶	nau²	ŋan²	kin¹
你	以为	说	银	金

非金锭银锭。

9-1174

应	么	你	不	勒
Yinh	maz	mwngz	mbouj	lawh
iŋ¹	ma²	mɯŋ²	bou⁵	lau⁶
因	何	你	不	换

你不愿结交。

9-1171

说	农	八	变	心
Naeuz	nuengx	bah	bienq	sim
nau²	nuːŋ⁴	pa⁶	piːn⁵	θin¹
说	妹	莫急	变	心

妹你莫变心，

9-1175

华	仔	同	你	贝
Vaz	caij	doengz	mwngz	bae
va²	ɕaːi³	toŋ²	mɯŋ²	pai¹
娃	仔	同	你	去

娃仔跟你去，

9-1172

加	玩	正	土	观
Gaj	vanz	cingz	dou	gonq
kja³	vaːn²	ɕiŋ²	tu¹	koːn⁵
等	还	情	我	先

先还我的情。

9-1176

么	不	勒	要	正
Maz	mbouj	lawh	aeu	cingz
ma²	bou⁵	ləɯ⁶	au¹	ɕiŋ²
何	不	换	要	情

何不换礼品？

女唱

9-1177

理	在	九	牙	赢
Leix	ywq	gou	yax	hingz
li⁴	juɯ⁵	kou¹	ja⁵	hiŋ²
理	在	我	也	赢

理在我一边，

9-1178

观	你	定	样	而
Gonq	mwngz	dingh	yiengh	lawz
koːn⁵	muɯŋ²	tiŋ⁶	juɯŋ⁶	lauɯ²
先	你	定	样	哪

以前怎么定？

9-1179

特	仪	备	贝	而
Dawz	saenq	beix	bae	lawz
təɯ²	θin⁵	pi⁴	pai¹	lauɯ²
拿	信	兄	去	哪

兄的信没了，

9-1180

强	水	绿	邦	莫
Giengz	raemx	heu	bangx	mboq
kiːŋ²	ʐan⁴	heːu¹	paːŋ⁴	bo⁵
像	水	清	旁	泉

清白如泉水。

男唱

9-1181

中	大	人	了	乖
Cungq	da	yinz	liux	gvai
çoŋ⁵	ta⁴	jin²	liːu⁴	kwaːi¹
中	大	人	啰	乖

考中当大官，

9-1182

代	土	是	利	勒
Dai	dou	cix	lij	lawh
taːi¹	tu¹	çi⁴	li⁴	ləɯ⁶
死	我	是	还	换

死也要结交。

9-1183

仪	你	不	可	在
Saenq	mwngz	mbouj	goj	ywq
θin⁵	muɯŋ²	bou⁵	ko⁵	juɯ⁵
信	你	不	也	在

你信物还在，

9-1184

农	利	買	补	点
Nuengx	lij	cawx	bouj	dem
nuːŋ⁴	li⁴	çəɯ⁴	pu³	teːn¹
妹	还	买	补	还

妹还买来补。

女唱

9-1185

中	大	人	了	乖
Cungq	da	yinz	liux	gvai
çoŋ⁵	ta⁴	jin²	li:u⁴	kwa:i¹
中	大	人	啰	乖

考中当大官，

9-1186

代	土	是	利	勒
Dai	dou	cix	lij	lawh
ta:i¹	tu¹	çi⁴	li⁴	ləɯ⁶
死	我	是	还	换

死我也结交。

9-1187

土	不	文	你	買
Dou	mbouj	vun	mwngz	cawx
tu¹	bou⁵	vu:n¹	mɯŋ²	çəɯ⁴
我	不	求	你	买

不奢望你买，

9-1188

但	仪	备	在	岁
Danh	saenq	beix	ywq	caez
ta:n⁶	θin⁵	pi⁴	juɯ⁵	çai²
但	信	兄	在	齐

只求原物在。

男唱

9-1189

理	在	九	牙	为
Leix	ywq	gou	yax	vei
li⁴	juɯ⁵	kou¹	ja⁵	vei¹
理	在	我	也	亏

怎样我都亏，

9-1190

卡	土	给	三	两
Gaj	duz	gaeq	sam	liengx
ka³	tu²	kai⁵	θa:n¹	li:ŋ⁴
杀	只	鸡	三	两

如杀三两鸡。

9-1191

阝	道	马	叫	尚
Boux	dauh	ma	heuh	sang
pu⁴	ta:u⁶	ma¹	he:u⁶	θa:ŋ¹
人	道	来	叫	高

道公来念经，

9-1192

正	在	江	良	为
Cingq	ywq	gyang	lingz	veih
çiŋ⁵	juɯ⁵	kja:ŋ¹	liŋ²	vei⁶
正	在	中	灵	位

正在法事中。

女唱

9-1193

中	大	人	了	乖
Cungq	da	yinz	liux	gvai
çoŋ⁵	ta⁴	jin²	li:u⁴	kwa:i¹
中	大	人	啰	乖

考取官位了，

9-1194

代	土	是	利	义
Dai	dou	cix	lij	ngeix
ta:i¹	tu¹	çi⁴	li⁴	ȵi⁴
死	我	是	还	想

死后还在想。

9-1195

正	在	江	良	为
Cingz	ywq	gyang	lingz	veih
çiŋ²	jɯ⁵	kja:ŋ¹	liŋ²	vei⁶
正	在	中	灵	位

正在法事中，

9-1196

又	问	备	古	而
Youh	haemq	beix	guh	rawz
jou⁴	han⁵	pi⁴	ku⁴	ɹau²
又	问	兄	做	什么

为何要问兄？

男唱

9-1197

中	大	人	了	乖
Cungq	da	yinz	liux	gvai
çoŋ⁵	ta⁴	jin²	li:u⁴	kwa:i¹
中	大	人	啰	乖

已考取官位，

9-1198

代	土	是	利	认
Dai	dou	cix	lij	nyinh
ta:i¹	tu¹	çi⁴	li⁴	ȵin⁶
死	我	是	还	认

死都不忘记。

9-1199

条	才	完	条	仪
Diuz	sai	vuenh	diuz	saenq
ti:u²	θa:i¹	vu:n⁶	ti:u²	θin⁵
条	带	换	条	信

交换信物时，

9-1200

农	利	认	知	空
Nuengx	lij	nyinh	rox	ndwi
nu:ŋ⁴	li⁴	ȵin⁶	ɹo⁴	du:i¹
妹	还	记得	或	不

妹还记得吗？

女唱

9-1201

中	大	人	了	乖
Cungq	da	yinz	liux	gvai
çoŋ^5	ta^4	jin^2	li:u^4	kwa:i^1
中	大	人	啰	乖

考取官职了,

9-1202

代	土	是	利	义
Dai	dou	cix	lij	ngeix
ta:i^1	tu^1	çi^4	li^4	ȵi^4
死	我	是	还	想

死后还怀念。

9-1203

付	母	管	四	处
Fuj	muj	guenj	seiq	cih
fu^4	mu^4	ku:n^3	θei^5	çi^6
父	母	管	四	处

父母繁忙中,

9-1204

是	利	义	堂	你
Cix	lij	ngeix	daengz	mwngz
çi^4	li^4	ȵi^4	taŋ^2	mɯŋ^2
是	还	想	到	你

都还想到你。

男唱

9-1205

中	大	人	了	乖
Cungq	da	yinz	liux	gvai
çoŋ^5	ta^4	jin^2	li:u^4	kwa:i^1
中	大	人	啰	乖

已考取官职,

9-1206

代	土	是	利	义
Dai	dou	cix	lij	ngeix
ta:i^1	tu^1	ci^4	li^4	ȵi^4
死	我	是	还	想

死了我还想。

9-1207

观	勒	业	利	衣
Gonq	lwg	nyez	lij	iq
ko:n^5	luuk^8	ȵe^2	li^4	i^5
先	子	小孩	还	小

还在儿提时,

9-1208

不	记	话	九	龙
Mbouj	geiq	vah	gouj	lungz
bou^5	ki^5	va^6	kjou^3	luŋ^2
不	记	话	九	龙

不听兄的话。

女唱

男唱

9-1209

中	大	人	了	乖
Cungq	da	yinz	liux	gvai
çoŋ⁵	ta⁴	jin²	li:u⁴	kwa:i¹
中	大	人	啰	乖

已考取官职，

9-1210

代	好	句	声	好
Dai	ndij	coenz	sing	hauq
ta:i¹	di¹	kjon²	θiŋ¹	ha:u⁵
死	与	句	声	话

就为一句话。

9-1211

声	欢	贝	义	咬
Sing	fwen	bae	ngih	ngauz
θiŋ¹	vu:n¹	pai¹	ŋi⁶	ŋa:u²
声	歌	去	悠	悠

高歌去悠悠，

9-1212

明	利	刀	知	空
Cog	lij	dauq	rox	ndwi
ço:k⁸	li⁴	ta:u⁵	ʐo⁴	du:i¹
将来	还	回	或	不

还会回来否？

9-1213

中	大	人	了	乖
Cungq	da	yinz	liux	gvai
çoŋ⁵	ta⁴	jin²	li:u⁴	kwa:i¹
中	大	人	啰	乖

已考取官职，

9-1214

代	是	不	想	三
Dai	cix	mbouj	siengj	sanq
ta:i¹	çi⁴	bou⁵	θi:ŋ³	θa:n⁵
死	就	不	想	散

到死不分离。

9-1215

少	反	本	古	南
Sau	fan	mbwn	guh	namh
θa:u¹	fa:n¹	bun¹	ku⁴	na:n⁶
姑娘	翻	天	做	土

能翻天为地，

9-1216

备	是	刀	要	你
Beix	cix	dauq	aeu	mwngz
pi⁴	çi⁴	ta:u⁵	au¹	muŋ²
兄	就	回	娶	你

兄便来娶你。

女唱

9-1217

中	大	人	了	乖
Cungq	da	yinz	liux	gvai
çoŋ⁵	ta⁴	jin²	li:u⁴	kwa:i¹
中	大	人	啰	乖

考取官职了，

9-1218

代	好	句	声	好
Dai	ndij	coenz	sing	hauq
ta:i¹	di¹	kjon²	θiŋ¹	ha:u⁵
死	与	句	声	话

就为一句话。

9-1219

知	你	刀	空	刀
Rox	mwngz	dauq	ndwi	dauq
ɹo⁴	muɯŋ²	ta:u⁵	du:i¹	ta:u⁵
知	你	回	不	回

你回不回头，

9-1220

开	罗	伴	召	心
Gaej	lox	buenx	cau	sim
ka:i⁵	lo⁴	pu:n⁴	ça:u⁵	θin¹
莫	哄	伴	操	心

莫骗妹心焦。

男唱

9-1221

中	大	人	了	乖
Cungq	da	yinz	liux	gvai
çoŋ⁵	ta⁴	jin²	li:u⁴	kwa:i¹
中	大	人	啰	乖

已考取官职，

9-1222

代	好	句	声	好
Dai	ndij	coenz	sing	hauq
ta:i¹	di¹	kjon²	θiŋ¹	ha:u⁵
死	与	句	声	话

为了一句话。

9-1223

土	讲	刀	是	刀
Dou	gangj	dauq	cix	dauq
tu¹	ka:ŋ³	ta:u⁵	çi⁴	ta:u⁵
我	讲	回	就	回

我说回就回，

9-1224

伴	开	乱	领	文
Buenx	gaeq	luenh	lingx	vunz
pu:n⁴	ka:i⁵	lu:n⁶	liŋ⁴	vun²
伴	莫	乱	领	人

妹莫嫁别人。

女唱

9-1225

中	大	人	了	乖
Cungq	da	yinz	liux	gvai
çoŋ⁵	ta⁴	jin²	li:u⁴	kwa:i¹
中	大	人	啰	乖

已考取官职，

9-1226

代	好	句	话	罗
Dai	ndij	coenz	vah	lox
ta:i¹	di¹	kjon²	va⁶	lo⁴
死	与	句	话	骗

只为一句话。

9-1227

金	支	刀	马	托
Gim	sei	dauq	ma	doh
kin¹	θi¹	ta:u⁵	ma¹	to⁶
金	丝	又	来	向

红线又复还，

9-1228

空	知	合	英	元
Ndwi	rox	hob	in	yuenz
du:i¹	ɣo⁴	ho:p⁸	in¹	ju:n²
不	知	合	姻	缘

不知合缘否?

男唱

9-1229

中	大	人	了	乖
Cungq	da	yinz	liux	gvai
çoŋ⁵	ta⁴	jin²	li:u⁴	kwa:i¹
中	大	人	啰	乖

已考取官职，

9-1230

代	好	句	话	罗
Dai	ndij	coenz	vah	lox
ta:i¹	di¹	kjon²	va⁶	lo⁴
死	与	句	话	骗

只为一句话。

9-1231

克	皮	米	文	能
Gwz	biz	miz	vunz	naengh
ku⁶	pi⁶	mi²	vun²	naŋ⁶
隔	壁	有	人	坐

隔壁有人坐，

9-1232

金	堂	不	得	银
Gim	dangz	mbouj	ndaej	ngaenz
kin¹	ta:ŋ²	bou⁵	dai³	ŋan²
金	堂	不	得	银

金斗不过银。

女唱

9-1233

中	大	人	了	乖
Cungq	da	yinz	liux	gvai
çoŋ⁵	ta⁴	jin²	li:u⁴	kwa:i¹
中	大	人	啰	乖

已考取官职，

9-1234

代	好	句	话	罗
Dai	ndij	coenz	vah	lox
ta:i¹	di¹	kjon²	va⁶	lo⁴
死	与	句	话	骗

只为一句话。

9-1235

采	罗	见	文	来
Byaij	loh	raen	vunz	lai
pja:i³	lo⁶	ɹan¹	vun²	la:i¹
走	路	见	人	多

路上行人多，

9-1236

秋	田	农	米	文
Ciuq	denz	nuengx	miz	vunz
çi:u⁵	te:n²	nu:ŋ⁴	mi²	vun²
看	地	妹	有	人

妹家访客多。

男唱

9-1237

中	大	人	了	乖
Cungq	da	yinz	liux	gvai
çoŋ⁵	ta⁴	jin²	li:u⁴	kwa:i¹
中	大	人	啰	乖

已考取官职，

9-1238

代	好	句	话	罗
Dai	ndij	coenz	vah	lox
ta:i¹	di¹	kjon²	va⁶	lo⁴
死	与	句	话	骗

只为一句话。

9-1239

采	罗	见	文	来
Byaij	loh	raen	vunz	lai
pja:i³	lo⁶	ɹan¹	vun²	la:i¹
走	路	见	人	多

路上行人多，

9-1240

当	花	罗	花	尾
Daengq	va	loh	va	byai
taŋ⁵	va¹	lo⁶	va¹	pja:i¹
当	花	路	花	尾

当路边野花。

女唱

9-1241

中 大 人 了 乖

Cungq da yinz liux gvai

çoŋ⁵ ta⁴ jin² li:u⁴ kwa:i¹

中 大 人 啰 乖

已考取官职，

9-1242

代 好 句 三 八

Dai ndij coenz sanh bek

ta:i¹ di¹ kjon² θa:n¹ pe:k⁷

死 与 句 山 伯

只为一句话。

9-1243

小 正 是 尝 换

Siuj cingz cix caengz rieg

θiu³ çiŋ² çi⁴ çaŋ² ɯ:k⁸

小 情 就 未 换

定情物未还，

9-1244

备 先 分 土 写

Beix senq mbek dou ce

pi⁴ θe:n⁵ be:k⁷ tu¹ çe¹

兄 早 分 我 留

兄就抛弃我。

男唱

9-1245

比 不 学 文 秀

Beij mbouj yoz vunz ciuh

pi³ bou⁵ jo⁶ vun² çi:u⁶

比 不 如 人 世

自愧不如人，

9-1246

乃 小 作 江 官

Naih siu coq gyang guenz

na:i⁶ θi:u¹ ço⁵ kja:ŋ¹ ku:n²

慢 消 放 中 坪

到晒坪消气。

9-1247

丰 点 丰 合 元

Fungh dem fungh hob yuenz

fuŋ⁶ te:n¹ fuŋ⁶ ho:p⁸ ju:n²

凤 与 凤 合 缘

凤与凤投缘，

9-1248

八 变 心 妻 伏

Bah bienq sim maex fwx

pa⁶ pi:n⁵ θin¹ mai⁴ fə⁴

莫 急 变 心 妻 别人

劝妹别变心。

女唱

9-1249

比	不	学	文	秀
Beij	mbouj	yoz	vunz	ciuh
pi³	bou⁵	jo⁶	vun²	çi:u⁶
比	不	如	人	世

自愧不如人，

9-1250

乃	小	作	江	田
Naih	siu	coq	gyang	denz
na:i⁶	θi:u¹	ço⁵	kja:ŋ¹	te:n²
慢	消	放	中	地

到田间消气。

9-1251

变	办	粒	后	千
Bienq	baenz	ngveih	haeux	ciem
pi:n⁵	pan²	ŋwei⁶	hau⁴	çi:n¹
变	成	粒	米	籼

变一粒籼米，

9-1252

牙	连	花	对	生
Yax	lienz	va	doiq	saemq
ja⁵	li:n²	va¹	to:i⁵	θan⁵
也	连	花	对	庚

也粘住情哥。

男唱

9-1253

比	不	学	文	秀
Beij	mbouj	yoz	vunz	ciuh
pi³	bou⁵	jo⁶	vun²	çi:u⁶
比	不	如	人	世

自愧不如人，

9-1254

乃	小	作	江	手
Naih	siu	coq	gyang	fwngz
na:i⁶	θi:u¹	ço⁵	kja:ŋ¹	fuɯŋ²
慢	消	放	中	手

要慢慢消气。

9-1255

勒	九	变	勒	坤
Lwg	yiuz	bienq	lwg	gun
luɯk⁸	ji:u⁶	pi:n⁵	luɯk⁸	kun¹
子	瑶	变	子	官

瑶族变汉族，

9-1256

办	文	贝	而	在
Baenz	vunz	bae	lawz	ywq
pan²	vun²	pai¹	lau²	juɯ⁵
成	人	去	哪	住

哪有地方住？

女唱

男唱

9-1257

比	不	学	文	秀
Beij	mbouj	yoz	vunz	ciuh
pi³	bou⁵	jo⁶	vun²	çi:u⁶
比	不	如	人	世

比不上世人，

9-1258

乃	小	作	江	手
Naih	siu	coq	gyang	fwngz
na:i⁶	θi:u¹	ço⁵	kja:ŋ¹	fuɯ²
慢	消	放	中	手

要慢慢消气。

9-1259

勒	九	变	勒	坤
Lwg	yiuz	bienq	lwg	gun
luɯk⁸	ji:u⁶	pi:n⁵	luɯk⁸	kun¹
子	瑶	变	子	官

瑶族变汉族，

9-1260

办	文	偻	共	罗
Baenz	vunz	raeuz	gungh	loh
pan²	vun¹	ɣau²	kuŋ⁶	lo⁶
成	人	我们	共	路

长大共相处。

9-1261

比	文	昌	小	些
Beij	vwnz	cangh	siuj	seq
pi³	vuun⁶	ça:ŋ⁵	θi:u³	θe⁵
比	文	章	小	事

文章是小事，

9-1262

正	卜	乜	难	堂
Cingz	boh	meh	nanz	daengz
çiŋ²	po⁶	me⁶	na:n²	taŋ²
情	父	母	难	到

父母情难还。

9-1263

秋	巴	罗	内	王
Ciuq	bak	loh	neix	vang
çi:u⁵	pa:k⁷	lo⁶	ni⁴	va:ŋ¹
看	嘴	路	这	横

此路有缺口，

9-1264

难	办	元	少	包
Nanz	baenz	yuenz	sau	mbauq
na:n²	pan²	ju:n²	θa:u¹	ba:u⁵
难	成	缘	姑娘	小伙

恐情路难续。

女唱	男唱

9-1265

比	不	我	儿	汉
Bi	mbouj	ngoj	geij	hanh
pi¹	bou⁵	ŋo³	ki³	ha:n⁶
年	不	料到	几	限

今年遭厄运，

9-1269

比	不	我	儿	汉
Bi	mbouj	ngoj	geij	hanh
pi¹	bou⁵	ŋo³	ki³	ha:n⁶
年	不	料到	几	限

今年遭厄运，

9-1266

被	难	拜	广	东
Deng	nanz	baih	gvangj	doeng
te:ŋ¹	na:n²	pa:i⁶	kwa:ŋ³	toŋ¹
换	难	边	广	东

在广东落难。

9-1270

被	难	拜	广	东
Deng	nanz	baih	gvangj	doeng
te:ŋ¹	na:n²	pa:i⁶	kwa:ŋ³	toŋ¹
换	难	边	广	东

在广东落难。

9-1267

身	农	生	下	朋
Ndang	nuengx	seng	laj	boengz
da:ŋ¹	nu:ŋ⁴	θe:n¹	la³	poŋ²
身	妹	生	下	泥

妹生来有恙，

9-1271

身	农	生	下	朋
Ndang	nuengx	seng	laj	boengz
da:ŋ¹	nu:ŋ⁴	θe:n¹	la³	poŋ²
身	妹	生	下	泥

妹生来有恙，

9-1268

累	同	而	得	收
Laeq	doengz	lawz	ndaej	caeu
lai⁵	toŋ²	lau²	dai³	ɕau¹
看	同	哪	得	收

看谁肯收留。

9-1272

龙	是	付	生	衣
Lungz	cix	fouz	seng	eiq
luŋ²	ɕi⁴	fu²	θe:ŋ¹	i⁵
龙	就	无	相	依

兄不离不弃。

女唱	男唱

9-1273

比	不	我	儿	汉
Bi	mbouj	ngoj	geij	hanh
pi¹	bou⁵	ŋo³	ki³	ha:n⁶
年	不	料到	几	限

今年厄运多，

9-1274

被	难	拜	柳	州
Deng	nanz	baih	louj	couh
te:ŋ¹	na:n²	pa:i⁶	lou⁴	çou¹
挨	难	边	柳	州

在柳州落难。

9-1275

备	玩	仪	空	快
Beix	vanz	saenq	ndwi	riuz
pi⁴	va:n²	θin⁵	du:i¹	ɹi:u²
兄	还	信	不	快

兄回信不快，

9-1276

少	被	收	条	命
Sau	deng	siu	diuz	mingh
θa:u¹	te:ŋ¹	θi:u¹	ti:u²	miŋ⁶
姑娘	挨	收	条	命

妹险些丢命。

9-1277

比	不	我	儿	汉
Bi	mbouj	ngoj	geij	hanh
pi¹	bou⁵	ŋo³	ki³	ha:n⁶
年	不	料到	几	限

今年厄运多，

9-1278

被	难	拜	柳	州
Deng	nanz	baih	louj	couh
te:ŋ¹	na:n²	pa:i⁶	lou⁴	çou¹
挨	难	边	柳	州

在柳州落难。

9-1279

备	玩	仪	可	快
Beix	vanz	saenq	goj	riuz
pi⁴	va:n²	θin⁵	ko⁵	ɹi:u²
兄	还	信	也	快

兄早想回信，

9-1280

正	貝	州	不	刀
Cingz	bae	cou	mbouj	dauq
çiŋ²	pai¹	çou¹	bou⁵	ta:u⁵
情	去	州	不	回

但礼品不全。

男唱	女唱

男唱

9-1281

比	不	我	几	汉
Bi	mbouj	ngoj	geij	hanh
pi¹	bou⁵	ŋo³	ki³	haːn⁶
年	不	料到	几	限

今年遭厄运，

9-1282

被	难	拜	更	河
Deng	nanz	baih	gwnz	haw
teːŋ¹	naːn²	paːi⁶	kɯn²	hɯɯ¹
挨	难	边	上	圩

在圩上落难。

9-1283

农	被	难	方	而
Nuengx	deng	nanz	fueng	lawz
nuːŋ⁴	teːŋ¹	naːn²	fuːŋ¹	lau²
妹	挨	难	方	哪

妹何方落难，

9-1284

马	问	龙	要	罪
Ma	cam	lungz	aeu	coih
ma¹	ɕaːm¹	luŋ²	au¹	ɕoːi⁶
来	问	龙	要	罪

来怪罪于兄？

女唱

9-1285

比	不	我	几	汉
Bi	mbouj	ngoj	geij	hanh
pi¹	bou⁵	ŋo³	ki³	haːn⁶
年	不	料到	几	限

今年厄运多，

9-1286

被	难	拜	更	开
Deng	nanz	baih	gwnz	gai
teːŋ¹	naːn²	paːi⁶	kɯn²	kaːi¹
挨	难	边	上	街

在街上落难。

9-1287

被	难	合	比	来
Deng	nanz	hop	bi	lai
teːŋ¹	naːn²	hoːp⁷	pi¹	laːi¹
挨	难	周	年	多

落难一年多，

9-1288

不	代	牙	老	秀
Mbouj	dai	yax	lauq	ciuh
bou⁵	taːi¹	ja⁵	laːu⁵	ɕiːu⁶
不	死	也	误	世

不死也误时。

男唱

9-1289

比	不	我	几	汉
Bi	mbouj	ngoj	geij	hanh
pi¹	bou⁵	ŋo³	ki³	ha:n⁶
年	不	料到	几	限

今年厄运多,

9-1290

被	难	拜	更	开
Deng	nanz	baih	gwnz	gai
te:ŋ¹	na:n²	pa:i⁶	kuun²	ka:i¹
挨	难	边	上	街

在街上落难。

9-1291

被	难	合	比	来
Deng	nanz	hop	bi	lai
te:ŋ¹	nan²	ho:p⁷	pi¹	la:i¹
挨	难	周	年	多

落难一年多,

9-1292

正	包	乖	牙	断
Cingz	mbauq	gvai	yax	duenx
çiŋ²	ba:u⁵	kwa:i¹	ja⁵	tu:n⁴
情	小伙	乖	也	断

兄情义也断。

女唱

9-1293

比	不	我	几	汉
Bi	mbouj	ngoj	geij	hanh
pi¹	bou⁵	ŋo³	ki³	ha:n⁶
年	不	料到	几	限

今年厄运多,

9-1294

被	难	拜	广	西
Deng	nanz	baih	gvangj	sih
te:ŋ¹	na:n²	pa:i⁶	kwa:ŋ³	θei¹
挨	难	边	广	西

在广西落难。

9-1295

备	得	沙	卜	它
Beix	ndaej	ra	boux	de
pi⁴	dai³	ɹa¹	pu⁴	te¹
兄	得	找	个	那

兄去找别人,

9-1296

少	是	写	正	重
Sau	cix	ce	cingz	naek
θa:u¹	çi⁴	çe¹	çiŋ²	nak⁷
姑娘	就	留	情	重

妹会留情面。

男唱					女唱				

9-1297

比	不	我	几	汉
Bi	mbouj	ngoj	geij	hanh
pi^1	bou^5	ηo^3	ki^3	$ha{:}n^6$
年	不	料到	几	限

今年厄运多,

9-1298

被	难	拜	广	西
Deng	nanz	baih	gvangj	sih
$te{:}\eta^1$	$na{:}n^2$	$pa{:}i^6$	$kwa{:}\eta^3$	θei^1
挨	难	边	广	西

在广西落难。

9-1299

加	土	沙	阝	它
Gyah	dou	ra	boux	de
kja^6	tu^1	$\textit{.ra}^1$	pu^4	te^1
自	我	找	个	那

我去找别人,

9-1300

不	得	写	你	农
Mbouj	ndaej	ce	mwngz	nuengx
bou^5	dai^3	$\text{ç}e^1$	$mш\eta^2$	$nu{:}\eta^4$
不	得	留	你	妹

又舍不得你。

9-1301

比	不	我	几	汉
Bi	mbouj	ngoj	geij	hanh
pi^1	bou^5	ηo^3	ki^3	$ha{:}n^6$
年	不	料到	几	限

今年遭厄运,

9-1302

被	文	犯	里	牢
Deng	vunz	famh	ndaw	lauz
$te{:}\eta^1$	vun^2	$fa{:}n^6$	dau^1	$la{:}u^2$
挨	人	犯	里	牢

无异于囚犯。

9-1303

被	难	告	它	告
Deng	nanz	gau	daz	gau
$te{:}\eta^1$	$na{:}n^2$	$ka{:}u^1$	ta^2	$ka{:}u^1$
挨	难	次	又	次

一次次落难,

9-1304

好	老	不	了	备
Ndei	lau	mbouj	liux	beix
dei^1	$la{:}u^1$	bou^5	$li{:}u^4$	pi^4
好	怕	不	啰	兄

兄你惧怕否?

男唱	女唱

男唱

9-1305

比	不	我	几	汉
Bi	mbouj	ngoj	geij	hanh
pi¹	bou⁵	ŋo³	ki³	haːn⁶
年	不	料到	几	限

今年遭厄运,

9-1306

强	文	犯	里	牢
Giengz	vunz	famh	ndaw	lauz
kiːŋ²	vun²	faːn⁶	dau¹	laːu²
像	人	犯	里	牢

无异于囚犯。

9-1307

被	难	告	它	告
Deng	nanz	gau	daz	gau
teːŋ¹	naːn²	kaːu¹	ta²	kaːu¹
挨	难	次	又	次

一次次落难,

9-1308

好	老	是	开	勒
Ndei	lau	cix	gaej	lawh
dei¹	laːu¹	çi⁴	kaːi⁵	ləu⁶
好	怕	就	莫	换

怕就莫结交。

女唱

9-1309

比	不	我	几	汉
Bi	mbouj	ngoj	geij	hanh
pi¹	bou⁵	ŋo³	ki³	haːn⁶
年	不	料到	几	限

今年遭厄运,

9-1310

强	文	犯	里	牢
Giengz	vunz	famh	ndaw	lauz
kiːŋ²	vun²	faːn⁶	dau¹	laːu²
像	人	犯	里	牢

无异于囚犯。

9-1311

被	难	告	它	告
Deng	nanz	gau	daz	gau
teːŋ¹	naːn²	kaːu¹	ta²	kaːu¹
挨	难	次	又	次

一次次落难,

9-1312

很	果	桃	貝	满
Hwnj	go	dauz	bae	muengh
hɯn³	ko¹	taːu²	pai¹	muːŋ⁶
上	棵	桃	去	望

上树去祈福。

男唱

9-1313

比	不	我	几	汉
Bi	mbouj	ngoj	geij	hanh
pi¹	bou⁵	ŋo³	ki³	ha:n⁶
年	不	料到	几	限

今年遭厄运，

9-1314

强	文	犯	里	牢
Giengz	vunz	famh	ndaw	lauz
ki:ŋ²	vun²	fa:n⁶	dauɯ¹	la:u²
像	人	犯	里	牢

无异于囚犯。

9-1315

被	难	是	开	老
Deng	nanz	cix	gaej	lau
te:ŋ¹	na:n²	çi⁴	ka:i⁵	la:u¹
挨	难	就	莫	怕

落难不要慌，

9-1316

干	包	少	自	在
Ganq	mbauq	sau	gag	ywq
ka:n⁵	ba:u⁵	θa:u¹	ka:k⁸	jɯ⁵
照料	小伙	姑娘	自	住

要顾小家庭。

女唱

9-1317

比	不	我	良	豪
Bi	mbouj	ngoj	liengz	hauq
pi¹	bou⁵	ŋo³	li:ŋ²	ha:u⁵
年	不	料到	良	孝

未为你戴孝，

9-1318

办	包	不	办	贵
Baenz	mbauq	mbouj	baenz	gwiz
pan²	ba:u⁵	bou⁵	pan²	kui²
成	小伙	不	成	丈夫

情友非丈夫。

9-1319

华	老	刀	马	回
Hak	laux	dauq	ma	hoiz
ha:k⁷	la:u⁴	ta:u⁵	ma¹	ho:i²
官	大	倒	来	回

嫁也无结果，

9-1320

古	存	空	是	八
Guh	caemz	ndwi	cix	bah
ku⁴	çan²	duɯ¹	çi⁴	pa⁶
做	玩	不	就	算

同游玩算了。

男唱

女唱

9-1321

比	不	哈	良	豪
Beij	mbouj	ha	liengz	hauq
pi³	bou⁵	ha¹	li:ŋ²	ha:u⁵
比	不	配	良	孝

你不是孝子，

9-1325

比	不	学	良	豪
Beij	mbouj	yoz	liengz	hauq
pi³	bou⁵	jo⁶	li:ŋ²	ha:u⁵
比	不	如	良	孝

不去比良孝，

9-1322

办	包	不	办	贵
Baenz	mbauq	mbouj	baenz	gwiz
pan²	ba:u⁵	bou⁵	pan²	kɯi²
成	小伙	不	成	丈夫

也不是丈夫。

9-1326

办	包	不	办	贵
Baenz	mbauq	mbouj	baenz	gwiz
pan²	ba:u⁵	bou⁵	pan²	kɯi²
成	小伙	不	成	丈夫

是友非丈夫。

9-1323

自	唱	歌	能	空
Gag	cang	go	nyaenx	ndwi
ka:k⁸	ɕa:ŋ⁴	ko⁵	ȵan⁴	du:i¹
自	唱	歌	那么	空

独自唱山歌，

9-1327

老	名	作	你	空
Lau	mingz	coh	mwngz	ndwi
la:u¹	miŋ²	ɕo⁶	mɯŋ²	du:i¹
怕	名	字	你	不

就怕你威名，

9-1324

不	卩	陪	声	好
Mbouj	boux	boiz	sing	hauq
bou⁵	pu⁴	po:i²	θiŋ¹	ha:u⁵
无	人	陪	声	话

没有人对唱。

9-1328

可	强	文	犯	罪
Goj	giengz	vunz	famh	coih
ko⁵	ki:ŋ²	vun²	fa:n⁶	ɕo:i⁶
也	像	人	犯	罪

像囚犯一样。

男唱

9-1329

八	十	字	孝	孝
Bet	cih	saw	yauq	yauq
pe:t⁷	çi⁶	θaɯ¹	ja:u⁵	ja:u⁵
八	个	字	耀	耀

八字真如铁，

9-1330

乜	好	古	千	金
Meh	ndei	guh	cien	gim
me⁶	dei¹	ku⁴	çi:n¹	kin¹
母	好	做	千	金

母深爱小姐。

9-1331

鸟	炕	打	羽	飞
Roeg	enq	daj	fwed	mbin
ɹok⁸	e:n⁵	ta³	fu:t⁸	bin¹
鸟	燕	打	翅	飞

燕子展翅飞，

9-1332

千	金	回	不	刀
Cien	gim	hoiz	mbouj	dauq
çi:n¹	kin¹	ho:i²	bou⁵	ta:u⁵
千	金	回	不	回

千金回不来。

女唱

9-1333

八	十	字	孝	孝
Bet	cih	saw	yauq	yauq
pe:t⁷	çi⁶	θaɯ¹	ja:u⁵	ja:u⁵
八	个	字	耀	耀

八字真如铁，

9-1334

乜	好	古	千	金
Meh	ndei	guh	cien	gim
me⁶	dei¹	ku⁴	çi:n¹	kin¹
母	好	做	千	金

母深爱小姐。

9-1335

贵	农	空	重	心
Gwiz	nuengx	ndwi	naek	sim
kui²	nu:ŋ⁴	du:i¹	nak⁷	θin¹
丈夫	妹	不	重	心

妹丈夫寡情，

9-1336

大	羽	飞	正	对
Daj	fwed	mbin	cingq	doiq
ta³	fu:t⁸	bin¹	çiŋ⁵	to:i⁵
打	翅	飞	正	对

离家寻自由。

男唱

9-1337

八	十	字	孝	孝
Bet	cih	saw	yauq	yauq
$pe:t^7$	$çi^6$	$θau^1$	$ja:u^5$	$ja:u^5$
八	个	字	耀	耀

八字真如铁，

9-1338

说	对	少	开	蒙
Naeuz	doiq	sau	gaej	muengz
nau^2	$to:i^5$	$θa:u^1$	$ka:i^5$	$mu:ŋ^2$
说	对	姑娘	莫	忙

情妹莫挂念。

9-1339

银	子	开	八	字
Yinz	swj	gaej	bah	nyungz
jin^2	$θɯ^3$	$ka:i^5$	pa^6	$ȵuŋ^2$
银	子	莫	急	辩

先不提礼金，

9-1340

同	偻	不	可	在
Doengz	raeuz	mbouj	goj	ywq
$toŋ^2$	$ɹau^2$	bou^5	ko^5	ju^5
同	我们	不	也	在

我俩情义在。

男唱

9-1341

八	十	字	孝	孝
Bet	cih	saw	yauq	yauq
$pe:t^7$	$çi^6$	$θau^1$	$ja:u^5$	$ja:u^5$
八	个	字	耀	耀

八字真如铁，

9-1342

说	对	少	开	蒙
Naeuz	doiq	sau	gaej	muengz
nau^2	$to:i^5$	$θa:u^1$	$ka:i^5$	$mu:ŋ^2$
说	对	姑娘	莫	忙

情妹别思念。

9-1343

表	备	祘	尝	通
Biuj	beix	suenq	caengz	doeng
$pi:u^3$	pi^4	$θu:n^5$	$çaŋ^2$	$toŋ^1$
表	兄	算	未	通

兄我没想好，

9-1344

乃	站	加	土	观
Naih	soengz	caj	dou	gonq
$na:i^6$	$θoŋ^2$	kja^3	tu^1	$ko:n^5$
慢	站	等	我	先

妹耐心等待。

女唱

9-1345

八	十	字	孝	孝
Bet	cih	saw	yauq	yauq
pe:t⁷	çi⁶	θau¹	ja:u⁵	ja:u⁵
八	个	字	耀	耀

八字真如铁，

9-1346

说	对	少	开	蒙
Naeuz	doiq	sau	gaej	muengz
nau²	do:i⁵	θa:u¹	ka:i⁵	mu:ŋ²
说	对	姑娘	莫	忙

情妹莫牵挂。

9-1347

当	阝	当	米	同
Dangq	boux	dangq	miz	doengz
ta:ŋ⁵	pu⁴	ta:ŋ⁵	mi²	toŋ²
另	人	另	有	同

各自有情友，

9-1348

阝	而	站	加	备
Boux	lawz	soengz	caj	beix
pu⁴	lau²	θoŋ²	kja³	pi⁴
人	哪	站	等	兄

谁在等老兄?

男唱

9-1349

八	十	字	孝	孝
Bet	cih	saw	yauq	yauq
pe:t⁷	çi⁶	θau¹	ja:u⁵	ja:u⁵
八	个	字	耀	耀

八字真如铁，

9-1350

说	对	备	开	备
Naeuz	doiq	beix	gaej	beix
nau²	to:i⁵	pi⁴	ka:i⁵	pi⁴
说	对	兄	莫	兄

情哥莫相忘。

9-1351

飞	路	后	邦	文
Feih	lu	haeuj	biengz	vunz
fei⁵	lu⁴	hau³	pi:ŋ²	vun²
飞	路	进	地方	人

远走入他乡，

9-1352

论	土	说	可	认
Lumz	dou	naeuz	goj	nyinh
lun²	tu¹	nau²	ko⁵	ɲ.in⁶
忘	我	或	也	记得

还记得我否?

女唱

9-1353

八 十 字 孝 孝

Bet cih saw yauq yauq

pe:t⁷ çi⁶ θaɯ¹ ja:u⁵ ja:u⁵

八 个 字 耀 耀

八字真如铁，

9-1354

说 表 农 开 立

Naeuz biuj nuengx gaej liz

nau² pi:u³ nu:ŋ⁴ ka:i⁵ li²

说 表 妹 莫 离

劝情妹留下。

9-1355

初 观 牙 少 好

Couh gonq yax sau ndei

çou⁶ ko:n⁵ ja⁵ θa:u¹ dei¹

初 先 也 姑娘 好

当初妹允偌，

9-1356

开 八 立 然 也

Gaej bah liz ranz meh

ka:i⁵ pa⁶ li² ɹa:n² me⁶

莫 急 离 家 母

不急离娘家。

男唱

9-1357

八 十 字 米 元

Bet cih saw miz yuenz

pe:t⁷ çi⁶ θaɯ¹ mi² ju:n²

八 个 字 有 缘

八字中有缘，

9-1358

听 鸟 炕 开 穷

Dingq roeg enq gaiq gyoengq

tiŋ⁵ ɹok⁸ e:n⁵ ka:i⁵ kjoŋ⁵

听 鸟 燕 架 群

如燕子聚众。

9-1359

断 土 你 又 论

Duenx dou mwngz youh lumz

tu:n⁴ tu¹ muɯŋ² jou⁴ lun²

断 我 你 又 忘

别后断音讯，

9-1360

作 你 空 出 光

Coh mwngz ndwi ok gvengq

ço⁶ muɯŋ² du:i¹ o:k⁷ kwe:ŋ⁵

名字 你 不 出 空旷

从此无处寻。

女唱

9-1361

八	十	字	米	元
Bet	cih	saw	miz	yuenz
pe:t⁷	çi⁶	θaɯ¹	mi³	ju:n²
八	个	字	有	缘

八字中有缘,

9-1362

听	鸟	炕	几	句
Dingq	roeg	enq	geij	coenz
tiŋ⁵	ɹok⁸	e:n⁵	ki³	kjon²
听	鸟	燕	几	句

听燕子呢喃。

9-1363

米	欢	是	结	欢
Miz	fwen	cix	giet	fwen
mi²	vu:n¹	çi⁴	ki:t⁷	vu:n¹
有	歌	就	结	歌

有歌就唱歌,

9-1364

米	月	良	米	的
Miz	ndwen	lingh	miz	diq
mi²	du:n¹	le:ŋ⁶	mi²	ti⁵
有	月	另	有	点

月下共欢唱。

男唱

9-1365

八	十	字	米	元
Bet	cih	saw	miz	yuenz
pe:t⁷	çi⁶	θaɯ¹	mi³	ju:n²
八	个	字	有	缘

八字有缘分,

9-1366

乃	先	水	山	下
Naih	senq	raemx	bya	roengz
na:i⁶	θe:n⁵	ɹan⁴	pja¹	ɹoŋ²
慢	早	水	眼	下

想起泪水流。

9-1367

八	十	字	空	从
Bet	cih	saw	ndwi	coengz
pe:t⁷	çi⁶	θaɯ¹	du:i¹	çoŋ²
八	个	字	不	从

八字合不起,

9-1368

当	方	偻	当	在
Dangq	fueng	raeuz	dangq	ywq
ta:ŋ⁵	fu:ŋ¹	ɹau²	ta:ŋ⁵	juɯ⁵
另	方	我们	另	住

无缘在一起。

女唱

9-1369

八	十	字	庆	远
Bet	cih	saw	ging	yenj
$peːt^7$	$çi^6$	$θau^1$	$kiŋ^3$	$juːn^6$
八	个	字	庆	远

庆远看八字，

9-1370

务	全	拜	桂	林
Huj	cienj	baih	gvei	linz
hu^3	$çuːn^3$	$paːi^6$	$kwei^1$	lin^2
云	转	边	桂	林

缘分到桂林。

9-1371

比	丰	中	九	金
Beij	fungh	cungq	gouj	gim
pi^3	$fuŋ^6$	$çoŋ^5$	$kjou^3$	kin^1
比	凤	中	九	金

如同凤高升，

9-1372

空	米	文	马	秀
Ndwi	miz	vuen	ma	souh
$duːi^1$	mi^2	$vuːn^1$	ma^1	$θiːu^6$
不	有	欢	来	受

无福分享受。

男唱

9-1373

八	十	字	庆	远
Bet	cih	saw	ging	yenj
$peːt^7$	$çi^6$	$θau^1$	$kiŋ^3$	$juːn^6$
八	个	字	庆	远

庆远看八字，

9-1374

在	峒	开	卢	连
Ywq	doengh	hai	louz	lienz
$juɯ^5$	$toŋ^6$	$haːi^1$	lu^2	$liːn^2$
在	峒	开	游	荡

到外地游荡。

9-1375

备	得	沙	本	钱
Beix	ndaej	ra	bonj	cienz
pi^4	dai^3	$ɣa^1$	$poːn^3$	$çiːn^2$
兄	得	找	本	钱

兄备得本钱，

9-1376

少	得	边	知	不
Sau	ndaej	rengh	rox	mbouj
$θaːu^1$	dai^3	$ɣɯŋ^6$	$ɣo^4$	bou^5
姑娘	得	跟	或	不

妹愿跟我否？

女唱	男唱

女唱

9-1377

八	十	字	庆	远
Bet	cih	saw	ging	yenj
$pe:t^7$	$çi^6$	θau^1	$kiŋ^3$	$ju:n^6$
八	个	字	庆	远

庆远看八字，

9-1378

在	垌	开	卢	连
Ywq	doengh	hai	louz	lienz
ju^5	$toŋ^6$	$ha:i^1$	lu^2	$li:n^2$
在	垌	开	游	荡

到外地游荡。

9-1379

备	得	沙	本	钱
Beix	ndaej	ra	bonj	cienz
pi^4	dai^3	$ɹa^1$	$po:n^3$	$çi:n^2$
兄	得	找	本	钱

兄备得彩礼，

9-1380

是	边	龙	勒	仪
Cix	rengh	lungz	lawh	saenq
$çi^4$	$ɹa:ŋ^6$	$luŋ^2$	$ləɯ^6$	θin^5
就	跟	龙	换	信

就与兄结交。

男唱

9-1381

一	年	小	一	日
It	nienz	siuj	it	ngoenz
it^7	$ni:n^2$	$\theta i:u^3$	it^7	$ŋon^2$
一	年	少	一	天

一年少一天，

9-1382

听	鸟	炕	支	罗
Dingq	roeg	enq	cih	loh
$tiŋ^5$	$ɹok^8$	$e:n^5$	$çi^6$	lo^6
听	鸟	燕	指	路

由燕子带路。

9-1383

满	的	巴	跟	合
Muengh	diq	bak	riengz	hoz
$mu:ŋ^6$	ti^5	$pa:k^7$	$ɹi:ŋ^2$	ho^2
望	点	嘴	跟	脖

苟且得欢乐，

9-1384

元	可	写	给	伏
Yuenz	goj	ce	hawj	fwx
$ju:n^2$	ko^5	$çe^1$	$həɯ^3$	$fə^4$
缘	也	留	给	别人

缘分归别人。

女唱

9–1385

一	日	小	一	时
It	ngoenz	siuj	it	seiz
it^{7}	ŋon^{2}	θiːu^{3}	it^{7}	θi^{2}
一	天	少	一	时

一天少一时，

9–1386

了	正	义	双	偻
Liux	cingz	ngeih	song	raeuz
liːu^{4}	ɕiŋ^{2}	n̥i^{6}	θoːŋ^{1}	ɹau^{2}
完	情	义	两	我们

我俩情将尽。

9–1387

不	仪	句	话	土
Mbouj	saenq	coenz	vah	dou
bou^{5}	θin^{5}	kjon^{2}	va^{6}	tu^{1}
不	信	句	话	我

对哥述衷肠，

9–1388

土	不	论	你	闹
Dou	mbouj	lumz	mwngz	nauq
tu^{1}	bou^{5}	lun^{2}	mɯŋ^{2}	naːu^{5}
我	不	忘	你	不

情缘永不忘。

男唱

9–1389

一	日	小	一	时
It	ngoenz	siuj	it	seiz
it^{7}	ŋon^{2}	θiːu^{3}	it^{7}	θi^{2}
一	天	少	一	时

一天少一时，

9–1390

了	正	义	双	偻
Liux	cingz	ngeih	song	raeuz
liːu^{4}	ɕiŋ^{2}	n̥i^{6}	θoːŋ^{1}	ɹau^{2}
完	情	义	两	我们

我俩情将尽。

9–1391

知	讲	又	知	说
Rox	gangj	youh	rox	naeuz
ɹo^{4}	kaːŋ^{3}	jou^{4}	ɹo^{4}	nau^{2}
知	讲	又	知	说

真能说会道，

9–1392

不	古	而	同	沙
Mbouj	guh	rawz	doengh	ra
bou^{5}	ku^{4}	ɹaɯ^{2}	toŋ^{2}	ɹa^{1}
不	做	什么	相	找

如何相追寻？

女唱

9-1393

更	本	是	双	处
Gwnz	mbwn	cix	song	cih
kuɯn²	buɯn¹	çi⁴	θoŋ¹	çi⁶
上	天	是	两	处

天意是两可，

9-1394

交	一	句	包	娘
Gyauq	it	coenz	mbauq	nangz
kja:u⁵	it⁷	kjon²	ba:u⁵	na:ŋ²
教	一	句	小伙	姑娘

教我俩一句。

9-1395

特	字	命	马	相
Dawz	saw	mingh	ma	siengq
təɯ²	θaɯ¹	miŋ⁶	ma¹	θi:ŋ⁵
拿	书	命	来	相

拿八字来看，

9-1396

份	利	强	知	不
Faenh	lij	giengz	rox	mbouj
fan⁶	li⁴	ki:ŋ²	ɣo⁴	bou⁵
份	还	强	或	不

还有缘分否？

男唱

9-1397

更	本	是	双	处
Gwnz	mbwn	cix	song	cih
kuɯn²	buɯn¹	çi⁴	θoŋ¹	çi⁶
上	天	是	两	处

天意是两可，

9-1398

交	一	句	包	娘
Gyauq	it	coenz	mbauq	nangz
kja:u⁵	it⁷	kjon²	ba:u⁵	na:ŋ²
教	一	句	小伙	姑娘

教兄妹一句。

9-1399

特	字	命	马	相
Dawz	saw	mingh	ma	siengq
təɯ²	θaɯ¹	miŋ⁶	ma¹	θi:ŋ⁵
拿	书	命	来	相

拿八字来看，

9-1400

份	利	强	外	对
Faenh	lij	giengz	vaij	doih
fan⁶	li⁴	ki:ŋ²	va:i³	to:i⁶
份	还	强	过	伙伴

缘分强过人。

女唱

9-1401

更	本	是	双	处
Gwnz	mbwn	cix	song	cih
kɯn²	bun¹	çi⁴	θoŋ¹	çi⁶
上	天	是	两	处

天意是两可，

9-1402

交	一	句	包	娘
Gyauq	it	coenz	mbauq	nangz
kja:u⁵	it⁷	kjon²	ba:u⁵	na:ŋ²
教	一	句	小伙	姑娘

教兄妹一句。

9-1403

特	字	命	马	相
Dawz	saw	mingh	ma	siengq
təɯ²	θau¹	miŋ⁶	ma¹	θi:ŋ⁵
拿	书	命	来	相

拿八字来看，

9-1404

欢	强	是	勒	仪
Fwen	giengz	cix	lawh	saenq
vu:n¹	ki:ŋ²	çi⁴	ləɯ⁶	θin⁵
歌	强	就	换	信

有缘就结交。

男唱

9-1405

更	本	是	双	处
Gwnz	mbwn	cix	song	cih
kɯn²	bun¹	çi⁴	θoŋ¹	çi⁶
上	天	是	两	处

天意是两可，

9-1406

交	一	句	包	而
Gyauq	it	coenz	mbauq	lawz
kja:u⁵	it⁷	kjon²	ba:u⁵	lau²
教	一	句	小伙	哪

教情哥一句。

9-1407

采	元	丢	很	马
Byaij	roen	diuq	hwnj	ma
pja:i³	jo:n¹	ti:u⁵	hɯn³	ma¹
走	路	跳	上	马

兄妹共一骑，

9-1408

全	古	家	一	在
Gyonj	guh	gya	ndeu	ywq
kjo:ŋ¹	ku⁴	kja¹	de:u¹	jɯ⁵
聚	做	家	一	住

合一家同居。

女唱

9-1409

更	本	是	双	处
Gwnz	mbwn	cix	song	cih
kun^2	bun^1	$çi^4$	$\theta oŋ^1$	$çi^6$
上	天	是	两	处

天意是两可，

9-1410

交	一	句	包	而
Gyauq	it	coenz	mbauq	lawz
$kja{:}u^5$	it^7	$kjon^2$	$ba{:}u^5$	lau^2
教	一	句	小伙	哪

教情哥一句。

9-1411

是	加	全	古	家
Cix	caj	gyonj	guh	gya
$çi^4$	kja^3	$kjo{:}n^1$	ku^4	kja^1
是	等	聚	做	家

等着要成家，

9-1412

老	龙	从	不	得
Lau	lungz	coengz	mbouj	ndaej
$la{:}u^1$	$luŋ^2$	$çoŋ^2$	bou^5	dai^3
怕	龙	从	不	得

怕兄不接受。

男唱

9-1413

更	本	是	双	处
Gwnz	mbwn	cix	song	cih
kun^2	bun^1	$çi^4$	$\theta oŋ^1$	$çi^6$
上	天	是	两	处

天意是两可，

9-1414

交	一	句	包	而
Gyauq	it	coenz	mbauq	lawz
$kja{:}u^5$	it^7	$kjon^2$	$ba{:}u^5$	lau^2
教	一	句	小伙	哪

教情哥一句。

9-1415

是	加	全	古	家
Cix	caj	gyonj	guh	gya
$çi^4$	kja^3	$kjo{:}n^1$	ku^4	kja^1
是	等	聚	做	家

两人合一家，

9-1416

邦	土	从	得	由
Biengz	dou	coengz	ndaej	raeuh
$piːŋ^2$	tu^1	$çoŋ^2$	dai^3	$ɹau^6$
地方	我	从	得	多

乡俗容得下。

女唱

9-1417

更	本	是	双	处
Gwnz	mbwn	cix	song	cih
kun^2	bun^1	φi^4	θon^1	φi^6
上	天	是	两	处

天意是两可，

9-1418

交	一	句	包	而
Gyauq	it	coenz	mbauq	lawz
$kja{:}u^5$	it^7	$kjon^2$	$ba{:}u^5$	lau^2
教	一	句	小伙	哪

教情哥一句。

9-1419

长	判	断	思	恩
Cangh	buenq	duenx	swh	wnh
$\varphi a{:}n^6$	$pu{:}n^5$	$tu{:}n^4$	$\theta ɯ^1$	an^1
匠	贩	断	思	恩

商贩断思恩，

9-1420

老	龙	生	本	阝
Lau	lungz	seng	bonj	bouh
$la{:}u^1$	lun^2	$\theta e{:}n^1$	$po{:}n^3$	pou^6
怕	龙	生	本	薄

兄应记账目。

男唱

9-1421

七	十	义	贝	正
Caet	cib	ngeih	mbaw	cingz
φat^7	φit^8	$ȵi^6$	bau^1	φin^2
七	十	二	张	情

七十二诉状，

9-1422

贝	一	生	下	府
Mbaw	ndeu	caem	roengz	fuj
bau^1	$de{:}u^1$	φan^1	$ɹon^2$	fu^3
张	一	沉	下	府

一张告到府。

9-1423

十	分	生	本	阝
Cib	faen	seng	bonj	bouh
φit^8	fan^1	$\theta e{:}n^1$	$po{:}n^3$	pou^6
十	分	生	本	薄

若还有本子，

9-1424

不	给	农	贝	跟
Mbouj	hawj	nuengx	bae	riengz
bou^5	$hɯ^3$	$nu{:}n^4$	pai^1	$ɹi{:}n^2$
不	给	妹	去	跟

妹可脱干系。

女唱

9-1425

更	本	是	双	恩
Gwnz	mbwn	cix	song	nganh
kun²	bun¹	çi⁴	θo:ŋ¹	ŋa:n⁶
上	天	是	两	案

天意是两可，

9-1426

才	对	生	土	说
Caih	doiq	saemq	dou	naeuz
ça:i⁶	to:i⁵	θan⁵	tu¹	nau²
随	对	庚	我	说

任我伴侣说。

9-1427

变	龙	那	不	要
Bienh	lungz	nax	mbouj	aeu
pi:n⁶	luŋ²	na⁴	bou⁵	au¹
即便	大舅	小舅	不	要

若不顾亲戚，

9-1428

双	偻	是	合	命
Song	raeuz	cix	hob	mingh
θo:ŋ¹	rau²	çi⁴	ho:p⁸	miŋ⁶
两	我们	就	合	命

我俩就订婚。

男唱

9-1429

更	本	是	双	恩
Gwnz	mbwn	cix	song	nganh
kun²	bun¹	çi⁴	θo:ŋ¹	ŋa:n⁶
上	天	是	两	案

天意是两可，

9-1430

才	对	生	土	说
Caih	doiq	saemq	dou	naeuz
ça:i⁶	to:i⁵	θan⁵	tu¹	nau²
随	对	庚	我	说

任我情侣说。

9-1431

从	龙	那	相	口
Coengh	lungz	nax	siengq	gaeuj
çoŋ⁶	luŋ²	na⁴	θi:ŋ⁵	kau³
帮	大舅	小舅	相	看

替亲戚掂量，

9-1432

龙	得	要	知	不
Lungz	ndaej	aeu	rox	mbouj
luŋ²	dai³	au¹	ɤo⁴	bou⁵
龙	得	娶	或	不

兄能娶你否？

女唱

9-1433

更	本	是	双	恩
Gwnz	mbwn	cix	song	nganh
kuɯn²	buɯn¹	çi⁴	θoːŋ¹	ŋan⁶
上	天	是	两	案

天意是两可，

9-1434

才	对	生	土	说
Caih	doiq	saemq	dou	naeuz
çaːi⁶	toːi⁵	θan⁵	tu¹	nau²
随	对	庚	我	说

任我情友说。

9-1435

但	外	秀	双	偻
Danh	vaij	ciuh	song	raeuz
taːn⁶	vaːi³	çiːu⁶	θoːŋ¹	ɹau²
但	过	世	两	我们

过我俩恋期，

9-1436

不	得	要	洋	祘
Mbouj	ndaej	aeu	yaeng	suenq
bou⁵	dai³	au¹	jaŋ¹	θuːn⁵
不	得	娶	再	算

不成家就算。

女唱

9-1437

更	本	是	双	恩
Gwnz	mbwn	cix	song	nganh
kuɯn²	buɯn¹	çi⁴	θoːŋ¹	ŋan⁶
上	天	是	两	案

天意是两可，

9-1438

才	对	生	土	说
Caih	doiq	saemq	dou	naeuz
çaːi⁶	toːi⁵	θan⁵	tu¹	nau²
随	对	庚	我	说

由我情侣说。

9-1439

变	龙	那	不	要
Bienh	lungz	nax	mbouj	aeu
piːn⁶	luŋ²	na⁴	bou⁵	au¹
即便	大舅	小舅	不	要

不理会亲戚，

9-1440

双	偻	交	正	重
Song	raeuz	gyau	cingz	naek
θoːŋ¹	ɹau²	kjaːu¹	çiŋ²	nak⁷
两	我们	交	情	重

我俩情义深。

女唱

9-1441

更	本	是	双	阴
Gwnz	mbwn	cix	song	yim
kun²	bun¹	çi⁴	θo:ŋ¹	in¹
上	天	是	两	阴

天上光阴快，

9-1442

送	仪	是	送	快
Soengq	saenq	cix	soengq	riuz
θo:ŋ⁵	θin⁵	çi⁴	θoŋ⁵	ɹi:u²
送	信	是	送	快

送信要抓紧。

9-1443

不	乃	伏	封	桥
Mbouj	naih	fwx	fung	giuz
bou⁵	na:i⁶	fə⁴	fuŋ¹	ki:u²
不	久	别人	封	桥

晚了桥被封，

9-1444

少	讲	笑	不	得
Sau	gangj	riu	mbouj	ndaej
θa:u¹	ka:ŋ³	ɹi:u¹	bou⁵	dai³
姑娘	讲	笑	不	得

我绝不懈怠。

男唱

9-1445

更	本	是	双	蒙
Gwnz	mbwn	cix	song	bungh
kun²	bun¹	çi⁴	θo:ŋ¹	puŋ⁶
上	天	是	两	间

天上分开住，

9-1446

土	干	共	友	你
Dou	ganq	gungh	youx	mwngz
tu¹	ka:n⁵	kuŋ⁶	ju⁴	muŋ²
我	照料	共	友	你

悉心照料你。

9-1447

早	盲	土	贝	巡
Haet	haemh	dou	bae	cunz
hat⁷	han⁶	tu¹	pai¹	çun²
早	晚	我	去	巡

早起我探望，

9-1448

龙	古	文	不	知
Lungz	guh	vunz	mbouj	rox
luŋ²	ku⁴	vun²	bou⁵	ɹo⁴
龙	做	人	不	知

兄问心无愧。

女唱

9-1449

九	特	给	贝	吃
Yiuh	dawz	gaeq	bae	gwn
ji:u⁶	təɯ²	kai⁵	pai¹	kun¹
鹞	拿	鸡	去	吃

鹞抓鸡去吃，

9-1450

权	毛	作	大	罗
Giemz	bwn	coq	daih	loh
ki:n⁶	puɯn¹	ço⁵	ta:i⁶	lo⁶
拔	毛	放	大	路

拔毛撒路上。

9-1451

更	本	是	双	华
Gwnz	mbwn	cix	song	hak
kun²	bɯn¹	çi⁴	θo:ŋ¹	ha:k⁷
上	天	是	两	官

天上就我俩，

9-1452

备	知	是	开	正
Beix	rox	cix	hai	cingz
pi⁴	ɹo⁴	çi⁴	ha:i¹	çiŋ²
兄	知	就	开	情

兄就该送礼。

男唱

9-1453

更	本	是	双	华
Gwnz	mbwn	cix	song	hak
kun²	bɯn¹	çi⁴	θo:ŋ¹	ha:k⁷
上	天	是	两	官

天上就我俩，

9-1454

备	知	是	丢	银
beix	rox	cix	diuq	ngaenz
pi⁴	ɹo⁴	çi⁴	ti:u¹	ŋan²
兄	知	就	丢	银

兄该送首饰。

9-1455

想	牙	开	小	正
Siengj	yax	hai	siuj	cingz
θi:ŋ³	ja⁵	ha:i¹	θi:u³	çiŋ²
想	要	开	小	情

只送小礼品，

9-1456

邦	少	空	安	玉
Biengz	sau	ndwi	anh	yiz
pi:ŋ²	θa:u¹	du:i¹	a:n¹	ji⁴
地方	姑娘	不	安	逸

恐妹心难安。

女唱

9-1457

更	本	是	双	偻
Gwnz	mbwn	cix	song	raeuz
kun^2	bun^1	$çi^4$	$\theta o:\eta^1$	$.iau^2$
上	天	是	两	我们

天上就我俩，

9-1458

备	优	不	得	土
Beix	yaeuj	mbouj	ndaej	dou
pi^4	jau^5	bou^5	dai^3	tu^1
兄	举	不	得	我

兄顾不得我。

9-1459

明	令	朵	刀	付
Cog	rin	doj	dauq	fouz
$ço:k^8$	$.in^1$	to^3	$ta:u^5$	fu^2
将来	石	土	倒	浮

待石头翻身，

9-1460

办	论	土	不	定
Baenz	lumj	dou	mbouj	dingh
pan^2	lun^3	tu^1	bou^5	$tiŋ^6$
成	像	我	不	定

结果也难料。

男唱

9-1461

更	本	是	双	蒙
Gwnz	mbwn	cix	song	bungh
kun^2	bun^1	$çi^4$	$\theta o:\eta^1$	$puŋ^6$
上	天	是	两	间

天上分两边，

9-1462

团	一	中	相	公
Donh	ndeu	cungq	siengq	goeng
$to:n^6$	$de:u^1$	$çoŋ^5$	$\theta i:ŋ^5$	$koŋ^1$
半	一	中	相	公

一半成大官。

9-1463

务	特	折	古	双
Gouh	dawh	euj	guh	song
kou^6	$təu^6$	$e:u^3$	ku^4	$\theta o:ŋ^1$
双	筷	折	做	两

筷子尚成双，

9-1464

不	师	偻	同	分
Mbouj	ywz	raeuz	doengh	mbek
bou^5	ju^2	$.iau^2$	$toŋ^2$	$be:k^7$
不	如	我们	相	分

如我俩离别。

女唱

9-1465

更	本	是	双	蒙
Gwnz	mbwn	cix	song	bungh
kɯn²	bun¹	çi⁴	θo:ŋ¹	puŋ⁶
上	天	是	两	间

天上分两边，

9-1466

团	一	中	相	公
Donh	ndeu	cungq	siengq	goeng
to:n⁶	de:u¹	çoŋ⁵	θi:ŋ⁵	koŋ¹
半	一	中	相	公

一半当文官。

9-1467

务	特	折	古	双
Gouh	dawh	euj	guh	song
kou⁶	təu⁶	e:u³	ku⁴	θo:ŋ¹
双	筷	折	做	两

筷子尚成双，

9-1468

利	对	同	知	不
Lij	doiq	doengz	rox	mbouj
li⁴	to:i⁵	toŋ²	ɹo⁴	bou⁵
还	对	同	或	不

咱能否成对？

男唱

9-1469

更	本	是	双	蒙
Gwnz	mbwn	cix	song	bungh
kɯn²	bun¹	çi⁴	θo:ŋ¹	puŋ⁶
上	天	是	两	间

天上分为二，

9-1470

团	一	中	相	长
Donh	ndeu	cungq	sieng	raez
to:n⁶	de:u¹	çoŋ⁵	θi:ŋ¹	ɹai²
半	一	中	状	元

一半有官职。

9-1471

务	特	不	同	岁
Gouh	dawh	mbouj	doengz	caez
kou⁶	təu⁶	bou⁵	toŋ²	çai²
双	筷	不	同	齐

筷子不平齐，

9-1472

少	牙	貝	写	包
Sau	yax	bae	ce	mbauq
θa:u¹	ja⁵	pai¹	çe¹	ba:u⁵
姑娘	也	去	留	小伙

妹离兄而去。

女唱

9-1473

务	特	不	同	岁
Gouh	dawh	mbouj	doengz	caez
kou⁶	təɯ⁶	bou⁵	toŋ²	çai²
双	筷	不	同	齐

筷子不平齐,

9-1474

少	牙	贝	写	包
Sau	yax	bae	ce	mbauq
θaːu¹	ja⁵	pai¹	çe¹	baːu⁵
姑娘	也	去	留	小伙

妹离兄而去。

9-1475

灯	日	很	罗	老
Daeng	ngoenz	hwnj	loh	laux
taŋ¹	ŋon²	hɯn³	lo⁶	laːu⁴
灯	天	上	路	大

太阳照大路,

9-1476

少	包	样	花	买
Sau	mbauq	yiengh	va	mai
θaːu¹	baːu⁵	jɯːŋ⁶	va¹	maːi¹
姑娘	小伙	样	花	密蒙

兄妹似鲜花。

男唱

9-1477

务	特	不	同	岁
Gouh	dawh	mbouj	doengz	caez
kou⁶	təɯ⁶	bou⁵	toŋ²	çai²
双	筷	不	同	齐

筷子不平齐,

9-1478

卡	而	长	是	砍
Ga	lawz	raez	cix	raemj
ka¹	lau²	ɹai²	çi⁴	ɹan³
条	哪	长	就	砍

哪根长就砍。

9-1479

要	贵	不	对	生
Aeu	gwiz	mbouj	doiq	saemq
au¹	kɯi²	bou⁵	toːi⁵	θan⁵
要	丈夫	不	对	庚

嫁夫不同龄,

9-1480

砍	又	坤	心	头
Raemj	youh	goenq	sim	daeuz
ɹan³	jou⁴	kon⁵	θin¹	tau²
砍	又	断	心	脏

分离心又痛。

女唱

男唱

9-1481

务	特	不	同	岁
Gouh	dawh	mbouj	doengz	caez
kou⁶	təɯ⁶	bou⁵	toŋ²	ɕai²
双	筷	不	同	齐

筷子不平齐，

9-1482

卡	而	长	是	砍
Ga	lawz	raez	cix	raemj
ka¹	lau²	ɹai²	ɕi⁴	ɹan³
条	哪	长	就	砍

哪根长就砍。

9-1483

自	要	不	对	生
Gag	aeu	mbouj	doiq	saemq
ka:k⁸	au¹	bou⁵	to:i⁵	θan⁵
自	要	不	对	庚

交友不同龄，

9-1484

能	作	备	不	堂
Nyaengq	coq	beix	mbouj	daengz
ŋaŋ⁵	ɕo⁵	pi⁴	bou⁵	taŋ²
恼	放	兄	不	到

怪不到我兄。

9-1485

务	特	不	同	岁
Gouh	dawh	mbouj	doengz	caez
kou⁶	təɯ⁶	bou⁵	toŋ²	ɕai²
双	筷	不	同	齐

筷子不平齐，

9-1486

卡	而	长	是	锯
Ga	lawz	raez	cix	gawq
ka¹	lau²	ɹai²	ɕi⁴	kəɯ⁵
条	哪	长	就	锯

哪根长就锯。

9-1487

土	九	你	不	勒
Dou	iu	mwngz	mbouj	lawh
tu¹	i:u¹	mɯŋ²	bou⁵	ləɯ⁶
我	邀	你	不	换

我想不结交，

9-1488

老	牙	伏	小	正
Lau	yax	mbwq	siuj	cingz
la:u¹	ja⁵	bɯ⁵	θi:u³	ɕiŋ²
怕	也	厌恶	小	情

人言怕礼品。

女唱

9-1489

务	特	不	同	岁
Gouh	dawh	mbouj	doengz	caez
kou^6	$tɯ^6$	bou^5	$toŋ^2$	$ɕai^2$
双	筷	不	同	齐

筷子不平齐,

9-1490

卡	而	长	是	锯
Ga	lawz	raez	cix	gawq
ka^1	lau^2	$ɹai^2$	$ɕi^4$	$kɯ^5$
条	哪	长	就	锯

哪根长就锯。

9-1491

阝	义	十	同	勒
Boux	ngeih	cib	doengz	lawh
pu^4	$ȵi^6$	$ɕit^8$	$toŋ^2$	$lɯ^6$
个	二	十	相	换

二十岁结交,

9-1492

伏	牙	才	合	你
Mbwq	yax	caih	hoz	mwngz
$bɯ^5$	ja^5	$ɕa:i^6$	ho^2	$mɯŋ^2$
厌恶	也	随	脖	你

不愿也由你。

男唱

9-1493

务	特	不	同	岁
Gouh	dawh	mbouj	doengz	caez
kou^6	$tɯ^6$	bou^5	$toŋ^2$	$ɕai^2$
双	筷	不	同	齐

筷子不平齐,

9-1494

卡	而	长	是	锯
Ga	lawz	raez	cix	gawq
ka^1	lau^2	$ɹai^2$	$ɕi^4$	$kɯ^5$
条	哪	长	就	锯

哪根长就锯。

9-1495

文	邦	古	金	师
Vunz	biengz	guh	ginh	sae
vun^2	$pi:ŋ^2$	ku^4	kin^5	$θei^1$
人	地方	做	军	师

听旁人指示,

9-1496

同	勒	不	外	春
Doengh	lawh	mbouj	vaij	cin
$toŋ^2$	$lɯ^6$	bou^5	$va:i^3$	$ɕun^1$
相	换	不	过	春

结交无结果。

女唱

男唱

9-1497

务	特	不	同	岁
Gouh	dawh	mbouj	doengz	caez
kou⁶	təɯ⁶	bou⁵	toŋ²	çai²
双	筷	不	同	齐

筷子不平齐，

9-1498

卡	而	长	是	锯
Ga	lawz	raez	cix	gawq
ka¹	lau²	ɹai²	çi⁴	kəɯ⁵
条	哪	长	就	锯

哪根长就锯。

9-1499

重	心	你	是	勒
Naek	sim	mwngz	cix	lawh
nak⁷	θin¹	muŋ²	çi⁴	ləɯ⁶
重	心	你	就	换

有情就结交，

9-1500

对	那	备	开	说
Doiq	naj	beix	gaej	naeuz
to:i⁵	na³	pi⁴	ka:i⁵	nau²
对	脸	兄	莫	说

不要说怪话。

9-1501

务	特	不	同	岁
Gouh	dawh	mbouj	doengz	caez
kou⁶	təɯ⁶	bou⁵	toŋ²	çai²
双	筷	不	同	齐

筷子不平齐，

9-1502

卡	而	长	是	锯
Ga	lawz	raez	cix	gawq
ka¹	lau²	ɹai²	çi⁴	kəɯ⁵
条	哪	长	就	锯

哪根长就锯。

9-1503

包	少	偻	岁	在
Mbauq	sau	raeuz	caez	ywq
ba:u⁵	θa:u¹	ɹau²	çai²	ju⁵
小伙	姑娘	我们	齐	住

兄妹在一起，

9-1504

强	务	特	江	手
Giengz	gouh	dawh	gyang	fwngz
ki:ŋ²	kou⁶	təɯ⁶	kja:ŋ¹	fuŋ²
像	双	筷	中	手

像一双筷子。

女唱

9-1505

务	特	不	同	岁
Gouh	dawh	mbouj	doengz	caez
kou⁶	təɯ⁶	bou⁵	toŋ²	ɕai²
双	筷	不	同	齐

筷子不平齐，

9-1506

卡	而	长	是	锯
Ga	lawz	raez	cix	gawq
ka¹	lau²	ɹai²	ɕi⁴	kəɯ
条	哪	长	就	锯

哪根长就锯。

9-1507

包	少	偻	岁	在
Mbauq	sau	raeuz	caez	ywq
baːu⁵	θaːu¹	ɹau²	ɕai²	ju⁵
小伙	姑娘	我们	齐	在

兄妹在一起，

9-1508

秋	果	我	出	花
Ciuq	go	ngox	ok	va
ɕiːu⁵	ko¹	ŋo⁴	oːk⁷	va¹
看	棵	无花果	出	花

共赏无花果。

男唱

9-1509

秋	果	我	出	花
Ciuq	go	ngox	ok	va
ɕiːu⁵	ko¹	ŋo⁴	oːk⁷	va¹
看	棵	无花果	出	花

共赏无花果，

9-1510

方	卢	生	貝	边
Fueng	louz	seng	bae	nden
fuːŋ¹	lu²	θeːŋ¹	pai¹	deːn¹
风	流	生	去	边

游人总围观。

9-1511

特	金	龙	马	相
Dawz	gim	lungz	ma	siengq
təɯ²	kin¹	luŋ²	ma¹	θiːŋ⁵
拿	金	龙	来	相

用金龙试探，

9-1512

农	米	连	知	空
Nuengx	miz	lienh	rox	ndwi
nuːŋ⁴	mi²	liːn⁶	ɹo⁴	duːi¹
妹	有	链	或	不

妹被禁锢否？

女唱

9-1513

秋	果	我	出	花
Ciuq	go	ngox	ok	va
çi:u⁵	ko¹	ŋo⁴	o:k¹	va¹
看	棵	无花果	出	花

共赏无花果,

9-1514

方	卢	生	贝	边
Fueng	louz	seng	bae	nden
fu:ŋ¹	lu²	θe:ŋ¹	pai¹	de:n¹
风	流	生	去	边

游人总围观。

9-1515

打	金	龙	马	相
Daj	gim	lungz	ma	siengq
ta³	kin¹	luŋ²	ma¹	θi:ŋ⁵
打	金	龙	来	相

用金龙试探,

9-1516

空	米	连	桃	定
Ndwi	miz	lienh	dauz	din
du:i¹	mi²	li:n⁶	ta:u²	tin¹
不	有	链	绑	脚

手脚无约束。

男唱

9-1517

针	跟	美	共	土
Cim	riengz	mae	gungh	duq
çim¹	ɹi:ŋ²	mai¹	kuŋ⁶	tu⁵
针	跟	线	共	结子

针线不分离,

9-1518

润	跟	务	飞	尚
Rumz	riengz	huj	mbin	sang
ɹun²	ɹi:ŋ²	hu³	bin¹	θa:ŋ¹
风	跟	云	飞	高

风随云高飞。

9-1519

讲	满	观	了	江
Gangj	monh	gonq	liux	gyang
ka:ŋ³	mo:n⁶	ko:n⁵	li:u⁴	kja:ŋ¹
讲	满	先	啰	友

好友先谈情,

9-1520

蒙	开	么	造	秀
Muengz	gij	maz	caux	ciuh
mu:ŋ²	ka:i²	ma²	ça:u⁴	çi:u⁶
忙	什么	造	世

先别急成家。

女唱

9-1521

针	跟	美	共	土
Cim	riengz	mae	gungh	duq
çim^1	ɹiːŋ^2	mai^1	kuŋ^6	tu^5
针	跟	线	共	结子

针线不分离，

9-1522

润	跟	务	飞	尚
Rumz	riengz	huj	mbin	sang
ɹun^2	ɹiːŋ^2	hu^3	bin^1	θaːŋ^1
风	跟	云	飞	高

风随云高飞。

9-1523

双	文	共	条	心
Song	vunz	gungh	diuz	sim
θoːŋ^1	vun^2	kuŋ^6	tiːu^2	θin^1
两	人	共	条	心

两人心连心，

9-1524

文	邦	牙	斗	干
Vunz	biengz	yax	daeuj	ganq
vun^2	piːŋ^2	ja^5	tau^3	gaːn^5
人	地方	才	来	顾

世人也羡慕。

男唱

9-1525

针	跟	美	共	土
Cim	riengz	mae	gungh	duq
çim^1	ɹiːŋ^2	mai^1	kuŋ^6	tu^5
针	跟	线	共	结子

针线常相连，

9-1526

润	跟	务	开	三
Rumz	riengz	huj	gaej	sanq
ɹun^2	ɹiːŋ^2	hu^3	kaːi^5	θaːn^5
风	跟	云	莫	散

风云不可分。

9-1527

双	文	共	条	心
Song	vunz	gungh	diuz	sim
θoːŋ^1	vun^2	kuŋ^6	tiːu^2	θin^1
两	人	共	条	心

两人一条心，

9-1528

当	阝	飞	当	边
Dangq	boux	mbin	dangq	mbiengj
taːŋ^5	pu^4	bin^1	taːŋ^5	buɯŋ^3
另	人	飞	另	边

遇事各自飞。

女唱

9-1529

针	跟	美	共	土
Cim	riengz	mae	gungh	duq
çim¹	ɹiːŋ²	mai¹	kuŋ⁶	tu⁵
针	跟	线	共	结子

针线常相连，

9-1530

润	跟	务	当	龙
Rumz	riengz	huj	dang	lungz
ɹun²	ɹiːŋ²	hu³	taːŋ¹	luŋ²
风	跟	云	当	龙

风云不可分。

9-1531

得	田	农	是	站
Ndaej	denz	nuengx	cix	soengz
dai³	teːn²	nuːŋ⁴	çi⁴	θoŋ²
得	地	妹	就	站

妹随遇则安，

9-1532

开	罗	土	心	三
Gaej	lox	dou	sim	sanq
kaːi⁵	lo⁴	tu¹	θin¹	θaːn⁵
莫	哄	我	心	散

莫让我分心。

男唱

9-1533

针	跟	美	共	土
Cim	riengz	mae	gungh	duq
çim¹	ɹiːŋ²	mai¹	kuŋ⁶	tu⁵
针	跟	线	共	结子

针线常相连，

9-1534

润	跟	务	当	龙
Rumz	riengz	huj	dang	lungz
ɹun²	ɹiːŋ²	hu³	taːŋ¹	luŋ²
风	跟	云	当	龙

风云不可分。

9-1535

得	你	农	岁	站
Ndaej	mwngz	nuengx	caez	soengz
dai³	muŋ²	nuːŋ⁴	çai²	θoŋ²
得	你	妹	齐	站

得妹便安心，

9-1536

来	方	龙	不	想
Lai	fueng	lungz	mbouj	siengj
laːi¹	fuːŋ¹	luŋ²	bou⁵	θiːŋ³
多	方	龙	不	想

兄不想别人。

女唱

9-1537

针	跟	美	同	拉
Cim	riengz	mae	doengh	lwd
çim¹	ɹiːŋ²	mai¹	toŋ²	luɯt⁸
针	跟	线	相	拉

针和线相连，

9-1538

墨	跟	纸	同	包
Maeg	riengz	ceij	doengh	bau
mak⁸	ɹiːŋ²	çi³	toŋ²	paːu¹
墨	跟	纸	相	包

墨和纸一家。

9-1539

内	空	办	包	少
Neix	ndwi	baenz	mbauq	sau
ni⁴	duːi¹	pan²	baːu⁵	θaːu¹
这	不	成	小伙	姑娘

兄妹不成家，

9-1540

你	古	而	打	祘
Mwngz	guh	rawz	daj	suenq
muɯŋ²	ku⁴	ɹau²	ta³	θuːn⁵
你	做	什么	打	算

你做何打算?

男唱

9-1541

针	跟	美	同	拉
Cim	riengz	mae	doengh	lwd
çim¹	ɹiːŋ²	mai¹	toŋ²	luɯt⁸
针	跟	线	相	拉

针和线相寻，

9-1542

墨	跟	纸	同	包
Maeg	riengz	ceij	doengh	bau
mak⁸	ɹiːŋ²	çi³	toŋ²	paːu¹
墨	跟	纸	相	包

墨和纸结合。

9-1543

不	办	份	包	少
Mbouj	baenz	faenh	mbauq	sau
bou⁵	pan²	fan⁶	baːu⁵	θaːu¹
不	成	份	小伙	姑娘

成不了伴侣，

9-1544

同	交	空	是	八
Doengh	gyau	ndwi	cix	bah
toŋ²	kjaːu¹	duːi¹	çi⁴	pa⁶
相	交	不	就	算

空结交而已。

女唱

9-1545

针	跟	美	同	拉
Cim	riengz	mae	doengh	rag
εim^1	$\iota i{:}\eta^2$	mai^1	$to\eta^2$	$\iota a{:}k^8$
针	跟	线	相	根

针和线相寻，

9-1546

墨	跟	纸	同	连
Maeg	riengz	ceij	doengh	lienz
mak^8	$\iota i{:}\eta^2$	εi^3	$to\eta^2$	$li{:}n^2$
墨	跟	纸	相	连

墨和纸相连。

9-1547

欢	比	在	千	比
Fwen	beij	ywq	cien	bi
$vu{:}n^1$	pi^3	ju^5	$\varepsilon i{:}n^1$	pi^1
歌	歌	在	千	年

山歌永世传，

9-1548

文	偻	贝	不	刀
Vunz	raeuz	bae	mbouj	dauq
vun^2	ιau^2	pai^1	bou^5	$ta{:}u^5$
人	我们	去	不	回

人死不复生。

男唱

9-1549

针	跟	美	同	拉
Cim	riengz	mae	doengh	rag
εim^1	$\iota i{:}\eta^2$	mai^1	$to\eta^2$	$\iota a{:}k^8$
针	跟	线	相	根

针和线相牵，

9-1550

墨	跟	纸	同	连
Maeg	riengz	ceij	doengh	lienz
mak^8	$\iota i{:}\eta^2$	εi^3	$to\eta^2$	$li{:}n^2$
墨	跟	纸	相	连

墨和纸相随。

9-1551

卜	妻	是	千	年
Boh	maex	cix	cien	nienz
po^6	mai^4	εi^4	$\varepsilon i{:}n^1$	$ni{:}n^2$
夫	妻	是	千	年

夫妻共一生，

9-1552

包	少	可	团	秀
Mbauq	sau	goj	donh	ciuh
$ba{:}u^5$	$\theta a{:}u^1$	ko^5	$to{:}n^6$	$\varepsilon i{:}u^6$
小伙	姑娘	也	半	世

情侣难长久。

女唱

9-1553

针	跟	美
Cim	riengz	mae
çim¹	ɹiːŋ²	mai¹

针　跟　线
针和线，

9-1554

岁	共	拜	一	认
Caez	gungh	baih	ndeu	nyib
çai²	kuŋ⁶	paːi⁶	deːu¹	ȵip⁸

齐　共　边　一　缝
同方向缝合。

9-1555

针	可	貝	令	令
Cim	goj	bae	lid	lid
çim¹	ko⁵	pai¹	lit⁸	lit⁸

针　也　去　悠　悠
针在前面走，

9-1556

美	可	初	很	布
Mae	goj	coux	hwnj	baengz
mai¹	ko⁵	çou⁴	hɯn³	paŋ²

线　也　接　上　布
线在后面跟。

男唱

9-1557

针	跟	美
Cim	riengz	mae
çim¹	ɹiːŋ²	mai¹

针　跟　线
针和线，

9-1558

岁	共	拜	一	衣
Caez	gungh	baih	ndeu	iet
çai²	kuŋ⁶	paːi⁶	deːu¹	jiːt⁷

齐　共　边　一　伸
同一方向走。

9-1559

厉	是	厉
Nyienh	cix	nyienh
ȵuːn⁶	çi⁴	ȵuːn⁶

愿　就　愿
心头愿，

9-1560

岁	共	罗	一	貝
Caez	gungh	loh	ndeu	bae
çai²	kuŋ⁶	lo⁶	deːu¹	pai¹

齐　共　路　一　去
一路走到底。

女唱

9-1561

观	正	元	土	吨
Gonq	cingq	roen	dou	daeb
koːn⁵	ɕiŋ⁵	joːn¹	tu¹	tat⁸
先	正	路	我	砌

前世我砌路,

9-1562

利	小	份	广	英
Lij	siuj	faenh	gvangj	in
li⁴	θiːu³	fan⁶	kwaːŋ³	in¹
还	少	份	广	姻

就少份婚姻。

9-1563

观	正	罗	土	存
Gonq	cingq	loh	dou	caemz
koːn⁵	ɕiŋ⁵	lo⁶	tu¹	ɕan²
先	正	路	我	玩

前世共游玩,

9-1564

利	小	正	尝	开
Lij	siuj	cingz	caengz	hai
li⁴	θiːu³	ɕiŋ²	ɕaŋ²	haːi¹
还	少	情	未	开

未交换信物。

男唱

9-1565

观	正	元	土	忙
Gonq	cingq	roen	dou	muengz
koːn⁵	ɕiŋ⁵	joːn¹	tu¹	muːŋ²
先	正	路	我	亡

前为亡魂路,

9-1566

内	刀	罗	古	正
Neix	dauq	loh	guh	cingz
ni⁴	taːu⁵	lo⁶	ku⁴	ɕiŋ²
这	倒	路	做	正

而今成正道。

9-1567

观	土	真	友	你
Gonq	dou	caen	youx	mwngz
koːn⁵	tu¹	ɕin¹	ju⁴	muŋ²
先	我	真	友	你

前世是情友,

9-1568

内	办	坤	外	罗
Neix	baenz	gun	vaij	loh
ni⁴	pan²	kun¹	vaːi³	lo⁶
这	成	官	过	路

今为陌路人。

女唱

9-1569

观	正	达	跟	吨
Gonq	cingq	dah	riengz	daemz
koːn⁵	ɕiŋ⁵	ta⁶	ɹiːŋ²	tan²
先	正	河	跟	塘

前是河和塘，

9-1570

内	凉	办	水	莫
Neix	liengz	baenz	raemx	mboq
ni⁴	liːŋ²	pan²	ɹan⁴	bo⁵
这	凉	成	水	泉

今成清泉水。

9-1571

观	正	元	跟	罗
Gonq	cingq	roen	riengz	loh
koːn⁵	ɕiŋ⁵	joːn¹	ɹiːŋ²	lo⁶
先	正	路	跟	路

原先是通途，

9-1572

内	办	我	相	长
Neix	baenz	ngox	siengq	raez
ni⁴	pan²	ŋo⁴	θiːŋ⁵	ɹai²
这	成	芦	苇	相	长

而今生荒草。

男唱

9-1573

观	正	元	跟	罗
Gonq	cingq	roen	riengz	loh
koːn⁵	ɕiŋ⁵	joːn¹	ɹiːŋ²	lo⁶
先	正	路	跟	路

原先是通途，

9-1574

内	办	我	小	帅
Neix	baenz	ngox	siuj	caiq
ni⁴	pan²	ŋo⁴	θiːu¹	ɕaːi⁵
这	成	芦	苇	消	债

而今变死路。

9-1575

观	正	偻	跟	采
Gonq	cingq	raeuz	riengz	byaij
koːn⁵	ɕiŋ⁵	ɹau²	ɹiːŋ²	pjaːi³
先	正	我们	跟	走

前为谈情路，

9-1576

内	包	乖	凉	动
Neix	mbauq	gvai	liengz	dungx
ni⁴	baːu⁵	kwaːi¹	liːŋ²	tuŋ⁴
这	小伙	乖	凉	肚

今情哥心寒。

女唱

9-1577

观　正　达　跟　吨

Gonq　cingq　dah　riengz　daemz

ko:n⁵　çiŋ⁵　ta⁶　ɹi:ŋ²　tan²

先　正　河　跟　塘

原是河和塘，

9-1578

内　凉　办　水　莫

Neix　liengz　baenz　raemx　mboq

ni⁴　li:ŋ²　pan²　ɹan⁴　bo⁵

这　凉　成　水　泉

而今变泉水。

9-1579

观　正　元　土　华

Gonq　cingq　roen　dou　hah

ko:n⁵　çiŋ⁵　jo:n¹　tu¹　ha⁶

先　正　路　我　占

是我开的路，

9-1580

内　刀　卡　土　写

Neix　dauq　gaz　dou　ce

ni⁴　ta:u⁵　ka²　tu¹　çe¹

这　倒　卡　我　留

却把我卡住。

男唱

9-1581

观　正　叶　包　纸

Gonq　cingq　rong　bau　ceij

ko:n⁵　çiŋ⁵　ɹo:ŋ¹　pa:u¹　çi³

先　正　叶　包　纸

原是叶包纸，

9-1582

内　纸　刀　包　叶

Neix　ceij　dauq　bau　rong

ni⁴　çi³　ta:u⁵　pa:u¹　ɹo:ŋ¹

这　纸　又　包　叶

今用纸包叶。

9-1583

观　正　友　你　同

Gonq　cingq　youx　mwngz　doengz

ko:n⁵　çiŋ⁵　ju⁴　muɯŋ²　toŋ²

先　正　友　你　同

原是你情友，

9-1584

内　办　花　才　丰

Neix　baenz　va　raiz　fungh

ni⁴　pan²　va¹　ɹa:i²　fuŋ⁶

这　成　花　花纹　凤

现成路边花。

女唱

9-1585

观	正	布	包	花

Gonq　cingq　baengz　bau　va

ko:n⁵　çiŋ⁵　paŋ²　pa:u¹　va¹

先　正　布　包　花

原是包装布，

9-1586

内	办	华	拉	定

Neix　baenz　vaq　laj　din

ni⁴　paŋ²　va⁵　la³　tin¹

这　成　裤　下　脚

今成了裤子。

9-1587

观	正	友	米	正

Gonq　cingq　youx　miz　cingz

ko:n⁵　çiŋ⁵　ju⁴　mi²　çiŋ²

先　正　友　有　情

原是赤诚友，

9-1588

内	变	心	貝	了

Neix　bienq　sim　bae　liux

ni⁴　pi:n⁵　θin¹　pai¹　li:u⁴

这　变　心　去　完

而今心已变。

男唱

9-1589

观	正	达	跟	吨

Gonq　cingq　dah　riengz　daemz

ko:n⁵　çiŋ⁵　ta⁶　ɹi:ŋ²　tan²

先　正　河　跟　塘

原是河和塘，

9-1590

内	变	办	水	格

Neix　bienq　baenz　raemx　gek

ni⁴　pi:n⁵　pan²　ɹan⁴　ke:k⁷

这　变　成　水　洼

而今成水洼。

9-1591

观	正	支	刀	连

Gonq　cingq　sei　dauq　lienz

ko:n⁵　çiŋ⁵　θi¹　ta:u⁵　li:n²

先　正　丝　又　连

原是整团丝，

9-1592

内	分	貝	来	河

Neix　mbek　bae　lai　haw

ni⁴　be:k⁷　pai¹　la:i¹　hɵɯ¹

这　分　去　多　圩

现分开去卖。

女唱

9-1593

观	正	达	跟	吨
Gonq	cingq	dah	riengz	daemz
ko:n⁵	çiŋ⁵	ta⁶	ɹi:ŋ²	tan²
先	正	河	跟	塘

原是河和塘，

9-1594

内	变	办	水	依
Neix	bienq	baenz	raemx	rij
ni⁴	pi:n⁵	pan²	ɹan⁴	ɹi³
这	变	成	水	溪

而今变小溪。

9-1595

观	正	元	韦	机
Gonq	cingq	roen	vae	giq
ko:n⁵	çiŋ⁵	jo:n¹	vai¹	ki⁵
先	正	路	姓	支

原先是情友，

9-1596

内	特	备	古	论
Neix	dawz	beix	guh	lumz
ni⁴	təɯ²	pi⁴	ku⁴	lun²
这	拿	兄	做	忘

而今竟忘情。

男唱

9-1597

千	金	八	同	当
Cien	gim	bah	doengh	daengq
çi:n¹	kin¹	pa⁶	toŋ²	taŋ⁵
千	金	莫急	相	叮嘱

千金莫告别，

9-1598

阝	邦	阝	古	文
Boux	baengh	boux	guh	vunz
pu⁴	paŋ⁶	pu⁴	ku⁴	vun²
人	靠	人	做	人

相依度一生。

9-1599

汉	吃	水	用	本
Hat	gwn	raemx	byongh	mbwn
ha:t⁷	kɯn¹	ɹan⁴	pjo:ŋ⁶	bun¹
渴	喝	水	半	天

哪怕喝露水，

9-1600

利	邦	你	小	古
Lij	baengh	mwngz	ciuq	goq
li⁴	paŋ⁶	mɯŋ²	θi:u¹	ku⁵
还	靠	你	照	顾

彼此也相帮。

男唱

9-1601

千	金	八	同	当
Cien	gim	bah	doengh	daengq
çi:n^1	kin^1	pa^6	toŋ^2	taŋ^5
千	金	莫急	相	叮嘱

先不急告别，

9-1602

阝	邦	阝	古	文
Boux	baengh	boux	guh	vunz
pu^4	paŋ^6	pu^4	ku^4	vun^2
人	靠	人	做	人

相依过日子。

9-1603

歪	老	貝	点	春
Faiq	laux	bae	diemj	cin
va:i^5	la:u^4	pai^1	ti:n^3	çun^1
棉	老	去	点	春

棉花刚播种，

9-1604

蒙	开	么	了	农
Muengz	gij	maz	liux	nuengx
mu:ŋ^2	ka:i^2	ma^2	li:u^4	nu:ŋ^4
忙	什么	啰	妹

妹你莫慌忙。

女唱

9-1605

千	金	八	同	当
Cien	gim	bah	doengh	daengq
çi:n^1	kin^1	pa^6	toŋ^2	taŋ^5
千	金	莫急	相	叮嘱

先不要告别，

9-1606

阝	邦	阝	古	文
Boux	baengh	boux	guh	vunz
pu^4	paŋ^6	pu^4	ku^4	vun^2
人	靠	人	做	人

相依过日子。

9-1607

汉	吃	水	用	本
Hat	gwn	raemx	byongh	mbwn
ha:t^7	kun^1	ɹan^4	pjo:ŋ^6	bun^1
渴	喝	水	半	天

喝露水解渴，

9-1608

不	玉	文	田	内
Mbouj	ngwz	vunz	denz	neix
bou^5	ŋu^2	vun^2	te:n^2	ni^4
不	疑	人	地	这

原是本地人。

女唱

9-1609

千	金	八	同	当
Cien	gim	bah	doengh	daengq
ςin^1	kin^1	pa^6	ton^2	tan^5
千	金	莫急	相	叮嘱

先不要告别,

9-1610

阝	邦	阝	古	文
Boux	baengh	boux	guh	vunz
pu^4	pan^6	pu^4	ku^4	vun^2
人	靠	人	做	人

相依过日子。

9-1611

歪	老	贝	点	春
Faiq	laux	bae	diemj	cin
$va:i^5$	$la:u^4$	pai^1	$ti:n^3$	ςun^1
棉	老	去	点	春

棉花种完了,

9-1612

洋	开	正	同	送
Yaeng	hai	cingz	doengh	soengq
jan^1	$ha:i^1$	ςin^2	ton^2	θon^5
再	开	情	相	送

再互送信物。

男唱

9-1613

得	金	八	为	祖
Ndaej	gim	bah	viq	coj
dai^3	kin^1	pa^6	vi^5	ςo^3
得	金	莫急	忘	祖

得金莫忘祖,

9-1614

得	友	八	为	正
Ndaej	youx	bah	viq	cingz
dai^3	ju^4	pa^6	vi^5	ςin^2
得	友	莫急	忘	情

得友当记情。

9-1615

得	阝	么	马	领
Ndaej	boux	moq	ma	lingx
dai^3	pu^4	mo^5	ma^1	lin^4
得	人	新	来	领

将结交新人,

9-1616

八	论	正	阝	口
Bah	lumz	cingz	boux	gaeuq
pa^6	lun^2	ςin^2	pu^4	kau^5
莫急	忘	情	人	旧

别忘旧友情。

女唱

9-1617

得	金	八	为	祖
Ndaej	gim	bah	viq	coj
dai³	kin¹	pa⁶	vi⁵	ço³
得	金	莫急	忘	祖

得金莫忘祖，

9-1618

得	友	八	为	正
Ndaej	youx	bah	viq	cingz
dai³	ju⁴	pa⁴	vi⁵	çiŋ²
得	友	莫急	忘	情

得友当记情。

9-1619

得	阝	么	马	领
Ndaej	boux	moq	ma	lingx
dai³	pu⁴	mo⁵	ma¹	liŋ⁴
得	人	新	来	领

结织新朋友，

9-1620

是	论	正	阝	口
Cix	lumz	cingz	boux	gaeuq
çi⁴	lun²	çiŋ²	pu⁴	kau⁵
就	忘	情	人	旧

就忘旧朋友。

男唱

9-1621

得	歪	八	为	歪
Ndaej	faiq	bah	viq	faiq
dai³	va:i⁵	pa⁶	vi⁵	va:i⁵
得	棉	莫急	忘	棉

对得起棉花，

9-1622

歪	古	布	牙	办
Faiq	guh	buh	yax	baenz
va:i⁵	ku⁴	pu⁶	ja⁵	pan²
棉	做	衣服	才	成

棉花才成布。

9-1623

得	金	八	为	银
Ndaej	gim	bah	viq	ngaenz
dai³	kin¹	pa⁶	vi⁵	ŋan²
得	金	莫急	忘	银

得金莫丢银，

9-1624

些	浪	马	洋	用
Seiq	laeng	ma	yaeng	yungh
θe⁵	laŋ¹	ma¹	jaŋ¹	ju:ŋ⁶
世	后	来	再	用

下辈子有用。

女唱

9-1625

得	歪	八	为	歪
Ndaej	faiq	bah	viq	faiq
dai³	va:i⁵	pa⁶	vi⁵	va:i⁵
得	棉	莫急	忘	棉

对得起棉花，

9-1626

歪	古	布	牙	办
Faiq	guh	buh	yax	baenz
va:i⁵	ku⁴	pu⁶	ja⁵	pan²
棉	做	衣服	才	成

棉花才成布。

9-1627

为	南	贝	而	吃
Viq	namh	bae	lawz	gwn
vi⁵	na:n⁶	pai¹	lau²	kun¹
忘	土	去	哪	吃

无地哪有食，

9-1628

为	本	贝	而	在
Viq	mbwn	bae	lawz	ywq
vi⁵	bun¹	pai¹	lau²	juɯ⁵
忘	天	去	哪	住

无天哪有住。

男唱

9-1629

得	布	八	为	歪
Ndaej	buh	bah	viq	faiq
dai³	pu⁶	pa⁶	vi⁵	va:i⁵
得	衣服	莫急	忘	棉

得布莫忘棉，

9-1630

歪	古	布	牙	好
Faiq	guh	baengz	yax	hau
va:i⁵	ku⁴	paŋ²	ja⁵	ha:u¹
棉	做	布	才	白

棉花成好布。

9-1631

得	友	八	为	少
Ndaej	youx	bah	viq	sau
dai³	ju⁴	pa⁶	vi⁵	θa:u¹
得	友	莫急	忘	姑娘

换友不忘妹，

9-1632

少	开	正	来	满
Sau	hai	cingz	lai	monh
θa:u¹	ha:i¹	çiŋ²	la:i¹	mo:n⁶
姑娘	开	情	多	情

妹感情尤深。

女唱

9-1633

得	布	八	为	歪
Ndaej	buh	bah	viq	faiq
dai³	pu⁶	pa⁶	vi⁵	vaːi⁵
得	布	莫急	忘	棉

有布别忘棉，

9-1634

歪	古	布	牙	好
Faiq	guh	buh	yax	hau
vaːi⁵	ku⁴	pu⁶	ja⁵	haːu¹
棉	做	衣服	才	白

棉花做成布。

9-1635

得	阝	么	马	交
Ndaej	boux	moq	ma	gyau
dai³	pu⁴	mo⁵	ma¹	kjaːu¹
得	人	新	来	交

换个新朋友，

9-1636

卜	叔	是	文	喜
Boh	au	cix	vuen	heij
po⁶	aːu¹	çi⁴	vuːn¹	hi³
父	叔	就	欢	喜

让父辈满意。

男唱

9-1637

真	歪	些	牙	好
Caen	faiq	reh	yax	hau
çin¹	vaːi⁵	ɹe⁶	ja⁵	haːu¹
真	棉	条	才	白

真细棉最好，

9-1638

真	花	桃	牙	美
Caen	va	dauz	yax	maeq
çin¹	va¹	taːu²	ja⁵	mai⁵
真	花	桃	才	粉红

真桃花最艳。

9-1639

英	元	伏	了	岁
In	yuenz	fwx	liux	caez
in¹	juːn²	fə⁴	liːu⁴	çai²
姻	缘	别人	完	齐

姻缘归别人，

9-1640

备	不	知	说	而
Beix	mbouj	rox	naeuz	rawz
pi⁴	bou⁵	ɹo⁴	nau²	ɹaɯ²
兄	不	知	说	什么

兄无话可说。

女唱

9-1641

真	歪	些	牙	好
Caen	faiq	reh	yax	hau
çin¹	va:i⁵	ɹe⁶	ja⁵	ha:u¹
真	棉	条	才	白

精选棉最好,

9-1642

真	花	桃	牙	美
Caen	va	dauz	yax	maeq
çin¹	va¹	ta:u²	ja⁵	mai⁵
真	花	桃	才	粉红

真桃花最艳。

9-1643

可	真	勒	皇	帝
Goj	caen	lwg	vuengz	daeq
ko⁵	çin¹	luk⁸	vu:ŋ²	tai⁵
也	真	子	皇	帝

若真是皇子,

9-1644

明	可	得	同	要
Cog	goj	ndaej	doengh	aeu
ço:k⁸	ko⁵	dai³	toŋ²	au¹
将来	也	得	相	要

必有缘分在。

男唱

9-1645

得	歪	开	八	告
Ndaej	faiq	gaej	bah	gauj
dai³	va:i⁵	ka:i⁵	pa⁶	ka:u³
得	棉	莫	急	轧

别急轧棉花,

9-1646

堂	八	月	洋	公
Daengz	bet	nyied	yaeng	gung
taŋ²	pe:t⁷	ȵu:t⁸	jaŋ¹	kuŋ¹
到	八	月	再	弓

八月才弹棉。

9-1647

比	么	狼	文	荣
Bi	moq	langh	vuen	yungz
pi¹	mo⁵	la:ŋ⁶	vu:n¹	juŋ²
年	新	若	欢	乐

明年若丰收,

9-1648

话	真	牙	说	农
Vah	caen	yax	naeuz	nuengx
va⁶	çin¹	ja⁵	nau²	nu:ŋ⁴
话	真	也	说	妹

再同妹商量。

女唱

9-1649

得	歪	开	八	告
Ndaej	faiq	gaej	bah	gauj
dai³	va:i⁵	ka:i⁵	pa⁶	ka:u³
得	棉	莫	急	轧

棉花莫忙轧，

9-1650

堂	八	月	洋	公
Daengz	bet	nyied	yaeng	gung
taŋ²	pe:t⁷	ȵu:t⁸	jaŋ¹	kuŋ¹
到	八	月	再	弓

到八月才弹。

9-1651

加	比	么	文	荣
Gaj	bi	moq	vuen	yungz
kja³	pi¹	mo⁵	vu:n¹	juŋ²
等	年	新	欢	乐

若明年丰收，

9-1652

少	论	牙	回	克
Sau	lwnz	yax	veiz	gwz
θa:u¹	lun²	ja⁵	vei⁶	kə⁴
姑娘	最小	才	回	去

小妹才回还。

男唱

9-1653

得	歪	开	八	打
Ndaej	faiq	gaej	bah	daz
dai³	va:i⁵	ka:i⁵	pa⁶	ta²
得	棉	莫	急	纺

棉花别急纺，

9-1654

吊	邦	法	好	汉
Venj	bangx	faz	hau	hanq
ve:n³	pa:ŋ⁴	fa²	ha:u¹	ha:n⁵
挂	旁	竹墙	白	灿灿

挂在竹墙上。

9-1655

少	写	贵	开	干
Sau	ce	gwiz	gaej	ganq
θa:u¹	çe¹	kui²	ka:i⁵	ka:n⁵
姑娘	留	丈夫	莫	照料

妹不理丈夫，

9-1656

备	补	兰	送	正
Beix	bu	lanh	soengq	cingz
pi⁴	pu¹	la:n⁶	θoŋ⁵	çiŋ²
兄	捧	大方	送	情

兄密密送礼。

女唱

9-1657

得	歪	开	八	打
Ndaej	faiq	gaej	bah	daz
dai³	va:i⁵	ka:i⁵	pa⁶	ta²
得	棉	莫	急	纺

棉花先别纺,

9-1658

吊	邦	法	好	累
Venj	bangx	faz	hau	laiq
ve:n³	pa:ŋ⁴	fa²	ha:u¹	lai⁵
挂	旁	竹墙	白	看

挂在竹墙上。

9-1659

少	写	贵	刀	得
Sau	ce	gwiz	dauq	ndaej
θa:u¹	çe¹	kui²	ta:u⁵	dai³
姑娘	留	丈夫	倒	得

妹可来相会,

9-1660

妻	伏	不	中	你
Maex	fwx	mbouj	cuengq	mwngz
mai⁴	fə⁴	bou⁵	çu:ŋ⁵	muŋ²
妻	别人	不	放	你

恐兄赴他约。

男唱

9-1661

得	歪	开	八	打
Ndaej	faiq	gaej	bah	daz
dai³	va:i⁵	ka:i⁵	pa⁶	ta²
得	棉	莫	急	纺

棉花不急纺,

9-1662

吊	邦	法	米	由
Venj	bangx	faz	miz	raeuh
ve:n³	pa:ŋ⁴	fa²	mi²	ɹau⁶
挂	旁	竹墙	有	多

先挂竹墙上。

9-1663

龙	狼	特	句	口
Lungz	langh	dawz	coenz	gaeuq
luŋ²	la:ŋ⁶	təu²	kjon²	kau⁵
龙	若	拿	句	旧

兄若听劝告,

9-1664

伏	内	先	办	然
Fawh	neix	senq	baenz	ranz
fəu⁶	ni⁴	θe:n⁵	pan²	ɹa:n²
时	这	早	成	家

如今早成家。

女唱

9-1665

得	歪	开	八	打
Ndaej	faiq	gaej	bah	daz
dai³	va:i⁵	ka:i⁵	pa⁶	ta²
得	棉	莫	急	纺

棉花先不纺，

9-1666

吊	邦	法	米	由
Venj	bangx	faz	miz	raeuh
ve:n³	pa:ŋ⁴	fa²	mi²	ɹau⁶
挂	旁	竹墙	有	多

先挂竹墙上。

9-1667

龙	可	特	句	口
Lungz	goj	dawz	coenz	gaeuq
luŋ²	ko⁵	təɯ²	kjon²	kau⁵
龙	也	拿	句	旧

兄是守诺言，

9-1668

农	自	不	特	平
Nuengx	gag	mbouj	dawz	bingz
nu:ŋ⁴	ka:k⁸	bou⁵	təɯ²	piŋ²
妹	自	不	拿	平

妹不守信用。

男唱

9-1669

龙	可	特	句	口
Lungz	goj	dawz	coenz	gaeuq
luŋ²	ko⁵	təɯ²	kjon²	kau⁵
龙	也	拿	句	旧

兄是守诺言，

9-1670

农	自	不	特	平
Nuengx	gag	mbouj	dawz	bingz
nu:ŋ⁴	ka:k⁸	bou⁵	təɯ²	piŋ²
妹	自	不	拿	平

妹不守信用。

9-1671

备	可	特	句	真
Beix	goj	dawz	coenz	caen
pi⁴	ko⁵	təɯ²	kjon²	ɕin¹
兄	也	拿	句	真

兄是守诚信，

9-1672

心	农	银	自	边
Sim	nuengx	ngaenz	gag	vengh
θin¹	nu:ŋ⁴	ŋan²	ka:k⁸	ve:ŋ⁶
心	妹	银	自	边

妹自己变心。

女唱

9-1673

得	歪	开	八	打
Ndaej	faiq	gaej	bah	daz
dai³	va:i⁵	ka:i⁵	pa⁶	ta²
得	棉	莫	急	纺

棉花不急纺，

9-1674

吊	邦	法	米	由
Venj	bangx	faz	miz	raeuh
ve:n³	pa:ŋ⁴	fa²	mi²	ɹau⁶
挂	旁	竹墙	有	多

挂到竹墙上。

9-1675

几	阝	特	句	口
Geij	boux	dawz	coenz	gaeuq
ki³	pu⁴	təɯ²	kjon²	kau⁵
几	人	拿	句	旧

有人守信用，

9-1676

伏	内	利	在	而
Fawh	neix	lij	ywq	lawz
fəɯ⁶	ni⁴	li⁴	juɯ⁵	lau²
时	这	还	在	哪

如今在哪里？

男唱

9-1677

得	先	开	八	讲
Ndaej	set	gaej	bah	gangj
dai³	θe:t⁷	ka:i⁵	pa⁶	ka:ŋ³
得	鱼竿	莫	急	讲

钓得鱼别说，

9-1678

特	很	板	贝	杭
Dawz	hwnj	banj	bae	gangx
təɯ²	hun³	pa:n³	pai¹	ka:ŋ⁴
拿	上	板	去	烘

到板上烘干。

9-1679

得	贵	开	八	洋
Ndaej	gwiz	gaej	bah	angq
dai³	kui²	ka:i⁵	pa⁶	a:ŋ⁵
得	丈夫	莫	急	高兴

得婿别得意，

9-1680

狼	瓜	秀	在	而
Langh	gvaq	ciuh	ywq	lawz
la:ŋ⁶	kwa⁵	ɕi:u⁶	juɯ⁵	lau²
若	过	世	在	哪

少有共白首。

女唱

9-1681

得	先	开	八	讲
Ndaej	set	gaej	bah	gangj
dai³	θe:t⁷	ka:i⁵	pa⁶	ka:ŋ³
得	鱼竿	莫	急	讲

钓得鱼别说,

9-1682

特	很	板	贝	祥
Dawz	hwnj	banj	bae	riengq
təɯ²	hun³	pa:n³	pai¹	ɹi:ŋ⁵
拿	上	板	去	烘

放板上烘干。

9-1683

得	巴	开	八	想
Ndaej	baz	gaej	bah	siengj
dai³	pa²	ka:i⁵	pa⁶	θi:ŋ³
得	妻	莫	急	想

得妻别留恋,

9-1684

伴	土	观	备	银
Buenx	dou	gonq	beix	ngaenz
pu:n⁴	tu¹	ko:n⁵	pi⁴	ŋan²
伴	我	先	兄	银

兄台先伴我。

男唱

9-1685

歪	可	在	更	果
Faiq	goj	ywq	gwnz	go
va:i⁵	ko⁵	jɯ⁵	kɯn²	ko¹
棉	也	在	上	棵

棉花在树上,

9-1686

几	时	办	歪	些
Geij	seiz	baenz	faiq	reh
ki³	θi²	pan²	va:i⁵	ɹe⁶
几	时	成	棉	条

何时能成熟?

9-1687

少	可	站	然	乜
Sau	goj	soengz	ranz	meh
θa:u¹	ko⁵	θoŋ²	ɹa:n²	me⁶
姑娘	也	站	家	母

姑娘在闺房,

9-1688

备	可	列	可	贝
Beix	goj	leh	goj	bae
pi⁴	ko⁵	le⁶	ko⁵	pai¹
兄	也	选	也	去

任兄去选择。

女唱

9-1689

歪	可	在	更	果
Faiq	goj	ywq	gwnz	go
$va\text{ː}i^5$	ko^5	$ju\mathrm{ɯ}^5$	$k\mathrm{ɯ}n^2$	ko^1
棉	也	在	上	棵

棉在树上长，

9-1690

几	时	办	歪	些
Geij	seiz	baenz	faiq	reh
ki^3	θi^2	pan^2	$va\text{ː}i^5$	$\mathrm{ɹ}er^6$
几	时	成	棉	条

几时能成熟？

9-1691

少	可	站	然	乜
Sau	goj	soengz	ranz	meh
$\theta a\text{ː}u^1$	ko^5	$\theta o\mathrm{ŋ}^2$	$\mathrm{ɹ}a\text{ː}n^2$	me^6
姑娘	也	站	家	母

姑娘守闺房，

9-1692

备	又	火	本	钱
Beix	youh	hoj	bonj	cienz
pi^4	jou^4	ho^3	$po\text{ː}n^3$	$\mathrm{ɕ}i\text{ː}n^2$
兄	又	苦	本	钱

兄无彩礼钱。

男唱

9-1693

架	左	不	好	特
Cax	swix	mbouj	ndei	dawz
kja^4	$\theta\mathrm{ɯ}\text{ː}i^4$	bou^5	dei^1	$t\mathrm{ɯ}^2$
刀	左	不	好	拿

左刀不给力，

9-1694

特	貝	芬	果	杬
Dawz	bae	faenz	go	gangz
$t\mathrm{ɯ}^2$	pai^1	fan^2	ko^1	$ka\text{ː}\mathrm{ŋ}^2$
拿	去	伐	棵	合欢

去砍合欢树。

9-1695

贵	不	好	是	狼
Gwiz	mbouj	ndei	cix	langh
kui^2	bou^5	dei^1	$\mathrm{ç}i^4$	$la\text{ː}\mathrm{ŋ}^6$
丈夫	不	好	就	放

夫不好就离，

9-1696

友	而	安	你	要
Youx	lawz	anh	mwngz	aeu
ju^4	lau^2	$a\text{ː}n^6$	$m\mathrm{ɯ}\mathrm{ŋ}^2$	au^1
友	哪	按	你	要

谁强迫你要。

女唱

9-1697

架	左	不	好	特
Cax	swix	mbouj	ndei	dawz
kja⁴	θɯːi⁴	bou⁵	dei¹	təɯ²
刀	左	不	好	拿

左刀不好使，

9-1698

特	貝	芬	果	蕉
Dawz	bae	faenz	go	gyoij
təɯ²	pai¹	fan²	ko¹	kjoːi³
拿	去	伐	棵	芭蕉

去砍芭蕉树。

9-1699

巴	你	好	又	青
Baz	mwngz	ndei	youh	oiq
pa²	muŋ²	dei¹	jou⁴	oːi⁵
妻	你	好	又	嫩

你妻靓且乖，

9-1700

大	你	对	它	貝
Dax	mwngz	doiq	de	bae
ta⁴	muŋ²	toːi⁵	te¹	pai¹
赌	你	退	她	去

谅你不抛弃。

男唱

9-1701

架	左	不	好	特
Cax	swix	mbouj	ndei	dawz
kja⁴	θɯːi⁴	bou⁵	dei¹	təɯ²
刀	左	不	好	拿

左刀不好使，

9-1702

特	貝	芬	果	节
Dawz	bae	faenz	go	ciet
təɯ²	pai¹	fan²	ko¹	çeːt⁷
拿	去	伐	棵	节瓜

拿去割瓜藤。

9-1703

巴	不	好	又	换
Baz	mbouj	ndei	youh	rieg
pa²	bou⁵	dei¹	jou⁴	ɹɯːk⁸
妻	不	好	又	换

妻不好又换，

9-1704

良	完	田	农	银
Lingh	vuenh	dieg	nuengx	ngaenz
leːŋ⁶	vuːn⁶	tiːk⁸	nuːŋ⁴	ŋan²
另	换	地	妹	银

再交别处友。

女唱	男唱

9-1705

门　　钱　　完　　门　　钱

Maenz　cienz　vuenh　maenz　cienz

man² 　ɕi:n² 　vu:n⁶ 　man² 　ɕi:n²

元　　钱　　换　　元　　钱

钱和钱交换，

9-1709

门　　钱　　完　　门　　钱

Maenz　cienz　vuenh　maenz　cienz

man² 　ɕi:n² 　vu:n⁶ 　man² 　ɕi:n²

元　　钱　　换　　元　　钱

钱和钱交换，

9-1706

同　　年　　爱　　不　　爱

Doengz　nienz　ngaiq　mbouj　ngaiq

toŋ² 　ni:n² 　ŋa:i⁵ 　bou⁵ 　ŋa:i⁵

同　　年　　爱　　不　　爱

吾友爱不爱？

9-1710

同　　年　　爱　　不　　爱

Doengz　nienz　ngaiq　mbouj　ngaiq

toŋ² 　ni:n² 　ŋa:i⁵ 　bou⁵ 　ŋa:i⁵

同　　年　　爱　　不　　爱

我友愿不愿？

9-1707

门　　钱　　好　　样　　歪

Maenz　cienz　hau　yiengh　faiq

man² 　ɕi:n² 　ha:u¹ 　ju:ŋ⁶ 　va:i⁵

元　　钱　　白　　样　　棉

铜钱白如棉，

9-1711

王　　歪　　见　　王　　歪

Vaengz　vaiz　gen　vaengz　vaiz

vaŋ² 　va:i² 　ke:n⁴ 　va:ŋ² 　va:i²

潭　　牛　　见　　潭　　牛

牛潭见牛潭，

9-1708

爱　　友　　凶　　知　　空

Ngaiq　youx　rwix　rox　ndwi

ŋa:i⁵ 　ju⁴ 　ɹɯ:i⁴ 　ɹo⁴ 　du:i¹

爱　　友　　孬　　或　　不

情哥要不要？

9-1712

不　　爱　　又　　具　　而

Mbouj　ngaiq　youh　bae　lawz

bou⁵ 　ŋa:i⁵ 　jou⁴ 　pai¹ 　lau²

不　　爱　　又　　去　　哪

不爱又何求？

女唱

9-1713

门	钱	完	门	钱
Maenz	cienz	vuenh	maenz	cienz
man²	çi:n²	vu:n⁶	man²	çi:n²
元	钱	换	元	钱

钱和钱交换，

9-1714

同	年	足	不	足
Doengz	nienz	cuz	mbouj	cuz
toŋ²	ni:n²	çu²	bou⁵	çu²
同	年	足	不	足

友是否满意？

9-1715

想	边	少	一	罗
Siengj	rengh	sau	it	loh
θi:ŋ³	ɹe:ŋ⁶	θa:u¹	it⁷	lo⁶
想	跟	姑娘	一	路

想结成姻缘，

9-1716

知	命	付	知	空
Rox	mingh	fouq	rox	ndwi
ɹo⁴	miŋ⁶	fu⁶	ɹo⁴	du:i¹
知	命	富	或	不

不知有缘否？

男唱

9-1717

门	钱	完	门	钱
Maenz	cienz	vuenh	maenz	cienz
man²	çi:n²	vu:n⁶	man²	çi:n²
元	钱	换	元	钱

钱和钱交换，

9-1718

同	年	足	不	足
Doengz	nienz	cuz	mbouj	cuz
toŋ²	ni:n²	çu²	bou⁵	çu²
同	年	足	不	足

友是否满意？

9-1719

元	条	命	土	祖
Yiemz	diuz	mingh	dou	couj
ji:n²	ti:u²	miŋ⁶	tu¹	çou³
嫌	条	命	我	丑

嫌我命不好，

9-1720

付	不	得	农	银
Fouq	mbouj	ndaej	nuengx	ngaenz
fu⁶	bou⁵	dai³	nu:ŋ⁴	ŋan²
富	不	得	妹	银

配不上情妹。

女唱	男唱

9-1721

门	钱	完	门	钱
Maenz	cienz	vuenh	maenz	cienz
man²	ɕi:n²	vu:n⁶	man²	ɕi:n²
元	钱	换	元	钱

钱和钱交换，

9-1722

同	年	满	不	满
Doengz	nienz	muenh	mbouj	muenh
toŋ²	ni:n²	mu:n⁶	bou⁵	mu:n⁶
同	年	欢乐	不	欢乐

吾友高兴否？

9-1723

打	银	子	不	祘
Daj	yinz	swj	mbouj	suenq
ta³	jin²	θɯ³	bou⁵	θu:n⁵
打	银	子	不	算

送首饰不计，

9-1724

才	农	伴	阝而
Caih	nuengx	buenx	boux	lawz
ɕa:i⁶	nu:ŋ⁴	pu:n⁴	pu⁴	lau²
随	妹	伴	个	哪

任由我嫁谁。

9-1725

门	钱	完	门	钱
Maenz	cienz	vuenh	maenz	cienz
man²	ɕi:n²	vu:n⁶	man²	ɕi:n²
元	钱	换	元	钱

钱和钱交换，

9-1726

同	年	满	不	满
Doengz	nienz	muenh	mbouj	muenh
toŋ²	ni:n²	mu:n⁶	bou⁵	mu:n⁶
同	年	欢乐	不	欢乐

吾友满意否？

9-1727

八	要	友	九	顿
Bah	aeu	youx	gouj	daenh
pa⁶	au¹	ju⁴	kjau³	tan⁶
莫急	娶	友	九	顿

别娶他乡友，

9-1728

秀	土	伴	秀	你
Ciuh	dou	buenx	ciuh	mwngz
ɕiu⁶	tu¹	pu:n⁴	ɕiu⁶	mɯŋ²
世	我	伴	世	你

我俩过一生。

女唱

9-1729

门	钱	完	门	钱
Maenz	cienz	vuenh	maenz	cienz
man²	ɕi:n²	vu:n⁶	man²	ɕi:n²
元	钱	换	元	钱

钱和钱交换，

9-1730

同	年	爱	不	爱
Doengz	nienz	ngaiq	mbouj	ngaiq
toŋ²	ni:n²	ŋa:i⁵	bou⁵	ŋa:i⁵
同	年	爱	不	爱

吾友愿不愿？

9-1731

伴	秀	土	狼	外
Buenx	ciuh	dou	langh	vaij
pu:n⁴	ɕi:u⁶	tu¹	la:ŋ⁶	va:i³
伴	世	我	若	过

伴我一辈子，

9-1732

正	祘	备	米	心
Cingq	suenq	beix	miz	sim
ɕiŋ⁵	θu:n⁵	pi⁴	mi²	θin¹
正	算	兄	有	心

算兄付真情。

男唱

9-1733

门	钱	完	门	钱
Maenz	cienz	vuenh	maenz	cienz
man²	ɕi:n²	vu:n⁶	man²	ɕi:n²
元	钱	换	元	钱

钱和钱交换，

9-1734

同	年	爱	不	爱
Doengz	nienz	ngaiq	mbouj	ngaiq
toŋ²	ni:n²	ŋa:i⁵	bou⁵	ŋa:i⁵
同	年	爱	不	爱

我友愿不愿？

9-1735

伴	秀	你	不	外
Buenx	ciuh	mwngz	mbouj	vaij
pu:n⁴	ɕi:u⁶	muŋ²	bou⁵	va:i³
伴	世	你	不	过

不伴你一生，

9-1736

秀	不	采	拉	本
Ciuh	mbouj	byaij	laj	mbwn
ɕi:u⁶	bou⁵	pja:i³	la³	bun¹
世	不	走	下	天

我誓不为人。

女唱

9-1737

门	钱	折	古	四
Maenz	cienz	euj	guh	seiq
man^{2}	ɕiːn^{2}	eːu^{3}	ku^{4}	θei^{5}
元	钱	折	做	四

一元折做四，

9-1738

记	作	拉	床	宁
Geiq	coq	laj	mbonq	ninz
ki^{5}	ɕo^{5}	la^{3}	boːn^{5}	nin^{2}
寄	放	下	床	睡

存放床铺底。

9-1739

兵	拜	蒙	刀	更
Binq	baih	moeg	dauq	gwnz
pin^{5}	paːi^{6}	mok^{8}	taːu^{5}	kɯn^{2}
翻	边	棉被	回	上

翻底面朝上，

9-1740

文	跟	你	古	对
Vunz	riengz	mwngz	guh	doih
vun^{2}	ɹiːŋ^{2}	mɯŋ^{2}	ku^{4}	toːi^{6}
人	跟	你	做	伙伴

恐是有新欢。

男唱

9-1741

门	钱	折	古	四
Maenz	cienz	euj	guh	seiq
man^{2}	ɕiːn^{2}	eːu^{3}	ku^{4}	θei^{5}
元	钱	折	做	四

一元折做四，

9-1742

记	作	拉	从	宁
Geiq	coq	laj	congz	ninz
ki^{5}	ɕo^{5}	la^{3}	ɕoːŋ^{2}	nin^{2}
寄	放	下	床	睡

压在床铺下。

9-1743

兵	面	蒙	刀	更
Binq	mienh	moeg	dauq	gwnz
pin^{5}	meːn^{6}	mok^{8}	taːu^{5}	kɯn^{2}
翻	面	棉被	倒	上

翻底面朝上，

9-1744

忠	很	见	你	备
Fangz	hwnz	raen	mwngz	beix
faːŋ^{2}	hɯn^{2}	ɹan^{1}	mɯŋ^{2}	pi^{4}
做	梦	见	你	兄

梦中见到你。

女唱

9-1745

门	钱	折	古	四
Maenz	cienz	euj	guh	seiq
man^2	$\varsigma i{:}n^2$	$e{:}u^3$	ku^4	θei^5
元	钱	折	做	四

一元折做四，

9-1746

记	作	拉	大	堂
Geiq	coq	laj	daih	dangz
ki^5	ςo^5	la^3	$ta{:}i^6$	$ta{:}\eta^2$
寄	放	下	大	堂

压放台桌下。

9-1747

代	后	庙	办	患
Dai	haeuj	miuh	baenz	fangz
$ta{:}i^1$	hau^3	$mi{:}u^6$	pan^2	$fa{:}\eta^2$
死	进	庙	成	鬼

死进庙成鬼，

9-1748

洋	装	身	同	勒
Yaeng	cang	ndang	doengh	lawh
$ja\eta^1$	$\varsigma a{:}\eta^1$	$da{:}\eta^1$	$to\eta^2$	$l\mathrm{uu}^6$
再	装	身	相	换

再打扮结交。

男唱

9-1749

门	钱	折	古	四
Maenz	cienz	euj	guh	seiq
man^2	$\varsigma i{:}n^2$	$e{:}u^3$	ku^4	θei^5
元	钱	折	做	四

一元折做四，

9-1750

记	作	拉	大	堂
Geiq	coq	laj	daih	dangz
ki^5	ςo^5	la^3	$ta{:}i^6$	$ta{:}\eta^2$
寄	放	下	大	堂

压放台桌下。

9-1751

变	农	代	刀	浪
Bienh	nuengx	dai	dauq	laeng
$pi{:}n^6$	$nu{:}\eta^4$	$ta{:}i^1$	$ta{:}u^5$	$la\eta^1$
即便	妹	死	回	后

若妹死在后，

9-1752

土	古	忠	引	罗
Dou	guh	fangz	yinx	loh
tu^1	ku^4	$fa{:}\eta^2$	jin^4	lo^6
我	做	鬼	引	路

我做鬼带路。

女唱

9-1753

门	钱	折	古	四
Maenz	cienz	euj	guh	seiq
man²	çi:n²	e:u³	ku⁴	θei⁵
元	钱	折	做	四

一元折做四

9-1754

记	作	拉	果	甘
Geiq	coq	laj	go	gam
ki⁵	ço⁵	la³	ko¹	ka:n¹
寄	放	下	棵	柑

埋在果树下。

9-1755

明	刀	结	刀	完
Cog	dauq	giet	dauq	vuenh
ço:k⁸	ta:u⁵	ki:t⁷	ta:u⁵	vu:n⁶
将来	又	结	又	换

以后想结交，

9-1756

利	玩	正	知	不
Lij	vanz	cingz	rox	mbouj
li⁴	va:n²	çiŋ²	o:⁴	bou⁵
还	还	情	或	不

还还旧情否？

男唱

9-1757

门	钱	折	古	四
Maenz	cienz	euj	guh	seiq
man²	çi:n²	e:u³	ku⁴	θei⁵
元	钱	折	做	四

一元折做四，

9-1758

记	作	拉	果	甘
Geiq	coq	laj	go	gam
ki⁵	ço⁵	la³	ko¹	ka:n¹
寄	放	下	棵	柑

埋在果树下。

9-1759

明	刀	结	刀	完
Cog	dauq	giet	dauq	vuenh
ço:k⁸	ta:u⁵	ki:t⁷	ta:u⁵	vu:n⁶
将来	又	结	又	换

将来再结交，

9-1760

声	欢	偻	可	在
Sing	fwen	raeuz	goj	ywq
θiŋ¹	vu:n¹	ɹau²	ko⁵	ju⁵
声	歌	我们	还	在

山歌声犹在。

女唱

9-1761

门	钱	折	古	千
Maenz	cienz	euj	guh	cien
man²	çiːn²	eːu³	ku⁴	çiːn¹
元	钱	折	做	千

一币掰为千，

9-1762

兰	了	又	刀	元
Lanh	liux	youh	dauq	yuenz
laːn⁶	liːu⁴	jou⁴	taːu⁵	juːn²
烂	完	又	回	圆

破碎又复圆。

9-1763

米	欢	是	结	欢
Miz	fwen	cix	giet	fwen
mi²	vuːn¹	çi⁴	kiːt⁷	vuːn¹
有	歌	就	结	歌

有歌就唱歌，

9-1764

米	月	良	米	的
Miz	ndwen	lingh	miz	diq
mi²	duːn¹	leːŋ⁶	mi²	ti⁵
有	月	另	有	点

每月都对歌。

男唱

9-1765

门	钱	折	古	千
Maenz	cienz	euj	guh	cien
man²	çiːn²	eːu³	ku⁴	çiːn¹
元	钱	折	做	千

一币掰为千，

9-1766

兰	了	又	刀	元
Lanh	liux	youh	dauq	yuenz
laːn⁶	liːu⁴	jou⁴	taːu⁵	juːn²
烂	完	又	回	圆

破碎又复圆。

9-1767

观	秀	老	造	欢
Gonq	ciuh	laux	caux	fwen
koːn⁵	çiːu⁶	laːu⁴	caːu⁴	vuːn¹
先	世	老	造	歌

前辈造山歌，

9-1768

句	拜	句	可	在
Coenz	baez	coenz	goj	ywq
kjon²	pai²	kjon²	ko⁵	jɯ⁵
句	次	句	还	在

句句全都在。

男唱

9-1769

道	光	义	十	一
Dau	gvangh	ngeih	cib	it
ta:u⁴	kwa:ŋ⁶	ȵi⁶	ɕit⁸	it⁷
道	光	二	十	一

道光廿一年，

9-1770

交	字	玉	你	特
Gyau	saw	yix	mwngz	dawz
kja:u¹	θaɯ¹	ji⁴	muɯŋ²	təɯ²
交	字	契	你	拿

交契约给你。

9-1771

农	得	刀	方	而
Nuengx	ndaej	dauq	fueng	lawz
nu:ŋ⁴	dai³	ta:u⁵	fu:ŋ¹	lau²
妹	得	回	方	哪

妹归哪个乡，

9-1772

龙	得	边	知	不
Lungz	ndaej	rengh	rox	mbouj
luŋ²	dai³	ɹe:ŋ⁶	ɹo⁴	bou⁵
龙	得	跟	或	不

兄得共乡否？

男唱

9-1773

道	光	义	十	义
Dau	gvangh	ngeih	cib	ngeih
ta:u⁴	kwa:ŋ⁶	ȵi⁶	ɕit⁸	ȵi⁶
道	光	二	十	二

道光廿二年，

9-1774

交	字	玉	你	特
Gyau	saw	yix	mwngz	dawz
kja:u¹	θaɯ¹	ji⁴	muɯŋ²	təɯ²
交	字	契	你	拿

交契约给你。

9-1775

才	农	刀	方	而
Caih	nuengx	dauq	fueng	lawz
ɕa:i⁶	nu:ŋ⁴	ta:u⁵	fu:ŋ¹	lau²
随	妹	回	方	哪

任妹到何方，

9-1776

写	字	份	贝	送
Sij	saw	faenz	bae	soengq
θi³	θaɯ¹	fan²	pai¹	θoŋ⁵
写	书	份	去	送

写书信相送。

女唱

9-1777

道	光	义	十	三
Dau	gvangh	ngeih	cib	sam
$ta{:}u^4$	$kwa{:}\eta^6$	$\underset{.}{n}i^6$	φit^8	$\theta a{:}n^1$
道	光	二	十	三

道光廿三年，

9-1778

偻	是	沙	同	完
Raeuz	cix	ra	doengh	vuenh
$\underset{.}{\jmath}au^2$	φi^4	$\underset{.}{\jmath}a^1$	$to\eta^2$	$vu{:}n^6$
我们	就	找	相	换

我俩就结交。

9-1779

伏	造	家	卢	浪
Fwx	caux	gya	louz	langh
$f\partial^4$	$\varphi a{:}u^4$	kja^1	lu^2	$la{:}\eta^6$
别人	造	家	流	浪

别人忙成家，

9-1780

备	兰	干	广	西
Beix	lanh	ganq	gvangj	sih
pi^4	$la{:}n^6$	$ka{:}n^5$	$kwa{:}\eta^3$	θei^1
兄	大方	照料	广	西

兄不离广西。

男唱

9-1781

道	光	义	十	四
Dau	gvangh	ngeih	cib	seiq
$ta{:}u^4$	$kwa{:}\eta^6$	$\underset{.}{n}i^6$	φit^8	θei^5
道	光	二	十	四

道光廿四年，

9-1782

吃	希	芬	刀	芬
Gwn	heiq	faen	dauq	faen
kum^1	hi^5	fan^1	$ta{:}u^5$	fan^1
吃	气	愤	又	愤

烦恼事特多。

9-1783

字	命	刀	伏	更
Saw	mingh	dauq	fwx	gaem
θau^1	min^6	$ta{:}u^5$	$f\partial^4$	kan^1
书	命	又	别人	握

命书别人管，

9-1784

身	少	生	邦	伏
Ndang	sau	caem	biengz	fwx
$da\eta^1$	$\theta a{:}u^1$	φan^1	$pi{:}\eta^2$	$f\partial^4$
身	姑娘	沉	地方	别人

妹身归别人。

女唱

男唱

9-1785

道	光	义	十	五
Dau	gvangh	ngeih	cib	haj
ta:u⁴	kwa:ŋ⁶	ȵi⁶	ɕit⁸	ha³
道	光	二	十	五

道光廿五年，

9-1786

邦	拉	可	利	秋
Biengz	laj	goj	lij	ciuq
pi:ŋ²	la³	ko⁵	li⁴	ɕi:u⁵
地方	下	也	还	看

外乡尚吵闹。

9-1787

垌	光	米	卜	一
Doengh	gvangq	miz	boux	ndeu
toŋ⁶	kwa:ŋ⁵	mi²	pu⁴	de:u¹
垌	宽	有	人	一

外乡有一人，

9-1788

不	卜	秀	讲	满
Mbouj	boux	ciuz	gangj	monh
bou⁵	pu⁴	ɕi:u²	ka:ŋ³	mo:n⁶
无	人	邀	讲	情

还没谈恋爱。

9-1789

道	光	义	十	六
Dau	gvangh	ngeih	cib	roek
ta:u⁴	kwa:ŋ⁶	ȵi⁶	ɕit⁸	ɹok⁷
道	光	二	十	六

道光廿六年，

9-1790

桥	拉	达	是	付
Giuz	laj	dah	cix	fouz
ki:u²	la³	ta⁶	ɕi⁴	fu²
桥	下	河	是	浮

大河桥板浮。

9-1791

你	农	不	满	土
Mwngz	nuengx	mbouj	monh	dou
muɯŋ²	nu:ŋ⁴	bou⁵	mo:n⁶	tu¹
你	妹	不	谈情	我

妹不来恋我，

9-1792

秀	方	卢	牙	了
Ciuh	fueng	louz	yax	liux
ɕi:u⁶	fu:ŋ¹	lu²	ja⁵	li:u⁴
世	风	流	也	完

枉费了青春。

女唱

9-1793

道	光	义	十	七
Dau	gvangh	ngeih	cib	caet
ta:u⁴	kwa:ŋ⁶	ȵi⁶	ɕit⁸	ɕat⁷
道	光	二	十	七

道光廿七年，

9-1794

得	沚	不	得	写
Ndaej	saet	mbouj	ndaej	ce
dai³	θat⁷	bou⁵	dai³	ɕe¹
得	失	不	得	留

做事要果断。

9-1795

完	仪	作	广	西
Vuenh	saenq	coq	gvangj	sih
vu:n⁶	θin⁵	ɕo⁵	kwa:ŋ³	θei¹
换	信	放	广	西

在广西结交，

9-1796

不	得	写	你	农
Mbouj	ndaej	ce	mwngz	nuengx
bou⁵	dai³	ɕe¹	mɯŋ²	nu:ŋ⁴
不	得	留	你	妹

不可耽误你。

男唱

9-1797

道	光	义	十	八
Dau	gvangh	ngeih	cib	bet
ta:u⁴	kwa:ŋ⁶	ȵi⁶	ɕit⁸	pe:t⁷
道	光	二	十	八

道光廿八年，

9-1798

心	不	念	了	而
Sim	mbouj	net	liux	lawz
θin¹	bou⁵	ne:t⁷	li:u⁴	lau²
心	不	实	啰	哪

心中不踏实。

9-1799

不	得	乜	元	家
Mbouj	ndaej	meh	ien	gya
bou⁵	dai³	me⁶	ju:n¹	kja¹
不	得	母	冤	家

娶不得情妹，

9-1800

而	刀	马	对	仪
Roih	dauq	ma	doiq	saenq
ɹoi⁶	ta:u⁵	ma¹	to:i⁵	θin⁵
她	又	来	退	信

她反来烦心。

女唱

9-1801

道	光	义	十	九
Dau	gvangh	ngeih	cib	gouj
ta:u⁴	kwa:ŋ⁶	ȵi⁶	ɕit⁸	kjou³
道	光	二	十	九

道光廿九年，

9-1802

说	老	表	开	论
Naeuz	laux	biuj	gaej	lumz
nau²	la:u⁴	pi:u³	ka:i⁵	lun²
说	老	表	莫	忘

老表莫相忘。

9-1803

由	方	在	拉	本
Youz	fangh	ywq	laj	mbwn
jou²	fa:ŋ⁵	ju⁵	la³	ɓun¹
游	方	在	下	天

游荡在天涯，

9-1804

对	龙	是	讲	满
Doiq	lungz	cix	gangj	monh
to:i⁵	luŋ²	ɕi⁴	ka:ŋ³	mo:n⁶
对	龙	就	讲	情

是友就谈情。

男唱

9-1805

道	光	三	十	令
Dau	gvangh	sam	cib	lingz
ta:u⁴	kwa:ŋ⁶	θa:n¹	ɕit⁸	liŋ²
道	光	三	十	零

道光三十年，

9-1806

是	交	正	堂	你
Cix	gyau	cingz	daengz	mwngz
ɕi⁴	kja:u¹	ɕiŋ²	taŋ²	muɯŋ²
就	交	情	到	你

信物交给你。

9-1807

汉	丰	空	米	主
Han	fungh	ndwi	miz	cawj
ha:n¹	fuŋ⁶	du:i¹	mi²	ɕw³
应	凤	不	有	主

还说无对象，

9-1808

问	你	农	说	而
Haemq	mwngz	nuengx	naeuz	rawz
han⁵	muɯŋ²	nu:ŋ⁴	nau²	ɹaɯ²
问	你	妹	说	什么

此话可当真？

女唱

9-1809

道	光	三	十	令
Dau	gvangh	sam	cib	lingz

taːu⁴　kwaːŋ⁶　θaːn¹　çit⁸　liŋ²

道　光　三　十　零

道光三十年，

9-1810

是	交	正	堂	你
Cix	gyau	cingz	daengz	mwngz

çi⁴　kjaːu¹　çiŋ²　taŋ²　muŋ²

就　交　情　到　你

信物交给你。

9-1811

才	汉	丰	时	内
Nda	han	fungh	seiz	neix

da¹　haːn¹　fuŋ⁶　θi²　ni⁴

刚　应　凤　时　这

刚答应别人，

9-1812

又	问	农	古	而
Youh	haemq	nuengx	guh	rawz

jou⁴　han⁵　nuːŋ⁴　ku⁴　ɣau²

又　问　妹　做　什么

还问我什么？

男唱

9-1813

道	光	三	十	令
Dau	gvangh	sam	cib	lingz

taːu⁴　kwaːŋ⁶　θaːn¹　çit⁸　liŋ²

道　光　三　十　零

道光三十年，

9-1814

是	交	正	堂	你
Cix	gyau	cingz	daengz	mwngz

çi⁴　kjaːu¹　çiŋ²　taŋ²　muŋ²

就　交　情　到　你

信物交给你。

9-1815

汉	丰	空	合	理
Han	fungh	ndwi	hwz	leix

haːn¹　fuŋ⁶　duːi¹　ho²　li⁴

应　凤　不　合　理

乱应允不合，

9-1816

可	元	主	空	米
Goj	yiemz	cawj	ndwi	miz

ko⁵　jiːn²　çu³　duːi¹　mi²

也　嫌　主　不　有

当时无对象。

女唱

9-1817

道	光	三	十	零
Dau	gvangh	sam	cib	lingz
ta:u⁴	kwa:ŋ⁶	θa:n¹	çit⁸	liŋ²
道	光	三	十	零

道光三十年，

9-1818

是	交	正	贝	瓜
Cix	gyau	cingz	bae	gvaq
çi⁴	kja:u¹	çiŋ²	pai¹	kwa⁵
就	交	情	去	过

就交信物了。

9-1819

不	合	元	是	八
Mbouj	hob	yuenz	cix	bah
bou⁵	ho:p⁸	ju:n²	çi⁴	pa⁶
不	合	缘	就	算

不合缘则罢，

9-1820

当	话	备	牙	特
Daengq	vah	beix	yaek	dawz
taŋ⁵	va⁶	pi⁴	jak⁷	təɯ²
叮嘱	话	兄	要	拿

兄要听我说。

男唱

9-1821

观	在	秀	道	光
Gonq	ywq	ciuh	dau	gvangh
kon⁵	ju⁵	çi:u⁶	ta:u⁴	kwa:ŋ⁶
先	在	世	道	光

在道光年间，

9-1822

阝	在	万	千	比
Boux	ywq	fanh	cien	bi
pu⁴	ju⁵	fa:n⁶	çi:n¹	pi¹
人	在	万	千	年

人寿命最长。

9-1823

汉	丰	内	不	好
Han	fungh	neix	mbouj	ndei
ha:n¹	fuŋ⁶	ni⁴	bou⁵	dei¹
应	凤	这	不	好

恋爱谈不好，

9-1824

阝	十	比	牙	老
Boux	cib	bi	yax	laux
pu⁴	çit⁸	pi¹	ja⁵	la:u⁴
人	十	年	也	老

十年人也老。

女唱

9-1825

汉	丰	内	不	好
Han	fungh	nix	mbouj	ndei
ha:n¹	fu:ŋ⁶	ni⁴	bou⁵	dei¹
应	凤	这	不	好

恋爱谈不好，

9-1826

阝	十	比	牙	老
Boux	cib	bi	yax	laux
pu⁴	çit⁸	pi¹	ja⁵	la:u⁴
人	十	年	也	老

十年人也老。

9-1827

不	干	少	跟	包
Mbouj	ganq	sau	riengz	mbauq
bou⁵	ka:n⁵	θa:u¹	ɹi:ŋ²	ba:u⁵
不	顾	姑娘	跟	小伙

不管顾恋情，

9-1828

秀	厃	老	貝	空
Ciuh	nyienh	lauq	bae	ndwi
çi:u⁶	ȵu:n⁶	la:u⁵	pai¹	du:i¹
世	愿	误	去	空

白误过青春。

男唱

9-1829

觃	在	秀	金	论
Gonq	ywq	ciuh	gim	lwnz
ko:n⁵	ju⁵	çi:u⁶	kin¹	lun²
先	在	世	金	情友

在少年时代，

9-1830

是	同	九	同	完
Cix	doengh	iu	doengh	vuenh
çi⁴	toŋ²	i:u¹	toŋ²	vu:n⁶
就	相	邀	相	换

结交最从容。

9-1831

刀	堂	秀	对	邦
Dauq	daengz	ciuh	doih	baengz
ta:u⁵	taŋ²	çi:u⁶	to:i⁶	paŋ²
又	到	世	伙伴	朋

到了友情时，

9-1832

瓦	玩	变	办	龙
Ngvax	vanj	bienq	baenz	lungz
ŋwa⁴	va:n³	pi:n⁵	pan²	luŋ²
瓦	碗	变	成	龙

瓷片也值钱。

女唱

9-1833

观	在	秀	金	论
Gonq	ywq	ciuh	gim	lwnz
ko:n⁵	jɯ⁵	çi:u⁶	kin¹	lun²
先	在	世	金	情友

还在少年时，

9-1834

是	同	九	同	完
Cix	doengh	iu	doengh	vuenh
çi⁴	toŋ²	i:u¹	toŋ²	vu:n⁶
就	相	邀	相	换

结交最从容。

9-1835

刀	堂	秀	对	邦
Dauq	daengz	ciuh	doih	baengz
ta:u⁵	taŋ²	çi:u⁶	to:i⁶	paŋ²
又	到	世	伙伴	朋

成了情友后，

9-1836

手	寿	相	古	银
Fwngz	caeux	ciengz	guh	ngaenz
fuŋ²	çau⁴	çi:ŋ²	ku⁴	ŋan²
手	抓	墙	做	银

土石也值钱。

男唱

9-1837

观	在	秀	金	论
Gonq	ywq	ciuh	gim	lwnz
ko:n⁵	jɯ⁵	çi:u⁶	kin¹	lun²
先	在	世	金	情友

还在少年时，

9-1838

是	同	九	同	完
Cix	doengh	iu	doengh	vuenh
çi⁴	toŋ²	i:u¹	toŋ²	vu:n⁶
就	相	邀	相	换

结交最从容。

9-1839

明	刀	代	下	南
Cog	dauq	dai	roengz	namh
ço:k⁸	ta:u⁵	ta:i¹	ɣoŋ²	na:n⁶
将来	又	死	下	土

死后入了土，

9-1840

不	阝	干	满	美
Mbouj	boux	ganq	monh	maez
bou⁵	pu⁴	ka:n⁵	mo:n⁶	mai²
无	人	照料	情	爱

无所谓恋情。

女唱	男唱

女唱

9-1841

现	在	秀	金	论
Gonq	ywq	ciuh	gim	lwnz
koːn⁵	juɯ⁵	ɕiːu⁶	kin¹	lun²
先	在	世	金	情友

还在少年时，

9-1842

是	同	九	同	完
Cix	doengh	iu	doengh	vuenh
ɕi⁴	toŋ²	iːu¹	toŋ²	vuːn⁶
就	相	邀	相	换

可从容结交。

9-1843

刀	堂	秀	对	邦
Dauq	daengz	ciuh	doih	baengz
taːu⁵	taŋ²	ɕiːu⁶	toːi⁶	paŋ²
又	到	世	伙伴	朋

变成情侣后，

9-1844

银	堂	是	牙	要
Ngaenz	daengx	cix	yax	aeu
ŋan²	taŋ⁴	ɕi⁴	ja⁵	au¹
银	锭	就	也	要

银锭都想要。

男唱

9-1845

现	在	秀	道	光
Gonq	ywq	ciuh	dau	gvangh
koːn⁵	juɯ⁵	ɕiːu⁶	taːu⁴	kwaːŋ⁶
先	在	世	道	光

在道光年间，

9-1846

令	南	特	贝	收
Rin	namh	dawz	bae	caeu
ɹin¹	naːn⁶	təɯ²	pai¹	ɕau²
石	土	拿	去	收

土石都值钱。

9-1847

刀	堂	秀	双	偻
Dauq	daengz	ciuh	song	raeuz
taːu⁵	taŋ²	ɕiːu⁶	θoːŋ¹	ɹau²
又	到	世	两	我们

到我俩时代，

9-1848

利	得	要	知	不
Lij	ndaej	aeu	rox	mbouj
li⁴	dai³	au¹	ɹo⁴	bou⁵
还	得	要	或	不

土石还贵否？

女唱

男唱

9-1849

观	在	秀	道	光
Gonq	ywq	ciuh	dau	gvangh
koːn⁵	juː⁵	çiːu⁶	taːu⁴	kwaːŋ⁶
先	在	世	道	光

在道光年代，

9-1850

令	南	特	贝	收
Rin	namh	dawz	bae	caeu
ɹin¹	naːn⁶	təu²	pai¹	çau¹
石	土	拿	去	收

土石都值钱。

9-1851

刀	堂	秀	双	偻
Dauq	daengz	ciuh	song	raeuz
taːu⁵	taŋ²	çiːu⁶	θoːŋ¹	ɹau²
又	到	世	两	我们

到我俩时代，

9-1852

不	得	要	牙	祘
Mbouj	ndaej	aeu	yax	suenq
bou⁵	dai³	au¹	ja⁵	θuːn⁵
不	得	要	才	算

不值钱再说。

9-1853

观	在	秀	金	论
Gonq	ywq	ciuh	gim	lwnz
koːn⁵	juː⁵	çiːu⁶	kin¹	lun²
先	在	世	金	情友

还在少年时，

9-1854

是	九	龙	完	仪
Cix	iu	lungz	vuenh	saenq
çi⁴	iːu¹	luŋ²	vuːn⁶	θin⁵
就	邀	龙	换	信

就和兄换信。

9-1855

刀	堂	秀	头	经
Dauq	daengz	ciuh	gyaeuj	ging
taːu⁵	taŋ²	çiːu⁶	kjau³	kiŋ¹
又	到	世	头	京

到热恋过后，

9-1856

完	仪	不	用	媒
Vuenh	saenq	mbouj	yungh	moiz
vuːn⁶	θin⁵	bou⁵	juŋ⁶	moːi²
换	信	不	用	媒

换信不用媒。

女唱

9-1857

观	在	秀	金	论
Gonq	ywq	ciuh	gim	lwnz
koːn⁵	juː⁵	çiːu⁶	kin¹	lun²
先	在	世	金	情友

还在少年时，

9-1858

是	九	偻	同	勒
Cix	iu	raeuz	doengh	lawh
çi⁴	iːu¹	ɹau²	toŋ²	ləɯ⁶
就	邀	我们	相	换

相约结交情。

9-1859

明	刀	贝	邦	伏
Cog	dauq	bae	biengz	fwx
çoːk⁸	taːu⁵	pai¹	piːŋ²	fə⁴
将来	又	去	地方	别人

将来去外乡，

9-1860

友	而	爱	合	偻
Youx	lawz	ngaiq	hoz	raeuz
juː⁴	laɯ²	ŋaːi⁵	hoː²	ɹaːu²
友	哪	爱	脖	我们

谁有我深情。

男唱

9-1861

观	在	秀	道	光
Gonq	ywq	ciuh	dau	gvangh
koːn⁵	juː⁵	çiːu⁶	taːu⁴	kwaːŋ⁶
先	在	世	道	光

在道光年代，

9-1862

令	南	特	贝	荣
Rin	namh	dawz	bae	yungz
ɹin¹	naːn⁶	təɯ²	pai¹	juŋ²
石	土	拿	去	熔

将石头熔化。

9-1863

刀	堂	秀	你	同
Dauq	daengz	ciuh	mwngz	doengh
taːu⁵	taŋ²	çiːu⁶	mɯŋ²	toŋ²
回	到	世	你	同

到你这一代，

9-1864

方	刀	写	给	伏
Fueng	dauq	ce	hawj	fwx
fuːŋ¹	taːu⁵	çe¹	həɯ³	fə⁴
方	倒	留	给	别人

田地白送人。

女唱

9-1865

观	在	秀	道	光
Gonq	ywq	ciuh	dau	gvangh
koːn⁵	juɯ⁵	çiːu⁶	taːu⁴	kwaːŋ⁶
先	在	世	道	光

在道光年代，

9-1866

令	南	特	贝	江
Rin	namh	dawz	bae	gyaeng
ɹin¹	naːn⁶	təɯ²	pai¹	kjaŋ¹
石	土	拿	去	囚

土石都收藏。

9-1867

刀	堂	秀	刀	浪
Dauq	daengz	ciuh	dauq	laeng
taːu⁵	taŋ²	çiːu⁶	taːu⁵	laŋ¹
又	到	世	回	后

轮回到后来，

9-1868

平	办	王	办	类
Bingz	baenz	vang	baenz	raeh
piŋ²	pan²	vaːŋ¹	pan²	ɹai⁶
凭	成	横	成	竖

有谁去管顾。

男唱

9-1869

观	在	秀	道	光
Gonq	ywq	ciuh	dau	gvangh
koːn⁵	juɯ⁵	çiːu⁶	taːu⁴	kwaːŋ⁶
先	在	世	道	光

在道光年代，

9-1870

令	南	特	贝	江
Rin	namh	dawz	bae	gyaeng
ɹin¹	naːn⁶	təɯ²	pai¹	kjaŋ¹
石	土	拿	去	囚

土石都值钱。

9-1871

刀	堂	秀	刀	浪
Dauq	daengz	ciuh	dauq	laeng
taːu⁵	taŋ²	çiːu⁶	taːu⁵	laŋ¹
又	到	世	回	后

轮回到后世，

9-1872

刀	得	更	天	牙
Dauq	ndaej	gwnz	denh	ya
taːu⁵	dai³	kɯn²	tiːn¹	ja⁶
倒	得	上	天	下

真得坐天下。

女唱

9-1873

十	义	土	勒	汉
Cib	ngeih	duz	lwg	hanq
çit^8	ŋi^6	tu^2	lɯk^8	ha:n^5
十	二	只	子	鹅

十二只幼鹅，

9-1874

土	汉	土	古	皇
Duz	hanh	duz	guh	vuengz
tu^2	ha:n^6	tu^2	ku^4	vu:ŋ^2
只	限	只	做	皇

打赌谁当皇。

9-1875

十	义	土	勒	龙
Cib	ngeih	duz	lwg	lungz
çit^8	ŋi^6	tu^2	lɯk^8	luŋ^2
十	二	只	子	龙

十二个龙子，

9-1876

土	站	土	能	田
Duz	soengz	duz	naengh	denz
tu^2	θoŋ^2	tu^2	naŋ^6	te:n^2
只	站	只	坐	地

相互争地位。

男唱

9-1877

十	义	土	勒	汉
Cib	ngeih	duz	lwg	hanq
çit^8	ŋi^6	tu^2	lɯk^8	ha:n^5
十	二	只	子	鹅

十二只幼鹅，

9-1878

土	汉	土	古	洋
Duz	hanh	duz	guh	yangz
tu^2	ha:n^6	tu^2	ku^4	ja:ŋ^2
只	限	只	做	皇

互相争皇位。

9-1879

贵	人	尝	马	堂
Gviq	yinz	caengz	ma	daengz
kwi^5	jin^2	çaŋ^2	ma^1	taŋ^2
贵	人	未	来	到

时机还没到，

9-1880

蒙	开	么	了	农
Muengz	gij	maz	liux	nuengx
mu:ŋ^2	ka:i^2	ma^2	li:u^4	nu:ŋ^4
忙	什	么	啰	妹

妹不要着急。

女唱

9-1881

十	义	土	勒	汉
Cib	ngeih	duz	lwg	hanq
çit⁸	n̩i⁶	tu²	luk⁸	ha:n⁵
十	二	只	子	鹅

十二只幼鹅，

9-1882

土	汉	土	古	洋
Duz	hanh	duz	guh	yangz
tu²	ha:n⁶	tu²	ku⁴	ja:ŋ²
只	限	只	做	皇

互相争皇位。

9-1883

加	贵	人	马	堂
Caj	gviq	yinz	ma	daengz
kja³	kwi⁵	jin²	ma¹	taŋ²
等	贵	人	来	到

等贵人来到，

9-1884

秀	少	娘	牙	了
Ciuh	sau	nangz	yax	liux
çi:u⁶	θa:u¹	na:ŋ²	ja⁵	li:u⁴
世	姑娘	姑娘	也	完

妹青春已过。

男唱

9-1885

勒	龙	点	勒	额
Lwg	lungz	dem	lwg	ngieg
luk⁸	luŋ²	te:n¹	luk⁸	ŋe:k⁸
子	龙	与	子	蛟龙

龙子和蛟龙，

9-1886

田	它	在	广	东
Denz	de	ywq	gvangj	doeng
te:n²	te¹	ju⁵	kwa:ŋ³	toŋ¹
地	它	在	广	东

它们住广东。

9-1887

勒	额	点	勒	龙
Lwg	ngieg	dem	lwg	lungz
luk⁸	ŋe:k⁸	te:n¹	luk⁸	luŋ²
子	蛟龙	与	子	龙

蛟龙和龙子，

9-1888

得	共	方	知	不
Ndaej	gungh	fueng	rox	mbouj
dai³	ku:ŋ⁶	fu:ŋ¹	ɹo⁴	bou⁵
得	共	方	或	不

是否能共处？

女唱

9-1889

勒	龙	点	勒	额
Lwg	lungz	dem	lwg	ngieg
luɯk⁸	luŋ²	teːn¹	luɯk⁸	ŋeːk⁸
子	龙	与	子	蛟龙

蛟龙和龙子，

9-1890

田	它	在	广	东
Denz	de	ywq	gvangj	doeng
teːn²	te¹	juu⁵	kwaːŋ³	toŋ¹
地	它	在	广	东

它们住广东。

9-1891

勒	额	点	勒	龙
Lwg	ngieg	dem	lwg	lungz
luɯk⁸	ŋeːk⁸	teːn¹	luɯk⁸	luŋ²
子	蛟龙	与	子	龙

龙子和蛟龙，

9-1892

岁	共	方	一	在
Caez	gungh	fueng	ndeu	ywq
çai²	kuŋ⁶	fuːŋ¹	de:u¹	juu⁵
齐	共	方	一	住

同个地方住。

男唱

9-1893

勒	龙	点	勒	额
Lwg	lungz	dem	lwg	ngieg
luɯk⁸	luŋ²	teːn¹	luɯk⁸	ŋeːk⁸
子	龙	与	子	蛟龙

龙子和蛟龙，

9-1894

田	它	在	广	东
Denz	de	ywq	gvangj	doeng
teːn²	te¹	juu⁵	kwaːŋ³	toŋ¹
地	它	在	广	东

它们住广东。

9-1895

勒	额	点	勒	龙
Lwg	ngieg	dem	lwg	lungz
luɯk⁸	ŋeːk⁸	teːn¹	luɯk⁸	luŋ²
子	蛟龙	与	子	龙

蛟龙和龙子，

9-1896

几	时	双	对	务
Geij	seiz	song	doiq	gouh
ki³	θi²	θoːŋ¹	toːi⁵	kou⁶
几	时	两	对	双

何时成双对？

女唱

9-1897

勒	龙	点	勒	额
Lwg	lungz	dem	lwg	ngieg
luk⁸	luŋ²	te:n¹	luk⁸	ŋe:k⁸
子	龙	与	子	蛟龙

龙子和蛟龙,

9-1898

田	它	在	广	东
Dieg	de	ywq	gvangj	doeng
ti:k⁸	te¹	ju⁵	kwa:ŋ³	toŋ¹
地	它	在	广	东

它们住广东。

9-1899

勒	额	点	勒	龙
Lwg	ngieg	dem	lwg	lungz
luk⁸	ŋe:k⁸	te:n¹	luk⁸	luŋ²
子	蛟龙	与	子	龙

蛟龙和龙子,

9-1900

得	共	方	是	抵
Ndaej	gungh	fueng	cix	dij
dai³	kuŋ⁶	fu:ŋ¹	çi⁴	ti³
得	共	方	就	值

同住就值得。

男唱

9-1901

额	点	龙
Ngieg	dem	lungz
ŋe:k⁸	te:n¹	luŋ²
蛟龙	与	龙

蛟龙和龙子,

9-1902

文	下	貝	长	沙
Fwn	roengz	bae	cangz	sah
vun¹	ɹoŋ²	pai¹	ça:ŋ⁶	ça⁵
雨	下	去	长	沙

雨天去长沙。

9-1903

比	才	点	比	瓜
Bi	gyai	dem	bi	gvaq
pi¹	kja:i¹	te:n¹	pi¹	kwa⁵
年	前	与	年	过

前年和去年,

9-1904

天	牙	乱	不	好
Denh	ya	luenh	mbouj	ndei
ti:n¹	ja⁶	lu:n⁶	bou⁵	dei¹
天	下	乱	不	好

天下乱不宁。

女唱

9-1905

额	点	龙
Ngieg	dem	lungz
ŋe:k⁸	te:n¹	luŋ²

蛟龙 与 龙

蛟龙和龙子，

9-1906

文	下	貝	江	西
Fwn	roengz	bae	gyangh	sih
vun¹	ɹoŋ²	pai¹	kja:ŋ⁵	θi⁵

雨 下 去 江 西

雨天去江西。

9-1907

山	长	的	长	的
Byaj	raez	diq	raez	diq
pja³	ɹai²	ti⁵	ɹai²	ti⁵

雷 鸣 点 鸣 点

雷鸣声阵阵，

9-1908

定	利	开	么	皇
Dingh	lij	gij	maz	vuengz
tiŋ⁶	li⁴	ka:i²	ma²	vu:ŋ²

定 还 什 么 皇

利于谋皇位。

男唱

9-1909

额	点	龙
Ngieg	dem	lungz
ŋe:k⁸	te:n¹	luŋ²

蛟龙 与 龙

蛟龙和龙子，

9-1910

文	下	貝	江	西
Fwn	roengz	bae	gyangh	sih
vun¹	ɹoŋ²	pai¹	kja:ŋ⁵	θi⁵

雨 下 去 江 西

雨天去江西。

9-1911

山	长	的	长	的
Byaj	raez	diq	raez	diq
pja¹	ɹai²	ti⁵	ɹai²	ti⁶

雷 长 点 长 点

雷声一阵阵，

9-1912

定	利	开	犯	春
Dingh	lij	gaej	famh	cin
tiŋ⁶	li⁴	ka:i⁵	fa:n⁶	ɕun¹

定 还 莫 犯 春

最好莫冲春。

女唱	男唱

女唱

9-1913

额	点	龙
Ngieg	dem	lungz
ŋe:k⁸	te:n¹	luŋ²
蛟龙	与	龙

蛟龙和龙子，

9-1914

文	下	贝	庆	远
Fwn	roengz	bae	ging	yenj
vun¹	ɹoŋ²	pai¹	kiŋ³	ju:n⁶
雨	下	去	庆	远

雨天去庆远。

9-1915

比	内	龙	古	伴
Bi	neix	lungz	guh	buenx
pi¹	ni⁴	luŋ²	ku⁴	pu:n⁴
年	这	龙	做	伴

今年兄陪伴，

9-1916

备	利	满	知	空
Beix	lij	muenh	rox	ndwi
pi⁴	li⁴	mu:n⁶	ɹo⁴	du:i¹
兄	还	欢乐	或	不

兄还开心吗？

男唱

9-1917

额	点	龙
Ngieg	dem	lungz
ŋe:k⁸	te:n¹	luŋ²
蛟龙	与	龙

蛟龙和龙子，

9-1918

文	下	贝	庆	远
Fwn	roengz	bae	ging	yenj
vun¹	ɹoŋ²	pai¹	kiŋ³	ju:n⁶
雨	下	去	庆	远

雨天去庆远。

9-1919

比	内	农	古	伴
Bi	neix	nuengx	guh	buenx
pi¹	ni⁴	nu:ŋ⁴	ku⁴	pu:n⁴
年	这	妹	做	伴

今年妹陪伴，

9-1920

满	贝	万	里	元
Muenh	bae	fanh	leix	roen
mu:n⁶	pai¹	fa:n⁶	li⁴	jo:n¹
欢乐	去	万	里	路

路遥也欢乐。

第十篇　告别歌

　　《告别歌》主要唱述男女双方按照农历来互诉衷肠，在表达爱意的同时进一步加深对彼此的了解。男女双方在对唱过程中把历史、民间节俗、神话传说、造纸工艺等内容编入唱词中，以此交流民间常识。唱词中提到农历三月北京出新皇的说法有可能指清代光绪帝即位（1875年正月），新帝即位的诏书传至地处山区的瑶寨时也需要一些时间，所以瑶族收到信息的时间就出现了延后的现象，这说明中央王朝已有效管理边远地区的瑶族村寨。壮族、汉族、瑶族等民族均认为花神是掌管人间生育的神祇，花朝节日期因地而异，歌中唱到瑶族花朝节为农历二月初六，人们祭拜花神以祈求神灵赐福，希冀子孙繁衍以延续家族香火。伏羲是中国古代传说中的人文始祖，瑶族聚居区也流传伏羲兄妹再造人类的传说，唱词中提到洪水淹天之后伏羲与二妹配对做夫妻并造天下子民。瑶族人民对汉族节俗与神话传说的移植与改编，说明了各民族文化交流互鉴、融汇发展。清朝雍正年间，都安已有手工纱纸生产，清末民初最为鼎盛，当时都安造纸户有千余户，高岭是都安重要的纱纸生产基地之一。歌中唱到去高岭买楮树皮来造纸以及男女双方有意合伙做生意，说明当地部分瑶族民众已掌握了传统造纸技术，推动了当地的纱纸产业的发展兴盛。

男唱

10—1

一	月	后	交	春
It	nyied	haeuj	gyau	cin
it⁷	ȵuːt⁸	hau³	kaːu¹	ɕun¹
一	月	进	交	春

一月份立春，

10—2

爱	农	银	土	重
Gyaez	nuengx	ngaenz	dou	naek
kjai²	nuːŋ⁴	ŋan²	tu¹	nak⁷
爱	妹	银	我	重

对小妹深情。

10—3

分	子	下	吉	家
Faen	swj	roengz	giz	gya
fan¹	θɯ³	ɹoŋ²	ki¹	kja³
分	子	下	处	家

如孩儿分家，

10—4

农	不	重	爱	偻
Nuengx	mbouj	naek	ngaiq	raeuz
nuːŋ⁴	bou⁵	nak⁷	ŋaːi⁵	ɹau²
妹	不	重	爱	我们

妹不深爱我。

女唱

10—5

义	月	后	春	分
Ngeih	nyied	haeuj	cin	faen
ȵi⁶	ȵuːt⁸	hau³	ɕun¹	fan¹
二	月	进	春	分

二月春分季，

10—6

农	银	貝	拜	地
Nuengx	ngaenz	bae	baiq	deih
nuːŋ⁴	ŋan²	pai¹	paːi⁵	tei⁶
妹	银	去	拜	地

妹出门拜地。

10—7

拜	了	又	烧	纸
Baiq	liux	youh	byaeu	ceij
paːi⁵	liːu⁴	jou⁴	pjau¹	ɕi³
拜	完	又	烧	纸

拜完烧纸钱，

10—8

明	农	可	米	元
Cog	nuengx	goj	miz	yuenz
ɕoːk⁸	nuːŋ⁴	ko⁵	mi²	juːn²
将来	妹	也	有	缘

妹将会逢缘。

男唱

10-9

三	月	后	清	明
Sam	nyied	haeuj	cing	mingz
$\theta a:n^1$	$\eta u:t^8$	hau^3	φin^1	min^2
三	月	进	清	明

三月清明节，

10-10

北	京	出	洋	么
Baek	king	ok	yangz	moq
pak^7	kin^1	$o:k^7$	$ja:\eta^2$	mo^5
北	京	出	皇	新

北京换新皇。

10-11

你	爱	土	古	罗
Mwngz	gyaez	dou	guh	lox
$mu\eta^2$	$kjai^2$	tu^1	ku^4	lo^4
你	爱	我	做	哄

莫要哄骗我，

10-12

我	爱	我	牙	真
Ngoj	gyaez	ngoj	yax	caen
ηo^3	$kjai^2$	ηo^3	ja^5	φin^1
我	爱	我	才	真

恋爱要真心。

女唱

10-13

四	月	后	谷	雨
Seiq	nyied	haeuj	goek	hawx
θei^5	$\eta u:t^8$	hau^3	kok^7	$h\partial u^4$
四	月	进	谷	雨

四月谷雨季，

10-14

勒	伏	不	爱	偻
Lwg	fwx	mbouj	gyaez	raeuz
luk^8	$f\partial^4$	bou^5	$kjai^2$	ιua^2
子	别人	不	爱	我们

人家不爱我。

10-15

义	又	坤	心	头
Ngeix	youh	goenq	sim	daeuz
ηi^4	jou^4	kon^5	θin^1	tau^2
想	又	断	心	脏

思念伤断肠，

10-16

利	爱	偻	知	不
Lij	gyaez	raeuz	rox	mbouj
li^4	$kjai^2$	ιua^2	ιo^4	bou^5
还	爱	我们	或	不

是否还爱我？

男唱

10-17

五	月	后	蒙	中
Ngux	nyied	haeuj	muengz	cungq
ŋu⁴	ȵuːt⁸	hau³	muːŋ²	ɕuŋ⁵
五	月	进	芒	种

五月入芒种,

10-18

勒	丰	贝	而	站
Lwg	fungh	bae	lawz	soengz
luk⁸	fuŋ⁶	pai¹	lau²	θoŋ²
子	凤	去	哪	站

凤何处栖身?

10-19

爱	穷	友	四	方
Gyaez	gyoengq	youx	seiq	fueng
kjai²	kjoŋ⁵	ju⁴	θei⁵	fuːŋ¹
爱	群	友	四	方

爱周边诸友,

10-20

不	办	同	土	了
Mbouj	baenz	doengz	dou	liux
bou⁵	pan²	toŋ²	tu¹	liu⁴
不	成	同	我	啰

不做我情友。

女唱

10-21

六	月	后	大	师
Loeg	nyied	haeuj	daih	sawq
lok⁸	ȵuːt⁸	hau³	taːi⁶	θɯ⁵
六	月	进	大	暑

六月入大暑,

10-22

好	伏	伏	不	爱
Ndei	mbwq	fwx	mbouj	gyaez
dei¹	bɯ⁵	fə⁴	bou⁵	kjai²
好	闷	别人	不	爱

闷热不舒服。

10-23

好	伏	单	满	美
Ndij	fwx	danq	monh	maez
di¹	fə⁴	taːn⁵	moːn⁶	mai²
与	别人	承担	谈情	说爱

跟别人谈情,

10-24

不	爱	堂	土	了
Mbouj	gyaez	daengz	dou	liux
bou⁵	kjai²	taŋ²	tu¹	liːu⁴
不	爱	到	我	啰

不再爱我了。

男唱

女唱

10-25

七	月	后	交	秋
Caet	nyied	haeuj	gyau	cou
çat⁷	ɲuːt⁸	hau³	kaːu¹	çou¹
七	月	进	交	秋

七月份立秋，

10-26

爱	士	说	爱	伏
Gyaez	dou	naeuz	gyaez	fwx
kjai²	tu¹	nau²	kjai²	fə⁴
爱	我	或	爱	别人

请问你爱谁？

10-27

团	堂	你	又	伏
Dwen	daengz	mwngz	youh	mbwq
tuːn¹	taŋ²	muŋ²	jou⁴	bɯ⁵
提	到	你	又	厌恶

想到你就腻，

10-28

义	勒	伏	又	爱
Ngeix	lwg	fwx	youh	gyaez
ɲi⁴	luk⁸	fə⁴	jou⁴	kjai²
想	子	别人	又	爱

想别人就爱。

10-29

八	月	后	白	罗
Bet	nyied	haeuj	beg	loh
peːt⁷	ɲuːt⁸	hau³	peːk⁸	lo⁶
八	月	进	白	露

八月进白露，

10-30

却	勒	独	士	来
Gyoh	lwg	dog	dou	lai
kjo⁶	luuk⁸	toːk⁸	tu¹	laːi¹
可怜	子	独	我	多

思念我独仔。

10-31

山	八	托	英	台
Sanh	bek	doh	yingh	taiz
θaːn¹	peːk⁷	to⁶	iŋ¹	taːi²
山	伯	同	英	台

山伯和英台，

10-32

爱	你	来	贝	了
Gyaez	mwngz	lai	bae	liux
kjai²	muŋ²	lai¹	pai¹	liːu⁴
爱	你	多	去	啰

我真心爱你。

男唱

10—33

九	月	后	宗	阳
Gouj	nyied	haeuj	cungz	yiengz
kjou³	ȵuːt⁸	hau³	ɕuŋ¹	jiːŋ²
九	月	进	重	阳

九月重阳节，

10—34

阝	阝	爱	土	了
Boux	boux	gyaez	dou	liux
pu⁴	pu⁴	kjai²	tu¹	liːu⁴
人	人	爱	我	完

人人都爱我。

10—35

九	月	九
Gouj	nyied	gouj
kjou³	ȵuːt⁸	kjou³
九	月	九

九月九，

10—36

却	老	表	土	来
Gyoh	laux	biuj	dou	lai
kjo⁶	laːu⁴	piːu³	tu¹	laːi¹
可怜	老	表	我	多

思念我情友。

女唱

10—37

十	月	十
Cib	nyied	cib
ɕit⁸	ȵuːt⁸	ɕit⁸
十	月	十

十月十，

10—38

另	古	担	一	特
Rib	guh	rap	ndeu	dawz
ȵip⁸	ku⁴	ȵaːt⁸	deːu¹	təɯ²
捡	做	担	一	拿

合做一担挑。

10—39

爱	穷	友	更	河
Gyaez	gyoengq	youx	gwnz	haw
kjai²	kjoŋ⁵	ju⁴	kɯn²	həɯ¹
爱	群	友	上	圩

爱圩上诸友，

10—40

满	三	时	是	了
Monh	sam	seiz	cix	liux
moːn⁶	θaːn¹	θi²	ɕi⁴	liːu⁴
谈情	三	时	就	算

且谈情作乐。

男唱

10-41

观	偻	造	同	爱
Gonq	raeuz	caux	doengh	gyaez
ko:n⁵	ɹau²	ça:u⁴	toŋ²	kjai²
先	我们	造	相	爱

我俩初恋时，

10-42

同	岁	贝	拜	早
Doengz	caez	bae	baiq	romh
toŋ²	çai²	pai¹	pa:i⁵	ɹo:n⁶
同	齐	去	拜	早

清晨去拜神。

10-43

友	而	祘	你	伴
Youx	lawz	suenq	mwngz	buenx
jou⁴	lau²	θu:n⁵	muŋ²	pu:n⁶
友	哪	算	你	伴

有谁迷恋你？

10-44

七	友	早	不	爱
Caet	youx	romh	mbouj	gyaez
çat⁷	ju⁴	ɹo:n⁶	bou⁵	kjai²
七	友	早	不	爱

妹太招人爱。

女唱

10-45

观	偻	造	同	爱
Gonq	raeuz	caux	doengh	gyaez
ko:n⁵	ɹau²	ça:u⁴	toŋ²	kjai²
先	我们	造	相	爱

我俩初恋时，

10-46

同	岁	贝	拜	庙
Doengz	caez	bae	baiq	miuh
toŋ²	çai²	pai¹	pa:i⁵	mi:u⁶
同	齐	去	拜	庙

一同去拜庙。

10-47

同	爱	是	尝	了
Doengh	gyaez	cix	caengz	liux
toŋ²	kjai²	çi⁴	çaŋ²	li:u⁴
相	爱	是	未	完

爱意犹未尽，

10-48

备	造	秀	写	偻
Beix	caux	ciuh	ce	raeuz
pi⁴	ça:u⁴	çi:u⁶	çe¹	ɹau²
兄	造	世	留	我们

兄另寻新欢。

男唱	女唱

男唱

10-49

观　　楼　　造　　同　　爱
Gonq　raeuz　caux　doengh　gyaez
koːn⁵　ɹau²　ɕaːu⁴　toŋ²　kjai²
先　　我们　造　　相　　爱
我俩初恋时，

10-50

同　　岁　　贝　　拜　　早
Doengz　caez　bae　baiq　romh
toŋ²　ɕai²　pai¹　paːi⁵　ɹoːn⁶
同　　齐　　去　　拜　　早
清晨去拜神。

10-51

土　　爱　　少　　样　　内
Dou　gyaez　sau　yiengh　neix
tu¹　kjai²　θaːu¹　juːŋ⁶　ni⁴
我　　爱　　姑娘　样　　这
哥对妹痴情，

10-52

农　　爱　　备　　样　　而
Nuengx　gyaez　beix　yiengh　lawz
nuːŋ⁴　kjai²　pi⁴　juːŋ⁶　lau²
妹　　爱　　兄　　样　　哪
妹对哥如何？

女唱

10-53

爱　　你　　办　　水　　莫
Gyaez　mwngz　baenz　raemx　mboq
kjai²　muɯŋ²　pan²　ɹan⁴　bo⁵
爱　　你　　成　　水　　泉
爱你如山泉，

10-54

却　　你　　办　　水　　师
Gyoh　mwngz　baenz　raemx　saw
kjo⁶　muɯŋ²　pan²　ɹan⁴　θɯ¹
可怜　你　　成　　水　　清
怜你如清水。

10-55

卜　　乜　　爱　　样　　而
Boh　meh　gyaez　yiengh　lawz
po⁶　me⁶　kjai²　juːŋ⁶　lau²
父　　母　　爱　　样　　哪
如父母爱子，

10-56

土　　爱　　你　　样　　能
Dou　gyaez　mwngz　yiengh　nyaenx
tu¹　kjai²　muɯŋ²　juːŋ⁶　ȵan⁴
我　　爱　　你　　样　　那么
情深意更浓。

男唱

10-57

变	你	爱	土	来
Bienh	mwngz	gyaez	dou	lai
$pi:n^6$	$muŋ^2$	$kjai^2$	tu^1	$la:i^1$
即便	你	爱	我	多

妹若真爱哥，

10-58

土	代	你	开	哭
Dou	dai	mwngz	gaej	daej
tu^1	$ta:i^1$	$muŋ^2$	$ka:i^5$	tai^3
我	死	你	莫	哭

哥死妹莫哭。

10-59

代	是	尝	下	会
Dai	cix	caengz	roengz	faex
$ta:i^1$	$çi^4$	$çaŋ^2$	$ɹoŋ^2$	fai^4
死	是	未	下	棺

哥死未入棺，

10-60

农	先	恋	爱	文
Nuengx	senq	lienh	gyaez	vunz
$nu:ŋ^4$	$θe:n^5$	$li:n^6$	$kjai^2$	vun^2
妹	早	恋	爱	人

恐妹寻新欢。

女唱

10-61

日	备	哭	三	相
Ngoenz	beix	daej	sam	ciengz
$ŋon^2$	pi^4	tai^3	$θa:n^1$	$çi:ŋ^2$
天	兄	哭	三	场

兄为爱伤感，

10-62

少	在	远	不	知
Sau	ywq	gyae	mbouj	rox
$θa:u^1$	$jɯ^5$	$kjai^1$	bou^5	$ɹo^4$
姑娘	在	远	不	知

妹离远不知。

10-63

义	土	鸦	叫	作
Nyi	duz	a	heuh	coh
$ɲi^1$	tu^2	a^1	$he:u^6$	$ço^6$
听	只	鸦	叫	名字

听闻乌鸦叫，

10-64

水	眼	罗	样	文
Raemx	da	roh	yiengh	fwn
$ɹan^4$	ta^1	$ɹo^6$	$ju:ŋ^6$	vun^1
水	眼	漏	样	雨

眼泪如雨下。

男唱

10—65

变	你	爱	土	来
Bienh	mwngz	gyaez	dou	lai
$pi:n^6$	$mu:\eta^2$	$kjai^2$	tu^1	$la:i^1$
即便	你	爱	我	多

妹若真爱哥，

10—66

土	代	你	开	哭
Dou	dai	mwngz	gaej	daej
tu^1	$ta:i^1$	$mu:\eta^2$	$ka:i^5$	tai^3
我	死	你	莫	哭

哥死你莫哭。

10—67

要	乔	马	剪	舌
Aeu	geuz	ma	raed	linx
au^1	$ke:u^2$	ma^1	tat^8	lin^4
要	剪	来	剪	舌

自己剪舌头，

10—68

土	牙	伩	你	爱
Dou	yax	saenq	mwngz	gyaez
tu^1	ja^5	θin^5	$mu:\eta^2$	$kjai^2$
我	才	信	你	爱

才信是真心。

女唱

10—69

爱	你	办	水	莫
Gyaez	mwngz	baenz	raemx	mboq
$kjai^2$	$mu:\eta^2$	pan^2	$\mathtt{ɹan}^4$	bo^5
爱	你	成	水	泉

爱你如山泉，

10—70

却	你	办	水	凉
Gyoh	mwngz	baenz	raemx	liengz
kjo^6	$mu:\eta^2$	pan^2	$\mathtt{ɹan}^4$	$li:\eta^2$
可怜	你	成	水	凉

爱你如清水。

10—71

伏	爱	你	龙	包
Fwx	gyaez	mwngz	lungz	mbauq
$fə^4$	$kjai^2$	$mu:\eta^2$	$lu\eta^2$	$ba:u^5$
别人	爱	你	龙	小伙

别人对待兄，

10—72

不	比	农	爱	龙
Mbouj	beij	nuengx	gyaez	lungz
bou^5	pi^3	$nu:\eta^4$	$kjai^2$	$lu\eta^2$
不	比	妹	爱	龙

不如妹情深。

男唱

女唱

10-73

巴	可	罗	说	爱
Bak	goj	lox	naeuz	gyaez
pa:k⁷	ko⁵	lo⁴	nau²	kjai²
嘴	也	哄	说	爱

嘴巴上说爱,

10-74

几	比	空	见	面
Geij	bi	ndwi	gen	mienh
ki³	pi¹	du:i¹	ke:n⁴	me:n⁶
几	年	不	见	面

几年不见面。

10-75

巴	罗	爱	小	面
Bak	lox	gyaez	siuj	mienh
pa:k⁷	lo⁴	kjai²	θi:u³	me:n⁶
嘴	哄	爱	小	面

嘴巴说爱我,

10-76

外	权	是	论	偻
Vaij	gemh	cix	lumz	raeuz
va:i³	ke:n⁶	çi⁴	lun²	ɹau²
过	山坳	就	忘	我们

过坳全忘怀。

10-77

土	爱	你	龙	乖
Dou	gyaez	mwngz	lungz	gvai
tu¹	kjai²	muŋ²	luŋ²	kwa:i¹
我	爱	你	龙	乖

妹钟爱情哥,

10-78

爱	作	尾	会	坤
Gyaez	coq	byai	faex	goenq
kjai²	ço⁵	pja:i¹	fai⁴	kon⁵
爱	放	尾	树	断

情寄断尾树。

10-79

土	爱	你	对	生
Dou	gyaez	mwngz	doiq	saemq
tu¹	kjai²	muŋ²	to:i⁵	θan⁵
我	爱	你	对	庚

妹爱同龄友,

10-80

能	了	水	山	下
Naengh	liux	raemx	bya	roengz
naŋ⁶	li:u⁴	ɹan⁴	pja¹	ɹoŋ²
坐	完	水	眼	下

思念泪长流。

男唱

10-81

土	爱	你	了	农
Dou	gyaez	mwngz	liux	nuengx
tu^1	kjai^2	muŋ^2	li:u^4	nu:ŋ^4
我	爱	你	啰	妹

哥钟爱情妹,

10-82

爱	作	拉	床	宁
Gyaez	coq	laj	mbonq	ninz
kjai^2	ço^5	la^3	bo:n^5	nin^2
爱	放	下	床	睡

情寄在床底。

10-83

土	爱	你	少	金
Dou	gyaez	mwngz	sau	gim
tu^1	kjai^2	muŋ^2	θa:u^1	kin^1
我	爱	你	姑娘	金

哥钟爱情妹,

10-84

爱	作	城	皇	帝
Gyaez	coq	singz	vuengz	daeq
kjai^2	ço^5	θiŋ^2	vu:ŋ^2	tai^5
爱	放	城	皇	帝

情寄在皇都。

女唱

10-85

巴	可	罗	爱	土
Bak	goj	lox	gyaez	dou
pa:k^7	ko^5	lo^4	kjai^2	tu^1
嘴	也	哄	爱	我

嘴上说爱我,

10-86

碰	少	是	空	动
Bungz	sau	cix	ndwi	dongx
puŋ^2	θa:u^1	çi^4	du:i^1	to:ŋ^4
逢	姑娘	就	不	打招呼

见面不招呼。

10-87

巴	罗	爱	老	表
Bak	lox	gyaez	laux	biuj
pa:k^7	lo^4	kjai^2	la:u^4	pi:u^3
嘴	哄	爱	老	表

表面很亲热,

10-88

造	秀	不	说	论
Caux	ciuh	mbouj	naeuz	lwnz
ça:u^4	çi:u^6	bou^5	nau^2	lun^2
造	世	不	说	情友

成亲瞒着妹。

男唱

10-89

日	农	哭	三	相
Ngoenz	nuengx	daej	sam	ciengz
ŋon²	nuːŋ⁴	tai³	θaːn¹	çiːŋ²
天	妹	哭	三	场

妹为爱伤感，

10-90

龙	在	远	不	知
Lungz	ywq	gyae	mbouj	rox
luŋ²	juɯ⁵	kjai¹	bou⁵	ɺo⁴
龙	在	远	不	知

兄全然不知。

10-91

貝	三	比	被	火
Bae	sam	bi	deng	hoj
pai¹	θaːn¹	pi¹	teːŋ¹	ho³
去	三	年	挨	苦

在外地受苦，

10-92

厄	却	刀	年	你
Nyienh	gyoh	dauq	nem	mwngz
ɲuːn⁶	kjo⁶	taːu⁵	neːm¹	muɯ²
愿	可怜	回	跟	你

愿回头跟你。

女唱

10-93

知	你	刀	不	刀
Rox	mwngz	dauq	mbouj	dauq
ɺo⁴	muɯ²	taːu⁵	bou⁵	taːu⁵
知	你	回	不	回

不知回不回，

10-94

开	罗	伴	召	心
Gaej	lox	buenx	cau	sim
kaːi⁵	lo⁴	puːn⁴	çaːu⁵	θin¹
莫	哄	伴	操	心

莫哄我揪心。

10-95

连	三	果	桃	定
Lienh	sam	guj	dauz	din
liːn⁶	θaːn¹	ku³	taːu²	tin¹
链	三	股	绑	脚

挨大链锁脚，

10-96

少	飞	牙	不	得
Sau	mbin	yax	mbouj	ndaej
θaːu¹	bin¹	ja⁵	bou⁵	dai³
姑娘	飞	也	不	得

妹逃脱不了。

男唱

10—97

爱　又　却

Gyaez　youh　gyoh

kjai² jou⁴ kjo⁶

爱　又　可怜

爱而怜，

10—98

好　罗　贝　考　朋

Ndij　loh　bae　gauj　boengz

di¹ lo⁶ pai¹ ka:u³ poŋ²

沿　路　去　搅　泥

一路踩烂泥。

10—99

爱　友　不　古　红

Gyaez　youx　mbouj　guh　hong

kjai² ju⁴ bou⁵ ku⁴ ho:ŋ¹

爱　友　不　做　工

为爱不干活，

10—100

端　吃　江　玩　水

Donq　gwn　gyang　vanj　raemx

to:n⁵ kɯn¹ kja:ŋ¹ va:n³ nai⁴

顿　喝　半　碗　水

喝清水度日。

女唱

10—101

爱　又　却

Gyaez　youh　gyoh

kjai² jou⁴ kjo⁶

爱　又　可怜

爱而怜，

10—102

好　罗　贝　考　朋

Ndij　loh　bae　gauj　boengz

di¹ lo⁶ pai¹ ka:u³ poŋ²

沿　路　去　搅　泥

一路踩烂泥。

10—103

爱　友　不　古　红

Gyaez　youx　mbouj　guh　hong

kjai² ju⁴ bou⁵ ku⁴ ho:ŋ¹

爱　友　不　做　工

为爱不干活，

10—104

团　堂　同　又　哭

Dwen　daengz　doengz　youh　daej

tɯ:n¹ taŋ² toŋ² jou⁴ tai³

提　到　同　又　哭

思念泪长流。

男唱

10-105

爱　又　却

Gyaez　youh　gyoh

kjai² jou⁴ kjo⁶

爱　又　可怜

爱而怜，

10-106

好　罗　它　衣　定

Ndij　loh　daz　iet　din

di¹ lo⁶ ta² ji:t⁷ tin¹

沿　路　又　伸　脚

步履懒洋洋。

10-107

爱　穷　友　米　正

Gyaez　gyoengq　youx　miz　cingz

kjai² kjoŋ⁵ ju⁴ mi¹ ɕiŋ²

爱　群　友　有　情

为众深情友，

10-108

召　心　堂　又　怨

Cau　sim　daengz　youh　yonq

ɕa:u⁵ θin¹ taŋ² jou⁴ jo:n⁵

操　心　到　又　怨

心焦出怨言。

女唱

10-109

爱　又　却

Gyaez　youh　gyoh

kjai² jou⁴ kjo⁶

爱　又　可怜

爱而怜，

10-110

好　罗　它　衣　定

Ndij　loh　daz　iet　din

di¹ lo⁶ ta² ji:t⁷ tin¹

沿　路　又　伸　脚

步履懒洋洋。

10-111

爱　友　开　爱　真

Gyaez　youx　gaej　gyaez　caen

kjai² ju⁴ ka:i⁵ kjai² ɕin¹

爱　友　莫　爱　真

交友别太真，

10-112

写　心　一　爱　备

Ce　sim　ndeu　gyaez　beix

ɕe¹ θin¹ de:u¹ kjai² pi⁴

留　心　一　爱　兄

留一心爱兄。

男唱

10-113

爱	又	却
Gyaez	youh	gyoh
kjai²	jou⁴	kjo⁶
爱	又	可怜

爱而怜，

10-114

好	罗	它	衣	定
Ndij	loh	daz	iet	din
di¹	lo⁶	ta²	jiːt⁷	tin¹
沿	路	又	伸	脚

步履懒洋洋。

10-115

爱	穷	友	米	心
Gyaez	gyoengq	youx	miz	sim
kjai²	kjoŋ⁵	ju⁴	mi²	θin¹
爱	群	友	有	心

爱上真心友，

10-116

千	年	正	同	送
Cien	nienz	cingz	doengh	soengq
çiːn¹	niːn²	çiŋ²	toŋ²	θoŋ⁵
千	年	情	相	送

常互送礼物。

女唱

10-117

爱	又	却
Gyaez	youh	gyoh
kjai²	jou⁴	kjo⁶
爱	又	可怜

爱而怜，

10-118

好	罗	它	衣	定
Ndij	loh	daz	iet	din
di¹	lo⁶	ta²	jiːt⁷	tin¹
沿	路	又	伸	脚

步履懒洋洋。

10-119

爱	堂	友	千	金
Gyaez	daengz	youx	cien	gim
kjai²	taŋ²	ju⁴	çiːn¹	kin¹
爱	到	友	千	金

爱上真心友，

10-120

不	论	时	一	闹
Mbouj	lumz	seiz	ndeu	nauq
bou⁵	lun²	θi²	deːu¹	naːu⁵
不	忘	时	一	也

一刻也不忘。

男唱

10-121

爱	又	结
Gyaez	youh	giet
kjai²	jou⁴	ki:t⁷
爱	又	结

爱结交,

10-122

念	办	后	江	那
Net	baenz	haeux	gyang	naz
ne:t⁷	pan²	hau⁴	kja:ŋ¹	na²
实	成	米	中	田

真如田中谷。

10-123

爱	堂	秀	少	而
Gyaez	daengz	ciuh	sau	lawz
kjai²	taŋ²	ɕi:u⁶	θa:u¹	lau²
爱	到	世	姑娘	哪

深爱妹永久,

10-124

当	家	心	不	念
Dangq	gya	sim	mbouj	net
ta:ŋ⁵	kja¹	θin¹	bou⁵	ne:t⁷
另	家	心	不	实

另住心不安。

女唱

10-125

爱	又	结
Gyaez	youh	giet
kjai²	jou⁴	ki:t⁷
爱	又	结

爱结交,

10-126

念	办	后	江	那
Net	baenz	haeux	gyang	naz
ne:t⁷	pan²	hau⁴	kja:ŋ¹	na²
实	成	米	中	田

真如田中谷。

10-127

狼	乱	办	关	巴
Langh	luenh	baenz	gvan	baz
la:ŋ⁶	lu:n⁶	pan²	kwa:n¹	pa²
若	乱	成	夫	妻

若真成夫妻,

10-128

全	古	家	一	在
Gyonj	guh	gya	ndeu	ywq
kjo:n¹	ku⁴	kja¹	de:u¹	jɯ⁵
聚	做	家	一	住

两人合一家。

男唱

10-129

爱	又	结
Gyaez	youh	giet
kjai²	jou⁴	ki:t⁷
爱	又	结

爱结交，

10-130

念	办	后	江	那
Net	baenz	haeux	gyang	naz
ne:t⁷	pan²	hau⁴	kja:ŋ¹	na²
实	成	米	中	田

真如田中谷。

10-131

爱	堂	友	同	哈
Gyaez	daengz	youx	doengh	ha
kjai²	taŋ²	ju⁴	toŋ²	ha¹
爱	到	友	相	配

爱上同龄友，

10-132

得	共	然	是	抵
Ndaej	gungh	ranz	cix	dij
dai³	kuŋ⁶	ɹa:n²	çi⁴	ti³
得	共	家	就	值

结婚才值得。

女唱

10-133

爱	又	结
Gyaez	youh	giet
kjai²	jou⁴	ki:t⁷
爱	又	结

爱结交，

10-134

念	办	后	江	那
Net	baenz	haeux	gyang	naz
ne:t⁷	pan²	hau⁴	kja:ŋ¹	na²
实	成	米	中	田

真如田中谷。

10-135

勒	仪	得	共	家
Lawh	saenq	ndaej	gungh	gya
ləu⁶	θin⁵	dai³	kuŋ⁶	kja¹
换	信	得	共	家

谈情得结婚，

10-136

邦	又	米	几	阝
Biengz	youh	miz	geij	boux
pi:ŋ²	jou⁴	mi²	ki³	pu⁴
地	方	又	有	几	个

天下有几人？

男唱

10-137

爱 **又** **结**

Gyaez youh giet

kjai² jou⁴ kiːt⁷

爱 又 结

爱结交，

10-138

念 **办** **后** **里** **谁**

Net baenz haeux ndaw rae

neːt⁷ pan² hau⁴ dau¹ ɹai¹

实 成 米 里 甑子

真如甑中谷。

10-139

爱 **友** **不** **得** **貝**

Gyaez youx mbouj ndaej bae

kjai² ju⁴ bou⁵ dai³ pai¹

爱 友 不 得 去

情友娶不走，

10-140

皮 **斗** **长** **又** **哭**

Bid daeuj raez youh daej

pit⁸ tau³ ɹai² jou⁴ tai³

蝉 来 鸣 又 哭

蝉鸣催人泪。

女唱

10-141

爱 **又** **结**

Gyaez youh giet

kjai² jou⁴ kiːt⁷

爱 又 结

爱结交，

10-142

念 **办** **后** **里** **谁**

Net baenz haeux ndaw rae

neːt⁷ pan² hau⁴ dau¹ ɹai¹

实 成 米 里 甑子

真如甑中谷。

10-143

爱 **友** **不** **得** **貝**

Gyaez youx mbouj ndaej bae

kjai² ju⁴ bou⁵ dai³ pai¹

爱 友 不 得 去

情友娶不走，

10-144

秀 **满** **美** **牙** **了**

Ciuh monh maez yax liux

çiːu⁶ moːn⁶ mai² ja⁵ liːu⁴

世 情 爱 也 完

青春期也过。

男唱

10-145

爱　　又　　结

Gyaez　youh　giet

kjai² 　jou⁴ 　ki:t⁷

爱　　又　　结

爱结交，

10-146

念　办　后　里　谁

Net　baenz　haeux　ndaw　rae

ne:t⁷　pan²　hau⁴　dau¹　ɹai¹

实　成　米　里　甑子

真如甑中谷。

10-147

爱　穷　友　当　韦

Gyaez　gyoengq　youx　dangq　vae

kjai²　kjoŋ⁵　ju⁴　ta:ŋ⁵　vai¹

爱　群　友　另　姓

深爱异姓友，

10-148

想　贝　不　想　刀

Siengj　bae　mbouj　siengj　dauq

θi:ŋ³　pai¹　bou⁵　θi:ŋ³　ta:u⁵

想　去　不　想　回

只想去跟随。

女唱

10-149

爱　　又　　结

Gyaez　youh　giet

kjai²　jou⁴　ki:t⁷

爱　　又　　结

爱结交，

10-150

念　办　后　里　谁

Net　baenz　haeux　ndaw　rae

ne:t⁷　pan²　hau⁴　dau¹　ɹai¹

实　成　米　里　甑子

真如甑中谷。

10-151

秀　满　爱　秀　美

Ciuh　monh　gyaez　ciuh　maez

ɕi:u⁶　mo:n⁶　kjai²　ɕi:u⁶　mai²

世　情　爱　世　爱

两人情义深，

10-152

不　古　而　同　沙

Mbouj　guh　rawz　doengh　ra

bou⁵　ku⁴　ɹɯ²　toŋ²　ɹa¹

不　做　什么　相　找

为何不相见？

男唱	女唱

10-153

爱	又	结
Gyaez	youh	giet
kjai²	jou⁴	ki:t⁷
爱	又	结

爱结交,

10-154

念	办	后	江	开
Net	baenz	haeux	gyang	gai
ne:t⁷	pan²	hau⁴	kja:ŋ¹	ka:i¹
实	成	米	中	街

真如市上米。

10-155

三	八	爱	英	台
Sanh	bek	gyaez	yingh	taiz
θa:n¹	pe:k⁷	kjai²	iŋ¹	ta:i²
山	伯	爱	英	台

山伯爱英台,

10-156

得	共	开	知	不
Ndaej	gungh	gai	rox	mbouj
dai³	kuŋ⁶	ka:i¹	ɹo⁴	bou⁵
得	共	街	或	不

得相聚与否?

10-157

爱	又	结
Gyaez	youh	giet
kjai²	jou⁴	ki:t⁷
爱	又	结

爱结交,

10-158

念	办	后	江	开
Net	baenz	haeux	gyang	gai
ne:t⁷	pan²	hau⁴	kja:ŋ¹	ka:i¹
实	成	米	中	街

真如市上米。

10-159

三	八	爱	英	台
Sanh	bek	gyaez	yingh	taiz
θa:n¹	pe:k⁷	kjai²	iŋ¹	ta:i²
山	伯	爱	英	台

山伯爱英台,

10-160

代	共	开	一	在
Dai	gungh	gai	ndeu	ywq
ta:i¹	kuŋ⁶	ka:i¹	de:u¹	ju⁵
死	共	街	一	住

死还葬一处。

男唱

10-161

巴	罗	土	爱	土
Bak	lox	dou	gyaez	dou
pa:k⁷	lo⁴	tu¹	kjai²	tu¹
嘴	哄	我	爱	我

嘴上说爱我，

10-162

罗	要	油	煎	蛋
Lox	aeu	youz	cien	gyaeq
lo⁴	au¹	jou²	çe:n¹	kjai⁵
骗	要	油	煎	蛋

是想捞油水。

10-163

巴	罗	土	了	岁
Bak	lox	dou	liux	caez
pa:k⁷	lo⁴	tu¹	li:u⁴	çai²
嘴	哄	我	完	齐

完全在骗我，

10-164

邦	美	罗	土	空
Baengz	maez	lox	dou	ndwi
paŋ²	mai²	lo⁴	tu¹	du:i¹
朋	爱	哄	我	空

朋友你骗我。

女唱

10-165

巴	罗	土	爱	土
Bak	lox	dou	gyaez	dou
pa:k⁷	lo⁴	tu¹	kjai²	tu¹
嘴	哄	我	爱	我

嘴上说爱我，

10-166

罗	要	油	剪	哈
Lox	aeu	youz	cien	haj
lo⁴	au¹	jou²	çe:n¹	ha³
骗	要	油	煎	油

是想捞油水。

10-167

巴	罗	土	是	八
Bak	lox	dou	cix	bah
pa:k⁷	lo⁴	tu¹	çi⁴	pa⁶
嘴	哄	我	就	罢

骗我就骗我，

10-168

貝	那	开	罗	文
Bae	naj	gaej	lox	vunz
pai¹	na³	ka:i⁵	lo⁴	vun²
去	前	莫	哄	人

往后莫骗人。

男唱

10-169

秀	少	包	同	重
Ciuh	sau	mbauq	doengh	naek
çi:u⁶	θa:u¹	ba:u⁵	toŋ²	nak⁷
世	姑娘	小伙	相	重

兄妹相敬重，

10-170

阝	完	仗	阝	特
Boux	vuenh	saenq	boux	dawz
pu⁴	vu:n⁶	θin⁵	pu⁴	təɯ²
人	换	信	人	守

完全相信任。

10-171

岁	同	对	很	河
Caez	doengz	doih	hwnj	haw
çai²	toŋ²	to:i⁶	hɯn³	həɯ¹
齐	同	伙伴	上	圩

一同去赶圩，

10-172

正	阝	而	来	重
Cingz	boux	lawz	lai	naek
çiŋ²	pu⁴	lau²	la:i¹	nak⁷
情	人	哪	多	重

谁礼品更贵？

女唱

10-173

秀	少	包	同	重
Ciuh	sau	mbauq	doengh	naek
çi:u⁶	θa:u¹	ba:u⁵	toŋ²	nak⁷
世	姑娘	小伙	相	重

兄妹相敬重，

10-174

阝	完	仗	阝	特
Boux	vuenh	saenq	boux	dawz
pu⁴	vu:n⁶	θin⁵	pu⁴	təɯ²
人	换	信	人	守

完全相信任。

10-175

平	贝	板	贝	河
Bingz	bae	mbanj	bae	haw
piŋ²	pai¹	ba:n³	pai¹	həɯ¹
凭	去	村	去	圩

不管到哪里，

10-176

正	双	偻	来	重
Cingz	song	raeuz	lai	naek
çiŋ²	θo:ŋ¹	ɣau²	la:i¹	nak⁷
情	两	我们	多	重

我俩情最深。

男唱

10-177

秀	少	包	同	重
Ciuh	sau	mbauq	doengh	naek
çiːu[6]	θaːu[1]	baːu[5]	toŋ[2]	nak[7]
世	姑娘	小伙	相	重

兄妹相敬重,

10-178

阝	完	仅	阝	特
Boux	vuenh	saenq	boux	dawz
pu[4]	vuːn[6]	θin[5]	pu[4]	təɯ[2]
人	换	信	人	守

完全相信任。

10-179

同	完	古	样	而
Doengh	vuenh	guh	yiengh	lawz
toŋ[2]	vuːn[6]	ku[4]	juːŋ[6]	lau[2]
相	换	做	样	哪

相交做样子,

10-180

念	少	乖	空	爱
Net	sau	gvai	ndwi	ngaiq
neːt[7]	θaːu[1]	kwaːi[1]	duːi[1]	ŋaːi[5]
实	姑娘	乖	不	爱

谅妹非真爱。

女唱

10-181

变	包	乖	同	重
Bienh	mbauq	gvai	doengh	naek
piːn[6]	baːu[5]	kwaːi[1]	toŋ[2]	nak[7]
即便	小伙	乖	相	重

若情哥重情,

10-182

煮	菜	开	作	求
Cawj	byaek	gaej	coq	gyu
çəu[3]	pjak[7]	kaːi[5]	ço[5]	kju[1]
煮	菜	莫	放	盐

菜无须放盐。

10-183

友	而	重	堂	土
Youx	lawz	naek	daengz	dou
ju[4]	lau[2]	nak[7]	taŋ[2]	tu[1]
友	哪	重	到	我

谁真敬重我?

10-184

是	写	河	开	很
Cix	ce	haw	gaej	hwnj
çi[4]	çe[1]	həu[1]	kaːi[5]	huɯn[3]
就	留	圩	莫	上

从此别赶圩。

男唱

10-185

变	少	乖	狼	重
Bienh	sau	gvai	langh	naek

pi:n⁶ θa:u¹ kwa:i¹ la:ŋ⁶ nak⁷

即便 姑娘 乖 若 重

若我妹重情，

10-186

煮	菜	开	作	求
Cawj	byaek	gaej	coq	gyu

çəɯ³ pjak⁷ ka:i⁵ ço⁵ kju¹

煮 菜 莫 放 盐

菜无须放盐。

10-187

农	狼	重	堂	土
Nuengx	langh	naek	daengz	dou

nu:ŋ⁴ la:ŋ⁶ nak⁷ taŋ² tu¹

妹 若 重 到 我

妹若敬重我，

10-188

方	卢	是	开	单
Fueng	louz	cix	gaej	danq

fu:ŋ¹ lu² çi⁴ ka:i⁵ ta:n⁵

风 流 就 莫 承担

莫再耍风流。

女唱

10-189

重	是	重	样	令
Naek	cix	naek	yiengh	rin

nak⁷ çi⁴ nak⁷ ju:ŋ⁶ ɹin¹

重 就 重 样 石

如石头样重，

10-190

开	古	轻	样	纸
Gaej	guh	mbaeu	yiengh	ceij

ka:i⁵ ku⁶ bau¹ ju:ŋ⁶ çi³

莫 做 轻 样 纸

莫如纸轻浮。

10-191

土	重	龙	样	内
Dou	naek	lungz	yiengh	neix

tu¹ nak⁷ luŋ² ju:ŋ⁶ ni⁴

我 重 龙 样 这

我敬兄如此，

10-192

备	重	农	样	而
Beix	naek	nuengx	yiengh	lawz

pi⁴ nak⁷ nu:ŋ⁴ ju:ŋ⁶ lau²

兄 重 妹 样 哪

兄对妹如何？

男唱

10-193

重	是	重	样	令
Naek	cix	naek	yiengh	rin

nak⁷ çi⁴ nak⁷ juːŋ⁶ ɹin¹

重	就	重	样	石

如石头样重,

10-194

开	古	轻	样	纸
Gaej	guh	mbaeu	yiengh	ceij

kaːi⁵ ku⁴ bau¹ juːŋ⁶ çi³

莫	做	轻	样	纸

莫如纸轻浮。

10-195

重	是	重	正	义
Naek	cix	naek	cingz	ngeih

nak⁷ çi⁴ nak⁷ çiŋ² ɲi⁶

重	就	重	情	义

重就重情义,

10-196

开	古	纸	配	初
Gaej	guh	ceij	boiq	couz

kaːi⁵ ku⁴ çi³ poːi⁵ çu²

莫	做	纸	配	绸

莫以纸代绸。

女唱

10-197

重	是	重	样	令
Naek	cix	naek	yiengh	rin

nak⁷ çi⁴ nak⁷ juːŋ⁶ ɹin¹

重	就	重	样	石

如石头样重,

10-198

开	古	轻	样	纸
Gaej	guh	mbaeu	yiengh	ceij

kaːi⁵ ku⁴ bau¹ juːŋ⁶ çi³

莫	做	轻	样	纸

莫如纸轻浮。

10-199

友	而	重	正	义
Youx	lawz	naek	cingz	ngeih

ju⁴ lau² nak⁷ çiŋ² ɲi⁶

友	哪	重	情	义

哪位重情义,

10-200

是	采	地	邦	偻
Cix	caij	deih	biengz	raeuz

çi⁴ çaːi³ tei⁶ piːŋ² ɹau²

就	踩	地	地方	我们

请赴我家乡。

男唱

10-201

重 是 重 样 令

Naek　cix　naek　yiengh　rin

nak⁷　çi⁴　nak⁷　jɯːŋ⁶　ɹin¹

重　就　重　像　石

像石头样重，

10-202

开 古 轻 样 纸

Gaej　guh　mbaeu　yiengh　ceij

kaːi⁵　ku⁴　bau¹　jɯːŋ⁶　çi³

莫　做　轻　样　纸

莫如纸样轻。

10-203

交 空 得 正 义

Gyau　ndwi　ndaej　cingz　ngeih

kjaːu¹　dɯːi¹　dai³　çiŋ²　ȵi⁶

交　不　得　情　义

交个薄情友，

10-204

可 为 秀 你 空

Goj　viq　ciuh　mwngz　ndwi

ko⁵　vi⁵　ciːu⁶　mɯŋ²　dɯːi¹

也　忘　情　世　你　空

枉过一辈子。

女唱

10-205

重 是 重 样 令

Naek　cix　naek　yiengh　rin

nak⁷　çi⁴　nak⁷　jɯːŋ⁶　ɹin¹

重　就　重　样　石

像石头样重，

10-206

开 古 轻 样 歪

Gaej　guh　mbaeu　yiengh　faiq

kaːi⁵　ku⁴　bau¹　jɯːŋ⁶　vaːi⁵

莫　做　轻　样　棉

莫如棉样轻。

10-207

重 是 重 大 才

Naek　cix　naek　dah　raix

nak⁷　çi⁴　nak⁷　ta⁶　ɹaːi⁴

重　就　重　实　在

妹真心敬兄，

10-208

备 牙 采 很 下

Beix　yax　caij　hwnj　roengz

pi⁴　ja⁵　çaːi³　hun³　ɹoŋ²

兄　才　踩　上　下

兄才有颜面。

男唱

10-209

重	是	重	样	令
Naek	cix	naek	yiengh	rin
nak⁷	çi⁴	nak⁷	juːŋ⁶	ɹin¹
重	就	重	样	石

像石头样重，

10-210

开	古	轻	样	歪
Gaej	guh	mbaeu	yiengh	faiq
kaːi⁵	ku⁴	bau¹	juːŋ⁶	vaːi⁵
莫	做	轻	样	棉

莫如棉样轻。

10-211

红	粮	堂	大	才
Hong	liengz	daengz	dah	raix
hoːŋ¹	liːŋ²	taŋ²	ta⁶	ɹaːi⁴
工	粮	到	实	在

农忙已来临，

10-212

不	太	单	方	卢
Mbouj	daih	danq	fueng	louz
bou⁵	taːi⁶	taːn⁵	fuːŋ¹	lu²
不	太	承担	风	流

顾不上风流。

女唱

10-213

重	是	重	样	令
Naek	cix	naek	yiengh	rin
nak⁷	çi⁴	nak⁷	juːŋ⁶	ɹin¹
重	就	重	样	石

像石头样重，

10-214

开	古	轻	样	团
Gaej	guh	mbaeu	yiengh	duenh
kaːi⁵	ku⁴	bau¹	juːŋ⁶	tuːn⁶
莫	做	轻	样	缎

莫如缎样轻。

10-215

友	而	重	堂	伴
Youx	lawz	naek	daengz	buenx
ju⁴	lau²	nak⁷	taŋ²	puːn⁶
友	哪	重	到	伴

谁敬重侣伴，

10-216

是	开	断	罗	河
Cix	gaej	duenx	loh	haw
çi⁴	kaːi⁵	tuːn⁴	lo⁶	həɯ¹
就	莫	断	路	圩

就要常来往。

男唱

10-217

重　是　重　样　令

Naek　cix　naek　yiengh　rin

nak^7　$çi^4$　nak^7　$ɹuːŋ^6$　$ɹin^1$

重　就　重　样　石

像石头样重，

10-218

开　古　轻　样　团

Gaej　guh　mbaeu　yiengh　duenh

$kaːi^5$　ku^4　bau^1　$ɹuːŋ^6$　$tuːn^6$

莫　做　轻　样　缎

莫如缎样轻。

10-219

重　是　重　了　伴

Naek　cix　naek　liux　buenx

nak^7　$çi^4$　nak^7　$liːu^4$　$puːn^4$

重　就　重　啰　伴

重情就重情，

10-220

开　具　满　来　吉

Gaej　bae　monh　lai　giz

$kaːi^5$　pai^1　$moːn^6$　lai^1　ki^2

莫　去　谈情　多　处

莫多情不定。

女唱

10-221

重　办　令　峒　光

Naek　baenz　rin　doengh　gvangq

nak^7　pan^2　$ɹin^1$　$toŋ^6$　$kwaːŋ^5$

重　成　石　峒　宽

重如他乡石，

10-222

水　斗　产　不　宁

Raemx　daeuj　canj　mbouj　ning

$ɹan^4$　tau^3　$çaːn^3$　bou^5　$niŋ^1$

水　来　冲　不　动

大水冲不走。

10-223

友　而　重　小　正

Youx　lawz　naek　siuj　cingz

ju^4　lau^2　nak^7　$θiːu^3$　$çiŋ^2$

友　哪　重　小　情

谁注重礼品，

10-224

中　音　马　土　听

Cuengq　hing　ma　dou　dingq

$çuːŋ^5$　$hiŋ^1$　ma^1　tu^1　$tiŋ^5$

放　音　来　我　听

唱首歌我听。

男唱

10-225

重	办	令	峒	光
Naek	baenz	rin	doengh	gvangq
nak⁷	pan²	ɹin¹	toŋ⁶	kwaːŋ⁵
重	成	石	峒	宽

重如他乡石，

10-226

水	斗	产	不	宁
Raemx	daeuj	canj	mbouj	ning
ɹan⁴	tau³	ça:n³	bou⁵	niŋ¹
水	来	冲	不	动

大水冲不走。

10-227

不	断	份	小	正
Mbouj	duenx	faenh	siuj	cingz
bou⁵	tu:n⁴	fan⁶	θi:u³	çiŋ²
不	断	份	小	情

只要情还在，

10-228

清	明	刀	同	对
Cing	mingz	dauq	doengz	doih
çiŋ¹	miŋ²	tau⁵	toŋ²	to:i⁶
清	明	又	同	伙伴

清明又会面。

女唱

10-229

重	办	令	峒	光
Naek	baenz	rin	doengh	gvangq
nak⁷	pan²	ɹin¹	toŋ⁶	kwaːŋ⁵
重	成	石	峒	宽

重如他乡石，

10-230

水	斗	产	不	付
Raemx	daeuj	canj	mbouj	fouz
ɹan⁴	tau³	ça:n³	bou⁵	fu²
水	来	冲	不	浮

大水冲不走。

10-231

友	而	单	方	卢
Youx	lawz	danq	fueng	louz
ju⁴	lau²	ta:n⁵	fu:ŋ¹	lu²
友	哪	承担	风	流

哪个要风流，

10-232

明	可	付	吉	祘
Cog	goj	fouz	giz	suenq
ço:k⁸	ko⁵	fu²	ki²	θu:n⁵
将来	也	浮	处	算

将无处安身。

男唱

10-233

重	办	令	峒	光
Naek	baenz	rin	doengh	gvangq
nak⁷	pan²	ɹin¹	toŋ⁶	kwa:ŋ⁵
重	成	石	峒	宽

重如他乡石，

10-234

水	斗	产	不	付
Raemx	daeuj	canj	mbouj	fouz
ɹam⁴	tau³	ça:n³	bou⁵	fu²
水	来	冲	不	浮

大水冲不走。

10-235

友	而	单	方	卢
Youx	lawz	danq	fueng	louz
ju⁴	lau²	ta:n⁵	fu:ŋ¹	lu²
友	哪	承担	风	流

哪个要风流，

10-236

是	特	符	三	美①
Cix	dawz	fouz	sam	moih
çi⁴	təɯ²	fu²	θa:n¹	mo:i⁶
就	拿	符	三	妹

要受婆王管。

女唱

10-237

一	月	一
It	nyied	it
it⁷	ȵu:t⁸	it⁷
一	月	一

一月一，

10-238

米	日	阳	日	凉
Miz	ngoenz	ndit	ngoenz	liengz
mi²	ŋon²	dit⁷	ŋon²	li:ŋ²
有	天	阳光	天	凉

有暖也有冷。

10-239

想	托	备	采	邦
Siengj	doh	beix	caij	biengz
θi:ŋ³	to⁶	pi⁴	ça:i³	pi:ŋ²
想	同	兄	踩	地方

想和兄闲逛，

10-240

巴	空	强	外	对
Bak	ndwi	giengz	vaij	doih
pa:k⁷	du:l¹	ki:ŋ²	va:i³	to:i⁶
嘴	不	强	过	伙伴

嘴笨不如人。

男唱

10-241

义	月	义
Ngeih	nyied	ngeih
ȵi⁶	ȵuːt⁸	ȵi⁶
二	月	二

二月二，

10-242

话	良	立	更	台
Vah	lingz	leih	gwnz	daiz
va⁶	leːŋ⁶	li⁶	kɯn²	tai²
话	伶	俐	上	台

台上讲好话。

10-243

当	阝	当	在	远
Dangq	boux	dangq	ywq	gyae
taːŋ⁵	pu⁴	taːŋ⁵	jɯ⁵	kjai¹
另	人	另	在	远

住地离太远，

10-244

用	心	长	大	才
Yungh	sim	raez	dah	raix
juŋ⁶	θin¹	ɣai²	ta⁶	ɣaːi⁴
用	心	长	实	在

思念常叹息。

女唱

10-245

三	月	三
Sam	nyied	sam
θaːn¹	ȵuːt⁸	θaːn¹
三	月	三

三月三，

10-246

水	强	单	美	六
Raemx	giengh	dan	mae	loek
ɣan⁴	kiːŋ⁶	taːn¹	mai¹	lok⁷
水	跳	滩	木	轮

水跳水坝车。

10-247

红	粮	堂	了	友
Hong	liengz	daengz	liux	youx
hoːŋ¹	liːŋ²	taŋ²	liːu⁴	ju⁴
工	粮	到	啰	友

农忙已来临，

10-248

当	阝	三	当	吉
Dangq	boux	sanq	dangq	giz
taːŋ⁵	pu⁴	θaːn⁵	taːŋ⁵	ki²
各	人	散	各	处

各自忙农事。

男唱

女唱

10-249

四	月	四
Seiq	ŋyied	seiq
θei⁵	ȵu:t⁸	θei⁵
四	月	四

四月四,

10-253

五	月	五
Ngux	nyied	ngux
ŋu⁴	ȵu:t⁸	ŋu⁴
五	月	五

五月五,

10-250

水	强	依	下	那
Raemx	giengh	rij	roengz	naz
ɹam⁴	kji:ŋ⁶	ɹi³	ɹoŋ²	na²
水	跳	溪	下	田

溪水漫灌田。

10-254

勒	独	八	出	叶
Lwg	dog	bah	ok	mbaw
luk⁸	to:k⁸	pa⁶	o:k⁷	bau¹
子	独	莫急	出	叶

独子别出声。

10-251

当	阝	当	造	家
Dangq	boux	dangq	caux	gya
ta:ŋ⁵	pu⁴	taŋ⁵	ça:u⁴	kja¹
各	人	各	造	家

各自成家业,

10-255

加	友	口	很	河
Caj	youx	gaeuq	hwnj	haw
kja³	ju⁴	kau⁵	hɯn³	həu¹
等	友	旧	上	圩

等前友外出,

10-252

动	心	而	知	不
Doengh	sim	lawz	rox	mbouj
toŋ⁶	θin¹	lau²	ɹo⁴	bou⁵
动	心	哪	或	不

是否已动心?

10-256

偻	洋	师	元	采
Raeuz	yaeng	swz	roen	byaij
ɹau²	jaŋ¹	θɯ²	jo:n¹	pja:i³
我们	再	辞	路	走

我俩试谈情。

男唱

10-257

六	月	六
Loeg	nyied	loeg
lok⁸	ȵu:t⁸	lok⁸
六	月	六

六月六，

10-258

勒	独	干	方	卢
Lwg	dog	ganq	fueng	louz
luk⁸	to:k⁸	ka:n⁵	fu:ŋ¹	lu²
子	独	照料	风	流

独子耍风流。

10-259

农	不	听	句	土
Nuengx	mbouj	dingq	coenz	dou
nu:ŋ⁴	bou⁵	tiŋ⁵	kjon²	tu¹
妹	不	听	句	我

妹不听我说，

10-260

正	貝	州	不	刀
Cingz	bae	cou	mbouj	dauq
ɕiŋ²	pai¹	ɕu¹	bou⁵	ta:u⁵
情	去	州	不	回

情散不复回。

女唱

10-261

七	月	七
Caet	nyied	caet
ɕat⁷	ȵu:t⁸	ɕat⁷
七	月	七

七月七，

10-262

合	办	朵	花	支
Hob	baenz	duj	va	ci
ho:p⁸	pan²	tu³	va¹	ɕi¹
合	成	朵	花	支

美如鲜花开。

10-263

初	团	狼	皮	义
Couz	duenh	langh	bienz	nyiz
ɕu²	tu:n⁶	la:ŋ⁶	pi:n²	ȵi²
绸	缎	若	便	宜

绸缎若便宜，

10-264

偻	岁	支	阝	样
Raeuz	caez	ci	boux	yiengh
ȵau²	ɕai²	ɕi¹	pu⁴	ju:ŋ⁶
我们	齐	裁	人	样

各人缝一件。

男唱

10-265

八	月	八
Bet	nyied	bet
peːt⁷	ɳuːt⁸	peːt⁷
八	月	八

八月八，

10-266

蒙	跟	先	岁	扛
Moeg	riengz	riep	caez	gang
mok⁸	ɹiːŋ²	ɹiːp⁷	ɕai²	kaːŋ¹
棉被	跟	蚊帐	齐	撑

铺盖摊开晒。

10-267

歪	些	可	办	布
Faiq	reh	goj	baenz	baengz
vaːi⁵	ɹe⁶	ko⁵	pan²	paŋ²
棉	条	也	成	布

精棉织布好，

10-268

不	装	身	么	农
Mbouj	cang	ndang	maq	nuengx
bou⁵	ɕaːŋ¹	daːŋ¹	ma⁵	nuːŋ⁴
不	装	身	嘛	妹

妹做新衣否？

女唱

10-269

九	月	九
Gouj	nyied	gouj
kjou³	ɳuːt⁸	kjou³
九	月	九

九月九，

10-270

合	办	朵	花	中
Hob	baenz	duj	va	coeng
hoːp⁸	pan²	tu³	va¹	ɕoŋ¹
合	成	朵	花	葱

恰似鲜花开。

10-271

歪	些	告	办	布
Faiq	reh	gauj	baenz	baengz
vaːi⁵	ɹe⁶	kaːu³	pan²	paŋ²
棉	条	轧	成	布

精棉织成布，

10-272

老	土	站	不	刀
Lau	dou	soengz	mbouj	dauq
laːu¹	tu¹	θoŋ²	bou⁵	taːu⁵
怕	我	站	不	回

怕我不愿走。

男唱

10-273

十	月	十
Cib	nyied	cib
çit⁸	ȵu:t⁸	çit⁸
十	月	十

十月十，

10-274

另	古	担	一	特
Rib	guh	rap	ndeu	dawz
ȵip⁸	ku⁴	ȵa:t⁷	de:u¹	təɯ⁵
捡	做	担	一	拿

凡事一肩挑。

10-275

平	貝	板	貝	河
Bingz	bae	mbanj	bae	haw
piŋ²	pai¹	ba:n³	pai¹	həɯ¹
凭	去	村	去	圩

无论去哪里，

10-276

不	论	时	一	闹
Mbouj	lumz	seiz	ndeu	nauq
bou⁵	lun²	θi²	de:u¹	na:u⁵
不	忘	时	一	也

一刻也不忘。

女唱

10-277

义	月	一
Ngeih	nyied	it
ȵi⁶	ȵu:t⁸	it⁷
二	月	一

二月一，

10-278

貝	另	后	江	那
Bae	rip	haeux	gyang	naz
pai¹	ȵip⁷	hau⁴	kja:ŋ¹	na²
去	捡	米	中	田

田中捡遗谷。

10-279

狼	农	貝	造	家
Langh	nuengx	bae	caux	gya
la:ŋ⁶	nu:ŋ⁴	pai¹	ça:u⁴	kja¹
放	妹	去	造	家

情妹去嫁人，

10-280

抹	水	山	同	分
Uet	raemx	bya	doengh	mbek
u:t⁷	ȵan⁴	pja¹	toŋ²	be:k⁷
抹	水	眼	相	分

挥泪去告别。

男唱

10-281

义　月　二
Ngeih　nyied　ngeih
ȵi⁶　ȵu:t⁸　ȵi⁶
二　月　二
二月二，

10-282

占　石　作　更　从
Canx　rin　coq　gwnz　congz
ça:n⁶　ɣin¹　ço⁵　kɯn²　ço:ŋ²
凿　石　放　上　桌
凿石放桌上。

10-283

满　卡　秀　勒　龙
Monh　gaq　ciuh　lwg　lungz
mo:n⁶　ka⁵　çi:u⁶　lɯk⁸　luŋ²
谈情　这　世　子　龙
我俩共谈情，

10-284

不　办　同　土　了
Mbouj　baenz　doengz　dou　liux
bou⁵　pan²　toŋ²　tu¹　li:u⁴
不　成　同　我　啰
终难结姻缘。

女唱

10-285

义　月　三
Ngeih　nyied　sam
ȵi⁶　ȵu:t⁸　θa:n¹
二　月　三
二月三，

10-286

花　干　铁　好　占
Va　gam　dek　hau　canz
va¹　ka:n¹　te:k⁷　ha:u¹　ça:n²
花　甘　裂　白　灿灿
柑子花盛开。

10-287

八　列　金　银　哥
Bah　leh　gim　ngaenz　go
pa⁶　le⁶　kin¹　ŋan²　ko¹
唉　唷　金　银　哥
可叹我情哥，

10-288

命　贝　合　卜　而
Mingh　bae　hob　boux　lawz
miŋ⁶　pai¹　ho:p⁸　pu⁴　lau²
命　去　合　人　哪
同谁合八字？

男唱

女唱

10-289

义	月	四
Ngeih	nyied	seiq
ȵi⁶	ȵuːt⁸	θei⁵
二	月	四

二月四，

10-293

义	月	五
Ngeih	nyied	haj
ȵi⁶	ȵuːt⁸	ha³
二	月	五

二月五，

10-290

水	强	依	下	单
Raemx	giengh	rij	roengz	dan
ɹan⁴	kjiːŋ⁶	ɹi³	ɹoŋ²	taːn¹
水	跳	溪	下	滩

山溪水猛涨。

10-294

水	达	很	蒙	蒙
Raemx	dah	hwnj	moengz	moengz
ɹan⁴	ta⁶	hun³	moŋ²	moŋ²
水	河	上	濛	濛

河中水猛涨。

10-291

四	月	三
Seiq	ŋyied	sam
θei⁵	ȵuːt⁸	θaːn¹
四	月	三

四月三，

10-295

单	方	卢	四	方
Danq	fueng	louz	seiq	fueng
taːn⁵	fuːŋ¹	lu²	θei⁵	fuːŋ¹
承担	风	流	四	方

先四处游荡，

10-292

水	强	单	美	六
Raemx	giengh	dan	mae	loek
ɹan⁴	kjiːŋ⁶	taːn¹	mai¹	lok⁷
水	跳	滩	木	轮

水淹水坝车。

10-296

八	造	然	了	备
Bah	caux	ranz	liux	beix
pa⁶	ɕaːu⁴	ɹaːn²	liːu⁴	pi⁴
莫急	造	家	啰	兄

兄莫急成家。

男唱

10-297

义	月	六
Ngeih	nyied	loeg
ȵi⁶	ȵuːt⁸	lok⁸
二	月	六

二月六，

10-298

花	罗	不	阝	拜
Va	lox	mbouj	boux	baiz
va¹	lo⁴	bou⁵	pu⁴	paːi²
花	洛	不	人	拜

花神无人拜。

10-299

动	饿	那	又	才
Dungx	iek	naj	youh	raiz
tuŋ⁴	jiːk⁷	na³	jou⁴	ɣaːi²
肚	饿	脸	又	花纹

肚饿脸又脏，

10-300

玩	爱	不	阝	送
Vanj	ngaiz	mbouj	boux	soengq
vaːn³	ŋaːi²	bou⁵	pu⁴	θoŋ⁵
碗	饭	不	人	送

无人给饭吃。

女唱

10-301

义	月	七
Ngeih	nyied	caet
ȵi⁶	ȵuːt⁸	ɕat⁷
二	月	七

二月七，

10-302

合	办	朵	花	桃
Hob	baenz	duj	va	dauz
hoːp⁸	pan²	tu³	va¹	taːu²
合	成	朵	花	桃

正值桃花开。

10-303

友	十	八	同	交
Youx	cib	bet	doengh	gyau
ju⁴	ɕit⁸	peːt⁷	toŋ²	kjaːu¹
友	十	八	相	交

结交正当时，

10-304

不	老	正	偻	坤
Mbouj	lau	cingz	raeuz	goenq
bou⁵	laːu¹	ɕiŋ²	ɣau²	kon⁵
不	怕	情	我们	断

不怕情路断。

男唱

10-305

义	月	八
Ngeih	nyied	bet
ȵi⁶	ȵu:t⁸	pe:t⁷
二	月	八

二月八，

10-306

鸟	炕	叫	时	时
Roeg	enq	heuh	seiz	seiz
ɹok⁸	e:n⁵	he:u⁶	θi²	θi²
鸟	燕	叫	时	时

燕子叫喳喳。

10-307

勒	仗	了	是	贝
Lawh	saenq	liux	cix	bae
ləɯ⁶	θin⁵	li:u⁴	çi⁴	pai¹
换	信	完	就	去

换信物就走，

10-308

不	知	远	说	近
Mbouj	rox	gyae	naeuz	gyawj
bou⁵	ɹo⁴	kjai¹	nau²	kjɯ³
不	知	远	或	近

不知往何方。

女唱

10-309

义	月	九
Ngeih	nyied	gouj
ȵi⁶	ȵu:t⁸	kjou³
二	月	九

二月九，

10-310

古	友	秋	小	正
Guh	youx	ciuq	siuj	cingz
ku⁴	ju⁴	çi:u⁵	θi:u³	çiŋ²
做	友	看	小	情

结交有礼品。

10-311

千	里	罗	北	京
Cien	leix	loh	baek	king
çi:n¹	li⁴	lo⁶	pak⁷	kiŋ¹
千	里	路	北	京

北京千里远，

10-312

开	同	立	论	伏
Gaej	doengh	liz	lumj	fwx
ka:i⁵	toŋ²	li²	lun³	fə⁴
莫	相	离	像	别人

我俩不分离。

男唱

10-313

义	月	十
Ngeih	nyied	cib
ȵi⁶	ȵɯ:t⁸	ɕit⁸
二	月	十

二月十，

10-314

六	林	外	思	恩
Ruh	rib	vaij	swh	wnh
ɹu⁶	ɹip⁸	va:i³	θɯ¹	an¹
萤	虫	过	思	恩

萤虫飞思恩。

10-315

合	九	义	狼	办
Hob	gouj	nyiz	langh	baenz
ho:p⁸	kjou³	ȵi²	la:ŋ⁶	pan³
合	九	义	若	成

若八字相合，

10-316

貝	吃	爱	垌	光
Bae	gwn	ngaiz	doengh	gvangq
pai¹	kun¹	ŋa:i²	toŋ⁶	kwa:ŋ⁵
去	吃	饭	垌	宽

去吃饭垌宽，
到外地成家。

女唱

10-317

三	月	一
Sam	nyied	it
θa:n¹	ȵɯ:t⁸	it⁷
三	月	一

三月一，

10-318

六	林	读	江	王
Ruh	rib	douh	gyang	vaengz
ɹu⁶	ɹip⁸	tou⁶	kja:ŋ¹	vaŋ²
萤	虫	栖息	中	潭

萤虫栖潭中。

10-319

本	亮	利	在	浪
Mbwn	rongh	lij	ywq	laeng
bun¹	ɹo:ŋ⁶	li⁴	juɯ⁵	laŋ¹
天	亮	还	在	后

天亮时起步，

10-320

不	尝	堂	时	内
Mbouj	caengz	daengz	seiz	neix
bou⁵	ɕaŋ²	taŋ²	θi²	ni⁴
不	未	到	时	这

如今尚未到。

男唱

10–321

三	月	义
Sam	nyied	ngeih
θaːn¹	ȵuːt⁸	ȵi⁶
三	月	二

三月二,

10–322

采	拉	地	古	存
Caij	laj	deih	guh	caemz
ɕaːi³	la³	tei⁶	ku⁴	ɕan²
踩	下	地	做	玩

徒步求开心。

10–323

说	农	八	贝	文
Naeuz	nuengx	bah	bae	vunz
nau²	nuːŋ⁴	pa⁶	pai¹	vun²
说	妹	莫	急	去 人

妹别急嫁人,

10–324

加	要	定	岁	走
Caj	aeu	din	caez	yamq
kja³	au¹	tin¹	ɕai²	jaːm⁵
等	要	脚	齐	走

等我同步走。

女唱

10–325

三	月	三
Sam	nyied	sam
θaːn¹	ȵuːt⁸	θaːn¹
三	月	三

三月三,

10–326

船	拉	单	全	刀
Ruz	laj	dan	cienj	dauq
ɹu²	la³	taːn¹	ɕuːn³	taːu⁵
船	下	滩	转	回

滩下船调头。

10–327

不	办	少	跟	包
Mbouj	baenz	sau	riengz	mbauq
bou⁵	pan²	θaːu¹	ɹiːŋ²	baːu⁵
不	成	姑娘	跟	小伙

成不了情侣,

10–328

团	堂	水	山	下
Dwen	daengz	raemx	bya	roengz
tɯːn¹	taŋ²	ɹam⁴	pja¹	ɹoŋ²
提	到	水	眼	下

想到眼泪流。

男唱

10-329

三	月	四
Sam	nyied	seiq
θaːn¹	ȵuːt⁸	θei⁵
三	月	四

三月四，

10-330

水	拉	依	同	反
Raemx	laj	rij	doengz	fan
ɹan⁴	la³	ɹi³	toŋ²	faːn¹
水	下	溪	同	翻

山溪水猛涨。

10-331

刘	卡	卜	造	然
Liuz	gak	boux	caux	ranz
liːu²	kaːk⁷	pu⁴	ɕaːu⁴	ɹaːn²
看	各	人	造	家

各自去结婚，

10-332

良	反	牙	不	刀
Liengh	fan	yax	mbouj	dauq
leːŋ⁶	faːn¹	ja⁵	bou⁵	taːu⁵
谅	翻	也	不	回

谅不可改变。

女唱

10-333

三	月	五
Sam	nyied	ngux
θaːn¹	ȵuːt⁸	ŋu⁴
三	月	五

三月五，

10-334

花	罗	不	阝	团
Va	lox	mbouj	boux	dwen
va¹	lo⁴	bou⁵	pu⁴	tɯːn¹
花	洛	不	人	提

花神无人提。

10-335

花	慢	铁	好	占
Va	manh	dek	hau	canz
va¹	maːn⁶	teːk⁷	haːu¹	ɕaːn²
花	辣椒	裂	白	灿灿

辣椒花已开，

10-336

不	团	正	牙	了
Mbouj	dwen	cingz	yax	liux
bou⁵	tɯːn¹	ɕiŋ²	ja⁵	liːu⁴
不	提	情	也	完

不提恐情断。

男唱

10-337

三	月	六
Sam	nyied	loeg
$\theta a:n^1$	$\eta u:t^8$	lok^8
三	月	六

三月六，

10-338

勒	独	八	造	然
Lwg	dog	bah	caux	ranz
$luuk^8$	$to:k^8$	pa^6	$ca:u^4$	$.ia:n^2$
子	独	莫急	造	家

独子莫成家。

10-339

水	拉	达	同	反
Raemx	laj	dah	doengz	fan
$.ian^4$	la^3	ta^6	ton^2	$fa:n^1$
水	下	河	同	翻

等大河涨水，

10-340

洋	造	然	岁	在
Yaeng	caux	ranz	caez	ywq
jan^1	$ca:u^4$	$.ia:n^2$	cai^2	juu^5
再	造	家	齐	住

我俩共一家。

女唱

10-341

三	月	七
Sam	nyied	caet
$\theta a:n^1$	$\eta u:t^8$	cat^7
三	月	七

三月七，

10-342

早	庙	你	开	论
Haet	haemh	mwngz	gaej	lumz
hat^7	han^6	$muun^2$	$ka:i^5$	lun^2
早	晚	你	莫	忘

时刻要记住。

10-343

口	务	全	刀	更
Gaeuj	huj	cienj	dauq	gwnz
kau^3	hu^3	$cu:n^3$	$ta:u^5$	$kuun^2$
看	云	转	到	上

云彩向上翻，

10-344

洋	装	身	同	勒
Yaeng	cang	ndang	doengh	lawh
jan^1	$ca:n^1$	$da:n^1$	ton^2	$ləuu^6$
再	装	身	相	换

再打扮结交。

男唱

10-345

三	月	八
Sam	nyied	bet
θaːn¹	ȵuːt⁸	peːt⁷
三	月	八

三月八，

10-346

心	不	念	牙	难
Sim	mbouj	net	yax	nanz
θin¹	bou⁵	neːt⁷	ja⁵	naːn²
心	不	实	也	难

心不安也难。

10-347

空	米	阝	古	三
Ndwi	miz	boux	guh	sam
duːi¹	mi²	pu⁴	ku⁴	θaːn¹
不	有	人	做	三

没有人帮衬，

10-348

偻	牙	难	了	农
Raeuz	yax	nanz	liux	nuengx
ɣau²	ja⁵	naːn²	liːu⁴	nuːŋ⁴
我们	也	难	啰	妹

我俩实在难。

女唱

10-349

三	月	九
Sam	nyied	gouj
θaːn¹	ȵuːt⁸	kjou³
三	月	九

三月九，

10-350

乃	小	作	更	开
Naih	siuj	coq	gwnz	gai
naːi⁶	θiːu³	ço⁵	kɯn²	kaːi¹
慢	消	放	上	街

在街上逍遥。

10-351

山	八	托	英	台
Sanh	bek	doh	yingh	daiz
θaːn¹	peːk⁷	to⁶	iŋ¹	taːi²
山	伯	同	英	台

山伯和英台，

10-352

代	是	不	同	中
Dai	cix	mbouj	doengh	cuengq
taːi¹	çi⁴	bou⁵	toŋ²	çuːŋ⁵
死	是	不	相	放

死都不离别。

男唱

10-353

三	月	十
Sam	nyied	cib
θaːn[1]	ȵuːt[8]	ɕit[8]
三	月	十

三月十，

10-354

六	林	读	邦	更
Ruh	rib	douh	biengz	gwnz
ɹu[6]	ɹip[8]	tou[6]	piːŋ[2]	kɯn[2]
萤	虫	栖息	地方	上

萤虫栖外地。

10-355

秋	样	务	更	本
Ciuq	yiengh	huj	gwnz	mbwn
ɕiːu[5]	jɯːŋ[6]	hu[3]	kɯn[2]	ɓun[1]
看	样	云	上	天

如同空中云，

10-356

少	米	文	伴	罗
Sau	miz	vunz	buenx	loh
θaːu[1]	mi[2]	vun[2]	puːn[4]	lo[6]
姑娘	有	人	伴	路

妹有伴同行。

女唱

10-357

四	月	一
Seiq	nyied	it
θei[5]	ȵuːt[8]	it[7]
四	月	一

四月一，

10-358

六	林	读	更	楼
Ruh	rib	douh	gwnz	laeuz
ɹu[6]	ɹip[8]	tou[6]	kɯn[2]	lau[2]
萤	虫	栖息	上	楼

萤虫栖楼上。

10-359

说	备	八	断	偻
Naeuz	beix	bah	duenx	raeuz
nau[2]	pi[4]	pa[6]	tuːn[4]	ɹau[2]
说	兄	莫急	断	我们

兄别离开我，

10-360

马	年	少	勒	仪
Ma	nem	sau	lawh	saenq
ma[1]	neːm[1]	θaːu[1]	lɯ[6]	θin[5]
来	和	姑娘	换	信

来同我结交。

男唱

女唱

10-361

四	月	义
Seiq	nyied	ngeih
θei^5	$\underset{}{n}u{:}t^8$	$\underset{}{n}i^6$
四	月	二

四月二,

10-362

秋	四	处	吨	本
Giuq	seiq	cih	daemx	mbwn
$\varphi i{:}u^5$	θei^5	φi^6	tan^4	bwn^1
看	四	处	顶	天

一眼看天下。

10-363

狼	农	后	邦	文
Langh	nuengx	haeuj	biengz	vunz
$la{:}\eta^6$	$nu{:}\eta^4$	hau^3	$pi{:}\eta^2$	vun^2
若	妹	进	地方	人

妹若走他乡,

10-364

桥	金	不	卜	采
Giuz	gim	mbouj	boux	byaij
$ki{:}u^2$	kin^1	bou^5	pu^4	$pjaij$
桥	金	不	人	走

情桥无人走。

10-365

四	月	三
Seiq	nyied	sam
θei^5	$\underset{}{n}u{:}t^8$	$\theta a{:}n^1$
四	月	三

四月三,

10-366

船	拉	单	全	刀
Ruz	laj	dan	cienj	dauq
$\underset{}{J}u^3$	la^3	$ta{:}n^1$	$\varphi u{:}n^3$	$ta{:}u^5$
船	下	滩	转	回

滩头船调转。

10-367

干	少	空	得	包
Ganq	sau	ndwi	ndaej	mbauq
$ka{:}n^5$	$\theta a{:}u^1$	$du{:}i^1$	dai^3	$ba{:}u^5$
照料	姑娘	不	得	小伙

兄妹不成亲,

10-368

十	利	闹	堂	洋
Cix	lij	nyaux	daengz	yangz
φi^4	li^4	$\underset{}{n}a{:}u^4$	$ta\eta^2$	$ja{:}\eta^2$
此	还	闹	到	皇

还对簿公堂。

男唱

女唱

10-369

四	月	四
Seiq	nyied	seiq
θei⁵	ŋɯːt⁸	θei⁵
四	月	四

四月四，

10-373

四	月	五
Seiq	nyied	ngux
θei⁵	ŋɯːt⁸	ŋu⁴
四	月	五

四月五，

10-370

占	令	作	江	王
Camh	rin	coq	gyang	vaengz
ɕaːn⁶	ɹin¹	ɕo⁵	kjaːŋ¹	van²
垫	石	放	中	潭

潭中垫石头。

10-374

从	韦	阿	古	文
Coengh	vae	oq	guh	vunz
ɕoŋ⁶	vai¹	o⁵	ku⁴	vun²
帮	姓	别	做	人

助情友一把。

10-371

秋	女	不	见	娘
Ciuq	nawx	mbouj	raen	nangz
ɕiːu⁵	nɯ⁴	bou⁵	ɹan¹	naːŋ²
看	女	不	见	姑娘

望妹不见妹，

10-375

全	些	马	拉	本
Cienj	seiq	ma	laj	mbwn
ɕuːn³	θe⁵	ma¹	la³	bɯn¹
转	世	来	下	天

轮回来人世，

10-372

堂	江	王	岽	初
Daengz	gyang	vaengz	rungh	sou
taŋ²	kjaːŋ¹	van²	ɹuŋ⁶	θu¹
到	中	潭	岽	你们

寻到你们村。

10-376

不	哈	文	了	备
Mbouj	ha	vunz	liux	beix
bou⁵	ha¹	vun²	liːu⁴	pi⁴
不	配	人	啰	兄

配不上别人。

男唱

10-377

四	月	六
Seiq	nyied	loeg
θei⁵	ȵuːt⁸	lok⁸
四	月	六

四月六，

10-378

勒	独	口	外	很
Lwg	dog	gaeuj	vaij	haenz
luk⁸	toːk⁸	kau³	vaːi³	han²
子	独	看	过	边

独子望天边。

10-379

备	邦	农	古	文
Beix	baengh	nuengx	guh	vunz
pi⁴	paŋ⁶	nuːŋ⁴	ku⁴	vun²
兄	靠	妹	做	人

兄靠妹度日，

10-380

口	更	本	白	路
Gaeuj	gwnz	mbwn	beg	luq
kau³	kɯn²	bun¹	peːk⁸	lu⁵
看	上	天	白	乎

望苍天茫然。

女唱

10-381

四	月	七
Seiq	nyied	caet
θei⁵	ȵuːt⁸	ɕat⁷
四	月	七

四月七，

10-382

合	办	朵	花	江
Hob	baenz	duj	va	gyang
hoːp⁸	pan²	tu³	va¹	kjaːŋ¹
合	成	朵	花	桄榔

看桄榔花开。

10-383

土	办	卜	刀	浪
Dou	baenz	boux	dauq	laeng
tu¹	pan²	pu⁴	taːu⁵	laŋ¹
我	成	人	回	后

我来得太晚，

10-384

平	办	王	办	类
Bingz	baenz	vang	baenz	raeh
piŋ²	pan²	vaːŋ¹	pan²	ȵai⁶
凭	成	横	成	竖

管结果如何。

男唱

10-385

四　　月　　八

Seiq　nyied　bet

θei⁵　ȵuːt⁸　peːt⁷

四　　月　　八

四月八，

10-386

鸟　　烌　　不　　田　　站

Roeg　enq　mbouj　dieg　soengz

ɹok⁸　eːn⁵　bou⁵　tiːk⁸　θoŋ²

鸟　　燕　　不　　地　　站

燕子无所居。

10-387

干　　田　　后　　四　　方

Ganq　denz　haeuj　seiq　fueng

kaːn⁵　teːn²　hau³　θei⁵　fuːŋ¹

照料　地　　进　　四　　方

走遍天涯路，

10-388

空　　见　　同　　讲　　满

Ndwi　raen　doengz　gangj　monh

duːi¹　ɹan¹　toŋ²　kaːn³　moːn⁶

不　　见　　同　　讲　　情

不见友谈情。

女唱

10-389

四　　月　　九

Seiq　nyied　gouj

θei⁵　ȵuːt⁸　kjou³

四　　月　　九

四月九，

10-390

古　　友　　秋　　三　　时

Guh　youx　ciuq　sam　seiz

ku⁴　ju⁴　ɕiːu⁵　θaːn¹　θi²

做　　友　　看　　三　　时

姑且看情友。

10-391

偻　　岁　　干　　罗　　河

Raeuz　caez　ganj　loh　haw

ɹau²　ɕai²　kaːn³　lo⁶　həɯ¹

我们　齐　　赶　　路　　圩

我俩同赶圩，

10-392

八　　同　　师　　元　　采

Bah　doengh　swz　roen　byaij

pa⁶　toŋ²　θɯ²　joːn¹　pjaːi³

莫急　相　　辞　　路　　走

别路上分手。

男唱

10-393

四 月 十

Seiq nyied cib

θei^5 ȵuːt^8 ɕit^8

四 月 十

四月十，

10-394

六 林 读 思 恩

Ruh rib douh swh wnh

ɹu^6 ɹip^8 tou^6 θɯ^1 an^1

萤 虫 栖息 思 恩

萤虫栖思恩。

10-395

以 样 内 刀 更

Ei yiengh neix dauq gwnz

i^1 jɯːŋ^6 ni^4 taːu^5 kɯn^2

依 样 这 回 上

从今天往后，

10-396

包 少 偻 一 路

Mbauq sau raeuz it lu

baːu^5 θaːu^1 ɹau^2 it^7 lu^6

小伙 姑娘 我们 一 路

我俩在一起。

女唱

10-397

五 月 一

Ngux nyied it

ŋu^4 ȵuːt^8 it^7

五 月 一

五月一，

10-398

拉 歪 亮 外 庘

Laj faiq rongh vaij haemh

la^3 vaːi^5 ɹoːŋ^6 vaːi^3 han^6

下 棉花 亮 过 夜

灯火彻夜明。

10-399

满 卡 卩 秀 文

Monh gak boux ciuh vunz

moːn^6 kaːk^7 pu^4 ɕiːu^6 vun^2

谈情 各 人 世 人

人人都欢乐，

10-400

包 少 论 是 了

Mbauq sau lumz cix liux

baːu^5 θaːu^1 lun^2 ɕi^4 liːu^4

小伙 姑娘 忘 就 算

情缘断再说。

男唱

10-401

五	月	义
Ngux	nyied	ngeih
ŋu⁴	ȵuːt⁸	ȵi⁶
五	月	二

五月二，

10-402

采	拉	地	古	洋
Byaij	laj	deih	guh	yangz
pjaːi³	la³	tei⁶	ku⁴	jaːŋ²
走	下	地	做	皇

徒步寻欢乐。

10-403

满	卡	阝	在	行
Monh	gak	boux	caih	hangz
moːn⁶	kaːk⁷	pu⁴	ɕaːi⁶	haːŋ²
谈	情	各	人	在	行

谈情行家在，

10-404

正	不	堂	土	秀
Cingz	mbouj	daengz	dou	souh
ɕiŋ²	bou⁵	taŋ²	tu¹	θiːu⁶
情	不	到	我	受

难交得情友。

女唱

10-405

五	月	三
Ngux	nyied	sam
ŋu⁴	ȵuːt⁸	θaːn¹
五	月	三

五月三，

10-406

船	拉	单	岁	在
Ruz	laj	dan	caez	ywq
ɹu²	la³	taːn¹	ɕai²	ju⁵
船	下	滩	齐	在

滩下船聚集。

10-407

干	少	古	妻	伏
Gan	sau	guh	maex	fwx
kaːn⁵	θaːu¹	ku⁴	mai⁴	fu⁴
看	姑娘	做	妻	别人

妹做别人妻，

10-408

天	备	不	阝	站
Denh	beix	mbouj	boux	soengz
tiːn¹	pi⁴	bou⁵	pu⁴	θoŋ²
天	兄	不	人	站

兄孤立无援。

男唱

10-409

五	月	四
Ngux	nyied	seiq
ŋu⁴	ɳu:t⁸	θei⁵
五	月	四

五月四，

10-410

秋	四	处	吨	本
Ciuq	seiq	cih	daemx	mbwn
çi:u⁵	θei⁵	çi⁶	tan⁴	bun¹
看	四	处	顶	天

举首望苍穹。

10-411

提	钢	连	空	办
Diz	gang	lienh	ndwi	baenz
ti²	ka:ŋ¹	li:n⁶	du:i¹	pan²
锻造	钢	链	不	成

钢链做不好，

10-412

堂	思	恩	又	动
Daengz	swh	wnh	youh	doengh
taŋ²	θɯ¹	an¹	jou⁴	toŋ⁶
到	思	恩	又	动

到思恩就脱。

女唱

10-413

五	月	五
Ngux	nyied	ngux
ŋu⁴	ɳu:t⁸	ŋu⁴
五	月	五

五月五，

10-414

邦	韦	阿	交	心
Baengh	vae	oq	gyau	sim
paŋ⁶	vai¹	o⁵	kja:u¹	θin¹
靠	姓	别	交	心

同情侣交心。

10-415

采	南	不	立	定
Caij	namh	mbouj	liz	din
ça:i³	na:n⁶	bou⁵	li²	tin¹
踩	土	不	离	脚

走路迈碎步，

10-416

飞	牙	不	跟	对
Mbin	yax	mbouj	riengz	doih
bin¹	ja⁵	bou⁵	ɹi:ŋ²	to:i⁶
飞	也	不	跟	伙伴

跟不上别人。

男唱

女唱

10-417

五	月	六
Ngux	nyied	loeg
ηu^4	$\eta u{:}t^8$	lok^8
五	月	六

五月六,

10-421

五	月	七
Ngux	nyied	caet
ηu^4	$\eta u{:}t^8$	φat^7
五	月	七

五月七,

10-418

邦	勒	独	古	文
Baengh	lwg	dog	guh	vunz
$pa\eta^6$	$luuk^8$	$to{:}k^8$	ku^4	vun^2
靠	子	独	做	人

靠独子生活。

10-422

可	强	芬	跟	忠
Goj	giengz	faed	rieŋz	fangz
ko^5	$ki{:}\eta^2$	fat^8	$\ii{:}\eta^2$	$fa{:}\eta^2$
也	像	佛	跟	鬼

鬼神共一路。

10-419

中	先	貝	吨	本
Cuengq	sienq	bae	daemx	mbwn
$\varphi u{:}\eta^5$	$\theta i{:}n^5$	pai^1	tan^4	$buun^1$
放	线	去	顶	天

阳光冲破天,

10-423

满	卡	秀	少	娘
Monh	gaq	ciuh	sau	nangz
$mo{:}n^6$	ka^5	$\varphi i{:}u^6$	$\theta a{:}u^1$	$na{:}\eta^2$
谈	情	这	世	姑娘 姑娘

众姑娘情深,

10-420

古	正	下	达	老
Guh	cingz	roengz	dah	laux
ku^4	$\varphi i\eta^2$	$\ion^2$	ta^6	$la{:}u^4$
做	情	下	河	大

备礼下大河。

10-424

堂	庙	忠	利	动
Daengz	miuh	fangz	lij	dongx
$ta\eta^2$	$mi{:}u^6$	$fa{:}\eta^2$	li^4	$to{:}\eta^4$
到	庙	鬼	还	打招呼

鬼神也在乎。

男唱

10-425

五	月	八
Ngux	nyied	bet
ŋu⁴	ȵuːt⁸	peːt⁷
五	月	八

五月八，

10-426

心	不	念	牙	难
Sim	mbouj	net	yax	nanz
θin¹	bou⁵	neːt⁷	ja⁵	naːn²
心	不	实	也	难

心不定也难。

10-427

满	卡	阝	造	然
Muengh	gaq	boux	caux	ranz
muːŋ⁶	ka⁵	pu⁴	ɕaːu⁴	ɹaːn²
望	这	人	造	家

见别人成家，

10-428

心	反	动	又	乱
Sim	fan	dungx	youh	luenh
θin¹	faːn¹	tuŋ⁴	jou⁴	luːn⁶
心	翻	肚	又	乱

心烦意又乱。

女唱

10-429

五	月	九
Ngux	nyied	gouj
ŋu⁴	ȵuːt⁸	kjou³
五	月	九

五月九，

10-430

强	土	九	当	润
Giengz	duz	yiuh	dang	rumz
kiːŋ²	tu²	jiːu⁶	taːŋ¹	ɹun²
像	只	鹞	当	风

鹞隼击长空。

10-431

造	秀	不	哈	文
Caux	ciuh	mbouj	ha	vunz
ɕaːu⁴	ɕiːu⁶	bou⁵	ha¹	vun²
造	世	不	配	人

当家不如人，

10-432

付	拉	本	内	在
Fouz	laj	mbwn	neix	ywq
fu²	la³	bun¹	ni⁴	juɯ⁵
浮	下	天	这	在

此生且苟活。

男唱

10-433

五	月	十
Ngux	nyied	cib
ŋu⁴	ɲuːt⁸	ɕit⁸
五	月	十

五月十，

10-434

六	林	读	桥	龙
Ruh	rib	douh	giuz	lungz
ɣu⁶	ɣip⁸	tou⁶	kiːu²	luŋ²
萤	虫	栖息	桥	龙

萤虫栖龙桥。

10-435

干	田	空	得	站
Ganq	denz	ndwi	ndaej	soengz
kaːn⁵	teːn²	duːi¹	dai³	θoŋ²
照料	地	不	得	站

管地不得住，

10-436

四	方	写	你	在
Seiq	fueng	ce	mwngz	ywq
θei⁵	fuːŋ¹	ɕe¹	muɯŋ²	ju⁵
四	方	留	你	住

天下全归你。

女唱

10-437

同	恋	比	第	一
Doengh	lienh	bi	daih	it
toŋ²	liːn⁶	pi¹	ti⁵	it⁷
相	恋	年	第	一

相恋第一年，

10-438

农	召	心	跟	你
Nuengx	cau	sim	riengz	mwngz
nuːŋ⁴	ɕaːu⁵	θin¹	ɣiːŋ²	muɯŋ²
妹	操	心	跟	你

妹为你操心。

10-439

恋	空	得	备	银
Lienh	ndwi	ndaej	beix	ngaenz
liːn⁶	duːi¹	dai³	pi⁴	ŋan²
恋	不	得	兄	银

恋不上情哥，

10-440

变	古	存	变	哭
Benh	guh	caemz	benh	daej
peːn⁶	ku⁴	ɕan²	peːn⁶	tai³
边	做	玩	边	哭

伤心眼泪流。

男唱

10-441

同	恋	比	第	一
Doengh	lienh	bi	daih	ngeih
toŋ²	liːn⁶	pi¹	ti⁵	n̠i⁶
相	恋	年	第	二

相恋第二年，

10-442

韦	机	不	好	说
Vae	giq	mbouj	ndei	naeuz
vai¹	ki⁵	bou⁵	dei¹	nau²
姓	支	不	好	说

情友不听话。

10-443

恋	穷	友	巴	轻
Lienh	gyoengq	youx	bak	mbaeu
liːn⁶	kjoŋ⁵	jou⁴	paːk⁷	bau¹
恋	群	友	嘴	轻

恋那巧舌妹，

10-444

坤	勾	贝	邦	伏
Goenq	gaeu	bae	biengz	fwx
kon⁵	kau¹	pai¹	piːŋ²	fə⁴
断	藤	去	地方	别人

弃我走他乡。

女唱

10-445

同	恋	比	第	三
Doengh	lienh	bi	daih	sam
toŋ²	liːn⁶	pi¹	ti⁵	θaːn¹
相	恋	年	第	三

相恋第三年，

10-446

偻	牙	难	同	对
Raeuz	yax	nanz	doengz	doih
ɹau²	ja⁵	naːn²	toŋ²	toːi⁶
我们	也	难	同	伙伴

我俩难相伴。

10-447

恋	空	得	少	青
Lienh	ndwi	ndaej	sau	oiq
liːn⁶	duːi¹	dai³	θaːu¹	oːi⁵
恋	不	得	姑娘	嫩

恋不得小妹，

10-448

古	对	空	米	正
Guh	doih	ndwi	miz	cingz
ku⁴	toːi⁶	duːi¹	mi²	ɕiŋ²
做	伙伴	不	有	情

相伴也寡情。

<table>
<tr><td>

男唱

</td><td>

女唱

</td></tr>
</table>

10-449

同	恋	比	第	四
Doengh	lienh	bi	daih	seiq
ton²	li:n⁶	pi¹	ti⁵	θei⁵
相	恋	年	第	四

相恋第四年，

10-450

牙	不	希	开	么
Yax	mbouj	heiq	gij	maz
ja⁵	bou⁵	hi⁵	ka:i²	ma²
也	不	气	什	么

什么也不愁。

10-451

恋	空	得	少	而
Lienh	ndwi	ndaej	sau	lawz
li:n⁶	du:i¹	dai³	θa:u¹	lau²
恋	不	得	姑娘	哪

恋不得情妹，

10-452

造	家	心	不	念
Caux	gya	sim	mbouj	net
ça:u⁴	kja¹	θin¹	bou⁵	ne:t⁷
造	家	心	不	实

结婚心不甘。

10-453

同	恋	比	第	五
Doengh	lienh	bi	daih	haj
ton²	li:n⁶	pi¹	ti⁵	ha³
相	恋	年	第	五

相恋第五年，

10-454

你	沙	说	你	师
Mwngz	ra	naeuz	mwngz	swz
muŋ²	ɹa¹	nau²	muŋ²	θɯ²
你	找	或	你	辞

分手或移情。

10-455

满	穷	友	更	河
Monh	gyoengq	youx	gwnz	haw
mo:n⁶	kjon⁵	ju⁴	kun²	hɤɯ¹
谈情	群	友	上	圩

圩上人谈情，

10-456

满	三	时	是	了
Monh	sam	seiz	cix	liux
mo:n⁶	θa:n¹	θi²	çi⁴	li:u⁴
谈情	三	时	就	算

恐难得长久。

男唱

10-457

同	恋	比	第	六
Doengh	lienh	bi	daih	roek
toŋ²	li:n⁶	pi¹	ti⁵	ɹok⁷
相	恋	年	第	六

相恋第六年，

10-458

备	农	开	同	立
Beix	nuengx	gaej	doengh	liz
pi⁴	nu:ŋ⁴	ka:i⁵	toŋ²	li²
兄	妹	莫	相	离

兄妹不相离。

10-459

恋	空	得	少	好
Lienh	ndwi	ndaej	sau	ndei
li:n⁶	du:i¹	dai³	θa:u¹	dei¹
恋	不	得	姑娘	好

恋不得情妹，

10-460

但	得	义	句	叫
Danh	ndaej	nyi	coenz	heuh
ta:n⁶	dai³	ɲi¹	kjon²	he:u⁶
但	得	听	句	叫

也闻妹叫声。

女唱

10-461

同	恋	比	第	七
Doengh	lienh	bi	daih	caet
toŋ²	li:n⁶	pi¹	ti⁵	ɕat⁷
相	恋	年	第	七

相恋第七年，

10-462

牙	七	友	巴	轻
Yax	caep	youx	bak	mbaeu
ja⁵	ɕap⁷	ju⁴	pa:k⁷	bau¹
才	遇	友	嘴	轻

遇你巧舌友。

10-463

偻	空	得	同	要
Raeuz	ndwi	ndaej	doengh	aeu
ɹau²	du:i¹	dai³	toŋ²	au¹
我们	不	得	相	娶

若不得成亲，

10-464

马	拉	本	不	抵
Ma	laj	mbwn	mbouj	dij
ma¹	la³	bɯn¹	bou⁵	ti³
来	下	天	不	值

今生太不值。

男唱

10-465

同	恋	比	第	八
Doengh	lienh	bi	daih	bet
toŋ²	li:n⁶	pi¹	ti⁵	pe:t⁷
相	恋	年	第	八

相恋第八年，

10-466

心	不	念	农	银
Sim	mbouj	net	nuengx	ngaenz
θin¹	bou⁵	ne:t⁷	nu:ŋ⁴	ŋan²
心	不	实	妹	银

对妹不放心。

10-467

恋	妹	办	妻	文
Lienh	nuengx	baenz	maex	vunz
li:n⁶	nu:ŋ⁴	pan²	mai⁴	vun²
恋	妹	成	妻	人

情妹嫁别人，

10-468

可	怜	偻	同	分
Hoj	lienz	raeuz	doengh	mbek
ho³	li:n²	ɹau²	toŋ²	be:k⁷
可	怜	我们	相	分

我俩难分离。

女唱

10-469

同	恋	比	第	九
Doengh	lienh	bi	daih	gouj
toŋ²	li:n⁶	pi¹	ti⁵	kjou³
相	恋	年	第	九

相恋第九年，

10-470

乃	秋	乃	可	怜
Naih	ciuq	naih	hoj	lienz
na:i⁶	ɕi:u⁵	na:i⁶	ho³	li:n²
越	看	越	可	怜

越来越可怜。

10-471

农	备	牙	办	仙
Nuengx	beix	yaek	baenz	sien
nu:ŋ⁴	pi⁴	jak⁷	pan²	θi:n¹
妹	兄	要	成	仙

兄妹要成仙，

10-472

往	土	恋	你	作
Uengj	dou	lienh	mwngz	coq
va:ŋ³	tu¹	li:n⁶	mɯŋ²	ço⁵
枉	我	恋	你	放

枉我恋着你。

男唱

女唱

10-473

同	恋	比	第	十
Doengh	lienh	bi	daih	cib
toŋ²	liːn⁶	pi¹	ti⁵	ɕit⁸
相	恋	年	第	十

恋爱第十年，

10-474

心	农	是	自	付
Sim	nuengx	cix	gag	fouz
θin¹	nuːŋ⁴	ɕi⁴	kaːk⁸	fu²
心	妹	就	自	浮

妹浮想联翩。

10-475

牙	恋	秀	方	卢
Yax	lienh	ciuh	fueng	louz
jaː⁵	liːn⁶	ɕiːu⁶	fuːŋ¹	lu²
也	恋	世	风	流

爱上风流人，

10-476

贝	州	偻	古	对
Bae	cou	raeuz	guh	doih
pai¹	ɕu¹	ɹau²	ku⁴	toːi⁶
去	州	我们	做	伙伴

我俩结伴行。

10-477

土	可	团	堂	你
Dou	goj	dwen	daengz	mwngz
tu¹	ko⁵	tuːn¹	taŋ²	muɯŋ²
我	也	提	到	你

妹常思念哥，

10-478

你	空	团	土	闹
Mwngz	ndwi	dwen	dou	nauq
muɯŋ²	duːi¹	tuːn¹	tu¹	naːu⁵
你	不	提	我	一点

哥却把妹忘。

10-479

少	空	团	堂	包
Sau	ndwi	dwen	daengz	mbauq
θaːu¹	duːi¹	tuːn¹	taŋ²	baːu⁵
姑娘	不	提	到	小伙

若妹不念情，

10-480

老	元	罗	牙	伏
Lau	roen	loh	yaek	fwz
laːu¹	ɹoːn¹	lo⁶	jak⁷	fu²
怕	路	路	要	荒

恐情路荒芜。

男唱

10-481

一	比	十	义	亩
It	bi	cib	ngeih	haemh
it⁷	pi¹	çit⁸	ȵi⁶	han⁶
一	年	十	二	夜

一年十二晚，

10-482

亩	而	亩	不	团
Haemh	lawz	haemh	mbouj	dwen
han⁶	lau²	han⁶	bou⁵	tɯːn¹
夜	哪	夜	不	提

哪晚不思量？

10-483

一	比	十	义	月
It	bi	cib	ngeih	ndwen
it⁷	pi¹	çit⁸	ȵi⁶	duːn¹
一	年	十	二	月

每年十二月，

10-484

时	而	不	团	农
Seiz	lawz	mbouj	dwen	nuengx
θi²	lau²	bou⁵	tɯːn¹	nuːŋ⁴
时	哪	不	提	妹

无时不想妹。

女唱

10-485

巴	可	罗	说	团
Bak	goj	lox	naeuz	dwen
paːk⁷	ko⁵	lo⁴	nau²	tɯːn¹
嘴	也	哄	说	提

嘴巴说想念，

10-486

外	元	是	空	叫
Vaij	roen	cix	ndwi	heuh
vaːi³	joːn¹	çi⁴	duːi¹	heːu⁶
过	路	就	不	叫

见面不招呼。

10-487

巴	罗	团	老	表
Bak	lok	dwen	laux	biuj
paːk⁷	lo⁴	tɯːn¹	laːu⁴	piːu³
嘴	哄	提	老	表

嘴说爱老表，

10-488

叫	堂	农	在	而
Heuh	daengz	nuengx	ywq	lawz
heːu⁶	taŋ²	nuːŋ⁴	ju⁵	lau²
叫	到	妹	在	哪

何时提起妹。

男唱

10-489

日	可	团	三	朝
Ngoenz	goj	dwen	sam	sauh
ŋon²	ko⁵	tuːn¹	θaːn¹	θaːu⁶
天	也	提	三	回

每天念三回，

10-490

么	备	不	出	追
Maz	beix	mbouj	ok	gyeiq
ma²	pi⁴	bou⁵	oːk⁷	kjei⁵
何	兄	不	出	寻

何不见兄面。

10-491

欢	农	可	貝	追
Vunz	nuengx	goj	bae	gyeiq
vun²	nuːŋ⁴	ko⁵	pai¹	kjei⁵
人	妹	也	去	寻

若妹来探望，

10-492

应	么	龙	不	知
Yinh	maz	lungz	mbouj	rox
iŋ¹	ma²	luŋ²	bou⁵	ɤoɹ⁴
因	何	龙	不	知

为何兄不知？

女唱

10-493

巴	可	罗	说	团
Bak	goj	lox	naeuz	dwen
paːk⁷	ko⁵	lo⁴	nau²	tuːn¹
嘴	也	哄	说	提

嘴上说思念，

10-494

外	元	是	空	讲
Vaij	roen	cix	ndwi	gangj
vaːi³	joːn¹	ɕi⁴	duːi¹	kaːŋ³
过	路	就	不	讲

过路不声张。

10-495

巴	罗	团	对	邦
Bak	lox	dwen	doih	baengz
paːk⁷	lo⁴	tuːn¹	toːi⁶	paŋ²
嘴	哄	提	伙伴	朋

骗说想情友，

10-496

备	空	满	堂	偻
Beix	ndwi	muengh	daengz	raeuz
pi⁴	duːi¹	muːŋ⁶	taŋ²	ɹau²
兄	不	望	到	我们

却总不理我。

男唱

10-497

早	出	土	又	念
Haet	ok	dou	youh	naemh
hat[7]	o:k[7]	tou[1]	jou[4]	nan[6]
早	出	门	又	念叨

早上出门念，

10-498

眶	刀	然	又	团
Haemh	dauq	ranz	youh	dwen
han[6]	ta:u[5]	ɹa:n[2]	jou[4]	tɯ:n[1]
夜	回	家	又	提

晚上回家想。

10-499

可	义	堂	声	欢
Goj	ngeix	daengz	sing	fwen
ko[5]	ŋi[4]	taŋ[2]	θiŋ[1]	vu:n[1]
也	想	到	声	歌

听到歌声时，

10-500

可	团	堂	你	农
Goj	dwen	daengz	mwngz	nuengx
ko[5]	tɯ:n[1]	taŋ[2]	mɯŋ[2]	nu:ŋ[4]
也	提	到	你	妹

常想念情妹。

女唱

10-501

巴	可	罗	说	团
Bak	goj	lox	naeuz	dwen
pa:k[7]	ko[5]	lo[4]	nau[2]	tɯ:n[1]
嘴	也	哄	说	提

嘴巴说思念，

10-502

外	元	是	空	知
Vaij	roen	cix	ndwi	rox
va:i[3]	ʝo:n[1]	çi[4]	du:i[1]	ɹo[4]
过	路	就	不	知

过路不声张。

10-503

巴	罗	团	堂	少
Bak	lox	dwen	daengz	sau
pa:k[7]	lo[4]	tɯ:n[1]	taŋ[2]	θa:u[1]
嘴	哄	提	到	姑娘

嘴说思念妹，

10-504

外	罗	空	后	然
Vaij	loh	ndwi	haeuj	ranz
va:i[3]	lo[6]	du:i[1]	hau[3]	ɹa:n[2]
过	路	不	进	家

过家门不入。

男唱

10-505

早	出	土	又	念
Haet	ok	dou	youh	naemh
hat⁷	oːk⁷	tou¹	jou⁴	nan⁶
早	出	门	又	念叨

出门我念叨，

10-506

古	红	乃	又	团
Guh	hong	naiq	youh	dwen
ku⁴	hoŋ¹	naːi⁵	jou⁴	tɯːn¹
做	工	累	又	提

歇息又思量。

10-507

义	堂	伴	声	欢
Nyi	daengz	buenx	sing	fwen
ȵi¹	taŋ²	puːn⁴	θiŋ¹	vuːn¹
听	到	伴	声	歌

听闻妹歌声，

10-508

时	时	团	堂	农
Seiz	seiz	dwen	daengz	nuengx
θi²	θi²	tɯːn¹	taŋ²	nuːŋ⁴
时	时	提	到	妹

无时不想妹。

女唱

10-509

知	你	团	空	团
Rox	mwngz	dwen	ndwi	dwen
ɹo⁴	mɯŋ²	tɯːn¹	duːi¹	tɯːn¹
知	你	提	不	提

知你想不想，

10-510

外	元	是	空	能
Vaij	roen	cix	ndwi	naengh
vaːi³	ɹoːn¹	çi⁴	duːi¹	naŋ⁶
过	路	就	不	坐

过家门不入。

10-511

巴	罗	团	对	生
Bak	lox	dwen	doiq	saemq
paːk⁷	lo⁴	tɯːn¹	toːi⁵	san⁵
嘴	哄	提	对	庚

说爱同龄友，

10-512

念	堂	农	知	空
Niemh	daengz	nuengx	rox	ndwi
niːm⁶	taŋ²	nuːŋ⁴	ɹo⁴	duːi¹
念	到	妹	或	不

思念情妹否？

男唱

10-513

日	日	龙	可	团
Ngongz	ngongz	lungz	goj	dwen
ηon^2	ηon^2	$lu\eta^2$	ko^5	$tu:n^1$
天	天	龙	也	提

兄天天思念，

10-514

农	在	远	不	知
Nuengx	ywq	gyac	mbouj	rox
$nu:\eta^4$	ju^5	$kjai^1$	bou^5	$\text{ı}o^4$
妹	在	远	不	知

妹离远不知。

10-515

哥	可	团	堂	少
Go	goj	dwen	daengz	sau
ko^1	ko^5	$tu:n^1$	$ta\eta^2$	$\theta a:u^1$
哥	也	提	到	姑娘

哥思念妹妹，

10-516

农	来	备	知	空
Nuengx	laih	beix	rox	ndwi
$nu:\eta^4$	$la:i^6$	pi^4	$\text{ı}o^4$	$du:i^1$
妹	以为	兄	或	不

妹疑兄真情。

女唱

10-517

开	团	来	了	龙
Gaej	dwen	lai	liux	lungz
$ka:i^5$	$tu:n^1$	$la:i^1$	$li:u^4$	$lu\eta^2$
莫	提	多	啰	龙

兄你莫念叨，

10-518

开	念	来	了	备
Gaej	niemh	lai	liux	beix
$ka:i^5$	$ni:m^6$	$la:i^1$	$li:u^4$	pi^4
莫	念	多	啰	兄

兄你莫思量。

10-519

但	米	正	同	交
Danh	miz	cingz	doengh	gyau
$ta:n^6$	mi^2	$\text{ç}i\eta^2$	$to\eta^2$	$kja:u^1$
但	有	情	相	交

有情义结交，

10-520

包	少	不	同	中
Mbauq	sau	mbouj	doengh	cuengq
$ba:u^5$	$\theta a:u^1$	bou^5	$to\eta^2$	$\text{ç}u:\eta^5$
小伙	姑娘	不	相	放

兄妹不放弃。

男唱

10-521

土	是	想	不	团
Dou	cix	siengj	mbouj	dwen
tu¹	çi⁴	θiːŋ³	bou⁵	tuːn¹
我	是	想	不	提

想不打招呼，

10-522

偻	又	元	少	包
Raeuz	youh	yuenz	sau	mbauq
ɹau²	jou⁴	juːn²	θaːu¹	baːu⁵
我们	又	缘	姑娘	小伙

兄妹又有缘。

10-523

是	想	不	中	好
Cix	siengj	mbouj	cuengq	hauq
çi⁴	θiːŋ³	bou⁵	çuːŋ⁵	haːu⁵
就	想	不	放	话

想不打招呼，

10-524

正	少	包	重	来
Cingz	sau	mbauq	naek	lai
çiŋ²	θaːu¹	baːu⁵	nak⁷	laːi¹
情	姑娘	小伙	重	多

兄妹情义重。

女唱

10-525

开	团	来	了	备
Gaej	dwen	lai	liux	beix
kaːi⁵	tuːn¹	laːi¹	liːu⁴	pi⁴
莫	提	多	啰	兄

莫太多念叨，

10-526

开	念	来	了	同
Gaej	niemh	lai	liux	doengz
kaːi⁵	niːm⁶	laːi¹	liːu⁴	toŋ²
莫	念	多	啰	同

莫太多思量。

10-527

你	米	田	你	站
Mwngz	miz	denz	mwngz	soengz
muŋ²	mi²	teːn²	muŋ²	θoŋ²
你	有	地	你	站

你有你家园，

10-528

土	米	方	土	在
Dou	miz	fueng	dou	ywq
tu¹	mi²	fuːŋ¹	tu¹	juu⁵
我	有	方	我	住

我有我乐土。

男唱

10-529

土	是	想	不	团
Dou	cix	siengj	mbouj	dwen
tu¹	çi⁴	θiːŋ³	bou⁵	tuːn¹
我	是	想	不	提

正想不念叨，

10-530

偻	又	元	韦	机
Raeuz	youh	yuenz	vae	giq
ɹau²	jou⁴	juːn²	vai¹	ki⁵
我们	又	缘	姓	支

只为兄妹情。

10-531

想	不	团	你	农
Siengj	mbouj	dwen	mwngz	nuengx
θiːŋ³	bou⁵	tuːn¹	mɯŋ²	nuːŋ⁴
想	不	提	你	妹

想不念叨妹，

10-532

观	正	义	重	来
Gonq	cingz	ngeih	naek	lai
koːn⁵	çiŋ²	ȵi⁶	nak⁷	laːi¹
前	情	义	重	多

我俩情义深。

女唱

10-533

开	团	来	了	备
Gaej	dwen	lai	liux	beix
kaːi⁵	tuːn¹	laːi¹	liːu⁴	pi⁴
莫	提	多	啰	兄

兄别太念叨，

10-534

开	念	来	了	同
Gaej	niemh	lai	liux	doengz
kaːi⁵	niːm⁶	laːi¹	liːu⁴	toŋ²
莫	念	多	啰	同

友别太思量。

10-535

当	卩	在	当	方
Dangq	boux	ywq	dangq	fueng
taːŋ⁵	pu⁴	jɯ⁵	taːŋ⁵	fuːŋ¹
另	人	住	另	方

各住各家乡，

10-536

团	同	古	样	而
Dwen	doengz	guh	yiengh	lawz
tuːn¹	toŋ²	ku⁴	juːŋ⁶	lau²
提	同	做	样	哪

何故要思量。

男唱

10—537

土	是	想	不	团
Dou	cix	siengj	mbouj	dwen
tu¹	çi⁴	θiːŋ³	bou⁵	tuːn¹
我	是	想	不	提

本不想念叻，

10—538

偻	又	元	韦	机
Raeuz	youh	yuenz	vae	giq
ɹau²	jou⁴	juːn²	vai¹	ki⁵
我们	又	缘	姓	支

只缘兄妹情。

10—539

想	不	团	样	内
Siengj	mbouj	dwen	yiengh	neix
θiːŋ³	bou⁵	tuːn¹	juːŋ⁶	ni⁴
想	不	提	样	这

想不提思念，

10—540

农	说	备	付	正
Nuengx	naeuz	beix	fouz	cingz
nuːŋ⁴	nau²	pi⁴	fu²	çiŋ²
妹	说	兄	无	情

妹嫌兄无情。

女唱

10—541

开	团	来	了	备
Gaej	dwen	lai	liux	beix
kaːi⁵	tuːn¹	laːi¹	liːu⁴	pi⁴
莫	提	多	啰	兄

兄别太念叻，

10—542

开	念	来	了	金
Gaej	niemh	lai	liux	gim
kaːi⁵	niːm⁶	laːi¹	liːu⁴	kin¹
莫	念	多	啰	金

友别太思量。

10—543

双	拜	造	红	吃
Song	baih	caux	hong	gwn
θoŋ¹	paːi⁶	çaːu⁴	hoːŋ¹	kɯn¹
两	边	造	工	吃

各忙各的活，

10—544

包	少	论	是	了
Mbauq	sau	lumz	cix	liux
baːu⁵	θaːu¹	lun²	çi⁴	liːu⁴
小伙	姑娘	忘	就	算

兄妹可相忘。

男唱

女唱

10-545

土	是	想	不	团
Dou	cix	siengj	mbouj	dwen
tu^1	$çi^4$	$\theta i{:}\eta^3$	bou^5	$tɯ{:}n^1$
我	是	想	不	提

我想不念叨，

10-546

偻	又	元	对	生
Raeuz	youh	yuenz	doiq	saemq
$ɹau^2$	jou^4	$ju{:}n^2$	$to{:}i^5$	θan^5
我们	又	缘	对	庚

兄妹情义浓。

10-547

想	不	团	不	念
Siengj	mbouj	dwen	mbouj	niemh
$\theta i{:}\eta^3$	bou^5	$tɯ{:}n^1$	bou^5	$ni{:}m^6$
想	不	提	不	念

想不再思念，

10-548

偻	又	份	包	少
Raeuz	youh	faenh	mbauq	sau
$ɹau^2$	jou^4	fan^6	$ba{:}u^5$	$\theta a{:}u^1$
我们	又	份	小伙	姑娘

我俩是情侣。

10-549

开	团	来	了	备
Gaej	dwen	lai	liux	beix
$ka{:}i^5$	$tɯ{:}n^1$	$la{:}i^1$	$li{:}u^4$	pi^4
莫	提	多	啰	兄

兄别太念叨，

10-550

开	念	来	了	金
Gaej	niemh	lai	liux	gim
$ka{:}i^5$	$ni{:}m^6$	$la{:}i^1$	$li{:}u^4$	kin^1
莫	念	多	啰	金

友别太思量。

10-551

你	米	田	你	林
Mwngz	miz	denz	mwngz	rimz
$mɯɯ^2$	mi^2	$te{:}n^2$	$mɯɯ^2$	$ɹim^2$
你	有	地	你	领

你有地可栖，

10-552

土	米	元	土	采
Dou	miz	roen	dou	byaij
tu^1	mi^2	$jo{:}n^1$	tu^1	$pja{:}i^3$
我	有	路	我	走

我有路可走。

男唱

10-553

土	是	想	不	团
Dou	cix	siengj	mbouj	dwen
tu^1	çi^4	θi:ŋ^3	bou^5	tɯ:n^1
我	是	想	不	提

我想不念叨,

10-554

却	堂	农	声	欢
Gyoh	daengz	nuengx	sing	fwen
kjo^6	taŋ^2	nu:ŋ^4	θiŋ^1	vu:n^1
可怜	到	妹	声	歌

爱恋妹歌声。

10-555

土	是	想	不	团
Dou	cix	siengj	mbouj	dwen
tu^1	çi^4	θi:ŋ^3	bou^5	tɯ:n^1
我	是	想	不	提

我想不念叨,

10-556

倭	又	份	包	少
Raeuz	youh	faenh	mbauq	sau
ɹau^2	jou^4	fan^6	ba:u^5	θa:u^1
我们	又	份	小伙	姑娘

我俩是情侣。

女唱

10-557

团	友	开	团	来
Dwen	youx	gaej	dwen	lai
tɯ:n^1	ju^4	ka:i^5	tɯ:n^1	la:i^1
提	友	莫	提	多

望友莫过分,

10-558

团	来	卜	乜	骂
Dwen	lai	boh	meh	ndaq
tɯ:n^1	la:i^1	po^6	me^6	da^5
提	多	父	母	骂

过分父母骂。

10-559

古	红	吃	是	八
Guh	hong	gwn	cix	bah
ku^4	ho:ŋ^1	kɯn^1	çi^4	pa^6
做	工	吃	就	罢

种庄稼度日,

10-560

沙	条	罗	内	写
Ra	diuz	loh	neix	ce
ɹa^1	ti:u^2	lo^6	ni^4	çe^1
找	条	路	这	留

结交是后话。

男唱

10-561

土	是	想	不	团
Dou	cix	siengj	mbouj	dwen
tu¹	çi⁴	θiːŋ³	bou⁵	tuːn¹
我	是	想	不	提

我想不念叨，

10-562

偻	又	元	对	生
Raeuz	youh	yuenz	doiq	saemq
ɹau²	jou⁴	juːn²	toːi⁵	θan⁵
我们	又	缘	对	庚

又想同龄友。

10-563

想	不	团	样	能
Siengj	mbouj	dwen	yiengh	nyaenx
θiːŋ³	bou⁵	tuːn¹	juːŋ⁶	n̥an⁴
想	不	提	样	那么

想不说那样，

10-564

对	生	不	重	心
Doiq	saemq	mbouj	naek	sim
toːi⁵	θan⁵	bou⁵	nak⁷	θin¹
对	庚	不	重	心

友又不上心。

女唱

10-565

团	友	开	团	来
Dwen	youx	gaej	dwen	lai
tuːn¹	ju⁴	kaːi⁵	tuːn¹	laːi¹
提	友	莫	提	多

望友莫过分，

10-566

团	来	卜	乜	骂
Dwen	lai	boh	meh	ndaq
tuːn¹	laːi¹	po⁶	me⁶	da⁵
提	多	父	母	骂

过分父母骂。

10-567

古	红	吃	是	八
Guh	hong	gwn	cix	bah
ku⁴	hoːŋ¹	kun¹	çi⁴	pa⁶
做	工	吃	就	罢

种庄稼度日，

10-568

卜	乜	骂	心	凉
Boh	meh	ndaq	sim	liengz
po⁶	me⁶	da⁵	θin¹	liːŋ²
父	母	骂	心	凉

挨骂不值得。

男唱

10-569

土	是	想	不	团
Dou	cix	siengj	mbouj	dwen
tu¹	çi⁴	θiːŋ³	bou⁵	tuːn¹
我	是	想	不	提

我想不念叨，

10-570

偻	又	元	对	生
Raeuz	youh	yuenz	doiq	saemq
ɹau²	jou⁴	juːn²	toːi⁵	θan⁵
我们	又	缘	对	庚

又想同龄友。

10-571

乜	牙	骂	是	骂
Meh	yaek	ndaq	cix	ndaq
me⁶	jak⁷	da⁵	çi⁴	da⁵
母	要	骂	就	骂

母责怪就怪，

10-572

八	沙	秀	方	卢
Bah	ra	ciuh	fueng	louz
pa⁶	ɹa¹	çiːu⁶	fuːŋ¹	lu²
莫急	找	世	风	流

别急于谈情。

女唱

10-573

端	吃	粒	后	一
Donq	gwn	ngveih	haeux	ndeu
toːn⁵	kun¹	ŋwei⁶	hau⁴	deːu¹
顿	吃	粒	米	一

每餐一粒米，

10-574

那	绿	办	果	兴
Naj	heu	baenz	go	hing
na³	heːu¹	pan²	ko¹	hiŋ¹
脸	青	成	棵	姜

脸青如姜苗。

10-575

端	吃	用	玩	宁
Donq	gwn	byongh	vanj	ningq
toːn⁵	kun¹	pjoːŋ⁶	vaːn³	niŋ⁵
顿	吃	半	碗	小

每餐小半碗，

10-576

相	命	加	阝	而
Ciengx	mingh	caj	boux	lawz
çiːŋ⁴	miŋ⁶	kja³	pu⁴	lau²
养	命	等	人	哪

养命等哪个？

男唱

10-577

端	吃	粒	后	一
Donq	gwn	ngveih	haeux	ndeu
to:n⁵	kun¹	ŋwei⁶	hau⁴	de:u¹
顿	吃	粒	米	一

每餐一粒米，

10-578

那	绿	办	果	兴
Naj	heu	baenz	go	hing
na³	he:u¹	pan²	ko¹	hiŋ¹
脸	青	成	棵	姜

脸青如姜苗。

10-579

端	吃	用	玩	宁
Donq	gwn	byongh	vanj	ningq
to:n⁵	kun¹	pjo:ŋ⁶	va:n³	niŋ⁵
顿	吃	半	碗	小

每餐小半碗，

10-580

相	命	加	农	银
Ciengx	mingh	caj	nuengx	ngaenz
çi:ŋ⁴	miŋ⁶	kja³	nu:ŋ⁴	ŋan²
养	命	等	妹	银

养命等情妹。

女唱

10-581

端	吃	粒	后	面
Donq	gwn	ngveih	haeux	meg
to:n⁵	kun¹	ŋwei⁶	hau⁴	me:k⁸
顿	吃	粒	米	麦

每餐一粒麦，

10-582

分	团	写	古	午
Mbek	donh	ce	guh	ringz
be:k⁷	to:n⁶	çe¹	ku⁴	ɹiŋ²
分	半	留	做	午饭

留半粒午餐。

10-583

端	吃	端	不	吃
Donq	gwn	donq	mbouj	gwn
to:n⁵	kun¹	to:n⁵	bou⁵	kun¹
顿	吃	顿	不	吃

我日不甘食，

10-584

召	心	跟	你	备
Cau	sim	riengz	mwngz	beix
ça:u⁵	θin¹	ɹi:ŋ²	muŋ²	pi⁴
操	心	跟	你	兄

只为你揪心。

男唱

女唱

10-585

端	吃	粒	后	面
Donq	gwn	ngveih	haeux	meg
to:n⁵	kun¹	ŋwei⁶	hau⁴	me:k⁸
顿	吃	粒	米	麦

每餐一粒麦，

10-586

分	团	写	古	爱
Mbek	donh	ce	guh	ngaiz
be:k⁷	to:n⁶	çe¹	ku⁴	ŋa:i²
分	半	留	做	饭

还省下半粒。

10-587

端	吃	十	端	帅
Donq	gwn	cib	donq	saiq
to:n⁵	kun¹	çit⁸	to:n⁵	θa:i⁵
顿	吃	十	顿	扒

饭都吃不下，

10-588

明	你	代	不	抵
Cog	mwngz	dai	mbouj	dij
ço:k⁸	muŋ²	ta:i¹	bou⁵	ti³
将来	你	死	不	值

今生你不值。

10-589

端	吃	用	玩	水
Donq	gwn	byongh	vanj	raemx
to:n⁵	kun¹	pjo:ŋ⁶	va:n³	ɹan⁴
顿	吃	半	碗	水

喝水不吃饭，

10-590

下	祥	身	是	轻
Roengz	riengh	ndang	cix	mbaeu
ɹoŋ²	ɹiːŋ⁶	da:ŋ¹	çi⁴	bau¹
下	栏	身	就	轻

走路身打飘。

10-591

十	庄	不	吃	寿
Cib	haemh	mbouj	gwn	caeuz
çit⁸	han⁶	bou⁵	kun¹	çau²
十	夜	不	吃	晚饭

十天不吃饭，

10-592

团	堂	龙	自	印
Dwen	daengz	lungz	gag	imq
tɯ:n¹	taŋ²	luŋ²	ka:k⁸	im⁵
提	到	龙	自	饱

想到兄就烦。

男唱

10-593

团	堂	秀	备	农
Dwen	daengz	ciuh	beix	nuengx
$tɯ:n^1$	$taŋ^2$	$çi:u^6$	pi^4	$nu:ŋ^4$
提	到	世	兄	妹

思念兄妹情，

10-594

是	不	厏	吃	爱
Cix	mbouj	nyienh	gwn	ngaiz
$çi^4$	bou^5	$ȵu:n^6$	$kɯn^1$	$ŋa:i^2$
就	不	愿	吃	饭

饭都不想吃。

10-595

团	堂	友	少	乖
Dwen	daengz	youx	sau	gvai
$tɯ:n^1$	$taŋ^2$	ju^4	$θa:u^1$	$kwa:i^1$
提	到	友	姑娘	乖

想到俏情妹，

10-596

吃	爱	不	办	端
Gwn	ngaiz	mbouj	baenz	donq
$kɯn^1$	$ŋa:i^2$	bou^5	pan^2	$to:n^5$
吃	饭	不	成	顿

饮食也无味。

女唱

10-597

卜	代	说	乜	代
Boh	dai	naeuz	meh	dai
po^6	$ta:i^1$	nau^2	me^6	$ta:i^1$
父	死	或	母	死

又非父母亡，

10-598

吃	爱	不	办	端
Gwn	ngaiz	mbouj	baenz	donq
$kɯn^1$	$ŋa:i^2$	bou^5	pan^2	$to:n^5$
吃	饭	不	成	顿

饮食不知味。

10-599

差	罗	而	了	伴
Ca	loh	lawz	liux	buenx
$ça^1$	lo^6	lau^2	$li:u^4$	$pu:n^4$
差	路	哪	啰	伴

到底为哪般，

10-600

沙	饭	端	不	吃
Ra	souh	donq	mbouj	gwn
$ɹa^1$	$θou^6$	$to:n^5$	bou^5	$kɯn^1$
找	饭	顿	不	吃

连饭都不吃？

男唱

10-601

岁	土	团	堂	你
Caez	dou	dwen	daengz	mwngz
çai²	tu¹	tuːn¹	taŋ²	muɯŋ²
齐	我	提	到	你

自我想起你，

10-602

吃	不	下	粒	后
Gwn	mbouj	roengz	ngveih	haeux
kɯn¹	bou⁵	ɹoŋ²	ŋwei⁶	hau⁴
吃	不	下	粒	米

粒米不下肚。

10-603

平	爱	吃	爱	不
Bingz	ngaiq	gwn	ngaiq	mbouj
piŋ²	ŋaːi⁵	kun¹	ŋaːi⁵	bou⁵
凭	爱	吃	爱	不

你爱吃不吃，

10-604

玩	但	寿	江	手
Vanj	danh	caeux	gyang	fwngz
vaːn³	taːn⁶	çau⁴	kjaːŋ¹	fuŋ²
碗	但	握	中	手

手定要端碗。

女唱

10-605

团	堂	欢	跟	比
Dwen	daengz	fwen	riengz	beij
tuːn¹	taŋ²	vun¹	ɹiːŋ²	pi³
提	到	歌	跟	歌

想当初对歌，

10-606

乃	义	动	乃	凉
Naih	ngeix	dungx	naih	liengz
naːi⁶	ŋi⁴	tuŋ⁴	naːi⁶	liːŋ²
越	想	肚	越	凉

越想心越凉。

10-607

团	堂	友	江	邦
Dwen	daengz	youx	gyang	biengz
tuːn¹	taŋ²	ju⁴	kjaːŋ¹	piːŋ²
提	到	友	中	地方

想到知心友，

10-608

红	良	不	想	干
Hong	liengz	mbouj	siengj	ganq
hoːŋ¹	liːŋ²	bou⁵	θiːŋ³	kaːn⁵
工	忙	不	想	照料

农忙顾不上。

男唱

女唱

10-609

团	堂	秀	备	农
Dwen	daengz	ciuh	beix	nuengx
tɯːn¹	taŋ²	ɕiːu⁶	pi⁴	nuːŋ⁴
提	到	世	兄	妹

思念兄妹情,

10-610

义	了	心	又	付
Ngeix	liux	sim	youh	fouz
ȵi⁴	liːu⁴	θin¹	jou⁴	fu²
想	啰	心	又	浮

想到又伤感。

10-611

团	堂	秀	方	卢
Dwen	daengz	ciuh	fueng	luz
tɯːn¹	taŋ²	ɕiːu⁶	fuːŋ¹	lu²
提	到	世	风	流

提到风流事,

10-612

心	付	堂	又	怨
Sim	fouz	daengz	youh	yonq
θin¹	fu²	taŋ²	jou⁴	joːn⁵
心	浮	到	又	怨

心烦意又乱。

10-613

团	堂	欢	跟	比
Dwen	daengz	fwen	riengz	beij
tɯːn¹	taŋ²	vɯːn¹	ʐiːŋ²	pi³
提	到	歌	跟	歌

想当初对歌,

10-614

乃	义	动	乃	凉
Naih	ngeix	dungx	naih	liengz
naːi⁶	ȵi⁴	tuŋ⁴	naːi⁶	liːŋ²
越	想	肚	越	凉

越想心越凉。

10-615

团	堂	友	巴	强
Dwen	daengz	youx	bak	giengz
tɯːn¹	taŋ²	ju⁴	paːk⁷	kiːŋ²
提	到	友	嘴	强

提到伶俐友,

10-616

想	年	你	勒	仪
Siengj	nem	mwngz	lawh	saenq
θiːŋ³	neːm¹	mɯŋ²	ləu⁶	θin⁵
想	贴	你	换	信

想和你结交。

男唱

10-617

团	堂	安	花	罗
Dwen	daengz	aen	va	lox
tuɯːn¹	taŋ²	an¹	va¹	lo⁴
提	到	个	花	洛

提到那花神，

10-618

我	拉	地	是	付
Ngo	laj	deih	cix	fouz
ŋo¹	la³	tei⁶	çi⁴	fu²
勾	下	地	就	浮

实在是心酸。

10-619

团	堂	秀	友	土
Dwen	daengz	ciuh	youx	dou
tuɯːn¹	taŋ²	çiːu⁶	ju⁴	tu¹
提	到	世	友	我

提到我恋情，

10-620

勒	方	卢	爱	哭
Lwg	fueng	louz	ngaiq	daej
luk⁸	fuːŋ¹	lu²	ŋaːi⁵	tai³
子	风	流	爱	哭

真啼笑皆非。

女唱

10-621

团	堂	安	花	罗
Dwen	daengz	aen	va	lox
tuɯːn¹	taŋ²	an¹	va¹	lo⁴
提	到	个	花	洛

提到那花神，

10-622

我	拉	地	是	付
Ngo	laj	deih	cix	fouz
ŋo¹	la³	tei⁶	çi⁴	fu²
勾	下	地	就	浮

实在是心酸。

10-623

团	堂	秀	平	班
Dwen	daengz	ciuh	bingz	ban
tuɯːn¹	taŋ²	çiːu⁶	piŋ²	paːn¹
提	到	世	平	班

提到平辈友，

10-624

家	然	不	想	造
Gya	ranz	mbouj	siengj	caux
kja¹	ɹaːn²	bou⁵	θiːŋ³	çaːu⁴
家	家	不	想	造

不想造家业。

男唱	女唱

10-625

团	堂	秀	平	班
Dwen	daengz	ciuh	bingz	ban
tɯːn¹	taŋ²	ɕiːu⁶	piŋ²	paːn¹
提	到	世	平	班

提到平辈友，

10-626

家	然	不	想	造
Gya	ranz	mbouj	siengj	caux
kja¹	ɾaːn²	bou⁵	θiːŋ³	ɕaːu⁴
家	家	不	想	造

不想造家业。

10-627

团	堂	秀	少	土
Dwen	daengz	ciuh	sau	dou
tɯːn¹	taŋ²	ɕiːu⁶	θaːu¹	tu¹
提	到	世	姑娘	我

提到我恋情，

10-628

厅	買	闹	马	吃
Nyienh	cawx	nauh	ma	gwn
ȵuːn⁶	ɕəɯ⁴	naːu⁶	ma¹	kɯn¹
愿	买	砒霜	来	吃

愿服毒了断。

10-629

買	闹	马	吃	代
Cawx	nauh	ma	gwn	dai
ɕəɯ⁴	naːu⁶	ma¹	kɯn¹	taːi¹
买	砒霜	来	吃	死

吃砒霜死去，

10-630

文	来	堂	又	怨
Vunz	lai	daengz	youh	yonq
vun²	laːi¹	taŋ²	jou⁴	joːn⁵
人	多	到	又	怨

又遭人唾骂。

10-631

开	古	能	了	伴
Gaej	guh	nyaenx	liux	buenx
kaːi⁵	ku⁴	ȵan⁴	liːu⁴	puːn⁴
莫	做	那么	啰	伴

好友别那样，

10-632

坏	条	命	你	貝
Vaih	diuz	mingh	mwngz	bae
vaːi⁶	tiːu²	miŋ⁶	mɯŋ²	pai¹
坏	条	命	你	去

枉丢你姓命。

男唱

女唱

10-633

当	阝	当	在	远
Dangq	boux	dangq	ywq	gyae
ta:ŋ⁵	pu⁴	ta:ŋ⁵	ju⁵	kjai¹
另	人	另	在	远

兄妹离得远,

10-634

阝	团	阝	不	知
Boux	dwen	boux	mbouj	rox
pu⁴	tɯ:n¹	pu⁴	bou⁵	ɹo⁴
人	提	人	不	知

思念不见面。

10-635

团	堂	安	命	火
Dwen	daengz	aen	mingh	hoj
tɯ:n¹	taŋ²	an¹	miŋ⁶	ho³
提	到	个	命	苦

想到命苦楚,

10-636

不	厃	干	方	卢
Mbouj	nyienh	ganq	fueng	louz
bou⁵	ȵu:n⁶	ka:n⁵	fu:ŋ¹	lu²
不	愿	照料	风	流

不愿要风流。

10-637

马	拉	本	些	内
Ma	laj	mbwn	seiq	neix
ma¹	la³	bun¹	θe⁵	ni⁴
来	下	天	世	这

想到这辈子,

10-638

乃	义	动	乃	付
Naih	ngeix	dungx	naih	fouz
na:i⁶	ɲi⁴	tuŋ⁴	na:i⁶	fu²
越	想	肚	越	浮

心酸又苦楚。

10-639

农	不	干	方	卢
Nuengx	mbouj	ganq	fueng	louz
nu:ŋ⁴	bou⁵	ka:n⁵	fu:ŋ¹	lu²
妹	不	照料	风	流

妹不愿风流,

10-640

马	拉	本	几	刀
Ma	laj	mbwn	geij	dauq
ma¹	la³	bun¹	ki³	ta:u⁵
来	下	天	几	回

又能活多久。

男唱

10-641

马	拉	本	些	内
Ma	laj	mbwn	seiq	neix
ma^1	la^3	bun^1	θe^5	ni^4
来	下	天	世	这

想到这辈子，

10-642

义	又	抹	水	山
Ngeix	youh	uet	raemx	bya
ŋi^4	jou^4	uːt^7	ɹan^4	pja^1
想	又	抹	水	眼

禁不住落泪。

10-643

伏	马	偻	牙	马
Fwx	ma	raeuz	yax	ma
fə^4	ma^1	ɹau^2	ja^5	ma^1
别人	来	我们	也	来

同样是人生，

10-644

不	哈	邦	哈	对
Mbouj	ha	biengz	ha	doih
bou^5	ha^1	piːŋ^2	ha^1	toːi^6
不	配	地方	配	伙伴

总比不上人。

女唱

10-645

秀	可	利	双	偻
Ciuh	goj	lij	song	raeuz
ɕiːu^6	ko^5	li^4	θoːŋ^1	ɹau^2
世	也	还	两	我们

至少我俩在，

10-646

忧	开	么	老	表
You	gij	maz	laux	biuj
jou^1	kaːi^2	ma^2	laːu^4	piːu^3
忧	什么	老	表

忧什么老表

老表你莫忧。

10-647

不	哈	文	是	了
Mbouj	ha	vunz	cix	liux
bou^5	ha^1	vun^2	ɕi^4	liːu^4
不	配	人	就	算

不如人就算，

10-648

但	波	小	你	汉
Danh	boq	seuq	mwngz	han
taːn^6	po^5	θeːu^5	muɯŋ^2	haːn^1
但	吹	哨	你	应

但夫唱妇随。

男唱

10-649

秀	些	马	拉	本
Ciuh	seiq	ma	laj	mbwn
çi:u⁶	θe⁵	ma¹	la³	bun¹
世	世	来	下	天

轮回到人世，

10-650

采	果	草	不	论
Caij	go	rum	mbouj	laemx
ça:i³	ko¹	ɹum¹	bou⁵	lan⁴
踩	棵	草	不	倒

我一事无成。

10-651

伏	马	是	米	份
Fwx	ma	cix	miz	faenh
fə⁴	ma	çi⁴	mi²	fan⁶
别人	来	就	有	份

别人有缘分，

10-652

偻	马	阴	灯	日
Raeuz	ma	raemh	daeng	ngoenz
ɹau²	ma¹	ɹan⁶	taŋ¹	ŋon²
我们	来	阴	灯	天

我来遮阳光。

女唱

10-653

秀	可	利	双	偻
Ciuh	goj	lix	song	raeuz
çi:u⁶	ko⁵	li⁴	θo:ŋ¹	ɹau²
世	也	剩	两	我们

有我俩同在，

10-654

忧	开	么	老	表
You	gij	maz	laux	biuj
jou¹	ka:i²	ma²	la:u⁴	pi:u³
忧	什么	老	表

你还愁什么？

10-655

不	哈	文	是	了
Mbouj	ha	vunz	cix	liux
bou⁵	ha¹	vun²	çi⁴	li:u⁴
不	配	人	就	算

不如人就算，

10-656

但	得	刘	拉	本
Danh	ndaej	liuh	laj	mbwn
ta:n⁶	dai³	li:u⁶	la³	bun¹
但	得	游	下	天

乐得游天下。

男唱

10-657

伏	马	偻	牙	马
Fwx	ma	raeuz	yax	ma
fə⁴	ma¹	ɹau²	ja⁵	ma¹
别人	来	我们	也	来

人生我也生，

10-658

沙	空	米	田	邦
Ra	ndwi	miz	dieg	baengh
ɹa¹	du:i¹	mi²	ti:k⁸	paŋ⁶
找	不	有	地	靠

我无依无靠。

10-659

农	造	家	造	当
Nuengx	caux	gya	caux	dangq
nu:ŋ⁴	ça:u⁴	kja¹	ça:u⁴	ta:ŋ⁵
妹	造	家	造	家

妹成家立业，

10-660

备	付	方	拉	本
Beix	fouz	fangh	laj	mbwn
pi⁴	fu²	fa:ŋ⁶	la³	bun¹
兄	浮	摇	下	天

兄浪荡天涯。

女唱

10-661

秀	些	马	拉	本
Ciuh	seiq	ma	laj	mbwn
çi:u⁶	θe⁵	ma¹	la³	bun¹
世	世	来	下	天

轮回来人世，

10-662

果	草	是	办	秀
Go	rum	cix	baenz	ciuh
ko¹	ɹum¹	çi⁴	pan²	çi:u⁶
棵	草	就	成	世

还不如草木。

10-663

哭	水	山	古	了
Daej	raemx	bya	guh	liux
tai³	ɹan⁴	pja¹	ku⁴	li:u⁴
哭	水	眼	做	完

眼泪哭干了，

10-664

空	办	秀	开	么
Ndwi	baenz	ciuh	gij	maz
du:i¹	pan²	çi:u⁶	ka:i²	ma²
不	成	世	什	么

也一事无成。

男唱

10-665

伏	马	偻	牙	马
Fwx	ma	raeuz	yax	ma
fə⁴	ma¹	ɹau²	ja⁵	ma¹
别人	来	我们	也	来

人生我也生，

10-666

站	不	哈	老	表
Soengz	mbouj	ha	laux	biuj
θoŋ²	bou⁵	ha¹	laːu⁴	piːu³
站	不	配	老	表

我比不上人。

10-667

伏	马	是	造	秀
Fwx	ma	cix	caux	ciuh
fə⁴	ma¹	çi⁴	çaːu⁴	çiːu⁶
别人	来	就	造	世

别人造家业，

10-668

偻	马	刘	灯	日
Raeuz	ma	liuh	daeng	ngoenz
ɹau²	ma¹	liːu⁶	taŋ¹	ŋon²
我们	来	游	灯	天

我们望青天。

女唱

10-669

造	秀	不	办	秀
Caux	ciuh	mbouj	baenz	ciuh
çaːu⁴	çiːu⁶	bou⁵	pan²	çiːu⁶
造	世	不	成	世

创业不成业，

10-670

古	土	九	当	润
Guh	duz	yiuh	dang	rumz
ku⁴	tu²	jiːu⁶	taŋ¹	ɹun²
做	只	鹞	当	风

如鹞隼乱飞。

10-671

造	秀	不	哈	文
Caux	ciuh	mbouj	ha	vunz
çaːu⁴	çiːu⁶	bou⁵	ha¹	vun²
造	世	不	配	人

创业不如人，

10-672

付	拉	本	内	在
Fouz	laj	mbwn	neix	ywq
fu²	la³	bun¹	ni⁴	ju⁵
浮	下	天	这	在

在天涯游荡。

男唱

10-673

伏	马	是	造	秀
Fwx	ma	cix	caux	ciuh
fə⁴	ma¹	çi⁴	ça:u⁴	çi:u⁶
别人	来	就	造	世

人生就创业,

10-674

偻	马	刘	拉	本
Raeuz	ma	liuh	laj	mbwn
ɹau²	ma¹	li:u⁶	la³	buun¹
我们	来	游	下	天

我们望青天。

10-675

古	务	不	办	润
Guh	huj	mbouj	baenz	rumz
ku⁴	hu³	bou⁵	pan²	ɹun²
做	云	不	成	风

一样做不了,

10-676

马	拉	本	内	初
Ma	laj	mbwn	neix	couj
ma¹	la³	buun¹	ni⁴	çou³
来	下	天	这	丑

在世上丢脸。

女唱

10-677

不	自	你	命	火
Mbouj	gag	mwngz	mingh	hoj
bou⁵	ka:k⁸	muuŋ²	miŋ⁶	ho³
不	自	你	命	苦

何止你命苦,

10-678

命	农	牙	可	供
Mingh	nuengx	yax	goj	gungz
miŋ⁶	nu:ŋ⁴	ja⁵	ko⁵	kuŋ²
命	妹	也	也	穷

妹命也是穷。

10-679

良	造	秀	文	荣
Liengh	caux	ciuh	vuen	yungz
le:ŋ⁶	ça:u⁴	çi:u⁶	vu:n¹	juŋ²
谅	造	世	欢	乐

想造家业旺,

10-680

老	少	元	坤	凶
Lau	sau	yiemz	goet	rwix
la:u¹	θa:u¹	ji:n²	kot⁷	ɹuɯi⁴
怕	姑娘	嫌	骨	孬

妹却无好命。

男唱	女唱

男唱

10-681

命	火	偻	岁	火
Mingh	hoj	raeuz	caez	hoj
miŋ⁶	ho³	ɹau²	ɕai²	ho³
命	苦	我们	齐	苦

命苦大家苦，

10-682

命	供	偻	岁	供
Mingh	gungz	raeuz	caez	gungz
miŋ⁶	kuŋ²	ɹau²	ɕai²	kuŋ²
命	穷	我们	齐	穷

命穷大家穷。

10-683

牙	造	秀	文	荣
Yaek	caux	ciuh	vuen	yungz
jak⁷	ɕa:u⁴	ɕi:u⁶	vu:n¹	juŋ²
要	造	世	欢	乐

要建欢乐家，

10-684

么	不	说	利	早
Maz	mbouj	naeuz	lij	romh
ma²	bou⁵	nau²	li⁴	ɹo:m⁶
何	不	说	还	早

为何不早说？

女唱

10-685

少	牙	怨	命	火
Sau	yax	yonq	mingh	hoj
θa:u¹	ja⁵	jo:n⁵	miŋ⁶	ho³
姑娘	也	怨	命	苦

妹也怨命苦，

10-686

备	牙	怨	命	供
Beix	yax	yonq	mingh	gungz
pi⁴	ja⁵	jo:n⁵	miŋ⁶	kuŋ²
兄	也	怨	命	穷

兄也怨命穷。

10-687

下	垌	贝	秋	本
Roengz	doengh	bae	ciuq	mbwn
ɹoŋ²	toŋ⁶	pai¹	ɕi:u⁵	bun¹
下	垌	去	看	天

出门望苍天，

10-688

么	办	文	样	内
Maz	baenz	vunz	yiengh	neix
ma²	pan²	vun²	ju:ŋ⁶	ni⁴
何	成	人	样	这

为何变如此？

男唱

10-689

少	牙	怨	命	火
Sau	yax	yonq	mingh	hoj
$\theta a{:}u^1$	ja^5	$jo{:}n^5$	min^6	ho^3
姑娘	也	怨	命	苦

妹也怨命苦，

10-690

备	牙	怨	命	供
Beix	yax	yonq	mingh	gungz
pi^4	ja^5	$jo{:}n^5$	min^6	kun^2
兄	也	怨	命	穷

兄也怨命穷。

10-691

阝	而	阝	不	文
Boux	lawz	boux	mbouj	vunz
pu^4	lau^2	pu^4	bou^5	vun^2
人	哪	人	不	人

同样都是人，

10-692

阝	而	龙	小	女
Boux	lawz	lungz	siuj	nawx
pu^4	lau^2	lun^2	$\theta i{:}u^3$	nu^4
人	哪	龙	小	女

何人成龙凤？

女唱

10-693

土	可	怨	命	土
Dou	goj	yonq	mingh	dou
tu^1	ko^5	$jo{:}n^5$	min^6	tu^1
我	也	怨	命	我

我自个怨命，

10-694

不	说	阝	而	知
Mbouj	naeuz	boux	lawz	rox
bou^5	nau^2	pu^4	lau^2	$\text{.}o^4$
不	说	人	哪	知

不说谁人懂？

10-695

元	条	命	土	火
Yonq	diuz	mingh	dou	hoj
$jo{:}n^5$	$ti{:}u^2$	min^6	tu^1	ho^3
怨	条	命	我	苦

自怨我命苦，

10-696

干	罗	不	对	你
Ganj	loh	mbouj	doiq	mwngz
$ka{:}n^3$	lo^6	bou^5	$to{:}i^5$	mun^2
赶	路	不	对	你

走路不遇你。

男唱

10-697

命　凶　开　八　怨

Mingh　rwix　gaej　bah　yonq

miŋ⁶　ɹɯːi⁴　kaːi⁵　pa⁶　joːn⁵

命　孬　莫　急　怨

命不好莫怨，

10-698

沙　阝示　尝　堂

Ra　boux　suenq　caengz　daengz

ɹa¹　pu⁴　θuːn⁵　çaŋ²　taŋ²

找　人　算　未　到

贵人还未到。

10-699

本　亮　利　在　浪

Mbwn　rongh　lij　ywq　laeng

bun¹　ɹoːŋ⁶　li⁴　jɯ⁵　laŋ¹

天　亮　还　在　后

其人还在后，

10-700

不　尝　堂　时　内

Mbouj　caengz　daengz　seiz　neix

bou⁵　çaŋ²　taŋ²　θi²　ni⁴

不　未　到　时　这

此时尚未到。

女唱

10-701

土　可　怨　可　怨

Dou　goj　yonq　goj　yonq

tu¹　ko⁵　joːn⁵　ko⁵　joːn⁵

我　也　怨　也　怨

我怨来怨去，

10-702

怨　作　八　十　字

Yonq　coq　bet　cih　saw

joːn⁵　ço⁵　peːt⁷　çi⁶　θau¹

怨　放　八　个　字

怨八字不好。

10-703

不　怨　作　阝　而

Mbouj　yonq　coq　boux　lawz

bou⁵　joːn⁵　ço⁵　pu⁴　lau²

不　怨　放　人　哪

不怨任何人，

10-704

出　时　生　土　斗

Ok　seiz　seng　dou　daeuj

oːk⁷　θi²　θeːŋ¹　tu¹　tau³

出　时　生　我　来

我生辰不好。

男唱

10-705

命	凶	八	怨	天
Mingh	rwix	bah	yonq	denh
min^6	$ɹu:i^4$	pa^6	$jo:n^5$	$ti:n^1$
命	孬	莫急	怨	天

先不要怨天,

10-706

浪	办	仙	不	定
Laeng	baenz	sien	mbouj	dingh
$laŋ^1$	pan^2	$θi:n^1$	bou^5	$tiŋ^6$
后	成	仙	不	定

将来或成仙。

10-707

少	乖	八	怨	命
Sau	gvai	bah	yonq	mingh
$θa:u^1$	$kwa:i^1$	pa^6	$jo:n^5$	min^6
姑娘	乖	莫急	怨	命

小妹别怨命,

10-708

本	可	定	双	偻
Mbwn	goj	dingh	song	raeuz
bum^1	ko^5	$tiŋ^6$	$θo:ŋ^1$	$ɹau^2$
天	也	定	两	我们

天撮合我们。

女唱

10-709

土	可	怨	可	怨
Dou	goj	yonq	goj	yonq
tu^1	ko^5	$jo:n^5$	ko^5	$jo:n^5$
我	也	怨	也	怨

我怨来怨去,

10-710

怨	作	八	十	字
Yonq	coq	bet	cih	saw
$jo:n^5$	$ço^5$	$pe:t^7$	$çi^6$	$θau^1$
怨	放	八	个	字

怨八字不好。

10-711

不	怨	作	阝	而
Mbouj	yonq	coq	boux	lawz
bou^5	$jo:n^5$	$ço^5$	pu^4	lau^2
不	怨	放	人	哪

不怨任何人,

10-712

出	时	生	斗	犯
Ok	seiz	seng	daeuj	famh
$o:k^7$	$θi^2$	$θe:ŋ^1$	tau^3	$fa:n^6$
出	时	生	来	犯

生辰犯吉祥。

男唱	女唱

10-713

命	凶	八	怨	天
Mingh	rwix	bah	yonq	denh
miŋ⁶	ɹuːi⁴	pa⁶	joːn⁵	tiːn¹
命	孬	莫急	怨	天

命歹别怨天，

10-714

浪	办	仙	可	爱
Laeng	baenz	sien	goj	ngaih
laŋ¹	pan²	θiːn¹	ko⁵	ŋaːi⁶
后	成	仙	也	易

成仙也不难。

10-715

少	乖	八	托	乃
Sau	gvai	bah	doek	naiq
θaːu¹	kwaːi¹	pa⁶	tok⁷	naːi⁵
姑娘	乖	莫急	落	累

小妹莫泄气，

10-716

不	乃	可	文	荣
Mbouj	naih	goj	vuen	yungz
bou⁵	naːi⁶	ko⁵	vuːn¹	juŋ²
不	久	也	欢	乐

将来会幸福。

10-717

命	凶	牙	命	凶
Mingh	rwix	yax	mingh	rwix
miŋ⁶	ɹuːi⁴	ja⁵	miŋ⁶	ɹuːi⁴
命	孬	也	命	孬

命不好则罢，

10-718

么	是	背	能	来
Maz	cix	boih	nyaenx	lai
ma²	ɕi⁴	poːi⁶	ȵan⁴	laːi¹
何	就	背	那么	多

竟那么倒霉。

10-719

命	凶	来	包	乖
Mingh	rwix	lai	mbauq	gvai
miŋ⁶	ɹuːi⁴	laːi¹	baːu¹	kwaːi¹
命	孬	多	小伙	乖

我命真不好，

10-720

配	文	来	不	得
Boiq	vunz	lai	mbouj	ndaej
poːi⁵	vun²	laːi¹	bou⁵	dai³
配	人	多	不	得

配不上大家。

男唱

女唱

10-721

命	凶	八	元	天
Mingh	rwix	bah	yonq	denh

$miŋ^6$　$ɹuːi^4$　pa^6　$joːn^5$　$tiːn^1$

命　歹　莫急　怨　天

命歹别怨天，

10-722

浪	办	仙	来	罗
Laeng	baenz	sien	lai	loh

$laŋ^1$　pan^2　$θiːn^1$　$laːi^1$　lo^6

后　成　仙　多　路

成仙机会多。

10-723

碰	秀	是	唱	歌
Bungz	couh	cix	cang	go

$puŋ^2$　$ɕiːu^6$　$ɕi^4$　$ɕaːŋ^4$　ko^5

逢　就　是　唱　歌

相逢就唱歌，

10-724

怨	命	火	古	而
Yonq	mingh	hoj	guh	rawz

$joːn^5$　$miŋ^6$　ho^3　ku^4　$ɹaɯ^2$

怨　命　苦　做　什么

何须怨命苦。

10-725

命	土	凶	又	凶
Mingh	dou	rwix	youh	rwix

$miŋ^6$　tu^1　$ɹuːi^4$　jou^4　$ɹuːi^4$

命　我　孬　又　孬

我命真不好，

10-726

配	不	得	龙	好
Boiq	mbouj	ndaej	lungz	ndei

$poːi^5$　bou^5　dai^3　$luŋ^2$　dei^1

配　不　得　龙　好

配不上情哥。

10-727

怨	条	命	背	时
Yonq	diuz	mingh	boih	seiz

$joːn^5$　$tiːu^2$　$miŋ^6$　$poːi^6$　$θi^2$

怨　条　命　背　时

怨我命太差，

10-728

配	龙	好	不	得
Boiq	lungz	ndei	mbouj	ndaej

$poːi^5$　$luŋ^2$　dei^1　bou^5　dai^3

配　龙　好　不　得

与情哥无缘。

男唱	女唱

10-729

少	牙	怨	命	火
Sau	yax	yonq	mingh	hoj
θa:u^1	ja^5	jo:n^5	min^6	ho^3
姑娘	也	怨	命	苦

妹怨命太苦，

10-730

备	牙	怨	命	供
Beix	yax	yonq	mingh	gungz
pi^4	ja^5	jo:n^5	min^6	kuŋ^2
兄	也	怨	命	穷

兄也怨命穷。

10-731

同	对	马	拉	本
Doengz	doih	ma	laj	mbwn
toŋ^2	to:i^6	ma^1	la^3	bɯn^1
同	伙伴	来	下	天

同来人世间，

10-732

文	偻	可	一	样
Vunz	raeuz	goj	it	yiengh
vun^2	ɹau^2	ko^5	it^7	jɯ:ŋ^6
人	我们	也	一	样

人人都一样。

10-733

命	凶	办	土	给
Mingh	rwix	baenz	duz	gaeq
min^6	ɹɯ:i^4	pan^2	tu^2	kai^5
命	孬	成	只	鸡

命贱如鸡命，

10-734

捡	后	岁	后	存
Gip	haeux	saeg	haeux	ruenh
kip^7	hau^4	θai^1	hau^4	ɹun^6
捡	米	小	米	箕

专选好米吃。

10-735

命	凶	来	备	银
Mingh	rwix	lai	beix	ngaenz
min^6	ɹɯ:i^4	la:i^1	pi^4	ŋan^2
命	孬	多	兄	银

我命真不好，

10-736

变	古	存	变	哭
Benh	guh	caemz	benh	daej
pe:n^6	ku^4	çan^2	pe:n^6	tai^3
边	做	玩	边	哭

常暗自流泪。

男唱

10-737

伏	马	偻	牙	马
Fwx	ma	raeuz	yax	ma
fə⁴	ma¹	ɹaɯ²	ja⁵	ma¹
别人	来	我们	也	来

来到人世间，

10-738

强	鸦	吊	叶	会
Giengz	a	venj	mbaw	faex
kiːŋ²	a¹	veːn³	baɯ¹	fai⁴
像	鸦	挂	叶	树

像乌鸦倒悬。

10-739

牙	不	自	你	哭
Yax	mbouj	gag	mwngz	daej
ja⁵	bou⁵	kaːk⁸	mɯŋ²	tai³
也	不	自	你	哭

非你一人哭，

10-740

备	可	抹	水	山
Beix	goj	uet	raemx	bya
pi⁴	ko⁵	uːt⁷	ɹan⁴	pja¹
兄	也	抹	水	眼

兄也常流泪。

女唱

10-741

命	凶	办	土	给
Mingh	rwix	baenz	duz	gaeq
miŋ⁶	ɹui⁴	pan²	tu²	kai⁵
命	孬	成	只	鸡

命贱如鸡命，

10-742

捡	后	岁	后	那
Gip	haeux	saeq	haeux	naz
kip⁷	hau⁴	θai⁵	hau⁴	na²
捡	米	小	米	田

专吃地上粮。

10-743

命	凶	来	包	而
Mingh	rwix	lai	mbauq	lawz
miŋ⁶	ɹui⁴	laːi¹	baːu⁵	lau²
命	孬	多	小伙	哪

哥啊我命贱，

10-744

吃	水	山	古	端
Gwn	raemx	bya	guh	donq
kɯn¹	ɹan⁴	pja¹	ku⁴	toːn⁵
吃	水	眼	做	顿

眼泪流不停。

男唱	女唱

10-745

命	凶	牙	命	办
Mingh	rwix	yax	mingh	baenz
miŋ⁶	ɹuːi⁴	ja⁵	miŋ⁶	pan²
命	孬	也	命	成

命贱天注定，

10-746

空	要	钱	貝	買
Ndwi	aeu	cienz	bae	cawx
duːi¹	au¹	ɕiːn²	pai¹	ɕɯ⁴
不	要	钱	去	买

不是用钱买。

10-747

先	玩	说	先	特
Senj	vanj	naeuz	senj	dawh
θeːn³	vaːn³	nau²	θeːn³	tɯ⁶
选	碗	或	选	筷

不是选碗筷，

10-748

是	列	要	安	好
Cix	leh	aeu	aen	ndei
ɕi⁴	le⁶	au¹	an¹	dei¹
就	选	要	个	好

可以选好的。

10-749

命	土	凶	来	来
Mingh	dou	rwix	lai	lai
miŋ⁶	tu¹	ɹuːi⁴	laːi¹	laːi¹
命	我	孬	多	多

我命真不好，

10-750

厸	代	貝	是	八
Nyienh	dai	bae	cix	bah
ȵuːn⁶	taːi¹	pai¹	ɕi⁴	pa⁶
愿	死	去	就	罢

愿一死了之。

10-751

命	凶	办	告	化
Mingh	rwix	baenz	gauj	vaq
miŋ⁶	ɹuːi⁴	pan²	kaːu³	va⁵
命	孬	成	乞	丐

我是乞丐命，

10-752

空	米	那	见	龙
Ndwi	miz	naj	gen	lungz
duːi¹	mi²	na³	keːn⁴	luŋ²
不	有	脸	见	龙

无脸面见兄。

男唱

10-753

八	怨	命	了	同
Bah	yonq	mingh	liux	doengz
pa⁶	joːn⁵	miŋ⁶	liːu⁴	toŋ²
莫急	怨	命	啰	同

吾友别怨命，

10-754

土	可	站	果	纠
Dou	goj	soengz	go	gyaeuq
tu¹	ko⁵	θoŋ²	ko¹	kjau⁵
我	也	站	棵	桐

我也无住所。

10-755

八	怨	命	代	寿
Bah	yonq	mingh	dai	caeux
pa⁶	joːn⁵	miŋ⁶	taːi¹	çau⁴
莫急	怨	命	死	早

别怨恨命短，

10-756

文	土	后	文	你
Vunz	dou	haeuj	vunz	mwngz
vun²	tu¹	hau³	vuːn²	muɯŋ²
人	我	进	人	你

我俩一个样。

女唱

10-757

命	土	凶	来	来
Mingh	dou	rwix	lai	lai
miŋ⁶	tu¹	ɹuːi⁴	laːi¹	laːi¹
命	我	孬	多	多

我命真不好，

10-758

厃	代	贝	了	哥
Nyienh	dai	bae	liux	go
ȵuːn⁶	taːi¹	pai¹	liːu⁴	ko¹
愿	死	去	啰	哥

愿一死了之。

10-759

甲	代	办	安	墓
Gyah	dai	baenz	aen	moh
kja⁶	taːi¹	pan²	an¹	mo⁶
宁可	死	成	个	墓

愿死入坟墓，

10-760

伏	外	罗	利	代
Fwx	vaij	loh	lij	daiz
fə⁴	vaːi³	lo⁶	li⁴	taːi⁴
别人	过	路	还	夸

路人还会赞。

男唱	女唱

男唱

10-761

命	凶	八	怨	天
Mingh	rwix	bah	yonq	denh
miŋ⁶	ɣɯːi⁴	paˑ⁶	joːn⁵	tiːn¹
命	孬	莫急		怨	天

命不好别怨，

10-762

浪	办	仙	来	罗
Laeng	baenz	sien	lai	loh
laŋ¹	pan²	θiːn¹	laːi¹	lo⁶
后	成	仙	多	路

成仙机会多。

10-763

少	八	怨	命	火
Sau	bah	yonq	mingh	hoj
θaːu¹	paˑ⁶	joːn⁵	miŋ⁶	ho³
姑娘	莫急	怨	命	苦

妹别怨命苦，

10-764

命	土	合	命	你
Mingh	dou	hob	mingh	mwngz
miŋ⁶	tu¹	hoːp⁸	miŋ⁶	mɯŋ²
命	我	合	命	你

我俩一样命。

女唱

10-765

命	土	凶	来	来
Mingh	dou	rwix	lai	lai
miŋ⁶	tu¹	ɣɯːi⁴	laːi¹	laːi¹
命	我	孬	多	多

我命真不好，

10-766

厄	代	不	厄	在
Nyienh	dai	mbouj	nyienh	ywq
ȵɯːn⁶	taːi¹	bou⁵	ȵɯːn⁶	jɯ⁵
愿	死	不	愿	在

愿一死了之。

10-767

贝	小	仙	我	子
Bae	siu	sien	ngox	cwj
pai¹	θiːu¹	θiːn¹	ŋo⁴	ɕɯ³
去	修	仙	和	尚

愿去做和尚，

10-768

不	厄	在	拉	本
Mbouj	nyienh	ywq	laj	mbwn
bou⁵	ȵɯːn⁶	jɯ⁵	la³	bɯn¹
不	愿	在	下	天

不愿混红尘。

男唱

10-769

火	牙	命	偻	出
Hoj	yax	mingh	raeuz	ok
ho³	ja⁵	miŋ⁶	ɹau²	o:k⁷
苦	也	命	我们	出

苦也由命定,

10-770

凶	牙	命	偻	办
Rwix	yax	mingh	raeuz	baenz
ɹu:i⁴	ja⁵	miŋ⁶	ɹau²	pan²
孬	也	命	我们	成

歹也天注定。

10-771

古	对	在	拉	本
Guh	doih	ywq	laj	mbwn
ku⁴	to:i⁶	juɯ⁵	la³	bun¹
做	伙伴	在	下	天

同活在世上,

10-772

外	秀	偻	是	祘
Vaij	ciuh	raeuz	cix	suenq
va:i³	ɕi:u⁶	ɹau²	ɕi⁴	θu:n⁵
过	世	我们	就	算

共同度今生。

女唱

10-773

命	土	凶	来	来
Mingh	dou	rwix	lai	lai
miŋ⁶	tu¹	ɹu:i⁴	la:i¹	la:i¹
命	我	孬	多	多

我命真不好,

10-774

厑	代	不	厑	在
Nyienh	dai	mbouj	nyienh	ywq
ȵu:n⁶	ta:i¹	bou⁵	ȵu:n⁶	ju⁵
愿	死	不	愿	在

愿一死了之。

10-775

貝	小	仙	我	子
Bae	siuh	sien	ngox	cwj
pai¹	θi:u³	θi:n¹	ŋo⁴	ɕɯ³
去	修	仙	和	尚

愿去当尼姑,

10-776

刀	洋	合	英	元
Dauq	yaeng	hob	in	yuenz
ta:u⁵	jaŋ¹	ho:p⁸	in¹	ju:n²
回	再	合	姻	缘

再来续姻缘。

男唱

10-777

当　卩　当　在　远

Dangq　boux　dangq　ywq　gyae

taːŋ⁵　pu⁴　taːŋ⁵　juɯ⁵　kjai¹

另　人　另　住　远

相距太遥远，

10-778

卩　代　卩　不　知

Boux　dai　boux　mbouj　rox

pu⁴　taːi¹　pu⁴　bou⁵　ɣo⁴

人　死　人　不　知

死讯都不知。

10-779

义　土　鸦　叫　作

Nyi　duz　a　heuh　coh

ȵi¹　tu²　a¹　heːu⁶　ço⁶

听　只　鸦　叫　名字

乌鸦传噩耗，

10-780

水　山　罗　样　文

Raemx　bya　roh　yiengh　fwn

ɣan⁴　pja¹　ɣo⁶　juːŋ⁶　vun¹

水　眼　漏　样　雨

泪落如雨下。

女唱

10-781

命　凶　牙　命　办

Mingh　rwix　yax　mingh　baenz

miŋ⁶　ɣuːi⁴　ja⁵　miŋ⁶　pan²

命　孬　也　命　成

命孬由命定，

10-782

空　要　银　贝　作

Ndwi　aeu　ngaenz　bae　coq

duːi¹　au¹　ŋan²　pai¹　ço⁵

不　要　银　去　放

不是买得来。

10-783

土　鸦　刀　知　火

Duz　a　dauq　rox　hoj

tu²　a¹　taːu⁵　ɣo⁴　ho³

只　鸦　倒　知　苦

乌鸦通人意，

10-784

马　叫　作　包　少

Ma　heuh　coh　mbauq　sau

ma¹　heːu⁶　ço⁶　baːu⁵　θaːu¹

来　叫　名字　小伙　姑娘

帮兄妹通报。

男唱

10-785

不	自	命	你	火
Mbouj	gag	mingh	mwngz	hoj
bou⁵	ka:k⁸	min⁶	muɯŋ²	ho³
不	自	命	你	苦

何止你命苦，

10-786

命	土	牙	可	供
Mingh	dou	yax	goj	gungz
min²	tu¹	ja⁵	ko⁵	kuŋ²
命	我	也	也	穷

我的命也穷。

10-787

秀	些	马	拉	本
Ciuh	seiq	ma	laj	mbwn
çi:u⁶	θe⁵	ma¹	la³	buɯn¹
世	世	来	下	天

轮回来人世，

10-788

可	双	偻	命	凶
Goj	song	raeuz	mingh	rwix
ko⁵	θo:ŋ¹	ɹau²	min⁶	ɹu:i⁴
也	两	我们	命	孬

就我俩命苦。

女唱

10-789

命	凶	牙	命	办
Mingh	rwix	yax	mingh	baenz
min⁶	ɹu:i⁴	ja⁵	min⁶	pan²
命	孬	也	命	成

命孬由命定，

10-790

空	米	文	马	骂
Ndwi	miz	vunz	ma	ndaq
du:i¹	mi²	vun²	ma¹	da⁵
不	有	人	来	骂

不会有人骂。

10-791

马	拉	本	天	牙
Ma	laj	mbwn	denh	ya
ma¹	la³	buɯn¹	ti:n¹	ja⁶
来	下	天	天	下

整个人世间，

10-792

火	不	自	双	偻
Hoj	mbouj	gag	song	raeuz
ho³	bou⁵	ka:k⁸	θo:ŋ¹	ɹau²
苦	不	自	两	我们

不只我俩穷。

男唱

10-793

命	土	凶	又	凶
Mingh	dou	rwix	youh	rwix
miŋ⁶	tu¹	ɹu:i⁴	jou⁴	ɹu:i⁴
命	我	孬	又	孬

我命实在苦，

10-794

背	你	农	开	元
Boih	mwngz	nuengx	gaej	yiemz
po:i⁶	mɯŋ²	nu:ŋ⁴	ka:i⁵	ji:n²
背	你	妹	莫	嫌

妹你莫嫌弃。

10-795

命	土	凶	吨	天
Mingh	dou	rwix	daemx	denh
miŋ⁶	tu¹	ɹu:i⁴	tan⁴	ti:n¹
命	我	孬	顶	天

命苦到极点，

10-796

农	开	元	对	面
Nuengx	gaej	yiemz	doiq	mienh
nu:ŋ⁴	ka:i⁵	ji:n²	to:i⁵	me:n⁶
妹	莫	嫌	对	面

妹莫嫌弃哥。

女唱

10-797

岁	共	勒	三	妞
Caez	gungh	lwg	sam	yah
çai²	ku:ŋ⁶	luk⁸	θa:n¹	ja⁶
齐	共	子	三	婆

同为婆王子，

10-798

八	讲	话	同	元
Bah	gangj	vah	doengh	yiemz
pa⁶	ka:ŋ³	va⁶	toŋ²	ji:n²
莫	急	讲	话	相	嫌

莫相互嫌弃。

10-799

同	对	勒	王	连
Doengz	doih	lwg	vangz	lienz
toŋ²	to:i⁶	luk⁸	va:ŋ²	li:n²
同	伙伴	子	王	连

同为花神子，

10-800

友	而	元	你	备
Youx	lawz	yiemz	mwngz	beix
ju⁴	lau²	ji:n²	mɯŋ²	pi⁴
友	哪	嫌	你	兄

谁会嫌弃你？

男唱

10-801

秀	些	马	拉	本
Ciuh	seiq	ma	laj	mbwn
$\varphi i{:}u^6$	θe^5	ma^1	la^3	bwn^1
世	世	来	下	天

轮回人世间，

10-802

可	双	偻	被	难
Goj	song	raeuz	deng	nanz
ko^5	$\theta o{:}\eta^1$	ιau^2	$te{:}\eta^1$	$na{:}n^2$
也	两	我们	挨	难

就我俩遭难。

10-803

马	文	千	文	万
Ma	vunz	cien	vunz	fanh
ma^1	vun^2	$\varphi i{:}n^1$	vun^2	$fa{:}n^6$
来	人	千	人	万

茫茫人海中，

10-804

难	全	对	双	偻
Nanz	cienz	doiq	song	raeuz
$na{:}n^2$	$\varphi e{:}n^2$	$to{:}i^5$	$\theta o\eta^1$	ιau^2
难	全	对	两	我们

就我俩命苦。

女唱

10-805

马	拉	本	些	内
Ma	laj	mbwn	seiq	neix
ma^1	la^3	bwn^1	θe^5	ni^4
来	下	天	世	这

枉来人世间，

10-806

义	牙	不	相	仁
Ngeix	yax	mbouj	siengq	yunz
ηi^4	ja^5	bou^5	$\theta i{:}\eta^5$	$ju{:}n^2$
想	也	不	相	回应

思念无回应。

10-807

阝	命	火	的	文
Boux	mingh	hoj	diq	vunz
pu^4	$mi\eta^6$	ho^3	ti^5	vun^2
人	命	苦	的	人

天下苦命人，

10-808

不	自	偻	双	阝
Mbouj	gag	raeuz	song	boux
bou^5	$ka{:}k^8$	ιau^2	$\theta o{:}\eta^1$	pu^4
不	自	我们	两	人

不只我们俩。

男唱

10-809

命	凶	来	了	金
Mingh	rwix	lai	liux	gim
miŋ⁶	ɣuːi⁴	laːi¹	liːu⁴	kin¹
命	孬	多	啰	金

命太苦了友，

10-810

不	阝	邦	土	祘
Mbouj	boux	bang	dou	suenq
bou⁵	pu⁴	paːŋ¹	tu¹	θuːn⁵
无	人	帮	我	算

我孤身无助。

10-811

命	凶	来	了	伴
Mingh	rwix	lai	liux	buenx
miŋ⁶	ɣuːi⁴	laːi¹	liːu⁴	puːn⁴
命	孬	多	啰	伴

实在太苦命，

10-812

不	阝	祘	给	偻
Mbouj	boux	suenq	hawj	raeuz
bou⁵	pu⁴	θuːn⁵	həɯ³	ɣau²
无	人	算	给	我们

无人助我们。

女唱

10-813

应	乱	办	友	土
Wng	luenh	baenz	youx	dou
iŋ¹	luːn⁶	pan²	ju⁴	tu¹
应	乱	成	友	我

倘若是我友，

10-814

土	是	邦	你	祘
Dou	cix	bang	mwngz	suenq
tu¹	çi⁴	paːŋ¹	muɯ²	θuːn⁵
我	就	帮	你	算

我就来帮你。

10-815

办	关	文	了	伴
Baenz	gvan	vunz	liux	buenx
pan²	kwaːn¹	vun²	liːu⁴	puːn⁴
成	夫	人	啰	伴

你是别人夫，

10-816

农	难	祘	给	你
Nuengx	nanz	suenq	hawj	mwngz
nuːŋ⁴	naːn²	θuːn⁵	həɯ³	muɯ²
妹	难	算	给	你

难为你谋划。

男唱

10-817

从	土	祘	了	江
Coengh	dou	suenq	liux	gyang
çoŋ^6	tu^1	θuːn^5	liːu^4	kjaːŋ^1
帮	我	算	啰	友

友请帮助我,

10-818

邦	土	羊	了	邦
Bang	dou	yaeng	liux	baengz
paːŋ^1	tu^1	jaŋ^1	liːu^4	paŋ^2
帮	我	商	啰	朋

妹请帮哥忙。

10-819

你	邦	土	祘	傍
Mwngz	bang	dou	suenq	mbangj
muɯŋ^2	paːŋ^1	tu^1	θuːn^5	baːŋ^3
你	帮	我	算	些

友鼎力帮我,

10-820

办	伴	不	为	正
Baenz	buenx	mbouj	viq	cingz
pan^2	puːn^4	bou^5	vi^5	çiŋ^2
成	伴	不	忘	情

我不会忘情。

女唱

10-821

在	拜	内	桥	付
Ywq	baih	neix	giuz	fouz
juɯ^5	paːi^6	ni^4	kiːu^2	fu^2
在	边	这	桥	浮

在浮桥这边,

10-822

土	是	邦	你	祘
Dou	cix	bang	mwngz	suenq
tu^1	çi^4	paːŋ^1	muɯŋ^2	θuːn^5
我	就	帮	你	算

我帮你策划。

10-823

外	拜	它	桥	断
Vaij	baih	de	giuz	duenx
vaːi^3	paːi^6	te^1	kiːu^2	tuːn^4
过	边	那	桥	断

过到桥那边,

10-824

才	你	祘	土	你
Caih	mwngz	suenq	duz	mwngz
çaːi^6	muɯŋ^2	θuːn^5	tu^2	muɯŋ^2
随	你	算	的	你

靠自己谋划。

男唱

10-825

从	土	祘	了	江
Coengh	dou	suenq	liux	gyang
çoŋ⁶	tu¹	θu:n⁵	li:u⁴	kja:ŋ¹
帮	我	算	啰	友

友帮我计划，

10-826

邦	土	羊	了	伴
Bang	dou	yaeng	liux	buenx
pa:ŋ¹	tu¹	jaŋ¹	li:u⁴	pu:n⁴
帮	我	商	啰	伴

妹同哥商讨。

10-827

你	邦	土	祘	团
Mwngz	bang	dou	suenq	donh
muɯŋ²	pa:ŋ¹	tu¹	θu:n⁵	to:n⁶
你	帮	我	算	半

你帮我一半，

10-828

干	元	偻	岁	占
Ganq	yienh	raeuz	caez	canh
ka:n⁵	ji:n⁶	ʐau²	çai²	ça:n⁶
照料	现	我们	齐	赚

得利我俩分。

女唱

10-829

在	拜	内	桥	付
Ywq	baih	neix	giuz	fouz
juɯ⁵	pa:i⁶	ni⁴	ki:u²	fu²
在	边	这	桥	浮

在浮桥这边，

10-830

土	是	邦	你	祘
Dou	cix	bang	mwngz	suenq
tu¹	çi⁴	pa:ŋ¹	muɯŋ²	θu:n⁵
我	就	帮	你	算

我帮你策划。

10-831

外	拜	它	桥	段
Vaij	baih	de	giuz	duenx
va:i³	pa:i⁶	te¹	ki:u²	tu:n⁴
过	边	那	桥	段

过到桥那边，

10-832

不	知	祘	样	而
Mbouj	rox	suenq	yiengh	lawz
bou⁵	ʐo⁴	θu:n⁵	ji:ŋ⁶	lau²
不	知	算	样	哪

我无能为力。

男唱

10-833

从	土	祢	了	江
Coengh	dou	suenq	liux	gyang
$\wp o\eta^6$	tu^1	θu:n^5	li:u^4	kja:ŋ^1
帮	我	算	啰	友

友帮我策划，

10-834

邦	土	羊	了	同
Bang	dou	yaeng	liux	doengz
pa:ŋ^1	tu^1	jaŋ^1	li:u^4	toŋ^2
帮	我	商量	啰	同

妹同哥商讨。

10-835

你	邦	土	祢	作
Mwngz	bang	dou	suenq	soq
muɯŋ^2	pa:ŋ^1	tu^1	θu:n^5	θo^5
你	帮	我	算	数

你帮我谋划，

10-836

古	元	罗	同	存
Guh	roen	loh	doengh	cunz
ku^4	jo:n^1	lo^6	toŋ^2	$\wp$un^2
做	路	路	相	巡

今后常来往。

女唱

10-837

在	拜	内	桥	付
Ywq	baih	neix	giuz	fouz
juɯ^5	pa:i^6	ni^4	ki:u^2	fu^2
在	边	这	桥	浮

在浮桥这边，

10-838

土	是	邦	你	想
Dou	cix	bang	mwngz	siengj
tu^1	$\wp$i^4	pa:ŋ^1	muɯ^2	θi:ŋ^3
我	就	帮	你	想

我为你谋划。

10-839

外	拜	它	桥	强
Vaij	baih	de	giuz	giengh
va:i^3	pa:i^6	te^1	ki:u^2	kji:ŋ^6
过	边	那	桥	跳

过到桥那边，

10-840

仁	相	可	下	王
Nyengh	siengq	goj	roengz	vaengz
ȵe:ŋ^6	θi:ŋ^5	ko^5	ɹoŋ^2	vaŋ^2
眼	看	也	下	潭

已接近大潭。

男唱	女唱

10-841

从	土	祘	了	江
Coengh	dou	suenq	liux	gyang
çoŋ⁶	tu¹	θuːn⁵	liːu⁴	kjaːŋ¹
帮	我	算	啰	友

友帮我策划，

10-842

邦	土	羊	了	同
Bang	dou	yaeng	liux	doengz
paːŋ¹	tu¹	jaŋ¹	liːu⁴	toŋ²
帮	我	商量	啰	同

妹同哥商讨。

10-843

你	邦	土	祘	作
Mwngz	bang	dou	suenq	soq
muɯŋ²	paːŋ¹	tu¹	θuːn⁵	θo⁵
你	帮	我	算	数

你为我谋划，

10-844

广	合	写	给	你
Gvangj	hwz	ce	hawj	mwngz
kwaːŋ³	ho²	çe¹	həɯ³	muɯŋ²
广	合	留	给	你

姻缘留给你。

10-845

在	拜	内	桥	付
Ywq	baih	neix	giuz	fouz
juɯ⁵	paːi⁶	ni⁴	kiːu²	fu²
在	边	这	桥	浮

在浮桥这边，

10-846

土	是	邦	你	祘
Dou	cix	bang	mwngz	suenq
tu¹	çi⁴	paːŋ¹	muɯŋ²	θuːn⁵
我	就	帮	你	算

我帮你策划。

10-847

外	拜	它	桥	段
Vaij	baih	de	giuz	duenx
vaːi³	paːi⁶	te¹	kiːu²	tuːn⁴
过	边	那	桥	段

过到桥那边，

10-848

当	县	偻	当	站
Dangq	yienh	raeuz	dangq	soengz
taːŋ⁵	jeːn⁶	ɹau²	taːŋ⁵	θoŋ²
另	县	我们	另	站

各住各家乡。

男唱

10-849

从	土	祘	了	江
Coengh	dou	suenq	liux	gyang
çoŋ⁶	tu¹	θuːn⁵	liːu⁴	kjaːŋ¹
帮	我	算	啰	友

友帮我谋划，

10-850

邦	土	羊	友	义
Bang	dou	yaeng	youx	ngeih
paːŋ¹	tu¹	jaŋ¹	ju⁴	n̠i⁶
帮	我	商量	友	义

妹同哥商讨。

10-851

你	邦	土	祘	的
Mwngz	bang	dou	suenq	diq
muɯŋ²	paːŋ¹	tu¹	θuːn⁵	ti⁵
你	帮	我	算	点

你帮我出力，

10-852

米	义	不	为	正
Miz	ngeih	mbouj	viq	cingz
mi²	n̠i⁶	bou⁵	vi⁵	çiŋ²
有	义	不	忘	情

情义永不忘。

女唱

10-853

在	拜	内	桥	付
Ywq	baih	neix	giuz	fouz
ju⁵	paːi⁶	ni⁴	kiːu²	fu²
在	边	这	桥	浮

在浮桥这边，

10-854

土	是	邦	你	讲
Dou	cix	bang	mwngz	gangj
tu¹	çi⁴	paːŋ¹	muɯŋ²	kaːŋ³
我	就	帮	你	讲

我帮你的忙。

10-855

外	拜	它	桥	堂
Vaij	baih	de	giuz	dangz
vaːi³	paːi⁶	te¹	kiːu²	taːŋ²
过	边	那	桥	堂

过到桥那边，

10-856

可	办	狼	你	写
Goj	baenz	langh	mwngz	ce
ko⁵	pan²	laːŋ⁶	muɯŋ²	çe¹
也	成	放	你	留

妹束手无策。

男唱

10-857

从	土	祘	了	江
Coengh	dou	suenq	liux	gyang
çoŋ⁶	tu¹	θu:n⁵	li:u⁴	kja:ŋ¹
帮	我	算	啰	友

友帮我谋划，

10-858

邦	土	羊	友	义
Bang	dou	yaeng	youx	ngeih
pa:ŋ¹	tu¹	jaŋ¹	ju⁴	ŋi⁶
帮	我	商量	友	义

妹同哥商讨。

10-859

好	土	打	相	衣
Ndij	dou	daj	seng	eiq
di¹	tu¹	ta³	θe:ŋ¹	ei⁵
与	我	打	生	意

和我做生意，

10-860

告	田	内	古	付
Gauj	denz	neix	guh	fouz
ka:u³	te:n²	ni⁴	ku⁴	fu²
搞	地	这	做	浮

定做得红火。

女唱

10-861

在	拜	内	桥	付
Ywq	baih	neix	giuz	fouz
ju⁵	pa:i⁶	ni⁴	ki:u²	fu²
在	边	这	桥	浮

在浮桥这边，

10-862

土	是	邦	你	讲
Dou	cix	bang	mwngz	gangj
tu¹	çi⁴	pa:ŋ¹	muɯ²	ka:ŋ³
我	就	帮	你	讲

我帮你策划。

10-863

外	拜	它	桥	堂
Vaij	baih	de	giuz	dangz
va:i³	pa:i⁶	te¹	ki:u²	ta:ŋ²
过	边	那	桥	堂

过了那边桥，

10-864

阝	狼	阝	下	王
Boux	langh	boux	roengz	vaengz
pu⁴	la:ŋ⁶	pu⁴	ɣoŋ²	vaŋ²
人	放	人	下	潭

各自顾前程。

男唱

10-865

从	土	祘	了	江
Coengh	dou	suenq	liux	gyang
çoŋ⁶	tu¹	θuːn⁵	liːu⁴	kjaːŋ¹
帮	我	算	啰	友

友帮我策划，

10-866

邦	土	羊	友	义
Bang	dou	yaeng	youx	ngeih
paːŋ¹	tu¹	jaŋ¹	ju⁴	ȵi⁶
帮	我	商量	友	义

妹帮哥商议。

10-867

打	相	衣	狼	比
Daj	seng	eiq	langh	biq
ta³	θeːŋ¹	ei⁵	laːŋ⁶	pi⁵
打	生	意	若	逃

生意做红火，

10-868

占	作	作	广	西
Canx	coh	coq	gvangj	Sih
çaːn⁶	ço⁶	ço⁵	kwaːŋ³	θei¹
凿	名字	放	广	西

在广西留名。

女唱

10-869

在	拜	内	桥	付
Ywq	baih	neix	giuz	fouz
ju⁵	paːi⁶	ni⁴	kiːu²	fu²
在	边	这	桥	浮

在浮桥这边，

10-870

土	是	邦	你	优
Dou	cix	bang	mwngz	yaeuq
tu¹	çi⁴	paːŋ¹	muŋ²	jau⁵
我	就	帮	你	藏

我为你助力。

10-871

比	么	后	春	寿
Bi	moq	haeuj	cin	caeux
pi¹	mo⁵	hau³	çun¹	çau⁴
年	新	进	春	早

明年春来早，

10-872

沙	阝	祘	不	米
Ra	boux	suenq	mbouj	miz
ɹa¹	pu⁴	θuːn⁵	bou⁵	mi²
找	人	算	不	有

无人可帮忙。

男唱

10-873

乜	月	点	灯	日
Meh	ndwen	dem	daeng	ngoenz
me⁶	du:n¹	te:n¹	taŋ¹	ŋon²
母	月	与	灯	天

月亮和太阳。

10-874

在	更	本	同	配
Ywq	gwnz	mbwn	doengh	boiq
ju⁵	kɯn²	bun¹	toŋ²	po:i⁵
在	上	天	相	配

在天上成对，

10-875

公	喜	点	义	莫
Goeng	hei	dem	ngeih	moih
koŋ¹	hi³	te:n¹	ȵi⁶	mo:i⁶
公	義	与	二	妹

伏羲和女娲，

10-876

同	配	古	关	巴
Doengh	boiq	guh	gvan	baz
toŋ²	po:i⁵	ku⁴	kwa:n¹	pa²
相	配	做	夫	妻

结合为夫妻。

女唱

10-877

乜	月	点	灯	日
Meh	ndwen	dem	daeng	ngoenz
me⁶	du:n¹	te:n¹	taŋ¹	ŋon²
母	月	与	灯	天

月亮和太阳。

10-878

在	更	本	同	配
Ywq	gwnz	mbwn	doengh	boiq
ju⁵	kɯn²	bun¹	toŋ²	po:i⁵
在	上	天	相	配

在天上成对，

10-879

公	喜	点	义	莫
Goeng	hei	dem	ngeih	moih
koŋ¹	hi³	te:n¹	ȵi⁶	mo:i⁶
公	義	与	二	妹

伏羲和女娲，

10-880

造	天	牙	勒	民
Caux	denh	ya	lwg	minz
ça:u⁴	ti:n¹	ja⁶	luk⁸	min²
造	天	下	子	民

造天下人类。

男唱

10-881

乜	月	点	拉	里
Meh	ndwen	dem	ndau	ndeiq
me⁶	duːn¹	teːn¹	dau¹	di⁵
母	月	与	星	星

月亮和星星，

10-882

同	配	在	更	本
Doengh	boiq	ywq	gwnz	mbwn
toŋ²	poːi⁵	juɯ⁵	kɯn²	bɯn¹
相	配	在	上	天

在天上成对。

10-883

农	银	点	备	银
Nuengx	ngaenz	dem	beix	ngaenz
nuːŋ⁴	ŋan²	teːn¹	pi⁴	ŋan²
妹	银	与	兄	银

情妹和情哥，

10-884

马	拉	本	同	配
Ma	laj	mbwn	doengh	boiq
ma¹	la³	bɯn¹	toŋ²	poːi⁵
来	下	天	相	配

来世间成双。

女唱

10-885

乜	月	点	灯	日
Meh	ndwen	dem	daeng	ngoenz
me⁶	duːn¹	teːn¹	taŋ¹	ŋon²
母	月	与	灯	天

月亮和太阳，

10-886

在	更	本	同	配
Ywq	gwnz	mbwn	doengh	boiq
juɯ⁵	kɯn²	bɯn¹	toŋ²	poːi⁵
在	上	天	相	配

在天上成对。

10-887

少	青	点	包	青
Sau	oiq	dem	mbauq	oiq
θaːu¹	oːi⁵	teːn¹	baːu⁵	oːi⁵
姑娘	嫩	与	小伙	嫩

情妹和情哥，

10-888

同	配	万	千	年
Doengh	boiq	fanh	cien	nienz
toŋ²	poːi⁵	faːn⁶	ɕiːn¹	niːn²
相	配	万	千	年

永远成双对。

男唱

10-889

千	果	会	邦	山
Cien	go	faex	bangx	bya
çi:n¹	ko¹	fai⁴	pa:ŋ⁴	pja¹
千	棵	树	旁	山

山边千棵树，

10-890

全	沙	马	同	配
Gyonj	ra	ma	doengh	boiq
kjo:n³	ɹa¹	ma¹	toŋ²	po:i⁵
都	找	来	相	配

自然相匹配。

10-891

阝	好	配	阝	凶
Boux	ndei	boiq	boux	rwix
pu⁴	dei¹	po:i⁵	pu⁴	ɹui⁴
人	好	配	人	孬

靓人配丑人，

10-892

十	在	心	不	甘
Siz	caih	sim	mbouj	gam
θi²	ça:i⁴	θin¹	bou⁵	ka:n¹
实	在	心	不	甘

实在心不甘。

女唱

10-893

千	果	会	邦	山
Cien	go	faex	bangx	bya
çi:n¹	ko¹	fai⁴	pa:ŋ⁴	pja¹
千	棵	树	旁	山

山边千棵树，

10-894

全	沙	马	同	配
Gyonj	ra	ma	doengh	boiq
kjo:n³	ɹa¹	ma¹	toŋ²	po:i⁵
都	找	来	相	配

自然相匹配。

10-895

平	阝	好	阝	凶
Bingz	boux	ndei	boux	rwix
piŋ²	pu⁴	dei¹	pu⁴	ɹui⁴
凭	人	好	人	孬

不管好与丑，

10-896

配	古	份	包	少
Boiq	guh	faenh	mbauq	sau
po:i⁵	ku⁴	fan⁶	ba:u⁵	θa:u¹
配	做	份	小伙	姑娘

是兄妹情分。

男唱

10-897

千　果　会　邦　山
Cien　go　faex　bangx　bya
$çi:n^1$　ko^1　fai^4　$pa:ŋ^4$　pja^1
千　棵　树　旁　山
山边千棵树，

10-898

全　沙　马　同　补
Gyonj　ra　ma　doengh　bouj
$kjo:n^3$　$ɹa^1$　ma^1　$toŋ^2$　pu^3
都　找　来　相　补
自然相匹配。

10-899

阝　好　配　阝　初
Boux　ndei　boiq　boux　couj
pu^4　dei^1　$po:i^5$　pu^4　$çou^3$
人　好　配　人　丑
靓的配丑的，

10-900

可　难　办　家　然
Goj　nanz　baenz　gya　ranz
ko^5　$na:n^2$　pan^2　kja^1　$ɹa:n^2$
也　难　成　家　家
难合成一家。

女唱

10-901

千　果　会　邦　山
Cien　go　faex　bangx　bya
$çi:n^1$　ko^1　fai^4　$pa:ŋ^4$　pja^1
千　棵　树　旁　山
山边千棵树，

10-902

全　沙　马　同　补
Gyonj　ra　ma　doengh　bouj
$kjo:n^3$　$ɹa^1$　ma^1　$toŋ^2$　pu^3
都　找　来　相　补
自然相匹配。

10-903

平　阝　好　阝　祖
Bingz　boux　ndei　boux　couj
$piŋ^2$　pu^4　dei^1　pu^4　$çou^3$
凭　人　好　人　丑
不论美与丑，

10-904

同　可　古　关　巴
Doengz　goj　guh　gvan　baz
$toŋ^2$　ko^5　ku^4　$kwa:n^1$　pa^2
同　也　做　夫　妻
结交做夫妻。

男唱

10-905

支	点	支	同	配
Sei	dem	sei	doengh	boiq
θi^1	$te:n^1$	θi^1	$to\eta^2$	$po:i^5$
丝	与	丝	相	配

丝和丝相配,

10-906

绸	跟	段	同	排
Couz	riengz	duenh	doengh	baiz
φu^2	$\text{.}ie\eta^2$	$tu:n^6$	$to\eta^2$	$pa:i^2$
绸	跟	缎	相	排

绸和缎相比。

10-907

绸	段	在	江	开
Couz	duenh	ywq	gyang	gai
φu^2	$tu:n^6$	ju^5	$kja:\eta^1$	$ka:i^1$
绸	缎	在	中	街

绸缎摆街上,

10-908

条	而	来	广	合
Diuz	lawz	lai	gvangj	hwz
$ti:u^2$	lau^2	$la:i^1$	$kwa:\eta^3$	ho^2
条	哪	多	广	合

哪条最称心?

女唱

10-909

支	点	支	同	配
Sei	dem	sei	doengh	boiq
θi^1	$te:n^1$	θi^1	$to\eta^2$	$po:i^5$
丝	与	丝	相	配

丝和丝搭配,

10-910

绸	点	段	同	平
Couz	dem	duenh	doengh	bingz
φu^2	$te:n^1$	$tu:n^6$	$to\eta^2$	$pi\eta^2$
绸	与	缎	相	平

绸和缎比美。

10-911

绸	段	在	南	宁
Couz	duenh	ywq	nanz	ningz
φu^2	$tu:n^6$	ju^5	$na:n^2$	$ni\eta^2$
绸	缎	在	南	宁

绸缎在南宁,

10-912

条	条	可	一	样
Diuz	diuz	goj	it	yiengh
$ti:u^2$	$ti:u^2$	ko^5	it^7	$ju:\eta^6$
条	条	也	一	样

条条一样好。

男唱

10-913

金　结　配　金　结

Gim　gez　boiq　gim　gez

kin¹　kje¹　poːi⁵　kin¹　kje¹

金　结　配　金　结

金子配金子，

10-914

南　沙　配　南　头

Namh　sa　boiq　namh　daeuh

naːn⁶　θa¹　poːi⁵　naːn⁶　tau⁶

土　沙　配　土　灰

沙土配灰土。

10-915

初　配　初

Couj　boiq　couj

ɕouː³　poːi⁵　ɕouː³

丑　配　丑

丑配丑，

10-916

配　了　样　而　说

Boiq　liux　yiengh　lawz　naeuz

poːi⁵　liːu⁴　jɯːŋ⁶　lau²　nau²

配　完　样　哪　说

配了怎样说？

女唱

10-917

金　结　配　金　结

Gim　gez　boiq　gim　gez

kin¹　kje¹　poːi⁵　kin¹　kje¹

金　结　配　金　结

金子配金子，

10-918

南　砂　配　南　头

Namh　sa　boiq　namh　daeuh

naːn⁶　θa¹　poːi⁵　naːn⁶　tau⁶

土　沙　配　土　灰

沙土配灰土。

10-919

初　配　初

Couj　boiq　couj

ɕouː³　poːi⁵　ɕouː³

丑　配　丑

丑配丑，

10-920

配　了　良　开　正

Boiq　liux　lingh　hai　cingz

poːi⁵　liːu⁴　leːŋ⁶　haːi¹　ɕiŋ²

配　完　另　开　情

先配后送礼。

男唱

10—921

金	结	配	金	结
Gim	gez	boiq	gim	gez
kin¹	kje¹	poːi⁵	kin¹	kje¹
金	结	配	金	结

金子配金子，

10—922

南	砂	配	南	老
Namh	sa	boiq	namh	laux
naːn⁶	θa¹	poːi⁵	naːn⁶	laːu⁴
土	沙	配	土	大

沙土配粗土。

10—923

少	配	包
Sau	boiq	mbauq
θaːu¹	poːi⁵	baːu⁵
姑娘	配	小伙

妹配哥，

10—924

配	了	样	而	玩
Boiq	liux	yiengh	lawz	vanz
poːi⁵	liːu⁴	juːŋ⁶	lau²	vaːn²
配	完	样	哪	还

如何相往来？

女唱

10—925

金	结	配	金	结
Gim	gez	boiq	gim	gez
kin¹	kje¹	poːi⁵	kin¹	kje¹
金	结	配	金	结

金子配金子，

10—926

南	砂	配	南	老
Namh	sa	boiq	namh	laux
naːn⁶	θa¹	poːi⁵	naːn⁶	laːu⁴
土	沙	配	土	大

沙土配粗土。

10—927

得	少	马	配	包
Ndaej	sau	ma	boiq	mbauq
dai³	θaːu¹	ma¹	poːi⁵	baːu⁵
得	姑娘	来	配	小伙

得妹来配郎，

10—928

卜	老	是	文	荣
Boh	laux	cix	vuen	yungz
po⁶	laːu⁴	çi⁴	vuːn¹	juŋ²
父	大	就	欢	乐

公婆心欢怡。

男唱

10-929

金　结　配　金　结

Gim　gez　boiq　gim　gez

kin¹　kje¹　poːi⁵　kin¹　kje¹

金　结　配　金　结

金子配金子，

10-930

南　砂　配　南　坚

Namh　sa　boiq　namh　genq

naːn⁶　θaːi¹　poːi⁵　naːn⁶　keːn⁵

土　沙　配　土　硬

沙土配硬土。

10-931

绸　绿　配　绸　黄

Couz　heu　boiq　couz　henj

çu²　heːu¹　poːi⁵　çu²　heːn³

绸　青　配　绸　黄

青绸配黄绸，

10-932

不　古　样　而　说

Mbouj　guh　yiengh　lawz　naeuz

bou⁵　ku⁴　juːŋ⁶　lau²　nau²

不　做　样　哪　说

如何去评说？

女唱

10-933

金　结　配　金　结

Gim　gez　boiq　gim　gez

kin¹　kje¹　poːi⁵　kin¹　kje¹

金　结　配　金　结

金子配金子，

10-934

南　砂　配　南　坚

Namh　sa　boiq　namh　genq

naːn⁶　θaːi¹　poːi⁵　naːn⁶　keːn⁵

土　沙　配　土　硬

沙土配硬土。

10-935

绸　绿　配　绸　黄

Couz　heu　boiq　couz　henj

çu²　heːu¹　poːi⁵　çu²　heːn³

绸　青　配　绸　黄

青绸配黄绸，

10-936

土　装　样　配　你

Dou　cang　yiengh　boiq　mwngz

tu¹　çaːŋ¹　juːŋ⁶　poːi⁵　muɯŋ²

我　装　样　配　你

勤打扮配兄。

男唱

10-937

貝	高	岭	買	沙
Bae	gauh	lingj	cawx	sa
pai^1	ka:u^1	liŋ^4	çəɯ^4	θa^1
去	高	岭	买	纱

高岭买纱皮，

10-938

特	马	然	配	纸
Dawz	ma	ranz	boiq	ceij
təɯ^2	ma^1	ɹa:n^2	po:i^5	çi^3
拿	来	家	配	纸

调配做纱纸。

10-939

土	配	少	样	内
Dou	boiq	sau	yiengh	neix
tu^1	po:i^5	θa:u^1	juːŋ^6	ni^4
我	配	姑娘	样	这

我如此对妹，

10-940

农	配	备	样	而
Nuengx	boiq	beix	yiengh	lawz
nuːŋ^4	po:i^5	pi^4	juːŋ^6	lau^2
妹	配	兄	样	哪

妹如何对我？

女唱

10-941

貝	高	岭	買	沙
Bae	gauh	lingj	cawx	sa
pai^1	ka:u^1	liŋ^4	çəɯ^4	θa^1
去	高	岭	买	纱

高岭买纱皮，

10-942

特	马	然	配	才
Dawz	ma	ranz	boiq	ndaij
təɯ^2	ma^1	ɹa:n^2	po:i^5	da:i^3
拿	来	家	配	苎麻

用来打绳索。

10-943

土	配	龙	不	外
Dou	boiq	lungz	mbouj	vaij
tu^1	po:i^5	luŋ^2	bou^5	va:i^3
我	配	龙	不	过

妹配不上兄，

10-944

秀	不	采	拉	本
Ciuh	mbouj	caij	laj	mbwn
çiu^6	bou^5	ça:i^3	la^3	bɯn^1
世	不	踩	下	天

不在天地间。

男唱

10-945

你	配	土	狼	得
Mwngz	boiq	dou	langh	ndaej
muɯŋ²	poːi⁵	tu¹	laːŋ⁶	dai³
你	配	我	若	得

你若配上我，

10-946

田	内	写	你	站
Denz	neix	ce	mwngz	soengz
teːn²	ni⁴	ɕe¹	muɯŋ²	θoŋ²
地	这	留	你	站

此地让你住。

10-947

你	配	土	狼	下
Mwngz	boiq	dou	langh	roengz
muɯŋ²	poːi⁵	tu¹	laːŋ⁶	ɣoŋ²
你	配	我	若	下

妹若配得兄，

10-948

四	方	写	你	在
Seiq	fueng	ce	mwngz	ywq
θei⁵	fuːŋ¹	ɕe¹	muɯŋ²	jɯ⁵
四	方	留	你	住

天下任你住。

女唱

10-949

金	结	配	金	结
Gim	gez	boiq	gim	gez
kin¹	kje¹	poːi⁵	kin¹	kje¹
金	结	配	金	结

金子配金子，

10-950

南	砂	配	南	瓦
Namh	sa	boiq	namh	ngvax
naːn⁶	θa¹	poːi⁵	naːn⁶	ŋwa⁴
土	沙	配	土	瓦

沙土配瓦土。

10-951

土	配	你	不	瓜
Dou	boiq	mwngz	mbouj	gvaq
tu¹	poːi⁵	muɯŋ²	bou⁵	kwa⁵
我	配	你	不	过

我配不上你，

10-952

外	达	贝	配	龙
Vaij	dah	bae	boiq	lungz
vaːi³	ta⁶	pai¹	poːi⁵	luŋ²
过	河	去	配	龙

远处找对象。

男唱

10-953

龙　配　龙　牙　得

Lungz　boiq　lungz　yax　ndaej

luŋ² po:i⁵ luŋ² ja⁵ dai³

龙　配　龙　才　得

只有龙配龙，

10-954

额　配　不　得　龙

Ngieg　boiq　mbouj　ndaej　lungz

ŋe:k⁸ po:i⁵ bou⁵ dai³ luŋ²

蛟龙　配　不　得　龙

蛟龙难配龙。

10-955

配　得　丰　相　公

Boiq　ndaej　fungh　siengq　goeng

po:i⁵ dai³ fuŋ⁶ θi:ŋ⁵ koŋ¹

配　得　凤　相　公

配得好相公，

10-956

偻　办　同　告　内

Raeuz　baenz　doengz　gau　neix

ʒau² pan² toŋ² ka:u¹ ni⁴

我们　成　同　次　这

我俩成情侣。

女唱

10-957

友　而　牙　配　额

Youx　lawz　yaek　boiq　ngieg

ju⁴ lau² jak⁷ po:i⁵ ŋe:k⁸

友　哪　要　配　蛟龙

谁想配蛟龙，

10-958

貝　秋　客　广　东

Bae　ciuq　hek　gvangj　doeng

pai¹ ɕi:u⁵ he:k⁷ kwa:ŋ³ toŋ¹

去　看　客　广　东

请看广东客。

10-959

友　而　牙　配　龙

Youx　lawz　yaek　boiq　lungz

ju⁴ lau² jak⁷ po:i⁵ luŋ²

友　哪　要　配　龙

谁想去配龙，

10-960

貝　秋　王　告　元

Bae　ciuq　vaengz　gau　yenz

pai¹ ɕi:u⁵ vaŋ² ka:u¹ je:n²

去　看　潭　告　元

去到水潭看。

男唱

10-961

务　　袜　　配　　务　　鞋
Gouh　mad　boiq　gouh　haiz
kou⁶　ma:t⁸　po:i⁵　kou⁶　ha:i²
双　　袜　　配　　双　　鞋
袜子配双鞋，

10-962

条　　才　　配　　乜　　布
Diuz　sai　boiq　meh　buh
ti:u²　θa:i¹　po:i⁵　me⁶　pu⁶
条　　带　　配　　母　　衣服
一带配一衣。

10-963

金　　令　　配　　央　　华
Gim　lingz　boiq　yangq　vaj
kin¹　liŋ²　po:i⁵　ja:ŋ⁵　va³
金　　灵　　配　　香　　火
灵台配香火，

10-964

土　　古　　友　　配　　你
Dou　guh　youx　boiq　mwngz
tu¹　ku⁴　ju⁴　po:i⁵　muɯŋ²
我　　做　　友　　配　　你
我来陪伴你。

女唱

10-965

务　　袜　　配　　务　　鞋
Gouh　mad　boiq　gouh　haiz
kou⁶　ma:t⁸　po:i⁵　kou⁶　ha:i²
双　　袜　　配　　双　　鞋
袜子配双鞋，

10-966

条　　才　　配　　乜　　布
Diuz　sai　boiq　meh　buh
ti:u²　θa:i¹　po:i⁵　me⁶　pu⁶
条　　带　　配　　母　　衣服
一带配一衣。

10-967

金　　令　　配　　央　　华
Gim　lingz　boiq　yangq　vaj
kin¹　liŋ²　po:i⁵　ja:ŋ⁵　va³
金　　灵　　配　　香　　火
灵台配香火，

10-968

配　　友　　不　　米　　正
Boiq　youx　mbouj　miz　cingz
po:i⁵　ju⁴　bou⁵　mi²　çiŋ²
配　　友　　不　　有　　情
配兄没有情。

男唱

10-969

玩	是	配	更	令
Vanj	cix	boiq	gwnz	ringj
va:n³	çi⁴	po:i⁵	kɯn²	ɹiŋ³
碗	是	配	上	碗架

碗配上碗架，

10-970

特	是	配	更	台
Dawh	cix	boiq	gwnz	daiz
tɯ⁶	çi⁴	po:i⁵	kɯn²	tai²
筷	就	配	上	台

筷配方台桌。

10-971

秀	满	配	秀	美
Ciuh	monh	boiq	ciuh	maez
çi:u⁶	mo:n⁶	po:i⁵	çi:u⁶	mai²
世	情	配	世	爱

谈情配说爱，

10-972

不	古	而	同	骂
Mbouj	guh	rawz	doengh	ndaq
bou⁵	ku⁴	ɹaɯ²	toŋ²	da⁵
不	做	什么	相	骂

何以去相寻？

女唱

10-973

玩	是	配	更	令
Vanj	cix	boiq	gwnz	ringj
va:n³	çi⁴	po:i⁵	kɯn²	ɹiŋ³
碗	是	配	上	碗架

碗配上碗架，

10-974

特	是	配	更	台
Dawh	cix	boiq	gwnz	daiz
tɯ⁶	çi⁴	po:i⁵	kɯn²	tai²
筷	就	配	上	台

筷配方台桌。

10-975

秀	满	配	秀	美
Ciuh	monh	boiq	ciuh	maez
çi:u⁶	mo:n⁶	po:i⁵	çi:u⁶	mai²
世	情	配	世	爱

谈情配说爱，

10-976

先	岁	配	后	生
Senq	caez	boiq	haux	seng
θe:n⁵	çai²	po:i⁵	hou⁴	θe:ŋ¹
先	齐	配	后	生

先生配后生。

男唱

10—977

得	蛟	马	配	鱼
Ndaej	nyauh	ma	boiq	bya
dai³	ŋaːu⁶	ma¹	poːi⁵	pja¹
得	虾	来	配	鱼

得虾来配鱼，

10—978

是	不	沙	堂	特
Cix	mbouj	ra	daengz	dawh
çi⁴	bou⁵	ɹa¹	taŋ²	təɯ⁶
就	不	找	到	筷

不必用筷子。

10—979

得	金	马	配	玉
Ndaej	gim	ma	boiq	nyawh
dai³	kin¹	ma¹	poːi⁵	ŋəɯ⁶
得	金	来	配	玉

金子配玉石，

10—980

同	勒	不	外	春
Doengh	lawh	mbouj	vaij	cin
toŋ²	ləɯ⁶	bou⁵	vaːi³	çun¹
相	换	不	过	春

结交不到头。

女唱

10—981

得	蛟	马	配	鱼
Ndaej	nyauh	ma	boiq	bya
dai³	ŋaːu⁶	ma¹	poːi⁵	pja¹
得	虾	来	配	鱼

得虾来配鱼，

10—982

是	不	沙	堂	特
Cix	mbouj	ra	daengz	dawh
çi⁴	bou⁵	ɹa¹	taŋ²	təɯ⁶
就	不	找	到	筷

不必用筷子。

10—883

得	金	马	配	玉
Ndaej	gim	ma	boiq	nyawh
dai³	kin¹	ma¹	poːi⁵	ŋəɯ⁶
得	金	来	配	玉

金子配玉石，

10—984

得	勒	仪	是	甘
Ndaej	lawh	saenq	cix	gam
dai³	ləɯ⁶	θin⁵	çi⁴	kaːn¹
得	换	信	是	甘

结交心才甘。

男唱

10-985

得	蛟	马	配	魚
Ndaej	nyauh	ma	boiq	bya
dai³	ŋaːu⁶	ma¹	poːi⁵	pja¹
得	虾	来	配	鱼

得虾来配鱼,

10-986

会	配	牙	得	山
Faex	boiq	yax	ndaej	bya
fai⁴	poːi⁵	ja⁵	dai³	pja¹
树	配	也	得	山

树也配得山。

10-987

配	得	友	同	哈
Boiq	ndaej	youx	doengz	ha
poːi⁵	dai³	ju⁴	toŋ²	ha¹
配	得	友	同	配

男女友匹配,

10-988

当	家	心	是	念
Dang	gya	sim	cix	net
taːŋ¹	kja¹	θin¹	çi⁴	neːt⁷
当	家	心	是	实

成家心踏实。

女唱

10-989

得	蛟	马	配	魚
Ndaej	nyauh	ma	boiq	bya
dai³	ŋaːu⁶	ma¹	poːi⁵	pja¹
得	虾	来	配	鱼

得虾来配鱼,

10-990

山	配	牙	得	会
Bya	boiq	yax	ndaej	faex
pja¹	poːi⁵	ja⁵	dai³	fai⁴
山	配	也	得	树

山也配得树。

10-991

同	配	不	同	得
Doengh	boiq	mbouj	doengh	ndaej
toŋ²	poːi⁵	bou⁵	toŋ²	dai³
相	配	不	相	得

相配不成亲,

10-992

坏	巴	尖	你	貝
Vaih	bak	raeh	mwngz	bae
vaːi⁶	paːk⁷	ɣai⁶	muɯŋ²	pai¹
坏	嘴	利	你	去

枉费你青春。

男唱

10—993

然	千	配	然	瓦
Ranz	cien	boiq	ranz	ngvax
$\textrm{ɹaːn}^2$	$\textrm{çiːn}^1$	$\textrm{poːi}^5$	$\textrm{ɹaːn}^2$	$\textrm{ŋwa}^4$
家	砖	配	家	瓦

砖屋配瓦屋,

10—994

然	哈	配	然	单
Ranz	haz	boiq	ranz	gyan
$\textrm{ɹaːn}^2$	$\textrm{ha}^2$	$\textrm{poːi}^5$	$\textrm{ɹaːn}^2$	$\textrm{kjaːn}^1$
家	茅	配	家	干栏

茅屋配干栏。

10—995

土	配	你	平	班
Dou	boiq	mwngz	bingz	ban
$\textrm{tu}^1$	$\textrm{poːi}^5$	$\textrm{mɯŋ}^2$	$\textrm{piŋ}^2$	$\textrm{paːn}^1$
我	配	你	平	班

配你同龄友,

10—996

得	共	然	知	不
Ndaej	gungh	ranz	rox	mbouj
$\textrm{dai}^3$	$\textrm{kuŋ}^6$	$\textrm{ɹaːn}^2$	$\textrm{ɹo}^4$	$\textrm{bou}^5$
得	共	家	或	不

能成一家否?

女唱

10—997

然	千	配	然	瓦
Ranz	cien	boiq	ranz	ngvax
$\textrm{ɹaːn}^2$	$\textrm{çiːn}^1$	$\textrm{poːi}^5$	$\textrm{ɹaːn}^2$	$\textrm{ŋwa}^4$
家	砖	配	家	瓦

砖屋配瓦屋,

10—998

然	瓦	配	然	楼
Ranz	ngvax	boiq	ranz	laeuz
$\textrm{ɹaːn}^2$	$\textrm{ŋwa}^4$	$\textrm{poːi}^5$	$\textrm{ɹaːn}^2$	$\textrm{lau}^2$
家	瓦	配	家	楼

瓦房配楼房。

10—999

更	祥	下	斗	说
Gwnz	riengh	roengz	daeuj	naeuz
$\textrm{kɯn}^2$	$\textrm{ɹiːŋ}^6$	$\textrm{ɹoŋ}^2$	$\textrm{tau}^3$	$\textrm{nau}^2$
上	栏	下	来	说

天神传话说,

10—1000

给	偻	共	然	在
Hawj	raeuz	gungh	ranz	ywq
$\textrm{həɯ}^3$	$\textrm{ɹau}^2$	$\textrm{kuŋ}^6$	$\textrm{ɹaːn}^2$	$\textrm{jɯ}^5$
给	我们	共	家	住

我俩共一家。

男唱

10-1001

本	配	牙	得	妻
Mbwn	boiq	yax	ndaej	maex
bun¹	po:i⁵	ja⁵	dai³	mai⁴
天	配	也	得	妻

天配得上妻，

10-1002

会	配	牙	得	桥
Faex	boiq	yax	ndaej	giuz
fai⁴	po:i⁵	ja⁵	dai³	ki:u²
树	配	也	得	桥

树配得上桥。

10-1003

鸟	轩	配	鸟	九
Roeg	henj	boiq	roeg	geuq
ɹok⁸	he:n³	po:i⁵	ɹok⁸	kje:u⁵
鸟	黄莺	配	鸟	画眉

黄莺配画眉，

10-1004

得	长	刘	知	不
Ndaej	ciengz	liuz	rox	mbouj
dai³	çiŋ²	li:u²	ɹo⁴	bou⁵
得	常	常	或	不

是否得长久？

女唱

10-1005

九	钱	配	黄	连
Gouj	cienz	boiq	vangz	lenx
kjou³	çi:n²	po:i⁵	va:ŋ⁶	le:n⁴
九	钱	配	黄	鹂

钱鸟配黄鹂，

10-1006

同	配	在	更	桥
Doengh	boiq	ywq	gwnz	giuz
toŋ²	po:i⁵	ju⁵	kun²	ki:u²
相	配	在	上	桥

在桥上栖息。

10-1007

鸟	轩	点	鸟	九
Roeg	henj	dem	roeg	geuq
ɹok⁸	he:n³	te:n¹	ɹok⁸	kje:u⁵
鸟	黄莺	与	鸟	画眉

黄莺和画眉，

10-1008

长	刘	正	同	送
Ciengz	liuz	cingz	doengh	soengq
çiŋ²	li:u²	çiŋ²	toŋ²	θoŋ⁵
常	常	情	相	送

常常相送情。

男唱

10-1009

鸟	轩	牙	飞	貝
Roeg	henj	yaek	mbin	bae
ɹok⁸	he:n³	jak⁷	bin¹	pai¹
鸟	黄莺	要	飞	去

黄莺要飞走，

10-1010

鸟	给	牙	刀	田
Roeg	gaeq	yax	dauq	denz
ɹok⁸	kai⁵	ja⁵	ta:u⁵	te:n²
鸟	鸡	也	回	地

野鸡又回归。

10-1011

鸟	九	点	鸟	轩
Roeg	geuq	dem	roeg	henj
ɹok⁸	kje:u⁵	te:n¹	ɹok⁸	he:n³
鸟	画眉	与	鸟	黄莺

画眉和黄莺，

10-1012

利	讲	满	知	空
Lij	gangj	monh	rox	ndwi
li⁴	ka:ŋ³	mo:n⁶	ɹo⁴	du:i¹
还	讲	情	或	不

还在谈情否？

女唱

10-1013

鸟	轩	牙	飞	貝
Roeg	henj	yaek	mbin	bae
ɹok⁸	he:n³	jak⁷	bin¹	pai¹
鸟	黄莺	要	飞	去

黄莺要飞走，

10-1014

鸟	给	牙	刀	田
Roeg	gaeq	yaek	dauq	denz
ɹok⁸	kai⁵	jak⁷	ta:u⁵	te:n²
鸟	鸡	要	回	地

野鸡又回归。

10-1015

鸟	九	点	鸟	轩
Roeg	geuq	dem	roeg	henj
ɹok⁸	kje:u⁵	te:n¹	ɹok⁸	he:n³
鸟	画眉	与	鸟	黄莺

画眉和黄莺，

10-1016

爱	讲	满	三	时
Ngaiq	gangj	monh	sam	seiz
ŋa:i⁵	ka:ŋ³	mo:n⁶	θa:n¹	θi²
爱	讲	情	三	时

偶然得谈情。

男唱

10-1017

鸟	轩	牙	飞	貝
Roeg	henj	yaek	mbin	bae
ɹok⁸	heːŋ³	jak⁷	bin¹	pai¹
鸟	黄莺	要	飞	去

黄莺要飞走,

10-1018

鸟	给	牙	走	路
Roeg	gaeq	yaek	couj	lu
ɹok⁸	kai⁵	jak⁷	çou³	lu⁶
鸟	鸡	要	走	路

野鸡要离去。

10-1019

飞	貝	吉	而	读
Mbin	bae	giz	lawz	douh
bin¹	pai¹	ki²	lau²	tou⁶
飞	去	处	哪	栖息

飞到何处去,

10-1020

狼	开	田	内	凉
Langh	gaiq	denz	neix	liengz
laːŋ⁶	kaːi⁵	teːn²	ni⁴	liːŋ²
放	块	地	这	凉

留此地荒凉?

女唱

10-1021

鸟	轩	牙	飞	貝
Roeg	henj	yaek	mbin	bae
ɹok⁸	heːŋ³	jak⁷	bin¹	pai¹
鸟	黄莺	要	飞	去

黄莺要飞走,

10-1022

鸟	给	牙	走	路
Roeg	gaeq	yaek	couj	lu
ɹok⁸	kai⁵	jak⁷	çou³	lu⁶
鸟	鸡	要	走	路

野鸡要离去。

10-1023

飞	貝	吉	而	读
Mbin	bae	giz	lawz	douh
bin¹	pai¹	ki²	lau²	tou⁶
飞	去	处	哪	栖息

飞到何处去,

10-1024

不	走	路	邦	偻
Mbouj	couj	lu	biengz	raeuz
bou⁵	çou³	lu⁶	piːŋ²	ɹau²
不	走	路	地方	我们

不来我家乡?

男唱

10—1025

鸟	轩	牙	飞	貝
Roeg	henj	yaek	mbin	bae
ɹok^8	heːn^3	jak^7	bin^1	pai^1
鸟	黄莺	要	飞	去

黄莺要飞走，

10—1026

鸟	给	牙	走	路
Roeg	gaeq	yaek	couj	lu
ɹok^8	kai^5	jak^7	çou^3	lu^6
鸟	鸡	要	走	路

野鸡将离去。

10—1027

尝	米	吉	而	读
Caengz	miz	giz	lawz	douh
çaŋ^2	mi^2	ki^2	lau^2	tou^6
未	有	处	哪	栖息

还没地方去，

10—1028

想	走	路	邦	你
Siengj	couj	lu	biengz	mwngz
θiːŋ^3	çou^3	lu^6	piːŋ^2	mɯŋ^2
想	走	路	地方	你

想去你家乡。

女唱

10—1029

鸟	轩	牙	飞	貝
Roeg	henj	yaek	mbin	bae
ɹok^8	heːn^3	jak^7	bin^1	pai^1
鸟	黄莺	要	飞	去

黄莺要飞走，

10—1030

鸟	给	牙	走	路
Roeg	gaeq	yax	couj	lu
ɹok^8	kai^5	ja^5	çou^3	lu^6
鸟	鸡	也	走	路

野鸡要离去。

10—1031

伏	封	河	九	渡
Fwx	fung	haw	gouj	duh
fə^4	fuŋ^1	həɯ^1	kjau^3	tu^6
别人	封	圩	九	渡

九渡圩被封，

10—1032

备	走	路	不	通
Beix	couj	lu	mbouj	doeng
pi^4	çou^3	lu^6	bou^5	toŋ^1
兄	走	路	不	通

兄不可通行。

男唱	女唱

男唱

10-1033

鸟	轩	牙	飞	贝
Roeg	henj	yaek	mbin	bae
ɹok⁸	heːn³	jak⁷	bin¹	pai¹
鸟	黄莺	要	飞	去

黄莺要飞走，

10-1034

鸟	给	牙	走	路
Roeg	gaeq	yax	couj	lu
ɹok⁸	kai⁵	ja⁵	çou³	lu⁶
鸟	鸡	也	走	路

野鸡将离去。

10-1035

伏	封	河	九	渡
Fwx	fung	haw	gouj	duh
fə⁴	fuŋ¹	həɯ¹	kjau³	tu⁶
别人	封	圩	九	渡

九渡圩被封，

10-1036

可	利	补	义	王
Goj	lij	bouq	ngeih	vaengz
ko⁵	li⁴	pu⁵	ȵi⁶	vaŋ²
也	还	铺	二	潭

还有二潭铺。

女唱

10-1037

鸟	轩	牙	飞	贝
Roeg	henj	yaek	mbin	bae
ɹok⁸	heːn³	jak⁷	bin¹	pai¹
鸟	黄莺	要	飞	去

黄莺要飞走，

10-1038

鸟	给	牙	全	刀
Roeg	gaeq	yax	cienj	dauq
ɹok⁸	kai⁵	ja⁵	çuːn³	taːu⁵
鸟	鸡	也	转	回

野鸡要回归。

10-1039

阝	从	阝	句	好
Boux	coengh	boux	coenz	hauq
pu⁴	çoŋ⁶	pu⁴	kjon²	haːu⁵
人	帮	人	句	话

要互相合作，

10-1040

狼	写	田	满	美
Langh	ce	denz	monh	maez
laŋ⁶	çe¹	teːn²	moːn⁶	mai²
放	留	地	谈情	说爱

让家园欢乐。

男唱

10-1041

鸟	九	点	鸟	轩
Roeg	geuq	dem	roeg	henj

ɹok^8 kje:u^5 te:n^1 ɹok^8 he:n^3

鸟　画眉　与　鸟　黄莺

画眉和黄莺，

10-1042

中	先	外	更	河
Cuengq	sienq	vaij	gwnz	haw

ɕu:ŋ^5 θi:n^5 va:i^3 kɯn^2 həɯ^1

放　线　过　上　圩

圩上摆风光。

10-1043

爱	讲	满	三	时
Ngaiq	gangj	monh	sam	seiz

ŋa:i^5 ka:ŋ^3 mo:n^6 θa:n^1 θi^2

爱　讲　情　三　时

偶然得谈情，

10-1044

河	可	写	给	伏
Haw	goj	ce	hawj	fwx

həɯ^1 ko^5 ɕe^1 həɯ^3 fə^4

圩　也　留　给　别人

过后不思量。

女唱

10-1045

鸟	轩	点	鸟	九
Roeg	henj	dem	roeg	geuq

ɹok^8 he:n^3 te:n^1 ɹok^8 kje:u^5

鸟　黄莺　与　鸟　画眉

黄莺和画眉，

10-1046

讲	笑	全	不	伏
Gangj	riu	gyonj	mbouj	mbwq

ka:ŋ^3 ɹi:u^1 kjo:n^3 bou^5 bu^5

讲　笑　都　不　闷

闲聊不烦闷。

10-1047

金	刀	马	秀	玉
Gim	dauq	ma	ciuz	nyawh

kin^1 ta:u^5 ma^1 ɕi:u^2 ŋəɯ^6

金　回　来　邀　玉

金子来寻玉，

10-1048

坤	相	初	知	空
Goenq	cieng	couh	rox	ndwi

kon^5 ɕi:ŋ^1 ɕou^6 ɹo^4 du:i^1

断　正　初　或　不

能断初情否？

男唱

10-1049

鸟	轩	点	鸟	九
Roeg	henj	dem	roeg	geuq
ɹok⁸	heːn³	teːn¹	ɹok⁸	kjeːu⁵
鸟	黄莺	与	鸟	画眉

黄莺和画眉，

10-1050

全	讲	笑	讲	洋
Gyonj	gangj	riu	gangj	angq
kjoːn³	kaːŋ³	ɹiːu¹	kaːŋ³	aːŋ⁵
都	讲	笑	讲	高兴

闲聊尽欢乐。

10-1051

巴	轻	土	是	讲
Bak	mbaeu	dou	cix	gangj
paːk⁷	bau¹	tu¹	çi⁴	kaːŋ³
嘴	轻	我	就	讲

嘴快我就讲，

10-1052

农	可	当	良	心
Nuengx	goj	daengq	liengz	sim
nuːŋ⁴	ko⁵	taŋ⁵	liːŋ²	θin¹
妹	也	当	良	心

妹你莫在意。

女唱

10-1053

结	正	作	邦	莫
Giet	cingz	coq	bangx	mboq
kiːt⁷	çiŋ²	ço⁵	paːŋ⁴	bo⁵
结	情	放	旁	泉

泉边结情意，

10-1054

不	给	卜	乜	见
Mbouj	hawj	boh	meh	raen
bou⁵	həu³	po⁶	me⁶	ɹan¹
不	给	父	母	见

不让父母懂。

10-1055

结	正	安	刀	安
Giet	cingz	aen	dauq	aen
kiːt⁷	çiŋ²	an¹	taːu⁵	an¹
结	情	个	又	个

结情不间断，

10-1056

不	给	生	下	水
Mbouj	hawj	caem	roengz	raemx
bou⁵	həu³	çan¹	ɹoŋ²	ɹan⁴
不	给	沉	下	水

莫让沉入水。

男唱

10-1057

结	正	作	邦	莫
Giet	cingz	coq	bangx	mboq
ki:t⁷	ɕiŋ²	ɕo⁵	pa:ŋ⁴	bo⁵
结	情	放	旁	泉

泉边结情意，

10-1058

不	给	卜	乜	见
Mbouj	hawj	boh	meh	raen
bou⁵	həɯ³	po⁶	me⁶	ɣan¹
不	给	父	母	见

不让父母见。

10-1059

结	正	作	思	恩
Giet	cingz	coq	swh	wnh
ki:t⁷	ɕiŋ²	ɕo⁵	θɯ¹	an¹
结	情	放	思	恩

结情放思恩，

10-1060

写	给	龙	口	那
Ce	hawj	lungz	gaeuj	naj
ɕe¹	həɯ³	luŋ²	kau³	na³
留	给	龙	看	脸

留给兄纪念。

女唱

10-1061

结	正	作	邦	莫
Giet	cingz	coq	bangx	mboq
ki:t⁷	ɕiŋ²	ɕo⁵	pa:ŋ⁴	bo⁵
结	情	放	旁	泉

泉边结情意，

10-1062

不	给	卜	乜	说
Mbouj	hawj	boh	meh	naeuz
bou⁵	həɯ³	po⁶	me⁶	nau²
不	给	父	母	说

不让父母说。

10-1063

结	正	作	更	勾
Giet	cingq	coq	gwnz	gaeu
ki:t⁷	ɕiŋ⁵	ɕo⁵	kɯn²	kau¹
结	情	放	上	藤

野藤上结情，

10-1064

你	要	马	土	累
Mwngz	aeu	ma	dou	laeq
mɯŋ²	au¹	ma¹	tu¹	lai⁵
你	要	来	我	看

可望不可即。

男唱

10-1065

结	正	作	邦	莫
Giet	cingz	coq	bangx	mboq
ki:t⁷	¢iŋ²	¢o⁵	pa:ŋ⁴	bo⁵
结	情	放	旁	泉

泉边结情意，

10-1066

不	给	卜	乜	说
Mbouj	hawj	boh	meh	naeuz
bou⁵	həɯ³	po⁶	me⁶	nau²
不	给	父	母	说

不让父母说。

10-1067

结	正	作	更	勾
Giet	cingz	coq	gwnz	gaeu
ki:t⁷	¢iŋ²	¢o⁵	kɯn²	kau¹
结	情	放	上	藤

野藤上结情，

10-1068

龙	要	牙	不	得
Lungz	aeu	yax	mbouj	ndaej
luŋ²	au¹	ja⁵	bou⁵	dai³
龙	要	也	不	得

兄也要不到。

女唱

10-1069

结	正	作	邦	山
Giet	cingz	coq	bangx	bya
ki:t⁷	¢iŋ²	¢o⁵	pa:ŋ⁴	pja¹
结	情	放	旁	山

在山边结情，

10-1070

结	作	丫	会	谁
Giet	coq	nga	faex	raeq
ki:t⁷	¢o⁵	ŋa¹	fai⁴	ɹai⁵
结	放	丫	树	板栗

情搁栗树丫。

10-1071

结	正	好	了	岁
Giet	cingz	ndei	liux	caez
ki:t⁷	¢iŋ²	dei¹	li:u⁴	¢ai²
结	情	好	完	齐

结情实在好，

10-1072

代	好	代	结	正
Daih	ndij	daih	giet	cingz
tai⁶	di¹	tai⁶	ki:t⁷	¢iŋ²
代	与	代	结	情

代代都结情。

男唱

10-1073

结	正	作	邦	山
Giet	cingz	coq	bangx	bya
ki:t^7	çiŋ^2	ço^5	pa:ŋ^4	pja^1
结	情	放	旁	山

在山边结情，

10-1074

结	作	丫	会	谁
Giet	coq	nga	faex	raeq
ki:t^7	ço^5	ŋa^1	fai^4	ɹai^5
结	放	丫	树	板栗

情搁栗树丫。

10-1075

结	正	好	了	岁
Giet	cingz	ndei	liux	caez
ki:t^7	çiŋ^2	dei^1	li:u^4	çai^2
结	情	好	完	齐

结情实在好，

10-1076

代	而	得	洋	要
Daih	lawz	ndaej	yaeng	aeu
tai^6	lau^2	dai^3	jaŋ^1	au^1
代	哪	得	再	要

盼望成姻缘。

女唱

10-1077

结	正	作	邦	山
Giet	cingz	coq	bangx	bya
ki:t^7	çiŋ^2	ço^5	pa:ŋ^4	pja^1
结	情	放	旁	山

在山边结情，

10-1078

结	作	丫	会	纠
Giet	coq	nga	faex	gyaeuq
ki:t^7	ço^5	ŋa^1	fai^4	kjau^5
结	放	丫	树	桐

情搁桐树丫。

10-1079

结	正	好	能	由
Giet	cingz	ndei	nyaenx	raeuh
ki:t^7	çiŋ^2	dei^1	ŋan^4	ɹau^6
结	情	好	那么	多

结情固然好，

10-1080

手	寿	不	办	才
Fwngz	caeux	mbouj	baenz	caiz
fuŋ^2	çau^4	bou^5	pan^2	ça:i^6
手	抓	不	成	才

有谁握得牢。

男唱

10-1081

结	正	作	邦	山
Giet	cingz	coq	bangx	bya
kiːt⁷	ɕiŋ²	ɕo⁵	paːŋ⁴	pja¹
结	情	放	旁	山

在山边结情，

10-1082

结	作	丫	会	纠
Giet	coq	nga	faex	gyaeuq
kiːt⁷	ɕo⁵	ŋa¹	fai⁴	kjau⁵
结	放	丫	树	桐

情搁桐树丫。

10-1083

结	正	给	邦	口
Giet	cingz	hawj	baengz	gaeuq
kiːt⁷	ɕiŋ²	həɯ³	paŋ²	kau⁵
结	情	给	朋	旧

为密友结情，

10-1084

农	牙	要	加	偻
Nuengx	yax	yau	caj	raeuz
nuːŋ⁴	ja⁵	jaːu⁴	kja³	ɣau²
妹	也	要	等	我们

妹也要等我。

女唱

10-1085

结	正	作	邦	山
Giet	cingz	coq	bangx	bya
kiːt⁷	ɕiŋ²	ɕo⁵	paːŋ⁴	pja¹
结	情	放	旁	山

在山边结情，

10-1086

结	作	丫	会	古
Giet	coq	nga	faex	goux
kiːt⁷	ɕo⁵	ŋa¹	fai⁴	ku⁴
结	放	丫	树	乌柏

情结乌柏树。

10-1087

结	正	好	了	友
Giet	cingz	ndei	liux	youx
kiːt⁷	ɕiŋ²	dei¹	liːu⁴	ju⁴
结	情	好	啰	友

好友间结情，

10-1088

阝	阝	是	满	美
Boux	boux	cix	monh	maez
pu⁴	pu⁴	ɕi⁴	moːn⁶	mai²
人	人	就	谈情	说爱

人人情满怀。

男唱

10-1089

结	正	作	邦	山
Giet	cingz	coq	bangx	bya
kiːt⁷	çiŋ²	ço⁵	paːŋ⁴	pja¹
结	情	放	旁	山

在山边结情，

10-1090

结	作	丫	会	古
Giet	coq	nga	faex	goux
kiːt⁷	ço⁵	ŋa¹	fai⁴	ku⁴
结	放	丫	树	乌柏

情结乌柏树。

10-1091

结	正	好	了	友
Giet	cingz	ndei	liux	youx
kiːt⁷	çiŋ²	dei¹	liːu⁴	ju⁴
结	情	好	啰	友

结情实在好，

10-1092

祘	罗	罗	是	通
Suenq	loh	loh	cix	doeng
θuːn⁵	lo⁶	lo⁶	çi⁴	toŋ¹
算	路	路	就	通

情通百事通。

女唱

10-1093

不	文	得	共	然
Mbouj	vun	ndaej	gungh	ranz
bou⁵	vun¹	dai³	kuŋ⁶	ɣaːn²
不	奢求	得	共	家

不求成一家，

10-1094

但	得	占	同	托
Danh	ndaej	canz	doengh	doh
taːn⁶	dai³	çaːn²	toŋ²	to⁶
但	得	晒台	相	向

求晒台相连。

10-1095

不	文	得	共	罗
Mbouj	vun	ndaej	gungh	loh
bou⁵	vun¹	dai³	kuŋ⁶	lo⁶
不	奢求	得	共	路

不求得一路，

10-1096

但	得	罗	同	排
Danh	ndaej	loh	doengh	baiz
taːn⁶	dai³	lo⁶	toŋ²	paːi²
但	得	路	相	排

但求不离远。

男唱

10-1097

不	文	得	共	然
Mbouj	vun	ndaej	gungh	ranz
bou⁵	vun¹	dai³	kuŋ⁶	ɹaːn²
不	奢求	得	共	家

不求成一家，

10-1098

但	得	占	同	对
Danh	ndaej	canz	doengz	doih
taːn⁶	dai³	ça:n²	toŋ²	to:i⁶
但	得	晒台	同	伙伴

求晒台相连。

10-1099

不	文	得	少	青
Mbouj	vun	ndaej	sau	oiq
bou⁵	vun¹	dai³	θaːu¹	o:i⁵
不	奢求	得	姑娘	嫩

不求娶情妹，

10-1100

但	得	会	三	时
Danh	ndaej	hoih	sam	seiz
taːn⁶	dai³	ho:i⁶	θaːn¹	θi²
但	得	会	三	时

但得会一面。

女唱

10-1101

不	文	得	土	早
Mbouj	vun	ndaej	duz	romh
bou⁵	vun¹	dai³	tu²	ɹon⁶
不	奢求	得	只	鹰

不求得全鹰，

10-1102

但	得	羽	古	皮
Danh	ndaej	fwed	guh	beiz
taːn⁶	dai³	fuːt⁸	ku⁴	pi²
但	得	翅	做	扇

求鹰翅为扇。

10-1103

不	文	得	包	好
Mbouj	vun	ndaej	mbauq	ndei
bou⁵	vun¹	dai³	ba:u⁵	dei¹
不	奢求	得	小伙	好

不求得情哥，

10-1104

但	得	义	句	好
Danh	ndaej	nyi	coenz	hauq
taːn⁶	dai³	ȵi¹	kjon²	ha:u⁵
但	得	听	句	话

求听情哥声。

男唱

10-1105

不	文	得	土	早
Mbouj	vun	ndaej	duz	romh
bou⁵	vun¹	dai³	tu²	ɹon⁶
不	奢求	得	只	鹰

不求得全鹰，

10-1106

但	得	羽	古	皮
Danh	ndaej	fwed	guh	beiz
taːn⁶	dai³	fuːt⁸	ku⁴	pi²
但	得	翅	做	扇

求鹰翅为扇。

10-1107

不	文	得	你	少
Mbouj	vun	ndaej	mwngz	sau
bou⁵	vun¹	dai³	mɯŋ²	θaːu¹
不	奢求	得	你	姑娘

不求娶情妹，

10-1108

但	得	交	正	义
Danh	ndaej	gyau	cingz	ngeih
taːn⁶	dai³	kjaːu¹	çiŋ²	ȵi⁶
但	得	交	情	义

求同妹结情。

女唱

10-1109

不	文	得	共	然
Mbouj	vun	ndaej	gungh	ranz
bou⁵	vun¹	dai³	kuŋ⁶	ɹaːn²
不	奢求	得	共	家

不求成一家，

10-1110

但	得	占	同	共
Danh	ndaej	canz	doengh	gungh
taːn⁶	dai³	çaːn²	toŋ²	kuŋ⁶
但	得	晒台	相	共

但求共晒台。

10-1111

不	文	得	共	峎
Mbouj	vun	ndaej	gungh	rungh
bou⁵	vun¹	dai³	kuŋ⁶	ɹuŋ⁶
不	奢求	得	共	峎

不求共一村，

10-1112

但	得	共	灯	日
Danh	ndaej	gungh	daeng	ngoenz
taːn⁶	dai³	kuŋ⁶	taŋ¹	ŋon²
但	得	共	灯	天

求共存于世。

男唱

10-1113

杀　土　给　羽　红

Gaj　duz　gaeq　fwed　nding

ka³　tu²　kai⁵　fu:t⁸　diŋ¹

杀　只　鸡　翅　红

杀只红毛鸡，

10-1114

在　定　站　则　时

Ywq　din　soengz　saek　seiz

juɯ⁵　tin¹　θoŋ²　θak⁷　θi²

在　脚　站　些　时

得临时幽会。

10-1115

利　宁　偻　古　对

Lij　ningq　raeuz　guh　doih

li⁴　niŋ⁵　ɻau²　ku⁴　to:i⁶

还　小　我们　做　伙伴

孩提在一起，

10-1116

农　利　记　知　空

Nuengx　lij　geiq　rox　ndwi

nu:ŋ⁴　li⁴　ki⁵　ɻo⁴　du:i¹

妹　还　记　或　不

妹可曾记得？

女唱

10-1117

杀　土　给　三　两

Gaj　duz　gaeq　sam　liengx

ka³　tu²　kai⁵　θa:n¹　li:ŋ⁴

杀　只　鸡　三　两

杀一只小鸡，

10-1118

土　叫　代　叫　利

Duz　heuh　dai　heuh　lix

tu²　he:u⁶　ta:i¹　he:u⁶　li⁴

只　叫　死　叫　活

鸡惨叫不止。

10-1119

观　勒　业　利　衣

Gonq　lwg　nyez　lij　iq

ko:n⁵　luɯk⁸　ȵe²　li⁴　i⁵

先　子　小孩　还　小

以前年纪小，

10-1120

不　记　话　九　龙

Mbouj　geiq　vah　gouj　lungz

bou⁵　ki⁵　va⁶　kjou³　luŋ²

不　记　话　九　龙

不记兄的话。

男唱

10-1121

杀	土	给	羽	红
Gaj	duz	gaeq	fwed	hoengz
ka^3	tu^2	kai^5	fuːt^8	hoŋ^2
杀	只	鸡	翅	红

杀只红毛鸡，

10-1122

在	定	站	则	时
Ywq	din	soengz	saek	seiz
juɯ^5	tin^1	θoŋ^2	θak^7	θi^2
在	脚	站	些	时

得临时幽会。

10-1123

得	少	乖	古	对
Ndaej	sau	gvai	guh	doih
dai^3	θaːu^1	kwaːi^1	ku^4	toːi^6
得	姑娘	乖	做	伙伴

与情妹结缘，

10-1124

是	不	勒	刀	浪
Cix	mbouj	lawq	dauq	laeng
çi^4	bou^5	lau^5	taːu^5	laŋ^1
就	不	望	回	后

哥绝不后悔。

女唱

10-1125

得	包	乖	古	对
Ndaej	mbauq	gvai	guh	doih
dai^3	baːu^5	kwaːi^1	ku^4	toːi^6
得	小伙	乖	做	伙伴

与情哥结伴，

10-1126

是	不	勒	刀	浪
Cix	mbouj	lawq	dauq	laeng
çi^4	bou^5	lau^5	taːu^5	laŋ^1
就	不	望	回	后

妹绝不后悔。

10-1127

得	古	对	马	江
Ndaej	guh	doih	ma	gyang
dai^3	ku^4	toːi^6	ma^1	kjaːŋ^1
得	做	伙伴	来	中

得做伴同行，

10-1128

玩	办	糖	汍	师
Van	baenz	diengz	laeuj	ndwq
vaːn^1	pan^2	tiŋ^2	lau^3	duɯ^5
甜	成	糖	酒	酒糟

甜如酒糟糖。

男唱	女唱

男唱

10-1129

杀	土	给	羽	红
Gaj	duz	gaeq	fwed	hoengz
ka^3	tu^2	kai^5	$fu{:}t^8$	$hoŋ^2$
杀	只	鸡	翅	红

杀只红毛鸡，

10-1130

在	定	站	好	汉
Ywq	din	soengz	hau	hanq
$jɯ^5$	tin^1	$θoŋ^2$	$ha{:}u^1$	$ha{:}n^5$
在	脚	站	白	灿灿

风光会一面。

10-1131

古	对	外	江	板
Guh	doih	vaij	gyang	mbanj
ku^4	$to{:}i^6$	$va{:}i^3$	$kja{:}ŋ^1$	$ba{:}n^3$
做	伙伴	过	中	村

做伴走村坊，

10-1132

好	汉	样	金	银
Hau	hanq	yiengh	gim	ngaenz
$ha{:}u^1$	$ha{:}n^5$	$jɯ{:}ŋ^6$	kin^1	$ŋan^2$
白	灿灿	样	金	银

闪耀如金银。

女唱

10-1133

杀	土	给	羽	红
Gaj	duz	gaeq	fwed	hoengz
ka^3	tu^2	kai^5	$fu{:}t^8$	$hoŋ^2$
杀	只	鸡	翅	红

杀只红毛鸡，

10-1134

在	定	站	好	汉
Ywq	din	soengz	hau	hanq
$jɯ^5$	tin^1	$θoŋ^2$	$ha{:}u^1$	$ha{:}n^5$
在	脚	站	白	灿灿

风光来会面。

10-1135

古	对	外	江	板
Guh	doih	vaij	gyang	mbanj
ku^4	$to{:}i^6$	$va{:}i^3$	$kja{:}ŋ^1$	$ba{:}n^3$
做	伙伴	过	中	村

结伴走村中，

10-1136

阝	完	仗	阝	特
Boux	vuenh	saenq	boux	dawz
pu^4	$vu{:}n^6$	$θin^5$	pu^4	$tɯ^2$
人	换	信	人	拿

相交换信物。

男唱

10-1137

杀	土	给	羽	红
Gaj	duz	gaeq	fwed	hoengz
ka³	tu²	kai⁵	fuːt⁸	hoŋ²
杀	只	鸡	翅	红

杀只红毛鸡，

10-1138

在	定	站	好	汉
Ywq	din	soengz	hau	hanq
ju⁵	tin¹	θoŋ²	haːu¹	haːn⁵
在	脚	站	白	灿灿

风光会一面。

10-1139

古	对	外	江	板
Guh	doih	vaij	gyang	mbanj
ku⁴	toːi⁶	vaːi³	kjaːŋ¹	baːn³
做	伙伴	过	中	村

一同走村中，

10-1140

累	备	完	阝	而
Laeq	beix	vuenh	boux	lawz
lai⁵	pi⁴	vuːn⁶	pu⁴	lau²
看	兄	换	人	哪

看兄看中谁。

女唱

10-1141

杀	土	给	羽	红
Gaj	duz	gaeq	fwed	hoengz
ka³	tu²	kai⁵	fuːt⁸	hoŋ²
杀	只	鸡	翅	红

杀只红毛鸡，

10-1142

在	定	站	好	汉
Ywq	din	soengz	hau	hanq
ju⁵	tin¹	θoŋ²	haːu¹	haːn⁵
在	脚	站	白	灿灿

风光会一面。

10-1143

古	对	外	江	板
Guh	doih	vaij	gyang	mbanj
ku⁴	toːi⁶	vaːi³	kjaːŋ¹	baːn³
做	伙伴	过	中	村

一同走村中，

10-1144

备	爱	完	爱	空
Beix	ngaiq	vueuh	ngaiq	ndwi
pi⁴	ŋaːi⁵	vuːn⁶	ŋaːi⁵	duːi¹
兄	爱	换	爱	不

兄愿结交否？

男唱

10-1145

古　对　外　马　干

Guh　doih　vaij　ma　ganq

ku⁴　to:i⁶　va:i³　ma¹　ka:n⁵

做　伙伴　过　来　照料

同培养感情，

10-1146

同　满　外　桥　头

Doengh　muengh　vaij　giuz　daeuz

toŋ²　mu:ŋ⁶　va:i³　ki:u²　tau²

相　望　过　桥　头

惜别在桥头。

10-1147

得　古　对　论　偻

Ndaej　guh　doih　lumj　raeuz

dai³　ku⁴　to:i⁶　lun³　ʒau²

得　做　伙伴　像　我们

如我俩结伴，

10-1148

得　要　心　是　念

Ndaej　aeu　sim　cix　net

dai³　au¹　θin¹　çi⁴　ne:t⁷

得　要　心　就　实

相娶心才甘。

女唱

10-1149

古　对　外　马　干

Guh　doih　vaij　ma　ganq

ku⁴　to:i⁶　va:i³　ma¹　ka:n⁵

做　伙伴　过　来　照料

同培养感情，

10-1150

同　满　外　桥　头

Doengh　muengh　vaij　giuz　daeuz

toŋ²　mu:ŋ⁶　va:i³　ki:u²　tau²

相　望　过　桥　头

在桥头惜别。

10-1151

勒　仪　是　空　求

Lawh　saenq　cix　ndwi　gouz

ləɯ⁶　θin⁵　çi⁴　du:i¹　kjou²

换　信　是　不　求

未交换信物，

10-1152

讲　同　要　么　备

Gangj　doengh　aeu　maz　beix

ka:ŋ³　toŋ²　au¹　ma²　pi⁴

讲　相　娶　什么　兄

莫讲恋爱话。

男唱

10-1153

古	对	外	马	干
Guh	doih	vaij	ma	ganq
ku^4	$to:i^6$	$va:i^3$	ma^1	$ka:n^5$
做	伙伴	过	来	照料

同培养感情，

10-1154

同	满	外	桥	头
Doengh	muengh	vaij	giuz	daeuz
ton^2	$mu:\eta^6$	$va:i^3$	$ki:u^2$	tau^2
相	望	过	桥	头

在桥头惜别。

10-1155

才	牙	求	不	求
Caih	yaek	gouz	mbouj	gouz
$\wateta:i^6$	jak^7	$kjou^2$	bou^5	$kjou^2$
随	要	求	不	求

追求不追求，

10-1156

偻	同	要	偻	观
Raeuz	doengh	aeu	raeuz	gonq
ɹau^2	ton^2	au^1	ɹau^2	$ko:n^5$
我们	相	要	我们	先

我俩先恋爱。

女唱

10-1157

古	对	外	马	干
Guh	doih	vaij	ma	ganq
ku^4	$to:i^6$	$va:i^3$	ma^1	$ka:n^5$
做	伙伴	过	来	照料

同培养感情，

10-1158

同	满	外	桥	头
Doengh	muengh	vaij	giuz	daeuz
ton^2	$mu:\eta^6$	$va:i^3$	$ki:u^2$	tau^2
相	望	过	桥	头

在桥头惜别。

10-1159

汪	秀	包	秀	少
Uengj	ciuh	mbauq	ciuh	sau
$va:\eta^3$	$\wateci:u^6$	$ba:u^5$	$\wateci:u^6$	$\theta a:u^1$
枉	世	小伙	世	姑娘

兄妹枉结情，

10-1160

同	交	不	同	得
Doengh	gyau	mbouj	doengh	ndaej
ton^2	$kja:u^1$	bou^5	ton^2	dai^3
相	交	不	相	得

可交不可娶。

男唱

10-1161

古	对	外	马	干
Guh	doih	vaij	ma	ganq
ku⁴	toːi⁶	vaːi³	ma¹	kaːn⁵
做	伙伴	过	来	照料

同培养感情，

10-1162

同	满	外	务	好
Doengh	muengh	vaij	huj	hau
toŋ²	muːŋ⁶	vaːi³	hu³	haːu¹
相	望	过	云	白

白云端守望。

10-1163

同	用	古	包	少
Doengh	yoengx	guh	mbauq	sau
toŋ²	joŋ⁴	ku⁴	baːu⁵	θaːu¹
相	唆使	做	小伙	姑娘

爱慕成情友，

10-1164

同	交	古	备	农
Doengh	gyau	guh	beix	nuengx
toŋ²	kjaːu¹	ku⁴	pi⁴	nuːŋ⁴
相	交	做	兄	妹

结交成兄妹。

女唱

10-1165

古	对	外	马	干
Guh	doih	vaij	ma	ganq
ku⁴	toːi⁶	vaːi³	ma¹	kaːn⁵
做	伙伴	过	来	照料

同培养感情，

10-1166

同	满	外	务	好
Doengh	muengh	vaij	huj	hau
toŋ²	muːŋ⁶	vaːi³	hu³	haːu¹
相	望	过	云	白

白云端守望。

10-1167

得	古	对	三	时
Ndaej	guh	doih	sam	seiz
dai³	ku⁴	toːi⁶	θaːn¹	θi²
得	做	伙伴	三	时

得短时幽会，

10-1168

强	十	比	卜	妻
Giengz	cib	bi	boh	maex
kiːŋ²	ɕit⁸	pi¹	po⁶	mai⁴
像	十	年	夫	妻

如十年夫妻。

男唱

10-1169

古	对	外	马	干
Guh	doih	vaij	ma	ganq
ku⁴	to:i⁶	va:i³	ma¹	ka:n⁵
做	伙伴	过	来	照料

同培养感情,

10-1170

同	满	外	更	河
Doengh	muengh	vaij	gwnz	haw
toŋ²	mu:ŋ⁶	va:i³	kɯn²	həɯ¹
相	望	过	上	圩

圩场上惜别。

10-1171

古	对	时	刀	时
Guh	doih	seiz	dauq	seiz
ku⁴	to:i⁶	θi²	ta:u⁵	θi²
做	伙伴	时	又	时

久不久会面,

10-1172

空	千	年	了	农
Ndwi	cien	nienz	liux	nuengx
du:i¹	ɕi:n¹	ni:n²	li:u⁴	nu:ŋ⁴
不	千	年	啰	妹

不会得长久。

女唱

10-1173

古	对	外	马	干
Guh	doih	vaij	ma	ganq
ku⁴	to:i⁶	va:i³	ma¹	ka:n⁵
做	伙伴	过	来	照料

同培养感情,

10-1174

同	满	外	桥	仙
Doengh	muengh	vaij	giuz	sien
toŋ²	mu:ŋ⁶	va:i³	ki:u²	θi:n¹
相	望	过	桥	仙

仙桥上惜别。

10-1175

得	古	对	千	年
Ndaej	guh	doih	cien	nienz
dai³	ku⁴	to:i⁶	ɕi:n¹	ni:n²
得	做	伙伴	千	年

得永久共处,

10-1176

马	拉	本	是	抵
Ma	laj	mbwn	cix	dij
ma¹	la³	bɯn¹	ɕi⁴	ti³
来	下	天	就	值

今生就值得。

男唱

10-1177

古	对	外	马	干
Guh	doih	vaij	ma	ganq
ku⁴	to:i⁶	va:i³	ma¹	ka:n⁵
做	伙伴	过	来	照料

同培养感情，

10-1178

同	满	外	桥	仙
Doengh	muengh	vaij	giuz	sien
toŋ²	mu:ŋ⁶	va:i³	ki:u²	θi:n¹
相	望	过	桥	仙

仙桥上惜别。

10-1179

元	罗	在	千	年
Roen	loh	ywq	cien	nienz
jo:n¹	lo⁶	ju⁵	çi:n¹	ni:n²
路	路	在	千	年

道路永远在，

10-1180

文	偻	代	不	刀
Vunz	raeuz	dai	mbouj	dauq
vun²	ɣau²	ta:i¹	bou⁵	ta:u⁵
人	我们	死	不	回

人死不复生。

女唱

10-1181

古	对	外	马	干
Guh	doih	vaij	ma	ganq
ku⁴	to:i⁶	va:i³	ma¹	ka:n⁵
做	伙伴	过	来	照料

同培养感情，

10-1182

同	满	外	桥	仙
Doengh	muengh	vaij	giuz	sien
toŋ²	mu:ŋ⁶	va:i³	ki:u²	θi:n¹
相	望	过	桥	仙

仙桥上惜别。

10-1183

得	古	对	千	年
Ndaej	guh	doih	cien	nienz
dai³	ku⁴	to:i⁶	çi:n¹	ni:n²
得	做	伙伴	千	年

得永久共处，

10-1184

用	本	钱	是	抵
Yungh	bonj	cienz	cix	dij
juŋ⁶	po:n³	çi:n²	çi⁴	ti³
用	本	钱	就	值

花本钱也值。

男唱

女唱

10-1185

古	对	外	马	干
Guh	doih	vaij	ma	ganq
ku⁴	to:i⁶	va:i³	ma¹	ka:n⁵
做	伙伴	过来		照料

同培养感情，

10-1186

同	满	外	桥	仙
Doengh	muengh	vaij	giuz	sien
toŋ²	mu:ŋ⁶	va:i³	ki:u²	θi:n¹
相	望	过	桥	仙

仙桥上惜别。

10-1187

卜	妻	是	千	年
Boh	maex	cix	cien	nienz
po⁶	mai⁴	çi⁴	çi:n¹	ni:n²
夫	妻	是	千	年

夫妻得永久，

10-1188

包	少	可	团	秀
Mbauq	sau	goj	donh	ciuh
ba:u⁵	θa:u¹	ko⁵	to:n⁶	çi:u⁶
小伙	姑娘	也	半	世

情侣太短暂。

10-1189

古	对	外	马	干
Guh	doih	vaij	ma	ganq
ku⁴	to:i⁶	va:i³	ma¹	ka:n⁵
做	伙伴	过来		照料

同培养感情，

10-1190

同	满	外	务	绿
Doengh	muengh	vaij	huj	heu
toŋ²	mu:ŋ⁶	va:i³	hu³	he:u¹
相	望	过	云	青

在天上守望。

10-1191

得	古	对	时	一
Ndaej	guh	doih	seiz	ndeu
dai³	ku⁴	to:i⁶	θi²	de:u¹
得	做	伙伴	时	一

得会一次面，

10-1192

强	布	绿	安	龙
Giengz	baengz	heu	aen	loengx
ki:ŋ²	paŋ²	he:u¹	an¹	loŋ⁴
像	布	青	个	箱子

比新衣还美。

男唱	女唱

10-1193

古	对	外	马	干
Guh	doih	vaij	ma	ganq
ku⁴	to:i⁶	va:i³	ma¹	ka:n⁵
做	伙伴	过	来	照料

同培养感情，

10-1194

同	满	外	务	绿
Doengh	muengh	vaij	huj	heu
toŋ²	mu:ŋ⁶	va:i³	hu³	he:u¹
相	望	过	云	青

在天上守望。

10-1195

强	鸟	炕	鸟	九
Giengz	roeg	enq	roeg	geuq
ki:ŋ²	ɹok⁸	e:n⁵	ɹok⁸	kje:u⁵
像	鸟	燕	鸟	画眉

像燕子画眉，

10-1196

空	长	刘	了	农
Ndwi	ciengz	liuz	liux	nuengx
du:i¹	ɕi:ŋ²	li:u²	li:u⁴	nu:ŋ⁴
不	常	常	啰	妹

不会得长久。

10-1197

古	对	外	马	干
Guh	doih	vaij	ma	ganq
ku⁴	to:i⁶	va:i³	ma¹	ka:n⁵
做	伙伴	过	来	照料

同培养感情，

10-1198

同	满	外	务	绿
Doengh	muengh	vaij	huj	heu
toŋ²	mu:ŋ⁶	va:i³	hu³	he:u¹
相	望	过	云	青

在天外守望。

10-1199

得	古	对	长	刘
Ndaej	guh	doih	ciengz	liuz
dai³	ku⁴	to:i⁶	ɕi:ŋ²	li:u²
得	做	伙伴	常	常

永久在一起，

10-1200

强	鸟	九	鸟	炕
Giengz	roeg	geuq	roeg	enq
ki:ŋ²	ɹok⁸	kje:u⁵	ɹok⁸	e:n⁵
像	鸟	眉	鸟	燕

胜画眉飞燕。

男唱

10-1201

古	对	外	马	干
Guh	doih	vaij	ma	ganq
ku^4	$to:i^6$	$va:i^3$	ma^1	$ka:n^5$
做	伙伴	过	来	照料

同培养感情,

10-1202

同	满	外	更	开
Doengh	muengh	vaij	gwnz	gai
ton^2	$mu:\eta^6$	$va:i^3$	$kɯn^2$	$ka:i^1$
相	望	过	上	街

大街上守望。

10-1203

偻	古	对	好	来
Raeuz	guh	doih	ndei	lai
$ɹau^2$	ku^4	$to:i^6$	dei^1	$la:i^1$
我们	做	伙伴	好	多

我俩感情好,

10-1204

代	同	得	知	不
Dai	doengh	ndaej	rox	mbouj
$ta:i^1$	ton^2	dai^3	$ɹo^4$	bou^5
死	相	得	或	不

能成亲与否?

女唱

10-1205

古	对	外	马	干
Guh	doih	vaij	ma	ganq
ku^4	$to:i^6$	$va:i^3$	ma^1	$ka:n^5$
做	伙伴	过	来	照料

同培养感情,

10-1206

同	满	外	更	开
Doengh	muengh	vaij	gwnz	gai
ton^2	$mu:\eta^6$	$va:i^3$	$kɯn^2$	$ka:i^1$
相	望	过	上	街

大街上守望。

10-1207

偻	古	对	好	来
Raeuz	guh	doih	ndei	lai
$ɹau^2$	ku^4	$to:i^6$	dei^1	$la:i^1$
我们	做	伙伴	好	多

我俩感情深,

10-1208

代	是	不	同	中
Dai	cix	mbouj	doengh	cuengq
$ta:i^1$	$çi^4$	bou^5	ton^2	$çu:\eta^5$
死	就	不	相	放

死都不分离。

男唱

女唱

① 花罗花才 [va¹ lo⁴ va¹ ça:i²]：花神、花婆，两个都是生育神。

男唱

10-1209

同	满	外	桥	头
Doengh	muengh	vaij	giuz	daeuz
toŋ²	muːŋ⁶	vaːi³	kiːu²	tau²
相	望	过	桥	头

一同走过桥，

10-1210

文	说	偻	米	安
Vunz	naeuz	raeuz	miz	anq
vun²	nau²	ɹau²	mi²	aːn⁵
人	说	我们	有	案

人说有缘分。

10-1211

年	空	得	同	完
Nienz	ndwi	ndaej	doengh	vuenh
niːn²	duːi¹	dai³	toŋ²	vuːn⁶
反正	不	得	相	换

谅不得结交，

10-1212

安	花	罗	花	才①
An	va	lox	va	caiz
aːn¹	va¹	lo⁴	va¹	ça:i²
安	花	洛	花	裁

安花神花婆。

女唱

10-1213

古	对	外	桥	头
Guh	doih	vaij	giuz	daeuz
ku⁴	toːi⁶	vaːi³	kiːu²	tau²
做	伙伴	过	桥	头

我俩同过桥，

10-1214

文	说	偻	卜	妻
Vunz	naeuz	raeuz	boh	maex
vun²	nau²	ɹau²	po⁶	mai⁴
人	说	我们	夫	妻

人说是夫妻。

10-1215

抹	水	山	又	哭
Uet	raemx	bya	youh	daej
uːt⁷	ɹan⁴	pja¹	jou⁴	tai³
抹	水	眼	又	哭

在为结交哭，

10-1216

办	卜	妻	在	而
Baenz	boh	maex	ywq	lawz
pan²	po⁶	mai⁴	ju⁵	lau²
成	夫	妻	在	哪

哪里成夫妻？

男唱

10-1217

古	对	外	桥	头
Guh	doih	vaij	giuz	daeuz
ku⁴	to:i⁶	va:i³	ki:u²	tau²
做	伙伴	过	桥	头

我俩同过桥，

10-1218

文	说	偻	米	份
Vunz	naeuz	raeuz	miz	faenh
vun²	nau²	ɹau²	mi²	fan⁶
人	说	我们	有	份

人说有缘分。

10-1219

采	罗	定	是	坤
Byaij	loh	din	cix	goenq
pja:i³	lo⁶	tin¹	çi⁴	kon⁵
走	路	脚	是	断

走累脚要断，

10-1220

强	下	水	貝	代
Giengh	roengz	raemx	bae	dai
kji:ŋ⁶	ɹoŋ²	ɹan⁴	pai¹	ta:i¹
跳	下	水	去	死

愿跳水寻死。

女唱

10-1221

古	对	外	桥	头
Guh	doih	vaij	giuz	daeuz
ku⁴	to:i⁶	va:i³	ki:u²	tau²
做	伙伴	过	桥	头

我俩同过桥，

10-1222

文	说	偻	米	份
Vunz	naeuz	raeuz	miz	faenh
vun²	nau²	ɹau²	mi²	fan⁶
人	说	我们	有	份

人说有缘分。

10-1223

古	对	外	桥	灯
Guh	doih	vaij	giuz	daemq
ku⁴	to:i⁶	va:i³	ki:u²	tan⁵
做	伙伴	过	桥	低

一同过矮桥，

10-1224

说	对	生	特	平
Naeuz	doiq	saemq	dawz	bingz
nau²	to:i⁵	θan⁵	təɯ²	piŋ²
说	对	庚	拿	平

我友心要定。

男唱

10-1225

古	对	外	罗	老
Guh	doih	vaij	loh	laux
ku⁴	to:i⁶	va:i³	lo⁶	la:u⁴
做	伙伴	过	路	大

一同走大路，

10-1226

文	说	偻	少	包
Vunz	naeuz	raeuz	sau	mbauq
vun²	nau²	ɹau²	θa:u¹	ba:u⁵
人	说	我们	姑娘	小伙

人说是情侣。

10-1227

古	对	外	桥	头
Guh	doih	vaij	giuz	daeuz
ku⁴	to:i⁶	va:i³	ki:u²	tau²
做	伙伴	过	桥	头

我俩同过桥，

10-1228

阝	中	好	阝	跟
Boux	cuengq	hauq	boux	riengz
pu⁴	ɕu:ŋ⁵	ha:u⁵	pu⁴	ɹi:ŋ²
人	放	话	人	跟

你唱歌我和。

女唱

10-1229

古	对	外	桥	头
Guh	doih	vaij	giuz	daeuz
ku⁴	to:i⁶	va:i³	ki:u²	tau²
做	伙伴	过	桥	头

我俩同过桥，

10-1230

文	说	偻	少	包
Vunz	naeuz	raeuz	sau	mbauq
vun²	nau²	ɹau²	θa:u¹	ba:u⁵
人	说	我们	姑娘	小伙

人说是情侣。

10-1231

妠	王	连	空	叫
Yah	vangz	lienz	ndwi	heuh
ja⁶	va:ŋ²	li:n²	du:i¹	he:u⁶
婆	王	连	不	叫

婆王她不叫，

10-1232

中	好	了	是	贝
Cuengq	hauq	liux	cix	bae
ɕu:ŋ⁵	ha:u⁵	li:u⁴	ɕi⁴	pai¹
放	话	完	就	去

叫就跟着走。

男唱

女唱

10-1233

包 少 牙 同 断

Mbauq sau yaek doengh duenx

baːu⁵ θaːu¹ jak⁷ toŋ² tuːn⁴

小伙 姑娘 要 相 断

兄妹要诀别，

10-1237

水 达 牙 满 开

Raemx dah yaek mued gai

ɹanɯ⁴ ta ⁶ jak⁷ muːt⁸ kaːi¹

水 河 要 淹没 街

河水淹大街，

10-1234

阝 利 元 几 来

Boux lij yuenz geij lai

pu⁴ li⁴ juːn² ki³ laːi¹

人 还 缘 几 多

缘分快到头。

10-1238

少 米 来 条 罗

Sau miz lai diuz loh

θaːu¹ mi² laːi¹ tiːu² lo⁶

姑娘 有 多 条 路

妹的退路多。

10-1235

水 达 牙 满 开

Raemx dah yaek mued gai

ɹanɯ⁴ ta⁶ jak⁷ muːt⁸ kaːi¹

水 河 要 淹没 街

河水淹大街，

10-1239

往 土 吨 桥 哥

Uengj dou daeb giuz go

vaːŋ³ tu¹ tat⁸ kiːu² ko¹

枉 我 砌 桥 哥

妹为哥支撑，

10-1236

少 米 来 条 罗

Sau miz lai diuz loh

θaːu¹ mi² laːi¹ tiːu² lo⁶

姑娘 有 多 条 路

妹的退路多。

10-1240

备 米 罗 文 荣

Beix miz loh vuen yungz

pi⁴ mi² lo⁶ vuːn¹ juŋ²

兄 有 路 欢 乐

哥有好出路。

男唱

10-1241

包	少	牙	同	断
Mbauq	sau	yaek	doengh	duenx

$ba{:}u^5$　$\theta a{:}u^1$　jak^7　ton^2　$tu{:}n^4$

小伙　姑娘　要　相　断

兄妹要诀别，

10-1242

阝	利	元	几	日
Boux	lix	yuenz	geij	ngoenz

pu^4　li^4　$ju{:}n^2$　ki^3　ηon^2

人　剩　缘　几　天

缘分快到头。

10-1243

天	牙	乱	纷	纷
Denh	ya	luenh	faen	faen

$ti{:}n^1$　ja^6　$lu{:}n^6$　fan^1　fan^1

天　下　乱　纷　纷

天下乱纷纷，

10-1244

知	浪	办	而	样
Rox	laeng	baenz	lawz	yiengh

ιo^4　lan^1　pan^2　lau^2　$ju{\scriptstyle\text{ɰ}}\eta^6$

知　后　成　哪　样

往后将如何？

女唱

10-1245

邦	牙	乱	是	乱
Biengz	yaek	luenh	cix	luenh

pin^2　jak^7　$lu{:}n^6$　φi^4　$lu{:}n^6$

地方　要　乱　就　乱

天下乱就乱，

10-1246

干	庆	远	偻	好
Ganq	ging	yenj	raeuz	ndei

$ka{:}n^5$　kin^3　$ju{:}n^6$　ιau^2　dei^1

照料　庆　远　我们　好

要管好庆远。

10-1247

天	牙	乱	纷	纷
Denh	ya	luenh	faen	faen

$ti{:}n^1$　ja^6　$lu{:}n^6$　fan^1　fan^1

天　下　乱　纷　纷

天下乱纷纷，

10-1248

偻	可	米	吉	祘
Raeuz	goj	miz	giz	suenq

ιau^2　ko^5　mi^2　ki^2　$\theta u{:}n^5$

我们　也　有　处　算

我们有出路。

男唱

女唱

10-1249

包	少	牙	同	断
Mbauq	sau	yaek	doengh	duenx
ba:u⁵	θa:u¹	jak⁷	toŋ²	tu:n⁴
小伙	姑娘	要	相	断

兄妹要诀别，

10-1250

阝	利	元	几	时
Boux	lij	yuenz	geij	seiz
pu⁴	li⁴	ju:n²	ki³	θi²
人	还	缘	几	时

缘分快到头。

10-1251

当	卡	阝	很	河
Daengq	gak	boux	hwnj	haw
taŋ⁵	ka:k⁷	pu⁴	hɯn³	həu¹
叮嘱	各	人	上	圩

到圩场约会，

10-1252

满	三	时	是	了
Monh	sam	seiz	cix	liux
mo:n⁶	θa:n¹	θi²	çi⁴	li:u⁴
谈情	三	时	就	算

聊聊情算了。

10-1253

以	样	内	贝	那
Ei	yiengh	neix	bae	naj
i¹	ju:ŋ⁶	ni⁴	pai¹	na³
依	样	这	去	前

从今天往后，

10-1254

断	条	罗	山	尚
Duenx	diuz	loh	bya	sang
tu:n⁴	ti:u²	lo⁶	pja¹	θa:ŋ¹
断	条	路	山	高

不可再来往。

10-1255

采	罗	歪	罗	王
Byaij	loh	mbit	loh	vang
pja:i³	lo⁶	bit⁷	lo⁶	va:ŋ¹
走	路	歪	路	横

任走什么路，

10-1256

不	想	堂	土	了
Mbouj	siengj	daengz	dou	liux
bou⁵	θi:ŋ³	taŋ²	tu¹	li:u⁴
不	想	到	我	啰

不再思念我。

男唱

10-1257

你	断	土	不	断
Mwngz	duenx	dou	mbouj	duenx
muɯŋ²	tuːn⁴	tu¹	bou⁵	tuːn⁴
你	断	我	不	断

你断我不断，

10-1258

正	义	可	利	米
Cingz	ngeih	goj	lij	miz
çiŋ²	ȵi⁶	ko⁵	li⁴	mi²
情	义	也	还	有

我俩情义在。

10-1259

你	立	土	不	立
Mwngz	liz	dou	mbouj	liz
muɯŋ²	li²	tu¹	bou⁵	li²
你	离	我	不	离

你离我不离，

10-1260

九	义	可	利	先
Gouj	ngeih	goj	lij	sienq
kjou³	ȵi⁶	ko⁵	li⁴	θiːn⁵
九	义	也	还	线

情义还未断。

女唱

10-1261

以	样	内	贝	那
Ei	yiengh	neix	bae	naj
i¹	jɯːŋ⁶	ni⁴	pai¹	na³
依	样	这	去	前

从今天往后，

10-1262

断	条	罗	更	河
Duenx	diuz	loh	gwnz	haw
tuːn⁴	tiːu²	lo⁶	kɯn²	hɯɯ¹
断	条	路	上	圩

赶圩不相认。

10-1263

以	样	内	贝	师
Ei	yiengh	neix	bae	swz
i¹	jɯːŋ⁶	ni⁴	pai¹	θɯ²
依	样	这	去	辞

就这样告辞，

10-1264

当	河	偻	当	很
Dangq	haw	raeuz	dangq	hwnj
taːŋ⁵	hɯɯ¹	ȵau²	taːŋ⁵	hɯn³
另	圩	我们	另	上

各自去赶圩。

男唱

10-1265

包　少　牙　同　断

Mbauq　sau　yaek　doengh　duenx

ba:u⁵　θa:u¹　jak⁷　toŋ²　tu:n⁴

小伙　姑娘　要　相　断

兄妹要诀别，

10-1266

米　话　是　同　说

Miz　vah　cix　doengh　naeuz

mi²　va⁶　çi⁴　toŋ²　nau²

有　话　就　相　说

有话好相商。

10-1267

牙　断　友　邦　偻

Yaek　duenx　youx　biengz　raeuz

jak⁷　tu:n⁴　ju⁴　piːŋ²　ɹau²

要　断　友　地方　我们

将离我而去，

10-1268

不　说　土　利　早

Mbouj　naeuz　dou　lij　romh

bou⁵　nau²　tu¹　li⁴　ɹoːn⁶

不　说　我　还　早

为何不早说？

女唱

10-1269

断　果　会　浪　然

Duenx　go　faex　laeng　ranz

tu:n⁴　ko¹　fai⁴　laŋ¹　ɹaːn²

断　棵　树　后　家

离屋后大树，

10-1270

贝　方　而　月　乃

Bae　fueng　lawz　yiet　naiq

pai¹　fuːŋ¹　lau²　jiːt⁷　na:i⁵

去　方　哪　歇　累

到何方栖息。

10-1271

断　元　城　大　才

Duenx　roen　singz　dah　raix

tu:n⁴　jo:n¹　θiŋ²　ta⁶　ɹa:i⁴

断　路　城　实　在

真断了大路，

10-1272

贝　拜　而　小　凉

Bae　baih　lawz　siu　liengz

pai¹　pa:i⁶　lau²　θiːu¹　liːŋ²

去　边　哪　消　凉

去何方逍遥？

男唱	女唱

10-1273

断	果	会	浪	然
Duenx	go	faex	laeng	ranz
tu:n⁴	ko¹	fai⁴	laŋ¹	ɹa:n²
断	棵	树	后	家

离屋后大树,

10-1274

断	果	江	拉	司
Duenx	go	gyang	laj	swj
tu:n⁴	ko¹	kja:ŋ¹	la³	θɯ³
断	棵	桄榔	下	偏屋

别屋下桄榔。

10-1275

断	花	娘	花	女
Duenx	va	nangz	va	nawx
tu:n⁴	va¹	na:ŋ²	va¹	nɯ⁴
断	花	姑娘	花	女

别姑娘女郎,

10-1276

断	秀	满	秀	美
Duenx	ciuh	monh	ciuh	maez
tu:n⁴	ɕi:u⁶	mo:n⁶	ɕi:u⁶	mai²
断	世	情	世	爱

别热恋时光。

10-1277

断	果	会	浪	然
Duenx	go	faex	laeng	ranz
tu:n⁴	ko¹	fai⁴	laŋ¹	ɹa:n²
断	棵	树	后	家

离屋后大树,

10-1278

断	果	江	拉	达
Duenx	go	gyang	laj	dah
tu:n⁴	ko¹	kja:ŋ¹	la³	ta⁶
断	棵	桄榔	下	河

别河岸桄榔。

10-1279

你	断	土	是	八
Mwngz	duenx	dou	cix	bah
mɯŋ²	tu:n⁴	tu¹	ɕi⁴	pa⁶
你	断	我	就	罢

你弃我则罢,

10-1280

贝	那	开	断	文
Bae	naj	gaej	duenx	vunz
pai¹	na³	ka:i⁵	tu:n⁴	vun²
去	前	莫	断	人

往后莫负人。

男唱

10-1281

断	果	会	拉	占
Duenx	go	faex	laj	canz
tuːn⁴	ko¹	fai⁴	la³	çaːn²
断	棵	树	下	晒台

别晒台边树，

10-1282

断	果	江	拉	达
Duenx	go	gyang	laj	dah
tuːn⁴	ko¹	kjaːŋ¹	la³	ta⁶
断	棵	桄榔	下	河

别河岸桄榔。

10-1283

你	断	土	大	才
Mwngz	duenx	dou	dah	raix
muɯŋ²	tuːn⁴	tu¹	ta⁶	ɾaːi⁴
你	断	我	实	在

果真离开我，

10-1284

农	貝	田	而	站
Nuengx	bae	denz	lawz	soengz
nuːŋ⁴	pai¹	teːn²	lau²	θoŋ²
妹	去	地	哪	站

妹去向何方？

女唱

10-1285

断	果	会	拉	占
Duenx	go	faex	laj	canz
tuːn⁴	ko¹	fai⁴	la³	çaːn²
断	棵	树	下	晒台

别晒台边树，

10-1286

断	果	江	拉	达
Duenx	go	gyang	laj	dah
tuːn⁴	ko¹	kjaːŋ¹	la³	ta⁶
断	棵	桄榔	下	河

别河岸桄榔。

10-1287

你	断	土	是	了
Mwngz	duenx	dou	cix	liux
muɯŋ²	tuːn⁴	tu¹	çi⁴	liːu⁴
你	断	我	就	算

你弃我就算，

10-1288

老	表	备	可	米
Laux	biuj	beix	goj	miz
laːu⁴	piːu³	pi⁴	ko⁵	mi²
老	表	兄	也	有

我另寻对象。

男唱

10-1289

断　是　断

Duenx　cix　duenx

tuːn⁴　çi⁴　tuːn⁴

断　　就　　断

离就离，

10-1290

庆　远　可　米　文

Ging　yenj　goj　miz　vunz

kiŋ³　juːn⁶　ko⁵　mi²　vun²

庆　远　也　有　人

庆远不乏人。

10-1291

断　是　八　少　论

Duenx　cix　bah　sau　lwnz

tuːn⁴　çi⁴　pa⁶　θaːu¹　lun²

断　就　罢　姑娘　最小

小妹离就离，

10-1292

文　江　邦　米　由

Vunz　gyang　biengz　miz　raeuh

vun²　kjaːŋ¹　piːŋ²　mi²　.au⁶

人　中　地方　有　多

各地人才多。

女唱

10-1293

美　支　牙　断　六

Mae　sei　yaek　duenx　loek

mai¹　θi¹　jak⁷　tuːn⁴　lok⁷

线　丝　要　断　线轴

丝线断绞盘，

10-1294

达　六　牙　断　船

Dah　loeg　yaek　duenx　ruz

taː⁶　lok⁸　jak⁷　tuːn⁴　.u²

河　绿　要　断　船

绿河断行船。

10-1295

长　判　断　柳　州

Cangh　buenq　duenx　louj　couh

çaːŋ⁶　puːn⁵　tuːn⁴　lou⁴　çou¹

匠　贩　断　柳　州

商贩别柳州，

10-1296

少　好　牙　断　包

Sau　ndei　yaek　duenx　mbauq

θaːu¹　dei¹　jak⁷　tuːn⁴　baːu⁵

姑娘　好　要　断　小伙

妹要别情郎。

男唱

10-1297

美	支	牙	断	六
Mae	sei	yaek	duenx	loek
mai[1]	θi:[1]	jak[7]	tu:n[4]	lok[7]
线	丝	要	断	线轴

丝线断绞盘，

10-1298

达	六	牙	断	船
Dah	loeg	yaek	duenx	ruz
ta[6]	lok[8]	jak[7]	tu:n[4]	ɹu[2]
河	绿	要	断	船

绿河断行船。

10-1299

农	狼	断	邦	土
Nuengx	langh	duenx	biengz	dou
nu:ŋ[4]	la:ŋ[6]	tu:n[4]	pi:ŋ[2]	tu[1]
妹	若	断	地方	我

妹若走他乡，

10-1300

邦	初	是	凉	孝
Biengz	sou	cix	liengz	yauj
pi:ŋ[2]	θu[1]	çi[4]	li:ŋ[2]	ja:u[3]
地方	你们	就	凉	飕飕

你处亦荒凉。

女唱

10-1301

美	支	牙	断	六
Mae	sei	yaek	duenx	loek
mai[1]	θi:[1]	jak[7]	tu:n[4]	lok[7]
线	丝	要	断	线轴

丝线断绞盘，

10-1302

达	六	牙	断	船
Dah	loeg	yaek	duenx	ruz
ta[6]	lok[8]	jak[7]	tu:n[4]	ɹu[2]
河	绿	要	断	船

绿河断行船。

10-1303

断	是	断	邦	初
Duenx	cix	duenx	biengz	sou
tu:n[4]	çi[4]	tu:n[4]	pi:ŋ[2]	θu[1]
断	就	断	地方	你们

断绝你家乡，

10-1304

邦	土	不	可	在
Biengz	dou	mbouj	goj	ywq
pi:ŋ[2]	tu[1]	bou[5]	ko[5]	jɯ[5]
地方	我	不	也	在

妹情路尚在。

男唱

10-1305

长　判　断　河　池
Cangh　buenq　duenx　hoz　ciz
ça:ŋ⁶　pu:n⁵　tu:n⁴　ho²　çi²
匠　贩　断　河　池
商贩别河池，

10-1306

少　貝　吉　而　读
Sau　bae　giz　lawz　douh
θa:u¹　pai¹　ki²　lau²　tou⁶
姑娘　去　处　哪　栖息
妹往何所去？

10-1307

十　义　安　怛　补
Cib　ngeih　aen　dan　bouq
çit⁸　ŋi⁶　an¹　ta:n¹　pu⁵
十　二　个　摊　铺
十二家商铺，

10-1308

农　走　路　不　通
Nuengx　couj　lu　mbouj　doeng
nu:ŋ⁴　çou³　lu⁶　bou⁵　toŋ¹
妹　走　路　不　通
不怕无路走。

女唱

10-1309

牙　断　土　了　邦
Yaek　duenx　dou　liux　baengz
jak⁷　tu:n⁴　tu¹　li:u⁴　paŋ²
要　断　我　啰　朋
友要离别了，

10-1310

友　垌　光　你　米
Youx　doengh　gvangq　mwngz　miz
ju⁴　toŋ⁶　kwa:ŋ⁵　muŋ²　mi²
友　垌　宽　你　有
你有外乡友。

10-1311

长　判　断　河　池
Cangh　buenq　duenx　hoz　ciz
ça:ŋ⁶　pu:n⁵　tu:n⁴　ho²　çi²
匠　贩　断　河　池
商贩别河池，

10-1312

米　日　好　马　刘
Miz　ngoenz　ndei　ma　liuh
mi²　ŋon²　dei¹　ma¹　li:u⁶
有　天　好　来　游
会有再来日。

男唱

10-1313

比　才　先　同　断

Bi　gyai　senq　doengh　duenx

pi^1　$kja:i^1$　$\theta e:n^5$　ton^2　$tu:n^4$

年　前　早　相　断

前年早离别，

10-1314

比　瓜　先　同　立

Bi　gvaq　senq　doengh　liz

pi^1　kwa^5　$\theta e:n^5$　ton^2　li^2

年　去　早　相　离

去年早分离。

10-1315

同　断　得　几　比

Doengh　duenx　ndaej　geij　bi

ton^2　$tu:n^4$　dai^3　ki^3　pi^1

相　断　得　几　年

断绝已多年，

10-1316

同　立　得　几　年

Doengh　liz　ndaej　geij　nienz

ton^2　li^2　dai^3　ki^3　$ni:n^2$

相　离　得　几　年

分别已很久。

女唱

10-1317

断　条　元　拉　罗

Duenx　diuz　roen　laj　roq

$tu:n^4$　$ti:u^2$　$jo:n^1$　la^3　$\textrm{ɹo}^5$

断　条　路　下　屋檐

断绝门前路，

10-1318

断　条　罗　南　宁

Duenx　diuz　loh　nanz　ningz

$tu:n^4$　$ti:u^2$　lo^6　$na:n^2$　nin^2

断　条　路　南　宁

阻断南宁路。

10-1319

以　样　内　断　正

Ei　yiengh　neix　duenx　cingz

i^1　$ju:n^6$　ni^4　$tu:n^4$　ςin^2

依　样　这　断　情

从此两绝情，

10-1320

利　狼　声　知　不

Lij　langh　sing　rox　mbouj

li^4　$la:n^6$　θin^1　$\textrm{ɹo}^4$　bou^5

还　放　声　或　不

还唱不唱歌？

男唱

女唱

10-1321

断	条	元	拉	罗
Duenx	diuz	roen	laj	roq
tuːn⁴	tiːu²	joːn¹	la³	ɹoɹ⁵
断	条	路	下	屋檐

断绝门前路，

10-1325

断	果	会	浪	然
Duenx	go	faex	laeng	ranz
tuːn⁴	ko¹	fai⁴	laŋ¹	ɹaːn²
断	棵	树	后	家

别屋后大村，

10-1322

断	条	罗	南	宁
Duenx	diuz	loh	nanz	ningz
tuːn⁴	tiːu²	lo⁶	naːn²	niŋ²
断	条	路	南	宁

阻断南宁路。

10-1326

断	条	元	满	美
Duenx	diuz	roen	monh	maez
tuːn⁴	tiːu²	joːn¹	moːn⁶	mai²
断	条	路	情	爱

断此谈情路。

10-1323

断	仪	八	断	正
Duenx	saenq	bah	duenx	cingz
tuːn⁴	θin⁵	pa⁶	tuːn⁴	çiŋ²
断	信	莫急	断	情

断信别断情，

10-1327

少	狼	断	然	卜
Sau	langh	duenx	ranz	boh
θaːu¹	laːŋ⁶	tuːn⁴	ɹaːn²	po⁶
姑娘	若	断	家	父

妹离开父家，

10-1324

利	狼	声	知	不
Lij	langh	sing	rox	mbouj
li⁴	laːŋ⁶	θiŋ¹	ɹoɹ⁴	bou⁵
还	放	声	或	不

还唱不唱歌？

10-1328

备	断	罗	满	美
Beix	duenx	loh	monh	maez
pi⁴	tuːn⁴	lo⁶	moːn⁶	mai²
兄	断	路	情	爱

兄别恋爱路。

男唱

女唱

10-1329

给	喊	堂	它	堂
Gaeq	haen	dangz	daz	dangz
kai⁵	han¹	ta:ŋ²	ta²	ta:ŋ²
鸡	啼	趟	又	趟

鸡鸣一遍遍，

10-1330

乜	点	灯	腊	布
Meh	diemj	daeng	lax	buh
me⁶	ti:n³	taŋ¹	la⁴	pu⁶
母	点	灯	找	衣服

母收拾嫁衣。

10-1331

给	喊	堂	了	友
Gaeq	haen	daengz	liux	youx
kai⁵	han¹	taŋ²	li:u⁴	ju⁴
鸡	啼	到	啰	友

雄鸡已啼鸣，

10-1332

灭	腊	布	装	身
Meh	lax	buh	cang	ndang
me⁶	la⁴	pu⁶	ça:ŋ¹	da:ŋ¹
母	找	衣服	装	身

母催快打扮。

10-1333

给	喊	堂	它	堂
Gaeq	haen	dangz	daz	dangz
kai⁵	han¹	ta:ŋ²	ta²	ta:ŋ²
鸡	啼	趟	又	趟

鸡鸣一遍遍，

10-1334

乜	点	灯	腊	坤
Meh	diemj	daeng	lax	goenh
me⁶	ti:n³	taŋ¹	la⁴	kon⁶
母	点	灯	找	手镯

母秉灯觅镯。

10-1335

给	喊	堂	它	堂
Gaeq	haen	dangz	daz	dangz
kai⁵	han¹	ta:ŋ²	ta²	ta:ŋ²
鸡	啼	趟	又	趟

鸡鸣一遍遍，

10-1336

乜	腊	坤	作	手
Meh	lax	goenh	coq	fwngz
me⁶	la⁴	kon⁶	ço⁵	fuŋ²
母	找	手镯	放	手

母交给手镯。

男唱

10-1337

给	喊	堂	它	堂
Gaeq	haen	dangz	daz	dangz
kai⁵	han¹	ta:ŋ²	ta²	ta:ŋ²
鸡	啼	趟	又	趟

鸡鸣一遍遍，

10-1338

乜	点	灯	腊	两
Meh	diemj	daeng	lax	liengj
me⁶	ti:n³	taŋ¹	la⁴	li:ŋ³
母	点	灯	找	伞

母持灯觅伞。

10-1339

给	喊	堂	它	堂
Gaeq	haen	dangz	daz	dangz
kai⁵	han¹	ta:ŋ²	ta²	ta:ŋ²
鸡	啼	趟	又	趟

鸡鸣一遍遍，

10-1340

灭	腊	两	给	媒
Meh	lax	liengj	hawj	moiz
me⁶	la⁴	li:ŋ³	həɯ³	mo:i²
母	找	伞	给	媒

母帮媒找伞。

女唱

10-1341

给	喊	堂	它	堂
Gaeq	haen	dangz	daz	dangz
kai⁵	han¹	ta:ŋ²	ta²	ta:ŋ²
鸡	啼	趟	又	趟

鸡鸣一遍遍，

10-1342

乜	点	灯	腊	贵
Meh	diemj	daeng	lax	gvih
me⁶	ti:n³	taŋ¹	la⁴	kwei⁶
母	点	灯	找	柜

母持灯翻柜。

10-1343

给	喊	京	第	义
Gaeq	haen	geng	daih	ngeih
kai⁵	han¹	kji:ŋ¹	ti⁵	ȵi⁶
鸡	啼	更	第	二

鸡鸣第二遍，

10-1344

蒙	跟	贵	下	累
Moeg	riengz	gvih	roengz	lae
mok⁸	ɹi:ŋ²	kwei⁶	ɹoŋ²	lai¹
棉被	跟	柜	下	梯

新娘要出围。

男唱

10-1345

鸭	跟	给	岁	江
Bit	riengz	gaeq	caez	gyaeng
pit⁷	ɹiːŋ²	kai⁵	çai²	kjaŋ¹
鸭	跟	鸡	齐	关

鸭和鸡同笼，

10-1346

给	喊	堂	又	早
Gaeq	haen	daengz	youh	romh
kai⁵	han¹	taŋ²	jou⁴	ɹoːn⁶
鸡	啼	到	又	早

鸡叫特别早。

10-1347

柳	州	刀	伏	判
Louj	couh	dauq	fwx	buenq
lou⁴	çou¹	taːu⁵	fə⁴	puːn⁵
柳	州	倒	别人	贩

柳州别人住，

10-1348

庆	远	刀	伏	站
Ging	yenj	dauq	fwx	soengz
kiŋ³	juːn⁶	taːu⁵	fə⁴	θoŋ²
庆	远	回	别人	站

庆远别人管。

女唱

10-1349

鸭	跟	给	岁	江
Bit	riengz	gaeq	caez	gyaeng
pit⁷	ɹiːŋ²	kai⁵	çai²	kjaŋ¹
鸭	跟	鸡	齐	关

鸭和鸡同笼，

10-1350

给	喊	堂	又	叫
Gaeq	haen	daengz	youh	heuh
kai⁵	han¹	taŋ²	jou⁴	heːu⁶
鸡	啼	到	又	叫

鸡啼鸭又叫。

10-1351

土	知	心	你	了
Dou	rox	sim	mwngz	liux
tu¹	ɹo⁴	θin¹	muɯŋ²	liːu⁴
我	知	心	你	完

妹知哥心意，

10-1352

城	板	良	你	米
Singz	mbanj	liengh	mwngz	miz
θiŋ²	baːn³	leːŋ⁶	muɯŋ²	mi²
城	村	谅	你	有

安心随你走。

《广西高甲壮语瑶歌》曲谱

演　唱：袁朝信　韦凤兵
　　　　袁宝贤　卢柳爱
曲谱听记：刘岱远　张筱伟
　　　　吴蓝滔
曲谱整理：曹　昆　马鹏翔
　　　　张静佳　吴雄军

1=C　2/4 3/4 4/4 5/4 …

庄板

扫码看视频

后记

　　《广西高甲壮语瑶歌》系汉族、壮族、瑶族三个民族文化的融合体，大约于清光绪年间开始在都安、宜州、金城江交界的瑶族民间传唱，使用的是壮语北部方言柳江土语、红水河土语、桂北土语和瑶族布努语相互糅合的语音，其篇幅之庞大、内容之丰富、语音之特别实属罕见。《广西高甲壮语瑶歌》资料挖掘工作始于2007年，当时在广西都安瑶族自治县文学艺术界联合会任职的蓝永红在社会调查中发现《广西高甲壮语瑶歌》流传的信息，遂追踪至都安电信局高甲籍瑶族干部蓝绍益处，才得以首次看到《广西高甲壮语瑶歌》抄本的部分内容。2013年6月，蓝永红调到都安密洛陀文化研究会工作，之后继续关注《广西高甲壮语瑶歌》。2014年，蓝永红终于在都安瑶族自治县永安乡（现永安镇）仁业村瑶族歌师袁朝信手中搜集到《广西高甲壮语瑶歌》的完整抄本，之后便以都安密洛陀文化研究会的名义向广西壮族自治区少数民族古籍整理出版规划领导小组办公室（今广西壮族自治区少数民族古籍保护研究中心，以下简称自治区古籍中心）申请立项。自治区古籍中心经反复研究论证，于2019年5月28日在都安召开瑶族古籍整理工作座谈会，正式宣布《广西高甲壮语瑶歌译注》立项并启动。考虑到蓝永红要承担其他项目繁重的编纂任务，同时还兼顾都安密洛陀文化研究会日常工作，经过征求意见，同意将翻译整理工作交由河池市民族宗教事务委员会原副主任韦体吉负责。

　　《广西高甲壮语瑶歌》主要通过口头进行传承。当地凡有喜庆活动，都有请歌师唱壮语瑶歌助兴的习俗，这样既活跃了气氛，又传承了民族历史文化和生产生活知识，因此《广西高甲壮语瑶歌》受到当地各民族群众的广泛欢迎。传承人袁朝信是当地著名的歌师，曾受邀参加过无数次的对歌和演唱活动，对《广西高甲壮语瑶歌》可以说是信手拈来，了然于胸。为了把自己一辈子所唱的歌记录下来，传给下一代，2013 年袁朝信歌师受都安电信局干部蓝绍益所托，用汉字和土俗字记录了自己毕生所唱的《广西高甲壮语瑶歌》，编为 10 辑，这便是本书翻译整理的底本。

由于《广西高甲壮语瑶歌》语言复杂，记录文字不规范，翻译整理的难度非一般文献可比。在兼顾工作进度和翻译质量的前提下，时年 76 岁的韦体吉坚持每天工作 10 个小时以上，历经 416 天的不懈努力，终于完成了《广西高甲壮语瑶歌》18000 多行"四对照"的翻译整理任务，再由都安瑶族自治县少数民族语言文字研究中心（以下简称都安民语中心）陆霞标注国际音标。至 2020 年 8 月，含土俗字原行、拼音壮文、国际音标、汉文直译、汉文意译"五对照"洋洋洒洒 9 万余行的书稿圆满完成。

为了进一步了解《广西高甲壮语瑶歌》产生的历史背景和流传分布的状况，探究其蕴含的思想内涵，解决翻译整理中存在的问题，2021 年 4 月 28 日至 30 日，自治区古籍中心和广西教育出版社联合广西师范大学、南宁师范大学、都安民语中心等单位组成调研组，深入都安瑶族自治县永安镇高甲地区，就《广西高甲壮语瑶歌》的演唱场合、思想内容、语音、唱腔、艺术特色等开展田野调查，并请《广西高甲壮语瑶歌》传承人袁朝信、韦凤兵、袁宝贤、卢柳爱四位歌师演唱其中的主要唱段。通过此次田野考察，调研组加深了对《广西高甲壮语瑶歌》的理解，对进一步提升翻译整理的准确性、完善补充书稿不足起到了关键作用。同时，南宁师范大学曹昆教授带领团队录制了《广西高甲壮语瑶歌》原声演唱的全过程，记录了民歌曲谱，为本书的融合出版打下了坚实的基础。

翻译整理是基础和核心，后期的学术提升和深度研究尤需恒力。为充分挖掘展示《广西高甲壮语瑶歌》中蕴含的中华民族共同体思想内涵，自治区古籍中心邀请广西师范大学文学院岑学贵教授、广西民族大学博士后蓝长龙加入项目组，负责本书的代序、凡例、题解、注释的撰写和语音校订、译文梳理等工作。岑学贵教授深入都安高甲地区考察，访问歌手，起草了本书代序第一稿，奠定了本书价值阐述的主要方向。蓝长龙博士负责对拼音壮文转写、国际音标注音、汉文直译和汉文意译等内容做全面的梳理和校订。2021年10月至12月，蓝长龙博士多次前往都安瑶族自治县永安镇与袁朝信歌师校核书稿中的汉文直译和汉文意译，在充分厘清书稿内容和参考代序第一稿的基础上，写成代序第二稿，并撰写了题解和注释。后书稿多次送审，所指出的问题均由蓝长龙博士修改完善，至2022年9月形成完善的出版稿。

本书从资料搜集、立项到翻译整理出版，历经8年时间，得到各级各部门有关领导和众多专家学者、民族文化工作者的大力支持和热心帮助。蓝绍益最早关注《广西高甲壮语瑶歌》，个人多次深入高甲地区搜集瑶歌，整理了大量第一手资料，并极力向各方面宣传推介《广西高甲壮语瑶歌》，引起了有关部门的重视。都安密洛陀文化研究会会长蒙启英、副会长蓝永红积极推动《广西高甲壮语瑶歌》的翻译整理研究，两次专程赴南宁向自治区古籍中心汇报，寻求支持，为《广西高甲壮语瑶歌》立项实施发挥了关键作用。尤为可贵的是，广西高甲著名歌师袁朝信不辞艰辛把自己毕生所唱做了全面整理、详尽记录，并毫无保留地贡献了手抄歌本，为本书的翻译整理奠定了坚实的文献基础。河池市民族事务委员会原副主任韦体吉不顾近80岁的高龄，主动承担了本书全部"四对照"的翻译整理任务，每天工作10多个小时，夙兴夜寐，殚精竭虑，花费了近14个月的时间终完成全书的解读、破译、整理工作，可谓厥功至伟。都安民语中心陆霞负责国际音标注音，由于高甲壮语瑶歌语音夹杂壮语、瑶语、汉语及其不同方言，语音极为复杂，注音工作更加困难，很多语音都得一一访问发音人方可确定，费时费力可见一斑。

国家民委全国少数民族古籍整理研究室将该书列为"铸牢中华民族共同体意识古籍整理出版书系"全国首批试点项目，并自始至终给予悉心指导，特别在编纂思路、整理方法、政治学术把关、装帧设计等方面，提出了指导性意见和思路，有效提升了本书质量；

自治区民宗委党组高度重视本书编纂工作，将之列入年度重点工作项目，有力推动了工作的开展；中共都安瑶族自治县委宣传部、县人大教科文卫民工委、县民语中心、永安镇政府、安兰村村民委员会等单位，以及黄俊霖、张良玉、韦凤兵、袁宝贤、袁瑞光、覃宝亮、卢柳爱、韦海科等人为本书编纂工作提供了诸多便利，在桂林市国资委工作的蓝誉国先生在工作之余提供了宝贵的资料信息和参考意见。

自治区古籍中心负责本书的编纂工作的统筹协调，在搜集、整理、翻译等各环节均予以关心督促，韦如柱主任负责全书的后期统纂，该中心其他同志也为本书的出版付出了诸多努力。

作为出版单位，广西教育出版社始终关注项目进度，从选题策划、作者培训、撰稿规范、编校管理等各环节均予以人力、物力、财力的支持，并改变传统，积极从案头走向田头，该社的韦胜辉、陈逸飞、熊奥奔三位编辑，与项目作者一起担负起抢救搜集、翻译整理、书稿修改等职责，彰显了广西教育出版社在民族文化保护传承工作的使命担当。同时，广西教育出版社高度重视该项目，积极联系专家为该项目把脉推介，终于使该项目成功入选"'十四五'时期国家民文出版项目库"及"2021—2035年国家古籍工作规划重点出版项目（第一批）"。

在此，谨对在本书搜集、整理、翻译、出版过程中曾给予支持帮助的各级各部门和单位及有关领导、专家学者、民间艺人等，表示衷心的感谢！

由于水平有限，书中难免有讹误和不足之处，敬请方家不吝赐教。